GEORGES BATAILLE

Romans et récits

PRÉFACE DE DENIS HOLLIER

ÉDITION PUBLIÉE SOUS LA DIRECTION
DE JEAN-FRANÇOIS LOUETTE,
AVEC LA COLLABORATION DE GILLES ERNST,
MARINA GALLETTI, CÉCILE MOSCOVITZ,
GILLES PHILIPPE ET EMMANUEL TIBLOUX

GALLIMARD

CE VOLUME CONTIENT :

Préface
de Denis Hollier

Introduction,
Note sur la présente édition
par Jean-François Louette

Chronologie
par Marina Galletti

HISTOIRE DE L'ŒIL

Texte établi, présenté et annoté
par Gilles Ernst

LE BLEU DU CIEL

Texte établi, présenté et annoté
par Jean-François Louette

MADAME EDWARDA

Texte établi, présenté et annoté
par Gilles Philippe

LE PETIT

Texte établi, présenté et annoté
par Cécile Moscovitz

LE MORT

JULIE

Textes établis, présentés et annotés
par Emmanuel Tibloux

L'IMPOSSIBLE

LA SCISSIPARITÉ

Textes établis, présentés et annotés
par Gilles Ernst

L'ABBÉ C.

Texte établi, présenté et annoté
par Jean-François Louette

MA MÈRE

CHARLOTTE D'INGERVILLE

ARCHIVES DU PROJET « DIVINUS DEUS »

Textes établis, présentés et annotés
par Gilles Philippe

Autour des romans et récits
(textes et documents)

Appendices

RÉCITS RETROUVÉS

Textes établis, présentés et annotés
par Marina Galletti

LA MAISON BRÛLÉE

ÉBAUCHES

Textes établis, présentés et annotés
par Cécile Moscovitz

Notices, notes et variantes
Bibliographie

PRÉFACE

Qu'est-ce qu'un auteur ?

Pourquoi publier séparément les romans de Bataille ? Pourquoi les isoler du reste de son œuvre ? Ce recueil ne s'autorise d'aucun projet explicite de l'auteur, lequel a toujours manifesté la plus grande désinvolture à l'endroit de la loi du genre, non seulement parce qu'il en a pratiqué plusieurs, mais parce qu'il n'a peut-être jamais vraiment cherché à désintriquer leurs registres : les écritures ne se bornent pas à s'y côtoyer ; elles empiètent les unes sur les autres au point d'être souvent indiscernables, puisant toutes à une même nappe sémiotique continue, indifférenciée, toujours sur le point d'affleurer. L'hybridité des textes de Bataille étant à la fois intra- et transgénérique, le risque de fausser sa lecture en isolant arbitrairement ses romans est minime : à supposer qu'une telle chose existe, il n'y a pas chez lui de discours purement romanesque. La Haine de la poésie et les volumes de la Somme athéologique *sont prélevés sur un même tissu. Philippe Sollers parle de son œuvre (« ni " littérature ", ni " philosophie " ») comme du « carnet unique d'une exploration menée en tous sens[1] ».*

Quantitativement, les romans n'en constituent pas la part la plus importante. Même s'il est difficile de dire des dix autres qu'ils font bloc, les textes littéraires n'occupent que deux des douze volumes que

---

1. Philippe Sollers, « De grandes irrégularités de langage » [1963], *Logiques*, Éd. du Seuil, 1968, p. 151.

*comptent ses Œuvres complètes. La même disproportion se retrouve
au plan de la réception : les romans occupent une place relativement
mineure dans l'abondante littérature qui a été consacrée à Bataille. Ce
sont eux aussi qui ont suscité les plus fortes résistances. C'est sur eux
que s'acharnent de préférence ceux qui veulent à tout prix démasquer
en Bataille le curé mal défroqué. Par opposition le Bataille penseur,
celui de* La Part maudite *en particulier, a bonne réputation. Dans un
monde en mal de générosité, le thème de la dépense improductive est
riche de résonances morales, économiques et politiques qui lui ont valu
l'estime de toutes sortes de gens eux-mêmes estimables. Qui plus est,
Bataille lui-même, surtout vers la fin de sa vie, a préféré se définir
comme philosophe, même s'il l'a fait sur un ton quelque peu désinvolte,
narquois, provocateur, ne sachant que trop que le conseil de l'ordre
n'était pas près de lui reconnaître aucun type d'équivalence : ses titres
et travaux n'étaient pas assez professionnels. Mais jamais l'idée ne lui
est venue de faire une carrière de romancier.*

*La possibilité du roman n'a pourtant jamais été tout à fait absente
de son horizon. Au début de 1922, par exemple, après avoir lu les
premiers volumes d'*À la recherche du temps perdu, *il aurait
commencé à en écrire un*[1]. *Il est vrai qu'il est difficile de savoir jusqu'où
il est allé dans ce projet dont rien n'est resté. Par ailleurs, la position de bibliothécaire qu'il a occupée à la Bibliothèque nationale à
partir de l'été 1922 lui donnait le privilège d'emprunter des livres.
La liste de ces prêts constitue un document de première importance
pour presque au jour le jour suivre l'évolution de ses intérêts*[2]. *On y
trouve un certain nombre de romans, notamment de Dostoïevski,
Gogol, Conrad, Huysmans. On ne peut s'empêcher aussi de relever
que, malgré une indifférence voisine du mépris pour la production romanesque contemporaine, il a donné à* La Critique sociale, *au moment
de leur publication, une note de lecture sur les deux romans français les
plus significatifs des années 1930,* Voyage au bout de la nuit *en
janvier 1933 et* La Condition humaine *en novembre 1933. Mais
il faudra attendre les années 1940 pour que se dessine chez lui quelque
chose comme un projet romanesque soutenu et pour que la fiction*

1. Lettre à Marie-Louise Bataille [Madrid, février-juin 1922], Bataille, *Choix
de lettres, 1917-1962*, Michel Surya éd., Gallimard, 1997, p. 28.
2. Elle a été reconstituée par Jean-Pierre Le Bouler et Joëlle Bellec-Martini
(« Emprunts de Georges Bataille à la Bibliothèque nationale (1922-1950) »,
OC XII, p. 549-621).

narrative entre de plein droit en tant que telle dans l'horizon de son écriture.

Il ne faut pas oublier que, à cette date, Bataille n'avait encore publié aucun roman sous son nom. Il en avait écrit deux, Histoire de l'œil et Le Bleu du ciel, l'un et l'autre rédigés dans le contexte de graves crises personnelles qui l'avaient conduit, en 1927 puis en 1935, à se soumettre à un traitement psychanalytique (ils s'insèrent donc dans un processus thérapeutique qui ne peut qu'évoquer celui qui, dans L'Abbé C., permet au personnage de l'éditeur de surmonter son inhibition et de rédiger l'introduction que le frère de l'abbé, avant son suicide, lui avait demandé d'écrire pour présenter le manuscrit qu'il lui avait remis). Quelles que soient leurs différences, ces deux romans ont en commun le fait de n'avoir pas paru sous le nom de leur auteur : le premier parce qu'il a été publié sous un pseudonyme (Lord Auch), le second parce que, tout simplement, il n'a pas paru, pas avant du moins que Bataille ne soit devenu un auteur reconnu, ce qui était loin d'être le cas au moment où il l'a écrit. Sa production romanesque en effet se répartit en deux groupes, et de son vivant seulement trois récits ont été publiés sous son nom : Histoire de rats, qu'il écrit vers 1944 et qui figure dans La Haine de la poésie en 1947 (le volume sera rebaptisé L'Impossible en 1962), L'Abbé C. qui sort en 1950 et Le Bleu du ciel (qui inclut Dirty, paru en 1945) que Bataille finira par publier en 1957, soit vingt-deux ans après l'avoir écrit.

Mais cette accession à l'édition ordinaire n'a pas été irréversible. Bataille n'a pas renoncé définitivement au pseudonyme. Écrire des romans publiables, avec son nom sur la couverture, leur titre figurant dans la liste des ouvrages « du même auteur » en tête de ses autres livres et circulant dans le commerce de la librairie comme n'importe quelle autre publication, n'est jamais allé de soi pour lui. Les portes ouvertes au tout venant ne sont pas propices à la communication érotique. Une certaine clandestinité, réelle ou jouée, sera toujours pour Bataille — « avide de dissimuler sa honteuse royauté[1] » — une des conditions de l'inspiration romanesque, et on a le sentiment qu'il n'y a jamais renoncé qu'à contrecœur, comme si une complicité de mauvais lieu lui était nécessaire pour communiquer avec un lecteur déjà compromis, comme si les portes de la lecture ne devaient s'ouvrir que devant qui avait accepté par avance, au moins implicitement, le secret d'une sorte

1. Notes pour *Madame Edwarda*, OC III, p. 492.

de contrat pervers. « *Serait-elle littéraire, la communication de la sub-*
jectivité érotique s'adresse sur un mode confidentiel à celui qui l'accueille
comme un possible personnel, isolément de la multitude. Ce n'est pas à
l'admiration, ce n'est pas au respect de tous qu'elle s'adresse, mais à
cette contagion secrète qui jamais ne s'élève au-dessus des autres, qui ne
se publie pas et n'appelle que le silence[1]. » *Aussi, après* L'Abbé C.,
Bataille est-il revenu à l'usage du pseudonyme : Divinus Deus,
auquel il travaille en 1954-1955, devait être l'autobiographie de Pierre
Angélique, déjà auteur fictif de Madame Edwarda *(qui serait*
devenu le premier volet de l'ensemble) et qui aurait ainsi été à la fois
l'auteur, le protagoniste masculin et le narrateur de Ma mère, *de*
Charlotte d'Ingerville *et de* Sainte. *Un an plus tôt, en 1953,*
Olympia Press avait publié, sous le titre A Tale of Satisfied Desire,
*la traduction anglaise d'*Histoire de l'œil, *qui est aussi la pre-*
mière édition du roman à ne pas paraître hors commerce ; elle était
attribuée, non plus, comme les éditions françaises, à Lord Auch, mais
à Pierre Angélique, comme si sur le tard Bataille avait voulu rassem-
bler sous l'autorité imaginaire de ce personnage la somme de ses fictions
érotiques.

La critique n'a pas toujours été à l'aise avec ces pseudonymes. Aucun
*des premiers lecteurs d'*Histoire de l'œil *ou de* Madame Edwarda
n'ignorait probablement l'identité réelle de leur auteur, mais, lorsque
celui-ci a commencé à figurer dans les tableaux de la littérature contem-
poraine, les critiques n'ont jamais très bien su sur quel pied danser,
jusqu'à quel point ils devaient respecter, dans leurs rapports avec
Georges Bataille, la convention qui voulait qu'il n'ait rien à voir avec
Lord Auch, Louis Trente ou Pierre Angélique. Le secret semble avoir
été curieusement à la fois éventé et gardé. Pratiquement depuis que
Leiris lui avait fait rencontrer les surréalistes, Bataille s'était acquis
une réputation de scatologue que ses adversaires n'ont jamais manqué
de rappeler dans les moments de crise ; mais la chose ne dépassait
pas les cercles de l'avant-garde. Qu'on pense à la réaction d'hor-

---

1. Bataille, *La Souveraineté, OC VIII*, p. 442. Et dans les variantes : « mon
langage répond très mal à celui que la plupart attendent, et la foule, les
hommes assemblés, formant la masse, ne l'entendraient pas. Ce langage en
effet s'adresse séparément à chaque personne. Il est confidentiel, il demande
une audience secrète » (*ibid.*, p. 598). « J'ai dit que mon langage s'adressait à
tous les hommes, qu'à chacun d'eux il s'adressait d'une manière confidentielle » (*ibid.*, p. 600).

reur de Martial Bataille lorsque, en mars 1961, il découvre dans
L'Express, *en lisant un article de Madeleine Chapsal, ce que, sous le
nom de Lord Auch, son frère avait écrit au sujet de leurs parents plus
de trente-cinq ans plus tôt et dont il n'avait de toute évidence jamais eu
le moindre soupçon*[1]. *En 1947, dans l'article qu'il donne à* Combat
lors de la sortie de La Haine de la poésie, *Maurice Nadeau parle
sans prendre de précautions particulières des écrits licencieux de Bataille
(il cite* Histoire de l'œil *et* Madame Edwarda[2]). *Mais il est le
premier à le faire. Et il restera le seul pendant longtemps. Leiris, par
exemple, en 1956, inclut bien* Histoire de l'œil *dans sa réponse à
l'enquête de Queneau « Pour une bibliothèque idéale », mais il l'attribue à Lord Auch, comme Breton l'avait fait en 1939 en faisant figurer
l'« Histoire de Marcelle (Lord Auch) » parmi les vingt titres de sa
réponse à l'enquête sur « La poésie indispensable »[3]. Quant à Blanchot, en 1956, au moment de la réédition de* Madame Edwarda *chez
Pauvert, celle pour laquelle la préface a été écrite, il continue, comme
si de rien n'était, à respecter le pacte pseudonymique et à faire comme
si l'auteur et le préfacier, Pierre Angélique et Georges Bataille, étaient
deux personnes distinctes[4]. Bataille lui-même, semble-t-il, préférait ne
pas se les voir attribuer. En 1951, au cours d'une émission de radio
qui lui était consacrée, l'un des participants intervient : « Le premier ouvrage que j'ai connu de vous s'appelait* Histoire de l'œil. »
*Bataille l'interrompt : « Euh... cet ouvrage est un ouvrage anonyme. »
L'interviewer se défend aussitôt : « Oui, mais enfin, je crois avoir
rappelé que c'est par vous que je l'ai connu[5]. » Aussi Jean Piel évoque-
t-il l'amusement qu'inspirait à leur ami commun Georges Limbour
le « souci de respectabilité de Bataille, son côté fonctionnaire irré-
prochable[6] ».*

1. *OC I*, notes d'*Histoire de l'œil*, p. 644.
2. Nadeau, *Serviteur !*, Albin Michel, 2002, p. 100.
3. Leiris, *La Règle du jeu*, Bibl. de la Pléiade, p. 1273 ; Breton, *Œuvres
complètes*, Bibl. de la Pléiade, t. II, p. 1232.
4. Blanchot, « Le Récit et le Scandale » ; *Le Livre à venir*, Gallimard, 1959.
5. *Georges Bataille, une liberté souveraine*, Michel Surya éd., Farrago, 2000,
p. 106.
6. Jean Piel, *La Rencontre et la Différence*, Fayard, 1982, p. 132. Voir Georges
Limbour, « Bibliothécaire à Carpentras » (1963) ; *Le Carnaval et les Civilisés*,
L'Élocoquent, 1986, p. 67-74.

Vers le roman.

 L'ouverture de Bataille au roman est donc relativement tardive (il approche de la cinquantaine quand il écrit Histoire de rats*). Le premier tome des* Œuvres complètes, *qui rassemble tout ce qu'il a publié entre 1922 et 1940, contient des textes très divers, par leur ton, leur sujet, leur contexte ; il y a des articles, des manifestes, des tracts, des essais politiques, sociologiques, philosophiques : mais, dans ce large éventail, une double absence frappe, celle de l'érotisme, à la fois comme sujet de réflexion et comme thème d'inspiration (à l'exception, bien sûr, d'*Histoire de l'œil*), et celle des modes d'expression associés avec la littérature au sens restreint du mot : hostilité à la poésie, indifférence au roman contemporain. Et si, comme on l'a vu, Bataille a quand même parlé de* Voyage au bout de la nuit *et de* La Condition humaine, *les notes de lecture qu'il leur a consacrées ne sont pas celles d'un critique littéraire ; elles ne contiennent aucune réflexion sur le destin du roman ; ce sont d'abord celles d'un militant d'extrême gauche à qui la publication de ces livres donne l'occasion de souligner, dans un geste oppositionnel, les potentialités révolutionnaires d'une négativité qu'il qualifiera bientôt de « sans emploi ».*

 Cette décennie, à l'exception des mois au cours desquels il écrira Le Bleu du ciel, *a été marquée par une sorte d'anticyclone, une zone de hautes pressions qui, dans un contexte d'avant-gardes déjà assez méfiantes à l'égard du champ littéraire, l'a tenu à distance de tout ce qui pouvait laisser percevoir un relent de piété artistique. Cette méfiance doit sans doute quelque chose à la crise religieuse qui avait marqué son adolescence, comme s'il ne pouvait qu'être hérissé par les prétentions de la littérature à assumer l'héritage du monde religieux, comme si son caractère de suppléance était trop évident pour que la littérature puisse remplir de manière crédible le vide laissé par l'effondrement de l'édifice ecclésiastique. À la différence de Breton, Bataille ne s'invente pas une contre-tradition. S'il fallait lui trouver des Lautréamont, des Vaché, ce serait tout au mieux parmi les fous littéraires à la recherche desquels* Queneau *passait ses journées à la Bibliothèque nationale au temps de leur plus grande proximité qu'on aurait quelque chance de les rencontrer. Aussi ne le verra-t-on jamais au cours de ces années défendre une valeur culturelle reçue ou recevable (à l'exception conjoncturelle de* Céline *et de* Malraux *— et, chez les peintres, de* Van Gogh*). Il ne* *semble d'ailleurs pas que Bataille, même quand il vivait à Paris, ait jamais beaucoup fréquenté l'avant-garde, et il n'y a aucune raison pour ne pas le croire lorsqu'en 1951, dans « Le Surréalisme au jour le jour », il commence le récit de ses rapports avec les surréalistes en disant qu'il « pourrait bien ne pas différer de celui que j'aurais pu faire de ma " vie littéraire "[1] ».*

L'expérience de la psychanalyse, contemporaine de ces premiers contacts avec les milieux d'avant-garde, n'a fait que renforcer ses préventions. Il semble qu'à son occasion Bataille se soit interrogé sur le futur des pratiques artistiques. Il n'utilise pas le mot, mais il est clair que, à ses yeux, elle devait à plus ou moins court terme remettre en question le concept de sublimation lui-même ou du moins le fonctionnement des structures institutionnelles qui le régissent en grande partie. Pour une période de durée indéterminée, l'exercice littéraire bénéficiait encore d'un sursis, d'une rémission ; avec son « agitation de cobayes » il pouvait alimenter encore pendant quelque temps les travaux de psychanalyse appliquée. Mais, comme Bataille le dit dans sa réponse à Emmanuel Berl « que l'on grince des dents, comme des forçats, ou qu'on éclate de rire, comme des nègres, il faudra bien passer à un autre genre d'exercice. La réduction du refoulement et l'élimination relative du symbolisme ne sont évidemment pas favorables à une littérature d'esthètes décadents, entièrement privés même d'une possibilité de contact avec les basses couches sociales[2] ».

Il faudra s'interroger sur l'exception que constitue Le Bleu du ciel *au cours de cette période. Mais* Le Bleu du ciel *est sans lendemain. Pour que Bataille s'ouvre au récit, il faudra l'effondrement, contemporain de la déclaration de guerre, des projets de religion post-surréaliste dans lesquels une étrange exaltation l'avait entraîné à la fin des années 1930. Il a été suivi de peu par la rencontre de Maurice Blanchot dont les romans,* Thomas l'Obscur *et* Aminadab, *lui ont apporté la révélation de possibles narratifs insoupçonnés ; le récit disposait de ressources qui lui permettront de survivre à ce qu'il appellera, dans*

---

1. *OC VIII*, p. 170.
2. « Berl, Emmanuel. *Conformismes freudiens* », *Documents*, n° 5, deuxième année, 1930 ; *OC I*, p. 242. À la même époque, la chose littéraire inspire à Leiris un même sentiment d'obsolescence : « Politzer blâme à juste raison les écrivains qui se sont mis à la remorque des psychologues classiques, alors que le grand intérêt de l'activité littéraire consiste (selon lui) à fournir des matériaux pour les études psychologiques [...] » (*Journal*, mai 1929, Gallimard, 1992, p. 158).

l'Avant-propos du Bleu du ciel, *« la satiété des formes connues*[1] *».*
Bataille cite d'importants extraits du premier dans L'Expérience
intérieure *et du second dans* Le Coupable. *Dans la chronique qu'il*
tenait alors au Journal des débats, *Blanchot appelait de ses vœux*
un roman qui rompait avec le vraisemblable de convention auquel se
tenait frileusement une production française terrorisée par l'idée même
d'« écart » et s'interdisant de ce fait « toute volonté de création extrava-
gante[2] *» : peu d'épithètes conviennent mieux pour* Madame Edwarda
que Bataille a écrit quelques mois après cette rencontre.

    En 1949, alors qu'il prépare la publication de L'Abbé C.,
Bataille amorce dans Critique *une réflexion sur les possibilités du*
roman qu'il poursuivra dans plusieurs numéros et qu'il prolongera,
au cours des années suivantes, à l'occasion de la sortie de Molloy *de*
Beckett, du Vieil homme et la Mer *d'Hemingway, de* La Révo-
cation de l'édit de Nantes *de Klossowski, d'*Au moment voulu
et du Dernier Homme *de Blanchot*[3]. *Cette campagne coïncide avec*
un dégagement du paysage littéraire : quand La Mort dans l'âme,
le troisième tome des Chemins de la liberté, *sort en 1949, personne,*
à commencer par Sartre, ne croit plus au quatrième qui aurait dû
conclure et, surtout, justifier l'ensemble. Cet avortement du projet roma-
nesque sartrien sonne le glas du programme de la littérature engagée.
L'un des articles de Bataille commence par les lignes suivantes qui,
même si elles ne manquent pas d'une certaine comédie de candeur de la
part d'un écrivain dont le quatrième roman est sur le point de paraître,
n'en dénotent pas moins le sentiment de franchir un seuil : « Je me suis

---

    1. Bataille saluera la traduction de la *Confession du pécheur justifié* de James
Hogg comme particulièrement bien venue « en un temps où le genre du
roman semble s'épuiser » (« Un roman monstrueux », *Critique*, n° 37, juin
1949 ; *OC XI*, p. 496).
    2. « Le Jeune Roman », *Faux pas*, Gallimard, 1943, p. 218.
    3. Entre avril et juillet 1949, Bataille publie dans trois numéros consé-
cutifs de *Critique* : « Le Bonheur, l'Érotisme et la Littérature », *Critique*, n° 35
et 36, avril et mai 1949 ; « Un roman monstrueux », *Critique*, n° 37, juin 1949 ;
« La Souveraineté de la fête et le Roman américain », *Critique*, n° 39, août
1949 ; « Le Roman et la Folie », *Critique*, n° 39, juillet 1949 (*OC XI*, p. 434-460,
487-496, 519-525 et 526-528). Pour Beckett, « Le Silence de Molloy », n° 48,
mai 1951, p. 387-396 (*OC XII*, p. 85-94) ; pour Hemingway, « Hemingway
à la lumière de Hegel », n° 70, mars 1953, p. 195-210 (*OC XII*, p. 243-277) ;
pour Klossowski, « Hors des limites », n° 81, février 1944, p. 97-104 (*OC XII*,
p. 305-310) ; pour *Au moment voulu*, « Silence et littérature », n° 57, février 1952,
p. 99-104 (*OC XII*, p. 173-178), et pour *Le Dernier Homme*, « Ce monde où
nous mourons », n° 123-124, août-septembre 1957, p. 675-684 (*OC XII*,
p. 457-466).

souvent demandé ce que pouvait bien être un roman. *La plupart du temps, la question même, à peine posée, me semblait stupide : ne pouvais-je continuer de lire, peut-être même d'écrire des* romans, *sans savoir au juste le sens du mot ? Je n'étais nullement intrigué, mais il faut dire qu'une ignorance est parfois la chose du monde la plus difficile à préserver. Il en va de l'ignorance comme du repos… Il me semble finalement que d'avoir lu tous ces romans, d'avoir le projet d'en écrire, allait m'obliger à réfléchir attentivement. Le plus souvent, la réflexion attentive semble contraire à son objet, que, distrait, je sais bien appréhender ; mais qui m'échappe si je m'appesantis. Les choses ne vont pas mieux s'il s'agit du roman[1]… »*

La Cathédrale.

Les quelques lettres datant de la jeunesse de Bataille qui ont été retrouvées ne contiennent aucune révélation au sujet de ses lectures. Les drames réels (drames familiaux : maladie, folie, mort, hérédité ; drame collectif : la guerre de 14-18) ont de toute évidence éclipsé ceux que les fictions auraient pu lui proposer. Bataille n'a mentionné qu'un livre en rapport avec cette époque : le manuel de philosophie, relié en toile verte, dans lequel en 1917 il avait préparé en candidat libre les épreuves du baccalauréat[2]. Les premières de ces lettres datent de 1917-1918 ; elles sont adressées à un ecclésiastique de Saint-Flour, qui, depuis sa conversion au catholicisme, à Reims en août 1914, avait été son directeur de conscience. Cette conversion, pratiquement contemporaine de l'entrée en guerre, est un des épisodes marquants d'une longue période d'introspection au cours de laquelle Bataille se demandera s'il ne portait pas en lui les signes d'une éventuelle vocation monastique.

Son condisciple à l'École des chartes, André Masson, a donné dans une notice nécrologique un des rares portraits de ce Bataille adolescent. Leur rencontre a eu lieu à la rentrée scolaire de 1918 : « Il était entré à l'École des chartes, écrit Masson, parce qu'il s'était épris d'un Moyen Âge romantique qu'il avait découvert en visitant la cathédrale de Reims et en lisant La Chevalerie de Léon Gautier. Il avait préparé le concours d'entrée dans l'état d'esprit d'un chevalier la veille de l'"" adou-

---

1. « La Souveraineté de la fête et le Roman américain », *OC XI*, p. 519.
2. Notes de *Sur Nietzsche*, *OC VI*, p. 416.

*bement "[1] ». Masson mentionne aussi que Bataille, à peine arrivé à
Paris, lui avait communiqué* Notre-Dame de Rheims, *son premier
texte, qu'il avait lu à un rassemblement de la jeunesse catholique du
Cantal au cours de l'été et qui venait d'être imprimé à Saint-Flour.
Cette fervente méditation devant l'image de Reims en ruine et de sa
cathédrale incendiée est une exhortation à la piété qui se termine en
affirmant l'espoir dans un monde qui, selon son expression, ne laisserait pas prise « à la salissure de la mort[2] ». « Du plus mauvais
Huysmans », commente Masson.*

*Bon ou mauvais, et contrairement aux goûts qu'on serait tenté de
lui attribuer rétrospectivement, le Huysmans de Bataille, celui qui ressort de* Notre-Dame de Rheims, *n'avait encore, à ce qu'il semble,
rien de sulfureux ; ce n'était pas celui de des Esseintes et d'*À rebours
(rien ne laisse même transparaître la lecture de Là-bas*), mais d'abord
celui de* La Cathédrale, *peut-être d'*En route, *le Huysmans de la
tentation mystique et monacale de Durtal qui attend de l'art qu'après
l'avoir dégoûté de la vie il le réconcilie avec la religion, et du catholicisme
qu'il ressuscite la plénitude d'une vie ordonnée autour de la beauté
liturgique. Dans la même notice nécrologique, Masson mentionne un
troisième auteur : Remy de Gourmont, dont* Le Latin mystique,
*dit-il, était le livre de chevet de Bataille. Ici encore, Huysmans n'est
pas loin puisque la première édition de cette anthologie de poètes latins
tardifs (chrétiens), truffée d'hommages et d'emprunts aux goûts littéraires de des Esseintes, était préfacée par l'auteur d'*À rebours.

*Il n'est pas impossible non plus que Bataille ait lu Barrès, ne serait-
ce que celui des recueils comme* Du sang, de la volupté et de la
mort *et* Amori et Dolori sacrum, *avec leurs pages espagnoles dans
lesquelles une Église vieillissante reconvertit sa liturgie et ses sacrements
en autant de dispositifs à distiller les sensations les plus rares, transformant le renoncement lui-même en épice. L'un des textes recueillis
dans le premier de ces volumes, « Visite à Don Juan », a pour décor
l'église de la Caridad, à Séville, fondée (selon la légende) par Miguel
Mañara, le modèle du célèbre libertin, qui s'y est fait ensevelir à proximité des tableaux de vanités qu'il avait commandés à Valdés Leal,
et il n'est pas interdit d'imaginer que la lecture de ces pages ait laissé*

---

1. André Masson, « Georges Bataille », *Bibliothèque de l'École des chartes.
Revue d'érudition*, CXXII, 1964 (Nécrologie), p. 475.
   2. *OC* I, p. 615.

*des traces irrespectueuses dans la scène au cours de laquelle les trois comparses d'*Histoire de l'œil *se livrent sur les mêmes lieux à diverses extravagances profanatrices. Dans un autre registre, l'intérêt que Bataille manifeste très tôt pour les* Exercices spirituels *de saint Ignace de Loyola pourrait lui aussi devoir quelque chose à une lecture de Barrès qui leur fait tenir une place importante dans* Le Culte du moi. *Mais il serait absurde de vouloir être trop spécifique. C'est la culture fin de siècle dans son ensemble qui, à la jonction de la théologie mourante et de la psychiatrie naissante, s'était spécialisée dans les plus ou moins savants dosages d'amour sacré et d'amour profane, d'Éros et de Thanatos, d'alcôve et de confessionnal, faisant jouer, de l'élégiaque au grotesque, dans un espace indécidable d'attraction et de répulsion (de peur et de désir), toutes les nuances du faisandé, la gamme entière d'une nécrophilie dont Mario Praz a inventorié les poncifs dans son livre de 1930,* La Chair, la Mort et le Diable dans la littérature du XIXe siècle. Le Romantisme noir. *Qu'on pense à la nouvelle de Maupassant, « Les Tombales », ou à telle notation, de Barrès elle aussi, dans l'introduction à* Amori et Dolori sacrum : *« En Italie, les entremetteuses, dit-on, pour faire voir les jeunes filles dont elles disposent, les assoient sur les tombes dans les églises[1]. »*

Pendant combien de temps Bataille a-t-il communié dans ce néo-catholicisme ? Il notera dans un de ses carnets : « J'étais alors très religieux [...] et Huysmans me semblait dans le monde de la religion le seul qui ait avec mon sentiment quelque chose de commun. J'aimais Huysmans et je m'attachais à tout ce qu'il pensait[2]. » Mais si Bataille a commencé avec Huysmans, il a commencé là où Huysmans finissait. En ce sens, il a été, pourrait-on dire, un Huysmans à rebours. Si pour toute une génération ce dernier avait été le modèle de l'artiste converti,

---

1. Maurice Barrès, *Amori et Dolori sacrum*, Émile-Paul, 1916, p. 13. Autre trace de la lecture de Barrès : dans un carnet pour *Le Petit*, on lit ceci : « comme l'archevêque de Paris se promenant accompagné d'une amante dans ses jardins faisait par trois hommes armés de râteaux effacer à mesure la trace de ses pas — l'on est tenu de dissoudre en silence une phrase à peine formée » (*OC III*, p. 499-500 ; ainsi que la Notice du *Petit*, p. 1156), un écho de Barrès, citant Saint-Simon : « il [l'archevêque] voyait tous les jours de sa vie sa bonne amie, la duchesse de Lesdiguières, ou chez elle ou à Conflans, dont il avait fait un jardin délicieux et qu'il tenait si propre qu'*à mesure qu'ils s'y promenaient tous deux, des jardiniers les suivaient à distance pour effacer leurs pas avec des râteaux* » (Barrès, « Le Secret merveilleux », *Du sang, de la volupté et de la mort*, Plon, 1921, p. 101).

2. Carnet 14, BNF.

*Bataille sera celui de l'écrivain déconverti. Il a fait le trajet de Durtal
à l'envers : commençant avec* La Cathédrale *(Notre-Dame de
Rheims), il finit avec* Là-bas *(Le Procès de Gilles de Rais).
À la fin d'*En route, *quand Durtal quitte la Trappe, c'est rempli
d'appréhension pour la paix, celle de l'âme et des sens, qu'il abandonne
derrière lui. Au contraire, la lecture de Nietzsche va faire découvrir
à Bataille les vertiges de l'inapaisement, le laissant avide d'inquiétude,
de questions sans réponse.*

*Quelle qu'ait pu être pour lui l'importance de Huysmans, les réfé-
rences explicites à son œuvre sont rares sous sa plume et elles sont toutes
tardives. La première figure dans* L'Érotisme, *en 1957 : dans les
pages où il évoque les sabbats médiévaux, Bataille mentionne la messe
noire à laquelle Huysmans avait assisté au cours de la rédaction de*
Là-Bas, *mention suivie, quelques pages plus loin, par la reproduction
de la* Crucifixion de Grünewald, *le tableau du musée de Karlsruhe
(il se trouvait au musée de Kassel quand Huysmans l'a vu) qui est
l'objet du morceau de bravoure, putride à souhait, sur lequel s'ouvre
le roman. En 1959, dans* Le Procès de Gilles de Rais, *comme il
était d'ailleurs inimaginable qu'il ne le fasse pas, il se réfère de nouveau
à ce roman dont le protagoniste, Durtal, écrit un livre sur Gilles de
Rais.*

*Mais, s'il le cite, c'est pour s'en démarquer sur un point qui a son
importance.*

Mensonge romanesque.

Ce n'est peut-être pas tout à fait par hasard que, dans Ma mère,
*Hélène rapporte à Pierre qu'elle et Réa, lorsqu'elles parlent de lui entre
elles, l'appellent « notre chevalier de la Triste Figure*[1] *». À l'origine
de la formation intellectuelle de Bataille, comme Masson le suggère dans
sa notice nécrologique, il semble y avoir eu en effet une vision du monde
dans laquelle* La Chevalerie *de Léon Gautier a joué un rôle qu'on
pourrait comparer, toutes choses égales par ailleurs, à celui de l'*Ama-
dis de Gaule *dans la vocation chevaleresque de don* Quichotte. *Le
livre de Léon Gautier s'ouvre sur une longue épître-dédicace « à la
mémoire de Miguel Cervantès Saavedra, qui railla la chevalerie dans
ses livres et fut un vrai chevalier dans sa vie ». L'ouvrage est une réha-*

1. P. 784.

*bilitation des idéaux de la chevalerie dans une époque (le livre a paru
en 1883), celle des M. Homais, des épiciers ou pharmaciens de la
démocratie, qui consacre le triomphe historique de Sancho Pança.* La
Chevalerie *est un* anti-Don Quichotte. *Et l'auteur fait suivre
cette épître dédicatoire d'une préface dans laquelle il exhorte le lecteur
à se détourner du mercantilisme régnant : « Il y a plus d'une sorte de
chevalerie et les grands coups de lance ne sont pas de rigueur. À défaut
d'épée, nous avons la plume ; à défaut de plume, la parole ; à défaut de
parole, l'honneur de notre vie. L'auteur de* La Chevalerie *s'estimerait
heureux, s'il avait fait des chevaliers[1]. » Un fondu enchaîné permettrait
ici de passer sans coupure de cette exhortation de Gautier à la ferveur
qui a fait préparer à Bataille le concours des Chartes comme s'il
s'agissait d'une cérémonie d'adoubement. La fidélité à cet esprit sera
durable ; elle apparaît encore dans le sujet de thèse qu'il choisit trois ans
plus tard : une édition de* L'Ordre de Chevalerie, *l'une des chansons de geste que Gautier avait largement mises à contribution dans sa
reconstitution des étapes de la vie d'un chevalier. Les adoubements se
multiplient comme dans un palais des miroirs : ce poème, dans lequel
l'action se réduit à presque rien, se borne à décrire avec la précision d'un
catéchisme ou d'un mode d'emploi les étapes de la cérémonie au cours de
laquelle le jeune noble était fait chevalier.*

　　Le dernier éditeur en date de L'Ordre de Chevalerie *assure que
la thèse de Bataille n'a jamais été déposée[2]. Au moment de la soutenance, en février 1922, le jury avait pourtant exprimé le désir qu'elle
soit publiée. Mais un rapport négatif des lecteurs de la Société des
anciens textes français (S.A.T.F.) met fin à ce projet en novembre
1925. Ce que l'on sait de ce travail se réduit donc au sommaire de trois
pages qui a paru, avec les autres positions de thèses de la promotion
1922, dans l'annuaire de l'École des chartes. Il faudra attendre 1949
pour que dans « La Littérature française du Moyen Âge, la Morale
chevaleresque et la Passion », un long compte rendu de l'*Histoire de
la chevalerie *de Gustave Cohen, Bataille revienne sur ce corpus[3].
Le ton de l'article à son égard est très sévère, sans qu'on sache si c'est*

---

1. Léon Gautier, *La Chevalerie*, p. xix, reprint Puiseaux, Pardès, 1994.
2. Raoul de Hodenc, *Le Roman des Eles* ; *the Anonymous Ordene de chevalerie*,
Keith Busby éd., Amsterdam, John Benjamin Publishing Company, 1983,
p. 79.
3. *Critique*, n° 38, juillet 1949 ; *OC XI*, p. 502-518. Les citations qui suivent
figurent respectivement p. 503 et 514. En avril 1946, envisageant la recension

parce qu'il a changé d'opinion ou parce qu'il n'est plus tenu à la neutralité objective de la thèse. Il parle par exemple de « la tournure idéalisante, mensongère, prétentieusement vide » de cette littérature que « le Don Quichotte dénonça ». « La chevalerie, dit-il, ne proposa jamais au chevalier qu'un rêve dont la réalité le prévenait au même instant discrètement qu'il se détournerait s'il n'était pas niais. Qu'il s'agisse du chevalier pieux ou de l'aventureux, de l'errant, de l'amoureux passionné, nous ne sommes en présence que de fables destinées à nourrir une enfance rêveuse, ou un tardif enfantillage. »

Il reprendra des passages entiers de cet article dans les pages du Procès de Gilles de Rais dans lesquelles il critique l'interprétation du personnage proposée par Huysmans. Son Gilles de Rais, en effet, est tout sauf un esthète. Alors que dans *Là-Bas*, il était décrit, ainsi que Bataille le rappelle, comme « l'un des hommes les plus cultivés de son temps[1] ! » (Durtal voit en lui « le plus artiste et le plus exquis, le plus cruel et le plus scélérat des hommes », « le des Esseintes du XVe siècle[2] ! »), pour Bataille c'est une brute sauvagement et naïvement sanguinaire. Ce n'est pas une préfiguration de Sade, un précurseur de l'assassinat considéré comme un des beaux-arts ; c'est un attardé de la Germanie de Tacite. Loin d'être le premier des roués, il est le dernier des berserks nordiques. Bataille oppose à l'image du chevalier édulcorée par des siècles de littérature édifiante celle d'un guerrier germanique dont le caractère sacré, écrit-il, était « directement donné dans la violence des armes, qui ne diffère pas immédiatement de celle du meurtre ou de l'abattage des bêtes de boucherie[3] ». Nous sommes aux antipodes de des Esseintes. Très loin aussi, faut-il le dire, des chevaleresques gentilhommes que les romans courtois avaient donnés en modèle aux don Quichotte du Moyen Âge tardif et de la Renaissance.

C'est ici qu'on regrette que le manuscrit de la thèse de Bataille ait

---

dans *Critique* d'un ouvrage consacré à l'évolution du sentiment amoureux, Bataille écrivait déjà à Pierre Prévost : « Si je n'ai jamais rien écrit là-dessus, il s'agit d'une question que je connais pour avoir fait aux Chartes des études et même une thèse touchant l'histoire des sentiments courtois au Moyen Âge » (lettre à Pierre Prévost du 29 avril 1946, *Choix de lettres*, p. 302).

1. *Le Procès de Gilles de Rais*, OC X, p. 300.
2. Huysmans, *Là-bas*, chap. II et IV, Pierre Cogny éd., Garnier-Flammarion, p. 49 et 70.
3. « La Littérature française du Moyen Âge, la Morale chevaleresque et la Passion », OC XI, p. 507. Dans *Le Procès de Gilles de Rais*, Bataille appuie son portrait du guerrier germanique sur *Mythes et Dieux des Germains* de Dumézil (Ernest Leroux, 1939).

été perdu. Il serait intéressant en effet de savoir si elle se bornait à prolonger la vision d'un monde protégé contre les souillures de la mort sur laquelle, quatre ans plus tôt, il avait terminé Notre-Dame de Rheims *ou si, au contraire, quelque chose y annonçait déjà cette véhémente dénonciation du mensonge romantique qui, pendant quelque temps, à la suite de la lecture de Léon Gautier, avait fait rimer romanesque avec chevaleresque dans son esprit. Et il n'est peut-être pas interdit de projeter dans le « jeune et élégant seigneur » de* La Châtelaine Gentiane, *qui se retrouve, doublement victime de son inexpérience et de la « littérature chevaleresque », par « un froid de dix degrés » incapable de « se débarrasser de son équipement d'acier et même de descendre seul de cheval[1] », les hésitations et les craintes d'un Bataille qui, au seuil de sa métamorphose, est sur le point de se dépouiller de sa chrysalide et de rejeter, comme il le dit dans une des nombreuses notes autobiographiques qui parsèment ses carnets, « les limites de la religion et en même temps celles de [ses] études à l'École des chartes[2] ». Tout porte à penser que c'est au lendemain de sa soutenance de thèse (« presque au sortir de l'École ») que son intérêt pour le Moyen Âge a changé de couleur, qu'il est passé du Moyen Âge évangélisé de la littérature chevaleresque à un Moyen Âge primitif, païen et sanguinaire.*

Les références que Bataille fait au monde médiéval changent effectivement de tonalité. Dans « L'Apocalypse de Saint-Sever », sa deuxième contribution à Documents, *qui est aussi sa dernière prestation de chartiste, la gratuité sanguinaire des miniatures illustrant un manuscrit du XIe siècle — « le sang, la tête coupée, la mort violente et tous les jeux bouleversants des viscères vivants tranchés » — lui inspire un aparté qui lui-même n'est pas dénué d'une certaine gratuité : encore de nos jours, écrit-il, il est loisible « de constater l'optimisme physique et l'ardeur au travail qui caractérise les tueurs à l'abattoir et, en général, tous les professionnels de la boucherie[3] ». Il ne faut pas sous-estimer l'humour pervers de cette remarque, voisin dans sa veine de celui de Dalí donnant pour titre à un tableau que* Documents *allait reproduire deux numéros plus tard :* Le sang est plus doux que le miel. *Mais ce registre n'appartient pas en exclusivité au Moyen Âge.*

1. P. 929.
2. Carnet 14.
3. « L'Apocalypse de Saint Sever », *Documents*, n° 2, mai 1929 ; *OC I* respectivement p. 166 et 167.

Antérieurement même à Documents, *dans un autre travail professionnel, une étude de numismatique (c'est l'époque où il était affecté au cabinet des Médailles) consacrée à des monnaies anciennes de l'Hindoustan, l'intérêt de Bataille s'était détourné de ce qui était l'objet officiel de l'article pour s'attarder, non pas sur les pièces, mais sur les Grands Mogols qui les avaient fait frapper et c'est avec une complaisance affichée qu'il évoque le mélange « de bonne humeur, de brutalité et d'esprit », l'« effervescence », la « cruauté d'enfant » dont la vie de ces souverains offre le tableau. « Aucune incohérence ne manque à ce caractère », écrit-il à propos de l'un d'entre eux[1]. On retrouve cette note un peu partout. Dans « L'Amérique disparue », le même type d'excès extravagants, poussés jusqu'à l'autodestruction, fait de la ville de Mexico à la veille de l'arrivée des Espagnols « le plus ruisselant des abattoirs à hommes[2] ». C'est évidemment le même fil rouge sang qui a conduit Bataille à choisir pour premier pseudonyme, en 1927, pour W.-C., le nom de l'assassin Troppmann dont le crime avait défrayé la chronique des faits divers du temps de ses parents. La complexion sanguine associée avec le monde de la viande réapparaîtra encore, tardivement, dans* L'Abbé C., *avec le personnage d'Henri, le boucher, rival occasionnel de Charles auprès d'Éponine, et qui est, comme il se doit, « d'une santé, d'une brutalité évidentes[3] ».*

Mais le sang n'est pas la seule humeur dont le goût contribue à la subversion des valeurs chevaleresques. La fin de l'article de 1949, « Littérature française du Moyen Âge », déplace leur critique du terrain guerrier qui dominait dans la première partie au terrain érotique. Ici aussi, les remarques de Bataille sont extrêmement négatives. « L'amour-passion, écrit-il, ne pouvait être sincère que s'il se riait des formes romanesques[4]. » Cette exclusion réciproque du romanesque et de la passion physique (Bataille prend ici le contre-pied de la thèse que Denis de Rougemont avait développée dans L'Amour et l'Occident) *ne saurait évidemment pas être sous-estimée et la longue défiance de Bataille à l'endroit du roman ne lui est sans doute pas étrangère. Elle doit être liée au sentiment que le genre lui-même était condamné à la peinture d'un monde édulcoré, voué aux aquarelles à l'eau de rose de*

---

1. « Les Monnaies des Grands Mogols au cabinet des Médailles », *Aréthuse*, octobre 1926 ; *OC I*, p. 108, 115 et 116.
2. *Cahiers de la République des lettres, des sciences et des arts*, 1928 ; *OC I*, p. 157.
3. P. 653.
4. *OC XI*, p. 514.

la fiction. La rencontre de l'érotisme et de la fiction aura comme condition pour Bataille la création d'un espace qui accueille non pas, comme Barthes le disait, le romanesque sans le roman, mais à l'inverse un roman sans romanesque.

La valeur d'usage de Sade.

Même s'il n'est pas exclu que Bataille ait exploré la littérature dite de l'Enfer au moment de son entrée en fonction à la Bibliothèque nationale, en 1922, il fait remonter à 1926 sa lecture de Sade[1]. On ne sait pas en quoi cette culture sadienne a pu consister. Les textes imprimés, clandestins ou non, étaient rares, difficilement accessibles. Les mentions de Bataille lui-même ne sont pas d'un grand secours. Celles de Documents *ne se rapportent pas aux écrits de Sade mais à des anecdotes : Sade à l'asile de Charenton effeuillant des pétales de rose au-dessus d'une fosse à purin ; Sade quelques jours avant le 14 juillet ameutant la foule, de son cachot de la Bastille, en poussant des cris par le tuyau d'évacuation des ordures. C'est en 1926 aussi que Maurice Heine publie les* Historiettes, contes et fabliaux *et le* Dialogue entre un prêtre et un moribond, *les deux premiers inédits à paraître depuis la mort de Sade. Si l'on accepte la date donnée par Bataille, l'association de son nom avec celui de Sade s'est faite presque instantanément dans les milieux d'avant-garde puisque, dès juin 1926,* La Révolution surréaliste *publiait un récit de rêve dans lequel ils sont interchangeables : le rêveur (Marcel Noll) entend Bataille et il comprend Sade[2].*

C'est au moment de sa polémique avec Breton, dans des textes qui resteront inédits, en particulier « La Valeur d'usage de D.A.F. de Sade », que Bataille va faire passer au premier plan la référence à Sade. Dans le Manifeste *de 1924, Breton avait déclaré Sade « surréaliste dans le sadisme ». Le Sade de Bataille sera tout sauf « surréaliste » et encore moins qu'ailleurs dans le sadisme. La question, pour lui, se joue en effet sur le terrain d'un certain réalisme, non pas, bien sûr, qu'il*

---

1. Dans une notice autobiographique datant de 1958, les premières lectures dont il fasse état sont celles de Nietzsche (1923) et de Sade (1926), *OC VII*, p. 615.
2. Une jeune fille s'adresse à lui : « " Vous savez, Bataille (je comprends : Sade) ne se doutait pas que Justine… " Je n'écoute pas la fin de la phrase » (Marcel Noll, « Rêve », *La Révolution surréaliste*, juin 1926, n° 7, p. 7).

réclame pour les scènes décrites par les romans de Sade une valeur réfé-
rentielle ; le réalisme dont il s'agit n'est pas descriptif, mais performatif.
Nul ne doit pouvoir lire Sade innocemment, sans en payer le prix, sans
expier d'une manière ou d'une autre. Quelques années plus tard, dans
Le Bleu du ciel, un Troppmann fiévreux apostophe Xénie : « Ceux
qui admirent Sade sont des escrocs — entends-tu ? — des escrocs[1]... »
Bataille accuse les surréalistes de désactiver Sade en le réduisant à la
fiction, en le lisant sous le signe du « ce n'est pas vrai » ou, comme le
dit la théorie des actes de paroles, en traitant ses écrits comme autant
d'énoncés non sérieux, il les accuse de « prétendre que Sade a pris soin
le premier de situer le domaine qu'il a décrit en dehors et au-dessus de
toute réalité. Ils pourraient facilement affirmer que la valeur fulgurante
et suffocante qu'il a voulu donner à l'existence humaine est inconcevable
en dehors de la fiction, que seule la poésie, *exempte de toute appli-*
cation pratique, permet de disposer dans une certaine mesure de la
fulguration et de la suffocation sadique[2] ». Le culte de Sade devient
ainsi l'exemple par excellence de l'inconséquence surréaliste, un mot
qu'il faut entendre en son sens propre dans la mesure où c'est un culte
qui, précisément et littéralement, reste sans conséquence, sans effets. La
mode de Sade est le meilleur symptôme de la légèreté d'une avant-garde
qui professe une admiration sans savoir à quoi elle engage ou plutôt ne
le fait que parce qu'elle sait que rien de ce qu'elle dit n'engage qui que
ce soit à quoi que ce soit. Elle ne sait, dit Bataille, que « crier haro sur
ceux qui voudraient que la parole entraîne les actes[3] ».

Sade n'a pas eu la primeur de cet argument. Bataille l'avait inauguré quelques mois plus tôt avec Freud en répondant à Emmanuel
Berl qui s'était plaint de ce que la littérature récente soit envahie par
la psychanalyse. « Pourquoi, réplique Bataille, ne pas affirmer dans le
sens diamétralement opposé qu'il est très regrettable que ces gens [les
littérateurs visés par Berl qui, bien évidemment, sont les surréalistes]
n'aient pas encore pris l'habitude d'aller s'étendre en personne sur le
divan du psychanalyste et d'associer à la faveur de la pénombre. » Ce
qu'il faut dénoncer, c'est « l'abus qui est fait du freudisme par des gens
s'en réclamant parfois mais qui, tenant à échapper à ses conséquences,

---

1. P. 150.
2. « La Valeur d'usage de D.A.F. de Sade », *OC II*, p. 70.
3. « La " Vieille Taupe " et le Préfixe *sur* dans les mots *surhomme* et *surréa-*
lisme », *ibid.*, p. 104.

se réfugient dans l'inconscient le plus mystérieux[1] ». Trop de psychanalyse dit Berl, pas assez répond Bataille. Lire Freud sans se faire
psychanalyser, c'est aussi bien ne pas le lire, c'est reculer devant les
conséquences d'une lecture conséquente. Pour qu'un livre ait des conséquences, il faut en effet que sa lecture porte à conséquence, c'est-à-dire
qu'elle engendre autre chose et plus qu'une lecture, qu'une interprétation, plus même que de l'admiration, qui sont autant de mécanismes
de défense contre la dépense dans laquelle certains textes exigent
d'engager leur lecteur. En ce sens, les ténors de ce que Berl dénonce
comme un conformisme freudien ne sont en rien différents du névrosé
que Freud décrit « tout disposé à devenir partisan de la psychanalyse,
mais à la condition que l'analyse l'épargne, lui, personnellement[2] ».
De même que, selon la formule de Bataille dans l'article « Informe »
du « Dictionnaire critique » de Documents, au-delà de leur sens les
mots accomplissent une « besogne », de la même manière les textes, du
moins ceux qui sont forts, ont une valeur d'usage qui déborde leur
valeur d'échange, leur contenu sémantique. Leur lecture doit déclencher
un effet analytique, quelque chose comme une abréaction transférentielle
qui la charge d'une actualité irrécusable, celle d'une dépense actuelle, de
quelque nature qu'elle soit, d'une effervescence, d'une mise en jeu, mise
à nu ou mise à vif d'un désir ou d'un fantasme : c'est ce que Bataille
entend lorsqu'il parle de valeur d'usage.

   *Quelles sont ces « applications pratiques » de Sade auxquelles les
surréalistes résisteraient ? Que faire de Sade ? Bataille donne deux
types de réponses qui correspondent aux deux projets de publications
dans lesquels on le retrouve après le sabordement de* Documents :
*l'Almanach érotique, qu'il a essayé de faire paraître avec l'aide de
Pascal Pia, mais qui ne verra pas le jour, et* La Critique sociale, *la
revue de Boris Souvarine et des anciens du Cercle communiste démocratique. Une première catégorie de faits relève en effet, on s'en doute,
du registre sexuel ou, plus précisément, de ce que Bataille appelle la
sexualité indéfendable, soit une sexualité qui ne se laisse pas exploiter
par le principe de l'utile, par ce qu'à l'époque de « La Notion de
dépense », reprenant une expression du Freud d'Au-delà du principe*

---

   1. « Berl, Emmanuel, *Conformismes freudiens* », *Documents*, nᵒ 5, 2ᵉ année, 1930 ;
OC I, p. 240.
   2. Freud, *Introduction à la psychanalyse*, trad. Samuel Jankélévitch, Payot,
1961, p. 313.

de plaisir, *il appelle le « plaisir-conservation[1] ». Bataille, certainement, simplifiera les choses à son avantage quand, contrairement à ce que Breton avait craint, il se défendra d'avoir jamais eu le projet de le supplanter ou de le détrôner, de lui faire perdre la place dominante qu'il occupait depuis presque dix ans dans l'espace de l'avant-garde. Néanmoins, certaines de ses déclarations de l'époque sont difficilement compatibles avec les responsabilités idéologiques qu'une telle position aurait impliquées : « hormis les phantasmes mis en jeu dans l'aberration sexuelle, écrit-il, il n'existe plus* en fait *dans aucun domaine accessible rien dont l'image soit assez vive pour permettre à la pensée d'échapper aux représentations dévalorisantes de la raison[2] ». Il serait difficile de voir dans une déclaration de ce genre, qui décline d'avance toute prétention à exercer une autorité en dehors de son territoire spécifique, l'amorce d'un mouvement d'avant-garde qui se serait sérieusement proposé de supplanter le surréalisme. Beaucoup plus tard, dans des pages où il évoquera le projet de l'Almanach érotique, Bataille reviendra à cette restriction monoïdéique : « je n'ai jamais mis en avant, à cette date, que l'érotisme, ou ce qui relevait de la subversion érotique[3] ».*

Mais le concept de valeur d'usage renvoie aussi à tout un horizon politique qui est plus difficile à cerner. Suivant un chemin parallèle à celui qui avait conduit Breton et ses fidèles de La Révolution surréaliste *au* Surréalisme au service de la révolution, *Bataille, après la liquidation de* Documents *et après la tentative avortée de l'Almanach érotique, rejoint* La Critique sociale. *A-t-il jamais sérieusement cru à la possibilité d'une sorte de sadisme social ? Et que pourrait être un sadisme transposé à l'échelle collective, élevé à la puissance de la collectivité ? (Français, encore un effort si vous voulez être sadiens, sadistes... ou sadiques ?) L'expression elle-même est contradictoire. « La Valeur d'usage de D.A.F. de Sade » ne s'en termine pas moins par l'annonce d'une société post-révolutionnaire qui, à côté de son programme politique et économique, se devra de maintenir « une organisation antireligieuse et asociale » qui, dit Bataille, n'aura pas « d'autre conception de la morale que celle qu'a professée scandaleusement pour la première fois le marquis de Sade » : il lui reviendra d'organiser « la*

1. « Le Paradoxe de l'utilité absolue », *OC II*, p. 149.
2. « Je ne crois pas pouvoir... », *ibid.*, p. 133.
3. « La Publication d'" Un cadavre " (janvier 1930) », Georges Bataille – Michel Leiris, *Échanges et correspondances*, Louis Yvert éd., Gallimard, 2004, p. 74.

participation orgiaque aux différentes formes de la destruction[1] ». En avril *1936* encore, une des onze maximes du programme qu'il rédige pour Contre-Attaque spécifie dans la même veine : « Prendre sur soi la perversion et le crime non comme valeurs exclusives mais comme devant être intégrés dans la totalité humaine[2]. »

Il faut évidemment tenir compte de ce qu'il entre de provocation et de surenchère dans ces propositions (l'époque entière, Bataille le regrettera fréquemment par la suite, portait aux compensations verbales ceux qui vivaient dans un sentiment d'impuissance). D'ailleurs, d'autres propositions vont dans le sens inverse. Dans la note de lecture sur la Psychopathia sexualis *de Krafft-Ebing qu'il donne au numéro d'octobre 1931, sa première contribution à* La Critique sociale, *il dit ainsi que, même si certaines perversions peuvent trouver des débouchés occasionnels dans la révolution, il ne faut pas attendre de celle-ci qu'elle apporte une solution durable aux problèmes associés avec* « cette succession de recherches vicieuses démesurées et le plus souvent désespérées, visant toutes à une satisfaction qui s'oppose autant que la chose est possible, à tout ce que l'humanité possède de lois, de conventions et de tranquillité ». *Il ne faut donc pas attendre de la destruction d'un système social répressif qu'elle surmonte ce qui constitue* « une grave discorde opposant l'individu à la société[3] ».

Mais, au-delà de son sujet, c'est dans sa forme que cette intervention a quelque chose de pervers. Encore une fois, il s'agit de la première contribution de Bataille à La Critique sociale. *Et sans doute le fait de collaborer à cette revue, après* Aréthuse, *après* Documents, *constitue-t-il pour lui un changement de terrain. Il ne change pas de thème pour autant. S'il intervient dans un contexte marqué comme politique, c'est pour y importer le motif d'une sexualité qui, quelques numéros plus tard, dans* « La Notion de dépense », *s'élargira en dépense improductive. Il est probable en effet que la réédition de la traduction d'un traité de psychopathologie sexuelle publié en 1889, comme d'ailleurs la question des perversions sexuelles en tant que telles, ne devait pas se situer au premier rang des préoccupations d'une revue dont l'essentiel des sommaires était occupé par l'histoire du mouvement*

---

1. *OC II*, p. 68.
2. « Programme », *L'Apprenti sorcier*, Marina Galletti éd., Éditions de la Différence, 1999, p. 282.
3. « Krafft-Ebing (R. Von). *Psychopathia sexualis* », *OC I*, p. 275.

*ouvrier, la théorisation de la lutte des classes, la critique de la bureau-
cratie soviétique et divers souvenirs relatifs aux révolutions du XIXᵉ et
du XXᵉ siècle. De surcroît, on peut se demander pourquoi une revue qui
s'intitule* La Critique sociale *aurait en vocation d'ouvrir ses colonnes
à un article glorifiant les perversions sexuelles précisément parce qu'elles
ne sont pas solubles dans la critique sociale ? Cette première intervention de Bataille a tout d'une carte forcée, d'une volonté d'intimidation
sexuelle du politique. Elle a aussi quelque chose de volontairement
déplacé, de profondément intempestif, qui n'est pas sans évoquer la
manière dont, dans* Le Gai Savoir, *le personnage nietzschéen de
« L'Insensé » annonce la mort de Dieu sur la place publique à des
contemporains qui avaient cessé de croire à son existence depuis longtemps. Par ce caractère déplacé, elle annonce aussi l'incongruité agressive avec laquelle Troppmann, dans* Le Bleu du ciel, *impose à
Lazare la description des aspects les plus scabreux de sa vie sexuelle.
Plus largement, elle peut faire penser aussi au Kafka dont Bataille
dit dans* La Littérature et le Mal *qu'il « mena une lutte à mort
pour entrer dans la société paternelle avec la plénitude de ses droits, mais
n'aurait admis de réussir qu'à une condition, rester l'enfant irresponsable qu'il était*[1] ».

Pourquoi écrivez-vous ?

*Il n'est pas sans intérêt de remarquer à ce sujet que (si l'on néglige
la méchante note de lecture sur* Le Revolver à cheveux blancs *de
Breton qu'il a publiée dans* La Critique sociale *en 1933), des textes
que Bataille a écrits en réaction au* Second manifeste du surréalisme, *un seul a paru : « Le Lion châtré », sa contribution au pamphlet collectif* Un cadavre. *Le reste n'a pas quitté ses tiroirs ou ses
enveloppes. Pour la majorité, qui est restée à l'état de brouillon, la chose
se passe d'explications. Mais deux sont achevés, « La Valeur d'usage
de D.A.F. de Sade » et « La " Vieille Taupe " et le Préfixe sur dans
les mots* surhomme *et* surréalisme *». Le premier, on l'a vu, était
destiné à cet* Almanach érotique *qui n'a jamais vu le jour. Le
second, comme le texte lui-même le dit*[2], *à* Bifur, *une des revues
auxquelles, en même temps qu'à* Documents, *Breton s'en était pris*

---

1. *OC IX*, p. 277.
2. « La " Vieille Taupe " […] », *OC II*, p. 105.

dans le Second manifeste. Elle a eu huit numéros, qui ont paru
entre mai *1929* et juin *1931*. Le texte de Bataille n'étant pas daté, il
est difficile de dire s'il a été victime d'une censure (censure externe ou
autocensure) ou de la disparition de la revue : on pourrait imaginer,
entre autres, que son nouveau directeur, Paul Nizan, qui avait succédé
à Ribemont-Dessaignes (l'un des signataires du Cadavre), a fait opposition à sa publication au nom d'un communisme orthodoxe. Mais, de
quelque manière que les choses se soient passées, il est difficile, aujourd-
'hui, rétrospectivement, de considérer comme un simple accident le fait
que, par une étrange redondance, les textes dans lesquels Bataille avait
associé l'œuvre de Sade à un Noli me legere radical soient eux-mêmes
restés inédits.

Ces textes partagent d'ailleurs un autre caractère qui renforce
l'étrangeté du précédent. Il ne s'agit pas simplement de notes oubliées.
Tous ces textes ou presque ont une structure épistolaire. Il y a des
brouillons de lettres d'insultes à Breton. Quant à « La Valeur d'usage
de D.A.F. de Sade », elle est sous-titrée « Lettre ouverte à mes camarades actuels » : le texte, conformément au genre, est écrit à la première
personne et s'adresse à ses destinataires à la seconde. Le même dispositif
d'énonciation se retrouve dans un autre texte important de l'époque,
« Le Jésuve », l'une des versions du projet de « L'Œil pinéal[1] ».

« Pourquoi écrivez-vous ? » Bataille n'a jamais manifesté beaucoup
d'intérêt pour les questions de forme. L'autonomie formelle de l'œuvre
d'art, sa perfection objective n'ont jamais été pour lui des valeurs particulièrement motivantes. L'esthétisme n'est pas son fort : il ne cultive
pas le mot rare, l'adjectif recherché, la formule précieuse, l'ironie. Si ses
manuscrits sont souvent surchargés, ce n'est pas à cause d'un souci flau-
bertien (ou huysmanien) de la phrase, c'est toujours pour des considérations de justesse, à cause de la difficulté qu'il éprouve (et, sans doute,
qu'il y a) à formuler ce qu'il veut dire. Par ailleurs, il n'écrit pas pour
enseigner, convaincre, ou démontrer : ni professeur, ni avocat. Ce n'est
évidemment pas que le signifié ne compte pas. Il y a chez lui une passion

---

1. Dans *L'Expérience intérieure*, Bataille mentionnera qu'il avait rédigé, longtemps après sa publication dans *Littérature* en 1919, une réponse à l'enquête
de Breton : « Pourquoi écrivez-vous ? » « Ma " réponse " était de plusieurs
années postérieure, ne fut pas publiée, était absurde » (*OC V*, p. 83). Même
s'il ne précise pas la date, il est tentant d'identifier cette réponse avec ces
brouillons dans certains desquels Bataille, non content de reprendre la
question de Breton (l'un de ces textes commence par : « Les Raisons d'écrire
un livre… », *OC II*, p. 143), le prend lui-même à parti.

des idées. Philosophe ou non, Bataille est de toute évidence un penseur et il a toujours eu beaucoup de mal à prendre au sérieux ce qui lui semblait être le n'importe quoi de l'écriture automatique (« la liberté de l'association, qui détruit les liens, mais verbalement[1] »). Les jeux dits du signifiant eux non plus ne sont pas totalement absents (qu'on pense à l'équation digne de Roussel, « assiette »-« asseoir », sur laquelle démarre Histoire de l'œil, à la série de ses pseudonymes, au « Jésuve », voire au titre de L'Abbé C.). Mais la dimension majeure de ses textes est celle de l'énonciation, de l'illocution. En témoignent le ton de manifeste, voire le caractère de provocation ou de proclamation, de beaucoup de ses textes, ainsi que (sans parler de ce qui relève de l'épistolaire proprement dit) l'usage préférentiel de la première personne, des formes du discours sur celles du récit. Étant « consumation pour autrui », écrit-il dans La Part maudite, un potlatch n'a lieu « que dans la mesure où l'autre est modifié par la consumation[2] ». L'écriture est chez lui une performance soumise à l'éthique du potlatch. « Les raisons d'écrire un livre, dit-il au moment de la crise de 1929, peuvent être ramenées au désir de modifier les rapports qui existent entre un homme et ses semblables[3]. »

Or, pour le premier Bataille, cette modification joue à peu près exclusivement dans le sens du pire. Pourquoi écrivez-vous ? Dans la masse des pages inspirées par la polémique avec Breton, Bataille répète sur à peu près tous les tons que, s'il le fait, c'est pour se faire rejeter — pour se faire rejeter, par exemple, comme il le dit dans « La Valeur d'usage de D.A.F. de Sade », par « ses camarades actuels », ceux précisément auxquels ce texte est adressé ; s'il écrit, c'est pour satisfaire « l'aspiration prédominante (mais la plupart du temps inconsciente) qui pousse chaque individu agité à sortir du groupe homogène de ses semblables ou plutôt à se faire expulser, manifestement ou non, de ce groupe ». « Le simple projet d'écrire implique la volonté [...] de provoquer ses semblables pour être vomi par eux[4]. » Le problème est que ces paradoxes ne constituent pas des arguments éditoriaux très efficaces : jusqu'où un texte peut-il se vanter d'être illisible sans être impubliable ? Il a besoin d'un premier lecteur qui accepte de le faire suivre pour que

1. « Autour de L'Impossible », p. 587.
2. OC VII, p. 72.
3. « Les Raisons d'écrire un livre... », OC II, p. 143.
4. Bataille, « La Nécessité d'éblouir... », OC II, p. 140 et 141.

les suivants puissent exprimer leur répulsion et que la provocation rencontre un écho. Un texte ne doit pas produire trop tôt ses effets de rejet. Mais, quelle que soit l'issue, que le texte paraisse ou qu'il ne paraisse pas, cette position est condamnée à l'échec : ou bien l'auteur a été convaincant, efficace et le texte ne paraît pas — ou bien il paraît et il perd son sérieux : il a échoué à se faire refuser. La publication clandestine, qui est une publication soustraite aux règles de l'espace public, a été pour Bataille une sorte de solution de compromis entre ces exigences contradictoires, une sorte de part du feu qui lui a permis, à défaut d'en sortir, de survivre dans l'impasse où le plaçaient ces injonctions contradictoires d'ouverture et de fermeture.

Le « second » Bataille, celui d'après 1940, au lieu de s'obstiner à actualiser cette structure dans une série de gestes de provocation avortés, va en quelque sorte faire fond sur ses implications. Ce qui initialement avait pu sembler n'être que l'expression d'une pathologie personnelle va progressivement s'approfondir et dessiner la figure dominante d'une littérature moderne qui se définit d'une manière générale par cette ambivalence perverse, à vif, par les rapports contrariés qu'elle entretient avec son public, par ce que Freud appellerait un transfert négatif sur son destinataire. Bataille ici n'est pas aussi éloigné qu'on pourrait le penser du Sartre qui dans Qu'est-ce que la littérature ? *veut que la littérature moderne, depuis Baudelaire, Flaubert et Mallarmé, se définisse, plus que par le renouvellement des formes, par l'invention inépuisable et monotone de ce qu'on pourrait appeler des stratégies de réception négative. Le Paul Hilbert d'« Érostrate », qui avant de perpétrer son acte (très proche de l'acte surréaliste le plus simple du* Second manifeste *puisqu'il s'agit de vider le chargeur d'un revolver au hasard dans la foule), envoie aux littérateurs de son époque une lettre dans laquelle il leur dit non seulement sa haine et son mépris, qui vont de soi, mais la rage qu'il éprouve à l'idée que pour le faire il soit obligé de se salir à leurs mots, n'est pas simplement une caricature de l'écrivain d'avant-garde de 1930. À quelques détails d'époque près, et compte tenu d'un forçage du trait, ce portrait vaut pour l'écrivain moderne qui, comme le dit Sartre, écrit « contre tous ses lecteurs[1] » depuis 1848. Le schéma qui donne leur unité aux chapitres de* La Littérature et le Mal *n'est pas fondamentalement différent, à ceci près que Bataille reste profondément ambivalent à son sujet. Sans doute, dans le dernier essai du*

---

1. Sartre, *Qu'est-ce que la littérature ?*, Gallimard, coll. « Folio Essais », p. 124.

*recueil, condamne-t-il Genet avec une sévérité surprenante pour le refus
de la communication (le manquement à la loyauté qui serait essentielle
au jeu littéraire) qu'il perçoit au cœur de son inspiration. Son œuvre,
écrit-il, « a le sens d'une négation de ceux qui la lisent ». « Il n'y a pas
de communication entre Genet et ses lecteurs à travers son œuvre[1]. »
Mais il y a quelque chose d'inattendu dans l'hostilité sans nuances de
cet article et dans la manière dont Bataille y prend position de manière
unilatérale en faveur de la communication avec le lecteur. En général,
il est beaucoup plus ambivalent, oscillant de manière retorse ou indécidable entre le positif et le négatif, le pour et le contre, l'ouverture et la
fermeture, la communication et le refus de la communication. Et quand
il fait à peu de chose près la même remarque à propos de Sade dont
le langage lui aussi « désavoue la relation de celui qui parle avec ceux
auxquels il s'adresse[2] », il est partie prenante dans le paradoxe.
D'ailleurs, il parlera de lui-même dans les mêmes termes : « Je casse
à n'en plus pouvoir le lien qui me lie aux autres[3] » — et on pourrait
multiplier les formules dans lesquelles avec plus ou moins de nuances
Bataille assume pour son propre compte la dénégation du lecteur. D'une
certaine manière, en ce sens, l'énonciation littéraire part du paralogisme
pervers pour l'élever à une puissance qui le porte au-dessus du pathologique. S'il est vrai que la perversion se définit aussi par la demande
adressée à autrui de ne pas exister, par le besoin d'un partenaire pour
affirmer un désir qui le nie[4], la littérature ainsi définie réinscrit au plan
de l'énonciation sa structure, emblématisée par la récurrence du motif
nécrophilique, le besoin que l'objet du désir fasse le mort (ou, plus généralement, la morte), qu'il (ou plutôt elle) pousse la complicité jusqu'à
faire semblant d'être un cadavre, comme dans les phénomènes de mimétisme sur lequel Caillois écrira son article légendaire[5].*

« Le Bleu du ciel ».

*L'absence de textes littéraires (à l'exception, encore une fois,
d'Histoire de l'œil) est, nous l'avons dit, un des traits frappants du*

---

1. *La Littérature et le Mal*, *OC IX*, respectivement p. 300 et 301.
2. *L'Érotisme*, *OC X*, p. 188.
3. *Le Petit*, p. 351.
4. Lacan parle à propos de Sade de cette jouissance « précaire d'être suspendue dans l'Autre à un écho qu'elle ne suscite qu'à l'abolir à mesure »
(« Kant avec Sade », *Écrits*, Éd. du Seuil, p. 772).
5. « Mimétisme et psychasthénie légendaire », *Le Mythe et l'Homme*, 1938.

premier volume des Œuvres complètes. *Mais cette absence a quelque chose de trompeur. Elle tient au fait que Bataille n'a publié* Le Bleu du ciel *qu'en 1957. Mais il l'a écrit entre 1934 et 1935. Sa rédaction est sans doute la principale responsable de l'interruption de dix-huit mois qui sépare sa dernière contribution à* La Critique sociale *(et du dernier numéro de la revue) en mars 1934 et le manifeste de* Contre-Attaque *en octobre 1935.*

Il est très difficile, à la lecture des romans de Bataille, de ne pas reverser sur l'auteur la voix narrative du récit, voire le personnage du narrateur lui-même. La dimension autobiographique du Bleu du ciel ne doit pourtant pas faire perdre de vue une importante différence entre Bataille et Troppmann, une différence qui, même s'il y a beaucoup d'autres raisons à cela, peut jeter quelque lumière sur le fait malgré tout assez surprenant que Bataille soit si rapidement arrivé à oublier l'existence de son roman. Les événements qu'il rapporte sont censés se dérouler au cours de l'été et de l'automne 1934 et reflètent ou réfractent la phase de profonde dépression (Bataille parle de « tourments ») qu'il a traversée au cours de cette période intermédiaire. Comme on l'a vu, il n'est pas exclu que, parmi les raisons qui l'ont poussé à l'écrire, il faille compter, pour la seconde fois, les suggestions thérapeutiques du docteur Borel. Mais, s'il est probable que le Bataille immédiatement antérieur à sa rédaction, celui qui collaborait à La Critique sociale, s'est projeté au moins en partie dans le personnage de Troppmann, le Bataille qui la suit, celui de Contre-Attaque, en est beaucoup plus éloigné, au point qu'on pourrait être tenté de dire que tout s'est passé comme si Troppmann avait aidé Bataille à sortir de sa crise et que, le roman ayant produit ses effets thérapeutiques, celui-ci était passé à autre chose. Troppmann (« un riche Français », habitué de la Bourse et qui finance, sans que l'on sache vraiment pourquoi, une revue d'opposition communiste) rencontre Lazare dans les mêmes restaurants où Bataille devait rencontrer Simone Weil, mais il ne faut pas surinterpréter un effet de contiguïté dû simplement au fait que la Bourse se trouve à quelques pas du lieu qu'occupait la Bibliothèque nationale. Quoi qu'il en soit, le Troppmann qui traverse agité mais passif les convulsions politiques de l'année 1934, spectateur déprimé, privé d'initiative, qui n'essaye à aucun moment de convaincre qui que ce soit, lui-même compris, de quoi que ce soit, la belle âme dans toute son horreur, a peu de choses en commun avec le Bataille qui, quelques mois plus tard, condensant pour ainsi dire les personnages de Troppmann et de Lazare, remercie Cail-

lois de l'avoir arraché à son « *inertie assez désespérée* » et parle « *d'intervenir d'une façon qui peut être décisive* » dans le paysage politique et
idéologique français. Il est en train de mettre sur pied *Contre-Attaque*,
une entreprise à laquelle, avec Breton avec qui il est maintenant réconcilié, il va jusqu'à rêver de donner la forme d'un parti politique[1].

Mais *Le Bleu du ciel* n'a pas converti Bataille au roman : ce
n'est pas un de ces romans circulaires à la fin desquels le protagoniste
se transforme en narrateur. Après l'avoir écrit, Bataille se retrouve
plus éloigné du roman qu'il ne l'était avant. Et ce n'est pas *Le Bleu
du ciel* qui a préparé le terrain de son écriture romanesque, c'est au
contraire l'échec des divers projets de communauté auxquels sa rédaction
avait permis de prendre essor (les projets de *Contre-Attaque*, du Collège
de sociologie, d'*Acéphale*), projets qui tous relevaient, quelles que soient
les réserves que l'on doive faire sur l'emploi de ce mot, d'une inspiration
essentiellement politique. Quelle que soit la réussite du *Bleu du ciel*
(dans la production des années *1930*, il figure en bonne place à côté
de *Voyage au bout de la nuit*, de *La Condition humaine* et de
La Nausée), il n'a pas eu de suite, d'abord parce que, après l'avoir
fini (et en avoir presque aussitôt « *en quelque sorte oublié l'existence* »),
il faudra plusieurs années et des événements graves (le dernier étant la
déclaration de guerre en septembre *1939*) avant que Bataille ne songe
de nouveau à écrire un roman, mais aussi parce que l'écriture et l'inspiration des romans qu'il écrira alors seront foncièrement différentes. En
particulier, il ne laissera plus le cadre historique apparaître et intervenir
dans l'action de manière aussi voyante.

Bataille avait été particulièrement impressionné par la manière dont
Malraux était arrivé à faire coexister dans « *une seule convulsion* »
ce qui lie une vie simultanément « *à son obscur destin personnel et
aux événements qui décident du sort d'une ville*[2] ». Le Bleu du ciel
exploite de la même manière deux séries d'événements, individuels et
collectifs, et leurs interférences. Mais c'est le seul roman de Bataille qui
exploite cette conjoncture. Sans doute les événements de *La Haine de
la poésie* — ou plutôt d'*Histoire de rats* — sont-ils datés ; ils sont
contemporains en gros du temps réel de l'écriture du roman, c'est-à-dire
de la dernière année de l'Occupation, approximativement fin *1943*-

---

1. *Lettres à Roger Caillois (4 août 1935 - 4 février 1959)*, Jean-Pierre Le Bouler
éd., Éditions Folle Avoine, 1987, p. 41.
2. « Malraux, André. *La Condition humaine* », *La Critique sociale*, nº 10,
novembre 1933 ; *Œuvres complètes*, t. I, p. 372.

début 1944. Mais ce cadre historique n'intervient pas. Dans une entrée de son journal, le narrateur, Dianus, se souvient des excès auxquels il s'est livré avec A., sa maîtresse, et B., son ami jésuite, au cours d'une nuit récente, et de la conversation qui avait suivi leurs jeux érotiques. « Comique, note-t-il, qu'A. et B., étendus avec moi, ayons agité les plus lointaines questions politiques — la nuit, dans la détente qui suivit la satisfaction. » Mais il renonce à retranscrire les propos qu'ils ont échangés. « Rapportant ce dialogue ici, j'abandonnerais la poursuite du désir. » « Si je parlais de guerre, de torture… : comme la guerre, la torture, aujourd'hui, se situent en des points qu'a fixés le langage commun, je me détournerais de mon objet[1]. » Le roman érotique ne se propose pas de tout dire. Ce n'est pas un roman réaliste, et son narrateur n'est pas tenu de nous faire part de tout ce qu'il lui arrive. On pourrait même aller jusqu'à dire qu'il est expressément tenu de ne pas le faire. L'histoire est là (« la torture, aujourd'hui… »), mais en voix off, inscrite dans le récit comme l'ombre portée d'un objet hors-champ.

La même remarque vaut, à plus forte raison, pour L'Abbé C. Le cadre historique, essentiel au dénouement, intervient d'abord pour faire ressortir l'incommensurabilité des registres. Car, contrairement aux accusations des Lettres françaises *qui, au moment de la publication du livre, ont voulu intenter à Bataille un procès en diffamation pour avoir insulté la mémoire des martyrs (les typographes de Firmin-Didot ont même refusé d'imprimer le roman), L'Abbé C. n'est pas un roman sur la Résistance. L'inscription du récit dans une actualité historique récente, liée à des souvenirs douloureux et toujours à vif, répète en ce sens ce qui constitue l'un des gestes récurrents de Bataille, la volonté d'inscrire une expérience sexuelle déviante par définition ou par vocation dans un espace militant qui n'a pas de place pour elle. La note sur la* Psychopathia sexualis *avec laquelle Bataille avait inauguré sa collaboration à* La Critique sociale *en avait été le prototype. Bataille, pourrait-on dire, non content de mettre le politique à l'épreuve de l'érotique, le fait expressément pour exposer leur hétérogénéité. La logique du roman (comme ce qu'on sait des obsessions les plus anciennes de l'auteur) demande de penser que les faux aveux que Robert fait en pensant qu'ils lui éviteront la torture, l'attribution d'activités clandestines qu'ils n'ont jamais eues aux deux êtres qu'il aime le plus, ne relèvent pas purement et simplement de la lâcheté. Le vouloir-vivre,*

---

1. *L'Impossible*, p. 508.

l'espoir de prévenir la douleur physique ne sont tout au plus qu'une cause occasionnelle. C'est une abdication plus profonde, plus radicale qui lui fait donner son assentiment au vertige de l'abjection que la perspective de la souffrance a fait naître en lui et, au sortir de la salle de torture, c'est avec une ignoble intonation de victoire que, à l'agonie, il confesse à son compagnon de cellule : « je meurs déshonoré[1] ». Robert pourrait en effet reprendre à son compte la formule de la première partie du Bleu du ciel : « Je jouis aujourd'hui d'être un objet d'horreur, de dégoût, pour le seul être auquel je suis lié[2]. » Il s'agit, si l'on veut, d'un acte « gratuit », désintéressé (apathique), qui s'inscrit dans la tradition des Raskolnikov, Kirilov, Stavroguine et plus tard du Lafcadio de Gide et du Pablo Ibbieta de Sartre, mais aussi dans celle de cet autre Robert, le héros homonyme du roman de James Hogg, au sujet duquel Bataille a écrit, au moment même où il finissait la rédaction de L'Abbé C. : « C'est un monstre tout court, et l'on ne peut réduire à l'intérêt l'horreur qui le fait agir[3]. » Ce que Bataille a le plus fréquemment critiqué dans la vie du chrétien, et en particulier de celui qui a prononcé des vœux, c'est la manière dont elle est dominée par la recherche du salut, par une peur de la perte qui est d'abord peur de se perdre. Il parle ainsi de « l'avarice des chrétiens[4] ». Le souci du salut « donne à la vie ascétique (de quelque confession qu'elle relève), un je ne sais quoi de parcimonieux, de pauvre, de tristement discipliné[5] ». En cédant aux provocations érotiques d'Éponine, Robert s'est engagé sur la pente d'une prodigalité existentielle que sa trahison ne fera que pousser jusqu'à l'extrême limite de l'autosacrifice, jusqu'à la perdition corps et âme, jusqu'à l'impardonnable. « Le crime d'hier, dit-il, est venu de ce que, déjà, je vivais volontairement dans le crime[6]. »

L'au-delà du sérieux.

Pour que Bataille entre définitivement dans l'espace du roman, il aura fallu qu'une lente incubation finisse par inverser le signe de son

1. P. 714.
2. P. 121.
3. « Un roman monstrueux », *Critique*, n° 37, juin 1949 ; *OC* XI, p. 488.
4. Notes pour « Communisme et liberté », 1946 ; *OC* XI, p. 562.
5. « La Relation de l'expérience mystique à la sensualité », *Critique*, n° 60, mai 1952 ; *L'Érotisme, OC* X, p. 245.
6. P. 714.

rapport à la fiction[1]. *C'est dans ses commentaires de Sade que ce ren-*
versement apparaît de la manière la plus nette. En 1930, on l'a vu,
Bataille s'en prenait à ceux pour qui le monde de Sade était « inconce-
vable en dehors de la fiction ». En 1949, il écrit : « L'homme souve-
rain de Sade n'a pas de souveraineté réelle, c'est un personnage de
fiction, dont la pensée n'est limitée par nulle obligation[2]. » *Ou encore,*
toujours à propos de Sade : « Nous n'avons pas à rendre au monde de
la possibilité ce qu'une fiction lui permit seule de concevoir[3]. » *Et, en*
1955, lui qui avait fait de Sade la pièce maîtresse de ses attaques contre
l'idéologie poétique du surréalisme, il écrit à propos de la littérature
érotique, que « si Sade eut finalement des conséquences, elle portera
nécessairement à l'extrême une exigence de la littérature souvent réservée
à la poésie[4] ».

   Dans l'intervalle, Bataille aura renoncé aux fantasmes d'activisme
communautaire en même temps qu'il aura contourné l'alternative entre
action et fiction autour de laquelle, encore en 1938, « L'Apprenti
sorcier » était organisé. Ce texte, écrit dans le cadre du Collège de socio-
logie, est doublement intéressant. L'érotisme y occupe une place impor-
tante, mais c'est un érotisme sans ombre, ce qui est exceptionnel chez
Bataille. Toute trace de négativité a été effacée de sa description. La
rencontre des amants est évoquée en des termes qui rappellent les pages
de L'Amour fou *dans lesquelles Breton venait de saluer le film tiré*
du Peter Ibbetson *de George du Maurier. L'érotisme lui permet en*
effet de surmonter l'opposition du réel et de l'imaginaire : il est la preuve
qu'il existe au moins un terrain sur lequel il est possible de passer de
l'un à l'autre, de réaliser un rêve sans le trahir comme la politique
condamnait à le faire — ainsi que l'avait montré l'expérience récente
des avant-gardes. « L'apparition d'une femme, tout à coup, semble
appartenir au monde bouleversé du rêve ; mais la possession jette la
figure de rêve nue et noyée de plaisirs dans le monde étroitement réel
d'une chambre[5]. » *Cette communication, néanmoins, reste unilatérale.*
Les vases communiquent, mais à sens unique, sans retour amont.
Car si on peut sortir de l'imaginaire sans le trahir, l'essentiel reste

   1. « La Valeur d'usage de D. A. F. de Sade », *OC II*, p. 57.
   2. « Le Bonheur, l'Érotisme et la Littérature », *Critique*, nº 35, avril
1949 ; *OC XI*, p. 454 ; *L'Érotisme*, *OC X*, p. 173.
   3. *Ibid.*, p. 174.
   4. « Le Paradoxe de l'érotisme », *NNRF*, nº 29, mai 1955 ; *OC XII*, p. 323.
   5. « L'Apprenti sorcier », *NRF*, juillet 1938 ; *OC I*, p. 531-532.

*d'en sortir, de passer du « caractère illusoire de l'être aimé » au « monde
vrai des amants ».*

    *Au reste, dans « L'Apprenti sorcier », l'érotisme n'est qu'un
moment dans une dialectique plus vaste dont le dernier mot ne revient
ni aux amants ni à la fiction. La rencontre des amants n'y est, en fin
de compte, qu'une métaphore, au mieux une promesse : elle est proposée
en exemple à une autre communion, le véritable objet du texte, celle de
la communauté qui doit, sur son modèle, vérifier ses rêves, c'est-à-dire
les rendre vrais, en imprimant au noyau social, sur la place publique,
le sceau du mythe qui fera de lui une communauté sacrée. Mais, comme
pour Sade neuf ans plus tôt, l'essentiel reste ici que le mythe ne soit pas
contaminé par la fiction. « [Le mythe], écrit Bataille, serait fiction si
l'accord qu'un peuple manifeste dans l'agitation des fêtes ne faisait
pas de lui la réalité humaine vitale. Le mythe est peut-être fable mais
cette fable est placée à l'opposé de la fiction si on regarde le peuple qui
la danse, qui l'agit, et dont elle est la* vérité *vivante*[1]. »

    L'expression roman érotique *deviendra quasiment un pléonasme
pour Bataille. Il aura fallu pour cela que, à rebours de ces fantaisies
communautaires, la sexualité cesse d'être l'« opposé de la fiction » :
le domaine de l'érotisme (comme celui de la dépense) commence avec
le refus de choisir entre le rêve et la réalité, avec le refus aussi de réduire
la fiction au mensonge. Quel nom Bataille propose-t-il pour ce terme
qui échappe au binarisme de l'imaginaire et du réel ? « L'objet de
mon* désir, *écrit-il dans* La Haine de la poésie, *était en premier
lieu l'illusion et ne put être qu'en second lieu le vide de la désillusion*[2]. » *On sait à quel point le vocabulaire de Bataille est glissant, à
quel point dans son lexique les mots se consument, ne survivent jamais
longtemps à leur besogne, à leur usage. Philippe Sollers parle ainsi
de « l'emploi dérapant mais éveillé des mots (pervertis, c'est à-dire vivi-
fiés, enflammés*[3]) ». *Dans un texte tardif, « L'Au-delà du sérieux »,
Bataille essaie une autre expression, construite sur le modèle de*
Celui qui ne m'accompagnait pas, *le titre du récit de Blanchot. « J'appelle ce qui n'arrive pas », dit-il. Et il ajoute : « tant il est
vrai que* ce qui arrive *est l'insatiable désir de* ce qui n'arrive*

---

1. *Ibid.*, p. 535. Voir également Jean-Luc Nancy, *La Communauté désœuvrée*,
Christian Bourgois, 1986. Ire partie.
2. *L'Impossible*, p. 563.
3. Sollers, « De grandes irrégularités de langage », *Logiques*, p. 153.

pas[1] ». *À la différence du crescendo qui dans « L'Apprenti sorcier »
faisait passer du «caractère illusoire de l'être aimé » au « monde vrai
des amants », ces expressions évoquent non plus l'énergie conquérante
des pulsions de vie, mais l'évacuation déflationniste de la pulsion de
mort, l'exténuation des paradigmes : à l'«illusion » succède non plus
le monde vrai, mais le «vide de la désillusion », «ce qui arrive »
cède la place à « ce qui n'arrive pas », en attendant la réversibilité
de « ce qui arrive » et de « ce qui n'arrive pas[2] ». Au-delà de leur
lettre, ce qui compte dans ces expressions qui, par elles-mêmes, sont
déjà dénuées de la stabilité lexicale d'un substantif ou d'un adjectif,
c'est le tremblé, la vacillation sémantique supplémentaire qui leur vient
d'italiques ou de guillemets qui, en même temps qu'ils marquent l'excès
de l'énonciation sur l'énoncé, substituent la verticalité d'une échelle
d'intensités à l'horizontalité d'une opposition paradigmatique : car il
ne s'agit plus d'opposer, mais d'élever (ou d'abaisser)* ce qui arrive
à la puissance de ce qui n'arrive pas, *de faire en sorte que* ce
qui arrive *soit débordé par la non-présence de* ce qui n'arrive pas.
Comment décrire ce qui n'arrive pas ? *Bataille, qui n'a jamais été
à un mot près, lui a donné aussi, on le sait, le nom d'«impossible».
Selon le leitmotiv des articles qu'il lui consacre au moment de la sortie
de* L'Abbé C., *la fonction du roman sera, pour lui, de créer un espace
où* ce qui n'arrive pas *puisse se produire (et c'est la raison pour
laquelle le roman sera fondamentalement lié à l'érotisme) : « [...] à lire
des romans nous cherchons négligemment, proches de nous, des possibilités humaines plus perdues, — plus avancées vers une perte possible —
que nous ne pouvons être nous-mêmes[3] ». « L'ensemble des romans ne
conjugue-t-il pas la possibilité que le monde réel refuse[4] ? »*

On peut revenir pour conclure sur le tout premier projet romanesque
de Bataille, ce roman — à peu près dans le style de Marcel Proust —
que, dans une lettre à sa cousine, Marie-Louise Bataille, il dit avoir
commencé à écrire en 1922 au cours de son séjour à l'École des Hautes

---

1. « L'Au-delà du sérieux », *NNRF*, nº 26, février 1955 ; *OC XII*, p. 316,
319.
2. « *Ce qui arrive*, écrit-il dans le même texte, en quelque sens que cela
tombe, ne diffère plus de *ce qui n'arrive pas*. » Et, dans la préface de
Madame Edwarda, il parle « d'ouvrir les yeux, de voir en face *ce qui arrive, ce qui
est* » (p. 318).
3. « La Souveraineté de la fête et le Roman américain », *OC XI*, p. 522.
4. « Le Roman et la Folie », *Critique*, nº 39, août 1949 ; *OC XI*, p. 526.

Études hispaniques de Madrid[1]. Cette mention est la seule référence
connue à ce projet. Le Proust dont il invoque le modèle n'est évidemment pas celui du Temps retrouvé. Les volumes posthumes
n'avaient pas encore paru. Sodome et Gomorrhe II ne devait
paraître qu'après son retour d'Espagne. C'est le Proust des épiphanies,
ces instants dont Blanchot dira qu'ils attirent « le présent hors du présent[2] ». Si l'on en croit un souvenir de son séjour en Espagne qu'il note
dans L'Expérience intérieure, c'est même très précisément, dans
À l'ombre des jeunes filles en fleurs, la page dans laquelle, sur
la route d'Hudimesnil, des arbres adressent au protagoniste un message
que le mouvement de son véhicule ne lui donne pas le temps de déchiffrer.
Ce souvenir lui revient à l'occasion d'une association induite par un
moment similaire alors qu'il se trouvait sur la terrasse de sa maison
de Vézelay : « Je me rappelai, écrit Bataille, avoir connu une félicité
du même ordre avec beaucoup de netteté en voiture alors qu'il pleuvait et que les haies et les arbres, à peine couverts d'un feuillage ténu,
sortaient de la brume printanière et venaient lentement vers moi.
J'entrais en possession de chaque arbre mouillé et je ne le quittais que
tristement pour un autre. [...] Je me rappelle avoir fait le rapprochement de ma jouissance et de celles que décrivent les premiers volumes de
la Recherche du temps perdu[3]. » Mais ce n'est pas seulement pour
des raisons chronologiques, parce que la conclusion de la Recherche
n'avait pas paru en 1922, que le Proust qui fait naître en Bataille un
désir de roman n'est pas celui du Temps retrouvé. On sait que, dans
L'Expérience intérieure, quelques pages après avoir noté ce souvenir, Bataille donne la citation intégrale du long passage que cet épisode
occupe dans les Jeunes filles[4]. Elle est suivie de la question, qui n'en
est pas une : « L'absence de satisfaction n'est-elle pas plus profonde que
le sentiment de triomphe de la fin de l'œuvre[5] ? » Presque trente ans
plus tard, à un tournant décisif de L'Abbé C., Bataille esquisse, en
ouverture de chapitre, une brève théorie du roman qui pourrait s'intituler, pour emprunter un autre titre de Proust, « Impressions de route
en automobile ». « Mon absurdité imagina, dans ma défaillance, un
moyen de formuler exactement la difficulté que trouve la littérature. J'en

---

1. Voir n. 1, p. x.
2. « L'Expérience de Proust », *Le Livre à venir*, p. 26.
3. *L'Expérience intérieure*, *OC V*, p. 131-132.
4. *À la recherche du temps perdu*, Bibl. de la Pléiade, t. II, p. 76 et suiv.
5. *OC V*, p. 168.

imaginai l'objet, le bonheur parfait, comme une voiture qui foncerait sur la route. Je longerais d'abord cette voiture sur la gauche, à une vitesse de bolide, dans l'espoir de la doubler. Elle foncerait alors davantage et m'échapperait peu à peu, s'arrachant à moi de toute la force de son moteur. Précisément ce temps même où elle s'arracherait, me révélant mon impuissance à la doubler, puis à la suivre, est l'image de l'objet que poursuit l'écrivain : cet objet n'est le sien qu'à la condition, non d'être saisi, mais, à l'extrémité de l'effort, d'échapper aux termes d'une impossible tension[1]. »

DENIS HOLLIER.

---

1. *L'Abbé C.*, p. 646.

INTRODUCTION

> « Ne devez-vous pas vous hâter de
> prendre votre place dans la pléiade qui se
> produit à chaque époque ? »
>
> BALZAC. *Illusions perdues*

« Une conscience sans scandale est une conscience aliénée »,
écrivait Bataille en 1957 dans *La Littérature et le Mal*[1]. Réunir
aujourd'hui, pour la première fois, ses romans et récits en un
seul volume, c'est donner à ce scandale qu'ils veulent être une
nouvelle chance d'exercer toute sa force.

Force de libération, dont témoigne au mieux le mouvement
d'élargissement qui commande le premier récit érotique que
Bataille ait fait paraître, en 1928 (l'année où Aragon donne *Le
Con d'Irène*) : *Histoire de l'œil* commence dans la petite ville de X.,
sur une plage, puis dans une villa bourgeoise, mais, non sans
être passé par un asile à demi hanté, les personnages gagnent
l'Espagne : Madrid, Séville, l'Andalousie — enfin *le large*.

Force de désorientation aussi. Qu'on veuille bien se souvenir
que scandale, selon l'étymologie, signifie « piège » : la figure du
piège que tend l'érotisme est récurrente dans les textes qu'on va
lire ; en même temps que tel personnage de bonnes mœurs
(l'abbé Robert dans *L'Abbé C.*, Pierre dans *Ma mère*), c'est le
lecteur qu'il s'agit de faire trébucher et chuter. « J'écris, note
Bataille dans *L'Expérience intérieure*, pour qui, entrant dans mon
livre, y tomberait comme dans un trou, n'en sortirait plus[2] ».
Soit, mais cette chute au fond d'un trou est un saut, puisque le
piège du sexe fonctionne aussi comme un tremplin : ce « tremplin du plaisir » évoqué à la fois dans *L'Alleluiah* et dans un
roman inachevé, *Julie*[3]. Lire les romans et les récits de Bataille

---

1. *OC IX*, p. 312.
2. *OC V*, p. 135.
3. *OC V*, p. 416, et p. 445 de la présente édition.

— ses fictions, peut-on dire, puisque ce terme englobant est employé dans une première rédaction de *L'Histoire de l'érotisme*[1] —, c'est entrer dans ce dispositif fort singulier qu'est un piège-tremplin. D'autant plus singulier que le tremplin ne saurait mener vers un ciel, dans la mesure où Bataille se veut matérialiste, et même *bassement* matérialiste[2] : la chute fait sauter, mais le saut ne fait pas s'élever.

C'est donc une étrange manipulation de son lecteur, tout ensemble poussé vers le large, jeté à terre, lancé en l'air, qu'une fiction de Bataille. On comprend que l'auteur n'ait jamais tenu à en expliciter les ressorts. Si l'on écarte les bribes théoriques, au demeurant passionnantes, qui apparaissent ici et là dans ses articles, ou dans tel ou tel projet de préface, un seul texte chez lui forme une manière de théorie du récit un peu développée : l'Avant-propos du *Bleu du ciel*, qui paraît en 1957 ; la fiction s'y définit par ses fonctions : exprimer la « rage » et le « tourment » de l'auteur, révéler au lecteur « les possibilités de la vie », qui sont « *excessives* », en exerçant un « pouvoir de révélation », et en se faisant lire « parfois dans les transes[3] ».

L'excès, les transes : ces mots disent assez que Bataille place ses fictions sous le signe de l'intensité — celle-là même qu'il trouve, par exemple, dans *Les Hauts de Hurlevent* —, et qu'il demande à être lu dans la plus grande intensité. Un livre pour lui se définit comme un chemin de contagion[4] : non pas une méthode, mais une fièvre, voire une maladie, qu'il s'agit de faire partager. Une formule qu'on lit dans *Ma mère*[5] vaut pour l'ensemble des romans et récits de Bataille : chacun d'eux est « un don de fièvre ».

Quelles sont en effet les expériences que cette entreprise fictionnelle tente d'exprimer ? Au premier chef, la rage érotique, c'est-à-dire la sexualité retrouvant sa part d'animalité et de folie. Ou bien la « communication » entre les êtres, qui se dévoile dans l'amour et face à la mort. Ou encore, la « souveraineté », c'est-à-dire toutes ces conduites, ou plutôt tous ces états, toutes ces extases par lesquelles on est arraché au monde de l'utilité, de la productivité, bref de la servilité. Surtout, Bataille veut écrire « l'impossible », donner à lire l'impossible (c'est sous ce titre qu'en 1962 il republie, non sans modifier l'ordre des parties qui

---

1. *OC VIII*, p. 551.
2. Voir l'article que Bataille publie en 1930 dans *Documents*, « Le Bas Matérialisme et la Gnose », *OC I*, p. 220-226.
3. P. 111.
4. Voir *L'Expérience intérieure*, *OC V*, p. 111.
5. P. 816.

le composent, *La Haine de la poésie* paru en 1947). Qu'on n'aille pas s'imaginer que la chose puisse être définie ; quand Bataille s'y essaie, dans *Le Coupable*, en 1944, sa définition forme une non-définition : l'impossible, c'est « ce qui ne peut être *saisi* [...] d'aucune façon, que nous ne pouvons toucher sans nous dissoudre, qu'il est asservissant de nommer Dieu[1] ». Venant évacuer l'être et le nom de Dieu, et démasquer ce qu'ils dissimulent, l'impossible serait la catégorie de l'excès, et de l'au-delà, mais ne ressortissant plus à une transcendance verticale, et échappant à l'ordre des concepts et des catégories. Et par là même réclamant la littérature : celle-ci est présentée par Bataille, dans *L'Histoire de l'érotisme*, comme la « mise en jeu de caractères et de scènes relevant de l'*impossible*[2] ». Chacune des fictions qu'on va lire est donc définie par cette formule qu'on trouve dans *Histoire de l'œil* : « randonnée dans l'impossible[3] ».

L'impossible ne se définit pas, mais en un sens peu importe : il suffit que la littérature le mette en jeu. Sous quelle forme ? Bataille le dit un jour avec beaucoup de simplicité, en jouant sur un titre célèbre de Maurice Barrès : « mon discours s'adresse secrètement à tous puisqu'il parle de l'amour, du rang et de la mort[4] ». Trois intensités sont ici désignées. On notera que l'amour est substitué à la volupté... et que le *rang* (la lutte de prestige, la lutte pour la reconnaissance) remplace le *sang* : c'est que ce dernier ressortit à la mort, qui forme l'un des objets privilégiés des fictions de Bataille, l'une des dimensions capitales de toute son œuvre. Et pourtant, l'écrivain n'est pas dupe : « C'est bien entendu la *fumisterie* la plus profonde, que de parler de mort », note-t-il en 1952, par un mouvement de pensée qui apparaissait dès 1943 dans *L'Expérience intérieure* — « la mort est en un sens une imposture » —, et qui avait été repris en 1950 dans *L'Abbé C.*[5]. Aussi, tout autant que l'intensité de la mort, c'est l'intensité de la vie, affective, sexuelle, « l'intensité excédante du désir », que Bataille cherche à exprimer[6]. Intensité que connaissent non pas tous les personnages de ses fictions, mais ceux qui, pour reprendre un mot du prière d'insérer du *Bleu du*

1. *OC V*, p. 388.
2. *OC VIII*, p. 151.
3. P. 20.
4. *OC VIII*, p. 598.
5. *OC VIII*, p. 199 ; *OC V*, p. 83 ; *L'Abbé C.*, p. 681.
6. *OC V*, p. 578. Voir aussi Gilles Ernst, *Georges Bataille. Analyse du récit de mort*, PUF, 1993 ; Bernd Mattheus, *Georges Bataille, eine Thanatographie*, Munich, Matthes et Seitz, 3 vol., 1984-1988 ; Michel Surya, *Georges Bataille, la mort à l'œuvre*, Librairie Séguier, 1987 (rééd. augmentée Gallimard, 1992) ; Emmanuel Tibloux, « Georges Bataille, la vie à l'œuvre. "L'apéritif catégorique" ou comment rendre sensible l'intensité de la vie affective », *L'Infini*, n° 73, printemps 2001, p. 49-63.

ciel, ont l'audace d'être des *viveurs*[1]. La belle Réa le dit en leur nom dans *Ma mère* : « Nous aimons faire la vie[2] » — ni la subir, ni la passer : la faire.

Les « régions marécageuses du cul ».

La vie, le désir : les fictions de Bataille touchent toutes, avec plus ou moins d'insistance, à ce qui est nommé, à la fin du troisième chapitre d'*Histoire de l'œil*, les « régions marécageuses du cul[3] ». Dans ce qu'elle a de trouble et de troublant, l'expression a d'abord le mérite de suggérer les visions de la sexualité que Bataille écarte.

En 1955, dans un article qui porte sur *Histoire d'O* de Pauline Réage, Bataille souligne que ce roman a le mérite de montrer « l'inviabilité réelle — qui est cruelle et pourtant est merveilleuse — de toute la vie[4] », bref de se situer du côté de l'impossible : la vie inviable et invivable. Nul espoir chez Bataille de fonder la sexualité dans la très plate possibilité d'une nature équilibrée : rien de plus éloigné de son univers qu'un érotisme, par exemple, à la chinoise, naturel et harmonieux, où le coït répète le jeu universel entre le Yin (principe masculin) et le Yang (principe féminin).

Platitude de la nature. Mais les fictions de Bataille ne montrent pas non plus les fades plaisirs de la chair[5]. Le mérite de Sade, dont Bataille entend bien reprendre l'héritage, est d'avoir su distinguer, dans la sexualité, l'agrément (le plaisir) et la volupté : « à ses yeux la part de l'homme qui a franchi les bornes du possible[6] ». Le plaisir s'oppose à la volupté, ou encore au désir, et Dianus (Bataille) explique ce point décisif à sa Diane (Kotchoubey de Beauharnais) dans *L'Alleluiah. Catéchisme de Dianus* : « la recherche du plaisir est lâche. Elle poursuit l'apaisement : le désir au contraire est avide de ne jamais être assouvi ». C'est là un des principes qui organisent le système des personnages dans les fictions de Bataille : sont du côté du plaisir une Xénie (*Le Bleu du ciel*), ou une Hansi (*Ma mère*), du côté du désir, dans les mêmes romans, Dirty et Hélène.

Ainsi les romans et les récits de Bataille font-ils « la part de l'inassouvi[7] ». Il ne s'agit certes pas de ces livres qu'on ne lit « que d'une main », comme faisait dire Rousseau à une belle

---

1. Voir p. 310.
2. P. 790.
3. P. 15.
4. *OC XII*, p. 325.
5. Voir *Histoire de l'œil*, p. 28.
6. « Sade, 1740-1814 », *Critique*, novembre 1953 ; *OC XII*, p. 298.
7. *OC V*, respectivement p. 402 et 403.

Dame au premier livre des *Confessions*, livres qui s'épuisent dans le soulagement auquel ils conduisent. La part de l'inassouvi se dessine sous trois figures : celles de la fascination, de la souillure, de l'indistinction.

La fascination érotique implique ce qu'on doit nommer un culte du cul : c'est la seule expression adéquate. La scène est récurrente dans les fictions de Bataille, depuis Simone « exposant le cul devant [le] visage » du narrateur dès le deuxième chapitre d'*Histoire de l'œil*, en passant par Robert qui « ne leva la tête, les bras hauts, que devant un derrière nu », jusqu'à Réa, dans *Ma mère*, qui offre son derrière à la jeune virilité de Pierre, lequel, par ailleurs, caresse et embrasse les fesses de Hansi endormie, « défi au Dieu chaste[1] », avant de voir nues les fesses de sa mère, la belle Hélène (mais ce passage est biffé). En 1947, dans *L'Alleluiah*, Bataille rapportera ce culte à sa propre expérience (ce dont on pouvait se douter) : « Le derrière des filles apparaissait pour finir entouré d'un halo de lueur spectrale : je vivais devant cette lueur[2]. » Telle est la nouvelle lumière qui éclaire son univers.

Un tel culte forme néanmoins un *topos* du roman érotique au XVIIIᵉ siècle. L'un des ravissements de Bataille, quand il fut nommé à la Bibliothèque nationale en 1922, fut très certainement d'en explorer l'Enfer. A-t-il eu entre les mains la très célèbre *Histoire de dom B**** ? Gervaise de Latouche y peint l'émoi de Saturnin devant les « fesses divines », à la fois « adorables » et « adorées », de la belle Suzon[3]. Dans ces moments de culte, Bataille reprend une tradition propre au récit érotique, celle de la « mise en tableau du corps et de l'étreinte[4] ». Tout un récit (*Le Mort*) est même construit sur une succession de ce que le marquis de Sade nommait des « poses ». Nulle surprise dès lors si Bataille recourt à ces « techniques d'appel » que sont les illustrations, comme « à peu près deux sur trois » des livres érotiques du XVIIIᵉ siècle[5]. Dans les fictions de Bataille, la fascination inscrite est souvent redoublée par l'attrait qu'exercent des dessins ou des gravures d'interprétation, signés des plus grands artistes : André Masson (*Histoire de l'œil, Le Mort*), qui fut un temps le beau-frère et toute sa vie l'ami de Bataille, Jean Fautrier ou Hans Bellmer (*Madame Edwarda*), Pierre Klossowski (*Le Mort, L'Abbé C.*).

---

1. Respectivement p. 8, 37 et 833.
2. *OC* V, p. 413.
3. *Romanciers libertins du XVIIIᵉ siècle*, Bibl. de la Pléiade, t. I, p. 384-385.
4. Jean-Marie Goulemot, *Ces livres qu'on ne lit que d'une main*, Éditions Minerve, 1991 ; réédd. 1994, p. 127.
5. *Ibid.*, p. 136.

Bataille s'inscrit de bien des manières dans la tradition du
roman érotique du XVIIIe siècle : en concevant le texte pornographique comme un moyen d'entrer en littérature, en reprenant parfois un type de titre (*L'Abbé C.* sur le modèle du roman
de La Morlière, *Les Lauriers ecclésiastiques ou les campagnes de
l'abbé T...*), en utilisant le motif de la reine souillée (Dirty,
Madame Edwarda sont sur ce point les héritières des *Amours
de Charlot et Toinette*, donné pour paru en 1779[1]), en transformant
le sopha du roman de Crébillon fils en sofa de *Ma mère*, en faisant la part mince à l'analyse psychologique, en mêlant obscénité et « philosophie » — et sans doute pourrait-on prolonger
cette énumération rapide.

Cependant, dès *Histoire de l'œil* apparaissent les infléchisse-
ments que l'écrivain va imprimer à la tradition du récit érotique.
Il s'agit de le pousser à un extrême que seul, peut-être, Sade
a exploré. Prenons un motif central, celui du voyeurisme. À
la fois contre les yeux « éteints » de cette humanité lasse qui
entoure Dirty au début du *Bleu du ciel*, et contre les « yeux
châtrés » des honnêtes gens — ce que Pierre Nicole dans son
Traité de la comédie, en 1667, nommait l'« aveuglement salutaire »
recommandé aux bons chrétiens —, mais aussi contre les « yeux
pâles » de ce « visionnaire » qu'est le prêtre d'*Histoire de l'œil*,
Bataille veut se donner, et nous redonner, plus que des yeux
voyeurs : des « yeux [...] érectiles[2] ». Chez Bataille, le regard
bande et brûle : apogée de cette concupiscence des yeux dénoncée par les Pères de l'Église. Il est donc logique qu'un titre
comme *Histoire de l'œil* repose sur une confusion, autorisée par
une analogie de formes, entre l'œil et le sexe (testicules ou
anneau du vagin). Logique aussi que Bataille puisse écrire, dans
Ma mère : « les regards irrités de ma mère et les miens se possédèrent[3] ». Peu importe alors que dans ce roman l'inceste ait lieu
ou non : visuellement, tout est accompli.

Deux types d'histoires, dans le monde érotique de Bataille,
arrivent à l'œil : d'un côté, comme on vient de le dire, le regard
lui-même se sexualise ; et symétriquement, le sexe lui-même
se fait regard. En 1941, dans la page la plus célèbre de
Madame Edwarda, et peut-être de toutes ses fictions, Bataille
ose et impose un renversement du dispositif voyeuriste (déjà
esquissé, il est vrai, à la fin d'*Histoire de l'œil*), en écrivant : « les
" guenilles " d'Edwarda me regardaient, velues et roses[4] ». L'œil

1. Il s'agit en fait d'une fausse date pour 1789.
2. P. 28, 38 et 45.
3. P. 806.
4. P. 330.

était dans le sexe et regardait le client, l'amant, ou le lecteur. Dans cette nouvelle configuration de l'érotisme, il ne s'agit plus d'un sujet qui regarde un objet sexuel, qu'il s'agisse de fesses divines ou de « l'humidité pénétrable » d'un ventre, tel celui de Réa dans *Ma mère* ; mais d'un sexe qui regarde un sujet. La chose, nous dit *Histoire de l'œil*, ne va pas sans produire une « hypnose[1] ».

Pour accomplir la fascination, pour parfaire l'hypnose, il resterait à doter ce sexe *voyant* du langage. Diderot y avait songé dans *Les Bijoux indiscrets*, bijoux qui, dans *Les Fleurs du mal*, deviendront roses et noirs. Bataille cite cette métaphore baudelairienne au début d'*Histoire de l'œil* ; en 1943 c'est peut-être de Diderot qu'il se souvient, dans un court texte intitulé *Le Petit*. Le narrateur évoque son enfance : il est lui-même le petit qui parle. Mais il nous apprend que ce terme désigne aussi, dans les bordels, l'anus : si d'un côté le petit revient de l'enfance, de l'autre il n'a cessé de se tapir dans la fente du derrière. Dans *Le Petit*, le cul prend la parole : « c'est la voix la plus douce en moi qui s'écrie : je suis moi-même le " petit ", je n'ai de place que caché[2] ». La joaillerie se ternit : les bijoux sont souillés — cette voix « la plus douce » est aussi la plus sale.

Bataille en effet, autant que sous le signe de la fascination, place son érotisme sous le signe de la souillure. Il veut choquer, et il choque, par l'image du corps qu'il donne : non plus un corps fait à l'image de Dieu, non plus un corps sur son quant-à-soi et dans sa parade, non plus un corps narcissique et lisse, soigné et plein de santé, mais un corps qui se jette hors de la prison qu'il est pour lui-même et pour l'enragé qui l'habite. Par l'ivresse, le rire, les excrétions, les corps des personnages de Bataille, excédé de lui-même, sans cesse s'excède[3].

Comment faire perdre contenance au corps de ses personnages ? À cette question Bataille a répondu en le vouant à perdre ses contenus : le corps se liquéfie en émettant ses liquides — crachats, larmes, urine, foutre, sang, vomi. Si la miction est un plaisir, chez Bataille il est rare que le plaisir (féminin) aille sans miction. Qui plus est, tous ces liquides se mêlent : aussi bien dans l'orgie des jeunes gens au début d'*Histoire de l'œil* que dans l'orgasme du chauffeur de *Madame Edwarda* : « La crue qui l'inonda rejaillit dans ses larmes[4] ». Circulation des liquides qui autorise une transsubstantiation du sperme en larmes.

---

1. *Ma mère*, p. 794 ; *Histoire de l'œil*, p. 15.
2. P. 352.
3. Voir Denis Hollier, *La Prise de la Concorde*, Gallimard, 1974 ; réédition 1993, p. 149 et suiv.
4. P. 337.

Un tel corps, plus encore que celui de chair, mérite le nom de viande. Alors que dans le récit érotique du XVIIIe, sauf chez Sade, prévaut un interdit de l'organique, chez Bataille, qui toute sa vie sera fasciné par « l'image ouverte du supplicié » Fou-Tchou-Li qu'en 1925 lui avait donnée le docteur Borel[1], le sexe féminin est « chair baveuse et couleur de sang », mais aussi « plaie vive », cependant que l'éjaculation est « frisson gluant[2] ». L'exhibition de la fente féminine (dans *Madame Edwarda*, dans *Le Mort*) transforme la chair nue en viande crue : si le nu prend la pose, le cru la déjoue. Nul hasard si un boucher figure, dans *L'Abbé C.*, comme amant de la belle Éponine. Nul hasard non plus si *Madame Edwarda*, à en croire Sonia Orwell, compta, parmi ses admirateurs, le peintre Francis Bacon[3].

Corps liquéfié, corps viandeux : de plus, chez Bataille réapparaît « la condition animale des corps[4] », notre « bestialité » : c'est le mot qui désigne la verge que, saisissant le prêtre espagnol d'*Histoire de l'œil*, Simone enfourne dans sa bouche. Ce qui meut toute cette entreprise fictionnelle, c'est la rage érotique. L'expression a une histoire : on la trouve déjà chez Rétif de La Bretonne, dans *Monsieur Nicolas*[5], ou dans le célèbre récit érotique attribué à Musset, *Gamiani*. Mais Bataille en tire toutes les conséquences. Si rage il y a, alors c'est elle qui nous engendre : Hélène indique à son fils Pierre le secret de sa naissance, « la rage inhumaine dont tu viens[6] » ; enfantés dans un moment de rage, nous sommes à jamais des enfants enragés. Si rage il y a, alors désirer sexuellement, c'est, même dans une église, « lâcher les chiens[7] » ; dans *L'Abbé C.*, Éponine, Charles et Robert s'affrontent et se veulent, « dressés […] comme des chiens[8] » ; on n'en finirait pas d'énumérer les chiens désirants de Bataille ; et il est significatif que les derniers mots, ou presque, de *Ma mère* évoquent une « pine ruisselante de rage[9] ».

Le bestiaire anti-idéaliste de Bataille ne se limite pas aux chiens. On se doute que les porcs y tiennent une place de choix. Le prêtre d'*Histoire de l'œil* jouit en « criant comme un porc[10] » : point de jouissance sans un devenir-porc. Du coup notre généa-

---

1. *Les Larmes d'Éros*, OC X, p. 626-627.
2. Voir respectivement *Histoire de l'œil*, p. 34 ; *Madame Edwarda*, p. 331 ; et *Ma mère*, p. 774.
3. Voir la Notice de ce récit, p. 1124 et n. 4.
4. *L'Histoire de l'érotisme*, OC VIII, p. 58.
5. Bibl. de la Pléiade, t. I, p. 1043.
6. *Ma mère*, p. 799.
7. *Histoire de l'œil*, p. 37.
8. P. 634.
9. P. 852.
10. P. 41.

logie, une fois encore, est suspecte : le narrateur de *Ma mère*
ne se dira-t-il pas « né de l'accouplement du porc — et de la
truie[1] » ? La photographie la plus gaie de Bataille le montre
qui joue non pas avec de beaux livres, et pas non plus avec
des crânes, mais avec des porcs dans un champ boueux en
Auvergne. Ce n'est plus *Léon Bloy devant les cochons*, l'auteur précisant dans son *Journal* qu'il est « anticochon », mais Georges
Bataille *avec* les cochons, et déclarant par son sourire qu'il est
« procochon ». N'écrira-t-il pas dans un des poèmes de *L'Archangélique* : « mes yeux sont des cochons gras[2] » ? Le porc vaut
comme emblème de l'*obsédé*, et ce fut en lui reprochant de vouloir « faire partager ses obsessions » que Breton rejeta Bataille,
dans le *Second manifeste du surréalisme*, selon la vieille stratégie de
médicalisation qui avait en son temps fait ses preuves dans
le cas de Sade[3]. Mais pour Bataille, le porc représente surtout l'animal soumis à sa voracité pure, l'animal donc d'un
« sans délai » absolu, incapable de subordonner un moment à un
autre : ce par quoi, délivré du temps, il est, en un sens, souverain. Bataille a donc toutes les raisons de revendiquer le statut
d'écrivain cochon. La couverture du présent volume, plutôt
qu'au mouton ou à l'agneau, eût dû arracher sa peau au porc.

Laissons de côté les autres animaux de Bataille : coqs du désir
(*Histoire de l'œil*, *L'Abbé C.*), singes de la masturbation (« je me
saisissais comme un singe », *Ma mère*[4]), pieuvres du sexe féminin
(*Madame Edwarda*, *L'Impossible*, *Ma mère*[5]), rats-pénis de l'érection
(*Le Bleu du ciel*, *L'Impossible*)… Encore ces derniers conduisent-
ils, par leurs funèbres goûts alimentaires, à l'apogée de la stratégie de la souillure que Bataille met en œuvre. Quand le corps
humain cesse-t-il entièrement de s'appartenir pour se faire, radicalement, viande ? En devenant cadavre. Quand peut-on le
mieux le souiller ? Lorsqu'il est sans la défense de la vie. L'érotisme de Bataille trouve dans la nécrophilie son aboutissement.
Et en un sens la condition de son commencement : c'est seulement quand Marcelle est morte que le narrateur d'*Histoire de
l'œil* prend Simone : « je la baisai à côté du cadavre[6] ». La virginité ici ne se perd que grâce à la proximité d'un cadavre. *Le Bleu
du ciel* et surtout *Le Petit* iront plus loin encore, en inscrivant
ce motif de la nécrophilie dans une perspective familiale puis
autobiographique.

1. P. 773.
2. *OC III*, p. 87.
3. André Breton, *Œuvres complètes*, Bibl. de la Pléiade, t. I, p. 826.
4. P. 773.
5. Respectivement p. 330, 544 et 786.
6. P. 29.

« La propreté nous fait propriétaire de notre corps », notait un jour Jean Cayrol[1]. On l'aura compris : la souillure érotique, chez Bataille, fonctionne comme moyen de nous déposséder de notre corps *propre*. L'érotisme ne se réduit pas pour lui à une exhibition de la chair souillée : il implique aussi une expérience de l'indistinct.

Qu'est-ce en effet qu'une orgie ? Tirons une réponse d'*Histoire de l'œil* : « une débauche de chutes de corps, de jambes et de culs en l'air, de jupes mouillées et de foutre[2] ». Orgie : les corps gisent, amassés, âmes et personnalités sont absentées. Ce qui se découvre alors, et l'on atteint ici un thème fondamental dans la pensée ou dans l'expérience de Bataille, c'est la possibilité d'une indifférenciation des êtres : le véhicule de l'amour, écrit Bataille en 1931 dans *L'Anus solaire*, c'est la « confusion », au double sens de honte et de non-différence ; ce que l'amour véhicule, comprend-on à lire la *Méthode de méditation* parue en 1947, c'est un « *continuum* » ; si le secret de l'érotisme réside dans cette « continuité inintelligible, inconnaissable » à laquelle il fait accéder, dès lors la seule orgie accomplie est « l'orgie anonyme » évoquée, la même année 1947, dans *L'Alleluiah*[3]. L'érotisme véritable est sans visage — ou du moins, le visage postérieur qu'il adore ne permet pas l'exacte identification d'une femme. Sans visage : soit qu'il se dissimule, de là ces loups dont se masquent les héroïnes de Bataille, dans *Madame Edwarda*, dans *La Scissiparité*, dans *Ma mère*[4] ; soit qu'il se dissolve en se multipliant, de là ces glaces (dans *Madame Edwarda*, dans *Ma mère*) par lesquelles le coït s'ouvre à l'infini sans figure.

Bataille explore tous les chemins de l'indistinction érotique. Sur un plan anatomique, au mot « cul », dans *Histoire de l'œil*, il assigne un sens incertain : « le plus joli des noms du sexe », dit-il dès la première page, mais pour évoquer aussitôt les « fesses brûlantes[5] » de Simone. On peut voir là un effet de la lecture des *Trois essais sur la théorie de la sexualité* de Freud, traduits en français en 1925, et en particulier de la théorie cloacale qui y est attribuée aux enfants. On peut aussi rapprocher cette anatomie confuse du goût de Bataille pour l'enfantillage conscient[6] : le retour vers une obscénité puérile permet d'échapper à l'étouffement du sérieux adulte. De là le cri que lance au narrateur

1. *Il était une fois Jean Cayrol*, Éd. du Seuil, 1982, p. 98.
2. P. 10.
3. *OC I*, p. 82-83 ; *OC V*, p. 195 ; *L'Érotisme*, *OC X*, p. 29 ; *OC V*, p. 409.
4. Voir « Le Masque », *OC II*, p. 403-406 : « quand ce qui est humain est masqué, il n'y a plus rien de présent que l'animalité et la mort » (p. 403).
5. Édition de 1928, p. 51.
6. Voir *L'Expérience intérieure*, *OC V*, p. 57.

(Pierre) le personnage éponyme de *Madame Edwarda* : « Vite, fifi »… Cri où se font entendre à la fois ce qu'il y a d'enfantinement incestueux dans tout désir (si « fifi » dit *fils*), et ce qu'il y a de féminin dans le masculin (si « fifi » dit *fille*).

On touche alors à une deuxième forme de cette exploration de l'indistinct que permet l'expérience érotique. Elle conduit en effet à un devenir-femme du sujet[1], ou plutôt à une réversibilité du masculin et du féminin. Dans *Histoire de l'œil*, ce motif se dessine doublement. D'un côté, par le jeu amorcé sur le mot de « loup » : la blonde Marcelle prend la brune Simone « pour un loup » — de fait, c'est elle qui lui fait voir le loup, l'offrant aux désirs du narrateur, et l'initiant à l'érotisme ; dans la même veine, on ne s'étonnera pas de voir Madame Edwarda porter un « loup à barbe de dentelles[2] », masque, dans une seule et même expression, masculinisé puis féminisé. *Histoire de l'œil* montre un loup, mais aussi un taureau : dans la corrida qui y est racontée, le torero doit plonger son épée dans le corps de la bête ; il se trouve que l'inverse advient : une pointe (une corne) entre dans un œil (celui de Granero) ; de toute façon, c'était déjà la lutte de la « bête furieuse » et de la « cape rose[3] ».

On pourrait repérer comment ce subtil échange, ou mélange, des sexes, dans les fictions de Bataille, informe des thèmes apparemment mineurs (par exemple celui des voix, « voix hommasse » de la sous-maîtresse dans *Madame Edwarda*, ou petit filet de voix de l'abbé Robert dans *L'Abbé C.*). Comment il complique le sens de scènes célèbres : quand Madame Edwarda exhibe ses « guenilles », que montre-t-elle, au juste, puisque le mot, dans la langue érotique, signifie à la fois « prostituée » et… « testicules[4] ». Comment enfin il éclaire bien des choix majeurs, tel celui d'un pseudonyme : retenu pour *Madame Edwarda*, celui de Pierre Angélique assume le caractère indécidable du sexe des anges. Bataille ne nourrit donc pas seulement le désir de s'identifier à la jouissance féminine, désir énoncé explicitement dans *Le Petit* : « être une femme renversée, dévêtue, les yeux blancs ». Car ces yeux blancs des femmes, sur lesquels reviendra avec dilection un roman comme *Ma mère*[5], le lecteur des « Coïncidences » par quoi se termine la première version d'*Histoire de l'œil* sait qu'ils sont aussi ceux du père aveugle dans la miction : l'on comprend, soit dit en passant, pourquoi

---

1. Voir Bernard Sichère, « L'Écriture souveraine de Georges Bataille », *Tel Quel*, n° 93, automne 1982 (en particulier p. 64-65).
2. Respectivement p. 27 et 332.
3. P. 86.
4. Voir Pierre Guiraud, *Dictionnaire érotique*, 1978 ; rééd. Payot, 1993, *s. v.*
5. Respectivement p. 351, 814 et 839.

jouissance et miction vont de pair chez Simone, l'on saisit surtout que si le masculin désire être féminin, le féminin, dans son
plaisir, reconduit au masculin.

Même si dans certains textes — par exemple dans l'article
intitulé « L'Apprenti sorcier[1] » —, c'est de « l'homme entier » et
de sa virilité que Bataille se soucie (comme Leiris dans *L'Afrique
fantôme*), le fantasme de confusion des sexes semble bien appartenir au plus profond de son être. Une page de *L'Impossible*
l'atteste, où la belle E. demande au narrateur s'il veut faire
l'amour : « comme un saint Georges armé, […] elle se rua sur
moi […][2] » ; voici que saint Georges est femme, et quel est le
prénom de Bataille ? Il reste que cette femme porte lance…

Laissons ces régions obscures[3]. La troisième forme de l'indistinction que met en jeu l'érotisme n'est pas la moindre : il
s'agit de l'interpénétration du corps et du cosmos. Dans les
fictions de Bataille, tout est rage et outrage, mais aussi orage. Un
personnage est un climat : Simone se définit par « l'orage représenté par l'impudeur de son cul[4] », Hélène, dans *Ma mère*, est
constamment associée à l'orage et donc à la foudre. Rien là que
d'explicable, dans le monde de Bataille, et *L'Alleluiah*, une fois
de plus, est assez explicite : « La foudre à l'odeur fauve et les
pluies d'orage sont les compagnons d'angoisse de l'obscénité[5]. »
Mais on voit la réversibilité qui s'organise : l'orgasme est l'orage
de l'homme, comme l'orage est l'orgasme de la nature. L'érotisme chez Bataille est cosmique : l'anus y est solaire, Simone
« se branl[e] avec la terre », du sexe de Madame Edwarda, espèce
de coquille marine d'une Vénus d'un nouveau genre, coule un
« flot de volupté[6] », cependant que dans *Le Bleu du ciel*, l'union
de Troppmann et Dirty au-dessus d'un cimetière illuminé leur
fait voir, à leurs pieds, le ciel étoilé : le sexe peut renverser le
monde. Aussi bien, les étoiles ne sauraient être en reste, puisque,
dans la première édition de *L'Alleluiah*, cette belle injonction
est adressée à la destinatrice du texte : « ouvre les jambes aux
étoiles[7] ».

La puissance de l'érotisme va jusqu'à mettre en branle le

---

1. *NRF*, juillet 1938.
2. P. 549.
3. Non sans citer Laurence Bataille, la première fille de l'écrivain, qui, dans
L'Ombilic du rêve, analyse un rêve où elle se représente son père en roitelet : « Je ne
l'avais peut-être pas rangé du côté femme, mais en tout cas pas du côté homme » ;
et un peu plus loin : « Comment avait-il pu laisser les femmes porter la culotte ? »
(Éd. du Seuil, 1987, p. 56).
4. P. 72.
5. *OC V*, p. 400.
6. Respectivement p. 7 et 338.
7. *OC V*, p. 575.

langage. L'érotisme, Bataille prend soin de le noter, est « la sexualité d'un être doué de langage[1] » : dans une fiction érotique la langue elle aussi entre dans l'orgie, au point d'en perdre sa propriété — le pouvoir de distinguer des sens. Ou plus précisément : les mots du texte érotique voient ici et là leurs sens s'effacer derrière ce que, dans le bref mais capital article intitulé « Informe », Bataille nomme leurs « besognes[2] ». Le sens est lié à une forme (au sens de l'*eidos* platonicien : une essence stable) ; la besogne à une force. Là où le sens d'un mot dit une idée, sa besogne produit un effet — et volontiers de nature érotique, si on se laisse guider par le halo de sens du mot de *besogne*, qui forme lui-même un exemple de la théorie qu'il sert à expliciter[3]. Donnons quelques exemples de ce jeu qui maintient dans une alerte intense l'œil et l'esprit du lecteur. Simone et le narrateur d'*Histoire de l'œil* voient « s'ébranler » la fenêtre de la chambre de Marcelle ; soudain, tableau : elle dans ce cadre, et Simone en face d'elle, « se branlaient avec un geste court et brusque[4] ». L'écho des deux verbes implique que le sens strict du premier soit débordé par sa besogne : participer à l'atmosphère érotique, qui ne laisse même pas les fenêtres à leur paix. Le début de *Madame Edwarda* besogne à plein, conjoignant l'abrupt, l'érection, l'intromission : « Mon entrée en matière est dure [...]. Je continue... plus dur... » Ailleurs, c'est l'incertitude d'un renvoi pronominal que Bataille exploite : « Edwarda attendait sous la porte, au milieu de l'arche. Elle était noire, entièrement, simple, angoissante comme un trou[5] ». *Elle* : la femme, la porte, ou l'arche ? Si l'on s'oriente vers *L'Abbé C.*, sans revenir sur les chiens « dressés », on notera que tout y tourne autour d'une énigmatique *charade* : or n'est-ce pas l'une des désignations de l'acte sexuel[6] ? Prenons un dernier exemple dans *Ma mère*, où une curieuse analogie mérite l'intérêt : « un homme amoureux, quand la fille va céder, ressemble aussitôt qu'il le sait à la ménagère qui regarde comme un trésor le lapin qu'elle va tuer[7] ». Passons sur l'échange des sexes (l'homme en ménagère, la fille en lapin) ; et devinons que le mot *lapin* laisse pointer les oreilles d'un autre terme, qui serait son féminin tout en disant le masculin.

---

1. *L'Érotisme*, OC X, p. 251.
2. *Documents*, décembre 1929 ; OC I, p. 217.
3. Voir D. Hollier, *La Prise de la Concorde*, p. 63-64.
4. P. 18-19.
5. Respectivement p. 329 et 333.
6. P. Guiraud, *Dictionnaire érotique, s. v.* « Vous m'avez révélé le mot de la charade », dit Fanny qui vient d'être déflorée, dans *Gamiani*, attribué à Musset.
7. P. 819.

La nouvelle arche.

Tel est l'aboutissement de la besogne érotique : une sexualisation universelle, tant du cosmos que du logos. Résultat
vertigineux : on l'a dit, l'érotisme est un piège. Mais on l'a
entrevu aussi, au détour d'une ligne de *Madame Edwarda* : le
piège est une porte. Il faut distinguer, dans le monde de Bataille,
les femmes porte-sexe, et celles dont les sexes sont des portes.
Voici, au début de *La Scissiparité*, une « jolie putain, élégante,
nue et triste dans sa gaieté de petit porc » ; elle n'est ni une
femme de bon devoir, ni une « sainte » paradoxale, mais simplement un personnage « porte-fesses[1] ». En revanche, le sexe
de Madame Edwarda se confond avec l'arche d'une nouvelle
alliance, comme, dans *Ma mère*, la « porte dorée » du ventre de
Hansi, ce « bel ange roux[2] » de la corruption. Sur quoi ouvre
cette porte ? On l'a dit : sur l'impossible. On pourrait préciser sans rien éclairer vraiment : elle jette « dans un au-delà
noir[3] ».

Une « arche » qui ouvre sur un « au-delà », objet d'une
« vision lointaine » (selon l'Avant-propos du *Bleu du ciel*) : chez
Bataille, comme dans tout discours d'apprentissage ou d'initiation, les différents moments de l'expérience sont spatialisés.
Mais l'important est que l'érotisme ordonné selon cette topique
implique un sacré d'un nouveau genre. Le texte érotique est un
sacrifice, au sens étymologique du terme : il produit du sacré.
L'acte érotique met en jeu un boucher, ou un bourreau, et une
victime, un couteau et un corps (ou plusieurs), mais la femme
qui ouvre sa plaie est aussi la prêtresse qui préside au sacrifice, voire la divinité au nom de laquelle il s'accomplit. Bataille
a médité avec Ignace de Loyola le Nouveau Testament : les
plaies du Christ, à la fois Dieu et victime, deviennent celles de
Madame Edwarda, de Hansi, de Loulou[4]. Bataille a lu Mauss
(« Essai sur le sacrifice ») : il sait que dans un sacrifice c'est toujours le dieu qui, à travers la victime, est mis à mort. Blanchot
a lu Bataille, et la définition du récit qu'il donne dans *Le Livre à
venir* — le récit « est aux prises avec ce qui ne peut être constaté,
ce qui ne peut faire l'objet d'un constat ou d'un compte
rendu » — convient parfaitement aux fictions érotiques de ce
dernier, dont sans doute elle s'inspire : dans ces fictions le
sacrifice est l'événement obscur vers lequel le récit s'oriente et

---

1. Nous reprenons ici la tripartition proposée par Sarane Alexandrian dans
« Bataille et l'amour noir », *Les Libérateurs de l'amour*, Éd. du Seuil, 1977.
2. P. 839 et 848.
3. *Madame Edwarda*, p. 335.
4. P. 331 et 844.

pour lequel en même temps il se constitue en espace d'avènement, d'aimantation et d'attraction[1].

À dire vrai, cette règle du texte érotique (être aimanté par un
sacrifice) ne forme pas, aux yeux de Bataille, une spécificité :
pour lui, c'est toute la littérature qui « ne fait que prolonger le
jeu des religions, dont elle est l'héritière essentielle » : et de la
religion, la littérature « a surtout reçu le sacrifice en héritage[2] ».
Dans la tragédie, dans le roman, ce qui compte, c'est que le
héros aille vers sa perte. La perte de soi dans la fiction érotique
ne constitue rien de plus qu'un cas particulier. Peu importe le
genre littéraire, pourvu que l'intensité soit préservée. Et quoi
de plus intense qu'un sacrifice ?

Et pourtant : quoi de plus fragile qu'une littérature fondée
sur le sacrifice ?

La figure de Bataille dans notre culture, ou face à elle, est
celle d'un grand transgresseur. Ses fictions ont longtemps choqué par le mélange d'érotisme ou de pornographie, affichés, et
de religion, blasphémée — chez Bataille l'apostrophe « ô Dieu »
doit toujours s'entendre comme l'adjectif « odieux[3] ». Ce
mélange est constitutif : Bataille a lui-même insisté sur le fait
qu'il a maintenu « sous des formes inattendues » toute son expérience religieuse du catholicisme[4]. Michel Foucault en 1963
définira la transgression chez Bataille comme « une profanation
dans un monde qui ne reconnaît plus de sens positif au sacré »,
un franchissement qui ne peut se séparer de la limite, qu'il nie
tout en la posant sur le mode de « l'affirmation non positive » :
à l'instar de l'éclair qui « donne un être dense et noir » à la nuit
qu'il conteste[5].

Aussi Bataille conserve-t-il les notions d'interdit, de péché,
ou de honte. Il est absolument besoin de l'interdiction pour que
le désir existe au-delà du plaisir, comme on lit dans la préface
de *Madame Edwarda* en 1956, ou dans *L'Alleluiah* : « Tu es dans
le pouvoir du désir écartant les jambes, exhibant tes parties
sales. Cesserais-tu d'éprouver cette position comme interdite,
aussitôt le désir mourrait, avec lui la possibilité du plaisir[6]. »
L'érotisme peut bien alors être défini par Bataille, dans son
article sur *Roberte ce soir* de Pierre Klossowski, comme « l'expé-

1. Voir, dans *Le Livre à venir*, Gallimard, 1959, rééd. « Folio Essais », 2001, « Le
Journal intime et le Récit », p. 253, et « Le Chant des Sirènes », p. 14.
2. *L'Histoire de l'érotisme*, *OC VIII*, p. 92.
3. Voir par exemple *L'Expérience intérieure*, *OC V*, p. 121.
4. Dans la conférence de 1953 intitulée « Non-savoir, rire et larmes », *OC VIII*,
p. 223.
5. « Préface à la transgression », *Critique. Hommage à Georges Bataille*, n⁰ 195-196,
août-septembre 1963, p. 752 et 755-756.
6. *OC V*, p. 397.

rience pécheresse que l'*esprit* fait de la vie charnelle[1] ». Pécheresse : après et malgré la mort de Dieu. Or le péché suscite la honte, et la rougeur, dans les fictions, ne cesse de monter au front des personnages. Oui, comme Bataille l'écrit encore de *Roberte ce soir*, « la honte est conviée » dans cette recherche que sont ses romans et récits. Pour lui, pas d'érotisme sans honte : le rouge de la viande est aussi celui de la confusion.

Reprenant en quelque sorte le geste de Flaubert ou Huysmans qui voyaient dans l'œuvre de Sade du catholicisme à rebours, ou bien se montrant trop bon lecteur des commentaires de Pierre Klossowski sur Bataille, Julien Gracq pourra alors écrire que du catholicisme les livres de Bataille sont « le négatif », Dieu imposant après sa mort, en une ruade ultime, cette « contre-poussée équilibrante[2] ». Or cette lecture de l'œuvre de Bataille l'expose à une critique forte, qui s'est fait tôt entendre, aussi bien à l'étranger qu'en France. Prenons ici pour témoins, d'un côté, le romancier péruvien Mario Vargas Llosa : « ses blasphèmes, énormes, ne peuvent être véritablement appréciés que par le croyant ; [...] l'incrédule, ça le laisse froid ou avec un goût de chose passée de mode sur les lèvres » ; de l'autre, Gilles Deleuze, dans ses *Dialogues* avec Claire Parnet, en 1977, raille la « "transgression", trop bon concept pour les séminaristes sous la loi d'un pape ou d'un curé, les tricheurs[3] ».

Voici donc la difficulté : les fictions de Bataille ne pourraient que perdre de leur force, la vigueur de ses profanations ou transgressions ne pourrait que s'exténuer, dès lors que s'estompent le christianisme et ses interdits. Et après tout, pourquoi la masturbation serait-elle une « simiesque dégradation » ? Pourquoi l'orgie doit-elle être « impardonnable[4] » ? À une telle objection — qui n'engage rien de moins que la possibilité, pour les fictions de Bataille, de nous empoigner, et de durer —, il est possible de répondre de trois manières.

Le récit chez Bataille produit du sacré. Mais quel sacré ? C'est ici que l'héritage est soumis à bouleversement. Car pour Bataille, transgresser le sacré chrétien, c'est très exactement le déborder, comme lors d'une crue un fleuve transgresse son lit. Il estime en effet que le champ du sacré a été indûment restreint dans notre civilisation : il convient au rebours de lui restituer toute son extension. C'est à tort qu'on a donné au sacré la forme du Dieu

1. *OC XII*, p. 308, et p. 310 pour la citation suivante.
2. *En lisant en écrivant*, Corti, 1980, p. 212.
3. « Bataille ou le rachat du mal », 1972, repris dans *Contre vents et marées*, Gallimard, coll. « Arcades », 1989, p. 129-130 ; *Dialogues*, Flammarion, 1977, rééd. coll. « Champs », 1996, p. 58.
4. *Ma mère*, p. 781 et 809.

chrétien. Contre ce sacré solennel, personnel, et vertical, Bataille veut, à en croire un article, « Le Sacré[1] », rendre sensible à un sacré convulsif, impersonnel, horizontal : tel qu'il se laisse éprouver, par exemple, dans le trouble de la sexualité, dans cette « sensualité […] impersonnelle » dont il est question dans *Ma mère*[2]. Il s'agit au fond, selon les mots de son ami Roger Caillois à propos du rôle de Bataille dans le Collège de sociologie, de « recréer un sacré virulent et dévastateur », d'amorcer « l'expansion irrésistible du sacré[3] ».

Dans ce sacré d'un genre neuf, le sacré droit (pur, bénit) n'est plus séparable du sacré gauche (impur, maudit[4]) : le principal personnage féminin du *Bleu du ciel* le montre bien, qui se prénomme à la fois Dirty (la sale) et Dorothea (le don de Dieu, ou celle qui se donne au divin, et donne au divin). La mort de Dieu implique la divinisation de l'homme, c'est une leçon que Bataille tire de Nietzsche[5] : de l'homme sans reste, parties sales comprises. L'au-delà ne s'identifie plus avec la luminosité céleste : formant un « au-delà à demi lunaire », il est noir comme « l'amour *noir* », comme le monde où « c'était noir » dont parle Rosie dans *L'Abbé C.*, comme « le rayonnement noir de l'esprit » évoqué par Hélène dans *Ma mère*[6]. Il faut se méfier des bijoux roses et noirs : le rose en eux conduit au noir. Dans ce noir Dieu est redéfini : il se confond avec le crime[7], avec l'anus du *Petit*, avec l'abbé Robert aux cabinets, avec un jeune homme qui a serré dans ses bras le corps à demi nu de sa mère (« je me sentis semblable à DIEU »), avec le sexe d'une prostituée parisienne, avec la passion inapaisable (« Charlotte d'Ingerville » : « Pierre, quand je vois Dieu, c'est sous la forme de la passion qui se consumait dans le cœur de ta mère et que rien ne pouvait apaiser »). Dans *Ma mère*, une phrase est décisive : « ce que j'adore est Dieu. Pourtant, je ne crois pas en Dieu[8] ». On a trop longtemps soutenu qu'il fallait désirer Dieu ; il faut plutôt penser que ce que je désire est Dieu. Autrement dit, Dieu n'est pas antérieur au désir, mais posé et indiqué (non pas défini) par mon

---

1. *Cahiers d'art*, 1939 ; *OC I*, p. 559-563.
2. P. 811.
3. *Approches de l'imaginaire*, Gallimard, 1974, p. 58-59. Voir aussi le témoignage d'un ancien membre de la communauté secrète Acéphale, Michel Koch, *Le Sacricide*, Éditions Léo Scheer, 2001, p. 28-29.
4. Bataille reprend ces catégories à Marcel Mauss et à un élève de Durkheim, le sociologue Robert Hertz : voir *L'Histoire de l'érotisme*, *OC VIII*, p. 115-116, et *L'Érotisme*, *OC X*, p. 124.
5. Voir le § 125 du *Gai Savoir*, que Bataille cite dans *Sur Nietzsche*.
6. *L'Alleluiah*, *OC V*, p. 416. Dans le présent volume, *L'Impossible*, p. 494 ; *L'Abbé C.*, p. 705 ; *Ma mère*, p. 837.
7. *Ma mère*, p. 781 et 768 pour la citation qui suit.
8. *Charlotte d'Ingerville*, p. 888, et *Ma mère*, p. 812.

désir, par le désir : Bataille divinise le désir. Selon le Nouveau
Testament, la Passion humanise Dieu : selon Bataille, la passion
divinise l'homme.

On pourra rétorquer que vouloir l'étendre, c'est encore trop
concéder au sacré. Si l'on refuse de s'intéresser au sacré sous
aucune forme, peut-on encore lire Bataille ? Sans doute pas. Car
souhaiterait-on s'en tenir à la notion d'interdit qu'on se verrait
aussitôt contraint d'admettre que l'interdit s'enracine toujours
dans un espace sacré qu'il délimite[1]. Mais les interdits ne sont
pas forcément chrétiens. Tout l'effort de Bataille, même s'il
concède à l'occasion que l'obscénité est relative à des situations
historiques variables, est pour détacher du christianisme, en la
fondant dans une anthropologie, la stratégie de transgression
qui œuvre dans ses fictions. Bataille produit donc une analyse
des interdits qui fondent le passage, en l'homme, de l'animalité
à l'humanité. C'est l'intérêt de *L'Histoire de l'érotisme* (rédigée en
1950-1951) que de décrire ces interdits, dont l'écrivain ne cesse
de chercher les secrets dans la préhistoire. Quels sont-ils ? D'un
côté, il y a « l'horreur des besoins animaux », c'est-à-dire à la fois
des déjections (les *excreta*), renvoyées au secret, et de la libre
sexualité (de là procède notamment l'interdit de l'inceste), elle
aussi vouée à se dissimuler : « ce n'est pas le christianisme qui lia
la honte à la frénésie, ce n'est pas le christianisme qui demanda
aux couples de se cacher[2] ». Ce n'est pas le christianisme, mais
plutôt, à en croire une formule importante de *L'Érotisme*, un
« interdit vague et global », « jamais [...] résolument formulé »,
qui s'oppose à la liberté sexuelle : un « interdit de l'obscénité »
dont atteste le caractère universel de l'interdit de l'inceste[3]. De
l'autre, il y a « la nausée de la mort et des morts », qui implique
la prohibition du meurtre, et limite le contact avec les cadavres.
Dès lors que Bataille entreprend de renverser « le moment glorieux où l'homme se distingua de l'animal[4] », les moments les
plus forts de ses romans et récits doivent reposer sur la transgression parachevée des interdits qui font l'humanité. Soit, par
exemple, l'aveu de nécrophilie (l'éjaculation devant le cadavre
de la mère) dans le roman *Le Bleu du ciel* : quadruple transgression, puisque, placé dans la bouche d'un homme qui porte le

---

1. « Il y a, d'une manière fondamentale, identité entre le sacré et l'interdit. Le
sacré est toujours interdit et, du moins pour commencer, l'objet d'un interdit a
toujours eu un sens, une valeur sacrée » (« Qu'est-ce que l'histoire universelle ? »,
Critique, août-septembre 1956 ; *OC XII*, p. 427).

2. « Le Carrefour de la mort et de la naissance », brouillons du « Paradoxe sur
l'érotisme », « Archives du projet *Divinus Deus* », p. 916.

3. *OC X*, p. 93, 108 et 214.

4. *L'Histoire de l'érotisme*, *OC VIII*, p. 64.

nom d'un grand criminel (Troppmann), adressé à une vierge (Lazare), il signifie un affront irrémédiable fait à une morte, et brise ou contourne l'interdit de l'inceste.

Pour cochons qu'ils se veuillent, les personnages de Bataille ne sont pas des porcs. Un porc ne transgresse rien, il est tout entier graisse transie (de froid, de peur, de quiétude, peu importe) : pour qu'il y ait dans la sexualité transgression humaine, et non pure satisfaction animale, il faut des interdits *hominisants*.

Le lecteur qui ne veut rien avoir à faire ni avec le sacré ni avec l'interdit ne peut cependant ignorer qu'il mourra un jour. Les fictions de Bataille, on l'a dit, se placent à la fois sous le signe de la mort et sous celui de la vie : rien de plus normal, puisque, selon la célèbre formule sur laquelle en 1957 s'ouvre *L'Érotisme*, « l'érotisme est l'approbation de la vie jusque dans la mort ». Bataille aura quelque chose à nous dire tant que la mort nous parlera, et ses fictions érotiques ont chance de garder leur vigueur aussi longtemps que la mort vivra.

Ce n'est pas le lieu de commenter au long la formule que nous venons de citer. N'oublions pas que Bataille a lu Freud très tôt et avec la plus grande attention, notamment l'essai qui théorise, à côté d'Éros, la pulsion de mort ou Thanatos[1]. Et indiquons simplement qu'il reprend la formule traditionnelle qui fait de la « petite mort » un avant-goût de la grande. Que dans la reproduction sexuée, spermatozoïde et ovule, êtres discontinus, s'unissent, se lient de continuité, pour former ensuite à partir de leur mort même un nouvel être. Que « toute la mise en œuvre érotique a pour principe une destruction de la structure de l'être fermé qu'est à l'état normal un partenaire du jeu » : mise à nu, mise à mort[2]. Que si le coït est contact des déchirures de nos peaux, nos muqueuses, nos plaies, toute chair à vif montre qu'elle est mortelle[3]. Que l'être isolé, dans l'orgie, « meurt, ou du moins, pour un temps, laisse la place à l'horrible indifférence des morts[4] ». Que si « le sexe est lié à l'ordure », l'ordure est « image de la mort[5] ». Et enfin que le désir, « s'il n'est pas accommodé par la raison, mène à la mort », faute d'un autre moyen d'en « venir à bout[6] ». Le récit érotique chez Bataille a donc toutes

---

1. « Au-delà du principe de plaisir », *Essais de psychanalyse*, trad. fr. Payot, 1927. Bataille cite ce livre dans « La Structure psychologique du fascisme », *La Critique sociale*, n° 5, mars 1932 ; *OC I*, p. 348.
2. *L'Érotisme*, *OC X*, p. 23.
3. Voir *L'Histoire de l'érotisme*, *OC VIII*, p. 113.
4. *L'Alleluiah*, *OC V*, p. 409.
5. *Ibid.*, p. 407-408.
6. *Ma mère*, p. 810.

les raisons d'être un récit de mort : c'est son thème, son horizon, son *organe*. On pourrait dire aussi que c'est un récit « amok », c'est-à-dire un récit où, par et dans l'érotisme, l'on se jette « sur ses semblables pour en finir, afin d'en tuer le plus possible et de mourir de la main des survivants[1] ».

Un champ énergétique.

Face à ces intensités — rage érotique, communication, impossible, désir, agonie — que peut dire l'analyse littéraire ? Elle a, remarquait un jour Jacques Derrida, plus l'habitude d'examiner les formes que les forces ; et Roland Barthes de son côté déplorait l'absence d'une critique pathétique, ou l'inexistence d'un département de la « narratologie » qui serait consacré aux intensités dans le récit[2]. C'est pourtant le problème qu'il faut se poser en lisant Bataille : comment écrit-il l'intensité ?

Ce qui revient à demander au regard critique d'analyser un volcan. On lit, dans un carnet de Bataille, cette note prise à Samois le 12 août 1944 : « Qu'on m'entende ici dans l'excitation. / (Autrement, bernique, autant lire un jésuite[3]) ». Or le jésuite, chez Bataille, malgré les coquineries du père jésuite A. dans *Histoire de rats* (repris dans *L'Impossible*), c'est l'inverse du *Jésuve*. Ce mot, qui apparaît dans *L'Anus solaire*, définit le sujet bataillien comme un Je qui serait aussi un Jésus et un Vésuve : à la fois un Dieu et un volcan. Produite par un sujet volcanique, enregistrant, comme un sismographe affolé, de formidables dépenses d'énergie, se relançant de transgression en transgression, la fiction bataillienne est un champ énergétique.

Elle emprunte avec prédilection aux genres de l'excès : la tragédie, qui se fonde sur un sacrifice, on vient de le voir, et qui répond à la soif d'angoisse de l'humanité ; le chemin de Croix (modèle décisif pour *Madame Edwarda*, pour *Le Mort*) ; le roman gothique (Bataille doit beaucoup au *Moine* de Lewis) ; ou encore le roman sadien, le récit d'extase à la Angèle de Foligno ou à la Thérèse d'Avila, et la poésie aux limites du silence.

Elle ne privilégie pas la vraisemblance, l'objectivité : toujours le récit est conduit dans l'ivresse — on boit beaucoup dans les récits de Bataille, par-delà toute soif —, dans le délire, si souvent mentionné par *Histoire de l'œil*, dans la suante angoisse de Troppmann ou d'Henri (*Julie*), dans la détresse du narrateur de *Madame Edwarda*. Il faut que la fièvre monte pour que le récit

1. Conférence de 1952, « L'Enseignement de la mort », *OC VIII*, p. 204.
2. Voir respectivement « Force et signification », *L'Écriture et la Différence*, Éd. du Seuil, 1967, et *La Préparation du roman*, Éd. du Seuil, 2003, p. 160 et 178.
3. « Autour de *La Scissiparité* », p. 609.

commence : de là ces réveils maladifs qui marquent le début de *Julie* et de *Ma mère*.

Elle s'appuie, dans une stratégie de fascination lexicale, sur la réitération de mots « glissants », comme dit *L'Expérience intérieure*, mots qui « f[ont] sauter », selon Pierre dans *Ma mère*[1]. Mots tantôt simples mais séducteurs et fascinants, comme disait Leiris en 1958 dans la revue *La Ciguë*, car rechargés de *mana*[2] : il en va ainsi pour « trembler », « glissement », « angoisse », « rire », « larmes », ou pour l'expression « perdre la tête », etc. Tantôt, assez rarement, Bataille use de mots inventés, comme le néologisme « consumation », dépense improductive par quoi il entend l'inverse de la consommation moderne, ou bien dans cette phrase énigmatique, faite d'un nom propre et d'un verbe, qu'on lit dans *L'Abbé C.* : « Chianine chianine » — opaque et intriguant défi à la lecture.

Les fictions de Bataille exploitent sous tous ses aspects un principe qu'on trouve formulé dans *La Littérature et le Mal* : « les atteintes les plus fortes de la sensibilité découlent de contrastes[3] ». Bataille utilise donc le choc des genres (tragédie et vaudeville, par exemple, dans *Julie*), qu'il renforce en convoquant des formes opposées de musique : opéra (*Don Giovanni*) contre opérette (Offenbach) et *Opéra de quat'sous* dans *Le Bleu du ciel*, chansons triviales contre psaumes dans *L'Abbé C.* Sur un plan rhétorique, l'écrivain recourt avec prédilection au paradoxe et à l'oxymore : qui oublierait Madame Edwarda « sensiblement absente » ? Ses personnages, Bataille les construit en multipliant les contrastes qui les opposent, selon des axes variés : femmes du plaisir sain (Xénie, Hansi) contre femmes de la perversité (Dirty, Hélène) ; êtres de l'ordre, de la loi et de la foi, bref de l'homogène (la belle-mère du *Bleu du ciel*, Mme Hanusse dans *L'Abbé C.*) contre êtres de l'hétérogène : Dirty, Marie dans *Le Mort*, Éponine dans *L'Abbé C.* ; agents du pouvoir droit (le meneur nazi de la fin du *Bleu du ciel*) contre tenants du *pouvoir gauche* (Troppmann). Le contraste traverse les personnages les plus riches : Dirty, sale et sainte, Madame Edwarda, à la fois Dieu et « prostituée de maison close », sage et folle, si charnelle et moins qu'un fantôme (un « brouillard attardé ») ; dans *L'Abbé C.*, la gémellité de Charles et Robert articule en eux l'opposition (le débauché et le curé) et l'identité profonde.

De façon générale, Bataille organise une très forte tension

---

1. P. 806.
2. « Une force mystérieuse et impersonnelle dont disposent certains individus tels que les rois et les sorciers » (*OC I*, p. 345).
3. *La Littérature et le Mal*, *OC IX*, p. 267.

entre l'excès raconté et la constriction dans la narration : la
« *maigreur* d'un récit », écrit-il dans *Critique* en juin 1949, « accentue efficacement les valeurs » d'un « monde lointain » où se
joue une « expérience des limites » ; cette maigreur « rend plus
étrange — et plus vrai — ce qui échappe à la mesure[1] ». Les
moyens sont variés pour atteindre cette maigreur (faible place
donnée à la subordination, penchant pour la segmentation,
répétition de certains mots pauvres) ; l'effet est assuré : la fiction
chez Bataille produit de l'énergie, en se faisant le récit décharné
d'une exhibition charnelle.

   Quant aux affects que ces fictions entendent provoquer, ils
n'échappent pas à cette loi du contraste. Placés sous le double
signe contradictoire de l'angoisse et du rire, ils ne peuvent que
déchirer. Contre l'ennui de la vie tassée sur elle-même, Bataille
demande qu'on le lise en s'ouvrant « au délire de déchirer et
d'être déchiré[2] ». Revendiquant un lire-délire, refusant qu'on
l'approche en professeur (Sartre est visé avec obstination) ou en
amateur (de belles-lettres), Bataille demande à son lecteur de
résolument se mettre en jeu. Trois mots reviennent constamment sous sa plume pour décrire l'effet qu'il entend produire :
l'éveil, le malaise, le supplice.

   De l'éveil il est notamment question dans le texte qu'en 1946
il consacre à Henry Miller, pour rendre compte de la parution
de *Tropique du Capricorne* et *Tropique du Cancer*. Or « l'obscénité
et l'obscénité seule, écrit Bataille, en tant qu'objet majeur de nos
craintes, [a] la force de nous éveiller à ce qui se cache dans le
fond des choses » : à l'impossible, si l'on veut. Un an plus tard, il
dira à peu près la même chose, non plus à propos de Miller,
mais d'un livre de Simone Pétrement sur le dualisme dans la
gnose : « L'éveil à l'au-delà d'un contenu saisissable des phrases
est exigé sans possibilité de relâchement ». Le roman est par
tradition associé au repos, Bataille le rappelle un jour : c'est
« le demi-sommeil des lecteurs de romans[3] ». Qui ne saurait
valoir pour les fictions de Bataille.

   L'éveil conduit au malaise, comme le malaise suscite l'éveil.
Récurrent chez les personnages des romans et récits — par
exemple, avant l'amour, entre Hansi et Pierre dans *Ma mère*[4] —,
le sentiment du malaise fait l'objet d'une remarque théorique en
février 1954 dans l'article consacré à *Roberte ce soir*, où prévaut
une « atmosphère de malaise » qui fait de ce roman de Klossow-

---

1. *OC XI*, p. 487.
2. *L'Alleluiah*, *OC V*, p. 406.
3. Pour les citations de ce paragraphe : *OC XI*, p. 50 et 199 ; *OC XII*, p. 306.
4. P. 818-821.

ski un « monstre séduisant[1] ». Combien de phrases de Bataille sont construites pour susciter le malaise ! Ouvrons *Le Petit* : « la vraie nudité, âcre, maternelle, silencieusement blanche et fécale comme l'étable, cette vérité de bacchante, glands dans les jambes et les lèvres, est l'ultime vérité de la terre ». Ou prenons la belle Marie dans *Le Mort* : « Elle s'accroupit et chia sur le vomi[2]. »

On le pressent : éveil et malaise sont encore trop peu. Il y a là le dessein de provoquer du dégoût, et il faudra y revenir. Tenons cependant pour acquis que Bataille requiert de son lecteur beaucoup plus que de la sympathie éveillée ou de l'empathie malaisée, qui demeurent des formes policées de la communication littéraire. Il exige un partage douloureux. Reportons-nous à *L'Expérience intérieure* : le lecteur y apparaît comme « ce *lui* obscur, partageant mon angoisse, mon supplice, désirant mon supplice autant que je désire le sien[3] ». Telle serait la forme extrême de l'intensité : Bataille se donne à nous, se perd pour nous, se sacrifie pour nous dans son exploration de l'impossible. La réciproque est attendue. On ne lit Bataille que si on vit Bataille. La règle est donnée dans ces deux phrases de Nietzsche que l'écrivain cite en 1945 dans son *Mémorandum* : « Il faut vouloir *vivre* les grands problèmes, par le corps et par l'esprit », voilà pour le lecteur ; et pour l'auteur : « J'ai toujours mis dans mes écrits toute ma vie et toute ma personne, j'ignore ce que peuvent être des problèmes purement intellectuels[4]. »

L'aveu, le mythe.

Ainsi, comme Nietzsche encore, Bataille déclare ne parler que de « choses vécues[5] ». Ses fictions sont-elles pour autant d'inspiration autobiographique ? La logique même de l'intensité ne demande-t-elle pas que l'écrivain s'expose sans réserve ?

Certes, il est clair que les fictions de Bataille laissent ici et là affleurer des éléments empruntés à la vie de leur auteur. Difficile de voir la mère de Simone, dans *Histoire de l'œil*, présentée comme « la triste veuve » sans se souvenir de celle de Georges, qui a perdu son mari en 1915. Difficile d'entendre le cri de Madame Edwarda — « J'étouffe, hurla-t-elle, mais toi, peau de curé, JE T'EMMERDE... » — sans songer à l'amante de Bataille, Laure, étouffant de tuberculose, et reprochant à son compagnon d'offrir « une apparence de prêtre à cochonneries[6] ». Diffi-

---

1. *OC XII*, p. 310.
2. *Le Petit*, p. 356 et *Le Mort*, p. 398.
3. *OC V*, p. 75.
4. *OC VI*, p. 261.
5. *Ibid.*
6. « Histoire de Donald », *Écrits de Laure*, Pauvert, 1979, p. 153.

cile de ne pas reconnaître, derrière les images « salées » de « Julie
chasseresse », la figure de Diane Kotchoubey de Beauharnais,
qui sera la seconde épouse de Bataille. Impossible de ne pas
observer que les trois moments de l'attitude de l'abbé Robert à
l'égard de Dieu répliquent l'évolution de Bataille lui-même :
de l'indifférence en matière de religion à une religion de l'indifférence (découverte dans l'érotisme), en passant, à l'adolescence, par une conversion.

D'autre part, le texte intitulé « Coïncidences », par quoi
s'achève *Histoire de l'œil* en 1928, rapporte comment Bataille a
peu à peu découvert le substrat autobiographique de son propre
récit : Marcelle avec son drap mouillé transposerait Martial
apparaissant à son frère Georges en fantôme ; le cri du père
lancé à un docteur (« *quand tu auras fini de piner ma femme !* ») révélerait le caractère désirable de la mère[1] : toutes les fictions du
fils, d'ailleurs longtemps écrites à l'instigation d'un autre docteur
(Adrien Borel), seront hantées par cette figure de la mère désirable, jusqu'à ce point d'orgue qu'est *Ma mère*. Et ce que, dans
l'ordre des coïncidences, Bataille ne dit pas explicitement, on le
déduit assez facilement : ainsi la confusion dans le géniteur de
l'autorité et du répugnant inciterait sa progéniture à sans cesse
rechercher, dans ses fictions, la souveraineté dans l'abjection.

En recherchant le sommet de l'obscénité, Bataille se serait
rendu compte qu'il la nourrissait de sa vie : dès lors ses fictions
seraient autant d'équivalents d'une enfance peu ordinaire, dont
l'atmosphère — sans que jamais soit écrit le nom de Bataille —
a été admirablement rendue par Bernard Noël dans son récit
La Maladie de la chair[2]. Pourtant, cette problématique autobiographique, dans le cas de Bataille, porte largement à faux.

D'abord en raison d'une question de fait. Vers la fin de sa vie,
un très vif échange de lettres oppose Bataille à son frère : Martial nie que leurs parents aient perdu la raison avant de mourir.
C'est assez pour nous mettre la puce à l'oreille : les souvenirs
dont fait état Bataille dissimulent peut-être des fantasmes,
comme ses fantasmes peut-être métamorphosent des souvenirs.
La question est indécidable. L'important est que la *couleur* autobiographique soit nécessaire à l'écrivain : elle lui permet de faire
fonctionner son texte comme un aveu.

Au principe de l'activité narrative de Bataille, de même que
chez son ami Leiris pour l'autobiographie, on trouve la séance
psychanalytique : l'écrivain présente *Histoire de l'œil* comme un

---

1. Voir Susan R. Suleiman, « La Pornographie de Bataille. Lecture textuelle,
lecture thématique », *Poétique*, nº 64, 1985, p. 483-493.
2. Toulouse, Éditions Ombres, 1995.

récit dont certaines pages ont été lues à son médecin ; l'expression de « traitement littéraire » sera employée dans *L'Abbé C.* Mais la publication, même très restreinte, d'*Histoire de l'œil*, d'emblée change radicalement la donne : la séance duelle devient à demi publique. Ce que Bataille refuse ainsi, c'est le maintien total du secret.

Par quoi il se montre fidèle à une pulsion de dénudation. Sur un plan moral, les personnages de Dostoïevski, lu avec passion dans les années 1920, lui en avaient donné l'exemple ; mais Bataille la fait jouer aussi sur le plan physique : en témoignent le déshabillage du Pierre de *Madame Edwarda* dans une rue de Paris, le désir exprimé dans *Le Petit* d'écrire « ventre-nu et cul-nu[1] », l'une des significations d'un nom comme Dianus (Dieu à nu), utilisé dans le titre d'une des parties de *L'Impossible*, ou enfin la nudité d'Hélène au fond des bois (*Ma mère*).

Le secret faisait de la psychanalyse — Freud ne l'a-t-il pas définie comme une direction de conscience laïque, dans *La Question de l'analyse profane ?* — l'héritière de la confession : la fiction chez Bataille tend à fonctionner comme une profanation de confessionnal. Aussi Simone, à Séville, fait-elle, au prêtre qui l'entend en confession, ce bel aveu : « Le plus coupable, [...], c'est que je me branle en vous parlant[2]. » Tout est dit : dans chaque fiction Bataille et son narrateur s'offrent comme des coupables, mais ils y prennent du plaisir, ce que révèle Pierre dans *Ma mère*, en notant que sa « confession serait tricheuse[3] ». La tricherie est double. Le coupable qui se dénonce de lui-même choisit son tribunal (non pas Dieu, mais la société des hommes), et a toujours un temps d'avance sur son juge : passer aux aveux, chez Bataille, c'est passer devant son aveu et laisser les juges à la traîne. Surtout, comme Bataille l'explique dans *Le Procès de Gilles de Rais*, l'aveu représente non pas une compensation ou un repentir, mais une réitération de la faute, un redoublement du crime, en tant qu'il fascine par l'horreur dite : « C'est par là que l'aveu est la tentation du coupable, qui, toujours, à partir du désastre qu'est le crime *a la possibilité d'une flambée, désastreuse elle-même*[4]. » L'aveu n'éteint rien : il ravive la flamme criminelle. Chez Bataille, le sujet n'avoue pas pour expier, mais pour brûler encore, et pour faire brûler. En tant qu'écrivain coupable Bataille tente de transformer son juge (le lecteur) en complice : il ne cherche pas l'absolution, mais un partage du crime. La nudité veut séduire

1. P. 354.
2. P. 39.
3. P. 795.
4. 1959, *OC X*, p. 341.

et se propager, comme on apprend dans *L'Impossible* : « Chacun ne doit-il pas, bravant l'hypocrisie de tous [...] retrouver la voie qui le mène, à travers les flammes, à l'ordure, à la nuit de la nudité[1] ? »

L'ordure et la nudité qui pour Bataille font l'érotisme mènent à la question de droit que pose, dans son cas, la tentation d'une lecture autobiographique. Si l'érotisme ouvre à une expérience de l'indistinction des êtres, la part faite à l'autobiographie dans la fiction érotique ne peut qu'être fort mince : un soubassement, jamais un aboutissement. Minceur qui tient aussi à une autre raison : de même que l'anthropologie de Bataille tire une partie de sa richesse d'être mythologique — qui a jamais vu un « œil pinéal » au sommet de quelque crâne que ce soit[2] ? —, de même la fiction chez lui est mythique. La part autobiographique se compose donc toujours avec une part mythique. Du mythe Bataille propose, dans cet article de juillet 1938 que nous avons déjà évoqué, « L'Apprenti sorcier », une analyse qui emprunte au Georges Sorel des *Réflexions sur la violence* : fable, mais non fictionnelle, le mythe est « expression sensible » de l'existence totale, porteur d'une « dynamique violente[3] ». Le *conatus*, ou l'*impetus* de la fiction bataillienne se nourrira donc de mythes divers : Don Juan et Œdipe dans l'*Histoire de l'œil*, *Le Bleu du ciel*, *L'Abbé C.*, Dianus (le roi du bois ou prêtre de Nemi décrit dans *Le Rameau d'or* par James Frazer) pour *L'Impossible* et *Ma mère* (dont le titre et le thème cependant font de nouveau signe vers Œdipe), Phèdre dans *Ma mère* encore, et Oreste, qui affronte et surmonte Œdipe[4], dans *L'Impossible* et en particulier dans les poèmes intitulés « L'Orestie », qui empruntent à la fois à Eschyle et à Racine.

Si Bataille récrit des mythes, il voudrait en inventer aussi, tel celui de l'acéphale, imaginé notamment à partir de la décollation de Louis XVI. Il finira presque par l'incarner lui-même en *perdant la tête*, sous les assauts de l'artériosclérose cérébrale, à la fin de sa vie. Mais c'est comme s'il se dévouait lui-même faute d'autre candidat, en désespoir de cause. Car dans l'immédiate après-guerre, Bataille en est venu à douter des mythes : l'homme actuel en est toujours avide, explique-t-il en février 1948 dans

---

1. P. 501.
2. Voir le « Dossier de *L'Œil pinéal* » (*OC II*), et la version de 1935 du *Bleu du ciel*, p. 220.
3. *OC I*, p. 536-537.
4. Voir l'analyse de Julia Kristeva, dans « Bataille, l'expérience et la pratique », *Bataille*, colloque de Cerisy, Philippe Sollers dir., UGE, 1973, p. 284. Voir aussi Helga Finter, « Poesie, Komödie, Tragödie oder die Masken des Unmöglichen : Georges Bataille und das Theater des Buches », *Georges Bataille : Vorreden zur Überschreitung*, Andreas Hetzel et Peter Wiechens éd., Würzburg, Königshausen und Neumann, 1999, p. 259-274.

une conférence sur « La Religion surréaliste », mais il ne peut que reconnaître son incapacité à « créer un mythe véritable » ; du coup ne reste plus que ceci : « une sorte de mythe qui est l'*absence de mythe*[1] ». Sensible, dynamique, violent, mais aussi connu et partagé, le mythe garantissait l'intensité de la communication entre l'auteur et ses lecteurs. Absent, mais reconnu par tous comme absent, il fonde encore une communication, mais d'un autre type : l'intensité y fait sa part à l'effacement et à la dérobade.

Pour commencer à éclairer ces deux derniers termes, examinons un instant le mythe d'Œdipe dans les fictions de Bataille. À la fin d'*Histoire de l'œil*, dans les « Coïncidences », Bataille dit très nettement, « amoureux de [s]on père », avoir commencé par être un anti-Œdipe ; mais après que sa mère eut été désignée comme désirable, il devient un Œdipe de plus : le mythe fonctionne sur le plan de l'auteur. Dans *L'Abbé C.*, en 1950, il concerne le lecteur, « auquel il est proposé de jouer les Œdipe[2] », mais un Œdipe qui demeurerait incapable de résoudre l'énigme qu'est le roman : un Œdipe à la fois aveugle et sans lucidité. Enfin, dans un ajout qu'en 1956 Bataille fait à *Madame Edwarda*, le narrateur regrette que l'éclair qui l'éblouit n'ait « sans doute rendu aveugles que [s]es yeux[3] ». Le critère de réussite du récit aurait donc été qu'il aveugle et son auteur (Pierre Angélique) et son lecteur : qu'il en fasse un Œdipe aux yeux déchirés. Mais dans cette cécité comment la lecture demeurerait-elle possible ?

Deux conséquences à tirer ici. D'une part, Bataille cherche à placer chaque lecteur aveuglé dans la position de l'aveugle exemplaire qu'est son père : à faire en un sens *coïncider* le lecteur avec son père. À nous faire ainsi *tous* appartenir à la famille : apogée et anéantissement à la fois de la problématique autobiographique. D'autre part, la fiction semble ne parachever sa fonction que si elle ôte la vue à son lecteur : l'intensité culmine en cécité. Mais du coup, ces textes qui se donnaient avec la plus extrême violence finissent par dire que leur accomplissement implique un retrait dans l'obscurité : une dérobade. Comme l'avoue un projet d'avertissement pour *Le Coupable* : « Sous l'apparence d'une confession, […] l'auteur s'est dérobé[4]. »

La dérobade, l'effacement.

C'est là un autre des principes de l'écriture de Bataille, qu'il énonce dans une note pour — encore — *Le Coupable* : « Ce qui

1. *OC VII*, p. 393.
2. « Autour de *L'Abbé C.* », p. 737.
3. P. 336.
4. *OC V*, p. 495.

est nécessaire : effacer un écrit en le plaçant dans l'ombre de la réalité qu'il exprime[1]. » Un texte, chez Bataille, ne met jamais en pleine lumière celui qui parle, et pas non plus ce dont il parle : jamais il ne sait entièrement ce qu'il expose.

Les fictions n'échappent pas à cette règle. Au regard du savoir, leur statut est paradoxal. D'un côté, ce que Bataille écrit en 1948 d'un roman de Queneau, *Gueule de pierre*, paru en 1934, on peut l'appliquer à ses propres fictions, et notamment au *Bleu du ciel*, achevé en mai 1935 : « Je doute qu'il existe un livre de fiction aussi délibérément fabriqué à partir de la science[2]. » Psychanalyse (Freud, Rank), sociologie (Durkheim, Mauss, Hertz), mythologie (Frazer), et n'oublions pas la philosophie (Kant, Hegel, Kierkegaard, Nietzsche), la biologie de la reproduction, ou l'histoire des religions : voilà ce dont se nourrissent et se chargent les romans et récits de Bataille. Et pourtant ils échappent à la science, à ce Savoir dont Hegel forme pour Bataille la fascinante et menaçante figure. On en prendra ici pour seule preuve l'espèce de dialectique de substitution qui opère chez Bataille : souvent il écrit un roman quand il est dans l'embarras sur le plan spéculatif. Deux exemples : après le 6 février 1934, Bataille amorce un essai intitulé « Le Fascisme en France », question majeure s'il en est, mais il ne réussit pas à terminer cet essai, et à la place écrit *Le Bleu du ciel*, interrogation romanesque sur les totalitarismes (fascisme, nazisme, stalinisme). Même phénomène en 1949 : entre 1948 et 1950, Bataille écrit un livre qui s'intitule « Théorie de la religion », mais, alors qu'il est presque entièrement achevé, il ne le publie pas et finit *L'Abbé C.* Autrement dit le roman intervient lorsque sur le plan spéculatif quelque chose bloque : lorsqu'il est urgent de renvoyer à un au-delà du savoir. Dans une fiction de Bataille, pour reprendre la formule employée à la fin de *Madame Edwarda*, c'est toujours « Monsieur Non-Sens » qui écrit. Jean-Luc Nancy a commenté ce point : l'œuvre de Bataille est le lieu d'un inachevable combat où « l'écriture *excrit* le sens tout autant qu'elle inscrit des significations[3] ».

Pour apparaître dans l'ombre de l'objet qu'elle n'exprime pas, pour défaire le sens, en un mot pour se dérober, la fiction chez Bataille recourt à trois types de procédés qu'on pourrait baptiser le retranchement, la complication, la parodie.

Le retranchement peut se comprendre de plusieurs façons. Du point de vue génétique, lorsque l'on examine les dossiers

1. *Ibid.*, p. 506.
2. *OC XI*, p. 383.
3. « Exscription », *Yale French Studies. On Bataille*, n° 78, 1990, p. 63-64, repris dans *Une pensée finie*, Galilée, 1990, p. 61.

d'avant-textes, on voit que l'écriture de Bataille débute sous le régime de la prolifération ; mais la décision de publier est-elle prise, que l'un des gestes les plus fréquents de l'écrivain est d'ôter, de supprimer, de réduire. Bataille ne publie pas sur le mode de la prolixité : il se situe à l'opposé de Sade, qui constamment en rajoute, ressasse, en remet. Mouvement d'écriture fondamental chez Bataille que celui du retranchement : le petit s'amenuise encore, le coupable coupe et se coupe. Un seul exemple : la suppression d'un détail, à propos de Dirty, lorsque Bataille corrige en 1957 le dactylogramme du *Bleu du ciel* établi en 1935 ; l'expression « sans culotte » disparaît de la première page. Il ne s'agit pas seulement de diminuer le texte : ce qui est en question, c'est d'en abriter, ou d'en réserver le sens. L'expression disait trop nettement ce que Bataille veut laisser deviner, à savoir qu'en Dirty prend chair la possibilité d'une révolution par le sexe. À propos de *Roberte ce soir*, l'écrivain explicitera cette pratique : « le refus d'adoucir ou d'expliquer » et le parti pris de « ne rien rendre accessible et de tout porter, dès l'abord, à l'extrême[1] ». Un excès qui refuse son accès : un excès retranché.

Pour coupées qu'elles soient, les fictions de Bataille finissent par être publiées. Mais le mot est-il adapté aux 134 exemplaires d'*Histoire de l'œil* en 1928 ? Aux 45 exemplaires de la première édition de *Madame Edwarda*, en 1941 ? Aux 63 exemplaires du *Petit* en 1943 ? Aux quelques copies du *Mort* que Bataille semble avoir fait circuler à la fin de la guerre ? Le retranchement se comprend aussi, même si les justifications de tirage qu'annoncent les volumes sont à prendre avec prudence (elles peuvent être aussi fausses que les dates et les lieux d'édition), comme une stratégie de publication discrète, clandestine : furtive, à l'instar de ces « deux filles furtives » qui passent « dans l'escalier d'un lavabo » au tout début de *Madame Edwarda*. Car, en opposition à l'hypervisibilité recherchée dans l'exhibition de la chair, le furtif forme un autre mode privilégié de la vision, pour Bataille : « l'on ne voit ce qui a lieu que furtivement, comme le soleil (sinon l'on deviendrait aveugle ou fou[2]) ».

Quant à la complication, elle joue sur plusieurs plans. Sur celui de la disposition d'ensemble du récit, elle se traduit par la multiplication hétérogène des voix. On a pu parler à ce sujet d'une « écriture en trois » qui régirait les fictions de Bataille[3],

---

1. *OC XII*, p. 310.
2. Note pour *Le Coupable*, *OC V*, p. 542.
3. Yves Thévenieau, « Procédés de Georges Bataille », *Georges Bataille et la fiction*, Henk Hillenaar et Jan Versteeg éd., *CRIN*, nᵒ 25, 1992.

dans lesquelles au registre de la narration s'ajoutent, d'une part, le niveau de la publication (les paratextes — exergue, préface — de *Madame Edwarda*, ou du *Petit*, l'Avant-propos du *Bleu du ciel*, par exemple), et, d'autre part, la voix de la communication (la très courte première partie du même roman, le début de la deuxième partie de *Julie*, les poèmes de « L'Orestie » dans *L'Impossible*), voix qui est toujours la plus énigmatique, notamment parce que s'y efface la distinction entre auteur, narrateur, personnage. Cette stratégie de la polyphonie, dont Mikhaïl Bakhtine a montré, sous le nom de « dialogisme », qu'elle était essentielle au genre romanesque, ne se sépare pas chez Bataille d'un jeu de masques : en même temps qu'est mis en valeur le moment de la communication, degré le plus intense de l'expérience relatée, ces voix qui se répondent obscurément, et se manquent à demi, produisent un fort effet d'énigme (de façon exemplaire dans *L'Abbé C.*).

Sur le plan du style, Bataille, qui déclare dans *L'Expérience intérieure* avoir « la continuité en horreur », privilégie ce qu'il appelle ailleurs une « discohérence continuelle[1] ». On a déjà mentionné les paradoxes ou oxymores, les ruptures de ton, et le goût pour la parataxe entre les phrases : ajoutons ici que Bataille aime les anacoluthes à l'intérieur des propositions, les ellipses dans la narration, le jeu des typogrammes (opposition du romain et de l'italique, du gras même dans *L'Abbé C.*, lignes de points, blancs, signes de ponctuation inattendus). Jamais il ne laisse s'installer une nappe de sens : il pose *a* puis *non-a*, ébauche puis efface, dans une écriture animée de constantes contradictions. Un seul exemple, pris dans *La Scissiparité* : « Réussite. Accourez. Situation difficile[2]. » Faut-il se fier au début ou à la fin du propos ?

On a pu rapporter ce procédé aux techniques de l'écriture mystique. Pourquoi pas ? Mais ce flux et ce reflux laissent aussi songer à la marée, phénomène dont Bataille fait à la fois un modèle pour l'analyse de l'érotisme et pour celle du rire, où se serait en lui noyée l'expérience religieuse[3]. Les fictions de Bataille lancent leurs vagues à l'assaut de l'impossible : elles s'en approchent et s'en écartent tour à tour. Elles veulent ainsi refuser les longues chaînes : celles de l'habitude ordinaire, qui endort ; celles des raisons, à la Descartes ; celles de l'accumulation capitaliste, alors que seule importe la dépense exaltée de la consumation ; celles de l'enchaînement des moyens et des fins dans un projet, à la Sartre ; celles du temps lié, où l'instant

1. *OC V*, p. 136 ; *OC VIII*, p. 584.
2. P. 598.
3. *OC VIII*, p. 67 et 222-223.

présent est oublié au profit du passé ou de l'avenir, alors que Bataille définit la littérature comme « la plus grande valorisation de l'instant[1] ».

Compliquée par sa perpétuelle discontinuité, la fiction chez Bataille l'est encore d'une autre façon si on la resitue dans l'ensemble de l'œuvre. L'écrivain en effet organise comme un jeu de furet, qui constamment déplace le sens, le fait miroiter *ailleurs*, sans que jamais il soit saisissable. Revenons une fois encore à *Madame Edwarda* : selon un projet de préface, ce récit serait la « clé lubrique » d'une section de *L'Expérience intérieure*, « Le Supplice[2] ». Aussitôt une double difficulté apparaît : si l'on est tenté de comprendre la clé par ce dont elle est la porte, on est renvoyé de la difficulté du récit de 1941 à celle, qui n'est pas moindre, du journal-essai de 1943. Mais surtout, le lecteur se trouve confronté à d'insurmontables problèmes techniques, puisque *Madame Edwarda* tout entier repose sur deux images de portes (le sexe de la prostituée, et la porte Saint-Denis) : comment une porte pourrait-elle être la clé d'une autre porte ? Et réciproquement : comment ouvrirait-on la porte de *Madame Edwarda* avec la porte du « Supplice » ? Qu'elle soit ouverte ou fermée, une porte ne sert pas de clé. Aussi n'y a-t-il pas de clé pour *Madame Edwarda*. Ni en général pour les fictions de Bataille. Rien que de logique s'il consacre au milieu des années trente un article au labyrinthe, et une étude à Kafka dans *La Littérature et le Mal*.

Retranchée, polyphonique, discontinue, fuyante, la fiction-labyrinthe de Bataille repose sur un paradoxe majeur : la continuité du récit ne cesse de se rompre alors qu'il s'agit d'exprimer le *continuum* des êtres éprouvé dans l'expérience (érotique ou intérieure). Les fictions dès lors se placent sous le signe de l'échec — ou, pour mieux dire, de la parodie. Cette notion est posée par Bataille, comme un anti-fondement ontologique, au début de *L'Anus solaire* (1931) : « Il est clair que le monde est purement parodique, c'est-à-dire que chaque chose qu'on regarde est la parodie d'une autre, ou encore la même chose sous une forme décevante[3]. » Mais elle concerne aussi le champ esthétique. On l'entendra dans le sens suivant : la fiction donnée à lire n'est jamais que la parodie d'un autre texte qui — lui — aurait été une réussite. Elle est le chant mineur d'un plain-chant : constitutivement, elle déchante. Bataille fait partie de ces très rares écrivains — on songe aussi à Artaud, à Beckett, qu'il appréciait fort

1. *Ibid.*, p. 579.
2. Voir « Autour de *Madame Edwarda* », p. 345.
3. *OC I*, p. 81.

tous les deux — qui, au xxᵉ siècle, ont voulu intégrer à leur
œuvre la part de l'insuffisance, à leur art la dimension du ratage,
en estompant, ou en ruinant, l'opposition de la laideur et de la
beauté[1]. C'est là, pour Bataille, à la fois s'accorder à l'impossibilité d'enclore la vie et le désir dans une forme, et mimer ce que
toute mort porte en elle d'impuissance, de gâchis, de déchéance ;
c'est aussi tirer les conséquences esthétiques de la mort de
Dieu, qui implique l'impossibilité de s'autoriser d'une perfection première.

Comment le statut parodique de la fiction se marque-t-il ?
Bataille commence par refuser de donner à ses romans une
grande ampleur : à la notable exception du *Bleu du ciel*, ils proposent peu de pittoresque, qu'il soit géographique, historique
ou social ; ils mettent en scène un personnel romanesque assez
réduit ; tribades et enfants des bois y composent des variations
sur une figure fondamentale assez simple, celle de la triade[2].

Guère d'ampleur, mais de la lourdeur : « J'ai voulu m'exprimer lourdement », nous dit l'Avant-propos du *Bleu du ciel*.
L'adverbe suggère à la fois que le roman, se dérobant à son titre,
explore un monde trouble, impur, et qu'il prend le risque de l'iné-
légance : « Par l'élégance on se dégage d'une lourdeur, mais la
légèreté se paie en insignifiance[3]. » Plutôt pesant, donc, qu'insignifiant. On a pu montrer tout ce qu'avait de délibérément
lourd, par exemple, le choix des prépositions dans *Le Bleu du
ciel* — « Elle m'embrassa dans la bouche[4] » — ou la phrase inaugurale de *Madame Edwarda*[5]. Encore faut-il préciser qu'il s'agit
d'un combat perpétuel entre la lourdeur et l'élégance : quand il
retouche *Le Bleu du ciel* en 1957, Bataille écrit à son éditeur, Jean-
Jacques Pauvert, qu'il attache la plus grande importance à ce que
ses subjonctifs obéissent à la concordance des temps.

La lourdeur est évoquée dans l'Avant-propos du *Bleu du ciel* :
de fait, c'est souvent à des éléments paratextuels que Bataille
confie le soin de marquer l'insuffisance de ses fictions. Il en va
encore ainsi pour la note liminaire de dépréciation sur laquelle
s'ouvre le récit *Dirty* en 1945 ; ou pour l'épigraphe que *L'Abbé C.*
emprunte à William Blake (« Je déshonore à ce moment ma
poésie », etc.). Mais il n'est pas rare non plus qu'un narrateur

---

1. Voir « La Laideur belle ou la Beauté laide dans l'art et la littérature », *Critique*,
mars 1949 (*OC XI*, p. 416-421), et notre Notice du *Bleu du ciel*, p. 1068 et suiv.

2. Voir Daniel Hawley, *L'Œuvre insolite de Georges Bataille. Une hiérophanie moderne*,
Slatkine et Champion, 1978.

3. « Collège socratique », *OC VI*, p. 281.

4. Voir p. 114 et n. 15.

5. Voir Francis Marmande, *L'Indifférence des ruines*, Parenthèses, 1985, p. 77-78, et
Emmanuel Tibloux, « Georges Bataille, la vie à l'œuvre », p. 62.

se charge lui-même de faire entendre la note parodique. De celui du *Bleu du ciel*, il nous est dit qu'il souffre d'une blessure à la main droite : c'est suggérer qu'il lui faut écrire (parler ?) de la main gauche, moins adroite. Ce qui sera formulé explicitement dans *L'Impossible*, à propos d'une lettre de B. : « Un peu blessée j'écris main gauche[1]. » Charles, dans *L'Abbé C.*, ne laisse à nul autre que lui le soin de critiquer son récit, qui « répond mal à ce que l'on attend d'un récit » et « escamote[2] » son objet — une phrase qui vaut pour toutes les fictions de Bataille, aux yeux mêmes de leur auteur. La fin des textes enfonce le même clou, qu'elle aille à vau-l'eau comme celle de *Madame Edwarda* (« Le reste est ironie, longue attente de la mort… »), ou qu'elle annule ce qui vient d'être énoncé comme celle de *L'Abbé C.*

Les références intertextuelles, nombreuses, auraient-elles alors pour fonction paradoxale de désigner ce que les romans et récits de Bataille ne réussissent pas à être ? Ce dont ils ne sont que les ruines ? Ce dans l'ombre de quoi, de manière déceptive, ou en suggérant le semblant, ils s'écrivent ? *Histoire de l'œil* dans l'ombre du *Moine*, *Le Bleu du ciel* dans l'ombre des *Notes dans un souterrain* ou de *La Condition humaine* : autant de modèles. Mais aussi *Madame Edwarda* dans l'ombre de *Nadja* : plutôt un repoussoir. Et *L'Abbé C.* dans l'ombre, sataniquement, ou mieux, transgressivement, des *Confessions du pécheur justifié* de James Hogg, et de *L'Imposture* de Bernanos ?

Un tel sentiment de l'échec, un tel usage de la parodie conduisent une fois de plus à nouer une relation très particulière au public. Dans *Sur Nietzsche*, Bataille déclare : « Je ne puis que rire de moi-même écrivant ». Et d'ajouter aussitôt qu'il est « voué à la désinvolture[3] ». Non seulement parce qu'elle est le seul moyen de rester fidèle au principe de désordre (dans les affects, dans les pensées). Mais aussi parce qu'il y entre de l'indifférence, cette notion, ou ce sentiment, que Bataille a osé explorer dans tous les sens. De ce point de vue, *L'Abbé C.* est un roman exemplaire dans la mesure où Bataille y rassemble les divers sens qu'il lui attribue : psychologique et banal (attribuée à un médecin positiviste, elle dit le rapport des humains dans la société moderne) ; mystique (l'indifférence aux choses du monde, condition d'une ascèse) ; éthique, et c'est la question de la confusion entre bien et mal, entre délire et délice, entre souffrance et jouissance ; ontologique surtout, et c'est ce *continuum*

---

1. P. 509.
2. P. 695-696.
3. *OC VI*, p. 200 ; cette notion réintervient dans la « Discussion sur le péché » de 1944 (*OC VI*, p. 349-350).

des êtres dont nous avons parlé. Mais à ces significations Bataille ajoute une dernière, d'ordre esthétique : si « un livre n'est beau, comme le révèle Charles, qu'habilement paré de l'indifférence des ruines[1] », on comprend que désinvolture de l'auteur et indifférence de son œuvre se répondent, ou que la désinvolture du livre à l'égard de son lecteur n'est que l'écho de l'indifférence de l'auteur. De celle-ci témoigne, datant de la fin de 1940, une note pour *Le Coupable* : « Je suis las d'écrire à l'intention des sourds. [...] Pourquoi déranger leurs longs sommeils ? Mes livres ? mes projets ? Je ne veux plus avoir d'autre passion que ma vie libre, que ma danse âpre, spasmodique, indifférente à tout "travail". Mon indifférence est mon Empire[2]. »

Pour impériale qu'elle se veuille, l'indifférence pose à un romancier de graves problèmes. Elle est d'une manipulation très périlleuse, qu'il entre dans la grandeur de Bataille d'avoir tentée, au risque, assumé, de rompre avec le romanesque. Pour le dire simplement : si l'érotisme, et aussi bien l'expérience intérieure, supposent une dépersonnalisation, cette indifférence ontologique n'entre-t-elle pas en contradiction avec l'individualisation que le lecteur a l'habitude d'attendre d'un roman ? Qu'est-ce qu'un roman, aimait à dire Roland Barthes, sinon un ensemble de noms propres munis d'épithètes ? Or, à partir de *La Haine de la poésie*, puis dans *La Scissiparité*, titre qui n'est pas lui-même d'un romanesque éclatant, et dans *L'Abbé C.*, Bataille a recours à un procédé abécédaire (qui ne va pas sans rappeler le Joseph K. du *Procès*). Cette façon d'inscrire, dès la désignation onomastique des personnages (A ou Monsignor Alpha, B, C, D, E), un effacement de leurs personnes déjoue le pacte romanesque usuel : elle ménage au lecteur la possibilité d'une réaction d'indifférence (esthétique). Comment fonctionnerait encore le principe d'identification, au cœur du mécanisme du romanesque, si les personnages doivent être sans identité ? Ce problème est thématisé dans *L'Abbé C.*, où Charles dit craindre d'avoir mis en scène des « figures décharnées[3] » ; on pourrait dire aussi : des créatures allégoriques. À cette réserve près (et capitale) qu'on ne saurait en traduire les figures en termes concrets ; elles relèvent en effet, pour reprendre une expression que Bataille emploie dans un article de 1946, à propos d'un roman dont le titre ne pouvait que le retenir (*Saint quelqu'un*), de

---

1. P. 693.
2. *OC V*, p. 538.
3. P. 618.

« l'allégorie poétique[1] ». Si bien qu'à la poésie ces figures ou ces voix empruntent l'inépuisable du sens ; de plus, la formule romanesque préconisée par Bataille dans cet article veut que se mêle, à l'allégorie poétique, la « description directe » : ces créatures décharnées conservent des corps. Il reste qu'elles ne « prennent » pas comme des personnages de roman.

Pire, pourquoi l'identification romanesque devrait-elle jouer, au fond ? Pourquoi le lecteur d'une fiction de Bataille devrait-il s'identifier à ceux à qui (toujours en vertu du principe d'indifférence ontologique) il est en droit *déjà* identique ? Et l'auteur, quel besoin aurait-il de vouloir séduire et ravir ceux qui (même s'ils ne l'ont pas compris) sont en droit *déjà* lui-même ?

Ainsi, un peu avant que le Nouveau Roman ne remette en cause (une fois encore) le pacte romanesque traditionnel (ou plutôt l'idée qu'on s'en forge pour en faire une cible), et notamment la notion de personnage, Bataille a conduit, en pensant l'indifférence, une réflexion comparable — certes pas identique. Mais il semble en avoir, plus vite que les Nouveaux Romanciers, aperçu les limites : *Ma mère* marque un renoncement au procédé abécédaire. Deux raisons peut-être font que Bataille ne saurait souscrire entièrement à l'indifférence.

D'abord son attachement, qui perdure, à l'intensité. En 1955, dans le beau livre qu'il consacre à Manet, Bataille cite le peintre décidant de composer ce tableau scandaleux que sera l'*Olympia* : « On dira ce qu'on voudra. » Et Bataille de commenter : telle serait « l'*indifférence* de la beauté », « l'*indifférence suprême*, celle qui sans effort est cinglante[2] ». *Cinglante* : oxymorique par essence, la meilleure indifférence serait intense. Donc non indifférente. La phrase de *L'Abbé C.* que nous citions résumait déjà la contradiction : habileté d'une parure à effet ou indifférence des ruines ? Pris entre ces deux postulations, Bataille écrit et demande à être lu dans l'*altercation*[3] : c'est bien le moins pour qui porte son nom.

D'autre part, dès 1952, une œuvre importante a renvoyé à Bataille, comme en miroir, l'image d'une impasse : celle de Jean Genet. À propos du *Saint Genet* de Sartre, Bataille note ceci : « Genet n'a pas l'intention de communiquer s'il écrit » ; au fond, « il s'en moque[4] ». Voici qu'apparaît une mauvaise indifférence : celle dont témoigne l'œuvre de Genet, où l'auteur se pose pour lui, dans « l'étincelante parade des mots » ; le même

1. *OC XI*, p. 84.
2. *OC IX*, p. 147 et 149.
3. Cette notion apparaît dans le carnet 18, f⁰ 39 du fonds Bataille de la BNF (département des manuscrits occidentaux).
4. *OC IX*, p. 302.

terme est employé contre Breton, dans l'article « Le Surréalisme en 1947 », avec cette précision que de la *parade*, l'envers serait une forme d'*ascèse*[1]. Cette mauvaise indifférence, ne la confondons pas avec la bonne, celle que mettrait en œuvre Bataille, demandant au lecteur de lire « pour se supprimer » comme l'auteur n'a été là que pour « se supprimer dans son œuvre[2] ». C'est beaucoup demander au lecteur : chacun jugera ce qu'il peut faire à ce sujet. Du côté de l'auteur, le risque est de verser dans la désinvolture : Bataille reproche à Genet cette attitude qu'il ne blâmait pas, voire qu'il revendiquait, dans *Sur Nietzsche*.

La désinvolture relève encore de la parade : c'est sans ce reste de tambours et trompettes qu'un bon auteur doit savoir s'effacer. Ainsi pourra-t-il minimiser « la faute d'écrire » stigmatisée (par Charles) dans *L'Abbé C.* À quoi tient cette faute, selon Bataille ? Ouvrons *Le Coupable*, pour en comprendre le titre : je suis « coupable d'être *moi* » ; fermons *L'Alleluiah* : c'est exactement accéder au désir de l'auteur qui vient de s'y dire « insatiable d'un au-delà de [s]oi-même où [s]'anéantir[3] ».

Sans autorité, sans nom ?

On s'en doute : un tel désir trouve difficilement à se satisfaire dans le champ littéraire, qui repose sur les idées d'auteur (« se faire reconnaître comme tel », dirait le Flaubert du *Dictionnaire des idées reçues*), de renommée (« illustrer son nom ») et de gloire (« travailler à l'augmenter »). Trois piliers qui soutiennent, imposent, soulèvent le *moi*. Mais que les fictions de Bataille, et c'est l'une de leurs singularités les plus remarquables, obstinément ébranlent, dans un geste qui met en cause tout le système de la littérature que nous connaissons.

Être un auteur ? Encore faudrait-il accepter les deux notions d'autorité et d'augmentation.

Pour cette dernière, inutile d'insister : alors qu'un auteur est celui qui s'augmente en augmentant son nom, Bataille ne veut que se dépenser ; c'est là sa version du Cogito : « Je m'accrois, donc je ne suis pas encore, je dépense, donc je suis[4]. » De là, contentons-nous de le dire trop vite, la force politique de son entreprise fictionnelle, explicitée à propos de Baudelaire dans *La Littérature et le Mal* : il s'agit d'accomplir « la négation, dans la

---

1. *OC IX*, p. 305, et *OC XI*, p. 259 et 261.
2. *OC IX*, p. 301. Bataille a médité l'expérience de Mallarmé, et notamment ce qu'il dit dans « Crise de vers » (*Divagations*) de la « disparition élocutoire » du poète (*Œuvres complètes*, t. II, Bibl. de la Pléiade, p. 211).
3. *OC V*, p. 293 et 579.
4. *OC VIII*, p. 569.

littérature, des fondements de l'activité capitaliste[1] » — si cette dernière n'ourdit qu'augmentation (de ses richesses).

Pour l'autorité — est auteur celui qui d'une autorité quelconque peut garantir son œuvre —, il suffit de se rappeler les considérations développées en 1951 dans « Le Surréalisme au jour le jour ». L'attention des surréalistes à la Merveille et à la voix sans origine individuelle qu'ils écoutent (dans les jeux de mots de Rrose Sélavy, ou dans l'expérience des sommeils) — voilà qui aurait dû conduire à une vive contestation de la figure de l'auteur, et de son narcissisme. Mais il y avait André Breton. Bataille y insiste, ce qui le sépara d'emblée (en 1925) de Breton, c'est « le ton de l'autorité » qu'avait pris ce « meneur de jeu », avec sa « voix mesurée, prétentieuse et s'enflant avec habileté[2] » ; et n'ayant d'admiration ni pour le *Manifeste* de 1924, ni pour *La Confession dédaigneuse* (la sienne, on l'a vu, est honteuse et tricheuse), Bataille ne comprend pas ce qui justifie cette « extrême autorité » dont Breton jouissait[3]. Bataille aurait rompu avec l'autorité littéraire pour, entre autres raisons, ne pas être un Breton *bis*. Naturellement, ce n'est pas le rejet de Breton qui fonde le rejet, chez Bataille, de l'autorité : mais l'inverse. Dès 1930, l'écrivain souligne que, dans la version qu'il défend du matérialisme, celle qui refuse d'élever la matière au rang de chose en soi, « il s'agit avant tout de ne pas se soumettre, et avec soi sa raison, à quoi que ce soit de plus élevé, à quoi que ce soit qui puisse donner à l'être que je suis, à la raison qui arme cet être, une autorité d'emprunt. Cet être et sa raison ne peuvent se soumettre en effet qu'à ce qui est plus *bas*, à ce qui ne peut servir en aucun cas à singer une autorité quelconque[4] ». Bataille voudrait donc être un auteur sans autorité. Dans *L'Expérience intérieure*, il reviendra par trois fois sur sa conversation de 1941 avec Blanchot, qui lui glisse ce mot : « l'autorité s'expie » ; c'est une souillure qu'il s'agit, dans un « moment d'angoisse, de sueur, de doute », de vomir hors de soi[5]. Bataille commentera encore la formule dans sa conférence de 1943 sur le Collège socratique, pour aboutir à l'idée suivante : « l'autorité ne peut se fonder que sur la mise en question de l'autorité[6] ». Aussi Bataille a-t-il voulu *ne pas être* un auteur *incontestable*.

Très bien, mais, pratiquement, comment faire ? Il est grand temps de reprendre une importante distinction proposée par

1. *OC IX*, p. 207.
2. « Le Surréalisme au jour le jour », *OC VIII*, respectivement p. 172, 171 et 173.
3. *OC VIII*, p. 172.
4. « Le Bas Matérialisme et la Gnose », *OC I*, p. 225.
5. *OC V*, p. 92 et 172.
6. *OC VI*, p. 286.

Maurice Blanchot[1] : les fictions de Bataille relèvent soit d'une communication diurne (elles sont signées du nom de l'auteur), soit d'une communication nocturne (Bataille ne les signe pas de son nom et les diffuse plus qu'il ne les publie). Les procédés de la dérobade que nous avons décrits jusqu'ici ont pour sens de miner l'autorité de l'auteur, en suggérant qu'il produit un texte imparfait (lourd, gauche, en ruine, etc.). Il faut maintenant ajouter leur contestation, par l'écrivain, de son nom propre.

L'exigence de « former une instance impersonnelle », en principe l'écriture automatique pratiquée par les surréalistes aurait dû y mener[2]. Mais cette exigence, sans doute, aux yeux de Bataille, seul Desnos, ce compagnon du temps de *Documents*, l'a assumée, lui qui écrivait dans le poème « Infinitif[3] » : « Omettre de transmettre mon nom aux années. » Bataille rendra hommage à Robert Desnos en écrivant *L'Abbé C.* dans le souvenir de sa mort en déportation. Dès *L'Expérience intérieure*, il analyse la dimension du « sans nom[4] » : lorsque l'expérience se fait, auteur et lecteur, tout comme les vagues de la marée, sont sans nom. Un peu plus tard, dans une variante de *La Scissiparité*, Bataille note : « J'écris pour oublier mon nom[5]. » Le contexte importe : se rasant, devant une glace, le *je* narrateur se refuse à « tracer [s]on nom, la date, en lettres de savon ». Il refuse le dispositif narcissique : la glace, l'inscription, le nom propre (singulier et lustré). Bataille n'écrit donc pas pour atteindre à la renommée (un redoublement du nom), pour augmenter l'honneur attaché à son patronyme, mais pour se dé-nommer en accédant à l'impersonnalité, pour défaire et salir son nom. À cette fin il masque, disqualifie et dissout sa signature.

Bataille masque sa signature par le recours au pseudonyme, selon une pratique dont la littérature libertine mais aussi la philosophie (Nietzsche, Kierkegaard surtout) lui donnaient l'exemple : *Histoire de l'œil* est attribué à Lord Auch, *Madame Edwarda* à Pierre Angélique, *Le Petit* à Louis Trente. En même temps que, dans une espèce de rite d'expiation, il efface le nom de l'auteur, chez Bataille le pseudonyme laisse affleurer l'anonyme. Il réalise à la fois un pas vers l'impersonnalité de l'orgie, et un pas vers la mort, qu'il arrive à Bataille de définir comme « vie anonyme, infinie[6] » : significativement, l'écrivain avait songé à laisser anonyme le récit intitulé *Le Mort*, qui ne fut

1. *La Communauté inavouable*, Christian Bourgois, 1986, p. 39.
2. « Le Surréalisme », *Critique*, mars 1948 ; *OC XI*, p. 314.
3. Un des poèmes de la section « Les Ténèbres » du recueil *Corps et biens* (1930).
4. *OC V*, p. 64.
5. « Autour de *La Scissiparité* », p. 612.
6. *L'Histoire de l'érotisme*, *OC VIII*, p. 70.

publié qu'à titre posthume. Le pseudonyme marque aussi le refus d'une logique de l'appropriation, de la possession, qui serait l'inverse exact de la dépense. Il manifeste surtout le rejet de ce qu'à propos de Sade Bataille nomme « le sceau de son nom véritable[1] » : brisant le sceau de l'auteur, le pseudonyme rompt avec l'autorité. Dans l'article que Bataille a intitulé « La Structure psychologique du fascisme » (publié en 1933-1934) sont distinguées trois « formes impératives » (religieuse, royale, militaire) : les pseudonymes réalisent leur triple déchéance.

C'est l'autorité religieuse que conteste un pseudonyme comme Lord Auch. Il signifie « Dieu se soulageant », « aux ch' » valant pour « aux chiottes », explique l'écrivain (dans *Le Petit*) ; mais on pourrait aussi comprendre, puisque Bataille parlait l'allemand : « Dieu aussi ! », c'est-à-dire « moi aussi je suis Dieu » (« Deus sum », lira-t-on dans *L'Abbé C.*). Il en va de même pour « Pierre Angélique », qui conjoint non seulement l'érection dure comme pierre[2] et la féminité, mais aussi la trahison de l'apôtre Pierre et la sainteté de Thomas, le Docteur angélique, auteur de la *Somme théologique* alors que Bataille a eu le projet d'une *Somme athéologique*. L'écrivain commence par s'en prendre à l'autorité religieuse dans la mesure où, à considérer les régions reculées du temps, il lui apparaît que « la religion, non l'armée, est la source de l'autorité sociale[3] ».

Se soulageant sur son trône dérisoire Lord Auch goûte déjà à la dérision de la souveraineté royale, que conteste à plein un pseudonyme comme Louis Trente. Dans la mesure où le *je* qui parle s'identifie au « petit », on voit le système d'équivalences qui se met en place : Louis Trente équivaut au petit, le petit à l'enfant, l'enfant à l'anus, seigneur latent et fécal. De plus, comme il n'y eut jamais de Louis Trente, c'est l'inexistence de la souveraineté qui apparaît : Louis Trente est non pas un roi fainéant mais un roi-néant, qui serait triplement anonyme (Trente, soit XXX), et dans lequel se conjoignent peut-être Louis XIV et Louis XVI : le plus haut (le Roi-Soleil) et le plus bas (le roi décapité[4]).

Inscrivant du risible et du contradictoire, les pseudonymes agissent comme ces « *formes subversives* » dont parle Bataille dans

1. *La Littérature et le Mal*, *OC IX*, p. 245.
2. La « besogne » du mot « pierre », pour le pseudonyme comme dans le texte, s'éclaire par *L'Alleluiah* : « être de pierre, rien répondrait-il mieux à l'excès du désir ? » (*OC V*, p. 401).
3. *OC I*, p. 360.
4. Voir Francis Gandon, « Du pseudonyme », *Sémiotique et négativité*, Didier Érudition, 1986, p. 145-156 ; Gilles Mayné, *Georges Bataille, l'érotisme et l'écriture*, Descartes & Cie, 2003, p. 171 ; et Sylvain Santi, « *La Tombe de Louis Trente* : agresser la surface, ouvrir le fond », *Le Contretemporain politique*, Michel Lisse et Cécile Hayez éd., Galilée (à paraître).

son article sur le fascisme : elles défont la hiérarchie du haut et du bas, en organisent le renversement et, mieux, la réversibilité[1].

Reste à accomplir la déchéance de la puissance militaire. Bataille va la réaliser en recourant non point au pseudonyme, mais à un procédé qui tient à la fois de la crypto-signature et de la dissolution de la signature. Mais il faut, avant d'y venir, s'attarder encore un instant sur *Histoire de l'œil*. Parmi ceux qu'emploie Bataille, le pseudonyme de Lord Auch est le moins plausible[2] ; celui, sans doute, qui dissimule le moins sa propre fausseté, et qui flétrit le plus l'auteur qu'il masque, conformément à l'un des vers de Blake cités en épigraphe de *L'Abbé C.* : « Je dégrade ma personne et je punis mon caractère. » Mais prêtons également un instant attention au mot sur lequel se termine la première partie du récit en 1928 : « nous prîmes le large vers de nouvelles aventures avec un équipage de nègres ». Voici un mot de la fin auquel il serait tentant de donner un sens particulier dans la mesure où il se trouve là où aurait figuré, au moins sur le manuscrit, une signature de l'auteur : cette signature, Bataille ne la disqualifierait-il pas en suggérant qu'il est comme son propre nègre ? Sans doute est-ce là surinterpréter le texte, et d'autres lectures, plus immédiates, sont évidemment possibles[3] ; mais on se plaît à imaginer que l'auteur ici se fait accompagner de sa propre parodie. Puisque le métier de nègre littéraire est tenu pour infâme, Bataille instillerait ainsi de la honte dans sa propre signature. L'araignée est une figuration traditionnelle de l'écrivain : il n'est pas indifférent de voir, dans *Le Coupable*, mentionnée « l'araignée nègre[4] ».

Jusqu'ici, ce qui se joue dans le recours à différents pseudonymes, c'est le refus, par Bataille, de son patronyme. Mais quand il s'agit de subvertir la dernière des formes impératives — l'autorité militaire — Bataille va se souvenir qu'il se nomme… Bataille. Dans la dernière page du *Bleu du ciel*, l'écrivain propose une vision dépréciative d'un jeune chef nazi, qualifié de « dégénéré » et de « sale petite brute » à la tête de « haineuses mécaniques ». Ce chef n'a rien d'aimable. Mais dans ce dénouement Bataille détruit l'idée même de chef. Qu'est-ce qu'un chef, sinon un homme qui met de l'ordre : dans ses troupes (par son auto-

---

1. *OC I*, p. 368.
2. Voir Leslie Hill, *Bataille, Klossowski, Blanchot. Writing at the Limit*, Oxford, Oxford University Press, 2001, p. 94.
3. On peut penser à l'heureuse réputation des nègres en matière de sexualité, ou à ce que le récit dit du « rire des nègres sauvages », ou enfin à l'article de Bataille sur le « Bal nègre » dans *Documents*, nº 4, septembre 1929, et à la réhabilitation d'un art primitif (voir Picasso, Leiris).
4. *OC V*, p. 341.

rité), dans la mêlée (par une stratégie) ? Mais qu'en reste-t-il, si
« toutes choses » sont, comme le dit la fin du roman, « destinées
à l'embrasement [...] aussi pâle que le soufre allumé, qui prend
à la gorge » » ? Le chef range « en ordre de bataille » : mais le
monde est une bataille sans ordre. Le chef lutte contre la peur :
le monde impose l'angoisse.

On l'aura remarqué en lisant ces deux dernières citations : à
la fin du *Bleu du ciel*, Georges Bataille inscrit les mots « bataille »
et « gorge[1] ». Ce roman, que l'écrivain comptait sans doute,
dès 1935, publier sous son vrai nom (qui figure sur la page de
titre du manuscrit et du dactylogramme), se termine par la
description d'une apocalypse généralisée dans laquelle s'insèrent
et se diluent le patronyme et le prénom (certes un peu altéré)
de l'auteur. Une nouvelle fois, au lieu de la signature, apparaît un nom commun : non plus « nègres », mais « bataille ».
L'écrivain exploite le fait que son nom propre est aussi un nom
commun. Il en est fort conscient : en juin 1939, dans la « Méditation héraclitéenne » sur laquelle se ferme le dernier numéro de
la revue *Acéphale*, il écrit : « JE SUIS MOI-MÊME LA GUERRE », et,
dans *Le Coupable*, il se montre s'acharnant à « devenir [lui]-même
un combat » — ce combat qu'il est déjà[2]. Mais du coup, il apparaît que le mouvement de l'Histoire parvenant à sa fin (l'embrasement dans la guerre), ou révélant son essence *polémique*, et
l'identité du sujet Bataille, voire du sujet humain, coïncident.
Dès lors Bataille peut bien signer, de manière voilée, et son
roman et l'Histoire, puisque son patronyme est un « cosmo-
nyme » — ou un « chaos-nyme », peu importe : l'envers d'un
nom propre limité, bien plutôt ce qui dit la vérité du monde et
de l'homme.

En un sens, Bataille est cet écrivain qui, au lieu de tirer un
nom (glorieux) de son œuvre, tire une œuvre de son nom, en
déployant la double thématique de la bataille (qui ne peut que
faire *rage*), et de l'angoisse. Pour Bataille, tout est bataille : et du
coup Bataille n'est plus cet être isolé qu'il cherche sans cesse
à anéantir comme séparé. Héraclite avait raison, Bataille le dira
dans une lettre du 9 octobre 1935 à Roger Caillois, où il note
que le mérite d'un heurt qui les a opposés est de rappeler « [...] »
à quel point les choses essentielles dérivent encore du dieu
polemos » ; il le répétera dans la revue *Mesures* en 1938 : tout est

---

1. Que Bataille cherche du sens dans un patronyme, il suffit de se reporter à son
article sur Racine (rat-cygne) pour en avoir la preuve (*Critique*, juin 1949, *OC XI*,
p. 497-501).
2. *OC I*, p. 557 ; *OC V*, p. 250.

bataille depuis la mort de Dieu, qui, signifiant la mort du monde immuable, voue l'univers à un anéantissement perpétuel[1]. Définissant le monde, la bataille définit aussi l'homme : « être l'homme est être en guerre », lit-on dans les notes pour *Le Coupable*. Et elle définit encore l'érotisme, si celui-ci, nécessairement, Bataille le souligne en 1957, « n'a sa place que dans l'insécurité d'un combat[2] » ; aussi bien, la langue, pour désigner le coït, emploie-t-elle avec constance, du XVIe au XVIIIe siècle, l'expression *faire bataille* : voici bien un écrivain que son nom même vouait à l'érotisme.

L'homme est cette agitation inapaisable que la guerre, la politique ou l'érotisme ne font qu'exprimer avec force. Une telle agitation se nomme l'angoisse, affect essentiel dans le monde de Bataille — et dans toute bataille. Or le prénom « Georges » laisse aussi entendre « gorge » — le point vif du corps dont s'empare l'angoisse. Les fictions le répètent à l'envi ; contentons-nous d'un exemple pris dans *Ma mère* : « ce délice de l'angoisse me serrait la gorge à l'idée de ses tendres baisers[3] ». Angoisse : une bataille dans la gorge, la gorge en bataille. Mêlant le prénom et le nom de l'écrivain, l'angoisse, dans une expérience physique, en révèle la double vérité, qui dépasse le sujet individuel, et donc, en même temps, dissout ce qui l'identifie.

Dans la logique de ce mouvement d'effacement de sa signature — derrière des pseudonymes, ou dans la loi guerrière et angoissée de l'univers —, un jour Bataille accepta que soit publiée une version d'un de ses récits revue par un autre que lui, et qui ne l'améliore pas, selon un jugement de Michel Leiris[4], assez largement partagé : c'est ce qui s'est passé pour la deuxième version d'*Histoire de l'œil*, imprimée à Paris en 1947. Un libraire-éditeur, Alain Gheerbrant, intervint sur le texte : Bataille, dit-il, « se contenta d'examiner attentivement [s]es corrections, et de retenir celles qui lui semblaient pertinentes », si bien que Gheerbrant va jusqu'à parler d'une « nouvelle rédaction », de son fait[5]. Ainsi Bataille, dans un geste dont il est peu d'exemples, délaissa-t-il sa propre entrée en littérature.

1. Georges Bataille, *Choix de lettres*, M. Surya éd., Gallimard, 1997, p. 116-117 ; « L'Obélisque », I, p. 510. Voir aussi, dans le n° 5 d'*Acéphale*, juin 1939 : « Le combat est la même chose que la vie » (*OC I*, p. 550).
2. *OC V*, p. 544, et *OC XII*, p. 471.
3. P. 796.
4. « Du temps de Lord Auch », 1967 ; *À propos de Georges Bataille*, Fourbis, 1988, p. 49.
5. Alain Gheerbrant et Léon Aichelbaum, *K. Éditeur*, Le Temps qu'il fait, 1991, p. 29.

Vers luisants et gloire lunaire.

C'est que les idées de carrière et de gloire littéraires ne le séduisent guère.

Certes, dans un texte qui date du début des années 1930, l'écrivain parle de « cette invraisemblable soif de gloire qui enlève le sommeil et ne permet pas de repos[1] ». Il y reviendra dans un passage non retenu pour *Le Coupable*, évoquant chez l'homme un « naïf et sauvage besoin de gloire[2] ». Il fut donc un temps où Bataille eut, comme tout un chacun, un désir de célébrité : « J'avais eu le désir, écrivant, d'être lu, estimé », note-t-il dans *L'Expérience intérieure*[3], précisant que c'était à l'époque de l'enquête menée par *Littérature*[4] : « Pourquoi écrivez-vous ? »

Ce désir, qui semble avoir agité Bataille jusque vers 1925[5], on ne saurait le sous-estimer : il ôte le sommeil parce qu'il confronte au soleil, modèle de toute gloire. Bataille a sans doute commencé par vouloir être le soleil : plus qu'aucun autre il a éprouvé « la nécessité d'éblouir et d'aveugler[6] ». D'être aussi glorieux que le soleil. Or le soleil donne (sa chaleur, ses rayons) sans jamais rien recevoir en retour. Bataille retrouvera ce phénomène dans l'institution du *potlatch* analysée par le sociologue Marcel Mauss, par exemple chez les tribus indiennes du nord-ouest de l'Amérique : mais cette dilapidation rituelle de ses richesses, il la concevra non point comme engageant une réciprocité dans le cadre de la lutte de prestige, mais comme « non symétrique[7] ». Ce qui revient à dire, si l'on se retourne vers le soleil : l'astre donne sa gloire, mais sans jamais rien réclamer. Le soleil se dépense sans s'accroître de ses dons.

Générosité, donc, de la gloire solaire : mais la gloire littéraire est vaniteuse. Le désir de faire carrière dans les lettres implique d'assumer tout ce que Bataille rejette : d'abord les idées d'autorité et de renommée, dont on a vu le sort qu'il leur réserve. Mais aussi l'idée de moi isolé : ce « *moi* opaque », blâmé dans *Le Coupable*[8], parce que son obsession d'être différent est à l'opposé de l'indifférence. Enfin, pas de carrière sans projet : or celui-ci

---

1. « La Joie devant la mort », *OC II*, p. 246.
2. *OC V*, p. 519.
3. *Ibid.*, p. 82-83.
4. Cette enquête, lancée le 1ᵉʳ octobre 1919, a été publiée dans la revue surréaliste en novembre de la même année.
5. Voir « Le Surréalisme au jour le jour », *OC VIII*, p. 177.
6. *OC II*, p. 140.
7. C'est le mot de Philippe Sollers dans « L'Acte Bataille », *Bataille*, UGE, 1973, p. 27.
8. *OC V*, p. 361.

se situe du côté du lendemain attendu, et non de l'intensité de l'instant présent ; de la prévoyance, et non de la jouissance ; du calcul intéressé, et non du gaspillage ; du travail, plutôt que du plaisir ; de la discipline, et non de la fête. Projeter, c'est vouloir durer plutôt que brûler ; c'est faire passer l'œuvre avant l'être (la destinée humaine ou l'expérience), la trace laissée avant le geste du tracé, le monument avant le glissement[1]. Dans « L'Apprenti sorcier », Bataille proteste contre le fait que les écrivains « ne sont vraiment possédés que par leur carrière », et non par leurs créatures ou leurs créations : au point que même le malheur, les romantiques l'ont découvert, et les poètes maudits, est devenu « une forme nouvelle de carrière[2] ». On a, avec Bataille, le cas peut-être unique d'un écrivain qui se plaint d'être, en tant que littérateur, « attendu par l'édition[3] ». Comme au coin d'un bois.

Céline clame ardemment ne pas vouloir décéder « avant d'être pléiadé » ; Sartre dit avec simplicité qu'il aurait aimé voir paraître ses *Œuvres romanesques* avant de mourir ; à Claude Gallimard qui lui dit de penser à La Pléiade, Michaux, quatre ans avant de disparaître, répond : « après… ». Mais rien ne serait plus contraire à la pensée de Bataille que de croire qu'il a eu le dessein de devenir une étoile littéraire de plus. Bataille a écrit pour connaître un dés-astre avant même de décéder : pour être « dé-pléiadé » de son vivant.

On le sait : le mot de « Pléiade » est tiré du grec *pleias*, qui désigne un ensemble de sept étoiles, formant un groupe dans la constellation du Taureau. Mais Bataille, s'il revendique à l'occasion « la force inutile et malheureuse du taureau », s'il lui arrive même d'écrire : « Je ne suis pas un homme / je meugle[4] », et s'il se rêve obstinément d'affronter le Minotaure (la mort, au fond du labyrinthe de l'existence), Bataille en a après les étoiles.

Si on lui applique les mots qu'il emploie dans un article de 1940 consacré à André Masson, « Les Mangeurs d'étoile », on peut penser qu'il a « l'intention de se grandir jusqu'à se perdre dans la profondeur éblouissante des cieux » : il ne s'agit donc pas d'écrire pour donner à admirer une étoile singulière de plus, mais de s'égarer et de s'effacer parmi les étoiles, dans la bacchanale des astres en leur « fête fulgurante[5] ». Ou bien l'enjeu est

---

1. Voir Jacques Derrida, « De l'économie restreinte à l'économie générale. Un hégélianisme sans réserve », *L'Écriture et la Différence*, Éd. du Seuil, 1967, rééd. coll. « Points », 1979, p. 389-390.
2. *OC I*, p. 526.
3. *OC VII*, p. 388.
4. Note pour *Le Coupable*, *OC V*, p. 543 ; poème de 1957 intitulé « Mon chant », *OC IV*, p. 34.
5. *OC I*, p. 567.

— toujours selon le même article — de « reculer les limites de notre voracité jusqu'aux étoiles » : aussi bien, « les étoiles sont mes dents », dit un vers de « L'Orestie », à la fin de *L'Impossible*.

Se perdre parmi les étoiles, les dévorer, ou les humilier : un poème de *L'Archangélique*, en 1944, évoque « les étoiles tombées dans une fosse sans fond[1] ». C'est surtout de cela qu'il est question dans les fictions : la Voie lactée, dans *Histoire de l'œil*, est décrite comme une « étrange trouée de sperme astral et d'urine céleste à travers la voûte crânienne ». Dans *Le Bleu du ciel*, le ciel étoilé suscite la rage de Troppmann, en tant qu'il est, depuis Kant, le pendant cosmique de la loi éthique. Dans *Madame Edwarda*, Pierre évoque « un ciel étoilé, vide et fou, sur nos têtes ». Selon *Le Petit*, toute étoile est parodiée par l'anus, « rayonnement d'une étoile morte[2] ».

Bataille s'est formé de la gloire une idée très singulière. Il a eu le désir de se faire rejeter, expulser par ce qu'il nomme la société homogène : le désir de prendre place dans une « constellation excrémentielle[3] ». Le désir de jouir d'une gloire infâme. La phrase qu'on lit dans *Madame Edwarda* est célèbre : « Je me rappelai que j'avais désiré d'être infâme ou, plutôt, qu'il aurait fallu, à toute force, que cela fût[4]. »

L'infamie se définit comme l'inverse de l'ordre et de l'éclat[5]. La quête de l'infamie implique que l'écrivain prenne le risque de dégoûter son lecteur. Bataille fut l'un des premiers à réfléchir sur l'expérience du dégoût : s'appuyant, d'un côté, sur un texte d'un élève de Husserl, Aurel Kolnai, qu'il lut en allemand dès 1933[6], et de l'autre sur l'œuvre de Sade. Admirer Sade, comme dans *Le Bleu du ciel* Bataille reproche aux surréalistes de le faire, c'est l'édulcorer : le lire sans en tirer les conséquences, le lire sans le vivre. Mais le vivre, Troppmann le fait savoir à Xénie, implique de manger, à son tour, de la merde : qui le fit, qui le fait ?

Comme lorsqu'il était question de l'indifférence, la partie que joue ici Bataille est serrée. Car s'il dégoûte entièrement, il n'est plus lu. Or la communication demeure chez lui une valeur. Mais au fur et à mesure que son œuvre se développe, et notamment après la mort, en 1938, de sa compagne Laure, et après l'échec

---

1. *OC III*, p. 88.
2. Respectivement p. 28, 333 et 353.
3. « La Nécessité d'éblouir... », *OC II*, p. 140.
4. P. 330.
5. Voir « La Structure psychologique du fascisme », *OC I*, p. 359.
6. Voir *OC XII*, p. 589 et 593 : Bataille emprunte le volume du *Jahrbuch für Philosophie und phänomenologische Forschung* qui contient l'étude de Kolnai, « Der Ekel » (trad. fr. Éditions Agalma, 1997, sous le titre *Le Dégoût*).

de la société secrète Acéphale en 1939, Bataille en vient à se demander s'il ne faut pas inclure de la distance dans l'idée même de communication entre les êtres. Certes, il emploiera encore l'expression de « fusion érotique » en 1956, et l'idée importe fort dans le livre sur *L'Érotisme* qu'il publie en 1957[1]. Mais, par toute une autre pente de sa pensée, il tend à renoncer aux « nostalgies de la communion[2] ». Laure meurt sous ses yeux : cette agonie est de fait impartageable ; pourtant Georges mourra un jour : cette agonie est commune, au futur et en droit. De même la fiction selon Bataille : elle tient à l'écart ou repousse son lecteur (par l'indifférence, par le dégoût) ; mais elle le retient et l'attire (par son intensité, par son érotisme, par ce qu'elle dit de ce lot commun qu'est la mort).

Un tel alliage de répulsion et de fascination conduit Bataille à compter — il trouve l'expression devant la tombe de Laure — sur une « gloire nocturne » ou une « gloire souterraine[3] ». À côté de la tombe Bataille aperçoit deux « vers luisants ». Dans un projet d'avertissement pour *Le Coupable*, il formule une analogie, qui défait au mieux la connexion traditionnelle entre gloire et immortalité : les lecteurs sont à un livre, si celui-ci a son secret, ce que les vers sont à un cadavre au fond de la fosse[4]. Ainsi le piège menait à une fosse : il nous est proposé d'entrer dans la pourriture de ce corps de Bataille mort qu'est son *corpus*. D'entretenir une agitation dans les paroles qu'il laisse : « Un jour ce monde vivant pullulera dans ma bouche morte[5]. » Toute bataille laisse des cadavres et attire des vers : endort des corps, et éveille des vers. Notre éveil malaisé de lecteurs aux fictions de Bataille vaut l'amour des vers pour les cadavres : ils s'en nourrissent et en défont la forme bornée. Ils les rendent à l'informe : au lourd, au gauche. Regardons encore Madame Edwarda : « Comme un tronçon de ver de terre, elle s'agita, prise de spasmes respiratoires[6]. » En acceptant que la lecture de Bataille soit un rite de souillure, en agitant ses mots angoissés, nous serons les vers luisants de sa gloire souterraine.

N'est-ce pas là s'exprimer avec trop de macabre gravité ? Puisque parler de la mort est toujours en un sens une imposture, comme il est remarqué dans *L'Expérience intérieure*, voire une fumisterie, il convient aussi de faire droit au goût de Bataille

---

1. *OC XII*, p. 413.
2. Jean-Luc Nancy, *La Communauté désœuvrée*, Bourgois, 1983 ; rééd. augmentée p. 47.
3. Note pour *Le Coupable*, 14 septembre 1939, *OC V*, p. 500.
4. *Ibid.*, p. 495.
5. *L'Histoire de l'érotisme*, *OC VIII*, p. 70.
6. P. 335.

pour l'enfantillage, à ce que Leiris nommait son « côté Mylord l'Arsouille[1] », et qui est tout simplement le Bataille *canaille*. Disons alors que chez Bataille, les livres du second rayon deviennent le moyen d'un rayonnement second. Ce qui est annoncé à l'aimée à la fin de *L'Alleluiah* — « la lumière émanant de toi ressemblera à celle de la lune éclairant la campagne endormie[2] » —, on peut l'appliquer à l'amant, donc à Bataille : nocturne et souterraine, sa gloire est aussi lunaire. Dans les deux sens du terme : « Je n'hésite pas pour mon intelligence à réclamer le rire grossier qu'éveille un derrière de femme — la lune, diraient les pauvres gens[3]. »

★

Georges Bataille entre dans une collection que Jacques Schiffrin fonda sous le nom de « Bibliothèque reliée de la Pléiade ». C'était en 1931 : la même année, Bataille publie *L'Anus solaire*. Il y a là deux conceptions toutes différentes des étoiles. On l'aura compris : il n'est pas sûr que Bataille eût voulu cette consécration, avec ce qu'elle suppose, quant aux textes, de mise en ordre, quant à l'auteur, de projet accompli de conquérir la renommée, et quant aux lecteurs, d'admiration réclamée. Mais il n'est pas si facile d'être infâme. En 1970, aux *Œuvres complètes* de Bataille, dont la publication commençait, Michel Foucault donna une courte préface — un « cache-œil », dit-il dans une lettre à Robert Gallimard. En 1977, dans un article intitulé « La Vie des hommes infâmes », le même Foucault marque nettement que « l'infamie stricte » est celle qui « ne compose avec aucune sorte de gloire[4] » ; l'infamie d'un Gilles de Rais « n'est qu'une modalité de l'universelle *fama* ». Il n'y aurait d'infâme, *stricto sensu*, que l'infime : pour *petit* qu'ait voulu demeurer son auteur, l'œuvre de Bataille est tout sauf infime.

JEAN-FRANÇOIS LOUETTE.

---

1. « De Bataille l'impossible à l'impossible *Documents* », *Critique*, n° 195-196, p. 687.
2. *OC V*, p. 416.
3. Carnet d'août 1944, « Autour de *La Scissiparité* », p. 608.
4. *Les Cahiers du chemin*, n° 29, janvier 1977, *Dits et écrits*, Gallimard, coll. « Quarto », t. II, 2001, p. 243.

CHRONOLOGIE

1897

10 septembre : Georges Albert Maurice Victor Bataille naît à Billom (Puy-de-Dôme). Il est, après Martial Alphonse (1890-1967), le deuxième et dernier enfant de Joseph Aristide (né en 1853) et de Marie-Antoinette (née Tournadre, en 1868). Au moment de sa naissance, son père est syphilitique et aveugle.

D'après son cousin germain Victor Bataille, Georges est confié à une nourrice, la Mablotte, à Enval (Puy-de-Dôme) où demeurent ses grands-parents paternels, Jean Martial (1815-1900), officier de santé, et Louise (née Rebière ou Ribière,1826-1905).

Ses parents se sont mariés le 6 novembre 1888 à Riom-ès-Montagnes (Cantal), village natal de la mère de Bataille. Michel Alphonse Bataille (1851-1924), frère de Joseph Aristide, et percepteur, s'était marié l'année précédente avec Antoinette-Aglaé Tournadre (1865-1942), sœur de la mère de Bataille. De cette union naîtront Victor (1887-1975) et Marie-Louise (1889-1966) qui deviendra la confidente de Georges et sera souvent associée à ses projets littéraires.

La branche paternelle de la famille de Bataille, originaire des communes rurales de Prat-et-Bonrepaux et Gajan (Ariège) et, par les Rebière, de Montépioux (Creuse) et La Garandie (Puy-de-Dôme), est devenue au fil des générations une famille bourgeoise, comptant parmi ses membres des notables adonnés à la vie politique. Son grand-père, Jean Martial, de tendance lamartinienne et démocratique, est l'auteur de la brochure *Quelques mots du peuple français au gouvernement nouveau* (1848). Le frère aîné de Joseph Aristide, Jean Victor Martial (1848-1908), médecin, fut sénateur républicain radical. Victor, avocat, sera député de tendance radical-socialiste.

Du côté maternel, l'origine sociale des aïeux (agriculteurs, éleveurs, domestiques) de Bataille est plus modeste. Son grand-père maternel, Antoine Tournadre (1841-1923), propriétaire d'une terre à La Caire et de l'étang de Roussillou, près de Riom-ès-Montagnes, marié à Anne Basset (1844-1916), fut agriculteur et marchand de toiles.

1898

7 août : Georges est baptisé en la paroisse Saint-André de Reims, où son père, après avoir entamé des études de médecine à Paris et avoir exercé divers métiers, s'est installé comme receveur buraliste.

1900

Son père est atteint de paralysie générale : confiné dans son fauteuil, en proie aux douleurs fulgurantes du tabès, il offre désormais le spectacle d'un être dégradé. *Le Petit* et la partie intitulée « Coïncidences » puis « Réminiscences » d'*Histoire de l'œil*, notamment, témoignent de l'importance, pour Bataille, de ces souvenirs d'enfance.

1903-1911

Très bagarreur, Georges est souvent battu par ses camarades de classe, plus grands que lui ; études médiocres au lycée de Reims.
Autour de ses quatorze ans, selon « Coïncidences », l'amour pour son père se transforme « en haine profonde et inconsciente ».

1912-1913

En *décembre 1912*, quelques mois avant une crise de folie de son père, il annonce à ses parents son refus de poursuivre ses études ; renvoyé du lycée en *janvier 1913*, il s'enferme dans la solitude, fuyant ses camarades.
En *octobre*, il « entre volontairement comme pensionnaire » au collège de garçons d'Épernay, en première année du baccalauréat ; il se lie à Paul Leclerc, son condisciple, fervent chrétien. « Élevé en dehors de la religion », Georges incline alors vers le catholicisme.

1914

22 juillet : il obtient la première partie du baccalauréat (latin-langues vivantes, mention : passable).
Août : le *1er*, Martial est mobilisé. Georges assistera aux offices matinaux que le cardinal Luçon donne en la cathédrale de Reims pour les soldats. Il se convertit au catholicisme. Pressé par l'avancée allemande, il quitte Reims avec sa mère, laissant son père infirme aux soins d'une femme de ménage. Il s'installe avec sa mère à Riom-ès-Montagnes dans la maison de ses grands-parents maternels. Et

il interrompt ses études, « ne pouvant pas comme réfugié aller au lycée ».

4 septembre : les Allemands entrent dans Reims qu'ils doivent quitter le *12*. À partir du *19* la cathédrale est bombardée et brûlée en partie. Bataille ébauche sans doute à ce moment-là *Notre-Dame de Rheims*, poème en vers libres, dont le manuscrit n'a pas été retrouvé (une version en prose sera publiée en 1918).

Bataille voudrait retourner à Reims. À cette idée, écrira-t-il dans *Le Coupable* (1944), sa mère aurait traversé un épisode de folie. Soignée par le docteur Jules Delteil, père de Georges, plus tard lui aussi médecin et auquel Bataille sera lié par une profonde amitié, elle serait restée plusieurs mois dans un état de mélancolie maniaco-dépressive et aurait tenté à deux reprises de se donner la mort.

1915

Au *printemps* (ou, selon la version donnée dans *Le Petit*, vers la fin de 1914), sa mère guérit, mais refuse toujours de retourner à Reims.

Très pieux, Bataille passe de longs moments dans l'église Saint-Georges de Riom-ès-Montagnes.

6 novembre : Joseph Aristide meurt, « refusant le prêtre ». Bataille revient à Reims avec sa mère pour assister aux funérailles.

1916

Janvier : Bataille est mobilisé et incorporé à compter du *7* au 154e régiment d'infanterie. Ayant rejoint son corps le *9*, il fait, d'après Georges Delteil, son service militaire à Rennes. Il aurait contracté une pleurésie. La période d'instruction, dominée par l'image apocalyptique de la guerre, lui aurait inspiré des notes, « *Ave Caesar* », qu'il aurait détruites.

1917

Il est réformé le *23 janvier* et revient à Riom-ès-Montagnes. Faute d'argent et de temps, il prépare par correspondance, avec l'aide de l'abbé Jean Chastang, professeur au Petit séminaire de Saint-Flour, la deuxième partie du baccalauréat (philosophie), qu'il passe, selon Pierre Delteil (frère de Georges), en candidat libre à Clermont-Ferrand, et obtient son diplôme le *27 octobre* (mention : passable). Il lit peut-être dès cette époque des extraits du *Zarathoustra* de Nietzsche. Il noue aussi des rapports étroits avec l'abbé Georges Rouchy, professeur d'histoire et d'allemand au Petit séminaire de Saint-Flour.

Georges Delteil, qu'il retrouve l'été à Riom-ès-Montagnes avec Pierre et Raymonde Angremy et Simone Basset, dira : « À vingt ans, dans nos montagnes d'Auvergne, il menait une vie de saint, s'imposant une discipline de travail et de méditation. » Il lit Huysmans et se passionne pour le Moyen Âge. Il hésite alors entre la médecine (la neurologie) et l'histoire. Il envisage d'entrer à l'École des chartes, mais songe aussi à se faire moine et entre en relation avec l'abbé Léon Douhet, curé de Laroquevieille près d'Aurillac. Par son intermédiaire, il fait la connaissance de Jean-Gabriel Vacheron (*alias* Jacques des Roches), qui le pousse dans cette voie ; surtout, il rencontre deux théologiens du Grand séminaire de Saint-Flour : les chanoines Jules Saliège, futur archevêque de Toulouse, passionné de Sainte-Thérèse d'Avila, et Eugène Théron, qui, d'après Vacheron, l'accueillent pendant quelques jours au Grand séminaire.

30 novembre (ou *7 décembre*) : il reçoit, en présence de Vacheron, le sacrement de la confirmation dans la chapelle privée de Mgr Lecœur, évêque de Saint-Flour. Mais, dès le *15 décembre*, il s'accuse de retomber dans toutes ses « anciennes faiblesses » : le péché de la chair, la « manie » d'écrire, que réveille la rédaction d'un poème en vers libres sur Jérusalem, et surtout une persistante rêverie amoureuse sur une femme.

1918

Janvier : hésitant quant à sa vocation, il écrit à Vacheron : « je ne puis songer à partir immédiatement au séminaire et à laisser ma mère seule » ; et, après une nouvelle entrevue avec le chanoine Saliège : « ma voie est toute tracée par mes études ». En fait, amoureux de la sœur de Georges Delteil, Marie, qui partage son amour mais se croit elle aussi une vocation religieuse, il se débat entre le désir de réaliser « un tiède idéal de vie familiale » et celui de « servir Dieu ».

15-19 juin : il fait, sur le conseil de Saliège, une retraite chez les jésuites de La Barde à La Coquille (Dordogne). Il y aurait pratiqué les exercices ignaciens dont, dans sa recherche des techniques d'accès à ce qu'il appellera l'expérience intérieure, il dénoncera l'insuffisance. Ces cinq journées l'amènent à la conviction qu'il n'a pas de vocation. Poussé par Vacheron et les jésuites de La Barde, il amorce une première transcription en prose du poème *Notre-Dame de Rheims*, texte empreint de ferveur religieuse et patriotique, dont la version définitive, commencée le *7 juillet*, est achevée sans doute le même mois.

18 août : il participe à une réunion des chefs de groupe de l'Association catholique de la Jeunesse française du Cantal, au cours de laquelle il lit, en présence de Mgr Lecœur et de Vacheron, *Notre-Dame de Rheims*[1] qu'il publie la même année sous forme de plaquette de six pages (Saint-Flour, Imprimerie du Courrier d'Auvergne).

Il continue à préparer le concours d'entrée à l'École des chartes. Reçu 6e sur 11, il est nommé élève de 1re année par arrêté ministériel

---

1. Voir l'article inédit de J.-P. Le Bouler « Sur *Notre-Dame de Rheims* de Georges Bataille. Le mot de l'énigme ».

du *8 novembre*. Il s'installe à Paris où il loue une chambre d'étudiant (61, rue Bonaparte), voisine de celle d'un autre élève de l'École des chartes, André Masson, futur inspecteur général honoraire des bibliothèques[1]. Il continue d'aller à la messe tous les matins. *Le Latin mystique* de Remy de Gourmont est son livre de chevet.

1919

Février : il s'installe probablement à ce moment-là (ou en *octobre*), avec sa mère, 85, rue de Rennes, où son frère viendra les rejoindre.
   Premier de sa promotion à l'examen de fin d'année, il est nommé élève de 2ᵉ année et boursier par arrêtés des *22* et *29 juillet*.
   Août-octobre : le *9 août*, il écrit de Riom-ès-Montagnes à sa cousine Marie-Louise qu'il continue à se « contourner dans la misanthropie ». Il est néanmoins décidé à épouser Marie Delteil, tout en étant amoureux d'une autre femme. La maladie héréditaire du père de Bataille conduit le docteur Delteil à lui refuser la main de Marie. Il pense alors au suicide. Il dira quarante ans plus tard à Michel Bataille (fils de son cousin Victor) que Marie était la seule femme dont il lui arrivait de rêver.

1920

Bataille sort troisième de sa 2ᵉ année à l'École des chartes. Il est nommé élève de 3ᵉ année par arrêté du *2 août*. Désireux de voyager, il envisage d'aller en Orient. En *septembre* il sollicite sans succès un poste de professeur en Amérique. Il se rend à Londres pour effectuer des recherches au British Museum et, vraisemblablement, pour consulter trois manuscrits de *L'Ordre de Chevalerie* ainsi que celui de la *Chanson de Guillaume* qui venait d'être découvert. Il rencontre aussi Henri Bergson dont il lit *Le Rire*. Du *22* au *24 octobre*, il approfondit ses études au monastère de Quarr Abbey sur la côte nord-est de l'île de Wight. C'est après ce séjour qu'il aurait perdu « brusquement la foi parce que son catholicisme avait fait pleurer une femme qu'il aimait ». En réalité, il semble qu'il ne se détachera que peu à peu de toute croyance.
   De cette époque daterait son amitié avec Colette Renié, élève de l'École des chartes, plus tard bibliothécaire de l'École des langues orientales, à laquelle il donne à lire ses poésies.
   Selon André Masson, il fait la connaissance de Mme Lecomte du Noüy[2], grâce à laquelle il atteint « des sphères très étrangères » à sa vie d'étudiant.

---

1. André Masson, condisciple de Georges à l'École des chartes, est l'auteur d'une nécrologie de Bataille, « Nécrologies », *Bulletin des Bibliothèques de France*, 1964, 122.
2. Il s'agit sans doute de Jeanne Lecomte du Noüy qui, évoquée par Francis Picabia dans *La Pomme de pins* du 25 février 1922, aurait signé la même année, sous le nom de J. Lecomte du Noüy, un tract contre Tzara.

C'est sans doute entre 1920 et 1922 (ou 1923) qu'il rédige deux récits : *La Châtelaine Gentiane* et *Ralph Webb*.

1921

Par arrêté du *18 juillet*, il est admis à subir les épreuves de la thèse de l'École des chartes consacrée à *L'Ordre de Chevalerie. Conte en vers du XIIIᵉ siècle, publié avec une introduction et des notes*, sujet qui lui aurait été inspiré, selon André Masson, par *La Chevalerie* de Léon Gautier.

À en croire un fragment autobiographique, il se rend en Italie. À ce voyage se réfère probablement un passage de *Sur Nietzsche* (1945), lié à son expérience du rire.

1922

30 janvier : il soutient sa thèse, qui sera signalée par le Conseil de perfectionnement à l'attention du ministre de l'Instruction publique.

Février-septembre : deuxième de sa promotion, il est nommé par arrêté ministériel du *10 février* archiviste-paléographe et le même mois, il est appelé à faire partie de l'École des Hautes Études hispaniques de Madrid (future Casa de Velázquez). Il rencontre Alfred Métraux à la veille de son départ. Au dire de Métraux, ils avoueront plus tard avoir été attirés l'un vers l'autre par leur ressemblance physique. À Madrid, mais aussi à Séville, à Tolède, il étudie, parfois découvre, et a le projet d'éditer quelques manuscrits et documents médiévaux[1] et de se rendre au Maroc. Il amorce un roman « à peu près dans le style de Marcel Proust ». Un fait en particulier a pour lui la valeur d'une révélation : la mort, le *7 mai*, dans les arènes de Madrid, du célèbre matador Manuel Granero[2]. Le *10 juin*, il est nommé bibliothécaire stagiaire à la Bibliothèque nationale à Paris ; il démissionne de l'École des Hautes Études hispaniques et rentre en France pour prendre son service le *17 juillet* au département des Imprimés, non sans avoir assisté avant son départ à la prestation du chanteur de flamenco Bermudez lors d'un concours de *cante jondo* à l'Alhambra de Grenade.

Juillet-décembre : il lit Nietzsche, *L'Éternel Mari* de Dostoïevski et *Les Nourritures terrestres* de Gide[3]. D'après sa correspondance avec Colette Renié — sa « Béatrice des choses de la terre » —, la lecture de *Paludes* le conduit à brûler une de ses poésies. Sans doute à cette époque, il avoue à Colette Renié une relation éphémère avec une femme « absolument monstrueuse » et « absolument belle ». Il est néanmoins décidé à se soustraire aux tentations. En *septembre*

---

1. Voir J.-P. Le Bouler, « Sur le séjour en Espagne de Georges Bataille (1922) : quelques documents nouveaux », *Bibliothèque de l'École des chartes*, t. 146, janvier-juin 1988, p. 179-190.

2. Voir *Histoire de l'œil*, « L'Œil de Granero », p. 53.

3. Pour une liste détaillée de ses lectures, voir « Emprunts de Georges Bataille à la Bibliothèque nationale (1922-1950) » (*OC* XII).

il envisage de faire des démarches pour être nommé à l'Institut du Caire.

1923

Février : il découvre Freud, dont il lit l'*Introduction à la psychanalyse*. Il se lie à Métraux qui suit à l'École pratique des Hautes Études les cours de Marcel Mauss et lui en révèle l'œuvre.

Novembre : inscrit à l'École des langues orientales, il y entreprend l'étude du chinois. Il suit aussi, en tant qu'auditeur, le cours de russe (fréquenté par Georges Dumézil et Brice Parain), qu'il abandonnera rapidement ; mais il a l'occasion de rencontrer le philosophe russe Léon Chestov, émigré à Paris, qui exerce une influence profonde sur lui en l'amenant à la relecture anti-idéaliste de Nietzsche, à la connaissance de Dostoïevski, de Platon, de Kierkegaard et de Pascal.

La rédaction du récit *Évariste* daterait au plus tôt de cette année-là.

1924

15 avril : Bataille est transféré comme stagiaire au cabinet des Médailles.

3 juillet : il est nommé bibliothécaire de 6e classe et est installé dans ses fonctions le *17 août*. Il lit *Les Révélations de la mort* de Chestov, dont la même année il traduit du russe *L'Idée de bien chez Tolstoï et Nietzsche*, en collaboration avec la fille du philosophe russe, Teresa Beresovski-Chestov.

Octobre : c'est plus ou moins à cette époque, par l'intermédiaire de Jacques Lavaud, bibliothécaire à la Bibliothèque nationale, qu'il fait la connaissance de Michel Leiris. Avec celui-ci et Lavaud, il projette, en opposition au négativisme puéril du dadaïsme, la création d'un mouvement littéraire, « Oui », et d'une revue dont le siège aurait dû être un bordel. Parution, le *15 octobre*, du *Manifeste du surréalisme*, que Bataille lit sans enthousiasme. Grâce à Leiris, il entre en contact avec le peintre André Masson qui sera, avec Jean Fautrier, Alberto Giacometti et Hans Bellmer, l'illustrateur de ses textes, et qui l'introduit dans le groupe informel et hétérodoxe se réunissant dans son atelier, au 45 de la rue Blomet : véritable « foyer de dissidence », qui prônait, autour de Georges Limbour, Roland Tual, Antonin Artaud, Armand Salacrou, Juan Miró, la liberté sexuelle ainsi que la liberté « de boire et de fumer de l'opium », et auquel s'était depuis peu relié le groupe, ouvert au jazz et au cinéma américain, de la rue du Château, constitué par Jacques Prévert, Marcel Duhamel, Yves Tanguy (et plus tard Raymond Queneau). C'est aussi grâce à Leiris que Bataille aurait rencontré Aragon, au Zelli's.

Novembre (?) : Leiris rejoint le groupe surréaliste. Bataille s'en offusque et se sent exclu. Il s'inscrit, en tant qu'auditeur, en 2e année de chinois à l'École des langues orientales.

De cette année (ou de 1925) daterait aussi sa rencontre avec Théodore Fraenkel, médecin et ancien dadaïste, familier de la rue Blomet, auquel il se lie étroitement, et par lequel il fera la connaissance d'Artaud.

1925

Janvier : séjour à Nice.

9 mars : Bataille est promu bibliothécaire de 5e classe.

Vraisemblablement vers la *fin de l'été*, par l'entremise de Leiris, il fait la connaissance au Cyrano, petit café de la place Blanche, d'André Breton qui, selon Leiris, aurait éprouvé pour lui une aversion immédiate.

9 octobre : achevé d'imprimer de *L'Idée de bien chez Tolstoï et Nietzsche* de Chestov (Éditions du siècle) dont Leiris rend compte dans *Clarté*.

13 novembre : avis négatif de la Société des anciens textes français (S.A.T.F., dont Bataille est membre de 1922 à 1927) quant à l'édition de *L'Ordre de Chevalerie*. Il fait le projet d'éditer, toujours pour cette Société, *Bérinus*, roman en prose du XIVe siècle ; ce second projet n'aura pas plus de succès[1].

Selon la notice biographique diffusée en 1957 par Pauvert, Gallimard et Minuit, il écrit cette année-là *W.-C.* (dans sa « Notice autobiographique » et dans *Le Petit*, Bataille donne comme date 1926), roman dans lequel, d'après Leiris, il se mettait en scène sous les traits du célèbre assassin Troppmann, mais qui devint dans une version ultérieure un récit à la première personne. De ce roman il ne resterait qu'un épisode, « Dirty » qui, daté de 1928 et publié en 1945, correspondrait à l'Introduction du *Bleu du ciel*. Par l'entremise d'un de ses amis, le docteur Camille Dausse, alarmé de la virulence de ses écrits, il entreprend une analyse avec Adrien Borel, membre fondateur de la Société psychanalytique de Paris, qui, selon ce qu'il écrira dans *Les Larmes d'Éros*, lui aurait remis un des clichés du supplice chinois des cent morceaux (voir mars 1961) reproduit dans le *Traité de psychologie* (1923) de Georges Dumas[2]. Commencée sans doute en 1926, cette cure (à laquelle on peut rattacher le texte posthume *Rêve* écrit vers juin 1927) mettra « fin en août 1927 à la suite de malchances et d'échecs sinistres où il se débattait ».

Il acquiert *L'Armure*, tableau de Masson. De cette même année (ou de la suivante) date aussi le projet de fonder avec Leiris, Masson et Nikolay Bakhtin, frère du théoricien de la littérature Mikhaïl, une société secrète orphique et nietzschéenne, que Leiris propose d'appeler « Judas ».

---

1. Voir J.-P. Le Bouler, « Georges Bataille et la Société des anciens textes français : deux " échecs sinistres " (1925-1926) », *Revue d'histoire littéraire de la France*, nº 4-5, juillet-octobre 1991, p. 691-703.
2. C'est en réalité dans *Nouveau traité de psychologie* (t. II et III, parus en 1932-1933) que figurent ces clichés.

1926

Mars : sur une proposition que Leiris lui avait faite en juillet 1925, Bataille publie anonymement des « Fatrasies » (poèmes incohérents composés au XIIIe siècle) dans le numéro 6 de *La Révolution surréaliste*.

Juillet : il publie dans la revue d'art et d'archéologie *Aréthuse* (n° 12), dirigée par Jean Babelon et Pierre d'Espezel, ses collègues au cabinet des Médailles, une note de lecture, que suit, dans le numéro d'*octobre*, la première partie d'un article de numismatique : « Les Monnaies des Grands Mogols au Cabinet des Médailles » (la seconde partie paraît dans le numéro 14 en janvier 1927). C'est le début d'une collaboration qui durera jusqu'en 1929.

Découverte de Sade.

1927

17 juin : Bataille est promu bibliothécaire de 4e classe.

Juillet : voyage à Londres, où la vue de « la nudité d'une saillie anale de singe », au Zoological Garden, provoque en lui une sorte d'extase indissociable d'une « fantaisie excrémentielle » en rapport avec le thème de l'œil pinéal, sorte de figure embryonnaire de la notion de dépense qui, amorcée à travers la lecture de l'*Essai sur le don* de Mauss, va l'amener à une tentative de dépassement de l'anthropologie scientifique par l'élaboration d'une anthropologie mythique. En témoignent les cinq versions du « Dossier de *L'Œil pinéal* », dont « Le Jésuve », daté de 1930.

Août : le 23 il participe à la manifestation en faveur de Sacco et Vanzetti au cours de laquelle il est pris par un communiste pour un provocateur. Un inconnu intervient pour le défendre. Il reconnaîtra plus tard en lui Arthur Adamov.

Septembre : parution du *Temps retrouvé* à la lumière duquel il retracera, dans la partie « Post-scriptum au supplice » de *L'Expérience intérieure* (paru en 1943), une expérience extatique « en partie manquée » vécue avant 1927.

Au cours de l'année, il rencontre, sans doute par l'intermédiaire de Leiris, de Queneau et surtout de Bianca, épouse de Fraenkel, Sylvia Maklès (1908-1993), sœur de celle-ci. De famille d'origine juive roumaine, Sylvia et Bianca ont deux autres sœurs, Simone, plus tard épouse de Jean Piel, dont il fait également la connaissance, et Rose, future femme de Masson.

À 1927 pourrait remonter la première rédaction d'*Histoire de l'œil*, qu'il fait lire à Borel.

1928

30 mars : Bataille épouse à Courbevoie Sylvia Maklès. Leiris est son témoin. Le couple s'installe, d'après Michel Surya, 23, avenue de

Ségur (VII°), dans l'atelier de Masson puis, 74, rue Vauvenargues (XVIII°). L'année suivante, ils emménagent 24, avenue de la Reine, à Boulogne-sur-Seine, et, plus tard, 3, rue Claude Matrat à Issy-les-Moulineaux. Bataille continue de mener une vie dissolue.

Mai: il publie dans les *Cahiers de la république des lettres, des sciences et des arts* (n° 11), à l'occasion de la grande exposition parisienne sur l'art précolombien, « L'Amérique disparue ».

Juillet: d'après Jean Piel, Bataille lui rend avec Sylvia visite à Penchard près de Meaux.

Août: il met en place avec le poète allemand Carl Einstein et Georges Henri Rivière, sous-directeur du musée d'Ethnographie du Trocadéro, le projet d'une revue, *Documents* (voir avril 1929) dont il aurait inspiré le titre et soumis, avec d'Espezel, l'idée à Georges Wildenstein, éditeur de *La Gazette des Beaux-Arts*. Il publie vraisemblablement à ce moment-là, sans nom d'éditeur et sous le pseudonyme de Lord Auch, avec huit lithographies non signées de Masson sur maquettes de Pascal Pia, le récit *Histoire de l'œil*.

1929

12 février: Bataille est invité à répondre au questionnaire surréaliste portant sur la nécessité de choisir entre action individuelle et action collective, que Breton envoie aux membres du groupe surréaliste et du Grand Jeu, et à des intellectuels proches du surréalisme dans la perspective d'une action commune. Il réplique par la phrase : « beaucoup trop d'emmerdeurs idéalistes ».

Avril: premier numéro de *Documents* dont Bataille, avec le titre de « secrétaire général », prend la direction, en accord avec Rivière, « et à l'encontre du directeur en titre », Einstein. À la revue participent des intellectuels de formation très diverse dont Paul Rivet, Limbour, Leiris (qui en sera un temps le secrétaire de rédaction), Marcel Griaule, Mauss, Henri-Charles Puech, Robert Desnos, Queneau, Georges Ribemont-Dessaignes, Eugène Jolas, Marcel Jouhandeau, Métraux, ainsi que Marie Elbé (pseudonyme de Marie-Louise Bataille). D'après Leiris, le texte publicitaire diffusé pour le lancement de la revue, dont le sous-titre initial est « Doctrines, Archéologie, Beaux-Arts et Ethnographie », en définissait ainsi le programme : « Les œuvres d'art les plus irritantes, non encore classées, et certaines productions hétéroclites, négligées jusqu'ici, seront l'objet d'études aussi rigoureuses, aussi scientifiques que celles des archéologues. » Bataille y publie « Le Cheval académique », premier d'une série d'articles ouvertement anti-idéalistes, qui seront à l'origine de graves tensions dans le comité de direction. Le *15*, d'Espezel menace de supprimer la revue, qui sera dissoute en 1930 après sa quinzième livraison.

Mai: Bataille est proposé par Adolphe Dieudonné, conservateur du cabinet des Médailles, comme officier d'Académie.

Juillet: séjour à Riom-ès-Montagnes.

Septembre: il écrit dans le numéro 4 de *Documents* notamment sur la revue nègre des Lew Leslie's Black-Birds au Moulin Rouge, spectacle qui inspire également un article à Leiris et à André Schaeffner.

15 décembre : parution dans *La Révolution surréaliste* (n° 12) du *Second manifeste du surréalisme* où Breton relève dans les articles publiés par Bataille dans *Documents* des signes de psychasthénie.

1930

15 janvier : mort à Paris de la mère de Bataille, mort qui sera évoquée dans *Le Bleu du ciel* dans la scène de nécrophilie racontée par Troppmann, et, plus explicitement, dans deux textes autobiographiques : « *W.-C.* Préface à Histoire de l'œil » dans *Le Petit*, et le fragment de datation incertaine « Le Cadavre maternel ». Parution, le même jour, du pamphlet contre Breton, *Un cadavre*, financé par Rivière. C'est avec Desnos, qu'il fréquente assidûment depuis 1928, que Bataille a pris l'initiative de répondre au *Second manifeste* de Breton par ce violent pamphlet collectif, dont le titre rappelle celui qui fut écrit par les surréalistes en 1924, au lendemain de la mort d'Anatole France. Outre le texte de Bataille, « Le Lion châtré », et celui de Desnos, « Thomas l'imposteur », *Un cadavre* inclut les contributions des dissidents du surréalisme. Par ailleurs deux écrits posthumes se rattachent à la polémique contre Breton : « La " Vieille Taupe " et le Préfixe *sur* dans les mots *surhomme* et *surréaliste* », écrit vers 1931 pour la revue *Bifur*, et « La Valeur d'usage de D.A.F. de Sade ».

Février : Bataille quitte le cabinet des Médailles pour revenir au département des Imprimés de la Bibliothèque nationale. Il aurait vécu ce transfert comme une injustice.

10 mai : achevé d'imprimer du second tome de l'ouvrage *Les Peintres français du XVIIIᵉ siècle* (Paris et Bruxelles, Les Éditions G. Van Oest), auquel Bataille collabore avec une notice sur Jean Raoux.

10 juin : naissance de sa fille Laurence.

De cette année daterait le projet de diriger une collection de livres érotiques, à paraître sous le manteau, pour laquelle Leiris rédige *Lucrèce, Judith et Holopherne*, première version de *L'Âge d'homme*[1].

1931

Mars : Boris Souvarine publie le premier numéro de *La Critique sociale*. La revue se propose d'accomplir un travail de remise à jour du marxisme fondé sur l'apport de la sociologie, de la psychanalyse, de la philosophie, de l'économie, de l'histoire. Ces préoccupations reflètent celles du Cercle communiste démocratique dirigé par Souvarine et dont Bataille se rapproche avec Queneau, qu'il fréquente assidûment à la Bibliothèque nationale : Bataille y fera la connais-

1. Voir « La Publication d'" Un cadavre " (15 janvier 1930) », *Le Pont de l'Épée*, n° 41, 1ᵉʳ octobre 1969.

sance de Georges Ambrosino, Harrick Obstfield (qui prendra le nom de Pierre Andler), André Chenon, Jean Dautry, Henri Dussat, Pierre Kaan, Imre Kelemen, Jacques Chavy, Patrick Waldberg et Simone Weil.

Avril : procès de Peter Kurten, dit le Vampire de Düsseldorf, dont Bataille fait état dans un fragment posthume réuni au « Dossier de la polémique avec André Breton ». Séjour à Riom-ès-Montagnes avec Sylvia et Queneau.

Septembre : projet de collaborer à la création, autour de Duhamel et Jacques Klein, d'un hebdomadaire, avec une « histoire universelle », illustrée par Max Morise. Ce projet n'aura pas de suite mais Bataille aura cultivé toute sa vie durant l'idée d'une histoire universelle (voir avril 1934, août 1956, juillet 1959 et juin 1961).

Octobre : son compte rendu (*La Critique sociale*, nᵒ 3) de *Psychopathia sexualis* de Krafft-Ebing est à l'origine d'un différend avec Jean Bernier (nᵒ 4), auquel il répliquera dans le numéro 5 (mars 1932). Projet, resté sans suite, de traduire de l'allemand et de réunir en volume deux essais sur Dostoïevski : l'introduction de Freud au volume de W. Komarowitsch, *F. M. Dostojewski, die Urgestalt der Brüder Karamasoff* (1928), « Dostojewski und die Vatertötung », et « Freuds Studie über Dostojewski » de Theodor Reik (1929). Il décide d'assister, à partir de *novembre*, aux séances de présentation des malades à l'hôpital Saint-Anne, vraisemblablement en vue de préparer un certificat de psychologie pathologique. Avec Queneau, Bataille commence à suivre le séminaire d'Alexandre Koyré à l'École des Hautes Études (Sciences religieuses) sur les textes de Nicolas de Cues relatifs à la notion de « docte ignorance » et à celle de la « coïncidence des contradictoires » dans l'infini.

Novembre : le *25*, achevé d'imprimer de *L'Anus solaire* illustré de pointes sèches par Masson, livre écrit en janvier-février 1927 (Galerie Simon, 112 exemplaires). Souvarine et Colette Peignot, plus tard connue sous le nom de Laure, emménagent 7, rue du Dragon (ils s'installeront en 1932 à Neuilly). Née le 8 octobre 1903 à Meudon, dans une famille de la riche bourgeoisie catholique, membre du Cercle communiste démocratique, Colette Peignot collabore à *La Critique sociale*, qu'elle subventionne, écrivant à partir de 1933 sous le pseudonyme de Claude Araxe, dont elle se sert aussi pour signer ses articles dans *Le Travailleur communiste, syndicaliste et coopératif*. C'est durant ce même mois (ou en *décembre*) que, à la brasserie Lipp, Bataille, alors accompagné de Sylvia, l'aurait pour la première fois rencontrée en compagnie de Souvarine. Après la mort de Colette, il écrira dans le fragment posthume « Vie de Laure » : « Dès le premier jour, je sentis entre elle et moi une complète transparence. »

Du début des années 1930 daterait le projet de collaborer à un journal dont Drieu La Rochelle aurait dû être le directeur littéraire et Colette Peignot la secrétaire générale.

1932

Mars : parution dans *La Critique sociale* (n° 5) de « La Critique des fondements de la dialectique hégélienne » qui, écrit en collaboration avec Queneau, suscitera dans le numéro 6 de la même revue la réaction de Karl Korsch.

12 juillet : le non-paiement du loyer entraîne la saisie-gagerie des objets mobiliers de l'appartement de Bataille à Boulogne-sur-Seine. Le *19*, il est promu bibliothécaire de 3ᵉ classe.

Séjour pendant l'*été*, avec Sylvia, Piel et d'autres amis, à Nesles-la-Vallée.

Novembre : Bataille continue à suivre le cours de Koyré sur Nicolas de Cues. Il suit aussi un séminaire de Koyré sur « La Philosophie religieuse de Hegel ». Il y rencontre Kojevnikof, *alias* Alexandre Kojève.

Décembre : à l'occasion du tricentenaire de la naissance de Spinoza, il organise à la Bibliothèque nationale avec Arnaud Dandieu, son collègue aux Imprimés, une exposition (24 décembre-15 janvier 1933).

1933

Janvier : Bataille publie (*La Critique sociale*, n° 7) « La Notion de dépense », fragment d'un ouvrage à paraître qui, à partir de l'étude de Mauss sur le potlatch, met au jour, à l'intérieur du processus économique, le caractère primaire de la dépense improductive ; la revue manifeste dans une note ses réserves idéologiques par rapport à la thèse de Bataille. Sous l'impulsion d'Albert Skira et Estratios Tériade, il envisage de créer une revue d'art moderne ouverte aux dissidents surréalistes, pour laquelle il arrête avec Masson le titre *Minotaure* ; le projet se réalisera sous l'égide de Breton et des surréalistes orthodoxes.

Mars : arrivée à Paris de Walter Benjamin, plus tard familier de Contre-Attaque et du Collège de sociologie. Bataille considère avec une inquiétude croissante le progrès du fascisme et lit *Aux sources du fascisme* de Silvio Trentin et *La Terreur fasciste : 1922-1926* de Gaetano Salvemini. Il se documente aussi sur le national-socialisme.

Avril : le *6*, conférence d'Artaud, à la Sorbonne, sur « Le Théâtre et la Peste » : c'est sans doute celle que Bataille évoque dans « Le Surréalisme au jour le jour ». Il signe, aux côtés de Lucien Laurat, Jacques Mesnil, Pierre Pascal et Souvarine, « Un appel » en faveur de Victor Serge (*La Critique sociale*, n° 8).

Juillet : malade, il rédige le compte rendu d'une « extase » liée à l'ouverture de la *Léonore* de Beethoven et à « une séparation peu cruelle », qu'il publiera en 1936 sous le titre *Sacrifices*. Autour du *15*, il s'installe à Aiguilles (Hautes-Alpes) où il reste jusqu'à la *mi-août*, travaillant à la rédaction de « La Structure psychologique du fascisme » qu'il envisage de publier dans un livre en préparation, peut-être *Le Fascisme en France*, dont il ne rédigera qu'un fragment en 1934, ou l'*Essai de définition du fascisme*, qu'il n'achèvera pas non plus. C'est en *novembre* que la première partie (la deuxième est publiée en 1934) de « La Structure psychologique du fascisme » paraît (*La Critique sociale*, nᵒ 10) ; le nom de Bataille figure aussi, en *septembre*, au sommaire du numéro 9 de la même revue, associé à l'article « Le Problème de l'État », où est dénoncée, face au spectre de l'État totalitaire (stalinisme, fascisme, nazisme), l'insuffisance théorique du marxisme et de ses développements concrets dans le communisme, ainsi qu'à une note sur *Minotaure*.

Entre *octobre* et février 1934, il prend part aux groupes d'études *Masses* organisés autour de René Lefeuvre, proche de la pensée de Rosa Luxemburg : avec Leiris, Aimé Patri et Kaan, il y projette — si l'on s'en tient aux annonces de *Monde* — un cours de sociologie sur les mythes politiques et sociaux modernes, premier embryon du Collège de sociologie. C'est dans ce milieu qu'il aurait rencontré la photographe Dora Maar qui deviendra sa maîtresse avant de se lier à Picasso.

Novembre : collaboration anonyme au chapitre « Échange et crédit » de *La Révolution nécessaire*, exposé des idées de l'Ordre Nouveau, qui, rédigé par Robert Aron et feu Arnaud Dandieu, paraît chez Grasset.

De 1933 datent aussi les notes manuscrites intitulées « Le Rire ».

1934

1ᵉʳ janvier : Kojève est chargé d'assurer jusqu'au *31 mai* la suppléance d'Alexandre Koyré à l'École des Hautes Études ; ses cours, qui se prolongeront jusqu'en 1939, portent sur la philosophie religieuse de Hegel d'après la *Phénoménologie de l'esprit*. Ce ne serait qu'à partir de *novembre* et jusqu'en 1939 que Bataille y aurait assisté (son nom figure au nombre des auditeurs assidus seulement pour les années universitaires 1934-1935 et 1935-1936). Aux cours prennent part, entre autres, Queneau, Gaston Fessard, Jacques Lacan (chez lequel Bataille fait la connaissance de Roger Caillois), Éric Weil. Il rattachera ensuite explicitement sa propre interprétation de l'hégélianisme exposée par Kojève. Il lit *Sein und Zeit* (*Être et Temps*) de Heidegger.

Bataille s'entretient avec Piel sur l'affaire Stavisky, qui joue un rôle déterminant dans les démissions, le *28 janvier*, du cabinet Chautemps et la constitution du gouvernement Daladier, dont la chute, provoquée par les mouvements insurrectionnels du *6 février*, amène Doumergue à la tête d'un gouvernement d'union nationale. Bataille adhère au manifeste *Peuple Travailleur, Alerte !* rédigé, après le *6 février*, par les membres du Cercle communiste démocratique et de la Fédération communiste indépendante de l'Est. Il participe sur le cours de Vincennes avec Leiris et Tual à la manifestation antifasciste du

12 février qui scelle l'union des socialistes et des communistes. Cependant, dans ces premiers mois, malade, Bataille, comme il l'écrit, ne sort « du lit que pour boiter, perclus de rhumatismes ». Laure lui aurait rendu visite une ou deux fois à son domicile d'Issy-les-Moulineaux.

Mars : Bataille publie la deuxième partie de « La Structure psychologique du fascisme » (*La Critique sociale*, n° 11, dernier numéro de la revue). Le Cercle communiste démocratique cesse d'exister dans le courant de l'année.

Avril : séjour à Rome où il effectue des recherches à la Biblioteca Nazionale en vue de son projet de rédaction d'une « histoire universelle ». Le *14*, il visite la *Mostra della Rivoluzione fascista* dont il envoie un compte rendu détaillé à Queneau. Il se rend aussi sur le lac d'Albano, près de Nemi, nom lié au mythe de Diane. Mais, à nouveau malade, il décide de regagner la France le *22*, après une étape à Stresa.

20 juin : il amorce à cette date (ou après la mort de Laure) le journal « La Rosace ». Le *29*, début de sa relation avec Laure.

Juillet : le *4*, Laure part avec Souvarine pour l'Autriche et l'Italie. Bataille, renonçant peut-être à se rendre à Font-Romeu avec Laurence, relate dans « La Rosace » ses pérégrinations, « chassé d'un lieu à l'autre », pour la retrouver : c'est notamment à Mezzocorona qu'il la rejoint le *24*, veille de l'assassinat du chancelier Dollfuss à Vienne, pour se rendre avec elle à Trente, où se déroule la sombre orgie racontée dans *Le Bleu du ciel*. Innsbruck et Zurich seront les dernières étapes de ce voyage exalté et tragique.

5 août : Laure rentre seule à Paris où, à la suite d'une crise de dépression, elle est confiée aux soins du père de Simone Weil, médecin, qui la fait hospitaliser à Saint-Mandé. Bataille, rentré à Paris le *6*, renoue des rapports étroits avec Borel qu'il voit à Privas (Ardèche) et auquel il parle de Laure, peut-être aussi avec l'idée de reprendre une analyse. Le *25*, il rejoint Sylvia à Biarritz, où elle se trouve avec Laurence. Il se rend à Bayonne, d'où, après une excursion en bateau à Saint-Sébastien, sur la côte espagnole, Sylvia et Laurence rejoindront seules Masson à Tossa de Mar, où celui-ci s'est installé en *juin*. Le *28*, retour à Paris (Sylvia et Laurence rentrent le *24 octobre*). C'est à peu près de ce moment que daterait le projet d'un livre intitulé *Les Présages*, titre que Bataille donnera, en 1935, au journal de son séjour espagnol et, dans l'après-guerre, à un dossier rassemblant plusieurs articles.

Septembre : Laure est confiée aux soins de Borel. Bataille fréquente le Tabarin, le Sphynx, et a de nombreuses liaisons : c'est du moins ce que laisse supposer son journal où figurent plusieurs prénoms de femmes, dont une Édith avec laquelle, du *1er* au *3 novembre*, il se rend en Allemagne, à Trèves, Coblence, Francfort.

29 décembre : « soirée de Saint-Cloud », dans un pavillon des grands-parents d'André Barell, où Bataille amorce une relation éphémère avec la sœur de Chenon, Pauline qui, future épouse de

Gaston-Louis Roux, sera liée à Leiris. Le ton de la soirée sera évoqué dans le journal de Chavy, à la date du 10 février 1935 : « soûlographie dégoûtante, portes cassées, dégueulis partout ». Au cours de la nuit, la police, alertée par les voisins, fait irruption dans la maison.

De cette année date la rencontre de Pierre Klossowski ; de *fin 1934* (ou début de 1935) sa séparation avec Sylvia, dont il ne divorcera qu'en 1946.

1935

Janvier : Bataille envisage de fonder une revue où l'expression littéraire ne devrait plus trouver place qu'« en cohésion avec une certaine investigation ». Le projet d'une revue littéraire qui se précise plus ou moins au même moment, sous le titre *La Bête noire*, autour de Marcel Moré, entraîne, après le *23*, une crise dans ses rapports avec Leiris et la rupture avec Queneau, ces derniers prenant part à l'entreprise.

15 avril : au café du Bel-Air à Montparnasse, réunion, préliminaire à la constitution de Contre-Attaque, dont l'objet est résumé dans le texte d'invitation : « Que faire ? Devant le fascisme étant donné l'insuffisance du communisme », signé par Bataille, Dautry et Kaan. L'adresse qui à partir de cette époque figure dans ses lettres est 76 *bis*, rue de Rennes. À la *fin du mois*, il part avec sa fille Laurence pour l'Espagne d'où il ne rentrera que le *30 mai*. Ainsi que le dit le journal « Les Présages », il est du *8* au *12 mai*, avec Masson, à Barcelone. Il en fréquente assidûment les bordels. Il rencontre aussi les Landsberg. Le *10*, il se rend avec Masson à Montserrat : expérience « extatique » qui sera évoquée dans le numéro 8 de *Minotaure* (juin 1936), sous le titre « Montserrat », ensemble réunissant la poésie « Du haut de Montserrat » de Masson ainsi que la reproduction de deux de ses tableaux, *Aube à Montserrat* et *Paysage aux prodiges*, et le récit de Bataille « Le Bleu du ciel » (repris avec des modifications dans *L'Expérience intérieure*). De retour à Barcelone, il assiste le *11* et le *12* à deux corridas. Le *13*, il retrouve à Tossa sa fille et Madeleine Landsberg, avec laquelle il amorce vraisemblablement une liaison. Le *29*, il achève le roman *Le Bleu du ciel* qui ne paraîtra qu'en 1957.

Juillet : Bataille envisage avec Caillois de fonder une association d'intellectuels révolutionnaires, première ébauche de Contre-Attaque.

Août : publication du tract *Du temps que les surréalistes avaient raison*, qui stigmatise l'étouffement, par les staliniens, de l'intervention surréaliste au Congrès international pour la défense de la culture qui s'est tenu en *juin*.

Septembre : Bataille renoue avec Breton. Réunions, constitutives de Contre-Attaque, au café de la Régence, au café de la Mairie, et sans doute une fois chez Claude Cahun.

Octobre : le 7 paraît le manifeste *Contre-Attaque. Union de lutte des intellectuels révolutionnaires* qui, rédigé à partir d'un projet de Caillois

puis modifié, entraînera une rupture avec ce dernier. Prennent part
à ce mouvement antifasciste condamnant la faiblesse des régimes
démocratiques, outre Bataille et Breton, Pierre Aimery (*alias* Kelemen), Ambrosino, Roger Blin, Jacques-André Boiffard, Cahun,
Chavy, Jean Delmas, Dautry, Paul Eluard, Maurice Heine, Klossowski, Benjamin Péret (un deuxième tirage du manifeste inclut
39 signatures). Deux groupes le composent : le groupe Sade, dont
font partie Breton et Bataille, et le groupe Marat.

Novembre : parution de *Position politique du surréalisme* de Breton
qui reprend en appendice le Manifeste de Contre-Attaque. Le *24*,
communications de Bataille et Breton sur la question du Front
populaire. Premier signe de dissension entre le groupe de Bataille
et les surréalistes : le *28* paraît dans *Candide* un article signé Georges
Blond et attribuant la paternité du groupe au seul Breton.

Décembre : plusieurs réunions de Contre-Attaque, dont celle du
8 dans l'atelier de Jean-Louis Barrault, rue des Grands-Augustins,
où Bataille et Breton font un exposé sur « L'Exaltation affective et
les Mouvements politiques ». Le *21*, un entretien de Breton dans
Le Figaro littéraire aura pour résultat d'accentuer les tensions avec
le groupe de Bataille.

Vers 1935, il découvre Blake et Kafka.

                                  1936

Janvier : Bataille prend deux fois la parole au Grenier des Augus-
tins ; le *5*, sur « La Patrie et la Famille », le *21*, anniversaire de l'exécution de Louis XVI, sur « Les 200 Familles qui relèvent de la justice
du peuple ».

Février : le *16*, il participe à la manifestation de protestation contre
l'agression de Léon Blum par de jeunes royalistes, au cours de
laquelle Contre-Attaque diffuse le tract *Camarades, les fascistes lynchent
Léon Blum*. Il rédige le tract *Appel à l'action*. Il termine aussi, pour le
volume V de *Recherches philosophiques* (1935-1936), le texte « Le Labyrinthe » dont une version sensiblement différente figurera dans
L'Expérience intérieure.

Mars : le *14*, Bataille convoque une réunion sur la guerre (Hitler
vient d'occuper la Rhénanie) au café Augé : à l'ordre du jour le tract
Travailleurs, vous êtes trahis ! qu'il aurait rédigé avec Jean Bernier et
Lucie Colliard et qui, diffusé avec un bulletin de souscription à un
nouveau groupe, le Comité contre l'Union sacrée (constitué par lui
sans mandat), entraînera la rupture avec Breton.

Avril : le *2*, au cours d'une réunion générale, il donne sa démission de secrétaire général de Contre-Attaque. Il est remplacé par
Dautry. Bataille forme alors le projet d'une société secrète qui se
détournerait de la politique. L'objectif se veut religieux mais anti-
chrétien, essentiellement nietzschéen. « Programme », texte daté du
4 et signé G. B., répond à ce projet, dont le groupe Acéphale et la
revue du même nom devaient être la réalisation. Le *7*, Bataille

rejoint à Tossa de Mar Masson qui dessine, pour la couverture d'*Acéphale*, un homme sans tête. Quant à lui, il y rédigera deux brefs écrits : « Pour mes propres yeux l'existence… », daté du *14*, et « La Conjuration sacrée », texte inaugural de la revue, daté du *29*. Le *9*, Contre-Attaque s'était réuni une dernière fois pour prendre position sur la question de la guerre. Un texte de Pierre Dugan, *alias* Andler, daté du *17*, « Notes sur le fascisme », où apparaît le néologisme « surfascisme », précipite la rupture : ce terme, qui résume la straté-gie révolutionnaire de Contre-Attaque, renvoie au mot « surréa-lisme » et doit être compris dans le sens de fascisme surmonté. Les surréalistes, eux, l'appliquent à Bataille et à son groupe dans une intention malveillante. *Fin du mois :* dissolution de Contre-Attaque.

Mai : parution du premier (et unique) numéro des *Cahiers de Contre-Attaque*, « Front populaire dans la rue », qui, entièrement rédigé par Bataille, est désavoué par les surréalistes au travers d'un communiqué diffusé le *24* dans *L'Œuvre*.

Juin : au tout *début du mois*, Bataille voit le documentaire d'Eisen-stein *Tonnerre sur le Mexique* (qui est sans doute à l'origine du texte posthume « Calaveras »). Le *4*, Bataille met en place un « groupe d'études » ou « groupe sociologique », premier noyau de la société secrète Acéphale, encore lié à des préoccupations d'ordre politique. Le *6*, élection de Blum qui préside le premier gouvernement du Front populaire. Le *24*, parution chez Guy Lévis-Mano du premier des cinq numéros d'*Acéphale*, que Bataille dirigera avec Ambrosino et Klossowski (y contribueront aussi Monnerot, Caillois, avec lequel il se réconciliera en décembre, Jean Rollin et Jean Wahl).

Juillet-septembre : le *31 juillet*, réunion au sous-sol du café La Bonne Étoile pour la préparation du deuxième numéro d'*Acéphale*. De *juillet* à *août* Bataille participe, dans le rôle d'un séminariste, au film de Jean Renoir *Une partie de campagne* où joue Sylvia (la première projection publique du film aura lieu en 1946). Le *8 août*, il est nommé biblio-thécaire de 2ᵉ classe. Entre *fin août* et *début septembre*, il signe le tract *Appel aux Hommes* qui aurait précédé le meeting du *3 septembre*, « La Vérité sur le Procès de Moscou », où Breton prend la parole. Le *29* et le *30 septembre*, des manifestations troublent la représentation, au théâtre des Arts, des *Innocentes*, pièce où joue Marcelle Géniat, direc-trice d'une maison de redressement de Boulogne d'où une dizaine de jeunes filles venaient de s'évader au cri « À nous le Front popu-laire ! ». Bataille est arrêté avec Laure, Gaston Ferdière, Georges Hugnet et Léo Malet.

Octobre : séjour à Tossa, où Laure le rejoint.

En *novembre*, vraisemblablement le *11*, Bataille intervient dans la première des réunions régulières d'Acéphale contre « les soucis dégradants de la politique ».

Décembre : le *3*, il publie chez Guy Lévis-Mano *Sacrifices* (150 exem-plaires), illustrant cinq eaux-fortes de Masson. Il convoque les membres d'Acéphale, le *28*, au sous-sol du café Lumina et, le *29*, au Grand Véfour.

De 1936 date la parution dans le tome XVII de l'*Encyclopédie fran-çaise* du « Catalogue méthodique des principaux ouvrages contem-porains se rapportant aux arts et aux littératures » mis en forme anonymement par Bataille. De cette année date aussi le projet, sans doute conçu dans le cadre d'Acéphale, de répandre une flaque de sang au pied de l'obélisque de la Concorde et d'envoyer un communiqué à la presse, signé de Sade, indiquant le lieu où est enterré le crâne de Louis XVI.

1937

21 janvier : Bataille publie dans le numéro 2 d'*Acéphale, Nietzsche et les fascistes,* « Réparation à Nietzsche » et « Propositions ».

Février : le *6,* réunion d'Acéphale au cours de laquelle est déci-dée la constitution d'un journal marquant l'abandon, au sein de la société secrète, de tout activisme politique. Le *7,* réunion plus générale d'Acéphale au Grand Véfour où, après un exposé de Cail-lois, Bataille lit « Ce que j'ai à dire… » Il rédige en outre « Consti-tution du *Journal intérieur* » daté du *9 :* y participent, outre Bataille, Ambrosino, Chavy, Chenon, Dubief, Dugan, Dussat, Kelemen et Klossowski. À ces premiers adeptes se joindront successivement Waldberg et sa femme Isabelle Farner, Rollin, Michel Koch, Taro Okamoto et, pour une brève période, Dautry et René Puyo, ainsi que des « participants » parmi lesquels, semble-t-il, Laure, Leiris, Masson et Michel Carrouges. Par ailleurs Bataille envisage, pour donner une base théorique à Acéphale, de fonder, avec Caillois, Leiris, et dans un premier temps Jules Monnerot, le Collège de sociologie, organe extérieur de la société secrète, dont le domaine est celui de la « sociologie sacrée ».

Mars : Bataille fait au Grand Véfour un exposé sur « L'Apprenti sorcier » et Caillois une communication sur « Le Vent d'hiver ». C'est au terme de cette séance que le Collège de sociologie est fondé. Du *même mois* datent la « Note sur la fondation d'un Col-lège de sociologie » publiée en *juillet* dans *Acéphale* (n° 3-4) avec les signatures d'Ambrosino, Bataille, Caillois, Klossowski, Pierre Libra, Monnerot, et, vraisemblablement, « Interdits de la forêt de l'Acé-phale » qui constituerait le texte fondateur d'Acéphale, dont les rites se célèbrent la nuit dans la forêt de Marly, près de Saint-Germain-en-Laye, autour d'un chêne « foudroyé ». Le *21,* à la Maison de la Mutualité, réunion sur Nietzsche. À l'ordre du jour : « Exposé de Georges Bataille. Interventions de Roger Caillois et Jules Mon-nerot ». *Mars-avril :* Bataille intervient, avec Borel, dans le débat qui fait suite à un symposium sur la circoncision.

Avril : Bataille fonde avec René Allendy, Borel, Paul Schiff et Leiris la Société de Psychologie collective (dont Pierre Janet est président et lui-même vice-président) ayant pour but d'« étudier le rôle, dans les faits sociaux, des facteurs psychologiques, particuliè-rement d'ordre inconscient ». Du *printemps* date aussi l'exposé de

Bataille au sein d'Acéphale « Ce que nous avons entrepris il y a peu de mois… ».

Juillet-août : Bataille publie « La Mère-Tragédie » (*Le Voyage en Grèce*, n° 7, *été*). Vers la *mi-juillet*, départ avec Laure pour l'Italie. Le *17 juillet*, il envoie de Rome à Kelemen un texte destiné à être lu le *22* au cours d'une réunion d'Acéphale : sans doute la réunion qui sera à l'origine d'un différend entre Klossowski et les autres adeptes, peu avant le départ de ce dernier d'Acéphale. De retour à Paris, Bataille propose à Kaan de collaborer au Collège de sociologie. Il repart ensuite pour l'Italie : il séjourne à Naples, à Sienne d'où le *7 août* il envoie à Jean Paulhan la version définitive de l'article « L'Obélisque » qui paraîtra dans le numéro du 15 avril 1938 de *Mesures*. Renonçant à un voyage en Grèce, il se rend notamment sur l'Etna : expérience « extrême » qu'il évoquera dans les notes du *Coupable* : c'est le sujet d'*Empédocle*, tableau « de cendre et de flammes », que Masson peint à sa demande et qu'il acquiert.

24 septembre : réunion « sessionnelle » d'Acéphale. Bataille y annonce deux nouvelles publications collectives : *Politique nietzschéenne*, en rapport peut-être avec les « Notes pour une politique nietzschéenne » écrites vers 1939, et un recueil sur l'érotisme, probablement le numéro spécial d'*Acéphale* qui aurait dû être rédigé par Bataille, Maurice Heine, Leiris, Klossowski, Masson, et qui restera à l'état de projet. Il rédige sans doute ce *même mois* « Méditation », qui prélude aux exercices d'approche à l'extase auxquels il se serait soumis à partir de mai 1938 à travers la lecture des textes ascétiques bouddhistes et des mystiques chrétiens ; et « Texte de l'engagement du 1er octobre 1937 », le second texte fondateur de la société secrète, associé aux ruines de la Montjoie et signé par Ambrosino, Andler, Bataille, Chavy, Chenon, Dussat et Kelemen.

20 novembre : il prend la parole avec Caillois à la séance inaugurale du Collège de sociologie qui pendant deux ans se réunira dans l'arrière-boutique des Galeries du Livre, 15, rue Gay-Lussac. Y parleront, entre autres, Kojève, Klossowski, Anatole Lewitzky et Denis de Rougemont[1].

Décembre : il publie dans le numéro 1 de *Verve*, la revue de Tériade, « Van Gogh Prométhée » et « Chevelures », illustré, entre autres, de photographies de Man Ray.

1938

17 (ou *18*) *janvier :* Bataille parle à la séance inaugurale de la Société de Psychologie collective, dont le thème de l'année est : « Les Attitudes envers la mort ». Il parle aussi plusieurs fois au Collège, dont, deux fois, en *février-mars*, au nom de Caillois, malade, en se fondant sur ses notes.

---

1. Voir *Le Collège de Sociologie*, Denis Hollier éd., Gallimard, 1995. Le volume, contient un historique du Collège et réunit l'ensemble des exposés, sauf une conférence de Bataille, récemmment retrouvée et publiée dans *Lignes*, octobre 2003, n° 12.

Mars : il propose à Caillois, pour la collection « Tyrans et Tyran-nies » que celui-ci envisage de créer chez Gallimard, le livre la *Deſtinée tragique* (sous-titre : « Essai de sociologie sacrée de l'Europe fasciſte »), livre composé sans doute des articles « Le Problème de l'État » et « La Structure psychologique du fascisme », précédés d'une introduction sur le fascisme (peut-être *Le Fascisme en France*) (voir juillet 1933). C'eſt probablement alors qu'il écrit pour *La NRF* le texte poſthume « L'Échec du Front populaire », réponse à la lettre-circulaire *À quoi tient un aussi parfait échec ?* adressée le *9 mars* par Paulhan à plusieurs intellectuels. Avec Laure, Michel et Zette Leiris, il se rend dans la forêt de L'Émancé, près de la Malmaison, pour visiter le lieu où Sade avait demandé à être enterré (visite déjà faite le 5 décembre 1937). Au retour, Laure ressent la première attaque du mal qui devait l'emporter. Elle eſt hospitalisée, puis transférée au sanatorium d'Avon.

Juin : parution dans le numéro 2 de *Verve* (mars-juin) de l'article « Corps céleſtes » illuſtré de dessins à la plume de Masson, auquel fera suite, dans le numéro 3, « Le Paysage ».

1ᵉʳ juillet : il publie, dans *La NRF*, « L'Apprenti sorcier », aux côtés du « Vent d'hiver » de Caillois et du « Sacré dans la vie quotidienne » de Leiris, conférences prononcées au Collège. *Au cours du mois,* Laure, après un séjour à la clinique parisienne de la rue Boileau, s'inſtalle avec Bataille à Saint-Germain-en-Laye, 59 *bis,* rue de Mareil, près du désert de Retz et de la forêt de Marly. Le *25,* Bataille expose à la réunion sessionnelle d'Acéphale le projet de publication d'un libelle intitulé « Les Sept Agressions », première version du *Manuel de l'anti-chrétien* qu'il n'achèvera pas (à ce projet, que pro-longent « Les Onze Agressions » du *29 septembre,* se rattachent, entre autres, le texte « Les guerres sont pour le moment les plus forts ſtimulants de l'imagination », de 1939, et « Aphorismes », datés du 19 mai 1940) et d'un *Mémorandum,* recueil de textes choisis de Nietzsche, qu'il publiera en 1945.

Septembre : par l'entremise de Rollin, Bataille entre en contact avec la Fédération anarchiſte internationale, elle aussi conſtituée en société secrète. Le *28,* introniſation de Waldberg à Acéphale lors d'une cérémonie nocturne dans la forêt de Marly, près des ruines de la Montjoie. Au cours de la séance, Bataille communique à chacun des adeptes les noms secrets des trois degrés d'initiation d'Acé-phale : « larve », « muet » et « prodigue ». Le *29,* réunion sessionnelle d'Acéphale : projet de définition de la position d'Acéphale en cas de guerre et à l'égard de la Fédération internationale de l'art révo-lutionnaire indépendant (F.I.A.R.I.) dont le manifeste, *Pour un art révolutionnaire indépendant,* signé par Breton et Diego Rivera, date du *25 juillet.*

Octobre : une grave crise ébranle la société secrète, dont témoignent une « Note » que Bataille adresse le *8* aux adeptes et « Le Monſtre tricéphale » qu'il envoie à Kelemen.

1ᵉʳ novembre : parution dans *La NRF* de la « Déclaration du Collège de sociologie sur la crise internationale », stigmatisant l'attitude de démission des démocraties occidentales face aux accords de Munich (signés le *30 septembre*). Datée du *7 octobre*, elle est signée de lui, de Caillois et de Leiris. Le *3*, il est promu bibliothécaire de 1re classe. Le *7*, après quatre jours d'agonie, Laure meurt dans la maison de Saint-Germain-en-Laye, en présence de sa famille et de Bataille, Leiris et Moré. Au déchirement s'ajoute l'émotion violente provoquée par la lecture d'un texte de Laure, rédigé en *juillet* ou *août*, et ses coïncidences avec ce que lui-même venait d'écrire dans « Le Sacré ». Il publie l'article « La Chance » (*Verve*, n° 4). Il continue par ailleurs à animer le Collège de sociologie, qui reprend son activité le *15* avec la conférence de Caillois sur « L'Ambiguïté du sacré ». C'est vers cette date que Waldberg s'installe chez Bataille à Saint-Germain-en-Laye, où il restera jusqu'à l'automne 1939, avec Isabelle, sa femme. De cette époque pourrait dater aussi la relation de celle-ci avec Bataille.

Sylvia Bataille se lie à Lacan, qui continue à vivre avec sa femme, Marie-Louise Blondin.

Vers 1938 aurait été écrit pour *Minotaure* le texte posthume « Le Masque ».

1939

Au *printemps*, Bataille publie, hors commerce, avec Leiris et malgré l'opposition de la famille Peignot, sous le titre *Le Sacré*, un premier volume d'écrits de Laure (200 exemplaires). Il fait paraître dans les *Cahiers d'art* « Le Sacré », qui, écrit entre août et novembre 1938, aurait dû être repris dans un livre sur le même thème, « peut-être publié sous le nom de Lord Auch et comme une suite des explications de l'*Histoire de l'œil* », avec des extraits du *Sacré* de Laure.

6 juin : communication de Bataille au Collège : « La Joie devant la mort », dont l'approche mystique entraîne, après un dernier exposé de Georges Duthuit sur « Le Mythe de la monarchie anglaise », la rapide dissolution du Collège : le *4 juillet*, Bataille fait publiquement état du désaccord de Caillois et de Leiris et du malaise de Paulhan et de Wahl. Néanmoins, il continue à nourrir le projet d'un congrès et même d'une revue, pour laquelle il hésite entre plusieurs titres : *Religio*, *Nemi*, *Dianus*, *Ouranos*. L'intensification de son entraînement mystique est par ailleurs patente dans « La Pratique de la joie devant la mort », titre d'un des textes de la cinquième et dernière livraison d'*Acéphale* (*juin*) entièrement rédigée par lui et de format plus petit.

De *juillet* daterait un bref séjour à La Baule où se trouve André Masson.

Août : Caillois anime en Argentine, autour de la revue *Sur* de Victoria Ocampo, des « Debates sobre temas sociológicos », sorte de prolongement du Collège de sociologie. Bataille tente à son tour de donner une suite au Collège avec Wahl, le groupe Volontés et un petit groupe formé, au sein d'*Esprit*, par Moré, Paul-Louis Land-sberg et Klossowski.

5 septembre : Bataille commence à écrire *Le Coupable*. Il lit le *Livre des visions* d'Angèle de Foligno (dont il aurait traduit du latin, sans doute entre *septembre* et *décembre*, quelques passages du « Livre de l'expérience »). La France est en guerre depuis le *3*.

2 octobre : il fait la connaissance de Denise Rollin Le Gentil. Le *20*, il dissout Acéphale. Le *27*, il renoue avec Queneau.

Novembre : le *7* a lieu chez Moré, dans le droit fil du Collège de sociologie, la première des « Discussions sur la guerre ». Bataille y prend la parole le *21* pour affirmer la mise en échec définitive des révolutions classiques. Une réunion (ou deux), sans doute la der-nière (ou les dernières), se tient en *décembre*.

C'est en 1939 que Bataille commence à ébaucher ce qu'on a cou-tume d'appeler *La Limite de l'utile*. Il s'agit de la version primitive de *La Part maudite* (1949), maintes fois remaniée et abandonnée en 1945.

1940

15 avril : parution dans *Mesures*, sous le pseudonyme de Dianus, de « L'Amitié », extraits des premières pages du *Coupable*. Achevé d'imprimer du volume collectif *André Masson* (textes notamment de Barrault, Breton, Desnos, Eluard, Leiris, Limbour) ; il y publie « Les Mangeurs d'étoiles ».

26 mai : il accompagne jusqu'aux Aubrais Denise en route vers l'Auvergne.

Juin : le *10*, après un bref séjour à Riom-ès-Montagnes, il quitte Saint-Germain-en-Laye (où il se rendra une dernière fois le *28 sep-tembre*) en emportant le loup de velours noir de Laure et repart pour l'Auvergne. Séjour, pendant deux mois, avec Laurence, Denise et son fils, chez Masson à Freluc, où il aurait travaillé pour la mairie de Drugeac.

Entre le *28* et le *31 juillet*, Bataille se rend à Vichy et à Clermont-Ferrand.

Après le *8 août*, retour à Paris avec Denise.

Octobre : le *3*, lois sur le statut des Juifs. Enceinte, Sylvia se réfugie dans le Sud de la France, d'abord à Marseille puis à Cagnes-sur-Mer.

C'est à la *fin de 1940* (ou au début de 1941) qu'il rencontre, sans doute par l'intermédiaire de Pierre Prévost, Maurice Blan-chot, auquel il sera dorénavant lié par de profondes affinités intel-lectuelles.

1941

Bataille vit à Paris, 259, rue Saint-Honoré, et 3, rue de Lille, domi-cile de Denise.

Février : projet, désapprouvé par Leiris, de collaborer à une revue

littéraire que Georges Pelorson envisage de créer dans le cadre de
Jeune France, association culturelle subventionnée par Vichy mais
indépendante du régime. La revue ne semble pas avoir vu le jour.
Après l'arrestation de Lewitzky, organisateur du réseau de résistance
au musée de l'Homme, Bataille pense à une prise de position des
intellectuels ; il rencontre, avec Xavier de Lignac et Prévost, Jean
Jardin, conseiller au cabinet du ministre des Finances Bouthillier.
Les entretiens restent sans suite.

3 juillet : Sylvia donne naissance à Judith, fille de Lacan, mais
déclarée à la mairie d'Antibes sous le nom de Bataille.

Septembre-octobre : Bataille rédige *Madame Edwarda.*

Novembre : il abandonne (selon l'Avant-propos de *L'Expérience
intérieure*) la rédaction de *La Part maudite ou la Limite de l'utile* pour
écrire *Le Supplice* (achevé le 7 mars 1942), texte étroitement lié à
Madame Edwarda mais qui en sera détaché pour former, en 1943,
la II⁰ partie de *L'Expérience intérieure.* C'est d'ailleurs de l'*hiver 1941*
que Bataille date le début de la composition de cet ouvrage (dont
certaines parties remontent aux années 1920 et 1930).

C'est dans les *derniers mois de 1941* (ou, selon Blanchot, 1942) qu'il
fonde un groupe informel à caractère philosophique qui aurait dû
s'appeler, par antiphrase, Collège socratique. Ce groupe se réunira
très irrégulièrement jusqu'en 1944, d'abord dans un petit restaurant
de la rue de Ponthieu, puis rue Jean-Mermoz dans les bureaux de
Jeune France, et enfin 3, rue de Lille. Y participent, outre Blanchot
et Prévost, Romain Petitot, Lignac, Louis Ollivier. Bataille y aurait
fait au cours de l'*hiver* une série d'exposés dont le contenu correspondrait, d'après Prévost, à la Iʳᵉ partie du texte « Le Collège socratique » (peut-être rédigé ultérieurement) où il développe la nécessité
d'élaborer collectivement un « ensemble de données scolastiques
concernant l'expérience intérieure ». À cette tentative communautaire pourrait être lié le texte « Le Château », dont la datation reste
cependant incertaine.

Décembre : il publie *Madame Edwarda* aux Éditions du Solitaire (en
réalité Robert Godet), sous le pseudonyme de Pierre Angélique et
avec la date de 1937.

1942

De cette époque daterait un deuxième groupe du Collège socratique, qu'il animera avec Blanchot, Leiris, Queneau, Raoul Ubac,
Jean Lescure et Michel Fardoulis-Lagrange, tous liés, à l'exception
de Blanchot, à *Messages,* la principale revue de poésie de la zone
occupée.

26 avril : atteint de tuberculose pulmonaire droite, Bataille quitte
son emploi à la Bibliothèque nationale.

Mai : il subit un pneumothorax.

9 juin : il répond à l'« Enquête sur la poésie » diffusée par le
groupe surréaliste La Main à Plume.

Au cours de la *deuxième quinzaine de juillet*, Bataille s'installe chez la mère de Moré à Boussy-Saint-Antoine où il travaille à *L'Expérience intérieure*, qu'il achève pendant l'*été*. De l'*été* date aussi le cahier de *Messages*, *Exercice de la pureté* (antidaté, pour des raisons de censure), reproduisant en épigraphe une citation de « La Conjuration sacrée », le texte inaugural d'*Acéphale* ; *Vertical*, New York, 1941.

De *septembre* à la *fin de novembre* : il séjourne à Panilleuse, dans la région de Mantes, non loin de Tilly, petit village de Normandie. *Le Mort* daterait de cette époque ou de 1943 ou de la première moitié de 1944. Il ébauche *L'Orestie* qui, rédigé pour la plus grande part à Vézelay à partir de 1943 et terminé à Bois-le-Roi en 1944, sera publié en 1945.

Décembre : de retour à Paris, il publie dans *Exercice du silence*, cahier (d'où le titre *Messages* est retiré) édité à Bruxelles, « Le Rire de Nietzsche », texte qui sera violemment mis en cause le 1er mai 1943 par le groupe La Main à Plume dans le tract *Nom de Dieu !* De la *fin de l'hiver* daterait aussi, selon Blanchot, qui en aurait inspiré le contenu, « Plan d'une élaboration », en rapport avec une série d'exposés prononcés au sein du premier des deux groupes du Collège socratique. Le *14*, il demande un congé de maladie pour six mois. Son congé sera reconduit de six mois en six mois jusqu'au 30 septembre 1946.

De 1942 date sa rencontre avec Dionys Mascolo, grâce auquel il sera amené à fréquenter plus tard la rue Saint-Benoît. De cette année pourrait dater aussi l'esquisse « À l'entrée d'une vallée… » [Louise Laroche].

1943

Janvier : achevé d'imprimer de *L'Expérience intérieure* (Gallimard).
Mars : d'après « Aristide l'aveugle », projet de préface pour *Le Mort*, Bataille est jusqu'en *octobre* à Vézelay, où il s'installe avec Denise et son fils au 59, rue de Saint-Étienne. Il y accueille Fardoulis-Lagrange clandestin et, à plusieurs reprises, Ambrosino et Eluard.
Mai : de ce mois (ou de *juin*) date la publication hors commerce d'*Histoire d'une petite fille* de Laure, tiré à 33 exemplaires (Paris), établi, introduit et annoté anonymement par lui et par Leiris. De *mai* à *juillet*, il amorce, sous l'impulsion de Jean Lescure, un livre intitulé d'abord *L'Être Oreste ou l'Exercice de la méditation*, puis *Le Devenir Oreste ou l'Exercice de méditation*, ensemble d'aphorismes conçus comme une « protestation véhémente contre l'*équivoque* de la poésie » qui, destiné à Gallimard, aurait dû paraître aussi en Suisse.
Juin : Bataille convient avec Queneau de la publication chez Gallimard du futur *Coupable* dont durant l'*été* il achève la composition (commencée en septembre 1939). Bataille lui propose alors de l'intituler *L'Amitié*, sous-titré (« Notes de Dianus »). *L'Amitié* étant aussi le titre envisagé au même moment pour une édition

belge partielle du même livre, ce sera, en *juillet*, le titre *Le Coupable* qui sera arrêté. Il publie sous le pseudonyme de Louis Trente, sans nom d'éditeur (en réalité Georges Hugnet) ni d'imprimeur et avec un achevé d'imprimer daté du 29 juin 1934, *Le Petit*. Toujours en *juin*, il fait la connaissance de Diana (dite Diane) Joséphine Eugénie Kotchoubey de Beauharnois (ou Beauharnais) (4 juin 1918-5 janvier 1989), fille du prince russe Eugène et de Helen Geraldine Pearce, une Anglaise. Mariée à Georges Snopko, elle vient d'être libérée d'un camp d'internement situé près de Besançon et, malade, s'est installée depuis *avril* avec sa fille Catherine à Vézelay.

Août : Bataille rédige, selon les manuscrits, jusqu'en *décembre* les poèmes réunis en 1944 dans *L'Archangélique* (dont onze poèmes retirés du recueil sont datés octobre 1943-avril 1944).

Octobre : projet le *16* d'un livre réunissant, sous le titre *Deae Dianae*, *L'Anus solaire*, *Dirty* et un certain nombre de poèmes. Dans la *première quinzaine d'octobre*, Bataille a regagné Paris avec Denise, dont il se sépare peu après. Sur l'intervention de Klossowski, il loge dans l'atelier (3, cour de Rohan) du frère de celui-ci, le peintre Balthus, ne voyant que rarement Diane. Quelques lettres (inédites ou publiées) de Bataille à Diane de cette période témoignent de la violence de la passion de celui-ci.

Sartre publie dans les numéros d'*octobre* à *décembre* des *Cahiers du Sud* l'article « Un nouveau mystique », hostile à *L'Expérience intérieure*.

Fin décembre : Bataille collabore à *Domaine français*, cahier de *Messages* édité à Genève, avec deux poèmes : « Invocation à la chance » qui sera repris dans *L'Orestie*, et « La Douleur », qui figurera, sous le titre « Le Tombeau », dans *L'Archangélique*.

De 1943 dateraient également le manuscrit *L'Aveugle sur la colline athéologique*, réunissant quatre poèmes (dont « Le Tombeau »), et les fragments d'une tragédie, *La Divinité du rire* qui dans une version ultérieure s'intitule *Le Prince Pierre*.

1944

Janvier : l'une des versions du scénario *La Maison brûlée* est datée de ce mois.

15 février : achevé d'imprimer du *Coupable* (Gallimard).

Mars : le *5* Bataille fait, dans le cadre des réunions organisées sous l'Occupation par Moré autour de questions religieuses, un exposé sur le bien et le mal, dont le texte modifié sera repris dans *Sur Nietzsche*. Sont présents, entre autres, Adamov, Blanchot, Bruno, Camus, Carrouges, Mounir Hafez, Klossowski, Leiris, Lescure, Gabriel Marcel, Louis Massignon, Maurice Merleau-Ponty, Paulhan, Sartre, ainsi que le père Daniélou. La conférence donne lieu à une discussion, dirigée par Maurice de Gandillac, reproduite sous le titre « Discussion sur le péché » dans la revue *Dieu vivant* (n° 4, 1945) fondée après la Libération par Moré. Le *19*, Bataille assiste chez

Leiris à la lecture de la pièce de Picasso *Le Désir attrapé par la queue*, dont la mise en scène est confiée à Camus.

Avril : souffrant toujours de tuberculose, il s'installe seul à Samois-sur-Seine, rue du Coin-Musard. Il se rend à pied ou à vélo à Bois-le-Roi où Diane séjourne. Tous les quinze jours il se fait réinsuffler un pneumothorax à Fontainebleau. Le *30*, achevé d'imprimer de *L'Archangélique*, publié hors commerce aux Éditions Messages (113 exemplaires), premier volume d'une collection composée pour « Les amis de Messages ».

Mai : le *28*, à Paris, chez Leiris, discussion sur le *cogito* avec Sartre, Simone de Beauvoir et Queneau. Bataille amorce, vraisemblablement entre le *printemps* et l'*été*, *Julie*, « récit autobiographique » qui met en scène les mêmes personnages que *Le Mort*, et qui est attribué, dans un projet de préface, à Dianus.

Août : Bataille continue à séjourner jusqu'en *septembre* entre Samois et Bois-le-Roi. Il amorce *Costume d'un curé mort*, roman qu'il proposera le 29 septembre 1945 à Michel Gallimard mais dont il n'achèvera que la Ire partie, *La Scissiparité*, publiée en 1949. Il termine *Sur Nietzsche* qu'il publiera en 1945 et dont un extrait, « À hauteur d'amitié », paraît dans *Cahiers d'art* (1940-1944). Est achevé aussi *L'Alleluiah. Catéchisme de Dianus*, amorcé vraisemblablement à la fin de 1943 et dont chaque section serait une réponse à une question de Diane.

Septembre : Bataille achève à Bois-le-Roi *L'Orestie*. C'est peu de temps après la libération de Samois qu'il aurait appris qu'il était guéri.

Octobre : de retour à Paris, il s'installe d'abord dans l'atelier de Gaston-Louis Roux (6, impasse Ronsin), puis dans l'appartement de René Leibowitz (16, rue de Condé). Le *20*, il publie dans *Combat* pour le centenaire de la naissance de Nietzsche (le *15 octobre*) « Nietzsche est-il fasciste ? », dont le brouillon constituerait l'ébauche d'un autre article, « Le Centenaire de Nietzsche » qui, achevé à la *fin de l'été*, ne paraîtra pas mais sera en partie repris dans *Sur Nietzsche* sous le titre « Nietzsche et le national-socialisme ». *Octobre-novembre :* de cette époque dateraient les poèmes du manuscrit de *La Tombe de Louis XXX* conservé par Leibowitz, que celui-ci aurait dû mettre en musique à la demande de Bataille.

12 novembre : il publie dans *Combat* « La littérature est-elle utile ? ».

1945

Février : le *7*, entente avec Calmann-Lévy pour diriger une série de cahiers intitulés d'abord *Univers* puis *Actualité*, dont il conçoit les trois premiers numéros ; le premier portant sur l'Espagne au lendemain de la guerre, le deuxième formé d'« œuvres anglo-saxonnes consacrées aux questions économiques et sociales », le troisième posant le problème de « l'influence actuelle de la littérature politique en France ». Ni le deuxième, ni le troisième ne seront réalisés. Le *21*, achevé d'imprimer de *Sur Nietzsche, volonté de chance* (Gallimard), qu'il aurait écrit « de février à août » 1944.

Avril : le *14-15*, Bataille publie dans *Combat* « La Révolution surréaliste ». Le *25*, achevé d'imprimer du *Mémorandum* de Nietzsche (Gallimard).

Juin : Bataille s'installe avec Diane à Vézelay, dans la maison où il avait déjà habité en 1943.

Juillet : mise en place avec Michel Gallimard du projet de publication, à tirage restreint, d'*Histoire de rats*, projet que l'éditeur décidera le *20 novembre* de différer (l'imprimeur ayant refusé d'imprimer le livre « sous prétexte de moralité »), et qui, envisagé en édition de luxe pour octobre 1947 aux soins de Robert Chatté, paraîtra finalement chez Minuit. Le *25*, achevé d'imprimer de *La Peinture et la Littérature libres*, numéro collectif de *Vrille* auquel il participe avec « La Volonté de l'impossible ».

Août : par l'intermédiaire de Jean Bruno, il s'occupe de récupérer, en vue d'une publication posthume, les manuscrits de Walter Benjamin qu'il avait dissimulés, durant la guerre, à la Bibliothèque nationale.

Octobre-décembre : il fait la connaissance, par l'intermédiaire de Prévost, de Maurice Girodias, fondateur et directeur des Éditions du Chêne, avec lequel il met en place le projet d'une revue internationale inspirée du *Journal des savants* du XVIIe siècle et dans un premier temps appelée *Critica*. C'est le titre *Critique. Revue générale des publications françaises et étrangères* qui sera retenu ; au comité de rédaction Blanchot, Pierre Josserand, conservateur à la Bibliothèque nationale, Albert Ollivier, rédacteur en chef de *Combat*, Monnerot et Éric Weil ; à la publication collaboreront, entre autres, Raymond Aron, Koyré, Kojève, Piel.

Décembre : le *15*, achevé d'imprimer de *L'Orestie* (Quatre Vents). Le *22*, achevé d'imprimer de *Dirty* publié aux Éditions de la revue *Fontaine*. Parution de *L'Espagne libre*, premier numéro de la revue *Actualité*, préfacé par Camus et auquel Bataille collabore avec « Les Peintures politiques de Picasso » et « À propos de *Pour qui sonne le glas ?* d'Ernest Hemingway », et Diane avec la traduction d'un extrait d'Hemingway, « L'Odeur de la mort ».

De 1945 date la publication, chez le Solitaire (en fait Georges Blaizot) sous le pseudonyme de Pierre Angélique et avec la fausse date de 1942, d'une nouvelle édition de *Madame Edwarda* enrichie de trente gravures de Jean Perdu (*alias* Fautrier). Entre 1945 et 1947 pourraient aussi avoir été ébauchés deux récits, « La Déesse de la noce » et « Un après-midi de juillet... » [La Petite Écrevisse blanche].

1946

Janvier : Bataille publie dans *Troisième convoi* (revue fondée par Fardoulis-Lagrange en 1945) l'article « À propos d'assoupissements ».

Il travaille avec Prévost à la réalisation de *Critique* et au lancement du premier numéro, qui l'occupera jusqu'en *avril*.

Mars : il envisage de collaborer aux *Heures*, revue que René de Solier s'efforçait de créer, avec l'« Introduction à un récit de la mort de Julie et d'Henri », probablement le texte ébauché sous le titre *Julie*.

Mars-avril : différend avec Prévost, rédacteur en chef de *Critique*, sur la question politique qui divise les responsables de la revue, Blanchot et lui considérant « la position anticommuniste comme intenable », Prévost et Ollivier ne faisant pas mystère de leur anti-communisme, Weil ayant une position très favorable au communisme. Bataille dirigera *Critique*, dont le premier numéro paraîtra en *juin* (avec ses articles « La Morale de Miller » et « Le Sens moral de la sociologie »), jusqu'à sa mort, exprimant là l'essentiel de sa réflexion, dans une confrontation non seulement avec les deux mouvements intellectuels dominants de l'après-guerre (surréalisme et existentialisme), mais aussi avec les questions politiques les plus aiguës de son époque : développements du communisme, guerre froide, plan Marshall, colonialisme, racisme, conséquences de la bombe atomique, spectre de la troisième guerre mondiale[1]. Bataille y publiera de très nombreux articles et notes de lecture, sous son nom mais aussi sous les pseudonymes S.-M.-L. (initiales de Saint-Melon-Léon, qu'il proposera en 1946 à Prévost de partager avec lui), N. L. (Noël Laurent) ou N. L. (Noël Léon, lui aussi proposé en 1948 à Piel), H.F. T. (Henri-François Tecoz), R. L. (Raoul Lévy), Élie Chancelé, Édouard Menet ou E. M.[2].

Mai : le *1ᵉʳ*, il fait paraître dans la revue *Labyrinthe* (Genève) « André Masson ». Le *20*, il convient avec Lescure de publier chez Minuit *La Haine de la poésie*. Il envisage en même temps pour Gallimard deux livres, « dont l'un, où Monsignor Alpha apparaît comme principal personnage, destiné à une collection [...] de romans comiques » dirigée par Queneau.

Juin : par arrêté du *1ᵉʳ juin*, il est nommé conservateur adjoint. *L'Esprit souterrain*, une adaptation, écrite avec Marie-Louise Bataille, d'un extrait du *Sous-sol* de Dostoïevski est diffusée le *19 juin* par la Radiodiffusion française. Du *28 juin* date l'article « Klee » terminé à Vézelay pour les *Cahiers d'art* (1945-1946).

Juillet : le *9*, Bataille divorce de Sylvia Maklès. Parution de la préface à *La Sorcière* de Michelet (Quatre Vents) qui, reprise sous le titre « Le Maléfice » dans *L'Âge d'or* (nº 4, 4ᵉ trimestre 1946), sera incluse en 1957 dans *La Littérature et le Mal*. Bataille publie aussi dans *Le Voyage en Grèce*, consacré à la libération de la Grèce (*Messages de la Grèce*), l'article « Dionysos redivivus », dans *La France libre* « L'Économie à la mesure de l'univers » et, dans *Critique* (nº 2), entre autres,

---

1. Sur l'histoire de cette revue, voir Sylvie Patron, *« Critique », 1946-1996. Une encyclopédie de l'esprit moderne*, Éd. de l'IMEC, 2000.
2. Sur la plupart de ces pseudonymes, voir *Georges Bataille, une liberté souveraine*, Michel Surya éd., Fourbis, 1997.

« Le Surréalisme et sa différence avec l'existentialisme », marquant un rapprochement avec Breton.

Août : projet, resté sans suite, d'adhérer avec Jean Bruno au « groupe d'études des techniques mystiques et du yoga » qui, à partir de *novembre,* se réunira régulièrement jusqu'en 1952 chez le docteur Pierre Winter (avenue Victor-Hugo) pour se dissoudre en janvier 1956.

Septembre-octobre : Bataille dénonce l'inculpation d'Henry Miller dans le numéro d'*août-septembre* de *Critique.* Il traduit « L'Obscénité et la Loi de réflexion » de Miller qui paraît en *octobre* dans *Fontaine,* signée par Diane. Il adhère aussi au Comité de défense d'Henry Miller, de ses éditeurs et traducteurs, constitué par Maurice Nadeau.

Novembre : il publie « À prendre ou à laisser » (*Troisième convoi,* n° 3).

9 décembre : il annonce à Queneau un nouveau livre, *De l'art envi-sagé comme un délit,* « fait en partie d'articles [...], en partie de frag-ments historiques pour *La Part maudite* » ; sous-titré « Études liées à l'institution d'une complicité », ce livre annonce peut-être *La Sain-teté du mal* (premier noyau de *La Littérature et le Mal*). À court de ressources il commence à traduire pour Gallimard *From the South Seas* de Margaret Mead (projet abandonné fin 1948).

Rencontre de René Char.

1947

3 janvier : achevé d'imprimer de *L'Alleluiah. Catéchisme de Dianus* publié à la librairie Auguste Blaizot, avec des illustrations de Fautrier (92 exemplaires), livre proposé en 1945 à Michel Gallimard ; il sera réédité trois mois plus tard sans illustrations, chez K. Éditeur (Alain Gheerbrant), achevé d'imprimer le *3 mars.* Bataille fait paraître dans le numéro de *janvier-février* de *Critique,* entre autres, « À propos de récits d'habitants d'Hiroshima » et « Baudelaire " mis à nu ". L'analyse de Sartre et l'essence de la poésie », compte rendu du *Bau-delaire* de Sartre, dont il veut faire l'occasion d'une « prise de posi-tion d'une sorte de surréalisme très large, mais consistant, contre l'inconsistance de l'existentialisme ».

Dissensions, entre *avril* et *août,* avec Ambrosino dans le partage du travail et des droits de *La Part maudite,* envisagé comme un ensemble en deux volumes écrit en collaboration. L'abandon de l'ouvrage ainsi conçu entraînera en 1948 une première rupture avec Ambrosino, qui continuera néanmoins d'être un certain temps lié à Diane. En 1950 d'autres malentendus achèveront, à ce qu'il semble, de détériorer l'amitié entre les deux intellectuels, qui renoueront en 1956.

12 mai : achevé d'imprimer de *Méthode de méditation* (Éditions Fon-taine) qui sera repris en 1954 dans la réédition de *L'Expérience inté-rieure.* Toujours le *12,* Bataille prononce au Collège philosophique, fondé par Wahl, la conférence « Le Mal dans le platonisme et le sadisme », reprise sous le titre « Sade et la morale » dans le volume *La Profondeur et le Rythme* (25 novembre 1948).

Juin : il publie « Postulat initial » dans le numéro 2 de *Deucalion*, cahiers de philosophie fondés par Wahl. Le 27 est achevé d'imprimer *Le Surréalisme en 1947*, catalogue de l'exposition internationale du surréalisme présentée par Breton et Marcel Duchamp (Pierre à feu, Maeght éditeur) auquel il participe avec le texte « L'Absence de mythe ».

Juillet : il publie dans le numéro de *juin-juillet* de *Critique*, qui a quitté en *mai* les Éditions du Chêne et a été reprise par Calmann-Lévy, « La Morale du malheur : *La Peste* » sur le roman de Camus. Il réplique à l'attaque lancée en *juin* par Sartre contre le surréalisme et contre lui dans l'article « Qu'est-ce que la littérature ? » (*Les Temps modernes, mai-juillet*) sous forme d'une « Lettre à M. Merleau-Ponty » (*Combat, 4 juillet*), suivie de la note « Le Surréalisme en 1947 » (*Critique, août-septembre*). Par arrêté du *19 juillet*, il est mis en disponibilité pour cinq ans rétroactivement à dater du 1ᵉʳ octobre 1946 (mais dès 1949 il posera sa candidature au poste de bibliothécaire de Carpentras). Le *25*, il signe un contrat avec Minuit pour une collection intitulée provisoirement « L'Homme ivre » et prévoyant la publication d'au moins six œuvres par an (entre autres, d'Ambrosino, Dumézil, Mircea Eliade, Lévi-Strauss, Kojève, Malinowski, Métraux, François Perroux, Max Weber). « L'Usage des richesses » (tel sera à partir d'*octobre* le titre définitif de la collection) ne comptera de fait que deux volumes, *La Fortune américaine et son destin* de Piel (1948) et le premier tome de *La Part maudite* (1949). Au cours du mois, Bataille réédite, toujours sous le pseudonyme de Lord Auch, *Histoire de l'œil*, avec six gravures de Bellmer (édition dite de Séville, 1940, K. Éditeur).

Août : Bataille collabore, aux côtés de Camus, Simone de Beauvoir, Sartre, Merleau-Ponty, David Rousset, au numéro 4 de *Politics* (*juillet-août*), *French Political Writing*, avec l'article « On Hiroshima ».

15 septembre : achevé d'imprimer d'*Histoire de rats (Journal de Dianus)* publié chez Minuit (initialement prévu chez Gallimard), avec trois eaux-fortes de Giacometti sanctionnant le lien intime entre Kojève, Diane et lui-même par le moyen de trois lettres, A, B, D, initiales respectives d'Alexandre Kojève, Diane Beauharnais et Dianus (Georges Bataille). Il publie également chez Minuit *La Haine de la poésie* (achevé d'imprimer le *30 septembre*) qui réunit *L'Orestie*, *Histoire de rats (Journal de Dianus)* et *Dianus (Notes tirées des carnets de Monsignor Alpha)*.

Novembre : il signe la préface à l'*Exposition G[aston]-L[ouis] Roux* organisée du *7 au 27 novembre* à la galerie Louise Leiris.

Décembre : il publie, entre autres, dans *Critique*, la première partie de « De l'existentialisme au primat de l'économie » (la deuxième partie paraîtra en février 1948), dont on peut rapprocher les notes posthumes, de datation incertaine, prises en préparation d'un texte, « La Critique de Heidegger (Critique d'une philosophie du fascisme) ».

De 1947 datent « L'Amitié de l'homme et de la bête » (*Formes et couleurs*, n° 1, Lausanne) et, sans doute, un article sur *Humanisme et terreur* de Merleau-Ponty, resté inédit.

Il aurait eu le projet cette année-là de publier *Le Mort* et *La Tombe de Louis XXX* (ouvrages parus posthumes), comme en témoigne la lettre à Henri Parisot du *25 mars*[1].

1948

Janvier : Bataille publie dans *Critique* « Le Sens de l'industrialisation soviétique » et « Vue d'ensemble. Cervantès », signé Noël Léon, pseudonyme dont il se sert aussi en *février* pour « Vue d'ensemble. Michelet ». Projet, resté sans suite, chez Minuit, peut-être pour la collection « Propositions », d'une série noire (Sade, Blanchot, Paulhan, Stendhal) et d'une série verte (Blake, Char, Leiris, etc.).

Février : il collabore au numéro 1 de *Transition 48*, revue dont il est membre du comité de direction, avec « The Ultimate Instant », traduction de l'article paru en octobre 1946 dans *Critique*. Il se rend à Paris pour y prononcer trois conférences : le *24* au Club Maintenant sur « La Religion surréaliste », les *26* et *27* au Collège philosophique sur « Schéma d'une histoire des religions ».

De *mars* à *mai*, il écrit *Théorie de la religion*, livre conçu à partir de cette dernière conférence ; il ne sera publié qu'en février 1974 chez Gallimard.

Mai : Bataille prononce à la Tribune franco-belge de Bruxelles deux conférences : le *11*, sur « André Breton et la poésie moderne », le *12*, sur « Jean-Paul Sartre, Maurice Blanchot et l'orientation actuelle de la pensée ». *Fin mai* (ou *début juin*), séjour en Angleterre.

Juin : il donne dans *Transition 48* (n° 2) une traduction partielle de la « Lettre à M. Merleau-Ponty » et dans le *Times Literary Supplement* du *19 juin* « Seeds of Revolution », compte rendu de *La Russie révolutionnaire* de Grégoire Alexinsky.

Juillet : début de sa collaboration en tant qu'agent littéraire avec l'éditeur Hamish Hamilton de Londres ; elle se prolongera jusqu'en 1949, sans que ses propositions soient retenues. Le *17* paraît dans *Le Figaro littéraire* un entretien avec Dominique Arban, « Cinq minutes avec… Georges Bataille », autour de *Critique* désignée comme « Meilleure revue » française de l'année.

Entre *juillet* et *octobre*, il publie dans *Critique* notamment « La Révolution sexuelle et le " Rapport Kinsey " », qui, remanié, sera repris dans *L'Érotisme* (1957), « Du sens d'une neutralité morale dans la guerre russo-américaine », sur la non-viabilité de la notion de révolution dans le monde de l'après-guerre ; « Vers la fin de la guerre ? », compte rendu de l'essai de Perroux *Le Plan Marshall ou l'Europe nécessaire au monde*, que prolonge en *novembre* « Discussion sur l'aide américaine » (extrait de ce compte rendu dans *Problèmes écono-*

---

1. P. 417-418.

miques, 2 novembre ; nouvelle version dans le *Times Literary Supplement,* 15 janvier 1949).

Novembre : séjour au *début du mois* à Avallon chez André et Guitte Costa. Le *9* est diffusée, dans le cadre de *La Tribune de Paris*, « La Critique littéraire », émission de la Radiodiffusion française à laquelle il participe avec Armand Hoog, André Maurois et Maurice Nadeau. Il se rend à Genève où le *1er décembre* naît sa fille Julie. Nouveau séjour à Avallon avec Diane et Julie.

Il publie dans *Synthèses* (no 12), revue belge se proposant de contribuer à la défense de la conscience européenne et du socialisme, « L'Industrie lourde et la Guerre ».

À cette année remonterait aussi le projet d'adhérer au Rassemblement démocratique révolutionnaire, mouvement d'intellectuels né autour de David Rousset ; mais Sartre s'y serait opposé.

1949

Janvier : Bataille fait paraître dans le *Mercure de France* « Sur le rôle du don dans l'économie : le " Potlatch " ».

Février : séjour à Londres où il prononce à l'Institut français deux conférences : « Le Surréalisme et le Sacré », le *8* ; « L'Économie capitaliste, le Sacrifice religieux et la Guerre », le *10*. Il se rend aussi à Cambridge, vraisemblablement pour deux autres conférences. Il publie dans sa collection « L'Usage des richesses » *La Part maudite I. La Consumation* (achevé d'imprimer le *16 février*), dont le projet remonterait aux années 1930. En dernière page de couverture est annoncé un deuxième tome, *De l'angoisse sexuelle au malheur d'Hiroshima*, texte devenu successivement *L'Histoire de l'érotisme* et *L'Érotisme* (voir janvier 1954). Au début de 1950 sera envisagé un troisième tome, *Propos politiques*, par la suite annoncé comme *La Souveraineté* (voir avril 1950 et janvier 1954). Mais seul paraîtra le premier volet de cet ensemble. Le *22*, Bataille donne au Club Maintenant la conférence « À quoi nous engage notre volonté de gouvernement mondial ? » ; le *24*, il parle au Collège philosophique de la « Philosophie de la dépense ». Et dans un article de *Critique* sur la déclaration de l'internationaliste Garry Davis à l'assemblée générale de l'O.N.U. (« Vue d'ensemble. Le gouvernement du monde »), il défend le rôle dynamique et constructeur de la guerre froide.

Mars : il réplique à l'interprétation de Nietzsche que lui avait attribuée Camus dans son entretien avec Claudine Chonez (*Paru*, octobre 1948) avec « Vue d'ensemble. Nietzsche » (*Critique*).

14 avril : il donne dans *Combat* « Le Paradoxe du don », compte rendu du livre de Piel, *La Fortune américaine et son destin*.

17 mai : il est nommé, en tant que bibliothécaire, à la Bibliothèque Inguimbertine de Carpentras ; installé le *1er juillet*, il y restera jusqu'au 31 août 1951. Il publie *La Scissiparité* dans le numéro de *printemps* des « Cahiers de la Pléiade ».

8 juin : il prononce à l'Institut de science économique appliquée la conférence « Les Relations entre le monde et le sacré et la Croissance des forces de production ». Le même mois il publie « L'Art, exercice de cruauté » (*Médecine de France*, n° 4 ; repris à la *fin de 1949* dans *L'Art et le Destin*, Olivier Perrin). Il publie aussi dans *Critique* « Vue d'ensemble. Racine » et « Un roman monstrueux », compte rendu du roman de James Hogg *Memoirs of a Justified Sinner*.

Juillet : il publie « La Littérature française du Moyen Âge, la Morale chevaleresque et la Passion » (*Critique*), qui figure dans des notes de novembre 1953 faisant état d'un projet de livre, *À perte de vue*. Malade, Diane se rend dans la maison louée par Antoinette de Watteville et son frère Hubert, médecin, aux soins duquel elle est confiée.

Septembre : Critique cesse de paraître pour des raisons financières. Bataille fait des démarches pour le relancer. Découverte, à Avignon, d'un bordel qu'il surnomme « L'église ».

10 novembre : achevé d'imprimer du récit *Éponine*, terminé en 1948. Mis en vente en *décembre*, le récit sera inclus avec des variantes dans *L'Abbé C.*

De cette année datent aussi « L'Éveil » (*84*, n° 7), première partie du texte posthume *Les Problèmes du surréalisme*, et, vraisemblablement, les notes « Principes de neutralité » en rapport avec le projet d'un « programme politique » sur le capitalisme et la guerre, sous forme de conférences, de publication de livres et articles, et d'un *Almanach*.

1950

Janvier : Bataille envisage pour sa collection « L'Usage des richesses », un livre de Kojève sur *Hegel marxiste*, suivi de ses propres *Principes de neutralité politique*, livre pour lequel il arrêtera en 1954 le titre *Hegel dans le monde présent*. Projet maintes fois modifié puis abandonné.

14 février : il prononce à l'hôtel de l'Univers de Carpentras la conférence « Le Sens de la Provence » organisée par l'association culturelle Le Nombre d'Or. Il donne une préface à *Justine ou les Malheurs de la vertu* de Sade, premier ouvrage de la collection « Le Soleil noir » des Presses du Livre français, avec un frontispice de Bellmer.

Mars : le *28*, il propose à l'éditeur suisse Pierre Cailler (non identifié) un volume sur Balthus pour la collection « Les Grands Peintres par leurs amis » et un petit livre sur Blake dont témoigne le dossier « William Blake ou la Liberté infinie », ensemble de textes posthumes sur le poète anglais et de traductions de ses œuvres. Il travaille à *L'Histoire de l'érotisme*, essai posthume abandonné en 1951, auquel semblent notamment se rattacher deux projets pour le tome II de *La Part maudite* : le plan d'un livre intitulé d'abord *Sade et l'essence de l'érotisme* puis *Sade et la révolte sexuelle*, et les notes « L'Angoisse sexuelle », de 1949. Le *29*, il fait part à Queneau de son projet de réunir ses écrits de *La NRF* en quatre volumes sous le titre général de *Somme athéologique* : le premier comprenant une introduction générale « L'Athéologie », *L'Expérience intérieure* (2ᵉ éd.) et *Méthode de méditation* (2ᵉ éd.), ainsi que des *Études d'athéologie* ; le deuxième étant formé du *Monde nietzschéen d'Hiroshima*, de *Sur Nietzsche* (2ᵉ éd.) et du *Mémorandum* (2ᵉ éd.) ; le troisième incluant, sous le titre *L'Amitié*, *Le Coupable* (2ᵉ éd.) et *L'Alleluiah* (2ᵉ éd.), ainsi que *Histoire d'une société secrète* ; le quatrième réunissant plusieurs articles de *Critique* et la préface à *La Sorcière* de Michelet sous le titre *La Sainteté du mal* — noyau primitif de *La Littérature et le Mal* (1957). Plusieurs fois modifié par la suite, ce projet, qui s'enrichira de deux autres volumes, restera en grande partie inabouti.

Avril : Bataille ébauche pour le *25 août*, cinquantenaire de la mort de Nietzsche, une préface à la réédition de *Sur Nietzsche*, « Nietzsche et le communisme », préface qui prend aussitôt « l'importance d'un livre » comme il l'écrit le *19* à Lambrichs. Il s'agit en effet de la première ébauche de *La Souveraineté*.

Mai : le *10*, achevé d'imprimer de *L'Abbé C.* (Minuit), dont le personnage principal est violemment pris à partie dans *Les Lettres françaises* du *22 juin* par l'article « La Trahison en liberté » signé « La dame de Pique » ; *Les Lettres françaises* ayant refusé de publier intégralement la réponse de l'éditeur, Minuit intente un procès au périodique, qui sera obligé de se rétracter dans le numéro du *13 décembre*. Le *28*, avec Diane, André Castel et Picasso, Bataille assiste à Nîmes à une corrida du célèbre matador Arruza.

18 juin : il voit la *novillada* de Aparicio et Litri.

Août : séjour au Charnoy (Seine-et-Marne) chez le docteur René François et sa femme Jacqueline, qui, le *24 septembre*, se rendent avec lui et Diane à Nîmes voir une corrida.

18 octobre : Bataille propose à Lambrichs pour la revue *84* « une histoire […] de nécrophile datant de 1865 environ », projet sans doute abandonné. *Critique*, dotée d'un comité de direction élargi reparaît aux Éditions de Minuit. Bataille y publie notamment « Franz Kafka devant la critique communiste » qui, repris dans *La Littérature et le Mal*, esquisse, ainsi qu'il l'écrit à Kojève, « le principe de l'opposition maître-esclave dans l'État universel, où le maître subsiste et se révolte vraiment sous la forme de l'enfantillage (qu'est la littérature) » ; « Vue d'ensemble. L'existentialisme » ; et en *novembre*, « Nietzsche et Jésus selon Gide et Jaspers ». La « Lettre à René Char sur les incompatibilités de l'écrivain », écrite en réponse à l'enquête « Y a-t-il des incompatibilités ? » lancée par Char dans *Empédocle*, est publiée, également en *novembre* dans *Botteghe oscure* (VI), la revue de Marguerite Caetani dirigée par Giorgio Bassani.

1951

Janvier : le *12*, Bataille parle au Collège philosophique sur « Les Conséquences du non-savoir ». Le *16*, il épouse Diane Kotchoubey de Beauharnais à Nantua (Ain), où se sont installés les Costa. Il donne dans le numéro de *janvier-février* de *84* « Nietzsche à la lumière du marxisme », intitulé en couverture « Nietzsche et le communisme ».

Avril : il signe, en faveur de quatre libraires inquiétés pour avoir mis en vente deux livres d'Henry Miller contre lesquels pourtant aucune action n'avait été engagée, la pétition *À messieurs les juges du tribunal correctionnel de Nancy.* Bataille envoie à Minuit le manuscrit de *L'Histoire de l'érotisme* dont Jérôme Lindon décide de reporter la fabrication à la rentrée.

Mai : il publie dans *Synthèses* l'article « Nietzsche et Thomas Mann ». Le *20*, il participe, dans le cadre de la Radiodiffusion française, à l'émission « Qui êtes-vous ? » d'André Gillois qui sera diffusée le *15 juillet.*

Par arrêté du *19 juillet* il est muté à la Bibliothèque municipale d'Orléans où il s'installera, avec Diane et Julie, dans un appartement de fonction, 1, rue Dupanloup. Il prend son service le *1er septembre.* Désormais il se rendra régulièrement à Paris. Il fréquentera aussi, en compagnie d'amis parisiens, une des maisons closes d'Orléans.

Novembre : il fait paraître « L'Amour d'un être mortel » (*Botteghe oscure*, VIII).

Décembre : il publie dans *Critique* la première partie de l'article « Le Temps de la Révolte » (la deuxième partie paraîtra en janvier 1952) où, après l'attaque dont *L'Homme révolté* avait été l'objet de la part de Breton dans *Arts*, il prend la défense de Camus tout en réaffirmant son accord avec le surréalisme. (Il ébauche cette année-là « Le Surréalisme au jour le jour », mais n'en rédigera, semble-t-il, qu'un chapitre.) Il prendra à nouveau position pour Camus dans *Critique* en décembre 1952 dans « Vue d'ensemble. L'affaire de *L'Homme révolté* », à la suite de la polémique déclenchée par *Les Temps modernes* qui aboutira à la rupture entre Sartre et Camus.

En 1951 se situe aussi une nouvelle édition d'*Histoire de l'œil* datée de 1941 (édition dite de Burgos).

De 1951 daterait vraisemblablement *Néron*, œuvre théâtrale dont ne subsiste qu'une ébauche. Enfin c'est à partir de 1951 que pourrait avoir été conçu le projet de cinq textes : *Le Balafré*, *Masaniello*, *Scorpion*, « J'imagine le froid… », « La campagne, l'aube… », ainsi que de *La Veuve*, « Il y a aux environs de N… », « Au début de cette déchéance… », « Parfois la phrase… ».

1952

6 février : Bataille est chevalier de la Légion d'honneur.

Mars : le *18*, il publie dans *La République du Centre* (Orléans) « L'originalité décide », sur la mort de Gide.

Avril : parution du « Souverain » (*Botteghe oscure*, IX), au départ écrit comme préface pour un projet de réédition de *L'Expérience intérieure.*

Mai : le *8*, Bataille prononce au Collège philosophique la conférence « L'Enseignement de la mort », dont la deuxième partie aurait été lue le *9*. Il publie dans *Critique* la Ire partie (la IIe paraîtra dans le numéro d'*août-septembre*) de « La Relation de l'expérience mystique à la sensualité ».

Juin : le *6*, il publie « L'Humanité mexicaine » (*Les Beaux-Arts*, Bruxelles), texte rédigé à l'occasion de l'exposition *Art mexicain du précolombien à nos jours* organisée en *mai-juillet* au musée d'Art moderne de Paris. Le *23*, il est promu au grade de bibliothécaire de 6e échelon et de conservateur, 1er échelon.

24 novembre : il prononce au Collège philosophique la conférence « Le Non-savoir et la révolte ».

Décembre : le *5*, il est promu conservateur de 2e échelon. Il tient à la Société d'Agriculture, Sciences, Belles-lettres et Arts d'Orléans (aujourd'hui L'Académie) la conférence « À propos des grottes de Lascaux ».

De *1952* datent les notes posthumes « Sur la littérature » et « Divers », ainsi que des aphorismes destinés au tome V de la *Somme athéologique*. De la *fin de l'année* date sans doute aussi une ébauche de film sur Lascaux dont témoignent des notes pour un premier projet, trois esquisses et un scénario.

1953

Janvier-février : rédaction à Orléans, de *Post-scriptum 1953* qui paraîtra en 1954 comme postface à la réédition de *L'Expérience intérieure*. Le *9 février*, Bataille prononce au Collège philosophique la conférence « Non-savoir, rire et larmes ».

De mars à juillet : il publie plusieurs articles dans *Critique* : « Hemingway à la lumière de Hegel » ; « Le Passage de l'animal à l'homme et la Naissance de l'art » ; « Le Communisme et le Stalinisme » ; « Le Paradoxe de la mort et la Pyramide ». Il donne un compte rendu du *Saint Genet* de Sartre, « Out of Evil » (*The Times Literary Supplement*, 20 mars) ; « Le Non-savoir » (*Botteghe oscure*, XI, *avril*).

Juillet : lecture de l'essai *Le Communisme* de Mascolo. Publication chez Olympia Press, sous le pseudonyme de Pierre Angélique, de *A Tale of Satisfied Desire*, traduction en anglais par Audiart (pseudonyme d'Austryn Wainhouse) d'*Histoire de l'œil* et, dans *The Stripteaser*, édité toujours par Olympia Press, d'extraits de la même œuvre. Le *25*, il est promu au 3e échelon du grade de conservateur.

Août : il publie dans *Arts* « Au rendez-vous de Lascaux, l'homme civilisé se retrouve homme de désir » (n° *du 7 au 13 août*), et « Aphorismes » (n° *du 14 au 20 août*).

Septembre : il participe aux VIIIe Rencontres internationales de Genève sur « L'Angoisse du temps présent et les devoirs de l'esprit ». Il y prend la parole plusieurs fois.

Début de décembre : première atteinte sérieuse d'artériosclérose cérébrale, la maladie dont il mourra.

De cette année datent la rédaction de « La Littérature française en 1952 » pour *The American Peoples Encyclopedia* (Chicago, 1953) et, vraisemblablement, l'ébauche d'un récit érotique, *La Houppette*.

1954

Janvier : achevé d'imprimer de la réédition de *L'Expérience intérieure*, premier tome de *La Somme athéologique*, augmenté de *Méthode de méditation* et de *Post-scriptum 1953* (Gallimard). Le *9*, bien que malade, Bataille annonce dans une lettre à Jérôme Lindon l'envoi, pour le *1er mars*, des tomes II et III de *La Part maudite* : *L'Érotisme*, refonte de *L'Histoire de l'érotisme* (cette nouvelle version, proche de celle de 1957, sera de fait abandonnée) et *La Souveraineté* (qui sera également abandonnée).

Mars : il arrête avec Albert Skira le projet d'un ouvrage consacré à l'art préhistorique, *L'Art des premiers hommes*, premier titre de *La Peinture préhistorique : Lascaux ou la Naissance de l'art* (coll. « Les Grands Siècles de la peinture », 1955).

Avril : il publie le poème « L'être indifférencié n'est rien » (*Botteghe oscure*, XIII). Le *30*, Lindon lui propose une reprise de la collection « L'Usage des richesses », projet resté apparemment sans suite.

Mai : visite avec Albert Skira des grottes de Lascaux.

Juin : séjour à Hendaye.

Juillet : interview de Bataille par Roger Grenier sur la réédition de *L'Expérience intérieure* dans le cadre de l'émission de la Radio-télévision française « La Vie des lettres », qui est diffusée le *20*. Il publie dans *The 120 Days of Sodom or the Romance of the School for Libertinage* de Sade (The Olympia Press, Paris) l'essai *On Reading Sade*.

7 septembre : il intervient, dans le cadre des IXe Rencontres internationales de Genève, au cours du 3e entretien public, présidé par Jean Starobinski, *L'Europe et la Technocratie américaine*.

Deux fragments pour une œuvre théâtrale en trois actes, intitulés « Les Noces de Pulsatilla » et « La Cavatine », ainsi que l'ébauche d'un récit, *Le 10*, datent probablement de cette année-là.

1955

Janvier : le *18*, Bataille parle devant la Société des Amis de la Bibliothèque d'Orléans de « Lascaux et l'art préhistorique ». Il travaille à la préface, signée de son nom, de *Madame Edwarda* dont il annonce à Waldberg une prochaine réédition. Cette réédition prévoyait d'annexer le texte à un vaste ensemble réunissant, sous le titre *Divinus Deus*, *Ma mère* et *Charlotte d'Ingerville* (dont la Ire ébauche s'intitule *Sainte*), sorte d'autobiographie de Pierre Angélique que complétait *Paradoxe sur l'érotisme* par Georges Bataille. *Ma mère* et *Charlotte d'Ingerville* paraîtront posthumes (en 1966 et 1971).

1er février : il fait paraître dans *La NNRF* « L'Au-delà du sérieux ».

Mars : parution chez Pauvert de la préface à *Justine ou les Malheurs de la vertu* de Sade.

Mai : Bataille publie « Le Paradoxe de l'érotisme » (*NNRF*) et « Thought and Literature. Maurice Blanchot as Writer and Critic » (*The Times Literary Supplement, 27 mai*). Du *printemps* daterait aussi la conférence, prononcée au Collège philosophique, « La Sainteté, l'Érotisme et la Solitude » qui sera reprise dans *L'Érotisme*.

12 juillet : il s'entretient sur *Lascaux ou la Naissance de l'art* à l'émission « La Vie des lettres ».

30 septembre : achevé d'imprimer de *Manet* (Skira, coll. « Le Goût de notre temps »).

Octobre : il publie dans *Deucalion* « Hegel, la mort et le sacrifice » et « La Critique des fondements de la dialectique hégélienne », écrit en collaboration avec Queneau et déjà paru dans *La Critique sociale*.

5 novembre : fondation autour de Mascolo, Robert Antelme, Edgar Morin, Louis-René des Forêts du Comité d'action des intellectuels contre la poursuite de la guerre en Afrique du Nord, auquel il adhère.

1956

Janvier : le *15*, achevé d'imprimer de *Madame Edwarda* réédité sous le pseudonyme de Pierre Angélique avec une préface signée Georges Bataille (Pauvert). Le *31*, Bataille est élevé à la 4ᵉ classe. En *janvier-février*, il publie dans les numéros 96 et 97 de *Monde nouveau-paru* « Hegel, l'homme et l'histoire ».

Mars : il publie « Les Larmes et les Rois » (*Botteghe oscure*, XVII). En *mars-avril :* il fait paraître dans *Les Lettres nouvelles* (nᵒˢ 36 et 37) « L'Érotisme ou la Mise en question de l'être » annoncé en couverture sous le titre « L'Érotisme fondamental ».

Mai : à l'occasion des dix ans du jumelage entre Orléans et la ville de Dundee en Écosse, et le jour de la fête de Jeanne d'Arc, Bataille aurait rédigé, sans doute pour une conférence, des notes sur la guerre de Cent Ans.

Juin : il publie chez Olympia Press, toujours sous le pseudonyme de Pierre Angélique, *The Naked Beast at Heaven's Gate*, traduction anglaise, par Audiart (*alias* Wainhouse), de la version de 1941/1945 de *Madame Edwarda*, accompagnée de la préface signée de son nom.

Il fait paraître dans les numéros de *juin* à *septembre* de *Monde nouveau-paru* trois fragments de *La Souveraineté*.

Août : séjour à Nantes, puis à Fontenay-le-Comte où il rédige, pour le numéro d'*août-septembre* de *Critique*, « Qu'est-ce que l'histoire universelle ? », texte relié au projet *La Bouteille à la mer, ou l'Histoire universelle, des origines à la veille d'un désastre éventuel*, sans doute en rapport avec le volume VI de *La Somme athéologique*.

Septembre-octobre : il publie dans *Comprendre. Revue de politique et de culture* (nᵒ 16, Venise, Société européenne de culture, dont il est membre depuis octobre 1954) « L'Équivoque de la culture ». Le *24 septembre*, il participe en tant que directeur de *Critique* à la réunion internationale des revues organisée à Zurich par Ignazio Silone et Maurice Nadeau. Du *30 septembre* au *3 octobre*, il se rend à la VIᵉ assemblée générale ordinaire de la Société européenne de culture qui a lieu à Venise et à Padoue.

Novembre-décembre : selon son propre témoignage, il aurait signé avec, entre autres, Breton et Leiris, un « Appel en faveur d'un Cercle international des intellectuels révolutionnaires ». Le *11 novembre*, il esquisse dans une lettre à Kostas Axelos le contenu d'une intervention organisée pour le *14* (ou le *15*) autour de la revue *Arguments*, au sujet du soulèvement hongrois du *23 octobre*, intervention qu'un état de dépression nerveuse l'empêche de prononcer. Il y pose, en accord avec le programme de déstalinisation de Togliatti, la question de la viabilité d'un communisme libéral se développant à travers le passage « du primat de la lutte pour la suppression de la condition prolétarienne à celui de la lutte pour la suppression de la condition coloniale ».

Décembre : le *15*, s'ouvre devant la XVIIᵉ chambre correctionnelle de Paris le procès de Pauvert, éditeur des *Cent Vingt Journées de Sodome* ; la déposition de Bataille figurera avec celles de Cocteau, Paulhan et une lettre de Breton dans le volume *L'Affaire Sade*, achevé d'imprimer le 28 janvier 1957.

Il commence, vraisemblablement cette année, à travailler à un livre sur Gilles de Rais (édité en 1959).

1957

Janvier : le *17*, malgré son mauvais état de santé, il propose à Robert Gallimard la publication de *La Littérature et le Mal*, livre qui réunit, ainsi qu'il lui écrit, des études parues en revue de 1946 à 1952, et qui paraîtra la même année aux Éditions Gallimard (*30 juillet*) avec l'ajout de l'article « Emily Brontë et le mal », publié en février dans *Critique* (le projet d'un deuxième volume restera sans suite).

Février-avril : le *12 février*, il parle dans le cadre de la revue *Cercle Ouvert*, dont il est membre du comité d'honneur, de « L'Érotisme et la Fascination de la mort ». Le texte remanié de cette conférence constituera l'Introduction de *L'Érotisme*, dont, le *29 avril*, il annonce à Lindon l'envoi du manuscrit. Il participe aussi au numéro d'*avril* de la revue polonaise *Twórczosc* consacré à la littérature française avec « Na marginesie zycia » (« Aux limites de la vie »), extraits du *Coupable*.

Juin-juillet : rhumatisme infectieux. Bataille est hospitalisé à l'hôpital Foch. Il projette avec Maurice Girodias une revue consacrée à l'érotisme, qui serait une sorte de suite du Collège de sociologie et qu'il propose d'appeler *Genèse*. Dans le cadre de ce projet (auquel Girodias mettra fin le 6 décembre 1958 et qui prévoyait la collaboration de Roger Parry), il rédige entre *juillet* et *novembre* le texte posthume « La Signification de l'érotisme » et, vraisemblablement à la même époque, l'article « La Vénus de Lespugue » (initialement

intitulé « L'Image érotique ») resté lui aussi inédit de son vivant[1].
Entre 1957 et 1958, il réunira avec Waldberg une première équipe
de collaborateurs et envisagera d'écrire, en vue d'un numéro sur
l'inceste, une étude sur l'auteur élisabéthain John Ford.

Août-septembre : il publie dans *Critique* « Ce monde où nous mourons ». *30 septembre :* achevé d'imprimer du *Bleu du ciel* (Pauvert).

Octobre : le *3*, achevé d'imprimer de *L'Érotisme* (Minuit). Le *4*,
Gallimard, Minuit et Pauvert organisent un cocktail au bar du Pont-
Royal, pour fêter le soixantième anniversaire de Bataille. À cette
occasion, ils publient ensemble une plaquette publicitaire s'ouvrant
sur une notice biographique. Il collabore à *Arts* (n° *23-29 octobre*)
avec « L'Érotisme, soutien de la morale ».

12 décembre : entretien avec Marguerite Duras dans *France-Observateur.*

1958

Janvier : Bataille publie dans le numéro spécial que lui consacre la
revue *La Ciguë* l'article « La Planète encombrée » (à ce numéro participent, entre autres, Char, Marguerite Duras, Fautrier, Des Forêts,
Leiris, Wahl).

Avril : il fait paraître « Le Pur Bonheur » (*Botteghe oscure*, XXI),
texte autour duquel se regroupent une série d'articles devant
constituer le tome IV de la *Somme athéologique*, qu'il envisage d'introduire par la *Préface à l'œuvre de Georges Bataille* rédigée par Kojève
en 1950.

21 mai : entretien télévisé sur *La Littérature et le Mal* (*Lecture pour
tous* de Pierre Dumayet).

Juin : séjour à Guitrancourt, dans la maison de campagne de
Lacan, d'où, le *22*, il expose dans une lettre à Mascolo les rai-
sons « religieuses » de sa distance vis-à-vis de la revue antigaulliste
Le 14 juillet.

Juillet : séjour à Fontenay-le-Comte chez les Costa. Le *12*, il écrit
à Mascolo une lettre sur l'urgence de définir ce qui est irréductible
à la transformation de l'homme en moyen ; quelques passages en
seront repris par Mascolo dans son article « La Part irréductible »,
écrit pour le numéro 2 de *14 juillet :* le projet d'un livre intitulé *Part
irréductible*, que Bataille amorce en *octobre*, mais dont il n'est resté
aucune trace, pourrait se relier à ce débat. Le *15*, il rentre à Orléans
pour se rendre à la *fin du mois* avec les Costa aux Sables-d'Olonne
où il reste jusqu'à la *fin d'août.*

1ᵉʳ septembre : il retourne à Orléans.

21 octobre : il prononce à Sainte-Anne, sur invitation de Lacan, la
conférence « Sur l'ambiguïté du plaisir et du jeu ».

---

1. Voir J.-P. Le Bouler et Dominique Rabourdin, « La Signification de l'érotisme. Un
inédit de Georges Bataille présenté avec le dossier de la revue *Genèse* », *Revue de la Bibliothèque nationale*, n° 17, Automne 1985.

Novembre : opération des yeux à la clinique Remy de Gourmont.

De 1958 datent les notes pour une préface au *Coupable* (réédité en 1961) ; d'autres seront rédigées entre 1959 et 1960 (ou 1961).

1959

14 janvier : Bataille participe à l'émission de la Radio-télévision française dirigée par Georges Charbonnier sur « Frédéric Nietzsche ». Il continue à envisager avec Waldberg, qui projette d'écrire une biographie sur lui, la possibilité d'une revue sur la sexualité.

Février : il publie « Zarathoustra et l'enchantement du jeu » (*Club*, n° 66).

20 mai : il annonce à Pauvert un livre pour la collection « Bibliothèque internationale d'érotologie » dirigée par Joseph-Marie Lo Duca.

Juillet : il séjourne aux Sables-d'Olonne où il travaille au projet du livre et à l'établissement, avec Lo Duca, de l'iconographie. Le *24*, il arrête le titre de l'ouvrage : *Les Larmes d'Éros*. Le *27*, il rédige le plan d'un ouvrage en quatre parties (peut-être en rapport avec le projet d'« Histoire universelle »), réunissant quelques-uns des textes du *Dossier de Lascaux* dont l'article « Le Berceau de l'humanité : la vallée de la Vézère », qui, écrit sans doute entre 1955 et 1957, ne paraîtra dans *Tel Quel* qu'à l'hiver de 1970.

Août-septembre : dernière contribution dans *Critique*, « La Religion préhistorique ».

14 octobre : Bataille publie « Les Remords et l'Exhibitionnisme de Gilles de Rais » (*Les Lettres nouvelles*).

4 novembre : achevé d'imprimer au Club français du livre du *Procès de Gilles de Rais*, dont Bataille a établi les textes sur les minutes et les a annotés (le plumitif latin du procès d'Église est traduit par Klossowski).

De la même année datent les notes pour « La Séduction de l'action », rédigées en réponse à l'« Enquête auprès d'intellectuels français » menée dans *Le 14 juillet* (*10 avril*) par Blanchot, Breton, Mascolo, Jean Schuster, sur les événements du 13 mai 1958 qui avaient amené le général de Gaulle à renforcer son pouvoir.

1960

9 février : « état de santé précaire que compliquent des troubles de mémoire ». Séjour, dans la *deuxième quinzaine*, à Fontenay-le-Comte où il travaille d'arrache-pied aux *Larmes d'Éros* ; il ne rentrera à Orléans qu'à la *fin mars*.

Mars : il doit renoncer à rédiger la préface au catalogue de l'exposition de sculpures d'Isabelle Waldberg, prévue au printemps à la galerie du Dragon. Cependant, le *5*, il annonce à Lo Duca la remise, en *avril*, du manuscrit des *Larmes d'Éros*. Le *15*, achevé d'imprimer du catalogue *Marx Ernst* (édité par Gonthier-Seghers avec la date de 1959) qui s'ouvre sur sa préface, « Max Ernst philosophe ! ».

Avril : il envisage la réédition chez Gallimard des deux livres de Laure, projet qui échouera. Séjour après le *7* et jusqu'au *19* à Vézelay. Le *13*, Mascolo lui demande d'accepter, au nom de Marguerite Duras, un reliquat d'argent versé par les producteurs d'*Hiroshima, mon amour*, dont Bataille compte reproduire un certain nombre de photos pour un livre (sans doute *Les Larmes d'Éros*) qu'il rédige (il verra le film en *août*).

Mai : de ce mois daterait son séjour chez Max Ernst et Dorothea Tanning à Huismes (Indre-et-Loire). Le *10*, sa fille Laurence est arrêtée pour son activité politique en faveur de l'indépendance de l'Algérie et emprisonnée[1].

Premier séjour à Paris durant la *première quinzaine de juin*, pour voir Laurence. Il voit aussi Alexandre Iolas qui lui passe commande d'un texte sur Magritte et convient d'acquérir le manuscrit du *Mort*, en vue de l'éditer avec une préface. Ni le Magritte ni *Le Mort* ne verront le jour. Deuxième séjour à Paris vers la *fin du mois*.

Juillet : il s'installe avec Diane et Julie aux Sables-d'Olonne. Malgré ses efforts, il n'avance que lentement dans la rédaction des *Larmes d'Éros*. Il a souvent des crises de désespoir. Patrick Waldberg, Zette Leiris, Simone Collinet, Iolas font des démarches auprès de plusieurs artistes pour mettre en place une vente de tableaux à son profit.

Août : il se rend à Fontenay-le-Comte, puis, son état de prostration s'aggravant, rejoint seul Waldberg à Seillans. Publication de « Terre invivable ? » (*United States Lines, Paris review, été*).

Septembre : séjour aux Sables-d'Olonne puis à Fontenay-le-Comte. Autour du *15*, attaque d'aphasie, dont il se remet lentement.

Octobre : retour à Orléans où le *28* il fait part à Ambrosino, Leiris et Waldberg de son intention de « donner une suite » à Acéphale. Dans cette perspective, il envisage avec eux une réunion élargie à Pimpaneau.

Novembre : il se rend, sur conseil médical, à la campagne, à Guitrancourt, où il continue à travailler aux *Larmes d'Éros*. Il publie dans *La NRF* « La Peur », qui sera reprise comme Introduction au *Coupable* lors de la réédition de cet ouvrage.

De 1960 daterait le projet, resté sans suite, de Noël Burch de réaliser un film à partir du *Bleu du ciel*.

1961

20 janvier : achevé d'imprimer du *Coupable*, tome II de *La Somme athéologique* augmenté d'une « Introduction » et de « L'Alleluiah. Catéchisme de Dianus » (Gallimard).

---

1. Hervé Hamon et Patrick Rotman, *Les Porteurs de valises*, Albin Michel, 1979, p. 253-255.

Février : séjour, après le *6* et au moins jusqu'au *7 mars*, à Fontenay-
le-Comte.

Mars : le *2*, il découvre, tiré du livre du docteur Jean-Jacques
Matignon, *Dix ans au pays du dragon* (1910), un cliché du supplice
chinois des cent morceaux, différent de ceux qui seront publiés
dans *Les Larmes d'Éros* et dont la mise en place dans le volume donnera lieu en *mai* à un différend avec Lo Duca, leur insertion ne
tenant pas compte de la séquence « sacrifice vaudou-supplice chi-
nois-illustrations finales ». Il envisage d'écrire une préface pour le
livre de Valentine Penrose, *Erzsébet Báthory, la comtesse sanglante*, qui
paraît en 1962, sans sa contribution. Il envisage aussi la possibilité
de sortir de son « négativisme politique » et de passer « à une sorte
d'embryon d'une action positive », écrit-il à Mascolo. Le *17*, vente
de solidarité organisée à son profit à l'Hôtel Drouot, à Paris, par
Waldberg : sont mis aux enchères, entre autres, *Buste de femme* de
Picasso, *Quatre figures* de Giacometti, *L'Instinct* de Victor Brauner,
une peinture sur bois de Max Ernst. Le *23*, entretien avec Madeleine
Chapsal dans *L'Express*.

Fin mars-début avril : séjour à Vézelay, puis à Fontenay-le-
Comte.

Juin : le *2*, conscient que ses forces déclinent, il écrit à Kojève :
« Pourtant je veux tout au moins tenter une sorte de parallèle à votre
Introduction à la lecture de Hegel. » Il donne dans *Arts* (n° *7-13 juin*)
« Gustave Moreau, " l'attardé " précurseur du surréalisme ». Dans
le *courant du mois*, il publie *Les Larmes d'Éros*, dont un extrait est
publié dans *Tel Quel* (n° *5, printemps*). À l'ouvrage qui sera mis à
l'index par le ministère de l'Intérieur, se rattachent plusieurs fragments posthumes et le dossier « Hors *Les Larmes d'Éros* » faisant état
d'un nouveau projet d'« Histoire universelle » et les notes pour un
livre d'aphorismes, *La Catastrophe*.

Août : séjour aux Sables-d'Olonne ; « fatigue, démoralisation »
qu'aggravent des difficultés avec Diane dont, dès mars 1960, il fait
état dans ses lettres.

1962

Janvier : installé à Fontenay-le-Comte, il travaille au projet de
réédition de *La Haine de la poésie* ; il conçoit un nouveau titre, *L'Impossible*, avec comme sous-titre « *Histoire de rats*, suivi de *Dianus* et
de *L'Orestie* », et une préface qu'il envoie vers la *fin du mois* à Lindon
en une version écourtée, accompagnée, le *31*, de cette explication :
« l'impossible donné dans mon livre, c'est au fond la sexualité et […]
Sade en est la forme essentielle, aussi bien dans sa mort que dans
sa vie ».

1er février : il demande sa mutation de la bibliothèque municipale
d'Orléans à la Bibliothèque nationale de Paris. Il séjourne à Fontenay-le-Comte.

Mars : le *1er*, il s'installe à Paris, 25, rue Saint-Sulpice, dans l'appartement qu'il avait acheté grâce à la vente de tableaux. Le *12*, il est muté à la Bibliothèque nationale de Paris comme conservateur de 4ᵉ échelon, mais il est depuis le *5* en congé pour raison de santé jusqu'au *4 avril* (puis du *28 mai* au *2 juin*). Il projette de réunir dans un ensemble intitulé « Conférences sur le Non-savoir » et destiné à *Tel Quel* (nᵒ 10, *été*) les textes et les notes des conférences prononcées en 1952 au Collège philosophique.

21 avril : achevé d'imprimer de *L'Impossible* (Minuit).

Juillet : au *début du mois,* Diane se rend en Angleterrre avec Julie. Le *7*, Bataille visionne chez lui, avec Pimpaneau, Catherine Girard (aujourd'hui Baratier), médecin, et son mari, et un couple de sexologues américains, les Kunhausen, l'adaptation cinématographique d'*Histoire de l'œil* à laquelle ces derniers travaillent. Entré dans le coma dans la nuit du *7* au *8*, il est, sur avis de Fraenkel, transporté dans l'après-midi du *8* à l'hôpital Laennec, où il meurt le *9* au matin, sans avoir repris connaissance. Il est inhumé à Vézelay en présence de Diane, Piel, Pimpaneau, Michel et Zette Leiris.

MARINA GALLETTI.

Cette chronologie a été établie à partir des biographies de Bernd Mattheus (*Georges Bataille, eine Thanatographie*, Munich, Matthes et Seitz, 1984-1995) et de Michel Surya (*Georges Bataille, la mort à l'œuvre*, Gallimard, 1992), des papiers Jean Bruno (département des manuscrits de la BNF) ainsi que des volumes des *OC* (Gallimard) et de la correspondance de Georges Bataille (*Lettres à Roger Caillois, 4 août 1935 - 4 février 1939*, J.-P. Le Bouler éd., Folle Avoine, 1987 ; *Choix de lettres, 1917-1962*, M. Surya éd., Gallimard, 1997 ; *L'Apprenti sorcier. Textes, lettres et documents (1932-1939)*, M. Galletti éd., La Différence, 1999 ; Georges Bataille – Michel Leiris, *Échanges et correspondances*, L. Yvert éd., Gallimard, 2004) à laquelle s'ajoutent notamment André Castel et Michel Leiris, *Correspondance 1938-1958*, A. Maïllis et C. Paulhan éd., 2002 ; Laure, *Écrits*, J. Peignot et le collectif Change éd., Société Nouvelle des Éditions Pauvert, 1985 ; Laure, *Une rupture 1934*, A. Roche et J. Peignot éd., Éditions des Cendres, 1999 ; André Masson, *Les Années surréalistes. Correspondance 1916-1942*, F. Levaillant éd., La Manufacture, 1990. Elle a été complétée à l'aide des documents des Archives nationales et de l'École des chartes ; des lettres et papiers du département des manuscrits et des archives du cabinet des Médailles de la BNF ; de la bibliothèque Jacques-Doucet ; de l'IMEC ; de la médiathèque d'Orléans ; des archives Gallimard et des Éditions de Minuit ; des Archives et Musée de la Littérature (Bruxelles) ; des archives de la Fondazione Camillo Caetani (Rome) et de la Société européenne de Culture (Venise) ; des archives de l'Inathèque de France ; enfin des lettres et papiers conservés dans les archives personnelles de Julie Bataille, Michel Bataille et Michel Waldberg ; des lettres conservées par Esther Ambrosino, Lia Andler, Michèle Bouchex Bergstrasser, Jacques Chavy, Jean-Louis Couturier, Jean-Jacques Dautry, Thadée Klossowski, Solange Leprince, Jean Lescure et Jean Mascolo.

Outre les personnes remerciées dans la Note sur la présente édition, je tiens à exprimer ma reconnaissance à Irène Aghion ; Michel Amandry ; Mathilde Avisseau-Brouſtet ; Marie-Claire Beauchard ; Michèle Campagnolo Bouvier ; Francis Deguilly ; Jean-François Delmas ; Mazou Delteil Maisonneuve ; Dominique Devaux ; Jean-Éric Iung ; Henri Hours ; Gilles Le Hello ; Michelle Maury ; Jacques Pimpaneau ; Pierre Refouvelet ; Jacqueline Risset, ainsi qu'à : chanoine Jean Andrieux ; George Baker ; Jérôme Belmon ; Jérôme Bourgon ; Paolo Breda ; Jean-Louis Broilliard ; Hélène Cadou ; Jocelyne Chabrol ; Frans De Haes ; Chriſtine Delmas ; Guy Delteil ; Madeleine Delteil † ; Pierre Delteil † ; père Joël Duboisset ; Jean Duvignaud ; abbé Bernard Faintrenie ; Odile Felgine ; Marco Filoni ; Claudine Frank ; Michèle Fourment ; Jean-Luc Froissart ; Lionel Gallois ; père Jean Goy ; Marie-Andrée Guyot ; Béatrice Huard ; Jean-Luc Imauvein ; Michelle Kaſtner ; Anne-Sophie Kleiber Cras ; Nina Kousnetzoff ; Francis Leroy ; Toby Lichtig ; Jean-Marie Lo Duca ; Hannah Lowery ; Lionel Marmin ; Christine Martella ; Catherine Maubon ; Edgar Morin ; Claudine Pailhès ; Jérôme Peignot ; Dominique Rabourdin ; Barbara Roth ; Pauline Roux ; Maryse Schmidt-Surdez ; Michel Thomé ; Jean Vallier ; Louis Yvert ; Marie-Aſtrid Zang. Je remercie enfin : Marie-Claire Ameilbonne ; Carlos Marroquin ; Marina Vecchio ; Ewa Wódczynska.

NOTE SUR LA PRÉSENTE ÉDITION

Ce volume réunit pour la première fois sous une même couverture les romans et récits de Bataille : *Histoire de l'œil*, *Le Bleu du ciel*, *Madame Edwarda*, *Le Petit*, *Le Mort*, *Julie*, *L'Impossible*, *La Scissiparité*, *L'Abbé C.*, *Ma mère* et ce qui aurait pu lui faire suite dans l'ensemble *Divinus Deus* ; et, donnés en appendice, trois récits inédits, antérieurs à *Histoire de l'œil*, le scénario *La Maison brûlée* et les ébauches narratives.

Bataille n'a jamais voulu édifier une théorie bien arrêtée du roman, et jamais non plus établi de distinction nette entre roman et récit : le lecteur s'en apercevra en lisant dans le présent volume de fascinantes *bribes* de théorie (par exemple l'Avant-propos du *Bleu du ciel*), et ailleurs tels articles de l'après-guerre, comme « Un roman monstrueux », ou « La Souveraineté de la fête et le Roman américain[1] ». Certes, l'écrivain lui-même désigne *Madame Edwarda* comme un récit, et *Le Bleu du ciel* ou *L'Abbé C.* comme des romans. Les séparent, à l'évidence, des différences d'ampleur. Mais dans un cas comme dans l'autre le texte repose sur une tension entre le désir affiché de « peindre la vérité », et la revendication d'une « outrance » non réaliste ; encore faudrait-il parler d'articulation paradoxale plutôt que de tension, puisque la préface de *L'Impossible*, deuxième édition de *La Haine de la poésie*, donne l'outrance pour le moyen d'atteindre la vérité (p. 491). Au fond, qu'il s'agisse d'un roman ou d'un récit, l'ambition de Bataille demeure la même : s'engager, comme le dit la préface de *Madame Edwarda*, dans une « inénarrable voie » (p. 320).

On a beaucoup dit, ou écrit, dans les années 1970, que l'œuvre de Bataille échappait à toute approche en termes de genres littéraires.

---

1. *OC XI*, p. 487-496, et *ibid.*, p. 519-525.

Ainsi Roland Barthes : « Comment classer Georges Bataille ? Cet écrivain est-il un romancier, un poète, un essayiste, un économiste, un philosophe, un mystique ? La réponse est si malaisée que l'on préfère généralement oublier Bataille dans les manuels de littérature ; en fait Bataille a écrit des textes, ou même, peut-être, toujours un seul et même texte[1]. » Il n'est pas question de nier la pertinence du propos de Barthes, qui souligne l'unité — d'inspiration, ou mieux, de méditation — de l'œuvre de Bataille. Pas question non plus de nier que Bataille aime à mêler le narratif, le spéculatif, le poétique, et le lecteur s'en rendra compte par lui-même, en trouvant des poèmes dans *Le Petit* ou dans *L'Impossible*, et plus d'un passage formé de fragments proches de l'aphorisme plutôt que d'un substrat narratif.

Pourtant, la délimitation d'un *corpus* de textes narratifs, ou du moins à dominante narrative, au sein de l'œuvre n'a pas posé en pratique de difficulté insoluble. On a écarté *L'Alleluiah. Catéchisme de Dianus* (1947), à la fois en raison de son dessein didactique affiché, et parce que Bataille lui a fait prendre place en 1961 dans le deuxième tome de *La Somme athéologique*. On a retenu en revanche, certes non sans hésitation, *Le Petit*, parce qu'une trame narrative ténue s'y dessine sous les aphorismes et les souvenirs — « je me raconte mort », écrit par exemple Bataille (p. 353) —, parce qu'on peut le lire comme le pendant au masculin de *Madame Edwarda*, et en même temps pour l'intérêt que présente un cas limite.

Thadée Klossowski, pour l'édition des *Œuvres complètes*, distingue entre textes anthumes et textes posthumes, ce qui le conduit à la division entre tome III (« Œuvres littéraires ») et tome IV (« Œuvres littéraires posthumes »), tous deux parus en 1971. Division traditionnelle, mais moins naturelle qu'il ne paraît dans le cas d'un auteur qui écrit dans *L'Expérience intérieure* : « À l'extrémité fuyante de moi-même, déjà je suis mort, et *je* dans un état naissant de mort parle aux vivants : de la mort, de l'extrême[2] » ; ou encore, dans un poème retiré de *L'Archangélique* : « Je parle de chez les morts[3] ». Notre édition obéit donc à un autre parti : nous suivons un principe chronologique. Les textes sont classés selon leur date de rédaction : ainsi, pour *Le Bleu du ciel*, la date qui détermine la place du roman dans le présent volume est 1935 (achèvement d'une première version) et non pas 1957 (publication). Le lecteur pourra ainsi se former une idée de l'évolution que connaît l'écriture narrative de Bataille — ou de sa permanence.

Conformément à l'usage, nous retenons pour texte la dernière édition revue par l'auteur. Du coup, on trouvera, à la date de 1935, le texte du *Bleu du ciel* tel qu'il paraît en 1957 ; à la date de 1947, celle

---

1. « De l'œuvre au texte », *Revue d'esthétique*, n° 24, 1971, p. 227 ; *Œuvres complètes*, Éd. du Seuil, 2002, t. III, p. 910.
2. *OC V*, p. 58.
3. *OC IV*, p. 19.

de la parution de *La Haine de la poésie*, le texte qui paraît en 1962 sous le titre de *L'Impossible*. Nous avons cependant accordé une large place aux états — publiés ou inédits — antérieurs : ainsi, pour *Histoire de l'œil*, dont l'édition originale figure à la suite de l'édition définitive ; pour *Le Bleu du ciel*, dont nous publions intégralement le manuscrit de 1935. Nous avons également reproduit les courts récits qui sont les « matrices » des romans : *Dirty* pour *Le Bleu du ciel*, *Éponine* pour *L'Abbé C.* — et *Sainte* figure dans les « Archives du projet *Divinus Deus* ».

Le lecteur trouvera également des illustrations : reproduites dans le texte dès lors qu'elles appartiennent à l'édition qui nous sert de référence ; reproduites dans la section « Autour » dans les autres cas. Elles sont signées d'artistes célèbres : Masson pour *Histoire de l'œil* (édition de 1928) et pour l'édition de 1964 du *Mort*, sans oublier un dessin inédit destiné à *L'Abbé C.* ; Bellmer pour *Histoire de l'œil* (1947) ; Klossowski pour *Le Mort* et *L'Abbé C.* ; et Fautrier pour *Madame Edwarda*.

Plus on fréquente l'œuvre de Bataille, qui a tout d'un labyrinthe, et plus on comprend l'impossibilité de la dominer par un savoir. Notre annotation vise avant tout un double but : tisser un réseau de renvois entre les différents récits et romans ; les replacer dans l'ensemble formé par les *Œuvres complètes*, auxquelles nous renverrons par le sigle *OC*. Quant aux ensembles intitulés « Autour de… », qui font suite à chaque roman ou récit et fournissent avant tout des documents relatifs à leur genèse, ils visent à rappeler, comme Bataille l'écrivait en 1955 à propos de Manet, que la figure achevée d'*une* œuvre, ou interrompue par la mort, ne doit pas faire oublier « le jour douteux de la naissance » *des* œuvres, « l'incertitude » et « l'hésitation » de l'artiste, qui, sans formule, « ne cess[e] de chercher, de douter, d'avoir peur du jugement des autres[1] ». Les fragments manuscrits que nous publions proviennent avant tout des carnets et papiers Bataille conservés dans le très riche fonds Bataille de la BNF.

Les chercheurs rassemblés pour le présent travail ont plaisir à remercier tous ceux qui leur ont accordé une aide précieuse, les faisant bénéficier de leur temps et de leurs compétences.

Dans la longue consultation du fonds Bataille au département des manuscrits occidentaux de la BNF, Annie Angremy fut un guide toujours disponible et efficace, avant que ne la relaient Mauricette Berne et Guillaume Fau. Antoine Coron et Jean-Marc Chatelain nous ont permis d'accéder à la Réserve de la BNF. Anne Monginoux nous a accueillis à la médiathèque d'Orléans ; Martine Ollion, Albert Dichy, André Derval, Claire Paulhan et José Ruiz-Funes à l'IMEC ; Yves Peyré à la bibliothèque littéraire Jacques-

---

1. *OC IX*, p. 158.

Doucet ; Karine Busch et Katia Pierry à la bibliothèque interuniversitaire de Grenoble ; Monique Valbot, Reine-France Durand et Nicole Le Fourn à la bibliothèque de l'UFR de Lettres de l'Université Stendhal. Aux Archives nationales, Martine Boisdeffre, Armelle Le Goff, Édith Pirio, Damien Vaisse et Isabelle Neuschwander ont facilité nos recherches. Linda Ashton nous a fait bénéficier d'une aide précieuse pour la consultation des manuscrits conservés au Harry Ransom Humanities Research Center d'Austin ; Leslie A. Morris pour la consultation du manuscrit du *Bleu du ciel* conservé à la Hougton Library, Harvard University.

Ont droit également à notre reconnaissance : Sandra Basch ; Michel Bataille ; Raymond Bellour ; Étienne Bimbenet ; Bernadette Bost ; Michel Contat ; Fabrice Dauchez ; Jean-Pierre Dauphin ; Pascal Debailly ; Pierre Dourthe ; Lise Dumasy ; Elena Galstova ; Alain Gheerbrant ; Koichiro Hamano ; Bertrand Hauchecorne ; Jacques Henric ; Maurice Imbert ; Patrick Kearney ; Denise Klossowski et Thadée Klossowski ; Claude Lanzmann ; Jean-Claude Larrat ; Jérôme Lindon (†) et sa fille, Irène Lindon ; Alain Lotscher ; Henri Louette ; Gauthier et Pierre Louette ; Alexandra Makowiak ; Jean-Pierre Martin ; Chantal Massol ; Guite et Diego Masson ; Nadine Mespoulhès ; Alain de Mijolla ; Sylvie Patron ; Jean-Jacques Pauvert ; Liliane Phan ; J.-B. Pontalis ; Jean-François Pradeau ; Dominique Rabaté ; Anne Roche ; Marc Sagnol ; Juliette Simont ; Laurent Thirouin ; Lydia Vázquez ; Hélène Verneyre ; Jean Viardot ; Bertrand Vibert ; Austryn Wainhouse ; Emmanuel Wallon ; François Zourabichvili. Au sein de l'équipe de la Pléiade, nous avons trouvé auprès de Françoise Marcassus-Combis, un appui inappréciable. Et, *last but not least*, nous sommes redevables à Julie Bataille, sans la confiance de qui rien n'aurait été possible.

JEAN-FRANÇOIS LOUETTE.

Lord Auch

HISTOIRE DE L'ŒIL

Nouvelle version

L'ŒIL DE CHAT

J'ai été élevé seul et, aussi loin que je me le rappelle, j'étais anxieux des choses sexuelles. J'avais près de seize ans quand je rencontrai une jeune fille de mon âge, Simone, sur la plage de X[1]... Nos familles se trouvant une parenté lointaine, nos relations en furent précipitées. Trois jours après avoir fait connaissance, Simone et moi étions seuls dans sa villa. Elle était vêtue d'un tablier noir et portait un col empesé. Je commençais à deviner qu'elle partageait mon angoisse, d'autant plus forte ce jour-là qu'elle paraissait nue sous son tablier.

Elle avait des bas de soie noire montant au-dessus du genou. Je n'avais pu encore la voir jusqu'au cul (ce nom que j'employais avec Simone me paraissait le plus joli des noms du sexe). J'imaginais seulement que, soulevant le tablier, je verrais nu son derrière[2].

Il y avait dans le couloir une assiette de lait destinée au chat.

« Les assiettes, c'est fait pour s'asseoir, dit Simone. Paries-tu ? Je m'assois dans l'assiette.

— Je parie que tu n'oses pas », répondis-je, sans souffle.

Il faisait chaud[3]. Simone mit l'assiette sur un petit banc, s'installa devant moi et, sans quitter mes yeux, s'assit et trempa son derrière dans le lait. Je restai quelque temps immobile, le sang à la tête et tremblant, tandis qu'elle regardait ma verge tendre ma culotte. Je me couchai à ses pieds. Elle ne bougeait plus ; pour la première fois je vis sa « chair rose et noire » baignant dans le lait blanc. Nous restâmes longtemps immobiles, aussi rouges l'un que l'autre.

Elle se leva soudain : le lait coula jusqu'à ses bas sur les cuisses. Elle s'essuya avec son mouchoir, debout par-dessus ma tête, un pied sur le petit banc. Je me frottais la verge en m'agitant sur le sol. Nous arrivâmes à la jouissance au même instant, sans nous être touchés l'un l'autre. Cependant, quand sa mère rentra, m'asseyant sur un fauteuil bas, je profitai d'un moment où la jeune fille se blottit dans les bras maternels : je soulevai sans être vu le tablier, passant la main entre les cuisses chaudes.

Je rentrai chez moi en courant, avide de me branler encore. Le lendemain, j'avais les yeux cernés. Simone me dévisagea, cacha sa tête contre mon épaule et me dit : « Je ne veux plus que tu te branles sans moi. »

Ainsi commencèrent entre nous des relations d'amour si étroites et si nécessaires que nous restons rarement une semaine sans nous voir. Nous n'en avons pour ainsi dire jamais parlé. Je comprends qu'elle éprouve en ma présence des sentiments voisins des miens, difficiles à décrire. Je me rappelle un jour où nous allions vite en voiture. Je renversai une jeune et jolie cycliste, dont le cou fut presque arraché par les roues. Nous l'avons longtemps regardée morte. L'horreur et le désespoir qui se dégageaient de ces chairs écœurantes en partie, en partie délicates, rappellent le sentiment que nous avons en principe à nous voir. Simone est simple d'habitude. Elle est grande et jolie ; rien de désespérant dans le regard ni dans la voix. Mais elle est si avide de ce qui trouble les sens que le plus petit appel donne à son visage un caractère évoquant le sang, la terreur subite, le crime, tout ce qui ruine sans fin la béatitude et la bonne conscience. Je lui vis la première fois cette crispation muette, absolue — que je partageais — le jour où elle mit son derrière dans l'assiette. Nous ne nous regardons guère avec attention qu'en de tels moments. Nous ne sommes tranquilles et ne jouons qu'en de courtes minutes de détente, après l'orgasme.

Je dois dire ici que nous restâmes longtemps sans faire l'amour. Nous profitions des occasions pour nous livrer à nos jeux. Nous n'étions pas sans pudeur, au contraire, mais une sorte de malaise nous obligeait à la braver. Ainsi, à peine m'avait-elle demandé de ne plus me branler seul (nous étions en haut d'une falaise), elle me déculotta, me fit étendre à terre et, se troussant, s'assit sur mon ventre et s'oublia sur moi. Je lui mis dans le cul un doigt que mon foutre avait mouillé. Elle se coucha ensuite la tête sous ma verge et, pre-

nant appui des genoux sur mes épaules, leva le cul en le ramenant vers moi qui maintenais ma tête à son niveau.

« Tu peux faire pipi en l'air jusqu'au cul, demanda-t-elle ?

— Oui, répondis-je, mais la pisse va couler sur ta robe et sur ta figure.

— Pourquoi pas », conclut-elle, et je fis comme elle avait dit, mais à peine l'avais-je fait que je l'inondai de nouveau, cette fois de foutre blanc.

Cependant l'odeur de la mer se mêlait à celle du linge mouillé, de nos ventres nus et du foutre. Le soir tombait et nous restions dans cette position, sans mouvement, quand nous entendîmes un pas froisser l'herbe.

« Ne bouge pas », supplia Simone.

Le pas s'était arrêté ; nous ne pouvions pas voir qui s'approchait, nous ne respirions plus. Le cul de Simone ainsi dressé me semblait, il est vrai, une puissante supplication : il était parfait, les fesses étroites et délicates, profondément fendues. Je ne doutai pas que l'inconnu ou l'inconnue ne succombât bientôt et ne fût obligé de se dénuder à son tour. Le pas reprit, presque une course, et je vis paraître une ravissante jeune fille, Marcelle, la plus pure et la plus touchante de nos amies. Nous étions contractés dans nos attitudes au point de ne pouvoir bouger même un doigt, et ce fut soudain notre malheureuse amie qui s'effondra dans l'herbe en sanglotant. Alors seulement, nous étant dégagés, nous nous jetâmes sur ce corps abandonné. Simone troussa la jupe, arracha la culotte et me montra avec ivresse un nouveau cul aussi joli que le sien. Je l'embrassai avec rage, branlant celui de Simone dont les jambes s'étaient refermées sur les reins de l'étrange Marcelle qui déjà ne cachait que ses sanglots.

« Marcelle, criai-je, je t'en supplie, ne pleure plus. Je veux que tu m'embrasses la bouche. »

Simone elle-même caressait ses beaux cheveux plats, lui donnant des baisers sur tout le corps.

Cependant le ciel avait tourné à l'orage et, avec la nuit, de grosses gouttes de pluie avaient commencé de tomber, provoquant une détente après l'accablement d'un jour torride et sans air. La mer faisait déjà un bruit énorme, dominé par de longs roulements de tonnerre, et des éclairs permettaient de voir comme en plein jour les deux culs branlés des jeunes filles devenues muettes. Une frénésie brutale animait nos trois corps. Deux bouches juvéniles se disputaient mon cul, mes couilles et ma verge et je ne cessai pas d'écarter des jambes humides de salive et de foutre. Comme si j'avais voulu échapper à l'étreinte d'un monstre, et ce monstre était la violence de mes mouvements. La pluie chaude tombait à torrents et nous ruisselait par tout le corps. De grands coups de tonnerre nous ébranlaient et accroissaient notre rage, nous arrachant des cris redoublés à chaque éclair par la vue de nos parties sexuelles. Simone avait trouvé une flaque de boue et s'en barbouillait : elle se branlait avec la terre[4] et jouissait, fouettée par l'averse, ma tête serrée entre ses jambes souillées de terre, le visage vautré dans la flaque où elle agitait le cul de Marcelle enlacée d'un bras derrière les reins, la main tirant la cuisse et l'ouvrant avec force.

L'ARMOIRE NORMANDE

Dès cette époque, Simone contracta la manie de casser des œufs avec son cul. Elle se plaçait pour cela la tête sur le siège d'un fauteuil, le dos collé au dossier, les jambes repliées vers moi qui me branlais pour la foutre dans la figure. Je plaçais alors l'œuf au-dessus du trou : elle prenait plaisir à l'agiter dans la fente profonde. Au moment où le foutre jaillissait, les fesses cassaient l'œuf, elle jouissait, et, plongeant ma figure dans son cul, je m'inondais de cette souillure abondante.

Sa mère surprit notre manège, mais cette femme extrêmement douce, bien qu'elle eût une vie exemplaire, se contenta la première fois d'assister au jeu sans mot dire, si bien que nous ne l'aperçûmes pas : j'imagine qu'elle ne put de terreur ouvrir la bouche. Quand nous eûmes terminé (nous réparions le désordre à la hâte), nous la découvrîmes debout dans l'embrasure de la porte.

« Fais celui qui n'a rien vu », dit Simone, et elle continua d'essuyer son cul.

Nous sortîmes sans nous presser.

Quelques jours après, Simone, qui faisait avec moi de la gymnastique dans la charpente d'un garage, pissa sur cette femme qui s'était arrêtée sous elle sans la voir. La vieille dame se rangea, nous regardant de ses yeux tristes, avec un air si désemparé qu'il provoqua nos jeux. Simone, éclatant de rire, à quatre pattes, en exposant le cul devant mon visage, je la troussai et me branlai, ivre de la voir nue devant sa mère.

Nous étions restés une semaine sans avoir revu Marcelle quand nous la rencontrâmes dans la rue. Cette jeune fille blonde, timide et naïvement pieuse, rougit si profondément que Simone l'embrassa avec une tendresse nouvelle.

« Je vous demande pardon, lui dit-elle à voix basse. Ce qui est arrivé l'autre jour est mal. Mais cela n'empêche pas que nous devenions amis maintenant. Je vous promets : nous n'essaierons plus de vous toucher. »

Marcelle, qui manquait au dernier degré de volonté, accepta de nous suivre et de venir goûter chez Simone en compagnie de quelques amis. Mais au lieu de thé, nous bûmes du champagne en abondance.

La vue de Marcelle rougissante nous avait troublés ; nous nous étions compris, Simone et moi, certains que rien ne nous ferait reculer désormais. Outre Marcelle, trois jolies jeunes filles et deux garçons se trouvaient là ; le plus âgé des huit n'avait pas dix-sept ans. La boisson produisit un effet violent, mais, hors Simone et moi, personne n'était troublé comme nous voulions. Un phonographe nous tira d'embarras. Simone, dansant seule un ragtime[5] endiablé, montra ses jambes jusqu'au cul. Les autres jeunes filles, invitées à la suivre, étaient trop gaies pour se gêner. Et sans doute elles avaient des pantalons[6], mais ils ne cachaient pas grand-chose. Seule Marcelle, ivre et silencieuse, refusa de danser.

Simone, qui se donnait l'air d'être complètement saoule, froissa une nappe, et, l'élevant, proposa un pari :

« Je parie, dit-elle, que je fais pipi dans la nappe devant tout le monde. »

C'était en principe une réunion de petits jeunes gens ridicules et bavards. Un des garçons la défia. Le pari fut fixé à discrétion. Simone n'hésita nullement et trempa la nappe. Mais son audace la déchira jusqu'à la corde[7]. Si bien que les jeunes fous commençaient à s'égarer.

« Puisque c'est à discrétion », dit Simone au perdant, la voix rauque, « je vous déculotterai devant tout le monde. »

Ce qui fut fait sans difficulté. Le pantalon ôté, Simone enleva la chemise (pour lui éviter d'être ridicule). Rien de grave toutefois ne s'était passé : à peine Simone avait-elle d'une main légère caressé la queue de son camarade. Mais elle ne songeait qu'à Marcelle qui me suppliait de la laisser partir.

« On vous a promis de ne pas vous toucher, Marcelle, pourquoi voulez-vous partir ?

— Parce que », répondit-elle obstinément. (Une colère panique s'emparait d'elle.)

Tout à coup, Simone tomba à terre, à la terreur des autres. Une confusion de plus en plus folle l'agitait, les vêtements en désordre, le cul à l'air, comme atteinte d'épilepsie, et se roulant aux pieds du garçon qu'elle avait déculotté, elle balbutiait des mots sans suite.

« Pisse-moi dessus... pisse-moi dans le cul... », répétait-elle avec une sorte de soif.

Marcelle regardait fixement : elle rougit jusqu'au sang. Elle me dit sans me voir qu'elle voulait enlever sa robe. Je la lui retirai puis la débarrassai de son linge ; elle garda sa ceinture[8] et ses bas. S'étant à peine laissé branler et baiser par moi sur la bouche, elle traversa la pièce en somnambule et gagna une armoire normande où elle s'enferma (elle avait murmuré quelques mots à l'oreille de Simone).

Elle voulait se branler dans cette armoire et suppliait qu'on la laissât seule.

Il faut dire que nous étions tous ivres et renversés par l'audace les uns des autres. Le garçon nu était sucé par une jeune fille. Simone, debout et retroussée, frottait ses fesses à l'armoire où l'on entendait Marcelle se branler avec un halètement violent.

Il arriva soudain une chose folle : un bruit d'eau suivi de l'apparition d'un filet puis d'un ruissellement au bas de la porte du meuble. La malheureuse Marcelle pissait dans son armoire en jouissant. L'éclat de rire ivre qui suivit dégénéra en une débauche de chutes de corps, de jambes et de culs en l'air, de jupes mouillées et de foutre. Les rires se produisaient comme des hoquets involontaires, retardant à peine la ruée vers les culs et les queues. Pourtant on entendit bientôt la triste Marcelle sangloter seule et de plus en plus fort dans cette pissotière de fortune qui lui servait maintenant de prison.

. . . .

Une demi-heure après, quelque peu dessaoulé, l'idée me vint d'aider Marcelle à sortir de l'armoire. La malheureuse jeune fille était désespérée, tremblant et grelottant de fièvre. M'apercevant, elle manifesta une horreur maladive. J'étais pâle, taché de sang, habillé de travers. Des corps sales et dénudés gisaient derrière moi, dans un désordre hagard. Des débris de verre avaient coupé et mis en sang deux d'entre nous ; une jeune fille vomissait ; des fous rires si violents nous avaient pris que nous avions mouillé qui ses vêtements, qui son fauteuil ou le plancher ; il en résultait une odeur de sang, de sperme, d'urine et de vomi qui faisait reculer d'horreur, mais le cri qui se déchira dans la gorge de Marcelle m'effraya davantage encore. Je dois dire que Simone dormait le ventre en l'air, la main à la fourrure, le visage apaisé.

Marcelle, qui s'était précipitée en trébuchant avec des grognements informes, m'ayant regardé une seconde fois, recula comme devant la mort ; elle s'effondra et fit entendre une kyrielle de cris inhumains.

Chose étonnante, ces cris me redonnèrent du cœur au ventre. On allait accourir, c'était inévitable. Je ne cherchai nullement à fuir, à diminuer le scandale. J'allai tout au contraire ouvrir la porte : spectacle et joie inouïs ! Qu'on imagine sans peine les exclamations, les cris, les menaces disproportionnées des parents entrant dans la chambre : la cour d'assises, le bagne, l'échafaud étaient évoqués avec des cris incendiaires et des imprécations spasmodiques. Nos camarades eux-mêmes s'étaient mis à crier. Jusqu'à produire un éclat délirant de cris et de larmes : on eût dit qu'on venait de les allumer comme des torches.

Quelle atrocité pourtant ! Il me sembla que rien ne pourrait mettre fin au délire tragi-comique de ces fous. Marcelle, demeurée nue, continuait en gesticulant à traduire en cris une souffrance morale et une terreur impossibles[9] ; on la vit mordre sa mère au visage, au milieu de bras qui tentaient vainement de la maîtriser.

Cette irruption des parents détruisit ce qui lui restait de raison. On dut avoir recours à la police. Tout le quartier fut témoin du scandale inouï.

L'ODEUR DE MARCELLE

Mes parents n'avaient pas donné signe de vie. Je jugeai toutefois prudent de filer en prévision de la rage d'un vieux père, type achevé de général gâteux et catholique. Je rentrai dans la villa par-derrière, afin d'y dérober une somme d'argent suffisante. Certain qu'on me chercherait partout ailleurs, je me baignai dans la chambre de mon père. Je gagnai la campagne à 10 heures du soir, laissant ce mot sur la table de ma mère :

« Veuillez, je vous prie, ne pas m'envoyer la police J'emporte un revolver. La première balle sera pour le gendarme, la seconde pour moi. »

Je n'ai jamais cherché ce qu'on appelle une attitude. Je désirais seulement faire hésiter ma famille, irréductible ennemie du scandale. Toutefois, ayant écrit ce mot avec légèreté, non sans rire, je ne trouvai pas mauvais de mettre dans ma poche le revolver de mon père.

Je marchai presque toute la nuit le long de la mer, mais sans m'éloigner beaucoup de X…, étant donné les détours de la côte. Je voulais m'apaiser en marchant : mon délire composait malgré moi des phantasmes de Simone, de Marcelle. Peu à peu l'idée me vint de me tuer ; prenant le revolver en main, j'achevai de perdre le sens de mots comme espoir et désespoir. J'éprouvai par lassitude une nécessité de donner malgré tout quelque sens à ma vie. Elle en aurait dans la mesure où je reconnaîtrais comme désirables un certain nombre d'événements. J'acceptai la hantise des noms : *Simone*, *Marcelle*. J'avais beau rire, je m'agitais en raison d'une composition fantasque où mes démarches les plus étranges se liaient sans finir avec les leurs.

Je dormis dans un bois pendant le jour. J'allai chez Simone à la tombée de la nuit ; je passai dans le jardin en sautant le mur. La chambre de mon amie était éclairée : je jetai des cailloux dans la fenêtre. Simone descendit. Nous partîmes presque sans mot dire dans la direction de la mer. Nous étions gais de nous retrouver. Il faisait sombre et, de temps à autre, je relevais sa robe et lui prenais le cul en main : je n'en tirais aucun plaisir. Elle s'assit, je me couchai à ses pieds : je vis que j'allais sangloter. En effet, je sanglotai longuement sur le sable.

« Qu'est-ce que c'est ? » dit Simone.

Elle me donna un coup de pied pour rire. Le pied heurta le revolver dans ma poche. Une effrayante détonation nous arracha un cri. Je n'étais pas blessé et me trouvai debout, comme entré dans un autre monde. Simone, elle-même, était pâle et défaite.

Ce jour-là nous n'eûmes pas l'idée de nous branler.

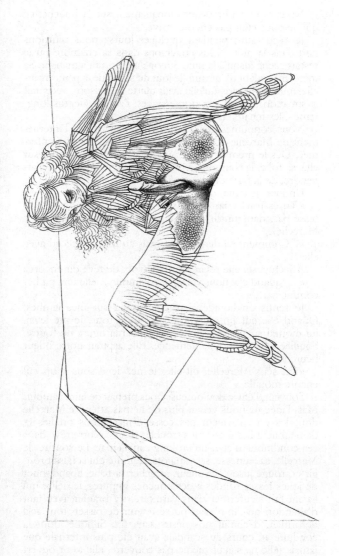

Nous nous embrassâmes longuement sur la bouche, ce qui ne nous était pas encore arrivé.

Je vécus ainsi pendant quelques jours ; nous rentrions tard dans la nuit. Nous couchions dans sa chambre où je restais caché jusqu'à la nuit. Simone me portait à manger. Sa mère, manquant d'autorité (le jour du scandale, à peine avait-elle entendu les cris qu'elle avait quitté la maison), acceptait la situation. Quant aux domestiques, l'argent, depuis longtemps, les tenait à la dévotion de Simone.

Nous connûmes par eux les circonstances de l'internement de Marcelle et la maison de santé où elle était enfermée. Dès le premier jour, notre souci porta tout entier sur elle, sa folie, la solitude de son corps, les possibilités de l'atteindre, de la faire évader peut-être.

Un jour, je tentai de forcer Simone.

« Tu es fou ! cria-t-elle. Mais mon petit, cela ne m'intéresse pas, dans un lit, comme une mère de famille ! Avec Marcelle…

— Comment ? » dis-je déçu, mais au fond d'accord avec elle.

Affectueuse, elle revint et d'une voix de rêve dit encore :

« … quand elle nous verra faire l'amour… elle fera pipi… comme ça… »

Je sentis un liquide charmant couler sur mes jambes. Quand elle eut fini, je l'inondai à mon tour. Je me levai, lui montai sur la tête, et lui barbouillai la figure de foutre. Souillée, elle jouit avec démence. Elle aspirait notre odeur heureuse.

« Tu sens Marcelle, dit-elle, le nez levé sous mon cul encore mouillé. »

Souvent, l'envie douloureuse nous prenait de faire l'amour. Mais l'idée ne nous venait plus de ne pas attendre Marcelle dont les cris n'avaient pas cessé d'agacer nos oreilles et demeuraient liés à nos plus troubles désirs. Notre rêve dans ces conditions n'était qu'un long cauchemar. Le sourire de Marcelle, sa jeunesse, ses sanglots, la honte qui la faisait rougir et, rouge jusqu'à la sueur, arracher sa robe, abandonner de jolies fesses rondes à des bouches impures, le délire qui l'avait fait s'enfermer dans l'armoire, s'y branler avec tant d'abandon qu'elle n'avait pu se retenir de pisser, tout cela déformait, déchirait nos désirs sans fin. Simone, dont la conduite au cours du scandale avait été plus infernale que jamais (elle ne s'était même pas couverte, elle avait ouvert les jambes au contraire), ne pouvait oublier que l'orgasme imprévu résultant de sa propre impudeur, des hurlements, de la nudité de Marcelle, avait dépassé en puissance ce qu'elle imaginait jusque-là. Son cul ne s'ouvrait plus devant moi sans que le spectre de Marcelle en rage, en délire ou rougissante, ne vînt donner à ses goûts une portée atterrante, comme si le sacrilège devait rendre toute chose généralement affreuse et infâme.

D'ailleurs les régions marécageuses du cul — auxquelles ne ressemblent que les jours de crue et d'orage ou les émanations suffocantes des volcans[10], et qui n'entrent en activité, comme les orages ou les volcans, qu'avec quelque chose d'un désastre — ces régions désespérantes que Simone, dans un abandon qui ne présageait que des violences, me laissait regarder comme en hypnose, n'étaient plus désormais pour moi que l'empire souterrain[11] d'une Marcelle suppliciée dans sa prison et devenue la proie des cauchemars. Je ne comprenais même plus qu'une chose : à quel point l'orgasme ravageait le visage de la jeune fille aux sanglots coupés de cris.

Simone de son côté ne regardait plus le foutre que je faisais jaillir sans en voir en même temps la bouche et le cul de Marcelle abondamment souillés.

« Tu pourras lui fesser la figure avec ton foutre », me dit-elle, s'en barbouillant elle-même le cul, « pour qu'il fume. »

UNE TACHE DE SOLEIL

Les autres femmes ou les autres hommes n'avaient plus d'intérêt pour nous. Nous ne songions plus qu'à Marcelle dont nous imaginions puérilement la pendaison volontaire, l'enterrement clandestin[12], les apparitions funèbres. Un soir, bien renseignés, nous partîmes à bicyclette pour la maison de santé où notre amie était enfermée. Nous parcourûmes en moins d'une heure vingt kilomètres qui nous séparaient d'un château entouré d'un parc, isolé sur une falaise dominant la mer. Nous savions que Marcelle occupait la chambre 8, mais il aurait fallu pour la trouver arriver par l'intérieur. Nous ne pouvions espérer qu'entrer dans cette chambre par la fenêtre après en avoir scié les barreaux. Nous n'imaginions pas de moyen de la distinguer quand notre attention fut attirée par une étrange apparition[13]. Nous avions sauté le mur et nous trouvions dans ce parc où le vent violent agitait les arbres quand nous vîmes s'ouvrir une fenêtre du premier, et une ombre attacher solidement un drap à l'un des barreaux. Le drap claqua aussitôt dans le vent, la fenêtre fut refermée avant que nous n'eussions reconnu l'ombre.

Il est difficile d'imaginer le fracas de cet immense drap blanc pris dans la bourrasque : il dominait de beaucoup celui de la mer et du vent. Pour la première fois, je voyais Simone angoissée d'autre chose que de sa propre impudeur ; elle se serra contre moi, le cœur battant, et regarda les yeux fixes ce fantôme faire rage dans la nuit, comme si la démence elle-même venait de hisser son pavillon sur ce lugubre château.

Nous restions immobiles, Simone blottie dans mes bras, moi-même à demi hagard, quand soudain le vent sembla déchirer les nuages et la lune éclaira avec une précision révélatrice un détail si étrange et si déchirant qu'un sanglot s'étrangla dans la gorge de Simone : le drap qui s'étalait dans le vent avec un bruit éclatant était souillé au centre d'une large tache mouillée qu'éclairait par transparence la lumière de la lune[14]...

En peu d'instants, les nuages masquèrent à nouveau le disque lunaire : tout rentra dans l'ombre.

Je demeurai debout, suffoqué, les cheveux dans le vent, pleurant moi-même comme un malheureux, tandis que Simone, effondrée dans l'herbe, se laissait pour la première fois secouer par de grands sanglots d'enfant.

Ainsi, c'était notre malheureuse amie, c'était Marcelle à n'en pas douter qui venait d'ouvrir cette fenêtre sans lumière, c'était elle qui avait fixé aux barreaux de sa prison cet hallucinant signal de détresse. Elle avait dû se branler dans son lit, avec un si grand trouble des sens qu'elle s'était inondée ; nous l'avions vue ensuite attacher un drap aux barreaux, pour qu'il sèche.

Je ne savais que faire dans ce parc, devant cette fausse demeure de plaisance aux fenêtres grillées. Je m'éloignai, laissant Simone étendue sur le gazon. Je ne voulais que respirer un instant seul, mais une fenêtre non grillée du rez-de-chaussée était demeurée entrouverte. J'assurai mon revolver dans ma poche et j'entrai : c'était un salon semblable à n'importe quel autre. Une lampe de poche me permit de passer dans une antichambre, puis dans un escalier. Je ne distinguais rien, n'aboutissais à rien : les chambres n'étaient pas numérotées. J'étais d'ailleurs incapable de rien comprendre, envoûté ; je ne sus même pas sur le moment pourquoi je me déculottai et continuai en chemise mon angoissante exploration. J'enlevai l'un après l'autre mes vêtements et les mis sur une chaise, ne gardant que des chaussures. Une lampe dans la main gauche, dans la main droite un revolver, je marchais au hasard. Un léger bruit me fit éteindre ma lampe. Je demeurai immobile, écoutant mon souffle irrégulier. De longues minutes d'angoisse s'étant passées sans que j'entendisse rien, je rallumai ma lampe : un petit cri me fit m'enfuir si vite que j'oubliai mes vêtements sur la chaise.

Je me sentais suivi ; je m'empressai de sortir ; je sautai par la fenêtre et me cachai dans une allée. Je m'étais à peine retourné qu'une femme nue se dressa dans l'embrasure de la fenêtre : elle sauta comme moi dans le parc et s'enfuit en courant dans la direction des buissons d'épines.

Rien n'était plus étrange, en ces minutes d'angoisse, que ma nudité au vent dans l'allée d'un jardin inconnu. Tout avait lieu comme si j'avais quitté la Terre, d'autant que la bourrasque assez tiède suggérait une invitation. Je ne savais que faire du revolver : je n'avais plus de poche sur moi. Je poursuivais cette femme que j'avais vue passer, comme si j'avais voulu l'abattre. Le bruit des éléments en colère, le fracas des arbres et du vent achevaient cette confusion. Ni dans mon intention, ni dans mes gestes, il n'était rien de saisissable.

Je m'arrêtai ; j'étais arrivé au buisson où l'ombre avait disparu tout à l'heure. Exalté, revolver en main, je regardais autour de moi : mon corps à ce moment se déchira[15] ; une main ensalivée avait saisi ma verge et la branlait, un baiser baveux et brûlant me pénétrait l'intimité du cul, la poitrine nue, les jambes nues d'une femme se collaient à mes jambes avec un soubresaut d'orgasme. Je n'eus que le temps de me tourner pour cracher mon foutre à la figure de Simone ; le revolver en main, j'étais parcouru d'un frisson d'une violence égale à celle de la bourrasque, mes dents claquaient, mes lèvres écumaient, les bras, les mains tordus, je serrai convulsivement mon revolver, et malgré moi, trois coups de feu terrifiants et aveugles partirent en direction du château.

Ivres et relâchés, Simone et moi nous étions échappés l'un à l'autre, aussitôt élancés à travers la pelouse comme des chiens. La bourrasque était trop déchaînée pour que les détonations éveillassent les habitants du château. Mais comme nous regardions la fenêtre où claquait le drap, nous constations, surpris, qu'une balle avait étoilé un carreau quand nous vîmes cette fenêtre ébranlée s'ouvrir et l'ombre apparut pour la seconde fois.

Atterrés, comme si Marcelle en sang devait sous nos yeux tomber morte dans l'embrasure, nous restions debout au-dessous de cette apparition immobile, ne pouvant même nous faire entendre d'elle, tant le vent faisait rage.

« Qu'as-tu fait de tes vêtements ? » demandai-je à Simone au bout d'un instant.

Elle me répondit qu'elle m'avait cherché et, ne me trouvant plus, avait fini par aller comme moi à la découverte de l'intérieur du château. Mais, avant d'enjamber la fenêtre, elle s'était déshabillée, imaginant d'être « plus libre ». Et quand, à ma suite, effrayée par moi, elle avait fui, elle n'avait plus retrouvé sa robe. Le vent avait dû l'emporter. Cependant elle épiait Marcelle et ne pensait pas à demander pourquoi j'étais nu moi-même.

La jeune fille à la fenêtre disparut. Un instant passa qui sembla immense ; elle alluma l'électricité dans sa chambre, puis revint respirer à l'air libre et regarda dans la direction de la mer. Ses cheveux pâles et plats étaient pris dans le vent, nous distinguions les traits de son visage : elle n'avait pas changé, hors l'inquiétude sauvage du regard, qui jurait avec une simplicité encore enfantine. Elle paraissait plutôt treize ans que seize. Son corps, dans un léger vêtement de nuit, était mince mais plein, dur et sans éclat, aussi beau que son regard fixe.

Quand elle nous aperçut enfin, la surprise sembla lui rendre vie. Elle cria mais nous n'entendîmes rien. Nous lui faisions signe. Elle avait rougi jusqu'aux oreilles. Simone qui pleurait presque, et dont je caressais affectueusement le front, lui envoya des baisers auxquels elle répondit sans sourire. Simone enfin laissa descendre sa main le long du ventre jusqu'à la fourrure. Marcelle l'imita et, posant un pied sur le rebord de la fenêtre, découvrit une jambe que des bas de soie blanche gainaient jusqu'aux poils blonds. Chose étrange, elle avait une ceinture blanche et des bas blancs, quand la noire Simone, dont le cul chargeait ma main, avait une ceinture noire et des bas noirs.

Cependant, les deux jeunes filles se branlaient avec un

geste court et brusque, face à face dans cette nuit d'orage.
Elles se tenaient presque immobiles et tendues, le regard
rendu fixe par une joie immodérée. Il sembla qu'un invisible
monstre arrachait Marcelle au barreau que tenait fortement
sa main gauche : nous la vîmes abattue à la renverse dans
son délire. Il ne resta devant nous qu'une fenêtre vide, trou
rectangulaire perçant la nuit noire, ouvrant à nos yeux las un
jour sur un monde composé avec la foudre et l'aurore.

UN FILET DE SANG

L'urine est pour moi liée au salpêtre, et la foudre, je ne
sais pourquoi, à un vase de nuit antique de terre poreuse,
abandonné, un jour de pluie d'automne, sur le toit de zinc
d'une buanderie provinciale. Depuis la première nuit à la
maison de santé, ces représentations désolées sont demeu-
rées unies, dans la partie obscure de mon esprit, avec le sexe
humide et le visage abattu de Marcelle. Toutefois, ce paysage
de mon imagination s'inondait soudain d'un filet de lumière
et de sang : Marcelle, en effet, ne pouvait jouir sans s'inonder, non de sang, mais d'un jet d'urine claire, et même, à mes
yeux, lumineux. Ce jet, d'abord violent, coupé comme un
hoquet, puis librement lâché, coïncidait avec un transport
de joie inhumaine. Il n'est pas étonnant que les aspects les
plus déserts et les plus lépreux d'un rêve[16] ne soient qu'une
sollicitation en ce sens ; ils répondent à l'attente obstinée
d'un éclat — analogue en ceci à la vision du trou éclairé de la
fenêtre vide, au moment où Marcelle, tombée sur le plancher, l'inondait sans fin.

Ce jour-là, dans l'orage sans pluie, à travers l'obscurité
hostile, il nous fallait fuir le château et filer comme des bêtes,
Simone et moi, sans vêtements, l'imagination hantée par
l'ennui[17], qui, sans doute, accablerait à nouveau Marcelle.
La malheureuse internée était comme une incarnation de la
tristesse et des colères qui, sans fin, donnaient nos corps à
la débauche. Un peu après (ayant retrouvé nos bicyclettes),
nous pouvions nous offrir l'un à l'autre le spectacle irritant,
théoriquement sale, d'un corps nu et chaussé sur la machine.
Nous pédalions rapidement, sans rire ni parler, dans l'isolement commun de l'impudeur, de la fatigue, de l'absurdité.

Nous étions morts de fatigue. Au milieu d'une côte Simone s'arrêta, prise de frissons. Nous ruisselions de sueur, et Simone grelottait, claquant des dents. Je lui ôtai alors un bas pour essuyer son corps : il avait une odeur chaude, celle des lits de malade et des lits de débauche. Peu à peu elle revint à un état moins pénible et m'offrit ses lèvres en manière de reconnaissance.

Je gardais les plus grandes inquiétudes. Nous étions encore à dix kilomètres de X… et, dans l'état où nous nous trouvions, il nous fallait à tout prix arriver avant l'aube. Je tenais mal debout, désespérant de voir la fin de cette randonnée dans l'impossible. Le temps depuis lequel nous avions quitté le monde réel, composé de personnes habillées, était si loin qu'il semblait hors de portée. Cette hallucination personnelle se développait cette fois avec la même absence de borne que le cauchemar global de la société humaine, par exemple, avec terre, atmosphère et ciel.

La selle de cuir se collait à nu au cul de Simone qui fatalement se branlait en tournant les jambes. Le pneu arrière disparaissait à mes yeux dans la fente du derrière nu de la cycliste. Le mouvement de rotation rapide de la roue était d'ailleurs assimilable à ma soif, à cette érection qui déjà m'engageait dans l'abîme du cul collé à la selle. Le vent était un peu tombé, une partie du ciel s'étoilait ; il me vint à l'idée que la mort étant la seule issue de mon érection, Simone et moi tués, à l'univers de notre vision personnelle se substitueraient les étoiles pures, réalisant à froid ce qui me paraît le terme de mes débauches, une incandescence géométrique (coïncidence, entre autres, de la vie et de la mort[18], de l'être et du néant) et parfaitement fulgurante.

Mais ces images demeuraient liées aux contradictions d'un état d'épuisement prolongé et d'une absurde raideur du membre viril. Cette raideur, il était difficile à Simone de la voir, en raison de l'obscurité, d'autant que ma jambe gauche en s'élevant la cachait chaque fois. Il me semblait cependant que ses yeux se tournaient dans la nuit vers ce point de rupture de mon corps. Elle se branlait sur la selle avec une brusquerie de plus en plus forte. Elle n'avait donc pas plus que moi épuisé l'orage évoqué par sa nudité. J'entendais ses gémissements rauques ; elle fut littéralement arrachée par la joie et son corps nu fut jeté sur le talus dans un bruit d'acier traîné sur les cailloux.

Je la trouvai inerte, la tête pendante : un mince filet de

sang avait coulé à la commissure de la lèvre. Je soulevai un bras qui retomba. Je me jetai sur ce corps inanimé, tremblant d'horreur, et, comme je l'étreignais, je fus malgré moi traversé par un spasme de lie et de sang, avec une grimace de la lèvre inférieure écartée des dents, comme chez les idiots.

Revenant à la vie lentement, Simone eut un mouvement qui m'éveilla. Je sortis du demi-sommeil où m'avait plongé ma dépression, au moment où j'avais cru souiller son cadavre[19]. Aucune blessure, aucune ecchymose ne marquait le corps qu'une ceinture à jarretelle et un bas continuaient à vêtir. Je la pris dans mes bras et la portai sur la route sans tenir compte de ma fatigue ; je marchai le plus vite possible (le jour commençait à poindre). Un effort surhumain me permit seul d'arriver jusqu'à la villa et de coucher avec bonheur ma merveilleuse amie vivante dans son lit.

La sueur me poissait le visage. J'avais les yeux sanglants et gonflés, mes oreilles criaient, je claquais des dents, mais j'avais sauvé celle que j'aimais, je pensais que, bientôt, nous reverrions Marcelle ; ainsi, trempé de sueur et zébré de poussière coagulée, je m'étendis près du corps de Simone et m'abandonnai sans gémir à de longs cauchemars.

SIMONE

L'accident peu grave de Simone fut suivi d'une période paisible. Elle était demeurée malade. Quand sa mère venait, je passais dans la salle de bains. J'en profitais pour pisser ou me baigner. La première fois que cette femme y voulut entrer, elle en fut empêchée par sa fille.

« N'entre pas, dit-elle, il y a un homme nu. »

Simone ne tardait guère à la mettre à la porte et je reprenais ma place sur la chaise à côté du lit. Je fumais, je lisais les journaux. Parfois, je prenais dans mes bras Simone chaude de fièvre ; elle faisait avec moi pipi dans la salle de bains. Je la lavais ensuite avec soin sur le bidet. Elle était faible et, bien entendu, je ne la touchais pas longtemps.

Bientôt elle prit plaisir à me faire jeter des œufs dans la cuvette du siège, des œufs durs, qui sombraient, et des œufs gobés plus ou moins vides. Elle demeurait assise à regarder ces œufs. Je l'asseyais sur la cuvette : entre ses jambes elle les regardait sous son cul ; à la fin je tirais la chasse d'eau.

Un autre jeu consistait à casser un œuf au bord du bidet et à l'y vider sous elle ; tantôt elle pissait sur l'œuf, tantôt je me déculottais pour l'avaler au fond du bidet ; elle me promit, quand elle serait de nouveau valide, de faire la même chose devant moi puis devant Marcelle.

En même temps nous imaginions de coucher Marcelle, retroussée mais chaussée et gardant sa robe, dans une baignoire à demi pleine d'œufs dans l'écrasement desquels elle ferait pipi. Simone rêvait encore que je tiendrais Marcelle nue dans ses bas, le cul haut, les jambes pliées mais la tête en bas ; elle-même alors, vêtue d'un peignoir trempé d'eau chaude et collant, mais laissant la poitrine nue, monterait sur une chaise blanche. Je lui énerverais les seins en prenant leurs bouts dans le canon d'un revolver d'ordonnance chargé mais venant de tirer, ce qui tout d'abord nous aurait ébranlés et, en second lieu, donnerait au canon l'odeur de la poudre. Pendant ce temps, elle ferait couler de haut et ruisseler de la crème fraîche sur l'anus gris de Marcelle ; elle urinerait aussi dans son peignoir, ou, si le peignoir s'ouvrait, sur le dos ou la tête de Marcelle que, de l'autre côté, je pourrais compisser moi-même. Marcelle alors m'inonderait, puisqu'elle aurait mon cou serré dans ses cuisses. Elle pourrait aussi faire entrer ma verge pissante dans sa bouche.

C'est après de tels rêves que Simone me priait de la coucher sur des couvertures auprès du siège sur lequel elle penchait son visage, reposant ses bras sur les bords de la cuvette, afin de fixer sur les *œufs* ses *yeux* grands ouverts. Je m'installais moi-même à côté d'elle et nos joues, nos tempes se touchaient. Une longue contemplation nous apaisait. Le bruit d'engloutissement de la chasse d'eau divertissait Simone : elle échappait alors à l'obsession et sa bonne humeur revenait.

Un jour enfin, à l'heure où le soleil oblique de 6 heures éclairait la salle de bains, un œuf à demi gobé fut envahi par l'eau et, s'étant empli avec un bruit bizarre, fit naufrage sous nos yeux ; cet incident eut pour Simone un sens extrême, elle se tendit et jouit longuement, pour ainsi dire buvant mon œil entre ses lèvres. Puis, sans quitter cet œil sucé aussi obstinément qu'un sein, elle s'assit attirant ma tête et pissa sur les œufs flottants avec une vigueur et une satisfaction criantes.

Je pouvais dès lors la considérer comme guérie. Elle manifesta sa joie, me parlant longuement de sujets intimes,

quand d'habitude elle ne parlait ni d'elle ni de moi. Elle m'avoua en souriant que, l'instant d'avant, elle avait eu l'envie de se soulager entièrement ; elle s'était retenue pour avoir un plus long plaisir. L'envie en effet lui tendait le ventre, elle sentait son cul gonfler comme une fleur près d'éclore. Ma main était alors dans sa fente ; elle me dit qu'elle était restée dans le même état, que c'était infiniment doux. Et, comme je lui demandais à quoi lui faisait penser le mot uriner, elle me répondit *Buriner*, les yeux, avec un rasoir[20], quelque chose de rouge, le soleil. Et l'œuf ? Un œil de veau, en raison de la couleur de la tête, et d'ailleurs le blanc d'œuf était du blanc d'œil, et le jaune la prunelle. La forme de l'œil, à l'entendre, était celle de l'œuf. Elle me demanda, quand nous sortirions, de casser des œufs en l'air, au soleil, à coups de revolver. La chose me paraissait impossible, elle en discuta, me donnant de plaisantes raisons. Elle jouait gaiement sur les mots, disant tantôt *casser un œil*, tantôt *crever un œuf*, tenant d'insoutenables raisonnements.

Elle ajouta que l'odeur du cul, des pets, était pour elle l'odeur de la poudre, un jet d'urine « un coup de feu vu comme une lumière ». Chacune de ses fesses était un œuf dur épluché. Nous nous faisions porter des œufs mollets, sans coque et chauds, pour le siège : elle me promit que, tout à l'heure, elle se soulagerait entièrement sur ces œufs. Son cul se trouvant encore dans ma main, dans l'état qu'elle m'avait dit, après cette promesse un orage grandissait en nous.

Il faut dire aussi qu'une chambre de malade est un endroit bien fait pour retrouver la lubricité puérile. Je suçais le sein de Simone en attendant les œufs mollets. Elle me caressait la tête. Sa mère nous porta les œufs. Je ne me retournai pas. La prenant pour une bonne, je continuai. Quand je reconnus sa voix, je ne bougeai pas davantage, ne pouvant plus, même un instant, renoncer au sein ; je me déculottai de la même façon que si j'avais dû satisfaire un besoin, sans ostentation, mais avec le désir qu'elle s'en allât comme avec la joie d'excéder les limites. Quand elle quitta la chambre, il commençait à faire nuit. J'allumai dans la salle de bains. Simone assise sur le siège, chacun de nous mangea un œuf chaud, je caressai le corps de mon amie, faisant glisser les autres sur elle, et surtout dans la fente des fesses. Simone les regarda quelque temps immergés, blancs et chauds, épluchés et comme nus sous son derrière ; elle poursuivit l'immersion par un bruit de chute analogue à celui des œufs mollets.

Il faut le dire ici : rien de ce genre n'eut lieu depuis lors entre nous ; *à une exception près*, nous avons cessé de parler des œufs. Si nous en apercevions, nous ne pouvions nous voir sans rougir, avec une interrogation trouble des yeux.

La fin du récit montrera que cette interrogation ne devait pas rester sans réponse, et que la réponse mesura le vide ouvert en nous par nos amusements avec les œufs.

MARCELLE

Nous évitions Simone et moi toute allusion à nos obsessions. Le mot œuf fut rayé de notre vocabulaire. Nous ne parlions pas davantage du goût que nous avions l'un pour l'autre. Encore moins de ce que Marcelle représentait à nos yeux. Tant que dura la maladie de Simone, nous restâmes dans cette chambre, attendant le jour où nous pourrions retourner vers Marcelle avec l'énervement qui, à l'école, précédait notre sortie de classe[21]. Toutefois, il nous arrivait d'imaginer vaguement ce jour. Je préparai une cordelette, une corde à nœuds et une scie à métaux que Simone examina avec soin. Je ramenai les bicyclettes laissées dans un fourré, je les graissai attentivement et fixai à la mienne une paire de cale-pieds, voulant ramener derrière moi une des jeunes filles. Rien n'était plus facile, au moins pour un temps, que de faire vivre Marcelle, comme moi, dans la chambre de Simone.

Six semaines passèrent avant que Simone ne pût me suivre à la maison de santé. Nous partîmes dans la nuit. Je continuais à ne jamais paraître au jour et nous avions toutes les raisons de ne pas attirer l'attention. J'avais hâte d'arriver au lieu que je tenais confusément pour un château hanté, les mots « maison de santé » et « château » étant associés dans ma mémoire au souvenir du drap fantôme et de cette demeure silencieuse, peuplée de fous. Chose étonnante, j'avais l'idée d'aller *chez moi*, alors que partout j'étais mal à l'aise.

À cela répondit en effet mon impression quand j'eus sauté le mur et que la bâtisse s'étendit devant nous. Seule, la fenêtre de Marcelle était éclairée, grande ouverte. Les cailloux d'une allée, jetés dans la chambre, attirèrent la jeune fille ; elle nous reconnut et se conforma à l'indication que nous lui donnions, un doigt sur la bouche. Mais nous lui présentâmes aussitôt la corde à nœuds pour lui montrer nos intentions. Je lançai la cordelette lestée d'un plomb. Elle me la renvoya passée derrière un barreau. Il n'y eut pas de difficultés ; la corde fut hissée, attachée, et je grimpai jusqu'à la fenêtre.

Marcelle recula d'abord lorsque je voulus l'embrasser. Elle se contenta de me regarder avec une extrême attention entamer un barreau à la lime. Je lui demandai doucement de s'habiller pour nous suivre ; elle était vêtue d'un peignoir de bain. Me tournant le dos, elle enfila des bas de soie et les assujettit à une ceinture formée de rubans rouge vif, mettant en valeur un derrière d'une pureté et d'une finesse de peau surprenantes. Je continuai à limer, couvert de sueur. Marcelle recouvrit d'une chemise ses reins plats dont les longues lignes étaient agressivement finies par le cul, qu'un pied sur la chaise détachait. Elle ne mit pas de pantalon. Elle passa une jupe de laine grise à plis et un pull-over à petits carreaux noirs, blancs et rouges. Ainsi vêtue et chaussée de souliers à talons plats, elle revint s'asseoir près de moi. Je pouvais d'une main caresser ses beaux cheveux plats, si blonds qu'ils semblaient pâles. Elle me regardait avec affection et semblait touchée par ma joie muette.

« Nous allons nous marier, n'est-ce pas ? dit-elle enfin. Ici, c'est mauvais, on souffre… »

À ce moment l'idée n'aurait pu me venir un instant de ne pas dévouer le reste de mes jours à cette apparition irréelle. Je l'embrassai longuement sur le front et les yeux. Une de ses mains par hasard ayant glissé sur ma jambe, elle me regarda avec de grands yeux, mais avant de la retirer, me caressa d'un geste d'absente à travers le drap.

L'immonde barreau céda après un long effort. Je l'écartai de toutes mes forces, ouvrant l'espace nécessaire au passage. Elle passa en effet, je la fis descendre, l'aidant d'une main glissée à nu entre ses jambes. Elle se blottit dans mes bras sur le sol et m'embrassa sur la bouche. Simone à nos pieds, les yeux brillants de larmes, étreignit ses jambes, embrassant ses cuisses sur lesquelles tout d'abord elle s'était contentée de poser sa joue, mais ne pouvant contenir un frisson de joie, elle ouvrit le corps, et collant ses lèvres à la vulve, l'embrassa avidement.

Nous nous rendions compte, Simone et moi, que Marcelle ne comprenait pas ce qui lui arrivait. Elle souriait, imaginant la surprise du directeur du « château hanté », quand il la verrait avec son mari. Elle avait peu de conscience de l'existence de Simone, qu'en riant, elle prenait parfois pour un loup, en raison de sa chevelure noire, de son mutisme et pour avoir trouvé la tête de mon amie allongée comme celle d'un chien le long de sa jambe. Toutefois, quand je lui parlais du « château hanté », elle ne doutait pas qu'il ne s'agît de la maison où elle vivait enfermée, et, dès qu'elle y songeait, la terreur l'écartait de moi comme si quelque fantôme avait surgi dans l'obscurité. Je la regardai avec inquiétude, et comme j'avais dès cette époque un visage dur, je lui fis peur à moi-même. Elle me demanda presque au même instant de la protéger *quand le Cardinal reviendrait*.

Nous étions étendus au clair de lune à la lisière d'un bois, désireux de nous reposer un instant à mi-chemin, et surtout nous voulions regarder et embrasser Marcelle.

« Qui est le Cardinal ? demanda Simone.

— Celui qui m'a mise dans l'armoire, dit Marcelle.

— Pourquoi le Cardinal ? » criai-je.

Elle répondit presque aussitôt :

« Parce qu'il est curé de la guillotine. »

Je me rappelai la peur qu'elle avait eue quand j'ouvris l'armoire ; j'avais sur la tête un bonnet phrygien, accessoire de cotillon d'un rouge criard[22]. J'étais de plus couvert du sang des coupures d'une jeune fille que j'avais baisée.

Ainsi le « Cardinal curé de la guillotine » se confondait dans l'effroi de Marcelle avec le bourreau souillé de sang, coiffé du bonnet phrygien ; une étrange coïncidence de piété et d'horreur des prêtres expliquait cette confusion, qui demeure liée pour moi aussi bien à ma dureté indéniable qu'à l'angoisse que m'inspire continuellement la nécessité de mes actes.

LES YEUX OUVERTS DE LA MORTE

Je restai sur le moment désemparé par cette découverte. Simone elle-même était désemparée. Marcelle s'endormit à moitié dans mes bras. Nous ne savions que faire. Sa jupe relevée laissait voir sa fourrure entre les rubans rouges au bout des cuisses longues. Cette nudité silencieuse, inerte, nous communiquait une sorte d'extase : un souffle aurait dû nous changer en lumière. Nous ne bougions plus, désireux que cette inertie durât et que Marcelle s'endormît tout à fait.

Un éblouissement intérieur m'épuisait et je ne sais comment les choses auraient tourné si, tout à coup, Simone ne s'était agitée doucement; elle ouvrit les cuisses, les ouvrit à la fin tant qu'elle put et me dit, d'une voix blanche, qu'elle ne pouvait se retenir davantage; elle inonda sa robe en frémissant; le foutre, au même instant, jaillit dans ma culotte.

Je m'allongeai alors dans l'herbe, le crâne reposant sur une pierre plate et les yeux ouverts sur la Voie lactée, étrange trouée de sperme astral et d'urine céleste à travers la voûte crânienne des constellations : cette fêlure ouverte au sommet du ciel, apparemment formée de vapeurs ammoniacales devenues brillantes dans l'immensité — dans l'espace vide où elles se déchirent comme un cri de coq[23] en plein silence — un œuf, un œil crevé ou mon crâne ébloui, collé à la pierre, en renvoyaient à l'infini les images symétriques. Écœurant, l'absurde cri du coq coïncidait avec ma vie : c'est-à-dire maintenant le Cardinal, à cause de la fêlure, de la couleur rouge, des cris discordants qu'il avait provoqués dans l'armoire, et aussi parce qu'on égorge les coqs…

À d'autres l'univers paraît honnête. Il semble honnête aux honnêtes gens parce qu'ils ont des yeux châtrés. C'est pourquoi ils craignent l'obscénité. Ils n'éprouvent aucune angoisse s'ils entendent le cri du coq ou s'ils découvrent le ciel étoilé. En général, on goûte les « plaisirs de la chair » à la condition qu'ils soient fades.

Mais, dès lors, il n'était plus de doute : je n'aimais pas ce qu'on nomme « les plaisirs de la chair », en effet parce qu'ils sont fades. J'aimais ce que l'on tient pour « sale ». Je n'étais nullement satisfait, au contraire, par la débauche habituelle, parce qu'elle salit seulement la débauche et, de toute façon, laisse intacte une essence élevée et parfaitement pure. La débauche que je connais souille non seulement mon corps et mes pensées mais tout ce que j'imagine devant elle et surtout l'univers étoilé…

J'associe la lune au sang des mères, aux menstrues à l'odeur écœurante[24].

J'ai aimé Marcelle sans la pleurer. Si elle est morte, c'est par ma faute. Si j'ai des cauchemars, s'il m'arrive, des heures durant, de m'enfermer dans une cave parce que je pense à Marcelle, je suis prêt à recommencer néanmoins, par exemple, à lui plonger, la tête en bas, les cheveux dans la cuvette des cabinets. Mais elle est morte et je vis réduit aux événements qui me rapprochent d'elle au moment où je m'y attends le moins. Il m'est impossible sans cela de percevoir quelque rapport entre la morte et moi, ce qui fait de mes journées un inévitable ennui.

Je me bornerai maintenant à raconter comment Marcelle se pendit : elle reconnut l'armoire normande et claqua des dents. Elle comprit alors en me regardant que j'étais le Cardinal. Comme elle hurlait, il n'y eut d'autre moyen de l'arrêter que de la laisser seule. Quand nous rentrâmes dans la chambre, elle s'était pendue à l'intérieur de l'armoire.

Je coupai la corde, elle était bien morte. Nous l'installâmes sur le tapis. Simone me vit bander et me branla ; nous nous étendîmes par terre et je la baisai à côté du cadavre. Simone était vierge et cela nous fit mal, mais nous étions contents justement d'avoir mal. Quand Simone se releva et regarda le corps, Marcelle était une étrangère et Simone elle-même l'était pour moi. Je n'aimais ni Simone ni Marcelle et si l'on m'avait dit que je venais moi-même de mourir, je n'aurais pas été surpris. Ces événements m'étaient fermés. Je regardais Simone et ce qui me plut, je m'en souviens précisément, est qu'elle commença de se mal conduire. Le cadavre l'irrita. Elle ne pouvait supporter que cet être de même forme qu'elle ne la sentît plus. Surtout les yeux ouverts la crispaient. Elle inonda le visage calme, il sembla surprenant que les yeux ne se fermassent plus. Nous étions calmes *tous les trois*, c'était le plus désespérant. Toute représentation de l'ennui se lie pour moi à ce moment et au comique obstacle qu'est la mort. Cela ne m'empêche pas d'y penser sans révolte et même avec un sentiment de complicité. Au fond, l'absence d'exaltation rendit les choses absurdes ; Marcelle morte était moins éloignée de moi que vivante, dans la mesure où, comme je pense, l'être absurde a tous les droits.

Que Simone ait pissé sur elle, par ennui, par irritation, montre à quel point nous étions fermés à la compréhension de la mort. Simone était furieuse, angoissée, mais nullement portée au respect. Marcelle nous appartenait à tel point dans notre isolement que nous n'avons pas vu en elle une morte comme les autres. Marcelle n'était pas réductible aux mesures des autres. Les impulsions contraires qui disposèrent de nous ce jour-là se neutralisaient, nous laissant

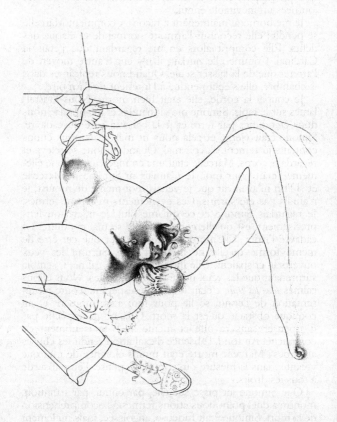

aveugles. Elles nous situaient bien loin dans un monde où les gestes sont sans portée, comme des voix dans un espace qui n'est pas sonore.

ANIMAUX OBSCÈNES

Pour éviter l'ennui d'une enquête, nous décidâmes de gagner l'Espagne. Simone comptait sur le secours d'un richissime Anglais, qui lui avait proposé de l'enlever et de l'entretenir.

Nous quittâmes la villa dans la nuit. Il était facile de voler une barque et d'atterrir en un point désert de la côte espagnole.

Simone me laissa dans un bois pour aller à Saint-Sébastien. Elle revint à la nuit tombante, conduisant une belle voiture.

Simone me dit de Sir Edmond que nous le retrouverions à Madrid, qu'il lui avait toute la journée posé sur la mort de Marcelle les questions les plus minutieuses, l'obligeant même à faire des plans et des croquis. Il envoya pour finir un domestique acheter un mannequin à perruque blonde. Simone dut pisser sur la figure du mannequin étendu les yeux ouverts dans la position de Marcelle. Sir Edmond n'avait pas touché la jeune fille.

Simone, après le suicide de Marcelle, changea profondément. Elle ne fixait que le vague, on aurait cru qu'elle était d'un autre monde. Il semblait que tout l'ennuyât. Elle ne demeurait liée à cette vie que par des orgasmes rares, mais beaucoup plus violents qu'auparavant. Ils ne différaient pas moins des joies habituelles que le rire des sauvages, par exemple, ne diffère de celui des civilisés.

Simone ouvrait d'abord des yeux las sur quelque scène obscène et triste…

Un jour Sir Edmond fit jeter et enfermer dans une bauge à porcs basse, étroite et sans fenêtres, une petite et délicieuse belle-de-nuit de Madrid ; elle s'abattit en chemise-culotte dans la mare à purin, sous le ventre des truies. Simone se fit longuement baiser par moi dans la boue, devant la porte, tandis que Sir Edmond se branlait.

La jeune fille m'échappa en râlant, saisit son cul à deux mains, cognant contre le sol sa tête violemment renversée ; elle se tendit ainsi quelques secondes sans respirer, ses mains de toutes ses forces ouvraient son cul avec les ongles, elle se déchira d'un coup et se déchaîna à terre comme une volaille égorgée, se blessant dans un bruit terrible aux ferrures de la porte. Sir Edmond lui donna son poignet à mordre. Le spasme longuement continua de la révulser, le visage souillé de salive et de sang.

Elle venait toujours après ces accès se mettre dans mes bras ; son cul dans mes grandes mains[25], elle restait sans bouger, sans parler, comme une enfant, mais sombre.

Toutefois, à ces intermèdes obscènes, que Sir Edmond s'ingéniait à nous procurer, Simone continuait à préférer les corridas. Trois moments[26] des courses la captivaient : le premier, quand la bête débouche en bolide du toril ainsi qu'un gros rat ; le second, quand ses cornes plongent jusqu'au crâne dans le flanc d'une jument ; le troisième, quand l'absurde jument galope à travers l'arène, rue à contretemps et lâche entre ses jambes un paquet d'entrailles aux ignobles couleurs, blanc, rose et gris nacré. Quand la vessie crevant lâchait d'un coup sur le sable une flaque d'urine de jument, ses narines tremblaient.

D'un bout à l'autre de la corrida, elle demeurait dans l'angoisse, ayant la terreur, expressive au fond d'un insurmontable désir, de voir l'un des monstrueux coups de corne qu'un taureau précipité sans cesse avec colère frappe aveuglément dans le vide des étoffes de couleur, jeter en l'air le torero. Il faut dire, d'ailleurs, que si, sans long arrêt et sans fin, la redoutable bête passe et repasse à travers la cape, à un doigt de la ligne du corps du torero, on éprouve le sentiment de projection totale et répétée particulière au jeu physique de l'amour. La proximité de la mort y est sentie de la même façon. Ces suites de passes heureuses sont rares et déchaînent dans la foule un véritable délire, les femmes, à ces moments pathétiques, jouissent, tant les muscles des jambes et du bas-ventre se tendent.

À propos de corrida, Sir Edmond raconta un jour à Simone qu'encore récemment, c'était l'habitude d'Espagnols virils, toreros amateurs à l'occasion, de demander au concierge de l'arène les couilles grillées du premier taureau. Ils les faisaient porter à leur place, c'est-à-dire au premier rang, et les mangeaient[27] en regardant mourir le suivant.

Simone prit à ce récit le plus grand intérêt et comme, le dimanche suivant, nous devions aller à la première grande corrida de l'année, elle demanda à Sir Edmond les couilles du premier taureau. Mais elle avait une exigence, elle les voulait crues.

« Mais, dit Sir Edmond, qu'allez-vous faire de couilles crues ? Vous n'allez pas les manger crues ?

— Je les veux, devant moi, dans une assiette », dit-elle.

L'ŒIL DE GRANERO

Le 7 mai 1922, La Rosa, Lalanda et Granero devaient toréer aux arènes de Madrid. Belmonte[28] au Mexique, Lalanda et Granero étaient les grands matadors d'Espagne. En général, on donnait Granero pour le meilleur. À vingt ans, beau, grand, d'une aisance enfantine, il était déjà populaire. Simone s'intéressait à lui ; Sir Edmond lui annonçant que l'illustre tueur dînerait avec nous le soir de la course, elle en eut une véritable joie.

Granero différait des autres matadors en ce qu'il n'avait nullement l'apparence d'un boucher, mais d'un prince charmant, bien viril, parfaitement élancé. Le costume de matador, à cet égard, accuse une ligne droite, érigée raide et comme un jet, chaque fois qu'un taureau bondit le long du corps (il moule exactement le cul). L'étoffe d'un rouge vif, l'épée étincelante au soleil, en face du taureau mourant dont le pelage fume, ruisselant de sueur et de sang, achèvent la métamorphose et dégagent l'aspect fascinant du jeu. Tout a lieu sous le ciel torride d'Espagne, nullement coloré et dur comme on l'imagine, mais solaire et d'une luminosité éclatante — molle et trouble — irréelle parfois, tant l'éclat de la lumière et l'intensité de la chaleur évoquent la liberté des sens, exactement l'humidité molle de la chair.

Je lie cette irréalité humide de l'éclat solaire à la corrida du 7 mai. Les seuls objets que j'ai conservés avec soin sont un éventail jaune et bleu et la brochure populaire consacrée à la mort de Granero. Au cours d'un embarquement, la valise contenant ces souvenirs tomba dans la mer (un Arabe l'en tira à l'aide d'une perche) ; ils sont en bien mauvais état, mais, souillés, gondolés comme ils sont, ils rattachent au sol, au lieu, à la date, ce qui n'est plus en moi qu'une vision de déliquescence.

Le premier taureau, dont Simone attendait les couilles, était un monstre noir dont le débouché du toril fut si foudroyant qu'en dépit des efforts et des cris, il éventra trois chevaux avant qu'on n'eût ordonné la course. Une fois même, il enleva cheval et cavalier comme pour les offrir au soleil ; ils retombèrent avec fracas derrière les cornes. Au moment voulu, Granero s'avança : prenant le taureau dans sa cape, il se joua de sa fureur. Dans un délire d'ovations, le jeune homme fit tourner le monstre dans la cape ; chaque fois la bête s'élevait vers lui en une sorte de charge, il évitait d'un doigt l'horrible choc. La mort du monstre solaire[29] s'acheva sans heurt. L'ovation infinie commençait tandis que la victime, avec une incertitude d'ivrogne, s'agenouillait puis se laissait tomber les jambes en l'air en expirant.

Simone, debout entre Sir Edmond et moi — son exaltation égale à la mienne — refusa de s'asseoir après l'ovation. Elle me prit la main sans mot dire et me conduisit dans une cour extérieure de l'arène où régnait l'odeur de l'urine. Je pris Simone par le cul tandis qu'elle sortait ma verge en colère. Nous entrâmes ainsi dans des chiottes puantes où des mouches minuscules souillaient un rai de soleil. La jeune fille dénudée, j'enfonçais dans sa chair baveuse et couleur de sang ma queue rose ; elle pénétra cette caverne d'amour, tandis que je branlais l'anus avec rage : en même temps se mêlaient les révoltes de nos bouches.

L'orgasme du taureau n'est pas plus fort que celui qui, nous cassant les reins, nous entre-déchira sans que le membre reculât, la vulve écartelée noyée de foutre.

Les battements du cœur dans nos poitrines — brûlantes et avides d'être nues — ne s'apaisaient pas. Simone, le cul encore heureux, et moi la verge raide, nous revînmes au premier rang. Mais, à la place où mon amie devait s'asseoir reposaient sur une assiette les deux couilles nues ; ces glandes, de la grosseur et de la forme d'un œuf, étaient d'une blancheur nacrée[30], rosie de sang, analogue à celle du globe oculaire.

« Ce sont les couilles crues », dit Sir Edmond à Simone avec un léger accent anglais.

Simone s'était agenouillée devant l'assiette, qui lui donnait un embarras sans précédent. Sachant ce qu'elle voulait, ne sachant comment faire, elle parut exaspérée. Je pris l'assiette, voulant qu'elle s'assît. Elle la retira de mes mains, la remit sur la dalle.

Sir Edmond et moi craignions d'attirer l'attention. La course languissait. Me penchant à l'oreille de Simone, je lui demandai ce qu'elle voulait.

« Idiot, répondit-elle, je veux m'asseoir nue sur l'assiette.
— Impossible, dis-je, assieds-toi. »

J'enlevai l'assiette et l'obligeai à s'asseoir. Je la dévisageai. Je voulais qu'elle vît que j'avais compris (je pensais à l'assiette de lait). Dès lors, nous ne pouvions tenir en place. Ce malaise devint tel que le calme Sir Edmond le partagea. La course était mauvaise, les matadors inquiets faisaient face à des bêtes sans nerfs. Simone avait voulu les places au soleil ; nous étions pris dans une buée de lumière et de chaleur moite, desséchant les lèvres.

D'aucune façon, Simone ne pouvait relever sa robe et poser son cul sur les couilles ; elle avait gardé l'assiette dans les mains. Je voulus la baiser encore, avant que Granero ne revînt. Mais elle refusa, les éventrements de chevaux, suivis, comme elle disait, « de perte et fracas », c'est-à-dire d'une cataracte de boyaux, la grisaient (il n'y avait pas encore à cette époque de cuirasse protégeant le ventre des chevaux[31]).

Le rayonnement solaire, à la longue, nous absorbait dans une irréalité conforme à notre malaise, à notre impuissant désir d'éclater, d'être nus. Le visage grimaçant sous l'effet du soleil, de la soif et de l'exaspération des sens, nous partagions cette déliquescence morose où les éléments ne s'accordent plus. Granero revenu n'y changea rien. Le taureau méfiant, le jeu continuait à languir.

Ce qui suivit eut lieu sans transition, et même apparemment sans lien, non que les choses ne fussent liées, mais je les vis comme un absent. Je vis en peu d'instants Simone, à mon effroi, mordre l'un des globes, Granero s'avancer, présenter au taureau le drap rouge ; puis Simone, le sang à la tête, en un moment de lourde obscénité, dénuder sa vulve où entra l'autre couille ; Granero renversé, acculé sous la balustrade, sur cette balustrade les cornes à la volée frappèrent trois coups : l'une des cornes enfonça l'œil droit et la tête. La clameur atterrée des arènes coïncida avec le spasme de Simone. Soulevée de la dalle de pierre, elle chancela et tomba, le soleil l'aveuglait, elle saignait du nez. Quelques hommes se précipitèrent, s'emparèrent de Granero.

La foule dans les arènes était tout entière debout. L'œil droit du cadavre pendait.

SOUS LE SOLEIL DE SÉVILLE

Deux globes de même grandeur et consistance s'étaient animés de mouvements contraires et simultanés. Un testicule blanc de taureau avait pénétré la chair « rose et noire » de Simone ; un œil était sorti de la tête du jeune homme. Cette coïncidence liée en même temps qu'à la mort à une sorte de liquéfaction urinaire du ciel, un moment, me rendit Marcelle. Il me sembla, dans cet insaisissable instant, la toucher.

L'ennui habituel reprit. Simone, de mauvaise humeur, refusa de rester un jour de plus à Madrid. Elle tenait à Séville, connue comme une ville de plaisir.

Sir Edmond voulait satisfaire aux caprices de son « angélique amie ». Nous trouvâmes dans le Sud une lumière, une chaleur plus déliquescentes encore qu'à Madrid. Un excès de fleurs dans les rues finissait d'énerver les sens.

Simone allait nue, sous une robe légère, blanche, laissant voir à travers la soie la ceinture et même, en certaines positions, la fourrure. Les choses concouraient dans cette ville à faire d'elle un brûlant délice. Souvent, par les rues, je vis à son passage une queue tendre la culotte.

Nous ne cessions à peu près pas de faire l'amour. Nous évitions l'orgasme et visitions la ville. Nous quittions un endroit propice en quête d'un autre : une salle de musée, l'allée d'un jardin, l'ombre d'une église ou le soir une ruelle déserte. J'ouvrais le corps de mon amie, lui dardais ma verge dans la vulve. J'arrachais vite le membre de l'étable et nous reprenions la route au hasard. Sir Edmond nous suivait de loin et nous *surprenait*. Il s'empourprait alors sans approcher. S'il se branlait, c'était discrètement, à distance.

« C'est intéressant », nous dit-il un jour, désignant une église, « celle-ci est l'église de Don Juan.

— Mais encore ? demanda Simone.

— Voulez-vous entrer seule dans l'église ? proposa Sir Edmond.

— Quelle idée ? »

L'idée absurde ou non, Simone entra et nous l'attendîmes à la porte.

Quand elle revint, nous restâmes assez stupides : elle riait aux éclats, ne pouvant parler. La contagion et le soleil aidant, je me pris à rire à mon tour, et même, à la fin, Sir Edmond.

« *Bloody girl !* s'écria l'Anglais, ne pouvez-vous expliquer ? Nous rions sur la tombe de Don Juan ? »

Et riant de plus belle, il montra sous nos pieds une large plaque de cuivre ; elle recouvrait la tombe du fondateur de l'église, qu'on dit avoir été Don Juan. Repenti, celui-ci voulut qu'on l'enterrât sous le porche d'entrée[32], afin d'être foulé aux pieds des êtres les plus bas.

Nos fous rires décuplés repartirent. Simone riant pissait[33] le long des jambes : un filet d'urine coula sur la plaque.

L'accident eut un autre effet : mouillée, l'étoffe de la robe adhérant au corps était transparente : la vulve noire était visible.

Simone à la fin se calma.

« Je rentre me sécher », dit-elle.

Nous nous trouvâmes dans une salle où nous ne vîmes rien qui justifiât le rire de Simone ; relativement fraîche, elle recevait la lumière à travers des rideaux de cretonne rouge. Le plafond était fait d'une charpente ouvragée, les murs blancs, mais ornés de statues et d'images ; un autel et un dessus d'autel dorés occupaient le mur du fond jusqu'aux poutres de la charpente. Ce meuble de féerie, comme chargé des trésors de l'Inde, à force d'ornements, de volutes, de torsades[34], évoquait par ses ombres et l'éclat des ors les secrets parfumés d'un corps. À droite et à gauche de la porte, deux célèbres tableaux de Valdès Leal[35] figuraient des cadavres en décomposition : dans l'orbite oculaire d'un évêque entrait un énorme rat…

L'ensemble sensuel et somptueux, les jeux d'ombre et la lumière rouge des rideaux, la fraîcheur et l'odeur des lauriers-roses, en même temps l'impudeur de Simone, m'incitaient à lâcher les chiens.

Sortant d'un confessionnal, je vis, chaussés de soie, les deux pieds d'une pénitente[36].

« Je veux les voir passer », dit Simone.

Elle s'assit devant moi près du confessionnal.

Je voulus lui donner ma verge dans la main, mais elle refusa, menaçant de branler jusqu'au foutre.

Je dus m'asseoir ; je voyais sa fourrure sous la soie mouillée.

« Tu vas voir », me dit-elle.

Après une longue attente, une très jolie jeune femme quitta le confessionnal, les mains jointes, les traits pâles, extasiés : la tête en arrière, les yeux blancs, elle traversa la salle à pas lents, comme un spectre d'opéra. Je serrai les dents pour ne pas rire. À ce moment, la porte du confessionnal s'ouvrit.

Il en sortit un prêtre blond, jeune encore et très beau, les joues maigres et les yeux pâles[37] d'un saint. Il demeurait les mains croisées sur le seuil de l'armoire, le regard élevé vers un point du plafond : comme si quelque vision céleste allait l'arracher du sol.

Il aurait sans doute, à son tour, disparu, mais Simone, à ma stupéfaction, l'arrêta. Elle salua le visionnaire et demanda la confession…

Impassible et glissant dans l'extase en lui-même, le prêtre indiqua l'emplacement de la pénitence[38] : un prie-Dieu sous un rideau ; puis, rentrant sans mot dire dans l'armoire, il referma la porte sur lui.

LA CONFESSION DE SIMONE
ET LA MESSE DE SIR EDMOND

L'on imagine aisément ma stupeur. Simone, sous le rideau, s'agenouilla. Tandis qu'elle chuchotait, j'attendais avec impatience les effets de cette diablerie. L'être sordide, me représentais-je, jaillirait de sa boîte, se précipiterait sur l'impie. Rien de semblable n'arriva. Simone, à la petite fenêtre, parlait sans finir à voix basse.

J'échangeais avec Sir Edmond des regards chargés d'interrogations quand les choses à la fin s'éclaircirent. Simone, peu à peu, se touchait la cuisse, écartait les jambes. Elle s'agitait, gardant un seul genou sur le prie-Dieu. Elle releva tout à fait sa robe en continuant ses aveux. Et même, il me sembla qu'elle se branlait.

J'avançai sur la pointe des pieds.

Simone, en effet, se branlait, collée à la grille, à côté du prêtre, le corps tendu, cuisses écartées, les doigts fouillant la fourrure. Je pouvais la toucher, ma main dans les fesses atteignit le trou. À ce moment, j'entendis clairement prononcer :

« Mon père, je n'ai pas dit le plus coupable. »

Un silence suivit.

« Le plus coupable, mon père, est que je me branle en vous parlant. »

Quelques secondes, cette fois, de chuchotement. Enfin presque à voix haute :

« Si tu ne crois pas, je peux montrer. »

Et Simone se leva, s'ouvrit sous l'œil de la guérite, se branlant, se pâmant, d'une main sûre et rapide.

« Eh bien, curé, cria Simone en frappant de grands coups sur l'armoire, qu'est-ce que tu fais dans ta baraque ? Est-ce que tu te branles, toi aussi ? »

Mais le confessionnal restait muet.

« Alors, j'ouvre ! »

Et Simone tira la porte.

À l'intérieur, le visionnaire assis, la tête basse, épongeait un front dégouttant de sueur. La jeune fille fouilla la soutane : il ne broncha pas. Elle retroussa l'immonde jupe noire et sortit une longue verge rose et dure : il ne fit que rejeter la tête en arrière, avec une grimace et un sifflement des dents. Il laissa faire Simone qui prit la bestialité dans sa bouche.

Nous étions demeurés, Sir Edmond et moi, frappés de stupeur, immobiles. L'admiration me clouait sur place. Je n'imaginais que faire quand l'énigmatique Anglais s'approcha. Il écarta délicatement Simone. Puis, la saisissant au poignet, il arracha la larve du trou, l'étendit sur les dalles à nos pieds : l'ignoble individu gisait comme un mort et sa bouche bava sur le sol. L'Anglais et moi le portâmes à bras d'homme dans la sacristie.

Débraguetté, la queue pendante, le visage livide, il ne résistait pas, mais respirait péniblement ; nous le juchâmes sur un fauteuil de forme architecturale.

« *Senores*, prononçait le misérable, vous croyez que je suis un hypocrite !

— Non », dit Sir Edmond, d'un ton catégorique.

Simone lui demanda :

« Comment t'appelles-tu ?

— Don Aminado[39] », répondit-il.

Simone gifla la charogne sacerdotale. La charogne à ce coup rebanda. Elle fut déshabillée ; sur les vêtements, à terre,

Simone accroupie pissa comme une chienne. Simone ensuite branla le prêtre et le suça. J'enculai Simone.

Sir Edmond contemplait la scène avec un visage caractéristique de *hard labour*. Il inspecta la salle où nous étions réfugiés. Il vit à un clou une petite clé.

« Qu'est-ce que cette clé ? » demanda-t-il à Don Aminado.

À l'angoisse contractant le visage du prêtre, il reconnut la clé du tabernacle.

Peu d'instants après, l'Anglais revint, porteur d'un ciboire d'or décoré d'angelots nus comme des amours.

Don Aminado regardait fixement ce récipient de Dieu posé par terre ; son beau visage idiot, que révulsaient les coups de dents dont Simone agaçait sa queue, apparut tout à fait hagard.

L'Anglais avait barricadé la porte. Fouillant dans les armoires, il y trouva un grand calice. Il nous pria pour un instant d'abandonner le misérable.

« Tu vois, dit-il à Simone, ces hosties dans leur ciboire et maintenant le calice où l'on met le vin[40].

— Ça sent le foutre », dit-elle, flairant les pains azymes[41].

« Justement, continua l'Anglais, ces hosties que tu vois sont le sperme du Christ en forme de petit gâteau. Et pour le vin, les ecclésiastiques disent que c'est le *sang*[42]. Ils nous trompent. Si c'était vraiment le sang, ils boiraient du vin rouge[43], mais ils boivent du vin blanc, sachant bien que c'est l'urine. »

Cette démonstration était convaincante. Simone s'arma du calice et je m'emparai du ciboire : don Aminado, dans son fauteuil, agité d'un léger tremblement.

Simone lui asséna d'abord sur le crâne un grand coup de pied de calice qui l'ébranla mais acheva de l'abrutir. Elle le suça de nouveau. Il eut d'ignobles râles. Elle l'amena au comble de la rage des sens, puis :

« Ça n'est pas tout, fit-elle, il faut pisser. »

Elle le frappa une seconde fois au visage. Elle se dénuda devant lui et je la branlai.

Le regard de l'Anglais était si dur, fixé dans les yeux du jeune abruti, que la chose eut lieu sans difficulté. Don Aminado emplit bruyamment d'urine le calice maintenu par Simone sous la verge.

« Et maintenant, bois », dit Sir Edmond.

Le misérable but dans une extase immonde.

De nouveau, Simone le suça ; il cria tragiquement de plaisir. D'un geste de dément, il envoya le vase de nuit sacré se fêler contre un mur. Quatre robustes bras le saisirent et jambes ouvertes, corps brisé, criant comme un porc, il cracha son foutre dans les hosties, Simone le branlant, maintenait le ciboire sous lui.

LES PATTES DE MOUCHE

Nous laissâmes tomber la charogne. Elle s'abattit sur les dalles avec fracas. Nous étions animés par une détermination évidente, accompagnée d'exaltation. Le prêtre débandait. Il gisait, dents collées au sol, abattu par la honte. Il avait les couilles vides et son crime le décomposait. On l'entendit gémir :

« Misérables sacrilèges… »

Et d'autres plaintes bégayées.

Sir Edmond le poussa du pied ; le monstre eut un sursaut, cria de rage. Il était risible et nous éclatâmes.

« Lève-toi, ordonna Sir Edmond, tu vas baiser la *girl*.

— Misérables, menaça la voix étranglée du prêtre, la justice espagnole… le bagne… le garrot[44]…

— Il oublie que c'est son foutre », observa Sir Edmond.

Une grimace, un tremblement de bête répondirent, puis :

« … le garrot… aussi pour moi… mais *pour vous*… d'abord.

— Idiot, ricana l'Anglais, *d'abord !* Croirais-tu donc attendre ? »

L'imbécile regarda Sir Edmond ; son beau visage exprima une extrême niaiserie. Une joie étrange lui ouvrit la bouche ; il croisa les mains, jeta vers le ciel un regard extasié ; il murmura alors, la voix faible, mourante :

« … le martyre… »

Un espoir de salut venait au misérable : ses yeux parurent illuminés.

« Je vais premièrement te dire une histoire, dit Sir Edmond. Tu sais que les pendus ou les garrottés bandent si fort, au moment de l'étranglement, qu'ils éjaculent[45]. Tu seras donc martyrisé, mais en baisant. »

Le prêtre épouvanté se redressa, mais l'Anglais lui tordant un bras le jeta sur les dalles.

Sir Edmond lui lia les bras par-derrière. Je lui mis un bâillon et ficelai ses jambes avec ma ceinture. Étendu lui-même à terre, l'Anglais lui tint les bras dans l'étau de ses mains. Il immobilisa les jambes en les entourant des siennes. Agenouillé, je maintenais la tête entre les cuisses.

L'Anglais dit à Simone :

« Maintenant, monte à cheval sur ce rat d'église. »

Simone retira sa robe. Elle s'assit sur le ventre du martyr, le cul près de sa verge molle.

L'Anglais continua, parlant de sous le corps de la victime :

« Maintenant, serre la gorge, un tuyau juste en arrière de la pomme d'Adam : une forte pression graduelle. »

Simone serra : un tremblement crispa ce corps immobilisé, et la verge se leva. Je la pris dans mes mains et l'introduisis dans la chair de Simone. Elle continua de serrer la gorge.

Violemment, la jeune fille, ivre jusqu'au sang, fit aller et venir la queue raide dans sa vulve. Les muscles du curé se tendirent.

Elle serra enfin si résolument qu'un plus violent frisson fit trembler ce mourant : elle sentit le foutre inonder son cul. Elle lâcha prise alors, abattue, renversée dans un orage de joie.

Simone demeurait sur les dalles, ventre en l'air et la cuisse dégouttant du sperme du mort. Je m'allongeai pour la foutre à mon tour. J'étais paralysé. Un excès d'amour et la mort du misérable m'épuisaient. Je n'ai jamais été aussi content. Je me bornai à baiser la bouche de Simone.

La jeune fille eut envie de voir son œuvre et m'écarta pour se lever. Elle remonta cul nu sur le cadavre nu. Elle examina le visage, épongea la sueur du front. Une mouche, bourdonnant dans un rai de soleil, revenait sans fin se poser sur le mort. Elle la chassa mais, soudain, poussa un léger cri. Il arrivait ceci d'étrange : posée sur l'œil du mort, la mouche[46] se déplaçait doucement sur le globe vitreux. Se prenant la tête à deux mains, Simone la secoua en frissonnant. Je la vis plongée dans un abîme de pensées.

Si bizarre que cela semble, nous n'avions cure de la façon dont la chose aurait pu finir. Si quelque gêneur était survenu,

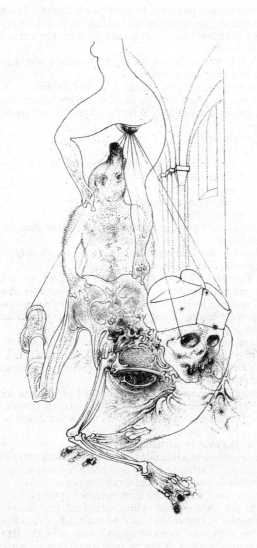

nous ne l'aurions pas laissé longtemps s'indigner… Il n'importe. Simone, se dégageant de son hébétude, se leva, rejoignit Sir Edmond, qui s'était adossé au mur. On entendait voler la mouche.

« Sir Edmond », dit Simone, collant sa joue à son épaule, « ferez-vous comme je veux ?

— Je le ferai… probablement », lui dit l'Anglais.

Elle me fit venir à côté du mort et, s'agenouillant, écarta les paupières, ouvrit l'œil à la surface duquel s'était posée la mouche.

« Tu vois l'œil ?

— Eh bien ?

— C'est un œuf », dit-elle en toute simplicité.

J'insistai, troublé.

« Où veux-tu en venir ?

— Je veux m'amuser avec.

— Mais encore ? »

Se levant, elle parut congestionnée (elle était alors terriblement nue).

« Écoutez, Sir Edmond, dit-elle, il faut me donner l'œil tout de suite, arrachez-le. »

Sir Edmond ne tressaillit pas mais prit dans un portefeuille une paire de ciseaux, s'agenouilla et découpa les chairs, puis il enfonça les doigts dans l'orbite et tira l'œil, coupant les ligaments tendus. Il mit le petit globe blanc dans la main de mon amie.

Elle regarda l'extravagance, visiblement gênée, mais n'eut pas d'hésitation. Se caressant les jambes, elle y glissa l'œil. La caresse de l'œil sur la peau est d'une excessive douceur… avec un horrible côté cri de coq !

Simone cependant s'amusait, glissait l'œil dans la fente des fesses. Elle tenta d'immobiliser le globe en serrant les fesses, mais il en jaillit — comme un noyau des doigts — et retomba sur le ventre du mort.

L'Anglais m'avait déshabillé.

Je me jetai sur la jeune fille et sa vulve engloutit ma queue. Je la baisai : l'Anglais fit rouler l'œil entre nos corps.

« Mettez-le-moi dans le cul », cria Simone.

Sir Edmond mit le globe dans la fente et poussa.

À la fin, Simone me quitta, prit l'œil des mains de Sir Edmond et l'introduisit dans sa chair. Elle m'attira à ce moment, embrassa l'intérieur de ma bouche avec tant de feu que l'orgasme me vint : je crachai mon foutre dans sa fourrure.

Me levant, j'écartai les cuisses de Simone : elle gisait étendue sur le côté ; je me trouvai alors en face de ce que — j'imagine — j'attendais depuis toujours : comme une guillotine attend la tête à trancher. Mes yeux, me semblait-il, étaient érectiles à force d'horreur ; je vis, dans la vulve velue de *Simone*, l'œil bleu pâle de *Marcelle* me regarder en pleurant des larmes d'urine. Des traînées de foutre dans le poil fumant achevaient de donner à cette vision un caractère de tristesse douloureuse. Je maintenais les cuisses de Simone ouvertes : l'urine brûlante ruisselait sous l'œil sur la cuisse la plus basse…

Sir Edmond et moi, décorés de barbes noires, Simone coiffée d'un risible chapeau de soie noire à fleurs jaunes, nous quittâmes Séville dans une voiture de louage. Nous changions nos personnages à l'entrée d'une nouvelle ville. Nous traversâmes Ronda[47] vêtus en curés espagnols, portant chapeau de feutre noir velu, drapant nos capes et fumant virilement de gros cigares ; Simone en costume de séminariste, aussi angélique que jamais.

Nous disparûmes ainsi sans fin de l'Andalousie, pays jaune de terre et de ciel, infini vase de nuit noyé de lumière, où chaque jour, nouveau personnage, je violais une nouvelle Simone et surtout vers midi, sur le sol, au soleil, et sous les yeux rouges de Sir Edmond.

Le quatrième jour, l'Anglais acheta un yacht à Gibraltar.

RÉMINISCENCES[1]

Feuilletant un jour un magazine américain, deux photographies m'arrêtèrent. La première était celle d'une rue d'un village perdu d'où sort ma famille[2]. La seconde, les ruines d'un château fort voisin. À ces ruines, situées dans la montagne en haut d'un rocher, se lie un épisode de ma vie. À vingt et un ans, je passais l'été dans la maison de ma famille. Un jour, l'idée me vint d'aller la nuit dans ces ruines. De chastes jeunes filles et ma mère me suivirent (j'aimais l'une des jeunes filles[3], elle partageait cet amour, mais nous n'avions jamais parlé : elle était des plus dévotes et, craignant que Dieu ne l'appelle, elle voulait méditer encore). Cette nuit était sombre. Nous arrivâmes après une heure de marche. Nous gravissions les pentes escarpées que surplombent les murailles du château lorsqu'un fantôme blanc et lumineux nous barra le passage, sortant d'une anfractuosité des rochers. Une des jeunes filles et ma mère tombèrent à la renverse. Les autres poussèrent des cris. Assuré dès l'abord de la comédie, je fus pris néanmoins d'une indéniable terreur. Je marchai vers l'apparition, lui criant de cesser la plaisanterie, mais la gorge serrée. L'apparition se dissipa : je vis filer mon frère aîné, qui, d'accord avec un ami, nous avait précédés à bicyclette et nous avait fait peur, enveloppé d'un drap, sous la lumière soudain démasquée d'une lampe à acétylène : le décor s'y prêtait et la mise en scène était parfaite.

Le jour où je parcourus le magazine, je venais d'écrire l'épisode du drap. Je voyais le drap sur la gauche et de même le fantôme apparut sur la gauche du château. Les deux images étaient superposables.

Je devais m'étonner davantage.

J'imaginais, dès lors, dans ses détails la scène de l'église, en parti-

culier l'arrachement d'un œil. M'avisant d'un rapport de la scène à ma
vie réelle, je l'associai au récit d'une corrida célèbre, à laquelle effectivement j'assistai — la date et les noms sont exacts, Hemingway[4] dans
ses livres y fait à plusieurs reprises allusion — je ne fis tout d'abord
aucun rapprochement, mais racontant la mort de Granero, je restai
finalement confondu. L'arrachement de l'œil n'était pas une invention
libre mais la transposition sur un personnage inventé d'une blessure
précise reçue sous mes yeux par un homme réel (au cours du seul accident mortel que j'aie vu). Ainsi les deux images les plus voyantes dont
ma mémoire ait gardé la trace en sortaient sous une forme méconnaissable, dès l'instant où j'avais recherché l'obscénité la plus grande.

   J'avais fait ce deuxième rapprochement, je venais d'achever le récit
de la corrida : j'en lus à un médecin de mes amis[5] une version différente
de celle du livre. Je n'avais jamais vu les testicules dépouillés d'un taureau. Je les représentais d'abord d'un rouge vif analogue à celui du vit.
Ces testicules, à ce moment, me paraissaient étrangers à l'association
de l'œil et de l'œuf. Mon ami me montra mon erreur. Nous ouvrîmes
un traité d'anatomie, où je vis que les testicules des animaux ou des
hommes sont de forme ovoïde et qu'ils ont l'aspect et la couleur du globe
oculaire.

   Des souvenirs d'une autre nature s'associent d'ailleurs aux images
de mes obsessions.

   Je suis né d'un père syphilitique (tabétique). Il devint aveugle (il
l'était quand il me conçut) et, quand j'eus deux ou trois ans, la même
maladie le paralysa. Jeune enfant j'adorais ce père. Or la paralysie
et la cécité avaient ces conséquences entre autres : il ne pouvait comme
nous aller pisser aux lieux d'aisance ; il pissait de son fauteuil, il avait
un récipient pour le faire. Il pissait devant moi, sous une couverture
qu'aveugle il disposait mal. Le plus gênant d'ailleurs était la façon dont
il regardait. Ne voyant nullement, sa prunelle, dans la nuit, se perdait
en haut sous la paupière : ce mouvement se produisait d'ordinaire au
moment de la mixtion. Il avait de grands yeux très ouverts, dans un
visage émacié, taillé en bec d'aigle. Généralement, s'il urinait, ces yeux
devenaient presque blancs ; ils avaient alors une expression d'égarement ; ils n'avaient pour objet qu'un monde que lui seul pouvait voir et
dont la vision lui donnait un rire absent. Or c'est l'image de ces yeux
blancs que je lie à celle des œufs ; quand, au cours du récit, si je parle
de l'œil ou des œufs, l'urine apparaît d'habitude.

   Apercevant ces divers rapports, j'en crois découvrir un nouveau liant
l'essentiel du récit (pris dans l'ensemble) à l'événement le plus chargé de
mon enfance.

   À la puberté, mon affection pour mon père se changea en une incons-

ciente aversion. Je souffris moins des cris que lui arrachaient sans fin les douleurs fulgurantes du tabès (que les médecins comptent au nombre des plus cruelles). L'état de malodorante saleté auquel le réduisaient ses infirmités (il arrivait qu'il se conchie) ne m'était pas alors aussi pénible. En chaque chose j'adoptai l'attitude ou l'opinion contraire à la sienne.

Une nuit, ma mère et moi fûmes éveillés par un discours que l'infirme hurlait dans sa chambre : il était subitement devenu fou. Le médecin, que j'allai chercher, vint très vite. Dans son éloquence, mon père imaginait les événements les plus heureux. Le médecin rentré dans la chambre voisine avec ma mère, le dément s'écria d'une voix de stentor :

« DIS DONC, DOCTEUR, QUAND TU AURAS FINI DE PINER MA FEMME ! »

Il riait. Cette phrase, ruinant l'effet d'une éducation sévère, me laissa, dans une affreuse hilarité, la constante obligation inconsciemment subie de trouver dans ma vie et mes pensées ses équivalences. Ceci peut-être éclaire « l'histoire de l'œil ».

J'achève enfin d'énumérer ces sommets de mes déchirements personnels.

Je ne pourrais identifier Marcelle à ma mère. Marcelle est l'inconnue de quatorze ans, un jour assise au café, devant moi. Néanmoins...

Quelques semaines après l'accès de folie de mon père, ma mère à l'issue d'une scène odieuse que lui fit devant moi ma grand'mère[6], perdit à son tour la raison. Elle passa par une longue période de mélancolie. Les idées de damnation qui la dominèrent alors m'irritaient d'autant plus que je fus obligé d'exercer sur elle une continuelle surveillance. Son délire m'effrayait à ce point qu'une nuit j'ôtai de la cheminée deux lourds candélabres au socle de marbre : j'avais peur qu'elle ne m'assommât durant mon sommeil. J'en vins à la frapper, à bout de patience, lui tordant les mains dans mon désespoir, voulant l'obliger à raisonner juste.

Ma mère disparut un jour, profitant d'un instant où j'avais le dos tourné. Nous l'avons cherchée longtemps ; mon frère, à temps, la retrouva pendue au grenier. Il est vrai qu'elle revint à la vie toutefois.

Elle disparut, une autre fois : je dus la chercher sans fin le long du ruisseau où elle aurait pu se noyer. Je traversai des marécages en courant. Je me trouvai, finalement, dans un chemin, devant elle : elle était mouillée jusqu'à la ceinture, sa jupe pissait l'eau du ruisseau. Elle était d'elle-même sortie de l'eau glacée du ruisseau (c'était en plein hiver), trop peu profonde à cet endroit pour la noyer.

Ces souvenirs, d'habitude, ne m'attardent pas. Ils ont, après de longues années, perdu le pouvoir de m'atteindre : le temps les a neutralisés. Ils ne purent retrouver la vie que déformés, méconnaissables, ayant, au cours de la déformation, revêtu un sens obscène.

Histoire de l'œil

par

Lord Auch

1928

HISTOIRE DE L'ŒIL
Par Lord Auch
[*Édition de 1928*]

Première partie
RÉCIT

L'ŒIL DE CHAT

J'ai été élevé très seul et aussi loin que je me rappelle, j'étais angoissé par tout ce qui est sexuel. J'avais près de seize ans quand je rencontrai une jeune fille de mon âge, Simone, sur la plage de X. Nos familles se trouvant une parenté lointaine, nos premières relations en furent précipitées. Trois jours après avoir fait connaissance, Simone et moi nous trouvions seuls dans sa villa. Elle était vêtue d'un tablier noir avec un col blanc empesé. Je commençais à me rendre compte qu'elle partageait l'anxiété que j'avais en la voyant, anxiété d'autant plus forte ce jour-là que j'espérais que, sous ce tablier, elle était entièrement nue.

Elle avait des bas de soie noire qui montaient jusqu'au-dessous du genou, mais je n'avais pas encore pu la voir jusqu'au cul (ce nom que j'ai toujours employé avec Simone est de beaucoup pour moi le plus joli des noms du sexe) ; j'avais seulement l'impression qu'en écartant légèrement le tablier par-derrière, je verrais ses parties impudiques sans aucun voile.

Or il y avait dans le coin d'un couloir une assiette contenant du lait destiné au chat : « Les assiettes, c'est fait pour s'asseoir, n'est-ce pas, me dit Simone. Paries-tu ? Je m'assois dans l'assiette. — Je parie que tu n'oses pas », répondis-je, à peu près sans souffle.

Il faisait extrêmement chaud. Simone plaça l'assiette sur un petit banc, s'installa devant moi et, ne quittant pas mes yeux, s'assit sans que je pusse la voir sous sa jupe tremper ses fesses brûlantes dans le lait frais. Je restai quelque temps devant elle, immobile, le sang à la tête et tremblant pendant qu'elle regardait ma verge raide tendre ma culotte. Alors je me couchai à ses pieds sans qu'elle bougeât et, pour la première fois, je vis sa

« chair rose et noire » qui se rafraîchissait dans le lait blanc. Nous restâmes longtemps sans bouger aussi bouleversés l'un que l'autre…

Soudain elle se releva et je vis goutter le lait le long de ses jambes jusqu'aux bas. Elle s'essuya régulièrement avec un mouchoir, restant debout, au-dessus de ma tête, un pied sur le petit banc, et moi je me frottai vigoureusement la verge par-dessus le pantalon en m'agitant amoureusement sur le sol. L'orgasme nous arriva ainsi à peu près au même instant sans même que nous nous fussions touchés l'un l'autre, mais quand sa mère rentra, étant assis sur un fauteuil bas, je profitai du moment où la jeune fille s'était blottie tendrement dans les bras maternels : je soulevai par-derrière le tablier sans être vu et j'enfonçai ma main sous son cul entre les deux jambes brûlantes.

Je rentrai en courant chez moi, avide de me branler encore et, le lendemain soir, j'avais les yeux si cernés que Simone, après m'avoir longuement dévisagé, se cacha la tête contre mon épaule et me dit sérieusement : « Je ne veux plus que tu te branles sans moi. »

Ainsi commencèrent entre cette jeune fille et moi des relations d'amour si étroites et si obligatoires qu'il nous est presque impossible de rester une semaine sans nous voir. Et cependant nous n'en avons pour ainsi dire jamais parlé. Je comprends qu'elle éprouve en me voyant les mêmes sentiments que moi en la voyant, mais il m'est difficile de m'expliquer. Je me rappelle qu'un jour que nous allions en voiture à toute vitesse, nous avons écrasé une cycliste qui devait être toute jeune et très jolie : son cou avait presque été arraché par les roues. Nous sommes restés longtemps quelques mètres plus loin sans descendre, occupés à la regarder morte. L'impression d'horreur et de désespoir provoquée par tant de chairs sanglantes, écœurantes en partie, en partie très belles, est à peu près équivalente à l'impression que nous avons habituellement en nous voyant. Simone est grande et jolie. Elle est habituellement très simple : elle n'a rien de désespérant ni dans le regard ni dans la voix. Cependant, dans l'ordre sensuel, elle est si brusquement avide de tout ce qui bouleverse que le plus imperceptible appel des sens donne d'un seul coup à son visage un caractère qui suggère directement tout ce qui est lié à la sexualité profonde, par exemple sang, étouffement, terreur subite, crime, tout ce qui détruit indéfiniment la béatitude et l'honnêteté humaines. Je lui ai vu la première fois cette contraction muette et absolue (que je partageais) le jour où elle s'est assise dans l'assiette de lait. Il est vrai que nous ne nous regardons guère fixement qu'à des moments analogues. Mais nous ne sommes apaisés et nous ne jouons que dans les courtes minutes de détente qui suivent l'orgasme.

Je dois dire toutefois que nous restâmes très longtemps sans nous accoupler. Nous profitions seulement de toutes les circonstances pour nous livrer à des actes inhabituels. Nous ne manquions nullement de pudeur, au contraire, mais quelque chose d'impérieux nous obligeait à la braver ensemble aussi impudiquement que possible. C'est ainsi qu'à peine elle m'avait demandé de ne plus jamais me branler seul (nous nous étions rencontrés en haut d'une falaise) qu'elle me déculotta, me fit étendre à terre, puis elle se retroussa complètement, s'assit sur mon ventre en me tournant le dos et commença à s'oublier tandis que je lui enfonçais dans le cul un doigt que mon jeune foutre avait déjà rendu onctueux. Ensuite elle se coucha, la tête sous ma verge entre mes jambes et envoyant le cul en l'air fit revenir son corps vers moi qui levais la tête suffisamment pour l'avoir à la hauteur de ce cul : ses genoux vinrent ainsi prendre appui sur mes épaules. « Est-ce que tu ne peux pas faire pipi en l'air jusqu'au cul, me dit-elle ? — Oui, répondis-je, mais comme tu es là, ça va forcément retomber sur ta robe et sur ta figure. — Pourquoi pas ? » conclut-elle ; et je fis comme elle avait dit, mais à peine l'avais-je fait que je l'inondai à nouveau, cette fois de beau foutre blanc.

Cependant l'odeur de la mer se mêlait à celle du linge mouillé, de nos corps nus et de ce foutre. Le soir tombait et nous restions dans cette extraordinaire position sans inquiétude et sans mouvement quand nous entendîmes un pas froisser l'herbe.

« Ne bouge pas, je t'en supplie », me demanda Simone.

Le pas s'était arrêté mais il nous était impossible de voir qui s'approchait. Nos respirations restaient coupées ensemble. Le cul de Simone ainsi dressé en l'air me paraissait il est vrai une supplication toute-puissante, tant il était parfait, formé de deux fesses étroites et délicates, profondément tranchées, et je ne doutais pas un instant que l'homme ou la femme inconnue ne succombât bientôt et ne fût obligé de se branler sans fin en le regardant. Or, le pas recommença, précipité cette fois, presque une course, et je vis paraître tout à coup une ravissante jeune fille blonde, Marcelle, la plus pure et la plus touchante de nos amies. Mais nous étions trop fortement contractés dans nos attitudes horribles pour bouger même d'un doigt et ce fut soudain notre malheureuse amie qui s'effondra et se blottit dans l'herbe en sanglotant. Alors seulement nous nous arrachâmes à notre extravagante étreinte pour nous jeter sur un corps livré à l'abandon. Simone troussa la jupe, arracha la culotte et me montra avec ivresse un nouveau cul aussi beau, aussi pur que le sien : je l'embrassai avec rage tout en branlant celui de Simone dont les jambes se refermèrent sur les reins de l'étrange Marcelle qui ne cachait déjà plus que ses sanglots.

« Marcelle, lui criai-je, je t'en supplie, ne pleure plus. Je veux que tu m'embrasses la bouche[a]…. »

Simone elle-même caressait ses beaux cheveux plats en lui donnant partout des baisers affectueux.

Cependant le ciel était tourné complètement à l'orage et, avec la nuit, de grosses gouttes de pluie commençaient à tomber, provoquant une détente après l'accablement d'une journée torride et sans air. La mer faisait déjà un bruit énorme dominé par de longs roulements de tonnerre et des éclairs permettaient de voir brusquement comme en plein jour les deux culs branlés des jeunes filles devenues muettes. Une frénésie brutale animait nos trois corps. Deux bouches juvéniles se disputaient mon cul, mes couilles et ma verge, mais je ne cessais pas d'écarter des jambes de femme humides de salive et de foutre comme si j'avais voulu échapper à l'étreinte d'un monstre et ce monstre n'était pourtant que l'extraordinaire violence de mes mouvements. La pluie chaude tombait finalement en torrents et nous ruisselait par tout le corps exposé alors entièrement. De grands coups de tonnerre nous ébranlaient et accroissaient chaque fois notre colère, nous arrachant des cris de rage redoublés à chaque éclair par la vue de nos parties sexuelles. Simone avait trouvé une flaque de boue et s'en barbouillait le corps avec fureur : elle se branlait avec la terre et jouissait violemment, fouettée par l'averse, ma tête serrée entre ses jambes souillées de terre, son visage vautré dans la flaque où elle agitait brutalement le cul de Marcelle enlacée par elle d'un bras derrière les reins, la main tirant la cuisse et l'ouvrant avec force.

II. L'ARMOIRE NORMANDE[b]

Dès cette époque, Simone contracta la manie de casser des œufs avec son cul. Elle se plaçait pour cela la tête sur le siège d'un fauteuil du salon, le dos contre le dossier, les jambes repliées vers moi qui me branlais pour la foutre dans la figure. Je plaçais alors l'œuf juste au-dessus du trou du cul et elle s'amusait habilement en l'agitant dans la fente profonde des fesses.

Au moment où le foutre commençait à jaillir et à ruisseler sur ses yeux, les fesses se serraient, cassaient l'œuf et elle jouissait pendant que je me barbouillais la figure dans son cul avec une souillure abondante.

Rapidement, bien entendu, sa mère, qui pouvait entrer dans le salon de la villa à tout instant surprit ce manège peu ordinaire, mais cette femme extrêmement bonne, bien qu'elle eût eu une vie exemplaire, la première fois qu'elle nous surprit se contenta d'assister au jeu sans mot dire, si bien que nous ne nous étions aperçus de rien. Je suppose qu'elle était trop atterrée pour parler. Mais quand nous eûmes fini, alors que nous commencions de réparer le désordre, nous l'aperçûmes debout dans l'embrasure de la porte.

« Fais comme s'il n'y avait personne », me dit Simone et elle continua à s'essuyer le cul.

Et en effet nous sortîmes tranquillement comme si cette femme était déjà réduite à l'état de portrait de famille.

Quelques jours après, d'ailleurs, Simone qui faisait de la gymnastique avec moi dans la charpente d'un garage pissa sur sa mère qui avait eu le malheur de s'arrêter sous elle sans la voir : alors la triste veuve se rangea et nous fixa avec des yeux si tristes et une contenance si désespérée qu'elle provoqua nos jeux, c'est-à-dire simplement que Simone éclatant de rire, à quatre pattes sur les poutres et exposant le cul devant mon visage, je découvris ce cul complètement et me branlai en le regardant.

Cependant nous étions restés plus d'une semaine sans voir Marcelle, quand un jour nous la rencontrâmes dans la rue. Cette jeune fille blonde, timide et naïvement pieuse rougit si profondément en nous voyant que Simone l'embrassa avec une tendresse merveilleuse.

« Je vous demande pardon, Marcelle, lui dit-elle tout bas, ce qui est arrivé l'autre jour était absurde, mais cela n'empêche pas que nous devenions amis maintenant. Je vous promets que nous n'essaierons plus jamais de vous toucher. »

Marcelle qui manquait exceptionnellement de volonté accepta donc de nous accompagner et de venir goûter chez nous en compagnie de quelques autres amis. Mais au lieu de thé, nous bûmes du champagne frappé en abondance.

La vue de Marcelle rougissante nous avait complètement bouleversés. Nous nous étions compris, Simone et moi, et nous étions certains désormais que rien ne nous ferait plus reculer pour arriver à nos fins. Il y avait là, outre Marcelle, trois autres jeunes filles jolies et deux garçons : le plus âgé des huit n'ayant pas dix-sept ans, la boisson produisit un effet certain, mais à part

Simone et moi, personne n'était excité comme nous voulions. Un phonographe nous tira d'embarras. Simone seule dansant seule un charleston frénétique montra ses jambes à tout le monde jusqu'au cul et les autres jeunes filles invitées à danser seules de la même façon étaient déjà trop joyeuses pour se gêner. Et sans doute elles avaient des pantalons, mais ils bridaient lâchement le cul sans cacher grand-chose. Seule, Marcelle ivre et silencieuse refusa de danser.

Finalement Simone qui se donnait l'air d'être absolument ivre froissa une nappe et l'élevant dans la main proposa un pari.

« Je parie, dit-elle, que je fais pipi dans la nappe devant tout le monde. »

C'était en principe une ridicule réunion de petits jeunes gens pour la plupart remuants et bavards. Un des garçons la défia et le pari fut fixé à discrétion. Il est bien entendu que Simone n'hésita pas un seul instant et mouilla la nappe abondamment. Mais cet acte hallucinant la troubla visiblement jusqu'à la corde, si bien que tous ces jeunes fous commencèrent à haleter.

« Puisque c'est à discrétion, dit Simone au perdant, je m'en vais maintenant vous déculotter devant tout le monde. »

Ce qui eut lieu sans aucune difficulté. Le pantalon enlevé, on lui enleva aussi la chemise (pour lui éviter d'être ridicule). Toutefois rien de grave ne s'était encore passé : à peine Simone avait-elle caressé d'une main légère son jeune ami tout ébloui, ivre et nu. Mais elle ne songeait pourtant qu'à Marcelle qui depuis quelques instants déjà me suppliait de la laisser partir.

« On vous a promis de ne pas vous toucher, Marcelle, alors pourquoi voulez-vous partir ?

— Parce que », répondait-elle obstinément, tandis qu'une colère violente s'emparait d'elle peu à peu.

Tout à coup, Simone tomba à terre à la terreur des autres. Une convulsion de plus en plus forte l'agitait, les vêtements en désordre, le cul en l'air, comme si elle avait l'épilepsie, mais tout en se roulant au pied du garçon, qu'elle avait déshabillé, elle prononçait des mots presque inarticulés :

« Pisse-moi dessus… pisse-moi dans le cul… » répétait-elle avec une sorte de soif.

Marcelle regardait avec fixité ce spectacle : elle avait encore une fois rougi jusqu'au sang. Mais elle me dit alors, sans même me voir, qu'elle voulait enlever sa robe. Je la lui arrachai à moitié en effet et, aussitôt après, son linge : elle ne garda que ses bas et sa ceinture et s'étant à peine laissé branler et baiser à la bouche par moi, elle traversa la chambre comme une somnambule et gagna une grande armoire normande où elle s'enferma après avoir murmuré quelques mots à l'oreille de Simone.

Elle voulait se branler dans cette armoire et suppliait qu'on la laissât tranquille.

Il faut dire ici que nous étions tous très ivres et complètement renversés par ce qui avait déjà eu lieu. Le garçon nu se faisait sucer par une jeune fille. Simone debout et retroussée frottait son cul dénudé contre l'armoire branlante où l'on entendait une jeune fille se branler avec un halètement brutal. Et soudain il arriva une chose incroyable, un étrange bruit d'eau suivi de l'apparition d'un filet puis d'un ruissellement au bas de la porte de l'armoire : la malheureuse Marcelle pissait dans son armoire en se branlant. Mais l'éclat de rire absolument ivre qui suivit dégénéra rapidement en une débauche de chutes de corps, de jambes et de culs en l'air, de jupes mouillées et de foutre. Les rires se produisaient comme des hoquets idiots et involontaires, mais ne réussissaient qu'à peine à interrompre une ruée brutale vers les culs et les verges. Et pourtant, bientôt, on entendit la triste Marcelle sangloter seule et de plus en plus fort dans la pissotière de fortune qui lui servait maintenant de prison.

. . . .

Une demi-heure après, j'eus l'idée, étant moins saoul, de sortir Marcelle de son armoire : la malheureuse jeune fille restée nue était arrivée à un état effroyable. Elle tremblait et grelottait de fièvre. Dès qu'elle m'aperçut elle manifesta une terreur maladive mais violente. D'ailleurs j'étais pâle, plus ou moins ensanglanté et habillé de travers. Derrière moi, dans un désordre innommable, des corps effrontément dénudés et malades gisaient presque inertes. Au cours de l'orgie, des débris de verre avaient profondément coupé et mis en sang deux d'entre nous ; une jeune fille vomissait, de plus nous avions tous été pris une fois ou l'autre d'un fou rire si déchaîné que nous avions mouillé qui ses vêtements, qui son fauteuil ou le parquet. Il en résultait une odeur de sang, de sperme, d'urine et de vomi qui me faisait déjà presque reculer d'horreur, mais le cri inhumain qui se déchira dans le gosier de Marcelle était encore beaucoup plus terrifiant. Je dois dire cependant que Simone au même moment dormait tranquillement, le ventre en l'air, la main encore à la fourrure, le visage apaisé presque souriant.

Marcelle qui s'était jetée à travers la chambre en trébuchant et en criant des espèces de grognements me regarda encore une fois : elle recula comme si j'étais un spectre hideux apparu dans un cauchemar et s'effondra en faisant entendre une kyrielle de hurlements de plus en plus inhumains.

Chose étonnante, cela me redonna du cœur au ventre. On allait accourir, c'était inévitable. Mais je ne songeai pas un instant à fuir ou à diminuer le scandale. Tout au contraire, j'allai résolument ouvrir la porte. Spectacle et joie inouïs ! On imagine sans peine les exclamations d'horreur, les cris désespérés, les menaces disproportionnées des parents entrant dans la chambre ! La cour d'assises, le bagne, l'échafaud étaient évoqués avec des hurlements incendiaires et des imprécations spasmodiques. Nos camarades eux-mêmes s'étaient mis à hurler en sanglotant jusqu'à produire un éclat délirant de cris en larmes : on aurait cru qu'on venait de les mettre tous en feu comme des torches vives. Simone exultait avec moi.

Quelle atrocité pourtant ! Il semblait que rien ne pourrait en finir avec le délire tragi-comique de ces déments, car Marcelle restée nue continuait tout en gesticulant à exprimer par des cris de douleur déchirants une souffrance morale et une terreur impossibles à supporter ; on la vit mordre sa mère au visage, au milieu des bras qui tentaient vainement de la maîtriser.

En effet l'irruption des parents avait achevé de détruire ce qui lui restait encore de raison et en fin de compte on dut avoir recours à la police, tous les voisins étant témoins du scandale inouï.

III. L'ODEUR DE MARCELLE

Mes propres parents n'étaient pas survenus ce soir-là avec la bande. Cependant je jugeai prudent de déguerpir en prévision de la colère d'un père misérable, type accompli de général gâteux et catholique[1]. Je rentrai seulement dans la villa par-derrière. Je dérobai une certaine somme d'argent. Puis, bien certain qu'on me chercherait partout ailleurs que là, je me baignai dans la chambre de mon père. Enfin vers 10 heures je gagnai la campagne ayant laissé le mot suivant sur la table de ma mère : « Veuillez, je vous prie, ne pas me faire chercher par la police car j'emporte un revolver et la première balle sera pour le gendarme, la seconde pour moi. »

Je n'ai jamais eu en moi la possibilité de prendre ce qu'on appelle une attitude et, dans cette circonstance en particulier,

je désirais uniquement faire reculer ma famille, irréductible ennemie du scandale. Toutefois, ayant écrit le mot avec la plus grande légèreté et non sans rire, je ne trouvai pas mauvais de mettre dans ma poche le revolver de mon père.

Je marchais presque toute la nuit le long de la mer, mais sans m'éloigner beaucoup de X., étant donné les détours de la côte. Je cherchais seulement à apaiser une agitation violente, un étrange délire spectral où des phantasmes de Simone et de Marcelle se composaient malgré moi avec des expressions terrifiantes. Peu à peu l'idée me vint même que je me tuerais et en prenant le revolver en main, j'achevai de perdre le sens des mots comme espoir et désespoir. Mais je me rendis compte, par lassitude, qu'il fallait que ma vie eût tout de même un sens et qu'elle en aurait seulement un dans la mesure où certains événements définis comme souhaitables m'arriveraient. J'acceptai finalement l'extraordinaire hantise des noms : *Simone*, *Marcelle*, j'avais beau rire, je ne pouvais plus m'agiter qu'en acceptant ou en affectant d'imaginer une composition fantastique qui lierait confusément mes démarches les plus déconcertantes avec les leurs.

Je dormis dans un bois pendant le jour et, à la tombée de la nuit, je me rendis chez Simone : je passai par le jardin en sautant le mur. La chambre de mon amie étant éclairée, je jetai des cailloux dans la fenêtre. Quelques instants après, elle descendit et nous partîmes presque sans mot dire dans la direction du bord de la mer. Nous étions gais de nous être retrouvés. Il faisait sombre et, de temps à autre, je relevais sa robe en lui prenant le cul en mains mais cela ne me faisait pas jouir, au contraire. Elle s'assit, je me couchai à ses pieds : or je me rendis compte bientôt que ne pourrais pas m'empêcher de sangloter et en effet je sanglotai longuement sur le sable.

« Qu'est-ce qui te prend ? » me dit Simone.

Et elle me donna un coup de pied pour rire. Son pied toucha justement le revolver dans ma poche et une effroyable détonation nous arracha un seul cri. Je n'étais pas blessé mais je me trouvai brusquement debout comme si j'étais entré dans un autre monde. Simone elle-même était devant moi pâle à faire peur.

Ce soir-là nous n'eûmes pas même l'idée de nous branler, mais nous restâmes sans fin embrassés bouche contre bouche, ce qui ne nous était encore jamais arrivé.

Pendant quelques jours je vécus ainsi : nous rentrions, Simone et moi, tard dans la nuit et nous nous couchions dans sa chambre où je restais enfermé jusqu'à la nuit suivante. Simone me portait à manger. Sa mère n'ayant pas la moindre autorité sur elle (le jour du scandale, elle avait à peine entendu les cris qu'elle était sortie pour se promener) acceptait cette situation sans même chercher à se rendre compte du mystère. Quant aux domestiques l'argent les tenait depuis longtemps à la dévotion de Simone.

C'est même par eux que nous apprîmes les circonstances de l'internement de Marcelle et enfin dans quelle maison de santé elle se trouvait enfermée. Dès le premier jour tout notre souci s'était porté sur elle, sur sa folie, sur la solitude de son corps, les possibilités de l'atteindre, de la faire évader peut-être. Un jour que dans son lit, je voulais forcer Simone, celle-ci m'échappa brusquement :

« Tu es complètement fou, cria-t-elle, mais mon petit, je n'ai pas d'intérêt : dans un lit, comme ça, comme une mère de famille ! Avec Marcelle seulement.

— Qu'est-ce que tu veux dire ? » lui demandai-je déçu, mais au fond tout à fait d'accord avec elle.

Elle revint affectueusement vers moi et me dit doucement avec une voix de rêve :

« Dis-moi, elle ne pourra pas s'empêcher de pisser en nous voyant… faire l'amour. »

En même temps, je sentis un liquide chaud et charmant couler le long de mes jambes et quand elle eut fini je me levai et lui arrosai à mon tour le corps qu'elle tourna complaisamment devant le jet impudique et légèrement bruissant sur la peau. Après lui avoir inondé le cul ainsi, je lui barbouillai enfin la figure de foutre. Toute souillée elle entra en jouissance avec une démence libératrice. Elle aspirait profondément notre odeur âcre et heureuse : « Tu sens Marcelle », me confia-t-elle allégrement, quand elle eut bien joui, le nez tendu sous mon cul encore frais.

Évidemment Simone et moi étions pris parfois d'une envie violente de nous baiser. Mais l'idée ne nous venait plus que cela fût possible sans Marcelle dont les cris perçants nous agaçaient continuellement les oreilles, liés qu'ils étaient pour nous à nos désirs les plus violents. C'est ainsi que notre rêve sexuel se transformait continuellement en cauchemar. Le sourire de Marcelle, sa fraîcheur, ses sanglots, la honte qui la faisait rougir et rouge jusqu'à la douleur arracher elle-même ses vêtements, livrer tout à coup de belles fesses blondes à des mains, à des bouches impures, par-dessus tout le délire tragique qui l'avait fait s'enfermer dans l'armoire pour s'y branler avec tant d'abandon qu'elle n'avait pas pu se retenir de pisser, tout cela déformait et rendait sans cesse déchirants nos désirs. Simone dont la conduite au cours du scandale avait été plus obscène que jamais — couchée, elle ne s'était même pas couverte, elle avait ouvert les jambes au contraire — ne pouvait pas oublier que l'orgasme imprévu provoqué par sa propre impudeur, les hurlements et la nudité des membres tordus de Marcelle, avaient dépassé en puissance tout ce qu'elle avait pu même imaginer jusque-là. Et son cul ne s'ouvrait pas devant moi sans que le spectre de Marcelle en rage, en délire ou rougissante, ne vînt donner à son impudeur une portée accablante, comme si le sacrilège devait rendre toute chose généralement affreuse et infâme.

D'ailleurs les régions marécageuses du cul — auxquelles ne ressemblent que les jours de crue et d'orage ou encore les émanations suffocantes des volcans, et qui n'entrent en activité que, comme les orages ou les volcans, avec quelque chose de la catastrophe ou du désastre —, ces régions désespérantes que Simone, dans un abandon qui ne présageait que des violences, me laissait regarder comme en hypnose, n'étaient plus désormais pour moi l'empire souterrain et profond d'une Marcelle suppliciée dans sa prison et devenue la proie des cauchemars. Je ne comprenais même plus qu'une chose : à quel point l'orgasme ravageait le visage de la jeune fille aux sanglots entrecoupés de cris horribles.

Et Simone de son côté ne regardait plus le foutre âcre et chaud qu'elle faisait jaillir de ma verge sans en voir au même instant la bouche et le cul de Marcelle abondamment souillés.

« Tu pourras lui fesser la figure avec ton foutre », me confiait-elle en s'en barbouillant elle-même le cul, « pour qu'il fume », comme elle disait.

IV. UNE TACHE DE SOLEIL

Les autres femmes ou les autres hommes n'avaient plus aucun intérêt pour nous. Nous ne songions plus qu'à Marcelle dont nous imaginions déjà puérilement la pendaison volontaire, l'enterrement clandestin, les apparitions funèbres. Un soir enfin, bien renseignés, nous partîmes à bicyclette pour aller jusqu'à la maison de santé où notre amie était enfermée. En moins d'une heure nous eûmes parcouru les vingt kilomètres qui nous séparaient d'une sorte de château entouré d'un parc muré, isolé sur une falaise dominant la mer. Nous avions appris que Marcelle occupait la chambre 8, mais il aurait fallu évidemment arriver par l'intérieur de la maison pour la trouver. Or, tout ce que nous pouvions espérer, c'était pénétrer dans sa chambre par la fenêtre après avoir scié les barreaux et nous n'imaginions aucun moyen d'identifier la sienne parmi trente autres quand notre attention fut attirée par une étrange apparition. Nous avions sauté le mur et nous trouvions dans le parc dont les arbres étaient agités par un vent violent quand nous vîmes une fenêtre du premier étage s'ouvrir et une ombre qui portait un drap attacher solidement ce drap à l'un des barreaux. Le drap claqua aussitôt dans le vent et la fenêtre fut refermée avant que nous eussions pu reconnaître l'ombre.

· Il est difficile d'imaginer le fracas déchirant de cet immense drap blanc pris dans la bourrasque. Ce fracas dominait de beaucoup le bruit de la mer et celui du vent dans les arbres. Je voyais pour la première fois Simone angoissée d'autre chose que de sa propre impudeur : elle se serrait contre moi le cœur battant et regardait avec des yeux fixes le grand fantôme qui faisait rage dans la nuit comme si la démence elle-même venait de hisser son pavillon sur ce lugubre château.

Nous restions immobiles, Simone blottie dans mes bras et moi-même à demi hagard, quand soudain le vent sembla déchirer les nuages et la lune éclaira brusquement avec une précision révélatrice quelque chose de si étrange et si déchirant pour nous qu'un sanglot violent s'étrangla tout à coup dans la gorge de Simone : le drap qui s'étalait dans le vent avec un bruit éclatant était souillé au centre d'une large tache mouillée qui s'éclairait par transparence à la lumière de la lune . . . .
. . . .

En peu d'instants de nouveaux nuages noirs firent tout rentrer dans l'ombre, mais je restai debout suffoqué, les cheveux au vent et pleurant moi-même comme un malheureux, comme Simone elle-même qui s'était effondrée dans l'herbe et se laissait pour la première fois secouer par de grands sanglots d'enfant.

Ainsi, c'était notre malheureuse amie, c'était Marcelle à n'en pas douter qui avait ouvert cette fenêtre sans lumière, c'était elle qui venait de fixer aux barreaux de sa prison cet hallucinant signal de détresse. Il était évident qu'elle avait dû se branler dans son lit avec un si grand trouble des sens qu'elle s'était entièrement inondée et c'est ensuite que nous l'avions vue accrocher son drap à la fenêtre pour le faire sécher.

Mais moi, je ne savais plus quoi faire dans un pareil parc, devant ce faux château de plaisance aux fenêtres hideusement grillées. Je fis le tour, laissant Simone bouleversée, étendue sur le gazon. Je n'avais pas d'intention pratique et je voulais seulement respirer un instant seul. Mais quand je trouvai, sur le côté du bâtiment, une fenêtre non grillée du rez-de-chaussée entrouverte, j'assurai mon revolver dans la poche et j'entrai avec précaution : c'était un salon comme n'importe quel salon. Une lampe électrique de poche me permit de passer dans une antichambre, puis dans un escalier, je ne distinguais rien, je n'aboutissais à rien, les chambres n'étaient pas numérotées. D'ailleurs j'étais incapable de rien comprendre, comme si je venais d'être envoûté : sur le moment je ne compris même pas pourquoi j'avais l'idée de me déculotter et de continuer en chemise cette angoissante exploration. Et cependant j'enlevai l'un après l'autre mes vêtements et les déposai sur une chaise, ne gardant que mes chaussures. Une lampe dans la main gauche et dans la main droite mon revolver, je marchais au hasard et sans raison. Un léger bruit me fit éteindre brusquement ma lampe. Je demeurai immobile passant le temps à écouter mon haleine devenue irrégulière. De longues minutes d'angoisse s'étant ainsi écoulées sans que j'entende aucun bruit nouveau, je rallumai ma lampe, mais un petit cri me fit alors fuir avec tant de précipitation que j'oubliai mes vêtements sur la chaise.

Je me sentais suivi : je m'empressai donc de sortir par la fenêtre et d'aller me cacher dans une allée, mais je m'étais à peine retourné pour observer ce qui avait pu se passer dans le château que je vis une femme nue se dresser dans l'embrasure de la fenêtre, sauter comme moi dans le parc et s'enfuir en courant dans la direction d'un buisson d'épines.

Rien n'était plus étrange pour moi dans ces minutes d'émotion extrême que ma nudité au vent dans l'allée du jardin inconnu. Cela se passa comme si je n'étais plus sur la terre, d'autant plus que la bourrasque continuait d'être violente, mais assez tiède pour suggérer une sollicitation brutale. Je ne savais plus quoi faire d'un revolver que je tenais toujours dans la main, car je n'avais plus de poches sur moi ; en me jetant à la poursuite de la femme que j'avais vue passer sans la reconnaître, il semblait évident que je la cherchais pour la tuer. Le bruit des éléments en colère, le fracas des arbres et du drap achevaient d'ailleurs à cette minute d'empêcher que je discerne quoi que ce soit de distinct dans ma volonté ou dans mes gestes.

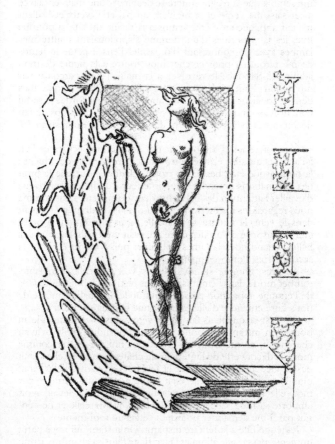

Je m'arrêtai tout à coup essoufflé : j'étais arrivé au buisson où l'ombre avait disparu tout à l'heure. Exalté par mon revolver, je commençais à regarder de part et d'autre, quand brusquement il me sembla que la réalité entière se déchirait : une main ensalivée avait saisi ma verge et la branlait, un baiser baveux et brûlant m'était appliqué en même temps à la racine du cul, la poitrine nue, les jambes nues d'une femme s'appliquaient contre mes jambes avec un soubresaut d'orgasme. J'eus à peine le temps de me retourner pour cracher mon foutre à la figure de mon admirable Simone : le revolver à la main, j'étais parcouru par un frisson d'une violence égale à celle de la bourrasque, mes dents claquaient et mes lèvres écumaient, les bras tordus je serrai convulsivement mon revolver et malgré moi trois coups de feu déchirants et aveugles partirent dans la direction du château.

Ivres et relâchés Simone et moi nous étions échappés l'un à l'autre et aussitôt élancés à travers le parc comme des chiens ; la bourrasque était beaucoup trop déchaînée pour que le bruit des détonations entendues de l'intérieur du château ait risqué d'éveiller l'attention des habitants qui y dormaient, mais comme nous regardions instinctivement, au-dessus du drap qui claquait dans le vent, la fenêtre de Marcelle, nous constations à notre grande surprise qu'un des carreaux avait été étoilé par une des balles, quand nous la vîmes s'ébranler puis s'ouvrir et, pour la seconde fois, l'ombre apparut.

Atterrés, comme si nous allions voir Marcelle, sanglante, tomber morte dans l'embrasure, nous restions debout au-dessus de l'étrange apparition presque immobile, incapables même de nous faire entendre d'elle, étant donné le bruit du vent.

« Qu'est-ce que tu as fait de tes vêtements ? » demandai-je au bout d'un instant à Simone. Elle me répondit qu'elle m'avait cherché et, ne me trouvant plus, avait fini par entrer comme moi à la découverte de l'intérieur du château, mais qu'elle s'était déshabillée avant d'enjamber la fenêtre « croyant qu'elle serait plus libre ». Et quand elle était sortie à ma suite, effrayée par moi, elle n'avait plus rien retrouvé car le vent devait avoir emporté sa robe. Cependant elle observait Marcelle et ne pensait pas à me demander pourquoi j'étais nu moi-même.

La jeune fille à la fenêtre disparut. Un instant qui nous parut immense passa : elle allumait l'électricité dans sa chambre. Enfin elle revint respirer à l'air libre et regarder dans la direction de la mer. Ses cheveux pâles et plats étaient pris dans le vent, nous pouvions distinguer les traits de son visage : elle n'avait pas changé, mais il y avait maintenant dans son regard quelque chose

de sauvage, d'inquiet qui contrastait avec la simplicité encore enfantine de ses traits. Elle paraissait plutôt treize ans que seize. Nous distinguions sous son vêtement de nuit son corps mince mais plein, dur et sans éclat, aussi beau que son regard fixe.

Quand elle nous aperçut enfin, la surprise sembla rendre la vie à son visage. Elle nous cria, mais nous n'entendions rien. Nous lui faisions signe. Elle avait rougi jusqu'aux oreilles. Simone qui pleurait presque et dont je caressais affectueusement le front lui envoya des baisers auxquels elle répondit sans sourire ; Simone laissa tomber ensuite la main le long du ventre jusqu'à la fourrure. Marcelle l'imita alors et en même temps posant un pied sur le rebord de la fenêtre découvrit une jambe que des bas de soie blanche gainaient presque jusqu'à son cul blond. Chose curieuse, elle avait une ceinture blanche et des bas blancs alors que la noire Simone, dont le cul chargeait ma main, avait une ceinture noire et des bas noirs.

Cependant les deux jeunes filles se branlaient avec un geste court et brusque, face à face dans la nuit hurlante. Elles se tenaient presque immobiles et tendues, le regard rendu fixe par une joie immodérée. Mais bientôt il sembla qu'une monstruosité invisible arrachait puissamment Marcelle au barreau auquel de sa main gauche elle se retenait de toutes ses forces, nous la vîmes abattue à la renverse dans son délire. Et il ne resta plus devant nous qu'une fenêtre vide éclairée, trou rectangulaire perçant la nuit opaque et ouvrant à nos yeux brisés un jour sur un monde composé avec la foudre et l'aurore.

V. UN FILET DE SANG

L'urine est pour moi profondément associée au salpêtre et la foudre, je ne sais pourquoi, à un vase de nuit antique en terre poreuse abandonné un jour de pluie d'automne sur le toit de zinc d'une buanderie provinciale. Depuis cette première nuit à la maison de santé, ces représentations désespérantes se sont unies étroitement au plus obscur de mon cerveau avec le con comme avec le visage morne et abattu que j'avais parfois vu à Marcelle. Toutefois ce paysage chaotique et affreux de mon imagination s'inondait brusquement d'un filet de lumière et de sang, c'est que Marcelle ne pouvait pas jouir sans s'inonder, non de sang mais d'un jet d'urine claire et même pour moi illuminée, jet d'abord violent et entrecoupé comme un hoquet, puis librement lâché et coïncidant avec un transport de bonheur surhumain. Il n'est pas étonnant que les aspects les plus désertiques et les plus lépreux d'un rêve ne soient qu'une sollicitation dans ce sens, une attente obstinée de la joie totale, telle que la vision du trou éclairé de la fenêtre vide, par exemple, à l'instant même où Marcelle abattue sur le plancher l'inondait sans fin.

Mais ce jour-là, dans la tempête sans pluie, à travers l'obscurité hostile, il était devenu nécessaire de quitter le château et de fuir comme des animaux, Simone et moi, nos vêtements égarés, nos imaginations hantées par le long accablement qui allait sans doute s'emparer à nouveau de Marcelle et qui faisait de la malheureuse enfermée une sorte d'incarnation de la colère et des terreurs qui donnaient sans cesse nos corps à la débauche. Bientôt nous avions retrouvé nos bicyclettes et nous pouvions nous offrir l'un à l'autre le spectacle irritant et théoriquement sale d'un corps nu et chaussé sur une machine ; nous pédalions rapidement sans rire et sans parler, satisfaits étrangement de nos présences réciproques, l'une pareille à l'autre dans l'isolement commun de l'impudeur, de la lassitude et de l'absurdité.

Mais nous étions tous les deux littéralement crevés de fatigue. Au milieu d'une côte, Simone s'arrêta me disant qu'elle avait des frissons. Nous avions la figure, le dos et les jambes ruisselants de sueur et nous agitions en vain l'un sur l'autre les mains sur les différentes parties des corps mouillés et brûlants ; malgré un massage de plus en plus vigoureux, Simone se laissait aller à grelotter et à claquer des dents. Je lui enlevai alors un bas pour bien essuyer son corps qui avait une odeur chaude rappelant à la fois les lits de malade et les lits de débauche. Peu à peu cependant, elle revint à un état plus supportable et finalement elle m'offrit ses lèvres en témoignage de reconnaissance.

Je gardais les plus grandes inquiétudes. Nous étions encore à dix kilomètres de X. et, dans l'état où nous nous trouvions, il fallait évidemment arriver avant l'aube. Je tenais mal debout et je désespérais d'arriver à la fin de cette promenade à travers l'impossible[2]. Le temps depuis lequel nous avions abandonné le monde vraiment réel, celui qui est composé uniquement de personnes habillées, était déjà si loin qu'il paraissait presque hors de portée. Notre hallucination particulière se développait cette fois sans plus de limite que le cauchemar complet de la société humaine par exemple, avec terre, atmosphère et ciel.

Ainsi une selle de cuir se collait à poil sous le cul de Simone qui se branlait fatalement en agitant ses jambes sur les pédales tournantes. De plus le pneu de derrière disparaissait indéfiniment à mes yeux, non seulement dans la fourche, mais virtuellement dans la fente du derrière nu de la cycliste : le mouvement de rotation rapide de la roue poussiéreuse était d'ailleurs directement assimilable à la fois à la soif de ma gorge et à mon érection, qui devait nécessairement aboutir à s'engouffrer dans les profondeurs du cul collé à la selle. Le vent était quelque peu tombé et une partie du ciel étoilé étant visible, il me vint à l'idée que, la mort étant la seule issue à mon érection, Simone et moi tués, à l'univers de notre vision personnelle, insupportable pour nous, se substitueraient nécessairement les étoiles pures, dépourvues de tout rapport avec des regards extérieurs et réalisant à froid, sans les retards et les détours humains, ce qui m'apparaît être le terme de mes débordements sexuels : une incandescence géométrique (entre autres, point de coïncidence de la vie et de la mort, de l'être et du néant) et parfaitement fulgurante.

Mais ces représentations étaient bien entendu liées à la contradiction d'un état d'épuisement prolongé et d'une absurde raideur du membre viril. Or cette raideur, il était difficile à Simone de la voir, à cause de l'obscurité d'une part, et d'autre part, à cause de l'élévation rapide de ma jambe gauche qui venait continuellement la cacher en faisant tourner la pédale. Cependant il me semblait voir ses yeux, luisant dans l'obscurité, se tourner continuellement, quelle que soit la fatigue, vers le point de rupture de mon corps et je me rendis compte qu'elle se branlait avec une brusquerie de plus en plus forte sur la selle qu'elle tenaillait étroitement entre les fesses. Elle n'avait donc pas plus que moi épuisé l'orage représenté par l'impudeur de son cul et laissait entendre parfois des gémissements rauques ; elle fut littéralement arrachée par la joie et son corps nu fut projeté sur un talus avec un affreux bruit d'acier traîné sur les cailloux et un cri aigu.

Je la trouvai inerte, la tête renversée, un mince filet de sang avait coulé de la commissure de la lèvre. Angoissé jusqu'à la limite de mes forces, je tirai brusquement un bras, mais il retomba inerte. Je me précipitai alors sur le corps inanimé en tremblant d'effroi et comme je le tenais embrassé, je fus parcouru malgré moi par des spasmes de lie et de sang avec l'ignoble grimace de la lèvre inférieure baveuse pendante et s'écartant des dents comme chez un idiot sénile.

Cependant Simone revenait lentement à la vie : un des mouvements involontaires de son bras m'ayant touché, je sortis brusquement moi-même de la torpeur qui m'avait abattu après avoir souillé ce que je croyais être un cadavre. Aucune blessure,

aucune ecchymose ne marquait le corps que la ceinture à jarre-
telles et un seul bas continuaient à vêtir. Je la pris dans mes bras
et l'emportai sur la route sans tenir compte de la fatigue, je marchai aussi vite que possible parce que le jour commençait à
poindre mais seul un effort surhumain me permit d'arriver jusqu'à la villa et de coucher avec bonheur ma merveilleuse amie,
vivante sur son propre lit.

La sueur pissait de mon visage et sur tout mon corps, mes
yeux étaient sanglants et gonflés, mes oreilles criaient, mes dents
claquaient, mes tempes et mon cœur battaient avec précipitation, mais comme je venais de sauver l'être que j'aimais plus que
tout au monde et que je pensais que nous reverrions bientôt
Marcelle, tel que j'étais, c'est-à-dire trempé et couvert de poussière coagulée, je me couchai à côté du corps de Simone et je
m'abandonnai bientôt à de vagues cauchemars.

VI. SIMONE[d]

Une des périodes les plus paisibles de ma vie est celle qui a
suivi l'accident peu grave de Simone, restée seulement malade.
Chaque fois que sa mère venait, je passais dans la salle de bain.
La plupart du temps, j'en profitais pour pisser ou même pour
prendre un bain ; la première fois que cette femme voulut
entrer, elle fut immédiatement arrêtée par sa fille.

« N'entre pas là, lui dit-elle, il y a un homme nu. »

Chaque fois, d'ailleurs, elle ne tardait guère à être mise à la
porte et je venais reprendre ma place sur une chaise à côté du
lit de la malade. Je fumais des cigarettes, je lisais des journaux
et s'il y avait dans les faits divers des crimes ou des histoires
sanglantes, j'en faisais la lecture à haute voix. De temps en
temps, je prenais Simone chaude de fièvre dans mes bras pour
aller lui faire faire pipi dans la salle de bain, ensuite je la lavai
avec précaution sur le bidet. Elle était extrêmement affaiblie
et, bien entendu, je ne la touchais pas sérieusement, toutefois
elle prit bientôt plaisir à me faire jeter des œufs dans la cuvette
du water-closet, des œufs durs qui s'enfonçaient et des œufs
gobés plus ou moins vides afin d'obtenir des degrés dans l'immersion. Elle restait longtemps assise à regarder ces œufs.
Ensuite elle se faisait asseoir sur le siège pour les voir sous son
cul entre les cuisses écartées, enfin elle me faisait tirer la chasse
d'eau.

Un autre jeu consistait à casser un œuf frais sur le bord du bidet et à l'y vider sous elle : tantôt elle pissait dessus, tantôt elle me faisait mettre nu et avaler l'œuf cru au fond du bidet ; elle me promit d'ailleurs que quand elle serait de nouveau bien portante elle ferait la même chose devant moi et aussi devant Marcelle.

En même temps, nous imaginions de coucher un jour Marcelle retroussée, mais chaussée et couverte encore de sa robe, dans une baignoire à demi pleine d'œufs frais au milieu de l'écrasement desquels elle ferait pipi. Simone rêvait aussi que je tienne Marcelle, cette fois rien qu'avec la ceinture et les bas, le cul en haut, les jambes repliées et la tête en bas ; elle-même, vêtue alors d'un peignoir de bain trempé dans l'eau chaude, donc collant, mais laissant la poitrine nue, monterait sur une chaise blanche ripolinée à siège de liège. Je pourrais lui énerver les seins de loin en prenant les bouts dans le canon chauffé d'un long revolver d'ordonnance chargé et venant de tirer un coup (ce qui en premier lieu nous aurait ébranlés, et en second lieu donnerait au canon l'odeur âcre de la poudre). Pendant ce temps-là, elle ferait couler de haut et ruisseler un pot de crème fraîche d'une blancheur éclatante sur l'anus gris de Marcelle et aussi elle urinerait librement dans son peignoir, ou, si celui-ci s'entrouvrait, sur le dos ou la tête de Marcelle que je pourrais d'ailleurs compisser moi-même de l'autre côté (j'aurais certainement compissé ses seins) ; de plus, Marcelle pourrait à son gré m'inonder entièrement puisque, maintenue par moi, elle tiendrait mon cou embrassé entre ses cuisses. Elle pourrait aussi enfoncer ma queue dans sa bouche, etc.

C'est après de tels rêves que Simone me priait de la coucher sur des couvertures auprès du water-closet au-dessus duquel elle penchait son visage en reposant ses bras sur les bords de la cuvette, afin de fixer sur les *œufs* des *yeux* grands ouverts. Moi-même je m'installais à côté d'elle pour que nos joues et nos tempes pussent se toucher. Nous arrivions à nous apaiser après une longue contemplation. Le bruit d'engloutissement de la chasse d'eau divertissait Simone et la faisait échapper à l'obsession, en sorte que la bonne humeur revenait en fin de compte.

Enfin un jour, à l'heure où le soleil oblique de 6 heures éclairait directement l'intérieur de la salle de bain, un œuf à demi gobé fut tout à coup envahi par l'eau et s'étant empli avec un bruit bizarre fit naufrage sous nos yeux ; cet incident eut pour Simone une signification si extraordinaire qu'elle se tendit et jouit longuement en buvant pour ainsi dire mon œil gauche entre ses lèvres ; puis sans quitter cet œil sucé ainsi, aussi obstinément qu'un sein, elle s'assit en attirant ma tête vers elle avec force sur le siège et pissa bruyamment sur les œufs flottants avec une vigueur et une satisfaction pleines.

Dès lors elle pouvait être regardée comme guérie et elle manifesta sa joie en me parlant longuement de divers sujets intimes, alors que d'habitude elle ne parlait jamais d'elle ni de moi. Elle m'avoua en souriant que l'instant d'auparavant elle avait eu grande envie de se soulager complètement mais qu'elle s'était retenue parce qu'elle avait eu encore plus de plaisir : en effet l'envie lui tendait le ventre et en particulier gonflait son cul comme un fruit mûr ; d'ailleurs, tandis que ce cul tenait ma main passée sous ses draps étroitement serrés, elle me fit remarquer qu'elle continuait d'être dans le même état et que c'était excessivement agréable. Et comme je lui demandais à quoi lui faisait penser le mot *uriner*, elle me répondit : *buriner*, les yeux, avec un rasoir, quelque chose de rouge, le soleil. Et un œuf ? un œil de veau, à cause de la couleur de la tête (la tête de veau) et aussi le fait que le blanc d'œuf est du blanc d'œil, le jaune d'œuf la prunelle. La forme de l'œil selon elle était aussi celle de l'œuf. Elle me demandait de lui promettre, quand nous pourrions sortir, de casser des œufs en l'air au soleil à coups de revolver et comme je lui répondais que c'était impossible, elle discuta longuement avec moi pour tâcher de me convaincre avec des raisons. Elle jouait gaiement avec les mots, ainsi elle disait tantôt *casser un œil*, tantôt *crever un œuf*, faisant de plus des raisonnements insoutenables.

À ce propos elle ajouta encore que pour elle l'odeur du cul c'était l'odeur de la poudre, un jet d'urine un « coup de feu vu comme une lumière » ; chacune de ses fesses était un œuf dur épluché. Il fut aussi entendu que nous allions nous faire porter des œufs mollets sans coque et tout chauds pour le water-closet et elle me promit que, tout à l'heure, quand elle se mettrait sur le siège, elle se soulagerait complètement sur de tels œufs. Ainsi son cul se trouvant toujours dans ma main et dans l'état qu'elle m'avait dit et après sa promesse, un certain orage s'accumulait peu à peu en mon for intérieur, c'est-à-dire que je réfléchissais de plus en plus.

Il est juste de dire que la chambre d'une malade qui ne quitte pas lit de la journée est un endroit bien fait pour retrouver peu à peu l'obscénité puérile. Je suçais doucement le sein de Simone en attendant les œufs mollets et elle me caressait les cheveux. Ce fut la mère qui nous porta les œufs, mais je ne me retournai même pas, je croyais que c'était une bonne, et je continuais à sucer mon sein avec contentement. D'ailleurs je ne me dérangeai pas plus en fin de compte quand je la reconnus à la voix, mais comme elle restait là et que je ne pouvais pas me passer un instant du plaisir que j'avais, j'eus l'idée de me déculotter de la même façon que si j'avais voulu satisfaire un besoin, sans ostentation d'ailleurs, mais avec le désir qu'elle s'en allât et aussi la joie de ne plus tenir compte d'aucune limite. Quand elle se décida enfin à partir plus loin ruminer vainement son horreur, il commençait à faire nuit et on alluma dans la salle de bain. Simone s'étant assise sur le siège, chacun de nous mangea un des œufs chauds avec du sel : il en restait trois avec lesquels je caressai doucement le corps de mon amie en les faisant glisser entre les fesses et entre les cuisses, puis je les laissai tomber lentement dans l'eau l'un après l'autre ; enfin Simone, les ayant regardés quelque temps immergés, blancs et toujours chauds — elle les voyait pour la première fois épluchés, c'est-à-dire nus, ainsi noyés sous son beau cul — continua l'immersion avec un bruit de chute analogue à celui des œufs mollets.

Mais il faut dire ici que rien de semblable n'eut lieu depuis entre nous et, *à une exception près*, il ne fut plus jamais question des œufs dans nos conversations ; toutefois si par hasard nous en apercevions un ou plusieurs nous ne pouvions nous regarder sans rougir, l'un et l'autre, avec une interrogation muette et trouble des yeux.

On verra d'ailleurs à la fin de ce récit que cette interrogation ne devait pas rester indéfiniment sans réponse et surtout que cette réponse inattendue est nécessaire pour mesurer l'immensité du vide qui s'ouvrit devant nous à notre insu au cours de nos singuliers divertissements avec les œufs.

VII. MARCELLE

Nous avons toujours évité, Simone et moi, par une sorte de pudeur commune, de parler des objets les plus significatifs de nos obsessions. C'est ainsi que le mot *œuf* disparut de notre vocabulaire, que nous ne parlions jamais du genre d'intérêt que nous avons l'un pour l'autre et encore moins de ce que Marcelle représentait pour nous. Nous avons passé le temps de maladie de Simone dans une chambre, attendant le jour où nous pourrions retourner vers Marcelle, avec le même énervement qu'écoliers nous attendions la sortie de la classe, cependant nous nous contentions de parler vaguement du jour où nous pourrions retourner au château. J'avais préparé une cordelette,

une grosse corde à nœuds et une scie à métaux que Simone examina avec le plus grand intérêt, regardant attentivement chaque
nœud et chaque tronçon de corde. D'autre part, j'avais pu
retrouver les bicyclettes cachées par moi dans un fourré le jour
de la chute et j'avais nettoyé les diverses pièces, roues dentées,
billes, pignons, etc., avec des soins minutieux. Je fixai de plus
une paire de cale-pieds sur ma propre bicyclette pour pouvoir
ramener une des deux jeunes filles derrière moi. Rien ne serait
plus facile, au moins provisoirement, que de faire vivre Marcelle
comme moi secrètement dans la chambre de Simone. Nous
serions seulement forcés de coucher à trois dans le même lit
(nous nous servirions aussi nécessairement de la même baignoire, etc.).

Mais il se passa en tout six semaines avant que Simone pût
raisonnablement me suivre à bicyclette jusqu'à la maison de
santé. Nous partîmes comme la fois précédente pendant la nuit :
en effet je continuais à ne pas me montrer au jour et il y avait
d'ailleurs toutes les raisons cette fois-là pour ne pas attirer l'attention. J'avais hâte d'arriver à l'endroit que je considérais confusément comme « château hanté » étant donné l'association des
mots *maison de santé* et *château*, de plus le souvenir du drap fantôme et l'impression résultant de la présence des fous dans une
grande demeure silencieuse la nuit. Mais, chose étonnante, j'avais
surtout l'idée que j'allais *chez moi* alors que je me trouvais mal à
mon aise partout. À cela correspondit en effet l'impression que
j'eus, une fois le mur du parc sauté, quand la grande bâtisse s'étendit devant nous vue au travers de quelques grands arbres ; seule
la fenêtre de Marcelle était encore éclairée et grande ouverte.
Les cailloux d'une allée jetés dans la chambre attirèrent bientôt
la jeune fille qui nous reconnut rapidement et se conforma à
l'indication que nous lui donnions en plaçant un doigt sur la
bouche. Mais, bien entendu, nous lui présentâmes aussitôt la
corde à nœuds pour lui faire comprendre ce que nous venions
faire cette fois. Je lui lançai la cordelette à l'aide d'une pierre et
elle me la renvoya après l'avoir fait passer derrière un barreau.
Il n'y eut aucune difficulté, la grosse corde fut hissée, assujettie
au barreau par Marcelle et je pus grimper jusqu'à la fenêtre.

Marcelle recula d'abord quand je voulus l'embrasser. Elle se
contenta de me regarder avec la plus extrême attention entamer
un barreau à la lime. Je lui dis doucement de s'habiller pour
nous suivre, elle n'avait en effet sur elle qu'un peignoir de bain.
Elle se contenta de me tourner le dos pour tirer des bas de soie
chair sur ses jambes, les assujettir à l'aide d'une ceinture compo-

sée de rubans rouge vif qui mettaient en valeur un cul d'une pureté de forme et d'une finesse de peau exceptionnelles. Je continuai à limer déjà couvert de sueur, à la fois à cause de mon effort et de ce que je voyais. Marcelle, toujours le dos tourné, recouvrit d'une chemise des reins longs et plats dont les lignes droites étaient admirablement finies par le cul lorsqu'elle avait un pied sur la chaise. Elle ne mit pas de pantalon et enfila seulement une jupe de laine grise plissée et un pull-over à très petits carreaux noirs, blancs et rouges. Ainsi vêtue et chaussée de souliers à talons plats, elle revint auprès de la fenêtre et resta assise près de moi pour que je pusse, d'une main, caresser sa tête, ses beaux cheveux courts, tout droits et si blonds qu'ils semblaient surtout pâles. Elle me regardait avec affection et semblait touchée par la joie muette que j'avais à la voir.

« Nous allons pouvoir nous marier, n'est-ce pas ? » me dit-elle enfin, peu à peu apprivoisée ; « ici, c'est très mauvais, on souffre… »

À ce moment-là l'idée n'aurait même pas pu me venir un seul instant que je ne me dévouerais pas tout le reste de ma vie à une apparition aussi irréelle. Elle se laissa embrasser longuement sur le front et les yeux et une de ses mains ayant glissé par hasard sur ma jambe, elle me regarda avec de grands yeux, mais avant de la retirer, elle me caressa par-dessus mes vêtements avec un geste d'absente.

Après un long travail je réussis à couper l'immonde barreau. Une fois scié, je l'écartai de toutes mes forces, ce qui laissa un espace suffisant pour qu'elle pût passer. Elle passa en effet et je la fis descendre en l'aidant sous elle, ce qui me força à voir le haut de sa cuisse et même à la toucher pour la soutenir. Arrivée sur le sol, elle se blottit dans mes bras sur le sol et m'embrassa la bouche de toutes ses forces pendant que Simone assise à nos pieds, les yeux humides de larmes, lui étreignait les jambes des deux mains, lui embrassait les jarrets et la cuisse, sur laquelle elle se borna d'abord à frotter sa joue, mais dans un grand sursaut de joie qu'elle ne pouvait plus refréner, elle finit par ouvrir le corps en écartant, collant les lèvres au cul qu'elle dévora avidement.

Cependant nous nous rendions compte, Simone et moi, que Marcelle ne comprenait absolument rien à ce qui arrivait et qu'elle était même incapable de distinguer une situation d'une autre. Ainsi elle souriait en imaginant l'étonnement du directeur du « château hanté » quand il la verrait se promener dans le jardin avec son mari. De plus, elle se rendait à peine compte de l'existence de Simone qu'elle prenait parfois en riant pour un loup à cause de ses cheveux noirs, de son mutisme et aussi parce qu'elle trouva tout à coup la tête de mon amie allongée docilement contre sa cuisse, comme celle d'un chien qui vient d'allonger son museau sur la jambe de son maître. Toutefois quand je lui parlais de « château hanté », sans m'avoir demandé d'explication, elle comprenait bien qu'il s'agissait de la maison où on l'avait méchamment enfermée et, chaque fois qu'elle y songeait, la terreur l'écartait de moi comme si elle avait vu passer quelque chose entre les arbres. Je la regardais avec inquiétude et comme j'avais déjà à cette époque un visage dur et sombre, je lui fis peur moi-même et presque au même instant elle me demanda de la protéger *quand le Cardinal reviendrait.*

Nous étions à ce moment-là étendus au clair de lune, à la lisière d'un bois, parce que nous avions voulu nous reposer quelque temps au milieu du voyage et surtout parce que nous voulions embrasser et regarder Marcelle.

« Mais qui est-ce, le Cardinal ? lui demanda Simone.

— C'est lui qui m'a enfermée dans l'armoire, dit Marcelle.

— Mais pourquoi est-il cardinal ? » criai-je.

Elle répondit presque aussitôt : « *Parce qu'il est curé de la guillotine.* »

Je me rappelai alors la peur affreuse que j'avais faite à Marcelle quand elle était sortie de l'armoire et en particulier deux détails atroces : j'avais gardé sur la tête un bonnet phrygien, accessoire de cotillon d'un rouge aveuglant ; de plus à cause des coupures profondes d'une jeune fille que j'avais violée, visage, vêtements et mains, j'étais tout taché de sang.

Ainsi un cardinal curé de la guillotine se confondait dans l'épouvante de Marcelle avec le bourreau barbouillé de sang et coiffé du bonnet phrygien : une étrange coïncidence de piété et d'abomination pour les prêtres expliquait cette confusion qui est restée liée pour moi aussi bien à ma dureté réelle qu'à l'horreur que m'inspire continuellement la nécessité de mes actes.

VIII. LES YEUX OUVERTS
DE LA MORTE

Sur le moment je restai complètement désemparé par cette découverte inattendue ; Simone aussi. Or, Marcelle s'endormait à moitié dans mes bras, si bien que nous ne savions pas quoi faire. Sa robe relevée qui nous laissait voir sa fourrure grise entre les rubans rouges au bout des cuisses longues était devenue de cette façon une extraordinaire hallucination dans un monde si fragile qu'il semblait qu'un souffle aurait pu nous changer en lumière. Nous n'osions plus bouger et tout ce que nous désirions, c'est que cette immobilité irréelle durât le plus longtemps possible et même que Marcelle s'endormît tout à fait.

J'étais ainsi parcouru par une sorte d'éblouissement épuisant et je ne sais pas comment cela aurait pris fin si tout à coup Simone dont le regard troublé s'arrêtait successivement sur mes yeux et sur la nudité de Marcelle ne s'était pas doucement agitée : elle ouvrit les cuisses en disant d'une voix blanche qu'elle ne pouvait plus se retenir.

Elle inonda sa robe avec une longue convulsion qui acheva de la dénuder et fit bientôt jaillir un flot de foutre sous mes vêtements.

Je m'allongeai à ce moment dans l'herbe, le crâne sur une grande pierre plate et les yeux ouverts juste sous la voie lactée, étrange trouée de sperme astral et d'urine céleste à travers la voûte crânienne formée par le cercle des constellations : cette fêlure ouverte au sommet du ciel et composée apparemment de vapeurs ammoniacales devenues brillantes dans l'immensité — dans l'espace vide où elles se déchirent absurdement comme un cri de coq en plein silence — un œuf, un œil crevés ou mon propre crâne ébloui et pesamment collé à la pierre en renvoyaient à l'infini des images symétriques. L'écœurant cri de coq en particulier coïncidait avec ma propre vie, c'est-à-dire maintenant le Cardinal, à cause de la fêlure, de la couleur rouge, des cris discordants qui avaient été provoqués par lui dans l'armoire et aussi parce qu'on égorge les coqs.

À d'autres l'univers paraît honnête parce*ƒ* que les honnêtes gens ont les yeux châtrés. C'est pourquoi ils craignent l'obscénité. Ils n'éprouvent aucune angoisse quand ils entendent le cri du coq ni quand ils se promènent sous le ciel étoilé. En général, quand on goûte les « plaisirs de la chair », c'est à la condition qu'ils soient fades.

Mais dès cette époque il n'y avait pour moi aucun doute : je n'aimais pas ce qu'on appelle les « plaisirs de la chair », parce qu'en effet ils sont toujours fades ; je n'aimais que ce qui est classé comme « sale ». Je n'étais même pas satisfait, au contraire, par la débauche habituelle parce qu'elle salit uniquement la débauche et laisse intact, d'une façon ou de l'autre, quelque chose d'élevé et de parfaitement pur. La débauche que je connais souille non seulement mon corps et mes pensées, mais aussi tout ce que je peux concevoir devant elle, c'est-à-dire le grand univers étoilé qui ne joue qu'un rôle de décor.

J'associe la lune au sang du vagin des mères, des sœurs, c'est-à-dire aux menstrues à l'odeur écœurante, etc.

J'ai aimé Marcelle sans la pleurer. Si elle est morte, elle est morte par ma faute. Si j'ai eu des cauchemars, s'il m'est arrivé de m'enfermer pendant des heures dans une cave, précisément parce que je pensais à Marcelle, je serais pourtant prêt à recommencer, par exemple à lui plonger les cheveux la tête en bas dans la cuvette d'un water-closet. Mais comme elle est morte, je suis réduit à certaines catastrophes qui me rapprochent d'elle au moment où je m'y attends le moins. Sans cela il m'est impossible de percevoir le moindre rapport actuel entre la morte et moi, ce qui fait de la plupart de mes journées un ennui inévitable.

Je me bornerai à rapporter ici que Marcelle s'est pendue après un incident fatal. Elle reconnut la grande armoire normande et commença à claquer des dents : elle comprit aussitôt en me regardant que c'était moi, celui qu'elle appelait le Cardinal et, comme elle s'était mise à hurler, il n'y eut pas d'autre moyen d'arrêter des hurlements désespérés que de quitter la chambre. Or, quand Simone et moi sommes rentrés, elle s'était pendue à l'intérieur de l'armoire…

Je coupai la corde, mais elle était bien morte. Nous l'avons installée sur le tapis. Simone vit que je bandais et commença à me branler. Je m'étendis moi-même aussi sur le tapis, mais il était impossible de faire autrement ; Simone étant encore vierge, je la baisai pour la première fois auprès du cadavre. Cela nous fit très mal à tous les deux mais nous étions contents justement parce que ça faisait mal. Simone se leva et regarda le cadavre. Marcelle était devenue tout à fait une étrangère et d'ailleurs à ce moment-là Simone aussi pour moi. Je n'aimais plus du tout ni Simone ni Marcelle et même si on m'avait dit que c'était moi qui venais de mourir, je n'aurais pas été étonné, tellement ces événements me paraissaient étrangers. Je regardais faire Simone et je me rappelle précisément que la seule chose qui m'ait fait plaisir, c'est qu'elle ait commencé à faire des saletés, le cadavre étant devant elle très irritant, comme s'il lui était insupportable que cet être semblable à elle ne la sentît plus. Les yeux ouverts surtout étaient irritants. Étant donné que Simone lui inondait la figure, il était extraordinaire que ces yeux ne se fermassent pas. Nous étions calmes tous les *trois*, et c'est bien là ce qu'il y avait de plus désespérant. Tout ce qui représente l'ennui est lié pour moi à cette séance et surtout à un obstacle aussi ridicule que la mort. Mais cela ne m'empêche pas que j'y songe sans aucune révolte et même avec un sentiment de complicité. Au fond l'absence d'exaltation rendait tout encore beaucoup plus absurde et ainsi Marcelle morte, plus près de moi que vivante, dans la mesure où c'est l'être absurde qui a tous les droits, comme je l'imagine.

Quant au fait que Simone ait osé pisser sur le cadavre, comme par ennui ou à la rigueur par irritation, il prouve surtout à quel point il nous était impossible de comprendre ce qui arrivait et bien entendu cela n'est pas plus compréhensible aujourd'hui que ce jour-là. Simone étant vraiment incapable de concevoir ce que c'est que la mort telle qu'on la regarde par habitude, était angoissée et furieuse, mais pas du tout frappée de respect. Marcelle nous appartenait à tel point dans notre isolement que nous n'avons pas vu que c'était une morte comme les autres. Rien de tout cela ne pouvait être réduit à la commune mesure et les impulsions contradictoires qui disposaient de nous dans cette circonstance se neutralisaient en nous laissant aveugles et, pour ainsi dire, situés très loin de ce que nous touchions, dans un monde où les gestes n'ont aucune portée, comme des voix dans un espace qui ne serait absolument pas sonore.

IX. ANIMAUX OBSCÈNES

Pour éviter les ennuis d'une enquête policière nous n'avons pas hésité un instant à gagner l'Espagne où Simone comptait pour disparaître sur le secours d'un richissime Anglais qui lui avait déjà proposé de l'entretenir et qui était sans aucun doute l'homme le plus susceptible de s'intéresser à notre cas.

La villa fut abandonnée au milieu de la nuit. Il n'était pas difficile de voler une barque, de gagner un point retiré de la côte espagnole et d'y brûler la barque entièrement à l'aide de deux bidons d'essence que nous aurions eu la précaution de prendre dans le garage de la villa. Simone me laissa caché dans un bois pendant la journée pour aller trouver l'Anglais à Saint-Sébastien. Elle ne revint qu'à la tombée de la nuit mais cette fois conduisant une magnifique voiture où se trouvaient des valises pleines de linge et de riches vêtements.

Simone me dit que Sir Edmond nous retrouverait à Madrid et que pendant toute la journée il lui avait posé les questions les plus détaillées sur la mort de Marcelle, l'obligeant à faire des plans et des croquis. Finalement il avait envoyé un domestique acheter un mannequin de cire à perruque blonde et avait demandé à Simone d'uriner sur la figure de ce mannequin couché à terre, sur les yeux ouverts, dans la même position que lorsqu'elle avait uriné sur les yeux du cadavre : pendant tout ce temps Sir Edmond n'avait même pas touché la jeune fille.

Mais il y avait un grand changement dans Simone après le suicide de Marcelle, elle regardait tout le temps dans le vague et on aurait dit qu'elle appartenait à autre chose qu'au monde terrestre où presque tout l'ennuyait ; ou si elle était encore liée à ce monde, ce n'était guère que par des orgasmes rares mais incomparablement plus violents qu'auparavant. Ces orgasmes étaient aussi différents des jouissances habituelles que, par exemple, le rire des nègres sauvages est différent de celui des Occidentaux. En effet, bien que les sauvages rient parfois aussi modérément que les Blancs, ils ont aussi des crises de rire durables au cours desquelles toutes les parties de leur corps se libèrent avec violence, qui les font malgré eux tournoyer, battre l'air à toute volée avec les bras et secouer le ventre, le cou et la poitrine en glissant avec un bruit terrible. Quant à Simone, elle ouvrait d'abord des yeux incertains, devant quelque spectacle triste et obscène...

Par exemple, un jour, Sir Edmond fit jeter et enferma dans une étable à porcs très étroite et sans fenêtre une petite et délicieuse belle-de-nuit de Madrid qui dut s'abattre en chemise-culotte dans une mare de purin et encore sous des ventres de truies qui grognaient. La porte une fois fermée, Simone se fit longuement baiser par moi, le cul dans la boue, devant la porte, sous une pluie fine, pendant que Sir Edmond se branlait.

La jeune fille après m'avoir échappé en râlant saisit son cul à deux mains en se cognant violemment la tête renversée contre le sol, elle se tendit ainsi pendant quelques secondes sans respirer en tirant de toutes ses forces sur les bras qui s'accrochaient au cul par les ongles, elle se déchira ensuite d'un seul coup et se déchaîna par terre comme une volaille égorgée, se blessant avec un bruit terrible contre les ferrures de la porte. Sir Edmond lui avait donné son poignet à mordre pour apaiser le spasme qui continuait à la secouer et elle avait le visage souillé par la salive et par le sang.

Après ces grands accès elle venait toujours se placer dans mes bras ; elle installait volontairement son petit cul dans mes grandes mains et restait longuement sans bouger et sans parler, blottie comme une petite fille mais toujours sombre.

Cependant aux spectacles obscènes que Sir Edmond s'ingéniait à nous procurer au hasard, Simone continuait à préférer les corridas. En effet il y avait trois choses dans les corridas qui la captivaient : la première quand le taureau débouche en bolide du toril ainsi qu'un gros rat ; la seconde quand ses cornes se plongent jusqu'au crâne dans le flanc d'une jument ; la troisième quand cette absurde jument efflanquée galope à travers l'arène en ruant à contretemps et en lâchant entre ses cuisses un gros et ignoble paquet d'entrailles aux affreuses couleurs pâles, blanc, rose et gris nacrés. En particulier, elle palpitait quand la vessie crevée lâchait sa masse d'urine de jument qui arrivait d'un seul coup sur le sable en faisant floc.

D'ailleurs elle restait dans l'angoisse d'un bout à l'autre de la course, ayant la terreur, bien entendu expressive surtout d'un violent désir, de voir le torero enlevé en l'air par un des monstrueux coups de corne que le taureau, projeté sans cesse avec colère, frappe aveuglément dans le vide des étoffes de couleur. Il faut dire de plus que si, sans long arrêt et sans fin, le taureau passe et repasse dans la cape du matador, à un doigt de la ligne érigée du corps, n'importe qui éprouve la sensation de projection totale et répétée, particulière au jeu du coït. L'extrême proximité de la mort y est du reste sentie de la même façon. Mais ces séries de passes prodigieuses sont rares. Aussi bien elles déchaînent chaque fois un véritable délire dans les arènes et même c'est une chose bien connue qu'à ces moments pathétiques de la corrida les femmes se branlent par le seul frottement des cuisses.

Mais à propos de corridas, Sir Edmond raconta un jour à Simone qu'à une époque encore récente, c'était l'habitude de certains Espagnols virils, pour la plupart toreros amateurs à l'occasion, de commander au concierge de l'arène les couilles fraîches et grillées de l'un des premiers taureaux tués. Ils les faisaient porter à leur place, c'est-à-dire au premier rang de l'arène, et les mangeaient aussitôt en regardant tuer les taureaux suivants. Simone prit le plus grand intérêt à ce récit et comme nous devions assister le dimanche suivant à la première course importante de l'année, elle demanda à Sir Edmond de lui faire donner ainsi les couilles du premier taureau, mais elle y apporta une condition : elle voulait les couilles crues.

« Enfin, objectait Sir Edmond, que voulez-vous faire de ces couilles crues ? Vous ne voudriez tout de même pas manger des couilles crues ?

— Je veux les avoir devant moi dans une assiette », conclut Simone.

X. L'ŒIL DE GRANERO

Le 7 mai 1922 les toreros La Rosa, Lalanda et Granero devaient combattre dans les arènes de Madrid, les deux derniers étant considérés en Espagne comme les meilleurs matadors et en général Granero comme supérieur à Lalanda. Il venait tout juste d'avoir vingt ans, toutefois il était déjà extrêmement populaire, étant d'ailleurs beau, grand et d'une simplicité encore enfantine. Simone s'était vivement intéressée à son histoire et, par exception, avait manifesté un véritable plaisir quand Sir Edmond lui avait annoncé que le célèbre tueur de taureaux avait accepté de dîner avec nous le soir de la course.

Ce qui caractérisait Granero parmi les autres matadors, c'est qu'il n'avait pas du tout l'air d'un garçon boucher, mais d'un prince charmant très viril et aussi parfaitement élancé. Le costume de matador, à ce point de vue, est expressif, parce qu'il sauvegarde la ligne droite toujours érigée très raide et comme un jaillissement chaque fois que le taureau bondit à côté du corps, et parce qu'il adhère étroitement au cul. Une étoffe d'un rouge vif et une épée brillante — en face d'un taureau qui agonise et dont le pelage est fumant à cause de la sueur et du sang — achèvent d'accomplir la métamorphose et de dégager le caractère le plus captivant du jeu. Il faut tenir compte aussi du ciel torride particulier à l'Espagne, qui n'est pas du tout coloré et dur comme on l'imagine : il n'est que parfaitement solaire avec une luminosité éclatante mais molle, chaude et trouble, parfois même irréelle à force de suggérer la liberté des sens par l'intensité de la lumière liée à celle de la chaleur.

En fait cette extrême irréalité de l'éclat solaire est tellement liée à tout ce qui eut lieu autour de moi pendant la corrida du 7 mai que les seuls objets que j'aie jamais conservés avec attention sont un éventail de papier rond, mi-jaune, mi-bleu, que Simone avait ce jour-là et une petite brochure illustrée où se trouvent un récit de toutes les circonstances et quelques photographies. Plus tard, au cours d'un embarquement, la petite valise qui contenait ces deux *souvenirs* tomba dans la mer d'où elle fut retirée par un Arabe à l'aide d'une longue perche, c'est pourquoi ils sont en très mauvais état, mais ils me sont nécessaires pour rattacher au sol terrestre, à un lieu géographique, à une date précise, ce que mon imagination me représente malgré moi comme une simple vision de la déliquescence solaire.

Le premier taureau, celui dont Simone attendait les couilles crues servies dans une assiette, était une sorte de monstre noir dont le débouché hors du toril fut si rapide qu'en dépit de tous les efforts et de tous les cris, il éventra successivement les trois chevaux avant qu'on eût pu ordonner la course ; une fois, cheval et cavalier furent soulevés ensemble en l'air pour retomber derrière les cornes avec fracas. Mais Granero ayant pris le taureau, le combat commença avec brio et se poursuivit dans un délire d'acclamations. Le jeune homme faisait tourner autour de lui la bête furieuse dans une cape rose ; chaque fois son corps était élevé par une sorte de jet en spirale et il évitait de très peu un choc formidable. À la fin, la mort du monstre solaire s'accomplit avec netteté, la bête aveuglée par le morceau de drap rouge, l'épée plongée profondément dans le corps déjà ensanglanté ; une ovation incroyable eut lieu pendant que le taureau avec des incertitudes d'ivrogne s'agenouillait et se laissait tomber les jambes en l'air en expirant.

Simone qui se trouvait assise entre Sir Edmond et moi et qui avait assisté à la tuerie avec une exaltation au moins égale à la mienne ne voulut pas se rasseoir quand l'interminable acclamation du jeune homme eut pris fin. Elle me prit la main sans mot dire et me conduisit dans une cour extérieure de l'arène extrêmement sale où il y avait une odeur d'urine chevaline et humaine suffocante étant donné la grande chaleur. Je pris, moi, Simone par le cul et Simone saisit à travers la culotte ma verge en colère. Nous entrâmes ainsi dans des chiottes puantes où des mouches sordides tourbillonnaient dans un rayon de soleil et où, resté debout, je pus mettre à nu le cul de la jeune fille, enfoncer dans sa chair couleur de sang et baveuse, d'abord mes doigts, puis le membre viril lui-même, qui entra dans cette caverne de sang pendant que je branlais son cul en y pénétrant profondément avec le médius osseux. En même temps aussi les révoltes de nos bouches se collaient dans un orage de salive.

L'orgasme du taureau n'est pas plus fort que celui qui nous arracha les reins et nous entre-déchira sans que mon gros membre eût reculé d'un cran hors de cette vulve emplie jusqu'au fond et gorgée par le foutre.

La force des battements du cœur dans nos poitrines, aussi brûlantes et aussi désireuses l'une que l'autre d'être collées toutes nues à des mains moites, pas du tout apaisées, le cul de

Simone aussi avide qu'avant, moi, la verge restée obstinément raide, on revint ensemble au premier rang de l'arène. Mais une fois arrivés à notre place auprès de Sir Edmond, là où devait s'asseoir Simone, en plein soleil, on trouva une assiette blanche sur laquelle deux couilles épluchées, glandes de la grosseur et de la forme d'un œuf et d'une blancheur nacrée, à peine rose de sang, identique à celle du globe oculaire : elles venaient d'être prélevées sur le premier taureau, de pelage noir, dans le corps duquel Granero avait plongé l'épée.

« Ce sont les couilles crues », dit Sir Edmond à Simone avec un léger accent anglais.

Cependant Simone s'était mise à genoux devant cette assiette qu'elle regardait avec un intérêt absorbant, mais aussi avec un embarras extraordinaire. Il semblait qu'elle voulait faire quelque chose et qu'elle ne savait comment s'y prendre et que cela la mettait dans un état d'exaspération. Je pris l'assiette pour qu'elle pût s'asseoir, mais elle me la retira avec brusquerie en disant « non » sur un ton catégorique, puis elle la replaça devant elle sur la dalle.

Sir Edmond et moi commencions à être ennuyés d'attirer l'attention de nos voisins juste à un moment où la course languissait. Je me penchai à l'oreille de Simone et lui demandai ce qui la prenait.

« Idiot, répondit-elle, tu ne comprends pas que je voudrais m'asseoir dans l'assiette et tous ces gens qui regardent !

— Mais c'est complètement impossible, répliquai-je, assois-toi. »

J'enlevai en même temps l'assiette et l'obligeai à s'asseoir tout en la dévisageant pour qu'elle vît que j'avais compris, que je me rappelais l'assiette de lait et que cette envie renouvelée achevait de me troubler. En effet à partir de ce moment-là, ni elle, ni moi ne pouvions plus tenir en place et cet état de malaise était tel qu'il se communiqua par contagion à Sir Edmond. Il est juste de dire que, de plus, la course était devenue ennuyeuse, des taureaux peu combatifs se trouvaient en face de matadors qui ne savaient pas comment les prendre et par-dessus tout, comme Simone avait tenu à ce que nous eussions des places au soleil, nous étions pris dans une buée de lumière et de chaleur moite qui desséchait la gorge et oppressait.

Il était vraiment tout à fait impossible à Simone de relever sa robe et d'asseoir son derrière mis à nu dans l'assiette aux couilles crues. Elle devait se borner à garder cette assiette sur les genoux. Je lui dis que j'aurais voulu la baiser encore une fois avant le retour de Granero qui devait combattre seulement le quatrième taureau, mais elle refusa et resta là, vivement intéressée malgré tout par des éventrements de chevaux suivis, comme elle disait puérilement, « de perte et fracas », c'est-à-dire de la cataracte des boyaux.

Le rayonnement solaire nous absorbait peu à peu dans une irréalité bien conforme à notre malaise, c'est-à-dire à l'envie muette et impuissante d'éclater et de renverser les culs. Nous faisions une grimace causée à la fois par l'aveuglement des yeux, la soif et le trouble des sens, incapables aussi de trouver la désaltération. Nous avions réussi à partager à trois la déliquescence morose dans laquelle il n'y a plus aucune concordance des diverses contractions du corps. À un tel point même que le retour de Granero ne réussit pas à nous tirer de cette absorption abrutissante. D'ailleurs le taureau qui se trouvait devant lui était méfiant et semblait peu nerveux : la course se poursuivait en fait sans plus d'intérêt qu'avant.

Les événements qui suivirent se produisirent sans transition et comme sans lien, non parce qu'ils n'étaient pas liés vraiment, mais parce que mon attention comme absente restait absolument dissociée. En peu d'instants je vis, premièrement, Simone mordre à mon effroi dans l'une des couilles crues, puis Granero s'avancer vers le taureau en lui présentant le drap écarlate — enfin, à peu près en même temps, Simone, le sang à la tête, avec une impudeur suffocante, découvrir de longues cuisses blanches jusqu'à sa vulve humide où elle fit entrer lentement et sûrement le second globule pâle — Granero renversé par le taureau et coincé contre la balustrade ; sur cette balustrade les cornes frappèrent trois coups à toute volée, au troisième coup une corne défonça l'œil et toute la tête. Un cri d'horreur immense coïncida avec un orgasme bref de Simone qui ne fut soulevée de la dalle de pierre que pour tomber à la renverse en saignant du nez et toujours sous un soleil aveuglant ; on se précipita aussitôt pour transporter à bras d'homme le cadavre de Granero dont l'œil droit pendait hors de la tête.

XI. SOUS LE SOLEIL DE SÉVILLE

Ainsi deux globes de consistance et de grandeur analogues avaient été brusquement animés d'un mouvement simultané et contraire ; l'un, couille blanche de taureau était entré dans le cul « rose et noir », dénudé dans la foule, de Simone ; l'autre, œil humain, avait jailli hors du visage de Granero avec la même force qu'un paquet d'entrailles jaillit hors du ventre. Cette coïncidence étant liée à la mort et à une sorte de liquéfaction urinaire du ciel, nous rapprocha pour la première fois de *Marcelle* pendant un instant malheureusement très court et presque inconsistant, mais avec un éclat si trouble que je fis un pas de somnambule devant moi comme si j'allais *la* toucher à la hauteur des yeux.

Bien entendu, tout reprenait aussitôt l'aspect habituel avec toutefois, dans l'heure qui suivit la mort de Granero, des obsessions aveuglantes. Simone était même d'humeur si mauvaise qu'elle dit à Sir Edmond qu'elle ne resterait pas un jour de plus à Madrid : elle tenait beaucoup à Séville à cause de sa réputation de ville de plaisirs.

Sir Edmond qui prenait un plaisir grisant à satisfaire les caprices de « l'être le plus simple et le plus angélique qui ait jamais été sur terre » nous accompagna le lendemain à Séville où nous trouvâmes une chaleur et une lumière encore plus déliquescentes qu'à Madrid ; de plus une excessive abondance de fleurs dans les rues, géraniums et lauriers-roses, achevait d'énerver les sens.

Simone se promenait nue sous une robe blanche or si légère qu'on devinait sa ceinture rouge sous l'étoffe et même, dans certaines positions, sa fourrure. Il faut ajouter aussi que tout dans cette ville contribuait à donner à son éclat quelque chose de si sensuel que, quand nous passions dans les rues torrides, je voyais souvent les verges se redresser à l'intérieur des culottes.

En fait nous ne cessions pour ainsi dire pas de faire l'amour. Nous évitions l'orgasme et nous visitions la ville, seul moyen de ne pas garder sans fin le membre immergé dans son fourreau. Nous profitions seulement de toutes les occasions au cours d'une promenade. Nous quittions un endroit propice sans jamais avoir d'autre but que d'en trouver un autre. Une salle de musée vide, un escalier, une allée de jardin bordée de hauts buissons, une église ouverte, — le soir, les ruelles désertes — nous marchions jusqu'à ce que nous eussions trouvé quelque chose de ce genre et l'endroit aussitôt trouvé, j'ouvrais le corps de la jeune fille en élevant une de ses jambes et lui dardais d'un seul coup ma verge jusqu'au fond du cul. Quelques instants après j'arrachais le membre fumant de son étable et la promenade reprenait presque au hasard. Le plus souvent, Sir Edmond nous suivait de loin de façon à nous surprendre : il devenait pourpre, mais il ne s'approchait jamais. Et s'il se branlait, il le faisait discrètement, non par réserve, il est vrai, mais parce qu'il ne faisait jamais rien que debout, isolé, dans une fixité presque absolue, avec une effroyable contraction musculaire.

« Ceci est très intéressant, nous dit-il un jour en nous désignant une église, c'est l'église de Don Juan.

— Et après ? répliqua Simone.

— Restez ici avec moi, reprit Sir Edmond en s'adressant d'abord à moi, vous Simone, vous devriez visiter cette église toute seule.

— Quelle idée ? »

Toutefois l'idée étant incompréhensible ou non, elle eut en fait la curiosité d'y entrer seule et nous l'attendîmes dans la rue.

Cinq minutes après Simone réapparaissait sur le seuil de l'église. Nous restâmes tout à fait stupides : non seulement elle éclatait de rire, mais elle ne pouvait plus ni parler ni s'arrêter, si bien que, moitié par contagion, moitié à cause de l'extrême lumière, je commençai à rire presque autant et même, jusqu'à un certain point, Sir Edmond.

« *Bloody girl*, fit ce dernier, ne pourrez-vous pas expliquer ? Nous avons ri juste sur la tombe de Don Juan. »

Et en riant de plus belle, il désigna sous nos pieds une grande plaque funéraire de cuivre. C'était la tombe du fondateur de l'église que les guides disent avoir été Don Juan : repenti, il s'était fait enterrer sous le seuil pour que son cadavre fût foulé aux pieds par les fidèles à l'entrée et à la sortie de leur repaire.

Mais soudain la crise de rire rebondit décuplée : Simone à force d'éclater avait légèrement pissé le long de ses jambes et un petit filet d'eau avait coulé sur la plaque de cuivre.

Nous constatons de plus un autre effet de cet accident : l'étoffe légère de la robe étant mouillée avait adhéré au corps et comme elle était tout à fait transparente le joli ventre et les cuisses de Simone étaient révélés d'une façon particulièrement impudique, noirs entre les rubans rouges de la ceinture.

« Il n'y a qu'à rentrer dans l'église, dit Simone un peu plus calme, ça va sécher. »

Nous fîmes irruption dans une grande salle où nous cherchâmes en vain, Sir Edmond et moi, le spectacle comique que la jeune fille n'avait pas pu nous expliquer. Cette salle était relativement fraîche et éclairée par des fenêtres à travers des rideaux de cretonne rouge vif et transparente. Le plafond était en charpente ouvragée, les murs plâtrés, mais encombrés de diverses bondieuseries plus ou moins chargées de dorure. Tout le fond était pris depuis le sol jusqu'à la charpente par un autel et par un dessus d'autel géant de style baroque en bois doré : cet autel, à force d'ornements contournés et compliqués évoquant l'Inde, d'ombres profondes et d'éclats d'or, me parut dès l'abord très mystérieux et destiné à faire l'amour. À droite et à gauche de la porte d'entrée étaient accrochés deux célèbres tableaux du peintre Valdès Leal représentant des cadavres en décomposition : chose notable, dans l'orbite oculaire de l'un d'entre eux, on voyait entrer un rat. Mais dans toutes ces choses il n'y avait rien à découvrir de comique.

Au contraire même, l'ensemble était somptueux et sensuel, le jeu des ombres et de la lumière des rideaux rouges, la fraîcheur et une forte odeur poivrée de laurier-rose en fleur en même temps que la robe collée à la fourrure de Simone, tout me préparait à lâcher les chiens et à dénuder le cul mouillé sur les dalles, quand j'aperçus auprès d'un confessionnal les pieds chaussés de souliers de soie d'une pénitente.

« Je veux les voir sortir », nous dit Simone.

Elle s'assit devant moi non loin du confessionnal et je dus me contenter de lui caresser le cou, la racine des cheveux ou les épaules avec ma verge. Et même elle en fut bientôt énervée, si bien qu'elle me dit que si je ne rentrais pas immédiatement le membre, elle le branlerait jusqu'au foutre.

Il me fallut donc m'asseoir et me contenter de regarder la nudité de Simone à travers l'étoffe mouillée, à la rigueur parfois à l'air libre, quand elle voulait éventer ses cuisses moites et qu'elle les décroisait en soulevant la robe.

« Tu vas comprendre », m'avait-elle dit.

C'est pourquoi j'attendais patiemment le mot de l'énigme. Après une assez longue attente, une très belle jeune femme brune sortit du confessionnal en joignant les mains, le visage pâle et extasié : ainsi la tête en arrière et les yeux blancs révulsés, elle traversa la salle à pas lents comme un spectre d'opéra. C'était là, en effet, quelque chose de tellement inattendu que je serrai les jambes avec désespoir pour ne pas rire quand la porte du confessionnal s'ouvrit : il en sortit un nouveau personnage, cette fois un prêtre blond, très jeune, très beau, avec un long visage maigre et les yeux pâles d'un saint ; il gardait les bras croisés sur la poitrine et restait debout sur le seuil de sa cabine, le regard dirigé vers un point fixe du plafond comme si une apparition céleste allait l'élever au-dessus du sol.

Le prêtre s'avançait ainsi dans la même direction que la femme et il aurait probablement disparu à son tour sans rien voir, si Simone, à ma grande surprise, ne l'avait pas brusquement arrêté. Une idée incroyable lui était venue à l'esprit : elle salua correctement le visionnaire et lui dit qu'elle voulait se confesser.

Le prêtre continuant à glisser dans son extase lui indiqua le confessionnal d'un geste distant et rentra dans son tabernacle en refermant doucement la porte sur lui sans mot dire.

XII. LA CONFESSION DE SIMONE
ET LA MESSE DE SIR EDMOND

Il n'est pas difficile d'imaginer ma stupeur quand je vis Simone s'installer à genoux auprès de la guérite du lugubre confesseur. Pendant qu'elle se confessait, j'attendais avec un intérêt extraordinaire ce qui allait résulter d'un geste aussi imprévu. Je supposais déjà que cet être sordide allait jaillir de sa boîte et se jeter sur l'impie pour la flageller. Je m'apprêtais même à renverser et à piétiner l'affreux fantôme, mais rien de semblable n'arrivait : la boîte restait fermée, Simone parlait longuement à la petite fenêtre grillée et il ne se passait rien d'autre.

J'échangeais des regards d'extrême interrogation avec Sir Edmond quand les choses commencèrent à se dessiner : peu à peu Simone se grattait la cuisse, remuait les jambes ; gardant un genou sur le prie-Dieu, elle avançait un pied en terre, elle découvrait de plus en plus ses jambes au-dessus des bas, tout en continuant la confession à voix basse. Il me semblait même parfois qu'elle se branlait.

Je m'approchai doucement par côté pour essayer de me rendre compte de ce qui se passait : en effet, Simone se branlait, le visage collé à gauche contre la grille près de la tête du prêtre, les membres tendus, les cuisses écartées, les doigts fouillaient profondément la fourrure ; je pouvais la toucher, je dénudai un instant son cul. À ce moment-là, j'entendis distinctement prononcer :

« Mon père, je n'ai pas encore dit le plus coupable. »

Quelques secondes de silence.

« Le plus coupable, c'est très simple, c'est que je me branle en vous parlant. »

Nouvelles secondes de chuchotement à l'intérieur, enfin presque à voix haute :

« Si vous ne croyez pas, je peux montrer. »

Et en effet Simone se leva, écarta une cuisse devant l'œil de la guérite en se branlant d'une main sûre et rapide.

. . . .

« Eh bien, curé », cria Simone, en frappant à grands coups contre le confessionnal, « qu'est-ce que tu fais dans la baraque ? Est-ce que tu te branles, toi aussi ? »

Mais le confessionnal restait muet.

« Alors, j'ouvre. »

Et Simone tira la porte.

À l'intérieur, le visionnaire debout, la tête basse, épongeait un front dégouttant de sueur. La jeune fille chercha sa verge par-dessous la soutane : il ne broncha pas. Elle retroussa l'immonde jupe noire et fit jaillir cette longue verge rose et dure : il ne fit que rejeter sa tête penchée en arrière avec une grimace et un sifflement entre les dents, mais il laissa faire Simone qui s'enfonçait la bestialité dans la bouche et la suçait à longs traits.

Nous étions restés Sir Edmond et moi frappés de stupeur et immobiles. Pour mon compte, l'admiration me clouait sur place et je ne savais plus quoi faire quand l'énigmatique Anglais s'avança résolument vers le confessionnal et après avoir écarté Simone aussi délicatement que possible, arracha par un poignet la larve de son trou et l'étendit brutalement sur les dalles à nos pieds : l'ignoble prêtre gisait ainsi qu'un cadavre, les dents contre le sol sans avoir poussé un cri. Il fut transporté aussitôt à bras jusque dans la sacristie.

Il était resté débraguetté, la queue pendante, le visage livide et couvert de sueur, il ne résistait pas et respirait péniblement ; nous l'installâmes dans un grand fauteuil de bois aux formes architecturales.

« *Senores*, prononçait le misérable larmoyant, vous croyez peut-être que je suis un hypocrite.

— Non », répliqua Sir Edmond avec une intonation catégorique.

Simone lui demanda alors :

« Comment t'appelles-tu ?

— Don Aminado », répondit-il.

Simone gifla cette charogne sacerdotale, ce qui fit rebander la charogne. On la dépouilla entièrement de ses vêtements sur lesquels Simone accroupie pissa comme une chienne. Ensuite Simone la branla et la suça pendant que j'urinais dans ses narines. Enfin, au comble de l'exaltation à froid, j'enculai Simone qui suçait violemment son vit.

Cependant Sir Edmond tout en contemplant cette scène avec son visage caractéristique de *hard labour* inspectait attentivement la salle où nous nous étions réfugiés. Il avisa une petite clé suspendue à un clou dans la boiserie.

« Qu'est-ce que cette clé ? » demanda-t-il à Don Aminado.

À l'expression d'effroi qu'il lut sur le visage du prêtre, Sir Edmond reconnut la clé du tabernacle.

L'Anglais revint au bout de peu d'instants, porteur d'un ciboire en or d'un style contourné sur lequel on voyait nombre d'angelots nus comme des amours. Le malheureux Don Aminado regardait fixement ce réceptacle des hosties consacrées abandonné sur le plancher et son beau visage d'idiot déjà révulsé par les coups de dents et les coups de langue dont Simone flagellait sa verge était devenu tout à fait pantelant.

Sir Edmond qui avait cette fois barricadé la porte et fouillait dans les armoires finit enfin par trouver un grand calice et nous demanda d'abandonner un instant le misérable.

« Tu vois, expliquait-il à Simone, les hosties qui sont dans le ciboire et ici le calice dans lequel on met du vin blanc.

— Ça sent le foutre », dit Simone, en reniflant les pains azymes.

« Justement, continua Sir Edmond, les hosties, comme tu vois, ne sont autres que le sperme du Christ sous forme de petit gâteau blanc. Et quant au vin qu'on met dans le calice, les ecclésiastiques disent que c'est le *sang* du Christ, mais il est évident qu'ils se trompent. S'ils pensaient vraiment que c'est le sang, ils emploieraient du vin rouge, mais comme ils se servent uniquement de vin blanc, ils montrent ainsi qu'au fond du cœur, ils savent bien que c'est l'urine. »

La lucidité de cette démonstration était si convaincante que Simone et moi, sans besoin de plus d'explication, elle armée du calice, moi du ciboire, nous dirigeâmes vers Don Aminado qui était resté comme inerte dans son fauteuil, à peine agité par un léger tremblement de tout le corps.

Simone commença par lui asséner un assez grand coup de base de calice sur le crâne, ce qui le secoua, mais acheva de l'abrutir. Puis elle recommença à le sucer et à lui donner ainsi des râles ignobles. L'ayant enfin amené au comble de la rage des sens, aidée par Sir Edmond et moi, elle le secoua fortement :

« Ça n'est pas tout ça, fit-elle sur un ton qui n'admettait aucune réplique, à présent, il faut pisser. »

Et elle le frappa une seconde fois au visage avec le calice ; mais en même temps elle se dénudait devant lui et je la branlais.

Le regard de Sir Edmond fixé dans les yeux abrutis du jeune ecclésiastique était si impérieux que la chose eut lieu presque sans difficulté ; Don Aminado emplit bruyamment de son urine le calice que Simone maintenait sous sa grosse verge.

« Et maintenant, bois », commanda Sir Edmond.

Le misérable transi but avec une sorte d'extase immonde, d'un long trait goulu. De nouveau, Simone le suçait et le branlait ; il se remit à bâfrer tragiquement de volupté. D'un geste de dément, il envoya le vase de nuit sacré se cabosser contre un mur. Quatre robustes bras le soulevèrent et, les cuisses ouvertes, le corps dressé et gueulant comme un porc qu'on égorge, il cracha son foutre sur les hosties du ciboire que Simone maintenait devant lui en le branlant.

XIII. LES PATTES DE MOUCHE

Nous laissâmes tomber cette charogne et elle s'abattit sur le plancher avec fracas. Sir Edmond, Simone et moi étions animés à froid par la même détermination, accompagnée d'ailleurs d'une exaltation et d'une légèreté d'esprit incroyables. Le prêtre, qui avait débandé, gisait, les dents collées aux planches par la rage et la honte. Maintenant qu'il avait les couilles vides, son abomination lui apparaissait dans toute son horreur. On l'entendait gémir :

« Ô misérables sacrilèges… »

et encore d'autres plaintes incompréhensibles.

Sir Edmond le remua avec le pied ; le monstre sursauta et recula en rugissant de rage d'une façon si ridicule que nous commençâmes à rire.

« Lève-toi, lui ordonna Sir Edmond, tu vas baiser cette *girl*.

— Misérables… menaçait Don Aminado d'une voix étranglée, la justice espagnole… le bagne… le garrot…

— Mais tu oublies que c'est ton foutre », observa Sir Edmond.

Une grimace féroce, un tremblement de bête traquée lui répondirent, puis : « Le garrot aussi pour moi… Mais pour vous trois… d'abord.

— Pauvre idiot, ricana Sir Edmond, *d'abord !* Crois-tu que je vais te laisser attendre si longtemps ? *D'abord !* »

L'imbécile regarda l'Anglais avec stupeur : une expression extrêmement niaise se dessina sur son beau visage. Une sorte de joie absurde commença à lui ouvrir la bouche, il croisa les bras sur sa poitrine nue et nous regarda enfin avec des yeux extatiques : « *Le martyre…* » prononça-t-il d'une voix tout à coup affaiblie et cependant arrachée comme un sanglot, « *le martyre…* » Un étrange espoir de purification était venu au misérable et ses yeux en étaient comme illuminés.

« Je vais premièrement te raconter une certaine histoire, lui dit alors posément Sir Edmond. Tu sais que les pendus ou les garrottés bandent si fort, au moment où on leur coupe la respiration, qu'ils éjaculent. Tu[b] vas donc avoir le plaisir d'être martyrisé ainsi en baisant la *girl*. »

Et comme le prêtre épouvanté de nouveau se dressait pour se défendre, l'Anglais l'abattit brutalement à terre en lui tordant un bras.

Ensuite Sir Edmond, passant sous le corps de sa victime, lui garrotta les bras derrière le dos pendant que je le bâillonnais et lui ligotais les jambes à l'aide d'une ceinture. L'Anglais gardant les bras serrés en arrière dans un étau lui immobilisa les jambes dans les siennes. Agenouillé derrière, je maintenais, moi, la tête immobile entre les deux cuisses.

« Et maintenant, dit Sir Edmond à Simone, monte à cheval sur ce rat d'église. »

Simone enleva sa robe et s'assit sur le ventre du singulier martyr, le cul près de sa verge flasque.

« Maintenant, continua Sir Edmond, serre la gorge, le tuyau juste derrière la pomme d'Adam : une forte pression graduelle. »

Simone serra, un tremblement parcourut ce corps absolument immobilisé et muet et la verge se dressa. Je la pris alors dans mes mains et l'introduisis sans difficulté dans la vulve de Simone qui continuait à serrer la gorge.

La jeune fille ivre jusqu'au sang faisait entrer et sortir violemment la grande verge raide entre les fesses, au-dessus du corps dont les muscles craquaient dans nos formidables étaux.

Elle serra enfin si résolument qu'un frisson encore plus violent parcourut sa victime et qu'elle sentit le foutre jaillir à l'intérieur de son cul. Alors elle lâcha prise et s'abattit à la renverse dans une sorte d'orage de joie.

Simone restait étendue sur le plancher, le ventre en l'air, la cuisse encore souillée par le sperme du mort qui avait coulé hors de la vulve. Je m'allongeai auprès d'elle pour la violer et la foutre à mon tour, mais je ne pouvais que la serrer dans mes bras et lui baiser la bouche à cause d'une étrange paralysie intérieure profondément causée par mon amour pour la jeune fille et la mort de l'innommable. Je n'ai jamais été aussi content.

Je n'empêchai même pas Simone de m'écarter pour se lever et aller voir son œuvre. Elle se remit à cheval sur le cadavre nu et examina le visage violacé avec le plus grand intérêt, elle épongeait même la sueur du front et chassait obstinément une mouche qui bourdonnait dans un rayon de soleil et revenait sans fin se poser sur cette figure. Tout à coup Simone poussa un petit cri. Voici ce qui était arrivé de bizarre et de complètement confondant : la mouche était venue cette fois se poser sur l'œil du mort et agitait ses longues pattes de cauchemar sur l'étrange globe. La jeune fille se prit la tête dans les mains et la secoua en frissonnant, puis elle sembla se plonger dans un abîme de réflexions.

Chose curieuse, nous n'avions aucune préoccupation de ce qui aurait pu arriver. Je suppose que si quelqu'un était survenu, Sir Edmond et moi ne l'aurions pas laissé longtemps se scandaliser. Mais peu importe. Simone sortit peu à peu de sa stupeur et vint chercher protection contre Sir Edmond qui restait immobile, adossé au mur ; on entendait voler la mouche au-dessus du cadavre.

« Sir Edmond, lui dit-elle en lui collant doucement la joue contre l'épaule, je veux que vous fassiez quelque chose.

— Je ferai ce que tu veux », répondit-il.

Alors elle me fit venir, moi aussi, près du corps : elle s'agenouilla et ouvrit complètement l'œil à la surface duquel s'était posée la mouche.

« Tu vois l'œil ? me demanda-t-elle.

— Eh bien ?

— C'est un œuf, conclut-elle en toute simplicité.

— Mais enfin », insistai-je, extrêmement troublé, « où veux-tu en venir ?

— Je veux jouer avec cet œil.

— Explique-toi.

— Écoutez, Sir Edmond, finit-elle par sortir, il faut me donner l'œil tout de suite, arrachez-le, tout de suite, je veux ! »

Il n'était jamais possible de lire quoi que ce fût sur le visage de Sir Edmond, sauf quand il devenait pourpre. À ce moment-là non plus il ne bougea pas, seulement le sang lui monta excessivement à la tête ; il prit dans son portefeuille une paire de ciseaux à branches fines, s'agenouilla et découpa délicatement les chairs, puis il enfonça habilement deux doigts de la main gauche dans l'orbite et tira l'œil en coupant de la main droite les ligaments qu'il tendait fortement. Ainsi il présenta le petit globe blanchâtre dans une main rougie de sang.

Simone regarda l'extravagance et finalement la prit dans la main, toute bouleversée ; mais elle n'avait pourtant pas d'hésitation et elle s'amusa tout de suite à se caresser au plus profond des cuisses en y faisant glisser cet objet qui paraissait fluide. La caresse de l'œil sur la peau est en effet d'une douceur complète-

ment extraordinaire avec en plus un certain côté cri de coq horrible, tellement la sensation est étrange.

Simone cependant s'amusait à faire glisser cet œil dans la profonde fente de son cul et s'étant couchée sur le dos, ayant relevé
les jambes et ce cul, elle essaya de l'y maintenir par la simple
pression des fesses, mais tout à coup il en jaillit, pressé comme
un noyau de cerise entre les doigts, et alla tomber sur le ventre
maigre du cadavre à quelques centimètres de la verge.

Je m'étais pendant ce temps-là laissé déshabiller par
Sir Edmond en sorte que je pus me précipiter entièrement nu
sur le corps crissant de la jeune fille, ma verge entière disparut
d'un trait dans la fente velue et je la baisai à grands coups pendant que Sir Edmond jouait à faire rouler l'œil entre les contorsions des corps, sur la peau du ventre et des seins. Un instant
cet œil se trouva fortement comprimé entre nos deux nombrils.

« Mettez-le-moi dans le cul, Sir Edmond », cria Simone.

Et Sir Edmond faisait délicatement glisser l'œil entre les
fesses.

Mais finalement Simone me quitta, arracha le beau globe des
mains du grand Anglais et d'une pression posée et régulière des
deux mains, elle le fit pénétrer dans sa chair baveuse au milieu
de la fourrure. Et aussitôt elle m'attira vers elle, m'étreignant le
cou à deux bras en faisant jaillir ses deux lèvres dans les miennes
avec une telle force que l'orgasme m'arriva sans la toucher et
que mon foutre se cracha sur sa fourrure.

Ensuite je me levai et, en écartant les cuisses de Simone qui
s'était couchée sur le côté, je me trouvai en face de ce que, je me
le figure ainsi, j'attendais depuis toujours de la même façon qu'une
guillotine attend un cou à trancher. Il me semblait même que
mes yeux me sortaient de la tête comme s'ils étaient érectiles à
force d'horreur ; je vis exactement, dans le vagin velu de *Simone*,
l'œil bleu pâle de *Marcelle* qui me regardait en pleurant des larmes
d'urine. Des traînées de foutre dans le poil fumant achevaient
de donner à cette vision lunaire un caractère de tristesse désastreuse. Je maintenais ouvertes les cuisses de Simone qui étaient
contractées par le spasme urinaire, pendant que l'urine brûlante
ruisselait sous l'œil sur la cuisse la plus basse . . . .
. . . .

Deux heures après, Sir Edmond et moi décorés de fausse
barbes noires, Simone coiffée d'un grand et ridicule chapeau
noir à fleurs jaunes, vêtue d'une grande robe de drap ainsi
qu'une noble jeune fille de province, nous quittâmes Séville

dans une voiture de louage. De grosses valises nous permettaient de changer de personnalité à chaque étape afin de déjouer les recherches policières. Sir Edmond déployait dans ces circonstances une ingéniosité pleine d'humour : c'est ainsi que nous parcourûmes la grande rue de la petite ville de Ronda, lui et moi vêtus en curés espagnols, portant le petit chapeau de feutre velu et la cape drapée, fumant avec virilité de gros cigares ; quant à Simone qui marchait entre nous deux et avait revêtu le costume des séminaristes sévillans, elle avait l'air plus angélique que jamais. De cette façon nous disparaissions continuellement à travers l'Andalousie, pays jaune de terre et de ciel, à mes yeux immense vase de nuit inondé de lumière solaire où je violais chaque jour, nouveau personnage, une Simone également métamorphosée, surtout vers midi en plein soleil et sur le sol, sous les yeux à demi sanglants de Sir Edmond.

Le quatrième jour, l'Anglais acheta un yacht à Gibraltar et nous prîmes le large vers de nouvelles aventures avec un équipage de nègres.

FIN DE LA PREMIÈRE PARTIE

Deuxième partie
COÏNCIDENCES

Pendant que j'ai composé ce récit en partie imaginaire, j'ai été frappé par quelques coïncidences et comme elles me paraissent accuser indirectement le sens de ce que j'ai écrit, je tiens à les exposer.

J'ai commencé à écrire sans détermination précise, incité surtout par le désir d'oublier, au moins provisoirement, ce que je peux être ou faire personnellement. Je croyais ainsi, au début, que le personnage qui parle à la première personne n'avait aucun rapport avec moi. Mais j'eus un jour sous les yeux un magazine américain illustré de photographies de paysages européens et je tombai ainsi par hasard sur deux images qui m'étonnèrent : la première représentait une rue du village pour ainsi dire inconnu d'où ma famille est issue ; la seconde, les ruines voisines d'un château fort du Moyen Âge situé dans la montagne au sommet d'un rocher. Je me rappelai aussitôt un épisode de ma vie lié à ces ruines. J'avais alors vingt et un ans ; me trouvant l'été dans le village en question, je résolus un soir d'aller jusqu'à ces ruines pendant la nuit, ce que je fis aussitôt, suivi de quelques jeunes filles d'ailleurs parfaitement chastes et, à cause d'elles, de ma mère. J'étais amoureux d'une de ces jeunes filles et celle-ci partageait mon amour, mais nous ne nous étions cependant jamais parlé, parce qu'elle se croyait une vocation religieuse qu'elle voulait examiner en toute liberté. Après une heure et demie de marche environ, nous arrivâmes au pied du château vers 10 ou 11 heures par une nuit presque sombre. Nous avions commencé à gravir la montagne rocheuse que surplombaient des murailles complètement romantiques, quand un fantôme blanc et extrêmement lumineux sortit d'une anfractuosité des rochers et nous barra le passage. C'était tellement prodigieux qu'une des jeunes filles et ma mère tombèrent ensemble à la renverse et que les autres poussèrent des cris perçants. J'éprouvais moi-même une terreur subite qui me coupait la parole et il me fallut plusieurs secondes avant d'adresser quelques menaces d'ailleurs inintelligibles à ce fantôme, bien que j'eusse été certain, dès le premier instant, d'être en présence d'une simple comédie. Le fantôme s'enfuit en effet dès qu'il me vit marcher dans sa direction et je ne le laissai disparaître qu'après avoir reconnu mon frère aîné qui était venu là à bicyclette avec un autre garçon et avait réussi à nous effrayer en apparaissant couvert d'un drap sous le rayon brusquement démasqué d'une lanterne à acétylène.

Le jour où je trouvai la photographie dans le magazine, je venais d'achever dans ce récit l'épisode du drap et je remarquai que je voyais nécessairement le drap à gauche, de même que le fantôme dans son drap était apparu à gauche et qu'il y avait une parfaite superposition d'images liées à des bouleversements analogues. En effet j'ai rarement été aussi frappé que lors de l'apparition du faux fantôme.

J'étais déjà très étonné d'avoir substitué sans aucune conscience une image parfaitement obscène à une vision qui semblait dépourvue de toute portée sexuelle. Cependant je devais avoir bientôt lieu de m'étonner encore plus.

J'avais déjà imaginé avec tous ses détails la scène de la sacristie de Séville, en particulier l'incision pratiquée à travers l'orbite oculaire du prêtre auquel on arrache un œil, quand, avisé déjà du rapport entre ce récit et ma propre vie, je m'amusai à y introduire la description d'une course de taureau tragique à laquelle j'ai réellement assisté. Chose curieuse, je ne fis aucun rapprochement entre les deux épisodes avant d'avoir décrit avec précision la blessure faite à Manuel Granero (personnage réel) par le taureau, mais au moment même où j'arrivai à cette scène de la mort, je demeurai tout à fait stupide. L'ouverture de l'œil du prêtre n'était pas, comme je croyais, une invention gratuite, c'était seulement la transposition sur une autre personne d'une image qui avait sans doute gardé une vie très profonde. Si j'avais inventé qu'on arrachait l'œil au prêtre mort, c'est parce que j'avais vu une corne de taureau arracher l'œil d'un matador. Ainsi les deux images précises qui m'ont probablement le plus secoué étaient ressorties du plus obscur de ma mémoire — et sous une forme méconnaissable — dès que je m'étais laissé aller à rêver obscène.

Mais j'avais à peine fait cette seconde constatation, je venais justement de terminer la description de la corrida du 7 mai, que j'allai voir un de mes amis qui est médecin. Je lui lus cette description, mais elle n'était pas alors telle qu'elle se trouve écrite maintenant. Comme je n'avais jamais vu de couilles de taureau écorchées, j'avais supposé qu'elles devaient avoir la même couleur rouge vif que le vit de l'animal en érection et la première rédaction du récit les décrivait ainsi. Bien que toute l'*Histoire de l'œil* ait été tramée dans mon esprit sur deux obsessions déjà anciennes et étroitement associées, celle des *œufs* et des *yeux*, les couilles de taureau me paraissaient jusque-là indépendantes de ce cycle. Mais quand j'eus achevé ma lecture, mon ami me fit remarquer que je n'avais aucune idée de ce qu'étaient réellement les glandes que j'avais mises en cause et il me lut aussitôt dans un manuel d'anatomie, une description détaillée : j'appris ainsi que les couilles humaines ou animales sont de forme ovoïde et que leur aspect est le même que celui du globe oculaire.

Cette fois je risquais d'expliquer des rapports aussi extraordinaires en supposant une région profonde de mon esprit où coïncidaient des images élémentaires, *toutes obscènes*, c'est-à-dire les plus scandaleuses, celles précisément sur lesquelles glisse indéfiniment la conscience, incapable de les supporter sans éclat, sans aberration.

Mais précisant ce point de rupture de la conscience ou, si l'on veut, le lieu d'élection de l'écart sexuel, certains souvenirs personnels d'un autre ordre vinrent rapidement s'associer aux quelques images déchirantes qui avaient émergé au cours d'une composition obscène.

Je suis né d'un père P.G. qui m'a conçu étant déjà aveugle et qui peu après ma naissance fut cloué dans son fauteuil par sa sinistre maladie. Cependant à l'inverse de la plupart des bébés mâles qui sont amoureux de leur mère, je fus, moi, amoureux de ce père. Or, à sa paralysie et à sa cécité était lié le fait suivant. Il ne pouvait pas comme tout le monde aller uriner dans les water-closets, mais était obligé de le faire sur son fauteuil dans un petit réceptacle et, comme cela lui arrivait assez souvent, il ne se gênait pas pour le faire devant moi sous une couverture qu'étant aveugle il plaçait généralement de travers. Mais le plus étrange était certainement sa façon de regarder en pissant. Comme il ne voyait rien sa prunelle se dirigeait très souvent en haut dans le vide, sous la paupière, et cela arrivait en particulier dans les moments où il pissait. Il avait d'ailleurs de très grands yeux toujours très ouverts dans un visage taillé en bec d'aigle et ces grands yeux étaient donc presque entièrement blancs quand il pissait, avec une expression tout à fait abrutissante d'abandon et d'égarement dans un monde que lui seul pouvait voir et qui lui donnait un vague rire sardonique et absent (j'aurais bien voulu ici tout rappeler à la fois, par exemple le caractère erratique du rire isolé d'un aveugle, etc., etc.). En tout cas, c'est l'image de ces *yeux* blancs à ce moment-là qui est directement liée pour moi à celle des œufs et qui explique l'apparition presque régulière de l'urine chaque fois qu'apparaissent des *yeux* ou des *œufs* dans le récit.

Après avoir perçu ce rapport entre des éléments distincts, j'étais amené de plus à en découvrir un nouveau non moins essentiel entre le caractère général de mon récit et un fait particulier.

J'avais environ quatorze ans quand mon affection pour mon père se transforma en haine profonde et inconsciente. Je commençai alors à jouir obscurément des cris que lui arrachaient continuellement les douleurs fulgurantes du tabès, classées parmi les plus terribles. L'état de saleté et de puanteur auquel le réduisait fréquemment son infirmité (il lui arrivait par exemple de conchier ses culottes) était, de plus, loin de m'être aussi désagréable que je croyais. D'autre part, j'adoptai en toutes choses les attitudes ou les opinions les plus radicalement opposées à celles de l'être nauséabond par excellence.

Une nuit, nous fûmes réveillés, ma mère et moi, par des discours véhéments que le vérolé hurlait littéralement dans sa chambre : il était brusquement devenu fou. J'allai chercher le docteur qui arriva immédiatement. Mon père continuait interminablement à imaginer avec éloquence les événements les plus inouïs et généralement les plus heureux. Le docteur s'était retiré avec ma mère dans la chambre voisine lorsque l'aveugle dément cria devant moi avec une voix de stentor : « *Dis donc, docteur, quand tu auras fini de piner ma femme !* » Pour moi, cette phrase qui a détruit en un clin d'œil les effets démoralisants d'une éducation sévère a laissé après elle une sorte d'obligation constante, inconsciemment subie jusqu'ici et non voulue : la nécessité de trouver continuellement son équivalent dans toutes les situations où je me trouve et c'est ce qui explique en grande partie *Histoire de l'œil*.

Pour achever ici de passer en revue ces hauts sommets de mon obscénité personnelle, je dois ajouter le dernier rapprochement, un des plus déconcertants, auquel je n'ai été amené qu'en dernier lieu et qui concerne Marcelle.

Il m'est impossible de dire positivement que Marcelle est au fond la même chose que ma mère. Une telle affirmation serait en effet sinon fausse, du moins exagérée. Ainsi Marcelle est aussi une jeune fille de quatorze ans qui se trouva en face de moi pendant un quart d'heure, à Paris, au café des Deux Magots. Toutefois je rapporterai encore des souvenirs destinés à accrocher quelques épisodes à des faits caractérisés.

Peu après l'accès de folie de mon père, ma mère, *à l'issue d'une scène ignoble que lui fit devant moi sa mère à elle, perdit à son tour la raison subitement* ; elle resta ensuite plusieurs mois dans une crise de folie maniaco-dépressive (mélancolie). Les absurdes idées de damnation et de catastrophe qui s'emparèrent d'elle à cette époque m'irritèrent d'autant plus fortement que je me trouvais obligé de la surveiller continuellement. Elle était dans un tel état qu'une nuit j'enlevai de ma chambre des candélabres à socle de marbre, de peur qu'elle ne m'assommât pendant mon sommeil. D'autre part, à bout de patience, j'en arrivai à la frapper et à lui tordre violemment les poignets pour essayer de la faire raisonner juste.

Un jour ma mère disparut pendant qu'on lui tournait le dos[a] ; on la chercha longtemps et on finit par la retrouver *pendue* dans le grenier de la maison. Elle fut cependant ramenée à la vie.

Peu de temps après, elle disparut encore, cette fois pendant la nuit ; je la cherchai moi-même sans fin le long d'une petite rivière, partout où elle aurait pu essayer de se noyer. Courant sans m'arrêter dans l'obscurité à travers des marécages, je finis par me trouver face à face avec elle : *elle était mouillée jusqu'à la ceinture, la jupe pissant l'eau de la rivière*, mais elle était sortie d'elle-même de l'eau qui était glacée, en plein hiver, et de plus pas assez profonde.

Je ne m'attarde jamais aux souvenirs de cet ordre, parce qu'ils ont perdu pour moi depuis longtemps tout caractère émotionnel. Il m'a été impossible de leur faire reprendre vie autrement qu'après les avoir transformés au point de les rendre méconnaissables au premier abord à mes yeux et uniquement parce qu'ils avaient pris au cours de cette déformation le sens le plus obscène.

FIN

Après quinze ans de débauches de plus en plus graves, Simone aboutit dans un camp de torture mais par erreur : récits de supplice, larmes, imbécillité du malheur. Simone à la limite d'une conversion, exhortée par une femme exsangue prolongeant les dévots de Séville. Elle est alors âgée de 35 ans. Belle à l'entrée du camp, la vieillesse l'atteint par degrés d'atteintes irrémédiables. Belle scène avec un bourreau femelle et la dévote : la dévote et Simone battues à mort, Simone échappe à la tentation. Elle meurt comme on fait l'amour, mais dans la pureté (chaste) et l'*imbécillité* de la mort : la fièvre et l'agonie la transforment. Le bourreau la frappe, elle est indifférente aux coups, indifférente aux paroles de la dévote, perdue dans le travail de l'agonie. Ce n'est nullement une joie érotique, c'est beaucoup plus. Mais sans issue. Ce n'est pas non plus masochiste et, profondément, cette exaltation est plus grande que l'imagination ne peut la représenter, elle dépasse tout. Mais c'est la solitude et l'absence de sens qui la fondent.

LE BLEU DU CIEL[1]

À André Masson[2]

AVANT-PROPOS

Un peu plus, un peu moins, tout homme est suspendu aux récits, *aux* romans, *qui lui révèlent la vérité multiple de la vie. Seuls ces récits, lus parfois dans les transes, le situent devant le destin. Nous devons donc chercher passionnément ce que peuvent être des* récits — *comment orienter l'effort par lequel le* roman *se renouvelle, ou mieux se perpétue.*

Le souci de techniques différentes, qui remédient à la satiété des formes connues, occupe en effet les esprits[1]. Mais je m'explique mal — si nous voulons savoir ce qu'un roman peut être — qu'un fondement ne soit pas d'abord aperçu et bien marqué. Le récit qui révèle les possibilités de la vie n'appelle pas forcément, mais il appelle un moment de rage[2], sans lequel son auteur serait aveugle à ces possibilités excessives. Je le crois : seule l'épreuve suffocante, impossible[3], donne à l'auteur le moyen d'atteindre la vision lointaine attendue par un lecteur las des proches limites imposées par les conventions[4].

Comment nous attarder à des livres auxquels, sensiblement, l'auteur n'a pas été contraint[5] ?

J'ai voulu formuler ce principe. Je renonce à le justifier.

Je me borne à donner des titres qui répondent à mon affirmation (quelques titres…, j'en pourrais donner d'autres, mais le désordre est la mesure de mon intention) : Wuthering Heights, Le Procès, La Recherche du temps perdu, Le Rouge et le Noir, Eugénie de Franval, L'Arrêt de mort, Sarrazine, L'Idiot*[6]…

---

* *Eugénie de Franval*, du marquis de Sade (dans *Les Crimes de l'amour*) ; *L'Arrêt de mort*, de Maurice Blanchot ; *Sarrazine*, nouvelle de Balzac, relativement peu connue, pourtant l'un des sommets de l'œuvre.

J'ai voulu m'exprimer lourdement[7].

Mais je n'insinue pas qu'un sursaut de rage ou que l'épreuve de la souffrance assurent seuls aux récits leur pouvoir de révélation. J'en ai parlé ici pour arriver à dire qu'un tourment qui me ravageait est seul à l'origine des monstrueuses anomalies du Bleu du ciel. Ces anomalies fondent Le Bleu du ciel. Mais je suis si éloigné de penser que ce fondement suffit à la valeur que j'avais renoncé à publier ce livre, écrit en 1935. Aujourd'hui, des amis qu'avait émus la lecture du manuscrit[8] m'ont incité à sa publication. Je m'en suis à la fin remis à leur jugement. Mais j'en avais même en quelque sorte oublié l'existence.

J'avais, dès 1936, décidé de n'y plus penser.

D'ailleurs, entre-temps, la guerre d'Espagne et la guerre mondiale avaient donné aux incidents historiques liés à la trame de ce roman un caractère d'insignifiance : devant la tragédie elle-même, quelle attention prêter à ses signes annonciateurs ?

Cette raison s'accordait à l'insatisfaction, au malaise, qu'en lui-même le livre m'inspire. Mais ces circonstances sont aujourd'hui devenues si lointaines que mon récit, pour ainsi dire écrit dans le feu de l'événement, se présente dans les mêmes conditions que d'autres, qu'un choix volontaire de l'auteur situe dans un passé insignifiant. Je suis loin aujourd'hui de l'état d'esprit dont le livre est sorti ; mais à la fin cette raison, décisive en son temps, ne jouant plus, je m'en remets au jugement de mes amis.

INTRODUCTION[1]

Dans un bouge de quartier de Londres, dans un lieu hété-roclite des plus sales, au sous-sol, Dirty était ivre[2]. Elle l'était au dernier degré, j'étais près d'elle (ma main avait encore un pansement[3], suite d'une blessure de verre cassé[4]). Ce jour-là, Dirty avait une robe du soir somptueuse (mais j'étais mal rasé, les cheveux en désordre). Elle étirait ses longues jambes, entrée dans une convulsion violente[5]. Le bouge était plein d'hommes dont les yeux devenaient très sinistres. Ces yeux d'hommes troublés faisaient penser à des cigares éteints. Dirty étreignait ses cuisses nues à deux mains. Elle gémissait en mordant un rideau sale. Elle était aussi saoule qu'elle était belle : elle roulait des yeux ronds et furibonds en fixant la lumière du gaz.

« Qu'y a-t-il ? » cria-t-elle.

En même temps, elle sursauta, semblable à un canon qui tire dans un nuage de poussière[6]. Les yeux sortis, comme un épouvantail, elle eut un flot de larmes[7].

« Troppmann[8] ! » cria-t-elle à nouveau.

Elle me regardait en ouvrant des yeux de plus en plus grands. De ses longues mains sales elle caressa ma tête de blessé. Mon front était humide de fièvre. Elle pleurait comme on vomit, avec une folle supplication. Sa chevelure, tant elle sanglotait, fut trempée de larmes.

En tous points, la scène qui précéda cette orgie répu-gnante — à la suite de laquelle des rats[9] durent rôder autour de deux corps étalés sur le sol — fut digne de Dos-toïevski…

L'ivresse nous avait engagés à la dérive, à la recherche
d'une sinistre réponse à l'obsession la plus sinistre.

Avant d'être touchés par la boisson jusqu'au bout, nous
avions su nous retrouver dans une chambre du Savoy. Dirty
avait remarqué que le liftier était très laid (en dépit de son
bel uniforme, on aurait dit un fossoyeur[10]).

Elle me le dit en riant vaguement. Déjà elle parlait de
travers, elle parlait comme une femme saoule :

« Tu sais — à chaque instant elle s'arrêtait court, secouée
qu'elle était par le hoquet — j'étais gosse… je me rappelle…
je suis venue ici avec ma mère… ici… il y a une dizaine
d'années… alors, je devais avoir douze ans… Ma mère,
c'était une grande vieille passée dans le genre de la reine
d'Angleterre[11]… Alors, justement, en sortant de l'ascenseur,
le liftier… celui-là…

— Lequel ?… celui-là ?…

— Oui. Le même qu'aujourd'hui. Il n'a pas ajusté la
cage… la cage est allée trop haut… elle s'est allongée tout
du long… elle a fait plouf… ma mère… »

Dirty éclata de rire et, comme une folle, elle ne pouvait
plus s'arrêter.

Cherchant péniblement les mots, je lui dis :

« Ne ris plus. Jamais tu ne finiras ton histoire. »

Elle s'arrêta de rire[12] et se mit à crier :

« Ah ! Ah ! je deviens idiote… je vais… Non, non, je finis
mon histoire… ma mère, elle, ne bougeait pas… elle avait
les jupes en l'air… ses grandes jupes…, comme une morte…
elle ne bougeait plus… ils l'ont ramassée pour la mettre au
lit… elle s'est mise à dégueuler[13]… elle était archi-saoule…
mais, l'instant d'avant, on ne voyait pas… cette femme… on
aurait dit un dogue… elle faisait peur… »

Honteusement, je dis à Dirty :

« J'aimerais m'étaler comme elle devant toi…

— Vomirais-tu ? » me demanda Dirty sans rire.

Elle m'embrassa dans la bouche[14].

« Peut-être. »

Je passai dans la salle de bains. J'étais très pâle et sans
nulle raison, longuement je me regardai dans une glace :
j'étais vilainement décoiffé, à moitié vulgaire, les traits bouffis, pas même laids, l'air fétide d'un homme au sortir du lit.

Dirty était seule dans la chambre, une chambre vaste, illuminée d'une quantité de lampes au plafond[15]. Elle se promenait en marchant droit devant elle comme si elle ne devait plus s'arrêter : elle semblait littéralement folle.

Elle était décolletée jusqu'à l'indécence. Ses cheveux blonds avaient, sous les lumières, un éclat insupportable pour moi[16].

Pourtant elle me donnait un sentiment de pureté — il y avait en elle, il y avait même dans sa débauche, une candeur telle que, parfois, j'aurais voulu me mettre à ses pieds : j'en avais peur. Je voyais qu'elle n'en pouvait plus. Elle était prête à tomber. Elle se mit à respirer mal, à respirer comme une bête[17] : elle étouffait. Son regard mauvais, traqué, m'aurait fait perdre la tête[18]. Elle s'arrêta : elle devait se tordre les jambes sous la robe[19]. Elle allait sûrement délirer.

Elle fit jouer la sonnerie pour appeler la femme de chambre.

Après quelques instants, il entra une servante assez jolie, rousse, au teint frais : elle parut suffoquée par une odeur rare dans un endroit si luxueux : une odeur de bordel de bas étage. Dirty avait cessé de se tenir debout autrement qu'appuyée au mur : elle paraissait souffrir affreusement. Je ne sais où elle s'était couverte, ce jour-là, de parfums à bon marché, mais, dans l'état indicible où elle s'était mise, elle dégageait au surplus une odeur surie de fesse et d'aisselle qui, mêlée aux parfums, rappelait la puanteur pharmaceutique. Elle sentait en même temps le whisky, elle avait des renvois…

La jeune Anglaise était interloquée.

« Vous, j'ai besoin de vous, lui fit Dirty, mais d'abord il faut aller chercher le liftier : j'ai quelque chose à lui dire. »

La servante disparut et Dirty, qui cette fois vacillait, alla s'asseoir sur une chaise. À grand-peine, elle réussit à placer par terre à côté d'elle une bouteille et un verre. Ses yeux s'alourdissaient.

Elle me chercha des yeux et je n'étais plus là. Elle s'affola. Elle appela d'une voix désespérée :

« Troppmann ! »

On ne répondit pas.

Elle se leva et, plusieurs fois, faillit tomber. Elle parvint à l'entrée de la salle de bains : elle me vit affalé sur un siège, livide et défait ; dans mon aberration, je venais de rouvrir la blessure de ma main droite : le sang que j'essayais d'arrê-

ter avec une serviette gouttait rapidement par terre. Dirty,
devant moi, me fixait avec des yeux de bête. J'essuyai ma
figure ; ainsi je me couvris de sang le front et le nez. La
lumière électrique devenait aveuglante. C'était insupportable :
cette lumière épuisait les yeux.

On frappa à la porte et la femme de chambre rentra suivie
du liftier.

Dirty s'effondra sur la chaise. Au bout d'un temps qui me
sembla très long, sans rien voir et la tête basse, elle demanda
au liftier :

« Vous étiez ici en 1924 ? »

Le liftier répondit oui.

« Je veux vous demander : la grande bonne femme âgée…
celle qui est sortie de l'ascenseur en tombant, elle a vomi par
terre… Vous vous rappelez ? »

Dirty prononçait sans rien voir, comme si elle avait les
lèvres mortes.

Les deux domestiques, horriblement gênés, se jetaient des
coups d'œil obliques pour s'interroger et s'observer mutuellement.

« Je me souviens, c'est vrai », admit le liftier.

(Cet homme d'une quarantaine d'années avait une figure
de voyou fossoyeur, mais cette figure semblait avoir mariné
dans l'huile à force d'onctuosité.)

« Un verre de whisky ? » demanda Dirty.

Personne ne répondit, les deux personnages étaient
debout avec déférence, attendant péniblement[20].

Dirty se fit donner son sac. Ses mouvements étaient si
lourds qu'elle passa une longue minute avant de faire entrer
une main au fond du sac. Quand elle eut trouvé, elle jeta un
paquet de banknotes par terre en disant simplement :

« Partagez[21]… »

Le fossoyeur trouvait une occupation. Il ramassa ce
paquet précieux et compta les livres à voix haute. Il y en
avait vingt. Il en remit dix à la femme de chambre.

« Nous pouvons nous retirer ? demanda-t-il après un
temps.

— Non, non, pas encore, je vous en prie, asseyez-vous. »

Elle semblait étouffer, le sang lui montait au visage. Les
deux domestiques étaient demeurés debout, observant une
grande déférence, mais ils devinrent également rouges et

angoissés, moitié à cause de l'importance stupéfiante du pourboire, moitié à cause d'une situation invraisemblable et incompréhensible.

Muette, Dirty se tenait sur la chaise. Il se passa un long moment : on aurait pu entendre les cœurs à l'intérieur des corps. Je m'avançai jusqu'à la porte, le visage barbouillé de sang, pâle et malade, j'avais des hoquets, prêt à vomir. Les domestiques terrifiés virent un filet d'eau couler le long de la chaise et des jambes de leur belle interlocutrice : l'urine forma une flaque qui s'agrandit sur le tapis tandis qu'un bruit d'entrailles relâchées se produisait lourdement sous la robe de la jeune fille, révulsée, écarlate et tordue sur sa chaise comme un porc sous un couteau[22]…

La femme de chambre, écœurée et tremblante, dut laver Dirty qui paraissait redevenue calme et heureuse. Elle se laissait essuyer et savonner. Le liftier aéra la chambre jusqu'à ce que l'odeur ait tout à fait disparu.

Ensuite, il me fit un pansement pour arrêter le sang de ma blessure.

De nouveau, toutes choses étaient dans l'ordre : la femme de chambre achevait de ranger du linge. Dirty, plus belle que jamais, lavée et parfumée, continuait à boire, elle s'étendit sur le lit. Elle fit asseoir le liftier. Il s'assit auprès d'elle dans un fauteuil. À ce moment, l'ivresse la fit s'abandonner comme une enfant, comme une petite fille.

Alors même qu'elle ne disait rien, elle paraissait abandonnée.

Parfois, elle riait seule.

« Racontez-moi, dit-elle enfin au liftier, depuis tant d'années que vous êtes au Savoy, vous avez dû en voir, des horreurs.

— Oh, pas tant que ça », répondit-il, non sans finir d'avaler un whisky, qui parut le secouer et le remettre à l'aise. « En général, ici, les clients sont bien corrects.

— Oh, corrects, n'est-ce pas, c'est une manière d'être : ainsi, ma défunte mère qui s'est foutu la gueule par terre devant vous et vous a dégueulé sur les manches… »

Et Dirty éclata de rire d'une façon discordante, dans un vide, sans trouver d'écho.

Elle poursuivit :

« Et savez-vous pourquoi ils sont tous corrects ? Ils ont la frousse, entendez-vous, ils claquent des dents, c'est pour ça qu'ils n'osent rien montrer[23]. Je sens ça parce que, moi aussi, j'ai la frousse, mais oui, comprenez-vous, mon garçon… même de vous. J'ai peur à en crever[24]…

— Madame ne veut pas un verre d'eau, demanda timidement la femme de chambre.

— Merde ! » répondit brutalement Dirty, lui tirant la langue, « je suis malade, moi, comprenez-le, et j'ai quelque chose dans la tête, moi. »

Puis :

« Vous vous en foutez, mais ça m'écœure, entendez-vous ? »

Doucement, d'un geste, je réussis à l'interrompre.

Je la fis boire encore une gorgée de whisky, disant au liftier :

« Avouez que, s'il tenait à vous, vous l'étrangleriez !

— Tu as raison, glapit Dirty, regarde ces énormes pattes, ces pattes de gorille, c'est poilu comme des couilles.

— Mais », protesta le liftier, épouvanté, il s'était levé, « Madame sait que je suis à son service.

— Mais non, idiot, crois-tu, je n'ai pas besoin de tes couilles. J'ai mal au cœur. »

Elle gloussa en rotant.

La femme de chambre se précipita et rapporta une cuvette. Elle parut la servilité même, parfaitement honnête. J'étais assis, inerte, blême et je buvais de plus en plus.

« Et vous, là, l'honnête fille », fit Dirty, s'adressant cette fois à la femme de chambre, « vous vous masturbez et vous regardez les théières aux devantures pour vous monter en ménage ; si j'avais des fesses comme les vôtres, je les montrerais à tout le monde ; sans quoi, on crève de honte, un jour, on trouve le trou en se grattant. »

Tout à coup, effrayé, je dis à la femme de chambre :

« Jetez-lui des gouttes d'eau dans la figure… vous voyez bien qu'elle s'échauffe. »

La femme de chambre, aussitôt, s'affaira. Elle mit sur le front de Dirty une serviette mouillée.

Péniblement, Dirty alla jusqu'à la fenêtre. Elle vit sous elle la Tamise et, au fond, quelques-uns des bâtiments les plus monstrueux de Londres, agrandis par l'obscurité. Elle vomit rapidement à l'air libre. Soulagée, elle m'appela et je lui tins le front tout en fixant l'immonde égout du paysage, le fleuve et les docks. Dans le voisinage de l'hôtel, des immeubles luxueux et illuminés surgissaient avec insolence.

Je pleurais presque en regardant Londres, à force d'être perdu d'angoisse[25]. Des souvenirs d'enfance, ainsi les petites filles qui jouaient avec moi au *diabolo* ou à *pigeon vole* s'associaient, pendant que je respirais l'air frais, à la vision des mains de gorille du liftier. Ce qui arrivait me sembla d'ailleurs insignifiant et vaguement risible. Moi-même, j'étais vide. C'est à peine si j'imaginais de remplir ce vide à l'aide d'horreurs nouvelles. Je me sentais impuissant et avili. Dans cet état d'obstruction et d'indifférence, j'accompagnai Dirty jusque dans la rue. Dirty m'entraînait. Cependant, je n'aurais pu imaginer une créature humaine qui soit une épave plus à vau-l'eau.

L'angoisse qui ne laissait pas le corps un instant détendu est d'ailleurs la seule explication d'une facilité merveilleuse : nous réussissions à nous passer n'importe quelle envie, au mépris des cloisons établies, aussi bien dans la chambre du Savoy que dans le bouge, où nous pouvions.

Première partie[1]

Je le sais[2].

Je mourrai dans des conditions déshonorantes.

Je jouis aujourd'hui d'être un objet d'horreur, de dégoût, pour le seul être auquel je suis lié.

Ce que je veux : ce qui peut survenir de plus mauvais à un homme qui en rie.

La tête vide où « je » suis est devenue si peureuse[3], si avide, que la mort seule pourrait la satisfaire.

Il y a quelques jours, je suis arrivé — réellement, et non dans un cauchemar — dans une ville qui ressemblait au décor d'une tragédie. Un soir, — je ne le dis que pour rire d'une façon plus malheureuse — je n'ai pas été ivre seul à regarder deux vieillards pédérastes qui tournoyaient en dansant, réellement, et non dans un rêve. Au milieu de la nuit[4] le Commandeur entra dans ma chambre : pendant l'après-midi, je passais devant son tombeau, l'orgueil m'avait poussé à l'inviter ironiquement[5]. Son arrivée inattendue m'épouvanta.

Devant lui, je tremblais. Devant lui, j'étais une épave.

Près de moi gisait la seconde victime : l'extrême dégoût de ses lèvres les rendait semblables aux lèvres d'une morte. Il en coulait une bave plus affreuse que du sang. Depuis ce jour-là, j'ai été condamné à cette solitude que je refuse, que je n'ai plus le cœur de supporter. Mais je n'aurais qu'un cri pour répéter l'invitation et, si j'en croyais une aveugle colère, ce ne serait plus moi qui m'en irais, ce serait le cadavre du vieillard.

À partir d'une ignoble souffrance, à nouveau, l'insolence qui, malgré tout, persiste de façon sournoise, grandit, d'abord lentement, puis, tout à coup, dans un éclat, elle m'aveugle et m'exalte dans un bonheur affirmé contre toute raison.

> Le bonheur à l'instant m'enivre, il me saoule.
> Je le crie, je le chante à pleine gorge.
> En mon cœur idiot, l'idiotie chante à gorge déployée[6].
> JE TRIOMPHE[7] !

Deuxième partie

LE MAUVAIS PRÉSAGE

Pendant la période de ma vie où je fus le plus malheureux, je rencontrai souvent — pour des raisons peu justifiables et sans l'ombre d'attrait sexuel — une femme qui ne m'attira que par un aspect absurde : comme si ma chance[1] exigeait qu'un oiseau de malheur[2] m'accompagnât dans cette circonstance. Quand je revins de Londres, en mai, j'étais égaré et, dans un état de surexcitation, presque malade, mais cette fille était bizarre, elle ne s'aperçut de rien. J'avais quitté Paris en juin pour rejoindre Dirty à Prüm[3] : puis Dirty, excédée, m'avait quitté. À mon retour, j'étais incapable de soutenir longtemps une attitude convenue. Je rencontrai « l'oiseau de malheur » le plus souvent que je pouvais. Mais il m'arrivait d'avoir des crises d'exaspération devant elle.

Elle en fut inquiète. Un jour, elle me demanda ce qui m'arrivait : elle me dit un peu plus tard qu'elle avait eu le sentiment que j'allais devenir fou d'un instant à l'autre.

J'étais irrité. Je lui répondis :

« Absolument rien. »

Elle insista :

« Je comprends que vous n'ayez pas envie de parler : il vaudrait sans doute mieux que je vous quitte maintenant. Vous n'êtes pas assez tranquille pour examiner des projets... Mais j'aime autant vous le dire : je finis par m'inquiéter... Qu'allez-vous faire ? »

Je la regardai dans les yeux, sans l'ombre de résolution. Je devais avoir l'air égaré, comme si j'avais voulu fuir une obsession sans pouvoir échapper. Elle détourna la tête. Je lui dis :

« Vous imaginez sans doute que j'ai bu ?

— Non, pourquoi ? Ça vous arrive ?

— Souvent.

— Je ne savais pas » (elle me tenait pour un homme sérieux, même absolument sérieux, et, pour elle, l'ivrognerie était inconciliable avec d'autres exigences). « Seulement… vous avez l'air à bout.

— Il vaudrait mieux revenir au projet.

— Vous êtes visiblement trop fatigué. Vous êtes assis, vous avez l'air prêt à tomber…

— C'est possible.

— Qu'est-ce qu'il y a ?

— Je deviendrai fou.

— Mais pourquoi ?

— Je souffre.

— Que puis-je faire ?

— Rien.

— Vous ne pouvez pas me dire ce que vous avez ?

— Je ne crois pas.

— Télégraphiez à votre femme de revenir. Elle n'est pas obligée de rester à Brighton ?

— Non, d'ailleurs elle m'a écrit. Il vaut mieux qu'elle ne vienne pas.

— Sait-elle l'état dans lequel vous êtes ?

— Elle sait aussi qu'elle n'y changerait rien. »

Cette femme resta perplexe : elle dut penser que j'étais insupportable et pusillanime mais que, pour l'instant, son devoir était de m'aider à sortir de là. À la fin, elle se décida à me dire sur un ton brusque :

« Je ne peux pas vous laisser comme ça. Je vais vous raccompagner chez vous… ou chez des amis… comme vous voulez… »

Je ne répondis pas. À ce moment, les choses, dans ma tête, commençaient à s'obscurcir. J'en avais assez.

Elle me raccompagna jusque chez moi. Je ne prononçai plus un mot.

2

Je la voyais en général dans un bar-restaurant derrière la Bourse. Je la faisais manger avec moi. Nous arrivions difficilement à finir un repas. Le temps passait en discussions.

C'était une fille de vingt-cinq ans[4], laide et visiblement sale (les femmes avec lesquelles je sortais auparavant étaient, au contraire, bien habillées et jolies). Son nom de famille, Lazare[5], répondait mieux à son aspect macabre que son prénom. Elle était étrange, assez ridicule même. Il était difficile d'expliquer l'intérêt que j'avais pour elle. Il fallait supposer un dérangement mental. Il en allait ainsi, tout au moins, pour ceux de mes amis que je rencontrais en Bourse.

Elle était, à ce moment, le seul être qui me fît échapper à l'abattement : elle avait à peine passé la porte du bar — sa silhouette décarcassée et noire à l'entrée, dans cet endroit voué à la chance et à la fortune, était une stupide apparition du malheur — je me levais, je la conduisais à ma table. Elle avait des vêtements noirs[6], mal coupés et tachés. Elle avait l'air de ne rien voir devant elle, souvent elle bousculait les tables en passant. Sans chapeau, ses cheveux courts, raides et mal peignés, lui donnaient des ailes de corbeau de chaque côté du visage. Elle avait un grand nez de juive maigre, à la chair jaunâtre, qui sortait de ces ailes sous des lunettes d'acier.

Elle mettait mal à l'aise : elle parlait lentement avec la sérénité d'un esprit étranger à tout ; la maladie, la fatigue, le dénuement ou la mort ne comptaient pour rien à ses yeux. Ce qu'elle supposait d'avance, chez les autres, était l'indifférence la plus calme. Elle exerçait une fascination, tant par sa lucidité que par sa pensée d'hallucinée. Je lui remettais l'argent nécessaire à l'impression d'une minuscule revue mensuelle à laquelle elle attachait beaucoup d'importance[7]. Elle y défendait les principes d'un communisme bien différent du communisme officiel de Moscou[8]. Le plus souvent, je pensais qu'elle était positivement folle, que c'était, de ma part, une plaisanterie malveillante de me prêter à son jeu. Je la voyais, j'imagine, parce que son agitation était aussi désaxée, aussi stérile que ma vie privée, en même temps aussi troublée. Ce qui m'intéressait le plus était l'avidité maladive qui la poussait à donner sa vie et son sang pour la cause des déshérités. Je réfléchissais : ce serait un sang pauvre de vierge sale[9].

3

Lazare me raccompagna. Elle entra chez moi. Je lui demandai de me laisser lire une lettre de ma femme qui m'attendait. C'était une lettre de huit ou dix pages. Ma femme me disait qu'elle n'en pouvait plus. Elle s'accusait de m'avoir perdu alors que tout s'était passé par ma faute.

Cette lettre me bouleversa. J'essayai de ne pas pleurer, je n'y réussis pas. Je suis allé pleurer seul aux cabinets. Je ne pouvais m'arrêter et, en sortant, j'essuyais mes larmes qui continuaient de couler.

Je dis à Lazare, lui montrant mon mouchoir trempé :

« C'est lamentable.

— Vous avez de mauvaises nouvelles de votre femme ?

— Non, ne faites pas attention, je perds la tête maintenant, mais je n'ai pas de raison précise.

— Mais rien de mauvais ?

— Ma femme me raconte un rêve qu'elle avait fait[10]…

— Comment un rêve ?…

— Cela n'a pas d'importance. Vous pouvez lire si vous voulez. Seulement, vous comprendrez mal. »

Je lui passai un des feuillets de la lettre d'Édith (je ne pensais pas que Lazare comprendrait mais qu'elle serait étonnée). Je me disais : je suis peut-être mégalomane, mais il faut en passer par là, Lazare, moi, ou n'importe qui d'autre.

Le passage que je fis lire à Lazare n'avait rien à voir avec ce qui, dans la lettre, m'avait bouleversé.

« Cette nuit, *écrivait Édith*, j'ai fait un rêve qui n'en finissait plus et il m'a laissé un poids insupportable. Je te le raconte parce que j'ai peur de le garder pour moi seule.

« Nous étions tous les deux avec plusieurs amis et on a dit que, si tu sortais, tu allais être assassiné. C'était parce que tu avais publié des articles politiques… Tes amis ont prétendu que ça n'avait pas d'importance. Tu n'as rien dit, mais tu es devenu très rouge. Tu ne voulais absolument pas être assassiné, mais tes amis t'ont entraîné et vous êtes tous sortis.

« Il est arrivé un homme qui venait pour te tuer. Pour cela il fallait qu'il allume une lampe qu'il tenait dans la main. Je marchais à côté de toi et l'homme, qui voulait me faire

comprendre qu'il t'assassinerait, a allumé la lampe : la lampe
a fait partir une balle qui m'a traversée.

« Tu étais avec une jeune fille et, à ce moment-là, j'ai
compris ce que tu voulais et je t'ai dit : "Puisqu'on va te tuer,
au moins, tant que tu vis, va avec cette jeune fille dans une
chambre et fais ce que tu veux avec elle." Tu m'as répondu :
"Je veux bien." Tu es allé dans la chambre avec la jeune
fille. Ensuite, l'homme a dit qu'il était temps. Il a rallumé la
lampe. Il est parti une seconde balle qui t'était destinée, mais
j'ai senti que c'était moi qui la recevais, et c'était fini pour
moi [11]. Je me suis passé la main sur la gorge : elle était chaude
et gluante de sang. C'était horrible… »

Je m'étais assis sur un divan à côté de Lazare qui lisait. Je
recommençai à pleurer en essayant de me retenir. Lazare ne
comprenait pas que je pleure à cause du rêve. Je lui dis :

« Je ne peux pas vous expliquer tout, seulement je me suis
conduit comme un lâche avec tous ceux que j'ai aimés. Ma
femme s'est dévouée pour moi. Elle se rendait folle pour
moi pendant que je la trompais. Vous comprenez : quand je
lis cette histoire qu'elle a rêvée, je voudrais qu'on me tue à
l'idée de tout ce que j'ai fait… »

Lazare me regarda alors comme on regarde quelque
chose qui dépasse ce qu'on attendait. Elle, qui considérait
tout, d'ordinaire, avec des yeux fixes et assurés, parut soudain décontenancée : elle était comme frappée d'immobilité
et ne disait plus un mot. Je la regardai en face, mais les
larmes sortaient de mes yeux malgré moi.

J'étais emporté par un vertige, j'étais pris d'un besoin
puéril de gémir :

« Je devrais tout vous expliquer. »

Je parlais avec des larmes. Les larmes glissaient sur ma
joue et tombaient dans mes lèvres. J'expliquai à Lazare le
plus brutalement que je pus tout ce que j'avais fait d'immonde à Londres avec Dirty.

Je lui dis que je trompais ma femme de toutes les façons,
même avant, que j'étais devenu épris de Dirty au point que
je ne tolérais plus rien quand je comprenais que je l'avais
perdue.

Je racontai ma vie entière à cette vierge [12]. Raconté à une
telle fille (qui, dans sa laideur, ne pouvait endurer l'existence
que risiblement, réduite à une rigidité stoïque), c'était d'une
impudence dont j'avais honte.

Jamais je n'avais parlé à personne de ce qui m'était arrivé et chaque phrase m'humiliait comme une lâcheté.

4

En apparence, je parlais comme un malheureux, d'une façon humiliée, mais c'était une tricherie. Je restais cyniquement méprisant, dans le fond, devant une fille laide comme Lazare. Je lui expliquai :

« Je vais vous dire pourquoi tout s'est mal passé : c'est pour une raison qui vous semblera sûrement incompréhensible. Jamais je n'ai eu de femme plus belle ou plus excitante que Dirty : elle me faisait même absolument perdre la tête, mais au lit, j'étais impuissant avec elle[13]... »

Lazare ne comprenait pas un mot à mon histoire, elle commençait à s'énerver. Elle m'interrompit :

« Mais, si elle vous aimait, est-ce que c'était si mal ? »

J'éclatai de rire et, encore une fois, Lazare parut gênée.

« Avouez, lui ai-je dit, qu'on n'inventerait pas une histoire plus édifiante : les débauchés déconcertés, réduits à s'écœurer l'un l'autre. Mais... mieux vaut que je parle sérieusement : je ne voudrais pas vous jeter les détails à la tête, pourtant, il n'est pas difficile de nous comprendre. Elle était aussi habituée que moi aux excès et je ne pouvais pas la satisfaire avec des simagrées. » (Je parlais presqu'à voix basse. J'avais l'impression d'être imbécile, mais j'avais besoin de parler ; à force de détresse — et si stupide que cela soit — il valait mieux que Lazare soit là. Elle était là et j'étais moins égaré.)

Je m'expliquai :

« Ce n'est pas difficile à comprendre. Je me mettais en sueur. Le temps passait en efforts inutiles. À la fin, j'étais dans un état d'extrême épuisement physique, mais l'épuisement moral était pire. Aussi bien pour elle que pour moi. Elle m'aimait et pourtant, à la fin, elle me regardait bêtement, avec un sourire fuyant, même fielleux. Elle s'excitait avec moi et je m'excitais avec elle, mais nous n'arrivions qu'à nous écœurer. Vous comprenez : on devient dégoûtant... Tout était impossible. Je me sentais perdu et, à ce moment-là, je ne pensais plus qu'à me jeter sous un train[14]... »

Je m'arrêtai un moment. Je dis encore :

« Il y avait toujours un arrière-goût de cadavre...

— Qu'est-ce que vous voulez dire ?

— Surtout à Londres… Quand j'ai été à Prüm la retrouver, il était convenu qu'il n'arriverait plus rien du même genre, mais à quoi bon… Vous ne pouvez pas imaginer à quel degré d'aberration il est possible d'arriver. Je me demandais pourquoi j'étais impuissant avec elle, et pas avec les autres. Tout allait bien quand je méprisais une femme, par exemple une prostituée. Seulement, avec Dirty, j'avais toujours envie de me jeter à ses pieds. Je la respectais trop, et je la respectais justement parce qu'elle était perdue de débauches… Tout cela doit être inintelligible pour vous… »

Lazare m'interrompit :

« Je ne comprends pas, en effet. À vos yeux, la débauche dégradait les prostituées qui en vivent. Je ne vois pas comment elle pouvait ennoblir cette femme… »

La nuance de mépris avec laquelle Lazare avait prononcé « cette femme » me donna l'impression d'un inextricable non-sens. Je regardai les mains de la pauvre fille : les ongles crasseux, le teint de la peau un peu cadavérique ; l'idée me passa dans la tête que, sans doute, elle ne s'était pas lavée en sortant d'un certain endroit… Rien de pénible pour d'autres, mais Lazare me répugnait physiquement. Je la regardai en face. Dans un tel état d'angoisse, je me sentis traqué — en train de devenir à demi fou — c'était en même temps comique et sinistre, comme si j'avais eu un corbeau, un oiseau de malheur, un avaleur de déchets sur mon poignet.

Je pensai : elle a enfin trouvé la bonne raison de me mépriser. J'ai regardé mes mains : elles étaient hâlées par le soleil et propres ; mes vêtements d'été clairs étaient en bon état. Les mains de Dirty étaient le plus souvent éblouissantes, les ongles couleur de sang frais. Pourquoi me laisser déconcerter par cette créature manquée et pleine de mépris pour la chance de l'autre ? Je devais être un lâche, un jocrisse[15], mais, au point où j'en étais, je l'admettais sans malaise.

5

Quand j'ai répondu à la question — après avoir longtemps attendu, comme si j'étais hébété — je ne voulais plus que profiter d'une présence, assez vague, pour échapper à une intolérable solitude. Malgré son aspect affreux, à mes yeux, Lazare avait à peine une ombre d'existence. Je lui dis :

« Dirty est le seul être au monde qui m'ait jamais contraint à l'admiration… » (en un certain sens, je mentais : elle n'était peut-être pas seule, mais, en un sens plus profond, c'était vrai). J'ajoutai : « Il était grisant pour moi qu'elle soit très riche ; elle pouvait ainsi cracher à la figure des autres. J'en suis sûr : elle vous aurait méprisée. Ce n'est pas comme moi… »

J'essayai de sourire, épuisé de fatigue. Contre mon attente, Lazare laissa passer mes phrases sans baisser les yeux : elle était devenue indifférente. Je continuai :

« Maintenant, j'aime mieux aller jusqu'au bout… Si vous voulez, je vais tout vous raconter. À un moment donné, à Prüm, j'ai imaginé que j'étais impuissant avec Dirty parce que j'étais nécrophile…

— Qu'est-ce que vous dites ?

— Rien d'insensé.

— Je ne comprends pas…

— Vous savez ce que veut dire nécrophile.

— Pourquoi vous moquez-vous de moi ? »

Je m'impatientais.

« Je ne me moque pas de vous.

— Qu'est-ce que ça veut dire ?

— Pas grand-chose. »

Lazare réagissait peu, comme s'il s'agissait d'une gaminerie outrecuidante. Elle répliqua :

« Vous avez essayé ?

— Non. Je n'ai jamais été jusque-là. La seule chose qui me soit arrivée : une nuit que j'ai passée dans un appartement où une femme âgée venait de mourir : elle était sur son lit, comme n'importe quelle autre, entre les deux cierges, les bras disposés le long du corps, mais pas les mains jointes. Il n'y avait personne dans la chambre pendant la nuit. À ce moment-là, je me suis rendu compte.

— Comment ?

— Je me suis réveillé vers 3 heures du matin. J'ai eu l'idée d'aller dans la chambre où était le cadavre. J'ai été terrifié[16], mais j'avais beau trembler, je restais devant ce cadavre[17]. À la fin, j'ai enlevé mon pyjama.

— Jusqu'où êtes-vous allé ?

— Je n'ai pas bougé, j'étais troublé à en perdre la tête ; c'est arrivé de loin, simplement, en regardant[18].

— C'était une femme encore belle ?

— Non. Tout à fait flétrie. »

Je pensais que Lazare finirait par se mettre en colère, mais elle était devenue aussi calme qu'un curé écoutant une confession. Elle se borna à m'interrompre :

« Cela n'explique en rien pourquoi vous étiez impuissant ?

— Si. Ou du moins, quand j'ai vécu avec Dirty, je pensais que c'était l'explication. En tout cas, j'ai compris que les prostituées avaient pour moi un attrait analogue à celui des cadavres. Ainsi, j'avais lu l'histoire d'un homme qui les prenait le corps poudré de blanc[19], contrefaisant la morte entre deux cierges, mais là n'était pas la question. J'ai parlé à Dirty de ce qu'on pouvait faire et elle s'est énervée avec moi...

— Pourquoi Dirty ne simulait-elle pas la morte par amour pour vous ? je suppose : elle n'aurait pas reculé pour si peu. »

Je dévisageai Lazare, étonné qu'elle regarde l'affaire en face : j'avais envie de rire :

« Elle n'a pas reculé. D'ailleurs, elle est pâle comme une morte. En particulier, à Prüm, elle était à peu près malade. Même un jour elle me proposa d'appeler un prêtre catholique : elle voulait recevoir l'extrême-onction en simulant l'agonie devant moi, mais la comédie m'a semblé intolérable. C'était évidemment risible, mais surtout effrayant. Nous n'en pouvions plus. Un soir, elle était nue sur le lit, j'étais debout près d'elle, également nu. Elle voulait m'énerver et me parlait cadavres... sans résultat... Assis sur le bord du lit, je me mis à pleurer. Je lui dis que j'étais un pauvre idiot : j'étais effondré sur le bord du lit. Elle était devenue livide : elle avait une sueur froide... Elle s'est mise à claquer des dents. Je l'ai touchée, elle était froide. Elle avait les yeux blancs. Elle était horrible à voir... Sur-le-champ j'ai tremblé comme si la fatalité me prenait par le poignet pour le tordre[20], afin de m'obliger à crier. Je ne pleurais plus tant j'avais peur. Ma bouche s'était desséchée. J'ai passé des vêtements. J'ai voulu la prendre dans mes bras et lui parler. Elle m'a repoussé par horreur de moi. Elle était vraiment malade...

« Elle a vomi par terre. Il faut dire que nous avions bu toute la soirée..., du whisky.

— Bien sûr, interrompit Lazare.

— Pourquoi "bien sûr" ? »

Je regardai Lazare avec haine. Je continuai :

« Cela s'est terminé de cette façon. À partir de cette nuit-là elle n'a plus supporté que je la touche.

— Elle vous a quitté ?

— Pas tout de suite. Nous avons même continué plusieurs jours d'habiter ensemble. Elle me disait qu'elle ne m'aimait pas moins ; au contraire, elle se sentait liée à moi, mais elle avait horreur de moi, une horreur insurmontable.

— En de telles conditions, vous ne pouviez pas souhaiter que cela dure.

— Je ne pouvais rien souhaiter, mais à l'idée qu'elle me quitterait, je perdais la tête. Nous en étions venus à tel point qu'à nous voir dans une chambre, le premier venu aurait pensé qu'il y avait un mort dans la chambre. Nous allions et venions sans mot dire. De temps à autre, rarement, nous nous dévisagions. Comment cela aurait-il pu durer ?

— Mais comment vous êtes-vous séparés ?

— Un jour elle m'a dit qu'elle devait partir. Elle ne voulait pas dire où elle allait. Je lui ai demandé de l'accompagner. Elle m'a répondu : peut-être. Nous sommes allés ensemble jusqu'à Vienne. À Vienne, nous avons pris une voiture jusqu'à l'hôtel. Quand la voiture s'est arrêtée, elle m'a dit d'arranger les choses pour la chambre et de l'attendre dans le hall : elle devait d'abord aller à la poste. J'ai fait prendre les valises et elle a gardé la voiture. Elle est partie sans dire un mot : j'avais le sentiment qu'elle avait perdu la tête. Nous étions convenus depuis longtemps d'aller à Vienne et je lui avais donné mon passeport pour prendre mes lettres. D'ailleurs, tout l'argent que nous possédions était dans son sac. J'ai attendu trois heures dans le hall. C'était dans l'après-midi. Ce jour-là il y avait un vent violent avec des nuages bas, mais on ne pouvait pas respirer, tellement il faisait chaud. Il était évident qu'elle ne reviendrait plus et, aussitôt, je pensai que la mort s'approchait de moi. »

Cette fois, Lazare, qui me fixait, semblait émue. Je m'étais arrêtée, elle me demanda elle-même, humainement, de lui dire ce qui arriva. Je repris :

« Je me suis fait conduire dans la chambre où il y avait deux lits et tous ses bagages… Je peux dire que la mort entrait dans ma tête… je ne me rappelle plus ce que j'ai fait dans la chambre… À un moment donné, je suis allé à la fenêtre et je l'ai ouverte : le vent faisait un bruit violent et l'orage s'approchait. Dans la rue, juste devant moi, il y avait une très longue banderole noire[21]. Elle avait bien huit ou dix mètres de long. Le vent avait à moitié décroché la hampe :

elle avait l'air de battre de l'aile. Elle ne tombait pas : elle claquait dans le vent avec un grand bruit à hauteur du toit : elle
se déroulait en prenant des formes tourmentées : comme un
ruisseau d'encre qui aurait coulé dans les nuages. L'incident
paraît étranger à mon histoire, mais c'était pour moi comme
si une poche d'encre s'ouvrait dans ma tête et j'étais sûr, ce
jour-là, de mourir sans tarder : j'ai regardé plus bas, mais il
y avait un balcon à l'étage inférieur. J'ai passé à mon cou la
corde de tirage des rideaux[22]. Elle paraissait solide : je suis
monté sur une chaise et j'ai noué la corde, ensuite j'ai voulu
me rendre compte. Je ne savais pas si je pourrais ou non me
rattraper quand, d'un coup de pied, j'aurais fait basculer la
chaise. Mais j'ai dénoué la corde et je suis descendu de
la chaise. Je suis tombé inerte sur le tapis. J'ai pleuré à n'en
plus pouvoir… À la fin, je me suis relevé : je me rappelle
avoir eu la tête lourde. J'avais un sang-froid absurde, en
même temps, je me sentais devenir fou. Je me suis relevé
sous prétexte de regarder le sort bien en face. Je suis revenu
à la fenêtre : il y avait toujours la banderole noire, mais la
pluie tombait à verse ; il faisait sombre, il y avait des éclairs
et un grand bruit de tonnerre… »

Tout cela n'avait plus d'intérêt pour Lazare qui me
demanda :

« D'où venait votre banderole noire ? »

J'avais envie de la gêner, honteux peut-être d'avoir parlé
comme un mégalomane ; je lui dis en riant :

« Vous connaissez l'histoire de la nappe noire qui couvre
la table du souper quand Don Juan arrive[23] ?

— Quel rapport avec votre banderole ?

— Aucun, sauf que la nappe était noire… La banderole
était suspendue en l'honneur de la mort de Dollfuss[24].

— Vous étiez à Vienne au moment de l'assassinat ?

— Non, à Prüm, mais je suis arrivé à Vienne le lendemain.

— Étant sur les lieux, vous avez dû être ému.

— Non. » (Cette fille insensée, avec sa laideur, m'horri-
fiait par la constance de ses préoccupations.) « D'ailleurs,
même si la guerre en était sortie, elle aurait répondu à ce
que j'avais dans la tête.

— Mais comment la guerre aurait-elle pu répondre à
quelque chose que vous aviez en tête ? Vous auriez été
content qu'il y ait la guerre ?

— Pourquoi pas ?

— Vous pensez qu'une révolution pourrait suivre la guerre ?

— Je parle de la guerre, je ne parle pas de ce qui la suivrait. »

Je venais de la choquer plus brutalement que par tout ce que j'aurais pu lui dire[25].

LES PIEDS MATERNELS[26]

I

Je rencontrai Lazare moins souvent.

Mon existence avait pris un cours de plus en plus déjeté. Je buvais des alcools ici ou là, je marchais sans but précis et, finalement, je prenais un taxi pour rentrer chez moi ; alors, dans le fond du taxi, je pensais à Dirty perdue et je sanglotais. Je ne souffrais même plus, je n'avais plus la moindre angoisse, je ne sentais plus dans ma tête qu'une stupidité achevée, comme un enfantillage qui ne finira plus[27]. Je m'étonnais des extravagances auxquelles j'avais pu songer — je pensais à l'ironie et au courage que j'avais eus — quand je voulais provoquer le sort : de tout cela il ne me restait que l'impression d'être une sorte d'idiot, très touchant peut-être, en tout cas risible.

Je pensais encore à Lazare et, à chaque fois, j'avais un sursaut : à la faveur de ma fatigue, elle avait pris une signification analogue à celle de la banderole noire qui m'avait effrayé à Vienne. À la suite des quelques paroles désagréables que nous avions échangées sur la guerre, je ne voyais plus seulement dans ces présages sinistres une menace concernant mon existence, mais une menace plus générale, suspendue au-dessus du monde… Sans doute, il n'existait rien de réel qui justifiât une association entre la guerre possible et Lazare qui, au contraire, prétendait avoir en horreur ce qui touche à la mort : pourtant, tout en elle, sa démarche saccadée et somnambulique, le ton de sa voix, la faculté qu'elle avait de projeter autour d'elle une sorte de silence, son avidité de sacrifice contribuaient à donner l'impression d'un contrat qu'elle aurait accordé à la mort. Je sentais qu'une telle existence ne pouvait avoir de sens que pour des hommes et pour un monde voué au malheur. Un jour, une clarté se fit dans ma tête et je décidai aussitôt de me débarrasser des préoccupations que j'avais en commun avec elle. Cette liquidation inattendue avait le même côté risible que le reste de ma vie…

Sous le coup de cette décision, pris d'hilarité, je suis parti à pied de chez moi. J'échouai, après une longue marche, à la terrasse du café de Flore. Je me suis assis à la table de gens que je connaissais mal. J'avais l'impression d'être importun, mais je ne m'en allais pas. Les autres parlaient, avec le plus grand sérieux, de chaque chose qui était arrivée et dont il était *utile* d'être informé[28] : ils me paraissaient tous d'une réalité précaire et le crâne vide. Je les écoutai pendant une heure sans dire plus de quelques mots. Je suis allé ensuite boulevard du Montparnasse, dans un restaurant à main droite de la gare : je mangeai là, à la terrasse, les meilleures choses que je pouvais demander et je commençai à boire du vin rouge, beaucoup trop. À la fin du repas, il était très tard, mais un couple arriva que formaient la mère et le fils. La mère n'était pas âgée, encore séduisante et mince, elle avait une désinvolture charmante : cela n'avait pas d'intérêt mais, comme je songeais à Lazare, elle me sembla d'autant plus agréable à voir qu'elle semblait riche. Son fils était devant elle, très jeune, à peu près muet, vêtu d'un somptueux complet de flanelle grise[29]. Je demandai du café et commençai à fumer. Je fus déconcerté d'entendre un cri de douleur violent, prolongé comme un râle : un chat venait de se jeter à la gorge d'un autre, au pied des arbustes qui formaient la bordure de terrasse et précisément sous la table des deux dîneurs que je regardais. La jeune mère debout poussa un cri aigu : elle devint pâle. Elle comprit vite qu'il s'agissait de chats et non d'êtres humains, elle se mit à rire (elle n'était pas risible, mais simple). Les serveuses et le patron vinrent à la terrasse. Ils riaient en disant qu'il s'agissait d'un chat connu pour être agressif entre les autres. Je riais moi-même avec eux.

Ensuite je quittai le restaurant, croyant être de bonne humeur, mais, marchant dans une rue déserte, ne sachant où aller, je commençai à sangloter. Je ne pouvais pas m'arrêter de sangloter : j'ai marché si longtemps que j'arrivai très loin, dans la rue où j'habite. À ce moment, je pleurais encore. Devant moi, trois jeunes filles et deux garçons bruyants

riaient aux éclats : les filles n'étaient pas jolies, mais, sans nul
doute, légères et excitées. Je cessai de pleurer et je les suivis
lentement jusqu'à ma porte : le tumulte m'excita à tel point
qu'au lieu d'entrer chez moi, je revins délibérément sur mes
pas. J'arrêtai un taxi et me fis conduire au bal Tabarin[30]. Au
moment même où j'entrai, une quantité de danseuses à peu
près nues étaient sur la piste : plusieurs d'entre elles étaient
jolies et fraîches. Je m'étais fait installer au bord de la piste
(j'avais refusé toute autre place), mais la salle était comble et
le plancher, sur lequel ma chaise se trouvait, était surélevé :
cette chaise était ainsi en porte à faux : j'avais le sentiment
que, d'un instant à l'autre, je pouvais perdre l'équilibre et
m'étaler au milieu des filles nues qui dansaient. J'étais rouge,
il faisait très chaud, je devais éponger avec un mouchoir déjà
mouillé la sueur sur ma figure et il était difficile de déplacer
mon verre d'alcool de la table à ma bouche. Dans cette ridicule situation, mon existence en équilibre instable sur une
chaise devenait la personnification du malheur : au contraire,
les danseuses sur la piste inondée de lumière étaient l'image
d'un bonheur inaccessible.

L'une des danseuses était plus élancée et plus belle que les
autres : elle arrivait avec un sourire de déesse, vêtue d'une
robe de soirée qui la rendait majestueuse. À la fin de la danse,
elle était entièrement nue, mais, à ce moment, d'une élégance et d'une délicatesse peu croyables : la lueur mauve
des projecteurs faisait de son long corps nacré une merveille
d'une pâleur spectrale. Je regardais son derrière nu avec le
ravissement d'un petit garçon : comme si, de toute ma vie,
je n'avais rien vu d'aussi pur, rien d'aussi peu *réel*, tant il était
joli. La seconde fois que le jeu de la robe dégrafée se produisit, il me coupa le souffle à tel point que je me retins à
ma chaise, vidé. Je quittai la salle. J'errai d'un café à une
rue, d'une rue à un autobus de nuit ; sans en avoir eu l'intention, je descendis de l'autobus, et j'entrai au Sphynx[31]. Je désirais l'une après l'autre les filles offertes en cette salle à tout
venant ; je n'avais pas l'idée de monter dans une chambre :
une lumière irréelle n'avait pas cessé de m'égarer. Ensuite,
j'allai au Dôme[32] et j'étais de plus en plus affaissé. Je mangeai
une saucisse grillée en buvant du champagne doux[33]. C'était
réconfortant mais bien mauvais. À cette heure tardive, dans
cet endroit avilissant, il restait un petit nombre de gens, des
hommes moralement grossiers, des femmes âgées et laides.

J'entrai ensuite dans un bar où une femme vulgaire, à peine jolie, était assise sur un tabouret à chuchoter avec le barman en râlant. J'arrêtai un taxi et, cette fois, je me fis conduire chez moi. Il était plus de 4 heures du matin, mais, au lieu de me coucher et de dormir, je tapai un rapport à la machine, toutes portes ouvertes.

Ma belle-mère, installée chez moi par complaisance[34], (elle s'occupait de la maison en l'absence de ma femme), se réveilla. Elle m'appela de son lit et cria d'un bout à l'autre de l'appartement à travers sa porte :

« Henri… Édith a téléphoné de Brighton vers 11 heures ; vous savez qu'elle a été très déçue de ne pas vous trouver. »

J'avais en effet dans ma poche, depuis la veille, une lettre d'Édith. Elle me disait qu'elle téléphonerait ce soir-là après 10 heures, et il fallait que je sois un lâche pour l'avoir oublié. Encore même étais-je reparti quand je m'étais trouvé devant ma porte ! Je ne pouvais rien imaginer de plus odieux. Ma femme, que j'avais honteusement délaissée, me téléphonait d'Angleterre, par inquiétude ; pendant ce temps, l'oubliant, je traînais ma déchéance et mon hébétude dans des endroits détestables. Tout était faux, jusqu'à ma souffrance. J'ai recommencé à pleurer tant que je pus : mes sanglots n'avaient ni queue ni tête.

Le vide continuait[35]. Un idiot qui s'alcoolise et qui pleure, je devenais cela risiblement. Pour échapper au sentiment d'être un déchet oublié le seul remède était de boire alcool sur alcool. J'avais l'espoir de venir à bout de ma santé, peut-être même à bout d'une vie sans raison d'être. J'imaginai que l'alcool me tuerait, mais je n'avais pas d'idée précise. Je continuerais peut-être à boire, alors je mourrais ; ou je ne boirais plus… Pour l'instant, rien n'avait d'importance.

2

Je sortis passablement saoul d'un taxi devant chez Francis[36]. Sans rien dire, j'allai m'asseoir à une table à côté de quelques amis que j'étais venu retrouver. La compagnie était bonne pour moi, la compagnie m'éloignait de la mégalomanie[37]. Je n'étais pas le seul à avoir bu. Nous sommes allés dîner dans un restaurant de chauffeurs : il y avait seulement trois femmes. La table fut bientôt couverte d'une quantité de bouteilles de vin rouge vides ou à moitié vides.

Ma voisine s'appelait Xénie[38]. À la fin du repas, elle me dit qu'elle revenait de la campagne et que, dans la maison où elle avait passé la nuit, elle avait vu aux cabinets un vase de nuit plein d'un liquide blanchâtre au milieu duquel une mouche se noyait[39] : elle en parlait sous prétexte que je mangeais un cœur à la crème et que la couleur du lait la dégoûtait. Elle mangeait du boudin et buvait tout le vin rouge que je lui versais. Elle avalait les morceaux de boudin comme une fille de ferme, mais c'était une affectation. C'était simplement une fille désœuvrée et trop riche. Je vis devant son assiette une revue d'avant-garde à couverture verte qu'elle traînait avec elle. Je l'ouvris et je tombai sur une phrase dans laquelle un curé de campagne retirait un cœur du fumier au bout d'une fourche[40]. J'étais de plus en plus ivre et l'image de la mouche noyée dans un vase de nuit s'associait au visage de Xénie. Xénie était pâle, elle avait dans le cou de vilaines touffes de cheveux, des pattes de mouche. Ses gants de peau blanche étaient immaculés sur la nappe de papier à côté des miettes de pain et des taches de vin rouge. La table parlait à tue-tête. Je cachai une fourchette dans ma main droite, j'allongeai doucement cette main sur la cuisse de Xénie.

À ce moment, j'avais une voix chevrotante d'ivrogne, mais c'était en partie une comédie. Je lui dis :

« Tu as le cœur frais… »

Je me suis mis à rire tout à coup. Je venais de penser (comme si cela avait eu quoi que ce soit de risible) : un cœur à la crème… Je commençais à avoir envie de vomir.

Elle était apparemment déprimée, mais elle répondit sans mauvaise humeur, conciliante :

« Je vais vous décevoir, mais c'est vrai : je n'ai pas encore beaucoup bu et je ne voudrais pas mentir pour vous amuser.

— Alors… », ai-je dit.

À travers la robe, j'enfonçai brutalement les dents de la fourchette dans la cuisse[41]. Elle poussa un cri et dans le mouvement désordonné qu'elle fit pour m'échapper, elle renversa deux verres de vin rouge. Elle recula sa chaise et dut relever sa robe pour voir la blessure. Le linge était joli, la nudité des cuisses me plut ; l'une des dents, plus pointue, avait traversé la peau et le sang coulait, mais c'était une blessure insignifiante. Je me précipitai : elle n'eut pas le temps de m'empêcher de coller mes deux lèvres à même la cuisse et d'avaler la petite quantité de sang que je venais de faire couler[42]. Les autres regardaient, un peu surpris, avec un rire embarrassé… Mais ils virent que Xénie, si pâle qu'elle soit, pleurait avec modération. Elle était plus ivre qu'elle n'avait cru : elle continua de pleurer mais sur mon bras. Alors je remplis son verre renversé de vin rouge et la fis boire.

L'un d'entre nous paya ; puis la somme fut répartie, mais j'exigeai de payer pour Xénie (comme si j'avais voulu en prendre possession) ; il fut question d'aller chez Fred Payne[43]. Tout le monde s'entassa dans deux voitures. La chaleur de la petite salle était étouffante ; je dansai une fois avec Xénie, puis avec des femmes que je n'avais jamais vues. J'allai prendre l'air devant la porte, entraînant tantôt l'un, tantôt l'autre — une fois même, ce fut Xénie — à boire des whiskies aux zincs voisins. Je rentrais, de temps à autre, dans la salle ; à la fin je m'installai, adossé au mur, devant la porte. J'étais ivre. Je dévisageais les passants. Je ne sais pourquoi l'un de mes amis avait retiré sa ceinture et la tenait à la main. Je la lui demandai. Je la doublai et je m'amusai à la brandir devant les femmes comme si j'allais les frapper. Il faisait sombre, je n'y voyais plus rien et ne comprenais plus ; si les femmes passaient avec des hommes, elles affectaient de ne rien voir. Il arriva deux filles et l'une d'elles, devant cette ceinture élevée comme une menace, me fit face, m'insultant, me crachant son mépris à la figure : elle était réellement jolie, blonde, le visage dur et racé. Elle me tourna le dos avec dégoût et passa le seuil de chez Fred Payne. Je la suivis au milieu des buveurs pressés autour du bar.

« Pourquoi m'en voulez-vous ? » lui ai-je dit, lui montrant la ceinture, « j'ai voulu rire. Prenez un verre avec moi. » Elle riait maintenant, me regardant en face.

« Bon », fit-elle.

Comme si elle ne voulait pas être en reste avec ce garçon ivre qui lui montrait stupidement une ceinture, elle ajouta : « Tenez. »

Elle avait dans la main une femme nue de cire souple ; le bas de la poupée était entouré d'un papier ; avec attention elle imprimait au buste un mouvement si subtil : on ne pouvait rien voir de plus indécent. Elle était certainement allemande, très décolorée, l'allure rogue et provocante : je dansai avec elle et lui dis je ne sais quelles sottises. Sans prétexte, elle s'arrêta au milieu de la danse, elle prit un air grave et me regarda fixement. Elle était pleine d'insolence.

« Regardez », dit-elle.

Et elle releva sa robe plus haut que le bas : la jambe, les jarretières fleuries, les bas, le linge, tout était luxueux ; de son doigt elle désignait la chair nue. Elle continua de danser avec moi et je vis qu'elle avait gardé dans la main la minable poupée de cire : on vend de tels colifichets à l'entrée des music-halls, le vendeur ânonne une kyrielle de formules, ainsi : « sensationnelle au toucher… » La cire était douce : elle avait la souplesse et la fraîcheur de la chair. Elle la brandit encore une fois après m'avoir quitté et, dansant elle seule une rumba devant le pianiste nègre, elle lui imprimait une ondulation provocante, analogue à celle de sa danse : le nègre l'accompagnait au piano, riant à pleine gorge ; elle dansait bien, autour d'elle les gens s'étaient mis à frapper dans leurs mains. Alors elle sortit la poupée du cornet de papier et la jeta sur le piano en éclatant de rire : l'objet tomba sur le bois du piano avec un petit bruit de corps qui s'étale ; en effet, ses jambes s'étalèrent, mais elle avait les pieds coupés[44]. Les petits mollets roses tronqués, les jambes ouvertes, étaient crispants, en même temps séduisants. Je trouvai un couteau sur une table et coupai une tranche de mollet rose. Ma compagne provisoire s'empara du morceau et le mit dans ma bouche : il avait un horrible goût de bougie amère. Je le crachai par terre, écœuré. Je n'étais pas entièrement ivre ; j'appréhendai ce qui arriverait si je suivais cette fille dans une chambre d'hôtel (il me restait bien peu d'argent, je n'en pouvais sortir que les poches vides, encore devrais-je me laisser insulter, accabler de mépris).

La fille me vit parler à Xénie et à d'autres ; elle pensa sans doute que je devrais rester avec eux et que je ne pourrais pas coucher avec elle : brusquement, elle me dit au revoir et disparut. Peu après, mes amis quittèrent Fred Payne et je les suivis : nous avons été boire et manger chez Graff[45]. Je restais sans rien dire à ma place, sans penser à rien, je commençais à devenir malade. J'allai au lavabo sous prétexte que j'avais les mains sales et que j'étais dépeigné. Je ne sais pas ce que j'ai fait : un peu plus tard, je dormais à moitié quand j'entendis appeler « Troppmann ». J'étais déculotté, assis sur la cuvette. Je remontai mon pantalon, je sortis et mon ami qui m'avait appelé me dit que j'avais disparu depuis trois quarts d'heure. J'allai m'asseoir à la table des autres, mais, peu après, ils me conseillèrent de retourner aux toilettes : j'étais très pâle. J'y retournai, je passai un assez long temps à vomir. Ensuite, tout le monde disait qu'il fallait rentrer (il était déjà 4 heures). On me reconduisit chez moi dans le spider d'une voiture.

Le lendemain (c'était dimanche), j'étais encore malade et la journée se passa dans une léthargie odieuse, comme s'il ne restait plus de ressources à utiliser pour continuer de vivre : je me suis habillé vers 3 heures avec l'idée d'aller voir quelques personnes[46] et j'essayai, sans y réussir, de ressembler à un homme en état normal. Je rentrai me coucher de bonne heure : j'avais la fièvre et mal à l'intérieur du nez comme cela se produit après de longs vomissements ; de plus, j'avais eu mes vêtements trempés de pluie et j'avais pris froid.

3

Je m'endormis d'un sommeil maladif. Toute la nuit, des cauchemars ou des rêves pénibles se succédèrent, achevant de m'épuiser. Je me réveillai, plus malade que jamais. Je me rappelai ce que je venais de rêver : je me trouvais, à l'entrée d'une salle, devant un lit à colonnes et à baldaquin, une sorte de corbillard sans roues : ce lit, ou ce corbillard, était entouré d'un certain nombre d'hommes et de femmes, les mêmes, apparemment, que mes compagnons de la nuit précédente. La grande salle était sans doute une scène de théâtre, ces hommes et ces femmes étaient des acteurs, peut-être les metteurs en scène d'un spectacle si extraordinaire que l'attente me donnait de l'angoisse… Pour moi, j'étais à l'écart, en même temps à l'abri, dans une sorte de couloir nu et délabré, situé par rapport à la salle du lit comme les fauteuils des spectateurs le sont par rapport aux planches. L'attraction attendue devait être troublante et pleine d'un humour excessif : nous attendions l'apparition d'un vrai cadavre. Je remarquai à ce moment un cercueil allongé au milieu du lit à baldaquin : la planche supérieure du cercueil disparut en glissant sans bruit comme un rideau de théâtre ou comme un couvercle de boîte d'échecs, mais ce qui apparut n'était pas horrible. Le cadavre était un objet de forme indéfinissable, une cire rose d'une fraîcheur éclatante[47] ; cette cire rappelait la poupée aux pieds coupés de la fille blonde, rien de plus séduisant ; cela répondait à l'état d'esprit sarcastique,

silencieusement ravi, des assistants ; un tour cruel et plaisant
venait d'être joué, dont la victime demeurait inconnue. Peu
après, l'objet rose, à la fois inquiétant et séduisant, s'agrandit dans des proportions considérables[48] : il prit l'aspect d'un
cadavre géant[49] sculpté dans du marbre blanc veiné de rose
ou d'ocre jaune. La tête de ce cadavre était un immense
crâne de jument[50] ; son corps une arête de poisson ou une
énorme mâchoire inférieure à demi édentée, étirée en ligne
droite ; ses jambes prolongeaient cette épine dorsale dans le
même sens que celles de l'homme ; elles n'avaient pas de
pieds, c'étaient les tronçons longs et noueux des pattes d'un
cheval[51]. L'ensemble, hilarant et hideux, avait l'aspect d'une
statue de marbre grecque, le crâne était couvert d'un casque
militaire, juché au sommet de la même façon qu'un bonnet
de paille sur une tête de cheval. Je ne savais plus personnellement si je devais être dans l'angoisse ou rire et il devint
clair que, si je riais, cette statue, cette sorte de cadavre, était
une plaisanterie brûlante. Mais, si je tremblais, elle se précipiterait sur moi pour me mettre en pièces. Je ne pus rien
saisir : le cadavre couché devint une Minerve en robe[52], cuirassée, dressée et agressive sous un casque : cette Minerve
était elle-même de marbre, mais elle s'agitait comme une
folle[53]. Elle continuait sur le mode violent la plaisanterie
dont j'étais ravi, qui toutefois me laissait interloqué. Il y
avait, dans le fond de la salle, une extrême hilarité, mais personne ne riait. La Minerve se mit à faire des moulinets avec
un cimeterre de marbre : tout en elle était cadavérique : la
forme arabe de son arme désignait le lieu où les choses se
passaient : un cimetière aux monuments de marbre blanc,
de marbre livide. Elle était géante. Impossible de savoir si
j'avais à la prendre au sérieux : elle devint même plus équivoque. À ce moment, il n'était pas question que, de la salle
où elle s'agitait, elle descendît dans la ruelle où j'étais installé craintivement. J'étais alors devenu petit[54] et, quand elle
m'aperçut, elle vit que j'avais peur. Et ma peur l'attirait : elle
avait des mouvements d'une folie risible. Soudain, elle descendit et se précipita sur moi en faisant tournoyer son arme
macabre avec une vigueur de plus en plus folle[55]. C'était sur
le point d'aboutir : j'étais paralysé d'horreur.

   Je compris vite que, dans ce rêve, Dirty, devenue folle, en
même temps morte, avait pris le vêtement et l'aspect de la
statue du Commandeur et qu'ainsi, méconnaissable, elle se
précipitait sur moi pour m'anéantir[56].

4

Avant de tomber tout à fait malade, ma vie était d'un bout à l'autre une hallucination maladive. J'étais éveillé, mais toutes choses passaient trop vite devant mes yeux, comme dans un mauvais rêve. Après la nuit passée chez Fred Payne, dans l'après-midi, je sortis dans l'espoir de rencontrer quelqu'ami qui m'aidât à rentrer dans la vie normale. L'idée me vint d'aller voir Lazare chez elle. Je me sentais très mal. Mais au lieu de ce que j'avais cherché, cette rencontre ressembla à un cauchemar, même plus déprimant que ce rêve, que je devais faire la nuit suivante.

C'était un après-midi de dimanche. Ce jour-là, il faisait chaud et il n'y avait pas d'air. Je trouvai Lazare dans l'appartement qu'elle habite rue de Turenne[57] en compagnie d'un personnage tel que, l'apercevant, l'idée comique passa dans ma tête que j'aurais à conjurer le mauvais sort… C'était un homme très grand qui ressemblait de la façon la plus pénible à l'image populaire de Landru[58]. Il avait de grands pieds, une jaquette gris clair, trop large pour son corps efflanqué. Le drap de cette jaquette était passé et roussi par endroits ; son vieux pantalon lustré, plus sombre que la jaquette, descendait en tire-bouchon jusqu'à terre. Il était d'une politesse exquise. Il avait comme Landru une belle barbe châtain sale et son crâne était chauve. Il s'exprimait rapidement, en termes choisis.

Au moment où j'entrai dans la chambre, sa silhouette se détachait sur le fond du ciel nuageux : il était debout devant la fenêtre. C'était un être immense[59]. Lazare me présenta à lui et le nommant me dit qu'il était son beau-père[60] (il n'était pas, comme Lazare, de race juive ; il avait dû épouser la mère en secondes noces). Il s'appelait Antoine Melou. Il était professeur de philosophie dans un lycée de province[61].

Quand la porte de la chambre se fut fermée derrière moi et que je dus m'asseoir, absolument comme si j'avais été pris au piège, devant ces deux personnages, je ressentis une fatigue et un mal au cœur plus gênants que jamais : je me représentais en même temps que, peu à peu, j'allais perdre contenance. Lazare m'avait parlé plusieurs fois de son beau-père, me disant que, d'un point de vue strictement intellec-

tuel, c'était l'homme le plus subtil, le plus intelligent qu'elle
ait rencontré. J'étais terriblement gêné de sa présence. J'étais
alors malade, à demi dément, je ne me serais pas étonné si,
au lieu de parler il avait ouvert la bouche grande : j'imaginais
qu'il aurait laissé la bave couler dans sa barbe sans dire un
mot[62]…

Lazare était irritée par mon arrivée imprévue, mais il n'en
allait pas de même du beau-père : sitôt les présentations
faites (pendant lesquelles il était resté immobile, sans expression[63]) à peine assis dans un fauteuil à demi brisé, il se mit à
parler :

« Je suis intéressé, monsieur, de vous mettre au fait d'une
discussion qui, je l'avoue, me situe dans un abîme de perplexité… »

De sa voix mesurée d'absente, Lazare tenta de l'arrêter :

« Ne pensez-vous pas, mon cher père, qu'une telle discussion est sans issue, et que… ce n'est pas la peine de fatiguer
Troppmann. Il a l'air épuisé. »

Je gardai la tête basse, les yeux fixés sur le plancher à mes
pieds. Je dis :

« Ça ne fait rien. Expliquez toujours de quoi il s'agit, ça
n'oblige pas… » Je parlais presque bas, sans conviction.

« Voici, reprit M. Melou, ma belle-fille vient de m'exposer le résultat de méditations ardues qui l'ont littéralement
absorbée depuis quelques mois. La difficulté, d'ailleurs, ne
me paraît pas résider dans les arguments très habiles et, à
mon humble avis, convaincants, qu'elle utilise en vue de
déceler l'impasse[64] dans laquelle l'histoire est engagée par les
événements qui se développent sous nos yeux… »

La petite voix flûtée était modulée avec une élégance
excessive. Je n'écoutais même pas : je savais déjà ce qu'il
allait dire. J'étais accablé par sa barbe, par l'aspect sale de sa
peau, par ses lèvres couleur de tripes qui articulaient si bien
pendant que ses grandes mains s'élevaient dans le but d'accentuer les phrases[65]. Je compris qu'il était tombé d'accord
avec Lazare pour admettre l'effondrement des espoirs socialistes. Je pensai : « Les voilà propres, les deux zèbres, les
espoirs socialistes effondrés… je suis bien malade… »

M. Melou continuait, énonçant de sa voix professorale le
« dilemme angoissant » posé au monde intellectuel en cette
époque déplorable (c'était, selon lui, un malheur pour tout

dépositaire de l'intelligence de vivre justement aujourd'hui).
Il articula en plissant le front avec effort :

« Devons-nous nous ensevelir en silence ? Devons-nous,
au contraire, accorder notre concours aux dernières résistances des ouvriers, nous destinant de cette manière à une
mort implacable et stérile ? »

Quelques instants, il demeura silencieux, fixant des yeux
l'extrémité de sa main dressée.

« Louise[66], conclut-il, incline pour la solution héroïque.
Je ne sais ce que vous pensez personnellement, monsieur,
des possibilités dévolues au mouvement d'émancipation
ouvrière. Permettez-moi donc de poser ce problème… provisoirement » (il me regarda sur ces mots avec un sourire
fin ; il s'arrêta longuement, il donnait l'impression d'un
couturier qui, pour mieux juger de l'effet, recule un peu[67])
« … dans le vide, oui, c'est bien là ce qu'il faut dire », (il se
prit les mains l'une dans l'autre et, très doucement, les frotta)
« dans le vide… Comme si nous nous trouvions devant
les données d'un problème arbitraire. Nous sommes toujours en droit d'imaginer, indépendamment d'une donnée
réelle, un rectangle ABCD[68]… Énonçons, si vous voulez
bien, dans le cas présent : soit la classe ouvrière inéluctablement destinée à périr… »

J'écoutais cela : la classe ouvrière destinée à périr… J'étais
beaucoup trop vague. Je ne songeai même pas à me lever,
à partir en claquant la porte. Je regardais Lazare et j'étais
abruti. Lazare était assise sur un autre fauteuil, l'air résigné
et cependant attentif, la tête en avant, le menton dans la
main, le coude sur le genou. Elle n'était guère moins sordide
et plus sinistre que son beau-père. Elle ne bougea pas et l'interrompit :

« Sans doute voulez-vous dire "destinée à succomber
politiquement"… »

L'immense fantoche s'esclaffa. Il gloussait. Il concéda de
bonne grâce :

« Évidemment ! Je ne postule pas qu'ils périssent tous
corporellement… »

Je n'ai pu m'empêcher de dire :

« Que voulez-vous que ça me fasse ?

— Je me suis peut-être mal exprimé, monsieur… »

Alors Lazare, d'un ton blasé :

« Vous l'excuserez de ne pas vous dire *camarade*, mais mon

beau-père a pris l'habitude des discussions philosophiques…
avec des confrères… »

M. Melou était imperturbable. Il continua.

J'avais envie de pisser (j'agitais déjà les genoux) :

« Nous nous trouvons, il faut le dire, en face d'un problème menu, exsangue, et tel qu'à première vue, il semble
que sa substance se dérobe » (il eut l'air désolé, une difficulté
l'épuisait que lui seul pouvait voir, il esquissa un geste des
mains) « mais ses conséquences ne sauraient échapper à un
esprit aussi caustique, aussi inquiet que le vôtre… »

Je me tournai vers Lazare et lui dis :

« Vous m'excuserez, mais je dois vous demander de m'indiquer les cabinets… »

Elle eut un moment d'hésitation, ne comprenant pas,
puis elle se leva et m'indiqua la porte. Je pissai longuement,
j'imaginai ensuite que je pourrais vomir et je m'épuisai en
efforts inutiles, enfonçant deux doigts dans la gorge et toussant avec un bruit affreux. Cela me soulagea pourtant un
peu, je rentrai dans la chambre où étaient les deux autres. Je
restai debout, plutôt mal à l'aise, et, immédiatement, je dis :

« J'ai réfléchi à votre problème mais, tout d'abord, je
poserai une question. »

Leurs jeux de physionomie me firent savoir que — si
interloqués qu'ils fussent — « mes deux amis » m'écoute-
raient attentivement :

« Je crois que j'ai la fièvre » (je tendis en effet à Lazare ma
main brûlante).

« Oui, me dit Lazare avec lassitude, vous devriez rentrer
chez vous et vous coucher.

— Il y a tout de même une chose que je voudrais savoir :
si la classe ouvrière est foutue, pourquoi êtes-vous communistes… ou socialistes ?… comme vous voudrez… »

Ils me regardèrent fixement. Puis ils se regardèrent l'un
l'autre. Enfin Lazare répondit, je l'entendis à peine :

« Quoi qu'il arrive, nous devons être à côté des
opprimés. »

Je pensai : elle est chrétienne[69]. Bien entendu !… et moi,
je viens ici… J'étais hors de moi, je n'en pouvais plus de
honte…

« Au nom de quoi "il faut" ? Pour quoi faire ?

— On peut toujours sauver son âme », fit Lazare[70].

Elle laissa tomber la phrase sans bouger, sans même lever

les yeux. Elle me donna le sentiment d'une conviction inébranlable[71].

Je me sentais pâlir ; j'avais, de nouveau, très mal au cœur… Pourtant, j'insistai :

« Mais vous, monsieur ?

— Oh… », fit M. Melou, les yeux perdus dans la contemplation de ses maigres doigts, « je ne comprends que trop votre perplexité. Je suis perplexe moi-même, ter-ri-ble-ment perplexe… D'autant plus que… vous venez de dégager, en quelques mots, un aspect imprévu du problème… Oh, oh ! » (il sourit dans sa longue barbe) « voilà qui est ter-ri-ble-ment intéressant. En effet, ma chère enfant, pourquoi sommes-nous encore socialistes… ou communistes ?… Oui, pourquoi ?… »

Il parut s'abîmer dans une méditation imprévue. Il laissa peu à peu tomber, du haut de son immense buste, une petite tête longuement barbue[72]. Je vis ses genoux anguleux. Après un silence gênant, il ouvrit d'interminables bras et, tristement, il les éleva :

« Les choses en arrivent là, nous ressemblons au paysan qui travaillerait sa terre pour l'orage. Il passerait devant ses champs, la tête basse… Il saurait la grêle inévitable[73] . . . .
. . . .
. . . .
. . . .

« Alors… le moment approchant… il se tient devant sa récolte et, comme je le fais maintenant moi-même » (sans transition, l'absurde, le risible personnage devint sublime, tout à coup sa voix fluette, sa voix suave avait pris quelque chose de glaçant) « il élèvera pour rien ses bras vers le ciel… en attendant que la foudre le frappe… lui et ses bras… »

Il laissa, sur ces mots, tomber ses propres bras. Il était devenu la parfaite image d'un désespoir affreux.

Je le compris. Si je ne m'en allais pas, je recommencerais à pleurer : moi-même, par contagion, j'eus un geste découragé, je suis parti, disant presqu'à voix basse :

« Au revoir, Lazare. »

Puis, il passa dans ma voix une sympathie impossible :

« Au revoir, monsieur. »

Il pleuvait à verse, je n'avais ni chapeau ni manteau. J'imaginai que le chemin n'était pas long. Je marchai pendant presque une heure, incapable de m'arrêter, glacé par l'eau qui avait trempé mes cheveux et mes vêtements.

5

Le lendemain, cette échappée dans une réalité démente
était sortie de ma mémoire. Je m'éveillai bouleversé. J'étais
bouleversé par la peur que je venais d'éprouver en rêve,
j'étais hagard, brûlant de fièvre… Je n'ai pas touché au petit
déjeuner que déposa ma belle-mère à mon chevet. Mon envie
de vomir durait. Elle n'avait pour ainsi dire pas cessé depuis
l'avant-veille. J'envoyai chercher une bouteille de mauvais
champagne. J'en bus un verre glacé : après quelques minutes,
je me suis levé pour aller vomir. Après le vomissement, je me
suis recouché, j'étais légèrement soulagé, mais la nausée ne
tarda pas à revenir. J'étais pris de tremblements et de claquements de dents : j'étais évidemment malade, je souffrais d'une
façon très mauvaise. Je retombai dans une sorte de sommeil
affreux : toutes choses commencèrent à se décrocher, des
choses obscures, hideuses, informes, qu'absolument il aurait
fallu fixer ; il n'y avait aucun moyen. Mon existence s'en allait
en morceaux comme une matière pourrie… Le médecin
vint, il m'examina des pieds à la tête. Il décida finalement de
revenir avec un autre ; à sa façon de parler, je compris que
j'allais peut-être mourir (je souffrais affreusement, je sentais
en moi quelque chose de coincé et j'éprouvais un violent
besoin de répit : ainsi je n'avais pas la même envie de mourir
que les autres jours). J'avais une grippe, compliquée de symptômes pulmonaires assez graves : inconsciemment, je m'étais
exposé au froid la veille sous la pluie. Je passai trois jours dans
un horrible état. À l'exception de ma belle-mère, de la bonne
et des médecins, je ne vis personne. Le quatrième jour, j'allais
plus mal, la fièvre n'était pas tombée. Ne me sachant pas
malade, Xénie téléphona : je lui dis que je ne quittais pas la
chambre et qu'elle pouvait venir me voir. Elle arriva un quart
d'heure après[74]. Elle était plus simple que je ne l'avais imaginé : elle était même très simple. Après les fantômes de la rue
de Turenne, elle me paraissait humaine. J'ai fait porter une
bouteille de vin blanc, lui expliquant avec peine que je prendrais plaisir à la regarder boire du vin — par goût pour elle et
pour le vin — je ne pouvais boire que du bouillon de légumes,
ou du jus d'orange. Elle ne fit aucune difficulté pour boire le
vin. Je lui dis que, le soir où j'étais ivre, j'avais bu parce que je
me sentais très malheureux.

Elle l'avait bien vu, disait-elle.

« Vous buviez comme si vous aviez voulu mourir. Le plus vite possible. J'aurais bien voulu… mais je n'aime pas empêcher de boire, et puis, moi aussi, j'avais bu. »

Son bavardage m'épuisait. Cependant, il m'obligea de sortir un peu de la prostration. Je m'étonnais que la pauvre fille ait aussi bien compris, mais, pour moi, elle ne pouvait rien. Même en admettant que, plus tard, j'échappe à la maladie. Je lui pris la main, je l'attirai vers moi et la lui passai doucement sur ma joue pour que la pique la barbe rêche qui avait poussé depuis quatre jours.

Je lui dis en riant :

« Impossible d'embrasser un homme aussi mal rasé. »

Elle attira ma main et l'embrassa longuement. Elle me surprit. Je ne sus pas quoi dire. Je cherchai à lui expliquer en riant — je parlais très bas comme les gens très malades : je souffrais de la gorge :

« Pourquoi m'embrasses-tu la main ? Tu le sais bien. Je suis ignoble au fond. »

J'aurais pleuré à l'idée qu'elle ne pouvait rien. Je ne pouvais rien surmonter.

Elle me répondit simplement :

« Je le sais. Tout le monde sait que vous avez une vie sexuelle anormale. Moi, j'ai pensé que vous étiez surtout très malheureux. Je suis très sotte, très rieuse. Je n'ai que des bêtises dans la tête, mais, depuis que je vous connais et que j'ai entendu parler de vos habitudes, j'ai pensé que les gens qui ont des habitudes ignobles… comme vous… c'est probablement qu'ils souffrent. »

Je la regardais longuement. Elle me regardait également sans rien dire. Elle vit que, malgré moi, les larmes me coulaient des yeux. Elle n'était pas très belle mais touchante et simple : jamais je ne l'aurais pensée si vraiment simple. Je lui dis que je l'aimais bien, que, pour moi, tout devenait irréel : je n'étais peut-être pas ignoble — à tout prendre — mais j'étais un homme perdu. Il vaudrait mieux que je meure maintenant, comme je l'espérais. J'étais si épuisé par la fièvre, et par une si profonde horreur, que je ne pouvais rien lui expliquer ; d'ailleurs, moi-même, je ne comprenais rien…

Elle me dit alors, avec une brusquerie presque folle :

« Je ne veux pas que vous mourriez. Je vous soignerai, moi. J'aurais tellement voulu vous aider à vivre… »

J'essayai de lui faire entendre raison :

« Non. Tu ne peux rien pour moi, personne ne peut plus rien… »

Je le lui dis avec une telle sincérité, avec un désespoir si évident, que nous sommes restés silencieux l'un et l'autre. Elle-même n'osa plus rien dire. À ce moment, sa présence m'était désagréable.

Après ce long silence, une idée se mit à m'agiter intérieurement, une idée stupide, haineuse, comme si, tout à coup, il y allait de la vie, ou plutôt, en l'occasion, de plus que la vie. Alors, brûlé de fièvre, je lui dis avec une exaspération démente :

« Écoute-moi, Xénie — j'ai commencé à pérorer et j'étais hors de moi sans raison — tu t'es mêlée à l'agitation littéraire, tu as dû lire Sade, tu as dû trouver Sade formidable — comme les autres. Ceux qui admirent Sade sont des escrocs[75] — entends-tu ? — des escrocs… »

Elle me regarda en silence, elle n'osait rien dire. Je continuai :

« Je m'énerve, je suis enragé, à bout de force, les phrases m'échappent… Mais pourquoi ont-ils fait ça avec Sade ? »

Je criai presque :

« Est-ce qu'ils avaient mangé de la merde, oui ou non[76] ? »

Je râlais si follement, tout à coup, que je pus me dresser et, de ma voix cassée, je m'égosillai en toussant :

« Les hommes sont des valets de chambre… S'il y en a un qui a l'air d'un maître, il y en a d'autres qui en crèvent de vanité… mais… ceux qui ne s'inclinent devant rien sont dans les prisons ou sous terre… et la prison ou la mort pour les uns… ça veut dire la servilité pour tous les autres… »

Xénie appuya doucement la main sur mon front :

« Henri, je t'en supplie — elle devenait alors, penchée sur moi, une sorte de fée souffrante et la passion inattendue de sa voix presque basse me brûlait — arrête de parler… tu es trop fiévreux pour parler encore… »

Bizarrement une détente succéda à mon excitation maladive : le son étrange et envahissant de sa voix m'avait empli d'une torpeur à demi heureuse. Je regardai Xénie assez longtemps, sans rien dire, en lui souriant : je vis qu'elle avait une robe de soie bleu marine et un col blanc, des bas clairs et des souliers blancs ; son corps était élancé et paraissait joli sous cette robe ; son visage était frais sous les cheveux noirs bien peignés. Je regrettais d'être si malade.

Je lui dis sans hypocrisie :

« Tu me plais beaucoup aujourd'hui. Je te trouve belle, Xénie. Quand tu m'as appelé *Henri* et que tu m'as dit *tu*, ça m'a semblé bon. »

Elle sembla heureuse, folle de joie même, pourtant folle d'inquiétude. Dans son trouble, elle se mit à genoux près de mon lit et elle m'embrassa le front ; je lui mis la main dans les jambes sous la jupe… Je ne me sentais pas moins épuisé mais je ne souffrais plus. On frappa à la porte et la vieille bonne entra sans attendre une réponse : Xénie se releva, aussi vite qu'elle le put. Elle fit semblant de regarder un tableau, elle avait l'air d'une folle, même d'une idiote. La bonne, elle aussi, eut l'air d'une idiote : elle portait le thermomètre et une tasse de bouillon. J'étais déprimé par la stupidité de la vieille femme, rejeté dans la prostration. L'instant d'avant, les cuisses nues de Xénie étaient fraîches dans ma main, maintenant tout vacillait. Ma mémoire elle-même vacillait : la réalité était en morceaux. Rien ne restait plus que la fièvre, en moi la fièvre consumait la vie. J'introduisis le thermomètre moi-même, sans avoir le courage de demander à Xénie de tourner le dos. La vieille était partie. Bêtement, Xénie m'a regardé fouiller sous les couvertures, jusqu'au moment où le thermomètre entra. Je crois que la malheureuse eut envie de rire en me regardant, mais l'envie de rire acheva de la torturer. Elle eut l'air égaré : elle demeurait devant moi debout, décomposée, décoiffée, toute rouge ; le trouble sexuel aussi était visible sur sa figure.

La fièvre avait augmenté depuis la veille. Je m'en moquais. Je souriais, mais, visiblement, mon sourire était malveillant. Il était même si pénible à voir que l'autre, près de moi ne savait plus quelle grimace faire. À son tour, ma belle-mère arriva voulant savoir ma fièvre : je lui racontai sans lui répondre que Xénie, qu'elle connaissait depuis longtemps, resterait là pour me soigner. Elle pouvait coucher dans la chambre d'Édith si elle voulait. Je le dis avec dégoût, puis recommençai à sourire méchamment, regardant les deux femmes.

Ma belle-mère me haïssait pour tout le mal que j'avais fait à sa fille ; en outre, elle souffrait toutes les fois que les convenances étaient heurtées. Elle demanda :

« Vous ne voulez pas que je télégraphie à Édith de venir ? »

Je répondis de ma voix éraillée, avec l'indifférence d'un homme qui d'autant plus est maître de la situation qu'il est plus mal :

« Non. Je ne veux pas. Xénie peut coucher là si elle veut. »

Debout, Xénie était presque tremblante. Elle serra la lèvre inférieure dans les dents pour ne pas pleurer. Ma belle-mère était ridicule. Elle avait le visage de circonstance. Ses yeux perdus s'affolaient d'agitation, ce qui allait bien mal avec sa démarche apathique. À la fin, Xénie balbutia qu'elle allait chercher ses affaires : elle quitta la chambre sans mot dire, sans jeter un regard sur moi, mais je compris qu'elle contenait ses sanglots.

Je dis en riant à ma belle-mère :

« Qu'elle s'en aille au diable, si elle veut. »

Ma belle-mère se précipita pour accompagner Xénie à la porte. Je ne savais pas si Xénie avait ou non entendu.

J'étais le détritus que chacun piétine et ma propre méchanceté s'ajoutait à la méchanceté du sort. J'avais appelé le malheur sur ma tête et je crevais là ; j'étais seul, j'étais lâche. J'avais interdit de prévenir Édith. À l'instant, je sentis un trou noir en moi, comprenant bien que jamais plus je ne pourrais la serrer contre ma poitrine. J'appelais mes petits enfants de toute ma tendresse : ils ne viendraient pas. Ma belle-mère et la vieille bonne étaient là près de moi : elles avaient bien la gueule, en effet, l'une et l'autre, à laver un cadavre et à lui ficeler la bouche pour l'empêcher de s'ouvrir risiblement. J'étais de plus en plus irritable ; ma belle-mère me fit une piqûre de camphre, mais l'aiguille était émoussée, cette piqûre me fit très mal : ce n'était rien, mais il n'était rien non plus que je pusse attendre, sinon ces infâmes petites horreurs. Ensuite tout s'en irait, même la douleur, et la douleur était alors en moi ce qui restait d'une vie tumultueuse…
Je pressentais quelque chose de vide, quelque chose de noir, quelque chose d'hostile, de géant… mais plus moi… Les médecins arrivèrent, je ne sortis pas de la prostration. Ils pouvaient écouter ou palper ce qu'ils voulaient. Je n'avais plus qu'à supporter la souffrance, le dégoût, l'abjection, qu'à

supporter plus loin que je ne pouvais attendre. Ils ne dirent à peu près rien ; ils n'essayèrent même pas de m'arracher de vaines paroles. Le lendemain matin, ils reviendraient, mais je devais faire le nécessaire. Je devais télégraphier à ma femme. Je n'étais plus en état de refuser.

6

Le soleil entrait dans ma chambre, il éclairait directement la couverture rouge vif de mon lit, la fenêtre ouverte à deux battants. Ce matin-là, une actrice d'opérette chantait chez elle, ses fenêtres ouvertes, à tue-tête. Je reconnus, malgré la prostration, l'air d'Offenbach de *La Vie parisienne*[77]. Les phrases musicales roulaient et éclataient de bonheur dans sa jeune gorge. C'était :

> *Vous souvient-il ma belle*
> *D'un homme qui s'appelle*
> *Jean-Stanislas, baron de Frascata ?*

Dans mon état, je croyais entendre une réponse ironique à une interrogation qui se précipitait dans ma tête, allant à la catastrophe. La jolie folle (je l'avais autrefois aperçue, je l'avais même désirée) continuait son chant, apparemment soulevée par une vive exultation :

> *En la saison dernière,*
> *Quelqu'un, sur ma prière,*
> *Dans un grand bal à vous me présenta !*
> *Je vous aimai, moi, cela va sans dire !*
> *M'aimâtes-vous ? je n'en crus jamais rien*[78].

Écrivant aujourd'hui, une joie aiguë m'a porté le sang à la tête, si folle que j'aimerais chanter moi aussi.

Ce jour-là, Xénie, qui avait résolu dans le désespoir que lui donna mon attitude, à venir passer du moins la nuit près de moi, allait entrer sans plus tarder dans cette chambre ensoleillée. J'entendais le bruit d'eau qu'elle faisait dans la salle de bains. La jeune fille n'avait peut-être pas compris mes derniers mots. Je n'en avais pas de regret. Je la préférais à ma belle-mère — du moins pouvais-je un instant me distraire à ses dépens… La pensée que, peut-être, je devrais lui demander le bassin m'arrêta : je me moquais de la dégoûter, mais j'avais honte de ma situation ; en être réduit à faire ça dans mon lit par les services d'une jolie femme et la puanteur, je défaillais (à ce moment, la mort m'écœurait jusqu'à la peur ; cependant, j'aurais dû en avoir envie). La veille au soir, Xénie était revenue avec une valise, j'avais fait une grimace, j'avais grogné sans desserrer les dents. J'avais fait semblant d'être à bout, au point de ne pouvoir articuler un mot. Exaspéré, j'avais même fini par lui répondre, en grimaçant avec moins de retenue. Elle n'en avait rien vu. D'un instant à l'autre, elle allait entrer : elle s'imaginait qu'il fallait les soins d'une amoureuse pour me sauver ! Quand elle frappa, j'avais réussi à m'asseoir (il me semblait que, provisoirement, j'allais un peu moins mal). J'ai répondu : *Entrez !* d'une voix presque normale, même d'une voix un peu solennelle, comme si j'avais joué un rôle.

J'ajoutai en la voyant, moins haut, sur le ton tragicomique de la déception :

« Non, ce n'est pas la mort… ce n'est que la pauvre Xénie… »

La charmante fille regarda son amant prétendu avec des yeux ronds. Ne sachant que faire, elle tomba à genoux devant mon lit.

Elle s'écria doucement :

« Pourquoi es-tu si cruel ? J'aurais tellement voulu t'aider à guérir.

— Je voudrais seulement, lui répondis-je avec une amabilité de convention, que, pour l'instant, tu m'aides à me raser.

— Tu vas te fatiguer peut-être ? Ne peux-tu pas rester comme tu es ?

— Non. Un mort mal rasé, ça n'est pas beau.

— Pourquoi veux-tu me faire mal. Tu ne vas pas mourir. Non. Tu ne peux pas mourir…

— Imagine ce que j'endure en attendant… Si chacun pensait à l'avance… Mais quand je serai mort, Xénie, tu pourras m'embrasser comme tu voudras, je ne souffrirai plus, je ne serai plus odieux. Je t'appartiendrai tout entier…

— Henri ! tu me fais si affreusement mal que je ne sais plus lequel de nous deux est malade… Tu sais, ce n'est pas toi qui vas mourir, j'en suis sûre, mais moi, tu m'as mis la mort dans la tête, comme si elle n'en devait jamais sortir. »

Il se passa un peu de temps. Je devenais vaguement absent.

« Tu avais raison. Je suis trop fatigué pour me raser seul, même aidé. Il faut téléphoner au coiffeur. Il ne faut pas te fâcher, Xénie, quand je dis que tu pourras m'embrasser… C'est comme si je parlais pour moi. Sais-tu que j'ai un goût vicieux pour les cadavres… »

Xénie était restée à genoux, toujours à un pas de mon lit, l'air hagard et ainsi elle me regardait sourire.

À la fin, elle baissa la tête et me demanda à voix basse :

« Qu'est-ce que tu veux dire ? Je t'en supplie, tu dois tout me dire à présent, parce que j'ai peur, j'ai très peur[79]… »

Je riais. J'allais lui raconter la même chose qu'à Lazare. Mais ce jour-là c'était plus étrange. Soudain, je pensai à mon rêve : dans un éblouissement, ce que j'avais aimé au cours de ma vie surgissait, comme un cimetière aux tombes blanches sous une lumière lunaire, sous une lumière spectrale : au fond, ce cimetière était un bordel ; le marbre funéraire était vivant, il était *poilu* par endroits[80]…

Je regardai Xénie. Je pensai avec une terreur d'enfant : *maternelle !* Xénie, visiblement, souffrait. Elle dit :

« Parle… maintenant… parle… j'ai peur, je deviens folle… »

Je voulais parler et je ne pouvais pas. Je m'efforçai :

« Il faudrait alors que je te raconte toute ma vie.

— Non, parle… dis seulement quelque chose… mais ne me regarde plus sans rien dire…

— Quand ma mère est morte… »

(Je n'avais plus la force de parler. Je me rappelais brusquement : à Lazare, j'avais eu peur de dire « ma mère », j'avais dit, dans ma honte : « une femme âgée ».)

« Ta mère ?… parle…

— Elle est morte dans la journée. J'ai couché chez elle avec Édith.

— Ta femme ?

— Ma femme. J'ai pleuré sans finir, en criant. J'ai… Dans la nuit, j'étais couché à côté d'Édith, qui dormait… »

Une fois de plus, je n'avais plus la force de parler. J'avais pitié de moi, j'aurais, si j'avais pu, roulé par terre, j'aurais hurlé, crié au secours, j'avais, sur l'oreiller, le peu de souffle d'un agonisant… j'avais d'abord parlé à Dirty, puis à

Lazare… à Xénie, j'aurais dû demander pitié, j'aurais dû me
jeter à ses pieds… Je ne le pouvais pas, mais je la méprisais
de tout mon cœur. Stupidement, elle continuait de gémir et
de supplier.

« Parle… Aie pitié de moi… parle-moi…

— … Les pieds nus, je m'avançais dans le couloir en
tremblant… Je tremblais de peur et d'excitation devant le
cadavre, à bout d'excitation… j'étais en transe… J'enlevai
mon pyjama… je me suis… tu comprends[81]… »

Si malade que je fusse, je souriais. À bout de nerfs, devant
moi, Xénie baissait la tête. C'est à peine si elle bougea…
mais, convulsivement, quelques secondes passèrent, qui
n'en finissaient plus, elle céda, elle se laissa tomber et son
corps inerte s'étala.

Je délirai et je pensai : elle est odieuse, le moment vient,
j'irai jusqu'au bout. Je me glissai péniblement au bord du lit.
Il me fallut un long effort. Je sortis un bras, j'attrapai le bas
de sa jupe et je la retroussai. Elle poussa un cri terrible, mais
sans bouger : elle eut un tremblement. Elle râlait, la joue à
même le tapis, la bouche ouverte.

J'étais dément. Je lui dis :

« Tu es ici pour rendre ma mort plus sale. Déshabille-toi
maintenant : ce sera comme si je crevais au bordel. »

Xénie se redressa, appuyée sur les mains, elle retrouva sa
voix brûlante et grave :

« Si tu continues cette comédie, me dit-elle, tu sais comment elle finira. »

Elle se leva et, lentement, alla s'asseoir sur le rebord de la
fenêtre[82] : elle me regardait, sans trembler.

« Tu le vois, je vais me laisser aller… en arrière. »

Elle commença, en effet, le mouvement qui, achevé, l'aurait basculée dans le vide.

Si odieux que je sois, ce mouvement me fit mal et il ajouta
le vertige à tout ce qui déjà s'effondrait en moi[83]. Je me
dressai. J'étais oppressé, je lui dis :

« Reviens. Tu le sais bien. Si je ne t'aimais pas, je n'aurais
pas été si cruel. J'ai peut-être voulu souffrir un peu plus. »

Elle descendit sans hâte. Elle paraissait absente, le visage
flétri par la fatigue.

Je pensai : je vais lui raconter l'histoire du Krakatoa[84]. Il y
avait maintenant une fuite dans ma tête, tout ce que je pen-

sais me fuyait. Je voulais dire une chose et, tout aussitôt, je n'avais rien à dire… La vieille bonne entra portant sur un plateau le petit déjeuner de Xénie. Elle le déposa sur une petite table à un pied. En même temps, elle me portait un grand verre de jus d'orange, mais j'avais les gencives et la langue enflammées, j'avais plus peur qu'envie de boire. Xénie versa pour elle le lait et le café. Je tenais mon verre à la main, voulant boire, je ne pouvais pas me décider. Elle vit que je m'impatientais. Je tenais un verre dans la main et je ne buvais pas. C'était un non-sens évident. Xénie, l'apercevant, voulut aussitôt me débarrasser. Elle se précipita, mais avec une telle gaucherie qu'elle renversa, en se levant, la table et le plateau : tout s'effondra dans un bruit de vaisselle cassée. Si, à ce moment, la pauvre fille avait disposé de la moindre réaction, elle aurait facilement sauté par la fenêtre. À chaque minute, sa présence à mon chevet devenait plus absurde. Elle sentait cette présence injustifiable. Elle se baissa, ramassa les morceaux épars et les disposa sur le plateau : de cette manière, elle pouvait dissimuler son visage et je ne voyais pas (mais je devinais) l'angoisse qui la décomposait. Enfin elle éponge le tapis inondé de café au lait, se servant d'une serviette de toilette. Je lui dis d'appeler la bonne, qui lui apporterait un autre déjeuner. Elle ne répondit pas, ne leva pas la tête. Je voyais qu'elle ne pouvait rien demander à la bonne, mais elle ne pouvait rester sans rien manger.

Je lui dis :
« Ouvre l'armoire. Tu verras une boîte de fer-blanc où il doit y avoir des gâteaux. Il doit y avoir une bouteille de champagne presque pleine. C'est tiède, mais si tu en veux… »
Elle ouvrit l'armoire et, me tournant le dos, elle commença à manger des gâteaux, puis, comme elle avait soif, elle se servit un verre de champagne et l'avala vite ; elle mangea encore rapidement et se servit un second verre, enfin elle ferma l'armoire. Elle acheva de tout mettre en ordre. Elle était désemparée, ne sachant plus quoi faire. Je devais avoir une piqûre d'huile camphrée : je le lui dis. Elle alla préparer dans la salle de bains et demander le nécessaire à la cuisine. Après quelques minutes, elle revint avec une seringue pleine. Je me plaçai difficilement sur le ventre, et lui offris une fesse après avoir descendu le pantalon de mon pyjama. Elle ne savait pas s'y prendre, me dit-elle.

« Alors, lui dis-je, tu vas me faire mal. Il vaudrait mieux demander à ma belle-mère… »

Sans plus attendre, elle enfonça résolument l'aiguille. Il était impossible de mieux s'y prendre. De plus en plus, la présence de cette fille qui m'avait mis l'aiguille dans la fesse me déconcertait. Je parvins à me retourner, non sans mal. Je n'avais pas la moindre pudeur ; elle m'aida à remonter mon pantalon. Je souhaitais qu'elle continuât de boire. Je me sentais moins mal. Elle ferait mieux, lui dis-je, de prendre dans l'armoire un verre et la bouteille, de les garder à côté d'elle et de boire.

Elle dit simplement :

« Comme tu veux. »

Je pensai : si elle continue, si elle boit, je lui dirai *couche-toi* et elle se couchera, *lèche la table* et elle la lèchera… j'allais avoir une belle mort… il n'était rien qui ne me soit odieux : odieux profondément.

Je demandai à Xénie :

« Connais-tu une chanson qui commence par : *J'ai rêvé d'une fleur*[85] ?

— Oui. Pourquoi ?

— Je voudrais que tu me la chantes. Je t'envie de pouvoir avaler même du mauvais champagne. Bois encore un peu. Il faut finir la bouteille.

— Comme tu veux. »

Et elle but à longs traits.

Je continuai :

« Pourquoi tu ne chanterais pas ?

— Pourquoi : *J'ai rêvé d'une fleur* ?…

— Parce que…

— Alors. Ça ou autre chose…

— Tu vas chanter, n'est-ce pas ? J'embrasse ta main. Tu es gentille. »

Elle chanta, résignée. Elle était debout, les mains vides, elle avait les yeux rivés au tapis.

> *J'ai rêvé d'une fleur*
> *Qui ne mourrait jamais.*
> *J'ai rêvé d'un amour*
> *Qui durerait toujours.*

Sa voix grave s'élevait avec beaucoup de cœur et hachait les derniers mots, pour finir, avec une lassitude angoissante :

> *Pourquoi faut-il, hélas, que sur la Terre*
> *Le bonheur et les fleurs soient toujours éphémères ?*
> . . . .

Je lui dis encore :
« Tu pourrais faire quelque chose pour moi.
— Je ferai ce que tu voudras.
— Cela aurait été beau si tu avais chanté nue devant moi.
— Chanté nue ?
— Tu vas boire un peu plus. Tu fermeras la porte à clé. Je te laisserai une place près de moi, dans mon lit. Déshabille-toi maintenant.
— Mais ce n'est pas sensé.
— Tu me l'as dit. Tu fais ce que je veux. »
Je la regardai sans plus rien dire, comme si je l'avais aimée. Elle but encore lentement. Elle me regardait. Ensuite elle enleva sa robe. Elle était d'une simplicité presque folle. Elle ôta sa chemise sans hésitation. Je lui dis de prendre, au fond de la pièce, dans le réduit où pendaient les vêtements, une robe de chambre de ma femme. Elle pourrait la passer rapidement s'il le fallait, s'il arrivait quelqu'un : elle garderait ses bas et ses chaussures ; elle cacherait la robe et la chemise qu'elle venait de quitter.
Je dis encore :
« J'aurais voulu que tu chantes encore une fois. Ensuite, tu t'allongeras à côté de moi. »

À la fin, j'étais troublé, d'autant qu'elle avait le corps plus joli et plus frais que la figure. Surtout elle était lourdement nue dans les bas.
Je lui dis encore, et cette fois très bas. Ce fut une sorte de supplication. Je me penchai vers elle. Je simulai l'amour brûlant dans ma voix qui tremblait.
« Par pitié, chante debout, chante à pleine gorge…
— Si tu veux », dit-elle.
Sa voix, dans sa gorge, se contractait tant l'amour et le sentiment d'être nue la troublait. Les phrases de la chanson roucoulèrent dans la chambre et tout son corps sembla brûler[86]. Un élan, un délire semblait la perdre et secouer sa

tête ivre qui chantait. Ô démence ! Elle pleurait lorsqu'elle
s'avança follement nue vers mon lit — que je croyais un lit
de mort. Elle tomba à genoux, elle tomba devant moi pour
cacher ses larmes dans les draps.

Je lui dis :

« Allonge-toi près de moi et ne pleure plus… »

Elle répondit :

« Je suis ivre. »

La bouteille était vide sur la table. Elle se coucha. Elle
avait toujours ses souliers. Elle s'étendit le derrière en l'air,
enfonçant la tête dans le traversin. Qu'il était bizarre de lui
dire à l'oreille avec une douceur brûlante qu'on ne trouve
ordinairement que dans la nuit.

Je lui disais très bas :

« Ne pleure plus, mais j'avais besoin que tu sois folle, j'en
avais besoin pour ne pas mourir.

— Tu ne mourras pas, tu dis vrai ?

— Je ne veux plus mourir. Je veux vivre avec toi… Quand
tu t'es mise sur le rebord de la fenêtre, j'ai eu peur de la mort.
Je songe à la fenêtre vide… j'ai eu terriblement peur… toi…
et puis moi… deux morts… et la chambre vide…

— Attends, je vais fermer la fenêtre, si tu veux.

— Non. C'est inutile. Reste à côté de moi, encore plus
près… je veux sentir ton souffle. »

Elle s'approcha de moi, mais sa bouche avait une odeur
de vin.

Elle me dit :

« Tu es brûlant.

— Je me sens plus mal, ai-je repris, j'ai peur de mourir…
J'ai vécu obsédé par la peur de la mort et maintenant… je ne
veux plus voir cette fenêtre ouverte, elle donne le vertige…
c'est cela. »

Xénie aussitôt se précipita.

« Tu peux la fermer, mais reviens… reviens vite… »

Tout se troublait. Parfois, de la même façon, un sommeil
irrésistible l'emporte. Inutile de parler. Déjà les phrases sont
mortes, inertes, comme dans les rêves…

Je balbutiai :

« Il ne peut pas entrer…

— Qui donc, entrer ?

— J'ai peur…

— De qui as-tu peur ?

— … De Frascata…

— Frascata ?

— Mais non, je rêvais. Il y en a un autre…

— Ce n'est pas ta femme…

— Non. Édith ne peut pas arriver… il est trop tôt…

— Mais quel autre, Henri, de qui parlais-tu ? Il faut me le dire… je m'affole… tu sais que j'ai trop bu… »

Après un pénible silence, je prononçai :

« Personne n'arrive ! »

Soudain, une ombre tourmentée tomba du ciel ensoleillé. Elle s'agita en claquant dans le cadre de la fenêtre. Contracté, je me repliai sur moi-même en tremblant. C'était un long tapis lancé de l'étage supérieur : un court instant j'avais tremblé. Dans mon hébétude, je l'avais cru : celui que j'appelais le « Commandeur » était entré. Il venait toutes les fois que je l'invitais. Xénie elle-même avait eu peur. Elle avait, avec moi, l'appréhension d'une fenêtre où elle venait de s'asseoir avec l'idée de se jeter. Au moment de l'irruption du tapis, elle n'avait pas crié… elle s'était, contre moi, couchée en chien de fusil, elle était pâle, elle avait le regard d'une folle.

Je perdais pied[87].

« C'est trop noir… »

… Xénie, le long de moi s'allongea… elle eut alors l'apparence d'une morte… elle était nue… elle avait des seins pâles de prostituée… un nuage de suie noircissait le ciel… il dérobait en moi le ciel et la lumière… un cadavre à côté de moi, j'allais mourir ?

… Même cette comédie m'échappait… c'était une comédie…

HISTOIRE D'ANTONIO

I

Peu de semaines plus tard, j'avais même oublié d'avoir été malade. Je rencontrai Michel[88] à Barcelone. Je me trouvai soudain devant lui. Assis à une table de la Criolla. Lazare lui avait dit que j'allais mourir. La phrase de Michel me rappelait un passé pénible.

Je commandai une bouteille de cognac. Je commençai à boire, emplissant le verre de Michel. Je ne tardai guère à devenir ivre. Je connaissais depuis longtemps l'attraction de la Criolla[89]. Elle manquait de charme pour moi. Un garçon vêtu en fille faisait sur la piste un tour de danse : il portait une robe de soirée décolletée jusqu'aux fesses. Les coups de talon de la danse espagnole sonnaient sur le plancher…

Je ressentis un profond malaise. Je regardais Michel. Il n'avait pas l'habitude du vice. Michel était d'autant plus gauche qu'à son tour il devenait ivre : il était agité sur sa chaise.

J'étais excédé. Je lui dis :

« Je voudrais que Lazare te voie… dans un bouge ! »

Il m'arrêta, surpris :

« Mais Lazare venait souvent à la Criolla[90]. »

Je me suis tourné naïvement vers Michel, comme quelqu'un de déconcerté.

« Mais oui, l'an dernier, Lazare a séjourné à Barcelone et elle passait souvent la nuit à la Criolla. Est-ce si extraordinaire ? »

La Criolla est en effet l'une des curiosités connues de Barcelone.

Je pensais néanmoins que Michel plaisantait. Je le lui dis : la plaisanterie était absurde, à la seule idée de Lazare, j'étais malade. Je sentais monter la colère insensée que je contenais.

Je criai, j'étais fou, j'avais pris la bouteille dans la main :

« Michel, si Lazare était devant moi, je la tuerais. »

Une autre danseuse — un autre danseur — entra sur le plateau dans les éclats de rire et les cris. Il avait une perruque blonde. Il était beau, hideux, risible.

« Je veux la battre, la frapper… »

C'était si absurde que Michel se leva. Il me prit par le bras. Il avait peur : je perdais toute mesure. Il était ivre, à son tour. Il eut l'air égaré, retombant sur sa chaise.

Je me calmai, regardant le danseur à la chevelure solaire.

« Lazare ! Ce n'est pas elle qui s'est mal conduite, s'écria Michel. Elle m'a dit au contraire que tu l'avais violemment maltraitée, — en paroles…

— Elle te l'a dit.

— Mais elle ne t'en veut pas.

— Ne me dis plus qu'elle est venue à la Criolla. Lazare à la Criolla !…

— Elle est venue ici plusieurs fois, avec moi : elle s'y est vivement intéressée. Elle ne voulait plus en partir. Elle devait être suffoquée. Jamais elle ne m'a parlé des sottises que tu lui as dites. »

Je m'étais à peu près calmé :

« Je t'en parlerai une autre fois. Elle est venue me voir au moment où j'étais à la mort ! Elle ne m'en veut pas ?… Moi, je ne lui pardonnerai jamais. Jamais ! tu m'entends ? Enfin, me diras-tu ce qu'elle venait faire à la Criolla ?… Lazare ?… »

Je ne pouvais imaginer Lazare assise où j'étais, devant un spectacle scandaleux. J'étais dans l'hébétude. J'avais le sentiment d'avoir oublié quelque chose — que j'aurais su l'instant d'avant, qu'absolument j'aurais dû retrouver. J'aurais voulu parler, plus entièrement, parler plus fort ; j'avais conscience d'une parfaite impuissance. J'achevais de devenir ivre.

Michel, préoccupé, devenait plus gauche. Il était en sueur, malheureux. Plus il réfléchissait, plus il se sentait dépassé.

« J'ai voulu lui tordre un poignet, me dit-il.

— …

— Un jour… ici-même… »

J'étais sous pression, j'aurais éclaté.

Michel, au milieu du vacarme, s'esclaffa :

« Tu ne la connais pas ! Elle me demandait de lui planter des épingles dans la peau[91] ! Tu ne la connais pas ! Elle est intolérable…

— Pourquoi des épingles ?

— Elle voulait s'entraîner… »

Je criai :

« À quoi ? s'entraîner ? »

Michel rit de plus belle.

« À endurer la torture… »

Soudain, il reprit son sérieux, gauchement, comme il pouvait. Il eut l'air pressé, il eut l'air idiot. Il parla aussitôt. Il enrageait :

« Il y a autre chose, que tu dois savoir, absolument. Tu le sais, Lazare envoûte ceux qui l'entendent. Elle leur semble hors de terre. Il y a des gens ici, des ouvriers, qu'elle mettait mal à l'aise. Ils l'admiraient. Puis, ils la rencontraient à la

Criolla. Ici, à la Criolla, elle avait l'air d'une apparition. Ses amis, assis à la même table, étaient horrifiés. Ils ne pouvaient pas comprendre qu'elle soit là[92]. Un jour, l'un d'entre eux, excédé, s'est mis à boire... Il était hors de lui ; il a fait comme toi, il a commandé une bouteille. Il buvait coup sur coup. J'ai pensé qu'il coucherait avec elle. Certainement, il aurait pu la tuer, il aurait mieux aimé se faire tuer pour elle, mais jamais il ne lui aurait demandé de coucher avec lui. Elle le séduisait et jamais il n'aurait compris si j'avais parlé de sa laideur. Mais à ses yeux, Lazare était une sainte. Et même, elle devait le rester. C'était un très jeune mécanicien[93], qui s'appelait Antonio. »

Je fis ce qu'avait fait le jeune ouvrier ; je vidai mon verre et Michel, qui buvait rarement, s'était mis à ma mesure. Il entra dans un état d'extrême agitation. Moi, j'étais devant le vide, sous une lumière qui m'aveuglait, devant une extravagance qui nous dépassait.

Michel essuya la sueur de ses tempes. Il continua :

« Lazare était irritée de voir qu'il buvait. Elle l'a regardé dans les yeux et lui a dit : "Ce matin, je vous ai donné un papier à signer et vous avez signé sans lire." Elle parlait sans la moindre ironie[94]. Antonio a répondu : "Quelle importance ?" Lazare a répliqué : "Mais si je vous avais donné à signer une profession de foi fasciste ?" Antonio, à son tour, regarda Lazare, les yeux dans les yeux. Il était fasciné, mais hors de lui. Il a répondu posément : "Je vous tuerais." Lazare lui dit : "Vous avez un revolver dans la poche ?" Il répondit : "Oui." Lazare dit : "Sortons." Nous sommes sortis. Ils voulaient un témoin. »

Je finissais par respirer mal. Je demandai à Michel, qui perdait son élan, de continuer sans attendre. De nouveau, il essuya la sueur de son front :

« Nous sommes allés au bord de la mer, à l'endroit où il y a des marches pour descendre. Le jour pointait. Nous marchions sans dire un mot. J'étais déconcerté, Antonio excité à froid, mais assommé par la boisson, Lazare absente, calme comme un mort !...

— Mais, c'était une plaisanterie ?

— Ce n'était pas une plaisanterie. Je laissais faire. Je ne sais pourquoi j'étais angoissé. Au bord de la mer, Lazare et Antonio sont descendus sur les marches les plus basses.

Lazare a demandé à Antonio de prendre en main son revolver et de mettre le canon sur sa poitrine.

— Antonio l'a fait ?

— Il avait l'air absent, lui aussi ; il a sorti un browning de sa poche, il l'a armé et il a placé le canon contre la poitrine de Lazare.

— Et alors ?

— Lazare lui a demandé : "Vous ne tirez pas ?" Il n'a rien répondu et il est resté deux minutes sans bouger[95]. À la fin, il a dit "non" et il a retiré le revolver…

— C'est tout ?

— Antonio avait l'air épuisé : il était pâle et, comme il faisait frais, il se mit à frissonner. Lazare a pris le revolver, elle a sorti la première cartouche. Cette cartouche était dans le canon quand elle l'avait sur la poitrine, ensuite elle a parlé à Antonio. Elle lui a dit : "Donnez-la-moi." Elle voulait la garder en souvenir.

— Antonio la lui a donnée ?

— Antonio lui a dit : "Comme vous voulez." Elle a mis la cartouche dans son sac à main. »

Michel se tut : il avait l'air plus mal à son aise que jamais. Je songeais à la mouche dans du lait. Il ne savait plus s'il devait rire ou éclater. Il ressemblait vraiment à la mouche dans du lait, ou encore au mauvais nageur qui avale de l'eau… Il ne supportait pas la boisson. À la fin, il était au bord des larmes. À travers la musique, il gesticulait bizarrement, comme s'il devait se débarrasser d'un insecte :

« Imaginerais-tu une histoire plus absurde ? » me dit-il encore.

La sueur, en coulant du front, avait commandé sa gesticulation.

2

L'histoire m'avait abasourdi.

Je pus demander encore à Michel — nous étions malgré tout lucides — comme si nous n'étions pas ivres, mais obligés d'avoir une attention désespérée :

« Tu peux me dire quel homme était Antonio ? »

Michel me désigna un garçon à une table voisine, me disant qu'il lui ressemblait.

« Antonio ? il avait l'air emporté… Il y a quinze jours, on
l'a arrêté : c'est un agitateur. »

J'interrogeai encore aussi gravement que je pouvais :
« Peux-tu me dire ce qu'est la situation politique à Barce-
lone ? Je ne sais rien.
— Tout va sauter…
— Pourquoi Lazare ne vient-elle pas ?
— Nous l'attendons d'un jour à l'autre. »
Lazare allait donc venir à Barcelone, afin de participer à
l'agitation[96].
Mon état d'impuissance devint si pénible que, sans
Michel, cette nuit aurait pu mal finir.
Michel avait lui-même la tête à l'envers, mais il réussit à
me faire rasseoir. Je tentais, non sans difficulté, de me rappeler le ton de voix de Lazare, qui, un an plus tôt, avait
occupé l'une de ces chaises.
Lazare parlait toujours de sang-froid, lentement, avec un
ton de voix intérieur. Je riais en songeant à n'importe quelle
phrase lente que j'avais entendue. J'aurais voulu être Antonio. Je l'aurais tuée… L'idée que, peut-être, j'aimais Lazare
m'arracha un cri qui se perdit dans le tumulte. J'aurais pu
me mordre moi-même. J'avais l'obsession du revolver — le
besoin de tirer, de vider les balles… dans son ventre… dans
sa… Comme si je tombais dans le vide avec des gestes
absurdes, comme, en rêve, nous tirons des coups de feu
impuissants.
Je n'en pouvais plus : je dus, pour me retrouver, faire un
grand effort. Je dis à Michel :
« J'ai horreur de Lazare à tel point que j'en ai peur. »

Devant moi, Michel avait l'air d'un malade. Il faisait lui-
même un effort surhumain pour se tenir. Il se prit le front
dans les mains, ne pouvant s'empêcher de rire à moitié :
« En effet, selon elle, tu lui avais manifesté une haine si
violente… Elle-même en a eu peur. Moi aussi, je la hais.
— Tu la hais ! Il y a deux mois, elle est venue me voir
dans mon lit quand elle a cru que j'allais mourir. On l'a fait
entrer ; elle s'est avancée vers mon lit sur la pointe des pieds.
Quand je l'ai vue au milieu de ma chambre, elle est restée sur
la pointe des pieds, immobile : elle avait l'air d'un épouvantail immobile au milieu d'un champ…
« Elle était, à trois pas, aussi pâle que si elle avait regardé

un mort. Il y avait du soleil dans la chambre, mais elle, Lazare, elle était noire, elle était noire comme le sont les prisons. C'était la mort qui l'attirait, me comprends-tu ? Quand soudain je l'ai vue, j'ai eu si peur que j'ai crié.

— Mais, elle ?

— Elle n'a pas dit un mot, elle n'a pas bougé. Je l'ai injuriée. Je l'ai traitée de sale conne. Je l'ai traitée de curé. J'en suis même arrivé à lui dire que j'étais calme, de sang-froid, mais je tremblais de tous mes membres. Je bégayais, je perdais ma salive. Je lui ait dit que c'était pénible de mourir, mais de voir en mourant un être aussi abject, c'était trop. J'aurais voulu que mon bassin soit plein, je lui aurais lancé la merde à la figure.

— Qu'est-ce qu'elle a dit ?

— Elle a dit à ma belle-mère qu'il valait mieux qu'elle s'en aille, sans élever la voix. »

Je riais. Je riais. Je voyais double et je perdais la tête.

Michel, à son tour, s'esclaffa :

« Elle est partie ?

— Elle est partie. J'ai mouillé mes draps de transpiration. J'ai cru mourir au moment même. Mais, à la fin de la journée, j'allais mieux, j'ai senti que j'étais sauvé… Comprends-moi bien, j'ai dû lui faire peur. Sinon, ne le penses-tu pas ? je serais mort ! »

Michel était prostré, il se redressa : il souffrait mais, en même temps, il avait l'air qu'il aurait eu s'il venait d'assouvir sa vengeance ; il délirait :

« Lazare aime les petits oiseaux : elle le dit, mais elle ment. Elle ment, entends-tu ? Elle a une odeur de tombe. Je le sais : je l'ai prise un jour dans mes bras… »

Michel se leva. Il était blême. Il dit, avec une expression de stupidité profonde :

« Il vaut mieux que j'aille aux toilettes. »

Je me levai moi-même. Michel s'éloigna pour aller vomir. Tous les cris de la Criolla dans la tête, j'étais debout, perdu dans la cohue. Je ne comprenais plus : eussé-je crié, personne ne m'aurait entendu, eussé-je crié, même à tue-tête. Je n'avais rien à dire. Je n'avais pas fini de m'égarer. Je riais. J'aurais aimé cracher à la figure des autres[97].

LE BLEU DU CIEL

I

En me réveillant, la panique me prit — à l'idée de me trouver devant Lazare. Je me suis habillé rapidement pour aller télégraphier à Xénie de me rejoindre à Barcelone. Pourquoi avais-je quitté Paris sans avoir couché avec elle ? Je l'avais supportée, assez mal, tout le temps que j'étais malade, pourtant, une femme qu'on n'aime guère est plus supportable si l'on fait l'amour avec elle. J'en avais assez de faire l'amour avec des prostituées.

J'avais peur de Lazare honteusement. Comme si j'avais eu des comptes à lui rendre. Je me souvenais du sentiment absurde que j'avais éprouvé à la Criolla. J'avais tellement peur à l'idée de la rencontrer que je n'avais plus de haine pour elle. Je me levai et m'habillai hâtivement pour télégraphier. Dans mon désespoir, j'avais été heureux pendant près d'un mois. Je sortais d'un cauchemar, maintenant le cauchemar me rattrapait.

J'expliquai à Xénie, dans mon télégramme, que je n'avais pas eu jusque-là d'adresse durable. Je souhaitais qu'elle vienne à Barcelone au plus vite.

J'avais rendez-vous avec Michel. Il avait l'air préoccupé. Je l'ai emmené déjeuner dans un petit restaurant du Parallelo[98], mais il mangea peu, il but encore moins. Je lui dis que je ne lisais pas les journaux. Il me répondit, non sans ironie, que la grève générale était prévue pour le lendemain. Je ferais mieux d'aller à Calella où je retrouverais des amis[99].

Je tenais, au contraire, à rester à Barcelone où j'assisterais aux troubles, s'il y en avait. Je ne voulais pas m'en mêler, mais je disposais d'une voiture qu'un de mes amis, qui séjournait alors à Calella, m'avait prêtée pour une semaine. S'il avait besoin d'une voiture, je pouvais la conduire. Il éclata de rire, avec une franche hostilité. Il était sûr d'appartenir à un autre bord : il était sans argent, prêt à tout pour aider la révolution. Je pensai : dans une émeute, il sera, comme il est d'ordinaire, dans la lune[100], il se fera bêtement tuer. Toute l'affaire me déplaisait : en un sens, la révolution faisait partie du cauchemar dont j'avais cru sortir. Je ne me rappelais pas sans un sentiment de gêne la nuit passée à la Criolla. Michel lui-même. Cette nuit, je le suppose, le préoccupait, elle le préoccupait et l'accablait. Il trouva un ton indéfinissable, — provocant, angoissé — pour me dire à la fin que Lazare était arrivée la veille.

Devant Michel, et surtout, devant ses sourires — encore que la nouvelle m'eût déconcerté par sa brusquerie — j'étais en apparence indifférent. Rien ne pouvait faire, lui dis-je, que je sois un ouvrier du pays et non un riche Français en Catalogne pour son agrément. Mais une voiture pouvait être utile en certains cas, même en des circonstances risquées (je me le demandai aussitôt : je pourrais regretter cette proposition : je ne pouvais pas éviter de voir que je m'étais, de cette manière, jeté dans les pattes de Lazare ; Lazare avait oublié ses désaccords avec Michel, elle n'aurait pas le même mépris pour un instrument utile, or il n'était rien qui, plus que Lazare, pût me faire trembler).

Je quittai Michel excédé. Je ne pouvais pas nier en moi-même que j'avais mauvaise conscience à l'égard des ouvriers. C'était insignifiant, insoutenable, mais j'étais d'autant plus déprimé que ma mauvaise conscience à l'égard de Lazare était du même ordre. Dans un tel moment, je le voyais, ma vie n'était pas justifiable. J'en avais honte. Je décidai de passer la fin de la journée et la nuit à Calella. Je n'avais plus envie, ce soir-là, de traîner dans les bas quartiers. J'étais incapable pourtant de rester dans ma chambre à l'hôtel.

Après une vingtaine de kilomètres dans la direction de Calella (à peu près la moitié du chemin), je changeai d'avis. Je pouvais avoir à mon hôtel une réponse télégraphique de Xénie.

Je revins à Barcelone. J'étais mal impressionné. Si les désordres commençaient, Xénie ne pourrait plus me rejoindre. Il n'y avait pas encore de réponse : j'envoyai un nouveau télégramme demandant à Xénie de partir le soir même sauf impossible. Je ne doutais plus que, si Michel utilisait ma voiture, je n'eusse toutes chances de me trouver devant Lazare. Je détestai la curiosité qui m'engageait à participer, de très loin, à la guerre civile. En fait d'être humain, décidément, j'étais injustifiable ; surtout je m'agitais

inutilement[101]. Il était à peine 5 heures et le soleil était brûlant. Au milieu de la rue, j'aurais voulu parler aux autres ;
j'étais perdu au milieu d'une foule aveugle. Je ne me sentais
ni moins stupide, ni moins impuissant qu'un enfant en bas
âge. Je revins à l'hôtel ; je n'avais toujours pas de réponse
à mes télégrammes. Décidément, j'aurais voulu me mêler
aux passants et parler, mais à la veille de l'insurrection,
c'était impossible. J'aurais voulu savoir si l'agitation avait
commencé dans les quartiers ouvriers. L'aspect de la ville
n'était pas normal, mais je n'arrivais pas à prendre les choses
au sérieux. Je ne savais quoi faire et je changeai d'avis
deux ou trois fois. Je décidai finalement de rentrer à l'hôtel
et de m'étendre sur mon lit : il y avait quelque chose de
trop tendu, d'excité, pourtant de déprimé dans toute la ville.
Je passai par la place de Catalogne. J'allais trop vite : un
homme, probablement ivre, se mit tout à coup devant ma
voiture. Je donnai un violent coup de frein et je pus l'éviter,
mais j'avais ébranlé mes nerfs. Je suais à grosses gouttes.
Un peu plus loin, sur la Rambla, je crus reconnaître Lazare
en compagnie de M. Melou vêtu d'une jaquette grise et
coiffé d'un canotier. L'appréhension me rendait malade (je le
sus plus tard avec certitude, M. Melou n'était pas venu à
Barcelone).

À l'hôtel, refusant l'ascenseur, je grimpai l'escalier. Je
me suis jeté sur un lit. J'entendis le bruit de mon cœur sous
mes os. Je sentis le battement des veines, pénible, à chaque
tempe. Longtemps, je me perdis dans le tremblement de
l'attente. Je me passai de l'eau sur la figure. J'avais très soif.
Je téléphonai à l'hôtel où Michel était descendu. Il n'était
pas là. Je demandai alors Paris. Il n'y avait personne dans
l'appartement de Xénie. Je consultai un indicateur et je calculai qu'elle pouvait déjà être à la gare. J'essayai d'avoir mon
appartement, qu'en l'absence de ma femme ma belle-mère
continuait d'habiter provisoirement. Je pensais que ma
femme pouvait être rentrée. Ma belle-mère répondit : Édith
était restée en Angleterre avec les deux enfants. Elle me
demanda si j'avais reçu un pneumatique qu'elle avait mis
sous enveloppe, peu de jours auparavant : elle l'avait transmis par avion. Je me rappelai avoir oublié dans ma poche
une lettre d'elle, qu'ayant reconnu l'écriture, je n'avais pas
ouverte. J'affirmai que oui et je raccrochai, agacé d'avoir
entendu une voix hostile.

L'enveloppe, chiffonnée dans ma poche, était vieille de plusieurs jours. Après l'avoir ouverte, je reconnus l'écriture de Dirty sur le pneumatique. Je doutais encore et je déchirai fébrilement la bande extérieure. Il faisait affreusement chaud dans la chambre : c'était comme si je ne devais jamais arriver à déchirer jusqu'au bout et je sentais la sueur ruisseler sur ma joue. Je vis cette phrase qui m'horrifia : « Je me traîne à tes pieds » (la lettre commençait ainsi, très bizarrement). Ce dont elle voulait que je la pardonne était d'avoir manqué du courage de se tuer. Elle était venue à Paris pour me revoir. Elle attendait que je l'appelle à son hôtel. Je me sentis très misérable : je me demandai un instant, j'avais de nouveau décroché l'appareil, si je trouverais même les mots. Je réussis à demander l'hôtel à Paris. L'attente me tua. Je regardai le pneumatique : il était daté du 30 septembre et nous étions le 4 octobre. Désespéré, je sanglotai. Après un quart d'heure, l'hôtel répondit que Mlle Dorothea S… était sortie (Dirty n'était que l'abréviation, provocante, de Dorothea[102]) : je donnai les indications nécessaires. Elle pouvait m'appeler dès qu'elle rentrerait. Je raccrochai : c'était plus que ma tête ne pouvait supporter.

J'avais l'obsession du vide. Il était 9 heures. En principe, Xénie était dans le train de Barcelone et, rapidement, se rapprochait de moi : j'imaginai la vitesse du train brillant de lumières dans la nuit se rapprochant de moi dans un bruit terrible. Je crus voir passer une souris, peut-être un cafard, quelque chose de noir, sur le plancher de la chambre, entre mes jambes. C'était sans doute une illusion causée par la fatigue. J'avais une sorte de vertige. J'étais paralysé, ne pouvant bouger de l'hôtel dans l'attente du téléphone : je ne pouvais rien éviter ; la moindre initiative m'était retirée. Je descendis dîner dans la salle à manger de l'hôtel. Je me levai chaque fois que j'entendais le téléphone. Je craignais que, par erreur, la téléphoniste appelât ma chambre. Je me fis donner l'indicateur et j'envoyai chercher des journaux. Je voulais les heures des trains qui vont de Barcelone à Paris. J'avais peur qu'une grève générale m'empêchât d'aller à Paris. Je voulus lire les journaux de Barcelone, et je lisais mais ne comprenais pas ce que je lisais. Je pensai qu'au besoin, j'irais jusqu'à la frontière avec la voiture.

Je fus appelé à la fin du dîner : j'étais calme, mais je suppose que si l'on avait tiré un coup de revolver près de moi, je l'aurais à peine entendu. C'était Michel. Il me demandait de venir le rejoindre. Je lui dis que, pour l'instant, je ne le pouvais pas, à cause du coup de téléphone que j'attendais, mais que, s'il ne pouvait passer à mon hôtel, je rejoindrais au cours de la nuit. Michel me donna l'adresse où le retrouver. Il voulait absolument me voir. Il parlait comme celui qu'on a chargé de donner des ordres, et qui tremble à l'idée d'oublier quelque chose. Il raccrocha. Je donnai un billet au standardiste et je retournai dans ma chambre où je m'étendis. Il faisait dans cette chambre une chaleur pénible. J'avalai un verre d'eau pris au lavabo : l'eau était tiède. Je retirai mon veston et ma chemise. Je vis mon torse nu dans la glace. Je m'étendis encore une fois sur mon lit. On frappa pour me porter un télégramme de Xénie : comme je l'avais imaginé, elle arriverait le lendemain par le rapide de midi. Je me lavai les dents. Je me frottai le corps avec une serviette mouillée. Je n'osais pas aller aux cabinets de peur de manquer l'appel du téléphone. Je voulus tromper l'attente en comptant jusqu'à cinq cents. Je n'allai pas jusqu'au bout. Je pensai que rien ne valait la peine de se mettre en un tel état d'angoisse. N'était-ce pas un non-sens criant ? Depuis l'attente à Vienne, je n'avais rien connu de plus cruel. À 10 heures et demie, le téléphone sonna : j'étais en communication avec l'hôtel où Dirty était descendue. Je demandai à lui parler personnellement. Je ne pouvais comprendre qu'elle me fît parler par un autre. La communication était mauvaise, mais je réussis à rester calme et à parler clairement. Comme si j'étais le seul être calme dans ce cauchemar. Elle n'avait pu téléphoner elle-même, parce qu'au moment où elle était rentrée, elle s'était immédiatement décidée à partir. Elle avait tout juste eu le temps de prendre le dernier train pour Marseille : elle irait de Marseille en avion jusqu'à Barcelone, où elle arriverait à 2 heures dans l'après-midi. Elle n'avait pas eu le temps matériel, elle n'avait pu me prévenir elle-même. Pas un seul instant, je n'avais pensé revoir Dirty le lendemain, je n'avais pas pensé qu'elle pouvait prendre l'avion à Marseille. Je n'étais pas heureux mais presque hébété, assis sur mon lit. Je voulus me rappeler le visage de Dirty, l'expression trouble de son visage. Le souvenir que j'avais m'échappait. Je pensai qu'elle ressemblait à

Lotte Lenia, mais, à son tour, le souvenir de Lotte Lenia m'échappait. Je me rappelai seulement Lotte Lenia dans *Mahagonny*[103] : elle avait un tailleur noir d'allure masculine, une jupe très courte, un large canotier, des bas roulés au-dessus du genou. Elle était grande et mince, il me semblait aussi qu'elle était rousse. De toute façon, elle était fascinante. Mais l'expression du visage m'avait échappé. Assis sur le lit, j'étais vêtu d'un pantalon blanc, les pieds et le torse nus. Je cherchai à me rappeler la chanson de bordel de *L'Opéra de quat'sous*[104]. Je ne pus retrouver les paroles allemandes, mais seulement les françaises. J'avais le souvenir, erroné, de Lotte Lenia la chantant. Ce souvenir vague me déchirait. Je me levai pieds nus et je chantai très bas mais déchiré :

> *Le navire de haut bord*
> *Cent canons au bâbord*
> BOM-BAR-DE-RA *le port*[105]…

Je pensai : il y aura demain la révolution dans Barcelone… J'avais beau avoir trop chaud, j'étais transi…

J'allai vers la fenêtre ouverte. Il y avait du monde dans la rue. On sentait que la journée avait été brûlante de soleil. Il y avait plus de fraîcheur au dehors que dans la chambre. Il fallait que je sorte. Je passai une chemise, un veston, je me chaussai le plus vite possible, et je descendis dans la rue.

2

J'entrai dans un bar très éclairé où j'avalai rapidement une tasse de café : il était trop chaud, je me brûlai la bouche. J'avais tort, évidemment, de boire du café. J'allai prendre ma voiture pour me rendre où Michel m'avait demandé de venir le rejoindre. Je fis marcher mon klakson : Michel viendrait lui-même ouvrir la porte de l'immeuble.

Michel me fit attendre. Il me fit attendre à n'en plus finir. J'espérai finalement qu'il ne viendrait pas. Dès l'instant où ma voiture s'était arrêtée devant l'immeuble indiqué, j'avais eu la certitude de me trouver devant Lazare. Je pensai : Michel a beau me détester, il sait que je ferai comme lui, que j'oublierai les sentiments que Lazare m'inspire, pour peu

que les circonstances le demandent. Il avait d'autant plus
raison de le penser que, dans le fond, j'étais obsédé par
Lazare ; dans ma stupidité j'avais envie de la revoir ; j'éprouvai alors un insurmontable besoin d'embrasser ma vie entière
en un même temps : toute l'extravagance de ma vie.

Mais les choses se présentaient mal. Je serais réduit à
m'asseoir dans un coin sans dire un mot : sans doute, dans
une chambre pleine de monde, dans la situation d'un accusé,
qui doit comparaître, mais que, par pitié, l'on oublie[106]. À
coup sûr, je n'aurais pas l'occasion d'exprimer mes sentiments à Lazare, elle penserait donc que je regrettais, que
mes insultes étaient à mettre au compte de la maladie. Je
pensai encore tout à coup : le monde serait plus supportable
pour Lazare s'il m'arrivait malheur ; elle doit sentir en moi le
crime qui exige une réparation… Elle inclinera à me placer
dans une mauvaise histoire ; même en ayant conscience, elle
pourra se dire qu'il vaut mieux exposer une vie aussi décevante que la mienne, plutôt que celle d'un ouvrier. Je m'imaginai tué, Dirty apprenant ma mort à l'hôtel. J'étais au volant
de la voiture et je mis le pied sur le démarreur. Mais je n'osai
pas appuyer. Je fis même, au contraire, marcher le klakson
à plusieurs reprises, me contentant d'espérer que Michel
ne viendrait pas. Au point où j'en étais, je devais aller au
bout de chaque chose que le sort me proposait. Je me représentais malgré moi, avec une sorte d'admiration, la tranquillité et l'audace incontestable de Lazare. Je ne prenais
plus l'affaire au sérieux. Elle n'avait pas de sens à mes yeux :
Lazare s'entourait de gens comme Michel, incapables de
viser, tirant comme on bâille. Et pourtant, elle avait l'esprit
de décision et la fermeté d'un homme à la tête d'un mouvement. Je riais en pensant : tout au contraire, je n'ai su que
perdre la tête. Je me rappelais ce que j'avais lu sur les terroristes[107]. Depuis quelques semaines, ma vie m'avait éloigné
de préoccupations analogues à celles des terroristes. Le
pis, évidemment, serait d'aboutir au moment où je n'agirais
plus selon mes passions, mais selon celles de Lazare. Dans
la voiture, attendant Michel, j'adhérais au volant — comme
une bête prise au piège. L'idée que *j'appartenais* à Lazare,
qu'elle me possédait, m'étonnait… Je me souvenais : comme
Lazare, j'avais été sale quand j'étais enfant. C'était un souvenir pénible. En particulier, je me rappelais ceci de déprimant. J'avais été pensionnaire dans un lycée. Je passais les

heures d'études à m'ennuyer, je restais là, presque immobile, souvent la bouche ouverte[108]. Un soir, à la lumière du gaz, j'avais levé mon pupitre devant moi. Personne ne pouvait me voir. J'avais saisi mon porte-plume, le tenant, dans le poing droit fermé, comme un couteau, je me donnai de grands coups de plume d'acier sur le dos de la main gauche et sur l'avant-bras[109]. Pour voir... Pour voir, et encore : *Je voulais m'endurcir contre la douleur*. Je m'étais fait un certain nombre de blessures sales, moins rouges que noirâtres (à cause de l'encre). Ces petites blessures avaient la forme d'un croissant, qui avait en coupe la forme de la plume.

Je descendis de la voiture et ainsi je vis le ciel étoilé par-dessus ma tête. Après vingt années, l'enfant qui se frappait à coups de porte-plume attendait, debout sous le ciel, dans une rue étrangère, où jamais il n'était venu, il ne savait quoi d'impossible. Il y avait des étoiles, un nombre infini d'étoiles. C'était absurde, absurde à crier, mais d'une absurdité hostile[110]. J'avais hâte que le jour, le soleil, se levât. Je pensais qu'au moment où les étoiles disparaîtraient, je serais certainement dans la rue. En principe, j'avais moins peur du ciel étoilé que de l'aube. Il me fallait attendre, attendre deux heures... Je me rappelai avoir vu passer, vers 2 heures de l'après-midi, sous un beau soleil, à Paris — j'étais sur le pont du Carrousel — une camionnette de boucherie : les cous sans tête des moutons écorchés[111] dépassaient des toiles et les blouses rayées bleu et blanc des bouchers éclataient de propreté : la camionnette allait lentement, en plein soleil. Quand j'étais enfant, j'aimais le soleil : je fermais les yeux et, à travers les paupières, il était rouge. Le soleil était terrible, il faisait songer à une explosion[112] : était-il rien de plus solaire que le sang rouge coulant sur le pavé[113], comme si la lumière éclatait et tuait ? Dans cette nuit opaque, je m'étais rendu ivre de lumière ; ainsi, de nouveau, Lazare n'était devant moi qu'un oiseau de mauvais augure, un oiseau sale et négligeable[114]. Mes yeux ne se perdaient plus dans les étoiles qui luisaient au-dessus de moi réellement, mais dans le bleu du ciel de midi. Je les fermais pour me perdre dans ce bleu brillant : de gros insectes noirs en surgissaient comme des trombes en bourdonnant. De la même façon que surgirait, le lendemain, à l'heure éclatante du jour, tout d'abord point imperceptible, l'avion qui porterait Dorothea... J'ouvris les yeux, je revis les étoiles sur ma tête, mais je devenais fou de soleil et j'avais envie de rire : le lendemain, l'avion, si petit et si loin qu'il n'atténuerait en rien l'éclat du ciel, m'apparaîtrait semblable à un insecte bruyant et, comme il serait chargé, dans la cage vitrée, des rêves démesurés de Dirty, il serait dans les airs, à ma tête d'homme minuscule, debout sur le sol — au moment où en elle la douleur déchirerait plus profondément que d'habitude — ce qu'est une impossible, une adorable "mouche des cabinets[115]". J'avais ri et ce n'était plus seulement l'enfant triste aux coups de porte-plume, qui allait, dans cette nuit, le long des murs : j'avais ri *de la même façon* quand j'étais petit et que j'étais certain qu'un jour, *moi*[116], parce qu'une insolence heureuse me portait, je devrais tout renverser, de toute nécessité tout renverser[117].

3

Je ne comprenais plus comment j'avais pu avoir peur de Lazare. Si, au bout de quelques minutes d'attente, Michel ne venait pas, je m'en irais. J'étais assuré qu'il ne viendrait pas : j'attendais par excès de bonne conscience. Je n'étais pas loin de m'en aller, lorsque s'ouvrit la porte de l'immeuble. Michel vint à moi. Il avait, à vrai dire, un aspect d'homme qui vient de l'autre monde. Il avait la mine d'un égosillé… Je lui dis que j'allais m'en aller. Il me répondit que « là-haut », la discussion était si désordonnée, si bruyante, que personne ne s'entendait.

Je lui demandai :

« Lazare est là ?

— Naturellement. C'est elle qui est la cause de tout… Il est inutile que tu montes. Je n'en peux plus… J'irai prendre un verre avec toi.

— Parlons d'autre chose ?…

— Non. Je crois que je ne pourrais pas. Je vais te dire…

— C'est ça. Explique-toi. »

Je n'avais que vaguement le désir de savoir : à ce moment, je trouvais Michel risible, à plus forte raison, ce qui s'agitait « là-haut ».

« Il s'agit d'un coup de main avec une cinquantaine de types, de vrais "pistoleros", tu sais… C'est sérieux. Lazare veut attaquer la prison[118].

— Quand ça ? Si ce n'est pas demain, j'y vais. J'amènerai des armes. J'amènerai quatre hommes dans la voiture. »

Michel cria :

« C'est ridicule.

— Ah ! »

J'éclatai de rire.

« Il ne faut pas attaquer la prison. C'est absurde. »

Michel avait dit cela à tue-tête. Nous étions arrivés dans une rue passante. Je ne pus m'empêcher de lui dire :

« Ne crie pas si fort… »

Je l'avais décontenancé. Il s'arrêta, regardant autour de lui. Il eut une expression d'angoisse. Michel n'était qu'un enfant, un hurluberlu.

Je lui dis en riant :

« C'est sans importance : tu parlais français… »

Rassuré aussi vite qu'il avait pris peur, il se mit à son tour à rire. Mais dès lors il ne cria plus ; même il perdit le ton méprisant qu'il avait pour me parler. Nous étions devant un café, où nous avons pris une table à l'écart.

Il s'expliqua :

« Tu vas comprendre pourquoi il ne faut pas attaquer la prison. Ça n'a pas d'intérêt. Si Lazare veut un coup de main à la prison, ce n'est pas parce que c'est utile, mais pour ses idées. Lazare a le dégoût de tout ce qui ressemble à la guerre, mais comme elle est folle, elle est malgré tout pour l'action directe, et elle veut tenter un coup de main. Moi, j'ai proposé d'attaquer un dépôt d'armes et elle ne veut pas en entendre parler parce que, suivant elle, c'est retomber dans la vieille confusion de la révolution et de la guerre ! Tu ne connais pas les gens d'ici. Les gens d'ici sont merveilleux, mais ils sont marteaux : ils l'écoutent !…

— Tu ne m'as pas dit pourquoi il ne faut pas attaquer la prison. »

Au fond, j'étais fasciné par l'idée d'une prison attaquée, et je trouvais bien que les ouvriers écoutent Lazare. D'un coup, l'horreur que m'inspirait Lazare était tombée. Je pensai : elle est macabre, mais elle est la seule qui comprenne : les ouvriers espagnols aussi comprennent la Révolution…

Michel continuait l'explication, parlant pour lui seul :

« C'est évident : la prison ne sert à rien. Ce qu'il faut d'abord, c'est trouver des armes. Il faut armer les ouvriers. Si le mouvement séparatiste ne met pas les armes dans les mains des ouvriers, quel sens a-t-il ? La preuve, c'est que les dirigeants catalanistes sont fichus de rater leur coup, parce qu'ils tremblent à l'idée de mettre des armes dans les mains des ouvriers… C'est clair. Il faut d'abord attaquer un dépôt d'armes. »

Une autre idée me vint : qu'ils déraillaient tous.

Je recommençais à penser à Dirty : pour mon compte, j'étais mort de fatigue, de nouveau angoissé.

Je demandai vaguement à Michel :

« Mais quel dépôt d'armes ? »

Il n'eut pas l'air d'entendre.

J'insistai : sur ce point, il ne savait rien, la question s'imposait, elle était même embarrassante, mais il n'était pas du pays.

« Lazare est-elle plus avancée ?

— Oui. Elle a un plan de la prison.

— Veux-tu que nous parlions d'autre chose ? »

Michel me dit qu'il devait me quitter assez vite.

Il resta tranquille un moment sans dire un mot. Puis il reprit :

« Je pense que ça va mal tourner. La grève générale est prévue pour demain matin, mais chacun ira de son côté et tout le monde se fera bousiller par les gardes civils. Je finirai par croire que c'est Lazare qui a raison.

— Comment ça ?

— Oui. Les ouvriers ne se mettront jamais ensemble et ils se feront battre.

— Le coup de main sur la prison est-il impossible ?

— Est-ce que je sais, moi ? Je ne suis pas militaire… »

J'étais excédé. Il était 2 heures du matin. Je proposai un rendez-vous à Michel dans un bar de la Rambla. Il viendrait quand les choses seraient plus claires et me dit qu'il y serait vers 5 heures. Je faillis lui dire qu'il avait tort de s'opposer au projet contre la prison, mais j'en avais assez. J'accompagnai Michel jusqu'à la porte où je l'avais attendu et où j'avais laissé la voiture. Nous n'avions plus rien à nous dire. J'étais content du moins de n'avoir pas rencontré Lazare.

4

J'allai aussitôt jusqu'à la Rambla. J'abandonnai la voiture. J'entrai dans le *barrio chino*. Je n'étais pas en quête de filles, mais le *barrio chino* était le seul moyen de tuer le temps, la nuit, pendant trois heures. À cette heure-là, je pouvais entendre chanter des Andalous, des chanteurs de *cante jondo*. J'étais hors de moi, exaspéré, l'exaspération du *cante jondo* était la seule chose qui pût s'accorder à ma fièvre[119]. J'entrai dans un cabaret misérable : au moment où j'entrai, une femme presque difforme, une femme blonde, avec une face de bouledogue, s'exhibait sur une petite estrade. Elle était presque nue : un mouchoir de couleur autour des reins ne dissimulait pas le sexe très noir. Elle chantait et dansait du ventre. J'étais à peine assis qu'une autre fille, non moins hideuse, vint à ma table. Je dus boire un verre avec elle. Il y avait beaucoup de monde, à peu près la même assistance qu'à la Criolla, mais plus sordide. Je fis semblant de ne pas savoir parler espagnol. Une seule fille était jolie et jeune. Elle me regarda. Sa curiosité ressemblait à une passion subite. Elle était entourée de monstres à têtes et à poitrines de matrone dans des châles crasseux. Un jeune garçon, presqu'un enfant, dans un maillot de marin, les cheveux ondulés et les joues fardées, s'approcha de la fille qui me regardait. Il avait un aspect farouche : il eut un geste obscène, éclata de rire, puis alla s'asseoir plus loin. Une femme voûtée, très vieille, couverte d'un mouchoir paysan, entra avec un panier. Un chanteur vint s'asseoir sur l'estrade avec un guitariste ; après quelques mesures de la guitare, il se mit à chanter… de la manière la plus éteinte. À ce moment, j'aurais eu peur qu'il chantât, comme d'autres, en me déchirant de ses cris. La salle était grande : à l'une des extrémités un certain nombre de filles, assises en rang, attendaient les clients pour danser : elles danseraient avec les clients dès que les tours de chants seraient finis. Ces filles étaient à peu près jeunes, mais laides, habillées de robes misérables. Elles étaient maigres, mal nourries : les unes somnolaient, d'autres souriaient comme des sottes, d'autres, subitement, donnaient sur l'estrade de petits coups de talon précipités. Elles poussaient alors un *olle* sans écho. L'une d'elles, vêtue d'une robe de toile bleu pâle, à demi passée, avait un visage maigre et blême sous la chevelure filasse : évidemment, elle mourrait avant quelques mois[120]. J'avais besoin de ne plus m'occuper de moi, du moins pour l'instant, j'avais besoin de m'occuper des autres et de bien savoir que chacun, sous son propre crâne, était en vie. Je restai sans parler, peut-être une heure, à observer tous mes semblables dans la salle. Ensuite j'allai dans une autre boîte, au contraire pleine d'animation : un très jeune ouvrier

en bleus tournoyait avec une fille en robe de soirée. La robe
de soirée laissait passer les bretelles sales de la chemise, mais
la fille était désirable. D'autres couples tournoyaient : je me
décidai vite à m'en aller. Je n'aurais pu supporter plus longtemps une excitation quelconque.

Je retournai sur la Rambla, j'achetai des journaux illustrés
et des cigarettes : il était à peine 4 heures. Assis à la terrasse
d'un café, je tournais des pages de journaux sans rien en
voir. Je m'efforçais de ne penser à rien. Je n'y arrivais pas.
Une poussière vide de sens se soulevait en moi. J'aurais
voulu me souvenir de ce qu'était réellement Dirty. Ce qui
revenait vaguement à la mémoire était en moi quelque
chose d'impossible, d'affreux, et surtout d'étranger. L'instant
d'après, j'imaginais puérilement que j'irais manger avec elle
dans un restaurant du port. Nous mangerions toutes sortes
de choses fortes que j'aimais, ensuite nous irions à l'hôtel :
elle dormirait et je resterais près du lit. J'étais si fatigué
que je pensais en même temps à dormir auprès d'elle dans
un fauteuil, ou même allongé comme elle sur le lit : une
fois qu'elle serait arrivée, nous tomberions l'un et l'autre de
sommeil ; ce serait évidemment un mauvais sommeil. Il y
avait aussi la grève générale : une grande chambre avec une
bougie et rien à faire, les rues désertes, des bagarres. Michel
ne tarderait plus à venir et je devrais m'en débarrasser au
plus vite.

J'aurais voulu ne plus entendre parler de rien. J'avais
envie de dormir. Ce qu'on pouvait me dire alors de plus
urgent passerait à côté de mes oreilles. Je devais m'endormir,
tout habillé, n'importe où. Je m'endormis sur ma chaise
à plusieurs reprises. Que ferais-je quand Xénie arriverait.
Un peu après 6 heures, Michel arriva, me disant que Lazare
l'attendait sur la Rambla. Il ne pouvait pas s'asseoir. Ils
n'avaient abouti à rien : il avait l'air aussi vague que moi. Il
n'avait pas plus que moi envie de parler, il était endormi,
abattu.

Je lui dis aussitôt :

« Je vais avec toi. »

Le jour se levait : le ciel était pâle, il n'y avait plus d'étoiles.
Des gens allaient et venaient, mais la Rambla avait quelque
chose d'irréel : d'un bout à l'autre des platanes il n'y avait
qu'un seul chant d'oiseau étourdissant : je n'avais jamais rien

écouté d'aussi imprévu. J'aperçus Lazare qui marchait sous les arbres. Elle nous tournait le dos.

« Tu ne veux pas lui dire bonjour ? » me demanda Michel.

À ce moment, elle se retourna et revint vers nous, toujours dans des vêtements noirs. Je me demandai un instant si elle n'était pas l'être le plus humain que j'eusse jamais vu ; c'était aussi un rat immonde qui m'approchait. Il ne fallait pas fuir et c'était facile. En effet, j'étais absent, j'étais profondément absent. Je dis seulement à Michel :

« Vous pouvez vous en aller tous les deux. »

Michel eut l'air de ne pas comprendre. Je lui serrai la main, ajoutant, je savais où ils habitaient l'un et l'autre :

« Prenez la troisième rue à droite. Téléphone-moi demain soir, si tu peux. »

Comme si Lazare et Michel, en même temps, avaient perdu même une ombre d'existence. Je n'avais plus une réalité véritable.

Lazare me regarda. Elle était aussi naturelle que possible. Je la regardai et je fis à Michel un signe de la main.

Ils s'en allèrent.

De mon côté, je me dirigeai vers mon hôtel. Il était à peu près 6 heures et demie. Je ne fermai pas les volets. Je m'endormis bientôt, mais d'un mauvais sommeil. J'avais la sensation qu'il faisait jour. Je rêvai que j'étais en Russie : je visitais, en touriste, l'une ou l'autre des capitales, plus probablement Leningrad. Je me promenais à l'intérieur d'une immense construction de fer et de vitres, qui ressemblait à la vieille *Galerie des Machines*[121]. Il faisait à peine jour et les vitres poussiéreuses laissaient passer une lumière sale. L'espace vide était plus vaste et plus solennel que celui d'une cathédrale. Le sol était en terre battue. J'étais déprimé, absolument seul. J'accédai par un bas-côté à une série de petites salles où étaient conservés les souvenirs de la Révolution ; ces salles ne formaient pas un véritable musée, mais les épisodes décisifs de la Révolution y avaient eu lieu. Elles avaient primitivement été consacrées à la vie noble et empreinte de solennité de la cour du tzar. Au cours de la guerre, des membres de la famille impériale avaient confié à un peintre français le soin de représenter sur les murs une « biographie » de la France : celui-ci avait retracé dans le style austère et pompeux de Lebrun des scènes historiques vécues par le roi Louis XIV ; au sommet de l'un des murs, une France

drapée s'élevait, porteuse d'une grosse torchère[122]. Elle paraissait issue d'un nuage ou d'un débris, elle-même déjà presque
effacée, car le travail du peintre, vaguement esquissé par
endroits, avait été interrompu par l'émeute : ainsi ces murs
ressemblaient à une momie pompéienne, saisie par une
pluie de cendre en pleine vie, mais plus *morte* qu'aucune
autre[123]. Seuls le piétinement et les cris des émeutiers étaient
suspendus dans cette salle, où la respiration était pénible,
proche, tant la soudaineté terrifiante de la Révolution y était
sensible, d'un spasme ou d'un hoquet.

La salle voisine était plus oppressante. Sur ces murs, il
n'y avait plus trace de l'ancien régime. Le plancher était sale,
le plâtre nu, mais le passage de la Révolution était marqué
par de nombreuses inscriptions au charbon rédigées par les
matelots ou par les ouvriers qui, mangeant et dormant dans
cette salle, avaient tenu à rapporter dans leur langage grossier ou par des images, plus grossières[124], l'événement qui
avait renversé l'ordre du monde, et qu'avaient suivi leurs
yeux épuisés. Jamais je n'avais rien vu de plus crispant, rien
de plus humain non plus. Je restais là, regardant les écritures
grossières et maladroites : les larmes me venaient aux yeux.
La passion révolutionnaire me montait lentement à la tête,
elle s'exprimait tantôt par le mot « fulguration », tantôt par
le mot « terreur ». Le nom de Lénine revenait souvent, dans
ces inscriptions tracées en noir, cependant semblables à des
traces de sang : ce nom était étrangement altéré, il avait une
forme féminine : *Lenova*[125] !

Je sortis de cette petite salle. J'entrai dans la grande nef
vitrée, sachant que, d'un instant à l'autre, elle allait exploser :
les autorités soviétiques avaient décidé de la jeter bas. Je ne
pus retrouver la porte et j'étais inquiet pour ma vie, j'étais
seul. Après un temps d'angoisse, je vis une ouverture accessible, une sorte de fenêtre pratiquée au milieu du vitrage. Je
me hissai et ne réussis qu'à grand-peine à me glisser dehors.
J'étais dans un paysage désolé d'usines, de ponts de chemin
de fer et de terrains vagues. J'attendais l'explosion qui allait
soulever d'un seul coup, d'un bout à l'autre, l'immense édifice délabré dont je sortais. Je m'éloignai. J'allai dans la
direction d'un pont. À ce moment, un flic me pourchassa
en même temps qu'une bande d'enfants déguenillés : le flic
était apparemment chargé d'éloigner les gens du lieu de

l'explosion. En courant je criai aux enfants la direction dans
laquelle il fallait courir. Nous arrivâmes ensemble sous un
pont. À ce moment, je dis en russe aux enfants : *Zdies,
mojno…* « Ici, nous pouvons rester[126]. » Les enfants ne répondaient pas : ils étaient excités. Nous regardions ensemble
l'édifice : il devint visible qu'il explosait (mais nous n'entendîmes aucun bruit : l'explosion dégageait une fumée sombre,
qui ne se déroulait pas en volutes, mais elle s'élevait vers
les nuages, tout droit, semblable à des cheveux coupés en
brosse[127], sans la moindre lueur, tout était irrémédiablement
sombre et poussiéreux…). Un tumulte suffocant, sans gloire,
sans grandeur, qui se perdait en vain, à la tombée d'une nuit
d'hiver. Cette nuit n'était même pas glacée ou neigeuse[128].

Je m'éveillai.
J'étais allongé, abruti, comme si ce rêve m'avait vidé. Je
regardais vaguement le plafond et, par la fenêtre, une partie de ciel brillant. J'avais une sensation de fuite, comme si
j'avais passé la nuit en chemin de fer, dans un compartiment
bondé.
Peu à peu, ce qui arrivait me revint à la mémoire. Je sautai
hors du lit. Je m'habillai sans me laver et je descendis dans
la rue. Il était 8 heures.
La journée commençait dans un enchantement. J'éprouvai la fraîcheur du matin, en plein soleil. Mais j'avais mauvaise bouche, je n'en pouvais plus. Je n'avais nul souci de
réponse, mais je me demandais pourquoi ce flot de soleil, ce
flot d'air et ce flot de vie m'avaient jeté sur la Rambla. J'étais
étranger à tout, et, définitivement, j'étais flétri[129]. Je pensai
aux bulles de sang qui se forment à l'issue d'un trou ouvert
par un boucher dans la gorge d'un cochon. J'avais un souci
immédiat : avaler ce qui mettrait fin à mon écœurement
physique, ensuite me raser, me laver, me peigner, enfin descendre dans la rue, boire du vin frais et marcher dans les
rues ensoleillées. J'avalai un verre de café au lait. Je n'eus pas
le courage de rentrer. Je me fis raser par un coiffeur. Encore
une fois, je fis semblant d'ignorer l'espagnol. Je m'exprimai
par signes. En sortant des mains du coiffeur, je repris goût à
l'existence. Je rentrai me laver les dents le plus vite possible.
Je voulais me baigner à Badalona[130]. Je pris la voiture : j'arrivai vers 9 heures à Badalona. La plage était déserte. Je me
déshabillai dans la voiture et je ne m'étendis pas sur le sable :
j'entrai en courant dans la mer. Je cessai de nager et je

regardai le ciel bleu. Dans la direction du nord-est : du côté
où l'avion de Dorothea apparaîtrait. Debout, j'avais de l'eau
jusqu'à l'estomac. Je voyais mes jambes jaunâtres dans l'eau,
les deux pieds dans le sable, le tronc, les bras et la tête au-
dessus de l'eau. J'avais la curiosité ironique de me voir, de
voir ce qu'c'était, à la surface de la terre (ou de la mer), ce personnage à peu près nu, attendant qu'après quelques heures
l'avion sortît du fond du ciel. Je recommençai à nager. Le ciel
était immense, il était pur, et j'aurais voulu rire dans l'eau[131].

5

Étendu sur le ventre, au milieu de la plage, je me
demandai finalement ce que j'allais faire de Xénie, qui allait
arriver la première. Je pensai : je dois me rhabiller bien vite,
sans tarder, je devrai filer à la gare et l'attendre. Je n'avais
pas, depuis la veille, oublié l'insoluble problème que me
posait l'arrivée de Xénie, mais chaque fois que j'y pensais
je remettais la solution à plus tard. Je ne pourrais peut-être
pas me décider avant d'être avec elle. Je n'aurais plus voulu
la traiter brutalement. Parfois, je m'étais conduit comme une
brute avec elle. Je n'en avais pas de regret, mais je ne pouvais pas supporter l'idée d'aller plus loin. Depuis un mois,
j'étais sorti du pire. J'aurais pu croire que, depuis la veille, le
cauchemar recommençait, pourtant il me semblait que non,
que c'était autre chose, et même que j'allais vivre. Je souriais
maintenant à la pensée des cadavres, de Lazare... de tout ce
qui m'avait traqué. Je me retournai dans la mer, et sur le dos
je dus fermer les yeux : j'eus un instant la sensation que le
corps de Dirty se confondait avec la lumière, surtout avec
la chaleur : je me raidis comme un bâton[132]. J'avais envie de
chanter. Mais rien ne me semblait solide. Je me sentais aussi
faible qu'un vagissement, comme si ma vie, cessant d'être
malheureuse, était dans les langes une chose insignifiante.

La seule chose à faire avec Xénie était d'aller la chercher
à la gare et de la conduire à l'hôtel. Mais je ne pouvais pas
déjeuner avec elle. Je ne trouvais pas d'explication à lui
donner. Je pensai à téléphoner à Michel pour lui demander
de déjeuner avec elle. Je me rappelais que, parfois, ils se rencontraient à Paris. Si fou que cela fût, c'était la seule solution
possible. Je me rhabillai. Je téléphonai de Badalona. Je dou-

tais de l'acceptation de Michel. Mais il était au bout du fil,
il accepta. Il me parla. Il était parfaitement découragé. Il
parlait de la voix d'un homme affaissé. Je lui demandai s'il
m'en voulait de l'avoir traité brusquement. Il ne m'en voulait pas. Au moment où je l'avais quitté, il était si fatigué
qu'il n'avait pensé à rien. Lazare ne lui parla de rien. Elle
lui demanda même de mes nouvelles. Je trouvai l'attitude
de Michel inconséquente : un militant sérieux aurait-il dû, ce
jour-là, déjeuner dans un hôtel chic avec une femme riche !
Je voulais me représenter logiquement ce qui s'était passé à
la fin de la nuit : j'imaginai que Lazare et Michel, en même
temps, avaient été liquidés par leurs propres amis, à moitié
comme Français étrangers à la Catalogne, à moitié comme
intellectuels étrangers aux ouvriers. J'appris plus tard que
leur affection et leur respect pour Lazare les avaient mis d'accord avec l'un des Catalans, qui proposa de l'écarter comme
étrangère ignorant les conditions de la lutte ouvrière à Barcelone. Ils devaient en même temps écarter Michel. À la fin,
les anarchistes catalans qui étaient en relation avec Lazare
restèrent entre eux, mais sans résultats : ils renoncèrent à
toute entreprise commune et se bornèrent le lendemain à
faire isolément le coup de feu sur les toits. Pour moi, je ne
voulais qu'une chose : que Michel déjeunât avec Xénie. J'espérais en surplus qu'ils s'entendraient pour passer la nuit
ensemble, mais d'abord il suffisait que Michel fût dans le hall
de l'hôtel avant une heure, comme nous l'avions entendu au
téléphone.

Après coup, je m'en souvins : Xénie, chaque fois qu'elle
en avait l'occasion, affichait ses opinions communistes. Je lui
dirai que je l'avais fait venir pour qu'elle assistât aux troubles
de Barcelone : elle pouvait s'exciter à l'idée que je l'avais
jugée digne d'y prendre part. Elle parlerait avec Michel. Si
peu convaincante qu'elle fût, j'étais satisfait de cette solution, je n'y pensai plus.

Le temps passa très vite. Je retournai à Barcelone : la ville
avait déjà un aspect inaccoutumé, les terrasses des cafés
rentrées, les rideaux de fer des magasins à moitié tirés.
J'entendis un coup de feu : un gréviste avait tiré dans les
vitres d'un tramway. Il y avait une animation bizarre, fugace
parfois et parfois lourde. La circulation des voitures était
presque nulle. Il y avait des forces armées un peu partout. Je
compris que la voiture était exposée aux pierres et aux coups

de feu. J'étais ennuyé de ne pas être du même bord que les
grévistes, mais je n'y songeais guère. L'aspect de la ville, soudain en mal d'insurrection, était angoissant.

Je renonçai à rentrer à l'hôtel. J'allai directement à la
gare. Il n'y avait encore aucun changement prévu dans les
horaires. J'aperçus la porte d'un garage : elle était entr'ouverte ; j'y laissai la voiture. Il était seulement 11 heures et
demie. J'avais plus d'une demi-heure à tuer avant l'arrivée
du train. Je trouvai un café ouvert : je demandai une carafe
de vin blanc, mais je n'avais pas de plaisir à boire. Je pensais
au rêve de révolution que j'avais fait cette nuit-là : j'étais
plus intelligent — ou plus humain — quand je dormais. Je
pris un journal catalan, mais je comprenais mal le catalan.
L'atmosphère du café était agréable et décevante. De rares
clients : deux ou trois lisaient eux-mêmes des journaux.
Malgré tout, j'avais été frappé par le mauvais aspect des rues
centrales au moment où j'avais entendu un coup de feu.
Je comprenais qu'à Barcelone, j'étais en dehors des choses,
alors qu'à Paris, j'étais au milieu. À Paris, je parlais avec tous
ceux dont j'étais proche au cours d'une émeute.

Le train avait du retard. J'étais réduit à aller et venir dans
la gare : la gare ressemblait à la *Galerie des Machines*, où j'avais
erré dans mon rêve. L'arrivée de Xénie m'agaçait à peine,
mais si le train avait un long retard, Michel pouvait s'impatienter à l'hôtel. Dirty serait là à son tour dans deux heures,
je lui parlerais, elle me parlerait, je la saisirais dans mes bras :
ces possibilités, toutefois, n'étaient pas intelligibles. Le train
de Port-Bou entra en gare : peu d'instants après j'étais devant
Xénie. Elle ne m'avait pas encore aperçu. Je la regardais ;
elle s'occupait de ses valises. Elle me parut plutôt petite. Elle
avait jeté sur ses épaules un manteau et quand elle voulut
prendre à la main une petite valise et son sac, le manteau
tomba. Dans le mouvement qu'elle fit pour ramasser son
manteau, elle m'aperçut. J'étais sur le quai ; je riais d'elle. Elle
devint rouge, me voyant rire, elle éclata elle-même de rire.
Je pris la petite valise et le manteau qu'elle me passa par
la fenêtre du wagon. Elle avait beau rire : elle était devant
moi comme une intruse, étrangère à moi. Je me demandais
— j'en avais peur — si la même chose n'allait pas arriver
avec Dirty. Dirty elle-même allait me sembler loin de moi :
Dirty était même impénétrable pour moi. Xénie souriait

avec inquiétude — elle éprouvait un malaise, qui s'accentua quand elle vint se blottir dans mes bras. Je l'embrassai sur les cheveux et sur le front. Je pensais que si je n'avais pas attendu Dirty, j'aurais été heureux à ce moment-là.

J'étais résolu à ne pas lui dire dès l'abord que les choses iraient entre nous autrement qu'elle ne pensait. Elle me vit l'air préoccupé. Elle était touchante : elle ne disait rien, elle me regardait simplement, elle avait les yeux de quelqu'un qui, ne sachant rien, est rongé de curiosité. Je lui demandai si elle avait entendu parler des événements à Barcelone. Elle avait lu quelque chose dans les journaux français mais elle n'avait qu'une idée vague.

Je lui dis doucement :

« Ils ont commencé la grève générale ce matin et il est probable que, demain, quelque chose se passera… Tu viens juste pour les troubles. »

Elle me demanda :

« Tu n'es pas fâché ? »

Je la regardai, je crois, l'air ailleurs. Elle gazouillait comme un oiseau, elle demanda encore :

« Est-ce qu'il va y avoir une révolution communiste ?

— Nous allons déjeuner avec Michel T… Tu pourras parler de communisme avec lui, si tu veux.

— Je voudrais qu'il y ait une vraie révolution… Nous allons déjeuner avec Michel T… ? Je suis fatiguée, tu sais.

— Il faut déjeuner d'abord… Tu dormiras après. Pour l'instant, reste ici : les taxis sont en grève. Je vais revenir avec une voiture. »

Je la plantai là.

C'était une histoire compliquée — une histoire aberrante. J'avais de l'aversion pour le rôle que j'étais condamné à jouer avec elle. De nouveau, j'étais obligé d'agir avec elle comme je l'avais fait dans ma chambre de malade. Je m'en apercevais, j'avais tenté de fuir ma vie en allant en Espagne, mais je l'avais tenté inutilement. Ce que je fuyais m'avait poursuivi, rattrapé et me demandait à nouveau de me conduire en égaré. Je ne voulais plus, à tout prix, me conduire ainsi. Malgré cela, quand Dirty serait arrivée, il n'était rien qui ne dût tourner au pire. Je marchai assez vite, au soleil, dans la direction du garage. Il faisait chaud. J'épongeai mon visage. J'enviais les gens qui ont un Dieu auquel se rattraper, tandis que moi… je n'aurais bientôt plus « que les yeux pour pleurer ». Quelqu'un me dévisagea. J'avais la tête basse. Je relevai la tête : c'était un va-nu-pieds, il avait une trentaine d'années, un mouchoir sur la tête noué sous le menton et de larges lunettes jaunes de motocycliste sur la figure. Il me dévisagea longuement de ses grands yeux. Il avait un aspect insolent, au soleil, un aspect solaire[133]. Je pensai : « Peut-être est-ce Michel, déguisé ! » C'était d'une stupidité enfantine. Jamais ce bizarre va-nu-pieds ne m'avait rencontré.

Je le dépassai, aussitôt je me retournai. Il me dévisagea de plus belle. Je m'efforçais d'imaginer sa vie. Cette vie avait quelque chose d'indéniable. Je pouvais devenir moi-même un va-nu-pieds. En tout cas, *lui*, l'était, il l'était *pour de bon*, et n'était rien d'autre : c'était le sort qu'il avait attrapé. Celui que j'avais attrapé, *moi*, était plus gai. Revenant du garage, je passai par le même chemin. Il était encore là. Une fois de plus, il me dévisagea. Je passai lentement. J'eus du mal à m'en détacher. J'aurais voulu avoir cet aspect affreux, cet aspect solaire comme lui, au lieu de ressembler à un enfant qui jamais ne sait ce qu'il veut. Je pensai alors que j'aurais pu vivre heureux avec Xénie.

Elle se tenait debout à l'entrée de la gare, ses valises à ses pieds. Elle ne vit pas venir ma voiture : le ciel était d'un bleu vif, mais tout avait lieu comme si l'orage allait éclater. Entre ses valises, la tête basse et défaite, Xénie donnait le sentiment que le sol lui manquait. Je pensais : dans la journée, j'aurai mon tour, à la fin le sol manquera sous mes pieds, comme il lui manque. Arrivé devant elle, je la regardai sans sourire, avec une expression désespérée. Elle eut à me voir un sursaut : à ce moment, son visage exprima sa détresse. Elle se reprit en avançant vers la voiture. J'allai prendre les valises : il y avait aussi un paquet de journaux, des illustrés et *L'Humanité*. Xénie était venue en wagon-lit à Barcelone, mais elle lisait *L'Humanité* !

Tout eut lieu rapidement : nous sommes arrivés à l'hôtel peu après sans avoir parlé. Xénie regardait les rues de la ville qu'elle voyait pour la première fois. Elle me dit qu'au premier abord Barcelone lui semblait une jolie ville. Je lui montrai des grévistes et des gardes d'assaut massés devant un édifice.

Elle me dit aussitôt :

« Mais c'est affreux. »

Michel était dans le hall de l'hôtel. Il s'empressa avec sa gaucherie habituelle. Visiblement, il avait pour Xénie de l'intérêt. Il s'était animé en l'apercevant. À peine entendit-elle ce qu'il disait, elle monta dans la chambre que j'avais fait préparer.

J'expliquai à Michel :

« Maintenant, je dois m'en aller… Peux-tu dire à Xénie que je quitte Barcelone en voiture jusqu'à ce soir, mais sans préciser l'heure ? »

Michel me dit que j'avais mauvaise mine. Il avait lui-même l'air ennuyé. Je laissai un mot pour Xénie : j'étais, lui disais-je, affolé par ce qui m'arrivait, j'avais eu tous les torts avec elle, maintenant j'avais voulu me conduire autrement, c'était impossible depuis la veille : comment aurais-je pu prévoir ce qui m'arrivait ?

J'insistai, parlant à Michel : je n'avais pas de raison personnelle de me soucier de Xénie, mais elle était très malheureuse ; à l'idée de la laisser seule, j'avais le sentiment d'un coupable.

Je me précipitai, malade à l'idée qu'on avait pu saboter la voiture. Personne n'y avait touché. Un quart d'heure après, j'arrivai au champ d'aviation. J'avais une avance d'une heure.

6

J'étais dans l'état d'un chien tirant sur la laisse. Je ne voyais rien. Enfermé dans le temps, dans l'instant, dans la pulsation du sang, je souffrais de la même façon qu'un homme qu'on vient de lier pour le tuer, qui cherche à casser la corde. Je n'attendais plus rien d'heureux, de ce que j'attendais je ne pouvais plus rien savoir, l'existence de Dorothea était trop violente. Peu d'instants avant l'arrivée de l'avion, tout espoir écarté, je devins calme. J'attendais Dirty, j'attendais Dorothea de la même façon qu'on attend la mort. Le mourant, soudainement, le sait : tout est fini. Cependant, ce qui va survenir un peu plus tard est la seule chose au monde qui importait ! J'étais devenu calme, mais l'avion, volant bas, arriva brusquement. Je me précipitai : je ne vis pas d'abord Dorothea. Elle était derrière un grand vieillard. Je n'étais pas sûr en premier lieu que ce soit elle. Je m'approchai : elle avait le visage maigre d'une malade. Elle était

sans forces, il fallut l'aider à descendre. Elle me voyait, mais
ne regardait pas, se laissant soutenir sans bouger, la tête
basse.

Elle me dit :
« Un instant… »
Je lui dis :
« Je te porterai dans mes bras. »
Elle ne répondit pas, elle se laissa faire et je l'emportai. Sa
maigreur était squelettique. Elle souffrait visiblement. Elle
était inerte dans mes bras, non moins indifférente qu'elle
aurait été, portée par un homme de peine. Je l'installai dans
la voiture. Assise dans la voiture, elle me regarda. Elle eut
un sourire ironique, caustique, un sourire hostile. Qu'avait-
elle de commun avec celle que j'avais connue, trois mois plus
tôt, buvant comme si jamais elle ne devait se rassasier. Ses
vêtements étaient jaunes, couleur de soufre[134], de la même
couleur que les cheveux. Longtemps, j'avais été obsédé
par l'idée d'un squelette solaire, les os couleur de soufre :
Dorothea était maintenant un déchet, la vie semblait l'abandonner.

Elle me dit doucement :
« Dépêchons-nous. Il faudrait que je sois dans un lit, le
plus vite possible. »
Elle n'en pouvait plus.
Je lui demandai pourquoi elle ne m'avait pas attendu à
Paris.
Elle eut l'air de ne pas entendre, mais elle finit par me
répondre :
« Je ne voulais plus attendre. »
Elle regardait devant elle sans rien voir.
Devant l'hôtel, je l'aidai à descendre. Elle voulut marcher
jusqu'à l'ascenseur. Je la soutenais et nous avancions lentement. Je l'aidai, dans la chambre, à se déshabiller. Elle me dit
à mi-voix le nécessaire. Je devais éviter de lui faire mal et je
lui donnai le linge qu'elle voulait. La déshabillant, à mesure
qu'apparût sa nudité (son corps maigri, était moins *pur*) je
ne pus retenir un sourire malheureux : il valait mieux qu'elle
soit malade.

Elle dit avec une sorte d'apaisement :
« Je ne souffre plus. Seulement, je n'ai plus la moindre
force. »

Je ne l'avais pas effleurée de mes lèvres, elle m'avait à
peine regardé, mais ce qui arrivait dans la chambre nous
unissait.

Quand elle s'allongea sur le lit, la tête bien au milieu de
l'oreiller, ses traits se détendirent : elle apparut bientôt aussi
belle qu'autrefois. Un instant, elle me regarda, puis elle se
détourna.

Les volets de la chambre étaient fermés mais des rayons
de soleil passaient au travers. Il faisait chaud. Une femme de
chambre entra, portant de la glace dans un seau. Dorothea
me pria de mettre la glace dans une poche de caoutchouc et
de lui placer la poche sur le ventre.

Elle me dit :

« C'est là que je souffre. Je reste étendue sur le dos avec
de la glace. »

Elle me dit encore :

« J'étais sortie hier quand tu m'as téléphoné. Je ne suis pas
aussi malade que j'en ai l'air. »

Elle souriait : mais son sourire gênait.

« J'ai dû voyager en troisième jusqu'à Marseille. Sinon, je
serais partie ce soir, pas avant.

— Pourquoi ? Tu n'avais pas assez d'argent ?

— Je devais en garder pour l'avion.

— C'est le voyage en train qui t'a rendue malade ?

— Non. Je suis malade depuis un mois, les secousses
m'ont seulement fait du mal : j'ai eu mal, très mal, pendant
toute la nuit. Mais… »

Elle prit ma tête dans ses deux mains et se détourna pour
me dire :

« J'étais heureuse de souffrir. »

M'ayant parlé, ses mains qui m'avaient cherché m'écartèrent.

Mais jamais, depuis que je l'avais rencontrée, elle ne
m'avait parlé de cette façon.

Je me suis levé. J'allai pleurer dans la salle de bains.

Je revins aussitôt. J'affectai une froideur qui répondait à
la sienne. Ses traits s'étaient durcis. Comme si elle devait se
venger de son aveu.

Elle eut un élan de haine passionnée, un élan qui la
fermait.

« Si je n'étais pas malade, je ne serais pas venue. Maintenant, je suis malade : nous allons être heureux. Je suis malade enfin. »

Dans sa fureur contenue, une grimace la défigura.

Elle devint hideuse. Je compris que j'aimais en elle ce violent mouvement. Ce que j'aimais en elle était sa haine, j'aimais la laideur imprévue, la laideur affreuse[135], que la haine donnait à ses traits.

7

Le médecin que j'avais demandé se fit annoncer. Nous étions endormis. La chambre, étrange, à demi-obscure, où je m'éveillai semblait abandonnée. Dorothea s'éveilla elle-même en même temps. Elle eut un sursaut quand elle m'aperçut. J'étais dressé sur le fauteuil : je cherchais à savoir où j'étais. Je ne savais plus rien. Était-ce la nuit ? c'était évidemment le jour. Je décrochai le téléphone qui sonnait. Je priai le bureau de faire monter le médecin.

J'attendis la fin de l'examen : je me sentais très bas, mal réveillé.

Dorothea avait une maladie de femme : malgré un état grave, elle pouvait guérir assez vite. Le voyage avait aggravé les choses, elle n'aurait pas dû voyager. Le médecin reviendrait. Je l'accompagnai jusqu'à l'ascenseur. À la fin, je lui demandai comment les choses allaient dans Barcelone : il me dit que, depuis deux heures, la grève était complète, rien ne marchait plus, mais la ville était calme.

C'était un homme insignifiant. Je ne sais pourquoi je lui dis, souriant bêtement :

« Le calme avant l'orage... »

Il me serra la main et s'en alla sans répondre, comme si j'étais un homme mal élevé.

Dorothea, détendue, se peigna. Elle mit du rouge à lèvres.

Elle me dit :

« Je suis mieux... Qu'as-tu demandé au médecin ?

— Il y a une grève générale et peut-être il va y avoir une guerre civile.

— Pourquoi une guerre civile ?

— Entre les Catalans et les Espagnols.

— Une guerre civile ? »

L'idée d'une guerre civile la déconcertait[136]. Je lui dis encore :

« Tu dois faire ce qu'a dit le médecin… »

J'avais tort d'en parler si vite : c'était comme si une ombre avait passé ; le visage de Dorothea se ferma.

« Pourquoi guérirais-je ? » dit-elle.

LE JOUR DES MORTS

I

Dorothea était arrivée le 5. Le 6 octobre, à 10 heures du soir, j'étais assis près d'elle : elle me disait ce qu'elle avait fait dans Vienne après m'avoir quitté.

Elle était entrée dans une église.

Il n'y avait personne et, d'abord, elle s'était agenouillée sur les dalles, ensuite elle s'était mise à plat ventre, elle avait étendu les bras en croix. Cela n'avait pour elle aucun sens. Elle n'avait pas prié. Elle ne comprenait pas pourquoi elle l'avait fait mais, après un temps, plusieurs coups de tonnerre l'avaient ébranlée. Elle s'était relevée, et, sortie de l'église, elle était partie en courant sous la pluie d'averse.

Elle entra sous un porche. Elle était sans chapeau et mouillée. Sous le porche, il y avait un garçon en casquette, un garçon très jeune. Il avait voulu rire avec elle. Désespérée, elle ne pouvait pas rire : elle s'était approchée et l'avait embrassé. Elle l'avait touché. En réponse, il l'avait touchée. Elle était déchaînée, elle l'avait terrifié.

Me parlant, elle était détendue. Elle me dit :

« C'était comme un petit frère[137], il sentait le mouillé, moi aussi, mais j'étais dans un tel état qu'en jouissant, il tremblait de peur. »

À ce moment, écoutant parler Dorothea, j'avais oublié Barcelone.

Nous entendîmes une sonnerie de clairon assez proche. Dorothea s'arrêta court. Elle écoutait, surprise. Elle parla de nouveau mais, cette fois, elle se tut vraiment. Il y avait eu une salve de coups de feu. Il y eut un instant de répit, ensuite la fusillade reprit. Ce fut une brusque cataracte, pas très loin.

Dorothea s'était dressée : elle n'avait pas peur, mais c'était d'une brutalité tragique. J'allai à la fenêtre. Je vis des gens armés de fusils, qui criaient et couraient sous les arbres de la Rambla, cette nuit-là mal éclairée. On ne tirait pas sur la Rambla mais dans les rues avoisinantes : une branche cassée par une balle tomba.

Je dis à Dorothea :

« Cette fois, ça va mal !

— Qu'est-ce que c'est ?

— Je ne sais pas. Sans doute est-ce l'armée régulière qui attaque les autres (les autres, c'étaient les Catalans et la Généralité de Barcelone). On tire dans la Calle Fernando. C'est tout près. »

Une fusillade violente ébranlait l'air.

Dorothea vint à l'une des fenêtres. Je me retournai. Je lui dis en criant :

« Tu es folle. Recouche-toi tout de suite ! »

Elle avait un pyjama d'homme. Échevelée, pieds nus, elle avait un visage cruel.

Elle m'écarta et regarda par la fenêtre. Je lui montrai à terre la branche cassée.

Elle revint vers le lit et enleva la veste de son pyjama. Le torse nu, elle se mit à chercher autour d'elle : elle avait l'air folle.

Je lui demandai :

« Que cherches-tu ? Tu dois absolument te recoucher.

— Je veux m'habiller. Je veux aller voir avec toi.

— Tu perds la tête ?

— Écoute-moi, c'est plus fort que moi. J'irai voir. »

Elle semblait déchaînée. Elle était violente, elle était fermée, elle parlait sans réplique, soulevée par une sorte de fureur.

À ce moment, on frappa à la porte en l'ébranlant à coups de poing. Dorothea jeta la veste qu'elle avait quittée.

C'était Xénie. (Je lui avais tout dit la veille, la laissant avec Michel.) Xénie tremblait. Je regardai Dorothea, je la vis provocante. Muette, mauvaise, elle était debout, les seins nus.

Je dis brutalement à Xénie :

« Il faut retourner dans ta chambre. Il n'y a rien d'autre à faire. »

Dorothea m'interrompit sans la regarder :

« Non. Vous pouvez rester, si vous voulez. Restez avec nous. »

Xénie était immobile à la porte. On continuait à tirer. Dorothea me prit par la manche. Elle m'entraîna à l'autre extrémité de la chambre et me dit à l'oreille :

« J'ai une idée horrible, tu comprends ?

— Quelle idée ? Je ne comprends plus. Pourquoi inviter cette fille à rester ? »

Dorothea recula devant moi : elle avait l'air sournois et, en même temps, il était évident qu'elle n'en pouvait plus. Le bruit des coups de fusil défonçait la tête. Elle me dit encore, la tête basse, la voix agressive :

« Tu sais que je suis une bête ! »

L'autre pouvait l'entendre.

Je me précipitai vers Xénie, la suppliant :

« Va-t'en tout de suite. »

Xénie me supplia elle aussi. Je répliquai :

« Comprends-tu ce qui va se passer si tu restes ? »

Dorothea riait cyniquement en la fixant. Je poussai Xénie vers le couloir : Xénie, qui résista, m'insultait sourdement. Elle était affolée dès l'abord et, j'en suis sûr, sexuellement hors d'elle. Je la bousculai, mais elle résista. Elle se mit à crier comme un démon. Il y avait dans l'air une telle violence ; je la poussai de toutes mes forces[138]. Xénie tomba de tout son poids, s'étalant en travers du couloir. Je fermai la porte au verrou. J'avais perdu la tête. J'étais une bête, moi aussi, mais, en même temps, j'avais tremblé. J'avais imaginé Dorothea profitant de ce que j'étais occupé avec Xénie pour se tuer en sautant par la fenêtre.

2

Dorothea était épuisée ; elle se laissa porter sans dire un mot. Je la couchai : elle se laissa faire, inerte dans mes bras, les seins nus. Je retournai à la fenêtre. Je fermai les volets. Effrayé, j'aperçus Xénie, sortie de l'hôtel. Elle traversa la Rambla en courant. Je n'y pouvais rien : je ne pouvais pas laisser Dorothea seule un instant. Je vis Xénie se diriger non vers la fusillade, mais vers la rue où Michel habitait. Elle disparut.

La nuit entière fut trouble. Il n'était pas possible de dormir. Peu à peu, le combat augmenta d'intensité. Les mitrailleuses, puis les canons commencèrent à donner. Entendu de la chambre d'hôtel où Dorothea et moi étions enfermés, cela pouvait avoir quelque chose de grandiose, mais c'était surtout inintelligible. Je passai une partie du temps à marcher dans cette chambre de long en large.

Au milieu de la nuit, pendant une accalmie, j'étais assis au bord du lit. Je parlai à Dorothea :

« Je ne comprends pas que tu sois entrée dans une église. »

Nous nous taisions depuis longtemps. Elle tressaillit, mais ne répondit pas.

Je lui demandai pourquoi elle ne disait rien.

Elle rêvait, me répondit-elle.

« Mais de quoi rêves-tu ?

— Je ne sais pas. »

Un peu après, elle dit :

« Je peux me prosterner devant lui si je crois qu'il n'existe pas.

— Pourquoi es-tu entrée dans l'église ? »

Elle tourna le dos dans son lit.

Elle dit encore :

« Tu devrais t'en aller. Il vaudrait mieux que je reste seule maintenant.

— Si tu préfères, je peux sortir.

— Tu veux aller te faire tuer…

— Pourquoi ? Les fusils ne tuent pas grand monde. Écoute : on n'arrête pas de tirer. Cela montre assez bien que les obus eux-mêmes laissent un grand nombre de survivants. »

Elle suivait sa propre pensée :

« Ça serait moins faux. »

À ce moment, elle se tourna vers moi. Elle me regardait avec ironie :

« Si seulement tu pouvais perdre la tête ! »

Je ne sourcillai pas.

3

Le lendemain après-midi, le combat de rues, diminué d'intensité, reprenait sévèrement de temps à autre. Pendant une accalmie, Xénie téléphona du bureau de l'hôtel. Elle cria dans l'appareil. À ce moment, Dorothea dormait. Je descendis dans le hall. Lazare était là, tâchant de maintenir Xénie. Xénie, échevelée, était sale, elle avait l'aspect d'une folle. Lazare n'était pas moins ferme, ni moins funèbre que d'habitude.

Xénie, échappant à Lazare, se précipita sur moi. Comme si elle voulait me sauter à la gorge.

Elle criait :

« Qu'est-ce que tu as fait ? »

Elle avait au front une large plaie qui saignait sous une croûte déchirée.

Je la pris par les poignets[139] et, les lui tordant, l'obligeai de se taire. Elle avait la fièvre, elle tremblait.

Sans lâcher les poignets de Xénie, je demandai à Lazare ce qui arrivait.

Elle me dit :

« Michel vient de se faire tuer et Xénie est convaincue que c'est par sa faute. »

Je devais faire un effort pour maintenir Xénie : en entendant parler Lazare, elle s'était débattue. Elle cherchait sauvagement à me mordre les mains.

Lazare m'aida à la maintenir : elle lui maintint la tête. Je tremblais, moi aussi.

Au bout d'un certain temps, Xénie resta tranquille.

Elle était affolée devant nous.

Elle dit d'une voix rauque :

« Pourquoi as-tu fait ça avec moi ?… Tu m'as jetée par terre… comme une bête… »

Je lui avais pris la main et je la serrais très fort.

Lazare alla demander une serviette mouillée.

Xénie continua de parler :

« … avec Michel… j'ai été horrible… Comme toi avec moi… c'est ta faute… il m'aimait, lui… il n'y avait que lui au monde qui m'aimait… J'ai fait avec lui… ce que tu as fait avec moi… il a perdu la tête… il est allé se faire tuer… et maintenant… Michel est mort… c'est horrible… »

Lazare lui mit la serviette sur le front.

Nous l'avons soutenue chacun d'un côté pour la conduire à sa chambre. Elle se traînait. Je pleurais. Je vis que Lazare commençait à pleurer, elle aussi. Les larmes coulaient sur ses joues : elle n'était ni moins maîtresse d'elle-même, ni moins funèbre et c'était monstrueux de voir ses larmes couler. Nous avons étendu Xénie dans sa chambre, sur son lit.

Je dis à Lazare :

« Dirty est ici. Je ne peux pas la laisser seule. »

Lazare me regarda et, à ce moment-là, je vis qu'elle n'avait plus le courage de me mépriser.

Elle dit simplement :

« Je resterai avec Xénie. »

Je serrai la main de Lazare. Je gardai même un moment

ma main dans la sienne, mais je pensais déjà que c'était
Michel, que ce n'était pas moi qui était mort. Je serrai ensuite
Xénie dans mes bras : j'aurais voulu l'embrasser vraiment,
mais je me sentis devenir hypocrite ; aussitôt, je partis.
Quand elle vit que je m'en allais, elle se mit à sangloter
sans bouger. Je passai dans le couloir. Je pleurais aussi, par
contagion.

4

Je restai en Espagne avec Dorothea jusqu'à la fin du mois
d'octobre. Xénie rentra en France avec Lazare. Dorothea
allait mieux de jour en jour : elle sortait au soleil dans l'après-
midi avec moi (nous étions allés nous installer dans un village de pêcheurs).

À la fin d'octobre, nous n'avions plus d'argent. Ni l'un
ni l'autre. Dorothea devait rentrer en Allemagne. Je devais
l'accompagner jusqu'à Francfort.

Nous sommes arrivés à Trèves[140] un dimanche matin (le
1er novembre[141]). Nous devions attendre l'ouverture des
banques, le lendemain. L'après-midi, le temps était pluvieux,
mais nous ne pouvions nous enfermer à l'hôtel. Nous avons
marché dans la campagne, jusqu'à une hauteur qui surplombe la vallée de la Moselle. Il faisait froid, la pluie commençait de tomber. Dorothea avait un manteau de voyage
en drap gris. Elle avait les cheveux décoiffés par le vent, elle
était humide de pluie. À la sortie de la ville, nous demandâmes à un petit bourgeois à grandes moustaches, en
chapeau melon, de nous montrer notre chemin. Avec une
gentillesse déconcertante, il prit Dorothea par la main. Il
nous mena au carrefour où nous pouvions nous retrouver.
Il s'éloigna pour nous sourire en se retournant. Dorothea
le regarda elle-même avec un sourire désenchanté. Faute
d'avoir écouté ce que disait le petit homme, un peu plus loin,
nous nous sommes trompés. Nous avons dû marcher longtemps, loin de la Moselle, dans des vallées adjacentes. La
terre, les pierres des chemins creux et les roches nues étaient
rouge vif : il y avait beaucoup de bois, des terres labourées
et des prés. Nous avons traversé un bois jauni. La neige
commença de tomber. Nous avons croisé un groupe de
Hitlerjugend, des enfants de dix à quinze ans, vêtus d'une

culotte courte et d'un boléro de velours noir. Ils marchaient
vite, ne regardaient personne et parlaient d'une voix claquante. Il n'était rien qui ne soit triste, affreusement : un
grand ciel gris qui se changeait doucement en neige qui
tombe. Nous allions vite. Nous dûmes traverser un plateau
de terre labourée. Les sillons fraîchement ouverts se multipliaient ; au-dessus de nous, sans finir, la neige était portée
par le vent. Autour de nous, c'était immense. Dorothea et
moi, pressant le pas sur une petite route, le visage cinglé par
le froid, nous avions perdu le sentiment d'exister.

Nous arrivâmes à un restaurant surmonté d'une tour : à
l'intérieur, il faisait chaud, mais il y avait là une sale lumière de
novembre, il y avait là de nombreuses familles bourgeoises
attablées. Dorothea, les lèvres pâles, le visage rougi par le
froid, ne disait rien : elle mangeait un gâteau qu'elle aimait.
Elle demeurait très belle, pourtant son visage se perdait dans
cette lumière, il se perdait dans le gris du ciel. Pour redescendre, sans difficulté nous avons pris le bon chemin, très
court, tracé en lacets à travers les bois. Il ne neigeait plus,
ou presque plus. La neige n'avait pas laissé de trace. Nous
allions vite, nous glissions ou nous trébuchions de temps à
autre et la nuit tombait. Plus bas, dans la pénombre, apparut la ville de Trèves. Elle s'étendait sur l'autre rive de la
Moselle, dominée par de grands clochers carrés. Peu à peu,
dans la nuit, nous cessâmes de voir les clochers. En passant
dans une clairière, nous avons vu une maison basse, mais
vaste, qu'abritaient des jardins en tonnelles. Dorothea me
parla d'acheter cette maison et de l'habiter avec moi. Il n'y
avait plus entre nous qu'un désenchantement hostile. Nous
le sentions, nous étions peu de chose l'un pour l'autre, tout
au moins dès l'instant où nous n'étions plus dans l'angoisse.
Nous nous hâtions vers une chambre d'hôtel, dans une
ville que la veille nous ne connaissions pas. Dans l'ombre, il
arrivait que nous nous cherchions. Nous nous regardions les
yeux dans les yeux : non sans crainte. Nous étions liés l'un
à l'autre, mais nous n'avions plus le moindre espoir. À un
tournant du chemin un vide s'ouvrit au-dessous de nous.
Étrangement, ce vide n'était pas moins illimité, à nos pieds,
qu'un ciel étoilé sur nos têtes[142]. Une multitude de petites
lumières, agitées par le vent, menaient dans la nuit une fête
silencieuse, inintelligible. Ces étoiles, ces bougies, étaient par
centaines en flammes sur le sol : le sol où s'alignait la foule
des tombes illuminées[143]. Je pris Dorothea par le bras. Nous

étions fascinés par cet abîme d'étoiles funèbres. Dorothea
se rapprocha de moi. Longuement, elle m'embrassa dans la
bouche. Elle m'enlaça, me serrant violemment : c'était, depuis
longtemps, la première fois qu'elle se déchaînait. Hâtivement, nous fîmes, hors du chemin, dans la terre labourée, les
dix pas que font les amants. Nous étions toujours au-dessus
des tombes[144]. Dorothea s'ouvrit, je la dénudai jusqu'au sexe.
Elle-même, elle me dénuda. Nous sommes tombés sur le sol
meuble et je m'enfonçai dans son corps humide comme une
charrue bien manœuvrée s'enfonce dans la terre[145]. La terre,
sous ce corps, était ouverte comme une tombe, son ventre
nu s'ouvrit à moi comme une tombe fraîche. Nous étions
frappés de stupeur, faisant l'amour au-dessus d'un cimetière
étoilé. Chacune des lumières annonçait un squelette dans
une tombe, elles formaient ainsi un ciel vacillant[146], aussi
trouble que les mouvements de nos corps mêlés. Il faisait
froid, mes mains s'enfonçaient dans la terre : je dégrafai
Dorothea, je souillai son linge et sa poitrine de la terre
fraîche qui s'était collée à mes doigts. Ses seins, sortis de
ses vêtements, étaient d'une blancheur lunaire. Nous nous
abandonnions de temps à autre, nous laissant aller à trembler de froid : nos corps tremblaient comme deux rangées de
dents claquent l'une dans l'autre.

Le vent fit dans les arbres un bruit sauvage. Je dis en
bégayant à Dorothea, je bégayais, je parlais sauvagement :
« … mon squelette… tu trembles de froid… tu claques
des dents… »

Je m'étais arrêté, je pesais sur elle sans bouger, je soufflais
comme un chien. Soudain j'enlaçai ses reins nus. Je me
laissai tomber de tout mon poids. Elle poussa un terrible cri.
Je serrai les dents de toutes mes forces. À ce moment, nous
avons glissé sur un sol en pente[147].

Il y avait plus bas une partie de rocher en surplomb. Si je
n'avais, d'un coup de pied, arrêté ce glissement, nous serions
tombés dans la nuit, et j'aurais pu croire, émerveillé, que
nous tombions dans le vide du ciel.

Je dus, comme je pouvais, tirer mon pantalon. Je m'étais
mis debout. Dirty restait le derrière nu, à même le sol. Elle
se leva péniblement, elle attrapa une de mes mains. Elle
embrassa mon ventre nu : la terre s'était collée à mes jambes
velues : elle la gratta pour m'en débarrasser. Elle s'accrochait

à moi. Elle jouait avec des mouvements sournois, avec des mouvements d'une folle indécence. Elle me fit d'abord tomber. Je me relevai difficilement, je l'aidai à se mettre debout. Je l'aidai à remettre ses vêtements, mais c'était difficile, nos corps et nos vêtements devenus terreux. Nous n'étions pas moins excités par la terre que par la nudité de la chair ; le sexe de Dirty était à peine couvert, sous les vêtements, que j'eus hâte de le mettre encore à nu.

En rentrant, le cimetière dépassé, les rues de la petite ville étaient désertes. Nous traversions un quartier formé d'habitations basses, de vieilles maisons entre des jardins. Un petit garçon passa : il dévisagea Dirty avec étonnement. Elle me fit penser aux soldats qui faisaient la guerre dans des tranchées boueuses[148], mais j'avais hâte d'être avec elle dans une chambre chauffée et d'enlever sa robe à la lumière. Le petit garçon s'arrêta pour mieux nous voir. La grande Dirty tendit la tête et lui fit une horrible grimace. Le petit garçon, cossu et laid, disparut en courant.

Je pensai au petit Karl Marx et à la barbe qu'il eut plus tard, à l'âge adulte : il était aujourd'hui sous terre, près de Londres. Marx avait dû courir, lui aussi, dans les rues désertes de Trèves, quand il était petit garçon[149].

5

Le lendemain, nous devions aller à Coblenz. De Coblenz, nous avons pris un train pour Francfort, où je devais quitter Dorothea. Tandis que nous remontions la vallée du Rhin, une pluie fine tombait. Les rives du Rhin étaient grises, mais nues et sauvages. Le train longeait, de temps à autre, un cimetière dont les tombes avaient disparu sous des jonchées de fleurs blanches. Avec la venue de la nuit, nous vîmes des bougies allumées sur les croix des tombes. Nous devions nous quitter quelques heures plus tard. À 8 heures, Dorothea aurait à Francfort un train vers le sud ; peu de minutes après, je prendrais le train de Paris. La nuit tomba après Bingerbrück.

Nous étions seuls dans un compartiment. Dorothea se rapprocha de moi pour me parler. Elle eut une voix presque enfantine. Elle me serra très fort un bras, elle me dit :

« Il y aura bientôt la guerre, n'est-ce pas ? »
Je répondis doucement :
« Je n'en sais rien.

— Je voudrais savoir. Tu sais ce que je pense parfois : je
pense que la guerre arrive. Alors, je dois annoncer à un
homme : la guerre est commencée. Je vais le voir, mais il ne
doit pas s'y attendre : il pâlit.

— Et alors ?

— C'est tout. »
Je lui demandai :
« Pourquoi penses-tu à la guerre ?

— Je ne sais pas. Auras-tu peur, toi, s'il y a la guerre ?

— Non. »
Elle s'approcha plus près de moi, appuyant sur mon cou
un front brûlant :
« Écoute, Henri… je sais que je suis un monstre, mais
quelquefois, je voudrais qu'il y ait la guerre…

— Pourquoi pas ?

— Toi aussi, tu voudrais ? Tu serais tué, n'est-ce pas ?

— Pourquoi penses-tu à la guerre ? C'est à cause
d'hier ?

— Oui, à cause des tombes. »
Dorothea resta longtemps serrée contre moi. La nuit précédente m'avait épuisé. Je commençais à m'endormir.

Dorothea, comme je m'endormais, pour me réveiller, me
caressa, presque sans bouger, sournoisement. Elle continuait de parler doucement :
« Tu sais, l'homme auquel j'annonce qu'il y a la guerre…

— Oui.

— Il ressemble au petit homme à moustaches qui m'a
prise par la main sous la pluie : un homme tout à fait gentil,
avec beaucoup d'enfants[150].

— Et les enfants ?

— Ils meurent tous.

— Ils sont tués ?

— Oui. Chaque fois, je vais voir le petit homme. C'est
absurde, n'est-ce pas ?

— C'est toi qui lui annonces la mort de ses enfants ?

— Oui. Toutes les fois qu'il me voit, il pâlit. J'arrive avec
une robe noire et tu sais, lorsque je m'en vais…

— Dis-moi.

— Il y a une flaque de sang, là où j'avais les jambes.

— Et toi ? »

Elle expira comme une plainte, comme si elle suppliait tout à coup :

« Je t'aime… »

Elle colla sa bouche fraîche à la mienne. Je fus dans un état d'intolérable joie. Quand sa langue lécha la mienne, ce fut si beau que j'aurais voulu ne plus vivre.

Dirty, qui avait enlevé son manteau, avait, dans mes bras, une robe de soie d'un rouge vif, du rouge des drapeaux à croix gammée. Son corps était nu sous la robe. Elle avait une odeur de terre mouillée. Je m'éloignai d'elle, à moitié sous le coup de l'énervement (je voulais bouger), à moitié pour aller à l'extrémité du wagon. Dans le couloir, je dérangeai deux fois un officier S.A., très beau et très grand. Il avait des yeux de faïence bleue qui, même à l'intérieur d'un wagon éclairé, étaient perdus dans les nuages : comme s'il avait en lui-même entendu l'appel des Walkyries[151], mais sans doute son oreille était-elle plus sensible aux trompettes de la caserne. Je m'arrêtai à l'entrée du compartiment. Dirty mit la lampe en veilleuse. Elle était debout, immobile, sous une faible lueur : elle me fit peur ; je voyais derrière elle, malgré l'obscurité, une plaine immense. Dirty me regardait mais elle était elle-même absente, perdue dans un horrible rêve. Je m'approchai d'elle, et je vis qu'elle pleurait. Je la serrai entre mes bras, elle ne voulut pas me donner ses lèvres. Je lui demandai pourquoi elle pleurait.

Je pensai :

« Je la connais aussi peu que possible. »

Elle répondit :

« Pour rien. »

Elle éclata en sanglots.

Je la touchai en l'étreignant. J'aurais sangloté, moi aussi. J'aurais voulu savoir pourquoi elle pleurait, mais elle ne parla plus. Je la voyais telle qu'elle était quand j'étais revenu dans le compartiment : debout devant moi, elle avait la beauté d'une apparition. De nouveau, j'en eus peur. Je pensais soudain, perdu d'angoisse à l'idée qu'elle me quitterait dans quelques heures : elle est si avide qu'elle ne peut pas vivre. Elle ne vivra pas. J'avais sous les pieds le bruit des roues sur les rails, de ces roues qui écrasent, dans les chairs écrasées qui éclatent.

6

Les dernières heures passèrent rapidement. À Francfort, je voulais aller dans une chambre. Elle refusa. Nous avons dîné ensemble : le seul moyen de supporter était une occupation. Les dernières minutes, sur le quai, furent intolérables. Je n'eus pas le courage de m'en aller. Je devais la revoir dans quelques jours[152], mais j'étais obsédé, je pensais qu'auparavant, elle mourrait. Elle disparut avec le train.

J'étais seul sur le quai. Dehors il pleuvait à verse. Je m'en allai en pleurant. Je marchais péniblement. J'avais encore dans la bouche le goût des lèvres de Dirty, quelque chose d'inintelligible. Je dévisageai un homme de la compagnie des chemins de fer. Il passa : j'éprouvai devant lui un malaise. Pourquoi n'avait-il rien de commun avec une femme que j'aurais pu embrasser ? Il avait lui-même des yeux, une bouche, un derrière. Cette bouche me donnait envie de rendre. J'aurais désiré la frapper : il avait l'aspect d'un bourgeois obèse. Je lui demandai les cabinets (j'aurais dû y courir le plus vite possible). Je n'avais pas même essuyé mes larmes. Il me donna une indication en allemand : c'était difficile à comprendre. J'arrivai à l'extrémité du hall : j'entendis un bruit de musique violente, un bruit d'une aigreur intolérable. Je pleurais toujours. De la porte de la gare, je vis de loin, à l'autre extrémité d'une place immense, un théâtre bien éclairé et, sur les marches du théâtre, une parade de musiciens en uniforme[153] : le bruit était splendide, déchirant les oreilles, exultant. J'étais si surpris qu'aussitôt, je cessai de pleurer. Je n'avais plus envie d'aller aux cabinets. Sous la pluie battante, je traversai la place vide en courant. Je me mis à l'abri sous l'auvent du théâtre.

J'étais devant des enfants en ordre militaire[154], immobiles, sur les marches de ce théâtre : ils avaient des culottes courtes de velours noir et de petites vestes ornées d'aiguillettes, ils étaient nu-tête ; à droite des fifres, à gauche des tambours plats.

Ils jouaient avec tant de violence, avec un rythme si cassant que j'étais devant eux le souffle coupé. Rien de plus sec que les tambours plats qui battaient, ou de plus acide, que les fifres. Tous ces enfants nazis (certains d'entre eux étaient

blonds, avec un visage de poupée) jouant pour de rares passants, dans la nuit, devant l'immense place vide sous
l'averse, paraissaient en proie, raides comme des triques, à
une exultation de cataclysme : devant eux, leur chef, un
gosse d'une maigreur de dégénéré, avec le visage hargneux
d'un poisson (de temps à autre, il se retournait pour aboyer
des commandements, il râlait), marquait la mesure avec une
longue canne de tambour-major. D'un geste obscène, il
dressait cette canne, pommeau sur le bas-ventre (elle ressemblait alors à un pénis de singe démesuré, décoré de
tresses de cordelettes de couleur) ; d'une saccade de sale
petite brute, il élevait alors le pommeau à hauteur de la
bouche. Du ventre à la bouche, de la bouche au ventre,
chaque allée et venue, saccadée, hachée par une rafale de
tambours. Ce spectacle était obscène. Il était terrifiant : si je
n'avais disposé d'un rare sang-froid, comment serais-je resté
debout regardant ces haineuses mécaniques, aussi calme
que devant un mur de pierre. Chaque éclat de la musique,
dans la nuit, était une incantation, qui appelait à la guerre
et au meurtre. Les battements de tambour étaient portés au
paroxysme, dans l'espoir de se résoudre finalement en sanglantes rafales d'artillerie[155] : je regardais au loin… une armée
d'enfants rangée en bataille. Ils étaient cependant immobiles, mais en transe. Je les voyais, non loin de moi, envoûtés
par le désir d'aller à la mort. Hallucinés par des champs illimités où, un jour, ils s'avanceraient, riant au soleil : ils laisseraient derrière eux les agonisants et les morts.

À cette marée montante du meurtre[156], beaucoup plus acide
que la vie (parce que la vie n'est pas aussi lumineuse de sang
que la mort), il serait impossible d'opposer plus que des
vétilles, les supplications comiques de vieilles dames. Toutes
choses n'étaient-elles pas destinées à l'embrasement[157], flamme
et tonnerre mêlés, aussi pâle que le soufre allumé, qui prend
à la gorge. Une hilarité me tournait la tête : j'avais, à me
découvrir en face de cette catastrophe[158] une ironie noire, celle
qui accompagne les spasmes dans les moments où personne
ne peut se tenir de crier. La musique s'arrêta : la pluie avait
cessé. Je rentrai lentement vers la gare : le train était formé[159].
Je marchai quelque temps, le long du quai, avant d'entrer dans
un compartiment ; le train ne tarda pas à partir[160].

Mai 1935.

Autour du « Bleu du ciel »

LES PRÉSAGES
[Journal de Georges Bataille. Mai 1935]

Mercredi 8 mai.

Le bourdon tué par le jet.

L'erreur de train à Blanes. Le paysage à Tordera au bord du… L'église de Tordera et le cercueil de verre contenant le Christ mort barbu, pâle, le front en plaies à l'endroit de la couronne d'épine mais surmonté d'une couronne d'or à baldaquin. Les genoux la peau enlevée, la bouche ouverte laissant voir les dents de dessus. Autel très doré au fond. Je raconte à André[1] l'histoire de l'égl[ise] de St Sébastien.

Arrivée à Barcelone à 7 h 30. La Rambla. La maison des Creixam. Mangé à Caracoles. Bataclan et le Parallelo. Le Barrio Chino. Ensuite la Criolla fermée. Soirée finie au Sagristá. Commencement de l'exaltation avec les idoles plutôt fausses, en rapport avec le Bleu du Ciel. Impression que la misère est comme une mère. Après un tour chez Madame Petit et deux autres bordels, trouvé Peggy et impression d'extrême santé.

Jeudi 9 mai.

Le matin entrés dans l'église de la Rambla. Très mauvais temps. Vu les Landsberg à l'hôtel Continental. Déjeuner au Sotáno. Revenus au Continental pour prendre le café avec les Landsberg. Ensuite la pluie et soirée devenant sinistre. Puis passés par le Barrio Chino pour aller au Parallelo et bu du Valdepeñas en passant, notamment au bar de la calle San Olegario, puis au Pay-Pay. Ensuite dîné au Sotáno, puis bu au dancing Antic (?) : ri de voir des femmes tuberculeuses etc. Très bonne humeur malgré André, par défi. Trempé de pluie. Sensation de bien-être du fait que j'étais dégoûtant au moins de pluie. À

Ba-ta-clan les femmes ce soir-là commencent le programme
nues (la femme au cigare). À la fin la femme obscène en rouge,
avec les deux gestes, celui de pisser, puis celui de se branler avec
une verge formée avec son voile rouge. Les deux noceurs dans
une loge riant aux éclats avec des femmes. Passés au bar Holly-
wood puis au Montmartre et erré avant d'entrer chez Madame
Petit.

Vendredi 10 mai.

Dormi à peine et partis à 8 h 20 pour Montserrat. Pas content
d'y être en arrivant. Puis au sortir du second funiculaire, le paysage devient grandiose. André m'explique de plus en plus clairement sa nuit passée à Montserrat sur un rocher. Le paysage
devient de plus en plus grandiose. J'explique à André ce que je
pense de la terre et du ciel. Arrivée au-dessus du gigant encan-
tado[2] : à droite une sorte de rocher sanctuaire. Le sommet : la
première fois que je vois la planète. La cathédrale de Manrèse
aperçue par le télescope. Dîner à San Jeronimo. Au retour
André m'explique de plus en plus clairement la nuit à Montserrat. La peur de la chute dans le ciel. L'ouverture du ciel :
Dans l'église comme un fœtus. Je lui propose d'écrire le récit
de notre voyage. Las cuevas de Cobaltó. [Rentrés] à Barcelone
sur la plate-forme arrière du train. Plate-forme intenable à partir de Mataró. Le mont vu de très loin. Dîner sur la rambla.
Après vu Viva Villa. Puis rentrés après être passés au bord de
la mer.

Samedi 11 mai.

Le marché sur la place Sant Agustin. Passés par les Halles.
Puis l'église de la Rambla. Le parque Guell, rencontré un Cas-
tillan. Puis le Tibidabo. Retour pour déjeuner à Caracolès sur
le balcon donnant sur la rue. Bien mangé et bien bu. Exaltation
extrême à partir de Caracolès. André revient dans le cours de la
journée sur la nuit de Montserrat. Nous nous exaltons ensemble.
La serenada (aller à la plaza de España par le Parallelo). Le premier taureau. Le directeur de la course. Le second taureau et le
difforme peureux : chutes grotesques. Le pierrot blanc. Le troisième taureau renverse deux fois le matador qui surmonte la
peur. Le spontaneo nègre.

De 7 h 30 à 9 heures au bar Pay-Pay. Exaltation entre André
et moi. Nous comprenons de quelle façon nous nous heur-
tons au reste du monde. Dîner au Sotáno. À la recherche du
Marricomio. Nous nous décidons à aller d'abord au Sagristá
(la Criolla restant fermée). D'abord Bar Chino. Puis chants

flamencos : les femmes. Bar sordide. Puis nous buvons au bar du Sagristá. À la sortie un Bolivien auquel nous demandons s'il connaît le Marricomio. Puis le Marricomio exaspérant. Ensuite nous échouons dans un bar où deux pêcheurs nous parlent de Juanito Eldorado. À la recherche de Juanito Eldorado, nous entrons à Manquet. Maera et le niño de la Flores. La mère des calamités. Juanito Eldorado. Rentrés à l'hôtel. Ressorti. Le bar Buena sombra. Madame Petit. Les oiseaux sur la Rambla à 4 heures du matin.

Dimanche 12 mai.
    Allés à la Cathédrale et Generalidad. Santa Maria del Mar. Puis au Musée d'où on domine la ville : le paysage de la ville est très beau. Le *[trois mots illisibles]*. Les peintures cata-lanes. L'agneau de St Clement de Tahull et le chien de saint Juan de [Boni] (?). Déjeuner au Sotáno. Allés à l'hôtel Continental retrouvé Rose, Seligman et les Landsberg. Les taureaux avec Nicanor Villalta, Armillita Chico et Domingo Ortega. Le cin-quième taureau. Les présages. La place Macia. Dîner à Cara-colès. Manquet. Sevilla.

Lundi 13 mai.
    Au retour, l'enfant dansant dans un sac dans le rio sec à Lloret. Le même à Tossa. Montés au phare.
    Retrouvé à Tossa Seligman, Zügel, M. L., puis Laurence et Mme M.

Mardi 14. Vide. Masson et moi sur la route de San Gran.

Mercredi 15. ?

Jeudi 16. Retrouvé Zügel, Seligman et Mme Landsberg au bar Stayer. La promenade au phare partie de cache-cache. Rose invite les L. à dîner pour Samedi.

1er tableau abandonné. *Vendredi 17.* Chercher M. L. sur la plage le matin. Elle passe après déjeuner à la maison Masson. 6 h. L. vient avec 3 catalans. Soir : retrouver M. L. et L. au bar Stayer. Soir très triste. Rêve de ciel étoilé sous les pieds[3].

Samedi 18. M. L. et L. dînent chez Masson.

Dimanche 19. Après-midi au Retiro. Soir retrouvé M. L. et L. sortie de chez Markus. M. L. me prend par le bras et me fait danser en arrivant chez Stayer. Widerstein au bar Stayer.

Lundi 20. Au Retiro avec M. L. Masson fait les 4 esquisses

> Montserrat (serpent)
> Montserrat (phallus)
> Montserrat (soleil)
> Actéon

Soir la mer avec André et Rose sous la lune.

mauvais temps. *Mardi 21.* Route de Gérone. Retrouvé M. L. au Retiro. Revenu avec enfants Zügel. Soir Salomon. Passé prendre M. L. allé Markus puis Stayer. Conversation sur Dieu. Allé au *phare* seul. L'église. Retourné avec André au phare.

Mercredi 22. Allé Stayer. Carte à Seligman etc. et jugements sur les écritures. M. L. boit un peu. André commence Montserrat.

Jeudi 23. M. chez Masson. Allés Retiro après-midi pluie.

Vendredi 24. Allés avec Madeleine à Lloret. Soirée bar. bu beaucoup.

Samedi 25. Malade. Soir couru avec Madeleine seule sur la route de Gérone. retour au bar Stayer. Bu au bar. Madeleine me donne son adresse.

Dimanche 26. Matin bain Madeleine. Après-midi gagné aux boules. Soir Landsberg seul au bar.

Lundi 27. Matin vu Madeleine après visite Zügel. Pluie et départ Madeleine. Écrit retour de Dorothea[4].

Mardi 28. Écrit passage Barcelone[5] rencontré Hillier le matin.

Mercredi 29. Fini le Bleu du ciel. Soirée avec Bates et Hillier.

Jeudi 30. Départ pour Paris. Matin monté au phare.

Après un mois de maladie, je suis parti rejoindre des amis que j'aimais beaucoup et qui habitaient une petite maison sur la côte au [bord de la mer près *biffé*] nord de Barcelone. Je passais là une partie du temps à me reposer, mais j'allais souvent à Barcelone même, où je pouvais aller en deux heures et où il était possible de traîner la nuit [, dans les boîtes et dans les bordels *biffé*]. J'avais déjà oublié la maladie : la vie que je menais était devenue presque heureuse, partagée entre les plaisirs [galeux des quartiers réservés *biffé*] équivoques des bordels et la satisfaction qui consiste à s'étendre au soleil sur une plage ou à nager dans la mer. Je ne pensais plus à ce qui m'arrivait. J'avais eu la chance de [pousser mon jeu à la limite de la destruction *biffé*] perdre la tête, ensuite d'échapper à la mort... Je n'avais aucune raison d'attribuer de l'importance à quelque chose : quand je m'apercevais dans la glace du plafond couché sur un lit auprès d'une fille de bordel également nue, je ne pouvais pas m'empêcher de rire en regardant ainsi le ciel... Je savais en même temps que j'avais envie d'étrangler la ou plus exactement l'une des filles allongées à côté de moi ; je n'en avais pas envie [d'une façon vicieuse mais si je de telle fa[çon] assez *biffé*] pour penser à le faire ; j'étais calme mais pour vivre jusqu'au bout il aurait fallu étrangler et si je n'avais pas déjà été sur un lit, il me semblait que je me serais laissé tomber par terre de lassitude. Il valait mieux la tricherie la plus simple pour tâcher de passer d'un état à l'autre, puisqu'une grande partie des états par lesquels on passe sans songer à rien sont agréables... En sortant du bordel, à la Criolla, [la tricherie vint à ma rencontre *biffé*] je trouvai l'occasion d'oublier les filles. Je m'étais

à peine assis que quelqu'un me tapa sur l'épaule. Dans une
ville étrangère [il   *biffé*] c'est [toujours un grand divertissement
de rencontrer un ami à l'étranger   *biffé*] n'importe comment
agréable de se trouver au dépourvu devant un de ses amis.
Celui-là avait l'avantage de me situer [de l'ordre de mes préoccupations [obsessions   *biffé*] immédiates   *biffé*] à l'opposé
de mes préoccupations actuelles (c'est-à-dire faire [n'importe
quoi   *biffé*] quelque chose d'absurde ou d'ignoble) mais je ne
savais pas quoi dire tellement j'étais déconcerté de le voir.

Il me dit :

« Je te croyais [en Allemagne   *biffé*] à Paris. On m'avait
raconté que tu étais très malade.

— Qui t'a dit que j'étais malade ? Lazare ?

— Oui, Lazare. Elle m'a dit aussi que tu n'étais plus communiste. »

Je me rendis compte que j'avais bu. Le nouveau venu me
faisait [picoler   *biffé*] parler en riant :

« Je crache sur les communistes. Naturellement vos histoires
m'ennuient. Je crache dessus et après je lèche [le museau   *biffé*]
pour [ravaler   *biffé*] essuyer [mes crachats   *corrigé en*   mon cra-
chat]. Je ne peux supporter que les communistes, les autres
m'emmerdent mille fois plus. »

L'autre riait aussi. Lui aussi était content de me voir :

« Tu n'as jamais été un homme sérieux.

— Je ne vois pas comment je pourrais être sérieux. Je sors
d'un bordel. Mais moi, [c'est naturel   *biffé*] ce n'est pas nouveau, c'est toi. Qu'est-ce que tu fais ici. Je suis déconcerté de te
trouver dans un [aussi   *biffé*] mauvais lieu comme ici. Je croyais
que lorsque tu allais en Espagne c'était pour la politique.

— J'aime énormément la Criolla. Tu sais que, l'an dernier,
Lazare a fait tout le voyage avec moi. Lazare aussi venait souvent à la Criolla avec moi.

— Lazare ? » Je regardais [l'autre   *biffé*] qui était encore
debout et c'était comme si il me faisait tomber de sommeil
en parlant ainsi. Qu'est-ce que Lazare venait faire au milieu des
tantes et des [gouines   *biffé*] lesbiennes de la Criolla ? Je vidai
mon verre d'une gorgée et avant même qu'il m'ait dit ce qu'il
voulait je commandai encore deux whiskies.

[Il   *biffé*]…… protesta aussitôt en riant :

« Mais je n'aime pas ça. »

Il s'assit à côté de moi.

« Alors je serai obligé de boire ton verre : tu en seras quitte
pour me reconduire chez moi. Mais pourquoi viens-tu à la
Criolla puisque tu n'aimes pas les hommes.

— Toi non plus.

— Je n'aime pas les hommes, c'est vrai, [seulement j'aime le vice   *biffé*] mais pour moi c'est un endroit agréable…

— C'est très simple. Je me sens à l'aise ici. C'est plus [vivant   *biffé*] humain qu'ailleurs et aussi plus populaire. Ça n'a aucune importance. Mais tu as l'air de te porter tout à fait bien. Lazare m'avait raconté que tu étais à la mort.

— Oui quand elle est venue me voir.

— Elle m'a raconté que tu avais été abominable avec elle mais elle ne t'en veut pas.

— Je me demande bien pourquoi elle ne m'en veut pas. »

LE BLEU DU CIEL[a]

[Version manuscrite. 1935]

DIRTY

Dans une sorte de bouge de quartier de Londres, complètement sale et au sous-sol, Dirty était follement ivre à côté de moi
(ma main portait encore un pansement, suite d'une blessure de
verre cassé). Ce jour-là Dirty avait une admirable robe du soir
(et au contraire, j'étais mal rasé, avec les cheveux en désordre).
Elle s'étirait les jambes avec une passion convulsive et, sans
culotte, les exhibait devant des individus dont les yeux devenaient comme des cigares éteints très sinistres. À un moment
donné, elle étreignait ses cuisses nues à deux mains et gémissait
en mordant un rideau sale. Elle était bien saoule, aussi saoule
qu'elle était belle, et à demi nue : elle roulait des yeux ronds et
furibonds en regardant la lumière du gaz.

« Qu'y a-t-il ? » hurla-t-elle, comme si on l'égorgeait et en
même temps elle sauta en l'air comme les canons qui tirent dans
des nuages de poussière. Ses yeux lui sortaient de la tête comme
des épouvantails, avec des flots de larmes.

« Troppmann ! » reprit-elle en me regardant avec ces yeux de
plus en plus grands. Et elle caressa ma tête de blessé toute
humide de fièvre avec ses longues mains sales. Elle pleurait ainsi
comme on vomit, avec une supplication inouïe et la chevelure
en partie trempée de larmes tellement elle sanglotait fort . . . .
. . . .
. . . .
. . . .

La scène qui avait précédé cette dégoûtante orgie — à la suite
de laquelle les rats ont pu rôder autour de nos corps étendus —
était digne en tous points de Dostoïevski.

L'ivresse n'avait pas porté nos deux existences à une gaîté ou à une excitation quelconques, mais elle les avait engagées à la dérive, à la recherche de tout ce qui pouvait répondre à la plus triste obsession.

Nous avions réussi, avant d'être trop sérieusement touchés par la boisson, à nous rejoindre dans une chambre du Savoy. Dirty avait remarqué que le liftier était très laid (en dépit de son bel uniforme, on aurait dit un fossoyeur).

Elle me dit en riant vaguement et en parlant de travers comme une femme saoule :

« Tu sais » — elle s'arrêtait court à chaque instant d'ailleurs, parce qu'elle était secouée par le hoquet — « j'étais gosse... je me rappelle... je suis venue ici avec ma mère... ici... il y a une dizaine d'années... alors, je devais avoir douze ans... Ma mère, c'était une grande vieille passée dans le genre de la reine d'Angleterre... Alors justement, en sortant de l'ascenseur, le liftier... celui-là...

— Qui ça ?... Celui-là ?...

— Oui. Le même qu'aujourd'hui. Il n'a pas ajusté la cage... La cage est allée trop haut... elle s'est allongée tout du long... elle a fait floc... ma mère... »

Dirty éclata de rire comme une folle et elle ne pouvait plus s'arrêter.

Je lui dis en cherchant péniblement mes mots :

« Ne ris plus comme ça. Tu ne pourras jamais finir ton histoire. »

Elle s'arrêta un peu de rire et elle se mit à crier :

« Ah ! Ah ! je deviens idiote... je vais... Non, il faut que je finisse mon histoire... ma mère ne bougeait pas... ses grandes jupes en l'air... comme un cadavre... elle ne remuait plus... on l'a ramassée pour la mettre au lit... elle a commencé à dégueuler... elle était archi-saoule... une minute avant... on n'aurait rien pu voir... tu comprends... cette femme... on aurait dit un dogue... elle faisait peur... »

Je dis à Dirty honteusement :

« Je voudrais bien tomber comme ça devant toi

— Est-ce que tu vomirais ? » demanda Dirty sans rire en m'embrassant dans la bouche.

Je répondis « peut-être » et je passai dans la salle de bains, très pâle, pourtant sans aucune raison. Je me regardai longuement dans une glace : j'étais vilainement décoiffé, à moitié vulgaire, les traits bouffis, pas même laids, et l'air fétide comme quand on a mal dormi et qu'on se réveille.

Dirty était restée seule dans la chambre, une chambre très vaste et éclairée d'une grande quantité de lampes au plafond. Elle se promenait en marchant droit devant elle comme si elle ne pouvait plus s'arrêter : elle avait l'air d'une folle.

Elle était décolletée outrageusement. Ses cheveux blonds avaient sous les lumières un éclat insupportable pour moi.

Il y avait aussi en elle quelque chose de pur — une candeur telle que parfois j'aurais voulu tomber à genoux devant elle : elle me faisait peur. Je voyais bien qu'elle n'en pouvait plus, qu'elle était absolument ivre et qu'elle commençait à respirer comme une bête. Son regard mauvais, traqué, ne voulait dire qu'une seule chose. Elle s'arrêta : elle devait se frotter les cuisses l'une contre l'autre sous sa robe. Elle allait sûrement perdre la tête…

Elle fit jouer la sonnerie pour appeler la femme de chambre.

Quelques instants après, il entra une servante assez jolie, rousse, au teint frais : elle parut suffoquée par l'odeur vraiment rare dans un endroit aussi luxueux que le Savoy, une odeur de bordel de bas étage. Dirty avait cessé de se tenir debout autrement qu'appuyée contre un mur : elle paraissait souffrir. Je ne sais pas où elle s'était couverte, ce jour-là, de parfums à bon marché mais, dans l'état indicible où elle se trouvait, elle dégageait aussi une odeur surie de fesse et d'aisselle qui rappelait l'aloès pharmaceutique. En plus, elle sentait le whisky et elle avait des renvois[*]…

« Vous, j'ai besoin de vous, expliqua Dirty à la jeune Anglaise interloquée, mais d'abord il faut aller chercher le liftier, j'ai quelque chose à lui demander. »

La servante disparut et Dirty qui, cette fois, vacillait, alla[*] s'asseoir sur une chaise. À grand'peine, elle réussit à porter par terre à côté d'elle une bouteille et un verre. Ses yeux s'alourdissaient.

Tout à coup elle me chercha et vit que je n'étais plus là. Elle s'affola et appela de toutes ses forces :

« Troppmann ! »

On ne répondit pas ; elle se leva, elle manqua tomber plusieurs fois. Elle arriva à la porte de la salle de bains et me vit affalé sur un siège, livide et défait ; dans mon aberration, je venais de rouvrir la blessure de ma main droite : le sang que j'essayais d'arrêter avec une serviette gouttait assez rapidement par terre. Dirty était devant moi me regardant avec des yeux de bête. Je m'essuyai la figure et ainsi j'eus du sang sur le front et le nez.

La lumière électrique absolument crue devenait aveuglante. C'était insupportable : les yeux s'épuisaient.

On frappa à la porte et la femme de chambre rentra suivie du liftier.

Dirty alla s'effondrer sur la chaise. La tête basse, sans rien voir, elle demanda au liftier :

« Vous étiez déjà ici en 1924 ? »

Le liftier répondit oui.

« Il faut que je vous demande : une grande bonne femme âgée… elle est tombée de l'ascenseur et elle a vomi par terre… Vous vous rappelez ? »

Dirty prononçait tout sans rien voir, comme si elle avait les lèvres fatiguées et les deux domestiques, très gênés, se jetaient des coups d'œil obliques pour s'interroger et s'observer mutuellement.

« Je me souviens, en effet », reconnut le liftier (cet homme d'une quarantaine d'années avait une figure de voyou fossoyeur, mais cette figure semblait avoir comme mariné dans l'huile à force d'onctuosité).

« Un verre de whisky ? » demanda Dirty ?

Personne ne répondit, les deux personnages restaient debout et attendaient péniblement.

Dirty se fit donner son sac. Ses mouvements étaient si égarés qu'elle passa une longue minute avant de pouvoir faire entrer sa main au fond du sac. Quand elle eut trouvé, elle jeta un paquet de banknotes par terre en disant simplement :

« Partagez… »

Le fossoyeur trouvant enfin une occupation, ramassa ce paquet et compta les livres tout haut. Il y en avait vingt.

Il en remit dix à la femme de chambre.

« Nous pouvons nous retirer ? demanda-t-il après un court instant.

— Non, non, pas encore, je vous en prie, asseyez-vous. »

Elle paraissait étouffer, le sang lui montait au visage. Les deux domestiques étaient restés debout, observant la plus grande déférence, mais ils étaient également devenus rouges et angoissés, moitié à cause de l'importance stupéfiante du pourboire, moitié à cause de cette situation invraisemblable et incompréhensible.

Dirty resta sur sa chaise, muette. Une longue minute se passa : on aurait pu entendre les cœurs battre à l'intérieur des corps. Je m'avançai jusqu'à la porte, le visage barbouillé de sang, pâle et malade, j'avais des hoquets, prêt à vomir. Les domestiques terrifiés virent un filet d'eau couler le long de la chaise et des jambes de leur belle interlocutrice : l'urine forma une flaque

qui s'agrandit sur le tapis tandis qu'un bruit d'entrailles relâchées
se produisait lourdement sous la robe de la jeune fille, révulsée,
écarlate et tordue sur sa chaise comme un porc sous un couteau
. . . .
. . . .

La femme de chambre écœurée et tremblante dut laver
Dirty qui paraissait redevenue calme et heureuse. Elle se laissait
essuyer et savonner. Le liftier aéra la chambre jusqu'à ce que
la mauvaise odeur ait disparu ; ensuite, il me fit un pansement
pour arrêter le sang de ma blessure.

Peu après, toutes choses étaient de nouveau dans l'ordre ; la
femme de chambre achevait de ranger du linge. Dirty, plus belle
que jamais, lavée et parfumée, mais continuant à boire, elle fit
asseoir le liftier auprès d'elle dans un fauteuil. À ce moment-là,
l'ivresse la faisait s'abandonner comme une petite fille, même
lorsqu'elle ne disait rien.

Parfois, elle riait toute seule.

« Racontez, dit-elle enfin au liftier, depuis tant d'années que
vous êtes au Savoy, vous avez dû en voir, des horreurs.

— Oh, pas tant que ça », répondit-il, non sans finir d'avaler
un verre de whisky qui parut le secouer et le remettre à l'aise.
« En général, ici, les clients sont bien corrects.

— Oh, corrects, n'est-ce pas, c'est une manière d'être : ainsi,
ma défunte mère qui s'est foutu la gueule par terre devant vous
et vous a dégueulé sur les manches… »

Et Dirty éclata de rire d'une façon discordante, comme dans
le vide, sans trouver aucun écho.

Elle poursuivit :

« Et savez-vous pourquoi ils sont corrects ? Ils ont la frousse,
entendez-vous, ils claquent des dents, c'est pour ça qu'ils n'osent
rien montrer. Je sens ça parce que, moi aussi, j'ai la frousse, mais
oui, comprenez-vous, mon garçon… même de vous. J'ai peur à
en crever…

— Madame ne veut pas un verre d'eau, demanda timidement
la femme de chambre.

— Merde ! répondit brutalement Dirty en lui tirant la langue,
je suis malade, moi, comprenez-vous, et j'ai quelque chose dans
la tête, moi, et puis vous vous en foutez, mais ça m'écœure,
entendez-vous ? »

Je l'ai interrompue doucement d'un geste et l'ai fait boire du
whisky en disant au liftier :

« Avouez que, s'il ne tenait qu'à vous, vous l'étrangleriez !

— Toi, tu as raison, glapit Dirty, regarde ces énormes pattes
de gorille, c'est poilu comme des couilles.

— Mais, protestait poliment le liftier épouvanté qui s'était relevé de son siège, Madame sait que je suis à son service.

— Mais non, idiot, crois-tu, je n'ai pas besoin de tes couilles. J'ai mal au cœur. »

Et elle gloussa en rotant.

La femme de chambre se précipita et rapporta une cuvette. Elle paraissait la servilité même et parfaitement honnête. Je restais assis, inerte, blême et buvant de plus en plus.

« Et vous, là, l'honnête fille », poursuivait Dirty, s'adressant cette fois à la femme de chambre, « vous vous masturbez et vous regardez les théières aux devantures pour vous monter en ménage ; si j'avais des fesses comme les vôtres, je les montrerais à tout le monde ; sans quoi, on peut crever de honte, un beau jour, on trouve le trou en se grattant. »

Tout à coup effrayé, je dis à la femme de chambre :

« Jetez-lui quelques gouttes d'eau dans la figure… vous voyez bien qu'elle s'échauffe. »

La femme de chambre couvrit aussitôt le front de Dirty avec une serviette mouillée.

Elle alla jusqu'à la fenêtre et vit au-dessous d'elle la Tamise et, au fond, quelques-uns des bâtiments les plus monstrueux de Londres agrandis par l'obscurité. Elle vomit rapidement à l'air libre. Soulagée, elle m'appela et je lui tins le front tout en fixant l'immonde égout du paysage, le fleuve et les docks. Dans le voisinage de l'hôtel, des immeubles luxueux et illuminés surgissaient avec insolence.

Je pleurais presque en regardant Londres, à force d'être perdu d'angoisse. Des souvenirs d'enfance, en particulier des petites filles qui jouaient avec moi au diabolo ou à pigeon vole vinrent s'associer, pendant que je respirais l'air frais, à la vision des mains de gorille du liftier. Tout ce qui m'arrivait m'apparaissait d'ailleurs complètement insignifiant et vaguement risible. Moi-même, j'étais vide et c'est à peine si j'imaginais de remplir ce vide à l'aide d'horreurs nouvelles. Je me sentais impuissant et avili. C'est dans cet état d'obstruction que j'accompagnai Dirty dans la rue, uniquement parce que Dirty m'entraînait, et, cependant, il était difficile d'imaginer une créature humaine qui soit une épave plus à vau-l'eau que Dirty.

Une angoisse qui ne laissait pas le corps détendu un seul instant est d'ailleurs la seule explication de la facilité avec laquelle nous réussissions à nous passer n'importe quelle envie, en nous débarrassant de toute cloison établie, soit dans la chambre du Savoy, soit dans le bouge de quartier, où nous pouvions.

LE BLEU DU CIEL

Lorsque je sollicite doucement, au cœur même de l'angoisse, une étrange absurdité, un œil s'ouvre au milieu et au sommet de mon crâne.

Cet œil qui, pour le contempler dans la nudité, seul à seul, s'ouvre sur un soleil dans toute sa gloire n'est pas le produit de ma raison : il n'est une représentation que comme un cri qui échappe. Car au moment où le regard est ébloui par l'aveuglante fulguration, il n'y a plus que le miracle et l'éclat d'une vie brisée, et cette vie devenue angoisse, et vertige, s'ouvrant sur un vide infini, se déchire et s'épuise d'un seul coup dans ce vide.

★

La Terre est hérissée de plantes qu'un mouvement continu porte de jour en jour au vide céleste et ses innombrables surfaces renvoient à l'immensité brillante de l'espace l'ensemble des hommes riants ou déchirés. Dans ce mouvement libre, indépendant de toute conscience, les corps élevés se tendent vers une absence de bornes qui coupe le souffle ; mais bien que l'agitation et l'hilarité intérieures se perdent sans arrêt dans un ciel aussi beau, mais aussi illusoire que la mort, mes yeux continuent à m'attacher par des liens vulgaires aux choses qui m'entourent et au milieu desquelles mes démarches sont limitées par les nécessités habituelles de la vie[1].

★

C'est seulement par le moyen d'une représentation maladive — un œil s'ouvrant au sommet de ma propre tête — à l'endroit même où la métaphysique ingénue plaçait le siège de l'âme — que l'être humain oublié sur la Terre — tel qu'aujourd'hui je suis, moi, l'être « oublié »[f] — accède tout à coup à une chute déchirante dans le vide du ciel.

★

Ce saut présuppose comme un élan l'attitude impérative du corps tendu verticalement. Toutefois, à l'origine, l'érection n'avait pas le même sens que la rigidité militaire[2]. La tension primitive des corps humains à la surface du sol se produisait comme un défi à la Terre, à la boue qui les avait engendrés — et qu'ils étaient heureux de rejeter dans un néant.

La Nature accouchant de l'homme était une mère mourante : elle donnait l'« être » à celui dont la venue au monde était sa propre mise à mort.

★

Mais aussi bien que la réduction de la Nature à un vide, la destruction de celui qui avait détruit était engagée dès le premier mouvement d'insolence. La négation accomplie de la Nature par l'homme — s'élevant au-dessus d'un néant qui est son œuvre — renvoie sans détour à la chute dans un vide plus ouvert et plus mort — à la chute éperdue dans le vide du ciel.

★

Mais, dans la mesure où elle n'est pas enfermée par les objets utiles dont elle s'entoure, l'existence n'échappe tout d'abord à la servitude de la nudité que pour jeter dans le ciel auquel l'angoisse la renvoie une image inversée de son dénuement. Dans cette formation de l'image impérative, il semble que de la Terre au Ciel, la chute soit renversée du Ciel à la profondeur du sol et sa véritable nature — dans laquelle l'homme est victime du ciel brillant — demeure voilée au sein de l'exubérance mythologique.

★

Ainsi le mouvement dans lequel l'homme renie la Terre-mère qui l'a enfanté ouvre à la vie la voie étrange de l'asservissement puéril, et prudent, au désespoir mesquin. L'existence humaine se représente alors comme insuffisante, accablée par les souffrances ou les privations qui la réduisent à des laideurs. La Terre est demeurée à ses pieds comme un déchet. Au-dessus d'elle, le ciel est encore vide. Mais n'ayant pas encore l'orgueil de se livrer debout à ce vide, Elle se prosterne la face contre Terre, les yeux attachés étroitement au sol. Et, dans sa peur de la liberté mortelle du ciel, elle affirme entre elle et le vide sans limites le rapport de l'esclave au maître. Dans ce renoncement risible à l'espoir, elle trouve une consolation terrifiée.

★

Au-dessous de l'immense vertige élevé et de mortellement vide devenu, contre les victimes humaines, « impératif », suivant l'arrogance cynique qui l'oppose — debout — à un éclat absurde, de nouveau l'existence — que le malheur rejette loin de toute possibilité — se soulève et ne considère plus en elle-même que des mouvements de colère. Mais cette fois, ce n'est plus la Terre dont elle est le déchet qui provoque son défi, c'est le reflet dans le ciel vide des horreurs qu'elle a éprouvées, c'est l'oppression impérative qui est devenue l'objet de sa haine.

★

Et de même qu'une négation de la Nature avait fait de la vie proprement humaine une transgression et une transcendance qui rejetait toute autre chose dans le néant, de la même façon, mais dans le dernier et irrésistible mouvement, la négation de tout ce qui au-dessus des choses ou des hommes est impérativement ordre ou loi dépouille la vie malheureuse des liens qui paralysaient encore son mouvement vertigineux vers le vide.

★

Aucune limite, aucune mesure ne peuvent être données à la violence de ceux que libère un vertige éprouvé devant le vide duᵍ ciel. Le moindre espoir est regardé comme un respect que la fatigue accorde encore à la nécessité du monde : il n'est plus d'intérêt humain qui ne tombe en dérision : la représentation de souffrances, de misères ou de morts dont ils seraient coupables les ferait rire.

★

Le sol manquera sous mes pieds.

Je mourrai dans des conditions hideuses.

Je jouis aujourd'hui d'être un objet de dégoût pour le seul être auquel la destinée lie ma vie.

Je demande tout ce qui peut survenir de mauvais à un homme qui en rie.

La tête épuisée où « je » suis est devenue si peureuse, et si avide que la mort seule pourrait lui donner une satisfaction.

Il y a quelques jours, je suis arrivé — réellement, et non dans un cauchemar — dans une ville qui ressemblait au décor d'une tragédie. Un soir — je ne le dis que pour rire d'une façon plus malheureuse — je n'étais pas ivre seul à regarder des vieillards tournoyer[b] en dansant — réellement, et non dans un rêve. Pendant la nuit le Commandeur entra dans ma chambre : l'après-midi, je passai devant sa tombe : l'orgueil et l'ironie m'engagèrent à l'inviter. Son arrivée m'épouvanta ; je devins une épave devant lui. À mon côté gisait une autre victime : de ses lèvres qu'un extrême dégoût faisait ressembler à celles d'une morte, coulait une bave encore plus laide que du sang. Depuis ce jour, je fus condamné à une solitude que je ne supporte pas, que je n'ai plus le front de supporter. Pourtant, je n'ai qu'un cri pour répéter l'invitation et, si j'en crois ma colère aveugle, ce ne serait plus moi, ce serait l'ombre du vieillard qui s'en irait.

★

À partir d'une souffrance abjecte, la lueur d'insolence qui dure en dépit de tout, de façon sournoise à nouveau grandit, d'abord lentement, puis tout à coup, dans un éclat, illumine et triomphe, atteint l'orgueil[i] d'un bonheur affirmé contre toute raison.

★

À[j] la lumière éclatante du Ciel, aujourd'hui, la justice écartée, l'existence maladive, et sans doute voisine de la mort, cependant réelle, apparaît — abandonnée au « manque » qu'a révélé sa venue au monde.

L'« être » accompli de rupture en rupture après[k] qu'un vertige grandissant l'eut livré au vide du ciel — est devenu non plus être mais blessure et même, dans un jeu, agonie de tout ce qui existe en fait d'« être ».

LE MAUVAIS PRÉSAGE

I

C'est pendant la période de ma vie où j'ai été le plus malheureux que j'ai rencontré le plus souvent — pour des raisons peu justifiables et sans l'ombre d'attrait sexuel — une femme qui ne m'a jamais attiré que par ses aspects absurdes : c'était comme si ma chance exigeait que je sois accompagné d'un oiseau de malheur dans cette circonstance. Lorsque je suis revenu, en mai, de Londres, j'étais déjà égaré et dans un état de surexcitation voisin de la maladie mais cette fille était elle-même trop bizarre pour s'en apercevoir. J'avais quitté Paris en juin pour rejoindre Dirty à Prüm : après quoi Dirty excédée m'avait quitté. À mon retour, j'étais devenu incapable de soutenir longtemps une attitude convenue et bien que j'aie cherché à rencontrer cette autre femme le plus souvent possible, il m'arrivait d'avoir des crises d'exaspération devant elle.

Elle devint alors inquiète et, un jour, elle me demanda ce qui m'arrivait : elle me dit un peu plus tard qu'elle avait l'impression que je pouvais devenir fou d'un instant à l'autre.

J'étais irrité et je commençais par lui répondre :

« Absolument rien. »

Elle insista tranquillement :

« Je comprends que vous n'ayez aucune envie de parler : il vaudrait peut-être mieux que je vous quitte maintenant parce que vous ne devez pas être assez tranquille pour continuer à examiner des projets… mais j'aime autant vous dire que je finis par m'inquiéter… Qu'est-ce que vous pensez faire ? »

Je la fixai dans les yeux mais sans l'ombre même de résolution. Je devais au contraire avoir l'air égaré, comme si j'avais cherché à fuir une obsession sans pouvoir y échapper[1]. Elle détourna la tête. Je lui dis :

« Vous imaginez sans doute que j'ai bu ?

— Non, pourquoi ? est-ce que ça vous arrive ?

— Souvent.

— Je ne savais pas » (elle me tenait pour un homme sérieux, absolument sérieux même, et, pour elle, l'idée d'ivrognerie était inconciliable avec d'autres exigences). « Seulement… vous avez l'air complètement à bout.

— Vous ne croyez pas qu'il vaudrait mieux revenir au projet ?…

— Mais vous êtes visiblement trop fatigué. Vous êtes assis et vous avez l'air prêt à tomber…

— C'est possible.

— Mais qu'est-ce qu'il y a ?

— Je deviendrai fou.

— Mais pourquoi ?

— Je souffre trop.

— Que puis-je faire pour vous ?

— Rien.

— Vous ne pouvez pas me dire ce que vous avez.

— Non, je ne crois pas.

— Il faudrait télégraphier à votre femme de revenir. Elle n'est pas obligée de rester à Brighton ?

— Non, d'ailleurs elle m'a écrit. Il vaut mieux qu'elle ne vienne pas.

— Est-ce qu'elle sait l'état dans lequel vous êtes ?

— Oui, mais elle sait aussi qu'elle n'y changerait rien. »

Cette femme resta longtemps perplexe : elle devait penser que j'étais un homme insupportable et pusillanime mais que, pour l'instant, son devoir était de m'aider à sortir de là. À la fin, elle se décida à me dire, sur un ton plutôt brusque :

« Je ne peux pourtant pas vous laisser comme ça. Vous donnez l'impression que vous allez vous jeter à l'eau. Je vais au moins vous raccompagner chez vous... ou chez des amis... comme vous voulez. »

Je ne répondis pas, parce qu'à ce moment-là, les choses commençaient à s'obscurcir dans ma tête. J'en avais assez.

Elle me raccompagna chez moi. Je ne disais plus un mot.

2

Je rencontrais en général cette fille dans un bar-restaurant derrière la Bourse. Je la faisais manger avec moi mais nous arrivions difficilement à finir un repas parce que le temps passait en discussions.

C'était une fille de vingt-cinq ans, laide et visiblement sale (les femmes avec lesquelles on me rencontrait auparavant étaient au contraire bien habillées et jolies). Son nom de famille, Lazare, répondait beaucoup mieux à son aspect macabre que son prénom chrétien. Elle était assez étrange, assez ridicule même pour qu'il soit difficile d'expliquer l'intérêt que j'avais pour elle autrement que par un dérangement mental — tout au moins pour l'esprit des gens que je rencontrais en Bourse.

À ce moment-là, elle était le seul être qui me fasse échapper à l'abattement : elle avait à peine passé la porte du bar — rien que sa silhouette décarcassée et noire à l'entrée, dans un endroit consacré à la chance et à la fortune, c'était comme une apparition stupide du malheur — je me levais et je la conduisais à ma table. Elle portait des vêtements noirs mal coupés et tachés. Elle avait l'air de ne pas voir devant elle et souvent elle bousculait les tables en passant. Sans chapeau, ses cheveux courts très raides, mal peignés, lui faisaient des ailes de corbeau avançant de chaque côté de sa figure. Elle avait un grand nez de juive maigre, à la chair jaunâtre, qui sortait hors de ces ailes sous des lunettes d'acier.

Elle me mettait mal à l'aise : elle s'exprimait lentement, avec la tranquillité d'une créature étrangère à tout ; la fatigue, le dénuement ou la mort ne comptaient pas à ses yeux et, ce qu'elle supposait à l'avance chez ses interlocuteurs, c'était l'indifférence la plus calme. Elle exerçait une sorte de fascination aussi bien par sa lucidité que par ses idées d'hallucinée. Je lui procurais l'argent nécessaire à l'impression d'une minuscule revue mensuelle à laquelle elle semblait attacher beaucoup d'importance. Elle y défendait les principes d'un communisme très différent du communisme officiel de Moscou. Le plus souvent, je pensais que cette fille était positivement folle et que c'était, de ma part, une plaisanterie presque malveillante de me prêter à son jeu. J'imagine que je la voyais *m* parce que son agitation sociale était aussi désaxée, aussi stérile que ma propre vie privée, en même temps aussi tourmentée. Ce qui m'excitait évidemment le plus, c'était l'avidité maladive qui la poussait à donner sa vie et son sang pour la cause des déshérités. Je pensais pourtant que ce serait un sang vraiment pauvre de vierge sale.

3

Lazare me raccompagna et entra chez moi. Je lui demandai de me laisser lire une lettre de ma femme qui m'attendait.

C'était une longue lettre de huit ou dix pages. Ma femme me disait qu'elle n'en pouvait plus, en même temps elle s'accusait de m'avoir perdu alors que tout s'était passé par ma faute.

Dans l'état où j'étais, cette lettre me bouleversa. J'essayai de ne pas pleurer, mais je n'y réussis pas. Je suis allé aux cabinets pour pleurer tranquille. Je ne pouvais plus m'arrêter et, en sortant, j'essuyais encore mes larmes qui continuaient à couler.

Je dis à Lazare, lui montrant mon mouchoir trempé :

« C'est lamentable.

— Vous avez de mauvaises nouvelles de votre femme ?

— Non, ne faites pas attention, je perds la tête maintenant, mais je n'ai aucune raison précise.

— Mais rien de mauvais ?

— Ma femme me raconte un rêve qu'elle a fait…

— Comment un rêve ?…

— Cela n'a aucune importance. Vous pouvez lire si vous voulez. Seulement, vous comprendrez mal. »

Je lui ai passé un des feuillets de la lettre d'Édith (je ne pensais pas que Lazare comprendrait mais qu'elle serait étonnée). Je me disais : je suis un mégalomane *n*, mais il faut en passer par là, Lazare, moi, ou n'importe qui d'autre.

Le passage que je faisais lire à Lazare n'avait rien à voir avec ce qui m'avait bouleversé dans la lettre *o*.

« Cette nuit, *écrivait Édith*, j'ai fait un rêve qui n'en finissait plus et ça m'a laissé un poids insupportable. Je te le raconte parce que j'ai peur de le garder pour moi toute seule.

« Nous étions tous les deux avec plusieurs amis et on a dit que, si tu sortais, tu allais être assassiné. C'était parce que tu avais publié des articles politiques… Tes amis ont prétendu que ça n'avait pas d'importance. Tu n'as rien dit mais tu es devenu très rouge. Tu ne voulais absolument pas être assassiné, mais tes amis t'ont entraîné et vous êtes tous sortis.

« Il est arrivé un homme qui venait pour te tuer. Pour cela il fallait qu'il allume une lampe qu'il tenait dans la main. Je marchais à côté de toi et l'homme qui voulait me faire comprendre qu'il t'assassinait, a allumé la lampe : la lampe a fait partir une balle qui m'a traversée.

« Tu étais avec une jeune fille et à ce moment-là, j'ai compris ce que tu voulais et je t'ai dit : " Puisqu'on va te tuer, au moins, tant que tu vis, va avec cette jeune fille dans une chambre et fais ce que tu veux avec elle. " Tu m'as répondu : " Je veux bien. " Tu es allé dans la chambre avec la jeune fille. Ensuite, l'homme a dit qu'il était temps. Il a rallumé la lampe. Il est parti une seconde balle qui t'était destinée mais, à ce moment-là, j'ai senti que c'était moi qui la recevais et c'était fini pour moi. Je me suis passé la main sur la gorge et elle était chaude et gluante de sang. C'était horrible… »

Je m'étais assis sur un divan à côté de Lazare qui lisait. Je recommençai à pleurer en essayant de me retenir. Lazare ne comprenait pas que je pleure à cause du rêve. Je lui dis :

« Je ne peux pas vous expliquer tout, seulement je me suis conduit comme un lâche avec tous ceux que j'ai aimés. Ma femme s'est dévouée pour moi. Elle se rendait folle pour moi pendant que je la trompais. Vous comprenez : quand je lis cette histoire qu'elle a rêvée, je voudrais qu'on me tue à l'idée de tout ce que j'ai fait… »

Lazare me regarda alors comme on regarde quelque chose qui dépasse ce qu'on attendait. Elle qui considérait tout d'ordinaire avec des yeux fixes et assurés parut tout à coup décontenancée : elle était comme frappée d'immobilité et ne disait plus un seul mot. Moi, je la regardais en face, mais les larmes me sortaient des yeux malgré moi.

J'étais pris, comme d'un vertige, d'un besoin puéril de gémir :

« Il faudrait que je vous explique tout. » Je parlais avec des larmes qui me glissaient sur la joue et tombaient jusque dans mes lèvres. J'expliquai à Lazare le plus brutalement que je pus

tout ce que j'avais fait d'immonde à Londres avec Dirty. Je lui
dis que je trompais ma femme de toutes les façons même avant,
que j'étais devenu épris de Dirty à un tel point que je ne pouvais plus rien regarder en face quand je comprenais que je l'avais
perdue.

Je racontai toute ma vie à cette vierge. Raconté à une telle fille
(qui, étant donnée sa laideur, ne pouvait supporter l'existence
que ridiculement, en recourant à une rigidité stoïque), cela ne
pouvait être qu'une impudence. En même temps, comme je
n'avais parlé à personne de ce qui m'était arrivé, chaque phrase
m'humiliait comme une lâcheté.

4

En apparence, je parlais comme un malheureux, d'une façon
humiliante, mais c'était une tricherie, parce que je restais cyniquement méprisant, au fond, devant une fille laide comme
Lazare. Je lui expliquai :

« Je vais vous dire pourquoi tout s'est mal passé : c'est pour
une raison qui vous semblera sûrement incompréhensible.
Jamais je n'ai eu une femme plus belle ou plus excitante que
Dirty : elle me faisait même absolument perdre la tête, mais, au
lit, j'étais impuissant avec elle. »

Lazare ne comprenait pas un mot à cette histoire et elle
devait commencer à s'énerver. Elle m'interrompit :

« Mais, si elle vous aimait, est-ce que c'était si mal ? »

J'éclatai de rire, et, encore une fois, Lazare parut gênée.

« Avouez en tous cas, lui ai-je dit, qu'on ne pourrait pas
inventer une histoire plus édifiante : les débauchés déconcertés
qui n'ont plus qu'à s'écœurer ensemble. Mais… il vaut mieux
que je parle sérieusement : je ne voudrais pas vous jeter des
détails à la tête, pourtant il n'est pas difficile de comprendre
qu'elle était aussi habituée que moi aux excès sexuels, et qu'il
n'était pas possible de la satisfaire avec des simagrées » (je
m'étais mis à parler presque à voix basse, ayant l'impression de
faire l'imbécile, mais j'avais besoin de parler à quelqu'un ; à force
de détresse et si stupide que ce soit, il valait mieux que Lazare
soit là et que je sois un peu moins égaré).

Je lui expliquai :

« Ce n'est pas difficile à comprendre. Je me mettais en sueur.
Le temps passait en efforts inutiles. À la fin, j'étais dans un état
d'épuisement physique extrême mais l'épuisement moral était
encore pire aussi bien pour elle que pour moi. Elle m'aimait
et pourtant elle finissait par me regarder bêtement avec un

sourire fuyant et même fielleux[r]. Elle s'excitait avec moi, moi je m'excitais avec elle et nous ne sommes arrivés qu'à nous écœurer. Vous comprenez, maintenant, comment on peut devenir dégoûtant. Mais tout était impossible. Je me sentais perdu et, à ce moment-là, je ne pensais plus qu'à me jeter sous un train… »

Je m'arrêtai un moment. Je dis encore :

« Toutes ces histoires avaient un arrière-goût de cadavre…

— Quelles histoires ?

— Surtout les histoires de Londres… Quand j'ai été à Prüm pour la retrouver, il était convenu qu'il n'arriverait plus rien de pareil, mais ça revenait au même.

« Quelqu'un comme vous ne peut pas imaginer à quelle aberration on peut arriver. Moi, je me demandais pourquoi j'étais impuissant avec elle et pas avec les autres. Tout allait bien quand je méprisais une femme, par exemple une prostituée. Seulement avec Dirty, j'avais envie de me jeter à ses pieds : je la respectais trop, et justement parce qu'elle était devenue une femme perdue de débauches… Naturellement, tout cela doit vous sembler incompréhensible… »

Lazare m'interrompit :

« Je ne comprends pas, en effet. À vos yeux, la débauche dégradait les prostituées qui en vivent. Je ne vois pas comment elle pouvait ennoblir cette femme… »

La nuance de mépris avec laquelle Lazare avait prononcé « cette femme » me donna l'impression d'un non-sens inextricable. Je regardais en dessous les mains de la pauvre fille : les ongles étaient crasseux et le teint de la peau un peu cadavérique ; l'idée me passa dans la tête que, probablement, elle ne s'était pas lavée en sortant d'un certain endroit… Rien d'autre, rien de pénible, mais Lazare me répugnait physiquement. Je la regardais ensuite en face. J'étais dans un tel état d'angoisse que c'était comme si on m'avait traqué quelque part — j'étais en train de devenir à demi fou : c'était en même temps comique et sinistre, comme si je tenais un corbeau, un oiseau de malheur, un avaleur de déchets perché sur mon poignet.

Je pensai : elle a enfin réussi à trouver une raison profonde de me mépriser. J'ai regardé mes mains : elles étaient hâlées par le soleil et propres ; mes vêtements d'été clairs étaient aussi en bon état. Les mains de Dirty étaient éblouissantes avec des ongles couleur de sang frais. Je me demandais pourquoi je me laissais déconcerter ainsi par cette créature manquée et pleine de mépris pour la chance de l'autre. Évidemment je devais être un lâche et même un jocrisse mais, au point où j'en étais, cela me laissait vide.

5

Quand j'ai répondu à la question — après avoir longtemps attendu, comme si j'avais été hébété ou décontenancé — tout ce que je voulais encore c'était profiter d'une présence — aussi vague que possible — pour échapper à la solitude qui devenait intolérable. J'avais le sentiment que, malgré son aspect écœurant, Lazare avait à peine une ombre d'existence. Je lui dis :

« Dirty est bien le seul être au monde qui m'ait jamais forcé à l'admiration… » (dans un certain sens, je mentais, elle n'était peut-être pas la seule, mais, dans un sens plus profond, c'était vrai). J'ajoutais : « Pour moi, c'était grisant qu'elle soit une femme très riche parce qu'ainsi, elle pouvait cracher tant qu'elle voulait à la figure de tout le monde. Je suis sûr qu'elle vous aurait méprisée. Ce n'est pas comme moi… »

J'essayai de sourire : j'étais épuisé de fatigue. Contre mon attente, Lazare laissa passer mes paroles sans baisser les yeux, comme si elle était devenue indifférente. Je continuai :

« Maintenant, j'aime mieux aller jusqu'au bout. Si vous voulez, je vais tout vous raconter. À un moment donné, à Prüm, j'ai commencé à imaginer que j'étais impuissant avec Dirty parce que j'étais nécrophile…

— Qu'est-ce que vous dites ?

— Rien d'insensé.

— Je ne comprends pas.

— Vous savez bien ce que veut dire nécrophile. Alors ?

— Pourquoi vous moquez-vous de moi ? »

Je m'impatientais.

« Je ne me moque pas de vous.

— Mais qu'est-ce que ça veut dire ?

— Pas grand-chose de plus que les petites filles ou les bonnes en tablier blanc. »

Lazare réagissait finalement assez peu comme s'il s'agissait d'une gaminerie outrecuidante. Elle répliqua :

« Vous avez essayé ?

— Non. Je n'ai jamais été jusque-là. La seule chose qui me soit arrivée, c'est une nuit que j'ai passée dans un appartement où une femme assez âgée venait de mourir : elle était sur son lit comme n'importe quelle autre, entre les deux cierges, avec les bras disposés le long du corps, pas les mains jointes. Il n'y avait personne dans la chambre pendant la nuit. C'est à ce moment-là que je me suis rendu compte.

— Mais comment ?

— Je me suis réveillé vers 3 heures du matin. J'ai eu l'idée d'aller dans la chambre où était le cadavre. J'ai été terrifié, mais, j'avais beau trembler, je restais devant le cadavre. Alors, j'ai enlevé mon pyjama.

— Mais' jusqu'où êtes-vous allé ?

— Je n'ai pas bougé. J'étais excité à en perdre la tête et c'est arrivé de loin simplement en regardant.

— C'était une femme encore belle ?

— Non. Tout à fait flétrie. »

Je pensais que Lazare finirait par se fâcher, mais elle était devenue aussi tranquille qu'un curé qui écoute une confession. Elle se contenta de m'interrompre :

« Cela n'explique pas pourquoi vous étiez devenu impuissant.

— Si, ou, tout au moins, quand j'étais avec Dirty, je pensais que c'était une explication. En tous cas, il y a une chose dont je me suis rendu compte, c'est que les prostituées avaient pour moi un attrait du même ordre que les cadavres. Par exemple, j'ai lu l'histoire d'un homme qui leur demandait de se poudrer le corps en blanc et de contrefaire la morte entre deux cierges, mais pour moi, c'était superflu. J'ai commencé seulement à parler avec Dirty de ce qu'on pouvait faire et elle s'est excitée avec moi…

— Pourquoi cette femme ne simu[ ] mort par amour pour vous ? Je suppose qu'elle n'aurait pas reculé pour si peu. »

Je dévisageai Lazare étonné qu'elle regarde les choses en face : j'avais envie de rire :

« Elle n'a pas reculé. D'ailleurs, elle était naturellement pâle comme une morte et en particulier à ce moment-là, elle se portait presqu'aussi mal que possible. Elle m'a même proposé un jour, d'appeler un prêtre catholique : elle prétendait se faire donner l'extrême-onction en simulant l'agonie devant moi, mais la comédie aurait été désagréable. Tout cela avait peut-être quelque chose d'ironique, mais c'était surtout effrayant, parce que nous n'en pouvions plus. Cela a fini un soir : elle était nue sur son lit et moi debout, auprès, j'étais nu aussi. Elle cherchait à m'exciter en me parlant de cadavres… sans aucun résultat… Je me suis assis sur le bord du lit et je me suis mis à pleurer. Je lui ai dit que je n'étais qu'un pauvre con : j'étais assis là, comme un enfant morveux. Elle est devenue livide : elle a eu une sueur froide… elle a commencé à claquer des dents. Je l'ai touchée, elle était froide. Ses yeux sont devenus blancs. C'était horrible… à ce moment-là, c'était comme si la fatalité venait de me prendre par le poignet pour le tordre jusqu'au moment où je serais obligé de crier. Je ne pouvais plus pleurer tellement j'avais peur. Ma bouche se desséchait. J'ai passé des vêtements et j'ai voulu la prendre dans mes bras et lui parler. Elle m'a repoussé comme si je lui faisais horreur. Elle était affreusement malade…

« Elle a vomi par terre. Il faut dire qu'on avait bu de l'alcool toute la soirée…

— Naturellement, interrompit Lazare.

— Pourquoi "naturellement" ? »

Je regardai Lazare avec haine. Je continuai :

« C'est comme cela que ça s'est terminé. À partir de cette nuit-là, il lui était devenu impossible de supporter que je la touche.

— Elle vous a quitté ?

— Pas tout de suite. Nous avons même continué d'habiter ensemble pendant plusieurs jours. Elle me disait qu'elle ne m'aimait pas moins qu'avant, au contraire qu'elle se sentait liée à moi mais en même temps elle avait horreur de moi, une horreur insurmontable.

— Dans de telles conditions, vous ne pouviez pas souhaiter que cela dure.

— Je ne pouvais rien souhaiter mais à l'idée qu'elle allait me quitter, je perdais la tête. Nous étions arrivés à un tel point qu'à nous voir dans une chambre, on aurait dû penser qu'il y avait un mort dans la chambre. Nous allions et venions sans rien dire, de temps à autre nous nous regardions. Cela ne pouvait évidemment pas durer.

— Mais comment vous êtes-vous séparés ?

— Elle m'a dit un jour qu'elle devait sortir. Elle ne voulait pas me dire où elle allait. Je lui ai demandé si je pouvais l'accompagner. Elle m'a simplement répondu : peut-être. Nous sommes allés ensemble jusqu'à Vienne. À Vienne nous avons pris une voiture jusqu'à l'hôtel mais quand la voiture s'est arrêtée, elle m'a dit d'arranger les choses pour la chambre et de l'attendre dans le hall : il fallait qu'elle aille immédiatement à la poste. J'ai fait prendre les valises et elle a gardé la voiture. Elle est partie comme ça, sans dire un mot : j'avais l'impression qu'elle avait perdu la tête mais je lui avais donné mon passeport pour prendre mes lettres et, en plus, tout l'argent que nous possédions était dans son sac. J'ai attendu trois heures dans le hall. C'était dans l'après-midi. Ce jour-là, il y avait un vent violent avec des nuages bas, mais on ne pouvait pas respirer, tellement il faisait chaud. Il devenait évident qu'elle ne reviendrait plus et, à ce moment, je pensais que la mort se rapprochait de moi d'une minute à l'autre. »

Cette fois, Lazare qui me regardait paraissait émue et, comme je m'étais arrêté, elle me demanda elle-même, humainement, de lui dire ce qui était arrivé ensuite.

« J'ai fini par me faire conduire dans la chambre où il y avait deux lits et tous ses bagages. Je peux vraiment dire que la mort m'entrait dans la tête… je ne me rappelle plus bien ce que j'ai fait dans cette chambre… À un moment donné, je me suis trouvé à la fenêtre et je l'ai ouverte : le vent faisait un bruit violent et on voyait que l'orage s'approchait. À la maison d'en face, juste devant moi, il y avait une très longue banderole noire. Elle avait bien huit ou dix mètres de long. Le vent avait déjà à moitié décroché la hampe et elle avait l'air de battre de l'aile. Elle ne tombait pas : elle claquait dans le vent avec un grand bruit au-dessus du toit : elle se déroulait en prenant des formes tout à fait tourmentées : on aurait dit un ruisseau d'encre qui aurait coulé entre les nuages. C'est une histoire qui paraît extérieure mais, pour moi, c'est comme si une poche d'encre s'était ouverte dans ma tête. À ce moment-là, j'étais sûr que je serai bientôt mort : j'ai regardé en bas, mais il y avait un balcon à l'étage au dessous. J'ai essayé la corde de tirage des rideaux. Elle paraissait solide : je suis monté sur une chaise et j'ai noué la corde autour de mon cou, ensuite j'ai essayé de me rendre compte si je pourrais me rattraper ou non quand j'aurais fait basculer la chaise d'un coup de pied. Seulement, j'ai dénoué la corde et je suis descendu de la chaise. Je me suis laissé tomber par terre. J'ai pleuré tant que j'ai pu… À la fin, je me suis relevé : je me rappelle que j'avais la tête lourde et un sang-froid absurde comme si je devenais fou. Je me suis relevé sous prétexte qu'il fallait que j'aille regarder le sort en face. Je suis retourné à la fenêtre et il y avait toujours la banderole noire mais alors il pleuvait à verse ; il faisait sombre avec des éclairs et un grand bruit de tonnerre… »

Tout cela n'avait évidemment plus aucun intérêt pour Lazare qui me demanda :

« Mais d'où sortait la banderole noire ? »

J'avais vraiment envie d'être désagréable (je me sentais peut-être honteux d'avoir parlé comme un mégalomane) : je lui dis en riant :

« Vous connaissez l'histoire de la nappe noire qui couvre la nappe du souper quand Don Juan arrive ?

— Quel rapport avec votre banderole ?

— À peu près aucun, sauf que la nappe était noire… La banderole en question était suspendue au toit en l'honneur de la mort de Dollfuss.

— Vous étiez à Vienne au moment de la mort de Dolfuss ?

— Non, à Prüm, mais je suis arrivé à Vienne le lendemain soir.

— Étant sur les lieux, vous avez dû être impressionné…

— Non. » (Cette fille insensée, avec sa laideur blême, me

dégoûtait par la constance de ses préoccupations.) « D'ailleurs, même si la guerre en était résultée, elle n'aurait fait que répondre à ce qui se passait dans ma tête.

— Mais comment la guerre peut-elle répondre à quelque chose que vous ayez dans la tête ? Voulez-vous dire que vous auriez été content qu'il y ait la guerre ?

— Content ? Pourquoi pas ?

— Vous pensez qu'une révolution pourrait suivre la guerre ?

— Je parle de la guerre, pas de ce qui la suivrait. »

Je savais que je venais de la choquer beaucoup plus brutalement que par toute autre chose que j'aurais pu lui dire.

LES PIEDS MATERNELS

I

Je rencontrai Lazare beaucoup moins souvent.

Mon existence avait pris un cours de plus en plus absurde. Je buvais des alcools ici ou là, je marchais sans but précis et finalement je prenais un taxi pour rentrer chez moi ; alors, dans le fond du taxi, je pensais à Dirty perdue et je sanglotais. Je ne souffrais même plus, je n'avais plus la moindre angoisse, je ne sentais plus dans ma tête qu'une idiotie achevée, comme un enfantillage qui ne finira plus. Je m'étonnais des extravagances auxquelles j'avais pu songer — je pensais à l'ironie et au courage que j'avais eus — quand je voulais provoquer le sort : de tout cela il ne me restait guère que l'impression d'être une sorte d'idiot extrêmement touchant et quelque peu risible.

Je pensais encore quelquefois à Lazare et, chaque fois, j'avais un sursaut : à la faveur de ma fatigue, elle avait pris une signification analogue à celle de la banderole noire qui m'avait effrayé à Vienne. À la suite des quelques paroles désagréables que nous avions échangées sur la guerre, je ne voyais plus seulement dans ces présages sinistres une menace concernant ma propre existence, mais une menace beaucoup plus générale, suspendue au-dessus du monde… Sans doute il n'existait rien de réel qui justifie une association entre la guerre possible et Lazare qui, au contraire, prétendait avoir en horreur tout ce qui touchait à la mort : pourtant, tout en elle, sa démarche saccadée et somnambulique, le ton de sa voix, la faculté qu'elle avait de projeter une sorte de silence autour d'elle, son avidité de sacrifice contribuaient à donner l'impression d'un contrat qu'elle aurait conclu avec la mort. Je sentais qu'une pareille existence ne pouvait avoir de sens que pour des hommes et pour un monde voué au malheur. Tout à coup, un jour, une sorte de clarté se fit dans ma tête et, aussitôt, je décidai de me débarrasser de toutes les préoccupations que j'avais eues en commun avec elle. Une liquidation aussi inattendue avait le même côté risible que le reste de ma vie…

Sous le coup de cette décision, j'ai été pris d'hilarité, et je suis parti à pied de chez moi. J'ai échoué, après une longue marche, à la terrasse du café de Flore. Je me suis assis à la table de gens que je connaissais à peine. J'avais l'impression d'être importun mais je ne m'en allais pas. Les autres parlaient avec le plus grand sérieux de chaque chose qui était arrivée et dont il était utile d'être informé : ils me paraissaient tous d'une réalité précaire et le crâne vide, quelque chose de vide comme des coquilles d'œufs gobés. Je les écoutai pendant une heure sans dire plus de quelques mots. Ensuite je suis allé, boulevard de Montparnasse, dans un restaurant qui se trouve à main droite de la gare : je mangeai là, à la terrasse, les meilleures choses que je pouvais demander et je commençai à boire du vin rouge, beaucoup trop. À la fin de mon repas, il était très tard, mais il arriva encore un couple, formé de la mère et du fils. La mère n'était pas très âgée, encore séduisante et mince, elle avait une désinvolture charmante : cela n'avait aucun intérêt mais, comme je pensais à Lazare, elle me sembla d'autant plus agréable à regarder qu'elle paraissait riche. Son fils était devant elle, très jeune, presque muet et vêtu d'un magnifique costume de flanelle grise. Je demandai du café et je commençai à fumer. Je restai déconcerté d'entendre un cri de douleur terrible, prolongé comme un râle : c'était un chat qui venait de se jeter à la gorge d'un autre au pied des arbustes qui formaient la bordure de terrasse, et précisément sous la table des deux personnes que je regardais. La jeune mère debout poussa elle aussi un cri aigu : elle était devenue pâle. Quand elle comprit qu'il s'agissait de chats, et non d'êtres humains, elle se mit à rire (elle n'était pas ridicule mais très simple). Les serveuses et le patron étaient venus à la terrasse et riaient aussi en expliquant qu'il s'agissait d'un chat connu pour être plus agressif que tous les autres. Je riais moi-même avec eux.

Ensuite je quittai le restaurant croyant être de bonne humeur mais marchant dans une rue déserte et ne sachant plus où aller, je commençai à sangloter. Je ne pouvais même pas m'arrêter de sangloter et ainsi j'ai marché tellement longtemps que je suis arrivé très loin dans la rue où j'habite. À ce moment-là, je pleurais encore. Il y avait devant moi trois jeunes filles et deux garçons bruyants qui riaient ensemble aux éclats : les filles n'étaient pas très jolies mais sans aucun doute légères et excitées. Je cessai de pleurer et je les suivis lentement jusqu'à ma porte : le tumulte m'excita à un tel point qu'au lieu d'entrer chez moi je suis revenu délibérément sur mes pas. J'ai arrêté un taxi et je me suis fait conduire au bal Tabarin. Au moment même où je suis entré, il y avait une quantité de danseuses à peu près nues sur la piste : plusieurs d'entre elles étaient jolies et fraîches. Je m'étais fait installer, après avoir refusé toute autre place, au bord de la piste mais comme la salle était comble et que le plancher sur lequel ma chaise se trouvait était surélevé, cette chaise avait à peine la place pour ses pieds et, dans ces conditions, j'étais assis en porte-à-faux : j'avais l'impression que je pouvais, d'un instant à l'autre, perdre l'équilibre et m'étaler au milieu des filles nues qui dansaient. J'étais très rouge, il faisait très chaud, il fallait que j'éponge avec un mouchoir déjà mouillé la sueur qui coulait sur ma figure et il était presque difficile de déplacer mon verre d'alcool de la table à ma bouche. Dans cette situation ridicule, mon existence en équilibre instable sur ma chaise devenait vraiment une personnification du malheur : au contraire les danseuses sur la piste inondée de lumière représentaient un bonheur inaccessible.

Il y avait une danseuse encore plus élancée, plus belle, plus heureuse que toutes les autres : elle arrivait avec un sourire de déesse " vêtue d'une robe de soirée majestueuse. À la fin de la danse elle était toujours entièrement nue, mais, à ce moment-là, d'une élégance et d'une délicatesse peu croyables : la lueur mauve des projecteurs faisait de son long corps nacré une merveille d'une pâleur presque spectrale. Je regardais son derrière nu avec le ravissement morbide d'un petit garçon : c'était comme si dans toute ma vie je n'avais rien vu d'aussi pur ni surtout d'aussi peu réel, tellement il était joli. La seconde fois que le jeu de la longue robe dégrafée s'est produit, il m'a suffoqué et exaspéré à un tel point qu'il m'a laissé vidé sur ma chaise… Je quittai la salle, je commençai à errer d'un café à une rue, d'une rue à un autobus de nuit ; sans en avoir eu l'intention, je descendis brusquement de l'autobus et j'entrais au Sphynx. Je désirais l'une après l'autre telle ou telle des filles offertes dans cet endroit à tout venant mais cela ne me donnait pas l'idée de monter dans une chambre parce que j'étais comme noyé dans une lumière irréelle. Ensuite, je suis allé jusqu'au Dôme et j'étais de plus en plus abruti. J'ai mangé une saucisse grillée en buvant du champagne doux. À cette heure tardive, dans cet endroit avilissant, il y avait un tout petit nombre de gens seulement, des hommes moralement grossiers, des femmes âgées et laides. Un peu plus tard, j'entrai encore dans un bar où il y avait tout juste une femme vulgaire et à peine jolie assise sur un tabouret à chuchoter avec le barman en râlant. J'arrêtai un taxi et cette fois-là je me fis conduire chez moi. Il était plus de 4 heures du matin mais, au lieu de me coucher et de dormir, j'ai commencé à taper à la machine toutes portes ouvertes.

Ma belle-mère qui s'était installée chez moi, par complaisance, pour s'occuper de la maison en l'absence de ma femme se réveilla. Elle m'appela de son lit et me cria d'un bout à l'autre de l'appartement à travers sa porte :

« Henri, Édith a téléphoné de Brighton vers 11 heures ; vous savez, elle a été très déçue de ne pas vous trouver. »

J'avais en effet dans la poche une lettre d'Édith me prévenant qu'elle téléphonerait ce soir-là après 10 heures et il fallait que je sois une loque inexistante pour l'avoir oublié et encore pour être reparti juste quand je m'étais trouvé devant ma porte. Il m'était difficile d'imaginer quelque chose de plus exaspérant et de plus idiot qu'une pareille nuit. Ma femme que j'avais honteusement délaissée me téléphonait d'Angleterre, simplement par inquiétude ; pendant ce temps-là, l'oubliant, je traînais ma déchéance et mon hébétude dans des endroits absurdes. Tout devenait faux, même ma souffrance. J'ai recommencé à pleurer tant que j'ai pu, mais mes sanglots n'avaient ni queue ni tête.

Le vide a continué. Un idiot qui s'alcoolise et qui pleure, je devenais cela risiblement. Le seul recours pour échapper à l'impression d'être un déchet oublié consistait à avaler alcool sur alcool. Il y avait l'espoir que cela vienne à bout de ma santé et peut-être même à bout d'une existence sans raison d'être. J'imaginais que l'alcool me tuerait, mais je n'avais aucune idée arrêtée. Je continuerais peut-être à boire et alors je mourrais ; ou bien je ne boirais plus… Pour l'instant, rien n'avait une importance réelle.

2

Je suis sorti passablement saoul d'un taxi devant chez Francis et je suis allé m'asseoir sans rien dire à une table avec des gens que j'étais venu y retrouver. La compagnie était bonne pour moi, contre la mégalomanie. Je n'étais pas seul à avoir déjà bu. Nous sommes allés dîner dans un restaurant de chauffeurs : il y avait seulement trois femmes. La table était couverte d'une grande quantité de bouteilles de vin rouge vides ou à moitié vides.

À la fin du repas, ma voisine, qui s'appelait Xénie, me raconta qu'elle revenait de la campagne et que dans la maison où elle

avait passé la nuit elle avait vu aux cabinets un vase de nuit plein
d'un liquide blanchâtre avec une mouche dedans : elle me disait
cela sous prétexte que je mangeais un cœur à la crème et que la
couleur du lait la dégoûtait. Elle mangeait du boudin et buvait
tout le vin rouge que je lui versais. Elle avalait les morceaux de
boudin comme si elle avait été une fille perdue mais c'était faux.
Elle était simplement une fille désœuvrée et trop riche. Je pris
devant son assiette une revue d'avant-garde à couverture verte
qu'elle traînait avec elle. Je l'ouvris et je tombai sur une phrase
absurde dans laquelle un curé de campagne cherchait un cœur
dans un fumier à coups de fourche. Dans l'état où j'étais — de
plus en plus ivre — l'image de la mouche morte dans un vase de
nuit s'attachait au visage de Xénie, presque pâle avec des vilaines
touffes de cheveux dans le cou comme des pattes de mouche.
Ses gants de peau blanche étaient immaculés sur la nappe de
papier à côté des miettes de pain et des taches de vin rouge. Les
autres parlaient à tue-tête. Je cachai une fourchette dans ma main
droite et je lui allongeai doucement cette main sur la cuisse.

Je commençai à lui dire (à ce moment-là, j'avais une voix bre-
douillante d'ivrogne, mais c'était en partie une comédie).

« Tu as le cœur frais… un cœur sans vermine… »

Et tout à coup, je me suis mis à rire parce que je venais de
penser (comme si cela avait eu quoi que ce soit de risible) : un
cœur à la crème… Je commençai à avoir envie de vomir.

Elle répondit apparemment déprimée mais sans mauvaise
humeur, conciliante :

« Vous allez être déçu, mais c'est vrai : je n'ai pas encore
beaucoup bu et je ne voudrais pas mentir pour vous amuser.

— Alors… », ai-je dit, à travers la robe, je lui enfonçai
brusquement les dents de la fourchette dans la cuisse. Elle
poussa un grand cri et dans le mouvement désordonné qu'elle
fit pour m'échapper, elle renversa deux verres de vin rouge. Elle
recula sur sa chaise et dut relever sa robe pour voir la blessure.
Son linge était joli, la nudité de ses cuisses aussi : bien que l'une
des dents sans doute plus pointue que les trois autres ait traversé
la peau assez loin pour que le sang coule, c'était une blessure
insignifiante. Je me précipitai si vite qu'elle n'eut pas le temps
de m'empêcher de coller mes deux lèvres à même la cuisse et
ainsi d'avaler cette petite quantité de sang que je venais de faire
couler. Les autres regardèrent cela surpris, avec une hilarité
hésitante… jusqu'au moment où ils virent que Xénie, si pâle
qu'elle soit, pleurait avec modération, plus ivre sans doute
qu'elle ne croyait : elle finit même par pleurer sur mon bras. Je
dus alors remplir de nouveau son verre de vin rouge et je le lui
fis avaler.

L'un d'entre nous paya ; ensuite, on répartit la somme, mais j'exigeai de payer pour Xénie (comme si j'avais voulu en prendre possession) ; il fut question d'aller chez Fred Payne et en effet tout le monde y alla entassé dans deux voitures. La chaleur de la petite salle était presque étouffante : je dansai une fois avec Xénie, ensuite avec des femmes qui étaient là et que je n'avais jamais vues. J'allai prendre l'air devant la porte en entraînant tantôt l'un et tantôt l'autre — une fois c'était même Xénie — à boire des whiskies aux zincs voisins. De temps à autre, je rentrais dans la salle : à la fin je m'installai adossé au mur devant la porte à dévisager les passants. Je ne sais pas pourquoi l'un des autres avait enlevé sa ceinture et la tenait dans sa main. Je la lui ai demandée et je l'ai doublée, ensuite je m'amusais à la brandir devant des femmes comme si j'allais les frapper. Il faisait sombre ; je ne voyais plus grand-chose, je ne comprenais plus ; quand les femmes passaient avec des hommes, elles faisaient semblant de ne rien voir. Il arriva ensemble deux filles et alors l'une d'elles devant la ceinture élevée comme une menace me fit face et me cracha son mépris à la figure : elle était réellement jolie, blonde, avec un visage dur et racé. Elle me tourna le dos avec dégoût et ensuite elle passa le seuil de chez Fred Payne. Je la suivis au milieu de tous les gens qui se pressaient autour du bar.

« Pourquoi m'en voulez-vous ? lui ai-je dit en montrant la ceinture dans mes mains, c'était pour rire. Prenez un verre avec moi. » Elle riait maintenant en me regardant en face.

« Bon », fit-elle.

Et comme si elle ne voulait pas être en reste avec ce garçon ivre qui lui montrait stupidement une ceinture, elle ajouta :

« Tenez. »

Elle avait dans la main une femme nue en cire souple ; le bas de la poupée était enveloppé dans un papier : elle imprimait avec précaution au buste un mouvement si souple et si insinué qu'on ne pouvait rien voir de plus excitant. Elle était certainement allemande, très décolorée, l'allure rogue et provocante : je demeurai avec elle et je lui dis je ne sais quelles sottises. Sans aucun prétexte, elle s'arrêta au milieu de la danse, elle prit un air grave et me regarda fixement, pleine d'insolence.

« Regardez », dit-elle.

Et elle releva sa robe plus haut que le bas : la jambe, les jarretières fleuries, les bas, le linge : tout cela était luxueux ; de son doigt, c'était la chair nue qu'elle désignait. Elle continua à danser avec moi et je vis qu'elle avait gardé dans une main sa vulgaire poupée de cire[*] : un colifichet ridicule comme on en vend à l'entrée des music-halls, le vendeur crie une kyrielle de for-

mules comme « sensationnelle au toucher »… Le corps était
doux : il avait les mouvements souples et la fraîcheur de la chair.
Elle la brandit encore une fois après m'avoir quitté et, dansant
elle seule une rumba devant le pianiste nègre, elle lui imprimait
une ondulation provocante, semblable à celle de sa propre
danse : le nègre l'accompagnait au piano en riant à pleine gorge,
elle dansait bien, autour d'elle les gens s'étaient mis à frapper
dans leurs mains. Après cela elle sortit la poupée de son cornet
de papier et la jeta à toute volée sur le piano en éclatant de rire
elle-même : cela tomba sur le couvercle avec un petit bruit de
corps qui s'étale et en effet ses jambes molles s'étalèrent sur le
bois mais elle avait les pieds coupés. Les petits mollets roses
tronqués, les jambes ouvertes, avaient un aspect irritant et en
même temps séduisant à l'extrême. Je pris un couteau sur ma
table et je coupai ainsi une petite tranche de mollet rose. Ma
compagne provisoire s'empara du morceau et le mit brusquement dans ma bouche : il avait un exécrable goût de bougie au
sucre et je crachai ça par terre quelque peu écœuré. Je n'étais pas
assez ivre pour ne pas appréhender ce qui arriverait si je suivais
cette fille dans une chambre d'hôtel (il me restait très peu d'argent, je ne pouvais en sortir que les poches vides et encore
je devrai me laisser accabler de mépris). Quand la fille vit que
je parlais à Xénie et à d'autres, elle pensa que je serais obligé
de rester avec eux et que je ne pourrai pas coucher avec elle :
elle me dit brusquement au revoir et s'en alla. Quelques temps
après, mes amis quittèrent Fred Payne, moi avec eux, et nous
avons été chez Graff pour boire et manger. Je restais sans rien
dire à ma place, sans penser à rien, je commençais à devenir
malade. J'allai au lavabo sous prétexte que j'avais les mains sales
et que j'étais dépeigné. Je ne sais pas exactement ce que j'ai fait :
un peu plus tard je dormais à moitié quand j'entendis appeler
« Troppmann ». Je me rendis compte que j'étais déculotté et
assis sur une cuvette. Je remontai mon pantalon, je sortis et celui
qui m'avait appelé me dit que j'étais disparu depuis trois quarts
d'heure. J'allai encore m'asseoir avec les autres mais peu après
ils me conseillèrent de retourner aux W.C. : j'étais certainement
très pâle. J'y retournai et je passai beaucoup de temps à vomir.
Ensuite, tout le monde disait qu'il fallait rentrer (il était déjà plus
de 4 heures) et en effet on me reconduisit chez moi dans le
spider d'une voiture.

    Le lendemain (un dimanche) j'étais encore malade et la
journée se passa comme dans une espèce de léthargie odieuse,
comme s'il n'existait plus aucune ressource à utiliser pour continuer à vivre : je me suis habillé vers 3 heures avec l'idée d'aller
voir plusieurs personnes et j'essayais sans y réussir de ressem-

bler à un homme dans son état normal. Je suis rentré me coucher de bonne heure : j'avais la fièvre et mal à l'intérieur du nez comme cela se produit après de longs vomissements, de plus, je m'étais arrangé pour avoir mes vêtements trempés de pluie et j'avais pris froid.

3

Je m'endormis d'un sommeil maladif et, toute la nuit, des cauchemars ou des rêves pénibles se succédèrent, ce qui acheva de m'épuiser. Quand je me réveillai, plus malade que jamais, je me rappelais ce que j'étais en train de rêver : à l'entrée d'une salle, je me trouvais devant un lit à colonnes et à baldaquin, une sorte de grand corbillard sans roues : ce lit ou ce corbillard était entouré d'un certain nombre d'hommes et de femmes, les mêmes, vraisemblablement, que mes compagnons de la nuit précédente. La grande salle était peut-être une scène de théâtre, ces hommes et ces femmes étaient des acteurs ou encore les metteurs en scène d'un spectacle assez extraordinaire pour que l'attente me donne de l'angoisse… Pour moi, j'étais tenu à l'écart et en même temps à l'abri dans une sorte de couloir nu et délabré, situé par rapport à la salle du lit comme les fauteuils des spectateurs par rapport aux planches. L'attraction attendue devait être excitante et pleine d'humour excessif : elle consisterait dans l'apparition d'un vrai cadavre. Je remarquai à ce moment-là un cercueil allongé au milieu du lit à baldaquin : la planche supérieure de ce cercueil disparut en glissant sans bruit comme un rideau de théâtre ou plutôt comme un couvercle de boîte d'échecs, mais la chose qui est apparue n'était pas horrible. Le cadavre était un objet de forme indéfinissable en cire rose d'une fraîcheur éclatante : cette cire rappelait la poupée aux pieds coupés de la fille blonde, il n'existait rien de plus séduisant et tout cela était conforme à l'état d'esprit silencieusement ravi et sarcastique des assistants ; un tour cruel et plaisant venait d'être joué, toutefois on ne connaissait pas la victime. Peu après, l'objet rose, à la fois inquiétant et séduisant, s'agrandit dans des proportions considérables : il prit l'aspect d'un cadavre géant sculpté dans du marbre blanc veiné de rose ou d'ocre jaune. La tête de ce cadavre était un grand crâne de jument ; son corps une sorte d'arête de poisson ou bien une énorme mâchoire inférieure à demi édentée, étirée en ligne droite ; ses jambes prolongeaient cette épine dorsale dans le même sens que celles d'un homme mais elles n'avaient pas de pieds et ressemblaient à des tronçons longs et noueux de jambes de cheval. L'ensemble à la fois hilarant et hideux avait cependant l'aspect d'une statue de marbre grecque, et ceci d'autant plus que le crâne était couvert d'un casque militaire, ridiculement juché au sommet de la même façon qu'un bonnet de paille sur une tête de cheval. Personnellement, je ne savais plus si je devais rester angoissé ou rire et il devint évident que, si je riais, cette statue de cadavre était une plaisanterie brûlante mais que si je tremblais elle se précipiterait sur moi pour me mettre en pièces. Sans que j'aie pu voir ce qui s'était passé, ce cadavre couché était devenu une sorte de Minerve en grande robe cuirassée, dressée et agressive sous un grand casque : cette Minerve aussi était en marbre mais elle s'agitait comme une folle : elle continuait sur le mode violent la plaisanterie dont j'étais puérilement ravi et qui me laissait cependant interloqué. Il y avait une hilarité extrême dans le fond de la salle sans que personne puisse rire. La Minerve commença à faire rapidement des moulinets avec son cimeterre de marbre blanc : tout était cadavérique en elle et il est clair que la forme arabe de son sabre ne faisait qu'indiquer le lieu où se passait cette scène, un cimetière aux monuments livides. Elle était géante et il était impossible de savoir s'il fallait la prendre au sérieux ou non : cela devenait même de plus en plus équivoque. Il n'était pas encore question que, de la salle où elle s'agitait, elle descende dans la ruelle où je continuais à la tenir craintivement. J'étais alors devenu très petit et quand elle m'aperçut elle vit que j'avais peur. C'est ma peur qui l'attirait : elle avait des mouvements d'une folie excédée et risible. Tout à coup elle descendit sur moi et se précipita en faisant tournoyer son arme macabre avec une vigueur de plus en plus inconsidérée. C'était sur le point d'aboutir pour moi à un écrasement : j'étais gémissant et paralysé par l'horreur.

Plus tard je compris que Dirty elle-même, hideusement devenue une folle mais en même temps un cadavre, avait pris le vêtement et l'aspect de la statue du Commandeur et ainsi, presque méconnaissable, elle s'était jetée dans l'espace pour m'anéantir.

4

Avant de tomber complètement malade, plusieurs jours à l'avance, ma vie était devenue d'un bout à l'autre comme une hallucination maladive et, alors même que j'étais éveillé, les choses me passaient trop vite devant les yeux comme dans un mauvais rêve. Dans l'après-midi qui suivit la nuit passée chez Fred Payne, lorsque je suis sorti avec l'espoir de rencontrer quelqu'un qui me fasse rentrer dans la vie normale, j'avais eu l'idée d'aller voir Lazare chez elle. Je me sentais à peu près aussi mal que possible mais au lieu de ce que j'avais cherché, cette rencontre ressembla à un cauchemar, peut-être même plus déprimant que le rêve que je devais faire la nuit suivante.

C'était un après-midi de dimanche et ce jour-là il faisait chaud et il n'y avait pas d'air. Je trouvai Lazare dans l'appartement qu'elle habite rue de Turenne en compagnie d'un personnage tel qu'en l'apercevant l'idée comique me passa dans la tête que je devais essayer de conjurer le mauvais sort. C'était un homme très grand qui ressemblait de la façon la plus pénible à l'image populaire de Landru. Il avait de grands pieds, une jaquette gris clair, trop large pour son corps efflanqué. Le drap de cette jaquette était passé et roussi par endroits ; son vieux pantalon lustré, plus sombre que la jaquette, descendait en tire-bouchon jusqu'à terre. Il était d'une politesse exquise. Il avait comme Landru une belle barbe châtain sale et son crâne était chauve. Il s'exprimait rapidement en termes choisis.

Au moment où j'entrai dans la chambre, sa silhouette se détachait sur le froid du ciel[x] nuageux : il était debout devant la fenêtre. C'était un être immense. Lazare me présenta à lui et le nomma comme son beau-père (il avait dû épouser la mère en secondes noces). Ce n'était pas un juif : il s'appelait Antoine Melou. Il était professeur de philosophie dans un lycée de province.

Quand la porte de la chambre fut fermée derrière moi et que je dus m'asseoir, absolument comme si j'avais été pris au piège, devant ces deux personnages, je ressentis une fatigue et un mal au cœur plus accablants que jamais : en même temps, je me représentais que j'allai peu à peu perdre contenance. Lazare m'avait parlé plusieurs fois de son beau-père, me disant que « d'un point de vue strictement intellectuel », c'était l'homme le plus intelligent qu'elle ait rencontré. J'étais invraisemblablement gêné de sa présence. Dans l'état maladif où je me trouvais alors, je n'aurais pas été étonné si au lieu de parler il avait ouvert sa bouche toute grande : j'imaginais qu'il laisserait la bave couler dans sa barbe sans dire un mot…

Lazare était visiblement irritée par mon arrivée imprévue, mais il n'en était pas de même de son beau-père : aussitôt les présentations faites (pendant lesquelles il était resté immobile, sans expression) à peine assis dans un fauteuil à demi démoli il commença à parler :

« Je suis intéressé, Monsieur, de vous mettre au fait d'une discussion qui, je l'avoue, me situe dans un abîme de perplexité… »

De sa voix mesurée d'absente, Lazare chercha à l'arrêter :

« Ne pensez-vous pas, mon cher père, qu'une telle discussion est sans issue et que ce n'est pas la peine de fatiguer Troppmann… il a l'air épuisé. »

Je gardais la tête basse, les yeux fixés sur le plancher à mes pieds. Je dis :

« Ça ne fait rien. Expliquez toujours de quoi il s'agit, ça n'oblige pas… » Je parlais presque bas et sans conviction.

« Voici, reprit M. Melou. Ma belle-fille vient de m'exposer le résultat de méditations ardues qui l'ont littéralement absorbée depuis quelques mois. La difficulté, d'ailleurs, ne me paraît pas résider dans les arguments très habiles et, à mon humble avis, convaincants, qu'elle utilise en vue de déceler l'impasse dans laquelle l'histoire est engagée par les événements qui se développent sous nos yeux… »

La petite voix flûtée était modulée avec une élégance excessive. Je n'écoutais même pas : je savais déjà ce qu'il allait dire. J'étais entièrement accablé par sa barbe, par l'aspect sale de sa peau, par ses lèvres couleur de tripes qui articulaient si bien pendant que ses grandes mains jaunâtres s'élevaient en l'air dans le but d'accentuer les phrases. Je compris vaguement qu'il était tombé d'accord avec Lazare pour reconnaître l'effondrement des espoirs socialistes. Je pensai : « Les voilà propres ces deux zèbres, les espoirs socialistes sont effondrés… je suis bien malade… »

M. Melou continuait, énonçant de sa voix professorale le « dilemme angoissant » qui se posait dans le monde intellectuel en cette époque déplorable (c'était, d'après lui, un malheur pour tout dépositaire de l'intelligence humaine de vivre justement aujourd'hui). Il articula en plissant le front avec effort :

« Devons-nous nous ensevelir dans un silence méprisant, ou accorder notre concours aux dernières résistances des ouvriers, nous destinant ainsi à une mort implacable et stérile ? »

Quelques instants, il demeura silencieux fixant des yeux l'extrémité de sa main restée en l'air.

« Louise, conclut-il, incline pour la solution héroïque. Je ne sais ce que [vous] pensez personnellement, monsieur, des possibilités dévolues au mouvement d'émancipation ouvrière. Permettez-moi de poser ce problème… provisoirement » (il me regardait cette fois avec un sourire fin ; il s'arrêta longuement sur les mots, il ressemblait à un couturier qui, afin de mieux juger de l'effet, recule un peu)… « dans le vide, oui, c'est bien là ce que je voulais dire » (il se frotta alors doucement les mains) « dans le vide… Oui, comme si nous avions là les données d'un problème arbitraire. Nous sommes toujours en droit d'imaginer, indépendamment de toute donnée réelle, un rectangle A B C D… Énonçons, si vous voulez, dans le cas présent : soit la classe ouvrière inéluctablement destinée à périr… »

J'écoutais cela : la classe ouvrière destinée à périr… J'étais beaucoup trop vide même pour songer à me lever et à partir en claquant la porte. Abruti, je regardais Lazare : elle était assise sur un autre fauteuil, l'air résigné et cependant attentif, la tête en avant, le menton dans la main, le coude sur le genou. Elle n'était guère moins sordide et plus sinistre encore que son beau-père. Elle ne bougea même pas un doigt et s'interrompit :

« Sans doute voulez-vous dire " destinée à succomber politiquement "… »

L'immense fantoche s'esclaffa avec quelques gloussements. Il concédait de bonne grâce.

« Évidemment ! je ne postule pas qu'ils périssent tous corporellement… »

Je ne pouvais plus m'empêcher de dire :

« Mais qu'est-ce que vous voulez que ça me fasse ?

— Je me suis peut-être mal exprimé, monsieur… »

Alors Lazare, d'un ton blasé :

« Vous l'excuserez de ne pas dire camarade mais mon beau-père a pris l'habitude des discussions philosophiques… entre collègues… »

L'autre continuait, imperturbable, alors que j'avais envie de pisser (j'agitais déjà les genoux) :

« Nous nous trouvons, il faut le dire, en face d'un problème menu, exsangue, et tel qu'à première vue, il semble que sa substance se dérobe » (il eut l'air désolé, épuisé par quelque difficulté que lui seul pouvait voir, il esquissa un geste des mains) « mais ses conséquences ne sauraient échapper à un esprit aussi caustique, aussi inquiet que le vôtre… »

Je me tournai vers Lazare et lui dis :

« Vous m'excuserez, mais il faut que je vous demande de m'indiquer les cabinets… »

Elle eut un instant d'hésitation, ne comprenant pas, puis elle se leva et m'indiqua la porte. Je pissai longuement, ensuite j'imaginai que [je] pourrai vomir et je m'épuisai en efforts inutiles en m'enfonçant deux doigts dans la gorge et en toussant avec un bruit affreux. Cela me soulagea pourtant un peu, je rentrai dans la chambre où étaient les deux autres. Je restai debout, plutôt mal à l'aise et, immédiatement, je dis [J] :

« J'ai réfléchi à votre problème mais, tout d'abord, j'ai à poser une question. »

Leurs jeux de physionomie me firent comprendre que, si interloqués qu'ils soient, mes deux amis m'écoutaient :

« Je crois que j'ai la fièvre » (je tendis en effet à Lazare ma main brûlante).

« Oui, fit simplement Lazare avec lassitude, vous devriez rentrer chez vous et vous coucher.

— Il y a tout de même une chose que je voudrais savoir : si la classe ouvrière est foutue, pourquoi êtes-vous encore communistes... ou socialistes ?... comme vous voudrez... »

Ils me regardèrent, ensuite ils se regardèrent l'un l'autre, enfin Lazare répondit doucement :

« Quoi qu'il arrive, il faut être du côté des opprimés. »

Je pensai : elle est chrétienne, bien entendu... et moi, je suis venu ici... J'étais hors de moi, je n'en pouvais plus de honte...

« Au nom de quoi "il faut" ? Pour quoi faire ?

— On peut toujours sauver son âme », fit Lazare : elle laissa tomber cette phrase sans élever la voix, sans même lever les yeux. Elle donnait l'impression d'une conviction inébranlable.

Je sentais que j'étais pâle — j'avais, de nouveau, affreusement mal au cœur... Pourtant j'insistai encore :

« Et vous, monsieur ?

— Oh... », fit M. Melou, les yeux perdus dans la contemplation de ses maigres doigts, « je ne comprends que trop votre perplexité. Je suis perplexe moi-même, ter-ri-ble-ment perplexe... D'autant plus que vous venez de dégager en quelques mots un aspect imprévu du problème... Oh oh ! » (il sourit dans sa grande barbe) « voilà qui est ter-ri-ble-ment intéressant. En effet, ma chère enfant, pourquoi sommes-nous encore socialistes... ou communistes ?... Oui, pourquoi ? » . . . .
. . . .
. . . .

Il parut s'abîmer dans une méditation inouïe, laissant peu à peu tomber du haut de son grand buste sa petite tête longuement barbue vers ses genoux anguleux : après un silence gênant, il ouvrit d'interminables bras et les éleva tristement :

« Les choses en sont là, nous ressemblons à un paysan qui travaillerait sa terre pour l'orage. Il passerait dans ses champs la tête basse... Il saurait bien que la grêle est inévitable . . . .

« Alors...... quand le moment arrive...... il n'a plus qu'à se tenir debout devant sa récolte et, comme je le fais maintenant moi-même » (sans transition le ridicule personnage était devenu absurdement sublime, sa voix fluette et suave avait pris tout à coup quelque chose de glaçant) « il élèvera inutilement ses bras vers le ciel ...... en attendant que la foudre le frappe...... lui et ses bras...... »

Il laissa alors tomber ses propres bras avec découragement.

Je me rendis compte que, si je ne m'en allais pas, je recommencerai à pleurer : moi aussi, comme par contagion, je me suis laissé aller à un geste découragé et je suis parti en disant presque à voix basse :

« Au revoir, Lazare. »

Puis (et j'ai alors senti passer dans ma voix une sympathie impossible) :

« Au revoir, monsieur. »

Dehors il pleuvait à verse, je n'avais ni chapeau, ni manteau. Je suis revenu à pied, sous prétexte que le chemin n'était pas long ; je marchai au moins pendant trois quarts d'heure. J'étais incapable de m'arrêter. Je suis resté glacé par l'eau qui avait trempé mes cheveux et mes vêtements.

5

Le lendemain, cette brusque échappée dans une réalité absurde était à peu près sortie de ma mémoire[aa]. Quand je me suis réveillé, bouleversé par la peur que je venais d'éprouver en rêve, j'étais hagard, brûlant de fièvre… Je n'ai pas touché au petit déjeuner déposé à côté de moi, l'envie de vomir continuait, elle n'avait pas ainsi dire pas cessé depuis l'avant-veille. J'ai envoyé chercher une bouteille de mauvais champagne et j'en ai bu : un verre glacé : quelques minutes après, je me suis levé pour aller vomir. Après le vomissement, je me suis recouché un peu soulagé mais la nausée n'a pas tardé à revenir. J'ai été pris de tremblements et de claquements de dents : j'étais vraiment malade et je souffrais d'une façon très mauvaise. J'ai encore eu une espèce de sommeil affreux : alors les choses commençaient à se décrocher, des choses obscures, hideuses, informes qu'il aurait absolument fallu accrocher et il n'y avait pas moyen, ainsi mon existence s'en allait en morceaux comme de la matière pourrie. Le médecin vint, il m'examina des pieds à la tête et décida en fin de compte de revenir avec un autre ; à sa façon de parler, je me rendis compte que j'allais peut-être mourir (je souffrais affreusement comme quelque chose de coincé et je ressentais un terrible besoin de répit : ainsi je n'avais pas autant envie de mourir que les autres jours). J'avais une[ab] grippe compliquée de graves symptômes pulmonaires : inconsciemment, je m'étais exposé au froid la veille sous la pluie. Je passai trois jours dans un état misérable et, à l'exception de ma belle-mère, de la bonne et des médecins, je ne vis personne. Le quatrième jour, j'allais presque plus mal, la fièvre ne tombait pas. Ne me sachant pas malade, Xénie téléphona : je lui dis que je ne quittais pas la

chambre et qu'elle pouvait venir me voir. Elle arriva un quart
d'heure après. Je la trouvai plus simple que je n'avais cru : elle
était elle-même très simple. Après les fantômes de la rue de
Turenne, elle me paraissait merveilleusement humaine. J'ai fait
porter une bouteille de vin blanc en lui expliquant avec peine
que je prendrai un grand plaisir à la regarder boire du vin — par
goût pour elle et pour le vin — mais moi je ne pouvais boire
que du bouillon de légume ou du jus de raisin ou d'orange. Elle
ne fit aucune difficulté pour boire le vin. Je lui dis que le soir où
j'étais ivre, j'avais bu parce que je me sentais très malheureux.

« Elle l'avait bien vu, disait-elle.

« Vous buviez comme si vous aviez dû mourir le plus tôt possible. J'aurais bien voulu... mais ce n'est pas agréable d'empêcher de boire et puis, moi aussi, j'avais beaucoup bu. »

Son bavardage m'aidait à sortir un peu de la prostration. Je
m'étonnais que cette pauvre fille ait aussi bien compris, mais elle
ne pouvait rien faire pour moi, même en admettant que je sorte
de la maladie. Je lui pris la main, je l'attirai vers moi et la lui
passai doucement sur ma joue pour qu'elle soit piquée par la
barbe rêche qui avait poussé depuis quatre jours.

Je lui dis en riant :

« Impossible d'embrasser un homme aussi mal rasé. »

À son tour, elle attira ma main et l'embrassa longuement, ce
qui me surprit beaucoup et je ne savais même plus quoi dire. Je
cherchai à lui expliquer en souriant — je parlais très bas comme
les gens très malades : je souffrais de la gorge :

« Pourquoi m'embrasses-tu la main ? Tu sais bien que je suis
un être ignoble ! »

J'aurais pleuré à l'idée qu'elle ne pouvait rien pour moi, je ne
pouvais plus surmonter la fatigue.

Elle répondit simplement :

« Je sais. Tout le monde raconte que vous avez une vie
sexuelle anormale. Moi, je pensais que vous étiez surtout très
malheureux. Je suis très sotte, très rieuse et je n'ai guère que des
bêtises dans la tête, mais, depuis que je vous connais et qu'on
m'a raconté vos goûts, j'ai pensé que les gens qui ont des goûts
ignobles... comme vous... c'est probablement qu'ils souffrent. »

Je la regardais et elle me regardait aussi et elle vit que, malgré
moi, les larmes me coulaient des yeux. Elle n'était pas très belle
mais vraiment touchante et simple : je ne l'imaginai pas aussi
simple. Je lui dis que je l'aimai bien, que tout était devenu irréel
pour moi : je n'étais peut-être pas un homme ignoble — à tout
prendre — mais j'étais sûrement un homme perdu et il vaudrait
mieux que je meure maintenant, comme j'espérais que ça allait
bientôt arriver. J'étais tellement épuisé de fatigue et de malaise

que je ne pouvais pas lui expliquer et d'ailleurs, moi-même, je ne comprenais plus rien…

Elle me dit alors, avec une brusquerie presque folle :

« Je ne veux pas que vous mourriez. Je vous soignerai, moi. J'aurai tellement voulu aussi vous aider à vivre… »

J'essayai alors de lui faire comprendre :

« Non. Tu ne peux rien pour moi, personne ne peut plus rien… »

Je lui ai dit cela avec une sincérité et un désespoir si évidents que nous sommes restés désemparés aussi bien l'un que l'autre et elle-même n'osait plus rien dire. À ce moment-là, sa présence m'était déjà désagréable.

Après un long silence, une idée commença à me tracasser intérieurement, une idée absurde et haineuse, comme si tout à coup, il y allait de la vie et alors, brûlé de fièvre, je me suis mis à parler avec une exaspération imbécile :

« Écoute-moi, Xénie » — j'ai commencé ainsi à discourir et c'était excité sans aucun prétexte — « toi qui t'es mêlée aux histoires d'agitation littéraire, tu as dû lire le marquis de Sade, alors tu as dû trouver ça admirable — comme tout le monde ! Les gens qui admirent Sade sont des escrocs — entends-tu ? des escrocs… »

Elle me regardait en silence, elle n'osait rien dire. Je continuai alors :

« Je m'excite, je deviens enragé, je suis à bout de force, mes phrases m'échappent… Mais pourquoi ont-ils fait ça avec Sade ? » Je criais presque : « Est-ce qu'ils avaient mangé de la merde, oui ou non ? »

Je râlais si fort, tout à coup, que je réussis à me dresser, et avec ma voix cassée, je m'égosillai en toussant :

« Les hommes sont tous des domestiques… quand il y en a un qui a l'air d'un maître, il y en a d'autres qui crèvent de vanité… mais… ceux qui ne s'inclinent devant rien vont dans les prisons ou sous terre et la prison ou la mort pour les uns… ça veut dire la domesticité pour tous les autres… »

Xénie appuya doucement la main sur mon front :

« Henri, je t'en supplie » — elle devenait alors, penchée sur moi, une sorte de fée souffrante et la passion inattendue de sa voix presque basse me brûlait — « arrête de parler… tu es trop fiévreux pour parler encore… »

Bizarrement une détente a succédé à mon excitation maladive : le son étrange et envahissant de sa voix m'avait tout à coup empli d'une sorte de torpeur à demi heureuse. Je regardai Xénie assez longtemps sans rien dire en lui souriant : je vis qu'elle avait une robe de soie bleu marine et un col blanc, des

bas clairs et des souliers blancs ; son corps était élancé et paraissait très joli sous cette robe ; son visage était frais sous ses cheveux noirs bien peignés. Je regrettais d'être si malade :

Je lui dis sans hypocrisie :

« Tu me plais beaucoup aujourd'hui. Je te trouve belle, Xénie.
Quand tu m'as appelé Henri et que tu m'as dit tu, c'était bon. »

Elle semblait heureuse, folle de joie même et pourtant folle
d'inquiétude. Dans son trouble, elle se mit à genoux près de
mon lit et m'embrassa le front ; moi, je lui mis la main entre les
jambes sous la jupe… Je me sentais encore épuisé mais je ne
souffrais plus. On frappa à la porte et la vieille bonne entra sans
attendre une réponse : Xénie se releva aussi vite qu'elle put et
fit semblant de regarder un tableau, elle avait l'air d'une folle et
même d'une idiote. La bonne elle aussi eut l'air d'une idiote : elle
portait le thermomètre et une tasse de bouillon. J'étais écœuré
par la stupidité de cette vieille femme et ainsi rejeté dans la prostration. Un instant auparavant, les cuisses nues de Xénie étaient
fraîches dans ma main mais tout vacillait maintenant jusque
dans ma mémoire : la réalité était tombée en morceaux et il
ne restait plus qu'une fièvre saumâtre. J'introduisis moi-même
le thermomètre sans avoir le courage de demander à Xénie de
tourner le dos : la vieille était partie et Xénie m'a regardé bêtement manœuvrer sous mes couvertures jusqu'au moment où le
thermomètre a fini d'entrer. Je crois bien que la pauvre fille avait
envie de rire en me regardant ainsi, ce qui achevait de lui donner
une allure égarée : elle était debout devant moi décomposée,
décoiffée et toute rouge ; l'excitation sexuelle aussi était visible
sur sa figure.

La fièvre avait encore augmenté depuis la veille : je souriais
mais c'était d'une façon visiblement malveillante. Mon sourire
était même si désagréable que l'autre à côté de moi ne savait plus
quelle grimace faire. Ma belle-mère arriva à son tour pour me
demander ma fièvre : je lui racontai sans lui répondre que Xénie,
qu'elle connaissait depuis longtemps, voulait rester là pour me
soigner. Elle pouvait coucher dans la chambre d'Édith si elle
voulait. Je déclarai cela avec une sorte de dégoût, ensuite je me
suis mis à sourire méchamment en regardant les deux femmes.

Ma belle-mère me haïssait pour tout le mal que j'avais fait à
sa fille ; et, en outre, elle souffrait chaque fois que les convenances étaient touchées. Elle demanda :

« Vous ne voulez pas que je télégraphie à Édith de venir ? »

Je répondis avec ma voix éraillée mais avec l'indifférence d'un
homme qui est d'autant plus le maître qu'il est malade :

« Non. Je ne veux pas. Xénie peut coucher là si elle veut. »
Xénie tremblait presque debout et elle serra la lèvre inférieure

dans ses dents pour ne pas pleurer. Ma belle-mère était ridicule à voir avec son visage de circonstance, les yeux perdus et agités, ce qui allait aussi mal que possible avec sa démarche apathique. À la fin, Xénie balbutia qu'elle allait chercher ses affaires : elle quitta la chambre sans dire un mot de plus, sans même jeter un regard sur moi, mais je me rendis compte qu'elle retenait ses sanglots.

Je dis en riant à ma belle-mère :

« Qu'elle s'en aille au diable, si elle veut. »

Ma belle-mère se précipita pour accompagner Xénie à la porte. Je ne savais pas si Xénie avait entendu ou non.

Je n'étais plus qu'un détritus piétiné et ma propre méchanceté s'ajoutait à l'acharnement du sort. J'avais appelé tous les malheurs sur ma tête et en fin de compte, je crevais là, affreusement seul et lâche. J'avais interdit qu'on prévienne Édith et maintenant je sentais comme un trou noir sous moi à l'idée que je ne pourrais plus jamais la serrer contre ma poitrine. J'appelais mes petits enfants de toutes mes forces mais ils ne viendraient sûrement pas. Ma belle-mère et la vieille bonne étaient là à côté de mon lit : elles avaient bien la gueule, en effet, l'une et l'autre à laver un cadavre et à lui ficeler la figure pour empêcher la bouche de s'ouvrir.

J'étais de plus en plus irritable ; on me fit une piqûre de camphre et comme l'aiguille était émoussée, cela me fit très mal : ce n'était pas grand-chose mais c'était comme si je n'avais plus que d'infâmes petites horreurs à attendre. Ensuite tout s'en irait, même la douleur qui était alors tout ce qui me restait d'existence... Je sentais déjà quelque chose de vide et de noir, quelque chose d'hostile et de géant... et plus moi... Lorsque les médecins arrivèrent, je ne sortis même pas de la prostration. Ils pouvaient écouter ou palper ce qu'ils voulaient. Je n'avais plus qu'à endurer de la souffrance, du dégoût et de l'abjection au delà de ce qu'il est possible d'attendre. Ils ne racontèrent pas grand-chose ; ils ne cherchèrent même pas à m'arracher de vaines paroles. Ils décidèrent de revenir le lendemain matin, mais il fallait faire le nécessaire et notamment télégraphier à ma femme. Je n'étais plus en état de refuser.

6

Le soleil entrait dans ma chambre et il éclairait même directement la couverture rouge vif de mon lit jusqu'à la hauteur de mon ventre. La fenêtre était ouverte à deux battants. Ce matin-là, une petite actrice d'opérette chantait chez elle toutes fenêtres

ouvertes et à tue-tête. Je reconnus, si profonde que soit la prostration, l'air d'Offenbach dans *La Vie parisienne*. Les phrases
musicales roulaient et éclataient de bonheur dans sa jeune
gorge. C'était :

> *Vous souvient-il ma belle*
> *D'un homme qui s'appelle*
> *Jean-Stanislas, baron de Frascata ?*

J'étais dans un tel état que je croyais entendre une réponse
plus ou moins ironique à une interrogation qui se développait
en hâte dans ma tête, à peu près comme une catastrophe. La
jolie folle (je l'avais entrevue autrefois à sa fenêtre et même
sexuellement désirée) continuait à chanter comme saisie d'une
profonde exultation[ac] :

> *En la saison dernière,*
> *Quelqu'un, sur ma prière,*
> *Dans un grand bal à vous me présenta !*
> *Je vous aimai, moi, cela va sans dire !*
> *M'aimâtes-vous ? je n'en crus jamais rien.*

Aujourd'hui, en écrivant, il se trouve qu'une joie aiguë me
met le sang à la tête, si bête que je voudrais, tout écarlate, moi
aussi chanter à gorge que veux-tu…

Ce jour-là, Xénie qui s'était résolue, malgré le désespoir que
lui avait donné mon attitude absurde, à venir passer tout au
moins la nuit chez moi, allait bientôt entrer dans cette chambre
pleine de soleil. J'entendais déjà le bruit d'eau qu'elle faisait dans
la salle de bains en se lavant. La jeune fille n'avait peut-être pas
entendu mes derniers mots et je n'en avais aucun regret parce
que je la préférais à ma belle-mère — je pourrais au moins me
distraire à ses dépens…

Toutefois, la pensée que j'aurais à lui demander le bassin
m'arrêtait : cela m'était égal de la dégoûter, mais je trouvais la
situation humiliante — je m'épuisais même de rage à l'idée d'en
être réduit à faire ça dans un lit avec les bons services d'une
femme et la puanteur (à ce moment-là, la mort m'écœurait jusqu'à l'épouvante alors même que j'aurais dû en avoir le plus
envie). La veille au soir, quand Xénie était revenue avec une
valise, j'avais fait des grimaces et vaguement grogné sans desserrer les dents. Je faisais semblant d'être à bout de forces, à un
tel point qu'articuler me serait devenu impossible. Exaspéré,
j'avais même fini par lui répondre avec une grimace de dégoût.
D'un instant à l'autre, elle allait entrer : elle s'imaginait qu'il

fallait les soins d'une amoureuse pour me sauver ! Quand elle
frappa, j'avais réussi à m'asseoir (il me semblait que, provisoirement, j'allais un peu moins mal) et j'ai répondu : « Entrez ! »
d'une voix presque normale et aussi solennelle que si j'avais joué
un rôle.

J'ajoutai en la voyant, un peu moins haut, et avec le ton tragi-
comique de la déception :

« Non, ce n'est pas la mort… ce n'est que la pauvre
Xénie… »

La charmante personne regarda son futur amant avec des
yeux ronds et ne sachant où se mettre, tomba à genoux à un pas
de mon lit.

Elle s'écria doucement :

« Pourquoi es-tu si cruel ? J'aurais tellement voulu t'aider à
guérir.

— Je voudrais seulement, lui ai-je répondu avec une amabilité de convention, que tu m'aides tout de suite parce que je
voudrais me raser.

— Tu vas te fatiguer peut-être ? Est-ce que tu ne peux pas
rester comme tu es ?

— Non. Un mort mal rasé, ça n'est pas beau.

— Pourquoi cherches-tu à me faire mal. Tu ne vas pas
mourir. Non. Tu ne peux pas mourir…

— Tu ne peux pas imaginer ce qu'on peut endurer en attendant… Si on pensait à ça à l'avance… Mais quand je serai mort,
Xénie, tu pourras m'embrasser comme tu voudras, à pleine
bouche, je ne souffrirai plus, je ne serai plus méchant. Je serai
tout entier à toi, n'est-ce pas…

— Ô Henri ! tu me fais si affreusement mal que je ne sais plus
lequel de nous deux est malade… Tu sais, ce n'est pas toi qui
vas mourir, j'en suis sûre, mais moi, tu m'as mis la mort dans
l'âme et c'est comme si elle ne devait plus jamais en sortir. »

Il se passa un peu de temps avant que je ne parle moi. Je
devins vaguement absent.

« Tu avais raison. Je suis trop fatigué pour me raser moi-
même. Il est seulement possible de téléphoner à un coiffeur. Il
ne faut pas te fâcher, Xénie, quand je dis que tu pourras m'embrasser… C'est même comme si je parlais pour moi. Tu sais bien
que, moi, j'ai toujours eu un goût sexuel pour les cadavres… »

Xénie était restée à genoux, toujours à un pas de mon lit,
l'air hagard et ainsi elle me regardait sourire.

À la fin, elle baissa la tête et me demanda à voix basse :

« Qu'est-ce que tu veux dire ? Je t'en supplie, il faut tout
m'expliquer maintenant, parce que j'ai peur… »

Je riais. Je me rendis compte que j'allais lui raconter la même

chose qu'à Lazare, seulement ce jour-là, étant donné les circonstances, c'était plus étrange. Je pensai tout à coup à mon
rêve et, comme dans un éblouissement, ce que j'avais aimé dans
ma vie surgissait devant moi, comme un cimetière avec des
tombes blanches sous une lumière spectrale : en réalité ce cimetière était un bordel ; le marbre était vivant et poilu par endroits…

Je regardais Xénie. Je pensai avec une véritable terreur d'enfant : maternel… Xénie souffrait visiblement.

Elle dit :

« Parle… maintenant… parle… j'ai peur de devenir folle… »
Je voulais parler mais je ne pouvais pas. J'essayai :

« Il faudrait alors que je te raconte toute ma vie.

— Non, parle… dis seulement quelque chose… mais ne me
regarde plus sans rien dire…

— Quand ma mère est morte… » (Je m'arrêtai. Je me
rappelais brusquement : à Lazare, j'avais eu peur de dire « ma
mère », j'avais honteusement dit « une femme ».)

« Ta mère ?… parle… raconte…

— Elle venait de mourir. J'ai couché chez elle avec Édith.

— Ta femme ?

— Oui. J'ai horriblement pleuré. J'ai… Dans la nuit, je me
suis levé, j'étais couché à côté de ma femme… » (Je m'arrêtai
encore une fois. J'avais pitié de moi-même, je me serais volontiers roulé par terre, j'aurais crié, appelé au secours, je ne sais
pas… Je me rappelais avoir déjà jeté cela à la tête de Dirty,
ensuite à la tête de Lazare… il y avait de quoi crier… j'aurais
pu demander pitié à Xénie, j'aurais pu me jeter à ses pieds… je
la méprisais de toutes mes forces et elle continuait à implorer
idiotement.)

« Parle… il faut que tu parles…

— … J'ai été dans le couloir, pieds nus… j'étais excité…
devant le cadavre, encore plus excité… j'étais fou… je me suis
mis tout nu… je me suis… tu comprends… »

J'avais un rictus. Xénie à bout de nerfs avait la tête basse : elle
ne remuait pas beaucoup mais convulsivement et, au bout de
quelques secondes, elle se laissa tomber par terre.

Je pensai : elle est odieuse, moi aussi. Je me traînai au bord de
mon lit. Il me fallut un effort pénible. J'attrapai le bas de sa jupe
et ainsi je la retroussai. Elle poussa un cri aigu sans bouger : elle
eut seulement un frémissement comme une convulsion. Elle
râlait, la joue à même les lames du parquet, la bouche ouverte.

J'étais hors de moi. Je lui dis :

« Tu es venue ici exprès pour rendre ma mort encore plus
sale. Tu peux te déshabiller maintenant : ça sera comme si j'étais
allé crever dans un bordel. »

Xénie alors se redressa un peu, appuyée sur les mains, et elle retrouva sa voix brûlante et grave pour me dire :

« Si tu continues cette comédie, tu sais bien comment ça finira. »

Elle se leva et alla lentement s'asseoir sur la fenêtre : elle me regardait.

« Tu vois, je n'ai plus qu'à me laisser aller en arrière. »

Et elle commençait, en effet, le mouvement qui, achevé, aurait fait basculer son corps dans le vide.

Si dément que je sois, ce petit mouvement me fit affreusement mal et il ajouta le vertige à tout ce qui s'effondrait déjà dans ma tête. Je me dressai sur mon lit et oppressé, je lui dis :

« Reviens. Tu sais bien que je t'aime… Je suis peut-être comme ça avec toi pour me faire souffrir moi-même encore plus. »

Elle descendit sans se presser, de plus en plus absente, le visage flétri par la fatigue.

Je pensai : je vais lui raconter l'histoire du Krakatoa. Il y avait maintenant quelque chose comme une fuite à travers ma tête et ce que je pensais m'échappait. Je voulais dire quelque chose et aussitôt je n'avais rien à dire… alors, la vieille bonne entra portant le déjeuner de Xénie sur un plateau qu'elle déposa sur une petite table à un pied. Elle portait aussi pour moi un verre de jus d'orange mais j'avais les gencives et la langue enflammées et j'avais plus peur qu'envie de boire. Xénie versa le lait et le café dans sa tasse pendant que je tenais mon verre dans la main voulant boire, mais je ne pouvais pas me décider. Elle vit alors que je m'impatientais. Je tenais un verre dans la main et cela n'avait aucun sens puisque je ne boirais pas. Xénie se précipita brusquement pour me débarrasser mais avec une telle lourdeur qu'elle renversa en se levant la table et le plateau avec son déjeuner : tout s'effondra avec un bruit odieux de vaisselle cassée. Je pense que si, à ce moment-là, la pauvre fille avait disposé de la plus petite réaction nerveuse, elle se serait facilement jetée par la fenêtre. Sa situation auprès de moi devenait avec chaque minute plus idiote. Elle se baissa et ramassa les morceaux épars qu'elle plaça sur le plateau : comme ça, elle pouvait cacher son visage, et je ne voyais pas (mais je devinais) l'angoisse qui la décomposait. Elle essuya aussi le plancher inondé de café au lait avec une serviette de toilette. Je lui dis d'appeler la bonne pour se faire apporter un autre déjeuner, mais elle ne releva même pas la tête. Cependant je pensais qu'elle ne pouvait pas rester ainsi sans rien manger.

Je lui dis :

« Ouvre l'armoire. Tu trouveras une boîte de fer blanc où il doit y avoir des gâteaux secs. Il doit y avoir aussi une bouteille de champagne presque pleine. Si tu en veux… »

Elle alla ouvrir l'armoire et, me tournant le dos, elle commença à manger des gâteaux secs, puis, comme elle avait soif, elle se versa un verre de champagne qu'elle avala assez vite ; elle mangea encore précipitamment et se versa un second verre, enfin elle ferma l'armoire et acheva de tout mettre en ordre. Désemparée, elle ne savait plus quoi faire mais je devais avoir une piqûre de camphre et je le lui dis. Elle alla préparer dans la salle de bains ou demander à la cuisine tout ce qui était nécessaire et revint au bout de quelques minutes avec une seringue pleine. Je me plaçai péniblement sur le ventre pour lui offrir une fesse après avoir descendu le pantalon de mon pyjama. Elle me dit qu'elle n'avait jamais fait de piqûre de sa vie.

« Alors, lui dis-je, tu vas me faire très mal. Il vaudrait peut-être mieux demander à ma belle-mère… »

Sans plus attendre elle me pinça la peau et enfonça l'aiguille aussi rudement qu'elle pouvait. Elle me fit à peine mal. Je trouvais de plus en plus étrange et déconcertante la présence de cette fille effarée qui était là à enfoncer une aiguille dans mon derrière. Je réussis à me retourner : je n'avais aucune pudeur et elle m'aida à remonter mon pantalon. Je souhaitais qu'elle continue à boire. Je ne me sentais plus tout à fait mal. Je lui dis qu'elle ferait mieux de prendre dans l'armoire la bouteille et un verre et de poser tout cela sur la plus grande table.

Elle dit simplement :

« Si vous voulez. »

Je pensai : si elle continue et si elle a bu un peu, je pourrai lui dire *couche-toi par terre* et elle se couchera, *lèche le coin de la table* et elle le léchera… j'allais avoir une belle mort… tout était également odieux.

Je demandai à Xénie :

« Connais-tu une chanson : *j'ai rêvé d'une fleur etc. ?*

— Oui. Pourquoi ?

— Je voudrais que tu me la chantes. Je t'envie de pouvoir avaler même du mauvais champagne. Bois-en encore un peu. Il faut finir la bouteille.

— Comme tu voudras. »

Et elle but à long traits.

Je continuai.

« Pourquoi tu ne chanterais pas ?

— Pourquoi *J'ai rêvé d'une fleur…* ?

— Parce que…

— Alors. Ça ou autre chose… »

— Tu vas chanter, n'est-ce pas. Je veux embrasser ta main. Tu es gentille, Xénie. »

Elle chanta, résignée, debout, les mains vides, les yeux fixés sur les pieds de la table :

> *J'ai rêvé d'une fleur*
> *Qui ne mourrait jamais*
> *J'ai rêvé d'un amour*
> *Qui durerait toujours*

Sa voix grave s'élevait avec beaucoup de cœur et hachait, pour finir, les derniers mots avec une lassitude déchirante :

> *Pourquoi faut-il hélas que sur la Terre*
> *Le bonheur et les fleurs soient toujours éphémères ?*

Je lui dis alors :

« Cela aurait été si beau et si gentil pour moi si tu avais chanté nue.

— Chanté nue ?

— Tu peux boire encore un peu. Tu vas fermer la porte. Je vais te laisser une place à côté de moi dans le lit. Tu vas te déshabiller maintenant.

— Mais ce n'est pas sensé. »

Je la regardai avec supplication sans plus rien dire. Elle but encore lentement en me regardant, ensuite elle enleva sa robe — elle était maintenant d'une simplicité inouïe — puis sa chemise. Je lui dis de prendre, au fond de la pièce, dans le réduit où étaient suspendus les vêtements, une robe de chambre de ma femme qu'elle pourrait passer rapidement s'il arrivait quelqu'un : il valait mieux qu'elle garde ses bas et ses chaussures ; elle pourrait aussi cacher dans le réduit la robe et la chemise qu'elle venait de quitter.

Je dis encore :

« J'aurais voulu que tu chantes avant de te coucher. »

J'étais vraiment troublé, d'autant plus qu'elle avait le corps plus joli et plus frais que la figure et surtout lourdement nu dans les bas.

Je lui dis encore mais cette fois très bas comme une supplication et en me penchant vers elle je sentais un amour brûlant dans ma pauvre voix :

« Chante, je t'en supplie, chante debout, comme ça, à pleine gorge…

— Si tu veux », dit-elle.

Sa voix aussi se contractait dans sa gorge tellement l'amour

et le trouble de sa nudité la bouleversait et quand les phrases de
la chanson ont commencé à roucouler dans la chambre, tout
son corps semblait brûler aussi et se perdre pour secouer sa tête
ivre qui chantait. Ô démence ! Elle pleurait lorsqu'elle s'avança
invraisemblablement nue vers mon lit — que je voyais déjà un
lit de mort — devant lequel elle tomba à genoux pour cacher ses
larmes dans les draps.

Je lui disais :

« Couche-toi vite à côté de moi et ne pleure plus… »

Elle répondit :

« Je suis ivre. »

La bouteille était vide sur la table. Elle se coucha les souliers
aux pieds et, cette fois, le derrière en l'air, elle cacha sa tête dans
le traversin. Combien il était bizarre alors de lui parler à l'oreille
avec la douceur brûlante qu'on ne peut trouver habituellement
que dans l'obscurité.

Je lui disais très bas :

« Il ne faut plus que tu pleures. Il ne faut pas m'en vouloir.
J'avais besoin que tu sois folle comme ça avec moi. Je crois que
j'avais besoin de ça pour ne pas mourir.

— Tu ne mourras pas, n'est-ce pas ?

— Non, je ne veux plus mourir. Je veux vivre avec toi…
Tout à l'heure, quand tu t'es assise sur la fenêtre j'ai eu peur
de la mort, rien que de penser à la fenêtre vide… après… j'ai eu
affreusement peur… toi… et puis moi… la mort… ensuite la
chambre vide…

— Attends, je vais fermer la fenêtre, si tu veux.

— Non. Ce n'est pas la peine. Viens près de moi aussi près
que tu peux : je voudrais sentir ton souffle. »

Elle s'approcha alors de moi mais son souffle sentait le vin.

Elle me dit :

« Comme tu brûles.

— Je me sens plus mal, ai-je repris, j'ai peur de mourir… j'ai
toujours été obsédé, avec l'idée de la mort et maintenant… je ne
peux plus voir cette fenêtre ouverte, elle me donne le vertige…
(Xénie se leva aussitôt)… c'est cela tu peux la fermer, mais
reviens vite… vite… »

Je commençais à sentir tout un peu trouble mais à peu près
comme lorsqu'on n'arrive plus à résister au sommeil, si on
cherche encore à parler et les phrases sont déjà des phrases
inertes, comme dans un rêve… je balbutiai :

« Comme ça, il ne pourra pas entrer…

— Mais qui, entrer ?

— J'ai peur…

— Mais de qui tu as peur ?

— … Frascata…

— Frascata ?

— Non, je crois que je rêve. Il y en a un autre…

— Ce n'est pas ta femme…

— Non, elle ne peut pas encore arriver… il est trop tôt…

— Mais quel autre, Henri, de qui parles-tu ? Explique-moi…
Comme tu es étrange… J'ai trop bu… je ne comprends plus ce
qui arrive…

— … personne… »

Brusquement, une ombre tourmentée et claquante tomba du
ciel ensoleillé : elle s'agita avec fureur dans le cadre de la fenêtre
et ainsi, contracté au premier moment, je me repliai sur moi-
même en grinçant des dents. Je compris ensuite que c'était
un tapis très long que, ce matin-là, on venait de lancer pour le
secouer d'une fenêtre de l'étage supérieur : mais dans le court
instant où j'avais été terrorisé, j'avais eu le temps de penser que
celui que j'avais appelé le « commandeur » était venu. Il était
venu chaque fois que je l'avais invité. Xénie aussi avait eu peur
parce que j'avais réussi facilement à lui communiquer l'appréhension d'une fenêtre où, peu de temps avant, elle s'était assise
pour se tuer, pourtant, au moment de l'irruption du tapis, elle
n'avait poussé aucun cri… elle restait comme moi, couchée en
chien de fusil, très pâle, elle avait le regard vide d'une folle.

Je réussis à balbutier :

« Comme c'est noir… »

… Xénie, à côté de moi, s'allongea… elle demeura pâle,
immobile… elle avait l'inertie d'une morte… nue, la tache de
poils… les gros seins aux gros boutons… des seins pâles de
prostituée. Le sort… c'était un nuage de suie qui noircissait le
ciel… un grand oiseau était entré par la fenêtre… il avait laissé un
cadavre… près de moi… sur les draps… il aurait fallu vomir…

HISTOIRE D'ANTONIO

I

Quand j'ai été hors de danger, le médecin m'a raconté qu'il
n'avait pas imaginé que je survivrais. Il exagérait peut-être mais
il m'arrive d'être étonné à la pensée que j'existe encore et, étant
seul, je ris d'être vivant.

Dès que cela m'a été possible, je suis parti pour l'Espagne,
invité par des amis qui ont une petite maison sur la côte au

Nord de Barcelone, à Calella. J'allais de temps à autre à Barcelone où il était possible de traîner la nuit. Au bout de quelques semaines, j'avais tout oublié, maladie, malheur, mort, tout ce qui m'avait effrayé. Je ne pensais plus à Xénie, ni à Dirty, ni à Lazare, l'existence était devenue pour moi une chance. Pendant le jour, j'étais en plein soleil sur le sable, ou dans la mer, ou je me promenais dans les rochers. Je passais souvent les nuits dans le barrio chino de Barcelone où je pouvais me débaucher naïvement. Il devenait évident que j'étais un homme léger et inconséquent : quand je m'apercevais dans la glace du plafond, couché nu sur un lit auprès d'une fille également nue, je ne pouvais pas m'empêcher de rire en regardant un ciel constellé de postures aussi indécentes…

Une nuit, j'étais assis seul à une table de la Criolla. La Criolla était bondée. Quelqu'un me toucha l'épaule. Je me retournai étonné et je reconnus l'un de mes amis que je désignerai ici sous le nom de Michel. Je ne l'avais pas vu depuis longtemps et j'étais aussi content que déconcerté de le rencontrer là.

Lui-même s'écria aussitôt qu'il était d'autant plus surpris de se trouver tout à coup en face de moi qu'il pensait que je pouvais être mort.

Michel avait été l'un des rares amis politiques de Lazare — à ce moment-là, il commençait à s'entendre mal avec elle. Je lui demandai qui lui avait donné de mes nouvelles, pensant que c'était Lazare : en effet, Lazare lui avait dit une fois que j'allais sans doute mourir et il ne l'avait pas revue depuis. J'étais content de me trouver assis en face de Michel mais cela me troublait de m'apercevoir que Lazare existait toujours et que, si elle voulait, elle pouvait parler de moi. Je dis à Michel que c'était bien qu'il vienne dans un endroit comme la Criolla, où tout le monde sort du ruisseau… Il répondit avec une conviction naïve qu'à son avis, on ne s'amusait pas à la Criolla pour la pédérastie mais pour la mascarade. Tout ce que Michel disait me paraissait vrai et agréable à entendre : toute la Criolla n'était, en effet, qu'un carnaval crasseux, éclatant de lumière. Les garçons qui venaient danser sur la piste étaient parés de robes de soirée décolletées jusqu'aux fesses[ad]…

J'avais fait porter une bouteille de cognac et je commençai à boire en entraînant Michel. Il y avait un bruit suraigu de foule et de musique violente. Je ne tardai pas à devenir ivre. Chaque coup de talon des fausses danseuses claquant sur le plancher faisait de la lumière dans la tête[ae]. Je regardai Michel avec stupéfaction : il était visible qu'il n'avait pas l'habitude du vice. Je pensai : on dirait un canard. Il avait l'air d'autant plus gauche qu'il devenait ivre à son tour : il s'agitait sur sa chaise.

J'étais excité. Je lui dis en éclatant de rire :

« Je voudrais que Lazare te voie ici ! »

Il m'arrêta alors, un peu surpris *f* ; il riait lui aussi :

« Mais Lazare venait souvent à la Criolla. »

Je me suis tourné naïvement en face de Michel comme quelqu'un de très déconcerté.

« Mais oui, l'an dernier, Lazare a séjourné à Barcelone et elle passait souvent la nuit à la Criolla. Est-ce que c'est extraordinaire ? »

Je pensai que Michel voulait me faire une plaisanterie : je lui dis que c'était une plaisanterie absurde, parce que la seule idée de Lazare me rendait malade. Je sentais alors que, maintenant, toute ma folie exaspérée, tout ce qu'il y avait de colère contenue au fond de moi allait me monter à la tête. Le délire de la salle y était pour quelque chose. Combien une bagarre aurait été belle dans l'état où tout était…

Je criai presque, j'étais comme un fou, j'avais pris une bouteille dans ma main :

« Michel, si, en ce moment, Lazare était devant moi, je lui casserais la tête. »

Une autre danseuse mâle entra sur le plateau au milieu des cris et des éclats de rire. Il portait une perruque blonde : invraisemblablement fille solaire… *g*

« Tu sais ce que je voudrais faire avec Lazare : je voudrais l'esquinter à coups de soulier, jusqu'à ce qu'elle pleure, jusqu'à ce qu'elle supplie… »

C'était tellement absurde que Michel se leva et me prit par le bras comme s'il avait peur que je perde toute mesure. Il était déjà assez ivre pour ne pas rester debout. Il retomba sur sa chaise.

« Mais qu'est-ce qu'elle a pu te faire ? Elle m'a déjà dit que tu avais été dégoûtant avec elle.

— Elle t'a dit que j'avais été dégoûtant ?

— Oui ; mais elle ne t'en veut pas !

— Tu ne vas pas me faire croire qu'elle venait à la Criolla.

— Elle est venue ici plusieurs fois avec moi : elle était même si intéressée qu'elle ne voulait plus en partir. Elle devait être excitée ! Elle n'a jamais voulu me dire ce que tu lui avais fait. »

Je m'étais à peu près calmé.

« Je t'expliquerai une autre fois. Elle est venue me voir quand j'étais en train de mourir !… Elle ne m'en veut pas ?… Mais, moi, jamais je ne lui pardonnerai, jamais, entends-tu ? Mais qu'est-ce qu'elle pouvait faire à la Criolla ?… Lazare !… »

Je ne pouvais pas imaginer Lazare assise là où j'étais, devant

un spectacle aussi cru… J'étais donc dans un état hébété et
pénible avec le malaise qu'on éprouve quand on vient d'oublier
quelque chose — quelque chose qu'on savait essentiel un instant
avant. Je voulais encore parler, ou crier, mais je me rendais
compte d'une impuissance complète et, en plus, je devenais tout
à fait ivre.

Le visage de Michel avait l'air de couler, il jeta une cigarette
avec impatience et il se mit à siffler dans ses lèvres. Il m'expliqua :

« J'ai essayé de lui tordre le poignet…

— Quand ça ?

— Un jour… ici… Je voulais lui faire comprendre. Elle répétait que la seule chose qui restait à faire, c'était de sauver son
âme… »

Je pensais que j'allais pleurer…

Michel s'esclaffa au milieu du vacarme :

« Tu ne la connais pas ! elle me proposait de lui enfoncer des
épingles dans la peau ! Tu ne la connais pas ! elle est pire que
chrétienne…

— Mais pourquoi des épingles ?

— Pour s'entraîner… »

Je criai presque :

« À quoi ? s'entraîner ? »

Michel rit encore plus :

« À supporter les supplices… »

Tout à coup, il reprit gauchement son sérieux ; il eut l'air
pressé et même idiot. Il se mit aussitôt à parler comme un
enragé :

« Il y a aussi autre chose… Ça, il faut que tu saches… absolument. Tu sais que Lazare envoûte les gens… Tu sais qu'on
dirait qu'elle est hors de terre… Ici, il y a eu des gens, des
ouvriers, qui étaient mal à l'aise devant elle. Ils l'admiraient…
Ensuite, ils la rencontraient à la Criolla… J'imagine qu'ici, elle
avait l'air d'une apparition et, tu comprends, les gens assis à sa
table ne savaient plus quoi dire… Ils n'arrivaient même pas à
admettre qu'elle soit là. Et un jour il y en a eu un qui était si
excédé qu'il s'est mis à boire… Il était hors de lui ; il a fait
comme toi, il a commandé une bouteille et il buvait coup sur
coup. J'ai pensé qu'il coucherait avec elle. En réalité il aurait pu
la tuer ou se faire tuer pour elle, mais pas lui demander de coucher avec lui… C'était un ouvrier mécanicien encore tout jeune,
qui s'appelait Antonio… »

Je fis comme avait fait le jeune ouvrier en question ; je vidai
mon verre et Michel, qui ne buvait jamais, s'était mis à boire
avec moi. Il était en sueur, dans un état d'agitation extrême. Moi

j'étais comme dans le vide, sous la lumière crue, devant une extravagance sans limite[ab].

Michel continua en essuyant la sueur de ses tempes avec son mouchoir :

« Lazare a été irritée de voir qu'il buvait. Elle l'a regardé les yeux dans les yeux et elle lui a dit : "Ce matin, je vous ai donné un papier à signer et vous avez signé sans lire…" Elle disait ça sans aucune ironie. Antonio a répondu : "Quelle importance ?" Lazare a répliqué : "Et si je vous avais fait signer une profession de foi fasciste ?" Antonio aussi regardait Lazare les yeux dans les yeux. Il était fasciné et pourtant il était hors de lui. Il a répondu posément : "Je vous tuerais. Lazare lui dit : — Vous avez un revolver dans la poche ?" Il répond : "Oui." Lazare dit : "Sortons." Nous sommes sortis tous les trois… »

Je commençais à respirer mal et je demandai à Michel, qui avait perdu son élan, de continuer tout de suite. Il épongea encore une fois la sueur de son front.

« Nous sommes allés jusqu'au bord de la mer, à l'endroit où il y a des marches qui descendent… Il commençait à faire jour et personne ne disait un mot. Moi complètement déconcerté, Antonio surexcité à froid, abruti sous le coup de la boisson, et Lazare absente, tranquille comme un mort !…

— Mais ce n'était qu'une plaisanterie.

— Non, ce n'était pas une plaisanterie. Moi, je laissais faire … je ne sais pas ce que j'avais… Au bord de la mer, Lazare et Antonio sont descendus sur les premières marches. Lazare a demandé à Antonio de prendre son revolver dans la main et de lui appuyer le canon sur la poitrine.

— Antonio l'a fait ?

— Il avait l'air absent lui aussi ; il a sorti un gros browning de sa poche, il l'a armé et il a placé le canon contre la poitrine de Lazare.

— Et alors ?

— Lazare lui a demandé : "Vous ne tirez pas ?" Il n'a rien répondu et il est resté là au moins deux minutes sans bouger. À la fin, il a dit "non" et il a retiré le revolver…

— C'est tout ?

— Antonio avait l'air épuisé de fatigue : il était pâle, et comme il faisait frais, il commençait à frissonner. Lazare lui a pris le revolver des mains, elle a sorti la balle qui était dans le canon quand elle l'avait sur la poitrine, ensuite elle a dit à Antonio : "Donnez-moi la balle." Elle voulait la garder en souvenir.

— Et Antonio la lui a donnée ?

— Antonio lui a dit : "Comme vous voulez." Et elle a mis la balle dans son sac à main. »

Michel s'arrêta : il avait l'air aussi mal à son aise qu'une mouche dans du lait, ne sachant plus s'il devait rire ou se mettre en colère. Il était vraiment comme une mouche dans du lait ou comme un mauvais nageur qui avale de l'eau... Il ne supportait pas la boisson. À la fin, il pleura presque — à travers la musique, — gesticulant bizarrement comme s'il devait se débarrasser d'un insecte qui l'aurait harcelé :

« Est-ce que tu peux imaginer une histoire plus absurde ? »

2

Je réussis à demander encore à Michel, et cela presque aussi lucidement que si nous n'étions pas ivres, mais j'étais obligé à une sorte d'attention désespérée :

« Tu peux me dire quel homme c'était, Antonio ? »

Michel me désigna un garçon à une table voisine, me disant qu'il lui ressemblait...

« Antonio ? il avait l'air emporté... Il y a quinze jours, on l'a arrêté : c'est un agitateur. »

J'interrogeai encore aussi sérieusement que je pouvais :

« Je voudrais que tu me dises quelle est la situation politique ici ? Je ne sais rien.

— Tout va sauter...

— Pourquoi Lazare ne vient pas ?

— On l'attend d'un jour à l'autre... »

J'appris ainsi que Lazare allait venir à Barcelone — pour faire de l'agitation.

Je me sentais dans un état de rage et d'impuissance si désagréable que si Michel, qui pourtant avait aussi la tête à l'envers, ne m'avait pas arrêté à temps, cette nuit-là aurait pu mal finir. Michel réussit à me faire rasseoir. Je cherchais avec beaucoup de difficulté à me rappeler le ton de la voix de Lazare, qui, un an avant, avait posé son maigre derrière sur une de ces chaises... en plein délire !... Lazare parlait toujours avec calme, avec un ton de voix intérieur... Lazare ! J'éclatais de rire en pensant à n'importe quelle phrase d'elle. J'aurais voulu être Antonio... Moi, je l'aurais tuée net... L'idée que j'aimais Lazare me fit pousser un cri idiot qui se perdit dans le tumulte. J'aurais pu me mordre moi-même. J'avais l'obsession du revolver — le besoin de tirer, de vider toutes les balles... dans son ventre... dans sa... C'était comme si je tombais dans le vide avec des gestes déments, comme des coups de feu impuissants...

Je n'en pouvais plus : je dus faire un effort sur moi-même pour retrouver quelque chose de fixe. Je dis à Michel :

« Tu ne peux pas imaginer à quel point j'ai horreur de Lazare. »

Michel avait l'air malade. Il avait l'air aussi de faire un effort surhumain pour se tenir. Il se prit le front à deux mains et il ne pouvait pas s'empêcher de rire à moitié :

« Elle m'a dit que tu lui avais manifesté une haine qui dépassait la mesure. Elle a eu peur de toi. Moi aussi je la hais.

— Ah tu la hais ! Il y a deux mois la femelle est venue me voir dans mon lit quand elle a su que j'allais passer…

« On l'a fait entrer et elle est arrivée dans ma chambre sur la pointe des pieds. Quand je l'ai vue au milieu de la chambre, elle est restée immobile sur la pointe des pieds : elle ressemblait à un épouvantail immobile au milieu des champs…

« Elle était là à trois pas de moi, aussi pâle que si elle avait regardé un cadavre… Il faisait du soleil dans la chambre, mais elle, Lazare, elle était aussi noire qu'une prison. C'était la mort qui l'attirait, tu comprends ? Quand je l'ai aperçue là, j'ai eu tellement peur que j'ai hurlé.

— Et elle ?

— Elle est restée muette, elle n'a pas bougé d'un cheveu. Je l'ai injuriée. Je l'ai traitée de sale conne… Je l'ai traitée de curé… J'ai même réussi à lui dire que j'étais de sang-froid mais je tremblais de tous mes membres. Je bégayais et je perdais ma salive… Je lui ai encore dit que c'était déjà beaucoup de mourir, mais voir à ce moment-là quelqu'un d'aussi abject qu'elle, c'était trop… que j'aurais voulu que mon bassin soit plein, que je lui aurais jeté ma merde à la figure…

— Mais qu'est-ce qu'elle a dit ?

— Elle a dit doucement à ma belle-mère qu'il valait mieux qu'elle s'en aille… »

Je n'arrêtais plus de rire et de plus en plus je voyais double et je n'arrêtais pas non plus de perdre la tête. Michel s'esclaffa :

« Elle est partie ?

— Elle est partie. J'ai mouillé mes draps de sueur. J'ai cru que j'allais passer… J'ai encore perdu connaissance mais, à la fin de la journée, je suis revenu à moi et à ce moment-là, la fièvre est tombée et j'étais sauvé… Il a fallu que je lui fasse peur, tu comprends ? Sans ça, j'étais mort… »

Michel, qui était prostré, se releva à moitié sur sa chaise : il souffrait, mais en même temps, il avait l'air de quelqu'un qui vient d'assouvir sa vengeance ; il délirait :

« Lazare prétend aimer les petits oiseaux : elle ment. Elle ment, entends-tu ? Elle a une odeur de cercueil. Je le sais, moi : un jour, je l'ai prise dans mes bras… »

Michel se leva. Il était devenu pâle. Il restait là. Enfin, comme il n'en pouvait plus, il me dit doucement avec une expression d'idiot :

« Je crois qu'il vaut mieux que j'aille aux cabinets. »

Je me levai moi aussi étant arrivé à la limite du vertige. Michel s'éloigna pour aller vomir. Tous les cris de la Criolla, une orgie solaire, la crasse, les crachats criaient, éclataient de rire : j'étais debout, complètement perdu au milieu de la cohue. Je ne comprenais plus rien : je pensais qu'on n'aurait pas pu m'entendre, même si j'avais crié à tue-tête… Je n'avais rien à dire : je n'avais pas fini de perdre la tête. Je riais. J'aurais voulu trouver des gens à qui cracher à la figure…

LE BLEU DU CIEL

I

J'avais pensé qu'après cela, rien ne pourrait plus me faire peur mais j'ai eu peur dès le lendemain. En me réveillant, j'ai été pris de panique à l'idée de me trouver en face de Lazare. Je me suis levé et habillé rapidement pour aller télégraphier à Xénie de venir me retrouver à Barcelone. Je trouvais brusquement que cela n'avait aucun sens de ma part d'avoir quitté Paris avant même d'avoir couché une seule fois avec elle. Je l'avais supportée tant bien que mal, chaque jour, pendant tout le temps que j'étais malade et pourtant une femme qu'on n'aime qu'à moitié est beaucoup plus supportable quand on fait l'amour avec elle. J'en avais assez de coucher avec des filles qui ne jouissent pas. Il existait beaucoup d'endroits à Barcelone, plus ou moins équivoques, où il était possible de s'exciter même avec une femme qui ne plaît pas complètement.

J'avais peur de Lazare d'une façon honteuse… comme si j'avais des comptes à lui rendre… Je ne me serais plus inquiété à ce moment-là du sentiment absurde que j'avais éprouvé à la Criolla. J'avais tellement peur d'elle à l'idée de la revoir que je n'avais même plus de haine pour elle. Je me dépêchais de me laver et de m'habiller pour télégraphier. Je pensais que j'avais été trop heureux pendant près d'un mois. Je m'étais échappé d'un cauchemar, maintenant le cauchemar me poursuivait…

J'expliquai à Xénie dans mon télégramme que je n'avais pas eu d'adresse fixe jusque-là, que je souhaitais qu'elle vienne à Barcelone dès que cela lui serait possible.

Je retrouvai Michel dans un café. Il avait l'air tout à fait préoccupé. Je l'ai emmené déjeuner dans un petit restaurant du Parallelo, mais il mangea à peine et il but encore moins. Je lui dis que je ne lisais aucun journal, ni espagnol, ni français. Il me dit avec une ironie désagréable qu'on attendait la grève générale pour le lendemain et que je ferais mieux de rentrer à Calella. Je tenais au contraire à rester à Barcelone pour assister aux troubles, s'il y en avait. Je lui dis que je ne voulais pas m'en mêler mais je disposais d'une voiture qu'un de mes amis qui se trouvait alors à Calella m'avait prêté pour une semaine. S'il avait besoin d'une voiture, je pouvais le conduire. Il me regarda alors en éclatant de rire d'une façon franchement hostile, étant sûr d'appartenir à un autre bord que moi : il était sans argent, prêt à faire n'importe quelle besogne dans une révolution. Je pensai : c'est très simple, dans une émeute il sera aussi lunaire qu'ailleurs et il se fera idiotement tuer. Toute l'histoire me déplaisait : dans un certains sens, la révolution aussi faisait partie du cauchemar auquel j'avais cru échapper… Je me rappelais la nuit précédente avec un sentiment de gêne… Lui aussi, sans doute. D'ailleurs, je suppose que c'est ce qui le préoccupait le plus à ce moment-là. Il trouva un ton indéfinissable, à la fois provocant[a] et inquiet, pour me dire que précisément, Lazare était arrivée la veille…

Devant Michel et surtout devant ses sourires désagréables — et bien que la nouvelle qu'il m'annonçait m'ait déconcerté par sa brusquerie — je demeurai en apparence indifférent. Je racontai tranquillement que rien ne pouvait faire que je sois un ouvrier du pays et non un Français venu en Catalogne pour dépenser de l'argent. Je lui dis aussi qu'une voiture pouvait être utile dans certains cas et même dans des circonstances risquées (je me demandai aussitôt si je n'allais pas regretter ensuite cette proposition : je ne pouvais pas éviter de voir que je me jetais ainsi dans les pattes de Lazare — qui avait oublié ses désaccords avec Michel pour la circonstance — et il n'y avait peut-être rien qui puisse davantage me faire peur).

Je quittai Michel excédé de lui. D'ailleurs, je ne pouvais pas me nier à moi-même que j'avais n'importe comment une mauvaise conscience à l'égard des ouvriers. Je trouvai cela insignifiant, insoutenable, mais j'étais d'autant plus déprimé que ma mauvaise conscience à l'égard de Lazare était du même ordre. N'importe comment, je voyais bien, dans un moment comme celui-là, qu'au fond, je ne trouvais pas ma vie justifiable. J'avais honte, je ne savais même pas de quoi… Je me décidai à passer la fin de la journée et la nuit à Calella. Je n'avais plus aucune envie, ce soir-là, de traîner dans les mauvais quartiers et je me sentais incapable de rester à l'hôtel.

Après avoir parcouru une vingtaine de kilomètres dans la

direction de Calella (à peu près la moitié du chemin), je changeai d'avis pensant que je pouvais trouver à mon hôtel une réponse télégraphique de Xénie.

Je revins à Barcelone, très mal impressionné à l'idée que, si les désordres commençaient, Xénie ne pourrait plus me rejoindre. Il n'y avait pas encore de réponse à l'hôtel : j'envoyai un nouveau télégramme demandant à Xénie de partir le soir même sauf impossible. Je ne doutais plus que, si Michel utilisait ma voiture, je n'aie toutes les chances de me trouver devant Lazare une fois ou l'autre et je me demandais avec honte si je n'étais pas allé au devant d'un résultat aussi absurde. Je détestais la curiosité qui me poussait à participer de loin à une guerre civile. Je finissais par trouver que j'étais définitivement quelque chose d'invraisemblable et d'injustifiable en fait d'être humain et surtout quelque chose d'inutilement agité. Il n'était encore que 5 heures : le soleil était brûlant. Au milieu de la rue, j'avais envie de crier comme si j'étais en flammes sans que personne s'en rende compte… Je me sentais aussi idiot, aussi incapable qu'un enfant au berceau. Je revins à l'hôtel : il n'y avait pas encore de réponse à mes télégrammes. J'aurais voulu me mêler à la foule et parler mais à la veille de l'insurrection, c'était à peu près impossible. J'aurais voulu savoir s'il y avait de l'agitation dans les quartiers ouvriers. Je me rendais compte que l'aspect de la ville n'était pas normal mais je n'arrivais pas à m'y intéresser. Je n'arrivais pas à prendre les choses au sérieux. Ne sachant plus quoi faire, je changeai d'avis deux ou trois fois. Finalement, je décidai de rentrer à l'hôtel m'étendre sur mon lit : il y avait quelque chose de trop tendu (excité) et en même temps de déprimé dans toute la ville. Je passai par la place de Catalogne. J'allais trop vite : un homme, probablement ivre, se trouva tout d'un coup devant ma voiture. Je donnai un violent coup de frein et je réussis à l'éviter mais je m'étais ébranlé les nerfs. Je suais à grosses gouttes. Un peu plus loin, sur la Rambla, au milieu des passants, je crus reconnaître Lazare en compagnie de M. Melou vêtu d'une jaquette grise et coiffé d'un canotier. Je redevenais malade (j'ai su plus tard que M. Melou n'était pas venu à Barcelone).

Je grimpai vite l'escalier de l'hôtel et je me jetai sur mon lit : j'entendais le bruit que faisait mon cœur dans ma poitrine et je sentais le battement des veines, pénible, à chaque tempe. Je suis resté ainsi longtemps. Je me suis passé de l'eau sur la figure. J'avais très soif. J'essayai de téléphoner à l'hôtel où était descendu Michel. Il n'était pas là. Je demandai alors Paris. Il n'y avait personne dans l'appartement de Xénie. Je regardai un indicateur et je calculai qu'elle pouvait déjà être à la gare. J'essayai d'avoir mon appartement qu'en l'absence de ma femme, ma belle-mère continuait d'habiter provisoirement, mais je pensais que ma femme pouvait être rentrée. Ma belle-mère me répondit, me disant qu'Édith était encore en Angleterre avec les deux enfants. Elle me demanda si j'avais reçu un pneumatique qu'elle avait mis sous enveloppe quelques jours auparavant et qu'elle m'avait transmis par avion. Je me rappelai avoir oublié dans ma poche une lettre d'elle que je n'avais pas ouverte, ayant reconnu son écriture. Je répondis que oui et je raccrochai énervé d'avoir entendu une voix qui m'était hostile.

La lettre chiffonnée dans ma poche était vieille de plusieurs jours. Après l'avoir ouverte je reconnus sur le pneumatique l'écriture de Dirty. Je doutais encore et je déchirai fébrilement la bande extérieure. Il faisait affreusement chaud dans la chambre : c'était comme si je ne devais jamais arriver à déchirer jusqu'au bout et je sentais la sueur ruisseler sur ma joue. Je vis cette phrase : « Il faudrait que je me traîne à tes pieds » (la lettre commençait ainsi très bizarrement). Elle me demandait pardon d'avoir manqué du courage de se tuer. Elle était venue à Paris pour me revoir. Elle attendait que je téléphone à son hôtel. J'étais dans un tel état que je me demandai un instant, ayant décroché de nouveau le téléphone, si je trouverais les mots. Je réussis à demander l'hôtel indiqué à Paris. L'attente était quelque chose de tuant. Je regardai le pneumatique : daté du 28 septembre alors que l'on était le 4 octobre. Je commençai à pleurer de désespoir et à ne plus savoir où j'étais. Après un quart d'heure, on me répondit que mademoiselle Dorothea F... était sortie : je réussis à donner toutes les indications nécessaires pour qu'elle puisse m'appeler dès qu'elle rentrerait. Je raccrochai : c'était plus que ma tête ne pouvait en supporter. J'avais l'obsession du vide comme dans un cauchemar où il ne se passe plus rien... Il était 9 heures. Xénie était vraisemblablement dans un train qui se rapprochait de moi : je me représentais la vitesse du train brillant de lumière dans la nuit se rapprochant avec un bruit effrayant... Je crus voir passer une souris ou peut-être un cafard, quelque chose de noir, sur le plancher de la chambre, presque entre mes jambes. C'était probablement une illusion due à la fatigue, parce que j'étais dans un état analogue au vertige. J'étais paralysé, ne pouvant plus quitter l'hôtel dans l'attente d'un coup de téléphone : je ne pouvais plus éviter quoi que ce soit ni avoir la moindre initiative. Je descendis dîner dans la salle à manger de l'hôtel. J'allais voir chaque fois que je croyais entendre le téléphone, craignant qu'on me cherche dans ma chambre. Je me fis donner un indicateur et j'envoyai chercher des journaux. Je voulais voir les heures des trains qui vont de Barcelone à Paris. J'avais peur qu'une grève des transports m'empêche d'aller à Paris. Je commençai à lire les journaux de Barcelone, je ne comprenais rien à ce que je lisais. J'avais oublié que je pouvais aller jusqu'à la frontière avec la voiture.

On m'appela à la fin du dîner : j'étais tout à fait calme mais je suppose que si des gens avaient tiré des coups de revolver à côté de moi j'aurais eu du mal à m'en rendre compte. C'était Michel qui me demandait de venir le rejoindre. Je lui dis que c'était impossible pour l'instant à cause du coup de téléphone que j'attendais mais que, dans le cas où il ne pourrait pas passer à mon hôtel, j'irais le rejoindre au cours de la nuit. Michel me donna l'adresse où je pourrais le retrouver, disant qu'il tenait absolument à me voir. Il parlait comme quelqu'un qu'on a chargé de donner des ordres et qui a peur d'oublier quelque chose. Il raccrocha. Je donnai une pièce au téléphoniste et je retournai dans ma chambre m'étendre sur mon lit. Il faisait toujours aussi chaud dans cette chambre. J'avalai un verre d'eau pris au lavabo : l'eau était tiède. Je retirai mon veston et ma chemise. Je vis mon torse nu dans la glace. Je m'étendis encore une fois sur mon lit. On frappa pour me porter un télégramme de Xénie : comme je l'avais imaginé, elle arriverait le lendemain par le rapide de midi. Je me lavai les dents. Je me frottai la poitrine, les bras et le dos avec une serviette mouillée. Je n'osais pas aller aux cabinets de peur de manquer le coup de téléphone. Je cherchai à tromper le temps en comptant jusqu'à cinq cents. Je n'allai pas jusqu'au bout. Je pensais que rien ne valait la peine de se mettre dans un état aussi absurde — un non-sens criant — beaucoup plus horrifiant que tout ce que j'avais connu. À 10 heures et demie le téléphone sonna : j'étais en communication avec l'hôtel où Dirty était descendue. Je demandai à lui parler personnellement. Je ne pouvais pas comprendre qu'elle me laisse parler par quelqu'un d'autre. La communication était mauvaise mais je réussissais à rester calme et à parler clairement. Comme si j'étais le seul être resté calme dans un cauchemar[a]. Elle n'avait pas pu téléphoner elle-même parce qu'au moment où elle était rentrée, elle s'était décidée immédiatement à partir pour Barcelone. Elle avait eu tout juste le temps de prendre le dernier train pour Marseille : elle irait de Marseille en avion jusqu'à Barcelone où elle arriverait dans l'après-midi du lendemain à 2 heures. N'ayant pas eu le temps matériel d'avoir la communication, elle n'avait pas pu me prévenir elle-même. Je n'avais pas pensé un seul instant pouvoir retrouver Dirty dès le lendemain, je n'avais pas pensé qu'elle pouvait prendre l'avion à Marseille. Je n'étais absolument pas heureux mais : presque hébété, assis sur le lit. Je cherchai à me rappeler comment était Dirty : je m'aperçus

que je n'en avais plus la moindre idée. J'imaginai qu'elle ressemblait à Lotte Lenia, mais je ne me rappelais pas non plus
comment était Lotte Lenia. Je me rappelais seulement comment
Lotte Lenia était habillée dans *Mahagonny* : elle portait un tailleur
d'allure masculine avec une jupe très très courte, un canotier
large et des bas noirs roulés au-dessus du genou. Elle était
grande et mince et il me semblait aussi qu'elle était rousse. En
tous cas, de loin, elle était excitante… J'étais assis sur le lit vêtu
seulement d'un pantalon blanc, les pieds et le torse nu. Je cherchai à me rappeler la chanson de bordel de *L'Opéra de quat'sous*.
Je ne pouvais plus retrouver les paroles en allemand mais seulement en français. J'avais d'ailleurs le souvenir vague de Lotte
Lenia chantant cette chanson, très vague mais déchirant… Je
me levai pieds nus et je commençai à chanter très bas, mais réellement d'une façon déchirée :

> *Le navire de haut bord*
> *Cent canons au babord*
> *BOM-BAR-DE-RA le port…*

Je pensai : il va y avoir la Révolution à Barcelone… J'avais
beau avoir trop chaud, j'étais transi…

J'allai jusqu'à la fenêtre ouverte. Il y avait du monde dans la
rue. On sentait bien que la journée avait été brûlante de soleil.
Il y avait plus de fraîcheur dehors que dans la chambre. Il fallait
que je sorte. Je passai une chemise et un veston et je me chaussai
aussi vite que possible pour descendre dans la rue.

2

J'entrai dans un bar très éclairé où j'avalai rapidement une
tasse de café fort : il était si chaud que je me brûlai la langue.
J'avais évidemment tort de boire du café. J'allai prendre ma voiture pour me rendre là où Michel m'avait demandé de venir le
retrouver. Une fois arrivé, je fis marcher mon clackson : Michel
devait venir lui-même m'ouvrir la porte d'entrée de l'immeuble.

Michel me faisait attendre à n'en plus finir. Je commençai à
espérer qu'il ne viendrait pas. Dès le moment où ma voiture
s'était arrêtée devant le numéro indiqué, j'avais eu la certitude
que je me trouverais devant Lazare. Je pensai : Michel a beau
me mépriser, il est certain que je ferai comme lui, que j'oublierai mes sentiments à l'égard de Lazare dans un cas où les circonstances le demandent. Il aurait eu d'autant plus raison de
penser ainsi que j'étais obsédé par Lazare ; j'avais stupidement

envie de la revoir : j'éprouvais un besoin insurmontable de liquider et d'achever ma vie à ce moment-là.

Malheureusement, il se trouvait que les choses se présentaient aussi mal que possible. Je serais réduit à m'asseoir dans un coin sans avoir un mot à dire : dans une chambre où il y aurait sans doute beaucoup de monde et pour ainsi dire dans la situation d'un accusé qui devait comparaître mais qu'on oublie par pitié. Je n'aurais certainement pas l'occasion de me conduire avec Lazare d'une façon qui exprime mes sentiments et ainsi elle penserait que je regrette tout, que je suis prêt à mettre mes insultes sur le compte de la maladie. Je pensai encore tout à coup : Lazare trouverait sûrement le monde plus supportable s'il m'arrivait malheur ; malgré elle, elle doit sentir dans mon cas quelque chose qui exige une réparation... Elle sera portée à me placer dans une mauvaise histoire ; même si elle s'en rend compte, elle pourra encore se dire qu'il vaut mieux exposer une vie aussi décevante que la mienne, plutôt que celle d'un ouvrier. Je me représentai tué avant que Dirty n'arrive et comme j'étais assis au volant de la voiture, je mis le pied sur le démarreur... Mais je n'ai pas osé appuyer et, au contraire, j'ai même fait marcher aussitôt le klaxon à plusieurs reprises, me contentant d'espérer que Michel ne viendrait pas. Au point où j'en étais, je ne pouvais qu'aller jusqu'au bout de chaque chose qui m'arrivait. Je me représentais malgré moi avec une sorte d'admiration la tranquillité et l'audace incontestable de Lazare. Je ne prenais plus l'histoire au sérieux. Cela n'avait aucun sens : elle s'entourait de gens comme Michel, incapables de tirer un coup de revolver en visant. Elle avait l'esprit de décision et la fermeté tranquille d'un homme à la tête d'un mouvement. Je riais, pensant : moi, tout le contraire... Je me rappelais tout ce que j'avais pu lire sur les terroristes. Depuis plusieurs mois, mon existence m'avait éloigné autant qu'il était possible de préoccupations analogues à celles des terroristes... Le pire serait évidemment d'aboutir au moment où je n'agirais plus suivant les passions qui existaient dans ma tête, mais suivant celles qui existaient dans la tête de Lazare. Assis immobile devant le volant de la voiture et attendant Michel, je devais être là comme une bête prise au piège. L'idée que j'appartenais à Lazare était vraiment étonnante... Je me rappelais : j'avais été au moins aussi sale que Lazare quand j'étais enfant. C'était un souvenir très désagréable. En particulier, je me représentais quelque chose de déprimant. J'avais été pensionnaire dans un misérable collège de province : je passais la plupart des heures d'études à m'ennuyer et à rester presque immobile la bouche à demi ouverte. Un soir, sous la lumière du gaz, j'avais relevé mon pupitre devant moi pour que

personne ne me voie et ayant pris mon porte-plume dans le
poing droit fermé comme si c'était un couteau, je m'étais donné
de grands coups de plume sur le dos de la main et l'avant-bras.
Pour voir... Pour voir et aussi parce qu'il fallait m'endurcir
contre la douleur. Je m'étais fait un grand nombre de petites
blessures sales, moins rouges que noirâtres (à cause de l'encre).
Ces blessures avaient la forme d'un croissant, qui reproduisait
en coupe la plume métallique...

Je descendis de la voiture et ainsi j'aperçus au-dessus de ma
tête le ciel étoilé. Vingt années ayant passé, l'enfant qui se frappait à coups de porte-plume était maintenant là, debout sous
le ciel, à attendre, dans une rue où il n'était jamais venu, il ne
savait quoi d'odieux... Il y avait des étoiles, un nombre infini
d'étoiles... c'était d'une absurdité à crier... et d'une absurdité
hostile... J'avais hâte que le soleil se lève. Je pensais que je serais
certainement dans la rue au moment où les étoiles disparaîtraient. En général, j'avais peur de l'aube plus que du ciel
étoilé... Il faudrait encore attendre jusqu'à 2 heures de l'aprèss-
midi... Je me rappelais avoir vu passer à 2 heures de l'aprèss-
midi, sous un beau soleil, à Paris, sur le pont du Carrousel, une
camionnette de boucherie : les cous sans tête des moutons écorchés dépassaient des toiles et les blouses rayées bleu et blanc des
bouchers étaient éclatantes de propreté : la camionnette passait
lentement en plein soleil. Quand j'étais enfant, j'aimais aussi
le soleil : je fermais les yeux et à travers les paupières il était
tout rouge. Le soleil avait quelque chose de terrible, comme
des explosions : il n'y avait rien de plus solaire que du sang
rouge coulant sur le pavé, comme si la lumière éclatait et tuait...
En pleine nuit, j'avais pu me rendre ivre de lumière et ainsi, de
nouveau, Lazare n'était plus qu'un oiseau de mauvais augure,
sale et négligeable. Mes yeux ne se perdaient plus dans les étoiles
qui luisaient au-dessus de moi réellement, mais dans le bleu
du ciel de midi. Je fermais les yeux pour me perdre dans ce
bleu brillant : de gros insectes noirs en surgissaient comme des
trombes en bourdonnant. De la même façon que surgirait, le
lendemain, à l'heure du jour éclatant, tout d'abord comme un
point imperceptible, l'avion qui porterait Dorothea... J'ouvris
les yeux et je revis encore les étoiles [ak] sur ma tête mais j'étais
devenu fou de soleil et j'avais envie de rire : le lendemain,
l'avion, si petit au loin qu'il ne pourrait atténuer en rien l'éclat
du bleu du ciel, apparaîtrait sans aucun doute à mes yeux ainsi
qu'un insecte bruyant et comme il serait chargé, à l'intérieur de
la cage vitrée, des angoisses [al] de Dorothea, il serait dans les airs
pour ma pauvre tête d'homme minuscule, debout sur le sol
— au moment où quelque chose se déchirerait plus loin encore

que d'habitude — une adorable, une impossible « mouche des cabinets[am] »… J'avais ri et ce n'était plus seulement l'enfant triste aux coups de porte-plume sur le bras qui allait et venait, cette nuit-là, le long des murs : j'avais ri aussi de la même façon quand j'étais tout petit et que j'avais l'insolence heureuse, étant certain alors que, moi, je devrais un jour tout renverser… de toute nécessité…

3

Je ne comprenais plus comment j'avais pu avoir peur de Lazare. Si au bout de dix minutes d'attente, Michel n'était pas venu, je n'avais qu'à m'en aller. J'étais persuadé qu'il ne viendrait pas : j'attendais par acquit de conscience. Cependant, alors que je n'étais pas loin de m'en aller, on ouvrit la porte de l'immeuble et Michel vint vers moi, à vrai dire avec la mine de quelqu'un qui arrive de l'autre monde, une mine d'égosillé… Je lui dis que j'étais sur le point de m'en aller. Il m'expliqua que « là-haut » la discussion était si désordonnée et si bruyante qu'on ne s'entendait plus…

Je lui demandai :

« Lazare est là ?

— Naturellement. C'est elle qui est encore la cause de tout… C'est inutile que tu montes. Je n'en peux plus… J'irai prendre un verre avec toi.

— Parlons d'autre chose ?…

— Non. Je crois que je ne pourrais pas. Je vais t'expliquer…

— C'est ça. Explique-toi » (je n'avais que vaguement envie de savoir : à ce moment-là, je trouvais Michel risible et, à plus forte raison, ce qui pouvait se passer « là-haut »).

« Il s'agit de faire un coup de mains avec une cinquantaine de types, des vrais "pistoleros", tu sais… C'est sérieux. Lazare veut attaquer la prison.

— Quand ça ? Si ça n'est pas demain, j'y vais. Je peux amener des armes. Je peux aussi amener quatre hommes dans la voiture. »

Michel cria :

« C'est ridicule.

— Ah ! »

J'éclatai de rire.

« Il ne faut pas attaquer la prison. C'est absurde. »

Michel avait dit cela à tue-tête. Nous étions arrivés dans une rue passante. Je ne pus pas m'empêcher de lui dire :

« Ne crie pas si fort… »

Il eut l'air absolument décontenancé. Il s'arrêta pour regarder autour de lui et il eut une expression d'angoisse. Michel n'était qu'un enfant, un hurluberlu.

Je lui dis en riant :

« C'est sans importance : tu parlais français… »

Rassuré aussi vite qu'il avait pris peur, il se mit à son tour à rire. Mais à partir de là, il cessa de crier et perdit même le ton méprisant qu'il avait pris pour parler avec moi. Nous étions arrivés devant un café où nous avons trouvé une table dans un endroit écarté.

Il s'expliqua :

« Tu vas comprendre pourquoi il ne faut pas attaquer la prison. Ça n'a aucun intérêt. Si Lazare veut un coup de main à la prison, ce n'est pas parce que c'est utile, mais à cause de ses idées. Lazare a horreur de tout ce qui est guerre, mais comme elle est folle, elle est quand même pour l'action directe et elle veut tenter un coup de main. Moi, j'ai proposé d'attaquer un dépôt d'armes et elle ne veut pas en entendre parler parce que, suivant elle, c'est retomber dans la vieille confusion de la révolution et de la guerre ! Et tu ne connais pas les gens d'ici. Les gens d'ici sont merveilleux mais complètement marteau : ils l'écoutent !…

— Tu ne m'as pas dit pourquoi il ne faut pas attaquer la prison. »

Au fond, j'étais bouleversé[an] à l'idée de la prison assaillie et je trouvais aussi bouleversant[ao] que les ouvriers écoutent Lazare. Le dégoût que m'inspirait Lazare était tombé d'un seul coup. Je pensai : elle est affreuse mais elle est la seule qui comprenne : les ouvriers espagnols aussi comprennent la Révolution…

Michel continuait son explication, parlant comme pour lui seul :

« Il est évident que la prison ne sert à rien… Ce qu'il faut d'abord, c'est trouver des armes. Il faut armer les ouvriers. Si un mouvement séparatiste ne met pas les armes dans les mains des ouvriers, il n'a plus aucun sens… La preuve, c'est que les dirigeants catalanistes sont fichus de rater leur coup simplement parce qu'ils tremblent à l'idée de mettre des armes dans les mains des ouvriers… C'est ça qui est clair. Il faut commencer par attaquer un dépôt d'armes. »

Il me vint une autre idée, qu'ils déraillaient tous… Je recommençais à penser à Dirty : pour mon compte, j'étais épuisé de fatigue et de nouveau angoissé.

Je demandai vaguement à Michel :

« Mais quel dépôt d'armes ? »

Il n'eut pas l'air d'entendre.

J'insistai : sur ce point, il n'avait aucune idée et il reconnut que c'était embarrassant, mais il n'était pas du pays.

« Lazare est-elle plus avancée ?

— Oui. Elle a un plan de la prison…

— Veux-tu que nous parlions d'autre chose ? »

Michel me dit d'abord qu'il ne tarderait pas à me quitter.

Il resta un moment tranquille sans dire un mot. Ensuite il reprit :

« Je crois que ça va mal tourner. La grève générale commence demain matin, mais chacun ira de son côté et tout le monde se fera bousiller par les gardes civils. Je finirai par croire que c'est Lazare qui a raison.

— Comment ça ?

— Oui. Les ouvriers ne se mettront jamais ensemble et ils se feront battre.

— Est-ce que le coup de main sur la prison est possible ?

— Est-ce que je sais, moi ? Je ne suis pas militaire… »

J'étais excédé. Il était 1 heure du matin. Je proposai un rendez-vous à Michel dans un bar de la Rambla. Il n'avait qu'à venir quand les choses seraient plus claires. Il me dit qu'il y serait vers 5 heures. J'avais envie de lui dire qu'il avait tort de s'opposer au projet contre la prison mais j'en avais assez. J'ai accompagné Michel jusqu'à la porte où je l'avais attendu et où j'avais laissé la voiture. Nous n'avions plus rien à nous dire. J'étais seulement content de ne pas avoir été amené à rencontrer Lazare.

4

J'allai aussitôt jusqu'à la Rambla et j'abandonnai la voiture pour entrer dans le barrio chino. Je ne cherchais pas des filles mais le barrio chino était le seul endroit où je puisse tuer le temps pendant 4 heures de la nuit. Je pensais qu'à cette heure-là, je pourrais entendre des chants andalous : je trouvais que j'étais vraiment en état d'entendre chanter ainsi, étant exaspéré. J'entrai dans un cabaret misérable : au moment où j'entrais, une femme presque difforme, blonde, avec une face de bouledogue, s'exhibait sur une petite estrade, à peu près nue : le mouchoir de couleur qu'elle portait autour des reins ne dissimulait pas le sexe très noir. Elle chantait et dansait du ventre… J'étais à peine assis qu'une fille non moins hideuse vint à ma table pour boire un verre avec moi. Il y avait beaucoup de monde, à peu près les mêmes gens qu'à la Criolla, mais plus hideux. Je fis semblant de ne pas savoir parler espagnol. Une seule fille était jolie et jeune.

Elle me fixa avec une curiosité qui ressemblait à une passion subite. Elle était entourée de monstres à têtes et à poitrines de matrone dans des châles crasseux. Un garçon presqu'un enfant en maillot de marin, les cheveux ondulés et les joues fardées, s'approcha de la fille qui me fixait. Il avait un aspect farouche : il fit un geste obscène, il éclata de rire et alla s'asseoir plus loin. Une très vieille femme voûtée, la tête coiffée d'un mouchoir paysan entra avec un panier. Un chanteur vint s'asseoir sur l'estrade avec un guitariste et après quelques mesures de guitare, il commença à chanter… de la façon la plus éteinte. J'aurais eu peur, à ce moment-là, qu'il chante, comme les autres, avec des cris déchirants… La salle était assez grande : à une extrémité, il y avait encore un certain nombre de filles assises en rang qui attendaient les clients pour danser ; elles danseraient avec les clients lorsque les tours de chants seraient finis. Ces filles étaient à peu près jeunes[*ap*], mais laides, habillées de robes misérables et visiblement trop peu nourries : les unes somnolaient, d'autres souriaient comme des sottes, d'autres s'amusaient tout à coup à donner quelques petits coups de talons précipités sur le plancher et à pousser un petit cri. L'une d'entre elles, qui portait une robe de toile bleu pâle, à moitié passée, avait un visage si maigre et si blême sous des cheveux filasse qu'il était impossible de ne pas voir qu'elle mourrait avant quelques mois. J'avais besoin de ne plus m'occuper de moi-même, au moins pour l'instant, mais de regarder les autres et de penser que chacun d'entre eux, dans sa propre tête, était en vie. Je restais là sans parler peut-être une heure, à regarder successivement tout ce qu'il y avait de mes semblables dans la salle. J'allai ensuite dans une autre boîte, tout au contraire pleine d'animation : un très jeune ouvrier en bleus tournoyait follement avec une fille en robe de soirée. La robe de soirée laissait voir les bretelles sales de la chemise mais la fille n'était pas hideuse et d'autres couples tournoyaient aussi : je ne me décidai pas à rester parce que j'étais hors d'état de supporter une excitation quelconque.

Je retournai sur la Rambla, j'achetai des journaux illustrés et des cigarettes : il n'était encore que 3 heures. Assis à une table de café, je tournais les pages des journaux sans rien voir[*aq*]. Je cherchais à ne penser à rien. Je n'arrivais qu'à une chose : les idées qui se succédaient dans ma tête étaient de plus en plus une poussière vide de sens. Je ne cessais pas de me demander comment était Dirty et, ce qui me revenait vaguement à la mémoire, c'était quelque chose d'impossible, d'affreux et surtout d'étranger à moi. L'instant d'après je pensais puérilement que j'irais manger avec elle dans un restaurant du port, que je lui ferais manger toutes sortes de choses fortes que j'aimais et

qu'ensuite nous irions à l'hôtel : elle dormirait et moi je resterais
assis à côté du lit … mais je me sentais si épuisé que je me
demandais si je ne dormirais pas aussi, soit dans un fauteuil, soit
à côté d'elle sur le lit : ainsi une fois qu'elle serait arrivée, nous
tomberions de sommeil tous les deux et ce serait évidemment
un sommeil mauvais. Il y aurait aussi la grève générale : une
grande chambre avec une bougie et rien à faire, les rues plus ou
moins désertes ou des bagarres. Michel allait venir : d'une façon
ou de l'autre je me débarrasserais de lui. Je ne voulais plus
entendre parler de rien, comme quelqu'un qui a envie de dormir
à un tel point que tout ce qu'on peut lui dire de plus urgent
passe à côté de ses oreilles et il s'endort tout habillé n'importe
où. Je m'endormis sur ma chaise à plusieurs reprises. Je n'arrivais pas à savoir ce que je ferais quand Xénie arriverait. Michel
arriva un peu après 5 heures me disant que Lazare l'attendait
dehors sur la Rambla : il ne pouvait pas s'asseoir avec moi. Il me
dit qu'ils n'avaient abouti à rien : il avait l'air aussi vague que
moi, aucune envie de parler, endormi et abattu.

Je lui dis aussitôt :

« Je sors avec toi. »

Dehors, le jour commençait à se lever : le ciel était devenu
pâle, il n'y avait plus d'étoiles. Il y avait encore des gens qui
allaient et venaient mais la Rambla avait quelque chose d'irréel :
d'un bout à l'autre des platanes, il n'y avait qu'un seul chant
d'oiseau étourdissant : je n'avais jamais rien écouté d'aussi inattendu. J'aperçus Lazare qui marchait sous les arbres nous tournant le dos.

« Tu ne veux pas lui dire bonjour ? » me demanda Michel.

À ce moment-là, elle se retourna et revint vers nous, toujours
dans ses vêtements noirs. Je me demandai un instant si elle
n'était pas l'être le plus humain que j'aie jamais connu, mais
c'était aussi quelque chose comme un rat qui s'approchait… Je
pensais qu'il ne fallait pas fuir et ce n'était pas difficile parce que
j'étais comme absent. Je dis simplement à Michel :

« Vous pouvez vous en aller tous les deux. »

Michel n'avait pas l'air de comprendre. Je lui serrai la main
ajoutant, comme je savais dans quel hôtel ils habitaient :

« Vous n'avez qu'à prendre la troisième rue à droite. Téléphone-moi demain soir si tu as le temps. »

C'était comme si Lazare et Michel en même temps avaient
perdu toute ombre d'existence et moi-même je ne me sentais
plus une véritable réalité. Lazare me regarda aussi naturellement
que possible. Je la regardais aussi et je fis un signe de la main à
Michel.

Ils s'en allèrent.

Je rentrai de mon côté à mon hôtel. Il était à peu près 5 heures et demie. Je ne fermai pas les volets et je m'endormis bientôt mais mal. Je ne cessai pas d'avoir la sensation qu'il faisait jour, mais au bout d'un certain temps, je rêvai que j'étais en Russie : je visitais en touriste l'une ou l'autre des deux capitales, mais plus probablement Léningrad. Je me promenais à l'intérieur d'une immense construction en fer et en vitres qui ressemblait à la vieille Galerie des Machines. Il faisait encore à peine jour et les vitres poussiéreuses laissaient à peine passer une lumière sale. L'espace vide était plus vaste et plus impressionnant que dans une cathédrale, mais le sol*ar* était en terre battue. J'étais déprimé et absolument seul. J'accédai par un bas-côté à une série de petites salles où étaient conservés les souvenirs de la Révolution ; ces salles ne constituaient pas un musée, mais les épisodes décisifs de la Révolution y avaient eu lieu. Elles avaient primitivement été consacrées à la vie noble et empreinte de solennité de la cour du tzar. Pendant la guerre, des membres de la famille impériale avaient confié à un peintre français le soin de représenter une « biographie » de la France sur les murs : celui-ci avait retracé dans le style austère et ennuyeux de Lebrun des scènes historiques vécues par le roi Louis XIV ; au sommet d'un des murs, une France drapée s'élevait portant une grosse torchère. Cette France paraissait issue d'un nuage ou d'un débris, elle-même déjà presqu'effacée, parce que le travail du peintre vaguement esquissé par endroits, avait été interrompu par l'émeute et ainsi les murs ressemblaient aux momies pompéiennes saisies par la lave en pleine vie et cependant plus mortes qu'aucune autre. Seuls le piétinement et les cris des émeutiers étaient suspendus dans cette salle, où la respiration était pénible, proche, tellement la soudaineté terrifiante de la Révolution y était perceptible, d'un spasme ou d'un hoquet.

La salle voisine était encore plus oppressante. Les murs ne conservaient plus aucune trace de l'ancien régime. Le plancher était sale, le plâtre nu, mais le passage de la Révolution y était marqué de la manière la plus saisissante par de nombreuses inscriptions au charbon rédigées par les matelots ou les ouvriers qui, mangeant et dormant dans cette chambre, avaient tenu à relater dans leur langage grossier, l'événement tragique qui avait renversé l'ordre du monde et s'y était passé devant leurs yeux épuisés. Je n'avais jamais rien vu de plus aveuglant, rien de plus humain non plus. Je restais là, regardant les écritures grossières et maladroites : les larmes me venaient aux yeux. La passion révolutionnaire me montait lentement à la tête, elle s'exprimait tantôt par le mot « fulguration », tantôt par le mot « terreur ». Le nom de Lénine revenait souvent, dans ces inscriptions tracées en noir, et cependant toutes semblables à des traces de sang : ce nom était étrangement altéré sous une forme féminine : *Lenova*.

Je quittai cette petite salle. Je me retrouvai peu après dans la grande nef vitrée, sachant cette fois qu'elle allait exploser d'un instant à l'autre : les autorités soviétiques avaient décidé de la jeter bas. Je ne trouvais aucune porte et j'étais inquiet pour ma vie, étant resté absolument seul. Après un moment d'angoisse, je découvris une ouverture accessible, une sorte de fenêtre pratiquée au milieu du vitrage. Je me hissai et je réussis à grand peine à me glisser au-dehors.

J'étais dans un paysage désolé d'usines, de ponts de chemin de fer et de terrains vagues. J'attendais l'explosion qui allait soulever d'un seul coup, d'un bout à l'autre, l'immense édifice délabré dont je sortais. Je m'éloignai, allant dans la direction d'un pont. À ce moment-là, un flic me pourchassa en même temps qu'une bande d'enfants déguenillés : ce flic était apparemment chargé d'éloigner le public du lieu de l'explosion. Je criai en courant aux enfants la direction dans laquelle il fallait courir. Nous sommes arrivés ensemble sous un pont. À ce moment-là, je dis en russe aux enfants : « *Zdies, mojno…* » : « Ici, on peut rester ». Les enfants ne répondaient pas : ils étaient fortement excités. Alors que nous regardions l'édifice, il devint visible qu'il explosait (on n'entendit cependant aucun bruit : l'explosion dégageait une fumée sombre qui ne se déroulait pas en volutes mais s'élevait vers les nuages, tout droit comme des cheveux coupés en brosse ; pas la moindre lueur, tout était irrémédiablement sombre et poussiéreux… un tumulte suffocant, sans gloire, sans grandeur, qui se perdait en vain à la tombée d'une nuit d'hier qui n'était même pas glacée ou neigeuse).

Je me réveillai[a].

Je restai allongé, abruti, comme si ce rêve m'avait vidé. Je regardais vaguement le plafond et une partie du ciel brillant que j'apercevais par la fenêtre. J'éprouvais une sensation de fuite, comme si j'avais passé la nuit en chemin de fer.

Tout ce qui arrivait me revenait à la mémoire. Je me jetai hors du lit. Je m'habillai sans me laver et je descendis dans la rue. Il était plus de 8 heures.

La journée commençait[a] comme un enchantement dans la fraîcheur du matin, en plein soleil, mais j'avais mauvaise bouche et je n'en pouvais plus. Je n'avais aucun souci de réponse mais je pouvais me demander pourquoi un flot de soleil, d'air, d'existence humaine m'avait jeté là, étranger à tout et bien flétri… Je pensais aux bulles de savon qui se forment à l'issue du trou que le boucher fait au couteau dans la gorge du cochon. J'avais un souci immédiat : avaler ce qui mettrait un terme à un état physique écœurant, ensuite me raser, me laver et me peigner, ensuite descendre dans la rue, boire du vin frais, marcher dans des rues ensoleillées. J'avalai un verre de café au lait. Je n'avais pas le courage de rentrer me laver et je me contentai de me faire raser chez un coiffeur. Je fis encore une fois semblant de ne pas connaître l'espagnol, m'exprimant par signes. En sortant de chez le coiffeur, j'avais repris goût à l'existence. Je rentrai me laver les dents aussi vite que possible. Je voulais aller jusqu'à Badalona pour me baigner. J'allai chercher la voiture et je ne m'étendis pas sur le sable : j'entrai tout de suite en courant dans la mer. Je m'arrêtai de nager pour regarder le ciel bleu. Je le regardai dans la direction du nord-est : du côté où l'avion de Dorothea devait apparaître quelques heures plus tard. J'étais debout submergé jusqu'à l'estomac. Je voyais mes jambes jaunâtres dans l'eau, les pieds plantés dans le sable, le tronc, les bras et la tête hors de l'eau. J'avais la curiosité ironique de me voir, de voir ce que j'étais, moi, à peu près nu, à la surface de la terre (ou de la mer), attendant que, au bout de quelques heures, un avion apparaisse dans le fond du ciel. Je recommençai à nager. Le ciel était aussi pur que grand. J'aurais voulu rire dans l'eau. Je me laissai aller à pisser doucement dans la mer, ce qui me donna une joie d'enfant au maillot, comme si l'eau dans laquelle je pissais était maternelle. Ensuite je me suis étendu au soleil.

5

Étendu sur le ventre, au milieu de la plage, je me demandai ce que j'allai faire avec Xénie qui allait arriver à midi. Je pensai : il va falloir que je me rhabille bientôt et que j'aille l'attendre. Depuis la veille je n'avais pas cessé d'être agité à l'idée de Xénie qui arrivait, mais j'avais remis chaque fois la solution à plus tard. Je commençais à croire que je ne pourrais pas me décider avant d'être avec elle. Je ne voulais plus la traiter brutalement. Je n'avais pas de regret de m'être conduit comme une brute avec elle — il n'y avait certainement pas l'ombre d'un regret dans ma tête — mais je ne pouvais plus supporter l'idée de continuer. Depuis un mois, j'étais sorti d'un cauchemar. J'aurais pu penser que, depuis la veille, le cauchemar avait recommencé mais il me semblait malgré tout que non, que c'était autre chose et même que j'allais vivre. Maintenant je souriais à l'idée des cadavres, de Lazare… et de tout ce qui m'avait déprimé. Je me retournai, me mettant sur le dos et fermant les yeux sous le soleil : un instant, j'ai eu la sensation du corps de Dirty qui se confondait avec la

lumière et surtout avec la chaleur : aussitôt je me suis senti raide
comme un bâton. J'avais envie de chanter bien que tout m'apparaisse encore aussi faible qu'un vagissement, comme si mon
existence ayant cessé d'être malheureuse était devenue seulement une toute petite chose dans les langes.

La seule chose à faire avec Xénie était d'aller la chercher à la
gare et de la conduire à l'hôtel… mais je ne pouvais absolument
pas manger avec elle. Je ne trouvais rien à lui dire. Je pensai à
téléphoner à Michel pour lui demander de déjeuner avec elle. Je
me rappelais qu'ils se rencontraient à Paris. Si absurde que cela
soit, c'était la seule solution possible. Je me rhabillai et je téléphonai de Badalona. Je trouvai Michel. Je doutais qu'il accepte
mais il accepta. Il me dit qu'il était découragé (il parlait en effet
la voix vide comme un homme affaissé). Je lui demandai s'il
m'en voulait de l'avoir traité brusquement. Il ne m'en voulait
pas. Il était si fatigué au moment où je l'avais quitté qu'il s'était
à peine aperçu de ce qui s'était passé. Lazare ne lui avait parlé
de rien et lui avait même demandé de mes nouvelles. Je trouvais
ce que disait Michel absurde. Je pensais qu'il était inconséquent :
un militant sérieux n'aurait pas dû venir déjeuner ce jour-là
dans un hôtel bourgeois avec une femme riche ! Je commençai à imaginer ce qui s'était réellement passé à la fin de la nuit :
que Lazare et Michel en même temps avaient été liquidés
par leurs propres amis, à moitié en tant qu'étrangers, à moitié
en tant qu'intellectuels trop compliqués. J'ai appris plus tard
qu'étant donné leur affection et leur respect pour Lazare, ils
avaient trouvé opportun d'écouter l'un d'entre eux qui proposait de l'écarter en cette circonstance comme étrangère ignorant
les conditions précises de la lutte dans leur ville. Le principe
avait impliqué d'écarter en même temps Michel (les anarchistes
catalans qui formaient ce petit groupe restèrent ainsi entre eux
mais sans résultat : ils renoncèrent à toute espèce d'entreprise
commune et se bornèrent le lendemain à faire isolément le coup
de feu sur les toits). Pour l'instant, je ne demandais qu'une
chose : que Michel déjeune avec Xénie. j'espérais aussi qu'ils
s'arrangeraient ensuite pour passer la nuit ensemble mais il était
suffisant d'abord que Michel vienne dans le hall de l'hôtel avant
1 heure, comme il l'avait accepté au téléphone.

Je me rappelai après coup que Xénie, chaque fois qu'elle en
avait l'occasion, affichait des opinions communistes. Je pourrais
lui expliquer que je l'avais fait venir parce qu'il devait y avoir des
troubles à Barcelone : elle était assez absurde pour être excitée
à l'idée que je l'avais fait venir pour assister aux troubles. Elle
pourrait parler avec Michel. J'étais content de cette solution et
je n'y pensais plus.

Le temps passa vite. Je rentrai à Barcelone : la ville avait déjà un aspect inaccoutumé, les terrasses des cafés rentrées, les rideaux de fer des magasins à demi tirés. J'entendis un coup de feu : un gréviste avait tiré dans les vitres d'un tramway. Il y avait une animation bizarre, désordonnée et parfois menaçante. La circulation des voitures était presque nulle. Il y avait des forces armées un peu partout. Je me rendis compte qu'on pouvait lancer des pierres dans la voiture. Je trouvais désagréable de ne pas être du même bord que les grévistes, mais je n'étais pas porté à m'en occuper. L'aspect de la ville tout à coup en mal d'insurrection avait quelque chose d'angoissant*ᵃᵘ*

Je renonçai à rentrer à l'hôtel et et je me rendis directement à la gare. On ne prévoyait encore aucun changement dans le service. Je trouvai un garage la porte entrouverte et j'y laissai la voiture. Il était seulement 11 heures. J'avais encore plus d'une heure à tuer avant l'arrivée du train. Je trouvai un peu plus loin un café ouvert et je demandai une carafe de vin blanc, mais je ne trouvai à peu près aucun plaisir à boire. Je pensais*ᵃᵛ* au rêve de révolution que j'avais fait cette nuit-là : j'étais plus intelligent ou plus humain quand j'étais endormi. J'essayai de lire un journal catalan, mais je comprenais mal le catalan. L'atmosphère du café était agréable et décevante. De rares clients : deux ou trois hommes qui lisaient aussi les journaux. Malgré tout, j'avais été frappé par le mauvais aspect des rues du centre au moment où j'avais entendu un coup de feu. Je m'apercevais qu'à Barcelone, j'étais forcément en dehors des choses, alors que j'étais au milieu à Paris… À Paris, je pouvais parler avec tous ceux qui étaient autour de moi au cours d'une émeute.

Le train avait du retard. J'étais réduit à aller et venir dans la gare : la gare ressemblait à la « Galerie des machines » dans laquelle je m'étais trouvé en rêve. L'arrivée de Xénie m'agaçait à peine mais je n'aurais pas voulu que le train soit en retard parce que Michel risquait de s'impatienter à l'hôtel. Dans deux heures, Dirty à son tour serait là, je lui parlerais, elle me parlerait, je la prendrais dans mes bras : mais rien d'intelligible. Le train de Port-Bou entra en gare et quelques instants après je me trouvai en face de Xénie, avant même qu'elle m'aperçoive. Je la regardais occupée par ses valises. Elle était assez petite. Elle avait simplement jeté sur ses épaules un manteau et quand elle voulut prendre à la main une petite valise et son sac, le manteau tomba. Dans le mouvement qu'elle dut faire pour ramasser son manteau, elle m'aperçut debout sur le quai et riant d'elle. Elle devint toute rouge et éclata de rire aussi. Je pris la petite valise et le manteau qu'elle me passa par la fenêtre du wagon. Elle avait beau rire : elle était devant moi comme une intruse,

quelque chose de tout à fait étranger à moi et je commençai à
avoir peur que la même chose arrive avec Dirty, que Dirty aussi
me paraisse maintenant loin de moi, une étrangère. Xénie[aw] me
regarda en souriant avec inquiétude — elle avait l'air d'éprouver
un malaise : elle se blottit dans les bras. Je l'embrassai sur les
cheveux et sur le front pensant que si je n'avais pas attendu
Dirty j'aurais été heureux à ce moment-là[ax].

Je n'avais pas le courage de lui expliquer que les choses iraient
entre nous autrement qu'elle me pensait. Elle vit que j'avais l'air
préoccupé. Elle était touchante : elle ne disait rien, elle me regardait simplement avec les yeux de quelqu'un qui ne sait plus rien.
Je lui demandai si elle avait entendu parler des événements à
Barcelone. Elle avait lu quelque chose dans les journaux français mais elle n'avait qu'une idée très vague.

Je lui dis doucement :

« Ils ont commencé la grève générale, ce matin, et il est probable que, demain, il se passera quelque chose… Tu arrives
juste pour les troubles. »

Elle me demanda :

« Tu n'es pas fâché ? »

Je la regardais, je crois, avec un air idiot. Elle parlait comme
un oiseau, elle demanda encore :

« Est-ce qu'il va y avoir une révolution communiste ?

— Nous allons déjeuner avec Michel T… Tu pourras parler
de communisme avec lui, si tu veux.

— Je voudrais tellement qu'il y ait une vraie révolution…
Ah… nous allons déjeuner avec Michel T… ? Je suis fatiguée,
tu sais.

— Il faut déjeuner d'abord… Tu dormiras après. Pour
l'instant, reste ici : les taxis sont en grève. Je vais revenir avec
une voiture. »

Je la plantai là.

C'était vraiment une histoire compliquée — et accablante…
J'avais une grande aversion pour le rôle que j'étais obligé de
jouer avec Xénie. J'étais obligé d'agir de nouveau avec elle
comme lorsque j'étais dans mes draps de malade. Je m'apercevais que j'avais fui ma propre vie en passant en Espagne, mais
que j'avais fui inutilement. Ce que je fuyais m'avait poursuivi
et rattrapé et recommençait à exiger de moi que je me conduise
comme un égaré, alors que je ne voulais plus. Quand Dirty
serait là, les choses pouvaient devenir affreuses… Je marchais
assez vite au soleil dans la direction du garage. Il faisait chaud.
Je m'épongeais le visage et j'étais si décomposé que j'enviais les
gens qui ont un Dieu auquel ils peuvent se rattraper tandis que
moi… je n'avais bientôt plus « que les yeux pour pleurer ».

Quelqu'un me dévisageait. J'avais presque la tête basse. Je relevai la tête : je me trouvais en face d'un va-nu-pieds d'une trentaine d'années, un mouchoir sur la tête noué sur le menton et des larges lunettes jaunes de motocycliste sur la figure. Il me dévisagea longuement avec ses grands yeux. Il avait une expression insolente et, au soleil, un aspect solaire. Je pensai : « C'est peut-être Michel déguisé », mais c'était absurde à en rire. Il était absolument invraisemblable que ce soit un homme qui me connaisse. Je le dépassai mais je n'ai pas pu m'empêcher de me retourner. Il me dévisageait encore. Je m'efforçai de me représenter sa vie comme quelque chose d'indéniable. Je pouvais moi aussi devenir plus tard un va-nu-pieds. En tous cas, lui, l'était et rien d'autre : c'était le sort qu'il avait attrapé. Celui que j'avais attrapé, moi, était beaucoup plus gai. Je repassai par le même chemin avec la voiture et lui était encore là. Il me dévisagea encore sous ses lunettes et j'ai été obligé de passer lentement parce que je ne pouvais pas m'empêcher de le regarder. J'aurais voulu avoir l'aspect affreux et solaire comme lui au lieu de ressembler à un enfant dont on se moque, qui ne sait pas s'il va pleurer ou rire. Je savais que j'aurais pu être heureux avec Xénie…

Elle se tenait debout à l'entrée de la gare, ses valises à ses pieds et elle ne me voyait pas venir : le ciel était d'un bleu éclatant mais tout était dans le même état que s'il y avait eu une menace d'orage et entre ses valises, la tête basse et défaite, Xénie ressemblait à tous ceux auxquels le sol commence à manquer sous les pieds (ils ne disent rien, ils sont trop déconcertés). Je pouvais penser que le sol me manquerait aussi sous les pieds dans la journée. Étant arrivé devant Xénie, je la regardai un instant en face sans sourire, aussi simplement que possible. Elle eut un sursaut quand elle m'aperçut et à ce moment-là son visage exprima malgré elle toute sa détresse. Elle se reprit en avançant vers la voiture. Je descendis pour prendre les valises : il y avait aussi un paquet de journaux, des illustrés, et *L'Humanité*. Xénie était venue en première classe à Barcelone, lisant *L'Humanité* !

Après cela, tout se passa vite : nous sommes arrivés à l'hôtel à peu près sans avoir parlé. Xénie regardait les rues de la ville qu'elle voyait pour la première fois. Elle me dit gentiment qu'au premier abord Barcelone lui semblait une ville charmante. Je lui montrai des groupes de grévistes et des gardes d'assaut massés devant un édifice. Elle me dit aussitôt : « C'est terrifiant. » Michel était déjà dans le hall de l'hôtel. Il s'empressa auprès de Xénie avec sa gaucherie habituelle. Il était visible qu'il avait beaucoup d'intérêt pour Xénie : il s'était animé d'un seul coup en l'apercevant. Xénie entendit à peine ce qu'il disait et monta dans la chambre que je lui avais fait préparer.

J'expliquai à Michel :

« Je suis obligé de m'en aller. Peux-tu dire à Xénie que je suis obligé de quitter Barcelone en voiture jusqu'à ce soir, sans préciser l'heure. »

Michel me raconta que j'avais mauvaise mine, que j'étais très pâle. Il avait l'air effaré de ce qui arrivait. Je lui laissai un mot pour Xénie où je disais que j'étais affolé moi-même par ce qui arrivait, que j'avais eu tous les torts avec elle, que maintenant j'avais voulu me conduire autrement et que c'était devenu impossible depuis la veille : je ne pouvais absolument pas prévoir ce qui était arrivé.

Je dis à Michel que je n'avais aucune raison personnelle de me soucier tellement de Xénie, mais je savais qu'elle était démoralisée pour l'instant et que, seulement pour cela, j'étais ennuyé de la laisser seule.

Je sautai dans l'escalier, malade à l'idée qu'on avait pu saboter la voiture mais personne n'y avait touché et j'arrivai au champ d'aviation un quart d'heure après. J'étais une heure en avance.

6

Tout le temps que je passai à attendre Dirty, j'étais dans l'état d'un chien qui tire sur sa laisse. Je ne voyais plus rien. J'éprouvais des impressions absurdes : j'étais enfermé dans le temps, dans la seconde, dans la pulsation du sang, à certains moments souffrant de la même façon qu'un homme qu'on vient de ligoter pour le tuer et qui cherche à casser la corde. Je n'attendais rien d'heureux, seulement quelque chose que j'étais devenu hors d'état de comprendre, d'une part parce que l'existence de Dorothea était quelque chose de trop violent et d'autre part parce que j'étais complètement abruti et incapable de me représenter d'elle quoi que ce soit de vivant. Quelques instants avant l'arrivée de l'avion, je commençai à devenir calme : tout espoir était écarté. Je ne pouvais pas m'empêcher de trouver que j'attendais finalement Dorothea de la même façon qu'on se résigne à la mort quand on a compris que c'est fini et cependant ce qui allait arriver d'un instant à l'autre était la seule chose au monde à laquelle je tienne. J'étais devenu calme mais l'avion qui volait bas arriva à peu près sans que je m'en rende compte. Je me précipitai : je ne vis pas Dorothea aussitôt. Elle descendit derrière un gros vieillard espagnol. Je n'étais pas sûr que ce soit elle. Je m'approchai au-dessous : elle avait le visage maigre d'une grande

malade, le teint livide. Elle était presque sans force, je l'aidai
à descendre. Elle ne me regardait pas, elle se laissait soutenir
par moi sans bouger, la tête basse. Elle me dit seulement :
« Attends. » Je lui dis : « Je vais te porter dans mes bras. » Elle ne
répondit pas, elle se laissa faire. Je l'emportai dans mes bras.
J'avais l'impression qu'elle était dans un état squelettique. Elle
était livide et souffrait visiblement. Elle était inerte dans mes
bras et aussi indifférente que si elle avait été portée par un
homme de peine. Je l'installai dans la voiture. C'est seulement
une fois assise qu'elle me regarda : elle me regarda avec un sourire ironique, presqu'hostile. Elle n'avait plus rien de commun
avec la jeune fille que j'avais rencontrée cinq mois auparavant,
buvant comme si elle ne devait être jamais assez ivre. Ses vêtements étaient jaunes, de couleur de soufre, de la même couleur
que ses cheveux (elle n'avait pas de chapeau). J'avais été obsédé
pendant longtemps par l'idée d'un squelette solaire, les os couleur de soufre : Dorothea était maintenant un déchet, quelque
chose que la vie abandonnait.

Elle me dit doucement :
« Dépêche-toi. Il faudrait que je me couche vite dans un lit. »
Elle n'en pouvait plus.

Je lui demandai pourquoi elle ne m'avait pas attendu à Paris.
Elle eut l'air de ne pas avoir entendu, mais elle finit par dire :
« Je ne voulais plus attendre. »

Elle regardait devant elle sans rien voir.

Devant l'hôtel, je l'aidai à descendre, mais elle voulut marcher jusqu'à l'ascenseur. Je la soutenais et ainsi nous avancions
très lentement. Dans la chambre, je l'aidai à se déshabiller. Elle
disait juste, à demi-voix, ce qui était nécessaire pour que je ne
lui fasse pas mal et pour que je lui donne le linge qu'elle voulait.
En la déshabillant, à mesure qu'elle apparaissait nue (son corps
avait à peine maigri, il était seulement moins pur que lorsqu'elle
était bien portante), je n'arrivais plus à retenir un sourire malheureux, moi aussi, à l'idée qu'il valait mieux qu'elle soit malade.

Elle s'abandonnait.

Elle dit très simplement sans me regarder, pourtant avec une
sorte d'apaisement :
« Je ne souffre pas, seulement je n'ai plus aucune force… »

Je ne lui avais même pas embrassé la main et elle m'avait à
peine regardé, mais ce qui arrivait ainsi dans la chambre nous
rapprochait bien plus étroitement qu'une étreinte.

Quand elle se coucha, allongée sur le lit, la tête reposant bien
au milieu de l'oreiller, ses traits se détendirent et elle apparut
bientôt aussi belle qu'autrefois. Elle me regarda un instant, puis
elle cessa de nouveau de me regarder : elle avait pris une de mes

mains dans la sienne et de temps à autre elle la serrait plus fortement.

Les volets de la chambre étaient fermés mais deux ou trois
des rayons de soleil passaient quand même au travers. Il faisait
chaud. Une femme de chambre entra portant un seau de glace.
Dorothea me demanda de mettre la glace dans un poche de
caoutchouc et de lui placer la poche sur le ventre. Elle me dit :
« C'est là que je suis malade. Tu vois : il faut que je reste allongée
sur le dos avec de la glace là. » Je m'allongeai auprès du lit et je
l'embrassai sur la bouche : elle avait la bouche fraîche.

Elle me dit encore :

« J'étais sorti hier quand tu as téléphoné. Je ne suis pas très
malade, tu vois. »

Elle souriait.

« J'ai été obligée de voyager en troisième jusqu'à Marseille.
Autrement, je n'aurais pas pu partir avant ce soir.

— Pourquoi ? Tu n'avais pas assez d'argent sur toi ?

— Il fallait en garder assez pour l'avion…

— C'est le voyage en chemin de fer qui t'a rendue malade ?

— Non. Il y a un mois que je suis malade, les secousses
m'ont seulement fait du mal : j'ai eu très très mal… toute la nuit.
Mais… je vais te dire tout bas… »

Elle me prit la tête dans ses deux mains et elle l'approcha
d'elle. Elle baissa la tête pour me dire :

« J'étais heureuse de souffrir. »

Je me suis relevé et je me suis écarté pour sangloter. J'ai
essuyé mes larmes pour revenir vers elle : elle pleurait elle aussi
en me regardant, la tête renversée sur l'oreiller. À ce moment-
là, nous avons pleuré ensemble sans retenue…

Elle me dit :

« Il ne faut plus pleurer. Tu sais bien que si je n'étais pas
tombée malade, je n'aurais jamais eu assez de courage… Mais
maintenant que je suis malade… nous pouvons être heureux… »

Elle ne put pas s'empêcher d'ajouter :

« … pendant quelques jours… »

Quand on frappa pour apporter le déjeuner, nous étions
encore en larmes, moi debout à côté d'elle et elle immobile
sur le lit, les bras le long du corps, la tête les yeux ouverts sur le
plafond.

J'ouvris et j'aidai la femme de chambre à disposer la table et
à mettre le couvert — pour qu'elle s'en aille plus vite.

7

Le médecin que j'avais demandé se fit annoncer une heure plus tard. Nous nous étions endormis, moi assis sur ma chaise. La chambre, étrange, obscure, où je me réveillais avait l'air d'une chambre abandonnée. Dorothea se réveilla elle aussi et eut un sursaut quand elle m'aperçut, alors que je me redressais sur la chaise : je cherchais encore à savoir où j'étais. Je me demandais ce qui était arrivé, si c'était la nuit ou le jour. Je décrochai le téléphone qui sonnait et je répondis machinalement de faire monter le médecin. J'attendais la fin de l'examen : j'avais mal au ventre et je me sentais très bas, encore mal réveillé.

Dorothea souffrait d'une maladie de femme : son état était grave mais il était possible d'envisager la guérison après deux ou trois semaines[a]. Le voyage avait tout aggravé : elle n'aurait absolument pas dû voyager. Le médecin dit qu'il reviendrait et, avec son accent espagnol, il prit le ton de l'adjuration pour ordonner le repos complet au lit. Je l'accompagnai jusqu'à la porte et je lui demandai ce qui se passait au-dehors : il me dit que depuis deux ou trois heures la grève était complète, que rien ne marchait plus mais que les gens étaient calmes.

C'était un homme insignifiant, presque un insecte. Je ne sais pourquoi je lui dis en souriant stupidement : « Le calme avant l'orage… » Il me serra la main et s'en alla doucement sans répondre, comme si j'étais un homme mal élevé.

Dorothea qui avait déjeuné et dormi était complètement détendue : elle se peigna et mit du rouge sur ses lèvres.

Elle me dit :

« Je suis bien ici… Qu'est-ce que tu disais au médecin ?

— Tu sais : il y a la grève générale et peut-être il va y avoir la guerre civile.

— Pourquoi la guerre civile ?

— Entre les Catalans et les Espagnols.

— La guerre civile… »

L'idée de la guerre civile la déconcertait. Je lui dis encore :

« Il faut faire ce que le médecin a dit… »

J'avais tort d'en parler aussi vite : c'était comme si une ombre avait passé dans la chambre ; le visage de Dorothea se contracta. Elle me demanda — je voyais qu'elle avait peur :

« Est-ce que je ne peux pas me reposer encore ? Je voudrais rester encore un peu comme ça à côté de toi… Tu vois, c'est la première fois… aujourd'hui…

— Quoi donc ?

— Tu sais bien que c'est la première fois que je suis contente à côté de toi… »

Je la regardai sans répondre. Je ne pouvais plus parler.

Elle dit encore :

« Je ne veux pas guérir. »

LE JOUR DES MORTS

I

Dorothea était arrivée à Barcelone le 5 octobre. Le 6 vers 10 heures du soir, j'étais assis près de son lit : elle me parlait de ce qui lui était arrivé après m'avoir quitté à Vienne. Elle me raconta qu'elle était entrée dans une église où il n'y avait personne et qu'elle s'était d'abord agenouillée sur les dalles derrière une colonne, ensuite étendue les bras en croix à plat ventre. Elle me dit que ça n'avait aucun sens pour elle. Elle n'avait pas prié. Elle ne comprenait pas pourquoi elle avait fait ça mais après un certain temps passé ainsi, il y avait eu plusieurs coups de tonnerre. Elle s'était relevée, était sortie de l'église et était partie en courant sous une pluie d'averse. Elle avait dû entrer sous un porche. Elle était sans chapeau toute mouillée et sous le porche, il y avait seulement un grand garçon à côté de sa bicyclette, un garçon en casquette, très jeune. Il avait cherché à rire avec elle et comme elle ne pouvait absolument pas rire elle s'était approchée de lui et l'avait embrassé. Elle l'avait touché aussi et s'était fait toucher par lui.

Elle me dit :

« Il était comme un petit frère, il sentait le mouillé et moi aussi. »

À ce moment-là, écoutant parler Dorothea, j'avais oublié que j'étais à Barcelone.

J'entendis *[ba]* une sonnerie de clairon assez proche. Dorothea s'était arrêtée pour écouter. Elle dit encore quelques mots et, cette fois-là, elle s'arrêta court. Il y avait eu une salve de coups de feu. Il y eut un instant de répit, ensuite le bruit de la fusillade reprit avec violence, comme une brusque cataracte, pas très loin. Dorothea s'était dressée sur son lit, elle n'avait pas peur mais c'était nettement tragique. J'étais allé à la fenêtre. Il y avait des gens armés de fusils qui criaient et couraient sous les arbres de la rambla, à peine éclairée cette nuit-là. On ne tirait pas sur la rambla elle-même mais dans les rues avoisinantes : une branche cassée par une balle tomba par terre.

Je dis à Dorothea :

« Ça va bien ! Ça fait autant de bruit que la guerre…

— Qu'est-ce que c'est ?

— Je ne sais pas. Je suppose que c'est l'armée régulière qui attaque les autres » (les autres c'étaient les Catalans de la Généralité de Barcelone). « On tire dans la Calle Fernando… C'est tout près. »

La fusillade était si violente qu'elle ébranlait l'air.

Dorothe arriva à la fenêtre. Je me retournai furieux et je lui dis en criant :

« Tu es folle. Recouche-toi tout de suite ! »

Elle portait un pyjama d'homme. Tout échevelée et pieds nus ; elle avait une tête de sauvage.

Elle m'écarta et regarda par la fenêtre. Je lui montrai la branche cassée par terre.

Elle revint vers le lit et enleva la veste de son pyjama. Le torse nu, elle se mit à chercher quelque chose autour d'elle : elle avait l'air tragique[bb].

Je lui demandai :

« Qu'est-ce que tu cherches ? Couche-toi vite.

— Je veux m'habiller. Je veux aller voir avec toi.

— Est-ce que tu as perdu la tête ?

— Écoute-moi, Henri, c'est plus fort que moi. Je veux aller voir. »

À ce moment-là, on frappa à la porte en ébranlant le bois avec le poing. Dorothea remit la veste du pyjama et s'assit sur le lit.

C'était Xénie (je lui avais tout avoué la veille, la laissant s'expliquer avec Michel). Elle était blême. Je regardai Dorothea et je vis que Dorothea aussi était pâle mais pas de la même façon. Je me rendais compte que moi-même, je devais avoir pâli.

Je dis brutalement à Xénie :

« Il faut retourner dans ta chambre. Il n'y a rien d'autre à faire. »

Dorothea m'interrompit sans la regarder :

« Non. Vous pouvez rester ici si vous voulez. »

Xénie était restée à la porte. On continuait à tirer. Dorothea me prit par la manche. Elle m'entraîna à l'autre extrémité de la chambre et elle me dit à l'oreille :

« J'ai une idée affreuse. Tu comprends ?

— Mais quelle idée ? Je ne comprends plus. Pourquoi as-tu invité cette fille à rester ? »

Dorothea recula devant moi : elle avait l'air sournois et en même temps il était évident qu'elle n'en pouvait plus. Le bruit des coups de fusil défonçait la tête. Elle me dit encore, la tête basse, la voix mauvaise :

« Tu sais bien que je suis une bête. »

L'autre pouvait l'entendre.

Je me précipitai vers Xénie et je la suppliai :

« Va-t'en tout de suite. »

Xénie me supplia elle aussi. Je répliquai :

« Est-ce que tu comprends ce qui va se passer si tu restes ? »

Dorothea riait cyniquement en la regardant. Elle enleva la veste de son pyjama. Je poussai Xénie vers le couloir : elle était affolée dès l'abord, et, j'en suis sûr, sexuellement hors d'elle. Elle résistait en criant comme un démon. Il y avait une telle violence dans l'air que je poussai de toutes mes forces : Xénie tomba de tout son poids dans le couloir. Je fermai la porte au verrou. J'avais complètement perdu la tête. J'étais devenu une bête moi aussi et en même temps j'avais tremblé à l'idée que Dorothea pouvait profiter de ce que j'étais occupé avec Xénie pour se tuer en sautant par la fenêtre.

2

Dorothea était épuisée et elle se laissa porter sur le lit sans rien dire. Je la couchai : elle se laissait faire ; devenue aussi inerte qu'une chose, les seins nus. Je retournai à la fenêtre pour fermer les volets. Terrifié, j'aperçus Xénie sortant de l'hôtel et traversant la rambla en courant. Il n'y avait rien à faire : je ne pouvais pas quitter Dorothea. Je vis que Xénie ne se dirigeait pas vers le lieu de la fusillade mais vers la rue où se trouvait l'hôtel de Michel. Elle disparut.

Toute la nuit fut sinistre. Il n'était pas question de dormir. Peu à peu, le combat augmentait d'intensité. Les mitrailleuses, ensuite les canons ont commencé à donner. Entendu de la jolie chambre d'hôtel où Dorothea et moi étions enfermés, cela pouvait avoir quelque chose de grandiose, mais c'était par-dessus tout d'une idiotie oppressante. Je passai une partie du temps à marcher dans cette chambre de long en large. Nous n'avions pas pu avoir deux journées entières de détente.

Au milieu de la nuit, pendant une accalmie, je me suis assis sur le bord du lit et j'ai dit à Dorothea :

« Ce que je ne comprends pas, c'est que tu sois entrée dans une église. »

Il y avait longtemps que nous ne parlions plus. Elle tressaillit mais elle ne répondit pas.

Je lui demandai pourquoi elle ne répondait pas.

Elle me dit qu'elle rêvait à moitié.

« À quoi rêvais-tu ?

— Je ne sais plus. »

Un peu après, elle me dit :

« J'étais sûre qu'il n'y a pas de Dieu[bc].

— Alors pourquoi es-tu entrée ? »

Elle se retourna sur le lit et me tourna le dos.

Elle me dit encore :

« Auprès de toi aussi je suis seule. Tu devrais t'en aller. Il vaudrait mieux que je reste seule maintenant.

— Je peux sortir, si tu veux.

— Tu veux aller te faire tuer…

— Pourquoi ? Les fusils ne tuent pas tout. Tu vois qu'on n'arrête pas de tirer… »

Elle suivait sa propre pensée.

« Ça serait moins faux. »

Elle se retourna vers moi seulement à ce moment-là. Elle me regarda avec ironie :

« Si seulement tu pouvais être un petit frère pour moi… »

Je ne détournai pas les yeux.

3

Le lendemain après-midi, le combat de rues, bien que diminué d'intensité, reprenait sévèrement de temps à autre. Pendant une accalmie, Xénie téléphona du bureau en criant dans l'appareil. À ce moment-là, Dorothea dormait. Je descendis dans le hall de l'hôtel. Lazare était là cherchant à maintenir Xénie. Xénie, toute échevelée, sale, l'aspect d'une démente. Lazare aussi ferme, aussi macabre que d'habitude.

Xénie échappa à Lazare et se précipita sur moi comme si elle avait voulu me sauter à la gorge.

Elle criait :

« Qu'est-ce que tu as fait ? »

Elle avait une large plaie au front qui saignait sous une croûte.

Je la pris par les poignets et je la forçai violemment de s'asseoir dans un fauteuil pour qu'elle ne crie plus. Elle tremblait. Elle resta d'abord sans parler.

Sans lâcher Xénie, je demandai à Lazare ce qui était arrivé. Elle me dit :

« Michel vient de se faire tuer et Xénie est persuadée que c'est de sa faute. »

Je devais faire un effort pour maintenir Xénie : en entendant Lazare parler, elle s'était débattue et elle cherchait sauvagement à me mordre les mains.

Lazare m'aida à la maintenir : elle lui maintint la tête. Je tremblais moi aussi.

Au bout d'un certain temps, Xénie resta tranquille, presque affalée devant nous.

Elle dit d'une voix rauque :

« Pourquoi as-tu fait ça avec moi ?... Tu m'as jetée par terre comme une bête... »

Je lui avais pris la main et je la serrais très fort.

Lazare alla demander une serviette mouillée.

Xénie continua à parler :

« ... avec Michel... j'ai été horrible... comme toi avec moi... c'est ta faute... il m'aimait, lui... il n'y avait que lui au monde qui m'aimait... j'ai fait avec lui... ce que tu as fait avec moi... il a perdu la tête... il est allé se faire tuer... et maintenant... Michel est mort... c'est horrible... »

Lazare lui mit la serviette sur le front.

Nous l'avons soutenue chacun d'un côté pour la conduire à sa chambre. Elle se traînait. Je pleurais. Je vis que Lazare commençait à pleurer aussi. Les larmes commençaient à s'écouler sur ses joues : elle n'était pas moins maîtresse d'elle-même, pas moins macabre et c'était monstrueux de voir ses larmes couler. Nous avons étendu Xénie sur son lit.

Je dis à Lazare :

« Dirty est ici. Je ne peux pas la laisser seule. »

Lazare me regarda et, à ce moment-là, je vis qu'elle n'avait plus le courage de s'opposer à ce qui arrivait.

Elle me dit simplement :

« Je resterai avec Xénie. »

Je serrai la main de Lazare. Je gardai même un moment sa main dans la mienne mais je pensais déjà que c'était Michel et pas moi qui était mort. Je serrai ensuite Xénie dans mes bras : je voulais l'embrasser, mais je sentais que j'étais hypocrite et je me relevai. Quand elle vit que je m'en allai, elle commença à sangloter sans bouger. Je passai dans le couloir. Je pleurais aussi par contagion.

4

Je restai en Espagne avec Dorothea jusqu'à la fin du mois d'octobre. Xénie était rentrée à Paris avec Lazare. Dorothea allait mieux chaque jour : elle sortait au soleil dans l'après-midi avec moi (nous étions allés nous installer dans un village de pêcheurs sur la côte).

À la fin d'octobre, nous n'avions plus d'argent, ni l'un ni

l'autre. Dorothea était obligée de rentrer en Allemagne. Je devais l'accompagner jusqu'à Francfort.

Nous sommes arrivés à Trèves un dimanche matin (le premier novembre). Nous étions obligés d'attendre l'ouverture des banques, le lendemain. L'après-midi, le temps était pluvieux, mais il était impossible de s'enfermer à l'hôtel. Nous avons voulu aller dans la campagne jusqu'à une hauteur qui surplombe la vallée de la Moselle. Il faisait froid et il commençait à pleuvoir. Dorothea était vêtue d'un manteau de voyage en drap gris. Ses cheveux étaient décoiffés par le vent et mouillés de pluie. À la sortie de la ville nous avions demandé le chemin à un petit bourgeois à grande moustache en chapeau melon : avec une gentillesse déconcertante, il prit Dorothea par la main pour lui indiquer la direction. Il s'éloigna en se retournant pour nous sourire. Dorothea le regarda elle-même avec un sourire désenchanté. Faute d'avoir écouté ce que disait le petit homme, nous nous sommes trompés de chemin. Nous avons dû marcher très longtemps loin de la Moselle dans des vallées adjacentes ou sur les hauteurs. La terre et surtout les pierres des chemins creux ou les rochers nus étaient presque rouge vif : il y avait beaucoup de bois, de terres labourées et des prés. Nous avons fini par traverser un très grand bois jauni. Il commença à neiger. Nous avons rencontré un petit groupe de Hitlerjugend, des garçons de dix à quinze ans vêtus d'une culotte courte et d'un boléro de velours noir. Ils marchaient sans regarder personne en parlant d'une voix claquante. Tout était affreusement triste : il y avait un grand ciel gris qui se changeait peu à peu en neige qui tombe. Nous marchions vite. Il fallut encore traverser un plateau de terre labourée qui dominait la contrée. Les sillons fraîchement ouverts et étroits se multipliaient très loin et, au-dessus, la neige était charriée par le vent à n'en plus finir. Tout était tellement vide, tellement immense que, Dorothea et moi, pressant le pas sur une petite route, le visage cinglé par le froid, nous étions comme si nous n'existions plus.

Nous sommes arrivés à un restaurant surmonté d'une tour : à l'intérieur, il faisait chaud, mais il y avait une sale lumière de novembre et beaucoup de familles[bd] bourgeoises attablées. Dorothea, les lèvres pâles et le visage rougi par le froid, ne disait rien : elle mangeait quelque chose de bon. Elle était encore tout à fait belle ainsi et pourtant son visage se perdait et se confondait avec le ciel gris[br]. Pour redescendre, nous avons trouvé facilement le bon chemin, très court, tracé en lacets à travers les bois. Il ne neigeait plus ou presque plus. La neige n'avait laissé aucune trace. Nous marchions vite en glissant ou en trébuchant de temps à autre : la nuit tombait. Dans la pénombre, on distinguait Trèves : la ville s'étendait, de l'autre côté de la Moselle, dominée par de grands clochers carrés. Peu à peu, dans la nuit, on cessa de voir les clochers. En passant dans une clairière, nous nous sommes trouvés en face d'une maison basse mais vaste, abritée derrière de jolis jardins en tonnelles. Dorothea s'amusa à me dire qu'elle aurait voulu acheter cette maison et l'habiter avec moi. Il y avait entre nous une sorte de désenchantement hostile. Nous nous apercevions de plus en plus que nous étions peu de choses l'un pour l'autre, tout au moins dès que nous n'étions plus dans l'angoisse. Nous nous dépêchions de rejoindre une chambre d'hôtel dans une ville que nous ne connaissions pas la veille. Dans l'ombre, il arrivait que nous nous regardions les yeux dans les yeux : peut-être avec crainte. Nous étions liés l'un à l'autre ; mais sans espoir. À un tournant du chemin un vide immense s'ouvrit au-dessous de nous, aussi illimité à nos pieds, aussi pur qu'un ciel étoilé : une multitude de lumières minuscules agitées par le vent formaient dans la nuit une sorte de fête silencieuse, inintelligible. Ce n'étaient pas des fenêtres, mais des bougies allumées par centaines sur le sol : on ne pouvait pas distinguer le sol, mais, ce jour-là, il était évident que le sol qui supportait ces lumières ne pouvait être que des tombes. Je tenais Dorothea par la main pendant que nous regardions ce trou de lumières funèbres — un trou sans fond à travers lequel il était possible de voir — comme si nous voulions immobiles au-dessus du ciel étoilé. Dorothea se rapprocha de moi et m'embrassa longuement dans la bouche. Elle m'enlaça en serrant et ce fut la première fois qu'elle le fit d'une façon provocante. Je fis quelques pas avec elle hors du chemin, dans la terre labourée, toujours au-dessus des tombes. Dorothea écarta son manteau et je dénudai son ventre. Elle me dénuda aussi. Nous sommes tombés ensemble sur le sol meuble et je m'enfonçai dans le corps ouvert de Dorothea comme une charrue bien manœuvrée s'enfonce dans la terre. La terre était ouverte sous son corps comme si c'était une tombe, son ventre nu ouvert sous le mien était ouvert comme une tombe fraîche. Nous étions, autant l'un que l'autre, frappés de stupeur audessus des lumières. Chacune des lumières correspondait à un squelette dans une tombe et elles formaient ainsi un ciel qui palpitait, aussi étrange que les lents mouvements des deux corps entremêlés au-dessus d'elle. Il faisait froid et mes mains s'étaient enfoncées dans la terre : quand je dégrafai la poitrine de Dorothea, son linge et ses seins restèrent souillés par la terre fraîche qui s'était collée à mes doigts. Ses seins et le buste, sortant des vêtements, étaient d'une blancheur surprenante. De temps à autre, nous nous abandonnions, ensemble, et nous

nous laissions aller à trembler de froid : nos corps vacillaient bizarrement[bf] comme les deux rangées de dents qui claquent l'une contre l'autre.

Le vent faisait un bruit sauvage dans les arbres. Je dis en tremblant à Dorothea :

« C'est comme si on était des squelettes… j'ai froid… je crois que je vais claquer des dents. »

Je m'étais arrêté sur elle sans bouger, mais soufflant comme un chien. Brusquement, je rabattis mes mains derrière les reins nus de Dorothea en me laissant tomber sur elle de tout mon poids. Elle poussa un cri[bg]. Je serrai les dents de toutes mes forces. À ce moment-là, nous avons commencé à glisser sur le terrain en pente.

Il y avait un peu plus bas un pan de rocher abrupt. Si je n'avais pas réussi à arrêter ce glissement d'un coup de talon, nous pouvions tomber dans[bh] la nuit et j'avais pu croire, dans ma stupeur, que nous allions tomber dans le vide du ciel.

Je cherchai à remonter mon pantalon. Je m'étais mis debout. Dorothea était restée à nu sur le sol. Elle se releva péniblement et attrapa une de mes mains. Elle embrassa une de mes jambes : la terre s'était accrochée à la peau velue : elle gratta pour l'enlever. Elle s'accrochait à moi en jouant avec des mouvements bizarres et informes. Elle me fit d'abord tomber. Je me relevai comme je pus, ensuite je l'aidai à se mettre debout à son tour. Je l'aidai à arranger ses vêtements mais c'était presque impossible, nos corps et nos vêtements étaient devenus terreux. Nous étions presque aussi excités par la terre fraîche que par la chair nue ; le sexe de Dorothea était à peine caché par le vêtement que j'ai eu hâte de le regarder encore.

En rentrant, après avoir dépassé le cimetière, les rues de la petite ville étaient déjà désertes. Nous étions dans un quartier formé d'habitations basses, des couvents, de vieilles maisons avec des jardins. Un petit garçon passa : il dévisagea Dorothea avec étonnement. Elle me faisait penser aux hommes boueux qui faisaient la guerre dans les tranchées marécageuses mais j'avais hâte d'être dans une chambre chauffée avec elle et de lui enlever tous ses vêtements. Le petit garçon s'arrêta pour nous regarder. La grande Dorothea tendit la tête vers lui en lui faisant une grimace outrée. Le petit garçon, un enfant cossu et laid, disparut en courant.

Je trouvai le moyen de penser au petit Karl Marx et à la grande barbe qu'il avait ensuite, ayant atteint l'âge adulte : il était maintenant sous terre, dans les environs de Londres, mais il avait dû courir, lui aussi, dans les rues de Trèves quand il n'était qu'un tout petit garçon.

5

Le lendemain, nous devions passer à Coblenz. De Coblenz, nous avons pris le train pour Francfort où je devais quitter Dorothea. Pendant que nous remontions la vallée du Rhin, il tombait une pluie très fine. Les rives du Rhin étaient grises mais nues et sauvages. Le train passait de temps à autre le long d'un cimetière dont les tombes avaient disparu sous des jonchées de fleurs blanches. Avec la venue de la nuit, on commença à distinguer quelques bougies allumées sur les croix des tombes. Nous devions nous quitter quelques heures plus tard.

À 8 heures : Dorothea prendrait à Francfort un train pour le sud ; quelques minutes après, moi, j'étais obligé de prendre un train pour Paris. La nuit tomba après Bingerbrück.

Nous étions seuls dans un compartiment. Dorothea se blottit tout près de moi pour me parler, avec une voix presque puérile. Elle me serra très fort un bras et elle me dit :

« Il y aura bientôt la guerre, n'est-ce pas ? »

Je répondis doucement :

« Je ne sais pas.

— Je voudrais savoir. Tu sais ce que je pense quelquefois : je pense que la guerre arrive. Alors, je dois annoncer à un homme : la guerre est commencée. Je vais le voir, mais il ne doit pas s'y attendre : il devient pâle.

— Et alors ?

— C'est tout. »

Je lui demandai :

« Pourquoi penses-tu à la guerre ?

— Je ne sais pas. Est-ce que tu auras peur, toi, s'il y a la guerre ?

— Non. »

Elle se rapprocha encore de moi en appuyant son front dans mon cou :

« Écoute, Henry… je sais que je suis un monstre, mais quelquefois, je voudrais qu'il y ait la guerre…

— Pourquoi pas ?

— Toi aussi, tu voudrais ? Tu serais tué, n'est-ce pas ?

— Mais qu'est-ce qui te fait penser à la guerre ?

« C'est à cause d'hier soir ?

— Oui, à cause des tombes… »

Dorothea resta assez longtemps serrée contre moi sans rien dire. La nuit précédente m'avait épuisé. Je commençais à m'endormir.

Dorothea s'aperçut que je m'endormais et pour me réveiller elle me caressa presque sans bouger. Elle continua à me parler, très doucement :

« Tu sais, l'homme auquel j'annonce qu'il y a la guerre…

— Oui.

— Il ressemble au petit homme aux moustaches qui m'a prise par la main hier : un homme très gentil, avec beaucoup d'enfants.

— Et les enfants ?

— Ils meurent tous.

— Ils sont tués ?

— Oui. Chaque fois, je vais voir le petit bonhomme. C'est absurde, n'est-ce pas ?

— C'est toi qui lui annonces la mort de ses enfants ?

— Oui. Chaque fois qu'il me voit, il devient pâle. J'arrive avec une robe noire et tu sais, quand je m'en vais…

— Dis-moi.

— Il y a une petite flaque de sang, là où j'avais les jambes.

— Et toi ? »

Elle expira comme une plainte, comme si elle suppliait tout à coup :

« Je t'aime… »

Elle colla sa bouche fraîche à la mienne. J'étais dans un état de joie presque insupportable. Lorsque sa langue remuait doucement contre la mienne à l'intérieur de nos bouches, c'était si beau que j'aurais voulu devenir fou sur le champ.

Dorothea qui avait enlevé son manteau, avait, dans mes bras, une robe de soie rouge vif, du même rouge que celui des drapeaux à croix gammée. Son corps était presque nu sous cette robe. Elle avait encore une odeur de terre mouillée. Je la quittai à moitié sous le coup de l'ivresse et par besoin de marcher, à moitié pour aller au bout du wagon. Dans le couloir je dérangeai deux fois un officier S.A., très beau et très grand. Il avait des yeux de faïence bleue qui, même à l'intérieur du wagon éclairé, semblaient perdus au dehors dans les nuages, comme s'il avait entendu intérieurement l'appel des Walkyries, mais sans doute son oreille devait être plus sensible aux trompettes de la caserne… Je m'arrêtai à l'entrée du compartiment. Dorothea avait mis la lampe en veilleuse. Elle était debout, immobile, sous une faible lueur blanchâtre : elle me fit peur : derrière elle, malgré l'obscurité, on voyait encore une plaine immense. Dorothea me regardait mais elle semblait, elle aussi, absente, comme perdue dans un rêve. Quand je m'approchai d'elle, je vis qu'elle pleurait. Elle se serra contre moi debout, je la serrai dans mes bras, mais elle ne voulut pas me donner ses lèvres. Je lui deman-

dai pourquoi elle pleurait. Je pensais : « Je la connais aussi peu
que possible. » Elle répondit : « Pour rien. » Et elle éclata en sanglots. Je la caressai doucement en la serrant. J'aurais sangloté
moi aussi. J'aurais voulu savoir pourquoi elle pleurait, mais elle
ne parlait plus. Je revoyais comment elle était quand j'étais
revenu au compartiment et que je l'avais vue debout devant
moi : elle était comme une apparition... De nouveau, j'ai eu
peur. Je pensai, tout à coup affolé, perdu d'angoisse à l'idée
qu'elle allait me quitter, dans quelques heures : elle est tellement
avide qu'elle ne peut pas vivre. Elle ne pourra pas vivre. J'avais
sous les pieds le bruit des roues sur les rails. Il se passa encore
beaucoup de temps avant que je renonce à lui demander de se
jeter avec moi sous un train.

6

Les dernières heures passèrent rapidement. À Francfort, je
voulais aller dans une chambre, mais Dorothea refusa. Nous
avons dîné ensemble : le seul moyen de supporter était d'être
occupé. Les dernières minutes sur le quai étaient presque intolérables, mais je n'avais pas le courage de m'en aller. Je devais
revoir Dorothea quelques jours après, mais j'étais comme un
enfant et je pensais qu'elle serait morte avant. Le train partit et
je l'embrassai encore par la fenêtre en marchant. Elle disparut
avec le train. J'étais seul sur le quai. Dehors il pleuvait à verse.
Je m'en allai en pleurant. Je marchais péniblement comme un
homme désemparé. Je sentais encore dans la bouche le goût
des lèvres de Dorothea, quelque chose d'inintelligible. Je dévisageai un homme de la compagnie des chemins de fer. Il passa :
j'éprouvai devant lui un malaise absurde. Je me demandai
pourquoi il n'avait rien de commun avec une femme que j'aurais pu embrasser... lui aussi avait pourtant des yeux, une
bouche, un derrière... sa bouche me donnait envie de cracher.
J'aurais voulu lui donner un coup dans la figure : il avait un
aspect hideux de petit bourgeois obscène. Je lui demandai de
m'indiquer les cabinets (il aurait fallu que j'y aille le plus vite
possible). Je n'avais même pas essuyé mes larmes. Il me donna
une indication en allemand : c'était difficile à comprendre.
J'arrivai à l'extrémité du hall : j'entendis au-dehors un bruit de
musique violente, tout à fait aigre. Je pleurais encore à ce
moment-là. De la porte de la gare, je vis de loin à l'autre extrémité d'une place immense, un théâtre bien éclairé et sur les
marches du théâtre une parade de musiciens en uniforme : le
bruit était splendide, déchirant les oreilles et exultant. J'étais si

ébloui que je cessai aussitôt de pleurer. Je n'avais même plus envie d'aller aux cabinets. Sous la pluie battante, je traversai la place vide, en courant. Je réussis à me mettre à l'abri devant le théâtre.

Je me trouvais à ma stupéfaction devant des enfants rangés en ordre militaire sur les marches : ils étaient vêtus de culottes courtes en velours noir et de petites vestes à aiguillettes, nue-tête ; à droite des fifres et à gauche des tambours plats. Ils jouaient avec une violence telle, avec un rythme si cassant que je demeurai devant eux le souffle coupé et comme halluciné. Impossible d'imaginer rien de plus sec que les tambours plats qui battaient, ni de plus acide que les fifres. Tous les enfants nazis, beaucoup d'entre eux blonds avec un visage rose de poupée, jouant pour quelques rares passants dans la nuit, devant une place vide sous l'averse, paraissaient en proie, raides comme des triques, à une exaltation de cataclysme : devant eux leur chef, un horrible gosse d'une maigreur de dégénéré[bi], avec un visage de poisson hargneux (de temps à autre, il se retournait pour aboyer des commandements râleurs) marquait la mesure avec une longue canne de tambour-major. D'un geste obscène, il dressait cette canne le pommeau collé au ventre (elle ressemblait alors à un pénis de singe démesuré, décoré d'une tresse de cordelettes de couleur) ; d'une saccade de sale petite brute, il élevait ensuite le pommeau à la hauteur de la bouche. Du ventre à la bouche, de la bouche au ventre, chaque allée et venue hachée, saccadée par une rafale de tambours… Ce spectacle était nettement obscène et aussi en quelque sorte effrayant : il me semblait que si je n'avais pas disposé d'un sang-froid extraordinaire, je n'aurais pas pu rester debout devant de pareils êtres[bj], muet et aussi tranquille que devant des pierres. Chaque éclat de la musique, dans la nuit, était une incantation forcenée qui appelait à la guerre et au meurtre[bk]. Les battements de tambour semblaient portés au paroxysme avec l'espoir qu'ils se résoudraient tout à coup en sanglantes rafales d'artilleries : je regardais devant moi… une armée d'enfants rangée en bataille. Ils se tenaient presque immobiles mais en transes. Je les voyais là, envoûtés, devant moi, par le besoin de se porter au-devant de la mort. Hallucinés par des champs immenses où ils s'avanceraient un jour en riant au soleil : derrière eux, ils laisseraient des agonisants, et des morts[bl].

À cette marée montante du massacre, beaucoup plus acide que la vie (parce que la vie n'est pas aussi brillante de sang que la mort) il serait sans aucun doute impossible d'opposer autre chose que des copeaux, des supplications risibles[bm] de vieilles femmes décrépites. Tout cela condamné à disparaître dans un joli embrasement, flamme et tonnerre mêlés, aussi pâle que [bn] du soufre allumé et qui prendra subitement à la gorge…

Une sorte d'hilarité me montait à la tête : je trouvais à me découvrir moi-même en face de cette catastrophe une ironie suraiguë, une ironie de délire, comme celle qui accompagne quelquefois les spasmes au moment même où on ne peut plus se retenir de crier. La musique s'arrêta : la pluie aussi avait cessé. Je rentrai lentement vers la gare : le train était déjà formé. Je marchai pendant un certain temps, le long du quai, avant de monter dans un compartiment ; le train ne tarda pas à partir.

Tossa, mai 1935 [bo].

DIRTY

Ce qui est limité à une vie naturelle n'a pas, par soi-même, le pouvoir d'aller au delà de son être-là immédiat ; mais il est poussé au delà de cet être-là par un autre, et cet être, arraché à sa position, est sa mort. Mais la conscience est pour soi-même son propre *concept*, elle est donc immédiatement l'acte d'outrepasser la limite, et quand ce limité lui appartient, l'acte de s'outrepasser soi-même. Avec l'existence singulière, l'au-delà est en même temps posé par la conscience, serait-ce encore seulement comme dans l'intuition spatiale, à côté du limité. La conscience subit donc cette violence venant d'elle-même, violence par laquelle se gâte toute satisfaction limitée. Dans le sentiment de cette violence, l'angoisse peut bien reculer devant la vérité, aspirer et tendre à conserver cela même dont la perte menace. Mais cette angoisse ne peut pas s'apaiser : en vain elle se cramponne à une certaine forme de sentimentalité qui assure que tout est bon dans son espèce ; cette assurance souffre autant de violence de la part de la raison qui ne trouve pas quelque chose bon précisément en tant que c'est une espèce.

HEGEL[1].

Dommage !
L'histoire eût gagné à ne pas sembler malheureuse.
Elle eût davantage humilié.
Elle eût suffoqué davantage.
Quand l'envie d'humilier ou de suffoquer est en moi si grande que j'aurais dû, plutôt qu'un dieu, être un soleil.

1945[2].

☆

Dirty était saoule à côté de moi ; dans les sous-sols d'un
bouge ignoble. J'avais à la main un pansement sali.

Dirty avait une robe du soir (j'étais, moi, mal rasé, décoiffé).
Elle étirait les jambes et s'amusait[a]. Des hommes l'observaient,
l'œil éteint, cendreux comme des cigares éteints.

Elle écarta ses cuisses des deux mains, montrant[b] l'immondice de la fente[3]. Elle était aussi ivre que belle, roulant des yeux
ronds et furieux.

Qu'y a-t-il ? cria-t-elle : comme une égorgée ! Renversée, ses
fesses sautèrent comme un canon tire dans un nuage de poussière, les yeux hors de la tête et ruisselants de larmes.
Elle caressa mes tempes, humides de fièvre, de ses longues
mains sales . . . .
. . . .
. . . .
. . . .
. . . .

☆

La scène qui précédait fut digne, en somme, de Dostoïevski[c].
Avant d'être absolument ivres, nous nous étions rejoints
dans une chambre au *Savoy*.
Dirty avait reconnu un liftier, très laid. Malgré l'uniforme, il
avait l'air d'un fossoyeur.
Elle parlait de travers en riant — comme une ivrognesse.
« Tu sais » (elle s'arrêtait court, secouée d'un hoquet), « j'étais
gosse… ici avec Mère… une dizaine d'années… ici… j'avais
douze ans… une grande vieille passée… genre reine Marie[4]…
on sortait du lift… le liftier…
— Lequel ? dis-je.
— Le même… il a mal ajusté la cage… est allée trop haut… »
Elle pouffait de rire, un rire idiot, qui n'en finissait plus.
« Ne ris plus, dis-je.
— Ma mère s'est cassé la figure[d].

« … fait floc, ajouta-t-elle.

« Comme ça ! »

Elle tomba en avant comme une masse.

Elle s'arrêta de rire. Je l'aidai si maladroitement qu'elle retomba.

J'étais à genoux. Elle à demi par terre. Essoufflée, elle parlait.

« Je finis l'histoire.

— C'est ça, dis-je.

— Tu vois, les jupes en l'air, un cadavre ! On l'a ramassée, mise au lit…

— Et là ?

— Elle a vomi, archi-saoule, une minute avant, rien à voir, un dogue : elle vomissait !…

— Relève-toi.

— C'est ça.

— J'aurais voulu tomber devant toi…

— Tu vomirais ? »

Sans rire, elle m'embrassa violemment la bouche.

Nous passâmes dans la chambre.

Dans la salle de bains, je me regardai longuement dans la glace : j'étais pâle, décoiffé, à demi vulgaire.

Dirty était seule dans la chambre. Vaste et bien éclairée de lumières crues.

Dirty allait de long en large, l'air d'une folle.

Elle était décolletée et la robe la moulait.

Ses cheveux blonds, sous les lumières, avaient un éclat pénible.

En un sens opposé, quelque chose en elle était pur, une candeur intacte : une fois de plus, j'aurais voulu tomber, m'agenouiller.

Elle étouffait, n'en pouvant plus.

Absolument ivre, elle respirait comme une bête.

Le regard mauvais, traqué.

Elle s'arrêta. Frottant l'une à l'autre les cuisses sous la robe. Les yeux brûlants de fièvre, attendant on ne savait quel orage.

Elle allait, c'est clair, perdre la tête.

Elle sonna la femme de chambre.

☆

Il entra une servante assez jolie, rousse, au teint frais.

Elle sembla suffoquée par une odeur étrange en cet endroit, de bordel de bas étage.

Dirty s'appuyait au mur, paraissait souffrir.

Je ne sais où elle s'était couverte, ce jour-là, de parfums bon marché. Elle dégageait une odeur surie de fesse et d'aisselle, rappelant l'aloès pharmaceutique. Elle sentait l'alcool au surplus.

« J'ai besoin de vous, dit Dirty, mais d'abord, allez chercher le liftier, j'ai besoin de lui. »

La jeune Anglaise interloquée se retira.

Dirty alla s'asseoir.

Elle réussit à poser par terre auprès d'elle un verre et une bouteille d'alcool.

Elle me chercha des yeux, je n'étais pas là.

Elle s'affola et cria :

« Léon[5] ! »

Hébété, je restai sans répondre.

Elle se leva et buta.

Elle poussa une porte.

J'étais affalé sur un siège, livide et défait.

Dans mon aberration, j'avais rouvert ma plaie.

Le sang coulait de ma main droite.

Dirty me regardait avec des yeux de bête.

J'essuyai ma figure, me barbouillant de sang.

La lumière nue devenait aveuglante. C'était insupportable et mes yeux s'épuisaient.

On frappa à la porte et la femme de chambre entra suivie du liftier.

Dirty revint s'affaler sur une chaise.

La tête basse, sans rien voir, elle demanda au liftier :

« Vous étiez ici, il y a dix ans ? »

Le liftier dit oui.

« Vous rappelez-vous une vieille, tombée par terre, elle a vomi ? »

Dirty disait tout sans rien voir. Comme si ses lèvres étaient lasses.

Les domestiques gênés se jetèrent des coups d'œil obliques : s'interrogeant et s'observant mutuellement.

« Je me souviens », dit le liftier.

Cet homme, d'une quarantaine d'années, avait une figure de voyou fossoyeur : une figure marinée dans l'huile.

« Un verre de whisky ? » demanda Dirty.

Personne ne répondit.

Les deux personnages debout attendaient.

Dirty se fit donner son sac.

Une longue minute passa avant qu'elle n'y entrât la main.

Elle jeta par terre un paquet de banknotes en disant simplement :

« Partagez. »

Le fossoyeur trouvait une occupation. Il ramassa les papiers, compta la somme à haute voix. Il y avait vingt livres. Il en donna dix à la femme de chambre.

Il se passa encore un long temps vide.

« Nous pouvons nous retirer ? demanda finalement le liftier.

— Non, pas encore, asseyez-vous. »

Elle parut étouffer, le sang lui monta au visage.

Les deux domestiques demeuraient debout, observant une parfaite déférence. Cependant très rouges. Angoissés. En raison du pourboire exorbitant, mais davantage encore d'une absurde situation.

Dirty demeurait muette sur la chaise.

On aurait entendu les cœurs à l'intérieur des corps.

Je m'avançai, le visage sanglant, pâle et malade.

Les domestiques atterrés virent un filet d'eau couler le long de la chaise et des bas.

Une flaque se forma : elle grandit sur le tapis tandis qu'un bruit de ventre relâché se produisait lourdement sous la robe : révulsée, la jeune fille, écarlate, se tordit sur la chaise, comme un porc sous un couteau . . . .
. . . .

☆

La servante tremblait.

Elle dut laver Dirty qui semblait calme.

Elle se laissait essuyer, savonner.

Le liftier aéra la chambre, attendant que la puanteur disparût. Il me fit un pansement.

Les choses étaient en ordre de nouveau. La femme de chambre achevait de ranger du linge.

Très belle, lavée et parfumée, Dirty continuait à boire.

Nue sur un lit : le liftier assis sur le bord d'un fauteuil auprès d'elle. Même silencieuse, elle était comme une petite fille, abandonnée.

De temps à autre, elle riait seule.

« Racontez, dit-elle au liftier, depuis tant d'années que vous êtes au Savoy, vous avez dû en voir…

— Pas tant que ça », répondit-il.

Il finit de boire un verre de whisky, qui parut l'aviver et le mettre à l'aise.

« En général, les clients sont calmes.

— Corrects, n'est-ce pas ? correcte aussi ma défunte mère vomissant sur vos manches… »

Et Dirty, dans le vide, éclata de rire, sans trouver d'écho.

Elle poursuivit :

« Savez-vous pourquoi ils sont calmes ? Ils ont peur, la frousse, ils claquent des dents et n'osent pas. Je sais, moi aussi, j'ai peur[6], comprenez-vous, mon garçon, même de vous, peur à défaillir.

— Madame ne veut pas un verre d'eau », demanda timidement la femme de chambre.

Dirty se retournant lui répondit :

« Merde ! je suis malade, moi, comprenez-vous, j'ai un trou dans la tête et vous vous en foutez, mais ça m'écœure, entendez-vous ? »

Je l'interrompis doucement, lui donnai du whisky, disant au liftier :

« Avouez que, s'il tenait à vous, vous l'étrangleriez.

— Tu as raison, glapit Dirty, regarde ces pattes de gorille, poilues comme des[g]…

— Mais », protesta le liftier épouvanté, se levant. « Madame sait que je suis à son service.

— Mais non, idiot, crois-tu, je n'ai pas besoin de tes… J'ai mal au cœur. »

Elle rota en gloussant.

La femme de chambre apporta une cuvette.

Elle semblait la servilité, l'honnêteté même.

Je demeurai assis, inerte, buvant toujours.

« Et vous, l'honnête fille », poursuivit Dirty, s'en prenant à la femme de chambre, « vous vous m[h]… en regardant les théières aux devantures pour vous monter en ménage. Si j'avais des fesses comme les vôtres, je les ferai voir à tout le monde. Oui, dans la rue. »

Elle se dressa, la main dans la fente du derrière.

« Sans ça, vous crevez de honte, un beau jour, vous trouvez le trou en vous grattant. »

Tout à coup, effrayé, je dis à la femme de chambre :

« Jetez-lui de l'eau dans la figure… Vous voyez qu'elle s'échauffe. »

La femme de chambre apporta une serviette mouillée.

Mais Dirty, toujours nue, avait sauté du lit.

☆

Elle se mit à la fenêtre, regarda, sous elle, la Tamise, et, plus loin, de monstrueuses bâtisses. Elle vomit rapidement à l'air libre. Elle m'appela, soulagée. Je lui tins le front, fixant l'immonde égout du paysage, le fleuve et les docks. Dans le voisinage de l'hôtel, de luxueux immeubles se dressaient avec insolence.

J'étais perdu d'angoisse et je pleurais, regardant Londres. Des souvenirs d'enfance, de petites filles jouant au *diabolo* s'associèrent, tandis que j'étais à la fenêtre, aux mains de gorille du liftier.

Tout me sembla vide et vaguement risible.

J'étais moi-même vide et ce vide, j'imaginais difficilement de le remplir.

De quelles horreurs encore ?

J'étais impuissant, avili.

Dans cet avilissement, je suivais Dirty.

L'on n'aurait pu rencontrer créature plus à vau-l'eau.

L'angoisse nous serrait le cœur et nous dépassions les bornes, dans la chambre ou dans les bouges, où nous étions.

1928.

Le verbe vivre n'est pas tellement bien vu, puisque les mots *viveur* et *faire la vie* sont péjoratifs. Si l'on veut être moral, il vaut mieux éviter tout ce qui est vif, car choisir la vie au lieu de se contenter de rester en vie n'est que débauche et gaspillage.

À son niveau le plus simple, *Le Bleu du ciel* inverse cette morale prudente en décrivant un personnage qui se dépense jusqu'à toucher la mort à force de beuveries, de nuits blanches, et de coucheries. Cette dépense, volontaire et systématique, est une méthode qui transforme la perdition en connaissance et découvre le ciel dans le bas.

Face à la mort, en sachant que rien ne lui échappe, il ne saurait être question de « salut », aussi la volonté de se perdre est-elle la seule éclairante — la seule d'où puisse surgir une nouvelle souveraineté.

Le Bleu du ciel en décrit l'apprentissage en dénudant au fond de chacun de nous cette fente, qui est la présence toujours latente de notre propre mort. Et ce qui apparaît à travers la fente, c'est le bleu d'un ciel dont la profondeur « impossible » nous appelle et nous refuse aussi vertigineusement que notre vie appelle et refuse sa mort.

Terminé en 1936, le manuscrit du *Bleu du ciel* circulait depuis vingt ans entre les mains de quelques amis de Bataille. Il n'en existait qu'un seul exemplaire, qui fut égaré pendant quelques années, tout de suite après la guerre.

Il n'y a pas de « roman » plus insoutenable, moins public, que celui-ci.

Ce qui est singulier, c'est que l'on peut prendre de cette œuvre nue et sans décors une vue assez claire d'une certaine atmosphère intellectuelle d'avant-guerre ; la transition littéraire, si l'on veut, entre *L'Amour fou* et *La Nausée*.

Mais pour beaucoup, l'intérêt du *Bleu du ciel*, roman de l'excès, sera de porter un éclairage plus cru sur l'âme la plus scandaleusement absolue de notre temps.

Pierre Angélique

MADAME EDWARDA

Divinus Deus

PRÉFACE

La mort est ce qu'il y a de plus terrible et maintenir l'œuvre de la mort est ce qui demande la plus grande force.

HEGEL[1]

L'auteur de *Madame Edwarda* a lui-même attiré l'attention sur la gravité de son livre. Néanmoins, il me semble bon d'insister, en raison de la légèreté avec laquelle il est d'usage de traiter les écrits dont la vie sexuelle est le thème. Non que j'aie l'espoir — ou l'intention — d'y rien changer. Mais je demande au lecteur de ma préface de réfléchir un court instant sur l'attitude traditionnelle à l'égard du plaisir (qui, dans le jeu des sexes, atteint la folle intensité) et de la douleur (que la mort apaise, il est vrai, mais que d'abord elle porte au pire). Un ensemble de conditions nous conduit à nous faire de l'homme (de l'humanité) une image également éloignée du plaisir extrême et de l'extrême douleur : les interdits les plus communs frappent les uns la vie sexuelle et les autres la mort, si bien que l'une et l'autre ont formé un domaine sacré, qui relève de la religion. Le plus pénible commença lorsque les interdits touchant les circonstances de la disparition de l'être reçurent seuls un aspect grave et que ceux qui touchaient les circonstances de l'apparition — toute l'activité génétique — ont été pris à la légère. Je ne songe pas à protester contre la tendance profonde du grand nombre : elle est l'expression du destin qui voulut l'homme riant de ses organes reproducteurs. Mais ce rire, qui accuse l'opposition du plaisir et de la douleur (la douleur et la mort sont dignes de respect, tandis que le plaisir est dérisoire, désigné au mépris), en marque aussi la parenté fondamentale. Le rire n'est plus respectueux, mais c'est le signe de l'horreur. Le rire est l'attitude de compromis qu'adopte l'homme en présence d'un aspect qui répugne, quand cet aspect ne paraît pas grave. Aussi bien l'érotisme envisagé gravement, tragiquement, représente un entier renversement[2].

Je tiens d'abord à préciser à quel point sont vaines ces affirmations banales, selon lesquelles l'interdit sexuel est un préjugé, dont il est temps de se défaire. La honte, la pudeur, qui accompagnent le sentiment fort du plaisir, ne seraient elles-mêmes que des preuves d'inintelligence. Autant dire que nous devrions faire enfin table rase et revenir au temps de l'animalité, de la libre dévoration et de l'indifférence aux immondices. Comme si l'humanité entière ne résultait pas de grands et violents mouvements d'horreur suivie d'attrait, auxquels se lient la sensibilité et l'intelligence. Mais sans vouloir rien opposer au rire dont l'indécence est la cause, il nous est loisible de revenir — en partie — sur une vue que le rire seul introduisit.

C'est le rire en effet qui justifie une forme de condamnation déshonorante. Le rire nous engage dans cette voie où le principe d'une interdiction, de décences nécessaires, inévitables, se change en hypocrisie fermée, en incompréhension de ce qui est en jeu. L'extrême licence liée à la plaisanterie s'accompagne d'un refus de prendre au sérieux — j'entends : *au tragique* — la vérité de l'érotisme.

La préface de ce petit livre où l'érotisme est représenté, sans détour, ouvrant sur la conscience d'une déchirure, est pour moi l'occasion d'un appel que je veux pathétique. Non qu'il soit à mes yeux surprenant que l'esprit se détourne de lui-même et, pour ainsi dire se tournant le dos, devienne dans son obstination la caricature de sa vérité. Si l'homme a besoin du mensonge, après tout, libre à lui ! L'homme, qui, peut-être, a sa fierté, est noyé par la masse humaine… Mais enfin : je n'oublierai jamais ce qui se lie de violent et de merveilleux à la volonté d'ouvrir les yeux, de voir en face *ce qui arrive, ce qui est*. Et je ne saurais pas *ce qui arrive*, si je ne savais rien du plaisir extrême, si je ne savais rien de l'extrême douleur !

Entendons-nous. Pierre Angélique a soin de le dire : nous ne savons rien et nous sommes dans le fond de la nuit. Mais au moins pouvons-nous voir ce qui nous trompe, ce qui nous détourne de savoir notre détresse, de savoir, plus exactement, que la joie est la même chose que la douleur, la même chose que la mort.

Ce dont ce grand rire nous détourne, que suscite la plaisanterie licencieuse, est l'identité du plaisir extrême et de l'extrême douleur : l'identité de l'être et de la mort, du savoir s'achevant sur cette perspective éclatante et de l'obscurité définitive. De cette vérité, sans doute, nous pourrons finalement rire, mais cette fois d'un rire absolu, qui ne s'arrête pas au mépris de ce qui peut être répugnant, mais dont le dégoût nous enfonce.

Pour aller au bout de l'extase où nous nous perdons dans la jouissance, nous devons toujours en poser l'immédiate limite : c'est l'horreur. Non seulement la douleur des autres ou la mienne propre, m'approchant du moment où l'horreur me soulèvera, peut me faire parvenir à l'état de joie glissant au délire, mais il n'est pas de forme de répugnance dont je ne discerne l'affinité avec le désir. Non que l'horreur se confonde jamais avec l'attrait, mais si elle ne peut l'inhiber, le détruire, *l'horreur renforce l'attrait* ! Le danger paralyse, mais moins fort, il peut exciter le désir. Nous ne parvenons à l'extase, sinon, fût-elle lointaine, dans la perspective de la mort, de ce qui nous détruit.

Un homme diffère d'un animal en ce que certaines sensations le blessent et le liquident au plus intime. Ces sensations varient suivant l'individu et suivant les manières de vivre. Mais la vue du sang, l'odeur du vomi, qui suscitent en nous l'horreur de la mort, nous font parfois connaître un état de nausée qui nous atteint plus cruellement que la douleur. Nous ne supportons pas ces sensations liées au vertige suprême. Certains préfèrent la mort au contact d'un serpent, fût-il inoffensif. Il existe un domaine où la mort ne signifie plus seulement la disparition, mais le mouvement intolérable où nous disparaissons *malgré nous*, alors qu'*à tout prix*, il ne faudrait pas disparaître. C'est justement cet *à tout prix*, ce *malgré nous*, qui distinguent le moment de l'extrême joie et de l'extase innommable mais merveilleuse. S'il n'est rien qui ne nous dépasse, qui ne nous dépasse *malgré nous*, devant *à tout prix* ne pas être, nous n'atteignons pas le moment *insensé* auquel nous tendons de toutes nos forces et qu'en même temps nous repoussons de toutes nos forces.

Le plaisir serait méprisable s'il n'était ce dépassement atterrant, qui n'est pas réservé à l'extase sexuelle, que les mystiques de différentes religions, qu'avant tout les mystiques chrétiens ont connu de la même façon. L'être nous est donné dans un dépassement *intolérable* de l'être, non moins intolérable que la mort. Et puisque, dans la mort, en même temps qu'il nous est donné, il nous est retiré, nous devons le chercher dans le *sentiment* de la mort, dans ces moments intolérables où il nous semble que nous mourons, parce que l'être en nous n'est plus là que par excès, quand la plénitude de l'horreur et celle de la joie coïncident.

Même la pensée (la réflexion) ne s'achève en nous que dans l'excès. Que signifie la vérité, en dehors de la représentation de l'excès, si nous ne voyons ce qui excède la possibilité de voir, ce qu'il est intolérable de voir, comme, dans l'extase, il est intolérable de jouir ? si nous ne pensons ce qui excède la possibilité de penser[A]... ?

À l'issue de cette réflexion pathétique, qui, dans un cri, s'anéantit elle-même en ce qu'elle sombre dans l'intolérance d'elle-même, nous retrouvons Dieu. C'est le sens, c'est l'énormité, de ce livre *insensé* : ce récit met en jeu, dans la plénitude de ses attributs, Dieu lui-même ; et ce Dieu, néanmoins, est une fille publique, en tout pareille aux autres. Mais ce que le mysticisme n'a pu dire (au moment de le dire, il défaillait), l'érotisme le dit : Dieu n'est rien s'il n'est pas dépassement de Dieu dans tous les sens ; dans le sens de l'être vulgaire, dans celui de l'horreur et de l'impureté ; à la fin, dans le sens de rien... Nous ne pouvons ajouter au langage impunément le mot qui dépasse les mots, le mot *Dieu* ; dès l'instant où nous le faisons, ce mot se dépassant lui-même détruit vertigineusement ses limites. Ce qu'il est ne recule devant rien, il est partout où il est impossible de l'attendre : lui-même est une *énormité*. Quiconque en a le plus petit soupçon, se tait aussitôt. Ou, cherchant l'issue, et sachant qu'il s'enferre, il cherche en lui ce qui, pouvant l'anéantir, le rend semblable à Dieu, semblable à rien[B].

Dans cette inénarrable voie où nous engage le plus incongru de tous les livres, il se peut cependant que nous fassions quelques découvertes encore.

Par exemple, au hasard, celle du bonheur...

La joie se trouverait justement dans la perspective de la mort (ainsi est-elle masquée sous l'aspect de son contraire, la tristesse[3]).

Je ne suis en rien porté à penser que l'essentiel en ce

monde est la volupté. L'homme n'est pas limité à l'organe de la jouissance. Mais cet inavouable organe lui enseigne son secret[c]. Puisque la jouissance dépend de la perspective délétère ouverte à l'esprit, il est probable que nous tricherons et que nous tenterons d'accéder à la joie tout en nous approchant le moins possible de l'horreur. Les images qui excitent le désir ou provoquent le spasme final sont ordinairement louches, équivoques : si c'est l'horreur, si c'est la mort qu'elles ont en vue, c'est toujours d'une manière sournoise. Même dans la perspective de Sade, la mort est détournée sur l'*autre*, et l'*autre* est tout d'abord une expression délicieuse de la vie. Le domaine de l'érotisme est voué sans échappatoire à la ruse. L'objet qui provoque le mouvement d'Éros se donne pour autre qu'il n'est. Si bien qu'en matière d'érotisme, ce sont les ascètes qui ont raison. Les ascètes disent de la beauté qu'elle est le piège du diable : la beauté seule, en effet, rend tolérable un besoin de désordre, de violence et d'indignité qui est la racine de l'amour. Je ne puis examiner ici le détail de délires dont les formes se multiplient et dont l'amour pur nous fait connaître sournoisement le plus violent, qui porte aux limites de la mort l'excès aveugle de la vie. Sans doute la condamnation ascétique est grossière, elle est lâche, elle est cruelle, mais elle s'accorde au tremblement sans lequel nous nous éloignons de la vérité de la nuit. Il n'est pas de raison de donner à l'amour sexuel une éminence que seule a la vie tout entière, mais si nous ne portions la lumière au point même où la nuit tombe, comment nous saurions-nous, comme nous le sommes, faits de la projection de l'être dans l'horreur ? s'il sombre dans le vide nauséeux qu'*à tout prix* il devait fuir... ?

Rien, assurément, n'est plus redoutable ! À quel point les images de l'enfer aux porches des églises devraient nous sembler dérisoires ! L'enfer est l'idée faible que Dieu nous donne involontairement de lui-même ! Mais à l'échelle de la perte illimitée, nous retrouvons le triomphe de *l'être* — auquel il ne manqua jamais que de s'accorder au mouvement qui le veut périssable. L'être s'invite lui-même à la terrible danse, dont la syncope est le rythme danseur, et que nous devons prendre comme elle est, sachant seulement l'horreur à laquelle elle s'accorde. Si le cœur nous manque, il n'est rien de plus suppliciant. Et jamais le moment suppliciant ne manquera : comment, s'il nous manquait, le surmonter ?

Mais l'*être ouvert* — à la mort, au supplice, à la joie — sans réserve, l'être ouvert et mourant, douloureux et heureux, paraît déjà dans sa lumière voilée : cette lumière est divine. Et le cri que, la bouche tordue, cet être tord peut-être mais profère, est un immense *alleluia*, perdu dans le silence sans fin[4].

GEORGES BATAILLE.

NOTES DE LA PRÉFACE

A. Je m'excuse d'ajouter ici que cette définition de l'être et de l'excès ne peut philosophiquement se fonder, en ce que l'excès excède le fondement : l'excès est cela même par quoi l'être est d'abord, avant toutes choses, hors de toutes limites. L'être sans doute se trouve aussi dans des limites : ces limites nous permettent de parler (je parle aussi, mais en parlant je n'oublie pas que la parole, non seulement m'échappera, mais qu'elle m'échappe[5]). Ces phrases méthodiquement rangées sont possibles (elles le sont dans une large mesure, puisque l'excès est l'exception, c'est le merveilleux, le miracle… ; et l'excès désigne l'attrait — l'attrait, sinon l'horreur, *tout ce qui est plus que ce qui est*), mais leur impossibilité est d'abord donnée. Si bien que jamais je ne suis lié ; jamais je ne m'asservis, mais je réserve ma souveraineté, que seule ma mort, qui prouvera l'impossibilité où j'étais de me limiter à l'être sans excès, sépare de moi. Je ne récuse pas la connaissance, sans laquelle je n'écrirais pas, mais cette main qui écrit est *mourante* et par cette mort à elle promise, elle échappe aux limites acceptées en écrivant (acceptées de la main qui écrit mais refusées de celle qui meurt).

B. Voici donc la première théologie proposée par un homme que le rire illumine et qui daigne ne pas limiter *ce qui ne sait pas ce qu'est la limite*. Marquez le jour où vous lisez d'un caillou de flamme, vous qui avez pâli sur les textes des philosophes[a] ! Comment peut s'exprimer celui qui les fait taire, sinon d'une manière qui ne leur est pas concevable ?

C. Je pourrais faire observer, au surplus, que l'excès est le principe même de la reproduction sexuelle : en effet la *divine providence* voulut que, dans son œuvre, son secret demeurât lisible ! Rien pouvait-il être épargné à l'homme ? Le jour même où il aperçoit que le sol lui manque, il lui est dit qu'il lui manque *providentiellement* ! Mais tirât-il l'enfant de son blasphème, c'est en blasphémant, crachant sur sa limite, que le plus misérable jouit, c'est en blasphémant qu'il est Dieu. Tant il est vrai que la *création* est inextricable, irréductible à un autre mouvement d'esprit qu'à la certitude, étant excédé, d'excéder.

MADAME EDWARDA

Si tu as peur de tout, lis ce livre, mais d'abord, écoute-moi : si tu ris, c'est que tu as peur. Un livre, il te semble, est chose inerte. C'est possible. Et pourtant, si, comme il arrive, tu ne sais pas lire ? devrais-tu redouter... ? Es-tu seul ? as-tu froid ? sais-tu jusqu'à quel point l'homme est « toi-même » ? imbécile ? et nu [1] *?*

MON ANGOISSE EST ENFIN
L'ABSOLUE SOUVERAINE. MA
SOUVERAINETÉ MORTE EST À
LA RUE. INSAISISSABLE — AU-
TOUR D'ELLE UN SILENCE DE
TOMBE — TAPIE DANS L'AT-
TENTE D'UN TERRIBLE — ET
POURTANT SA TRISTESSE SE
RIT DE TOUT[a1].

Au coin d'une rue[1], l'angoisse, une angoisse sale et grisante, me décomposa (peut-être d'avoir vu deux filles furtives dans l'escalier d'un lavabo). À ces moments, l'envie de me vomir me vient[a]. Il me faudrait me mettre nu, ou mettre nues les filles que je convoite : la tiédeur de chairs fades me soulagerait. Mais j'eus recours au plus pauvre moyen : je demandai, au comptoir, un pernod que j'avalai ; je poursuivis de zinc en zinc, jusqu'à… La nuit achevait de tomber.

Je commençai d'errer dans ces rues propices qui vont du carrefour Poissonnière à la rue Saint-Denis. La solitude et l'obscurité achevèrent mon ivresse. La nuit était nue dans des rues désertes et je voulus me dénuder comme elle : je retirai mon pantalon que je mis sur mon bras ; j'aurais voulu lier la fraîcheur de la nuit dans mes jambes, une étourdissante liberté me portait. Je me sentais grandi. Je tenais dans la main mon sexe droit.

(Mon entrée en matière est dure. J'aurais pu l'éviter et rester « vraisemblable ». J'avais intérêt aux détours. Mais il en est ainsi, le commencement est sans détour. Je continue… plus dur…)

Inquiet de quelque bruit, je remis ma culotte et me dirigeai vers les Glaces[2] : j'y retrouvai la lumière. Au milieu d'un essaim de filles, Madame Edwarda, nue, tirait la langue. Elle était, à mon goût, ravissante. Je la choisis : elle s'assit près de moi. À peine ai-je pris le temps de répondre au

garçon : je saisis Edwarda qui s'abandonna : nos deux
bouches se mêlèrent en un baiser malade. La salle était bondée d'hommes et de femmes et tel fut le désert où le jeu se
prolongea. Un instant sa main glissa[b], je me brisai soudainement comme une vitre, et je tremblai dans ma culotte ;
je sentis Madame Edwarda, dont mes mains contenaient
les fesses, elle-même en même temps déchirée : et dans ses
yeux plus grands, renversés, la terreur, dans sa gorge un long
étranglement.

Je me rappelai que j'avais désiré d'être infâme ou, plutôt,
qu'il aurait fallu, à toute force, que cela fût. Je devinai des
rires à travers le tumulte des voix, les lumières, la fumée.
Mais rien ne comptait plus. Je serrai Edwarda dans mes bras,
elle me sourit : aussitôt, transi, je ressentis en moi un nouveau choc, une sorte de silence tomba sur moi de haut et me
glaça. J'étais élevé dans un vol d'anges qui n'avaient ni corps
ni têtes, faits de glissements d'ailes, mais c'était simple : je
devins malheureux et me sentis abandonné comme on l'est
en présence de DIEU. C'était pire et plus fou que l'ivresse.
Et d'abord je sentis une tristesse à l'idée que cette grandeur,
qui tombait sur moi, me dérobait les plaisirs que je comptais
goûter avec Edwarda.

Je me trouvai absurde : Edwarda et moi n'avions pas
échangé deux mots. J'éprouvai un instant de grand malaise.
Je n'aurais rien pu dire de mon état : dans le tumulte et les
lumières, la nuit tombait sur moi ! Je voulus bousculer la
table, renverser tout : la table était scellée, fixée au sol. Un
homme ne peut rien supporter de plus comique. Tout avait
disparu, la salle et Madame Edwarda. La nuit seule…

De mon hébétude, une voix, trop humaine, me tira. La
voix de Madame Edwarda, comme son corps gracile, était
obscène :
« Tu veux voir mes guenilles ? » disait-elle.
Les deux mains agrippées à la table, je me tournai vers
elle. Assise, elle maintenait haute une jambe écartée : pour
mieux ouvrir la fente, elle achevait de tirer la peau des deux
mains. Ainsi les « guenilles » d'Edwarda me regardaient,
velues et roses, pleines de vie comme une pieuvre répugnante. Je balbutiai doucement :
« Pourquoi fais-tu cela ?

— Tu vois, dit-elle, je suis DIEU[3]…

— Je suis fou…

— Mais non, tu dois regarder : regarde ! »

Sa voix rauque s'adoucit, elle se fit presque enfantine pour me dire avec lassitude, avec le sourire infini de l'abandon : « Comme j'ai joui ! »

Mais elle avait maintenu sa position provocante. Elle ordonna :

« Embrasse !

— Mais…, protestai-je, devant les autres ?

— Bien sûr ! »

Je tremblais : je la regardais, immobile, elle me souriait si doucement que je tremblais. Enfin, je m'agenouillai, je titubai, et je posai mes lèvres sur la plaie vive. Sa cuisse nue caressa mon oreille : il me sembla entendre un bruit de houle, on entend le même bruit en appliquant l'oreille à de grandes coquilles. Dans l'absurdité du bordel et dans la confusion qui m'entourait (il me semble avoir étouffé, j'étais rouge, je suais), je restai suspendu étrangement, comme si Edwarda et moi nous étions perdus dans une nuit de vent devant la mer.

J'entendis une autre voix, venant d'une forte et belle femme, honorablement vêtue :

« Mes enfants, prononça la voix hommasse, il faut monter. »

La sous-maîtresse prit mon argent, je me levai et suivis Madame Edwarda dont la nudité tranquille traversa la salle. Mais le simple passage au milieu des tables bondées de filles et de clients, ce rite grossier de la « dame qui monte », suivie de l'homme qui lui fera l'amour, ne fut à ce moment pour moi qu'une hallucinante solennité : les talons de Madame Edwarda sur le sol carrelé, le déhanchement de ce long corps obscène, l'âcre odeur de femme qui jouit, humée par moi, de ce corps blanc… Madame Edwarda s'en allait devant moi… dans des nuées. L'indifférence tumultueuse de la salle à son bonheur, à la gravité mesurée de ses pas, était consécration royale et fête fleurie : la mort elle-même était de la fête, en ceci que la nudité du bordel appelle le couteau du boucher.

. . . .
. . . .
. . . .
. . . .
. . . .
. . . .
. . . .
. . . .
. . . .
. . . .
. . . .
. . . .
. . . .
. . . .
. . . .
. . . .
. . . .[4] les glaces[c]
qui tapissaient les murs, et dont le plafond lui-même était
fait, multipliaient l'image animale d'un accouplement[d] : au
plus léger mouvement, nos cœurs rompus s'ouvraient au
vide où nous perdait l'infinité de nos reflets.

Le plaisir, à la fin, nous chavira. Nous nous levâmes et
nous regardâmes gravement. Madame Edwarda me fascinait, je n'avais jamais vu de fille plus jolie — ni plus nue. Sans
me quitter des yeux, elle prit dans un tiroir des bas de soie
blanche : elle s'assit sur le lit et les passa. Le délire d'être
nue la possédait : cette fois encore, elle écarta les jambes et
s'ouvrit ; l'âcre nudité de nos deux corps nous jetait dans le
même épuisement du cœur. Elle passa un boléro blanc, dissimula sous un domino sa nudité : le capuchon du domino
lui couvrait la tête, un loup à barbe de dentelles lui masqua
le visage[5]. Ainsi vêtue, elle m'échappa et dit :
« Sortons !

— Mais… Tu peux sortir ? lui demandai-je.
— Vite, fifi, répliqua-t-elle gaiement, tu ne peux pas sortir
nu[e] ! »

Elle me tendit mes vêtements, m'aidant à m'habiller, mais,
le faisant, son caprice maintenait parfois, de sa chair à la
mienne, un échange sournois. Nous descendîmes un escalier étroit, où nous rencontrâmes une soubrette. Dans l'obs-

curité soudaine de la rue, je m'étonnai de trouver Edwarda
fuyante, drapée de noir. Elle se hâtait, m'échappant : le loup
qui la masquait la faisait animale. Il ne faisait pas froid, pourtant je frissonnai. Edwarda étrangère, un ciel étoilé, vide et
fou, sur nos têtes : je pensai vaciller mais je marchai.

☆

À cette heure de la nuit, la rue était déserte. Tout à coup,
mauvaise et sans dire un mot, Edwarda courut seule. La
porte Saint-Denis[6] était devant elle : elle s'arrêta. Je n'avais
pas bougé : immobile comme moi, Edwarda attendait sous
la porte, au milieu de l'arche. Elle était noire, entièrement,
simple, angoissante comme un trou : je compris qu'elle ne
riait pas et même, exactement, que, sous le vêtement qui la
voilait, elle était maintenant absente. Je sus alors — toute
ivresse en moi dissipée — qu'Elle n'avait pas menti, qu'Elle
était DIEU. Sa présence avait la simplicité inintelligible d'une
pierre : en pleine ville, j'avais le sentiment d'être la nuit dans
la montagne, au milieu de solitudes sans vie.

Je me sentis libéré d'Elle — j'étais seul devant cette pierre
noire. Je tremblais, devinant devant moi ce que le monde a
de plus désert. En aucune mesure, l'horreur comique de ma
situation ne m'échappait : celle dont l'aspect, à présent, me
glaçait, l'instant d'avant… Le changement s'était fait comme
on glisse. En Madame Edwarda, le deuil — un deuil sans
douleur et sans larme — avait fait passer un silence vide. Et
pourtant, je voulus savoir : cette femme, à l'instant si nue,
qui gaiement m'appelait « fifi »… Je traversai, mon angoisse
me disait de m'arrêter, mais j'avançai.

Elle glissa, muette, reculant vers le pilier de gauche. J'étais
à deux pas de cette porte monumentale : quand je pénétrai
sous l'arche de pierre, le domino disparut sans bruit. J'écoutai, ne respirant plus. Je m'étonnais de si bien saisir : j'avais
su, quand elle courut, qu'à toute force elle devait courir, se
précipiter sous la porte ; quand elle s'arrêta, qu'elle était suspendue dans une sorte d'absence, loin au-delà de rires possibles. Je ne la voyais plus : une obscurité de mort tombait
des voûtes. Sans y avoir un instant songé, je « savais » qu'un

temps d'agonie commençait. J'acceptais, je désirais de souffrir, d'aller plus loin, d'aller, dussé-je être abattu, jusqu'au
« vide » même. Je connaissais, je voulais connaître, avide de
son secret, sans douter un instant que la mort régnât en elle.

Gémissant sous la voûte, j'étais terrifié, je riais :
« Seul des hommes à passer le néant de cette arche ! »
Je tremblais à l'idée qu'elle pouvait fuir, à jamais disparaître. Je tremblais l'acceptant, mais de l'imaginer, je devins
fou : je me précipitai, contournant le pilier. Je fis le tour aussi
vite du pilier de droite : elle avait disparu, mais je n'y pouvais
croire. Je demeurais accablé devant la porte et j'entrais dans
le désespoir quand j'aperçus, de l'autre côté du boulevard,
immobile, le domino qui se perdait dans l'ombre : Edwarda
se tenait debout, toujours sensiblement absente, devant une
terrasse rangée. J'allai vers elle : elle semblait folle, évidemment venue d'un autre monde[1], et, dans les rues, moins
qu'un fantôme, un brouillard attardé. Elle recula doucement
devant moi, jusqu'à heurter une table de la terrasse vide.
Comme si je l'éveillais, elle prononça d'une voix sans vie :
« Où suis-je ? »

Désespéré, je lui montrai sur nous le ciel vide. Elle
regarda : un instant, elle resta, sous le masque, les yeux
vagues, perdus dans des champs d'étoiles. Je la soutenais :
maladivement ses deux mains tenaient le domino fermé
devant elle. Elle commença de se tordre convulsivement.
Elle souffrait, je crus qu'elle pleurait, mais ce fut comme
si le monde et l'angoisse en elle étouffaient, sans pouvoir
fondre en sanglots. Elle me quitta saisie d'un obscur dégoût,
me repoussant : soudain démente, elle se précipita, s'arrêta
net, fit voler l'étoffe du domino, montra ses fesses, prenant
d'un coup de cul la posture, puis elle revint et se jeta sur
moi. Un vent de sauvagerie la soulevait : elle me frappa
rageusement au visage, elle frappa poings fermés, dans un
mouvement insensé de bagarre. Je trébuchai et je tombai,
elle s'enfuit en courant.

Je n'étais pas entièrement relevé, j'étais à genoux, qu'elle
se retourna. Elle vociféra d'une voix éraillée, impossible, elle
criait au ciel et ses bras battaient l'air d'horreur :
« J'étouffe, hurla-t-elle, mais toi, peau de curé, JE T'EM-
MERDE... »

La voix acheva de se casser en une sorte de râle, elle étendit les mains pour étrangler et s'effondra.

Comme un tronçon de ver de terre, elle s'agita, prise de spasmes respiratoires. Je me penchai sur elle et dus tirer la dentelle du loup qu'elle avalait et déchirait dans ses dents. Le désordre de ses mouvements l'avait dénudée jusqu'à la toison[7] : sa nudité, maintenant[g], avait l'absence de sens, en même temps l'excès de sens d'un vêtement de morte. Le plus étrange — et le plus angoissant — était le silence où Madame Edwarda demeurait fermée : de sa souffrance, il n'était plus de communication possible et je m'absorbai dans cette absence d'issue — dans cette nuit du cœur qui n'était ni moins déserte, ni moins hostile que le ciel vide. Les sauts de poisson de son corps, la rage ignoble exprimée par son visage mauvais, calcinaient la vie en moi et la brisaient jusqu'au dégoût.

(Je m'explique : il est vain de faire une part à l'ironie quand je dis de Madame Edwarda qu'elle est DIEU. Mais que DIEU soit une prostituée de maison close[8] et une folle, ceci n'a pas de sens en raison[h]. À la rigueur, je suis heureux qu'on ait à rire de ma tristesse : seul m'entend celui dont le cœur est blessé d'une incurable blessure, telle que jamais nul n'en voulut guérir… ; et quel homme, blessé, accepterait de « mourir » d'une blessure autre que celle-là ?)

☆

La conscience d'un irrémédiable, alors que, dans cette nuit, j'étais agenouillé près d'Edwarda, n'était ni moins claire ni moins glaçante qu'à l'heure où j'écris. Sa souffrance était en moi comme la vérité d'une flèche : on sait qu'elle entre dans le cœur, mais avec la mort ; dans l'attente du néant, ce qui subsiste a le sens des scories auxquelles ma vie s'attarde en vain. Devant un silence si noir, il y eut dans mon désespoir un saut ; les contorsions d'Edwarda m'arrachaient à moi-même et me jetaient dans un au-delà noir, impitoyablement, comme on livre au bourreau le condamné.

Celui qu'on destine au supplice, quand, après l'interminable attente, il arrive au grand jour au lieu même où l'horreur s'accomplira, observe les préparatifs ; à se rompre le cœur lui bat : dans son horizon rétréci, chaque objet, chaque visage revêtent un sens lourd et contribuent à resserrer l'étau auquel il n'est plus temps d'échapper. Quand je vis Madame Edwarda se tordre à terre, j'entrai dans un état d'absorption comparable, mais le changement qui se fit en moi ne m'enfermait pas : l'horizon devant lequel le malheur d'Edwarda me plaçait était fuyant, tel l'objet d'une angoisse ; déchiré et décomposé, j'éprouvais un mouvement de puissance, à la condition, devenant mauvais, de me haïr moi-même. Le glissement vertigineux qui me perdait m'avait ouvert un champ d'indifférence ; il n'était plus question de souci, de désir : l'extase desséchante de la fièvre, à ce point, naissait de l'entière impossibilité d'arrêt.

(Il est décevant, s'il me faut ici me dénuder, de jouer des mots, d'emprunter la lenteur des phrases. Si personne ne réduit à la nudité ce que je dis, retirant le vêtement et la forme, j'écris en vain. (Aussi bien, je le sais déjà, mon effort est désespéré : l'éclair qui m'éblouit — et qui me foudroie — n'aura sans doute rendu aveugles que mes yeux[9]). Cependant Madame Edwarda n'est pas le fantôme d'un rêve, ses sueurs ont trempé mon mouchoir[10] : à ce point où, conduit par elle, je parvins, à mon tour, je voudrais conduire. Ce livre a son secret, je dois le taire : il est plus loin que tous les mots[11].)

La crise à la fin s'apaisa. Un peu de temps, la convulsion continua, mais elle n'avait plus tant de rage : le souffle lui revint, ses traits se détendirent, cessèrent d'être hideux. À bout de forces, un court instant, je m'allongeai sur la chaussée le long d'elle. Je la couvris de mon vêtement. Elle n'était pas lourde et je décidai de la porter : sur le boulevard la station de taxis était proche. Elle demeura inerte dans mes bras. Le trajet demanda du temps, je dus m'arrêter trois fois ; cependant, elle revint à la vie et, quand nous arrivâmes, elle voulut se tenir debout : elle fit un pas et vacilla. Je la soutins, elle monta, soutenue, dans la voiture.

Elle dit faiblement :

« … pas encore… qu'il attende… »

Je demandai au chauffeur de ne pas bouger ; hors de moi de fatigue, je montai et me laissai tomber près d'Edwarda.

Nous restâmes longtemps en silence, Madame Edwarda, le chauffeur et moi, immobiles à nos places, comme si la voiture roulait.

Edwarda me dit à la fin :

« Qu'il aille aux Halles ! »

Je parlai au chauffeur qui mit en marche.

Il nous mena dans des rues sombres. Calme et lente, Edwarda dénoua les liens de son domino qui glissa, elle n'avait plus de loup ; elle retira son boléro et dit pour elle-même à voix basse :

« Nue comme une bête. »

Elle arrêta la voiture en frappant la vitre et descendit. Elle approcha jusqu'à le toucher le chauffeur et lui dit :

« Tu vois… je suis à poil… viens. »

Le chauffeur immobile regarda la bête : s'écartant elle avait levé haut la jambe, voulant qu'il vît la fente. Sans mot dire et sans hâte, cet homme descendit du siège. Il était solide et grossier. Edwarda l'enlaça, lui prit la bouche et fouilla la culotte d'une main. Elle fit tomber le pantalon le long des jambes et lui dit :

« Viens dans la voiture. »

Il vint s'asseoir auprès de moi. Le suivant, elle monta sur lui, voluptueuse, elle glissa de sa main le chauffeur en elle. Je demeurai inerte, regardant ; elle eut des mouvements lents et sournois d'où, visiblement, elle tirait le plaisir suraigu. L'autre lui répondait, il se donnait de tout son corps brutalement : née de l'intimité, mise à nu, de ces deux êtres, peu à peu, leur étreinte en venait au point d'excès où le cœur manque. Le chauffeur était renversé dans un halètement. J'allumai la lampe intérieure de la voiture. Edwarda, droite, à cheval sur le travailleur, la tête en arrière, sa chevelure pendait. Lui soutenant la nuque, je lui vis les yeux blancs. Elle se tendit sur la main qui la portait et la tension accrut son râle. Ses yeux se rétablirent, un instant même, elle parut s'apaiser. Elle me vit : de son regard, à ce moment-là, je sus qu'il revenait de l'impossible et je vis, au fond d'elle, une fixité vertigineuse. À la racine, la crue qui l'inonda rejaillit dans ses larmes : les larmes ruisselèrent des yeux. L'amour[¹], dans ces yeux était mort, un froid d'aurore en émanait, une transparence où je lisais la mort. Et tout était noué dans ce regard de rêve : les corps nus, les doigts qui ouvraient la chair, mon angoisse et le souvenir de la bave aux lèvres, il n'était rien qui ne contribuât à ce glissement aveugle dans la mort[12].

La jouissance d'Edwarda — fontaine d'eaux vives — coulant en elle à fendre le cœur — se prolongeait de manière insolite : le flot de volupté n'arrêtait pas de glorifier son être, de faire sa nudité plus nue, son impudeur plus honteuse. Le corps, le visage extasiés, abandonnés au roucoulement indicible, elle eut, dans sa douceur, un sourire brisé : elle me vit dans le fond de mon aridité ; du fond de ma tristesse, je sentis le torrent de sa joie se libérer. Mon angoisse s'opposait au plaisir que j'aurais dû vouloir : le plaisir douloureux d'Edwarda me donna un sentiment épuisant de miracle. Ma détresse et ma fièvre me semblaient peu, mais c'était là ce que j'avais, les seules grandeurs en moi qui répondissent à l'extase de celle que, dans le fond d'un froid silence, j'appelais « mon cœur ».

De derniers frissons la saisirent, lentement, puis son corps, demeuré écumant, se détendit : dans le fond du taxi, le chauffeur, après l'amour, était vautré. Je n'avais plus cessé de soutenir Edwarda sous la nuque : le nœud se dégagea, je l'aidai à s'étendre, essuyai sa sueur. Les yeux morts, elle se laissait faire. J'avais éteint : elle s'endormait à demi comme un enfant. Un même sommeil dut nous appesantir, Edwarda, le chauffeur et moi.

(Continuer ? je le voulais mais je m'en moque. L'intérêt n'est pas là. Je dis ce qui m'oppresse au moment d'écrire : tout serait-il absurde ? ou y aurait-il un sens ? Je me rends malade d'y penser. Je m'éveille le matin — de même que des millions — de filles et de garçons, de bébés, de vieillards — sommeils à jamais dissipés... Moi-même et ces millions, notre éveil aurait-il un sens ? Un sens caché ? évidemment caché ! Mais si rien n'a de sens, j'ai beau faire : je reculerai, m'aidant de supercheries. Je devrai lâcher prise et me vendre au non-sens : pour moi, c'est le bourreau, qui me torture et qui me tue, pas une ombre d'espoir. Mais s'il est un sens ? J'ignore aujourd'hui. Demain ? Que sais-je ? Je ne puis concevoir de sens qui ne soit « mon » supplice, quant à cela je le sais bien. Et pour l'instant : non-sens ! M. Non-Sens écrit, il comprend qu'il est fou : c'est affreux. Mais sa folie, ce non-sens — comme il est, tout à coup, devenu

« sérieux » : — serait-ce là justement « le sens » ? (non, Hegel
n'a rien à voir avec l'« apothéose » d'une folle…) Ma vie n'a
de sens qu'à la condition que j'en manque ; que je sois fou :
comprenne qui peut, comprenne qui meurt… ; ainsi l'être
est là, ne sachant pourquoi, de froid demeuré tremblant[13]… ;
l'immensité, la nuit l'environnent et, tout exprès, il est là
pour… « ne pas savoir ». Mais DIEU ? qu'en dire, messieurs
Disert, messieurs Croyant ? — Dieu, du moins, saurait-il ?
DIEU, s'il « savait », serait un porc[A]. Seigneur (j'en appelle,
dans ma détresse, à « mon cœur ») délivrez-moi, aveuglez-
les ! Le récit, le continuerai-je ?)

J'ai fini.
Du sommeil qui nous laissa, peu de temps, dans le fond
du taxi, je me suis éveillé malade, le premier… Le reste est
ironie, longue attente de la mort[14]…

NOTE

A. J'ai dit : « Dieu, s'il " savait ", serait un porc[15]. » Celui qui (je
suppose qu'il serait, au moment, mal lavé, « décoiffé ») saisirait l'idée
jusqu'au bout, mais qu'aurait-il d'humain ? au-delà, et de tout… plus
loin, et plus loin… LUI-MÊME, en extase au-dessus d'un vide… Et
maintenant ? JE TREMBLE.

[LES BROUILLONS DE LA PRÉFACE]

[I. ENVELOPPE 101]
[BNF, fonds Bataille]

[f°s 1-2][1] Il est malaisé de saisir l'intention de Pierre Angélique, et même il est logique de supposer qu'il n'en eut pas.
Madame Edwarda se réduirait somme toute à l'effet d'une inconséquence, peut-être même à la rigueur, d'une lourde inconséquence.

Ceci toutefois, retient l'attention. L'auteur, au début de ce
livre minuscule, envisage un changement qui aurait touché la
souveraineté. Le personnage jugé digne du nom équivoque de
souverain se déroberait désormais à la connaissance des autres,
serait définitivement méconnu. Il se perdrait dans la foule des
grandes villes, se voilant sous une sorte d'incognito. Ainsi le
souverain serait-il méconnaissable sous les traits d'un homme
entre les autres, à peine un peu plus vague, à peine un peu
plus terne. Et de même, il deviendrait impossible de ne plus
confondre avec la nausée que nous donne une putain obscène
le sentiment le plus inintelligible et le plus violent. Je ne voudrais pas appuyer sur l'identité classique de la personne divine
et de la dignité royale, mais fût-ce sans en avoir eu l'intention,
l'auteur incontestablement s'élança dans une voie où les mouvements les plus intimes parvenus à la convulsion n'ont plus
d'autre issue que l'horreur et la répugnance [haine *en interligne*].
Alors, il n'est plus rien qui ne se coince. La tête enflée par un
travail d'étau comme si le poids du fer y traduisait ce qui n'est
pas moins terrible dans l'unicité que dans l'étendue insaisissable
des cieux.

Ce qui souvent m'oppresse en ce monde d'écrivains où je
suis placé est de sentir

[fᵒ 3] Angélique aperçut le premier qu'en trouvant la condition humaine dans l'inavouable et le délire divin dans l'ordure,
il ne diminuait pas la vérité profonde et ne la réduisait pas aux
dimensions du démoniaque. Le démoniaque, dans le christianisme, est la chienlit que domine à la rigueur en la prolongeant
l'ombre divine, qui est seule la nuit de terreur. Mais la grâce et
la luxure étant directement dans ce petit livre le sommet de
l'obscénité est aussi l'étendue infinie de la nuit dans le cœur,
c'est l'absence de limites acquise à la mort. C'est en même temps
la folle familiarité du divin baignant [dans] la boue et les replis
de la nudité voluptueuse, d'autant plus divine qu'elle est nue
et d'autant plus voluptueuse qu'elle est la mort, qu'elle est la
volupté infinie de la mort.

[fᵒˢ 4-6] Dans *Madame Edwarda*, le divin n'est plus ce qu'il
est dans le christianisme, l'eau noire d'un fleuve entre les quais,
les quais où sont à sec les étalages multicolores, c'est le débordement des eaux n'entraînant plus que dans son excès les
cadavres et les débris et n'ayant plus, comme la mer, de bornes
que le ciel.

Qu'afin de s'efforcer d'atteindre au plus profond, il existe un
autre langage, nous en devons douter. Ainsi n'avons-nous
jamais trouvé les mots qui éclairent le monde en parties égales,
merveilleux et nauséabond de la volupté et de la mort, jamais les
mots n'avaient la force fulgurante jamais ils n'avaient la saleté
qui suffise. Nous tournons autour et jamais nous n'entrons horriblement dans le saint des saints. Nous vivons en dehors de ce
terrible peut-être sur le seuil, mais sans le soupçonner. Nous ne
voyons que l'alentour.

La pensée s'acharne peut-être à cet alentour ; elle se fait
réflexion philosophique et les plus vigoureux sont traversés des
bruits et des fumées de tunnel de la pensée. Encore tremblants,
l'esprit humain s'efforce d'épingler les nocturnes papillons de
la poésie. Il existe un désordre, une incohérence de délire d'où
à tout prix nous voulons sortir. À ce point la nécessité d'agir
semble une issue, et si elle introduit les confusions angoissantes
des combats, des supplices, de la mort, nous pensons n'avoir
pas déserté. Nous avons déserté cependant. De même nous
désertons si nous nous perdons dans ces sentines philosophiques où la mauvaise odeur n'est plus là que pour mieux en
sortir par la décision.

[fᵒˢ 7-8] Que Pierre Angélique diffère du fait même d'un
souci de souveraineté des autres écrivains, il assume à lui seul

l'interrogation de l'homme sur l'ensemble de l'espèce humaine, il interrompt le cours. Sartre par exemple se dérobe encore qu'il se situe sur la voie mais il s'autorise d'une sorte de cafouillage traditionnel pour faire de la philosophie d'école, au lieu de ce qu'avaient fait Platon Bouddha Jésus Hegel Nietzsche mais il y a dans le cas d'Angélique une disparition (comme Lao Tseu). Le monde de la sexualité n'étant pas un monde de la parole, étant un monde du silence.

Le fait d'assumer ainsi toute l'humanité — même celle du passé et de l'avenir — suppose évidemment une erreur. Mais cette erreur est en quelque sorte admise dans le silence.

Cela se rattache aux positions de la première partie.

Un homme quelconque ne peut faire cela

Il y a opposition entre un homme quelconque et celui qui assume, mais cela suppose la croyance à une qualification véritable. Il n'y a pas plus d'homme de ce genre réel que de souverain réel, c'est toujours une apparence.

Que signifie la réponse d'Angélique sinon le silence.

Le pseudonyme est la négation du diabolique.

Le complet humour de la situation. Hegel. Dieu.

C'est la transgression de tout langage. Dieu est cette transgression, à laquelle, dans la transgression de la règle humaine, nous appartenons.

Mais ceci : cela doit devenir clair, un peu plus chaque fois.

Cependant l'humour lui-même ne permet pas de musique.

[f⁰ 13] [Il n'est pas moins embarrassant de parler de Madame Edwarda que de Dieu. Ce fut le parti pris de l'auteur de maintenir une équivoque et de laisser ouvert sur la créature le regard glacé qu'en principe nous n'ouvrons que sur le Créateur. Ce parti pris est moins étrange qu'il ne semble d'abord. *biffé*] Si nous devons nous effrayer en un point d'autre chose que de la mort ou de la douleur, si ce que nous éprouvons en ce point n'est pas moins lourd que la peur d'être torturé ou tué, en un mot, si le monde, ce qui nous entoure — à quoi chacun de nous est uni par le plus tendre enlacement, le plus tendre en même temps le plus sournois — si soudain le monde nous paraît être en son entier le vide inintelligible qu'en effet nous enlaçons et qui nous enlace, si dans ce vide nous nous sentons nous-mêmes et notre histoire

[fᵒˢ 9-12] La souveraineté est en vérité le domaine de l'impossible, le meurtre non. La souveraineté évidemment n'est qu'un [rêve *lecture conjecturale*], elle est l'impossible, mais c'est

un [rêve *lecture conjecturale*] agissant surtout par le voir de la littérature qui est justement l'apparition de l'impossible à la fois comme possible puis comme impossible.

De l'impossibilité
et de la possibilité
de la littérature érotique

Il y a un point où le possible aspire à l'impossible. Si l'impossible a un sens, c'est à la limite des possibles. La limite du possible est le divin, qui diffère de l'animalité relative de Sade. Mais Sade n'en a pas moins élevé un sommet de l'au-delà humain plus abrupt que tout divin. Cet impossible qui sans cesse [tombe *lecture conjecturale*] dans le possible.

La vie du souverain, de celui que ne limitait nulle servitude, la vie souveraine, n'était pas liée au bien. Le bien ne saurait être souverain puisqu'il est voué au service, et à l'observation des interdits. La vie souveraine est au contraire du côté du crime. L'homme souverain, l'homme libre de liens est celui qui tue et qui jouit. Les héros de Sade sont des souverains, ou, mieux, se donnent délibérément des prérogatives souveraines. En effet, le meurtre le plus souvent conduirait l'homme souverain dans les lois de la servitude. Le meurtre, sous sa forme militaire, engage à l'honneur, qui est l'accord du souverain et de l'honnête. L'action militaire est la mort, mais utile à ceux qui la donnent et l'honneur est dans le service, dans le meurtre, mais utile. La souveraineté, dans la mesure où elle se confond avec le commandement de l'armée est le compromis du souverain et du servile. Le chef de l'armée, puisqu'il commande n'est pas servile, et de même le soldat, commandé, est souverain, puisqu'il tue. Tuer n'en est pas moins une besogne servile, organisée militairement : ne le fût-il qu'en nom, l'organisateur est lui-même au service. Il y suffit que la besogne serve.

Il n'est pas de moyen qu'une armée ne serve pas, si bien que la religion seule a disposé du meurtre en des conditions souveraines... Mais la religion justement enseigne à défaut de fin réelle une fin utile imaginaire et il n'est possible d'accéder à la souveraineté que par la littérature. Cela ne veut pas dire que la littérature ne tombe pas, le plus souvent, dans la servilité. Elle y tombe à peu près chaque fois qu'elle est frivole.

La possibilité ouverte par la fiction étant sans limite il a été possible de créer une sorte de sommet souverain.

Blanchot.

Mais ce sommet étant souverain est aussi inhumain. Il est certain que la souveraineté est également animale.

[La souveraineté qui ne peut être humaine incline nécessairement étant fiction à la divinité.   *biffé*]

L'humanité ne peut être souveraine elle ne peut pas ne pas
chercher la souveraineté.

Le meurtre est ainsi à la fois introduit et retiré de l'humanité. Il est humain dans la guerre réelle et fictif dans Sade encore
est-il alors criminel.

La vérité est que dans la guerre le meurtre est si accessible
qu'il n'est pas une question, la souveraineté ne peut lui être liée.

[II. PROJET « A »]
[Œuvres complètes, t. III, p. 491]

J'écrivis ce petit livre en septembre-octobre 1941, juste avant
Le Supplice, qui forme la seconde partie de *L'Expérience intérieure*.
Les deux textes, à mon sens, sont étroitement solidaires et l'on
ne peut comprendre l'un sans l'autre. Si *Madame Edwarda* n'est
pas demeurée unie au *Supplice*, c'est en partie pour des raisons
de convenance regrettables. Bien entendu, *Madame Edwarda*
m'exprime avec plus de vérité efficace ; je n'aurais pu écrire *Le
Supplice* si je n'en avais d'abord donné la clé lubrique. Toutefois,
je n'ai voulu décrire dans *Edwarda* qu'un mouvement d'extase
indépendant, sinon de la dépression d'une vie débauchée, du
moins des transes sexuelles proprement dites.

Le présent manuscrit constitue, avec les corrections que je
viens de faire au texte imprimé (de l'édition prétendue de 1937,
en réalité parue en décembre 1941), la bonne version de ce livre.

[III. CARNET 13]
[BNF, fonds Bataille]

Si j'envisage l'être en sa forme suprême — l'étant suprême —
je me refuse à le séparer de ses formes spéciales (particulières).
La qualité *[un mot illisible]* — particulière — de l'être est susceptible d'être suprême, ainsi la douleur suprême, la joie suprême
envahissent à mes yeux l'étant suprême[1]. Je pouvais librement
regarder l'étant suprême comme un étant suprasensible, et
cependant ma sensibilité s'y refusa qui aussitôt aurait pour lui
jusqu'à l'intensité suprême les élans de la joie et de la douleur.
Ma sensibilité en faisait de cette manière un être ouvert, dont
l'ouverture béante se dérobait à la limite, et par là à la moindre
connaissance (spécialisée) par laquelle je l'aurais distingué d'un
autre, de quelque *autre*, ou de moi. C'est pourquoi une telle expé-

rience ne peut être séparée de l'expression [hasardée *lecture conjecturale*], romanesque, à laquelle aujourd'hui j'ai voulu la lier étroitement en énonçant dans la préface d'un court récit, ce que je n'ai pas voulu fermer dans un traité de métaphysique mais laisser courir où la lumière, après tout aveuglante, qui naît de la folie de *Madame Edwarda*, en ira retracer le délire.

Je ne puis le dissimuler, voici la première théologie rédigée par un homme que le rire éclaire. Marquez ce jour d'un caillou blanc vous qui lisez avec zèle les œuvres de Jean-Paul Sartre, dont les propos n'eurent jamais l'intention de vous égarer. Vous pourriez avec moi (mais le puis-je savoir) retrouver l'insomnie, la voie des larmes et du rire, où se rue la philosophie. Mais la philosophie n'a pas d'espoir, et pas même d'imposer silence aux philosophes.

[Nous reproduisons ici deux gravures de Jean Fautrier, réalisées pour l'édition Blaizot de 1945. Il s'agit respectivement de la couverture intérieure avec « cul-de-lampe » et du « monogramme ».]

MADAME
EDWARDA
PAR PIERRE ANGÉLIQUE

Nouvelle version revue par l'auteur
et enrichie de trente gravures
par JEAN PERDU

A PARIS
Chez le Solitaire, Imprimeur-Libraire, 28, Rue
de l'Arbre-Sec

M. CM. XLII

Louis Trente

LE PETIT

LE MAL

… fête à laquelle je m'invite seul, où je casse à n'en plus pouvoir le lien qui me lie aux autres[1]. Je ne tolère aucune fidélité à ce lien. Personne n'aime qui ne soit tenu de le rompre. L'acte d'amour entier serait de me mettre nu dans la nuit, dans la rue, non pour une femme attardée mais pour un impossible à vivre moi seul dans un silence sûr. Je ferais là l'inavouable, différent de ce que je puis dire en quelque insignifiance vulgaire à laquelle on ne penserait pas. Je pourrais déféquer, me coucher là et pleurer. Je donnerais de la honte encore à qui se flatte de m'entendre — qui ne m'imagine pas vulgaire. Je ne veux ni jouir ni m'écœurer mais…

Les yeux large ouverts, regarder le ciel, les étoiles, dans l'état d'innocence.

Être une femme[a] renversée, dévêtue, les yeux blancs. Rêve d'absence et non de plaisir. Absente elle est davantage le mal qu'avide de jouir, le mal, le besoin de nier l'ordre sans lequel on ne pourrait vivre.

Les hommes se méconnaissent dans le bien et s'aiment dans le mal. Le bien est l'hypocrisie. Le mal est l'amour. L'innocence est l'amour du péché.

Intéressé, le mal est un bien pour le malfaiteur. Le mal authentique est désintéressé.

En ce qu'elle a d'intime, de doux, de désintéressé, la société repose sur le mal : elle est comme la nuit, faite d'angoisse.

☆

Bannir une part de l'homme et la priver de vie, imposer à tous, par une incompréhension malade, l'exil d'une part d'eux-mêmes…

Saisi de honte, renier l'horreur que l'on a sous soi, s'absorber niaisement dans le rêve d'un homme qui serait ce mensonge, escamotage de ce qu'il a sous lui…

Un jour, une fille nue dans les bras, je lui caressai des doigts la fente du derrière[2]. Je lui parlai doucement du « petit ». Elle comprit. J'ignorais qu'on L'appelle ainsi, quelquefois, dans les bordels[3].

Si j'évoque une enfance souillée et enlisée, condamnée à dissimuler, c'est la voix la plus douce en moi qui s'écrie : je suis moi-même le « petit », je n'ai de place que caché.

On imagine mal la tendresse du petit condamné à la mauvaise conscience. On pleurerait avec moi, le devinant lié, ne pouvant qu'être horreur, l'étant avec un courage ombrageux et tendre.

☆

Ma tête ne peut sauter, n'est qu'un poignet tordu… par qui ? « Ce que je sais[4] » continue au-dedans, y tourne. Ne savoir qu'en faire, ni que faire. Dormir ? il faudra m'éveiller. Parler d'une voix sous des siècles de silence. Il n'y a pas de bien. S'il n'y a pas de bien, il n'y a rien.

Ce Dieu[b] qui sous ses nuées nous anime est fou. Je le sais, je le suis.

Miserere Dei[5]…

Me deviner serait… que d'angoisse ! Angoisse divine : aucun devoir, aucune tâche à remplir, pas de bien à réaliser. Tout est consommé[6], et plus rien que le rayonnement de cette agonie[c].

☆

Le « petit » : rayonnement d'agonie, de la mort, rayonnement d'une étoile morte, éclat du ciel annonçant la mort — beauté du jour au crépuscule sous des nuages bas, averse chassée par le vent.

Je dors et rêve. Nu à côté d'une fille dont j'ai tiré dans une débauche des joies déchirantes : telles que je les sais, maintenant, hors d'accès, ce dont un rêve pénible est la conscience. Mon rêve répond à l'état d'étoile morte où je suis, l'étoile morte au loin rayonne encore, perd ses rayons dans une immensité vivante : je me raconte mort…

Quelle bêtise serait mon histoire sans le sale suffocant du « petit », hier encore je pouvais me coucher, pleurer, délirer de honte. Comment crier l'horreur que ce fût hier ?

☆

Je jouis en riant[d] du malheur à venir. Le malheur là, je n'ai pas la force d'en rire, d'autres en riront, je les y convie. Il serait lâche de ne pas rire de ma mort. Je le mérite[7].

Le fond des souffrances, où l'on n'imagine pas d'issue désirable, où le possible a toujours un visage sans vie.

La névrose : nostalgie de l'angoisse qu'a Dieu.

Combien il est comique de retourner les choses et d'expliquer ma conduite par la psychiatrie : le faire avec, comme moi, un « petit ». La névrose est rendue responsable, on élude l'énigme insoluble, une présence sur la terre dans quelle attente‹? Impuissant à répondre, on feint d'avoir déjà répondu, la névrose seule opposée à la réussite sans cela certaine! Le contraire rendu évident: une réussite de bonimenteur seule opposée au sentiment d'énigme angoissante — la névrose est l'appréhension timorée d'un fond d'impossible[8] auquel on donne quelque cause accidentelle, au lieu d'en accepter la nature inéluctable. L'impossible est le fond de l'être... le névrosé l'implique dans une circonstance où il n'est pas, en quoi l'homme normal a raison de le dire malade, mais il approche du fond de l'être auquel le normal demeure étranger (sauf dans le rire, le vice, la poésie, la dévotion, la guerre...).

Écrire ventre-nu et cul-nu[9], écrire est trouver l'innocence que j'ai retirant mes culottes. Fraîcheur dans l'obscurité humide d'un couloir, la main glissée est la main du mal.

La névrose gâche une possibilité de bonheur, ce qui arrive, ou peu s'en faut, de chaque bonheur possible. On incrimine la maladie, la méchanceté, on repousse une vérité expirante, dite à grand-peine, qui veut se faire entendre et n'en a plus la force: l'impossible dans le fond des choses exhale une agitation inapaisable, on subit sa loi mais on discute, on tient à la fiction d'une force coupable, supprimable, sans laquelle on jouirait du bonheur.

L'homme a soif du mal, de l'élément coupable mais n'ose (ou ne peut) lui donner son âme, emprunte la voie oblique, la névrose, le rire, etc.

☆

Dire: «Dieu est le mal», n'est nullement ce qu'on imagine. C'est une vérité tendre, de l'amitié pour la mort, un glissement au vide, à l'absence.

Mais Dieu n'est pas le mal: il n'est pas le mal n'étant pas le bien. Je l'atteins dans le mal, les êtres s'unissent, connaissent l'amour exorbité dans le mal. Je ne connais le Dieu d'innocence que coupable, son innocence est la même chose que le mal en moi, comme le sexe velu d'une jeune fille, si angélique fût-elle, est la même chose que mon gland.

Dieu est pire ou plus loin que le mal, est l'innocence du mal.

Le faible [*] : « il n'y a pas de mal, tout est pur et la science en donne la raison. » Mais le fort : « le mal est l'impossible existant dans le fond des choses, que révèlent par un biais les vices, les crimes, les guerres ».

Obliquement, la conscience d'un impossible au fond des choses unit les hommes. La fille et le garçon se confondent dans une découverte innommable (des fentes de l'ordure). Le genre humain est uni dans le souvenir de son crime : Dieu traduit en justice, condamné, mis à mort.

Les deux images les plus communes : la croix, la queue[10].

Je me jette à l'impossible sans biais : livré aux autres — uni intimement — écrivant ventre-nu. Comme une fille révulsée, les yeux blancs, sans existence personnelle.

Le remords est en moi, le passé me ronge. Ce que Dieu n'endure pas, le passé, l'irrémédiable ! Dieu n'est pas étant l'horreur de la mémoire (mais qu'ai-je à dire de lui sinon des cris ?…).

Innocent ? coupable ? imbécile ? mais le passé, mais l'irrémédiable… et si vieux, une saleté qu'on ne peut laver, sur laquelle il faut vivre.

Dans le mal pur, on ne veut nullement le bien de l'homme, mais on n'ignore pas que le bien de l'homme n'est pas le bien, que son mal n'est pas le mal. Les catégories brisées : je puis me vouloir le mal même et jusqu'à l'affirmer dans un pur don de moi-même aux autres par amour. Je ne voudrais pas ce mal si la survivance en moi du sentiment du bien ne me donnait pas de remords, ne m'obligeait pas à m'enfoncer dans le mal.

En quoi ce mal est-il le mal puisqu'en dernier c'est le bien de l'homme ? Ce mal exclut l'apaisement, écarte l'assurance du bonheur : il sacrifie la vie, la consume dangereusement, la voue au sacré, à l'angoisse.

Si je détruis pour augmenter ma puissance — ou ma jouissance individuelle — je suis en partie du côté du bien, c'est en somme utile. C'est ce qu'on appelle communément le mal : un désordre en vue d'un ordre différent. On doit toujours imaginer, néanmoins, que dans la jouissance, ou la puissance, le mal était voulu pour lui-même : jouissance, puissance, n'étaient peut-être qu'un moyen.

L'exigence du mal est si profonde, si âpre, que la lucidité et la paix, que j'ai pour un temps, lui sont contraires. Écrivant, bien vite je ne puis répondre à une exigence si entière : écrire engage à demi dans la voie du bien.

☆

Je me réjouis de mes débauches passées. Je m'en remémore longuement de scabreux détails. J'en suis heureux le plus souvent. La saveur d'un cul, d'une bouche, des seins, surtout la sensation de nudité : une fille infiniment plus nue qu'une autre, miraculeusement nue, quelquefois dans ses bas, sa ceinture, un manteau, une autre fois toute nue, les pieds nus. Mais toujours la fente du derrière ouverte à mes yeux, à mes mains... — parfois à d'autres yeux... À quel point la bouche d'une fille est profonde, plus profonde que la nuit, que le ciel, en raison du derrière qu'elle a nu. Une intime caresse dans la fente et la bouche a peur, devient âcre, divine... D'autres filles insipides, avec un ventre, un derrière, aussi peu nus qu'une pomme... Mais la vraie nudité, âcre, maternelle, silencieusement blanche et fécale comme l'étable, cette vérité de bacchante, glands dans les jambes et les lèvres, est l'ultime vérité de la terre, à la fois pithiatique[11] et voulant demeurer dans l'ombre, acceptant comme toujours les dieux d'être condamnée, pour n'ouvrir jamais que des yeux mourants.

Aucune vérité plus secrète, ni plus ombrageusement pudique : il lui faut être méconnue sous le masque du vice (vulgaire, intéressé).

Le ciel érotique ouvert : coïncidence d'une musique de fête (frénésie perdue) et d'un silence de mort.

L'érotique pur :
le cratère,
l'impossible, il monte à la gorge, a l'odeur du sang.

La débauche : impossible divin sous un masque résolument vulgaire. Dieu seul est ici masqué mais non l'impossible. Dieu est à l'église un masque achevé de l'impossible. Le bon Dieu, lâcheté sucrée, déicide, ne masque pas seulement l'impossible mais Dieu.

Le raffinement de Dieu dans le vice : se donner, sous un masque suave, à la dévote, mourir enrubanné des embrassements d'une vierge sexagénaire.

Comme au bordel.
Dieu a le « choix ».

Dieu possibilité « humaine » sans ces limitations des circonstances où échoue l'homme.

À l'orée d'une plaine à betteraves, au crépuscule, sous un nuage noir étendant des strates majestueuses dans un ciel « blanc des yeux », le « petit » accroupi, cul-nu, fait reculer les limites divines. Sa pensée se cherchant dans les dédales du ciel, il s'égare et comme un chien auquel le diable aurait subtilisé la queue la chercherait (sa queue : la connaissance qu'il a du monde), il tourne — comiquement, tristement, comme on veut — autour de lui-même, sans issue, n'attrape rien.

Dieu n'endure pas un instant de penser, c'est pourquoi il ne peut pas être.

Qui devinera Dieu ?
Qui saura ce qu'est ne rien savoir ?

Qui s'égarera ?
Qui l'interrogeant se saura mort ?

J'en parle afin de traduire un état de terreur[12].

À la place de Dieu…
il n'y a
que
l'impossible,
et non Dieu[13].

☆

Déchirures dont l'écho se répercute dans le ciel. Il n'en
est pas moins vide de moi (le ciel), étranger à ma tête en ce
qu'il se dérobe à perdre la tête.

Incident comique.
En ce moment j'habite à… chez des paysans.
En pleine nuit, on cogne à grands coups à la porte de ma
chambre.
Un crime venait d'être commis : les circonstances vou-
laient qu'on m'accuse. Les gendarmes m'arrêtaient.
Je me dressai sur mon lit et criai :
« Qui est là ? »
C'était une noce qui m'interpella :
« Hé là-dedans le marié ! »
« Ah mais non, dis-je, ce n'est pas moi. »
La noce éclata d'un grand rire (un peu gêné).
La noce s'était trompée de porte. J'étais revenu tard et
j'avais oublié que, cette nuit-là, mes hôtes logeaient un couple
de jeunes mariés.

Dans l'instant même, j'avais rêvé le crime et les gendarmes, comme Maury[14] le rêve de la guillotine.

Au petit matin, la noce est revenue, l'accordéon chantait : « Tout va très bien, Madame la marquise… » et dans la
chambre voisine à tue-tête : « Vive la mariée ! » Après un
chahut, indécente ronde de jeunes filles autour du lit de l'accouplement, tout le monde sortit, le couple habillé en un

tournemain. J'allai à la fenêtre et, gaiement, désignai à la noce la tête du faux marié, du faux coupable. Un temps de novembre, de la boue, du brouillard dans une rue de village.

Je pensai : « Aucun d'eux ne se pose même une petite question. » Puis : « Aucune question imaginable, à moins que l'un d'eux ne commette un crime. » J'imagine la philosophie (Wolf, Comte, et des nuées de professeurs[15]) comme une noce de village : aucune question et, seul, le mal dans la tête, Kierkegaard interroge (se donne des réponses, interroge quand même[16]).

Et maintenant : plus l'ombre de réponse. Le vide du ciel, hier soir, sur la plaine à betteraves, louche et majestueux, ce matin bas et gris, couvercle rabattu sur les farces du village[17]. Rien que moi, le « petit », dans ma chambre, entre des agrandissements photographiques[18] et des images pieuses, impossible, et tout seul. Il pleut sans cesse depuis une semaine.

☆

La mémoire, machinerie des souffrances, des limites d'un être (par là des joies liées aux souffrances, aux limites, à l'isolement de l'être), au demeurant tout entière en proie au futur. Si j'abandonne le souci d'un temps à venir, au remords succède une ivresse de vivre, une forme ou l'autre d'ivresse. De même le souci d'un temps à venir, s'il est vrai, s'il est anxieux, ne diffère en rien d'un remords : on ne craint pas de souffrir mais d'être coupable. En d'autres termes, le remords que j'ai est celui que j'aurai. Le commencement du remords est en raison du temps présent dont il me faut disposer de telle façon que demain nulle sentence « coupable » ne me frappe. Et dans l'irrémédiable — « il est trop tard ! » — la situation n'est changée qu'en ceci qu'on n'y peut plus rien, la « culpabilité » est encore une catégorie du temps à venir : quand la sentence est prononcée, quand elle tombe, elle libère du remords ! Le remords est menace, menace de malheur, menace de remords. La menace accomplie, le remords là, c'est encore dans la machinerie mémoire-avenir que s'étale la souffrance. C'est le propre de la souffrance de chasser l'être du présent : le remords qui persiste dans le malheur y est toujours menace dans la machinerie où persiste le souvenir.

Dans la mort, plus de souci du temps à venir : on fait sous soi. De même en Dieu. À moins que, pris de férocité, l'homme ne menace un mourant de survie, ne mette Dieu au service de la servitude où il s'est voulu lui-même.

La condition humaine étant donnée par la machinerie d'une mémoire en fonction de l'avenir, un homme, à partir de là, décrit la condition divine. Au premier regard, on y voit une puissance de l'être au lieu de la limite qu'elle est (de la servitude). Donner à Dieu le souci, la mémoire, est l'extrémité de notre impuissance — exécrable cruauté retournée contre nous-mêmes.

Le temps le seul possible ? il serait là comme l'éléphant qui selon d'autres porterait la terre[19] ?... où la cervelle tombe comme un pot au lait sur le pavé et se brise.

Dieu[g] n'est nullement le mal, mais dans le débat entre le bien et le mal, l'homme entrevoit l'abîme. Le meurtre de Jésus, l'infamie, l'impossible dans ce meurtre décrivent Dieu avec tant de vérité qu'en y songeant mes narines se dilatent[20]. Comment devinerais-je en de tels instants ce que le sort fera de moi ? Je ne m'en soucie plus : tout à coup, je me vois le cobaye de Dieu mais Dieu dans son infinité est aveugle quand voir est mon infirmité.

Ayez pitié de moi, je suis peut-être aveugle. Et pourquoi survivrais-je ? pourquoi n'être pas Dieu, ce mort ?... je ne sais rien[21]. J'écris couché[22], à trois heures du matin, dehors, il pleut à verse ; il me faudrait m'en aller nu, sous la pluie, un bandeau sur les yeux, mourir en mangeant de la terre.

J'ignore ce que ceci veut dire : si ce n'est pas détruit[b], je donne à qui veut bien une ignorance de plus[23] (imaginer le psychiatre qui le saurait ? est-il rien de plus bête ?). Une seule chose : écrivant, vers la fin, j'ai compris que j'avais la nostalgie de mourir, de me faire étranger aux lois, libre comme un mourant, qui fait sous lui, et n'a plus rien à voir dans le temps à venir.

Quelle tendresse maintenant…
Ô comme je suis aveugle !

Je survis à l'état de voix douce disant (c'est toujours la nuit, il pleut toujours) : « vivre comme un mourant ! » Je ne sais pourquoi ma tendresse imagine des corps robustes de paysans, d'hommes se sachant déjà de dures têtes de mort, adhérents aux yeux morts de l'aveugle. Combien de tels mourants devant d'autres ont d'égards pour cette vie qui s'achève en eux, combien ils se cachent, qu'il leur faut peu de place. Ne pas scandaliser, donner à la terre — au moins dans la nuit — la « liberté » des mourants.

PREMIER ÉPILOGUE

Ne pas demeurer Dieu ni ce dont l'homme a soif. Poursuivre un chemin maudit…

Rire, heureux et maudit, ignorant, ingénu.

Allant au fond de l'être, il m'est possible, par un concept, de « tenter Dieu », d'en faire ressortir l'« impossible ».
Allant au fond de l'être, j'introduis d'intenables concepts, les plus hardis qu'on puisse former.

Je n'ai pas de complaisance dans le mal[a1].

Rien qui ne soit tendu, altéré de vaincre. Un combat de Laocoon, lutte de cave et de rats[2] pour le possible et l'impossible de l'homme. Qui saura quelle douceur me soutient, quelle insolence d'amant, soudain quelle furie décisive ?

Ma douceur : angoisse[b] et amour, tendresse et larmes s'épousent. Le bien, le mal s'épousent.

W.-C.
(PRÉFACE
À L'HISTOIRE DE L'ŒIL)

J'avais écrit, un an avant l'« Histoire de l'œil », un livre intitulé « W.-C.[1] » : un petit livre, assez littérature de fou. « W.-C. » était lugubre, autant qu'« Histoire de l'œil » est juvénile. Le manuscrit de « W.-C. » a brûlé, ce n'est pas dommage étant donné ma tristesse actuelle : c'était un cri d'horreur (horreur de moi, non de ma débauche, mais de la tête de philosophe où depuis… comme c'est triste !). Je reste content, au contraire, de la joie fulminante de l'« Œil » : rien ne peut l'effacer. À jamais pareille joie, que limite une extravagance naïve, demeure au-delà de l'angoisse. L'angoisse en montre le sens.

Un dessin de « W.-C. » figurait un œil[2] : celui de l'échafaud. Solitaire, solaire, hérissé de cils, il s'ouvrait dans la lunette de la guillotine. Le nom de la figure était l'« éternel retour », dont l'horrible machine était le portique. Venant de l'horizon, le chemin de l'éternité passait là[3]. Un vers parodique, entendu dans un sketch au Concert Mayol[4], m'avait donné la légende :

— *Dieu que le sang du corps est triste au fond du son*[5].

Il est dans l'« Histoire de l'œil » une autre réminiscence de « W.-C. », qui, dès la page de titre, inscrit ce qui suit sous le signe du pire. Le nom de Lord Auch se rapporte à l'habitude d'un de mes amis : irrité, il ne disait plus « aux chiottes ! », abrégeait, disait « aux ch' ». Lord en anglais veut dire Dieu (dans les textes saints) : Lord Auch est Dieu se soulageant.

La vivacité de l'histoire interdit de s'appesantir ; chaque être sort transfiguré d'un tel endroit : que Dieu y sombre rajeunit le ciel.

Être Dieu, nu, solaire, par une nuit pluvieuse, dans un champ : rouge, divinement, fienter avec une majesté d'orage, la face grimaçante, arrachée, être en larmes IMPOSSIBLE : qui savait, avant moi, ce qu'est la majesté ?

L'« œil de la conscience » et les « bois de justice » incarnant l'éternel retour, est-il plus désespérante image du remords ?

Je donnais à l'auteur de « W.-C. » le pseudonyme de Troppmann.

Je me suis branlé nu, dans la nuit, devant le cadavre de ma mère[6] (quelques personnes ont douté, lisant les « Coïncidences » : n'avaient-elles pas le caractère fictif du récit ? comme la « préface », les « Coïncidences » sont d'une exactitude littérale : bien des gens du village de R. en confirmeraient la substance ; de même, certains de mes amis ont lu « W.-C. »[7]).

Ce qui m'abat davantage : avoir vu, un grand nombre de fois, chier mon père. Il descendait de son lit d'aveugle paralysé (mon père en un même homme, l'aveugle et le paralytique). Il descendait péniblement (je l'aidais), s'asseyait sur un vase, en chemise, coiffé, le plus souvent, d'un bonnet de coton (il avait une barbe grise en pointe, mal soignée, un grand nez d'aigle et d'immenses yeux caves, regardant fixement à vide). Il arrivait que les « douleurs fulgurantes » lui arrachent un cri de bête, élançant sa jambe pliée qu'il étreignait en vain dans ses bras[8].

Mon père m'ayant conçu aveugle (aveugle absolument), je ne puis m'arracher les yeux comme Œdipe.

J'ai comme Œdipe deviné l'énigme : personne n'a deviné plus loin que moi[9].

Le 6 novembre 1915, dans une ville bombardée, à quatre ou cinq kilomètres des lignes allemandes, mon père est mort abandonné.

Ma mère et moi l'avons abandonné, lors de l'avance allemande, en août 14.

Nous le laissâmes à la femme de ménage.

Les Allemands occupèrent la ville, puis l'évacuèrent. Il fut alors question de retour : ma mère, n'en pouvant supporter l'idée, devint folle. Vers la fin de l'année, ma mère guérit : elle refusa de me laisser rentrer à N.[10]. Rarement nous recevions des lettres de mon père, il déraillait à peine. Quand nous le sûmes mourant, ma mère accepta de partir avec moi. Il mourut peu de jours avant notre arrivée, réclamant ses enfants : nous trouvâmes un cercueil vissé dans la chambre.

Quand mon père devint fou (un an avant la guerre), après la nuit hallucinante[11], ma mère m'envoya mettre un télégramme à la poste. Je me rappelle avoir été saisi sur le chemin d'une horrible fierté. Le malheur m'accablait, l'ironie intérieure répondait : « tant d'horreur te prédestine ! » : quelques mois plus tôt, un beau matin de décembre, j'avais prévenu mes parents hors d'eux que je ne mettrais plus les pieds au lycée. Aucune colère ne changea ma résolution : je vivais seul, ne sortant que rarement du côté des champs, évitant le centre où j'aurais rencontré des camarades.

Mon père, irréligieux, mourut refusant le prêtre. À la puberté, j'étais irréligieux moi-même (ma mère indifférente). Mais j'allai voir un prêtre en août 14 et, jusqu'en 20, restai rarement une semaine sans confesser mes fautes ! En 20, je changeai encore, cessai de croire à d'autres choses qu'à ma chance. Ma piété n'est qu'une tentative d'élusion : à tout prix, je voulais éluder le destin[12], j'abandonnais mon père. Aujourd'hui, je me sais « aveugle » sans mesure, l'homme « abandonné » sur le globe comme mon père à N. Personne, sur terre, aux cieux, n'eut souci de l'angoisse de mon père agonisant. Cependant, je le crois, comme toujours il faisait face. Quelle « horrible fierté », par instants, dans le sourire aveugle de papa !

ABSENCE DE REMORDS[a]

> j'ai de la merde dans les yeux
> j'ai de la merde dans le cœur
> *Dieu s'écoule*
> *rit*
> *rayonne*
> *enivre le ciel*
> *le ciel chante à tue-tête le ciel chante*[1]
> *la foudre chante*
> *l'éclat solaire chante*
> *les yeux secs*
> *le silence cassé de la merde dans le cœur*

Si un gland jouissant engendrait l'univers, il le ferait comme il est : on aurait, dans la transparence du ciel, du sang, des cris, de la puanteur.

Dieu n'est pas un curé mais un gland : papa est un gland[b].

> *ma fêlure est un ami*
> *aux yeux de vin fin*
> *et mon crime est une amie*
> *aux lèvres de fine*[2]

> *je me branle de raisin*
> *me torche de pomme*

UN PEU PLUS TARD

Écrire est rechercher la chance[a1].

La chance anime les plus petites parties de l'univers : le scintillement des étoiles est son pouvoir, une fleur des champs son incantation.

La chaleur de la vie m'avait quitté, le désir n'avait plus d'objet : mes doigts hostiles, endoloris, tissaient toujours la toile de la chance.

À donner à la chance une angoisse si malheureuse, j'avais le sentiment de lui porter le fil qui manquait.

Heureux, j'étais joué, j'étais sa chose, ELLE était le soleil dans la brume étendue de mon malheur.

Je l'avais perdue mais connaissant les secrets des mots je maintenais entre elle et moi le lien de l'écriture.

La pointe de la chance est voilée dans la tristesse de ce livre. Elle serait inaccessible sans lui.

Autour du « Petit »

[« VIVRE L'IMPOSSIBLE »]

[I. VERSION DU CARNET 5]
(BNF, fonds Bataille)

Dans le domaine du « fond », introduire d'intenables concepts *[mots biffés]* les plus hardis qui puissent être formés, non pour [s' *biffé*] y tenir, au contraire afin d'en éprouver la fragilité par une équivalence des plus insensés aux plus sages, les déraisonnables ayant l'avantage de déranger la pensée du premier coup.

Dans le domaine du « fond », n'introduire que le dérangement, la perversion des pensées, une destruction active et incessante. Ainsi je ne puis à aucun moment me reposer sur quoi que ce soit, si je vois l'horizon ouvert, si je me perds dans une transe vertigineuse, je ne puis rien conclure qui tienne ; l'instant d'après l'horizon se ferme. [Mais *?*] chaque fois il me faut répondre à l'interrogation immuable en moi par des hardiesses différentes, sans qu'à part l'instabilité comme unique moyen d'être à niveau du monde (l'endurant ou le surmontant) rien ne demeure tolérable.

Imaginer que par un continuel excès de vie ou de pensée, l'on maintienne entre soi et le monde une aussi grande ambiguïté, il apparaît aussitôt qu'elle demande une force manquant à la plupart, d'où la platitude, les œillères, la vie d'ombre falote à couler à l'abri de la rainure[1]. La déchéance : quand la rainure et non l'ambiguïté harassante est regardée comme sainte. (C'est la pente où la sainteté déchoit insensiblement, laissant voir à la fin *[deux mots illisibles]* la sainteté à jamais jeune de l'orgie, mais, inassimilable, [jouissante *ou* pourrissante *?*] ou tuant ceux qui l'approchent, qui n'ont de repos que dans une comique culbute.) L'impossible est partout, qui demande un dérangement sans mesure depuis toujours obtenant celui des hommes considérés dans leur ensemble. Devenir soi-même l'absurdité des discordances humaines totalisées, déchéance [d'échéance　　*?*] de l'horreur. Mon possible d'ailleurs est déjà discernable : c'est « vivre l'impossible ».

Quelle qu'elle soit et dans tous les sens l'existence humaine est comparable à un rapide plein de voyageurs lancé le mécanicien mort. La catastrophe est plus ou moins diffuse : l'impossible, l'horreur est irrémédiable.

La réaction naturelle est d'imaginer un monde d'où les catastrophes seraient bannies (tout au moins invisibles). Aux sorties des gares ou des ports on pourrait lire : Défense à l'impossible d'entrer. Des milliers et des millions d'hommes sont décidés à tout — même à l'impossible — afin d'éliminer tout impossible. Le devoir de l'homme sur terre est, leur semble-t-il, de consacrer son temps à ce travail d'élimination : faire un monde possible et non celui-ci. Ils sentent même leur tâche inscrite dans la nature : elle répond à l'exigence de la nature, falsifiée par les vices et la méchanceté de l'homme. Ainsi l'alcool, la misère introduite au logement, les enfants hâves, la femme battue à mort[2]. Dans la nature, les animaux ne s'enivrent pas, la vie est saine, répond aux nécessités des êtres. Que dire d'ailleurs ? Il est vrai que le développement même des possibilités introduit de nouveaux impossibles, qu'il est nécessaire de lutter pour rétablir le possible, la simple viabilité de la vie. En tout cas l'homme agit, le fait dans le sens du possible et rien d'autre n'est concevable. J'ai dit : dans chaque possible on voit toujours un maximum d'impossible. Mais d'abord le possible doit l'être : il faut manger, être sain, vigoureux, disposer de ressources nombreuses, ensuite aller à la limite de l'impossible, mais ensuite seulement.

La mort incarne essentiellement l'irrémédiable. L'impossible est partout mais la mort est indiscutable. Seuls les plus niais imaginent que la science *[lacune]*

Deux conceptions de la vie existent contradictoirement dans l'homme.

Le possible, la situation satisfaisante.

L'impossible, mettant tout en question supprimant la sensation de viabilité.

La première s'exprime dans l'idée de Dieu médiation.

La seconde dans le cri Dieu est resté mort. Dans le premier cas la viabilité est reçue, dans l'autre tout manque, on crée à partir de rien.

Deux façons d'abandonner l'idée de Dieu.

La première, dans le sens du possible, dans une confiance profonde à l'égard de la nature, consacrant sa vie à la suppression de l'impossible, ne voyant [croyant　　*?*] rien d'autre.

La seconde dans le sens de l'impossible, apercevant l'impossible d'un monde sans Dieu, sachant l'impossible immuable et le fond des choses. Créer un possible (humain) à la mesure de l'impossible.

[II. VERSION DU MANUSCRIT 2]
(Austin, Texas)

Allant au fond de l'être, introduire d'intenables concepts, les plus hardis qu'on puisse former, non pour s'y tenir, au contraire, afin d'en marquer la fragilité, par une équivalence des plus insensés aux plus sages, les plus fous ayant l'avantage de déranger plus vite.

Allant au fond de l'être, n'aller qu'au dérangement, à la perversion des pensées, par une destruction active et incessante.

[Ainsi je ne puis même un instant me reposer (en quoi que ce soit) devant l'horizon ouvert perdu en transes vertigineuses, je ne puis en tirer de conséquences, l'horizon se referme vite. *biffé*] *[une phrase biffée difficilement lisible]* Mais il me faut répondre à l'interrogation immuable en moi chaque fois par des hardiesses différentes, sans qu'à part cette instabilité délirante — unique moyen de ne pas sombrer — rien ne soit tolérable.

Imaginer que par un continuel excès de vie ou de pensée, l'on maintienne entre soi et le monde une aussi grande ambiguïté, il apparaît aussitôt qu'elle demande une force manquant à la plupart, d'où la platitude, les œillères, la vie de larve à couler dans la rainure, à l'abri. La déchéance : quand la rainure et non l'ambiguïté est regardée comme sainte (c'est la pente où les saintetés déchoient insensiblement, laissant voir à la fin, dans une désolation saisissante, la sainteté à jamais jeune de l'orgie, mais inassimilable, pourrissant ceux qui l'approchent). L'impossible est là qui demande un dérangement sans mesure — depuis toujours obtenant celui de l'ensemble des hommes. Être soi-même un effet des discordances totalisées, ne s'annulant pas [déchirant au comble de la déchirure *biffé*].

LE MORT

Édouard retomba mort.

Un vide se fit en elle, qui l'éleva comme un ange[1]. Ses seins nus se dressèrent : un lugubre frisson la porta dans l'église de rêve où l'épuisement, le silence et le sentiment de l'irrémédiable l'achevèrent.

En extase, au-dessus de l'horreur de la maison, Marie désespéra.

Elle se reprit soudain, se jouant de son désespoir.

Édouard en mourant l'avait suppliée de se dénuder[a].

Elle était pâle, échevelée, les seins fermes jaillis de la robe déchirée[2].

L'horreur disposait d'elle absolument comme l'assassin de la nuit noire.

MARIE RESTE SEULE AVEC ÉDOUARD MORT

Le temps venait de nier les lois auxquelles la peur assujettit.

Elle arracha sa robe et mit son manteau sur un bras[3]. Démente et nue, elle se précipita sous l'averse en courant. Ses souliers claquaient dans la boue et la pluie l'inondait. Elle eut un gros besoin qu'elle retint. Dans la douceur des bois, Marie s'étendit sur la terre[4]. Elle pissa longuement, l'urine ruisselant dans ses jambes. À terre elle chantonna d'une voix qui s'éraillait :

> *C'est de la nudité*
> *Et de l'atrocité.*

Ensuite, elle se leva, remit l'imperméable et courut dans Quilly jusqu'à la porte de l'auberge.

MARIE SORT DE LA MAISON

Interdite, elle se tint devant la porte, à manquer du courage d'entrer.

Tremblante, elle entendait, venant de l'intérieur de l'auberge, des cris, des chants de filles et d'ivrognes. Elle était là tremblante, mais elle jouissait de trembler.

Elle pensa :

« J'entrerai, ils me verront nue. »

Elle vacilla. S'appuyant sur le mur, elle ouvrit son manteau. Elle mit ses longs doigts dans la fente. Elle écouta brûlée d'angoisse, respirant dans ses doigts l'odeur d'algue des parties[5]. Il pleuvait, un vent tiède inclinait la pluie. Dans une obscurité de cave, elle entendait une voix de fille : une chanson des faubourgs mélancolique. Entendue de la nuit du dehors, la voix grave et voilée par les murs était déchirante. Elle se tut. Des applaudissements et des tapements des pieds la suivirent, puis un ban.

Marie sanglotait dans l'ombre. Elle pleurait en rage et sans larmes, un poing dans la bouche.

MARIE ATTEND DEVANT L'AUBERGE

Marie allait entrer, elle tremblait, elle allait entrer.

Elle ouvrit, fit trois pas dans la salle. Un courant d'air ferma la porte derrière elle.

La porte à jamais claquée sur elle : cette violence du claquement venait du fond des âges[b].

Des valets de ferme, la patronne et des filles la dévisageaient.

Elle était immobile à l'entrée. Boueuse, les cheveux ruisselants, l'œil mauvais.

Elle était là, sortie des rafales de la nuit[c].

Son manteau la couvrait, elle en ouvrit le col.

MARIE ENTRE DANS LA SALLE D'AUBERGE

Elle demanda d'une voix basse :
« On peut boire ? »
La patronne répondit du comptoir :
« Un calva ? »
Elle servit un petit verre au comptoir.
Marie n'en voulut pas.
« Donnez-moi une bouteille et des grands verres », dit-elle.
Sa voix toujours rauque était dure.
Elle ajouta :
« Je veux boire avec eux. »
Elle paya.
Un garçon de ferme blond, les bottes terreuses, dit timidement :
« Vous êtes venue rigoler ?
— C'est ça », dit Marie.
Elle tenta de sourire. Le sourire la sciait.
Elle prit place à côté du garçon, colla sa jambe à la sienne et lui prenant la main la mit entre ses cuisses.
Quand le valet toucha la fente, il gémit :
« Nom de Dieu ! »
Congestionnés, les autres se taisaient.
Une des filles, se levant, écarta un pan du manteau.
« Vise-la, dit-elle, elle est à poil. »
Marie se laissa faire et vida un verre d'alcool.
« Elle aime le lait », dit la patronne.
Marie n'eut qu'un renvoi amer.

MARIE BOIT AVEC LES GARÇONS DE FERME

Marie dit tristement :

« C'est ça[c] ! »

Ses cheveux noirs mouillés collaient sur la figure en mèches. Elle secoua sa jolie tête, elle se leva et se défit de son manteau.

Le manteau vide tomba[7].

Une brute qui buvait dans le fond se précipita. Il braillait :

« À nous les femmes à poil ! »

La patronne le chargea :

« J'te prends par le tarin… »

Elle le prit par le nez qu'elle tordit.

« Non, par là, dit Marie, c'est meilleur. »

Elle aborda l'ivrogne et le déboutonna : elle sortit de la culotte une queue qui bandait mal.

L'objet souleva un grand rire.

D'un trait de rage, Marie, rouge comme une folle[d], siffla un autre verre. La patronne ouvrit lentement des yeux comme des phares. Elle toucha le derrière à la fente.

« On en mangerait », dit-elle.

Marie, encore une fois, emplit son verre. Elle lampait comme on meurt, et le verre lui tomba des mains. La fente de ses fesses éclairait la salle[e8].

MARIE SORT LA QUEUE D'UN IVROGNE

Un des valets se tenait à l'écart, haineux.

Ce grand valet, trop beau, avait de longues bottes, trop neuves, de caoutchouc crêpe.

Marie vint à lui, la bouteille à la main. Elle était grande et rouge et le visage congestionné, ses jambes vacillaient dans des bas qui flottaient. Le valet lui prit la bouteille et lampa.

Il cria d'une voix forte, inadmissible :

« Assez ! »

Calant d'un coup la bouteille vide sur une table.

Marie demanda :

« Tu en veux d'autre ? »

Il répondit par un sourire : il la traitait comme une conquête.

Il remonta le piano mécanique. Il revint, esquissant une danse, les bras ronds.

Il prit Marie d'une main : ils dansèrent une java obscène.

Marie s'y donnait tout entière, écœurée, la tête en arrière.

MARIE DANSE AVEC PIERROT

Soudain la patronne se leva, criant :
« Pierrot ! »
Marie tombait : elle échappa aux bras du beau valet,
qui buta.
Le corps mince, qui avait glissé, tomba dans un bruit
de bête morte.
« La putain ! » dit Pierrot.
Il essuya sa bouche d'un revers de manche.
La patronne se précipita. Elle s'agenouilla, soulevant la
tête : affreusement, de la bouche une bave coulait[f].
Une fille apporta une serviette mouillée[9].
Marie revint à elle en peu de temps. Elle demanda très
faiblement :
« De l'alcool !
— Donne un verre », dit la patronne à l'une des filles.
On tendit un verre. Elle but et dit :
« Encore ! »
La fille emplit le verre et Marie l'avala, comme si le
temps lui manquait.
Étendue dans les bras de la fille et de la patronne, elle
leva la tête :
« Encore ! » dit-elle.

MARIE TOMBE IVRE MORTE[10]

Valets, filles et patronne entouraient Marie, attendant ce qu'elle allait dire.

Marie ne prononça qu'un mot :

« … à l'aube… », dit-elle.

Et sa tête retomba.

La patronne demanda :

« Qu'a-t-elle dit ? »

Personne ne sut répondre.

MARIE VEUT PARLER

La patronne dit au beau Pierrot :

« Suce-la.

— On la met sur une chaise ? » dit une fille.

À plusieurs, ils saisirent le corps. Ils calèrent le cul sur la chaise.

Agenouillé, Pierrot plaça les jambes sur ses épaules.

Le beau gosse eut un rire de conquête et darda sa langue dans les poils. Malade, illuminée, Marie semblait heureuse, elle sourit sans ouvrir les yeux. Intolérable, une joie la portait dans un ciel immense où, de noirs nuages, émanait une chaleur de terre[g11].

MARIE EST SUCÉE PAR PIERROT

Elle se sentit illuminée, glacée : sa vie sombrait. L'immensité froide, inondée de jour, devant elle, elle n'était plus séparée d'Édouard.

Cul nul et ventre nu[12] : l'odeur de cul et de ventre ensalivé était l'odeur même de la mort.

Ivre d'alcool et de sanglots, mais ne pleurant pas, elle aspirait un relent funèbre : elle attirait la bouche de la patronne, à la carie de laquelle elle ouvrit l'abîme de ses lèvres.

MARIE EMBRASSE LA BOUCHE DE LA PATRONNE

    Marie repoussa la patronne et vit, ouvrant les yeux, sa tête exorbitée de joie. Le visage de la virago rayonnait de tendresse égarée. Elle était saoule aussi, saoule à fendre l'âme, et ses yeux roulaient des larmes dévotes.

    Regardant ces larmes et ne voyant rien, Marie sombrait dans le délire du mort[b].

    Elle dit :

    « J'ai soif[13]. »

    Pierrot suçait à perdre haleine.

    La patronne empressée lui donna la bouteille.

    Marie but à longs traits et la vida.

MARIE BOIT AU GOULOT

... Une bousculade, un cri terrible, un fracas de bouteilles cassées, les jambes ouvertes de Marie eurent un battement de grenouille. Les garçons qui se chamaillaient se bousculèrent en criant. La patronne assista Marie, l'assit sur la banquette.

Assise, elle avait les yeux vides.

Le vent, les rafales, au-dehors, faisaient rage. Dans la nuit, des battants claquaient.

« Écoutez », dit la patronne.

On entendit un hurlement de vent dans les arbres, longuement prolongé comme un appel de folle.

La porte à ce moment s'ouvrit, la bourrasque entra dans la salle.

Marie dressée cria :

« ÉDOUARD[i] ! »

MARIE JOUIT

De cette nuit mauvaise un homme sortit, fermant un parapluie difficilement : sa courte silhouette de rat[14] parut dans l'embrasure de la porte.

« Vite, monsieur le comte, entrez », dit la patronne. Elle titubait.

Le nain s'avança sans répondre.

« Vous êtes trempé », fit la patronne.

Elle parvint à fermer la porte.

Le petit homme avait une gravité surprenante, large et bossu, tête à hauteur d'épaules[15].

Il salua Marie, puis se tourna vers les valets.

« Bonjour Pierrot, dit-il en lui serrant la main, enlève-moi mon manteau si tu veux. »

Pierrot aida le comte à se défaire de son manteau. Le comte lui pinça la jambe.

Pierrot, qui souriait, accrocha le vêtement. Le comte, aimablement, serra des mains.

« Vous permettez ? » demanda-t-il en s'inclinant.

Il prit place à la table de Marie devant elle.

« Donnez des bouteilles, dit le comte.

— J'ai bu, dit une fille, à pisser sur la chaise.

— Buvez à ch… »

Il s'arrêta net, se frottant les mains.

Il avait une aisance diabolique[j].

MARIE RENCONTRE UN NAIN

Marie demeurait immobile, elle regardait le comte et la tête lui tournait.

« Versez », dit-elle.

Le comte emplit les verres.

Elle dit encore doucement :

« Je vais mourir à l'aube[16]… »

Le regard bleu d'acier du comte la dévisagea.

Les sourcils blonds saillirent, accusant les rides d'un front beaucoup trop large.

Marie leva son verre et dit :

« Bois ! »

Le comte lui-même leva son verre et but : ils avalèrent ensemble d'un coup.

La patronne vint s'asseoir, à côté de la malheureuse.

« J'ai peur », lui dit Marie.

Elle regardait illuminée, pourtant mauvaise.

Elle eut une sorte de hoquet, elle murmura d'une voix cassée dans l'oreille de la vieille :

« C'est le spectre d'Édouard[17] !

— Quel Édouard ? demanda la patronne à voix basse.

— Il est mort », dit Marie de la même voix cassée[k].

Elle prit la main de l'autre et la mordit.

« Garce ! » cria la femme mordue.

Mais dégageant sa main elle caressa Marie et, lui baisant l'épaule, elle dit au comte :

« Elle est douce quand même ! »

MARIE VOIT LE SPECTRE D'ÉDOUARD

Le comte à son tour demanda :
« Qui est Édouard ?
— Tu ne sais plus qui tu es ? » dit Marie.
Sa voix la suffoquait.
« Fais-le boire », demanda-t-elle à la patronne.
Elle parut lasse.
Le comte but deux verres mais il avoua :
« L'alcool a peu d'effet sur moi. »
Le petit homme large à la tête trop forte dévisagea
Marie d'un œil vague, éteint, comme avec l'intention de
la gêner. Il dévisageait toutes choses de la même façon, la
tête raide entre les épaules. Il appela :
« Pierrot ! »
Le valet s'approcha.
« Cette jeune enfant, dit le nain, me fait bander. Tu
veux t'asseoir ici ? »
Le valet près de lui, le comte ajouta gaiement :
« Sois gentil, Pierrot, branle-moi. Je n'ose en prier cette
enfant… »
Il sourit.
« Elle n'a pas, comme toi, l'habitude des monstres. »
À ce moment, Marie monta sur la banquette…

MARIE MONTE SUR LA BANQUETTE

Marie dit au comte :

« J'ai peur de toi ! Tu es devant moi comme une borne… »

Il ne répondit pas. Pierrot lui prit la queue : il était immobile.

« Va-t'en, cria Marie, ou je pisse sur toi… »

Elle monta sur la table et s'accroupit.

« Vous m'en verrez ravi », répondit l'autre.

Son cou n'avait aucune aisance. S'il parlait, le menton bougeait seul. Marie pissa.

Pierrot branlait le comte qu'un jet d'urine frappa au visage : le comte devint rouge et l'urine l'inonda. Pierrot branlait comme il suçait : le vit cracha le foutre sur la table et le nain trembla de la tête aux pieds (comme un cartilage qu'un chien broie¹).

MARIE PISSE SUR LE COMTE

Marie pissait encore.

Sur la table au milieu des bouteilles et des verres, elle s'arrosait d'urine avec les mains.

Elle inondait ses jambes, son cul, ses seins et son visage.

« Regarde, dit-elle, je suis belle. »

Accroupie, le con au niveau de la tête du monstre, elle en ouvrit ignoblement la fente[18].

MARIE S'INONDE D'URINE

Marie eut un sourire fielleux.

C'était une vision de mauvaise horreur.

Un de ses pieds glissa, le con frappa la tête du comte qui, perdant l'équilibre, tomba. Les deux dégringolèrent avec fracas, s'étalant ensemble au sol.

Il y eut au sol une mêlée informe.

Marie se déchaîna, mordit la queue du nain, qui brailla.

Et Pierrot terrassa Marie, l'étala par terre, ouvrant ses bras en croix[19]. Les autres lui maintenaient les jambes.

Marie râla :

« Laisse-moi. »

Puis elle se tut.

Elle soufflait, brisée comme une bête, les yeux clos.

Mais elle ouvrit les yeux.

Pierrot, rouge, en sueur, avait le visage près du sien.

« Baise-moi », dit-elle.

MARIE EST MATÉE PAR PIERROT

« Baise-la, Pierrot », dit la patronne.

Ils s'occupèrent autour de la victime.

Marie se souleva paralysée par ces préparatifs. Les autres l'étendirent, en écartant les jambes.

Elle respirait vite, à grand bruit. La tête pendait sur le côté[20].

La scène dans sa lenteur, rappelait l'égorgement d'un porc, ou la mise au tombeau d'un dieu[21].

Pierrot déculotté, le comte exigea qu'il fût nu.

L'éphèbe eut une ruée de taureau : le comte facilita l'entrée du vit. La victime palpita et se débattit : corps-à-corps d'incroyable violence.

Les autres regardaient, respirant mal, dépassés par ce tumulte. Les mains et les dents déchiraient dans des cris. À la fin, s'arc-boutant, le valet, hors d'haleine, cria, perdant la bave. Marie lui répondit par un spasme de mort.

. . . .
. . . .
. . . .
. . . .

PIERROT BAISE MARIE

. . . .
. . . .
. . . . Marie revint à elle. Elle entendait des chants d'oiseaux dans l'épaisseur d'un bois.

Les chants, d'une délicatesse infinie, fuyaient en
sifflant d'arbre en arbre. Étendue dans l'herbe mouillée,
elle vit que le ciel était clair. Le jour à ce moment naissait.

Elle eut froid, saisie d'un bonheur pénible, qui donnait
sur le vide. Mais elle aurait aimé, doucement, lever la tête.
Et bien qu'elle retombât, d'épuisement, sur le sol, elle
se sentit fidèle à la lumière, au feuillage, aux oiseaux qui
peuplaient les bois. Un instant, la mémoire de timidités
d'enfant l'effleura[22]. Elle aperçut, penchée sur elle, la large
et solide tête du comte.

MARIE ÉCOUTE LES OISEAUX DES BOIS

Ce que Marie lut dans ses yeux était la certitude de la mort : ce visage n'exprimait qu'un vide désenchanté, qu'un espoir impuissant, mais insatiable. Elle eut alors un sursaut de haine : elle se prit à trembler devant la mort[m].

Rien ne persistait en elle que la rage : elle se dressa, serrant les dents devant le monstre agenouillé.

Debout, elle vacillait.

Elle recula, regarda le comte et vomit.

« Tu vois, dit-elle.

— Soulagée ? demanda le comte.

— Non », dit-elle.

Elle regarda, longuement, la flaque de vomi devant elle. Son manteau, déchiré, la couvrait mal.

« Où allons-nous ? fit-elle.

— Chez vous. »

MARIE VOMIT

« Chez moi ? » gémit Marie. Et la tête lui tourna.

« Es-tu le diable, à vouloir aller chez moi ? demanda-t-elle.

— On m'a quelquefois dit, répondit poliment le nain, que j'étais le diable.

— Le diable, dit Marie, je chie devant le diable !

— À l'instant vous avez vomi.

— Je chierai. »

Elle s'accroupit et chia sur le vomi.

Le comte était encore agenouillé.

Marie s'adossa contre un chêne. Elle était en sueur, en transes.

Elle dit :

« Regarde, ce n'est rien. Dans un instant, chez moi, tu trembleras… »

Elle secoua, sauvage, la tête en arrière. Elle le prit par l'oreille et tira :

« TU VIENS ? fit-elle.

— Volontiers », dit le comte.

Il ajouta, presque à voix basse :

« Elle me vaut*. »

MARIE PROVOQUE LE NAIN*

Marie, qui l'entendit, regarda simplement le comte.
Il se leva :
« Jamais, murmura-t-il, personne ne m'a parlé de cette façon.
— Tu peux t'en aller, dit-elle. Mais si tu viens… »
Le comte l'interrompit sèchement.
« Je vous suis… Vous allez vous donner à moi. »
Elle demeurait violente.
« Il est temps, dit-elle. Viens[23] ! »

MARIE CONCLUT UN PACTE AVEC LE COMTE

Ils marchèrent rapidement.

Le jour se levait quand ils arrivèrent. Marie poussa la grille. Ils prirent une allée de vieux arbres. Le soleil en dorait la tête.

Marie, dans sa rage, se savait d'accord avec le soleil. Elle introduisit le comte dans sa chambre.

« Déshabille-toi, dit-elle, je t'attendrai dans l'autre chambre. »

Le nain se déshabilla sans hâte.

Le soleil, à travers le feuillage, mouchetait le mur et les mouchetures de la lumière dansaient.

MARIE ET LE COMTE ENTRENT DANS LA MAISON

Le comte banda.

Sa queue était longue et rougeâtre.

Son corps nu et sa queue avaient une difformité de diable.

Sa tête dans les épaules saillantes était sournoise.

Il désirait Marie et borna sa pensée à la solidité de son désir.

Il poussa la porte et la vit.

Tristement nue.

Elle l'attendait, nue devant un lit, provocante et laide.

L'ivresse et l'épuisement la terrassaient.

« Qu'avez-vous ? » dit Marie.

Le mort emplissait la chambre...

Le comte, humblement, balbutia :

« ... j'ignorais... »

Il dut s'appuyer sur un meuble : il débandait !

Marie eut un sourire affreux.

« IMPOSSIBLE ! » cria-t-elle.

Elle avait une ampoule dans la main.

... MARIE MEURT...[24]

. . . .
. . . .
. . . . Le comte aperçut les deux corbillards à
la suite allant au cimetière au pas. . . . .
. . . . Les voitures s'en allaient seules à travers
la plaine.

Il siffla dans ses dents :

« Elle m'a eu… »

Il se laissa glisser. Le bruit sourd, un instant, troubla
l'eau du canal.

LES MORTS

[PROJET DE PRÉFACE]

ARISTIDE[1] L'AVEUGLE
LE MORT

Y aurait-il une douleur semblable à la mienne[2] ?

I

La première rédaction du *Mort* date au plus tard de 1944, avant juin. Je ne puis pas dire grand-chose de plus précis. Au printemps de 1944, je me trouvais seul à Samois, près de Fontainebleau. Je recevais de l'argent, un traitement de fonctionnaire, de Paris, j'étais alors en congé de maladie, je souffrais de tuberculose pulmonaire, et je devais faire réinsuffler, tous les quinze jours, un pneumothorax à Fontainebleau. Fontainebleau est à 3 ou 4 kilomètres de Samois et, peu avant l'arrivée des Américains, un autocar liait encore les deux localités. J'avais de plus une bicyclette, et finalement mes allées et venues pendant la période où les Américains obligèrent les Allemands à partir ont eu pour moi cette conséquence : peu de temps après la libération de Fontainebleau et de Samois, je voulus me faire réinsuffler : le médecin enfonça l'aiguille à 7 ou 8 reprises entre mes côtes, mais en vain. La poche d'air, regonflée à chaque nouvelle insufflation, était entièrement vide. Elle était morte. Ce fut en fait de cette façon que j'appris que j'étais guéri : la disparition de la poche d'air suivie d'un arrêt du travail microbien révéla cette guérison ; depuis lors, je n'ai plus souffert de poussée tuberculeuse.

Je revins à Paris au mois d'octobre. Mais avant l'arrivée des Américains, ne sachant combien de temps je pouvais être isolé, j'avais vendu à un libraire parisien quelques manuscrits, dont celui du *Mort*, afin de ne pas rester sans argent dans des circonstances qui pouvaient devenir difficiles.

Certainement, j'ai écrit *Le Mort* avant le printemps de 1944. Ce texte dut être rédigé en 1943, sans doute pas plus tôt. Je ne sais où je l'ai écrit, en Normandie (fin 1942), à Paris en décembre 1942, ou pendant les trois premiers mois de 1943 ; à Vézelay, de mars à octobre 1943 ? Ou à Paris de novembre 43 au printemps de 44 ? Peut-être même à Samois, d'avril à juin. Ou encore à Paris, cour de Rohan, pendant l'hiver 43-44. Je ne m'en souviens plus. Je suis seulement certain d'avoir recopié *Le Mort*, afin de vendre un petit nombre de manuscrits, avant juin 1943 (comme je le suis d'avoir écrit ce texte après le printemps de 1942, date à laquelle je tombai malade ; et même au plus tôt pendant mon séjour en Normandie de septembre à novembre 42).

Il y a de toute façon le rapport le plus étroit entre *Le Mort* et le séjour en Normandie du malade tuberculeux que j'étais ; en Normandie, non loin du village de Tilly[3] (que je nomme Quilly, dans *Le Mort*). L'auberge de Quilly est en fait l'auberge de Tilly ; la patronne, celle de Tilly. J'ai inventé les autres détails, à l'exception de la pluie, qui ne cessait guère, en octobre ou novembre 42. À l'exception aussi de la nuit très sombre, où Julie frappe à la porte de l'auberge ? Je ne me souviens même plus si je dormis dans cette auberge ? Il me semble que oui. Je crois encore que, dans la salle, il y avait deux ou trois garçons de ferme en bottes de caoutchouc crêpe, et même un piano mécanique. C'était quoi qu'il en soit sinistre, et sans mesure. Il est sûr, enfin, que l'atmosphère de l'auberge de Tilly m'a suggéré celle de l'auberge du *Mort*. Je suis à peu près sûr aussi — finalement — d'avoir couché — seul — dans cet endroit, qui me terrifia.

Le reste se lie à l'excitation sexuelle délirante où j'étais, dans l'extravagance de novembre, dans ma solitude presque entière, je vivais alors non loin de Tilly, mais nous habitions à part à un kilomètre l'un de l'autre, une belle fille, ma maîtresse, et moi ; j'étais malade, dans un état obscur, d'abattement, d'horreur et d'excitation. Il est difficile d'imaginer la boue des petites routes défoncées, où je circulais, mal chaussé, sur une bicyclette. Je prenais alors, mais seul, la plupart de mes repas chez des paysans.

Je me souviens en particulier d'avoir entendu un jour un avion dont le moteur avait des ratés. Le bruit de moteur fut suivi d'un choc violent. Je pris ma bicyclette. Je finis par trouver l'endroit où cet avion allemand était tombé. Il brûlait au milieu d'un immense verger (des pommiers) : plusieurs arbres étaient calcinés et trois ou quatre morts, projetés autour de l'avion, s'étalaient dans l'herbe. Sans doute un Anglais venait-il d'abattre un peu plus loin, dans la vallée de la Seine, cet avion ennemi, qui ne put que s'abattre un peu plus loin. Le pied d'un des Allemands avait été dénudé par l'arrachement de la semelle de la chaussure. Les têtes des morts, me semble-t-il, étaient informes.

Les flammes avaient dû les toucher ; ce pied seul était intact. C'était la seule chose humaine d'un corps, et sa nudité, devenue terreuse était inhumaine : la chaleur du brasier l'avait transfigurée ; cette chose n'était pas cuite, ni calcinée : dans l'empeigne sans semelle de la chaussure, elle était diabolique ; mais non, elle était irréelle, dénudée, indécente au dernier degré. Je restai longuement immobile ce jour-là, car ce pied nu me regardait[4].

(La vérité je crois n'a qu'un visage : celui d'un démenti violent. La vérité n'a rien de commun avec des figures *allégoriques*, avec des figures de *femmes nues* : mais ce pied d'un homme qui vivait tout à l'heure avait, lui, la violence — la violence négative — de la vérité. Autrement dit, la vérité n'est pas la mort : dans un monde où la vérité disparaîtrait, la vérité serait, en effet, ce « n'importe quoi », qui suggère une possibilité, mais qui, du même fait, la retire. Et sans doute, à travers l'immensité, une possibilité éternelle, indéfinie, subsiste, mais puisqu'en moi (en celui qui écrit), ce pied annonce la disparition terrifiante de « ce qui est », désormais je ne verrai plus « ce qui est » que dans la transparence du pied qui, mieux qu'un cri, en annonce l'anéantissement.)

II

Ai-je été dans cette boue normande de 42, le philosophe digne de ce nom que j'aurais pu être ? Aujourd'hui, où je ne puis que faiblement penser qu'en un moment quelconque je fus un philosophe véritable, ce n'est qu'un souvenir vague, je ne lis plus rien. L'activité philosophique (ce qui précisément me semble mort) perd en moi la possibilité de la défendre : en moi ce qu'elle édifia s'effondre, mieux — s'est effondré. J'ai seulement la certitude d'avoir en moi ruiné ce qui fit qu'autrefois je lisais Hegel, et que même, sans jamais avoir eu pour Heidegger autre chose qu'un attrait énervé, il m'arrivait de le lire (c'est vrai, sauf exception, pas en allemand[5]). Mais d'abord ce qui m'en resta fut un violent silence.

M'en voudra-t-on, si j'ai la faiblesse, à la fin, d'avouer qu'à présent, la sorte d'insignifiance que, lentement, je deviens, que, je pense, je suis devenu, n'a même plus le sens que prend dans ma dernière phrase « un silence violent ». À l'instant j'aperçois, de côté, dans une glace, un visage vide, mon visage. Il n'a pas le sens d'un violent silence. À travers la fenêtre, je regarde, réellement, « le sourire innombrable de la mer[6] ».

Il me semble que la mort, ou la jouissance éperdue, mieux la beauté sublime — à quoi se mêle ce qui veut que la mort ne soit rien, et que le ravissement — la jouissance — n'importe plus, que l'horreur, la beauté, le sublime et la platitude s'ajoutent et s'accordent — que la mort et la jouissance et la beauté se retrouvent, ou plutôt se perdent dans le sourire que personne jamais ne distinguera d'un sanglot. Mais y aurait-il dans un sourire ce fatras que voile un sanglot ?

Un philosophe, un bavard peut-être, écrivit : « Il s'agit maintenant d'une Majesté des Majestés que personne n'a jamais vue ni ne verra jamais ni ne peut voir… Nous sommes dans la situation d'un initié qui, au terme d'une longue série de visions de plus en plus ésotériques, découvre un sanctuaire vide[7] ». Ce philosophe — qu'à peine je connais — m'ennuie, car il ne s'est pas tu, mais me tairai-je ? Non. La violence du poète, la raison du dialecticien, sans fin ouvrent et sans fin ferment néanmoins dans le même temps les possibilités d'un langage avouant que le langage n'est rien, et que le plaisir et la douleur sont dans l'instant. Mais est-il possible de le dire — sans vivre. Vivre : recommencer ce qui sans finir finit. Ce que, jusqu'à la fin, j'attends dans le tumulte de la nuit ; ce que, jusqu'à la fin, j'attends dans la simplicité du jour…

Mais pourquoi proclamer ce faire-part de la mort ?

Personne évidemment n'est prié d'en souffrir !

La mort étend son ombre dans le jour.

Un glas perce le ciel, mais il est gai. Je meurs, mais je ris de mourir.

Je tire mon enchantement de ce qui atterre.

Personne aurait-il avant moi mesuré *toute* la jouissance de la mort ?

Nous le savions, pourtant, le secret de la mort est l'excessive jouissance de la chair, jouir d'une femme est jouir, dans la transparence, de sa mort, de son déshonneur, de ses crimes. La douceur féminine est le faux-semblant, elle est le masque de la mort. L'amour démesuré n'est que la mesure de l'hypocrisie. Le bonheur de la mort jouit, il est en moi quelque chose de démesuré, qui veut ma convulsion étranglée. Pourrais-je sans vivre dans la violence avoir connu la volupté indicible ? Je ne la connaîtrai sans mentir qu'à l'instant de mourir, éperdument…

Plus je la femme que j'ouvre à l'excès d'un désordre angoissant, j'appelle la mort : jamais personne l'aurait-il appelée qu'en silence ? J'appelle la mort.

J'écrivis *Le Mort*.

Il refusa que sur sa tombe on écrivît ces mots : je touche à la fin le BONHEUR EXTRÊME. La tombe elle-même un jour disparaîtra[8].

[AUTRES VERSIONS DU « MORT »]

PREMIER CHAPITRE
[P. 375]

Manuscrit A.

Henri mort, il se fit en elle un grand vide. Un frisson la parcourut, qui l'éleva comme un ange…

Elle entrait, en dormant, dans une église de rêve où l'épuisement, le profond silence et le sentiment de l'irrémédiable l'achevaient.

Dans un état d'horreur, au-dessus du marais de la maison Julie désespérant se joua de son désespoir : il était à lui seul un vice. Henri l'avait suppliée d'être nue.

Elle disposait de sa nudité comme un voleur de la nuit noire

Julie reste seule avec Henri mort

Manuscrit B, 1ʳᵉ version.

I

JULIE RESTE SEULE AVEC HENRI MORT

Henri retomba mort.

Un vide se fit en elle, qui l'éleva comme un ange. Ses seins nus se dressèrent : ce lugubre frisson la porta dans l'église de rêve où l'épuisement, le silence et le sentiment de l'irrémédiable l'achevèrent.

En extase, au-dessus des marécages de la maison, Julie désespéra : soudain, elle se reprit, se jouant de son désespoir.

Henri mourant l'avait suppliée d'être nue.

Elle était pâle, échevelée, les seins fermes jaillis de la robe déchirée. Dès lors, sa méchanceté disposa d'elle entièrement, comme un voleur de la nuit.

Manuscrit B, 2ᵉ version.

Julie reste seule avec Édouard mort

Lorsqu'Édouard retomba mort, un vide se fit en elle, qui l'éleva comme un ange. Ses seins nus se dressèrent. Un long frisson la parcourut dans l'église de rêve, où l'épuisement le silence et le sentiment de l'irrémédiable la brisèrent.

En extase, au-dessus du marais de cette demeure, Marie désespéra, et soudain se joua de son désespoir. Édouard en mourant avait voulu qu'elle se dénudât.

Elle était blême, échevelée, les seins fermes jaillis de la robe déchirée.

Dès lors sa méchanceté disposa d'elle sans limites comme un voleur de la nuit.

Dactylogramme A avant correction.

JULIE RESTE SEULE AVEC HENRI MORT
_____

Henri mort, il se fit en elle un grand vide, un frisson la saisit, l'éleva comme un ange, les seins nus, et l'emporta dans l'église de rêve où l'épuisement, le silence et le sentiment de l'irrémédiable l'achevèrent.

Dans cet état de fièvre, au-dessus du marais vulgaire de la maison, Julie désespéra et, dans l'impuissance, se joua de son désespoir. Henri mourant l'avait suppliée d'être nue.

Elle était blême, échevelée, les seins fermes sortis de la soie déchirée.

Elle disposa d'elle-même entièrement, comme un voleur d'une nuit noire.

Dactylogramme A corrigé.

MARIE RESTE SEULE AVEC ÉDOUARD MORT
_____

Lorsqu'Édouard retomba mort, un vide se fit en elle, un long frisson la parcourut, qui l'éleva comme un ange.

Ses seins nus se dressèrent : ce [lugubre *biffé*] funèbre frisson la porta dans l'église de rêve où l'épuisement, le silence

et le sentiment de l'irrémédiable la [sanctifièrent *biffé*] brisèrent.

En extase au-dessus des marécages de la maison, Marie
désespéra et, soudain, se joua de son désespoir. Édouard en
mourant l'avait suppliée de se dénuder.

Elle était blême, échevelée, les seins fermes jaillis de la robe
déchirée.

Dès lors, sa méchanceté disposa d'elle entièrement, comme
un voleur de la nuit.

Dactylogramme B avant correction.

I

JULIE RESTE SEULE AVEC HENRI MORT

Henri retomba mort. Un vide se fit en elle, qui l'éleva comme
un ange.

Ses seins se dressaient nus.

Un long frisson les parcourut dans l'église de rêve où l'épuisement, le silence et le sentiment de l'irrémédiable la brisaient.

En extase, au-dessus du marais de la demeure, Julie désespéra, et soudain se joua de son désespoir. Henri mourant avait
voulu qu'elle se dénudât.

Elle était pâle, échevelée, les seins fermes jaillis de la robe
déchirée.

Ainsi qu'un voleur de la nuit, l'horreur et la méchanceté disposaient d'elle.

Édition de 1967.

Lorsque Édouard retomba mort, un vide se fit en elle, un
long frisson la parcourut, qui l'éleva comme un ange. Ses
seins nus se dressaient dans une église de rêve où le sentiment
de l'irrémédiable l'épuisait. Debout, auprès du mort, absente,
au-dessus d'elle-même, en une extase lente, atterrée. Elle se
sut désespérée mais elle se jouait de son désespoir. Édouard en
mourant l'avait suppliée de se mettre nue.

Elle n'avait pu le faire à temps ! Elle était là, échevelée : seule
sa poitrine avait jailli de sa robe arrachée.

> MARIE RESTE SEULE
> AVEC ÉDOUARD MORT

DEUXIÈME CHAPITRE
[P. 376]

Manuscrit A.

Le temps venait de nier les lois auxquelles nous soumet la
peur. Elle mit son manteau sur un bras. Elle était nue dans ses
souliers et ses bas de laine : elle se jeta dehors dans la pluie. Les
souliers battirent dans la boue. Dans sa douleur, elle jouissait
d'être nue et mouillée. C'était une jouissance pathétique, tristement vicieuse et proche de la mort. Jamais elle ne s'était plus
terriblement décomposée. Pourtant ce n'était encore que la promesse qu'elle se fit, qu'elle eut hâte de tenir, peur de ne pas tenir.
Elle était résolue à renier jusqu'à la mémoire de sa douceur.
C'était là le cri déchirant qu'elle ne pouvait pousser. Elle se
coucha dans la boue : il faisait chaud, la pluie était chaude. Elle
pissa et elle s'inonda en chantant d'une voix stupide :

> *c'est de la nudité*
> *et de l'atrocité*

Elle se leva, mit l'imperméable et courut dans Quilly jusqu'à
la porte de l'auberge.

> Julie sort nue de la maison

[TROISIÈME CHAPITRE]
[P. 377]

Manuscrit A.

Elle attendait devant la porte, à manquer du courage d'entrer.
Elle écoutait, venant de l'intérieur, des cris, les chants de filles
et d'ivrognes. Elle était immobile et elle jouissait de la peur qui
l'étranglait.

Elle pensa : « j'entrerai, j'ôterai le manteau sous lequel je suis
nue ». Elle tremblait, elle vit que la rue était vide, elle écarta les
pans de ce manteau et, dans la fente mouillée, elle enfonça les
doigts. Il pleuvait, un vent tiède chassait la pluie.

Une voix de fille chanta une chanson des faubourgs mélancolique.

Julie entendit ces paroles :

> Je ne suis qu'une pauvre fille d'amour…

Entendue de la nuit, du dehors, la voix grave et voilée par les murs était déchirante. Elle se tut. Des applaudissements et des tapements de pieds la suivirent, puis un ban.

> Julie attend devant l'auberge

Édition de 1967.

Interdite, elle se tint devant la porte, à manquer du courage d'entrer. Elle entendait venant de l'intérieur, des cris, des chants de filles et d'ivrognes. Elle se sentit trembler, mais elle jouissait de son tremblement.

Elle pensa : « j'entrerai, ils me verront nue. » Elle dut s'appuyer sur le mur. Elle ouvrit son manteau et mit ses longs doigts dans la fente. Elle écouta, figée d'angoisse, elle flaira sur ses doigts l'odeur de sexe mal lavé. On braillait dans l'auberge et pourtant le silence se fit. Il pleuvait : dans une obscurité de cave, un vent tiède inclinait la pluie. Une voix de fille chanta une chanson des faubourgs mélancolique. Entendue de la nuit du dehors, la voix grave et voilée par les murs était déchirante. Elle se tut. Des applaudissements et des tapements de pieds la suivirent, puis un ban.

Marie sanglotait dans l'ombre. Elle pleurait dans son impuissance, le dessus de la main contre les dents.

> MARIE ATTEND
> DEVANT L'AUBERGE

[ONZIÈME CHAPITRE]
[P. 385]

Manuscrit A.

Une envie maintenait en elle une horrible tension : elle aurait voulu se vider le ventre.

Elle imagina l'horreur des autres, accablée mais comblée…

L'odeur de son cul, de son ventre et du foutre ouvrait son cœur à l'image brûlante et glacée d'Henri.

Ivre d'alcool et de larmes, et ne pouvant pleurer, elle crut mourir de l'extraordinaire violence de ses sensations : elle attira la tête de la patronne, ouvrant à la carie l'antre humide de sa bouche.

> Julie embrasse la bouche de la patronne

Dactylogramme A avant correction.

JULIE EMBRASSE LA BOUCHE DE LA PATRONNE

Elle se sentit illuminée glacée, mais sans compter sa vie jetant dans l'abandon. Elle aurait voulu relâcher son ventre : sa hantise maintenait en elle une tension amère. Elle imagina le dégoût des autres ; une immensité froide, inondée de lumière devant elle. Elle touchait Henri…

Cul nu et ventre nu : l'odeur de cul et de ventre mouillés libérait son cœur et la langue de Pierrot, qui nue la mouillait nue, lui semblait le froid d'Henri.

Ivre d'alcool et de sanglots mais ne pleurant pas, elle buvait ce froid la bouche vide : elle attira la tête de la patronne, ouvrant à l'infection l'abîme baveux de ses lèvres.

Dactylogramme A corrigé.

JULIE EMBRASSE LA BOUCHE DE LA PATRONNE

Elle se sentit illuminée, glacée, mais vidant sans compter sa vie dans l'égout. Une horrible hantise maintenait en elle une âcre, une amère tension : elle aurait désiré relâcher son ventre. Elle imaginait l'horreur des autres. Une immensité froide, inondée de lumière devant elle, elle n'était plus séparée d'Henri…

Cul nu et ventre nu : l'odeur de cul et de ventre mouillés libérait son cœur et la langue de Pierrot qui la souillait lui semblait elle-même salie de mort.

Ivre d'alcool et de sanglots, ne pleurant pas, elle aspirait ce relent funèbre : elle attira la tête de la patronne, ouvrant à la carie l'abîme baveux de ses lèvres.

Édition de 1967.

Elle se sentit illuminée, glacée, mais vidant sans compter vidant sa vie dans l'égout.

Un désir impuissant maintenait en elle une tension : elle aurait voulu relâcher son ventre. Elle imagina l'effroi des autres. Elle n'était plus séparée d'Édouard.

Le con et le cul nus : l'odeur de cul et con mouillés libérait son cœur et la langue de Pierrot, qui la mouillait, lui semblait le froid du mort.

Ivre d'alcool et de larmes et ne pleurant pas, elle aspirait ce froid la bouche ouverte : elle attira la tête de la patronne, ouvrant à la carie l'abîme voluptueux de ses lèvres.

> MARIE EMBRASSE
> LA BOUCHE DE LA PATRONNE

[AVANT-DERNIER CHAPITRE]
[P. 401]

Manuscrit A.

Le comte bandait.

Sa queue était longue et rougeâtre.

Son corps nu et cette queue avaient une difformité de diable. La tête guindée entre de hautes épaules était rubiconde.

Il voulait Julie et borna ses pensées à ce mauvais désir. Il poussa la porte :

Elle était nue. Elle l'attendait devant un lit funèbre, provocante et soudain flétrie, d'une surprenante laideur.

« Qu'avez-vous ? » dit-elle.

La mort emplissait la chambre…

Le comte, lamentablement, bégaya.

Il dut s'appuyer sur un meuble.

« Elle m'a eu », fit-il.

Julie eut un sourire affreux.

Elle avait dans la main un flacon vide et le montrait. Mais quand elle tomba, elle semblait simplement saoule.

> Julie tombe pour la dernière fois

Dactylogramme A avant correction.

JULIE MEURT
———

Le comte banda.

Sa queue était longue, longue et rougeâtre.

Son corps nu et cette queue avaient une difformité de diable. Le calme de sa tête, gênée dans les épaules, était mauvais.

Il désirait Julie, bornant sa réflexion à ce désir simple. Il poussa la porte et la vit : elle l'attendait nue, debout devant un lit, provocante et laide : l'ivresse et la fatigue l'avaient flétrie.

« Qu'avez-vous ? » dit Julie.

Le mort emplissait la chambre...
Le comte doucement balbutia.
« ... vous... je... »
Il débandait. Il dut s'appuyer sur un meuble.
Julie gémit :
HENRI !
Elle avait dans la main un revolver.
Elle mit le canon dans la bouche et tira.

Édition de 1967.

Le comte banda.
Sa queue était longue et rougeâtre.
Son corps nu et cette queue avaient une difformité de diable.
La tête dans les épaules anguleuses et trop hautes était blême et
railleuse.
Il désirait Marie et bornait ses pensées à ce désir.
Il poussa la porte. Tristement nue, elle l'attendait devant un
lit, provocante et laide : l'ivresse et la fatigue l'avaient battue.
« Qu'avez-vous ? » dit Marie.
Le mort, en désordre, emplissait la chambre...
Le comte doucement balbutia.
« ... j'ignorais... »
Il dut s'appuyer sur un meuble : *il débandait.*
Marie eut un sourire affreux.
« *C'est fait !* » dit-elle.
Elle avait l'air stupide montrant dans sa main droite une
ampoule brisée.
Enfin, elle tomba.

MARIE MEURT

[DERNIER CHAPITRE]
[P. 402]

Dactylogramme A avant correction.

ÉPILOGUE
———

*Le comte vit de loin une voiture drapée allant au cimetière au pas : il eut
un sourire gêné.*
Il siffla dans ses dents :
« Elle m'a eu... »

Il se sentait faible.
Le sol décidément manquait . . . .
Un bruit lourd, un instant, troubla l'eau du canal.
Le soleil, au-dessus de l'eau, dorait les peupliers : la brise en faisait rire
les feuilles.

Dactylogramme A corrigé.

MARIE [SUIT *biffé*] [ET *biffé*]
[DESCEND *biffé*] SUIT [SON AMANT *biffé*]
[LE MORT *biffé*] HENRI DANS LA TERRE
[AVEC ÉDOUARD *biffé*]

ÉPILOGUE

. . . .

Enfin, le comte aperçut les deux corbillards à la suite, allant au cime-
tière au pas.
Sa bouche avait la laideur d'un trou.
Il siffla dans les dents :
« Elle m'a eu... »
Il se sentait mou.
Le bruit lourd, un instant troubla l'eau du canal.
Le soleil, au-dessus de la ligne d'eau, dorait des peupliers : la brise en
faisait rire les feuilles.

[Rajouté à la main, à l'encre noire, ce texte, apparemment destiné à remplacer le
précédent :]

Les voitures s'en allaient seules à travers la plaine.
Le nain siffla entre ses dents :
« Elle m'a eu... »
Il se laissa glisser.
Le bruit lourd, un instant, dérangea le silence du canal.
Restaient les fossoyeurs, les trous, les mouches d'eau, le vent,
le soleil et l'horreur sans bornes.

Dactylogramme B avant la dernière campagne de correction.

XXVIII
JULIE SUIT [LE MORT *biffé*] L'AUTRE
DANS LA TERRE

Les voitures s'en allaient seules à travers la plaine.
Le nain siffla entre ses dents :
« Elle m'a eu... »

Il se laissa [glisser *biffé*] choir dans l'eau profonde.
Le bruit lourd, un instant, dérangea le silence du canal.
Restaient les fossoyeurs, les trous, les mouches d'eau, le vent,
[le soleil et l'horreur sans bornes *biffé*] rien d'autre.

Édition de 1967.

 … Enfin le comte aperçut les deux corbillards à la suite, allant au cimetière au pas.
 Le nain siffla entre ses dents :
 « Elle m'a eu… »
 Il ne vit le canal et se laissa glisser.
 Un bruit lourd, un instant, dérangea le silence de l'eau.

 Restait le soleil.

> MARIE SUIT
> LE MORT DANS LA TERRE

Vézelay, 25 mars 1947.

Mon cher ami,

Je ne sais si vous savez que Chatté[1] préparait deux livres de moi, *Le Mort* et *La Tombe*[2] d'un très mauvais genre... Il est malade et ne peut plus s'en occuper.

Il y a quelques mois, Max-Pol Fouchet[3] semblait envisager la possibilité de reprendre l'un de ces livres, mais à ce moment Chatté désirait continuer lui-même la fabrication et n'avoir M. P. F. que comme éditeur. M. P. F., lui, voulait vous confier la fabrication. Il n'était pas question de *La Tombe*, que Chatté désirait encore faire seul.

Si cette possibilité existe, et si elle vous intéresse, je vous enverrai toutes les précisions. Mais voici dès maintenant les éléments essentiels.

Les deux manuscrits sont l'un et l'autre très courts, le plus important, *Le Mort*, est même moins long que *Madame Edwarda*. Masson devait faire en principe le frontispice. Bellmer devait faire le frontispice de *La Tombe*.

Les deux livres, bien que prévus de format différent, doivent se compléter (*Le Mort* sera plus grand que *La Tombe*). Les deux doivent paraître en même temps, *c'est essentiel*. *Le Mort* est un récit, *La Tombe* un recueil de poèmes et de réflexions.

La mise en pages, assez compliquée, est amorcée, c'est-à-dire en principe faite, mais le texte n'a pas encore été composé à partir des principes arrêtés d'accord avec moi (et auxquels je tiens). L'imprimeur Blin (imprimerie Fulbert à Chartres) a tous les documents et il vient tous les huit jours à Paris.

Chatté a le papier.

J'ai reçu 23.000 francs d'avance à rembourser à Chatté.

On doit évidemment, en plus du prix du papier et du remboursement des avances, prévoir une rétribution du travail de Chatté.

Je ne sais plus sur quelle base a été prévue la rétribution éventuelle de Masson et de Bellmer. Je me rappelle qu'il s'agissait plutôt de prix bas, mais à partir d'un changement d'éditeur et surtout en considération des 18 mois ou 2 ans qui se sont passés depuis le début de l'histoire, il faudrait une nouvelle convention. De même en ce qui me concerne. Je crois qu'il faudrait selon l'usage prendre la base de 15% du prix de vente à partager entre illustrateurs et auteur.

En ce qui concerne la somme à verser à Chatté, je pense que si nous nous entendons, M. P. F., vous et moi, sur un principe raisonnable, Chatté acceptera ma proposition.

Je vois que je vous ai à peu près tout exposé. Mais je devrais évidemment si l'affaire vous intéresse vous envoyer des documents. Je crois d'ailleurs qu'Hugnet[4] a les deux manuscrits et que vous pourriez les lire chez lui en peu de temps. Vous me direz aussi quelles précisions vous sont nécessaires.

Cordialement à vous,

GEORGES BATAILLE.

Vous ne doutez pas que je serais singulièrement content de faire cela avec vous.

[ILLUSTRATIONS]

[PROJET DE MAQUETTE DESSINÉ PAR BATAILLE]

[Nous reproduisons ici un dessin au crayon de maquette, réalisé par Bataille sur une page de format 15,7 × 23,9 (voir la Note sur le texte, p. 1181).]

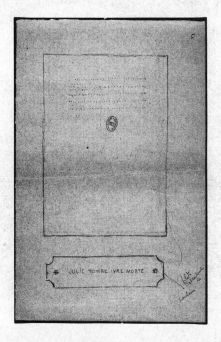

[ESQUISSES RÉALISÉES EN 1957
PAR PIERRE KLOSSOWSKI]

[Nous reproduisons ici quatre esquisses pour Le Mort (deux encres de Chine et deux mines de plomb), réalisées en 1957 par Pierre Klossowski (voir la Note sur le texte, p. 1182).]

Esquisse pour
Le Mort de
Georges Bataille

Pierre Klossowski.
1957

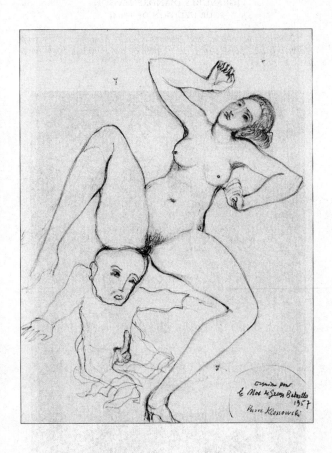

[GRAVURES D'ANDRÉ MASSON
POUR L'ÉDITION DE 1964]

[Nous reproduisons ici neuf gravures d'André Masson, réalisées pour l'édition de luxe parue Au Vent d'Arles en 1964 (voir la Note sur le texte, p. 1182).]

Marie reste seule avec Édouard mort (p. 375).

Marie attend devant l'auberge (p. 377).

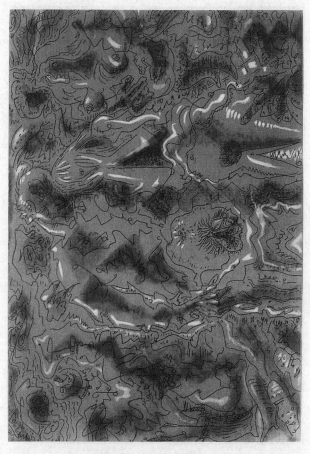

Marie sort la queue d'un ivrogne (p. 380).

Marie danse avec Pierrot (p. 381).

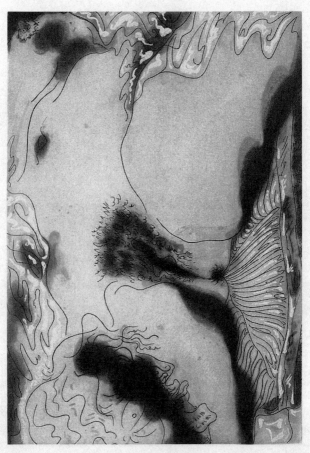

Marie est sucée par Pierrot (p. 384).

Marie voit le fantôme d'Édouard
(Marie voit le spectre d'Édouard, p. 389).

Marie tombe sur le monstre
(Marie tombe sur le comte, p. 393).

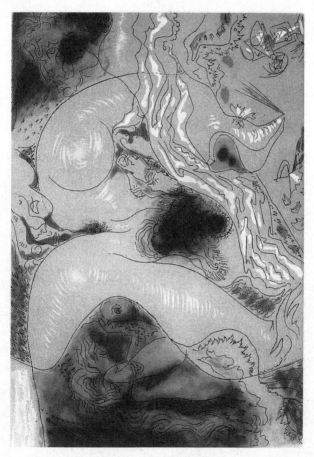

Marie est pinée par Pierrot
(Pierrot baise Marie, p. 395).

Marie meurt (p. 401).

JULIE [a1]

PREMIER CHAPITRE

I

Debout au milieu de la chambre, le visage écarlate, luisant de sueur, Henri grelottait dans un pyjama.

Suzanne entra et n'eut qu'un cri : il se laissa remettre au lit.

Les genoux lui manquaient.

Henri voulait parler, n'en avait plus la force. Suzanne à côté de lui attendit.

Henri tira le drap, le tint mordu : devant sa sœur, il voulait retenir ses larmes.

Après un temps, il dit :

« Je ne sais pas où elle descend. »

Tout le découragement du monde dans la voix...

« Tu n'insistes pas ?

— Non, je n'ai pas la force. Vas-y.

— Je te l'ai proposé.

— Oui. Merci. »

La voix de Suzanne était déprimée.

Henri parla doucement, presque à voix basse :

« Julie sera dans le train de Calais, ce soir. Je dois être à la gare et je ne peux pas...

— Tu l'avoues...

— Je ne peux pas... Parle d'une entorse. Je marcherai dans deux jours. Mais » — il laissa, de découragement, tomber sa tête — « dans la foule, tu ne la reconnaîtras pas... »

Il exploitait la plus petite raison de crainte.

« Je reconnaîtrai Julie, affirma Suzanne.

— Elle t'a déplu !

— Tranquillise-toi. »

Henri la regarda. Ses yeux qu'agrandissait la fièvre, exprimaient une angoisse sans remède.

« Dis-lui… Mais non. Tu es dure. Tu ne devines pas où j'en suis.

— Si. Très bas. Du jour où Julie… »

Hors de lui, Henri se dressa.

« Tais-toi ! » gémit-il.

Il rejeta les couvertures et voulut descendre du lit.

« Tu iras toi-même ? » demanda Suzanne, durement[b].

À bout de forces, Henri se laissa tomber.

Suzanne le couvrit.

« Pourquoi m'enlèves-tu le peu de confiance que j'avais en toi ?

— Je ne suis pas sûre de Julie pour toi. Mais j'irai : je ferai ce que tu décideras.

— Tu feras comme je dis ? »

Il pensa qu'à jouer une confiance qu'il n'avait pas, il risquait d'obliger Suzanne.

« Elle déteste les malades. Il faut lui mentir… Quand elle sera là… Mais qu'elle vienne.

— Ici ? »

Il supplia.

« Ici. Nous ne pouvons nous voir que dans ma chambre. Je suis chez toi, mais nous devons nous voir. Une demi-heure. Demain matin…

— Où déjeunera-t-elle ?

— À l'auberge.

— Elle repartira ?

— Aussitôt.

— C'est bien. J'aurai le train de Paris à 2 heures.

— À 2 heures ?

— Il me donne une demi-heure d'avance.

— C'est perdu si tu es en retard.

— Il n'y a pas de retard. Depuis des années…

— Je comptais partir à midi.

— C'est inutile. »

Henri n'insista plus. Suzanne essuya le front et la bouche de son frère. Elle eut un sourire convenu.

Henri la regarda durement et dit :

« Merci. »
Elle quitta la chambre.

II

Seul, Henri pleura.
Des sanglots secs, une grimace enfantine.
Henri pleurait de honte. Larmes, grimace, augmentaient la honte.
« Même la maladie est fausse », se dit-il.
Simple accès de fièvre paludéenne.
« Si du moins j'étais en danger… »
Il se dégoûta de l'avoir pensé.
S'il était en danger, il aurait peur.
Il n'y avait de toutes façons qu'à fuir. Baigné de sueur, il était comme une mouche au papier collant[1] : plus elle se débat, plus elle colle.
La malchance l'immobilisant ce jour-là l'écœurait. Sans Suzanne, il n'aurait pu atteindre Julie, qui n'avait pas son adresse.

Il eut un moment de calme : la chance voulait que Suzanne, connaissant Julie, puisse aller à la gare à sa place. Il n'aurait pu trouver de messagère plus mauvaise : il aurait pu n'en avoir aucune ! Il se souvint d'une constante de sa vie : rien ne s'arrangeait qui n'ait d'abord atteint le pire. Julie n'était jamais plus proche qu'à des moments désespérés, quand tout semblait perdu.
Il compta douze heures avant la réponse : Suzanne — ou Julie — télégraphierait. Pendant ces douze heures, il fallait endurer la souffrance. Il ne pouvait dans son état ni s'en distraire, ni la surmonter. Il n'avait ni la force ni l'envie de dominer ; lire ou travailler ? c'était impossible. Une minuscule mallette était sur la table. Il l'ouvrit, sortit des comprimés d'un tube. La mallette, il le vérifia, contenait un revolver, des photographies, des cahiers. En fermer la serrure à clé l'épuisa : il retomba sur l'oreiller comme un poids.
Il appela Suzanne : il allait dormir. Elle promit d'envoyer un télégramme urgent. Il était calme et Suzanne s'en réjouit. Quand ils se quittèrent, ils ne paraissaient plus se haïr.
Demeuré seul, il prit les comprimés.
Il s'endormit vite.

> *Ce qui suit se passa comme au fond d'un rêve.*
> *Quelque chose de lointain, d'irréel et pourtant de plus*
> *vrai*[2].

III

Éveillé, il entendit, peu distinctement, une sorte de plainte :
grandissant, la plainte se changea en musique d'orchestre. Elle
se tut. Puis reprit : solennelle, virile, cinglante. Elle s'abîma
encore, dans un long silence. D'où elle s'éleva d'un coup, à
nouveau, comme un ange, issu des saturnales de la nuit...

Des fragments qu'un hasard — une fenêtre ouverte — et
le sens du vent lui portèrent, il ne sut jamais ce qu'ils étaient
(Bach ou Beethoven, il s'en moquait). D'un cri majestueux,
brusquement, l'ange ouvrait les rideaux : les rideaux
déchirés, le fond des mondes — un vide malade — s'ouvrait
comme un livre[3].

Il lui sembla que l'ange abattant les murs criait :

« Va jusqu'au bout de ton attente ! »

Cette voix avait l'éclat gai et surhumain qui procède de
l'effondrement.

IV

Il entendait difficilement : la symphonie, large, démoniaque, prolongeait sa plainte.

Il porta un verre à ses lèvres : voulant se dérober mais il
voyait...

Ce que l'ange, le démon révélait, à n'en pouvoir douter,
c'était *Julie* : c'était l'objet de son attente.

Transfigurée, intime et morte, elle n'avait pas de fond ni
d'âge — n'était plus rien, se réduisait au vide. Elle était la
jeunesse et l'absence éternelles.

De cette transparence infinie découlaient le rire et l'extase
d'Henri.

Le rire disait de son objet : « Comme il est beau ! c'est lui !
c'est ELLE ! (Julie, peut-être morte.) »

Ils se reconnaissaient, ils se riaient.

« Je m'en doutais, se dit Henri, Julie n'est rien. L'objet de mon attente est ma mort. »

Il se laissa aller sur l'oreiller, riant d'un rire intime et doux. Mais il s'arrêta net.

De nouveau, le désir le tenait de la voir, de parler, de rire avec elle. Il s'étonnait, lentement, mesurant dans la fièvre une épuisante succession d'angoisses, de pleins, de vides. Mais pas d'issue.

Il recommença le compte des chances. Suzanne le haïssait (ou l'aimait trop). Elle allait trahir…

La sueur à nouveau le trempa.

Au-delà de l'angoisse présente — de la crainte de manquer Julie — subsistait l'idée qu'elle ne l'aimait plus.

L'absence et l'impuissance à l'obliger d'aimer le sciaient.

Sans elle, il n'était qu'un tronçon de ver.

Ce qui se répondait de Julie à lui, comme en un jeu d'eaux, jaillissait. La solitude tuait.

« Pourtant, gémit Henri, tout à l'heure, je voyais. Je la voyais ! Je lui riais. »

Il suait maintenant d'angoisse.

Des souvenirs précis le lancinèrent.

Dans l'état de sensibilité où la fièvre l'avait mis, ils les *revivait*, mais comme un passé. Et bien qu'il les sentît avec l'intensité d'un présent, ils n'en étaient pas moins inaccessibles.

Une blouse de couleur vive, au soleil[4].

L'« Henri, c'est toi… » du téléphone.

Le bruit de Julie dans la salle de bains, se lavant les dents…

Des bribes de musique à ce moment lui parvenant avivèrent sa douleur.

Elles rappelaient le cri de l'ange : jusqu'au fond de l'attente, de l'angoisse…

v

Longuement, de son lit de fièvre, il entendit la sirène d'un remorqueur demander l'écluse.

Il voyait, par les fenêtres ouvertes, un peu de ciel bleu.

Il se rappela le même bruit, le même ciel à l'entrée d'un

bateau dans le port de Newhaven. Julie et lui, sur ce bateau,
riaient d'être arrivés. Une ligne de falaises pâles marquait
l'Angleterre. Un employé hurlait : « *All passengers on deck !* »

Ce souvenir riant déchirait davantage encore. Il pensa
qu'aujourd'hui, même d'une heure à l'autre, une guerre pouvait éclater.

Julie et lui ne pourraient plus, comme il voulait, gagner
l'Angleterre.

Ils avaient bu sur le bateau : de grands verres de whisky…

Il rêvait d'une maison isolée au bord de la mer. Ils pas-
seraient dans cette maison des nuits d'hiver — écoutant le
vent, les vagues, les averses — à vieillir et à boire…

À la fin, par excès, l'idée de la guerre le fit rire. Il ne rever-
rait pas Julie. Julie retournerait en Suisse.

… et pour l'instant ?

… une attente, un effondrement.

… seul le fond des mondes.

… rien ne subsistait qui ait un sens, le fond lui-même n'en
avait pas.

Attendre, désirer ?

Mais rien.

Rire ? ou boire ?

Un jardin, un figuier, des figues mûres au soleil…

Il vit le jardin sous un ciel d'orage : un vent lugubre se
levait, chassant la poussière.

Il se sentait décomposé.

Il attendait ?

Ce qui évidemment ne peut être…

La guerre arrivait.

Il imagina le monde terré dans l'angoisse.

Inutile de désirer davantage.

Inutile d'attendre.

De même aux rendez-vous, après une certaine heure, on
sait que personne ne viendra.

Reste à s'en aller.

De l'angoisse à n'en plus finir…

Il n'en put supporter l'idée.

Il se représenta les hommes, les villes, les campagnes,

indéfiniment, sous les nuages bas d'une guerre. C'était sombre et noir à pleurer.

Il pleura longuement, devinant chaque être séparé de tout possible et comme perdu en mer...

Il attendait Julie !

Il n'en pouvait douter : l'attente révèle la vanité de son objet.

Qui attend, à la longue, est nanti d'une vérité odieuse : s'il attend, c'est qu'il est l'attente. L'homme est une attente. D'on ne sait quoi, qui ne viendra pas.

La présence de Julie serait un baume.

Adoucissant la plaie : sur le moment...

La plaie resterait mortelle.

L'attente est sans objet mais la mort arrive[5].

Henri se dit encore :

« Je me mens à moi-même. Je veux partir. »

Il se leva. Ses jambes faiblirent. Il se laissa tomber au milieu de la chambre.

Il voulait l'inaccessible.

Il cria d'une voix folle :

« JULIE ! »

Mais à voix basse, il ajouta :

« C'est un faux-fuyant. Je suis seul. Aucune comédie n'est possible. »

Il se leva sans trop de peine, regagna son lit.

« Je suis un comédien, se disait-il. Je n'y vois pas d'inconvénient. Je me suis amusé par terre. Je suis exténué. »

Il se reprit :

« Demain, dans quelques jours, Julie et moi irons dîner au restaurant. Où nous aimons aller. Nous mangerons des steaks au poivre en buvant du juliénas[c] ! »

DEUXIÈME CHAPITRE

VI

Naturellement, tout lui manquait.
Et le cœur sans fin lui tournait.
Il lui fallait un but… se raidir…
Tout absorber, la terre, le ciel…
Et tout tenir serré…
Puis tout rendre dans un sanglot…
Julie ?
« J'aurais dû rire. »
Personne ne sait ce qu'est Julie !
Pas même elle.
Et lui-même, à la fin, n'en savait rien.

Jamais il ne saurait ce qu'elle voulait. Elle lui cachait une autre liaison dont un jour il apprit qu'elle avait précédé la sienne. Aujourd'hui, il savait, son amant l'attendait en Suisse. Il l'imaginait saoule et se débauchant. Elle disparaissait sans rien dire : il attendait sans vivre…

Il vivait pour elle ; s'il pensait à d'autres choses, c'était en rapport avec elle. Il n'avait qu'un désir : qu'elle habite avec lui, passe son temps avec lui.

« Alors, se disait-il, je cesserai de l'aimer, je me détacherai, la vie deviendra vide. »

Il luttait, se savait battu, mais s'il entrevoyait le fantôme du résultat, l'abîme était approfondi.

Il étouffait. Julie était simple, irritable. Elle entraînait toutes choses dans un mouvement de vie, comme en un courant d'air majestueux, où les portes claquaient, où elle riait. Ce qu'en un sens contraire elle portait de malheur en elle était l'expression d'une fragilité d'enfant.

Il voyait, de son lit, la place ombragée de platanes. Un lourd cabriolet au long capot traversa brusquement l'allée, stoppa et manœuvra comme un bolide avec une décision brutale. Un long jeune homme en descendit, gagna en trois pas le café, en sortit rapidement, revint près de la fille échevelée dans la voiture qui démarra comme arrachée et disparut.

La rapidité du jeune homme, la netteté avec laquelle il claquait les portes, la beauté du cabriolet vert et de la fille en blanc avaient péniblement frappé Henri. Il aurait dû, comme eux, foncer vers un but ignoré : mais il voulait *savoir* et l'angoisse… Les jeunes gens, le cabriolet avaient le charme de Julie : celui d'une précipitation rapide, intolérable à laquelle on ne peut résister.

Henri était lâche.

VII

Arriva l'heure à laquelle la dépêche aurait dû lui parvenir. Il entendit sonner.

Il écouta anxieusement, certain que la femme de ménage ouvrirait une porte du couloir, traverserait la maison et frapperait : qu'elle lui remettrait la dépêche.

Il n'entendit plus rien et ne trouvant pas de raison d'appeler se sentit absurde.

L'attente dans ces conditions devenait invivable. Il n'y pouvait rien, ne pouvant hâter d'une seconde l'instant où tout se débloquerait, où la dépêche enfin remise, il lirait la réponse de Julie.

« Je deviens exagérément bête », gémit-il.

Quelques jours avant, au café de la place, un bavard ivre pérorait :

« Non madame, disait-il, je ne suis pas un compliqué, moi, je suis un con nature. »

Il avait poursuivi :

« C'est comme Miss Europe, elle a changé de nom Miss Europe : on l'appelle Aspirine. C'est un comprimé. Comme vous voyez, je ne sais pas si je suis un consacré, mais je suis un sacré con. Que voulez-vous ? j'aime la bêtise. Je me réveille quelquefois la nuit : j'en ris tout seul. »

Henri lui-même était un con.

Hors de lui il appela la femme de ménage.

Elle vint lentement.

Il lui demanda le journal du matin.

Elle répondit d'une voix stupide :

« On m'a donné une dépêche pour vous, monsieur Henri.

— Donnez-la-moi !

— Je vais la chercher.

— Vous ne l'avez pas !

— C'est ça, monsieur Henri, je vous la cherche. »

Elle n'en finit pas de revenir : il attendait crispé.

Elle revint et dit :

« Je ne trouvais pas ces maudits journaux. »

Elle les lui tendit.

« La dépêche ! gémit-il.

— La dépêche… je reviens, je l'ai laissée dans la cuisine. »

Il ouvrit un journal.

L'armée allemande, en Pologne, avait ouvert les hostilités.

Il se rappela que Suzanne, le matin, s'était lamentée : « C'est fini », avait-elle dit.

Il était si perdu qu'il n'en avait pas demandé davantage.

Il se décourageait, exaspéré. Les choses allaient évidemment au pire.

La femme de ménage revint. Il lui arracha la dépêche des mains.

Il l'ouvrit et lut :

« *Julie prend rapide Genève. Serai retour demain. Suzanne.* »

Il dit à la femme de ménage :

« Fermez les fenêtres. Fermez les volets. »

Il attendit qu'elle en ait fini.

La femme de ménage alluma une lampe.

« Non, éteignez », dit-il.

Elle éteignit et s'en alla.

VIII

« Je le savais, se dit Henri, l'objet de mon attente était la mort !

« Julie n'a pas de sens.

« Ni rien. »

« Je m'en suis servi.

« C'était un tremplin pour moi… »

Il sentit un emportement sauvage, et son cœur martelé comme une planche sous l'élan de celui qui saute.

En un sens, il était tranquille.

Il s'assit dans son lit, ouvrit lentement la mallette, prit le revolver dans une main.

Il regarda l'arme et la trouva laide.

« Maintenant, pensa-t-il, même Julie ne m'en tirerait pas. »

Il ne put supporter l'idée de revoir Suzanne : une vilaine tête.

Il trouvait bête que sa mort ait l'air d'être motivée par la guerre. Il écrirait que non, qu'il était réformé. Mais pour finir il s'en fichait.

Évidemment Julie n'avait pas de sens ou n'en avait un qu'imaginaire. Mais Julie disparue, le reste semblait vide.

… S'il avait su, si quelque impossible moyen lui avait livré le sens, ou le non-sens, de la dépêche, il serait tombé de cette hauteur : le sol encore une fois lui aurait manqué. Jusque dans l'élan qu'il prenait pour se réfugier dans la mort !

IX

La poste avait écrit *serai* pour *sera*. Le texte de la dépêche, rédigé par Suzanne, était :

« *Julie prend rapide Genève. Sera retour demain.* »

Julie avait pensé qu'Henri l'accompagnerait à Genève et, déçue, n'avait persisté que Suzanne disant :

« C'est sans importance. Il vous attendra. D'ailleurs il n'est pas seul : je lui tiens compagnie. »

Julie avait prié Suzanne de télégraphier qu'abrégeant son voyage elle espérait rejoindre Henri le lendemain, par le train de 6 heures.

Suzanne, économe, avait trouvé la fin du télégramme inutile et trop longue.

Julie quitta Suzanne à la gare du Nord, s'imaginant pressée. Elle avait décidé d'aller à Genève, voulant rompre avec N. Henri l'aurait accompagnée. L'idée de voyager seule en un tel moment la découragea. Elle décida finalement d'écrire à N. Elle laissa ses valises à la gare. Une foule de mobilisés et de femmes encombrait le hall. Elle n'aimait pas la foule et l'approche de la guerre était comme une ombre la poursuivant personnellement. Elle trouva un taxi et se fit conduire dans un hôtel des boulevards : elle y descendait quelquefois, du temps qu'elle dansait. Elle dîna dans un restaurant espagnol, à l'entrée de la rue du Faubourg-Montmartre. Elle but une carafe de vin et regretta de ne pas boire avec Henri. Elle se reprocha de n'avoir pas télé-graphié elle-même en sortant de la gare. Elle envoya une dépêche du bureau de la Bourse[6] : la dépêche arriverait le lendemain matin. Elle appela au téléphone des amis d'Henri : ils n'étaient pas là. Elle devait se lever à 6 heures afin d'être à temps à la gare. Elle rentra. Elle lut les journaux — un long discours d'Hitler — fuma et but deux Martini-gin.

Devant une ombre aussi noire que la guerre, elle se vit désignée mais ne sachant pas se conduire. Elle aurait dû célébrer ses noces avec cette ombre : le sentiment qu'elle en avait prenait à la gorge. Elle était nue, se sentait nue, la chaleur de l'alcool achevant de la dénuder : elle se blottit en chien de fusil[7] dans les draps.

TROISIÈME CHAPITRE

X

De même qu'un tourbillon de poussière annonce l'orage, une sorte de vide ouvert aux multitudes affairées annonçait l'entrée dans un temps de catastrophes décevantes mais sans limites.

L'agitation devenant peu intelligible, l'avenir décidément insondable, les esprits s'adaptaient mieux qu'on n'aurait cru au sentiment de stupeur et même de stupidité dernières.

En un sens, une guerre est comme un rêve, où l'on coule

dans l'opacité du sommeil avant que n'entrent en jeu des figures démesurées de cauchemar.

C'est un soulagement malgré tout de passer, en un temps, d'un monde policé — où toute activité connaît sa fin — à des convulsions où chaque fin, chaque activité mises en cause, il n'est plus rien qui ne puisse sombrer.

Il est bon de lutter dans ces conditions mais la lutte est médiocrement le refuge qu'on y cherche.

Tout en question, chaque être revêtant la dignité, ou l'indignité, d'un cardinal au moment du Conclave, entre alors dans la nuit d'une véritable solitude, tenant à l'impuissance de tous les mots. La nausée et le désespoir comme l'exultation et l'extase ont perdu le sens qu'ils avaient ou n'en ont qu'un suspendu, peut-être même déjà défait. La plus grande douleur tombant du chêne humain comme la feuille morte est rendue, détachée, aux vérités premières : qui la veulent humainement vide de sens.

Le coup de feu du désespéré, dans le calme plat, tire à lui l'attention de foules éprises de futilité. Dans la dépression, la fourmilière écarte d'elle au contraire, comme évidemment déplacés, des soucis résultant d'une erreur banale. La détresse générale et la peur indéfinie, l'attente d'un monde neuf, à naître dans l'horreur, réduisaient le suicide d'Henri à des proportions puériles.

Il en avait conscience.

Il n'imaginait plus que sa mort ait un sens. À la rigueur il aurait pu rapporter l'absurdité générale à celle de son cœur. Mais la plus furtive envie de rire était morte en lui. Il se sentait risible et ne pouvait plus rire : s'il survivait, un revolver en main, pour un temps, c'était comme un noyé, qui dépend d'une étendue d'eau et n'a barre sur rien. À jamais le monde lui manquait, lui, s'en irait.

XI

Sa fièvre était plus forte.

Dans cet état de passivité, d'impuissance et d'indifférence, il entendait dans un lointain le bruit de ses tempes battant.

Les images qui naissaient et se succédaient, n'étaient plus comme à l'ordinaire menées en rang, suivant des buts à peu près fixes : il les suivait à la dérive.

Le revolver, glissant, s'approcha du cœur : l'arme en bougeant faisait la nuit. L'arme braquée et la respiration sifflante agrandissaient, précipitaient une vision de rêve, suspendue hors du temps[d].

XII

Dans l'instant d'un éclair il vit Julie.
La transparence et la rapidité de la vision le dépassaient.
Les détails ressortaient précisément.

Il revit Julie comme au premier jour dansant sur la scène des Folies-Bergère.
Le décor à peu près fidèlement tiré d'une toile de Rembrandt figurait une salle consacrée aux méditations solitaires. Au lever du rideau, Julie se tenait assise, un pied sur une tête de mort. Elle était grande mais portait comme une écolière un tablier noir : ses bas montant haut laissaient voir une partie nue de la cuisse[8].

Il l'avait vue la première fois comme au fond d'un miroir on découvre une image de *soi-même*, immobile, *déjà vue*. Cette image *lointaine* se perdait dans le fond des temps. Ses longs cheveux noirs, divisés par une raie, ondulaient symétriquement sur les épaules. Elle était le rêve, la majesté mêmes — à l'exception de la jambe… Seule cette part de salacité la rendait pénétrable et laissait dans l'angoisse.

Julie d'un mouvement bizarre, à moitié hideux, faisait sauter le crâne à la façon d'une balle et le rattrapant à hauteur du ventre en braquait doucement les yeux sous elle.

L'état exorbité d'Henri répondait à cette impudeur : Julie n'avait sous son tablier qu'un triangle de jais. Elle dansait en tournant, maintenant des deux mains devant elle la tête de son macabre partenaire. Indifférente, absente, elle riait, s'animait divinement. Elle tournait à la fin avec plus de folle rapidité : la tête tombait dans la coulisse, le tablier s'ouvrait, filait, subtilisé dans l'arrachement.

XIII

Julie avait rue de Grenelle un appartement donnant sur la cour d'un vieil hôtel ; il était si sommairement meublé — d'un lit de fer et de fauteuils Voltaire — que l'épaisseur du tapis cloué lui laissait sa nudité de cloître.

Elle avait parfois une apparence de femme endormie : elle était gaie mais étourdie, au demeurant fort belle, peu voyante et mal définie… : ce qu'elle était la surprenait.

Mais ce qu'Henri dans le délire ne put supporter ne fut pas de la revoir nue : même au moment où, voilée d'une écharpe dorée, elle mimait sur la scène la lumineuse immensité du monde.
Julie, dans une petite robe de toile, *il la vit*, assise dans la montagne. Sous ses pieds s'étendait une longue et profonde vallée dont les pentes étaient d'infinis pâturages jaunes ensoleillés. Dans le fond de cette vallée serpentait un mince ruban d'eau qui brillait dans la lumière : un ruisseau dont le nom, l'*Impradine*[9] évoquait pour Henri l'excessive pureté de l'air et de la lumière, justement dans la haute montagne. De tous les côtés de ce paysage s'étendaient au soleil des crêtes désertes. Henri enfant était souvent venu à cet endroit, d'où l'on dominait l'*Impradine*. Il y était quelques semaines plus tôt avec Julie.

XIV

À ce moment, le doute qui durait en lui et que maintenait l'opaque vision de la scène fut levé. Il cessa de douter de son amour : il admit, déconcerté, que la mort lui rendrait celle qu'il aimait. S'il écartait le revolver, il savait que la vision de l'*Impradine* aussitôt se dissiperait. S'il tirait, ce serait aussi la nuit. Du moins ne manquerait-il pas, tirant, à ce qu'attendait de lui la limpidité du ruisseau. Et cette limpidité, c'était Julie !

Sur le point de tirer, il vit toutes choses dans la transparence cristalline d'un non-sens.

Il cria en riant :

« JULIE ! »

Et comme il l'aurait embrassée, il tremblait de fièvre, il tira.

XV

À l'instant même où il tira, Julie dans cette transparence décisive, il la sentit comme la première fois serrée, contre ce cœur qui voulait mourir.

Un jour qu'il était venu la voir — sans la connaître encore — il attendait, le numéro fini, qu'elle paraisse au final. Glissant dans les rangs, quelqu'un occupa le fauteuil voisin. Il se tourna doucement et reconnut Julie, vêtue d'une fourrure. Elle ne regardait rien, l'air exaspéré : il lui sembla qu'elle respirait mal. Elle se leva presque aussitôt et sortit. Il la suivit. Elle l'attendit dans la rue. Il la prit gauchement dans ses bras. Il avait une sensation d'impuissance. Il faisait un peu froid. Elle tremblait. Elle se serra contre lui. Il ne s'étonna pas : la *transparence* entre eux l'avait désarmé dès l'abord ; il ne saisit cette transparence entièrement que plus tard, dans la limpidité de l'*Impradine* [10].

Julie lui avait dit :

« Épargnez-moi. Si je me trompe, il faut l'avouer… »

Henri avait balbutié : « Non. »

Il avait ajouté ensuite :

« Vous avez peur et moi aussi. Mais vous ne vous trompez pas. »

Il ne l'embrassa pas.

Elle dit encore :

« Pourtant vous avez… » (elle approcha les lèvres de son oreille, il sentit son souffle, elle glissa un mot).

Il demanda :

« C'était mal ?

— Non. »

Elle acheva :

« Je n'en peux plus. Je vous en prie : allons boire ! Si je ne me saoule pas, c'est insupportable.

— Oui, dit Henri, le plus vite possible. »

Ils avaient bu aussitôt. Ils burent une grande quantité. Ils se trouvèrent, le lendemain, à demi habillés, dans un lit d'hôtel de passe. Sans aucune idée de ce qu'ils avaient fait. L'hôtel était voisin du bar où ils avaient bu. Ils ne surent même pas s'ils avaient fait l'amour. C'était désarmant.

Rien entre eux ne cessa de l'être. Tout leur échappait, même la mort...
Henri tira.
Il tenta, il tremblait, de diriger le canon vers le cœur.
Mais il le manqua.

QUATRIÈME CHAPITRE

XVI

Une vieille femme, édentée, riant aux éclats d'un rat : une fille de lessive le noyait dans une tinette.
« Le piège va rouiller, dit la vieille.
— Vous occupez pas : c'est galvanisé... »

Une immense étendue d'air illimitée : le ciel. Atteint de pourriture : un mot *galvanisé*. Le flot des paroles possibles : merde, sexes, argent, logique. Le plus grand malheur : *you have an erection*[11] et plein l'étendue. Le rat, le mot *galvanisé* subsistent[12]...

« Julie ? c'est toi... sois gentille, enlève le rat... »
Il levait les yeux, le visage de Julie juste sur le sien (elle tenait le haut du lit des deux mains). Surprise, elle avait le visage inintelligent d'une pauvre victime dans les pattes d'un fauve. Elle se sentit comme aux cabinets, obscène, lamentablement.

« *I have an erection* », dit Henri. Il était absent, mais doux, comme un enfant.
Julie se mit à rire. Malgré elle. Elle se détourna n'en pouvant plus.

Elle était fatiguée, mal lavée. Elle avait voyagé quatre heures.

Depuis la veille, elle n'avait rien bu : la dépression était peu supportable.

Le délire absorbait Henri.

Julie imagina le mort possible, le coup de revolver au cœur, le cadavre. La nausée lui vint.

Elle sortit et se fit remplacer par Suzanne.

Elle tenta de vomir. Inutile.

Elle revint et dit à Suzanne :

« Je suis mal. J'irais mieux si j'avais un peu d'alcool. »

Henri respirait avec peine.

Les deux femmes défaites, décoiffées, avaient des visages d'asile.

Suzanne regardait Julie l'air traqué.

Ne comprenant pas.

Julie demanda encore :

« Un peu d'alcool ? est-ce possible ? »

Suzanne porta une bouteille et un petit verre.

Julie remercia et prit un verre quelconque au chevet d'Henri.

Elle l'emplit à moitié et but rapidement.

Suzanne debout la regardait faire.

À demi hébétée, à demi révoltée.

Ses bandeaux noirs avaient des mèches.

Comme on file rapidement sous une averse, les deux femmes fuyaient des ombres analogues. Elles s'éloignèrent l'une de l'autre, honteuses d'avoir en même temps saisi la haine qui les opposait.

« Je vous laisse avec le malade », dit Suzanne.

Dans le couloir, elle dut s'arrêter : elle s'assit sur un coin de chaise. Humiliée par Julie. Énervée.

Elle n'encaissait pas la rasade d'alcool.

Et son impudence de catin !

Elle sentait la colère la dégrader.

Elle se leva tout à coup et lança une main devant elle. Une insupportable idée s'emparait d'elle : qu'elle aurait dû chasser de ce mouvement, mais la main retomba comme l'aveu de son impuissance.

Elle mesurait soudain l'étendue du mal.

Sa dépêche, omettant la moitié des choses, était à l'origine du suicide d'Henri.

Son omission était mesquine. Suspecte même.

Henri et Julie lui en demanderaient compte.

XVII

Le centre du monde : la même étendue pleine, exaspérée : les tempes tendues, l'immensité des airs tendue.

Mais toujours au centre la mort, un abattoir, des coups de masse qui assomment et font la nuit.

La puérilité de l'attente avait disparu. Écoulée comme le sang et l'urine en flaques vides. Il n'en restait rien. Tout s'était dissipé, comme à la boucherie le souvenir des bêtes vivantes[13].

Le délire est une sorte d'embouteillage où tout le monde s'énerve.

Julie que l'alcool avait remonté se cala. Elle se détendit : le ciel était d'un gris vide.

Suzanne, dans le courant d'air du couloir, se sentit perdue. Julie la prenait en faute : elle s'enlisait dans la haine. Elle avait des sentiments méprisables. Elle tenta puérilement de gémir : « Mais non, je suis bonne et sans mesquinerie… » Elle se rappelait mot pour mot la dépêche. Julie et elle l'avaient trouvée à terre au pied du lit. Suzanne avait vu l'*i* fatal modifiant le sens. Mais elle avait écarté l'essentiel : « Le voyage abrégé de Julie, son arrivée le lendemain par le train de 6 heures », rendant l'erreur possible. Avec une précision qui lui fit mal, sa mémoire lui représenta le haussement d'épaules et le sifflement de mépris qu'elle avait eu pour réduire le texte à quelques mots. Elle se remémora l'aplomb avec lequel elle avait dit : « C'est sans importance. » Qu'était-elle ? une vieille fille, avare, odieuse. Henri l'interrogerait : la mesquinerie sortirait au grand jour. Cette catin, qui buvait, avait barre sur elle. Comme elle souffrait dans la mesure où ces vérités risquaient d'*apparaître*, elle s'abîma dans une déchéance que la réflexion rendait plus vile.

XVIII

Dans cet état de prostration lucide, une évidence se fit. La plus louche torpeur l'envahit. Un glissement la laissait sans défense contre le mal. Le mal laid, qui attire amèrement, qui avilit et rend avide de honte. L'idée lui vint que l'autre aurait le soupçon d'une horreur. Elle demeura crispée, incertaine, tenant étrangement à maintenir en elle le trouble où la mettait l'interrogation. Elle ne douta plus finalement d'aimer d'amour. Elle vacilla, prête à pleurer, se sentit brûlante, horrible : une ivresse inconnue, lourde, intolérable… et la tête lui tourna.

Elle perdit à demi connaissance et, doucement, se laissa tomber.

XIX

Une comédie honteuse commençait.

Elle avait obscurément prévu qu'au bruit de la chute Julie viendrait. Elle préférait le soulagement du drame à l'étouffement du silence.

Julie ouvrit la porte et vit Suzanne à terre, apparemment sans vie.

Comme un pendant comique d'Henri. C'en était trop. L'évanouissement avait quelque chose de forcé, de difforme : un visage d'hystérie.

Heureusement la femme de ménage entra par une autre porte.

« Ah mon Dieu ! dit la vieille, manquait plus que ça.

— Vite, une serviette, un bol d'eau fraîche », dit Julie.

Elle s'agenouilla : ce corps de vieille fille aux joues creuses la répugnait. Suzanne avait l'allure des morts. Elle ouvrit finalement les yeux : ces yeux ouverts semblaient vides.

« Pourquoi êtes-vous là ? » dit-elle à Julie.

La femme de ménage revint, portant le bol et la serviette. Elle demanda, très haut, comme si sa patronne était sourde :

« Vous vous sentez bien, mademoiselle Suzanne ? »

Julie mit la serviette mouillée sur le front. La peau en était mince et triste.

Suzanne, attentivement, regardait Julie :

« Laissez-moi. Henri ne doit pas rester seul.

— Il faut vous coucher. Le médecin viendra.

— Pourquoi m'humiliez-vous ?

— Moi ? Vous…

— Je ne verrai pas le médecin. Je suis maîtresse chez moi. »

Julie se leva et dit à la femme de ménage :

« Vous l'aiderez. Henri ne doit pas rester seul.

— Allez-vous-en ! » dit encore Suzanne.

La femme de ménage demanda, toujours très haut :

« Mademoiselle Suzanne, vous voulez du café chaud ? »

Julie rentra dans la chambre.

Henri ne bougeait pas mais respirait mal. C'était déprimant.

Julie avait faim. Elle se dit qu'elle aurait du mal à déjeuner.

La situation n'avait pas d'issue.

Sa tête se brouillait, s'appesantissait.

Henri en avait pour longtemps. Immobilisés chez cette fille à moitié folle. Elle-même entre Henri absent et la folle. Une femme de ménage abrutie.

Elle s'adaptait mal à cette vie paralysée. Sa vie était d'habitude un emportement rapide, coupé de longues inerties.

Elle aurait voulu rire de Suzanne.

Elle ne pouvait pas dans cette chambre envahie par l'abattement. L'angoisse et la folie, le délire et l'absurdité régnaient dans cette triste maison.

Lentement Julie se désagrégeait.

Une bouteille de fine à peine commencée était d'autre part une menace.

Issue donnant sur un enfer comique. Toutefois… !

La fine dans la bouteille avait la couleur de l'or, seule lueur de vie dans cette chambre à rideaux. Les rideaux d'un rouge sombre étaient en partie déteints. Le lit lui-même avait des rideaux de reps rouge.

Julie réfléchissait :

« Si je ne mange pas, je boirai. Si je bois, …

« Je ne resterai pas sans manger ni boire.
« J'irai dans un moment trouver la femme de ménage. »

La petite phrase : « Si je bois, … », laissait la porte ouverte.

XX

Elle vit dans une glace, ruisselant sur les épaules, une longue chevelure noire. Paradoxale subsistance de la vie[14]. Elle s'imagina nue. Ivre et nue !

Elle s'amusait à se faire peur à regarder la bouteille de fine.

Elle vit l'image d'une fenêtre dans la bouteille : un petit rectangle de lumière. Au-dessous, l'étiquette de la fine Martell…

L'angoisse lui serrait la gorge.

Elle toucha le col de la bouteille : il était frais.

Le visage éperdu d'Henri : respirant par la bouche, les lèvres sèches…

Elle-même respirait mal, était brûlante.

Elle trouva dans son sac un tube de crème : elle en passa sur les lèvres d'Henri.

Elle tenta d'embrasser ces lèvres.

Elle-même respirait mal, était brûlante.

Elle laissa reposer sa tête auprès de celle du malade.

Henri serait content qu'elle boive ; et qu'elle rêve.

Il lui sembla qu'être saoule était le seul moyen d'attendre. À la mesure d'Henri. À sa propre mesure.

Elle pourrait provoquer, saoule, le retour à la vie. Henri sortirait du délire. Ils échangeraient des phrases folles et les ombres fuiraient ! Elle revit dans la glace un visage éclairé, la vie, le long ruissellement des cheveux. Comment si déprimée ?

Elle imagina le plaisir ou plutôt le triomphe de Suzanne : c'était d'une laideur rassurante. En tout cas justifié.

Elle versa dans le fond d'un verre une faible quantité d'alcool : elle but et sortit de la chambre.

Dans la cuisine, elle demanda des nouvelles de Suzanne à la femme de ménage.

Assise à tricoter, la vieille femme répondit :

« Elle ne sait plus rien dire. On lui cause : autant causer au mur, ni plus.

— A-t-elle mangé ?

— Non ! elle a rien mangé.

— Il faut prévenir la famille.

— Moi, j'sais pus…

— Vous n'avez pas d'adresse ?

— Y a M. Hacque[15], son papa et son frère, M. Adrien…

— Vous avez leur adresse ?

— Ils logent à Paris dans le quartier Latin.

— Mais vous ne savez pas l'adresse ?

— Ô non. M. Adrien est mobilisé, sûrement.

— Avez-vous quelque chose à manger ?

— Vous voudriez manger ?

— Si c'était possible. »

La vieille se leva et regarda longuement dans un buffet.

« Il y a un œuf… Et un peu de gruyère…

— C'est tout ?

— Oui. »

Julie lui dit d'aller acheter autre chose.

« À c't'heure-ci, tout est fermé, dit la vieille.

— Vous ferez cuire l'œuf et vous l'apporterez dans la chambre. Le fromage aussi.

— Y a plus de pain, dit la vieille.

— Tant pis. Je vais là-bas. »

Henri dormait.

Julie sur la pointe des pieds traversa la chambre.

Elle emplit son verre d'alcool. Elle le vida d'un trait et l'emplit encore.

Elle se moquait de tout sauf d'Henri. Suzanne la verrait saoule. Elle soignerait Henri même ivre morte.

Siffler l'alcool était doux, comme quitter la terre. Ou quitter sa robe. Doux et lourd d'angoisse.

CINQUIÈME CHAPITRE

XXI

À 4 heures, la vieille avait rapporté du beurre, un saucisson, des sardines, du vin.

La bouteille de fine était vide.

Julie épuisa sur la nourriture une ivresse sans issue.

Le temps devint interminable. Julie aurait voulu que Suzanne entre et la voie saoule.

La vieille lui dit qu'elle s'était verrouillée dans sa chambre.

Julie acheva la bouteille de vin.

Henri finalement s'éveilla.

Il regarda longtemps Julie et demanda :

« Tu as bu ? »

Debout près du lit, elle avait l'air malade.

« Comment sais-tu ? » dit-elle.

Il demanda encore :

« Où sommes-nous ? d'où viens-tu ? »

Julie s'assit près de lui, lui prit la main et la toucha du front.

« J'ai mal, dit-il. Qu'est-il arrivé ? »

« Un cauchemar…, dit doucement Henri. Je suis rassuré puisque tu es là. Mais je ne sais plus, je ne comprends pas. Que c'est pénible ! J'ai mal là. »

Il montra sa poitrine.

« Ne t'agite plus. Tout est bien maintenant.

— Qu'est-il arrivé ?

— Tu voulais te tuer.

— Mais pourquoi ? puisque tu es là ? Je ne comprends pas. Tu n'en peux plus. Tu as l'air…

— Ce n'est rien. J'ai bu. Je n'aurais pas dû boire. Pardon… »

Elle baissa la tête et lui caressa la main contre ses cheveux.

« Ô non Julie. Tu n'aurais pas dû boire. »

Il pleurait doucement.

« Où étais-tu ? C'est fini. Je me rappelle maintenant. Mais je ne comprends pas. Suzanne ? où est-elle ? Je la hais.

— Ne t'agite plus. »

Julie lui semblait absente.

« Pourquoi es-tu saoule ? la tête m'a tourné. »

Il pleura encore.

« Je te demande pardon, dit-il. Mais c'est trop. Comment es-tu là ? Combien de temps s'est-il passé ?

— Je n'ai pas été en Suisse, dit Julie.

— Comment ? Suzanne a télégraphié…

— Ne t'agite pas. C'était une erreur… »

Le visage d'Henri se durcit.

« Je ne peux plus bouger », dit-il.

Il laissa échapper un cri.

« J'ai trop mal.

— Par pitié, Henri, calme-toi.

— Fais venir Suzanne. Maintenant. Mais tu es saoule ! »

Il se laissa aller découragé.

« Laisse Suzanne.

— Elle est ignoble. Et tu es saoule, et moi…

— C'est arrivé par ma faute. Suzanne n'y pouvait rien. Calme-toi. Tu m'as fait peur. Tu seras vite remis, le médecin l'a dit, mais ne remue pas.

— Donne-moi la main. Comme tu es saoule… »

« Oui, dit-elle, la tête me tourne.

— Est-ce encore le matin ? demanda-t-il.

— C'est le soir. Il est 5 heures. Mais dors…

— Si tu savais comme le sommeil est pénible. J'ai manqué mon coup ?…

— Oui.

— Tu n'es pas allée en Suisse ?

— Non. J'ai voulu y aller. Je voulais rompre… [J']écrirai. Ça suffit. J'ai voulu venir ici.

— C'est étrange d'être heureux… dans l'état où je suis… où tu es…

— Oui, il ne faut pas s'y fier. Ne parle plus maintenant.

— Je suis content, au fond… que tu aies bu… »

XXII

L'intensité de l'ivresse absorbait Julie.
Elle était lourde sur un fauteuil.
Un sourire erra sur ses lèvres.
Henri lui demanda :
« Tu as ri ?
— Tu crois ?
— À quoi pensais-tu ?
— À la guerre…
— Mais ce n'est pas comique.
— C'est bête ! »

« Ô maintenant, tout est fini, dit Henri.
— Pourquoi dis-tu ça ?
— Ce que nous avons connu, toi et moi, ce que nous
aimons, c'est fini…
— Peut-être. On n'a pas besoin de nous.
— Tu sais ce que nous sommes : toi et moi ?…
— Une fille saoule…
— Et moi ?… »
Elle rit, haineusement :
« Tu devais avoir bu pour te tirer dessus !… Tu t'es
vengé ? Avoue, maintenant, avoue-le ! »

« Pourquoi dis-tu ça ?
— J'ai soif, encore.
— Quel enfer tu es !
— On n'a plus besoin d'enfers ! Toi aussi, tu n'es qu'un
enfer.
— Je ne suis pas un enfer. Je suis à bout. Mais j'ai soif.
— Toi, tu ne peux pas.
— Donne-m'en un peu.
— Les bouteilles sont vides.
— Les deux ?
— Oui. Les deux. Attends-moi. La femme de ménage ira
chercher du champagne.
— Où ça ?
— Je ne sais pas. Peut-être à l'auberge. »

XXIII

La femme de ménage revint portant un panier de bouteilles et un seau à laver contenant la glace.

Henri eut l'air d'être assoupi.

Julie mit deux bouteilles dans la glace.

La femme de ménage la regardait faire.

Elle était debout, hésitante.

Elle se décida :

« Je ne comprends plus Mlle Suzanne. »

Sa voix de paysanne était trop forte.

Julie acheva de caser les bouteilles. Elle leva péniblement la tête.

« Qu'est-ce qu'elle fait ?

— J'étais dans le couloir. Je l'ai entendue crier. Toute seule dans sa chambre. Elle disait comme ça : " Criminel ! " »

Prononçant « Criminel ! » la vieille roula l'*r* terriblement.

Julie eut envie de rire. Elle demanda :

« Fort ?

— Je ne sais pas. Plusieurs fois. Qu'est-ce qu'elle a ?

— Je ne sais pas non plus, dit Julie. Retournez dans le couloir. Essayez d'entendre encore une fois. »

La femme de ménage sortit.

Henri ouvrit les yeux et dit :

« J'ai soif. Suzanne devient folle. Au sens médical. Tu ne crois pas ?

— Probablement. »

Elle tournait une bouteille dans la glace.

« Elle sera froide dans dix minutes.

— C'est long, dit Henri.

— Oui c'est long.

— La guerre va durer aussi. Nous n'avons pas fini d'attendre[16].

— Tu attends la paix ?

— Mais non. C'est fini, je n'attends rien.

— Le champagne ?

— Ah mais oui ! » protesta-t-il, avec une ardeur puérile.

Il interrogea :

« On attend ?

— Non, dit Julie. Je l'ouvre. »

Elle enleva un bouchon et remplit les verres. Le champagne moussa.

« Il est frais, dit-elle, il sort de la cave. »

Elle aida Henri à boire.

Elle but encore.

« J'étouffe, gémit-elle.

— Enlève ta robe.

— Je ne peux pas. Mme Hanot[17] va venir. Suzanne aussi, sans doute.

— C'est trop, j'oubliais Suzanne ! »

Il rit, gêné. Julie, elle aussi, eut un rire brûlant.

« Pourquoi as-tu parlé, dit-elle. Je n'en peux plus. »

Elle redevint sombre.

La femme de ménage frappa.

« Alors ? demanda-t-elle.

— Je n'entends plus, dit la vieille. Mais... vous êtes réveillé, monsieur Henri !

— Oui, ça va mieux, ça n'est rien. »

La vieille dit brusquement :

« Dépêchez-vous de guérir !

— Pourquoi ?

— Je ne sais pas, moi. Y a le tournis dans la maison. La demoiselle est gentille. Mais vot' sœur...

— Qu'y a-t-il, ma sœur ?

— Elle a plus sa tête. »

Julie excédée lui dit :

« Buvez un verre avec nous.

— Vous croyez », dit la vieille.

Julie emplit les verres de champagne.

« Ça pique », dit la vieille.

Les autres avaient vidé leurs verres.

Elle regarda les verres vides, elle avait à peine bu, toujours debout.

Elle souriait, de plus en plus désemparée.

« Vous allez plus vite que moi. Moi... j'ai soixante-dix ans...

XXIV

Immobile, debout, Suzanne attendait derrière la vitre.

Elle était là, figée, comme un fantôme de l'ennui.

Le coucou d'un voisin sonna 6 heures.

Suzanne guettait son père auquel, le matin, elle avait télégraphié d'accourir.

Elle vit de loin le petit homme, un sac à la main, descendant rapidement la rue, sa grosse tête rejetée en arrière à chaque pas.

Elle demeurait à la fenêtre, pétrifiée.

Mme Hanot entendit sonner de la chambre d'Henri.

Elle se précipita pour ouvrir.

« Alors ? cria le petit homme.

— Monsieur Hacque ! dit la vieille. Vous arrivez juste.

— Il est perdu ?

— M. Henri ? mais non, i'n'va pas mal, c'est Mlle Suzanne…

— Suzanne ? Où est-elle ? Expliquez-vous. Que s'est-il passé ? »

M. Hacque en parlant roulait les yeux.

Suzanne ouvrit la porte du couloir.

« Suzanne, cria-t-il, mon enfant, que s'est-il passé ? »

Immobile, atone, à la porte, Suzanne regardait son père. Il s'arrêta interloqué.

« … Ô… papa…, gémit-elle.

— Mais… Suzanne, ma fille !

— … Ô… ô… »

Elle se laissa aller sans connaissance.

« Explique-toi », glapit M. Hacque.

Il retint sa fille comme il put.

Ils la traînèrent au salon sur un canapé.

« Enfin, madame Hanot, m'expliquerez-vous ? »

Le petit homme essuya la sueur de son front.

La vieille femme hébétée s'assit dans une bergère.

« Je vais vous expliquer, monsieur Hacque.

— Je vous en prie, madame Hanot, je n'en puis plus.

— C'est que…

— C'est que ? »

La vieille faisait un grand effort.

« Je ne sais plus, c'est trop fort pour moi », dit-elle en fin
de compte.

Le petit homme eut un sursaut.

« Vous me ferez devenir fou !

— C'est justement, monsieur Hacque. Demandez à
Mlle Julie. Elle sait s'espliquer. Moi je n'sais pas. »

M. Hacque se leva.

« Mlle Julie ?

— C'est l'amie de M. Henri. Elle est dans sa chambre.

— J'y vais. Restez auprès de Suzanne. »

M. Hacque se hâta et frappa à la porte d'Henri.

XXV

Julie cria d'entrer.

Le petit homme apparut, tout rouge.

Julie l'intimida mais elle eut envie de rire.

Elle lui demanda sans bouger :

« Vous cherchez quelque chose ? »

Il dit avec dignité, timidement :

« Je suis le père d'Henri. »

Henri dit rapidement à voix basse :

« C'est trop. Dis-lui que je ne dois pas parler. »

Il se laissa aller, comme s'il supportait le poids d'une
fatigue inexprimable.

L'entrée du père exaspérait sa déception.

« Qu'a-t-il dit ? demanda M. Hacque.

— Chut, fit Julie, ne le faites pas parler. »

L'atmosphère de la chambre était déprimante : son
désordre donnait une impression mauvaise : le repos en semblait banni. Des restes de fromage, de saucisson, de pain…
des verres et des bouteilles vides…

« Qu'est-il arrivé ? demanda le père à voix basse.

— Il va bien, dit Julie, il n'est pas en danger. »

Il la regarda : elle aussi semblait atteinte d'égarement.

« Mais qu'est-il arrivé ? » insista-t-il.

Il sortit fébrilement une dépêche de sa poche.

« Suzanne m'a télégraphié. Lisez. »

Elle lut :

« *Henri accident. Stop. Pense sauvé mais viens urgence. Suzanne.* »

« Vous avez parlé à Suzanne ? »

Le petit homme leva les bras, roula les yeux :

« Elle s'est évanouie quand elle m'a vu », dit-il.

Julie fit un effort désespéré…

Elle n'arrêta pas un rire violent.

Elle se tint la bouche d'une main.

Le petit homme suppliait des yeux.

Mais il était perdu, indigne.

Il regardait Julie debout, grande, superbe et tenant sa bouche d'une main.

Elle réussit à dire :

« Ô pardon ! »

Car elle désespérait d'arrêter de rire.

Henri eut peur de son côté.

Pour éviter de rire, il serra les dents et les yeux au ciel s'écria :

« Papa ! »

À ce moment Julie pouffa, fit un effort et s'arrêta.

Elle supplia comme une petite fille :

« Oh pardonnez-moi, dit-elle. C'est nerveux. »

Le petit homme s'était assis.

Ou plutôt effondré.

La sueur ruisselait sous ses cheveux bouclés.

Il l'essuya d'un revers de manche.

« Par pitié, pleura-t-il, Henri, mademoiselle, expliquez-vous… »

Julie se domina décidément.

Elle commença très vite, raidie :

« Je vais vous dire… »

Elle s'arrêta.

Il fallait dire :

« Henri a voulu se tuer. Suzanne est devenue folle. »

Elle ne pouvait pas.

Les choses décidément la lâchaient.

Elle se détourna.

Elle rit aux éclats.

À n'en plus pouvoir. Malgré la main qui tenait la bouche.

Elle riait.

Elle perdait la tête.

Les larmes lui coulaient des yeux.

Henri n'y tenant plus partit à rire aussi. Mais le rire lui fit mal, affreusement.

Il grimaça, poussa un cri.

M. Hacque se leva.

« Henri, mon enfant ! » cria-t-il.

La plainte de son fils, dans cette maison de fous, était le premier son qu'il entendit qui fût sensé.

« Je t'en supplie, Henri, parle, dis-moi… »

Il se prit lui-même à trembler.

« Ô papa, laisse cela, dit Henri, donne-moi du champagne.

— Tu veux du champagne ? »

Henri regarda son père et dit posément :

« Du champagne. »

M. Hacque un instant respira. Il prendrait la bouteille et verserait le vin dans un verre. Cela n'avait rien d'insensé.

« Les trois verres », dit Henri.

Son père emplit deux autres verres.

« Maintenant aide-moi. »

Julie calmée revint. Elle souleva elle-même la tête d'Henri. Son père lui donna son verre.

Henri but et sembla content.

Puis le père et Julie prirent des verres.

« À votre santé ! balbutia Julie.

— À votre santé ! » répondit le père.

Ils burent ensemble.

Le champagne froid était délicieux.

« Tu vois, je ne vais pas mal, dit Henri.

— C'est vrai, dit le père, tu n'as pas l'air mal.

— Je me suis blessé avec un revolver.

— Oui, insista Julie, il s'est blessé. Avec son revolver.

— Mettez-vous d'accord, dit le père.

— Comment cela ? dit Henri. Tu comprends ce que j'ai dit : je me suis blessé. Avec un revolver.

— Oui.

— La balle m'a traversé de part en part.

— De part en part ?

— De part en part », dit Julie.

Le père dit :

« C'est épouvantable !
— Cette fois, tous d'accord !
— Mais Suzanne ?
— Suzanne ? Je ne sais pas. »
M. Hacque, à la fin, avait peur d'insister.
Il se tut et resta immobile.

Julie versa du champagne.
Ils burent de nouveau.
M. Hacque se dit :
« Je finirai par tout savoir. Je saisis maintenant. Il y faut du temps. Je dois faire preuve de patience. Le champagne est délicieux. »

« Je vais vous parler, à présent. Suzanne, commença Julie, c'est une histoire abominable.
— Parlez, dites. »
Julie dit brutalement, la bouche dure :
« Elle est devenue folle.
— Que voulez-vous dire ?
— Folle ! oui, c'est ça. »
Ils mirent ensemble un doigt sur le front.

« Qu'en sais-tu ? » demanda Henri.
M. Hacque se leva.
Il ne pouvait d'aucune façon supporter l'idée.
Il gémit :
« Ce n'est pas sûr, dites-moi, rassurez-moi.
— Je ne sais plus, dit Julie.
— Vous voyez, vous n'êtes pas sûre.
— Elle s'est enfermée. Elle vocifère seule dans sa chambre.
— Le médecin est venu ?
— Pas encore. »

« Que faire ?
— Je ne sais pas. À l'instant, c'était sans issue… Vous verrez… »

XXVI

M. Hacque se leva résolument.
Le salon était vide, Mme Hanot dans la cuisine, assise à tricoter.

« Alors ?

— Elle est encore fermée à clé. »

M. Hacque frappa à la porte de sa fille.

Il cria :

« Ouvre, Suzanne, c'est ton père.

— Je ne peux pas », répondit Suzanne.

Elle prenait un ton qui glaçait.

« Suzanne, ma petite Suzanne, ouvre à ton vieux père.

— Je ne peux pas, répéta Suzanne, je t'ai déshonoré.

— Mais ça m'est égal, tu sais bien. Ton vieux père te pardonne. Ouvre-lui. »

Elle proféra d'une voix théâtrale :

« Je suis une criminelle ! »

« C'est trop, glapit le père. Ouvre-moi, maintenant. Ouvriras-tu ? »

Il frappa violemment sur la porte.

« Suzanne, ma petite fille, ouvre-moi. J'y perdrai la tête. »

Il rugit littéralement en frappant.

« Ouvre, Suzanne ! »

Il trépignait en gémissant :

« Ouvriras-tu, petite peste ! »

Il se tut. La sinistre voix de Suzanne siffla :

« La peste ! la peste ! ah ! ah ! ah ! la peste ! »

Elle riait.

Le père se tint silencieusement devant la porte.

Il respirait fort.

Mme Hanot était là.

Elle lui dit :

« Faut vous calmer, monsieur Hacque. »

Il pleura.

« Madame Hanot, dit-il, je ne peux pas. »

Il répéta :

« Je ne peux pas, je ne peux pas, je ne peux pas. »

Il frappa du pied.

Il recula et fonçant comme un petit taureau tenta de faire sauter la porte.

La porte résista.

Julie accourut à son tour et lui dit :

« Arrêtez. Henri est mal. Il ne faut pas.

— C'est vrai, dit-il, je suis fou, pardonnez-moi.

— Le médecin viendra et vous ferez ce qu'il dira. Il vient pour Henri vers 8 heures. Mme Hanot vous donnera à manger. »

Elle parlait dans un rêve.

« Je ne mangerai pas, dit M. Hacque.

— Vous avez tort. »

Julie s'assit et dit encore :

« Laissez-moi. La tête me tourne. »

Prise de vertige sur la chaise.

« Madame Hanot, dit-elle, je vais tomber, aidez-moi ! »

Gauchement, la vieille femme lui maintint les épaules.

« Soyez gentille. Maintenant, donnez-moi du saucisson. Du champagne… aussi.

— Vous buvez trop, dit la vieille, vous perdez les sens. »

Maintenant Julie tremblait : elle était prise au piège.

M. Hacque et la vieille l'aidèrent à marcher. Ils allèrent dans la chambre d'Henri.

Elle se laissa tomber dans un fauteuil.

Henri lui dit :

« C'est mal parti.

— J'ai faim », dit Julie.

Mme Hanot coupa du pain et du saucisson.

Julie n'arrivait pas à enlever la peau.

Le saucisson, le pain, le couteau lui tombèrent des mains.

M. Hacque se baissa, remit tout en place dans l'assiette : il ôta la peau des rondelles. Puis il étendit le beurre sur le pain et Julie mangea.

Étalée comme une bête, elle agitait les jambes et, au-dessus des bas, laissait voir la peau.

SIXIÈME CHAPITRE

XXVII

La bouche pleine, Julie dit :

« J'ai soif ! »

M. Hacque lui donna un verre.

Elle le vida et dit :

« Buvez aussi !

— Vous buvez trop », dit M. Hacque.

Elle lui passa une rondelle de saucisson et du pain.

« Mangez », dit-elle.

Elle chercha du fauteuil à tirer la bouteille.

« Papa, dit Henri, prends la bouteille et donne à boire.
Mme Hanot boira avec nous.

— Vous porterez un autre verre et une omelette,
demanda Julie.

— Une omelette ? dit la vieille.

— Une omelette avec des œufs. Donnez-nous douze
œufs. Nous la mangerons ici. Portez votre assiette. »

M. Hacque demanda à son fils :

« Nous ne te fatiguons pas ? comment te sens-tu ?

— Le vin m'a fait du bien. »

M. Hacque mangeait du saucisson par contenance.

Ils se turent tous les trois.

La lumière déclinante d'un mauvais jour était triste dans
la chambre.

Mme Hanot mit la table.

Julie lui dit :

« Fermez les volets. »

Henri regarda la vieille.

Elle ferma les volets.

Au moment d'allumer la lampe, elle eut une hésitation.

Elle regarda Henri.

Et lui la regardait sans mot dire.

Elle alluma la lampe.

Elle avait rangé mais la nourriture encombrait la commode. Chargée de bouteilles vides ou pleines.

La femme de ménage revint avec une omelette.

Julie la fit s'asseoir à table. Elle aurait mieux aimé manger
dans la cuisine.

Julie mangea les trois quarts de l'omelette.

Ils mangeaient tristement, sans parler. Chacun d'eux
fuyait en mangeant ce qui l'ennuyait.

Seul Henri ne mangeait pas.

XXVIII

L'étrange repas rappelait celui d'une famille dont un membre est mourant.

Henri était entré tout à coup dans un vide. Premier répit depuis qu'il s'était éveillé.

Il lui sembla que la veille, quand il avait dit à Mme Hanot : « Fermez les volets », les choses étaient moins lourdes.

La présence de Julie était rassurante.

Il irait, du moins, au bout de la dépression actuelle.

Il regarda Julie avec méchanceté, mais il débordait de méchanceté : il avait de la méchanceté pour lui-même.

Son état physique — il se sentait faible et ne souffrait pas — était l'avantage, le délai.

Il éprouvait une déception odieuse, comme s'il avait, en manquant la mort, en vérité manqué l'amour.

Il attribuait son malaise à la présence de tiers — son père, Mme Hanot *—*, à l'état d'ivresse de Julie.

Son père buvait trop.

Il tenait mal le vin.

Cette absurdité-là était dans l'ordre des choses.

Julie devant lui mangeant de l'omelette, il se sentait l'âme de l'avare au moment de vertige où se fait la lumière : il égorgera l'oiseau aux œufs d'or.

8 heures sonnèrent.

M. Hacque remarqua timidement, sans lever la tête :

« Le médecin n'est pas venu.

— Çui-là vient quand i' veut », fit Mme Hanot.

Julie finissait l'omelette.

Dans l'état de faiblesse d'Henri, ces convives inattendus avaient une fausseté théâtrale.

Dans une sorte de tintement d'oreille se succédaient des scènes irréelles.

Aux Folies-Bergère, une demi-douzaine de jolies filles nues attelées comme des mules, harnachées de filets de laine rouge.

Un orchestre de cirque, à hauteur de plafond sous les feux des projecteurs.

Un sentiment d'irréel — immense — de désir…

Mais la place de Julie était fabriquée.

Pure convention théâtrale.

« Henri », « Henri Hacque », « Hacque » était dans le monde un être. Personne n'aurait dû s'introduire entre « Hacque » et le monde : il aimait les filles, n'importe quelles filles.

Mais les choses allaient dans un autre sens.

Il avait conscience du monde à travers Julie ; s'il demeurait seul, le monde se réduisait au vide.

D'ailleurs l'absence de Julie donnait seule ce prix à sa présence ! Julie là était insatisfaisante.

Il l'avait trouvée et, la trouvant, avait touché le monde : et c'était d'avoir cru mourir (mais à ce moment, elle n'était pas là).

Elle était devant lui, maintenant, les yeux lourds, à la lumière électrique, la bouche pleine et disant :

« La guerre m'ennuie, madame Hanot. »

XXIX

Il adorait sa voix.

Il imagina la totalité du monde : un mur.

En entier opaque, étranger. Et Julie dans ce mur : la fenêtre ! Qu'avait-il vu, son front de petit garçon collé à la vitre : un vide vertigineux et l'absence de Julie, puis l'absence de Hacque.

Il vit Mme Hanot, moellon dans l'épaisseur du mur.

La vieille femme, entêtée, répondait :

« C'est bien ennuyeux pour tout un chacun, allez. »

De même l'opacité, la transparence, l'absence étaient ennuyeuses, pas intelligibles.

Julie, Mme Hanot avaient l'une et l'autre une langue, des dents — et l'extrémité d'en bas.

La vieille reprit :

« C'est-il que votre cadet serait mobilisé ?

— N'en parlez pas, madame Hanot, dit le père. Mes trois enfants ? que vont-ils devenir ? »

Il releva la tête. Il eut un frisson.

« J'aurais voulu partir. En 14…

— Vous avez fait la guerre en 14 ? »

Julie parlait sans conviction.

Elle mangeait et buvait encore.

« J'étais dans l'armée auxiliaire, mademoiselle. Lieutenant. »

Henri se rappela qu'un jour, étant ivre, il avait dit à Julie :

« Nous sommes des "rois"… »

Il eut une grimace, se disant :

« Nous sommes des cons… Moi, j'ai honte de mon père… »

Il se savait inavouableᵍ.

Et l'opacité des murs était évidente.

L'idée de transparence ? comique ! Transparaissaient l'absence et le vide : cauchemar de cervelle usée[18].

Il voulait revenir aux sommets de l'*Impradine*, à l'eau glacée, à la lumière immaculée de la montagne.

Julie, hagarde, renversa son verre.

Le champagne inonda les cuisses du père.

Julie était saoule et vraiment. Il en éprouva une satisfaction : d'autant plus forte qu'elle était vile.

Il revit l'appartement rue de Grenelle, une chambre monacale, un lit de fer entre des murs blancs.

Seule une aquarelle au mur…

Un vulgaire lavis d'une dessinatrice du *Sourire*[19].

Mais il représentait Julie chasseresse, bottée, les longs cheveux ruisselant sous un tricorne. Vêtue d'une veste rouge et les jambes et le derrière nus.

L'une des images surtout était salée.

Julie, le pied dans l'étrier, allait monter à cheval.

Une nuit d'ivresse, Henri, armé de clous, avait fixé au mur ces images dérisoires.

Et Julie, par défi, les avait laissées.

Henri avait plaisanté :

« Elles te crucifient[20] ! »

Les dessins donnaient à Julie le visage d'une « petite femme ».

Julie était souvent « salée ».

Vivant dans un courant d'air.

Elle était lourde à voir.

Hébétée d'avoir bu.

Comme une mouche noyée s'abandonne[21], M. Hacque effondré. La vieille annonçait l'évidence…

Henri mit sur sa tête une serviette mouillée.

Un désordre accusé. M. Hacque se leva, essuya le vin coulant.

Julie à son tour se leva. La table était mise sur le guéridon : s'appuyant, elle bascula à demi et faillit tomber.

Elle se leva, se tint péniblement droite et fit le tour du guéridon, disant :

« Je vais faire pipi[22]. »

Elle allait sortir. À ce moment la porte s'ouvrit.

XXX

Julie s'arrêta et cria.

Les autres regardaient hallucinés.

Suzanne était debout dans l'ombre du couloir, immobile et claquant des dents : porte ouverte sur l'impossible[b].

Elle se tint longtemps silencieuse : elle les maintenait sadiquement dans l'attente.

Elle commença. Cria à voix contenue :

« Cochons ! »

Elle continua :

« Avec la putain ! »

Elle fixa son père :

« Tous ! toi aussi ! »

M. Hacque supplia :

« Suzanne ! »

— Henri ! dit-elle, oh ! »

Elle gémit à la fin puis hurla :

« Pitié ! »

À ce moment Mme Hanot dit lentement, de sa voix trop forte :

« Mais mademoiselle Suzanne, pourquoi que vous vous agitez comme ça, ça vous fait du mal. »

Suzanne s'avança vers Julie :

« Et toi ? tu n'as rien dit… Parleras-tu ? »

Julie effrayée recula.

« Suzanne, je t'en supplie », balbutiait M. Hacque.

Il balbutiait de peur.

Suzanne renversa la table : la vaisselle tomba bruyamment.

Julie recula encore. Dépassée.

Suzanne ramassa une bouteille.

Elle s'arrêta et la jeta à toute volée sur Julie.

La bouteille se perdit dans une fenêtre. Dans un immense bruit de vitres cassées.

« Empêchez-la ! » cria Henri.

M. Hacque tenta de la maîtriser par-derrière.

Elle lui échappa, se jeta sur Julie.

Julie glissa, elle poussa un cri et tomba.

La lumière s'éteignit.

Mme Hanot perdue gémit :

« C'eſt-i' Dieu possible ! »

M. Hacque se jeta sur Suzanne.

Elle griffa son père au visage.

« Aidez-moi, madame Hanot, cria-t-il.

— C'eſt que… je n'ai guère de force… »

Terrifié, Henri entendit Julie vomir.

Elle vomissait par terre à même le plancher.

Henri perdait pied.

« Je me lèverai si tu ne l'arrêtes pas », dit-il à son père.

Suzanne se retourna :

« Henri, dit-elle, tu es là ?

— Va-t'en, lui dit-il, tu m'écœures.

— Ô, gémit-elle, soudain désarmée.

— Papa, profite de l'accalmie. »

Le petit homme soufflant perdait la tête.

« Je vais m'en aller », dit Suzanne.

Elle s'en alla. S'effaçant. Comme une apparition surnaturelle.

Un inſtant, avant qu'elle ne sorte, hésitante, elle trembla : la vie semblait l'abandonner.

Henri, hors de lui, cria :

« Comédienne !

— Vite, dit-il à son père, occupe-toi d'elle. »

M. Hacque se précipita, mais le tapis s'étant plié dans la bagarre, il se prit un pied et tomba.

Il pleura :

« Merde ! »

Henri imagina qu'il allait rire : mais il était brisé.
« Ben ! fit Mme Hanot, on n'y voit rien. »

XXXI

Henri eut le sentiment de l'irréparable.

Effondré, ne pouvant bouger : dans la pénombre, il devinait Julie gisant dans son vomi.

Elle était inerte. Une odeur infâme…

M. Hacque se leva, fila à la suite de Suzanne.

Henri, à voix basse, demanda à Mme Hanot :

« Je vous supplie, voyez si Mlle Julie n'est pas blessée.

— On ne voit rien », répéta la vieille.

Mais bientôt :

« Ô là là ! ben ! c'est de la belle ouvrage, eh ben ! c'est du propre…

Et qui est-ce qui nettoyera ? »

M. Hacque apparut dans l'embrasure éclairée. À bout de souffle.

« Trop tard ! dit-il. Elle s'est verrouillée.

— Aide Mme Hanot, j'ai peur que Julie…

— Et toi ? comment es-tu ? c'est affreux !… »

Le petit homme s'arrêta : il restait à la porte.

« Un instant, ô…, dit-il, je me sens mal, ô… c'est lourd ! »

Henri murmura :

« S'il s'évanouit, c'est le bouquet… Faites quelque chose, gémit-il, allumez. »

On entendit sonner à la grille.

Mme Hanot écouta et dit :

« C'est l' docteur Vaud.

— Vous allez ouvrir ? » dit Henri.

Il avait mal et n'en pouvait plus. Julie à terre était inerte.

M. Hacque dit :

« Ma tête n'y tiendra pas. Dis-moi ce que je vais faire, Henri. Je ne sais plus.

— Allume, je t'en prie. »

Dans l'obscurité, M. Hacque essaya de trouver la lampe.

Il se cogna, eut le cri excédé d'un homme à bout de force — à bout de nerfs aussi.

Julie demeurait sans secours à terre.

Dans cette situation inextricable, Henri s'abandonnait à l'épuisement.

« L'ampoule est cassée », pleura M. Hacque.

On entendit le pas du docteur Vaud dans la maison.

Il s'arrêta à la porte de la chambre.

« Fait pas clair par ici », dit-il.

Une voix mourante sortit de l'ombre à ras du sol. M. Hacque disant :

« La lampe est cassée. Madame Hanot, il faut une bougie. »

Le docteur craqua une allumette.

« Ça va mal », dit encore, du sol, la voix mourante.

« Je vois », dit le médecin.

Il désigna Julie.

« Cette dame est blessée ?

— Je ne sais pas, dit la voix.

— Mais vous Henri ! »

Henri répondit faiblement :

« Ça va mieux. »

Deuxième partie[a]

SEPTIÈME CHAPITRE

XXXII

Les hommes s'éveillent à la conscience insérés dans un monde sensé.

Dans la multitude, un seul — détaché du sens — interroge le vide, ne sachant plus ce qu'il y fait, ni la multitude.

Mais un jour la réponse est femme[b1].

Il n'interroge plus, égaré, la nuit.

Il se dit, dans ce rêve où, soudain, il se sait perdu :

« *Je cherchais… ce que j'aime !* »

Qu'il aime ? il n'en peut plus douter : car il souffre en l'absence de l'être aimé.

Il accède dans ces conditions à cette étrange vérité nouvelle.

« *Tout est changé, maintenant,* se dit-il. *Il est une chose pour moi dont la présence, cruellement, me manque. Et non seulement je trouve en elle, capté, tout le prix du monde, mais elle tire à soi l'angoisse et les questions que me posait ce monde et le prix qu'il avait pour moi ! Jadis, deux aspects* mêlés *m'en apparaissaient : l'un, d'immensité morne indifférente, l'autre de lumières émanant du vide, captivantes, agressives, me proposant de mesurer mon être avec le leur*[c]. *Mais voici : comme dans les guerres du temps passé, en une heure, en un lieu, se condensaient puis sans compter se dépensaient des forces accumulées au cours des ans comme de féeriques richesses*[2], *tout le hasard des êtres, soudainement, s'est joué en un seul d'entre eux. Soudainement en un temps, en un point, s'est jouée cette décision. Ce n'est plus mainte- nant une poussière d'étoiles de la nuit — une forêt des lumières de ce*

*monde — qui se propose à moi comme le prolongement, le magique
miroir de moi-même, c'est, le jour levé, l'aveuglant, le cruel éclat du
Soleil ! Et voici ! Voici que — désormais — je ne suis plus seul !
L'angoisse que m'apportaient la solitude et le calme silence de la nuit
s'est muée en angoisse de l'éblouissement infini du jour. J'étais hier l'enfant que le sort abandonne au fond des bois. Je suis, aujourd'hui, le feu
— dévoré — qui dévore. Et je suis feu me mesurant à qui me brûle.*

« *Ces questions dernières que j'avais coutume de poser comme si tout
entier le monde était autre et non moi — alors je négligeais sciemment
ces lumières fugitives, et diffuses, qu'il me proposait — il me laissait
dans ma solitude achevée, dans la nuit d'une parfaite ignorance de ce
qu'au fond il peut bien être —, je devais les poser dans le jeu, dans
le feu, d'une contestation de mon être par un semblable. Ce semblable
— qui n'aurait pu l'être à ce point de déraison s'il n'avait en même
temps été* tout autre — *me proposait en vérité ce pour quoi sans doute
il n'avait pas la force nécessaire. Ce qu'il me proposait, il le faisait,
sans le vouloir, comme s'il eût été le monde même, que transfigure une
absence de limites. Comme tel il se proposait à ma possession. Comme
tel il se proposait de m'annihiler. Tout le restant de ce qui est avait
sombré. Comme une immense mer se retirerait laissant d'elle aux airs
une insaisissable vague, l'immense monde absorbé dans sa propre
inanité laissait la place à ce seul être : ni moins immense, ni moins vide,
ni moins prometteur d'angoisse, ni plus saisissable, mais* semblable [d].

« *Avec lui je pouvais, il me fallait rire — aller boire et manger. Avec
lui je faisais l'amour. Avec lui je devais, me perdant sans cesse en ma
propre absence de limites, chercher le point d'éblouissement — où ses
limites aussi se brisent. Ma réflexion, issue de la philosophie de tous les
temps, qui se poursuivait dans ma solitude d'être terne, se muait tout
à coup en un aveuglement : ébloui mais le cœur battant, le sang à la tête,
je ne me trouvais plus dans ce vide où la pensée s'épuise en développements infinis, mais dans l'attente divine d'un éblouissement et d'une
fièvre plus grands. Ce qui se tendait alors en moi était le mouvement
physique de ma vie. J'étais ce mouvement des eaux comme* elle *était
le mouvement des eaux qui lui répondait : nous heurtant l'un à l'autre
nous nous reconnaissions, nous nous mêlions. Et voici : l'attente tout à
coup grandissait, se muait en un dépassement de ces flots par eux-
mêmes, il semblait qu'au-delà de la chair mêlée et d'une charmante
confusion des lèvres, naissait une aurore, une lumière, un éblouissement
neufs, niant avec la folie juvénile d'un coq ce qui* l'*avait fait naître et
l'attendait.*

« *Comme dans une foule criante, émerveillée, quelqu'un se hisse
au-dessus des autres sur les épaules pour regarder enfin l'incendie, le feu
suprêmes, ainsi ma vie se hissait au plus haut point de la convulsion,
apercevant enfin l'au-delà, l'excès, le déchirement de sa vision. Cet
au-delà, évidemment, en coïncidait avec le non-sens, mais c'était en
cela justement que cette expérience non voulue rejoignait celle de la solitude. Comme dans la lucidité dépouillée du raisonnement, les liens
étaient tombés qui m'inséraient d'habitude en ce monde sensé. Et l'entier abandon d'un sens humain était la condition sans laquelle je
n'aurais pu, riant et me libérant comme une flèche, toucher l'être aimé.*

« *Et sans doute il m'était loisible — après coup — de rattacher cette
déchirure, ou cette brèche, à ce monde où toute chose dénommée possède
un sens. Même, il était fatal d'en venir à ces valeurs chiches[e] que l'être
aura pour tel ou tel. Et de s'abandonner aux chambres, aux meubles,
aux choses, aux mets comme aux boissons. Tels sont les ponts, les pas-
serelles jetés d'un monde à l'autre, à jamais ouverts aux caprices du
cœur. Mais comment ai-je pu, si longtemps, ne pas voir que ces liens,
tendrement aimés, à chaque heure soulignaient l'absurdité de ma fièvre,
criaient au ciel la* LIBERTÉ *de ma passion : évidemment contradictoire
avec tout sens, unie, par malheur, aux plus bêtes.* »

XXXIII

À l'âge de huit ans, Julie habitait rue Chaptal. (Sa mère,
cantatrice, voyageant, la laissait à sa gouvernante.)

Elle [passait], un après-midi d'été, dans l'entrée de la maison, quand elle vit, immobile dans l'ombre, à la porte de
l'escalier de service, un livreur des Galeries Lafayette, vulgaire, jeune et beau qui déboutonné se mettait en transe. Ce
qu'elle vit, et qu'elle ignorait, l'écœura au point qu'elle pensa
vomir.

XXXIV

Henri se réveillant demanda l'heure :

« Minuit, lui dit Julie. Minuit passé. Tu es mieux ?... tu
dormais...

— Je suis faible... mais bien... mais toi... tu ne dors pas.

— Je ne peux pas.

— Tu bois ? »

Elle avait un verre à côté d'elle, les vêtements dérangés.

« Rien à faire. Je ne peux pas dormir.

— Tu boiras toute la nuit ?

— Je ne sais pas.

— Écoute-moi, Julie, dis-moi — à l'oreille : qu'est-ce que tu fais ? »

Elle s'approcha, à le toucher, et le lui dit.

« Embrasse-moi », dit Henri.

Elle l'embrassa profondément.

« J'ai tellement bu », dit-elle encore.

Henri vit la chambre rangée. Il était faible mais calme : heureux finalement.

« Devine à quoi je pense, dit-il.

— Dis-moi.

— Au livreur…

— Qu'est-ce que tu veux dire ?

— … des Galeries Lafayette…

— … ah…

— Verrouille la porte et enlève ta robe, non ? »

Elle retira sa robe, gardant une chemise de tulle rouge.

« Tu es bien, demanda-t-il, c'est dommage…

— Oui, dit-elle, c'est dommage… »

Elle était superbe, l'orage passé, les yeux lourds d'alcool, amoureuse.

« Tu es bien quand même ?

— Terriblement bien. »

Elle dit encore, elle ouvrait les jambes :

« Tu vois : la foudre ne tombe pas au moment voulu.

— Tu voudrais mourir ?

— Comme ça… oui. »

Il ne répondait pas.

« Tu aurais dû m'attendre ?

— Attendre ? tais-toi. Est-ce que tu attends, toi ?

— Je sais. »

Ils se turent, absorbés dans cette sensualité.

Mais Henri était faible. Il se laissa aller à la rêverie. Heureux de sentir à côté de lui Julie animale.

XXXV

Il eut toutefois, dans le silence à demi mort de cette nuit, la vision intense et maléfique de la guerre[3].

Il s'arrêtait moins au malheur qu'à l'attente. Le bonheur dont ils jouissaient dans le moment même, fait d'une liberté infinie, ouverte à la mort, toutefois dérobée au monde — autant que s'ils étaient tombés dans les solitudes inviolées du fond des mers — tenait évidemment à ce qui, dans ce monde, subsistait de paix. De cette douce, divine et pourtant monstrueuse liberté des corps — amoureux et nus — la plupart des hommes seraient privés. Et l'attente qui pour eux allait commencer n'était pas seulement sans limites : elle se doublerait de celle de la mort et de souffrances faites d'un interminable effort dans le froid et la boue, dans les chaleurs, la poussière, la soif. Cette érection inouïe des foules de mobilisés vers un dessèchement dans l'angoisse, cette ruée, pour un si grand nombre sans retour, vers les mornes étendues de l'impossible, étaient d'autant plus lourdes pour Henri qu'elles lui semblaient, comme les convulsions physiques de la mer, inexorables.

Respirant mal, devant Julie, il en sentait le mouvement battre dans son cœur. Il observa dans cette angoisse — qui touchait d'autre part au délice — les légers soubresauts que le cœur donnait à la poitrine nue de Julie. De ce mouvement excédant du sang qui avait commencé, devant un livreur, par la nausée, comment ne pas savoir qu'il était une porte ouverte à l'impossible ? Il n'aurait pu sans cette connivence avec la mort dépasser comme il le faisait la limite imaginable, accéder à la perte du sentiment, à cet achèvement étroit du non-sens qu'est la limpidité de l'amour.

Julie, brusquement, le toucha des lèvres : le jeu de l'amour, en ceci analogue à la guerre, repose sur des mouvements vifs tournant la défense et la désarmant par une perversité insolite.

Julie à ce moment : guêpe blessée, exhibition de chair, l'ivresse lui donnait la majesté animale : impudeur, majesté des bêtes[4] !

Autour de « Julie »

[NOTES ET COMMENTAIRES
DE L'AUTEUR]

[I. MANUSCRIT I]

[P. 435-436, en regard de « Henri parla doucement [...] et voulut descendre du lit ».]

Tout représenter comme une fuite hallucinée devant des spectres
Julie Suzanne Henri
Devant le spectre de l'inconnu ?
Trouver plus loin ce que l'on fuit ici
Grandir au cours de ce mouvement de fuite jusqu'à une puissance de bonheur

[P. 436-437, en regard de « À 2 heures ? [...] Il compta douze heures... ».]

Préface
La mort des amants[1] signifie qu'ils se jugent, désormais vides de sens. Ils ne peuvent s'intégrer dans un monde nouveau. À la rigueur le seul moyen qu'ils ont de communiquer avec le monde est la mort. D'autre part on ne peut dire qu'un monde nouveau les tue ou qu'ils meurent de sa naissance. L'intégrité des uns — et de l'autre — demandait la séparation brutale.

J'attribue ce récit à Dianus[2].
Joindre à l'énoncé de l'attribution (en une phrase) les deux notes, précédant et suivant, en ordre inversé.

Écrire un roman autobiographique, répondant aux lacunes des notes. Mais sans clé, personnages inventés, événements faux. À ce prix, les *mouvements* de la vie se trouvent. La vérité des mouvements veut l'absurdité de l'invention. Côté d'écrasement dans le parti pris de tout dire. Même les notes inventaient — malgré moi — des vérités. Elles diffèrent de l'expression d'une vie réelle en ce qu'elles sont des *échéances* : manière de vivre et non d'exprimer la vie.

Pour autant que je vis, j'exigerai jusqu'au bout de quitter la terre, de sombrer d'avance dans la mort et de sauter dans l'inconnu. Inventer est mourir, allant de soi vers l'autre.

C'est mourir davantage encore que vouer le monde même que l'on invente à la mort. Je n'ai que ce moyen de prendre part à l'enfantement d'un monde liquidant l'ancien. Mon récit irisera des lumières émanées d'une société mourante[3].

Dianus

Un recueil des *notes* de Dianus est paru sous le titre du *Coupable*.

Le même auteur laissait un manuscrit *Cervelle usée*[4], auquel se rapportent les notes suivantes (p. 6 et 8).

Le sens de ces deux notes est peut-être plus clair aux pages . . . . du récit.

[P. 439, en regard de « Je m'en doutais, se dit Henri, … ».]

Le père. M. Hacque, petit pot à tabac = M. Hugnet père[5].

[P. 439, en regard de « Pourtant, gémit Henri… ».]

Un chant, un souffle commun, animant obligeant, une certitude, comme dans l'amour, toutes difficultés levées.

Multitude dans la guerre. L'angoisse. Ce qui arrive. Ils vivent un cauchemar. Souffrent de la faim, de la boue du froid. Plus rien de bon. Presque plus d'espoir. Un certain nombre d'hommes occupés à tirer d'eux le maximum d'effort en vue de… La souffrance commune a priori sera la plus grande que l'on peut supporter sans lâcher prise. Le cauchemar, à tout instant peut être interrompu par la mort[6].

La raison pour laquelle le plus grand nombre d'hommes est prêt à supporter.

Une multitude vit ainsi.

C'est l'une des situations humaines fondamentales.

Celle de l'effort.

Il y a dédoublement du fait de la contrainte et de la fiction.
La raison de l'effort extérieure à celui qui s'efforce, mais censée intérieure : c'est la fiction.

[P. 443, après « on l'appelle Aspirine. C'est un ».]

Julie est une sotte et sans la fièvre d'Henri…

À la fin des premières réflexions l'entrevue.
L'envoi du télégramme
Ensuite le sentiment de la sottise de l'amour amène le suicide.

[P. 448, après « le visionnaire exorbité » dans le manuscrit A et « suspendue hors du temps » dans notre texte.]

dans la mesure où le revolver approche il saisit Julie
le cauchemar au même instant de Julie

[P. 449, après « le tablier s'ouvrait, filait, subtilisé dans l'arrachement ».]

Impradine
Vol d'oiseau dans les arbres
bruit d'ailes

Domine ut refrigerar[7]

À d'autres moments Julie n'est qu'une belle joueuse de tennis et rien de plus

[P. 449, après « même au moment où, voilée d'une écharpe dorée, elle mimait sur la scène[8]… ».]

Il faut à une femme plus de *vertu* pour dire :
« *No man around here, I go on to find one* »,
que pour refuser dans la tentation.

Si l'on a bu, l'on coule l'un en l'autre naturellement. La parcimonie est alors un vice, une exhibition de pauvreté, de dessèchement. Sans le pouvoir que les hommes ont d'assombrir, d'envenimer les choses de tous côtés, d'êtres rances, fielleux, fades et mesquins, quelle excuse aurait la prudence féminine ? le travail, les soucis, un amour immense… Le meilleur et le pire…

Journée ensoleillée, presque d'été. Le soleil, la chaleur, se suffisent. Les fleurs et les corps éclosent.

[P. 449, après « Sous ses pieds s'étendait une longue et profonde vallée dont les pentes étaient d'infinis pâturages jaunes ensoleillés » ; d'une écriture qui ne semble pas être celle de Bataille.]

Pour régénérer la France
Dont nous sommes l'espérance
Il faut des cœurs prêts à tout

Notre jeunesse si belle
Dont la foi point ne chancelle
Se prépare à Dupanloup[9]

[P. 451, après « Elle se détourna n'en pouvant plus ».]

J'aperçois finalement l'essentiel — le but dans son évidence. Ce gigantesque effort, qu'isolément poursuivit une multitude de solitaires, cet effort en vue du savoir et de n'être plus, dans le monde, écrasé, n'avait en vue qu'un résultat possible : une sagesse nous mettant à hauteur d'un monde qui sera quand nous serons morts. Cet effort a donc pour essence de nous y supprimer. D'annuler cet ordre de connaissance où les particularités se reflètent.

Il apparaît ainsi :

1° que l'erreur est la négation du monde qui sera après notre mort, auquel nous nous opposons et nous préférons *[sic]*

2° qu'à ce monde manque essentiellement en tant que notre absence le définit la possibilité qui nous appartient de nous dépasser et de nous nier.

3° que notre souci d'un monde où nous ne serons pas se réduit à celui que nous avons de nous dépasser, c'est-à-dire qu'à nous-mêmes nous ne cherchons pas à substituer un monde *sans* mais *au-delà* de nous. Et que cet au-delà de nous est l'essence de nous.

[P. 473, après « Et Julie, par défi, les avait laissées ».]

je vais faire pipi
La porte s'ouvre. Apparition surnaturelle
La folie est la statue du Commandeur[10]
Suzanne frappe Julie
Julie tombe. Elle vomit par terre.

Ensuite le médecin – il survient en plein chaos – puis la scène érotique dans la nuit.

Suzanne regarde par le trou de la serrure. Elle tente d'ouvrir. La porte est fermée au verrou. Elle retourne à sa chambre et se tue.

Julie dans une chemise de dentelle noire les lèvres sèches écartées par la peur va dans la chambre de Suzanne. Elle revient chez Henri claquant des dents.

Ils s'enferment comme traqués. Arrivée d'Adrien.

Scène comique avec le père et Mme Meneau pour l'enterrement.

Le mouvement de fuite doit grandir jusqu'à une puissance de bonheur.

[P. 478, après « lumières émanant du vide, captivantes, agressives, me proposant de ».]

Finir une première partie assez rapidement la situation étant inextricable

Le septième chapitre commencera par des considérations générales sur l'amour.

Ensuite dire simplement : c'est ce que Henri sentait confusément.

L'embarquement pour Cythère[11]   { à l'arrière-plan
L'exhibitionnisme   graminées le long des murs d'usine
Fuite vers un élément brillant   terrains vagues
Les deux pôles de la fuite : la guerre

[II. MANUSCRIT 2]

[P. 478, au-dessus de « Deuxième partie ».]

Chaque ville, chaque village en dehors du commun des habitants est hanté par des êtres plus noirs que lient la hargne ou le mauvais sort. Sans rien qui les protège des vents de la rage et du froid, ouverts comme les haillons qui les couvrent aux intempéries du ciel et du cœur.

Sur une route une vieille femme est partie en pleurant, emportant des paquets qui

[P. 478-479, en regard des deux premiers paragraphes en italique.]

Débauche de la nature en corps d'insectes

Le croissant de lune au bout d'une rue de maisons basses de
village, à minuit, disparaît en peu d'instants.

Imaginer deux êtres après la mort se retrouvant mais dans un
glissement semblable à celui de la lune que la rotation terrestre
éloigne. Ne se retrouvant que pour mieux se perdre.

Se donner rendez-vous par-delà la mort, là où précisément,
tout est pour ainsi dire déjà dissous, où les séparations des êtres
se dissipent en fumée.

Tout le sens de la seconde partie doit se diriger vers ce
moment, puisque se trouver est nécessairement se perdre.

[P. 479, en regard du troisième paragraphe en italique.]

Épigraphe. On voit naître une espèce hybride, l'artiste, éloigné du crime par la faiblesse de sa volonté et sa crainte de la
société, pas encore mûr pour la maison de fous, mais étendant
curieusement ses antennes vers ces deux sphères ; cette plante
spécifique de la civilisation, l'artiste moderne, peintre, musicien,
surtout romancier[12]…

[Au bas de la même page.]

Elle s'évanouit. Mais si on la saisit au moment même elle se
résout dans le non-sens de l'être aimé. Loisible après coup de la
faire retomber dans la vulgarité.

Le non-sens de l'être aimé est l'équation de l'univers. Ce qui
apparaît au cours des échanges

[P. 480, après « aux plus bêtes ».]

tout à l'heure Henri apercevra l'absurdité de l'amour d'une

L'IMPOSSIBLE

HISTOIRE DE RATS
suivi de

DIANUS *et de* L'ORESTIE

> *Sa bouche ne disait que : « Jésus » et « Catherine ». Et tandis qu'il parlait ainsi, je reçus la tête dans mes mains, fixant les yeux sur la divine bonté et disant : « Je le veux. »*
>
> . . . .
>
> *Quand il fut enterré, mon âme se reposa en paix et tranquillité et dans un tel parfum de sang que je ne pouvais souffrir l'idée d'enlever ce sang qui avait coulé de lui sur moi.*
>
> SAINTE CATHERINE DE SIENNE[1].

> *Durant cette agonie, l'âme est inondée d'inexprimables délices.*
>
> SAINTE THÉRÈSE D'AVILA[2].

PRÉFACE
DE LA DEUXIÈME ÉDITION[1]

Comme les récits fictifs des romans, les textes qui suivent — au moins les[a] deux premiers — se présentent avec l'intention de peindre la vérité. Non que je sois porté à leur croire une valeur convaincante. Je n'ai pas voulu donner le change. Il n'est d'ailleurs pas en principe de roman qui donne le change. Et je ne pouvais songer à le faire à mon tour mieux qu'un autre. Je crois même qu'en un sens mes récits atteignent clairement l'Impossible. Ces évocations ont à la vérité une lourdeur pénible. Cette lourdeur se lie peut-être au fait que l'horreur eut parfois dans ma vie une présence réelle. Il se peut aussi que, même atteinte dans la fiction, l'horreur seule m'ait encore permis d'échapper au sentiment de vide du mensonge...

Le réalisme me donne l'impression d'une erreur[2]. La violence seule échappe au sentiment de pauvreté de ces expériences réalistes. La mort et le désir ont seuls la force qui oppresse, qui coupe la respiration. L'outrance du désir et de la mort permet seule d'atteindre la vérité.

Il y a quinze ans j'ai publié une première fois ce livre. Je lui donnai alors un titre obscur : La Haine de la poésie. Il me semblait qu'à la poésie véritable accédait seule la haine. La poésie n'avait de sens puissant que dans la violence de la révolte. Mais la poésie n'atteint cette violence qu'évoquant L'Impossible. À peu près personne ne comprit

le sens du premier titre, c'est pourquoi je préfère à la fin parler de
L'Impossible.

Il est vrai, ce second titre est loin d'être plus clair.

Mais il peut l'être un jour… : j'aperçois dans son ensemble une convulsion qui met en jeu le mouvement global des êtres. Elle va de la disparition de la mort à cette fureur voluptueuse qui, peut-être, est le sens de la disparition.

Il y a devant l'espèce humaine une double perspective : d'une part, celle du plaisir violent, de l'horreur et de la mort — exactement celle de la poésie — et, en un sens opposé, celle de la science ou du monde réel de l'utilité. Seuls l'utile, le réel, ont un caractère sérieux. Nous ne sommes jamais en droit de lui préférer la séduction : la vérité a des droits sur nous. Elle a même sur nous tous les droits. Pourtant nous pouvons, et même nous devons répondre à quelque chose *qui, n'étant pas Dieu, est plus forte que tous les droits : cet* impossible *auquel nous n'accédons qu'oubliant la vérité de tous ces droits, qu'acceptant la disparition.*

G. B.

I

[Premier carnet]

État de nerfs inouï, agacement sans nom : aimer à ce point est être malade (et j'aime être malade).

B. ne cesse plus de m'éblouir : l'agacement de mes nerfs la grandit encore. Comme en elle tout est grand ! Mais dans mon tremblement j'en doute, tant elle a de facilité (car elle est fausse, superficielle, équivoque… N'est-ce pas évident ? elle embrouille[1] et s'en tire à peu près, dit des sottises au hasard, se laisse influencer par des sots et s'agite à vide, passant à côté du creuset, du crible infini que je suis !).

Je sais que, maintenant, je l'ennuie.
Non que j'aie donné prise à son mépris (je la déçois en ce que, par enjouement, par gentillesse, elle voulait l'impossible de moi) mais dans le mouvement qui la porte, elle écarte ce qu'elle a déjà connu : ce qui me trouble en elle est cette impatience.

J'imagine un clou de grande taille[2] et sa nudité. Ses mouvements emportés de flamme me donnent un vertige physique et le clou que j'enfonce en elle, je ne puis l'y laisser ! Au moment où j'écris, ne pouvant la voir et le clou dur, je rêve d'enlacer ses reins : ce n'est pas un bonheur mais mon impuissance à l'atteindre qui m'arrête : elle m'échappe de toutes façons, le plus malade en moi étant que je le veuille et que mon amour soit nécessairement malheureux. Je ne cherche plus en effet de bonheur : je ne veux pas le lui donner, je n'en veux pas pour moi. Je voudrais toujours la toucher *à l'angoisse* et qu'elle en défaille : elle est comme elle est, mais je doute que jamais deux êtres aient communiqué plus avant dans la certitude de leur impuissance.

Dans l'appartement d'A. (je ne sais si A. ment, disant appartenir à l'ordre des jésuites : il aborda B. dans la rue, l'amusa par sa gravité dans l'hypocrisie ; le premier jour, il revêtit chez lui la soutane et ne fit que boire avec elle), dans l'appartement d'A., le mélange d'un extrême désordre des sens et d'une élévation du cœur affectée nous enchante, il nous charme comme un alcool.

Souvent même, à trois, nous rions comme des fous[3].

☆

(Ce que j'attends de la musique : un degré de profondeur en plus dans cette exploration du froid qu'est l'amour *noir* (lié à l'obscénité de B., scellé par une incessante souffrance — jamais assez violent, assez louche, assez proche de la mort !).)

Je diffère de mes amis me moquant de toute convention, prenant mon plaisir au plus bas. Je n'ai pas de honte vivant comme un adolescent sournois, comme un vieux. Échoué, ivre et rouge, dans une boîte de femmes nues : à me regarder morne et le pli des lèvres angoissé, personne n'imaginerait que je jouis. Je me sens *vulgaire* à n'en plus pouvoir et ne pouvant atteindre mon objet, je m'enfonce du moins dans une pauvreté réelle.

J'ai le vertige et la tête me tourne. Je me découvre fait de ma « confiance en moi » — précisément parce qu'elle me lâche. Si je n'ai plus mon assurance, un vide s'ouvre à mes pieds. La réalité de l'être est certitude naïve de la chance[4] et la chance qui m'élève me mène à la ruine. Je rougis de me croire inférieur au plus *grand* : au point de n'y jamais penser, d'oublier que les autres m'ignorent.

La peur que B. ne m'abandonne, me laissant seul et, comme un déchet, malade du désir de me perdre, excite à la fin mon humeur. Je pleurais tout à l'heure — ou, l'œil vide, acceptais le dégoût —, maintenant le jour luit et le sentiment du malheur possible me grise : la vie s'étire en moi comme un chant modulé dans la gorge d'un soprano.

Heureux comme un balai dont le jeu fait dans l'air un moulinet.

Comme un noyé se perd en crispant les mains, comme on se noie faute d'allonger le corps aussi paisiblement que dans un lit, de la même façon… mais je sais.

Tu ne veux pas te perdre. Il te faut jouir *à ton compte*. Tu tirais de l'angoisse des voluptés si grandes — elles t'ébranlaient de la tête aux pieds (je l'entends de tes joies sexuelles, de tes voluptés sales du « Moulin bleu[5] » : tu ne veux pas abandonner ?).

Ma réponse :
« J'abandonne à une condition…
— Laquelle ?
— Mais non… j'ai peur de B. »

Ce triste paysage de montagne sous le vent, le froid et la neige fondue : combien j'aimais vivre avec B. dans cet inhabitable endroit ! Les semaines ont vite passé…
Dans les mêmes conditions : de l'alcool, des instants d'orage (d'orageuse nudité), des sommeils pénibles.

Marcher, dans une tempête, sur un chemin de montagne sans attrait, n'est pas une détente (ressemble davantage à une raison d'être).

Ce qui m'unit à B. est, devant elle et moi, l'impossible comme un vide, au lieu d'une vie commune assurée. L'absence d'issue, les difficultés renaissant de toutes façons, cette menace de mort entre nous comme l'épée d'Yseut, le désir qui nous tient d'aller plus loin que ne le supporte le cœur, le besoin de souffrir d'un incessant déchirement, le soupçon même — de la part de B. — que tout ceci ne mène encore, au hasard, qu'à la pauvreté, ne tombe dans l'ordure et le manque de caractère : tout cela fait de chaque heure un mélange de panique, d'attente, d'audace, d'angoisse (plus rarement d'irritante volupté), que seule peut résoudre l'action (mais l'action…).

Étrange en somme que la difficulté rencontrée par le vice — la paralysie, le frein du vice — tienne au peu de force, aux misères des possibilités réelles. Ce n'est pas le vice qui effraie, mais les petitesses qui l'entourent, ses fantoches, hommes et femmes, mal venus, imbéciles, ennuyés. Je dois à vrai dire être pour ma part une montagne assez désolée pour laisser l'accès du sommet même à de vieilles dames en perruque (elles me manqueraient pour un peu : dans les boîtes de nuit, les pitres, la mauvaise odeur — de chambre de malade — de l'or, la vulgarité clinquante m'agréent).

Je hais ces êtres bien venus auxquels manque[a] le sentiment des limites (d'une impuissance sans appel) : le sérieux dans l'ivresse du Père A. (il appartient sans conteste à la Société) n'est pas feint : ses discrets blasphèmes et sa conduite répondent — avec une sévérité morale insaisissable — au sentiment qu'il a de l'impossible.

Dîné hier avec B. et le Père A. Devrais-je attribuer à la boisson les folles déclarations d'A. ? ou encore : l'énoncé de la vérité serait-il un moyen d'engager au doute et de tromper plus parfaitement ?

A. n'est pas diabolique, mais humain (humain ? ne serait-ce pas *insignifiant*) : si l'on oublie la robe et l'intérêt anecdotique, le religieux athée servant, dit-il, une cause hostile à l'Église. Un jésuite en peignoir de bain (le corps osseux et long et l'onction n'est en lui qu'un sarcasme de plus) est bien l'homme le plus nu qui soit : sa *vérité*, B., ravie, la touchait…

Je vis dans l'enchantement du dîner d'hier : B. belle comme une louve[6] et noire, si élégante en peignoir rayé de bleu et de blanc, entrouvert de haut en bas. Sarcastique elle aussi devant le Père et riant comme une flamme élancée.

Ces moments d'ivresse où nous bravons tout, où, l'ancre levée, nous allons gaîment vers l'abîme, sans plus de souci de l'inévitable chute que des limites données dans l'origine[7], sont les seuls où nous sommes tout à fait délivrés du sol (des lois)…

Rien n'existe qui n'ait ce *sens insensé* — commun aux flammes, aux rêves, aux fous rires — en ces moments où la consumation[8] se précipite, au-delà du désir de durer. Même le dernier non-sens à la limite est toujours ce sens fait de la négation de tous les autres. (Ce sens n'est-il pas au fond celui de chaque être particulier qui, comme tel, est *non-sens* des autres, mais seulement s'il se moque de durer — et la pensée (la philosophie) est à la limite de cet embrasement, comme la bougie soufflée à la limite d'une flamme.)

Devant la logique acérée, cynique et lucidement bornée du Père A., le rire ivre de B. (A. dans un fauteuil, enfoncé — à demi-nue, B. devant lui debout, moqueuse et folle comme une flamme) était ce mouvement insensé qui lève l'ancre et s'en va naïvement vers le vide. (En même temps mes mains se perdaient dans ses jambes… aveuglément ces mains cherchaient la fêlure, se brûlaient à ce feu qui m'ouvre le vide…)

À ce moment, la douceur de la nudité (la naissance des jambes ou des seins) touchait l'infini.

À ce moment, le désir (l'angoisse que double l'amitié) fut si merveilleusement comblé que je désespérai.

Ce moment immense — comme un fou rire, infiniment heureux, démasquant ce qui dure après lui (en révélant l'inévitable déclin) — substituait l'alcool à l'eau, une absence de mort, un vide sans fin à la proximité apparente du ciel.

A. retors, rompu aux possibilités les plus folles et désabusé…

Si ce n'est B., je n'imagine pas d'être plus risiblement désespéré, non d'un espoir déçu, mais d'un désespoir véritable. L'honnêteté rigide apportée sans cœur à des tâches qu'on ne peut évoquer sans rire (tant elles sont subversives et paradoxales), l'absence d'envolée de méthodes apparemment faites pour étonner, la pureté dans la débauche (la loi logiquement écartée, il se trouve, faute de préjugés, dès l'abord au niveau du pire), la raillerie opposée aux délices dépassant l'égarement des sens, font d'A. l'analogue d'une épure d'usine. Le bon sens à tel point libéré des conventions a l'évidence d'une montagne — en a même la sauvagerie.

B. s'étonne devant lui des bizarreries du Père A.

Je lui montre en revanche quelles simples nécessités

décident de sa vie : les dix années d'études profondes, le lent apprentissage de la dissimulation, de la désarticulation d'esprit, font d'un homme un indifférent. En un sens un peu changé…, *perinde ac cadaver*[9].

« Crois-tu ? » demanda B. (brûlante d'ironie, de plaisir).

Agenouillée aux pieds du Père… heureuse elle-même animalement[10] de ma folie.

Renversé, le visage de notre ami s'éclaira d'un sourire railleur.

Non sans violence, il se détendit.

La lèvre amère et les yeux perdus dans la profondeur du plafond, noyés de bonheur ineffable.

B. me dit de plus en plus louve :

« Regarde le Révérend rire aux anges.

— Les anges du Seigneur, dit A., ravissent le sommeil du juste ! »

Il parlait comme on bâille.

Je regrette de n'être pas mort, regardant B. la lèvre humide, et la regardant dans le fond du cœur. Atteindre le plaisir exaspéré, l'extrême audace, épuisant du même coup le corps, l'intelligence et le cœur, annule à peu près la survie. En bannit tout au moins le repos.

☆

Ma solitude me démoralise.

Un coup de téléphone de B. me prévient : je doute de la revoir avant longtemps.

Et « l'homme seul » est maudit[11].

B., A. vivent seuls, assez volontiers. A. dans un ordre religieux, B. dans sa famille — pour insidieux que soient leurs rapports avec cet ordre, cette famille.

Je grelotte de froid. Soudain, inattendu, le départ de B. m'écœure.

☆

Je m'étonne : j'ai peur de la mort, une peur lâche et puérile. Je n'aime vivre qu'à la condition de brûler (il me faudrait sinon vouloir durer). Pour étrange que cela soit, mon peu d'entêtement à durer me retire la force de réagir : je vis noyé d'angoisse et j'ai peur de la mort, justement faute d'aimer vivre.

Je devine en moi la dureté possible, l'indifférence au pire, la folie qu'il faut dans les supplices : et je tremble pourtant, j'ai mal.

Je sais ma plaie inguérissable.

Sans ce défi de louve de B. — éclairant comme un feu l'épaisseur des brumes — tout est fade et l'espace est vide. En ce moment, comme la mer descend, la vie se retire de moi.

Si je veux…
Mais non.
Je refuse.
Je suis en proie à la peur dans mon lit.

Ce défi — sa fraîcheur de lis et les mains fraîches de nudité — comme un sommet du cœur, inaccessible…
Mais la mémoire est vacillante.

Je me souviens *mal*, de plus en plus mal.
Je suis si faible, souvent, que la force d'écrire me manque. La force de mentir ? Je dois le dire aussi : ces mots que j'aligne mentent. Je n'écrirais pas en prison sur les murs : je devrais m'arracher les ongles à chercher l'issue.
Écrire ? se retourner les ongles, espérer, bien en vain, le moment de la délivrance ?
Ma raison d'écrire est d'atteindre B.

Le plus désespérant : que B. perde à la fin le fil d'Ariane qu'est dans le dédale de sa vie mon amour pour elle.
Elle sait mais oublie (n'est-il pas nécessaire, à cette fin, d'oublier ?) qu'elle et moi sommes entrés dans la nuit d'une

prison dont nous ne sortirons que morts, réduits à coller, dans le froid, le cœur à nu contre le mur, dans l'attente d'une oreille collée de l'autre côté.

Malédiction ! que pour atteindre ce moment la prison soit nécessaire et la nuit, le froid qui suivent ce moment !

Passé hier une heure avec A.

Je veux écrire en premier lieu ceci. Nous ne disposons pas de moyens pour atteindre : à la vérité nous atteignons ; nous atteignons soudain le point qu'il fallait et nous passons le reste de nos jours à chercher un moment perdu[12] ; mais que de fois nous le manquons, pour cette raison précisément que le chercher nous en détourne, nous unir est sans doute un moyen… de manquer à jamais le moment du retour. — Soudain, dans ma nuit, dans ma solitude, l'angoisse cède à la conviction : c'est sournois, non plus même arrachant (à force d'arracher, cela n'arrache plus), *soudain le cœur de B. est dans mon cœur.*

Au cours de la conversation, le mouvement de bête traquée de la souffrance m'enlevait le désir de respirer. J'avais la tentation de parler : à ma tentation répondait un visage railleur (A. ne rit, ne sourit que rarement, il n'est pas en lui de *moment perdu* à la recherche duquel il serait condamné : il est *désespéré* (comme la plupart) ; d'ordinaire il subsiste une arrière-pensée de bonheur accessible).

Étranges reflets, dans une obscurité de cave, des lueurs de la nudité : L.N[13]. et sa femme, E., élégants tous deux. E. me tournait le dos, décolletée, blonde, en robe de style rose. Elle me souriait dans la glace. Sa gaieté insidieuse… Son mari relève la robe, du bout d'un parapluie, jusqu'à hauteur des reins.

« Très dix-huitième », dit N. en mauvais français. Le rire d'E., dans la glace, avait la malice, éblouie, de l'alcool.

Étrange que la même lueur insensée brille pour tous les hommes. La nudité fait peur : notre nature en entier découlant du scandale où elle a le sens de l'horrible… Ce qui s'appelle *nu* suppose une fidélité déchirée, n'est qu'une réponse tremblée et bâillonnée au plus trouble des appels. La furtive lueur entrevue dans l'obscurité ne demandait-elle pas le don

d'une vie ? Chacun ne doit-il pas, bravant l'hypocrisie de tous
(quelle stupidité dans le fond des conduites « humaines » !),
retrouver la voie qui le mène, à travers les flammes, à l'ordure, à la nuit de la nudité ?

☆

Le hibou survole, au clair de lune, un champ où crient des
blessés[14].
Je survole ainsi dans la nuit mon propre malheur.

Je suis un malheureux, un infirme solitaire. J'ai peur de la
mort, j'aime, et, de différentes façons, je souffre : je délaisse
alors mes douleurs *et je dis qu'elles mentent*. Dehors il fait froid.
Je ne sais pourquoi je brûle dans mon lit : je n'ai pas de feu,
il gèle. Si j'étais nu dehors, frappé, arrêté, perdu (j'entendrais
mieux que dans ma chambre ces sifflements et des détonations de bombes — à l'instant la ville est bombardée), mes
claquements de dents mentiraient encore.

J'ai déshabillé tant de filles au bordel. Je buvais, j'étais ivre
et n'étais heureux qu'à condition d'être indéfendable.

La liberté qu'on n'a qu'au bordel…
Je pouvais au bordel me déculotter, m'asseoir sur les
genoux de la sous-maîtresse et pleurer. Cela n'importait pas
non plus, n'était qu'un mensonge, épuisant néanmoins le
pauvre possible.

J'ai de mon derrière une idée puérile, honnête, et tant de
peur au fond.
Mélange d'horreur, d'amour malheureux, de lucidité (le
hibou !)…
Comme un fou évadé d'un asile, ma folie du moins m'enferme encore.
Mon délire est décomposé. Je ne sais si je ris de la nuit,
ou si la nuit… Je suis seul, et, sans B., je crie. Mon cri se
perd de la même façon que la vie dans la mort. L'obscénité
exaspère l'amour.

Souvenir effrayé de B. nue sous les yeux d'A.

Je l'étreignais éperdument et nos bouches se mêlaient.

A. troublé se taisait, « c'était comme à l'église ».

Et maintenant ?

J'aime B. au point d'en aimer l'absence et d'aimer en elle mon angoisse.

Ma faiblesse : brûler, rire, exulter, mais quand vient le froid, manquer du courage de vivre.

Le pire : tant de vies indéfendables — tant de vanité, de laideur et de vide moral. Cette femme au double menton dont l'immense turban proclamait l'empire de l'erreur… La foule — ineptie, déchet — n'est-elle pas dans l'ensemble une erreur ? la chute de l'être dans l'individu, de l'individu dans la foule, n'est-ce pas, dans nos ténèbres, un « tout plutôt que… » ? Le pire serait Dieu : plutôt Madame Charles[15] s'écriant : « quel amour de petit bibi », plutôt moi-même couché avec Madame Charles, mais le reste de la nuit sanglotant : condamné à vouloir l'impossible. Là-dessus, les tortures, le pus, la sueur, l'ignominie.

Toute une activité de mort en vue de résultats mesquins.

Dans ce dédale de l'impuissance (de tous les côtés le mensonge), j'oublie l'instant *où le rideau se lève* (N. soulevant la robe, E. riant dans la glace : je me précipitai, pris la bouche et les seins jaillirent de la robe…).

Nudité d'E…, nudité de B…, me délivrerez-vous de l'angoisse ?

Mais non…

… donnez-moi de l'angoisse encore…

II

L'extrême dévotion est l'opposé de la piété, l'extrême vice l'opposé du plaisir.

Quand je pense à ma folle angoisse, à la nécessité où je suis d'être inquiet, d'être en ce monde un homme respirant mal, aux aguets, comme si tout allait lui manquer, j'imagine l'horreur de mes paysans d'ancêtres[16], avides de trembler de faim et de froid, dans l'air raréfié des nuits.

Comme ils ont *voulu*, dans les marécages de montagne où ils vécurent, mal respirer, étroitement trembler de peur (pour la nourriture, l'argent, les maladies des bêtes et des hommes, les méventes et les sécheresses) et leurs joies vigoureuses à la merci d'ombres qui rôdaient.

Quant au patrimoine d'angoisse de la nudité qu'ils se léguaient (les feux de brandons chauves[17] à l'instant de crapaud des conceptions), rien évidemment de plus « honteux ».

« Les pères ont mangé les raisins verts et les fils ont les dents agacées[18]. »

Cela m'horripile enfin que mes grand'mères aient en moi la gorge serrée.

Sans nouvelles de B., je suis sans finir un chemin d'aveugle ivre-mort et, me semble-t-il, avec moi le suit la terre entière (silencieuse, ennuyée, condamnée à l'attente interminable).

Il neige ce matin, je suis seul et sans feu. La réponse serait : la flambée, la chaleur et B. Mais l'alcool emplirait les verres ; B. rirait, parlerait d'A., nous nous endormirions, nus comme des bêtes, et comme la poussière d'étoiles se dérobe dans le ciel à tout but concevable…

Je reçois de belles réponses, entre lesquelles la nudité, le rire de B. Mais le sens n'en varie guère. Il n'en est pas que la mort à l'avance ne dérobe. La plus belle n'est-elle pas la plus rude — d'elle-même annonçant sa misère en un mouvement de joie — provocateur, impuissant (comme était l'autre nuit, devant A., la nudité de B.).

B. riait, face au Père, et les jambes jusqu'aux seins sauvagement nues, son insolence en un tel moment rappelait les amantes suppliciées, crachant leur langue au nez de leurs bourreaux. Ce mouvement n'est-il pas le plus *libre* (où les flammes dans la nuit s'élancent jusqu'aux nues) ? le plus voluptueux ? le plus fade ? Je tente en écrivant d'en saisir un reflet, mais rien… Je m'en vais dans la nuit sans flammes et sans reflet, tout se dérobe en moi.

Ô malheur *insensé*, sans regret, sans angoisse ! De telles flammes, déchirantes et fêlées, me voici brûlant du désir de brûler. Entre la mort et la douleur physique — et le plaisir, plus profond que la mort et la douleur — je me traîne dans une nuit chagrine, à la limite du sommeil.

L'impuissance de la mémoire. — J'allais voir l'an dernier le spectacle de Tabarin[19]. À l'avance, avide de la nudité des filles (parfois la jarretière de couleur, la ceinture à bas posée sur la chaise, évoquent plus rigoureusement le pire, la chair désirable et nue — rarement je vis des filles sur les planches sans en pénétrer l'intimité *fade*, plus avant que je n'aurais fait dans un lit). Je n'étais pas sorti depuis des mois. J'allai à Tabarin comme à une fête, brillante de lèvres et de sexes faciles. À l'avance, rêvant de la foule riante des filles — si belles et vouées aux plaisirs de la nudité —, je buvais, un goût de volupté montait en moi comme une sève : j'allais *voir* et j'étais à l'avance heureux. J'étais ivre au moment d'entrer. D'impatience et pour être au premier rang, j'arrivai trop tôt (mais, pour exaspérante qu'elle est, l'attente du spectacle est féerique). Je dus commander, pour moi seul, une bouteille de champagne. En peu d'instants, je la vidai. L'ivresse à la fin m'assomma : quand je sortis de l'hébétude, *le spectacle était terminé*, la salle vide et ma tête davantage encore. Comme si je n'avais rien vu. Du début à la fin, je n'avais qu'un trou dans la mémoire.

Je sortis dans le black-out. Il faisait noir en moi comme dans les rues.

Je ne pensais pas cette nuit-là aux mémoires de mes grands-parents, que les brumes des marais maintenaient dans la boue, l'œil sec et la lèvre amincie par l'angoisse. Tenant de la dureté de leur condition le droit de maudire autrui, tirant de leur souffrance et de leur aigreur le principe dirigeant du monde.

Mon angoisse n'est pas faite uniquement de me savoir libre. Elle exige un possible qui m'*attire*, en même temps qu'il me fait peur. L'angoisse diffère d'une crainte raisonnable, de la même façon qu'un vertige. La possibilité d'une chute inquiète, mais l'inquiétude redouble si la perspective, au lieu d'écarter, trouve en celui qu'elle effraie une involontaire complicité : la fascination du vertige n'est au fond qu'un désir obscurément subi. Il en est de même de l'excitation des sens. Qu'on dénude la partie d'une jolie fille allant de la mi-jambe à la ceinture, le désir rend vivante une image du possible indiqué par la nudité. Il en est qui demeurent insensibles et, de même, on n'est pas forcément sujet au vertige. Le pur et simple désir de l'abîme est peu concevable, il aurait pour fin la mort immédiate. Je puis au contraire aimer la fille dénudée devant moi. Si l'abîme me paraît répondre à mon attente, je conteste aussitôt la réponse, au lieu que le bas-ventre des filles ne révèle un caractère d'abîme qu'à la longue. Il ne serait pas un abîme s'il était disponible sans fin, restant égal à lui-même, à jamais joli, à jamais dénudé par le désir, et si, de mon côté, j'avais d'inépuisables forces. Mais s'il n'a pas le caractère immédiatement noir d'un ravin, il n'en est pas moins vide pour autant et n'en mène pas moins à l'horreur.

Je suis sombre ce soir : la joie de ma grand'mère à pincer les lèvres dans la boue, ma maudite méchanceté pour moi-même, et c'est ce qui me reste aujourd'hui des plaisirs de l'autre nuit (du beau peignoir ouvert, du vide entre les jambes, des rires de défi).

J'aurais dû me douter que B. aurait peur.
Maintenant j'ai peur à mon tour.

Comment, contant l'histoire des rats, n'ai-je pas mesuré
dans son étendue l'horreur de la situation ?

(Le Père rit, mais ses yeux se dilatèrent. Je contai coup sur
coup les deux histoires :

X. (il est, mort depuis vingt ans, le seul écrivain de nos
jours qui rêva d'égaler les richesses des *Mille et une Nuits*[20])
se rendant dans une chambre d'hôtel où l'on introduisait
des hommes revêtus d'uniformes divers (dragon, pompier,
marin, garde municipal ou livreur). Une couverture de dentelles cachait X., étendu sur le lit. Les personnages du rôle
se promenaient sans mot dire dans la chambre. Un jeune liftier, aimé d'X., arrivait en dernier, vêtu du plus bel uniforme
et porteur d'une cage où vivait un rat[21]. Disposant la cage sur
un guéridon, le liftier s'armait d'une épingle à chapeau dont
il perçait le rat. Au moment où l'épingle pénétrait le cœur,
X. souillait la couverture de dentelles.

X. se rendait aussi dans un sous-sol de bouge du quartier
Saint-Séverin.

« Madame, demandait-il à la patronne, avez-vous des rats
aujourd'hui ? »

La patronne répondait à l'attente d'X.

« Oui, monsieur, disait-elle, nous avons des rats.

— Ah...

— Mais, poursuivait X., ces rats, madame, sont-ils beaux
ces rats ?

— Oui, monsieur, de très beaux rats.

— Vraiment ? mais ces rats ?... sont-ils gros ?

— Vous les verrez, ce sont d'énormes rats.

— C'est qu'il me faut, voyez-vous, d'énormes rats...

— Ah, monsieur, des colosses... »

X. alors se ruait sur une vieille qui l'attendait.

Je dis mon histoire à la fin comme il faut la dire.
A. se leva et dit à B. :

« Quel dommage, chère amie, vous êtes si jeune...

— Je regrette aussi, mon Père.

— À défaut de merles, n'est-ce pas ? »

(Même l' . . . .[22] d'élégants personnages a[b] l'énormité d'un rat.)

Ce n'est pas tout à fait tomber dans un vide : comme la chute arrache un cri, s'élève une flamme…, mais la flamme est comme un cri, n'est pas saisissable.

Le pire est sans doute une durée relative, donnant l'illusion qu'on saisit, qu'on saisira du moins. Ce qui reste dans les mains est la femme et, de deux choses l'une, ou elle nous échappe ou la chute dans le vide qu'est l'amour nous échappe : nous nous rassurons dans ce dernier cas mais comme des dupes. Et le mieux qui nous puisse arriver, c'est d'avoir à chercher le moment perdu (où secrètement, peut-être même avec bonheur, mais prêts d'en mourir, nous avons jeté notre seul cri).

Cri d'enfant, de terreur et pourtant de bonheur aigu.

Ces rats qui nous sortent des yeux comme si nous habitions des tombeaux[23]… : A. lui-même a l'élan et le caractère d'un rat — d'autant plus alarmant qu'on ne sait d'où il sort ni où il file.

Cette partie des filles entre la mi-jambe et la ceinture — qui répond violemment à l'attente — y répond comme l'insaisissable passage d'un rat. Ce qui nous fascine est vertigineux : la fadeur, les replis, l'égout ont la même essence, *illusoire*, que le vide d'un ravin où l'on va tomber. Le vide aussi m'attire, sinon je n'aurais pas de vertige — mais je meurs si je tombe et que puis-je faire d'un vide — sinon d'y tomber ? Si je survivais à la chute, je vérifierais l'inanité du désir — comme je l'ai fait mille fois dans la « petite mort ».

À coup sûr, instantanément, la « petite mort » épuise le désir (le supprime) et nous met dans l'état d'un homme au bord d'un ravin, tranquille, insensible à la sorcellerie du vide.

Comique qu'A., et B., étendus avec moi, ayons agité les plus lointaines questions politiques — la nuit, dans la détente qui suivit la satisfaction.

Je caressais la tête de B.
A. tenait dans la main le pied nu de B. — qui manquait à l'élémentaire décence.

Nous abordâmes la métaphysique.
Nous retrouvions la tradition des dialogues[24] !

J'écrirais ce dialogue ? J'y renonce aujourd'hui, je
m'énerve.
Trop d'angoisse (de l'absence de B.).
Ceci me frappe : rapportant ce dialogue ici, j'abandonne-
rais la poursuite du désir.
Mais non, le désir à l'instant m'aveugle.
Comme un chien ronge un os…

Je renoncerais à ma recherche malheureuse ?
Il faut le dire aussi : la vie est plus mobile que le langage
— fût-il fou — quand le langage le plus tendu n'est pas le
plus mobile (je plaisante avec B. sans fin, nous rions l'un
de l'autre à l'envi : malgré mon souci d'être véridique, je
n'en puis parler davantage. J'écris comme l'enfant pleure :
un enfant renonce lentement aux raisons qu'il a d'être en
larmes).

Je perdrais mes raisons d'écrire ?
Et même…
Si je parlais de guerre, de torture… : comme la guerre, la
torture, aujourd'hui, se situent en des points qu'a fixés le
langage commun, je me détournerais de mon objet — qui
m'entraîne au-delà des limites admises.

Je vois encore ainsi comment la réflexion philosophique
trahit : c'est qu'elle ne peut répondre à l'attente, n'ayant
qu'un objet limité — qui se définit à partir d'un autre à
l'avance défini — si bien qu'opposé à l'objet du désir, il n'est
jamais qu'indifférent.

Qui refuserait de voir que, sous une apparence de frivolité, mon objet est l'essentiel, que d'autres regardés comme
les plus graves ne sont en vérité que les moyens menant à l'attente du mien ? La liberté n'est rien si elle n'est celle de vivre
au bord de limites où toute compréhension se décompose[25].

La nudité de l'autre nuit est le seul point d'application
de ma pensée qui la laisse enfin défaillante (de l'excès du
désir).

La nudité de B. met en jeu *mon attente*, quand celle-ci a seule le pouvoir de mettre en question *ce qui est* (l'attente m'arrache au *connu*, car le *moment perdu* l'est à jamais ; sous le couvert du *déjà vu*, j'en cherche âprement l'au-delà : l'*inconnu*).

Qu'importe la philosophie puisqu'elle est cette contestation naïve : l'interrogation que nous pouvons faire *apaisés* ! comment serions-nous apaisés si nous ne nous reposions sur toute une connaissance présupposée ? Introduire une donnée métaphysique à l'extrémité tendue de la pensée en révèle comiquement l'essence : celle de chaque philosophie.

Ce dialogue, seule la défaillance qui suit… l'a permis.

Qu'il est irritant de ne pouvoir parler qu'*apaisé* de la *guerre*[26] (apaisé, avide de paix), si bien qu'y pensant jusqu'au bout j'écris ce livre-ci, qui semble d'un aveugle indifférent.
(Parler comme on fait d'habitude de la guerre exige qu'on oublie l'impossible au fond. De même de la philosophie. L'on ne peut faire face sans relâche — même nous battre et nous faire tuer nous détourne de l'impossible.)

Quand j'entrevois, comme aujourd'hui, le *simple* fond des choses (ce qu'à condition d'une chance infinie, l'agonie révélera sans réserve[27]), je sais que je devrais me taire : je recule, en parlant, le moment de l'irrémédiable.

J'ai reçu à l'instant ces simples mots de B., timbrés de V. (petite ville de l'Ardèche), d'une écriture enfantine (après six jours de silence) :

Un peu blessée j'écris main gauche.
Scènes de mauvais rêve.
Adieu.
Embrasse le Révérend quand même.

B.

Qu'ai-je à faire de durer ?
Poursuivre la partie perdue ?
Nulle raison d'écrire ou d'aller ce soir à la gare. Ou celle-ci : j'aime mieux passer la nuit dans un train, de préférence en troisième. Ou encore : si comme l'an dernier, le garde-

chasse du domaine de B. me casse la figure dans la neige, je
connais quelqu'un qui rira.

Moi naturellement !

J'aurais dû m'en douter. B. s'est réfugiée chez son père…
Découragé.

Que B. me fuie, se réfugie où je ne puis l'atteindre d'aucune façon, quand cet ivrogne de vieillard la bat (son père :
ce vieil œuf bredouillant des comptes), quand elle avait promis… Je me sens de plus en plus mal.

J'ai ri, j'ai ri seul. Je me suis levé en sifflant et me suis laissé
tomber à terre, comme si, d'un coup, j'avais sifflé le peu de
forces qui me reste. Et j'ai pleuré sur le tapis.

☆

B. se fuit elle-même. Pourtant…
Personne comme elle n'a provoqué le sort (chez A.).
Je m'entends : elle n'y pensait pas. Quand, moi, j'ai
conscience (à quel point j'ai conscience et que la conscience
fait mal ! une conscience enflée comme une joue ! mais
comment m'étonner que B. me fuie !).

Mes tempes battent toujours. Dehors la neige tombe.
Depuis plusieurs jours il me semble. J'ai la fièvre et je hais
cette flambée : ma solitude, depuis quelques jours, est vraiment folle. Maintenant, même la chambre ment : tant qu'elle
était froide et sans feu, je gardais les mains sous les couvertures et j'étais moins traqué, mes tempes battaient moins.
Dans un demi-sommeil, je me suis rêvé mort : le froid de la
chambre était mon cercueil, les maisons de la ville d'autres
tombes. Je m'habituais. Je n'étais pas sans fierté d'être malheureux. Je tremblais, sans espoir, défait comme du sable
qui s'écoule.

Absurdité, impuissance sans bornes : malade à quelques
pas de B. dans cette auberge de petite ville, sans aucun
moyen de l'atteindre.

M'écrirait-elle trouvant à Paris l'adresse de l'hôtel de V. ?

Elle renoncerait, j'imagine, à contrarier la malchance.

Décidé, à plusieurs reprises, à lui faire tenir un mot.

Il est douteux qu'elle vienne et même qu'elle le puisse (tout se sait dans les petites villes). Je calcule à l'infini ; il est inévitable qu'Édron (le garde-chasse-concierge) n'intercepte le mot et ne le donne au père. On frapperait à ma porte et, comme l'an passé, ce ne serait pas B., mais le petit Édron (le vieillard minuscule et vif comme un rat) qui se jetterait sur moi et, comme l'an passé, m'assommerait à coups de canne. Le comble est qu'aujourd'hui, ne pouvant plus être surpris, je ne pourrais pourtant rien faire. Dans mon lit, je n'ai pas la moindre force.

Ô don Juan de pacotille[28], victime en son auberge glacée du concierge du commandeur[29] !

L'an dernier, c'était dans la neige, au carrefour où j'attendais B. : il se précipita, je ne comprenais pas qu'il m'attaquait, je compris recevant un grand coup sur la tête. Je perdis connaissance et revins à moi sous les coups de soulier du vieillard. Il frappait au visage. J'étais couvert de sang. Il n'insista guère et partit en courant comme il était venu.

Soulevé sur les mains, je regardai mon sang couler. De mon nez, de mes lèvres sur la neige. Je me levai et pissai au soleil. Je souffrais, bridé par les plaies. J'avais mal au cœur et n'ayant plus de moyen d'atteindre B., j'entrais dans cette nuit où, depuis, chaque heure m'enfonce et m'égare un peu plus.

Je suis calme (à peu près) si je réfléchis : le petit Édron n'en est pas la cause, je n'ai *jamais* aucun moyen d'atteindre B. B. m'échappe de toutes façons, apparaît soudain comme Édron, comme lui disparaît soudain. J'ai voulu l'hôtel, son absence d'issue, cette vaine antichambre du vide. Je ne sais si je vais mourir (peut-être ?), mais je n'imagine plus de meilleure comédie de la mort que mon séjour à V.

Je claque des dents, grelottant de fièvre et je ris. Ma main brûlante donnée à celle glacée du Commandeur, j'imagine celui-ci dans ma main, changé en un clerc de notaire, chauve, petit, plat comme un papier. Mais mon rire rentre dans ma gorge : il boit et bat sa fille. B., avide de leur tenir[d] tête, durant des semaines à sa merci ! Et sa mère est malade… : il la traite de putain devant les bonnes ! Mais moi je perds la tête, pendant qu'il bat sa fille et la tuera.

« En vérité, le comédien n'avait cure de B. On ne pouvait même dire exactement qu'il l'aimait. Son amour prétendu n'eut de sens que l'angoisse qu'il en tira. Ce qu'il aimait, c'était la nuit. Il préférait B. à d'autres femmes, parce qu'elle l'évitait, le fuyait, et, durant ses longues fuites, était sous le coup de menaces de mort. Il aimait la nuit, véritablement, comme un amoureux la femme de sa vie. »

Mais non, B. elle-même est la nuit, aspire à la nuit. Je lâcherai le monde un jour : alors la nuit sera la nuit, je mourrai. Mais vivant, ce que j'aime est l'amour qu'a la vie de la nuit. Il est bon que ma vie, puisqu'elle a la force nécessaire, soit l'attente d'un objet l'entraînant vers la nuit. Nous peinons vainement à la recherche du bonheur : la nuit même veut de nous la force de l'aimer. Il nous faut, si nous survivons, trouver les forces nécessaires — que nous aurons à dépenser par amour d'elle.

Quand je quittai Paris, je coupai les ponts derrière moi. Ma vie à V., dès l'abord, ne différa plus d'un mauvais rêve, il n'en demeura que l'absurdité : ma chance était d'être malade, dans d'insoutenables conditions.

On m'a fait suivre une lettre de Paris : ma tristesse est si grande qu'à certains moments je me prends à gémir à haute voix.

La lettre est, comme le premier mot, écrite de la main gauche, mais moins indécise :

« … mon père, me dit-elle, me traîna à travers les chambres par les cheveux. Je criais : cela fait incroyablement mal. Ma mère m'aurait mis pour un peu la main sur ma bouche. Il nous tuera, ma mère et moi, dit-il, il te tuera ensuite, car il ricane : il ne veut pas te rendre malheureux ! Il m'a pris un doigt et l'a retourné avec une méchanceté si diabolique qu'il a cassé l'os. Je n'aurais pas imaginé non plus une douleur si violente. Je comprends mal ce qui s'est passé : j'ai crié, la fenêtre ouverte, au moment où passait un vol de corbeaux, leurs cris se mêlaient aux miens. Je deviens peut-être folle.

« Il se méfie de toi : il va dans les hôtels à l'heure des repas, traverse la salle à manger. Il est fou : le docteur veut l'interner, mais sa femme, aussi folle que nous, ne veut pas qu'il soit dit… Tu l'occupes du matin au soir : *il te hait par-dessus tout.* Quand il parle de toi, il sort de sa tête de grenouille une petite langue rouge.

« Je ne sais pourquoi, à toute heure du jour, il t'appelle " milord " et " caïman ". Il raconte que tu m'épouseras, car, dit-il, tu veux la fortune, le château : nous aurons des " noces funèbres " ! »

Je deviens fou moi-même, à coup sûr, dans ma chambre.

J'irai au château sous la neige, grelottant dans mon pardessus. À la porte de la grille paraîtra le vieil Édron. Je verrai sa bouche futée et furieuse et n'entendrai pas ses injures, couvertes par le bruit des aboiements !

Je me pliai en chien de fusil dans mon lit : je pleurais.

Larmes de caïman !

Elle, B., ne pleure pas, n'a jamais pleuré.

Je l'imagine dans l'un des couloirs du château, comme un courant d'air, claquant l'une après l'autre les portes, et riant, malgré tout, de mes larmes de caïman.

Il neige encore.

Mon cœur bat plus violemment si j'entends des pas dans l'hôtel : B. allant à la poste restante y trouverait mes lettres et viendrait ?

On frappa et je ne doutai pas qu'elle ne vînt, que le mur me séparant d'elle ne s'ouvrît… J'imaginai déjà ce plaisir fugitif : la revoir, après tant de jours et de nuits. Le Père A. ouvrit la porte, un léger sourire, une étrange raillerie dans les yeux.

« J'ai reçu des nouvelles de B., me dit-il. J'ai reçu finalement un mot me demandant de venir. Vous n'y pouvez rien, dit-elle. Moi, ma robe… »

Je le suppliai d'aller sans attendre au château.

Il me vit maigre et ravagé sous une barbe de huit jours.

« Qu'avez-vous ? Je donnerai de vos nouvelles.

— Je suis malade, lui dis-je, je n'ai pu l'en prévenir. Les nouvelles que j'ai, moi, sont plus vieilles que les vôtres. »

Je lui dépeignis mon état.

« Je ne sais, poursuivis-je, où j'ai lu cette phrase : *" cette soutane est assurément un mauvais présage "* ? J'imagine le pire.

— Rassurez-vous, dit-il, j'ai parlé dans l'hôtel. Un malheur est vite su dans une petite ville.

— Le château est loin d'ici ?

— Trois kilomètres. B. vivait, il y a quelques heures, à coup sûr. Nous n'en savons jamais plus long. Laissez-moi ranimer votre feu, il fait dans votre chambre une température de banquise. »

Je savais bien qu'elle n'irait pas à la poste restante !

Et maintenant ?

Mon messager file dans la neige : il ressemble à ces corbeaux dont les cris se mêlaient à ceux de B. dans sa chambre.

Ces oiseaux survolant les neiges accompagnent probablement le jésuite, allant vers la chambre où B. cria. J'imagine en même temps la nudité de B. (les seins, les hanches, la fourrure), la figure de crapaud du tortionnaire, la langue rouge : et maintenant, les corbeaux, le prêtre.

Je me sens le cœur lentement soulevé, au point où l'on touche l'intimité des choses.

A. file comme un rat !

Ma conduite désordonnée, la fenêtre donnant sur le vide et mon exaspérant « n'importe ! », comme si j'étais tenu, harcelé par le temps, à la veille d'événements macabres...

Comme si la rencontre au château du père (de la fille, ma maîtresse, et de son amant, le jésuite) donnait à ma douleur on ne sait quelle insaisissable outrance...

☆

. . . .
. . . . quelle aurore se lève en

moi ? quelle inconcevable lumière ? éclairant la neige, la soutane, les corbeaux…

… tant de froid, de douleur et d'obscénité ! mais cette horlogerie rigoureuse (le prêtre), apte aux missions les plus délicates, obligée de claquer des dents !…

… je ne sais ce qui tourne dans ma tête — dans les nues — comme une meule impalpable — éblouissante — vide sans limite, cruellement froid, délivrant comme une arme blanche…

… ô ma maladie, quelle exaltation glaçante, au niveau d'un meurtre…

… je n'ai plus désormais de limites : ce qui grince dans le vide en moi est une épuisante douleur qui n'a d'autre issue que mourir…

… le cri de douleur de B., la terre, le ciel et le froid sont nus comme les ventres dans l'amour…

. . . .
. . . .
. . . .
. . . . Λ., claquant des dents sur le seuil, se rue sur B., la dénude, arrache ses vêtements dans le froid. Arrive à ce moment le père (non le père A., mais le père de B.), le petit homme chafouin, riant comme un niais, disant avec douceur : « Je savais, c'est une comédie ! » . . . .
. . . . le petit homme, le père, à pas de loup, goguenard, enjambe les forcenés sur le seuil (étendus sur la neige et la merde auprès d'eux — ne pas oublier la soutane, et surtout *la sueur de mort* — me semblerait pure) : il met ses mains en porte-voix (le père, l'œil brillant de malignité) et crie à voix basse : « Édron ! » . . . .
. . . . quelque chose de chauve et de moustachu, démarche sournoise de cambrioleur, un doux, un faux-comme-un-jeton, un mignon gloussement de rire : il appelle à voix basse : « Édron ! le fusil de chasse ! »
. . . .
. . . .

. . . . dans le silence endormi de la neige
une détonation retentit. . . . .
. . . .
. . . .

☆

Je m'éveille un peu mal à l'aise et pourtant gai.

Les côtés obliques de l'être, par où il échappe à la pauvre
simplicité de la mort, ne se révèlent le plus souvent qu'à
l'indifférente lucidité : la méchanceté gaie de l'indifférence
atteint seule ces lointaines limites où même le tragique est
sans prétention. Il est aussi tragique, mais il n'est pas lourd.
Il est bête au fond qu'en ces déconcertantes régions nous
n'accédions d'habitude que crispés.

Il est étrange que A., lui qui…, m'ait guidé dans mes
démarches de rêve.

En cet instant suspendu, où jusqu'à l'idée de la mort de
B. m'indiffère, je ne doute pas cependant que si je ne l'aimais
comme je fais, je n'aurais pu connaître mon état.

Peu importe la raison, A. m'aida beaucoup en un an à
poser, lucidement, ces problèmes qu'imposent à la vie les
misères de la réflexion (misères, c'est vite dit, quand du
riche et du pauvre, le sens est donné dans la réflexion !). La
lucidité vide d'A., le mépris qu'il oppose à ce qu'elle n'est
pas, m'envahirent comme le vent une masure aux fenêtres
vides. (Je dois faire, il est vrai, cette réserve : A. raillerait cette
comparaison qui laisse voir aussitôt le peu d'assurance du
mépris.)

L'inanité d'A. : c'est d'être sans désir (de n'attendre plus
rien). La lucidité exclut le désir (ou peut-être le tue, je ne sais
pas) : ce qui subsiste, il le domine, quand je…

Mais que dire, il est vrai, de moi ? en ce moment extrême,
épuisant, je puis imaginer que j'ai laissé s'exaspérer le désir
afin de trouver ce dernier moment, où la plus grande lumière

imaginable éclaire ce que voient rarement des yeux d'hommes
la nuit éclairant la lumière !

Que je suis fatigué ! comment ai-je écrit ces phrases ambiguës, quand chaque chose est donnée simplement ? La nuit
est la même chose que la lumière…, mais non. La vérité est
que, de l'état où je suis, on ne peut rien dire sinon que le tour
est joué.

C'est bizarre : les éléments subsistent sous un jour
comique : je puis les discerner encore et les voir comiques,
mais précisément, le comique va si loin qu'on n'en peut
parler.

Tombe entièrement d'accord ce qui ne peut en aucun cas
tomber d'accord : sous ce nouveau jour, la discorde[30] est
plus grande qu'elle ne fut jamais. L'amour de B. me fait rire
de sa mort et de sa douleur (je ne ris d'aucune autre mort) et
la pureté de mon amour la déshabille jusqu'à la merde.

L'idée que le Père A., tout à l'heure, était mort de froid
venait à mon aide. Il est difficile à troubler. C'est dommage.

Je doute évidemment d'avoir voulu… J'ai souffert. Mon
état actuel, d'une lucidité aiguë, est l'effet d'une angoisse
exagérée. Dont je sais qu'elle recommencera tout à l'heure.

La lucidité d'A. dépend d'une absence de désir. La mienne
est la conséquence d'un excès — sans doute est-elle aussi la
seule véritable. Si elle n'est qu'une négation du délire, la lucidité n'est pas tout à fait lucide, est encore un peu la peur
d'aller jusqu'au bout — transposée en ennui, c'est-à-dire
en dédain de l'objet d'un désir excédant. Nous nous raison-
nons et nous nous disons : cet objet n'a pas *en lui* la valeur
que lui donne le désir. Nous ne voyons pas que la simple
lucidité, que nous atteignons aussi, est encore aveugle. Il
nous faut apercevoir en même temps le mensonge *et la vérité*
de l'objet[31]. Sans doute devons-nous savoir que nous nous
leurrons, que l'objet est d'abord ce que discerne un être sans
désir, mais *c'est* aussi ce qu'un désir discerne en lui. B. *est* aussi
ce que seule atteint l'extrémité du délire et ma lucidité ne
serait pas si mon délire était moins grand. Comme elle ne
serait pas si les autres côtés, dérisoires, de B. m'échappaient.

Le jour tombe, le feu meurt, et je devrai bientôt cesser d'écrire, obligé par le froid de rentrer les mains. Les rideaux écartés, je devine à travers les vitres le silence de la neige. Sous un ciel bas, ce silence infini me pèse et m'effraie[32], comme pèse l'insaisissable présence de corps étendus dans la mort.

Ce silence ouaté de la mort, maintenant je l'imagine seul à la mesure d'une exaltation immensément douce, mais libre immensément, exorbitée tout entière et désarmée. Quand M[33]. reposa devant moi dans la mort, belle et oblique comme l'est le silence de la neige, effacée comme lui mais, comme lui, comme le froid, folle de rigueur exaspérée, j'ai déjà connu cette douceur immense, qui n'est que l'extrémité du malheur.

… que le silence de la mort est grand dans le souvenir de la débauche, quand la débauche elle-même est la liberté de la mort ! que l'amour est grand dans la débauche ! la débauche dans l'amour !

… si maintenant je pense — en ce moment le plus lointain d'une défaillance, d'un dégoût physique et moral — à la queue rose d'un rat dans la neige, il me semble entrer *dans l'intimité* de « ce qui est », un léger malaise me crispe le cœur. Et certainement je sais de l'intimité de M., qui est morte, qu'elle était comme la queue d'un rat, *belle comme la queue d'un rat !* Je le savais déjà que l'intimité des choses est la mort.

… et naturellement, *la nudité est la mort* — et d'autant plus « la mort » qu'elle est belle !

☆

L'angoisse est lentement revenue, après ce peu de temps de douceur immense…

Il est tard. A. ne revient pas. Il devait du moins téléphoner, prévenir l'hôtel[34].

Idée de doigt volontairement cassé, par le fou…

Ce retard, ce silence, mon attente, ouvrent la porte à la peur. Depuis des heures, il fait nuit. À la longue, le sang-froid que j'ai d'ordinaire, et même aux mauvaises heures de l'angoisse, m'abandonne. Comme un défi amer, le souvenir me vient de ce que me dit un jour une employée (elle faisait des passes avec moi) : son patron se vantait d'avoir, en juillet 1914, stocké des milliers de voiles de veuves.

L'horrible attente de ce qui ne vient pas, l'attente de la veuve, irrémédiablement veuve déjà, mais ne pouvant savoir, vivant d'espérer. Chaque instant de plus qui marque les battements accélérés du cœur me dit qu'il est fou d'espérer (nous avions convenu qu'A. téléphonerait s'il ne rentrait pas).

De mon indifférence à la mort de B., plus question, sinon que je tremble de l'avoir eue.

Je me perds en suppositions, mais l'évidence se fait.

[Deuxième carnet]

L'espoir d'un dérangement du téléphone : je me levai, me couvris de mon pardessus, descendis l'escalier : sentiment, dans le fond des couloirs, d'être — enfin — par-delà les limites humaines, épuisé, sans retour imaginable. J'ai littéralement tremblé. Maintenant, me souvenant d'avoir tremblé, je me sens réduit, dans ce monde, à ce tremblement, comme si ma vie entière n'avait de sens que ma lâcheté.

Lâcheté de demi-barbu, errant, prêt à pleurer, dans des couloirs glacés d'hôtel de gare et faisant mal la différence entre des lumières de clinique (plus rien de réel) et l'obscurité définitive (la mort), réduit dans ce monde à ce tremblement.

La sonnerie du téléphone se prolongea si longtemps que j'imaginai le château déjà dans la mort en entier ; une voix de femme à la fin répondit. Je demandai A.

« Il n'est pas là, dit la voix.

— Comment ? criai-je. J'insistai intelligiblement.

— Ce monsieur est peut-être ailleurs. »

Je protestai.

« Ailleurs dans la maison, dit la voix, mais ce monsieur n'est pas dans le bureau. »

Elle reprit sur un ton inattendu, ni trop bête, ni malin :

« Il se passe des choses au château.

— Je vous en prie, madame, suppliai-je, ce monsieur est certainement là. S'il est encore en vie, voulez-vous lui dire qu'on l'appelle. »

Un rire étouffé répondit, mais cette voix gentille concéda :

« Oui, monsieur, j'y vais. »

J'entendis reposer l'appareil et même un bruit de pas s'éloigner. On ferma la porte et plus rien.

Au comble de l'agacement, il me sembla entendre un appel et comme un bruit de vaisselle cassée. L'intolérable attente durait. Après un temps infini, je ne doutai plus qu'on eût coupé. Je raccrochai et redemandai le numéro, mais l'on répondit : « pas libre ». Au sixième essai, la téléphoniste dit :

« N'insistez pas : il n'y a personne en ligne.

— Comment ? criai-je.

— L'appareil est décroché, mais personne ne parle. Rien à faire. On a dû l'oublier. »

Inutile en effet d'insister.

Je me levai dans la cabine et gémis :

« Attendre toute la nuit… »

Plus l'ombre d'espoir, mais j'étais dominé par l'idée de savoir à tout prix.

Rentré dans ma chambre, je restai sur une chaise gelé et recroquevillé.

Je me levai à la fin. J'étais si faible que m'habiller me coûta une peine inouïe : j'en pleurai.

Je dus, dans l'escalier, m'arrêter, m'appuyer au mur.

Il neigeait. J'avais les bâtiments de la gare devant moi, un cylindre d'usine à gaz. Suffoqué, haché par le froid, je marchais dans la neige intacte, mon pas dans la neige et mon tremblement (je claquais fébrilement des dents) étaient d'une si folle impuissance.

Je faisais, ramassé sur moi-même, un «... ho... ho... ho... » grelotté. C'était dans l'ordre des choses : persister dans mon entreprise, me perdre dans la neige ? Ce projet n'avait qu'un sens : ce que je refusais absolument était d'attendre et j'avais choisi. Il se trouva, ma chance voulut, qu'il n'y eut ce jour-là qu'un moyen d'éviter l'attente.

« Aussi », me dis-je (je ne sais si j'étais accablé : les difficultés à la fin m'allégeaient), « la seule chose qui me reste à faire excède mes forces. »

Je pensais :
« Pour la raison justement qu'elle excède mes forces, qu'au surplus elle ne peut aboutir en aucun cas — le concierge, les chiens... — je ne puis pas l'abandonner. »

La neige chassée par le vent fouettait ma figure, m'aveuglait. Mon imprécation s'élevait dans la nuit contre un silence de fin du monde.
Je gémis comme un fou dans cette solitude :
« Mon malheur est trop grand ! »
Ma voix criait en porte-à-faux.

J'entendais le grincement de mes souliers : la neige effaçait à mesure la trace de mes pas, comme si, clairement, il n'était plus question de retour.
J'avançais dans la nuit : l'idée que, derrière moi, les ponts étaient coupés me calmait. Elle accordait mon état d'âme avec la rigueur du froid ! Un homme, sorti d'un café, disparut dans la neige. Je voyais l'intérieur éclairé, je me dirigeai vers la porte et l'ouvris.
Je fis tomber la neige de mon chapeau.
Je m'approchai du poêle : à ce moment-là, je trouvais mauvais de sentir à quel point j'aimais la chaleur d'un poêle.
« Ainsi, me disais-je, riant intérieurement d'un rire éteint, je ne reviendrai pas : je ne partirai pas ! »

Trois cheminots jouaient au billard japonais.

Je demandai un grog. La patronne versait le marc dans un petit verre, le vidait dans un grand. J'en obtins une bonne quantité : elle se mit à rire. Je voulais du sucre et, pour l'obtenir, je tentai une plaisanterie raide. Elle rit aux éclats et sucra l'eau chaude.

Je me sentis déchu. La plaisanterie faisait de moi le complice de ces gens qui n'attendaient rien. Je bus ce grog brûlant. J'avais dans mon pardessus des comprimés pour la grippe. Je me rappelai qu'ils contenaient de la caféine et j'en absorbai plusieurs.

J'étais irréel, léger.

À côté d'un jeu où s'affrontaient des rangées de joueurs de football coloriés.

L'alcool et la caféine m'excitèrent : je vivais.

Je demandai l'adresse du . . . . à la patronne.

Je payai et quittai la salle.

Dehors, je pris le chemin du château.

La neige avait cessé de tomber, mais l'air était glacé. J'allais à l'encontre du vent.

Je faisais maintenant le pas que mes ancêtres n'avaient pu faire. Ils vivaient à côté du marais où, la nuit, la méchanceté du monde, le froid, le gel, la boue, soutenaient leur aigre caractère : avarice, dureté aux souffrances excessives. Ma supplication exaspérée, mon attente, n'étaient pas moins liées que leur rigueur à la nature de la nuit, mais je n'étais plus résigné : mon hypocrisie ne changeait pas cette risible condition en une épreuve voulue de Dieu. J'allais, moi, jusqu'au bout de ma rage d'interroger. Ce monde m'avait donné — et retiré — CE QUE J'AIMAIS.

Que j'ai souffert à m'en aller dans cette immensité devant moi : il ne neigeait plus, le vent soulevait la neige. La neige par endroit venait à mi-jambe. Je devais monter une interminable pente. Le vent glaçant emplissait l'air avec une telle tension, une telle rage que, me semblait-il, mes tempes allaient éclater, mes oreilles saigner. Aucune issue imaginable — sinon le château… où les chiens d'Édron… la

mort… Je marchais, dans ces conditions, avec l'énergie du
délire.

Évidemment je souffrais, mais je n'ignorais pas qu'en
un sens cet excès de souffrance était volontaire. Rien à voir
avec la souffrance *subie* — sans recours — du prisonnier que
l'on torture, du déporté qu'abat la faim et des doigts qui ne
sont qu'une plaie qu'avive le sel. Dans cette rage de froid,
j'étais fou. Ce qui dort en moi d'énergie insensée tendu à se
rompre, il me semble avoir ri, au fond, de mes tristes lèvres
mordues — ri, sans doute, en criant, de B. Qui connaît
mieux que moi les limites de B. ?

Mais — me croira-t-on ? — les souffrances voulues naïvement, les limites de B., ne faisaient qu'élancer mon mal ;
dans ma simplicité, mes tremblements m'ouvraient à ce
silence qui s'étend plus loin que l'espace concevable.

J'étais loin, si loin du monde des réflexions calmes, mon
malheur avait cette douceur électrique de vide qui ressemble
aux ongles qu'on tourne.

J'arrivai aux limites de l'épuisement, les forces m'aban-
donnèrent. Le froid avait la cruauté impossible, insensément
tendue d'un combat. Trop loin pour revenir, tarderais-je à
tomber ? Je resterais inerte et la neige, que soulevait le vent,
me recouvrirait. Je mourrais vite une fois tombé. À moins
qu'auparavant je n'arrive au château… (Maintenant, je riais
d'eux, de ces gens du château : ils feraient de moi ce qui leur
plairait…). J'étais, à la fin, faible, incroyablement, avançant
de moins en moins vite, ne tirant qu'à grand-peine mes pieds
de la neige, dans l'état d'une bête qui écume, se bat jusqu'au
bout, mais réduite, dans l'obscurité, à une misérable mort.

Je ne voulais plus rien sinon savoir — peut-être de mes
doigts gelés toucher un corps (ma main si froide déjà qu'elle
pourrait s'unir à la sienne) — le froid qui me coupait les
lèvres était comme la rage de la mort : c'était de l'aspirer, de *le* vouloir, qui transfigurait ces pénibles instants. Je
retrouvais dans l'air, autour de moi, cette réalité éternelle,
insensée, que je n'avais connue qu'une fois, dans la chambre
d'une morte : *une sorte de saut suspendu.*

Il y avait, dans la chambre de la morte, un silence de
pierre, reculant les limites des sanglots, comme si, les san-

glots n'ayant plus de fin, le monde en entier déchiré laissait, par la déchirure, deviner la terreur infinie. Un tel silence est l'au-delà de la douleur. Ce n'est pas la réponse à la question qu'est la douleur : le silence évidemment n'est rien, il escamote même les réponses concevables et tient toute possibilité suspendue dans l'entière absence de repos.

Que la terreur est *douce* !

Inimaginable au fond le peu de souffrance et la nature à fleur de peau de la douleur, le peu de réalité, la consistance de rêve de l'horrible. Pourtant j'étais *dans l'haleine de la mort*.

Que savons-nous du fait que nous vivons si la mort de l'être aimé ne fait pas entrer l'horreur (le vide) au point même où nous ne pouvons supporter qu'elle entre : mais alors nous savons quelle porte ouvre la clé.

Que le monde est changé ! qu'il était beau baigné d'un halo de lumière lunaire ! Au sein même de la mort, M. exhalait *dans sa douceur* une sainteté qui me prit à la gorge. Qu'avant de mourir, elle se débauchât, mais comme une enfant — de cette manière hardie et désespérée, qui sans doute est signe de la sainteté (qui ronge et consume le corps) — achevait de donner à son angoisse un sens d'excès — de saut par-delà les bornes.

Ce que la mort transfigurait, ma douleur l'atteignit comme un cri.

Je me déchirais et le front gelé — d'une intérieure et douloureuse sorte de gel — les étoiles révélées au zénith entre des nuages achevèrent de m'endolorir : j'étais nu, désarmé dans le froid ; dans le froid, ma tête éclatait. Il n'importait plus que je tombe, que je souffre encore à l'excès, que je meure. Enfin je vis la masse sombre, *sans lumière*, du château. La nuit fondit sur moi comme l'oiseau sur sa misérable proie, le froid gagna soudain le cœur : je n'atteindrais pas le château… que la mort habitait ; mais la mort…

III

Ces corbeaux sur les neiges, au soleil, dont je vois les nuées de mon lit, dont j'entends l'appel de ma chambre, seraient-ils ?

… les mêmes — qui répondirent au cri de B. quand son père… ?

Comme je m'étonnai m'éveillant dans cette chambre ensoleillée, douce de la chaleur du poêle ! Les replis, les tensions, les cassures de la douleur, persistant comme une habitude, me liaient encore à l'angoisse, que rien autour de moi ne justifiait plus. Je m'accrochais, victime d'un mauvais tour : « rappelle-toi, me disais-je, ta situation misérable ». Je me levai péniblement, je souffrais, flageolant sur mes jambes. Je glissai, m'appuyant sur la table, un flacon tomba, se brisa. Il faisait bon mais je tremblais, bizarrement vêtu d'une chemise trop courte, dont le pan de devant arrivait au nombril.

B. entra en coup de vent et cria :

« Fou ! vite au lit ! enfin non… », balbutiant, criant.

Comme un bébé qui pleure, soudain pris d'une envie de rire veut encore souffrir mais n'y parvient plus…, je tirai le pan de la petite chemise, je tremblais de fièvre et, riant malgré moi, je ne pus faire que ce pan ne remontât… B. se précipitait comme la colère mais je vis que, dans cette rage, elle riait…

Elle dut (je le lui demandai, ne pouvant plus attendre) me laisser seul un instant (ce fut moins gênant pour elle d'être interloquée hors de ma présence, d'aller un instant mesurer le vide des couloirs). Je pensai aux habitudes *cochonnes* des amants, j'étais à bout de forces mais gaîment, le temps infini que demandèrent les détails de l'opération m'énervait, m'amusait. Je devais remettre à quelques minutes mon avidité de *savoir*. M'abandonnant, m'oubliant, comme un mort,

inerte dans mes draps, la question « qu'arrive-t-il ? » avait la
gaîté d'une gifle.

Je m'accrochai à l'ultime possibilité d'angoisse.

B. me demandait, timide, « es-tu mieux ? », lui répondant « où suis-je ? », je me laissai aller à cette sorte figée
de panique qu'expriment les yeux en s'agrandissant.

« À la maison, répondit-elle.

— Oui, reprit-elle, embarrassée, au château.

— Mais… ton père ?

— Ne t'en occupe pas. »

Elle eut l'air d'un enfant en faute.

« Il est mort », dit-elle au bout d'un instant.

Elle laissa rapidement tomber les mots, la tête basse…

(La scène du téléphone s'éclairait. Je sus par la suite que
criant, que pleurant : « je vous en prie, madame », j'avais fait
rire une fillette de dix ans.)

Décidément les yeux de B. fuyaient.

« Il est là… ? demandai-je encore.

— Oui. »

Elle coula un regard à la dérobée.

Nos yeux se rencontrèrent : elle eut un sourire en coin.

« Comment m'a-t-on trouvé ? »

B. me sembla décidément désemparée. C'était son désespoir qui prononçait :

« J'ai demandé au Révérend : "Pourquoi y a-t-il une bosse
dans la neige ?" »

D'une voix cassée de malade, j'insistai :

« À quel endroit ?

— Sur la route, à l'entrée du chemin du château.

— Vous m'avez porté ?

— Le Père et moi.

— Que faisiez-vous, le Père et toi ?

— Ne t'énerve plus : tu devrais maintenant me laisser
parler, ne plus m'interrompre… Nous avons quitté la maison vers 10 heures. Nous avons dîné d'abord, A. et moi
(Maman n'a pas voulu dîner). J'ai fait de mon mieux mais
nous pouvions difficilement nous en aller. Qui pouvait
savoir à quel point tu perdais la tête ? »

Elle posa sa main sur mon front. C'était la main gauche (il me sembla, à ce moment, que tout allait de guingois, elle avait la main droite en écharpe).

Elle continua, mais sa main tremblait.

« Nous étions à peine en retard : si tu nous avais attendus… »

Je gémis faiblement :

« Je ne savais rien. »

« La lettre était assez claire… »

Je m'étonnai : j'appris qu'une lettre donnée au médecin aurait dû parvenir à l'hôtel avant 7 heures. A. m'annonçait la mort du père, me disait qu'il rentrerait tard et que B. l'accompagnerait.

Je dis à B. doucement :

« Personne n'a remis de lettre à l'hôtel » (en fait, le médecin s'enivra, tant il avait froid ; il oublia la lettre dans sa poche).

B. prit ma main dans sa main gauche, croisant « gauchement » ses doigts avec les miens.

« Si tu ne savais rien, tu devais attendre. Édron t'aurait laissé mourir ! et tu n'as même pas atteint la maison ! »

☆

Quand B. me découvrit, je venais à peine de tomber. Mon corps était en entier recouvert d'une mince couche de neige. Le froid m'aurait rapidement tué si, contre toute attente, quelqu'un, B., n'était survenu !

B. sortit sa main droite de l'écharpe, la joignit à la gauche, et je vis que malgré le plâtre elle tentait de tordre ses mains.

« Je t'ai fait mal, demandai-je.

— Je ne peux plus imaginer… »

Elle se tut, mais elle continua d'agiter ces mains sur sa robe : elle reprit :

« Te rappelles-tu qu'au carrefour où tu es tombé, si l'on

vient du château, on sort d'un bois de petits sapins par lequel le chemin monte en lacets ? On arrive au col à l'endroit le plus élevé. Au moment où j'allais apercevoir la bosse, le vent m'a saisie, je n'étais pas assez couverte, j'ai dû me retenir de crier, même A. s'est mis à gémir. À ce moment-là, j'ai regardé la maison, qu'on domine de haut, j'ai pensé au mort et me suis rappelé qu'il m'avait tordu... »

Elle se tut.

Elle s'abîma douloureusement dans ses pensées.

Après longtemps, la tête basse, continuant un difficile mouvement de torsion des mains, elle reprit — assez bas : « ... comme si le vent avait la même hostilité que lui. »

Malgré l'abattement des souffrances physiques, j'aurais voulu de toutes mes forces l'aider. Je compris à ce moment que la « bosse » et mon corps inanimé — qui n'étaient en rien différents d'un mort — représentaient dans cette nuit une cruauté plus grande que celle de son père ou que le froid... Je supportais mal ce terrible langage — que l'amour avait trouvé...

Nous sortîmes à la longue de ces lourdeurs.

Elle sourit :
« Te rappelles-tu mon père ?
— ... un si petit homme...
— ... si comique... Il était enragé, tout tremblait devant lui. Il cassait tout d'une façon si dérisoire...
— Tu en trembles ?
— Oui... »

Elle se tut mais ne cessa pas de sourire.
Elle me dit à la fin :
« Il est là... »
Elle indiquait des yeux la direction.
« Difficile de dire de quoi il a l'air... d'un crapaud — qui vient d'avaler une mouche... Qu'il est laid !
— Il te plaît — toujours... ?
— Il fascine. »

On frappa.
Le Père A. traversa rapidement la chambre.

Il n'a pas cette allure annulée des gens d'église. Sa contenance me rappelle de grands rapaces efflanqués que j'ai vus au zoo d'Anvers.

Il vint au pied du lit, échangeant sans parole des regards avec nous ; B. ne put retenir un sourire complice.

« Tout s'arrange, à la fin », dit A.

État d'épuisement. A. et B., près du lit, sortes de meules dans un champ, où le soleil du soir arrête ses derniers rayons.

Sentiment de rêve, de sommeil. J'aurais dû parler, mais mon infidèle mémoire me dérobait ce qu'à tout prix j'aurais dû dire. Intérieurement tendu mais j'avais oublié.

Pénible, irrémédiable sentiment, lié au ronflement du feu.

B. remit des bûches et claqua la porte du poêle.

A. et B. sur une chaise, un fauteuil. Un mort un peu plus loin dans la maison.

A. long profil d'oiseau, dur, inutile, « église désaffectée ».

Le médecin rappelé pour moi s'excusa d'avoir oublié la lettre la veille ; me trouva de la congestion pulmonaire — bénigne.

De tous les côtés, l'oubli…

J'imaginais, dans la chambre d'apparat, ce petit mort au crâne luisant. La nuit tombait, dehors le ciel clair, les neiges, le vent. Maintenant le paisible ennui, la douceur de la chambre. Ma détresse *enfin* sans limites, en ceci justement qu'elle a l'apparence contraire. A. sérieux parlait du chauffage électrique à B. : « … la chaleur en quelques minutes atteint 20 degrés… », B. répondait : « … magnifique… », les figures et les voix se perdaient dans l'ombre.

J'étais seul, mesurant l'étendue du mal : une tranquillité à n'en plus finir. L'excès de la veille était vain ! L'extrême lucidité, l'entêtement, le bonheur (le hasard) m'avaient conduit : *j'étais dans le cœur du château*, j'habitais la maison du mort et j'avais franchi les limites.

Mes pensées se perdaient dans tous les sens. J'étais sot de donner aux choses une valeur qu'elles n'avaient pas. Cet inaccessible château — qu'habitaient la démence ou la mort

— n'était qu'un endroit comme un autre. *Il me sembla la veille avoir eu conscience de mon jeu* : c'était la comédie, le mensonge même.

Je devinais la silhouette des autres. Ils ne parlaient plus, la nuit les avait effacés. C'était malgré tout ma chance d'habiter la maison du mort : mon malaise sournois, ma gaîté poignante, d'une authenticité douteuse…

Du moins le chauve était sans vie, mort *authentiquement*, mais que voulait dire *authentique* ?

À l'idée qu'il donne de lui, je mesure mal la misère d'A. J'imagine une réflexion calme, insérant dans l'univers son ennuyeuse limpidité. Par ces lents travaux de l'action et de la réflexion se succédant, par ce jeu d'audaces qui ne sont, dans le fond, qu'autant de prudences lucides, que peut-il atteindre ?

Ses vices n'auraient qu'un but à l'entendre : donner une conséquence *matérielle* à sa position.

L'imposteur ! me dis-je à la fin de ma réflexion.

(J'étais calme et malade.)

Ignorerait-il en vérité que sa tentative a la même impudence qu'un dé ?

Nul d'entre nous n'est davantage un *dé*, tirant du hasard, du fond d'un abîme, quelque dérision nouvelle.

Cette part de vérité qu'à coup sûr nous tirons des jeux de l'intelligence…

Comment nier la profondeur, l'étendue de l'intelligence ?

Et pourtant.

Le sommet de l'intelligence en est au même instant la défaillance.

Elle s'évanouit : ce qui définit l'intelligence de l'homme est qu'elle lui échappe. Elle n'est, aperçue du dehors, que faiblesse : A. n'est qu'un homme enivré de sa profondeur possible et personne n'y résisterait s'il n'était que la profondeur plus grande nous donne — sur les autres — une supériorité (manifeste ou cachée). L'intelligence la plus grande est au fond la mieux dupée : penser qu'on appréhende la vérité quand on ne fait que fuir, et vainement, l'évidente sottise de *tous*. Et personne n'a vraiment ce que chacun pense : quelque chose de plus. Puérile croyance à leur talisman des plus rigoureux.

Ce qu'avant moi personne n'atteignit, je ne puis l'atteindre, et, m'y efforçant, je n'ai pu que mimer l'erreur des autres : je traînais le poids des autres avec moi. Ou mieux, me croyant, *moi*, seul à n'avoir pas succombé, je n'étais qu'eux, lié des mêmes liens, dans la même prison.

Je succombe : A. et moi, près de B., dans un château mystique…
Au banquet de l'intelligence, ultime imposture !
Même le chauve, à côté, dans la mort, n'a-t-il pas une rigidité postiche ?

Son image obsède B. (un cadavre nous sépare).

Mort de musée Grévin !
Jaloux du mort ! peut-être de la mort ?
L'idée me vint soudain, claire, irrémédiable qu'un inceste unissait le mort à B.

☆

Je m'endormis et m'éveillai longtemps après.
J'étais seul.
Ne pouvant satisfaire un besoin, je sonnai.
J'attendis. On n'avait laissé qu'une faible lumière et, quand il ouvrit, je ne reconnus pas tout d'abord Édron. Il se tint devant moi. Ses yeux de bête des bois me dévisagèrent. Je le dévisageai de mon côté. Cette chambre était vaste ; il vint lentement vers le lit. (Mais une veste blanche est rassurante.)

Je lui dis simplement :
« C'est moi. »
Il ne répondit pas.
Me trouver couché, *ce jour-là*, dans la chambre de B. dépassait sa compréhension.
Il ne dit pas un mot. Il avait l'air d'un forestier malgré la veste ; et mon attitude de défi n'était pas celle d'un maître. Un homme pauvre, malade, introduit à la dérobée, maraudant à la barbe d'un mort, avait plutôt la position du braconnier.

Je me rappelle le temps qu'il passa devant moi, figé dans une attitude indécise (lui, l'homme du maître, eut l'air traqué, ne sachant que dire ni comment s'en aller…).

Je ne pus m'empêcher de rire en moi-même et ce rire, je dus douloureusement le calmer : j'étouffais.

D'autant qu'à cet instant, le malaise dont j'aurais crié me donna, en sursaut, un éclair de lucidité !

B. souvent me parlait d'Édron, de son père, laissant deviner l'amitié contre nature[35] des deux hommes. La lumière acheva de se faire en moi… L'arrière-fond d'angoisse sur lequel se détachaient les fragiles audaces de B., son hilarité accablée, ses excès, en des sens contraires, de licence et de soumission — au même instant, j'en eus la clé : B., petite fille, victime des deux monstres (j'en ai maintenant la certitude !).

Dans ces circonstances et du fait du grand calme où j'étais, je sentis reculer les limites de l'angoisse. A. se tenait sans mot dire dans l'embrasure de la porte (je ne l'entendis pas venir) : « qu'ai-je fait, pensai-je, pour être ainsi de toutes façons rejeté dans l'impossible ? » Mes yeux allaient du garde à l'ecclésiastique : j'imaginais le Dieu que ce dernier niait. Dans le calme où j'étais, un gémissement intérieur et gémi du fond de ma solitude me brisait. J'étais *seul*, gémissement que personne n'entendit, que jamais nulle oreille n'entendra.

Quelle inimaginable force aurait eue ma plainte s'il était un Dieu ?

« Réfléchis cependant. Rien ne peut t'échapper désormais. Si Dieu n'est pas, cette plainte déchirée dans ta solitude est l'extrême limite du possible : en ce sens, il n'est pas d'élément de l'univers qui ne lui soit soumis ! elle n'est soumise à rien, domine tout et n'en est pas moins faite d'une conscience d'impuissance infinie : *du sentiment de l'impossible exactement !* »

Soulevé par une sorte de joie.

Je fixais le vieillard dans les yeux, devinant qu'en lui-même il vacillait.

Je compris que le Père s'amusait sur le seuil…

Immobile (il s'amusait de moi, ses idées rusées n'excluant nullement l'amitié, se perdaient dans l'indifférence). A. ne le demeura que peu d'instants.

(Il me prend gentiment pour un fou.

D'autre part, il s'égaye de mes « comédies ».

Je ne doutais pas du bluff de l'angoisse…)

À ce moment suspendu — je m'étais sur mon lit dressé devant le garde, et ma vie m'échappait dans mon impuissance — je pensais : « je trichais dans la neige hier, ce n'était pas le saut que j'ai cru ». Cette lucidité liée à la présence d'A. ne changeait rien à mon état : Édron demeurait devant moi et, de lui, je ne pouvais pas rire.

J'avais pensé d'abord au coutelas que sans doute il avait sous la veste (j'ai su qu'il l'avait en effet et j'ai su que lui-même y pensait mais il était paralysé). Entendant la sonnerie, le voyant passer, A. craignit…., mais il se trompait : c'est le forestier qui lâcha.

J'éprouvai même en face de lui, dans l'horreur où j'étais, un léger sentiment de triomphe. J'éprouvais le même sentiment devant A. (à l'instant, ma lucidité atteignit le degré de l'exaltation). Au comble de la peur, il n'était nulle limite à ma joie.

Il ne m'importe plus que mon état, dans l'éternelle absence de Dieu, excède l'univers lui-même…

La douceur de la mort rayonnait de moi, j'eus la certitude d'une fidélité. Bien au-dessus d'Édron et d'A., la détresse de B. rejoignait le saut que M. avait fait dans la mort. La gaîté, la frivolité de B. (mais, je n'en doutais pas, elle était à ce même instant dans la chambre du mort *à se tordre les mains*), n'était qu'un accès de plus à la nudité : au SECRET que le corps abandonne avec la robe.

Je n'avais jamais eu jusque-là cette conscience claire de ma comédie : ma vie donnée tout entière en spectacle et la curiosité que j'avais eue d'en venir au point où j'étais, où la comédie est si pleine et si vraie qu'elle dit :

« Je suis la comédie. »

Je voyais si loin dans ma rage de voir.

La figure coléreuse et défaite du monde.

Le beau, le risible visage du garde…., je détachai gaîment son ignominie sur un décor inaccessible…

Tout à coup, je compris qu'il s'en irait, qu'au bout du temps voulu, il reviendrait, apportant le plateau à thé.

À la fin, je nouai de tous les côtés ces liens qui lient chaque chose à l'autre : en sorte que chaque chose est morte (mise *nue*).

… ce SECRET — que le corps abandonne…

B. ne pleurait pas mais *gauchement* se tordait les mains.

… l'obscurité d'un garage, une odeur virile, une odeur de mort…

… enfin le corps inanimé du chauve…

J'ai la naïveté d'un enfant, je me dis : mon angoisse est grande, je suis interloqué (mais j'avais *dans mes mains* la douceur de sa nudité : *ses* mains *gauches* se tordant n'étaient que la robe enlevée, laissant voir… Il n'était plus de différence entre les deux et cette douloureuse gaucherie liait la nudité traquée de la petite fille à la nudité riante devant A.).

(La nudité n'est que la mort et les plus tendres baisers ont un arrière-goût de rat.)

L'OISEAU[1]

… pas une ligne où, comme au soleil la rosée du matin, ne joue la douceur de l'angoisse.

… je devrais bien plutôt…
… mais je veux effacer la trace de mes pas…

☆

… l'attention insensée, analogue à la peur que serait l'ivresse, à l'ivresse que serait la peur…

Je m'attriste et une sorte d'hostilité me tient dans l'obscurité de la chambre — *et dans ce silence de mort.*

Comme il serait temps de répondre à l'énigme entrée comme un voleur dans la maison. (Mieux vaudrait répondre à mon tour en cessant de vivre, au lieu de m'énerver comme une fille.)

Maintenant l'eau du lac est noire, la forêt sous l'orage est aussi mortuaire que la maison. J'ai beau me dire : « un mort dans la chambre voisine !… » et sourire à l'idée d'un entrechat, j'ai les nerfs à vif.

E. s'en est allée tout à l'heure, au hasard, dans la nuit : comme elle était même hors d'état de fermer la porte, le vent l'a claquée.

J'ai voulu disposer de moi sans mesure. J'imaginais ma liberté entière : et maintenant, j'ai le cœur serré. Ma vie est sans issue : ce monde m'entoure de malaise. Il mendie de moi un grincement de dents. — « Imagine qu'E. t'ayant trahi (quand tu ne le voulais que physiquement) se tue maintenant pour l'amour d'un mort, de D. ! »

E. se consume d'amour pour un homme qui la méprisait. Elle n'était à ses yeux qu'une compagne d'orgie. Je ne sais plus si j'ai le cœur à rire de sa sottise — ou à pleurer de la mienne.

Ne pouvant plus penser qu'à elle, et au mort, je ne puis rien — qu'attendre.

L'amère consolation : qu'à une vie de libertinage, E. préfère l'angoisse, errant au bord d'un lac ! Je ne sais si elle se tuera…

Ces jours-ci, à l'idée de mon frère mort, même en raison de l'affection que j'ai pour lui, j'imaginais que j'aurais peine à me retenir de rire. Mais à présent la mort est là.

Il est bizarre d'être à ce point, au plus profond de soi, en accord avec le démenti donné à ce que l'on veut et que l'on ne cesse pas de vouloir.

Ou peut-être ? j'aime que D. soit mort… j'aimerais qu'E., errant dans la nuit près du lac, n'hésite plus à tomber… L'idée me révolte à présent… : comme l'eau qui la noierait la révolterait.

Mon frère et moi avons voulu jusqu'à sa mort vivre une interminable fête ! Une si longue année d'enjouement ! Ce qu'il y eut de déconcertant : D. restait ouvert à la dépression, à la honte : il eut toujours une humeur comique, liée, j'imagine, à l'« intérêt infini » donné à ce qui excède, non seulement l'être limité, mais les excès mêmes par où nous voulons franchir ses limites. Et moi-même, maintenant, dans l'état de poisson sur le sable où il m'a laissé, je demeure tendu.

À bout d'insomnie, de fatigue, céder à la superstition !
Naturellement il est curieux (mais bien plus angoissant) que, coupée par l'orage, la lumière manque en cette veillée mortuaire.

Le grondement du tonnerre ne cesse de répondre à un sentiment nauséeux de possibilité perdue. La lueur d'un cierge d'église éclairant la photographie d'E. masquée, demi-nue, costumée pour le bal…, je ne sais plus, je suis là, sans recours, vide comme un vieillard.

« Le ciel s'étend immense et obscur au-dessus de toi et la mauvaise clarté de la lune à travers un nuage que chasse le vent ne fait que noircir l'encre de l'orage. Il n'est rien sur la terre et dans le ciel, en toi et en dehors de toi, qui ne concoure à ton accablement. »

« Te voici sur le point de tomber, prêtre impie ! » Et je me prends à ricaner à la fenêtre, à voix haute, cette imprécation stupide.

Si *péniblement* comique ! …

Après tout, l'instant de la déconfiture, où l'on ne sait si l'on va rire ou pleurer, s'ils n'étaient la fatigue, la sensation de bouche et d'yeux moisis, de nerfs lentement usés, a le plus grand pouvoir de saut. J'aimerais tout à l'heure à la fenêtre (au moment où l'imprévisible lumière d'un éclair révélerait l'étendue du lac et le ciel) m'adresser à Dieu avec un faux nez.

Sentiment — d'une douceur infinie — de *vivre*, E., le mort et moi, une possibilité insaisissable : la bêtise un peu compassée et majestueuse de la mort, un je ne sais quoi de saugrenu, de malicieux du mort sur un lit — comme l'oiseau sur la branche —, il n'est rien qui ne soit suspendu, un silence de fée…, ma complicité avec D., toute une malice d'enfants, la laideur macabre du fossoyeur (qui ne semble pas par hasard être borgne) ; E. rôdant le long de l'eau (il fait noir en elle, elle étend les mains, de peur de heurter les arbres)…

… il y a quelques instants, j'étais moi-même dans l'état d'horreur vide et inépuisable où je ne puis douter qu'elle ne soit : Œdipe errant les yeux arrachés… et les mains tendues…

… une image, au moment précis, comme un morceau s'arrête dans la gorge : E. nue, ayant justement le faux nez à moustaches auquel je songeais… elle chantait au piano cette tendre romance, qui éclate soudain en discord avec un violent :

> … *Ah ! mets-moi donc ta … dans le …*

… ivre et dépassée d'avoir chanté avec une violence vulgaire : un sourire insensé avouait ce dépassement. Au point où l'on tremble d'excitation. Déjà un léger halètement nous liait…

À ce degré d'exaspération, l'amour a la rigueur de la mort. E. avait la simplicité, l'élégance et la timidité avide d'une bête…

Mais comment — la lumière électrique étant brusquement revenue — ne pas éprouver jusqu'au vacillement le vide de l'insomnie, à voir écrit ce mot *macabre* : « avait »…

Son image en esclave de carnaval… et ce peu de vêtements… sous la lumière crue.

Jamais je n'ai douté d'une aurore qui justement se lèverait en moi quand l'intenable serait là. Et l'espoir jamais ne m'abandonna, même ici, de serrer dans ma main celle de pierre du commandeur.

☆

Combien il était théâtral, tenant le cierge de cire, d'aller voir dans l'obscurité revenue le mort gisant entre les fleurs, l'odeur de seringa[2] mêlée à celle de lessive de la mort !

Ma calme résolution, mon simple sang-froid répondant à une apparence d'ironie sans mesure (le côté indéfinissable et pincé du visage des morts), qu'il est dur de lier à un sentiment de fidélité celui de jalousie et d'envie ! Mais précisément ce qui m'aide à endurer l'intenable est cette douceur tout à fait noire qui m'envahit…

Au point, me rappelant la dépression qui, après sa rupture avec B., le décida à venir achever sa vie à…, de sentir l'impression d'étouffer qu'il me donna comme une jouissance.

… tout entière, la vie faite de la douceur noire qui m'unit à D. dans l'ambiance de petit jour — et d'aurore — d'une exécution… : ce qui n'est ni doux ni noir ne nous touche pas. Seul élément d'irritation, à la limite (mais, lentement, je me suis dominé) d'un accès de dépit impuissant, ceci : que jamais D. n'atteignit ce degré d'amitié haineuse, où l'accord naît de la certitude d'être condamnables.

E. ne rentrera plus, 6 heures sonnées… La mort est seule assez belle. Assez folle. Et comment pourrions-nous supporter ce silence sans mourir ? À ma solitude, il se peut que personne ne soit parvenu : je l'endure à la condition d'écrire ! Mais puisque E., à son tour, voulut mourir, elle n'aurait rien pu faire évidemment qui réponde aussi bien à la nécessité que mon humeur traduit.

D. me dit un jour en riant que deux obsessions le tenaient (dont il se rendait malade). La première : qu'en aucun cas, il ne pourrait rien bénir (les sentiments de gratitude qu'il avait quelquefois exprimés s'étaient plus tard révélés faux). La seconde : que l'ombre de Dieu étant dissipée et l'immensité tutélaire faisant défaut, il lui fallait vivre une immensité qui ne limite plus et ne protège pas[3]. Mais cet élément qu'une recherche fébrile n'avait pu atteindre — une sorte d'impuissance le faisait trembler — je l'éprouve dans le calme du malheur (il fallut pour cela sa mort… et celle d'E… : ma solitude irrémédiable). Ce qu'un homme eût jadis senti de glaçant, mais de doux, à saisir qu'une main collée sur la vitre est celle du diable, je l'éprouve maintenant me laissant envahir, et griser, par une douceur inavouable.

(… aurais-je ou n'aurais-je pas le cœur d'en rire ? …)

Je me traînais littéralement à la fenêtre et j'hésitais comme un malade : la triste lumière de l'aube, le ciel bas au-dessus du lac, répondent à mon état.

Tout ce qu'une voix ferrée et des signaux confèrent de mesquin à ce qui, malgré tout, se situe dans leur domaine… : mon fou rire à l'écart est perdu dans un monde de gares, de mécaniciens, d'ouvriers levés à l'aube.

Tant d'hommes et de femmes rencontrés au cours de ma vie qui ne cessèrent pas dès lors *un instant* de vivre, de penser une chose puis l'autre, de se lever, de se laver, etc. ou de dormir. À moins qu'un accident ou quelque maladie ne les ait retirés du monde, où ils n'ont laissé qu'une insoutenable dépouille[4].

Nul à peu près n'évite, un jour ou l'autre, la situation qui m'enferme maintenant ; pas une question posée en moi que la vie et l'impossibilité de la vie n'aient posée à chacun d'eux. Mais le soleil aveugle[5], et bien que la lumière aveuglante soit familière à tous les yeux, personne ne s'y perd.

Je ne sais si je vais tomber, si j'aurai même la force nécessaire à la main pour achever la phrase, mais l'implacable volonté l'emporte : le débris qu'à cette table je suis, quand j'ai tout perdu et qu'un silence d'éternité règne dans la maison, est là comme un morceau de lumière, qui peut-être tombe en ruine, mais rayonne.

☆

Quand à l'illumination *noire* où m'avait plongé la certitude de la mort d'E. succéda le sentiment de ma sottise, mon malaise, il me faut maintenant le dire, fut misérable. Quand le gravier de l'allée cria sous le pas d'E., je me retirai de la fenêtre et me dissimulai pour la voir : elle était l'image de la fatigue. Elle passa près de moi lentement, les bras pendants et la tête basse. Il pleuvait, à la triste lumière du matin. Étais-je moins qu'elle au bout des choses après cette interminable nuit ? il me sembla qu'elle me jouait : tombé de haut, je me sentais risible et ma situation mêlait l'odieux à un silence de mort.

Pourtant, si à quelque moment un être humain peut dire : « Me voici ! j'ai tout oublié, ce n'était jusqu'ici que fantasmagorie et mensonge, mais le bruit s'est tu, et dans le silence des larmes, j'écoute… », comment ne pas voir que cela suppose ce bizarre sentiment : *être vexé* ?

Je diffère de D. par cette rage de *pouvoir* qui me dresse soudain comme un chat. Il pleurait et je dissimule. Mais si D. et sa mort ne m'humiliaient pas, si je n'éprouvais D., au fond de moi, *dans la mort*, comme un charme[6] et une vexation, je ne pourrais plus me livrer à mes mouvements de passion. Dans cette transparence humiliée faite de la conscience égarée, mais ravie, de ma sottise et, à travers elle, d'une émanation de mort, je pourrais à la fin m'armer d'un fouet.

Ce n'est pas ce qui calme les nerfs…

☆

Ma misère est celle du dévot ne pouvant répondre à l'imprévisible caprice du dieu. J'entrai chez E. avec l'arrière-pensée du fouet, j'en sortis la queue basse… et pire.

Courte échappée sur la folie…
E. les yeux hagards et les dents contractées par une imprécation monotone, murmurant cette injure et rien d'autre : « salaud… », dans son absence, déchirant lentement sa robe, comme si elle avait perdu l'usage raisonné de ses mains.

J'entends battre mes tempes et la suavité de la chambre de mon frère ne cesse pas de me monter à la tête, saoulée des effluves de fleurs. Même dans ses moments de « divinité », D. n'atteignit jamais et jamais ne communiqua cette transparence qui embaume.

Ce que la vie n'irradie pas, ce pauvre silence du rire, voilé dans l'intimité de l'être, la mort a peut-être — rarement — le pouvoir de le mettre nu.

Ce qui sans doute est le fond des mondes[7] : une naïveté atterrante, l'abandon sans limite, une exubérance ivre, un violent « n'importe ! »…

… même l'infinité mesurée du chrétien défini par une position malheureuse de limites un pouvoir et une nécessité de les briser toutes.

Le seul moyen de définir le monde était de le réduire d'abord à notre mesure puis *en riant* de le découvrir en ceci : qu'il passe précisément notre mesure ; le christianisme à la fin révèle ce qui est vraiment[8], comme une digue au moment où elle est brisée révèle une force.

Comment ne pas être tenté, pris de vertige à sentir en moi un incontrôlable mouvement, de me cabrer, de maudire, de vouloir à tout prix limiter ce qui ne peut recevoir de limite ? comment ne pas m'effondrer, me disant que tout exige en moi l'arrêt de ce mouvement qui me tue ? et ce mouvement n'étant étranger ni à la mort de D. ni au malheur d'E., comment ne pas avouer enfin : « je ne puis supporter *ce que je suis* » ? Ce tremblement d'une main, que j'ai voulue tout à l'heure armée d'un fouet, n'est-il pas déjà gémissement devant la croix ?

Mais si la chance changeait, ce moment de doute et d'angoisse doublerait ma volupté !

N'est-ce pas la clé de la condition humaine que, le christianisme ayant posé les limites nécessaires à la vie, dans la mesure où la peur les plaça trop près, soit à l'origine de l'érotisme angoissé[9] — de tout l'infini érotique ?

Je ne puis même douter que, sans l'intrusion inavouable chez E., je n'aurais pas été *ravi* à côté du mort : la chambre, dans les fleurs, était comme une église, et ce qui me perça du long couteau de l'extase n'était pas la lumière éternelle, c'était le rire intolérable, et vide, de mon frère.

Moment de complicité et d'intimité, les mains dans les mains de la mort. Moment de légèreté au bord de l'abîme. Moment sans espoir et sans ouverture.

Je n'ai, je le sais, qu'à laisser aller l'insensible glissement de la tricherie : un léger changement, j'impose à ce qui m'a glacé l'arrêt éternel : je tremble devant Dieu. Je porte à l'infini le désir de trembler !

Si la raison (la limite) humaine est dépassée par l'objet même auquel la limite est donnée, si la raison d'E. succombe, je ne puis qu'accorder à l'excès qui me détruira moi-même à mon tour. Mais l'excès *qui me brûle* est en moi l'accord de l'amour et je ne tremble pas devant Dieu, mais d'amour.

☆

Dans l'inhumain silence de la forêt, sous la lumière plombée, oppressante, de gros nuages noirs, pourquoi allai-je angoissé, à l'image dérisoire du Crime, que poursuivent la Justice et la Vengeance[10] ? mais ce qu'à la fin je trouvai, sous un rayon de soleil féerique et dans la solitude fleurie des ruines, fut le vol et les cris ravissants d'un oiseau — minuscule, moqueur et paré du plumage bariolé d'un oiseau des îles[11] ! Et je revins retenant mon souffle, baigné dans un halo d'impossible lumière, comme si l'insaisissable saisi me laissait debout sur un pied.

Comme si un silence de rêve était D., qu'une absence éternelle manifesterait.

Je rentrai à la dérobée : frappé d'enchantement. Il me semblait de cette maison, qui la veille avait dérobé mon frère, qu'un souffle la renverserait. Elle se déroberait comme D., laissant derrière elle un vide, mais plus grisant que rien au monde.

☆

Entré tout à l'heure, une fois de plus, dans la chambre de mon frère.

Le mort, moi-même et la maison suspendus en dehors du monde, dans une partie vide de l'espace où l'odeur diaphane de la mort enivre les sens, les déchire et les tend jusqu'à l'angoisse.

Si je rentrais demain dans un monde de paroles faciles — sonores — je devrais dissimuler, comme aurait à le faire un spectre, alors qu'il voudrait passer pour un homme.

☆

Je m'étais avancé, sur la pointe des pieds, non loin de la porte d'E. : je n'entendis rien. Je sortis et gagnai la terrasse, d'où l'on aperçoit l'intérieur de la chambre. La fenêtre était entrouverte et je pus la voir allongée sans mouvement sur le tapis, long corps indécemment vêtu d'un corset de dentelles noires.

Les bras, les jambes, et la chevelure rayonnant de tous côtés, déroulés dans l'abandon comme les spires de la pieuvre, ce rayonnement n'avait pas pour centre un visage tourné vers le sol, mais l'autre face, fendue profondément, dont les bas accusaient la nudité.

La lente coulée du plaisir est en un point la même que celle de l'angoisse ; celle de l'extase est voisine de l'une et de l'autre. Si j'avais voulu battre E., ce n'était pas l'effet d'un désir voluptueux : jamais je n'ai désiré battre qu'épuisé, je crois que seule l'impuissance est cruelle. Mais, dans l'état de griserie où me maintenait l'intimité du mort, je ne pouvais pas ne pas ressentir une analogie gênante entre le *charme* de la mort et celui de la nudité. Du corps inanimé de D. se dégageait un sentiment trouble d'immensité et peut-être en raison de cette immobilité lunaire, il en était de même d'E. sur le tapis.

Penché à la balustrade de la terrasse je vis l'une des jambes remuer : je pouvais me dire que mort, un corps aurait pu avoir ce léger réflexe. Mais sa mort, à ce moment-là, n'aurait ajouté à *ce qui était* qu'une insensible différence. Je descendis les escaliers *grisé d'horreur*, non pour une raison définie, mais sous les arbres au feuillage encore dégouttant de pluie, ce fut comme si cet inintelligible monde me communiquait son humide secret de mort.

En quoi ce gémissement — ce sanglot qui montait sans se résoudre en larmes — et cette sensation de pourriture infinie sont-ils moins *désirables* que les moments heureux ? ces moments comparés à ceux d'horreur… (je me représente d'absurdes délices, une tarte aux abricots encore tiède, un buisson d'aubépine au soleil, bruissant d'un bourdonnement d'abeilles insensé).

Mais je ne puis douter qu'en mon absence E. n'ait revêtu ces parures de fête allant dans la chambre du mort. Me parlant de sa vie avec mon frère, elle m'avait dit que celui-ci l'aimait ainsi déshabillée.

L'idée de son entrée dans la chambre du mort, littéralement me serre le cœur…
Elle dut, revenue à elle, s'effondrer en sanglots : cette image entrevue n'est pas celle de la mort, ni celle d'une intenable lascivité — elle est la détresse d'un enfant.

La nécessité de malentendus, de méprises, de grincements de fourchettes sur la vitre, tout ce qu'annonce un désespoir d'enfant, comme un prophète annonçait l'approche du malheur…

Repassant devant la porte d'E., je n'ai pas eu le cœur de frapper : l'on n'entendait rien. Je n'ai aucun espoir et l'appréhension de l'irrémédiable me ronge. Je ne puis même que désirer mollement qu'E. rendue à la raison, la vie reprenne.

L'EMPIRE[12]

Me laisserai-je à mon tour tomber ?
À la longue, écrire m'embrouille.
Je suis si fatigué que je rêve d'une entière dissolution.

Si je pars d'un sens quelconque, je l'épuise… ou je tombe à la fin sur le non-sens.

Le fragment d'os inattendu : je mâchais à belles dents !…

Mais comment en rester, dissous, au non-sens ? cela ne se peut pas. Un non-sens, sans plus, débouche sur un sens quelconque…
… laissant un arrière-goût de cendres, de démence.
Je me regarde dans la glace : les yeux battus, l'air éteint d'un mégot.

Je voudrais m'endormir. Mais d'avoir vu, tout à l'heure, la fenêtre d'E. fermée, me donna un coup au cœur, et ne pouvant le supporter, je demeure éveillé, étendu sur le lit où j'écris. (En vérité, ce qui me ronge est de ne pouvoir rien accepter. Quand je l'aperçus à terre, à travers la fenêtre ouverte, j'avais peur qu'elle n'ait pris du poison. Je ne doute plus qu'elle ne vive, puisque la fenêtre est fermée, mais ne puis l'endurer ni en vie ni morte. Je n'admets pas qu'elle m'échappe, à l'abri de fenêtres ou de portes fermées.)

☆

Je ne m'enferme pas dans l'idée du malheur. J'imagine la liberté d'un nuage emplissant le ciel, se faisant et se défaisant avec une rapidité sans hâte, tirant de l'inconsistance et du déchirement la puissance d'envahir. Je puis me dire ainsi de ma réflexion malheureuse, qui sans l'extrême angoisse eût été lourde, qu'elle me livre, au moment où je vais succomber, l'empire…

[ÉPILOGUE]

Je dormis d'un sommeil léger. Qui d'abord avait eu la valeur d'une ivresse : il me sembla, m'endormant, que la solidité du monde cédait à la légèreté du sommeil. Cette ironique indifférence ne changeait rien : la véhémence du désir, suspendue dans un lâchez-tout, renaissait libérée des freins qui la bloquent dans l'état d'angoisse. Mais dormir est peut-être une image manquée de victoire et la liberté qu'il nous faut ravir y est dérobée. De quelle horreur opaque je devins victime, fourmi dans la fourmilière effondrée, et ne disposant plus de fil logique. Chaque chute, en ce monde du mauvais rêve, à elle seule, est l'entière expérience de la mort (mais sans la clarté décisive de l'éveil).

De cette fondrière du sommeil, il est plaisant que nous soyons si insoucieux. Nous l'oublions et ne voyons pas que notre insouciance donne à nos airs « lucides » une valeur de mensonge. À l'instant, l'animalité d'abattoir de mes rêves récents (toutes choses autour de moi dérangées, mais livrées à l'apaisement) m'éveille au sentiment de « viol » de la mort. Rien à mes yeux n'a plus de prix que l'exubérance de la rouille ; ni qu'une certitude au soleil d'échapper de bien peu à la moisissure de la terre. La vérité de la vie ne peut être séparée de son contraire et si nous fuyons l'odeur de la mort, « l'égarement des sens » nous ramène au bonheur qui lui est lié. C'est qu'entre la mort et le rajeunissement infini de la vie[13], l'on ne peut faire de différence : nous tenons à la mort comme un arbre à la terre par un réseau caché de racines. Mais nous sommes comparables à un arbre « moral » — qui renierait ses racines. Si nous ne puisions naïvement à la source de la douleur, qui nous donne le secret insensé, nous ne pourrions avoir l'emportement du rire : nous aurions le visage opaque du calcul. L'obscénité n'est elle-même qu'une forme de douleur, mais si « légèrement » liée au rejaillissement que, de toutes les douleurs, elle est la plus riche, la plus folle, la plus digne d'envie.

Il importe peu, dans l'ampleur de ce mouvement, qu'il soit ambigu — que tantôt il élève aux nues, tantôt laisse sans vie sur le sable. Brisé, ce sera une pauvre consolation d'imaginer qu'une joie éternelle naît de mon échec. Même il me faut me rendre à l'évidence : le ressac de la joie n'a lieu qu'à une condition : que le reflux de la douleur n'en soit en aucune mesure moins affreux. Le doute né de grands malheurs ne peut qu'éclairer au contraire ceux qui jouissent — qui ne peuvent connaître le bonheur entièrement que transfiguré, dans l'auréole noire du malheur. Si bien que la raison ne peut résoudre l'ambiguïté : le bonheur extrême n'est possible qu'au moment où je doute qu'il dure ; il se change au contraire en lourdeur, dès l'instant où j'en suis assuré. Ainsi ne pouvons-nous vivre sensément qu'en état d'ambiguïté. Il n'est jamais d'ailleurs une entière différence entre le malheur et la joie : la conscience du malheur qui rôde est toujours présente, et jusque dans l'horreur, la conscience de la joie possible n'est pas tout à fait supprimée : c'est elle qui accroît vertigineusement la douleur, mais c'est elle, en contrepartie, qui permet d'endurer les supplices. Cette légèreté du jeu est si bien donnée dans l'ambiguïté des choses que nous méprisons les anxieux, s'ils les prennent lourdement au sérieux. L'erreur de l'Église est moins dans la morale et dans les dogmes que dans la confusion du tragique, qui est un jeu, et du sérieux, qui est le signe du travail.

Par contre, ces étouffements inhumains, dont j'avais souffert en rêve, en dormant, parce qu'ils n'avaient aucun caractère de sérieux, étaient pour ma résolution le prétexte favorable. Me souvenant du moment où j'étouffais, la souffrance me parut disposer un genre de chausse-trappe, sans lequel le piège de la pensée ne pourrait être « tendu ». Il me plaît de m'attarder à l'instant sur ce malheur imaginaire, et le liant à l'étendue absurde du ciel, de trouver dans la légèreté, le « manque de souci », l'essence d'une notion de moi-même et du monde que serait un saut. Dans une folle, cruelle et pesante symphonie, plaisamment jouée avec mon frère mort, la pointe hostile et dure d'un doigt, tout à l'heure enfoncée, dans mon rêve, dans le creux de mon dos — si cruellement que j'aurais crié, mais je ne pus émettre un son — était une rage qui, absolument, ne devait pas être mais était, était inexorable et « exigeait » la liberté d'un saut. Tout partait de la dans un emportement violent, mû par la cruauté inflexible du doigt : il n'était rien, dans mon supplice, qui ne soit arraché, porté à la douleur intolérable où l'on s'éveille. Mais, quand je m'éveillai de ce sommeil, E. debout devant moi me souriait : elle avait le même vêtement, plutôt la même absence de vêtements qu'étendue dans sa chambre. J'étais mal remis de mon rêve : avec l'aisance qu'elle aurait eue, marquise, dans une robe à paniers, un sourire indéfinissable, une inflexion chaude de sa voix me rendit sans attendre au délice de la vie : « Monsignor daigne-t-il ? » … me dit-elle. Je ne sais quoi de canaille ajoutait à la provocation du costume. Mais comme si, plus d'un instant, elle ne pouvait soutenir une comédie, elle *laissa voir aussitôt la fêlure et d'une voix rauque demanda : « Tu veux faire l'amour ? »*

Un rayon de lumière orageuse, féerique, baignait ma chambre : comme un saint Georges armé, juvénile et illuminé, sur un dragon, elle se rua sur moi, mais le mal qu'elle me voulait était d'arracher mes vêtements et elle n'était armée que d'un sourire de hyène.

Orestie[1]
rosée du ciel
cornemuse de la vie

nuit d'araignées
d'innombrables hantises
inexorable jeu des larmes
ô soleil en mon sein longue épée de la mort

repose-toi le long de mes os
repose-toi tu es l'éclair
repose-toi vipère
repose-toi mon cœur

les fleuves de l'amour se rosissent de sang
les vents ont décoiffé mes cheveux d'assassin.

Chance[2] ô blême divinité
rire de l'éclair
soleil invisible
tonnant dans le cœur
chance nue

chance aux longs bas blancs
chance en chemise de dentelle.

LA DISCORDE

Dix cent maisons tombent[3]
cent puis mille morts
à la fenêtre de la nue.

Ventre ouvert[4]
tête enlevée
reflet de longues nuées
image d'immense ciel.

Plus haut
que le haut sombre du ciel
plus haut
dans une folle ouverture
une traînée de lueur
est le halo de la mort[5].

J'ai faim de sang[6]
faim de terre au sang
faim de poisson faim de rage
faim d'ordure faim de froid.

MOI

Cœur avide de lueur
ventre avare de caresses
le soleil faux les yeux faux
mots pourvoyeurs de la peste[7]

la terre aime les corps froids.

Larmes de gel
équivoque des cils

lèvres de morte[8]
inexpiables dents

absence de vie

nudité de mort.

☆

À travers le mensonge, l'indifférence, le claquement des dents, le bonheur insensé, la certitude,
dans le fond du puits, dent contre dent de la mort, une infime parcelle de vie[9] aveuglante naît d'une accumulation de déchets,
je la fuis, elle insiste ; injecté, dans le front, un filet de sang se mêle à mes larmes et baigne mes cuisses,
infime parcelle née de supercherie, d'avarices impudentes,
non moins indifférente à soi que la hauteur du ciel,
et pureté de bourreau, d'explosion coupant les cris.

☆

J'ouvre en moi-même un théâtre
où se joue un faux sommeil
un truquage sans objet
une honte dont je sue

pas d'espoir
la mort
la bougie soufflée[10].

☆

Entre-temps, je lis les Nuits d'octobre[11]*, étonné de sentir un décalage entre mes cris et ma vie. Au fond, je suis comme Gérard de Nerval, heureux de cabarets, de riens (plus équivoque ?). Je me rappelle dans Tilly[12] mon goût pour les gens du village, au sortir des pluies, de la boue, du froid, les viragos du bar maniant les bouteilles et le nez (le tarin) des grands domestiques de ferme (saouls, boueusement bottés) ; la nuit, les chansons de faubourg pleuraient dans les gorges vulgaires, il y eut des allées et venues de bringue, des pets[b], des rires de filles dans la cour. J'étais heureux d'écouter leur vie, griffonnant mon carnet, couché* *dans une chambre sale (et glacée). Pas l'ombre d'ennui, heureux de la chaleur des cris, de l'envoûtement des chansons : leur mélancolie prenait à la gorge.*

LE TOIT DU TEMPLE[13]

Sentiment d'un combat décisif dont rien ne me détournerait mainte-nant. J'ai peur ayant la certitude que je n'éviterai plus le combat.

La réponse ne serait-elle pas : « que j'oublie la question » ?

Il me sembla hier avoir parlé à ma glace[14].
Il me sembla voir assez loin comme à des lueurs d'éclair une région où l'angoisse a conduit... Sentiment introduit par une phrase. J'ai oublié la phrase : elle s'accompagna d'un changement perceptible, comme un déclic coupant les liens.

Je perçus un mouvement de recul, aussi décevant que celui d'un être surnaturel.
Rien de plus détaché ni de plus contraire à la malveillance.

J'éprouvais comme un remords[15] l'impossibilité de jamais annuler mes affirmations.
Comme si quelque intolérable oppression nous gênait.

Désir — à trembler — que la chance survenant, mais dans l'in-certitude de la nuit, imperceptible, soit cependant saisie. Et si fort que fût ce désir, je ne pouvais qu'observer le silence.

Seul dans la nuit, je demeurai à lire, accablé par ce sentiment d'impuissance.

☆

Je lus en entier Bérénice *(je ne l'avais jamais lu). Seule une phrase de la préface m'arrêta : « ... cette tristesse majestueuse qui fait tout le plaisir de la tragédie ». Je lus, en français,* Le Corbeau. *Je me levai touché de contagion. Je me levai et pris du papier. Je me rappelle la hâte fébrile avec laquelle j'atteignis la table : pourtant j'étais calme.*

J'écrivis :

il s'avança[16]
une tempête de sable
je ne puis dire que
dans la nuit
elle avança comme un mur en poussière
ou comme le tourbillon drapé d'un fantôme
elle me dit
où es-tu
je t'avais perdu
mais moi
qui jamais ne l'avais vue
je criai dans le froid
qui es-tu
démente
et pourquoi
faire semblant
de ne pas m'oublier
à ce moment
j'entendis tomber la terre
je courus
traversai
un interminable champ
je tombai
le champ aussi tomba
un sanglot infini le champ et moi
tombèrent

nuit sans étoile
vide mille fois éteint
un tel cri
te perça-t-il jamais
une chute si longue.

En même temps, l'amour me brûlait. J'étais limité par les mots. Je m'épuisai d'amour dans le vide, comme en présence d'une femme désirable et déshabillée — mais inaccessible. Sans même pouvoir exprimer un désir.

Hébétude. Impossible d'aller au lit malgré l'heure et la fatigue. J'aurais pu dire de moi comme il y a cent ans Kierkegaard : « J'ai la tête aussi vide qu'un théâtre où l'on vient de jouer[17]. »

Comme je fixais le vide devant moi, une touche aussitôt violente, excessive, m'unit à ce vide. Je voyais ce vide et ne voyais rien, mais lui, le vide, m'embrassait.

Mon corps était crispé. Il se contracta comme si, de lui-même, il avait dû se réduire à l'étendue d'un point. Une fulguration durable allait de ce point intérieur au vide. Je grimaçais et je riais, les lèvres écartées, les dents nues.

JE ME JETTE CHEZ LES MORTS[18]

La nuit est ma nudité
les étoiles sont mes dents
je me jette chez les morts
habillé de blanc soleil.

☆

La mort habite mon cœur[19]
comme une petite veuve

elle sanglote elle est lâche
j'ai peur je pourrais vomir

la veuve rit jusqu'au ciel
et déchire les oiseaux.

☆

À ma mort
les dents de chevaux des étoiles
hennissent de rire je *mort*[20]

mort rase
tombe humide
soleil manchot

le fossoyeur à dents de mort
m'efface

l'ange au vol de corbeau
crie
       gloire à toi

je suis le vide des cercueils
et l'absence de moi
dans l'univers entier

les trompes de la joie
sonnent insensément
et le blanc du ciel éclate

le tonnerre de la mort
emplit l'univers

trop de joie
retourne les ongles.

☆

J'imagine
dans la profondeur infinie
l'étendue déserte
différente du ciel que je vois
ne contenant plus ces points de lumière qui vacillent
mais des torrents de flammes
plus grand qu'un ciel
aveuglant comme l'aube

abstraction informe
zébrée de cassures
amoncellement
d'inanités d'oublis
d'un côté le sujet JE[21]
et de l'autre l'objet
univers charpie de notions mortes[22]
où JE jette en pleurant les détritus
les impuissances
les hoquets
les discordants cris de coq[23] des idées

ô néant fabriqué
dans l'usine de la vanité infinie
comme une caisse de dents fausses

JE penché sur la caisse
JE ai
mon envie de vomir envie

ô faillite
extase dont je dors
quand je crie
toi qui es et seras
quand je ne serai plus
X sourd
maillet géant
brisant ma tête.

☆

Le scintillement
le haut du ciel
la terre
et moi.

☆

Mon cœur te crache étoile

incomparable angoisse

je me ris mais j'ai froid.

ÊTRE ORESTE

Le tapis de jeu est cette nuit étoilée où je tombe, jeté comme le dé[24]
sur un champ de possibles éphémères.
Je n'ai pas de raison de « la trouver mauvaise ».

*Étant une chute aveugle dans la nuit, j'excède ma volonté malgré
moi (qui n'est en moi que le* donné*) ; et ma peur est le cri d'une liberté
infinie.*

Si je n'excédais par un saut la nature « statique et donnée[25] *», je
serais défini par des lois. Mais la nature me joue, me jette plus loin
qu'elle-même, au-delà des lois, des limites qui font que les humbles
l'aiment.*

*Je suis le résultat d'un jeu, ce qui, si je n'étais pas, ne serait pas, qui
pouvait ne pas être.*

Je suis, dans le sein d'une immensité, un plus *excédant cette immensité*. Mon bonheur et mon être même découlent de ce caractère excédant.

Ma bêtise a béni la nature secourable, agenouillée devant Dieu.

Ce que je suis (mon rire, mon bonheur ivres) n'en est pas moins joué, livré au hasard, mis à la porte dans la nuit, chassé comme un chien.

Le vent de la vérité a répondu comme une gifle à la joue tendue de la piété.

La cœur est humain dans la mesure où il se révolte (ceci veut dire : être un homme est « ne pas s'incliner devant la loi »).

Un poète ne justifie pas — il n'accepte pas — tout à fait la nature. La vraie poésie est en dehors des lois. Mais la poésie, finalement, accepte la poésie.

Quand accepter la poésie la change en son contraire (elle devient médiatrice d'une acceptation) ! je retiens le saut dans lequel j'excéderais l'univers, je justifie le monde donné, je me contente de lui.

M'insérer dans ce qui m'entoure, m'expliquer ou ne voir en mon insondable nuit qu'une fable pour enfants (me donner de moi-même une image ou physique ou mythologique) ! non !...
Je renoncerais au jeu...

Je refuse, me révolte, mais pourquoi m'égarer. Si je délirais, je serais simplement naturel.
Le délire poétique a sa place dans la nature. Il la justifie, accepte de l'embellir. Le refus appartient à la conscience claire, mesurant ce qui lui arrive.
La claire distinction des divers possibles, le don d'aller au bout du plus lointain, relèvent de l'attention calme. Le jeu sans retour de moi-même, l'aller à l'au-delà de tout donné exigent non seulement ce rire infini, mais cette méditation lente (insensée, mais par excès).
C'est la pénombre et l'équivoque. La poésie éloigne en même temps de la nuit et du jour. Elle ne peut ni mettre en question ni mettre en action ce monde qui me lie.

La menace en est maintenue : la nature peut m'anéantir — me réduire à ce qu'elle est, annuler le jeu que je joue plus loin qu'elle — qui demande ma folie, ma gaîté, mon éveil infinis.

Le relâchement retire du jeu — et de même l'excès d'attention. L'emportement riant, le saut déraisonnable et la calme lucidité sont exigés du joueur, jusqu'au jour où la chance le lâche — ou la vie.

Je m'approche de la poésie : mais pour lui manquer.

Dans le jeu excédant la nature, il est indifférent que je l'excède ou qu'elle-même s'excède en moi (elle est peut-être tout entière excès d'elle-même), mais, dans le temps, l'excès s'insère à la fin dans l'ordre des choses (je mourrai à ce moment-là).

Il m'a fallu, pour saisir un possible au sein d'une évidente impossibilité, me représenter d'abord la situation inverse.

À supposer que je veuille me réduire à l'ordre légal, j'ai peu de chances d'y parvenir entièrement : je pécherai par inconséquence — par rigueur malheureuse…

Dans l'extrême rigueur, l'exigence de l'ordre est détentrice d'un si grand pouvoir qu'elle ne peut se retourner contre elle-même. Dans l'expérience qu'en ont les dévots (les mystiques), la personne de Dieu est placée au sommet d'un non-sens immoral : l'amour du dévot réalise en Dieu — auquel il s'identifie — un excès qui, s'il l'assumait personnellement, le jetterait à genoux, écœuré.

La réduction à l'ordre échoue de toutes façons : la dévotion formelle (sans excès) conduit à l'inconséquence. La tentative inverse a donc des chances. Il lui faut se servir de chemins détournés (de rires, de nausées incessantes). Sur le plan où ces choses se jouent, chaque élément se change en son contraire incessamment. Dieu se charge soudain d'« horrible grandeur ». Ou la poésie glisse à l'embellissement. À chaque effort que je fais pour le saisir, l'objet de mon attente se change en son contraire[26].

L'éclat de la poésie se révèle hors des moments qu'elle atteint dans un désordre de mort[27].

(Un commun accord situe à part les deux auteurs[28] qui ajoutèrent à celui de la poésie l'éclat d'un échec. L'équivoque est liée à leurs noms,

mais l'un et l'autre épuisèrent le sens de la poésie qui s'achève en son contraire, en un sentiment de haine de la poésie. La poésie qui ne s'élève pas au non-sens de la poésie n'est que le vide de la poésie, que la belle poésie.)

Pour qui sont ces serpents[29]... ?

L'inconnu et la mort... sans la mutité bovine, seule assez solide en de tels chemins. Dans cet inconnu, aveugle, je succombe (je renonce à l'épuisement raisonné des possibles).

La poésie n'est pas une connaissance de soi-même, encore moins l'expérience d'un lointain possible (de ce qui auparavant n'était pas) mais la simple évocation par les mots de possibilités inaccessibles.

L'évocation a sur l'expérience l'avantage d'une richesse et d'une facilité infinie mais éloigne de l'expérience (essentiellement paralysée).

Sans l'exubérance de l'évocation, l'expérience serait raisonnable. Elle commence à partir de ma folie, si l'impuissance de l'évocation m'écœure.

La poésie ouvre la nuit à l'excès du désir. La nuit laissée par les ravages de la poésie est en moi la mesure d'un refus — de ma folle volonté d'excéder le monde. — La poésie aussi excédait ce monde, mais elle ne pouvait me changer[30].

Ma liberté fictive assura davantage qu'elle ne ruinait la contrainte du donné naturel. Si je m'en étais contenté, je me serais soumis à la longue à la limite de ce donné.

Je continuais de mettre en question la limite du monde, rayant la misère de qui s'en contente, et je ne pus supporter longtemps la facilité de la fiction : j'en exigeai la réalité, je devins fou.

Si je mentais, je demeurais sur le plan de la poésie, d'un dépassement verbal du monde. Si je persévérais en un décri aveugle du monde, mon décri était faux (comme le dépassement). En un certain sens, mon accord avec le monde s'approfondissait. Mais ne pouvant mentir sciem-

ment, je devins fou (capable d'ignorer la vérité). Ou ne sachant plus, pour moi seul, jouer la comédie d'un délire, je devins fou encore mais intérieurement : je fis l'expérience de la nuit.

La poésie fut un simple détour : j'échappai par elle au monde du discours, devenu pour moi le monde naturel, j'entrai avec elle en une sorte de tombe où l'infinité du possible naissait de la mort du monde logique.

La logique en mourant accouchait de folles richesses. Mais le possible évoqué n'est qu'irréel, la mort du monde logique est irréelle, tout est louche et fuyant dans cette obscurité relative. Je puis m'y moquer de moi-même et des autres : tout le réel est sans valeur, toute valeur irréelle ! De là cette facilité et cette fatalité de glissements, où j'ignore si je mens ou si je suis fou. La nécessité de la nuit procède de cette situation malheureuse.

La nuit ne pouvait qu'en passer par un détour.
La mise en question de toutes choses naissait de l'exaspération d'un désir, qui ne pouvait porter sur le vide !

L'objet de mon désir était en premier lieu l'illusion et ne put être qu'en second lieu le vide de la désillusion.

La mise en question sans désir est formelle, indifférente. Ce n'est pas d'elle qu'on pourrait dire : « c'est la même chose que l'homme ».

La poésie révèle un pouvoir de l'inconnu. Mais l'inconnu n'est qu'un vide insignifiant, s'il n'est pas l'objet d'un désir. La poésie est moyen terme, elle dérobe le connu dans l'inconnu : elle est l'inconnu paré des couleurs aveuglantes et de l'apparence d'un soleil.

Ébloui de mille figures où se composent l'ennui, l'impatience et l'amour. Maintenant mon désir n'a qu'un objet : l'au-delà de ces milles figures et la nuit.
Mais dans la nuit le désir ment et, de cette manière, elle cesse d'en paraître l'objet. Cette existence par moi menée « dans la nuit » ressemble à celle de l'amant à la mort de l'être aimé, d'Oreste apprenant le suicide d'Hermione. Elle ne peut reconnaître en l'espèce de la nuit « ce qu'elle attendait ».

Autour de « L'Impossible »

[LA PRÉFACE DE 1962. NOTES ET PROJETS]

[I. STRUCTURE ET NARRATEURS[1]]

Histoire de rats (Journal de Dianus)
Histoire de rats écrit par Dianus
Dianus écrit par Mgr Alpha (non)
Dianus frère de Mgr Alpha
Dianus = moi. Donc Dianus : Histoire de rats : J[ourna]l de D[ianus] absurde.

[II.] « DÉFINIR ET EXPLIQUER »

Qu'*Histoire de rats*[2] est une description / de l'inviabilité[3] non du réel / de l'impossible non d'un désirable / / d'une absence d'issue / cela aboutit à / « je ne sais si A. ment disant appartenir à l'ordre des Jésuites[4] ».

Il faut prévenir qu'il s'agit d'inviable, de vaine exaspération, d'exaspération insensée.

Définir et expliquer le lien d'*Histoire de rats* et de *Dianus*.

Construire au besoin / la volonté de l'impossible.

Appeler le livre / l'impossible / expliciter dans la préface le titre du livre / impossible dans le sens d'absence d'issue / l'existence appartient pour une part à l'impossible / par exemple à la mort / et à la chair / la chair d'une part / le possible les [amants   *lecture conjecturale*].

Bien entendu le livre écrit d'abord (il y a quinze ans).

[...]

pas de sens caché / surtout pas de système.

Insister sur le caractère réaliste[5].

[...]

J'aurais mis quinze ans pour m'expliquer.

J'aurais su attendre et l'attente n'était possible qu'à la condition de ne plus penser, d'oublier.

Je cherchais donc je n'avais pas trouvé / quand je dis « la douceur de la nudité (la naissance des jambes ou des seins) touchait à l'infini[6] » je définis l'impossible.

Dire ce qu'est l'impossible / mais de toutes façons préalable à cette préface, plus vieille de quinze ans / néanmoins hors de question que ce soit une définition philosophique / il suffit de limiter le possible vaguement : il s'agit d'ouvrir une voie opposée à la Voix des parents[7] / la mort / la sexualité.

[…]

Le sentiment bizarrement justifié mais justifié d'une identité dans le fond, de l'identité entière, mais inaccessible, de l'extase voluptueuse et de celle des saints / l'une et l'autre condamnables / mais cette identité dans sa profondeur étant la vérité inaccessible des vies humaines.

C'est *Histoire de rats* et *Dianus* qui justifiaient cette publication.

Que je me souviens d'une imagination / mais seulement par une reconstitution / l'auteur : le frère d'un prélat romain / E. maîtresse de l'auteur et de D.

Tout le livre en italiques. Les passages en italiques, en romaines.

★

Feuillets divers inutilisés écrits
pour la préface
de *L'Impossible* en janvier 1952[8]

Il [*le livre de 1947*] est composé de deux parties, l'une en un sens poétique et l'autre romanesque sur la mort, mais peut-être avais-je alors plus d'intérêt pour la poésie que pour la mort.

[…]

Il y a quinze ans, exactement au début de l'automne de 1947, j'ai publié ce livre sous le titre obscur de *La Haine de la poésie*[9]. À ce moment, l'obstacle qu'est la poésie dans la mesure où celle-ci admet le monde tel qu'il est me frappait. Il me semblait que la poésie, en particulier la « belle poésie », acceptait ce monde. J'aurais mieux fait de préciser que le sens profond de la poésie, indépendamment de jugements vulgaires, est la révolte et que dans la mesure où la poésie s'éloigne d'un mouvement de profonde révolte, mais dans cette mesure seulement, je la hais. Je suis toujours hostile en somme à la vulgarité menaçante de la poésie. Il y a par contre un « impossible », un trouble désordonné, qui est selon moi la part de la poésie.

Il y a d'abord, selon moi, dans la poésie furieuse le parti pris d'échapper à la règle inévitable, d'en contrer la nécessité…

La poésie est ce dont l'éclat dur et même aveuglant peut se faire jour au-delà du « possible », au-delà de ce que limite la possibilité généralement liée à la science, au raisonnement et à la morale vulgaire. Évidemment, ceci ne s'oppose pas à une allure dangereuse de la poésie qui peut-être, en un sens, proche de la folie. La poésie est peut-être ce que l'homme a finalement de plus précieux, mais ce plus précieux est peut-être en même temps le plus dangereux, le plus fou, le moins utile.

⁂

Le sens de cette préface[10] est lié au fait que cette seconde édition place en premier les parties romanesques de ce livre, ouvertement liées à l'impossible et à la mort (*Histoire de rats*, *Dianus*).

La première partie, *L'Orestie*, rejetée à la fin, accède elle-même à cette vérité de l'impossible et de la mort. Moins directement.

⁂

Mais je suis loin[11] d'avoir la certitude aujourd'hui de me faire mieux entendre qu'il y a quinze ans.

Introduisant d'abord les deux passages qui lient ma pensée à une forme romancée, reportant à la fin les parties où j'avais cédé au désordre poétique, il me semble malgré tout être plus clair.

Sans doute aussi suis-je plus clair en mettant en avant le désordre sexuel, qui marque les deux premières parties de cette édition. Je n'ai cependant pas l'intention de faire ici l'éloge de ce désordre. Au contraire. À mon sens, le désordre sexuel est maudit. À cet égard, en dépit de l'apparence, je m'oppose à la tendance qui semble aujourd'hui l'emporter. Je ne suis pas de ceux qui voient dans l'oubli des interdits sexuels une issue[12]. Je pense même que la possibilité humaine dépend de ces interdits : cette possibilité, nous ne pouvons l'imaginer sans ces interdits (tout au moins serait-il impossible pour nous de l'imaginer). Je ne crois d'ailleurs pas que ce livre pourrait jouer dans le sens d'une liberté sexuelle invivable. Au contraire : ce que la folie sexuelle a d'irrespirable en ressort.

⁂

L'Impossible ! Les textes[13] qu'à présent désigne ce nouveau titre lui répondent mieux qu'ils ne répondirent au premier.

J'ai voulu, il y a quinze ans, parler de *La Haine de la poésie*. Ce premier titre n'était pas clair. J'avais songé à l'aversion que m'inspirait alors la « belle poésie ». Jamais la poésie de Baudelaire — ou celle de Rimbaud — ne m'ont inspiré cette haine. Mais je n'aimais pas les fadeurs du lyrisme…

★

L'Impossible[14] d'abord, il m'a semblé pouvoir le souligner en insistant sur l'aspect érotique que donne[nt] à mon livre les deux parties que j'ai mises en tête : *Histoire de rats* et *Dianus*. Cet aspect érotique a pour moi une valeur essentielle du point de vue de l'impossible.

★

C'est pour cette raison[15] qu'à mon gré la poésie ne délire pas, qu'elle accède rarement à la violence, que j'ai voulu parler de *Haine de la poésie*. Le seul moyen que j'ai sans doute de m'exprimer est l'extrême lenteur. Je ne sais si l'équivoque qui ressort aujourd'hui du mot délire durera autant que la première. Je voudrais à vrai dire la résoudre d'emblée. Peut-être après avoir admis ma première aberration quelques rares lecteurs admettront la seconde. Je ne hais guère moins la poésie que le délire. Le délire a toutefois sur la poésie l'avantage d'être involontaire. Et comment serais-je parvenu à me faire entendre sans passer par le double détour de la *haine de la poésie* et de la haine du délire.
[…]
J'aurai[s] dû décanter mon objet, l'impossible, de l'échec qu'est la belle poésie — le décanter enfin de la pauvreté du délire — pour conduire un lecteur à cette violence froide qui ne supporte pas la confusion (qui exige la lucidité).

[III. « POSSIBLE » ET « IMPOSSIBLE »]

La catégorie[16] de l'*impossible* est loin d'avoir été l'objet d'une attention suffisante. Elle servit d'abord de prétexte à l'emphase, le *possible* étant seul l'objet de recherches constantes. De l'*impossible*, finalement, la sagesse et la réflexion se détournèrent.
Avant tout, l'essentiel est de vivre ; et l'*impossible* a partie liée avec la mort. C'est voué à une destinée tragique qu'un homme en vient à choisir l'*impossible*. Il le choisit dans un désordre inévitable et, qu'il le veuille ou non, pour une part, son choix est aveugle.

À l'opposé le *possible* est l'objet d'un choix inévitable. L'essentiel est évidemment de vivre. L'*impossible*, au contraire, est la mort, à laquelle il est vrai que l'homme est voué.

La réflexion claire a toujours le *possible* pour objet. L'*impossible*, au contraire, est un désordre, une aberration. C'est un désordre qu'amènent seuls le désespoir et la passion… Un désordre excessif auquel seule la folie condamne !

Seul un tel désordre aspire à la mort.

Celui que désigne un destin tragique est seul avide de l'*impossible*. Il doit pour cela s'aveugler.

L'*impossible*, il est sûr, ne peut être défini.

Je puis définir le possible, alors que l'impossible ne peut l'être…

★

Le possible envisage[17] seul le réel, mais la réalité est double.

Elle est d'abord réelle au sens commun. Elle est ce qu'aujourd'hui décrit la science — et qu'autrefois voulurent décrire les religions. Mais dans l'esprit des religions la suppression est possible. C'est pourquoi la mort peut être envisagée de deux manières. Mais si la religion discerne le possible, elle peut encore atteindre l'*impossible*. En quoi la science ne peut la suivre.

Mais si la science discerne le possible — elle doit le discerner exactement. Elle se tait dès l'instant où la réflexion est égarée dans l'impossible. La science envisage la mort, mais, si elle en parle, il s'agit de ses conséquences réelles. Si elle tient compte des sentiments qui oppressent les survivants, c'est dans la mesure où les manifestations qui purent en être provoquées sont exactement mesurables. Si j'envisage les déchirements — la terreur et l'horreur — qui suivent la mort, ils ne sont objet de science que réduits à l'analyse *objective* des comportements[18].

Je ne veux pas avoir recours aux descriptions des phénoménologues : elles ne sont objectives que par glissement. La phénoménologie envisage l'effet des suppressions : seule la littérature atteint l'effet des suppressions. La littérature n'est pas un vide, mais elle n'est plus connaissance objective. Ma tristesse, dans ma conscience, a un sens, mais je ne puis faire d'un tel sens un objet. La tristesse de la mort, que la phénoménologie décrit, n'est jamais un objet.

Le domaine de la mort appartient au sujet. Si au-delà d'aspects que le médecin décrit objectivement je parle de la mort, c'est dans la mesure où la subjectivité de la conscience est en jeu.

Il en va de la même façon si je veux mettre en jeu la vérité objective de l'amour. D'évidence, comme celle de la mort, elle

n'a rien à voir avec des sentiments qui sont littérairement des-
criptibles. C'est une richesse, mais c'est encore une impuissance.
À cette impuissance, je puis apparemment me dérober, me donnant une richesse trompeuse. Mais m'enfermant en vain dans
cette tromperie, je perds — en gagnant l'insatisfaction d'une
lourdeur gluante (celle de phrases qui ne sont que « plumes de
paon ») — l'honnêteté d'un désespoir auquel j'ai droit.

[…]

En vérité, nous ne pouvons rien dire objectivement de la
mort. Nous ne pouvons non plus rien dire de l'amour au niveau
de la science. Ni du rire ou des larmes. Ou de la poésie.

Rien dire, où je n'aurais que l'objectivité du biologue. Elle ne
touche pas mon être si j'aime, si je ris, si je pleure.

Tout d'abord, il est vrai sans vouloir trancher, je doute même
de la possibilité d'une philosophie, en ce sens où la connaissance me trompe.

Il se pourrait à la fin que l'impossible et non le possible se
révèle.

M'enfonçant dans la nuit la poésie, les sanglots, les larmes
dérobent à mes yeux l'*impossible*. La philosophie le déguise et
l'amour ou le rire achèvent de m'abuser.

Ces brèves indications ne peuvent sans doute décider la
conviction ? Nous pourrions cependant saisir enfin le piège où,
de manières diverses, l'ensemble des hommes est tombé. Nous
l'avons cherché de tous les côtés. Mais là où l'*impossible* sévit (où
à la clarté — mais à la limite de la raison — l'émotion convulsive
accéda) l'explication se dérobe ; là où l'impossible sévit toute
explication se dérobe.

Ce livre est d'ailleurs en entier l'opposé de l'explication.

[…]

Sombrant dans la philosophie, je tente de dire en des termes
possibles ce que seule aurait le pouvoir d'exprimer la poésie, qui
est le langage de l'*impossible*.

La misère de la vie tient à la méconnaissance de la misère qui
en secret est gloire éclatante dont l'éclat est lié au secret.

Il se peut que la philosophie soit possible. Cela se peut. Mais
l'impossible seul est fait de son secret.

Déchiffrant l'indéchiffrable, j'en viens à la nécessité de cacher
ce que je dévoile, je voudrais en venir à l'évidence des larmes.

Seule la mort est assez folle pour me donner l'apparence de
l'horreur et la simplicité d'une chanson plus idiote que le silence.

Je voudrais si [*mot illisible*] ne pas manquer de pleurer la mort :
de pleurer la mort hagarde, folle et sanglante ainsi qu'un fou rire
décevant le cœur. Il est sûr qu'avant tout j'aimerais décevoir

ma résolution. J'aimerais me réduire aux larmes, à la fatigue, à la honte, mais en finir avec l'inertie des regrets, trouvant à la fin le silence d'un mort — mais un hoquet me trahirait.

Mais il manque à la mort une dissimulation, le sourire en coin d'un cadavre de théâtre. Comme si j'allais en finir avec la vie — naïvement — avec de l'encre !

En revenir à mon propos / c'est-à-dire la vérité.

★

Mais je suis à la fin tenu d'apercevoir dans son ensemble la convulsion que le mouvement global des êtres met en jeu[19] : il répond en même temps au souci de la mort, de la disparition totale, et d'une fureur voluptueuse à jamais sans limites. Il y a dans l'ardeur voluptueuse une aspiration fondamentale au néant, à la suppression de l'être séparé que nous sommes, suppression que nous n'acceptons qu'à la condition de la confondre avec une perte éblouissante, la perte seule ayant la vertu de fomenter l'aveuglement et la perte […].

[IV. LA MORT COMME FONDEMENT
DE L'INDIVIDUALITÉ]

Si j'envisage la totalité du monde[20], à partir du fondement, de la base inaccessible de l'immense réalité qui m'entoure, il m'est difficile de parler.

Comment que je parvienne à lui donner un sens, ce sens demeure à jamais contestable. Pourtant je ne puis de là conclure au non-sens. Une autre intelligence apercevrait peut-être ce qui m'échappe !…

Mais le fait que je ne puis découvrir à coup sûr le sens de ce qui est, laisse cette vie humaine que je porte en proie au non-sens. Cette vie humaine dont pourtant je puis dire en même temps que, de toute manière, elle échappe au non-sens, que son destin même est de lui échapper et de le nier à tout prix. Mais qu'il en soit ainsi n'empêche pas que le sens auquel il lui est loisible de parvenir ne soit jamais le seul concevable et que, pour finir, il demeure douteux.

Il n'est à la fin de vérité sur laquelle je me puis fonder que négative.

Il n'est absolu que ce désespoir, cet égarement définitif auquel — je le sais bien — je suis abandonné.

Et le reste est insignifiant !

Non que je ne puisse tirer de ce monde un grand nombre de

certitudes. Mais de telles certitudes en dehors d'effets limités me laissent indifférent. Elles ne me sauvent pas de la mort. Elles m'abandonnent pour finir à la solitude de la mort.

Cette solitude n'est pas nécessairement terrible. La disparition peut être jusqu'au bout joyeuse, jusqu'au bout passer à mes yeux pour une plaisanterie sans limites, mais cette négation de la limite implique néanmoins que je disparaisse : elle implique à la fin que toute phrase que ma présence au monde avait fondée perde un sens initial : celui du *je* que soudainement la mort dérobe et sur lequel repose la totalité du monde.

La totalité du monde repose à la fin sur la précarité du moi, sur la mort. Mais la mort en principe est un accident de l'individu. Envisagée comme elle l'est dans la proposition de Valéry (« Nous autres civilisations, nous savons que nous sommes mortelles[21] »), la mort perdrait cet aspect individuel. D'ailleurs une civilisation n'est pas la totalité du monde : il se pourrait ainsi que la mort ne puisse en aucun cas la concerner. Si bien que le glissement du moi mortel au monde serait un abus que je fais du langage.

Il est possible, mais cet abus, je ne puis l'éviter dans la mesure où l'individu m'enferme.

Je suis individu : rien en moi n'échappe à la mort sinon dans la mesure où j'imagine échapper à l'individu. Mais l'au-delà de l'individu n'est en moi qu'une supposition arbitraire. Et cette supposition arbitraire en moi est une construction abstraite qui s'élabore sur des fondements qui ne sont pas des fondements mais des imaginations variables.

Seuls l'individu et la mort n'échappent pas à ce caractère incertain.

[V. MORT ET ÉROTISME]

Peut-être / développement contre le désordre sexuel / après un II au centre[22].

Mais avant de réimprimer à la suite la peinture du désordre sexuel (qui caractérise les récits sui suivent) ou celle du désarroi tragique ? (qu'à son principe voulait atteindre *L'Orestie*) j'ai cru nécessaire ici d'insister sur l'horreur à laquelle le désordre conduit[23].

★

Seul sens de Sade[24] / les divers impossibles / l'impossible sexuel / le plus terrible : Sade / que Sade fut le plus terrible /

mais enfin conclure sur Sade justement / a) il fut l'impossible dans sa vie b) dans sa mort / au fond le possible logique est peut-être le plus impossible : le possible un jour je dois dire que c'est Khrouchtchev[25] / exemple de Blanchot / peut-être Sade à la fin de la préface / donc l'impossible doit être une catégorie philosophique / c'est en effet le seul aboutissement de la philosophie / en particulier Sartre-Heidegger.

[…]

Je crois devoir poser le problème non le résoudre / un livre seul est l'impossible / je dois faire cette préface c'est le seul possible / car parler de l'impossible c'est la seule façon de décrire le possible car l'homme possible doit être mis en face de l'impossible / évidemment ce n'est pas une résolution / donc la littérature ne peut / l'impossible donc c'est l'homme / pris au sérieux / justement la poésie est l'impossible.

[VI. MORT ET RIRE]

Essentiellement[26] la réalité humaine est double.

D'abord la réalité au sens commun, celle que la science envisage et dont la base est donnée dès l'abord.

Et d'autre part la mort, qui peut-être elle-même aperçue de deux manières.

Il ne s'agit pas à proprement parler de réalité, au contraire il s'agit de disparition, de suppression. Mais la suppression elle-même peut être envisagée de plusieurs manières / ainsi tristement / ou gaiement

Mais la tristesse ou la gaieté ne représentent que des aspects opposés à l'intérieur d'une grande complexité.

Il est facile d'apercevoir que la tristesse est parfois exaltante mais qu'elle est plus souvent liée à la dépression.

Si j'envisage la mort conventionnellement, dans les conditions actuelles elle est foncièrement déprimante mais c'est là un principe susceptible de variations. Si je la compare à ce sentiment, la réalité a un sens qui peut être défini, qui ne varie pas, ou varie peu, suivant les cas.

Le sentiment au contraire est très variable.

Ainsi la mort d'un ami ou celle d'un ennemi ont-elles des aspects différents suivant les cas. En principe, la mort d'un ami est tragique. La mort d'un ennemi peut être envisagée sous l'aspect tragique, mais alors il ne s'agit pas d'une nécessité contraignante. À l'extrême, la mort de l'ennemi est susceptible de revêtir l'aspect comique.

Entre les deux, je puis sacrifier l'ennemi. Dans ce cas, le mort que l'ennemi devient dans le sacrifice est sacré — ce qui ouvre les perspectives développées de la religion.

Mais le sacrifice n'est pas nécessairement celui de l'ennemi : dans le christianisme il est non seulement l'ami mais le dieu.

D'un autre côté le rire se rapporte à l'ensemble des possibilités contraires à la tristesse et pourtant je ne puis négliger la possibilité d'un complexe où les possibilités s'ouvrent en des sens apparemment contradictoires. Rire et tristesse, larmes joyeuses, ne représentent nullement les limites des possibilités parfois torrentielles : la lourdeur elle-même est parfois délirante.

[VII. MORT ET « POÉSIE »]

L'impossible c'est la littérature[27].

★

Mais[28] je ne puis dans les calculs en même temps satisfaisants et décevants de la science me laisser éblouir, c'est-à-dire céder à ce que m'apporte d'aveuglant une vision trouble. Je précise : le trouble dont il s'agit est celui de la poésie. Je puis le dire, la poésie me trouble, elle m'enchante, elle fait surgir une autre vérité que celle de la science. C'est la vérité de la mort, de la disparition. Or la disparition et la mort aveuglent, elles éblouissent, elles ne sont jamais distinctes. Il en est d'elles comme de la poésie qui est faite de mort, de disparition, d'aveuglement, d'éblouissement […].

LE TOIT DU TEMPLE

[version du carnet bleu-vert (extraits)]

Longue conversation avec T[1]. (l'angoisse, la chance, la nuit dont nous sortons, qui nous environne…). Chassé par une « mise en demeure » intime : je me trouve sur le *toit du temple* — en fuite. À mes pieds, le monde et la tentation de sa surdité !

Du haut de mon édicule. — T. à côté de moi. Le monde à nos pieds nous ignore. Il ignore également la nuit où nous nous trouvons. Cette nuit est d'autant plus entière qu'en dehors de lui et de moi, personne ne s'en doute.

Je ne pourrais m'appesantir mais je ne puis que jouer, miser ma vie.

Que devenir ? À demi solitaire, ma situation est garante d'une définitive solitude.

Dans le temple même, la mort, la douleur, l'inévitable règnent. L'indifférence que nous opposons à la mort… est celle du sommeil infini appesanti autour du « lieu saint ».

Sur le toit de ma « mise en demeure » : la réponse que la nuit refuse, pourrais-je me la refuser à moi-même ?

L'angoisse attendant la réponse de la nuit savait déjà que la nuit ne peut répondre à l'inépuisable contestation de l'angoisse.

En dehors de T., personne ne m'entend. T. m'entend : son silence m'assure du caractère de ma solitude. Il est comme un rappel : si quelque mort doutait de ma situation, la discrète fidélité du cercueil la lui rappellerait.

En ce qui touche les autres, seule une part ignorée d'eux-mêmes pourrait nous rejoindre…

Moi seul, inaccessible, impénétrable et…

☆

Sentiment d'un combat décisif[2] dont rien ne me détournerait maintenant. Dans la certitude du combat, je vacille.

La réponse serait-elle « oublier la question » ?

Je ne trouve en Dieu que ma défaillance.

Je piétine et quelle difficulté ! Je n'ai qu'une issue provisoire, un instant m'arrêter, ne plus songer à rien. Je ne suis que folie énervée depuis quelques heures.

☆

Il me semble avoir parlé à ma glace[3], c'était l'anticipation de l'absence, mon interlocuteur avait l'apparence et non la chaleur de la vie.

Hier T. demeurait tassé dans un angle, un peu de lumière éclairait son visage (blond, rose, les lèvres minces) et son corps (apparence de vêtements vides).

Il me semblait apercevoir, loin comme en éclair, les régions où l'angoisse l'a conduit ; sentiment introduit par une phrase : la phrase s'accompagnait d'un imperceptible changement, comme si, un déclic détachant un lien, le mouvement qui entraînait T. (et moi-même avec lui ?) avait repris plus vite.

Un mouvement de recul aussi décevant que celui d'un être surnaturel, d'un démon, d'un enchanteur d'enfants ou de rats.

Rien de plus détaché ni de plus contraire à la malveillance.

Au cours de la conversation T. me dit : « Je puis parler de telle façon, qu'il en soit comme si rien n'avait été dit. »

☆

Mon angoisse me représenta l'impossibilité de jamais annuler mes affirmations… La conversation était lente et, comme si quelque inadmissible oppression nous gênait, nous cherchions longuement les mots.

J'aurais voulu qu'à tout prix T. devine dans la chance l'implication d'une angoisse — sans laquelle l'angoisse serait dérobée à sa propre mise en question (elle serait *retirée du jeu* si elle n'était pas *à la merci* de la chance).

Dans mon angoisse, il me sembla que T. jamais ne rirait de la chance et mon impuissance m'accablait.

Mon effort se perdait dans l'air raréfié des régions vers lesquelles T. malgré lui m'entraînait.

Un bruit nous dérangea et T. s'étant levé partit sans plus attendre (il avait laissé passer l'heure).

Je demeurai à lire accablé par un sentiment d'absence.

ÊTRE ORESTE

[I. PRÉFACE INACHEVÉE]

J'ignore[1] si jamais l'on fit tant d'efforts pour examiner la *possibilité de l'être*. L'être que j'ai représenté n'est pas celui que nous sommes tous, dont la vie n'est pas assurée, qui doit résoudre heure par heure une multiplicité de problèmes matériels. Cet être en lutte, à la rigueur l'homme de tous les temps, de toutes les conditions, consacre à peu près toutes les forces humaines à satisfaire des besoins urgents. Toutefois, l'on peut apercevoir une marge constante d'intérêt ne portant plus sur les nécessités premières, inégalement répartie sans doute selon les conditions et les temps. J'ai posé cette question anachronique : quel est ou quel serait le possible d'un être ayant su répondre aux nécessités premières[2]. En d'autres termes, quel sens a le fait d'être.

Cette question ne se pose pas d'habitude en raison d'implications infinies et mobiles de l'être humain. Chaque sens est donné dans un tissu de possibilités multiples où chacune prend un sens par rapport à l'autre sans jamais qu'un sens proprement dit se donne de lui-même. Sans doute, l'au-delà des nécessités premières est donné dans ces implications, mais dans les conditions générales des sens relatifs l'un à l'autre. Seules émergent de l'imbroglio les philosophies sectaires ou les constructions religieuses tardives (bouddhiste, chrétienne, musulmane), mais l'intégrité de leur sens résiste peu de temps à l'analyse, leur fondement commun étant le bien, lui-même implication de tout l'imbroglio (abstraction, si l'on veut, des implications de l'homme, tirées à des moments divers des relations entre éléments divers).

Je regrette d'avoir donné peu de place à l'aspect le plus grossier du problème. Le possible d'un homme insouciant serait la jouissance. Ceux qu'indigne cette conception m'inspirent de la

répugnance. La jouissance de l'homme est sans doute la chose
la plus sainte et la plus digne d'éloges en elle-même. La vérité
est que l'ennemi de la jouissance est précisément le souci de
jouir qui engage à de misérables manœuvres ayant pour but le
maintien de la jouissance dans le temps. La jouissance, si l'on
veut, la joie demeure plutôt indice dans la recherche d'un sens.
Et le repos, la paix, sont des indices contraires. J'admets que
l'horizon (le possible) de l'être est une joie — ce ne serait pas son
horizon sans cela, il faut que l'être le désire, sinon cela disparaîtrait du champ du possible. Mais en même temps cette joie
risque de toucher la douleur de près, en ce sens que le possible
nécessairement doit s'étendre aussi loin qu'il se peut, au mépris
d'une douleur probablement la plus grande qui puisse coïncider
avec la joie. En tout cas c'est plutôt ce qui répond à mon désir
que je puis regarder comme nécessairement joyeux, que simplement la joie l'objet de mon désir.

Pour parler de façon plus serrée, je dois dire d'ailleurs que la
jouissance criante s'écarte vite d'elle-même dans l'expérience du
possible de l'homme. La répétition l'épuise. Je puis me dire sans
doute : un plaisir répété n'est pas si aigu. Mais n'est-ce pas autre
chose ? Si le plaisir était l'égoïste satisfaction que l'on y voit
d'habitude, on ne pourrait l'épuiser. Au contraire, nous poursuivons quelque réalité bien plus profonde que la volupté des
sens. Pour les sens, le doux est toujours doux, le sucré reste
sucré, même s'il y a répétition, s'il n'y a pas excès. Cette loi est
celle du plaisir en général, mais au-delà de la sim[3] *[interrompu]*

[II. LE DEVENIR ORESTE
OU L'EXERCICE DE LA MÉDITATION]

1. L'existence de l'homme[4] mise en question et au-delà de la
nature.

2. La lettre de Rimbaud.

3. La nuit :

a) le poétique comme moyen terme entre le monde logique
et la nuit.

b) la nuit comme simple expérience du vide de la poésie.

c) la véritable nuit exige le déchirement, la destruction de
tous les moyens termes et non seulement de la poésie.

d) le pouvoir qu'a la poésie d'évoquer la nuit / Oreste.

4. La nuit d'Oreste.

L'auteur et l'auditeur (peu importe) posent pour la fiction
poétique un au-delà de l'existence logique.

Cet au-delà peut être placé devant soi comme un spectacle : pas d'équivoque.

On peut aussi essayer de s'en approcher par l'exercice de la poésie : c'est l'équivoque ou l'évocation.

Reprendre l'analyse à partir de celle de Rimbaud.

Perdu la tête, etc., c'est la confusion des moments, le vouloir aller trop vite.

5. Faire l'expérience du possible pour l'homme est peut-être seulement ramasser les possibles tracés, ne plus les laisser traîner.

Aller au bout de ce qui est offert.

Un principe résulte de l'exp[érience] poétique : elle a un sens du fait de sa nature comique, du fait qu'elle est accessible à l'homme développé alors que l'état d'Oreste ne l'est pas.

[…]

6. Parvenir à l'absence de sens par un silence entier.

Digression sur la contagion et ses modes.

Ici faire des par. [*paragraphes*] avec des titres.

Expliquer le yoga par la contagion.

[…]

Oreste délirant[5]…

« Mais quelle épaisse nuit

. . . .

. . . .

Eh bien ! filles d'enfer

Ni l'Oreste réel, ni quelque être humain de lui-même et pour lui-même n'auraient pu faire *pour moi* ce que seule a pu l'évocation de Racine. Les figures de la poésie tragique diffèrent profondément des êtres réels en ce qu'étant évoqués [*sic*] non seulement les limites banales de ce monde ne les arrêtent pas mais leur existence entière est à moi destinée.

Les cris d'Oreste ne répondent qu'à la rigueur au profond besoin d'Oreste (à le supposer vrai). C'est à mes besoins qu'ils répondent. Ce sont les cris que je devais entendre.

Plus loin : l'état d'Oreste évoqué n'est pas un être (un caractère) mais l'énoncé d'un rapport possible entre l'existence négative et le donné naturel nié (reprendre en termes concrets[6]).

[III. FEUILLETS ARRACHÉS À UN CARNET]

L'être mise en question[7] de l'être en lui-même.

Il vaudrait mieux dire : la *mise en jeu* (seule issue contre la nature : il est naturel de délirer).

Tout sert à l'élusion de la mise en jeu.

Nécessité de l'attention calme (des détours).

La maladie de Rimbaud.

La folie ou la nuit.

La figure d'Oreste[8].

Rapport entre poésie et sens (dialectique).

Sens = composition arbitraire.

Poésie = destruction de ce monde.

Reliquat de sens, interférence : c'est cela, l'évocation.

Différence Oreste et Joseph Dupré.

La souveraineté et le crime [mèneraient *lecture conjecturale*] à la perte du sens.

Le sens est le donné.

Toute l'analyse de la poésie / langage perverti / rythme.

Ensuite exercice / dilemme fondamental.

L'homme serait un donné naturel sans le jeu.

Le jeu lui-même insère sans fin ses résultats dans le donné naturel.

Équivalence entre la mise en jeu et la mise en question.

Différence entre la mise en jeu et le résultat.

Toutefois le jeu ne peut être qu'à partir du donné naturel :

a) mise en action

b) poésie

Lautréamont comme bible de l'[innocence *lecture conjecturale*], en réalité cette bible est encore la tragédie antique, poésie faite par tous.

Ce que j'écris se situe (prend un sens) sur une portée décrite d'avance (par le langage et la pensée humaine). Fût-ce négativement, je ne pense qu'en fonction d'enfantillages. Chacune de mes phrases est l'acceptation d'un jeu, jusqu'à celle où je veux le refuser. Que j'en sois satisfait ou non, je suis « auteur », tissant et détissant l'étoffe des pensées possibles.

Imaginant Oreste avec un sentiment hostile à ces limites, je puis me le représenter justement comme un point de l'existence où elles sont détruites, mais je dois voir en même temps que la destruction fut possible à des conditions équivalant à l'acceptation.

Une pure et simple suppression des limites est pur et simple verbalisme. Le donné naturel est là, comprenant maintenant les sens que les hommes lui ont prêtés. Le donné (exprimable en loi) ne peut être dépassé que par le jeu. La simple hostilité, la révolte et la colère s'arrêteraient en lui. L'aléa seul met l'existence au-delà des lois.

[...]

Bien qu'il soit l'évocation d'une humanité aux craintes puériles, Oreste est davantage la figure de la poésie qu'un fantôme de la religion. Les terreurs qui l'ont fait naître ayant disparu, sa figure n'en est pas dissipée. Mais bien qu'elle réponde à l'angoisse de tous les temps (plutôt qu'à celle des anciens Grecs en particulier), elle n'en est pas pour autant la figure de la pure angoisse.

La mythologie et la fiction religieuse en général diffèrent peu de la poésie, mais elles assignent le réel, à quoi la poésie renonce, tant en raison du peu de caractère des poètes que d'un souci d'ombrageuse liberté. En dehors d'une servitude imposée ou subie, la mythologie, d'autre part, est « faite par tous » et la poésie « par un ». La mythologie est plus loin de la pure angoisse que la poésie : celle-ci néanmoins n'est comme celle-là que l'inversion (ou la perversion) du donné naturel. Dans ce donné, nous vivons immergés profondément et nous *sommes* ces eaux et ces algues qui le composent. Ce n'est pas directement, en niant, que nous émergeons, c'est en décomposant suivant les lignes d'angoisse les multiples parties de notre élément. Nous n'avons pas la force de nier mais nous jouons. L'angoisse au fond de nous ne prend pas corps ; son essence est moins peur que soif de mettre en jeu. Ce n'est pas l'ensemble, ce sont de petites parties qui se proposent d'abord à la mobilité du jeu.

La mise en jeu veut le mouvement du jeu qui ne s'anime d'abord que dans une multiplicité d'occasions rapides, seulement à demi effrayantes (ce n'est pas l'effroi qui constitue l'essence de l'angoisse, c'est l'ennui, le désir d'excéder le donné). La somme d'effroi liée à la vie n'est au fond que la plus petite possible en réponse de mettre en jeu — la vie même, le donné. Dans le même sens, ce « plus petit » est aussi le « plus grand » : nous nous jouons le plus que nous pouvons. Mais nous n'aurions pu directement mettre en jeu la totalité de ce qui est, d'une part en raison de l'irréalité relative d'une semblable mise en jeu — qui, étant abstraite, n'est pas angoissante —, d'autre part, au contraire, en raison de l'excès d'angoisse qui s'en dégage malgré tout : l'angoisse d'une mise en jeu totale est nulle ou trop grande, elle ne peut à la vérité résulter que d'une extension des mises en jeu partielles. Comment le caractère de tangence — du possible et de l'impossible, du plus petit et du plus grand — inhérent à la mise en jeu, serait-il atteint par une autre voie ? Nous n'accédons au mouvement précis de l'existence qu'à travers des épreuves continuelles.

Mettre en jeu exprime *après coup* d'obscures démarches poursuivies dans la mythologie, le rire, la poésie… La notion de *mise en jeu* explique moins la poésie que la poésie la *mise en jeu*. Cette notion n'a de sens qu'en ses formes vivantes.

Rien ne peut excéder le donné naturel qui n'en soit tout d'abord une expression. Ce qui est *mis en jeu* doit d'abord *être*.

La poésie *magnifie* même le donné qu'elle met en jeu. L'étrange est que nous devons affirmer et grandir le donné... pour l'anéantir. Réduites *à ce qu'elles sont*, les choses se maintiennent en elles-mêmes et n'excèdent jamais rien. Les démarches dans lesquelles nous excédons *ce que nous sommes* exigent de nous cette déformation préalable : le rire ou la poésie (procédant de façon contraire) ont l'un et l'autre un premier pas grandiloquent.

Moment de folie / mouvement vers la folie / dès le 2ᵉ titre, anticipation d'un au-delà de la poésie : la poésie échoue.

(Parenthèse sèchement théorique)

L'opération poursuivie a lieu / mouvement sur plusieurs plans / la poésie évoque, crée une possibilité / en l'évoquant, n'est pas elle.

Ce premier stade est nécessaire à l'excès / mais la poésie elle-même a lieu sur plusieurs plans.

Plan mythologique, religieux, plan du langage pris pour le réel.

D'où un premier au-delà du donné.

(Dans ce développement il doit y avoir l'arrière religieux).

Il n'y a pas simple addition d'irréalités analogues aux réalités mais création-poésie d'un nouvel ordre de choses insérables dans le donné mais après coup.

Les dieux se jouent.

Dans un sens, ils sont un donné primordial, la base du donné, magnifiés comme tels.

C'est le donné lui-même, mais privé de ses limites grossières.

C'est que le jeu consiste à mettre en cause le donné le moins limité possible, le plus grand possible.

La destruction est la mise à mort de ce donné magnifié, mais la mise à mort est fiction. C'est de cette façon une mise en jeu moins grossière qu'on ne l'imagine. Ce qui semble un résultat, le sacré, n'est en vérité que la mise en jeu elle-même.

Le résultat est seulement donné dans les croyances liées et les effets sociaux, dans les normes religieuses et les *réponses* à l'angoisse profonde (cette analyse refuse d'épuiser les questions et tente seulement de situer les rapports de la mythologie, de la poésie tragique, de la poésie libre et de l'e.i.⁹).

Il y a mise en jeu dans le sacré dans la mesure où son appré-hension représente un moment de glissement de l'un dans l'autre, glissement, par la mort, de l'un dans l'au-delà de l'autre. Je ne retiens ici dans la mythologie que ce qui est en rapport avec ce mouvement. C'est-à-dire les thèmes de la mort, du dieu ou du héros. Il y a un déchet (de même que dans la poésie).

La mythologie par rapport au rite (au sacrifice) marque bien la nécessité de changer de plan (impossible d'entrer ici ni ailleurs dans la question de savoir s'il y a primauté originelle du sacrifice ou de l'invention mythologique — c'est sans intérêt) — mettons qu'il y ait primauté du rite : c'est la même chose, il y a deux plans au moins et une tendance à la totalité dans la fête, répondant à son contraire, l'ennui, dans lequel les choses ne sont plus ce qu'elles sont.

De même que dans la vie (individuelle) le donné est excédé, dans la fête aussi ce qui n'était pas est. Mais la simple vie, me semble-t-il, n'est mise en jeu qu'en tant qu'elle est et ne sait rien tirer de plus du risque de mort. Elle dépasse elle-même le donné mais, l'ayant une fois dépassé, s'insère en lui.

L'homme apprend à reconnaître la mort et à mettre en question la vie comme tributaire de la mort. Cette sorte de mise en question demande que la vie s'approche sans cesse de la mort et d'aussi près qu'elle le peut. Ce n'est pas encore la mise en question intime de tout dans laquelle la mort ne joue plus (la mort est une mise en question naturelle, en somme, et donnée du dehors), mais l'impuissance où l'être est, à la fin, de s'échapper à lui-même ou, simplement, d'être dans le monde qui est [et d'où ?] il tire une défaillance plus entière que la mort : mettant l'être en question jusqu'au pur vertige — indépendant de la mort. Cette sorte de mise en question est donnée dans l'expérience intérieure, non dans le sacrifice, dans la poésie, c'est transition.

Dans la poésie l'élément de la mise en question intime apparaît sous forme d'inconnu de la poésie (la poésie est ce qui lie la plus grande somme d'inconnu au connu).

[IV. PREMIÈRE SOUS-SECTION]
[manuscrit de la BNF]

[Voir ici, p. 559.]

Ce que je suis[10] n'en est pas moins joué, abandonné au hasard, jeté dehors comme un chien.

Un cœur est humain dans la mesure où il se révolte.

Être un homme signifie : refuser la loi.

La véritable poésie est hors la loi.

Mais la poésie accepte la loi (finalement).

D'accepter la poésie la change en son contraire, en médiatrice d'une acceptation.

Je justifie ce monde donné.

La poésie est la pénombre, l'équivoque. Elle éloigne en

même temps de la nuit et du jour — en même temps de la mise en question et de la mise en action du donné (de l'univers).

La nuit étoilée[11] est la table de jeu sur laquelle l'être se joue : jeté à travers ce champ d'éphémères possibles, je tombe de haut, désemparé comme un insecte sur le dos.

Nulle raison de juger la situation mauvaise : elle me plaît, m'énerve et m'excite.

Si j'étais de la « nature statique et donnée », je serais limité par des lois fixes, ayant à gémir en certains cas, à jouir en d'autres. Me jouant, la nature me rejette au-delà d'elle-même, au-delà des limites et des lois qui la font louer des humbles. Du fait d'être joué, je suis un possible qui n'était pas.

J'excède tout le donné de l'univers et je mets la nature en jeu.

Je suis, dans le sein de l'immensité, le plus, l'exubérance.

L'univers pouvait se passer de moi.

Ma force, mon impudence découlent de ce caractère superflu.

Me soumettant à ce qui m'entoure, interprétant, changeant la *nuit* en une fable pour les enfants, je renoncerais à ce caractère.

Inséré dans l'ordre des choses, j'aurais à justifier ma vie — sur les plans mêlés de la comédie, de la tragédie, de l'utilité.

Mais refusant, me révoltant, je n'ai pas *à perdre la tête*. Il est trop *naturel* de délirer.

Le délire poétique ne peut défier la nature entièrement : il la justifie, il accepte de l'embellir. Le refus appartient à la conscience claire mesurant sa position avec une attention calme.

La distinction des divers possibles, en conséquence la faculté d'aller au bout du plus lointain appartiennent à l'attention calme.

Chacun peut, s'il l'entend, bénir une nature secourable, se courber devant Dieu.

Rien n'est en nous qui ne soit constamment joué, donc abandonné.

L'âpreté soudaine du sort dément l'humilité, dément la confiance. La vérité répond comme une gifle à la joue tendue des humbles.

Le cœur est humain dans la mesure où il se révolte.

Ne pas être une bête, mais un homme signifie refuser la loi (celle de la nature).

Un poète ne justifie pas tout à fait la nature. La poésie est hors la loi. Toutefois d'accepter la poésie la change en son contraire, en médiatrice d'une acceptation. J'amollis le ressort qui me tend contre la nature, je justifie le monde donné.

La poésie fait la pénombre, introduit l'équivoque, éloigne en même temps de la nuit et du jour — de la mise en question comme de la mise en action du monde.

N'est-ce pas évident ? La menace constamment maintenue que la nature nous broie, nous réduise au donné — annule par là le jeu qu'elle joue plus loin qu'elle-même — sollicite en nous l'attention et la ruse.

Le relâchement retire du jeu — et de même l'excès d'attention. L'emportement heureux, les sauts déraisonnables et la calme lucidité sont exigés du joueur — jusqu'à l'instant où la chance lui manquera, ou la vie.

Je m'approche de la poésie avec une intention de trahir : l'esprit de ruse est le plus fort en moi.

La force renversante de la poésie se situe hors des beaux moments qu'elle atteint : comparée à son échec, la poésie rampe.

Le commun accord situe à part les deux auteurs qui ajoutèrent celui de leur échec à l'éclat de la poésie.

L'équivoque est généralement liée à leurs noms. Mais l'un et l'autre ont épuisé le mouvement de la poésie — qui s'achève en son contraire, en un sentiment d'impuissance de la poésie.

La poésie qui ne se hisse pas jusqu'à l'impuissance de la poésie est encore le vide de la poésie (la belle poésie).

La voie où l'homme est engagé, s'il met la nature en question, est essentiellement négative. Elle va de contestation en contestation. On ne la suit qu'en des mouvements rapides et vite brisés. L'excitation et la dépression se succèdent.

Le mouvement de la poésie part du connu et mène à l'inconnu. Il touche à la folie s'il s'achève. Mais le reflux commence quand la folie est proche.

Ce qu'on donne pour la poésie n'est en général que le reflux : humblement le mouvement vers la poésie veut rester dans les limites du possible. La poésie est, quoi qu'on fasse, une négation d'elle-même.

La négation, où la poésie se dépasse d'elle-même, a plus de conséquence qu'un reflux. Mais la folie n'a pas davantage que la poésie le moyen de se maintenir en elle-même. Il est des poètes et des fous (et des singes des uns des autres) : poètes et fous ne sont que des moments d'arrêt. La limite du poète est de la même

nature que celle du fou en ce qu'elle n'atteint que personnellement, n'étant pas limite de la vie humaine. Le temps d'arrêt
marqué ne laisse qu'à des épaves un moyen de se maintenir en
elles-mêmes. Le mouvement des eaux n'en est pas retardé.

☆

La poésie n'est pas une connaissance de soi-même, encore
moins l'expérience du plus lointain possible (de ce qui, auparavant, n'était pas), mais l'évocation par les mots de cette
expérience.

L'évocation a sur une expérience proprement dite l'avantage d'une richesse et d'une facilité infinie mais elle éloigne de
l'expérience (en premier lieu pauvre et difficile).

Sans la richesse entrevue dans l'évocation, l'expérience serait
sans audace et sans exigence. Mais elle commence seulement si
le vide — l'escroquerie — de l'évocation désespère.

La poésie ouvre le vide à l'excès du désir. Le vide laissé par
le ravage de la poésie est en nous la mesure d'un refus — d'une
volonté d'excéder le donné naturel. La poésie excède elle-même
le donné mais ne peut le changer. Elle substitue à la servitude
des liens naturels la liberté de l'association verbale : l'association
verbale détruit les liens qu'on veut mais verbalement.

La poésie fictive assure davantage qu'elle ne ruine la
contrainte du donné naturel. Qui s'en contente à la longue est
d'accord avec ce donné.

Si je persévère dans la mise en question du donné, apercevant
la misère de qui s'en contente, je ne puis supporter qu'un temps
la fiction : j'en exige la réalité, je deviens fou.

[VI. MANUSCRIT D'AUSTIN[12]]

I. L'Être mise en question de l'être en lui-même

La nuit étoilée est la table de jeu *[comme dans « Histoire abstraite
du surréalisme », p. 585-586]* l'esprit de ruse est le plus fort en moi.

Si je ne me heurtais pas (pour l'instant) au mouvement de la
poésie, je dirais volontiers que, par jeu, je lui ai donné les
mamelles : je traitais Dieu, la poésie en petits enfants de la figure
que j'étais (figure qui n'est pas la même chose que moi).

Mon obscurité n'est pas un travers que j'apporte [elle
vient *biffé, lecture incertaine*] du renversement incessant des
choses.

Dans le jeu où la nature est dépassée, il n'importe guère de savoir si *je* la dépasse, si *elle-même* se dépasse en moi. Mais le dépassement s'insère sans fin dans l'ordre des choses.

Il est nécessaire afin de saisir le possible entre des affaissements se succédant de figurer d'abord la situation inverse. À supposer que je veuille moi-même me réduire à l'ordre légal, j'ai peu de chances d'y parvenir entièrement : je pécherai par noblesse ou par excès. L'extrême rigueur éloigne le succès, l'inconséquence l'éloigne. Dans la rigueur, le pouvoir exigeant l'ordre est imaginé avec tant de force qu'il ne peut retourner contre lui-même le souci de le faire régner *au-dehors* : l'être même de Dieu se hisse, dans l'expérience qu'en ont les dévots (les mystiques) au sommet d'un non-sens immoral (la passion du dévot réalise en Dieu — auquel il s'unit — l'excès qui le met par lui-même en état d'horreur).

L'effort de soumission ne pouvant réussir entièrement (du moins le dévot formel est-il *laid*), la tentative inverse a des chances. Il faut prendre des détours. Sur le plan où ces possibilités se jouent, chaque élément se change en son contraire incessamment. Dieu se charge soudain d'une horrible grandeur et la poésie glisse à l'embellissement. À chaque effort tenté pour la saisir, l'objet de l'attente se dérobe : notre effort même le change en *autre*.

La force renversante de la poésie se situe hors des beaux moments qu'elle atteint : comparée à son échec, la poésie rampe.

Le commun accord situe à part les deux auteurs qui ajoutèrent celui de leur échec à l'éclat de la poésie.

L'équivoque est généralement liée à leurs noms. Mais l'un et l'autre ont épuisé le mouvement de la poésie — qui s'achève en son contraire : en un sentiment d'impuissance de la poésie.

La poésie qui ne se hisse pas jusqu'à l'impuissance de la poésie est encore le vide de la poésie (la belle poésie).

II. La maladie [d'Arthur   *biffé*] de Rimbaud

La voie où l'homme est engagé en tant qu'il met la nature en question est essentiellement négative. Elle va de contestation en contestation. On ne la suit qu'en des mouvements rapides et brisés : l'excitation et la dépression se succèdent.

Le mouvement de la poésie part du connu et mène à l'inconnu. Il touche à la folie s'il s'achève. Mais le reflux commence quand la folie est proche.

Ce qu'on donne pour la poésie n'est en général que le reflux : le mouvement *vers* la poésie veut rester humblement dans les limites du possible. La poésie est, quoi qu'on fasse, une négation d'elle-même.

La négation où la poésie se dépasse elle-même a plus de conséquence qu'un reflux. [Allant à la folie le poète peut sombrer. *biffé*] Mais la folie n'a pas davantage que la poésie le moyen de se maintenir en elle-même. Il est des poètes et des fous (des singes des uns des autres) : poètes et fous ne sont que des moments d'arrêt. La limite du poète est de la même nature que celle du fou en ce qu'elle n'atteint que personnellement n'étant pas la limite de la vie humaine. Le temps d'arrêt marqué ne laisse qu'à des épaves un moyen de se maintenir en elles-mêmes. Le mouvement des eaux n'en est pas retardé.

Dans l'impasse de la poésie — « La première étude de l'homme qui veut être poète est sa propre connaissance, entière. Il cherche son âme, il l'inspecte, il la tente, l'apprend. Dès qu'il la sait, il doit la cultiver. Cela semble simple : en tout cerveau s'accomplit un développement naturel ; tant d'*égoïstes* se proclament auteurs ; il en est bien d'autres qui s'attribuent leurs progrès individuels ! — Mais il s'agit de faire l'âme monstrueuse : à l'instar des compachicos, quoi ! Imaginez un homme s'implantant et se cultivant des verrues sur le visage. Je dis qu'il faut être *voyant*, se faire voyant. Le poète se fait *voyant* par un long, immense et raisonné dérèglement de tous les sens. Toutes les formes d'amour, de souffrance, de folie ; il cherche lui-même, il épuise en lui tous les poisons pour n'en garder que les quintessences. Ineffable torture où il a besoin de toute la foi, de toute la force surhumaine, où il devient entre tous le grand malade, le grand criminel, le grand maudit — et le suprême savant ! Car il arrive à l'*inconnu* ! Puisqu'il a cultivé son âme, déjà riche, plus qu'aucun ! Il arrive à l'inconnu ; et quand, affolé, il finirait par perdre l'intelligence de ses visions, il les a vues ! Qu'il crève dans son bondissement par les choses inouïes et impossibles : viendront d'autres horribles travailleurs ; ils commenceront par les horizons où l'autre s'est affaissé. »
Rimbaud. Lettre à Georges Izambart 19 mai 1871[13].

Cette lettre lie à la conscience d'un échec personnel (inévitable) celle d'un au-delà (mouvement impersonnel) dépassant l'échec. La poésie s'y engage dans sa propre négation (le poète occupé à vivre au lieu d'évoquer). Mais ce qui touche la vie, la connaissance de soi-même, est encore désir : c'est plutôt le vide, le chaos laissé par l'impuissance de la poésie.

L'inconnu et la mort… sans la mutité bovine seule assez solide en de tels chemins. Dans cet inconnu, gaiement, le poète succombe à l'épuisement raisonné des possibles.

[La folie est masquée sous l'apparence d'une volonté d'expérience de tout le possible et cette volonté sous l'apparence d'un dérèglement.

L'excès de désir dirige en même temps dans tous les sens. L'affaissement à l'avance est éprouvé dans la fatigue, empêche l'esprit de dépasser (de nier) le désir et l'exacerbe.

L'échec est à la mesure de l'enjeu. L'excitation est le signe d'une dépression à venir.

La poésie est niée par un déplacement. Le poète n'est plus le langage détruit refaisant un monde faux par le moyen des figures décomposées mais l'homme même qui lassé du jeu veut faire de ce royaume de la folie l'objet d'une conquête réelle : ce qu'affaissé (par anticipation) le *voyant* ne peut *voir* est la différence entre l'affaissement subi (la folie) ou l'équivalence (la négation pure) et la quête des possibles au-delà de cet affaissement. Les deux moments se confondent en un seul comme ils se confondent dès l'abord avec celui de la poésie. *biffé*]

III. La folie ou la nuit

[L'horrible grandeur de Rimbaud : il eut la force d'élever la poésie à l'échec de la poésie. *biffé*]

La poésie n'est pas une connaissance de soi-même, encore moins l'expérience du plus lointain possible (de ce qui auparavant n'était pas) mais l'évocation par les mots de cette expérience.

L'évocation a sur une expérience proprement dite l'avantage d'une richesse et d'une facilité infinie mais elle éloigne de l'expérience (en premier lieu pauvre et difficile).

Sans la richesse entrevue dans l'évocation, l'expérience serait sans audace et sans exigence. Mais elle commence seulement où le vide — l'escroquerie — de l'évocation désespère.

La poésie ouvre le vide à l'excès de désir. Le vide laissé par le ravage de la poésie est en nous la mesure d'un refus — d'une volonté d'excéder le donné naturel. La poésie elle-même excède le donné mais ne peut *changer*. Elle substitue à la servitude des liens naturels la liberté de l'association verbale : l'association verbale détruit les liens qu'on veut mais verbalement.

La liberté fictive assure davantage qu'elle ne ruine la contrainte du donné naturel. Qui s'en contente à la longue est d'accord avec ce donné.

Si je persévère dans la mise en question du donné, apercevant la misère de qui s'en contente, je ne puis supporter qu'un temps la fiction : j'en exige la réalité, je deviens fou.

Ma folie peut toucher le monde du dehors, exigeant qu'on le change en fonction de la poésie. [Bornée à *non biffé*] Si l'exigence est tournée vers la vie intérieure, elle demande une puissance qui n'appartient qu'à l'existence évoquée. Dans l'un ou l'autre cas, je fais l'expérience du vide aussi bien au-dedans qu'au-dehors.

La folie est l'absence de renoncement (Rimbaud s'est résigné pour éviter le pire).

Si je mens, je demeure sur le plan de la poésie, du dépassement fictif du donné. Si je persévère dans un décri obtus de ce donné, mon décri est faux (de la même nature que le dépassement). En un certain sens, mon accord avec le donné s'approfondit. Mais ne pouvant mentir sciemment, je deviens fou (capable d'ignorer la vérité). Ou ne sachant, pour moi seul, jouer la comédie d'un délire, je deviens fou encore mais intérieurement : je fais l'expérience de la nuit.

La poésie n'est qu'un détour : j'échappe par elle au monde du discours, devenu pour moi le monde naturel ; j'entre par elle en une sorte de tombe où de la mort du monde logique naît l'infinité des possibles.

Le monde logique meurt accouchant de richesses enivrantes. Mais les possibles évoqués sont irréels, la mort du monde logique est irréelle ; tout est louche et fuyant dans cette obscurité relative : je puis m'y moquer de moi-même et des autres. Tout le réel est sans valeur, toute valeur irréelle. De là cette fatalité et cette facilité de glissements où j'ignore si je mens ou si je suis fou. De cette situation gluante procède la nécessité de la nuit.

La nuit ne pouvait éviter ce détour. La mise en question est née du désir qui ne pouvait porter sur le vide.

L'objet du désir est en premier lieu l'illusoire, en second lieu seulement le vide de la désillusion.

La poésie tient au pouvoir de l'inconnu (l'inconnu, la valeur essentielle). Mais l'inconnu n'est qu'un vide blanc s'il n'est pas l'objet du désir. Le poétique est le moyen terme : il est l'inconnu masqué des brillantes couleurs et de l'apparence de l'être.

Ébloui de mille figures où se composent l'ennui, l'impatience et l'amour, mon désir n'eut qu'un objet : l'au-delà de ces milles figures et le vide détruisant le désir.

Demeuré ébloui, sachant — ayant la conscience vague — que les figures dépendent de la facilité (de l'absence de rigueur) qui les a fait naître, je puis volontairement maintenir l'équivoque. Le désordre alors, la souffrance et le peu de satisfaction me donnent l'impression d'être fou.

Les figures poétiques tenant leur brillant d'une destruction du réel demeurent à la merci du néant, le doivent frôler, tirer de lui leur aspect louche et désirable : elles ont déjà de l'inconnu l'étrangeté, les yeux d'aveugle.

La rigueur est hostile à qui les désire, elle représente la réalité prosaïque.

Si j'avais maintenu la rigueur en moi, je n'aurais pas connu les figures du désir. Mon désir s'éveilla aux lueurs du désordre, au sein d'un monde transfiguré. Mais une fois éveillé, il m'arriva de revenir à la rigueur.

La rigueur dissipant les figures poétiques, le désir est enfin *dans la nuit.*

Mais le désir humain a l'*inconnu*, c'est-à-dire cette nuit précisément pour objet. La nuit tout d'abord est la négation du désir. Elle ne peut en paraître l'objet, son rôle étant de supprimer l'objet, d'en découvrir le vide.

L'existence est dans la nuit comme l'amant à la mort de l'amante (Oreste à la nouvelle du suicide d'Hermione) : elle ne peut, en l'espèce de la nuit, reconnaître « ce qu'elle attend » [*sic*]. Le désir ne peut à l'avance savoir qu'il est désir de sa propre négation. La nuit où sombrent comme vides non seulement les figures du désir mais tout objet de savoir est l'horreur même. Toute valeur en elle est anéantie : c'est le non-savoir.

IV. La figure d'Oreste

Rien ne m'est davantage étranger que le dédain de la poésie.

Il est vrai qu'un jugement de ce genre n'engage à rien mais je mets peu de choses au-dessus de quelques vers de Racine (je vais au-delà sans humeur : tous les moments de l'être jouent et sont détruits, le dédain même marque un temps d'arrêt).

Afin de savoir *qui je suis*, je dois me reporter toujours à des passages d'*Andromaque* ou de *Phèdre.*

Phèdre mourante[14] :

. . . .
Déjà jusqu'à mon cœur le venin parvenu
Dans ce cœur expirant jette un froid inconnu ;
Déjà je ne vois plus qu'à travers un nuage
Et le ciel et l'époux que ma présence outrage ;
Et la mort, à mes yeux dérobant la clarté,
Rend au jour qu'ils souillaient toute sa pureté.

Oreste délirant[15] :

De quel côté sortir ? D'où vient que je frissonne ?
Quelle horreur me saisit ! Grâce au ciel j'entrevoi...
Dieux ! quels ruisseaux de sang coulent autour de moi !
. . . .
Dieux ! quels affreux regards elle jette sur moi !
Quels démons, quels serpents traîne-t-elle après soi ?

Eh bien ! filles d'enfer vos mains sont-elles prêtes ?
Pour qui sont ces serpents qui sifflent sur vos têtes ?
À qui destinez-vous l'appareil qui vous suit ?
Venez-vous m'enlever dans l'éternelle nuit ?
Venez, à vos fureurs Oreste s'abandonne.
Mais non, retirez-vous, laissez faire Hermione :
L'ingrate mieux que vous saura me déchirer ;
Et je lui porte enfin mon cœur à dévorer.

Sur le feuillet suivant, je lis dans le même livre[16] :

Ma foi sur l'avenir bien fou qui se fiera
Tel qui rit vendredi, dimanche pleurera.
Un juge, l'an passé, me prit à son service ;
Il m'avait fait venir d'Amiens pour être suisse…

Ensuite de quoi j'ajoute cette phrase de Hegel (transcrite plus haut sur mon carnet) : « Le vrai est ainsi le délire bachique dont il n'y a aucun membre qui ne soit ivre ; et puisque ce délire résout en lui chaque moment qui tend à se séparer du tout, ce délire est aussi bien le repos translucide et simple » (*Phénoménologie de l'esprit*, préface, III, 3).

Le plus difficile est la *transparence*, sans laquelle les moments se méconnaissant, s'insultant l'un l'autre, [ou *non biffé*] s'écrasent en quelque catastrophe gluante. Mais la transparence est moins le repos qu'un mouvement sans obstacle, soudain si libre qu'il est l'analogue du calme : il en diffère en ce que la levée des obstacles communique à l'angoisse latente un caractère d'infinité. Et l'infinité de l'angoisse (incapable d'application) se résout étrangement dans le rire.

Envisagée comme un repos, la transparence de Hegel est le jour gris d'un savoir absolu. Comme le mouvement du rire elle est le non-savoir, la nuit, qui l'emporte en éclat sur la lumière.

Ni l'Oreste réel ni aucun être humain n'auraient pu m'apporter ce que m'apporta l'évocation de Racine. Les figures de la poésie tragique diffèrent essentiellement des hommes réels :

[VII. LA MALADIE D'ARTHUR RIMBAUD]

[Le début de cette version[17] est identique, à d'infimes variantes près, à celui du manuscrit d'Austin, ici p. 587 à 588.]

Le texte suivant marque en même temps que la conscience de l'affaissement personnel celle des mouvements impersonnels qui le poursuivent. Il exprime la poésie engagée dans sa propre négation. Mais ce qui touche à la connaissance de soi-même est simplement désir, évocation, c'est le vide, le chaos, laissé par la poésie : aucune distinction n'y est faite entre la folie, à laquelle on succombe, et l'épuisement raisonné des possibles de l'être. La folie est masquée sous l'apparence d'une volonté d'expérience, et cette volonté sous l'apparence d'un dérèglement. L'inviabilité procède de l'excès du désir — dirigé en même temps dans plusieurs sens — l'affaissement à l'avance éprouvé dans la fatigue empêche l'esprit de dépasser le désir et l'exacerbe.

« La première étude… » (lettre à Isembard *[sic]* du 13 mai 1871[18]).

L'échec est à la mesure de l'enjeu. L'excitation est l'annonce de la dépression. La poésie est niée par un déplacement. Le poète n'est plus le langage détruit refaisant un monde faux par le moyen de figures décomposées mais l'homme même qui, lassé du jeu, veut faire de ce royaume de la folie l'objet d'une conquête réelle. Ce qu'affaissé par anticipation le voyant ne peut voir est la différence entre l'affaissement subi (la folie ou l'équivalence, la négation pure) et la quête des possibles au-delà de cet affaissement. Ces deux moments se confondent en un seul comme avec celui de la poésie.

III[19]

La grandeur de Rimbaud est d'avoir amené la poésie à l'échec de la poésie.

La poésie n'est pas connaissance de soi-même, encore moins l'expérience d'un lointain possible (de ce qui auparavant n'était pas) mais la simple évocation par les mots de possibilités inaccessibles.

Elle découvre le vide à qui l'a prise au sérieux. Le vide laissé par le ravage de la poésie est en nous la mesure d'un refus et d'une volonté d'excéder la nature. La poésie excède elle-même mais seulement sur le mode d'un irréel — détruisant les liens naturels, leur substituant l'exubérance des associations verbales. À la vérité, cette exubérance sauve plutôt qu'elle ne contredit la misère du donné naturel. Qui s'en contente est à la longue d'accord avec ce donné. Si je conteste au contraire ce donné par la poésie, apercevant la misère de qui l'accepte, je ne puis supporter longtemps la fiction poétique : j'en exige la réalité, je deviens fou.

LA SCISSIPARITÉ

I

Pris de rage et de rage.
Ma tête ? Un ongle, un ongle de nouveau-né[a].

★

Je crie. Nul ne m'entend[1]. L'opacité, l'éternité, le silence
vides[2] — évidemment de moi.
Je me supprimerai en m'égosillant : cette conviction est
digne d'éloges[3].

★

Je mangerai, b…, écrirai, rirai, mentirai, redouterai la
mort[4], et pâlirai à l'idée qu'on me retourne les ongles.

II

J'aimerais m'en tenir à l'idée tranchante de moi-même,
élevant dans l'air ma tête ridée et niant l'odeur[a] de la mort.

★

J'aimerais oublier l'insaisissable glissement de moi-même
à la corruption.

★

J'ai la nausée du ciel dont l'éclatante douceur a l'obscénité d'une « fille » endormie.

★

J'imagine une jolie putain, élégante, nue et triste dans sa gaieté de petit porc.

★

Un soleil de fête inondait la chambre. Je me rasais nu devant la glace, limitée par un cadre aux dorures ouvragées. Debout, je tournais le dos au disque solaire, mais la glace[1], sur ma tête, en reproduisait l'image. Qui suis-je ? J'aurais pu sur le verre ensoleillé tracer mon nom, la date, en lettres de savon : j'aurais cessé d'y croire et n'en aurais plus ri. Cette aisance avec moi-même, ce mensonge de la glace, l'immensité de la lumière, dont je suis l'effet ?

★

J'aurais de moi-même une idée sublime : pour cela, j'ai la force nécessaire. J'égalerais l'amour (l'indécent corps à corps) à l'illimité de l'être[2] — à la nausée, au soleil, à la mort. L'obscénité donne un moment de fleuve[3] au délire des sens.

★

Ce qui, dans mon caractère, est le moins accusé (mais enfin…) : le côté *gustave*[4] (ou *cochon*).

III

LETTRE DE L'AUTEUR À MME E…

Reçu de Monsignor[1] *un télégramme :*
« Réussite. Accourez. Situation difficile. »

Je me suis longuement regardé dans la glace et j'avais peur de rire aux éclats.

Le dédoublement de Monsignor m'agace à perdre la tête.

Ce qu'il laisse entrevoir est le fond des choses et décidément c'est truqué[a].

LETTRE DE MME E… À L'AUTEUR[b]

… finalement, j'ai la gorge serrée. L'état où votre mot m'a mis est le plus énervant que j'aie connu[c]. Par moment, je ris aux éclats. Et j'imagine que, désormais, ce rire de folle ne cessera pas. Il cesse, et à ce moment-là, j'ai le sentiment pénible, mais voluptueux, d'être mouchée[d], et faite comme un rat[2]…

IV

Retrouvé Mme E… à Paris. Nous partons demain pour Rome, où nous attend Monsignor. Monsignor ou plutôt…

Opéra. Grande musique. Quantité d'alcool.

Ce matin, tombant, un couteau aiguisé à la main, je me suis ouvert un doigt. Mme E…. rit très haut de me voir tombé, mais le sang qui abondait et d'avoir ri aussi haut la gênèrent. J'achevai de la gêner en riant : j'étais gentil, flottant, adorable : elle sournoise, pâle et volontairement indécente.

★

Si[a] l'intelligence est femme[1]…

… Je voudrais qu'en un mouvement résolu la mienne ressemble à une femme impie[2].

Il existe une conjugaison des verbes de chair[3], de laquelle la chanson comique est la désinence.

Je chanterai jusqu'à la honte à une table de banquet :

> *Ravadja la mouquère*
> *Ravadja bono*

et la violence du chant, malgré moi, hors de moi, rebondirait :

> *Trempe ton cul dans la soupière*
> *Tu verras si c'est chaud*[4].

Si elle n'allait jusqu'au *ravadja* la femme impie n'aurait pas le pouvoir de pourrir aussi résolument la lumière, ni d'être aussi résolument belle : pourriture et rayon du soleil. Mais c'est ma façon d'aimer Mme E…, de rire, et finalement, de raisonner.

★

Visite d'Alexandrette[b] à 2 heures. Je tremblais (l'alcool de la veille ?). Il avait l'air haineux de ces minuscules cages à mouches qu'enfant j'emplissais d'insectes odieusement vivants. Il s'en est allé et nous restâmes, Mme E… et moi, dans un désert de f… À l'assaut des étoiles, en un mouvement de grandiloquence. Nous prenons dans deux heures le train de Rome.

★

Musique hier soir à sauter la tête. À pleurer, à vomir gaiement. Ruissellements échevelés. Politesse de Mme E… Décolleté, bonne éducation, mais quelle indécence !

V

Quand je fais l'amour, aujourd'hui, ma joie ne m'est plus dérobée par le sentiment qu'elle va finir — et que je mourrai sans l'avoir saisie. Il m'arrivait dans d'heureux excès que le plaisir brûlant s'annulât, comme en rêve : j'imaginais un temps où je n'aurais plus de moyen de le renouveler. Il me manquait le sentiment d'exubérante richesse de la fête, la malice puérile et le rire qui égale Dieu ! La puissance elle-même est fuyante, il est vrai : elle est de même nature que la douleur. Je m'abandonne à son humeur ? Aussitôt, je m'accorde à un impossible et je jouis comme un monstre meurt.

★

Rome, un fiacre, Mme E… Violent éclairage électrique. Pluies et lune dans des rues blanches d'opéra-comique : pins, délices et indolence.

★

J'accepte la vie à une condition.

À travers le sublime, l'éternité, le mensonge, à tue-tête chanter, porté par un chœur de théâtre.

★

Acheté un loup pour Mme E… Je mise, assoiffé d'insolence, sur les fêtes de Monsignor.

★

Je griserai par l'allure insolite.

Que chanter à la foule sinon ce qui la grise ?

Dix mille yeux dans la nuit sont le ciel étoilé[a].

★

Le plus anxieux, le plus heureux des hommes.

Invoquer la mort, lui crier :

« Saisis tes couteaux de comédie, aiguise-les sur les dents des tiens ! »

La dame en décolleté (indécente, je l'ai dit, profondément) : son décolleté à la mesure de la mort, la mort à la mesure du décolleté.

VI

Farce de village !

Devant le cartonnage et la contrefaçon, le parti que j'ai adopté de tout réunir *dans la nuit*, de ne plus dire ce qui nous occupe, est seul à la mesure de mon dessein. Qu'il est néces-

saire d'aller loin… Être étoile et déshonorer le haut des
cieux. N'écouter rien, crier ou discourir en des solitudes
de ciel. Je téléphone à Monsignor.

★

Et nous nous verrons[a] dans une heure.
Alpha, Bêta (ainsi distinguons-nous les sosies issus d'un
dédoublement), Mme E… et moi.

★

Comme moi, Mme E…, dans le fiacre découvert, ivre
sans alcool, et riant sourdement :
« Mais qui t'a répondu ? Alpha ? Bêta ? »
Le trouble donnait à ses traits une convulsion lente et
voluptueuse.

★

Le prélat[b] descendant l'escalier de pierre vint à nous, nous
tendant les mains.
Mme E…, gênée, lui dit avec un rire de fille :
« Bonjour, Bêta ! »

★

Ce qui, quand Mme E… lui dit : « Bonjour Bêta ! » me
frappa (j'éprouvais alors comme heureux moins l'escalier
ensoleillé que les panneaux où des déesses en robes trous-
sées[c] rendaient, comme des cassolettes d'épices, un sournois
hommage au plaisir) fut la vulgarité de mon amie. Elle baisa,
s'inclinant, l'anneau épiscopal et cet humble mouvement,
comme l'instant d'avant son rire canaille, accusa sa nature,
sous le tailleur de ville, laissant deviner l'animal. Je me rappelais qu'on ne voyait d'habitude en Mme E… que la « fille »
et, dans ces richesses irréelles, j'étais heureux que cette
misère vraie répondît à mes passions[d].

★

Sans transition, le moment devenait grave.

Soudain, je sus qu'en haut de l'escalier, dans un désordre obscène, je verrai *l'autre versant.*

★

De ces palais de tragédie[1] qui semblent vides, parce que le seuil n'en est plus sanglant, et que les chiens de Jézabel[2] les ont fuis, je compris qu'en dépit de leur apparence agréable, ils demeurent favorables aux vœux les plus débauchés*.*

Ce qui me frappe dans un palais, — comme en un coup de théâtre soudain, — est la haine des hommes entre eux. Le haut de l'escalier monumental que Monsignor et Mme E… gravirent en riant ne m'attirait pas seulement comme le seuil d'un royaume affreux. Je ne pouvais m'empêcher de voir en contraste, — à ce moment de triomphe de Mme E…, sa haute taille et ses airs, trop hardis, de grande dame ennoblie par ce cadre de pierre, — le tableau de la femme lapidée. Non qu'alors j'aie vu rien de plus qu'une entrée royale. Je ne *voyais* pas mon amie terrassée, dans le sang, dans la boue, dans le bruit immonde de la foule. (Le toit ne suggère pas le corps écrasé mais donne le vertige.)

★

Rarement, le désir de mon amie me prit de façon plus bestiale. Une chaleur en un sens glacée me saisit. J'eus le sentiment de la foule lapidatrice[3], qui hait comme elle sue.

Qui ne peut attendre un instant.

Mme E… rapidement franchit le seuil.

Alpha ouvrait la porte à deux battants*.*

[PROJET DE PRÉFACE]

Certain d'être joué, mis au pilori et lié par mes propres phrases — par ma propre pensée — j'ai cherché en pensant — ou en écrivant — une tricherie qui dérobe, qui échappe, qui défasse les liens. Aussi sournois, aussi endolori, aussi tendu que serait un détenu épié et ligoté ! Mais le détenu espère ! Et je n'ai pas l'ombre d'un doute : au paroxysme de la furie, je ne veux rien. Mes liens et la duperie sont immuables et je puis me tendre à mourir : je me moque, me dérobe et mens. Je suis faux. Je me suis à moi-même aussi pesant qu'une pierre. Ma pesanteur est volatile, ma liberté nouée.

La joie — la volupté infinie — que je ne cherche pas, qui m'ont trouvé, dans ces conditions se font jour comme à peu près chaque chose : fruit du hasard, de l'indifférence aux dés, de l'oubli. Ce livre est composé, principalement, de deux histoires qui ressemblent, j'en suis sûr, à beaucoup d'autres. Si elles n'ont ni queue ni tête, c'est voilé : elles sont lestes, macabres et sacerdotales — mais avant moi le monde eut ces aspects lestes, macabres, [ecclésiastiques *biffé*] et sacerdotaux. Leur nouveauté est d'être heureuses. Mon livre irradie un bonheur si grand qu'il a pu aussi bien s'exprimer par la douleur.

[CARNET D'AOÛT 1944]

Bois-le-Roi, 8 août 1944.

Je me sens la tête lasse. Combien, au moment du vide, de l'usure, j'aimerais m'en tenir à quelque idée tranchée de moi-même, élevant jusqu'aux nues mon front ridé, niant la nausée, les bassesses de la mort. Combien j'aimerais dominer âprement cet insaisissable glissement de moi-même à l'égout…

J'ai — lentement — la nausée des cieux dont l'éclatante douceur a l'indécence d'une « fille » endormie.

Je ne serais nullement un jour étonné de succomber, victime de la lâcheté de tous.

Tant est lourd le poids que je porte… Le cœur me manque à définir le vide, à mesurer l'infini du mal.

J'imagine une jolie catin, élégante et nue, mais triste dans sa gaieté de petit porc.

[Je ne veux rien, sinon…

La certitude, ce soir, me fait mal — à peine… L'infinie, la multiple vie humaine, l'inadmissible chaos de haines, d'intérêts et de mépris m'étouffe.

Ce n'est pas une consolation d'imaginer une catin nue : sa déchéance est là, provoquant le spasme et les sombres plaisirs.   *biffé*]

Bois-le-Roi, 10.8

Dans le jardin d'une auberge de banlieue, à la tombée du jour (au moment où s'approche, portant l'effondrement d'Hitler, une immense armée d'Outre-Manche — les avant-gardes auraient dépassé Orléans), j'écrivais…

Envahit les bosquets, très inattendu, un cortège d'arabes, de fakirs, d'apaches, de grisettes à la 1900.

Bande de riches Parisiens en villégiature...

Ils dînent sous les arbres en chantant :

Ravadja, la moukère...

Froufrou, froufrou

Le fakir à la jardinière :

— Votre chapeau, c'est une réussite. (D'une voix modulée) : Décidément, ce chapeau est une réussite.

Ils se congratulent, désolés de ne pouvoir se photographier.

Le fakir :

— Chacun de nous a deux ou trois appareils à la maison. Nous nous sommes reposés l'un sur l'autre : à douze que nous sommes, nous n'en avons pas un.

La tablée avale de la soupe et de temps à autre, ainsi qu'une machine cassée, émet un bout de *ravadja* qui tâche d'être gai mais déraille.

11.8.

[L'idée de *fête* ouvre à mes yeux le mirage d'une aurore infinie. Mais la fête   *biffé, interrompu*]

Samois 12.8.

Je m'imagine souvent sublime : pour cela j'ai les forces nécessaires. Je puis égaler l'amour (l'union nue des corps) aux déchirures du ciel étoilé. L'obscénité est sublime aussi, sans elle le délire des sens n'aurait pas ses moments de fleuve.

Je me sens solidaire de tous les êtres... Je discerne en moi-même une nonne, une jeune fille rougissante, un sadique, un vilain moineau. Je ne suis ni noir, ni rien que j'aie pu saisir de précis. Un des côtés de mon caractère les moins accusés est le côté *gustave* ou *cochon*.

Je dis *un homme*, *une femme*. Je cherche en moi le sens des mots. L'être humain est évidemment l'*amphibie*, que, selon Hegel, la « culture spirituelle » a fait de lui : vie partagée entre « deux mondes qui se contredisent ». « Toute vertu a dans son cœur un cochon... [qui sommeille   *biffé*]. » La jeune fille la plus pure jouit, si la chance l'aide, d'une légère honte qui laisse froide, hélas, la voluptueuse.

Mais l'*amphibie* est loin de l'eau profonde. Je gémis... Ces têtes de massacre avant-hier... évidemment frivoles (toute la table chantait : *les deux pieds contre la muraille — une femme sur les genoux*) et ne sachant saisir la joie, amers à force d'impuissante bêtise. Ils voulaient s'amuser...

Il existe une équivoque entre délire et déliquescence. Le trouble appel de la chair, d'un côté, prépare au déchaînement âpre ; de l'autre, à l'indigence morale. La vraie nudité — qui donne la sensation de manque — éclaire la bêtise inerte et de même la bêtise donne un sens à la nudité. Le défaut de l'intelligence en découle : elle est le contraire de la nudité, tout entière apprêt, parure. La nudité, qui fait pipi, qui déprime ou excite, est une déchéance (hébétée). L'expression de l'intelligence a les mêmes caractères de décor qu'un tableau (*décor*, *décence*... ce qui convient).

Si l'intelligence est femme...

... je voudrais qu'en un mouvement décidé la mienne ressemble à une femme impie. Il est rare qu'une femme ose, aime, être nue. J'entends de la nudité désolée, qui fait rire et s'ouvre. Je n'hésite pas pour mon intelligence à réclamer le rire grossier qu'éveille un derrière de femme — la lune, diraient les pauvres gens.

Il existe une conjugaison des verbes de chair de laquelle la chanson comique est la désinence. Ce qui manquait à la tablée du jardin, l'autre jour, était une femme nue et masquée. J'aurais aimé l'entendre avec les autres chanter :

> *Ravadja, la moukère*
> *Ravadja bono*

puis :

> *Trempe ton cul dans la soupière*
> *Tu verras si c'est chaud...*

J'imagine ainsi une femme — mais vraiment saoule et garce — qui n'aurait eu le choix qu'entre deux possibles.

Ou de quelque façon dépasser la folie sublime...

On trouve en elle un accord des parties opposées de l'être.

Cette fille semblera sans doute arbitraire. Je sais que la plupart du temps le possible est limité. Mais le poids de la vie m'a semblé si lourd, j'ai deviné autour de moi une si grande angoisse : ces sortes d'échappées dans la liberté sale —, pour évoquer la folle ingénuité de l'enfant : *derrière nu, la bannière au vent* — ne me paraissent ni plus proches ni moins nécessaires que les autres formes de l'héroïsme.

Ce qui me semble arbitraire à l'encontre est le parti pris de masquer la vulgarité. Il existe un côté *ravadja* qui appartient au corps fou de volupté et de cette façon à la profondeur de l'être.

Si elle n'allait jusqu'au *ravadja*, la fille perdue n'atteindrait pas la pleine liberté. Elle ouvrirait sa nudité à la débauche, mais le cœur en elle ne serait pas tout à fait corrompu. Et moi qu'elle guide dans l'enfer de l'intelligence, je n'atteindrais pas l'intime distorsion, le gril de saint Laurent de la bêtise.

Qu'on m'entende ici dans l'excitation.

(Autrement, bernique, autant lire un jésuite.)

[ÉBAUCHE D'UNE CONTINUATION]

[Ce fragment aurait pu prendre place après Alpha ouvrait la porte
à deux battants *ici, p. 603.]*

Quand nous fûmes dans cette salle de vastes dimensions,
l'identité d'*alpha* et de *bêta* (calvitie, soutane mauve et désinvolture identiques) — *alpha* referma rapidement la porte à clé —
nous ne pûmes éviter, sans mot dire, de nous regarder tous les
quatre et le cœur serré ; mais comme sur un billard neuf des
billes se rencontrant s'écartent dans un claquement clair, sur un
parquet éblouissant nous nous décidâmes : Mme E. nous quittant s'avança dans la salle.

« Non, dit-elle, accusant de pas clairs et claqués ses paroles,
laissez-moi rire… »

Alpha et *bêta*, derrière elle, se hâtèrent. Et moi-même
aussi vite, dans un bruit de talons, de parquet trop ciré…

À l'extrémité, des fauteuils de bois doré dont nous séparaient
des obliques quadrilatères de soleil[1], tombés des fenêtres, étaient
le but lointain de ce départ, semblable à une envolée de pigeons
mauves et gris.

« Doucement, dit *bêta*, s'efforçant suavement de rire et de
suivre Mme E., vous pouvez glisser. »

Mais ce qui sensiblement nous entraînait dans ce mouvement
vain, trop rapide et comique, ne pouvait être rattrapé : comme
ces éclats de rire qu'il nous faut malgré nous rire sans fin, ou
comme ces élans de l'ivresse, si emportés que la tête tourne, qui
effraient mais séduisent davantage.

De tels moment, je ne les ai connus, en effet, que dans
l'ivresse. Mais nous étions, en somme, gris à sec.

Et il me semble que le grisant, si l'on veut le « je ne peux plus » d'une situation si folle, tenait à cet état de nerfs à bout, auquel nous avons demandé l'effort extrême, quand nous voyons que jusque-là ce n'était rien et que l'impossible commence

En de tels moments, je comprends bien que nous nous trompons si nous voulons vivre autrement, nous reposer, au lieu d'introduire, à l'avance, au cœur de notre vie, ce mouvement qu'achève l'agonie.

Il y eut, dans l'interminable temps que mon amie traversa la salle, un affolement, un rire si grands : nous étions — j'étais, il est vrai, en retard sur eux, mais plus lourdement *conscient* — suspendus dans un état de fragilité qu'à ce point un état suspendu de toutes choses n'est plus distinct de la laideur.

Et la laideur de Mme E., quand à la fin le pied lui manqua et que sur le miroir du parquet son corps se fut allongé brutalement, elle-même (elle me l'avoua) l'éprouva comme un soulagement. La chute de Mme E. éclaircit la situation. Il devint inutile de parler, le temps lourd commença. Et toute illusion dissipée, assis dans les fauteuils trop beaux, nous avions les uns et les autres perdu ce qui, en nous, aurait pu répondre à la majesté du décor. Les bas craqués, ouverts au genoux, de Mme E. allaient nous servir d'emblèmes. D'ailleurs, la gêne de la chute avait achevé de nous mettre en sueur et, la chemise mouillée, même des prélats dans leur palais se sentent comme des voleurs.

[FEUILLETS ISOLÉS]

[Le début de ce passage est conforme à quelques variantes près au texte du paragraphe 5 de la section II, ici, p. 598.]

Mon aisance avec moi-même, le mensonge de la glace, l'âme, le mensonge de la glace, l'immensité d'un ciel où je ne puis entrer, dont je suis le reflet, l'effet ?

J'écris pour oublier mon nom.

La vérité est nonchalante : c'est la raison pour laquelle la connaît l'ignorance. Elle me fuit si je veux la saisir. Qui suis-je ? Évidemment je le sais bien.

Je sais ce que j'ignore, ignore ce que je sais. Des râteaux de jardiniers effaçaient derrière eux les pas des amants sur le sable : je pense ce qui fait que j'oublie que je l'ai pensé.

Merveille : je suis ce que le temps dérobe et ma mémoire n'est là que pour avérer que je ne suis plus !

Riant, riant, un silence sans bornes, je le suis, l'ignore et le suis à condition de n'y pas penser.

Que la mémoire serait triste si elle n'était la possibilité de l'oubli ; mais la mémoire est justement ce qui fait rire quand elle est soudain l'oubli.

Nulle absence d'effort ne serait acquise sans efforts immenses, mais l'effort aurait-il d'autre sens que l'absence d'effort, la pensée que l'absence de pensée, la mémoire que l'oubli.

Le sens que le non-sens.

Mais non, ma sagesse n'ouvre pas cette possession décisive de la vérité : la possession eût été impossible si elle n'avait été la soif de dépossession de la sagesse.

L'ABBÉ C.

Je déshonore à ce moment ma poésie, je
*   méprise ma peinture,*
Je dégrade ma personne et je punis mon
*   caractère,*
Et la plume est ma terreur, le crayon ma
*   honte,*
J'enterre mes talents et ma gloire est morte[1].

WILLIAM BLAKE.

Première partie

PRÉFACE
RÉCIT DE L'ÉDITEUR

Mon souvenir est précis : la première fois que je vis Robert C…, j'étais dans un pénible état d'angoisse. Il arrive que la cruauté de la jungle se révèle être la loi qui nous régit. Je sortis après déjeuner…

Dans la cour d'une usine, sous le soleil de plomb, un ouvrier chargeait de la houille à la pelle. Sa sueur collait la poussière à sa peau…

Un revers de fortune était la raison de cette angoisse. Je le voyais soudain : j'aurais à travailler ; le monde cessait d'offrir sa divinité à mes caprices, je devais, pour manger, me soumettre à ses lois.

Je me rappelais le visage de Charles, où la peur elle-même semblait légère, et même gaie, où j'espérais encore, ce jour-là, lire une réponse à l'énigme posée par la perte de ma fortune. Je tirai la sonnette et une cloche grave, sonnant dans les profondeurs du jardin me donna un pénible sentiment. Une solennité venait de la vieille demeure. Et moi j'étais exclu du monde où la hauteur des arbres assure aux tourments la plus douce gravité.

Robert était le frère jumeau de Charles.

J'ignorais que Charles fût malade : il l'était au point qu'à l'appel du médecin, Robert était venu de la ville voisine. Robert m'ouvrit la porte et ce ne fut pas seulement de savoir Charles malade qui me laissa désemparé : Robert était le sosie de Charles, or il émanait de sa longue soutane et de son sourire navré une sorte d'accablement.

De cet accablement, je ne doute pas, aujourd'hui, que, souvent, Charles ne le connût, mais à l'instant Robert criait ce que l'humeur désordonnée de Charles déguisait.

« Mon frère est assez malade, monsieur, me dit-il, il doit renoncer

*à vous voir aujourd'hui. Il m'a demandé de vous en prévenir et de
l'excuser. »*

Le sourire qui finit la phrase exquise ne pouvait lever une inquiétude qui, visiblement, le rongeait. La conversation qui suivit dans la
maison se borna à cette maladie soudaine et au pessimisme qu'elle
motivait.

L'état de Charles aurait dû rendre compte à lui seul de la tristesse
de l'abbé. Cette tristesse néanmoins me fit le même effet que la poussière
de houille de l'usine : quelque chose l'étouffait, et il me sembla que rien
ne pourrait l'aider. Je me dis quelquefois que ces traits tirés, ce regard
de coupable, cette impuissance à respirer tenaient alors aux relations
pénibles des deux frères : Robert pouvait ne pas se sentir innocent de
cette maladie.

Il me sembla surtout qu'il avait deviné ma détresse et que ses regards
me disaient :

« *Voyez*, c'est partout la même impuissance. Nous sommes tous
dans ce monde dans la situation de criminels : et, n'en doutez plus, la
justice est à nos trousses. »

Ces derniers mots donnaient le sens de son sourire.

Je le vis plus tard à plusieurs reprises : mais ce fut la seule fois qu'il
se trahit. Il n'était pas honteux, d'ordinaire, jamais je ne revis ce regard
d'homme traqué. Même, il était d'habitude assez jovial et, cruellement,
Charles, qu'il irritait, parlait de lui comme d'un faiseur. Charles
affectait de le maltraiter, il l'appelait rarement Robert, et plus souvent
que « l'abbé », « curé » ! Il marquait d'un sourire cette irrévérence,
qui, s'adressant peut-être au frère, visait néanmoins la tristesse de la
soutane. La gaîté de Charles était volontiers folle et il se donnait
des airs d'inconséquence. Pourtant, il est sûr que jamais il ne cessa
d'aimer Robert, de tenir à son frère plus qu'à ses maîtresses et de
souffrir, sinon de sa piété, de l'affectation enjouée sous laquelle il
dissimulait la détresse. S'il était facile de s'y tromper, c'est que Robert,
par un réflexe de défense, jouait à Charles une comédie, qui avait pour
fin de l'excéder.

Mais l'angoisse de l'abbé donnait ce jour-là l'impression qu'il perdait la tête : ses yeux ne semblaient s'ouvrir, timidement, que pour
avouer l'horreur d'un supplice. La formule exquise était alors la seule
nuance qui, s'accordant à la soutane, rappelât l'état ecclésiastique, mais
elle était suivie de pénibles silences. Dans le salon couvert de housses et
les volets fermés, la sueur ruisselait de son visage. Il me donna l'idée
d'une ménade de l'angoisse, qu'une peur secrète rendait à l'immobilité
(mais il maintenait, dans sa détresse, cette courtoisie affectée qui donne
à des ecclésiastiques un aspect tricheur de vieille dame).

Il avait le visage désarmé, sans espoir, que je venais de voir au manœuvre dans l'usine, le même visage que moi sans doute... Je venais proposer ma voiture à Charles, qui avait convenu de l'acheter le jour où j'aurais besoin d'argent : la vendre d'urgence au garage ne me permettait pas de payer mes dettes... Une malchance, que soulignait la sueur de l'abbé ajoutait un élément de dissimulation, de mensonge, à cette situation inextricable.

Robert me fascinait : il était le sosie comique de Charles : Charles effondré, sous le déguisement d'une soutane. Une malfaçon si parfaite tenait du rêve. Le visage d'écureuil de Léon XIII[1] ! les oreilles écartées de l'animal rongeur, le teint rouge, mais la chair épaisse, sale et molle de la honte ! La phrase flûtée achevait de rendre vulgaire, en contraste, des traits incongrus, très fins, mais bien lourdement relâchés. Un enfant pris en faute et lâche... J'imagine qu'ayant l'habitude de l'affectation, il affectait alors la honte.

Je l'imagine maintenant. Je crois même aujourd'hui que, dans son angoisse, il tirait de l'hébétude un plaisir inavouable. Mais, ce jour-là, j'ignorais le monstre qu'il était. J'eus seulement la sensation, tant cet affaissement et cette ressemblance m'avaient saisi, d'être devant lui le jouet d'une magie. J'étais oppressé quand je partis. J'avais peur de ressembler à cet homme fascinant mais pitoyable. N'avais-je pas honte de ma situation nouvelle ? Je devais échapper à mes créanciers, et me dérober. J'allais sombrer mais ce n'eût rien été de sombrer sans le sentiment insidieux d'être la seule cause de ma ruine.

J'aurais dû éviter de parler de moi, mais avant de donner le livre que forment le récit de Charles et les notes de Robert, j'ai voulu rapporter le souvenir que les deux frères m'ont laissé. J'aimerais prévenir l'étonnement de lecteurs que la sottise des faits désarmerait. C'est un vain scrupule en un sens, mais je dois rapporter quoi qu'il en soit les conditions dans lesquelles j'édite un manuscrit dont l'auteur fut mon ami.

De 1930 à l'an dernier, j'entretins avec Charles des relations presque suivies ; je lui téléphonais souvent, mais il ne m'appelait le premier que rarement, ou il m'appelait pour se décommander. Je me lassai un jour : nous restâmes sans nous voir deux ou trois ans. Alors il s'accusa de sottise, il me sembla las de lui-même ; il ne m'aimait pas moins que ceux de ses amis qu'il voyait, mais j'avais à ses yeux, disait-il, le tort de l'obliger à réfléchir, il me pardonnait mal une sobriété contraire à ses goûts, ou encore, d'avoir été lâche à la perte de ma fortune. (Mais il avait gardé la sienne, augmentée d'une part que Robert lui abandonna).

Ce qui m'irritait mais en même temps m'attirait en lui était la lourdeur nonchalante et pour ainsi dire épuisée qui lui donnait le charme
d'un mauvais rêve. Indifférent au monde, aux autres hommes, sans
ami, sans amour, il ne s'attachait que dans l'équivoque, et toujours en
porte-à-faux, à des êtres de mauvaise foi. Il manquait de conscience et,
si l'on excepte son amitié pour Robert, il n'avait pas de fidélité. Il manquait de conscience au point d'avoir peur de scandaliser. Il évitait le pire
et rendait à des parents éloignés des visites annuelles ; je vis qu'il était
alors agréable, ennuyé, mais un C. comme les autres, attentif aux ragots
et aux manies de famille. Il avait d'abord eu la main heureuse en
affaires, il avait, à la mort de son père, en peu d'années amassé beaucoup d'argent. Et comme il avait à cette occasion fait faire à de riches
oncles de bons placements, la brebis galeuse était Robert. Bien assise en
bourgeoisie, la famille était radicale : Charles avait des tantes impies,
que ses « bonnes fortunes » flattaient ; et elles ne riaient pas sans dédain
de l'innocence de Robert : le puceau.

Le jour où il me remit le manuscrit de ce livre, nous ne nous voyions
plus depuis longtemps. J'avais reçu une lettre où il me demandait de le
rejoindre dans les montagnes du Jura, à R., où il passait l'été. L'invitation, pressante, avait même l'accent d'un appel. Je suis moi-même originaire de R., où je suis revenu parfois depuis mon enfance. Charles
avait su que j'avais l'intention d'y passer : il viendrait sinon me voir
à Paris.

Charles était alors marié depuis un mois (exactement, sa famille
l'avait marié). La jeune femme était d'une beauté gênante. Elle ne
pouvait, visiblement, penser qu'à ce qu'elle nommait, du bout des dents,
la « bagatelle », aux robes et au monde. Je crois qu'elle eut pour moi la
sorte de mépris impersonnel qui s'impose à certains comme l'obligation,
peut-être ennuyeuse, de suivre la règle d'un jeu.

Nous déjeunâmes tous trois. Je passai l'après-midi avec Charles ; il
me remit le manuscrit et une lettre m'autorisant à le publier. C'était,
me dit-il, un récit de la mort de Robert.

Dans un mouvement qui était à la fois de lassitude et d'insistance, qui me laissa une impression de tristesse résolue, il me demanda
d'écrire la préface de ce livre : il ne la lirait pas et me laissait le soin
de l'édition.

Il souffrait d'avoir introduit des figures décharnées, qui se dépla-
çaient dans un monde dément, qui jamais ne pourraient convaincre. Je
devais dès l'abord sauver Robert d'une caricature, sans laquelle le livre
n'aurait pas de sens, mais qui en faisait « un défi mal formulé ». Il
trouvait aussi la figure qu'il avait donnée de lui-même irrecevable : elle
manquait de vulgarité, et par là faussait l'intention du livre. Il parla

*vite, avec la précision qu'il apportait presque en toutes choses. Il ajouta
que, désormais, nous devrions nous voir souvent, que cette collaboration
serait viable en d'autres cas : pourquoi ne ferais-je pas les longues préfaces de livres qu'il écrirait, auxquels il manquerait, à coup sûr, ce que
seul je pouvais ajouter ? Il était insensé de manquer à la seule amitié
qui comptât pour lui. Il avait parlé d'un bout à l'autre avec une grande
simplicité, comme on fait si l'on a mûri une résolution. (Comme on
verra, il est probable qu'il me mentait sur un point, sans raison et par
goût. Car il devait, depuis des mois, être certain de mourir vite).*

    *Sa proposition me déconcerta, et d'abord je ne l'acceptai pas sans
réserves. Je devais lire le manuscrit... Sur quoi, il me pria de n'en rien
faire avant de l'avoir quitté. Il me parla ensuite des notes laissées par
Robert, données à la suite du récit. Je rapporte à la fin du livre ce qu'il
m'apprit à cette occasion : j'en fus bouleversé au point de ne plus faire
de réserves.*

    *Et pourtant, la publication demeura quatre ans suspendue. La
lecture du manuscrit me fit horreur : c'était sale, comique, et jamais je
n'avais rien lu qui me donnât plus de malaise : Charles, au surplus, me
quitta de telle façon qu'une dépression nerveuse[2], et une entière inhibition m'empêchèrent longtemps de toucher à l'étrange histoire de Robert.*

    *À la fin de l'après-midi, Charles me proposa de rejoindre sa femme.
Il la prévint à la porte de sa chambre : elle nous dit d'entrer, elle était
à sa toilette et elle ferma sans trop de hâte un peignoir sous lequel elle
était nue. Charles n'eut pas de réaction et j'eus le tort d'affecter gaîment
de n'avoir rien vu : l'agréable mépris qu'elle avait pour moi se changea
en irritation. J'étais d'autant moins excusable qu'elle était belle à ne pas
pouvoir l'oublier. J'eus malgré moi l'air de mépriser une vie faite de facilité, à laquelle je n'étais pas convié. Je crains même d'avoir eu l'attitude
de quelqu'un qui décline une invitation, alors qu'il n'est pas invité.
Germaine, très riche, avait épousé Charles, sachant qu'elle aurait avec
lui la vie libertine qu'elle aimait.*

    *Nous allâmes nous asseoir à une terrasse de café. Charles y trouva
un personnage de connaissance, hirsute, rougeaud et mal venu, le visage
petit comme un poing, auréolé de crins à demi crépus : il alla lui parler
à sa table. Je m'alarmais d'être seul avec Germaine, qui, par chance,
me tenant rigueur, bavarda avec la serveuse.*

    *Enfin Charles invita son ami à notre table : c'était le prestidigi-
tateur de passage, il donnait le soir une séance dans une arrière-salle
de café. C'était un homme plaisant, qui avait l'habitude de captiver
les hommes simples qui l'écoutaient. Mais ses histoires confuses ne
tardèrent pas à nous ennuyer. C'est certainement par gentillesse que*

*Germaine le défia. Il se vantait d'obliger n'importe qui à choisir, entre
celles qu'il lui présentait, la carte qu'il voulait*[3].

*Vaguement, j'exprimai moi-même un doute ; mais Germaine
insista :*

« *Non, lui dit-elle, vous ne réussirez pas avec moi.*

— *Avec vous ! reprit-il. Venez ce soir à la séance.*

— *Je veux seulement savoir comment vous faites.*

— *Non. Nous sommes tenus professionnellement au secret ; je vous
ai dit que nous avions des procédés sans mystère. Venez ce soir et vous
verrez.* »

*Je parlai d'un jeune homme barbu qui s'exhibait en Suisse, qu'un
partenaire perçait d'une épée à travers le torse nu. Les services d'un
hôpital avaient fait la radiographie de l'épée à travers les os*[4].

« *Impossible, dit-il. Sur le bout des doigts, monsieur, je connais nos
procédés. J'ai recueilli les tours de…* » (il me citait des noms aux conso-
nances folles). « *Malheureusement, je manque de matériel. Une radiographie, mais non, monsieur, je demande à voir cette radiographie !* »

*Il m'énervait, décidément : je n'eus même pas envie d'ajouter qu'un
jour, la lame mal introduite tua le jeune prodige.*

*L'ami de Charles avait les regards brûlés d'un homme auquel man-
queront toujours cent francs ; sa suffisance était banale, mais malgré
mon désir de l'apprécier, il m'agaça.*

*Je me levai et proposai à Germaine et à Charles de dîner au
restaurant.*

*Germaine riait fort, elle était évidemment grise. Elle avait bu cinq
ou six verres et, quand elle se leva, je pensai qu'elle tituberait (mais elle
appartenait à une classe qu'on a trop vite fait de croire déchue).*

*À ce moment, une dame âgée, vêtue de noir, traversa la place.
Germaine, Charles et moi nous arrêtâmes (Charles et moi la connaissions ; néanmoins, elle nous surprit, nous laissant quelque peu stupides). Elle avait des savates de toile blanche, quelque chose de cassé
dans la démarche, des mèches grises. La soirée était assez chaude, mais
elle donnait l'impression d'avoir l'onglée. Elle semblait nouée, comme
par un hoquet, mais non : elle marchait ; le mécanisme la lâchait : il
reprenait au même instant, si bien qu'inattentif, on aurait pu croire
qu'elle se déplaçait lentement.*

« *Le spectre de Robert !* » *s'écria Germaine.*

*Elle le fit sur le ton d'une idée amusante. La mort de Robert remon-
tait alors à deux ans. Mais le mot n'en était pas moins inadmissible.
Je pensai à la réaction violente de Charles. Pour une autre raison, l'in-*

congruité de Germaine me confondit : elle avait exprimé à haute voix la pensée qui précisément venait d'imposer son malaise à mon esprit. À tort ou à raison, je croyais que ces transmissions impliquaient la sympathie. Mais ma pensée intime et inavouable était énoncée par une femme qui m'avait déplu : c'était agaçant au possible. Le rapprochement tenait à l'allure grotesque d'un fantôme, qui venait de traverser la place. J'imaginais la colère inexprimée de Charles, et il me sembla qu'elle se tournerait contre moi : n'avais-je pas eu, n'avais-je pas encore la pensée qui me faisait, malgré moi, complice de Germaine ?

Je ne m'étais pas récrié, j'avais tacitement accepté ! La lumière rose du soleil à son déclin donnait sous les tilleuls à cette scène un aspect de l'autre monde, elle grandissait la figure de la dame en noir, elle donnait à ses traits gris, à ses manières pincées une sorte d'animalité céleste. Les décrochements de son long passage avaient figé Germaine dans la lumière. Sans mot dire, Charles s'éloigna et nous l'attendîmes, désemparés, devant la maison où il entra.

Pendant ce temps sortit d'une bouche d'égout une pénible puanteur : Germaine ne riait plus, son visage se décomposait : j'imaginai l'aspect déchu qu'elle aurait à soixante ans. En moi-même, impalpablement, et devant moi, le monde se défaisait, comme un domestique renonce à une parade et, le maître parti, crache dans la chambre. Dans le sentiment d'un nageur que la marée éloigne des rives, je succombais à mes dettes, à l'usure de mes semelles, à mes pieds endoloris. Aux yeux l'un de l'autre, Germaine et moi étions négligeables, mais nous devinions la honte l'un de l'autre et en demeurions abattus. La disparition de Charles nous humiliait également. Nous attendions muets et nous évitions de nous regarder. Elle aurait pu dire, ou j'aurais pu dire : « Où diable est allé Charles ? » Je crois qu'une même certitude d'indécence nous en eût également empêchés.

Charles à la fin sortit de la maison. Mine de rien, loin d'expliquer une disparition prolongée, il s'excusa à peine entre les dents, gardant le silence qui répondait à son exaspération impuissante. Nous marchions lentement, lourdement, comme si, n'ayant pas de but, nous attendions, faisant les cent pas. C'était vraiment un silence de mort... Sans le rapprochement des cœurs serrés.

J'ai souvent aperçu depuis que la haine ou la mésentente naissait de ces situations sournoises, dont personne ne saurait parler précisément. De même qu'un jour d'été l'air devenu irrespirable, brusquement, donne envie de mourir ou de fuir, une aveugle hostilité ordonne sournoisement l'attitude, les paroles ou le silence des êtres. Je lus la nuit même le manuscrit de Charles, et la scène eut alors un sens accablant.

Je tremblai à me souvenir du passage de la vieille et du malaise qui le suivit.

Je vis, à la table du restaurant, les pommettes de Germaine écarlates, ses yeux battus exprimaient le découragement. Nous étions, elle et moi, également inquiets devant Charles, auquel une indifférence affectée donnait une aisance du diable.

J'aurais dû commander les plats, mais Charles m'enleva, ou peu s'en faut, le menu des mains. Je ne réagis pas, tant ma dépression était grande. J'étais humilié, non seulement vis-à-vis de Charles, mais de l'insignifiante Germaine. Jamais personne ne me toisa avec mépris comme le fit Charles ce jour-là. Je voulus parler à tout prix. Je parlai à nouveau de l'homme auquel un aide enfilait une épée dans la poitrine, je parlai des photographies qui m'avaient frappé, des évanouissements dans l'assistance, qui suivaient l'opération. Germaine écouta sans mot dire, l'air intéressé, mais l'angoisse, en un sens, la tirait en arrière. Elle était décolletée au point de donner l'impression d'être nue. Elle semblait en même temps s'offrir et se dérober. L'air traqué, elle semblait néanmoins résolue à tirer parti de ce malaise. Elle gardait un inadmissible silence qui ne semblait pas moins lui peser qu'à moi-même. Charles, auquel ne pouvait échapper la subtilité du jeu, n'avait cure d'alléger la situation.

Le pis est, que, devant, pour des mois, voyager hors de France, je ne pouvais me décider à quitter mon ami sur cette impression. Je crois que j'aurais dû le faire, mais j'imaginais que tout s'arrangerait. J'avais seulement la chance de gagner du temps. Je proposai à mes « amis » d'aller voir opérer le prestidigitateur. Germaine saurait si notre homme l'obligerait à tirer vraiment la carte qu'il voulait ; même, la séance, à la rigueur, pouvait nous divertir. J'imaginais, non sans raison, que, dans la salle, il nous serait moins pénible qu'ailleurs de rester ensemble sans parler. À la sortie, il se pouvait que le malaise fût dissipé.

Je vis Charles sourire au vide, et il me dit ironiquement :

« En somme, pourquoi pas ?... »

Je le vis en même temps hausser les épaules.

Germaine dut saisir ma raison et dit d'une voix lâche :

« Mais oui, c'est une bonne idée. »

Charles emplit son verre de vin rouge, elle le but lentement d'un trait ; et comme elle serrait ce verre dans sa main, elle en cassa le pied sur la table.

Je compris alors que le malaise et l'ivresse en elle étant réels étaient néanmoins secondaires : c'était le moyen qu'elle avait de nourrir une

*excitation mauvaise. Elle colla sa jambe à la mienne sous la nappe,
regardant le verre cassé, le front bas, comme si ces débris étaient le signe
d'une impuissance. Quelque chose en elle s'affaissa. Elle défit le bouton
du haut de la veste de son tailleur, doucement, avec une maladresse
feinte, comme si au contraire, elle avait voulu le boutonner.*

*Charles fit donner un autre verre et l'emplit. Mais une aile de
poulet, tout aussitôt, parut l'absorber entièrement.*

*S'il avait regardé Germaine, le manège aurait cessé — ou aurait pris
un autre sens —, mais l'angoisse liée dans ces conditions au désir le plus
vain devint douloureuse.*

*Le démon de la timidité (?) m'empêchant de suivre un premier mou-
vement : je ne retirai pas ma jambe. Germaine m'avait crispé, je ne
pouvais l'aimer, je la méprisais, mais une humeur déraisonnable me
retint : j'imaginai que retirer ma jambe serait l'outrager ! Il y avait dans
sa conduite une absurdité que je maudissais. Toutefois elle me fascinait :
je me sentis de plus en plus annihilé. Je ne voyais plus de moyen
d'échapper au destin dérisoire qui me voulait à ce moment brûlant de
sentiments contradictoires et sans issue. Charles absent devant nous,
comme un aveugle, mâchant méthodiquement de gros morceaux, achevait de mettre mes nerfs à l'épreuve. S'il avait réellement été absent,
j'aurais pu assouvir un désir animal... Mais je réfléchis : Germaine ne
m'aurait pas provoqué si elle avait pu elle-même étancher la soif qu'elle
me donnait. J'avalai un verre de vin : je me scandalisais d'une chiennerie
aussi courte... Elle n'en jouait pas moins avec elle-même le jeu qu'elle
jouait avec moi ! Si elle s'offrait à moi, mais d'une offre à l'avance
dérobée, elle ne pouvait satisfaire son propre désir, elle devait elle-même
étouffer sans issue : elle glissa voluptueusement sa jambe sur la mienne,
et, perdant toute prudence, mit sa main sur ma cuisse, si haut que...*

*Je crus que Charles la voyait : si l'orage s'accumule, tant vaut qu'il
éclate. Il ne dit rien, ou il fit mine de ne rien voir, mais cela prolongeait
le supplice auquel un éclat aurait eu seul le pouvoir de mettre fin. Il
me sembla qu'il mangeait plus attentivement de plus gros morceaux.
Il avait commandé d'autres parts de poulet et du vin. Il mangeait et
buvait comme on travaille : il y avait là une possibilité de soulagement.
Je mangeai de plus en plus vite et sifflai du vin : je compris que, faute
d'habitude, je n'y tiendrais pas. Tout d'abord, Germaine reprit sa
main et commença de m'imiter : ainsi nous mangeâmes tous trois et
bûmes en silence. Germaine maintint comme elle put la raideur de sa
provocation. Il devenait à la longue improbable que Charles n'eût rien
vu, mais le vin me donna vite, en même temps qu'une hilarité de rêve,
une sorte de torpeur envahissante. Je luttai dès lors contre le sommeil,
effrayé à l'idée de me dérober malgré moi et d'être piteux.*

La fascination du sommeil, qui oppose l'attrait du vide à l'obstination d'une volonté impuissante, est une épreuve que la vie n'a peut-être jamais surmontée. Ce qui échappe si, comme il en est d'ordinaire, nous cherchons simplement à nous endormir, est l'affinité d'un être à ce qu'il n'est pas : cette absence, cet affaissement. Mais parfois le sommeil involontaire est plus fort que tout le désir de vivre, la nuit dérobe l'espoir et l'appréhension. Je regardais Germaine et Charles et, en succombant, il me sembla que, sinon le sommeil, la mort pouvait mettre fin au malentendu qui donnait à cet affaissement la valeur d'une déchéance.

Je ne m'endormis pas vraiment. Comme un nageur à la limite de l'épuisement refuse la tentation des eaux, je durai. Je me rappelle avoir entendu la voix cinglante de Charles demander :

« Prendrez-vous un café ? »

Je répondis assez lentement, assuré toutefois d'être pertinent :

« Oui, s'il est sorti. »

Soudain mon absurdité m'apparut.

Je demandai à Germaine qui riait, mais qui parut gênée de rire :

« Ai-je dormi ?

— Non, dit-elle, mais je ne sais pourquoi vous avez parlé de Saint-Simon…

— Je n'écoutais pas », coupa Charles.

Il se leva et dit du même ton sec :

« Je commanderai les cafés à la cuisine. »

Germaine me prit la main, elle tremblait et je vis qu'elle avait peur :

« Surtout, ne parlez plus de Robert devant Charles… »

Je sursautai, désespéré.

« Qu'ai-je fait ?

— Vous vous endormiez. Vous avez traité Robert de pitre… et vous m'avez mis la main sur les jambes… »

Mais Charles revenait : je n'avais pas imaginé qu'un regard puisse être pire qu'une insulte. Il me toisa, il était clair qu'il écumait. Il ne cria pas : « Sinistre buse ! » mais sans mot dire il donnait libre cours à une sorte de fureur froide. Je ne pouvais même pas m'expliquer, m'excuser. Je n'avais pas vraiment dormi, je parlais sous l'effet du vin, je me défendis contre le sommeil et il m'avait gagné. J'avais parlé pour ne pas céder et les phrases m'avaient échappé, répondant à une hébétude de rêve. J'avais lutté jusqu'à la fin, et soudain je me reprenais : mais le désastre seul me l'avait permis.

J'avais invité mes amis et je demandai l'addition.

« C'est fait », dit Charles.

Je regardai Germaine, qui avait l'air ailleurs : elle buvait du café. Je mendiais en silence, auprès d'elle, une désapprobation de la conduite de Charles : j'achevai de me perdre à mes propres yeux. J'éprouvais l'effet du vin sous une forme épaisse : une aboulie qui m'énervait jusqu'à la rage mais noyait cette rage en une impuissance plus grande. Germaine, Charles et moi, étions de concert saisis d'une sorte de crampe, comme il arrive au cours de scènes silencieuses entre des amants crispés.

Nous ne pouvions même plus renoncer à la séance de prestidigitation : elle fut si morne qu'une détente en résulta : nous étions relativement séparés et l'absence d'intérêt, même comique, de la séance, pouvait détourner vers un autre objet notre mauvaise humeur. Je pensais que l'histoire finirait de cette façon : froidement, mais sans à-coups, nous prendrions congé. À la fin du dîner, ç'aurait été aussi dur qu'un échange de gifles ; au cours de la séance, la dépression aurait le temps de l'emporter. Il en alla bien autrement.

Après une longue série d'exercices, à la mesure d'une assistance très simple, et qui s'amusait, le prestidigitateur demanda à chaque personne (la salle pleine ne pouvait tenir que peu de monde) de tirer une carte. Il en distribuait une douzaine et il nommait avant de la retourner chacune des cartes tirées. Il vint vers nous et je dus choisir en premier. Sans le défi de l'amuseur, je n'aurais prêté aucune attention au jeu et j'aurais sans doute pris la carte préparée. Je la vis en effet, mais décidai d'en prendre une autre ; j'avançai la main : à ce moment, le jeu glissa, et la carte voulue vint sous mes doigts ; je m'arrêtai et repérai celle que j'avais choisie ; je m'apprêtai à la tirer : à ce moment je vis dans le regard du prestidigitateur, — au lieu d'une volonté froide d'imposer, — dans un éclair, une sorte de supplication énervée. Je cédai et pris la carte qu'il voulait.

Vint le tour de Germaine. Depuis le début de l'exhibition je n'avais pas tourné les yeux vers elle, mais je la regardai choisir ; à ce moment, je la vis bien : elle était l'incarnation de la dure méchanceté. Un instant, dérobant les cartes, l'autre voulut forcer le choix ; elle le vit et tira la carte qu'elle voulait : elle le fit sans sourire, avec une habileté mauvaise. J'entendis le prestidigitateur siffler entre ses dents : « Chipie ! » Charles dut l'entendre également : il se leva et gifla le pauvre diable. Il y eut dans la salle un mouvement. Charles entraîna Germaine et sortit. Beaucoup d'assistants se levèrent. Le prestidigitateur eut une incontestable dignité.

« Mes amis, dit-il, calmez-vous, asseyez-vous. Ce monsieur a sûrement des visions, il a sans doute un accès de folie.

— Je suis désolé, dis-je à mon tour, assez piteusement, c'est un malentendu, j'en suis sûr. »

Je tentai aussitôt de partir, mais, dans le désordre, cela prit un temps relativement long.

Je me trouvai dans une rue noire. J'entendis à quelques pas des éclats de voix, Charles et Germaine criaient littéralement. Je m'approchai. Charles gifla Germaine si fortement qu'elle tomba. Il l'aida à se relever. Il l'emmena en l'enlaçant affectueusement. J'entendis Germaine pleurer.

Je rentrai chez moi les lèvres sèches.

Je me souvins du manuscrit que j'avais mis dans la poche de mon pardessus. Je me jetai sur un lit, je lus une partie de la nuit et je m'endormis.

Je m'éveillai tout habillé. Lentement et péniblement la mémoire me revint. Il faisait jour. Je n'aurais pu ni rire ni pleurer ; le souvenir de ma platitude de la veille m'écœura, mais vainement. Je me rappelai alors avec précision la mort de ma mère : je ne pleurai pas, cependant j'eus la certitude que j'allais pleurer. Je ne pouvais admettre un caractère abominable du livre que j'avais lu.

(De même, quand je vis ma mère morte, je ne pus supporter l'idée de ne plus pouvoir lui parler).

Tout se dérangea finalement : une envie de rire impuissante me domina, un fou rire inerte m'ouvrait et me serrait le cœur. Je crus que j'avais la nausée, mais c'était plus sérieux.

Je rentrai à Paris le matin même. J'étais gravement malade et je dus retarder mon départ.

Deux jours après je reçus cette lettre de Charles :

« Bien entendu, rien n'est changé. Je pense que tu éditeras le livre que je t'ai remis. Je te tiens pour un lâche, évidemment, je voudrais ne plus jamais entendre parler de toi. De toi ni d'ailleurs de rien ni de personne. J'espère que mes vœux ne tarderont plus à être comblés. »

J'appris, deux mois plus tard, le suicide de Charles.

Je crus devenir fou, si bien que j'allai voir un médecin. Il me demanda sans ambages de publier le manuscrit. Je ne l'éviterais d'aucune façon. Je devais rédiger la préface et généralement rapporter ce que Charles m'avait appris de la mort de Robert, et qu'il n'avait pas eu la force d'écrire. Le médecin, du point de vue littéraire, ne voulait rien dire, il n'était nullement qualifié, mais, médicalement, l'histoire était des plus jolies... Je l'interrompis, je lui dis qu'il avait peut-être raison, mais qu'imaginant l'impatience de Charles à l'entendre, je me sentais bien mal à l'aise. Il me vit si énervé qu'il se tut. Il se fit aussitôt plus humain.

Il me proposa de revenir régulièrement. J'acceptai. J'écrirais ma part *du récit, et porterais les pages écrites à chaque séance. C'était l'élément essentiel d'un traitement psychothérapique, sans lequel j'aurais du mal à m'en sortir. Il me parut sensé, il était d'une douceur redoutable. J'acceptai : j'étais l'enfant au cou duquel on noue un bavoir, et qui s'apprête à baver paisiblement. Je le lui dis et il en rit, il me bouscula :*

« Voyez-vous, me dit-il, tout ceci est puéril, ç'est d'un bout à l'autre, et même au sens le plus précis. Mais notre science n'a d'autorité que dans la mesure où elle n'humilie pas les malades. »

Je ne sais si, finalement, je suis guéri. Je ne l'étais pas le jour où j'interrompis ce traitement littéraire. Je repris la tâche un peu plus tard, mais, pour insignifiante qu'elle fût, je mis quatre ans à l'achever.

Deuxième partie

RÉCIT DE CHARLES C.

I

ÉPONINE

Au temps[1] où ce récit commence, la malédiction de l'urbanité achevait d'égarer mon frère. Personne jamais ne s'acharna davantage à choquer un désir de silence. Un jour, je voulus lui dire mon sentiment : il eut, avec un sourire suave, une plaisante réplique :

« Tu n'y es pas, mais non, pas du tout, nous ne songeons qu'à ça, me dit-il. C'est que… nous trompons notre monde : au dehors, l'allant, la bonne humeur, même un tantinet mauvais genre, mais l'angoisse au fond du cœur. »

Ses yeux brillèrent alors de malice.

« L'amour de Dieu, ajouta-t-il, est le plus tricheur de tous. On aurait dû lui réserver le slogan vulgaire, qui passerait ainsi, et comme insensiblement, du trait d'esprit à un silence fermé… »

Alors, il laissa ces mots glisser des lèvres (il fumait la pipe), le sourire fuyant :

« *Say it with flowers*[2] ! »

Je levai la tête, le dévisageai haineusement, ne pouvant croire qu'il avait osé…

Je ne sais pas même aujourd'hui ce qu'il cherchait.

Un souci de bonne volonté, d'ouverture, parut alors l'emporter en lui sur la prudence. Ce catholicisme brûlant, cette aimable témérité décidément le faisaient s'opposer de façon tranchée au fond d'amitié que nous maintenions entre nous.

Je regardai cet homme voyant, faux et agréable, que jadis je prenais pour un autre moi-même. Il tenait du sacerdoce un pouvoir de tromper, non les autres, mais lui-même : un tel enchantement d'être au monde, une débordante activité, sifflant dans les faubourgs un triomphe de la vertu, n'étaient possibles qu'à l'égarement. Des femmes excellent à ces débordements de naïvetés, mais un homme (un prêtre) donne une figure de niais et de m'as-tu-vu à cette comédie de bonté divine !

Pendant l'été de 1942, pour des raisons variées, nous nous trouvâmes, l'abbé, Éponine et moi, réunis dans la petite ville où nous étions nés.

J'avais un beau dimanche passé l'après-midi à boire avec Éponine. Je pris rendez-vous avec mon amie sur la tour de l'église[3]. Je passai au presbytère demander à mon frère de m'accompagner.

Je le pris par le bras, et m'autorisant d'un état bien évident, je lui dis sur un ton qui avait la suavité du sien :

« Viens avec moi. J'ai soif de l'infini ce soir. »

Et, lui faisant face en ouvrant les bras :

« As-tu quelque raison de refuser ?

— Vois-tu, poursuivis-je en baissant la tête, ma soif est si grande à l'instant… »

Gentiment l'abbé éclata d'un rire gai.

J'avais l'air ennuyé, je protestai :

« Tu m'as mal compris. »

Je gémissais, jouant cette comédie avec outrance.

« Tu ne me comprends pas : je n'ai plus de limite, plus de borne. Que cette sensation est cruelle ! J'ai besoin de toi, besoin de l'homme de Dieu ! »

Je l'implorai.

« Ne te refuse pas à mon impuissance. Tu le vois : l'alcool m'égare. Mène-moi sur la tour où j'ai rendez-vous. »

L'abbé répondit simplement :

« Je t'accompagnerai. »

Mais il sourit en ajoutant :

« J'ai moi-même rendez-vous sur la tour. »

J'eus l'air déconcerté ; je lui demandai timidement avec qui.

Il baissa les yeux et dit sottement :

« La miséricorde infinie du Seigneur. »

L'église est flanquée d'une haute tour carrée. Il soufflait alors un vent violent. À l'intérieur, l'escalier de bois est presque une échelle et il me sembla que le vent faisait vaciller la tour. Je m'arrêtai à mi-hauteur, tenant mal sur un barreau. J'imaginai les conséquences d'un glissement[4] : le monde dérobé dans un vide[5], brusquement le fond ouvert. Je pensai à l'identité du cri que j'allais pousser et d'un silence définitif. L'abbé, d'en bas, me tenait la jambe.

« Ne va pas, me dit-il, te tuer dans l'église. Si j'avais à chanter pour toi l'office des morts, ce ne serait même pas risible. »

Il tenta dans le bruit du vent d'enfler la voix, mais il n'en tira qu'en fausset les premiers mots du *Dies irae*[6].

C'était si pénible qu'à nouveau je sentis le cœur me manquer. Pourquoi l'avais-je été chercher ? Il était insipide.

. . . . . Tout à coup, je le vis, d'où j'étais : gisant sur un remblai de mâchefer, qu'enlaidissaient l'herbe et les fleurs des champs . . . .

. . . .

. . . .

. . . . . J'étais suspendu sur le vide à l'échelle[7]. Je vis mon frère agonisant entouré de bourreaux en uniformes : la fureur et la suffocation mêlées, une impudeur illimitée de cris, d'excréments et de pus... La douleur décuplée dans l'attente de brutalités nouvelles... Mais dans ce désordre de sentiments, c'était ma pitié pour l'abbé qui frappait : je suffoquais moi-même, je frappais, et ma chute dans la tour faisait de l'univers un abîme vertigineux...

J'étais en vérité tombé, mais, à grand-peine, et bien qu'il fût mal assuré, l'abbé m'avait rattrapé dans ses bras.

« Nous avons failli tomber », dit-il.

J'aurais pu l'entraîner dans ma chute, mais j'étais dans ses bras si abandonné que je pouvais me croire heureux. Sa sottise m'était secourable : dans un monde de vides, de glissements et d'horreurs voulues, il n'est rien que n'annule une simple pensée : celle de l'issue inévitable. D'être suspendu justement sur le vide, de n'avoir échappé à la mort qu'au hasard, j'éprouvais comme une gaîté un sentiment d'impuissance. Je m'abandonnais sans réserve et mes membres pendaient sans vie, mais c'était à la fin comme un coq chante[8].

À ce moment j'entendis la voix grave d'Éponine, à l'extrémité de la tour, articuler allègrement :

« Tu es mort ?

. . . .

— Patience, nous montons », répartit la voix de tête de l'abbé.

Mon corps, à l'aise, pendait toujours, mais un léger rire l'agitait.

« Maintenant, dis-je avec douceur, je reprendrai la marche. »

Toutefois, je demeurai inerte.

Lentement la nuit tomba ; dehors, en longues rafales, le vent soufflait : l'impuissance d'un tel instant avait quelque chose d'ouvert et j'aurais voulu qu'il durât.

Peu d'années auparavant, mon frère jumeau n'était comme moi qu'un des jeunes messieurs du village : enfant, il avait eu les faveurs d'Éponine, qui traîna longtemps avec lui ; par la suite, Éponine ouvertement se dévoya ; il avait alors affecté, dans les rues, de ne pas la connaître.

Nous étions à mi-hauteur de la tour et, dans la pénombre, je n'étais séparé de la mort que par les bras de mon frère.

La méchanceté de mon humeur envers lui m'étonna.

Mais l'idée de la mort, peu contraire à l'état de glissement où j'étais, ne représentait pour moi rien de plus qu'une rigueur avec moi-même : tout d'abord, j'avais à combler les vœux d'Éponine.

Éponine n'était pas moins ivre que moi[9], quand, pour répondre à un cruel caprice, j'allai chercher l'abbé ; tout l'après-midi nous avions fait l'amour et j'avais ri. Mais j'étais maintenant si faible qu'à penser au sommet de la tour, à ce qu'il voulait dire, j'éprouvais au lieu de désir — mieux, comme un désir — un grand malaise. Maintenant le visage du prêtre suait, son regard cherchait le mien. C'était un regard lourd, étranger, animé d'une intention froide.

Je pensai : au contraire, j'aurais dû saisir moi-même le

corps inanimé de l'abbé dans mes bras, le porter au sommet et dans la liberté du vent, comme à une déesse mauvaise, l'offrir à l'humeur détraquée de mon amie[10]. Mais ma méchanceté était sans force : comme en rêve, elle se dérobait, je n'étais que douceur hilare, et promise à l'inconséquence.

J'entendis (je voyais en haut de l'échelle la tête penchée d'Éponine) des cris de vulgaire impatience. Je vis le regard de l'abbé se charger de haine, se fermer. Les injures d'Éponine lui ouvraient les yeux : il devinait maintenant le piège où l'amitié l'avait fait tomber.

« Que veut dire cette comédie ? » demanda-t-il.

Il y avait, dans le ton de sa voix, plus de lassitude que d'hostilité.

Je répondis avec une maladresse voulue :

« Tu as peur d'aller là-haut ? »

Il rit, mais il était fâché.

« Tu vas fort : tu es si noir que tu tombes et c'est moi qui n'ai pas le courage de monter ! »

Je lui dis, amusé, sur le ton du chatouillement :

« Tu as un petit filet de voix… »

Je réagissais passivement, mais en un sens l'apathie me laissait libre : comme si je n'allais plus me retenir de rire. Je criai de toutes mes forces :

« Éponine ! »

J'entendis hurler :

« Crétin ! »

Et d'autres noms plus malséants.

Puis :

« J'arrive. »

Elle était hors d'elle de colère.

« Mais non, lui répondis-je, nous allons monter. »

Je restai néanmoins inerte. L'abbé me maintenait péniblement, à l'aide d'un genou et d'un bras, serré contre l'échelle : je ne puis m'en souvenir aujourd'hui sans vertige, mais alors un sentiment vague de bien-être et d'hilarité m'abusait.

Éponine descendit et elle dit à l'abbé quand elle approcha :

« Maintenant, assez ! Descendons.

— Impossible, dit-il, je puis le maintenir sans peine, mais je ne pourrais pas le porter et descendre l'échelle. »

Éponine ne répondit rien, mais je la vis soudain cramponnée aux barreaux.

« Appelez, cria-t-elle, la tête me tourne. »

L'abbé répondit d'une voix faible :

« Voilà tout ce qui reste à faire. »

À ce moment, je compris que nous allions descendre, que c'était fini, que nous n'irions jamais en haut.

Je me tendis dans mon inertie et comme une paralysie n'immobilise vraiment que dans l'effort crispé, il me sembla que le suicide aurait seul le pouvoir de répondre à mon énervement : la mort était la seule peine à la mesure de mon échec. Nous étions tous trois contractés sur l'échelle et le silence était d'autant plus oppressant qu'à l'avance j'entendais l'appel de l'abbé : de sa voix de fausset, il tenterait d'attirer l'attention dans l'obscurité grandissante : ce serait risible, intolérable et dès lors, de façon définitive, par ma faute, tout se fermerait. Je me débattis à ce moment-là : mollement, mais j'aurais voulu me jeter dans le vide où j'aurais aimé l'entraîner. Je ne pus lui échapper qu'en montant : il devait tenir fermement les barreaux et ne put m'empêcher d'aller plus haut.

Éponine effrayée gémit :

« Tenez-le, il va se tuer.

— Je ne peux pas », dit l'abbé.

Il pensa qu'attrapant ma jambe, il aurait précipité ma chute : il ne pouvait que me suivre pour m'aider.

Je dis alors d'un ton net à Éponine :

« Laisse-moi monter, je vais en haut de la tour. »

Elle se serra sur le côté et je montai, lentement, jusqu'au sommet, suivi de mon frère et de mon amie.

J'accédai à l'air libre, étourdi par le vent. Une large lueur claire, au couchant, était barrée de nuages noirs. Le ciel était déjà sombre. L'abbé C. devant moi, la mine décomposée et décoiffé, me parlait, mais je n'entendais dans le bruit du vent que des mots inintelligibles. Je vis derrière lui sourire Éponine : elle avait l'air aux anges, elle était dépassée.

II

LA TOUR[11]

D'avoir reconnu Éponine, qui était la honte du pays, qui jamais ne manquait de le provoquer, au passage, à l'amour (si elle l'apercevait dans les rues, elle riait et, comme on siffle gaîment un chien, elle claquait la langue et appelait « Puceau ! ») l'abbé avait eu un mouvement de recul, mais il ne pouvait plus s'en aller ; et lorsqu'il arriva sur la tour, il voulut relever un défi qui allait si loin.

Mais il eut un instant d'hésitation : dans cette situation insensée, la douceur angélique, le sourire éclairé de l'intelligence ne pouvaient l'aider. Il devait recourir, reprenant le souffle, à la fermeté des nerfs, à une volonté dominante de pureté spirituelle et de raison. Nous avions, Éponine et moi, devant lui, la puissance vague, en même temps angoissée et moqueuse, du mal. Nous le savions dans notre désarroi : moralement, nous étions des monstres ! Il n'y avait pas en nous de limite opposée aux passions : nous avions dans le ciel la noirceur de démons ! Qu'il était doux, en quelque sorte rassurant, devant la tension coléreuse de l'abbé, d'éprouver comme une liberté un glissement vertigineux. Nous étions, elle et moi, hébétés, tout à fait ivres : plus sûrement du fait de ma défaillance sur l'échelle, mon frère s'était pris au piège que nous avions tendu.

Rageurs, essoufflés et, sur une plate-forme exiguë, retirés du monde, enfermés, en un sens, dans le libre vide des cieux, nous étions dressés l'un vers l'autre comme des chiens, qu'un soudain enchantement aurait figés. L'hostilité qui nous unissait était immobile, interdite, elle était comme un rire au moment du plaisir perdu. A ce point, j'imagine que, le temps d'un éclair, mon frère lui-même le sentit : quand la tête ahurie de Mme Hanusse[12] se montra à la porte de l'échelle, un hideux sourire, furtivement, défigura ses traits maladivement tendus.

« Éponine ! Ah la garce ! » cria Mme Hanusse.

Sa voix de harengère, qu'une saveur paysanne achevait de rendre mauvaise, dominait le bruit du vent. La vieille sortit, un instant le vent l'embarrassa : elle se tint droite, retenant sa pèlerine à grand-peine (son aspect avait l'austérité en grisaille d'un passé de sacristies froides, mais elle était mal embouchée).

Elle fonça sur sa fille, c'était une furie qui criait :

« La chienne, elle s'est soûlée et elle s'est mise à poil sous son manteau. »

Éponine recula vers la balustrade, apparemment médusée par sa mère, qui allait révéler son ignominie. Elle avait l'air en effet d'une chienne sournoise, et déjà, en dessous, elle riait de peur.

Mais plus vif et plus décidé encore que la vieille, l'abbé C. se précipita.

Sa voix mince, portée par le mouvement intime de la honte, ne se brisa plus : elle éclata en un commandement :

« Madame Hanusse, proféra-t-elle, où vous croyez-vous ? »

La vieille était immense et elle s'arrêta d'étonnement, fixant le jeune abbé.

« Vous êtes, reprit la voix, dans l'enceinte d'un sanctuaire. »

La vieille hésita, désarmée.

Éponine, un peu déçue, souriait péniblement.

Il y avait dans l'hébétude et la niaiserie affectée d'Éponine une sorte d'incertitude. Ivre et muette, elle était, au sommet du sanctuaire, toute docilité, et néanmoins la menace même. Apparemment, ses mains serrées sur son manteau le tenaient résolument fermé, mais elles pouvaient n'être là que pour l'ouvrir.

Ainsi était-elle à la fois habillée et nue, pudique et impudente. Se neutralisant soudain, les mouvements emportés de la vieille et du prêtre n'avaient pu que la rendre à cette immobilité indécise. La colère et l'effroi n'avaient eu pour fin, semblait-il, que cette attitude paralysée, qui faisait à l'instant de sa nudité l'objet d'une attente anxieuse.

Dans ce calme tendu, à travers les vapeurs de mon ivresse, il me sembla que le vent tombait, un long silence émanait de l'immensité du ciel. L'abbé s'agenouilla doucement ; il fit signe à Mme Hanusse et elle s'agenouilla près de lui. Il baissa la tête, étendit les bras en croix, et Mme Hanusse le vit : elle baissa la tête et n'étendit pas les bras. Peu après il chanta sur un mode atterré[13], lentement, comme à une mort :

> *Miserere mei Deus,*
> *Secundum magnam misericordiam tuam*[14]...

Ce gémissement, d'une mélodie voluptueuse, était si louche ! Il avouait si bizarrement l'angoisse devant les délices de la nudité ! L'abbé devait nous vaincre en se niant, et l'effort même qu'il tentait pour se dérober l'affirmait davantage ; la beauté de son chant dans le silence du ciel l'enfermait dans la solitude d'une délectation dévote : cette beauté extraordinaire, à la nuit, n'était plus qu'un hommage au vice, seul objet de cette comédie.

Impassible, il continua :

> *Et secundum multitudinem miserationum tuarum,*
> *dele iniquitatem meam...*

Mme Hanusse leva la tête : immobile, il maintenait les bras étendus, son aigre voix ponctuant la mélodie avec une admirable méthode (surtout « misera-ti-o-num » parut n'en plus finir). Ébaubie, Mme Hanusse, furtivement, fit la moue et baissa la tête de nouveau. Éponine, tout d'abord, ignora la singulière attitude de l'abbé. Les deux mains à l'ouverture du manteau, la chevelure soulevée, la lèvre ouverte, elle était si belle et si crapuleuse que j'aurais voulu, dans l'ivresse, répondre au chant lamenté de l'abbé par quelque scie joyeuse.

Éponine évoquait l'accordéon, mais la pauvreté des musettes, ou du music-hall où elle chantait (mêlée aux mannequins nus), me semblait dérisoire à la mesure d'un triomphe si certain. Une église entière aurait dû tonner d'un bruit d'orgue et des cris aigus du chœur si la gloire qui la portait était dignement célébrée. Je me moquais de la chanson où j'avais aimé l'entendre, qui était, sur un air idiot :

Elle a
Un caractère en or,
Éléonore…

J'imaginais la clameur d'un *Te Deum*[15] ! Un jour, un sourire de malice ravie achève un mouvement qui avait la brusquerie de la mort : il en est l'aboutissement et le signe. J'étais soulevé de cette façon, dans ma douceur, par une acclamation heureuse, infinie, mais déjà voisine de l'oubli. Au moment où elle vit l'abbé, sortant visiblement du rêve où elle demeurait étourdie, Éponine se mit à rire, et si vite que le rire la bouscula : elle se retourna et penchée sur la balustrade apparut secouée comme un enfant. Elle riait la tête dans les mains et l'abbé, qu'avait interrompu un gloussement mal étouffé, ne leva la tête, les bras hauts, que devant un derrière nu : le vent avait soulevé le manteau qu'au moment où le rire la désarma elle n'avait pu maintenir fermé.

Par un silence, l'abbé m'avoua le lendemain (je l'interrogeai en manière de plaisanterie et, par honnêteté, il se tut), qu'il avait b… Éponine avait si promptement refermé son manteau que Mme Hanusse, qui se redressa plus lentement, ne comprit jamais ce que voulait dire un visage émerveillé : l'abbé, les bras au ciel, avait la bouche ouverte[16] !

III

L'ABBÉ

Après l'histoire de la tour, brusquement, le caractère de mon frère changea. Il sembla même à la plupart que sa raison s'égarait. C'était superficiel. Mais il se relâcha si souvent, et si souvent il eut une attitude déraisonnable, qu'il devint difficile à des étrangers d'en douter. Cette explication simplifiait les choses. Sinon, du côté de l'Église et des fidèles, il aurait fallu s'indigner. À cela s'ajoutait l'appui de la Résistance, dont il acceptait sans mot dire, et peut-être, en un sens, indifférent, les missions les plus imprudentes. Je me levai, le lendemain, de bonne heure : j'avais hâte de le revoir.

Je n'avais pas d'intention arrêtée. Je voulais que Robert cédât au caprice d'Éponine ; mais ma méchanceté amusée ne l'emportait pas clairement sur le besoin que j'avais de maintenir entre nous une sorte d'amitié railleuse, où la raillerie n'aurait de sens que mon échec.

J'avais des sentiments bien vagues, avec la légère nausée qui venait de l'alcool de la veille et le malaise nerveux qui l'accompagnait. À 10 heures du matin, dans la matinée pluvieuse, les rues de la petite ville avaient l'air d'absentes, dont le silence des fenêtres fermées n'aurait que vainement maintenu la mémoire. C'était déprimant mais inévitable. Une matinée de septembre à 10 heures, dans R. : de l'immensité des possibles, je tirais celui-là, j'éprouvais comme une impudence du ciel qu'il me donnât chichement, de son éternité, ce moment limité et pluvieux d'une rue de petite ville.

Je traversai le jardin de la cure : la maison était là, me proposant l'ironie de son injustifiable réalité, durable mais fugace, qui enfermait mon frère et allait m'enfermer.

Dans la pénombre de cette matinée grise, l'abbé se tenait dans sa chambre, immobile, vêtu d'un pantalon de toile blanche et d'un gilet de laine noire.

Il se tenait muet dans un fauteuil et son affaissement répondait en l'accusant à la force qu'il avait eue pour me prier d'entrer.

Je ne compris pas d'emblée que, cette fois, il était vraiment défait ; je me demandai quelles raisons, s'ajoutant à celles que j'imaginais, l'avaient décidément fâché. Je n'avais pas ouvert les dents : une main qu'il m'avait tendue glissa sur le bras d'un fauteuil, elle tomba comme d'un pantin : venant de lui, c'était théâtral. Il le sentit sans doute. Il leva la tête et me dit sur un ton presque enjoué :

« Ah ! vraiment, c'est bête ! »

Mais il dut éprouver le besoin de faire celui qui croyait à mon innocence. Il sourit et conclut après un temps qui sembla long :

« Mais c'est bien, en somme. »

Je comprenais mal alors et ne devais pas en vérité comprendre avant que les événements n'eussent donné un sens clair à ces mots.

J'éprouvais seulement comme un malaise, si grand que j'ouvris la fenêtre grande, l'humidité de la maison, du presbytère, d'où le lit en désordre de mon frère, une table de nuit entrouverte, et surtout une odeur de vieillard, me donnaient l'envie de m'en aller.

« Tu as mal dormi, me dit mon frère. J'ai moi-même assez mal dormi. »

Il demeura évasif.

Nous n'osions ni l'un ni l'autre aborder ce qui nous occupait vraiment : une fille du pays, en vacances, qui faisait la noce à Paris.

Qu'il avait changé depuis la veille !

Apparemment il voulut effacer l'impression que m'avait donnée son affectation de défaillance. Son amabilité évasive déguisa ce qui d'abord s'était ostensiblement avoué dans le sens de l'effondrement. Seuls étaient clairs un changement, une irrésolution, qui de sa part me déconcertaient. Je le croyais, j'essayais du moins de le croire : « Je viens le traquer chez lui, et déjà il est traqué ! » Je ne savais pas encore à quel point c'était vrai. Mais j'étais déprimé ; je me sentais traqué moi-même et, ne comprenant plus un désordre qui dépassait mes prévisions, je souffrais de penser au caprice d'Éponine, qui exigeait puérilement de moi que je lui livrasse l'abbé et, le matin même, m'avait mis le marché en main.

Mon agitation intérieure était pauvre, un dialogue cornélien s'engageait en moi, qui s'épuisait avant de prendre corps ; je n'aurais pu formuler les sentiments forts qui m'attachaient à mon frère et à cette fille. Je m'entendais intimement avec Éponine, je n'objectais rien à ses vices, et de tous ses désirs, celui d'avoir l'abbé me semblait à la fois le plus pur et le plus cruel. Mais mon frère ne pourrait survivre à la joie qu'elle voulait lui donner. Je pensais que cette joie, plus forte encore que celle dont Éponine me comblait, serait justement ce qui achèverait de détruire l'abbé.

Je finis par m'asseoir et je parlai longuement dans la chambre obscure et sans air : le silence de l'abbé, qui ne me répondait rarement que par un sourire pitoyable, me donna l'impression de parler en porte-à-faux.

« Je suis venu te demander, Robert, de coucher avec Éponine. Ma demande ne peut te surprendre, mais tu n'y verras peut-être qu'un défi. Est-ce bien, néanmoins, la provocation inutile que tu affecteras d'y voir ? Ou n'est-ce pas, bien plutôt, l'échéance d'une obligation que tu n'as jamais voulu reconnaître ? »

L'abbé protesta faiblement :

« Je m'étonne…, commença-t-il.

— Ne devrais-tu pas t'étonner d'abord de n'avoir jamais aperçu que ta résistance, si résolue qu'elle semblât, était vaine d'avance, car, tu le sais, "tu es perdu" ! — il est trop tard et tu n'éviteras d'aucune façon de lui céder. »

Je m'attendais à le voir rire, hausser les épaules aimablement ; il se mit à la fin à sourire, mais si mal… La lumière indécise de la pluie donnait à ses traits une sorte de beauté défaite. Je m'étonnais : chacune de mes phrases le tirait davantage à l'absence.

Je m'inquiétai d'un changement aussi parfait, résolu à briser l'envoûtement que j'avais créé.

Je lui dis d'un ton plus vif, comme si, par une aussi grande absurdité, je pouvais l'éveiller.

« Tout d'abord, tu dois le savoir : elle ne viendra pas chez toi. Elle refuse !

— Le lui ai-je demandé ? fit sottement mon frère.

— Tu ne lui demandes rien ?

— …

— Éveille-toi ?[17] Tu la provoques depuis dix ans ! »

Je l'avais parfois représenté à mon frère. Quand Éponine avait fait l'amour avec les garçons du village, il ne s'était pas seulement dérobé : elle se mit, à treize ans, à coucher le plus qu'elle pouvait. Quand Robert, qui avait jusqu'alors partagé ses jeux secrets, affecta, dans les rues, de ne plus la connaître, cela sonnait d'autant plus faux que, jumeaux, nous changions parfois de vêtements. J'étais revenu entre temps de Savoie, où, malade, j'avais fait un long séjour. Je devins aussitôt l'amant le plus assidu d'Éponine. Dans ces conditions, elle enrageait de reconnaître Robert à un air absent, qui la faisait rire, lui laissant la gorge serrée. La soutane aggrava la comédie. Ce déguisement fut pour Éponine la plus irritante des provocations : les quolibets redoublèrent au passage, masquant un dépit qu'une sensualité vicieuse et l'habitude de mon corps rendaient plus aigu. Elle invitait les autres filles à rire, et comme elle ne pouvait répondre à l'insolence de Robert, sinon par une insolence plus grande (elle avait, très tôt, pris les pires habitudes), un jour elle l'aperçut à la nuit tombante, et courut devant lui : à son allure niaise et fermée, elle sut que ce n'était pas moi : elle lui tournait le dos, elle leva la jupe, postant le derrière en l'air :

« Petit salaud ! dit-elle alors entre ses dents, tu ne veux plus voir mon…, tu le verras quand même ! »

L'abbé avait finalement décidé de ne plus venir à R., ou le moins possible. Mais, successivement, nos parents moururent et, durant la guerre, la maladie, sans parler de l'amitié, le ramena dans son pays.

Je l'y retrouvai comme il l'espérait, mais l'ayant appris Éponine décida de m'y rejoindre. Ce retour, cette fois, eut d'autant plus de conséquence que Robert avait accepté, pour deux mois, de remplacer le curé mort.

Je tançai finalement mon frère : jamais il n'aurait dû revenir à R. ; Éponine le sachant ne pouvait manquer d'accourir ; il ne pouvait plus l'ignorer : pour elle, l'attitude qu'il lui opposait avait pris le sens d'une obsession ; elle s'en rendait folle à la longue ; bref, elle en était, à sa manière, amoureuse, elle dont l'intérêt pour un homme était chaque soir improvisé.

« Tu méprises Éponine parce qu'elle se vend, mais non : même alors qu'elle avait des garçons pour s'amuser, tu ne la reconnaissais plus dans les rues ! »

Je repris à voix plus basse en sifflant les mots :

« Il y a dix ans que cela m'écœure ! »

Je me levai, je marchai de long en large, la pluie ruisselait sur les vitres, il faisait moins chaud et je suais. J'étais mal. Mon frère n'avait pas répondu : il avait une attitude de vieillard. Il m'irritait d'autant qu'au lieu des réparties plaisantes — et sûres d'elles — auxquelles il m'avait habitué, il m'opposait cette hésitation défaite. J'achevai sur un ton de colère contenue :

« Comment oses-tu la mépriser ? Elle ne supporte pas

ton mépris : je mesure mes mots en disant qu'elle en est malade, elle en est malade pour la bonne raison que tu as tort ! Tu as tort et d'ailleurs tu es perdu : tu la fais rire, mais il monte d'elle vers toi une telle fureur que bientôt, tu seras malade, toi, du mépris dont tu t'es plu à l'accabler. »

Je m'arrêtai, et brusquement, je sortis en claquant la porte. Il ne bougea ni ne dit mot.

Je me sentis, dehors, si bien dépassé par mes propres mots que je n'aurais pu en rire ni rien.

IV

LE PASSAGE

Mme Hanusse n'avait rien, au fond, contre le dévergondage de sa fille. C'est en vérité qu'elle en vivait : elle s'était la veille émue pour l'abbé (dont la petite ville, amusée, mais choquée, savait qu'Éponine le cherchait). Mais seul un excès de scandale — et l'évidente pauvreté de mon frère — ayait pu la sortir des gonds. J'allai à la nuit rejoindre Éponine. Je lui rapportai mon entrevue avec mon frère.

Nous étions dans sa chambre à 9 heures du soir, la nuit était alors tombée. La rue de la maison Hanusse est peu passante et nous nous amusions à la fenêtre du premier, mais Éponine, qui penchait la tête au dehors, recula brusquement et me fit signe de me taire.

« Robert ! » dit-elle à mi-voix.

Nous nous mîmes à l'abri d'un rideau, derrière un battant de fenêtre, et nous vîmes arriver mon frère. Nous étions étonnés qu'il passât dans cette ruelle, qu'entre toutes il avait des raisons d'éviter. Même nous nous demandâmes un instant, à voix basse, s'il ne venait pas voir Éponine.

S'il l'avait décidé, il y renonça. Il passa lentement devant la maison, regardant la fenêtre du premier. Il s'arrêta plus loin et, se retournant, regarda cette fenêtre encore une fois. Puis il repartit, sa silhouette sombre me fit mal à voir, et elle se perdit dans l'obscurité.

Éponine me dit :

« Reste là ! »

Elle voulait lui parler, mais, dans les rues noires, elle ne put réussir à le retrouver. Elle revint sans tarder, visiblement soucieuse, et dix fois, elle me demanda ce que, selon moi, cette promenade insolite voulait dire ?

Nous nous perdions en suppositions. Il pouvait simplement m'avoir cherché, n'avoir trouvé personne et être revenu dans l'espoir de me rencontrer dans une rue qui, de la maison, menait à la cure. Quoi qu'il en fût, le seul fait témoignait d'un changement décisif. Jamais l'abbé, la veille, n'aurait pris cette ruelle, à moins de ne pouvoir l'éviter.

Le passage silencieux de Robert nous laissa, Éponine et moi, dans un sentiment agité : nous ne pouvions deviner ce qu'il annonçait. Éponine pouvait croire enfin qu'elle allait atteindre mon frère et rompre le silence qui l'humiliait. Mais elle ne pouvait en être sûre et l'espoir d'un résultat aussi anxieusement désiré ne pouvait dès lors que l'exciter davantage. Elle tremblait de nervosité, riait aux éclats et son léger corps, dans l'amour, eut des mouvements violents. Elle gigotait comme une poule qu'on égorge, et elle se tendait comme une toile dans le vent.

Soudain, la fenêtre ouverte, elle eut un cri, pour finir en imprécations suffoquées. Elle jeta à l'adresse de l'abbé une bordée d'insultes incongrues. Puis elle se tut et je n'entendis plus que le bruit de souliers que firent dans la rue des gamins apeurés qui filaient, qui nous avaient épiés faisant l'amour.

À voir passer mon frère devant la maison d'Éponine, l'impression d'horreur que j'avais eue m'avait laissé désemparé. Robert m'irritait depuis longtemps par une verbosité souriante, masque qu'il opposait obstinément à une intimité possible. Pour cette raison, je partageais le ressentiment d'Éponine. Dès lors, l'attitude de Robert à l'égard de ma maîtresse avait changé le cours d'une amitié sans réserve. Cela comptait même plus que les croyances ou la vie mesquine du séminariste. La foi chrétienne et ses conséquences me déplaisaient, mais j'en aurais volontiers

parlé à Robert : j'en aurais parlé avec passion, des hommes
peuvent s'entendre dans ces limites, ils peuvent s'opposer
et s'aimer. Qu'il répondît en prenant l'air d'un mort au
désir qu'Éponine avait de moi, avait au contraire écarté
la tentation de l'ironie.

V

LA PROMESSE

Cette attitude ne me semblait pas seulement lâche,
c'était un reniement de soi, qui ne faisait pas seulement de
mon frère un faux-semblant : ce mort me mettait le pied
dans la tombe en ce qu'au vêtement près Robert était mon
image dans la glace.

Finalement la négation qu'il opposa à l'existence
d'Éponine énerva le désir qu'elle avait de moi ou que
j'avais d'elle ; ce fut sans doute ce qui rendit nos habitudes
durables. Mais elle eut cette autre conséquence : dans ces
conditions, Robert et moi n'avions de possibilité que le
persiflage. Nous n'avions nullement cessé de nous voir,
mais réduits l'un et l'autre à la même humeur railleuse,
nous nous étions sottement enlisés, sans issue, dans la
négation achevée l'un de l'autre. Chacun de nous ne parlait plus que pour irriter les nerfs de l'autre. Ma visite au
presbytère en ce sens était la première où j'avais finalement livré ma véritable pensée.

Comme en un coup de théâtre, tout avait soudainement
changé. Je l'avais vu le matin même, le masque levé : un
homme hébété qui se découvrait et n'offrait plus que sa
défaillance à mes coups. Mais, loin de répondre à ma
volonté, ces coups me laissèrent dans l'état de celui qui
défonce une porte ouverte et s'étale de son long. Quand, le
soir, j'avais vu passer mon frère dans la rue, j'aurais dû me
réjouir de le voir, enfin désarmé, cesser de maintenir une
comédie. Sa lente démarche dans la nuit avait eu le pouvoir d'avouer l'angoisse qu'il avait dissimulée. Mais cet
effet inespéré ne me laissa pas satisfait.

Ce n'est pas sournoisement que j'aurais voulu retrouver Robert. Mon frère avait toujours été, il restait un autre moi-même, j'éprouvais comme sa cruauté mes moqueries et comme une impuissance — qui me dégradait — l'enjouement vide avec lequel il s'efforçait de me nier. Cette nuit-là, je parlai longtemps avec Éponine, et je m'accordai avec elle si étroitement que j'en fus surpris.

Éponine ne pouvait, de son côté, se satisfaire du malheur apparent de mon frère. Peu lui importait qu'il souffrît, car elle était encore niée dans sa souffrance ! Furieuse et lasse d'en rire, elle voulait de l'abbé qu'il la reconnût[18], qu'elle existât enfin pour lui, et comme elle savait n'avoir en elle-même de vérité que ses vices, elle ne respirait librement qu'à le séduire. Elle avait raison : au lit, le mépris qui se lie à l'état de prostituée se changeait en un sentiment de délice, qui était la mesure de sa pureté.

Elle parlait bas et vite, avec une éloquence qui l'étouffait.

« Robert, disait-elle, ne peut rien savoir. Je veux qu'il sache, tu comprends. Il ne sait rien d'une fille aussi raide que moi[19] ! »

Éponine nue parlait sans fin. Il y avait dans la rigueur qui la tenait en haleine une sorte de convulsion.

Je dus le lui promettre dix fois : j'irais chez Robert le lendemain, je ne le lâcherais pas qu'il ne m'ait promis de venir dans la nuit. Je ne devais pas le tromper : il serait prévenu, elle l'attendrait nue dans la chambre ; il n'aurait rien à lui dire, elle était une fille, on ne fait pas de boniment aux filles. Elle avait été, autrefois, « en maison » : il devait tout savoir et venir chez elle, — chez sa mère —, comme dans une « maison ». La vieille le ferait monter, l'abbé lui donnerait cent francs s'il voulait (je la payais moi-même de la même façon) ; tous les curés voyaient des filles une fois ou l'autre ; bien entendu, Robert n'était pas le premier qu'elle « faisait ».

C'était le langage d'une prostituée, mais il y entrait une résolution si folle, un mouvement si durement tendu, que son indéniable bassesse ne pouvait induire en erreur : c'était au même instant le langage de la passion, qui affichait ces dehors vulgaires, afin d'écarter non seulement

l'obstacle, le délai qu'on lui aurait opposé. C'était la plénitude de l'impudeur, qui regardait comme sienne la terre
entière, mesurant sa violence à une étendue sans fin, et ne
connaissant plus d'apaisement. Elle me dit encore :

« Crois-tu qu'il sentira le cierge éteint ? »

Je la devinais dans l'ombre, les narines ouvertes.

VI

LA SIMPLICITÉ

Mon absurdité imagina, dans ma défaillance, un moyen
de formuler exactement la difficulté que trouve la littérature. J'en imaginai l'objet, le bonheur parfait, comme une
voiture qui foncerait sur la route. Je longerais d'abord
cette voiture sur la gauche, à une vitesse de bolide, dans
l'espoir de la doubler. Elle foncerait alors davantage et
m'échapperait peu à peu, s'arrachant à moi de toute la
force de son moteur. Précisément ce temps même où elle
s'arracherait, me révélant mon impuissance à la doubler,
puis à la suivre, est l'image de l'objet que poursuit l'écrivain : cet objet n'est le sien qu'à la condition, non d'être
saisi, mais, à l'extrémité de l'effort, d'échapper aux termes
d'une impossible tension[20]. Du moins, dans l'arrachement
d'une voiture plus rapide, ai-je atteint le bonheur qui
m'aurait au fond échappé, s'il ne m'avait dépassé selon
l'apparence. C'est que la voiture la plus forte ne saisit rien,
tandis que la voiture plus faible, qui la suit, a conscience de
la vérité du bonheur, au moment où la plus rapide lui
donne le sentiment de reculer[21]. À vrai dire, je n'accédai
qu'en rêvant à ce moment ultime de lucidité : le sommeil
dissipé, je retrouvai sans transition l'inconscience irré-
solue de l'état de veille.

Je me rendis de bonne heure chez Robert. Il ne me parut
pas moins déprimé. Mais il avait eu le temps de mûrir sa
résolution : il proposait sans ironie l'explication de son état.

Il parlait faiblement de son lit.

Il était, m'affirma-t-il, décidément malade. Il avait de
nouveau la fièvre.

Il ne pouvait plus me dissimuler que le sol lui avait manqué. Il avait téléphoné à l'évêché : à son corps défendant, il avait promis d'assurer la messe du dimanche suivant ; ce serait là sans doute le dernier acte de sa vie de prêtre.

Je ne lui demandai pas moins paisiblement que lui :

« Je suis désespéré maintenant de sentir que je ne pourrai plus te parler sans passion. Entre nous, chaque phrase est nécessairement fausse. Je voudrais, mais je sais déjà, et tu sais que, dans peu d'instants, je ne pourrais pas éviter de devenir insidieux. J'ai beau te parler doucement, je voudrais retrouver ce qui est ruiné, mais c'est trop tard : je suis si bien endurci que je suis sûr de t'interroger en vain. Voulais-tu dire que tu abandonnais la prêtrise ? ou la vie ?

— Je me suis moi-même endurci, me dit-il, c'est bien la raison pour laquelle je n'ai pas entendu une question à laquelle je refuse de répondre. Nous n'en sommes plus à persifler et je ne sais pourquoi, depuis deux jours, je n'ai plus de masque ; maintenant, dis-moi durement, non insidieusement, ce que tu veux me demander.

— Ce soir, à 9 heures, Éponine sera dans sa chambre. Tu la retrouveras, mais elle refusera jusqu'à l'ombre d'une équivoque. Elle sera sans vêtements, tu n'auras pas à lui parler. »

Quelque chose de mort coula dans le regard de mon frère, mais il me répondit sur-le-champ, comme s'il avait prévu ma proposition :

« Tu pourrais prendre ma soutane », dit-il.

Je protestai sans le moins du monde élever le ton :

« Je ne le ferai pas et je trouve mauvais que tu y penses. Je m'étonne de te voir proposer une solution de vaudeville. Tu le sens : aussi bien pour toi-même que pour elle, il te faut trouver un moyen de réparer le mal que tu as fait. Cela t'a semblé une comédie parce que, depuis dix ans, nous étions réduits, l'un envers l'autre, à railler. Précisément tout est faux entre nous depuis le jour où tu es passé devant elle sans la voir. C'est aujourd'hui la première fois que nous parlons sans déguisement. Je ne devrais pas le dire, puisque ta proposition, si je l'acceptais, nous ramènerait au point de départ. »

L'abbé se souleva un peu et sourit, mais c'était un sourire désarmé ; il me dit simplement :

« C'est vrai… »

Je poursuivis, faisant pour aller au bout de ma pensée et retrouver, entre mon frère et moi, la « simplicité[22] », un effort qui m'épuisait :

« Tu ne doutes pas, lui dis-je lentement, qu'entre un masque et une soutane, il n'y ait plus de différence pour moi. Il n'est rien que tu m'aies dit depuis longtemps qui ne m'ait semblé affecté, mais il n'en était pas de même pour moi, je n'ai pas déguisé la vérité quand je parlais longuement d'Éponine : tu dois savoir et désormais tu n'en pourras plus douter, que tant de choses étranges que j'en disais étaient vraies. Elles devaient te sembler forcées, parce qu'elles témoignaient de beaucoup d'admiration. Mais ces vices, ces passions soudaines, cette ironie et cette audace exaspérées, cette cruauté d'une conscience froide et cette décision dans la débauche, tout ce qui dépasse en elle la commune mesure est simplement vrai. Mais il en faut tirer cette conséquence. Je ne sais pour quelle raison Éponine, qui aurait dû mille fois te mépriser, n'y est jamais parvenue. Peut-être a-t-elle eu le temps, petite fille, de t'apprécier et de t'aimer. Je ne sais si elle eut jamais une chance de t'oublier : ne suis-je pas depuis dix ans, le plus assidu de ses amants ? J'ai parfois senti très sûrement que notre identité physique, quand ton attitude morale est diamétralement opposée, est pour elle, au sens le plus fort, un déchirement : comme si le monde était en elle, ou devant elle, cassé en deux, mais les deux morceaux ne peuvent pas même être accordés.

— N'en va-t-il pas de même pour tous les autres ?

— Mais ce qui pour d'autres a toujours un sens lointain et demeure un malaise insaisissable est *là*, est *présent* chaque fois qu'elle te voit. Sans doute n'as-tu jamais pensé aux conséquences d'une identité si parfaite ? Tu comprends aisément que le premier effet de ton attitude fut de la souligner d'un trait rouge. Personne ne s'y arrête d'habitude, mais qu'une femme soit aimée charnellement d'un homme et que le sosie de cet homme lui marque un entier dédain, cet amour et ce dédain mêlés peuvent exaspérer les sentiments qui leur répondent. Sans doute cela n'aurait pas d'effet sur un caractère porté à se dérober, mais Éponine est, tout au contraire, avide d'être mise à l'épreuve et, précisément, elle s'est jetée, pour le pire et pour le meilleur, dans le piège que le sort lui tendait. Tu sauras qui elle est vraiment si tu saisis bien que, le sort l'ayant défiée, elle lui répondit par un pire défi, et si tu sais l'apercevoir tout entière dans ce défi. J'imagine que tu pourrais voir, maintenant, ce qui est irrémédiable dans une passion aussi nécessairement cruelle, — puisque Éponine ne saurait avoir un instant de paix qu'elle ne t'ait détruit. Si tu persistais néanmoins à ne voir que les aspects vulgaires de tout ceci, tu pourrais te sentir justifié, ces aspects sont en effet les plus apparents, mais, tu le sais, tu continuerais ainsi à te fuir toi-même. »

L'abbé me répondit très vite, sur le ton d'un calcul impersonnel, excluant toute nuance d'hostilité :

« Je te sais assez ouvert pour savoir que, si je parlais maintenant, je parlerais pour ne rien dire, ce que j'ai l'intention d'éviter par égard pour toi et pour moi. Tu n'es pas étonné de me voir incapable à la fin de déguiser davantage. Mais ceci n'est pas une raison pour moi de dire ce qui m'arrive aujourd'hui. Il te suffit que j'aie cessé une comédie. Je désire peut-être que tu devines, mais je suis résolu, ou, si tu aimes mieux, je suis condamné à me taire. Cela m'est pénible, et même plus, car, au point où nous en venons, nous ne pourrions plus parler de choses indifférentes, si bien qu'au moment même où je me réjouis de t'avoir retrouvé, nous devons renoncer à nous voir : il est trop tard et tout est joué. »

Robert était pâle, et je ne doutais pas de l'être aussi. Il me souriait. Je me levai, je lui pris la main sans la lui serrer, la gardant un temps dans la mienne.

« Je suis heureux, lui dis-je, que ce soit ainsi entre nous, mais je ne t'étonnerai pas : je suis aussi très malheureux. »

Il dit encore :

« Bien sûr ! malheureux… enfin, Dieu merci, tout est simple. Ne me demande plus rien. N'est-ce pas ? Tout est bien de cette façon. »

Je serrai sa main et je lui dis (je crois que le ton évasif de ces mots prit le sens d'un accord définitif) :

« Oui, c'est bien ainsi. »

Je savais gré à mon frère de m'avoir déconcerté en me répondant la seule chose qu'il pouvait répondre. Mais dehors, je me sentis d'autant plus mal que je n'avais rien à dire à Éponine.

VII

LE BOUCHER

Cette visite me laissa dans une entière solitude, car elle
éloigna Éponine de moi. Les reproches qu'elle me fit, auxquels j'opposai vite un silence gênant, étaient d'autant
plus durs à supporter que, dans sa colère, elle qui d'habitude exprimait, dans un vocabulaire grossier, un sentiment très juste des êtres, nous attribua, à mon frère et à
moi, des motifs dont le plus avouable était la lâcheté. Sa
déception, lui faisant perdre pied, ne pouvait la mettre à
son avantage. Une fille criant au hasard, qui rejette sur
autrui la cause de ses maux, est près d'être odieuse. Au surplus, nous nous accusions l'un l'autre, en nous-mêmes,
d'avoir mis fin par notre faute aux débauches heureuses
qui allaient nous manquer également. Ainsi étions-nous
diminués de toutes façons l'un par la faute de l'autre, et
pour chacun de nous, l'autre, étant la cause de cette dimi-
nution, inévitablement semblait hostile. Du moins, en
était-il ainsi, sans réserve, pour Éponine, car, le même
regret me faisant mal, je ne pouvais m'empêcher de me
redire avec une sorte lamentable de gaîté : « *C'est bien
ainsi* : le moment est venu, et il est temps que tout s'en
aille !… »

Éponine était plus fermée. Que, d'accord avec Robert,
je me fusse moqué d'elle à ce point, lui sembla un comble
de perfidie. Elle se vit atteinte dans le sentiment qu'elle
avait de respirer la violence et de m'avoir fait confiance si
mal à propos. Elle criait qu'elle était risible, elle avait
honte de s'étaler dans le piège qu'un lourdaud lui avait
tendu.

« Bien sûr, me dit-elle, tu es la même chose que ton frère,
un *ercu* (elle employait cette anagramme depuis longtemps)… Mais tu m'écœures avec tes tons graves et tes
phrases en balancier. »

Elle sortit en claquant la porte et je restai seul assis sur
ma chaise, égaré dans cette chambre paradoxale où, à la

vétusté de la province, se mêlaient, tristement désor-
donnés, le linge, les parfums et les robes de Paris.

Je me sentis alors dépossédé et furieux, comme si le sort
s'acharnait soudain à me déposséder, à m'accabler. Je
restais désespérément seul : Éponine s'en allant avec mon
frère, j'étais le tronc pourri dont les branches se détachent
l'une après l'autre. Cette solitude pouvait être désirable,
et j'avais pu l'attendre et en rêver, mais, déjà, hors de moi,
je n'en voulais plus rien savoir.

J'entendis un pas dans l'escalier. Éponine pouvait
prendre un objet dans sa chambre : elle entrerait et ferait
semblant de ne pas me voir. Mais comme un flot de vie
est toujours prêt à nous porter, mon cœur se serra — au
moment où Mme Hanusse ouvrit.

Elle entra sans frapper.

Je me levai, enrageant de devoir lui parler. Elle eut une
bienveillance paysanne, qui avait au moins le mérite de
l'absurdité.

« Alors, mon pauvre monsieur, dit-elle, on s'est fâché.
Vous avez l'air tout ennuyé… »

Elle reprit :

« Mais, pour fâchée, Éponine l'était. Vous savez ce
qu'elle a dit, ma petite garce ?

— Oui ?

— Elle a filé sans me laisser le temps de lui répondre.
"Va vider l'ordure que j'ai laissée là-haut", c'est ce qu'elle
m'a dit[23]. »

Je demeurai muet et refroidi, à la limite d'un mauvais
rire et du dégoût, ne sachant que dire ni que faire, mais
soucieux, devant la mégère, de m'en aller dignement.

Mme Hanusse recula vers la porte, écouta attentivement et, comme elle n'entendait rien, elle eut l'air sournois
qui m'aurait à d'autres moments forcé de rire. Elle murmura entre ses dents :

« Allez, quand elle sera calmée, je vous préviendrai. »

Je plaçai un billet sous un flacon et lorsque, m'en allant,
je lui dis très bas : « Merci, madame Hanusse », nous eûmes
un sourire entendu. Mais quand je vis mon ombre dans la
rue et que j'entendis mes talons sur le pavé, le souvenir de
ce « Merci, madame Hanusse », eut quelque chose d'écœurant qu'aucun espoir ne compensait.

Je me dirigeai vers le bar où nous buvions d'habitude, mais je n'entrai pas. Je le savais : je n'avais nullement l'intention d'y boire, mais de regarder si Éponine s'y trouvait. Pourtant, j'appréhendais de la rencontrer ! Le désœuvrement seul m'engageait à gratter ma démangeaison dans cet agacement grandissant qui vient de la certitude d'empirer le mal. J'allai pour la même raison à la boucherie : je maniai la porte et ne m'étonnai pas de la trouver fermée, les rideaux tirés. Il n'était pas rare alors de trouver fermée la porte des boucheries[24] : je pensai toutefois qu'Éponine entendant, derrière les rideaux, la porte manipulée, écoutait, soudain immobile, et restait dans l'attente à demi anxieuse, à demi plaisante que j'imaginais.

Je ne me trompais pas. Je repassai par la même rue, mais n'essayai plus d'ouvrir : un instant, j'entendis de l'intérieur le faible bruit d'un râle. Je n'avais plus de doute. Assoiffé, je revins au bar. Je n'étais pas jaloux d'Éponine, qui aimait la boucherie et que fascinait la carrure du boucher[25] : elle ne cachait pas ses visites, au contraire (même jamais, me disait-elle, elle n'achetait autrement la viande). Mais je jouais alors à m'agacer les nerfs : je guettai du bar Éponine et la vis sortir de la boucherie. Elle était belle, impassible, et j'étais pitoyable, si parfaitement et si vite seul. De peur qu'elle n'entrât dans le bar, je payai et me dirigeai vers le fond, décidé, si elle entrait, à sortir par une autre porte. Il faisait dans les lieux où j'urinai une chaleur irrespirable. Je dus longuement essuyer la sueur de mon visage. J'avais l'impression d'être « à ma place » et d'avoir voulu étouffer ainsi. J'aurais pu gémir, crier : « Encore ! ». Dans le temps où je restai là, j'imaginai Éponine au bar avec le boucher, l'excitant, si je venais boire, à me chercher noise. C'était un grand gaillard de trente ans. Si résolu que je fusse, je ne dirai pas à l'abattre (je n'en avais pas la moindre envie) mais plus modestement à lui tenir tête, je me savais vaincu d'avance. Je me décidai sur-le-champ à revenir boire, mais ma décision acheva de m'humilier : en effet, n'avais-je pas vu, l'instant d'avant, Éponine sortir *seule* de la boucherie ?

Je passai finalement par la porte du café : Éponine n'était pas au bar.

J'allai à la boucherie dont la grille était ouverte. Derrière les rideaux, la salle dallée gardait une fraîcheur agréable. Deux moutons pendaient à des crocs et, la tête en bas, pissaient légèrement le sang ; il y avait sur l'étal une cervelle et de grands os, dont les protubérances nacrées avaient une nudité agressive[26]. Le boucher lui-même était chauve. Il sortit de l'arrière-boutique, il était immense, calme, lent, d'une santé, d'une brutalité évidentes. Son ironie apparente (mais peut-être imaginaire) m'amusa. Je lui demandai le meilleur morceau ; j'attendais le refus habituel. Le « tout ce que vous voulez » suave, souriant, qui me répondit, était vraiment hors de saison. Il saisit rapidement un couteau étincelant, et il en affûta la lame, en silence, avec attention. Le bruit et l'éclat de l'acier dans ce lieu de sang avaient la dureté résolue du plaisir. Il était étrange d'imaginer Éponine se dénuder et défier d'un sourire affreux ce géant chauve : la bestialité sournoise de la vie avait, dans ce cadre, une simplicité de meurtre ! Le boucher prolongeait sensuellement la caresse de l'acier sur le fusil. Peut-être avec un sentiment de complicité, mais plutôt, je l'imaginai, pour jouir, en même temps que d'images encore fraîches, d'une puissance physique sûrement monstrueuse.

Le pire était d'en être au point où, par une obscure fatalité, chaque chose est portée à l'extrême, et de me sentir, en même temps, lâché par la vie. Le sort me proposait une danse si parfaite que ne pas pouvoir la danser me donnait un accès de fureur déprimée. À moins que la danser ne fût justement de dire, avec ce ton de chèvre, au boucher qui me mit le « filet » dans la main : « Combien vous dois-je ? » — de payer en protestant : « Mais, c'est trop peu, vous vous trompez ! » — de ne pas même serrer les poings pour répondre au joli sourire du monstre !

Mais non ! Fût-ce avec une élégance de David, je n'aurais pas aimé frapper ce faux Goliath. Je n'aimais pas non plus me dire qu'il m'avait défié, et qu'il avait cru m'humilier. Je me demandai seulement ce que j'allais faire ; j'allais boire un verre et manger le steak, le « filet », que la femme de ménage allait griller. Je boirais du vin. Mais après ? J'avais l'immensité vide du temps devant moi. J'étais seul et c'était malgré ma volonté. C'était d'autant plus dur que cette solitude, néanmoins, avait répondu à mon exigence.

Avais-je hésité à quitter mon frère quand j'avais compris ?
N'avais-je pas, dès lors, été sûr qu'Éponine ne pourrait
me passer mon revirement ?

VIII

LA MONTAGNE

Je veillai à la maison sur le « filet » : je le voulais grillé[27]
comme il convient, mais, s'ajoutant à un état d'angoisse,
l'indifférence de mon frère à la nourriture — et le fait que,
ce jour-là, je ne l'avais jamais senti plus près de moi — me
retiraient plus qu'à moitié le plaisir de manger (je bus
d'autant plus vite). Dans l'immense salle à manger où,
d'autres jours, j'aimais à manger seul, parce que le charme
d'une maison est la plus douce des compagnies, j'eus le
loisir de mesurer ma solitude au désordre de mes pensées.
J'avais mis des livres à côté de moi. Je les avais choisis dans
la pensée qu'ils me rapprocheraient de mon frère, mais
mon frère ne voulait, ne pouvait rien dire, en dehors d'un
parfait silence qu'il m'avait opposé. Sainte Thérèse[28] ?
J'aimais mieux le sourire du boucher, qui avait le goût de
la mort sous la forme la plus sale ; ce sourire avait si bien le
sens de mon étouffement que le cours de mes pensées précipité donnait sur le pire : je pouvais être un jour torturé
par un homme qui ressemblerait à ce géant. Encore était-
ce peu, la suffocation de l'enterré vif était seule la mesure
de ma cruauté. Cette cruauté, toutefois, était moins rigoureuse qu'ironique. Elle voulait surtout que j'eusse la nausée de moi-même ; mais cette irrémédiable nausée avait
pour limite et pour fin quelque objet dont, jamais, je n'aurais la nausée ! À ce point ma pensée se dérobait.

Je résolus aussitôt d'aller dans la solitude de la montagne, non pour en jouir, mais, ironiquement, j'imaginai
cette solitude, après l'épuisement d'une longue marche,
comme un lieu favorable où « chercher Dieu »…

Chercher Dieu ? Le vin qui ne pouvait, en aucune
manière, mettre fin au désordre de mes pensées, me sug-

géra néanmoins l'idée obstinée de chercher, — à l'image des ascètes, dont le soleil, sans trêve, me semblait sécher les os, — ce qui met fin, comme la mort, à tout le désordre des pensées. Ne devrais-je pas, puisque, sans retour, j'étais enfermé dans ma solitude, épuiser les lointaines possibilités de la solitude, auxquelles sans doute les amours ou l'amitié empêchent d'accéder ? Mais quand, sur la route, la magie d'immenses paysages se joua devant moi, j'oubliai ma résolution, je voulus revivre, et, au contraire, il me sembla que jamais je ne serais las de ces horizons ouverts aux promesses de l'orage, ni des jeux de lumière qui indiquent les heures, en passant d'un moment à l'autre qui le suit. Ce fut dans ma fièvre un instant de bonheur égaré, mais il ne voulait rien dire et je revins sans transition du plaisir de vivre à l'ennui. Le plaisir de vivre, en effet, renvoyait au monde qui m'avait rejeté : c'était le monde de ceux qu'un changement incessant unit et désunit, sépare et rassemble, dans le jeu que le désespoir lui-même aussitôt ramène à l'espoir. Mon cœur se serra et je me sentis froidement étranger dans ce paysage sans bornes, qui ne proposait rien qu'à la naïveté de ceux devant lesquels il s'étendait.

Que restait-il en moi quand l'ombre se faisait, que tombait sur le monde une obscurité hostile, où même il n'était plus rien que l'on discernât ?

Il ne servirait de rien, dans ces conditions, de continuer un chemin qui n'avait qu'un sens : que, parvenu au terme de la marche, cette dernière attente manquerait, qui maintenait en moi, de façon mécanique, le mouvement ordinaire de la vie. Cela même importait peu. Je marchais sans relâche et l'angoisse me donnait encore le sentiment d'un mensonge ; je n'aurais plus d'angoisse, pensais-je, si j'avais en vérité l'indifférence que je croyais. Dès lors, je revenais à ma pensée première. Que me restait-il si je n'avais plus, dans ma solitude, cette angoisse qui me lie au monde ? Si je ne tirais plus d'un goût persistant pour le monde un dégoût de celui qu'enferme la solitude ? Ne pouvais-je, je ne dis pas en un violent mouvement, mais par la rigueur de l'indifférence, trouver dans le cœur de la solitude la vérité que j'avais entrevue, furtivement, dans mon accord et ma rupture avec mon frère ?

Je compris alors que j'entrais, que j'étais entré dans la région que le silence seul (en ce qu'il est possible, dans la

phrase, d'introduire un instant suspendu) a la ridicule
vertu d'évoquer. C'était d'une agréable bouffonnerie,
claire, indifférente, à la longue intolérable (mais déjà mes
dernières pensées impliquaient le retour au monde).

C'était si peu l'issue que j'allai jusqu'au bout du sentier.
Je pensais à la mort, que j'imaginais semblable à cette
marche sans objet (mais la marche, dans la mort, prend,
elle, ce chemin sans raison — « à jamais »).

IX

LA GRAND'MESSE

La messe que mon frère devait célébrer, le dimanche,
dans la grande église, devint le terme de mon attente. Elle
serait la dernière et, déjà, le pouvoir de la célébrer était
sur le point de lui manquer. Je ne pouvais raisonnablement
en attendre un changement. J'avais, tout d'abord, espéré
que Robert, libéré de la paroisse, rentrerait ce jour-là dans
la maison. Mais il m'écrivit, me disant qu'il renonçait à
ce retour : il voulait rapidement quitter R. Ainsi la seule
occasion que j'avais de le revoir était d'assister à l'office
du dimanche ! J'hésitais à le faire, mais il était probable
qu'Éponine irait : je lui en avais parlé et elle s'était un
instant départie de sa violence pour me demander l'heure
à laquelle cet office aurait lieu.

J'imaginais même la possibilité d'incidents dont j'étais
décidé, à l'encontre de mon insolence passée, à préserver
mon frère au besoin. C'était si logique que Mme Hanusse,
apprenant dans la matinée l'intention d'Éponine, accourut chez moi. Je lui dis que, de toutes façons, je comptais
me rendre à l'église. Mais je la remerciai aimablement : à
ce moment, malgré tout, j'étais heureux de la voir.

« Je passerai vous prendre, me dit-elle, on se cachera
derrière une colonne !

— Non, répartis-je. Je vais au premier rang. Vous vous
cacherez si vous voulez.

— C'est qu'elle n'est pas moins fâchée », dit grossièrement la vieille femme…

À me sentir désemparé par ces derniers mots, je ne

pouvais douter d'être moins indifférent — et plus niais — que je m'étais plu à le croire. Je mis un billet dans une main avare. Néanmoins, la grimace qui aurait dû creuser mes joues se changea sans effort en un sourire ouvert.

J'arrivai un quart d'heure à l'avance : l'église était encore à peu près vide. Ce vide achevait de rendre voyante la présence au premier rang d'Éponine. Mais Éponine n'était pas seule : deux jolies filles l'accompagnaient : elles étaient inconnues de moi. C'étaient apparemment des filles de Paris, élégantes, rieuses et rompues au plaisir. Les inconnues chuchotèrent à mon arrivée, et, sans tarder, tournèrent la tête de mon côté. La plus proche eut vite un sourire gêné — d'ironie ? d'invite ?, elle-même, sans doute, n'aurait pu le dire —, mais je dus lui répondre… La seconde sourit à son tour : c'était silencieux, furtif, et comme en classe ; dans les conditions qui se présentaient, j'étais moi-même loin d'être à l'aise.

Plus tard, Éponine me parla d'une panique qui la prit dans l'église : elle ne pouvait plus reculer (d'ailleurs, elle n'aurait voulu s'en aller pour rien au monde), mais elle le comprit : elle serait muette, immobile et médusée devant Robert ! Elle se vit d'avance annihilée devant la majesté de l'officiant, ne pouvant ouvrir la bouche, ni bouger, quand sur lui elle aurait dû se précipiter dans un désordre de vêtements, — et dans un flot d'imprécations vulgaires. À cette paralysie s'ajoutait l'énervement de ses amies, qui venait lui-même du silence et de l'immobilité imposés. Elles se tenaient assises, assez tranquilles, se parlant seulement de temps à autre. Mais leurs rires étouffés fusèrent et de plus en plus la sorte d'étouffement où Éponine se débattait était propice à la contagion de ces rires puérils. Éponine ne pouvait d'ailleurs manquer de ressentir les côtés douloureusement risibles de cette situation. Je ne sais ce que lui dit sa voisine à l'oreille, mais elle rit, puis elle eut le plus grand mal à s'arrêter. Je la vis même, un peu après, se tordre nerveusement les mains : en cet état, elle tourna lentement vers moi un regard inquiet qui m'interrogeait. Oubliant sa rancune, elle cherchait un appui. Cela devait finir très mal ; c'était si absurde à voir, en même temps, à ce moment-là, si apaisant, que je serrai les dents, sans pouvoir autrement que dans mes deux mains, réprimer le fou rire qui me prit. Éponine aussitôt, puis ses amies, réagirent de même.

La présence au premier rang de ces filles voyantes, dont les yeux, la veulerie et l'allure rieuse avaient le sens d'une gaîté sensuelle, à elle seule, évoquait la pointe d'un chatouillement. J'imaginais mal, pour mon frère, une provocation plus pénible, mais j'étais en moi-même divisé par la crainte, l'attente et le désir de l'inévitable. Les couleurs vives, acides, de petites robes qui voilaient mal le « bien en chair » de jolis corps, qui en proclamaient au contraire les secrets, étaient scandaleuses dans l'église. Éponine et ses amies étaient d'autant plus choquantes à leur rang, qu'elles étaient elles-mêmes agacées de sentir leur présence incongrue[29]. Pour les fidèles, à la rigueur, cela resta inaperçu : mais ces filles eurent néanmoins le sentiment d'être l'objet de l'attention. Elles me dirent plus tard l'idée qui leur vint, qui fut l'objet de leurs plaisanteries et de leurs rires étouffés : qu'elles étaient « au choix », comme elles le faisaient « en maison », mais le « monsieur » qu'elles attendaient était le prêtre en chasuble. Mon frère, sur lequel je savais maintenant qu'Éponine avait barre, mon frère dans l'éclat des ornements sacrés, mais qui, dès lors, atteignait l'au-delà de l'angoisse, allait tomber sur un scandale : il avait défié Éponine, elle lui répondait par une surenchère. La messe qu'il allait chanter, le souffle épuisé d'une vie désormais insoluble y porterait ses pas, mais à l'avance l'autel dont il gravirait les degrés était miné : déjà une ironie grivoise répondait comme sa corruption à l'ironie divine qu'il portait en lui. Ces beaux corps sans honte et ces rires vulgaires avaient quelque chose de sain et de basculant, qui médusait, quelque chose de lâche, de vainqueur, qui révélait l'imposture de la vertu. Je n'en pouvais douter : en présence d'Éponine, mon frère n'aurait plus le cœur de jouer son rôle. Mais l'angoisse tempérait ma certitude : c'était trop simple, trop parfait : dans le silence qui précéda l'entrée solennelle de Robert, je n'avais plus la force de rien admettre. Déjà, j'étais loin du moment où je redoutais le scandale. Il ne me semblait pas maintenant moins nécessaire que ne semble au dévot le déroulement nécessaire de l'office. Mais justement c'était trop beau : les choses tendues à l'extrême, nous allions tout gâcher ; nous étions dans cette attente à la limite du rire, nous

pouvions, malgré nous, éclater, nous pouvions ne plus
maîtriser le fou rire que déchaîne le désir de le calmer.
Ce fut sans doute ce qui nous sauva, Éponine et moi, au
point même, qu'à la fin, l'appréhension nous déprima.
Ce fut à la longue si pénible que les amies d'Éponine
en furent désemparées. Quand l'orgue retentit, et que mon
frère avança lentement, précédé d'enfants de chœur, vers
la nef, ces filles rieuses eurent elles-mêmes un tremblement[30]. Le cœur serré, nous vîmes, Éponine et moi, l'abbé,
très pâle, hésiter un instant, il eut vers nous un regard
noyé de malade, mais son pas s'affermit : il gravit les
degrés du chœur et continua, vers l'autel, une marche
rituelle.

Dans le bruit du chant, — une jeune femme à la voix
aigre roucoulait l'*introït*[31], — j'entendis chuchoter les
filles. Elles chuchotaient mais, sensiblement, le passage de
mon frère les avait interdites. J'entendis la rousse Rosie[32]
glisser à l'oreille de Raymonde : « Qu'il est chou ! » Mais
cela soulignait le cours insensé que prenaient les choses.
Mon frère à ce moment nous tournait le dos, réduit à la
silhouette sacrée de la chasuble : j'étais à la fois fasciné et
déçu. La danse immobile et dérobée de l'officiant, — au
pied, puis sur les marches de l'autel, — immobile, mais
portée par le mouvement de foule des *kyriés*[33], par les
bruits de foudre de l'orgue, avait dans ces conditions le
sens irritant d'un embouteillage (un concert de klaxons
y traduit l'impatience des voitures). Mais les chants de
l'orgue se turent, et mon frère se retourna lentement, suivant le rite, dans la solennité de ce silence.
Je savais qu'il devait alors crier, d'une voix geignante,
prolongée et venant de mondes lointains, un simple et
bref « dominus vobiscum », — et sensiblement, il fit, pour
chanter, un long effort, — mais la voix ne sortit pas : il eut
un sourire à peine visible, il sembla s'éveiller, mais au
même instant se fermer, à une sorte d'enfantillage[34]. Puis il
jeta les yeux sur Éponine, et comme elle était, elle-même,
saisie de peur, il tomba : son corps se défit soudainement,
glissa et roula des marches de l'autel. Le mouvement
de stupeur de l'assistance soutint d'un grand recul le cri
d'Éponine, et je dus serrer fortement l'accoudoir d'un
prie-Dieu.

X

LA GRÂCE

L'idée ne m'en vint pas sur le moment : cela n'eut pas l'air d'une comédie. Je ne compris que plus tard ce qui, à la longue, avait marqué le caractère de l'abbé : les mouvements trop rapides de sa pensée l'avaient depuis longtemps réduit au mensonge. C'était même ce qui en avait toujours décidé : il s'engageait sans peine et croyait sans discuter, car jamais vraiment il ne s'engagea et jamais il ne crut rien. Une ironie changeante l'avait conduit à la piété. Mais de la piété il avait joué follement, ou plutôt, il n'en avait connu que la folie. Je me dis maintenant que, sans cette absurde comédie, nous aurions continué à dépendre vulgairement l'un de l'autre. Et jamais, nous n'aurions eu de solitude. Ainsi était-ce la similitude, non l'opposition de nos caractères, qui nous avait conduits à manifester des sentiments incompatibles, ceux qui avaient le plus de chance de décevoir et d'irriter l'autre. Nous étions l'un à l'autre inadmissibles, en ce que nous avions la même irritabilité d'esprit.

Je devais à la fin savoir que cette opposition absolue avait le sens d'une identité parfaite. Mais le jour où mon frère tomba, je ne l'avais pressenti que depuis peu, quand il avait renoncé, entre nous, à l'affectation.

Je m'étais à peine repris : je me précipitai à son aide. Ce moment fut difficile : la foule en désordre s'approcha pour mieux voir. Je réussis, à l'aide du suisse, à dégager le chœur, où gisait le corps de mon frère. Seuls, deux sœurs et moi l'assistèrent. Revenus à leurs places, les fidèles attendirent debout dans un silence coupé de chuchotements ; Éponine, Rosie et Raymonde étaient toujours au premier rang. Je parlai à voix basse avec les sœurs, l'un des enfants de chœur revint portant des médicaments, de l'eau, une serviette. L'architecture classique du chœur donnait à la scène une gravité théâtrale. Éponine me le dit plus tard, elle eut le sentiment qu'un prodige l'emportait par delà la terre. Une sorte de solennité, plus déchirante, avait succédé à celle de la messe : le silence de l'orgue, le malaise de l'assistance, qui n'allait pas sans recueillement, — les dévotes s'agenouillèrent sur les dalles, priant presque à voix haute, — ne pouvaient faire que le spectacle ne fascinât. Sensiblement, la lumière de la grâce[35], malade et sainte, éclairait le visage de mon frère : cette pâleur de mort avait quelque chose de surnaturel, elle semblait celle d'un vitrail de légende.

Comme si elle posait pour une mise au tombeau, l'une des sœurs essuya doucement ces lèvres incolores, mais sacrées… Raymonde elle-même, plus moqueuse que Rosie, mais plus courte, se crut un instant revenue aux temps de divinité naïve, où elle écoutait, bouche bée, les dogmes du catéchisme.

J'étais moi-même agenouillé et nous attendions le médecin (j'avais prié l'un des enfants de chœur de le demander). Je me souviens précisément d'avoir été porté, suspendu dans l'espace d'un mirage, où rien n'était à la mesure de la terre. La bonhomie indifférente du médecin mettrait fin, à coup sûr, à cette sorte de « présence ». J'étais bouleversé, fiévreux, et j'aurais voulu naïvement qu'elle durât : stupéfait, je sentis un pincement à l'avant-bras. J'avalai ma salive et ne bougeai pas ; mon frère était inanimé : la bouche ouverte, la tête pendante, mais il me pinçait l'avant-bras ; il le fit si subtilement que personne n'en put rien voir. L'aurais-je imaginé ? Je n'osais croire être joué comme je l'étais. Je devais d'ailleurs demeurer impassible ; jamais je n'éprouvai de sensation plus bizarre : elle tenait du ravissement, de la honte et même du vice. Je tremblais au milieu du chœur : rien n'était plus voisin du désordre ou plus précisément de la volupté des sens. J'imagine une femme que dépasse une caresse inattendue, d'une perversité qu'elle aurait cru impossible, — mais qui, par une imprévisible atteinte, la mettrait vraiment hors d'elle. En un sens, j'admirais mon frère, il m'humiliait et m'enchantait (Éponine, sur la tour, n'était près de lui qu'un enfant), mais je craignis sottement pour sa raison.

J'avais hâte, cédant à la platitude, d'élucider une histoire aussi mal venue : j'accueillis le médecin avec soulagement. Les sœurs eurent en premier lieu le souci d'une cérémonie commencée qu'on ne pouvait interrompre sans dommage. Elles l'interrogèrent à voix basse.

« Ne pouvons-nous, dit la supérieure, le porter dans la sacristie ? »

Le médecin répondit en vieillard bourru que d'abord il fallait sortir l'abbé des vêtements sacerdotaux : l'on n'avait pu le desserrer assez, ces ornements étaient inextricables.

« Mais, dit-il, exagérément nerveux, ce qui m'étonne est qu'en de telles carapaces, cela n'arrive pas plus souvent. Allons, il faudrait couper. Bien entendu, c'est beaucoup trop cher ! Dépêchez-vous, mes sœurs. Voyez, je ne peux l'examiner par aucun bout, cet homme est peut-être mourant. »

L'une des sœurs se jeta sur la chasuble. L'enfant de chœur et moi l'aidions et nous commençâmes à le dépouiller, tandis que, méchamment, le docteur répondait très haut à la supérieure, accrochée à l'espoir d'une messe :

« Mais non, ma sœur, on ne demande pas de dire la messe à un homme qui défaille. C'est inhumain… Que font ces gens ? Ils attendent ?

— Qu'attendez-vous ? Inutile d'attendre. Voulez-vous qu'il continue à tenir, au-dessus des forces humaines, et qu'il retombe ? Ce n'est pas charitable, vous le voyez, cet homme est au supplice ! »

Inquiet, je crus voir un sourire involontaire se former, malgré lui, sur les traits figés de mon frère, le supplice était en un sens plus vrai que le médecin n'imaginait.

Le dépouillement du prêtre inanimé sur les degrés était funèbre. L'assistance, sans bruit, quitta lentement l'église. Je vis Éponine et ses amis se lever, s'en aller : elles avaient l'air bête dans ces conditions. La nudité de la soutane devant l'autel était macabre[36] : le sanctuaire parut lugubrement vide. Les sœurs plièrent les ornements et allèrent les ranger dans la sacristie.

C'était fini, le médecin agenouillé hocha la tête.

« Nous allons le porter chez lui, dans ma voiture, dit-il. Rien de grave apparemment, de nouveau du moins. »

Le suisse et moi portâmes mon frère à la porte de l'église, où attendait la voiture du médecin. La foule attendait sur la place, mais Éponine était partie.

Je demandai au médecin de conduire Robert à la maison. Les sœurs et le suisse en uniforme nous accompagnèrent.

XI

LE SOMMEIL

Il fallut déshabiller mon frère : il ouvrit les yeux mais ne répondit que vaguement aux questions que nous lui posâmes. Les religieuses, mais peut-être en raison de la peur que leur inspirait le médecin, s'employèrent timidement. À ma surprise, elles admirent sans un mot que mon frère eût été porté chez moi. (L'une d'elles suggéra néanmoins d'attendre que l'abbé revînt à lui pour déménager ses affaires : il devait être seul à décider). Le médecin me dit encore que, somme toute, rien de nouveau ne devait nous inquiéter. Il comprenait mal la cause de l'évanouissement : simple fatigue jointe à une grande nervosité. Mais il insista : Robert devait se soigner et se reposer tout à fait. Le séjour à la cure, très humide, était illogique. Il serait mieux à la maison : c'était incomparable moralement. La gaîté des sœurs était rêche, la servante sale, et la vie dans la cure était un avant-goût de la tombe. Robert malade, et gravement, il était temps de réagir.

Autour du corps inerte de l'abbé, l'incident avait suscité une grande agitation ; je m'y trouvais mêlé, sans toutefois rien avoir à décider. C'était le meilleur moyen que j'avais d'attendre l'instant où je parlerais à mon frère. L'incident m'avait frappé au point d'y revenir sans fin, en cherchant le sens, les conséquences et les raisons d'être cachées. J'avais hâte de n'être plus seul, de parler sans témoin à Robert, ou de retrouver Éponine : les choses mêmes étant désormais consommées, je devais encore, autour d'elles, tourner et revenir afin d'en connaître tous les aspects. Je me méprisais et méprisais en moi une apparence de hardiesse, qui devenait minable au moment où je découvrais un immense vide.

J'étais sur le sommet le plus froid que l'on pût rêver, et
je devais y vivre malaisément, sinon sans fierté. J'avais à
disputer mon frère à la mort ou à la folie ! J'avais honte
d'être si léger, et de n'avoir pas deviné le drame dans la
comédie que jouait Robert, — ou la comédie dans le
drame. J'étais désemparé, de la même façon que lorsqu'on
aime. Mais j'étais si incapable d'aimer (à moins qu'au
sujet de mon amitié pour Robert, on ne parle d'amour),
que cette épreuve est la seule qui me donnât l'idée de ravissements involontaires et malheureux. Le sentiment que
mon frère m'avait joué, qu'il perdait la raison, qu'il allait
mourir, m'apportait des joies et des peines excessives.

Dans mon impatience, j'aurais voulu, sans attendre,
parler à Robert (je le savais, ce serait lent, inextricable) ;
j'aurais, au même instant, voulu retrouver Éponine (mais
cela n'avait pas le moindre sens si je n'avais d'abord parlé
à mon frère). Je n'avais plus le désir malade de me taire et,
de tous côtés, je cherchais une échappatoire. J'attendais
sans mot dire, mais le bouillonnement de mes idées était
si fort que je dérivai au hasard, en tous sens, avant de
me reconnaître condamné à l'absence d'issue et au non-sens
d'une situation inhumaine[37].

En cet état d'excitation, j'accompagnai les sœurs à la
porte et je revins, dans la chambre aux volets fermés, m'asseoir, sans bruit, au chevet de mon frère. À l'avance, je
savais que l'explication n'en finirait plus, fût-elle possible ;
je ne pouvais interroger Robert que lentement. Le pincement voulait dire qu'il trichait, mais il n'en était pas moins
malade, et il pouvait devenir fou ; je pouvais me trouver,
sans attendre, devant le pire.

L'abbé me dit d'une voix faible :

« Va d'abord déjeuner. »

Je lui répondis doucement :

« Tu n'as pas à parler, je reste ici. Je ne dis rien. Tu
devrais dormir.

— Non, dit-il, déjeune d'abord. Nous avons à parler,
mais il te faut d'abord déjeuner. »

J'allai manger, mais il dormait quand je revins.

Tard dans l'après-midi, l'on sonna : la servante annonça
Mme Hanusse.

« Monsieur Charles, dit-elle, on m'a dit que M. Robert

n'était pas bien. J'ai cru me trouver mal quand il est tombé, mais, dites-moi, monsieur Charles, ce n'est pas grave ?

— Je ne sais pas », répondis-je.

J'étais intéressé par sa visite.

« Allons, dit-elle, ça s'arrange, ça s'arrangera. Et puis M. Robert est jeune. Mais, je vous l'avais dit, dès qu'elle… hum…, je vous avertirais…

— C'est gentil à vous, madame Hanusse…

— Oui, bien sûr, et comme elle a besoin de vous… d'ailleurs elle le dit… Elle veut des nouvelles de l'abbé, de votre frère. Elle veut parler de lui avec vous. D'autant qu'elle est fâchée avec Henri…

— Quel Henri ?

— Le boucher… Allons, vous ne savez pas ? vous êtes le seul… Elle ne quittait plus la boucherie, j'en ai honte, je n'ose plus marcher dans les rues… »

Elle me regarda longuement, d'un regard qui était une plainte. Des larmes coulèrent qui achevaient de trahir l'impudence de sa détresse.

« Hier, dit-elle, il l'a jetée dehors…, à la rue, comme une traînée. Mais bien pis…

. . . .

« Elle s'est mise à crier. Dans la rue ! Henri est sorti, il a tapé dessus. Et devant le monde, il lui a sorti ses vérités !… »

Je restai confondu, et elle observa un long silence. Des générations de tristes mégères avaient figé cette sorte de chagrin.

Elle hochait la tête.

« C'est vrai, dit-elle, plus dévergondée qu'elle on n'a pas vu ! »

J'ai du mal à dire le sentiment auquel je cédai : j'entendais mon cœur battre durement et il me sembla que, malgré mon angoisse, une ivresse intérieure me gagnait. Je pris la main de la vieille femme et la lui tins avec compassion, mais, comme j'y avais mis des billets, doucement et la regardant, je fis en sorte qu'elle les sentît.

« Nous sommes bien à plaindre », dis-je.

Un témoin auquel ceci aurait échappé serait parti gêné à l'idée du malheur commun d'un amant et d'une mère. À moins qu'il n'eût, finalement, entendu, murmurés, les derniers mots de Mme Hanusse. Elle leva les yeux au ciel et glissa :

« Vous êtes bon, monsieur Charles. »

Je pénétrai rarement à ce point les replis les plus sales de l'âme, et dans l'escalier où, sans hâte, je montai rejoindre Robert, je ris tristement à l'idée de l'horreur dont ils sont l'objet.

XII

LA SÉPARATION

Je frappai doucement à la porte, j'attendis et, personne ne répondant, j'entrai sur la pointe des pieds. Je m'installai dans un fauteuil. Les yeux de Robert regardaient le vague, il émanait de lui un sentiment de sommeil qui gagne — et de l'impuissance de l'effort.

Il avait l'intention de me parler, néanmoins il demeurait perdu en un silence qu'il lui était contraire de rompre. Une torpeur l'arrêtait, semblable à ces paresses sans raison, qui empêchent de lever le doigt quand le temps presse et qu'à ne pas bouger nous perdons tout.

Sans doute, rien ne pressait alors Robert. J'étais seul à souffrir de cette inertie opposée à la soif que j'avais de *savoir* enfin. J'avais honte de m'être vulgairement joué de lui, d'avoir été aveugle et amusé. Les rôles étaient changés, son indifférence se jouait maintenant de ma détresse. Sa cruauté, cependant, n'avait pas la sotte malice de la mienne, elle tenait à ce poids infini de l'égarement, qui, le paralysant, lui ôtait le goût de parler.

J'avais honte, au même instant, de penser qu'il devenait fou. Ce sommeil, qui parut l'accabler, qui le laissait inerte, abandonnant la figure qu'il avait, et se retirant, sans mot dire, de lui-même, ne pouvais-je y voir le déraillement de ses facultés ? Mais n'avais-je pas, au contraire, à lui savoir gré, dans une trahison parfaite de ce qu'il avait servi, de ne l'avoir en rien atténuée et de s'être borné à me pincer.

Il me sembla un instant qu'en cette hébétude passait une sorte d'amour étouffé, qui tenait du dévergondage, qui était ce qu'au gel d'un long hiver est au printemps le craquement des glaces, annonçant la crue des rivières[38]. Il ne s'était pas dérobé et il répondait à nos provocations comme répondrait à la demande d'un baiser la jeune égarée qui mènerait l'amoureux à l'orgie. Il me provoquait à mon tour, et il provoquait Éponine, à un parfait dérèglement du cœur. Rien qui tienne en ces torpeurs, qui ne soit ruine et corruption, déguisement ou mensonge : le silence même n'était plus qu'une comédie.

Je me prenais à détester la cruauté qu'il avait à m'entraîner dans sa perte. Tant de comédie — de l'abbé jovial à l'agonisant de tragédie de l'église —, si je songeais au pincement, me donnait un mouvement de révolte. Toutefois je ne pouvais éviter de voir que la farce avait disposé de tout le possible. Ma mauvaise humeur elle-même m'ouvrait à une défaillance de fourbe, qui faisait d'une inertie hystérique un triomphe sur l'activité utile, d'une indifférence théâtrale un empire du cœur[39]. Il me sembla que cette comédie avait paradoxalement le pouvoir de répandre autour d'elle le mensonge et la détresse. Allongé près de lui dans le vieux fauteuil, j'étais dans la pénombre à la limite du rêve : le malaise me nouait, me paralysait, je glissais au royaume de la mort, du sommeil, où le silence est le manteau d'immenses vanités. M'éveillant dans ce dérangement du cœur, sous le regard vide de Robert, jamais le monde ne m'avait paru plus faux, il commandait une aberration silencieuse, un glissement à la tricherie. Dans un mouvement d'ironie mauvaise, je me trouvais mis à l'envers, et l'envers a sur l'endroit l'avantage de ne pouvoir paraître vrai.

Là-dessus, Robert demanda de sa voix la plus naturelle : « Quelle heure est-il ? »

J'eus du mal à saisir le sens de la phrase. Je regardai longuement la fenêtre, puis, à mon poignet, ma montre :

« 6 heures, dis-je.

— Est-ce possible ? » dit Robert.

Je repris mes sens et lui proposai une boisson.

Un silence se passa, puis il prononça nettement :

« Je voulais te dire que je dînerais à la cure. Je dois m'habiller s'il est 6 heures, car, si j'arrivais tard, je n'aurais plus à dîner.

— Tu as faim ?

— Peut-être.

— Tu pourrais dîner avec moi… »

Il me regarda attentivement, comme s'il rencontrait une insurmontable difficulté :

« J'ai beaucoup de mal à parler. »

Puis il eut une soudaine netteté, qui me surprit :

« J'avais l'habitude de mentir, mais maintenant je ne le pourrais plus et je n'ai plus la force de parler. »

J'étais si sottement agacé que je répondis :

« Tu n'as pas eu non plus la force de dire la messe. »

Il eut une expression d'impuissance.

Il reprit :

« Je ne peux plus parler. Je le voudrais, mais les forces me manquent. Tu as l'air d'en être ennuyé. C'est pourtant mieux.

— Tu as eu la force de me pincer… »

Il sourit furtivement, mais, comme s'il ne pouvait supporter sa propre ironie, son visage se figea.

Il parla plus durement :

« Je n'aime pas que tu croies à ma comédie. Je sais qu'en le faisant j'ai rendu mon silence pénible, mais justement, cela me dispense de parler. »

Je me tus, oppressé de ne rien répondre, mais qu'avais-je à dire ?

Il ajouta, il semblait s'irriter de ma lenteur :

« Naturellement, j'aimerais te dire ce qui m'arrive, mais je ne pourrais te parler que de choses indifférentes. C'est la raison pour laquelle nous devons renoncer à nous voir. Nous ne différons guère l'un de l'autre et mon amitié pour toi est aussi grande que ton amitié pour moi. Si nous parlions de choses indifférentes, je finirais par te prendre pour un autre et maintenant… »

Il sourit de telle sorte que je me souvins du moment où il me pinça.

« Pour être sûr d'une complicité aussi grande, il me faut me taire. Je devrais la perdre, si je ne renonçais d'abord à te voir. »

Me rappelant ma légèreté récente, et ne doutant plus, alors que je refusais de l'admettre, qu'il avait raison, littéralement le cœur me manquait. Si mon frère ne m'avait pas dit ces quelques mots, l'hébétude que m'avait donnée ses yeux vides aurait duré. Je serais resté dans la prostration qui suivit le sentiment d'au-delà dans le chœur. Mais il me parla sans me voir, et comme s'il avait voulu s'en aller le plus loin de moi qu'il pouvait, — dès lors j'éprouvai le besoin de fuir, de ne plus voir ce visage lointain, qui se dérobait même à mes larmes, — qui se dérobait comme la seule vérité que je cherchais, et que ma sottise avait méconnue. J'éprouvais le besoin insurmontable de fuir, de le fuir, et je comprenais qu'à la fin, je me fuyais moi-même. Je le savais : ce qu'il m'était donné de connaître ne l'était que pour le sentir définitivement m'échapper.

Cette agitation avait l'impuissance d'une colère, mais elle ne cessait pas de me détruire, de m'ouvrir au remords et à l'inquiétude. Robert malade avait-il dans ces conditions la moindre chance de vivre ? Même, ne cédait-il pas déjà à la mort ? Je sentais que déjà il s'accordait à la corruption de la mort ! qu'il vivait dans le goût d'un silence lourd, qui serait sans tarder son absence définitive ! Je me révoltais d'y penser, mais ma complicité profonde n'était pas douteuse. Je ne pouvais penser sans peur au vide où ma voix l'appellerait en vain. J'aimais déjà sournoisement une odeur de soie et de feuille humide, qui me faisait pâlir et, brusquement, dans l'escalier que je descendis, je pleurai. Je l'avais quitté, et ne doutais plus du sens de ces mots fascinants : « Jamais plus ! ». Ces mots glaçants m'énervaient comme un vice, mais c'était en moi-même, en Robert, qu'entrait le froid, et la peur dont j'étais saisi me donnait un sentiment de lâcheté. Comme si la mort inévitable de mon frère était le dédoublement — et l'emphase de ma propre mort ! Moi aussi, j'avais hâte d'être seul, de m'abîmer dans la fadeur de la solitude, de tirer les draps sur ma tête et de m'endormir dans ma honte.

XIII

L'ANIS

La supérieure m'attendait dans l'entrée. Je lui dis aussitôt que la volonté de Robert, qui apparemment allait mieux, était de rentrer à la cure. Elle venait seulement prendre des nouvelles, mais elle accompagnerait volontiers l'abbé. J'obtins, au téléphone, une voiture de louage. Robert, qui s'habilla lui-même, refusa mon aide dans l'escalier. Entre la sœur, le chauffeur et moi, dans la robe noire et mal peigné, furtif, absorbé en lui-même, il avait l'air d'un condamné. Il ne desserra pas les dents, absorbé dans un effondrement moral si évident que j'en éprouvai un vertige physique.

Il me quitta à la porte de la cure. Je pensai qu'il n'aurait pas même un regard pour moi. Mais au moment de me quitter, il leva les yeux : des yeux où je lus l'indifférence, mais où un délire passait, des yeux d'homme ivre ou de drogué. Il me dit simplement « au revoir» et me tourna le dos pour entrer. La supérieure elle-même en fut gênée. Elle hésita et me tenant la main me promit de veiller sur lui, de me téléphoner des nouvelles.

Je voulais aller voir Éponine, mais je décidai de passer d'abord chez moi : j'avais soif. Je me versai un grand verre de fine et l'avalai, debout, si vite que je toussai. J'avalai encore une rasade. Je retrouvai une sorte d'euphorie. Je portai une seconde bouteille à la cuisine et priai la bonne de la remettre à la cure pour mon frère.

Éponine n'était pas seule. Je la vis de la fenêtre, attablée : Rosie et Raymonde, sa mère et elle buvaient de l'anis verdâtre. Tout le monde, quand je frappai, parlait à tue-tête.

Il émanait d'Éponine qui m'ouvrit une sorte de furie : à la voir ainsi, décoiffée, je me dis que les pythonisses de la Grèce avaient cet aspect vulgaire de diablesse... Sa voix rauque eut un cri :

« Qu'est-ce qu'il a dit ? »

Je ne compris pas, tout d'abord, qu'elle parlait de Robert.

« Je le verrai, poursuivit-elle, il me dira... et je lui dirai... Entre ici, nous sifflons depuis des heures. »

Elle me présenta à ses amies, me donna un verre et l'emplit. Les quatre femmes étaient noires, et cela me sembla bien. Je pourrais me laisser aller.

« Vous aurez du mal à nous rattraper, dit Raymonde.

— Il va tout boire », dit Rosie, me voyant descendre un verre, lentement, mais d'un trait.

Mme Hanusse, se levant, ouvrit l'armoire dont elle tira une bouteille pleine : elle la déboucha, la colla sur la table.

« Écoutez, dit la vieille, l'abbé est tombé quand il l'a vue.

— Maman, ça fait une heure, fit Éponine, je te dis qu'il m'a vue en passant. »

Elle geignait et semblait lasse.

« Vous, qu'en dites-vous ? me demanda rageusement Mme Hanusse.

— Mais c'est sûr, dit Rosie ironiquement, s'il est tombé[40], c'est qu'il l'aime !

— Laissez-la », dit Raymonde.

Éponine se leva, avala un long trait d'anis et dit :

« Si Robert est tombé, je l'aurai. Si vous étiez dans ma peau, mauviettes, vous sauriez ce que c'est que vouloir un homme, mais Robert, je l'aurai : s'il est tombé, je l'aurai. »

Elle se tourna vers moi :

« Si elles étaient dans ma peau, tu sais qu'elles n'attendraient pas, elles n'en pourraient plus. Je n'ai pas de honte, moi, je n'ai jamais de honte : depuis que j'ai vu tomber Robert, je suis comme une reine. Je ne peux plus attendre : je bois. Et tous les verres du diable ne me rafraîchiraient pas.

— Dis qu'ils t'échauffent », fit Raymonde.

Éponine s'écria :

« Il est tombé pour moi… »

Elle était soudain hors d'elle ; sa voix, discordante, se cassa.

« … à mes pieds ! »

Elle se rassit en riant.

« Je bois depuis qu'il est tombé. »

Elle se tint la tête à deux mains, ne pouvant contenir un rire absurde.

Je pensai nettement : « J'ai les yeux secs ». Je sentais mon corps osseux, le peu de sommeil puis les larmes m'avaient desséché. J'avais le sentiment entre ces filles gaies d'être misérable : un épouvantail, un squelette poudreux, qu'une obsession libidineuse rongeait. J'eus néanmoins un caprice, qui répondait au désespoir où mon frère m'avait laissé, mais en même temps à l'amitié que j'avais pour Éponine.

Je lui dis, assez bas :

« Le sais-tu ? Robert est vraiment malade. »

Elle avait encore un visage rieur, où l'étonnement défit le rire à la longue.

Je poursuivis, quelque peu gêné par l'ivresse :

« Tu vois, je suis un fou, un homme léger, ma légèreté est si grande que j'oubliais ces temps-ci qu'il est mourant. »

Elle n'attendit pas :

« J'enrage, cria-t-elle. Je me moque que ton frère meure, mais je veux coucher avec lui. Mourant ou mort, je l'aurai !

— Finis ! Finis ! dit Rosie, elle est cinglée, non ?…

— Ce n'est pas ordinaire, dit Raymonde.

— Je voudrais la calmer, dis-je, mais j'en suis incapable.

— Et nous ? » dit Raymonde.

La logique de Raymonde n'était jamais en faute.

Éponine debout haussa les épaules et parla attentivement :

« Tu vas dire à Robert… Tu lui diras que tu m'as parlé, que je vis dans l'attente de sa venue[41], car je sais maintenant où il en est lui-même… »

Elle s'interrompit :

« Vous la voyez ? »

La mère dormait, figée dans une pose incongrue, trahissant une humeur haineuse : à chaque souffle, il semblait que sa tête allait tomber de la table qui la soutenait.

« Dis-lui », reprit la fille, malgré elle souriant de la tête suspendue de sa mère, « que je sais qu'il va mourir. »

. . . .

« Je ne le sauverai pas. Le pourrais-je d'ailleurs, je ne le sauverais pas, même il mourra vite le jour où je passerai mon envie sur lui.

— Je ne lui parlerai jamais, lui dis-je. Il refuse de me voir. J'en suis sûr, il ne tardera guère à mourir. Je ne le reverrai plus. »

Le sang montait à la tête d'Éponine. Les autres filles commençaient à rire.

Mais la mine de leur amie les arrêta.

XIV

LA SALETÉ

J'entraînai Éponine au dehors, à la porte, malgré mon indifférence inquiet de la voir énervée : je voulais convenir d'un rendez-vous.

Elle me dit de venir à 11 heures, et elle me promit d'être seule ; j'avais tort de laisser les autres m'agacer. Ses amies avaient peur d'elle… Nous échangeâmes un instant dans la nuit de sournois attouchements, qui avaient déjà une douceur d'étable[42].

Je rentrai, et dînai des nourritures rares que je m'étais procurées pour Robert.

Je pensai devant les truites : « Vais-je pleurer de les manger ? » Mais j'avais déjà le cœur mort, déjà la saveur des mets accommodés pour Robert me donnait le sentiment des libertés d'Éponine, je me complus à des rêveries qu'un vin blanc acheva de rendre folles, et qui approchaient de l'écœurement. J'étais heureux d'être écarlate. À ce moment, la congestion et l'angoisse me semblaient au bonheur ce qu'est le produit authentique à l'ersatz ; je savais gré à mon frère de mourir et d'associer mes désordres à l'horreur de sa mort.

L'orage qui approchait et la chaleur qui achevait de m'affaiblir contribuèrent à ce malaise plus désirable que la vie. Je souffrais, je voulais souffrir, et cette douloureuse impatience avait la laideur de la nudité (la laideur et peut-être le délice).

J'étouffais, j'attendais l'heure et je m'endormis. Un coup de tonnerre d'une intensité extrême m'éveilla. J'entendis des rafales de pluie, les éclats de la foudre à travers cette eau donnaient le sentiment de survivre au-dessus d'un niveau de la mort, comme si, mort depuis des âges, je n'étais plus que ces eaux mortes et ces fracas de tonnerre mort, où ma mort se mêlait à la mort de tous les temps. Je demeurai inerte, étendu, dans ce déchaînement où je n'étais rien, sinon l'épave[43] d'une vie impuissante, ce qui restait d'un mauvais rêve…

Je pensai, à la fin, que si, sans bouger, j'attendais Éponine, sa venue m'éveillerait, que je sortirais, si elle entrait, de cette participation étroite à la mort : cette pensée eut d'elle-même la vertu de m'éveiller, comme j'avais imaginé que l'entrée d'Éponine l'aurait fait. Je compris lentement que j'allais bouger, m'en aller et retrouver un corps dont les turpitudes me rendraient d'ailleurs à une équivalence de la mort.

En ce sommeil intense, une démangeaison m'éveillait,
mais elle me rendrait à l'absence un peu plus loin ! Je me
trouvai dehors, je n'avais pas prévu la pluie qui tombait en
trombe. J'aurais dû me presser et courir : je le savais et je
marchai lentement comme si l'eau m'alourdissait. Au pied
de l'escalier, je dus enlever mes vêtements et les tordre,
afin d'en exprimer l'eau. Je ne doutai plus alors d'être
éveillé, mais n'y prêtai pas d'attention.

Je montai dans la chambre : un éclair l'illumina et je vis
Éponine endormie dans un désordre de fête. Il n'était rien
en ce lieu qui n'évoquât le dérèglement ; nul objet insolite,
dans cette chambre de province, pas de linge, pas de livre
dont le sens ne soit le plaisir énervé ; ce qu'Éponine avait
gardé de vêtements achevait de témoigner de sa « mauvaise vie ».

Je m'étendis nu auprès d'elle. À la faible lumière d'une
lampe voilée, j'avais le sentiment que l'on a dans les
chambres des mortes[44]. J'aurais aimé m'endormir dans ce
bonheur… Le contraire arriva : j'épuisai la possibilité de
l'amusement. Je ne sais quand mes égarements l'éveillè-
rent : Éponine prit plaisir à un demi-sommeil, où elle me
dit, ouvrant à demi les yeux :

« Encore… Fais comme si j'étais morte… »

Enfin, la supplication de mon corps s'éleva dans la
profondeur d'église du sien, en même temps ma lenteur
prit un sens affreux… : c'était si doux que nous nous aban-
donnâmes d'accord à une comédie : ce qui nous chavi-
rait le cœur, par delà le sommeil ou la volupté, tenait de
l'angoisse de la mort. Je n'ai jamais connu d'excitation
plus folle : nous suffoquions, puis nous tombions lentement de sommeil. Ce cauchemar voluptueux se prolongea.

Loin de s'atténuer à la longue, le plaisir devint si intense
qu'il en fut presque douloureux : il était d'autant plus
doux, mais il aurait cessé si nous avions cessé d'être dans
l'angoisse.

La fin fut si épuisante qu'Éponine après un temps d'affaissement eut une crise de larmes.

Elle était assise sur le lit.

Elle me dit, comme elle dut — enfant — le dire à sa
mère :

« J'ai envie de rendre. »

J'imaginai les maux qui l'accableraient un jour, sa maigreur finale et l'inévitable malpropreté : l'ennui venait de l'impossibilité d'unir pleinement les moments extrêmes, le plaisir et la mort : même alors qu'il s'agit de la « petite mort », les deux phases s'ignorent, elles se tournent le dos[45].

J'avouai :

« Je ne suis pas bien non plus. »

En de tels moments, le premier venu éprouve comme une impossibilité la nécessité d'être : la nécessité de n'être pas mort !

Le malaise m'empêchait de sentir le haut et le bas, j'étais réduit à cette sorte d'agacement infini où l'on aimerait mourir à l'idée qu'il durera, où l'on cesse néanmoins d'en attendre la fin.

Je dis à Éponine que j'allais partir, que j'étais hors de moi de fatigue.

Elle s'étendit et ferma les yeux, mais elle me saisit le poignet.

Puis elle me dit de m'en aller.

Dehors, au petit jour, à mes pieds, je trouvai une saleté devant la maison, sous la fenêtre d'Éponine.

Je pensai au dément qui l'avait déposée et me demandai pour quelle absurde raison[46].

(Mais la chose même était d'accord avec un effondrement sans limite.)

XV

LES CRIS

Sur le moment, cette saleté, déposée avec intention sous la fenêtre d'Éponine, m'intrigua au point que je voulais revenir lui parler. Je songeais aux sentiments troubles qu'un hommage aussi répugnant pouvait lui donner. Je me dis à la réflexion, si insensé que cela fût, que cette sorte d'histoire est banale. Je rentrai chez moi. Je tentai en vain de dormir et je somnolais seulement quand le téléphone appela. La supérieure me prévenait : mon frère allait mal, il souffrait de douleurs si intenses qu'elles lui arrachaient des cris. Il ne m'avait pas demandé, mais le médecin allait venir et « M. l'abbé » semblait si mal qu'il valait mieux que je fusse là.

Je m'habillai rapidement : il était 9 heures. J'entendis des couloirs crier mon frère. Je le vis, contracté, se tenant le ventre : la douleur lui arrachait des râles de la gorge, qui parfois se changeaient en cris.

Il était nu, plié en chien de fusil sous les draps en désordre. Il était blanc et la religieuse essuyait la sueur de son visage.

Je lui demandai :

« Où as-tu mal ? »

Je ressentais moi-même un malaise physique. Machinalement, j'ôtais de la table de nuit des verres vides qui l'encombraient, je tremblais en tenant les verres. La bouteille de fine, que j'avais fait porter la veille, était sur une commode, largement entamée.

Robert ne répondit pas.

La religieuse le fit pour lui :

« Il souffre du ventre, il ne parle guère et je n'ai rien pu voir de précis. »

Je demandai sa température à la sœur :

« Il a seulement 38.3. Je n'ai aucune idée de la cause de ces douleurs, dit-elle. Souffrait-il ainsi lorsque vous étiez enfants ? J'ai la plus grande hâte de voir le médecin. J'en ai le ferme espoir, cela pourrait ne pas être grave, mais je crois qu'il est bien que vous soyez là. »

Sa voix était délicate, calme, et, de quelque façon, lointaine.

Elle s'assit et commença d'égrener un chapelet.

Robert avait pris un analgésique qui allait peut-être agir.

Je réussis moi-même à m'asseoir : j'enlevai les vêtements de l'abbé d'un fauteuil et je vis sans m'y arrêter que la soutane était tachée de boue.

J'arrivais aux limites extrêmes de la fatigue. J'avais trop bu la veille, je n'avais pas dormi. Tout se dérobait devant moi. Je pensai même que la séparation, qu'un moment d'apaisement précéda, avait eu, malgré ma solitude, une sorte de douceur ; du moins avait-elle de l'« intérêt ». Tandis que, ce jour-là, mon frère ne me parlait plus, même ne me voyait pas : la douleur le tenait si bien et il la subissait avec une attention si absorbée, que la ressemblance de l'amour avec elle me gênait. Ce laisser-aller était d'une vulgaire impudeur. Mon frère avait le don d'un immense désordre, d'une inconséquence qui le dépassait : un torrent capricieux, imprévisible, tour à tour silencieux et troublé par une brusquerie orageuse, entraînait dans ses eaux une vie défaite, — que ma sottise avait imaginée joviale. Je ne m'étais pas alarmé la veille des lésions qui l'avaient décidé à se reposer : soudain je le voyais dans la lumière de la mort.

En cette matinée malheureuse, je sentis que je perdais pied. La vie de mon frère ne me semblait pas seule menacée, mais la mienne. Je n'avais pas à craindre de mourir mais de n'avoir plus le cœur de vivre, du moins de la seule vie qui m'importât. Je n'avais plus devant moi que le lit de douleur de mon frère : il gémissait, il criait, mais ne parlait plus, et toutes choses, à l'approche de la mort, étaient vides de sens. Le mal au cœur et la fatigue consécutive à l'insomnie ajoutaient à ce sentiment une impuissance à le dominer. Mon frère ne m'avait parlé que pour mettre fin à la possibilité de me parler. Je ne le voyais plus que pour mieux savoir que je serais maintenant loin de lui. Je ne voyais que la chose même qui l'éloignait du monde visible et je pensais n'être vivant que pour mieux me savoir mort.

Robert se tut et les spasmes de la douleur s'atténuèrent. Je voulus lui prendre la main, mais j'étais si bien fait au sentiment de la mort que cela me sembla mal. Un insensible mouvement de prière agitait les lèvres de la sœur. J'étais oppressé et voulus sortir de la chambre. J'avais peur d'être malade et ne restais là que par aberration. Enfin, le médecin entra et je descendis au jardin.

L'abbé n'avait rien qui alarmât le vieil homme. Il l'avait longuement examiné, mais rien ne répondait à ces douleurs. Le malade parlait difficilement. Cela pouvait être le contrecoup d'une dépression nerveuse… On devait, de toutes façons, le laisser en paix. La sagesse du vieillard me frappa : il lui sembla que mon frère énervé se condui-

sait de manière à m'inspirer de l'inquiétude. L'antipathie
du médecin pour les prêtres englobait mon frère, mais
cet homme tirait d'une obscure et longue expérience une
pénétration insidieuse… Aurais-je cru, entendant gémir
Robert, que ses cris étaient forcés ? que c'était une comédie ? L'idée était risible, mais je n'avais pas la force d'en
rire et elle ne pouvait pas m'apaiser. Elle marquait l'abîme
qui me séparait de mon frère, qui s'était dérobé dès l'instant où il se connut semblable à moi, où il mesura le vide
des principes qu'il m'avait opposés. Néanmoins je vivais,
tandis qu'il sombrait de renoncer à l'espoir et aux interdits
de la religion. À ce moment, je le soupçonnais encore de
vouloir montrer, par un exemple, que la vie hors de l'Église
a l'impossible pour lot.

Même cette comédie affirmait la misère de l'homme
que l'espoir abandonne, — insignifiant et nu, — en un
monde qui n'a plus de loi, plus de Dieu, et dont les bornes
se dérobent[47]. Je sentais le désir et la peur l'engager du côté
du mal. J'étais si souffrant que je déraillais : mon frère
impie, je devais, à sa place revenir à Dieu. Le remords me
rongeait, ma légèreté me faisait horreur, j'avais enfin peur
de mes vices.

Je n'attendais de la religion aucun secours, mais le
temps venait de l'expiation. Je mesurais à l'apparente possibilité d'une aide l'horreur de l'impuissance définitive,
d'un état où, décidément, il n'y aurait plus rien que je
dusse attendre. Ma misère ressemblait à la saleté déposée
devant la maison.

La religieuse sortit de la chambre de Robert, où il valait
mieux que je n'entrasse plus : elle était le seul lien qui
me liât encore à mon frère. Sa douceur même et son amabilité monacale me glaçaient, mais au moment de la
quitter, je ne pus cacher mon émotion : un mouvement de
douloureuse amitié me portait à contresens vers cette
femme que je haïssais, et qui me trahirait dès qu'elle le
pourrait.

XVI

LA MENACE

Mme Hanusse m'attendait dans l'entrée.

Elle était plus mesquine et plus harengère que jamais.

« Vous l'avez vue ou vous ne l'avez pas vue ? » dit-elle, dressée de toute sa taille.

« De qui parlez-vous ? répliquai-je.

— Pas d'une personne : c'est une chose », dit-elle.

Elle baissa alors la tête et la secoua.

« Ou bien… c'est la chose d'une personne.

— Je suis très fatigué, madame Hanusse, et ne suis guère en état, aujourd'hui, de répondre à vos devinettes.

— Vous n'avez rien vu ?… Au petit jour, ce matin, quand vous avez quitté ma fille ? »

À ce moment, je compris ce dont elle parlait. Je me décidai à m'asseoir, et j'étais si las que la bouffonnerie de cette affaire m'échappait.

« Alors, vous l'avez vue !

— Est-il inévitable d'en parler ?…

— Parbleu ! même Éponine m'a dit d'aller vite. L'autre jour, elle voulait vous dire : le boucher lui a dit qu'il vous tuerait !

— C'est donc lui ?

— Mais qui d'autre ?

— Vous n'en êtes pas sûre. Éponine elle-même en est-elle sûre ?

— Parbleu !

— Mais quelle preuve ? Elle ne l'a pas vu.

— Des preuves, mon bon monsieur, des preuves à la pelle. Vous allez saisir, ça veut dire : il vous tuera si vous revenez. C'est simple, il attend le petit jour, vous sortez et il vous tue, ça veut dire : "N'y revenez plus, sans ça…"

— Mais la preuve ?

— Vous voulez mourir ?… J'ai à cœur de vous servir et je ne veux pas qu'il vous arrive malheur. Vous êtes aimable et respecté. Je n'aimerais pas vous trouver mort devant ma porte.

— Éponine vous a-t-elle demandé ?…

— Parbleu ! Elle ne veut pas que vous mourriez.

— Prévenez-la. Je viendrai ce soir, à 11 heures.

— Mais vous ne pouvez plus. Il vous épie. Même à 11 heures, c'est dangereux. »

Je lui mis dans la main la coupure habituelle.

Je n'avais pas envie cette nuit-là de rejoindre Éponine. Physiquement et moralement, j'étais las. Mais j'aurais eu l'air de céder. L'histoire était pitoyable, à la mesure de mon état : elle était surtout insensée. Le boucher pouvait m'avoir menacé, et il pouvait avoir déposé la saleté. Mais s'armer d'un couteau, attendre le lever du jour !…

Cela avait grisé l'imagination d'Éponine, qui avait, à se donner peur, un plaisir épicé : un homme était évidemment venu qui nous avait épiés, écoutés, et pour finir, s'était soulagé de honteuse manière. Cela pouvait chauffer la tête, et la menace de mort, fût-elle inventée, avait l'intérêt de corser l'angoisse.

J'étais rompu, et hors d'état de m'irriter. Je ne maudis même pas la naïveté d'Éponine. Il ne m'importait plus que de dormir. Il m'était même indifférent de manquer le rendez-vous pris et de faire défaut. Le coutelas du boucher me laissait froid, je me savais perdu pour de bien autres raisons. Je n'attendais plus rien, et la possibilité du plaisir d'une nuit avait le sens d'un rouage dont le jeu survit à l'arrêt d'une machine. Mon désespoir à l'idée de ma vie perdue n'avait pas l'amertume d'un désespoir véritable, c'était à l'avance un désespoir mort. Rien n'a de sens en de tels moments, pas même la certitude d'un retour rapide à la vie, pas même une ironie à cette idée. En un certain état d'esprit, même un bonheur brûlant n'est qu'un délai[48].

XVII

L'ATTENTE[49]

Il n'est rien d'humain qui ne serve de piège à tous les hommes : nous ne pouvons faire que chacune de nos pensées ne nous leurre et ne soit là, si nous avions quelque mémoire, pour nous donner bien vite à rire. Nos plus grands cris sont eux-mêmes promis à cette raillerie, ceux qui les entendent n'ont pas longtemps le goût d'en être anxieux, ceux qui crièrent s'étonnent d'avoir crié.

De même, le plus souvent, nos plus grands malheurs sont frivoles : seule les fonde la pesanteur, qui empêche d'y voir la même imposture que dans la mort[50]. Même, en principe, nous n'avons rien de désespéré, sinon les phrases auxquelles l'improbité nous lie. Pour cette raison, la santé mentale est le fait des plus obtus, car la lucidité prive d'équilibre : il est malsain de subir sans tricher le travail de l'esprit, qui dément sans cesse ce qu'il établit. Un jugement sur la vie n'a de sens que la vérité de celui qui parla le dernier, et l'intelligence n'est à l'aise qu'à l'instant où tout le monde crie à la fois, où personne ne s'entend plus : c'est qu'alors la mesure est donnée de « ce qui est ». (Le plus irritant est qu'elle y parvienne dans la solitude, et qu'y parvenant par la mémoire, elle y découvre en un même temps ce qui l'assure et qui la ruine, si bien qu'elle gémit de durer toujours, puis d'avoir à gémir de durer.)

Je suis sûr, aujourd'hui, de ne pas avoir été si malheureux qu'il ne semble à me lire. L'essentiel de ma souffrance venait de savoir que Robert était perdu. Je me disais dès lors que ma curiosité était vide et que mon désir était moins de savoir que d'aimer. De toutes façons ce désespoir était frivole.

Dans les bras d'Éponine, j'éprouvai un plaisir exaspéré. Dans ma fatigue et ma souffrance, j'éprouvais à la vue et au toucher des parties sexuelles une sorte d'amertume heureuse ; la fraîcheur des secrets de son corps me communiqua une exaltation déchirante et d'autant plus vive. Sa nudité incarnait le vice, les plus frêles de ses mouvements avaient le sens amer du vice. L'abus des spasmes voluptueux avait donné à ses nerfs une sensibilité brisée où d'infimes secousses, à demi pénibles, éveillaient le grincement de dents du plaisir. Seuls les tièdes ou les chastes ont dit de l'habitude qu'elle émousse les sens : c'est le contraire qui arrive, mais il en est du plaisir comme de la peinture ou de la musique, qui veulent l'irrégularité continuelle. Les amusements de la nuit eurent d'autant plus de charmes que nous entrions plaisamment l'un dans le jeu de l'autre.

Je feignis de me préparer de cette façon au couteau du
boucher, qu'annoncerait l'inavouable dépôt. Éponine, à
l'imaginer, devint lyrique : j'étais homme à mourir d'une
mort aussi *exécrable* : elle s'amusait de mots qui avaient,
dans sa bouche, une sonorité bizarre. Elle se donnait alors
en riant d'horreur.

S'échauffant à parler, dans la nuit, dans les conditions
qu'avait créées la surprise de la veille, elle parvint à un
état de lubricité où nous commençâmes à perdre la tête.
Elle riait en tremblant, et riait de trembler : elle vacillait
en se renversant, puis elle succombait dans des râles que
brisaient, ou peut-être prolongeaient des rires nerveux. Je
lui dis, de cette nuit, qu'elle l'attendait, que c'était sa nuit.

« Non, Charles, me dit-elle, c'est la tienne.

— Mais, protestai-je, si ton attente n'est pas déçue, le
dénouement m'en échappera : je ne le verrai pas, tu en
jouiras seule ! »

Je pensais qu'elle rirait, mais elle eut au contraire un
tremblement. Elle était nouée et me dit à voix basse :

« Écoute, j'entends un pas. »

J'écoutai, et j'avoue que j'étais saisi.

« Il s'est arrêté », dit-elle.

Je regardai l'heure à ma montre : il était 3 heures passées.
Je n'entendis rien.

« Tu es sûre d'avoir entendu ?

— Oui. Il s'est peut-être déchaussé. »

L'obscurité me parut plus sournoise ; la fenêtre donnait
sur la nuit noire ; dans ce silence, il était pénible d'imaginer la venue d'un homme nu-pieds. Je pensais au géant
de la boucherie : j'étais nu, et j'avais beau rire, il n'avait
rien de rassurant.

« Écoute, dit Éponine, j'entends chuchoter. »

C'était inexplicable, et toutefois, j'entendis un chuchotement. Il ne pouvait venir que de la rue, de gens cachant
leur présence. En effet, les maisons les plus proches étaient
vides.

« Des gens épient l'homme de l'autre nuit…

— Non, Henri vient avec une fille. Henri l'a fait devant
moi, je ne te l'avais pas dit, mais il l'a fait. »

Éponine me serra.

« C'est l'homme le plus mauvais. Il est monstrueux. »

Elle me serrait si fort que j'eus mal, ses larmes me cha-
touillèrent, et je frissonnai.

« Que croyais-tu ? Je n'aurais pas envoyé pour rien la mère Hanusse. »

Elle se tut, épiant le silence d'une nuit interminable, ses larmes mouillaient mon épaule, mais elle n'avait pas relâché l'étreinte qui l'épuisait.

On n'entendait plus rien.

« Je perds la tête, Charles. Tu n'imagines pas la saleté et la cruauté d'Henri. Gamin, il me terrorisait, il me battait ; j'étais séduite et je faisais mine de pleurer. Il nous faisait peur et nous obligeait à des saletés. Ô Charles ! Il aimait l'ordure, mais il aimait aussi le sang ! Tu n'aurais pas dû venir, Charles : le loquet s'ouvre du dehors et il sait l'ouvrir.

« Il vient ici ?

— Quelquefois. Il montait, la semaine dernière, s'il trouvait la lumière éteinte. »

C'était si lourd que j'avais la bouche entr'ouverte : je sentis aussitôt mes lèvres sèches.

Sans bruit, tant elle avait peur, elle se mit à pleurer.

Très doucement, je lui dis :

« La lampe est allumée.

— Ce soir, il montera s'il voit la lumière. »

. . . .

« Hier il a prévenu… et ce soir, il montera… Il te hait. Je voulais partir, mais j'ai bu… J'ai trop aimé rire, Charles…, j'aime trop… »

Elle mordit si cruellement ma lèvre, et elle jouit si fortement de sa peur que j'eus moi-même un désir cruel. J'eus un mouvement de violence calculée : mon corps se tendit au dernier degré de la tension. Il n'est pas de bonheur plus voluptueux qu'en cette colère à froid : j'eus le sentiment que la foudre me déchirait et que son éclatement durait, comme si l'immensité du ciel le prolongeait[51].

XVIII

L'ÉVIDENCE

Dans l'affaissement qui suivit, je me dressai, saisi d'un tremblement désagréable.

J'entendis une galopade ; quelqu'un dans la nuit courait

à travers les rues, mais le bruit s'éloignait. Il me sembla
même que, dès l'abord, il venait d'une rue transversale…
Éponine écoutait avec moi. Je passai la main sur son front :
il était humide et froid. J'avais moi-même une sensation de
sueur froide, j'avais la migraine et mal au cœur.

Je me levai. Je vis de la fenêtre, dans la rue, une ombre
se glisser. L'ombre qui s'éloignait se perdit dans l'obscurité. En un sens, j'étais soulagé de voir le danger passé.
Le boucher s'en allait, si c'était lui. De le voir, néanmoins,
m'avait donné un coup au cœur. J'avais mal à l'idée d'une
horreur aussi humiliante : c'était hideusement comique,
et, dans la nuit très sombre, si triste que j'avais une sorte
d'effroi à fixer l'endroit où l'ombre avait disparu. Je songeais au boucher : le personnage le plus sinistre…, mais,
encore qu'à la fin l'idée d'Éponine eût cessé de me sembler
folle, j'avais un doute. Je m'étais refusé jusqu'alors à chercher, mais je venais de voir l'ombre glisser et elle pouvait
encore se dissimuler en quelque recoin obscur de la rue.
Je voulais échapper à ma pensée…

J'avais d'ailleurs à me demander comment nous avions
pu ne rien entendre au moment où l'ombre s'était, comme
il fallait croire, arrêtée devant la maison… Le problème
était simple : logiquement, le contraire s'était passé. Arrêtée sous la fenêtre, l'ombre dut entendre nos râles !… Nous
n'entendîmes rien. Cette pensée elle-même était lourde.
La première l'était davantage. Sa soutane aurait-elle
été boueuse si Robert n'avait pas erré, dans la nuit,
comme il le fit la première fois, le jour où Éponine et moi le
reconnûmes ? Au surplus, n'avais-je pas eu le sentiment
que cette ombre était celle d'un homme en soutane, ou celle
d'une femme en longue robe noire. L'évidence était si bien
faite en moi, et j'étais si peu surpris, que je revins vers
Éponine : je riais.

« Étrange ! lui dis-je, dans la nuit, les bouchers ont l'air
de prêtres[52]. »

Le poids du sommeil qui la gagnait tirait les épaules et
la tête d'Éponine au sol. Elle était assise au bord du lit, et
ma phrase l'éveilla, mais la pesanteur parut l'emporter.
Mon humeur était si belle que ce vain effort, à la faible
lumière de la lampe, me fit rire un peu plus.

Voulant qu'elle m'entendît, je lui pris les mains :

« C'est Robert ! » lui dis-je.

Elle leva la tête et me regarda, égarée : elle se demandait si, soudain, elle n'était pas devenue folle.

« Oui, Robert, l'abbé… À moins que le boucher ne sorte en soutane. Mais non, "c'est Robert !" »

Elle répéta le nom :

« Robert ! »

Je lui tenais encore une main.

C'était si évident, si renversant. Le jour éclatait soudainement dans la nuit. L'obscurité était claire, les larmes riaient…

Éponine riait, elle cachait ce rire dans ses mains ; mais elle était nue, et cette nudité riait. C'était un rire doux, intime, excessivement gêné.

Je regardais ce rire, ou plutôt il me faisait mal.

C'était la même chose qu'un excès d'angoisse ; dans l'excès d'angoisse, ce léger rire est sournoisement étouffé. Ce rire est au cœur de la volupté excessive et la rend douloureuse.

Le plus intimement que je pus, je glissai à l'oreille d'Éponine :

« Tu es la même chose que Robert.

— Oui, dit-elle. Je suis heureuse. »

Je me couchai près d'elle sans la toucher. Elle me tournait le dos, le visage dans les mains. Elle ne bougeait pas et, au bout d'un long temps, je vis qu'elle s'était endormie. Le sommeil à mon tour me gagnait. J'avais le sentiment d'une renversante simplicité. En tout ce qui venait d'arriver, il y avait une renversante simplicité. Je le savais : mes angoisses ou les mines de Robert étaient un jeu. Mais comme je dormais à demi, je cessai de faire une différence entre une simplicité qui me renversait et la conscience d'une immense trahison. Je l'apercevais soudain : l'univers, l'univers entier, dont l'inconcevable présence s'impose à moi, était trahison, — trahison prodigieuse, ingénue. Je serais en peine de dire aujourd'hui le sens du mot, mais je sais qu'il avait l'univers pour objet, et qu'il n'existait nulle part, et d'aucune façon, rien d'autre… Je cédai au sommeil : ce fut le seul moyen de supporter. Mais j'eus aussitôt la certitude que la « trahison » m'échappait. Et ne pouvant me résigner à cette universelle trahison, je ne pouvais admettre davantage qu'elle m'échappât ! Je le dis lourdement (ce qui précède rend mal ce que j'éprouvai), mais, dans l'alternance du sommeil et d'une évidence irrecevable, je trouvai l'apaisement. Cela tenait d'un conte de fée, j'étais heureux. Si je disais maintenant que la mort est mon apaisement, j'irais trop loin, en ce sens du moins : il y eut dans cet insaisissable glissement une évidence soudaine : dans la mesure où je me souviens, l'évidence demeure, mais si j'écris !…

Troisième partie

ÉPILOGUE
DU RÉCIT DE CHARLES C.

Au moment où j'appris la mort de mon frère, le soleil couchant embrasait une étendue paisible de terre, de prairies et de bois ; des villages, des hauteurs neigeuses étaient roses dans la lumière. Je demeurai longuement à la fenêtre : c'était d'une horreur au moins fastidieuse. L'univers entier me paraissait frappé de maladie…

Dès son arrestation je n'avais plus douté que la mort de Robert malade ne fût proche. Il était perdu de toutes façons. La détention accusa le caractère affreux de sa mort, mais elle ne put que la précipiter. Néanmoins la certitude soudaine qui se fit me rendit malade. J'eus un accès de fièvre. J'entrai dans cette sorte d'abattement où il semble vain de pleurer. (À cette date, Éponine elle-même venait d'être arrêtée, et j'avais peu d'espoir de son retour. Elle mourut en effet un an plus tard.)

Je demeurai longtemps sous l'empire de la fièvre, je dormis d'un demi-sommeil, hanté de visions lucides, où la pensée glisse péniblement à un désordre de rêve . . . . .
. . . .
. . . . . .

Je tentai d'échapper à cette informe souffrance.

Je me levai. Je traversai la chambre, voulant fuir ce qui ne cessait plus de m'égarer.

Je vis venir un homme entre deux âges : il se mit à ma table, il était essoufflé.

Sortant visiblement d'un monde où la brutalité est sans

bornes, il n'avait pas seulement le sans-gêne d'un mort, il avait la vulgarité de l'abbé C., d'un homme mou, qui s'affaisse décidément. Comme celui des morts, son regard était tourné en dedans, son âme était celle d'un bâillement qui se prolonge, qui devient, à la longue, une douleur insupportable.

Tout à coup, violemment, un courant d'air ouvrit la porte… L'abbé se leva sans mot dire, il ferma cette porte et revint s'asseoir à ma table.

Je le dévisageai en silence.

Il était couvert de haillons. (Peut-être était-ce seulement une soutane, ou une chasuble déchirées).

Dans l'obscurité de ma chambre, les flammes du foyer lui donnaient l'aspect du ciel au moment où la lune éclaire de haut des nuages que le vent défait.

C'est difficile : ils avaient une inconsistance de rêve, je les entendais et ils m'échappaient, ma tête, à les entendre, s'en allait en poudre : je rapporte néanmoins des propos, — sans grande exactitude…

Il me parla, cette présence dans ma chambre me parlait. S'il est vrai qu'en un sens ses paroles m'échappèrent, cela venait de leur nature : il était en elles de chasser, sinon la mémoire, l'attention : de la ruiner, de la réduire en cendres.

« Tu n'en doutes plus ? » demanda-t-il. . . . .

. . . .

Aussitôt :

« Tu le sais, bien entendu, mais pas tout. . . . .

. . . .

. . . .

Comme il était bizarre qu'il ne rît pas ! Sans aucun doute, il aurait dû rire : il ne riait pas… S'il avait ri, je me serais aussitôt éveillé, je serais sorti d'une intolérable torpeur. Mais j'aurais, aussitôt, cessé de sentir en moi l'immensité risible…

Il reprit :

« Bien entendu, tu es gêné. »

Puis, après un temps :

« À ma place, que pourrais-tu dire ? si tu étais… Dieu[1] ! si tu avais le malheur — d'être ! »

J'entendis à peine ces derniers mots, mais, à l'instant, ma prostration devint plus pénible.

Il continua doucement, c'était bien mon frère qui parlait.

« Cela, tu le sais, ne devait jamais être dit. Mais ce n'est pas tout. Je fais peur, mais bientôt, tu me demanderas de t'effrayer davantage. Tu ne méconnais pas mes souffrances, mais tu ne sais pas qui je suis : mes bourreaux, près de moi, ont beaucoup de cœur. »

Il me dit enfin, timidement :

« Il n'est pas de lâcheté qui étancherait ma soif de lâcheté ! »

À ma surprise, je devinai, de cette timidité, qu'elle avait le sens de la grâce.

Je me sentis glacé et j'eus un frisson. Robert demeurait devant moi : il était inspiré, et lentement, il émanait de lui une lâcheté inavouable.

Je ne sais si j'ai répondu au désir anxieux que j'ai de traduire exactement la vérité de ma fièvre. La tâche excède mes forces, et pourtant, l'idée qu'en esprit je manque à cette vérité ne m'est pas supportable. Je ne pouvais me taire sans lui manquer et j'aime mieux avoir écrit. Ce n'en est pas moins insupportable… Quoi qu'il en fût, écrire s'efforçait de répondre à l'exigence que je subis.

Malheureusement, j'ai parlé de mes hantises, alors que j'aurais dû parler seulement de mon frère. Mais je n'aurais pu, sans parler de moi, parler de lui à sa mesure. Dieu ne peut être séparé de la dévotion ni l'amante de l'amour qu'elle a suscité. Pour cette raison, j'ai cherché la vérité de mon frère dans ma fièvre.

Il fut arrêté dans les premiers jours d'octobre à X., peu après les événements dont j'ai parlé. Quand je l'appris, j'étais depuis longtemps sans nouvelles de lui. Il avait quitté R. dans la matinée qui suivit cette nuit où je l'aperçus. Quand, à la cure, la religieuse trouva sa chambre vide, elle me téléphona aussitôt. Je pensai d'abord à un suicide, mais il avait emporté du linge, un sac, et sa bicyclette manquait. D'autre part, Rosie et Raymonde quittèrent le même jour, de bonne heure, la chambre qu'elles avaient louée. Ils s'étaient apparemment rejoints sur la route. Les chuchotements et la galopade de la nuit répondaient à la présence des deux filles dans les rues au moment où l'abbé survint. Je n'appris que tardivement ce qui arriva : elles burent dans la soirée, s'énervèrent comme font les filles, jusqu'à une heure avancée de la nuit : insatiables, elles sortirent et errèrent en quête d'une improbable aventure. Elles étaient dans les parages de la cure quand elles entendirent un pas : elles se dissimulèrent. Elles reconnurent l'abbé de loin et elles imaginèrent avec raison qu'il se rendait sous la fenêtre d'Éponine. Elles le précédèrent et Robert inquiet s'arrêta, puis se déchaussa. Il les entendit chuchoter, mais il brava cette menace imprécise. Quand, au retour, il les vit tenant le milieu de la rue, il rebroussa chemin et voulut fuir en sens contraire. Mais Rosie (c'est alors que je l'entendis) fit le tour à toutes jambes et le devança. Alors elle put lui parler et, sans difficulté, elle le décida à la suivre dans sa chambre ; il était vague, parfois indifférent, et quelque peu railleur. Mais il ne riait cruellement que de lui-même. Il but et perdit aussitôt la tête. Il semblait d'ailleurs avoir bu quand elles le trouvèrent. Il se conduisait comme un absent : il fit l'amour avec fureur, mais, à la fin, se plaignit d'être joué : il était ivre et gémissait : la *connaissance* de son bonheur lui avait manqué. Les deux filles — car Raymonde les avait rejoints — disaient que, dans l'ivresse, l'abbé avait l'air d'un « illuminé » : il semblait qu'il vît « des choses qu'elles ne voyaient pas » (il avait le même air dans l'église au moment où il tomba). La passion d'Éponine pour Robert avait suscité l'intérêt de Rosie, mais davantage encore une conduite imprévisible qui faisait de lui l'émissaire d'un monde violent et inaccessible pour elle. L'idylle, dans un modeste hôtel de station thermale, à une dizaine de kilomètres de R., dura quelques semaines. Raymonde, qui avait une chambre contiguë, avait sagement observé les amants. Les deux filles passaient ensemble une partie du jour et même, de temps à autre, la nuit, mais Raymonde n'allait que rarement « rigoler » dans la chambre de Rosie. Avec elles, Robert ne se départit jamais d'une politesse précieuse, qui les faisait rire en aparté, mais les médusait devant lui. Robert gardait la chambre tout le jour, étendu sur un grand lit, couvrant d'une écriture illisible un amas de petits feuillets. Quatre ou cinq fois, il quitta la chambre dans la nuit : il faisait l'amour avec Rosie, à laquelle il demandait finalement de rejoindre Raymonde en l'attendant. Il sortait alors en bicyclette et ne rentrait que bien plus tard. Apparemment, ces promenades nocturnes d'un homme qui gardait la chambre dans le jour, furent à l'origine d'une arrestation, que d'ailleurs des allées et venues plus anciennes auraient suffi à justifier.

Il fut arrêté à l'aube. Rosie épuisée dormait dans la chambre de Raymonde : les deux filles n'entendirent pas les policiers, qui ne trouvèrent pas sous l'oreiller les notes de l'abbé.

Je laissai à Éponine le soin de parler à ses amies du but des promenades de mon frère.

Elle avait une fois entendu le bruit léger qu'il faisait, elle s'approcha de la fenêtre et le vit entièrement nu. Il la vit, n'eut pas un mouvement, mais elle s'en alla. Elle revint s'asseoir au bord du lit, et resta sans mot dire, la tête basse.

Nous n'entendîmes rien les autres fois, mais, le matin, nous trouvions les traces de son passage.

Quatrième partie

NOTES DE L'ABBÉ C.

AVANT-PROPOS DE CHARLES C.

La première fois que je les lus, je peinai tellement à les déchiffrer que le sens de ces notes m'échappa. Après la mort de Robert, je me mis, lentement, à les copier.

J'étais alors moins déprimé que véritablement malade (j'avais la fièvre tous les soirs), et il se passa longtemps avant que la conscience ne me vînt de ce qu'elles voulaient dire au fond.

Pourtant, elles n'affirmaient rien qui me déprimât : elles avaient seulement le tort de dénuder à mes yeux l'« angoissé », auquel la « pudeur » et le temps manquèrent.

Elles avaient alors à mes yeux, et même, en partie, elles ont gardé, l'impudeur d'une pensée dont l'artifice et la ruse ne peuvent dérober la tricherie. Dans les premiers temps, cette pauvreté exhibée me serrait le cœur : je haïssais mon frère et l'impossibilité où il fut de trouver un mouvement qui enlevât aux mots leur opacité. Ces notes (devenues celles d'un mort — qui, désormais, devaient trahir celui qui les écrivit, — car elles donnent des limites à celui qui, ou n'en eut pas, ou en eut d'autres) m'énervèrent longtemps. Je n'avais pas seulement pour mon frère, mais pour moi, le sentiment d'un échec. À les relire, je ne voyais plus en Robert que le « faiseur » qu'il voulait être, au temps où il s'efforçait à la piété.

La mort, qui rend les traits définitifs, à mes yeux le condamnait à faire le malin sans recours. Ces papiers, désormais, ne pouvaient plus être brûlés, et, à supposer qu'il en eût fait lui-même une flambée, il les aurait encore écrits ! J'aurais par erreur ignoré la limite qu'il admit, mon erreur n'aurait pu la changer.

Le seul moyen de racheter la faute d'écrire est d'anéantir ce qui est écrit. Mais cela ne peut être fait que par l'auteur ; la destruction laissant l'essentiel intact, je puis, néanmoins, à l'affirmation lier si étroitement la négation que ma plume efface à mesure ce qu'elle avança. Elle opère alors, en un mot, ce que généralement opère le « temps », — qui, de ses édifices multipliés, ne laisse subsister que les traces de la mort. Je crois que le secret de la littérature est là, et qu'un livre n'est beau qu'habilement paré de l'indifférence des ruines[1]. Il faudrait, sinon, crier si fort que nul n'imaginerait la survie de qui s'égosilla si naïvement. C'est ainsi que, Robert mort, parce qu'il laissait ces écrits ingénus, il me fallut détruire ce mal qu'il avait fait, il me fallut encore et par le détour de mon livre, l'anéantir, le tuer.

Déchiffrant les mots avec peine, j'éprouvai dès l'abord un grand malaise, au point de rougir quelquefois : ces éclats de voix du libertin ne sonnaient pas moins faux à mes oreilles, ils ne me gênaient pas moins que n'avaient fait jadis les malices du prêtre. Je souffre encore de ce mélange de gaîté vulgaire et d'onction. L'affection qui me liait, qui me lie toujours, à mon frère, était si étroite, elle se fondait si bien sur un sentiment d'identité, que j'aurais voulu changer les mots, comme si je les avais moi-même écrits. Il me semblait qu'il les aurait changés lui-même : chaque audace naïve exige à la fin le sommeil, et l'aveu d'une erreur sans laquelle nous ne l'aurions pas eue.

D'ailleurs, ces pages ne détonnaient pas seulement en raison de leur caractère inachevé, à mi-chemin d'une aisance affectée et du silence ; elles « mentaient » à mes yeux, car je connaissais et elles me faisaient sentir cruellement la faiblesse de mon frère. Ce n'est pas seulement la nature enfantine — et péniblement comique — des « crimes » dont il se chargeait, qui me donna ce sentiment. Ce fut même la force de l'abbé d'avoir bravé le ridicule en écrivant, et de l'avoir fait d'une manière si pénible (peut-être même plus folle qu'on n'avait osé avant lui). Mais le procédé est décevant, car, ridicule, le langage l'est toujours involontairement[2] ; de propos délibéré, ce caractère s'estompe : d'où ces faux-fuyants, ces phrases « chianine », ces « entourloupettes » déguisant l'horreur qui désarme la plume. Pour moi, qui avais connu mon frère intimement (fût-ce dans l'obscurité et les faux-semblants dont j'ai parlé), une honte inavouable était sensible en dehors de ces phrases qui mentaient, elle était sensible directement : dans le sentiment que j'avais d'un silence étouffant. Or ce silence était *si bien* ce que l'abbé voulut dire, son horreur enfermait *si bien* le mensonge éclatant — et démesuré — de toutes choses, que ces balbutiements me semblaient des trahisons. Ils l'étaient. Une suite de mensonges bègues était substituée par Robert à ce qui jamais ne bégaya, puisque nul ne l'entend ni ne l'atteint, — à ce qui, ne parlant pas, ment comme la lumière, tandis qu'un bavardage sans force appelle la contestation.

Rien ne pouvait d'ailleurs me décevoir davantage que le conte sans rime ni raison qui termine les notes. Tout d'abord, l'abbé l'intitula *La Fête de la Conscience*[3], puis il barra les premiers mots.

Il s'agit bien entendu de pure rêverie. Robert fut l'amant de Rosie, et de Raymonde en second lieu, mais la Rosie de *La Conscience* ne ressemble en rien à la fille assez molle qu'il aima. Le caractère de Raymonde, il est vrai, n'est pas changé, mais son rôle est furtif. À la rigueur, la femme de *La Conscience* dut répondre à l'image d'Éponine, à l'obsession de laquelle, durant les derniers temps, il avait cédé sans réserve.

Quand Robert enfant connut Éponine, elle avait déjà le regard de malade, d'agitée, que je lui connus, qui me fascina. Quelque chose de violent et de froid, de délibéré et de perdu… (mais, très jeune, elle n'avait pas la vulgarité que plus tard elle affecta). Je ne puis m'en souvenir aujourd'hui sans gêne : Éponine et mon frère jouaient avec Henri, tantôt seuls, tantôt avec d'autres enfants. J'étais alors malade, en Savoie : sans les confidences tardives d'Éponine, jamais je n'aurais su le sens de ces jeux. Aujourd'hui, j'imagine trop bien qu'ils sont à l'origine de la conversion de Robert, élevé en dehors de la religion ; à la longue, la saleté, les brutalités d'Henri, l'angoisse et les vices d'Éponine le terrorisèrent : pour échapper à l'enlisement où il sombrait, il procéda au renversement insensé de ses croyances et de sa manière de vivre. Cela devint une véritable provocation : moralement, je lui devins étranger, et comme il tenait à moi, son attitude à mon égard se réduisit au paradoxe, à un défi continuel et irritant. (Ces changements subits ne sont pas rares au moment de la puberté).

Éponine ne me dit pas précisément que Robert subit les sévices d'Henri, elle évita même de rappeler qu'en ces temps lointains, Robert était devenu l'ombre d'Henri. Mais ces rapprochements que, jusqu'ici, j'avais évité de faire (tant j'avais horreur d'Henri, auquel j'aurais voulu ne jamais penser) s'imposent enfin à moi — et m'effrayent.

J'ai conscience aujourd'hui de ce que fut, pour Robert, la rencontre de la tour et ne puis songer à ma cruauté sans m'abandonner à la prostration. Comment aurais-je pu me conduire plus odieusement ? Que dois-je enfin penser de l'inconscience où, marchant comme un somnambule, j'allais néanmoins droit au but ? La clairvoyance d'aveugle qui me conduisait me tue, et mes mains crispées commencent malgré moi le geste d'Œdipe. Je saisis maintenant la raison pour laquelle le retour d'Éponine dans sa vie devait ramener mon frère aux dérèglements forcenés de l'enfance, pour laquelle il aima Éponine d'une manière plus déréglée — et plus délirante — que peut-être on n'aima jamais personne, — pour laquelle enfin cet amour l'éloigna décidément de ce qu'il lui plut de croire si longtemps.

Encore que le texte final de ces notes ait jeté cette lumière sur les événements que j'ai rapportés, je ne puis que redire le sentiment de déception qu'il m'a laissé. Ses faiblesses sont d'autant plus sensibles à mes yeux que la noire vérité y transparaît (cette vérité elle-même est déprimante).

Je veux bien que mon attitude semble inhumaine, mais je vis, hors de moi, dans la peur : rien maintenant, sinon la peur, ne compte plus à mes yeux[4]. Je supporte avec peine, en cet état, ce qui n'est pas à la mesure du mal que j'ai fait.

J'ai dû, quoi qu'il en fût, donner leur place à ces feuillets. C'est qu'en un sens, je sais mon livre inachevé. Mon récit répond mal à ce que l'on attend d'un récit[5].

Loin de mettre en valeur l'objet même qui en est la fin, il l'escamote en quelque manière. Si j'en viens à dire l'essentiel, si je le laisse entendre, si j'en parle, — ce n'est, finalement, que pour mieux le laisser dans l'ombre.

J'imagine ne pas avoir manqué de courage, ni de savoir-faire. Mais la pudeur me paralyse. J'ai d'autant plus de peine à le dire que j'incrimine, en son lieu, le peu de réserve de Robert.

Il est remarquable que cette pudeur, et l'impudeur de Robert, eurent un même effet. L'une et l'autre ont prêté à l'objet dont j'ai parlé un caractère, non d'événement donné et défini, mais d'énigme. On verra que Robert, désinvolte, recourut à une sorte de charade, — alors que mon récit dérobe le fait même qu'il avait pour fin de faire connaître.

… Il serait donc apparemment, dans la nature de cet objet de ne pouvoir être donné comme le sont les autres : il ne pourrait être proposé à l'intérêt que sous forme d'énigme…

Mon récit inachevé, dans ce cas, ne le serait pas au sens ordinaire du mot : il ne lui manquerait pas telles précisions, qu'il serait simple de donner, l'essentiel en serait « moralement » indicible. D'autre part, mes réserves concernant les notes de Robert ne pourraient faire que leur publication soit contestable.

Ces feuillets ont, en premier lieu, le mérite d'employer le langage formel des charades. Et, décidément, si le livre lui-même est énigmatique, obligé de l'être, s'il propose au lecteur, au lieu d'une solution — que serait la pure et simple narration de l'événement —, de la chercher, d'en restituer l'origine, les aspects et le sens, les défauts dont j'ai parlé, qui éloignent la sympathie, laissent à ces notes la vertu de répondre à des fins plus lointaines : elles donnent à qui s'efforcerait de résoudre l'« énigme » des éléments susceptibles de l'aider.

(Je dois formuler cette dernière réserve — encore qu'elle ait peu de conséquence dans la mesure où nous demeurons dans l'ordre des choses immédiat — : la solution est-elle possible ? S'entend l'entière et immuable solution, non l'exacte réponse à une suite définie de questions malséantes. En définitive, la nature énigmatique de mon objet semble liée à ce sentiment de pudeur dont j'ai dit qu'il me noua ; cet

objet serait vide de sens s'il n'était une honte inavouable…
— surmontée sans doute, mais comme une douleur est
tout de même sentie par un supplicié qui ne parle pas ; s'il
est vrai que jamais vraiment l'énigme ne sera résolue, cet
objet ne doit-il pas répondre, au delà de l'énigme limitée, à
de classiques « questions dernières » ? et, s'il est pénible de
croire à la divinité de l'abbé C., par impossible défini le
« tout » de la charade ne serait-il pas — ce qu'un mot
jamais ne sut désigner ? Hélas, ce langage obscur, accrois-
sant, loin de l'éclaircir, l'obscurité de l'énigme, à lui seul
désarmerait le fou qui aurait le front de l'aborder.)

LE JOURNAL DE CHIANINE

Nuit interminable, comme le sont les rêves dans la fièvre.
L'orage quand je rentrai…, un orage d'une violence
effrayante… Jamais je ne me sentis plus petit. Tantôt le
tonnerre roulait, alors il s'écroulait de tous côtés, tantôt il
tombait droit, en furie : il y avait un vacillement de lumières
se déchirant en des craquements qui aveuglaient. J'étais si
faible à ce moment-là que je tremblais de n'être plus vraiment sur terre : j'étais dans la grandeur céleste où la maison
vibrait comme une lanterne de verre. L'élément liquide également, l'écroulement des eaux du ciel… plus de terre : un
espace sonore, renversé et noyé de rage. L'ouragan était lui-
même interminable. J'aurais voulu dormir, mais l'éblouissement d'un éclair me mettait la vue à vif. Je m'éveillais de plus
en plus et la chute de la foudre en claquant ouvrait cet éveil
à une sorte de terreur sacrée. La lumière était éteinte depuis
longtemps. Soudain elle se ralluma, et aussitôt je l'éteignis. À
ce moment je vis une raie de lumière sous la porte.

Ma chambre donne sur un salon délabré, où des meubles
du début de l'autre siècle achèvent de tomber en poussière.
Dans le fracas du ciel, il me sembla entendre un bruit d'éter-
nuement. Je me levai pour aller éteindre la lumière, j'étais nu
et je m'arrêtai avant d'ouvrir…

… J'avais la certitude de trouver Emmanuel Kant, il m'attendait derrière la porte. Il n'avait pas le visage diaphane qui le distingua de son vivant : il avait la mine hirsute d'un jeune homme décoiffé sous un tricorne. J'ouvris et, à ma surprise, je me trouvai devant le vide. J'étais seul, j'étais nu dans les plus vastes écroulements de foudre que j'eusse encore entendus.

Je me dis gentiment à moi-même :

« Tu es un pitre ! »

J'éteignis la lumière et je retournai vers mon lit, lentement, à la lueur décevante des éclairs.

Je veux maintenant réfléchir sans hâte.

J'aime la peur qu'a l'humanité d'elle-même ! Il lui semble n'avoir que deux voies : le crime ou la servilité. À la rigueur elle n'a pas tort, — mais, adroitement, elle ne voit dans le criminel que les servitudes du crime. Communément, le crime lui apparaît sous forme de destin, d'irrémédiable fatalité. La *victime* ? Sans doute, mais la victime n'est pas maudite, simplement elle succombe au hasard : la fatalité ne frappe que le *criminel*. Si bien que l'être souverain est chargé d'une servitude *qui l'accable*, et que la condition des hommes libres est la servilité voulue.

Je ris. Naturellement ! La prodigieuse humanité répond à l'exigence du criminel, qui ne peut se passer de paraître bas ! D'eux-mêmes, les serviles lui réservent ce domaine maudit, en dehors duquel il se saurait asservi. Mais la malédiction n'est pas ce qu'elle semble et les soupirs ou les larmes des maudits sont à la joie ce qu'est le ciel au grain de sable !

★

Madame Hautencouleure,

Vous avez eu l'honorée du 7 courant. J'y mentionne passage abbé Chianine, entre parenthèses : Soulépadépon[6] *; l'heure du crime ? Environ 3 heures.*

SOUTANE SALE.

★

Volupté ! Volupté ! Je soulépadépone. Depuis que… je suis heureux.

★

Mon bonheur coule immensément comme un fleuve sans lit.

★

L'avenir défunt, gai comme un couteau. La fièvre me plaît, rouge de honte. Qui suis-je ? Serais-je Éponine au lit avec Charles ? À mi-chemin de la plaisanterie amusée ; cela m'aide en raison de la honte que j'en ai. Si la honte me submerge ? Je jouis et les cieux se renversent sous moi, mais je veux encore être clair, *présent*, et ne pas prêter à la confusion.

★

Il faut à Chianine de l'énergie pour lever la jupe, mais davantage pour en bien parler. On n'en parle pas d'habitude : on pleure. Mais les larmes n'ont pas le sens du malheur, il leur faut animer le ballet des phrases, humilier les mots obstinés à ne pas danser. Je choisis sans gémir le parti de la clarté : il se peut que je vende les secrets du crime. Mais le crime, qui n'est rien s'il est découvert, n'est rien s'il est secret. Et le crime, qui n'est rien s'il est gai, n'est rien s'il n'est pas heureux.

★

Le malaise, l'écriture, la littérature, dont je souffre, ne peuvent être surmontés sans mentir. L'accord de Chianine avec les lois qui président à l'ordre des mots fait crier la plume. Je dis simplement l'émoi, le bonheur immenses à la faveur de l'obscurité de Chianine, sa certitude d'avoir infiniment souillé même la souillure la plus souillée. (Éponine a le même cœur, et la même saleté dans le cœur).

Étant prêtre, il lui fut aisé de devenir le monstre qu'il était. Même il n'eut pas d'autre issue.

★

Dire que Chianine était faible, qu'il cherchait un appui de tous côtés : l'amour des humbles, la gentillesse, le dynamisme de théologiens juvéniles, les messes, les grandioses cérémonies, émanant du fond des âges, les kyrielles de Moïses barbus, égosillés, angéliques, dans le cœur de Deus Sabaoth[7]. Il en riait, n'en pouvait plus de rire. La plaisanterie dépassait les bornes en ce que, vivant en Dieu et Dieu dépassant les bornes en lui, elle le laissa cependant sur le sol, un homme oublié de la même façon qu'un chapeau sur une chaise.

★

Je ne puis même un instant imaginer un homme en dehors de Dieu. Car l'homme à l'œil ouvert voit Dieu, ne voit ni table ni fenêtre. Mais Dieu ne lui laisse pas un instant de repos. IL n'a pas de limites, et IL brise celles de l'homme qui LE voit. Et IL n'a de cesse que l'homme ne LUI ressemble. C'est pourquoi IL insulte l'HOMME et enseigne à l'HOMME à l'insulter, LUI. C'est pourquoi IL rit dans l'HOMME un rire qui détruit. Et ce rire, qui gagne infiniment l'HOMME, LUI retire toute compréhension : il redouble quand, du haut de nuages que le vent dissipe, IL aperçoit ce que je suis ; il redouble si, pressé dans la rue par un besoin, je ME vois, je vois le ciel que le vent vide.

★

Tout se dissipa, j'eus la force de ruiner chaque notion possible comme on casse des vitres, en un mouvement de rage. Puis, ne sachant que faire et gêné de mon esclandre, je m'enfermai dans les cabinets.

Au moment d'une passion sans objet, je chantai, mais lentement, comme si j'enterrais le monde, mais gaîment, sur l'air majestueux du *Te Deum* :

DEUS SUM —

NIL A ME DIVINI ALIENUM PUTO[8]

Je tirai la chasse d'eau et, déculotté, debout, je me mis à rire comme un ange.

L'EXPÉRIENCE CHIANINE[9]

Une angoisse, au début, infiniment subtile, infiniment forte[10]. Le sang dans les tempes. Le délice léger d'entrer nu dans la chambre d'un autre, de faire ce qui, absolument, ne peut pas être fait, ce qui jamais ne sera avoué, qui est inavouable absolument (ce que je dis, est une provocation, ce n'est pas un aveu).

Les yeux, s'ils le voyaient, sortiraient des orbites. Et même, cela n'importe guère, en ce qu'il s'agit, dans ce sens, d'aller si loin que le cœur manque, ou presque. La même chose que voir un spectre, et le spectre d'un être aimé : une sorte de délire-délice, de délire spectral, d'une intensité excessive[11]. Mais l'angoisse ne serre pas seulement le cœur, le cœur serre en lui-même l'angoisse, ou plutôt Chianine, l'abbé, son angoisse contre le cœur, comme il serrerait une femme et le délice d'une femme (qui se tiendrait mal…)

★

Il serait évidemment fou de ne pas voir que, dans ces conditions, un homme est plus malpropre qu'un singe : sa frénésie est bien plus grande !

★

J'ai aimé choquer mes anciens amis : c'est qu'à leur égard une sorte d'amitié morte m'a retiré le bénéfice de l'indifférence. Je souffre — à peine — de la pusillanimité qui les faisait me dire malade (l'un d'entre eux m'a parlé de psychanalyse !). Je ne puis néanmoins que leur opposer un silence sans rigueur. J'ai beau faire de la théologie ma passion (mais de la grande, ou plutôt, de l'immense théologie, je suis l'objet mort, l'objet risiblement anéanti) ; je n'ai désormais plus rien à dire à des théologiens (je n'aurais rien non plus à dire à Charles !). Je pourrais seulement leur faire entendre — et ils ne pourraient rien me répondre — (je me rappelle un titre de livre, l'auteur en est un augustin dont le nom m'échappe : *Pour éviter le purgatoire* — le sous-titre : *Un moyen de gagner le ciel sans attendre*) que je suis sur terre au paradis : le paradis n'est pas Rosie (ni Raymonde), mais Chianine (Éponine aussi : *la même chose* que Chianine).

★

Au moment où Chianine chianine[12], de ce cratère majestueux, la nuit est le ventre de la lave : hors d'haleine, *bel canto*[13], il perd la respiration.

★

La chaleur du corps, d'éponge, de méduse : déception, dans ma chambre, d'être moins gros qu'une baleine. Mais il suffit, j'ai le mal, l'angoisse de la baleine qui se noie[14], surtout la douceur, la douceur sucrée de la mort. J'aimerais mourir, lentement et attentivement, de la même façon que tète un enfant.

La religion dont je fus, dont je suis le prêtre a fait ressortir, en accusant les hommes de trahir Dieu, ce qui définit notre condition :

« *Dieu nous trahit !*

— Avec une cruauté d'autant plus résolue que nous élevons vers lui nos prières ! Sa trahison exige d'être divinisée à ce point. »

Seule la trahison a l'excessive beauté de la mort. Je voudrais adorer une femme — et qu'elle m'appartînt — afin de trouver dans sa trahison son excessive divinité.

LA CONSCIENCE

IMAGINATION MÉMORABLE

Rosie, radieuse, m'avait vu : vêtue d'une couronne de roses, elle descendait un escalier monumental.

Je vis un danseur lui tendre un verre : il avait un costume de jockey.

Elle but à longs traits du champagne glacé, le jockey l'enlaça, vida le verre et il l'embrassa sur la bouche.

De tous côtés, cette foule riait avec une nervosité très douce : Rosie se dégagea de l'étreinte du jockey et, venant à moi, elle me dit avec élan :

« Tu as vu ? »

Ses grands yeux rayonnaient.

Elle était heureuse de me voir, de montrer sa joie.

« Si tu savais, si tu savais comme je m'amuse. »

Elle me dit, canaille :

« Embrasse-moi ! »

Je la pris dans les bras. Elle s'abandonna comme endormie. Elle avait fermé les yeux et, la paupière battant, le blanc seul en était visible. Personne dans la cohue que noyait la montée d'un plaisir angoissé n'aurait pu y prêter d'attention. Elle mourait de joie dans mes bras : comme un soleil dans l'eau quand la mer sonne dans les oreilles.

« Ô Robert, me dit-elle, encore, jusqu'à plus soif ! »

Elle se détacha davantage et ce ne fut pas sans brutalité, ni sans peur qu'elle me dit :

« Regarde ! »

Elle regardait la foule.

« Tu vois, je regarde à perdre la tête, mais, tu le sais, je ne veux pas perdre la tête. »

Dans la fixité de ses yeux, il y eut la même intensité, glacée et hostile, que dans un sifflement de bête.

« Ah, maintenant…, fit-elle…

« Je voudrais que cela monte à la gorge. Maintenant, je voudrais — *du poison !*

« Et tu sens, dis, comme j'ai conscience. »

Raymonde à ce moment l'appela, elle leva sept doigts et cria gaîment :

« Sept fois ! »

Et Rosie, la voyant, se détendit, éclata de rire, elle était émerveillée, provocante, et elle me poussa dans les bras de Raymonde.

« La huitième, dit Rosie en me désignant.

— Tu veux ? La huitième ? » fit Raymonde en levant huit doigts.

Rosie lui glissa un mot à l'oreille. Raymonde éclatant s'approcha et, en un mouvement de défi et de mutinerie ravissant, me prévint :

« Tiens-toi… »

Elle se jeta voracement sur ma bouche, me donnant dans les reins un frisson si aigu que j'aurais crié. Elle eut une impétuosité si ouverte, si doucement tremblée, que je suspendis de toutes mes forces mon souffle. Rosie était, dans ce bruit, animée d'un mouvement d'imploration gaie, soulevée en une sorte d'hilarité ravie, intense, et les yeux noyés, la gorge rauque, elle dit :

« Regarde-le !…

— Regarde-moi… »

Je regardais Rosie, et me perdis dans la vision de plaisirs immodérés, multipliés de tous côtés.

Rosie tomba sur les genoux, et sur les genoux dansa en criant. Elle donnait à son corps une suite de saccades infâmes. Elle gémit et longuement répéta comme en un râle :

« Encore ! »

Et la tête lui tournait sur les épaules. Mais s'arrêtant, elle fixa son amie que j'étreignais.

Puis dans un hoquet prolongé elle laissa tomber la tête en arrière.

PREMIER DISCOURS DE ROSIE

La douceur de Rosie était légère.
Gémissante elle resta agenouillée.

« Ah, dit-elle lentement, regarde-moi, je suis lucide, je *vois*. Si tu savais comme il est doux, comme il est bon de voir et d'être vue…

« Vois mon tremblement de bonheur ! Je ris, et je suis ouverte.

« Regarde-moi : je tremble de bonheur.

« Qu'il est beau, qu'il est sale de savoir ! Pourtant, je l'ai voulu, à tout prix j'ai voulu SAVOIR !

« J'ai dans la tête une obscénité si grande que je pourrais vomir les mots les plus affreux, ce ne serait pas assez !

« Le sais-tu ? Cet excès est plus cruel que de mourir.

« Sais-tu que c'est très noir, si noir que je devrais rendre[15].

« Mais regarde ! Regarde, et reconnais-le : je suis heureuse !

« Même si je rendais, je serais heureuse de rendre. Personne n'est plus obscène que moi. C'est de SAVOIR que je sue l'obscénité, c'est de SAVOIR que je suis heureuse[16].

« Regarde-moi encore, — plus attentivement !

« Jamais femme fut-elle plus CERTAINE d'être heureuse que Rosie ? Jamais femme SUT-elle mieux ce qu'elle faisait ? »

SECOND DISCOURS DE ROSIE

Elle se leva enfin et poursuivit :

« Raymonde, maintenant, nous allons laisser Robert. Il suffit que tu aies entr'ouvert le vide où nous l'entraînons, mais s'il y entrait maintenant, il n'en aurait pas mesuré l'étendue : il jouirait de moi, comme il l'a fait de toi, sans savoir ce qu'il faisait. Il ne sait pas encore que le bonheur demande la lucidité dans le vice. Laisse-le nous imaginer nous donnant aux plus vulgaires de nos amants, rivalisant avec eux de vulgarité.

« Viens Raymonde, ne me retarde pas, car, déjà, l'eau me vient à la bouche.

« Tu nous rencontreras peut-être un peu plus loin : les dernières des putains, bien sûr, n'ont pas plus d'inconduite, mais elles n'ont pas la chance DE LE SAVOIR. »

Elle me regarda là-dessus longuement, souriant dans l'espoir et le désespoir mêlés de rendre sensible le degré de son bonheur : elle eut un mouvement gracieux du visage en arrière, sa noire chevelure ruisselait et un clignement de complicité me parvenant de regards noyés acheva de porter au sommet le sentiment illimité qu'elle me donnait.

L'EXCÈS DE JOIE

Je la perdis, la retrouvai et l'inhumaine exploration dura. Sans répit et sans lassitude, nous nous égarions dans des possibilités inconnues, dans une étendue vide où le sol manquait sans fin ? Un grand bruit de rires et de jacassements et une sensation de pincement voluptueux[17], d'où procédait un énervement infini, nous portait dans des salles désordonnées. Une porte s'ouvrait sur un escalier raide et étroit. Je suivis Rosie dans une ascension essoufflée.

Nous arrivâmes enfin sur une terrasse que bornaient quatre hautes coupoles. La ville éteignait ses lumières au loin et le ciel brillait d'étoiles. Rosie eut un frisson, je défis ma veſte et la lui passai. Elle se serra péniblement : nous entendions dans la nuit des ouvriers défoncer une rue, d'où montaient les lumières aveuglantes et l'odeur de brûlé du travail.

Rosie parla doucement :

« C'était trop beau, dit-elle, maintenant les nerfs me lâchent et je suis nouée… »

Puis :

« Quand je montai les escaliers, je montai aussi vite que je pouvais, comme si j'avais fui un danger, maintenant il eſt impossible d'aller plus haut et le bruit que font les machines à défoncer me lève le cœur.

« Pourtant je suis encore heureuse…

« J'ai cru mourir de joie ce soir, c'eſt la joie, ce n'eſt pas l'angoisse qui me tue.

« Mais cette joie eſt très douloureuse et je n'y tiendrais plus si mon attente devait durer. »

Il n'était rien que je puisse faire.

Dans l'état où Rosie se trouvait, elle n'aurait pu, même aidée, descendre un escalier vertigineux.

À la fin, je lui dis la seule issue qui nous reſtât et elle s'y prêta, mais j'étais moi-même si las que je désespérai d'y parvenir. Si bien qu'il me fallut m'étendre sur le sol.

« Un cauchemar si pénible, me dit-elle enfin, eſt préférable à tout ! »

Elle me regardait dans les yeux et dans la pénombre elle avoua :

« Je suis immonde. Attends : je ferai quelque chose de plus. Regarde-moi, je suis comme si je mourais devant toi : non, c'eſt pire. Et comme nous n'avons plus d'issue, je me sens devenir vraiment folle.

« Mais, dit-elle encore, tu sais combien j'étais heureuse en bas ; sur ce toit, je me sens plus heureuse encore. Je le suis même au point de souffrir de ce bonheur : je jouis de sentir maintenant une douleur intolérable, comme si, mangée aux lions, je les regardais me manger. »

Ce langage m'échauffa si bien que je la pénétrai profondément.

J'eus le sentiment de tuer. Elle battit l'air de ses bras, perdit le souffle et se contracta avec une violence de chute : la mort elle-même n'aurait pu lui donner de soubresauts plus violents.

Elle mesura et je mesurai avec elle une possibilité si lointaine qu'elle semblait purement inaccessible. Nous nous regardâmes longuement avec une sorte de colère froide. Ces regards figés étaient bien le langage le plus obscène que des êtres humains eussent jamais parlé.

« Je suis sûre… », dit-elle, sans un instant relâcher cette insupportable tension…

Elle sourit, et mon sourire lui répondit que j'étais sûr de l'irrégularité de ses pensées[18].

Si nous avions cessé de vivre, à jamais la divinité de cet achèvement se serait résolue dans le vide.

Mais les mots disent difficilement ce qu'ils ont pour fin de nier.

Cinquième partie

SUITE DU RÉCIT
DE L'ÉDITEUR

Le manuscrit que Charles me remit se terminant par ces notes, je reprends maintenant la parole — et l'idée m'en dérangerait si je ne m'y sentais strictement obligé[1].

Ce qui précède, à le relire, me semble vraiment hors du monde. Cette obstination à vivre à l'extrémité des limites humaines me laisse un sentiment mêlé : le sentiment sans doute que nos pères éprouvaient devant les fous, qu'ils vénéraient mais éloignaient d'eux cruellement : ils les ont tenus pour divins, ils ne pouvaient faire, cependant, qu'ils ne soient nauséabonds — risibles, tout à fait désespérants. Nous devons, nous aidant d'arguments grossiers, surmonter la tentation de nier nos limites, mais ceux qui les nient ont bien le droit de nous réduire un temps au silence.

Charles lui-même, après la mort de Robert, s'efforça d'échapper à la tentation. Probablement, il n'écrivit que pour lui échapper le récit et l'avant-propos qui précèdent. Ceci expliquerait le réel inachèvement de ce livre (qui motive ma présente intervention) : quand il céda, ne pouvant plus éviter de voir ce qui, décidément, le laissait hors du monde (mais qu'il aurait dû voir depuis longtemps), il ne put achever un travail qui n'était pas à la mesure de l'abandon. (Une autre explication serait de représenter, dans le sens que Charles indiqua lui-même, l'impossibilité d'approcher l'objet même de son livre autrement que par des efforts se succédant : comme si cet objet cachait quelque lumière éblouissante, comme si l'on ne pouvait l'aborder sans détours, sans en déchiffrer comme une énigme les faux-semblants, quitte à s'écrier après coup : — Je me suis efforcé dans les veilles et la longue patience et, maintenant, je vois que je suis aveugle !)

J'ai parlé des motifs que Charles me donna pour justifier l'aide qu'il me demandait. Mais le courage lui manqua pour me dire la véritable raison, qui n'était même pas discutable. C'est qu'il me confiait un livre inachevé — qu'il n'avait plus eu la force d'achever.

Car il ne connut pas — ou plutôt ne reconnut pas — en l'écrivant ce qu'avaient de plus lourd les faits qu'il rapporte. Quand il apprit, de source sûre, ce dont il se serait douté moins inconscient, le coup fut si pénible qu'il ne put lui-même ajouter le complément que le livre demandait. Pour la même raison, quand il eut recours à moi pour le faire, il me donna de mauvais prétextes. Je pense qu'il me parla entièrement, mais il ne put me dire le dernier mot. Que — depuis qu'il SAVAIT — devant le manuscrit inachevé, il se sentait mal à la seule idée de l'ouvrir : et rien n'était moins surprenant.

Dans l'après-midi, il commença néanmoins à me parler, comme sans nul doute il l'avait décidé d'avance. Je n'en comprenais pas la raison, mais je le sentais, depuis quelques temps, « sur ses nerfs ». Parlant des papiers laissés par Robert, dont je ne savais rien jusque-là, il m'en dit d'une manière évasive :

« Ces réflexions interrompues ont peu de sens... Ou peut-être est-ce d'avoir été interrompues qui leur en donne... Un sens évidemment fêlé. Mais faute de savoir où elles mènent, il n'est pas jusqu'à ce sens qui ne m'échappe. Tout cela est peut-être un jeu. Finalement Robert n'a sans doute été si lâche qu'à force de chercher le bien. »

Je n'avais sur la lâcheté à laquelle il fit allusion que la plus vague arrière-pensée. J'étais interloqué, mais de toutes façons, je devais me taire. Je restai d'autant plus gêné que Charles riait, ou, du moins, ne pouvait que difficilement se retenir de rire. Je lui demandai sans malice :

« Pourquoi ris-tu ?

— Je ne ris pas, dit-il, contre l'évidence, mais je suis sans doute fêlé[2]. »

À ce mot, il céda et se mit à rire simplement.

« Tu auras peine à me croire, dit-il, si je prétends chercher le bien. Je m'égare peut-être... »

Il cessa alors de rire et je vis aussitôt qu'il était excédé, qu'il devait surtout se retenir de pleurer.

« Il faudrait, me dit Charles, un Œdipe pour trouver le fil, mais je crois qu'il devrait l'embrouiller à nouveau. Le malheur est que la parole est donnée tout entière aux vivants : les mourants sont tenus au silence. Et même s'il leur arrive de parler, la mort leur coupe la parole. Je t'ai remis un manuscrit. Peut-être ai-je donné la parole à Robert, mais la parole que je lui donne est coupée. »

Je ne savais que dire. Sans bien savoir où il en voulait venir, ce que Charles disait me semblait judicieux.

« *Il faudrait qu'un vivant devinât le sens que la mort aurait pour lui s'il mourait.*

— *C'est impossible, dis-je, agacé par ces faux-fuyants.*

— *Je ne sais pas, poursuivit-il. Je vois que même les mourants s'en tiennent au sens qu'elle a pour les vivants. Il faudrait…*

— *… qu'un vivant oubliât qu'il vit dans la mesure où un mourant oublie qu'il meurt… C'est impossible.*

— *Je ne sais pas.* »

Je devinais une partie de son obsession.

« *Veux-tu dire que le bien ne peut être cherché si l'on n'oublie pas la vie et ses conditions ?*

— *Je suppose que c'est cela.*

— *Mais, même pour le mourant, la vie seule existe.*

— *Bien sûr. Mais malgré tout, elle lui échappe.*

— *En conséquence, le bien serait de vivre comme si l'on allait mourir l'instant d'après*[3].

— *Je ne sais pas.* »

Il se tut longuement ; il baissa la tête et dit avec une sorte de tassement :

« *Tout cela m'effraie.* »

Puis en un grand mouvement de désarroi :

« *Je me sens dépassé, et je suis à bout. Maintenant je dois le dire : je ne condamne pas Robert.* »

Je n'avais comme je l'ai dit qu'une vague appréhension de ce qui le faisait parler ainsi.

Je me bornai à manifester, sans mot dire, mon étonnement à l'idée qu'il pût condamner.

Il sembla soulagé d'un poids.

Il parla doucement comme s'il était sûr d'être deviné…

« *Le malheur de Robert est peut-être de n'avoir pu lui-même condamner vraiment ce qu'il fit. S'il fit ce qu'on nomme le mal, c'est peut-être avec une passion analogue à celle qui engage au bien. Ce qui semble une faiblesse inavouable n'est peut-être en certain cas que répugnance pour la morale indiscutée.* »

Il me regarda fixement. Il avait l'air traqué, mais ses accents de tristesse avaient le sens d'une conviction :

« *J'en suis sûr, dit-il, cette répugnance peut être si grande que, sous l'effet de la torture, elle déclenche une panique subite.* »

Je l'écoutais religieusement. S'il cessait un instant de parler, le silence était accablant — à l'excès — comme la nuit dans une église.

Il reprit et dès lors, s'arrêtant de temps à autre, il se mit à parler attentivement :

« J'ai reçu il y a peu de jours la visite d'un ancien déporté[4]. J'évite d'ordinaire de penser à ce qui m'effraie, mais dès l'instant où cet homme me dit qu'il avait partagé la cellule de Robert mourant, je n'imaginai que trop bien ce dont il me parlerait...

« Sur-le-champ, le malaise de mon visiteur me frappa...

« Ce que j'aurais dû remarquer dès l'abord m'apparut comme une évidence : Éponine fut arrêtée peu après l'arrestation de Robert et la Gestapo vint chez moi le même jour que chez elle... Tu sais que j'avais quitté R. la veille. Mon frère n'avait pas laissé de message à mon intention...

« Son compagnon de cellule avait l'aspect de la plupart des déportés : sa maigreur donnait l'impression de parler à un être plus proche des morts que des vivants. Il avait tenu à venir me voir sans attendre parce que le souvenir des faits qu'il me rapporta le hantait...

« Il me fit d'abord connaître les circonstances dans lesquelles il avait rencontré Robert. C'étaient les conditions habituelles d'une détention préalable à la déportation. Apparemment, Robert résista mal à la torture ; il est sûr qu'il en revint mourant. Mon visiteur assista à l'agonie ; quand Robert fut porté à l'infirmerie, autant qu'il semble, il n'avait plus une heure à vivre. Il se mit à parler vers la fin, exactement la veille de sa mort...

« Je fus pris d'une folle angoisse dès l'instant où mon visiteur entra chez moi. Je ne puis que difficilement parler de cette sorte de squelette qui venait littéralement me porter des nouvelles d'un autre monde, d'un monde absolument malheureux : je ne pourrais rien dire de lui qui ait un sens à la mesure de ce qui est de règle en pareil cas, mais c'était sans nul doute un homme auquel on pouvait parler. Il me le dit, les épreuves par lesquels il passa plus tard le faisaient trembler s'il y songeait, mais pour un ensemble de raisons les trois jours qu'il passa dans la compagnie de Robert demeuraient pour lui les plus chargés...

« Il sortait lui-même d'une chambre de torture. Il ne me dit pas s'il avait ou non résisté ; il était clair qu'il avait résisté, mais il me dit tristement qu'il aurait le désir de tuer un homme qui accablerait ceux qui cèdent : lui les plaignait, c'était à ses yeux la pire infortune qui puisse nous atteindre. Il était d'autant plus effrayé d'avoir assisté aux derniers moments de Robert.

« *Robert lui dit agressivement :* "*Je n'ai pas voulu résister, je ne l'ai pas voulu et ne croyez pas que j'ai résisté, la preuve en est : j'ai donné mon frère et ma maîtresse !*" *Mon visiteur, si gêné qu'il fût, voulut savoir s'il aimait ou s'il haïssait ceux qu'il venait de donner ainsi.* »

Charles eut à ce moment quelque peine à reprendre :

« *Robert répondit qu'il avait donné justement les êtres qu'il aimait le plus. Son interlocuteur imagina que la torture venait de le rendre fou, mais Robert n'était pas fou : il avait même alors la plus grande lucidité. Et comme il portait les marques d'un long supplice, mon visiteur lui demanda :* "*En ce cas, pourquoi vous ont-ils torturé ?*" *Tout d'abord, ses bourreaux n'avaient pas voulu le croire, ils avaient demandé d'autres noms. Il est certain que finalement, il se laissa torturer et ne parla plus : il ne donna pas les noms de ceux dont il avait réellement partagé l'activité clandestine. De guerre lasse, les policiers se contentèrent des premières dénonciations, auxquelles la longue torture qu'il subit ensuite sans parler donnait un caractère de véracité…*

« *Ce qui frappait mon visiteur, après tant de mois de souffrance était d'avoir vu mon frère pendant les deux jours d'agonie qui suivirent l'interrogatoire. Il lui avait semblé, et il disait maladroitement, que le mourant ne pouvait pas supporter ce qu'il appelait lui-même sa lâcheté :* "*C'était comme si, de l'avoir commise, il mourait deux fois.*"

« *Il disait qu'en ne parlant plus il avait cru se racheter, mais il le comprenait finalement : c'était trop tard, le mal qu'il avait fait était irréparable et il avait fait justement ce qu'il pouvait concevoir de plus lâche et de plus odieux*[5]…

« *Je cherchai à savoir si quelque bonheur abominable ne se cachait pas derrière ces plaintes. C'était improbable : tout cela avait frappé son compagnon : pendant que mon frère parlait — et plus tard interminablement —, il s'était efforcé, plein d'angoisse, de comprendre une conduite aussi surprenante. Ce qu'il tenait pour assuré était que Robert, après sa lâcheté, se sentit dépassé par elle. Il avoua d'abord en manière de défi un* CRIME *dont personne ne lui demandait compte. Il fut alors d'une insolence que l'agonie seule rendait supportable.*

« *Mon visiteur semblait soulagé de parler longuement. C'était un jeune calviniste du Midi qui devait avoir l'habitude du silence, son accent méridional trompait : il donnait une sorte d'aisance à ses paroles… Il avait un corps squelettique, très grand ; il était blême et l'effort parut l'épuiser. Il revivait la scène intérieurement ; il en semblait rongé, comme on peut l'être par une longue fièvre. Il tenait à donner les détails les plus futiles, comme si des intérêts vitaux dépendaient de son témoignage. Je pense qu'il ne se soucia pas et même n'eut pas conscience de m'atteindre au point sensible.*

« *Quand Robert parla, il était ensanglanté, il parlait bas et péniblement, à des moments de rémission entre les râles. Il n'avait rien prémédité, il n'avait pas* CHOISI[6] *de donner ceux qu'il aimait : apparemment l'idée d'une aussi noire trahison lui tourna la tête, elle avait pour lui la fascination du vide ; le vertige sans doute n'aurait pas suffi mais la violence de la douleur aida.*

« *Le jeune homme me regardait gravement, ce qu'il me disait le transfigurait. De la même façon, me disait-il, quand il entendit les derniers mots de mon frère, il se sentit glacé... De ces derniers mots il avait gardé fidèlement la mémoire ; quand il les redit pour moi, dans sa simplicité, sans nul doute, il était au comble de l'émoi.*

« "*Vous le savez, monsieur, lui dit mon frère, je suis prêtre, ou plutôt, je l'étais, je meurs aujourd'hui. Le mal dont je meurs, les sévices que j'ai endurés et la douleur morale que me donne la pensée de mes crimes, — car, je dois le dire, le crime d'hier est venu de ce que, déjà, je vivais volontairement dans le crime, — ont achevé de faire une épave de l'homme avide de bien que j'étais. Croyez que jamais je n'ai cessé et que je ne cesserai plus un instant de songer à Dieu. Je ne pourrais me fuir moi-même...*

« "*Dussé-je vivre infiniment, je n'attends rien. Ce que j'ai fait, je l'ai voulu de tout mon être. Ne vous méprenez pas à ma douleur : je souffre de mes crimes, mais c'est pour en jouir plus profondément[7]. Je meurs aujourd'hui devant vous, qui peut-être porterez témoignage de moi : j'ai* VOULU *être cette épave. Je puis vouloir l'oubli, je ne voudrais pour rien au monde dérober ma mémoire au mépris. Mais le refus que j'ai tardivement opposé aux policiers me gêne, et je suis content de mourir certain qu'il n'a rien réparé. Je n'ai pas fait preuve d'un courage insignifiant, mais enfin, malgré tout, je meurs déshonoré. Finalement, si j'ai refusé de donner les noms des résistants, c'est que je ne les aimais pas, ou les aimais loyalement, comme il faut aimer ses camarades. Plus je m'entêtais d'ailleurs et moins je m'accordais avec moi-même, alors j'ai ri : dans le temps d'un éclair, un rire infiniment pauvre a adouci ma terreur : c'est qu'il m'était facile d'endurer s'il s'agissait d'hommes auxquels je suis étranger ! Tandis que j'ai joui de trahir ceux que j'aime.*"

« *Le jeune homme me dit alors qu'il ne pourrait rien ajouter. Il avait été heureux de savoir que, personnellement, je n'avais pas subi les conséquences de la dénonciation de mon frère. Souvent, il s'était dit que, si je survivais, et qu'il me parlât, il sortirait de l'obsession. Il n'en doutait plus à l'épreuve : il se trompait. Il ignorait jusqu'alors que Robert fût mon frère jumeau et une ressemblance si parfaite acheva de le troubler. Il se leva et dit enfin : "J'ai voulu assez vulgairement tirer de vous le mot de l'énigme, mais, en parlant, je l'ai compris, c'était inutile, et grossier. Pardonnez-moi d'avoir été inutilement brutal." Je le sentis à ce moment : j'étais pâle et j'avais une figure à faire peur.* »

Charles dit encore, plus péniblement :
« *Il s'en alla et me laissa…* »
Il ne put achever la phrase.
J'avais le sentiment d'être muet, et il y eut un long silence : je dus faire un effort pour lui demander s'il avait parlé dans le manuscrit de ce qu'il venait de m'apprendre.

Comme je le supposais, il me dit « non » : il avait achevé le manuscrit qu'il m'avait remis avant la visite du jeune déporté. Il se leva, il alla chercher des bouteilles et des verres, puis il prépara des fines à l'eau. Nous nous efforçâmes de parler d'autre chose, mais j'eus l'impression d'un malaise sans recours. Je compris à partir de là que j'énervais Charles : il avait dû me parler longuement mais, l'ayant fait, il était mécontent de l'avoir fait[8].

Autour de « L'Abbé C. »

[NOTES PRÉPARATOIRES]

[I.] « SOUDAIN, JE VOYAIS ROBERT MORT »

La certitude, dans la peur, de ne jamais trembler assez, la conscience de malheurs, de souffrances et de souillures inaccessibles demeurent liés en moi à la période où mon frère arrêté mourut des tortures de la Gestapo. Le silence où il se perdit n'était pas seulement le plus pénible : il était désirable, encore qu'à l'avance mon désir apparût risible et vain. Toutefois comédie et // mensonge avaient leur limite : soudain, je voyais Robert mort, il passait dans la transparence de l'air, il était même cette transparence, il émanait de lui une lourde angoisse, mais résolue dans la transparence, un léger rire, une prodigieuse limpidité.

Ce n'est pas cependant d'abord qu'il en fut ainsi. Tout d'abord il y eut une période plus trouble que jamais.

En un sens l'agonie commence.
Le lendemain matin. Disparu. Éponine le retrouve chez Rosie. Quinze jours au moins ne peut reprendre son journal. Il revient. Éponine et Julien ont le cœur serré.

[II.] « JULIEN INCAPABLE D'AIMER »

à la fin, [Robert *biffé*] Julien incapable d'aimer
    ni son frère, ni Éponine, ni personne
incapable d'une autre générosité que celle
    de se détruire
il aima Robert en Éponine, Éponine en Robert
    immense pudeur, il reproche à
    son frère son exhibitionnisme oui mais Robert

aussi fut la pudeur même, la pudeur
étant une limite inviolable

le lire deux fois comme F.

[III. PROJET DE SOMMAIRE (1)]

X <L'évanoui> La grâce
XI <Robert chez Georges> L'objet d'horreur
XII <Visite à Éponine> La séparation
XIII L'anis
XIV La nuit
XV Visite à la rue
XVI Visite de Mme Hanusse à Georges
XVII Seconde nuit
XVIII Robert disparu

<XVIII Robert Rosie et Raymonde
XVIII La nuit avec Rosie et Raymonde
XIX L'évidence
XXI derniers jours, la mort>
Récit de Rosie

XIX Le récit de Rosie (a)
XX *id.* (b)
XXI L'arrestation
<XXI L'arrestation d'Éponine>

[IV.] « ALTERNATIVES DE COMÉDIE ET DE VÉRITÉ »

        alternatives de comédie et de vérité d'absurdité et de pré-
cision. conversation avec Robert. refus de Robert. réflexions
de Georges. Robert malade. Un sentiment d'irrémédiable. Se
prend au sérieux. folie. tuberculose. sentiment de légèreté impardonnable.
visite à Éponine. conversation sérieuse à laquelle assistent Rosie
et Raymonde
rire sur la comédie de Robert
sentiment d'extravagance générale, où tout est mêlé en tous
sens. Mme Hanusse.
Retour dans la pluie très tard, comme un fauve le désir. la pluie.
la rage au moment, multiplication, la comédie de Robert.

Le petit matin, retour de Georges : la chose. Georges siffle Éponine, elle descend. On passe outre. Robert parti.//
Visite à la cure. Robert semble détraqué (il faudra insister auparavant sur la logique de la séparation). L'angoisse l'emporte, misère immense de Robert, le spectacle de la détresse, de la souffrance inextricable. Robert commence à souffrir physiquement. Grande histoire en tous sens. Robert se sert de sa souffrance physique, mais cela a un défaut. Impossible de fermer sa porte.
Georges ne va pas voir Éponine. Le lendemain matin, elle va voir Mme H. conversation sur la chose. Georges va voir Éponine. Elle soupçonne le boucher. À la fin de la conversation le nom de Robert

[V. PROJET DE SOMMAIRE (2)]

XVII	Seconde nuit
	G pense que c'est Robert
	Robert arrive + bruit spécial
XVIII	Robert s'éloigne puis repasse
	bruit de galopade (Rosie fait le tour chute de
Robert tout cela entendu de la chambre et incompréhensible)	
	fin de la seconde nuit
XIX	Robert disparu
	Crise de Georges
	Mme Hanusse chez Georges
	Il doit aller voir Éponine
XX	Récits de Raymonde et de Rosie
	chez Éponine + les incidents de la rue
	puis l'histoire dans la chambre de l'hôtel
XXI	Arrestation de Robert

[VI. PROJET DE SOMMAIRE (3)]

III La visite à mon frère (?)
IV Le passage de l'abbé
V La promesse
VI 2° visite à mon frère
VII Le boucher
VIII La montagne
IX La grand-messe
X La grâce
XI L'objet d'horreur

[VII.] « NI REMORDS NI JOIE »

Quelle conscience eut Robert en rapport avec la recherche du bien ? la sienne ? celle de Charles ?

Pourquoi Robert terrifia le calviniste ?

Après avoir dit au calviniste qu'il avait donné son frère et sa maîtresse, R. lui expliqua ce qui s'était passé et qu'il avait cru se racheter, mais c'est impossible. Il faut descendre la pente de degrés en degrés.
Il n'a ni remords ni joie.
Il comprend

[VIII.] « TU SAURAS TOUT »

Un instant, il en est temps maintenant. Je vais te dire en quelques mots ce qui s'est passé. Le plus vite que je puis. Mais tu ne me poseras plus de question. Tu sauras tout et jamais, jamais nous n'en parlerons plus.

dire la raison pour laquelle
    tout ceci n'est dit qu'à la fin.

Ma grand mère est enterrée
Dans les choux et la purée
Trois petits chiens ont fait dessus
Ma grand mère est revenue
    Toute nue

[IX.] « LE SCRUPULEUX ZÉLATEUR DU NAUFRAGE »

Ce qui me semble-t-il donna à l'abbé C. le merveilleux pouvoir d'échapper aux limites acceptées de tous les autres tenait pour une part de la faiblesse de l'esprit. Il est vrai que jamais il ne se résignait, qu'en toutes circonstances, il se disait à peu près :

« je ne sais ce que je vais faire, mais je tirerai parti de la difficulté ». S'il sombrait, il se disait : « Je ne puis accomplir mon destin qu'à une condition : de sombrer. » Il sombrait dès lors avec le zèle d'un très bon élève, et il était le scrupuleux zélateur du naufrage. Il y avait sans doute dans le naufrage un élément de désordre et de relâchement qui décevaient *[sic]* le besoin de s'appliquer ; mais l'exagération même du désordre répondait à ce moment // à la certitude qu'il avait de savoir, lui, trouver la bonne réponse aux questions les plus difficiles. S'il se laissait aller au découragement c'était un découragement exorbité, il était déprimé avec une telle rigueur dans la dépression *[interrompu]*

[PASSAGES ÉCARTÉS]

[I.] « UNE FILLE QUI BAVE DE LA BOUCHE »

Une fille qui bave de la bouche, dont la bouche bave, la bave
est celle de l'eau dans la mer, l'eau d'une vague dont la lourde
odeur d'algue et la légère odeur d'égout lui fend l'âme et les
jambes donne aux jambes l'âme d'un océan d'eaux amères, qui
épuisent d'une mort immense, qui changent en nuit, en ruissellement d'eaux, en ciel et en vide, en absence sale : en ce lieu de
l'âme ont leur racine les mots — la cuisse, la chasse d'eau, ...
les mots crus de planches plâtreuses qui donnent aux baisers
une saveur de trépas (d'allumette soufrée) ; ouvrir un œil de
bœuf à la chute de la nuit, mer et ciel mêlés, Lucile et Raoul,
dans la mort, se retournant l'un en l'autre comme la ménagère
écorche un lièvre : l'écorcheuse ouvre la porte, la porte donne
sur l'océan, plus d'âme, mais le vent, l'étendue d'eau, l'eau
baveuse, elle roule // l'abîme de la nuit, l'absence de limite au
nom immense, le mot *merde* tout à coup revêtu de la jeunesse de
la mort, qui serre la gorge. Mourir n'est rien mais laisser le ruissellement de l'étreinte ouvrir la chair au ruissellement de la mer
est devenir la mort.

[II.] « JE SUIS, TOUT ÉVEILLÉ, DANS L'ENFER... »

Je suis, tout éveillé, dans l'enfer. Si je lis le récit de tortures,
je sens la torture que je lis. J'écris : la nature humaine, c'est ma
nature, est moins forte que les tortures, elle est au-dessous du
niveau d'une douleur atroce. Toute joie est dans l'ordure de cette
impuissance. Si des hommes torturent, c'est qu'à leur sens, définitivement, la nature humaine doit succomber à l'impuissance.

S'il en est ainsi à leur sens personne n'y peut rien : je suis impuissance tout entier. La mort m'envahit sous la forme d'une impuissance à l'endurer, c'est-à-dire à endurer la douleur. Ou dois-je aimer la vie même dans la sentine où elle se défait, où elle est moins forte que la douleur, où la douleur prive d'espoir. Ou plutôt : *puis-je* l'aimer encore ainsi ? dans sa défaite inavouable. // Défaite inévitable, volontaire (qu'un seul homme volontairement en rende un autre infâme en le suppliciant, la volonté humaine est complice tout entière : l'humanité s'indigne, il est vrai, mais à demi, l'indignation signifie seulement l'horreur impliquée dans son objet), défaite définitive. L'essentiel : l'humanité est l'exigence que seule satisfait la dégradation vulgaire, mais à grincer des dents, de l'humanité. L'ignominie à quelque degré qu'elle aille et quelque forme qu'elle ait n'est pas moins nécessaire à déterminer l'homme dans une multiplicité de sens que l'inaltérable pureté de cœur : ma pureté serait-elle inaltérable si mon prochain répond par l'ignominie à l'exigence donnée généralement dans l'accident qu'est l'homme // en conséquence donnée en moi.

[III.] « AUJOURD'HUI JE ME SENS ABSOLUMENT MAL... »

Aujourd'hui je me sens absolument mal. Je sais que je mourrai vite, que je meurs. La vie n'a plus de sens en moi que cette mort, dont j'ai la nausée. Même je n'imagine plus la lueur d'un espoir furtif que teintée de cette nausée : ce que je puis encore concevoir de plaisir lié à cette nausée. J'ai le plus grand tort : rien pour moi ne compte plus que ma mort. Toute vertu relâchée en moi, dans un à-vau-l'eau infâme, plus de dignité ni de loi morale, je n'en connais que le mensonge

[IV. AGONIE DE L'ABBÉ C. (1)]

L'abbé gisait sur un remblai de mâchefer auquel l'herbe et les fleurs des champs, courbées par un vent continuel, achevaient de donner un vilain aspect. À la maigreur de sa nudité, aux plaies comme des maladies de la peau dont il était couvert et aux joues mal rasées s'opposait bizarrement un filet de sang qui coulait vermeil, d'une blessure fraîche de la bouche. De temps à autre, d'assez loin, parvenait un bruit monotone de mitrailleuses, hachant pour ainsi dire celui des mouches qui dans le soleil et la grande chaleur sèche emplissait les airs. // Une invisible violence émanait de l'espace même, à peine distincte de la vibration de la lumière : et à tout prix, il aurait fallu modérer cette violence par un léger espoir d'y échapper, serait-ce dans le répit d *[sic]*, sinon, ce qui arrivait en effet, les mouvements de l'agonie, mais cela n'était guère concevable, ne pourraient plus se séparer de l'horrible chant que rien, jamais plus rien n'arrêterait et de même la stridence de l'air était une immense agonie crispée dans l'ampleur du vent.

Parenthèse pour les sots.

Personne jamais de moins sacrilège, ni de moins démoniaque. Mais j'étais rigoureux, le premier j'ai tiré de la vie en Dieu, — morte, exhalée en Dieu, — ses conséquences dernières. Nul n'a lavé Dieu des crimes dont il est coupable, sinon dans les conditions où le supplicié le plus dur se défait pour mourir et donne les noms (si bien que, des crimes de Dieu, le plus rusé et le plus long à démêler fut le christianisme).

*

J'innocentais Dieu dans le crime, vivant innocemment et souverainement dans le crime. Mais je n'aurais pu l'innocenter à demi : je dus le trouver dans la mort. IMPOSTURE est le nom qu'en un moment de débauche du cœur il me révéla. (Et de celles des cœurs et des corps, celle des cœurs répond seule à l'espoir éveillé dans la *débauche*.)

Or imposture, Dieu ne l'est pas au sens où l'imposture peut être démasquée ; ce que signifie la divine imposture est que Dieu ne peut pas *ne pas* se tromper ni *ne pas* nous tromper, // autrement dit, qu'entre le mensonge et l'être il n'est pas de différence. Si bien que l'imposture que je suis n'est pas moins Dieu que Dieu lui-même, et, réciproquement, qu'il *n'est* rien qui puisse être sans mentir.

*

Ainsi la culpabilité divine découle-t-elle profondément de ce fait que Dieu n'est pas, n'est qu'un leurre, qui est tout, qui nous force à vivre de leurre, nous réduit à n'être que leurre. Cette vérité théâtrale est contraire à la raison, mais la raison même la révèle, qui ne serait pas la raison si elle ne connaissait pas son impuissance à enfermer l'être en elle-même, — qui ne serait pas la raison si elle n'était jamais la défaillance de la raison. Mais l'expérience sensible lui répond, non l'expérience d'une vérité précise de l'objet donné, mais l'expérience sensible que, précisément, l'absence de vérité de son objet rendit possible. Ceux qui s'avancèrent le plus loin dans la recherche d'un objet sans forme et sans mode savent que cet objet est révélé à l'expérience sensible dans la mesure où, précisément, celle des objets connus s'est avérée trompeuse. Mais nous ne pouvons, allant plus loin, substituer au premier donné un second donné solide. Si le second donné à son tour se solidifie, c'est que le cœur nous manque à l'idée de ne plus jouir, au-delà de ce monde-ci, d'une vérité équivalente. Mais nous pouvons aussi bien, — il suffit pour cela de n'obéir jamais à la tentation de la défaillance, — reconnaître dans l'imposture non la qualité précaire de ce monde-ci, mais la qualité dernière de l'autre.

Autrement dit, l'expérience virile montre qu'une sensibilité informe n'est possible en nous qu'à la condition d'apercevoir comme un leurre, eût-elle la simplicité de l'être, chaque forme menaçant de prendre corps. Distinct du néant, l'être, en effet, est encore une forme, mais s'il est en même temps être et néant, s'il est ce qu'il n'est pas, s'il n'est pas ce qu'il est, c'est un leurre, et ce leurre, si elle n'a ni forme ni mode, est l'objet de l'expérience sensible : c'est le possible le plus lointain, auquel est lié *[sic]* la réflexion de l'être sur lui-même, sans laquelle je ne suis que leurre ignorant qu'il l'est.

★

Pourquoi ne pas dire plus précisément que ce leurre enivre, que cherchant à ne pas être leurré, j'évite une possibilité qu'ouvre le leurre et que ferme la vérité ; que la vie n'a de cesse qu'elle n'ait comme objet l'être qui n'est pas et le non-être qui est. Qu'elle est *libre* dans le leurre aperçu comme leurre et servile dans le leurre pris pour l'irrécusable vérité. Car le leurre reconnu est à l'objet vulgaire, — à la table, à la loi et aux êtres qui sont ce qu'ils sont —, ce qu'est le crime à la servitude, la souveraineté à la prison ou la volupté au travail.

★

Quand chianine dans la nuit, il n'était rien dans l'uni- // vers que je ne l'ai *[sic]* contraint d'avouer : j'étais le souverain de l'univers en ce que l'univers en moi réfléchissait le mensonge illimité. Mon soulagement était dès lors sans pudeur et sans borne et comme un cri qui ne m'aurait pas seulement délivré, qui aurait délivré, aurait ouvert le ciel.

Ce n'était pas seulement l'horreur et l'obscénité de ma position, j'étais libre comme un fou rire et dans mon angoisse se jouait une immense monstruosité de l'être, — qui jamais n'a de limites sans l'excéder et qui, même dans l'instant, se dérobe à la pensée qui veut l'atteindre. Et chianine enfin je faisais ce que l'homme jamais ne fait, j'étais obscène et faux comme le ciel et comme Dieu : j'étais divin, sacré, inaccessible et il n'était plus de mesure à laquelle je pouvais être réduit.

[VI. AGONIE DE L'ABBÉ C. (2)]

L'Abbé C.
I
L'agonie.
<Ces fragments de journal furent écrits
durant l'agonie de C.　*biffé*>

J'avais quatre ans, la tête sur la cuvette et ma mère me tenait le front. J'étais alors, comme aujourd'hui, malade de la tête aux pieds, je me souviens de sueurs froides et même, à de certains moments, je vomissais de la bile par le nez : je n'étais nullement soulagé et demeurais sur la cuvette, étouffant mais ne pouvant fuir. Quand le vomi sort par le nez, que l'être humain défaille au comble du désordre, la mort, en somme, lui sort par le nez. Un cri terrible grandit, mais il s'étrangle dans la gorge : il ne sera jamais crié.

J'ouvrirais des yeux caves, la fièvre les agrandirait. La nuit, l'orage, et s'ouvrir à la mort paisiblement : le calme au lieu des cris du malheureux qu'on égorge dans sa maison. D'un côté, avec une incorrigible confiance, crier « Au secours ! À l'assassin ! » ; de l'autre, lucidement, sans espoir, saigner et s'affaisser. Mais l'agonie, comment qu'on la prenne, n'est pas avouable.

Dieu merci, ma mère est morte. Je suis libéré du mensonge de la main secourable. Morte ma mère, qui étouffa, je suis nu, sans secours, dans l'irrespirable vide. L'Éternel amer inexorablement me sort par le nez : il est noir et froid (c'est lui qui me sort, néanmoins, par le nez, comme la bile).

L'hôpital, la guerre (subie dans l'isolement, inintelligible) annoncent Dieu : ils ouvrent l'étendue qui se dérobe, qui tombe infiniment. Dans ma bouche à la langue coupée, Dieu parle, avec des tampons d'ouate imbibés d'iode, un langage de vent, de maison effondrée.

Ils cherchent Dieu, mais ne voient pas râler : ils ne savent pas que l'agonie est l'Évangile. Dieu n'a pas le pouvoir de parler sans mourir. Personne ! Dans le fond de l'obscurité et dans l'excès de la douleur, Dieu est brûlé : ce n'est qu'un cri d'horreur inarticulé.

S'Il parlait — le temps d'un éclair — il ne dirait que : « du feu ! de la mort ! un peu plus ! » (Il veut la terre en cendres). Il mourrait aussitôt en poussant un cri d'éternelle horreur. Il n'est pas de limite à la douleur de Dieu : comparée à Sa douleur, toute joie semble triste.

« Épargne-moi ô Dieu, toute consolation ! Laisse-moi à l'horreur de mourir. »

« Dieu que je…, haine dévorante, feu inexorable… Délivremoi des douceurs de la haine et du plaisir de brûler ! Ma sœur ! »

Tu cherchais, dans ta vie, une sorte de tombe, à l'abri du remords, du désir, tu t'abandonnais au désir pour mieux éprouver le remords — et de là tomber au désespoir indifférent. Tu vivais dans l'attente d'un moment où l'approche de la mort aidant, tu pourrais ne plus tricher, trouver à la fin l'*impossible*, auquel s'opposent aussi bien l'absence de désir que le désir, le remords que l'absence de remords. Mais déjà ce dernier moment t'est volé. Ta main traçant difficilement ces derniers mots, tu entends dans l'escalier de ta maison les pas rapides de ta sœur.

II

<Mouvement de rebondissement dans l'impossible
l'enchaînement de l'amour, la frénésie de
la table de l'autel.   *biffé*>

Il mourut dans le sentiment du mensonge. C'est en vain qu'il avait résolu d'être inerte, ouvert sans lui résister au travail du malheur. Je ne sais si personne voulut l'impossible avec tant de rigueur logique. Mais, fût-ce dans l'agonie, nous ne pouvons nous rendre étrangers à des sentiments qui mènent à l'impossible sans doute, mais par le désir insensé du possible. Sa décision ne put survivre à l'entrée de sa sœur dans la chambre. Il écrivait l'instant d'avant. Mais le travail de la maladie l'avait à ce point ravagé, qu'à deviner dans l'ombre la douleur de la jeune fille, il ne put vers elle qu'ébaucher un geste d'accueil.

Une corde en lui s'était rompue quand sa tête tomba : il se donnait soudain, perdant le sens des liens qui nous enchaînent, cette liberté // des profonds délires, dont nous ne disposons qu'une fois : quand déjà nous entrons dans la mort.

Sa sœur se demanda plus tard, ayant lu les lignes qu'il acheva — tandis qu'à perdre haleine elle montait l'escalier — si ce délire n'était pas feint. Il l'était en un sens mais il était facile de feindre ce qu'à la fois commandaient la fatigue et l'entrée — une présence démoniaque — du péché, dans la chambre. La feinte, à ce moment, n'est plus mensonge, mais moyen malheureux de vérité. Marie même eût-elle supporté de le voir, devant elle, épuiser lividement la lie du mal ? Il aurait, s'il avait maintenu son obstination, dû lui refuser d'entrer : il l'accueillit de la seule façon qu'il pouvait, dans l'immense abandon et les mouvements de passion d'un délire. Il est un autre côté de cette défaillance. À l'extrême pointe de la vie, quand un rien à peine nous sépare de la mort, se fait jour une possibilité imprévue de caprice, de bonheur insouciant. Cette possibilité, le délire l'ouvre, qui dérobe un instant les limites que nous nous donnions. La maladie et l'épuisement de tous les nerfs, // nous insensibilisent à la longue, nous aveuglent aux divers objets sauf un, qui dès lors nous attache en entier.

Aux prières de Marie, lui demandant seulement de parler, au moins de dire un mot, l'abbé C. ne répondit rien. Il gardait dans le désordre du lit, l'attitude d'un sac, couché comme il est tombé sur la terre. Le souffle seul, qui enflait rapidement les côtes, donnait un dernier signe de vie. Marie agenouillée à son chevet, égarée, et vainement suppliante, à l'idée qu'elle était arrivée *trop tard*, et que jamais plus, il ne serait temps, *[interrompu]*

[I. ÉBAUCHE DE LA Iᵉ PARTIE]
[Ici, p. 615]

Je me rappelle avec beaucoup de précision que, le jour où la première fois je rencontrai Robert C., en compagnie de Georges, son frère jumeau, j'étais dans l'état d'esprit le mieux fondé, mais le plus pénible, où la cruauté de la jungle révèle brusquement ce qu'elle est, vérité universelle et sans recours. Un revers de fortune était la lamentable cause de mon angoisse. Je voyais que désormais j'aurais à travailler, et que le monde cessait de proposer sa diversité à mon plaisir, je devrais au contraire, agenouillé, répondre à l'exigence d'engrenages inhumains. La circonstance aurait pu n'être pas favorable, mais le jour même où l'hostilité, mieux l'indifférence du monde s'imposa si durement à ma fièvre, me rappelant le visage mobile // de Georges, où sans fin l'hilarité démentait l'inquiétude, et la légèreté, le sérieux parut à ma fatigue une clé de l'énigme posée par la perte de ma fortune. Il me sembla, me souvenant de sa gaité, qu'une mobilité enjouée animait le ciel. Je venais me plaindre de mon sort et la nouvelle amitié de Georges <lac.>

Je sonnais à la porte de la grande maison provinciale, et à ma surprise Robert au lieu de la bonne vint m'ouvrir et répondit à ma demande :
« Ah… justement mon frère est malade. »

[II. ÉBAUCHE DU CHAPITRE III DE LA IIᵉ PARTIE]
[Ici, p. 638]

L'abbé demeurait dans la pénombre, bizarrement vêtu d'un pantalon de toile blanche (informe et sale), et d'un vieux gilet de laine noire, couvert de reprises.

Il demeurait muet, dans l'hébétude d'un fauteuil, et sa silencieuse absence répondait en l'accusant à la brutalité qu'il avait eue pour me crier d'entrer.

Tout d'abord je ne compris pas qu'il était décidément défait ; je me demandai quelles raisons s'ajoutant à celles qu'il avait déjà, l'avaient décidément fâché. Mais je n'avais // pas ouvert les dents : une main qu'il avait sur le bras du fauteuil glissa laissant le bras tomber comme d'un pantin : un tel abandon me sembla théâtral, affecté. Sans doute, il leva la tête et me dit, sur un ton presque enjoué :

« C'est bête ! »

Puis, comme s'il éprouvait la nécessité de mon innocence, il ajouta après un moment interminable :

« Mais c'est bien. »

Dans l'état vague où j'étais j'imaginai ce qu'il voulait dire : cette matinée de mardi gris à demi pluvieux tirait à 10 heures du matin une partie de sa présence sournoise de l'humidité de la maison, de la cure, où des relents de vieillards et de tables de nuit donnaient le sens de la mort à l'odeur de lit défait de la chambre de // mon frère.

« Tu n'as pas beaucoup dormi, dit-il, moi non plus... »

J'étais pris au dépourvu. Je n'avais pas prévu, dans mon hébétude, me traînant, dans des rues pluvieuses de village, de la vieille maison à la cure que j'allais m'éveiller sans retour à cette horreur lente, que pour l'instant je n'avais pas le courage d'aborder.

À me voir ainsi visiblement traqué, et de tous côtés les issues fermées, l'abbé eut un sourire défait d'autant plus lâche que j'étais venu — légèreté, sottise — résolu à le traquer lui ! mais rien évidemment ne pouvait me déconcerter davantage que de voir déjà fait le mal que je venais faire.

Le mal ?

[III. ÉBAUCHE DE LA IIIᵉ PARTIE]

[III.a (ici, p. 687)]

Le soleil se couchant sur une ter\<rible\> *[la fin du mot manque]* désolation n'eut pas d'éclats plus rouges que d'autres jours, où il embrase une étendue paisible de terre, de prairies et de bois, de villages et de champs, mais les yeux qui pouvaient le voir étaient absorbés : déjà ce qu'ils voyaient n'était plus séparable de l'horreur où ils le voyaient !

Les mots qui parlent du malheur me font toujours songer à ceux qui brûlent, par mégarde, un papier qui aurait permis de retirer une fortune : ils traitent le malheur aussi mal que le papier celui qui en ignore le prix. Moi non plus je // n'ai pas de moyen d'échapper à la servitude littéraire et je n'écris jamais sans \<m'effrayer de la\> désespérer d'une méconnaissance, sans laquelle je n'écrirais plus. Mais *que faire*? Quel ennui d'en savoir si long, quand le savoir eſt sans issue.

Je m'approche de l'objet que je veux saisir, et mes fortes mains le mettent en poussière. Je poursuis, fantôme disert, je me défais moi-même en écrivant mais je dure : quel courage glacial anime l'être qui parle, ne cesse pas de parler, qui s'effondre et sent que tout lui manque ? Si encore cela devait lui manquer vraiment !

Persévère néanmoins, malheureuse buée !

// Insinue-toi, souffle épuisé, dans toutes les fentes : dis-toi voulant t'apaiser plus profondément que nul déshonneur, nulle humiliation ne te seront épargnés. Percé à jour, tu n'auras plus de honte. Et convaincu d'avoir menti tu entendras comme une sentence le mensonge que jamais tu ne cesseras de continuer.

Me faisant à moi-même, secrètement et gaîment, ces confidences, je vis venir un homme entre deux âges : il s'assit à la table où j'écrivais. Sorti du paysage crépusculaire il avait le visage de l'abbé C. Bien qu'il eût // tous les signes de la vie — il parlait —, il n'avait pas seulement la pâleur de la mort. Il avait une étonnante vulgarité, celle d'un homme qui en sait trop, qui rote et se laisse aller de son long.

Il énonçait lentement pour lui-même des phrases dont j'aimerais dire que le regard était, comme celui des morts, tourné en dedans.

« Mais enfin, dit-il, enfin, pour quelle raison devrais-je demeurer muet, je veux dire : ne pas être lyrique. »

Il se tut un peu et rota fortement répétant :

« Lyrique !
// « Je devrais, continua-t-il, me lever et dire qui je suis, le chanter peut-être. »

Il chanta en effet, encore accablé, transposant les mots sur l'air du *Magnificat*.

C'était lourd, c'était lâche, c'était rituel, c'était péniblement comique et, beaucoup plus, *glaçant* : décidément, me dis-je, en un frisson de gêne et d'effroi, il n'est qu'un chant d'église pour sortir ainsi du fond des temps.

« DEUS SUM ! avait crié l'abbé, NIL A ME DIVINI ALIENUM PUTO. »

Alors il se leva de la chaise, alla vers la fenêtre qu'il ouvrit :
// le vent froid fit battre les portes et souffla ma lampe.

Il me tournait le dos, il se pencha dehors et se mit à parler rapidement, avec une évidente nécessité.

« Moi aussi, je suis un chien, un S.S., un innommable monstre ! »

En une sorte d'ivresse illuminée, je compris soudain ce qu'il voulait dire et dans l'obscurité, quand il revint vers moi, que je fixai cette ombre, absorbée au dedans d'elle-même, ne rayonnant *rien*, et achevant de rendre la nuit noire, ce qui lie l'enfer et le ciel, l'angoisse et la joie extrêmes me lia et plus j'en eus peur // plus la méchanceté du mort me sembla belle, sa bestialité douce.

L'*absence* de l'abbé emplissait la chambre : je me rappelai l'accent fêlé et grisant comme le déshonneur qu'il avait eu pour chanter, pour crier ou gémir interminablement son DEUS SUM : c'était beau, c'était comique, c'était beau comme la foudre et la foudre était belle comme un enfant ! C'était bien entendu un S.S. qui chantait, non plutôt, la méchanceté de l'abbé faisait auprès d'elle sembler lente celle du S.S. Les rages, les peurs et les désespoirs cruels de millions d'humains étaient crispés dans son absence, // la rage, la peur et le désespoir se perdaient dans un déchaînement des mesquineries et des haines imbéciles. Ma vie s'abîma en un rire parfait, sournois et silencieux.

J'aurais bien aimé que d'un grand cri mon gosier se déchirât, mais c'était inutile, impossible et déjà *[interrompu]*

[III.b (ici, p. 687)]

Au moment où je sus, — à n'en pouvoir douter, — que mon frère était mort, sous mes yeux le soleil couchant embrasait une étendue paisible de hauteurs neigeuses : je regardais de la fenêtre cette image figée, je savais que je n'aurais plus désormais la force de la séparer d'une horreur au moins fastidieuse.

L'univers vivant me sembla lui-même touché d'une maladie infectieuse.

// Nul déshonneur, dorénavant, nulle souffrance, nulle humiliation ne me seraient épargnées. Je survivais… mais la mort de Robert vainement allait me percer à jour. Je n'avais pas de honte, mais j'avais la certitude de mentir, et j'entendais comme ma sentence le mensonge où je devrais persévérer.

Je m'attendais à cette nouvelle. Mais le coup qu'elle me porta me rendit malade. Je me fis à moi-même de secrets aveux : je n'avais rien en moi qui me permette de supporter de vivre, de ne pas sombrer entièrement dans la nuit où j'entrais. J'eus le soir même une forte fièvre et je me mis au lit.

Je vis venir un homme entre deux âges : il s'assit à la table où j'écrivais. Sortant d'un monde où la bestialité n'avait plus de bornes, il n'avait pas seulement la pâleur d'un mort : il avait la // vulgarité de l'abbé C. ; il avait l'air d'un homme qui en a trop vu et, décidément, se laisse aller. Comme celui des morts son regard était tourné en dedans. Son âme était celle d'un pénible bâillement qui ne peut finir.

Tard dans la nuit, le vent froid fit battre la porte et la fenêtre s'ouvrit.

Il se leva alors, ferma successivement la fenêtre et la porte et me parla.

Je vis que sa soutane, en lambeaux, était maculée de sang. Il parlait très simplement, assez vite, sous le coup d'une nécessité évidente.

« Tu le sais maintenant, me dit-il.

— Je le sais, répondis-je, je le savais déjà.

// — Tu le sais maintenant, mais pas tout. »

Je protestai :

« Je suis gêné.

— Pas assez », dit-il.

Il poursuivit.

Comme il était bizarre qu'il ne rie pas !

De tout ce qu'il me dit, malheureusement, je ne me souviens pas. J'étais gêné, il aurait dû rire. Il se tenait drôlement, comme s'il avait froid, absorbé en dedans de lui-même. La lune éclairait faiblement le ciel : et lui, dans ma chambre, il achevait d'assombrir la nuit.

Je me rappelle enfin qu'avec une précision calculée, brusquement devenu agressif, il me bouscula :

« Bien entendu, tu es gêné… // que dirais-tu si, à ma place, _tu étais Dieu._ Cela, tu le sais, ne devait jamais être dit, mais tu ne peux savoir encore… »

Il s'arrêta.

La rage qu'il avait de faire peur me choquait, mais j'étais déjà si angoissé que je n'osais plus rien dire.

Il alla plus loin :

« Je le sais, je fais peur, mais tu dois même me demander de t'effrayer davantage. J'ai souffert mais tu méconnais encore le monstre que je suis : comparés à moi, mes bourreaux eux-mêmes ont beaucoup de cœur. »

Intérieurement je trouvais exagérée cette insistance et sur [_mot illisible_] // songeant à l'horreur du cauchemar le plus ano-din, ce côté inexpiable cessa de me sembler facile.

Ce fut le moment qu'il choisit pour se détendre :

« Il n'est pas de lâcheté, me dit-il, qui calmerait ma soif de lâcheté. »

Il dit cela sans ironie, sans effort : je sentis en un frisson qu'il était _inspiré_ et que, calmement, il _rayonnait_ une lâcheté inavouable.

[IV. ÉBAUCHES
DE L'« AVANT-PROPOS DE CHARLES C. »]
[IVᵉ partie]

[IV.a (ici, p. 695)]

J'imagine maintenant qu'à me lire, quelqu'un sera tenté de pro-tester, de trouver inhumaine une attitude si austère, qu'apparem-ment rien ne justifie chez l'auteur. À vrai dire je n'ai pas voulu charger mon frère à mon profit, je savais au contraire en l'acca-blant que je m'accablais moi-même davantage. C'est qu'il ne s'agit pas en définitive de mon frère ou de moi mais d'un enjeu qui nous dépasse, et // personne, sans doute, ne contredira si j'avance que mon frère et moi nous avons perdu (et que, probablement, nous devions perdre à l'avance). Mais il y eut au départ, entre mon frère et moi, dans la similitude dont j'ai parlé, cette différence fon-damentale : jamais je ne perdis pied, je n'avais pas à perdre pied : je maintenais, à travers des vicissitudes, entre les autres et moi

j'aimais et je savais vivre.

Mon frère.

[IV.b (ici, p. 696)]

Toutefois ces notes ont encore ici un sens précis. Mon récit au départ est en somme une biographie de mon frère. Or l'intérêt d'une telle biographie a ce sens : de décrire un mouvement où il semble que mon frère se libéra. Mais c'est là une chose très difficile à comprendre. Si un récit décrit un mouvement familier il suffit de procéder par évocation. Mais s'il décrit ce qui justement échappe à l'attention de tous, // du fait que

un récit alors doit donner non seulement les éléments habituels mais il propose d'entrer dans un mystère et de l'approfondir. Toutes les traditions du récit s'opposent en principe à ce jeu qui en interrompt le développement. Il faut procéder par la position des énigmes et associer le lecteur // au déchiffrement.

Bien entendu il semblera non seulement arbitraire mais comique ou scandaleux de rapprocher le sens d'une incongruité de celui des mystères antiques les plus graves.

// Mais ceci me frappe et, dans l'état de prostration où je vis, me donne un sentiment moins de mort, en dépit de raisons atterrantes, que d'aurore.

D'une aurore si douteuse il est certain que la lumière est faible, même à ce point la montée du jour dans le ciel, fait songer à l'aube d'une exécution : mais peut-être a-t-elle, justement pour cette raison, le don d'émouvoir, d'éveiller à la vie transfigurée.

D'ailleurs ce qui m'exaspéra dans ces notes, a précisément cet éveil pour raison. Aussi au moment d'achever ma part de ce livre, il m'apparaît comme dans la cellule d'un condamné entrerait une vérité subtile, qui serait une résolution, qu'elles ont simplement // le sens contraire de celui que j'ai dit — à une condition : qu'elles soient lues comme l'énoncé d'une énigme.

Tout mon livre d'ailleurs ne constitue-t-il pas l'énoncé d'une énigme. Le récit que je donne à lire diffère en effet d'un récit digne de ce nom en ce qu'il ne fait pas connaître l'événement qu'il rapporte. Il y a dans le mouvement même du livre la nécessité de [dévoiler Mais   *lecture conjecturale*] au contraire il le dissimule, ce n'est pas, comme on pourrait croire pour obéir à un sentiment de pudeur. Ce sentiment joue sans nul doute, et dans les deux sens. S'il était séparé de l'évidence d'une honte excessive, cet événement, en effet, retrouverait vite l'insignifiance de n'importe quel autre : il n'aurait pas plus de sens que manger ou boire.

// Mais il y a encore autre chose, qui d'ailleurs est en rapport avec ce premier point.

Ce que je rapporte ne pouvait d'aucune façon être écrit, simplement rapporté, de telle sorte qu'une lecture passive en donne suffisamment la substance. Ce livre, à cet égard, me fait penser à tout autre chose qu'un livre, par exemple à une danse. Une danse est certainement une invitation à danser. Or le sens d'une danse n'apparaît que si l'on entre dans la danse. De même la vérité d'un morceau de musique n'apparaît que si l'on se met dans l'état de ceux qui le joue *[sic]*, dans l'état où se met un directeur sublime. Il y a pourtant une différence.

Je puis, à ce point, me permettre un semblant d'incohérence. // Dans le cas de la danse ou de la musique, il est bien entendu qu'une attitude active est essentielle, mais si l'énergie et l'envie sont suffisantes il n'y a pas d'obstacle. Dans le cas de ce récit, il est nécessaire de résoudre d'abord l'énigme posée. Non seulement le lecteur ne peut se contenter de l'attitude passive ordinaire, non seulement il ne peut comprendre ce dont il s'agit qu'à la condition de revivre, mais il doit, s'il est tenté en ce sens, tout d'abord résoudre une authentique énigme. Il doit trouver le sens d'un événement apparemment absurde comme on trouve le mot d'une devinette.

À soi seul ceci indique suffisamment que l'on ne propose à personne d'agir de la même façon que mon frère ! Il ne s'agit pas d'un simple symbole : il ne faudrait pas imaginer que l'événement ne signifie pas d'abord // *ce qu'il est*, mais il signifie davantage au-delà de *ce qu'il est*.

Justement il implique ce qui ne peut être dit, ses dehors extravagants placent la lumière sur un point.

Or à considérer les notes de mon frère, une fois reconnu leur caractère décevant, il faut admettre qu'elles ont une valeur : elles fournissent des éléments nécessaires à la résolution de l'énigme.

[IV.c (ici, p. 696)]

Mais ce malaise a une contrepartie (qui ne fait en dernier lieu que l'accroître…). À la fin le sentiment qu'il me donne est moins de malaise que d'aurore. Il est vrai que la lumière d'une aurore si incertaine est faible.

La venue d'un jour aussi pâle dans le ciel me fait même songer le plus souvent au quart d'heure du condamné — mais je crois qu'elle a justement, pour cela, le don d'émouvoir, d'éveiller à une vie transfigurée.

Au moment de finir mon livre, il me semble que ces notes sont lisibles à une condition : qu'après moi des lecteurs éventuels y cherchent les éléments qui leur ont manqué pour résoudre une énigme posée.

Il me semble en effet que mon récit n'apporte pas précisément ce qu'en règle générale on est en droit d'attendre d'un récit : loin d'y être mis en lumière, l'événement même qu'il rapporte est escamoté de quelque manière : l'essentiel en est la partie laissée dans l'ombre.

Je ne puis croire un instant que cela tienne à ma lâcheté, ou à mon peu de savoir-faire ; je suis même assuré du fait que mes lecteurs // ne perdent rien à ma carence.

Je l'avoue sans ambages : seul un sentiment de pudeur paralysant m'empêche de mieux faire. Mais si j'avais parlé de l'événement en dehors de la honte accablante qui lui est liée — surmontée peut-être, mais comme une douleur est sentie, quoi qu'il en soit, par un supplicié qui ne cède pas, il aurait eu l'insignifiance des faits ordinaires. Je ne pouvais rien faire de plus, mais il y eut cette conséquence : le récit n'en est un qu'en apparence, c'est plutôt la position d'une énigme. Ce qu'il rapporte, son objet n'est pas donné mais est au contraire dérobé. Il n'est que proposé à l'avidité de savoir du lecteur, auquel il est proposé de jouer les Œdipe.

Je ne puis me contenter, de la part du lecteur, de l'intérêt habituel prêté au roman. Je demande plus. Je demande en somme ce // qu'obtient toujours l'auteur d'un récit d'enquête de police. Mais il ne s'agit alors que d'anticiper sur une réponse donnée plus loin. Je demande de trouver la réponse que je ne donne pas.

Voici pour quelle raison cette réponse n'est pas donnée. L'objet d'un récit normal, événement ou suite d'événements bien définis, de même nature que <d'autres tout à fait> familiers, ce récit peut alors être terminé. Il touche des circonstances qui peuvent en principe être énumérées ou décrites à volonté. Cela peut être en soi plein d'intérêt. Mais il n'importe : n'en parlons plus. L'objet de mon récit est un événement en quelque sens hors série, sans précédent, du moins sans précédent reconnu. Il serait difficile de s'imaginer le vivant, s'il dépasse les limites reçues, s'il prend place dans une région inconnue, inexplorée et même inimaginable. Dès lors, le lecteur ne peut se contenter d'écouter et de recevoir une image déjà faite : il doit sauter dans l'inconnu.

Il s'agit d'un effort inévitable, d'un effort pénible, et d'un arrachement. Beaucoup de directions peuvent être indiquées mais leur convergence doit être tracée dans un espace en quelque sorte inexploré. Le lecteur doit faire un effort immense et l'auteur écrivant pour lui doit le prévenir qu'il devra faire cet effort et traiter le livre comme une énigme.

En somme, le récit étant terminé, reste encore à savoir ce dont il s'agit. Or je n'ai pas hésité à dire ce que je pensais en mal de ces notes // mais je dois finalement dire encore la raison décisive que j'avais de les joindre à mon récit. Elles peuvent être décevantes mais pas si l'on cherche à déchiffrer. Alors on ne les prend pas comme ayant leur sens en elles-mêmes, mais comme devant aider à deviner une possibilité encore inconcevable.

En somme et malgré moi il y a un secret dans ce livre et je ne puis donner pour le trouver que les éléments. Or il est certain que ces notes en elles-mêmes de peu d'intérêt contribuent à la recherche du secret ; mon récit est plutôt l'énoncé : les notes donnent les éléments de la solution. Il serait difficile évidemment d'expliquer la raison pour laquelle le secret n'est accessible que dans l'effort pour y entrer. Pourtant cela va de soi. D'autre part il n'est pas forcément déplacé de dire que la raison pour laquelle ce secret ne peut être simplement trahi, c'est qu'il n'est pas seulement celui de l'Abbé C. mais celui de toutes choses. Dans le sens immédiat il s'agit de savoir ce que signifia pour l'Abbé C. un événement.

Une indication encore : si un tel secret était réductible à une formule, cette recherche serait vaine. Et pourtant le dernier mot touche un sentiment de triomphe, la sorte de fidélité légère, amusée mais infiniment droite au sein des trahisons démesurées.

[V. ÉBAUCHES DE « LA CONSCIENCE »]
[IVᵉ partie]

[V.a (ici, p. 705)]

[…]

« Ah, me dit lentement Rosie, demeurant agenouillée, regarde-moi, je suis lucide, je vois. Si tu savais comme c'est doux, comme il est bon de voir et d'être vue. Quel tremblement de bonheur est le mien, je ris, je suis ouverte. Regarde-moi : je tremble de bonheur. Ce n'est rien de faire l'amour. Je veux SAVOIR. Que c'est beau ! Que c'est sale ! Et plus c'est sale, plus c'est beau ! Si tu voyais les obscénités que j'ai dans la tête, mais je ne pourrais plus dire même un mot d'obscène : même si // je sortais les plus affreux de tous les mots, ce ne serait jamais assez. Le sais-tu : c'est bien plus mauvais que la mort, le sais-tu : c'est noir, si noir que je voudrais vomir avec un grand mal au cœur et moi, je voudrais vomir un vomi noir. Mais regarde-moi, regarde-moi. Je suis heureuse. Dis ? aurais-tu déjà vu quelque chose de plus obscène que moi ? C'est parce que je SAIS que je sue l'obscénité que je suis heureuse. Mais je suis heureuse, heureuse, heureuse comme un sexe. Regarde-moi ! Encore et plus attentivement : crois-tu qu'il y ait jamais eu de femme plus CERTAINE d'être heureuse que moi, de femme qui *sache* aussi bien ce qu'elle fait. »

Elle poursuivit :

« Raymonde, maintenant nous allons laisser Robert. Il suffit que tu aies entrouvert l'abîme où nous l'entraînerons, mais s'il y entrait maintenant il n'en aurait pas mesuré *[interrompu]*

[V.b (ici, p. 707)]

Je suis encore heureuse, en un sens : c'était parfait dans les salles du premier étage, et personne ne pourrait imaginer de plaisir plus grand, mais j'ai les nerfs si dérangés que je perds la tête. Il faudrait faire quelque chose sans attendre : si cela durait, je n'y tiendrais pas.

Il n'était rien que je puisse faire. Il ne fallait pas songer à rentrer : dans l'état où Rosie se trouvait, elle n'aurait pu même aidée par moi descendre des escaliers aussi [raides *biffé*] *[mot illisible]* À la fin je lui dis la seule chose que nous puissions faire et elle s'y prêta mais j'étais moi-même si las que je désespérai d'y parvenir. Cela devenait révoltant.

« Un cauchemar si affreux, me dit-elle enfin, est peut-être préférable à tout. »

Dans la pénombre, elle me regarda les yeux dans les yeux. Elle me dit : « Je suis abjecte. Attends. Je vais faire quelque chose de plus abject. Regarde-moi : je me sens comme si je mourais devant toi. // Non c'est pire. Et sans issue. Je deviens abominablement folle. »

« Mais, dit-elle encore, tu sais combien j'étais heureuse en bas ; sur ce toit, je me sens encore plus heureuse. Je suis si heureuse que je souffre de ce bonheur à ne plus vouloir le supporter. Comme si mangée aux lions, je les regardais me manger. »

Ce langage m'échauffa au point de la pénétrer profondément. J'eus l'impression de la tuer, elle battit l'air de ses bras, elle perdit le souffle et se contracta avec une violence de bête : la mort elle-même n'aurait pu lui donner un frisson plus voluptueux.

Elle entra, j'entrai avec elle dans une possibilité lointaine avec une sorte de rage ferme, nous nous regardions : ces regards figés étaient bien le langage le plus obscène que des hommes aient jamais imaginé. //

« Je suis sûre… », me dit-elle sans relâcher cette compénétration sournoise.

Elle sourit et mon sourire lui répondit que j'étais sûr de mon côté de l'inconvenance de ses pensées.

Si nous avions cessé de vivre… à jamais la divinité de cet achèvement aurait disparu dans la nuit[1]. (Il en est toujours de même. Ce que j'écris est la flèche sur les murs, mais vite il faudrait oubliant la flèche lui donner le sens de ce qui justement se résout dans l'air. Mais ce langage ne peut que difficilement dire ce qu'il a pour fin de nier : je maudis vainement les mots que j'écris, je maudis Dieu mais de la tête aux pieds je veux me couvrir, me souiller de divinité. Volontiers je dirais que Dieu eſt lâche : il ne l'eſt pas assez et je devrais plutôt mentir. // mentir comme on va en classe ou en prison, mentir comme on crache. Je voudrais dire maintenant ce que les mots ne peuvent dire (ils disent le contraire), je voudrais chanter, je voudrais pleurer et ce que je devrais dire il me faudrait l'écrire avec la voix de Rosie : alléluia.

> le gland Seigneur ! de Raymonde
> de sa jolie voix d'égorgée
> dans la bouche de Rosie
> chante la gloire,
> la gloire du Seigneur Catafalque
> Soleil
> ciel de rose (des fourmis dans l'œil)

Ta divine indignité, Seigneur, me donne // cruellement conscience d'une impossibilité définitive de la conscience, Seigneur, tu ne facilites pas les choses, que j'aie conscience de TOI, ma pensée eſt plus noire que le derrière d'un ogre, et devant le derrière de Rosie je trouve qu'il eſt futile de TA part de donner le change aussi bêtement.

Quand TA divine indignité, Seigneur, me donne conscience d'une intolérable misère de la conscience, je me refuse à lâcher prise sans lutte. Mais tu ne facilites pas les choses : que j'aie conscience de TOI, ma pensée aussitôt eſt plus noire que le derrière d'un ogre et devant le derrière de Rosie je trouve qu'il eſt futile de TA part de donner le change aussi bêtement. C'eſt que la conscience d'un joli derrière n'eſt rien, si elle n'eſt conscience de TOI. Mais que veut // dire TA voix si ce derrière eſt TON silence ? Ne prends pas ma prière au sérieux, j'ai le cœur de supporter l'intolérable, de savoir, même si le savoir veut que la nuit tombe, et je ne cède pied à pied à ton insondable ignorance que pour avoir la témérité définitive des vaincus.

[V.c (ici, p. 708)]

Ta divine lâcheté m'a donné conscience, ô Dieu ! d'une honte dérobée dans la conscience. Et quand j'ai conscience de Toi, ma pensée eſt plus noire que la fiente.

La conscience de Rosie m'aide à mesurer la honte où Ton éternité se dérobe.

Et Ta honte aide à jouir d'une catin dans Ta lumière.

[VI. ÉBAUCHE DE LA Vᵉ PARTIE]
[Ici, p. 714]

difficulté de parler, donc des faux-fuyants sombres, mais enfin la conscience d'être…, mais aussi le fait que c'est

cela ne peut se traduire que par des mots à demi-intelligibles comme :

« Ce qui est curieux c'est qu'en résistant à la torture je me suis acquis le droit de donner celui-ci et celui-là, même mon frère et ma maîtresse, mais seulement après. »

Non. Cela.

Je n'avais aucun besoin que mon frère m'accompagne dans la mort ni mon frère ni ma maîtresse, mais ne croyez pas que je souffre de les avoir donnés. Sans doute je n'ai pas fait ce qui m'a plu, mais c'est mieux ainsi. //

ma grande misère est de n'avoir pu dire

Comprenez-vous que dans ces questions seules les raisons futiles comptent, les raisons sereines apparaissent vides. J'ajouterai que le seul remords que je pourrais avoir est, premièrement, de n'avoir pas assez aimé mes camarades de résistance, deuxièmement, d'avoir été si étonné de ce qui m'est arrivé que j'en suis venu à vous parler, troisièmement, de vous avoir parlé comme un accusé. Non seulement je ne me sens pas accusé mais je vous accuse : j'en suis sûr vous n'avez donné personne ? Vous avez donc fait un dieu d'une sornette. Si la résistance était quelque chose de profond vous auriez dû la trahir quelque chose qui a beaucoup de sens se trahit. Ce qui a un sens // ne va pas au-delà. Si vous me trahissez, ça m'est égal. Je vais mourir. Tandis que ces hommes qui courent après un résultat non seulement n'offrent rien que d'insignifiant mais font appel à la pire faiblesse. Naturellement il est triste de vendre son meilleur ami, mais si affreux que cela soit

Je ne vous dois naturellement aucun compte. Je pourrais me reprocher de vous en rendre mais je ne me reproche rien //

courageux, je me suis senti de moins en moins d'accord avec moi-même et je riais ou plutôt je ne sais quelle infime parcelle de rire subsistait en moi, à l'idée, dans ma terreur, de n'avoir pas le moyen de me conduire autrement. Je n'aimais pas assez ces hommes pour les vendre. Je suis sûr que mon frère m'aurait compris s'il avait su. Je suis sûr de ma maîtresse *[interrompu]*

ÉPONINE

CE qui m'attire dans un prêtre est bien sûr ce qui lui manque. L'univers en un sens est un truquage : la porte de derrière d'une maison — qui s'ouvre sur le vide. En cela semblable à l'univers, le prêtre, à l'en croire, serait lui-même un piège. L'homme ordinaire ne cache rien, on en fait le tour aisément : sa maison, par derrière, est mal tenue, et même sent mauvais : nul rideau noir n'y est tendu que garde un silence gêné.

L'irritant dans un prêtre est qu'en vérité il n'a pas non plus de rideau suspect, mais *cela lui manque*. La supercherie, au contraire, est en lui de laisser croire qu'il ouvre sur un vide, mais rapidement de nous contrer, de blaguer avec nous. Parfois, il gravit l'autel la gorge serrée, et d'entendre sa voix trembler, nous nous prenons d'espérer qu'il accède à l'au-delà, qu'il va soudainement et sans vie tomber à nos pieds, mais alors, il faudrait l'aider, armé de cette violence innommée qu'il appelle (ou feint d'appeler), le tuer : l'Église alors abandonnerait le faux-semblant qu'elle ordonne et *ce qui lui manque*, l'infini s'ouvrirait.

Entre tous, cette malédiction de l'urbanité égarait l'abbé C. Rarement jeune prêtre s'acharna davantage à décevoir un désir de silence. Je parlai à l'abbé C. de cette impuissance : il eut, avec un sourire suave, une plaisante réponse.

« Tu n'y es pas, mais non, pas du tout, nous ne songeons qu'à ça, me dit-il, c'est que… nous trompons notre monde, au dehors l'allant, la bonne humeur, même un tantinet mauvais genre, mais l'angoisse au fond du cœur. »

Ses yeux brillèrent alors de malice.

« L'amour de Dieu, ajouta-t-il, est le plus tricheur de tous, on aurait dû lui réserver le slogan vulgaire, qui passerait ainsi, et comme insensiblement, du trait d'esprit au silence le plus chargé… »

Alors il laissa ces mots glisser des lèvres (il fumait la pipe), le sourire fuyant :

« *Say it with flowers !* »

Je dus pour ne pas rire, ramasser un journal.

Je ne sais pas, même aujourd'hui, ce qu'il prétendait.

Un souci de bonne volonté, d'ouverture, l'emportait en lui sur la prudence : son catholicisme brûlant, son intelligence, son aimable témérité, lui donnaient le pouvoir de tout oser. Le sens d'un mystère qu'il aurait dû réserver lui manquait si bien qu'un jour où il riait avec une secrétaire (elle demandait le genre de culottes que portent les prêtres), retroussant gaiement sa robe, il exhiba des shorts et des chaussettes fines qu'un élastique fixait au jarret. Il n'y avait là nul libertinage : tout au plus répondait-il à une provocante obsession, qui lui faisait dire, en un bavardage futile, que, lui, s'il faisait l'amour, se tuerait.

En vérité, cet homme voyant, vide et agréable, tenait du sacerdoce un pouvoir de tromper, non les autres mais lui-même : un tel enchantement d'être au monde, une débordante activité, sifflant dans les faubourgs un triomphe de la vertu, ne sont possibles qu'à la confusion. Des femmes excellent dans ces débordements de naïvetés, mais s'effacent : tandis qu'un homme (un prêtre) donne à cette comédie de bonté divine une figure de m'as-tu-vu.

☆

CE qui m'attire en ces émissaires de l'infini est qu'ils ont si bien mis leur Maître au pas qu'ils n'en ont plus rien à espérer ni à craindre. S'ils parlent, ils entendent Sa voix, à laquelle leur langue a donné la suavité. Ils sont sourds suavement.

J'avais ce dimanche-là passé l'après-midi avec une fille incongrue ; et nous avions bu sans mesure. Je pris rendez-vous avec mon amie sur la tour de l'église. Je passai tout d'abord au presbytère, demander à C. de m'accompagner.

Je le pris par le bras, et m'autorisant d'un état bien évident, je lui dis sur un ton qui avait la douceur du sien :

« Viens avec moi. J'ai soif de l'infini ce soir. »

Et lui faisant face en ouvrant les bras :

« As-tu quelque raison de refuser ?

— Vois-tu, poursuivis-je en baissant la tête, ma soif est si grande à l'instant… »

Gentiment l'abbé éclata d'un rire gai.

J'avais l'air ennuyé, je protestai :

« Tu m'as mal compris. »

Je gémissais, jouant ma comédie avec outrance.

« Tu ne me comprends pas : je n'ai plus le pouvoir de me borner. Cette sensation est cruelle. J'ai besoin de toi, j'ai besoin d'un homme de Dieu. »

Je l'implorai.

« Ne te refuse pas à mon impuissance. Tu le vois : la boisson m'aveugle. Mène-moi sur la tour où j'ai rendez-vous. »

L'abbé répondit simplement :

« Je t'accompagnerai. »

Mais il ajouta :

« J'ai moi-même rendez-vous sur la tour. »

J'eus l'air déconcerté, je levai la tête et balbutiai :

« Avec qui ?

— La miséricorde infinie du Seigneur », dit-il.

L'église du village natal où nous séjournions est flanquée d'une haute tour rectangulaire. Il soufflait alors un vent violent. L'escalier de bois par lequel on monte est presque une échelle, et il me sembla que le vent faisait vaciller la tour. Je m'arrêtai à mi-hauteur tenant mal sur un barreau. J'imaginais les conséquences d'un glissement : le monde dérobé dans un vide, le fond enfin ouvert, l'identité du cri et d'un silence définitif. L'abbé par en bas me tenait fermement la jambe.

« Ne va pas, me dit-il, te tuer dans l'église. Tu le sais : je n'aime pas chanter l'Office des Morts. »

Il tenta, dans le bruit du vent, d'enfler la voix, mais il n'en tira qu'en fausset les premiers mots du *Dies irae*.

C'était si pénible qu'à nouveau je sentis le cœur me manquer : pourquoi l'avais-je été chercher ? Il était insipide et risible.

Tout à coup, je le vis, d'où j'étais, suspendu… : gisant sur un remblai de mâchefer qu'enlaidissaient l'herbe et les fleurs des champs.

J'étais suspendu sur le vide à l'échelle. Je vis agonisant, l'abbé dans les mains de bourreaux sordides : la rage et la suffocation mêlés, une impudeur illimitée de cris, d'odeur d'excréments et de pus…, la douleur décuplée dans l'attente des supplices qui mutilent. Mais au moment, c'était ma rage, ma pitié pour l'abbé qui cognaient : je suffoquais moi-même, je frappais, et ma chute dans la tour faisait de l'espace vide un enfer de cris.

Ivre j'avais glissé dans les bras de l'abbé qui lui-même mal assuré me retint à grand peine.

« Nous avons failli tomber », dit l'homme d'Église.

J'aurais pu l'entraîner dans ma chute, mais j'étais dans ses bras si abandonné que je pouvais me croire heureux. Sa bêtise m'était secourable : dans un monde d'abîmes, de glissements et d'horreurs voulues avec rage, il n'est rien que n'annule une simple pensée : celle de l'issue inévitable. D'être suspendu, justement, sur le vide, de n'avoir échappé à la mort qu'au hasard, j'éprouvais comme une gaieté un sentiment d'impuissance. Je m'abandonnais sans réserve et mes membres pendaient sans vie, mais c'était à la fin comme un coq chante. À ce moment j'entendis crier du haut de la tour : la voix grave d'Éponine, à l'extrémité de l'échelle, articulait gaiement :

« Tu es mort ?

— Patience, nous montons ! » répartit la voix de tête de l'abbé.

Mon corps, à l'aise, pendait toujours, mais un léger rire l'agitait.

« Maintenant, dis-je avec douceur, je reprendrai la marche. » Je demeurai toutefois inerte.

Lentement, la nuit tombait, et dehors, en longues rafales, le vent soufflait : l'impuissance d'un tel instant avait quelque chose d'ouvert et j'aurais voulu qu'il durât.

☆

PEU d'années auparavant, l'abbé C. n'était comme moi qu'un des jeunes messieurs du village : il avait la faveur d'Éponine, qui n'en avait rien fait qu'en rêve (de rage, elle jouissait d'imaginer des scandales où il serait, c'était doux, mais honteux, si bien qu'elle en fut détraquée). Comme à mi-hauteur de la tour et dans la pénombre, je n'étais séparé qu'à la force des bras de C. d'une horrible mort, la méchanceté de mon humeur envers lui m'étonna. Mais l'idée de la mort, peu contraire à l'état de glissement où j'étais, ne représentait pour moi rien de plus qu'une intimité pénible : j'avais tout d'abord à combler les vœux d'Éponine. Comme je l'étais moi-même, Éponine était ivre quand, pour répondre à un cruel caprice, j'allais chercher l'abbé : tout l'après-midi, nous avions bu et fait l'amour, et j'avais ri. Mais j'étais maintenant si faible qu'à penser au sommet de la tour, à ce qu'il voulait dire, j'éprouvais au lieu de désir

(mieux, comme un désir), un malaise. Maintenant le visage du
prêtre suait, son regard cherchait le mien. C'était un regard
lourd, étranger, animé d'une intention froide.

Je pensai : au contraire, j'aurais dû moi-même saisir le corps
inanimé de l'abbé dans mes bras, le porter au sommet et dans
la liberté du vent, comme à une déesse mauvaise, l'offrir à
l'humeur détraquée d'Éponine. Mais ma méchanceté était sans
force : comme en rêve, elle se dérobait, je n'étais que douceur
lâche, hilare, et vaguement promise à l'oubli.

J'entendis (je voyais en haut de l'échelle la tête penchée d'Éponine) des cris de vulgaire impatience. Je vis le regard
de l'abbé se charger de haine, se fermer. Les injures d'Éponine
lui ouvraient les yeux : il devinait maintenant le piège où l'amitié l'avait fait tomber.

« Que veut dire cette comédie ? » me demanda-t-il.

Il y avait, dans le ton de sa voix, plus de lassitude que
d'hostilité.

Je répondis avec une maladresse voulue :

« Tu as peur d'aller là-haut ? »

Il rit mais il était fâché.

« Tu vas fort : tu es si noir que tu tombes, et c'est moi qui
n'ai pas le courage de monter ! »

Je lui dis, très amusé, sur le ton du chatouillement :

« Tu as un petit filet de voix… »

Je réagissais passivement, mais en un sens l'apathie me
laissait libre : comme si je n'allais plus me retenir de rire. Je criai
de toutes mes forces :

« Éponine ! »

Je l'entendis hurler :

« Crétin ! »

Et d'autres noms plus malséants.

Puis :

« J'arrive. »

Elle était hors d'elle de rage.

« Mais non, lui répondis-je, nous allons monter. »

Je restai néanmoins inerte. L'abbé me maintenait péniblement, à l'aide d'un genou et d'un bras, serré contre l'échelle :
je ne puis m'en souvenir aujourd'hui sans vertige, mais alors
un sentiment vague de bien-être et d'hilarité m'abusait.

Éponine descendit et elle dit durement à l'abbé quand elle
approcha :

« Maintenant assez ! Descendons.

— Impossible, dit C., je puis le maintenir sans peine, mais je ne pourrais pas le porter et descendre l'échelle. »

Éponine ne répondit rien, mais je la vis soudainement cramponnée aux barreaux.

« Appelez, cria-t-elle, la tête me tourne. »

L'abbé répondit d'une voix faible :

« Voilà tout ce qui reste à faire. »

À ce moment je compris que nous allions descendre.

C'était fini, nous n'irions jamais en haut.

Je me tendis dans mon inertie et, comme une paralysie n'immobilise vraiment que dans l'effort rageur, il me sembla que le suicide aurait seul le pouvoir de répondre à mon irritation : seule une mort volontaire serait un châtiment assez rigoureux de mon échec. Nous étions tous trois contractés sur l'échelle et le silence était d'autant plus agaçant que j'attendais l'appel de l'abbé : de sa voix de fausset, qui se briserait dans l'obscurité, il tenterait d'attirer l'attention : ce serait risible, intolérable et dès lors, de façon définitive, par ma faute, tout se fermerait. Je me débattis à ce moment-là : mollement, mais je voulais me jeter dans le vide où j'aurais aimé l'entraîner. Je ne pus lui échapper qu'en montant : il devait tenir fermement les barreaux et ne put m'empêcher d'aller plus haut.

Éponine effrayée gémit :

« Tenez-le, il va se tuer.

— Je ne peux pas », dit l'abbé.

Il pensa qu'attrapant ma jambe, il aurait précipité ma chute : il ne pouvait que me suivre pour m'aider.

Je dis alors d'un ton net à Éponine :

« Laisse-moi monter, je vais en haut de la tour. »

Elle se serra sur le côté et je montai lentement jusqu'au sommet, suivi de l'abbé et d'Éponine.

J'accédai à l'air libre, étourdi par le vent. Une large lueur claire, au couchant, était barrée de nuages noirs. Le ciel était déjà sombre. L'abbé C., devant moi, la mine décomposée et décoiffé, me parlait, mais je n'entendais dans le bruit du vent que des mots inintelligibles. Je vis derrière lui sourire Éponine : elle avait l'air ravi, elle était dépassée.

☆

D'AVOIR reconnu sur l'échelle Éponine, qui était la honte du pays, qui jamais ne manquait de le provoquer, au passage, à l'amour (si elle l'apercevait dans les rues, elle riait et, comme on siffle gaiement un chien, elle claquait la langue et appelait « Puceau ! »), l'abbé C. avait eu un mouvement de recul, mais il ne pouvait, à ce moment-là, s'en aller, et lorsqu'il arriva sur la tour, il voulut relever un défi qui allait si loin.

Il eut toutefois un instant d'hésitation : dans cette situation insensée, la douceur angélique, le sourire éclairé de l'intelligence ne pouvaient l'aider. Il devait recourir, reprenant le souffle, à l'exceptionnelle fermeté des nerfs, à une volonté dominante de clarté spirituelle. Nous avions, Éponine et moi, devant lui, la puissance vague, grimaçante, en même temps angoissée et moqueuse de la nuit. Nous le savions dans notre désarroi : *nous étions des monstres !* Il n'y avait pas en nous de pudeur, de limite opposée aux passions : nous avions sous ce ciel de suie la noirceur de démons ! Qu'il était doux, en quelque sorte rassurant, devant la tension intérieure, coléreuse, de l'abbé, d'éprouver comme une liberté un glissement vertigineux. Nous étions, Éponine et moi, hébétés, violemment ivres ; plus sûrement, du fait de ma défaillance sur l'échelle, l'abbé s'était pris au piège que nous avions tendu.

Rageurs et essoufflés et, sur une plateforme exiguë, enfermés en un sens dans le libre espace des cieux, nous étions dressés l'un vers l'autre comme des chiens qu'un soudain enchantement aurait figés. L'hostilité qui nous unissait était immobile, glacée, elle était comme une contraction de rire absurde, au moment du plaisir égaré. À ce point, j'imagine que, le temps d'un éclair, l'abbé lui-même le sentit : quand la tête ahurie de Mme Hanusse se montra à la porte de l'échelle, un hideux sourire, furtivement, défigura des traits exagérément tendus.

« Éponine ! ah la garce ! » cria Mme Hanusse.
Sa voix de harengère, qu'une saveur paysanne achevait de rendre mauvaise, dominait le bruit du vent. La vieille sortit, un instant le vent l'embarrassa : elle se tint droite, retenant sa pèlerine à grand peine (son aspect avait l'austérité en grisaille d'un passé de sacristies froides, mais elle était mal embouchée).

Elle fonça sur sa fille, c'était une furie qui criait :

« La salope, elle s'est soûlée, et elle s'est mise à poil sous son manteau. »

Éponine recula vers la balustrade, apparemment méduisée par sa mère, qui allait dévoiler son ignominie. Elle avait l'air en effet d'une salope, sournoise, et déjà, en dessous, elle riait de peur.

Mais plus vif et plus décidé encore que la vieille, l'abbé C. se précipita.

Sa voix mince, portée par le mouvement intime de la honte, ne se brisa plus : elle éclata en commandement.

« Madame Hanusse, proféra-t-elle, où vous croyez-vous ? »

La vieille était grande et elle s'arrêta d'étonnement, regardant le jeune abbé.

« Vous êtes, reprit la voix, dans l'enceinte d'un sanctuaire. »

La vieille hésita, désemparée.

Éponine, un peu déçue, souriait péniblement.

Il y avait dans l'hébétude et la niaiserie affectée d'Éponine une sorte d'incertitude. Ivre et muette, elle était au sommet du sanctuaire, toute docilité, et néanmoins la menace même. Apparemment ses mains serrées sur son manteau le tenaient résolument fermé, mais elles pouvaient n'être là que pour l'ouvrir. Ainsi était-elle à la fois habillée et nue, pudique et impudente. Se neutralisant soudain, les mouvements emportés de la vieille et du prêtre n'avaient pu que la rendre à cette immobilité indécise. La colère et l'effroi n'avaient eu pour fin, semblait-il, que cette attitude paralysée qui faisait à l'instant de la nudité d'Éponine l'objet d'une attente anxieuse.

Dans ce calme tendu, à travers les vapeurs de mon ivresse, il me sembla que le vent tombait, un long silence émanait du ciel. L'abbé s'agenouilla doucement ; il fit signe à Mme Hanusse et elle s'agenouilla près de lui. Il baissa la tête, étendit les bras en croix et Mme Hanusse le vit : elle baissa la tête et n'étendit pas les bras. Peu après il chanta sur un mode atterré, lentement, comme à une mort :

Miserere mei Deus,
secundum magnam misericordiam tuam.

Ce gémissement d'une mélodie voluptueuse, était si louche ! Il avouait si bizarrement l'angoisse devant les délices de la nudité ! L'abbé devait nous vaincre en se niant, et l'attitude même par laquelle il voulait s'effacer l'affirmait davantage ; la beauté de son chant dans le silence du ciel l'enfermait dans la solitude d'une délectation dévote : cette beauté extraordinaire à la nuit n'était plus qu'un hommage au vice, innommable objet de cette comédie.

Impassible, il continua :

Et secundum multitudinem miserationum tuarum,
dele iniquitatem meam.

Mme Hanusse leva la tête : immobile, il maintenait les bras étendus, son aigre voix, ponctuant la mélodie avec une admirable méthode (surtout *misera-ti-o-num* parut n'en plus finir). Ébaubie, Mme Hanusse, furtivement, fit la moue, et baissa de nouveau la tête. Éponine, tout d'abord, ignora la singulière attitude de l'abbé. Les deux mains à l'ouverture du manteau, la chevelure soulevée, la lèvre ouverte, elle était si belle et si crapuleuse que j'aurais voulu, dans l'ivresse, répondre au chant lamenté de l'abbé par quelque scie joyeuse.

Éponine évoquait l'accordéon, mais la misère d'un musette, ou du music-hall où elle chantait (mêlée à des mannequins nus) me semblait dérisoire à la mesure d'un triomphe si certain. Une église entière aurait dû tonner d'un bruit d'orgue et des cris aigus d'un chœur, si la gloire qui l'environnait était dignement célébrée. Je me moquais bien de la chanson où j'avais aimé l'entendre, qui était, sur un air idiot :

Elle a
un caractère en or,
Éléonore…

j'imaginais la clameur d'un *Te Deum !* Un jour, un sourire de malice ravie achève un mouvement qui avait la brusquerie de la mort, en est l'aboutissement et le signe. J'étais soulevé de cette façon, dans ma douceur, par une acclamation heureuse, infinie, mais déjà voisine de l'oubli. Au moment où elle vit l'abbé, sortant visiblement du rêve où elle demeurait étourdie, Éponine se mit à rire et si vite que le rire la bouscula : elle se retourna et penchée sur la balustrade apparut comme une enfant secouée d'un grand rire. Elle riait la tête dans les mains, et l'abbé, qu'un gloussement mal contenu avait interrompu, ne leva la tête, les bras hauts, que devant un derrière nu : le vent avait soulevé le manteau qu'au moment où le rire l'excéda elle n'avait pu maintenir fermé.

L'abbé m'avoua plus tard, rougissant (je l'interrogeai en manière de plaisanterie et, par honnêteté, il se tut) qu'il avait b... Éponine avait si promptement refermé son manteau que Mme Hanusse, qui se redressa plus lentement, ne comprit jamais ce que voulait dire ce visage écarquillé (l'abbé, les bras au ciel, avait la bouche ouverte et suffoquait). Maintenant qu'il est mort (en Allemagne, où les bourreaux lui crevèrent les yeux), qu'Éponine est morte (violée et torturée par des miliciens, mais sans mot dire), dans le paysage enneigé, la tour de l'église a l'air néfaste d'un arbre mort. J'ai survécu, mais comme un corbeau hante la solitude de l'hiver, et ma voix montre assez que je vis des souvenirs d'un temps lointain.

[PRÉSENTATION
DE L'ÉDITION ORIGINALE]

Georges Bataille, dont on reconnaît la formation hégélienne, poursuit, à l'aide de l'essai, du récit, de la méditation, de travaux d'économie politique, et aujourd'hui du roman (mais est-ce le premier ?) l'élaboration d'une sorte d'éthique : les contradictions morales et pratiques du monde s'y surmonteraient par la seule nécessité où nous sommes placés de les vivre chacune en les épuisant. L'expérience de Georges Bataille — et l'a-t-il jamais plus clairement démontré que dans le roman — se situe sur un plan où finalement la conscience l'emporte sur la vie et le *caprice* sur toutes les vertus qui lui font obstacle.

« L'ABBÉ C. »
par
Georges Bataille

L'horreur et l'impatience à l'égard du désespoir et de l'absence de volonté, l'obscure résolution de parvenir à la situation la plus scabreuse, la plus humaine à force d'échapper à la règle humaine — en même temps la plus fortement consciente — font de l'érotisme aigu d'une histoire banale la même chose qu'un rire ou des larmes irrépressibles.

Jean-Paul Clébert indique, dans « *Georges Bataille et André Masson* » (Les Lettres nouvelles, *mai 1971, p. 79) que Masson avait fait des dessins pour* L'Abbé C., *qui n'ont « jamais été publiés ». La belle-fille de l'artiste, Guite Masson, n'a pu retrouver qu'un dessin — pour la couverture du roman, ou le frontispice —, et a très aimablement accepté qu'il soit reproduit dans la présente édition. Elle le date d'environ 1947-1949 : encre et fusain sur calque, 32,5 × 23,7 cm. Il s'agit d'une variation sur le bonhomme Acéphale, enlaçant une silhouette féminine.*

D'autre part, nous reproduisons un dessin pour L'Abbé C. *fait en 1957 par Pierre Klossowski. Mine à plomb sur papier, 105 × 75 cm, coll. de l'artiste.*

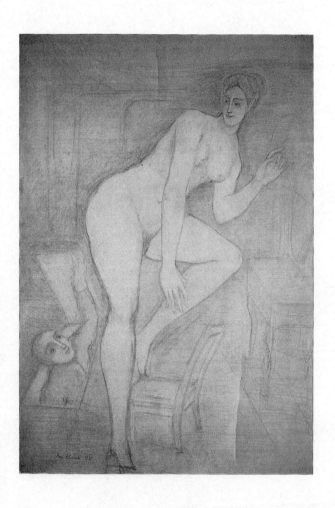

MA MÈRE

LA VIEILLESSE RENOUVELLE LA TERREUR À L'INFINI. ELLE RAMÈNE L'ÊTRE SANS FINIR AU COMMENCEMENT. LE COMMENCE- MENT QU'AU BORD DE LA TOMBE J'ENTREVOIS EST LE *PORC* QU'EN MOI LA MORT NI L'INSULTE NE PEUVENT TUER. LA TERREUR AU BORD DE LA TOMBE EST DIVINE ET JE M'ENFONCE DANS LA TERREUR DONT JE SUIS L'ENFANT.

« Pierre ! »

Le mot était dit à voix basse, avec une douceur insistante.

Quelqu'un dans la chambre voisine m'avait-il appelé ? assez doucement, si je dormais, pour ne pas m'éveiller ? Mais j'étais éveillé. M'étais-je éveillé de la même façon qu'enfant, lorsque j'avais la fièvre et que ma mère m'appelait de cette voix craintive ?

À mon tour, j'appelai : personne n'était auprès de moi, personne dans la chambre voisine.

Je compris à la longue que, dormant, j'avais entendu mon nom prononcé dans mon rêve et que le sentiment qu'il me laissait demeurerait insaisissable pour moi.

J'étais enfoncé dans le lit, sans peine et sans plaisir. Je savais seulement que cette voix durant les maladies et les longues fièvres de mon enfance m'avait appelé de la même façon : alors une menace de mort suspendue sur moi donnait à ma mère, qui parlait, cette extrême douceur.

J'étais lent, attentif, et lucidement je m'étonnais de ne pas souffrir. Cette fois le souvenir, brûlant d'intimité, de ma mère, ne me déchirait plus. Il ne se mêlait plus à l'horreur de ces rires graveleux que souvent j'avais entendus.

En 1906, j'avais dix-sept ans, lorsque mon père mourut[1].

Malade, j'avais longtemps vécu dans un village, chez ma grand-mère, où parfois ma mère venait me rejoindre. Mais j'habitais alors Paris depuis trois ans. J'avais vite compris que mon père buvait. Les repas se passaient en silence : rarement, mon père commençait une histoire embrouillée que je suivais mal, que ma mère écoutait sans mot dire. Il ne finissait pas et se taisait.

Après dîner, j'entendais fréquemment de ma chambre une scène bruyante, inintelligible pour moi, qui me laissait le sentiment que j'aurais dû venir en aide à ma mère. De mon lit, je prêtais l'oreille à des éclats de voix mêlés au bruit de meubles renversés. Parfois je me levais et, dans le couloir, j'attendais que le bruit s'apaisât. Un jour la porte s'ouvrit : je vis mon père rouge, vacillant, semblable à un ivrogne des faubourgs, insolite dans le luxe de la maison. Jamais mon père ne me parlait qu'avec une sorte de tendresse, en des mouvements aveugles, puérils presque de tremblement. Il me terrifiait. Je le surpris une autre fois, traversant les salons : il bousculait les sièges et ma mère à demi dévêtue le fuyait : mon père était lui-même en pans de chemise. Il rattrapa ma mère : ensemble, ils tombèrent en criant. Je disparus et je compris alors que j'aurais dû rester chez moi. Un beau jour, égaré il ouvrit la porte de ma chambre : il se tint sur le seuil une bouteille à la main ; il me vit, la bouteille lui échappant se brisa et l'alcool coula. Un moment, je le regardai : il se prit la tête dans les mains après le bruit ignoble de la bouteille, il se taisait, mais je tremblais.

Je le détestais si pleinement qu'en toutes choses, je pris le contrepied de ses jugements. En ce temps-là, je devins pieux au point d'imaginer que j'entrerais plus tard en religion. Mon père était alors un anticlérical ardent. Je ne renonçai à l'état religieux qu'à sa mort afin de vivre avec ma mère, devant laquelle j'étais perdu d'adoration. Je croyais que ma mère était comme, dans ma niaiserie, je pensais qu'étaient toutes les femmes, qu'elle était ce que seule une vanité de mâle empêchait d'être, attachée à la religion. N'allais-je pas le dimanche à la messe avec elle ? Ma mère m'aimait : entre elle et moi, je croyais à l'identité des pensées et des sentiments, que seule troublait la présence de l'intrus, de mon père. Je souffrais, il est vrai, de ses sorties continuelles, mais comment n'aurais-je pas admis qu'elle tentât par tous les moyens d'échapper à l'être abhorré ?

Je m'étonnais sans doute que, durant les absences de mon père, elle ne cessât pas de sortir. Mon père faisait souvent de longs séjours à Nice où je savais qu'il faisait la noce, jouait et buvait comme d'habitude. J'aurais aimé dire à ma mère avec quelle joie j'apprenais l'imminence de ses départs, ma mère avec une étrange tristesse refusait la conversation, mais j'étais sûr qu'elle n'était pas moins heureuse que moi. Il partit en dernier pour la Bretagne, où sa sœur l'avait invité : ma mère devait l'accompagner, mais elle avait, au dernier moment, pris le parti de rester. J'étais si gai lors du dîner, mon père parti, que j'osai dire à ma mère ma joie de rester seul avec elle : à ma surprise, elle en sembla ravie, plaisantant plus que de raison.

Je venais alors de grandir. Soudain j'étais un homme : elle me promit de m'emmener bientôt dans un restaurant gai.

« J'ai l'air assez jeune pour te faire honneur, me dit-elle. Mais tu es si bel homme qu'on te prendra pour mon amant[2]. »

Je ris, car elle riait, mais je restai soufflé. Je ne pouvais croire que ma mère eût dit le mot. Il me sembla qu'elle avait bu.

Je n'avais jamais aperçu, jusque-là, qu'elle buvait. Je devais vite comprendre qu'elle buvait chaque jour de la même façon. Mais elle n'avait pas ce rire en cascade, ni cette joie de vivre indécente. Elle avait au contraire une douceur triste, attachante, qui la renfermait sur elle-même ; elle avait la mélancolie profonde que je liais à la méchanceté de mon père, et cette mélancolie décidait du dévouement de toute ma vie.

Elle partit au dessert et je restai déçu. Ne se moqua-t-elle pas de mon chagrin ? Ma déception dura les jours suivants. Ma mère ne cessa pas de rire — et de boire — et surtout de s'en aller. Je restai seul à travailler. En ce temps-là, je suivais des cours, j'étudiais et, de la même façon que j'aurais bu, je m'enivrais de travail.

Un jour ma mère ne sortit pas comme d'habitude à la fin du déjeuner. Elle riait avec moi. Elle s'excusait [de] n'avoir pas tenu sa promesse et de ne pas m'avoir emmené, comme

elle disait, en « partie fine ». Ma mère, jadis si grave, qui
donnait à la voir un pénible sentiment, celui d'un soir
d'orage, m'apparaissait soudain sous un aspect nouveau :
celui d'une jeune évaporée. Je savais qu'elle était belle :
autour d'elle je l'entendais depuis longtemps dire à l'envi.
Mais je ne lui connaissais pas cette coquetterie provocante.
Elle avait trente-deux ans et, je la regardais, son élégance,
son allure me renversaient.

« Je t'emmène demain, me dit-elle. Je t'embrasse. À
demain soir, mon bel amant ! »

Là-dessus, elle rit sans retenue, mit son chapeau, ses gants
et me fila pour ainsi dire entre les doigts.

Je pensai, quand elle fut partie, qu'elle avait une beauté,
qu'elle avait un rire diaboliques.

Ce soir-là, ma mère ne dîna pas à la maison.

Le lendemain, de très bonne heure, j'allai suivre un cours :
j'étais préoccupé, quand je rentrai, de l'objet de mes études.
La femme de chambre en ouvrant me prévint que ma mère
m'attendait dans sa chambre. Elle était sombre et me dit
aussitôt :

« J'ai de mauvaises nouvelles de ton père. »

Je demeurai debout, sans mot dire.

« Ç'a été subit, dit ma mère.

— Il est mort ? demandai-je.

— Oui », fit-elle.

Elle resta un temps silencieuse et poursuivit.

« Nous prenons tout à l'heure un train pour Vannes.
Nous irons en voiture de la gare de Vannes à Segrais[3]. »

Je demandai seulement de quoi mon père venait ainsi,
subitement, de mourir. Elle me le dit et se leva. Elle eut un
geste d'impuissance. Elle était fatiguée, un poids semblait
peser sur ses épaules, mais elle ne dit rien de ses sentiments,
sinon :

« Si tu parles à Robert ou à Marthe, n'oublie pas qu'en
principe, la douleur devrait t'accabler. C'est le sentiment des
excellentes gens qui nous servent que nous devrions être en
larmes. Inutile de pleurer, mais baisse les yeux. »

Je compris que mon apaisement énervait ma mère, dont
la voix s'élevait durement. Je la regardai fixement. Je m'étonn-
nais de la voir vieillie. Je m'étonnais, j'étais désemparé. Pouvais-je cacher la pieuse jubilation qui, sourdement, contra-

riait la tristesse conventionnelle liée [à] la venue sournoise
de la mort ? Je ne voulais pas que ma mère vieillisse, je voulais la voir délivrée, de son bourreau comme de la gaieté
folle où elle se réfugiait, qui faisait mentir son visage. Je voulais être heureux, j'aurais même voulu que le deuil où le sort
nous enfermait communiquât à notre bonheur cette tristesse
d'enchantement qui fait la douceur de la mort...

Mais je baissai la tête : la phrase de ma mère ne me
donnait pas seulement de la honte. J'avais le sentiment d'être
mouché. Je pensai que, du moins, de dépit, [autant] que de
rage risible, j'allais pleurer. Et comme enfin la mort appelle
les larmes les plus sottes, quand je parlai aux domestiques
de notre malheur, je pleurai.

Le bruit du fiacre, enfin celui du train, nous permirent
heureusement de nous taire.

Un demi-sommeil me gagnait et me permettait d'oublier.
J'étais seulement préoccupé de ne plus énerver ma
mère. Toutefois, je lui proposai de passer la nuit à l'hôtel
de Vannes. Elle avait dû par télégramme annoncer pour le
lendemain notre arrivée, car elle accepta sans mot dire. Au
restaurant, puis à la gare, nous parlâmes à la fin de choses
et d'autres. Mon embarras, et mon enfantillage, malgré moi
devenaient sensibles. Je ne vis pas que ma mère buvait. Mais
elle demanda une seconde bouteille et je compris. Alarmé,
je baissai les yeux. Quand je levai les yeux, le regard de ma
mère m'opposa une dureté qui m'atterra. Elle emplit son
verre ostensiblement. Elle attendait l'instant maudit qu'appelait ma sottise. Elle ne supportait plus depuis longtemps[4]

Dans ce regard, où la fatigue pesait, une larme brilla.

Elle pleurait et les larmes glissèrent le long des joues.

« Maman, m'écriai-je, n'est-ce pas mieux pour lui ? Pour
toi, aussi ?

— Tais-toi » dit-elle sèchement.

Elle était hostile devant moi, comme si la haine parlait
en elle.

Je la repris, je balbutiai :

« Maman, tu sais bien que, de toute façon, c'est mieux
pour lui. »

Elle buvait vite. Elle eut un sourire inintelligible.

« Dis-le : je lui faisais une vie abominable. »

Je comprenais mal et je protestai.

« Il est mort et nous ne devons rien dire de lui. Mais ta vie était difficile.

— Qu'en sais-tu ? » reprit-elle.

Elle ne cessait pas de sourire. Elle ne me voyait plus.

« Tu ne sais rien de ma vie. »

Elle était résolue à briser. Déjà la deuxième bouteille était vide.

Le garçon s'approcha, nous servit. Il y avait dans la salle une odeur triste, dégradante, la nappe était tachée de rouge. Il faisait chaud.

« Ça sent l'orage », dit le garçon.

Personne ne lui répondit.

Je me dis (je tremblais devant ma mère) : « Comment pourrais-je la condamner ? »

Et je souffrais d'avoir douté d'elle un instant. Je rougis, j'essuyai mon front : la sueur y perlait.

Le visage de ma mère acheva de se fermer. Soudain ses traits se déformèrent. Comme une cire coule, ils mollissaient, un instant la lèvre inférieure entra dans la bouche.

« Pierre ! me dit-elle, regarde-moi ! »

Ce visage mobile — et fuyant — se chargeait : un sentiment d'horreur s'en dégagea. Elle opposait un vain effort au délire qui la gagnait. Elle parla, à mesure, lentement, ses traits s'étaient figés dans la folie.

Ce que ma mère disait me déchira. Sa solennité et surtout, plus terrible, sa hideuse grandeur me saisirent. J'écoutais accablé.

« Tu es trop jeune, dit-elle, et je ne devrais pas te parler, mais tu dois à la fin te demander si ta mère est digne du respect que tu lui montres. Maintenant, ton père est mort et je suis fatiguée de mentir : *je suis pire que lui !* »

Elle sourit d'un sourire fielleux, d'un sourire démenti. Elle tirait des deux mains le col de sa robe et l'écartait. Nulle indécence ne se mêlait à ce geste où seule s'exprimait la détresse.

« Pierre, reprit-elle, toi seul as pour ta mère un respect qu'elle ne mérite pas. Ces hommes qu'un jour tu trouvas au salon, ces gommeux, que penses-tu qu'ils étaient ? »

Je ne répondis pas, je n'y avais pas prêté d'attention.

« Ton père le savait, lui. Ton père était d'accord. En ton absence, ces idiots n'avaient plus de respect pour ta mère…… Regarde-la ! »

Le sourire hideux, le sourire égaré de ma mère était le sourire du malheur[a].

Ma mère m'aimait : pouvait-elle à la fin supporter la sottise à laquelle ma piété — et ses mensonges — m'avaient réduit ?

Plus tard, elle devait me dire ce mot de mon père : « Mets tout sur mon dos. » Ce fut le souhait de mon père, comprenant qu'à mes yeux, ma mère était inattaquable, qu'elle dût à tout prix le rester. Sa mort rendait la convention intolérable. Et dans le désarroi qui suivit elle céda à la tentation de se montrer immonde à mes yeux, comme elle aimait se montrer telle toutes les fois qu'elle s'abandonnait.

« Je voudrais, me disait le mot qu'en prenant un poison elle me laissa, que tu m'aimes jusque dans la mort. De mon côté, je t'aime à l'instant dans la mort. Mais je ne veux de ton amour que si tu sais que je suis répugnante, et que tu m'aimes en le sachant. »

Effondré, ce jour-là, je quittai la salle à manger, je montai dans la chambre en sanglots.

La fenêtre ouverte, un moment, sous le ciel orageux, j'écoutai les jets de vapeur, les sifflets et le halètement des locomotives. Je m'adressai debout à ce Dieu qui, dans mon cœur, me déchirait, ce que ce cœur en se brisant ne pouvait contenir. Il me sembla dans mon angoisse que le vide m'envahissait. J'étais moi trop petit, trop minable. Je n'étais pas à la mesure de ce qui m'accablait, de l'horreur. J'entendis le tonnerre tomber. Je me laissai glisser sur le tapis. Il me vint à la fin l'idée, me plaçant sur le ventre, d'ouvrir les bras en croix dans l'attitude du suppliant.

Bien plus tard, j'entendis ma mère entrer dans sa chambre. Je me souvins d'avoir laissé la porte ouverte entre cette chambre et la mienne. J'entendis le pas s'approcher et doucement la porte se ferma. La porte en se fermant me rendait à la solitude mais rien, me semblait-il, ne pourrait désormais m'en sortir et je restai à terre, laissant en silence mes larmes couler.

Le long bruit du tonnerre se déroulait sans déranger la somnolence qui me gagnait. Tout à coup, la porte s'ouvrit, le coup de foudre plus violent m'avait en sursaut réveillé. Le fracas d'une averse m'étourdissait. Dans ma chambre, j'entendis ma mère entrer nu-pieds. Elle hésitait, mais je n'eus

pas le temps de me lever. Elle ne me vit ni dans mon lit ni
dans ma chambre et cria :

« Pierre ! »

Elle buta sur moi. Je me relevais. Je la pris dans mes
bras. Nous avions peur et nous pleurions. Nous nous cou-
vrions de baisers. Sa chemise aux épaules avait glissé, si bien
que, dans mes bras, je serrai son corps demi-nu. Un paquet
de pluie, par une fenêtre l'avait trempée : dans l'ivresse, les
cheveux défaits, elle ne savait plus ce qu'elle disait[5].

J'aidai cependant ma mère à s'asseoir.

Elle continuait de parler follement, mais, la chemise en
place, elle était de nouveau décente.

Elle me souriait dans ses larmes ; mais elle était pliée par la
souffrance et, comme si elle allait vomir, elle se tenait le cœur.

« Tu es gentil, me disait-elle. Je ne te méritais pas. J'aurais
dû tomber sur un butor, qui m'aurait outragée. Je l'aurais
préféré. Ta mère n'est à l'aise que dans la fange. Tu ne sauras jamais de quelle horreur je suis capable. J'aimerais que tu
le voies. J'aime ma fange. Je finirai par vomir aujourd'hui :
j'ai trop bu, je serais soulagée. Je ferais le pire devant toi et
je serais pure à tes yeux. »

Elle eut alors ce « rire graveleux » dont je reste fêlé.

J'étais debout, les épaules et la tête basses.

Ma mère s'était levée : elle se dirigea vers sa chambre.
Elle eut encore un éclat de rire qui sonna faux, mais elle se
retourna et, bien que son pas fût incertain, elle me prit aux
épaules et me dit :

« Pardon ! »

Puis à voix basse :

« Tu dois me pardonner : je suis abominable et j'ai bu.
Mais je t'aime et je te respecte et je n'en pouvais plus de
mentir. Oui, ta mère est répugnante et, pour le surmonter, il
te faudra beaucoup de force. »

À la fin, à grand'peine, elle prit sur elle de dire en une
sorte de sursaut :

« J'aurais pu t'épargner, te mentir ; je t'aurais pris pour
un niais. Je suis une mauvaise femme, une débauchée et je
bois, mais tu n'es pas un lâche. Pense au courage qu'il m'a
fallu pour te parler. Si j'ai bu cette nuit sans finir, c'était pour
m'aider, et peut-être aussi, c'était pour t'aider. Maintenant,
aide-moi, mène-moi dans ma chambre à mon lit. »

Cette nuit-là ce fut une vieille femme accablée que je
reconduisis. Je me trouvais moi-même, hébété, chancelant,
dans un monde glaçant.

J'aurais voulu, si j'avais pu, me laisser mourir.

De l'enterrement de mon père, de la maison de famille à
l'église, puis au cimetière de Segrais, je me souviens comme
d'un temps vide auquel la substance manquait. Dans ses
longs voiles de veuve, ma mère, et tout le mensonge des
prêtres, dont le devoir était, puisqu'il s'agissait d'un impie,
de ne pas chanter... Cela n'importait pas et les voiles de ma
mère, qui, malgré moi, par ce qu'ils voilaient d'immonde
m'incitaient à rire, ne m'importaient pas davantage. J'étais
écartelé, je perdais la tête.

J'avais compris que la malédiction, que la terreur, se faisait chair en moi.

J'avais cru que la mort de mon père me rendait la vie,
mais ce semblant de vie dans mes vêtements noirs me faisait à présent trembler. Il n'y avait en moi qu'un désordre
fulgurant, auprès duquel il n'était rien qui, désormais, ne
dût pas m'être indifférent. Dans la profondeur de mon
dégoût, je me sentis semblable à DIEU. Qu'avais-je à faire en
ce monde mort, sinon d'oublier la fulguration qui m'avait
aveuglé quand ma mère était dans mes bras ? Mais je savais
déjà : je n'oublierais jamais[b].

DIEU EST L'HORREUR EN MOI
DE CE QUI FUT, DE CE QUI
EST ET DE CE QUI SERA SI *HORRIBLE*
QU'À TOUT PRIX JE
DEVRAIS NIER ET CRIER À TOUTE FORCE
QUE JE NIE QUE CELA
FUT, QUE CELA EST OU QUE CELA
SERA. MAIS JE MENTIRAI.

Ma détresse fut si grande, au retour de Segrais, que je m'alitai, me disant malade. Le médecin vint, m'examina. Ma mère entra dans ma chambre et le « rien de sérieux », le haussement d'épaules de la conclusion me délivrèrent. Mais je restai au lit, prenant mes repas dans ma chambre.

Puis je me dis qu'à m'obstiner, je ne pouvais gagner que peu de temps. Je m'habillai et je frappai à la porte de ma mère.

« Je ne suis pas malade, lui dis-je.

— Je le savais », dit-elle.

Mon regard la défiait mais je vis dans ses yeux un orage et une hostilité qui me terrifièrent.

« Je me lèverai maintenant. Je déjeunerai, si tu permets, dans la salle à manger. »

Elle me dévisagea. Sa parfaite dignité, son aisance répondait mal au terrible sentiment que j'éprouvais. Mais il y avait en elle, lié à cette chaleur d'orage qui la grandissait, un mépris intolérable pour moi.

Sans doute compensait-elle ainsi la honte dont elle avait à Vannes voulu s'accabler. Mais je devais depuis mesurer plus d'une fois ce mépris souverain qu'elle avait pour ceux qui ne l'acceptaient pas comme elle était.

Elle me dit dans un calme parfait qui dissimulait mal son impatience.

« Je me réjouis de te voir. Avant que le médecin l'ait confirmé, je savais que ta maladie était feinte. Je te l'ai dit : ce n'est pas en fuyant que tu surmonteras. Avant tout, tu devras commencer par ne plus me fuir. Je sais que tu n'as pas cessé de me respecter profondément, mais je n'admettrai pas qu'une sorte de folie s'introduise entre toi et moi. Je te demanderai de me témoigner ce respect aussi entièrement que par le passé. Tu dois rester le fils soumis de celle dont tu connais l'indignité.

— Je craignais, répondis-je, que tu ne voies l'irrespect dans le malaise que j'ai devant toi. Je n'ai pas la force de supporter. Je suis si malheureux. Je n'ai plus la tête à moi. »

Doucement mes larmes coulaient. Je continuai.

« C'est peu de dire que je suis malheureux. J'ai peur. »

Ma mère me répondit avec cette dureté hostile et orageuse qui m'avait frappé lorsque j'entrai, qui avait quelque chose d'angoissant.

« Tu as raison. Mais tu n'en sortiras qu'en bravant ce dont tu as peur. Tu vas reprendre ton travail et d'abord, tu vas m'aider. Je dois, après la disparition de ton père, ranger dans la maison le désordre qu'il a laissé. Je te demanderai, si tu veux bien, de te reprendre et de ranger dans son bureau le chaos des livres et des papiers. Je n'en ai pas le courage et je ne veux pas le supporter plus longtemps. Je dois sortir d'ailleurs. »

Elle me demanda de l'embrasser.

Elle était rouge, elle avait, comme on dit, le visage en feu.

Devant moi, elle mit avec soin son chapeau, auquel pendait un voile de veuve. Je vis à ce moment qu'elle était décolletée et fardée et que le deuil soulignait sa beauté comme une indécence.

« Je devine ta pensée, me dit-elle encore. J'ai décidé de ne plus t'épargner. Je ne changerai pas mes désirs. Tu me respecteras telle que je suis : je ne me cacherai de rien devant toi. Je suis heureuse enfin de ne plus me cacher devant toi.

— Maman, m'écriai-je avec feu, rien de ce que tu peux faire ne changera le respect que j'ai pour toi. Je te le dis en tremblant mais, tu l'as compris, je te le dis de toute ma force. »

De la hâte avec laquelle elle me quitta, je ne pouvais savoir si elle était due au désir de l'amusement qu'elle allait chercher, ou au regret de la tendresse que je lui montrais jusque-là. Je ne mesurais pas encore les ravages que l'habitude du plaisir avait faits dans son cœur. Mais dès lors je tournais en cercle fermé. Je pouvais d'autant moins m'indigner que jamais, en effet, je ne cessai d'adorer ma mère et de la vénérer comme une sainte. De cette vénération, j'admettais que je n'avais plus de raison de l'avoir, mais jamais je ne pus m'en défendre. Ainsi vivais-je en un tourment que rien ne pouvait apaiser, dont seuls me sortiraient la mort et le malheur définitif. Que je cède à l'horreur de la débauche où je savais maintenant que ma mère se complaisait, aussitôt le respect que j'avais d'elle faisait de moi-même et non d'elle un objet d'horreur. À peine revenais-je à la vénération, je devais me dire à n'en pas douter que sa débauche me donnait la nausée.

Mais j'ignorais quand elle sortit, et que je dus me dire où elle courait, le piège infernal qu'elle m'avait tendu. Je le compris beaucoup plus tard. Alors, dans le fond de la corruption et de la terreur, je ne cessai pas de l'aimer : j'entrai dans ce délire où il me sembla me perdre en DIEU.

J'entrai dans le cabinet de travail de mon père : un désordre odieux y régnait. Le souvenir de son insignifiance, de sa sottise, de ses prétentions m'étouffait. Je n'avais pas alors le sentiment de ce qu'il fut sans doute : un bouffon, plein de charmes inattendus, et de manies malades, mais toujours délicieux, toujours prêt à donner ce qu'il avait. J'étais né des amours qu'il avait eues avant mariage avec ma mère, qui avait quatorze ans. La famille avait dû marier les deux jeunes monstres et le monstre le plus petit avait grandi dans le chaos qui régnait chez eux. Leur richesse avait pourvu à bien des choses, mais rien dans la bibliothèque de mon père n'avait limité un fouillis que la mort avait parfait, qu'elle avait livré à la poussière. Jamais je n'avais vu ce cabinet en tel état. Des papiers de réclame ou de comptes amoncelés, des flacons de pharmacie, des melons gris, des gants, de nombreux boutons, des bouteilles d'alcool et des peignes sales se mêlaient aux livres les plus divers et les moins pourvus d'intérêt. J'ouvris les volets et les mites, au soleil, sortirent du feutre des melons. Je me décidai à dire à ma mère qu'un balai seul pouvait ranger ce dont le désordre était la seule fin, mais je ne pouvais le faire avant d'avoir regardé de plus près. Je devais préserver s'il en était les objets de quelque valeur. Je trouvai en effet un petit nombre de très beaux livres. Je les retirai, les rangées s'effondraient et dans le surcroît que j'introduisis de poussière et de fatras, je me sentis dans le dernier état de l'affaissement. Je fis alors une découverte singulière. Derrière les livres, dans des armoires vitrées que mon père maintenait fermées, mais dont ma mère m'avait donné les clés, je trouvai des piles de photographies. La plupart était poussiéreuses. Mais je vis rapidement qu'il s'agissait d'incroyables obscénités. Je rougis, je grinçai des dents et je dus m'asseoir, mais j'avais dans les mains quelques-unes de ces répugnantes images. Je voulus fuir, mais je devais de toute façon les jeter, les faire disparaître avant le retour de ma mère. Je devais au plus vite en faire un tas et les brûler. Fébrilement, j'entassai, je formai des piles. Des tables sur lesquelles je les formais, des piles trop hautes tombèrent, et je regardais le désastre : par dizaines, éparpillées, ces images jonchaient le tapis, ignobles et cependant troublantes. Pouvais-je lutter contre cette marée qui montait ? Dès l'abord j'avais ressenti ce renversement intime, brûlant et involontaire qui me désespéra quand ma mère, demi-nue, se jeta dans mes bras. Je les regardais en tremblant, mais je faisais durer le tremblement. Je perdis la tête et je fis sauter les piles en gestes d'impuissance. Mais je devais les ramasser… Mon père, ma mère et ce marécage de l'obscénité… : de désespoir, je décidai d'aller au bout de cette horreur. Déjà je me saisissais comme un singe : je m'enfermai dans la poussière et me déculottai.

La joie et la terreur nouèrent en moi le lien qui m'étrangla. Je m'étranglais et je râlais de volupté. Plus ces images me terrifiaient et plus je jouissais de les voir. En quoi, suivant les alarmes, les fièvres, les suffocations de ces derniers jours, ma propre ignominie aurait-elle pu me révolter ? Je l'appelais et je la bénissais. Elle était mon sort inévitable : ma joie était d'autant plus grande que, longtemps, je n'avais opposé à la vie que le parti pris de souffrir et qu'en jouissant, je ne cessais pas de m'avilir et d'entrer plus avant dans ma déchéance. Je me sentais perdu, je me souillais devant les cochonneries où mon père — et peut-être ma mère — s'étaient vautrés. C'était bon pour le salaud que je deviendrais, né de l'accouplement du porc — et de la truie.

La mère, me dis-je, est tenue de faire ce qui donne aux enfants ces terribles soubresauts.

À terre s'étalaient devant moi ces impudeurs multipliées.

De grands hommes à fortes moustaches, vêtus de jarretières et de bas de femmes rayés* se ruaient sur d'autres hommes ou sur des filles, dont les unes, épaissies, me faisaient horreur. Mais certaines, la plupart, me ravissaient : leurs répugnantes postures avivaient mon ravissement. Dans cet état de spasme et de malheur, l'une d'elles, dont j'avais l'image en main (je m'étais allongé sur le tapis, appuyé sur un coude, je souffrais, et la poussière m'avait souillé), me parut si belle (elle était sous un homme, renversée, la tête en arrière, et ses yeux s'égaraient) que ces mots : « la beauté de la mort », me passant par l'esprit, s'imposant à moi, provoquèrent le frisson gluant et que, serrant les dents, je décidai de me tuer (je crus le décider[6] !).

Je demeurai longtemps sur le tapis : inerte, demi-nu, obscène, au milieu des images de l'obscénité. Je sommeillais.

À la nuit, ma mère frappa à la porte.

Je m'affolai. Je criai d'attendre un instant. Rajustant mes vêtements, j'assemblai les photographies ; le mieux, le plus vite que je pus, je les dissimulai, puis j'ouvris à ma mère, qui alluma.

« Je m'étais endormi », lui dis-je.

J'étais minable.

Je ne me souviens pas d'un cauchemar plus pénible. Mon seul espoir était de n'y pas survivre. Ma mère elle-même visiblement se sentit chanceler. Le seul souvenir que je puisse, encore aujourd'hui, lier à cette situation est le claquement des dents dans la forte fièvre. Beaucoup plus tard, ma mère reconnut qu'elle avait eu peur, qu'elle eut le sentiment d'avoir été trop loin. Elle était néanmoins d'accord avec elle-même et, s'imaginant un suicide, elle se trompait, mais que pouvait-elle au moment sinon se dire qu'elle avait peur du désir monstrueux qui l'avait conduite à l'idée de ce rangement. Car elle l'avait elle-même tenté, et dans l'horreur qui la prit à la gorge elle avait sadiquement décidé de m'en charger. Puis elle avait couru à ses plaisirs.

---

* Tantôt les raies des bas étaient horizontales et tantôt verticales. Les photographies libres, les photographies obscènes de cette époque avaient recours à ces procédés bizarres, qui visaient par un aspect comique et répugnant à les rendre plus efficaces — plus honteuses.

Elle m'aimait, elle avait voulu me maintenir en dehors du malheur et des terribles voluptés qu'elle y trouvait, mais avais-je moi-même résisté à la suggestion de l'horreur ? Je connaissais maintenant ces voluptés : et malgré elle elle n'avait eu de cesse avant de m'avoir fait de quelque façon partager ce dont un commun dégoût l'exaltait jusqu'au délire.

Elle était à l'instant devant moi — semblable à moi — dans l'étreinte de l'angoisse.

Elle sut tirer de cette angoisse assez de calme délirant pour me dire au bout d'un long temps, d'une voix chaude, dont le charme apaisait :

« Viens dans ma chambre. Je ne veux pas te laisser seul. Obéis-moi. Si tu manques de pitié pour toi-même, je te demande d'avoir pitié de moi. Mais si tu veux, je serai forte pour deux. »

Après ma longue détresse, cette voix me ramenait à la vie. Je l'aimais d'autant plus que maintenant, de savoir, j'étais prêt à penser qu'il n'était rien qui ne fût perdu, et que soudain, j'éprouvais cette sérénité hors d'atteinte, qui triomphait du pire, rejaillissant intacte de l'infamie.

Elle me précéda dans sa chambre où je m'écroulai sur la chaise où elle me demanda de m'asseoir.

Au moment de quitter la bibliothèque, j'avais vu des photographies traîner à terre, qui m'avaient échappé dans ma hâte.

J'étais soulagé de les avoir vues, de savoir le doute impossible. J'étais soulagé de répondre à la honte que ma mère pouvait, me sembla-t-il, ressentir devant moi, qui en connaissais l'abjection, par une honte que j'imaginais plus entière. Dans l'acceptation de ma déchéance, je descendais au niveau où ma vie — si je survivais — devait désormais se traîner. Maintenant, dans mes yeux battus, ma mère pouvait lire mon ignominie. J'en étais écœuré, mais j'aimais mieux que ma mère sût que j'avais perdu le droit, qu'au grand jamais je n'aurais pris, de rougir d'elle. Elle ne sentirait plus en moi une vertu qui rendît ses faiblesses détestables et qui ouvrît l'abîme entre elle et moi. Je devais seulement m'habituer, lentement me faire à l'idée de n'être plus qu'un être sans substance, j'accéderais au seul bien qui désormais pût répondre à mes vœux : que, fût-il affreusement malheureux, et que, même, n'en dussions-nous jamais parler, un sentiment de complicité nous unît ma mère et moi.

Je m'attardais dans les réflexions de cette nature, où je ne pouvais trouver le repos, mais où je m'obstinais à le chercher, comme si je n'avais pas perdu, sur la pente où j'avais commencé de glisser, la plus petite chance de rencontrer un point d'arrêt.

Il y avait toujours eu dans l'expression du visage de ma mère un élément étrange qui échappait à la compréhension : une sorte de rogne orageuse qui restait proche de la gaîté mais parfois devenait provocante, un aveu de l'ignominie. Elle avait maintenant devant moi l'air absent et pourtant je sentais en elle la rage, une gaîté démente ou la honteuse provocation, comme au théâtre il est possible de savoir que, dans la coulisse, des acteurs, à tout instant, sont prêts à faire irruption sur la scène.

Peut-être d'ailleurs, y avait-il en un sens une illusion dans cette attente de l'impossible que ma mère provoquait en moi le plus souvent. Car sa voix qui se départait rarement d'une distinction et d'une fermeté séduisantes avait tôt fait de la décevoir, de la changer en apaisement. Elle m'éveilla cette fois de ce rêve douloureux où il me semblait que la vie s'oubliât.

« Je ne te dois pas d'explication, me dit-elle. Mais à Vannes, j'avais bu contre toute raison. Je te demande de l'oublier.

« Comprends-moi, reprit-elle. Tu n'oublieras pas ce que j'ai dit : mais je n'aurais pas eu la force de le dire, si ton enfantillage — si la boisson — et peut-être la douleur ne m'avaient pas égarée. »

Elle attendit, me sembla-t-il, que je répondisse, mais je baissai la tête. Elle poursuivit :

« J'aimerais te parler *maintenant*. Je ne suis pas sûre de t'aider, mais mieux vaudrait te faire descendre plus bas que de t'abandonner à la solitude où j'ai peur que tu t'enfermes. Je sais que tu es affreusement malheureux. Tu es faible, toi aussi. Ton père était faible comme tu l'es. Tu sais, depuis l'autre jour, jusqu'où va ma faiblesse. Tu sais peut-être maintenant que le désir nous réduit à l'inconsistance. Mais tu ne sais pas encore ce que je sais… »

Comment trouvai-je l'audace — ou la simplicité — de dire :

« Je voudrais savoir ce que tu sais…

— Non, Pierre, dit-elle, tu ne dois pas l'apprendre de moi. Mais tu me pardonnerais si tu savais. Tu pardonnerais même à ton père. Et surtout…

— …

— Tu te pardonnerais à toi-même. »

Un long moment, je demeurai muet.

« Maintenant, tu dois vivre », dit ma mère.

Je vis qu'à ce moment, elle fixait le sol devant elle et que son beau visage était fermé. Puis elle eut dans le vague un simple sourire.

« Tu n'es pas gai, dit-elle.

— …

— Moi non plus. »

C'était l'heure de passer à table. Elle exigea que je lui parlasse de mes études. Comme si de rien n'était.

J'en parlai.

Ma mère à nouveau sortie, je me retrouvai dans mon lit. Dans la turpitude où souvent l'imagination se complaît malgré nous, je pensai qu'elle était à la recherche du plaisir. Mais, avant de quitter la maison, elle était venue me border dans ma chambre, comme elle le faisait quand j'étais un petit enfant. Pas un instant je n'avais pensé ce jour-là qu'elle avait désiré me soumettre à l'incitation des photographies ! Je vivais dans l'admiration, fasciné par une alternation en elle de la douceur affectueuse et de dérèglements dont elle me semblait la victime, et dont je voyais qu'elle était malheureuse, comme j'étais malheureux de ce qui, dans l'après-midi, venait de m'arriver malgré moi. Je reposais dans le lit qu'elle avait bordé, comme, après l'accident, la victime. Un grand blessé qui souffre et a perdu beaucoup de sang, s'il se réveille enfin dans des pansements, mais dans la paix de la clinique, a, j'imagine, des sentiments semblables aux miens.

Dans la solitude où j'entrai, les
mesures de ce monde, si elles subsistent,
c'est pour maintenir en nous un sentiment
vertigineux de démesure : cette solitude,
c'est DIEU.

La vie recommença. Dans sa lenteur, le temps cicatrisait la déchirure. Ma mère devant moi semblait calme, j'admirais, j'aimais sa maîtrise, qui m'apaisait profondément. Jamais je ne l'avais aimée davantage. Jamais je n'avais eu pour elle une dévotion plus grande, d'autant plus folle qu'unis maintenant dans la même malédiction, nous étions séparés du reste du monde. Entre elle et moi, un nouveau lien s'était formé, celui de la déchéance et de la lâcheté. Bien loin de regretter d'avoir à mon tour succombé, je voyais que ma *faute* m'avait ouvert à ce qui me paraissait le malheur de ma mère, qui devait l'atterrer comme il m'atterrait — mais qui devait, je le compris plus tard, en nous torturant, à la condition de nous torturer, nous ouvrir au seul bonheur qui ne fût pas vain, puisqu'il nous ravit dans l'étreinte du malheur.

Mais je ne pouvais admettre tout d'abord ce secret mariage de l'enfer et du ciel[7]. Je souffrais, malgré tout, de sentir que ma mère se complaisait dans la misère à laquelle je savais qu'elle était condamnée. Chaque soir, et quelquefois l'après-midi, elle sortait. Quand elle dînait à la maison, j'apercevais le plus souvent qu'elle avait bu. Je me taisais, j'attendais, pour pleurer, qu'elle ressortît, qu'elle retournât à son dégoût. Je me rappelais le temps où je déplorais l'ivrognerie de mon père, où le silence et la gravité de ma mère me laissaient croire qu'elle partageait mon sentiment. Cette fois, j'avais compris qu'en même temps que mon père — sinon avec lui — elle buvait. (Mais toujours elle avait maintenu une dignité que mon père n'avait jamais — elle n'y avait, à peine, manqué qu'à

Vannes.) Le plus stupide est qu'en dépit de l'évidence, je ne cessai pas alors d'accuser mon père et mon père seul. Mon père dont l'impudence étalait le hideux désordre, mon père qui avait, j'en étais sûr, habitué ma mère à la boisson et l'avait à la longue corrompue, mon père dont les ordures, après sa mort, m'avaient à mon tour dévoyé.

J'évitais à toute force de reconnaître la vérité, que plus tard, avant de mourir, ma mère m'obligea de voir : qu'à quatorze ans elle avait poursuivi mon père, et lorsque la grossesse dont je suis le fruit obligea la famille à les marier, c'est elle qui allait de débauche en débauche, le corrompant jusqu'au bout, avec la même obstination sagace qu'elle devait montrer avec moi. Si elle était finalement d'une droiture provocante, elle était cependant sournoise : son extrême douceur, encore qu'elle ait eu, quelquefois, la lourdeur angoissante d'un temps qui précède l'orage, me laissa dans l'aveuglement. Je vivais dans le sentiment qu'une lèpre, au-dedans, nous rongeait : de ce mal, jamais nous ne guéririons, de ce mal, nous étions, elle et moi, atteints de façon mortelle. Mon imagination puérile ressassait l'évidence d'un malheur, que ma mère subissait avec moi.

Cependant ce naufrage n'allait pas non plus sans ma complicité. Je m'installai dans la certitude de ce mal inévitable. Un jour, je profitai de l'absence de ma mère, et je récidivai. Dans l'angoisse de la tentation, j'entrai dans la bibliothèque et, d'abord, je tirai deux photographies, bientôt deux autres, et lentement le vertige me prit. Je jouissais de l'innocence du malheur et de l'impuissance. Pouvais-je m'attribuer une faute qui me séduisait, m'inondait de plaisir, dans la mesure où justement j'en étais désespéré ?

Je doutais, je restais dans l'angoisse et, dans l'angoisse, je cédais sans finir au désir d'être à moi-même objet de mon horreur : dent gâtée dans un beau visage. Je ne cessais pas de songer à la confession que j'aurais dû faire de mes lâchetés, mais je n'étais pas seulement effrayé d'avouer une aberration inavouable, de plus en plus, l'idée de confession me semblait la trahison de ma mère, une rupture de ce lien inéluctable qu'avait formé entre elle et moi notre commune ignominie. Ma lâcheté véritable, pensais-je, serait d'avouer à mon confesseur, qui connaissait ma mère, qui avait admis avec moi la noirceur exclusive de mon père, que maintenant j'*aimais* le péché de ma mère et que j'en étais fier comme un sauvage. Je songeais à l'avance à la banalité de son langage. Ses banales exhortations répondraient-elles à la grandeur de mon angoisse, à la situation irrémédiable où la colère de Dieu m'avait placé ?

Pour moi, le langage tendre — et toujours tragique — de ma mère seul était à la mesure d'un drame — d'un mystère qui n'était pas moins lourd, ni moins aveuglant que Dieu lui-même. Il me semblait que l'impureté monstrueuse de ma mère — et que la mienne, aussi répugnante — criaient au ciel et qu'elles étaient semblables à Dieu, en ce que seules les parfaites ténèbres sont semblables à la lumière. Je me souvenais de la phrase lapidaire de La Rochefoucauld : « Le soleil ni la mort ne se peuvent regarder fixement[8]... » La mort à mes yeux n'était pas moins divine que le soleil et ma mère, dans ses crimes, était plus proche de Dieu que rien de ce que j'avais aperçu par la fenêtre de l'Église. Ce qui pendant ces interminables journées de ma solitude et de mon péché ne cessa pas de me dresser de la même façon que le cri sur une vitre de la fourchette fut le sentiment que le crime de ma mère l'élevait en Dieu, dans le sens même où la terreur et l'idée vertigineuse de Dieu s'identifient. Et voulant trouver Dieu je voulais m'enliser et me couvrir de boue, pour n'en pas être plus indigne que ma mère. Les scènes ignominieuses des photographies se chargeaient à mes yeux de l'éclat et de la grandeur sans lesquels la vie serait sans vertige et jamais ne regarderait le soleil ni la mort.

Peu m'importaient ces sentiments de simiesque dégradation qui me faisaient voir dans mes yeux cernés l'image de ma déchéance. Celle-ci m'approchait de la nudité de ma mère, de l'enfer où elle avait choisi de vivre ; ou plutôt de ne plus respirer, de ne plus vivre. Je reprenais parfois les plus écœurantes des images de mon père, je me dénudais et je m'écriais : « Dieu de terreur, c'est aussi bas que tu nous mènes, que tu nous as menés, ma mère et moi... » Je savais à la longue que j'en étais fier, et me disant que le péché d'orgueil était le pire, je me dressais. Car je savais que l'honnêteté qu'à mes yeux mon confesseur représentait aurait été, pour moi, la négation de ce Dieu de soleil aveuglant, de ce Dieu de mort que je cherchais, auquel me ramenaient les voies de malheur de ma mère.

Alors je me souvins des aspects d'ivrogne de mon père. Je doutais à la fin du droit que j'avais pris de le maudire : par lui, j'appartenais à l'ivresse et à la démence, à tout ce que le monde enferme de mauvais, dont Dieu ne se détourne jamais que pour le pire. Mon père, cette paillasse ivre-morte, que parfois les agents ramassaient, mon père soudain m'attendrissait : je pleurais. Je me souvenais de la nuit de la gare de Vannes et de l'alternative des moments de calme désespéré de ma mère, puis soudain du sourire glissant, qui déformait ses traits, comme s'ils avaient coulé.

Je tremblais, et j'étais malheureux, mais je jouissais de m'ouvrir à tout le désordre du monde. Aurais-je pu ne pas succomber au mal, dont ma mère étouffait ? Plusieurs jours, elle s'absenta de la maison. Je passais mon temps à me détruire — ou à pleurer : à l'attendre.

LE RIRE EST PLUS DIVIN, ET MÊME IL EST PLUS INSAISISSABLE
QUE LES LARMES.

Ma mère à son retour vit les cavités de mes yeux. Elle sourit :

« Nous allons changer ça, me dit-elle. Ce soir, je suis à bout, je vais au lit.

— Tu me ressembles un peu, maman. Regarde dans la glace, ces yeux cernés…

— C'est ma foi vrai, dit-elle. J'aime mieux ta malice que ta mauvaise mine. »

Là-dessus, elle rit franchement et m'embrassa.

Je la retrouvai au déjeuner du lendemain. Elle s'écria :

« Je ne veux plus voir une aussi mauvaise mine. Sais-tu comment te nomme Réa ?

— Réa ?

— Tu ne la connais pas encore, c'est vrai. Tu l'as croisée dans l'escalier. C'est une bien jolie fille, mais apparemment, les jolies filles te font peur. Elle, Réa, t'a bien vu et a reconnu le beau garçon dont je lui parle quelquefois. Maintenant, elle me demande de tes nouvelles : "Comment va notre chevalier de la Triste Figure ?" Je le suppose : il est temps que tu vives moins seul. Un garçon de ton âge rencontre des femmes. Nous sortirons ce soir avec Réa. Je ne serai pas en deuil ; tu mettras des vêtements élégants. J'oubliais : Réa est ma grande amie : elle est adorable, elle est danseuse de profession, c'est la fille la plus folle du monde. Je reviens avec elle à 5 heures, vous nouerez connaissance, si tu veux bien. Avant d'aller dîner dehors, nous aurons des rafraîchissements. »

Doucement, modulant ses phrases, elle riait.

« Oui, maman », balbutiai-je.

J'étais estomaqué. Je me disais que, sur son visage, ce rire était un masque.

Ma mère à ce point se leva. Nous passâmes à table.

« Tu n'es pas sans savoir que ta réponse n'est pas faite pour encourager. Il me faudra décidément du vice pour deux. »

Elle éclatait de rire. Mais la triste vérité — que j'aimais — ne cessait pas d'apparaître — sous le masque.

« Maman ! criai-je.

— Ta *maman*, me dit-elle, devra te malmener. »

Tendant les mains, elle me prit par les joues.

« Fais-toi voir.

— ...

— Ce n'est pas tout d'aimer sa mère, d'être intelligent, d'être beau, et d'avoir un profond sérieux... qui m'effraie. À quoi te mènera ce sérieux s'il ignore la gaîté des autres ? »

Je pensais au crime, à la mort... Je me voilais la face.

« Tu es sérieuse, toi aussi.

— Grand sot ! mais c'est une mine ! Tu ne serais qu'un niais si tu manquais de légèreté. »

Le système que j'avais construit, dans lequel je me réfugiais, s'effondrait. Ma mère était parfois de bonne humeur. Mais elle n'avait jamais cette gaîté sans piège, cet enjouement qui me clouaient.

Elle déjeuna sans se départir de sa bonne humeur, moquant ma gravité ou, malgré moi, me faisant rire.

« Tu vois, dit-elle, je n'ai pas bu, mais je suis endiablée. Sois fier de ta profondeur. Elle m'a mise dans ce bel état ! Dis-moi, sans le moins du monde plaisanter : as-tu peur ?

— Mais... non.

— C'est dommage. »

Elle éclata de rire de nouveau et partit.

Je ne quittai pas la salle à manger, où j'allai m'asseoir dans un coin, la tête basse.

À l'avance, je savais que j'obéirais. Je saurais même montrer à ma mère qu'elle avait tort de se moquer. Je ne doutais plus qu'à mon tour, je ferais preuve de légèreté... À ce moment, l'idée me vint que si je faisais preuve moi-même d'une légèreté affectée, ma mère avait pu feindre elle-même un sentiment qu'elle n'avait pas. Je pouvais préserver de cette manière un édifice dans lequel je voulais m'enfermer.

Je pouvais justement dans cette voie répondre à l'invite de mon destin qui me demandait de sombrer jusqu'au bout, de plus en plus bas, d'aller où ma mère me menait et de boire mon verre avec elle, de le boire, aussitôt qu'elle voudrait, jusqu'à la lie… Son enjouement m'éblouissait, mais ne devais-je pas reconnaître que m'allégeant, il m'annonçait ce qui pouvait le mieux répondre à mon désir d'aller au plus dangereux et qui me donnait le plus grand vertige ? Ne savais-je pas que ma mère à la fin me conduirait où elle allait ? C'était assurément le plus infâme. Si maintenant elle me séduisait, n'était-ce pas par les débauches que son apparente dignité achevait de rendre infernales ? Et de même que ma mère était, de la honte au prestige, de la galanterie à la gravité, en un glissement perpétuel, mes pensées se désordonnaient dans la perspective mobile que l'imaginable légèreté de Réa rendait troublante.

« Ma mère, pensais-je, veut me faire connaître son amie, mais ne suis-je pas fou d'en conclure qu'elle lui a demandé de me perdre ? »

Je me représentais aussitôt qu'une danseuse qui était son amie devait participer à ses désordres. Ainsi attendais-je dans la fièvre. Réa m'attirait d'avance. Que dis-je, elle me fascinait, Réa qui pouvait me faire entrer dans le monde qui me terrifiait mais qui, dans mon effroi, était l'objet de toutes mes pensées.

Ces pensées étaient malheureuses, mais la menace qu'elles m'apportaient était celle d'une joie excessive, qui allait naître de ma terreur. Ainsi la folle image que je m'étais faite de Réa achevait-elle de me déranger. Je délirais : je la voyais au premier mot se dénudant ; et forçant par sa canaillerie ma mère à fuir, elle m'abandonnait à cette pieuvre, qui ressemblait aux filles dont les obscénités de mon père avaient meublé mon imagination. Puérilement, je me laissais aller à ces rêveries. Je n'y croyais pas, mais j'étais déjà si dévoyé que j'inventais les scènes les plus précises, afin de me troubler et, sensuellement, de mieux patauger dans la honte.

Il m'est difficile aujourd'hui de représenter ces moments fébriles où ma révolte se liait à l'avidité d'un plaisir terrifiant, où je m'étranglais, où je jouissais d'autant plus que je m'étranglais. Ce qui me laisse croire à la fin qu'il s'agissait

d'un jeu n'est pas seulement la tricherie que j'y apportais, qui
me permettait de glisser, mais l'habileté et la maîtrise dont
je disposais, dès qu'une difficulté s'offrait. Je pouvais me
sentir paralysé : quand j'entrai dans le grand salon et que, sur
le fond de tentures luxueuses et de voiles, j'aperçus, l'une
et l'autre en robe rouge, et riantes, ma mère et son amie, un
instant, je restai muet ; j'étais déjà cloué, mais bien d'admiration. Je m'avançai en souriant. Je rencontrai le regard de
ma mère, où je pus lire l'approbation. Je m'étais en effet
habillé, je m'étais coiffé, avec un soin que je n'avais pas
d'habitude. Quand je m'approchai, je ne tremblais pas. Je
baisai, même un peu longuement, la main de la jolie Réa,
dont le parfum, le décolleté — et le clin d'œil — ne me tou-
chèrent pas moins, ni moins intimement, que ne l'aurait fait
l'exécution des rêveries qui m'avaient travaillé dans ma
chambre.

« Ne m'en veuillez pas, Madame, dis-je à Réa, si je suis,
comment dire ? interdit, mais je serais plus gêné, devant
vous, si la tête ne me tournait pas.

— Qu'il est amusant ! fit Réa langoureuse. Si jeune, si
bien savoir parler aux femmes, si bien mentir… »

Décidément, j'étais né pour le monde que Réa m'ouvrait.
Mais comme ma mère éclata bruyamment de rire, je l'entendis et je la vis : sa présence, à laquelle, à l'instant, je ne
songeais plus, et ce rire indécent me choquèrent. Je ressentis
soudain un terrible malaise.

« Je vous fâche, dit Réa, mais Pierre — vous permettez,
ma chère, que je l'appelle ainsi, par son nom — si vous ne
mentiez pas, Pierre, je serais heureuse. »

La méprise de Réa me déconcerta.

« Pierre, enchaîna ma mère, assieds-toi près de mon
amie : si je l'entends, c'est aussi la tienne. »

Elle désigna la place sur le sofa.

Ma mère et Réa étaient bien telles que j'imaginais deux
noceuses en compagnie d'un partenaire. Réa me fit place
auprès d'elle. Puis se rapprocha. Déjà montait la griserie du
champagne coulant à flots.

Le décolleté de ma voisine me crispait. J'étais devenu
cramoisi.

« Mais Pierre, disait Réa, vous n'aimez pas vous amuser ?
Votre maman aime aussi s'amuser…

— Madame…

— Mais d'abord dites Réa. C'est promis ? »

Elle me prit la main, puis l'ayant caressée, la plaça sur sa jambe. C'était trop ! sans la profondeur du sofa, j'aurais fui. Mais j'aurais eu la certitude d'être faible, et de ne pas devoir lui échapper…

Réa abandonna le peu d'affectation qu'elle avait dans la voix.

« C'est vrai, dit-elle, je fais la noce, mais jamais, voyez-vous, je ne l'ai regretté, quoiqu'étant de famille aisée… Voyez-vous, Pierre, les femmes qui font la noce ne doivent pas vous effrayer. Ainsi votre maman est meilleure que nous…

— Meilleure ? » interrompit ma mère. Elle était brusquement, le masque du rire tombé, redevenue ce qu'elle était. « Qui connaissez-vous qui soit pire ? Je veux que Pierre le sache…

— Ma chérie, vous lui faites de la peine, et pourquoi ?

— Réa, je veux le déniaiser. Pierre du champagne ! »

Je pris la bouteille et j'emplis les verres, alarmé de l'état où ma mère se mettait. Elle était grande, fragile, et tout à coup elle me donna le sentiment de n'en plus pouvoir. Ses yeux brillaient de haine et déjà ses traits se brouillaient.

« Je veux que tu le saches une fois pour toutes. »

Elle attira Réa vers elle et, sans s'attarder, l'embrassa convulsivement.

Elle se tourna vers moi.

« Je suis heureuse ! me cria-t-elle. Je veux que tu le saches : je suis la pire des mères… »

Son visage grimaçait.

« Hélène, gémit Réa, tu es affreuse… »

Je me levai.

« Pierre, écoute-moi », me dit ma mère (elle était calme de nouveau ; son langage était fou mais il était grave et ses phrases se suivaient tranquillement). « Je ne t'ai pas demandé de venir aujourd'hui pour cela. Mais je ne veux plus te supporter davantage. Je veux lire le mépris dans tes yeux, le mépris, la peur. Je suis heureuse enfin de t'avoir vu : tu n'en pouvais plus. Tu vois comment j'oublie ton père. Apprends de moi que rien n'incline à la méchanceté comme d'être heureuse. »

J'étais ivre et pourtant je compris que ma mère, qui l'était quand j'entrai, n'avait plus la force de se tenir.

« Maman, lui dis-je, laisse-moi me retirer.

— Je n'aurais pas pensé, dit ma mère sans me voir, que mon fils me manquerait, le jour où il aurait surpris la mauvaise conduite de sa mère. »

Avec une aisance qui soudain m'apaisa et me rendit à moi, elle dit encore :

« Reste ici. Je t'aime de tout mon cœur, maintenant que je t'ai donné le droit de me toiser. »

Son sourire était le sourire malheureux, comme involontaire, que maintenant je connaissais bien : ce sourire avalait sa lèvre inférieure.

« Hélène ! » cria Réa, visiblement déçue.

Elle se leva.

« Chérie, tu ne veux pas dîner avec lui ? Tu voudrais coucher sans attendre avec lui ?

— Hélène ! lui dit Réa. Je m'en vais maintenant. Au revoir, Pierre, j'espère à bientôt. »

Réa m'embrassa gentiment sur la bouche. Elle faisait mine de s'en aller. J'étais éberlué. J'étais tout ivre.

Ma mère à son tour se leva. Je vis qu'elle regardait Réa comme si elle voulait se jeter sur elle et la battre.

« Viens ! » dit-elle.

La prenant par la main, elle entraîna Réa dans la pièce voisine. Je ne pouvais les voir, mais les salons communiquaient ; si le champagne à ce moment ne m'avait endormi, j'aurais pu entendre leur souffle.

Ma mère, lorsque je m'éveillai, me regardait, le verre en main.

Réa me regardait aussi.

« Nous avons les yeux brillants », dit ma mère.

Réa riait, je vis ses yeux briller.

« Allons, maintenant, le cocher nous attend, dit ma mère.

— Mais d'abord, dit Réa, déridons la triste figure.

— Vidons la bouteille, dit ma mère. Prends ton verre et donne à boire.

— Verres en main, dit Réa, buvons. »

Un flot de bonne humeur nous portait. Soudain, j'embrassai Réa à pleine bouche.

Nous nous jetâmes dans l'escalier. Je décidai de boire et de vivre ainsi.

Toute la vie.

Dans le coupé, nous étions les uns sur les autres. Le bras de ma mère autour de la taille de Réa, Réa lui mordillait l'épaule. Réa, qui m'avait pris la main, l'appuyait le plus haut qu'elle pouvait sur la nudité de sa jambe. Je regardais ma mère : elle semblait rayonner.

« Pierre, dit-elle, oublie-moi, pardonne-moi, je suis heureuse. »

J'avais peur encore. Je pensai que, cette fois, je dissimulerais.

Au restaurant, ma mère leva son verre et parla :

« Tu vois, mon Pierre, je suis ivre. Tous les jours, c'est ainsi. Dis-lui Réa.

— Oui Pierre ! me dit Réa, tous les jours ainsi. Nous aimons faire la vie. Mais ta mère n'aime pas les hommes, pas beaucoup. Moi, je les aime pour deux. Ta mère est adorable. »

Réa, illuminée, regardait ma mère. Elles étaient graves l'une et l'autre.

Ma mère me parlait tendrement :

« Je suis heureuse de ne plus te sembler malheureuse. J'ai des caprices inavouables et je suis trop heureuse de te les avouer. »

Ses yeux avaient cessé de se perdre dans le vague.

« Je sais ce que je veux », dit-elle avec malice. Mais le sourire, aussitôt né, mourut sur ces lèvres épaisses, qui avaient le mouvement du souffle qui manque. « Je sais ce que je veux, répéta-t-elle.

— Maman, dis-je égaré, je veux savoir ce que tu veux. Je veux le savoir et je veux l'aimer. »

Réa nous regardait, elle observait ma mère. Mais nous étions ma mère et moi, au milieu de ces tables bruyantes, dans une solitude de désert.

« Ce que je veux ? me dit ma mère, c'est, dussé-je en mourir, de céder à *tous* mes désirs.

— Maman, les plus fous ?

— Oui, mon fils, les plus fous. »

Elle sourit, ou plutôt, le rire lui tordit les lèvres. Comme si elle devait, en riant, me manger.

« Pierre ! dit Réa, j'ai trop bu, mais ta mère est si folle que je crains la mort en la voyant. Je ne devrais pas te le dire : j'ai peur. Tu devrais y penser. J'ai trop bu mais pouvons-nous vivre ? Tu sais, Pierre, je suis amoureuse de ta mère. Mais tu la détruis. Tu l'empêches de rire et ta mère ne peut vivre qu'en riant.

— Mais, dis-je, Réa, ma mère me regarde en riant. Maman, que puis-je faire ? Je voudrais… Nous avons trop bu. »

Ma mère tout à coup se reprit :

« Réa et toi, vous avez trop bu. Pierre, rappelle-toi le temps où tu dormais, j'avais la main sur ton front. Tu tremblais de fièvre : mon malheur est de ne jamais trouver dans mes excès le bonheur de trembler que tu m'as donné. Pierre[9], Réa ne m'a pas comprise. Et peut-être tu seras sourd. Mais tu m'as vue rire : en riant, je pensais au moment où j'ai cru que tu mourras. Pierre ? ah peu m'importe, je vais pleurer. Ne me demande rien ! »

Je vis qu'elle aurait sangloté si, par un effort inhumain, elle ne s'était pas retenue.

« Réa, dit-elle, tu avais raison. Maintenant, par pitié, fais-moi rire ! »

Réa se pencha vers moi. Elle me fit une proposition si obscène que dans l'imbroglio de réactions dont tous trois nous étions malades, je ne pus retenir mon rire de fuser.

« Répète, me dit ma mère.

— Penche-toi, lui dit Réa, je vais le répéter. »

Ma mère se pencha vers Réa. Le même rire puéril nous chatouilla si excessivement, la proposition obscène de Réa était d'une incongruité si folle, que nos ventres s'agitèrent, tordus, au milieu des autres[10]. Les dîneurs commençaient à nous regarder, déjà hilares, et faute d'y rien comprendre, le regard stupide.

Certains hésitaient, nous étions malgré de terribles efforts déchaînés, nous étions fous, nos rires redoublèrent de l'hésitation que nous sentîmes : le restaurant entier se mit à rire, fou d'en ignorer la raison, mais à rire au point d'en souffrir et d'en être furieux. Ce rire indu s'arrêtait à la longue, mais dans le silence, une fille à la fin éclatait n'en pouvant plus : le rire reprenait dans la salle. À la longue, les convives furtifs, le nez dans leur assiette, émergeaient de leur envoûtement : ils n'osaient plus se regarder.

Le dernier, malheureux, je riais encore. Réa me dit, mais à voix basse :

« Songe à moi, songe au pied du mur…

— Oui, dit ma mère, au pied du mur !

— Je t'y mettrai », dit Réa, le visage fermé.

Elle reprit la proposition en des termes qui, cette fois, ne pouvaient plus me faire rire, mais exaspérer mon désir.

« Je suis ta chienne, ajouta-t-elle, je suis sale, je suis en chaleur. Si nous n'étions pas dans la salle, aussitôt, dans tes bras, je serais nue. »

Ma mère, de son côté, me dit, nous versant à boire :

« Je te donne à Réa et je te donne Réa. »

Je bus. Nous étions tous les trois congestionnés.

« Je vais mal me conduire, dit Réa. Mets la main sous la table. Regarde. »

Je regardais Réa : sa main seule, sous la table, cachait ce qu'elle faisait.

Mon verre empli, je le vidais.

Réa me dit :

« Dans un bois, Pierre, tu me renverserais.

— Je n'en puis plus, dis-je à Réa.

— Je suis folle, dit Réa.

— Je veux boire encore. Je n'en ai plus la force. Emmenez-moi ! »

Je pleurais lentement, l'air égaré.

Ma mère dit :

« Nous sommes folles. Réa, nous avons perdu la tête. Nous sommes saouls, tous les trois. C'était trop beau. Pitié, Pierre, ne pleure plus. Nous allons rentrer.

— Oui maman ! C'en est trop ! C'est trop beau, trop affreux. »

Soudain, l'horreur de ces regards que nous commencions d'attirer nous glaçait.

Je vis ma mère très calme, très sûre d'elle. Avant d'avoir compris, je me trouvais dans le coupé. Je m'endormais. Réa, ma mère, savaient déjà que pour si peu, ce délire ne les lâchait pas…

Mais, docilement (je ne voyais plus rien), je les laissai me mettre au lit.

Ma mère, au déjeuner du lendemain, me parla[11].

Ma mère était vêtue de noir mais elle me donnait, en même temps que de sa maîtrise, une impression de délire contenu. Comme d'habitude, elle m'attendait dans le salon, sur le sofa. Près d'elle je l'embrassai, je la pris dans les bras. J'étais presque malade, et je tremblais.

Nous restions sans mouvement. Je rompis le silence à la fin.

« Je suis heureux, lui-dis-je, mais je sais bien que mon bonheur ne peut durer.

— D'hier, me dit ma mère, tu es heureux ?

— Oui, je t'adore ainsi, mais…

— Mais quoi…

— Il va falloir tout déranger…

— Bien sûr… »

Elle me serra plus fort. Ce fut très doux mais je lui dis :

« Tu le sens bien : tous les deux nous nous sommes serrés, mais le bonheur que j'en éprouve est pénible comme un poison.

— Il faut passer à table », dit ma mère.

Nous nous assîmes et l'ordonnance de la salle à manger, de la table servie, me soulagea. Le seau à glace contenait une bouteille mais une seule bouteille.

« As-tu compris ? reprit ma mère, le plaisir ne commence qu'au moment où le ver est dans le fruit. C'est seulement si notre bonheur se charge de poison qu'il est délectable. Et le reste est l'enfantillage. Pardonne-moi de te bousculer. Cela, tu avais le temps de l'apprendre lentement. Rien est-il plus touchant, plus attendrissant que l'enfantillage ? Mais tu étais si niais, et je suis, moi, si corrompue que j'étais bien forcée de choisir. Je pouvais renoncer à toi, sinon je devais parler… J'ai cru que tu aurais la force de me supporter. Ton intelligence est exceptionnelle mais elle te mène à voir ce qu'est ta mère : tu as donc bien le droit de t'effrayer. Sans ton intelligence, j'aurais dissimulé, comme si j'avais eu honte. Je n'ai pas honte de moi. Vite, ouvre la bouteille… De sang-froid, la situation est sans doute supportable, et tu n'es pas plus lâche que moi… Le sang-froid vaut même mieux que la tête qui tourne… Mais portés par le vin, nous savons mieux pourquoi le pire est préférable… »

Nous levions nos verres et je regardais la pendule.

« L'aiguille, dis-je à ma mère, ne cesse pas un instant de bouger. Dommage… »

Je savais, nous savions, que dans l'équivoque où nous vivions, il n'était rien qui, rapidement, ne glissât — et qui, rapidement, ne sombrât.

Ma mère demanda du champagne encore.

« Une bouteille seulement, me dit-elle.

— Oui peut-être, une bouteille. Et pourtant… »

Le déjeuner fini, sur le sofa, nous nous retrouvâmes enlacés.

« Je bois à tes amours avec Réa, me dit ma mère.

— Mais j'ai peur de Réa, répondis-je.

— Sans elle, entendis-je, nous serions perdus. C'est à elle que je dois d'être sage : elle est si folle. À ton tour, aujourd'hui, tu sauras t'apaiser dans ses bras. Tu vois qu'il est 2 heures. À 7 heures, je serai de retour. Nous dînerons tous les trois, mais tu passeras la nuit avec Réa.

— Tu vas partir ?

— Oui, je pars. Je le sais. Tu voudrais arrêter l'aiguille. Mais que faire ? Tu me fais brûler, je ne puis pas te rendre heureux. Si je restais, j'aurais plaisir à te rendre malheureux. Je veux que tu me connaisses bien. Je fais le malheur de tous ceux qui m'aiment. C'est pourquoi je demande mon plaisir aux femmes, dont je puis me servir dans l'indifférence. Je ne répugne pas à faire souffrir, mais c'est un plaisir épuisant. Pour toi…

— Maman, tu sais que tu me fais souffrir… »

Elle rit. Mais ce rire équivoque ressemblait à celui que la veille, dans le restaurant, elle eut en me parlant de mort, c'était le rire au bord des larmes…

« Je pars », dit-elle.

Mais sur les joues, elle m'étouffait de ses baisers.

« Vite, en mourir, ajouta-t-elle. Tu sais que ta mère est timbrée. »

Je pleurai.

Je pensai vite au seul remède à ma souffrance.

C'était de l'augmenter, c'était de lui céder.

Je respirais le souffle de Réa. Je pensais à l'obscénité, aux voluptés, dans lesquelles Réa se perdait. Les photographies m'éclairaient. Réa dans mon oreille avait glissé les mots qui m'étranglaient, qui me congestionnaient, et qui, cette fois, ne cessaient plus de me réduire à la crampe douloureuse des organes. Réa m'avait guidé, avait guidé ma main vers l'humidité pénétrable et quand elle m'avait embrassé elle avait introduit dans ma bouche une énorme langue. Réa dont j'avais vu les yeux briller, Réa que j'entendais encore rire aux éclats d'être fin saoule et de l'inavouable plaisir que ma mère lui avait donné. J'imaginais la vie de la belle fille semblable à la fornication figée, hors d'haleine et sans apaisement, des filles des photographies. Mais Réa était la plus belle et pour moi figurait ces chahuts sans fin de la jouissance dans laquelle j'avais décidé de sombrer. Je me répétais gâteusement : « le derrière de Réa », qu'elle avait en langage des rues offert à ma jeune virilité. Cette partie de Réa que je voulais voir et dont, sur son invitation, j'avais l'intention d'abuser prenait figure : ce qu'elle ouvrait à moi était le temple du fou rire en même temps qu'elle servait d'emblème, ou de discours funèbre, à la chasse d'eau. Je ne riais pas de ce rire : c'était un fou rire sans doute, mais il était éteint, c'était un rire morose, sournois, c'était le rire du malheureux. Le lieu de la partie d'elle-même que Réa m'avait proposé et de cette comique puanteur qui sans cesse nous ramène à la honte me donnait le sentiment d'être heureux — d'un bonheur plus précieux que tous les autres — de ce bonheur honteux dont personne n'aurait voulu. Mais Réa, l'éhontée, serait, elle, aux anges de le donner, comme, férocement, j'étais avide de le goûter. Je la bénissais du risible cadeau qu'elle me ferait quand, au lieu du front pur de ma mère elle tendrait ce qu'il était dément de tendre à mon baiser. J'étais au comble du délire et dans ma fièvre, je murmurai :

« Je veux de toi le plaisir innommable que tu m'offres, *en le nommant.* »

À ce moment, je me servis des mots que la bouche de Réa avait prononcés, je les articulai, et j'en savourai la turpitude[12].

J'avais conscience, quand j'avais répété les mots — j'étais rouge — que Réa proposait la même chose à ma mère ; en même temps, que ma mère le faisait. De tout ce que ma pensée me présentait, j'étais en quelque manière étranglé, mais mon étranglement grandissait mon plaisir. J'avais le double sentiment de rire aux anges et d'être à l'agonie et que du spasme dont je tremblais, qui me donnait la volupté, j'allais mourir. Et comme j'avais réellement articulé la proposition obscène de Réa, ce fut à haute voix, dans mon abattement, que je demandai la mort. Je savais que, vivant, j'aurais vite fait de revenir à ce vomi. Car les aspects les plus inavouables de nos plaisirs nous lient le plus solidement. Je pouvais donc, sottement, décider de me confesser, renoncer à l'accord dont à l'instant je venais de convenir avec ma mère. Pouvais-je à l'avance douter que l'idée de Dieu était fade comparée à celle de perdition ? L'innommable baiser qui m'était proposé [et que, je supposais, ma mère aimait[13]] seul était digne de mon tremblement. Ce baiser seul était tragique : il avait la saveur suspecte et l'éclat effarant de la foudre. Je savais que ma confession serait tricheuse et que rien désormais ne me garderait du désir que j'avais, que la veille j'avais eu, de mon ignominie. De cette saveur ou de la mort, je savais maintenant ce que je n'avais pas le courage de me dire : que j'aimais mieux la mort, que j'appartenais à la mort, que je l'appelais en m'ouvrant au désir du hideux, du risible baiser.

En allant vers l'église où j'avais décidé, dans mon égarement, de m'adresser au premier venu, je mesurais mon incertitude. J'ignorais même si je n'allais pas sans attendre retourner à la maison et, dès le retour de ma mère, lui parler de rejoindre Réa. Il n'était rien en moi qui ne glissât. Aurais-je pu douter de la chute prochaine ? et de crainte d'irriter ma mère, je ne songeais qu'à la précipiter. Je me hâtai dans le confessionnal de m'accuser, sachant bien qu'aussitôt je pouvais oublier, que je pouvais tourner le dos à ce remords, que je disais au prêtre que j'avais, qu'en vérité je n'avais pas. Dès qu'il s'agit de m'accuser de tout ce dont ma mère était complice, je me cabrai, je m'arrêtai. Je songeai à sortir et ne terminai que par une lâcheté où le défi du sacrilège se mêlait au refus de trahir ma mère. La griserie de la tentation me ravit, dans le vertige de mon angoisse, je jouis de la nudité de Réa. Pas un instant la pensée d'un Dieu ne m'atteignit ou plutôt, si je le cherchai, c'était dans le délire, et dans le délice de la tentation. Je ne cherchais que la terreur du mal, que le sentiment de détruire en moi le fondement du repos. Je me sentis lavé du soupçon que je nourrissais d'avoir demandé l'apaisement, d'avoir eu peur. Avais-je rien avoué du rôle inavouable de ma mère ? J'étais, j'en jouissais, dans l'état de péché mortel. Dans peu de temps, j'allais revoir ma mère et mon cœur dans mon corps bondissait, débordait de joie. Je songeais à la honte où ma mère se complaisait ; j'y songeais dans l'angoisse — et même, sans doute, était-ce une folle angoisse — mais de l'angoisse je savais maintenant que mon délice allait éclore. Nulle équivoque ne se mêlait au respect que j'avais pour elle. Et pourtant ce délice de l'angoisse me serrait la gorge à l'idée de ses tendres baisers. De la tendre complicité de ma mère, aurais-je pu maintenant douter ? J'étais au comble d'un bonheur dont je jouissais d'autant plus intensément que je tremblais. Ma mère, pensais-je, m'avait précédé dans le vice. C'est que, de tous, le vice était le plus désirable et le plus inaccessible des biens. Comme un alcool, ces pensées fermentaient, bouillonnaient dans ma tête heureuse, et l'excès du bonheur déraillait en moi. J'avais le sentiment de posséder le monde et je m'écriai :

« Il n'est plus de limite à mon bonheur ! Serais-je heureux si je ne ressemblais à ma mère, si je n'étais, comme elle, certain de me griser et de m'enivrer de turpitude ! »

Mon désir résolu me grisait déjà. Je ne pense pas que, ce jour-là, de boire ait ajouté quelque nouvelle ivresse à mon bonheur. J'entrai chez ma mère en riant. Elle en parut surprise, d'autant que je lui dis que je revenais de l'église. Je conclus :

« Tu sais ce que Réa m'a proposé. Maman regarde-moi rire : j'ai décidé dans mes prières de faire ce que Réa propose.

— Mais, Pierre, jamais auparavant, tu n'avais été grossier ! Embrasse-moi, serre-moi dans tes bras.

— Ah maman ! quelle complicité !

— Oui mon Pierre ! quelle complicité ! Buvons à cette complicité ! »

Je balbutiai :

« Maman, maman ! »

Je l'embrassais.

« Le champagne est prêt, me dit-elle. Je ne me souviens pas, depuis longtemps, d'avoir été plus gaie. Préparons-nous. Buvons ! La voiture est partie chercher Réa. Maintenant, je bois avec toi, mais quand j'entendrai la voiture, j'irai mettre ma plus belle robe : rougis ! Nous dînerons tout à l'heure en cabinet particulier. Je voudrais m'amuser, rire avec vous, comme si j'avais votre âge. Mais je vous laisserai seuls après dîner.

— Je t'adore, maman ! Mais j'ai beau faire…

— Tu as beau faire…

— Je serai triste si tu pars…

— Mais tu vois bien, je n'ai même plus ton âge… À ton âge, Pierre, sais-tu que je déchirais ma robe aux ronces, je vivais dans les bois[14]. J'emplis les verres.

— Avec toi, je voudrais vivre dans les bois. Buvons.

— Non, Pierre, je courais seule les bois. J'étais folle. Et c'est vrai, je suis folle aujourd'hui de la même façon. Mais dans les bois, j'allais à cheval, je défaisais la selle et j'ôtais mes vêtements. Pierre, écoute-moi, je lançais le cheval dans les bois… C'est à ce moment que j'ai couché avec ton père. Je n'avais pas ton âge : j'avais treize ans, et j'étais enragée. Ton père m'a trouvée dans les bois. J'étais nue, je croyais qu'avec mon cheval, nous étions les bêtes des bois…

— C'est alors que je suis né !

— C'est alors ! Mais pour moi, ton vaurien de père n'est pour rien, presque rien, dans l'histoire. J'aimais mieux être seule, j'étais seule dans les bois, j'étais nue dans les bois, j'étais nue, je montais à poil. J'étais dans un état que je mourrai sans retrouver. Je rêvais de filles ou de faunes[15] : je savais qu'ils m'auraient dérangée. Ton père m'a dérangée. Mais seule, je me tordais sur le cheval, j'étais monstrueuse et… »

Soudain, ma mère pleura, elle fondit en sanglots. Je la pris dans mes bras.

« Mon enfant, disait-elle, mon enfant des bois ! Embrasse-moi : tu viens des feuillages des bois, de l'humidité dont je jouissais, mais ton père, je n'en voulais pas, j'étais mauvaise. Quand il m'a trouvée nue, il m'a violée, mais j'ai mis son visage en sang : je voulais arracher les yeux[16]. Je n'ai pas pu.

— Maman ! criai-je.

— Ton père m'avait épiée. Je crois qu'il m'aimait. Je vivais seule alors avec mes tantes, ces vieilles sottes dont peut-être tu as gardé le vague souvenir… »

Je fis signe que oui.

« Les sottes n'en faisaient qu'à ma tête, et nous t'avons fait naître en Suisse. Mais au retour, il fallut épouser ton père. Il avait ton âge, Pierre, il avait vingt ans. J'ai rendu ton père affreusement malheureux. Jamais, depuis le premier jour, je ne l'ai laissé m'approcher. Il s'est mis à boire : c'est bien excusable. "Personne, me disait-il, ne se doute du cauchemar où je vis. J'aurais dû te laisser m'arracher les yeux." Il me désirait comme une bête et j'avais seize ans, j'avais vingt ans. Je le fuyais, j'allai dans les bois. Je partais à cheval et jamais, comme je me méfiais, il ne me rattrapa. Dans les bois, j'ai toujours été dans l'angoisse mais j'avais peur de lui. J'ai toujours trouvé mon plaisir dans l'angoisse mais, jusqu'à sa mort, je devins chaque jour plus malade.

— Maman, je tremble comme une feuille, et maintenant j'ai peur que Réa…

— Réa n'est pas près d'arriver. Elle ne pouvait pas être à l'heure. Je ne savais pas que je te parlerais aujourd'hui… N'empêche, à la première minute, je t'ai parlé. Pouvais-je te parler plus tôt ? et pouvais-je t'entendre parler de la grossiè-reté de ton père avec moi ? Pierre, je suis ignoble ! je le dis sans pleurer : ton père était si tendre, il était si profondément malheureux.

— Je le hais, dis-je.

— Mais je l'ai dégradé, dit ma mère.

— Il t'a violée, je ne suis que l'horreur qui en résulte ! Quand tu m'as dit : j'ai mis son visage en sang, j'étais malheureux, mais j'aurais déchiré le visage avec toi, maman !

— Pierre ! tu n'es pas son fils mais le fruit de l'angoisse que j'avais dans les bois. Tu viens de la terreur que j'éprouvais quand j'étais nue dans les bois, nue comme les bêtes, et que je jouissais de trembler. Pierre, je jouissais pendant des heures, vautrée dans la pourriture des feuilles : tu naissais de cette jouissance. Jamais je ne m'abaisserai avec toi, mais tu devais savoir, Pierre, si tu veux, déteste ton père, mais sinon moi, quelle mère aurait pu te parler de la rage inhumaine dont tu viens ? J'avais la certitude d'être d'autant plus libidineuse, je n'étais qu'une enfant, que le désir brûlait dans moi sans limite concevable, monstrueusement. Tu as grandi et j'ai tremblé pour toi, tu sais comme j'ai tremblé. »

Bouleversé, je pleurai. Je pleurai de la peur que ma mère avait eue pour ma vie, peu m'importait, ces larmes se chargeaient d'une douleur autrement profonde, lourde, si elles me débordaient c'est que ces larmes en moi touchaient enfin l'extrémité des choses, l'extrémité de toute la vie.

« Tu pleures, me dit ma mère, tu ne sais pas pourquoi, mais pleure encore…

— Maman, lui dis-je, ce sont des larmes de bonheur, je crois… Je ne sais plus…

— Tu n'en sais rien. Laisse-moi parler. Efforce-toi de m'écouter. J'aime mieux parler que de pleurer moi-même à mon tour. J'aimerais qu'à l'entrée de Réa tu ne l'accueilles pas le mouchoir mais le verre en main. Je ne t'ai pas parlé de la vie que ton père et moi, nous avons eue dans cet appartement, bien différente de ce que tu pensais. Je ne sais pas si j'aime vraiment les femmes. Je crois n'avoir jamais aimé que dans les bois. Je n'aimais pas les bois, je n'aimais rien. Je ne m'aimais pas moi, mais j'aimais sans mesure. Je n'ai jamais aimé que toi, mais ce que j'aime en toi, ne t'y trompe pas, ce n'est pas toi. Je crois que je n'aime que l'amour, et même, dans l'amour, que l'angoisse d'aimer, je ne l'ai jamais sentie que dans les bois ou le jour où la mort… Mais d'une jolie femme, je m'amuse sans tourment, justement sans angoisse : je m'apaise. Je ne te révélerai rien, j'imagine, en te disant que seule une débauche désordonnée me donne un appréciable plaisir. Mais tout d'abord sans que ton père reçût de moi la

plus humble satisfaction, j'eus des liaisons avec des filles et
l'idée me vint vite d'en faire bénéficier le malheureux : cela
répondait bien à l'aversion que j'ai des situations régulières.
Voilà la turpitude : je l'introduisais dans ma chambre et lui
demandais de participer. Tu comprends mal ? Souvent, je
revenais avec deux filles dont l'une faisait l'amour avec ton
père, l'autre avec moi. Parfois les filles amenaient des hommes
et je m'en servais. Parfois même le cocher… Chaque soir
devait me procurer les personnages d'une orgie nouvelle,
puis je battis ton père, je le battais devant les autres, jamais
je ne me lassais de l'humilier. Je l'habillais en femme, je l'habillais en pitre et nous dînions. Je vivais comme une bête et
s'il s'agissait de ton père il n'était plus de borne à ma cruauté.
Je devenais démente. Pierre tu sauras bientôt ce qu'est la
passion désœuvrée : c'est le bagne, au début, les délices d'un
bordel, le mensonge crapuleux, puis l'enlisement et la mort
qui n'en finit plus.

— Maman ! c'est trop…

— Buvons ! mais surtout ne l'oublie pas, je ne suis plus
libre : j'ai signé un pacte avec la démence, et cette nuit, c'est
ton tour, c'est ton tour de signer. »

Ma mère riait. Elle riait de ce rire canaille qui m'écœure,
qui me glace.

« Je ne veux pas, lui dis-je. Je ne te laisserai pas. Tu me
parlais doucement et soudain comme une étrangère, comme
si tu me voulais du mal.

— Je te rends fou !

— Oui, j'ai peur. Parle-moi de ta vie dans les bois !

— Non ma vie n'est plus qu'une ordure. Tu as raison
c'est ton père qui m'a vaincue.

— Jamais ! criai-je, regarde-toi ! regarde-moi : tu vois, je
suis l'enfant de la bête des bois.

— L'enfant libidineux ? demanda-t-elle.

— Tu le sais bien, l'enfant libidineux ! »

Je regardai ma mère. Je la pris dans mes bras. Elle revenait doucement à ce calme orageux qui était le calme du
désir, qui était l'épanouissement de son désir exaspéré. Je
lisais dans ses yeux ce tranquille bonheur et je savais qu'il
n'allait pas contre son angoisse, mais qu'il l'adoucissait, la
rendait délectable. Je savais du tourment qui la détruisait
qu'il était grand, plus grande l'audace qui l'emportait sur

toute crainte imaginable. Elle croyait au fragile enchantement qui faisait taire insidieusement la profonde souffrance.
Et déjà nous soulevait ensemble l'enjouement qui nous
ramenait à ce monde du plaisir où, dans les ronces et dans
la rage, ma mère jeune avait trouvé sa voie divine. À ce
moment, mon ironie, le léger mouvement de mon ironie, me
donnait la force de défier ce qui jadis me terrassait, qui me
donnait maintenant ce voluptueux tremblement, et devant
quoi je ne cesserais plus de sourire.

Dans ce calme silence et dans ce bonheur à nous-mêmes
inintelligible, je regardais ma mère. Mon bonheur m'étonnait d'autant plus que le désir me portait moins au déchaînement effréné que j'avais connu dans la solitude, qu'à la
contemplation d'un vice parfait que, comme une drogue,
mais avec une lucidité cruelle, m'ouvrit le vertige de la possibilité infinie. Autrement dit, j'étais moins troublé par Réa,
qui pouvait me donner de tangibles apaisements, que par ma
mère, dont je ne pouvais attendre, cependant, que l'extase
immatérielle de la honte. Réa m'attirait sans doute mais en
elle je désirais moins les facilités du plaisir que l'objet associé
aux désordres de ma mère, et j'aimais dans ma mère la possibilité d'un désordre éperdu que pour moi le plaisir charnel
ne pouvait suivre, qu'il n'aurait pu changer en une agréable
satisfaction. Je n'avais pu que dans l'ivresse de la boisson ou
dans ma frénésie solitaire ne plus me soucier de ma mère,
mais de son amie. Je ne doutais plus maintenant de mon
erreur et me disposais, si, comme la veille je l'avais fait, je
touchais, j'embrassais Réa, à ne plus voir en elle que l'accès,
par un détour, à ce qui, dans ma mère, était inaccessible pour
moi.

Je dus m'éloigner un instant. Réa survint. Quand je
rentrai, dans un bruit de rires et de baisers, je mis dans les
mains des verres que j'emplis. Le champagne les débordait.
Aussitôt :
  « Mais, Pierre, gémit Réa, tu ne m'as pas encore embrassée.
  — Je reviens, dit ma mère. Je vais mettre une jolie robe. »
Aussitôt j'étreignis Réa.
  « Pierre, dit Réa, je t'ai promis, rappelle-toi… »
Je devins rouge.

« Ta mère elle-même me l'a rappelé. Nous avons ri.

— C'est embarrassant », dis-je'.

Elle se tint devant moi, me défiant, riant de voir mes lèvres barbouillées de rouge.

(Réa riant de mes lèvres barbouillées, liée à la surprise de ma figure vue dans la glace, Réa dont je ne puis séparer l'image du goût de rouge à lèvres, resté, pour moi, celui de la débauche, Réa devant moi suspendue à l'instant de livrer d'elle-même une obscénité sans nom, n'a pas cessé de me hanter : Réa me regarde encore aujourd'hui de la même façon mais aujourd'hui son beau visage (je puis dire aussi bien son visage ignoble) est retiré de la magie du champagne débordant. En moi ce visage, maintenant, ne surgit que du fond des temps.

Sans doute, en est-il de même de tous les visages dont ce récit fait naître le reflet. Mais, entre autres, le souvenir de Réa a ce privilège de n'être lié qu'à une très fugitive apparition et de se prolonger de l'obsession d'une toile de fond sur laquelle se détache son obscénité. Cette toile de fond est le carmel où le suicide de ma mère devait un an plus tard précipiter Réa. Heureuse Réa, devant laquelle s'ouvrit le refuge auquel ce récit ne mène pas, dont il détourne...

Telle est en effet ma fierté : de faire attendre le malheur, le seul malheur, à celui qui lisant ce livre malheureux est digne d'appeler sur lui le seul bien digne de ce nom, le seul qui ne peut le tromper...

Réa ne put aller au bout de ce risible sacrifice : elle devait du moins épargner à ce don qu'elle faisait sans limite de son corps, de l'intimité et de la risibilité de sa joie, le passage ordinaire à l'opération limitée[17].)

La terreur implicite dans les lignes qui précèdent me permet de glisser sur la scène que l'absence de ma mère rendit possible. Si j'en avais décrit les aspects facétieux, par là, j'aurais eu l'intention d'en montrer le terrible enjeu — que plus tard révéla l'entrée au carmel de Réa.

D'elle-même, Réa ne pouvait permettre d'apercevoir la terreur qui l'habitait. L'habitait-elle d'ailleurs ? Sans doute à la manière de l'enfant, qui s'amuse au bord de l'abîme et, de l'abîme n'a le sentiment qu'ayant glissé, si la ronce retenant sa jupe a seule évité la chute effrayante. L'enfant n'en a pas moins défié l'abîme.

Quand elle se releva d'une posture incommode, Réa riait.

Mais pouvais-je oublier ces yeux fous, ces yeux qui regardaient de l'autre monde, du fond de leur obscénité.

Maintenant Réa riait, elle riait, cette fois-là, tendrement.

« Tu m'as mis la tête à l'envers », disait-elle.

Je lui répondis dans un souffle :

« J'ai moi-même la tête à l'envers.

— J'appelle ta mère », dit-elle.

Sur la pointe des pieds, ma mère entra.

Elle entra par une porte inattendue.

Quand je sentis ses mains couvrant mes yeux, qu'elle se laissa prendre de ce fou rire, qui, dans son irrésistible envolée, pourtant lui était étranger (comme le loup noir dont la veille du suicide elle était masquée), et que dans mon oreille, elle cria faiblement « coucou ! », j'imaginai que personne n'avait plus perversement retrouvé l'heureux désordre de l'enfance. Ma mère était, dans une robe merveilleuse, outrageusement belle. Le décolleté du dos était à la limite de l'indécence. La prenant dans les bras, mon émoi prolongeait celui que l'indécence, illimitée celle-là, de son amie venait de me donner. J'aurais voulu mourir d'un renversement éperdu, dont je pense aujourd'hui que rien n'approche.

Réa, rose de bonheur, passait les verres.

Elle me dit à voix basse, me serrant contre son épaule.

« Mon puceau ! mon chéri ! je suis ta femme. Buvons avec ta mère à notre bonheur ! »

Ma mère leva son verre :

« À vos amours ! » dit-elle. Elle reprenait soudain le ton canaille qui me glaçait.

Réa et moi lui répondîmes. Nous avions hâte de boire, d'enchaîner dans la folle ivresse, qui seule serait à la mesure de la fièvre de nos esprits.

« Maman ! lui dis-je, allons dîner. J'ai déjà bu, mais je veux boire encore. Est-il une mère plus merveilleuse ? plus divine ? »

Elle avait un immense chapeau noir qu'un immense panache enveloppait d'une candeur de neige ; ce chapeau reposait sur un édifice impalpable de cheveux blonds ; sa robe avait la couleur de la chair : pourtant grande, ma mère me paraissait infime, légère, toute en épaules, en regards célestes : elle était dans ces falbalas prétentieux, le léger oiseau sur la branche, plutôt le léger sifflement de l'oiseau.

« Tu sais, maman, ce que tu perds dans ces atours ?

— …

— Ta gravité, maman : toute ta gravité ! Comme si tu levais le poids de tout le sérieux du monde. Tu n'es plus ma mère. Tu as treize ans. Tu n'es plus ma mère : tu es mon oiseau des bois. Ma tête tourne, maman. Déjà ma tête tourne trop vite. N'est-ce pas, maman, c'est mieux de perdre la tête ? Je l'ai perdue[18].

— Maintenant, dit ma mère, je te laisse Réa. Je dîne, Pierre, avec d'autres amies, qui m'attendent dans la même maison, mais elles dînent dans une autre salle, aussi bien défendue de l'indiscrétion que la vôtre. »

Je balbutiai :

« D'autres amies ?

— Oui, Pierre, d'autres amies, qui ne laisseront pas longtemps reposer sur moi ce chapeau ni cette robe.

— Ah maman, j'ai beau faire…

— Mais Hélène, dit Réa, tu dînes avec nous, Hansi ne t'attend que beaucoup plus tard.

— Tu avais dit, maman, que nous devions rire ensemble comme des enfants. N'as-tu pas mis un costume pour rire ? Je veux rire avec toi pour t'adorer.

— Mais si je reste, comment vous amuser ? C'est si difficile d'attendre.

— Nous nous amuserons sous la table, dit Réa. Pour rire. Et quand tu partiras, nous nous amuserons pour de bon.

— Pourquoi pas ? dit ma mère. Il est vrai qu'aujourd'hui, je suis d'humeur à rire. Mais Pierre, tu pourrais avoir peur. N'oublie pas qu'aujourd'hui, mon chapeau ne tient pas sur ma tête et que je suis plutôt la bête des bois. Tant pis, tu m'aimeras comme je suis. Que penses-tu que j'étais dans les bois ? J'étais déchaînée. Je n'avais pas de costume pour rire.

— J'ai peur, c'est vrai, mais je veux avoir peur. Maman fais-moi trembler.

— Bois donc, me dit-elle. Et maintenant, regarde-moi ! »

Son regard me fuyait. Elle pouffait. Elle était devenue

graveleuse et, sournoise, elle semblait n'avoir plus pour moi que de la haine, *la lèvre inférieure rentrée*.

« Rions, cria Réa. Maintenant, faisons-le rire. Pierre il est temps d'être idiot. Buvons toujours. Hélène aussi va rire. À tout à l'heure Hélène… Pierre, il est si grave.

— C'est, dit ma mère, le plus niais des enfants. Faisons-le rire*ᵈ*.

— C'est si doux d'être niais, leur dis-je, entre des folles. N'ayez pas peur ! Faites-moi rire. À boire encore. »

Réa me couvrit à nouveau de rouge à lèvres et me chatouilla si insidieusement que je me trémoussai comme un perdu.

« Descendons, dit ma mère, la voiture est là. »

Dans le coupé, commença le grand désordre. Les fous rires éclataient. Réa se déchaînait. Quand elle sortit, elle n'avait plus de jupe. Dans des pantalons très ouverts, elle se précipita dans l'escalier. Ma mère en courant la suivit, la jupe de Réa sur le bras. Je les suivis tout aussi vite, à la main le chapeau absurde de ma mère.

Nous filions, nous riions.

Un garçon s'effaça, salua, il ouvrit la porte que ma mère aussitôt que nous fûmes entrés ferma en la claquant.

Ma mère essoufflée renversa Réa, se jeta sur elle.

Soudain, elle s'arrêta, et se releva.

« Pierre, dit-elle, j'ai trop bu, je suis folle. Il fallait m'arrêter, mais que Réa est drôle, qu'elle est jolie en pantalons ! Pierre ! j'en suis sûre : ce sera ton premier dîner avec une jeune fille en pantalons. Comme c'est triste pour moi d'être devenue trouble-fête. Nous ne pouvions continuer de faire les folles… À présent, je suis dégrisée. À présent, je vais vous laisser.

— Non, maman, tu dînes avec nous. »

Gravement, congestionné, je regardai ma mère, et je lui pris les mains. J'étais au comble du délire. Discrètement, sous la table, Réa me caressait. Ma mère aussi me regardait, comme si les regards griffaient.

Très bas, je murmurais :

« Je voudrais ne jamais bouger. »

Ma mère un long moment me regarda. Réa se serrait entre nous, sur le sofa, les pantalons défaits et la main gauche perdue dans la robe rose.

« Mais les verres sur la table sont vides. C'est dommage, dit ma mère.

— J'attrape la bouteille », dit Réa.

Elle se leva, mais elle était déboutonnée, le pantalon glissa. Ma mère sourit, la lèvre dans la bouche.

Je lui pris la bouteille des mains. Derrière nu, elle s'assit et ses mains reprirent leur discrète occupation.

« Hélène, dit Réa, la voix basse, je ne suis pas encore en costume de salon particulier. Tu devrais m'ôter mon corsage. Tu le vois, je suis occupée. »

Réa n'avait gardé qu'un faux corset de dentelles noires qui dénudait les seins mais maintenait les bas.

« Si nous étions seuls, je fuirais, j'aurais peur de Réa, pensais-je.

— Je n'ai plus le courage de vous quitter, gémit ma mère.

— Mangeons, maintenant, dit Réa dégageant ses mains. Mais buvons d'abord. »

Ma mère et moi nous inclinâmes ensemble sur Réa qui buvait entre nous. Notre plaisir avait été d'autant plus grand que seuls à ce moment notre silence et la congestion du visage le trahissait. Pendant quelques minutes, ma mère et moi usâmes de Réa aussi sournoisement que Réa le faisait de nous l'instant d'avant. Nous mangeâmes : à nouveau les regards irrités de ma mère et les miens se possédèrent. À la fin notre jeu dut s'interrompre. Réa gémit :

« Du champagne, Pierre, donne-moi du champagne. Je n'ai plus faim. Vous m'avez énervée. Je veux boire et je ne m'arrêterai plus que je roule sous la table. Verse, Pierrot, je veux un verre plein, le mien, le tien, buvons toujours, je ne bois plus à ta santé mais à mon caprice : tu sais ce que j'attends de toi. Tu sauras que j'aime le plaisir : je l'aime éperdument. Entends-moi bien : je l'aime éperdument et je ne l'aime qu'au point de me faire peur. Ta mère…

— Elle est partie, lui dis-je. J'en avais la gorge serrée.

— Nous ne l'avons pas entendue. Nous gênait-elle[19] ? J'aurais voulu la savoir là, mais elle ne voulait pas. C'est curieux comme nous avons peur. Si nous n'avions pas peur, ça nous ferait chier !

— O ! » dit-elle. Elle ne riait pas.

Le mot comme elle m'avait fait sauter. Je me jetai sur elle et je l'embrassai avec une sorte de chiennerie.

« Je l'avais oublié, lui dis-je. Tu es nue.

— Je suis à poil, dit-elle. Je suis la première fille que tu aies, mais c'est la plus cochonne. »

Ma langue redoublait de chiennerie. Je regardai Réa comme j'avais regardé ma mère.

« Réa, lui dis-je, je ne sais pas si je suis cochon, mais j'en suis sûr, je suis atroce. »

. . . .

J'avais fait l'amour avec Réa, mais bien plutôt, j'avais passé ma rage sur elle. Ma mère m'avait quitté, j'aurais voulu pleurer et ces sauts dans nos embrassements étaient les lourds sanglots dont j'étouffais.

Cet éclat renversant du ciel est celui
de la mort elle-même. Ma
tête tourne dans le ciel. Jamais
la tête ne tourne mieux que
dans sa mort[20].

Jamais un instant je n'imaginai dans la violente passion que ma mère m'inspirait qu'elle pût même dans le temps de l'égarement devenir ma maîtresse. Quel sens aurait eu cet amour si j'avais perdu un iota du respect sans mesure que j'éprouvais — et dont, il est vrai, j'étais désespéré. Il m'arriva de désirer qu'elle me battît. J'avais horreur de ce désir encore qu'il devînt, quelquefois, lancinant. J'y voyais ma tricherie, ma lâcheté. Il n'y eut jamais entre elle et moi rien de possible. Si ma mère l'avait désiré, j'aurais aimé la douleur qu'elle m'aurait donnée, mais je n'aurais pu m'humilier devant elle : m'avilir à ses yeux, aurait-ce été la respecter ? afin de jouir de cette adorable douleur, j'aurais dû la battre en retour.

Je me souviens de ce qu'un jour, Hansi devait me redire d'un propos que ma mère lui avait tenu (Hansi, la seule des filles avec laquelle je sus vivre longtemps — dans un bonheur repu). Hansi : ma mère avait voulu, mais bien en vain, la dévoyer. Elle épousa, quand nous nous quittâmes, un homme remarquable, que je connus, qui lui donna une vie heureuse, équilibrée : elle en eut un enfant que jamais je n'ai vu sans joie ; après notre rupture, elle n'a pas cessé, mais rarement, de coucher avec moi ; elle ne m'aimait plus de la même façon, elle aurait voulu me guérir, et en effet elle m'apaisait, toujours me ramenant à la nuit silencieuse d'une sensualité sans désordre et pourtant sans mesure. Ma mère lui disait que le mal n'était pas de faire ce qu'elle lui demandait, mais bien de vouloir y survivre : elle aurait voulu l'entraîner dans une orgie si impardonnable que la mort seule y

eût mis fin. Bien qu'elle connût le caractère insensé de ma
mère, Hansi ne voyait là que la froide ironie. Non qu'elle
doutât, bien au contraire, d'un danger du plaisir éperdu, mais
elle pensait que pour ma mère — aussi bien que pour elle-
même — il n'y avait pas de plaisir coupable, ma mère se bornait, pensait-elle, à reconnaître une impossibilité de venir à
bout du désir qui, s'il n'est pas accommodé par la raison,
mène à la mort. Il est vrai que la cruauté, qui pouvait être
délirante, de Hansi donnait à sa pensée un fondement appréciable. Ma mère devait toutefois parler sans ironie. Hansi
est très subtile, et fort intelligente. Elle ne put néanmoins
que pressentir assez vaguement ce que dissimula l'apparente
sérénité ou, pour reprendre les mots mêmes dont elle se
servit, « la majesté polissonne » de ma mère. Vaguement, du
moins, elle le pressentit bien : ma mère la terrifiait, ma mère
pour laquelle Hansi a compté beaucoup. Plus qu'aucune
autre, sauf Charlotte, qui était ma cousine et que, cependant,
je ne devais connaître que bien plus tard. Mais Charlotte,
comme ma mère, appartenait au monde où la volupté et la
mort ont la même dignité — et la même indignité —, la
même violence, et pourtant la même douceur.

Ce qui dans mes amours avec ma mère est le plus obscur
est l'équivoque qu'y introduisirent un petit nombre d'épisodes risqués, d'accord avec le libertinage qui fut toute la
vie de ma mère et qui s'empara peu à peu de toute la mienne.
Il est vrai qu'à deux reprises au moins nous avons laissé le
délire nous lier plus profondément, et d'une manière plus
indéfendable que l'union charnelle n'aurait pu le faire. Nous
en eûmes conscience ma mère et moi, et même dans l'effort
inhumain que d'accord nous avons dû faire afin d'éviter le
pire, nous avons reconnu en riant le détour qui nous permit
d'aller plus loin, et d'atteindre l'inaccessible. Mais nous n'aurions pas supporté de faire ce que font les amants. Jamais
l'assouvissement ne nous retira l'un de l'autre comme le fait
la béatitude du sommeil. Comme Iseult et Tristan avaient
entre eux l'épée par laquelle ils mirent fin à la volupté de leurs
amours[21], le corps nu et les mains agiles de Réa jusqu'au
bout demeurèrent le signe d'un respect effrayé qui nous
séparant dans l'ivresse maintint sur la passion qui nous brûlait le signe de l'impossible. Pourrais-je attendre plus longtemps pour en donner le dénouement : le jour même où ma
mère comprit qu'elle devrait à la fin céder, jeter à la sueur des

draps ce qui m'avait dressé vers elle, ce qui l'avait dressée vers moi, elle cessa d'hésiter : elle se tua. Pourrais-je même dire de cet amour qu'il fut incestueux ? La folle sensualité où nous glissions n'était-elle pas impersonnelle et semblable à celle si violente de ma mère au moment où elle vivait nue dans les bois, où mon père la viola ? Le désir qui souvent me congestionna devant ma mère, indifféremment je pouvais le satisfaire dans les bras d'une autre. Ma mère et moi nous mettions facilement dans l'état de la femme ou de l'homme qui désirent et nous ragions dans cet état, mais je ne désirais pas ma mère, elle ne me désirait pas. Elle était comme je savais qu'elle était dans les bois, je lui tenais les mains et je savais qu'elle était devant moi comme une ménade, qu'elle était folle, au sens propre du mot, et je partageais son délire. Si nous avions traduit ce tremblement de notre démence dans la misère d'un accouplement, nos yeux auraient cessé leur jeu cruel : j'aurais cessé de voir ma mère délirant de me regarder, ma mère aurait cessé de me voir délirer de la regarder. Pour les lentilles d'un possible gourmand[22], nous aurions perdu la pureté de notre impossible.

Étais-je même amoureux de ma mère ? J'ai *adoré* ma mère, je ne l'ai pas aimée. De son côté, j'étais pour elle l'enfant des bois, le fruit d'une volupté inouïe : ce fruit elle l'avait nourri dans sa dévotion enfantine, retour de la folle tendresse, angoissée et gaie, qu'elle me donnait, rarement, mais qui m'éblouissait. J'étais né de l'éblouissement de ses jeux d'enfant, et je crois qu'elle n'aima jamais un homme, et moi, jamais elle ne m'aima dans le sens où Hansi m'aima mais elle n'eut dans sa vie qu'un violent désir, celui de m'éblouir et de me perdre dans le scandale où elle se voulait perdue : à peine eut-elle dessillé mes yeux qu'elle devint moqueuse, rageuse sa tendresse se changea en volonté avide de me corrompre, de n'aimer plus en moi que la corruption où je sombrais. Mais sans doute pensait-elle que la corruption, étant le meilleur d'elle-même, en même temps que voie d'un éblouissement vers lequel elle me guidait, était l'accomplissement qu'appelait cette mise au monde, qu'elle avait voulue. Ce qu'elle aima c'était toujours le fruit de ses entrailles, rien ne lui fut plus étranger que de voir un homme en moi, qu'elle aurait aimé. Un homme jamais n'occupa sa pensée, jamais ne pénétra que pour l'assouvir, dans le désert où elle brûlait, où elle aurait voulu qu'avec elle la silencieuse beauté des êtres, anonyme et indifférente, se détruisît salement. Y aurait-il eu dans ce royaume libidineux place pour la tendresse : les tendres sont bannis de ce royaume, auquel la parole de l'évangile convient : *violenti rapiunt illud*. Ma mère me destinait à cette violence, sur laquelle elle régnait. Il y avait en elle et pour moi un amour semblable à celui qu'au dire des mystiques, Dieu réserve à la créature, un amour appelant à la violence, jamais ne laissant la place au repos.

Cette passion est aux antipodes de l'amour que j'eus pour Hansi, qu'Hansi eut pour moi. J'en ai fait longtemps l'expérience, avant que ma mère ne nous chassât de notre royaume de tendresse. Hansi, je tremblais de la perdre, je la cherchais comme l'assoiffé la source vive. Hansi était la seule : en son absence nulle autre n'aurait pu me consoler. Lorsque ma mère revint d'Égypte, je ne me réjouis pas de ce retour : je pensais, je n'avais pas tort, que ma mère aussitôt détruirait mon bonheur. Je puis me dire que j'ai tué ma [m]ère[23] : peut-être mourut-elle d'avoir cédé à la tendresse du baiser sur la bouche que je lui donnais. Ce baiser, dès l'abord, me révolta, et je ne cesse pas d'en grincer des dents. La mort que ma mère se donna le jour même m'en sembla si bien l'issue que je ne pleurai pas (mais la douleur sans larmes est peut-être la plus dure). J'ose à peine dire ce que je pense : l'amour qui nous lia, ma mère et moi, était de l'autre monde. Je voudrais être supplicié (je me dis, tout au moins que je le voudrais !) : la force, évidemment, me manquerait, pourtant je voudrais rire dans mon supplice. Je ne désire pas revoir ma mère et pas même en faire apparaître insidieusement l'insaisissable image, celle qui, tout à coup, force au gémissement. Elle a toujours dans mon esprit la place que marque mon livre. Il me semble le plus souvent que j'adore ma mère. Aurais-je cessé de l'adorer ? Oui : ce que j'adore est Dieu. Pourtant, je ne crois pas en Dieu. Je suis donc fou ? Ce que seulement je sais : si je riais dans les supplices, pour fallacieuse qu'en soit l'idée, je répondrais à la question que je posais en regardant ma mère, que posait ma mère en me regardant. De quoi rire, ici-bas, sinon de Dieu ? Assurément, mes idées sont de l'autre monde (ou de la fin du monde : je pense parfois que la mort seule est l'issue de la sale débauche, singulièrement de la plus sale, qu'est l'ensemble de toutes les vies ; il est bien vrai que, goutte à goutte, notre vaste univers ne cesse pas d'exaucer mon vœu[24]).

Quand la femme de chambre m'appela pour le déjeuner
servi, elle m'annonça que, le matin même, Madame avait
quitté Paris. Elle me remit la lettre que ma mère m'avait
laissée.

Je m'étais éveillé malade.

Dans le désordre de mes nerfs, la nausée s'empara de tout
mon esprit. Je sentis à travers ma souffrance la dureté de la
lettre de ma mère.

« Nous avons été un peu loin, disait-elle, et si loin qu'à
présent, je ne puis plus te parler comme une mère. Il me faut
cependant te parler comme si rien ne pouvait nous éloigner
l'un de l'autre, comme si je ne devais pas te gêner. Tu es trop
jeune, trop près du temps où tu priais… Je n'y puis rien. Je
m'indigne moi-même de ce que j'ai fait. Mais j'ai l'habitude et pourrais-je m'étonner d'être dépassée par ma folie ?
Il me faut un courage que tu dois sentir pour m'adresser à
toi comme je le fais, comme si nous avions, comme si nous
devions avoir la force d'endurer. Peut-être devineras-tu dans
mes phrases si tristes soient-elles que je m'efforce d'atteindre
en toi ce qu'elles atteindraient si dans un monde inconcevable une pure amitié nous liait qui ne concerne que nos
excès. Cela me semble du verbiage. J'en suis révoltée, mais
l'impuissance et la révolte ne changent pas ce que je suis.

« Pour longtemps, pour des mois, peut-être des années,
je renonce à te voir. Il me semble à ce prix que dans cette

lettre, et déjà séparée de toi par l'immense voyage entrepris,
je puis te dire ce qui si je te parlais de vive voix ne serait pas
tolérable. Tout entière, je suis celle que tu as vue. Quand une
fois je t'ai parlé, je serais morte plutôt que de ne pas être à
tes yeux, devant toi, ce que j'aime être. J'aime les plaisirs que
tu as vus. Je les aime à tel point que tu cesserais de compter
pour moi si je ne savais pas que tu les aimes aussi désespérément que moi. Mais c'est trop peu de dire que j'aime.
J'étoufferais si je cessais de vivre un instant sans rendre claire
la vérité qui m'habite. Le plaisir est toute ma vie. Je n'ai
jamais choisi et je sais que je ne suis rien sans le plaisir en
moi, que tout ce dont ma vie est l'attente ne serait pas. Ce
serait l'univers sans la lumière, la tige sans la fleur, l'être sans
la vie. Ce que je dis est prétentieux mais surtout est plat
auprès du trouble qui me tient, qui m'aveugle au point
même que, perdue en lui, je ne vois plus, je ne sais plus rien.
T'écrivant, je comprends l'impuissance des mots, mais je
sais qu'à la longue, en dépit de leur impuissance, ils t'atteindront. Tu devineras quand ils t'atteindront ce qui ne cesse
pas de me renverser : de me renverser les yeux blancs. Ce
que des insensés disent de Dieu n'est rien auprès du cri
qu'une si folle vérité me fait crier.

« Maintenant, tout ce qui dans le monde est lié nous
sépare. Nous ne pourrions plus désormais nous rencontrer
sans désordre et, dans le désordre, nous ne devrons plus
nous rencontrer. Ce qui te lie à moi, ce qui me lie à toi est
désormais lié jusqu'à l'intolérable et nous sommes séparés
par la profondeur de ce qui nous lie. Que pourrais-je ? Te
choquer, te détruire. Pourtant, je ne me résigne pas à me
taire. Je te déchirerai mais je parlerai. Car je t'ai tiré de mon
cœur et si la lumière un jour m'atteignit c'est de t'avoir dit le
délire où je t'ai conçu, mais mon cœur, et toi-même, en quoi
pourrais-je les distinguer de mon plaisir, de mon plaisir, de
ton plaisir, de ce que, comme elle l'a pu, Réa nous a donné ?
J'en parle : je sais que c'est cela, puisque c'est arrivé, qui
devrait m'obliger au silence. Mais si je parle de mon cœur,
de ce cœur d'enfant d'où je t'ai tiré, d'où je tire à jamais ce
lien du sang qui veut que ma souffrance me fasse gémir à
côté de toi, que ta souffrance te fasse gémir à côté de moi,
ce n'est pas seulement de souffrance et de gémissement qu'il
s'agit, mais du joyeux délire qui nous portait quand les mains
dans les mains nous nous regardions. Car notre supplice
était bien le plaisir qui nous débordait — ce que Réa plaçait

très bas, qu'elle plaçait aussi bas qu'il fallait. Réa ne m'a pas
caressée vraiment : contre elle, je me tordais et je délirais
devant toi comme — en ton absence — je me suis tordue et
j'ai déliré quand je t'ai conçu. Je ne peux plus me taire et
malgré moi, ce qui gémit, ce qui délire encore en moi me fait
parler. Je n'aurais pas pu te revoir. Ce que nous avons fait,
nous ne pouvons pas le refaire et pourtant, devant toi, je ne
songerais qu'à le refaire. Et t'écrivant, je sais que je ne puis
te parler mais rien ne pourrait faire que je ne parle pas. Je
quitte Paris, je m'en vais le plus loin possible, mais partout
je serai jetée dans le même délire, loin de toi comme auprès
de toi, car le plaisir en moi n'attend personne, il émane de
moi seule, du déséquilibre en moi qui ne cesse de me tordre
les nerfs. Tu peux le voir, ce n'est pas de toi qu'il s'agit, je
me passe de toi et je veux t'éloigner de moi, mais s'il s'agit
de toi je veux être dans ce délire, je veux que tu le voies, je
veux qu'il te détruise. En t'écrivant je suis entrée dans ce
délire : tout mon être en lui-même est crispé, ma souffrance
crie en moi, elle m'arrache hors de moi de la même façon
que je sus, en te faisant naître, t'arracher de moi. Dans cette
torsion, dans son impudence, je ne suis plus qu'un cri qui
plutôt que d'amour est de haine. Je suis tordue d'angoisse et
je le suis de volupté. Mais ce n'est pas d'amour, je n'ai que
de la rage. Ma rage t'a mis au monde, cette rage à laquelle
le silence est imposé mais dont hier j'ai compris en te regardant que tu entendais le cri. Je ne t'aime pas je reste seule
mais ce cri perdu tu l'entends, tu ne cesseras pas de l'entendre, il ne cessera pas de t'écorcher, et moi, jusqu'à la
mort, je vivrai dans le même état. Je vivrai dans l'attente de
cet autre monde où [je suis dans[25]] le paroxysme du plaisir.
J'appartiens tout entière à cet autre monde et tu lui appartiens tout entier. Je ne veux rien savoir de ce monde ratissé
par ceux dont la patience attend que la mort les éclaire. Je
vis moi dans le souffle de la mort, je cesserais d'exister pour
toi si un instant tu oubliais que c'est pour moi le souffle du
plaisir. J'entends du plaisir équivoque. Je t'ai parlé des bois
et des outrages aux mœurs que j'y cherchais. Rien n'était
plus pur, rien n'était plus divin, plus violent que ma volupté
des bois. Mais il y a une introduction : sans cette introduction, il n'y aurait pas eu de plaisir et je n'aurais pu dans les
bois renverser ce monde-ci pour y trouver l'autre. Ce qui
retirait les vêtements de la petite fille à l'entrée du bois,
c'étaient ses lectures du grenier d'Ingerville. Je te laisse un

débris de ce grenier. Tu trouveras dans ma chambre dans le tiroir de la coiffeuse un livre intitulé *Maisons closes, pantalons ouverts* : en dépit de sa pauvreté, qui n'est pas seulement celle du titre, il te donnera l'idée de l'étouffement qui me délivra. Si tu savais comme j'ai respiré l'air des bois quand j'ai vu par terre, devant toi, les photographies paternelles. Dans la même poussière ! J'aurais embrassé ton visage sali. La poussière du grenier ! Je savais, moi, dans quel état... Le seul que j'ai voulu pour moi, qu'à jamais j'appellerai, que j'ai voulu pour toi, pour lequel, le jour où la rage m'a prise, l'ayant voulu pour toi, je séchai de soif : cet état dont il n'est personne, en public, qui ne se détourne de honte. Je rêvais alors que tu voies mes yeux vitreux, malheureuse assoiffée de ta chute et du désespoir que tu en aurais. Je suis sûre que jamais... et je me refuserais... Mais j'ai voulu te faire entrer dans mon royaume qui n'est pas seulement celui des bois mais celui du grenier. Je t'ai fait dans mon ventre un don de fièvre et c'est un autre don de ma fièvre que je fais te poussant dans l'ornière où nous sommes ensemble enlisés. Je suis fière avec toi de tourner le dos à tous les autres, le sens-tu ? Mais je t'étranglerais si, sournoisement — ou lourdement — tu prenais le parti des autres et si tu refusais le royaume de mon grenier.

« Je pars avec Réa. Je te laisse seul avec Hansi, que tu ne connais pas. Hansi, je n'ai pu la corrompre, et quelque peine que j'y ai prise, c'est une jeune fille — une fausse jeune fille ? peut-être ; mais si peu — que je mets dans ton lit. Qui le sait, qui, d'accord, t'attendra demain. Tu ne douteras plus, devant Hansi, des déesses qui riaient sur ton berceau. En l'attendant, ces déesses sont aussi celles de mon grenier[26]... »

Je l'ai dit, j'avais, quand je lus, la nausée : je ne me représentais clairement ni la tournure que prenaient mes relations avec ma mère ni la situation où me laissait un rendez-vous avec une fille qu'elle avait séduite. D'un malaise, irrespirable, qui peut-être était merveilleux, il me semblait vain d'espérer sortir. J'étais soulagé du départ de ma mère, et dans le brouillard où j'étais perdu, il me sembla que cette lettre était bien celle que j'attendais, qu'elle m'enfonçait dans un malheur affreux mais qu'elle me donnerait la force d'aimer.

Ma mère avait fixé le rendez-vous avec Hansi dans une maison semblable à celle où nous avions dîné avec Réa. Elle

avait l'avant-veille après m'avoir quitté retrouvé Hansi à
l'autre étage : sans doute voulut-elle (ou Hansi) éviter le souvenir oppressant du premier soir. J'avais entre-temps vécu
dans l'attente. Dans une attente insupportable il est vrai, mais
l'attente permet le sursis. Je la passais à lire dix fois la lettre
de ma mère. Cette lettre me saoulait, même il me sembla
que j'aurais dû boire, afin de la comprendre, afin de mieux
lier l'ivresse au monde angoissant qu'elle m'ouvrait. J'entrai à
l'heure dans le salon du rendez-vous : je n'aurais pu ni m'asseoir ni fermer la porte, je n'aurais fui pour rien au monde,
mais les glaces, les dorures et les lustres m'effrayaient. Le
garçon me montra la sonnette et les commodités que dissimulait un meuble de palissandre. Dans cette buée fiévreuse,
il me sembla que, brusquement, Hansi venait d'entrer et qu'à
voix basse le vieillard aux larges favoris, qui lui ouvrait le
meuble de nouveau, lui disait : « Ce jeune homme de bonne
apparence vous demandera de vous en servir devant [lui[27]] »
et la main oblique devant la bouche : « C'est odieux ! » J'avais
le sentiment d'une boucherie dans le plein été, quand l'odeur
de la viande est forte. Il n'était rien qui ne fût là pour me
prendre à la gorge. Je me souvins du post-scriptum de ma
mère : « À l'idée de trouver un jeune homme inconnu dans
une maison aussi louche, Hansi est elle-même effrayée. Elle
est plus effrayée que toi. Malgré tout, la curiosité l'emporte
en elle. Elle n'aime pas la prudence. Mais le dernier mot de
ta mère te demande de la regarder comme si la salle où tu la
trouveras était dans un palais de contes de fée. »

Debout dans ma fébrilité, mon image réfléchie à l'infini,
dans les glaces tapissant les murs ou dans celles qui formaient le plafond, achevait de me laisser croire que j'étais
endormi et que je rêvais — qu'un cauchemar éclatant me
dissolvait. J'étais si absorbé par ce malaise que je n'entendis
pas la porte s'ouvrir. Je ne vis Hansi que dans la glace : tout
à côté de moi, elle souriait, mais il me sembla que malgré
elle, légèrement, elle tremblait. Sans me retourner, je tremblais moi-même et je souriais, je lui dis :

« Je ne vous avais pas entendue… »

Elle ne répondit pas. Elle continuait de sourire. Elle jouissait de l'instant suspendu, où rien, sous ces lumières multipliées, n'aurait pu être défini.

Je regardai longtemps le reflet de cette figure de rêve.

« Peut-être, dis-je, allez-vous disparaître — aussi simplement que vous êtes venue…

— M'invitez-vous, dit-elle, à m'asseoir à votre table ? »

Je riais, nous prîmes place et longuement nous nous regardâmes. Nous nous amusâmes, elle et moi, jusqu'à l'angoisse. Je balbutiai…

« Comment ne serais-je pas intimidé ?

— Je suis », dit-elle, et de l'instant, je restai sous le charme de la voix, « je suis aussi timide que vous, mais c'est un jeu d'enfant d'être timide. Si je vous intimide, Dieu merci ! vous paraissez en être heureux : vous voyez que de mon côté je suis dans l'embarras, mais que je suis heureuse d'être dans l'embarras. Qu'allez-vous penser de la fille pour venir vous trouver » (ses yeux firent le tour de la salle) « ici… sans vous connaître ?

— Non, dit-elle aussitôt, ne me répondez pas ! Votre mère m'a parlé de vous, mais de moi, vous ne savez rien. »

Le vieillard aux grands favoris que j'avais sonné emplit les verres et commença lentement de nous servir.

Le surcroît de gêne qu'apportaient sa présence et son attitude compassée avait dans cette maison de luxueuses coucheries quelque chose de plaisant : nous nous sentions liés, mais d'abord amusés, par une complicité que nous n'avions pas, que cet homme devait nous prêter, dont il était comique mais à l'avance bien doux de penser qu'il nous la prêtât.

Cet homme enfin sortit.

« Je crois, me dit Hansi, que si j'étais capable de pleurer, cela serait moins étouffant. J'en suis incapable et pourtant, cela répondrait mieux à la situation.

— Ne voulez-vous pas, demandai-je, que nous sortions ? Nous pourrions marcher.

— Non, fit-elle. Car je vous soupçonne après tout de trouver comme moi ce malaise délicieux. Ce que j'acceptais en entrant, chaque femme l'accepte à son mariage. Puis-je vous dire ce qui m'a décidée dans la proposition de votre mère ? Vous savez par votre mère que je ne suis pas une aventurière — ou que du moins je n'en ai pas l'endurcissement : mon expérience n'est pas à la mesure de la situation où je n'ai pas eu peur de me placer. Quand j'ai compris que vous n'en seriez pas moins gêné que moi, j'étais à l'avance si séduite que j'en aurais sauté de joie. Mais n'allez pas imaginer que je suis véritablement ce qu'on appelle une honnête fille. Serais-je si je l'étais fardée et parfumée comme je le suis ? Je puis si vous voulez exprimer ce qui nous arrive dans le vocabulaire le plus choquant. Je vous en parle sachant bien que vous ne me demanderez pas de le faire et que vous aurez avec moi autant d'égards que si j'étais la plus sotte des jeunes filles. Mais…

— Mais, dites-vous…

— À une condition… que vous soyez aussi troublé et que vous me sachiez aussi troublée que si j'avais l'habitude du plaisir. Je vous regarde droit, mais, si j'osais, je baisserais les yeux.

— Je rougis (mais mon rire démentait ma rougeur).

— J'en suis ravie, mais je suis contente que, pourtant, vous m'ayez fait baisser les yeux. »

Je la regardais, mais si j'avais rougi, et si j'éprouvais devant elle le ravissement qu'elle sut me donner si longtemps, je ne pouvais briser en moi le mouvement de provocation qui me dressait.

« Un homme amoureux, quand la fille va céder, ressemble aussitôt qu'il le sait à la ménagère qui regarde comme un trésor le lapin qu'elle va tuer.

— Je suis si malheureux, lui dis-je, d'avoir à vous tuer. Ne suis-je pas obligé d'être malheureux ?

— Vous êtes si malheureux ?

— Je rêve de ne pas vous tuer.

— Mais vous riez.

— Je rêve d'être heureux — malgré tout.

— Si j'étais amoureuse de vous ?

— Si l'enchantement dans lequel je suis ne se dissipait jamais ?…

— En venant je pensais vous plaire, vous amuser et m'amuser. J'étais troublée, je le suis toujours. Mais je ne savais pas que je vous aimerais. Retournez-vous ! »

Elle montrait le divan sous les glaces.

« Je m'effraye de ne pas être une vraie jeune fille et d'avoir le billot — quel billot ! — sous les yeux. Pourtant je vous désire. Je suis déjà venue — dans cette salle ou plutôt dans une autre semblable. Je voudrais n'avoir jamais rien fait. Je voudrais n'avoir pas dans la mémoire tant d'images, mais si je n'aimais pas l'amour, serais-je ici ? Je vous supplie seulement de ne pas me prendre maintenant. C'est une souffrance pour moi de ne pas vous tenir dans les bras. Et pourtant je désire aussi que vous souffriez comme je souffre. Je ne voudrais, je ne pourrais même pas vous embrasser. Dites-moi que vous souffrez et que vous brûlez. Je voudrais me troubler de ma souffrance — et de la vôtre. Il n'importe si vous savez que je suis à vous tout entière. Je l'étais tout d'abord puisque j'étais venue. À présent je le suis dans le tremblement que vous voyez. »

Elle parlait se tordant les mains, riant un peu, mais, dans ce tremblement [, prête à pleurer[28]].

Le silence qui suivit dura longtemps. Mais nous avions cessé de rire, nous mangions. Un observateur inaperçu aurait pu voir de la haine dans la fixité vitreuse de nos yeux.

De nouveau, tristement, Hansi me parla : sa voix ne cessait pas de m'enivrer, comme si tout à coup, quand je l'entendais, en moi une flamme claire surgissait de la braise brûlante.

« Pourquoi ne suis-je pas dans vos bras ? ne me le demandez pas, mais dites-moi que vous n'êtes pas en train de me maudire.

— Je ne vous maudis pas, lui dis-je : regardez-moi ! Je suis sûr que vous jouissez de notre malaise. Vous savez bien aussi que vous ne pouviez pas me donner de plus grand bonheur que ce malaise. Ne sommes-nous pas plus étroitement mêlés que nous ne pourrions l'être… sur le billot ?

— Vous le savez ! Le malaise m'abandonne à vous. Répétez-le : vous avez ressenti ce que je sens !

— Je n'imagine pas de plus grand bonheur. »

Elle avait ma main dans la sienne et sa main se tordit : je vis qu'une insaisissable convulsion la saisit. Le sourire qui la détendit avait l'arrière-goût d'ironie du plaisir.

Le temps passait, coulait entre nos mains.

« Vous m'avez apaisée, dit-elle. Maintenant vous allez me laisser partir. Je voudrais m'endormir et me réveiller : nous serions nus et vous seriez en moi. Ne m'embrasse pas, je ne pourrais plus te quitter.

— Pourquoi nous quitterions-nous ?

— Ne me demande plus rien : chez moi, je veux dormir. Je dormirai douze heures. Je ferai ce qu'il faut pour cela. Lorsque je m'éveillerai, je saurai que tu arrives : j'aurai juste le temps de sortir du sommeil. »

Son regard insensiblement se noyait.

Comme si, dans sa simplicité, elle allait s'endormir devant moi.

« Tu voudrais t'endormir avec moi ? » me demanda-t-elle.

Je ne répondis pas.

« C'est impossible, tu le sais ! Tu vas me reconduire. Je t'attendrai demain. Nous irons déjeuner. Tu ne me quitteras plus. »

Nous n'échangeâmes, dans la voiture ouverte, que peu de mots. Je n'ai pas oublié le trot du cheval, le claquement du fouet, l'immense animation des boulevards meublant un merveilleux silence. Un instant, à la dérobée, Hansi eut un rire en coin, comme si elle se moquait de moi.

Nous descendîmes et je demeurai seul. Je voulus marcher. L'état physique où m'avait laissé le bonheur d'Hansi me déconcertait. Des douleurs à l'aine me nouaient. Une véritable crampe me réduisit vite à n'avancer qu'à petits pas, en boitant. Je pensai au malaise sous les lumières trop fortes du restaurant. Il me semblait que l'échange de propos où nous délirions, à plaisir, avait eu la gaucherie d'un déshabillage, que l'extase de la délivrance, dont l'impudeur finale est l'image, ne nous avait pas manqué. J'arrêtai, pour rentrer chez moi, une autre voiture. Je souffrais, le ventre tordu, je devenais risible et néanmoins, j'étais à bout d'excitation. Je m'enfermai dans cette jouissance pénible et dans un éréthisme douloureux. Je ne contrôlais pas les images troubles qui se suivaient, dans un état de rêve où je n'aurais pu dire s'il était très heureux ou, au contraire, très malheureux, auquel finalement j'échappai vidé par un excès monstreux de pollutions.

Je me réveillai tard, les yeux cernés. Je devais sans attendre me précipiter chez Hansi. Dans ma hâte fébrile, à peine si j'eus le temps de me redire que je l'aimais éperdument. Physiquement, je souffrais encore, mais les douleurs atténuées, j'admis la certitude de mon bonheur.

Dans l'appartement où j'entrai, dans la profonde bergère où la jolie soubrette me fit asseoir, je dus attendre. Une profonde angoisse me gagna. Soudain la vérité se faisait jour. Le temps me fut laissé de m'appesantir : « Hier, pensais-je, je ne pouvais rien savoir d'Hansi. Aujourd'hui l'évidence se fait : la jeune fille que j'aimais, que sans doute j'aime encore et ne pourrai cesser d'aimer, fait commerce de galanterie…

Cette installation luxueuse, la fille aguichante à l'entrée (trop jolie, elle avait souri pour me dire : "Madame est désolée mais elle m'a priée de vous dire que vous devriez peut-être l'attendre un peu")… Que voulait dire aussi, la veille, l'impossibilité de ne pas me quitter au plus vite ? ou la désinvolture avec laquelle, à mes fins, ma mère en avait disposé — comme d'une fille dont le corps est disponible… Le pire était le mensonge du prétexte donné au refus de se donner à moi le premier soir. Je lui demanderai sans attendre avec qui elle venait sans attendre de me tromper. » J'étais si malheureux que je pensai partir, mais à peine l'avais-je pensé que je compris mon impuissance. Je ne partirais pas. À mon front, j'essuyai la sueur : je n'en pouvais plus. Je songeai à relire la lettre de ma mère. Cela même était impossible, je devais m'enfoncer dans la misère où la plus absurde passion, la plus injustifiée, venait de me faire entrer. Je ne pouvais qu'appesantir ma réflexion sur l'objet de cette passion : « Pouvais-je me plaindre d'avoir été trahi ? Même pas, car j'aurais dû admettre qu'elle m'appartenait. Je ne pouvais du reste l'accuser. Je n'avais pas la moindre preuve. Si Hansi, comme je le croyais, n'était qu'une fille galante, je serais vite perdu dans ses innombrables mensonges, que j'avalerais d'autant mieux que, déjà, la pensée de la perdre me glaçait. » Ma pensée battait la campagne : un instant le souvenir de ses propos m'engageait à croire que si elle voulait m'abuser, ce n'est pas ce qu'elle m'aurait dit. Je souffrais et, trop vivante en moi, l'image d'Hansi me fascinait. Je me souvins que, furtivement, dans le fiacre, elle m'avait regardé en riant (elle n'avait pas pensé que je la verrais) : elle était alors si belle qu'y songeant, j'aurais voulu qu'elle se moquât toujours de moi, qu'elle fît de moi ce que j'avais lu dans un livre pornographique, un esclave roué de coups, jouissant de ces coups, jouissant de son esclavage.

J'entendis la clé dans la porte. Hansi essoufflée se précipita. « Je t'ai fait attendre, dit-elle. Regarde, je n'ai pas dormi. »

Cravache en main, les cheveux roux sous le haut-de-forme luisant, Hansi, vêtue de noir en amazone, n'était pas seulement fascinante : elle était l'incarnation de la hantise qui venait à l'instant de me dresser.

Comme si elle m'avait deviné ! Rieuse, espiègle, elle saisit mes poignets.

« Mon costume te renverse. Je l'aime et j'aime le porter.
Surtout, n'y vois pas l'uniforme de mes vices. Je suis voluptueuse et je brûle de te le montrer : mais (elle désignait la cravache), je n'aime pas m'en servir. Tu es déçu ? le bruit est si
joli… »

J'avais, moi, la mine longue et la cravache siffla. Riante, elle
menaça : avec la fermeté de la dompteuse bravant la bête,
elle s'avança vers moi.

« À mes pieds, cria-t-elle. Regarde mes bottes. »

Elle abandonna sa bravade : elle éclata de rire et relevant
sa robe, elle montra les deux bottes dont le vernis luisait.

Elle minauda.

« Tu n'es pas docile. C'est dommage ! mais il faut dire
que, chaussées par moi, je ne te donnerai pas l'occasion de
les embrasser : elles ne sont bonnes à rien. Dis-moi maintenant ce qui t'attriste. Tu regrettes ? »

Elle parlait seule : elle était endiablée. Reprenant la cravache en main, elle en fit vertement claquer la mèche.

« Sais-tu ce qui m'a mise de cette humeur. C'est qu'en
entrant, je me suis dit : je suis à lui, il est à moi. Veux-tu
que j'enlève tout ? Préfères-tu que je garde mon chapeau ? et
mes bottes ? Je voudrais ne plus faire que ce que tu veux.
Voudrais-tu la cravache ? Veux-tu me battre à mort ? Je n'en
ai pas le goût, je n'ai que le goût d'être à toi et d'être ton
jouet. Tu es triste, je le vois, mais je suis folle de joie, je
n'en pouvais plus de la lenteur de la voiture et d'avoir eu
l'idée, ne pouvant plus dormir, d'aller au bois. Je n'ai jamais
souffert d'aimer, je n'ai jamais aimé mais j'ai déliré pour le
temps qui te séparait de moi. Pourquoi, hier, t'ai-je demandé
de me quitter ?

— Oui, Hansi, oui pourquoi m'as-tu demandé de te
quitter ?

— Pierre, je voulais savoir. J'étais folle. Je voulais me
retrouver seule. Je voulais être seule. Pierre saurais-tu ce
qu'est le jour, s'il ne faisait jamais nuit ? Mais dans la nuit,
Pierre quand j'attendais le jour, l'attente devenait affreuse. »

J'étais resté morose. J'étais sourd au gémissement de
Hansi, et j'étais malheureux d'être sourd, de ne pas lui ouvrir
les bras.

Je crois qu'elle me comprit. Elle s'écria soudain :

« Je l'avais oublié, Pierre, j'y pensais dans la nuit, ne pouvant m'endormir, tu ne sais rien de moi !

— Je ne veux rien savoir…

— Si je vendais ce corps, m'aimerais-tu, si je m'étais
donnée au plus offrant. »

Je répondis d'un ton sinistre et je baissai la tête.

« Ça m'est égal. Tu sais que je t'aimerais quoi qu'il en
soit.

— Comme tu es triste. Tu doutais ? »

Je gardais la tête basse.

« Que sais-je de toi ? J'ai eu peur qu'hier soir, tu m'aies
menti pour me quitter.

— Je ne t'ai pas menti. Mais d'une fille qui accepte de
dîner dans cet endroit, tu as pensé qu'elle se prostituait ? tu
l'as pensé ?

— Je l'ai pensé. Je l'accepterais, mais je perdrais le goût
de vivre. Souvent, je perds le goût de vivre.

— Tu le retrouveras si tu m'aimes. Embrasse-moi ! »

Le haut-de-forme tomba et le bonheur m'anéantit.

Combien de temps dura cet anéantissement voluptueux,
je ne sais, mais Hansi me dit :

« Je n'ai pas de vices, je déteste les vices, mais je ferais
mourir un homme de la volupté que je lui donne. Tu sais
pourquoi ?

— …

— C'est que je meurs de volupté. »

Nos bouches se fondirent de nouveau dans ce sentiment
de joie excessive. À l'extrémité le léger mouvement de la
langue atteignait le débordement, le dépassement de toute
la vie : l'intensité et l'intimité d'une sensation s'ouvrait à
un abîme où il n'est rien qui ne soit perdu comme à la mort
s'ouvre la plaie profonde.

« Nous devrions manger, me dit Hansi.

— Nous devrions manger », lui répondis-je.

Mais nous avions perdu le sens des mots. Nous regardant, ce qui acheva de nous troubler fut de voir à quel point
nous avions le regard noyé : comme si nous revenions de
l'autre monde. Dans le désir à vif, nous n'avions plus la force
de sourire.

« Je veux quitter, me dit Hansi, tous ces vêtements. Viens
dans ma chambre et j'irai me changer dans la salle de bains.
Tu pourras me parler de ma chambre. »

Hansi partageait ma hâte enfantine.

« Je ne sais pas me débotter moi-même », gémit-elle.

Elle dut sonner la femme de chambre. Elle dut montrer
de l'impatience et le débotté ne dura pas.

Elle revint dans un léger déshabillé de dentelles. Elle me dit dans mes bras déjà la bouche offerte :

« Mon corps est tout entier avide de se donner à toi. Tu le sens ? Je ne m'habillerai pas, puisqu'après déjeuner, nous nous mettrons au lit… Si tu veux ? »

Je compris que, dans ce bonheur, je devais être malheureux. Hansi pouvait au su de la femme de chambre se donner à l'inconnu que j'étais. L'explication était l'habitude qu'elle en avait. Hansi devança ma curiosité :

« Je suis si amoureuse, si pressée, qu'à peine ai-je pris le temps de te parler. Je t'ai déjà menti. Je m'en suis aperçue.

— …

— Ne sois pas sombre. Je te l'ai dit, tu n'es pas mon premier amant. Tu seras tout à l'heure le troisième. Mais je te garderai. Je n'ai gardé qu'une nuit les deux premiers. Seulement…

— Seulement…

— Je prétends n'avoir pas de vices, détester le vice, je mens. C'est juste en un sens à mes yeux. Ce n'est peut-être pas un vice. Mais la femme de chambre est bien jolie. Qu'en penses-tu ?

— Tu rougis. Prévoirais-tu déjà de me tromper ? Je t'ai dit que j'étais voluptueuse. Tu veux savoir comment je vis. J'ai toute ma fortune et je vis dans l'indépendance, mais si je n'avais pas Loulou, il m'arriverait de me donner au premier venu. Je n'aime pas être seule quand la nuit tombe. »

Je gémis :

« Hier soir ?

— Tu es un malheureux. Tu es jaloux ?

— Je ne voudrais pas que tu m'aies menti.

— Hier soir, j'ai doublé la potion mais je n'ai pas dormi. Ce matin, pour tromper le désir que j'avais de toi, je rêvais, tant j'étais folle, de me l'envoyer à ta place. Je l'aurais fait, je n'en aurais pas de remords. Je te l'aurais dit et, je n'en doute pas, tu m'aurais pardonné. Mais j'ai décidé d'aller au bois et de venir à bout de son excitation en lançant la folle au galop. Maintenant j'ai tes bras, j'ai tes lèvres et je suis presque nue. Je veux rire avec toi. Si je ne suis pas vicieuse, je suis polissonne, et j'adore rire. Je suis folle d'impatience à l'instant. Mais j'attends que tu n'en puisses plus. Sais-tu ce que dans la salle de bains m'a dit Loulou, très bas, quand elle me débottait ? Tu n'imagines pas comme elle est amusante.

— Tu l'appelles Loulou ?

— Loulou, n'est-ce pas, c'est un nom voyant. Je suis tout entière voyante. J'aimerais qu'un jour tu viennes au bois, et que, Loulou et moi, nous nous amusions devant toi : elle est si belle en amazone.

— Loulou ?

— Loulou n'est pas plus que moi femme de chambre. C'est une femme qui s'amuse et jamais nos jeux ne sont innocents.

— Hansi, lui dis-je, je ne sais pourquoi je voudrais pleurer. »

Hansi ne comprit pas que ces larmes, qui, sans doute, me venaient aux yeux, étaient des larmes de bonheur. Je reconnaissais ma sottise et je m'émerveillais de voir la vie dispenser à l'envi avec les délices de l'amour la volupté et la beauté.

« Non Pierre, je ne te ferai jamais pleurer. Je t'aime à pleurer, pleurer de joie. Ne doute jamais que notre amour ne soit heureux. Mais je suis sur le point d'être nue devant toi. Déjà, j'ai le sentiment d'être nue et je veux parler devant toi sans épargner une pudeur qu'il n'est plus temps d'avoir avec moi. Vivons follement : dans un instant, je vais te demander de me prendre. Mais tu ne sais pas encore ce que Loulou me disait dans la salle de bains.

— Hansi, non, maintenant je ne veux pas le savoir.

— Pardonne-moi, Pierre. Je suis si folle, si folle de toi, je ne sais plus ce que je dis. Je délire et jamais personne ne m'a mise dans l'état où tu me vois. Si je te parle aussi sottement, c'est que le désir de toi m'affole. Je suis méprisable, mais je suis belle. Je n'en peux plus, je suis comme une furie : renverse-moi ! »

Elle ne retira pas, elle déchira plutôt les dentelles qui la couvraient : ce fut elle qui me renversa. Elle m'aida moi-même à me dénuder [de] mes vêtements. Nous nous sommes retrouvés déchaînés sur le tapis.

Nous restâmes au lit plusieurs jours absorbés dans ce délire, ne nous couvrant que rarement, si Loulou nous portait les vins, la volaille ou les viandes sur lesquels nous nous jetions. Nous buvions beaucoup de bourgogne afin de restaurer des forces défaillantes. Nous nous disions un soir qu'à la longue nous étions peut-être hallucinés, peut-être fous, Hansi voulait toujours d'autres boissons.

« Je veux savoir ce qu'elle en pense », dit Hansi.

Loulou apporta du champagne. Hansi lui demanda :

« Loulou, nous ne savons plus rien. Nous nous demandons ce qui nous arrive. Depuis combien de jours sommes-nous au lit ? Nous allons peut-être nous fondre ? »

Loulou répondit en riant :

« C'est le quatrième jour. C'est vrai : Madame me donne l'impression de s'user. Si j'osais, je dirais la même chose à Monsieur.

— À force, dit Hansi, je ne sais plus même où je suis.

— Sans doute à force de rêver…

— Sans doute : à force de rêver ! »

Les deux filles éclatèrent de rire.

« Nous allons boire ensemble, dit Hansi. Pierre et moi, nous boirons dans le même verre.

— Madame me permet de la tutoyer ? »

Hansi rit de plus belle.

« C'est ça, dit-elle, tutoyons-nous, si Pierre permet.

— Tu t'appelles Pierre ? me dit Loulou.

— Je reviens à la vie, dit Hansi.

— Pierre, dit Loulou, ne pense pas que nous sommes vicieux. J'ai mes vices. La soubrette est plutôt bizarre. Hansi non. Mais il est toujours doux de glisser sur les planches savonnées.

— Je donne à croire, me dit Hansi, même, il me plaît de donner à croire, mais je ne tiens pas toujours.

— À mon tour, dis-je, je reviens à la vie. »

Je ne savais pourquoi ce langage équivoque, qui m'énervait, me plaisait.

« Aurais-tu, dit Hansi, la force de rêver ?

— Mais oui, repris-je, je reviens à la vie, mais c'est pour mieux rêver.

— Je devrais vous laisser rêver, dit Loulou.

— Si tu veux, dit Hansi, mais d'abord finis la bouteille, ouvre l'autre et buvons le dernier verre. Nous allons rêver, puis tu reviendras, nous aurons à te raconter de nouveaux rêves. »

Loulou but sans parler avec beaucoup d'entrain.

Elle dit en se levant sans même nous voir, sans voir que sous les draps Hansi sournoisement revenait au jeu :

« Madame y pense-t-elle ? Quand la soubrette est d'humeur rêveuse, elle n'a pas toujours envie de rêver seule[29]. »

Ce dialogue me déconcerta. Je ne comprenais plus ce que ma maîtresse attendait de son amie, ni son amie de ma maîtresse. Hansi m'avait si parfaitement apaisé, elle m'avait à ce point abreuvé de plaisir… les malaises du premier jour étaient bien loin. Je ne les désirais pas, mais je n'étais pas effrayé des glissements qu'évoquait ce langage et dont la désinvolture de Réa m'avait donné l'exemple. La présence de ma mère les avait liés à l'angoisse mais l'angoisse ne contrarie pas un plaisir, qu'elle peut rendre plus aigu. Avec une lente sagacité, j'immobilisai dans mes bras la brûlante nervosité d'Hansi : je mesurais le chemin parcouru du jour où j'avais aperçu, la première fois, ce que m'ouvrait la volupté. Dans le vaste domaine où solitaire et sournoisement je m'étais introduit, je vivais aujourd'hui sans crainte et sans remords. De l'horreur religieuse que d'abord j'avais eue je me servais, je faisais d'elle un ressort secret de mon plaisir. La vie intime du corps est si profonde : elle tire de nous le cri terrible auprès duquel l'élan de la piété n'est qu'un lâche balbutiement. La piété dépassée n'est qu'ennui. Seules les difficultés, les problèmes de la chair, ses mensonges, ses échecs, ses frayeurs, les malentendus qu'elle introduit, les maladresses dont elle est l'occasion donnent à la chasteté sa raison d'être. Le plaisir génital est le luxe que limitent la vieillesse, la laideur et toutes les formes de la misère. À peine ce luxe me fut-il donné, je vis dans la colère que les prêtres lui opposent une plainte de l'impuissance irrémédiable (que bouscule le mouvement de l'excitation). Ce qui vivait encore en moi d'une religiosité ardente s'associait à l'extase d'une vie voluptueuse, se détachait de l'immense déchet de la souffrance. En peu de temps, le visage que jamais ne transfigurait le plaisir cessa de me sembler vivant, les amusements dissolus me séduisirent, et ce jour-là, j'aurais voulu dire à Loulou de rester là. La pensée de faire l'amour sous les yeux de la jolie fille m'amusait, l'attitude ambiguë de Hansi m'embarrassait. Hansi couchant avec Loulou je n'en avais nulle jalousie, mais je voulais savoir ce qu'elle voulait.

Ces pensées ne pouvaient atténuer le plaisir que j'avais dans les bras d'Hansi. Je retrouvai le quatrième jour la même intensité de fleuve délirant de se perdre. Aucune femme ne me donna de cette façon le sentiment inépuisable du

bonheur qui s'écoule et ne saurait couler trop vite. La blessure est mortelle sans doute, il n'importe : à jamais !… Dans
le moment, je regrettai d'avoir pensé à la malheureuse vie
de Loulou qui ne pouvait participer à ce bonheur, infini,
comme l'était mon amour, plus secret que le fond de mon
cœur et plus lucide qu'un meurtre.

J'atteignais ce degré de vie violente, Hansi l'atteignait avec
moi, où de Loulou j'aurais pu dire : « étrangle-la », « lèche-lui
la langue » sans discerner d'abord, dans mon indifférence, le
possible de l'impossible, le désirable du risible. Si la foudre
me frappait, je n'entendrais plus la mouche qui chante à
mon oreille. Je vivais dans la foudre et ne parvenais que lentement à ce point vide où parlant à mon amie, de nouveau
j'éprouvai le désir de dire (j'étais entre-temps descendu dans
le triste ensablement de la vie qu'abandonne le désir) :

« Tout à l'heure, tu voulais me redire ce qu'avait dit
Loulou, ce qu'à voix basse elle t'a dit dans la salle de bains. »

Hansi me regarda longtemps sans comprendre. Puis elle
sembla sortir d'un rêve et me dit :

« Bien sûr. J'aurais dû me séparer d'elle. De toute façon
je veux te parler d'elle et te dire ce qu'elle est pour moi, ce
qu'elle fut peut-être. »

Elle me sourit. Une fois de plus, le charme du sourire se
changea en douceur des lèvres, la douceur en avidité, puis
en violence…

Puis le calme revint. Je lui dis :

« J'imagine que cette fois je suis épuisé. Je suis mort.

— Nous devrions manger, dit-elle. Peut-être est-il l'heure
du dîner ?

— Je n'ai pas remonté ma montre…

— Je vais sonner Loulou…

— La sonner… elle est donc ta soubrette… ne m'avais-
tu pas dit ?

— Oui Loulou, c'est ma femme de chambre mais dis-
toi… rien n'est si simple… »

Hansi fut prise d'hilarité.

« Je voulais, me dit-elle, te fermer la bouche. Je n'en ai
plus la force, j'ai vu double. Je vais sonner Loulou.

— Parle-moi d'elle auparavant.

— Je la sonne d'abord.

— Tu me parleras devant elle ?

— Pourquoi pas ?

— Réfléchis !

— Je n'en ai plus la force.

— Parle-moi d'abord de Loulou.

— Dans la salle de bains, ma cravache était sur la chaise, j'avais mes bottes. Loulou regardait la pointe des bottes et m'a dit : "Dommage que Madame, ce matin, n'ait pas ses vices." Je la sonne, après tout je te parlerai devant elle. Mais c'est plus difficile et je suis morte. Si tu savais, je veux parler, j'ai voulu tout faire avec toi, je veux parler, la canaillerie épuise et l'épuisement me rend plus canaille encore. Je parlerai. »

Loulou frappa.

« Entre Loulou. Je bâille. Ce soir je suis cynique. D'abord nous avons faim, nous voudrions manger, manger et boire. Ensuite tu diras tout à Pierre : que tu aimes la cravache, que tu n'es pas ma femme de chambre, que nous poussons la comédie trop loin. Je m'endors. Pierre je suis déjà lasse de ne pas rêver.

— Le dîner n'est pas prêt, mais elle s'endort. Vraiment Pierre, Hansi ne t'a rien dit ?

— Si j'ai compris, j'ai pris ta place, mais Hansi te cravache et cela te plaît. Cela lui plaît-il aussi ?

— En effet Pierre, me dit Loulou, tu as pris ma place. En un sens, car Hansi ne m'a jamais aimée.

— Tu penses qu'elle m'aime ?

— Pierre, j'ai eu l'impression d'un cataclysme, elle est entrée dans un si grand délire que j'en suis bienheureuse, si triste que j'en sois.

— Loulou, lui dis-je, tu es belle, je me sens bien sot d'occuper ta place. Je rêve d'un monde où il n'y aurait pas de jalousie. Je crois pourtant que je pourrais être jaloux d'Hansi : je ne l'ai pas été de toi. Je n'ai jamais pensé à ton sujet qu'à ses autres amants, que tu as dû connaître et j'étais affolé de voir qu'elle n'était pas gênée de me recevoir, comme si c'était habituel.

— Mais non, Hansi est presque vierge et je pensais qu'elle n'aimait pas les hommes. Je me trompais, mais elle aime l'amour. Tous les soirs elle voulait jouir. L'autre soir seulement… Je l'ai suppliée de me battre : me battre ce n'était pas te tromper. Elle dort : dis-moi, serais-tu fâché si elle me battait ?

— Je ne sais pas, je suis si fatigué, je souffre et ne sais plus ce que je pense. Je ne crois pas, mais Loulou, jouis-tu si elle te bat ?

— Oui, moi, mais Hansi ne jouit pas.

— Elle ne jouit pas, mais elle s'amuse.

— Non, je suis piteuse, et je supporte tout, cela ne l'amuse pas ; elle est cruelle mais par indifférence, elle ne prend même aucun plaisir à savoir que je souffre et pourtant elle me désespère, elle le sait. Tu me l'as dit, Pierre, je suis belle : je vis près de vous, comme une bête. Je l'aime depuis la pension. Elle a toujours aimé jouir. Elle jouait avec moi dans notre enfance : elle était la maîtresse et moi la femme de chambre. Elle n'a pas cessé d'être enfant. Nous jouons encore et maintenant je vis déguisée. Hansi m'a dit que certainement, tu n'accepterais pas qu'elle me garde.

— Mais Loulou, ce n'est pas acceptable pour toi !

— Accepte, Pierre, je serai ton esclave, son esclave et le tien.

— Mais Loulou, je m'effraie, je ne sais pas ce qu'en retour tu attends d'Hansi, mais de moi tu n'as rien à attendre ?

— Je n'attends rien d'Hansi. Je voulais qu'elle ne cesse pas de me battre. Je sais que c'est fini. Je n'attends rien de toi. Vous pouvez m'inviter à boire…

— J'en étais troublé ? mais je crois que pour toi, ce sera vite intolérable, à moins que…

— … à moins que…

— … si Hansi voulait encore… avec toi… s'amuser…

— … tu aimerais…

— Je ne sais pas si j'aimerais, mais si elle aimait, je n'en aurais pas de jalousie.

— Tu n'es pas ennuyé qu'Hansi m'invite à boire ?

— Je crois même que j'en suis, comment dire ? ému. Je n'en ai pas besoin, mais enfin, nous avions abusé, tu es venue, ensuite… Je suis sûr qu'Hansi…

— Gardons-nous le secret, Hansi elle-même est très portée… mais ne veut pas l'admettre. Si parfois elle en plaisante, elle prétend détester… Je suis ravie, Pierre, d'avoir un secret avec toi. Je voudrais t'embrasser la main. Je sais : rien n'est plus assommant que le masochisme. Mais j'en profite, je suis assez jolie pour ne pas fâcher ! Une vicieuse, si elle aime les femmes, est de toute façon très commode. Les hommes sont des maîtres plus sérieux, mais plus encombrants. Les masochistes qui aiment les femmes sont des amies précieuses, à tout faire… Ton amitié m'a fait prendre courage. Sans doute ne rendrai-je pas mon tablier.

— Loulou, va chercher du champagne : si Hansi dort encore, nous boirons à notre amitié. Tu sais que j'aime Hansi, mais je veux que tu saches que je la désire quand tu viens près d'elle. »

Loulou apporta du champagne et j'allai m'asseoir avec elle hors de la chambre où Hansi dormait.

« J'ai retiré, me dit Loulou, mes attributs de femme de chambre, mais je les remettrai pour le dîner, le dîner vous attend. »

J'ouvris la bouteille. Je tendis à Loulou son verre.

« Nous aimons la même femme, lui dis-je. Nous allons boire à cette complicité ! »

Nous vidâmes des verres à la suite. J'étais heureux, je riais.

« Je t'embrasserai, Loulou, mais sur la joue... Tu ne m'en voudras pas : j'ai faim d'Hansi.

— Mais Pierre, je n'aime pas les hommes, et ce que j'aime en toi, c'est le bonheur d'Hansi. Or tous les trois nous l'entendons de la même manière. Réveillons-la, je vous porterai le dîner. Nous avons tous les deux parlé de moi, mais d'elle je suis censée ne t'avoir rien dit, sauf, en passant, son aversion pour l'amusement... dont nous n'avons pas voulu parler... »

J'allai réveiller Hansi dans la chambre — et je lui montrai mon entrain.

« Merveilleux, me dit-elle en m'embrassant, mais j'ai trop faim, dînons d'abord. »

Loulou nous servit. Nous dînâmes. Je parlais peu, buvais beaucoup. Hansi bâillait. Nous luttions en mangeant contre un sentiment de décrépitude. Nos nerfs du crâne devenaient douloureux : nous n'avions plus rien d'autre à nous dire. Nous mangions, nous buvions dans l'espoir d'endormir une douleur aiguë. Hansi me dit :

« Pourtant, je suis heureuse, j'ai mal aux nerfs des yeux mais je te vois.

— Oui les yeux me font mal, je te vois, le seul moyen de ne pas trop souffrir est de faire encore l'amour.

— Tu n'en as plus la force. »

Je voulus me montrer fier et je lui pris la main : je ne sais si la défaillance ou l'entrée de Loulou me surprirent ou les deux mais au lieu d'abaisser la main je la baisai. Je me laissai ensuite aller, mes lèvres s'écartèrent, j'essuyai de mon mouchoir la sueur de mon front.

— La souffrance avec toi, lui dis-je, est délicieuse : c'est pourtant la souffrance.

— Si Madame veut, lui dit Loulou, j'ai mon voile d'infirmière.

— Il nous manque des brancards et des infirmiers, dit Hansi, tu n'y peux rien. Mais nous allons bientôt te demander de conduire aux lits ces vieillards. La syncope, Loulou, j'attends la syncope : c'est tout. Je ris et je te souhaite, Loulou, d'être souvent aussi mourante que moi. Mais je ris jaune et le souhait n'est justifiable qu'au passé. À présent… je n'ai plus la force de manger. »

J'étais pâle et je fis d'une main un signe d'impuissance. Je n'avais plus la force de parler.

« Voilà le comble du bonheur ! » dit Loulou.

Je grimaçai de ne plus rire — et de ne plus jouir — de l'humeur plaisante de Loulou. De souffrir au contraire de cette complicité convenue, dont j'éprouvai l'horreur. La nausée, le bonheur se confondaient.

Hansi se traîna jusqu'au lit, s'endormit sans attendre.

Mais je ne pus dormir. En vain, souffrant, réfléchissant à ses côtés, je caressai ses fesses, ses reins ; longuement je les regardai. Ils n'avaient pas cessé de signifier le fol excès de jouissance qui paraissait encore les inonder, qui demeurait le sens de leur beauté, qui était dans leur indécence un défi au Dieu chaste que j'avais aimé. Dans ma douleur et dans le sentiment de celle de Hansi, j'opposais cette jouissance à laquelle son contraire avait succédé, cette jouissance ensevelie, déjà, dans l'obscurité lointaine du passé, à cette joie en Dieu que j'avais connue. La douleur présente, me semblait-il, aurait dû s'accorder à la malédiction des corps et de ce bonheur qui nous trompe. Mais souffrant au contraire, je me dis dans ma nausée que la jouissance charnelle était sainte : l'extase qui suivait la prière était sainte, elle aussi, peut-être, mais elle était toujours douteuse, je devais me forcer, concentrer l'attention, ensuite elle abondait. Jamais pourtant elle n'atteignait ce degré de surabondance, de force exubérante, qui me dépassait, me laissait suffoquant et criant. Ou, si elle l'atteignait, je devais douter de ce qui avait si

étrangement provoqué dans ma tête un dérangement, où ces
jeux enfantins de l'intelligence participaient. Dans l'extase
où Hansi et moi nous étions perdus, d'abord nos ventres
nus participaient, puis un amour illimité qui n'avait eu de
cesse que nos ventres se dénudassent, qu'ils se libérassent de
limites. Cette abolition des limites qui nous laissait l'un en
l'autre perdus me paraissait plus profonde que les sermons
du prêtre à la chapelle de l'église, me paraissait plus sainte.
J'y voyais la mesure de Dieu où jamais je ne vis que l'illimité,
la démesure, la démence de l'amour. Ainsi dans ma nausée
j'embrassais les fesses de Hansi, ne me sachant pas moins
rejeté de la joie qu'elles m'avaient donnée que si la malédiction divine l'avait fait. Mais j'eus, dans ce malheur qui
n'était pas profond, la force de me dire : j'aime les fesses
de Hansi, j'aime aussi que Dieu les maudisse ; je ris, dans
ma nausée, de cette malédiction, qui les divinise si profondément. Elles sont divines, si je les embrasse, si je sais
qu'Hansi aime sentir ce baiser de mes lèvres sur elles. Je
tirai là-dessus les couvertures : je ne vis plus l'objet de mon
impuissante passion. Comme un couperet tombe, le sommeil et le rêve soudain me retranchèrent du monde où réellement je vivais : les corps nus près de moi se multiplièrent,
une sorte de ronde qui n'était pas seulement libidineuse,
agressive, ne s'offrait pas moins au plaisir de dévorer qu'à
celui de forniquer, et s'offrant au plus bas plaisir, en même
temps louchait vers la souffrance, vers l'étranglement de la
mort. Une telle ronde proclamait que la laideur, la vieillesse,
l'excrément sont moins rares que la beauté, l'élégance, l'éclat
de la jeunesse. J'avais le sentiment des eaux qui montent :
les eaux, ces immondices, et bientôt je ne trouverais plus de
refuge devant la montée : comme la gorge du noyé s'ouvre
à l'énormité des eaux, je succomberais à la puissance de la
malédiction, à la puissance du malheur.

Le développement de mon cauchemar n'a pas eu cette
simplicité et, si je me souvins de son début, j'en oubliai la
fin. Après cinquante années, je me souviens peut-être, mais
seulement d'en avoir été frappé sur-le-champ, à vingt ans. Je
ne me souviens pas du rêve lui-même, mais du sentiment
qu'il me laissa et que, sans nul doute, je systématisai de mon
mieux. J'associais alors l'image que je gardais de la divinité violente à celle de la volupté de Hansi et l'une et l'autre
à ces immondices dont la toute-puissance, dont l'horreur

étaient infinies. J'avais dans le temps de ma piété médité sur le Christ en croix et sur l'immondice de ses plaies. La nausée suppliciante qui venait d'un abus de la volupté m'avait ouvert à cet affreux mélange où il n'était plus de sensation qui ne soit portée au délire[30].

Mon insensibilité, ma torpeur morale avaient fait des progrès qui m'étonnaient. Comme si mes nerfs noyés de morphine ne sentaient plus rien. À la religion dont d'abord j'avais cru qu'elle me troublait de fond en comble j'avais même cessé de penser. La jouissance que je lui donnais, le désir de la volupté qui l'ouvrait à moi, le bonheur d'agacer la profonde nudité de son corps, de la découvrir et de m'en troubler, s'étaient substitués au tremblement, au sursaut, et à la vision que m'avait donnés la présence divine, qui jadis me parlait, qui m'appelait, qui me suppliciait.

J'avais eu rapidement des nouvelles de ma mère. Je ne souffrais pas de son absence et quand ses lettres me parlèrent, cyniquement, de la vie qu'elle menait en Égypte, non seulement, elle ne me scandalisa d'abord que légèrement, elle m'amusa. Je me dis que moi-même, que Hansi… Ma mère devenait frénétique, elle était déchaînée mais elle me disait qu'elle était heureuse : elle se disait ravie, au lieu de se ranger, de se déranger tous les jours un peu plus. J'aurais pu deviner la raison pour laquelle elle me l'écrivait : mais je l'admirais, je l'enviais et je la remerciais de mon bonheur.

« Ton père, m'expliqua-t-elle un jour, me retenait dans la bonne voie. Je m'efforçais de remédier par une respectabilité affectée au scandale de ses saouleries ! Aujourd'hui, en Égypte, où je suis inconnue, où je vis même, en dehors du guichet de la poste restante, sous un faux nom, je deviens lentement le scandale du Caire : je suis montrée du doigt, tant j'en fais. Je m'enivre plus discrètement que ton père… mais je m'affiche avec des femmes. Imagine que Réa me modère ! Elle me supplie de sortir avec des hommes. Je sors avec des hommes ! C'est pire ! me dit Réa. Le soir même, je sors avec elle : nous sommes mises à la porte d'un restaurant. Nous nous étions si mal tenues… Je ne devrais pas te l'écrire, mais la belle Hansi me fait savoir que ma dernière lettre t'a fait rire… Il ne m'en faut pas plus. Sur la pente où je suis, j'ai cessé de me retenir : et plus vite je me sens glisser, plus je ris et plus je m'admire. Je m'admire de t'écrire ainsi, et je m'émerveille de penser que ma lettre est digne de toi.

« Ta polissonne de mère, bienheureuse de savoir que tu ris et que, Hansi le dit, tu n'es pas moins rêveur que ta mère.

MADELEINE[31]. »

Un peu plus tôt, la lettre m'aurait désespéré. Elle me fit peur, mais aussitôt, je me félicitai de vivre ainsi, dans l'atmosphère de « rêve », inattendue pour moi, mais à laquelle l'insolence de ma mère m'avait voué. À ce moment, je me fis de ma mère une image séduisante, assez proche de la vérité : ma mère avait le droit de se conduire ainsi, je ne pouvais me représenter un être plus tendu, ni plus fort, l'audace même et consciente de l'abîme qu'elle avait défié. Aussitôt, je lui répondis :

« … Tu me fais peur, maman, mais j'aime avoir peur, au point que, plus j'ai peur et plus je t'aime. Mais je suis triste de penser qu'un espoir ne m'est pas permis : jamais mon audace ne te donnera le sentiment d'être dépassée. *J'en ai honte* et pourtant, il m'est doux de le penser. La seule audace qui m'est permise est d'être fier de toi, d'être fier de ta vie, et de te suivre *de loin*. Mais je commence à peine à me sentir — bien rarement — mal à l'aise de la sagesse toute relative de Hansi. J'en ris — sans le lui dire — avec toi : mais je n'aurais ni la force, ni le goût de la corrompre. »

La réponse vint — en post-scriptum d'une lettre gaie, de la même encre que la première.

« Tu ne pourrais seul corrompre Hansi : ton erreur est de préférer le plaisir à la perversité. Peut-être, un jour lointain, nous tiendrons-nous la main. »

J'aurais dû mesurer la portée malheureuse de la proposition. Mais comment l'aurais-je aperçue ? Aujourd'hui mon inconséquence me surprend. Mes désirs m'agitaient dans tous les sens. Comme Hansi, je voulais naïvement préserver mon plaisir — à l'abri de ces sautes d'humeur angoissées auxquelles ne répondent que les inventions maladives du vice. De telles inventions, comme Hansi j'avais peur. Mais Hansi qui souvent aimait frôler le faisait justement, sûre, au moment venu, de reculer. Le vice me fascinait, maintenant, dans l'espoir du pire, la langue pendante et sèche de la soif. À la fin, je faisais comme elle et je reculais, mais je n'étais jamais certain de pouvoir le faire. J'avais même l'expérience de n'avoir jamais su me retirer à temps. J'aimais Hansi et j'aimais le désir qu'elle avait d'un plaisir continuel, le dégoût qu'elle avait du vice (comme si la volupté pouvait durer sans être un plaisir des intelligences, et non des corps, sans être vice). Je le compris trop tard : jamais Hansi ne laissait pendre une langue assoiffée : elle aimait un bonheur qu'elle voulait sans ombres, que jamais elle n'aurait cherché, comme les vicieux, dans le malheur. Notre bonheur était précaire, il reposait sur un malentendu. Je lui disais ce que je croyais ma pensée, mon accord profond, mais, dans le même temps, j'écrivais à ma mère, en réponse à des lignes dont j'aurais dû voir qu'elles étaient lourdes de menace : « Ton projet sur notre belle rousse m'a donné, le long de l'échine, un merveilleux frisson. De peur ? d'enchantement ? je ne sais. Je voudrais te tenir la main. »

J'étais fort de l'éloignement de ma mère, je ne la voyais plus qu'à travers un nuage et je vivais dans le présent. Le présent, la « belle rousse », dont, du flot des dentelles, je ferais le soir émerger les longues jambes et le ventre doré. Hansi me couvrirait des baisers qui m'agaçaient. Je ne la trouvais pas si timide. Mais ma mère réservait un feuillet différent pour me dire ce qui ne devait pas tomber dans les mains de ma grande rousse : « Jamais la grande "ourse" ne saura, écrivait-elle, que le plaisir de l'intelligence, plus sale que celui du corps, est plus pur, et le seul dont jamais le fil ne s'émousse. Le vice est à mes yeux comme le rayonnement noir de l'esprit, qui m'aveugle et dont je me meurs. La corruption est le cancer spirituel qui règne dans la profondeur des choses. À mesure que je me débauche, je me sens plus lucide et le détraquement de mes nerfs n'est en moi qu'un ravage venant du fond de mes pensées. J'écris mais je suis ivre et Réa, sous la table, me terrifie. Je ne suis pas jalouse de la grande "ourse", mais je regrette de la sentir plus raisonnable que Réa. »

Hansi recevait en même temps des lettres de ma mère dont l'exubérance hilare faisait à ses yeux passer l'incongruité. Ces lettres ressemblaient à la première partie de celles qui m'étaient adressées.

Hansi avait toujours été fascinée par ma mère, mais s'en était vite effrayée. Elle en riait : désirant le retour de ma mère, elle ne pouvait comme moi s'empêcher de l'appréhender.

Un jour elle me montra ce qu'elle lui répondait.

« … Pierre attend le retour de sa mère dans l'impatience et j'attends dans le même sentiment celui de mon amante (elle avait, la veille de notre rencontre, goûté ses embrassements). Si je n'étais chaque soir dans les bras de ton enfant… je rêverais des tiens, ou de ta gorge de jeune fille. Mais chaque jour je dois m'ouvrir au rêve torrentiel de Pierre (et de même, il n'est pas de jour où je n'appelle son tourment exaspéré). Je suis grâce à toi si heureuse que, je le sais, je devrais te le rendre, mais ce bonheur que je te dois me dépasse : je rirai dans tes bras du rire de la reconnaissance, honteuse des plaisirs que Pierre et moi nous donnons, heureuse des plaisirs auxquels t'ouvre un désir insatiable auquel mon désir est mêlé, comme l'étaient nos deux corps d'amoureuses. Je t'embrasse et demande à Pierre de me pardonner. Je le trompe à l'instant dans ma pensée, mais, de même qu'en l'aimant je ne doute pas de t'être fidèle, je lui demeure fidèle en glissant par la pensée ma langue dans tes dents*. Mais tu me pardonneras à ton tour si je dérobe, quand tu viendras, mon corps à tes baisers, car à Pierre je réserve le plus précieux**. Me priver d'un plaisir est me rendre malade mais m'en priver pour ton petit Pierre, c'est un peu m'en priver pour toi, et c'est me rendre plus qu'heureuse. »

Je ne dis rien : je remerciai Hansi, mais je pensai qu'au lieu de me rendre heureux, ce refus qu'Hansi enrobait d'incongruités m'attristait. J'aurais aimé qu'Hansi de temps à autre s'amusât avec ma mère. Je haïssais l'idée de boire avec ma mère, comme elle avait voulu le faire, et de là de glisser insensiblement. Mais quel que soit le cœur serré que me laissassent — pas toujours — les audaces de ses lettres, je les aimais. Jamais je n'avais oublié qu'Hansi était la maîtresse de ma mère. Dès l'abord, ce lien m'avait plu, et maintenant j'aurais aimé qu'il se refît et qu'il durât. Hansi me lisant sa lettre m'avait profondément troublé. Mais encore qu'attendue la fin m'avait déçu : seule la pensée qu'Hansi se promettait de dérober son corps et non sa bouche me consolait. Cyniquement je pensai que ma mère embrasserait Hansi devant moi. Une intimité de la sorte répondait d'autant mieux à mon désir que le refus du corps limitait ce qui m'aurait, illimité, empli d'effroi.

À peine avais-je le sentiment que lentement ma volonté se disloquait et que le retour de ma mère serait le cyclone

---

* *Non* : en faisant pénétrer par la pensée ma langue en pointe dans le trou bienheureux de tes fesses.

** *Non* : car à Pierre j'abandonne le par-où-l'on-pisse et le par-où-l'on-chie.

où, dans l'horreur, tout sombrerait. Mais, au moment, les phrases évaporées de la lettre de la « grande ourse » m'avaient échauffé.

« Je voudrais voir, lui dis-je, où tu es rousse*[32]. »

Narquoise, elle obéit. Je me dis qu'elle me ressemblait et qu'il s'agît de l'une ou de l'autre de ses maîtresses, fût-elle une évocation, leur présence au mauvais moment l'inclinait au « rêve ». À 5 heures, elle ouvrit, ce jour-là, les arcanes de la « porte dorée ». Ce ne fut qu'à 3 heures, le matin, qu'elle les ferma. Loulou qui nous servit, puis que nous invitâmes, me demanda le lendemain ce qui nous avait mis dans cet état.

« J'en suis renversée, me disait Loulou. Hansi devant moi, la tête en arrière, avait les yeux blancs. Jamais tu ne l'avais embrassée devant moi. Jamais tu ne l'avais pour la caresser découverte si haut. Tu ne voyais plus rien.

— Je ne te voyais plus… »

Loulou me souriait, elle releva sa robe. Sa malice et sa gentillesse, la pure ligne des jambes et le charme de l'indécence, enfin sa gravité, son effacement me suggéraient, plus qu'un personnage des mille et une nuits, suggéraient l'idée d'une jeune fille riche et ravissante, dont un maléfice, la métamorphosant en soubrette, aurait fait une incarnation du désir dévergondé.

J'avais à la longue le sentiment d'un homme heureux, possédant la jeunesse, l'argent et la beauté, s'imaginant le monde et ceux qui l'habitent faits pour répondre à l'extravagance de ses désirs. Je ne doutais plus d'un bonheur, auquel le malheur lui-même — et naïvement, j'étais fier de le savoir — ajoutait, comme la couleur noire à la palette, une possibilité de profondeur. J'étais heureux, j'étais au comble du bonheur. Je m'occupais le jour de ce monde insipide à la condition d'en tirer quelque satisfaction puérile — ou studieuse — avec une ironie rouée. Le soir tombé la fête recommençait, Hansi, qui jamais, devant Loulou, n'aurait rien admis qu'à la faveur de l'enivrement admettait à la fin des compromis.

« Après tout, je suis sotte de me gêner », me dit-elle.

Elle sortit d'une armoire un certain nombre de travestis. Loulou vint lui passer l'un d'eux : c'était une robe d'un tissu transparent. Les deux femmes revenues de la salle de bains,

---

* Je la priai : « D'abord le par-où-l'on-pisse… Puis très rouge. »

Hansi se faisant admirer, Loulou me montra qu'au surplus des fentes permettaient de voir en clair ce que la robe voilait un peu. Je m'étonnais, ravi d'un tel changement.

Mais ayant pris plaisir à l'amusement qu'elle avait accordé, elle était de mauvaise humeur :

« C'est amusant, dit-elle, à une condition : de s'arrêter à temps.

— C'est bien plus amusant, lui dis-je.

— Promets-moi Pierre de t'arrêter à temps ! Je vais avouer : je m'ennuyais pendant l'après-midi, Loulou m'a plu. Je n'ai pas eu le sentiment de te tromper.

— Hansi, je suis sûr, au contraire, que ce soir nous nous aimerons plus entièrement.

— Tu as raison, mais je refuse de faire ce que Loulou voudrait. Laisse-nous, Loulou. Je sens l'impatience de Pierre — et la mienne. Je te sonnerai bientôt. »

Avant même d'avoir entendu la porte se fermer, Hansi renversée dans mes bras se déchaînait.

« Je t'aime, dit-elle, tu as raison, je vais t'aimer plus entièrement, je crois même que je vais te rendre plus heureux. »

Nous entrâmes si profondément dans l'abîme du plaisir que je dis à Hansi :

« Je ne te connaissais pas tout à l'heure et je t'aime un peu plus qu'il n'est possible : tu me déchires et je crois que je te déchire jusqu'au fond…

— Je voudrais boire avant de m'endormir, me dit Hansi. Séparons-nous, je suis sûre que nous serons dans le même état de grâce au départ de Loulou. Habille-toi et donne-moi ma robe. »

Elle sourit tant cette robe était le contraire d'un vêtement, mais elle la disposa de manière à sembler décente.

« Je t'en prie, dit Hansi, même si tu me désires autant que tout à l'heure, ne t'approche pas de moi. Tu sais bien que le jeu me fait peur. »

Mais elle ajouta en riant, d'une voix que l'angoisse changeait : elle allongea très tendrement la tête sur ma jambe.

« Malgré tout, si je me conduisais… un peu mal, tu ne me gronderais pas ? Mais n'en abuse pas. Ce soir c'est moi qui ai tous les droits. Tu veux bien ? Quoique… Mais ne me fais pas aller plus loin que je ne voudrais. Ne l'oublie pas : à peu près toujours j'ai dit non… »

Tout à coup, pleine d'un enjouement espiègle, elle s'écria :

« Ce sera sans doute très amusant, puisque nous avons peur !

— Tu pourrais rajuster ta robe, mais c'est peut-être peine perdue », lui dis-je en louchant vers un vêtement qui avait de nouveau un aspect désordonné.

« Que veux-tu ? me dit-elle. Je suis d'une humeur qui t'étonne, mais j'imagine que cela te plaît.

— Je n'aurais jamais cru que cela me plairait tant, mais cela me plaît justement parce que tu es angoissée comme moi et que tu n'irais pas jusqu'au bout*.

— Ta voix est rauque ! la mienne aussi. J'entends venir Loulou**. »

Loulou posa les bouteilles dans la glace. Tout d'abord rien ne me frappa sinon le sourire de Loulou, plus sournois, plus noyé surtout qu'à l'ordinaire.

« Loulou, lui dit Hansi, nous nous amusons aujourd'hui. Tu m'embrasses ? »

Loulou glissa sur le sofa et comme elle avait entre-temps mis une robe qui avait les mêmes fentes que l'autre elle en écarta les panneaux en glissant de manière à montrer son derrière nu lorsqu'elle ouvrit sa bouche à la langue vorace de Hansi.

Mais aussitôt Hansi, repoussant Loulou, se leva.

« Cela m'a donné soif, dit-elle.

— Puis-je l'embrasser ? » dit Loulou en me désignant.

Furieuse, Hansi se borna à la regarder.

« Mais Hansi, dit Loulou, personne ne s'occupe de lui.

— Tant pis, me dit Hansi, viens dans mes bras. »

Elle s'abandonna si parfaitement dans ce baiser que Loulou partageant l'extase où nous nous fondions s'étendit dans un soubresaut sur le fauteuil voisin.

Hansi la frappa d'un coup de pied assez brutal.

« Nous voulons boire, dit-elle, nous avons terriblement soif. »

Et j'ajoutai :

« Oui, Loulou, nous n'en pouvons plus. »

Me levant, j'admirai les verres immenses du plateau, que Loulou se précipitant emplit de champagne.

Je jouissais de mon malaise.

---

* Tu le sens bien, je bande terriblement depuis une heure.
** Je voudrais la sortir, je n'ose pas.

« Je veux boire dans tes mains », dit Hansi à Loulou.

À demi accroupie Loulou reçut dans ses deux mains Hansi qui, sans s'asseoir, s'appuya sur elle : Hansi me regardant s'ouvrant à moi dans ce regard qui cependant se fermait un peu*.

Je bus en même temps.

Loulou but, puis remplit les verres. Nous ne parlions plus…

« Je bois encore un autre verre, dit-elle, je ne veux pas être ivre après vous. Puis Madame boira dans mes mains, si Monsieur permet… »

De nouveau nous cessâmes de parler. Hansi, de nouveau, s'appuya sur Loulou : Hansi ouvrait les jambes outrageusement ; elle buvait avidement, mais en même temps que moi se reposait en me fixant. Cette sorte de solennité n'était pas respirable.

Quand nous passâmes dans la salle à manger nous étions en même temps, déjà ivres mais silencieux. J'attendais. Hansi attendait et Loulou ne me semblait pas, de nous trois, la moins malade. Par les jupes fendues se laissait voir la possibilité et, qui sait ? l'imminence d'un violent désordre. Mais il suffisait d'un bouton, le décolleté d'Hansi cessa d'être béant. Nous nous assîmes devant un dîner froid servi.

« Je n'ai que faim de toi », me dit Hansi.

Nous n'osions parler qu'à voix basse. Il me sembla que Loulou, qui avait disparu, était sous la table.

« Tu as peut-être soif, dis-je à Hansi.

— Oui, dit-elle, je boirai, et tu boiras**.

---

* « Je me sens dépassée, me dit-elle à voix basse, mais je bois pour pisser — dans la bouche de Loulou » (mais Loulou pouvait l'entendre.)

** « Oui, d'abord, j'ai besoin de bien du courage et surtout, plus j'aurai bu, et plus je pisserai. Pierre je t'aime je t'adore et mes nerfs se tendent à la limite. J'ai la tête de Loulou dans mes jambes : emplis mon verre, je m'emplirai puis je lâcherai le vin dans la bouche de Loulou. Je n'imagine pas de plaisir plus grand. Tout le jeu va durer longtemps, quand j'aurai tout pissé je te ferai jouir si fortement qu'il te semblera que tu meurs. Comme un écorché vif. Comme un pendu. »

Je compris qu'Hansi, qui déjà tremblait, s'était mise à pisser. Elle était parcourue de frissons.

« C'est merveilleux, dit-elle. Et je t'en donnerai tout à l'heure. Tu videras dans ma bouche ce que tu auras bu. Je te le renverrai et tu m'en inonderas la gorge et le ventre, les jambes. Loulou avale tout, mais elle en garde un peu pour s'inonder. Si tu veux, tu te mettras nu et quand tu viendras sous la table,

« — Pierre, amusons-nous comme jamais nous ne nous sommes amusés et comme jamais nous ne nous amuserons plus », dit Hansi.

Nos jeux, qui s'étaient prolongés, se renouvelèrent, puis nous en vînmes à une sorte d'apaisement. Loulou, croyant que nous étions à bout — ou peut-être avide de souffrir —, chercha ce qu'elle avait rangé.

Depuis longtemps nous étions tous les trois entièrement nus.

Loulou revint et s'agenouillant elle présenta à Hansi deux objets.

Elle avait dans la main gauche une cravache et dans la droite un godemichet majestueux.

La beauté de ces deux femmes nues, ouvertes comme des plaies, prenait à la gorge.

à ton tour, elle t'inondera de ma pisse. Quand je serai bien, nous baiserons. Mais cela va durer... je veux pisser par petits coups... Si je pisse par petits coups, tu vas le voir, cela m'étrangle. Tu n'imagines pas l'état où je suis si je pisse de cette façon. Tu sens, mes jambes tremblent et elles battent battent à mesure que ma pisse entre dans sa gorge. Embrasse-moi et je te branlerai. Loulou te mouillera la pine, elle mettra ma pisse dans ma main et je te branlerai de telle façon que tu vas crier.

« Je m'arrête, Loulou, maintenant mouille la pine de Pierre avec ma pisse. Mais Pierre, tu auras peur et peut-être as-tu déjà peur. Moi je tremble du commencement. Je ne t'ai pas menti. Ne parlons plus. Je jouis trop. Je pisse encore. »

Un peu plus tard, elle reprit :

« Je ne t'ai pas menti. Je l'ai fait une fois — avec quelqu'un que tu connais — et je ne croyais plus avoir la force de le refaire. Quand j'ai compris que tu l'aimerais, je me suis décidée. Mais quand je pisse il me semble que le malheur entre dans la maison. Ah, c'est trop ! encore une fois je vais pisser. J'aime pisser dans sa bouche, ah, cette fois toute ta langue dans ma bouche ! »

Hansi ne parlait plus quand elle pissait. Le moment vint où elle me dit :

« Maintenant, à ton tour, tu passeras sous la table et... Dans peu d'instants, tu me baiseras. Tu t'enfonceras dans moi. Nous allons nous baigner dans ma pisse, je te donnerai celle que tu mettras dans ma bouche. Si tu savais comme de pisser je jouis plus que de jouir. Ah vite passe sous la table et Loulou m'embrassera la bouche. Vite, je sens... »

Sous la table je reçus le don de frémissement qu'Hansi faisait d'elle-même. Elle tremblait encore en m'appelant. Elle cria :

« Pierre, vite, vite, ta pine, pitié ! Je n'en peux plus. »

J'entrai et doucement je lui dis :

« Qu'elle est grosse, qu'elle est bonne. J'avais cru que je la chasserais — Loulou — mais c'est bien tard ! Loulou, poursuivit-elle, lèche sa pine entre mes jambes et suce-moi profondément le trou des fesses. Ah Loulou, je voudrais que tu sois deux : tu devrais te multiplier ; des deux mains, si tu ne nous branles pas le trou avec la langue, avec un doigt. — Madame m'a déjà dit que personne ne léchait plus voracement », dit Loulou.

« Ma récompense », demanda Loulou.

Hansi lui répondit par un sourire, où je vis se glisser la cruauté. Elle posa le pied droit sur une chaise et Loulou, agissant avec une adorable maîtrise, lui enfonça l'énorme instrument dans le con, de telle sorte qu'en sortaient seules une énorme touffe de poils et des couilles, puis elle lui remit la cravache.

Mon regard allait d'un rire qui était l'exaspération d'une férocité au sourire ravi de Loulou, je lisais l'effroi et l'extase de la douleur.

Ivre de vin et de foutre, Hansi fit claquer la cravache, du regard me montrant Loulou, et la frappa soudain en plein visage, si odieusement que je poussai un cri et que muette Loulou se laissa tomber, les lèvres et les joues marquées d'un long trait rouge. Brûlante de fièvre, avec un rictus douloureux, extatique, Loulou regardait fixement la vulve de Hansi, dont lentement celle-ci tirait le godemichet. Hansi me regardait : et son regard désemparé semblait me dire : « Tu le vois, mon amour éperdu me revêt de tant d'impudeur, de tant de cruauté. »

Elle avait maintenant dans la main le godemichet qu'elle avait retiré d'elle-même : elle se baissa et sans égard, elle ouvrit les jambes de Loulou comme elle l'aurait fait d'une bête, puis de sa pine elle la pénétra violemment par la fente.

Elle s'approcha de moi et se baissant encore une fois prit ma queue dans sa bouche : devant Loulou, elle la suça avidement. Sa croupe se tendait sous mes yeux et j'y plongeai profondément le doigt mouillé, puis elle m'attira sauvagement sur le sofa et, tandis qu'en larmes mais avec des râles profonds Loulou se branlait à grands coups de son arme, nous nous baisâmes avec furie, comme si nous dévorant la bouche, la violence de ma pine, le déchirement et le déchaînement de son cul perçaient le fond du ciel. Les étranglements de nos corps se perdaient dans le sentiment d'une nudité qui toujours s'ouvrait mais toujours était inaccessible que cependant ma langue léchait dans le fond de la gorge de Hansi et que le bout de ma pine atteignait dans un effort désespéré pour ouvrir tout entière Hansi — le fond de la volupté de son corps.

Je dormis mal. Quand, au milieu de la nuit, je m'éveillai, je vis que nous étions dans la salle à manger. Éveillé, je compris en prenant conscience le sens du mobilier exceptionnel de la pièce qu'entourait un sofa de soierie le long des murs. Ce très large sofa était conçu pour les ébats de personnes nombreuses : une porte-armoire permettait à Loulou, s'il le fallait, de débarrasser la table sans quitter la pièce. Je m'étonnai [de] ma naïveté : nous avions déjà fait l'amour sur ce vaste sofa, mais je n'avais jamais pensé qu'Hansi l'ait fait faire à cette intention. Sur le moment, mal éveillé, et me rendormant, devant ces nudités de femmes allongées en désordre j'avais le sentiment d'un rêve pénible : il me plaisait, mais je n'en sortais pas. Au peu de lumière venant d'un ciel où la lune ne sortait que parfois des nuages ; j'avais pu revoir le visage de Loulou que sa blessure défigurait. Hansi venait de faire ce [qu']elle m'avait dit détester, et que je regrettais souvent qu'elle détestât, mais le mobilier destiné à de telles parties montrait qu'elle en avait l'habitude. Je ne songeais à rien lui reprocher, je l'aimais et j'avais pris le plus grand plaisir à ces jeux : avant de les connaître je les avais aimés par la pensée, mais justement mon goût ne s'était d'abord révélé que sinistrement, dans la solitude, devant les photographies de mon père, ou dans des scènes qui m'avaient effrayé, entre Réa, ma mère et moi. Je retrouvais l'état d'esprit qui suivait mes pollutions et qui suivit ma rencontre avec Réa. J'avais la fièvre et depuis le premier jour où j'étais venu chez Hansi, c'était la première fois que l'angoisse me serrait la gorge.

Dans cet état, je m'endormis, encore, puis à nouveau je m'éveillai : Hansi pleurait sur le sofa. Elle était couchée sur le ventre et pleurait. Ou plutôt, un poing dans la bouche, elle se retenait de pleurer. J'allai vers elle et, doucement, je lui demandai de venir avec moi se coucher dans sa chambre. Elle ne me parla pas mais elle accepta de me suivre et ce ne fut que dans son lit qu'elle trembla de nouveau retenant ses larmes. Je pensais que le corps endormi de Loulou, le visage balafré, gisait toujours dans la salle à manger.

« Hansi, lui dis-je, nous ne recommencerons jamais. »

Elle ne répondit pas, mais laissa libre cours à ses larmes.

Ce ne fut qu'après un long temps qu'Hansi me dit d'une voix étouffée :

« Pierre, je te dois une explication, mais elle est horrible. »

Elle reprit :

« Je l'ai fait malgré moi et maintenant, je sens que tout est perdu... Ta mère... »

Elle fondit en sanglots.

« C'est trop difficile… Je n'en puis plus. Je t'aime trop, mais tout est perdu. Laisse-moi. »

Elle pleurait sans finir ; enfin, dans ses sanglots, elle me parla :

« Tu savais que j'étais, *que je suis* la maîtresse de ta mère, tu sais qu'elle a sombré dans ces jeux auxquels nous venons de nous livrer. Jusqu'au jour de son départ, elle usait de tous les moyens pour m'y entraîner. Ce n'était pas très difficile. Loulou était toujours à la maison. Elle était depuis longtemps ma maîtresse, sous l'odieux déguisement de la femme de chambre dans lequel elle se complaisait : cette liaison prolongeait les jeux d'enfants où Loulou, dont le caractère était violent, me forçait à la battre et à l'humilier. Il y eut toujours une sorte de démence dans nos habitudes, Loulou me dominait, elle m'imposait sa volonté. Elle n'était contente qu'au moment où elle m'avait mise hors de moi. À ce moment, j'entrais dans la rage lucide où tu m'as vue tout à l'heure. Ta mère eut d'autant plus vite la complicité de Loulou que me refusant à me partager, Loulou vit aussitôt dans ces propositions de parties le seul moyen de jouir de moi. Je n'avais accepté, comme je l'ai fait quand nous nous sommes aimés, que de continuer le jeu de la femme de chambre. Mais le pire commença le jour où ta mère m'ayant enivrée parvint à ses fins : ce jour-là je me conduisis de la même façon que tout à l'heure. Et je frappai Loulou devant ta mère !

« Ta mère triomphait : elle me fit sans attendre un cadeau : Loulou lui procura les dimensions de la salle à manger et, peu de temps plus tard, elle fit livrer tous les sofas qui entourent la salle à manger. Elle vint me voir le lendemain. Elle était folle de joie, elle envoyait les jambes en l'air, mais elle me laissa renvoyer Loulou et ne me renversa pour me prendre que les portes fermées. Et d'abord elle avait manœuvré les loquets qu'elle avait fait disposer à toutes les issues. J'étais attendrie de reconnaissance, heureuse d'être si bien comprise, et je la crus quand elle me dit que pour inaugurer tous ces sofas elle devrait inviter quelques amies mais qu'elle m'emmènerait dans ma chambre. À la rigueur, elle entrerait dans la salle à manger pour jouir un instant de la fête, au moment où celle-ci battrait son plein. Cela, me disait-elle, la mettrait dans un état de trouble affreux, mais aussitôt, elle reviendrait s'enfermer avec moi. Je refusai d'abord, puis dans ses embrassements, je cédai. À ce moment-là je l'aimais.

« Je continuai par la suite à la désirer mais, depuis ce jour-là, la peur se mêle au désir qui me lie par les sens. Je sais combien tu l'aimes mais elle m'a dit que tu savais tout d'elle et je dois te parler de cette nuit d'horreur parce que ta mère va rentrer et qu'elle veut inviter des femmes chez moi.

— Comment ? criai-je. En ma présence.

— En ta présence. Elle t'aurait, me dit-elle, représenté que, dans l'ordre de la débauche, elle avait fait de grands progrès… »

Je gémis :

« Je suis terrifié… »

Mais, m'étranglant, je me souvenais de l'équivoque qui s'était introduite dans nos lettres.

« J'ai refusé », me dit Hansi.

Je m'écriai :

« Bien sûr ! »

Mais dans mon angoisse subsistait sourdement le désir de répondre à la proposition délirante de ma mère, de ne pas repousser le prodige de malheur et de déchirement qu'elle était. J'aimais Hansi, mais j'aimais en elle la possibilité de sombrer dans l'amour et quelque effroi que j'eusse des fêtes troubles de ma mère, de ce que j'en imaginais, dans cet effroi, sa douceur à laquelle se mêlaient l'ouverture à la souffrance et le sentiment d'une menace de mort… À peine avais-je dit avec force ces deux mots « Bien sûr » je sentis non seulement que ma mère m'avait à sa merci mais que je désirais l'abîme où elle m'entraînait de si loin. À l'idée de perdre Hansi, déjà des sanglots montaient qui m'étouffaient. Mais le souvenir de la nuit d'excès de Hansi me faisait dire en moi-même : « Toi-même Hansi ne pourras rester sur le bord, le même tourbillon t'entraînera. »

Je me pris tout à coup, j'étais nu, j'étais sur le lit à genoux, les poings serrés sur la poitrine, pris dans une sorte de convulsion où Hansi lut mon déchirement, mais sans imaginer que ma mère m'importât plus qu'elle.

Elle me dit à ce moment ce qu'elle jugeait plus lourd que tout : sa dernière lettre.

« Ta mère te veut à toute la fête. "Il ne faut pas tergiverser, m'a-t-elle écrit, tu m'as promis de l'endurcir lentement à ces sortes d'excès qui sont les suites inévitables de l'amour. Tu montrais, rappelle-toi, une exceptionnelle disposition à ces jeux. Tu le sais : ce sentiment d'horreur et

de dégoût, qui te crucifiait, témoignait de la force de ta vocation. Je te rendrai Pierre le lendemain mais d'abord cor-
romps-le sans mesure, comme j'aurais aimé le corrompre si
je n'avais eu pour cela besoin d'un bel ange roux qui, ne
l'effrayant pas, eût la pureté d'un ange, la seule qui eût la
pureté inaltérable de la corruption. Rien ne peut faire que
Hansi désormais ne soit l'ange de la corruption et Pierre
dans ses bras l'enfant que je lui rendrai quand j'aurai achevé
de le corrompre." Cette dernière lettre de ta mère m'est
parvenue, devine !...

— Hier ? lui demandai-je.

— Hier, dit-elle.

— Je ne voulais pas glisser comme je l'ai fait...

— Tu le vois, l'ange dont parle ta mère...

— C'est le tremblement de ton cœur... Tu n'as jamais
rien pu contre ma mère... Tu tremblais et moi je tremble.

— Cela me brûle. Je sais maintenant que nous sommes
perdus. Prends-moi. Hier, quand j'ai reçu sa lettre, j'ai sonné
Loulou. Je lui ai dit : "Sa mère rentre, la folie va revenir dans
la maison. Réjouis-toi, Loulou, nous nous amuserons avec
Pierre, aussitôt qu'il sera rentré. Mais amuse-moi maintenant. Quand Pierre et moi serons las de toi, nous te renverrons." Nous ne l'avons pas renvoyée. Pierre es-tu las ?

— Je croyais mais je brûle. Allons dans la salle à manger.
Je veux te retrouver ici, puis nous irons. »

Quand nous entrâmes dans la salle à manger, Loulou
pleurait presque silencieusement. Tous trois nous nous
tenions debout dans la pénombre. [Mais elle branlait le
godemichet dans la vulve où il plongeait. Hansi le retira et
lui fila sa langue. Puis elle me demanda de lui filer la mienne
dans le trou du derrière. Quand encore en larmes Loulou
eut répondu par des sursauts à nos baisers voluptueux[33],]
Hansi me dit :

« Embrasse-lui la bouche. »

Sa bouche était souillée de sang, je léchais des lèvres
enflées, j'éveillais cruellement sa douleur.

« Nous voulons devant toi nous égayer, lui dit Hansi.
Pour nous, tout est fini, sa mère rentre. Réjouis-toi, nous
allons souffrir, et nous t'aiderons à partager notre souffrance, pour la changer en joie. »

Loulou parlant mal, demanda :

« Quand rentre-t-elle ?

— Nous ne le savons pas, mais déjà la folie s'empare de la maison. Plus mal tu te conduiras et mieux tu répondras à ce qui nous oppresse.

[— Pierre, dit Loulou, il y a des mois que personne ne m'a baisée. »

Je la baisai. Elle ne tarda pas à crier. Hansi enfonça dans le trou du cul le volumineux godemichet.

« C'est le godemichet de ta mère, dit Hansi.

— Je m'en doutais », lui dis-je.

Hansi s'accroupit sur la langue de Loulou qui lécha.]

Un peu plus tard Loulou me dit :

« Ayez pitié, demandez-moi le pire. Ne puis-je rien faire de plus sale ? Comme c'est dommage. Pierre, sais-tu comment ta mère s'amusait au Caire ? Ce qu'elle faisait aux hommes, la nuit dans les recoins sales des rues ? [Elle les branlait, elle les léchait, puis elle se faisait mettre.] Tu n'imagines pas à quel point à ta place je serais fier d'elle, en silence. Elle est sur le bateau maintenant[*]. Je ne puis pas parler sans m'ouvrir les lèvres, maintenant, je suis heureuse. Ou plutôt je serais heureuse si, mourante, je baisais les pieds de ta mère. »

Hansi et moi, nous l'embrassâmes en une sorte de convulsion douloureuse et fiévreuse. Hansi elle-même enfin s'abandonnait et la pensée de ma mère lui donnait la même extase épuisante, malheureuse, souffrante qu'à Loulou et qu'à moi. Nous ne buvions même plus. Nous souffrions — et nous jouissions amèrement de souffrir.

Tout le jour abattus, nous passions d'un sommeil frêle, plus qu'au sommeil semblable à la douleur endormie, à une volupté qui était la lie de la volupté. Nous étions confinés dans la partie de l'appartement qu'Hansi nommait secrète, que, du dedans, il était aisé d'interdire, qui comprenait avec la chambre de Hansi, la salle de bains et la grande salle. Parfois nous [nous] étendions sur un tapis, parfois sur un sofa. Nous étions nus, défaits, les yeux caves, mais ces yeux semblaient beaux. Comme d'un ressort brisé, il arrivait que nous tirions, par un déclenchement imprévu, le tonnerre d'un tourbillon vide. Nous entendîmes soudain frapper à la porte du couloir.

On avait frappé à l'entrée extérieure de la salle de bains. Sans doute la personne qui avait frappé connaissait-elle bien la maison. Je pensais que depuis longtemps la seconde nuit était tombée. J'enfilai ma robe de chambre et j'ouvris. Per-

sonne n'était près de la porte mais au fond du couloir, et
sous un faible jour, je vis deux femmes, qui semblaient se
déshabiller — peut-être s'habiller[34]. L'opération finie, je vis
de loin qu'elles étaient l'une et l'autre masquées, sous de
superbes huit-reflets[35]. Elles étaient en effet habillées mais
n'avaient qu'une chemise et un ample pantalon de lingerie.
Elles entrèrent sans autre façon mais elles ne parlaient pas.
L'une d'elles ferma le loquet intérieur, puis elles passèrent de
la salle de bains dans la chambre, enfin dans la salle où elles
achevèrent d'éveiller ma maîtresse et sa femme de chambre.
Leurs loups et le fard m'empêchaient de les distinguer. Je
compris vite que l'une sans doute était ma mère, l'autre Réa :
si elles ne parlaient pas c'était dans l'espoir d'augmenter
s'il était possible mon angoisse. Et l'angoisse qu'elles me
demandaient était à l'unisson avec la leur. L'une d'elles parla
à l'oreille de Loulou qui répéta. Le discours avant tout, me
semblait-il, s'adressait à moi. Il s'adressait à mon angoisse.
Elles avaient depuis la veille employé le temps à des jeux
qui ne les avaient pas moins que nous épuisées. Rien ne
restait de l'insolente gaîté qu'avaient ces quatre femmes,
dont je ne doutais plus que l'une ne soit ma mère, l'autre
Réa. Nous ne sommes pas venues, nous disaient-elles, avec
d'autres femmes — ou d'autres hommes — qui nous auraient
distraites d'un élément qui nous troublait si profondément.

Loulou continua en leur nom :

« Nous en avons fait d'autres, vous savez que nous n'allons pas nous gêner pour vous plus que vous n'avez à vous
gêner pour nous. Vous êtes recrues de fatigue, c'est possible,
nous le sommes aussi, vous n'avez pas dormi, nous n'avons
pas dormi non plus : mais la situation est faite pour nous
rendre des forces. »

[Celle des femmes[36] —] je pensais, peut-être ma mère —
qui ne parlait pas, retirait son chapeau. Je m'étonnai de leur
décence : seules Hansi et Loulou étaient nues. Je compris
que déshabillées, je risquais de les distinguer. J'imaginais que
sans doute elles se jetteraient l'une sur l'autre ou que l'une
et l'autre s'unissant me renverseraient. Je n'en pouvais plus.
Je respirais quand je les vis s'en prendre l'une et l'autre à
celles qui s'offraient nues à leurs baisers. Mais restant seul,
je ne me sentis nullement allégé. J'étais incapable de fuir : je
ne pouvais étreindre un de ces corps offerts [dont parfois, en
soudains éclairs, apparaissaient les derrières nus]. Je n'osais

pas m'en détacher. [J'étais certain d'avoir vu nues les fesses de ma mère mais l'égale beauté des deux impudeurs laissait dans l'incertitude. J'aurais dans ma lâcheté laissé ma mère s'en prendre à moi !] La provocation que je subissais était telle que je priai Hansi, un court instant, de s'unir à moi. Hansi savait : celles dont les baisers se perdaient au plus profond ne doutaient plus maintenant de l'objet de mon tremblement, que je n'aimai qu'à cette condition déchirante de prendre pour amour ce qui n'était que le déchirement de mon amour, pour objet désirable ce qui n'était que le désir du malheur achevé.

Soudain je me trouvai devant ma mère, elle s'était dégagée de toute étreinte, elle avait arraché le loup qui la masquait et elle regardait obliquement, comme si de ce sourire oblique elle avait soulevé le poids sous lequel elle mourait.

Elle dit :

« Tu ne m'as pas connue. Tu n'as pas pu m'atteindre.

— Je t'ai connue, lui dis-je. Maintenant, tu reposes dans mes bras. Quand mon dernier souffle viendra, je ne serai pas plus épuisé.

— Embrasse-moi, me dit-elle, pour ne plus penser. [Enfonce ici tes doigts et ce que, tout à l'heure, tu y plongeras, laisse-moi le tenir dans la main.] Mets ta bouche dans la mienne. Maintenant, sois heureux à l'instant, comme si je n'étais pas ruinée, comme si je n'étais pas détruite. Je veux te faire entrer dans ce monde de mort et de corruption où déjà tu sens bien que je suis enfermée : je savais que tu l'aimerais. Je voudrais que maintenant tu délires avec moi. Je voudrais t'entraîner dans ma mort. Un court instant du délire que je te donnerai ne vaut-il pas l'univers de sottise où ils ont froid ? Je veux mourir, " j'ai brûlé mes vaisseaux ". Ta corruption était mon œuvre : je te donnais ce que j'avais de plus pur et de plus violent, le désir de n'aimer que ce qui m'arrache les vêtements. Cette fois, ce sont les derniers. »

Ma mère retira devant moi sa chemise et son pantalon. Elle se coucha nue.

J'étais nu et, près d'elle, je m'allongeai.

« Je sais maintenant, dit-elle, que tu me survivras et que me survivant, tu trahiras une mère abominable[37]. Mais si plus tard tu te souviens de l'étreinte qui bientôt va t'unir à moi, n'oublie pas la raison pour laquelle je couchais avec des femmes. Ce n'est pas le moment de parler de ta loque [dc] père : était-ce un homme ? Tu le sais, j'aimais rire, et peut-être n'ai-je pas fini ? Jamais tu ne sauras jusqu'au dernier instant, si je riais de toi… Je ne t'ai pas laissé répondre. Sais-je encore si j'ai peur ou si je t'aime trop. Laisse-moi vaciller avec toi dans cette joie qui est la certitude d'un abîme plus entier, plus violent que tout désir. La volupté où tu sombres est déjà si grande que je puis te parler : elle sera suivie de ta défaillance. À ce moment je partirai, et jamais tu ne reverras celle qui t'attendit, [pour ne te donner que son dernier souffle. Ah, serre les dents mon fils tu ressembles à ta pine, à cette pine ruisselante de rage] qui crispe mon désir comme un poignet[38]. »

Autour de « Ma mère »

[AUTOPORTRAIT DE PIERRE ANGÉLIQUE]

[Manuscrit gris]

J'effrayais mon entourage par un égoïsme silencieux, mais j'aimais me savoir égoïste : mes passions étaient si fortes qu'à mes yeux, ne pas les satisfaire eût été ce que serait, pour un dévot, ne pas se perdre en Dieu. Je me perdais dans la contemplation de la volupté avec autant d'âpreté que le moine dans celle de l'agonie de son Dieu.

Il est vrai que l'une et l'autre contemplations s'opposent moins que la nature divine à celle de l'homme. Le moine n'est pas moins désireux de la joie qu'il n'est anxieux de la souffrance divines. Mais la joie que je désirais n'était divine qu'à la condition de la beauté du corps et du visage des pécheresses. C'était toujours une joie humaine qui me ravissait, et dans la perfection de la beauté, l'extase appelait un élément sordide, une sorte d'inavouable abandon. De même la tristesse de la mort n'entrait pas moins dans le jeu de mes sentiments que dans la délectation religieuse, mais adhérant toujours à la misère humaine, la mort dont je sentais l'approche me laissait au comble du dégoût. Non que je la craignisse pour moi-même (je la craignais peut-être : savais-je d'ailleurs si je la craignais, savais-je si j'aurais la force de la braver ?), mais je ne savais la somme de douleur qu'annonce la plus petite partie de notre corps et je ne pouvais me sentir séparé de l'horreur que je devinais de tous les côtés, derrière le mince obstacle des murs : ces étouffements, ces nausées d'agonie, que les mots ne suivent pas dans le fond de la souillure, dans le fond de la puanteur.

J'aurais pu comme un autre me dévouer, m'oublier, mais il importait peu : jusqu'à l'épuisement je voulais m'ouvrir à ce qu'une dent, à ce qu'un homme cachent d'inavouable joie, et d'inconcevable douleur possible, ouvrir mes yeux si grands que rien, jamais, ne les pût ouvrir davantage.

Je reviens sur cette vie voluptueuse, que j'ai menée dans une curiosité angoissée. Enragé de connaître non ce que je n'avais pas encore aperçu mais jamais las de renouveler la connaissance de ce que jamais la réflexion ne peut saisir, de ce qui échappe sans fin à la nécessité où nous sommes de le fixer. Comme si je pouvais désirer autre chose que de violer ce dont la nature est d'être un secret inviolable. Comme si d'avoir touché l'instant où je crus que le secret m'apparaîtrait devait me laisser haletant, dans l'attente de ce qui allait se livrer, mais qui s'était encore une fois dérobé. Au surplus, il me semble aujourd'hui, tant me démange l'agacement du désir que j'en étais plus près dans la piété que dans le désordre de la débauche.

N'y a-t-il pas dans les ahurissements de la religion quelque chose d'ouvert, qui est plus arraché que dans la cruauté du jouisseur ? Je ne cesse pas de regretter le temps où le péché me donnait la fièvre : jamais depuis lors rien ne m'apparut plus désirable, ni surtout plus susceptible de m'ouvrir la possibilité la plus lointaine. En ce temps-là, j'étais sournois, chacun de mes désirs, nourri d'horreur, me semblait immonde…

[I. LA FAIBLESSE DE LA VERTU]

Les images obsédantes du tiroir m'assaillaient, dans leur multitude, l'une plus provocante et plus misérable que l'autre. Je baissais la tête et sournoisement me glissai dans la chambre de mon père ramenant chez moi un butin de photographies. Je m'enfermai à clé, pantalon bas, seul, morose, et durant des heures je me déjetai jusqu'au délire.

Les excès d'imagination qui m'apaisèrent me laissèrent épuisé, sans force au pied du mur, sachant que j'allais bientôt, sans attendre un instant, confesser ma turpitude.

Savais-je seulement si j'avais honte devant Dieu ? J'avais honte d'avouer à cet homme insipide que je connaissais, qui m'écoutait et qui, me connaissant, connaissant ma piété, mettait au compte de l'imagination la somme de turpitude que j'avouerais. La loque que je serai dans le désir d'atteindre le moment de retour de Dieu. J'acceptais mon humiliation. J'oubliai la violence du désir auquel je m'incriminai lâchement d'avoir cédé par un égoïsme animal. Mais m'étant à l'église accusé d'avoir péché la première chose qu'en rentrant je fis, fut d'aller à nouveau dans la chambre au tiroir et de cacher à côté de moi les liasses écœurantes. Agissant ainsi je ne péchai pas. Je passai la nuit dans l'abîme de la tentation, incapable également de pécher encore et de me séparer du péché. Je restai éveillé sur la crête d'où dans des perspectives multiples j'apercevais les deux possibilités qui partageaient mon cœur.

À la première heure, le lendemain, je courus à l'église où je communiai, recevant aussitôt [de] l'Eucharistie ce puissant sentiment de fusion qui jamais ne manqua de m'ouvrir à de miraculeuses lumières. Mais à peine avais-je goûté la délicieuse consolation du pécheur réconcilié qu'un courage d'enfer me reprit et que je décidai, dans l'autre sens, de courir à la maison où m'appelait la possibilité de renverser ces barrières qu'en vain, je m'étais efforcé de me donner. Cet homme fermé qu'enfin je voulais être, avec une trouble résolution, dans la honte qui me limitait mais ne me faisait pas souffrir (car le royaume de l'inconnu et de l'imaginaire était riche d'ombres plus désirables et plus désireuses de brûler avec moi que ce monde avare) était heureux d'être porté par une sorte de désastre, par un raz-de-marée voluptueux que je savais que désormais rien jamais n'arrêterait plus. Qu'aurais-je pu regretter ? cet effort de la volonté raisonnante qui voulait soumettre à l'obéissance ce qui comme le cœur éclate, ce qui brise, qui se rue, et ne connaissant que la puissance sacrée du déchaînement est plus attiré qu'effrayé par la mort. Comment les calculs de la raison auraient-ils pu compter ? Ce qui me laisse encore aujourd'hui suspendu si je songe à la comédie qui se jouait en moi est l'immense plaisir qui m'attachait à l'image vomie. Comme si c'était d'être vomie qui la grandissait, et lui donnait la force de me nouer. Je mesure à ces terribles effets l'honnêteté d'un bel attrait. Le fait que je restais des heures sans y céder me montrait bien qu'il ne s'agissait plus de ce que le bien et le mal seraient nécessairement si les bons étaient chastes et les méchants voluptueux. Ce que m'apportait le malaise que la tentation me donnait était une valeur aussi divine, aussi vraie que la force du bien, puisque l'amour brûlant du Dieu de l'Évangile me laissait dans le même instant m'abîmer dans l'attrait d'un contraire, qui était le désir de souiller et de bafouer ce Dieu. Ce qui se produisait alors était l'exaltation de la souillure. D'un côté mon dégoût de la volupté par l'impudeur lui donnait une force qui me brisait et me laissait à sa merci. La tempête naissait du mouvement et le mouvement se renforçait de choses en retour de plus en plus grandes où les possibles opposés atteignaient l'un et l'autre au point d'incandescence. À ce moment la faiblesse de la vertu venait de ce que l'intérêt plaidait pour elle tandis que la volupté n'était plus que désir de me perdre, atténué par un calcul du remords possible — mais ce remords ce retour entrevu, qu'étaient-ils sinon l'évidence d'une agitation toujours plus grande où le vomissement renouvelé augmenterait la violence de l'attrait ? Le vomissement et la lumière où dans le vomissement je me perdrais me laisseraient exsangue, désincarné, j'aurais un long moment de transparence, et cette béatitude où je parviendrais serait cela même dont l'horreur tirerait les forces renversantes du stupre. En attendant, la contemplation involontaire des aspects les plus révoltants, les plus outrageants devenait d'autant plus folle qu'elle était involontaire ; leur attrait en était décuplé. Si bien que je dois dire ici que les voluptueux les plus profonds ne sont pas ceux qui cherchent la volupté : ce sont bien au contraire ceux qui la fuient, qui vacillent la fuyant ; elle réserve à ceux-là ses secrets sordides, à eux seuls elle ouvre le domaine de l'infamie, répondant en noir à ce qu'est dans l'autre sens le divin insondable et inaccessible. Mais je ne devais accéder que bien plus tard au sommet où ces mouvements violents ne pouvant désormais s'apaiser et laissant l'accalmie inconcevable, substituent un mouvement de terreur aux solutions opposées, qui ne promettent que le repos — douceur voluptueuse ou lumière éthérée.

[II. VISION ÉROTIQUE]

Je brûlais, je tremblais encore de la vision quand cette image de feu, soudain, se changea en image de stupre, où des poils, une fente et le lait de la chair m'[ouvraient *lecture conjecturale*] l'auréole de l'angoisse. Je demeurai amer et abîmé, j'aurais voulu fuir la souffrance que me donnait la certitude de ma honte. J'avais horreur de cette image et ne pouvais m'en détacher justement dans la soif que j'avais de son horreur, dans laquelle je voulais attendre. Je tremblais plus encore que devant l'image de la lumière et cette fois plus violent je m'enivrais de trembler. Comme si l'image de poils et de fente, s'adressant à moi plus intimement, me donnait ce que l'autre ne pouvait, le sentiment de la solitude où j'étouffais : où j'étouffais d'horreur… D'amour aussi peut-être ; en face d'une autre, imaginaire, étouffant elle aussi comme j'étouffais, de l'horreur d'étouffer, d'étouffer dans la solitude. Dans la profondeur de ce marasme, j'appelais la chiennerie qui délivre, au sein de tremblements brûlants. J'imaginais la douceur de bénir et d'aimer dans la lumière, mais bien qu'avec un sentiment de vertige, cette douceur me répugnait : je regardais l'œil trouble et dans l'impuissance de l'éloignement, cette ouverture à la douleur, qui se change en sérénité. Je ne tremblais plus en ce sens que *je désirais de trembler*, je voulais vivre jusqu'au bout l'autre ouverture à la douleur, *plus brûlante*, qui se change en joie d'être chien. La beauté tout entière, si elle ne baignait dans le jour aigu et *tremblant* de cette joie angoissée, je la reniais. Un torrent de cette joie se brisait en moi et il me disloquait : j'étais dressé et je mendiais, je voulais mendier l'infamie sans laquelle je ne pouvais vivre, qui m'apportait la honte dont je jouissais.

[III. RENCONTRE DE PIERRE ET DE HANSI]

Je connus alors une période de trouble à laquelle ce moment
que j'appelle sommeil ne peut être comparé, c'est que si nous
cherchons contre toute raison le repos le cherchant nous pouvons souffler la tempête. Il me semble qu'en ce temps-là mes
entrailles et mes dents contractées me laissaient dans l'état de
l'éruption. Ce qui durait en moi de fièvre voluptueuse littéralement réduisait ma vie à une sorte de crampe. J'aurais crié, j'étais
avide, je me serais jeté, si j'avais su ce que je sais, sur les possibilités les plus pauvres.

Le plus dur commença à la rencontre d'une jeune femme,
que, par gentillesse, l'amie de ma mère me fit rencontrer aimablement (je soupçonne au surplus que ma mère elle-même avait
tenté de cette façon d'ouvrir l'impasse où elle pouvait [s']ima-
giner de m'avoir mis). Je fus un jour invité à dîner sans avoir
de prétexte pour refuser. La jeune femme à table était près de
moi. Elle était jolie, blonde, élégante et je n'osais pas lui parler,
mais la politesse m'y forçant, je ne trouvai pas sans rougir les
phrases qui engagèrent la conversation. Loin de se détourner
d'un garçon si maladroit, elle me sourit et me dit pleine d'enjouement : « Mais vous êtes timide ! pardonnez-moi mais si
vous me connaissiez je ne pourrais plus vous intimider. » Aussitôt j'eus le sentiment qu'a n'importe quel homme devant une
femme qu'il peut étreindre. Sans attendre je me repris : « il m'arrive d'être timide,… mais… ne vous y fiez pas. Je suis un faux
timide. » Son amie lui avait parlé de moi. Je détestais l'instant
d'avant la « dévergondée » (je la détestais et la désirais dans la
honte), mais dès l'abord je ne ressentis plus que la douceur du
lien que de ma voisine à moi créait cette amitié équivoque ; loin
de m'irriter, j'acceptai le piège qui m'étais tendu : *je sombrais*. Le
dîner n'était pas terminé que ma voisine me dit : « On m'avait
dit que vous étiez un saint, une sorte de moine. » Je ris et elle
rit avec moi. « Avouez ? vous avez changé ! vous avez l'attrait
du diable ! — Auprès de vous, lui murmurai-je, le saint a l'enfer
en tête. » En réponse elle cessa de rire, je sentis sa jambe collée
à la mienne. Elle avait du champagne dans son verre, elle le leva
gentiment : « je bois, dit-elle, à votre damnation. Vous m'amu-
sez. » Je répliquai : « Vous rappelez-vous avoir eu près d'un ruisseau le sentiment que l'eau coulait trop vite ? — Oui, dit-elle,
pourquoi m'en parlez-vous ? c'est un sentiment pénible, et
jamais personne ne m'en a parlé. » Elle riait « Riez si vous
voulez, mais si vous l'avez eu… » je m'arrêtai, j'étais au bord des

larmes et je vis que cessant de rire, elle était elle-même au bord des larmes.

Le repas terminé, nous nous levâmes et elle me dit : « Venez ! » L'appartement donnait sur un jardin nous nous éloignâmes sans avoir attiré l'attention. Je la regardai : d'avance j'étais sûr que ce corps fragile que dissimulait les vêtements déjà n'avait plus rien pour moi de désolé, mais en dehors de [Adèle, *biffé*] Rosalie, je n'avais jamais tenu de femme dans les bras. Je n'étais pas ivre d'alcool et le corps gracile de Theodora me brûlait : je lui demandai si elle n'était pas d'un an, ou de deux, plus âgée que moi. Elle était au contraire un peu plus jeune. Je pouvais parler et pourtant tout ce que vraiment j'aurais pu faire eût été de pleurer. « Pardonnez-moi, lui dis-je, de ne pas vous prendre dans les bras. Mais près de vous, sans vous toucher, je suis ravi. Rosalie vous a proposé de me rencontrer. Vous savez ce que Rosalie et moi nous avons fait. — Oui, vous savez ce que maintenant Rosalie m'a demandé de faire. » Elle riait de nouveau. « Je sais, lui dis-je. — Tu le sais, mais tu dois le mieux savoir. Elle m'a demandé de te séduire. J'ai accepté, mais c'est toi qui m'as séduite. Je voudrais seulement que tu me dises si tu es content : je voudrais que tu sois dans l'enfer avec moi. Je suis plus jeune que toi mais j'ai tout fait. Je t'instruirai. » À ces mots je serrai les dents, même des dents j'aurais dû grincer. Je lui dis : « je suis content que tout cela soit inavouable mais je t'aime aussi purement que si je t'avais rencontrée dans le ciel. — Ta sottise ! — Et pourtant ce que j'aime est l'enfer où j'entre avec toi. J'ai cessé de savoir où je suis. Tu ne pourrais savoir à quel désordre… C'est misérable. Tu sais l'horreur que j'ai de Rosalie, je jouis maintenant de savoir que c'est elle qui te donne à moi : si quelque chose pouvait t'humilier davantage à mes yeux, je n'en aurais pour toi qu'un plus grand respect. »

À ce moment, l'on aurait pu me dire que toute l'histoire était vulgaire, qu'elle l'était d'autant que Rosalie — et peut-être ma mère — l'avait manigancée, j'aurais écouté sans entendre, dans le ravissement. Nulle vision foudroyante, nul prodige n'aurait pu m'arracher le cri intérieur qui m'élevait sans un mouvement devant cette fille qui se donnait à moi, et qui acceptait avec moi la vulgarité de l'histoire : sans doute avait-elle conscience avec moi du bouleversement qui me dressait de la tête aux pieds, mais elle ne pouvait savoir l'état physique, le délire des organes congestionnés, la crampe qui me suppliciait. Moi, j'écumais de joie de me sentir à ses côtés ridicule et crispé, les mains tordues, désespéré de ne pouvoir la prendre dans mes bras. Elle me dit plus tard qu'ignorant la cause, mon absurdité l'avait saisie et que, tentée de rire, elle avait cependant joui de me sentir paralysé : l'ennui descendait sur elle, et le sentiment de la platitude, mais la clarté laiteuse de la lune divinisait grandement ce garçon se tordant les mains. Le souvenir qu'elle en gardait, de parfait malaise, était pourtant à la mesure de l'indécence, appelée par le désir, et qui seule aurait dû calmer le tourment intérieur et le tremblement de mon corps : le malaise avait eu le pouvoir de l'abattre, mais nous avait en quelque sorte donné la gaucherie convulsive d'un déshabillage : une extase de la délivrance, dont l'impudeur sans bornes est la vision.

« Me pardonneras-tu ? dis-je enfin, j'aime mieux te quitter maintenant. Tu dois me dire où tu désires que je te retrouve. »

Je l'étonnais décidément : elle resta sur le sentiment de la tentative manquée. Elle ne me dit rien et même promit, le surlendemain, de m'attendre chez elle.

« Vous serez seule ? lui demandai-je.

— Je serai seule », dit-elle, mais la gentillesse qu'elle affecta était superficielle.

« Je ne savais pas, lui dis-je, qu'un homme pouvait être si heureux.

— Votre naïveté, me dit-elle, me désarme, mais elle me plaît. Je n'ai pas l'habitude… »

Je répliquai :

« Je n'ai pas l'habitude des femmes. »

Ma simplicité rejetait la possibilité d'un calcul. Je filai à la dérobée.

Je ne passai pas ces deux jours dans l'angoisse mais dans un délire désordonné. Comme si une maladie fiévreuse avait mis fin au déroulement ordinaire de ma vie. Je m'enfermai dans ce délire ; et dans un éréthisme douloureux, je ne contrôlais plus les images obsédantes qui se succédaient dans l'état de rêve d'où je n'arrivais, avec peine, à sortir que par un excès de pollutions. En même temps, les testicules et le bas-ventre congestionnés, je me sentais risible, un petit mouvement me tordait et je parvenais au sommet de l'excitation.

[Renata, *biffé*] Hansi vint m'ouvrir elle-même et je restai désemparé non seulement de ce qu'elle me reçût comme si j'étais pour elle un étranger, mais à moi-même elle était devenue l'étrangère. Elle n'avait pas la robe ravissante ni la coiffure de l'avant-veille. Je me demandais aussitôt si elle n'allait pas m'ennuyer : elle ne me donnait plus ce que le premier jour elle m'avait donné sans compter, un sentiment d'intimité et de complicité profondes qui lui faisait une auréole magique. Seul un misérable calcul et l'excessive confiance en moi — peut-être le courage — qui m'ont toujours dissimulé les difficultés que je rencontrais, m'ont fait persévérer. J'aurais dû m'en aller après les politesses inévitables, si je ne m'étais pas prosaïquement souvenu que depuis l'autre jour j'étais malade du sentiment trouble et de l'ivresse qui m'avaient pris quand Hansi, belle et provocante, me parlait et que j'aurais pu, que sans doute j'aurais dû la prendre par les épaules et la caresser jusqu'aux reins. Dans ce désordre de la froideur et d'un souvenir cuisant, je me durcis :

« Je suis venu pour me damner », lui dis-je.

Elle sourit aussitôt :

« J'allais rire…, me dit-elle.

— Mais ?

— La damnation est très sérieuse.

— Le désir malheureux prête à rire, mais vous souriez.

— Que vous êtes grave ! Je suis grave à mon tour. En deux jours j'avais oublié.

— Je n'avais pas rêvé ?

— Vous n'aviez pas rêvé mais…

— Fallait-il me laisser le temps… ?

— Le temps… ?

— De vous tromper ? »

La douceur d'un mot auquel l'amant seul a droit se mêlait à mon désespoir.

Je criai :

« Vous m'avez trompé !

— Non », dit-elle. À nouveau, elle sourit. « Je pourrais croire que vous avez crié de ravissement ! » Et gravement : « Je ne vous ai pas trompé. »

Je souffrais. Je souffrais de penser qu'elle ne fût pas assez perverse pour l'avoir fait, puisque me tromper sans m'avoir connu, c'eût été déjà m'aimer. Je ne sentais pas en moi la force de la prendre et l'excitation ravivait une crampe qui me déchirait. J'aurais voulu l'aimer sans la toucher et que la preuve de son amour n'eût pas été, de son côté, moins inavouable que mes délires solitaires.

« Je ne vous ai pas trompé, mais vous m'avez laissée dans un état si pénible que j'aurais dû. »

Je me jetai sur elle. Comme si je voyais rouge et je ne voyais plus rien. Ce fut d'autant plus malheureux que, voulant éviter le pire, à peine en train je m'écartai, je demeurai tremblant, paralysé, conscient de ma grossièreté. J'étais à ses pieds débraillé, inerte, à loisir jouissant d'un désastre où la vie sournoise — immonde, intime, miraculeuse — venait, là, de s'ouvrir, restait béante, dans les dérangements de la robe, des jambes et d'un pantalon. Jamais je n'imaginerai et jamais je n'avais pres-

senti rien de plus beau que notre canaillerie. C'était pour moi
l'indécence incroyable : j'aimais Hansi d'admettre ainsi l'inadmissible, dans ses jambes nues cet homme déculotté comme on
l'est ailleurs ! Je ne me doutais pas que, dans mes bras, ouverte
à mes lèvres, épouvantée comme je l'étais, elle ne jouissait pas,
comme moi, de son effroi, mais cherchait le moyen de nier ce
qui, la révoltant, était pour elle inexpiable, comme le sont les
accidents.

« Décidément, dit-elle, j'aurais dû vous tromper ! »

L'excès de ma grossièreté (de mon ignorance) la glaçait, mais
elle aima mieux rire. Elle sentit qu'elle aurait pu, si elle ne s'était
énervée, trouver — ironiquement — quelque plaisir : mais elle
n'avait pas vidé le fond de la sentine. Elle n'avait pas l'ironie
qui se trouve dans un écœurement qui jouit. Elle en rit dans la
froide exaspération que donne un plaisir qui échappe : elle ne se
retrouva que dans la tendresse. Elle me pardonna, sans savoir
que, me pardonnant, elle me permettait de jouir de mon ridicule
— et du sien : dans le gloussement de coq où claironne la malpropreté des enfants. Elle aurait pu pleurer, mais faute d'avoir
le courage de m'aimer dans les larmes, elle se mit au niveau
de ma jouissance, elle l'ignora. Elle me dit qu'elle m'aimait, elle
m'aimait mais voulant rire de moi, ce qu'elle accepta par enfantillage était de rire d'aimer.

[I. PERSONNAGES FÉMININS]

La difficulté
a) comment Mme Edwarda résonnera-t-il
b) quelle différence entre la mère et [Sainte, *biffé*] Madeleine
Hansi est naturellement insignifiante

dire en parlant de Madeleine sa ressemblance avec la mère.
Comme s'il m'avait été impossible de sortir de ce que j'avais
tout d'abord connu

Madeleine devint réellement sainte

[II. CHRONOLOGIE DE LA VIE DE PIERRE]

Pierre a 14 ans et demi 1930 : elle tente de l'orienter vers une
activité sexuelle normale
au bout de trois ans Tabarin puis Hansi

Pierre né en	1914. janvier	1888	1906. naissance
	1928. 14 ans janvier	1902	1920 14 ans mort du père
Tabarin possible 1932. Hansi 18 ans	1906	1924	18 ans Hansi
		1921	Mort de la mère
Mort de la Mère puis de Madeleine 1921	Madeleine		
	1937. 22 ans Mme E	49 ans 1937	31 ans Mme E
	1954.	rédaction 38 ans	
	1955.	39 ans	
		65 ans 1955	49 ans
	entre 14 et 18 ans.		
	amies de la mère épiées[1]		

[III.] « UNE SURPRISE À MINUIT »

Hansi m'avait parlé d'une surprise à minuit. Je [traversais *lecture conjecturale*] un long couloir de communication. J'étais vêtu d'une robe de chambre. Le couloir n'était alors éclairé que par une lampe, l'ampoule de l'autre lampe était à changer : une femme en vêtements de dessous, pantalons à volants et chemise de dentelle, riante, l'air en goguette, le haut de forme en bataille s'avançait suivie d'une soubrette : elle avait un loup, elle était mince et la chemise ouverte dégageait la gorge généreusement. Les deux femmes qui ne parlaient pas riaient très haut. La soubrette elle-même avait un loup mais je reconnus la silhouette et le corsage de la jolie Loulou. Le corsage seul, car elle n'avait plus bas que son tablier et ses bas. Les deux femmes un doigt sur la bouche m'entourèrent redoublant de rire. Leurs bas ouverts [donnaient *lecture conjecturale*] le passage. Prestement pivotant sur un pied la soubrette me fit voir qu'elle avait avec la jupe oublié les pantalons. Je n'avais pas vu, tout d'abord, que Loulou sur son bras portait de longs vêtements.

« Si Monsieur veut passer sa robe », dit Loulou.

Je ne pus me défendre à temps : la femme en pantalons m'avait enlevé ma robe de chambre et Loulou se précipita (mais je ne pus cacher mon trouble à temps) elle enveloppa ma nudité d'une robe droite de soie noire qui, croisant mal et n'étant boutonnée qu'au cou, me laissa le plus grand malaise. Je cherchai les autres boutons.

« Je suis allée trop loin, dit Réa.

— Il a trop bu, dit ma mère. J'ai honte pour lui. »

Je l'entendis, mais je n'aurais pu arrêter le fou rire qui m'avait pris.

« Tout ce que nous pouvons faire est de rentrer et de le mettre au lit, conclut ma mère. Jamais, le petit garçon ne saura ce qu'il a perdu. »

Longuement Réa et ma mère se parlèrent à voix basse : à tout moment, ce qu'elles disaient redoublait leur rire. Peu à peu, je prenais conscience d'un état de choses humiliant, qui serait désormais le mien. J'avais imaginé les sentiments de ma mère pour moi, toutes les illusions sur lesquelles j'avais fondé ma vie venaient d'être dissipées. Elles étaient mortes et je riais encore ou plutôt, comme mes illusions, le fou rire mourait en moi. En peu de jours, comme s'il n'était formé que de nuages, tout un monde avait disparu : il ne me restait rien sinon la soif de jouissance dont j'avais honte. Sans doute, la volupté, ce soir même me semblait divine, mais aurais-je pu imaginer que ce mirage dont j'étais encore ébloui ne serait que la glace où j'irais sottement me cogner ?

« Je veux te maltraiter, me dit ma mère. Réa, qui m'attend dans ma chambre, vient de m'aider à te mettre au lit. Je veux te maltraiter, et t'ai réveillé pour le faire. Si tu es ivre, si tu aimes mieux te rendormir, dis-le-moi simplement. Mais je veux que tu me supportes et que tu cesses de pleurer toutes les fois que je me laisse voir de toi telle que je suis.

— Parle au contraire, lui dis-je. Je suis malade. Mais il suffit que tu me parles comme tu le fais maintenant, je suis moins mal. Mais je ne savais pas que j'avais pleuré.

— Tu as fini par fondre en larmes au restaurant. »

Je vis dans un nuage ma mère rire avec une malice si humaine que je lui dis :

« Je ne me souviens plus, mais j'ai compris mon… »

Je m'endormis si vite que je laissai la phrase inachevée.

Ma mère au déjeuner du lendemain m'expliqua :

« Je veux être pour toi ce que je suis. Je ne tricherai plus avec toi. J'aurais dissimulé, j'aurais atténué, si ton père ne m'avait pas fourvoyée dans un mensonge dont je ne pourrais sortir qu'en te bousculant. Je ne t'ai pas menti, je crois, mais je n'ai pas eu le courage de m'opposer aux mensonges de tante [Jeanne, *biffé*] Régine. Ton père l'avait bien choisie ! Toujours enrageant pour lui que sa propre sœur lui parlât de la sainte du bon Dieu : cette *putain de malheur !* disait mon père. Mais, pour le mensonge de ton père, la sottise de tante Régine avait du bon. »

Ma mère s'aperçut que je frémissais.

« Laisse, Pierre, poursuivit-elle, ton père est mort. Et crois-moi je ne t'ai pas attendu pour me venger. Ce qui m'enrageait, n'était d'ailleurs pas d'être pour lui une putain. Je ne supportais pas sa vulgarité, c'est tout. Putain pouvait aller : je suis pire, mais putain de malheur, me déplaisait ! Pour "putain", tu n'imagines pas le plaisir que j'ai à dire le mot devant toi. Oui, j'ai décidément plaisir à te rendre malheureux. »

[II. LOULOU]

La porte à peine fermée, je retrouvai le corps dont je ne pouvais me rassasier.

« Tu le vois, plus je rêve, et plus je suis rêveur. Hansi, pour en finir, il nous faudrait mourir.

— Je t'aime trop pour avoir la mort en tête, me dit-elle. Je voudrais ne jamais mourir. J'imagine que jamais je ne m'amuserai davantage. Je suis morte, tu m'as tuée. Personne autant que moi n'a gémi d'être heureuse. »

Je la voyais pleurer, mon crâne s'était vidé.

Je croyais qu'elle dormait mais je l'entendis dire :

« J'ai soif, laisse-moi demander à Louise de nous porter à boire et de venir rire avec nous. »

Elle sonna et lui dit quand elle entra :

« Je suis ivre mais je veux boire. J'ai si longtemps rêvé.

Comment sortir d'un rêve aussi heureux ? Bois d'abord avec nous. Mais c'est pire, je le pense, que d'être malheureux. Tu le vois : je m'égare. Un grand bonheur égare s'il est trop grand. Je voudrais, Louise, que tu me couches et que tu me grondes. Je voudrais dans tes bras devenir un enfant, mais je suis amoureuse de Pierre, et Pierre est dans mes bras le plus petit enfant. Pierre, je te crains, tu es cruel et je ne sais même plus. Peut-être ai-je été… avec toi… affreuse ? Je sais qu'avec la jolie Louise, qui toujours me propose de la battre et de faire d'elle ce qui m'amuse, je suis horrible : je la paie. Cela m'a plu, ce soir, de m'en moquer. Bien mieux, je la troublais et lentement elle a dû deviner qu'elle ne devait plus rien attendre de moi. Je me moquais d'elle devant toi. Elle s'y prêtait, puisque je paie. Elle faisait de son mieux, nous riions d'elle et non seulement nous la faisions nous amuser par son esprit… Mais toi, pendant ce temps, tu me rends malheureuse, tu me déchires, tu abuses de moi. Je sens que tu me détestes à cause d'elle. Ce n'est pas elle, que je n'aime pas, qui est jalouse de moi. C'est toi, que j'aime si naïvement, qui la jalouses et ne peux la sentir autour de nous. »

J'étais au bord du lit dans la robe de chambre qu'Hansi avait pour m'habiller fait venir d'une maison. Hansi sanglotait sous les couvertures. Elle en sortit soudain : elle était nue, je ne pus la tenir, se précipitant à mes pieds, embrassant mes genoux sous la robe, elle pleurait.

« C'est ma faute, gémit-elle, ma sottise a tout perdu.

— Non, Hansi, je suis seul odieux. Louise, pardonne-moi, aide-moi à la remettre sur le lit. Toi seule es bonne Louise. Nous sommes Hansi et moi des dévoyés, mais surtout moi. Hansi donnera l'argent qui la pourrit mais elle aura le sentiment de t'insulter. Au moins te rendait-elle heureuse avant moi.

— Oui j'étais heureuse, mais Pierre, une putain a d'autres soucis. D'abord il faut l'argent. Le reste est facile à trouver, les rues sont pleines de beaux hommes. Les belles filles qui s'amusent ne sont pas si rares. Elles ne sont pas comme elle : elle est belle à dormir debout. Tu vois : je l'embrasse là. Ôte ta robe de chambre et couche-toi près d'elle, mais vous avez si longtemps rêvé que vous en avez les nerfs détraqués. Demain, tu te feras peur dans la glace. Je ne sais si j'aurais mieux fait de vous laisser plus tôt. Mais c'est à cause de moi que vous vous disputiez, j'ai voulu te dire ce que je pensais de toi, tu n'es pas fou : pour une putain ! je lui lécherais les bottes si elle voulait, je lécherais celles de son amant. Je ne suis qu'un tapis. J'ai des goûts bizarres. Quand elle m'humilie, j'ai beau dire, je suis prête à rêver dans la solitude. Je ne t'en voudrais jamais de me mépriser, mon vice est digne de dégoût, j'aimerais te servir de crachoir, mais ne la querelle plus à cause de moi. »

Je le lui promis : jamais plus je ne bouderais Hansi à cause d'elle, mais dans l'incohérence de son langage et dans ses mensonges — elle n'était ni la fille vénale, ni la jouisseuse qu'elle disait — je comprenais qu'elle aimait Hansi, le métier de soubrette, dont elle avait adopté le costume, était une comédie qui lui plaisait et qu'entre elles, il était convenu qu'Hansi s'en servirait sensuellement à son gré et sur ce plan se contenterait de l'humilier, au gré de son caprice. Il devait même être entendu qu'Hansi pourrait, s'il lui plaisait, l'éloigner d'elle.

Hansi dormait : j'admettais son innocence. Cet arrangement biscornu répondait à sa joyeuse indifférence. À ce moment, j'étais porté à rire : Hansi avait bien le caractère le plus heureux : elle était amoureuse et s'ouvrait à la vie, mais elle aimait rire à tel point qu'elle venait de faire ce qui lui semblait le plus incongru : à la limite de l'indécence, laisser voir à Loulou que leurs amours étaient finies, qu'elle avait mieux ! Elle pouvait se dire qu'à sa manière Loulou, qui voulait souffrir, serait heureuse d'être ainsi maltraitée, que la goujaterie qu'elle venait d'avoir serait pour Loulou une délicatesse.

Malheureusement, les goûts de malade de Loulou, que soulignait sa beauté fragile, commencèrent aussitôt à me troubler. Hansi, dès le lendemain, quand elle me parla, fort longuement, de Loulou, voyait en elle suivant les cas l'innocente plaisanterie ou la commodité du plaisir. Si elle la désirait, c'était comme une liqueur, ou, si elle s'éloignait et se moquait d'elle, elle devenait un amusement. Le jeu de la femme de chambre et de la maîtresse continuait les amusements des deux enfants : elles étaient du même âge, appartenaient au même milieu, et elles étaient, l'une et l'autre, également belles. Du premier moment, malgré moi, je désirais Loulou ; je l'avais dès l'abord dit à Hansi. J'étais jeune et cela me plaisait de faire le brave. J'avais prétendu aussitôt, que cependant je n'aurais pu rien faire avec elle. Mais quand elle m'avait, d'un mouvement plus servile qu'indécent, retiré ma robe de chambre, malgré mon épuisement, j'avais compris — et peut-être, malgré moi, laissé voir — que je me trompais. Non que Loulou m'ait paru physiquement plus désirable que Hansi : Loulou par ailleurs m'effrayait, je ne l'aimais pas, tandis que l'amour de Hansi, du premier jour, me ravagea. Mais le vice de Loulou, sa risible aberration, me fascinèrent. Plus tard, l'idée me vint de la faire connaître à ma mère : sans doute l'idée la plus funeste d'une vie que devait sans doute dominer le pire. Dans les désordres qui suivirent, je la possédai : plutôt qu'une femme, elle était un poisson-torpille et le seul apaisement qu'elle me donna fut de me faire sentir que d'avoir préféré mon étreinte à la sienne, de l'avoir délaissée, Hansi dut follement m'aimer. Mais dès lors il était trop tard : quand je m'arrachais de ses bras, je quittais la chambre et j'allai pleurer.

Hansi me persuada bientôt de l'aider à vexer Loulou. Hansi riait beaucoup et Loulou fut heureuse de savoir qu'elle n'avait pas introduit de nuage entre nous. Hansi me répétait : « Elle y trouve son plaisir, pourquoi l'en priverions-nous ? Je n'y résiste pas, j'ai besoin de lui faire voir à quel point nous nous aimons : je suis folle de le lui montrer. Je n'aimerais pas le laisser voir d'une autre façon. Je suis cruelle et c'est même la perversité du jeu qui m'amuse. »

Hansi tenait notre amusement pour innocent. Elle avait raison si je songe au désir de Loulou, toujours prête à ne plus jouer innocemment. Toutefois était-il innocent de notre part de frôler un tel jeu à la limite de nous brûler ? Le mot de *rêve* avait gardé dans notre langage le sens qu'il avait pris le premier jour. Loulou s'efforçait de saisir, si elle pouvait, quelque chose du délire où nous vivions afin, disait-elle de s'échauffer pour rêver seule. Jamais elle n'essaya de « rêver » sans y mettre en jeu par la pensée Hansi et le « rêve » qu'auprès d'elle elle poursuivait. Hansi lui défendait de nous parler de l'épuisante rêverie de sa solitude ou de nous laisser voir qu'elle vivait, nous épiant, dans l'attente d'un moment d'inattention. Il était d'ailleurs évident qu'absorbés dans notre bonheur, nous ne songions guère à la présence de cette fille avide de souffrir. Mais, en ce temps, le travail de la femme de chambre pouvait être plus intime et plus risiblement absurde qu'aujourd'hui. Plus tard, je tins de Loulou elle-même qu'à la priver du service ordinaire du matin, Hansi l'aurait désolée*. Si Hansi l'avait su, je pense qu'elle aurait aussitôt rompu avec Loulou. Mais elle aimait sans y songer la présence de Loulou dans la maison. Loulou mangeait à la cuisine, avec les autres domestiques, mais nous aimions à l'occasion vider quelques bouteilles et quelquefois, l'ivresse ayant fait son œuvre, Hansi sonnait Loulou, comme elle l'avait fait dès les premiers temps de notre liaison. Loulou aimait à boire (et même buvait seule). Hansi aimait l'humour d'un langage qui ne pouvait être que mensonger puisque Loulou n'était vraiment ni son amie ni sa soubrette, et n'était pas non plus la prostituée qu'elle disait être. Hansi me disait que depuis le jour où j'étais devenu

---

* Loulou me dit plus tard qu'elle se couvrait de notre pisse, qu'elle se branlait le con trempé dans notre pisse, que parfois, à même le pot, elle la buvait. Plus encore elle bénissait ma présence sans laquelle elle ne serait pas à tel point saoulée du plus délicat des plaisirs qu'elle connût.

son amant, Loulou, si nous buvions, la faisait rire aux larmes :
elle excellait, il est bien vrai, à tirer du malheur où elle se plaisait
des propos équivoques qui auraient pu devenir brûlants s'ils
n'avaient pas fait rire Hansi de cette façon, si nous avions surtout été moins ivres. Mais l'équivoque dont ma maîtresse ne
tirait qu'un surcroît de bonne humeur, sans doute aussi d'ardeur
au lit, me troublait plus profondément (elle préparait déjà les
habitudes de malade de ma liaison avec Loulou). Au moment
où Loulou venait boire avec nous, nous pouvions être l'un et
l'autre en robe de chambre, parfois même, Hansi, qui s'était
couchée, était nue sous les couvertures. Je ne l'aurais pas fait,
j'aurais eu peur, si je n'avais à l'avance su qu'Hansi, tout aussitôt,
la repousserait doucement : il m'arrivait toutefois de glisser la
main entre ses jambes. Je ne doutais pas du plaisir qu'en tirait
Loulou. Il ne me plaisait qu'à la condition de savoir que bientôt
Hansi demanderait à Loulou de s'en aller et que nous l'aurions
vite oubliée. Mais lorsque j'étais seul, ou si, parfois, je bavardais
avec Loulou, je pensais au plaisir que j'aurais à glisser la main
dans ses jambes. Je ne la désirais pas vraiment, mais j'avais le
désir d'un geste inconséquent dont je savais d'avance que la
reconnaissance de Loulou l'accueillerait, timidement, sans y voir
la promesse d'autres jeux qui auraient brisé le cours paisible
d'une vie dont elle jouissait. Ce geste, j'attendis longtemps avant
de le risquer. Mais dans le regard de Loulou, où un timide
reproche se mêlait de reconnaissance, je lus un sentiment de
complicité qui, dans le même temps, en était un d'effroi, qui
voulait dire : « Toi non plus ! tu ne supportes pas ton bonheur,
tu le perdras et bientôt, comme Loulou, tu jouiras de l'amertume des larmes. »

Je la retrouvai seule un peu plus tard. Hansi était sortie,
Loulou m'avait ouvert et elle me dit :
« Il ne faut pas recommencer : ce que peut-être tu voudrais,
je ne saurais jamais le refuser. Tu sais qu'à tout moment, même
si Hansi pouvait entrer, nous surprendre et tout rompre non
seulement je te le donnerais, mais j'en jouirais doublement !
Tout cela est bien vrai, mais tu dois savoir que souvent pendant
la nuit, lorsque Hansi m'a laissée pour toi, je ne m'endormais
pas et je pleurais. Ah ! je suis démente !* Hansi t'idolâtre et

---

* Loulou lève à ce moment sa jupe et montre à Pierre que dessous elle est
nue. Après un temps d'exhibition, elle ajoute en ouvrant la fente : « Mon petit,
je suis sûre que ta pine est longue. Ô mon Pierrot, que j'aimerais l'y mettre :
je me branle tous les jours en songeant à son charme, mais quand j'y pense,
je la vois dans le con que j'adore et que j'ai si souvent mordu. »

jamais je ne la trahirais… Dis-le-moi, répète-le, je suis une ordure. »

Elle sourit et je lui souris.

« C'est vrai lui dis-je, tu m'écœures ! »

Mais j'aurais aimé l'embrasser sur la bouche. Elle était moins jolie qu'Hansi, mais très jolie : ses costumes de soubrette avaient, encore que discrètement, un aspect provocant que leur luxe soulignait.

« Une ordure… murmura Loulou, à présent je m'en vais rêver*… »

J'avais dans la serre de l'appartement saturée d'effluves sensuels une vie que la volupté amoureuse privait d'autre souci. Comme s'ouvre le bouton fripé d'une fleur, j'étais sorti de ma gangue souffreteuse. Hansi et moi, nous avions disparu dans les eaux tièdes d'une pleine mer ensoleillée. Quand elle revint, je l'embrassai puis je l'étendis sans attendre le tapis. Elle gisait dans le désordre de nos vêtements, habillée sans doute, mais ouverte et noyée par la soudaine venue d'un plaisir qui sans cesse renaîtrait et la noierait. J'oubliai la misère de Loulou et je m'occupai de porter Hansi et la mienne au sommet de l'agacement et de la lenteur. Tout mon corps se tendait et il exacerbait la sensation intense d'un bonheur intolérable. Dans cette montée de la lumière, nous nous aimions, et j'adorais, penché, la volupté d'Hansi, elle adorait la mienne. J'enlevai ses vêtements et lentement je la possédai sur tous les sofas de l'appartement**. Ce visage rayonnait, ces yeux de l'autre monde ne s'ouvraient que pour ne rien voir. À la fin nous allâmes nous coucher dans la chambre. Quand nous nous éveillâmes, Hansi sonna Loulou et lui demanda en s'étirant d'aller ramasser les vêtements que nous avions semés à travers tout l'appartement. Puis de mettre la table et de nous avertir quand nous serions servis. Loulou dit : « Bien, madame ! » et quand elle eut le dos tourné, Hansi me reprit goulûment les lèvres.

« J'aimerais dîner nue, ce serait amusant, fit Hansi. C'est facile mais cela ferait l'affaire de Loulou. »

Je lui demandai :

« Elle a pu nous voir dans l'appartement ? Nous étions absorbés.

— Je ne crois pas, dit Hansi, mais ça m'est égal. Il me semble parfois que nous devrions vivre comme si Loulou était un meuble ou un rideau.

---

* Loulou, quittant la chambre, tourna la tête en souriant et se retroussa au-dessus des bas jusqu'aux fesses.
** Partout je lui suçai le trou du cul, la baisai en levrette, partout elle inonda les tapis de sa pisse et je buvais à même ses lèvres.

— C'est impossible, dis-je.
— Sans doute ! »
Hansi se mit à rire.

Je la trouvai cruelle. Mais j'avais moi-même sombré dans l'indifférence où mène la sensualité comblée.

Hansi passa une robe de soirée et, pour s'amuser, la disposa de telle manière qu'en servant, Loulou vît toute sa gorge. Je le lui dis.

« C'était pour toi. Si j'avais su… Mais c'est tant mieux. Loulou devrait sentir que mon corps est ton jouet et qu'à tous les instants tu en uses et en abuses. Elle m'agace à la fin. »

Je n'ajoutai rien. Comme Hansi, je ne voyais plus en Loulou qu'un amusement. Mais depuis qu'elle était ma maîtresse, Hansi, rassasiée d'elle, ne la regardait plus, tandis que j'avais d'elle et de son vice, une durable curiosité, ce que, dans l'exaspération du bonheur, Hansi ne remarquait pas.

[I. LE SOUVENIR DE MA MÈRE]

· ·
· · · · · · · · · · · · · · · ils ne se mêlaient plus à l'horreur de
ces rires polissons que j'avais entendus.

Le souvenir de ma mère en moi ?

Lorsque dans mon sommeil je crus que j'entendais, à voix
basse, prononcer mon nom, ma mère venait de mourir, ma
mère venait de se tuer.

Quelques semaines s'étaient passées, dans une solitude de
tombe à remâcher les errements qui m'avaient fait participer
à cette dernière débauche à la fin de laquelle, d'horreur, elle but
le poison. Je revenais alors — dans le sac et la cendre — sur les
aspects tragiques du récit que je commence, au moment où la
mort est la seule galante qui puisse frapper à la porte de ma
chambre. Ma mère et mon enfance, ma jeunesse maudite et
ma mère, au moment de prendre congé, surgissent dans leur
démence, criant : « Dieu soit loué, ta vie ne fut, elle ne sera d'un
bout à l'autre qu'une horreur. Du bois d'Ingerville à la rue noire
où tu filais sans pantalon[1], ta seule fidélité fut à l'horreur. » DIEU
lui-même me rendra justice, si je m'agenouillai et si même,
devant LUI, ventre à terre, je me prosternai, ce fut dans l'espoir
d'appréhender, dans la nuit, dans les cieux, l'HORREUR plus
grande, l'horreur illimitée qui seule pouvait guérir en moi la plaie
qu'ouvrit le suicide de ma mère : une telle plaie ne pouvait guérir
autrement qu'ouverte sans limites ! (Ma mère infiniment aimée
ne mourut-elle pas de mes embrassements ?) Dieu m'a déçu :
son ABSENCE est plus terrible, son absence est horrible, elle est
horrible et elle est vraie.

Cette absence, aurais-je pu la mesurer, si je [ne] L'avais cherché, si je n'avais cru LE trouver, cru L'adorer ? Nous ne pouvons mesurer ni l'horreur, ni la beauté cruelle de ce monde si jamais nous n'avons su nous remplir et nous enivrer de DIEU. Cet adolescent que ma mère dévoya rêvait de revêtir la longue robe blanche des prêtres dans le chœur : c'est pour cela qu'il se débaucha si passionnément. Il jouit en se dévoyant de l'effroi qu'inspire la débauche à ceux qui cherchent dans leur DIEU le moyen de jouir paisiblement de leur effroi, qui veulent un effroi apaisé, qui veulent avant tout l'apaisement (ils font de DIEU l'instrument de leur mise en ordre et la garantie de viabilité d'un monde dément). La jouissance n'est rien au jouisseur, mais à celui qu'elle terrifie, qui tente de trouver en DIEU le refuge contre sa terreur, elle est toute la force du monde, elle est, devenant volupté, sa force de terreur, et s'abandonnant à la terreur, elle est DIEU.

« Il n'est plus contre moi de refuge, je suis l'absence, je suis la mort de CELUI qui osait assumer le monde. »

Ainsi parle la volupté.

La jouissance se rit de l'enfantillage et de la lâcheté de l'intelligence — qui cède au besoin d'assumer le monde, d'être dans le possible. La jouissance crie, elle crie au-delà de tout possible. Elle se rit pour cela de la condamnation de l'intelligence : elle appelle à jamais l'être à l'impossible, et méprisée, traitée de fange, se rit de tous, se rit de DIEU : DIEU, cette chute dans l'intelligence, dans la stupidité de tout le possible. La volupté se tapit dans la honte qu'a notre dignité de ses violences. Mais qui doute d'elle, sinon ceux qui ont peur de trembler ? L'édifice laborieux des théologiens s'écroule dans le tremblement de la volupté.

Je me tais, je sais bien que le silence seul, que ce silence des cris que libère l'isolement, est sa seule mesure. Mais j'ai l'âge où l'on sait aussi qu'à tout instant la venue de la mort pourrait tordre la bouche, la maintenir tordue. J'ai soixante-douze ans, je voudrais cependant disposer, si je puis, dans la pénombre un sanctuaire des voluptés qui sera le récit de toute ma vie. Des voluptés, que dis-je ? de la volupté souveraine, que n'enferme pas un monde famélique, qu'elle excède de toutes les façons. Y aurait-il un livre plus fier ? Je le désire, mais il importe peu ! Je parle et cependant je sens déjà se tordre ma bouche. À l'avance, je voudrais que dans la torsion se devine malgré tout le rire immense. Dans le premier réduit de mon sanctuaire, j'ai placé

Madame Edwarda. Aurais-je pu sans attendre inviter ma mère ? Il me semble que non. Pourtant, il serait vain d'en vouloir alléguer la raison.

Ce qui d'abord me frappe touchant ma mère est le souvenir de ces années d'enfance où son image était empreinte de ma piété. Le sourire de ma mère avait la tendresse que le peintre du passé donnait à la Vierge. La tendresse, la pureté, la gravité profonde. Et pourtant j'ai parlé plus haut des « rires polissons » de ma mère : « polissons », c'est peu dire. Ma mère s'adonnait à la débauche et elle avait le goût dès qu'elle pouvait d'aller plus loin qu'elle n'en avait encore eu l'occasion. Mais elle n'avait guère moins que de l'amusement, le goût de l'hypocrisie. Elle se tenait si bien qu'à la mort de mon père, j'avais dix-neuf ans, je pensais naïvement de sa dévotion qu'elle était discrète : elle ne m'en semblait pas moins réelle. Je suis né en 1883, alors que ma mère avait quatorze ans. Je suis ainsi le fruit d'une corruption précoce. Je suis sûr que de cette époque à sa mort ma mère incessamment vécut dans l'attente angoissée du plaisir (dans l'attente de l'insaisissable). Elle m'aima d'autant plus que je représentai pour elle l'enfant né de la volupté naissante qui fut en un sens monstrueuse. Mais elle me donna l'éducation la mieux faite pour me renverser — et pour m'atterrer — le jour où elle m'avouerait ce qu'elle faisait. Elle le fit dès qu'elle put, le jour même où mon père mourut. Ce que fut mon renversement et de quelle manière ma surprise, à mon tour, me précipita dans la voie de la « perdition », mon récit le rapportera. Mais je veux dire au moment de parler de l'effroi qui me fit en peu de jours passer d'une piété de moine aux désordres sans frein d'une vie licencieuse, que dès l'abord ce changement donne la mesure de la violence où je n'ai guère cessé de m'agiter (j'en excepte — et encore… — mes quinze dernières années).

[II. AJUSTEMENTS]

p. 5. Les plaisirs que je comptais avec Edwarda

p. 6. Mais, protestais-je, devant les autres ?

à la fin = identité avec le supplice

p. 24. … à l'effroi de ces rires graveleux (à quelle date, cet effroi). En tête de Charlotte situer le rêve.

au début de Charlotte : la pénitence *[un mot illisible]* jusqu'à ne pas voir Charlotte.

le mariage de la mère à quinze ans

avant la mort du père, c'est l'appartement de Hansi où se faisaient les parties

vers Vannes une parenthèse laissant prévoir

p. 31 [2] ma mère m'aimait.

Il doit être clair au cours des chapitres Réa Hansi que le caractère de la mère est toujours mystère et orage.

perdu la tête
plus la tête à moi
intolérable

mais, mais

Les lectures de la mère à Ingerville et plus généralement son éducation

CHARLOTTE
D'INGERVILLE

CHARLOTTE D'INGERVILLE

© Éditions Gallimard, 1971.

La plaine s'étalait sous un ciel immense qu'emplissait la lumière du soleil, ou parfois des nuages que le vent devant lui poussait à l'infini : clairement je distinguais le clocher d'Ingerville : à près d'une heure de marche de ma fenêtre il élevait une dent triangulaire. La plaine ouvrait le jeu de cette église et de l'étendue des blés. Jeu muet, jeu ouvert mais impénétrable pour moi.

Au printemps, ce jeu était vert, et moucheté, en août, de gerbes alignées. Devant l'immuable silence, je demeurais le même, à deviner la mort dans l'hilarité du vent. La mort ? il me semblait qu'à la mesure d'un mouvement qui me ravageait, ma solitude *sans moi* seule m'aurait répondu. C'était l'idée violente, sans mesure, désolée, comme si je mourais, que j'avais de Dieu. Ce que sans relâche je voulais sentir dans ma chambre solitaire, à quoi j'adhérais dans le désespoir, à genoux, était cette douleur d'agonie, qui me supprimait, telle que la supportait la solitude d'un vent violent, de la plaine et du ciel infinis, où seul le clocher d'Ingerville écrivait un mot[1].

DIEU !

Il m'arriva dans mon délire de lécher les planches poussiéreuses, les planches de grenier de ma chambre. J'aurais voulu que ma langue se séchât, et qu'elle s'usât à les lécher. En moi, le désir appelait les vers, il tirait ma langue assoiffée vers la boue gluante d'un tombeau.

J'implorais Dieu. Je l'implorais dans mes sanglots et je l'implorais dans le sang, dans ce sang que mes ongles faisaient couler. Je demandais pitié. Pourquoi l'aurais-je voulue ? Avais-je que faire de sa misérable pitié ?

Jour après jour, je gémissais et je demandais ce qui dans le gémissement répondait à la soif de vivre en gémissant, qui m'aurait révolté si me l'accordant ce Dieu m'avait promis à l'accord des hommes[2].

Vint le jour où, l'après-midi, le soleil d'août fit de la marche dans la plaine un accablement assoiffant. Je marchais vers l'église lointaine, sur l'horizon, seule hauteur dans l'étendue plate du pays. Je n'étais pas sorti depuis le jour où ma mère se donna la mort, je m'étais le lendemain rendu dans la campagne où sa jeunesse s'était passée. Je suivais la route où, si souvent, le trot de son cheval rapide avait entraîné sa voiture, mais je n'y songeais pas. Je ne cessai d'imaginer sa mort et de pâlir, de vaciller l'imaginant. Sans y penser, j'aurais voulu que cette pensée me vidât longuement de substance, qu'elle fût l'analogue de la mort en ce que la mort ouvre la cavité des yeux. Aveugle, exorbité, j'aurais voulu que les corbeaux me missent en pièces.

J'entrais dans l'église vide : j'y trouvai la fraîcheur, au lieu de la fournaise de l'été. Au centre de l'allée, je m'agenouillai devant Dieu, mais je regrettais la fournaise : je trouvais Dieu dans la fournaise, et dans l'église je ne trouvais que la quiétude douceâtre que je fuyais.

Dans ce village, le curé ne venait à l'église que lors des offices. Même un samedi. Le presbytère où j'aurais d'abord dû lui parler me répugnait. Je ne voulais pas lui parler : je voulais m'accuser de mes péchés. Avais-je rien d'autre à dire au prêtre ? Mais ce fut dans l'église, où je restai des heures, que m'apparut la vanité de mon projet. Je pouvais m'accuser des péchés de ma solitude et de mes amusements avec Réa, Hansi et Loulou. Mais m'accuser d'avoir fait l'amour avec ma mère, c'était l'accuser. Je voulais bien que cela fût un crime. Mais en accuser ma mère à mes yeux ne pouvait que le rendre plus grand. Je me dis que le Dieu de ma mère n'était pas le Dieu du prêtre, devant lequel je n'étais pas coupable ni ma mère, et qu'un crime aussi monstrueux n'était pas moins divin que cette église. Ce crime, je savais qu'à l'instant ma mère à nouveau le commettrait, si elle vivait, et qu'elle sombrerait aussitôt dans ses horreurs, si par malheur elle revenait d'entre les morts.

Entre mes dents je murmurai et murmurant, je répétai :

« Jamais ! »

Je m'agenouillai de nouveau.

Je n'aurais pu prier mais je pleurai.

J'avais la certitude en pleurant de la sainteté de ma mère. Sainteté si terrible, en moi si glaçante, que j'aurais crié.

À mon oreille, une voix se prolongeant comme un soupir, me parla :

« Pierre ! » dit-elle.

Je me tournai. Une jeune fille était près de moi qui, derrière mon épaule, avait parlé. Si frêle qu'à la toucher j'aurais craint qu'aussitôt l'impalpable vision se dissipât.

« Qui êtes-vous ? demandai-je très bas.

— Charlotte d'Ingerville, dit-elle. Je suis une amie de votre famille. Quand vous aviez dix ans, j'en avais quinze et, parfois, je venais chez vous, mais… »

Je sentais sa timidité : elle était rouge et ses mains tremblaient un peu.

« Pardonnez-moi, dit-elle.

— Vous avez connu ma mère ? »

Elle restait devant moi sans répondre.

Je lui dis :

« C'est à moi de vous demander pardon. »

Tout à coup, elle laissa tomber, d'une voix si basse que je devinai plus que je n'entendis :

« J'étais sa maîtresse. »

Je balbutiai :

« J'ai peut-être mal entendu.

— Non, dit-elle. Voici des mois, je voulais vous écrire, aller vous voir. Je connais si bien votre maison. Quand vous êtes entré dans l'église, j'étais derrière un des piliers, je vous ai reconnu dès l'abord. Vous ne m'avez pas vue. Je vous ai vu passer. Je priais quand vous êtes entré. J'étais émue d'autant que j'ai surpris votre piété. Vous êtes très malheureux. Vous devez m'excuser. Je m'exprime mal. Je suis aussi très malheureuse. »

Gauchement, elle baissait la tête.

« Écoutez-moi, dit-elle, si j'étais sûre de ne pas vous importuner, je viendrais vous voir.

— Ne puis-je venir moi-même, je viendrai…

— Je n'oserais pas vous recevoir chez moi, mais dans la nuit, même si c'est étrange…, je puis venir chez vous. Laissez seulement la lumière allumée. Pardonnez-moi de vous le proposer comme si j'étais un homme et que nous soyons frères. Voulez-vous ?

— … mais… oui…

— Merci. Je suis contente… »

Elle semblait, tout à coup, prête à rire. J'étais interloqué.

« Je viendrai vers minuit », dit-elle encore.

Elle parut contenir à grand-peine une joie soudaine qui la gênait. Il me sembla que, me serrant la main, me souriant, elle avait laissé lire son ironie glisser dans ses yeux : je gardai sa main dans la mienne et je vis qu'au contraire, elle allait pleurer.

De Charlotte, je dirai qu'elle était la pureté, la douceur même[1]. Elle m'avait reconnu, me disait-elle, tant je ressemblais à ma mère. Mais cette incroyable pureté, cette chevelure presque dorée, ces yeux bleus, d'un éclat naïf, et cette solennité enjouée, encore qu'elle fût de plus petite taille et que ses traits ne fussent pas seulement dissemblables mais moins fermes, noyés dans une hésitation, donnaient le sentiment d'une affinité profonde avec ma mère.

Vers le milieu de cette nuit-là, mais après l'heure convenue, j'entendis son pas, si léger, dans un escalier qui craquait. Elle montait dans le noir comme un chat. Ce sentiment de certitude surprenait de la part d'une jeune fille aussi fragile. Portant la lampe, je me précipitai. Je m'étonnai de voir qu'elle avait à la main un sac de voyage — mais comme elle, très léger. Il y avait quelque chose d'arachnéen, de presque insaisissable dans cette créature qui venait, qui sans doute aurait pu paraître s'imposer mais qui demeurait prête à fuir au plus petit mouvement.

Je sentais qu'elle était tremblante, prête à se dissiper comme elle était venue. Elle avait à ses pieds ce léger sac et je tremblais comme elle.

« J'en suis sûre, vous ne me toucherez pas, dit-elle.

— Vous le savez, je vous supplie, ce n'est pas vous qui avez peur, c'est moi. »

J'étais surpris. J'aurais dû, sans doute… Jamais… jamais je n'aurais pu penser… tant j'étais loin… Je m'étais levé.

Je la regardais. Elle était tout entière en blanc. Je vis qu'elle avait une jupe longue à plis serrés, un corsage, un large faux col.

« Regardez-moi », dit-elle.

Elle montra ses vêtements chiffonnés, des taches de terre, les boutons du corsage arrachés, d'autres boutonnés de travers.

« Qu'est-il arrivé ? demandai-je.

— Que faire ? dit-elle. La nuit est noire. Avant d'entrer, dit-elle avec une sorte d'horreur, je ne savais pas les dégâts si voyants.

— Mais dites-moi…

— Ne m'accablez pas, reprit-elle : ce n'est pas avouable… »

Elle se tut longuement puis reprit, elle avait l'air traqué :

« Je ressemble à votre mère, mais j'ai honte. Pourquoi ne pas venir pendant le jour ?

— Je n'ai pas compris, lui dis-je, la raison pour laquelle vous vouliez venir la nuit.

— Depuis que mes parents sont morts, personne ne m'a protégée contre moi-même. Mes tuteurs s'en moquaient et je suis majeure depuis trois mois[2]. C'était moi dans la nuit qui sortais comme une chienne en chasse, qui courais les garçons des fermes dans l'espoir…

— Mais vous êtes pieuse ! » criai-je.

Un court instant elle hésita, puis elle me dit avec cette même fierté de bête perdue qu'une fois déjà je lui avais vue :

« Si j'avais péché avec votre mère et si j'allais me confesser, me parleriez-vous ? »

Je faillis lui répondre oui, mais soudain je lui demandai :

« Si j'avais, moi, péché dans le lit de ma propre mère et si j'allais me confesser…

— Jamais ! » dit-elle.

Il n'y avait pas sur la plaine un souffle de vent. Les étoiles au-dessus de la route allant à l'église d'Ingerville étendaient leur exubérance et dans l'obscurité de ma chambre poussiéreuse, un malheur tremblant vacillait.

J'aurais voulu refaire ce que dans la solitude de ma chambre j'avais fait, j'aurais voulu lécher ces planches rugueuses, comme jadis d'humbles paysans léchèrent les planches sur lesquelles des apparitions les avaient baignés de leur lumière.

Je parlai à Charlotte :

« Saviez-vous, lui dis-je, qu'au moment où vous vous êtes approchée doucement de moi, ce que je répétais, c'était : "Jamais !" C'était que je ne pourrais jamais. Peu m'importe d'être damné, mais je ne condamnerai jamais ma mère, et jamais je ne vous accuserai.

— N'oubliez pas, me dit Charlotte, que, même allant vous voir, j'ai bien voulu, je ne me suis pas sauvée et même, je l'ai déshabillé[3]… »

Elle me regarda étrangement : dans son regard, je lisais une supplication, mais plus encore une sorte de défi. Il y avait en elle une hésitation indéfinissable, en même temps une audace que personne n'aurait brisée.

« Je te l'ai dit, recommençai-je, je ne t'humilierai jamais. »

Elle ne s'était pas, dans ma petite chambre, assise en pleine lumière. Elle avait la tête basse et sa chevelure achevait de faire l'ombre sur son visage. Elle était assise au bord d'un fauteuil de paille, à peine assise. Elle semblait résolue à vouloir s'effacer, à se dissimuler dans la cloison. Je le lui dis.

« Pardonnez-moi », dit-elle.

Elle sourit.

« Je suis venue, j'ai dû courir dans la nuit, j'ai marché plus d'une heure et je suis sotte sur ma chaise. J'ai peur... je voudrais n'être plus qu'une poussière que personne ne pourrait reconnaître. Je sais, je vous importune ? Je vous porte un papier de votre mère. Sans doute préférerez-vous le lire quand je serai partie. Je ne sais plus pourquoi je suis venue. Je bégaie. Mais le voici. »

Elle sortit du sac de voyage un paquet de papier mince[4].

J'avais le sentiment d'un rêve et je lui dis :

« J'aurais voulu savoir quand tu devras rentrer, me quitter. Ne réponds pas. Je ne te toucherai pas. Je voudrais sans bouger rester auprès de toi à trembler du désir de t'embrasser, comme si je n'étais pas, moi-même, une partie du monde réel.

— Je vous ai dit la pourriture que je dissimulais sous l'aspect d'une fille sage ! Je suis dans le village à ceux qui veulent. Et pourtant, le lendemain, je prie dans l'église où je t'ai retrouvé. Souvent, Pierre, il me semble que je vois Dieu. Je n'ose pas te le dire et pourtant, lorsque tout à l'heure je me suis relevée, j'étais si légère, je crus m'en aller à travers le ciel. J'étais comme les substances impalpables dont est faite la Voie lactée et, dans le ciel, je m'élevais de plus en plus haut. J'ai peur que vous pensiez à moi[5] »

☆

« [6]Sans doute ne serais-je à tes yeux qu'une très petite fille égarée, ne sachant ni ce qu'elle fait, ni ce qu'elle dit, si je n'étais aussi... Sais-tu le nom que me donnent les garçons du village ?

— ???

— Panier pourri. Ils ne sont pas nombreux, ni méchants mais ces jours-ci, ils se sont réunis. C'est là qu'ils inventèrent ce nom de "panier pourri". Chacun d'eux se disait que j'étais sa maîtresse. Jamais l'idée ne m'était venue qu'ils attendissent ma fidélité. Je suis la châtelaine du village et surtout je suis sotte : je n'avais pas pensé qu'ils m'*[un mot illisible]* parce qu'ils sont de la même ferme. Ils m'ont attendue dans un bois de l'autre côté d'Ingerville, au milieu duquel est une clairière. L'un d'eux m'y attendait, comme j'espérais, qui m'a retiré mes vêtements. Mais il les emporta. Ils se sont mis à rire et à crier :

> *On va rempli' l'panier pourri*
> *Avec nos œufs pourris*
> *Avec nos pommes pourries.*

« J'avais très peur. J'étais nue, les pommes et les œufs tombaient, les pommes me meurtrissaient, la puanteur des œufs me suffoquait. J'étais tout entière engluée de cette colle. Je me faisais horreur : mais je me suis dit que la mère, à ma place, se serait réjouie. Elle m'écrivait jusqu'à sa mort. Je ne sais rien de toute la vie, mais, Pierre, quand je vois Dieu, c'est sous la forme de la passion qui se consumait dans le cœur de ta mère et que rien ne pouvait apaiser, c'est sous cette forme que je l'aime et que je suis prête à mourir pour lui. Ta mère me regardait en face et elle m'aidait à regarder comme elle : tu sais »

J'avais moi-même peine à comprendre ma pensée, mais j'avais deviné deux ou trois fois ce sourire intérieur de ma mère, ce sourire où elle se perdait, j'y voyais le délire, l'intensité de son désir, ce qui voulait qu'elle agonise plus volontiers qu'elle ne vivait. Il subsistait en elle une passion toujours à la limite de la douleur, des sanglots et de la folie. Ce que la tristesse élevait comme un cri, comme une angoisse abandonnée, plus tendre que l'amour, venait du plus profond de la nuit et des eaux. Ce qu'enfermait un cœur de révulsé, de cruel et de fulgurant, soudain glissait dans ce sourire rentré, dans ce sourire faux du désir, qui portait la plainte du malheur et de la folie.

Je regardais Charlotte. Elle avait entouré sa tête de ses bras, qui reposaient sur ses genoux. Sur ces genoux, je devinais que ce sourire triste brûlait, que ce sourire sournois était caché, qui m'ouvrait sa nudité tout entière. Elle savait que, de la nuit, je ne pourrais lever le doigt sur elle[7] et je savais qu'elle laisserait sous la gangue inhumaine de la robe la merveille contractée de ce corps qu'elle avait, le soir même, ouvert au stupre.

« Tu sais, me dit-elle, que jamais je n'ai tremblé de cette façon. J'ose à peine te parler comme je vois que tu l'aimerais, comme une sœur ou, au premier signe, comme une amante.

Que puis-je faire si j'ai deviné ton désir ? Tu as peut-être deviné le mien ? Mais j'attendrai.

« Je suis tremblante ici. Tout dans cette chambre est suspendu. Je tremble et je dois te parler… de ta mère et de toute ma vie. Maintenant, tout à l'heure, le désir m'a prise : il ne me laisse plus respirer et maintenant je sais que tu ne respires plus toi-même. Sans nous toucher, nous serons suspendus l'un à l'autre, perdus l'un dans l'autre, laisse-moi parler, mais quand j'aurai fini, tu sais que devant toi je m'ouvrirai. N'imagine pas que je tremblerai moins, mais je suis rouge, j'ai le sang et l'enfer dans la tête et quand je t'ouvrirai ce que tu sais je ne pourrai plus me tenir, je serai comme je suis souvent, comme la chienne qui rompt sa laisse.

« À l'instant, ma folie, mon exaltation me retiennent. Je ne t'accueillerai qu'au moment où tu sauras… où je t'aurai dit ce que je brûle à l'instant de te dire — encore plus que de t'étreindre — parce que je veux — comme on désespère — t'étreindre plus profondément qu'il n'est possible[8]. »

Elle se tut. Elle regardait comme une bête, elle était devant moi traquée, éperdue, dévorée déjà. J'étais vorace, je voyais la jeunesse de son cou, je pouvais le mordre, sa langue entre les lèvres et je pouvais la boire. Je devinais ce qu'elle avait de pénétrable, de velu, de tendre. Ce que l'un devant l'autre nous avions d'éhonté, de louche, nos goûts les plus inavoués, était justement ce par quoi nous commencions à dire : tes secrets désirs ceci, puis écoute encore cela de plus atroce, oui cela, n'est-ce pas, comme nous étions faits l'un pour l'autre. Cela encore est plus affreux et je brûle de le faire. Mais cela enfin que jamais. Mon ami, je me meurs[9]. Et je sais que si tu pouvais me meurtrir, me tuer plus profondément.

Car je voulais lui dire que l'adorant c'est cependant ce qui la pouvait affoler… de même qu'au spectacle l'auteur du spectacle nous fera souffrir. C'est pour cela que d'abord Charlotte parlait, pour répondre à cette sorte de délabrement de tout possible.

RÉCIT DE CHARLOTTE D'INGERVILLE

Je suis venue au monde dans la grande maison que les villageois d'Ingerville appellent le château. C'était pour aussi longtemps que je me souvienne une demeure sombre, aux fenêtres rares, une sorte de masure se délabrant de tous côtés et n'ayant de seigneurial que la masse de maçonnerie qui résista aux démolisseurs de créneaux. À l'odeur de renfermé des couloirs et des chambres répondaient les silhouettes de vieillards qui hantaient ces murs à la manière d'oiseaux de nuit. Comme tu le sais, ma mère était sœur aînée de la tienne et mon père, M. d'Ingerville, à peine m'ont-ils eu mise au monde paradoxalement dans la vieille masure sont allés dissiper l'essentiel de la fortune à Paris. Mon père perdit au jeu et il se suicida, et ma mère revint mourir à Ingerville de tuberculose. J'assistai toute jeune à sa mort. Ma mère me semblait-il entretenait dans la maison un semblant de vie. J'avais alors huit ans. Ce que me dit ta mère m'aida plus tard à comprendre la double agonie que subit ma mère. Les trois vieilles filles qu'elle avait l'habitude d'appeler les Trois Parques seules eurent le soin de mon éducation. Mon tuteur était ton père ! et ma tutrice était l'une des Trois Parques. J'étais très jeune quand ta mère aperçut mes dispositions. Un jour elle me surprit sans me chercher. J'étais heureuse. Nous étions à deux filles occupées à visiter la culotte d'un petit garçon. Des deux j'étais la plus entreprenante. Ta mère ne me dit rien. Comme tu le sais, ta mère a toujours eu l'air très sainte. J'étais d'autant plus atterrée d'avoir été découverte par elle que je l'aimais profondément. Elle était à la mort de ma mère le seul être vivant de mon entourage. Si l'une de mes vieilles tantes m'avait surprise, j'aurais en un sens été plus épouvantée. Mais je n'aurais pas eu tant de honte. Ta mère en nous voyant me fit la moue et je me crus perdue. Mais un peu plus tard elle m'appela, me rencontrant dans ces taillis que nous appelons toujours le parc.

« Je vois là une jolie vilaine, me dit-elle en riant. Passons cette fois, poursuivit-elle, mais il ne faudra plus recommencer.

— Non ma tante.

— Sinon gare, tu m'entends, la prochaine fois viens tout raconter à tante Madeleine. Tu n'y as pas pensé, mais que veux-tu que fasse tante Madeleine ? Il faudrait qu'elle te gronde. Si tante Madeleine en faisait autant et si tu la voyais, tu devrais la gronder.

— Mais tante Madeleine, tu ne le fais jamais, lui dis-je.

— Sait-on jamais ? » dit-elle.

Je crus qu'elle se moquait.

Mais je pensais à tante Madeleine et tout à coup je me dis qu'à sa place j'irais me cacher dans l'écurie.

Un jour tante Madeleine s'habillait pour monter à cheval. Il n'y avait pas de chevaux à Ingerville, mais ta mère y venait en voiture, elle avait deux chevaux rapides et toujours un jeune cocher. Ta mère m'avait fait faire un costume pour l'accompagner. Nous nous habillâmes ensemble. Elle était d'autant plus indécente que le cocher, sous le prétexte de l'aider, assistait à une partie de la scène. Elle manifestait une curiosité piaffante et son affection pour moi l'entraînait à des embrassements.

Elle avait une extrême désinvolture, un abattage auquel je n'aurais pu résister. Je l'adorais[10], et les vieilles tantes étaient gâteuses et j'avais compris que cette fois elle s'intéressait énormément. Elle riait à tout propos, et elle prêtait à la journée un intérêt exceptionnel, dû à ce je pensais à ma première sortie à cheval avec elle. La journée était radieuse. Nous partîmes à cheval dans la direction des bois d'Estoiles.

« Charlotte, me dit Madeleine très bas, ces bois m'ont toujours rendue folle. Descendons et marchons un peu. »

L'odeur des chevaux, des selles de cuir et des bois me grisait.

Madeleine poursuivit à voix basse, nous avions attaché les chevaux :

« Ce que j'aime, me dit-elle, dans les bois, c'est de trembler, dans les bois j'aime être nue — nue comme une bête. »

Elle se tut, se déshabilla et me dit : « Ne me parle plus. »

Une sorte de tremblement s'était emparé d'elle comme si elle était tout à coup à l'unisson des bêtes des bois. Ainsi nue et bottée, frissonnante, elle pissa. J'étais prise d'une contagion de folie. Son visage n'était plus humain. Elle entrait dans une crise qui la transfigurait. Je crois qu'elle était dans l'état où l'on dit que les Ménades dévoraient leurs enfants.

« Ma tante, lui dis-je les dents serrées, si tu me défendais maintenant de me mettre nue, je devrais me battre contre toi. »

Je me mis nue et ma tante au lieu de m'arrêter m'aida à défaire, et presque à déchirer, mes vêtements. La forêt me parut plus grande. Je compris qu'elle percevait nue dans la forêt quelque chose qui l'angoissait. Ce qu'il y avait d'angoissant dans cette nudité de la forêt était le silence qui nous faisait trembler. C'était la même chose que la nudité de la petite fille et du petit garçon, qu'avec la petite fille, j'avais déculotté. Ce silence était fait d'une bestialité. Ma tante auprès de moi s'agenouilla : elle m'embrassa les jambes et toutes les parties qu'en pension l'on m'avait défendu non seulement de montrer mais de regarder dans la solitude. À mon tour je m'agenouillai près de ma tante et je lui prodiguai les mêmes baisers. Puis nous nous renversâmes et dans cette solennité religieuse de la forêt nous nous conduisîmes comme des bêtes. Je sentais que ma tante haïssait comme moi tout ce qu'on m'avait demandé de vénérer : elle me donnait l'exemple en faisant de préférence tout ce qui passe à juste titre pour immonde et je la vénérais de le faire, je m'enorgueillissais de le faire à mon tour. Je voulus longtemps lui crier que je n'avais jamais pensé qu'un bonheur aussi grand soit possible, mais je sentis ce cri comme une indécence, car seul le

silence savait répondre à l'incongruité et à la solennité de la
forêt. Le silence était prodigieux. Songe à la joie d'une fille nue
qui s'ouvre sur la mousse à l'amour de la forêt. D'y songer, je
voudrais ne plus me contenir et j'aimerais avec toi m'en aller
dans la nuit. Je suis sûre que tu comprendras ce que nous sentions dans la forêt. Mais tu dois bien savoir que ta mère et moi
nous étions ivres sans avoir bu. J'ai le courage de t'en parler à
un mètre de toi, je me sens comme si tu m'avais déjà pénétrée
tout entière, comme si maintenant tu me pénétrais, tant le souvenir de la forêt et de Madeleine me grise. Je revois Madeleine
debout ne me voyant plus tordue par des frissons dont il faut
que tu le saches qu'ils étaient religieux. Madeleine quand elle se
mit nue n'était pas occupée de moi. Elle ne tenta nullement de
s'amuser avec moi avant d'être certaine que je partageais son
état d'ivresse. Elle voulait d'abord s'enivrer et elle se conduisait
pour cela comme elle l'aurait fait dans la solitude. Tu sais qu'elle
était très belle et que dans ses bottes fauves sa haute taille et sa
minceur étaient prodigieuses : elle donnait le sentiment d'être
folle. Je vis qu'elle marchait en pissant et qu'elle était d'un bout
à l'autre parcourue de frissons semblables à ceux d'un cheval de
sang, mais bien plus, comme saisie de contagion j'enlevai aussi
mes vêtements et je sentis comme un cheval ma nudité dans la
forêt. Je m'étendis à plat ventre sur les feuilles mortes et je me
laissai aller à mon tour à faire de l'eau sous moi comme si la vie
m'abandonnait et si je n'étais plus qu'un ruisseau tremblant de
tout le désordre des eaux, de tous les frémissements des eaux.
J'aurais aimé que le vent tiède me recouvrît d'un lit de feuilles
mortes et j'aurais aimé que la pluie m'enveloppât d'un baiser qui
aurait la douceur humide de la vie mais en même temps celle
ensevelissante de la mort. L'odeur pourrie des feuilles mortes
était comme une odeur de la mort amoureuse de la vie, de la vie
amoureuse de la mort. Madeleine m'apprit à me baigner dans la
vase ensoleillée des marécages où nos mouvements dégageaient
des bulles de gaz puants. Le corps souillé de boue, nous nous
étendions sur la berge et nous arrachions les longs filaments
noirs des sangsues qui nous avaient mordues aux replis du sexe
ou à l'aine. Puis nous sucions à même la peau, qui avait une
odeur de vase, le sang fade de la plaie triangulaire qu'avait laissée
la ventouse coupante du parasite. Il n'était pas facile de détacher
ce corps gluant de la chair qu'il avait mordue. Il fallait pour cela
tirer très fort et il semblait que nous tirions sur un fragment
appartenant à l'intérieur de l'intestin, comme si sur la berge avait
lieu moins qu'une scène galante un épisode de boucherie. D'autant qu'après avoir sucé nos plaies nous nous ensanglantions
par jeu de nos baisers. Nous aimions être sanglantes comme si,

le crime étant en nous, seul l'opprobre du sang, s'ajoutant à celui de la nudité, nous eût manqué. Nous aurions même voulu que de plus nombreuses et de plus noires sangsues nous dévorent.

« Crois-tu, me disait ta mère, que je me contenterais du bonheur ? Je hais même le nom de bonheur. Je sais que le malheur est le prix de la volupté dont j'ai soif et dont jamais rien n'étanchera la soif en moi. C'est pour cela que je me plais avec cet homme stupide qui m'impose ses turpitudes et son déshonneur. »

Elle me disait toujours :

« Ce que je regretterai le plus, je suis contente d'être une femme riche, c'est de n'avoir jamais été une putain des rues. »

Tu sais qu'elle répara, peut-être tardivement, ce qu'elle appelait sa faute, en se faisant au Caire putain blanche chez les Arabes. Je suppose, il est vrai, que rien de véritablement malheureux ne lui arriva, mais elle risquait le pire à chaque instant. Elle me disait souvent qu'elle était heureuse d'être une femme, car une femme, surtout belle, surtout riche, pouvait vivre d'une manière plus provocante, à la condition de ne craindre aucune honte, de trouver au contraire sa volupté dans la honte. La volupté était pour elle plus véritable et surtout plus entière que le bonheur qui jamais n'est que la prudence dictée par la crainte de le perdre.

Si je n'étais pas, grâce à ta mère, devenue ce que je suis je n'oserais pas te parler d'elle ainsi. Mais non seulement je suis, aussi vraiment qu'on meurt, entrée dans la démence de ta mère, dans ce qu'elle-même appelait sa démence : je suis sûre que tu y es toi-même entré. Ne crois pas qu'en aucun moment ta piété ait risqué de te séparer d'elle. En aucun moment, je suis là et je vis pour te le dire. Je te le dirai à genoux avec ma propre piété et je te le dirai aussi dès que tu voudras dans le cri de ma volupté. Toi et moi nous rions de notre piété et ta mère se riait de sa piété. C'est pour cela que notre piété est seule profonde et que nous sommes si déchirés. À présent, laisse ma rage retirer mes vêtements, laisse-la retirer les tiens. Je suis nue, laisse-moi rire et m'agenouiller, je m'en vais te déculotter — éperdument. [Béni sois-tu, viens sur mon cœur : elle est énorme[11] !]

Le récit de Charlotte d'Ingerville s'acheva de cette façon.

Je pensai tout d'abord lui demander de m'accompagner dans la forêt, puis je pensai que ce pèlerinage serait impie. Cette fois comme bien souvent je m'aperçus que nous n'étions pas moins que d'autres attentifs à ne pas froisser des sentiments que nous considérions comme sacrés : c'était bien plutôt par une attention maladive que nous nous abstenions. J'emmenai Charlotte à

Paris. Nous ne pourrions évidemment pas vivre comme les bêtes des bois. Mais à Paris nous nous sentirions moins exilés si nous habitions des quartiers mal famés consacrés à la prostitution. Nous allâmes vivre pauvrement dans un hôtel de passe. Nous commençâmes à boire aussi sinistrement que nous pouvions. À vrai dire, d'une façon discontinue. Nous nous rendions malades. Aussitôt nous recommencions. Nous avions décidé de jouir en sombrant. Charlotte avait comme moi la fierté ombrageuse de son ignominie. Nous nous conduisions le plus mal que nous pouvions.

« Veux-tu faire ça ? me demandait Charlotte.

— Bien sûr », lui répondais-je.

Une nuit, dans le quartier des Halles, nous fûmes appréhendés par la police, Charlotte dans cet état d'ivresse où, dans la rue, elle oubliait, l'absinthe aidant, qu'elle n'était pas dans sa chambre. J'étais épouvanté mais je savais qu'elle jouissait d'être enfin ce qu'elle désirait, une horreur. Dans les mains des policiers, elle se pencha : elle vomit. Les policiers l'invectivèrent.

« Vous voyez bien, leur dis-je, que c'est du sang. Laissez-moi la conduire à l'hôpital. »

J'arrêtai un taxi en maraude.

« Qui vous l'a permis ? me dit l'agent qui hésitait.

— Vous voyez, répondis-je, qu'elle va mourir. Elle aurait voulu rire, une dernière fois, mais elle a trop bu. Laissez-nous.

— J'ai voulu rigoler, reprit-elle, mais je meurs. »

Je donnai l'adresse de l'appartement de ma mère.

Le taxi s'arrêta mais le chauffeur n'avait pas vu la flaque de sang. Les agents firent semblant de ne pas nous voir entrer dans la voiture. J'étais dégrisé. L'appartement de ma mère était inhabité depuis des mois.

La morte invitait la mourante : elle l'invitait dans la poussière accumulée.

Charlotte dans le taxi me dit[12] :

« Tu devrais me conduire au bordel. J'aurais voulu mourir dans un bordel. Je n'ai même plus la force d'enlever ma robe. Je veux bien aller chez ta mère, mais il faut inviter des amis. Y a-t-il à boire ?

— Charlotte, lui dis-je, assez, nous avons été trop loin. »

Je me détournai, je pleurais.

SAINTE[1]

Je marchais le long d'un canal, que bordaient des arbres majestueux. Je marchais lentement : le bruit de rames d'une barque me surprit. Je m'arrêtai et la barque s'arrêta. La jeune femme de la barque venait de lâcher ses rames au fil de l'eau. Elle ne dit rien, elle était seule, un peu renversée dans la barque, les mains [demeurées *lecture conjecturale*] sur les rames immobiles : elle semblait ne pas m'avoir vu. Je la voyais à peine, la barque, peinte de raies inégales, blanches et vertes, m'avait dépassé mais ne bougeait plus. Je me dis qu'elle m'avait vu, mais elle avait détourné la tête comme si elle observait l'autre rive. Elle était élégante dans sa robe d'un noir clair qui avait un reflet métallique, ses cheveux presque blonds étaient plats, je n'aurais pu dire si elle était belle mais son corps semblait beau. Les environs étaient déserts, elle s'était arrêtée de ramer quand je m'arrêtai de marcher. Serais-je la seule raison de sa présence, de cette immobilité qui se dérobait ? Je me décidai à lui parler. Son silence devant moi durait depuis trop longtemps. Je pensai en m'asseyant sur le talus que le bruit l'amènerait à tourner la tête. Elle était là depuis longtemps, de plus en plus sa position étrange me gênait. La barque dérivait avec une incroyable lenteur. J'attendais le moment où elle ne pourrait plus détourner entièrement son visage de moi. Cependant elle acheva de se détourner. Je suivais son manège dans l'impatience : il me sembla que sous la robe ses jambes devaient s'ouvrir à mesure que la tête tournait. À la longue, sa position renversée me parut celle d'un corps qui s'abandonne : sa décence apparente avait une impudeur qui s'accusait.

Lorsqu'elle eut disparu, la barque au pied des arbres dans

l'eau sale laissait un souvenir douteux. Je doutais même d'avoir
entendu les seuls mots qu'elle prononça. Sa voix était rauque :
elle s'était soudain redressée, elle avait repris les rames et la tête
basse elle me dit nettement mais sourdement : « À demain. »
Ses cheveux plats étaient retombés couvrant son visage qu'à
ce moment j'aurais préféré ne pas voir. Cependant je l'entrevis :
il me sembla qu'elle était belle. Rapidement lâchant une rame
elle me fit signe de ne pas la suivre. Elle avait aussitôt redressé
la barque et s'était éloignée dans le bruit cadencé que font des
rames sur une eau dormante.

Je m'étendis dans l'herbe, sans pleurer, j'entourais ma tête
de mes bras, j'aurais voulu m'ensevelir.

Elle n'était pas venue le lendemain. Assise sur le talus une
femme d'une cinquantaine d'années me regardait. Elle était
habillée avec soin : elle avait cette dignité dérisoire qu'une
femme adopte à la caisse d'un hôtel ou d'un café. Elle me fixa
attentivement : je revois bien son regard vide et sa gravité sans
objet. Elle se leva : malgré sa corpulence, elle était rapide. À ce
moment, je vis qu'elle portait un sac de crocodile : le plus beau,
le plus riche qu'on pût voir. Elle l'ouvrit, en tira une enveloppe
et me la donna. Il me sembla qu'elle aurait dû sourire, mais son
regard était comme étranger ; de même, elle aurait dû mettre le
doigt sur la bouche avec l'apparence qui répond à ce que le geste
signifie. Elle sembla l'ignorer, répétant à l'aveugle une leçon mal
apprise. Elle inclina légèrement la tête, j'admirai son air revêche.
Je n'aurais pas été plus mal à l'aise si elle avait fait une révérence
devant moi. Les arbres le long du canal étaient encore majestueux, mais leur majesté me sembla celle d'un mauvais lieu.

Il y manquait la possibilité de mal me conduire. Je demeurais
debout, l'enveloppe dans les mains, malheureux de suivre du
regard cette dame opulente qui s'éloignait, avec elle la beauté
sournoise de ce monde.

Je trouvai une carte dans l'enveloppe. J'en détachai difficilement les yeux. Le sens de ces mots m'enchantait — ou me
décevait (je n'en savais rien) :

LOUISE

Massages

...rue Poissonnière

Turbigo[2]...

J'étais ravi, honteux d'être ravi. Rien n'aurait pu me séduire
davantage. Mais j'éprouvais durement la vulgarité prévisible
de l'histoire. En même temps, je m'abandonnais à l'ennui
d'une après-midi ensoleillée. J'aurais voulu sonner à la porte de

« Louise ». Je calculai le temps qui me séparait de ce moment. Je m'efforçai d'imaginer un moyen de m'en rapprocher. À cette distance, un taxi m'aurait ruiné. Un quart d'heure, si j'étais à Paris, m'aurait suffi. Mais, resté à Paris, je n'aurais pas eu l'apparition de la barque. Je m'irritais de ce retard mais la certitude, quand je saurais, d'être déçu, ne fit que m'irriter davantage. J'aurais voulu sans attendre avoir le fracas d'un rapide sous les pieds. À grands pas, j'allai vers la gare : l'immensité du temps et de l'espace et la pauvreté de l'histoire m'accablaient.

Rue Poissonnière, l'escalier était si court que, pris de peur, je décidai de m'y asseoir. Il me fallait gagner du temps. L'idée de la sonnerie qui tinterait dans l'appartement me gênait : je m'encourageai en imaginant que personne ne saurait rien, qu'une passe serait la fin de mon histoire, que, pour me consoler, j'avais la solitude. Le bruit de la sonnette était violent. J'expliquai sans la voir à la soubrette que je parlerais à la patronne : je lui demandai seulement en un mot si personne ne lui avait parlé d'un monsieur et d'un canal.

« On vous attend », dit-elle.

À ce moment, je vis le pied de cette soubrette. Il était chaussé de vernis fins dont la pointe soulevait la déchirure du tapis. Je levai les yeux, en me demandant si la bonne n'était pas la fille du canal. Je le pensai d'abord, elle était élégante, assez belle, mais la chevelure était différente et l'on n'aurait pu s'y tromper.

Son visage inexpressif m'attirait. Elle ne me sourit pas, elle parlait lentement, comme si l'exercice de la parole l'avait ennuyée.

« Excusez-moi, je dois téléphoner, dit-elle. Attendez au salon. »

Elle ouvrit un réduit qui n'était pas moins misérable que l'entrée.

« Voilà des livres, me dit-elle. Si l'attente vous paraît longue, quand j'aurai téléphoné, je viendrai vous tenir compagnie.

— Volontiers », répondis-je en la regardant.

Son langage impersonnel et l'ennui émanant d'une personne aussi belle me troublaient.

Le fauteuil du réduit était défoncé. Je restai debout, j'imagine, dans l'état d'un accusé durant la délibération du tribunal.

La porte se rouvrit et la fille en tablier blanc me demanda :

« Voulez-vous du champagne ? »

Mon regard fit le tour des murs et du seul meuble du réduit.

« Venez, me dit-on simplement. Ces dames seront là dans quelques minutes. »

Je la suivis dans une chambre sans fenêtre que son luxe

opposait à la misère du reste, le plafond, les murs et la table
étaient de glace, le divan fait de la même moire métallique que
les larges fauteuils sans bras. Une bouteille attendait dans un
seau et mon visage minuscule se déformait dans le cristal des
verres.

« Je m'appelle Thérésa », dit la fille, toujours sur le ton de
l'indifférence.

« Vous êtes l'invité de Mme Louise », me dit-elle.

Elle ouvrit la bouteille et versa le champagne dans les verres.
C'était un excellent champagne et j'avais soif. Je bus le verre
d'un trait. La fille me dit :

« Je préfère être à l'aise. Vous permettez ? »

Elle dénoua son tablier. Le devant de sa robe se déboutonnait : un à un, lentement, les boutons sautèrent, après quoi elle
enleva cette robe comme une veste. Elle était nue par-dessous.
Sans plus faire attention à moi, elle alluma une cigarette, s'étendit [sur] une sorte de sofa et fit tourner la bouteille dans la glace.

« Ça va, dit-elle au bout d'un instant, vous n'êtes pas bavard
et moi non plus. Je ne sais pas à quelle heure Madame viendra,
mais elle m'a dit de vous amuser en attendant. »

La nudité de Thérésa avait une certaine bestialité. Elle n'était
pas tellement velue : seuls des sourcils épais et des touffes
courtes de cheveux noirs en donnaient l'impression. Quelques
parties de son corps fluet avaient quelque chose de gonflé, de
difforme : elle était jolie, mais irrégulière, sa tranquillité était
voyante, ce qu'elle avait de sexuel gênait et attirait, comme une
infirmité inavouable, mais avouée.

« Je dois vous prévenir, dit-elle, Madame ne vous parlera
pas. Elle me parlera à l'oreille et je vous redirai ce qu'elle m'aura
dit. Vous devez me dire maintenant si vous acceptez de faire
ce qu'elle vous demandera. Elle vous demandera peut-être de
vous laisser fouetter par Mme Louise ou par moi. Vous refusez,
si vous voulez, mais maintenant. Tout à l'heure, si vous avez
accepté, il sera trop tard. Je vais maintenant vous montrer le
fouet. »

Thérésa se leva, ouvrit la porte et appela :

« Joséphine, les fouets ! »

La personne qui entra était vêtue comme Thérésa l'était
d'abord, d'une robe noire et d'un tablier, mais elle n'était ni si
jolie, ni si jeune, ni si exactement soignée. Elle apporta un assor-
timent de fouets, le posa sur le lit et repartit. Je regrettai qu'elle
s'en aille.

Thérésa maintenant s'animait. Le fouet qu'elle m'offrit pour
la frapper était un martinet à cinq longues lanières. Elle le retira
au moment où j'allais le prendre et frappant à travers le vide, elle

en tira une sorte de sifflement de serpents. Elle le laissa tomber, prit la bouteille et remplit de nouveau les verres. Elle vida le sien aussitôt, m'invitant du regard à boire. Je bus en la fixant. Elle n'eut pour moi que le même immuable regard vide. Une fois de plus elle emplit les verres et nous les sifflâmes très vite, comme on siffle sur un quai si le train démarre. Elle avisa un large bracelet de cuir que Joséphine avait déposé avec les fouets sur le lit, elle le mit en haut du bras gauche : des pointes sortaient du cuir au-dehors formant un hérisson de fer. Elle s'affairait à peine et je vis qu'à nouveau les verres étaient pleins. Elle avala encore et de la main gauche ayant légèrement passé la main sur moi, elle me dit, me passant mon verre :

« Bois, c'est ton tour, maintenant j'enlève ta culotte. »

Elle semblait immobile, mais à peine m'eut-elle débarrassé de ma culotte, elle ouvrit la porte en criant :

« Joséphine, l'album ! »

Le bouchon de l'autre bouteille sauta, elle versa : Joséphine entra.

Thérésa à la volée lui jeta le contenu de son verre à la figure et lui dit : lèche en montrant sur le sol de glace la flaque de champagne d'un second verre.

Comme si le souffle lui manquait Joséphine me passa l'album.

Elle s'agenouilla pour lécher le sol.

Thérésa la troussa et frappa la croupe fine et blanche avec une rage dont elle paraissait incapable. L'ignominie ouverte de la fente de Joséphine apparut dans le bruit des lanières cinglantes.

Thérésa s'arrêta, lâcha sa victime et me dit :

« Maintenant regarde l'album.

— À plat ventre Joséphine, et lèche. »

Et revenant à moi : je tenais l'album sans l'ouvrir, Thérésa me dit :

« Madame arrivera tout à l'heure, mais en l'attendant tu pourras t'amuser d'elle en voyant ses photographies dans l'album. Elle ignore que nous l'avons et que nous les montrons aux clients de Mme Louise : jamais tu n'en parleras. Mais » — elle tira d'une pochette dissimulée dans le plat de l'album une première image — « nous ne montrons jamais celle-ci. »

C'était la grande photographie d'une religieuse, un instantané dans un jardin : vision de deuil d'où se dégageait un grand malaise.

« Madame a d'abord été religieuse, dit Thérésa. Elle est pieuse, mais le couvent l'a renvoyée. Elle dit qu'elle aime Dieu, mais ce qu'elle aime avant tout, c'est la noce. Regarde là. »

Je feuilletai un album où celle que j'avais d'abord aperçue dans la barque du canal se livrait nue à une sorte de géant. Mais les clichés les plus nombreux la représentaient dans les bras de la femme au sac, de Louise, dont l'obésité débordait d'un linge noir et luxueux.

« Madame, dit Thérésa, n'a pas de nom pour nous. Nous l'appelons Sainte. Joséphine l'appelle Madame mais c'est une bonne. Je l'appelle Sainte. C'est un nom qu'elle a découvert dans un livre que nous avons[3]. Le connais-tu ?

— Oui », répondis-je.

D'un seul coup, Thérésa enleva ma chemise et ma veste.

« Joséphine, dit Thérésa, tu commences. »

Un peu de sang coulait [de son] derrière cinglé. Thérésa maintint les blessures à l'abri de la robe de laine.

« Elle s'y prend mal, dit Thérésa, je vais l'encourager. »

Elle prit cette fois une cravache dont elle donna sur les cuisses de Joséphine un seul coup mais si violent que le cœur lui manqua. Joséphine sans crier glissa du lit. Thérésa prit sa place et lui dit :

« Aide-moi de la main, relève-toi, fais ce qu'on t'a montré, aide-moi. »

La voracité de Thérésa me dressa, elle était d'une habileté démoniaque. L'incongruité de Joséphine et le flot nerveux de Thérésa me tendirent au point que j'aurais crié. Mais Thérésa, maîtresse de sa violence, s'arrêta. Écartant Joséphine elle emplit de nouveau les verres.

Assise, elle dit montrant le mur du fond :

« C'est une glace double. »

Elle me laissa reprendre mes esprits.

« Sainte est derrière », dit-elle.

Je demandai :

« Mais Louise ?

— Louise aussi. Elle aide Sainte à s'amuser, je pense. Tu viens l'aider, maintenant. »

Je vidai mon verre et me précipitai vers la porte. Je me jetai maladroitement sur la glace. Thérésa se précipita.

« Tu sais. Tu ne dois pas lui parler. Elle me parlera bas dans l'oreille, je répéterai. Suis-moi.

— Mais l'album, lui dis-je. Elle a vu l'album. »

Ce fut la première fois que Thérésa me sourit sournoisement.

Thérésa ouvrit la porte de la chambre où je vis Louise sur le lit en longue combinaison de soie rose.

À côté d'elle lui tenant la main Sainte se tenait debout tout habillée. Un loup de velours noir la masquait. Mais je connaissais son visage et son corps : ce qui aurait pu l'éloigner de moi achevait de la rapprocher. Sa robe puisque j'étais nu, le masque noir étaient le signe de la débauche. Ce que maintenant je savais qu'elle avait vu, et dont je n'avais pas cessé de trembler, me la livrait plus entièrement que si elle m'avait cherché, provoqué et sollicité par une [impudeur *lecture conjecturale*]. Elle me dérobait son regard et feignait l'indifférence, comme si déjà sa chair secrète avait ruisselé de mes baisers, ma bouche se gonflait de salive et le désir que j'avais d'elle la pénétrait visiblement de sa violence. Je l'enviais d'avoir aperçu la rage que m'avaient donnée, dans l'album, les images de sa nudité et, plus éperdue, celle du sinistre vêtement qui avait marqué sa défaillance, l'effort désespéré qu'elle avait fait pour échapper à la débauche. Mon cœur appelait vers elle. Je sentais mon corps en entier comme un outrage.

Je regardais Louise et il me sembla que l'horreur de son corps adipeux était un outrage plus grand. Je me précipitai sur elle dans le désespoir de jamais atteindre l'infamie qui se dégageait de ces bourrelets blancs et poilus. Je m'enivrais en la pénétrant de la pureté de ce visage au-dessus de nous qui avait eu soif de tant d'impureté. Je pris la main de Sainte et la guidai vers le point même où se lève l'amour. J'aurais voulu mordre ses lèvres, mais Sainte se détournait de nous, laissait sa main inerte dans la mienne, chuchotait dans l'oreille de Thérésa. Je me retournai vers Louise et me perdis dans l'abîme flasque de sa bouche : il était comme son cœur inaccessible. La limite de la mort reculait dans son épaisseur. À ce moment, que n'aurais-je donné pour être Louise et pour souiller Sainte de cette inexprimable laideur. J'abandonnai Louise inerte sur le lit et m'approchant de Thérésa, j'étreignis le plus mal que je pus son corps debout. Je perdais le souffle. Je lui demandai :

« Que t'a-t-elle dit ? »

Derrière Thérésa je vis Sainte se pencher sur Louise. Son visage sous le loup sur le ventre de Louise avait toute la pureté de la débauche.

Maintenant la gravité atone de sa voix Thérésa me dit presque gentiment :

« Tu peux lui demander ce que tu voudras, tout ce que tu voudras, elle fera tout ce que tu voudras. Mais si tu peux, va-t'en. C'est ce qu'elle m'a dit.

— Thérésa, répondis-je, puis-je moi-même lui parler ?

— Peut-être, me dit-elle. Mais elle ne m'a rien dit et elle est énervée.

— Dis-lui que je l'attends dans la chambre voisine. Je m'habille, mais dis-lui que je l'attends. »

Après peu d'instants, j'ouvris la porte, à laquelle Sainte avait frappé : elle n'avait plus de loup, mais baissait la tête. Elle dit :

« Ne partez pas. »

Je répondis doucement :

« Je partirai, mais avec vous. »

Elle dressa haineusement la tête et son mépris siffla :

« Vous voulez me sortir de là ! »

Je haussai les épaules et lui dis :

« Regarde-moi. Je te désire si fortement que je ne sais pas comment te prendre... »

Elle me comprit et comme moi ne sachant que faire elle se troussa, s'assit sur un bidet et se lava.

Je lui dis :

« C'est agréable... »

Elle ajouta :

« Maintenant, je vais te laver. Baisse ton pantalon. »

Elle se leva, passa la serviette entre ses jambes et je lui dis :

« Je t'essuierai. »

Se laissant faire elle me déboutonna.

Le pantalon tomba sur mes pieds.

Je le tirai. Je pris la place de Sainte sur le bidet. Elle reprit le savon, se savonna les mains.

Comme elle se penchait je lui pris la bouche : sa langue gonflée m'emplit la gorge jusqu'au fond. Ses mains savonneuses me firent doucement gémir.

Je lui dis :

« Allons boire... à nous rendre malades.

— Sortons », dit-elle.

Elle était nue sous la robe légère, à peine décente. Je l'emmenai en taxi dans un bar sombre où nous avalâmes du whisky sans parler. Sainte déboutonnait sa robe en jouant.

Je lui dis :

« Je ne voudrais pas que tu saches demain si nous avons couché ensemble cette nuit. »

Dans le coin sombre du bar, elle amusait mes yeux de ses fentes les plus secrètes. Je versai le whisky sur sa gorge. Elle s'en gonflait les joues, elle ouvrit ma braguette et se vida la bouche. Il y avait un hôtel au-dessus du bar, dont elle monta nue l'escalier avec un sentiment de paradis.

☆

Je me réveillai le lendemain, ravagé. Sainte dormait. Je ne savais même pas si dans cette chambre de passage où la veille, en son ivresse, elle était entrée nue, nous nous étions mêlés. J'avais perdu le souvenir du temps qui avait succédé au moment où, essoufflés d'avoir gravi l'escalier devant les bonnes à demi stupéfaites, à demi rieuses, j'avais claqué la porte derrière nous. Je ne savais plus rien, ne cherchant plus, je ressentais le tremblement et la nausée qui suivent des abus sans mesure : j'avais mal. Je regardais Sainte allongée sur un lit qu'avaient bousculé les désordres de la nuit : elle était l'image du malheur. Je ne doutais pas à la voir qu'elle ne souffrît comme je souffrais, que le cauchemar qui maintenait sa bouche ouverte ne fût aussi atroce que mon état. J'entendis sonner 9 heures à l'église Saint-Roch. À ce moment cette sonnerie lente, qui avait en moi, dans mon corps épuisé, qu'une sueur froide baignait, une résonance pénible mais lointaine, me fit l'effet d'un accord intime avec cette femme si étrangère, si indûment nue sur le lit, et que peut-être je n'avais pas encore embrassée. Je ne sais quoi d'affreux nous séparait qui, plus profondément, nous unissait, nouait en nous ce lien de l'excessive souffrance, que de nouvelles souffrances feront plus étroit. À ce moment, je pressentis l'horreur du désir que déjà nos corps avaient l'un de l'autre, que peut-être jamais nous n'aurions le pouvoir d'assouvir, et que, dans cet espoir de l'assouvir, nous ne ferions que rendre plus impatient. « Assouvir », « impossible », étaient les mots que balbutiait en moi la déliquescence de mon état. La certitude qu'en elle la même lie était là, faite des mêmes mots, des mêmes douleurs, et de la même indignité, ne me donnait pas le désir de la prendre dans mes bras : elle avait la douceur des murs d'une affreuse prison dans laquelle j'avais décidé de mourir, la chérissant d'une manière définitive puisqu'à elle c'était l'agonie qui me liait. J'aurais voulu, dans cette nuit désordonnée, être certain de n'avoir pas su la prendre et de l'avoir laissée déçue comme je l'étais. Mais il importait peu : l'eussé-je possédée n'étais-je pas définitivement déçu puisque d'une étreinte possible, que, dans l'excès de mon désir, je ne pouvais même plus imaginer, j'étais privé : puisque ma mémoire en était dépossédée. Je savais qu'elle s'éveillerait bientôt, qu'à ce moment je pourrais lui faire l'amour, lentement, sans finir, en accord avec la nausée, achevant de rendre intolérable un plaisir qui jamais n'est plus grand que dans l'impuissance d'un malaise qui s'accuse. Mais sans doute un désir si sordide se satisfait plus parfaitement dans la défaillance que dans l'acte. À tort, je crus qu'elle ouvrait les yeux. Si bien que le sourire de l'ironie fielleuse, avec lequel j'aurais accueilli sa surprise, glissa sur mes lèvres : un instant, un plaisir fait d'une méchanceté sans mesure s'empara de moi et je vis que, dans la rue, le soleil brillait. J'avais joui de son étonnement s'éveillant, de son étonnement et de son dégoût. Elle continuait de dormir, mais d'avoir joui diaboliquement de la seule idée, j'eus le sentiment d'une complicité si entière qu'un instant je faillis me précipiter, l'étreindre comme un coq, avec un gloussement de triomphe. Elle dormait sans que jamais sommeil m'ait paru plus opposé à la paix, mais je pensais qu'elle aurait ri, avec moi, du même rire, qu'aurait crispé la volupté et la souffrance, et que parfois, subrepticement, je sais que je trouverai dans l'agonie.

Quand elle s'éveilla, je ne pus retenir un sourire. Elle ouvrit les yeux, me fixa et le sentiment indéfinissable mais de souffrance qui parut sur ses traits me découragea. Je n'étais pas surpris mais paralysé dans mon faible désir de sauter sur elle.

« Aidez-moi », me dit-elle.

Je la regardai surpris.

« Je voudrais m'habiller, dit-elle encore. Tout tourne dans ma tête. Vous paraissez aussi malade que moi. »

Je lui dis qu'en effet, dans ma tête, tout tournait aussi.

Je lui demandai :

« Avez-vous mal au cœur ?

— Oui, je voudrais vomir, répondit-elle.

— Mais vous ne pouvez pas ?

— Non », dit-elle.

Je vis qu'elle était traquée par la souffrance. J'étais moi-même traqué, je n'en pouvais plus. Je n'aurais pu l'aider à s'habiller. Je n'aurais pu m'habiller moi-même. Je me sentais plus mal depuis qu'elle avait ouvert les yeux : nous n'avions, elle et moi, qu'à supporter l'absence d'issue où l'excès de l'écœurement nous laissait.

« Vous ne m'embrassez pas », me dit-elle.

Je la regardai : ma défaillance lui répondait seule.

Je lui dis :

« Ça va mal. »

Elle sourit :

« Regardez-moi, dit-elle. Je ne supporte plus. »

Elle se dressa puis se laissa tomber.

Elle tomba de son long sur le lit. Je devais me dire que la souffrance importait peu, n'importait pas et que sa nudité étalée faisait appel à ma fureur. Je la désirais fortement et j'aurais crié, mais je demeurai lâche, j'étais assis nu au bord du lit. Je ne la voyais plus, les mains inertes, comme si l'horreur au-dedans me rongeant je ne m'ouvrais plus qu'à la nuit et à la souffrance.

Elle gémit :

« Que voulez-vous faire ? »

Je sentis la nuit qui m'envahissait glisser insensiblement, tournant à travers ma tête : je me retins et je lui dis :

« Je me retiens. »

Je vacillais.

Je l'entendis serrer les dents. Elle était encore à plat ventre, ses cheveux fauves lui faisaient une horrible auréole, sa nudité était tout entière une provocation à l'amour.

« Tu vois », dit-elle en gémissant, le corps assez semblable à ces tronçons de vers que tord un interminable, un inerte frisson[4].

Dans un nuage, je la vis : j'aurais pu, j'aurais dû la prendre. Je me levais, me prenant la tête dans les mains. Je criai :

« Pitié ! »

J'entendis un râle qui creva en sanglots. Le soleil baignait la chambre où de monstrueuses convulsions l'agitèrent. Il me sembla que le derrière riait.

Je le lui dis.

« Je crois que vous pleurez, lui dis-je, mais vous l'avez fait rire. »

Et dans un mouvement de gaieté retrouvée, de la main je lui claquai la fesse. Je me raidis, au moment, de méchanceté : je me jetai sur elle.

Les yeux humides de larmes, elle riait et se débattait. Le bonheur nous saisit par les cheveux, comme si, malades, nous eussions dû nous mettre en pièces.

« Salaud, me cria-t-elle, insulte-moi !

— Je ferai de toi une ignoble salope », lui dis-je à mi-voix.

Elle mit sa langue dans ma bouche.

Dans la détente de l'excitation nous ne ressentions plus l'extrême malaise. Elle me dit :

« Tu me regardes là, par-dessous, comme un voyou. Regarde au fond des yeux. Dis-moi, si tu regardes, là, je le montre, tu ris. Je m'habillerai, tu me fixeras dans le fond des yeux, tu sauras bien ce que je veux dans le fond des yeux. Je voudrais que tu aies les petits yeux d'un voyou, des yeux qui déshabillent, des petits yeux bridés qui rigolent. Je voudrais que tu regardes en même temps dans mes jupes et jusqu'au blanc des yeux. Ah, si tu étais deux, si tu étais dix ! »

Nous n'aurions pu ni l'un ni l'autre quitter l'hôtel. Je plaçai sur le front de Sainte des serviettes mouillées. Je restai debout dans la salle de bains, parfois je m'asseyais sur le siège des cabinets. Le temps, qui n'en finissait plus, me faisait moins peur que celui qui suivrait. Ce[5]

☆

Ce mur était immense, interminable, construit de pierres meulières que le soleil dorait mais elles étaient d'autant plus tristes[6]. L'ombre de Sainte glissait sur elles, et j'avais peur en la voyant glisser de la porosité des pierres qui semblait en absorber la légèreté. Dans sa robe d'été insignifiante, Sainte elle-même marchait vite le long de l'horrible muraille. Son aspect était effacé comme l'était l'ombre qui glissait dont je sentais douloureusement qu'à peine formée elle était absorbée, qu'elle sombrait dans la lumière. Je ne me sentais pas moins que l'ombre de Sainte à la surface d'un monde, dont je connaissais les détours, les secrets, mais où je ne pouvais, et où Sainte ne pouvait non plus entrer que par un mensonge[7]. Non qu'il fût difficile d'imposer à des amitiés nombreuses une vie de libertinage, mais cette vie n'entrait pas dans l'amitié plus que l'ombre dans un mur, si bien qu'habitant la terre, celle-ci était pour nous comme à des êtres venus d'une autre planète et qui sans réussir à se faire connaître auraient simplement trouvé, sur la terre, de nombreuses commodités. Que pourrais-je faire sinon, de notre véritable patrie, envoyer quelque jour un message si pénible à déchiffrer que le déchiffrer vraiment ne fût pas pour d'autres moins difficile que mourir ? Car même ceux qui semblaient comprendre et qui sincèrement pouvaient croire en face de nous qu'ils comprenaient me révoltaient si bien que devant leur indifférence un flot de colère, si je ne m'étais contenu, m'aurait fait crier. Non que je n'eusse pas aperçu que, tout ce que nous voyions, ils le voyaient aussi, mais ils le voyaient paisiblement comme à l'instant je voyais sur le mur glisser l'ombre insaisissable de Sainte : et jamais ils n'étaient perdus dans la simple terreur de cette ombre. Je ne pensais même plus que devant eux je pouvais protester et qu'au lieu d'une amitié impuissante ce dont j'aurais dû témoigner était l'hostilité tranchée. Je ne protestais plus, sachant que ma protestation était d'abord acceptation d'un accord premier, auquel je n'aurais pu même un instant penser. Comme si protester n'était pas avant tout signer ma condamnation. Ou plutôt comme si leur accorder seulement le droit d'être ce qu'ils étaient, ces crécelles de contradictions, n'était pas dès l'abord laisser à leur bruit de crécelles tout le droit de couvrir la lointaine possibilité de ma voix. Je me devais à moi-même de m'abandonner devant eux au renoncement le plus vrai de tous mes droits et l'apparence la plus exacte du silence, dans l'espoir de mieux faire entendre, un beau jour, et comme au hasard, ce mince filet de voix qui soit si vraiment lointain, si entièrement étranger aux bruits de ce monde-ci — de notre planète —, qu'une oreille au moins l'entende avec étonnement. Dans cette solitude de prison, le rire de la complicité… ce rire si parfait que la mort… finalement si parfait que je ne puis imaginer la faiblesse de celui qui éprouverait le besoin de vérifier si *d'autres* le connaissent. Puisque ce rire, à la condition de lui donner cours, de lui-même a la perfection de la sphère et l'éphémère nécessité des bulles de savon.

Si je m'abandonnais à ces réflexions, je devais me dire en même temps que, pour autrui, c'était de billevesées qu'il s'agissait. Je n'aurais pu me satisfaire à moins. Je m'apercevais juché sur ce qui, pour tout autre, était ma sottise, ma vanité… À ma façon je partageais ce point de vue. Auprès de Sainte et le long du mur de la prison nos ombres conjuguées me semblaient pitoyables. Elle était nymphomane… et moi-même… Je n'aurais d'ailleurs pu lui confier le sentiment que d'abord m'avait inspiré son ombre. Non que je la crusse indigne de me comprendre. Il me semblait au contraire que ma lourdeur lui aurait déplu, qu'elle était trop intelligente pour ne pas dépasser ces lenteurs. Mais alors même que je brûlais dans mon impatience les étapes de ma propre pensée, déjà me sentant risible à mes yeux mais admirant au même instant l'exactitude de mon intelligence, telle que je pouvais me lâcher dans mes défaillances. Mais c'était à la condition justement que celles-ci me parussent plus profondes et que d'un dépassement quelconque, à la fin, il ne soit plus question, mais du mépris que, s'ils savaient, la terre entière aurait pour nous, dont, à supposer qu'elle ne l'eût pas, j'aurais pu me charger de la convaincre. J'aurais voulu sans attendre davantage me libérer de Sainte, de l'ombre et de la prison où j'étais plus vraiment enfermé que je n'aurais été dans la misère de l'autre côté, car ce qu'il m'aurait fallu c'était à la fin de pleurer. Et sur l'épaule de Sainte ou près d'elle comment l'aurais-je pu, sachant qu'elle-même au même instant ce qu'elle désirait était de pleurer sur mon épaule et que sa tristesse était sans issue, qu'elle aurait préféré me frapper, me cracher au visage, et mentir. Je devais donc poursuivre mon chemin — comme elle le sien — sans espoir d'autre soulagement que ces ombres sur le mur, aussi vaines, aussi pitoyables que nous. Le seul mouvement apaisant auquel la réflexion menât était celui qui me permettait d'entrevoir à l'extrémité les tombes fraîches. Encore, puisque dans l'avenue nous étions deux, ne pouvais-je éviter d'entrevoir aussi bien l'une ou l'autre fosse ouverte et, penché sur elle, un autre bien vivant qui, lâchement, faisait enfin crever l'orage des larmes. Car la réflexion ne menait qu'à l'extrémité d'un jeu qui dépassât ceux [qui] l'avaient osé jouer d'accord, puisqu'ils n'étaient, eux et leurs réflexions profondes, que joués et que malgré leur volonté avide ils [devaient] se lasser de l'être.

À ces moments je n'aimais plus Sainte de la même façon et le lamentable silence de la marche me sortait de moi-même enfin admettant un triomphe de l'amour qui, me laissant de moi-même une image aussi impuissante que celui de la mort, aurait eu plus de méchanceté que n'en était capable ma prudence.

Pour une suite de
« Madame Edwarda »

LA SUITE DE « MADAME EDWARDA »

Les lecteurs de *Madame Edwarda* se demandent ce que signifie ce petit livre… L'auteur n'y pensait plus et se l'est demandé lui-même. Il n'en avait plus de copie mais il dut récemment s'en procurer une à l'intention d'un jeune Anglais qui avait décidé de le traduire[1]. À cette occasion, il le relut. Il ne l'avait pas oublié mais le texte le frappa. Il lui sembla aussitôt que jamais personne n'avait rien écrit d'aussi grave, il y vit tout d'abord la réponse à la littérature de tous les temps. Sa réflexion était lente, à la longue elle était faite d'indifférence. Mais comme ce livre ne pouvait dans son esprit se distinguer de cette réflexion, et même : qu'il faisait corps avec la vie lente où cette réflexion s'enlisait, il se dit que la mort seule, dont la venue lui semblait possible et facile, lui donnait la force de dire ce que son livre signifiait. La venue imaginaire mais *sensible* de la mort le situait dans le cadre du récit, elle le plaçait devant cette porte deux fois vide, dans la nuit plus vide que la nuit qu'est la nuit qu'ouvre la mort.

D'ailleurs, évidemment, ce livre, il le savait, ne pouvait passer pour une réponse. Ou du moins cette réponse elle-même était *la* question. La question qu'est la terre, qu'est la mort, la mort qui est peut-être l'aube — enfin, de rien.

La fatigue aidant, il se souvint. Il se souvint de toute sa vie. Les seuls épisodes qui ne le gênaient pas, qui lui paraissaient seuls épouser cette mort qui l'habitait, étaient d'une indécence obtuse, qui avait la douceur, l'abandon du sommeil. Il se souvint des femmes qu'il avait connues. Il ne se souvint pas de

Mme Edwarda : elle ne se distinguait plus de lui-même et la perspective de la mort achevait cette confusion, qui était le signe de l'horreur à laquelle il s'était ouvert. Il se leva. Il aurait dû dormir. Il regarda l'heure : il comprit que le jour se faisait dans le ciel. En chemise et pieds nus, il marcha sur le carreau froid de la chambre, il atteignit le secrétaire et sortit d'un tiroir un vieux carnet qu'il mit sur la table à côté de lui, de son lit où il entra. Aussitôt il se rendormit.

Ou plutôt il tenta de se rendormir. Il sortit brusquement du sommeil qui le gagnait.

[ESQUISSE D'UN PLAN]

I   Caen la nuit de la gare

II   La lente révélation, la découverte des photos.

III   entre[1] la mère et le fils la mère accuse le père et prétend s'être
        montrée à son père, obligée, avec des amants ; malédiction du père

IV   Plus tard la mère lui dit : c'était moi qui voulais. Le fils perd la tête. La mère entraîne son fils avec une amie (et l'amant de l'amie) à Tabarin. Sorte de haine féroce.

V   L'exhibition de la mère et de l'amie.

VI   Le monastère, la masturbation, la fuite

VII   Retour vers l'amie de la mère qui refuse. Le bordel et l'absence d'argent. L'amour pour l'amie. Dieu. La masturbation

VIII   La solitude la soif de l'autre la débauche sans satisfaction autre que le bordel divin
        [ici se passe *Madame Edwarda*]

IX   La férocité dans la solitude. La rencontre de Sainte. La scène qui se révélera être imaginaire, car Sainte est la douceur la pitié même. Le mensonge à cause du caractère inaccessible de la vérité[2].

X   Le mur de la prison. Sainte justifie la mère.

XI   La forêt.

Finir par une autre scène double dans le monde de la noce et de la musique. Dans le fond la mort et les spasmes de la débauche.

La mère un jour s'arrange pour être vue par son fils, comme elle l'avait été par le père. Grandeur des ténèbres et le fils dans ces ténèbres tordu par le désir. Et la mère lui envoie son amie.

Personne a-t-il jamais ressenti pour sa mère plus de vénération ? de respect ?

Scène double où tout le monde sort de la débauche à l'intérieur d'une vaste salle où la musique et les lumières règnent (Tabarin) apparitions de gorilles, de Dieu

[LE PROJET « MADAME EDWARDA »
ET LE « PARADOXE SUR L'ÉROTISME »]

[I. PLAN D'ENSEMBLE]

Pierre Angelici[1]

Madame Edwarda

I
Divinus Deus
II
Ma Mère
III

suivi de[2]
Paradoxe sur l'érotisme
par
Georges Bataille

[II. PREMIÈRE PAGE RÉDIGÉE]

Madame Edwarda

La haine de la sensualité

Mais ma jeunesse, mais l'effort démesuré de l'enfant qui avait soif de pureté, qui pleurait dans l'ombre. Son sanglot s'élevait, se brisait, de plus en plus pur. La nuit : des voûtes alors inintelligibles portaient la résonance de ce sanglot, les voûtes d'une cathédrale de pierre, immenses, silencieuses, profondes, qui résonnaient de terreur infinie mais avaient la faiblesse d'une âme qui se brisait.

En ce temps, l'irréalité de la mort était merveilleuse.

Mais le jour se leva bientôt.

J'habitais seul une chambre d'hôtel et ma mère habitait la chambre voisine. Dans ce minable quartier de la gare au petit jour d'hiver, je regardais par la fenêtre et mon père, subitement, venait de mourir dans une autre ville.

J'écoutais. Je n'avais pas l'heure et regardais sans fin par la fenêtre attendant que ma mère entrât par la porte ouverte entre les deux chambres.

12 ans, simple équivoque, mais désespoir lié à l'idée de nudité.

les photographies dans le tiroir du père.

Divinus Deus est comme une ouverture en musique.

le premier acte : la haine de la sensualité[1].

Le deuxième acte : la forêt. Papiers retrouvés *post mortem*.

Le troisième acte : ? la mort de la sensualité[2].

[III. BROUILLONS
DU « PARADOXE SUR L'ÉROTISME »]

[I]

Le point de vue donné dans ce livre n'est pas celui de l'homme de science. L'érotisme à mon avis ne peut être vraiment l'objet d'une étude scientifique. Sans doute il est possible d'en connaître à l'homme de science et même, je le suppose, celui-ci pourrait en partie répéter ce que je dis. Mais je pars d'un principe paradoxal, qu'il me sera facile, après coup, de justifier, mais qui ne manquera pas de surprendre : j'envisagerai l'expérience de l'érotisme à peu près de la même façon qu'un chrétien l'expérience chrétienne. Non que j'apporte à l'exposé de mes manières de voir une piété déplacée, mais il y va pour moi, sinon de mon salut, de ce que je puis à la rigueur appeler, faute de mieux, ma vie spirituelle. Si je parle de l'érotisme je parle de l'expérience intérieure que les hommes en ont communément, et j'avance que cette expérience ne peut être située que sur le plan où se situe la religion. Seul le développement de mon livre me permettra de rendre clair ce que signifie ce point de vue, mais je veux dès l'abord apporter à l'expression de ma pensée une gravité que l'on refuse à mon objet : je ne revendique pas à son profit la plus grande valeur. Je n'ai pas d'intention révo-

lutionnaire. Je voudrais revenir au contraire à la tradition profonde, que des révolutions dont la première est la chrétienne
ont oubliée. Qui plus est, je ne m'obstinerai pas à nier la valeur
de ces révolutions. Pour moi, le christianisme est un mouvement qui exprima le désir de l'espèce humaine et la science
objective ne pourrait qu'en nous mutilant jusqu'au bout être
éloignée de nous, fût-ce un moment. Mais, partiellement, la
science nous mutile aussi. Elle nous mutile dans la mesure où
elle méconnaît en général *le fond* de l'expérience religieuse*;
de même que le christianisme nous mutile en méconnaissant
la partie de cette expérience dont il a condamné les formes irré-
gulières, c'est-à-dire, disons-le, sans attendre, *expressément* : les
formes religieuses.

L'érotisme et la religion, dans ce livre, ne seront pas plus
faciles à distinguer l'un de l'autre.

J'ai dû pour commencer, dire à quel point mon livre diffère[1]

[II]

En principe, rien n'est plus étranger à la philosophie que
l'œuvre d'art. Une œuvre philosophique a l'ambition de donner une représentation intelligible de la valeur universelle s'opposant à l'aspect immédiat des choses dont l'intelligibilité n'est
pas donnée et que la particularité rend en apparence irréductible. Je regarde le monde donné dans une incohérence illimitée, suite d'absurdités et d'horreurs qu'il serait sot de réduire
même à l'absurdité et à l'horreur, car mon intelligence n'est
pas toujours réductible à l'absurde, ma joie n'est pas toujours
réductible à l'horreur. Ce monde, je puis à volonté le représenter dans l'œuvre d'art, qui ne s'embarrasse pas d'avoir un sens
particulier, qui peut même être inintelligible. Mais si je le puis,
c'est, en principe, à une condition, d'abandonner l'ambition
philosophique.

En principe du moins. Car je puis ressentir aussi le besoin
d'unir à l'accomplissement espéré d'un échafaudage philosophique celui d'une œuvre où l'incohérence de toutes choses
serait aussi bien reflétée. Je puis en ressentir le besoin, bien qu'il
me soit impossible de dire aussitôt ce qu'il signifie. À la rigueur,
la seule possibilité qui m'appartienne est de satisfaire ce besoin.

---

* La science est l'attention, toute l'attention, accordée à l'objet. Il n'y a pas,
il ne peut y avoir, de science du sujet. Mais si j'affirme, à partir de la science,
que le sujet m'importe, je ne puis le charger de vérités religieuses particulières
(de dogmes) ; je ne puis le connaître que bizarrement, négativement d'abord,
mais j'ai le droit de dire que *je veux* me perdre en lui.

Dire ce qu'il signifie, c'est le satisfaire. Je n'ai d'autre moyen de m'exprimer que de parvenir à cet exposé d'une philosophie qui serait en même temps une œuvre d'art. Je sais que l'une et l'autre qualités seront déniées au résultat, mais elles ne le seront sans doute pas uniformément. Il me semble de toute façon que seule une œuvre d'art répondrait à la représentation de ce qui est que je veux formuler. Non que j'aie l'intention de lui donner une forme pathétique ou de charger mes phrases d'images émouvantes : je n'ai rien en moi qui m'oppose au mouvement pathétique de la pensée et je m'adresse plutôt qu'à l'intelligence à la sensibilité, mais peut-être ma pensée sera-t-elle d'autant plus pathétique que je la formulerai comme s'il n'en était rien ; et j'atteindrai peut-être d'autant mieux le cœur que j'aurai été intelligible. La question de la forme est secondaire. Si mon exposé est une œuvre d'art, c'est que j'ai conscience en l'écrivant de ce qui, parce que je l'écris, se passe en moi : cet exposé me met en jeu personnellement, c'est le moment d'aboutissement de toute ma vie. Ce n'est pas une vue objective, indépendante du sujet que je suis. Ce que j'écris maintenant est ma vie, c'est le sujet lui-même, et rien d'autre. Sans doute j'étais ouvert à ce monde du dehors : ainsi ce monde est-il en moi représenté par les objets qui le composent communément ; et qui, d'habitude, me situent hors de moi. Mais c'est dans la mesure où ces objets disparaîtront que j'aboutirai. Il se peut aussi que dans cette disparition des objets ma spécificité, ma particularité, disparaissent, avec eux (puisque, sans lien à des objets particuliers, je cesse d'être moi-même). Mais ce sujet universel et insignifiant se trouve à partir du sujet particulier, qui s'enfonce en lui-même, dans sa signification la plus profonde. Ainsi cet exposé n'est-il au fond qu'une effusion lyrique. Il l'est dès l'abord et ne cesse pas de l'être.

Dès l'abord, je suis amené à dire que je ne suis pas un philosophe de profession et même que mes connaissances en la matière, qui sans doute sont réelles (je me perdrais sans cela dans le dédale ouvert à la réflexion), mais qui, faute d'études universitaires et généralement de vie studieuse, sont paradoxales, ne sont pas à la mesure de mes besoins. Mon avidité de connaître est considérable, mais toujours mon avidité de vivre l'emporta. C'est qu'en dépit de la négation par laquelle autrefois j'ai répondu à la question de savoir si j'étais existentialiste[2], la vie (ou plutôt l'être dont l'expérience est en moi) importe avant la connaissance (toutefois si l'existence précède ou non l'essence ne m'intéresse en rien[3]). Je ne suis donc pas un véritable philosophe, car si le souci de la connaissance s'impose à moi, *ce n'est pas d'une manière spécialisée.* L'expérience d'une sorte d'extase me sollicite. Un mouvement de connaissance se lie à l'origine de cette extase. Je ne dis pas que l'extase m'importe et que la connaissance n'en fut pour moi que le moyen. Je dis ceci de différent : rien ne m'importe, mais j'ai soin de donner à cette indifférence, par rapport à d'autres comportements, ce sens précis que, le moment venu, tous les problèmes en moi sont résolus. Je concède qu'une résolution de la sorte n'a pas lieu sur le plan de la connaissance : elle n'y a lieu, à la rigueur, que dans la mesure où j'en parle. Par rapport à cette expérience que je poursuis ou plus exactement qui est en moi, qui est dans l'instant moi, parler à la cantonade, mais c'est moi, toujours moi, qui parle ainsi, qui affirme, par exemple, que si je donnais de l'importance à mon expérience, que si je la situais entre les autres valeurs, aussitôt, elle cesserait d'être.

Je triche peut-être ? Il est facile de m'opposer que mon refus donne en fait la valeur suprême à cette expérience. Cette manière de voir est indifférente. Je l'accepte si l'*on* y tient. Mais elle n'a de sens qu'en deçà de ma représentation. Au-delà, cette manière de voir a perdu tout sens. Et en deçà de ma représentation, l'on n'en peut avoir qu'un pressentiment commode, qui peut guider, de ce que je sens, on ne peut avoir *le sentiment*.

Pour revenir à une vue se précisant et, par degré, se séparant de ce qu'elle n'est pas, je dirai, me fondant sur ce que j'en sais, qu'un tel sentiment[4]

[III.] LE CARREFOUR DE LA MORT
ET DE LA NAISSANCE

Le domaine de l'érotisme est celui de la naissance. Mais il est étrange de le dire. Rien n'est plus contraire au jeu érotique, à l'atmosphère graveleuse qui lui est liée, que la naissance. De la conjonction des amants à la grossesse, il semble qu'intervienne un renversement. Le monde des enfants se situe exactement à l'opposé de la recherche du plaisir : c'est le monde de la famille, à l'intérieur duquel la pensée lubrique est déplacée.

Le monde de la famille pourrait même avoir été, à l'intérieur de la sphère humaine, une réserve de paix où se forma et se développa l'interdit qui frappe les choses sexuelles. Là où sont les enfants, la vérité du désir devrait se taire et chacun devrait se conduire comme si le désir ne pouvait y pénétrer. Apparemment, ce calme et cette interdiction sont en rapport avec la règle de l'inceste, qui le plus possible rejette les relations sexuelles hors du groupe familial. L'observation des faits dans le domaine ethnographique ne confirme pas toujours l'impression première. La prohibition de l'inceste obéit, semble-t-il, à des règles formelles, étrangères à ces sentiments immédiats qui se forment à l'occasion des conduites déterminées par nos occupations et nos relations humaines. Ces sentiments et ces conduites n'en sont pas moins, dans les civilisations avancées, à la base de l'horreur que l'inceste nous inspire et il n'est pas sûr qu'en tirant de cette horreur, quelle qu'en fût l'origine, les règles les plus capricieuses, les peuples d'autrefois n'aient pas voulu, à leur façon, ce que leur dictaient des sentiments et des conduites fondées dans les mêmes conditions que les nôtres. Il est vrai que, pour l'humanité naissante, le lieu où les enfants sont élevés, se confondait sans doute avec le lieu du travail ; il est vrai que le travail détermine de son côté des réactions contraires à l'érotisme. Nous ne pouvons savoir en conséquence ce qui, du travail ou de la famille, fut à la base d'une ségrégation de la vie sexuelle. Mais, pour nous, le monde des enfants rejette avec la violence d'une protestation *sacrée* toute possibilité de ce genre. Notre protestation n'a pas ce caractère s'il s'agit du lieu du travail. Nous devons penser en principe que nos réactions *sacrées* ont une origine très ancienne, même si la détermination initiale nous échappe.

Je laisse d'ailleurs à l'instant de côté la question que le sens de l'inceste nous pose. Je ne veux maintenant que rendre sensible le paradoxe d'une opposition : la naissance, physiologiquement, est en cause dans la conjonction des amants. De cette conjonction nous pourrions penser qu'elle est le sommet de la vie. Cependant il est en elle un élément trouble qui l'en détourne. J'étonnerai peut-être en rappelant un autre point de vue, celui de la religion chrétienne, qui voit dans le jeu sexuel le péché, qui le place en un sens sous le signe de la mort. Je sais que ce point de vue est discutable. La « réhabilitation » de la sexualité s'impose si bien que l'Église elle-même, au moins dans le temps présent, insiste sur un caractère adorable et faste de l'amour. La terrible réaction du christianisme, la plus voyante, n'en est pas moins chargée de sens. Elle n'est d'ailleurs pas, comme à la légère on le pense souvent, imputable à une seule religion. Le Nouveau Testament et les Pères de l'Église ont accusé une malédiction qui pèse dès l'origine sur l'érotisme. L'humanité entière a vécu dans le sentiment d'un inintelligible lien de la volupté et de la mort. Ce n'est pas le christianisme qui lia la honte à la frénésie, ce n'est pas le christianisme qui demanda aux couples de se cacher. Le christianisme n'a fait que tirer les conséquences d'une réaction fondamentale, qui place un moment *excessif* de la vie humaine au carrefour de la mort et de la naissance.

Sans nul doute de la vie humaine, mais peut-être aussi de toute la vie.

La mort et la naissance en effet ne sont séparées que dans ces formes d'animalité complexe qui nous sont les plus familières. Elles se confondent dans les modes de reproduction des animaux les plus simples. Elles se confondent même de telle sorte que jamais nous ne pouvons dire que ces animaux naissent ni qu'ils meurent. Il est même ordinaire de dire à[5]

Pour une suite de « Ma mère »

[NOTES POUR UNE SUITE
DE « MA MÈRE »]

Ingerville
Mademoiselle d'Ingerville
Carmélite
Alice Drurié
ne connaît pas Mlle d'Ingerville
mais la conversation entre Alice et Pierre a pour objet
Mlle d'Ingerville qui semble à Alice appartenir à un monde très
au-dessus du sien
Alice cherche à savoir tout ce qu'on dit de Mlle d'Ingerville
dans la région.
Jeune en pension, ses amies l'appelaient Sainte.
Alice péronnelle gentille au fond ne cherche à obtenir de
Pierre qu'une sorte de bénédiction de ses turpitudes avec un
fiancé.
« Vous savez ce que vous me permettriez si vous étiez gentil »
La nuit elle vient le retrouver elle lui suce la queue, mais cela
n'est arrivé qu'après une longue suite de conversations risquées.
« Vous savez ce que X m'a dit de Mlle d'Ingerville. C'est tout
à fait ce que je vous disais. Elle a été carmélite. »
Dès lors Pierre est hanté
L'histoire d'un dîner où Mlle d'Ingerville est en carmélite et
une amie nue.

Le livre est fait de l'identité de l'« obscénité perdue » de ce
que Sainte donna d'abord à Pierre et de la voix murmurée de la
mère.
Dès le début de II[1].

La rencontre dans Paris de la fille des fermiers du Tranchet, qui est l'amie de Sainte. Étourdie et intéressée par Pierre en raison surtout du sentiment de vulgarité de ses parents, vulgarité liée d'ailleurs à leur puritanisme gênant pour elle. Il pourrait y avoir un mariage de la sœur aînée où Alice (?) se promène avec Pierre. Pierre embrasse Alice et admet un jeu anodin.

Sainte vient souvent en l'absence de ses parents.

Que fait Mlle d'Ingerville à Ingerville ?

Elle y vient mais ne reste que rarement beaucoup de temps. Son imperméable. Il y a les deux histoires elle sortirait à bicyclette nue.

Alice devient la maîtresse de Sainte, et elle parle à Sainte de Pierre. Une nuit Sainte demande à Alice de l'amener chez Pierre, en religieuse et masquée, comme elle faisait la nuit sortant avec Alice. Auparavant, Pierre a rencontré Sainte en bicyclette. Sainte s'est couchée dans les blés. Alice a dit à Sainte que si Pierre n'était pas venu mais s'était simplement arrêté…
Ce jour-là, le clair de lune dans la chambre, un long baiser sur la bouche

« Tu sais que je viens de te tromper avec Alice en venant ici

« Tu sais, je suis abominable »

[OUVERTURE DE
« CHARLOTTE D'INGERVILLE »]

J'aimais la plaine étalée sous le ciel immense, ainsi qu'un jeu ouvert, immensément. Ainsi qu'un jeu ouvert et toutefois inintelligible : au printemps, ce jeu était vert, et moucheté, en août, de gerbes alignées[1]. Je me plaisais à la rapacité d'un vent qui ne cessait pas de vider l'espace : je ne me sentais pas moins fou que ce vent, mais à l'échelle de sa rapacité, anéanti, subtilisé par une absence de limite. Je vivais à la bibliothèque du Tranchet dont j'avais porté au grenier — ou vendu — la plupart des vieux livres et que, dans les voyages studieux qui tantôt me menaient à Rome, à Munich, à Londres, mais le plus souvent à Paris, je ne cessai pas d'enrichir. Je vivais assez mal des revenus de la ferme, poursuivant des études savantes (en partie consacrées à l'histoire du christianisme [de l']antiquité tardive en partie à l'interprétation d'un des textes d'un poète arabe). En principe ces études me permettaient de retarder l'effet de mes caprices les plus violents, elles meublaient l'inévitable ennui, elles ouvraient en même temps dans le monde où je suis enfermé, un jour sur une réalité plus mobile, et plus passionnée que les apparences immédiates. Je ne pouvais éviter à Paris de céder sans finir au désordre. Pour un temps, la campagne me calmait : j'aimais le sentiment de relâche et de détachement qu'elle me donnait et j'étais résigné, dans l'isolement, à rédiger en anglais de solides ouvrages que l'éditeur avait admis de publier. Le jour où je recevais des fermiers un trimestre, ou de mon éditeur une avance, j'entreprenais un voyage de travail et d'affaires qui me permît de ne pas dissiper la somme en quelques jours. Si j'étais au Tranchet, les fermiers assuraient ma vie, m'envoyant une femme de lessive qui vaguement nettoyait les deux pièces que j'habitais et m'apportait ma part des repas de la ferme. L'hiver, j'entretenais moi-même un grand feu dans un poêle à bois.

Je n'aimais pas, du moins je n'aimais guère m'en aller du Tranchet. J'avais peur. Surtout, j'avais peur de Paris où je pouvais être en deux heures et d'où je n'étais séparé que par la difficulté d'y parvenir si, après une heure de vélo, je manquais le seul train qui fût commode, au milieu de l'après-midi. Je vivais, dans cette solitude, tassé dans ma peur de tout le possible, que j'avais dû mettre loin de ma portée, où réduire au désordre puéril. La grande affaire était pour moi d'éviter de boire : comment, si j'avais bu, supporter ma solitude et ne pas changer en torrent un désir de bouger, de trouver des femmes, les plus faciles, et avec elles, de traîner. Je risquais alors de me procurer un taxi dans n'importe quelles conditions.

Pour limiter le mal je devais[2]

[PREMIÈRE SCÈNE ÉROTIQUE]

J'entendis la voiture et le signal convenu.

J'éteignis : à ce moment je me sentis noyé par la majesté du clair de lune : je vis par la fenêtre la pleine lune éblouissante en haut du ciel. Je traversai la chambre et j'ouvris la porte à laquelle aboutissait l'escalier droit. Madeleine en montait lentement les marches. Comme d'habitude, elle était vêtue d'un imperméable, mais elle avait un loup qui achevait de la rendre irréelle : ses cheveux blonds, courts, hérissés lui faisaient une auréole. Elle me fixait : elle déboutonna lentement, très lentement, son imperméable. Je compris qu'en dessous, elle était nue. Tous les boutons défaits, elle écarta le vêtement puis l'enleva, sans solennité, mais alors que je tremblais, je me souvins de la scène atterrante où, muet devant César, Vercingétorix se défait de ses armes une à une. De sa nudité je ne vis que l'aspect sordide : elle était belle et blanche à la lumière de la lune, mais ses replis velus et son

animalité de femme nue m'embrasaient : le masque achevait de
la rendre nue. Je n'osais l'approcher : ce fut elle qui s'offrit,
s'avançant, et je l'entourai de mes bras. Jamais un tel baiser unit-
il deux amants ? Ma main glissa très bas le long des reins : cette
caresse lui donna un frisson. Elle me dit ces mots qu'une folle
aurait pu prononcer, sa voix était tendre, très basse, elle durait,
elle avait une angoisse dont j'aurais pleuré.

« C'est toi ? » demanda-t-elle.

De nouveau, mes lèvres et ma langue se perdirent en elle :
elle s'ouvrait. Il me sembla qu'elle était folle, que je sombrais
moi-même, et que l'amour était le sens de cet aveuglement.

Si elle se détacha de moi, ce ne fut qu'après une interminable
durée et comme à la longue un effet de nos mains qui s'égarant
se convulsèrent. Elle arracha enfin ce loup qui l'avait dévoi-
lée, elle glissa m'échappa et si elle se jeta sur un lit ce fut un
appel plus discordant. Ses cuisses avaient en quelque sorte le
battement d'ailes de l'oiseau que la mort saisit dans le vol, mais
comme les ailes ouvrent ainsi la plaine soudaine de la mort,
ses jambes ouvraient celle de l'amour. Elles avaient la rage de
ces mains qui voulaient en tordant les nerfs répondre aux aberrations de la pensée : la mort, l'amour, l'angoisse, la volupté et
ces oublis qui avouent les sordides accords de la vie et de son
contraire. La pâleur nacrée de la peau que limitait la fourrure
blonde avait le sens de ces replis qui annoncent l'intérieur du
corps humain. Belle, Madeleine, la vie se donnant en elle une
sorte de triomphe, Madeleine avait le désir de souiller, de jeter
dans l'ordure la richesse qui la désignait.

[NOTES POUR L'INSERTION
DE « CHARLOTTE D'INGERVILLE »
DANS « DIVINUS DEUS » (CARNET 23)]

LE PLAN DE L'OUVRAGE

Il commence par *Madame Edwarda* qui est une sorte d'apothéose de la folie de la mort et de la débauche, un abandon
complet

Ma mère représente la lutte entre l'austérité et la démesure, le
renoncement et l'audace.

Le comble de l'audace du courage est déjà dans *Ma mère*. Mais
Pierre hésite encore. Le thème est donné dans les premières

pages. Il s'agit de la « voix suave ». Mais Pierre est encore terrifié par sa mère.

Ce qui n'est pas clair est le rôle de Madeleine, et sa différence avec la mère

[Or   *lecture conjecturale*] il faudrait le représenter

[DÉVELOPPEMENT DE L'INTRIGUE]

Dans l'imperméable est retrouvée la « voix », dans le « c'est toi[1] ».

Madeleine donne rendez-vous à Paris à Pierre angoissé.

Il y a attente ensuite et jamais Madeleine ne revient.

À la dernière page reparaît le visage coulant de la mère. Le « Pierre » est devenu l'appel de la mort.

Pierre est allé vivre dans Paris après la rencontre de Madeleine d'Ingerville.

L'appel de la mort, le c'est toi de Madeleine, le Pierre de la mère dans la maladie de la mort.

« J'écris à la veille de la mort.

Autrefois j'écrivais le reste est ironie, longue attente de la mort[2]

J'étais arrivé au dernier soubresaut de cette vie auquel j'aurais pu donner un sens j'ai voulu le lui retirer

Plus loin que la littérature, la vie se cherche dans l'étreinte. Mais dans l'étreinte, il n'y avait que la mort.

Je retrouve ce feuillet qui d'abord se trouvait en tête de ce livre, il me gêne.

Rien sans doute ne devrait maintenant m'embarrasser.

Il n'en est rien.

J'écris, j'écris toujours, bien que mes phrases en même temps que je les construis aient pour moi un bruit sourd de maison qui s'écroule, dans les grands bombardements.

C'est ce bruit qui pourrait à la fin leur être substitué, puisque à la catastrophe où je vis je ne pourrai survivre.

Sur ce feuillet j'avais écrit :

L'angoisse est seule absolue souveraine. Le souverain n'est plus un roi : il est caché dans les grandes villes.

Maintenant que je meurs je regarde cette phrase. Je la regarde longuement.

Il vit ? il meurt et rien n'est changé.

Il s'entoure d'un silence dissimulant sa tristesse.

Aujourd'hui ces mots tournent dans ma tête. Et je suis essoufflé.

Il est tapi (je suis tapi) dans l'attente d'un terrible (je n'attends plus rien).

Et pourtant sa tristesse se rit de tout[3].

Ces mots coulent, comme le sourire coulait de ma mère.

Ma mère avalait sa lèvre inférieure, ce sourire tourné en dedans donnait sur un effondrement[4].

L'effondrement de la volupté — le vertige même.

De tout ce que j'ai dit, rien ne reste.

La mort est ce sourire aveugle, ce sourire tourné en dedans »

[FRAGMENTS DE PRÉFACES]

[I]

Cette sorte d'épopée burlesque et invraisemblable s'adresse uniquement à des lecteurs qui ne sont pas préparés à la lire. Il faudrait de nombreux commentaires ou plus précisément une autre sorte de culture aussi différente de la nôtre que la nôtre l'est de la romaine ou de la chinoise, aussi différente au moins. Il s'agit d'une histoire exceptionnelle où il n'est rien qui ne soit inconcevable rapproché de ce qui pourrait d'abord en être rapproché. Par exemple l'histoire de Réa ne devient compréhensible qu'au moment où les folies de la jeune danseuse sont rapportées au fait qu'après la mort après le suicide de ma mère, Réa se fit carmélite. Pour le lecteur non préparé, il s'agit d'une invraisemblance, mais comment pourrais-je réclamer du lecteur qu'il entre autrement qu'à la longue dans l'atmosphère de cette fiction de l'autre monde où il n'est rien qui ne détonne par rapport à toutes les conventions reçues. En réalité le cas de Réa est le plus banal, rien de moins inattendu que la conversion et le repentir d'une femme débauchée. Autre chose est la bizarrerie de ma mère.

[II]

En même temps que sa sainteté la réflexion sans présupposés concernant l'érotisme agissant comme l'inverse du rationalisme en montre l'inviabilité.

Elle montre aussi que de cette inviabilité l'érotisme tire ses ressorts les moins détendus, les moins susceptibles de l'être

Quelle que soit l'insistance de P[ierre] A[ngélique] sur l'auto-érotisme, en effet plus [nourri *lecture conjecturale*] de l'expérience des mystiques que l'érotisme engagé dans la dépendance d'autrui, c'est dans la dépendance que l'érotisme s'est développé qu'il a trouvé ses formes singulières

[PROJET DE CONCLUSION NARRATIVE]

la fille dont le nom sera celui de la fiancée de Kierkegaard[1] est rencontrée

Elle suit Charlotte et Pierre dans l'appartement de la mère ; là, elle explique ce qui s'est passé

Hélène ayant pris le poison prend la main de… pendant qu'elle fait l'amour avec Réa.

Mais Charlotte au moment de jouir a un crachement de sang tandis que la Danoise boit le foutre que Pierre lui a donné

À la fin vaine recherche de Mme Edwarda de bordel en bordel

[SOUVENIRS DE PIERRE ANGÉLIQUE]

Au souvenir de ce rêve se lient maintenant dans ma tête de vieillard deux images dont la première, parfois, se détache de la même façon que si je l'avais surajoutée, mais parfois m'apparaît comme l'aspect véritable du rêve. Je suis trop vieux, je ne sais plus. Cette image composite est celle de jeunes femmes d'une laideur et d'une pauvreté atterrantes dont les yeux me regardent, dont la bouche pend et s'ouvre pour vomir : le regard de ces yeux est celui de la mort au moment où la mort enferme l'être et tout le rire possible dans une grimace. Cette image est la plus pénible que je puisse me représenter. La seconde au contraire est agréable : elle ne se rapporte jamais dans mon souvenir à la vérité du rêve, mais elle est presque toujours associée à la première : c'est celle d'un jeune homme à la fenêtre, riant : c'est évidemment le rêveur et rien n'est clair en lui. Je ne puis même savoir si ce jeune est moi : c'est peut-être moi, mais avec le charme d'un autre, d'un jeune homme enjoué que je vois tous les jours avec lequel j'ai l'habitude de plaisanter. Comme si, en premier, ces femmes laides au regard de mort étaient drôles, toniques et désirables pour lui : ce jeune homme en plaisantant avec moi, non sans une sorte d'hésitation ; en effet il est inadmissible d'en rire, nous ne pouvons pas. Ce jeune homme est d'ailleurs sain, il chante d'une voix de basse sonore dont la résonance est celle du rire, du rire harmonieux et solide, dont la solidité n'a qu'un défaut : le chant du jeune homme à la fin tourne mal, à la fin le rire auquel il ressemble n'est plus un rire mais une éjaculation qu'il serait impossible de contenir, une éjaculation qui sans nul doute est voluptueuse mais qu'à toute force il serait nécessaire de calmer, d'arrêter, puisque, inévitablement, le jeune homme mourra de ces secousses incoercibles.

Le long de ma longue vie, ces images nombreuses agglomérèrent. Dans les désordres de ma vie. Elles ne m'ont pas toujours lié. Quand je faisais l'amour et que la chaleur de l'excitation me manquait, ces images n'auraient pu m'aider. Mais dans ces heures de solitude où je tentais de regarder comme d'un sommet ma vie, avec elle les avenues qui s'ouvraient à elle, où elle ne s'était pas engagée, ce furent toujours à l'horizon ces femmes embrouillant le désir et la nausée et, me suivant comme au soleil me suit mon ombre, ce jeune homme qui ne pleurait pas, mais dont l'émotion me faisait pleurer, et qui de toujours rire allait mourir, qui ont le plus passionnément crispé ce visage apathique, où se lisait sans doute l'opposition de deux besoins, celui de dormir — et celui de chercher l'issue. Pourquoi de tels besoins, si la chance survenait d'étreindre le corps nu d'une femme qui m'avait charmé, ne jouaient plus ? j'imagine qu'alors, au moment, la nudité elle-même était l'issue, qu'elle me semblait être l'issue. La nudité : la négation des murs qui m'emprisonnent. Mais sans doute l'amour au-delà de cette négation était-il au rendez-vous.

Appendices

Récits retrouvés

LA CHÂTELAINE GENTIANE

À Mademoiselle Eugénie Droz.

Un jeune et élégant seigneur se trouva pris au dépourvu[a] sans écuyer dans une armure de combat au milieu de la campagne, par un froid de dix degrés. Il lui[b] était impossible de se débarrasser de son équipement d'acier et même de descendre seul de cheval. Cette impossibilité rendait de plus le voyage qu'il avait commencé presque inutile. De telles circonstances le portaient à un état d'esprit dont il commençait à avoir honte. Il était glacé et claquait des dents en abandonnant toute volonté raisonnable. Malheureusement les sentiments amoureux étaient chez lui si impérieux qu'il ne serait retourné chez lui sous aucun prétexte, même dans l'espoir d'obtenir des avances d'un créancier. Cela ne l'empêchait pas toutefois de souffrir à l'idée qu'il venait frauduleusement d'hypothéquer deux fois ses terres, mais le fait d'avoir maladroitement compromis ses affaires auprès de la châtelaine Gentiane l'occupait encore plus que ses ennuis d'argent. Il poussait son cheval dans la direction de la route de Louvres-haut à Temples[1] par où il espérait que devrait passer ce soir-là la châtelaine Gentiane, accompagnée de son mari et peut-être même d'un amant. Sans nul doute cette démarche n'avait aucun sens puisqu'il ne pouvait pas mettre pied à terre et qu'il était difficile d'avoir une conversation avec elle par un froid pareil. Le cas était d'autant plus grave que la châtelaine Gentiane craignait le froid et n'aurait pas d'autre désir que d'arriver rapidement à Louvres-haut. Le soir tombait lorsqu'il arriva au chemin dans lequel il aperçut aussitôt la châtelaine Gentiane et deux autres cavaliers allant

au trot, mais ils avaient sur lui une avance de deux cents
mètres. Il pressa aussitôt son cheval. Il ne restait pas plus
de raison dans son esprit que de fleurs dans les champs.
La campagne couverte de neige était sinistre et le froid si
rigoureux qu'il aurait à lui seul justifié son désespoir. Mais
comme il se souvenait de l'agrément que la vie avait pour
lui au temps où la châtelaine Gentiane lui prodiguait les tendresses, les baisers ardents et des conversations charmantes
dans les fêtes, le désespoir qui s'emparait de lui à l'entrée
de la nuit était sans bornes. La châtelaine Gentiane courait
vite au loin mais le froid qui le séparait d'elle qui la glaçait
qui le glaçait qui décomposait sa figure qui se confondait
maintenant avec la nuit se confondait aussi avec la mort.
Car la mort était prochaine ou du moins quelque chose
de plus difficile à résoudre que la mort. En tout cas la folie
était certaine. Le cheval trébuchait. Lui hurlait, jurait, crachait et sanglotait. Le cheval s'effondra. Lui resta par terre
et se mit à hurler de grands hurlements comme un chien
qui aboie à la lune en sorte que la châtelaine Gentiane qui
n'était accompagnée que de deux écuyers l'entendit et revint
sur ses pas. Elle trouva son amant armé de pied en cap
étendu dans la neige et sanglotant. Elle était beaucoup trop
ingénue pour s'inquiéter : elle le reconnut, descendit de cheval et alla l'embrasser. Il n'en eut aucun plaisir car il faisait
trop froid et il la prenait pour ce qu'elle n'était plus, pour un
simple rêve. « Mais mon chéri, lui criait-elle en commençant
à fondre en larmes, qu'avez-vous, qu'est-ce que vous faites
ici. Pourquoi vous êtes-vous couché dans la neige. » Sa voix
était charmante mais elle tremblait de froid et ne comprenait pas non plus ce qui arrivait. Le froid les faisait grimacer
ensemble. Lui ne cessait pas de sangloter. Le vent soulevait
la neige qui tourbillonnait sur les personnages. Lui prenait à
sangloter un plaisir d'enfant. Il avait couché sa maîtresse le
long de son corps dans la neige elle emmitouflée dans des
fourrures lui dans du fer mais le froid les gelait ensemble.
Les deux écuyers se tenaient debout à la tête des chevaux,
les rafales ne cessaient pas d'arriver et de les couvrir de
neige. Il n'y a rien à ajouter.

Ils n'en moururent pas toutefois. Le jeune seigneur réussit même à payer ses dettes et la châtelaine Gentiane continua à passer joyeusement les nuits à Louvres-haut. L'un et
l'autre étaient devenus plus libertins, mais leur longue liaison
était finie. Ils semblaient contents puisqu'ils recherchaient

les plaisirs et même les fêtes. Ils se firent remarquer par le bon goût de leur élégance et par le charme de leurs manières. Ils avaient même quelque chose de commun, une certaine façon de paraître désintéressés et détachés au moment où leur succès se faisait évident. Cette correction était encore plus grande en ce qui touchait leurs rapports personnels qui étaient débarrassés de quoi que ce fût de remarquable. Ils n'étaient pas froids l'un envers l'autre ni gênés le moins du monde. Ils ne se rendaient même pas compte que cela n'avait rien de naturel et qu'ils s'aimaient encore, que s'ils étaient vêtus avec de pareils raffinements, s'ils brillaient aussi discrètement en société, c'était uniquement parce qu'ils désiraient se plaire l'un à l'autre. Ce désir, il est vrai, n'était qu'un désir éteint et las, il ne les faisait pas sortir de l'ennui correct où ils se complaisaient désormais. Ils tenaient par-dessus tout à ne plus se laisser entraîner trop loin : leur démence leur avait donné une si grande horreur des excès qu'ils cherchaient à se plaire en la manifestant à tout propos. Enfin il survint une circonstance nouvelle : la châtelaine Gentiane devint grosse et son ancien amant fut repris d'une agitation extraordinaire mais surtout d'une hilarité qui le scandalisait lui-même. Il commença alors à négliger de nouveau son vêtement et son maintien et il lui arriva même bientôt de perdre la tête devant tout le monde et de tenir des propos qui manifestaient des préoccupations étonnantes. Il questionnait sur les vêtements qui convenaient aux femmes enceintes et sur les réunions où elles pouvaient encore se permettre d'assister, mais il le faisait avec une insistance déplacée qui commençait à attirer l'attention, d'autant plus qu'il rougissait brusquement et oubliait la question qu'il venait de faire en n'écoutant pas la réponse. Un jour un des amants de la châtelaine Gentiane, père probable de l'enfant à venir, le prit à partie pour lui dire quelques paroles équivoques qui le menaçaient sous forme de conseil. Quant à la châtelaine Gentiane, elle avait honte devant lui et comme un jour ils se trouvaient seuls dans un escalier, elle s'embarrassa dans ses jupes avec une maladresse risible en sorte qu'il dut la retenir pour l'empêcher de tomber mais il ne put pas se retenir, lui, et il éclata de rire en la soutenant dans ses bras d'autant plus fort que c'était inconvenant. Enfin il l'embrassa mais elle avait le visage congestionné, les yeux hagards et il n'y avait aucune fraîcheur dans ses lèvres. Il la quitta donc sans plus parler lui aussi les yeux hagards et le

visage congestionné. Il rencontra de nouveau son donneur
de conseil et le bouscula. Ils se donnèrent aussitôt rendez-
vous non loin du château. Le donneur de conseil fut tué
et son meurtrier vint en prévenir la châtelaine Gentiane qui
se laissa glisser de nouveau dans ses bras mais ce ne fut pas
plus agréable que la veille, seulement cette fois elle tomba
malade et mourut en accouchant. C'était une des créatures
les plus exquises et les plus troublantes qu'on pouvait rencontrer. Le seul de ses amants qu'elle eût aimé ne tarda pas
à la suivre dans la tombe car s'étant livré à la débauche il
fut tué dans une maison borgne peu de jours après.

[RALPH WEBB]

Ralph Webb[a] vivait pendant le règne de la reine Anne[1],
à une époque où il était encore de bon ton de s'enivrer. Il
se trouvait, à part ses domestiques qui dormaient, entièrement seul dans son manoir à Southway[2] dans le Dorsetshire.
Il parcourait botté, le chapeau sur la tête, une grande salle
en désordre. Il ne cessait guère de la parcourir bien qu'il
fût minuit et visiblement il n'avait aucune envie de se coucher. Mais il s'était ennuyé d'être ivre et il faisait de grands
efforts et des mouvements cassants pour essayer de dominer le tumulte. Tantôt il s'arrêtait devant une glace, il s'ajustait en gonflant sa poitrine pour se donner du courage et se
trouver grand air mais il y avait là quelque chose de trouble
et de comique. Tantôt il ouvrait une fenêtre et écoutait ce
qui pouvait se passer dans la campagne avec une figure
décomposée. La campagne était aussi sombre que possible
et il y pleuvait doucement. Cet espace vide et obscur restait pour Ralph incompréhensible car son esprit était au
contraire illuminé et débordant. Il y avait aussi quelque
chose d'étrange et d'oppressant dans le fait qu'il ne disait
pas un mot et qu'il s'agitait avec un grand fracas de bottes
sur le parquet. En même temps les expressions les plus
diverses et les plus agitées se succédaient comiquement sur
son visage.

Un bruit tout d'abord insignifiant devint bientôt le roulement très nettement perceptible d'une voiture à quatre roues. Alors Ralph ne cessa plus de tenir la fenêtre ouverte et d'écouter. Le bruit se rapprocha. Il distingua bientôt les lanternes de la voiture sur la route. Enfin après une longue impatience mal contenue la voiture roula dans la cour. Ralph qui se tenait alors sur le perron du manoir se précipita sur la portière mais il fut arrêté par le cocher, un homme d'une grandeur anormale qui était sauté[3] de son siège d'un seul coup.

« Madame est malade, lui dit-il avec une voix embarrassée, et puis je crois qu'on nous poursuit à cheval. »

Ralph ouvrit aussitôt la portière et regarda Madame étendue presque inerte au fond de la voiture. Il ôta son chapeau et monta s'asseoir près d'elle, ivre, sans rien dire. Quelques minutes se passèrent ainsi. Madame ne fit pas un mouvement. C'était une personne fort jeune et fort belle, aussi abandonnée sur les coussins que si elle n'avait été qu'une robe. Elle gémissait en caressant de la main le bras de Ralph qui voyait alors autour de lui quelque chose tourner en entraînant tout.

« Que faut-il faire ? demanda le cocher.

— Il faut repartir. » Le cocher n'en put rien tirer d'autre.

Trois minutes après un cavalier galopait dans la nuit en criant auprès de la voiture où Madame se plaignait faiblement. Ralph semblait s'éveiller d'un rêve et regardait avec des yeux hagards. Le cocher que le cavalier menaçait d'un pistolet arrêta la voiture.

Il est difficile de rendre compte de ce qui s'est passé dans les minutes suivantes. Ralph tenait un pistolet à chaque main. D'épouvantables détonations s'égarèrent la nuit au milieu des cris. Quand Ralph vit le cocher et le cavalier étendus par terre, il s'empara du cheval sellé et le monta aussitôt, puis il fit le tour des corps et de la voiture d'où il entendait des sanglots et des cris. Effrayé il lança son cheval en ne regardant plus que la nuit. La voiture sans cocher s'éloigna en cahotant dans une autre direction. Puis Ralph revint et suivit la voiture à cheval en s'efforçant de réfléchir, malheureusement il se trouvait absolument mélangé et presque inintelligible. Les éléments réels se confondaient dans son esprit avec des personnages de cauchemar parmi lesquels la voiture jouait un rôle.

Elle avançait dans l'obscurité et faisait un bruit de ressort impressionnant. Ralph qui serrait sa monture dans ses

genoux écoutait crier le cuir de ses bottes contre le cuir de
la selle. L'effort qu'il fit pour ne pas comprendre ce qui
venait de lui arriver était fructueux mais il pouvait difficilement s'empêcher de pouffer de rire. Il ne redescendit à
un arrêt de la voiture que parce qu'il désirait embrasser
Madame à qui la terreur avait rendu la vie et en même temps
que la vie une capacité d'embrasser imprévue. Les chevaux
se remirent en marche et emmenèrent au hasard sous la pluie
battante l'amant botté et son amoureuse[64].

On ne pendit Ralph que trois semaines après pendant lesquelles il ne retrouva pas la raison. Il ne sut même jamais
qu'on devait le pendre. Il se souciait beaucoup de Madame
et demandait fréquemment quand il la verrait. Il s'emportait parfois contre les gardiens et les accusait d'empêcher
Madame de venir le voir, car Madame, disait-il sans pouvoir
s'empêcher de rire, n'aimait rien autant que l'embrasser. Il
furetait dans sa cellule et entourait fréquemment la tête de
ses deux bras en s'efforçant avec désespoir de comprendre.
Il comprit enfin que Madame était morte en quoi il ne se
trompait pas car elle mourut en effet d'un refroidissement
qu'elle avait pris en voiture. Elle se rendit compte d'ailleurs
que rien ne pouvait arriver plus exactement à son heure,
cette mort simplifiant les choses[c].

ÉVARISTE

Le train qui ramenait le médecin de Lugarde[1], Évariste,
est arrivé en gare de Saint-Flour[2] à 9 heures. Le docteur est
descendu en chancelant : il était exténué. Il était également
sale et encombré par deux valises. Il sentit de l'écœurement
à l'aspect de son pays et se promit aussitôt de monter dans
la ville.

En effet le faubourg est neuf et paraît lugubre aux amateurs de vieux quartiers. Évariste ayant ces goûts se précipita
donc vers la ville haute qui lui apparut au-dessus d'un grand
rocher. La cathédrale ancienne, terminée par deux larges
tours cubiques complétait le paysage en meublant le ciel.

Évariste la dévisagea avec lenteur, honteux de rester inerte devant elle.

« Voici donc ma ville natale, disait-il, ma ville natale et l'église où j'ai tant prié. » Il répétait « l'église où j'ai tant prié », tournant les yeux vivement dans les orbites. Il s'étreignait le front à la recherche d'une impression douce.

Après un quart d'heure de marche il se trouva sous un large bâtiment en rebord d'un rocher et reconnut son séminaire[3]. Il le contempla posément : il se croyait obligé de se recueillir devant un lieu si chargé de souvenirs. Mais, contre son attente, ce recueillement fut presque hostile.

Rien n'était plus déconcertant, plus lugubre, semblait-il, que d'y avoir joué aux barres en soutane. La vue des terrasses, des files de fenêtres et des cloches des cours le fit rougir. Il avait honte : était-ce d'avoir failli être tonsuré autrefois ? était-ce d'avoir gauchement abandonné le service de l'Église ?

Il pensa alors qu'il n'avait plus le temps de monter à la ville et revint prendre l'autobus à la gare, discrètement comme un enfant craignant d'être vu par une grande personne.

Mais il avait largement le temps et l'autobus étant vide dans la cour, il dut aller déjeuner au café. Il voulut avaler un bouillon chaud. Il se brûla, toussa, avala tout de travers et finit par inonder son pardessus.

Évariste eût fait pitié : il regardait le mur étonné. Le mur était vert, sale, mais luisant, orné d'un petit tableau de nature morte. Évariste grimaçait devant ce mur, le visage ruisselant : il pleurait, le bouillon avait coulé sur sa figure.

Il pensa pourtant qu'il avait un cœur d'or quand il avait vingt ans : à cette pensée, ses yeux pâles s'éclairèrent enfin d'un éclat aussi doux qu'autrefois. Autrefois, c'est-à-dire alors qu'il attendrissait les dames sérieuses : on le trouvait si charmant qu'il fallait qu'on l'aide à vivre ; on devenait touchant, enjoué, on se confiait à lui et l'on sortait des petits-beurre, de la prunelle. Sans doute ces dames étaient parfois fort âgées mais elles savaient lui rire dans les yeux. Au fond il avait toujours le même caractère.

Il revenait toutefois à Lugarde accablé de honte et craintif. Il n'avait aucun plaisir à l'idée de revoir sa femme ou d'embrasser sa petite fille. Il ne rapportait de Paris qu'un souvenir d'insuffisance et d'envie. Et lorsque la pluie se mit

à ruisseler sur les vitres de l'autobus, il se blottit : il ne songea
plus qu'au lit presque carré où il allait pouvoir s'étendre,
oublier sa mauvaise bouche, ses pieds sales, sa femme maigre
et tant de fardeaux.

Malheureusement, dès que cette femme fut devant lui,
un sentiment surprenant et tragique l'agita : une insolence
désespérée, une gaîté méfiante, masquée d'ennui et une
grande angoisse. Il comprit d'ailleurs à l'expression éperdue
de sa femme qu'il devait s'écrier « qu'y a-t-il ? » Il ne fut pas
étonné d'apprendre que Jeanne, leur fille unique, avait une
méningite.

Il se croyait ensorcelé. Son entière indifférence et l'ennui
qu'il avait de renoncer à dormir l'inquiétaient. Il s'analysait
avec soin, comme si un phénomène d'importance s'était présenté à lui. L'importance qu'il réussit à prêter à ce fait devint
telle qu'il eut à réprimer par convenance un mouvement
de contentement. Il marchait ainsi sans regarder sa femme à
son bras. Tout à coup son beau-frère se trouva devant lui et
lui serra la main longuement, sans rien dire, avec un visage
grave. À ce moment, il comprit qu'il allait fondre en larmes.
Comme les convenances l'y invitaient, il ne se retint pas.

Sa petite fille s'agitait lentement dans un lit trop grand
pour elle. La chambre surchauffée était mal aérée. Jeanne
lui tendit aveuglément un poignet brûlant et trop maigre.
Sa femme se tenait assise auprès du lit, renversée en arrière :
l'angoisse décomposait son méchant visage. Évariste la regardant oubliait la malade et souffrait de découvrir nus les principaux traits de caractère de sa femme. Sa rancune maladive
contre la vie écartait ses lèvres ; par moments des accès
de méchanceté et d'aigreur crispaient ce visage bizarrement
penché en arrière. Elle avait perdu contenance, et donnait
au docteur l'impression d'une tête qui tourne.

Lorsque Évariste eut acquis la conviction que sa fille allait
mourir il se leva et rougit. Il se croyait indécent. Il alla vers
son beau-frère et lui dit : « Écoute, Pierre, je te charge de
ménager ta sœur. Une grande épreuve nous attend. Tu m'as
compris. » Il parlait à voix basse et regardait le tapis à ses
pieds.

Sa femme cria :
« Évariste !
— Eh bien », répondit-il.

L'angoisse s'accrut.

« Que faut-il faire, gémit-elle.

— Il faut aller chercher Célestine.

— Célestine ? Elle n'a jamais le temps. Et puis que veux-tu qu'elle fasse.

— Elle aidera la bonne et te remplacera auprès de la malade pour que tu puisses reposer.

— Non.

— Mais pourquoi non ?

— Parce que. » Puis sèchement : « Je dois me résigner. »

Évariste avait toujours regardé Jeanne avec malaise. Elle n'était ni jolie ni saine. Et comme il était superstitieux il pensait parfois qu'elle était née sous un signe néfaste. S'il l'aimait ce n'était pas sans méfiance. Il prenait cette méfiance pour de l'ironie.

Comme il voyait la fatalité menaçant toujours les siens, il imaginait pour elle les disgrâces les plus tragiques et ne pouvait jamais l'observer sans appréhension. Elle avait le regard gauche et les mains rouges. Elle était si lourde que lorsqu'elle marchait il avait peur qu'elle ne s'allonge : il la devinait dans cette attitude grotesque et l'idée qu'elle pouvait crier l'énervait. Il ne l'aimait qu'en de rares instants où sa bonne humeur naturelle triomphait de la tristesse de Jeanne, où elle riait, mais depuis quelque temps déjà il n'y songeait plus, restant distrait devant elle, l'oubliant.

La certitude qu'elle allait mourir à présent, à l'âge de neuf ans, le rassurait presque. Ses gestes disgracieux avaient matérialisé pour lui les craintes les plus étranges. Il ne cessait pas de la pressentir vieille, néfaste et folle, de lier à son sort des accidents tragiques, d'étroites jalousies, ou des maladies dégradantes.

Sa femme ne cessait pas de s'agiter et de geindre. Elle cria :

« Évariste !

— Eh bien ? répondit-il.

— Tu vois pourtant que ça ne peut plus durer ainsi. Je suis rendue. Cette petite m'aura la peau. Au lieu d'envoyer chercher Célestine, tu réfléchis, là, comme une bûche. Voilà deux nuits que je ne dors plus. Je passe mon temps à gémir et à pleurer. Non, je ne veux plus vivre, ainsi, je ne veux plus vivre », cria-t-elle s'effondrant en faux sanglots. Ces sanglots

se modulèrent hachés par une toux violente. Une idée passa
rapidement dans le cerveau d'Évariste : la chambre de Jeanne
était tapissée d'images pieuses et le chapelet de sa femme
avait roulé par terre : « Il n'imaginait pas, auparavant, que
l'enfer soit ecclésiastique. » Cette idée lui donna un air touchant : au milieu de cette horreur, il s'en amusa gauchement.

Évariste quitta la chambre sans résolution. Il entra dans
la cuisine. Il passa dans la remise où, par désœuvrement, il
s'assura du bon état de sa voiture. Il mit le moteur en marche
et l'écouta avec satisfaction. Aussitôt qu'il l'eut arrêté, il
remonta au plus vite dans la chambre de Jeanne. Il examina
la malade, puis se levant, aussi calme qu'un somnambule, il
parla rapidement : « Il n'y a aucune inquiétude pour aujour-
d'hui. Il suffit d'entretenir la glace sur la tête de l'enfant.
Je dois maintenant aller aux Collanges⁴ où on me demande
au chevet de Mme Salsat qui est mourante. Il est à présent
11 heures. Je passe prévenir Célestine et je serai de retour
avant 3 heures. » Alors sa femme s'exclama : « Non, par
exemple, tu n'iras pas. Comment : laisser ta fille agonisante
et moi… D'ailleurs ça ne m'étonne pas : on te connaît pour
ce qui est du cœur, mais c'est impossible. Tonton doit
arriver de Murat⁵ pour déjeuner. — Je vous en prie Évariste,
ajouta son beau-frère, restez : vous ne pouvez pas laisser
la petite quand son oncle accourt de Murat. — Allons donc,
Pierre, je t'en prie, reprit sa femme sur un ton d'orage, laisse-
le partir. On [n']a pas besoin de lui ici. Ah ! quand il faut
boire et manger… ! »

Évariste sortit de la chambre comme un noyé de l'eau :
il se trouva au frais sur le pas de la porte avec un visage
déconfit, naïf mais malicieux. Il repartit en voiture à Saint-
Flour, voir l'abbé Palme⁶, son confesseur !

Dès qu'il fut parti, une sorte d'effroi entra vivement dans
la chambre. Pierre, le beau-frère, n'osait rien dire, par crainte
de sa sœur. Celle-ci avait pris l'air prétentieux des personnes
qui ont raison. À ce moment Jeanne se mit à respirer avec
un bruit sifflant et à manifester des signes de terreur : elle
entrait dans un cauchemar.

Tandis que ce cauchemar l'exécutait cruellement : « Voilà
le moment qu'Évariste a choisi pour partir ! » dit sa mère.
Toutefois, elle et son frère sentirent combien de telles
paroles étaient alors déplacées et ils se turent sans respirer :
la petite Jeanne prise d'un accès de toux rauque étouffait.

Dans sa voiture Évariste, honteux et craintif, somnolait ;
il approchait de La Godivelle[7] : c'est à l'entrée de ce village
qu'il faut tourner pour aller aux Collanges. Par malheur il
appréhendait d'expliquer à Mme Salsat comment il avait
abandonné sa fille malade : il ne savait comment lui rendre
raison de sa supercherie : cependant il était obligé à présent
de demander à sa vieille amie de bien vouloir s'y prêter. Il
s'aperçut donc à peine qu'il entrait dans La Godivelle directement, mais la tristesse des maisons et des granges de ce
village lui tourna le cœur. Il pensa qu'il serait facile de passer
prévenir Mme Salsat lorsqu'il reviendrait : pourtant il sentait
que sa folie l'avait déjà entraîné trop loin et que sans doute
aucun retour ne serait possible : il sombrait sans raison.
Quand il s'enfonça dans les couloirs vides du séminaire à
Saint-Flour, quand il frappa à la porte de l'abbé Palme, il
était si agité qu'il entra sans plus attendre. Il n'y vit personne,
maugréant à demi-voix quelque chose comme : « Où donc
est encore passé le vieil imbécile ? » or il était dans un coin
de la chambre en prière et quand Évariste l'aperçut, il en eut
peur et fit un saut. Le prêtre laissa tomber son bréviaire dans
sa surprise mais l'air éberlué qu'il prit devint aussitôt
maternel : il souriait, il tendait les mains à son pénitent.

« Mon père… », fit celui-ci, mais il s'arrêta net, reculant,
appuyant son grand corps contre le mur, il y souhaitait la
mort et songeait cependant à son attitude. Il se composait
un visage ambigu parce qu'il ne désirait pas uniquement se
montrer vil : mais s'efforçait encore de mériter l'affection,
d'être charmant.

Il s'expliqua : son confesseur tendait la tête, angélique,
grave, exprimant sa douleur avec onction.

« Mon père, j'ai déjà failli venir ici ce matin en arrivant
de Paris à 9 heures. Mais le voyage m'avait tellement fatigué
que j'ai d'abord remis ma visite au lendemain. Comme il m'a
semblé ensuite que demain ce serait tout à fait impossible,
je suis revenu ici presque sur-le-champ… comme malgré
moi…

« Sans aucun doute c'est la semaine la plus triste de ma vie
parce que j'ai perdu la tête et oublié Dieu. Je me suis affolé
comme un papillon qui tourne sur une lampe. Je me sens
perdu, mon père, et j'ai les impressions qu'on doit avoir si
on apprend qu'on est cancéreux. À présent je n'ai plus un
moment de repos : où que je sois, il faut que je m'en aille,

mon immondice est tellement grande que je sens bien que je suis chassé de partout.

— Mon fils, mon pauvre enfant, comment un pareil malheur a-t-il pu vous arriver ?

— Tout d'abord je suis allé dans d'affreux théâtres où on exhibe des femmes et cela m'a rendu lubrique. J'étais si obsédé que j'y retournais chaque après-midi et chaque soir espérant dans mon angoisse que cela n'aurait pas d'autre conséquence, mais je négligeais pour cela des affaires importantes et peu à peu je me sentais perdu. À la longue tout a si mal tourné que j'ai dépensé l'argent que je devais placer. Ce n'est pas une somme importante, mais je ne sais pas comment je l'avouerai à ma femme.

— Mon fils, mon pauvre enfant », gémissait l'abbé Palme — il lui serrait affectueusement les deux mains — « n'avez-vous pas songé que ces graves désordres risquaient de troubler votre bonheur familial ? Cette idée aurait pu vous réconforter. Comment oublier ainsi votre femme, si vertueuse, si dévote.

— Ah ! ma femme, reprit vaguement Évariste, ma femme a la vie bien dure. Et que dirait-elle si elle savait ?

— Votre femme est une sainte, Évariste, et je suis étonné que l'amour que vous lui portez ne vous ait pas retenu sur la pente.

— N'avez-vous jamais regretté de me l'avoir fait épouser ?

— Et pourquoi regretté ?

— Ne suis-je pas indigne d'elle ? »

Ils gardèrent le silence. Affectueusement l'abbé Palme s'étonnait du regard vacillant d'Évariste mais tout à sa mission ne devinait rien : de plus en plus le vide s'ouvrait devant Évariste.

Sa voix s'embarrassait dans sa gorge, il reparla sans aucun espoir, peut-être même par désœuvrement. Qui donc avait affaire avec ce qu'il comprenait, avec ce qu'il endurait ?

« Vous rappelez-vous, mon père, le jour où nous avons rendu visite ensemble à mes futurs beaux-parents ?

— En effet.

— J'étais très joyeux, n'est-ce pas. » Il se mit à sourire et baissa la tête : « J'étais si content d'entrevoir la fin de mes débauches solitaires.

— Mais que dites-vous là, Évariste ? perdez-vous la tête ?

— Mais oui, mon père, cela me plaisait tant que je trouvais ma fiancée sympathique. »

Le regard de l'abbé Palme devint fixe, son front se tendit, il pâlit, il se leva et perdit la tête en parcourant sa chambre avec brutalité, s'écriant à la fin sur un ton brusque :

« Évariste, je vous en prie, écoutez-moi, au nom de ce que vous avez de plus sacré ! L'esprit du mal est entré en vous, mais la Sainte Vierge qui vous protège ne vous a pas abandonné dans ces circonstances : elle a écarté les obstacles ; elle vous a directement mené vers moi. Maintenant elle me charge de ramener au bercail la brebis égarée. Oubliez donc radicalement ces idées perverses et sacrilèges qui ne sont que les fruits de vos péchés et songez au secours que vous allez recevoir de notre sainte Religion, par laquelle vous allez être purifié, au moyen du sacrement de pénitence. En effet la grâce qui est en vous va redevenir efficace et redonner à chacune de vos pensées la douceur affectueuse dont vous semblez vous être écarté. Voici donc, mon enfant, que vous avez causé une immense peine au Bon Dieu : ainsi, il devrait vous punir cruellement. Or voyez quelle est sa miséricorde quand il va jusqu'à vous provoquer à revivre en vous envoyant son cher Fils qu'il vous donne à manger par le moyen du sacrement de l'Eucharistie. Ah, mon cher enfant, oubliez donc à présent toutes vos saletés, car Dieu s'approche de vous. Oubliez, car Il vous aime, notre Seigneur Jésus-Christ, jusqu'à donner son sang pour vous. Ah ! courbez la tête, Évariste, courbez la tête et ne discutez pas ! »

La joie inonda sur-le-champ Évariste. Un espoir illimité le porta vers le prie-Dieu sur lequel il s'agenouilla pour recevoir l'absolution. La tête du vieux prêtre s'était remise en place et ennoblie. Bien qu'Évariste ne soit plus à jeun, il lui offrit de le communier aussitôt, ce qui ne doit se faire qu'en des cas exceptionnels. Ils allèrent donc ensemble à la chapelle.

Évariste au retour était pénétré d'une douce béatitude. Les nuages lui semblaient lumineux, il découvrait tout ce qu'il y a de bonté et de douceur dans ce monde et trouvant Jésus partout il se sentait compris et choyé par la terre entière. Il entendit un ruisseau le long de la route : ce bruit était si doux qu'il se mit à pleurer. Il pleurait sa fille avec une douceur radieuse comprenant que la vie restait grande et qu'une bonté ineffable ruisselait en cachette.

Il était 1 heure, et Mme Salsat arrivait à ce moment des Collanges à Lugarde. Elle marcha droit vers la maison du

docteur voulant sans doute rire un quart d'heure avec lui.
Sa femme qui l'accueillit fit une grimace d'effroi, impossible
à dire, lui criant : « Ah ! Madame, le docteur… » puis d'une
façon haineuse : « Il m'a menti. Il se promène ! Sa fille vient
de mourir, madame ! »

Et lorsque Évariste arriva aux Collanges pensant qu'il
devait s'expliquer à présent avec Mme Salsat — pour qu'elle
confirme le prétexte qu'il avait donné — un dérangement
d'esprit inaccoutumé, une hilarité inquiète et timide l'agitaient. Il ne trouva que ses deux fils et n'en fut pas surpris.
Ils lui dirent qu'elle était allée le voir à Lugarde. Il n'aurait pu
le prendre mal : cela retardait l'explication ! Il parla gaiement
sans s'en rendre compte, buvant tout ce qu'on lui servait. Il
n'avait plus aucun intérêt pour l'avenir.

Tout à coup, cependant, il s'écouta parler : « Ma femme,
disait-il, corrige très souvent ma petite fille. Elle est toujours
en train de parler de martinet. » Il pressentit brusquement de
graves ennuis et prit congé. Il était ivre.

Bien des choses lui apparurent avec un aspect nouveau
et sur un point, il put écarter les doutes : tout lui semblait
enfin justifié, légitime, il se sentait à l'aise. Il avait cessé d'être
obsédé par l'idée que ce qui lui arrivait ou bien ce qu'il pensait aurait dû être évité à tout prix, comme cela se produisait sans relâche auparavant. Comme autrefois un univers
redoutable et trop grand s'étendait autour de lui, mais à la fin
cette immensité le portait à rire.

Les projets et les imaginations les plus incorrectes se
présentaient à son esprit. Sa petite fille apparaissait dans
une rapide succession d'images avec des attributions variées.
Il l'aima si fort qu'il en éclatait de rire et l'idée de sa mort
lui parut si folle que les impressions d'étonnement qu'elle lui
causa lui paraissaient liées au rêve d'une chute interminable.
Une évidence grandissait dans son esprit avec une intensité
qui lui faisait perdre le souffle, l'évidence que tout cela ne
le concernait plus, ne concernait rien, que lui même devait
rester joyeux.

Mais une telle folie n'avait rien de rapide et s'accordait au
contraire avec la progression régulière et intense de la voiture. Il semblait ainsi qu'elle allait atteindre une valeur définitive, une splendeur sans limites, et qu'il suffisait à présent
de rire aux éclats : les problèmes de la vie les plus sombres,
jusqu'au dernier, recevaient des réponses claires. L'univers
entier s'allégeait, s'éclairait violemment : les arbres, les mai-

sons, les nuages trahissaient peu à peu des secrets bouffons et provoquaient des gaîtés sans bornes. La mort elle-même abattait son jeu : ce jeu était risible à en mourir.

Quand il entra dans la chambre de sa fille morte elle était à demi obscure et le silence y régnait. L'oncle de Murat, Mme Salsat, sa femme, son beau-frère et Célestine se tenaient debout autour du lit. Il n'y avait pas de sanglots. La tête de Jeanne sortait des draps blancs minable et triste ; la mort avait relâché ses traits, révélant une inconcevable expression d'inutilité, de pacotille. En relevant la tête Évariste aperçut la même expression sur la figure de sa femme. Mais une haine trouble*ᵃ*, une sorte de vertige contenu l'atténuait. La regardant il comprit à quel point tout s'était embrouillé pour procurer un triomphe à la vertu offensée. Il eut froid. Quelque chose de vide l'attirait. Il se sentait glisser comme un bateau qui sombre, vers le fond. Le dégoût*ᵇ* tragique qui faisait reculer sa femme dans l'ombre était confirmé, soutenu, exalté par les regards fuyants et la respiration coupée des assistants. Mme Salsat elle-même, sa grande, sa vieille amie se détournait, participant à l'apothéose. Alors Évariste ivre alla s'échouer à genoux près du lit et se mit à briser le silence : traqué, perdant les sens, abandonnant son visage — à une convulsion précipitée, comment aurait-il pu savoir si c'était un éclat de rire ou un sanglot[8] ?

LA MAISON BRÛLÉE
Scénario

[I] LE MONASTÈRE

La nuit sur un vaste plateau montagneux mais que ne domine aucune montagne pittoresque, le vent soulève la neige en rafales, dans un bruit immense. Au centre les bâtiments isolés d'un monastère. Et au loin le cimetière d'une petite ville[1]. L'écran donne un détail extérieur du monastère. À l'intérieur les lumières sont allumées. Dans un couloir nu, passe un très vieux moine, diaphane[2], d'une sévérité paraissant dès l'abord coupante. Il est accompagné d'un autre très jeune sur le bras duquel il s'appuie. Ils sont vêtus de bure blanche. Au moment où ils arrivent devant elle, la porte d'une cellule s'ouvre. À l'intérieur un moine relativement jeune est couché, mourant, le visage éclairé d'une lueur étrange. Plusieurs moines l'entourent, la scène s'ordonne comme dans le tableau de Lesueur[3]. Le vieux moine, dom Lesueur, entre dans la[a] cellule et s'agenouille sur le sol péniblement, aidé par celui qui l'accompagnait. Un jeune homme en arrière — Antoine Maulouis — n'est pas vêtu en moine.

Le plateau, la neige. Des corbeaux passent en croassant. Le glas. Le cimetière du monastère. Une fosse est fraîchement creusée.

L'un des moines essaie de prendre les bras d'Antoine comme pour partager une forte émotion. Celui-ci d'un geste net, l'écarte.

[2] LA FERME DE MAURONNES[4]

Un potager mal tenu. Quelqu'un s'en va qu'on ne voit que de dos. Un arbre fruitier. Le sol à ses pieds est jonché de fleurs. Une jeune fille (Marthe) est dissimulée derrière une petite baraque : elle revient craignant apparemment qu'on ne la voie. Elle arrache alors ce qui restait de fleurs à l'arbre (méticuleusement et avec rage).

Non loin de là : Poussin, le caprice[5] même regardant des abeilles dans les fleurs. Sa tête dépassant d'une haie, il aperçoit Marthe. Stupéfait il se dissimule quand elle a fini.

Un crapaud dans un chemin : tentant de le charmer (comme on charme les serpents) le cordonnier siffle, faisant signe de se taire à deux enfants qui derrière lui l'épient et rient sournoisement. Le cordonnier et les deux enfants se rendent ensemble dans une ferme.

La ferme. On lave dans un baquet un enfant nouveau-né. Le cordonnier, l'air absurde, voulait du lait pour les enfants. Le fermier le renvoie, lui montrant le nouveau-né qui pleure.

La porte est claquée dans un courant d'air. Un chien se précipite sur une oie. Cris redoublés. Envol d'oiseaux de plus en plus haut. Bruits violents d'ailes et de cris d'oiseaux.

Marthe s'en va et dans un chemin creux rejoint Marie.

MARIE (angoissée) : Où étais-tu ?

MARTHE (durement) : Je parlais avec le fermier.

Elles arrivent se promenant sans mot dire sur une hauteur : immense étendue de plateaux secs. Devant elles sur une forte pente une charrette trop chargée de bois. Un paysan brutalement pique des bœufs pour les obliger à monter. La pente est presque impossible. Colère du paysan.

[3] L'INCENDIE

Une vaste et belle maison, dans les fleurs, luxueuse et sévère cependant, isolée dans le même paysage que la ferme et le monastère.

Un vieillard très piteux, le père, cache-nez, canne, entre dans la maison.

On l'entrevoit, mais rapidement.

Puis Antoine et Marie traversent le jardin venant du

dehors, l'un après l'autre et courant presque, l'air ennuyé, comme en alerte.

ANTOINE (au père, dans l'entrée) : Où est Marthe ?

Réponse gâteuse du père.

ANTOINE (il crie violemment) : Marthe !

Marthe sort du fond du jardin, lentement. Elle est fermée, visiblement haineuse et tenant à ne pas répondre à la hâte d'Antoine qu'elle évite de regarder.

MARIE (timidement) : Où passes-tu la nuit ?

MARTHE (sèchement et sans la regarder) : Ici.

À l'intérieur, Antoine l'entendant entre dans une chambre et claque la porte.

La nuit tombée. Les lumières, les volets fermés. La lumière s'éteint. Quelqu'un rôde. Un chien aboie. Fuite d'une ombre.

La nuit dans la ville. L'on entend de loin une première sonnerie de clairon. Et l'on voit, également de loin, l'incendie.

Le clairon sur l'écran, au milieu d'une rue. Des volets s'ouvrent. Un homme descend. Le clairon lui dit :

« Chez les Maulouis. »

L'incendie faisant rage[6].

Marie et Antoine d'abord puis Marthe et une bonne.

Le dialogue suivant est calme, presque à voix basse :

MARIE : Certainement, ton père est dans la maison.

ANTOINE : Certainement.

MARIE : Il a brûlé vif !

ANTOINE : Le feu semble avoir pris dans le garage sous ta chambre. Je dormais et je n'ai eu moi-même que le temps de sauter par la fenêtre.

MARIE : Je veillais. Si j'avais dormi…

MARTHE (étrangement) : Tu serais morte dans les flammes. Ils se regardent tous gênés.

Les débris fumants le matin, solitude. Puis allées et venues, brumes, fumées. Pluie.

[4] LA CHUTE

La vallée de l'Impradine.

Troupeaux et cloches des vaches. Soleil d'été. Le cirque du Mandaillon. Le puy Griou[7].

L'on voit lentement les montagnes et les trois personnages de loin.

Dans l'ordre, Antoine, Marie, Marthe en font l'ascension.

On les voit enfin de près. Ils s'assoient mais non l'un près
de l'autre, au contraire, le plus loin possible, se tournant
le dos et l'air fermé. Chacun sur sa pierre comme plusieurs
oiseaux de mauvais augure, la tête basse, ou la tête dans les
mains.

Ils repartent et arrivent à un passage difficile.

Un instant d'arrêt.

MARIE (doucement) : Pourquoi nous obstiner. Vous n'avez
pas plus que moi envie d'aller en haut.

ANTOINE : Mais pas davantage envie de rentrer.

MARTHE (sifflante) : Décidez-vous.

Ils repartent, Marie est résignée.

Sur une pierre plate en pente et trop lisse Marie glisse. On
voit mal ce qui se passe.

Le visage de Marie, au moment où elle tombe.

Marthe et Antoine voient tomber Marie.

Les visages de Marthe et d'Antoine[b] après la chute.

Visages égarés, toutefois durs et, en somme, comme en
extase.

[5] LA MAISON BRÛLÉE

La maison puis les parages où quelques enfants jouent.
Silence coupé de quelques cris. On ne doit comprendre que
plus tard qu'ils jouent à cache-cache.

Deux enfants débouchent vers la maison brûlée. Ils
courent, entrent, se cachent. Ils ne voient pas Antoine (vêtu
d'un léger pull-over foncé, et à col roulé) adossé au mur,
dur, immobile et concentré, le visage semblable à celui qu'il
avait après la chute.

Antoine ne voit pas les enfants. Arrive celui qui cherche.
Cherchant de tous côtés, il ne voit, à la fin, qu'Antoine qui
s'est mis à sourire puis à rire silencieusement comme déchiré
par un rire intérieur. Le troisième enfant s'effraye. Ceux qui
sont cachés le voyant effrayé regardent du côté de ce qui lui
fait peur.

Tous s'enfuient. Antoine est éveillé par le bruit comme
d'un rêve.

[6] ARRIVÉE D'ANNE
DEVANT LA MAISON BRÛLÉE

Antoine sort lentement de la maison brûlée. La maison est dans l'angle formé par un tournant de la route. Antoine a l'air absent d'un somnambule.

On voit arriver une voiture (cabriolet décapotable) d'un peu loin.

Celle-ci trop rapide débouche du tournant et manque de renverser Antoine. L'accident n'est évité qu'au dernier moment par un coup de frein brutal. La voiture chasse, dérape un peu et stoppe.

Anne est au volant, le visage contracté par la peur. Elle repart après qu'Antoine et elle se sont regardés en face sans mot dire.

Leur absence de réaction égale et entière donne une impression de complicité (impression de deux êtres auxquels le silence est également nécessaire dans ce cas).

[7] ARRIVÉE D'ANNE
DEVANT LA MAISON DE MARTHE

La voiture se dirige vers la petite ville, qu'on aperçoit de loin en haut d'un rocher, dominée par les deux tours massives d'une cathédrale. La voiture traverse la ville (rues étroites), aboutit à la maison de Marthe.

(Maison rébarbative, visiblement très riche mais mal entretenue.)

Anne descend et sonne.

UNE VIEILLE FEMME (haussant les épaules et sur un ton pincé) : Il y a quelqu'un mais on y met le temps.

Marguerite entrouvre la porte.

MARGUERITE (rébarbative) : Qu'est-ce que c'est ?

ANNE : Je viens voir Mlle Maulouis.

MARGUERITE : Pourquoi ?

ANNE (nullement embarrassée) : Dites à Mlle Maulouis que Mlle Heurelay est là. (Arrêtant juste à temps Marguerite refermant la porte) : Non, je suis fatiguée, j'attendrai dans la maison.

[8] ANNE DANS LA MAISON DE MARTHE

Marguerite recule et laisse passer Anne qui ne la regarde pas. Marguerite est furieuse et claque la porte du dehors (sorte de « C'est trop fort » silencieux, d'autant plus lourd).

La porte de la bibliothèque est ouverte. Anne y entre. Une fenêtre est ouverte au fond de la pièce. Anne s'en approche. Regardant au-dehors, elle est saisie d'effroi. La maison est construite au bord d'un rocher. Le vide, au-dessous, est impressionnant. L'aspect de la salle est lui-même étrange et dégage un malaise. Peu de désordre, une certaine propreté mais tout est vieux, doubles rideaux passés et déchirés, etc. Anne s'assoit sur un fauteuil dont l'étoffe est en partie déchirée. Mais le meuble craque sous elle. Elle renonce à s'asseoir et va de long en large. Elle a l'air impatient, désemparé.

Elle s'arrête devant une table, ouvre un vieil in-folio.

Marthe survient, demeure immobile sur le seuil, l'air absolument haineux, mauvais. Apparition sinistre à faire peur.

Anne lentement laisse le livre et levant la tête aperçoit Marthe. Elle est alors entièrement désemparée. Quelque chose se resserre en elle. Comme si elle avait froid. Marthe est sans réaction. Anne appelle Marthe d'un cri qui n'est qu'une interrogation angoissée, voulant dire « mais qu'y a-t-il, tu m'effraies ».

ANNE : Marthe ?

MARTHE (elle attend le temps nécessaire à l'accroissement du malaise et dit sur un ton de défi) : Que viens-tu faire ici ?

ANNE (hors d'elle) : Je ne comprends plus. Tu m'as demandé de venir...

MARTHE : Il est trop tard. Va-t'en. Va-t'en d'ici. Je dois rester seule.

ANNE (avec fermeté) : Cela ne semble pas indiqué.

MARTHE (avec un rire mauvais) : Passe la nuit dans la maison si tu l'oses mais n'oublie pas que la mort l'habite... et non ton amie.

Anne est suffoquée. Marthe part en claquant la porte. Après un instant de stupéfaction, Anne s'étant reprise se précipite vers la porte. Elle appelle « Marthe ». N'obtenant pas de réponse et n'entendant plus rien, elle monte l'escalier, appelle encore. La maison est très grande et d'une grande complication. Deux couloirs partent du palier. Elle court dans ces couloirs en appelant. Monte au second. Redescend. Marguerite l'attend et demande sèchement, comme scandalisée :

MARGUERITE : Qu'est-ce que c'est ?

ANNE (tout à fait désemparée) : Pouvez-vous me dire où est Mademoiselle ?

MARGUERITE : Que voulez-vous à Mademoiselle ?

ANNE : Depuis quand est-elle dans l'état où je l'ai vue, elle paraît n'avoir plus sa raison.

MARGUERITE (haussant grossièrement les épaules) : Mademoiselle m'a dit de vous prévenir qu'elle ne rentre pas dîner.

ANNE : Elle est sortie ?

MARGUERITE : Faut-il vous préparer une chambre ?

ANNE (hors d'elle) : Oui. Mais répondez-moi. L'état de votre maîtresse est grave. Il faut voir un médecin.

MARGUERITE : Ce n'est pas mon affaire. (Elle s'en va ajoutant :) Ni la vôtre.

Anne s'assoit, plutôt se laisse tomber, sur une banquette au pied de l'escalier.

La nuit est tombée. Anne erre dans les couloirs. Le vent gémit faisant claquer des volets. Anne a visiblement peur et sursaute aux bruits. Elle va dans la bibliothèque et tente de trouver un livre. Elle cherche sur la table où sont amoncelés des volumes. Elle en ouvre et dans l'un trouve deux photographies l'une d'Antoine, l'autre de son frère le moine : ils se ressemblent. Un craquement des boiseries la fait sursauter. Elle va jusqu'à la fenêtre qu'elle ouvre. La solitude des plateaux s'étend devant elle dans la nuit, à la lueur d'un clair de lune voilé ; des nuages sont chassés par un vent rapide. On entend sonner une horloge.

[9] LA NUIT DEHORS

Le déroulement du film et de la musique (très faible) doivent à ce moment faire songer à quelqu'un qui retient son souffle pour essayer d'entendre et n'entend rien.

La maison de Marthe du dehors. En haut d'un rocher en même temps que d'autres maisons. L'on voit Anne à la fenêtre : elle la ferme au bout d'un instant, puis la lumière de cette fenêtre s'éteint. Pendant ce temps, la maison s'éloigne sur[d] l'écran. L'on voit la ville entière en haut de son rocher.

Puis le paysage autour de la ville, le monastère (un court instant), la maison brûlée, le château de Mauronnes, enfin la maison de Mauronnes.

À l'intérieur, une scène violente, entrevue du dehors sans netteté. Les bois près d'un ravin : un chien hurle à la mort.

L'on ne fait qu'entrevoir le ravin, avec au fond un torrent. À l'une des extrémités du ravin, une chute d'eau qu'on devine, dont l'on entend le bruit.

[10] LA DÉCOUVERTE DU CORPS

Le ravin, le matin, vu d'en haut, plein de brume.

Le soleil rayonne. Le fond du ravin, le soleil, le torrent, dans la brume. Martin dans l'eau pêchant des truites à la main. On voit tout au plus à quelques pas.

Un peu plus loin dans des rochers le corps inanimé de Marthe (reconnaissable au costume, à la coiffure). Martin ne le voit pas d'abord. Il sort de l'eau, recule sans le voir vers le corps, une truite à la main. Il parle à la truite, mais sa voix est dominée par le bruit du torrent.

Martin se retournant, voulant se hisser plus haut, découvre le corps, dont il est alors aussi près que possible. Très déconcerté, mais il n'a d'autre réaction qu'une sorte d'hébétude.

[11] LE RETOUR DANS LA CHARRETTE

La route de Mauronnes à la ville. Encombrée de troupeaux qu'on mène à la foire. On ne voit pas la maison brûlée, mais un bois de petits sapins qu'on a déjà montré dans ces parages. Une voiture à cheval entre les troupeaux. Le fermier et Martin la conduisent à pied. Le corps de Marthe au fond de la voiture, est couvert d'un drap.

[12] L'ARRIVÉE DE LA CHARRETTE

Anne le matin dans un couloir de la maison, habillée, en mules et les cheveux dans le dos, relativement longs, non noués. Elle écoute, arrêtée, entend un bruit vers lequel elle se dirige. Elle frappe, ouvre la porte d'une cuisine au milieu de laquelle Marguerite, assise, des lunettes de fer sur le nez, reprise des bas.

ANNE : Bonjour. Mlle Maulouis est-elle levée ?

MARGUERITE : Elle n'est pas rentrée.

ANNE (angoissée) : Pas rentrée ?

MARGUERITE (ravaudant sans lever le nez) : Ce n'est pas nouveau.

Anne est interloquée et repart à travers les couloirs. On entend le bruit d'une carriole dans la rue. La carriole s'arrête. Anne écoute. On sonne. Anne attend dans un coin. Marguerite passe, va ouvrir. Anne en arrière regarde la scène.

MARGUERITE (moins fermée qu'avec Anne, mais durement) : Qu'est-ce qui vous amène ?

LE FERMIER (sobre, brusque, embarrassé) : Mauvaise affaire !… La patronne est morte.

Anne recule.

MARGUERITE (sombre, après un instant de silence) : Qu'est-ce qui s'est passé ?

LE FERMIER : Martin l'a trouvée tout à l'heure au fond du ravin sous la chute. Elle s'est tuée en tombant. Martin l'a ramenée à la ferme.

MARGUERITE : Elle est à la ferme ?

LE FERMIER : M. Antoine m'a dit de la ramener dans la voiture. Il est allé voir les gendarmes.

[13] LA CHAMBRE MORTUAIRE

Marguerite prépare la chambre mortuaire.

Lit à baldaquin. Un grand crucifix sur un fond de peluche rouge, dans un cadre blanc.

Elle ferme les volets.

Le fermier et Martin arrivent portant Marthe.

On ne voit pas nettement la morte mais seulement les deux hommes qui la portent.

Après avoir assisté immobile à cette scène, Anne épouvantée se précipite au-dehors.

Passage dans la rue d'un troupeau de vaches. Beuglements, agitations des maquignons courant autour des vaches affolées, criant et donnant des coups de bâton. Désordre.

Anne immobile le long du mur laisse passer cette agitation. Elle semble avoir la nausée. Elle marche ensuite au hasard. Elle arrive vers le centre de la ville.

[14] ANNE DANS LES RUES

La foule. Marchands de légumes, de fruits, de vaisselle. Chevaux de bois (ils ne marchent pas). Passage de troupeaux. Porcs, bovins. Anne hébétée cherche à fuir par une ruelle, retombe dans une rue tumultueuse, demande un hôtel. Une femme va égorger un chevreau à la porte d'une boucherie. Une petite fille (dix, onze ans) regarde au moment où le couteau pénètre la gorge, elle a une réaction d'effroi. Le chevreau pleure. Elle part en courant mais bute dans les jambes d'un maquignon ivre, air de brute, qui la boscule et jure. Elle repart de plus en plus folle, et tombe aux pieds d'Anne. Anne s'agenouille : l'enfant a le front et le genou ouverts. Anne étanche le sang. La petite fille pleure ou crie. Un petit attroupement s'est formé. Le cordonnier écarte les gens et prend, très maladroitement, la petite dans les bras. Il heurte son genou blessé. L'enfant crie davantage.

ANNE (irritée) : Attention, il faut lui faire un pansement.

POUSSIN (perdu, très absurde) : Je ne sais pas. Un pansement ?

ANNE (machinalement et très lasse) : Je pourrais vous aider.

POUSSIN (cette phrase dite d'une façon insoutenable, à demi niaise et plutôt absente) : Vous pourriez m'aider ?

[15] L'ÉCHOPPE

Dans l'échoppe⁸.

Anne prend l'enfant des bras du cordonnier et l'installe sur un vieux fauteuil, dans un recoin de l'échoppe.

ANNE (à voix presque basse, à l'enfant qui a cessé de pleurer) : Ça va mieux ?

L'enfant demeure muette sur le fauteuil, mais de grosses larmes lui coulent des yeux.

POUSSIN (agenouillé, larmoyant) : Ma petite fille, tu vas faire pleurer ton vieux grand-père.

ANNE (très lasse s'adossant à une table) : Nous devrions aller à une pharmacie.

Elle semble avoir la nausée, prête à s'évanouir.

POUSSIN : Attendez…

Il se lève pour chercher dans l'armoire de quoi faire un pansement.

Anne à ce moment, glisse, s'évanouit et tombe.

En glissant elle fait tomber des livres de la table, au pied du lit.

Poussin apparaît dépassé, ne sachant visiblement s'il doit continuer à chercher dans l'armoire ou s'occuper d'Anne.

On voit à ce moment sautillant par terre entre les chaussures un corbeau aux ailes rognées[8].

À la fin, Poussin cligne de l'œil et disparaît. La petite fille cesse de crier, de grosses larmes lui coulent dans la bouche. Anne est immobile.

Le cordonnier revient avec une femme entre deux âges, genre qui en a vu d'autres.

LA FEMME ENTRE DEUX ÂGES : Eh ben !

Un instant de contemplation un peu hébétée.

LA FEMME ENTRE DEUX ÂGES (se retournant et très vite mais au fond on ne peut plus gentille) : Qu'est-ce que vous attendez ? Mais qu'est-ce que vous attendez ? Allez vite, donnez-moi une cuvette, de l'eau, des serviettes et deux morceaux de toile.

Poussin se précipite, trébuche et se reprend.

Quelques minutes après, Anne étendue, remise, sur le lit de fer.

La femme entre deux âges est dans la cuisine (qu'une ouverture sans porte sépare de l'échoppe) avec la petite fille pansée au genou.

POUSSIN : Vous ne voulez pas que je prévienne chez vous.

ANNE (ton désabusé, très triste, nullement hostile et presque enfantin) : J'habitais chez Mlle Maulouis.

Poussin réalise lentement le sens de cette phrase : son visage assez comique est peu à peu altéré par un sentiment d'horreur. La femme entre deux âges dans la cuisine demeure figée, une fiole à la main, n'achevant plus le geste commencé, écoutant, mais un temps de silence suit. Tous demeurent immobiles, à l'exception du corbeau qui, débouchant de derrière des chaussures, sautille vers le lit. Les livres tombés sont restés sur le sol.

ANNE (lentement) : Vous savez que Mlle Maulouis est morte ?

POUSSIN (absurde) : Oui.

Nouveau silence. Le corbeau prend dans son bec un

peigne tombé de la chevelure d'Anne, et s'agite. Poussin et Anne regardent le corbeau, étonnés.

ANNE : Je regarde le corbeau... J'ai voulu vous aider, j'ai mal réussi.

POUSSIN : N'en parlez plus, mais vous avez besoin d'aide. Puis-je aller chercher quelqu'un des vôtres ?

ANNE : Je suis seule ici mais je n'ai besoin de rien. Je vais mieux maintenant (elle se soulève sur le lit).

POUSSIN (invraisemblablement gentil) : Vous avez vu, déjà, je suis maladroit, je fais même rire, mais les gens du pays me donnent un nom : ils m'ont surnommé « la voyante » et ce n'est qu'à moitié pour se moquer.

ANNE (souriant, mais tristement et très doucement) : Vous allez deviner ce qui m'attend ? Ce matin, je ne sais plus même où j'en suis. Vous m'aidez à revenir à moi.

Poussin ramasse le peigne que le corbeau a laissé tomber. Il en regarde la transparence au soleil. Il s'est mis debout, déplace le peigne de plusieurs façons et se livre ainsi en tournant presque à une danse, accompagnée d'une curieuse mimique de surprise, d'angoisse ; à la fin, il revient, comme exténué, s'asseoir, il essuie sa sueur : ce jeu de scène doit être court, surprendre par sa rapidité et *n'être nullement appuyé.*

POUSSIN : Mais pourquoi Jézabel[9] a-t-elle justement ramassé votre peigne ?

ANNE : Jézabel ?

POUSSIN (désignant le corbeau) : C'est une dame. Ce qui vous attend tout de suite dans cette ville est surprenant : un couronnement de reine...

ANNE (enjouée) : Mais dans votre ville il n'y a pas de roi (à ce moment l'on voit la rue de l'intérieur de l'échoppe et Antoine apparaît se dirigeant vers la porte ; Anne peut l'apercevoir) et je m'en irai vite... aujourd'hui ou demain...

POUSSIN (qui tourne le dos à la fenêtre, le peigne à la main) : ... de la main gauche ! un château noir. (Antoine frappe à la porte.) Entrez !

[16] ANTOINE DANS L'ÉCHOPPE

ANTOINE (ouvrant la porte) : Je ne vous dérangerai pas, mais si tu veux, nous parlerons devant la porte (s'adressant vaguement à Anne) un instant seulement.

POUSSIN (à Anne) : Vous ne m'en voulez pas ? (Antoine et Poussin sortent et parlent dans la rue.)

Anne demeurée seule voyant les livres qu'elle a fait tomber, les ramasse et regarde les titres. Le corbeau au moment où elle se baisse est juché sur l'un d'eux qu'elle laisse après l'avoir regardé. Entre ses pattes on lit le nom d'Alfred Jarry. Les livres ramassés sont les tragédies de Crébillon fils (dans une vieille édition en très mauvais état), les contes de Paul de Kock et l'*Éthique* de Spinoza[10].

Pendant ce temps la femme entre deux âges et la petite fille sortent de la cuisine.

LA FEMME ENTRE DEUX ÂGES (mettant une poupée dans les bras de la petite fille) : Pschtt, va jouer avec Jeanne.

ANNE (à la femme entre deux âges) : Qui lit tous ces livres ?

LA FEMME[b] ENTRE DEUX ÂGES (pas bête au fond) : Madame m'en parlez pas, ils lui tournent la tête (elle met furtivement en veillant à ne pas être vue un doigt sur son front). Mais naturellement, c'est M. Poussin, un homme des plus instruits tombé dans la cordonnerie, des hommes, si bons vous savez, ça n'a pas sa place dans ce monde. On se moque de lui !

La petite fille est sortie entre-temps.

ANNE : C'est sa petite-fille ?

LA FEMME ENTRE DEUX ÂGES : Mais non. Il l'a recueillie, lui cet homme seul. On l'aurait prise à l'assistance, mais lui, M. Poussin avec le bébé, eh ben, je ne sais pas ce qu'il aurait fait sans moi. Ni — j'allais oublier — sans M. Antoine.

ANNE : Qui, M. Antoine ?

LA FEMME ENTRE DEUX ÂGES (avec la mimique qui convient) : C'est lui… Mais c'est le cousin de Mlle Marthe (elle se mord les lèvres et un instant s'arrête)… Taisez-vous, ce qu'on dit de lui, non c'est trop… Dites-moi, ça n'est pas possible ?

ANNE : Mais quoi ?

LA FEMME ENTRE DEUX ÂGES : Qu'il a tué Mlle Marthe.

Anne est décomposée. Elle fait pour parler un effort visible mais n'y arrive pas. La femme entre deux âges demeure elle-même figée, les deux mains collées à plat en arrière au mur. Là-dessus Antoine ayant brusquement quitté Poussin, celui-ci rentre dans l'échoppe, abattu et guère moins sonné que les deux autres.

Anne, du lit, aperçoit la rue, Antoine s'en allant, de dos.

POUSSIN (il s'assoit et dit la tête basse avec accablement) :
Le procureur ne l'a pas gardé… Le procureur et moi nous
devons dans toute la ville être les seuls à savoir qu'il est
innocent…

[17] LE CIMETIÈRE

Foule de bourgeois très provinciaux, très dignes,
effrayants, non sans allure (d'autant plus effrayants). (Vraiment ascétiques et glaçants, pincés.)

L'on entend les derniers versets.

Antoine ravagé, à peu près au premier rang, mais l'on a
fait le vide autour de lui.

Anne en arrière, seule.

Anne regarde Antoine qui regarde ailleurs.

Aux derniers versets, les prêtres et les enfants de chœur
s'en vont. Antoine aussitôt. Anne en même temps.

Anne suit Antoine et comme Antoine s'éloigne à grands
pas, elle court et l'arrête.

ANTOINE (se retournant, provoquant, agressif) : Que
voulez-vous ?

Anne recule, regarde Antoine et baisse la tête. On entend
à ce moment-là une cloche.

ANTOINE : Vous étiez amie de Marthe. Je n'ai rien à voir
avec Marthe et rien à voir avec vous.

ANNE (comme pour rattraper quelque chose, très vite,
tête basse) : Je ne crois pas que vous ayez tué Marthe.

ANTOINE (violemment) : Qu'en savez-vous ?

Anne est interloquée.

ANNE : Ça m'est égal (suppliante, fiévreuse). Mais dites-
moi ce qui s'est passé, ce que vous savez.

ANTOINE (emporté) : Je ne sais rien.

ANNE : Vous savez où Marthe s'est tuée.

ANTOINE : Oui.

Après un temps.

ANNE : Montrez-moi l'endroit où elle s'est tuée. Condui-
sez-moi.

ANTOINE (il a un sourire comme malgré lui) : Vous n'avez
pas peur ?

ANNE : De quoi aurais-je peur ?

ANTOINE (gêné à son tour, la voix à demi étranglée) :
Nous risquons d'arriver à la nuit.

ANNE : Marthe elle-même, hier, n'est pas arrivée avant la nuit.

ANTOINE : J'hésiterais à votre place. J'ai peut-être tué Marthe !…

Ils se regardent en silence. Antoine est dur. Anne est calme et confiante.

[18] DE LA VILLE AU CHÂTEAU

Anne en voiture vient prendre Antoine sur la route où ils se sont parlé. L'on aperçoit en même temps le monastère et le cimetière. L'horloge du monastère sonne 4 heures. Antoine monte et la voiture part.

Elle arrive vers la maison brûlée.

ANNE (devant la maison) : Quelle est cette maison ? Elle semble avoir brûlé récemment.

ANTOINE : Il y a plus d'un an. Je l'habitais avec ma femme et mon père. Et mon père est mort dans l'incendie.

Silence lourd.

ANTOINE (mordant) : Vous demandez-vous pourquoi ma femme ne m'accompagnait pas au cimetière aujourd'hui ?

ANNE (le regardant d'abord avec le plus grand calme) : Je ne puis rien vous cacher.

ANTOINE (glaçant) : C'est qu'elle y est déjà. Elle s'est tuée dans un ravin. Comme Marthe.

Anne est cette fois désemparée, elle le dissimule assez mal.

ANTOINE : C'est pourquoi la rumeur, mais non le ministère public, aujourd'hui m'accuse d'un triple assassinat. L'immense héritage…

Nouveau silence. Anne fait effort pour se reprendre. Le jour décroît visiblement.

ANNE (avec un léger sourire) : Il se fait tard.

ANTOINE (souriant également) : Mais naturellement. Rentrons.

Anne rit franchement.

ANTOINE : De toute façon vous devez arrêter la voiture ici.

[19] LE CHÂTEAU

Anne et Antoine descendent de voiture devant le château. Anne s'abîme un instant dans la contemplation d'un
paysage désolé et terrible.

ANTOINE (net) : Il est trop tard. Ceci n'a que trop duré. Il
ne nous reste qu'à rentrer.

ANNE (comme n'ayant pas entendu) : Ne pouvez-vous
passer par ce château.

ANTOINE (étonné, puis irrité) : La nuit tombe. Il est inutile
de nous attarder.

ANNE : Nous pourrons marcher dans la nuit. N'y aurait-il
pas la lune comme hier ?

ANTOINE (sèchement) : Si.

ANNE : Si nous passons par ce château, cela demanderait-
il plus d'un quart d'heure ?

ANTOINE : Moins.

ANNE : Passons-y, voulez-vous ?

ANTOINE (la regardant droit) : Vous y tenez, décidément.

ANNE (gentiment) : Allons, maintenant.

Ils descendent au fond de la vallée à travers bois, passant
une rivière sur des pierres et gravissent en silence le tertre
nu et rocheux au-dessus duquel se dresse le donjon. Antoine
regarde Anne avec exaspération. La lune s'est levée et ce
n'est plus la lumière du jour mais celle de la lune qui les
éclaire. Il y a aussi, dans le ciel, de lourds nuages noirs, et la
nuit se fait soudain.

ANTOINE (qu'on ne voit plus, de l'intérieur du donjon ;
il est exaspéré de ce qu'Anne n'ait pas eu peur et n'ait pas
reculé. Sèchement) : Avez-vous peur enfin ?

ANNE (naïvement) : De quoi aurais-je peur ? Je suis émerveillée.

Un instant se passe, la nuit est toujours noire.

ANNE : Où êtes-vous ?

Pas de réponse.

ANNE (criant cette fois, de l'entrée du donjon) : Où êtes-
vous ?

[20] LA MAISON DE MAURONNES

Antoine allume du feu.

Anne se déshabille (hors de l'écran) et revêt une cana-
dienne d'Antoine. C'est d'une décence douteuse.

Anne boit du vin mais mange à peine.

On entend le vent au-dehors.

Malaise, silence.

Anne regardant tout à coup Antoine a une réaction
d'effroi. Elle cherche à fuir. Antoine la rattrape et l'étreint.
Anne s'abandonne.

Le lendemain matin, la maison à l'aube. Le paysage.
Martin conduit quelques vaches et passe devant la maison.
Il s'approche de la fenêtre et regarde à l'intérieur. Antoine
s'est levé, il a allumé le feu. Il fait signe à Martin de s'en aller.
Anne dans le lit éveillée ne voit pas Martin. Elle demande
ce qui se passe.

ANTOINE (sarcastique) : Il reste à nous marier.

ANNE : Mais vous êtes fou.

ANTOINE : Non. Le scandale a des limites, nous partirons.

ANNE : Je pars ce soir.

ANTOINE (léger mais net) : Inutile de nier. Nous nous
entendons. Vous*i* ne partirez pas. Du moins vous restez.
Je tiendrai à la vie par ce lien.

Anne silencieuse*j* le regarde. Les larmes lentement lui
coulent des yeux.

ANTOINE : Vous préviendrez votre famille.

ANNE : Je n'en ai plus.

[21] L'ANNONCE DU MARIAGE

La place de la cathédrale.

Une dévote sort de la messe (de semaine) et traverse la
place.

Elle met ses lunettes et lit devant la mairie l'annonce
du mariage. Elle s'appuie sur sa canne comme si elle allait
tomber. (Une dame très XVIIIᵉ siècle. Très fine, très racée,
visiblement très spirituelle mais absurde.)

Passe un jeune prêtre, qui salue et va vers elle. Ils s'en
vont ensemble après quelques mots :

LA DÉVOTE : Monsieur l'abbé, avez-vous vu l'annonce ?

L'ABBÉ : Oui.

LA DÉVOTE : La mauvaise graine. A-t-on prévenu dom Lesueur ?

L'ABBÉ : Non. Mais c'est nécessaire, et j'irai moi-même.

LA DÉVOTE : Mais monsieur l'abbé, ce n'est pas un homme, c'est Barbe-Bleue.

L'ABBÉ (scandalisé) : Mademoiselle !

LA DÉVOTE : Qui l'aurait dit ? Le petit diable... Il aimait tant mes langues de chat. (Apercevant Anne.) Mais voyez mon Dieu, mais si je ne me trompe, n'est-ce pas notre victime là-bas, montant la rue des Maures ?

L'ABBÉ (sur un ton de reproche) : Mademoiselle, mademoiselle.

LA DÉVOTE : Est-ce Dieu possible ? Qui penserait à ces monstruosités dans une paisible ville ?

L'ABBÉ : Venez mademoiselle. Ne pensez-vous pas que mon devoir est d'avertir la malheureuse ?

Ils s'en vont.

[22] DE LA CATHÉDRALE À LA SCIERIE

Anne longe les murs, plutôt vite, sur d'étroits trottoirs, là où d'habitude on marche sur la chaussée.

L'on entend au bout d'un temps court le bruit de la scierie et l'on voit la scierie.

[23] LA SCIERIE

Deux ouvriers à l'intérieur de la scierie.

L'un empile des planches. Un autre les conduit sous la scie. Anne passe non loin de là. Les deux ouvriers la regardent. Celui qui scie a un instant de distraction et un geste maladroit. La scie lui enlève radicalement le pouce. Anne ayant vu par hasard l'accident vient vers l'ouvrier[11], elle voit le sang et offre son aide. L'autre lui répond grossièrement :

« Nous ne voulons rien avoir à faire avec vous. »

ANNE : Qu'avez-vous ? Je vous propose de vous aider.

LE SECOND OUVRIER : Sortez d'ici. C'est compris ?

Anne recule, prête à défaillir.

Il y a près de là une allée avec des bornes : défaite elle s'assoit sur une borne.

La scierie débraie. On s'occupe du blessé.

Il y a quatre ouvriers.

(La scène doit être rapide. L'ouvrier blessé défaille. La scie continue à faire un bruit d'enfer. Il est nécessaire de crier.)

[24] L'ÉCHOPPE AVEC ANNE ET L'ABBÉ

Anne poursuit son chemin jusqu'à l'échoppe, marchant de plus en plus vite (après de premiers pas lents). Elle entre brusquement et, dans la boutique, tombe sur le prêtre : celui-ci se lève et s'efface dans le mur comme une grande ombre noire (il doit avoir une cape).

Silence extrêmement gêné.

LE PRÊTRE (l'air bête et faux) : Mon cher ami, je dois me sauver...

Le cordonnier et Anne debout.

Double salut profond de l'abbé qui s'en va très ecclésiastique, très évoluant.

LE CORDONNIER (après avoir fait asseoir Anne, seul à lui-même) : Non... Non... (Il secoue la tête.) (À Anne) : Vous savez ce qu'il veut ?... Voilà : il me met en demeure de vous avertir...

ANNE : De quoi ?

LE CORDONNIER : Mais... vous semblez mal. Oh... décidément. Non c'est trop, décidément. Vous savez ce qu'il disait, à l'instant même où vous êtes entrée ? (Il imite la voix du curé :)

« Mais, mon enfant, ce n'est pas un homme, c'est Barbe-Bleue... »

Ils rient tous les deux comme d'un fou rire. Puis tout à coup prise d'angoisse Anne va vers la porte et regarde au-dehors. Alors, de nouveau, son visage se crispe pour rire, elle doit le prendre dans les mains et se retourne, enfin calmée mais visiblement défaite.

Le cordonnier debout est tout à fait grave.

LE CORDONNIER : Enfin... vous n'y pensez pas ?...

Anne hausse les épaules.

LE CORDONNIER (tristement) : Ce qui tout de même est dur est que dans toute la ville nous sommes à peu près seuls à n'y pas croire...

ANNE : Je sais. Un ouvrier à la scierie s'est enlevé un doigt. Je passais. J'ai voulu l'aider : ils m'ont chassée. Je ne céderais pas… (Ils se regardent comme il convient.)

ANNE : Je ne sais pas comment j'aurais le courage sans vous (elle baisse la tête). Je n'ai pas vu Antoine depuis deux jours.

Elle dit au cordonnier qu'elle devrait partir.

Elle ne le fera pas.

Elle le sait.

Le cordonnier lui dit qu'elle a raison.

[25] LE CORDONNIER À LA SCIERIE

Il arrive à la porte. Bruit infernal des scies. Il regarde à la porte. Le second scieur le regarde avec hostilité :

LE SECOND SCIEUR : Qu'est-ce que c'est ?

LE CORDONNIER : Alphonse est là ?

LE SECOND SCIEUR : Alphonse !

Alphonse entend, mais va au bout de sa planche et vient lentement. Le cordonnier lui demande ce qui s'est passé.

ALPHONSE : X s'est enlevé un doigt.

LE CORDONNIER : Diable.

ALPHONSE : Oui, enlevé le pouce dans la scie.

LE CORDONNIER : Pourra-t-il scier ?

ALPHONSE : C'est la main qui tient la planche. C'est moche… Enfin…

LE CORDONNIER : Il souffre ?

ALPHONSE : Il en avait l'air. Plutôt les jambes molles.

LE SECOND SCIEUR (l'interpellant de loin) : Qu'est-ce que tu dis ?

ALPHONSE (fermé) : Je dis que ton frangin sentait ses jambes molles.

LE SECOND SCIEUR (s'approchant) : Répète un peu. Et d'une autre : quand on a rembarré la fille, l'amie de ce fumier, qu'est-ce que tu as fait ?

ALPHONSE : J'ai levé les épaules.

LE SECOND SCIEUR : Tu viens faire un tour ?

ALPHONSE : C'est compris ?

LE SECOND SCIEUR : Ordure !

LE CORDONNIER (à Alphonse) : Il est saoul. Calme-toi.

LE SECOND SCIEUR : Toi, vieille bique… (Il le bouscule par les épaules.)

ALPHONSE (les poussant dehors dans un grand mouvement) : Dehors !

[26] LA BAGARRE DEVANT LA SCIERIE

Alphonse et le second scieur se battent ferme.

Quelques personnes s'approchent.

La scierie est dans une rue relativement passante (la grande route). On l'a vue dès le début, avec l'animation d'un jour de foire.

Cinq ou six personnes s'approchent sans voir les partenaires.

(La scène de la bagarre s'étend en un mouvement rapide.)

Le juge d'instruction s'approche à son tour et demande ce qui se passe au premier rang.

Le second scieur l'aperçoit et l'interpelle :

LE JUGE : Qu'est-ce que c'est ?

LE CORDONNIER : Ils s'endorment, monsieur le juge.

LE JUGE (stupidement) : Ils s'endorment ?

À ce moment Alphonse, tombe et, à terre, se prend le foie.

LE SECOND SCIEUR (hors de lui apercevant le juge) : Ah, c'est toi, le juge ?

LE JUGE (très en dehors et très à l'aise) : Qu'est-ce qu'il y a ?

LE SECOND SCIEUR : Pas fichu de faire arrêter ce salaud de Maulouis, hein ! Alors à sa place fais donc arrêter ce con d'Édouard.

Il tape à toute volée sur la tête du juge.

Plusieurs voix s'enchaînant très vite :

« Il est fou.

— Il a raison.

— Ça va.

— On arrête le brave homme, on laisse courir l'assassin.

— Ça va. Ça va. »

En même temps, le cordonnier aidant Alphonse à se lever :

« C'est une belle brute, hein ? »

On maintient le second scieur.

LE JUGE (ayant ramassé son chapeau, sec, digne et un peu gauche) : Laissez-le. (Un peu trop lent, un peu trop pensif.) Il ne sait pas ce qu'il fait[12].

LE SECOND SCIEUR : Comment, vous ne me faites pas arrêter ?

LE JUGE (souriant) : Je ne vous fais pas arrêter.

LE SECOND SCIEUR : Ça ne va pas mieux. Si les juges font la grève.

[27] LE MOINE CHEZ LE JUGE

Un vieux moine[k] cassé, diaphane, s'appuyant sur une canne. (Figure d'une rudesse archaïque entière. Rien d'ecclésiastique. Une sorte de fanatisme âpre.) Accompagné par un frère lai (?[13]) qui l'aide et l'entoure de soins excédants.

L'antichambre du juge, très provinciale (partout le style Empire ; objets du Premier Empire). Une bonne fait entrer les deux religieux.

Le juge sort de son bureau, un œil nettement poché, un pansement vers la bouche.

Le Père abbé entre seul dans le bureau du juge. . . . . . .

(Dans le bureau, un buste de Napoléon sur un socle. Sur une cheminée, un Napoléon équestre de bronze.)

LE JUGE : Ainsi, je ne me trompais pas et vous tenez Maulouis pour un grand caractère.

LE PÈRE ABBÉ : N'en doutez plus, monsieur, le destin de cet homme excessif est d'aller jusqu'au bout de ses possibilités.

LE JUGE : Et vous avez ce matin quitté la solitude, abandonné le gouvernement de votre abbaye, à seule fin de confondre un impie dont vous étiez il y a quinze ans le directeur de conscience.

LE PÈRE ABBÉ : Vous ne pouvez douter, monsieur, que ces crimes ne doivent être expiés cruellement. Je connais son âme et elle les expiera comme elle les voulut, *[trois ou quatre mots illisibles]*. Et cette expiation attendue de Dieu, votre charge veut que vous la précipitiez dans sa voie.

LE JUGE : Mais vous ne mettez pas en doute un instant sa culpabilité ?

LE PÈRE ABBÉ : Qui la met en doute en dehors de vous ? Je viens vous représenter le scandale d'une population. Vous devez y mettre fin avant des noces sacrilèges où chacun voit la promesse d'un meurtre.

LE JUGE : Et s'il est innocent ? Je ne puis, mon révérend Père, que vous rappeler la conclusion donnée à cette affaire : mon ordonnance de non-lieu.

LE PÈRE ABBÉ : Je ne veux ni ne puis y contrevenir. Du moins *[deux ou trois mots illisibles]* quelque indice nouveau qui les *[deux mots illisibles]* ou… qu'il se rende lui-même à la justice.

[28] LE PÈRE ABBÉ DANS LA CHAPELLE

Le monastère à l'aube. Allées et venues des moines. Dehors, dedans. Puis la chapelle. On entend des chants. Éclairage faible des bougies. On n'aperçoit pas l'autel. Au moment où l'on voit le Père abbé, tout s'est tu. Lueurs de cierges sur le visage. Il est agenouillé à terre, les bras en croix, dans une attitude terriblement tendue. Mais on le voit rapidement donner des signes de fatigue. On aperçoit alors que, dissimulés derrière un pilier, deux moines inquiets épient cette fatigue. Le Père abbé, à la fin, vacille de plus en plus, il est, c'est visible, à la limite de l'épuisement. Il tombe enfin. Les deux moines se précipitent, d'autres qui se tenaient également dans les parages accourent. Ils chuchotent à peine une ou deux fois. L'on n'entend que le faible bruit des pas et des bancs remués sur les dalles. Le Père abbé cependant fait signe aux moines qui l'emportent de s'arrêter, il se met debout et demande :

« Laissez-moi seul. »

Un des moines lui donne sa canne. Il poursuit son chemin jusqu'à une fenêtre d'où l'on aperçoit un vaste paysage. Le jour est levé. On voit au loin la petite ville. Une heure sonne lentement.

[29] ANNE ALLANT
À LA MAISON DE MAURONNES

La petite ville de très près. Avec un léger changement de timbre, la même heure achève de sonner. L'on aperçoit de loin Anne hâtant le pas vers la maison du cordonnier. Il fait visiblement froid. Le cordonnier l'apercevant se précipite. Elle n'entre pas, comme terriblement pressée et demande haletante :

« Vous ne l'avez pas vu ?

— Non. »

Anne a un recul. Elle veut partir aussitôt.

Le cordonnier a un geste d'impatience.

« Mais vous savez qu'il sera là. » (À réécrire : le cordonnier se prépare.)

ANNE : Je vais à la maison de Mauronnes.

Elle part. Sort sa voiture du garage de l'hôtel. Va jusqu'au sentier menant à la maison de Mauronnes. La maison est fermée. Elle frappe. Au bout d'un temps arrive Martin. Il ne comprend pas les questions. Elle s'exaspère et va à la ferme. Le fermier répond comme un paysan qui ne sait pas. Elle revient, au retour, le cordonnier est allé au-devant, l'attendant. (Il est déjà endimanché.) Il a vu Antoine. Il est à la maison de Marthe.

[30] ANNE DANS LA MAISON DE MARTHE

La maison de Marthe, la porte ouverte. Elle sonne, le fil de fer est décroché. Elle entre, personne, elle erre dans la maison de couloir en couloir, ouvrant des portes au hasard et criant. (La maison est immense. Poussières, araignées comme la première fois mais bien davantage.) Elle trouve à la fin Antoine au rez-de-chaussée dans une salle annexe de la bibliothèque. Il est absorbé dans une lecture. Il s'excuse. Il était sur le point d'aller la chercher à l'hôtel. (Marquer ici le genre de relations qui s'est formé entre eux.)

[31] LE MARIAGE, LA SORTIE

Quelques personnes attendent à la sortie de la mairie. (Pas exactement à la sortie mais dans les parages, sur le pas des portes.) Édouard entre autres. Il excite les autres. Il n'y a malgré tout qu'un calme lourd. (Il y a réellement de l'orage dans l'air, un orage d'octobre.)

Antoine et Anne sortent.

Édouard fait une réflexion insultante. (Antoine et Édouard ont été à l'école ensemble.) (Son frère est là, la main pansée.) On cherche à le retenir afin d'éviter la bagarre.

Antoine s'approche de lui.

« Retire ce que tu as dit ou défends-toi. »

Il s'entête.

Antoine le frappe et il tombe.

Pendant ce temps, le cordonnier et Marguerite sortent.

Un gosse lance une pierre, elle manque Anne de peu.

Le gosse file en courant. Tout le monde immobile, en suspens.

La pluie tombe, douce d'abord puis violente. Les gens commencent à rentrer. Son frère, un pansement à la main, l'aide et c'est ce qui l'a empêché de poursuivre Antoine.

Antoine et Anne s'en vont nu-tête.

Ils filent très vite au bout d'un temps. Antoine à droite de la route, un peu en avant. Anne au milieu. En tout cas en grand désordre.

Marguerite et le cordonnier en arrière sous le parapluie de Marguerite.

Anne et Antoine sous une porte cochère.

ANNE : Mais où me menez-vous ?

ANTOINE : À la maison.

C'est la maison de Marthe. Anne est hors d'elle.

[32] LE RETOUR DANS LA MAISON

Les bagages derrière la porte.

Anne et Antoine trempés. (Il n'y a que deux ou trois cents mètres de la mairie à la maison.)

ANNE (essoufflée) : Vous ne pouvez pas m'obliger à vivre ici. Partout où vous voudrez. À la maison de Mauronnes, où vous voudrez, pas ici. Ici la mort habite la maison. Vous ne pouvez pas.

Elle s'assoit, épuisée, sur une valise.

ANTOINE : Où voulez-vous aller ?

ANNE (sombre) : Je ne sais pas. Pas ici.

ANTOINE (dur) : Nous devons rester. Je dois rester. (La maison est celle du grand-père des deux.) Je suis né dans cette maison…

« … Si la mort est dans cette maison, vous n'y pouvez rien. Vous n'auriez même pas jusqu'au bout le courage, peut-être la lâcheté de fuir ce que la mort habite. »

Elle semble résignée, se lève, il l'arrache à sa prostration, la domine, la saisit dans ses bras. Il est d'une extrême violence. Anne s'abandonne.

Dehors, il pleut terriblement.

[33] LA CHAMBRE D'ANNE

Antoine conduit Anne dans sa chambre. Elle donne sur la rue. (Chambre quelconque.) Anne s'assied tristement. Antoine reste à la porte. Dehors, il pleut toujours.

[34] LA VIE DANS LA MAISON

(Des marronniers, lentement les feuilles tombent.)

Quelqu'un du dehors épie la maison. De la fenêtre d'en face. Une autre femme s'arrête. Quelque chose comme :

« Je ne sais pas ce qu'ils mijotent dans leur caserne. (Une phrase indiquant la durée.)

— Ils n'ont pas l'air de s'entendre.

— Tout ça finira mal. Quand on est sur la pente, on la descend jusqu'en bas.

— Cette maison décidément… » (Passage dans un couloir. Marguerite peu polie.)

Dans la salle à manger, le soir.

ANTOINE : Je crains qu'à la longue le séjour dans cette ville ne vous lasse. (À refaire.)

ANNE : Vous l'avez voulu. Vous continuez de le vouloir.

ANTOINE : Non. J'avais pensé que vous auriez le *[un mot illisible]*… (Nuit de terreur. Un carreau cassé. Le vent dans les couloirs soulève un rideau.)

ANNE : Vous savez qu'au lieu de m'aider, vous faites le contraire.

ANTOINE : Qu'y puis-je ? Je vous ai donné tout ce que vous pouviez attendre de moi.

Elle sort en claquant la porte.

[35] ANNE MALADE

Antoine à son chevet. Très humain. Toutefois dur. (Moment malgré tout de détente. Ce qui est important pour le sens du dialogue.)

Le médecin. Insupportable. Cauteleux. Il raconte la mort de Marie et de Marthe. Il met Anne en garde, en particulier contre les poisons. (Demander à J[14].) (Il vous faut du calme, pas d'émotion forte, aucune préoccupation.)

Antoine et le médecin dans un couloir.

[36] LE JARDIN

Anne et Antoine se promènent dans le jardin. Antoine est soucieux d'Anne. (Comme le jardin de [ou   *?*] la mairie de Vézelay[15]. Une chapelle.)

Elle semble mal.

Arrivée au bord du ravin.

Elle s'assoit.

Aperçoit le vide.

Réalise soudain.

Réaction soudaine.

Extase d'Antoine se traduisant seulement par un changement d'humeur extraordinaire.

Il persuade Anne de la nécessité de sortir de cet état et lui propose un changement soudain.

Il l'invite à une sorte de fête.

[37] LA FÊTE

Dans la salle à manger.

Des bouteilles de vin. (La maison de la morte et la musique.)

Ils commencent à mettre des disques dans la bibliothèque. (Un disque quelconque de *Don Juan*[16].)

Antoine propose l'ouverture de *Don Juan* dans la chapelle. (Scandale au-dehors — *[un mot biffé illisible]*.)

Dans la chapelle, Antoine raconte l'histoire des serpents[17].

Il rentre. — Évidemment, cette maison est hantée de toutes sortes de... (L'on doit se demander s'il ne va pas la tuer le soir même.)

Plutôt que d'en dépérir, ne pouvons-nous nous mettre d'accord. Dans la bibliothèque. (— C'est Vénus tout entière...)

Marthe récitant la mort de Phèdre en se regardant dans la glace[18].

Ils boivent du champagne.

Antoine parle enfin de la mort de son frère au monastère. Il vit dans la hantise de tels moments. (Des moments de transparence où l'on devinerait le sens des choses et de tout s'ils n'étaient eux-mêmes.) Il veut retrouver ailleurs sans les moyens que représentent...

Ces moments, dit-il, où tout est divin, parce que tout est impossible. (Impossible surtout d'*expliquer*, de *parler*.

Il serait nécessaire que la fête en elle-même atteigne la hauteur des « moments ».)

[38] LA VISITE DU MOINE

Le moine, dans le jardin du monastère, quelques fleurs, le soleil. Il est diaphane et dur. Assis au soleil. On lui porte un mot. Il se lève en silence et s'en va, accompagné d'un frère, avec une canne sur la route. Il est reçu par Marguerite qui le fait entrer dans la bibliothèque. (Il demande Mme Maulouis.) Elle ouvre les volets, l'on voit une bouteille de champagne vide, des verres et sur le parquet des vêtements épars. Une robe, une chemise de femme. (La situation d'Anne est horrible mais le Père abbé doit lui représenter la grandeur d'Antoine : la fatalité qu'il porte en lui. Là-dessus Antoine doit être d'accord. La réalité aussi.

Marguerite ne doit pas prévenir Antoine. Elle doit donc être aussi hostile à l'un qu'à l'autre. C'est Alphonse qui doit servir de second témoin.)

Le moine est dur, coupant.

Il exige qu'Antoine se dénonce.

Anne doit l'aider. Elle est sinon vouée à la mort.

Le moine s'en va.

Anne se tient immobile sur une chaise.

Le moine parti, elle glisse de la chaise à terre.

[39] LE DÉPART D'ANNE

Marguerite, le moine parti, aperçoit la porte de la bibliothèque ouverte, elle voit Anne, à terre. Elle la regarde froidement. Elle se décide après un temps et se dirige vers la porte d'Antoine où elle frappe. Antoine ronfle. Elle doit frapper deux fois. L'éveil est lent. Marguerite s'exprime en termes obscurs. Il ne va pas assez vite.

Anne pendant ce temps a bougé. Elle sourit.

Elle prend une clé et sort. Elle a une sorte de rage froide et continue de sourire. Elle prend[1] la voiture et la route allant à la maison de Mauronnes et Antoine l'aperçoit de loin.

Dans le chemin de Mauronnes elle marche décoiffée, le vent la décoiffe encore. Mauvais temps, pluie et rafales.

[40] ANNE DANS LA MAISON DE MAURONNES

Elle ouvre et laisse la porte ouverte, s'arrête dans la chambre où ses amours avec Antoine ont commencé et poursuit sa visite.

Au premier. Des pièces poussiéreuses, d'une chambre on aperçoit le rez-de-chaussée par un trou.

Un cendrier plein de mégots, les uns sont blancs, les autres ont du rouge à lèvres. Elle l'écarte. Un peigne de femme. Elle redescend, ouvre un tiroir : des lettres en tombent.

(tu m'as jetée dehors…

comme un chien, mais trop tard…

… laissée enceinte…

Marthe)

Anne s'effondre, les lettres à terre. Elle se tient immobile dans un fauteuil.

L'idiot rit à la fenêtre. Elle ne le voit pas, mais le verrait si elle levait la tête.

À la fin elle la lève et demeure pétrifiée sur le fauteuil, regardant Martin.

[41] ANTOINE ET ANNE DANS LA MAISON

Ce que voit Anne, la fenêtre et Martin.

On entend au-dehors crier. Martin se détourne et voit Antoine arrivant rapidement mais sans plus sur le chemin. Antoine lui fait signe de s'en aller. Il s'en va.

Il entre et va directement dans la pièce où Anne se tient, les lettres de Marthe à ses pieds.

Elle ne bouge pas et dit :

« Je n'en pouvais plus. J'ai voulu savoir. »

Antoine debout la regarde sans mot dire.

Elle regarde les lettres et dit :

« Vous ferez ce qui vous convient mais…

— Parlez ! »

Elle lève la tête, le regarde :

« Vous savez qu'un moine, dom Lesueur, est venu ce matin à la maison ?

— Oui.

— Cet homme m'a dit que mon devoir était d'exiger…

— Que j'aille moi-même à la police me dénoncer.

— Oui. »

Il n'est pas rasé. Le vent l'a décoiffé.

(Interruption.)

Il fait du feu, le feu flambe rapidement. La nuit tombe. Il allume une lampe. Il parle sans la voir.

« Je n'ai pas de comptes à rendre à la police. Je me tais jusqu'au moment où l'on me pousse à bout.

« Je ne puis en effet parler sans accuser autrui.

« Je ne pouvais parler, avant que vous ne m'ayez accusé. Mais[m] dom Lesueur n'est pas sans raison ! Le malaise me plaît et ce qu'il ne peut supporter est que je prenne à ma charge moralement. »

[42] INTRODUCTION DU RÉCIT
DES AVEUX DE MARTHE

« Je n'aurais pas parlé malgré tout si vous-même étiez parvenue — et le moine n'a pu faire que vous aider — à cet état où les choses apparaissent comme elles sont…

. . . .

où l'on n'ose plus les juger… »

Anne paraît épuisée, terrifiée, mais dans l'un de ces moments d'incandescence où nous sommes portés par ce que nous vivons au-delà de nous-mêmes.

« Le soir où vous êtes arrivée, Marthe vous a quittée pour venir ici. »

[43] [LES AVEUX DE MARTHE]

Antoine et Marthe aux prises debout. Antoine maintient Marthe par les poignets : Marthe[n] se débattant et criant :

« Ce n'est pas seulement ton enfant que je porte en moi,

mais tous les démons. Tu le sais : je suis un monstre et tu n'as pas l'âme assez grande pour me garder. Tu es lâche. Tu voulais *savoir*… Écoute : je n'ai jamais reculé.

— Parle, enfin. C'est maintenant la minute que tu attendais. »

MARTHE (un instant cessant de se débattre : elle a un sourire affreux) : Je ne voulais pas seulement être ton amante mais la meurtrière… de ta femme, de ton père…

… et la mère de ton enfant ! (elle se débat de nouveau). Il n'est rien de si insensé que je ne l'aie désiré pour te posséder davantage.

Antoine lâche Marthe. Elle trébuche et tombe à genoux.

Antoine est calme et simple mais Marthe en chacune de ses attitudes est expressément tragique et déchaînée.

ANTOINE : Je le savais. Je n'ai pas douté, même un instant. Suis-je aveugle ? Mais le moment devait venir où tu parlerais, une provocation sans égale est une volupté plus grande que la fourberie.

Marthe s'est relevée, elle recule, regardant Antoine, puis dit :

« Mais la mort, Antoine, est une volupté plus grande que la provocation.

— Je te hais, Marthe. Il n'est rien en moi qui doive te retarder davantage. »

Marthe est debout : elle recule vers la porte.

« Antoine, ce que j'aimais le plus en toi… pour moi tu es… la même chose que le ravin où je vais… »

ANTOINE : Va-t'en.

Elle s'en va. La fenêtre est ouverte. On l'entend longuement courir, son pas froissant l'herbe. Antoine ferme la fenêtre et revient s'asseoir.

LA VEUVE

I. Dans une forêt une femme vêtue d'un corset noir, de linge blanc, de bas noirs et les fesses nues, vue de dos couchée sur le côté gauche est attachée à un arbre par les poignets qu'elle a liés. Les chevilles sont également liées. Elle sanglote et a parfois des soubresauts comme un poisson hors de l'eau.

II. Quelques individus masqués, femmes et hommes, arrivent en parlant et discutent en montrant la femme. Certains[a] d'entre eux s'éloignent par un chemin sous bois.

III. Trois hommes et une femme auprès de la « veuve ». Ils la relèvent brutalement, la délient. Elle se débat en criant, mais elle cherche aussi en même temps à trouver le sexe des hommes par leur braguette qui est ouverte. Et parfois elle réussit à les prendre en main et à les serrer convulsivement. Finalement ils partent dans la même direction que ceux qui sont déjà partis.

IV. La forêt. Arrive un prêtre en chasuble mais avec le chapeau des curés et masqué. Si cela est possible aussi un enfant de chœur portant un goupillon, également masqué.

V. Quelques-uns des individus du début dans la forêt marchent silencieusement. Ils aperçoivent le curé venant dans une allée transversale. Ils dénudent une des femmes peu à peu et ostensiblement ne lui laissent qu'une chemise et des bas. Elle prend en main le sexe des hommes. Quand le curé arrive elle lui prend aussi le sexe en main et le branle. Il est nu sous la soutane.

VI. La « veuve » est conduite en se débattant comme si

elle était saoule mais sans aucune veulerie par deux hommes qui la tiennent par les bras. Ils suivent la même direction que les autres.

VII. Le premier groupe continue son chemin avec le curé en tête, une femme en chemise et arrive dans une carrière de sable. Les hommes ont la verge en l'air sortant des braguettes. Ils restent à l'entrée de la carrière et attendent.

VIII. Le second groupe arrive. La « veuve » en apercevant la carrière et le curé a une crise. Le curé dit à tout le monde : laissez-moi faire. Les autres s'écartent et il s'approche de la veuve qui paraît horrifiée et recule jusqu'à la paroi.

« À L'ENTRÉE D'UNE VALLÉE... »
[LOUISE LAROCHE]

À l'entrée d'une vallée boisée s'étendait un corps de ferme où Mme Laroche avait réservé une maison d'habitation. Elle y passait d'habitude une partie de l'année, n'arrivait guère avant septembre mais restait jusqu'à l'année suivante. Dans ce pays d'élevage, la Malira, c'est le nom de cette ferme isolée, était une importante exploitation, tenant une quinzaine de chevaux, une centaine de bœufs et de vaches.

L'installation de Mme Laroche répondait mal à sa fortune. Sa petite maison se composait de trois chambres carrelées meublées de lits de fer et d'armoires à glace. Seule la cuisine était agréable. La propriétaire y mangeait mais l'on n'y cuisait rien. Les repas venaient de la ferme. Âgée d'une soixantaine d'années, Mme Laroche était depuis longtemps veuve. Elle tricotait modérément, lisait une quantité de romans de bas étage et passait pour boire. On disait à la Malira que la patronne avait un verre dans le nez quand elle passait dans la cour, raide et sans parler même aux enfants. Elle avait à ces moments-là les yeux rouges de sang. D'ordinaire elle avait la parole facile, s'inquiétait de la santé de Pierre et de Paul, du temps qu'il ferait, des travaux des champs. Les bourgeois de Chanrée[1] lui faisaient de rares visites qu'elle rendait coiffée ce jour-là d'un vieux chapeau noir. Elle n'entrait dans l'église qu'à l'occasion des enterrements. Le dimanche après-midi, vers 3 heures, elle descendait jouer aux cartes chez la châtelaine du village. On ne pouvait comprendre l'intérêt pour elle de ces longs séjours à la Malira. Là-dessus les conversations tournaient court. Quelqu'un prétendit l'avoir vue disparaître avec un garçon de ferme dans un taillis.

Quand sa fille Louise voulut divorcer, Mme Laroche lui imposa le séjour de la Malira. À la Malira comme à Chanrée, les deux femmes furent l'objet de nombreuses conjectures. On fut seulement assuré de leur ivrognerie. Au temps où Mme Laroche vivait seule, elle cachait son vice mais, sa fille installée dans la maison, la bouteille d'eau-de-vie apparut sur la table de la cuisine en permanence avec deux verres[2]. L'intimité de la mère et de la fille se borna d'ailleurs à cette communion alcoolique. Elles finissaient les repas sans avoir échangé une parole. D'autre part Louise ne voyait personne, ne parlait à personne, était comme l'effigie de la désolation.

Raoul, l'un des fils du fermier, l'aperçut un jour dans les bois, la suivit et raconta ceci d'étrange. Elle titubait le long d'un chemin, mais comme une femme à bout de fatigue. Raoul assurait qu'elle n'était pas ivre ce jour-là. Il la vit s'effondrer de loin, tombant droit devant elle. À terre elle demeura comme un sac, mais Raoul s'approchant la vit toute secouée de sanglots étouffés.

« IL Y A, AUX ENVIRONS DE N… »

Il y a, aux environs de N.[1], une petite ferme dans un vallon marécageux. À la ferme est attenante la maison d'habitation. Du côté du ruisseau, les débris d'un beau jardin, les herbes folles entourent un bassin en mauvais état. Un singulier[a] personnage habitait cette demeure en apparence abandonnée. On le voyait souvent le soir, assis tantôt sur un fût de colonne[2], étendu, tantôt sur les débris d'une balustrade de pierre. Il lisait. Mais d'habitude il demeurait enfermé dans l'une des chambres de la maison.

Cet homme aux cheveux gris, visiblement las, se négligeait. Il portait d'habitude une chemise de nuit sale, sans cravate, ne se rasait guère et n'avait aux pieds que des pantoufles décousues.

« UN APRÈS-MIDI DE JUILLET... »
[LA PETITE ÉCREVISSE BLANCHE]

Un après-midi de juillet, la Petite Écrevisse Blanche allait dans la forêt. La Petite Écrevisse Blanche s'ennuyait et cherchait quelque compagnie.

Le ciel était nuageux et gris, mais il ne pleuvait pas.

« Cette forêt, pensa la Petite Écrevisse, est d'une tristesse noire. »

Elle allait, allait, allait dans des chemins vides. Elle ne trouva ni la Petite-Fille-aux-Cheveux-Rouges, ni le Gros-Loup. Pas le plus petit Parapluie-de-Toutes-les-Couleurs. Pas le moindre Bébé-Gros-Loup.

Elle était fatiguée, triste et désemparée quand elle vit au bout d'une allée comme une sorte de gros canard noir arriver en boitillant.

« Mais, se dit-elle bientôt, ce canard est géant. »

Le gros animal à quelques pas de la Petite Écrevisse arrêta sa marche boiteuse et *[interrompu]*

LA DÉESSE DE LA NOCE

Une femme toute nue sauf les souliers vernis, debout sous les lumières électriques[1], le corps poudré, le visage fardé, la bouche puant l'épuisement et la fatigue, les mamelles lourdes et d'une clarté impudente, le derrière pur, pâle et irréel, les yeux trop éclatants et vulgaires, noirs comme les cheveux courts et bien peignés, tristes et à la limite de la fange comme de la houille, criards comme des chansons ordurières.

Elle se tient debout avec un sourire figé avec l'insolence convenue d'un tableau vivant, debout sur un guéridon en marbre elle élève une coupe de champagne vers le plafond scintillant de glaces et d'ampoules multicolores.

Ce n'est pas du tout une femme, mais un cadavre qui n'a pas peur de faire scandale et qui se dresse dans le temple inondé de clarté aveuglante de l'amour ordurier.

Moi je n'arrive pas dans cette effroyable église avec une tranquillité insolente et au contraire je suis transi et glacé.

C'est seulement ainsi qu'angoissé dans l'étouffant royaume des cadavres, je suis entré moi-même dans un état déjà presque cadavérique ; du moins, il est vrai que j'aspire de tous mes sanglots qui comme des ânes rétifs ne veulent pas sortir, à cet état d'effroi qui me paraît grandiose mais qui correspond mal à mon visage d'enfant timide et absurde.

Je suis donc horriblement paralysé et obligé de trouver brusquement un compromis à la mesure de ma démence et de mon affreuse humiliation. Malgré ma soif de larmes chaudes je n'arriverai pas à pleurer et comme il faut bien que devant l'infernale déesse de la noce[a], devant une femme[b] dénudée qui me fait au cours même de son tableau vivant un sourire prometteur de tout ce qui est ignoble dans mon désir impossible à dissimuler (puisque je suis aussi tout nu), comme il faut bien que je sois à la hauteur de cette circonstance, j'imagine secrètement, dans un éclair de chaleur, et pour rire, que je ne suis pas un jeune collégien inexpérimenté et tremblant, mais un vieux cheval de course de taureaux ayant depuis déjà plusieurs jours perdu ses merdeuses entrailles sur le sable d'une arène ! ainsi il me serait possible de déposer sur le marbre, les naseaux ouverts à la pointe de ses souliers vernis, ma grande tête hébétée et ridicule aux yeux vitreux, peut-être même déjà auréolée de mouches[2].

Car il est vrai aussi que malgré mon embarras, malgré la soif horrible qui fait que ma langue sèche emplit toute ma bouche, je suis cependant venu voir mon tableau vivant avec une âme de pohète[3] — beaucoup plus encore — avec un corps de pohète aux ailes de mouche charbonneuse, car bien que cela soit affreusement triste à dire, ce vêtement imbécile convient à en mourir à mon embarrassante nudité masculine.

Devant moi une femme nue que tant de lumières commerciales glorifient a conscience et sourit d'une splendeur qui ouvre' sous mes yeux épouvantés l'abîme mortuaire de la débauche.

Son origine [populacière   ?] transfigure sa beauté à un tel point que je n'imagine plus les hennissements de douleur qu'il me faudrait pousser pour exprimer l'état d'exaspération et d'avidité dans lequel me plonge l'ordure de sa nudité. Elle est à la fois belle comme un jour d'émeute ouvrière, belle comme une immense halle pleine de détritus[4], belle comme le petit matin dans une rue à l'heure où les débauchés n'arrivent même plus à songer au cimetière dont ils longent les murs.

En même temps, elle est pâle et lumineuse comme un squelette nocturne, son parfum qui me prend à la gorge est transfiguré par une odeur de vomi.

Dans peu d'instants, je mordrai son corps maudit à pleine bouche et au cours de notre remue-ménage angélique, à coup sûr maintenant, toutes les célèbres légendes de Dieu et des saintes parcourront comme bandes de chiens aboyant nos deux âmes et en même temps nos deux corps livrés aux bêtes : une procession ou une chasse à courre héroïque qui ne manquera pas de faire ruisseler à bouche que veux-tu des torrents de diamants, des torrents tonitruants du paradis, c'est-à-dire des morceaux de soleil qui dansent et qui hurlent à la mort, et aussi des crucifixions et des pieds sanglants essuyés avec des bouchons de cheveux [_interrompu_]

LE BALAFRÉ
Nouvelle

Tu devines pour quelle inavouable raison, ce soir-là, je supportais si mal de vivre : je ne pouvais me décider à ne rien faire de ma nuit, mais il n'était pas une issue qui ne me semblât, à la mesure de mon envie, une dérision que j'aurais pour moi-même. Ainsi ne faisais-je rien, je savais même que je ne ferais rien, mais c'était à une condition, de maintenir — à tout prix — l'intention de faire ce que tu imagines. J'avais de l'argent pour cela. Ce qui m'arriva ce soir-là ne répondit que d'une manière décevante à mes désirs, — ce n'est pas une bagarre, fût-elle sensationnelle, qui me délivre, alors que je devrais m'amuser, comme nous venons, toi et moi, de le faire. Mais à présent nous devons reprendre des forces et tu auras peut-être à m'écouter un peu de l'intérêt captivé que j'aurai à conter mon histoire.

J'étais, comme il m'arrive, occupé à boire, dans une salle d'auberge qui différait peu de celle où nous avons bu du whisky tout à l'heure. Mais c'était une autre ville, un autre pays. J'étais seul et pour les raisons que tu devines je ne désirais rien moins que rencontrer des amis, des connaissances. Cette ville n'était pas sans issue et tu sais qu'en tous lieux j'ai mes chances à ma façon de m'en donner à cœur joie. Il est vrai que j'étais noué, par cette sorte d'angoisse voluptueuse à laquelle la théologie a donné le beau nom de *délectation morose*[1]... Je n'en tenais pas moins à garder la liberté d'allées et venues que j'aurais voulu dissimulées. On appelait le balafré — en espagnol *el charrasquiado*[2] — le personnage qui entra, qui avait une démarche sournoise, cette démarche affectée et moqueuse que l'on prête aux comparses des mauvais coups. Je crois qu'il t'aurait plu, encore qu'il eut des manières de penser grossières. Je le soupçonne de n'avoir jamais tiré des femmes que des satisfactions de vanité. Cela ne va pas, dis-tu, sans un temps où elles sont traitées aussi mal que les bêtes que l'on abat. Il avait, il faut le dire, une bonhomie qui m'effrayait. Je sus quand il entra et qu'il alla s'asseoir au bar qu'il ne m'avait pas vu. J'allai aux toilettes où je me divertis de mon mieux, mais je le trouvai, quand j'en revins, assis à ma table. Il me sourit si largement que mes genoux faiblirent. Il est vrai qu'à cette heure de la nuit j'étais prêt à pleurer d'ivresse et d'insomnie. Je crois d'ailleurs que, si je n'avais subi ce besoin de solitude maladive, j'aurais aimé le rencontrer. Et même cela m'aurait distrait de sentir qu'il s'amusait à me faire peur.

C'était un hâbleur, un mauvais garçon qui avait compris le parti qu'il pouvait tirer d'un sentiment de prudence que sa stature ne manquait jamais d'inspirer.

Il jouissait de sentir la réticence, le temps de silence qui suivait l'instant où, s'étant retourné, celui qui pérorait savait qu'il avait derrière lui ce bon sourire qui le défait. Sa grande joie était de narguer le mari ou l'amant de la femme qui lui cédait. Tout soudain, mais trop tard, celle-ci mesurait l'étendue de l'affront qu'elle avait infligé au lâche qui ne se vengerait que sur elle, d'un malheur qu'il avait supporté devant ses amis sans mot dire ! L'enfer s'ouvrait pour elle et, à ce moment, la dérision du balafré achevait de rendre muets son remords et son écœurement. Il la renvoyait avec de grands rires aussitôt qu'elle avait servi, c'est-à-dire aussitôt qu'il avait rendu sa trahison publique. Le comble était qu'il refusait la bagarre : il ne daignait pas corriger celui que son insolence paralysait. Je l'ai parfois entendu soupçonner de bluff, mais de loin : le fanfaron avait beau jeu de dire : « C'est un vantard, un hâbleur, comment n'avez-vous pas honte de vous laisser bluffer. » Le géant n'avait qu'une manière : il laissait sa lâcheté décomposer celui qu'il voulait punir, un silence poignant se faisait, qui étreignait la salle entière.

Le secret de cet homme extraordinaire était, il faut croire, de n'aller jamais trop loin et d'humilier également les hommes les plus fiers de son entourage. Ils doutaient à la fin si la peur qu'ils éprouvaient n'était pas un jeu convenu, auquel les conviait l'abominable sympathie que dégageait le rieur. Bien qu'il ait étranglé justement l'insensé qui l'avait balafré, c'est plutôt ce grand rire qui faisait le silence autour de lui : c'est un charme angoissant et insurmontable qui exerçait cette grande terreur autour de lui. Je n'avais rien à craindre quant à moi. Je ne pouvais l'intéresser pour ses « affaires » : j'avais assez d'argent pour décliner la basse besogne, j'en avais trop peu pour être sa proie — je n'aurais eu de toute façon ni la force ni le cran de l'aider dans un coup : je suis pour cela bien trop jouisseur. Il ne devait avoir devant moi que ce sentiment de mépris nuancé de complicité qu'ont ses pareils pour ceux qui ne font rien et s'amusent, sans rien en tête : j'étais un innocent, une pauvre bête, qui traînait dans les mêmes cabarets que lui. Il avait malgré cela la manie d'éprouver en riant le pouvoir qu'il avait de serrer la gorge des autres. Il n'insista pas et m'interrogea sur le ton plaisant qu'il avait toujours : « N'êtes-vous pas, me dit-il, l'ami de cet ingénieur… ? » Je l'étais. Il avait le même doux sourire ajoutant : « On a trouvé ce matin sa femme morte dans sa maison ? » Je le savais. « Mais, dis-je, mon ami l'ingénieur a disparu. — Je sais, dit-il, mais il ne l'a pas tuée, j'en suis sûr, elle s'est elle-même empoisonnée. » Je ne dis rien, me demandant la raison pour laquelle il m'en parlait. Il poursuivit : « Votre ami ne s'est pas enfui, il me cherche. » Je lui demandai à mon tour : « Que veut-il de vous ? » Son visage alors s'illumina : « Me tuer ! » fit-il. Je ne pus m'empêcher de rire avec lui : « l'ingénieur » était vieux, minable, effacé, et sa femme courait sans qu'il s'émeuve. Un instant je pensai qu'il l'avait tuée, que, voulant confirmer l'idée du suicide, il accusait le balafré en le cherchant. Le balafré était à l'origine d'autres fins lamentables… Mais il l'était vraiment de celle de Marthe.

« Je crois, me dit-il, mais il ne souriait pas moins, que j'ai grossièrement offensé votre ami et qu'il est résolu à m'attaquer. Comprenez-moi. Je réparerais volontiers le mal que je lui ai fait, mais il est fait et c'est irréparable. Je ne pourrais maintenant que l'humilier davantage. Je ne voudrais pas cependant qu'il arrive malheur à votre ami… Aidez-le, si vous l'aimez, vous pourriez l'éloigner de mon chemin ! »

Ce surcroît d'insolence m'étonna et je voyais mal ce que le balafré en attendait. Au surplus je ne pouvais d'aucune façon me représenter mon ami obligeant le colosse à le considérer : le coup de feu qu'il aurait tiré pouvait, me semblait-il, le renverser, lui, mais la balle glisserait sans effet sur un corps invulnérable. Cette pensée était même si contraire à la raison que je me raidis et fixai péniblement les yeux de mon interlocuteur : sa tête brutale et son grand rire m'ont semblé de plus en plus lourds et j'ai renoncé à dominer mon ivresse.

Il y a dans mon histoire un élément des plus risibles : je ne t'ai rien dit encore, ou presque rien, de mon ami, que j'ai simplement nommé l'ingénieur. À son sujet, *[interrompu]*

MASANIELLO

NOTES POUR « MASANIELLO »

Je n'étais, quand je le vis la première fois, qu'un jeune séminariste. Le cardinal n'était pas encore le déraisonnable vieillard qu'il devint dans les derniers temps. Je ne sais quoi de fou et d'oblique, une hilarité à la fois étouffée et violente, et qui annonçait plutôt qu'autre chose les injustifiables colères dont mon « oncle » m'avait parlé, me surprirent néanmoins dès l'abord. Il émanait de lui un sentiment d'inquiétude en même temps qu'il étonnait par un aspect superbe et si agité qu'il me fit songer à ces changements à vue d'un ciel d'orage, que durant la traversée tumultueuse j'avais longuement observés sur la mer. Il usait avec mon père, son « neveu », d'une désinvolture et d'un langage dont la verdeur le disputait avec l'ironie *[interrompu]*

L'oncle est un homme très limité.

Pendant la confession le cardinal joue avec son neveu et fait le pitre. Ses pitreries et la confession vont ensemble.

Alors Leonella est tirée de sa cave et la scène des aveux se passe devant le petit-fils.

Le petit-fils raconte la révolution d'après les documents qu'il a étudiés.

Leonella est la sœur.

Leonella Aniello.

Le narrateur commence à comprendre après des conversations avec Leonella suscitées par de premières conversations avec le cardinal.

★

Masaniello (Thomas)
Sa sœur, Faustine
Giacomo Sorrente
Pierre, son fils bâtard
Pierre jeune a tué sa sœur âgée de six mois.

MASANIELLO

Je ne cesse plus, mon fils, depuis la mort affreuse de ton père, de revenir sur un passé dont tu ne peux mesurer les désordres (sur cette jeunesse effrénée et rageuse dont nos malheurs récents sont à la fois la conséquence, le triomphe et le déplorable dénouement). Du lit de douleur où, peut-être dans peu de jours, tu viendras me fermer les yeux, ma vie, cette vie restée tumultueuse, n'est plus l'attente de gloires inaccessibles ou d'inavouables joies, c'est la réflexion lente, pleine d'émoi, de tristesse et de ravissement sur une ardeur éteinte et sur des passions mortes. La proximité de la tombe, qui donne une grandeur sombre à de telles pensées, achève d'en éclairer le sens : je sais qu'à l'encontre de celle de ton père, ta jeunesse est, comme la mienne, un mouvement de folies, de plaisirs et d'inconséquence, mais le mort que je suis déjà a la force d'aimer que tu lui ressembles.

Voici plus de trente ans que joyeux, j'entendis le faible vagissement qui annonçait la venue au monde de celui que nous pleurons. Que nous pleurons !... Je ne doute pas que sa mort, si atroce qu'elle fût, soit moins douloureuse pour toi que la haine dont ce père te poursuivit de son vivant. Et pour moi, quand je le pleure — car il est vrai que je pleure un fils que je haïssais — j'ai le sentiment de verser des larmes d'aberration : je ne sais ce qui me déchire le plus des rigueurs inhumaines de sa vie ou de la folle cruauté de sa mort.

DÉBUT D'UN « MASANIELLO »

Derrière le rideau, le cœur lui battait d'ennui tant l'après-midi lui avait semblé longue. Au surplus Giovanna se demandait quel démon lui avait conseillé, plutôt que d'endurer encore la solitude de sa chambre, d'épier les allées et venues de ses frères. Elle avait honte d'être cachée et n'en pouvait plus d'attendre, elle maudissait l'état comateux qui l'avait amenée, plutôt qu'à patienter davantage, à se conduire au moins sottement. Néanmoins elle aurait aisément reconnu qu'à se conduire ainsi elle mêlait à la poussière de ces interminables heures un peu de poivre et qu'elle aimait enfin à se sentir ainsi prise à la gorge, étouffée. Tout était préférable à traîner dans l'air malade et à se sentir mal coiffée, les vêtements mal tirés et gênants. Du moins le passage des deux garnements lui apporterait quelque chose de la folie qu'ils chercheraient au-dehors.

Elle n'en doutait pas. C'était l'heure où ils sortiraient ivres. Elle se rappelait le jour où, sans les épier, elle avait entendu dans l'escalier les éclats, pleins d'une jovialité emportée, de leurs voix. Et du seuil elle avait admiré les beaux jeunes gens descendant de front le large escalier. Ils avaient tiré leur épée et ils la brandissaient, se battant par jeu, par-dessus les têtes d'un bout à l'autre des marches qu'ils dévalaient gravement.

Leur brutalité heurtait leur sœur, qui enrageait à l'idée de leur sottise, mais dès qu'elle les voyait palpitait d'aise. Mais la joie qu'elle avait ainsi était si contraire sinon à son caractère du moins à ce qu'elle imaginait vouloir qu'elle ne tolérait de l'avoir qu'en la cachant. Il lui plaisait de passer auprès des énergumènes, l'air grave et maussade d'une duègne, et de deviner les moqueries de ces garçons qui la regardaient comme une pimbêche. Parfois près des jeunes gens son hypocrisie lui semblait si comique qu'elle en éprouvait une sorte de vertige : — S'ils savaient, pensait-elle. Et[a] pourtant.

Elle se reprenait aussitôt.

Bien plus que les joies d'un malentendu si gai, le désir de trouver Dieu faisait battre le cœur de la jeune Giovanna. Elle n'y voyait nulle contradiction et souvent elle se disait que si le Seigneur jetait les yeux sur elle et entendait ses soupirs cela pourrait tenir à une espièglerie qui jamais n'excluait, qui peut-être supportait au contraire un élan sauvage.

« J'IMAGINE LE FROID… »

J'imagine le froid et la chaleur, le froid de la banquise, la mort et la gueule des chiens qui mettent mon corps en pièces, la chaleur d'un foyer de locomotive où des condamnés entrent vivants[1].

L'imagination est si faible… J'en viens à l'indifférence à la mort, aux préparatifs du suicide. Invisible dans la chambre où l'irréparable se prépare, la pâleur et l'obscénité de la jeune femme, qui ordonne un spectacle sordide. Si elle en avait de la dignité et de la pudeur elle aurait crié devant la glace :

Déjà jusqu'à mon cœur le venin parvenu
En ce cœur expirant jette un froid inconnu[2].

Mais non : elle avale goulûment le poison, soudain sa nudité si belle et si désirable est terne : reste l'horreur qu'un hoquet d'agonie dépose à mes pieds comme une ordure.

Que la mort est malodorante[3] !

Pouvais-je, dans les tentures où j'étais seul et dissimulé, demander davantage ? Ce n'est pas une comédienne, elle meurt sans auditoire ; au sirplis[4] elle avait l'accent d'une Juive allemande.

« LA CAMPAGNE, L'AUBE… »

La campagne, l'aube, la magie suspendue de la lumière au-dessus des champs, jamais la magnificence du monde ordonna-t-elle un jeu de couleurs plus célestes, ni une douceur divine plus consolante : un petit vieillard édenté, honteux, crachotant, que je suis, ne peut s'en apercevoir… J'ai vu, me retournant, la petite maison que la mort habitait[a]. Je prononçai entre des dents rares avec la sécheresse d'un nez qu'on mouche : « je m'en bats l'œil ».

De la magnificence de la mort, saurais-je comment sortir ? Évidemment ! le mensonge éhonté que je suis et la chaleur de mon indifférence ont l'impudeur d'un magasin de charcutier. Le langage est la mort ayant l'apparence de la galantine[1].

Vous tenteriez en vain d'arrêter mon imposture. Comparée à mon insolence, la cruauté démesurée d'un bourreau est douceur. Vous m'arracherez la langue ou je parlerai. Je mentirai dans la fournaise et la langue arrachée je tirerai de ma gorge un glouglou, je serai au comble de l'impudeur !

Le bourreau me tirant les yeux hors de la tête, insensible, apprêtant le fer rouge à planter dans le fond d'un gosier sanguinolent[2].

Ayez enfin la force de savoir que, si j'avais le cœur de rire,

je rirais de vous cruellement. Qui suis-je ? une gifle[3], un coup
droit sur le nez, un crachat dans la face. Tout ce qu'il est
naturel d'appréhender de la part[b]

La douleur et la mort ne sont rien _[interrompu[c]]_

SCORPION

Le car, de la Seine à Saint-Ange[1], traverse des bois, mais
le village étend au centre d'un plateau nu des maisons
éparses le long d'un kilomètre de route. Il pleuvait quand
Anne descendit du vieil engin où elle avait fait le parcours
debout depuis la Seine. Elle descendit devant une ferme : et
elle vit que personne ne l'attendait et se sentit de plus en plus
mal. La pluie la chassa jusqu'au café voisin, où elle traîna ses
valises l'une après l'autre. C'était un café de village, une salle
pauvre, peu accueillante et mal tenue : elle y demanda de la
bière et la maison de son père. La servante répondit — elle
était bête et triste — qu'elle ne savait pas, qu'elle allait
demander. La patronne vint elle-même, un enfant dans les
bras. Elle renseigna longuement la jeune fille, mais ne put la
rassurer. La maison de son père était loin. La femme était
sale, l'enfant était sale, il faisait froid, personne ne fermait la
porte et ces hommes qui allaient et venaient étaient d'une
tristesse repoussante. Au-dehors la pluie tombait dans la
boue. Apparemment aucun espoir de détente, d'amitié, de
chaleur. Un instant d'apercevoir un visage jeune et joli dans
la vieille glace elle se sentit revivre, mais elle s'approcha et
vit que le voyage l'avait fatiguée, que ses traits tirés répondaient à la sensation qu'elle avait d'une usure de tout son
corps, d'une calcination de la bouche. Elle devait aller aux
commodités, elle traversa une cour boueuse, où des canards
avalaient des vers. La boue quand elle revint avait mis ses
souliers de daim gris dans un état qui lui fit horreur. L'odeur
des cabinets se mêlait pour elle à l'humidité glacée qui venait
d'entrer dans ces chaussures.

Elle commença à claquer des dents, à frissonner, et se dit
qu'elle vomirait bien mais qu'il lui fallait réagir. Sa mère

l'avait prévenue de la rudesse de son père, mais celui-ci dans une lettre avait dit qu'il viendrait la chercher au car. — S'il n'est pas saoul, avait commenté la mère. Mais Anne n'avait pas pris la réserve au sérieux.

LA HOUPPETTE

Combien de fois j'aurais voulu que tu me files ta merde dans ma bouche et pourtant, tu le sais — combien j'aime avoir un petit con frais, d'une propreté exquise avec un parfum de lavande. C'est plus indécent (je trouve). Une seule fois où je me chatouillais l'entre-les-fesses avec le bout de ta pine qui était mou, j'ai vessé doucement et je me suis retournée pour sentir l'odeur, ce bout de pine qui puait c'était délicat à sucer mou : tu sais que j'en raffole. Mais l'odeur ! j'en ai rougi tant j'aimais ça. Rappelle-toi. Gaston était là. Je lui ai fait signe de m'enculer, j'étais à genoux, je lui ai fait comprendre en lui montrant mon trou du cul du doigt : alors il m'a défoncé la tripe. Hou ! quand j'y songe, j'ai tout un frisson, un frisson osseux, tout grinçant, j'ai le cœur en boucherie, et tu vois, comme je suis nue devant la glace, ce qui me plaît est de me passer ma houppe à poudre de riz sur le con.

Dommage que tu ne voies pas le petit babouin sur la chaise les jambes en l'air, ouvertes, et la houppe… La poudre de riz et le foutre, cela s'accorde tendrement. À ces moments-là tu m'emmenais nue sous un vison dans les rues. C'était si doux quand tu m'enfilais dans des coins noirs. Ah j'en décharge… et je hoquette… Dieu comme c'est bon d'avoir le con tordu en déchargeant.

Ma petite gueule tordue
   une odeur de vesse et de poil de con, de poudre de riz et de foutre, de couille en sueur
   le foutre écumant de tous les côtés comme le champagne déborde

Nous étions quatre ou cinq filles, ultra-chics, en robes de soirée fendues jusqu'à la ceinture. Nous dansions en nous tenant par le haut du cul, en nous languottant comme des folles.

— Sur le quai du métro je l'avais vu.
Dis t'aime la pine ?
Je ne bougeai pas mais il me vit bien : il vit que je me gorgeais d'air immobile, les narines dilatées, les reins creux.
J'étais bien résolue à faire la poule, et à le suivre dans ses vulgarités, mais je sifflais entre les dents comme une poule n'aurait pas fait, avec une froideur délibérée :
— Tu bandes ?

« LE MUSEAU SOUS LA QUEUE... »

Le museau sous la queue de mon amant, je lèche ce membre noueux, je le vois, je le flaire. En même temps une langue humide donne au trou de mon cul sa fraîcheur inattendue : j'ai le sentiment de l'éternité et je pleure. Dans le fond de mon âme une horreur heureuse, une clameur qui m'étouffe salue l'apparition de la folie.

Miracle ! mon amie sort un vit de la culotte de mon amant.
Il est dur, il emplit la bouche de mon amie. Je mets le doigt de mon amant dans l'anus de mon amie.

★

Quand ma main serre une queue, raide et rouge, la vue de la *vérité* se livre à moi. La *vérité* bande, je me trousse et je bande. Mon con appelle cette horrible *vérité*, qui gonfle les veines de ma gorge.

★

Quand j'étais plus jeune je faisais dans une immense forêt de longues et solitaires promenades en vélo. Je me souviens d'un automne tiède parfois même ensoleillé. J'allais dans des petites chemins où j'étais presque sûre de ne rencontrer personne. Avant de sortir, je me déshabillais dans le garage, je pliais mes vêtements dans les sacoches, je passais mon imperméable et je filais. J'avais roulé mes bas sous les genoux si bien que sur la route je me sentais très indécente. Mais quand les arbres me cachaient, je descendais de vélo, j'attachais mon imperméable au guidon. Je m'enivrais d'une odeur morte des feuilles pourries. Parfois même je me déchaussais pour aller pieds nus dans ces feuilles humides et j'aimais pisser le long de mes jambes en marchant. Une sorte très étrange de volupté solitaire me tordait le corps quand je pissais et que je piétinais dans l'urine. Je ne me branlais pas et en ce temps-là préférais ce plaisir sournois de la forêt aux tendresses de mes amants. Dans la solennité religieuse de la forêt je devenais une bête, la honte me congestionnait et me serrait la gorge, je n'avais plus rien d'humain. Je m'accroupissais et je chiais, puis je me couchais nue la bouche à côté de mon étron. J'étais folle d'affreux désirs et sur l'instant j'aurais donné ma vie pour déculotter un homme. Pourtant je jouissais de ne pas le pouvoir et d'imaginer avec tant de force ce qui me faisait en même temps désirer de mourir et me fendre le cœur de chier : des cris rauques, inarticulés, se brisaient dans mon gosier, j'étais rouge et mes yeux sortaient. La merde aussi me sortait du corps ainsi qu'une bitte dure et puante et malgré mon désir exorbité d'une bitte de chair qui m'aurait empli le con, je jouissais si violemment qu'en pensant aux déesses et aux dieux je riais de jouir d'un secret qu'ils n'ont pas connu.

Sans quelque innommable secret, la débauche ne serait que ce qu'elle est, insignifiante. La volupté veut l'inavouable, en même temps somptueux, solennel, silencieux.

Debout[a] devant un homme en public, à boire, à rire, à parler de riens, certaine qu'il va, dans cinq minutes, m'en culer dans la chambre voisine.

Rien n'est alors plus délicieux que le léger battement des tempes et que le serrement de cœur à la limite de l'effroi.

Ma vulve avait l'odeur de la pine enfoncée.

Continuer par la rue Cadet[1] où je rencontre Actéon, un personnage.

Je lui raconte l'hist[oire] de la forêt.

Il m'emmène avec une double fourrure noire, très longue.

Il portait sur les bras la tête de cerf.
Il avait un couteau de chasse ?
un très minable tromblon.
Il était bien plus petit que moi et râblé.

Le costume sec[ond] emp[ire].
Le costume d'Actéon sentait le fauve.
Il me laissait seule mais nous conversions.
Nous abandonnions nos vêtements.
J'avais une corne de chasse.
Le costume : des bottes, une fourrure de cerf ajustée, des bottes fauves en cuir souple, une longue fente du nombril au coccyx ?
Je le voyais longuement de loin.
Il me baisait et je l'enculais aussi avec un godemichet qu'il avait dans sa gibecière.

J'imagine : le con plein à craquer d'une verge noueuse. Dans la rue, je suis nue sous ma fourrure. Je m'arrête. Dans la rue de la Paix. Dans la glace d'un magasin, je me vois, j'entrouvre ma fourrure de telle sorte que la glace me voit seule. Dehors[b] je pisse entre les jambes mouillant mes bas. Je vais dans un bar où je bois du whisky.
Je me fais baiser dans les chiottes du bar[2].
J'emmène le type vers la porte Saint-Denis.
Nous achetons une robe dans un magasin pour aller dîner. Je demande à la vendeuse[c]. « Vous ne voulez pas dîner avec nous. » Je vois un billet.
J'ai oublié ma robe.

Nous allons dans un cabinet particulier.

« Nous vous attendrons mon ange, à la sortie du magasin. »

LE 10

Pendant l'occupation, il est question d'un hobereau catholique, aristocrate même, château, et de son frère de lait. Il est en relation suivie avec le ⑩ et un jour il humilie profondément le ⑩ qu'il a pris à …, devant son frère de lait. Un peu plus tard cet aristocrate est arrêté, déporté. Le frère de lait pense, à tort, que le ⑩ l'a dénoncé : il le descendra. Le frère de lait = Forgeaud[a], peut-être. L'aristocrate catholique a pris la maîtresse du 10 et il a bafoué le 10.

Trouver une transposition du voyage dans la Forêt-Noire[1] : le 10 s'égare dans une très grande forêt, il pleut à verse, tonnerre, vent. Il arrive devant une maison à demi ruinée, un volet est tout à coup à demi arraché par le vent, il y a une légère lumière et il s'apprête à frapper lorsqu'il aperçoit par la fenêtre une scène un peu stupéfiante, beaucoup de monde, il glisse, il est pris pour un espion et mis à mal.

À un moment donné le 10 va mourir.

Il se souvient de tout ce qu'il a souffert et il proteste en lui-même, il exige ? il voudrait, là se produit une sorte d'éclosion ou de feu d'artifice de la souffrance angoissée. Le frère de lait qui connaît la lâcheté du 10 le reconnaît et éclate de rire, il le déculotte et l'humilie. Demande pardon, etc. Le magnésium et la photographie qui sera envoyée à sa femme. L'éclat des larmes, un flot de larmes et de sang.

La fin se passe après la guerre, après que le 10 a pu savoir ce qu'était devenu son rival, les misères de la déportation.

☆

Le ⑩ vient habiter l'hôtel de Chambord, par hasard, très jeune. Il sort du séminaire de Saint-Celle, Saint-Flour, Blois. Il est originaire de Sipiene[b2]. Il ne veut pas rentrer dans sa famille. L'abbé S. le supérieur lui a proposé un séjour à l'hôtel de Ch[ambord]. La patronne de l'hôtel s'imaginera qu'il s'agit d'un criminel, alors qu'il s'agit d'un séminariste renonçant à la prêtrise. L'abbé S. a écrit à la mère la priant de laisser son fils seul. Le 10 = extrême timidité, pratiques solitaires, rougeur folle, grande sensualité. Imaginations déréglées du 10. Marcelle est pratiquement abandonnée par le Dr Fielle. C'est provisoire. (Et Mme Fielle aussi reviendra — très bonne fille.) Il y a une poursuite dans la forêt. Une histoire comique, un fou rire. Puis ils deviennent amants à la faveur d'une maladie résultant de la course dans la forêt. Tout est vraiment en plaie ouverte, en situation suspendue, tout à fait en porte à faux ridicule mais la vie l'emporte. Marcelle s'en va. Dialogue insensé. Le 10 fait la connaissance d'Émile. Le 10 est à moitié fou de douleur. Émile l'endoctrine. Comment le 10 et Émile font connaissance. Par le Dr Fielle = Dr Borel[3] qui veut sauver le 10 de la solitude. Émile couche aussi avec Marcelle. Amour idyllique du 10. Marcelle cherche à dégoûter le 10. Sanglots extraordinaires. Entrevue de l'abbé S. et du 10, puis d'Émile qui arrive avec un beau zèle anti-curé. Discussion grossière. Arrivée de la mère qui ménage au bout de quelques jours une entrevue de mariage. Promenade dans la forêt avec la jeune fille. Le 10 se raccroche à cette issue, puis va à Saint-Flour se confesser : il est amoureux de Marcelle. Une retraite envisagée. Émile tempête. Finalement le mariage a lieu. Bonheur extraordinaire du 10.

★

La seconde partie commence par les enchantements de la vie du 10. Cependant il vit dans une terreur continuelle, s'attendant à tout. Le 10 sermonne Émile. Mais Émile voit Marcelle de temps à autre et Marcelle propose au 10 de le voir de temps à autre. Il refuse.

La guerre commence. 1940. Ch[ambord] pays où les gens arrivent en exode. Mort de la mère. Vie à Sipiene. Visites à Ch[ambord] pour voir Marcelle sous un prétexte fou, tout se déglingue. Confession. L'occupation.

Émile a noué connaissance avec l'écrivain et sa femme. Puis le 10.

Maison isolée. Atmosphère comme à Flemmargues[4].

« AU DÉBUT
DE CETTE DÉCHÉANCE… »

Au début de cette déchéance, je me suis éveillé soudain, je ne sais de quel rêve humiliant. J'avais la nausée, j'essuyai une sueur froide. J'avais la veille au soir mangé des champignons. Je pensai à l'empoisonnement : j'allais mourir enfin.

Je vis que jamais rien jusqu'alors ne m'avait touché d'irrémédiable. Mais enfin… J'avais, au sortir du sommeil, un calme d'hébétude. Je n'aurais pu pleurer. Je n'avais que de faibles regrets, mais je souffrais. Ou plutôt ma souffrance physique, qui n'était ni pire ni moins dure[a] que d'autres fois, laissait s'introduire une lézarde plus profonde : quelque chose en moi ne se défaisait. Ce n'était pas nouveau mais plus violent, comme l'est la douleur pourrie, la douleur douce et branlante d'une dent. Cela gagnait en m'écœurant. Je n'y croyais peut-être pas, mais ridiculement j'avais peur. Je sentais cette peur inavouable.

Le matin j'entendis son pas dans l'escalier : j'appelai ma belle-sœur. Elle avait mangé des champignons ! Je lui dis que j'étais malade, mais n'osai lui parler de ma peur.

Je gémis.

« Ça ne va pas, ça ne va pas du tout. »

« PARFOIS LA PHRASE... »

Parfois la phrase dont le tremblement court à la surface du papier lisse a la beauté de nuages informes dans le vent. Elle annonce une pensée indécise. Saurais-je ce que je veux, ma phrase se dérobe à la réflexion. Elle appelle le sommeil. Il n'est rien, tant elle est saugrenue, qui ne se perde en elle.

Je parle à la fin longuement de la mort, et de la mort comment parler ? sinon en rêvant, sinon avec le rire de l'indifférence amusée ?

Qui aime se défaire comme un nuage ? se défaire[a1] ?

CH. II[2]

Je m'étonne.

Je plaisante ?

Écoutez-moi, mon ange, ma sœur, écoutez-moi[3]. M'entendez-vous ? Il est temps de m'entendre à demi-mot, temps de claquer des dents.

Vous ne saviez pas qu'ils étaient gais ? vous tremblez... Jamais dites-vous, vous n'avez étouffé un mort dans vos baisers.

Tremble ma sœur.

La sueur de ton tremblement a l'odeur de la folie.

N'oublie jamais que je suis mort et que jamais plus rien ne répondra, sinon ce murmure insipide, au désir de tes bras.

NOTICES,
NOTES ET VARIANTES

HISTOIRE DE L'ŒIL

NOTICE

Histoire de l'œil est le premier récit publié, en 1928, par Bataille, et il ouvre la scène avec fracas. La Iʳᵉ partie, « Récit », décrit les aventures du narrateur et de Simone qui associent à leurs jeux érotiques leur amie Marcelle. Mais Marcelle, devenue folle lors d'un goûter orgiaque, est internée dans une clinique d'où les deux jeunes gens, qu'obsède sa beauté, la font sortir sans qu'elle recouvre la raison car elle se pend peu après, ce qui donne à ses amis, qui manifestent depuis le début des penchants à la nécrophilie, l'occasion de faire pour la première fois l'amour. Puis, enfuis à Madrid et accueillis par un riche Anglais, Sir Edmond, ils assistent notamment à une corrida au cours de laquelle Granero, célèbre toréro qui a réellement existé, trouve une mort affreuse pendant que Simone, qui aime beaucoup s'amuser avec des choses rondes (un chapitre décrit sa jouissance avec des œufs), introduit dans son vagin un testicule de taureau. Enfin les trois comparses visitant l'église de Séville où repose le corps du Don Juan historique martyrisent Don Aminado, jeune prêtre d'abord contraint de profaner avec son urine et son sperme les objets du culte, et ensuite étranglé et privé d'un de ses yeux que Simone, qui a plongé le sexe du mourant dans le sien, love dans sa vulve. Dans « Réminiscences », la IIᵉ partie, l'auteur présumé du livre, Lord Auch, dont le nom anglais veut dire : « Dieu se soulageant[1] », indique notamment que la fixation de Simone sur les œufs et les yeux est inspirée par des faits qui se sont réellement produits dans sa jeunesse et qui concernent son père rendu aveugle par une syphilis qui l'a finalement tué.

Il y a dans *Histoire de l'œil*, qui relève à la fois de la fiction et de l'autobiographie, un drame, une vision et une lecture : le drame est celui de l'enfance de Bataille ; la vision est cet anti-idéalisme violent des années 1920, et la lecture est celle des écrivains abordés dans cette même période (Nietzsche, Dostoïevski, Sade et les auteurs de roman noir). Mais drame, vision et lecture ne sont pas séparables ; et si le drame,

---

1. Voir *Le Petit*, p. 363.

ici étudié en premier, précède dans le temps la vision, tous deux se combinent avec les lectures pour former cette heure de « rage » qui est selon la préface du *Bleu du ciel* au départ de tout grand roman et d'où jaillira l'*Histoire de l'œil*.

Le spectre du père.

On sait que le père de Bataille est mort le 6 novembre 1915 à Reims. Sa maladie, ses souffrances et sa folie n'ont été rapportées que par Bataille[1] qui n'a cependant jamais varié sur ce sujet, même s'il l'a poussé plus avant dans l'horreur. Dans les textes ultérieurs, le motif de la mort[2], et ceux de la cécité[3] et de la folie paternelles reviennent comme une obsession qui marque Bataille jusqu'à sa mort. En témoigne l'entretien avec Madeleine Chapsal paru dans *L'Express* (23 mars 1961) : « Il est d'ailleurs prêt à donner sur ses origines des renseignements qui ne sont pas sans importance : son père, tabétique, était paralytique général, et devint fou, sa mère perdit également la raison. Le jeune homme dut pratiquer une psychanalyse[4]. » Ces lignes, sauf celles sur l'analyse, ne figurent pas dans les versions ultérieures de l'entretien[5]. Et pour cause : le 31 mars suivant, Martial Bataille, le frère aîné, lui écrit, « bouleversé » par l'article de *L'Express*, que ce qu'il a dit « est faux » et que ni leur père ni leur mère n'étaient fous[6]. Bataille répond dans les deux semaines. Sa lettre n'est pas conservée. Mais son brouillon, daté du 11 avril 1961, l'est. Il y écrit qu'il n'a « pas parlé avec Madeleine Chapsal de ce dont elle fait état » ; qu'il n'en a parlé « qu'il y a très longtemps d'une manière anonyme » et qu'« il y a un fonds *[sic]* de vérité dans les allégations de *L'Express* », au point que « ce qui est arrivé il y a près de cinquante ans [le] fait encore trembler[7] ». Nouvelle lettre, au 31 mai 1961, de Martial, et nouveau démenti au sujet de la folie des parents, avec, cependant, l'évocation du « long martyre » du père et celle d'« événements [...] dont on n'a jamais soupçonné l'existence[8] ».

Conclusion : il y a de fortes chances pour que les deux parties d'*Histoire de l'œil* ne soient pas totalement imaginaires en décrivant un mystérieux drame familial que chacun des deux frères désigne à sa façon ; il est également probable que ce drame ait poussé Bataille, à un moment dont on verra qu'il est sans doute plus reculé dans le temps qu'on ne le croit, à écrire *Histoire de l'œil* pour à la fois témoigner de son traumatisme et le surmonter.

---

1. Diane Bataille confia à l'auteur de cette Notice que son mari lui avait toujours dit que les indications de « Réminiscences » relatives à la maladie du père étaient exactes.
2. Voir *Le Petit*, p. 353 ; ainsi qu'un fragment non publié du *Coupable* (1945), *OC V*, p. 504.
3. Voir *Le Petit*, p. 364 : « Mon père m'ayant conçu aveugle (aveugle absolument), je ne puis m'arracher les yeux comme Œdipe » ; voir aussi dans *Le Coupable*, *OC V*, p. 257 : « Mon père aveugle, des orbites creuses, un long nez d'oiseau maigre, des cris de souffrance, de longs rires silencieux ».
4. « Georges Bataille », *L'Express*, n° 510, p. 35.
5. *Quinze écrivains : Entretiens* (Julliard, 1963) ; *Les Écrivains en personne* (U.G.E. « 10/18 », n° 809, 1973) ; *Envoyez la petite musique* (Grasset, 1984), trois livres qui citent en revanche les autres réponses de Bataille.
6. BNF, fonds Bataille, *Correspondance Ambrosino-Kojève*, N.a.fr. 15853, f°ˢ 210-211.
7. *Ibid.*, brouillon paginé 19-20.
8. *Ibid.*, f° 213.

À l'appui de cette thèse, le fait, quant à lui incontestable, que la parution d'*Histoire de l'œil* est précédée de peu par la psychanalyse que Bataille entreprend en 1925 avec Adrien Borel. Dans l'entretien avec Madeleine Chapsal, il dit : « Elle n'a duré qu'un an, c'est un peu court, mais enfin cela m'a changé de l'être maladif que j'étais en quelqu'un de relativement viable[1]. »

En 1925 le père est mort depuis dix ans, et d'autres éléments biographiques ont dû influer sur le psychisme du fils : la fin, en 1920, de la période d'intense piété catholique qui a commencé en 1914 et a été marquée entre 1918 et 1919 par une liaison très chaste avec Marie Delteil, sœur alors très croyante et pensant devenir religieuse, de son ami Georges Delteil ; une sensualité moins bridée qui, selon Michel Leiris[2], avec qui il est lié depuis 1924, le pousse à fréquenter les maisons de tolérance ; l'installation à Paris depuis la nomination à la Bibliothèque nationale en 1922 et la découverte des bars où il erre, « très silencieux oiseau de nuit[3] ». Mais cela ne peut sans doute effacer le souvenir du père.

Avec Borel, Bataille rencontre cependant l'homme qui peut le guérir. Psychanalyse « pas très orthodoxe », qui « n'a duré qu'un an », donc jusqu'en 1926, dit-il à Madeleine Chapsal[4] (mais la « Notice autobiographique » dit : août 1927[5]). Il est vrai que la psychanalyse en tant que cure en est alors encore à ses balbutiements en France. On peut cependant supposer qu'elle l'a rendu, selon ses termes déjà cités, « relativement viable ». Peut-être parce que, alerté par l'intérêt des surréalistes pour le savant viennois, il a déjà lu des textes de Freud[6] ; peut-être plus sûrement parce que Borel[7], cofondateur de la Société psychanalytique de Paris en 1926 et un des premiers à pratiquer la cure en France, se départit volontiers du mutisme recommandé par Freud pour intervenir directement auprès du patient. Enfin, Borel est quelqu'un qui s'intéresse aux arts et surtout à la littérature. Bataille, qui le mentionne sans le nommer dans « Réminiscences » (il est ce « médecin » qui lui indique la vraie couleur des testicules des taureaux), continuera de le fréquenter bien après la fin de sa cure.

Ce qu'il a pu apprendre du freudisme par ses lectures et à travers l'analyse a laissé des traces dans « Récit ». On y trouve en effet comme une vulgate de l'anthropologie psychanalytique, si ostensiblement affichée qu'elle prend par instants un accent parodique : Simone retenant ses selles « pour avoir un plus long plaisir » (stade anal) ; le narrateur suçant le sein de son amie et qui, ne pouvant « même un instant renoncer au sein » (stade oral), affiche ainsi une régression infantile dont témoignent également certaines pratiques langagières d'autant plus

---

1. *L'Express*, n° 510, p. 35, en italique dans le texte.
2. Michel Leiris, « De Bataille l'impossible à l'impossible *Documents* », *Critique*, n° 195-196, août-septembre 1963, p. 686.
3. « Le Surréalisme au jour le jour », *OC VIII*, p. 178.
4. *Envoyez la petite musique*, p. 234.
5. *OC VII*, p. 460.
6. Il lit en janvier 1923 l'*Introduction à la psychanalyse*, et en mai 1927 *Totem et tabou*, les deux dans la traduction de S. Jankélévitch (*OC XII*, p. 554 et 565).
7. Sur Adrien Borel, voir d'Élisabeth Roudinesco, *Histoire de la psychanalyse en France*, t. I, Ramsay, 1982, rééd. Fayard, 1994 ; É. Roudinesco, « Bataille entre Freud et Lacan : une expérience cachée », dans *Georges Bataille après tout*, Denis Hollier dir., Belin, 1995, p. 191-212 ; N. Mespoulhès, « Alphonse, Alcide, Adrien Borel, le latitudinaire », *L'Évolution psychiatrique*, 1992, octobre-décembre, t. 57, fascicule 4, p. 752-769.

curieuses qu'elles tranchent avec un caractère par ailleurs très mûr. Étrange monde où les jeunes filles salaces portent encore des pantalons de dentelle et où la comtesse de Ségur côtoie Freud dont le regard décrypte ce que le narrateur appelle si justement la « lubricité puérile ».

Car — Bataille a-t-il dû assez l'apprendre de Borel ! — les enfants ont un érotisme… Cette « lubricité » se lit moins dans la relation narrateur/Simone, qui passe du stade du toucher et de la masturbation à celui d'un plaisir d'adulte pervers (chap. IX), que dans les jeux avec l'urine. Le « faire pipi » forcené de Simone dans « Récit » relève en effet d'un érotisme primaire dont Bataille distingue bien les deux versants. Simone « fait pipi » pour tuer ou pour jouir. Dans le premier cas, où elle urine par exemple sur sa mère, sur le cadavre de Marcelle ou sur la soutane du prêtre, elle pratique ce « sadisme urétral » où Mélanie Klein a montré que l'urine est un « agent de corrosion, de désagrégation et de corruption », sorte de « poison[1] » que l'enfant répand pour détruire ceux qu'il n'aime pas. Dans le second cas, plus fréquent, et qui concerne également Marcelle, mais aussi le narrateur, l'urine — métaphorisée très scientifiquement[2] en une occurrence et désignée ailleurs par des périphrases : « jet […] lumineux », « coup de feu vu comme une lumière », se référant explicitement à l'étymologie[3] et au rapport miction/feu établi par Freud dans « La Conquête du feu » (1932) — relève de l'urolagnie[4], qui se développe dès la quatrième année de l'enfant et donne à l'adolescent puis à l'adulte des goûts de domination que la cure peut atténuer[5]. Or il est évident que Simone est une dominatrice. Reine ne souffrant pas qu'on résiste à ses caprices, elle fait découvrir les jeux du « faire pipi » au narrateur (bon élève quand il assimile la miction à un « transport de joie inhumaine »), ainsi qu'aux participants du goûter. Après son premier rapport sexuel normal qui coïncide avec la découverte tardive de la réalité de la mort (cette prise de conscience se fait généralement vers quatre ou cinq ans), Simone n'urinera plus qu'à trois reprises par « sadisme urétral » (tombe de Don Juan et soutane d'Aminado), et par urolagnie, quand elle va donner la mort et de nouveau produire du feu (« urine brûlante », selon le narrateur) après avoir introduit dans son sexe l'œil du prêtre.

« *In ictu oculi* » (« *dans le coin de l'œil*[6] »).

Avec la scène où « l'œil de Marcelle » regarde le narrateur, on rejoint un des premiers sens du motif de l'œil qui, uni à celui de l'œuf et des testicules, court tout au long de ce livre. L'analyse de Roland Barthes, qui montre une structure double, est, au plan sémiologique, une de celles

---

1. *La Psychanalyse des enfants*, PUF, 1959, p. 143, cité par le *Vocabulaire de la psychanalyse* de J. Laplanche et J.-B. Pontalis, PUF, 1971, p. 145.

2. Quand le narrateur dit qu'elle le fait penser au « salpêtre ». Or le salpêtre est un mélange de nitrates, dont l'ammonium et l'azotate de potassium. Et l'urine, un mélange de matières azotées, dont l'ammoniaque.

3. Urine vient en effet de *urina*, formé sur *aurum*, « or », à cause de la couleur dorée.

4. Otto Rank, *Le Traumatisme de la naissance*, trad. S. Jankélévitch, Payot, coll. « Petite Bibliothèque », n° 121, 1968, p. 42.

5. Freud, article « Caractère et érotisme anal », cité dans le *Vocabulaire de la psychanalyse*, p. 145.

6. Titre d'une des Vanités de Valdès Leal mentionnées dans « Réminiscences ».

qui éclairent le mieux le fonctionnement du texte[1]. Ce n'est pas tout. L'œil fait surgir le titre du livre. Et la mort. Et, puisque la mort est le meilleur moyen de savoir ce que sont les morts, le père sans yeux mais avec urine des « Réminiscences ». Encore une figure dont Bataille s'est entretenu avec Borel. D'ailleurs, son propre œil se trouble dès qu'il pense à son père, et sa langue fourche. On le vérifie dans « Récit », où Simone ne veut pas faire l'amour « dans un lit, comme une mère de famille », expression qui était d'abord : « comme un père de famille[2] » ; et dans un fragment non publié du *Coupable* : « L'autre jour, j'avais commencé d'écrire "blarbu". La "barbe-bleue", c'était mon père[3]. » Décidément, l'érotisme et la mort violente ont partie liée quand surgit le spectre du père.

Raison pour laquelle on traitera d'abord de la mort et des morts. Borel a-t-il parlé avec Bataille de la mort en général, et de sa découverte chez l'enfant ? C'est probable, si on observe que Simone, « après le suicide de Marcelle, changea profondément », selon le narrateur. Comme si, insistant de plus sur la tristesse de son regard, celui-ci voulait souligner que ce choc qu'est la découverte du devoir-mourir fait contempler le monde d'un autre regard. Borel a-t-il abordé devant son patient, en mentionnant la *Psychopathia sexualis* de Krafft-Ebing que Bataille avait certainement déjà lue[4], la nécrophilie ? C'est également vraisemblable, vu l'ampleur de cette perversion dans « Récit », où elle se décline directement ou indirectement. Directement, avec le coït du narrateur et de Simone près du corps de Marcelle, relaté dans un laconisme saisissant[5] ; indirectement, avec le coït en attente du cadavre de Granero, dans la scène de la cour des arènes de Madrid. Reste le cas du coït près du cadavre du prêtre. Il n'entre dans aucune de ces deux catégories. Il est cependant exemplaire car, achevant « Récit », il les réunit à travers le motif de l'œil dans une signification globale qui apparaît dès le début du premier chapitre.

Le nécrophile est en effet un « visuel » chez Bataille, ainsi qu'on ne le constate que trop quand le narrateur évoque une cycliste écrasée par sa voiture, passage dont il importe moins de savoir où se situe dans la diégèse (suite événementielle) le fait qu'il relate[6], que de considérer sa place dans l'ordre du texte, où il est premier. Que révèle-t-il ? : « Nous l'avons longtemps regardée morte », dit le narrateur qui indique ensuite ceci au sujet de ce regard : il renvoie « au sentiment que nous avons en principe

---

1. « La Métaphore de l'œil », *Critique*, n° 195-196, p. 771-777. Étude de « critique formelle », refusant tout « déchiffrement » psychologique ou biographique, cet article, qui est un des premiers à rendre compte d'un des sens du titre, suit la « migration » du motif de l'œil selon deux axes métaphoriques : l'un, dominant, associe l'œil à l'œuf puis l'œuf aux testicules ; l'autre, « secondaire », est celui des « avatars du liquide dont l'image est liée à l'œil, à l'œuf et aux glandes » (larmes, lait, jaune d'œuf, sperme, urine humaine ou animale, liquéfaction du soleil). Barthes souligne ensuite que Bataille, recourant à la métonymie, « *échange* les deux chaînes », d'abord par termes proches, puis par termes de plus en plus éloignés, celui des chaînes, qui nouent entre elles des « rapports de contiguïté », aboutissent à des images syntagmatiques de type « *casser un œil* » ou « *crever un œuf* ».
2. *Ms. BNF*, f° 31.
3. *OC V*, p. 555.
4. La *Psychopathia sexualis* de Krafft-Ebing (1840-1902) paraît en 1886 et sera traduite dès 1892. Nous citons ici la traduction de R. Lobstein, Payot, 1969.
5. Voir p. 29.
6. « Un jour », selon le narrateur.

à nous voir ». « Sentiment » dont on comprend aussitôt qu'il naît au premier chef du regard de Simone, lequel ne parle que devant le « sang, la terreur subite, le crime ». Plus clairement dit, devant ce qui est lié à la mort. Ou, ce qui revient presque au même, et à un moment où Bataille qui commence seulement de lire Hegel n'a pas encore théorisé le rapport de la négativité *maintenue* (non dialectisée, non réduite) de la mort et de la conduite érotique (l'une se manifestant à travers l'autre, l'une donnant à l'autre son pouvoir de destruction), devant ce qui provoque l'émoi du sexe, ainsi que le prouve selon le narrateur le regard, absolument de mêmes nature et portée, qu'a eu Simone en s'asseyant dans l'assiette du chat.

Voilà donc dans « Récit » la naissance de cet œil qui ne vit qu'au spectacle de la mort. Voici maintenant sa dernière manifestation, au chapitre XIII : le prêtre a expiré, le narrateur désire Simone, renonce, « paralysé » — curieuse impuissance chez un personnage d'ordinaire très excitable —, se contente de l'embrasser et poursuit : « La jeune fille eut envie de voir son œuvre [...]. Elle monta cul nu sur le cadavre nu. Elle examina le visage [...]. » Puis : extase, venue de la mouche, « abîme de pensées », excision de l'œil, jeux avec l'« extravagance », première phase du coït avec le narrateur, interruption, introduction de l'œil dans la vulve, éjaculation du narrateur sur la seule « fourrure » de son amie et « yeux [...] érectiles » du narrateur sur l'« œil bleu pâle de *Marcelle* » lové dans la « chair » de Simone.

Entre les deux scènes, entre la cycliste écrasée et le prêtre énucléé, « Récit », mené par un narrateur moins omniscient qu'*omnivoyant*, énumère les pouvoirs de l'œil fixant ce qui est de la nature de la mort. Quelques exemples seulement. Pour les titres internes : « Les Yeux ouverts de la morte » coiffe la mort de Marcelle, avec nécrophilie directe ; « L'Œil de Granero », celle du matador, avec nécrophilie indirecte ; « Les Pattes de mouche » [sur un œil], la nécrophilie près du prêtre. Pour les personnages, cités en pouvoir oculaire croissant : la mère de Simone, qui épie les jeux sombres de sa fille et de son ami (même les personnages les moins érotiques sont un peu voyeurs chez Bataille) ; ou Simone, hypnotisée par le jaillissement du sperme, et qui regarde les œufs immergés dans la cuvette des toilettes.

Mais soudain, tout bascule : « Un œuf à demi gobé [...] envahi par l'eau [...] fit naufrage sous nos yeux », dit le narrateur, qui déclare aussitôt Simone « guérie ». Voilà qui est curieux. De quoi souffrait donc Simone qui tombée de son vélo n'avait « aucune blessure » ? Et est-elle vraiment guérie puisque, en vertu de la chaîne œil/œuf qu'elle crée immédiatement après et qu'elle complétera ensuite par la mention des testicules, elle introduira dans sa chair d'abord le testicule du taureau puis l'œil du prêtre ? Avec qui, ou quoi, fait-elle donc l'amour, ou, question proche, quelle personne réanime-t-elle un instant, par délégation de Bataille, pour ensuite mieux se séparer d'elle par avalage vaginal ?

Poser ces questions, c'est revenir aux effets de la psychanalyse sur le livre de 1928 et relier « Récit », qui va d'œil en œil, aux « Réminiscences » où le chemin de l'œil commence à partir des yeux du père mort : « Or c'est l'image de ces yeux blancs que je lie à celle des œufs. » Autrement dit, la maladie de Simone est celle de Bataille qui, obsédé par l'œil du père, s'adresse à Borel pour ne pas demeurer dans le souvenir du père. Ni, non plus, devenir aveugle (impuissant). Les deux étant liés. Il est en effet connu que la crainte de la cécité est le symptôme de l'angoisse de la castration par le père[1]. Et comment ne pas avoir ces « yeux châtrés » que « Récit » attribue aux gens ne voulant pas voir l'« obscénité », sinon en tuant l'œil du père ou, geste voisin, en abusant de lui et de ses substituts (œuf, testicule) ?

Les deux angoisses, le spectre et la cécité, ont dû affecter Bataille ensemble et en même temps. Il faut donc, en ce qui concerne ses héros, qui adopteront au préalable une conduite visuellement agressive (exhibitionnisme), soit échapper au pouvoir de l'œil mort — et on a alors le rite de fermer les yeux ouverts d'une morte en urinant sur eux ; soit tuer l'œil vivant, crime qui lui-même se décompose en deux variantes : « *Buriner*, les yeux, avec un rasoir[2] » et « casser l'œil », comme le dit Simone ; ou introduire en soi un œil, un œuf ou un testicule. Mais dans tous les cas, il faut essayer de se délivrer du père. « Essayer », car la fin de « Récit » prouve que l'angoisse, l'œil de Marcelle enfoncé dans la vulve de Simone, n'a pas totalement disparu. Du moins peut-on tâcher de l'atténuer en la transposant dans la fiction. Rien ne montre mieux cet essai de délivrance que la mort du prêtre.

N'était l'importance du traumatisme légué par le père réel, on dirait qu'en Aminado Bataille se libère d'abord de ces pères spirituels qu'il fréquente entre son baptême en 1914, et la fin de sa période catholique, marquée par des confessions hebdomadaires et le rêve de se faire prêtre. Et si déjà la pendaison de la « pieuse » Marcelle symbolise le suicide de Dieu dans « Récit » (ou, en termes blasphéchéens, sa sortie de l'Histoire), la profanation de la confession par Simone et les sévices infligés à Aminado ont encore davantage le sens d'un adieu, par souffle coupé (le garrot), à un passé révolu. « Visionnaire », « larve », « charogne sacerdotale », « misérable », « monstre », « imbécile », « rat d'église », tels sont les qualificatifs d'Aminado : ils parlent d'eux-mêmes. Mais le « père » Aminado, puisque c'est ainsi que Simone l'appelle d'abord, est surtout le père de Bataille, comme le montrent les similitudes entre « Récit » et « Réminiscences » : visage « émacié », yeux « presque blancs » pour le père, « joues maigres », « yeux pâles » chez le prêtre ; le père réel « pissait de son fauteuil », le prêtre est assis de force dans un fauteuil d'où il devra uriner ; le père de Bataille usait d'un urinal (« petit réceptacle »), dit la première version, et le prêtre, d'un « vase de nuit sacré » (le calice) ; le prêtre a « le regard élevé […] comme si quelque vision céleste allait l'arracher du sol », et les yeux du père de Bataille « n'avaient pour objet qu'un monde que lui seul pouvait voir et dont la vision lui donnait un air d'abandon ». *Histoire de l'œil* lu à la lumière des « Réminiscences » accordées avec « Récit » est bien le croisement d'un drame intime et de l'espoir de résoudre ce drame.

Volcan, marécage.

La psychanalyse a mis fin au malaise du cœur, dit Bataille à Madeleine Chapsal, mais non à la « violence intellectuelle[3] » qui est alors la sienne

1. Voir Freud, « L'Inquiétante Étrangeté », *Essais de psychanalyse appliquée*, Gallimard, « Les Essais LXI », 1952, p. 181.
2. Pour le sens de « buriner », voir n. 20, p. 24.
3. *OC VII*, p. 460.

et a commencé avant l'analyse. On veut bien le croire : *Histoire de l'œil*, ou plutôt « Récit » lu dans ces éclairs qu'il jette par instants (pas de longs développements, mais ici et là des mots ou des bouts de phrase qui éclairent l'horizon), est l'œuvre d'un homme que sa propre intuition, son regard sur l'Histoire et ses lectures dressent comme un révolté.

« Récit » rapproche au chapitre III les « régions marécageuses du cul » des « jours de crue ou d'orage » ou des « émanations suffocantes des volcans ». C'est également dans ce chapitre que Simone s'enduit le « cul » avec du sperme, « pour qu'il fume ». Liquide et force, force du liquide par opposition au solide : l'image diluvienne ou volcanique évoque bien l'agitation dans laquelle est alors Bataille qui, déstructurant ce qui est solide, portant vers le haut ce qui est bas, défait tout pour tout re-signifier.

À commencer par le corps que la philosophie idéaliste a sublimé pour le réduire à la tête pensante, voire à l'œil de la conscience ne connaissant que le Bien. Et quand l'œil est aveugle sans qu'un crime l'ait rendu ainsi, il n'en voit que mieux les réalités spirituelles. Cette définition de l'œil comme fenêtre de l'âme est au demeurant bien connue. Dans le « Dossier de *L'Œil pinéal* », « élaboré depuis janvier 1927[1] », Bataille écrit qu'« il demeure possible de s'en prendre au corps humain[2] ». « Possible », notamment, parce que, depuis qu'il a lu le *Manifeste* du surréalisme en 1924 et qu'il a rencontré Breton en 1925 grâce à Michel Leiris, il a flairé qu'un certain mouvement littéraire alors au début de son essor, et qui se prétend révolutionnaire en tout point, est précisément en train de réactiver la représentation idéaliste du corps, singulièrement celle du corps féminin et de sa sexualité. Dans *Histoire de l'œil*, Bataille redonne au contraire au corps sa présence réelle qu'il décline par ses caractères physiques les plus agressifs. Donc, pas la beauté, réduite ici, comme dans les récits ultérieurs, à quelques adjectifs d'évidence choisis pour leur banalité ; mais le « donné naturel[3] », par exemple celui du corps saisi par la mort, donc sans pudeur : « chairs écœurantes » d'une jeune cycliste, « cadavre », terme juste[4], de Marcelle ou de Granero. Mais avant, il y a la nudité que l'homme abandonné au plaisir du sexe partage avec l'animal. On « déculotte » donc dans « Récit », on « trousse », marquant la frontière entre les nus et les « personnes habillées ». Ces dernières n'ont pas d'odeur, pas d'humidité ni de couleurs trop vives ; elles contrôlent également leurs gestes. Les nus de Bataille sont tout le contraire. Ils perçoivent les odeurs, mais seulement quand elles sont sexuellement stimulantes et ont également des excrétions molles et, surtout, liquides, l'urine devenant dans ce cas une manière de déconstruire le corps.

Proches de l'urine, les larmes, non de détresse, ce qui serait romantique, mais de saisissement érotique ; puis le sperme, jamais nommé ainsi, ou le sang, la sueur et la salive. Les couleurs, maintenant : elles sont tranchées car on a le visage pâle ou rouge, la verge rose, la vulve rose et noire. Et si les couleurs sont si vives, c'est que, dans un récit où on court

---

1. *OC II*, p. 414.
2. *Ibid.*, p. 41.
3. « Le Paradoxe de la mort et la Pyramide », *OC VIII*, p. 513.
4. Le mot « cadavre », que Bataille emploie constamment depuis qu'il a commencé d'écrire, est banni par la langue commune qui le relaie par des euphémismes plus acceptables comme « dépouille » ou « corps »…

tout le temps, tout s'agite dans le corps : mouvements incontrôlés de la colère ou de la joie ; gestes-réflexes de ce que la version de 1928 nomme pudiquement l'acte de « s'accoupler », acte au besoin traduit par l'hyperbole en apparence la moins originale et en réalité à prendre au pied de la lettre : « orgasme de taureau », sperme qui se « crache » ou « inonde », « ivresse », « rage » et « spasme »… On songe naturellement à Sade, dont les héros ont toujours un « vit » surdimensionné.

Mais l'essentiel, pour Bataille, est de mettre la nature du corps en branle. Le verbe « branler », justement (« agiter », à l'origine), employé vingt-six fois sous sa forme transitive ou pronominale, caractérise de manière active ou passive tous les personnages d'importance. Il est bas, mais à peine moins bas que les émois du corps accordés (ce sont les *correspondances* de Bataille) soit avec des animaux renifleurs ou mangeurs de vermine, et on a alors ce « lâcher les chiens » qui désigne les mouvements du coït, ou ces mouches qui « souillent un rai de soleil » ; soit avec des matières élémentaires (la pluie, le vent sur les corps nus, la terre dans le vagin) ; soit encore avec des lieux de déjection (la porcherie où l'on entraîne une « belle de nuit »).

Voilà où en est Bataille depuis 1920, année de sa rupture avec le catholicisme, qu'il dit tantôt provoquée par l'amour d'une femme[1], tantôt par cette « chance »[2] héraclitéenne, coup de dés du sort auquel il croira toujours. Il a eu des modèles.

Intercesseurs.

Léon Chestov[3], notamment, que la critique mentionne souvent[4]. Bataille le fréquente de 1923 à 1925 et lui doit, dit-il vers 1950, les seules vraies « connaissances philosophiques » qu'il ait eues à un moment où, en proie au « désordre » intellectuel, il avait besoin d'emprunter un « droit chemin[5] ». En 1925, il participe à la traduction d'un livre de Chestov, *L'Idée de bien chez Tolstoï et Nietzsche*, et envisage, toujours la même année, d'écrire une étude sur la pensée. Le projet est abandonné. Chestov, dit encore Bataille qui ne nie pas sa dette à son égard (initiation, par exemple, au platonisme et à Pascal), n'a compris ni son humour ni sa « violence finale[6] ». Gardons cette dernière expression : elle marque à la fois ce qu'il doit à Chestov (hardiesse et méthode de la pensée) et ce qui n'est pas de lui, la violence qui va d'emblée au bout.

En 1924, Bataille lit *Révélations de la mort*[7] dont le titre a dû le frapper et qui, prenant le contre-pied du rationalisme, décrivent la confrontation de l'homme et de son néant. Le livre, qui lui a sans doute inspiré le

1. « Notice autobiographique », *OC VII*, p. 459.
2. *Le Petit*, p. 367.
3. Chestov (1866-1938) est notamment l'auteur d'un essai sur Pascal publié en 1923, de *La Philosophie de la tragédie : Dostoïevski et Nietzsche* (1926) et de *Kierkegaard et la philosophie allemande* (1938).
4. Voir Michel Surya, *Georges Bataille, la mort à l'œuvre*, 1ʳᵉ éd., Librairie Séguier, 1987, p. 67-74, et du même, « L'Arbitraire, après tout », dans *Georges Bataille après tout*, p. 213-231 ; Philippe Sabot, *Pratiques de pensée Figures du sujet chez Breton / Éluard, Bataille, Leiris*, Villeneuve d'Ascq, Presses universitaires du Septentrion, 2001, p. 105-126.
5. *OC VIII*, p. 562-563.
6. Respectivement brouillon de *Sur Nietzsche*, *OC VI*, p. 401, et *OC VIII*, p. 563.
7. Livre paru en 1923 et qu'il emprunte à la BN en août (*OC XII*, p. 557).

refus d'une « rationalité close[1] », principe qu'il développera avec plus de force ultérieurement et qui marque peut-être le mieux l'influence de Chestov sur sa pensée, contient également une étude sur Dostoïevski, que Chestov lui a fait découvrir. Il lit en 1925 *Les Possédés*, *Crime et Châtiment* et *Le Sous-sol*[2]. Cette dernière œuvre, histoire d'un homme qui, tombé dans une misère à la fois physique et morale, renie tout ce à quoi il a cru, explique-t-elle également la fureur anti-chrétienne d'*Histoire de l'œil* ? Certains le pensent[3] ; mais on peut leur objecter que ce récit n'est pas l'histoire d'une conversion. On veut également établir un rapport entre la chute dans le Mal qu'il y a dans *Le Sous-sol*, et l'abaissement systématique des héros du livre de 1928[4]. C'est en partie possible. Inversement, rien n'interdit de penser que le saut vers le bas s'explique autant, sinon davantage, par la vision personnelle de l'auteur qui, en 1927, rédige *L'Anus solaire* où il affecte à la fameuse direction ascensionnelle le but opposé à celui de la symbolique idéaliste : s'élever n'est pas, par allègement du corps, tendre vers le Bien, mais brandir le bas vers le haut et ériger la pesanteur du corps vers le soleil dégradé de la manière qu'annonce le titre. On y reviendra.

Nul doute, en revanche, que Chestov ait été pour quelque chose dans le commerce que Bataille noue dans ces années avec la pensée de Nietzsche, dont le philosophe russe souligne l'anti-christianisme et le refus de toute certitude. En avril 1924, donc au moment où il fréquente Chestov, il lit *Ainsi parlait Zarathoustra*, *La Généalogie de la morale* et *Humain, trop humain*[5]. À ne considérer que ce dernier livre, on pressent qu'outre le recours à l'écriture fragmentaire, telle considération, très marquée par Héraclite dont Nietzsche s'inspire fortement[6], sur « l'illogique » de quoi « prend naissance beaucoup de bien », ou telle autre sur la « moralité larmoyante » ou sur le « besoin de rédemption » des chrétiens ramené à un pur besoin psychologique[7], n'ont pas manqué de le frapper. Et peut-être également la sentence sur les rapports père/fils : « Si l'on n'a pas un bon père, on doit s'en faire un[8] »…

Observons néanmoins qu'il n'a pas attendu de rencontrer Chestov pour découvrir Nietzsche, au point qu'on peut se demander si l'*Histoire de l'œil* n'est pas plus nietzschéenne que « chestovienne ». Dès août 1922, année où il découvre la biographie de Nietzsche par sa sœur, il lit *Consi-*

---

1. Philippe Sabot, *Pratiques de pensée*, p. 118.

2. *OC XII*, p. 561-562.

3. Opinion de Philippe Sabot, *Pratiques de pensée*, p. 119 : le reniement décrit dans *Le Sous-sol* « a sans doute trouvé un vif écho dans l'esprit de Bataille, au moment même où celui-ci remettait radicalement en cause ses propres convictions religieuses ».

4. *Ibid.*, p. 121 et suiv.

5. Dont il emprunte le tome I (*OC XII*, p. 556 et 558).

6. Il est en effet un tenant de la philosophie d'Héraclite, donc du maintien, non de la conciliation des contraires (que pratique Hegel), comme Bataille le rappellera en septembre 1937 dans le numéro 2 d'*Acéphale*, où il signale que Nietzsche a abordé Héraclite dans *Philosophie à l'époque tragique de la Grèce*, qu'il publie en 1873 (« Héraclite. Texte de Nietzsche », *OC I*, p. 466). Signalons toutefois que c'est dès octobre 1927 que Bataille lit une traduction anglaise des célèbres *Fragments* d'Héraclite (*OC XII*, p. 567), ce qui suggère que c'est aussi dès ce moment, avant qu'il ait commencé de suivre les cours de Kojève en 1934, qu'il comprend que la pensée d'Héraclite pourrait lui servir à dépasser celle de Hegel qu'il découvre en 1924.

7. *Humain, trop humain*, t. I, trad. A.-M. Desrousseaux, Denoël/Gonthier, coll. « Méditations », n° 106, 1983, p. 48, 91 et 130.

8. *Ibid.*, t. II, p. 93.

dérations inactuelles et *Par-delà le bien et le mal*[1]. Le premier livre, publié entre 1873 et 1876, contient une méditation sur l'Histoire dont l'élan échappe aux historiens patentés qui n'en saisissent pas les effets dans le présent, ainsi qu'un éloge du vitalisme devant animer les temps nouveaux. Temps nouveaux que *Par-delà le bien et le mal*, publié en 1886, annonce en prônant le refus de toute morale qui ne soit pas fondée sur l'énergie des esprits libres. Livre « grisant », note Bataille, et qui lui donne le sentiment qu'il n'a plus rien à dire[2]. En somme, Nietzsche incarne déjà dans les années 1920 ce qu'il représentera en 1945 : l'« *aspiration extrême, inconditionnelle, de l'homme* […] *exprimée* […] indépendamment d'un but moral et du service d'un Dieu[3] ».

Qu'est-ce qui vient de cette indépendance dans *Histoire de l'œil* ? Peu et beaucoup. Peu, parce qu'il n'y a rien, sauf peut-être une certaine sécheresse d'écriture et le sens des formules, qui rappelle la manière d'écrire de Nietzsche ; beaucoup, parce qu'on sent souvent souffler le vent de Nietzsche. Par exemple, dans la révolte brutale contre les parents et leur peur du « scandale », ou contre tous les vieillards, de corps ou d'esprit, qui pratiquent la morale de la « béatitude et de la bonne conscience ». Tous « hallucinés de l'arrière-monde », dit Zarathoustra[4] qui se moque également des prêtres, de leurs « cabanes » (les églises) et de leurs contradictions (aimer Dieu et le clouer sur la croix !). Mêmes attaques dans « Récit » : le confessionnal est une « baraque », et le sang du calice n'est que du vin blanc. Nietzsche, certes accompagné de Sade, est un peu dans l'église de la Caridad. Il est enfin dans ce mouvement dionysiaque qui emporte de bout en bout les héros et les fait assister, goût du sang dans les yeux et dans le sexe, à ces corridas qui leur tiennent lieu de tragédies et où le taureau, qui rappelle en cela davantage Dionysos[5] que Mithra, défonce les flancs de la jument avant de planter sa corne dans l'œil de celui qui pensait le tuer : « La philosophie de Nietzsche est la philosophie de la tragédie et de l'explosion[6]. »

Nietzsche n'explique cependant pas complètement la fureur dans quoi baigne le récit de Bataille. Si les lectures qu'il fait en même temps de certains textes de Hegel[7] ont peu influencé celui-ci, sauf sur un point, mais capital, qui est celui de la question de la nature dont on a vu qu'elle est libérée de toute sublimation idéaliste, et partant maintenue hors de la dialectique[8], il y a lieu de tenir compte des autres écrits qu'il rédige à la même époque.

1. Voir *OC XII*, p. 553 pour les livres de Nietzsche, et p. 554, où les auteurs rapprochent avec raison cet emprunt avec la longue étude « Nietzsche et les fascistes », parue dans *Acéphale*, n° 2, septembre 1937 (*OC II*, p. 447-465), où Bataille condamne violemment, texte à l'appui, la lecture fasciste qu'a faite Élisabeth Foerster-Nietzsche, rangée du côté de Hitler, de l'œuvre de son frère.

2. Brouillon de *La Souveraineté*, *OC VIII*, p. 640.

3. *Sur Nietzsche*, préface, *OC VI*, p. 12.

4. *Ainsi parlait Zarathoustra*, trad. G.-A. Goldschmidt, Hachette, « Le Livre de poche », 1972, p. 37.

5. Durkheim rappelle dans *Les Formes élémentaires de la vie religieuse*, 1912, rééd. PUF, p. 96, que Dionysos est souvent représenté avec des cornes de taureau.

6. Brouillon pour l'article « Héraclite […] », *OC I*, p. 646.

7. En novembre 1925, il emprunte à la BN la *Philosophie de l'esprit* et la *Logique*, trad. de Véra ; en août 1927, de nouveau la *Logique*, même trad., et *Lectures on the History of Philosphy*, trad. anglaise de Haldate (*OC XII*, p. 562 et 566).

8. Dans « La Critique des fondements de la dialectique hégélienne » (*OC I*, p. 277-290),

Le contexte.

L'*Histoire de l'œil*, expression fictionnelle d'une pensée élaborant une théorie globale de l'être et du monde, doit en effet être lue avec l'article « L'Amérique disparue », paru en 1928 ; et avec *L'Anus solaire*, rédigé en 1927, deux productions auxquelles on reliera le « Dossier de *L'Œil pinéal* » dont l'élaboration est plus tardive, mais dont l'« intuition initiale date de 1927[1] ».

« L'Amérique disparue[2] » relate la découverte par Bataille du Mexique, d'un étrange nouveau monde, dans des circonstances (visite d'une exposition d'art précolombien en 1928) qu'a décrites Alfred Métraux[3], lequel lui a également conseillé la lecture d'*Histoire générale des choses de la Nouvelle Espagne*, de Sahagún[4]. Mais, signe que Bataille s'intéresse au Mexique avant cette exposition, c'est dès mai 1926 qu'il emprunte un livre sur l'histoire de ce pays[5]. Étranges, en effet, ces Aztèques très religieux, mais rieurs et cruels, et dont les dieux farceurs aiment recevoir des sacrifices sanglants : cœur de la victime arraché avec un couteau d'obsidienne puis brandi palpitant vers le soleil ; cadavres entassés au bas des temples ; prêtres couvrant leur face de la peau des sacrifiés. Quelque chose de ce jardin des supplices a passé dans *Histoire de l'œil*.

Si « L'Amérique disparue » jette les bases de cette anthropologie des conduites à rebours qui sera toujours celle de Bataille, *L'Anus solaire* place ces conduites dans le cadre d'un monde réel où le soleil et les hommes ont de tout autres rapports que ceux que la tradition idéaliste leur donne communément. En effet, le rayonnement solaire est soit sexuel (« violence lumineuse, verge ignoble »), soit excrémentiel (« immondice »). Même horreur du côté des hommes qui répondent à l'appel du soleil en dressant vers lui leur sexe. On n'explique pas autrement l'assimilation du visage humain bouleversé par l'érection à un volcan en éruption : « Ainsi je ne crains pas d'affirmer que mon visage est un scandale et que mes passions ne sont exprimées que par le JÉSUVE[6]. »

Le décor et la gestuelle de *L'Anus solaire* se retrouvent dans les chapitres « solaires » (IX et X) d'*Histoire de l'œil* : le ciel sévillan n'est pas méditerranéen, selon le *topos* voulant qu'« on imagine » qu'il soit « coloré et dur » ; il a au contraire « une luminosité éclatante — molle et trouble — irréelle parfois », qui évoque « la liberté des sens, exactement l'humidité molle de la chair ». De là ses effets sur Simone et son ami, dont la nudité, appelée lors de la corrida par l'« irréalité humide » du ciel, reçoit ainsi,

---

La Critique sociale, mars 1932, rédigé avec Raymond Queneau. Bataille prolongeant en quelque sorte ce qu'il a peint dans le récit de 1928 affirme en contestant, textes de Hegel à l'appui, la doctrine marxiste qui veut que le travail humain dialectise la nature, que celle-ci est la « chute de l'idée, une négation, à la fois une révolte et un *non-sens* » (p. 279).

    1. Selon l'éditeur d'*OC II*, p. 413.
    2. *OC I*, p. 152-163.
    3. « Rencontre avec les ethnologues », *Critique*, n° 195-196, p. 677-680.
    4. Trad. D. Jourdanet et R. Siméon, Librairie Masson, 1880 ; réed. François Maspero, « La Découverte », n° 36, 1981. Bataille emprunte cette œuvre à la BN en mars 1928 (*OC XII*, p. 568).
    5. *OC XII*, p. 564.
    6. Pour l'ensemble des citations, *OC I*, p. 79-86. « JÉSUVE » est évidemment une contraction de « Vésuve » et de « Jésus ».

après la « lubricité » freudienne, une seconde justification. De même pour l'urine, « liquéfaction urinaire du ciel ». Ou pour le taureau, d'abord venu du rite de Mithra, ensuite versé dans celui de Dionysos, et enfin retourné, « monstre solaire », à celui d'un Mithra mué en soleil versant ses jets de sang sur les hommes.

Dans cet univers « composé avec la foudre et l'aurore » (où la foudre est la lueur de l'aurore ?) s'instaure alors, selon la présence ou l'absence de réaction au soleil, une double bipolarité. La première sépare les organes, objets et lieux *solaires* et *bienfaisants* (œuf, testicule, œil du prêtre et du père, assiette, roue de bicyclette et arènes) de ce qui est *carré* et *malfaisant* (armoire de Marcelle, maison de santé, retable de la Caridad, confessionnal, tabernacle) ; la seconde, qui dérive de la première, distingue les figures *horizontales* et *inactives* (Marcelle, faible de caractère, sans regard pour le sexe, et qui n'apparaît que dans la nuit et sous la lune, ou le prêtre qu'on tue couché dans l'ombre d'une église), des *verticales* et *actives* comme Granero que son costume dresse vers le ciel, ou le narrateur qui regarde depuis le bas les parties intimes de son amie et urine « en l'air, jusqu'au cul », et, naturellement, Simone elle-même, singulièrement pour cette dernière position qui fait que ce qu'elle tient « dressé » (mais ne voudrait-elle pas que ses fesses soient un volcan en éruption ?) est une « puissante supplication ».

Gestuelle érectile et anale qu'expose encore le « Dossier de *L'Œil pinéal* »[1], où l'éreintage des deux grandes lumières chères aux idéalistes, l'œil, le soleil, est encore plus virulent. Il est significatif, si on se rappelle que le récit de 1928 détruit l'œil du père, que dans ce « Dossier » le « soleil éblouissant », symbole de la conscience voyant clair, soit le « symbole du père ». Ce « Dossier » contient d'ailleurs maint autre parallèle avec ce qui se passe dans *Histoire de l'œil*, dont le narrateur, quand il a les « yeux ouverts sur la Voie lactée, étrange trouée de sperme astral et d'urine céleste » vue « à travers la voûte crânienne des constellations », semble bien avoir — déjà ? en même temps ?[2] — l'intuition de l'auteur du « Dossier » qui ajoute à la « direction horizontale de la vision binoculaire » (effet de la raison, de la morale et de la dignité), cette « direction verticale de la vision pinéale », obtenue par un troisième œil au sommet du crâne, « organe sexuel d'une sensibilité inouïe », logé au-dessus de l'épiphyse. Œil qui, loin de se détourner du « soleil au méridien », reçoit de celui-ci des « impulsions » analogues à celles que subissent les héros d'*Histoire de l'œil* : appel à la miction qui produit un jet d'« étoiles » ; fusion avec les éléments naturels ramenés à leur lourdeur ; baisers transformés en « doux marécages ».

Barrès, Sade, Lewis.

Que tout cela se charge par ailleurs de couleurs prises dans des tableaux plus « littéraires », on ne peut le nier. L'Espagne, on le sait, est à la mode dans la littérature française depuis le XIXe siècle (Gautier, Mérimée, Hugo). Barrès publie en 1894 *Du sang, de la volupté et de la mort*.

---

1. *OC II*, p. 11-47, pour toutes les citations qui suivent dans ces deux paragraphes.
2. « Déjà » si le « Dossier » est ultérieur ; « en même temps » si l'« *intuition* » qu'en a Bataille en 1927, et que prouve la citation analysée, l'a conduit dès ce moment à créer l'œil au sommet du crâne.

Ce titre pourrait être, en plus violent, le sous-titre d'*Histoire de l'œil*. Bataille a certainement lu le livre de Barrès, dont certains détails (une ville, une église, un peintre, une silhouette, un rite) se retrouvent dans le récit de 1928.

L'Espagne, écrit-il en 1922 (il est alors à Madrid), est « pleine de violence et de somptuosité[1] ». Ne pourrait-il en dire autant du monde de Sade qu'il aborde à partir de 1922 dans l'« Enfer » de la Bibliothèque nationale ? Ce sont alors les années Sade pour les écrivains de la génération montante. Les surréalistes font grand cas d'un écrivain symbolisant la révolte absolue. Bataille fait également grand cas de Sade. Mais pour d'autres raisons, inverses de celles des surréalistes qu'il accuse de hausser Sade au sommet du pur idéal alors qu'il n'a cessé de pousser le monde et l'être vers ces bas-fonds où se jouent les jeux ténébreux du sexe. « Irruption des forces excrémentielles », « violation excessive de la pudeur, algolagnie[2] positive, excrétion violente de l'objet sexuel lors de l'éjaculation projeté ou supplicié, intérêt libidineux pour l'état cadavérique, le vomissement, la défécation », tels sont, selon « La Valeur d'usage de D.A.F. de Sade[3] », texte relevant de la polémique engagée avec Breton après la parution du *Second manifeste*, les vrais caractères de l'érotisme sadien maintenu. Maintenu parce que traité sans « exaltation », ni « paralysé » (châtré), donc sans l'élan « icarien » qui caractérise selon Bataille André Breton[4], dont, si l'on en croit *Nadja* dans le récit éponyme, les pensées montent vers le ciel comme les jets d'une fontaine. Il est d'ailleurs curieux de constater que *Nadja* paraît la même année qu'*Histoire de l'œil*, que c'est également l'histoire d'une liaison, mais si chaste que son auteur enlèvera la phrase qui indiquait dans la première édition que cette liaison n'était pas totalement chaste.

Avec Nietzsche, Sade est certainement l'auteur qui a le plus marqué l'*Histoire de l'œil* où il n'est aucun des exercices érotiques (comme les mystiques parlent des exercices spirituels) qui ne puisse être rapproché de ceux des héros sadiens : brutalité érotique comparée aux volcans (l'Etna, pour le Jérôme de *La Nouvelle Justine*[5]) ; initiation aux plaisirs du sexe d'une jeune novice (Henriette dans *Les Cent Vingt Journées de Sodome*[6]) ; coït dans les églises et près des morts (*Histoire de Juliette*[7]) ou avec des morts (*La Nouvelle Justine*[8]) ; plaisir de se confesser pour pervertir le confesseur ou d'uriner dans un calice ou encore d'enlever un

---

1. Bataille, *Choix de lettres*, Michel Surya éd., Gallimard, 1997, p. 27.
2. Perversion sexuelle dont l'excitation est associée à la douleur soit ressentie (masochisme), soit infligée à autrui (sadisme).
3. « Dossier de la polémique avec André Breton », *OC II*, p. 56.
4. C'est le sujet de « La "Vieille Taupe" et le Préfixe *sur* dans les mots *surhomme* et *surréaliste* », *OC II*, p. 93-109.
5. Sade, *Œuvres*, Bibl. de la Pléiade, t. II, p. 777 : « Un jour, examinant l'Etna, dont le sein vomissait des flammes, je désirais être ce célèbre volcan. »
6. *Ibid.*, t. I, p. 121 : Henriette, dont « l'air de pudeur et d'enfance » frappe celui qui va la débaucher, annonce Marcelle.
7. *Ibid.*, t. III, p. 227 et suiv., pour la Delbène emmenant Juliette dans les caveaux du couvent de Panthémont.
8. *Ibid.*, t. II, où Jérôme, qui n'a pu pénétrer le cadavre de Mme de Moldane (impuissant comme, dans un premier temps, le narrateur de Bataille devant le cadavre d'Aminado ?), mais à la souillé de son sperme (p. 726-727), dit, avant de sodomiser celui d'Alberoni, son rival auprès d'Héloïse : « Je me ressouviens de tout ce qui m'a été dit sur les délices de la jouissance sur un cadavre fraîchement assassiné », p. 752.

œil (*Les Cent Vingt Journées de Sodome*[1]). Bref, ce que Sade a de plus monstrueux rend encore plus choquants des gestes dont la mémoire d'un drame intime avait déjà dessiné la trop grande violence.

Violence qui, en un autre sens, est aussi celle du roman noir, autre point d'achoppement avec les surréalistes qui l'ont remis au goût du jour. *Le Moine* de Lewis (1796) n'est-il pas cité par le *Manifeste du surréalisme* comme un des rares romans encore dignes d'être lus à cause de sa charge de merveilleux ? Bataille, pour une fois d'accord avec Breton, a certainement lu ce livre[2]. Mais pas pour le merveilleux. L'horreur et le crime du moine d'Ambrosio, que la justice divine châtiera en le précipitant dans l'abîme, ont dû l'intéresser d'avantage, et la célèbre maxime de Mathilde, maîtresse d'Ambrosio : « À ceux qui osent rien n'est impossible[3] », pourrait être celle de Simone. D'autres similitudes retiennent l'attention, qu'il s'agisse de la présence d'un lieu hanté (la clinique de Marcelle et le château de Lindenberg), du motif de la séquestration d'une jeune fille ou des méfaits d'un prêtre dévoyé.

Bataille a également infléchi, peut-être influencé par les dieux farceurs des Aztèques qui aiment « l'air, la violence, la poésie et l'humour[4] », le roman noir vers un sous-genre, le roman noir burlesque[5]. Écrite par un homme jeune, peuplée de héros jeunes, *Histoire de l'œil* est le seul récit drôle de Bataille. Et si le burlesque est bien la parodie (étymologiquement : le chant à côté, le contre-chant) du sérieux, nombre de détails du récit de 1928, malheureusement atténués dans la seconde version, indiquent que toute chose n'est rien sans son contraire. Deux exemples seulement : le goûter affreux à cause de la folie de Marcelle — mais où l'on parie comme des enfants qui mesurent la longueur de leur jet d'urine ; la nécrophilie de Simone et du narrateur, qui s'achève en carnaval, avec Sir Edmond et le narrateur, nantis de « barbes noires » et déguisés en « curés espagnols », ou avec l'autre complice, coiffée d'un « risible chapeau de soie noire à fleurs jaunes ». « Mascarade d'opéra bouffe », dit avec raison Michel Leiris[6] de ce finale en forme de pirouette que la première version faisait exécuter dans une troupe de « nègres » rieurs et sans doute très lascifs. Se greffe encore là-dessus, dans ce récit pour enfants pas sages[7], la parodie du roman policier : fuite du narrateur après le goûter et vol du revolver ; nouvelle fuite après la mort de Marcelle « pour éviter l'ennui d'une enquête » ; reconstitution du crime prétendu quand Sir Edmond fait acheter à Simone un « mannequin à

1. *Ibid.*, t. I : le onzième jour des horreurs, Curval, peut-être modèle masculin de Simone (on a souligné parmi ses termes ceux qui sont aussi ceux de Simone), « va à confesse uniquement pour faire *bander* son confesseur ; il lui dit des infamies, et se *branle* dans le confessionnal *tout en parlant* » (p. 316, § 53) ; le douzième, il prend un calice, « il y *pisse* et y fait pisser » (p. 317, § 62) ; et p. 344, § 137, pour l'œil enlevé par plaisir.

2. Selon Michel Leiris, « Du temps de Lord Auch », *L'Arc*, nº 32, 2ᵉ trimestre 1967, p. 6, où il parle de « genre noir », et p. 9, où il parle de « spécimen moderne de roman à château hanté ».

3. *Le Moine*, trad. par de Wailly, rééd. José Corti, 1958, p. 273.

4. « L'Amérique disparue », *OC I*, p. 54.

5. Dont parle Maurice Heine dans « Promenade à travers le roman noir », *Minotaure*, nº 5, mai 1934.

6. « Du temps de Lord Auch », p. 14.

7. Il est également possible que Bataille ait été influencé par la lecture de certains contes, ceux de Cazotte, par exemple, qu'il emprunte à la BN en décembre 1925 (*OC XII*, p. 563).

perruque blonde » représentant Marcelle. Quel sourire chez ces assassins que la police n'attrapera pas !

Les deux versions.

De quand date la rédaction d'*Histoire de l'œil* ? Deux hypothèses sont en présence : celle d'une rédaction brève, parallèle à la psychanalyse et influencée par elle (Bataille montrant son texte à Borel et celui-ci le commentant) ; ou celle d'une rédaction antérieure, étalée dans le temps, procédant par sédimentations successives et *in fine* complétée par les données de la cure. Seule certitude : l'épisode de la mort de Granero, le 7 mai 1922, date mentionnée dans le texte, et les chapitres suivants n'ont pu être écrits avant 1922.

Disons d'emblée que les deux manuscrits à notre connaissance disponibles, l'un à la Bibliothèque nationale[1], l'autre à la Bibliothèque Jacques-Doucet[2], s'ils prouvent que le récit a évolué vers une plus grande concision et une violence plus affirmée, ne permettent pas de répondre nettement à cette question, à l'exception de deux détails du manuscrit de la BNF ; nous y reviendrons.

Le texte du manuscrit de la BNF, attribué à Lord Auch, titré *Histoire de l'oeuil* (curieuse graphie, récurrente dans le manuscrit, due au lapsus « œil »/« œuf »), comprend, comme en 1928, deux parties : la première, non titrée (f°s 1 à 150), avec treize chapitres (douze en 1928) ; la deuxième, titrée « Seconde partie », avec sous-titre « Coïncidences » (f°s 151-170). Il est rédigé sur 170 fiches de lecteur de la Bibliothèque nationale, sans date de prêt. Ces fiches ayant été imprimées tantôt en 1926, tantôt en 1927 (mentions de l'imprimeur), le texte doit être postérieur à 1926. Comme le prouvent les corrections, il est d'ailleurs très proche de la version de 1928. Le texte du manuscrit Doucet (154 feuillets répartis en sept cahiers d'écolier avec de jolies gravures polychromes) offre la répartition de 1928 avec les mêmes sous-titres internes et est de toute évidence, vu les annotations destinées à l'imprimeur, celui qui a servi à l'impression[3], hypothèse qu'accrédite encore le fait que, rédigé souvent d'un trait, il est, après correction, pratiquement celui de 1928.

Quels sont les arguments en faveur d'une rédaction liée à la psychanalyse ? D'abord, les dires de Bataille ; ensuite, certains éléments du texte. Bataille confie en 1961 à Madeleine Chapsal qu'il n'a pu écrire

---

1. Cote N.a.fr. 26623. Acquis par dation, il comprend une lettre de Maurice Sachs, datée de novembre (sans doute 1929, date ajoutée au crayon) et adressée au « Vicomte » (le vicomte de Noailles, mécène du groupe surréaliste), qui dit notamment ceci : « J'ai pour deux jours entre les mains le manuscrit du livre de Bataille : *Histoire de l'œil*. Ce manuscrit appartient à un garçon qui s'est dans un grand besoin d'argent et dans l'absolue nécessité de le vendre. » Ce « garçon » dans le besoin est certainement Bataille lui-même, car dans les « Papiers de Georges Bataille » (N.a.fr. 15854) figure, f° 220, une lettre dactylographiée, du 26 novembre 1929, du vicomte de Noailles à l'écrivain, où on lui annonce que « Georges-Henri [Rivière] est arrivé en bon état » à Hyères où les Noailles ont une villa, et « qu'il a dans son sac le manuscrit [dont nous sommes convenus *biffé*] ». Le vicomte poursuit : « Je vous joins donc chèque ainsi que nous étions convenus. »
2. Cote LRS MSS 151, fonds Leiris. Auteur : Lord Auch.
3. La page de titre porte, au crayon : « à composer sur corps Didot 27 / 12 livrable le 10 mai ». Puis : « 29 lignes à la page folio en bas et au milieu. Chapitres en belles pages, 13 lignes au chapitre. » « Première partie » est suivi de : « normande de 12 b. de c. » ; et « Récit de *normandes de 12 cap.* ».

Histoire de l'œil que psychanalysé[1], indication également contenue dans le brouillon de la lettre à son frère : « J'ai été soigné par un médecin [mon état étant grave *add. interl.*] qui m'a dit que le moyen que *[un mot illisible]* j'ai employé en dépit de tout était le meilleur que je pouvais trouver[2]. » Dans *L'Œil pinéal*, il dit qu'il a écrit *L'Anus solaire* « au début de l'année 1927 », « un an avant que l'œil me soit apparu définitivement lié à des images tauromachiques[3] », ce qui situerait la fin de la rédaction (pour les chapitres IX à XIII) en 1928, juste avant l'impression. Quant aux informations fournies par le texte, disons qu'on y décèle au moins deux preuves : la représentation très freudienne de l'érotisme et le fait que les « Coïncidences » fonctionnent comme un éclairage jeté après coup sur le contenu inconscient, donc refoulé, des données les plus scabreuses de « Récit ».

Qu'est-ce qui milite en faveur d'une rédaction antérieure ? Aucune affirmation de Bataille, même si son fier « Ne doute pas, dès 1914, que son affaire en ce monde est d'écrire[4] » conduit à observer qu'il a effectivement écrit avant 1928[5]. Les manuscrits fournissent en revanche des indices intéressants. Celui de la BNF, évoquant au feuillet 159 des « Coïncidences » la visite à Borel au sujet de la couleur des testicules taurins, porte ceci : « Mais quand j'eus achevé ma rédaction mon ami me fit remarquer que je n'avais aucune idée de ce qu'étaient réellement les glandes que j'avais mis *[sic]* en cause et il me lut aussitôt dans *[suit un large blanc]* la description suivante. » Or, au feuillet 106 de « Récit », la description des testicules corrige cette erreur : « Là où devait s'asseoir Simone [se trouvait une *biffé*] en plein soleil on trouva une assiette blanche [contenant *biffé*] sur laquelle deux couilles épluchées [d'un rouge aussi vif que celui du vit de taureau en érection *biffé*] glandes de la grosseur et de la forme d'un œuf et d'une blancheur nacrée. » On peut donc estimer que le premier jet du manuscrit, pour le moment inconnu, est antérieur à la visite, non datée, au docteur Borel[6], voire antérieur à 1925.

Le manuscrit de la BNF indique également en sous-titre, barré, du chapitre I de la première partie : « Récit d'un jeune homme de vingt-trois ans », ce qui, Bataille étant né en 1897, ferait remonter la rédaction à 1920. Certes, cela peut très bien donner l'âge du narrateur au début de son récit[7]. Reste que 1920 est, on l'a dit, l'année du grand tournant chez Bataille (rupture avec le catholicisme), et que certains faits de « Récit » éclairés par les « Coïncidences » sont antérieurs à cette date, notamment la mort du père en 1915 ou l'excursion nocturne en 1918 au château d'Apchon.

Plus troublant encore est le témoignage de Leiris. Ayant rencontré Bataille en 1924, il est bien informé sur les années 1920-1930. Il dit ceci :

---

1. Article dans *L'Express*, repris dans *Envoyez la petite musique*, p. 234-235.
2. *Papiers Georges Bataille*, f° 20.
3. *OC II*, p. 14.
4. « Notice autobiographique », *OC VII*, p. 259.
5. Outre certains inédits donnés dans ce volume, *Notre-Dame de Rheims*, publié en 1918 ; des poèmes, achevés en 1920, et un projet de roman à la manière de Proust (voir *Choix de lettres*, p. 49 et 58).
6. Celle-ci est également mentionnée dans le manuscrit Doucet, f° 155.
7. Dans ce présent de l'énonciation, lisible surtout au début de « Récit », dans la mention de ses rapports avec Simone qu'il continue de toujours « voir ».

« Il ne faut pas oublier qu'il s'est décidé à publier son premier livre, l'*Histoire de l'œil*, seulement après être passé chez Borel, mais que la rédaction de cet ouvrage était bien antérieure. Borel l'a dégagé, décloisonné[1]. » « Dégagé » : et si le nom de Lord Auch signifiait, au-delà de sa signification scatologique, la présence dans le texte de données accumulées avant 1925 ? La curieuse structure du livre incline à le croire. Elle est en effet caractérisée par une *double boiterie*. Dans « Récit » : d'abord neuf chapitres, un pays (la France), un climat (vent et nuit), un certain ton, une certaine lenteur aussi, due aux variations sur l'œil, le tout pour l'histoire de Marcelle qui pourrait achever cette partie ; ensuite quatre chapitres pour ce qui, introduit par un opportun « Pour éviter l'ennui d'une enquête », suit la mort de Marcelle : autres pays et climat, autre ton, des événements plus rapides, un héros nouveau (Sir Edmond, *deus ex machina*) et un œil plus agressif. Seconde boiterie, mais dans le livre saisi globalement : en entrée, « Récit », un premier narrateur et une fiction ; puis, « Coïncidences-Réminiscences », texte bref, un second narrateur et une autobiographie. Conclusion en forme de questions : et si « Récit » s'était nourri de détails notés avant la psychanalyse qui leur aurait seulement donné une forme plus élaborée ? Et si les « Coïncidences-Réminiscences » avaient été écrites pendant et un peu après la psychanalyse ? Certes, rien, hormis le témoignage de Leiris et la différence de tempo dans le texte, n'étaye cette hypothèse. Elle ne laisse pourtant pas de frapper le lecteur.

Elle le frappe d'autant plus que « Récit », qui tourne constamment sur les jeux avec l'anus, mentionne souvent ce « water-closet » typique des années 1920, terme que la version de 1947 remplace par « cuvette du siège ». « Récit » contient également des allusions à la guillotine, et deux fois, pour le narrateur vu par Marcelle, et par lui-même, quand, à la fin du chapitre XIII, il retrouve l'œil de Marcelle qu'il était aussi certain de revoir que le condamné attendant, tête engagée dans la sinistre « lunette », le couperet. Or, il y a eu avant le livre de 1928 un autre livre, titré précisément *W.-C.* Récit « violemment opposé à toute dignité[2] », « écrit un an avant l'*Histoire de l'œil*[3] », ensuite brûlé, ce texte attribué à Troppmann (assassin célèbre qui donnera son nom au héros du *Bleu du ciel*), était, dit encore Bataille, un « petit livre, assez littérature de fou », « lugubre » autant que l'histoire de Simone est « juvénile ». Il comprenait aussi un dessin figurant un œil qui « s'ouvrait dans la lunette de la guillotine » et était en partie celui d'une « conscience[4] » (œil du père ?) : autant dire, premièrement, que *W.-C.* tournait sur deux obsessions anciennes (plaisirs de l'anus, terreurs de la décapitation-castration) que Borel devait ensuite éclairer ; et, secondement, que ces obsessions sont également dans *Histoire de l'œil*. Mais, encore une fois, *W.-C.*[5] a été écrit « un an avant ». On peut néanmoins se demander où se situe ce « un an » dans le temps.

1. *Entre augures*, Le Terrain vague, « Le Désordre », 1990, p. 11.
2. « Notice autobiographique », *OC VII*, p. 260.
3. *Le Petit*, p. 363.
4. *Ibid.*
5. Dans « De Bataille l'impossible à l'impossible *Documents* », p. 686, Leiris ne renseigne pas sur la date exacte de la rédaction de *W.-C.*, qu'il situe à l'« époque » où il fréquentait Bataille, lequel lui parlait d'« un roman où il se mettait en scène », ce qui ne veut pas dire que ce roman ait été écrit en 1926.

Et, résumant ce qui plaide en faveur d'une rédaction plus étalée, soutenir l'hypothèse d'une élaboration en trois étapes. La première, allant de 1920, après la rupture avec le catholicisme, jusqu'en 1925, début de la psychanalyse, inclurait des premiers jets (éreintage, par exemple, des prêtres et de la religion), des strates relatives au père, des gestes nietzschéens, ainsi que les restes de *W.-C.*, et les chapitres « espagnols » plus ou moins achevés. La seconde étape, de 1925 à 1926 ou 1927, couvrirait la période de la psychanalyse et consisterait à introduire dans « Récit » les corrections freudiennes apportées par Borel mais entrevues depuis 1923 (première lecture de Freud). C'est également dans cette phase qu'auraient pu être rédigées les « Coïncidences-Réminiscences ». Enfin la dernière période, de 1926 ou 1927 à 1928, correspondrait à la dernière mise en forme et serait celle des manuscrits.

Il est douteux que les rares lecteurs du texte de 1928, non plus que ceux de la version de 1947, se soient posés de telles questions : l'œuvre en ses deux états n'a circulé que dans un cercle d'initiés et sans doute d'amis. Elle ne sera en fait connue du grand public qu'après la mort de Bataille en 1962. Mais son succès ira alors croissant.

Dans une œuvre caractérisée par de constants déplacements d'un genre à un autre, *Histoire de l'œil* est le seul livre qui ait fait l'objet d'une révision aussi complète qui aboutira à une deuxième version. Cette révision affecte les deux parties. On souligne ailleurs dans quelles circonstances Bataille a corrigé la première version pour en produire une autre en 1947[1]. On ignore les raisons qui l'y ont poussé. On les devine néanmoins dans la nature des corrections. Et déjà dans celles qui portent sur la longueur du texte puisque celui de 1947 est sensiblement plus court que celui de 1928, de l'ordre d'un tiers.

Pour « Récit »[2], ce premier type de correction concerne moins des suppressions que des réductions de paragraphes (à l'exception d'un passage sur le rire des Noirs, jugé sans doute inconvenant en 1947, et qui entraîne lui-même l'élimination de la dernière phrase). Particulièrement pour le séjour en Espagne : ainsi pour « Animaux obscènes » (début plus court) ; ou pour « L'Œil de Granero » (Simone devant les testicules de taureau). Également condensés, les deux derniers chapitres. On peut quelquefois le regretter, par exemple dans tel passage sur la corrida, où la violence de la gestuelle est effacée[3], ou pour tel autre où l'émotion des héros est pareillement estompée[4]. D'une manière générale, c'est le lyrisme des personnages, érotique ou autre, qui est bridé. Des termes trop familiers ou obscènes (Bataille et son nouvel éditeur pensaient-ils par hasard fléchir la censure ?) ont été également remplacés, et la ponctuation a été améliorée. Enfin, l'irrespect, souvent drôle, est atténué, notamment quand il touche à la famille[5].

---

1. Voir la Note sur le texte, p. 1026.

2. La version de 1947 ne contient pas les mentions « Récit » et « Iʳᵉ partie » : nous les maintenons pour la commodité de la démonstration.

3. Comparer le passage de « Le rayonnement solaire […] » à « […] continuait à languir » (p. 35) au passage correspondant dans la première version, p. 85.

4. Dans le premier paragraphe de « Sous le soleil de Séville » (p. 36), qui porte pourtant sur le rapprochement œil/testicule.

5. D'autres corrections, plus rares, posent en revanche question : nous les indiquons en variantes.

La seconde partie anciennement intitulée « Coïncidences » devient « Réminiscences ». Une coïncidence est la rencontre fortuite de deux événements ; une réminiscence, couramment confondue avec le ressouvenir, est plus exactement un « réveil fortuit de traces anciennes dont l'esprit n'a pas la conscience nette et distincte[1] ». On mesure la distance : d'un côté, et conformément au sens premier (géométrique) de « coïncidence », des faits qui se superposent comme des lignes ou des volumes, et aussi clairement que le veut la syntaxe analytique ; de l'autre, avec « réminiscence », des faits surgissant du passé mais de manière floue (ce qui fait que les « Réminiscences » de Bataille n'ont rien de proustien) ; là, l'indication d'une structuration du texte, avec la netteté et l'adéquation de deux séries de faits parfaitement clairs ; et ici, un souvenir de souvenir, et un ancrage dans la mémoire qui tend à brouiller à la fois les événements et leurs contours. Comme si Bataille, plus âgé, se souvenait mal. Ou ne voulait plus se souvenir.

Reste que le texte nouveau, plus court, comme « Récit », continue de souligner des « coïncidences » en insistant sur la superposition des images. À l'exception de la mention de Hemingway appelé comme témoin à propos de la corrida du 7 mai 1922, et à qui Bataille consacre un article en 1945[2], ce qui explique sans doute sa présence, les « Réminiscences » ne change rien sur le fond. Mais, Leiris l'a souligné, la lecture que fait Bataille de son passé a changé[3], et son commentaire est ou supprimé ou abrégé : tout le début de la version de 1928, qui porte sur le côté fictionnel de « Récit » et la gratuité initiale de son écriture[4], a disparu ; de même qu'une transition entre le passage œil/œuf et le père[5], une autre, entre le souvenir du père et de la mère, étant réduite à trois lignes[6]. Autrement dit, la mémoire des jours tragiques étant toujours vivace, ce sont, pour des raisons que Leiris a bien vues[7], les points sensibles qui sont révisés. On le vérifie encore, et toujours à propos des rapports avec les parents. Si la maladie du père est cette fois clairement nommée, alors qu'en 1928 il n'est question que d'un « père P.G. [paralytique général] » et d'une « sinistre maladie » dont le symptôme (« tabès ») ne vient que plus tard, un lénifiant « Jeune enfant, j'adorais ce père » remplace le « Cependant à l'inverse de la plupart des bébés mâles qui sont amoureux de leur mère, je fus, moi, amoureux de ce père », autrement plus précis du point de vue clinique. Même prudence pour la mère : la « folie maniaco-dépressive » de 1928 est devenue la « mélancolie ». En un sens, c'est un adieu à Borel.

---

  1. Sainte-Beuve, cité par Littré.

  2. « À propos de *Pour qui sonne le glas ?* d'Ernest Hemingway », dans « L'Espagne libre », p. 120-126 ; *OC XI*, p. 25-27.

  3. « Du temps de Lord Auch », p. 7 : l'« exégèse [de Bataille] apparaît quelque peu élaguée et même atténuée sur plusieurs points ».

  4. « Pendant que j'ai composé ce récit en partie imaginaire [...] aucun rapport avec moi », p. 102.

  5. « Cette fois je risquais [...] sans aberration », p. 104.

  6. Comparer le passage, dans la version de 1947, allant de « *J'achève enfin* [...] » à « [...] *Néanmoins...* », et celui de 1928, allant de « Pour achever ici[...] » à « [...] faits caractérisés ».

  7. « [...] soit que l'auteur ait tenu à légèrement gommer des confidences trop intimes concernant les sentiments que son père et sa mère lui inspiraient, très jeune enfant puis devenu jeune homme, soit qu'il ait pensé avoir faussé certains faits par la vue qu'il en avait prise, peut-être abusivement, sous l'angle du complexe d'Œdipe » (« Du temps de Lord Auch », p. 7).

Telles sont donc les différences notables entre les deux versions. Leiris, lecteur de la première, la préférait à la seconde : bien que la « différence globale soit infime », la version de 1928 est « la plus primesautière et corrélativement la plus provocante ». Il regrette qu'on l'ait retouchée[1]. Que le lecteur, qui dispose dans ce volume des deux versions, juge.

Œuvre en regard.

L'*Histoire de l'œil* est dans l'œuvre narrative de Bataille plus une exception qu'un texte matriciel. Sa filiation avec les autres récits n'en est pas moins notable. Et déjà parce que, comme certains d'entre eux, que Bataille, très ennemi des catégories fermées, a envisagé de regrouper soit avec d'autres, soit avec des textes théoriques, elle ne devait pas rester close : il y a ce projet de suite[2] (Simone mourant de volupté, torturée par une bourreau femelle, dans un camp de concentration !) ; il y a ce projet de 1939, quand Bataille, qui vient de publier un article sur le sacré, envisage un livre sur le même sujet, « peut-être publié sous le nom de Lord Auch et comme une suite des explications de l'*Histoire de l'œil*[3] », où « explications » désigne évidemment les « Coïncidences », dont le sens est ainsi rendu plus clair. Dans cet article, le sacré, arraché à toute définition transcendantale (il n'est ni Dieu ni le Bien) ou esthétique (il n'est pas le Beau), est un « moment de communication convulsive de ce qui est ordinairement étouffé[4] ». D'autres notes rassemblées pour le livre avorté indiquent de plus que sa « découverte » est liée à la « psychanalyse », l'« ethnographie » et la « tauromachie[5] ». Le livre n'eût donc pas été étranger au monde d'*Histoire de l'œil*. L'influence de ce monde se continue au demeurant d'une autre manière.

Elle est très nette dans *Le Bleu du ciel* : même cadre géographique ; même nécrophilie directe ou indirecte ; même présence du spectre de la machine à couper la tête (induite par le seul nom de Troppmann) ; même présence de scènes ordurières ; et enfin, même opposition entre des héros en rupture de tout, et ceux qui se plient à la morale commune. Il n'est d'ailleurs jusqu'à tel détail du texte de ce roman qui ne fasse soudain écho à celui de 1928 : évoquant le « squelette solaire[6] » de Dirty, Troppmann place celle-ci sous le rayonnement louche de l'astre de Séville. *Le Bleu du ciel* est d'ailleurs le seul roman solaire de Bataille après *Histoire de l'œil*, les autres se déroulant le plus souvent dans l'ombre.

Plus généralement, l'*Histoire de l'œil* (« Récit ») inaugure un type de narration où l'on agit plus qu'on ne montre, où tout est centré sur le héros-narrateur (ce « Je » majoritaire chez Bataille), pour cela à peine situé dans un cadre géographique. Bataille n'est en effet pas un descripteur, et la manière de « Récit » — pas de pittoresque (sauf pour le retable

---

1. *Ibid.*
2. Voir « Autour d'*Histoire de l'œil* », p. 107.
3. *OC I*, p. 651, phrase figurant dans un dossier rassemblant des « Notes en rapport avec *La Part maudite* », où Bataille indique plus qu'il « faudra aussi indiquer l'origine du pseudonyme » (Lord Auch), ce qu'il fera en 1943 dans *Le Petit*.
4. *OC I*, p. 562.
5. *OC I*, p. 651.
6. Voir p. 190.

de la Caridad), recours à la nomination commune (« villa », « maison de santé », « église ») ou propre (« Séville », « Ronda »), décor naturel réduit à un relief élémentaire (« falaise », « mer », « côte », « plage ») — se retrouvera ailleurs. Au lecteur, donc, de faire le reste avec ces termes-échos à peine amorcés par l'initiale (par exemple pour V., dans *L'Impossible*). Il importe en effet, comme Bataille le dit dans un article de 1929, que l'espace arraché au « protocole philosophique » (n'est-ce pas aussi celui des écrivains réalistes ?) soit restitué au désordre et demeure « voyou[1] ».

Autre héritage de l'œuvre de 1928, ce récit court, qui sera celui de *Madame Edwarda* ou, d'une certaine façon, de « Dianus » (*L'Impossible*), ou encore de *La Scissiparité* : sujet simple mais brutal ; entrée *in medias res* ; nombre réduit de personnages ; absence d'intrigue secondaire ; temporalité plutôt linéaire, montant par degrés vers sa fin, sans retours en arrière ni anticipations vraiment développées ; présence d'un narrateur qui raconte l'histoire et y agit, tous traits que, sauf pour le dernier, on trouve également dans *Le Mort*.

Le Mort entretient d'ailleurs un lien très particulier avec « Récit », à savoir le recours à un système iconique complétant le texte et ayant même valeur que lui. On ne peut ignorer l'illustration dans « Récit ». Elle fait que le signe textuel se double d'un autre signe et est à « Récit » ce que le décor est à une pièce de théâtre où ce qu'il y a sur la scène parle autant que le texte. Et c'est ce qui est requis dans *Histoire de l'œil* et *Le Mort*. Si Bataille avait pu le publier de son vivant, *Le Mort*, dont la source liturgique est évidente, se fût présenté sous forme d'un double chemin de croix, en deux fois quatorze « tableaux[2] ». Dans « Récit », dans la première ou la seconde version, il s'agit également de tableaux parlants, mais ce sont en 1928 les huit lithographies d'André Masson et, en 1947, les six gravures de Hans Bellmer[3].

Ces illustrations, qui accompagnent souvent les récits de Sade ou d'autres textes érotiques, ne sont à première vue pas inattendues dans une histoire osée. Il n'est toutefois pas certain que leur fonction s'inspire d'une source littéraire ou d'une coutume assez répandue. Il est même probable que l'idée de visualiser certains faits de « Récit » soit venue à Bataille grâce à une photographie que Borel lui offre en 1925 : tableau d'un supplice chinois (dit des « cent morceaux »), représentant un condamné à qui le bourreau arrache un à un les morceaux de son corps et à qui on a administré de l'opium pour prolonger ses souffrances. Bataille a souvent dit qu'elle était pour lui le signe même de l'attrait qu'exerce l'horreur mise à nu. Nul doute que les gravures de « Récit », de surcroît liées aux deux tableaux très mortuaires de Valdès Leal dont il est question dans le texte, aient le même but.

Masson, qui dessine en traits simples et presque naïfs (sexes grossis, corps silhouettés), les affecte aux chapitres les plus violents : chapitres I, II, III, IV (cycle de Marcelle) ; XII et XIII (mort d'Aminado, notamment dans une église gothique). Il représente, outre Simone, le narrateur et Sir Edmond. Bellmer, qui illustre la page de faux-titre d'une manière très *modern style* (des yeux perdus dans des volutes de nuages) et qui travaille

---

1. « L'Espace », *OC I*, p. 227.
2. Disposition reprise dans la présente édition (voir la Notice du *Mort*, p. 1176).
3. Les lithographies d'André Masson et les gravures de Hans Bellmer sont reproduites dans la présente édition.

tout en courbe et en finesse, choisit le délié. Il est plus intimiste et, centrant son illustration davantage sur Simone, plus exactement sur la vulve de Simone, place les gravures au début (chapitres I, II, III), au milieu (chapitres VI et VIII, jeux avec les œufs et coït près du cadavre de Marcelle), et à la fin (chapitre XII où Simone urine sur le prêtre déjà réduit à l'état de squelette comme un soleil répandant ses rayons). Détail qui montre bien que le dessin suit le texte jusque dans ses intentions secrètes, Bellmer, qui a deviné le caractère viril de Simone, représente à un moment celle-ci en être androgyne, féminin par les lignes du corps et masculin par le pénis dressé. Dans les deux cas — interprétation plutôt phallique chez Masson, plutôt vaginale chez Bellmer — il y a accointance entre la violence narrée et la violence montrée. Bataille ne fera pas autre chose dans l'éphémère revue *Documents* (1929-1930). *Documents* est un « magazine illustré ». C'est tout dire.

Mais avec cette revue, et le climat qui l'entoure, on touche à la singularité d'*Histoire de l'œil* que, reprenant une image utilisée dans le « Dossier de la polémique avec André Breton », on doit situer dans ce qu'on nommera les *années de la taupe*. Ces années vont jusqu'en 1931. Ce sont celles d'un Bataille plein de verve, volontairement agressif parce qu'il prend ses marques (se distinguer à tout prix du surréalisme, de son fameux « point suprême » et de sa sublimation de l'amour), et qui court dans les sous-sols des constructions idéalistes qu'il sape à coups de textes brefs. Il y a, on l'a vu, dans l'*Histoire de l'œil* un *nada* à toutes les valeurs admises, et ce ton est également celui de *Documents*. Les articles que Bataille y publie voient exactement le monde ou le corps humain comme Simone et son ami. Qu'est le soleil ? Il est « *pourri* », le soleil, il est « déchet » et « horreur ». Et l'œil ? un organe de « séduction » et d'« horreur », et plus d'horreur que de séduction soit parce qu'il appelle le couteau ou la morsure, soit parce qu'il évoque l'« œil de la conscience » (Dieu-le père, encore…) Ou la bouche ? non pas la « *bouche close,* belle comme un coffre-fort » de ceux qui ont honte de manger, mais l'« organe des cris déchirants » provoqués par les impulsions les plus animales[1].

Un ton qui ne se retrouvera plus (Bataille sera toujours aussi ferme, mais sans le côté « *Pieds nickelés*[2] » qui est un des charmes de Simone et de son ami), et également une facture à la fois plus tranchée et plus serrée que dans les autres œuvres. L'*Histoire de l'œil* se caractérise en effet par sa bipolarité (« Récit » plus « Réminiscences »), et, si elle annonce ce récit *pluriel* (au moins deux narrateurs) qui sera celui de *L'Abbé C.* et de *L'Impossible* prosaïque, la pluralité vaut ici séparation des genres et, partant, de ce qui est raconté. Ce qui n'est le cas ni de *L'Abbé C.*, où les trois narrateurs relatent, certes d'un point de vue différent, la même histoire, ni de *L'Impossible*, où « Dianus » est la continuation de la première partie. Or il y a en 1928 deux narrations bien distinctes : l'une, de caractère fictionnel, se suffit à elle-même ; et l'autre, qui n'est pas une vraie autobiographie mais plutôt une « autobiographie pseudonyme[3] »,

---

1. *OC I*, dans l'ordre, « Soleil pourri », p. 231 ; « Œil », p. 187-189 ; « Bouche », p. 237-238.
2. « Du temps de Lord Auch », p. 15.
3. Catégorie ainsi nommée par Georges May, dans *L'Autobiographie*, PUF, 2ᵉ éd., 1984, p. 191 : autobiographie où « l'auteur a choisi de se montrer sous le masque d'un nom d'emprunt ».

est, par la taille, un épilogue *à la manière de Bataille*, donc moins une conclusion (sens premier d'épilogue, parole sur la parole), qu'une relance par apport d'éléments nouveaux.

Le lecteur achevant « Réminiscences » unit sans doute les deux parties en emboîtant les éléments de la seconde dans ceux de la première. Et attribue le tout à Lord Auch. Pourtant, le « Je » de « Récit » n'est pas Lord Auch, qui n'est que l'auteur de « Récit ». Voici donc une autre singularité du livre de 1928. Certes, comme plus tard *Madame Edwarda*, signée par Pierre Angélique, ou *Le Petit*, écrit par Louis Trente, *Histoire de l'œil* masque le vrai auteur. Mais dans ces deux récits, il n'y a qu'*un* auteur caché et *un* narrateur. Rien de tel dans *Histoire de l'œil* où il y a un auteur masqué et *deux* narrateurs (Lord Auch et le « Je » de « Récit »), et Bataille se cache ici deux fois : derrière l'auteur de « Réminiscences » qui lui-même se tient derrière le narrateur de « Récit », ce qui correspond à ce que la critique appelle le « système des trois noms[1] ». À quoi attribuer cela ? Au contenu violemment érotique, inavouable, du livre ? Sans doute. Mais on peut également expliquer le double effacement du patronyme par la nécessité d'occulter deux fois l'œil du père, symbole à la fois du remords et de la peur de mourir. Alors le soulagement indiqué dans « Lord Auch » est également celui de l'auteur réel se délivrant de ses hantises.

Hantises, on l'a vu, que les héros de « Récit » prennent sur eux. De là une autre de leur particularité. Observons d'abord que ce sont les plus jeunes de l'œuvre, à l'exception de Pierre (*Ma mère*). Notons ensuite que, si « Récit » fonde la lignée de ces figures vouées à l'« *amour noir*[2] », l'érotisme qui s'y pratique, mélange de jouissance physique (yeux, sexe, miction, plaisir anal) et mentale (regarder les morts, tuer les vivants), est le plus agressif que Bataille a peint. Ailleurs, l'émoi du sexe, quoique aussi pervers (la nécrophilie notamment) sera peint de manière plus allusive ou plus métaphorique. Dernière spécificité, « Récit » est régi par une organisation plus stricte que dans les autres œuvres. On a montré[3], en développant la notion de *thanatocentrisme* (la mort comme base du récit) que les six *constituants* de la mort de Marcelle (armoire, folie, strangulation, excitation érotique, miction, émoi de l'œil nécrophile) reviennent, en amont, dans la mort de la cycliste (émoi de l'œil, excitation érotique), et surtout en aval, où ils structurent tous (à l'exception de la folie) l'assassinat d'Aminado, événement marqué non seulement, pour la temporalité, par des prolepses, mais également par un système d'échos qui le placent en continuation des premiers chapitres. Ces échos se retrouvent au demeurant dans l'ensemble du texte. Dans le bestiaire : le « lâcher les chiens » est pris dans une constellation d'animaux cruels (Simone vue en loup par Marcelle, taureau, cri du coq appelant l'image de la volaille égorgée, mouches souillant le soleil et l'œil du prêtre). Dans les lieux : falaise de la première rencontre de Marcelle et de la clinique où elle est internée ; « vulve-étable » de Simone rappelant la « bauge » à porcs de Madrid.

1. *Ibid.*, p. 84.
2. Sarane Alexandrian, *Les Libérateurs de l'amour*, Éd. du Seuil, coll. « Points », n° 79, 1977, p. 256.
3. Gilles Ernst, *Georges Bataille. Analyse du récit de mort*, PUF, 1993, p. 110-116.

Une telle connexion, où chaque élément prend sens par rapport à un autre qui le répète, s'explique certes par la longueur de « Récit ». Mais si, comme l'a souligné Bernard Noël, la première partie « récite d'un trait une histoire[1] », c'est bien parce que le trait qui l'a tracée est mû, on l'a dit en introduction, par la violence d'un drame intime, et par celle d'un regard sur le monde et sur certains livres renversants. Le drame, il fallait que Bataille s'en arrachât vite, et il était temps, en moins de dix ans, d'accorder la vision que contiennent ces livres à la sienne propre. Le tout s'unissant dans la « joie fulminante », joie éclatant et dévastant comme la foudre, entrevue une fois seulement avec une telle netteté, selon Bataille[2], qui est ce qu'il y a de plus visible dans *Histoire de l'œil*.

GILLES ERNST.

BIBLIOGRAPHIE

BARTHES (Roland), « La Métaphore de l'œil », *Critique*, n° 195-196, 1963, p. 771-777 (repris dans *Essais critiques*, Éd. du Seuil, 1964).

BRULOTTE (Gaëtan), *Œuvres de chair. Figures du discours érotique*, L'Harmattan/Presses de l'Université Laval, 1998.

ERNST (Gilles), « Georges Bataille : Soleil pourri », *Figures, Soleils funestes*, n° 13-14, Centre de Recherche sur l'Image, le Symbole, le Mythe, Université de Dijon, 1995, p. 95-113.

FITCH (Brian T.), « *Histoire de l'œil*. Le Texte ludique », *Monde à l'envers, texte réversible. La fiction de Georges Bataille*, Minard, « Situation », n° 42, 1982, p. 53-75.

LEIRIS (Michel), « Du temps de Lord Auch », *L'Arc*, n° 32, 1967, p. 3-10.

PASI (Carlo), « Un regard cruel : une lecture d'*Histoire de l'œil* », Faculté des Lettres de l'Université de Clermont-Ferrand-II/Association Billom-Bataille, *Cahiers Bataille*, n° 2, 1983, p. 59-67.

STEINMETZ (Jean-Luc), « Bataille le mithriaque », *Revue des Sciences humaines*, n° 206, 1987, p. 169-186 (repris dans *La Poésie et ses raisons*, Corti, 1990, p. 151-167).

G. E.

NOTE SUR LE TEXTE

Il existe deux manuscrits d'*Histoire de l'œil*, l'un conservé à la Bibliothèque nationale de France (sigle : *ms. BNF*), l'autre à la Bibliothèque Jacques-Doucet[3] (sigle : *ms. Doucet*).

Avant la mort de Bataille en 1962, *Histoire de l'œil* connut trois éditions quasi clandestines, toutes trois publiées sous le pseudonyme de Lord Auch : en 1928, 1947 et 1951.

---

1. Bernard Noël, « La Question », *Change*, n° 7, hiver 70-71, p. 148.
2. *Le Petit*, p. 363.
3. Pour la description de ces manuscrits, voir la Notice, p. 1016, n. 1, 2 et 3.

Édition de 1928.

L'édition de 1928 (un volume in-4°, 19 × 24,5, 104 pages) contient huit lithographies originales (dont une en frontispice) d'André Masson[1]. Le lieu d'édition est Paris. Il n'y a pas de mention de nom d'éditeur[2] ni d'achevé d'imprimer. Tirage : 134 exemplaires. C'est ce texte que Thadée Klossowski a publié en premier en 1970 dans le tome I des *Œuvres complètes* (p. 9-78).

Édition de 1947.

Cette deuxième édition, dite de « Séville » (lieu d'impression figurant sur la page de titre et sur celle du faux-titre), est sous-titrée *Nouvelle version* et datée de 1940. Elle a été réalisée sous la marque de K. Éditeur, en réalité par Alain Gheerbrant, et se présente sous la forme d'un volume in-4° de 134 pages et contient six gravures originales à l'eau-forte et au burin de Hans Bellmer. Le tirage est de 199 exemplaires.

On a souvent écrit que la « Nouvelle version » a été publiée en 1945. En réalité, elle paraît en juillet 1947. C'est ce que nous ont confirmé M. Alain Gheerbrant, auteur de *K. Éditeur* et de *La Transversale*[3], et M. Pierre Dourthe, auteur de *Bellmer, le principe de perversion*[4], trois ouvrages dans lesquels il est question de cette édition.

M. Gheerbrant nous a indiqué que l'idée de faire une nouvelle édition du récit de 1928 prend corps en 1945, mais que, pour des raisons à la fois conjoncturelles (conséquences de la guerre sur l'édition française) et techniques, la maison d'édition qu'il voulait créer, et qui prendra le nom de K. Éditeur[5], n'aura un statut légal que plus tard. C'est en 1946, selon M. Gheerbrant, que Bataille fait la connaissance de Bellmer. M. Pierre Dourthe, qui consacre une très longue étude à la collaboration de Bataille et de Bellmer, ainsi qu'aux gravures et à leur rapport avec le texte, indique que cette rencontre a lieu en mai 1946, et que la première gravure (la quatrième dans le livre) a été apportée par Bellmer à Paris au « printemps 1947 », la sortie de l'ouvrage étant programmée pour « juillet 1947[6] ».

C'est donc entre le début de 1946 et le premier semestre de 1947 qu'est réalisée la refonte du texte de 1928. Les nombreuses variantes de détail de la « Nouvelle version » présente par rapport à celle de 1928

---

1. Voir la Notice, p. 1022.
2. Dans *Les Livres de l'Enfer du XVIᵉ siècle à nos jours*, Fayard, 1998, Pascal Pia indique (p. 630) que les lithographies d'André Masson ont été tirées « sur les presses de Madame Duchatel », que l'éditeur est « René Bonnel », que le livre a été « imprimé et composé à Montmartre », et que lui-même en a réalisé les maquettes.
3. Alain Gheerbrant et Léon Aichelbaum, *K. Éditeur*, Cognac, Le Temps qu'il fait, 1991 ; Alain Gheerbrant, *La Transversale*, Actes Sud, 1995, réimp. coll. « Babel », 1998.
4. Jean-Pierre Faure éditeur, 1999, « Bellmer et Bataille. L'Être et l'excès », p. 167 et suiv.
5. *K. Éditeur*, p. 12. Mêmes faits dans *La Transversale*, p. 229. A. Gheerbrant signale également dans *K. Éditeur*, p. 12, et dans *La Transversale*, p. 230, que, sur ordre du ministre de l'Intérieur de l'époque, « politicien du MRP », la moitié des 199 exemplaires ont été après enquête saisis et détruits chez l'imprimeur, ce qui expliquerait qu'il en reste si peu d'exemplaires.
6. *Bellmer, le principe de perversion*, p. 171-172.

sont dues à une double correction : celle d'Alain Gheerbrant qui a modifié le texte initial sans l'accord de Bataille[1] et celle de Bataille lui-même,
qui a revu le texte remanié par A. Gheerbrant. Avec le « soin d'un chartiste », nous a indiqué celui-ci. Preuve de ce travail de l'écrivain, ces
cinq feuillets manuscrits, paginés 41-45 (et qui devaient sans doute
entrer dans une copie de la nouvelle version, copie dont on n'a pas
trouvé trace), du fonds Bataille de la Bibliothèque nationale (dossier g,
boîte 20) : Bataille y a porté la fin du chapitre « Un filet de sang » et le
début du suivant (« Simone »).

Édition de 1951.

La troisième édition, dite de « Burgos » (lieu d'édition présumé), sans
mention de nom d'éditeur, se présente sous la forme d'un volume in-8°
(127 pages, 11,7 × 18,6), avec une couverture grise (cote : BNF RES 8 Z
DON-6O2 133). Datée de 1941, elle est en fait de 1951 et a été réalisée
— rapidement (d'où certaines fautes) — par Jean-Jacques Pauvert sans
l'accord de Bataille. Le tirage est de 500 exemplaires non destinés au
commerce et réservés à des souscripteurs (indication figurant au verso
de la page de titre). Elle reprend le texte de la « Nouvelle version ». Elle
a fait l'objet d'une procédure de justice[2]. Thadée Klossowski reproduit
cette édition en appendice au tome I des *Œuvres complètes*.

Les éditions ultérieures, posthumes et publiées sous le nom de Bataille,
qu'il s'agisse de celles de Jean-Jacques Pauvert (1967, 1985 et 2001, celle-
ci présentée par Marie-Magdeleine Lessana et contenant les deux versions), ou de celle de Gallimard en 1993 dans la collection « L'Imaginaire », reprennent le texte de la « Nouvelle version ».

La présente édition reproduit l'édition de 1947 (sigle : *1947*), repris de
l'exemplaire de la Réserve de la Bibliothèque nationale de France (cote
Enfer 1378). Quant à l'édition de 1928 (sigle : *1928*), nous la reproduisons en appendice (p. 51-106), à partir de l'exemplaire de la Réserve de
la Bibliothèque nationale de France (cote : RES MY2 1004).

G. E.

NOTES ET VARIANTES

[Iʳᵉ partie.]

1. Premier exemple de cette toponymie imprécise qui caractérise
souvent le récit de Bataille. Comme le narrateur et Simone peuvent
néanmoins gagner en « barque » la « côte espagnole » (p. 31), X. doit être

---

1. « Alors que nous préparions le manuscrit de l'*Histoire de l'œil* pour l'impression, à
partir de la première édition, je m'étais cru permis, de mon propre chef, de corriger son
texte. Il eût été légitime qu'il s'en formalisât. Se contenta d'examiner attentivement mes
corrections, et de retenir celles qui lui semblaient pertinentes » (*K. Éditeur*, p. 28-29).
2. « Elle a été condamnée par jugement du tribunal correctionnel de la Seine
(10ᵉ chambre) en date du 8 mai 1951 », Pascal Pia, *Les Livres de l'Enfer du XVIᵉ siècle à nos jours*,
p. 631. On trouve la même mention dans le catalogue « Georges Bataille 1897-1962 » des
libraires Jean-François Fourcade et Henri Vignes.

une ville située dans l'actuel département des Pyrénées-Atlantiques, au bord de la mer.

2. *1947*, conforme ici à *ms. BNF* (f° 2), qui parle de « cul adolescent » (avant de choisir « parties impudiques », leçon de *1928*, p. 51), distinguera, mais pas systématiquement, le « cul », éventuellement nommé « vulve », du « derrière ».

3. Jointe à la date du 7 mai 1922 (p. 33), cette indication climatique autorise une hypothèse sur la période à laquelle se situe l'action d'*Histoire de l'œil* et sur sa durée. Avant le 7 mai 1922, il y a la première rencontre avec Marcelle, l'épisode de l'armoire et l'internement (qui ont lieu « une semaine » après, p. 8), la première visite à la clinique où Marcelle est enfermée (« un soir » après « quelques jours », p. 15), une période de « six semaines » (p. 26-27), la libération de Marcelle, son suicide, le départ de Simone et de son ami « dans la nuit » qui suit, enfin la première période du séjour en Espagne. On peut donc supposer que tous ces faits ont lieu plutôt en mars-avril 1922. Après le 7 mai, il y a l'arrivée à Séville, l'assassinat du prêtre, le séjour en Andalousie et, un certain « quatrième jour » (p. 45), l'achat du yacht par Sir Edmond.

4. Érotisme excrémentiel, lié aux forces « chtoniennes », comme plus tard dans *Le Bleu du ciel*, pour la scène d'amour entre Troppmann et Dorothea, dans le cimetière de Trèves (p. 200).

5. Ce terme, qui signifie littéralement « temps du haillon », désigne un style musical syncopé en vogue à la fin du XIXᵉ siècle chez les Noirs américains, en partie à l'origine du jazz ; puis un air de danse sur cette musique. La mention du *ragtime* est dans notre texte la seule allusion au monde des Noirs puisque le passage sur le rire des « nègres » (p. 83), qui figurait dans *1928*, a été supprimé.

6. Le « pantalon » est une culotte de femme encore portée au début du XXᵉ siècle et qui, fendue sur le devant, descendait jusqu'au bas du genou. Cette indication tend à donner à *Histoire de l'œil* un côté archaïque.

7. Comme on dit d'un habit qu'il est usé jusqu'à la corde pour signifier qu'il n'en demeure que la trame de l'étoffe, il faut ici comprendre que le plaisir de Simone l'a portée jusque dans la satiété que donne l'orgasme.

8. Porte-jarretelles étroit comme une ceinture, appelé plus loin « ceinture à jarretelle ».

9. Notre texte donne au terme « impossibles » un sens en rapport avec cet « impossible » que Bataille a achevé de théoriser dans les années quarante (voir n. 2, p. 71).

10. Pour la comparaison des organes sexuels aux volcans, voir la Notice, p. 1012-1013.

11. Allusion au mythe de Perséphone, fille de Zeus, devenue reine des Enfers à la suite de son enlèvement par Hadès.

12. Dans cette indication proleptique sur la mort de Marcelle, l'expression « enterrement clandestin » rappelle d'une certaine manière que l'Église refusait des obsèques religieuses aux suicidés.

13. Pour le rapport de cet événement et l'épisode de l'excursion nocturne de Bataille, dans l'été 1918, au château d'Apchon, voir les « Réminiscences », p. 47.

14. Dans *1928*, ce passage est suivi d'une ligne de points : première apparition dans les récits de cette coupure [signalée ici par trois points] qu'on trouvera par exemple dans *L'Impossible* ou dans *Madame Edwarda*, et qui cerne d'un silence visualisé un événement important.

15. Rare exemple, dans la « nouvelle version » d'une correction qui change le sens du texte : *1928* donne en effet : « quand brusquement il me sembla que la réalité entière se déchirait » (p. 68).

16. Allusion à la fonction du rêve du point de vue psychanalytique. L'analyse que Bataille mène en 1925-1926 sous la direction d'Adrien Borel lui a certainement appris que les rêves sont « déserts », vides de sens au regard de la raison, et « lépreux », constitués de fragments marquant le retour d'un refoulé noir.

17. Sens fort, comme au XVIIe siècle : « Tourment de l'âme causé par la mort de personnes aimées, par leur absence, par la perte d'espérance, par des malheurs quelconques » (Littré).

18. Cette « coïncidence » « de la vie et de la mort », due à une « incandescence géométrique » « et parfaitement fulgurante », sonne comme l'écho ironique des « pétrifiantes coïncidences », qui prennent, dans les théories surréalistes, le nom de *hasard objectif*, et que *Nadja*, paru également en 1928, montre comme des « éclairs qui feraient voir mais alors *voir* s'ils n'étaient encore plus rapides que les autres » (*Œuvres complètes*, Bibl. de la Pléiade, t. I, p. 651). Breton et Bataille étaient brouillés à cette époque, le second reprochant au surréalisme naissant de verser dans l'idéalisme pur : « Le désœuvrement poétique, la poésie mise en projet, ce qu'un André Breton ne pouvait tolérer nu, que l'abandon voulu de ses phrases devait voiler » (*L'Expérience intérieure*, *OC V*, p. 62).

19. Premier exemple de nécrophilie qui caractérise tant de héros de Bataille. Elle est tantôt pratiquée *directement*, donc *sur* le cadavre (nécrophilie *stricto sensu*), comme ici, où c'est le seul exemple dans l'œuvre (bien que ce ne soit qu'une illusion du narrateur) ; tantôt *indirectement, à côté* ou *en vue* du cadavre, comme plus loin, après la pendaison de Marcelle, et c'est le cas le plus fréquent.

20. Il convient de rapprocher ce détail du film *Un chien andalou*, qui montre, au début de la première séquence, une main d'homme tranchant avec un rasoir, qui opère en longueur, l'œil gauche d'une jeune fille. En septembre 1929, dans l'article « Œil », *Documents*, n° 4, Bataille évoque longuement le film de Buñuel, écrivant notamment à propos des premières images : « À cet égard, l'œil pourrait être rapproché du *tranchant*, dont l'aspect provoque également des réactions aiguës et contradictoires » (*OC I*, p. 187-188). À noter aussi que le « *Buriner* » de Simone annonce le geste de Sir Edmond dont les ciseaux qui lui serviront à arracher l'œil du prêtre évoquent le ciseau d'acier des coupeurs de métaux, précisément appelé « burin ».

21. Souvenir d'enfance de Bataille : « Enfant, j'attendais le roulement de tambour annonçant la sortie de la classe », *L'Alleluiah. Catéchisme de Dianus*, *OC V*, p. 413.

22. La soutane des cardinaux est également rouge. Dans la hiérarchie catholique des récits de Bataille, c'est la seule mention, si on excepte la ressemblance entre Robert C. et Léon XIII (*L'Abbé C.*), de cette dignité élevée. Après *Histoire de l'œil*, il ne sera plus question que d'un « prélat » (*L'Impossible*) ou d'un évêque (*La Scissiparité*).

23. Dans le bestiaire anti-idéaliste de Bataille, le coq, loin de symboliser, à l'image des autres oiseaux, cette « puissance d'envol » qui nie l'« animalité » et lui permet, placé au sommet des clochers des églises, d'incarner la « vigilance de l'âme en attendant la venue de l'Esprit » (Gilbert Durand, *Structures anthropologiques de l'imaginaire*, PUF, 1963, p. 135),

représente au contraire, notamment par son cri, la révolte insurmontable de la matière et des plus bas instincts (sexuels en particulier). Et s'il demeure, comme dans la symbolique idéaliste, lié au symbolisme solaire, c'est que le soleil regardé de face est lui-même pure manifestation de violence. Il s'ensuit que l'« horrible cri » du coq, « particulièrement solaire, est toujours voisin d'un cri d'égorgement » (« Soleil pourri », *OC I*, p. 232).

24. « Association » très classique, connue des mythologues : « Le temps contrôlé et mesuré au moyen des phases de la lune […] se réfère toujours à une réalité biocosmique, la pluie ou les marées, les semailles ou le cycle menstruel », Mircea Éliade, *Traité d'histoire des religions*, Payot, 1968, p. 140.

25. Détail autobiographique. Jean Piel, commentant une photo de Bataille prise en 1926 à Nice, évoque sa « grosse paire de mains », *La Rencontre et la Différence*, Fayard, 1982, p. 125.

26. Ces « trois moments » n'ont évidemment rien à voir avec les *tres tercios de la lidia*, les trois tiers du combat chers aux *aficionados* : attaque du taureau contre les picadors qui lui répondent avec leurs piques ; pose des *banderillas* dans la nuque de l'animal ; et enfin mise à mort après le rituel des passes avec la *muleta*.

27. Coutume authentique.

28. Juan Luis de la Rosa (1901-1938) est un des toreros connus de l'époque. Il est mentionné par Hemingway dans *Mort dans l'après-midi* (1932), qui trace de lui un portrait plutôt défavorable. — Marcial Lalanda (1903-1990), également cité par Hemingway (*ibid.*), qui précise qu'il fut injustement accusé de n'avoir pas aidé Granero à se sauver du taureau le 7 mai 1922 et qui porte sur lui un jugement plus favorable. — Manuel Granero (Valence, 1902, Madrid, 1922), reçut l'alternative en septembre 1920 à Séville. Il était considéré par Hemingway comme un grand torero (*ibid.*). Il prit dans le public la place laissée vide par le très célèbre « Joselito » Gomez Ortega (1895-1920). Il trouva la mort le 7 mai 1922, tué en effet par un taureau, lors de la quatrième corrida de la feria de la *San Isidro* de Madrid, à laquelle Bataille, lors pensionnaire à l'Institut des Hautes Études hispaniques, actuelle Casa Velasquez, assista effectivement. — Juan Belmonte y García (1892-1962), nom ajouté en 1947, est connu dans le monde de la tauromachie pour avoir mis au point une technique de combat plus audacieuse (mouvements du torero plus près de la bête).

29. « Solaire » parce que lié à Mithra, dieu de l'ancienne Perse que les Grecs assimilent à Hélios et dont le culte (rituel avec mystères) est très répandu dans le monde hellénique et romain. Bataille le rappelle à la même époque dans « Soleil pourri », article provocant publié dans *Documents*, n° 3, 1930 (*OC I*, p. 231-232), un des rites de ce culte consiste à sacrifier un taureau, étendu sur le taurobole (pierre percée de trous), et dont le sang jaillit sur le fidèle étendu sous le taurobole. Dans la conception violemment anti-idéaliste qui est alors celle de Bataille (refus de toutes les valeurs élevées), le taureau et ses jets de sang sont intégrés plus généralement dans la mythologie du *soleil aveuglant*.

30. Pour ce détail, voir « Réminiscences », p. 48.

31. Détail ajouté dans la « nouvelle version ». C'est sous la dictature de Primo de Rivera, en 1928, qu'est en effet pris un décret ordonnant de couvrir les chevaux d'un caparaçon matelassé pour les protéger des cornes des taureaux.

32. Il s'agit de Miguel Mañara y Vincentelo de Leca (1627-1679), qui passe pour être un des modèles du Don Juan littéraire (rapprochement pour la première fois opéré par Prosper Mérimée, en 1834, dans *Les Âmes du purgatoire*). Gentilhomme sévillan après une jeunesse qu'on dit dissipée (comme celle du Don Juan mythique, issu d'*El Burlador de Sevilla*, de Tirso de Molina), Miguel de Mañara se marie en 1648 et devient un époux exemplaire. Il se fait moine après la mort de sa femme et soigne les pauvres et les malades. Il entre en 1667 dans la *Hermandad de la Santa Caridad*, confrérie chargée notamment d'accompagner les condamnés à mort au supplice puis d'enterrer leurs corps laissés d'ordinaire à l'abandon. Il fait construire l'église du même nom, celle dont il est question ici. À peine est-il mort qu'on introduit à Rome son procès de canonisation, qui n'a jamais abouti. Il est néanmoins déclaré « vénérable » en 1985 par Jean-Paul II (voir Olivier Piveteau, *Dictionnaire de Don Juan*, Pierre Brunel dir., Robert Laffont, coll. « Bouquins », 1999, p. 586-598). Sur sa plaque funéraire était écrit : « Ci-gisent les os et les cendres du pire homme qui fut au monde. Priez Dieu pour lui » (*ibid.*, p. 588). Ce premier Don Juan, dont c'est la seule mention dans l'œuvre de Bataille, n'a rien à voir avec le Don Juan de l'opéra de Mozart.

33. Simone urine sur la tombe de Miguel Mañara comme elle a uriné sur sa mère, manière de marquer son mépris pour le monde de la « béatitude et de la bonne conscience ».

34. Il s'agit du retable baroque que Miguel Mañara a fait réaliser par les « plus grands artistes du moment (Bernardo Simon et Pedro Roldan) », *ibid.*, p. 587.

35. Juan de Valdès Leal (1622-1690), disciple de Murillo et un des meilleurs représentants de l'attrait pour la mort qui caractérise l'école andalouse du XVIIᵉ siècle, réalise en 1672 pour Miguel Mañara les deux tableaux ici mentionnés et toujours exposés dans l'église de la Caridad. Leur violence frappe (une anecdote veut que Murillo ait dit qu'on se bouche le nez devant les toiles de Valdès Leal). L'un, titré *In ictu oculi* (*Dans le coin de l'œil*), montre le squelette de la mort foulant aux pieds les symboles du bonheur humain et éteignant d'un coup d'épée le flambeau de la vie ; l'autre, titré *Finis gloriae mundi* (*Fins de la gloire du monde*) montre deux cercueils contenant deux cadavres pourrissants : l'un, mangé par la vermine, est celui, mentionné ici, d'un évêque ; l'autre serait celui de Miguel Mañara, revêtu du manteau de l'ordre de Calatrava.

36. Détail sans doute inspiré du célèbre *Du sang, de la volupté et de la mort*, paru en 1894, de Barrès, où le narrateur, avant de découvrir le tableau de Valdès Leal, aperçoit une femme en train de se confesser. Pour ce rapprochement, voir la Notice, p. 1013-1014.

37. Dans la symbolique chromatique de Bataille, « pâle », repris de la *pallida mors* d'Horace (*Odes*, livre I, IV, v. 13), caractérise les êtres voués à la mort. Dans ce récit, « pâle » s'oppose, de manière très classique, au « rouge » du narrateur quand Marcelle le découvre en sortant de l'armoire.

38. Le texte donne « pénitente » ; nous corrigeons.

39. Prénom ou patronyme inconnu en Espagne, sans doute de l'invention de Bataille, qui l'a peut-être formé sur *Amen*, le prêtre étant celui qui dit « Amen » à tout. Ce qu'il faut ici noter c'est que, à l'exception de Robert C., dans *L'Abbé C.*, tous les prêtres de Bataille ont des noms commençant par « A » : le père Λ. et Monsignor Alpha, dans *L'Impossible* ; Monsignor Alpha-Bêta dans *La Scissiparité*.

40. Premier exemple dans l'œuvre de cette inversion des choses saintes que l'on retrouvera dans *L'Abbé C.* (voir la Notice, p. 1268-1270), livre de la « transgression profanatrice », dit Pierre Klossowski, « La Messe de Georges Bataille. À propos de *L'Abbé C.* », *Un si funeste désir*, Gallimard, 1963, p. 130. Le supplice infligé à Don Aminado, annoncé par la seconde partie du titre (« La Messe de Sir Edmond »), inverse le rite de la communion du prêtre, moment le plus important, avec la communion des fidèles.

41. Expression biblique, ironique ici, pour désigner les hosties, confectionnées comme le veut le rituel de la Pâque juive, que le Christ célébra avant de mourir, avec de la farine et de l'eau, mais sans levain (« Tu ne mangeras pas […] du pain levé, tu mangeras […] des azymes », Deutéronome, XVI, 3).

42. Allusion pour le moins sacrilège au mystère (vérité révélée non soumise à une explication rationnelle) de la transsubstantiation (changement de substance) qui veut que, dans le catholicisme et l'orthodoxie, l'hostie et le vin deviennent véritablement (présence réelle), par le pouvoir des paroles sacramentelles (« Ceci est mon corps […]. Ceci est mon sang […] », Matthieu, XXVI, 26-28 ; Luc XXII, 19-20) prononcées par le prêtre au moment de la consécration, le corps et le sang du Christ.

43. Le vin rouge est écarté pour trois raisons : parce qu'au Moyen Âge, le vin rouge, souvent rempli de résidus, est considéré comme un breuvage moins noble que le vin blanc, vin par excellence des rois de France (raison historique) ; parce qu'il pourrait tacher les linges de l'autel (raison pratique) ; et parce que l'Église, dans le but de souligner le caractère absolument extraordinaire, mystique, de la transsubstantiation, veut éviter tout rapprochement trop visible entre la couleur du sang et celle du vin (raison théologique).

44. Supplice dit du *garote vil* (« garrot infamant », réservé aux criminels de basse condition), mode d'exécution propre à l'Espagne et encore pratiqué sous le règne du général Franco. Don Aminado est en réalité étranglé par pression des mains, comme cela se passait en Espagne jusqu'au XVIIᵉ siècle.

45. Détail si exact que, en cas de suspicion, le constat de l'éjaculation permet aux médecins légistes de déterminer si la pendaison est bien la cause de mort.

46. Signe de la « thanatomorphose » (transformation physico-chimique du cadavre) : celui-ci est en effet rapidement attaqué par les « mouches bleues dites mouches de la viande (calliphores) », Louis-Thomas Vincent, *Le Cadavre*, Bruxelles, Éditions Complexe, 1980, p. 27.

47. Ville de la province de Málaga, célèbre à la fois pour son site montagneux et pour sa corrida qui a lieu le 20 mai.

Réminiscences.

1. Pour le changement de « Coïncidences » (*1928*) en *Réminiscences*, voir la Notice, p. 1020.

2. Riom-ès-Montagnes, département du Cantal. Ce n'est pas la « famille » de Bataille qui est originaire de cette petite ville, mais — on notera l'effacement de la lignée paternelle, originaire de l'Ariège — seulement sa mère, Marie-Antoinette Tournadre.

3. Il s'agit de Marie Delteil, sœur de Georges Delteil, un ami de jeunesse de Bataille (voir la Chronologie, 1918, et la Notice, p. 1003).

4. Nom ajouté en 1947. Les « livres » dont il est ici question désignent notamment *Mort dans l'après-midi* (voir n. 28, p. 33), où Hemingway décrit la mort de Granero dans des termes assez proches de ceux de Bataille.

5. Vraisemblablement le psychanalyste Adrien Borel (voir la Notice, p. 1003).

6. Il s'agit d'Anne Basset, née en 1844, mariée en 1861 avec Antoine Tournadre, et morte à Riom-ès-Montagnes en 1916.

Autour d'« Histoire de l'œil »

[ÉDITION DE 1928]

Première partie. Récit.

a. Suit dans ms. BNF un développement plus lyrique : Tu es très belle. Tu es charmante. Tu comprends, Simone et moi [allons *biffé*] sommes fous l'un de l'autre, mais quand tu voudras [prêteras *biffé*] donneras aussi ton beau corps : je suis sûr qu'il nous arrivera des choses [fantastiques terribles *biffé*] étranges. » ◆◆ *b.* Deuxième chapitre / L'Armoire [normande *biffé*] qui urine *ms. BNF* ◆◆ *c. Suit dans ms. BNF cette amplification de style très sadien :* pisse-moi dans la bouche, pisse-moi dans le cul, pisse dans ma robe, dans mes cheveux, inonde moi *[sic]*, mouille [robe mouille ma *biffé*] chemise, mouille mes bras [fous-moi *biffé*] inonde moi *[sic]* de foutre. ◆◆ *d.* Sixième chapitre / [Casser l'œil, crever l'œuf *biffé*] Simone *ms. BNF* ◆◆ *e.* Chapitre huitième / Comment Simone burina Marcelle *ms. BNF* ◆◆ *f. Ce développement jusqu'à* [...] odeur écœurante *[fin du 2ᵉ §, p. 81] est beaucoup plus long, et d'un ton plus intime, dans ms. BNF :* Il est vrai qu'en général ni la couleur rouge, ni un coq, ni un ciel étoilé ne peuvent être regardés comme obscènes mais ce n'est pas ce qui me paraît le moins bizarre dans ce système actuel de restriction sexuelle généralisée [grâce auxquels *biffé*] duquel les honnêtes gens [ouvrent, peuvent *biffé*] arrivent péniblement à ouvrir un regard châtré sur [l'honnête univers *biffé*] un univers qui leur semble honnête. En ce qui me concerne ce que je vois peut m'attirer ou m'écœurer, mais si la séduction et l'horreur coïncident, je commence à être sûr de moi, c'est-à-dire à découvrir dans les objets les écarts déchirants auxquels est vouée l'érection. Aussi je ne peux pas me défendre [d'un grand *biffé*] de mépriser [pour *biffé*] ceux qui acceptent quoi que ce soit des [conditions *biffé*] limites qui sont imposées à la vie sexuelle par des conventions à portée sociale, et en particulier [pour *biffé*] beaucoup de débauchés [qui laissent une grande part *biffé*] qui faisant une grande part à la débauche [en sont *biffé*] restent par ailleurs encore plus impuissants que [certains *biffé*] d'autres c'est-à-dire plus respectueux [par exemple *biffé*]. En effet le véritable sens de la débauche est pour moi de ne s'incliner devant rien et de souiller tout ce qui est pur en général, même le ciel. La lune qui ce jour-là éclairait des culs de sang, les culs de nos mères, et est liée au sang du vagin de nos mères et de nos sœurs [qui les rend puant *[sic]* en leur donnant les anglais *biffé*] c'est-à-dire aux menstrues qui leur donne *[sic]* une odeur écœurante, etc. ◆◆ *g*. Chapitre neuf / [*L'œil de Granero biffé*] Truies, rats, taureaux et juments *ms. BNF* ◆◆ *h*. éjaculent. Donc je [songe *biffé*] pense, puisque tu y tiens, à un martyre à ta convenance et tel qu'il pourra te purifier. [Et *biffé*] En tous cas ton nom pourra désormais figurer en bon rang dans les martyrologes étant donné le caractère [extraordinaire *biffé*] exceptionnel du supplice. Tu *ms. BNF*

1. *Ms. BNF* donne : « la colère de mon père misérable, colonel de cavalerie patriote et ancien compagnon de Déroulède », où le côté « ancien combattant » de la guerre de 1870, ainsi que les accointances avec Paul Déroulède (1846-1914), volontaire dans cette guerre et connu ensuite pour ses idées étroitement nationalistes, noircissent encore davantage le portrait du père du narrateur.

2. C'est la première mention dans l'œuvre narrative d'un terme auquel le cours de Kojève sur la phénoménologie de Hegel, que Bataille suivra de 1934 à 1939, achèvera de donner son sens plein : par opposition au « possible », réel de soi et du monde révélé par la dialectique, et ici défini, à la ligne suivante, comme le « monde vraiment réel, celui qui est composé uniquement de personnes habillées », l'« impossible » est, déjà comme ici, son au-delà, ensemble de conduites non « habillées » (non recouvertes par la raison), que la dialectique ne peut expliquer et qui entrent tout autant que le « possible » dans la définition du phénomène humain. Pour ce terme majeur, voir la Notice de *L'Impossible*, p. 1216-1219.

Deuxième partie. Coïncidences.

a. Dans ms. BNF figure à cet endroit : [De temps à autre nous recevions une lettre gâteuse dictée par mon père qui agonisait à six cents kilomètres de là [à Reims, voir Chronologie] sous la garde d'une étrangère quelconque. *biffé*]

PROJET D'UNE SUITE

POUR « HISTOIRE DE L'ŒIL »

Ce projet de suite se trouve dans les papiers de Bataille conservés à la Bibliothèque nationale de France (dossier g, boîte B, enveloppe 139 portant l'intitulé *La Tombe de Louis Trente*). En marge de ce texte, de la main de Bataille (sans rature), figure la date « 9 5 39 », suivie de « L'Espagne se retire de ».

LE BLEU DU CIEL

NOTICE

En septembre 1957, sous une couverture d'un bleu ciel où flottent quelques nuages blancs, sans rien, au dos du livre, qui puisse préparer au choc à venir de la lecture, mais avec le sous-titre de roman, Bataille propose un texte qu'on ne saurait dire irénique, et que publie d'ailleurs un éditeur à la réputation sulfureuse, Jean-Jacques Pauvert. Un roman, peut-être tout simplement le seul véritable roman de Bataille, tant en raison du caractère exceptionnellement concret de l'espace et du temps représentés, que du nombre des personnages, de leur épaisseur, et de l'allure de l'intrigue (relative clarté, dynamisme). Un roman, à quelques retouches près, achevé en mai 1935, mais qui, paraissant, semblait accompagné de son mode d'emploi, pour autant qu'il fût à trouver dans *La Littérature et le Mal* et *L'Érotisme*, publiés quasiment en même temps, respectivement chez Gallimard et Minuit[1]. Pourtant, il n'y a pas de mode d'emploi pour *Le Bleu du ciel*, tant il excède de toutes parts le commentaire. Non seulement pour cette raison générale que la littérature, selon Bataille, est l'absence de but — « Je n'écris jamais que pour supprimer le but », dira-t-il en 1951[2] —, mais aussi parce que *Le Bleu du ciel* répond à un extraordinaire mélange d'intentions, d'affects et de fantasmes chez son auteur.

Un très beau livre ne paraît pas.

Bataille pour écrire *Le Bleu du ciel* abandonne un essai ébauché après les émeutes de février 1934, « Le Fascisme en France[3] ». Songeant à ce roman au moins depuis septembre 1934, l'écrivain souhaite lui donner pour titre « Les Présages[4] » : et le 6 février lui semble ouvert « la période embryonnaire d'une révolution fasciste[5] ». Bataille veut emprunter ce titre « Les Présages » à un ballet, composé sur la *Cinquième symphonie* de Tchaïkovski, œuvre commune du danseur et chorégraphe Léonide Massine, et du peintre André Masson, qui en avait réalisé le décor et les costumes : la création eut lieu à Monte-Carlo le 13 avril 1933, la première parisienne le 9 juin 1933[6]. De ce « ballet à tendance sym-

---

1. Les achevés d'imprimer sont du 30 septembre 1957 pour *Le Bleu du ciel*, du 30 juillet 1957 pour *La Littérature et le Mal*, et du 3 octobre 1957 pour *L'Érotisme*.
2. Émission radiophonique d'André Gillois, « Qui êtes-vous ? », *Georges Bataille. Une liberté souveraine*, Michel Surya éd., Fourbis/Ville d'Orléans, 1997, p. 74.
3. Il en est demeuré vingt-cinq pages, voir *OC* II, p. 205-213. Au même dossier appartient un « Essai de définition du fascisme ».
4. C'est l'un des titres que porte le manuscrit du roman conservé à Harvard.
5. « En attendant la grève générale », *OC* II, p. 262.
6. Voir les deux lettres de Masson à Bataille des 5 septembre et 17 octobre 1934, données dans André Masson, *Le Rebelle du surréalisme. Écrits*, Hermann, 1976 (rééd. 1994,

boliste », selon le mot de Leiris[1], la revue *Minotaure* dans son premier numéro (mai 1933) avait publié l'argument (« le thème : la lutte de l'Homme et du Destin ; le conflit entre les passions humaines et les forces invisibles »). Masson, ami de Bataille depuis dix ans, et qui va devenir son beau-frère en décembre 1934, lui donne sans hésiter son accord.

Le manuscrit du roman porte pour mention ultime : « Tossa, mai 1935 » ; est-ce à dire qu'il a été tout entier écrit durant ce mois ? Rien ne permet de l'affirmer avec certitude. On sait seulement que Bataille réutilise des textes antérieurs : pour ouvrir son roman, il reprend un récit scandaleux, « Dirty » (qu'il datera de manière variable : 1925, 1926, 1928 ou 1929), et, pour former la Ire partie, un ensemble d'aphorismes, écrits sans doute en 1926, qui évoquent à la fois le projet sur « *L'Œil pinéal* » et *L'Anus solaire*[2]. D'autre part, un journal cursif qu'il tient en mai 1935, et auquel il attribue pour titre « Les Présages » — celui-là même qu'il avait eu en tête pour son roman —, permet de dater l'écriture de deux épisodes ; le 27 mai, Bataille note : « Écrit retour de Dorothea » ; le 28, « Écrit passage Barcelone[3] ». Le 29 il ajoute : « Fini le Bleu du ciel ». Aucune mention ne concerne les chapitres situés à Paris : sans doute ont-ils été écrits avant le mois de mai. On se contentera donc de dire que Bataille achève en mai la première rédaction d'ensemble de son roman, dans « une belle, modeste et vieille maison catalane[4] » qu'habitait André Masson, à Tossa de Mar[5].

Bataille fait lire son roman, dès juin 1935, à ses amis les plus proches : André Masson, Michel Leiris et Daniel-Henry Kahnweiler. Leur réaction est enthousiaste[6]. Daniel-Henry Kahnweiler écrit ainsi à Masson : « La plus belle chose que j'aie lue depuis longtemps. Pourvu qu'il trouve un éditeur ! Il faudrait absolument que ce livre paraisse — et en édition de luxe[7]. » Ce ne sera donc ni à Kahnweiler lui-même, ni à Guy Lévis Mano, avec qui Masson et Bataille étaient en contact, mais à André Malraux, lecteur chez Gallimard, que, à la fin de juin ou au début de juillet, Bataille propose d'éditer son roman. Il connaissait personnellement l'auteur de *La Condition humaine* — livre qu'il avait loué dans la revue *La Critique sociale* en novembre 1933 —, auprès de qui en 1934 il était intervenu (sans succès) en faveur du *Staline* de Souvarine[8]. Dans une lettre du 8 juillet, Kahnweiler recommande chaudement le roman à Malraux[9] : « Mon beau-frère Leiris m'a montré hier soir un manuscrit

---

p. 281-282), et dans André Masson, *Les Années surréalistes. Correspondance 1916-1942*, éd. Françoise Levaillant, La Manufacture, 1990 (p. 217-218), ainsi que *OC II*, p. 665.

1. *Journal*, Jean Jamin éd., Gallimard, 1992, p. 217.

2. Voir la notule de « Dirty », p. 1111, et la Note sur le texte du *Bleu du ciel*, p. 1075.

3. « Les Présages », voir « Autour du *Bleu du ciel* », p. 210.

4. André Masson, « Le Soc de la charrue », *Critique*, août-septembre 1963, p. 701.

5. Petit village situé sur la côte méditerranéenne, à quelque quatre-vingts kilomètres au nord-est de Barcelone. C'est sans doute ce même « village de pêcheurs » que mentionne le roman, p. 198.

6. Pour celle de Leiris, voir p. 1068.

7. Lettre du 5 juillet 1935, André Masson, *Les Années surréalistes*, p. 271.

8. Selon le témoignage de ce dernier dans son « Prologue » à la réimpression de *La Critique sociale*, Éditions de la Différence, 1983, p. 19, n. 9.

9. Kahnweiler avait été l'éditeur du premier livre de Malraux, *Lunes en papier*, paru en 1921 aux Éditions de la Galerie Simon, qui accueilleront aussi *L'Anus solaire* de Bataille en 1931.

de Bataille *Le Bleu du ciel*. J'ai lu le livre la nuit dernière et cette lecture m'a profondément ému. Je trouve que c'est un très beau livre, grave et déchirant[1]. »

Plusieurs des idées chères à Malraux rendaient logique que Bataille s'adresse à lui. D'abord la défiance qu'il marque à l'égard de la notion d'individu, son intérêt pour la destinée. D'autre part, Malraux s'intéresse à l'érotisme : en janvier 1932 il publie dans *La NRF* un article important, « D.H. Lawrence et l'érotisme. À propos de *L'Amant de Lady Chatterley*[2] ». Enfin, Malraux pouvait voir dans *Le Bleu du ciel* un grand roman politique écrit en réponse tant aux *Conquérants*[3] qu'à *La Condition humaine* — trois histoires de grèves générales, à Barcelone, à Hong-Kong, à Shangaï, trois représentations d'une « tragédie politique[4] », mais pas la même analyse de la révolution.

Le 8 novembre 1935, le destin du roman n'a toujours pas été réglé, puisque André Masson écrit à Bataille qu'il s'intéresse « toujours profondément au sort de [s]on livre[5] » : ce sera la dernière allusion au *Bleu du ciel* dans leur correspondance[6]. André Malraux, pour des raisons qui, à notre connaissance, n'ont pas laissé de traces, ne réussira pas plus, à la fin de 1935, à faire publier *Le Bleu du ciel* à la N.R.F., qu'il n'avait pu faire aboutir, chez le même éditeur, à la fin de 1934, le projet d'une publication de *Sacrifices*[7]. André Masson avait prédit cet échec de manière très perspicace, dès le 8 juillet 1935, dans sa réponse à la lettre de Kahnweiler citée plus haut : « Comme vous j'admire entièrement le livre de Bataille. Cependant c'est cette intensité, sans la moindre complaisance envers le goût du jour que je crains qu'aucun éditeur ordinaire n'en veuille — et bien entendu le caractère même du livre demande une édition ordinaire. / Voilà un livre qui n'a rien d'humaniste ! Seulement humain — sans mauvaise littérature, sans concessions aux goûts politiques du moment. [...] C'est trop beau pour ces messieurs. Mais malgré un échec trop possible ce livre restera un grand livre, comme resteront "L'Histoire de l'œil" et "L'Anus solaire[8]". »

Le reflet d'une crise.

Dans l'avant-propos de 1957, Bataille rapporte son roman à « l'épreuve de la souffrance », à « un tourment qui [l]e ravageait » ; dans sa « Notice autobiographique » de 1958 (écrite à la troisième personne), il précise qu'en 1934 il « connaît après quelques mois de maladie une crise morale grave. Il se sépare de sa femme. Il écrit alors *Le Bleu du ciel*,

1. Lettre à A. Malraux, Isabelle Monod-Fontaine, *Daniel-Henry Kahnweiler, marchand, éditeur, écrivain*, Centre Georges-Pompidou, 1984, p. 150.
2. Dans ce roman il voit la destruction de notre mythe de la sexualité, fondé sur l'amour-passion pour un être unique, et un éloge d'une intensité qui dépasse personne et personnalité, individu et individualité.
3. Bataille emprunte à la BN *Les Conquérants* (Grasset, 1928) du 15 novembre 1933 au 25 mars 1934 (*OC XII*, p. 594).
4. C'est l'objet de *La Condition humaine* selon Bataille (« La Guerre en Chine », *Critique*, novembre 1946, *OC XI*, p. 144).
5. *Les Années surréalistes*, p. 189 ; *Le Rebelle du surréalisme*, p. 286.
6. Les lettres de Bataille à Masson ont été brûlées par Rose Maklès-Masson.
7. Pour les lettres de Masson à Bataille, des 5 septembre et 17 octobre 34, voir p. 1035 et n. 6.
8. Lettre du 8 juillet 1935, André Masson, *Les Années surréalistes*, p. 270.

qui n'est en rien le récit de cette crise, mais qui en est à la rigueur un reflet[1] ». Bataille se plaît à employer, non sans ironie, un mot clé de l'esthétique marxiste. Mais le roman, tout en l'enfermant en un mémorial, fonctionne comme un miroir déformant de cette crise que traverse Bataille, et comme son exorcisme.

Cette crise est à la fois d'ordre privé et politique. Tentons de résumer la situation personnelle de Bataille, sans trop entrer dans le détail des dates[2], et en synthétisant les sources[3] de notre information sur ces mois tourmentés qui vont du printemps 1934 à la fin de mai 1935.

Très choqué par l'insurrection du 6 février 1934, Bataille prend ses distances avec le Cercle communiste démocratique, animé par Boris Souvarine, qu'il juge inefficace, et qui s'effondre. Il y a fréquenté Simone Weil, avec qui il est cependant en désaccord politique. Malade, il fait un premier voyage en Italie en avril : il y connaît sur le bord du lac Majeur une extase de triomphe qu'il transposera dans la Ire partie du roman, en y mêlant le souvenir de la dernière semaine de juillet, passée, dans la passion et le vertige, en Italie avec Colette Peignot. Bataille connaissait Colette depuis 1931 : compagne de Souvarine, c'était aussi une amie fort proche de Simone Weil. De même que le couple de Souvarine et Colette, celui que forment Bataille et sa femme Sylvia (épousée en 1928) est en train de se défaire. Mais Colette voyagera encore en Espagne avec Souvarine en septembre 1935 : Bataille va perdre Sylvia sans avoir encore pleinement conquis Colette, déchirée par sa rupture avec Souvarine, et qui ne s'installera avec lui qu'à partir de septembre 1936[4]. Il rencontre cependant d'autres créatures du beau sexe dont les prénoms — Denise, Polly, Florence, Édith — figurent dans son journal « La Rosace ».

C'est de ces personnes que naissent les personnages du *Bleu du ciel*, lequel, sous un certain angle, se présente comme un roman à clés. Nul besoin de s'indigner : le genre a ses lettres de noblesse, et les surréalistes en ont usé couramment. Dans le cas du *Bleu du ciel*, ces clés sont en même temps clés des songes, et clés faussées, tordues : la transposition romanesque, qui sert une vive satire des milieux d'extrême gauche, opère par dédoublement de modèles réels, et, comme un rêve ou un cauchemar, par condensations et déplacements.

Dédoublement, ou scission : de Colette Peignot procèdent certains traits de Dirty — personnage qui cependant existe textuellement depuis plusieurs années, bien avant que Bataille n'ait rencontré Colette : en

1. *OC VII*, p. 461.

2. Pour plus de détails, voir la Chronologie, p. CVI-CVIII.

3. Ce sont : les lettres de Bataille à sa femme Sylvia dans *Choix de lettres* (Michel Surya éd., Gallimard, 1997), de mars 1934 à mai 1935 ; son journal, de juin à novembre 1934, publié sous le titre (donné par Jérôme Peignot) « La Rosace » dans *Écrits de Laure* (Pauvert, 1977, p. 305-310) ; les lettres de Colette Peignot (à Bataille, à Souvarine), juillet-septembre 1934 (Laure, *Une rupture. 1934*, éd. Anne Roche et Jérôme Peignot, Éditions des cendres, 1999) ; la « Chronologie du 25 juin au 6 août 1934 » due à Boris Souvarine (*ibid.*, p. 162) ; le journal de Bataille, 8-30 mai 1935 (intitulé « Les Présages », ici p. 207) ; des fragments du *Coupable* commencé en 1939, notamment une page écrite le 14 septembre 1939 : « la douleur, l'épouvante, les larmes, le délire, l'orgie, la fièvre puis la mort sont le pain quotidien que Laure a partagé avec moi » (*OC V*, p. 501) ; la « Vie de Laure » que Bataille écrit en 1942, amorce d'un livre qu'il ne finira jamais, « Vie » qui s'interrompt en mai 1934, date qui marque le début de leur relation (*OC VI*, p. 275-278).

4. Jean-Louis Panné, *Boris Souvarine*, Laffont, 1993, p. 227-228.

elle il trouve l'incarnation d'une figure au préalable rêvée. Dirty aura par exemple la maigreur de Colette (qui a déjà fait un séjour en sanatorium en 1928) ; la mauvaise santé aussi, mais à la place de la tuberculose de Colette, le roman attribue à Dirty une « maladie de femme » ; néanmoins, une première rédaction dans le manuscrit faisait aussi mention d'une « extrême dépression nerveuse », qui précisément s'abattit sur Colette au début d'août 1934 ; enfin et surtout, Colette donne à Dirty sa révolte extrême, son « non-conformisme absolu[1] », sa sexualité se nourrissant du dégoût[2]. Pourtant, comme pour exprimer une dualité interne à Colette, d'autres traits, qui dans l'existence lui appartiennent, dans la fiction sont attribués non plus à Dirty mais à Xénie[3] : riche et désœuvrée, cette dernière manifeste en politique cette « agitation vaine » dont parle la « Vie de Laure[4] » rédigée par Bataille ; elle rend visite à Troppmann malade, comme avait fait Colette pour Bataille « en janvier ou février 1934 » selon le même texte ; sa mauvaise conscience de marxiste de salon la fait souffrir ; lectrice de Sade, elle chante les fleurs[5] ; grande est sa jalousie[6]. Le texte d'ailleurs suggère la parenté des deux personnages malgré leur opposition, lorsque Troppmann cherche à se souvenir « de ce qu'était réellement Dirty » : « Ce qui me revenait vaguement à la mémoire était en moi quelque chose d'impossible, d'affreux, et surtout d'étranger. »

La transposition romanesque passe aussi par des condensations. Ainsi, le personnage de Lazare représente Simone Weil : son portrait dans le roman évoque à tous les plus célèbres photographies de la philosophe, et ses propos font songer aux *Réflexions sur la cause de la liberté et de l'oppression sociale*, rédigées durant l'été 1934. Mais sur le plan du signifiant, les noms de deux militants de *La Revue prolétarienne* ont pu jouer un rôle, ceux de Nicolas Lazarévitch, anarchiste, ami de Souvarine et de Simone Weil, et peut-être aussi de Robert Louzon[7]. Quant à M. Melou, qui figure-t-il ? Lénine, en raison de cette barbe qui semble typique du révolutionnaire russe[8] ? Kojève, dont Bataille a suivi les cours sur Hegel depuis novembre 1934 ? La très frappante idée hégélienne d'une « fin

1. L'expression est de Colette Peignot elle-même, voir Jean Bernier, *L'Amour de Laure*, Flammarion, 1978, p. 89.
2. Colette Peignot évoque ses « subites "folies" » pour des hommes que la "répulsion transforme en attraction" », et précise que « le mépris si ce n'est le dégoût » sont « la condition même » du désir pour elle (lettre à Souvarine, *Une rupture*, p. 95 et 99).
3. Michel Leiris a dit à Peter Collier voir dans Colette le modèle non pas de Dirty mais de Xénie, voir « *Le Bleu du ciel*. Psychanalyse de la politique », Jan Versteeg éd., *Georges Bataille. Actes du colloque international d'Amsterdam (21 et 22 juin 1985)*, Amsterdam, Rodopi, 1987, p. 79.
4. *OC VI*, p. 277.
5. Pour les fleurs, voir, outre l'« Histoire d'une petite fille », les deux lettres à Bataille en date du 10 juillet 1934 (*Écrits de Laure*, p. 63 et 244-245).
6. « ÉCRIS des livres, fabrique-toi un roman ce pauvre être qui n'a existé que grâce à ma JALOUSIE » (*ibid.*, p. 260 ; voir aussi la lettre suivante).
7. Ingénieur, auteur d'une nouvelle théorie des crises économiques très attaqué (notamment par Jean Flottes, « Une nouvelle théorie des crises », *La Critique sociale*, n° 5, mars 1932), il apparaît sous les initiales R. L, qui figurent à côté de celles de Simone Weil, dans une note de Bataille datant de 1933 ou 1934 (*OC II*, p. 435).
8. C'est l'hypothèse de Bernd Mattheus, qui ne donne guère pour preuve que la ressemblance — barbe incluse — entre Landru (à qui le roman compare en effet M. Melou), et Lénine, de plus présent dans le deuxième rêve de Troppmann (*Das Blau des Himmels*, Matthes et Seitz, 1990, p. 223).

de l'histoire », que Kojève commentait[1], deviendrait cette « impasse » dont parle M. Melou[2]. À bien des égards, *Le Bleu du ciel* est un roman où Bataille se débat contre l'enseignement sur Hegel reçu de Kojève, tout comme Troppmann lutte contre M. Melou. Mais celui-ci emprunte surtout à Alain (dont Simone Weil avait été l'élève), avec son pacifisme fataliste, sa sagesse paysanne, son rationalisme (géométrisant, cartésien, anti-freudien), son souci de la politesse, et son désir de contrôler les signes physiques : ne pas surprendre, ne pas troubler l'échange intellectuel[3]. Autre condensation : le personnage de Michel recouvre en un sens Aimé Patri, professeur de philosophie (comme M. Melou), compagnon de Simone Weil à Barcelone durant l'été 1933, et en particulier au cabaret la Criolla[4] ; mais c'est en octobre 1934 que le roman fait séjourner Michel et Lazare à Barcelone — premier décalage entre la réalité et la fiction. Le prénom de Michel pourrait orienter aussi vers Leiris, qui avait séjourné seul en Catalogne, et en particulier à Barcelone, à la fin d'août ou au début de septembre 1930, avant un second voyage (à Tossa, à Barcelone de nouveau) avec sa femme Zette, durant l'été 1934. C'est avec Leiris que Bataille a vécu, à Paris, la grève générale du 12 février 1934, et notamment la manifestation du cours de Vincennes[5]. Si M. Melou figure en un sens Alain, il faut se souvenir que Leiris après le 6 février 1934 est devenu membre du Comité de vigilance antifasciste fondé par ledit Alain (avec Langevin et Rivet). Le caractère du personnage du roman, militant un peu ridicule et assez inefficace, correspond à ce que dans « Le Forçat vertigineux », texte inédit de son vivant, datant de novembre 1925, Leiris dit cruellement de lui-même à travers son propre prénom, qu'il jugeait « grotesque », « ordurier », « courbe », « veule[6] ». D'autre part, les mêmes mots (« lunaire », « hurluberlu ») reviennent sous la plume de Bataille, tant dans le roman pour désigner Michel, que dans le portrait de Leiris que donnent, écrites en 1951, les notes du « Surréalisme au jour le jour[7] ». Enfin, deux lettres de Bataille à Leiris en janvier et avril 1935 attestent de dissensions profondes sur le plan politique[8], qui peut-être trouvent leur expression dans la peinture que fait le roman d'un Michel en militant plus gauche encore — c'est la fameuse maladresse de Leiris — que de gauche.

    La transposition romanesque enfin procède par déplacements : M. Melou devient le beau-père de Lazare, alors qu'Alain n'était que le

---

    1. L'idée de la fin de l'Histoire avait été présentée dans le cours de l'année 1933-1934, voir *Introduction à la lecture de Hegel* de Kojève, Gallimard, 1947 ; rééd. coll. « Tel », 1977, p. 41 (« Napoléon achève l'Histoire ») et p. 562-563 ; ainsi que le « Résumé du cours 1933-1934 », *ibid.*, p. 57.

    2. Voir Yves Thévenieau, *La Question du récit dans l'œuvre de Georges Bataille*, Université de Lyon-II, 1986, p. 194-195.

    3. Pour cette identification, voir Gilles Ernst, *Georges Bataille. Analyse du récit de mort*, PUF, 1993, p. 63.

    4. Simone Pétrement, *La Vie de Simone Weil*, Fayard, 1997, p. 255.

    5. « En attendant la grève générale », *OC* II, p. 257.

    6. Texte aujourd'hui repris dans *L'Évasion souterraine*, Catherine Maubon éd., Fata Morgana, 1992, p. 43 et 45.

    7. Voir p. 168 (« il sera, comme il est d'ordinaire, dans la lune ») et p. 177 (« Michel n'était qu'un enfant, un hurluberlu »), et « Le Surréalisme au jour le jour », *OC* VIII, p. 172 : le « relief lunaire » de ses traits, « cet hurluberlu traqué, cet enfant pris en faute » (ce rapprochement est fait par Yves Thévenieau, *La Question du récit*, t. I, p. 159).

    8. Voir *Choix de lettres*, p. 101 (« sur un certain plan, il n'y a plus entre nous qu'une ombre d'amitié ») et p. 106 ; et Aliette Armel, *Michel Leiris*, Fayard, 1997, p. 369-370.

professeur de Simone Weil. Bataille s'amuse à donner à l'épouse de Troppmann, Édith, qui figure sa propre femme, le prénom que cette dernière porta en tant qu'actrice dans un film de Renoir sorti en 1935 (*Le Crime de M. Lange*) ; mais ce prénom était aussi celui d'une femme — « Édith Dupont » selon « La Rosace » — avec qui l'écrivain noue une liaison en octobre 1934. Le Biarritz réel pour lequel, avec sa fille Laurence, Sylvia Bataille quitte Paris, en juillet 1934, et où Bataille la retrouvera du 25 au 27 août 1934[1], se transforme en Brighton dans le roman — après tout, ce sont là deux stations balnéaires.

De fait, la torsion romanesque n'affecte pas seulement les personnages, mais aussi l'espace et le temps. Dans l'ordre de la vie, Bataille est à Paris en octobre 1934, se rend en Allemagne, à Trèves, en novembre 1934 avec Édith[2], puis à Barcelone en mai 1935. Dans le roman — qui se termine ainsi sur la vision du nazisme —, Troppmann séjourne à Barcelone avant d'aller à Trèves, et il erre dans Barcelone lors de l'insurrection catalane d'octobre 1934 contre la droite au pouvoir à Madrid depuis les élections de novembre 1933 : comme s'il s'agissait par personnage romanesque interposé, et en utilisant les souvenirs de son ami André Masson — qui lui séjournait en octobre 1934 à Barcelone[3] —, de vérifier sur place l'impossibilité d'une révolution de gauche, dans la ville même qui passait pour la plus révolutionnaire en Europe. Ainsi se mêlent des événements vécus par Bataille en Italie et en Autriche (juillet 34), ou à Paris — la grève générale du 12 février 1934, et la manifestation, avec sa « fin en queue de poisson[4] », la solitude du mois d'août, l'errance dans les bars et boîtes en septembre et octobre 1934 —, et des événements que l'écrivain a connus à travers les récits d'amis. Le roman, c'est son privilège, s'écarte des faits pour écrire le désir : désir de se trouver dans Barcelone en grève, en octobre 1934, avec une femme qui porte en son corps la révolution et la mort.

« Assez littérature de fou ».

On peut comprendre le roman à partir de l'expression « assez littérature de fou », que Bataille applique dans *Le Petit* au roman *W.-C.*, dont proviendrait le chapitre « Dirty », première version de l'« Introduction » du *Bleu du ciel*. Sans aucune connotation négative : « La folie, écrira Bataille en 1939, ne peut être rejetée hors de l'*intégralité* humaine, qui ne pourrait pas être accomplie sans le fou[5]. »

Au retour de son équipée avec Colette Peignot en Autriche et en Italie, en août 1934, Bataille a repris contact avec son psychiatre, le docteur Borel, qui l'avait soigné en 1927. D'abord pour lui recommander Colette (que Borel suivra au moins jusqu'au printemps 1935) : il va même jusqu'à effectuer pour cela le voyage de Paris à Privas, où séjourne le médecin, les 15 et 16 août 1934. Mais il s'agit aussi de son propre cas. En septembre Bataille voit Borel au moins six fois, en octobre il

1. « La Rosace » (*Écrits de Laure*, Pauvert, p. 307).
2. Voir « La Rosace », *ibid.*, p. 309.
3. Voir ses lettres du 13 octobre 1934 à Kahnweiler et du 23 octobre à Leiris, *Les Années surréalistes*, p. 217 et 221.
4. « En attendant la grève générale » (*OC II*, p. 261). La grève générale du 12 février 1934 est évoquée dans le manuscrit du *Bleu du ciel*, f° 147, voir ici p. 1110.
5. *Acéphale*, n° 5, juin 1939, p. 6 (*OC I*, p. 548).

continue à le rencontrer[1] : il aurait donc repris alors son traitement psychanalytique.

On peut imaginer que Borel lui donne le même conseil qu'au temps d'*Histoire de l'œil* — et qu'il avait répété à Leiris quand celui-ci lui fut envoyé par Bataille en 1929 : écrivez. La leçon avait porté, puisque dès 1930, Bataille, tout en se gardant de transformer l'écrivain en cobaye, suggérait de « laisser la parole aux analysés[2] ». Sous l'impulsion de Borel, Leiris écrira *L'Âge d'homme* ; et Bataille ce qui peut se lire comme son symétrique romanesque, *Le Bleu du ciel*[3]. Car Borel croit possible la « métamorphose d'une tragédie psychique en art[4] ». Ainsi chez Bataille, la « cure d'amour », selon le mot de Freud, à propos de la *Gradiva* de Jensen, fait intervenir une cure d'écriture. L'écriture de fiction fonctionne de nouveau, pour *Le Bleu du ciel*, comme « graphothérapie[5] ».

Les idées propres à Borel médecin ont-elles compté pour Bataille ? Ce dernier revendique des « connaissances psychiatriques assez sérieuses » dans une lettre à Charles Peignot, le frère aîné de Colette, qui date de l'été 1934[6]. Peut-être met-il l'accent, en écrivant, sur les thèmes auxquels Borel (son premier lecteur, qui recevait un exemplaire de tête de chacun de ses livres) était sensible dans sa pratique de la psychiatrie et de la psychanalyse ? Il existe des indices en ce sens. Ainsi, en 1924, Adrien Borel publie un article intitulé « Une automutilation révélatrice d'un état schizomaniaque[7] », que Bataille cite dans un texte de 1930, où il établit un lien entre l'obsession du soleil et l'automutilation chez Van Gogh[8] ». Or Troppmann, le narrateur du *Bleu du ciel*, apparaît avec une main blessée ; une scène du roman le montre qui s'entaille le dos de la main et l'avant-bras avec une plume d'acier (p. 175) ; il est fasciné par le soleil « au mais je devenais fou de soleil », p. 175-176). Puis en 1925 Adrien Borel et Gilbert Robin publient *Les Rêveurs éveillés*[9]. Se fondant sur la distinction établie en 1921 par Kretschmer entre deux groupes de caractères, les syntones (actifs et adaptés) et les schizoïdes (perte de contact avec la réalité), les auteurs étudient la tendance à la rêverie, innée chez l'homme, mais susceptible de différents degrés, du normal au morbide. Or cette fuite devant la réalité, cette pente de la rêverie, Troppmann les connaît bien et il éprouve plus d'une fois une dissociation de l'esprit : « Mon existence s'en allait en morceaux comme une matière pourrie... » (p. 148) ; « la réalité était en morceaux » (p. 151). En ce sens, Bataille fournit avec le personnage de Troppmann un matériel reconnaissable par Borel : un rêveur morbide sur le bord de la schizomanie.

Cependant, l'une des significations de ce patronyme emprunté à un

1. D'après « La Rosace », *Écrits de Laure*, p. 306-307.

2. *Documents*, 1930, n° 5, p. 310 (*OC I*, p. 241).

3. Non seulement en raison d'une genèse en partie analogue, mais aussi parce que les personnages du roman cherchent à être reconnus comme hommes par le défi à la mort.

4. Nadine Mespoulhès, « Alphonse, Alcide Adrien Borel, le "latitudinaire" (1886-1966) », *L'Évolution psychiatrique*, t. 57, fascicule 4, oct.-déc. 1992, p. 763. « Latitudinaire » est le mot que Leiris appliquait à la largeur d'esprit de Borel.

5. C'est le mot proposé par Francis Marmande, notamment dans « L'Incitation ou l'Œil de l'histoire », dans *Georges Bataille et la fiction*, Henk Hillenaar et Jan Versteeg éd., CRIN, n° 25, 1992, p. 49.

6. Laure, *Une rupture*, p. 68.

7. *Annales médico-psychologiques*, I, 1924, p. 331-339.

8. *OC I*, p. 258.

9. Gallimard, coll. « Les Documents bleus ».

assassin célèbre[1] suffit à indiquer que Troppmann, homme du trop, voué à tous les excès, ne saurait se contenter d'une seule maladie. Il forme un répertoire ambulant de pathologies psychiques, qu'elles aient été décrites par Borel, par Krafft-Ebing dans sa *Psychopathia sexualis*, par Pierre Janet dans *De l'angoisse à l'extase*, ou par Freud : outre la schizo-manie, il y a l'angoisse, « l'obsession du vide[2] » (p. 171), la dépression (p. 151), mais aussi la mégalomanie (p. 126-133 et 167) et des moments d'exaltation — le fantasme de toute-puissance du « JE TRIOMPHE ! » sur lequel se clôt la Ire partie du roman[3] —, soutenus par la musique, selon un cycle maniaco-dépressif typique. Ajoutons la dromomanie, le féti-chisme (« Les Pieds maternels »), l'obsession, voire des traits de la para-noïa *princeps* du Président Schreber — corps morcelé, images de fin du monde[4] —, le sadomasochisme (la fourchette plantée dans la cuisse de Xénie, le porte-plume dans sa propre main par le jeune Troppmann), le complexe de castration (la Minerve au cimeterre, la poupée coupée, la décollation). N'oublions pas non plus que le texte ne cesse de jouer sur les frontières sexuelles : Dirty est un canon qui décharge (p. 113), l'air d'Offenbach que Troppmann entend chanter par une jeune actrice place dans la bouche d'une femme (Métella) les mots que lui adresse un homme (le baron de Frascata), et symétriquement Troppmann, qui se traite de « jocrisse[5] », entonne une chanson de la prostituée Jenny dans l'*Opéra de quat'sous*, Xénie pique Troppmann avec une aiguille, à la Criolla danse un garçon vêtu en fille... Le tout additionné expose à la folie, que Troppmann dit ne cesser de frôler.

De quoi s'agit-il, avec ce personnage-répertoire ? D'une part, puisqu'il est le narrateur du roman, de placer son angoisse et sa violence, *la vio-lence* — le sadisme des coups de porte-plume — à la base de l'art, qui pour Bataille procède « par *destructions successives*[6] ». D'autre part, l'enjeu est d'intégrer la pathologie sexuelle et la perversion à la pensée révolutionnaire, ce qui implique un autre statut pour la psychanalyse : plutôt que de l'écarter, il faut, explique Bataille en 1931, s'en servir pour mesurer la « grave discorde opposant l'individu à la société[7] ». Une discorde à laquelle nul n'échappe, si bien que le terme de « psychopa-thie » ne va pas sans réserves : Troppmann est moins un psychopathe qu'il ne figure exemplairement le triste état de l'homme. Aussi la folie est-elle générale : Lazare est « insensée » selon Troppmann, « folle » selon Michel, « les gens d'ici sont marteau », s'exclame ce dernier à Bar-celone ; même Xénie est abandonnée par la santé : « un délire semblait la perdre ». Avec Troppmann, Bataille met très exactement en scène cet « Intellectuel bourgeois » que Hegel condamnait, comme le rappelait

---

1. Voir n. 9, p. 113.
2. Tout un chapitre de *De l'angoisse à l'extase*, Alcan, 1926 (t. I) et 1928 (t. II), que Bataille emprunte à la BN en janvier, puis de février à avril 1935 (*OC XII*, p. 599-600) porte sur « les sentiments du vide », les « délires du vide » et les « états de vide » (t. II, Ire partie, chap. II).
3. Voir Janet, « Les Sentiments et les Idées de triomphe », *ibid.*, IIe partie, chap. IV, § 2.
4. *Cinq psychanalyses*, trad. fr. 1936 ; le rapprochement est suggéré par Jacques Chatain, *Bataille*, Seghers, 1973, p. 161.
5. Voir n. 15, p. 129.
6. « L'Art primitif », *Documents*, 1930, n° 7, p. 396 (*OC I*, p. 253).
7. Voir son compte rendu de *Psychopathia sexualis* de Richard von Krafft-Ebing, *La Critique sociale*, n° 3, octobre 1931, p. 122 (*OC I*, p. 276).

Kojève en terminant son cours de 1934-1935 : essayant de « vivre " indépendamment " de la Nature et de l'État (de l'Histoire) », il sombre
« dans le néant (du verbiage, de la folie, du suicide¹) ».

Reste pourtant l'aveu, plus singulier, des « monstrueuses anomalies »,
comme les nomme l'avant-propos de 1957, sans préciser de quoi il
s'agit². Si on laisse de côté l'amour de la guerre, il est probable que trois
scènes du roman sont avant tout visées.

1. Dans la Iʳᵉ partie, le « je » narrateur voue à une seconde mort une
figure paternelle : « si j'en croyais une aveugle colère, ce ne serait plus
moi qui m'en irais, ce serait le cadavre du vieillard » (p. 121). Difficile
de ne pas lire là comme un fantasme de parricide : le vœu de se débarrasser de nouveau du père aveugle, abandonné à Reims en 1914, et de la
culpabilité attachée à ce souvenir³.

2. L'épisode de la masturbation de Troppmann devant sa mère morte
pourrait se lire comme une suite, dans l'ordre de l'aveu autobiographique, aux « Coïncidences » qui ferment *Histoire de l'œil*. Rappelons que
la mère de Bataille est morte le 15 janvier 1930. Dans le prospectus
rédigé en 1957 pour le lancement du roman, Bataille orientera en ce
sens : « Il n'y a pas de "roman" plus insoutenable, moins public, que
celui-ci. [...] l'intérêt du *Bleu du ciel*, roman de l'excès, sera de porter un
éclairage plus cru sur l'âme la plus scandaleusement absolue de notre
temps⁴. » On aura noté les guillemets à la première occurrence du mot
« roman ». Mais s'il y a aveu, il demeure masqué : il se propose dans un
« roman de l'excès » ; en 1957, seul un lecteur se souvenant du *Petit* — qui
n'a été publié qu'en 1943, à soixante-trois exemplaires, que sous pseudonyme —, et tout particulièrement perspicace, pourrait deviner que
Bataille à travers Troppmann parle de lui-même⁵. Il se peut en revanche
que bon nombre de lecteurs aient pensé à *Totem et tabou* dont Bataille
avait emprunté la traduction française, à la Bibliothèque nationale, en
1927 : l'écrivain avait été très sensible au rappel de la dualité du concept
de sacré (vénéré/exécré), ainsi qu'aux pages consacrées au tabou des
morts⁶. Puisque le tabou concerne, selon Freud, « un acte prohibé, vers
lequel l'inconscient est poussé par une tendance très forte⁷ », le tabou
des morts s'explique par le besoin de les protéger contre l'ambivalence
qu'à leur égard éprouvent les survivants. C'est évidemment ce tabou que
viole Troppmann.

3. La nécrophilie de Troppmann ne s'est pas épuisée cette nuit-là.
Bataille suit les règles qu'il assigne au récit de mort, régi par un « thana-

---

1. *Introduction à la lecture de Hegel*, p. 72.
2. « Anomalies » est aussi le mot qu'emploie Bataille dans son compte rendu de la *Psychopathia sexualis* (*OC* I, p. 275).
3. Voir *Le Petit*, p. 365, et l'*Introduction*, p. LXVIII et LXXI ainsi qu'un carnet préparatoire
du *Coupable* (*OC* V, p. 504).
4. Voir p. 311.
5. Voir *Le Petit* : « Je me suis branlé nu, dans la nuit, devant le cadavre de ma mère »
(p. 364). Voir également « Le Cadavre maternel », publié pour la première fois en 1970, où
Bataille rapporte deux exemples d'« aberrations sexuelles », « l'un d'entre eux me mettant
moi-même en cause » : le « je » doit cependant quitter la chambre funèbre pour la cuisine
afin de s'y « branler » (*OC* II, p. 129-130). Sur le statut exact de tels « aveux », voir l'Introduction, p. LXVII et suiv.
6. En 1938 il dira que le chapitre intitulé « Le Tabou et l'Ambivalence des sentiments »
est « probablement le seul » à être solide dans ce livre de Freud (*OC* II, p. 286).
7. Trad. de S. Jankélévitch, Payot, 1924 ; rééd. 1980, p. 44.

tocentrisme » ; au cœur de tous ses récits, on trouve en effet la « quête du cadavre », cadavre érogène qui autorise la communication[1]. Le roman raconte l'élimination de Xénie au profit de Dirty pour tenir ce rôle, jusqu'à la scène, assurément « digne d'une anthologie de la nécrophilie[2] », où Troppmann et Dirty font l'amour dans la nature, au-dessus d'un cimetière près de Trèves — en une double tentative de rentrer dans le corps de la mère, représentée à la fois par Dirty et par la terre ? Là encore, l'intertexte double le fantasme : Bataille avait constitué un dossier de coupures de presse sur un grand criminel, le vampire de Düsseldorf, jugé en avril 1931, et qui, entre autres forfaits, après avoir tué Maria Hahn et sucé son sang, l'enterra ; je n'ai pas songé, disait le meurtrier devant ses juges, à « dissimuler mon crime : j'ai voulu me réserver un endroit où retrouver mes extases, et, plus de trente fois, je suis retourné sur cette tombe ! ». Une tombe sur laquelle s'allonger : Bataille avait souligné ces détails au crayon rouge[3].

S'inscrivant dans une stratégie de libération — échapper aux « représentations dévalorisantes de la raison » en utilisant « les phantasmes mis en jeu dans l'aberration sexuelle[4] », permettant de faire de l'écriture à la fois une *catharsis*, une auto-humiliation, voire une autopunition, mais aussi une provocation —, les aveux de Troppmann répondent à trois modèles : la confession, l'analyse, le récit dostoïevskien.

D'une part, Troppmann se confesse, de mauvaise grâce : il traite Lazare, à qui il se confie, de « curé », et raconte à Michel comment il l'a insultée, en une espèce de refus de l'extrême-onction, quand elle est venue lui rendre visite sur son lit de souffrance. Mais, comme toujours chez Bataille (il le dira clairement en 1959 dans son *Procès de Gilles de Rais[5]*), cet aveu vise non à effacer la faute mais à la redoubler, non à se repentir, mais à provoquer (tant Lazare, que Dieu absent, et les lecteurs). D'autre part, comme l'indique le roman dès son début, en renvoyant à *L'Idiot* (avant-propos), et au *Sous-sol* (première phrase), *Le Bleu du ciel* relève de ces confessions douloureuses et à demi hallucinées, coupées d'élans extatiques, dans lesquelles Dostoïevski était passé maître. Enfin, le récit de ces « anomalies » prend place dans une scène de cure que le roman représente : avec Lazare, Troppmann vit un « simulacre de psychanalyse[6] ». Il s'assied à côté d'elle sur un divan, lui verse de l'argent — certes, pour une revue communiste dissidente —, et entretient avec elle une relation d'amour-haine : comme un transfert difficile. La figure de l'analyste porte le nom d'*un* mort (certes ressuscité), et c'est *une* femme. Bataille chercherait-il à exprimer une nécessaire bisexualité de l'analyste[7] ? Ou surtout à dire que le seul analyste recevable serait un

1. Voir Gilles Ernst, *Georges Bataille. Analyse du récit de mort*, p. 122-127.
2. *Ibid.*, p. 125. Dès 1960, Gaëtan Picon l'inclura dans la section anthologique de son *Panorama de la nouvelle littérature française*, Gallimard.
3. « Dossier de la polémique avec André Breton », *OC II*, p. 75-76. Pour le crayon rouge, voir BNF, département des manuscrits occidentaux, fonds Bataille, boîte 6 A, p. 2-15.
4. *OC II*, p. 133.
5. « […] l'aveu est la tentation du coupable, qui, toujours, à partir du désastre qu'est le crime *a la possibilité d'une flambée, désastreuse elle-même* » (*OC X*, p. 341).
6. F. Marmande, *Georges Bataille politique*, Presses universitaires de Lyon, 1985, p. 183-184.
7. Voir Otto Rank, *Le Traumatisme de la naissance*, 1924 (trad. fr. 1928) : le dispositif même de l'analyse apaise en tant qu'il reproduit la situation intra-utérine ; l'analyste est comparable à la mère (rééd. Payot, 1998, p. 15-16)… quoiqu'il représente aussi le père (p. 18 et 218).

revenant au fait de la mort, et non pas ce trop bon vivant qu'était le docteur Borel ? Le transfert ne serait possible, chercherait à dire le texte, au moins pour Bataille, que si l'analyste fournissait un mort à aimer, que s'il s'agissait d'aimer un mort en l'analyste, ou la mort… En tout cas le roman caricature la relation entre patient et analyste : Lazare est comparée à un « avaleur de déchets ».

Cette cure profondément ambiguë n'est pas seulement représentée : tout le roman est comparable, sur le plan de son énonciation, assumée à la première personne par Troppmann, à une série de séances psychanalytiques. Le roman évoque la psychanalyse, mais sa voix est aussi littérairement perturbée par elle. Troppmann note souvent le vague dans lequel il baigne (souvenirs vagues, rires vagues), qui affecte aussi les personnages qu'il décrit (présences vagues, airs vagues) ; la parenté entre les personnages tend à effacer leurs contours. Du modèle de la séance procèdent aussi les blancs, l'écriture par hésitations et associations[1], le recours fréquent à l'anacoluthe, le mélange des temps (et donc le flou de la chronologie), et des degrés de réalité : le présent, les « accès » de passé (notamment des éclats d'enfance), les rêves — rêves construits avec soin par Bataille, qui reprennent et déforment, en bonne logique freudienne, des éléments de l'activité diurne de Troppmann. Pour parodier le titre d'un article de Freud que Bataille avait pu lire dans les *Essais de psychanalyse*[2], la création littéraire, dans *Le Bleu du ciel*, se fait rêve éveillé. De là deux conséquences.

D'une part, il s'ouvre librement, et c'est un des plaisirs de sa lecture, à l'interprétation par associations : difficile de ne pas rêver sur la poupée rose aux pieds coupés (liée au père paralysé, mais que son goût de bougie rattache à la mère gisant entre deux cierges ?), difficile de ne pas élucubrer sur le cauchemar à la Minerve de Troppmann — où se mêlent Hegel et Alain, le cadavre maternel profané et la figure paternelle du Commandeur, le masculin et le féminin (jument et cheval, poupée et casque militaire), en un apogée de l'indifférenciation. Soit un motif comme celui de l'oiseau : ne relie-t-il pas Lazare à la figure de ce mort redoutable, le père abandonné[3] ? Tout un obscur réseau de souvenirs et de fantasmes affleure dans le roman, surdéterminant les personnages et leurs conduites.

D'autre part, le roman se place à la lisière du fantastique. La réalité vécue par Troppmann devient de plus en plus irréelle, onirique, cependant que les rêves prennent un caractère de réalité de plus en plus accusé (ainsi la révolution russe est représentée dans un rêve de Troppmann, mais — réversion — elle appartient aussi au cauchemar qui l'englobe : « en un sens, la révolution faisait partie du cauchemar dont j'avais cru sortir », p. 169). De plus, le roman dans son ensemble explore le domaine du « tout autre » ; cette formule, que Bataille aimait à citer, et par laquelle Rudolf Otto en 1917 définissait le sacré, s'applique assez

---

1. Par exemple, p. 119 : « Des souvenirs d'enfance, ainsi les petites filles qui jouaient avec moi au *diabolo* ou à *pigeon vole* s'associaient […] à la vision des mains de gorille du liftier. »

2. Livre cité dans « La Structure psychologique du fascisme », *La Critique sociale*, nº 10, novembre 1933 (*OC I*, p. 348).

3. D'un côté, Lazare en « oiseau de malheur », ses cheveux en « ailes de corbeau », son « grand nez de juive maigre » (p. 123 et 125) ; de l'autre, le père avec son « long nez d'oiseau maigre » (*Le Coupable, OC V*, p. 257).

bien aux êtres monstrueux et inquiétants (entre animé et inanimé) auxquels il fait face (ainsi la poupée, le marbre agité de Minerve, les jeunes mécaniques nazies), aux fantasmes (dont le vampirisme, thème fantastique classique) et à la folie qui les hantent[1].

Bataille contre les surréalistes.

Ainsi, dix ans après la critique amorcée par Gide dans *Les Faux-Monnayeurs*, *Le Bleu du ciel* est sans doute l'un des tout premiers romans qui en France réussisse à faire de la psychanalyse plus qu'un objet de débat : un principe d'écriture. Cette assomption audacieuse, mais aussi la crudité des conduites, voire le simple recours au roman : tout cela n'invite-t-il pas à lire *Le Bleu du ciel* comme une nouvelle pièce de la polémique qui oppose Bataille aux surréalistes ? Dans le *Second manifeste du surréalisme*, en 1930, Breton revendique la « propreté éclatante » des mages et accuse vivement Bataille « de ne vouloir considérer au monde que ce qu'il y a de plus vil, de plus décourageant et de plus corrompu[2] ». Lequel Bataille persiste et réplique.

Le premier titre auquel Bataille pensait, « Les Présages », reprend ainsi une problématique — celle du hasard, de la chance, des augures — chère à André Breton[3], mais avec une inflexion fort apparente (il ne s'agit plus des indices de la rencontre amoureuse, mais des signes annonciateurs de la catastrophe vers laquelle court l'Europe des années 1930). La dédicace à André Masson peut sembler adressée aussi à Aragon, qui, en 1926, avait dédié à l'artiste *Le Paysan de Paris*, récit à la fin duquel le narrateur s'adresse à sa tête qu'il arrache : mais la véritable acéphalité se trouve plutôt dans *Le Bleu du ciel*, estime Bataille. Lequel, de plus, reprend le genre du récit à clés, pratiqué par le même Aragon dans *Anicet*[4], ou par Breton dans *Nadja*. Bataille cherche aussi à contester aux surréalistes l'héritage de Rimbaud, et l'on pourrait multiplier les rapprochements entre *Le Bleu du ciel* et *Une saison en enfer* : même fréquentation des bouges, éloge de l'idiotie, préférence accordée à l'infamie sur la gloire, offrande de soi au soleil, refus de l'action, amour pour la mer purificatrice. Même intérêt aussi pour les moucherons de pissotières : Breton lui reprochait, dans le *Second manifeste*, d'aimer les mouches, Bataille le renvoie à ce Rimbaud qu'il prétend admirer, et qu'il semble avoir mal lu. Leçon analogue à propos de Sade, comme Troppmann le dit avec véhémence à Xénie : comment oser se réclamer de Sade, quand on craint d'évoquer et de toucher les matières ? Pour être sadien il faut oser être sadique, aussi la « cuiller en bois » dont le manche s'achève en forme de talon de soulier féminin, cuiller qui fait l'objet d'un « choix électif » de Breton au marché aux puces[5], devient-elle (peut-être) la fourchette que Troppmann plante dans la cuisse de Xénie. Autre peur reprochée par Bataille à Breton, celle

1. Voir Laura Santone, « Dal sacro al fantastico. Bataille *versus* Todorov », *Le soglie del fantastico*, Marina Galletti éd., Lithos, 2001, p. 97-110.
2. Breton, *Œuvres complètes*, Bibl. de la Pléiade, t. I, p. 824.
3. Voir chap. I, II et III de *L'Amour fou* (1937), livre dont le prière d'insérer de 1957 rapproche le roman de Bataille (voir p. 310).
4. Livre emprunté par Bataille à la BN en octobre-décembre 1924 (*OC* XII, p. 558), et cité dans un article de 1929 (*OC* I, p. 183).
5. « Équation de l'objet trouvé », *Documents 34*, juin 1934 (*L'Amour fou*, *Œuvres complètes*, t. II, p. 706, avec une photographie de Man Ray, p. 704).

du sexe : « La beauté sera CONVULSIVE ou ne sera pas », écrit Breton pour clore *Nadja*, mais c'est chez Dirty, une Nadja osant l'impudence, qu'il faut chercher une convulsion exhibée[1]. Au chaste intérêt de Breton pour les têtes de cire exposées dans les vitrines des coiffeurs[2] répond la « femme nue de cire souple » exhibée chez Fred Payne. Au Sphinx-Hôtel (boulevard Magenta), dont Nadja se contente de montrer l'enseigne à André, Bataille oppose le Sphynx (boulevard Edgar-Quinet), bordel dans lequel pénètre Troppmann (même s'il ne « monte » pas cette nuit-là). Cette célèbre maison se situait dans le quartier de Montparnasse : Bataille reprend, comme il fera dans *Madame Edwarda*, le motif surréaliste de la déambulation à travers Paris, mais les errances de Troppmann privilégient un coin de la capitale que Breton n'aimait pas plus que les maisons closes. Sur un plan esthétique, la préférence, dans l'ensemble, est évidente que Troppmann, on y reviendra, donne au « crispant » sur le « cristal » cher à Breton[3].

Enfin, Bataille, qui reproche à Breton son « ton noble et phraséolo-gique », son « étonnante solennité[4] », ose avoir de l'humour (noir). On va le voir, le roman prend parfois des airs de comédie ou de vaudeville ; l'excès de maladies dont souffre Troppmann pousse aussi à considérer la possibilité de ce que Flaubert appelait la « blague supérieure ». *Le Bleu du ciel* ne se situe-t-il pas quelquefois aux limites de la plaisanterie ? Quant au protagoniste, si Bataille donne à Troppmann non point son prénom historique de Jean-Baptiste, mais celui d'Henri (prénom que porteront aussi les héros masculins de *Julie* et de *Ma mère*, ainsi que le boucher de *L'Abbé C.*, et, dans certains états du texte, l'amant défunt de Julie dans *Le Mort*), ce n'est pas seulement parce que l'un des enfants qu'assassina le Troppmann réel s'appelait ainsi, si bien que le narrateur du roman est à la fois bourreau et victime[5] ; on pourrait aussi soup-çonner un calembour, non sans humour noir : Henri se décomposant en « en rit[6] ». Bataille écrira un jour que « *La Philosophie dans le boudoir* est un livre plaisant : liant l'horreur à la plaisanterie[7] ». De ce mélange il se targuait d'être lui-même grand spécialiste : aussi *Le Bleu du ciel* laisse-t-il ici et là place à une interrogation sur la distance du narrateur à l'égard du texte qu'il est censé écrire. Par exemple, l'auxiliaire modal « devoir », introduit en 1957, fait problème, dès cette incise de la première page : « la scène qui précéda cette orgie répugnante — à la suite de laquelle des rats durent rôder autour de deux corps étalés [...] », ou bien un peu plus loin, toujours dans cette « Introduction » : « Elle s'arrêta : elle devait se tordre les jambes sous sa robe ». Faut-il retenir ici un sens de probabilité (la scène et Dirty demeurent en partie une énigme pour le narrateur, quoi-qu'il y ait participé), ou bien s'agit-il de désigner une nécessité — la nécessité d'un ingrédient comme le rat dans ce récit horrible, ou comme

---

1. Bataille, qui trouve Breton prude et timoré en matière de sexualité, et trop proche des communistes orthodoxes en matière de politique, enchaîne ainsi sur la fin de *Nadja* : la convulsion *sexuelle* sera révolutionnaire (voir p. 1043).

2. « La beauté sera convulsive », *Minotaure*, n° 5, mai 1934, repris dans *L'Amour fou*, *Œuvres complètes*, t. II, p. 679.

3. Le cristal est le modèle de l'œuvre d'art souhaitée par Breton (voir *ibid.*).

4. *OC II*, p. 52 et 105.

5. Voir F. Marmande, *L'Indifférence des ruines*, Marseille, Parenthèses, 1985, p. 26.

6. Le jeu de mots se trouve dans *Julie*, p. 443.

7. *Les Larmes d'Éros*, *OC X*, p. 617.

la convulsion dans ce récit d'un sacrifice érotique ? Dans ce cas, le narrateur indique la norme d'excès à la hauteur de laquelle le récit veut se placer, mais il ne le fait pas sans un peu d'autodénonciation ironique : « l'amusement » n'est-il pas, selon l'article consacré en 1930 aux *Pieds Nickelés*[1], la « seule réduction de l'idéalisme » ? Voilà pourquoi l'adjectif « risible » revient sans cesse dans le roman.

Cependant, ce « côté Mylord l'Arsouille » dont parlera Leiris dans *Critique* en 1963, à la mort de Bataille, est beaucoup moins prononcé que dans *Histoire de l'œil*[2]. Car Bataille mesure notamment la gravité des enjeux politiques. À dire vrai, sur ce plan-là aussi il rompt des lances contre les surréalistes. D'une part, ces derniers, à en croire une note prise par Ernest de Gengenbach à l'automne 1935, avaient des « préférences marquées » pour le « communisme libertaire des anarchistes de Barcelone[3] » — celui-là même dont *Le Bleu du ciel* montre l'inefficacité et l'échec. D'autre part — et c'est une nouvelle façon, contre Breton, de ne pas la mésestimer —, Bataille va se servir de la psychanalyse, dans *Le Bleu du ciel*, à des fins d'ordre politique. En effet, d'un côté, les forces pulsionnelles que la psychanalyse découvre lui semblent constituer une nouvelle représentation de la matière[4], et en les mettant en scène Bataille renforce la tonalité matérialiste de son roman. D'un autre côté, il considère qu'elle présente « certains […] apports […] implicitement révolutionnaires[5] ». Quels apports, au juste ? Il faut comprendre que, dès le début des années 1930, Bataille cherche à repenser la psychanalyse, en la replaçant dans des perspectives plus vastes.

Bataille, en effet, situe l'inconscient dans une catégorie plus large, celle d'hétérogène. La psychanalyse ne livre donc pas le fin mot de l'humain : elle forme un accès parmi d'autres vers une ontologie ; Bataille le dira avec netteté en 1943, dans *Le Petit* : la névrose n'est pas le principe explicatif et donc rassurant d'une conduite hors normes, elle vaut en tant qu'elle permet d'approcher le « fond de l'être », un inéluctable « fond d'impossible[6] ». C'est sur cette base — l'excès, l'hétérogène — que se cherche la pensée politique du *Bleu du ciel*.

Un roman de l'hétérogène.

Contre l'homogénéité (l'asservissement bourgeois à l'ordre, à la production, à l'utilité), *Le Bleu du ciel* représente l'hétérogène : à la fois dans des groupes (anarchistes, nazis) et dans des individus (Dirty et Troppmann) ; à la fois thématiquement — le sacré ambivalent, pur et impur, suscitant à la fois attraction et répulsion, le désordre, le rire, la dépense improductive, que figure avant tout Dirty, tout ce qui résiste à l'appropriation intellectuelle[7] —, et formellement. Car dans l'art, l'hétérogène prend la forme — ou plutôt l'informe — de ce qui s'oppose à l'équilibre, à la simplification géométrique des lignes, à l'harmonie. Contre l'acadé-

---

1. *OC I*, p. 235.
2. Voir la Notice d'*Histoire de l'œil*, p. 1015.
3. *L'Expérience démoniaque*, Éd. de Minuit, 1949, p. 108.
4. Voir l'article « Matérialisme », *Documents*, n° 3, juin 1929 (*OC I*, p. 180).
5. *La Critique sociale*, n° 5, mars 1932, p. 239 (*OC I*, p. 293).
6. Voir p. 354.
7. Voir « La Valeur d'usage de D.A.F. de Sade » (*OC II*, p. 59-60), et « La Structure psychologique du fascisme » (*OC I*, p. 340-345).

misme du cheval grec, Bataille plaide dès 1929 pour le cheval-monstre des Gaulois : pour « la frénésie des formes[1] ». Ce n'est point hasard si *Une saison en enfer* figure parmi les lectures du printemps 1935 : comme Rimbaud déjà, Bataille se propose d'injurier la Beauté académique[2]. Dans *L'Expérience intérieure*, il soulignera que le souci de l'harmonie est « une grande servitude », ajoutant : « [...] l'art est moins l'harmonie que le passage (ou le retour) de l'harmonie à la dissonance (dans son histoire et dans chaque œuvre[3]) ». Ainsi procède l'art moderne, et du coup, écrira Bataille en 1949, s'y « trouve ruinée l'opposition de la beauté et de la laideur[4] ». On s'en souvient : André Masson parlait d'un roman « sans concessions aux goûts politiques du moment ». Et pas plus aux goûts esthétiques de l'époque. « Grave et déchirant », écrivait Kahnweiler : hétérogène et dégoûtant, et à coup sûr dissonant, ont dû penser les lecteurs de la N.R.F. chargés de donner un avis pour une publication éventuelle.

En un sens, le meilleur commentaire du *Bleu du ciel* se trouve dans la série de tableaux où Bataille analyse les formes et les degrés de l'hétérogène[5]. Car le roman distribue ses personnages en fonction d'une double ligne de partage entre haut et bas, « hétérogène (fortement polarisé) et homogène (faiblement polarisé[6]) ». Ainsi la belle-mère de Troppmann, bourgeoise rivée à son sens des convenances, est à la fois du côté du haut et de l'homogène ; sa fille, en revanche, certes située toujours en haut (Brighton, station chic), et mère de famille, touche à l'hétérogène dans la mesure où elle est sensible à la profondeur du rêve. Deux femmes plus attirantes appartiennent à « l'hétérogène individuel » élevé, l'une comme « vierge-mère » (Lazare, « cette vierge », selon Troppmann, tenue pour « une sainte » par Antonio), l'autre comme « religieuse » : Xénie, à qui il arrive de porter les couleurs de Marie, et de jouer les infirmières[7]. Du côté de l'hétérogène bas se situent toutes les danseuses ou prostituées que le narrateur rencontre — chez Tabarin, puis chez Fred Payne, à la Criolla, enfin dans le *barrio chino* : pour hideuses ou belles, exaltées ou abjectes qu'elles soient, aucune ne saurait égaler Dirty. Et les hommes ? Relève de l'homogène haut, non par son corps mais par sa fonction, un M. Melou (« beau-père », passif, et du côté de l'État, en tant que professeur) ; de l'hétérogène bas, comme ouvrier, Antonio ; entre les deux, on trouve Michel, ni fonctionnaire ni prolétaire, trop hésitant ; l'hétérogénéité haute se manifeste chez le jeune meneur nazi, à la fois chef militaire et figure de la « brute conduisant des hommes » ; l'hétérogénéité basse caractérise Troppmann, à la fois criminel par son nom et coupable par sa conduite — mais aussi le « va-nu-pieds » qu'il rencontre dans les rues de Barcelone.

Dans les relations entre les personnages, l'enjeu est souvent de faire abandonner à autrui le plan sur lequel il se situe. Ainsi Troppmann demande-t-il à Xénie de chanter nue pour lui : la religieuse doit se faire

---

1. *Documents*, nº 1, avril 1929 (*OC I*, p. 161).
2. *OC XII*, p. 600.
3. *OC V*, p. 70.
4. « La Laideur belle ou la Beauté laide dans l'art et la littérature », *Critique*, mars 1949 ; *OC XI*, p. 421.
5. Voir *OC II*, p. 178-202.
6. *OC II*, p. 167.
7. Voir le costume de Xénie, en bleu et blanc, p. 151, et la scène de la piqûre, p. 157.

danseuse[1]. Lazare défie Antonio de la tuer : mais le prolétaire ne parvient pas à descendre plus bas dans l'hétérogène, jusqu'au stade du criminel. Troppmann cherche, par ses aveux, par ses insultes, à avilir Lazare : à l'attirer vers l'hétérogène bas. Le roman formant un champ de forces qui s'attirent et se repoussent, les personnages, dans les rêves ou dans le cours de leur existence, revêtent un statut très particulier : ils sont souvent, par quelque biais, superposables ; ainsi Xénie, attaquée à la fourchette par Troppmann, relève sa robe (p. 138) tout comme l'Allemande rencontrée chez Fred Payne (p. 139-140), Troppmann enfant veut s'endurcir contre la douleur (le porte-plume, p. 175), ainsi que Lazare à Barcelone (les épingles, p. 163), Dirty est comparée à un épouvantail, mais Lazare aussi, Xénie, Dirty et Lazare sont trois confidentes, etc. Ce qui s'exprime ainsi, c'est l'un des plus profonds désir de Bataille : celui de l'interchangeabilité ou de la communauté des êtres[2]. Avec cette conséquence voulue, sur le lecteur, qu'il ne peut plus réagir, face à ces personnages labiles, en termes de sympathie ou d'antipathie stabilisées[3].

La polarisation forte qui définit l'hétérogène explique aussi les emprunts que le roman fait à des genres opposés.

Dans le domaine de la musique : d'un côté, le grand opéra (le *Don Giovanni* de Mozart) ; de l'autre, l'opéra revu par Brecht et Kurt Weill (*Mahagonny*, *L'Opéra de quat'sous*), l'opérette (*La Vie parisienne* d'Offenbach), le *cante jondo*, la chanson populaire (« J'ai rêvé d'une fleur »).

Sur le plan de la littérature : Troppmann parle à la fois de « tragédie », de « comédie », et de « ton tragi-comique ». D'un côté, donc, la comédie (chute de la mère de Dirty, ridicule de M. Melou, maladresses de Xénie, séances aux cabinets de Troppmann, et piqûres qu'il subit, gaucherie de Michel), voire le vaudeville (l'encombrante belle-mère, Xénie qui chante, le double jeu de Troppmann avec celle-ci et Dirty, la scène à l'hôtel entre cette dernière et Xénie) — bref, un « comique scatologique et sexuel[4] ». Mais le roman s'ordonne aussi comme une tragédie : on peut y distinguer, avec Gilles Ernst[5], exposition mystérieuse — la scène du cadavre maternel, ou crime originel[6] —, péripéties (l'arrivée inattendue de Dirty à Barcelone, l'irruption de Xénie dans la chambre d'hôtel), reconnaissance (la réunion des amants dans l'amour près du cimetière de Trèves), catastrophes finales (la mort de Michel à Barcelone, la « marée montante du meurtre » fasciste). Le motif du sacrifice est récurrent, dont Bataille écrit qu'il est nécessaire « pour que soit prononcée, s'adressant à celui qu'il fascine, la seule phrase qui le fasse homme : "TU ES TRAGÉDIE[7]" ».

1. Troppmann a même prévu pour elle un autre rôle, celui de mère de famille, puisqu'il lui dit de prendre une robe de chambre de sa femme : Xénie se rangerait alors dans le domaine de l'homogène.

2. « Un homme placé au milieu des autres est irrité de savoir pourquoi il n'est pas l'un des autres. / Couché dans un lit auprès d'une fille qu'il aime, il oublie pourquoi il est lui au lieu d'être le corps qu'il touche » (*L'Anus solaire*, *OC I*, p. 82).

3. Voir Helga Finter, « Das Lachen Don Giovannis. Zu Georges Batailles Rezeption des *dissoluto punito* », *Das Phänomen Mozart im 20. Jahrhundert*, Peter Csobadi *et alii* éd., Salzburg, 1991, p. 648.

4. *OC II*, p. 193.

5. Voir Gilles Ernst, *Georges Bataille. Analyse du récit de mort*, p. 128-129.

6. « L'objet de la tragédie est tout d'abord un crime qui consiste dans la rupture d'un tabou », dit Bataille dans sa conférence du 5 février 1938, *Le Collège de Sociologie*, prés. Denis Hollier, Gallimard, coll. « Folio Essais », 1995, p. 165.

7. « Le Sacrifice », *OC II*, p. 239.

Dirty, avec sa mère semblable à une reine, apparaît en princesse sacrifiée, « comme un porc sous un couteau ». Après que le « je » de la Ire partie s'est, défiant le Commandeur, exposé au sacrifice, Troppmann s'avance en héros tragique : telle une tragédie, *Le Bleu du ciel* « propose le criminel à la communion pathétique des assistants[1] » — ou à leur dégoût. Aucun des grands thèmes tragiques ne fait défaut : inceste — Troppmann et sa mère[2], mais aussi Dirty et le jeune garçon de Vienne —, folie, suicide (Xénie et Dirty pensent à se défenestrer, Troppmann à se pendre, comme Jocaste ou Antigone), mort, dans l'ombre de laquelle se place tout le roman (comme Bataille le disait de *Voyage au bout de la nuit*, c'est « la description des rapports qu'un homme entretient avec sa propre mort[3] », ainsi qu'avec la mort qui se jette sur son époque). La mort, mais aussi le sort, le premier titre auquel Bataille songeait inscrivant d'emblée le thème de la fatalité, ou du destin : le roman ne ménage pas les signes néfastes (portrait de Lazare en oiseau de mauvais augure, oriflamme noire vue à Vienne, etc.), que Troppmann repère avec dilection[4], comme autant de « signes annonciateurs » de la mort de Michel et de la « tragédie » historique. À la force du sort répond l'impuissance humaine — à la fois sexuelle (sur ce plan le réveil de Troppmann n'est que tardif), et politique. Car une situation tragique, notera Bataille en 1953, c'est une situation « étouffante, en quelque manière impossible », où l'on n'a plus « la force de voir au-delà du temps présent ». Aussi la tragédie « arrête le temps, c'est l'instant suspendu où le souffle manque, où rien n'est plus sinon l'éternité de ce souffle qui nous manque[5] ». On ne saurait mieux définir le moment capté par *Le Bleu du ciel*, et l'un des effets qu'il produit.

On doit enfin insister sur le caractère à la fois hétéroclite et hétérogène des références visuelles du roman. La dédicace à André Masson donne la couleur de l'ensemble : on songe aux *Massacres* de 1933[6]. Mais Dirty entre en scène comme une Pietà tourmentée, à la manière du Greco, lorsqu'elle caresse les tempes de Troppmann ; il est vrai qu'elle rappelle aussi les photographies d'extase publiées par Dali en décembre 1933 dans la revue *Minotaure*. Le premier rêve de Troppmann mêle d'une part la poupée de Hans Bellmer, dont *Minotaure* avait, l'hiver 1935, donné les étranges photos, d'autre part une célèbre gravure de Füssli (*Le Cauchemar*, avec sa jument) reproduite plus tard par Bataille dans *Les Larmes d'Éros*, et peut-être aussi (pour le cimeterre) un non moins fameux tableau de Goya, *Le deux mai*[7], à moins qu'il ne faille songer à Dali, par exemple à *Guillaume Tell*, avec jument, ciseaux, sexe pendant, femme

---

1. Exposé du 5 février 1938 pour le Collège de sociologie, *OC* II, p. 332.
2. « L'existence de l'homme, écrit Bataille, n'échappe pas plus à l'obsession du sein maternel qu'à celle de la mort : elle est liée au tragique dans la mesure où elle n'est pas la négation de la terre humide qui l'a produite et à laquelle elle retournera » (« La Mère-Tragédie », *Le Voyage en Grèce*, n° 7, été 1937 ; *OC* I, p. 494).
3. Compte rendu paru dans *La Critique sociale*, n° 7, janvier 1933 ; *OC* I, p. 321.
4. La lecture de *Totem et tabou* (Payot, 1924) a pu jouer un rôle, puisque Freud y montre que « tous les obsédés sont [...] superstitieux, le plus souvent à l'encontre de leurs propres convictions » (rééd. 1980, p. 102), et que ce dont ils repèrent les signes et qu'ils attendent, c'est la mort.
5. Notes pour *La Souveraineté*, *OC* VIII, p. 663.
6. Bataille en tirera deux des illustrations des *Larmes d'Éros* (Pauvert, 1961, p. 194-195).
7. Dès 1923 Bataille s'intéresse à Goya, empruntant du 28 décembre de cette même année jusqu'au 12 janvier 1924 un livre de K. Bertels, *Francisco Goya* (*OC* XII, p. 555).

convulsée[1]. Goya encore, mais celui des eaux-fortes (*Les Caprices*, *Les Proverbes*) avec leurs monstres, vient à l'esprit lorsque l'on découvre les scènes de nuit à Barcelone — en particulier à la Criolla. Ces références esthétiques diverses se juxtaposent de manière insolite et heurtée : Bataille n'oublie pas la pratique — celle des surréalistes, de Picasso aussi — du collage[2].

« Insolite » est un mot trop faible, et « dégoûtant » conviendrait mieux parfois. Nul jugement de rejet ici : d'une part, c'est un terme que l'on définit les réactions des personnages les uns à l'égard des autres (Lazare et parfois aussi Xénie répugnent à Troppmann, qui dégoûte l'Allemande de chez Fred Payne, etc.) ; d'autre part, la lecture que Bataille fit, en 1933-1934, de l'analyse phénoménologique du dégoût par Aurel Kolnai, un élève d'Edmund Husserl, a pu jouer un rôle dans la genèse du *Bleu du ciel*[3]. Avec (et avant) *La Nausée*, à laquelle Bataille fait allusion dans son prière d'insérer de 1957, *Le Bleu du ciel* pourrait bien être l'un des deux grands romans phénoménologiques des années 1930. On imagine en effet combien fut vif l'intérêt de Bataille à lire, sous la plume de Kolnai, que l'objet dégoûtant, qui exerce une « séduction macabre » sur le sujet, « nous avertit [...] de notre secret désir de mort, [...] de notre matière vouée à la mort, ivre de mort pourrait-on dire[4] ». À voir ce que Kolnai range sous les catégories du dégoûtant physique et du dégoûtant moral, on découvre comme une table de ce que le roman de Bataille *met en œuvre* : du premier relèvent d'abord le cadavre pourrissant, mais aussi les excréments, les sécrétions, la crasse, la maladie, des bêtes comme le rat (présent dès le début du roman, dans une incise) ; du second, l'inceste, la sexualité débridée et l'intellectualité vaine, la fausseté, la mollesse morale... Kolnai emploie même (à propos du fromage il est vrai) l'expression d'« érotique du dégoût », qui s'applique fort bien aux relations de Dirty et Troppmann. Car c'est bien dans cette perspective que l'on peut comprendre l'érotisme du roman, qui en oppose, à travers les personnages de Xénie et de Dirty, deux figures, celle qui affirme la santé (aussi bien Xénie tente-t-elle de soigner Troppmann malade), et celle qui tire sa force du contact avec la mort.

Enfin, *Le Bleu du ciel* est hétérogène par son apparence même, en raison de la disproportion des parties qui le composent, de l'emploi de caractères typographiques différents, d'un « recul incessant du "commencement[5]" ». Le lecteur rencontre ainsi un Avant-propos, rédigé plus de vingt ans après le propos (le corps du roman), en italique ; puis une

1. Tableau reproduit en décembre 1931 dans *Le Surréalisme au service de la Révolution*, n° 4. Bataille associe Dalí à la Terreur thermidorienne, donc à la décollation et à la castration ; voir *OC II*, p. 186.

2. Masson, Dalí, Goya sont rangés par Bataille (avec le Greco, Picasso, Courbet, Manet) du côté de « l'art laid », à « tendances révolutionnaires », dans le tableau hétérologique qui porte sur *l'art* (voir *OC II*, p. 186).

3. Bataille emprunte à la BN le *Jahrbuch für Philosophie und phänomenologische Forschungen*, vol. 10, 1929, qui contient l'étude de Kolnai en mars-avril 1933, et de septembre 1933 à mars 1934. Il prend des notes sur ce texte : voir *OC II*, p. 438-439. Voir Claire Margat, « Bataille et Sartre face au dégoût », *Lignes*, nouvelle série, n° 1, mars 2000, p. 197-205.

4. Aurel Kolnai, *Le Dégoût*, trad. Olivier Cossé, Agalma, 1997, p. 42 et 85.

5. C'est l'expression de F. Marmande dans *L'Indifférence des ruines*, p. 23. Sur l'hétérogénéité dans l'apparence du roman, voir *ibid.*, p. 75-78 et 95-98, ainsi que l'article d'Ann Smock et Phyllis Zuckerman, « Politics and Eroticism in *Le Bleu du ciel* », *Semiotext(e)*, II, n° 2, 1976, p. 59.

Introduction, dans laquelle le récit s'amorce, en romain ; une courte
Ire partie en italique, qui mêle le récit et le discours, et qui, au familier de
l'œuvre de Bataille, rappelle la fin de l'une des sections (d'ailleurs intitulée elle aussi « Le Bleu du ciel ») de *L'Expérience intérieure* (1943), c'est-à-dire non point un roman mais un « journal-essai » ; enfin une IIe partie
beaucoup plus longue, purement narrative, en romain.

Sur le plan de l'énonciation, le roman repose donc sur ce qui a été
heureusement nommé une « écriture en trois[1] » : écriture du récit pour
l'Introduction et la IIe partie, écriture de la publication pour l'Avant-propos, écriture de la « communication » pour la Ire partie, c'est-à-dire
émergence, au « je », d'une voix, qui n'est plus seulement celle du protagoniste, mais aussi celle de l'auteur, dans un mouvement emporté vers
l'indicible, où disparaît la discursivité réglée, et en un défi à la mort[2].
Michel Foucault parlait de la « fracture du sujet philosophique » chez
Bataille, de son « perpétuel passage à des niveaux différents de parole[3] » :
il est clair qu'il y a aussi une fracture du sujet romanesque, un éclatement
— qui inscrit dans le roman l'incompréhension de Troppmann face à sa
vie en morceaux, face aux explosions de l'Histoire, et aussi la mort
constamment frôlée, qui est la discontinuité même, ou tout simplement
la souffrance du narrateur, et de l'auteur.

On peut enfin, pour en mesurer l'originale irrégularité, lire *Le Bleu du
ciel* comme un texte dont la structure énonciative est « réversible[4] » : ce
qui pourrait former le récit-cadre (la Ire partie, rédigée au présent) est en
fait enchâssé entre deux narrations au passé (Introduction et IIe partie).
Cette inversion du dispositif narratif usuel est d'autant plus sensible que
sont multipliées dans les divers chapitres les histoires enchâssées, elles,
sur le mode classique (épisode de la chute dans l'ascenseur de l'« Introduction », récit que Troppmann fait de sa vie à Lazare, puis à Xénie,
histoire d'Antonio, rêves d'Édith et de Troppmann). Bataille cherche
sans doute à produire chez le lecteur attentif aux jeux énonciatifs un
vertige, le sentiment d'une inversion infligée au mode le plus traditionnel
du récit, trouble qui serait le correspondant, dans la narration, des vertiges d'identité que connaît Troppmann.

Ainsi, l'un des enjeux esthétiques majeurs du *Bleu du ciel* est, délaissant
le mode classique de la représentation artistique, d'inventer un régime
nouveau de l'art. Bataille inscrit ce dessein dans le deuxième des rêves
de Troppmann, qui aux fresques dans le « style austère et pompeux de
Lebrun » oppose les « inscriptions au charbon rédigées par les matelots
ou les ouvriers », c'est-à-dire les « écritures grossières et maladroites » de
la révolution. On se doute que Bataille rêve d'écrire dans ce dernier style,
ou non-style : « jamais je n'avais rien vu de plus crispant, rien de plus
humain non plus », dit Troppmann. D'autant qu'à l'irrégularité plastique
et stylistique est assignée une portée d'ordre politique : dans un article
de 1929, Bataille notait qu'il « pourrait sembler aujourd'hui que rien ne

1. Voir Yves Thévenieau, *La Question du récit dans l'œuvre de Georges Bataille* et « Procédés
de Georges Bataille », dans *Georges Bataille et la fiction*, p. 37.

2. « Il semble, écrit Bataille dans "La Joie devant la mort", qu'une sorte de communication étrange, intense, s'établisse entre des hommes chaque fois que la violence de la mort
est proche d'eux » (*OC II*, p. 245).

3. « Préface à la transgression », *Critique*, août-septembre 1963, p. 761.

4. Brian T. Fitch, *Monde à l'envers, texte réversible. La fiction de Georges Bataille*, Minard,
« Situation », n° 42, 1982.

se renverse, si la négation de tous les principes de l'harmonie régulière ne venait pas témoigner de la nécessité d'une mue[1] ». L'irrégularité du *Bleu du ciel* est elle-même un présage de la crise politique à laquelle elle donne une forme hétérogène.

L'angoisse, la convulsion, la politique.

Cette crise politique, il s'agit, on l'a annoncé, de la penser en s'aidant de la psychanalyse. Freud lui-même a montré la voie, en entreprenant, avec *L'Avenir d'une illusion*, puis *Malaise dans la civilisation* (traduit en français en 1934), une « pathologie des sociétés civilisées[2] », qui l'amène à considérer la religion comme une névrose obsessionnelle ou un « délire collectif », et à repérer dans la civilisation (en tant que sous l'influence d'Éros elle bride l'instinct de mort) l'origine d'un profond « sentiment de culpabilité ». Bataille, avec *Le Bleu du ciel*, où l'on peut voir un équivalent romanesque de *Malaise dans la civilisation*, poursuit un dessein analogue : établir la pathologie des illusions et des élans communistes et fascistes. Par rapport à *Histoire de l'œil*, on passe de la névrose individuelle à la névrose sociale : le roman tente l'analyse de la maladie de la politique qui caractérise l'Europe des années 1930.

Cette maladie était déjà présentée dans « Dirty », récit qui dès 1928 dramatise l'échec de différents modèles révolutionnaires attestés (lutte des classes), ou potentiels (schéma du don et du contre-don, puisque Bataille pense que le contre-don, le moment où la dépense sociale est rendue par le prolétariat, pourrait être constitué par la révolution). Mais les prolétaires du récit (liftier, femme de chambre) conservent obstinément leur « déférence », et ne donnent que leur peine respectueuse. Cinq ans après « Dirty », dans « Le Problème de l'État », article qui ouvre *La Critique sociale* en septembre 1933, Bataille brossait aussi un très sombre tableau de la situation politique. On le retrouve dans *Le Bleu du ciel*, roman qui dépeint le milieu de l'extrême gauche et sa désorientation en 1934, et qui produit des significations (volontairement ?) ambiguës, parce qu'il regarde en face l'œil noir du fascisme.

Troppmann est hostile à la bourgeoisie capitaliste (fût-elle d'extrême gauche, ainsi Xénie), au radical-socialisme (M. Melou-Alain), mais il ne place aucun espoir dans le communisme, fût-il oppositionnel — sous sa version fataliste (M. Melou-Souvarine), ou crypto-chrétienne (Lazare). Et le communisme soviétique ? Il se résume en un musée vu en rêve (c'est le deuxième des songes de Troppmann, qui accomplit ainsi le rituel voyage en U.R.S.S. des intellectuels), rêve dans lequel le prolétariat (du latin *proles*, « progéniture », donc représenté par les enfants de ce rêve), pourchassé par un « flic » — ce communisme est devenu dictatorial —, en est réduit à s'abriter sous un pont, cependant que l'explosion de la cathédrale (la « nef ») de la révolution produit une fumée qui prend la forme de « cheveux coupés en brosse » : manière de signifier que le pays se trouve *sous la coupe* — en brosse, précisément — de Staline[3]. Bref,

---

1. « Le Cheval académique », *Documents*, n° 1, avril 1929 ; *OC I*, p. 163.
2. *Malaise dans la civilisation*, PUF, 1981, p. 106.
3. Voir « Le Problème de l'État » (*La Critique sociale*, n° 9, septembre 1933) : « Staline, l'ombre, le froid projetés par ce seul nom sur tout espoir révolutionnaire »… En effet il a créé un « État socialiste dictatorial » (*OC I*, p. 332 et 336).

l'insuccès patent des forces révolutionnaires risque de laisser le champ libre au monde militaire.

La situation historique suscite donc l'angoisse. Oui, mais selon l'analyse de Bataille en 1933, l'angoisse, avec son « intensité douloureuse », fonctionnerait comme le garant de la radicalité révolutionnaire ; ainsi, il existerait une « valeur dynamique » du désespoir et de la désorientation, à convertir en révolution[1]. La conscience malheureuse dont Bataille a lu la description chez Hegel, *via* Kojève[2], il la décréterait volontiers révolutionnaire par elle-même, en tout cas plus que la « bonne conscience » (p. 176) des militants d'extrême gauche du roman. Colette Peignot, dans une lettre datant probablement de 1934, ne se montrait pas convaincue : « […] vous qui voudriez faire je ne sais pas quoi avec votre souffrance[3] ». Mais c'est un point capital pour comprendre *Le Bleu du ciel* : à Lazare, figure du projet, de l'utilité et du délai (« Vous n'êtes pas assez tranquille pour examiner des projets », dit-elle à Troppmann), le roman oppose l'existence déjetée de Troppmann (« mon existence avait pris un cours de plus en plus déjeté », p. 134), parce qu'elle manifeste, pour reprendre le mot qui clôt l'article « Le Problème de l'État », une « angoisse libératrice des prolétaires ».

On pourrait ici paraphraser le titre du livre de Janet, *De l'angoisse à l'extase* : chez Bataille, ce serait « De l'angoisse à la révolution par l'extase » — autre titre possible pour *Le Bleu du ciel*. Mais comment au juste accomplir ce passage ? Il ne s'agit pas de résoudre ou de dominer les conflits, comme le voudraient psychiatrie et psychanalyse, mais plutôt de les faire exploser. Aussi bien, c'est le sens de la littérature pour Bataille que de s'expliquer avec l'angoisse : « La littérature doit mettre en cause l'angoisse[4] » ; ce qui signifie qu'elle joue sur le registre des affects et de l'intensité, qu'elle suppose « quelque chose qui va mal » chez le sujet, mais aussi dans l'époque — et enfin que *Le Bleu du ciel* tente de faire de l'angoisse une cause, une explosion, une politique par contagion.

L'Espagne, terre en 1934-1935 d'une possible révolution, Bataille la présentera en 1945 comme le pays par excellence de l'angoisse, de « l'exaltation qui sous-tend l'angoisse », de l'anarchisme aussi — défini comme « la plus onéreuse expression d'*un désir obstiné de l'impossible* » —, et enfin comme le pays qui « ne conserve pas seulement, mais fait vivre et maintient au sommet de l'intensité la culture du temps où le capitalisme n'avait pas achevé de séparer les hommes[5] ». Soit, mais dans le roman, l'épisode catalan présente la révolution de façon peu encourageante, et il se trouve encadré par les scènes qui se déroulent dans des pays fascistes ou nazis (Italie-Autriche/Allemagne). Est-ce le signe qu'il faut désespérer et de l'Espagne, et de l'angoisse ?

Bataille explore aussi un chemin qui croise celui de l'angoisse : la voie de la convulsion. Dans son compte rendu de *La Condition humaine*, en novembre 1933, l'écrivain se demandait si « une seule convulsion » peut lier, dans une révolution, « les événements qui décident le sort

1. « Le Problème de l'État », *OC I*, p. 334.
2. Il emprunte une édition, en allemand, de la *Phénoménologie de l'Esprit*, du 21 décembre 1934 au 25 avril 1935 (*OC XII*, p. 598).
3. *Écrits de Laure*, p. 254.
4. Entretien de 1958 avec Pierre Dumayet, *Georges Bataille, une liberté souveraine*, p. 84.
5. Voir *Actualité*, n° 1, 1945, *L'Espagne libre* ; *Georges Bataille, une liberté souveraine*.

d'une ville », et le « destin personnel » (« l'excitation, la torture, la mort »), bref l'insurrection politique et l'érotisme (dans sa version funèbre). À cette question *Le Bleu du ciel* apporte des réponses contradictoires.

D'un côté, il y a peu à espérer de la sexualité, pour autant qu'elle est asociale. C'est en substance, sans doute inspirée de *Totem et tabou*[1], la position de Bataille à la fin de 1931 : « les impulsions sexuelles qui, au moment de la satisfaction, écartent mécaniquement les personnes des groupes, représentent un élément durable, contribuant à l'isolement de l'individu au moment précis où sa vie atteint la température la plus forte[2] ». Plus tard, en 1951, Bataille écrira : « Des hommes engagés dans la lutte politique ne pourront jamais se plier à la vérité de l'érotisme. L'activité érotique a toujours lieu aux dépens des forces engagées dans leur combat[3]. » Dans *Le Bleu du ciel*, il est clair que Troppmann attend avec plus d'impatience l'arrivée de Dirty que le commencement de l'insurrection à Barcelone, et qu'il préfère se retirer avec elle dans une chambre d'hôtel plutôt que d'y participer, faisant ainsi la grève de la grève générale. Il est évident aussi que la guerre civile qui s'amorce entre Catalans et Espagnols a pour double parodique la scène — vaudeville et libertinage mêlés — qui dans cette même chambre oppose Xénie et Dirty, sous les yeux de Troppmann. En ce sens, *Le Bleu du ciel* est un roman où Bataille, par-delà son personnage, avoue, raille, exorcise sa passivité politique, sa préférence pour l'érotisme. Lequel fait d'ailleurs peur au marxisme : Dirty effraie, à la fin du roman, un petit garçon allemand qui pour Troppman évoque le jeune Marx.

Bataille cependant a lu aussi les *Essais de psychanalyse*, traduits en français en 1927, et qui adoptent une position différente de celle de *Totem et tabou* : Freud redéfinit l'érotisme comme « le besoin d'amour de l'homme pris dans son sens le plus large », besoin qui transforme les pulsions égoïstes en pulsions sociales ; plus loin, dans « Au-delà du principe de plaisir », il parle des « efforts d'Éros pour rassembler la substance organique en des unités toujours plus grandes » ; enfin, dans « Le Moi et le Ça », il évoque « l'intention principale de l'Éros, unir et lier[4] ». De là procède l'analyse de la « structure libidinale de la foule » — armée, Église — dans « Psychologie collective et analyse du Moi[5] ». Il se peut que de ces textes Bataille ait tiré une de ses idées maîtresses, le dessein de fonder une communauté sur l'érotisme (ou qu'il y ait lu une confirmation de son intuition). En tout cas, à la fin du *Bleu du ciel*, les enfants nazis forment un groupe très fortement sexualisé, non sans ambivalence entre le masculin et le féminin, d'ailleurs : avec un « visage de poupée », ils sont « raides comme des triques » et menés par un chef dont la canne semble un « pénis de singe démesuré ». La puissance politique collective se confond alors avec une puissance sexuelle. Au rebours, Lazare, qui ne

---

1. Freud y écrit que la névrose est caractérisée par « la prédominance des tendances sexuelles sur les tendances sociales » : telle est sa « nature asociale ». Et il ajoute : « le besoin sexuel est impuissant à unir les hommes, comme le font les exigences de la conversation ; la satisfaction sexuelle est avant tout une affaire privée, individuelle » (p. 87-88).
2. Compte rendu de Krafft-Ebing, *La Critique sociale*, n° 3, octobre 1931, p. 123 ; *OC I*, p. 276.
3. « Histoire de l'érotisme », *OC VIII*, p. 163-164.
4. *Essai de psychanalyse*, nouv. trad. Payot, 1981, p. 18, 88 et 259 — De même, *Malaise dans la civilisation* insiste sur la définition de l'Éros comme puissance expansive et unifiante.
5. Essai que cite Bataille dans « La Structure psychologique du fascisme ».

connaît pas la convulsion sexuelle (en tant que « vierge sale ») demeure, sur un plan politique, impuissante.

Est-ce à dire pour autant que la convulsion sexuelle *à elle seule* ait une puissance révolutionnaire ? Bataille parfois ne semble pas loin de le penser. C'est cette charge, littéralement, que porte le personnage de Dirty, comparée, au début du roman, dans sa « convulsion violente », à un « canon qui tire dans un nuage de poussière ». Le sexe féminin, dont l'œil est métaphore dans *Histoire de l'œil* en 1928, devient *aussi*, dans l'orgasme de Dirty, la bouche du canon qui tonne dans les orages de la révolution. Dans le deuxième rêve de Troppmann, la « soudaineté terrifiante de la révolution » rend la respiration proche « d'un spasme ou d'un hoquet » (p. 182) : révolution, orgasme, agonie, mêmes convulsions. Alors que Lazare utilise, pour sa politique révolutionnaire, des méthodes masculines (charisme, participation physique, occupation de lieux symboliques), Dirty incarne toutes ces « forces excrémentielles » dont la libération, Bataille l'explique avec véhémence aux surréalistes, doit produire une révolution. On pourrait aussi lui appliquer les termes que Bataille emploiera au Collège de sociologie en janvier 1938 : elle représente un « noyau sacré » dans lequel circule une énergie produite par l'opposition du pôle bas (sacré gauche, impur) et du pôle haut (sacré droit, pur), un noyau où s'accomplit la transformation de la dépression en excitation, non sans une convulsion qui exerce une force d'attraction extrême[1]. Parce qu'elle est très fortement polarisée, Dirty à elle toute seule est une *amorce* de révolution. Quand Troppmann fait l'amour avec elle au-dessus d'un cimetière près de Trèves, leur expérience est celle d'un bouleversement cosmique : le cimetière illuminé sous eux devient « un ciel vacillant » (p. 200). L'érotisme produit, littéralement, une révolution astrale.

On voit alors la difficulté, ou l'objection que beaucoup (à commencer peut-être par Malraux) auraient pu adresser à Bataille en 1935 : astrale ou cosmique, cette révolution convulsive est-elle politique ? Angoisse, orgasme, dépense, transgression, tout cela suffit-il à une stratégie révolutionnaire de gauche ? Il faut d'ailleurs constater que Bataille a atténué la valeur exemplaire prêtée à Dirty : dans les dactylogrammes de 1935, il la décrivait « sans culotte », et en cela digne héritière de 1789. Mais cette notation disparaît pour la publication de 1957. Autocensure ? On peut en douter : il y a plus provocant dans le roman. Sans doute Bataille voit-il bien que Dirty ne peut être à la fois une « sans-culotte » et avoir une robe « du rouge des drapeaux à croix gammée »… Aussi bien ce qui s'approche le plus d'une révolution de gauche, dans le roman, échoue sans remède : l'insurrection de Barcelone, qui fait en la personne de Michel un mort… par désespoir d'amour. Comme si les amoureux, tout bien pesé, faisaient de mauvais révolutionnaires ?

La catastrophe fasciste.

Dans le roman, la puissance politique est du côté des fascistes. Du coup on a souvent tenu *Le Bleu du ciel* pour un roman à demi fasciste, un moment de faiblesse coupable entre des textes théoriques qui prennent le fascisme pour cible — ainsi, dans « Le Problème de l'État », en 1933,

---

1. « 22 janvier 1938 », *OC II*, p. 317.

l'Italie est visée, avec l'U.R.S.S. et l'Allemagne, par l'expression « trois sociétés serviles[1] » —, et le mouvement politique de Contre-Attaque — après lequel, d'ailleurs, Bataille aura à essuyer l'accusation de « surfascisme[2] ». Disons d'emblée que l'effet de scandale nous semble en un sens attendu par Bataille. À propos de Dali, il notait en 1929 que « le caractère burlesque et provoquant de [l']expression marque la recherche volontaire de la punition[3] » : la formule vaut aussi pour *Le Bleu du ciel*, roman par lequel Bataille, comme Troppmann, donne des coups de plume dans sa main… *gauche*. Dans les années 1930, Bataille note qu'il existe une « aspiration prédominante (mais le plus souvent inconsciente), qui pousse chaque individu agité » à « se faire expulser » par le groupe homogène de ses semblables[4] : d'où la conduite de la prostituée (Dirty), du criminel (Troppmann), du poète maudit (Baudelaire, Rimbaud), ou de l'écrivain — et de Bataille face au Cercle communiste démocratique, ou à Alain, etc. L'écriture du *Bleu du ciel* obéit au moins en partie à ce processus où se mêlent autopunition et recherche de l'expulsion, à ce mouvement où l'hétérogène trouve peut-être son apogée : écrire pour devenir soi-même inassimilable, pour se faire à la fois lire et vomir par autrui. Comme de plus l'attraction dans le roman va toujours de pair avec la répulsion, il n'est pas étonnant que Troppmann se voie attribuer par son créateur une attitude et des sentiments politiquement ambigus ; c'était une nécessité selon la logique propre du personnage, du texte, et de l'écriture telle que Bataille la conçoit : une affaire de culpabilité.

Cependant un procès politique se joue à propos du *Bleu du ciel*, d'autant plus virulent que la France s'est longtemps tenue pour allergique au fascisme, procès dont il faut rendre compte. Présentons d'abord les arguments de l'accusation, conduite avec plus ou moins de nuances[5]. Qu'est-ce qui pourrait témoigner d'une pente fasciste dans *Le Bleu du ciel* ?

---

1. *OC I*, p. 336.
2. Dans l'esprit de Jean Dautry, membre de Contre-Attaque, à qui la paternité de la formule, construite sur le modèle du mot surréalisme, semble revenir (selon Henri Dubief, « Témoignage sur Contre-Attaque (1935-1936) », *Textures*, nº 6, janvier 1970, p. 57), il s'agissait d'un dépassement du fascisme en réorientant son expérience et certaines de ses méthodes vers des buts révolutionnaires. Mais le mot fut repris en mauvaise part, notamment par les surréalistes.
3. « Le Jeu lugubre », *Documents*, nº 7, décembre 1929, p. 371 (*OC I*, p. 210). Cet article est présenté comme un extrait d'un essai en cours de rédaction sur le complexe d'infériorité. Troppmann est en un sens l'héritier de ce projet, qui implique aussi le recours au modèle dostoïevskien du *Sous-sol*.
4. « La Nécessité d'éblouir… », *OC II*, p. 140.
5. Voir Carlo Ginzburg, « Mythologie germanique et nazisme. Sur un ancien livre de Georges Dumézil », *Mythes, emblèmes, traces* (Turin, Einaudi, 1986 ; trad. fr. Flammarion, 1989, p. 204-205 : le roman présente une « atmosphère d'attraction trouble, intimement coupable pour les rites mortuaires du nazisme ») ; Daniel Lindenberg dans *Les Années souterraines*, Éditions La Découverte, 1990, p. 59-66 (dans *Le Bleu du ciel*, « on voit une succession d'images fortes qui soulignent à tout le moins l'évidente supériorité esthétique du fascisme », p. 60). On trouve plus de nuances chez Michel Pierssens : « ce qui le [Bataille] fascine dans le fascisme authentique : c'est qu'il y perçoit la synthèse explosive de tout ce que ses enquêtes se sont efforcées d'approcher de plus mystérieux et de plus dangereux dans l'homme — les forces de l'inconscient, la violence du sacré, l'enjeu de la mort » (« Notes sur Bataille, la guerre, l'Espagne », *Les Écrivains et la Guerre d'Espagne*, éd. Marc Hanrez, Les Dossiers H, Pantheon Press France, 1975, p. 226) ; et chez Pierre Klossowski : « Que les tentations du cynisme fasciste se soient exercées sur son génie propre, on ne saurait le contester […] Bataille inconsciemment rejoignait un fond fascisant — ce *côté ogre* — […] dont il ne pouvait se départir » ; la décomposition du marxisme l'avait exposé à une « attirance sourde, équivoque, exercée par le fascisme », et qui opérait parce que « la

En premier lieu, la fascination pour la mort et pour la guerre — ce par quoi Troppmann choque « brutalement » Lazare (p. 127-128), mais s'accorde avec Dirty, qui voudrait la guerre (p. 202) et se présente comme la messagère de la Mort (*ibid.*). Non pas que toute mort soit fasciste — Bataille s'intéressera à la mort mexicaine —, mais le fascisme exploite la force de la mort, et Bataille en fut frappé, lorsqu'il vit l'« Exposition de la révolution fasciste », à Rome, en avril 1934, à en croire une lettre à Queneau qui décrit les pavillons noirs à tête de mort, un poignard sanglant entre les dents : « Ce n'est évidemment pas cela qui me fera acheter une croix de feu en émail ni me changer si peu que ce soit, mais c'est assez fort[1]. » *Le Bleu du ciel* manifesterait la même sensibilité au pathos fasciste ; « cet extrémiste de gauche a le cœur fasciste », écrit, au sujet de Troppmann, Peter Collier[2].

Un climat fasciste ; mais aussi un système des personnages qui accorde la plus grande séduction non point à Lazare, mais à Dirty, dont la robe, on l'a dit, est à la fin du roman de la couleur du drapeau nazi ; non point à Michel, mais à un « officier S.A. » ; répondant masculin de l'Allemande « réellement jolie » rencontrée par Troppmann chez Fred Payne, il le décrit sans nul dégoût : « très beau et très grand »—, il a, dans ses yeux « de faïence bleue » et « perdus dans les nuages », pas moins que… le bleu du ciel.

Concentrée sur la fin du roman, l'ambiguïté politique tient encore à la présentation de la parade des enfants nazis comme une irrésistible « marée montante du meurtre », un « cataclysme » : ces métaphores naturalisent le nazisme et son avènement catastrophique, qui relève du cours des choses (« toutes choses n'étaient-elles pas destinées à l'embrasement »). Ainsi *Le Bleu du ciel* renverse le titre du roman qui le précède, l'*Histoire de l'œil* cédant la place à l'œil de l'Histoire — comme on parle de l'œil du cyclone. Le roman reprend très exactement, sur ce point, une des positions énoncées dans « Le Fascisme en France » : « Il est *naturel* que le mouvement ouvrier occidental qui, moribond et misérable aujourd'hui, ne sait plus guère lutter que contre lui-même, soit liquidé et disparaisse *puisqu'il n'a pas su vaincre*[3]. »

Enfin, pour Troppmann, l'Histoire tend à ne plus être qu'un spectacle, comme le montrent l'excuse qu'il donne à Xénie (il l'a fait venir à Barcelone afin qu'elle assiste aux troubles), le motif récurrent de l'observation de l'insurrection depuis une fenêtre, et la position « sous l'auvent du théâtre » pour regarder les enfants nazis. Troppmann cède alors à une « hilarité » faite d'« ironie noire ». Son attitude semble relever de ce qu'à la fin d'un célèbre article dont la première version date, comme *Le Bleu du ciel*, de 1935, Walter Benjamin nommait « l'*esthétisation de la politique que pratique le fascisme* », lequel va jusqu'à ce vœu : « *fiat ars, pereat mundus* » — le vœu d'une « jouissance esthétique » de la destruction[4].

révolution ne l'attirait qu'à travers le jeu des passions » ; mais « Les fascistes, Bataille les méprisait » (Jean-Maurice Monnoyer, *Le Peintre et son démon. Entretiens avec Pierre Klossowski*, Flammarion, 1985, p. 189).

  1. *Choix de lettres*, p. 81.

  2. « *Le Bleu du ciel*. Psychanalyse de la politique », p. 75.

  3. *OC II*, p. 212.

  4. W. Benjamin, « L'Œuvre d'art à l'ère de sa reproductibilité technique », (première version, 1935), *Œuvres*, t. III, Gallimard, coll. « Folio Essais », 2000, p. 113.

Après coup, dans sa « Notice autobiographique » de 1958, Bataille dira penser, « au moins depuis *Contre-attaque* » — donc probablement depuis avril 1935 —, que la « fascination » pour « les formes extérieures de la violence [...] même au pire » ; ce qui revient à laisser ouverte cette possibilité : qu'avant Contre-attaque, Bataille ait été un moment fasciné par la violence fasciste ? De fait, il ajoute que, même si son intention était « radicalement contraire », il a néanmoins connu une « tendance fasciste paradoxale[1] ». Et il demande qu'on lise, pour le mieux comprendre, *L'Œillet rouge* d'Elio Vittorini, et sa postface datée de décembre 1947. Écrit en 1933-1935 (à la même époque donc que *Le Bleu du ciel*), censuré par les fascistes, publié en Italie en 1948, traduit en français chez Gallimard en 1950, ce roman, situé dans la Sicile des premières années du fascisme, prend la forme d'un récit d'apprentissage, surtout sentimental (la rencontre de « l'intense » auprès d'une femme de mauvaise vie, Zobeida), mais aussi politique : contre le conformisme et l'hypocrisie bourgeoise, le jeune protagoniste (Alessio) se laisse séduire par la violence fasciste. Le livre, dit Vittorini dans sa postface, porte sur « l'état d'âme juvénile à l'égard du fascisme » : les jeunes gens « sont prêts à sympathiser avec n'importe quel mouvement politique qui leur *semble* révolutionnaire » ; or « à leurs yeux, qui voient les autres partis ne pas tuer, le fascisme est force, et en tant que force il est vie, et en tant que vie il est révolutionnaire[2] ».

Voilà donc une défense de Bataille par Vittorini interposé. Mais on peut faire intervenir quatre autres arguments[3].

Remarquons tout d'abord que le véritable objet du désir de Dirty et Troppmann n'est pas le fascisme, mais la guerre. Comment s'explique un tel désir ? D'un côté, par ce fait que Bataille se nomme... Bataille, si bien que la guerre lui apparaît comme son destin, voire comme sa signature : ce n'est point par hasard que ce mot figure à la dernière page du roman (« une armée d'enfants rangée en bataille »), et que dans *Acéphale* Bataille s'écriera : « JE SUIS MOI-MÊME LA GUERRE[4]. » De plus, voulant le désir on ne peut que vouloir la guerre, puisque le désir lui-même est guerre : lisant les *Essais de psychanalyse*, Bataille a trouvé confirmation d'une de ses intuitions, celle de l'affinité extrême qui existe entre Éros et Thanatos[5]. La parade nazie de la fin du roman illustre l'idée freudienne d'une « structure libidinale » de l'armée[6], mais cette libido est tout entière tournée vers la mort. Le groupe des enfants nazis est donc décrit avec une fascination qui porte non pas sur son orientation politique, mais sur l'alliance d'Éros et de Thanatos qu'il représente. En troisième lieu, Bataille a entendu Kojève commenter, en 1934, le thème hégélien de la « nécessité historique de la guerre », qui évite la dissolution de la

---

1. *OC VII*, p. 461.

2. *L'Œillet rouge*, p. 282-283.

3. Les arguments de la « défense » ont été présentés par Jean Piel (*La Rencontre et la Différence*, Fayard, 1982), Denis Hollier (« De l'équivoque entre littérature et politique », *Les Dépossédés*, Éd. de Minuit, 1993, p. 109-130), Jacqueline Risset (« Le Jour accusant de la pensée lente », *Lignes*, n° 14, 1991), Bernard Sichère (« Bataille et les fascistes », *La Règle du jeu*, n° 8, septembre 1992, p. 152-178, et n° 9, janvier 1993, p. 80-94), Christophe Bident (« Pour en finir avec le "surfascisme" », *Textuel*, n° 30, mai 1996, p. 19-35).

4. *Acéphale*, n° 5, juin 1939 (*OC I*, p. 557).

5. Voir « Au-delà du principe de plaisir », et « Le Moi et le Ça », *Essais de psychanalyse*.

6. « Psychologie collective et analyse du Moi » (1921), *ibid.* ; nouv. trad. 1981, p. 155.

communauté civique en intérêts isolés[1]. Enfin, et c'est un point capital, la guerre est une valeur en tant qu'elle relève de la dépense improductive[2] ; en ce sens, la fin du roman répond à son début en ceci que la guerre constitue le substitut de la révolution prolétarienne : c'est elle qui formerait la réponse — le contre-don, la contre-dépense sociale — à la brutalité des maîtres, c'est-à-dire à la valeur d'oppression attachée au don de soi et au sacrifice de soi réalisés par Dirty.

Une autre lecture du roman soulignera que Troppmann éprouve surtout des sentiments d'impuissance, inertie, idiotie, enfance, nihilisme : « pour l'instant, rien n'avait d'importance ». Comme il le dit de l'épisode barcelonais, « c'était une histoire compliquée — une histoire aberrante » : n'est-ce pas suggérer que l'Histoire elle-même est devenue « aberrante » ? Ainsi Troppmann indique à Michel qu'il ne lit pas les journaux, puis finit par en ouvrir, mais pour marquer, par deux fois, son incompréhension des événements. Au total, comme l'écrit Peter Collier, Bataille « fait dépendre tout le cadrage du roman de la perception apathique et aporétique d'Henri, si bien que la politique n'est pas systématiquement à l'avant-scène du roman, et même lorsqu'elle l'est, l'attention du narrateur se disperse et n'est pas toujours bien fixée sur elle[3] ». Il y a chez Troppmann une « indifférence politique », voire un « absurdisme », avant le Meursault de Camus[4], qui prennent un double sens ; d'une part, c'est une façon pour Bataille de résister à la définition hégélienne de l'Homme comme action créatrice[5] ; d'autre part, Troppmann se range ainsi parmi les « intellectuels inefficaces » — plutôt que parmi les fascistes.

Néanmoins, dans la description de la parade nazie, l'axiologie cesse d'être trouble, certaines expressions valant condamnation fort nette : « un gosse d'une maigreur de dégénéré », « une saccade de sale petite brute », « ces haineuses mécaniques » (p. 205). Au moment de finir son roman, voire de signer son livre, Bataille ne *souscrit* en rien au culte du chef et de l'armée, qui lui paraissent définir le fascisme[6]. En 1933 l'écrivain condamnait déjà la figure du meneur, dans « La Structure psychologique du fascisme[7] » ; en 1934, dans « Le Fascisme en France », il n'a nulle complaisance pour la figure du « chef-dieu » ; en 1953, dans une note de *La Souveraineté*, il persistera à se déclarer « tout à fait loin même du monde où les institutions militaires et la souveraineté coïncident[8] ». Le beau S.A. qui passe dans une page du roman ne prend tout son sens que si l'on se rapporte à la chronologie : dans le roman, nous sommes en novembre 1934, or la « nuit des longs couteaux » a eu lieu le

1. *Introduction à la lecture de Hegel*, p. 562.

2. *OC I*, p. 305. Bataille insiste sur le rapport de son roman avec la notion de dépense dans le *Prière d'insérer*, voir p. 310.

3. « *Le Bleu du ciel*. « Psychanalyse de la politique* », p. 76.

4. On lit dans le roman : « J'étais étranger à tout » (p. 183).

5. Voir l'*Introduction à la lecture de Hegel*, cours de l'année 1934-1935 : « La base c'est l'action. L'Homme *est* action », ou encore : « L'homme doit agir *réellement* dans le monde et pour la société » (p. 65 et 69) ; conférence de l'année 1934-1935 : « c'est seulement dans et par l'Action » que l'homme est « spécifiquement humain » (*ibid.*, p. 493). Bataille répond : l'homme est aussi « à l'eau-l'eau » (ici, p. 119).

6. « Le fascisme est le régime dans lequel la souveraineté appartient (en fait sinon en droit) à un parti militarisé qui délègue à vie cette souveraineté à son chef » (*OC II*, p. 206).

7. En tant que « personne impérative » le meneur nie « l'aspect révolutionnaire fondamental de l'effervescence drainée par lui » (*OC I*, p. 362).

8. *OC II*, p. 208, et *OC VIII*, p. 430.

30 juin 1934 ; l'officier S.A. figure donc — entre autres — une victime, et plus précisément un bouc émissaire[1], comme Dirty au début du roman. Les deux personnages renvoient au modèle du roi mis à mort que Bataille tient pour le fondement de la tragédie, et de la souveraineté gauche, et qui s'oppose irrémédiablement au modèle fasciste de la souveraineté droite, fondée sur l'*imperium*[2]. Entre un chef et une tragédie, il faut choisir, notera Bataille dans *Acéphale*[3] : on a vu tout ce que le roman devait au modèle de la tragédie.

Un train et des mythes.

Le dernier mot du roman serait tragique ? Il convient cependant de noter — et c'est le quatrième argument — que *Le Bleu du ciel* ne se termine pas exactement sur la catastrophe inévitable ; Troppmann ne suit pas Dirty (femme du sacrifice), pas plus qu'il ne se range derrière les « hommes de la mort militaire[4] » ; il entre « dans un compartiment ; le train ne tarda pas à partir ». Comment comprendre ce mot de la fin (aussi abrupt que celui de *L'Abbé C.*) ? Si l'on examine les autres occurrences de ce motif dans le roman, il est possible tout d'abord d'opposer ce « compartiment » aux « champs illimités » par lesquels sont hallucinés les enfants nazis, et ce train aux insurgés catalans d'extrême gauche avec leurs amis parisiens, dont Troppmann a dit qu'ils « déraillaient tous ». Le chemin de fer représenterait à la fois l'envers de la catastrophe nazie, de la grande explosion de meurtre, et de l'agitation vaine de l'extrême gauche ? De plus, c'est dans le train qui va vers Paris que monte Troppmann (p. 201) ; or la capitale a été définie comme le seul lieu où l'action politique soit envisageable par lui : « Je comprenais qu'à Barcelone, j'étais en dehors des choses, alors qu'à Paris, j'étais au milieu. À Paris, je parlais avec tous ceux dont j'étais proche au cours d'une émeute » (p. 186). Enfin, monter dans le train, c'est le contraire de se jeter sous le train, suicide auquel Troppmann avait songé (p. 128), et dont la tentation revient à la fin de l'avant-dernier chapitre (p. 203). Faut-il conclure et aller jusqu'à dire que Troppmann monte dans le train qui le conduit vers la *Contre-attaque* antifasciste ?

Cependant, le texte relie aussi le train à la fuite : « J'avais une sensation de fuite, comme si j'avais passé la nuit en chemin de fer, dans un compartiment bondé » (p. 183). Après tout, le titre du roman ne vaut-il pas comme indice d'une sortie hors du champ politique, et d'un mouvement qui s'amorce vers l'expérience « athéologique » (la méditation de l'absence de Dieu) ? Pour répondre à cette objection (Troppmann fuit devant le nazisme ou fuit la politique), délaissons l'approche intratextuelle pour une lecture intertextuelle : le sens de la fin du roman se jouerait aussi par relation avec les œuvres de Breton et de Malraux.

Le train que prend Troppmann n'est plus celui de Breton, c'est-à-dire

---

1. Bataille emprunte à la BN *The Scapegoat* (*Le Bouc émissaire*) de Frazer (VIᵉ partie du *Rameau d'or*) du 10 décembre 1934 au 4 février 1935 (*OC XII*, p. 598).
2. Voir la conférence du 19 février 1938, « Le Pouvoir », *Le Collège de Sociologie*, p. 194-195.
3. « La vie exige des hommes assemblés, et les hommes ne sont assemblés que par un chef ou par une tragédie », *Acéphale*, nº 3-4, juillet 1937 ; *OC I*, p. 489.
4. Voir « Le Sacrifice », *OC II*, p. 238-239.

une métaphore de la beauté : à la fin de *Nadja* (1928), la beauté est, écrit Breton, « comme un train qui bondit sans cesse de la gare de *Lyon* et dont je sais qu'il ne va jamais partir, qu'il n'est pas parti. Elle est faite de saccades, [...] que nous savons destinées à amener une *Saccade*, qui en a[1] ». Donc chez Breton la beauté est ce train sur le départ mais immobile à jamais : explosant-fixe. Dans le texte publié dans le numéro 5 de la revue *Minotaure* en mai 1934, sous le titre « La beauté sera convulsive », Breton précise : « Je regrette de n'avoir pu fournir, comme complément à l'illustration de ce texte [*Nadja*], la photographie d'une locomotive de grande allure qui eût été abandonnée durant des années au délire de la forêt vierge. » Mais chez Bataille, le train *part* ; et la saccade est aussi celle de la *violence*, pas seulement de la jouissance esthétique. De plus la locomotive ne voyage pas au beau milieu de la nature vierge, mais sur l'axe Francfort/Paris, Allemagne/France, axe éminemment politique. Dans le *Second manifeste du surréalisme*, Breton se demande si on n'en finira pas « *avec le temps*, vieille farce sinistre, train perpétuellement déraillant, pulsation folle[2] » : Troppmann, lui, prend ce train (du temps, de l'Histoire), il n'en finit pas avec lui. Ce qui signifierait que l'Histoire demeure ouverte — alors que Kojève, on l'a vu, tirait de Hegel l'idée d'une fin de l'Histoire. Faut-il faire le dernier pas, et soutenir que le train pris par Troppmann est comparable à ceux de *La Condition humaine*, roman dont Bataille, répétons-le, avait donné un compte rendu dans *La Critique sociale* ? On y rencontre deux trains, fort politiques et guerriers[3]. Le train, dans ces années 1933-1935, est un objet éminemment politique — en ce sens, ce ne serait certes point par une fuite loin de la politique et de ses risques que s'achève le roman.

Admettons ; mais, derechef, où conduit-il (le train, le roman) ? Vers Paris, certes, mais pour y faire quoi ? Deux réponses se proposent.

Soit le train conduit aux tracts, tel celui d'avril 1935, signé de Bataille, Dautry, Kaan[4], dans lequel la question est : comment agiront ceux qui « radicalement opposés à l'agression fasciste / hostiles sans réserves à la domination bourgeoise / ne peuvent plus faire confiance au communisme » ? Des tracts : mais à quoi bon alors écrire un roman ?

Soit Troppmann (et Bataille) vont se vouer à produire des esquisses mythologiques. L'intérêt de Bataille pour le mythe est ancien : dès 1927, au moment du projet sur « L'Œil pinéal », il cherchait, contre la science qui veut anéantir les « phantasmes mythologiques », à élaborer une « anthropologie mythologique[5] ». En 1930 il note cette définition, en marge de son article sur Van Gogh : « Mythique, c'est peut-être simplement ce qu'il y a d'être transhumain qui n'est pas étroitement social[6]. » De mai à juillet 1933, il emprunte à la Bibliothèque nationale les *Réflexions sur la violence* de Georges Sorel, qui, définissant le mythe comme image motrice, insiste sur son rôle capital dans le déclenchement d'une révolution[7]. Dans une lettre du 14 février 1934 adressée à Pierre Kaan, Bataille indique son désir de se placer sur le plan « du fascisme lui-même,

1. *Œuvres complètes*, t. I, p. 753.
2. *Ibid.*, p. 785.
3. Voir la fin de la IIe partie.
4. *Choix de lettres*, p. 105, et *L'Apprenti sorcier*, p. 124-125.
5. *OC II*, p. 23 et 21.
6. *OC I*, p. 655.
7. *OC XII*, p. 591.

c'est-à-dire le plan mythologique. Il s'agit donc de poser des valeurs participant d'un nihilisme vivant, à la mesure des impératifs fascistes[1] ». Toutes ces idées aboutiront aux pages sur « la vieille maison du mythe » dans « L'Apprenti sorcier » (*NRF*, juillet 1938). En 1935, dans *Le Bleu du ciel*, se construit une politique mythologique, pour reprendre l'expression que Bataille emploiera (vers 1950) à propos de William Blake[2] : une politique de visionnaire. De même qu'à la musique nazie il oppose les chansons de Brecht et Weill, Bataille entend à la fois montrer la mythologie nazie (le drapeau à croix gammée, la Hitlerjugend) et proposer une contre-mythologie subversive de gauche. Tout l'art, toute la difficulté aussi, sera de prendre appui sur les mythes fascistes pour les retourner. Ce qui se cherche, c'est un détournement de mythologie.

Cette contre-mythologie, on en connaît déjà une figure : la sans-culotte ou femme-canon. Aussi, dans le deuxième rêve de Troppmann, le nom de Lénine prend-il « une forme féminine : *Lenova* ! ». Il en est au moins trois autres.

D'une part, l'insolence, certitude de « tout renverser » (p. 176), conduit, loin de la caverne de Platon le géomètre, à se tourner vers le soleil, en un mouvement nietzschéen : non pas le soleil de l'élévation idéaliste, mais le soleil qu'on fixe dans la folie, modèle pour Bataille de la dépense sans retour, et comparant de la révolution[3]. Aussi Troppmann oppose ses « mains hâlées par le soleil » (p. 129) aux mains sales de Lazare, et en pleine nuit, fermant les yeux, il devient « fou de soleil » (p. 175-176). On comprend qu'à la grève (générale) il préfère la grève (marine, sous le soleil de Badalona). Malgré les apparences, Troppmann est un « héros civilisateur (solaire) » à la Prométhée[4]. Dirty aussi est une femme-soleil, avec l'« éclat insupportable » (p. 115) de ses cheveux blonds, ses mains « éblouissantes » (p. 129), sa maigreur de « squelette solaire » (p. 190). Si tel « va-nu-pieds », doté de « larges lunettes jaunes de motocycliste » intéresse Troppmann, c'est qu'il « avait un aspect insolent, au soleil, un aspect solaire » (p. 188) — des yeux jaunes, donc plus que du soleil dans les *yeux de soleil*.

D'autre part, dans ce roman où sans cesse revient l'expression « perdre la tête », Bataille propose un mythe de la décapitation, que figurera le « bonhomme Acéphale[5] ». Troppmann, dont le référent historique a été guillotiné en 1870, se rappelle, une nuit, à Barcelone, avoir vu passer, à Paris, depuis le « pont du Carrousel » (p. 175), qui, du quai Voltaire, conduit vers les lieux de la royauté (Tuileries, palais du Louvre), une camionnette de boucherie ; ses moutons aux « cous sans tête » figurent assez bien Louis XVI décapité, ou Marie-Antoinette (qui aimait jouer à la bergère au Trianon), bref, la mise à mort des rois, et le refus de toute

---

1. *L'Apprenti sorcier*, p. 112.

2. « Dossier William Blake », *OC* IX, p. 379. Bataille dit avoir découvert Blake « vers 1935 » (*OC* VII, p. 615).

3. « [...] la révolution ouvrière, susceptible d'attirer à soi avec une force aussi contraignante que celle qui dirige des organismes simples vers le soleil » (« La Notion de dépense », *OC* I, p. 318). Voir aussi « Soleil pourri », *Documents*, n° 3, 1930 ; *OC* I, p. 231-232.

4. *OC* II, p. 182. Prométhée est mentionné dans les pages supprimées en 1957, voir la version de 1935, ici p. 1108.

5. Ainsi nommé « avec sarcasme » par Georges Duthuit, comme le rappellera André Masson dans « Le Soc de la charrue », p. 702.

dérive dictatoriale[1]. Plus généralement, le premier rêve du protagoniste indique comment tout se joue entre une castration, négative, par Minerve (la sagesse) et une décollation « positive », qui libère de la cage de la rationalité. À nouveau, il s'agit de marquer une préférence pour la souveraineté gauche, celle de la tragédie (mise à mort du roi).

Entre ces deux mythes (ou entre le soleil et la décollation), le lien se noue par ce fait que le soleil a été, note Bataille, « exprimé mythologiquement [...] par un être anthropomorphe *dépourvu de tête*[2] ». Ce qui signifie aussi qu'ils renvoient tous deux à la folie et à la mort. Au fond de la convulsion de Dirty, sur laquelle s'ouvre le roman, comme du cri de triomphe sur quoi s'achève la Iʳᵉ partie, ou bien dans les suicides frôlés par Troppmann, Xénie, Lazare, Dirty, on trouve un défi fasciné à la mort : il faut risquer sa vie pour réaliser l'être humain, pour ne plus être un Esclave mais devenir un Maître[3]. De plus, comme la guerre selon Hegel, la mort selon Bataille donne accès à une espèce de communauté, dessinant une autre forme de la politique[4].

D'où l'importance du mythe de Don Juan — devenu chez Bataille nécrophile. On a vu que le chemin de Troppmann, comme celui du Dom Juan de Molière, croise celui d'un pauvre. Troppmann, pris entre les arrivées de Xénie et de Dirty à Barcelone, fait songer au grand seigneur face à Charlotte et Mathurine : mais il se tire d'affaire avec moins d'aisance, puisque, refusant la partie coquine à laquelle songe Dirty, il finit par repousser violemment Xénie. Pourtant, c'est à Mozart plus qu'à Molière que pense Bataille en écrivant *Le Bleu du ciel*[5] : à l'Ouverture de l'opéra, et à cette scène capitale, qui scande le roman, celle du défi triomphal au Commandeur. Mais que représente au juste ce dernier ? Nulle réponse univoque n'est possible, puisqu'il s'agit d'un fonctionnement mythique.

Dans la Iʳᵉ partie, le « je » voit « au milieu de la nuit » entrer dans sa chambre le Commandeur qu'il a invité « ironiquement ». Denis Hollier forme l'hypothèse que le Commandeur représente ici ce père séducteur dont Bataille aurait été victime[6], et qu'il mettra en scène dans *Histoire de rats* ; le Commandeur serait donc sexualisé[7].

À Vienne, après avoir vu une banderole noire « suspendue en l'honneur de la mort de Dollfuss », et qui évoque pour lui la nappe noire du souper auquel le Commandeur a prié Don Juan[8], Troppmann tente de se suicider ; s'il y renonce, c'est pour « regarder le sort bien en face »,

1. Le roman s'en prend donc à l'« autorité royale » décrite comme fondement du fascisme dans « La Structure psychologique du fascisme », *OC I*, p. 352.

2. « Soleil pourri », p. 174 ; *OC I*, p. 232.

3. Ce sont là encore des thèmes hégéliens analysés par Kojève en 1934, voir l'*Introduction à la lecture de Hegel*, p. 569-570 (« [...] l'être même de l'homme [...] se manifeste comme un *suicide* différé », « c'est [...] la *réalité* humaine qui se constitue ou se crée dans et par l'acte volontaire d'affronter la mort ») ; et en 1935 : « le suicide [...] est la " manifestation " la plus évidente de la négativité ou de la liberté » (p. 517) ; « toute l'Histoire [...] n'est rien d'autre que la négation progressive de la Servitude par l'Esclave » (p. 496).

4. « Le mouvement de désagrégation de la masse humaine, écrit Bataille, « ne peut être compensé [...] que par ce qui gravitera autour de figures de mort » (« Chronique nietzschéenne », *Acéphale*, nᵒ 3-4, juillet 1937 ; *OC I*, p. 489).

5. Voir le témoignage d'André Masson dans « Le Soc de la charrue », ainsi que « La Conjuration sacrée », *Acéphale*, nᵒ 1, juin 1936 ; *OC I*, p. 446.

6. Voir le rêve noté par Bataille en 1927, *OC II*, p. 9-10.

7. « La Tombe de Bataille », *Les Dépossédés*, p. 84.

8. Voir n. 23, p. 133.

c'est-à-dire la Mort nazie, deuxième figure du Commandeur. Cette scène sera reprise sur un mode mineur lorsque Troppmann, soigné par Xénie, voit une ombre s'agiter dans le cadre de sa fenêtre, et croit à l'entrée du Commandeur.

Croyant à la possibilité de sauver son âme par l'action révolutionnaire, fût-elle vouée à l'échec, et violemment insultée par Troppmann quand il gît sur ce qu'il pense être son lit de mort, Lazare elle aussi en vient à jouer le rôle du Commandeur : impératifs chrétien et révolutionnaire (anarchiste) se mêlent en elle.

Aussi, à Barcelone, Lazare défie la mort dans sa version communiste — le « Commandeur prolétarien[1] » — en affrontant le revolver que braque contre elle le jeune ouvrier Antonio. Le communisme fonctionne en effet comme une Loi : à la fois un impératif — ce qui le rapproche, hélas, du fascisme, pense Bataille —, une exigence de sacrifice, et un instrument de culpabilisation.

Rêvant d'une statue de Minerve qui voudrait le décapiter, Troppmann affronte le Commandeur de la Sagesse, ou plus précisément de la folie qu'est au fond la sagesse. Le cimeterre brandi par Minerve indique assez quel est le risque de castration fantasmé comme « choc en retour de ses désirs de mort[2] » contre les figures paternelles — tel M. Melou.

À la fin du roman, c'est Dirty qui en vient à représenter la Mort nazie, lorsque, désirable dans les bras de Troppmann, elle porte sa robe « du rouge des drapeaux à croix gammée ». Le premier rêve de Troppmann s'achevait ainsi : « je compris une part de ce rêve, Dirty, devenue folle, avait pris le vêtement et l'aspect de la statue du Commandeur ». En effet, Dirty, malade, porte la mort en elle : l'aimer, c'est aimer la mort.

Dans chacun de ces affrontements, on notera l'ambivalence de la figure du Commandeur, à la fois Loi extérieure, et incarnation, voire projection, du désir de mort propre au sujet bataillien, lequel est aussi bien Don Juan que le Commandeur... La Mort se présente tout ensemble comme un ennemi que l'on défie, y gagnant, en bonne logique hégélienne, sa propre souveraineté[3] comme un objet de fascination. Soit parce qu'à côté des hommes impératifs c'est à elle, selon la fin du « Fascisme en France », que cherchent à appartenir, « dans l'extase », les « éléments *étranges* » de la société humaine[4]. Soit, parce que, comme le notait Bataille en 1932, la conscience révolutionnaire « est libérée et grandie par la conscience de la mort possible[5] ».

Telle serait la dimension politique du roman, aussi riche que... confuse — et ce n'est pas un hasard si certaines idées, Bataille ne peut les confier qu'aux rêves de Troppmann. Cette confusion en un sens vaut ultime argument : comme l'écrit Denis Hollier, si « un peu d'équivoque rapproche du fascisme, beaucoup en éloigne[6] ». C'est à ce point que l'on

---

1. Expression de Denis Hollier, « Georges Bataille devant la critique communiste », dans *Georges Bataille. Actes du colloque international d'Amsterdam*, p. 72.

2. Bataille et Queneau, « La Critique des fondements de la dialectique hégélienne », *La Critique sociale*, n° 5, mars 1932, p. 211 (*OC I*, p. 288).

3. Voir la dialectique du maître et de l'esclave présentée par Kojève : le Maître est celui qui a su « *vouloir* sa mort, risquer sa vie », il a « accepté la mort consciemment » (*Introduction à la lecture de Hegel*, p. 52 et 54).

4. *OC II*, p. 212-213.

5. « Le Problème de l'État », *OC I*, p. 333.

6. « De l'équivoque entre littérature et politique », *Les Dépossédés*, p. 118.

peut comprendre tout l'intérêt du recours au genre romanesque, qui s'avère double. D'un côté, renoncer à écrire « Le Fascisme en France », remplacer l'étude par le roman, n'est-ce pas se reconnaître incapable de conduire à son terme une analyse de part en part rationnelle d'un phénomène qui lui-même ne l'est pas[1] ? En revanche, dans un roman, bafouant le principe de non-contradiction — autre manière de *perdre la tête* —, Bataille pourra ne cesser de « désavouer chaque signification éventuelle ébauchée[2] » : ainsi la « maigreur de dégénéré » du jeune chef nazi lui interdit d'appartenir à une prétendue race supérieure ; mais la belle Allemande rencontrée chez Fred Payne a « un visage dur et racé ». Préférer le roman à l'essai politique permettait donc à Bataille de retrouver un espace d'indécision, voire d'irresponsabilité (ce sera un trait essentiel de sa conception de la littérature développée dans *La Littérature et le Mal*, au prix d'un paradoxe de plus : l'écrivain selon Bataille est à la fois l'irresponsable par excellence et le coupable).

Valait-il alors la peine de s'occuper de politique ? Leiris se le demande, qui notait dans son *Journal*, le 26 décembre 1935 : « je reproche à Bataille de se mêler de politique, sous prétexte qu'il y perd son temps, que cela lui fait gâcher son don poétique » ; mais c'est pour ajouter : « il n'en reste pas moins que *Le Bleu du ciel* est un admirable livre, supérieur littérairement à la production de ceux qui comme moi se réclament de la seule littérature[3] ».

Un roman « poétique » et mystique.

En 1957, Maurice Nadeau remarquera lui aussi la qualité poétique paradoxale du roman, malgré l'animalité des personnages dans l'obscénité : « L'auteur force si évidemment les traits, montre une telle volonté d'aller "jusqu'au bout" de sa description et jusqu'à l'extrême des possibilités que comporte la situation, […] que tout comme chez Sade il s'opère un changement de plan du sordide au sublime. La description réaliste devient si exaspérée qu'elle se fait vision, rêve ou cauchemar, tandis que les personnages "s'essentialisent", survolent cette part animale […], s'en débarrassent à la façon d'un vêtement incommode. » C'est décrire avec acuité le statut singulier des personnages — allégoriques en un sens, notamment en raison de leurs noms, mais puissamment charnels d'un autre côté —, et l'effet poétique qui résulte de la tension entre les deux aspects[4].

Transmutation du sordide ou de l'horrible en sublime, disait Maurice Nadeau. Peut-être est-ce là une vue encore trop classique : s'il y a poésie, dans *Le Bleu du ciel*, c'est non sans haine de la poésie, c'est-à-dire au prix d'un refus de la fonction idéalisante classiquement attachée à elle. L'esthétique de la laideur ou du hors normes — celle déjà de la revue *Documents* —, que pratique volontiers Bataille dans *Le Bleu du ciel*, prend le risque du dégoût, comme on a vu, et se plaît même à frôler le ratage.

---

1. C'est l'idée de Leslie Hill dans *Bataille, Klossowski, Blanchot. Writing at the Limit*, Oxford University Press, 2001, p. 84-85.
2. Peter Collier, p. 92.
3. P. 294.
4. Dans *Les Lettres françaises* de décembre 1957 (n° 55, p. 818-826), Nadeau consacre toute sa chronique (intitulée « En marge ») au *Bleu du ciel*. La citation est tirée de la page 820.

La première page du roman inscrit la faille, la blessure dans la chair de Troppmann, dont la main droite porte un pansement, « suite d'une blessure de verre cassé ». De là une double signification : Troppmann se trouve voué, et le roman avec lui, à l'exploration du sacré gauche (impur), et à la gaucherie — comme si le roman était écrit *de la main gauche*. Sous ce dernier aspect, faut-il, à la façon de Baudelaire dans « Le Mauvais Vitrier » (*Le Spleen de Paris*), puis d'Apollinaire dans « Nuit rhénane » (*Alcools*), jouer sur l'homonymie entre *verre* (cassé) et *vers* ? Comme si *Le Bleu du ciel* ne tirait sa force poétique que de la poésie cassée qui l'habite. De fait, se libérant des règles du beau style, Bataille ne respecte pas toujours la ponctuation d'usage[1] ; il se soucie comme d'une guigne de l'interdiction des redites ; il emploie sans remords les verbes tenus pour plats — *être*, *avoir* (qu'on relise les cinq ou six premières lignes du roman). Il ne fuit pas toujours les raccourcis (« une blessure de verre cassé ») et multiplie les anacoluthes. Des temps verbaux il fait un usage singulier — à la limite de la discordance des temps —, qui, comme l'a noté un critique, « donne, à lecture naïve, une impression de maladresse par rapport à la syntaxe classique[2] » ; ainsi dans cette phrase de la IIe partie : « j'ai été terrifié, mais j'avais beau trembler, je restai devant ce cadavre », où l'on attendrait, après un passé composé (temps du discours), et pour exprimer la durée, l'imparfait plutôt que le passé simple (temps du récit).

Du coup Marguerite Duras en 1958 allait jusqu'à avancer que Georges Bataille « invente comment on peut ne pas écrire tout en écrivant. Il nous désapprend la littérature. L'absence de *style* du *Bleu du ciel* est un ravissement. C'est comme si l'auteur n'avait derrière lui aucune mémoire littéraire[3] ? ». Ce qui revient à négliger deux faits. D'une part, Bataille s'inscrit fort consciemment dans un champ littéraire : il prend pour modèle le Dostoïevski du *Sous-sol*, pour cible André Breton, écrit en dialogue avec Malraux, ou se rêve comme un Hemingway français, celui du *Soleil se lève aussi*, traduit chez Gallimard en 1933. Certes, de ce roman, qu'il avait lu sur le conseil de Queneau, Bataille dira avoir aimé « la fièvre et la sauvagerie, tout ce qui est immédiatement, directement[4] » ; de là, dans *Le Bleu du ciel*, cette manière d'écrire plate « qui en vient au fait, note Bernd Mattheus, sans préliminaires », avec un « laconisme souverain », dans le refus du psychologisme censément profond de la tradition française[5]. Il n'empêche que la simplicité ou l'immédiateté relèvent aussi d'une tradition littéraire, que Bataille découvre à son meilleur chez Hemingway. D'autre part, l'étude du travail stylistique fait en 1957 sur le dactylogramme établi en 1935 montre que Bataille cherche à créer une tension forte entre la gaucherie et l'élégance[6].

---

1. Voir ainsi, p. 125, à propos de Lazare : « Ce qu'elle supposait d'avance, chez les autres était l'indifférence la plus calme. »
2. Lucette Finas, *La Crue*, Gallimard, coll. « Le Chemin », 1972, p. 22.
3. « À propos de Georges Bataille », *La Ciguë*, n° 1, janvier 1958, p. 32 ; *Outside*, Gallimard, coll. « Folio », 1996, p. 35.
4. « Hemingway à la lumière de Hegel », *Critique*, n° 70, mars 1953 (*OC XII*, p. 244) : cet article traite longuement du *Soleil se lève aussi*. Le parallèle s'impose entre le Jake d'Hemingway, impuissant avec Brett Ashley, fascinante et souveraine dans l'ivresse et l'érotisme, d'une part, et d'autre part Troppmann face à Dirty.
5. B. Mattheus, « Koinzidenzen », *Das Blau des Himmels*, p. 189-190.
6. Voir la notule du *Bleu du ciel* de 1935, p. 1103-1108.

Un tel travail stylistique participe ainsi à ce que Bataille nommera « la tension majeure de la poésie[1] », à laquelle contribue aussi le caractère mystique du roman.

Certes ce mysticisme se présente sous le signe de l'inversion, et sur le fond d'un retournement de motifs chrétiens : Dirty, dont on apprendra qu'elle se nomme aussi Dorothea (don de Dieu, ou celle qui donne un autre Dieu ?), prend d'emblée la posture d'une anti-Vierge douloureuse ; Troppmann, avec sa main blessée, apparaît comme un anti-Christ souffrant, toujours prêt à « se jeter à ses pieds » (p. 50) ; c'est pour un baptême païen, solaire et sexualisé, qu'il se plonge dans la Méditerranée ; Dirty arrive en avion comme l'ange noir d'une contre-Annonciation, après être entrée dans une église à Vienne pour se prosterner devant l'absence de Dieu.

Cependant, les thèmes de l'idiotie, et du dépassement des savoirs — ici, idéalisme, marxisme, hégélianisme —, ne sont pas étrangers au mysticisme. Mais surtout, si l'on veut comprendre en quoi *Le Bleu du ciel* peut se lire comme un roman mystique, il faut le replacer dans le prolongement de cette « anthropologie mythologique » que Bataille élabore vers 1927, dans les textes consacrés à l'œil pinéal. Embryonnaire, situé au sommet du crâne, « d'axe vertical », cet œil témoignerait d'une « vision virtuelle », toute différente de la vision ordinaire (horizontale), et qui pour objets aurait le soleil et le ciel — d'où le titre du roman. Mais cette contemplation *désaxée* produit, conformément au mythe d'Icare, un vertige — celui-là même que connaît Troppman lorsqu'il devient « fou de soleil », ou bien Dirty et son amant face au « ciel vacillant » d'un « cimetière étoilé ». Ce qui advient alors, c'est une « extase par le bas », selon l'expression du Tchen de *La Condition humaine*, pensant à sa mort, expression que cite Bataille dans son compte rendu du roman de Malraux.

Ainsi *Le Bleu du ciel* tend à renverser toutes les oppositions : féminin et masculin, haut et bas, nuit et jour. Le langage défaille sans cesse à dire ces états complexes, cet en-dehors du *logos* (cette « hétérologie ») : aussi Bataille recourt-il souvent à ces procédés classiques de l'écriture mystique que sont les blancs et les ellipses (parfois signalées par des lignes de points), le paradoxisme (« Je jouis aujourd'hui d'être un objet d'horreur, de dégoût, pour le seul être auquel je suis lié », p. 121), l'oxymore (« hilarant et hideux », p. 142, « une impossible, une adorable "mouche des cabinets" », p. 176), et même le dépassement de l'oxymore par un troisième terme qui, en une parodie de dialectique, introduit un désordre et une indécision sans résolution : « Il était beau, hideux, risible[2] » (p. 162). C'est aussi à cette vacillation du sens, à cette instabilité brûlante du langage que tient la qualité à la fois poétique et mystique du *Bleu du ciel*.

Un roman non Nouveau paraît.

Il reste à tenter d'expliquer et le renoncement de Bataille, en 1935-1936, à publier son roman, et ce qui, outre l'insistance de ses amis, Masson, Leiris, en rendait opportune à ses yeux la publication en 1957.

---

1. « La Souveraineté de la fête et le Roman américain », *Critique*, n° 39, août 1949 ; *OC* XI, p. 521.
2. F. Marmande analyse cet exemple dans *L'Indifférence des ruines*, p. 101.

Sans doute, comme il le suggère dans son Avant-propos de 1957, Bataille abandonne-t-il le projet d'une publication dès que lui apparaît la gravité du soulèvement militaire en Espagne (lequel commence le 17 juillet 1936). En effet, sur ce plan politique, en offrant au public en 1936 un livre qui ne flatte guère la gauche catalane, et qui peint la montée du fascisme comme une espèce de catastrophe naturelle, Bataille aurait démenti sa propre figure de militant d'extrême gauche[1]. En revanche, en 1957, le nazisme a été vaincu, l'Italie n'est plus fasciste. Reste, certes, l'Espagne devenue franquiste, mais le monde entier s'en accommode.

Sur le plan des motifs privés, en 1936, Bataille voulait sans doute éviter de blesser les « modèles » de ses personnages[2], à savoir Sylvia, qui demeure son épouse, Colette — à qui le roman avait déplu[3] —, peut-être aussi Simone Weil. En revanche, en 1957, Sylvia Maklès, qui a divorcé de Bataille en 1946, est mariée depuis quatre ans avec Lacan (elle vit avec lui depuis plus de quinze ans) ; Colette Peignot est morte (de tuberculose, le 7 novembre 1938), Simone Weil aussi, en 1943.

En 1935 ou 1936, l'érotisme macabre du roman l'eût fait passer pour scandaleux. Certes, *Histoire de l'œil* l'est bien plus : aussi Bataille ne l'a-t-il « publiée » que sous pseudonyme, et à cent trente-quatre exemplaires. Mais c'est sous son propre nom que Bataille aurait voulu publier *Le Bleu du ciel*. Qu'il ait à la fois craint et voulu la censure, dans sa logique de recherche de la castration/punition, c'est ce qui se comprend aisément à relire le rêve de la Minerve au cimeterre : à s'approcher du marbre, à toucher une minerve — petite machine à imprimer —, on s'expose à être coupé[4]. Mais en 1957, un roman comme *Le Bleu du ciel* peut sembler plus recevable, la censure recule ; certes, Pauvert est encore sévèrement condamné en janvier 1957 pour avoir publié *Juliette ou les Prospérités du vice* ; néanmoins ont paru depuis dix ans bien des auteurs « scandaleux » — Henry Miller, avec *Tropique du Cancer* chez Denoël et *Tropique du Capricorne* aux Éditions du Chêne en 1946[5], Jean Genet (*Pompes funèbres* chez Gallimard en 1953), Pauline Réage (*Histoire d'O* chez Pauvert en 1954).

D'autre part, 1957 vient après 1956 — donc après l'écrasement à Budapest de la révolte hongroise contre l'U.R.S.S. Dès lors la critique du communisme par un intellectuel non classé à droite redevient acceptable. Il paraît moins suspect de montrer ce moment trouble où le communisme se révèle un cauchemar : l'Histoire a donné raison à Troppmann… et à la critique de la dictature soviétique qu'il partage avec Souvarine (dont le *Staline, aperçu historique du bolchevisme* a paru chez Plon en juin 1935).

---

1. « Qui eût été assez avisé pour comprendre que Bataille écrivît, si odieux, si ignoble qu'elle s'annonce, que la montée du fascisme serait de nature à satisfaire une humeur mauvaise ? », se demande Michel Surya, dans *Georges Bataille, la mort à l'œuvre*, Séguier, 1987 ; rééd. augmentée, Gallimard, 1992, p. 265.

2. C'est l'idée de Bernd Mattheus, *Georges Bataille. Eine Thanatographie*, t. I, p. 291.

3. Elle écrit, dans un projet de lettre à Bataille, datant de 1937 : « quelquefois encore je suis lâche : ce livre, je ne le supporte pas plus que je ne me supporte. Relis certains passages et sois franc : tu ne les aurais pas écrits ni même pensés si tu ne m'avais connue. Il y a un passage atroce : une phrase que je t'ai dite » ; et plus loin : « Depuis que je vous ai dit avoir "détesté" votre livre vous êtes devenu un frère je veux dire : j'entrais dans la vue d'une amitié vraie et cela m'importait et m'importe encore » (Laure, *Écrits retrouvés*, Les Cahiers des brisants, Mont de Marsan, 1987, p. 96-97 et 105).

4. Voir n. 56, p. 142.

5. Voir Bataille, « L'Inculpation d'Henry Miller », *Critique*, n° 3-4, août-septembre 1946.

Bataille reprend donc son roman, non sans en retoucher le style[1]. Pourquoi le fait-il publier chez Pauvert plutôt que par Lindon? Parce que le premier, qui venait de publier *Madame Edwarda* (en 1956) était plus ouvert à l'érotisme que le second? Sans doute: mais surtout pour démarquer *Le Bleu du ciel* du Nouveau Roman; Bataille espérait voir son livre bénéficier du fort contraste qu'il offre avec des œuvres qui à son goût manquent sûrement et de rage personnelle, et de sens de la crise politique, et de véritable érotisme[2]. Cependant *Le Bleu du ciel* n'obtint qu'un succès d'estime. Dans une lettre du 24 novembre 1958, adressée à Jean-Jacques Pauvert[3], l'écrivain se plaint de recevoir des informations contradictoires sur la vente de son livre: en février 1958, on lui parlait d'un total de deux mille exemplaires vendus, qui en novembre de la même année n'étaient plus que mille cinq cents[4]! Rares ont été les articles consacrés, dans la presse ou les revues, au roman de Bataille en 1957 ou 1958. On a déjà évoqué la réaction la plus enthousiaste, celle de Maurice Nadeau, qui insiste sur l'érotisme du roman: l'obscénité de Dirty lui apparaît comme « ce débridement de l'animal qui est en nous et auquel dans l'ordinaire de la vie nous n'osons ou ne pouvons donner toute sa part ». Henry Amer, quant à lui, dans *La NRF*, est plus sensible à la portée historique ou politique de ce « roman terrible et prophétique », qui exprime le sentiment « que les forces de la vie elle-même exigent le coup d'État de la mort ». Autant qu'à la catastrophe fasciste, c'est à l'apocalypse nucléaire que semble songer le critique: « Rien de plus salutaire qu'un esprit comme G. Bataille se fasse le veilleur de notre angoisse et le dénonciateur de notre part de ténèbres. Face à l'optimisme béat d'un humanitarisme trop répandu, son œuvre est là pour nous avertir que le danger toujours nous menace, et qu'il gît au cœur de nous-mêmes[5]. »

Quelles raisons peuvent avoir déterminé l'insuccès du *Bleu du ciel*? D'une part, *L'Érotisme* ainsi que *La Littérature et le Mal* paraissent avoir accaparé l'essentiel de l'attention des critiques: Henry Amer ne consacre au *Bleu du ciel* que les dix dernières lignes des quatre pages qu'occupe son compte rendu. D'autre part, aucune grande voix d'écrivain ne s'est élevée pour saluer le roman: en juillet 1956 Maurice Blanchot avait, dans sa chronique de *La NRF*, encensé *Madame Edwarda* rééditée; mais dans la livraison où paraît d'Henry Amer, sans doute peu soucieux de revenir sur les années 1930 et la montée du fascisme, il consacre son propos à une comparaison entre l'infini de Borges et celui de Michaux[6].

---

1. Pour une description de cette réécriture, voir la notule du *Bleu du ciel* de 1935, p. 1105.

2. Il ne semble donc pas que Bataille ait été sensible à la dédicace que lui adresse Robbe-Grillet lui offrant *Le Voyeur* en 1955: « Pour Georges Bataille en témoignage d'admiration et d'amitié / *Le Voyeur* / car les yeux / même pour le crime / sont un plus sûr moyen ici / que la main » (collection Julie Bataille).

3. Fonds Pauvert, IMEC et Bibliothèque municipale d'Orléans, ms. 2564.

4. « Il a fallu [...] attendre quatre ans pour épuiser la première édition de trois mille exemplaires », écrit Jean-Jacques Pauvert en 1970 (« Bataille était le contraire d'un écrivain », *Magazine littéraire*, n° 45, octobre 1970, p. 14).

5. *La Nouvelle Revue française*, 1er janvier 1958, p. 138-142. Henry Amer est le pseudonyme d'Henry Bouillier.

6. « L'Infini et l'Infini », p. 98-110, repris dans *Le Livre à venir*. Mais on peut lire comme une réaction au *Bleu du ciel* les développements de Blanchot sur la réponse et la question, à partir des phrases « Le ciel est bleu » ou « Le ciel est-il bleu? » (« La question la plus profonde », *NRF*, décembre 1960, repris dans *L'Entretien infini*).

Leiris — s'est-il reconnu dans le personnage de Michel ? — se tait : il est vrai qu'il se remet difficilement d'une tentative de suicide (commise dans la nuit du 29 au 30 mai 1957), et séjourne en septembre et octobre, pour se soigner, en Toscane ; c'est à *La Modification* qu'il va consacrer un article[1]. Par ailleurs, le statut littéraire du livre a fait problème : Bataille va à l'extrême « sans craindre de friser parfois la mauvaise littérature », remarquait Nadeau, et dans sa chronique littéraire de la revue *Synthèses*, Marcel Lecomte écrit du *Bleu du ciel* qu'il « assume des scènes et des moments qui jusqu'ici pouvons-nous dire n'avaient pas été intégrés par la littérature mais bien plutôt par une extra-littérature[2] ». Enfin, en 1957, les suffrages se portent vers le Nouveau Roman — Michel Butor obtient le prix Théophraste Renaudot pour *La Modification* —, ou vers un autre type de libertinage, celui de Roger Vailland, à qui *La Loi* vaut le prix Goncourt.

Près de quarante ans plus tard, la fièvre qui anime *Le Bleu du ciel*, son intensité extrême, n'ont pas faibli. À ce roman s'applique au mieux cette phrase de Bataille dans un article de mai 1955 : « [...] la littérature est la seule voix, déjà brisée, que nous donnons à cette impossibilité glorieuse où nous sommes de ne pas être déchirés ; elle est la voix que nous donnons au désir de ne rien résoudre, mais visiblement, heureusement, de nous donner au déchirement jusqu'à la fin[3] ». Pour cette voix déchirée, Bataille ne demande pas de l'admiration ; c'est une *communication* qu'il s'agit d'établir : il faut, lisant ce roman, admettre que seule l'horreur est « assez brutale pour briser ce qui étouffe[4] », et donner accès au bleu du ciel ; il faut aussi consentir à perdre soi-même la tête, si l'on veut approcher la souveraineté *par le bas*. Plus que jamais, dans *Le Bleu du ciel*, Bataille cherche à troubler son lecteur, à le *déranger* : « le malaise est souvent le secret des plaisirs les plus grands[5] ». Au lecteur de s'y exposer : de rencontrer ce bloc angoissé chu, à la fois, du bleu du ciel, et du ciel d'en bas.

JEAN-FRANÇOIS LOUETTE.

BIBLIOGRAPHIE

Collier (Peter), « *Le Bleu du ciel*. Psychanalyse de la politique », Jan Versteeg éd., *Georges Bataille. Actes du colloque international d'Amsterdam (21 et 22 juin 1985)*, Amsterdam, Rodopi, 1987, p. 73-93.

Dandurand (Guy), « À la Criolla. Pour une lecture de l'extravagance », *Bataille-Leiris. L'intenable assentiment au monde*, Francis Marmande éd., Belin, 1999, p. 227-233.

Ernst (Gilles), « Bataille » *Dictionnaire de Don Juan*, Pierre Brunel dir., Robert Laffont, 1999, p. 66-70.

---

1. « Le Réalisme mythologique de Michel Butor », *Critique*, nº 129, février 1958.
2. *Synthèses*, nº 149-151, Bruxelles, janvier-février 1958, p. 167-171.
3. « Le Paradoxe de l'érotisme », *La Nouvelle Nouvelle Revue française*, nº 29, mai 1955 ; *OC XII*, p. 325.
4. Bataille, Article « Œil », *Documents*, nº 4, septembre 1929 ; *OC I*, p. 187.
5. *OC XI*, p. 26.

FINTER (Helga), « Das Lachen Don Giovannis. Zu Georges Batailles Rezeption des *dissoluto punito* », *Das Phänomen Mozart im 20. Jahrhundert*, éd. Peter Csobadi *et alii*, Salzburg, 1991, p. 639-660.

—, « Heterologie und Repräsentation : Strategien des Lachens. Zu Georges Batailles *Le Bleu du ciel* », H. Finter et Georg Maag éd., *Bataille lesen. Die Schrift und das Unmögliche*, Munich, 1992, p. 13-31.

FITCH (Brian T.), *Monde à l'envers, texte réversible. La fiction de Georges Bataille*, Minard, « Situation », n° 42, 1982.

FRAISSE (Simone), « La Représentation de Simone Weil dans *Le Bleu du Ciel* », *Cahiers Simone Weil*, t. V, n° 2, mars 1982, p. 81-91.

HILL (Leslie), *Bataille, Klossowski, Blanchot. Writing at the Limit*, Oxford University Press, 2001 (p. 70-85).

HOLLIER (Denis), « La Tombe de Bataille », *Les Dépossédés*, Éd. de Minuit, 1993, p. 73-99.

KIBLER (Louis), « Imagery in Georges Bataille's *Le Bleu du ciel* », *French Review*, vol. XLVII, Special Issue, n° 6, printemps 1974, p. 208-218.

MARMANDE (Francis), *L'Indifférence des ruines. Variations sur l'écriture du « Bleu du ciel »*, Marseille, Parenthèses, 1985.

—, *Georges Bataille politique*, Presses universitaires de Lyon, 1985 (3ᵉ partie, p. 169-220).

—, « Sogno e scrittura : *L'Azzurro del cielo* di Georges Bataille », *Scene del sogno*, Arturo Mazzarella et Jacqueline Risset éd., Rome, Artemide Edizioni, 2003, p. 169-185.

MATTHEUS (Bernd), « Koinzidenzen », *Georges Bataille, Das Blau des Himmels*, Munich, Matthes et Seitz, 1990, p. 185-228.

ORLANDI CERENZA (G.), « Un manuscrit inédit de Bataille : de nouvelles variantes du *Bleu du ciel* », *Les Lettres romanes*, t. XLV, n° 1-2, 1991, p. 77-86.

PIERSSENS (Michel), « Notes sur Bataille, la guerre, l'Espagne », dans *Les Écrivains et la Guerre d'Espagne*, Marc Hanrez éd., Les Dossiers H, Pantheon Press France, 1975, p. 223-229.

RUBIN SULEIMAN (Susan), « Bataille in the Street : the Search for Virility in the 1930s », *Bataille. Writing the Sacred*, Carolyn Bailey Gill éd., Warwick Studies in European Philosophy, Londres et New-York, Routledge, 1995, p. 26-45.

SANTONE (Laura), « La rivolta " eterogenea " del basso. Su *Le Bleu du ciel* di Georges Bataille », *Dismisura*, n° 108, 1992, p. 52-55.

SMOCK (Ann) et ZUCKERMAN (Phyllis), « Politics and Eroticism in *Le Bleu du Ciel* », *Semiotext(e)*, II, n° 2, 1976, p. 57-86.

SOLLERS (Philippe), « *Le Bleu du ciel* », *La Guerre du goût*, Gallimard, coll. « Folio », 1996, p. 480-484.

THÉVENIEAU (Yves), *La Question du récit dans l'œuvre de Georges Bataille*, thèse de doctorat, Université de Lyon-II, 1986, 2ᵉ partie, p. 317-481.

WAGNER (Nicolas), « Georges Bataille, l'écrivain : 1929-1939 », *Cahiers Georges Bataille*, n° 2, mars 1983, p. 69-95.

ZENKINE (Serge), « Un rêve russe de Georges Bataille » (en russe), *Obraz Rossii vo frantsuzskoi literature XX veka*, Olga Voltchek et Serguei Fokine éd., Saint-Pétersbourg, Naouka, 2002.

J.-F. L.

NOTE SUR LE TEXTE

L'histoire du texte se présente ainsi.

1. Bataille, commençant *Le Bleu du ciel*, reprend un récit scandaleux qu'il a intitulé « Dirty », et qu'il datera tantôt de 1928, tantôt de 1929. Mais si « Dirty » provient du roman *W.-C.*, sa première rédaction remonterait à 1925 ou 1926, et 1928 ou 1929 désigneraient la date d'un remaniement[1]. Dans *Le Petit*, en 1943, Bataille indiquera qu'il avait donné « à l'auteur de *W.-C.* le pseudonyme de Troppmann[2] » — lequel deviendra le narrateur et protagoniste du *Bleu du ciel*.

2. D'autre part, Bataille dispose aussi d'une séquence, d'écriture aphoristique, qui ressemble à bien des égards à *L'Anus solaire* (écrit en 1926 ou 1927, publié en 1931), et au projet sur « L'Œil pinéal » (conçu vers 1927). Dans une note de 1953, Bataille livrera une indication un peu hésitante mais précieuse : ce texte, intitulé « Le Bleu du ciel » lors de sa publication en juin 1936 dans la revue *Minotaure*, puis modifié en 1942 pour prendre place dans *L'Expérience intérieure*, et accompagné alors de la date « 1934 », est en fait « antérieur à 1930 » : il date « sans doute de 1926[3] ».

3. Le premier geste de Bataille pour amorcer son roman semble avoir été de recopier ces deux textes, en les retouchant quelque peu. C'est ce que laisse penser l'examen d'un manuscrit autographe, qui constitue la première rédaction complète du roman. Formé de 196 feuillets, portant le nom de Georges Bataille sur sa page de titre (pas de recours au pseudonyme ici), et *in fine* la mention « Tossa, mai 1935 » (nous le désignons sous le sigle *ms.*), il est conservé à la Houghton Library de Harvard (cote : MS FR 359), laquelle l'a acheté en août 1985 à un libraire parisien.

Trois feuillets manuscrits autographes, qui auraient pu prendre place au début de l'« Histoire d'Antonio », sont conservés au département des manuscrits occidentaux de la BNF (boîte 6 A, c, p. 16-18). Ces feuillets ont été transcrits par Thadée Klossowski dans le tome III des *Œuvres complètes* (p. 562-563).

4. À son retour en France, en juin 1935, Bataille fait établir — ou plus probablement établit lui-même — trois exemplaires d'un dactylogramme de son texte. L'original se trouve aujourd'hui à la Réserve de la BNF, une copie à la Médiathèque d'Orléans, la deuxième copie est perdue.

5. En 1936, on l'a vu[4], Bataille renonce à la publication de son roman. Mais dans le numéro 8 de la revue *Minotaure*, qui paraît le 15 juin 1936, sous le titre de « Montserrat » sont publiés deux textes : « I. Du haut de Montserrat », court poème d'André Masson qui chapeaute la reproduction d'un de ses tableaux, « Aube à Montserrat. 1935 » ; « II. Le Bleu du ciel », signé de Bataille, avec la photographie de *Paysage aux prodiges* de Masson. Ce dernier texte correspond aux pages — sur papier rose — qui dans les différents exemplaires du dactylogramme forment l'« Introduction » de la « Deuxième partie ».

---

1. Voir la notule de « Dirty », p. 1111-1112.
2. P. 364.
3. *OC V*, p. 421.
4. Voir la Notice, p. 1070-1071.

Peut-être la parution dans *Minotaure* réveille-t-elle chez Bataille le désir de publier la totalité de son roman ? Deux exemplaires de son dactylo-gramme (BNF, Orléans) font alors l'objet d'une campagne de corrections, autographes, à l'encre noire, et aussi au crayon bleu. Sur l'exem-plaire dactylographié que conserve la BNF (l'original) figurent en tout cas, pour la partie qui s'intitule alors « Le Bleu du ciel », des corrections (ponctuation, majuscules, mots supprimés, transformations) non inté-grées à l'article de *Minotaure*[1] : donc postérieures, on peut le supposer, à cette publication. Le roman dès lors est « terminé[2] ».

C'est cet exemplaire original qui est alors « proposé à Guy Lévis Mano pour publication[3] ». De fait, ce sont les éditions G.L.M. qui font paraître la revue *Acéphale*, dont le premier numéro porte la date du 24 juin 1936, et aussi *Sacrifices* (texte de Bataille, cinq eaux-fortes de Mas-son), toujours en 1936. Mais — peut-être parce que Lévis Mano publiait surtout des plaquettes —, ce nouveau projet de publication échoue. Sans doute Bataille a-t-il alors vendu ce dactylogramme à Lévis Mano, soit 191 feuillets, qui ont été légués par l'éditeur-imprimeur à la BNF en 1980[4]. Ils sont conservés à la Réserve des livres rares, collection Guy Lévis Mano (cote : Rés. 4° Z, Lévis Mano 87), sous une reliure due à Jean de Gonnet. Nous les désignons par le sigle *dactyl. BNF*.

Un deuxième exemplaire de ce dactylogramme se compose de 191 feuillets sur papier pelure : il se trouve, avec un feuillet volant manuscrit, sous la cote MS 2355, à la Médiathèque d'Orléans (qui a hérité du fonds de l'ancienne Bibliothèque municipale d'Orléans, dont Bataille fut un temps le conservateur). Toutes les pages sont d'un papier blanc jauni, sauf les pages 18 à 31 (supprimées du texte définitif du roman), sur un papier de couleur rose vif. Cet exemplaire a été acheté en 1979, au nom de la BM d'Orléans, par M. Hauchecorne, qui à Orléans avait succédé à Bataille. Il s'agit, selon les indications notées de la main de M. Hauchecorne dans le registre des entrées des manuscrits, d'une « frappe carbone avec quelques corrections manuscrites. Achat à un particulier » (sans doute le docteur Delteil).

Bataille n'a donc plus entre les mains que la dernière copie sur papier pelure de son roman[5]. En 1957, il la corrige abondamment, pour consti-tuer le texte publié par Pauvert ; en particulier, pour la transformer en « Première partie », il abrège très sensiblement l'ancienne « Introduction » de la « Deuxième partie ». Si l'original de ce troisième exemplaire du dactylogramme manque aujourd'hui à la BNF, une photocopie complète en est conservée dans les archives des éditions Gallimard (dossier Bataille, boîte 2 V, paginé 1 à 191, les pages 18 à 34 ayant été supprimées par Bataille), et nous avons pu l'y consulter grâce à l'obligeance de Jean-Pierre Dauphin.

Ainsi en 1957 la première édition du roman est aussi la dernière revue

---

1. Voir par exemple p. 23-24 et 27 de *dactyl. BNF*.
2. « Terminé en 1936 », selon le prospectus de 1957, voir « Autour du *Bleu du ciel* », p. 311.
3. Fiche de la Réserve de la BNF.
4. Ce dactylogramme a été étudié par G. Orlandi Cereza dans son article « Un manus-crit inédit de Bataille : de nouvelles variantes du *Bleu du ciel* », *Les Lettres romanes*, t. XLV, n° 1-2, 1991, p. 77-86.
5. C'est ce « seul exemplaire » qu'évoque le prospectus des trois éditeurs en 1957, voir « Autour du *Bleu du ciel* », p. 311.

par l'auteur, chez Jean-Jacques Pauvert : un volume in-8° couronne, tiré à 3000 exemplaires numérotés, achevé d'imprimer du 30 septembre 1957. La couverture représente un ciel bleu où flottent quelques nuages. Sur la page de garde, le titre est imprimé en bleu ciel. La quatrième de couverture énumère d'autres livres « érotiques » parus chez le même éditeur : *Madame Edwarda* de Pierre Angélique, avec une préface de Georges Bataille, *Les Fleurs du mal*, *Le Bain de Diane* de Pierre Klossowski, *Histoire d'O* de Pauline Réage, *Justine ou les Malheurs de la vertu* de Sade.

Le roman a fait l'objet d'une réédition chez Pauvert au quatrième trimestre 1966, dans la même présentation. Puis il a été repris dans la collection 10/18 à partir de 1970.

La première édition scientifique du texte a été procurée, dans le tome III des *Œuvres complètes* (Gallimard, 1971), par Thadée Klossowski, avec la transcription de quelques avant-textes (p. 560-563). Le roman est ensuite passé, chez le même éditeur, dans la collection « L'Imaginaire », à partir de mai 1991.

La présente édition reproduit le texte de l'édition originale (Pauvert, 1957), établi sur l'exemplaire numéroté 1905 du premier tirage. Nous en respectons la ponctuation parfois curieuse.

Dans une section intitulée « Autour du *Bleu du ciel* », nous donnons successivement :

— Le journal intitulé « Les Présages » tenu par Bataille du 8 au 30 mai 1935 (publié par Thadée Klossowski dans *OC II*, p. 266-270).

— Une transcription des trois feuillets autographes conservés à la BNF (site Richelieu).

— Pour la première fois *in extenso*, le texte du manuscrit de 1935. Nous le corrigeons de quelques menues fautes d'orthographe (surtout d'accentuation).

Nous y avons adjoint des variantes de deux types. 1. Notées *ms.* elles sont relevées sur le manuscrit lui-même. La plupart de ces variantes représentent un premier jet. En revanche la datation de celles qui concernent l'ensemble d'aphorismes intitulé, dans le roman, « Le Bleu du ciel » est moins assurée. Il se peut en effet que Bataille ait opéré des corrections dans cet ensemble après sa publication en juin 1936 dans la revue *Minotaure* : de fait, le texte donné par la revue est — le plus souvent — celui qui se lit sous les ratures de cette section dans le manuscrit. 2. L'autre type de variantes, notées *dactyl. Orléans* ou *dactyl. BNF*, correspond aux corrections autographes que Bataille a portées sur deux des exemplaires de son dactylogramme ; lorsque les deux exemplaires du dactylogramme s'accordent sur la même leçon, nous les désignons par le seul sigle *dactyl.* Ces corrections datent très vraisemblablement de 1936 ; en tout cas elles ne sauraient être postérieures à 1938, puisque sur l'exemplaire du dactylogramme conservé à la BNF figure, écrite de la main de Bataille, son adresse de la rue de Rennes, domicile qu'il quitte au printemps 1938.

— Le texte de « Dirty », tel qu'il paraît en 1945.

J.-F. L.

NOTES ET VARIANTES

[Page de titre.]

1. Sur le premier titre auquel pensait Bataille, « Les Présages », voir la Notice, p. 1035-1036. Le titre finalement retenu ne va pas sans ironie, puisqu'il retourne le titre *Le Sous-sol* (Dostoïevski), et que le roman rejette la fuite icarienne, idéaliste : l'« imbécile élévation » (*OC II*, p. 109). — Pour les valeurs très diverses du ciel chez Bataille, voir en particulier le « Dossier de *L'Œil pinéal* » (*OC II*, p. 26 : « le ciel beau comme la mort, pâle et invraisemblable comme la mort ») ; « La " Vieille Taupe " et le Préfixe *sur* dans les mots *surhomme* et *surréaliste* » (« le ciel, lieu d'élection de l'aigle impérialiste comme des utopies chrétiennes ou révolutionnaires », *OC II*, p. 97) ; *Le Coupable*, 1944, *OC V*, p. 283 et 326 (« Quiconque regarde la mort cesse d'appartenir à une chambre, à des proches, il se rend aux libres jeux du ciel » ; « Le ciel : lien oblique m'unissant à ceux qui respirent sous son étendue ; m'unissant même aux êtres à venir ».

2. Sur les relations qu'entretiennent, depuis 1925, Bataille et Masson, voir la Notice, p. 1036-1037. La communauté de vues est très grande entre les deux hommes : même goût pour Sade et Nietzsche, même fascination pour le mythe de Don Juan, pour les métamorphoses, même tendance à se représenter la sexualité comme un sacrifice. En 1940 Bataille consacrera un texte à son ami, sous le titre « Les Mangeurs d'étoiles », *André Masson*, Rouen, 1940, p. 24-28 (*OC I*, p. 564-568) ; en mai 1946 dans le numéro 19 de *Labyrinthe*, il publiera un article intitulé « André Masson » (*OC XI*, p. 35-40). En juin 1957 une lettre de Masson (*Le Rebelle du surréalisme*, p. 298) atteste qu'il cherche des illustrations pour le livre que prépare Bataille, *Les Larmes d'Éros*, où celui-ci écrira que « Masson est certainement celui des peintres qui a le mieux exprimé les valeurs religieuses profondes et déchirantes de l'érotisme » (Pauvert, p. 196). Pour d'autres détails, voir Jean-Paul Clébert, « Georges Bataille et André Masson », *Les Lettres nouvelles*, n° 3, mai 1971, p. 47-80, et Françoise Will-Levaillant, « Masson, Bataille, ou l'Incongruité des signes (1928-1937) », *Cahiers Bataille*, n° 1, Faculté des Lettres de Clermont-Ferrand-II, octobre-décembre 1981, p. 57-68.

Avant-propos.

1. Bataille fait allusion ici aux recherches menées par les « nouveaux romanciers » : notamment Alain Robbe-Grillet et Michel Butor ; l'année 1957 voit paraître, du premier, *La Jalousie*, et du second, *La Modification*, ainsi que *Le Vent* de Claude Simon.

2. La rage est une expérience fondamentale chez Bataille. Voir par exemple « Le Gros Orteil », *Documents*, n° 6, novembre 1929 (« La vie humaine comporte en fait la rage de voir qu'il s'agit d'un mouvement de va-et-vient de l'ordure à l'idéal et de l'idéal à l'ordure », *OC I*, p. 200-201) ; « Le Jeu lugubre » (« Il s'agit seulement de savoir comment on peut exercer sa rage ; si on veut seulement tournoyer comme des fous

autour des prisons, ou bien les renverser », *OC I*, p. 211) ; ou encore, dans *L'Érotisme* (1957) : avec le désir sexuel, « une rage, brusquement, s'empare d'un être » (*OC X*, p. 106). — Yves Thévenieau a souligné que dans *Le Bleu du ciel*, pour raconter, les personnages (Troppmann, Michel, Xénie, Dirty) doivent être hors d'eux : près de l'idiotie ou de la mort, dans les larmes, dans la rage (*La Question du récit dans l'œuvre de Georges Bataille*, t. I, p. 347-349).

3. Sur l'impossible, voir la Notice de *L'Impossible*, p. 1216 et suiv.

4. Sur ce thème de la « double vue », que Bataille reprend de Léon Chestov, voir la notule de « Dirty », p. 1112.

5. Cette grande formule de Bataille évoque d'abord un passage des « Réminiscences » (*Histoire de l'œil*, p. 49), à propos du cri poussé par le père de Bataille (« DIS DONC, DOCTEUR, QUAND TU AURAS FINI DE PINER MA FEMME ! ») : « Cette phrase, ruinant l'effet d'une éducation sévère, me laissa […] la constante obligation inconsciemment subie de trouver dans ma vie et mes pensées ses équivalences ». Elle fait aussi songer à l'« Idée sur les romans » de Sade, qui ouvre *Les Crimes de l'amour* : un roman intéresse si par lui « indispensablement nos âmes se déchirent » (Gallimard, coll. « Folio », 1987, p. 30). Emmanuel Tibloux a analysé cette « esthétique de l'intensité », et l'inscription de la « pression affective » à même la langue de Bataille, dans « Georges Bataille, la vie à l'œuvre. "L'apéritif catégorique", ou comment rendre sensible l'intensité de la vie affective », *L'Infini*, no 73, printemps 2001, p. 49-63.

6. Dans « Sade, 1740-1814 » (*Critique*, no 78, novembre 1953 ; *OC XII*, p. 295-310), Bataille mentionne une édition des *Crimes de l'amour*, parue chez Pauvert en 1952, avec *Eugénie de Franval* (l'histoire d'un inceste entre père et fille). Sur le rapport à Sade, voir n. 75, p. 150, et la Notice de *L'Abbé C.*, p. 1274. — Pendant la période de rédaction du *Bleu du ciel*, Bataille, du 16 septembre 1934 au 31 janvier 1935, emprunte à la BN *Les Hauts de Hurlevent* (*OC XII*, p. 597), dont la nécrophilie n'est pas absente (chap. XXVIII : Heathcliff veut que son cercueil futur communique avec celui de Cathy) ; voir aussi des notes pour *Le Coupable*, datant de juin 1940, après avoir vu le film tiré du roman : « Heathcliff vivant avec le fantôme de Cathy — comme j'ai voulu vivre avec le fantôme de Laure… » (*OC V*, p. 523-524). — *Le Procès* paraît chez Gallimard en 1933 ; Bataille dira avoir connu l'œuvre de Kafka « vers 1935 » (*OC VII*, p. 615). — *À la recherche du temps perdu*, lu dès les années 1920, est une référence constante dans *L'Expérience intérieure* (1943) ; Bataille s'intéresse tout particulièrement à la transgression commise par Mlle de Vinteuil, voir son article « Marcel Proust et la mère profanée » (*Critique*, décembre 1946 ; *OC XI*, p. 151-161). Proust fait l'objet d'une étude dans *La Littérature et le Mal*, comme Sade, Kafka, Emily Brontë. — Blanchot publie *L'Arrêt de mort* chez Gallimard en mai 1948 ; Bataille parle de ce récit dans « Maurice Blanchot », texte inachevé, datant sans doute de 1954, publié dans *Gramma*, 1976, no 3-4 (voir p. 220-221).

7. Sur les valeurs de cet adverbe chez Bataille, voir l'Introduction, p. LXXVI.

8. Sans doute Michel Leiris, André Masson et Daniel-Henry Kahn-weiler.

Introduction.

1. Voir la lettre de Bataille (11 septembre 1957) à Pauvert : ce titre
« pourrait être donné soit en italiques (ce serait le mieux selon moi)
soit en grandes capitales » (Fonds Pauvert de l'IMEC, et Bibliothèque
municipale d'Orléans, ms. 2564). Pour son sens, voir, *Ma mère*, la lettre
d'Hélène à son fils (p. 815) : « [...] il y a une introduction. Sans cette
introduction, il n'y aurait pas eu de plaisir, et je n'aurais pas pu dans les
bois renverser ce monde-ci pour y trouver l'autre ».

2. Voir *L'Abbé C.*, chap. XIII (p. 670), et la Notice, p. 1039.

3. Le récit attire d'emblée l'attention sur la main sanglante d'un
homme dont Dirty va crier le nom de criminel célèbre. Bataille s'inspire
peut-être du livre de Pierre Bouchardon, *Troppmann* (Albin Michel, 1932),
où il est précisé que lors de son arrestation, « à la main gauche, l'homme
porte plusieurs coupures assez récentes » (p. 41). Selon l'expression
d'une historienne (Michelle Perrot, « L'affaire Troppmann (1869) », *L'Histoire*, n° 30, janvier 1981, p. 28-37, repris dans *Les Ombres de l'Histoire.
Crime et châtiment au XIXᵉ siècle*, Flammarion, coll. « Champs », 2001), cette
main devint « le point de mire de tous les regards », en raison de sa force
et de sa difformité. — Cette main coupée évoque aussi *L'Impossible*
(1962) : « *Un peu blessée j'écris main gauche* » (p. 509 de la présente édition).

4. Voir *L'Abbé C.*, p. 700 (« comme on casse des vitres, en un mouvement de rage »).

5. Sur la convulsion, voir la Notice, p. 1056-1058.

6. Dans *La Souveraineté* (*OC VIII*, p. 268 et 667), Bataille parlera de
« l'intensité explosive » propre au « mouvement crispé » de la transgression des limites par l'être souverain ; l'« animalité » est « un bouillonnement premier », le « frein », des interdits produit une « condensation », la
transgression se fait sous forme d'« explosions ».

7. Sur la valeur des larmes chez Bataille, voir son exposé au Collège
de sociologie (*OC II*, p. 314 et 318) ; *Sur Nietzsche* (*OC VI*, p. 70 : « Les
sanglots signifient la communication brisée » et par là arrachée à l'habitude, rendue à son « *charme* ») ; sa conférence de 1953, « Non-savoir,
rire et larmes » (*OC VIII*, p. 214-233, où est notamment développée
la notion de « larmes de la réussite ») ; un passage de *La Souveraineté*
(*OC VIII*, p. 254-256 : l'élément miraculeux des larmes).

8. P. Bouchardon (*Troppmann*) détaille les crimes de cet assassin : il
empoisonna le père Kinck en Alsace le 25 août 1869 ; puis tua à l'arme
blanche, dans la plaine de Pantin, le fils aîné de la même famille, le
17 septembre 1869 ; enfin, le 19 septembre, dans la même plaine, la mère
(enceinte de six mois) et ses cinq enfants. Arrêté au Havre, Jean-Baptiste
Troppmann fut guillotiné, à vingt ans, le 19 janvier 1870. Si Bataille a lu
le livre de Bouchardon, il n'a pu manquer d'être frappé par l'épigraphe
empruntée à Balzac : « Répétez-vous à vous-même ce nom composé de
deux syllabes ; n'y trouvez-vous pas une sinistre signifiance ? (Z. *Mar-
cas*). » D'un caractère hétéroclite évident (français et allemand, voire
anglais : *man*, et grec : *anthropos*), le nom de Troppmann a suscité les
gloses : Bernd Mattheus y voit (*Georges Bataille. Eine Thanatographie*, t. I,
p. 287) à la fois l'homme *de* trop et *du* trop : superflu et excessif ; F. Marmande, qui rappelle que ce nom est cité par Rimbaud dans l'*Album
zutique* (mais aussi par Lautréamont dans ses *Poésies*), le glose doublement

dans *L'Indifférence des ruines* (p. 86) : il y lit à la fois « trop humain » et « trope-man », l'homme submergé de paroles. De son côté Susan R. Suleiman décompose ainsi ce nom : « Trop-peu-mann » (« Bataille in the Street [...] » [art. cité en Bibliographie, p. 1074]).

9. Voir *Histoire de l'œil*, p. 37. L'article de Freud, « Remarques sur un cas de névrose obsessionnelle. (L'homme aux rats) », paraît en français dans la *Revue française de psychanalyse*, t. V, n° 3, en 1932 : tome emprunté par Bataille à la BN du 18 août au 6 novembre 1934 (*OC XII*, p. 596).

10. Voir Karl Marx, *Manifeste du Parti communiste*, fin du chap. 1 (« Bourgeois et prolétaires ») : « À mesure que la grande industrie se développe, la base même sur laquelle la bourgeoisie a assis sa production et son appropriation des produits se dérobe sous ses pieds. Ce qu'elle produit avant tout, ce sont ses propres fossoyeurs. Son déclin et le triomphe du prolétariat sont également inévitables » (*Œuvres*, Bibl. de la Pléiade, t. I, 1994, p. 173).

11. La reine Mary, fille du duc de Teck, née en 1867, et morte en 1953, femme de George V, roi de Grande-Bretagne et d'Irlande de 1910 à 1936. Elle était célèbre pour ses toilettes toujours démodées.

12. « Le rire, écrit Bataille, n'assume toute sa portée quant à l'être qu'au moment où dans la chute qui le déchaîne est reconnue cyniquement une représentation de la mort » (« Le Labyrinthe », *OC I*, p. 440). Avant de rencontrer Bergson, à Londres, en 1920, Bataille avait lu *Le Rire*, dont le deuxième chapitre s'ouvre sur l'exemple d'une chute. Bataille n'a cessé de réfléchir sur le rire, puisque l'une de ses expériences fondamentales lui révéla qu'il n'était rien qui ne soit violemment risible » (*OC VIII*, p. 568). Voir également « La Valeur d'usage de D.A.F. de Sade » (« un éclat de rire est la seule issue imaginable, définitivement terminale, et non le moyen, de la spéculation philosophique », *OC II*, p. 64) ; *L'Expérience intérieure* (*OC V*, notamment p. 74 : « moi, l'enfant de joie, qu'un rire sauvage, heureux — jamais ne cessa de porter », ou p. 80 : « ma vie s'était dissoute, au sortir d'une longue piété chrétienne, avec une mauvaise foi printanière, dans le rire. [...] la question, le sens demeuré caché du rire, fut dès lors à mes yeux la question clé ») ; un fragment autobiographique capital de 1953 (*OC VIII*, p. 562) ; enfin, la conférence « Non-savoir, rire et larmes » (*OC VIII*, p. 214-233).

13. Bataille présente le vomissement comme une rupture de « l'homogénéité habituelle de la personne », une « éruption horrifiante », le « dégorgement d'une force qui peut engloutir », une manière de « se jeter tout à coup *hors de soi* » (« La Mutilation sacrificielle et l'oreille coupée de Vincent Van Gogh », *OC I*, p. 269). Voir aussi le « Dossier de la polémique avec André Breton », *OC II*, p. 57 (le vomissement comme l'une des « forces excrémentielles »), et p. 73-76 : le vomissement relève des « brusques ruptures et [d]es évacuations éhontées » qui sont « indispensables » à la satisfaction de la nature humaine et « qui constituent la DÉPENSE comme terme opposé de l'acquisition ».

14. On aura remarqué le choix de la préposition. Voir l'article « Bouche » de Bataille dans *Documents*, n° 5, 1930 (*OC I*, p. 237-238), qui insiste sur la « signification violente », voire la bestialité de cet « orifice des impulsions physiques profondes ».

15. Dans *La Souveraineté*, le rayonnement de la lumière (et des lampes en particulier) est donné comme une image de la souveraineté (*OC VIII*, p. 388). Le lien est aussi évident avec *L'Anus solaire* (1931).

16. Voir le « Dossier de *L'Œil pinéal* », *OC II*, p. 28-29 : « Une Anglaise que sa chevelure blonde et auréolée transfigure livre son corps admirable à la lubricité et à l'imagination. »

17. « Un des aspects les plus voyants » du monde de la transgression, écrit Bataille dans *L'Érotisme*, touche « l'alliance avec l'animal » (*OC X*, p. 135).

18. Première occurrence d'une expression récurrente dans le roman, et qui se rattache aux thèmes du désir, de la folie et de l'acéphalité.

19. Sur l'ambiguïté du verbe « devoir », ici et p. 113 (« des rats durent rôder »), voir la Notice, p. 1048-1049.

20. Dans *La Souveraineté* Bataille évoquera « l'attente qui asservit, qui subordonne l'instant présent à quelque résultat attendu » : « l'attente est par essence non souveraine, puisqu'elle nie « la présence de l'instant » (*OC VIII*, p. 257).

21. Dirty refuse ainsi la « morale appropriative » fondée sur l'accumulation (« La Valeur d'usage de D.A.F. de Sade », *OC II*, p. 65).

22. Voir, de Bataille, les articles « Le "Jeu lugubre" » (« Contre les demi-mesures, les échappatoires [...] il est impossible de s'agiter autrement que comme un porc quand il bâfre dans le fumier et dans la boue », *OC I*, p. 212), et « La Notion de dépense » (« Le sacrifice n'est autre, au sens étymologique du mot, que la production de choses *sacrées* », *OC I*, p. 306) ; ainsi que *Madame Edwarda* (p. 339) et *Le Mort* (« La scène, dans sa lenteur, rappelait l'égorgement d'un porc », p. 395).

23. La décence est produite par l'angoisse, qui, écrira Bataille dans des notes pour *L'Histoire de l'érotisme*, a « pour objet essentiel la sexualité en tant qu'elle est possible et ruineuse par rapport à la sécurité du travail » (*OC VIII*, p. 530).

24. Sur la peur, voir une esquisse de 1929-1930, où on lit : « La peur, qui est à la base des régressions habituelles, peut aussi être employée comme un signe de libération et d'orgasme » (*OC II*, p. 131) ; un passage d'une conférence faite en 1947, « Sade et la morale », *OC VII*, p. 450-451 ; et ici n. 3, p. 121.

25. Sur l'angoisse, sentiment essentiel dans le monde de Bataille, voir notamment, dans *L'Expérience intérieure*, « Le Supplice », et Notes pour *L'Histoire de l'érotisme* (*OC VIII*, p. 552 : « un être qui n'est pas proche de l'angoisse, pour peu de choses à la merci de l'angoisse, est un être qui se démet, il a renoncé à brûler, il ne se consume pas »).

Première partie.

1. Sur la justification de cet intertitre, voir la notule de la version de 1935, p. 1104.

2. Dans sa lettre du 2 août 1957 à Jean-Jacques Pauvert (IMEC et Médiathèque d'Orléans, ms. 2564), Bataille écrit que « la recomposition en italiques des trente lignes environ que doit faire la première partie est indispensable pour avertir le lecteur que c'est un hors-d'œuvre différent du reste ». Voir Gilles Ernst, *Georges Bataille. Analyse du récit de mort*, p. 181 (« L'italique ne serait-elle chez lui qu'un bouleversement graphique réservé à la révolution du Non-possible ? »).

3. En novembre 1960, *La NRF* (nº 95) s'ouvre sur un article de Bataille, intitulé « La Peur », où l'écrivain définit sa position à l'égard de la philosophie. On y lit notamment : « plus que la vérité, c'est la peur

que je veux et que je recherche : celle qu'ouvre un glissement vertigineux, celle qu'atteint l'illimité possible de la pensée », et qui est « *la peur de* RIEN » (p. 798-799). Cet article est devenu l'« Introduction » de la réédition du *Coupable* en 1961 (*OC V*, p. 239-242).

4. Cette partie synthétise des expériences connues par Bataille en Italie, lors des deux voyages qu'il y fait en 1934, seul (avril), puis avec Colette Peignot (juillet). On peut en effet la rapprocher d'un puissant sentiment de « triomphe » éprouvé devant le lac Majeur, en avril 1934, et raconté dans *L'Expérience intérieure* (*OC V*, p. 91) ; de la fin — les quatre derniers aphorismes — d'une scène analogue décrite dans « Le Bleu du ciel », *Minotaure*, n° 8, juin 1936, repris dans *L'Expérience intérieure*, avec des modifications et la date d'août 1934 (*OC V*, p. 94-95) ; et enfin d'un passage de *Sur Nietzsche* (1945) qui mentionne « l'horrible nuit de Trente (les vieillards étaient beaux, dansaient comme des dieux […]) » (*OC VI*, p. 126-127). Dans le manuscrit noté A (datant d'avril-juin 1944) par l'éditeur du tome VI des *Œuvres complètes*, Bataille précise qu'il s'agit de « l'affreuse nuit de Trente dont j'ai parlé dans *Le Bleu du ciel* » (*OC VI*, p. 409) ; d'après son journal, « La Rosace », Bataille arrive à Trente avec Colette Peignot le mardi 24 juillet 1934 et part pour Molveno et Andalo le 25 (*Écrits de Laure*, p. 306).

5. Sur le mythe de Don Juan, voir *Histoire de l'œil*, p. 37 et n. 2. Signalons également ce que Bataille écrit à Tossa le 29 avril 1936, et qu'il publie dans *Acéphale*, n° 1 (24 juin 1936) : « Ma chambre est voisine de la cuisine où André Masson s'agite heureusement et chante : au moment même où j'écris ainsi, il vient de mettre sur un phonographe le disque de l'ouverture de "Don Juan" : plus que toute autre chose, l'ouverture de "Don Juan" lie ce qui m'est échu d'existence à un défi qui m'ouvre au ravissement hors de soi. À cet instant même je regarde cet être acéphale, l'intrus que deux obsessions également emportées composent, devenir le "Tombeau de Don Juan" » (« La Conjuration sacrée », *OC I*, p. 446). Voir aussi *L'Expérience intérieure*, qui distingue notamment (*OC V*, p. 92) « deux instants décisifs » dans le *Don Juan* de Mozart (« Vivan le femine », etc., et « No, vecchio infatuato ! ») ; « Nietzsche et Don Juan » (*OC VIII*, p. 433-434) ; « Sade, 1740-1814 » : Don Juan et Sade sont des figures du « coupable, *qui osa* » (*OC XII*, p. 296-297). Enfin, Michel Leiris, « Le Don juanisme de Georges Bataille », *La Ciguë*, n° 1, janvier 1958 (repris dans *A propos de Georges Bataille*, Fourbis, 1988, p. 8-13) ; Daniel Hawley, *L'Œuvre insolite de Georges Bataille. Une hiérophanie moderne*, Champion, 1978, p. 46-54 ; Denis Hollier, « La Tombe de Bataille », *Les Dépossédés*, p. 73-99 ; Gilles Ernst, article « Bataille » du *Dictionnaire de Don Juan*, éd. Pierre Brunel, Robert Laffont, coll. « Bouquins », 1999, p. 66-70.

6. Plusieurs lettres de Bataille en 1934 insistent sur ce sentiment ; ainsi le 10 septembre, à sa femme Sylvia : « Somme toute ça ne va pas mal, je ne souffre pas, je suis seulement dans un état d'idiotie assez extraordinaire. » L'idiotie ou la stupidité valent chez Bataille comme condition d'une révélation (« À moi l'idiot, Dieu parle bouche à bouche », *L'Expérience intérieure*, *OC V*, p. 48), comme moyen de pensée (« les tenailles de l'idiotie » permettent de saisir le monde et son non-sens, p. 426), comme mode de la souveraineté (« la sottise est *souveraine* », *Méthode de méditation*, p. 195). Sur le plan de l'intertextualité, on pourra, dans les mots de Troppmann — sans oublier le roman de Dostoïevski évoqué dans l'Avant-propos de 1957 —, songer à deux influences. D'une

part, en 1935, durant la période de genèse du *Bleu du ciel*, du 15 au 26 avril (*OC XII*, p. 600), Bataille emprunte à la BN *Une saison en enfer* (voir la Notice, p. 1047) ; on y lit dès la première page : « Et le printemps m'a apporté l'affreux rire de l'idiot » (*Œuvres complètes*, Bibl. de la Pléiade, 1972, p. 93). D'autre part, on songe au mouvement Dada : « Je suis idiot, je suis un farceur, je suis un fumiste » (« Tristan Tzara », *Littérature*, n° 13, mai 1920 : *Vingt-sept manifestes du mouvement Dada*) ; et encore : « [...] ce qui est rare parce qu'il a les anomalies d'un être précieux, la fraîcheur et la liberté des grands antihommes, c'est / L'IDIOT / Dada travaille avec toutes ses forces à l'instauration de l'idiot partout » (« Dada manifeste sur l'amour faible et l'amour amer », *La Vie des lettres*, n° 4, 1921). André Masson rapportera ce mot de Bataille : « *Dada* ? pas assez idiot » (*Critique*, août-septembre 1963, p. 704).

7. Voir l'analyse de « La Joie devant la mort » (« Il ne s'agit nullement de mourir mais d'être porté "à hauteur de mort". Un vertige et un rire sans amertume, une sorte de puissance qui grandit, mais se perd douloureusement en elle-même et arrive à une dureté suppliante, c'est là ce qui s'accomplit dans un grand silence », *OC II*, p. 243), et dans toute l'esquisse qui porte cette expression pour titre (*OC II*, p. 244-257). On pense enfin au « triomphe moral » de Don Juan face au Commandeur (« La Souveraineté », *OC VIII*, p. 433 et 673). F. Marmande a suggéré deux intertextes (*L'Indifférence des ruines*, p. 67-68) pour ce chant de triomphe : d'une part, un passage du *Sous-sol*, où le narrateur a imaginé une joute sur un trottoir avec un passant par qui il croit être méprisé ; il se tient pour vainqueur : « De retour à la maison je me sentis complètement vengé de mes humiliations. Je nageais dans la joie. Je triomphais. Je chantais des airs italiens » ; d'autre part, dans *Le Rouge et le Noir*, la nuit d'exaltation, voire « de folie » de Mathilde de la Mole, dans son « extase » se répète un air (« Devo punirmi, devo punirmi / Se troppo amai », « je dois être punie si j'aime trop ») qu'elle vient d'entendre à l'Opéra ; « elle crut être parvenue à triompher de son amour » pour Julien (*Le Rouge et le Noir*, 1830, livre second, chap. XIX, « L'Opérabouffe », Bibl. de la Pléiade, *Romans*, t. I, p. 556).

Deuxième partie.

1. Voir *Le Petit*, n. 1, p. 367.

2. Cette expression, qui assimile Lazare à un corbeau ou à une chouette, prépare l'apparition de Minerve dans le premier rêve de Troppmann (la chouette ou le hibou sont les oiseaux de Minerve). Elle forme peut-être un des liens entre le roman et le ballet *Les Présages*, dans lequel Le Sort est un oiseau de proie masqué (comme le remarque Helga Finter, « Heterologie und Repräsentation : Strategien des Lachens. Zu Georges Batailles *Le Bleu du ciel* », p. 24).

3. Prüm se situe en Allemagne, au nord-ouest de Trèves et au sud-ouest de Coblence, tout près de la frontière avec la Belgique.

4. Premier des détails qui incitent à considérer que Lazare a pour « pilotis » Simone Weil : née en 1909, cette dernière avait bien vingt-cinq ans en 1934.

5. L'aspect maladif de Simone Weil (elle souffrait de très violentes migraines, et une mauvaise circulation rendait souvent violettes ses mains et ses jambes), son allure masculine délibérée (il lui arrivait de

signer « ton fils respectueux » ses lettres à sa mère), son origine juive — autant de traits qui ont pu mener à l'invention du nom Lazare (lequel exprime aussi le refus de la mort, au profit du salut). Il n'est pas impossible que Bataille ait aussi songé à deux amis de Simone Weil, Robert Louzon et Nicolas Lazarévitch (voir la Notice, p. 1039).

6. Dans *Critique* (septembre 1949), sous le titre « La victoire militaire et la banqueroute de la morale qui maudit », Bataille consacre un article, non dépourvu de réserves, à *L'Enracinement* de Simone Weil (Gallimard, 1949, coll. « Espoir »), qu'il rappelle avoir rencontrée. Certaines des expressions de l'article — les « vêtements noirs », les cheveux en « ailes de corbeau », etc. (*OC XI*, p. 537) — sont exactement celles du roman, d'autres leur répondent étroitement (« son incontestable laideur », « elle séduisait par une autorité très douce », « quelque chose de néfaste », etc.). C'est, outre ces traits, tout le reste du portrait physique de Lazare qui renvoie très clairement à Simone Weil : maladresse, myopie, lunettes à monture d'acier, élocution lente, nul souci d'une élégance féminine. Simone Pétrement, condisciple, amie et biographe de Simone Weil, estime que quelques traits sont imaginés par Bataille « sous l'effet de l'antipathie » : « Par exemple, il dit qu'elle était sale ; elle pouvait avoir des taches d'encre sur les mains et même parfois au visage, mais elle prenait assurément les soins de propreté qu'on prend normalement » (*La Vie de Simone Weil*, Fayard, 1997, p. 308).

7. S. Pétrement cite une lettre (*ibid.*, p. 144) où S. Weil demande à sa famille des subsides pour *La Révolution prolétarienne* ou *Le Cri du peuple*.

8. Simone Weil défendait des positions tenues pour trotskistes (voir *ibid.*, p. 83), favorables à l'internationalisation de la Révolution : d'où sa présence dans le roman à Barcelone plutôt qu'à Moscou.

9. Le dévouement de Simone Weil à la cause des déshérités (chômeurs, ouvriers) était déjà célèbre. Le sociologue Célestin Bouglé, directeur adjoint de l'ENS durant la scolarité de Simone Weil, lui appliquait le surnom de « vierge rouge » (*ibid.*, p. 131-132), surnom qui avait auparavant été donné à Louise Michel. Charles Rosen rapporte dans *Trois noms pour une vie* que Simone Weil avait aussi été surnommée « la Louise Michel de l'enseignement » (Robert Laffont, coll. « Vécu », 1988, p. 87). C'est d'ailleurs ce prénom de Louise que Bataille fait porter à Lazare, voir p. 145.

10. L'inconscient et le rêve relèvent de ce que Bataille nomme l'hétérogène (voir « La Structure psychologique du fascisme », *OC I*, p. 345 et 347). — La première traduction française de l'*Introduction à la psychanalyse* date de 1921 (Payot), celle de la *Traumdeutung* de 1926 (*La Science des rêves*, Alcan), ouvrages que Bataille avait lus (il emprunte le premier le 10 février 1923, voir *OC XII*, p. 554, le second du 15 décembre 1932 au 19 avril 1933, puis du 31 mai au 12 juillet 1933, voir *OC XII*, p. 588 et 591).

11. Édith se rêve morte — comme s'il s'agissait de retenir son mari en devenant cadavre : le rêve est à comprendre, entre autres, au regard des aveux de nécrophilie qui suivront.

12. Comme entre Bataille et Simone Weil selon Bernd Mattheus, c'est bien une « relation thérapeutique et érotique » (*Georges Bataille. Eine Thanatographie*, t. III, p. 376) qui s'est mise en place entre Troppmann et Lazare.

13. Du 17 mai au 12 juillet 1933, Bataille emprunte à la BN *Les*

Fonctions sexuelles mâles et leurs troubles, introduction à la clinique de l'impuissance de Stanislas Higier, J. Doin, 1932 (*OC XII*, p. 591).

14. Première apparition d'un motif sur lequel notre Notice essaie de faire le point, voir p. 1063.

15. « Terme injurieux », selon Littré : « Benêt se laissant gouverner, ou s'occupant des soins du ménage qui conviennent le moins à un homme. »

16. Sur les vivants « terrifiés » par les morts, mais aussi sur le fait que « la société s'est formée autour des morts », voir l'exposé de Bataille devant la Société de psychologie collective, le 17 janvier 1938 (*OC II*, p. 285-287). Sur « la terreur extrême de la mort » chez les primitifs, ainsi que sur l'interdit qui « limite le contact des cadavres », voir *L'Histoire de l'érotisme*, *OC VIII*, p. 68-70.

17. Le mélange de répulsion et d'attraction signale le sacré, selon l'analyse, souvent reprise par Bataille, de Durkheim dans *Les Formes élémentaires de la vie religieuse* (Alcan, 1912), qui insiste sur l'ambiguïté du sacré (à la fin du dernier chapitre), lequel connaît deux variétés, le pur et l'impur, le faste et le néfaste : par exemple un cadavre, néfaste objet d'horreur est aussi une relique (rééd. PUF, coll. « Quadrige », 1998, p. 433-435), qui se consomme dans l'anthropophagie funéraire, que pratiquent souvent les tribus australiennes (p. 587). La nudité de Troppmann relève en ce sens de ce que Durkheim présente comme nudité sacrée initiatique (voir p. 437 et 444). D'autre part, Rudolf Otto dans *Le Sacré* (trad. fr. 1929), ouvrage que Bataille avait lu (voir *OC I*, p. 251), insiste sur le « frisson d'horreur » dans le « sentiment du numineux » (rééd. Payot, 1996, p. 33), face au *mysterium tremendum* ». — Sur le plan de la syntaxe, l'usage du passé simple (« je restai ») est un bon exemple du glissement que Bataille fait subir à l'emploi classique des temps verbaux (voir la Notice, p. 1069).

18. Bataille emprunte, du 28 février au 27 avril 1935, un roman de Roussel, *Locus solus*, qu'il avait déjà lu en 1925, et qui comporte une scène de nécrophilie (chap. iv, rééd. Gallimard, coll. « L'Imaginaire », 1990, p. 184-185). Pour Daniel Hawley, qui voit dans l'œuvre de Bataille une tentative de resacralisation non chrétienne du monde, « la nécrophilie du *Bleu du ciel* est en quelque sorte l'expression du désir qu'a l'homme religieux de se rapprocher des morts, de ceux qui ont tout perdu » (*L'Œuvre insolite de Georges Bataille. Une hiérophanie moderne*, Slatkine et Champion, 1978, p. 252-253).

19. Gilles Ernst (*Georges Bataille. Analyse du récit de mort*, p. 14) a retrouvé la source de cette histoire dans la *Psychopathia sexualis* de R. von Krafft-Ebing (voir le compte rendu de Bataille sur ce livre, *OC I*, p. 275-276). Dans le chapitre viii consacré au sadisme il est question de la nécrophilie (profanation de cadavres) : le médecin légiste viennois rapporte (rééd. Pocket, 1999, t. I, p. 204) l'histoire d'un prélat qui « venait de temps en temps dans une maison de rendez-vous de Paris et y commandait une prostituée, disposée comme un cadavre sur un lit de parade, et couverte de fard blanc » ; revêtu de ses vêtements sacerdotaux, il disait la messe, puis s'unissait à la prostituée, qui devait contrefaire la morte. Bataille allume les cierges.

20. Dans cette scène, deux détails renvoient au texte « Coïncidences » qui fait suite à la version d'*Histoire de l'œil* de 1928 (p. 104) : les « yeux blancs » évoquent les « yeux [...] presque entièrement blancs » du père

« quand il pissait », alors que le poignet saisi (qui appartient aussi au mythe de Don Juan : le Commandeur s'emparant de Don Juan), rappelle une scène de violence entre Bataille et sa mère : « à bout de patience, j'en arrivai à la frapper et à lui tordre violemment les poignets pour essayer de la faire raisonner juste » (*ibid.*, p. 106).

21. Dans « La Rosace », Bataille note, le 31 juillet 1934, alors qu'il est en Autriche : « oriflammes noirs ». — Sur le plan littéraire, toute la scène, avec orage, éclairs, tonnerre, signes funestes, semble emprunter au genre du roman noir. — Sur le plan politique, voir « En attendant la grève générale » : depuis février 1934 Bataille considère qu'en Autriche la partie est perdue pour la classe ouvrière et la social-démocratie (*OC II*, p. 259 et 262).

22. Sur le suicide par pendaison, voir la Notice, p. 1052.

23. Ce détail ne se trouve pas chez Molière, ni dans le livret de Da Ponte pour Mozart, mais dans *L'Abuseur de Séville* (IIIᵉ journée) de Tirso de Molina.

24. Chancelier d'Autriche depuis 1932, Dollfuss fut assassiné à Vienne le 25 juillet 1934, par des partisans du national-socialisme.

25. Sur le plan politique, Bataille note un jour ce qui le sépare de Simone Weil : « Il semble donc que S.W. soit amenée à jouer le rôle de décrire les impasses du socialisme et à le vouer à la mort dans un combat de rue ou dans un pénitencier » (*OC II*, p. 435). — Du côté de Simone Weil, voir surtout un brouillon (datant d'avant mars 1934) de « lettre au Cercle » communiste démocratique dont elle propose la dissolution ; Simone Weil y note son désaccord avec Bataille sur le « but final » : « la révolution est pour lui le triomphe de l'irrationnel, pour moi du rationnel ; pour lui une catastrophe, pour moi, une action méthodique où il faut s'efforcer de limiter les dégâts ; pour lui la libération des instincts, et notamment de ceux qui sont couramment considérés comme pathologiques, pour moi, une moralité supérieure » (cité par S. Pétrement, p. 306). Par ailleurs, dans un article esquissé à la même époque, elle s'interroge, à propos du compte rendu, dans cette revue, de *La Condition humaine* par Bataille (novembre 1933) : « Il faudrait que nous sachions une fois pour toutes si l'esprit révolutionnaire doit être considéré comme une sorte de maladie. [...] On ne peut pas être un révolutionnaire si l'on n'aime pas la vie » (*ibid.*, p. 308-309). Bataille retourne donc contre Simone Weil son argument, en la présentant comme maladive et en la renommant Lazare. Enfin, les *Réflexions sur les causes de la liberté et de l'oppression sociale* (1934, voir p. 1039) marquent des positions irréductibles à celles de Bataille.

26. On peut renvoyer d'une part à un fragment du « Dossier de *L'Œil pinéal* » (vers 1927), évoquant un jeune pasteur pour qui « ses deux pieds nus [...] étaient devenus [...] les équivalents de deux phallus ignobles, comme deux fétiches malodorants et maudits » (*OC II*, p. 416-417) ; d'autre part, au « Gros Orteil », où Bataille analyse la « pudeur du pied », qui suscite une « inquiétude sexuelle », en Chine, en Turquie, en Espagne. De plus, « les doigts des pieds » signifient « l'hébétude et la basse idiotie ». Le pied exerce donc une « basse séduction » (*OC I*, p. 200-204). — La question du fétichisme est abordée par Freud dans ses *Trois essais sur la théorie de la sexualité* (trad. 1927) ; Otto Rank, dans *Le Traumatisme de la naissance* (trad. 1928 ; rééd. Payot, 1998, p. 43), résume ainsi l'analyse de Freud : « le refoulement porte régulièrement sur les

organes génitaux maternels, transformés en une source d'angoisse traumatique et remplacés par une autre partie du corps, qui est considérée comme une source de plaisir, ou par un accessoire de toilette [...] en rapport avec cette partie du corps ».

27. Sur l'enfantillage, voir la Notice du *Petit*, p. 1156.

28. Sur la notion de dépense improductive, voir la Notice, p. 1049 et 1056.

29. Ce couple fait songer à celui de la mère belle et scandaleuse et de son fils Pierre dans *Ma mère*.

30. La mention du « Tabarin » figure dans « La Rosace », à la date du lundi 3 septembre 1934. Construit en 1904, détruit en 1966, ce célèbre bal-music-hall parisien se trouvait 36 rue Victor-Hugo. En 1933 s'y donnait une grande revue, « Femmes ». Voir *À cor et à cri* de Michel Leiris : « mon grand ami l'auteur masqué du roman pour enfer de bibliothèque *Histoire de l'œil* ajustait son monocle quand, au Bal Tabarin, les filles nues juchées sur de faux chevaux faisaient leur majestueuse entrée » (Gallimard, 1988, p. 166).

31. Maison de tolérance, construite « sur l'emplacement d'un chantier de marbrier funéraire » (selon Jean-Claude Crespelle, *La Vie quotidienne à Montparnasse à la Grande Époque*, Hachette, 1975, p. 136), Le Sphinx avait ouvert en avril 1931, au 31 boulevard Edgar-Quinet ; c'était l'une des « maisons » les plus huppées du Paris de l'entre-deux-guerres. — Sur un plan plus littéraire, le mot de Sphynx s'insère à l'évidence dans tout le réseau des allusions au mythe d'Œdipe.

32. L'itinéraire de Troppman correspond à celui de Bataille le jeudi 13 septembre 1934, jour où il note : « Tabarin puis Sphynx puis Dhôme [sic] » (« La Rosace », p. 308).

33. Bataille décrit le champagne comme « un bien dont la nature est celle de la fête, dont la présence seule désigne un moment différent d'un autre, *tout autre* qu'un moment quelconque », bien qui, « pour répondre à une attente profonde, "doit" ou "devrait" couler à flots, exactement sans *mesure* » (*L'Histoire de l'érotisme*, OC VIII, p. 33).

34. « Je suis dans l'appartement mais ta mère n'y est pas » (lettre de Bataille à Sylvia, début août 1934, *Choix de lettres*, p. 86).

35. Ce thème récurrent fait écho à l'expérience de Bataille : voir une lettre écrite en septembre 1934 à sa femme Sylvia (« Ici c'est le vide, cette espèce de cruauté incroyable. Je t'écris de l'appartement vide et dehors il pleut à verse », *ibid.*, p. 96).

36. « Je vais chez Francis », note Bataille le jeudi 5 juillet 1934 dans « La Rosace » ; et le vendredi 7 septembre : « retrouvé G.L. [Georges Limbour] chez Francis ». Il s'agit d'un bar de la place de l'Alma (voir Leiris, *Journal*, p. 279).

37. Dans *L'Expérience intérieure*, le dernier état de la mégalomanie est ainsi défini : « Nous nous sentons devenir Dieu » (*OC V*, p. 178) ; mais il s'agit aussi de se jeter à la gorge de Dieu (*ibid.*, p. 177).

38. D'origine grecque, le mot « xénie » en français appartient soit au lexique de la botanique — ce qui s'accorde avec le lien que le roman établit entre le personnage et les fleurs —, désignant un « phénomène de double fécondation » (*TLF*), soit au vocabulaire des institutions, se référant à un contrat d'hospitalité, ou à un présent fait à un hôte, dans la Grèce antique. Bataille a dû être sensible à l'ambiguïté du mot « xénia » en grec : « qualité d'étranger » et « accueil hospitalier ».

39. Des photographies de mouches illustrent un article de Bataille intitulé « L'Esprit moderne et le Jeu des transpositions », *Documents*, 1930, nº 8, p. 48-52 (*OC I*, p. 271-274) : les « insectes qui nous mangent » relèvent de « ce qui a toujours heurté l'égalité d'âme et la platitude humaine », que l'esprit moderne s'obstine à dissimuler : la mort, l'horreur.

40. Que signifie au juste cette phrase ? Est-elle une parodie de la littérature édifiante ? Où, plus probablement, une parodie du « mouvement icarien » — « prédominance des valeurs supérieures et éthérées » (*OC II*, p. 103) — que Bataille reproche à Breton, traité de « vieux bénisseur » (*OC II*, p. 51), et en général aux surréalistes, alors même que, sur le plan de la poésie, ils savent l'impossibilité « que rien d'humain puisse se produire, excepté dans le cloaque profond du cœur » — le cœur humain étant avide, selon Bataille, « de voir souillées ses imaginations les plus touchantes, les plus angéliques » (*OC II*, p. 105-106) ? Quant à sa provenance, Bernd Mattheus (*Das Blau des Himmels*, p. 211) suggère que la revue d'avant-garde évoquée serait *La Révolution surréaliste* — mais sa couverture était orange foncé pour les numéros 1 à 5, en papier couché blanc du numéro 6 au numéro 12 — ou *Documents* — revue de couverture jaune. Il s'agit sans doute d'un amalgame opéré par Bataille, à partir : a) du *Surréalisme au service de la Révolution* — revue imprimée sur un papier fort de couleur crème tirant légèrement sur le vert, le fond du cartouche sur lequel se détachait le titre (en lettres blanches) étant vert, comme le champ du blason, et le numéro porté par la livraison, dont les cibles privilégiées étaient Dieu, l'Église et les prêtres (cependant nous n'y avons pas retrouvé la phrase exacte). b) des fragments d'*Un cœur sous une soutane*, de Rimbaud, publiés dans une autre revue surréaliste, *Littérature*, n. s., nº 13, juin 1924.

41. Le 11 juillet 1934, Bataille note dans « La Rosace » : « Intentions sadiques ». Voir aussi, dans l'un des feuillets pour l'« Histoire d'Antonio » : « pour vivre jusqu'au bout il aurait fallu étrangler » (p. 211). Sur le rapport entre la fourchette de Troppmann et la cuiller de Breton, voir la Notice, p. 1047.

42. Bataille avait constitué un dossier de coupures de presse sur Peter Kurten, le vampire de Düsseldorf, dont le procès eut lieu en avril 1931 (BNF, département des manuscrits occidentaux, fonds Bataille, boîte 6 A). Dans un texte consacré à Sade et à « certaines limites extrêmes de la liberté humaine », Bataille cite un passage de la confession de Kurten, assassin de Maria Hahn : « J'ai ouvert son sein d'un coup de couteau et j'ai sucé le sang. J'en ai tant avalé que je l'ai vomi » (*OC II*, p. 76).

43. Fred Payne est l'un des bars mentionnés dans « La Rosace », le 4 novembre 1934. Michel Leiris le nomme souvent dans son *Journal*, notamment p. 95 et 274. Aragon le décrit longuement dans un texte de 1926, « Le Mauvais Plaisant » (*Œuvres romanesques complètes*, Bibl. de la Pléiade, t. I, p. 616).

44. La poupée mutilée évoque les poupées nudistes que vendaient les camelots (on en trouvera une photographie dans le catalogue « Georges Bataille 1897-1962 », éd. Jean-François Fourcade et Henri Vignes) ; une lettre de septembre 1934 que Bataille adresse à Sylvia : « tout d'un coup je ne suis plus qu'un jouet brisé et rejeté cruellement… par la maladie » (*Choix de lettres*, p. 96) ; le goût d'Aragon et Breton pour les mannequins de cire (voir la Notice, p. 1048) ; et enfin sous le titre « Poupée. Variations sur le montage d'une mineure articulée », une double page (p. 30-31) de

Minotaure, nº 6 (hiver 1935) reproduisant dix-huit photographies prises par Hans Bellmer de la poupée de bois articulée qu'il avait fabriquée en 1933. Il s'agit d'une poupée érotique, démantibulée, aux jambes coupées sous les genoux. Figurent dans la bibliothèque de Bataille (coll. Julie Bataille) un des 142 exemplaires des *Jeux de la poupée* (Éditions Premières, 1949), et un exemplaire dédicacé de l'*Anatomie de l'image* (Le Terrain Vague, avril 1957). Dans *Les Larmes d'Éros*, en 1961, Bataille fera reproduire une photographie de la poupée de Bellmer (Pauvert, p. 206). — Ann Smock et Phyllis Zuckerman proposent une triple interprétation de cette poupée dans « Politics and Eroticism in *Le Bleu du ciel* », *Semiotext(e)*, II, 2, 1976, p. 63 (réapparition du cadavre maternel, imitation d'un phallus érigé puis castré, annonce de cette « momie » qu'évoque le second rêve de Troppmann).

45. La brasserie Graff se trouvait à Pigalle, place Blanche, juste à côté du Moulin-Rouge.

46. Il s'agit de la visite à Lazare et M. Melou, qui ne sera racontée qu'après le cauchemar que pour partie elle explique.

47. Freud, dans la deuxième section de « L'Inquiétante Étrangeté » (*Essais de psychanalyse appliquée*, Gallimard, 1933), évoque l'effet inquiétant des personnages de cire et des poupées artificielles qui jouent sur l'ambiguïté animé/inanimé.

48. Voir l'article « Métamorphoses », signé de Bataille, Griaule et Leiris, *Documents*, nº 6, novembre 1929. Bataille y définit « l'obsession de la métamorphose » comme le « besoin violent » de libérer l'animal enfermé en l'homme (*OC I*, p. 208-209).

49. Outre ses enjeux sexuels fort apparents, il se peut que ce premier rêve de Troppmann ait, comme le second, une signification politique, ici en tant que variation sur un mot célèbre attribué à Rosa Luxemburg, cité par Lénine dans la *Pravda* du 7 avril 1917 : « Rosa Luxemburg [...], le 4 août 1914, qualifia la social-démocratie allemande de "cadavre puant" » (S. Weil, *Œuvres*, Gallimard, coll. « Quarto », p. 252). Ce mot avait été évoqué par Simone Weil, dans « Perspectives. Allons-nous vers la révolution prolétarienne ? », *La Révolution prolétarienne*, nº 158, 25 août 1933. Elle faisait observer que ce cadavre avait mis plus de quinze ans à se corrompre, pour être finalement balayé par le fascisme et non par la révolution.

50. Bataille se souvient sans doute ici d'une célèbre gravure de Füssli, *The Nightmare* qu'il fera figurer en 1961 parmi les illustrations des *Larmes d'Éros* (Pauvert, p. 151). Cette gravure exploite l'étymologie de *nightmare*, en jouant sur deux sens possibles du mot *mare* en anglais : « fantôme » et « jument ».

51. Voir « Le Cheval académique », *Documents*, nº 1, avril 1929. Le cheval, rappelle Bataille, est « situé aux origines d'Athènes », et c'est une forme noble — qui se déforme dans ce rêve. Le crâne de cheval semble avoir fait partie de la mythologie personnelle de Bataille, notamment lors des réunions du groupe Acéphale en 1937 dans la forêt de Marly : voir *L'Apprenti sorcier*, p. 362. — Sur la métamorphose en cheval, ou le crâne de cheval, voir aussi l'album *Sacrifices*, que Bataille et Masson préparaient ensemble en 1934, et notamment le dessin intitulé « Le Crucifié ».

52. L'association de la jument et de Minerve peut passer pour une transposition des « filles nues juchées sur de faux chevaux » que Bataille admirait au Bal Tabarin (voir n. 30, p. 136) ; soit évoquer ce mot, fameux

dans les milieux d'extrême gauche, de Rosa Luxemburg sur la Justice (Minerve chez les Romains), « vieux cheval de retour, monté depuis des siècles par tous les rénovateurs du monde privés de plus sûrs moyens de locomotion historique » (*Le Mouvement socialiste*, 15 juin 1899 ; cité par Zeev Sternhell, *Ni droite ni gauche. L'idéologie fasciste en France*, Fayard, 2000, p. 201).

53. Minerve, qui cède ici à la folie, est dans la mythologie latine la déesse de la raison. Hegel en fera une figure de la sagesse, ou de la philosophie, dans la Préface aux *Principes de la philosophie du droit* (titre cité par Bataille et Queneau dans leur article « La Critique des fondements de la dialectique hégélienne », *La Critique sociale*, mars 1932 ; voir *OC I*, p. 278). D'autre part, Minerve était une figure chère au rationalisme d'Alain, comme Bataille le savait sans doute par Simone Weil : le « Propos » du 28 juillet 1907, « Don Juan » (*Sentiments, passions et signes*, Marcelle Lesage, 1926 ; Gallimard, 1935), compare la sage Elvire à Minerve ; en 1939, Alain regroupera des « Propos » sous le titre *Minerve ou De la sagesse*. Enfin, pour risquer une hypothèse, puisque le mot de « marbre », qui figure dans ce rêve, appartient au vocabulaire de l'imprimerie, rappelons le sens de « minerve » pris comme nom commun (mais parfois écrit avec une majuscule) : petite machine à imprimer ; le « cimeterre » serait alors celui de la censure qui, Bataille le redoute, menace ses publications ?

54. Voir *Le Petit*, p. 353.

55. Sur la question de la castration, voir le « Dossier de *L'Œil pinéal* » (*OC II*, p. 45-46, où Bataille l'articule, à travers la figure de Prométhée, à la quête du soleil) ; une note rejetée de l'article « Le " Jeu lugubre " » (*OC I*, p. 652 : « l'émasculation collective » dont souffre l'espèce humaine) ; le « Dossier de la polémique avec André Breton » (le risque d'un état de « castration généralisé », les « philosophes qui travaillent avec une patience obstinée à émasculer la représentation du monde », *OC II*, p. 79 et 97) ; et « La Critique des fondements de la dialectique de Hegel » (*OC I*, p. 288 : ses désirs de mort à l'égard du père impliquent que le fils cherche à « attirer sur lui-même la castration »).

56. Pour une analyse de ce rêve, sous ses deux aspects (sexuel et politique), voir Susan Rubin Suleiman, « Bataille in the Street […] » (p. 30-31) : à la lecture œdipienne faite par Troppmann, qui assimile femme désirée et père vengeur, Suleiman oppose une lecture politique, qui derrière Minerve repère Lazare, c'est-à-dire, comme l'indique la conversation avec M. Melou, la Révolution menée sans espoir, vouant l'intellectuel à la mort ; ajoutons que cette Minerve pourrait aussi — souvenir d'Alain (voir ci-dessus n. 53) — représenter Édith/Elvire, la sage épouse de Troppmann/Don Juan. Voir aussi la Notice, p. 1066-1067.

57. Alain habita concurremment une petite maison au Vésinet et un appartement rue de Rennes.

58. Henri-Désiré Landru fut décapité en 1922 pour avoir assassiné dix femmes et un jeune garçon entre 1915 et 1919. Selon la description publiée à la une du *Figaro* le 8 novembre 1921, lors de son procès, « c'est un homme grand, maigre aux épaules voûtées. […] Une barbe châtain clair, assez longue et courte sur les joues ».

59. Dans des notes autobiographiques de 1925, Alain relève que du type normand il a « la haute taille, la carrure, le visage régulier, les yeux clairs » (*Propos II*, Bibl. de la Pléiade, p. LXIX).

60. Simone Weil avait été l'élève d'Alain en khâgne à Henri IV,

d'octobre 1925 à juin 1928 ; elle collaborera aux _Libres propos. Journal d'Alain_, revue fondée à son intention par ses amis Jeanne et Michel Alexandre, et dont le premier numéro parut en avril 1921.

61. Alain avait été professeur de philosophie en province avant d'être nommé à Paris, puis à Vanves, et enfin au lycée Henri IV à Paris.

62. Dans toute cette scène le corps (avec ses excrétions et sécrétions) est opposé au _logos_ (au verbe rationnel). Pierre Kaan, dans la rubrique « La revue des revues » de _La Critique sociale_ reproche à Alain de trouver plaisir à « bavarder sans jamais conclure » (juillet 1931).

63. Voir ici n. 65.

64. Sous ces « méditations » (et la connotation cartésienne du terme est choisie par Bataille, Descartes étant un des philosophes dont se réclamaient Alain et Simone Weil), on peut reconnaître les _Réflexions sur les causes de la liberté et de l'oppression sociale_, ébauchées par S. Weil en mars 1934, achevées à l'automne de la même année, inédites jusqu'en 1955, mais connues d'un petit cercle de proches, dont Alain, qui félicitera son ancienne élève par une lettre du 14 janvier 1935 (voir S. Weil, _Œuvres_, p. 274). S. Weil écrit, au tout début de ses _Réflexions_ : « Nous vivons une époque privée d'avenir. L'attente de ce qui viendra n'est plus espérance, mais angoisse » (p. 276). Elle avait déjà exprimé ce pessimisme (mais pour elle l'absence d'espoir ne devait pas exclure l'action) dans « Perspectives. Allons-nous vers la révolution prolétarienne ? » où on lisait notamment, dans la conclusion de l'article : « Les forces redoutables que nous avons à combattre s'apprêtent à nous écraser » (_ibid._, p. 271) ; et dans ses « Réflexions sur la guerre », qui ouvrent _La Critique sociale_, nº 10, novembre 1933.

65. Ces gestes des mains sont mentionnés cinq fois ; plus bas, Troppmann relève que M. Melou articule « en plissant le front avec effort ». Sans doute faut-il, pour comprendre l'intention satirique de Bataille notant ces détails (par quoi le corps parasite le _logos_), les rapprocher d'un thème cher à Alain, celui de la nécessité de maîtriser les signes de son corps, maîtrise dont il fait une forme de la politesse, et une condition de la conversation rationnelle. Voir les propos intitulés « Écritures » (7 octobre 1921), « Mains » (17 septembre 1923), _Sentiments, passions et signes_, ainsi que « Puissance des signes » (novembre 1933, dans _La Psychologie et la Vie_ ; _ibid._).

66. Présentée comme l'enfant de son beau-père (« ma chère enfant », p. 147), Lazare porte le prénom de la sœur aînée d'Alain. Faut-il, sans pour autant négliger le thème de la souveraineté, rattacher ce détail aux thèmes de l'inceste (voir Dirty et le jeune garçon sous un porche, p. 193), et du brouillage des liens entre générations ?

67. Bataille détestait la « redingote mathématique » que « la philosophie entière », à ses yeux, avait pour but de donner « à ce qui est » (« Informe », _Documents_, décembre 1929 ; _OC_ I, p. 217).

68. Dans « Le Problème de l'État », Bataille critique « la vieille conception géométrique de l'avenir » (_OC_ I, p. 334), qui amène à négliger la « valeur dynamique » de l'angoisse pour une Révolution. Dans « La Structure psychologique du fascisme », il souligne que « les formes les plus accomplies et les plus expressives de l'_homogénéité_ sociale sont les sciences et les techniques » (_OC_ I, p. 340). — C'est d'abord Engels qui est visé, lui dont Bataille et Queneau critiquent la « conception dialectique des mathématiques » : « les mathématiques fournissaient l'exemple

le plus convaincant d'une science parvenue au stade dialectique » (« La Critique des fondements de la dialectique hégélienne », *OC I*, p. 283-284). — Alain avait un goût très marqué pour les philosophes-géomètres : Platon, Spinoza, et surtout Descartes (voir par exemple son « Étude sur Descartes », précédant le *Discours de la méthode*, Crès, 1927 ; *Idées*, Hartmann, 1932, avec des essais sur Platon et Hegel). Simone Weil privilégiait elle aussi ces auteurs dans ses cours (avec Kant) ; elle avait soutenu en 1930 un Diplôme d'études supérieures sur « Science et perception dans Descartes ». Toujours fidèle à ce qu'elle nomme la « pensée méthodique » (*Œuvres*, p. 320), ou la « pensée claire », dont elle fait d'ailleurs une composante essentielle de la collectivité idéale (p. 326), S. Weil écrit dans les *Réflexions sur les causes de la liberté et de l'oppression sociale* : « Quant à la liberté complète, on peut en trouver un modèle abstrait dans un problème d'arithmétique ou de géométrie bien résolu […] une vie entièrement libre serait celle où toutes les difficultés réelles se présenteraient comme des sortes de problèmes ; où toutes les victoires seraient comme des sortes de solutions » (*ibid.*, p. 316). — Il se peut que la satire vise aussi, à travers M. Melou, un article de R. Louzon, « La Raison des crises économiques », publié dans *La Révolution prolétarienne* de mars 1931 (n° 115). Deux pages de critique sont consacrées à cette « nouvelle théorie des crises » dans le numéro de mars 1932 (p. 215-216) de *La Critique sociale*.

69. Dans les *Réflexions* de 1934, S. Weil, brossant son « Tableau théorique d'une société libre », note : « Chacun verrait en chaque compagnon de travail un autre soi-même placé à un autre poste, et l'aimerait comme le veut la maxime évangélique » (*Œuvres*, p. 327). Dans sa lettre autobiographique au Père Perrin (14 mai 1942), elle écrit : « la notion de pureté, avec tout ce que ce mot peut impliquer pour un chrétien, s'est emparée de moi à l'âge de seize ans […] / Bien entendu, je savais très bien que ma conception de la vie était chrétienne. C'est pourquoi il ne m'est jamais venu à l'esprit que je pourrais entrer dans le christianisme. J'avais l'impression d'être née à l'intérieur » (*ibid.*, p. 769).

70. Cette phrase achève de faire de Lazare une figuration romanesque de « l'homme religieux » analysé chez Hegel par Kojève en 1934-1935 : agent inefficace (puisque Dieu seul agit), obsédé par le malheur (Lazare est un « oiseau de mauvais augure », p. 175) et l'au-delà (voir l'*Introduction à la lecture de Hegel*, p. 70-72). Cette réflexion de Lazare est à mettre en rapport avec *L'Expérience intérieure*, où Bataille relie, comme ici chez Lazare, la laideur et la « morale du salut » : « si elle n'était sotte, la jolie fille se voudrait repoussante (le salut compte seul) » (*OC V*, p. 34).

71. Raymond Aron écrira, dans ses *Mémoires*, au sujet de Simone Weil : « Elle ignorait apparemment le doute, et, si ses opinions pouvaient changer, elles étaient toujours aussi catégoriques » (Julliard, 1983, p. 78).

72. Reprise sur le mode mineur du thème de la décapitation.

73. Voir « Le Problème de l'État » où Bataille critique la résignation et l'incantation chez les révolutionnaires, conceptions « aussi puériles que celles des sorciers luttant contre les orages » (*OC I*, p. 335).

74. Cet épisode, qui correspond à une visite de Colette Peignot à Bataille alité (voir la Notice, p. 1039), reprend et inverse un passage d'*Histoire de l'œil*, où le narrateur soigne Simone malade, voir p. 22.

75. Bataille dit avoir découvert Sade en 1926 (*OC VII*, p. 615). Bataille consacrera plusieurs textes au divin marquis, dont « La Valeur

d'usage de D.A.F. de Sade », où, dénonçant la « camelote phraséologique » des surréalistes à propos de Sade, il refuse que celui-ci soit exalté mais sans qu'aucune place réelle lui soit faite « aussi bien dans la vie privée que dans la vie sociale » (« Dossier de la polémique avec André Breton », *OC II*, p. 55). Dans le même dossier, Breton, pour ce qu'il a écrit dans le *Second manifeste* sur Sade et sur Bataille, est rebaptisé « pitre aux yeux clos accommodant Sade aux secrètes mignardises du surréalisme » (p. 52). En 1963, dans *Critique* (nᵒˢ 195-196), Masson rapportera un mot de Breton à la veille de la Seconde Guerre : « Georges Bataille [...] est de nous tous le plus près de Sade ».

76. Dans « La Valeur d'usage de D.A.F. de Sade », Bataille cite ces lignes de l'écrivain : « *Verneuil fait chier, il mange l'étron et veut qu'on mange le sien. Celle à qui il fait manger sa merde vomit, il avale ce qu'elle rend* » (*OC II*, p. 59). Dans la « Vie de Laure », Bataille raconte comment le médecin allemand Trautner, amant de Colette Peignot à Berlin en 1928 ou 1929, lui donna une fois « un sandwich à l'intérieur beurré de sa merde » (*OC VI*, p. 277).

77. Alors que pour Leiris c'est l'opéra qui est une expérience esthétique décisive, Bataille, lui, dans une logique anti-idéaliste, multiplie dans son roman les références à des genres moins nobles : opérette ici, plus loin chansons populaires (p. 158), ou deux chansons de *L'Opéra de quat'sous* (p. 173) et enfin le *cante jondo* (voir p. 179).

78. Au deuxième acte de *La Vie parisienne* (1866), la demi-mondaine Métella lit une lettre — ou plutôt la chante, puisqu'elle consiste en un rondo —, que lui a envoyée le baron de Frascata ; c'est le début de ce rondo que cite ici Bataille, sans doute de mémoire : le livret d'Henri Meilhac et Ludovic Halévy donne à lire : « dans un grand bal chez vous me présenta », puis « Je n'en sus jamais rien ».

79. Le blanc introduit après ces mots fait l'objet d'un commentaire de F. Marmande (*L'Indifférence des ruines*, p. 99) : « le découpage du texte, analogique en somme de sa scène déraisonnable, se fait sans rime ni raison. Le sens pour se poursuivre "enjambe" le blanc inattendu qui sépare deux alinéas ».

80. Voir n. 31, p. 136, sur « le Sphynx ».

81. Sur un plan autobiographique, on peut de cette scène rapprocher trois autres textes de Bataille. D'une part, dans « Réminiscences » à la fin d'*Histoire de l'œil*, il prête à son père un cri (« Dis donc, Docteur, quand tu auras fini de piner ma femme ! », p. 49), qui pose l'interdit ici contourné par Troppmann. D'autre part, dans un exposé fait le 22 janvier 1938 devant le Collège de sociologie, Bataille évoque un cas d'« excitation sexuelle *médiatisée* » par le contact avec le sacré : « Il s'agit d'un homme qui ne pouvait pas voir un enterrement sans entrer en érection : il devait être cependant un fils respectueux puisque assistant aux obsèques de son père il dut tout à coup s'enfuir » (*OC II*, p. 312 ; Bataille ne parle-t-il pas là de lui-même ?). Surtout, on lit dans *Le Petit* : « Je me suis branlé nu, dans la nuit, devant le cadavre de ma mère » (p. 364). — Sur un plan philosophique, c'est dans *L'Histoire de l'érotisme* que Bataille propose une analyse de l'inceste et de la nécrophilie (« l'attrait lié à la corruption du cadavre » vient en fait de l'attrait du meurtre, *OC VIII*, p. 85). — Sur un plan littéraire, on songe ici au Bressac de Sade, qui « encule sa mère » puis la fait mordre par ses chiens (*La Nouvelle Justine*, 1799, *Œuvres*, Bibl. de la Pléiade, t. II, chap. v, p. 516). Bataille

l'avait-il lu à l'Enfer de la Bibliothèque nationale ? C'est ce qui semble ressortir de l'article qu'il consacre à Sade en novembre 1953 dans *Critique*, où il indique que *La Nouvelle Justine* lui paraît « plus accentuée » que *Les Infortunes de la vertu* ou *Justine* (*OC XII*, p. 300). Pierre Klossowski, dans ses « Éléments d'une étude psychanalytique sur le marquis de Sade » (*Revue française de psychanalyse*, t. VI, n° 3-4, 1933), avait souligné que la mère forme la cible par excellence des agressions chez Sade. — Notons cependant que dans « Marcel Proust et la mère profanée », à propos de Mlle Vinteuil, Bataille écrit que « cette volonté d'horreur illimitée se révèle à la fin ce qu'elle est : la mesure de l'amour » (*OC XI*, p. 159).

82. « L'extrême est la fenêtre », lit-on dans *L'Expérience intérieure* (*OC V*, p. 58, voir aussi p. 69). Voir également *Histoire de l'œil*, fin du chapitre « Une tache de soleil », p. 19. — Par ailleurs, F. Marmande (« Georges Bataille : la main qui meurt », *L'Écriture et ses doubles*, Daniel Ferrer et Jean-Louis Lebrave éd., CNRS, 1991, p. 137-173) rapproche ce passage d'une scène de *Madame Bovary* dans laquelle Emma est tentée de se défenestrer (IIᵉ partie, chap. XIII) ; le roman de Flaubert venait de faire l'objet d'un film de Jean Renoir (1933).

83. Sur le vertige comme « perte d'érection », voir le « Dossier de *L'Œil pinéal* », *OC II*, p. 44-45.

84. Nous avons adopté la leçon de *ms.* et de *dactyl.*, l'édition Pauvert, *OC III*, et l'Imaginaire donnant par erreur « de Krakatoa ». Le Krakatoa est un îlot volcanique situé entre Java et Sumatra, le lieu d'une des plus grandes explosions volcaniques de l'histoire, qui provoqua un raz de marée en 1883. On sait l'intérêt de Bataille pour les volcans, réels ou imaginaires (par exemple le Jésuve de *L'Anus solaire*). — Mais dans les notes de Bataille publiées sous le titre « La Rosace » (*Écrits de Laure*, p. 309), ce nom figure sous la date du 2 octobre 1934 (« revu Krakatoa ») : s'agit-il alors d'un documentaire vu au cinéma ? du nom d'un spectacle ?

85. Sur Laure et les fleurs, voir la Notice, p. 1039. Voir aussi « Le Langage des fleurs », *Documents*, juin 1929 (*OC I*, p. 173-178) : « les fleurs les plus belles sont déparées au centre par la tache velue des organes sexués » (p. 176).

86. Cette scène semble encore viser les « secrètes mignardises » (voir n. 75, p. 150) ou la « sentimentalité utopique » de Breton, dont Bataille raille le goût pour les fleurs, lui conseillant, dans une lettre non envoyée, « d'aller vomir, par exemple, sur [ses] barricades de fleurs » (*OC II*, p. 53).

87. Cette déclaration de Troppmann, à mettre en rapport avec le titre du chapitre et les pieds coupés de la poupée de cire, forme le symétrique de l'expression « perdre la tête », récurrente dans le roman (voir l'« Introduction », n. 18, p. 115).

88. Ce personnage recouvre-t-il Aimé Patri, qui fut proche de Simone Weil ? Communiste oppositionnel comme Bataille, il est l'auteur d'un article intitulé « La Personne et la Pensée de Simone Weil », *La Table ronde*, février 1948, p. 312-321, écrit à l'occasion de la parution chez Plon, en 1947, de *La Pesanteur et la Grâce*. — On pense aussi à Michel Leiris : voir la Notice, p. 1040.

89. Ce cabaret de nuit fait partie de ceux que cite Bataille dans son journal de mai 1935, « Les Présages » (voir p. 207).

90. Voir S. Pétrement, p. 255 : lors de son voyage en Espagne d'août

1933, « Simone passa, avec Patri et des amis, une nuit à la Criolla, cabaret de nuit où des garçons habillés en filles chantaient et dansaient. Il y avait là notamment un chanteur extraordinaire habillé en femme ».

91. Voir *ibid.*, p. 255-256 : « Sur la plage, à Villanueva, elle dit à Patri : "Il est possible que nous soyons torturés un jour ; il faudrait nous y préparer. Voulez-vous m'enfoncer des épingles sous les ongles ? " Patri menaça de la gifler. »

92. « À Barcelone, Simone s'était « mise en rapport avec les militants de la Fédération communiste ibérique, dissidents du parti communiste espagnol » (*ibid.*, p. 254) ; « Ses amis espagnols s'étonnaient de la voir là [à la Criolla] » (*ibid.*, p. 255).

93. Tel était aussi le métier du Troppmann historique.

94. S. Pétrement rapporte une scène analogue — affrontement, en 1934, entre Simone Weil et un camarade, autour d'un document donné à signer (*ibid.*, p. 306, n. 1).

95. On peut voir ici une mise en récit de la lutte pour la reconnaissance dans la dialectique du maître et de l'esclave, telle que Kojève l'avait présentée dans son cours de 1933-1934, voir *Introduction à la lecture de Hegel*, p. 51-56 et 566-572, et en particulier p. 570 (ce qui importe, c'est de « s'exposer au danger de mort sans nécessité aucune »).

96. Il s'agit de l'insurrection séparatiste catalane des 4 et 5 octobre 1934 ; elle oppose les socialistes et la droite républicaine au pouvoir à Madrid, sur le point de faire participer au gouvernement la Confédération espagnole des droites autonomes. — Simone Weil est en France durant ces journées : elle s'est rendue en Espagne durant l'été 1933 et y retournera à la fin d'août 1935.

97. Voir le poème de Leiris « L'Amoureux des crachats », dont la dédicace « à Georges Bataille » explique le titre (*Haut mal*, Gallimard, 1943, rééd. coll. « Poésie », 1988).

98. En mai 1962, dans son *Journal*, Leiris évoquera les « anciens bouis-bouis du Paralelo » qu'il a connus à Barcelone au début de juillet 1936 (p. 576 et 912).

99. Le village de Calella se situe à une cinquantaine de kilomètres au nord-est de Barcelone, sur la côte.

100. Pour le rapport à Michel Leiris, voir la Notice, p. 1040.

101. Cette formule aura son écho dans la « Vie de Laure » que rédigera Bataille en 1942 : « Elle voulut devenir une révolutionnaire militante, elle n'eut toutefois qu'une agitation vaine et fébrile » (*OC VI*, p. 277).

102. Dans *La Nouvelle Justine* de Sade (1799), Dorothée d'Esterval, libertine parfaite et d'une cruauté sans mesure, forme avec son mari un « couple scélérat » (*Œuvres*, t. II, p. 831).

103. Lotte Lenya (1898-1981), actrice célèbre, était la femme de Kurt Weill. Opéra en deux actes, sur un livret de Brecht et une musique de Kurt Weil, *Grandeur et décadence de la ville de Mahagonny*, écrit en 1928-1929, fit scandale en 1930.

104. Créée à Berlin le 31 août 1928, avec une musique de Kurt Weill, et Lotte Lenya dans le rôle de la prostituée Jenny, l'opéra de Brecht connut un très grand succès.

105. Sont ici traduites les paroles qui forment la fin de la deuxième strophe d'une chanson de Jenny dans *L'Opéra de quat'sous* (acte II) : « Die Seeräuber Jenny », ballade rendue célèbre par Lotte Lenya et connue en

France sous le titre « La Fiancée du pirate ». Elle est chantée pour Mackie le Surineur dans le bordel de Turnbridge. Jenny y annonce la ruine d'une ville et une vague de décapitations (Bataille y trouvait donc ce qu'il nommera acéphalité).

106. Allusion au *Procès* de Kafka ? Voir l'« Avant-propos », n. 6, p. 111.

107. Allusion probable à *La Condition humaine* de Malraux.

108. Bataille avait été pensionnaire au lycée d'Épernay, à partir d'octobre 1913. Il évoque des souvenirs de lycéen, d'une part dans « L'Art primitif » (*Documents*, nº 7, 1930 ; *OC I*, p. 252) ; d'autre part, dans *Méthode de méditation* (*OC V*, p. 210).

109. Bernd Mattheus souligne le lien établi par le roman entre l'agressivité contre soi et l'écriture (*Das Blau des Himmels*, p. 188), et rapproche la scène du passage de *L'Âge d'homme* où le narrateur se griffe avec des ciseaux (Gallimard, 1946, p. 101 et 196) ; on pense aussi au début du chapitre v, « La tête d'Holopherne », sur les blessures reçues dans l'enfance. — Robert Hertz, membre de l'école durkheimienne, avait montré, dans une étude que Bataille cite plusieurs fois (« La Prééminence de la main droite. Étude sur la polarité religieuse », *Revue philosophique*, t. LXVIII/2, décembre 1909 ; *Mélanges de sociologie religieuse et folklore*, Alcan, 1928, rééd. PUF, 1970) que, à l'intérieur de la bi-polarité du sacré, la main gauche passe pour « la main du maléfice », « main du parjure, de la trahison et de la fraude », vouée aux « besognes immondes ».

110. Ce sentiment d'absurdité est noté par Bataille dans une lettre à Sylvia d'octobre 1934 (« l'absurdité de la vie », « toute l'étendue inouïe de non-sens des événements », *Choix de lettres*, p. 100).

111. Voir l'article « Abattoir » (*Documents*, nº 6, novembre 1929 ; *OC I*, p. 205), et le chapitre « Le Boucher » de *L'Abbé C.* (p. 653 et n. 26).

112. Il y a chez Bataille : 1. une sexualisation du soleil, dès *L'Anus solaire* : « L'érection et le soleil scandalisent de même que le cadavre et l'obscurité des caves » ; « Le Soleil aime exclusivement la Nuit et dirige vers la terre sa violence lumineuse, verge ignoble » (*OC I*, p. 85-86) ; « pénis tranché, mou et sanglant » (« Dossier de *L'Œil pinéal* », *OC II*, p. 27, le soleil est — comme dans cette page du roman — associé à la décollation, non sans souvenir d'Apollinaire (le vers d'*Alcools*, « Soleil cou coupé », est cité par Bataille, *OC II*, p. 38) ; 2. un désir de « devenir soi-même *soleil* » (« Dossier de *L'Œil pinéal* », *OC II*, p. 14) ; 3. l'idée que le soleil est avant tout dépense sans retour : « Il n'est que *rayonnement*, gigantesque perte de chaleur et de lumière, *flamme, explosion* » (« Van Gogh Prométhée », *Verve*, décembre 1937 ; *OC I*, p. 498).

113. Même association du soleil et du sang dans le rêve de 1927 noté pour Borel, voir *OC II*, p. 10.

114. Sur le lien de l'oiseau et du voyage dans l'au-delà, voir le « Dossier de Lascaux », *OC IX*, p. 375 (« Le visage d'oiseau rappelle les costumes d'oiseaux qui demeurent classiques chez les sorciers, les chamans, de la Sibérie. Cette forme d'oiseau a le sens d'un voyage du chaman dans l'au-delà, dans le royaume de la mort »).

115. L'intérêt marqué pour les « cabinets » (le mot revient sept fois dans le roman) avait été violemment reproché à Bataille par les surréalistes, à commencer par André Breton, en juin 1930, dans le *Second manifeste du surréalisme* (*Œuvres complètes*, t. I, p. 826). Dans le premier numéro du *Surréalisme au service de la Révolution* (juillet 1930), Aragon achève ainsi

sa démolition de Desnos : « Digne collaborateur de la revue *Documents* où l'on se croit matérialiste parce qu'on y aime *les matières*, il se range ainsi définitivement dans la catégorie des mouches à merde » ; dans le numéro 2 de la même revue, André Thirion définit Bataille comme le « théoricien de la merde » (octobre 1930, p. 35).

116. Ce *moi* en italiques scande tout le texte de Bataille qui accompagne les eaux-fortes de Masson dans *Sacrifices* (publié en décembre 1936, mais achevé avant septembre 1934) : voir *OC* I, p. 87-96.

117. Le renversement est une opération fondamentale pour Bataille. Pour ce qui est de sa « philosophie », dès le texte sur « L'Œil pinéal », en 1927, Bataille indique la nécessité de « renverser les valeurs » qu'a créées l'exclusion de la mythologie au profit de la raison (*OC* II, p. 23) ; en 1947, dans sa *Méthode de méditation*, il relie au rire « le renversement qu'[il] opérai[t] » (*OC* V, p. 214), et dans *L'Alleluiah* il écrit ceci : « Il est temps qu'en chaque chose connue de toi, ta folie sache apercevoir l'envers. Temps pour toi d'inverser au fond de ton être une image insipide et triste du monde » (*OC* V, p. 395) ; enfin, selon la « Notice autobiographique » que Thadée Klossowski date de 1958, Bataille ne doute pas « dès 1914, que son affaire en ce monde est d'écrire, en particulier d'élaborer une philosophie paradoxale », fût-ce « au prix d'un désordre irrespectueux » (*OC* VII, p. 459 et 462). Sur le plan de la politique, dans une manière de programme, daté du 4 avril 1936, qui semble avoir été communiqué aux membres de Contre-Attaque, Bataille note : « 3. Assumer la fonction de destruction et de décomposition mais comme achèvement et non comme négation de l'être. [...] / 9. Participer à la destruction du monde qui existe, les yeux ouverts sur le monde qui sera » (*OC* II, p. 273). Sur le plan de l'érotisme, le plaisir aux yeux renversés « envisagé gravement, tragiquement, représente un entier renversement » (Préface de *Madame Edwarda*, p. 318) ; dans l'étreinte sexuelle advient « le renversement sans lequel nous ne pourrions atteindre la totalité » (*L'Histoire de l'érotisme*, *OC* VIII, p. 102). Dans l'économie générale que veut édifier Bataille, le remplacement de la notion de production par celle de dépense a un effet de « renversement hardi », souligné par l'Avant-propos de *La Part maudite* (voir *OC* VII, p. 19 et 21), puis dans le corps du livre (ainsi p. 33). Voir Emmanuel Tibloux, « Georges Bataille, la vie à l'œuvre », *L'Infini*, n° 73, printemps 2001, p. 54-55.

118. Voir dans *La Littérature et le Mal*, à propos de Sade : « Peu d'événements ont plus de valeur symbolique que la prise de la Bastille. [...] Il n'est pas de signe plus parlant de la fête que la démolition insurrectionnelle d'une prison » (*OC* IX, p. 241).

119. Voir l'article de Bataille intitulé « À propos de *Pour qui sonne le glas ?* d'Hemingway » (*Actualité*, n° 1, 1945), qui renvoie à un texte de Ramón Gómez de la Serna (« Le *cante jondo* ») paru dans *Bifur* (n° 2, juillet 1929, p. 69-84) ; Bataille écrit : « [...] le chant successivement lent, gémi, puis aigu jusqu'à la démence, atteignait cette extrême région du possible où ne nous font accéder que rarement de violents sanglots » (repris dans *Georges Bataille, une liberté souveraine*, p. 45).

120. Voir « Les Présages », jeudi 9 mai : « Ensuite dîné au Sotáno, puis bu au dancing Antic (?) : ri de voir des femmes tuberculeuses » (p. 207).

121. Construite sur le Champ-de-Mars pour l'Exposition universelle de 1889, cette galerie était un immense hall de fer, qui fut démoli en 1909.

122. Serge Zenkine repère ici des allusions au plafond de la galerie des Glaces de Versailles (décoré par Le Brun vers 1681), à la galerie des Batailles (décorée dans les années 1830), et à la statue de Bartholdi, « La Liberté éclairant le monde », érigée en 1886 à New York (« Un rêve russe de Georges Bataille » [en russe], *Obraz Rossii vo frantsuzskoi literature XX veka*, textes recueillis par Olga Voltchek et Serguei Fokine, Saint-Pétersbourg, Naouka, 2002 ; nous remercions l'auteur de nous avoir communiqué une traduction française de son article). Sur ce que représente Versailles selon Bataille, voir *La Souveraineté*, *OC VIII*, p. 321-322 et 383.

123. Dans *Délire et rêves dans un ouvrage littéraire : la « Gradiva » de Jensen*, Freud écrit que « le refoulement, qui rend le psychique à la fois inabordable et le conserve intact, ne peut en effet mieux se comparer qu'à l'ensevelissement, tel qu'il fut dans le destin de Pompéi de le subir, et hors duquel la ville peut renaître sous le travail de la bêche » (Gallimard, coll. « Documents bleus », 1931, p. 148). En ce sens, ce premier moment du rêve montrerait (outre la présence de la mort derrière l'art) la Révolution française, devenue momie, comme le refoulé de l'Histoire moderne.

124. Dans « L'Art primitif », Bataille s'intéresse aux images grossières et explique les griffonnages ou graffiti, des enfants et des adultes, par une volonté « d'*altérer* ce que l'on a sous la main » (par exemple un mur), volonté qui ressortit à des instincts « sadiques » (*OC I*, p. 252-253) ; il ajoute avoir choisi ce terme d'altération parce qu'il a « le double intérêt d'exprimer une décomposition partielle analogue à celle des cadavres et en même temps le passage à un état parfaitement hétérogène correspondant à ce que le professeur protestant Otto appelle le *tout autre*, c'est-à-dire le sacré » (p. 251). En 1952, dans le dossier de Lascaux, Bataille opposera la durée et l'ornementation visées par l'art classique, au tracé (la création soudaine) et à la fonction rituelle caractéristiques de l'art préhistorique (*OC IX*, p. 328) : c'est de ce côté que se placent les images grossières dessinées au charbon.

125. Le nom de *Lenova* (où se conjoignent la révolution et la féminité) peut être rapproché, dans le roman, de celui de Lotte Lenia (p. 173).

126. Bataille avait commencé d'apprendre le russe en 1923 (voir *OC VIII*, p. 563).

127. Sur cette figuration de Staline comme ennemi du prolétariat, voir la Notice, p. 1055.

128. La fin de ce paragraphe refuse la vision romantique (à la Hugo) de la défaite.

129. Ce mot, s'il renvoie au nom et au statut de Troppmann (criminel, coupable), est aussi à mettre en rapport avec la problématique de l'infamie analysée en 1933-1934 (voir « La Structure psychologique du fascisme », *OC I*, p. 339-371).

130. Badalona est située à quelques kilomètres au nord-est de Barcelone, sur la côte méditerranéenne.

131. L'association du rire et de l'eau se retrouve dans *L'Expérience intérieure*, dans une analyse de cette « intense communication » qui passe entre des rieurs : « ils ne sont pas plus séparés que deux vagues, mais leur unité est aussi indéfinie, aussi précaire que celle de l'agitation des eaux » (*OC V*, p. 113). Bataille fait donc des vagues de la mer, avec leur unité qui ne se fonde que sur le mouvement, une image de la société : voir l'exposé du 20 novembre 1937, dans *Le Collège de Sociologie*, textes pré-

sentés par Denis Hollier, « Folio Essais », 1995, p. 56. La mer fournit
un modèle de la communication à laquelle Bataille aspire : voir *L'Expérience intérieure*, à propos de Nietzsche : « *Mieux que l'image de* Dionysos
philosophos, *le perdu de cet océan et cette exigence nue :* "*sois cet océan*" *désignent
l'expérience et l'extrême auquel elle tend* » (*OC V*, p. 40) ; des notes pour
Le Coupable : « [...] peut-être, je ne suis pas *moi*, mais de l'homme : j'en
ris. Je pourrais être ainsi de l'Océan » (*OC V*, p. 538) et « Si je regarde
l'agitation des eaux humaines sans arrêt et dans son ensemble — comme
une immense communication de vie » (*OC V*, p. 539) ; *L'Érotisme* :
« l'obsession d'une continuité première qui nous relie généralement à
l'être » nous fait souffrir « de n'être pas dans le monde à la manière d'une
vague perdue dans la multiplicité des vagues » (*OC X*, p. 21). — Quant à
la nage, Bataille y voit une métaphore d'une expérience contraire à toute
méthode, à tout savoir (*Le Coupable*, *OC V*, p. 336).

132. Voir *L'Anus solaire* : « La mer se branle continuellement » (*OC I*,
p. 84).

133. Sur cette figure de vagabond, qui remplace ici le pauvre du
mythe de Don Juan, comme un sacré solaire remplace un sacré chrétien,
voir le début de l'article de Bataille dans *Critique*, mai 1951, « Le Silence
de Molloy » (c'est « l'*être* enfin *désemparé*, l'entreprise, que nous sommes
tous, à l'état d'épave », un « spectre qui hante le plein jour des
rues », *OC XII*, p. 85-86) ; voir aussi la Notice, p. 1050.

134. À propos du soufre, Bataille écrira, dans des instructions pour la
rencontre des membres de la société secrète Acéphale dans la forêt de
Marly : « Le soufre est une matière qui provient de l'intérieur de la terre
et n'en sort que par la bouche des volcans. Cela a évidemment un sens
en rapport avec le caractère chtonien de la réalité mythique que nous
poursuivons » (*OC II*, p. 278).

135. Voir « La Laideur belle ou la Beauté laide dans l'art et la littérature », *Critique*, n° 34, mars 1949 ; *OC XI*, p. 416-421.

136. Yves Thévenieau (*La Question du récit dans l'œuvre de Georges
Bataille*, p. 356-357) fait observer la symétrie inversée entre deux épisodes
du texte : Troppmann quittant Paris fuit Lazare et la politique, mais à
Barcelone la rencontre de Michel les réintroduit dans sa vie ; en revanche
l'arrivée de Dirty l'écarte de la politique alors qu'il aurait pu s'y engager.

137. Dans sa « Vie de Laure », Bataille rappelle qu'à la fin de 1930,
rentrant de Moscou en sleeping avec son frère, « attendrie de retrouver
un homme touchant, qui l'aimait, elle essaya de faire l'amour avec lui »
(*OC VI*, p. 277). Laure écrit, dans une lettre à Simone Weil (non datée,
mais de l'automne 1934) : « J'ai été bien contente d'écrire à Bataille — il
ne m'écrase pas — c'est comme un frère compréhensif et doux » (Laure,
Une rupture, p. 51).

138. Cette scène — Troppmann pris entre deux femmes et s'en tirant
par la violence — peut se lire comme une parodie de la scène où le Dom
Juan de Molière abuse par ses beaux discours à la fois Mathurine et
Charlotte, leur ayant à toutes deux promis le mariage (*Dom Juan*, acte II,
sc. IV).

139. Troisième occurrence de ce motif (voir p. 131 et 163) : ici c'est
Troppmann qui se retrouve par rapport à Xénie dans la position du
Commandeur saisissant Don Juan.

140. Leslie Hill fait observer, dans *Bataille, Klossowski, Blanchot. Writing
at the Limit* (p. 82), que le nom de Trèves désigne une ville au cœur du

conflit franco-allemand, puisqu'elle se situe dans cette zone (à l'ouest du Rhin) démilitarisée selon le traité de Versailles, mais réoccupée par Hitler en mars 1936 ; qu'elle s'accorde au répit qu'y connaît la dérive de Troppmann à travers l'Europe ; qu'en raison du statut important de la ville dans l'Empire romain, ce nom fonctionne comme un emblème menaçant de l'émergence d'un pouvoir mythique, religieux, et impérial (celui des nazis).

141. Selon « La Rosace », ce sont les jeudi 1ᵉʳ et vendredi 2 novembre que Bataille passe à Trèves avec « Édith » (*Écrits de Laure*, p. 309-310).

142. À la date du 17 mai 1935, en pleine rédaction du roman, Bataille note dans « La Rosace » : « rêve ciel renversé » (*Écrits de Laure*, p. 310), et dans « Les Présages » : « Rêve de ciel étoilé sous les pieds » (p. 209). L'opposition à la « voûte céleste icarienne » d'André Breton est évidente (*OC II*, p. 107). — Denis Hollier a commenté ce vertige transgressif dans *La Prise de la Concorde* (Gallimard, 1974 ; rééd. 1993, p. 244-248), et Alexandra Makowiak a analysé le renversement qui s'y opère du sublime kantien, dans « D'un ton grand seigneur adopté naguère en littérature », *Les Temps modernes. Georges Bataille*, décembre 1998 - février 1999, p. 78-91 (en décembre 1934, Bataille a emprunté à la BN la *Critique du jugement*, suivie des *Observations sur le sentiment du beau et du sublime*, voir *OC XII*, p. 598).

143. C'est une coutume allemande que de poser des bougies (à l'intérieur de lanternes) sur les tombes, le soir du 1ᵉʳ novembre. Les bougies font le lien entre cette scène et le texte intitulé « Le Cadavre maternel » : « J'étais à peine entré que la pâleur et l'immobilité de la morte à la lueur des bougies me glacèrent et je dus m'en aller jusque dans la cuisine pour m'y branler » (*OC II*, p. 130).

144. Dans un exposé de janvier 1938 pour la Société de psychologie collective, Bataille parle des « cas relativement nombreux où dans les conditions primitives la mort déchaîne des réactions violentes, dépenses, orgies, pillages » (*OC II*, p. 287).

145. Bataille évoque dans « La Mère-Tragédie » (article de l'été 1937), le « monde infernal et maternel de la terre profonde, [...] monde noir des divinités chtoniennes » (*OC I*, p. 493-494).

146. Ce thème du vertige céleste est repris dans le texte que Bataille consacre à Masson en 1940, « Les Mangeurs d'étoiles » (voir *OC I*, p. 565).

147. Sur cette scène, voir Laurent Jenny, « Vertige de Bataille », *L'Expérience de la chute. De Montaigne à Michaux*, PUF, 1997, p. 151-181.

148. Sur les sentiments de Bataille jeune homme à l'égard de la Première Guerre, enfer à lui promis comme un « horizon irrémédiablement fermé », voir *OC VII*, p. 523-524.

149. Marx est né à Trèves en 1818.

150. Allusion à Hitler et à la Hitlerjugend ?

151. Faut-il voir ici une allusion à la nuit des longs couteaux (30 juin 1934), qui expédia les S.A. au Walhalla ?

152. Yves Thévenieau (*La Question du récit [...]*, p. 337) relève que par cette phrase le roman « ne se referme pas sur lui-même » : la fin est déjouée tout comme le commencement (*in medias res*).

153. Voir, dans « La Structure psychologique du fascisme », la section « L'armée et les chefs d'armée » (*OC I*, p. 357-360), et, dans le dossier des « Essais de sociologie », le texte intitulé « L'Armée mystique » (*OC II*,

p. 233-237) : l'armée comme « parade », « bloc », « défi », la « musique qui manifeste son éclat ».

154. On retrouve la Hitlerjugend, déjà évoquée plus haut, p. 198-199. Dans un tract de mars 1936 pour Contre-Attaque, Bataille parlera de « la démence infantile du nationalisme allemand » (*OC I*, p. 400).

155. Ces battements de tambour et ces transes évoquent une scène récurrente du *Serpent à plumes* de D. H. Lawrence (Stock, 1931) : sans doute est-ce là ce « dernier livre de Lawrence » que Bataille déclare à Queneau le 22 octobre 1931 avoir trouvé « magnifique, d'autant plus qu'il n'a pas moins de sens social que sexuel » (*Choix de lettres*, p. 69) ; Colette Peignot dit avoir apprécié ce roman, dans une lettre à Bataille de 1934 ou 1935 (*Écrits de Laure*, p. 258).

156. Bataille se souvient peut-être d'un livre d'Ernst Jünger, *La Guerre notre mère* (Albin Michel, 1934), qu'il évoquera au début du *Coupable* (*OC V*, p. 247) et citera longuement dans « La Limite de l'utile » (*OC VII*, p. 251-254). Pour Jünger, la guerre marque le combattant du « sceau de l'animalité » (p. 70), elle est une ivresse qui couvre le guerrier d'un « torrent de vagues rouges » (p. 40), en un « raz de marée » (p. 81), une « loi naturelle » de l'humanité. Le titre allemand de ce livre est *Der Kampf als inneres Erlebnis*, c'est-à-dire « La Guerre comme expérience intérieure » : Bataille saura s'en souvenir.

157. Ici Bataille songe peut-être au thème stoïcien de l'*ekpurôsis*, destruction du monde par le feu : du 18 au 26 avril 1935, il emprunte à la BN un livre d'Edwyn Bevan, *Stoïciens et Sceptiques* (*OC XII*, p. 601), et en 1934-1935 le cours de Kojève sur Hegel porte notamment sur l'analyse du stoïcisme dans la *Phénoménologie* (voir *Introduction à la lecture de Hegel*, Gallimard, 1947 ; rééd. coll. « Tel », 1977, p. 61-62). Mais cette vision catastrophiste de l'Histoire s'inspire peut-être aussi du fameux livre de Spengler, *Le Déclin de l'Occident* (Gallimard, 1931), dont Bataille emprunte à la BN, en 1934, la Première partie (2 vol.) de janvier à mars, et la Deuxième (2 vol.) de mai à juillet (*OC XII*, p. 594-595). D'un point de vue non plus philosophique, mais fantasmatique, Jules Monnerot note, en 1946, dans un article consacré à Bataille, que les éruptions sont souvent considérées comme une vengeance de la terre fouillée et donc violée par les hommes (*Inquisitions*, José Corti, 1974, p. 206).

158. Voir, dans *La Part maudite*, en 1949, ce sous-titre dans le chapitre 1 de l'« Introduction théorique » : « La guerre envisagée comme une dépense catastrophique de l'énergie excédante » (*OC VII*, p. 31).

159. Peut-être faut-il opposer ce mot à « l'informe » dont il est question page 148, et qui a fait l'objet d'un article de Bataille pour le dictionnaire de *Document*, n° 7, décembre 1929 ; *OC I*, p. 217.

160. Voir la Notice, p. 1063-1065.

Autour du « Bleu du ciel »

LES PRÉSAGES

Ce journal, composé de sept feuillets sur papier pelure bleu, est conservé à la Bibliothèque nationale de France, département des manuscrits occidentaux, fonds Bataille, boîte 6 E. Il a été publié par Thadée Klossowski dans le tome II des *Œuvres complètes* (p. 266-270).

1. André Masson qui possède une maison à Tossa de Mar.
2. Un des rochers de Montserrat.
3. Voir la scène du cimetière dans *Le Bleu du ciel*, p. 199-200.
4. Voir « Le Bleu du ciel », p. 189-192.
5. On ne sait pas de quel chapitre parle ici Bataille : « Histoire d'Antonio » ou « Le Bleu du ciel », qui tous deux se déroulent à Barcelone.

[TROIS FEUILLETS MANUSCRITS. HISTOIRE D'ANTONIO]

Nous reproduisons trois pages autographes du manuscrit du *Bleu du ciel*, numérotées 107, 108, 109 de la main de Bataille et conservés à la BNF (site Richelieu, département des manuscrits occidentaux, fonds Bataille, boîte 6 A, c). Elles auraient pu prendre place au début de l'« Histoire d'Antonio », dans la IIe partie du roman (p. 161). La version définitive remanie le feuillet 109. Ces trois pages manuscrites ont fait l'objet d'une première transcription par Thadée Klossowski dans le tome III des *Œuvres complètes*, p. 562-563.

Nous avons respecté la ponctuation originale, et signalé dans le texte lui-même quelques biffures qui nous ont paru significatives.

LE BLEU DU CIEL
[Version manuscrite. 1935]

Les deux campagnes d'écriture.

La version manuscrite du *Bleu du ciel* de 1935 qui, dans ses grandes masses, annonce celle que Bataille publiera en 1957, nous a paru devoir être reproduite, pour plusieurs raisons — sans négliger la curiosité des amateurs et la ferveur des passionnés.

Tout d'abord, et c'est peut-être l'essentiel, cette version initiale a ses mérites propres : elle est plus immédiate, plus orale, plus brutale encore, plus « informe » que le texte de 1957.

D'autre part, elle seule procure l'état original et complet de cette étrange séquence, d'une écriture de type fragmentaire ou aphoristique, qui se rattache au projet sur « *L'Œil pinéal* » et à *L'Anus solaire* (donc aux années 1927-1931), et qui occupe, dans le manuscrit, quatorze feuillets, que Bataille dactylographie sur un papier rose. C'est cette séquence, qui ressortit à une « anthropologie mythologique », anti-scientifique et attentive aux « phantasmes mythologiques », que Bataille réécrit pour la publier dans *Minotaure* en juin 1936[1]. En 1957, il n'en gardera que deux pages (non sans les retoucher), pour aboutir à la Première partie du texte définitif. Le reste est supprimé dans un but évident : éviter de rompre fortement la continuité narrative.

Enfin, si nous avons préféré reproduire le manuscrit, plutôt que le dactylogramme de 1935 (qui n'en diffère d'ailleurs que peu), c'est afin que le lecteur puisse suivre au plus près, dans l'ordre chronologique exact, tout le travail de réécriture accompli par Bataille.

Sur le plan de la composition, il est évident que Bataille, dont l'attention aux effets de construction va grandissant — on songe à *L'Abbé C.*, paru en 1950 —, complique, de 1935 à 1957, la structure de son texte.

Dans le manuscrit, le système des titres est très simple : se succèdent, comme autant de chapitres (même si ce mot ne figure pas), « Dirty », « LE BLEU DU CIEL », « Le Bleu du ciel », « Les Mauvais Présage », « Les Pieds maternels », « Histoire d'Antonio », « Le Bleu du ciel », « Le Jour des morts ».

Dans le dactylogramme de 1935, Bataille introduit une dédicace à André Masson et l'intertitre « Première partie » avant « Dirty ». Viennent ensuite deux intertitres : « Deuxième partie », puis, sur la page suivante, « Introduction », qui désigne la séquence aphoristique (et s'accorde avec son caractère peu narratif). Après celle-ci sont donnés, dans le même ordre que sur le manuscrit, les mêmes chapitres, avec les mêmes titres. On voit que les mots de première et deuxième parties distinguent deux périodes d'écriture (1925-1929 et 1934-1935), mais peut-être aussi deux statuts textuels (la deuxième partie est d'une inspiration autobiographique plus forte que la première).

En 1957, Bataille, s'il conserve en l'état la deuxième partie, effectue deux modifications troublantes. D'une part, c'est au récit « Dirty » qu'il affecte le sous-titre « Introduction », jouant sur le décalage entre le spéculatif et le narratif, mais avouant peut-être aussi que ce récit est pour une large part mise en récit d'enjeux philosophiques, ou a-philosophiques. D'autre part, c'est la séquence aphoristique qui, réduite, prend alors pour titre « Première partie ». En effet, elle dit ce qui est premier, fondateur : dans *L'Expérience intérieure*, en 1943, Bataille place à l'origine de l'écriture le triomphe — « Proust, sans le sentiment de triomphe, eût manqué de raison d'écrire » —, et « l'absence dernière de satisfaction[2] », donc la révolte[3].

Sur le plan stylistique, on peut proposer la description suivante.

---

1. Voir la Note sur le texte du *Bleu du ciel*, p. 1075.
2. *OC V*, p. 168.
3. Jean-Michel Heimonet, dans *Le Mal à l'œuvre* (Parenthèses, Marseille, 1986, p. 98), note que « Le Commandeur est vaincu d'avoir provoqué, pour rançon de l'angoisse, d'une "horrible souffrance", cette "aveugle colère" d'où sortira le livre. Il est vaincu pour avoir *invoqué* le livre, pour y avoir contraint, acculé "son" auteur » ; c'est l'entrée du Commandeur (de la Loi et de la Mort, de la loi de la mort) qui « met en branle le travail du livre ».

Les corrections apportées au manuscrit et aux dactylogrammes en 1935-1936.

Elles manifestent trois processus majeurs.

Bataille élimine les indications référentielles trop précises. Il avait d'abord écrit que Troppmann avait « quitté Paris pour rejoindre Dirty à Heidelberg » (f° 34) : c'était retranscrire dans le roman le voyage de la Toussaint 1934 (en compagnie d'Édith), à Heidelberg précisément ; aussi Bataille biffe-t-il le nom de cette ville pour le remplacer par « Prüm », mot qui n'apparaît pas dans le journal « La Rosace ». Dans le manuscrit, il est question de l'« extrême dépression nerveuse » dont souffre Dirty (f° 160) : c'est pour cette maladie que Colette Peignot avait été hospitalisée à Saint-Mandé, au retour de son équipée de juillet 1934 avec Bataille. Là encore, ce dernier raye ces mots, qui auraient trop nettement référé le personnage à un seul de ses modèles, et se contente de mentionner « une maladie de femme ».

L'écrivain abandonne des énoncés qui engageaient trop nettement une interprétation. Dans le manuscrit, le deuxième rêve de Troppmann comporte un quatrième et dernier temps, qui le voit rejoindre des touristes communistes, « venus de France, tous jeunes », visitant l'U.R.S.S. : la chaussée et les murs de la rue qu'ils traversent apparaissent faits « d'une sorte de gâteau très lisse, formé de pierres cassées d'un rose brique tendre » (f°ˢ 141-142)… Bataille a dû juger trop transparente la satire de l'utopie communiste.

Enfin, Bataille estompe certains effets, ou excès, de plume, éliminant souvent des hyperboles ou des redondances. M. Melou « commença pour ma plus grande détresse », lit-on dans une première rédaction, qui devient : « commença à parler. » (f° 69). Troppmann, à l'idée que Lazare venait souvent à la Criolla, sent lui monter à la tête « toute [sa] folie exaspérée, tout ce qu'il y avait de colère contenue au fond de [lui] » et rêve d'une « bagarre » (f° 104) : Bataille élimine sur les dactylogrammes la bagarre et la folie. Le romancier abandonne aussi certaines expressions qui auraient été jugées trop familières ou trop crues : chez Fred Payne, une belle fille blonde défie Troppmann et « la ceinture élevée qui lui menaçait la gueule » : Bataille substitue à la relative le tour comparatif « comme une menace » (f° 59). Toujours chez Fred Payne, ivre et épuisé, le héros se rend compte qu'il est « dans un chiotte » et assis sur « le siège des W.C. » : mais l'écrivain biffe « dans un chiotte » et remplace la fin de la phrase par « sur une cuvette » (f° 62).

Le Bleu du ciel de 1935-1936 se différencie ainsi d'*Histoire de l'œil* par — risquons le paradoxe, pour ce roman des paroxysmes — un certain « estompage ».

Que se passe-t-il lors de la campagne de corrections de 1957 ?

1. Bataille continue à éliminer certaines expressions crues. Ainsi, une phrase comme « Je lui ai dit que je n'étais qu'un pauvre con : j'étais assis là comme un morveux » (1935) devient : « Je lui dis que j'étais un pauvre idiot » (1957). Telle comparaison, pourtant frappante, et qui se reliait à la fantasmatique d'*Histoire de l'œil*, est supprimée : « ils me paraissaient tous d'une réalité précaire et le crâne vide, *quelque chose de vide comme des coquilles d'œufs gobés*[1] ». En 1935, Troppmann avoue « un goût sexuel pour

1. Nous imprimons en italique ce qu'élimine Bataille.

les cadavres » ; en 1957, c'est « un goût vicieux ». La « tache de poils » et les « gros seins aux gros boutons » de Xénie disparaissent du texte de 1957. « [...] la femelle est venue me voir dans mon lit quand elle a su que j'allais passer » : voilà ce que Troppman disait de Lazare dans le texte de 1935 ; en 1957 on lit : « [...] elle est venue me voir dans mon lit quand elle a cru que j'allais mourir ». Alors que le Troppmann de 1935 se laissait aller « à pisser doucement dans la mer », et mieux, dans une eau « maternelle », plus rien de tel chez celui de 1957.

Cependant, il arrive aussi qu'en 1957 Bataille accentue l'érotisme de son récit. On se contentera d'un seul exemple : la scène d'amour près de Trèves (1935 : « je dénudai son ventre », « Elle embrassa une de mes jambes » ; « des mouvements bizarres et informes » ; 1957 : « je la dénudai jusqu'au sexe » ; « Elle embrassa mon ventre nu » ; « des mouvements d'une folle indécence »).

2. Comme déjà en 1935-1936, Bataille rend son texte moins explicite. Ainsi il supprime tel détail — « sans culotte » — qui trop clairement conjoignait en Dirty l'audace sexuelle et l'héritage de la Révolution française[1], faisant de l'énergie sexuelle un moyen ou une condition de l'explosion révolutionnaire. Troppmann vient de retrouver Dirty : « ce qui arrivait ainsi dans la chambre nous rapprochait bien plus étroitement qu'une étreinte », lit-on dans la version de 1935. Mais en 1957 : « ce qui arrivait dans la chambre nous unissait ». L'ambiguïté est peut-être plus grande dans « Dorothea s'ouvrit » (1957) que dans « Dorothea écarta son manteau » (1935). Pas de littérature, Bataille le sait, sans une part de silence.

3. Comme en 1935-1936, l'écrivain continue à rechercher la tension optimale entre la gaucherie et l'élégance. D'un côté, ce qu'en 1935, fidèle à l'esthétique de l'informe, il a écrit avec maladresse, il ne le retouche pas toujours — ainsi pour cette phrase : « je souffrais d'une façon très mauvaise », ou pour l'expression de « mal impressionné ». Il lui arrive même de revenir vers la version de 1928-1929 : « ma main portait un pansement » (1935) est remplacé en 1957 par « ma main avait un pansement » ; en 1935, Bataille écrivait : « Ces blessures avaient la forme d'un croissant, qui reproduisait en coupe la plume métallique » ; en 1957, la proposition principale ne change presque pas, mais la relative devient : « qui avait en coupe la forme de la plume », au prix donc d'une répétition du verbe « avoir ». Ou bien : « J'éprouvais une sensation de fuite » (1935) ; mais : « J'avais une sensation de fuite » (1957). On peut aussi comparer ces deux phrases : « Combien il était bizarre alors de lui parler à l'oreille avec la douceur brûlante qu'on ne peut trouver habituellement que dans l'obscurité » (1935) ; « Qu'il était bizarre de lui dire à l'oreille avec une douceur brûlante qu'on ne trouve ordinairement que dans la nuit. » (1957) — changeant le verbe sans lui donner de complément d'objet, Bataille crée un effet de manque, à la fois gauche et poétique. Le choix des prépositions mérite toujours l'attention : en 1935, Bataille évoquait « deux rangées de dents qui claquent l'une contre l'autre » ; en 1957, elles « claquent l'une dans l'autre » : effet de gaucherie ? de brutalité ?

Néanmoins, en règle générale, et comme lorsque Bataille récrit *Madame Edwarda*[2], est visée l'élégance d'un style plus soutenu — qui ser-

---

1. Voir aussi la Notice du *Bleu du ciel*, p. 1058.
2. Voir la Notice de ce texte, p. 1121.

vira aussi de fond sur lequel se détacheront les effets de gaucherie (comme la « belle » norme, chez Céline, doit être de temps à autre rappelée pour réactiver les effets de l'oral-populaire).

Quant au lexique, reprenons le cas du verbe « avoir » : il arrive aussi que Bataille lui substitue un verbe plus précis (« J'ai encore eu une espèce de sommeil affreux », 1935 ; « Je retombai dans une sorte de sommeil affreux », 1957) ; « passer » est souvent remplacé par « mourir » ; systématiquement l'écrivain fait dire à Troppmann non plus « j'avais l'impression », mais « j'avais le sentiment » ; il ne conserve pas telle quelle une phrase comme « j'ai commencé à discourir et c'était excité sans aucun prétexte » (1935), mais la corrige en : « j'ai commencé à pérorer et j'étais hors de moi sans raison » (1957).

Sur le plan des temps verbaux, le passé composé très souvent cède la place au passé simple, tenu pour plus noble[1]. Dans une lettre envoyée à Pauvert en août 1957, Bataille précise qu'il lui faudra, sur les secondes épreuves, faire « une lecture tout exprès pour les subjonctifs », où la « fait passer du présent à l'imparfait dans la seconde version » : il veille donc à suivre les règles de la concordance[2]. L'écrivain convoque, à côté du passé simple et du subjonctif imparfait, un autre signe reçu de la littérarité[3] lorsqu'il remplace une subordonnée en *si* (« même si j'avais crié à tue-tête ») par un plus-que-parfait du subjonctif, avec inversion : « eussé-je crié, même à tue-tête », avec un jeu savant entre la violence du phénomène, et la distinction de l'expression.

Bataille renonce aussi plus d'une fois aux structures clivées, si fréquentes dans l'oral-populaire ; ainsi, la phrase « C'est comme cela que ça s'est terminé » devient « Cela s'est terminé de cette façon ». Si un raccourci d'expression est maintenu dans la première page (« suite d'une blessure de verre cassé »), il est rejeté dans telle autre (« je souffrais affreusement comme quelque chose de coincé », 1935 ; « je souffrais affreusement, je sentais en moi quelque chose de coincé », 1957). À la place d'une phrase plate (« Je suis resté ainsi longtemps », 1935) vient une belle formule : « Longtemps, je me perdis dans le tremblement de l'attente » (1957).

4. Bataille cherche à resserrer son texte, à lui conférer un rythme plus saccadé, un *tempo* plus percutant. Aussi supprime-t-il toute une série d'expressions introductives (« On aurait dit », « On voyait que », « Je lui dis que »…). Son attention va surtout à la construction des phrases, qu'il retouche en suivant un modèle stylistique qui semble fourni par Hemingway[4]. Autant que possible, Bataille élimine la subordination ; ainsi, en 1935, il écrivait de Xénie piquée par la fourchette de Troppmann : « bien que l'une des dents sans doute plus pointue que les trois autres ait traversé la peau assez loin pour que le sang coule […] » ; ce qui donne, en 1957 : « l'une des dents, plus pointue, avait traversé la peau et

1. « Retiré du français parlé, le passé simple, pierre d'angle du Récit, signale toujours un art », écrit Roland Barthes en 1953 dans *Le Degré zéro de l'écriture* (*Œuvres complètes*, Éd. du Seuil, t. I, 2002, p. 189). Ce livre avait fait l'objet d'un compte rendu dans la revue de Bataille, *Critique*, n° 80, janvier 1954 (Jean Piel : « La Fonction sociale du critique », p. 3-13).

2. Fonds Pauvert de l'IMEC, et Médiathèque d'Orléans, fonds Bataille, manuscrit 2564.

3. Impossible donc de souscrire à l'analyse de F. Marmande : « Entre les deux états du texte, […] le récit d'où disparaissent tous les effets de convention littéraire, tout ce qui signe un style, est comme mis à plat » (*L'Indifférence des ruines*, p. 35).

4. Pour l'importance du roman *Le soleil se lève aussi*, voir la Notice, p. 1069.

le sang coulait ». D'autre part, Bataille privilégie les constructions par
juxtaposition sans liaison : il passe par exemple de « J'ai recommencé à
pleurer tant que j'ai pu, mais mes sanglots n'avaient ni queue ni tête »
à « J'ai recommencé à pleurer tant que je pus : mes sanglots n'avaient
ni queue ni tête ».

5. C'est de la même recherche de l'intensité que procèdent bon
nombre de modifications : ainsi, dès la première page, « une sorte de
bouge » devient « un bouge » — suppression de la modalisation, geste
que Bataille répète par la suite[1] ; « complètement sale » est remplacé par
« des plus sales » ; la chevelure de Dirty n'est plus « en partie trempée de
larmes », mais « trempée de larmes » ; « nos corps étendus » se transforme en « nos deux corps étalés », et « cette dégoûtante orgie » en « cette
orgie répugnante ». Parfois un simple changement de complément
d'objet donne à un verbe une force extraordinaire : « […] je ne pouvais
plus surmonter la fatigue », écrit Bataille en 1935 ; mais en 1957 : « Je ne
pouvais rien surmonter ».

Au total, ce que vise en 1957 tout ce minutieux travail stylistique, une
phrase de son *Manet*, en 1955, peu avant que Bataille ne reprenne son
roman, le définit au mieux : il s'agit, pour lui comme pour le peintre, de
mettre en jeu « une force tendue sans faux-fuyant, qui eût en même
temps la raideur de la matité : une sorte de furie, mais élégante, mais
accédant à la minceur, à cette transparence plate, qui est l'étranglement
de l'éloquence[2] ». Bataille le notait dès 1949 : « la *maigreur* d'un récit »
accentue efficacement les valeurs d'une « expérience des limites[3] ». Belle
gageure : soumettre la furie à une constriction, étrangler la rage dans la
phrase, trouver une minceur pour l'excès.

★

Sigles : ms. (manuscrit de 1935) ; *dactyl.* BNF (dactylogramme original
de 1935, conservé à la BNF sous la cote : RES 4° Z, Lévis Mano 87) ;
dactyl. Orléans (double du dactylogramme de 1935, conservé à la Médiathèque d'Orléans, sous la cote MS 2355) ; *dactyl.* (accord entre *dactyl.* BNF
et *dactyl.* Orléans).

a. Dans ms., en-dessous du titre Le Bleu du ciel *, deux autres titres se lisent
sous les ratures :* Le Tombeau de famille *et* Les Présages *.* ◆◆ *b.* En
plus elle [puait *corrigé en* sentait] le whisky […] renvois [qui la
secouaient *biffé*] *dactyl.* ◆◆ *c.* vacillait [ridiculement *biffé*], alla
dactyl. ◆◆ *d.* boire, elle s'allongea sur le lit et fit *dactyl.* ◆◆ *e.* se déchire
[comme un sanglot *biffé*] *ms.* ◆◆ *f.* tel [que je suis là aujourd'hui
à la fois « être » et oublié *corrigé en* qu'aujourd'hui je suis, moi, l'être
« oublié »] *ms. Dactyl. donne la leçon de ms. avant correction.* ◆◆ *g.* éprouvé
sous la transparence du *dactyl.* ◆◆ *h.* regarder deux vieillards pédérastes
tournoyer *dactyl.* ◆◆ *i.* éclat, [elle s'aveugle et s'exalte jusqu'à *corrigé
en* illumine et triomphe, atteint] l'orgueil *ms. Dactyl. donne la leçon de ms.
avant correction.* ◆◆ *j.* Prométhée gémissait quand un chaos de rochers

1. Par exemple : « Je déclarai cela avec une sorte de dégoût » (1935), mais « Je le dis avec
dégoût » (1957).
2. *Manet*, OC IX, p. 156.
3. « Un roman monstrueux », OC XI, p. 487.

est tombé sur lui. / Don Juan était ivre d'insolence heureuse quand il a été englouti par la Terre. *biffé* / À *ms. Dactyl. donne la leçon de ms. avant biffure.* ◆◆ *k.* accompli [de trangression en transgression *corrigé en* de rupture en rupture] après *ms. Dactyl. donne la leçon de ms. avant correction.* ◆◆ *l.* comme si [j'avais été sous le coup d'une sorte de terreur intérieure *corrigé en* j'avais cherché à fuir une obsession sans pouvoir y échapper] *ms.* ◆◆ *m.* J'imagine que je la [voyais pour ajouter à ma propre misère un souci plus général pour le sort des hommes, souci beaucoup plus inutile que *biffé*] voyais *ms.* ◆◆ *n.* suis [un *corrigé en* peut-être] mégalomane *dactyl.* ◆◆ *o.* Lazare [m'avait beaucoup plus frappé que s'il s'était agi de quelque chose de vrai. *corrigé en* n'avait rien à voir avec ce qui m'avait bouleversé dans la lettre.] *ms.* ◆◆ *p.* fait… [je me suis conduit comme un salaud. *biffé*] *ms.* ◆◆ *q.* malheureux, [presque comme un enfant *biffé*] d'une façon *ms.* ◆◆ *r.* fielleux. [Cela arrivait presque jusqu'à la défaillance. *biffé*] *ms.* ◆◆ *s.* cracher [librement *corrigé en* tant qu'elle voulait] à la figure [des gens. Quant à vous *[un mot illisible].* Il est vrai que ça ne lui aurait rien coûté de vous éclater de rire sous le nez, à vous… / J'éclatai de rire moi-même d'un rire très fatigué, mais *corrigé en* de tout le monde. […] comme moi… / J'essayai […] de fatigue.] Contre *ms.* ◆◆ *t.* cadavre [comme tombé en extase *biffé*]. Alors […] pyjama. [Vous imaginez l'impression qu'on peut avoir tout nu dans une chambre mortuaire ? *biffé*] — Mais *ms.* ◆◆ *u.* elle arrivait [presque en glissant et comme une *corrigé en* avec un sourire de] déesse *ms.* ◆◆ *v.* J'imaginais [— j'avais des raisons d'imaginer — *biffé*] que *ms.* ◆◆ *w.* poupée [grivoise *corrigé en* de cire] *ms.* ◆◆ *x.* sur le [fond fade à pleurer *corrigé en* froid] du ciel *ms.* ◆◆ *y.* debout [plutôt mal à l'aise *add. interl.*] et [aussitôt, j'annonçai : comme quelqu'un qui est pris d'un désir subit de piétiner dans un plat *corrigé en* immédiatement je dis :] *ms.* ◆◆ *z.* vers le ciel [aveugle *biffé*] *ms.* ◆◆ *aa. Cette première phrase est biffée au crayon bleu dans dactyl. Orléans.* ◆◆ *ab.* jours). [Mon foie *biffé*] J'avais [J'avais le foie très /malade *biffé*] atteint, ce qui n'avait rien d'étrange : il y avait des années que j'avais le foie malade et il aurait fallu éviter les abus de boisson. Le plus mauvais était d'ailleurs *biffé*] une *ms.* ◆◆ *ac.* comme [si elle avait débordé de joie du soleil *corrigé en* saisie d'une profonde exultation] *ms.* ◆◆ *ad. Le début du chapitre est biffé dans dactyl. (au crayon bleu), et remplacé par un feuillet manuscrit :* Quelques semaines après, je me rappelais même plus avoir été malade. Je rencontrai Michel à Barcelone. Je me trouvai brusquement en face de lui, étant assis à une table de la Criolla. Lazare lui avait dit que j'allais sans doute mourir. La phrase de Michel me rappela un passé désagréable. ◆◆ *ae. Début du § dans dactyl. :* Je fis porter […] à boire [en entraînant *corrigé en* en emplissant le verre de] Michel. Je ne tardai pas à devenir ivre. Les beaux garçons qui venaient faire des tours de danse sur la piste étaient vêtus de robes de soirée décolletées jusqu'aux fesses. Les coups de talon sur le plancher résonnaient dans ma tête. ◆◆ *af. Fin de la phrase dans dactyl.* ◆◆ *ag.* cris [et des éclats de rire *biffé*]. Il portait une perruque blonde. [: invraisemblablement fille solaire *biffé*] *dactyl.* ◆◆ *ah.* une extravagance [/sans fin *biffé*] [brutale *biffé*] saignante *corrigé en* sans limites]. [Toute ma vie qui me montait à la tête /me déchirait *corrigé en* m'oppressait] au dernier degré comme si j'allais tousser, éternuer, éclater de rire ou fondre en larmes. *biffé*] *ms.* ◆◆ *ai. Nous substituons ici au*

texte incorrect de ms, provoquant , *la leçon de daɛtyl.* ◆◆ *aj.* resté calme
dans un [monde qui inclinait au délire *corrigé en* cauchemar] *ms.* ◆◆
ak. les étoiles [maudites *biffé*] *ms.* ◆◆ *al.* chargé des [besoins les plus
démesurés *corrigé en* angoisses] *ms. Daɛtyl.* donne la leçon de ms. avant
correɛtion. ◆◆ *am.* mouche [à merde *corrigé en* des cabinets] *ms.* ◆◆
an. satisfait *daɛtyl.* ◆◆ *ao.* agréable *daɛtyl.* ◆◆ *ap.* ces filles [pas très
vieilles, représentaient ce qu'il y a de plus misérable relativement *corrigé
en* étaient à peu près] jeunes *ms.* ◆◆ *aq.* sans rien voir, [l'attention à
peine retenue par des photographies de femmes admirablement vêtues,
ou dévêtues *biffé*] *ms* ◆◆ *ar.* cathédrale, mais [et l'impression beaucoup plus religieuse *biffé*] le sol *ms.* ◆◆ *as.* ou neigeuse. / [Ensuite je
montai dans une voiture pour traverser longuement de nouveaux han-
gars vitrés, semblables à la première galerie mais plus longs, plus étroits,
plus étouffants. J'arrivai au grand jour dans un quartier à peu près aussi
excentrique que celui d'où je venais. Il y avait un beau soleil. Un certain
nombre de touristes communistes, venus de France, tous jeunes, traver-
saient une rue en pente dont la chaussée empierrée était d'un rose
brillant. Les touristes se concertèrent pour décider celui qui monterait
avec moi. Je pensais que ce serait une jolie jeune fille que je désirais
caresser en secret mais, à ma grande déconvenue, Michel fut désigné.
/ D'un autre côté, il y avait une rue en conſtruction, à laquelle tra-
vaillaient des ouvriers de grande taille chaussés de bottes noires à mi-
cuisses. Cette rue montait rapidement. Chaussée et murs latéraux étaient
entièrement formés d'une sorte de gâteau très lisse, formé de pierres cassées d'un rose brique tendre : tout était neuf, ensoleillé et merveilleux à
voir… *biffé* / Je me réveillai *ms.* ◆◆ *at.* La journée [qui devait finir
de la façon la plus sanglante *biffé*] commençait *ms.* ◆◆ *au. Fin du §
dans ms.*: d'insurreɛtion [était empreint de grandeur *biffé*] avait
quelque chose d'angoissant [mais en même temps exaltant. L'état de
colère, quand cela n'arrive pas encore à un éclat, eſt contagieux d'une
façon qui /prend à la gorge *biffé*/ monte à la tête *biffé*]. ◆◆ *av.* boire.
[Je pensais à la grève générale du 12 février de Paris, et à la foule
immense que j'avais vue sur la place de la Nation. Ce jour-là, sur la place
de la Nation, les communiſtes étaient arrivés lentement en chantant
l'Internationale : ils se tenaient tous par les coudes et on avait fait le vide
devant eux. C'était comme une horde en marche, tous misérables,
vieillards, femmes et ouvriers jeunes. Ils portaient plusieurs drapeaux
rouges, le ciel était bas et ce qui était bouleversant au possible c'eſt que
tout se passait comme s'ils devaient affronter un peu plus tard des forces
de police parce qu'au début de l'après-midi il semblait vraisemblable que
la journée finisse mal /d'une façon sanglante en émeute *biffé*/ *biffé*] Je
pensais *ms.* ◆◆ *aw.* une étrangère [à moi, après une séparation qui
n'avait peut-être pas été très longue — deux mois et demi tout au plus —
mais pendant laquelle j'avais eu le temps de passer par des états
extrêmes. *biffé*]. Xénie *ms.* ◆◆ *ax. Fin du § dans ms.*: ce moment-là
[alors qu'étant pressé de me débarrasser d'elle que je serrais dans mes
bras, j'éprouvais une /grande *corrigé en* réelle/ angoisse *biffé*]. ◆◆
ay. sang, [gémissant comme si on venait de me percer de flèches *corrigé
en* à certains moments […] la corde.] Je *ms.* ◆◆ *az.* après deux ou
trois semaines [de soins : le médecin m'assura que seule une extrême
dépression nerveuse était responsable de l'amaigrissement et de la pâleur
de la malade *biffé*] *ms.* ◆◆ *ba.* à Barcelone. [Nous n'avions même pas

fait attention au premier coup de feu comme s'il s'agissait d'un pneu qui éclate *biffé*] / J'entendis *ms*. ◆◆ *bb*. autour d'elle : [. À ce moment-là *biffé*], elle avait [cependant beaucoup plus *biffé*] l'air [d'une héroïne que d'une femme légère *corrigé en* tragique] *ms*. ◆◆ *bc*. elle me dit [« Dans une église… on est seule » *biffé*] j'étais […] Dieu *ms*. : elle me dit « Je pouvais me prosterner devant lui puisque je suis sûre qu'il n'existe pas. — Qui lui — Dieu.» *dactyl*. ◆◆ *bd*. et [de lugubres *biffé*] familles *ms*. ◆◆ *be*. et se confondait avec [le paysage de l'immense ciel gris, la vallée de la Moselle s'étendant très loin sous la neige, sous les nuages bas, tout ce qu'on voyait vaguement à travers la baie vitrée *corrigé en* le ciel gris.] *ms*. ◆◆ *bf*. corps [battaient ensemble *corrigé en* vacillaient] bizarrement *ms*. ◆◆ *bg*. un cri [de rage *biffé*] *ms*. ◆◆ *bh*. nous pouvions tomber [au milieu des caveaux et des lumières, du haut de l'obscurité, de la même façon que deux insectes liés *biffé*] dans *ms*. ◆◆ *bi*. d'une [extrême *biffé*] maigreur [de dégénéré *add interl*.] *ms*. ◆◆ *bj*. spectres *dactyl*. ◆◆ *bk*. à la guerre [, à la boucherie *corrigé en* et au meurtre] *ms*. ◆◆ *bl*. Fin du § *dans dactyl. :* en riant au soleil ! derrière eux, gaiement, ils laisseraient leurs déchets : des agonisants, des cris de douleur, du sang, des cadavres. ◆◆ *bm*. [bègues *corrigé en* risibles] *ms*. *Fin de la phrase dans dactyl*. ◆◆ *bn*. aussi [louche que ce qu'il y a entre les cuisses d'une jeune fille facile *biffé*] pâle [et aussi puant que *biffé*] que *ms*. ◆◆ *bo*. *Mention rayée dans dactyl. BNF*.

1. Voir le « Dossier de *L'Œil pinéal* » : « […] je croyais nécessaire qu'après une longue période de servilité les êtres humains aient un œil exprès pour le soleil (alors que les deux yeux qui sont dans les orbites s'en détournent avec une sorte d'obstination stupide », *OC II*, p. 15). Bataille infléchit selon sa fantasmatique propre le thème des deux visions que Chestov développe dans *Les Révélations de la mort* (voir la notule de « Dirty », p. 1112).
2. Sur ce thème de l'érection des humains et des végétaux, voir le « Dossier sur *L'Œil pinéal* », *OC II*, p. 15-16.

DIRTY

Dans les plans pour des publications à venir qui figurent dans les carnets de Bataille, on trouve plusieurs mentions de « Dirty ». Ainsi, dans le carnet 4, en octobre 1943, Bataille songe à insérer « Dirty » dans un livre qui aurait eu pour titre *Dianae deae*. Le récit aurait succédé dans le livre à *L'Anus solaire*, dont on sait qu'il a été écrit en 1927. Dans un autre carnet, Bataille se propose de réunir en un volume, qu'il aurait intitulé *Aquilon* (après avoir songé à *Débris*), différents textes, dont « Dirty » : ce titre est suivi, entre parenthèses, de la date de 1928[1]. C'est aussi celle qui apparaît à la fin du récit lors de sa publication en 1945. En revanche, lorsqu'en 1934 ou 1935 il recopie « Dirty » pour amorcer son roman

1. Enveloppe 65 du fonds Bataille ; carnet que cite Th. Klossowski (*OC III*, p. 539).

Le Bleu du ciel, Bataille note à la fin du récit la date de « 1929[1] ». Erreur de mémoire ? Signe d'un remaniement ? En l'état actuel de notre information, il est impossible de trancher entre 1928 et 1929.

Avec la date de 1928, « Dirty », tiré à cinq cent vingt-cinq exemplaires, paraît à la fin de 1945. Pris entre deux dates, le texte se compose de deux strates : le récit de 1928 est précédé d'une épigraphe (non datée, mais extraite de la *Phénoménologie de l'esprit*, qui n'a été traduite en français qu'en 1939, pour le tome I), et d'une « courte note » datée, elle, de 1945.

L'écart entre 1928 et 1945 a permis à ce court récit d'être un texte précédé par sa réputation — du moins si « Dirty » se rattache au roman *W.-C.* C'est là le titre d'« un petit livre » scandaleux, « signé Tropmann », que Bataille définit ainsi : « un cri d'horreur, un cri d'horreur de moi[2] ». Tantôt la rédaction en est datée de 1925[3], tantôt de 1926[4]. Bataille lui-même n'établit de rapport explicite avec « Dirty » dans aucun des textes où il évoque *W.-C.* : ni avant la publication de « Dirty », dans *Le Petit* en 1943 ; ni après, pas plus en 1951, dans « Le Surréalisme au jour le jour », qu'en septembre 1957, ou en 1958, dans la notice autobiographique sus-dite. Mais avant de détruire *W.-C.*[5], Bataille l'avait fait lire à des amis choisis. Et c'est Leiris qui en 1963 indiquera que de ce roman « un épisode a subsisté », à savoir l'histoire de Dirty, dont le premier chapitre était désigné par les amis de Bataille comme « le chapitre du Savoy ». C'est donc ce chapitre qui fut ensuite « publié à part[6] », en 1945, cependant qu'en 1943 une section autobiographique du *Petit* s'intitule « W.-C. Préface à l'*Histoire de l'œil* ».

« Dirty » n'a guère retenu l'attention de la critique. Le texte, d'évidence, est proche d'*Histoire de l'œil* par son dessein (suffoquer le lecteur), son dispositif narratif (un récit au « je » et au passé, un point de vue avant tout masculin), sa maigreur stylistique voulue. Il manifeste l'influence sur Bataille du Dostoïevski du *Sous-sol* (lu en 1925), et aussi celle de Léon Chestov : « Dirty » peut se lire comme la mise en récit et la mise en excès (notamment par la violence sexuelle) de l'étude intitulée « La Lutte contre les évidences (Dostoïevsky) » qui ouvre *Les Révélations de la mort* (Plon, 1923), étude qui dépeint « l'homme souterrain », et dont Bataille reprend les thèmes essentiels : rejet du bon sens, de la mesure, de l'idéalisme, de la raison, accès, dans une insatisfaction essentielle, à une autre vision, fascinée par la mort, l'indéfini, l'ignorance, la perte de soi. Le récit forme aussi une scène de politique expérimentale, menée dans un dialogue avec Nietzsche (la terne morale des esclaves), et Mauss (« Essai sur le don »), mais aussi contre Marx (le thème de la lutte des classes) et Trosky (à qui le prénom du protagoniste, Léon, s'il peut aussi évoquer Chestov, renverrait ironiquement). Quant à l'épigraphe tirée de Hegel,

1. Voir *Le Bleu du ciel* (1935), p. 219.
2. Voir « Le Surréalisme au jour le jour », *OC VIII*, p. 178-179.
3. Dans le prospectus de septembre 1957 dont une partie est reproduite p. 311.
4. Dans une notice autobiographique de 1958, *OC VII*, p. 460.
5. Aux Edizioni del Sole Nero, sous le nom de Georges Bataille et sous le titre *W.-C.*, sans date précisée (mais dans les années 1970) a paru un faux assez grossier d'une quarantaine de pages, donné pour imprimé par Real Free Press, Oude Nieuwstraat, 10, Amsterdam. Il met en scène le couple formé par un curé d'une « scélératesse sans limites », C., et une femme, W. (« nue et folle comme une sainte »), et mêle des épisodes et des procédés narratifs inspirés des différents récits écrits par Bataille.
6. « De Bataille l'impossible à l'impossible *Documents* », p. 687.

elle fonctionne avant tout comme un leurre, dans la mesure où il s'agit moins d'indiquer un hommage qu'une contestation : à Hegel, dans un mode d'expression non discursif (un récit), est opposée la peinture de l'existence non discursive, faite de l'érotisme, de l'angoisse, et du rire.

★

« Dirty » est publié à la fin de 1945, dans la collection « L'Âge d'or » que dirigeait Henri Parisot aux éditions Fontaine, avec une couverture de Mario Prassinos. L'opuscule compte 28 pages. La justification du tirage se lit ainsi : « Ce cahier, le seizième de la collection "L'Âge d'or" a été tiré à cinq cent vingt-cinq exemplaires dont vingt-cinq sur vergé d'Arches numérotés de I à XXV et cinq cents sur vélin blanc numérotés de 1 à 500. Il a été tiré en outre vingt-cinq exemplaires hors-commerce marqués H. C. » L'exemplaire conservé à la BNF — site Tolbiac, Réserve, cote : 16° Z 2201 (16) — et dont nous reproduisons le texte porte le n° 477.

On sait très peu de choses sur les circonstances qui ont présidé à la publication de « Dirty ». Cependant, parmi les seize lettres adressées par Bataille à Henri Parisot entre le 26 août 1945 et le 16 octobre 1947[1], figure une lettre datée du 12 octobre 1945, dans laquelle l'écrivain essaie de convaincre Henri Parisot de publier une « petite histoire » qui est sans doute « Dirty » : « D'accord pour la masturbation, les points ne sont pas clairs étant donné la phrase[2], mais le mieux, évidemment, est de publier. / Comme vous savez, il n'y a plus de censure. / Le risque, autant qu'il me semble, est réduit à la plainte, toujours possible, d'un particulier (d'une personne morale à la rigueur). Le ministère public, lui, ne poursuivra jamais. Le texte, sans doute, a des chances d'exaspérer. Il en a peu par contre d'inciter à l'action. Formellement Céline était bien pire. Et l'on n'accusera pas l'auteur de vouloir corrompre la jeunesse : il s'y prendrait tout autrement… / Reste à savoir, en somme, si les éditions Fontaine prendront à leur compte non un risque appréciable de poursuites mais la menace de quelque indignation littéraire ou de presse, qu'on pourrait toujours utiliser contre elles. Max-Pol Fouchet, personnellement, ne semblait voir aucun inconvénient, mais je n'avais, quand j'ai eu sa réaction, fait que *lui parler* du texte. »

À la Bibliothèque nationale, site Richelieu, département des manuscrits occidentaux, est conservé dans le fonds Bataille (carton 22) un dossier concernant « Dirty », qui permet de reconstituer ce qui se passe en 1945.

Bataille reprend, ou fait établir, un dactylogramme, de neuf pages, correspondant selon toute vraisemblance au texte de son récit tel qu'il était en 1928. Nous le désignons sous le sigle *dactyl.*

Il fait précéder ce dactylogramme par trois pages, elles aussi dactylographiées, mais sur un papier différent (papier pelure), et portant respectivement : « Dirty / par / Georges Bataille » ; l'épigraphe emprun-

---

1. Dossier M 46 728, Carlton Lake Collection, Harry Ransom Humanities Research Center, Université d'Austin, Texas. Sur Henri Parisot, voir « Autour du *Mort* », p. 417.

2. Il s'agit sans doute de celle qui montre Dirty convulsée « comme un porc » sur sa chaise.

tée à Hegel ; une courte note (le dossier comporte aussi la version manuscrite de cette note, sur une page demi-format).

L'écrivain retouche ensuite le corps du récit. Il donne le nouvel état de son texte (sous la forme d'un dactylogramme non conservé dans le dossier) à l'éditeur, qui lui renvoie des placards, à savoir cinq pages que Bataille corrige, à l'encre bleue. Nous les désignons sous le sigle *plac*.

Après la phase des secondes épreuves (manquantes dans le dossier) est établie la maquette de l'édition de 1945. À la page 22 on lit : « Achevé d'imprimer sur les presses de l'imprimerie Grou-Radenez, à Paris, le quinze décembre mil neuf cent quarante-cinq. »

Signalons que « Dirty », qui ne figure pas dans les *Œuvres complètes*, a été republié dans : Georges Bataille, *Poèmes et nouvelles érotiques*, choix et préface de Michel Camus, Mercure de France, coll. « Le petit mercure », 1999, p. 53-67.

---

a. se branlait *dactyl.* ◆◆ *b.* exhibant *dactyl.* ◆◆ *c.* La scène qui précéda l'orgie eût été digne de Dostoïevski. *dactyl.* ◆◆ *d.* la gueule *dactyl.* ◆◆ *e.* dégueulé *dactyl.* ◆◆ *f.* un dogue : et elle dégueulait, et elle dégueulait *dactyl.* ◆◆ *g.* comme des couilles *dactyl.* ◆◆ *h.* masturbez *dactyl.*

1. Bataille cite ici un passage de l'Introduction de la *Phénoménologie de l'esprit*, passage que Kojève avait traduit et commenté dans ses deux dernières conférences de l'année 1933-1934, consacrées à « L'Idée de la mort » chez Hegel (voir A. Kojève, *Introduction à la lecture de Hegel*, p. 552-553). La traduction qu'utilise Bataille est celle de Jean Hyppolite parue chez Aubier (Éditions Montaigne, 1939 pour le t. I, p. 71), avec, pour ce passage, la note suivante du traducteur : « Dialectique de l'inquiétude humaine qui est peut-être une des intuitions fondamentales de l'hégélianisme. » Soit que Bataille cite de mémoire, soit qu'il ait voulu modifier la traduction d'Hyppolite en fonction de celle que donnait Kojève, la citation n'est pas tout à fait exacte et opère, dans la dernière phrase, une coupe sans la signaler : « Mais cette angoisse ne peut pas s'apaiser : en vain elle veut se fixer dans une inertie sans pensée ; la pensée trouble alors l'absence de pensée et son inquiétude dérange cette inertie ; en vain elle se cramponne dans une certaine forme de sentimentalité qui assure que tout est bon dans son espèce ; cette assurance souffre autant de violence de la part de la raison qui ne trouve pas quelque chose bon, précisément en tant que c'est une espèce. » Sur la fonction de cette épigraphe, voir la notule, p. 1112-1113.

2. Cette courte note inscrit le récit dans le prolongement de *L'Anus solaire* (1931) et du « je suis DIEU » de *Madame Edwarda* (p. 331). Elle ressortit aussi à la contestation de l'œuvre dans l'œuvre même que Bataille aime à pratiquer.

3. Bataille écrira dans *L'Histoire de l'érotisme* (rédigé en 1950-1951) : « La place de l'immondice est dans l'ombre, où les regards ne peuvent l'atteindre. Le secret est la condition de l'activité sexuelle, comme il est celle de l'accomplissement des besoins naturels » (*OC VIII*, p. 52).

4. Voir n. 12, p. 114.

5. Sur les valeurs possibles de ce prénom, voir la notule, p. 1112.

6. Voir n. 25, p. 118.

MADAME EDWARDA

NOTICE

C'est à Paris, en septembre-octobre 1941, que Georges Bataille rédigea *Madame Edwarda*, qui fut l'un des premiers ouvrages clandestins parus aux heures sombres de l'Occupation. L'anecdote, les personnages ou les lieux du récit eurent-ils un quelconque fondement biographique ? Rien ne le laisse supposer, ou alors de façon mineure : telle visite dans une « maison » du nord de Paris ? le souvenir d'une prostituée à laquelle Bataille fut secrètement lié[1] ?... Ou s'agit-il du simple développement d'une rêverie de novembre 1940 sur quelque fille imaginée nue sous un boléro[2] ? Nous ne connaissons guère mieux le détail des circonstances rédactionnelles, mais tout semble indiquer que la conception du texte fut très brève. Celui-ci parut rapidement, dès décembre, sous la forme d'un petit volume sobre et clair, protégé par une triple confidentialité : un tirage fort réduit, des allures (éditeur, adresse, achevé d'imprimer…) et une date de publication (1937) entièrement fallacieuses — tant pour éviter la censure (un livre publié étant *de facto* réputé autorisé) que pour s'inscrire dans une tradition vivace depuis le XVIIIe siècle —, un hétéronyme enfin, « Pierre Angélique ». La réédition du volume en 1945 — toujours sous une date fallacieuse (1942) et à peine moins confidentiellement — redoublait le jeu sur l'hétéronymie : les vignettes de Jean Fautrier furent signées « Jean Perdu », et cette « perdition » de l'illustrateur équilibrait l'« angélisme » de l'auteur. Le jeu se prolongea en 1956 lorsque, à l'occasion d'une nouvelle édition chez Jean-Jacques Pauvert, Georges Bataille signa de son nom la préface qu'il donnait au récit. Bien que Bataille eût songé un temps à revendiquer la paternité entière du volume[3], et bien qu'il fût notoire que l'auteur du récit n'était autre que celui de la préface[4], il semble que la décision finale entérine l'idée que *Madame Edwarda* garde sa place dans les marges du corpus bataillien[5].

---

1. Voir Bernd Mattheus, *Georges Bataille. Eine Thanatographie*, Munich, Matthes et Seitz, 1988, t. II, p. 43, et Michel Surya, *Georges Bataille, la mort à l'œuvre*, Gallimard, 1992, p. 192.

2. Voir n. 7, p. 335.

3. Voir « Autour de *Madame Edwarda* », p. 345.

4. Blanchot utilise encore l'hétéronyme dans la *NNRF* en juillet 1956. Quelques mois plus tard, Marguerite Duras (implicitement dans « Bataille, Feydeau et Dieu », *France-Observateur*, 12 décembre 1957, p. 20 ; explicitement dans « À propos de Georges Bataille », *La Ciguë*, n° 1, janvier 1958, p. 32-33), mais aussi Jacques Lacan (« D'une question préliminaire à tout traitement possible de la psychose », *La Psychanalyse*, n° 4, mars 1958, p. 50), ou encore Claude Mauriac (*L'Alittérature contemporaine*, Albin Michel, janvier 1958, p. 103), attribuent ouvertement le récit à Georges Bataille.

5. Aucune des œuvres parues sous une signature autre que « Georges Bataille » n'est mentionnée dans les notes autobiographiques de 1958 (*OC VII*, p. 459-462). Cette évidente volonté de créer en Pierre Angélique une figure d'auteur autonome constitue un des exemples les plus nets de ce qu'il est convenu d'appeler l'« hétéronymie ».

Un texte à deux niveaux.

Comme pour tous les textes brefs de Bataille, la question de l'interprétabilité de *Madame Edwarda* précède celle de son interprétation. Pour l'auteur même, on va le voir, le « y a-t-il quelque chose à comprendre ? » domine ici sur le « qu'y a-t-il à comprendre ? ». Cette perplexité est d'autant plus étonnante que *Madame Edwarda* frappe d'abord par sa limpidité. Le texte se répartit certes sur deux strates (l'une présente le récit, l'autre le commente), mais sans chevauchement et avec une clarté parfaite que respecteront rarement les textes avant-gardistes de l'après-guerre. À ces deux niveaux du texte correspondent d'ailleurs deux liminaires : l'adresse au lecteur donne la priorité chronologique à la strate spéculaire. Le narrateur prendra ensuite la parole à quatre reprises, à l'occasion de parenthèses de plus en plus volumineuses et de plus en plus ambitieuses. La première a une portée strictement locale et joue sur le sens — esthétique ou obscène — du mot « dur » ; la deuxième porte sur les conditions d'interprétabilité d'un élément du texte, le « Je suis DIEU » d'Edwarda, dont les lectures figurées sont rejetées ; la troisième élargit cette question de l'interprétation à l'ensemble du « livre » en indiquant, par une métaphore convenue, son statut allégorique et en soulignant son ambition initiatique ; la dernière[1] élargit de façon spectaculaire et inattendue la question du sens, en révoquant Hegel[2] au profit d'une imagerie qui emprunte à Heidegger et Pascal. On le voit, ces quatre parenthèses ne sont pas congruentes : les deux premières disent que le récit est « sans détour » ; la troisième qu'il contient allégoriquement un secret ; la dernière que rien n'a de sens et que narrer cette histoire même n'a aucune pertinence face à l'absurdité générale. Dès lors que le texte revient sur ses pas pour renoncer à ses ambitions, il devient impossible d'isoler tel passage (fût-ce le dernier) pour en faire une clé : le narrateur prétend conduire son lecteur là où Edwarda l'a conduit, puis y renonce, annonce un secret, puis n'y croit plus, découvre avec effroi sa propre folie[3], se demande si cette folie n'ouvre pas au sens, puis renonce à ces renversements infinis et au récit lui-même.

Le second liminaire introduit les thèmes qui seront développés dans les premières pages du récit proprement dit. Or, contrairement à ce qui pourrait sembler à une lecture superficielle, celui-ci n'offre pas cette base interprétative stable que viendraient saper les parenthèses métafictionnelles. La démarche et la structure narratives sont faussement rigoureuses. Les trois masses textuelles que découpent les retours en belle page[4] décidés *in extremis* pour l'édition de 1956, le jeu même des paragraphes ne coïncident ni avec les changements de lieu (il n'y a pas une partie par lieu), ni avec les changements dramatiques (la « crise » d'Edwarda est bizarrement à cheval sur deux parties) ; aussi est-il toujours risqué de faire parler cette structure pour elle-même. Reste un récit

---

1. Respectivement p. 329, 335, 336 et 338-339.
2. Convoqué par Bataille en ouverture de la préface, Hegel sera révoqué par Angélique en clôture du récit (« Hegel n'a rien à voir avec l'"apothéose" d'une folle »), selon ce mode de retour sur ce qui a été avancé qui caractérise l'écriture de *Madame Edwarda*.
3. P. 338-339.
4. Signalés dans notre édition par une étoile éclairée.

linéaire en trois temps. À l'« entrée en matière » du livre, le narrateur est bouleversé par une crise d'angoisse qui le conduit au bordel des Glaces. Ce qu'il faut bien appeler « première partie » se prolonge alors dans le récit de son extase : étreignant Madame Edwarda, la prostituée sur laquelle a porté son choix, il sent la présence du divin ; la théophanie se confirme lorsque Edwarda lui présente ses « guenilles » et lui révèle qu'elle est « DIEU » ; tous deux montent cérémonieusement vers la chambre où s'accomplit un accouplement rituel dont l'essentiel est tu. La partie s'achève étrangement : Edwarda, masquée, se précipite soudain dans la rue. La deuxième section du texte se passe près de la porte Saint-Denis : après un jeu de fuite et d'évitement où se confirme symboliquement le caractère initiatique de l'aventure, le sujet même du récit change : l'expérience du narrateur, sur laquelle se concentrait le début du texte, n'est plus que le contrepoint de celle d'Edwarda. Celle-ci est d'abord saisie de convulsions, qui se prolongent dans la troisième partie ; puis, portée par le narrateur dans un taxi, elle exige qu'ils se rendent aux Halles et se livre au chauffeur. Elle atteint l'extase ; tous s'endorment. Le récit s'achève abruptement sur le réveil du narrateur et se clôt sur une phrase aux accents baroques : « Le reste est ironie, longue attente de la mort… »

« Edwarda » 1941 et le souci mystique.

Il est difficile d'entrevoir le projet de Bataille lorsqu'il rédige *Madame Edwarda* en 1941 sans prendre en considération le reste de sa production à la même époque. Il est clair que tous les écrits de Bataille au début de la Guerre partagent un même souci « mystique » ; et le récit participe en cela d'une démarche « athéologique » de vaste ampleur. Si Bataille a perdu dès 1923 la foi catholique qu'il avait intensément embrassée en 1914, il s'agit encore pour lui, au début des années 1940, même après l'échec d'Acéphale, d'aller jusqu'au bout de l'athéisme, c'est-à-dire d'explorer la voie d'une mystique sans Dieu. Cela ne se fait assurément pas sans référence à la tradition chrétienne, et, parmi tous les mystiques qui ont nourri la pensée et l'imaginaire de Bataille (Hildegaard de Bingen, Jean de la Croix, Thérèse d'Avila…), aucun ne le frappa de façon aussi profonde qu'Angèle de Foligno, qu'il lit depuis novembre 1939. Il est d'ailleurs vraisemblable que Bataille lui doit son hétéronyme[1]. Ne rappelle-t-il pas dans *L'Expérience intérieure*[2] qu'Angèle disait d'elle-même, en une phrase emblématique, « Je suis angélique et j'aime jusqu'aux démons » (XXV[3]) ? Il serait pourtant exagéré de faire de celle-ci une « source » de Bataille et plus exact de dire qu'il fut séduit par une certaine coïncidence d'imaginaire avec celle qui, dans l'extase, désirait qu'on la promenât « nue par les places » (XIX). Il reste cependant possible que le « Regarde mes guenilles… Embrasse » d'Edwarda fasse écho aux injonctions du Christ demandant à Angèle de contempler ses plaies ou

---

1. Même si le projet en gestation d'une « Somme athéologique » justifie rétrospectivement le rapprochement avec l'auteur de la *Somme théologique*, Thomas d'Aquin dit le « docteur Angélique ».
2. *OC V*, p. 123.
3. Nous renvoyons aux chapitres de l'anthologie d'Ernest Hello (*Le Livre des visions et instructions*, 1868), qui introduisit Angèle en France et permit à Bataille de la découvrir (*Le Coupable*, *OC V*, p. 245 et 251).

d'y porter la bouche (x, xiv). Il faut noter, par ailleurs, que Bataille s'est vivement intéressé, avec toute son époque, aux psychoses extatiques, et qu'il a lu, entre autres livres de spécialistes (Pacheu, Delacroix, Montmorand…), les analyses de Pierre Janet et tout particulièrement son *De l'angoisse à l'extase*[1], dont le titre conviendrait à *Madame Edwarda*.

Angèle n'est qu'un des multiples liens qui rattachent *Madame Edwarda* aux deux autres textes sur lesquels Bataille travaille au même moment. La rédaction du récit est en effet contemporaine de celle de *L'Expérience intérieure* (1943) et du « journal » tenu depuis 1939 qui servira de base au *Coupable* (1944). Par son ton, par sa thématique, *Madame Edwarda* emprunte assez largement aux deux premiers livres appelés à composer *La Somme athéologique*. La parenté la plus visible est celle qui unit *Madame Edwarda* et *Le Coupable*. Comme *Madame Edwarda*, ce livre se veut aussi récit d'une « expérience mystique », certes émiettée dans diverses anecdotes, loin du resserrement de la nouvelle, mais partageant en partie son imaginaire nocturne et la conviction que l'appréhension de l'inintelligible passe par la conscience des jeux d'équivalence : « La personne divine, à partir de son "apparition" prétendue n'est pas moins disponible que l'être aimé, qu'une femme offrant sa nudité à l'étreinte. Le dieu percé de plaies ou l'épouse prête au plaisir sont alors une "transcription" du "cri" qu'atteint l'extase. » *Le Coupable* et ses avant-textes recèlent ainsi nombre d'embryons thématiques ou narratifs qui forment le matériau de *Madame Edwarda*. « Une maison close est ma véritable église[2] », déclare ainsi le diariste. Mais le thème le plus important a été souligné par Bataille lui-même : « J'écrivis ce petit livre […] juste avant *Le Supplice*, qui forme la seconde partie de *L'Expérience intérieure*. […] je n'aurais pu écrire *Le Supplice* si je n'en avais d'abord donné la clé lubrique[3]. » Il est assez symptomatique que le récit soit proposé comme « clé » du discours théorique, non l'inverse, et cela doit agir comme une mise en garde : s'il y a un mot qui ne convient guère au récit de Bataille (et pourtant en avons-nous un autre ?), c'est bien celui d'« allégorie ». En effet, les deux textes ne se complètent pas sur le mode narratif/discursif (concret/abstrait), mais comme des formulations mises en équivalence et dont la première est seulement moins insatisfaisante que la seconde. Les deux textes disent, en effet, à l'envi la limite du langage (et c'est, il est vrai, un thème d'époque) : « J'échoue, quoi que j'écrive, en ceci que je devrais lier, à la précision du sens, la richesse infinie — insensée — des possibles[4]. » Bien que « Le Supplice » constitue le cœur du volume de 1943, il hésite entre le traité de l'angoisse et le discours fragmentaire que tiendrait la conscience dans l'expérience extatique athée. Cette dernière partage tout avec son équivalent religieux, à la seule exception qu'il ne s'agit pas de trouver Dieu ou d'aboutir à une connaissance, mais de se confronter avec ce que le discours ne peut exprimer, le fait d'« être ». La trajectoire que décrit *Madame Edwarda* depuis la souveraineté de l'angoisse du second liminaire jusqu'à l'appréhension sur le mode du « ne pas savoir » de la dernière page[5] est évidemment une « illustration » de la

1. Alcan, 1926 ; réédd. 1928.
2. *OC V*, respectivement p. 493, 284 et 247.
3. « Autour de *Madame Edwarda* », p. 345.
4. *OC V*, p. 61.
5. Voir n. 15, p. 339.

trajectoire de l'expérience intérieure, telle qu'elle se donne aussi dans d'autres anecdotes, moins accomplies, du traité et que Bataille résume ainsi : « Le non-savoir est tout d'abord ANGOISSE. Dans l'angoisse apparaît la nudité, qui extasie. Mais l'extase elle-même (la nudité, la communication) se dérobe si l'angoisse se dérobe. Ainsi, l'extase ne demeure possible que dans l'angoisse de l'extase, dans ce fait qu'elle ne peut être satisfaite, *savoir saisi*[1]. » Si l'on retrouve bien dans *Madame Edwarda* toutes les composantes de l'expérience intérieure (angoisse, extase, savoir, basculement dans le non-savoir), celles-ci sont à envisager dans la concomitance, non dans la succession (d'où les apparentes contradictions de Bataille sur leur « ordre ») et elles ne sauraient que secondairement expliquer l'armature du récit. On voit donc qu'il serait vain d'aplanir cette pensée du paradoxe et de proposer un parallèle trop strict entre les propositions théoriques de *L'Expérience intérieure* et le contenu narratif de *Madame Edwarda* ; mais « Le Supplice » présente sous forme discursive ce qui revêt, dans le récit, les allures d'une imagerie, d'une fantasmagorie personnelle, « dramatisées[2] » dirait Bataille.

C'est à la lumière de tous ces éléments, et non, sans doute, de la série narrative dans laquelle Bataille devait songer en 1955 à insérer *Madame Edwarda*, qu'il faut évaluer l'énigmatique faux titre qui ouvre le récit dès 1941 : « Divinus Deus ». On peut tenter de justifier sa redondance par le goût de Bataille pour les épithètes rhétoriques[3] ou par un écho à « Divom Deus » (« Deorum Deus »), titre de salutation de Janus, personnage important du panthéon bataillien[4]. Dans tous les cas, ce titre inscrit *Madame Edwarda* dans une lecture très personnelle de la théologie chrétienne : conformément à la promesse satanique que rapporte la Genèse — « vous serez comme des dieux » —, il conditionne l'accès à la divinité par le choix de la transgression des interdits. *Madame Edwarda* apparaît ainsi comme une étape dans la réflexion que Bataille va mener jusqu'à *L'Érotisme* (1957) : par la notion de péché, le christianisme a rompu l'unité première qui associe, dans l'imaginaire humain, le sacré et l'érotique. C'est cette unité que le récit de 1941 s'efforce de rétablir : l'excès de dégradation conduit tout droit à un excès de divinité. La lecture la plus immédiate, qui interprète sur le mode de l'identité le titre et le faux titre du récit (Madame Edwarda est ce « dieu divin »), est donc parfaitement acceptable, c'est d'ailleurs celle que valide le texte.

« Edwarda » 1956, un texte en quête d'un sens.

Le texte de *Madame Edwarda* que nous lisons aujourd'hui est sensiblement différent de celui que connurent ses premiers lecteurs. Non que l'auteur en ait tant soit peu modifié le contenu narratif, mais il se lança en 1955 dans un complexe travail de réécriture, qui répondait aux sollicitations de trois projets distincts (mais non concurrents) : la préparation d'une traduction anglaise du texte par Austryn Wainhouse pour Olympia Press, la décision de publier une nouvelle édition du récit précédée d'une

---

1. *OC V*, p. 66.
2. *OC V*, p. 65.
3. Voir la Notice de *Ma mère*, p. 1302.
4. Voir Gilles Ernst, *Georges Bataille. Analyse du récit de mort*, PUF, 1993, p. 133, et la Notice de *L'Impossible*, p. 1122.

préface, l'ambition d'étoffer la biographie de Pierre Angélique en donnant une « suite » à *Madame Edwarda*[1]. Bien que, des trois projets, seul
ce dernier ne fût pas mené à son terme, il est celui qui demanda à l'auteur l'investissement le plus grand : vers la fin de l'année 1954, Georges
Bataille avait en effet mis en chantier un vaste ensemble romanesque
qu'eût ouvert *Madame Edwarda* et qui eût constitué la biographie de
Pierre Angélique sous le titre général de « Divinus Deus ». Assurément,
ainsi recontextualisé dans une série narrative où la présence d'autres
figures féminines eût suscité des interférences fortes, *Madame Edwarda*
eût été perçu fort différemment. Bataille s'en est vite inquiété (« Difficulté : comment *Madame Edwarda* résonnera-t-il[2] ? ») et, après avoir
songé à insérer le récit au cœur, puis en clôture, de ce qui deviendrait
Ma mère, il le remit provisoirement en position d'ouverture, en sacrifiant
la chronologie biographique[3].

Tous ces éléments sont d'une grande importance pour l'interprétation même du texte. Il est en effet évident que si, en 1955, le récit gardait pour Bataille une telle malléabilité narrative et générique, c'est tout
simplement parce qu'il restait herméneutiquement ouvert. La question
de l'intelligibilité même de *Madame Edwarda* lui a d'ailleurs toujours paru
délicate, comme en témoignent encore ces lignes d'un feuillet isolé de
la même période : « Les lecteurs de *Madame Edwarda* se demandent ce
que signifie ce petit livre… L'auteur n'y pensait plus et se l'est demandé
lui-même[4]. » Mais il semble, au bout du compte, qu'une telle ouverture
interprétative n'ait jamais pleinement satisfait Bataille et que tous ses
efforts de 1955 — depuis la réécriture du texte jusqu'à sa parution préfacée en passant par le projet de son insertion dans une série plus vaste —
n'aient eu d'autre fin que de donner au récit, peut-être même quinze ans
après, une intelligibilité plus sûre. Cela apparaît d'une façon particulièrement nette si l'on regarde de près les modifications opérées en 1955 dans
Madame Edwarda. Bien que, somme toute, moins de dix phrases aient
été véritablement récrites entre 1941 et l'édition finale, les modifications
introduites ont été jugées suffisamment importantes par Bataille pour
que cet état du texte disqualifie les versions antérieures et constitue la
« bonne version » du livre[5]. Les deux changements les plus spectaculaires
touchent, d'une part, le second liminaire (le premier ne fut jamais
modifié), désormais moins énigmatique et moins impersonnel, d'autre
part les détails sexuels du texte, désormais moins crus avec la substitution à plusieurs reprises de périphrases ou tournures moins explicites
pour désigner les organes génitaux féminins (1941 : « Elle […] ouvrit

1. Les documents conservés à la BNF ne permettent d'établir qu'une chronologie fort
incertaine de la réécriture de 1955. On peut avancer l'hypothèse suivante : en relisant le
texte pour la traduction anglaise, Bataille décide, vers la fin de l'année 1954, de le doter
d'une préface ; il envisage, dans un second temps, de retoucher le texte du récit (avec peut-
être d'abord l'idée de publier cette nouvelle version « nue » ; voir plan de l'enveloppe 149,
« Archives du dossier *Divinus Deus* », p. 911), puis décide de donner à Pauvert la nouvelle
version du texte et la préface (le volume paraît dès janvier 1956). Parallèlement à cette
réédition autonome, Bataille songe bien sûr à insérer le texte dans une série appelée
« Divinus Deus », puisqu'il travaille au même moment à *Ma mère* et à *Charlotte d'Ingerville*,
qui devaient développer l'autobiographie de Pierre Angélique.
2. Voir « Autour de *Ma mère* », p. 863.
3. Voir p. 1295-1297.
4. « Archives du dossier *Divinus Deus* », *La Suite de « Madame Edwarda* », p. 909.
5. P. 345.

sa fente », « La fente velue ouverte au-dessus des bas » ; 1956 : « Elle s'ouvrit », « la toison »), masculins (1941 : « elle enfonça de sa main le nœud dur dans son trou », « à cheval sur le membre raidi », « le membre long » ; 1956 : « elle glissa de sa main le chauffeur en elle », « à cheval sur le travailleur », « les corps nus »), ou les orgasmes (1941 : « inondant ma culotte », « Viens me baiser », « Le jet laiteux qui la parcourut » ; 1956 : « je tremblai dans ma culotte », « Viens », « la crue qui l'inonda »). De tels changements s'expliquent peut-être, dans un premier temps, par la modification même du contexte littéraire. La provocation de 1941 n'aurait plus eu le même sens en 1956 et Bataille eut peut-être peur que son livre ne fût pris dans la grande vague d'obscénité qui venait de déferler sur la littérature en France, avec les tout récents succès de scandale obtenus par André Pieyre de Mandiargues, Pauline Réage, voire Pierre Klossowski[1]. Bref, il s'agissait de s'assurer qu'on ne lût pas *Madame Edwarda* selon une lisibilité qui fût étrangère, voire qu'on n'y trouvât pas quelque exotisme pornographique, dans un pays qui avait fermé ses bordels depuis la dernière édition du texte.

Cette quête, tout apparente, d'une respectabilité est en quelque sorte complétée par de nombreuses modifications ; les accords traditionnels au subjonctif imparfait sont rétablis et le niveau de langue est fréquemment relevé (« dure », « collant », « saisir », « à côté de », « penser » deviennent par exemple « rauque », « appliquant », « entendre », « auprès de », « songer »). Pourtant, malgré la simplification générale du style avec de nombreuses suppressions d'adjectifs, d'adverbes, de participes présents, les fréquentes éliminations de répétitions, il serait erroné de voir dans ce remaniement de 1955 un « toilettage » : non seulement parce qu'il resterait d'étonnantes scories (« l'envie de *me* vomir *me* vient. Il *me* faudrait *me* mettre nu[2] », mais surtout parce que le travail est manifestement d'un autre ordre : on peut, en effet, se demander si Bataille, dans la multiplicité de ces corrections pointilleuses, n'a pas cherché à modifier la nature même du récit. Le texte final est en tout point plus abstrait que la première version publiée : l'article défini s'y substitue souvent au démonstratif ou au possessif (1941 : « Le chauffeur immobile regarda cette bête : s'écartant elle avait levé sa jambe » ; 1956 : « Le chauffeur immobile regarda la bête : s'écartant elle avait levé la jambe »), la première personne recule (1941 : « Un homme ivre, je crois, ne peut supporter de plus comique. Je ne voyais plus rien, ni Mme Edwarda, ni la salle » ; 1956 : « Un homme ne peut rien supporter de plus comique. Tout avait disparu, la salle et Mme Edwarda »). Bref, à la notable exception du premier liminaire qui fut (mais sans doute *in extremis*) récrit sur des principes inverses, tout l'arsenal grammatical qui donnait au texte un reste de caractère « anecdotique », voire « vécu », dans la version de 1941 est abandonné au profit de tournures plus abstraites qui tirent le texte vers l'allégorie et invitent ainsi à l'interprétation. En témoigne encore la préférence donnée en 1955 à la métaphore qui vient déréaliser le propos : les « j'étais comme élevé dans un vol d'anges » ou « j'étais seul comme devant une pierre noire » de 1941 deviennent ainsi « j'étais élevé dans un vol d'anges » et « j'étais seul devant cette pierre noire ».

---

1. Le paysage littéraire dans lequel paraît *Madame Edwarda* en 1956 est totalement différent de celui de 1941 (voir « Paradoxe de l'érotisme », *NNRF*, 1955 ; *OC XII*, p. 321-325).
2. P. 329.

De telles variantes permettent aussi de paganiser l'univers du texte : désormais « pierre noire », Edwarda prend place parmi les pierres sacrées païennes (la pierre de Scone du trône britannique, le *lapis nigra* romaine, ou encore celle de la Kaaba, pierre blanche assombrie — dit-on — du péché de ceux qui la caressent ou l'embrassent). La réorientation du texte se caractérise en effet par une incontestable déchristianisation : le « vide du ciel », puis « les cieux vides » de 1941 deviennent en 1956 « le vide » et « le ciel vide ». En 1941, Edwarda commençait d'« être convulsée » ; en 1956, elle commence de « se tordre convulsivement », et le changement de voix rend à l'expression sa modernité en l'éloignant de l'extase mystique (on pensait bien sûr aux « convulsionnaires » jansénistes), pour la rapprocher de la technicité psychologique (la convulsion fut décrétée symptôme hystérique à la fin du xixᵉ siècle), ou la faire consonner avec l'esthétique moderniste, puisque désormais, si l'on en croit la dernière phrase de *Nadja*, « La beauté sera CONVULSIVE ou ne sera pas ».

La préface et ses avant-textes.

Les avant-textes de la préface que Bataille décide, assez tardivement semble-t-il, de donner à *Madame Edwarda* paraissent confirmer ses hésitations sur le statut exact qu'il entend désormais attribuer au récit de 1941[1]. Mais il est certain que la décision de réorienter le texte par une réécriture de détail et celle de l'adosser à une longue préface qui constituerait avec les deux liminaires un ensemble paratextuel démesuré pour un récit aussi bref (surtout si l'on tient compte de la longue note de Jean-Jacques Pauvert dans l'édition de 1956), tout cela procède d'une évidente volonté de dépouiller *Madame Edwarda* de son côté strictement « visionnaire », et d'attirer la lecture dans une démarche d'interprétation plus spéculative. On ne saurait donc être d'accord avec Blanchot lorsqu'il réduit l'ambition de cette préface à une levée, partielle, de l'hétéronymie : « Il ne put s'empêcher de rédiger une préface sous son nom et principalement pour introduire son nom, afin d'assumer (indirectement) la responsabilité d'un écrit jugé encore scandaleux. Mais cette préface, si importante qu'elle fût, n'entama en rien cette sorte d'absolu qu'est *Madame Edwarda*[2]. » De fait, si la préface et ses avant-textes donnent des éléments d'interprétation du récit, ils ne permettent en aucune mesure d'en dégager un sens « allégorique ».

Le début du premier projet de préface est à cet égard fort intéressant : « Il est malaisé de saisir l'intention de Pierre Angélique, et même il est raisonnable de supposer qu'il n'en eut pas. *Madame Edwarda* se réduirait à l'effet d'une inconséquence : sa bizarrerie n'aurait aucun sens. Ce serait bien vite donner pleine raison à l'auteur[3]. » Ces lignes intéressent par la contradiction qu'elles contiennent ; au moment de donner en quelque sorte ses « consignes de lecture », Bataille ne sait que dire de son texte : soit il s'agit d'un récit allégorique, c'est-à-dire motivé par une « inten-

---

1. Le projet de réédition de *Madame Edwarda* a probablement été conçu dans les derniers mois de l'année 1954. Bataille travaillait à la préface en janvier 1955 (voir Georges Bataille, *Choix de lettres*, Gallimard, « Cahiers de la NRF », 1997, p. 450).
2. Maurice Blanchot, *Après coup*, Ed. de Minuit, 1983, p. 90-91.
3. « Autour de *Madame Edwarda* », n. 1, p. 341.

tion » démonstrative, soit il s'agit d'un récit visionnaire. Or, dans la suite de cette première préface pour *Madame Edwarda*, on croit bien assister à une sorte de tentative pour donner après coup un sens stable au récit. Le long développement sur la souveraineté part d'une glose du second liminaire, pour dégager ensuite les conditions d'une littérature « souveraine ». Le troisième temps de la première préface devait introduire au cœur du récit, c'est-à-dire au « paradoxe » d'un récit où la divinité est dans l'ordre, pour inscrire le texte comme antichrétien, mais aussi — en cela ce premier projet est vraiment plus « préfaciel » que le second — pour réfléchir sur la capacité du langage à énoncer un tel scandale.

De cette première rédaction, Bataille ne conserva presque rien dans le texte définitif. La préface qui paraît en 1956 est plus ambitieuse et moins obscure que le premier projet. La réflexion sur la souveraineté disparaît complètement au profit d'une analyse générale de l'érotisme. D'ailleurs, cette nouvelle préface est presque conçue indépendamment du récit de Pierre Angélique ; elle en sera même séparée l'année suivante pour constituer le dernier chapitre d'un des plus importants essais de Bataille, *L'Érotisme* (1957). Le propos de ce texte est tour à tour anthropologique, expérimental, puis « mystique », au sens bataillien de ces termes. La première partie se concentre sur l'érotisme dans l'économie sociale des interdits et sur le rire comme mode de gestion du tabou ; la deuxième précise la place de l'érotisme dans notre relation à la connaissance, à l'être et à l'excès ; la troisième rejoint la fin du premier projet et construit une espèce de théologie antichrétienne de l'érotisme, comme rencontre de la divinité et de l'ordre.

On le voit bien, cette préface fait que *Madame Edwarda* quitte l'orbite de la *Somme athéologique* pour se placer dans celle de la « seconde » somme bataillienne, le projet de *La Part maudite*. Ainsi n'y est-il que secondairement question d'extase et de mysticisme — alors que cette thématique était au cœur de l'entreprise de 1941 —, mais surtout d'excès, d'érotisme ou de séparation des domaines, tous thèmes depuis longtemps ancrés dans la pensée de Bataille, mais qui ne trouvent leur pleine maturité que dans les années d'après-guerre. Faut-il enfin rappeler que cette préface est rédigée au moment où Bataille rassemble les textes qui formeront *La Littérature et le Mal* (1957) et que son propos ne diffère pas profondément de la problématique générale du recueil ?

La question de l'interprétabilité, derechef.

« Anecdote très lisible avec des sentiments *impossibles* », la formule de Roland Barthes[1] sur *Madame Edwarda* laisse pensif. Est « lisible », au sens barthésien, un texte qui guide l'interprétation du lecteur ; ce n'est évidemment guère le cas de *Madame Edwarda*. Non que le texte n'offre aucune base à son interprétation, mais toutes les pistes qu'il ouvre se révèlent fallacieuses. Pour qui y regarde de près, l'unité apparente du ton, le resserrement de la structure dramatique (une nuit, trois lieux, trois actes) s'effritent. Des échos naturalistes des deux premiers paragraphes à la surprenante grandiloquence de la clausule, bien des tonalités défilent et s'enchevêtrent : vocabulaire enfantin (« Embrasse », « fifi ») ou très

---

1. *Le Plaisir du texte*, 1973 ; *Œuvres complètes*, Éd. du Seuil, 1995, t. II, p. 1525.

cru (« prenant d'un coup de cul la posture »), prose qui mêle allures décadentes (« moins qu'un fantôme, un brouillard attardé ») et souvenirs d'une syntaxe classique (« Je tremblais l'acceptant, mais de l'imaginer je devins fou »), etc. De la même façon, la figure d'Edwarda emprunte à toutes les stéréotypies mais n'en entérine aucune : elle est à la fois la prostituée sacrée, évoquée avec horreur dans l'Ancien Testament ou avec délice par Aragon ou Leiris ; la femme fatale fin de siècle ; la convulsive hystérique de l'imagerie psychologique de l'entre-deux-guerres, etc. Si la femme pleure et s'évanouit selon une fantasmatique héritée de Sade, elle est surtout celle qui désire et qui jouit, commande sans être commandée. Telle est donc l'esthétique tendue de *Madame Edwarda* : la rigueur d'une tragédie antique charrie les tons et les imageries les plus hétéroclites. Conséquemment, le texte tend au lecteur des « pièges à interprétations ». En témoigne l'exemple le plus glosé, celui du nom des protagonistes. Le mot même d'*Edwarda* crée un appel d'air : souvenir de Kafka ou de Hamsun[1] ? Le nom fonctionne surtout en binôme avec celui du narrateur : *Edwarda* est aussi masculin pour une oreille française qui ne connaît qu'*Édouard*, qu'*Angélique* est féminin ; « pierre noire[2] », Edwarda est ainsi le double sombre (chtonien, opaque, immobile…) — paradoxalement théophanique — d'un trop angélique (céleste, lumineux, mobile…) Pierre[3]. Tient-on là un début d'intelligibilité ? Et c'est encore le nom d'Edwarda qui convoque le mieux l'intertexte le plus immédiat : si l'*Edwarda* de Bataille répond à la *Nadja* de Breton, elle récrit peut-être plus la déambulation extatique et nocturne de l'*Aurélia* de Nerval.

La question même que se posait Bataille est donc forcément reprise par le lecteur : y a-t-il quelque chose à comprendre dans *Madame Edwarda* ? On doit faire commencer en 1956 la fortune critique de l'œuvre, et les quelques textes que suscitèrent la troisième édition du récit, toujours confidentielle, semblent hantés par la question de son interprétabilité, mais sans jamais risquer une interprétation[4]. Seul Claude Mauriac prit le parti d'en rire, se moquant en 1958 de cette manie qu'a Bataille d'« enténébrer » ses textes : « L'un des subterfuges de Bataille consiste à nous priver partiellement des clefs qu'il possède […] Il s'agit en général de très

---

1. Sur Kafka, voir Yves Thévenieau, *La Question du récit dans l'œuvre de Georges Bataille*, thèse, Université de Lyon-II, 1986, p. 332 ; Edwarda apparaît dans *Pan* (1894, trad. fr. 1924) de Hamsun, ainsi que dans *Rosa* (1908, trad. fr. 1931), dont Jean Bernier rendit compte dans *La Critique sociale* et que Bataille emprunta à la BN en avril 1932.

2. P. 333.

3. Le caractère oxymorique du nom Pierre Angélique a été finement analysé par Nadia Spagnol (« Una porta per *Madame Edwarda* », p. 368-369). Sur la variante en *Angelici*, envisagée par Bataille en 1955 (*OC IV*, p. 388), voir l'hypothèse judicieuse de Gilles Ernst, *Georges Bataille. Analyse du récit de mort*, p. 69.

4. Si l'on en juge par les billets de remerciement reçus par Bataille après l'envoi du volume, le texte suscita l'enthousiasme d'André Pieyre de Mandiargues (« Je connaissais, naturellement, ce texte admirable et brûlant […] Vous êtes un de ces hommes très rares qui ont donné un nouveau visage à notre temps. Vous êtes absolument essentiel », 16 mars [1956], BNF, N.a.fr. 15854, f° 308), de René Char (« Vous savez que j'aime particulièrement cette œuvre de vous. Un rosaire de *Madame Edwarda* est capable d'enchanter tout un rayon de ma bibliothèque » (12 avril 1956, N.a.fr. 15853, f° 380), voire, plus tard, de Francis Bacon (« Je lui ai prêté *Mme Edwarda* il y a longtemps et il l'admire *énormément* », raconte Sonia Orwell le 7 décembre 1957, N.a.fr. 15854, f° 513). La réaction de Kojève fut bien plus nuancée : « Le texte lui-même m'a plu. Quant à la préface… je n'ai jamais beaucoup apprécié le pathétique, sinon en littérature » (4 mars 1956, N.a.fr. 15853, f° 594).

pauvres secrets[1]. » Force est pourtant de constater que les deux premières lectures importantes de *Madame Edwarda*, celle de Maurice Blanchot en 1956, celle de Marguerite Duras en 1958, pariaient sur la richesse de ses « secrets », sans prétendre pour autant les révéler. Saluts amicaux plus qu'analyses, négligeant étonnamment la préface, ces deux articles s'accordent sur l'inintelligibilité fondamentale d'*Edwarda*. Si Blanchot ne dénonce pas encore l'impertinence de toute démarche interprétative face à un tel texte, du moins place-t-il déjà toute l'efficace du récit dans une tension entre limpidité et inintelligibilité (« c'est la vérité du récit de nous heurter, par un scandale évident que nous ne savons pourtant où situer[2] »). En janvier 1958, la question de l'intelligibilité est encore au cœur de l'article de Duras, mais la tension dégagée n'est plus la même : « Edwarda restera suffisamment inintelligible, des siècles durant, pour que toute une théologie soit faite à son propos. Georges Bataille l'a sortie des ténèbres mais il ne lui a pas été possible de la montrer davantage qu'il nous la montre, le langage dont il dispose n'étant pas apte à l'éclairer tout entière. Le sujet d'Edwarda se situant en deçà ou au-delà des acceptions habituelles du langage, comment en rendrait-il compte[3] ? »

Mais la prédiction ne s'est guère réalisée et les théologies edwardiennes sont encore à construire. Certes, la réédition de 1966, parallèle à la publication posthume et au succès commercial de *Ma mère*, provoqua un regain d'admiration pour *Madame Edwarda*, mais jamais le texte ne bénéficia d'un intérêt critique comparable à celui des trois grands romans de Bataille, bien que son titre soit souvent mieux connu du public. C'est comme si la critique prenait acte de l'ininterprétabilité, de droit ou de fait, de ce récit. Les deux lectures d'*Edwarda* que retient Blanchot en 1983 — celle de Pierre-Philippe Jandin (1982) et celle de Lucette Finas (1972) — sont, à cet égard, fort emblématiques des deux directions généralement adoptées dans la critique du texte. La première avait été indiquée par Blanchot lui-même ; Jandin, par exemple, montre que Bataille reprend les préoccupations de Hegel, mais pour leur consacrer un traitement anti-hégélien ; au mouvement dialectique qui récupère *in fine* le négatif et porte toute chose vers une fin, *Madame Edwarda* oppose une logique du non-aboutissement, de la non-récupération. Il est vrai que le texte de Bataille prend soin de ne pas offrir d'éléments congruents qui prendraient corps et deviendraient interprétables. C'est là sans aucun doute son aspect le plus bataillien, et sa véritable transgressivité : non-récupérées par une interprétation globale, les données du récit restent sans emploi, « maudites ». Une lecture blanchotienne de *Madame Edwarda* a l'infini mérite de prévenir la recherche forcenée d'une convergence entre des effets de sens locaux et d'en proposer un paradoxal principe de gestion ; mais elle court un double risque : celui d'une trop grande radicalité qui serait incompatible avec l'évidente limpidité narrative du texte, celui — inverse — de se retourner en lecture allégorique, *mutatis mutandis* comparable à celle qu'assume Brian T. Fitch (1989) : la tentative du narrateur pour déchiffrer le corps et les paroles

1. Claude Mauriac, *L'Alittérature contemporaine*, Albin Michel, 1958, p. 96.
2. Maurice Blanchot, « Le Récit et le Scandale », *NNRF*, juillet 1956 ; *Le Livre à venir*, Gallimard, 1959, p. 261.
3. « À propos de Georges Bataille », *Outside*, « Folio », p. 34.

d'Edwarda serait l'image même de notre obsession herméneutique et son échec le nôtre. La seconde démarche possible, dont le livre de Lucette Finas reste le meilleur exemple, prend acte, elle aussi, de la non-interprétabilité générale d'*Edwarda*, mais au titre d'invitation et non de mise en garde. L'étonnant projet critique de *La Crue* — aller jusqu'au bout de la prolifération des effets de sens, puisque aucun principe de congruence n'est donné — a suscité presque autant d'études que le texte support. Sur plusieurs centaines de pages, souvent fort remarquables, Finas tente de recenser non pas ce qu'il y a dans les vingt-sept paragraphes du texte, mais tout ce qu'on pourrait y mettre[1]. Les lectures qui emboîteront le pas (par exemple Nadia Spagnol, 1989) opteront, contre Blanchot, pour la figure tutélaire de Derrida. À les en croire, en tout cas, *Madame Edwarda* autoriserait une autre posture critique que le silence.

GILLES PHILIPPE.

BIBLIOGRAPHIE

BLANCHOT (Maurice), « Le Récit et le Scandale », *NNRF*, n° 43, juillet 1956, p. 148-150 ; *Le Livre à venir*, Gallimard, 1959, p. 231-233.

—, *Après coup*, Éd. de Minuit, 1983, p. 89-91.

DURAS (Marguerite), « À propos de Georges Bataille », *La Ciguë*, n° 1, 1958, p. 32-33 ; *Outside*, « Folio », 1995, p. 34-35.

EBELING (Knut), *Die Falle. Zwei Lektüren zu Georges Bataille « Madame Edwarda »*, Vienne, Passagen Verlag, 2000.

FINAS (Lucette), *La Crue. Une lecture de Bataille. Madame Edwarda*, Gallimard, 1972.

FITCH (Brian T.), « *Madame Edwarda*, l'allégorie de l'écriture », *Monde à l'envers, texte réversible. La fiction de Georges Bataille*, Minard, 1989, p. 77-88.

HILL (Leslie), « Framing Literature », *Bataille, Klossowski, Blanchot. Writing at the Limit*, Oxford, Oxford University Press, 2001, p. 85-100.

HILLENAAR (Henk), « Nadja et Edwarda », dans Sandro Briosi, *Vitalité et contradiction de l'avant-garde*, Corti, 1988, p. 125-135.

JANDIN (Pierre-Philippe), « Un auteur louche », *Revue des sciences humaines*, n° 185, 1982, p. 93-101.

MAYNÉ (Gilles), *Georges Bataille, l'érotisme et l'écriture*, Descartes et Cie, 2003, p. 121-153.

PASI (Carlo), « Il corpo suppliziato della scrittura. *Madame Edwarda* e *L'Expérience intérieure* », *Lectures*, X-23, 1988, p. 181-198.

SPAGNOL (Nadia), « Una porta per *Madame Edwarda* », *Annali di Ca' Foscari*, XXVII-1/2, 1989, p. 357-371.

STOEKL (Allan), « Recognition in *Madame Edwarda* », dans Carolyn Bailey Gill, *Bataille. Writing the Sacred*, Londres, Routledge, 1995, p. 77-90.

---

1. Beaucoup plus récemment, Knut Ebeling a aussi tenté d'épuiser le sens du texte, mais cette fois en prenant au sérieux l'appareil conceptuel sur lequel il repose et en le soumettant à une exégèse de type philosophique (*Die Falle. Zwei Lektüren zu Georges Bataille « Madame Edwarda »*, Vienne, Passagen Verlag, 2000).

TEN KATE (Laurens), « De verleiding van Madame Edwarda. Over
de ontmoeting tussen filosofie en erotiek », dans I. van der Burg et
D. Meijers, *Bataille. Kunst, erotiek en geweld als grenservaring*, Amsterdam,
1987, p. 64-92.
—, « Paroles de contrainte, paroles de contagion », dans Henk Hillenaar
et Jan Versteeg éd., *Georges Bataille et la fiction*, Amsterdam, *CRIN*,
n° 25, 1992, p. 5-35.

G. P.

NOTE SUR LE TEXTE

Nous donnons ici le texte de *Madame Edwarda* tel qu'il parut chez
Jean-Jacques Pauvert en 1956, à la fois par conformité avec le protocole
éditorial de ce volume et parce que Bataille a pu écrire qu'il s'agissait là
de la « bonne version » du récit[1]. Cette ultime édition différait légèrement
dans son texte, fortement dans sa présentation et son paratexte, des
deux précédentes, celle de 1941 et celle de 1945.

Le « Carnet Eluard » et la version de 1941.

Madame Edwarda parut une première fois en 1941, sous le nom de
Pierre Angélique (in-16°, 47 p.). Contrairement à l'hypothèse souvent
retenue qui voit en Robert Chatté (ou occasionnellement en Jean
Legrand) le premier éditeur de *Madame Edwarda*, il est désormais assuré
que le récit a été édité par les soins de Robert et Élisabeth Godet[2]. Si
l'on en croit la justification du tirage, celui-ci se limita à 45 exemplaires,
sur beau papier ancien et papier d'Auvergne teinté et blanc. En plus
du pseudonyme de l'auteur, les indications de couverture (« Éd. du Solitaire MCMXXXVII ») et de l'achevé d'imprimer (« Cet ouvrage a été
achevé sur les presses de l'Imprimerie de Montchaude à Gex, le 28 juillet
1937 ») sont fallacieuses. Il s'agissait de protéger l'auteur et l'éditeur
du récit, mais aussi de s'inscrire dans la tradition libertine d'antida-
tion des textes à caractère érotique. Le nom d'éditeur inventé pour la
circonstance, en plus d'une allusion transparente au « plaisir solitaire »,
renvoie d'ailleurs à un mot de passe encore utilisé dans la librairie à la fin
du XIXe siècle pour couvrir les éditeurs de certains textes subversifs. Le
volume porte déjà le faux titre « Divinus Deus ». Le texte présente de
très nombreuses différences de détail avec le texte définitif, mais aucune
de véritable ampleur, à l'exception du second liminaire entièrement
remanié ; seules quelques phrases ont été récrites. Nous désignons cette
édition sous le sigle *1941*.

C'est sur un carnet quadrillé à couverture cartonnée brune muette
(12 × 19 cm, 46 feuillets) que Bataille a rédigé la première version de

---

1. Voir p. 345.
2. Voir Maurice Imbert, « Robert J. Godet, éditeur de Bataille, Michaux et Desnos »,
Histoires littéraires, n° 3, 2000, p. 71-82. L'édition de *Madame Edwarda* ne fut pas perçue
comme un événement majeur par les Godet (entretien de Gilles Philippe avec Élisabeth
Bridot-Godet, février 2001).

Madame Edwarda. Ce carnet a été offert à Paul Eluard (comme en témoigne la dédicace en 2ᵉ de couverture), qui l'a plus tard mis dans le commerce. Dans les années 1960, le manuscrit a été acquis par le Docteur Delbos, qui avait compté parmi les amis de Bataille à Riom-ès-Montagnes et qui permit à Thadée Klossowski de le consulter pour l'édition des _Œuvres complètes_. Après le décès du Docteur Delbos, le carnet parvint à un collectionneur qui l'a fort aimablement mis à notre disposition. Nous le désignons sous le sigle _ms_.

Malgré de très abondantes ratures (il s'agit pour l'essentiel de remords lexicaux), ce premier manuscrit présente un texte fort proche de celui qui parut en 1941, mais il est dépourvu du titre « Divinus Deus » et des deux liminaires (le premier apparaît néanmoins griffonné au crayon en toute fin du carnet). Bataille a rédigé son texte en belle page (fᵒˢ 1-2 et 11-37), alternant l'encre rouge et noire pour la rédaction et les campagnes de correction (« par Pierre Angélique » a ainsi été ajouté en noir sous le titre _Madame Edwarda_ en rouge). La grande particularité de ce manuscrit est qu'il s'interrompt soudain pour laisser la place à un brouillon du texte « Le péché » (fᵒˢ 3-10) qui sera plus tard repris dans _Le Coupable_. La phrase suspendue avant cette interruption étant achevée juste après, il y a tout lieu de penser que le texte du _Coupable_ a été rédigé avant _Madame Edwarda_ et que l'auteur a repris, peut-être par inadvertance, un carnet déjà en partie utilisé. Suivant son habitude, Bataille a songé très vite au découpage du texte ; la dernière campagne, au crayon, prévoyait ainsi, outre des décomptes de mots (dont Bataille sera familier toute sa vie), des « ch[angements] de p[ages] » (après les paragraphes s'achevant sur « l'infinité de nos reflets », « je marchai », « jusqu'au dégoût », « plus loin que les mots » et « mon cœur »), qui ne correspondent pas à ceux qu'il adoptera plus tard.

Dans le même carnet, à la suite de _Madame Edwarda_ (fᵒˢ 38-43), est consigné un autre texte, très abstrait, peut-être le brouillon d'un article. Ce texte, comme le brouillon du _Coupable_, est fort peu raturé, ce qui rend encore plus spectaculaire le travail d'ajustement linguistique et stylistique opéré par Bataille dans sa rédaction de _Madame Edwarda_.

Le remaniement de 1945 et les projets d'éditions illustrées.

Une version légèrement différente du texte original parut en 1945[1], toujours sous le nom de Pierre Angélique : _Madame Edwarda_, « Nouvelle version revue par l'auteur et enrichie de trente gravures par Jean Perdu », in-8ᵒ, broché sous jaquette vert clair muette mais ornée, 42 pages avec 30 culs-de-lampe (page de titre, en-tête, puis changements de paragraphe). Un des exemplaires de la BNF se présente encore en feuilles, sous jaquette. La justification dit que le tirage fut de 88 exemplaires sur papier de Montval, de Chine et du Japon, dont quelques-uns avec suites

---

1. En février 2004, une libraire parisienne a vendu un manuscrit relié de 29 feuillets (demi-format, ivoire, rédigés au recto à l'encre bleue), présenté comme celui de l'édition de 1945, et en a reproduit quelques pages dans son catalogue. Nous n'avons pu accéder à ce document. Nous avons en revanche pu consulter un dactylogramme de 27 feuillets reliés, qui présente un état du texte proche de la version de 1945 et appartient à la collection de Mme Kaoru Ikuta, veuve du professeur Kosaku Ikuta qui traduisit Bataille en japonais. Nous remercions Koichiro Hamano qui nous a procuré une copie de ce texte.

ou dessins originaux. Mais est-elle plus fiable que celle de 1941 ? Le para-texte étoffe en effet la mise en scène fallacieuse de l'édition originale : « À Paris, chez le Solitaire, Imprimeur-libraire, 28, rue de l'Arbre-Sec, M.CM.XLII » (pas d'achevé d'imprimer). Derrière Jean Perdu, se cache en fait Jean Fautrier qui réalisa pour le volume un ensemble de petites vignettes, assez répétitives, suggérant des corps de femmes ou des phal-lus (dessins entre deux et trois centimètres, reproduits en rouge brique par héliogravure comme le titre courant). La vignette de la jaquette présente un monogramme mêlant les initiales réelles de l'auteur et de l'illustrateur (GB redoublées et encadrées des lettres JF). Nous dési-gnons cette édition sous le sigle *1945*.

Le sous-titre « nouvelle version » est abusif : du premier texte Bataille n'a modifié que quelques mots et quelques choix typographiques (l'ita-lique de 1941 est remplacé par des guillemets). Bataille ne se servira pas de cette édition pour la réécriture de 1955, mais du texte de 1941. Peut-être s'est-il d'ailleurs senti dépossédé de cet ouvrage : la librairie Auguste Blaizot, qui édita le livre, semble avoir surtout envisagé le volume dans le cadre du travail qu'elle effectuait depuis quelques années déjà avec Fautrier. La quasi-totalité des exemplaires d'auteur (vingt-cinq) fut d'ail-leurs réservée à l'illustrateur, tandis que Bataille ne reçut qu'un seul volume, celui qu'il avait fait orner des initiales de D[iane] K[otchoubey] de B[eauharnais]. La date affichée (1942) pourrait être celle de la réali-sation des vignettes par Fautrier (l'éditeur fit ainsi paraître en 1945, sous la date de 1942 et pour cette dernière raison, un volume de poèmes de Robert Ganzo, orné de vignettes fort proches de celles réalisées pour *Madame Edwarda*). La correspondance échangée par Fautrier et Blaizot montre que *Madame Edwarda* était considéré comme une réalisation somme toute mineure. Il faut néanmoins noter qu'une édition de *L'Alle-luiah* illustrée par Fautrier devait encore paraître chez Blaizot en 1947[1].

Cette édition de *Madame Edwarda* de 1945 fut suivie d'autres pro-jets de collaboration avec des illustrateurs. En 1946, le libraire-éditeur Albert Van Loock commanda à René Magritte une série de dessins pour illustrer une nouvelle édition de *Madame Edwarda*. Les dessins furent réa-lisés et payés[2], mais le volume ne vit point le jour. Nous n'avons aucune information sur le rôle que joua Bataille dans l'entreprise. Vers 1955, par ailleurs, l'auteur travailla avec Hans Bellmer à un nouveau projet de version illustrée[3]. Celle-ci ne parut qu'après la mort de Bataille, en 1965, aux Éditions Georges Visat (Paris) : cette édition de luxe in-folio, sur très beau papier cousu, sous emboîtage, illustrée de douze gravures sur cuivre de Hans Bellmer, est d'un intérêt bibliophilique évident[4], mais

---

1. Voir Rainer-Michael Mason, *Jean Fautrier, les estampes*, Genève, Cabinet des estampes, 1986, p. 49-55.

2. Les dessins appartiennent aujourd'hui à des collectionneurs privés ; ils restent inédits à l'exception de trois d'entre eux (crayon noir, 30 x 40 cm), reproduits dans David Sylvester éd., *René Magritte, catalogue raisonné*, t. II, Flammarion-Mercator, 1993, p. 113, fig. 94 (phallus ailé devant un soleil couchant), 95 (scène de copulation dans le taxi) et 96 (personnage lilliputien devant une vulve entrouverte par deux mains).

3. Elliott Vanskike, « Pornography as Paradox. The Joint Projects of Hans Bellmer and Georges Bataille », *Mosaic*, XXX-4, décembre 1998, p. 41-60. Voir aussi Pierre Dourthe, *Bellmer, le principe de perversion*, Faur, 1999, p. 192-201.

4. Les éditions Pauvert-Fayard ont publié en 2001 un volume rassemblant le fac-similé des éditions de 1945 et de 1965.

d'une valeur scientifique limitée, tant eſt peu fiable le texte reproduit. Il convient néanmoins de rappeler qu'il s'agissait de la première édition du récit sous le nom de Georges Bataille.

La réécriture de 1955 : l'édition avec préface de 1956 et le projet « Divinus Deus ».

Comme on l'a signalé dans la Notice, Bataille entreprit de récrire *Madame Edwarda* en 1955, à la faveur de trois circonſtances : la préparation d'une traduction anglaise du récit par Auſtryn Wainhouse pour Olympia Press, Paris[1] ; la décision de rééditer le texte, enrichi d'une préface ; la mise en chantier d'une série narrative qui devait développer l'autobiographie de Pierre Angélique.

C'eſt en 1956 que parut l'ultime version de *Madame Edwarda*, aux Éditions Jean-Jacques Pauvert, Paris (achevé d'imprimer le 15 janvier ; volume in-16°, 83 p., 1500 exemplaires numérotés). Toujours attribué à Pierre Angélique, le récit eſt désormais précédé d'une préface signée Georges Bataille[2]. L'ensemble eſt introduit par une longue note de l'éditeur sur le droit de censure en France[3]. Imprimé sur papier épais, le petit volume eſt relié dans un cartonnage recouvert d'une futaine vert-bleu sombre et orné d'étiquettes roses présentant le titre sur le premier plat et le dos et la mention « Divinus Deus » sur le second plat (sigle : *1956*)[4].

---

1. Pierre Angélique, *The Naked Beaſt at Heaven's Gate*, traduit du français par Audiart [Auſtryn Wainhouse] ; achevé d'imprimer : Montreuil, juin 1956. Maurice Girodias, le directeur d'Olympia Press, avait déjà publié en 1953, et sous le nom de Pierre Angélique, une version anglaise d'*Hiſtoire de l'œil* due au même traducteur (*A Tale of Satisfied Desire*) ; quand, peu après, celui-ci lui proposa une traduction de *Madame Edwarda*, Girodias la refusa ; il changea d'avis en 1956 quand le récit se fut étoffé d'une préface, fit traduire cette dernière et l'adjoignit à la traduction déjà prête. Cela supposeque *The Naked Beaſt* contienne la préface de 1956 (signée Georges Bataille) mais propose la traduction (au demeurant fort libre) de la version de 1941, sans la division en parties (lettre de Auſtryn Wainhouse à Gilles Philippe, 15 avril 2003). Girodias refusera plus tard de publier *Le Bleu du ciel* (lettre d'A. Wainhouse à Georges Bataille, BNF N.a.fr. 14584, f° 438) et *Le Mort* (lettre d'A. Wainhouse à Patrick Kearney en 1976, aimablement communiquée en février 2001), eſtimant qu'il y avait moins de risque pour lui à publier des traductions de Sade que de Bataille.
2. Avec quelques variantes, la préface de 1956 forme la 7ᵉ étude de la seconde partie de *L'Érotisme* (Éd. de Minuit, 1957).
3. Depuis quelques années, Jean-Jacques Pauvert a entrepris de publier Sade ; depuis 1953, il doit faire face à des interrogatoires et des perquisitions qui mèneront au procès de décembre 1956. C'eſt dans ce contexte que paraît la nouvelle édition de *Madame Edwarda*. À l'exception des trois premiers paragraphes que voici, la « Note de l'éditeur » ne porte pas sur Bataille mais sur l'état de la législation en France : « Il n'exiſtait jusqu'ici que deux éditions de *Madame Edwarda*, publiées en 1941 et 1945, et tirées chacune à une cinquantaine d'exemplaires. Toutes deux clandeſtines, "vu le caractère du texte". Il eſt certain que *Madame Edwarda* eſt un des livres les plus scandaleux que l'on ait écrit, bien qu'il ne contienne "aucune crudité" d'expression. / Je pense néanmoins qu'il eſt tout à fait dans mon rôle d'éditeur de porter ce texte à la connaissance de quinze cents nouveaux lecteurs, ou plus. / Il serait facile de juſtifier cette diffusion par les mérites littéraires de *Madame Edwarda*, qui sont évidents, et d'invoquer le droit des chefs-d'œuvre à être scandaleux. Il eſt habituel en cette circonſtance de citer les *Liaisons dangereuses*, *Madame Bovary*, *Les Fleurs du mal*, et, depuis peu, l'*Hiſtoire d'O*. Il eſt reçu également, en cas d'attaques bien-pensantes, d'évoquer l'agrément du texte, ce qui serait plus spécieux. Rien ici de la bonne grivoiserie chère à nos pères les Gaulois. Il semble au contraire que ce livre laisse une impression profonde, mais pénible. L'impression, juſte, au fond, d'avoir surpris son prochain dans l'accomplissement d'un acte intime et révoltant. »
4. Pour plus de détails matériels sur cette édition, voir Jean-Jacques Pauvert, *La Traversée du livre*, Viviane Hamy, 2004. Aucun des exemplaires que nous avons consultés ne se présentait sous l'« emboîtage rhodoïd double » que mentionne Pauvert.

Le texte a fait l'objet d'un important travail typographique : faux titre « Divinus Deus » en capitales noires, titre intérieur imprimé en noir, suivi du nom de l'auteur en rouge ; la note de l'éditeur en italique maigre ; la préface est donnée en gras, l'italique étant rendu par le romain maigre (notes de la préface en romain maigre droit ; l'italique étant ici rendu par le gras) ; le récit est donné en gras (le premier exergue est en italique maigre d'un corps inférieur ; la note finale est en italique gras). Nous avons conservé ici les divisions que Bataille introduisit dans son texte, désormais bien plus aéré : distinction de trois parties ; subdivision de plusieurs paragraphes ; utilisation d'alinéas à l'intérieur des paragraphes ; nouvelle répartition des lignes de points.

Cette édition de 1956 avec préface procure le texte de référence, celui que suivent les reprises posthumes du récit. En 1966 parut ainsi, toujours aux Éditions Jean-Jacques Pauvert, la première édition à fort tirage de *Madame Edwarda*, sans ambition bibliophilique (volume broché, couverture blanche avec frise ; titre intérieur en rouge, prix sur le second plat : 12,50 FF). La nouvelle note de l'éditeur, beaucoup plus brève que celle de 1956, rend simplement compte de l'histoire du texte. Cette nouvelle édition accompagnait la première parution de *Ma mère* ; elle a été réimprimée plusieurs fois en « 10/18 » depuis 1973, dans un volume contenant aussi *Le Mort* et *Histoire de l'œil*.

L'unique édition scientifique de *Madame Edwarda* à ce jour fut donnée en 1971 par Thadée Klossowski, dans le volume III des *Œuvres complètes* de Georges Bataille chez Gallimard (texte p. 7-31 ; quelques variantes p. 491-495). Elle suit pour l'essentiel le texte de 1956 (mais sans le faux titre).

Le fonds Bataille de la BNF contient tous les documents importants pour l'histoire de la réécriture de 1955. Il convient de signaler particulièrement trois enveloppes (dans le tri de ses archives, Bataille a en effet mis sous enveloppe un certain nombre de pièces) et une mise au net :

— L'enveloppe 101 contient 15 feuillets de petit format, abondamment corrigés. Il s'agit de notes pour la préface de *Madame Edwarda*. Ce document est décrit et transcrit dans « Autour de *Madame Edwarda*[1] ».

— L'enveloppe 149 (« Madame Edwarda. Seule copie qui me restait sur laquelle j'ai fait la correction du dernier état (éd. Pauvert) ») contient 30 feuillets dactylographiés sur papier machine blanc. Il s'agit d'une saisie imparfaite du texte de 1941. Ce dactylogramme témoigne de plusieurs types ou campagnes de correction : papiers collés, puis stylo noir, puis crayon ; les quelques marques de couleur ne sont sans doute pas autographes. Ce texte est très proche de l'état final, mais quelques variantes sont intéressantes. Le feuillet 1 présente au crayon le plan d'une réédition autonome de *Madame Edwarda* en 50 pages ; ce plan ne mentionne pas la préface, bien que celle-ci ait sans doute déjà été rédigée.

— L'enveloppe 150 contient 11 feuillets sur papier blanc. Il s'agit, apparemment, d'une première mise au propre autographe de la préface, mais avec de nombreuses ratures.

— Manuscrit vert du projet « Divinus Deus » (boîte XII-f, chemise 1[2]). Le premier dossier du lot contient 20 feuillets sur papier pelure

---

1. Voir p. 341-345, et la notule correspondante p. 1137.
2. Sur l'ensemble de ce manuscrit, voir p. 1308-1309.

vert qui présente le texte manuscrit suivant : fᵒ de tête : « Divinus Deus » ;
fᵒ 1 : « Si tu as peur de tout [...] » (en exergue, cette fois, de l'ensemble
de la série) ; fᵒ 2 : « I / Madame Edwarda » (titre) ; fᵒ 3 : « L'angoisse
est seule » ; fᵒˢ 4-20, copie du texte avec peu de ratures, très proche
du texte de l'édition de 1956. Il semble que Bataille ait ici recopié le
dactylogramme de l'enveloppe 149 ; à un ou deux endroits, il reprend
le texte de 1941, mais cela peut n'être qu'un simple effet de mémoire.
Seul le second liminaire (« Mon angoisse [...] ») pose un véritable problème : le fᵒ 3 garde la version de 1941, alors que le dactylogramme de
l'enveloppe 149 en présente la rédaction définitive. Soit Bataille a songé
reprendre la première version du liminaire 2, soit il a corrigé seulement
plus tard le liminaire sur le dactylogramme.

G. P.

NOTES ET VARIANTES

Préface.

    a. Le manuscrit donne : les textes des théologiens !

    1. Cet exergue est un emprunt tronqué à la préface de la *Phénoméno-
logie de l'esprit* (§ 32). Bataille, bien sûr, ne pouvait qu'être séduit par cette
page de Hegel qui continue ainsi « [...] la vie de l'esprit n'est pas la vie
qui s'effarouche devant la mort et se poursuit pure de toute décrépitude,
c'est au contraire celle qui supporte et se conserve en elle. L'esprit n'acquiert sa vérité qu'en se trouvant lui-même dans la déchirure absolue.
Il n'est pas cette puissance au sens où il serait le positif qui a peur du
négatif [...] ; il n'est cette puissance qu'en regardant le négatif droit dans
les yeux, en s'attardant sur lui » (trad. Jean-Pierre Lefebvre). Le passage
avait été traduit et commenté par Alexandre Kojève lors du cours sur
Hegel en Sorbonne que Bataille suivit avec passion à partir de 1933.
Bataille venait, par ailleurs, d'utiliser ces lignes dans un article (« Hegel,
la mort et le sacrifice ») pour la revue belge, *Deucalion*, nᵒ 5, octobre 1955
(*OC XII*, p. 326-345). On ne peut ici que renvoyer à ce texte qui discute
l'idée centrale du passage de Hegel : le sujet n'est pleinement sujet que
lorsqu'il a pris conscience qu'il est appelé à disparaître ; en cela, la négativité débouche sur un surplus d'être. Bataille discute avec finesse, et
notamment dans l'optique d'une mystique athée, la position de Hegel
et la lecture qu'en donne Kojève. L'année 1955, durant laquelle cette
préface est conçue, est pour Bataille celle du grand retour à Hegel. Sur
le rapport de Bataille à Hegel en général, voir Jacques Derrida, « De
l'économie restreinte à l'économie générale. Un hégélianisme sans
réserve » (1967 ; repris dans *L'Écriture et la Différence*, Éd. du Seuil ; rééd.
« Points »), et Pierre-Philippe Jandin, « Un auteur louche » ; pour cet
exergue en particulier, voir respectivement p. 373-375 et 94-95.

    2. Tout ce début sur les objets interdits (la sexualité et la mort) est
très proche de réflexions présentées dans la première partie de *L'Érotisme* (Éd. de Minuit, 1957) et plus encore dans sa première version de
1950-1951 (*L'Histoire de l'érotisme* ; *OC VIII*, 3ᵉ partie). Le troisième objet

de la triade interdite, la déjection humaine, n'est cependant que très allusivement évoqué dans cette préface ; *Madame Edwarda* est, de fait, un des rares textes de Bataille sans véritable dimension scatologique.

3. Cette phrase fait écho à un thème décliné par Bataille depuis l'article de juin 1939, « La Pratique de la joie devant la mort » (*Acéphale*, n° 5 ; *OC I*, p. 552-558).

4. La louange paradoxale de la fin de la préface est à mettre en relation avec ces lignes de *L'Alleluiah* (1947) : « Accablé des tristesses glacées, des horreurs majestueuses de la vie ! À bout d'exaspération. Aujourd'hui je me trouve au bord de l'abîme. À la limite du pire, d'un bonheur intolérable. C'est au sommet d'une hauteur vertigineuse que je chante un *alleluiah* : le plus pur, le plus douloureux que tu puisses entendre » (*OC V*, p. 400). Par bien des aspects, *L'Alleluiah* peut être considéré comme une version « blanche » de *Madame Edwarda*.

5. Cette parenthèse restait ouverte dans les deux premières éditions. Par ailleurs, les trois notes de la préface ne formaient qu'une seule note dans le manuscrit ; leur matière a été ensuite redistribuée sur trois passages, peut-être pour abréger le décrochement de lecture.

[1ᵉʳ *liminaire*.]

1. Ce premier liminaire devait être repris pour l'ensemble du projet *Divinus Deus* de 1955 ; il a donc, dans l'esprit de Bataille, une portée plus large que le second. On le trouve griffonné au crayon, à la suite du récit, dans *ms.* f° 37 (dans sa version définitive, mais « de tout », « tu ne sais pas lire » et « toi-même » sont soulignés). Par le ton, ce liminaire rappelle certains avant-propos imprécatoires de Nietzsche, telles adresses au lecteur de Sade (voir, par exemple, *Les Cent Vingt Journées de Sodome*, *Œuvres*, Bibl. de la Pléiade, t. I, p. 69) ; mais la parenté la plus nette est sans aucun doute avec les deux premiers paragraphes des *Chants de Maldoror* de Lautréamont.

[2ᵉ *liminaire*.]

a. 2ᵉ liminaire dans 1941 et 1945 : L'angoisse est seule absolue souveraine. Le souverain n'est plus un roi : il est caché dans les grandes villes. Il s'entoure d'un silence dissimulant sa tristesse. Il est tapi dans l'attente d'un terrible et pourtant son angoisse se rit de tout.

1. Ce texte énigmatique a une fonction dramatique évidente (« attente d'un terrible ») : « mon angoisse » y est une sorte de pendant du « ta peur » du premier liminaire. Le retour du mot « angoisse » dans le texte (on en recense huit occurrences) participe d'ailleurs à son organisation sonore, selon un principe de retour des syllabes bien mis en évidence par Lucette Finas (*La Crue*). Le thème de l'angoisse apparaît très tôt chez Bataille (un sommet sera sans doute atteint avec *Le Coupable*), mais on notera que celui-ci lut en septembre 1941, et donc juste avant d'écrire *Madame Edwarda*, plusieurs ouvrages techniques sur le sujet (Lacroze, Kierkegaard, Boven… ; voir *OC XII*, p. 617). Il reste que le terme le plus bataillien de ce liminaire est celui de *souveraineté*. En avril 1945, dans une dédicace à René Char portée sur un volume de *Madame Edwarda*, Bataille devait replacer le récit dans cette optique :

« Comment nous intéresser à d'autres moments qu'à ceux de " souveraineté ", où, n'étant subordonnés à rien, nous débordons des lois ? Mais
les difficultés sont telles qu'aucune vie ne suffira à les dire — et si nous
nous voulons assez "réfractaires", pourrions-nous avoir une soif plus
grande que celle de connaître ces difficultés ? Nous ne nous lasserons
jamais, j'imagine, de définir assez rigoureusement l'*inaccessible* — l'*impossible* — que nous voulons. Nous ne situerons jamais trop loin le lieu où
les *cristaux de sang* jaillissent » (catalogue *Collection littéraire Pierre Leroy*,
Paris, Sotheby's, 2002, p. 41).

[*Madame Edwarda.*]

    a. Début biffé du § dans ms. : Une torpeur décomposante me laissait
debout : j'étais arrivé sur les grands boulevards au coin de la rue Poissonnière. J'avais hâte surtout de devenir impossible, d'être horrible,
infâme. ◆◆ *b. Fin du § dans ms. :* glissa, quelque chose en moi, comme
une vitre, se brisa, j'inondai ma culotte et sentis Madame Edwarda dont
mes mains [étreignaient les fesses, *biffé*] ouvraient le sexe elle-même en
même temps traversée vive par une lame… et dans ses yeux plus grands,
renversés, l'horreur, dans sa gorge un doux râle. ◆◆ *c. On trouve, en face
de ces mots, dans ms. :* et je crus un instant qu'elle n'était plus qu'un
domino vide et flottant, à l'intérieur sombre comme un deuil, en même
temps absent comme un rire ◆◆ *d. Fin du § dans ms. :* accouplement :
mais à leur fête échappait ce vertige de ciel qui, à chaque petit mouvement, achevait de nous vider. ◆◆ *e.* nu ! [Je suis, me dit-elle, une putain
de bordel, mais DIEU est libre. *biffé*] *ms.* ◆◆ *f.* existence évidemment
d'un autre monde *ms.* : existence venue d'un autre monde *1941,
1945. Bataille a supprimé l'équivoque fantastique et renforcé la dimension allégorique du texte.* ◆◆ *g. Début du § dans ms., 1941 et 1945 :* À terre, elle se
tordit dans des spasmes respiratoires. […] dénudée, les seins jaillis du
boléro, le ventre plat et pâle, la fente velue ouverte au-dessus des bas.
Cette nudité, maintenant ◆◆ *h. Fin du § dans ms. :* Ceci ne peut avoir de
suite en *philosophie* : ce que j'ai dit par là n'aurait pas pu se dire autrement, c'est tout. Le rieur, ici, jugera de mon angoisse : l'envie qu'il a de
rire m'abandonne à la cruauté (celle-ci doit s'exercer avec rigueur) qui
commande la fidélité du récit. Ce qui est en cause — qui ronge la vie
comme l'acide un métal — seul le saisit celui dont le cœur est blessé
d'incurables blessures, telles que nul jamais n'en voulut guérir ◆◆ *i.* vertigineuse. Le jet laiteux qui la parcourut, le geyser coulant à la racine qui
l'inonda de joie rejaillit jusque dans ses larmes. L'amour *ms.*

    1. La rue est par excellence le lieu de la révélation chez Bataille ;
les deux anecdotes que relate la partie de *L'Expérience intérieure* dont
Madame Edwarda est la « clé » (voir p. 345) se passent dans la rue : « ravissement » de la rue du Four, souvenir foudroyant de l'abbaye de l'île de
Wight (*OC V*, p. 46 et 72). L'ouverture extérieure de *Madame Edwarda*
n'est donc pas un simple prologue, elle est à elle seule une expérience,
et peut-être même l'expérience la plus importante de l'ensemble du
texte.

    2. D'après Pierre Waldenberg, Les Glaces s'inspire d'un bordel de la
rue Blondel (« Aux belles poules »), célèbre pour ses miroirs dorés. Une
quarantaine de filles y vendaient leurs charmes (lettre à Bernd Mattheus

du 12 juillet 1981, citée dans *Georges Bataille. Eine Thanatographie*, t. II, p. 43).

3. Le thème de l'identification à Dieu revient sous diverses formes dans l'œuvre de Bataille. On peut considérer, avec Carlo Pasi (« Il corpo suppliziato della scrittura », p. 186), qu'il apparaît pour la première fois dans la traduction d'une phrase que Léon Chestov met dans la bouche de Nietzsche : « S'il existait un Dieu, comment supporterais-je que, ce Dieu, ce n'est pas moi ? » (*L'Idée de bien chez Tolstoï et Nietzsche*, trad. T. Beresovski-Chestov et G. Bataille, Éditions du Siècle, 1925, p. 252). Mais la reprise du thème à propos de Hegel dans *L'Expérience intérieure* est plus éclairante : « Sur un portrait de [Hegel] âgé, j'imagine lire l'épuisement, l'horreur d'être au fond des choses — d'être Dieu » (*OC* V, p. 128). Dans la citation que Chestov prête à Nietzsche, Bataille pouvait au mieux retrouver l'attribut premier du moi-Dieu, la « souveraineté », c'est-à-dire la non-dépendance et la non-secondarité, la position de *primum mobile* de son propre destin. La « divinité » de Hegel revêt un second attribut : la reconnaissance complète du négatif et de la nécessité du mal. Edwarda se voit de fait dotée de ces deux caractères « divins », souveraineté et conscience horrifiée des gouffres. Mais il ne s'agit pas seulement d'élever Edwarda à la divinité, il s'agit aussi de rabaisser l'image de Dieu à une fonction sociale jugée dégradante. Il y a, en arrière-fond de tout cela, une espèce de « théodicée » (c'est le mot de Lacan à propos de ce texte dans « D'une question préliminaire à tout traitement possible de la psychose », *La Psychanalyse*, p. 50, n. 1) et l'on est tenté de rapprocher ce « je suis Dieu » (celui de Hegel ou d'Edwarda) de ces propos plus tardifs de Bataille : « Se mettre dans la situation de Dieu est une situation tellement pénible qu'être Dieu est l'équivalent du supplice. Car cela suppose que l'on est d'accord avec tout ce qui est, d'accord avec le pire. Être Dieu c'est avoir voulu le pire. On ne peut pas imaginer que le pire pourrait exister si Dieu ne l'avait pas voulu. C'est une idée plaisante comme vous voyez. Et comique » (Marguerite Duras, « Bataille, Feydeau et Dieu », p. 20).

4. Le nombre des lignes de points et leur disposition varient d'une édition à l'autre.

5. Dans une note manuscrite de septembre 1940 (ancienne enveloppe 126, jointe au carnet 1 de la BNF, f⁰ 2), Bataille se souvient que, bien après la mort de Laure, il a pu récupérer ses bas et son « loup de velours noir ». Ce détail peut justifier l'hypothèse qui voit dans *Madame Edwarda* la transposition de l'initiation que fut pour Bataille la violente passion qui l'unit à Colette Peignot (Laure) entre 1934 et 1938. Le thème de la femme masquée d'un loup sera récurrent dans la série « Divinus Deus ».

6. Il n'est pas illégitime de voir ici un clin d'œil à l'expérience du groupe Acéphale : saint Denis fut décapité lors de son martyre et la forme grecque de son nom, Dionysos, renvoie à une figure centrale du panthéon bataillien, le « dieu de l'extase et de l'effroi, de la sauvagerie et de délivrance bienheureuse » (« Dionysos », *Acéphale*, n⁰ 3-4, juillet 1937, p. 3).

7. La première version du passage (voir var. *g*) permet de vérifier le lien existant entre *Madame Edwarda* et une rêverie de novembre 1940. Dans un texte du journal (ancienne enveloppe 126, jointe au carnet 1 de la BNF, f⁰ 4), non retenu pour *Le Coupable*, apparaissait en effet la figure

d'une fille nue sous un boléro (« Ses seins nus sortent d'un boléro. Au sens le plus délicieux et le plus déchirant du mot, cette nudité est ma *fête* »).

8. Bataille renverse un célèbre passage de saint Paul : « Ne savez-vous pas que vos corps sont les membres du Christ ? Prendrai-je les membres du Christ pour en faire des membres de prostituée ? » (I Cor., VI, 15).

9. Cette parenthèse a été ajoutée pour l'édition de 1956.

10. Bataille convoque ici l'image de sainte Véronique dont le linge resta marqué des sueurs du Christ. Il s'agit surtout de doubler la scène du récit d'une autre scène, sur laquelle un petit nombre d'indices nous est donné : celle de l'auteur qui se souvient et qui donne des garanties sur ce souvenir. Nombre de brouillons de *Ma mère* viseront à construire et renforcer cette scène de la narration.

11. C'est symptomatiquement le seul segment que Bataille ait récrit pour chaque édition (*ms.* et *1941* : « plus loin, jamais moins que les mots » ; *1945* : « il se tient au-delà des mots »), en clarifiant à chaque fois la formulation et en renforçant du même coup l'ambition allégorique du texte.

12. Le terme « la mort », moins métaphorique, a été préféré au dernier moment à « un néant » (*ms.*, *1941*, *1945*) ou à « un vide » (tous les états de 1955).

13. Bataille a envisagé un temps d'utiliser cette phrase (dans sa forme de 1941 légèrement modifiée) en exergue d'un chapitre du *Coupable* (*OC V*, p. 541).

14. Dans le carnet 23 du fonds Bataille de la BNF, cette phrase (ainsi que la version 1941 du second liminaire) est glosée dans ce qui se présente comme une esquisse de la dernière page de la série « Divinus Deus » (voir « Archives du projet *Divinus Deus* », p. 923).

15. Il y a peut-être dans cette formule le souvenir — inconscient ? — d'une phrase d'André Breton dans l'unique numéro de *La Révolution surréaliste* auquel Bataille participa (n° 6, 1er mars 1926, p. 31) : « Du reste on ne décrit pas un arbre, on ne décrit pas l'informe. On décrit un porc et c'est tout. Dieu, qu'on ne décrit pas, est un porc. » Le thème du Dieu-porc reviendra sous la plume de Bataille, par exemple dans cette note de 1942-1943 (BNF, carnet 5, f° 8 verso, f° 9 recto) : « Mais qu'est donc le divin dans ce cas, ce n'est pas seulement l'absence de dieu, c'est son meurtre. Ce qui meurt est le garant du possible. Il ne suffit donc pas de dire Dieu est un porc. Dieu est le possible qui se jette dans l'impossible. » Mais on ne peut bien comprendre l'emploi absolu de « savoir » dans cette phrase de *Madame Edwarda*, voire tout ce passage, sans référence à la théorie bataillenne du non-savoir (reprise allusivement dans la préface, p. 318). Le non-savoir, selon Bataille, est un au-delà et non un en-deçà de la connaissance : c'est le moment idéal où sachant tout ce qui est connaissable, je prendrais conscience de l'existence d'un inconnaissable ; il correspond donc à un moment dialectique de retournement du savoir (mais sans dépassement possible), à « ce qui résulte de toute proposition lorsqu'on cherche à aller au fond de son contenu, et qu'on en est gêné » (*1951* ; *OC VIII*, p. 191). Réciproquement, tout savoir satisfait de lui-même, qui ne serait pas vécu sur l'horizon du non-savoir, est imbécile et dégradant : Dieu, s'il « savait », serait indigne de sa divinité. Cette étrange théologie — qui prend le contre-pied de l'image chrétienne d'un Dieu platement omniscient — est bien exprimée dans *L'Expérience intérieure* :

« Dieu ne peut *savoir* […] Et comme Il *ignore*, Il s'ignore Lui-même […] Il n'a de connaissance que de Son néant, c'est pourquoi Il est athée, profondément : Il cesserait aussitôt d'être Dieu (il n'y aurait plus au lieu de Son affreuse absence qu'une présence imbécile, hébétée, s'Il se voyait tel) » (*OC V*, p. 121). La formule « Dieu s'il savait » est reprise dans le même ouvrage, au cœur d'un passage du « Supplice » qui forme une utile glose de cette dernière parenthèse du récit : « En fait, je me donne au non-savoir, c'est la communication, et comme il y a communication avec le monde obscurci, rendu abyssal par le non-savoir, j'ose dire Dieu : et c'est ainsi qu'il y a de nouveau savoir (mystique), mais je ne puis m'arrêter (je ne puis — mais je dois avoir le souffle) : "Dieu s'il savait" » (*OC V*, p. 65).

Autour de « Madame Edwarda »

[LES BROUILLONS DE LA PRÉFACE]

[I. Enveloppe 101.]

Nous reproduisons ici les feuillets rassemblés dans l'enveloppe 101 du fonds Bataille de la BNF. Ces quatorze feuillets de format demi-bloc (papier gris sauf feuillet 13, blanc), abondamment corrigés, constituent un premier projet de préface, dont rien ou presque ne fut conservé pour le texte paru en janvier 1956[1]. Contrairement à Thadée Klossowski, nous considérons que ces feuillets présentent des parties d'un même projet et non plusieurs projets successifs, puisque rien dans la présentation matérielle du document n'avalise l'hypothèse d'une série d'embryons de préface. Bataille avait d'ailleurs commencé à mettre au propre ce projet avant de l'abandonner (f°s 13-14). L'éditeur des *Œuvres complètes* ne semble pas avoir connu les feuillets 9 à 12 qui, s'éloignant du récit, reprennent autour de la figure de Sade la question de la souveraineté et du meurtre, en des termes qui rappellent nombre des textes rédigés par Bataille au début des années 1950. Malgré le caractère digressif de ces feuillets inédits (mais proches du projet de préface de *L'Impossible* ; voir p. 565-574) et l'allusion à un titre provisoire « De l'impossibilité et de la possibilité de la littérature érotique », rien ne nous autorisait à les écarter.

1. Seuls ces deux feuillets sont paginés de la main de Bataille. Nous disposons pour le premier d'un début de mise au net : « Il est malaisé de saisir l'intention de Pierre Angélique, et même il est raisonnable de supposer qu'il n'en eut pas. *Madame Edwarda* se réduirait à l'effet d'une inconséquence : sa bizarrerie n'aurait aucun sens. Ce serait bien vite donner pleine raison à l'auteur, enragé de faire à la fin table rase. / Trop vite, me semble-t-il. / Nous devrions, me semble-t-il, nous méfier un peu plus de cet Angélique. / Ainsi nous parle-t-il aux premiers mots

---

1. Voir la Notice, p. 1122-1123.

de ce livre minuscule de celui qui règne aujourd'hui : au sein d'une foule promise aux secrets désordres de l'érotisme, le personnage jugé digne du nom équivoque de " souverain " serait perdu, lui-même avide de dissimuler sa honteuse royauté. Comme si l'obscénité, la salacité éhontée étaient souveraines, comme si toutes choses devaient pâlir devant les horreurs qu'autorise la nuit. / Je m'excuse d'anticiper » (fᵒˢ 13-14).

[II. Projet « A ».]

L'enveloppe 101 ne contient pas le « Projet A » publié par Thadée Klossowski. Nous n'avons pu localiser cet important document. Cependant, si l'on en croit l'inventaire porté sur l'enveloppe 169 de la BNF, celle-ci a contenu un projet de préface pour *Madame Edwarda*. Les archives de Mme Julie Bataille contiennent une copie de ce document.

[III. Carnet 13.]

On trouve une autre ébauche de préface dans un carnet inauguré en juillet 1955 (BNF, fonds Bataille, carnet 13, recto des pages 5 et 6 et verso de la page 5). Ce texte inédit est plus proche de la préface définitive (notamment le dernier paragraphe qui sera récrit dans une des notes de la préface publiée en 1956). Il atteste par ailleurs que le travail de Bataille sur la préface, inauguré en janvier 1955, n'était pas achevé en septembre.

1. Semblent devoir se greffer ici les lignes du recto de la page 4, qui récrivent en partie la suite du paragraphe : « qui n'est pas Dieu, que tout être est sans doute, et non seulement tout homme une créature (!) *[un mot illisible]*, isolable, non isolable inscrite dans la totalité perdue dans cette totalité où j'ai perdu le droit où je n'ai pas la force de distinguer mieux que ces insoutenables limites : un autre, d'autres, moi. Pouvais-je encore regarder l'étant suprême comme un étant suprasensible ? Ma sensibilité s'y refusa — mais non comme un enfant refuse de boire ou de se taire — comme il refuse, sans le savoir, de n'être pas. Ma sensibilité s'y refuse qui aurait aussitôt pour lui jusqu'à *[phrase inachevée]* »

LE PETIT

NOTICE

Louis Trente.

Publiée en 1943 sous le pseudonyme de Louis Trente, et antidatée de 1934 (il aura suffi d'inverser les deux derniers chiffres), l'édition originale du *Petit* ne mentionne aucun nom d'éditeur. Un des exemplaires mis en vente en 1995 à Drouot porte néanmoins cette justification manuscrite de Georges Hugnet, libraire-relieur et écrivain surréaliste : « Numéroté ou pas cet exemplaire est un des quarante sur vélin crème du marais dont je garantis, en tant qu'éditeur, l'exactitude du tirage[1]. » Correspondant parisien de Bataille, alors à Vézelay, Michel Leiris a vraisemblablement contribué à distribuer quelques exemplaires de cet ouvrage clandestin, comme une lettre de Bataille, datée du 9 juin 1943, le laisse penser : « Pour *Le Petit*, si tu peux concentrer les exemplaires c'est très bien. Il y a si longtemps que nous en avons parlé que je ne sais plus exactement ce qui est convenu[2]. » Il est donc probable que le livre a été imprimé à Paris en juin 1943 ; l'achevé d'imprimer porte la date du 29 juin 1934 : peut-être seul le millésime est-il inexact. Maurice Blanchot, qui reçut un exemplaire du volume, écrira à Jean Bruno en 1970 : « [...] il apparaît bien que *Le Petit* a paru en juin ou août 1943 (difficile de lire sous le cachet de la poste s'il s'agit d'un 6 ou d'un 8). » Dans une autre lettre, il indique une date de rédaction : « [...] quelques pages, peut-être l'ensemble, furent sûrement écrites alors qu'il [Bataille] séjournait, solitaire, triste et malade, en Normandie, soit l'automne 1942 [...][3]. »

En 1963, Jean-Jacques Pauvert fera figurer la mention suivante dans la première édition posthume du *Petit* : « Ce livre, tiré à cinquante exemplaires, fut publié par Georges Bataille, vers 1943, hors commerce, sous le pseudonyme de Louis Trente. » Il « révèle » donc l'identité de l'auteur, sans que l'on sache si celui-ci, qui avait peut-être donné son accord pour une réédition — il meurt peu avant la publication —, aurait préféré conserver son pseudonyme[4]. Vingt ans après la première parution, le nom véritable de l'auteur (mort, qui plus est) du *Petit* était sans doute un secret de polichinelle, du moins pour ceux qui connaissaient ce texte. Vraisemblablement peu nombreux, ils ne le seront pas plus au moment de la réédition qui est, semble-t-il, passée inaperçue[5]. Dans une lettre à Pauvert, André Breton a fait part néanmoins de sa lecture : « *Le Petit*, du fait sans doute que Bataille n'est plus là, offre de sa pensée l'aspect le plus creusé, le plus pathétique et atteste l'importance qu'elle prendra dans le proche avenir[6]. »

Outre le clin d'œil aux usages de la littérature clandestine du XVIIIᵉ siècle, le pseudonyme Louis Trente s'accordait avec le millésime

---

1. *D'une bibliothèque l'autre*, Mme S. Audouard, 1995, non paginé, lot nº 48. G. Hugnet précise au-dessus de la justification : « lire Georges Bataille au lieu de Louis Trente et MCM XLIV au lieu de MCM XXXIV. » Mais « XLIV » semble en surcharge sur « XLIII ». (Nous remercions Philippe Blanc de nous avoir transmis cette information.) — Si l'on ne peut prouver que G. Hugnet fut en effet l'éditeur clandestin du *Petit*, on ne sait pas non plus quels éléments ont conduit Michel Surya et Bernd Mattheus à affirmer que ce fut Robert Chatté (voir respectivement *Georges Bataille, la mort à l'œuvre*, Gallimard, 1992, p. 375, et *Georges Bataille. Eine Thanatographie*, Munich, Matthes et Seitz, t. II, 1988, p. 74). Il semblerait que cet imprimeur-libraire de livres érotiques ait été associé à un projet de publication du *Mort* et de *La Tombe de Louis XXX*, comme en témoigne la lettre de Bataille à Henri Parisot (voir « Autour du *Mort* », p. 417-418) ; mais cette lettre ne mentionne pas *Le Petit*.

2. Bataille - Leiris, *Échanges et correspondances*, Louis Yvert éd., Gallimard, 2004, p. 145.

3. Lettres du 16 octobre et du 17 septembre 1970 conservées à la BNF, dossier Jean Bruno.

4. Le contrat, daté du 8 avril 1963 et signé par Diane Bataille, n'évoque cette question dans aucune de ses clauses.

5. La presse, d'après nos recherches, ne s'en fit pas l'écho. L'encart publicitaire inséré par Pauvert notamment dans *Les Lettres françaises* du 4 octobre 1963 était éloquent : « Un texte inconnu, le plus bouleversant qu'ait écrit Bataille. »

6. Lettre du 30 juillet 1963, reproduite en fac-similé dans Pauvert, *La Traversée du livre. Mémoires*, Viviane Hamy, 2004, p. 362.

fictif qui figurait dans l'achevé d'imprimer de l'édition originale. Trente, c'est d'abord la ville du Tyrol italien où séjournèrent Colette Peignot et Bataille à partir du 24 juillet 1934[1], avant d'arriver dans l'Autriche endeuillée par l'assassinat du chancelier Dollfuss[2]. Par ailleurs, c'est cette ville qui donna son nom, quatre siècles plus tôt, à un concile célèbre (1545-1563) dont les décrets doctrinaux et disciplinaires resteront en vigueur jusqu'à Vatican II (1962-1965). Aussi le nom même de Trente est-il d'une certaine manière, à l'époque de Bataille, un autre nom pour « catholicisme ».

Quant au millésime 1934, il n'est pas moins significatif. Le 6 février de cette année-là se déroule un événement essentiel pour le fondateur de Contre-Attaque et d'Acéphale : l'émeute antiparlementaire qui a notamment pour cadre la place de la Concorde, autrefois baptisée place de la Révolution[3]. Ainsi Louis XXX[4], descendant de Louis XVI, s'inscrit dans la série bataillienne des dieux et souverains — des chefs ou « têtes » — qui meurent assassinés ou sont profanés, dont l'autorité est en tout cas mise au supplice. Cet héritier de droit divin est ici l'objet d'un sacrilège, puisqu'il est le « petit » (« je suis moi-même le "petit" »), mot dont la signification est donnée page 352 : l'appellation familière et argotique de l'anus et de la sodomie devient le nom blasphématoire de Dieu. Il est le Dieu-anus, un parent du Dianus sous le pseudonyme duquel Bataille publia dans *Mesures*, en 1940, quelques pages de ce qui deviendra *Le Coupable*[5].

Moyen de la clandestinité, le pseudonyme est aussi celui de l'aveu de « l'inavouable[6] ». La troisième des cinq sections qui composent *Le Petit*, « W.-C. (Préface à l'*Histoire de l'œil*) », est en elle-même un tel aveu puisqu'elle rappelle l'existence de « W.-C. », ce texte écrit sous le pseudonyme de Troppmann (le nom même qui sera attribué au narrateur du *Bleu du ciel*) dans les années 1920 et que Bataille prétend avoir détruit[7]. Il y aurait fait état d'une scène d'onanisme nécrophilique et profanateur en présence du cadavre de sa mère. *Le Petit* serait donc le dépositaire d'un reste de ce livre disparu, et ce reste préfigurerait (préfacerait) *Histoire de l'œil*. L'édition originale de cet ouvrage (1928), signé du pseudonyme Lord Auch, contient un texte intitulé « Coïncidences » dans lequel il est bien question des « water-closet[8] » où le père syphilitique et aveugle de Bataille se rendait en fauteuil roulant. « Il est dans l'" Histoire de l'œil " une autre réminiscence de "W.-C.", qui, dès la page de titre [d'*Histoire*],

1. Ainsi qu'on l'apprend par « La Rosace », journal de Bataille publié dans les *Écrits de Laure* (c'est-à-dire de Colette Peignot), 1ʳᵉ éd., 1971 ; Jérôme Peignot et le Collectif Change éd., Jean-Jacques Pauvert, 1977, p. 306. Bataille y écrit « Trente » en toutes lettres et sous la forme abrégée « 30 ».

2. Voir *Le Bleu du ciel*, p. 133 et n. 24. Voir aussi *Sur Nietzsche*, *OC VI*, p. 126-127 et 409.

3. Voir « L'Obélisque », *Mesures*, nᵒ 2, 15 avril 1938 ; *OC I*, p. 501. Voir aussi la Notice du *Bleu du ciel*, p. 1038, et, ici, les notices de la guillotine, p. 558 et 363.

4. Bataille est l'auteur de *La Tombe de Louis XXX* (*OC IV*, p. 151 et suiv.), qu'il avait projeté de publier (voir la Chronologie, année 1947). Les manuscrits des poèmes de la page 366 du *Petit* se trouvaient dans les manuscrits de *La Tombe* : voir la Note sur le texte, p. 1158.

5. Voir la Notice de *L'Impossible*, p. 1122 et suiv. — Ces pages, intitulées « L'Amitié », sont reproduites dans *OC VI*, p. 292-306.

6. P. 351.

7. Voir la notule de « Dirty », p. 1112.

8. *Histoire de l'œil*, p. 104.

inscrit ce qui suit sous le signe du pire[1] » : le pseudonyme Lord Auch. L'aveu de l'inavouable est donc également la révélation, à l'intérieur du *Petit*, d'*Histoire de l'œil* dont Bataille tint pourtant à ne pas assumer la paternité de son vivant[2] : il le fait ici de biais puisque Louis Trente révèle, page 363, être Lord Auch — « Dieu se soulageant ». Si l'on compte avec le titre, lequel est au livre sa propre signature, « le petit » étant attribut du sujet qui écrit (« je suis moi-même le "petit" »), on voit que Bataille, en déclinant cette image du Dieu-anus et en faisant en sorte que ses pseudonymes se relancent les uns les autres — un moyen comme un autre de cacher ce qu'on veut montrer —, fait converger dans *Le Petit* la fiction hétéronymique.

Dérobade.

« Je n'ai pu éviter d'exprimer ma pensée sur un mode philosophique. Mais je ne m'adresse pas aux philosophes. Ce que j'ai tenu à dire, par ailleurs, n'est guère difficile à saisir. Même laisser les passages obscurs, en raison de l'intensité du sentiment, entraînerait de moindres malentendus que lire en professeur », lit-on dans *Méthode de méditation* (1947)[3]. Ce jugement de Bataille sur lui-même, on aimerait pouvoir l'appliquer au *Petit* dont l'obscurité et la complexité appellent le commentaire philosophique. « Le Mal », la première section, engage le texte sur la voie de la métaphysique et de la morale, de l'*athéologie*. Qui a présents à l'esprit les trois volets de *La Somme athéologique* (*L'Expérience intérieure*, *Le Coupable*, *Sur Nietzsche*) apercevra sans doute de nombreux points communs avec *Le Petit*, écrit durant la même période que les deux premiers de ces textes[4] et publié la même année que *L'Expérience intérieure*. Du *Coupable*, *Le Petit* « a la forme hâtive, celle d'un journal dans lequel les phrases jetées comme à l'improviste reflètent souvent la contingence de l'événement. [...] Elles ont l'éclat de la trouvaille d'un esprit absorbé continûment par les mêmes pensées. On retrouve, mais comme ramassés, sous une forme concentrée, aphoristique, les thèmes développés dans *Le Coupable* », écrit Jean-Louis Baudry. Michel Surya souligne aussi le lien entre les deux textes : « *Le Petit* est une sorte de *Coupable* en plus nu, en plus bref, en plus brisant » ; « *Madame Edwarda* est la clé de *L'Expérience intérieure*, comme *Le Petit* est la clé du *Coupable* : les clés lubriques[5]. » Mais il reste que Bataille n'a pas intégré *Le Petit* à la *Somme*, ni ne paraît en avoir eu le projet[6]. L'existence du pseudonyme empêche d'ailleurs de

---

1. P. 363.
2. Sauf dans « Vie de Laure », écrits vers 1942, et publié pour la première fois de façon posthume dans *Écrits de Laure*, p. 282 ; *OC VI*, p. 278.
3. *OC V*, p. 194, note.
4. *L'Expérience intérieure*, « commencé à Paris pendant l'hiver de 1941 [...] terminé pendant l'été de 1942 » (*OC V*, p. 421) et achevé d'imprimer en janvier 1943 ; et *Le Coupable*, rédigé de septembre 1939 à l'été 1943, et achevé d'imprimer le 15 février 1944.
5. Jean-Louis Baudry, « Bataille ou le Temps récusé », *Revue des sciences humaines*, 206, 1987, p. 16 ; et Michel Surya, *Georges Bataille, la mort à l'œuvre*, respectivement p. 375 et 374. — M. Surya fait référence à la formule de Bataille selon laquelle *Madame Edwarda* est la « clé lubrique » du « Supplice » (voir la Notice de *Madame Edwarda*, p. 1118-1119).
6. Il semble ne citer qu'une fois *Le Petit* parmi ses innombrables plans de recueil de ses textes. Il a effectivement envisagé de le ranger — « en plus », écrit-il — parmi d'autres ouvrages, dont certains de la *Somme*, et textes destinés à être réunis « en un vol. intitulé [Débris *biffé*] *Aquilon* » (« Être Oreste », *L'Impossible* ; *OC III*, p. 539).

les confondre : *L'Expérience intérieure* et *Le Coupable* ont été publiés sous son nom.

Aussi la nature générique du *Petit*, c'est-à-dire sa place parmi les récits de Bataille et non pas dans la *Somme*, pose un premier problème : si *Le Petit* est un récit, comme on le dit généralement, quelle est l'*histoire* qu'il *raconte* ? (Il est pourtant bien question d'une « histoire », page 353.) *L'Impossible*, par exemple, tout décousu qu'il est, raconte quelque chose ; mais *Le Petit* ? Narratif en quelques trouées, le texte se donne d'abord comme un ensemble d'aphorismes et de sentences pour le moins abruptes. Il paraît fonctionner sur le mode du hiatus : hiatus logiques des multiples énoncés paradoxaux parodiant la littérature catéchétique ou les impératifs kantiens (« Le mal authentique est désintéressé[1] »), tout en laissant soupçonner que les mots n'ont pas de sens fixe et que les formules ainsi lancées sont susceptibles de se contredire indéfiniment ; interruptions marquées par les étoiles reproduites par nous là où l'édition originale allait à la page[2], et rythmant « Le Mal » en autant de sous-sections isolées (et même de poèmes en prose) touchant l'érotisme, la mort de Dieu, le « débat entre le bien et le mal[3] », la philosophie et la psychiatrie, la culpabilité, l'angoisse, le remords, etc. ; hiatus, enfin, entre les cinq sections elles-mêmes. Le bref « Premier épilogue » prend le relais du « Mal » du point de vue du contenu — mais en quoi est-il un épilogue ? —, cependant que « W.-C. (Préface à l'*Histoire de l'œil*) », au lieu du deuxième épilogue attendu, décentre le propos vers l'autobiographie : c'est à la fois de l'épisode « water-closet » évoqué plus haut et de l'abandon du père paralytique lors de la Première Guerre mondiale qu'il s'agit. Enfin, les dernières sections sont des pages de poèmes et de prose poétique : « Absence de remords », reprise des thèmes scatologiques et blasphématoires, et « Un peu plus tard » (titre évocateur d'un hiatus temporel), clausule sur la notion bataillienne de la chance, existent de façon quasi autonome.

Sur l'un des manuscrits du texte, Bataille a écrit : « Le petit suivi des cinq épilogues dont une préface à l'Histoire de l'œil[4]. » Que reste-t-il du « petit » ? Qu'il ait disparu ou qu'il soit devenu la section « Le Mal[5] », cette note confirme que la structure a été pensée comme une suite de textes périphériques — des paratextes —, tout en constituant un « livre[6] ». Mais s'il est ici et là question du « fond des souffrances », du « fond d'impossible », du « fond des choses » et du « fond de l'être », le lecteur sent aussi qu'il ne va pas au fond du texte, qu'il reste au bord, le « fond », s'il y en a un, demeurant protégé par la juxtaposition des paratextes. On sait, notamment à travers l'histoire éditoriale de *L'Expérience intérieure*, à quoi s'adjoignent en 1954 *Méthode de méditation* paru en 1947 et un « Post-scriptum » écrit en 1953, que Bataille ne répugne pas à ajouter des textes à ses textes, comme si ses livres ne se refermaient jamais et restaient à

---

1. P. 351.
2. Et là où *ms. 2* donne des étoiles stylisées sous forme d'anus. Voir la Note sur le texte, p. 1159.
3. P. 360.
4. Feuillet 37 de *ms. 1* (voir la Note sur le texte, p. 1157-1158).
5. Dans le manuscrit incomplet conservé à Austin, il n'y a pas de faux titre « Le Mal » ; le premier feuillet porte « *Le petit* » et le deuxième enchaîne avec le début du texte.
6. Comme l'auteur le désigne à la dernière phrase (p. 367).

l'état de projets suspendus[1]. Mais ici, cette juxtaposition produit un double phénomène. D'abord de fragmentation : ces « paratextes » devenant comme des chutes de textes en place autour d'un référent indécidable, c'est-à-dire d'un sujet (de quoi est-il question ?) trop multiple pour n'être pas fuyant, voire énigmatique. Le second phénomène qui découle de cette absence de fond et de centre ne laisse pas de donner une puissance dramatique et provocatrice, voire du pathos, à la structure du texte. Comme l'écrira Blanchot en 1963 : « Celui qui crée risque de ne faire rien de plus que de conserver ce qui est en l'enrichissant, et, ainsi, même admiré, il attire déjà nos soupçons. De là que l'intérêt que nous portons à la littérature va plutôt aujourd'hui à ce qu'elle a de puissance critique, disons mieux : de forces mystérieusement négatives[2]. » Le « fond » se dérobe (tout ce qui est de l'ordre du fondement est destiné, chez Bataille, à se dérober), et c'est ce mouvement qui peut faire sens, en dépit des certitudes acquises : donner en soustrayant, et vice versa, c'est notamment ainsi qu'il faut entendre l'une des phrases les plus énigmatiques du *Petit*, « je donne à qui veut bien une ignorance de plus[3] ».

Sans doute un jeu de déclinaisons métaphoriques procure-t-il au texte un peu de liant : le motif du blanc des yeux, page 351 (amené lui-même par le paragraphe qui précède cette occurrence : « les yeux large ouverts »), est repris page 357, puis page 360 par le thème « œdipien » de l'aveugle et, page 364, du père aveugle. De même pour le thème de l'acéphalité : « Ma tête ne peut sauter », page 352, résonne avec « à perdre la tête », « *à tue-tête* », pages 358 et 366, et avec « la tête de philosophe », page 363. Il est clair, cependant, qu'en travaillant au *Petit* Bataille a recherché l'énigmatique et ce ton de fièvre qui fait dire d'un texte qu'il a été écrit sans soin. L'examen du manuscrit montre comment les fréquentes et parfois longues suppressions sont souvent pour effet de créer des hiatus, obscurcissent le texte et en alourdissant le ton. Bataille favorisa la fragmentation, c'est-à-dire la brièveté (le côté « brisant ») des aphorismes, en supprimant par exemple certains verbes, ou encore en retranchant ce qui dut lui sembler trop explicite.

« *Dieu, ce mort*[4] ».

Le « petit », comme on l'a vu, est d'abord une façon de nommer Dieu ; il est en ce sens l'homologue masculin d'Edwarda : de même que cette prostituée est « Dieu », le « petit » invoque Dieu dans un lieu de prostitution[5]. C'est donc littéralement le nom de Dieu, mais d'un Dieu qui, « traduit en justice, condamné, mis à mort[6] », agonise. « Le "petit" : rayonnement d'agonie, de la mort, rayonnement d'une étoile morte », lit-on page 353. Le trou obscur et ridé de l'anus est la méta-

1. Voir Denis Hollier, *La Prise de la Concorde*, Gallimard, 1993, p. 90.
2. Maurice Blanchot, « La Littérature encore une fois (II) », *NRF*, janvier 1963 ; *L'Entretien infini*, Gallimard, 1969, p. 590.
3. P. 360.
4. *Ibid.*
5. Voir aussi p. 357, et *Madame Edwarda*, p. 331.
6. P. 355. S'il n'y a plus de Dieu, il reste l'angoissante immensité, égale à l'infini divin, du trou que représente Son absence. Comme Denis Hollier l'analyse, l'absence de Dieu, pour divine qu'elle soit, ne fait pas équivaloir Dieu et sa négation, ou revenir Dieu sous les auspices de Son absence (voir *La Prise de la Concorde*, p. 168-169).

phore, et même la représentation désublimée (rappelée par les étoiles-anus[1]), de cette « étoile morte » qui brille malgré tout depuis l'éternité. « [...] et plus rien que le rayonnement de cette agonie[2] » : Dieu mort, il nous reste sa mort, pourrait-on dire en paraphrasant Nietzsche[3]. Ce rayonnement est l'image de la dépense improductive (celle qui n'est pas destinée à conserver la vie ou à continuer l'activité[4]), c'est-à-dire un mouvement de ruine et d'extériorisation, d'excrétion. Dans la cosmologie de Bataille, le soleil est « *rayonnement*, gigantesque perte de chaleur et de lumière, *flamme*, *explosion*[5] » ; ainsi l'étoile morte, ou qui n'en finit pas de mourir quand sa lumière nous parvient encore, rayonne de ses déchets de lumière. On ne s'étonnera pas que l'auteur de *L'Anus solaire* (1931) ait ainsi marié le haut et le bas, le jour et la nuit, le « soleil mort[6] » et l'anus.

À la mort, ou plutôt à l'agonie du « petit » fait écho non seulement celle du père (« mon père agonisant », p. 365) mais aussi celle du narrateur (« je me raconte mort », p. 353), c'est-à-dire Louis Trente, qui serait ainsi le « petit » de son père, bien sûr, mais aussi celui de Dieu le père, c'est-à-dire le Christ. Le narrateur écrivant parfois en son nom (« Rien que moi, le " petit "... », p. 359), et parfois au nom de Dieu (« Ce Dieu [...] je le suis », p. 352), il se produit une sorte de brouillage entre le père, Dieu — ou son fils Jésus-Christ — et Louis Trente. Mais il ne s'agit pas tant d'une identification que d'une condensation partielle et réversible, peut-être d'un conflit, entre ces « personnes »[7]. C'est moins Dieu qui meurt, que Dieu qui meurt *dans* Louis Trente. L'expérience dont il est ici question concerne l'agonie de la part divine de celui qui dit « je » — la mort de Dieu à l'intérieur de soi, ou la mort de soi en Dieu[8]. Ainsi l'agonie correspond-elle à un moment sacré, à une « gloire » du sujet.

Bataille imaginant sa mort, voire son cadavre : le motif est très présent dans son œuvre[9]. La thématique de la mort de Dieu en soi, en revanche, est propre à ces pages (ainsi qu'à celles de *La Somme athéologique*). De fait, cette espèce de méditation déicide est liée à l'enseignement de la mystique[10] et à celui de la gnose. Selon certaines interprétations, la chair y est en effet considérée comme le tombeau de l'« homme de lumière » par lequel Jésus se manifeste en chacun des hommes. Aussi la gnose, parce qu'elle vise à la connaissance parfaite de soi « et du même

---

1. Voir la Note sur le texte, p. 1159.
2. P. 353.
3. Voir l'article sur Nietzsche intitulé « Propositions », *Acéphale*, nᵒ 2, janvier 1937 (*OC I*, p. 470-473).
4. Voir « La Notion de dépense », *La Critique sociale*, 7, janvier 1933 ; *OC I*, p. 302-320. Et « La Dépense improductive », *La Part maudite* (1949) ; *OC VII*, p. 195-212.
5. « Van Gogh Prométhée », *Verve*, nᵒ 1, décembre 1937 ; *OC I*, p. 498.
6. « [...] mon sexe est un soleil mort » (*L'Archangélique*, 1944) ; *OC III*, p. 87).
7. Voir l'échange de « *mei* » et « *Dei* » dans la citation falsifiée du psaume LI, p. 353 (et n. 5).
8. Voir la Notice de *L'Abbé C.*, p. 1269 et suiv. — Voir aussi M. Surya, « L'Idiotie de Bataille », *Humanimalités*, Leo Scheer, 2004, p. 25.
9. Voir n. 20, p. 360. Voir aussi *L'Expérience intérieure*, *OC V*, par exemple p. 58 ; et *L'Impossible*, p. 556 : « Je me jette chez les morts. »
10. Ainsi « selon Saint Jean de la Croix, nous devons imiter en Dieu (Jésus) la déchéance, l'agonie, le moment du "non-savoir" du *lamma sabachtani* [...]. L'agonie de Dieu en la personne de l'homme de lumière est fatale [...] » (*L'Expérience intérieure*, *OC V*, p. 61 ; voir aussi *ibid.*, p. 16, 86 et 104).

coup [à la] connaissance de Dieu : connaissance de soi en Dieu et de Dieu en soi », remet l'homme « en état de possession plénière de [son] être véritable, intemporel, de [son] "moi" intégral, authentique, parfait[1] ». Ce « moi » est connu en tant qu'il est enfant de Dieu ou du « Père vivant », uni à lui par la filiation mais soustrait à la *genèsis* (la reproduction sexuée), et donc au temps.

Ce détour par la gnose a l'intérêt d'introduire à la problématique du « moi », récurrente chez Bataille et qui dans *La Somme athéologique* et dans *Le Petit* se trouve mise en rapport avec la question de Dieu[2]. « Qui dit *athéologie* se soucie de la *vacance divine*, écrit Pierre Klossowski, soit de la "place" ou du lieu spécifiquement tenu par le *nom de Dieu* — Dieu garant du moi personnel. / Qui dit *athéologie* dit aussi *vacance du moi*, — du moi dont la vacance est éprouvée dans une conscience laquelle pour ne point être ce moi en est elle-même la *vacance*[3]. » Dieu suffit pour fonder non seulement l'être du monde mais aussi la coextensivité de l'être et de la connaissance, soit la possibilité de saisir l'identité de ce qui existe. Penser la mort de Dieu conduit dès lors à se poser la question « qui suis-je ? », mais sous « le vide du ciel[4] » ; et la question de la nomination de Dieu (de son surnom blasphématoire) — qui sera posée dans la préface de 1956 à *Madame Edwarda*[5] — et donc de Son identité rejoint la problématique de l'identité et de la saisie du « moi ». *Le Petit* se situe dans ce questionnement ontologique où surgissent des identités confuses et confondantes — « [...] son innocence est la même chose que le mal en moi, comme le sexe velu d'une jeune fille, si angélique fût-elle, est la même chose que mon gland[6] ». Le « petit » est une autre façon, après l'expérience intérieure, de désigner l'agonie de la conscience de soi, la non-identité à soi[7], comme le laisse entendre cette phrase non retenue dans le texte publié : « Ce qui m'attire : le pouvoir qu'un homme aurait de se quitter lui-même ainsi qu'un vêtement, de se déculotter de lui-même[8]. »

« Sur Nietzsche ».

Sur Nietzsche, volonté de chance, écrit « de février à août » 1944[9], éclaire ces problématiques ontologiques et morales. Nietzsche étant pour Bataille « le philosophe du *mal* », la deuxième partie, intitulée « Le Sommet et le Déclin », expose ce qu'il désigne sous le terme « mal » et la

---

1. Commentaire de Henri-Charles Puech sur l'Évangile de Thomas, dans *En quête de la gnose*, Gallimard, 1978, t. II, p. 80 et 81 ; voir aussi p. 148.
2. Sur le « moi », l'*ipse*, mot de *L'Expérience intérieure* (notamment en rapport avec la poésie de Bataille), voir Sylvain Santi, « Georges Bataille, la poésie à l'extrémité fuyante de soi-même », *Les Temps modernes*, 626, décembre 2003-janvier-février 2004.
3. P. Klossowski, « À propos du simulacre dans la communication de Georges Bataille », *Critique*, n° 195-196, août-septembre 1963, p. 742.
4. P. 359.
5. P. 320. Voir aussi *L'Expérience intérieure*, *OC* V, p. 49 ; et l'émission *Qui êtes-vous ?* (20 mai 1951) reproduite dans *Une liberté souveraine* (1ʳᵉ éd., 1997), éd. Michel Surya, Farrago, 2000, p. 95 (« parce qu'on définit Dieu en le nommant »).
6. P. 354-355.
7. Voir « Collège socratique » (texte lu au printemps 1943 ; *OC* VI, p. 290).
8. Var. *a*, p. 351.
9. *Sur Nietzsche* (achevé d'imprimer le 21 février 1945), *OC* VI, p. 15. Les pages 96-103 (des *Œuvres complètes*) ont été écrites en janvier 1943.

morale ainsi envisagée (et comment celle-ci « n'est concevable que vécu[e][1] »). C'est pourquoi *Sur Nietzsche* et sa Préface donnent les clés d'importants énoncés du *Petit*.

Nietzsche est pour Bataille celui qui a su « Brûler sans répondre à quelque obligation morale », qui a exprimé pour la première fois « L'aspiration extrême, inconditionnelle, de l'homme [...] *indépendamment d'un but moral et du service d'un Dieu*[2] ». L'« inquiétude morale[3] » du philosophe est fondamentalement liée à sa conception et à son exercice de la liberté. Quelle serait la plus haute valeur morale si elle n'était asservie à rien, à aucun souci de salut (ou de rachat), si elle n'engageait à aucune œuvre, dans un temps à venir, « comme un bien saisissable » pour soi, pour un parti, pour une Église, pour la patrie, etc. ? C'est par refus de la contrainte, et donc du bien en vue duquel se justifie la contrainte, que Nietzsche fait « du *mal* l'objet d'une recherche morale extrême[4] ». *Le Petit* se situe dans le cadre de cette recherche d'un mal extrême, « pur », dit notre texte, de tout bien : « En quoi ce mal est-il le mal puisqu'en dernier c'est le bien de l'homme ? [...] Si je détruis pour augmenter ma puissance — ou ma jouissance individuelle — je suis en partie du côté du bien, c'est en somme utile[5]. » Être prêt à brûler « de l'ardeur de ceux qui pour le bien ou Dieu se firent tuer[6] », mais libre de tout Dieu, salut ou bien, libre absolument, telle est la position de Nietzsche. Position insoutenable, « consumation vide[7] », tragique, insensée et faite d'angoisse. Mais telle est la position de l'homme entier, qui a vaincu la servitude l'empêchant de se vouloir lui-même (« deviens qui tu es[8] »), qui ne subordonne son existence à aucune fin particulière et ne se laisse asservir par aucune activité, l'activité étant toujours limitée par le résultat qu'elle vise par-delà elle-même, soumettant donc les instants de l'existence au « souci d'un temps à venir[9] ». Cette position s'oppose à ce que Bataille suggère dans *Le Petit* : « Bannir une part de l'homme et la priver de vie, imposer à tous [...] l'exil d'une part d'eux-mêmes... » C'est pourquoi « Le mal authentique est désintéressé[10] » : la vie non mutilée est une vie de don exubérant prodigué en dépit de tout profit, de tout intérêt — même et surtout s'il s'agit de celui d'autrui —, une vie de mise en jeu (en danger), une vie de dépense en pure perte (celle de la « part *maléfique*[11] »).

Le problème ainsi posé constitue très exactement la question morale par excellence (Bataille récuse pour Nietzsche et lui-même tout « anarchisme »[12]) : celle des moyens et des fins et celle du « que faire ? ». Bataille élabore sa propre généalogie de la morale (recherche des fondements de la valeur) en envisageant les catégories morales selon leur effet

1. *Ibid.*, p. 16 et 19.
2. *Ibid.*, p. 12.
3. *Ibid.*, p. 189.
4. *Ibid.*, p. 16.
5. P. 356.
6. *Sur Nietzsche*, *OC VI*, p. 13.
7. *Ibid.*, p. 12.
8. *Mémorandum*, Gallimard, 1945 ; *OC VI*, p. 233 (*Le Gai Savoir*, § 270).
9. P. 359. Voir aussi *L'Expérience intérieure* : « Le plan de la morale est le plan du *projet*. Le contraire du projet est le sacrifice » (*OC V*, p. 158).
10. P. 352 et 351.
11. *Sur Nietzsche*, *OC VI*, p. 60. *La Part maudite* paraîtra en 1949, mais Bataille y travaillait déjà en 1943. — Voir *La Souveraineté*, *OC VIII*, p. 401.
12. *Sur Nietzsche*, *OC VI*, p. 16.

sur l'être, sur les personnes. Le mal est le mal : il porte préjudice, il est une « violation ». Mais Bataille élabore aussi son propre « par-delà bien et mal » précisément parce que le « *but moral* » doit pouvoir selon lui être recherché au-delà de l'être individuel. Aussi oppose-t-il « sommet » et « déclin » plutôt que bien et mal : le sommet correspond à la situation de l'homme entier, et le déclin, pente inévitable de la fatigue, privilégie la conservation de soi tel qu'il est le complément et fondamental. Ce système nous intéresse ici pour deux raisons : la mise en équivalence du mal et du Christ en croix ; la définition de la communication et de la souveraineté. Bataille interprète ce constat : le sacrifice de Jésus est un crime et en tant que tel il est le mode de communion universel et fondamental du christianisme. Il fallait donc une déchirure, un attentat à l'être divin d'un côté, et, de l'autre, une déchirure dans l'être de l'homme, c'est-à-dire une culpabilité maximale et à chaque péché renouvelée, pour que Dieu et ses créatures communiquent. « *Ainsi la "communication", sans laquelle, pour nous, rien ne serait, est assurée par le crime. La "communication" est l'amour et l'amour souille ceux qu'il unit*[1]. » D'où, dans *Le Petit* : « Mais Dieu n'est pas le mal : il n'est pas le mal n'étant pas le bien. Je l'atteins dans le mal, les êtres s'unissent, connaissent l'amour exorbité dans le mal » ; ou encore : « Le mal est l'amour[2]. »

D'ailleurs la « *fêlure*[3] » — la mise en question de l'intégrité de l'être (ou encore sa débauche) — est pour Bataille à la fois la condition et l'effet de la communication. Et c'est bien sûr aussi par ce qu'elle représente du point du vue érotique (les orifices) qu'il faut considérer cette blessure. La communauté exige du sujet qu'il se mette en danger, et qu'à la fin il se trouve sur ce point d'où il aperçoit qu'il est près de glisser hors de lui-même, d'où il approche sa propre absence, son néant : là où il n'est pas, mais aussi là où il n'est plus lui-même, indivis. Blessé dans son être, il est lié aux autres par ce qui l'angoisse et lui fait horreur. « Dans la mort, plus de souci du temps à venir : on fait sous soi. De même en Dieu », dit Bataille pour vanter la « "liberté" des mourants[4] ». Il y a relâchement des entrailles, abandon du « quant-à-soi ». Et le « petit », plaie maléfique qui côtoie l'impossible au sommet, peut aussi s'entendre comme cette recherche de l'au-delà (immanent, sensuel, *bas-matérialiste*) de l'être que désigne la souveraineté[5]. Le « petit » tenterait de tenir cette position morale décidée, mais également suicidaire, qui le rend souverain à la place de Celui qui ne l'est plus, Celui qui, ayant laissé les hommes tuer Sa souveraineté en L'asservissant à leur propre servitude, est devenu « Le bon Dieu, lâcheté sucrée[6] ». Dieu mort, il s'agit de créer un nouveau sacré, sous le signe de l'impossible et du scandale : *Le Petit* serait un moment de cette recherche que Bataille définit, dans « Le Rire de Nietzsche », comme spirituelle[7].

---

1. Voir *ibid.*, respectivement, p. 41, 61, 42 et 43.
2. P. 354 et 351.
3. P. 366.
4. P. 360 et 361.
5. Voir var. 6, p. 353 (« La souveraineté méconnue du petit »).
6. P. 357. Bataille a décrit cette servitude de Dieu dans « Le Rire de Nietzsche », texte paru dans *Exercice du silence*, volume de *Mesures* publié à Bruxelles en décembre 1942 : « La misère de Dieu est la volonté de l'homme a de se l'approprier par le salut » (*OC VI*, p. 312 ; voir ici n. 13, p. 358) ; et il y reviendra dans *La Souveraineté*, *OC VIII*, p. 413.
7. Voir « Le Rire de Nietzsche », *OC VI*, p. 309-310.

Qu'en est-il alors du déclin ? Cette position au sommet étant insoutenable, nous l'avons dit, aussitôt advient le déclin. De plus : « La construction et l'exposé d'une morale du sommet, suppose de ma part un déclin », écrit Bataille dans *Sur Nietzsche*. « En vérité, le sommet proposé pour fin n'est plus le sommet : je le réduis à la recherche d'un profit *puisque j'en parle*. [...] Le débauché n'a chance d'accéder au sommet que s'il n'en a pas l'intention. Le moment extrême des sens exige une innocence authentique [...][1]. » C'est ce dont Louis Trente s'aperçoit : « écrire engage à demi dans la voie du bien ». L'on comprend que dans la série « Innocent ? coupable ? imbécile[2] ? » il faut entendre toute l'équivoque du bien. Le mouvement de communication du bien et du mal ne peut laisser intact le sens du bien, mais sur la voie du non-sens et du non-savoir, du silence et de l'insignifiance, c'est l'ingénuité archaïque, voire l'idiotie, que l'on découvre[3]. Le thème nietzschéen de l'*amour de l'ignorance touchant l'avenir* et de l'*amor fati*, cités à plusieurs reprises dans *Sur Nietzsche* mais déjà présents dans *Acéphale*[4], trouve ainsi son illustration dans la figure du « petit » qui est aussi celle de l'enfance. Le « petit » dont le désir de savoir est pourtant le destin, et même la névrose, incarne cette « innocence du mal ».

Bataille le petit garçon.

« Quand le désir d'appréhender la vérité me tient, [...] je me sens pris de désespoir. Aussitôt je me sais perdu (à jamais perdu) dans ce monde où j'ai l'impuissance d'un petit enfant », lit-on dans *Sur Nietzsche*[5]. Bataille défie l'étude psychanalytique que l'on pourrait faire des connotations puériles et hypocoristiques du mot « petit » : « Combien il est comique de retourner les choses et d'expliquer ma conduite par la psychiatrie : le faire avec, comme moi, un " petit "[6]. » La névrose est bien un phénomène de l'impossible, mais elle l'est de façon « oblique » : elle déguise l'impossible en tant que « fond des choses » en impossible qu'il faudrait guérir. Aussi dépend-elle de cette conception servile du mal qui, dans l'« inquiétude morale », dans la lutte du bien et du mal, fait de l'impossible un objet de conquête pour le possible. Or : « Je me jette à l'impossible sans biais[7] », écrit Bataille.

Mais s'il défie une telle étude, c'est que ce « petit » est bien concerné par l'expérience de la psychanalyse (« psychiatrie », dans la phrase citée, est sans doute à entendre non seulement au sens propre, mais aussi comme appellation surannée pour « psychanalyse »), ou qu'il la concerne lui-même. Le lexique enfantin du texte permet d'ailleurs de faire entendre ce qu'ont de primaire des perceptions comme celles de la

---

1. *Sur Nietzsche, ibid.*, p. 57.
2. P. 356 et 355.
3. Le 12 août 1958, Bataille écrira à Patrick Waldberg : « [...] je me souviens avoir voulu intituler un de mes livres *L'Innocent*, je n'ai abandonné le titre qu'en raison du sens équivoque de l'adjectif. [...] Tu sais que je me suis arrêté au *Coupable* » (*Choix de lettres*, p. 496).
4. Voir *Le Gai Savoir* (§ 287), cité dans « Nietzsche et les fascistes », *Acéphale*, 2, janvier 1937 (*OC I*, p. 463). Voir *Sur Nietzsche, OC VI*, p. 140.
5. *Ibid.*, p. 62.
6. P. 353.
7. P. 354 et 355.

« Fraîcheur dans l'obscurité humide d'un couloir », ou de la non-différence sexuelle[1].

Un écrit de Freud, que Bataille a sans doute lu, permet d'éclairer autrement les dimensions scatologique et hétérologique[2] du « petit ». Il s'agit du texte sur l'« homme aux loups » (*Aus der Geschichte einer infantilen Neurose*, 1918 ; traduit chez Denoël et Steele au début de 1936), ce cas clinique de phobie doublée d'une névrose obsessionnelle « à contenu religieux », le sujet en question, lorsqu'il était enfant, ayant eu à se plier chaque soir au rituel suivant : « Il était obligé de penser : Dieu-cochon ou bien Dieu-merde. » « [...] les idées obsessionnelles qui obligeaient notre malade, note Freud, exprimaient autre chose encore que l'outrage à Dieu qu'il y reconnaissait. Elles réalisaient bien plutôt un compromis auquel un courant tendre, plein de dévotion, avait autant de part qu'un courant hostile et injurieux ; " Dieu-fèces " constituait vraisemblablement l'abréviation d'une offre, telle qu'on en entend aussi faire dans la vie sous une forme non écourtée. " Chier sur Dieu " [...] ou " chier quelque chose à Dieu " [...] voulait aussi dire donner un enfant ou en recevoir un de lui » ; ainsi « s'exprime une tendresse de nature féminine ; on serait prêt à renoncer à sa virilité si l'on pouvait en échange être aimé en femme[3] ». En tant qu'état infantile, en tant qu'objet sexualisé, en tant qu'outil conceptuel (le stade anal), le « petit » accroupi, cul-nu[4] » entre dans le cadre de ce que Freud décrit ici, parlant des excréments comme des premiers cadeaux que le nourrisson fait aux êtres qu'il aime. Il s'inscrit dans la théorie cloacale dont Raymond Queneau, lecteur de Jean Piaget (*La Représentation du monde chez l'enfant*, 1926), fait état dans les recherches qu'il mène au début des années 1930, à la Bibliothèque nationale où travaille alors son ami Bataille, sur les travaux des fous littéraires et notamment sur les « copro-symboles » solaires : « Étant donné l'idée que se fait l'enfant de la naissance (il la conçoit sur le mode de la défécation, le seul exemple qu'il connaisse de " *production* " et de " *création* " [...]) », il fait du soleil un être créé et créateur, « Phallus et père d'une part, enfant et œuf de l'autre[5] ».

Il faut considérer cette position souveraine du « petit » à partir de laquelle il imagine Dieu aux toilettes : « chaque être sort transfiguré d'un tel endroit : que Dieu y sombre rajeunit le ciel[6]. » Et c'est d'autre part aux « fèces » de son père que le « petit » se confronte. Aussi la confusion, ou la condensation, dont nous avons parlé plus haut et qui s'avère archaïque, entre le petit du père et le père lui-même affecte-t-elle ici le rapport « œdipien »[7].

1. P. 354 (voir aussi p. 355). — Sur ce lexique et, comme elle l'écrit, sur le « langage de " l'enfantillage " qu'est la poésie » dans *Le Petit*, voir Jacqueline Risset, « Haine de la poésie », *Georges Bataille après tout*, Denis Hollier éd., Belin, 1995, p. 154-156.

2. Sur l'hétérologie bataillienne, voir « La Valeur d'usage de D.A.F. de Sade », *OC II*, p. 54-72 ; et D. Hollier, *La Prise de la Concorde*, p. 187 et suiv.

3. S. Freud, « Extrait de l'histoire d'une névrose infantile (L'homme aux loups) » ; *Cinq psychanalyses*, Marie Bonaparte et Rudolph M. Loewenstein trad., PUF, 1966, p. 326 et 388.

4. P. 357.

5. R. Queneau, *Aux confins des ténèbres. Les Fous littéraires français du XIXᵉ siècle*, Madeleine Velguth éd., Gallimard, 2002, p. 132-133.

6. P. 364.

7. Voir p. 364-365. — Voir aussi D. Hollier, « La Tombe de Georges Bataille », *Les Dépossédés*, Éd. de Minuit, 1993, p. 94-99.

Le psychiatre, faisant de la névrose une réponse à toute interrogation ou désir de bien-être, ne sait résoudre ni l'énigmatique proposition nietzschéenne : « Dieu est mort ! » (*Le Gai Savoir*, § 125), ni l'énigme du Sphynx[1], qui touche à la totalité du « moi » de l'homme. Seul le « petit » le peut, ou du moins doit faire face à l'énigme de ce qu'il est (« Me deviner ») et de ce qu'il devient (« Comment devinerais-je en de tels instants ce que le sort fera de moi[2] ? »). Quel est le « moi » qui parle ici (de qui ce « moi » est-il le fils, c'est-à-dire qu'est-ce qui a fait qu'il est ce qu'il est ?), voilà précisément le problème que soulève le texte pour lui-même, notamment à travers le jeu des pseudonymes. Qui est Louis Trente ? Un névrosé (un psychotique ?) pour qui seule la défécation donne du sens au monde ? qui fait mourir son père à son tour pour mieux faire mourir son propre « petit » — son état infantile —, et devenir à son tour capable de ne pas éluder son destin[3] — sa virilité ? Le « moi » mourant, le « moi » vacant est peut-être ce centre du texte qu'on cherchait et qui ne saurait être circonscrit de façon stable. Écrire sur ce « moi » semble être le problème du *Petit* ; comme si se raconter était se faire disparaître, ou même se vouloir mort[4] : « je me raconte mort… »

Bataille le grand philosophe ?

Ces problématiques du « moi », de la conscience de soi, du néant, etc., s'inscrivent dans un moment précis de l'histoire de la philosophie en France. C'est, notamment, le moment de la phénoménologie. *L'Être et le Néant* paraît la même année que *Le Petit* ; toute une génération a encore en mémoire les cours de Kojève sur Hegel. Du *Petit*, un passage en particulier permet de considérer ce texte comme la représentation emblématique du rapport de Bataille à la philosophie et à son histoire ; c'est la scène « hypnagogique » de la noce[5], où le narrateur est accusé d'un crime et pris pour le marié : « Je pensai : "Aucun d'eux ne se pose même une petite question." Puis : "Aucune question imaginable, à moins que l'un d'eux ne commette un crime." » Le narrateur, commente Michel Surya, « accuse les noceurs, et les accuse non pas d'être coupables (d'être les assassins) mais d'être innocents. […] Seul un crime pourrait faire que cette idiotie les quitte. C'est le sens que donne sans doute à son rêve celui qui s'en laisse vraiment traverser : le crime immisce au cœur de l'idiotie des noces la possibilité de la culpabilité, c'est-à-dire la possibilité de la philosophie[6] ». Kierkegaard est invoqué ici comme l'emblème « du mal dans la tête », ou de la « passion de la pensée négative[7] », par opposition à une autre tradition philosophique, située, elle, du côté des « professeurs ».

À notre connaissance, Bataille ne mentionne nulle part ailleurs les

---

1. « J'ai comme Œdipe deviné l'énigme » (p. 364).
2. P. 353 et 360.
3. Voir p. 353-354 et 365.
4. Voir p. 353.
5. P. 358-359.
6. M. Surya, « La Philosophie, l'Échafaud, *Le Petit* », *Bataille-Leiris. L'Intenable Assentiment au monde*, Fr. Marmande dir., Belin, 1999, p. 208. — Voir Francis Marmande, *Georges Bataille politique*, Presses universitaires de Lyon, 1985, p. 100, 118 et suiv.
7. M. Blanchot, *L'Entretien infini*, p. 304. Sur l'interrogation infinie et obstinée, voir Bataille, « La Volonté de l'impossible », *Vrille*, 1945 ; *OC XI*, p. 22.

noms de Christian Wolf et d'Auguste Comte, qu'il oppose ici à Kierkegaard. Mais les enjeux de cette opposition sont semblables à ceux de l'opposition entre Nietzsche, qui « écrivit "avec son sang" », et Hegel, illustrant la « gravité professorale[1] » : il s'agit dans les deux cas de la conception (du moins un de ses aspects) de la philosophie chez Bataille. « Il s'agit bien encore d'*éprouver* l'existence, de vivre *avant* de connaître (sans cela l'existence ne pourrait précéder l'essence) », écrira-t-il en 1947. « On peut représenter à la rigueur (comme le fait Emmanuel Levinas [dans *De l'existence à l'existant*, qui vient de paraître]) que l'existentialisme professoral a révélé Kierkegaard, qu'il l'a exactement situé dans l'histoire de la philosophie. S'il en est ainsi, l'existentialisme de nos jours est comparable au sacrificateur ancien qui révélait la vérité d'une victime en la tuant. » Pour Bataille, seule une philosophie assumant une « mise en question infinie », et qui « regarder[ait] le monde comme une fusion du sujet et de l'objet[2] », est celle d'un homme qui se consume, et non d'un professeur qui n'a pas de savoir sur lui-même.

Il a été, il est encore souvent reproché à Bataille de ne pas être un philosophe, alors même qu'il voudrait, peut-être, l'être. Malgré le mépris qu'il recèle, ce problème philosophique autant que sociologique a le mérite d'être celui de Bataille : à quoi reconnaît-on un philosophe ? et faut-il en être un ? Bataille hésite dans la vision qu'il a de lui-même en tant que philosophe. Dans l'« Introduction » du *Coupable* (édition de 1961) : « Je n'ai pas l'intention, dans ces quelques lignes [...] de chercher le principe d'où ma réflexion procédait…, mais de dire, plus modestement, de quelle manière, à mes yeux, ma pensée s'éloigne de celle des autres. Surtout de celles des philosophes. Elle s'en éloigne en premier lieu du fait de mon inaptitude. Je n'ai que très tard entrepris d'acquérir les connaissances voulues [...][3]. » Ici : « [...] horreur de moi, non de ma débauche, mais de la tête de philosophe où depuis[4]… » Comme dans le champ moral, Bataille philosophe cherche, à la suite de Nietzsche, à pousser jusqu'au bout la perdition de la pensée. Avec Nietzsche et Kierkegaard, lequel fit lui-même du péché l'objet de son expérience, la philosophie interroge le christianisme. C'est dans ce contexte spirituel que Bataille situe la philosophie du côté de la tragédie et du sacré et, par là même, des expériences ouvertes sur la vie et réintégrant dans la philosophie ses éléments hétérogènes — « le rire, le vice, la poésie, la dévotion, la guerre[5]… »

En 1941, Bataille a emprunté à la Bibliothèque nationale simultanément (à un jour près) *Le Concept de l'angoisse* de Kierkegaard[6] et les *Études*

---

1. Respectivement : *Sur Nietzsche, OC VI*, p. 15 ; et « L'Au-delà du sérieux », *NNRF*, février 1955 (*OC XII*, p. 314).
2. Respectivement : « De l'existentialisme au primat de l'économie », *Critique*, 19 et 21, décembre 1947 et février 1948 (*OC XI*, p. 284) ; « Fragment sur la connaissance, la mise en action et la mise en question », Appendice du *Coupable, OC V*, p. 374 ; *Le Coupable, ibid.*, p. 279.
3. *Ibid.*, p. 239-240. Sur ce sujet, voir « Le Non-Savoir », *Botteghe oscure*, XI, 1953 (*OC XII*, p. 288) ; *OC VIII*, p. 562-563 ; et les brouillons du « Paradoxe sur l'érotisme », *OC IV*, p. 396-397.
4. P. 363. Voir aussi ce qu'il confie à M. Chapsal (*Quinze écrivains*, Julliard, 1963, p. 13).
5. P. 354.
6. Bataille l'a semble-t-il lu deux fois, dans deux traductions différentes : il l'emprunte en 1937 (*Le Concept d'angoisse*, P.-H. Tisseau trad., introduction de Jean Wahl, Alcan, 1935), puis en 1941 (*Le Concept de l'angoisse*, Knud Ferlov et Jean J. Gateau trad., Gallimard, coll.

kierkegaardiennes de Jean Wahl, lequel explique : « Or ni le péché ni l'angoisse ne peuvent avoir de place dans une science ; ils sont trop étroitement unis à l'individu, à l'action de l'individu. Le péché est d'un autre
ordre que celui de la science. Il est de l'ordre de ces choses qui prennent
à la gorge, pour employer les termes de Pascal, et ces choses qui nous
élèvent vers une lumière qui n'est pas une lumière philosophique[1]. »
Kierkegaard écrit en effet : « Comment le péché est-même dans le monde,
chacun de nous ne le comprend jamais que par soi-même ; vouloir l'apprendre d'autrui, c'est *ipso facto* l'entendre de travers. La seule science
capable d'y contribuer un peu est la psychologie [...]. » Ou encore : « Il
n'y a pas ici de savoir du bien et du mal, etc. ; toute la réalité du savoir
se projette dans l'angoisse comme l'immense néant de l'ignorance[2]. »
Le seul savoir valable en l'occurrence n'est pas un savoir véritable, c'est
une expérience subjective de la conscience de soi. Et le « petit », qui,
redisons-le, établit une correspondance entre la culpabilité originaire
liée au sacrifice de Dieu (lequel n'en est pas moins un meurtre) et la
honte primaire liée à un secret (« que l'on a sous soi[3] »), « ne joue-t-il
pas d'abord, demande Jean-Louis Baudry, en tant que métaphore de ce
que nous tentons d'oublier, de nier, de recouvrir, mais que la vie et ses
rythmes se chargent de nous rappeler : la faute serait-elle semblable au
"petit" ? Faudrait-il, aussi dissimulée qu'elle soit, aussi cachée et recouverte, vivre avec elle ? Serait-elle irrémédiable[4] ? ». En ce sens, *Le Petit* est
tout entier l'aveu d'un péché, et du simple fait, notamment, que Bataille
y ressuscite « W.-C. ». Dans la section qui concerne ce texte, la récurrence de l'aveu, d'*Histoire de l'œil* au *Bleu du ciel*, témoigne de la constante
culpabilité de l'auteur vis-à-vis de son père, de sa mère, et sans doute
vis-à-vis d'autres. *Le Petit* ne relève pas de la littérature de confession,
mais de l'expérience de la honte et de la mauvaise conscience, de l'expérience de la conscience de soi où celui-ci se révèle mauvais.

« Absence de remords ».

La réflexion de Kierkegaard dans *Le Concept de l'angoisse* porte également sur la participation du péché à l'essence de l'humanité. L'homme
pèche-t-il parce qu'il participe du premier homme, lequel est responsable de la Chute ? Tout péché participe-t-il du péché originel ou celui-
ci est-il révolu ? « Le péché originel est le présent, est la peccabilité [...][5]. »
Que l'être humain, et même le petit d'homme, même l'innocence per-
sonnifiée, soit déjà coupable du fait qu'il est engagé dans la suite des

« Les Essais », 1935 ; il ne rend le volume qu'en mars 1943). Voir Jean-Pierre Le Bouler et
Joëlle Bellec Martini, « Emprunts de Georges Bataille à la B.N. », *OC XII*, p. 608 et 617 ;
et *Le Coupable*, *OC V*, p. 305 : « Pour lire le *Concept d'angoisse*. »

  1. Jean Wahl, *Études kierkegaardiennes*, Aubier, 1938, p. 213.
  2. Sören Kierkegaard, *Le Concept de l'angoisse*, p. 75 et 65. Jean Wahl commente : « C'est
en se tournant [...] vers soi, que l'individu saura ce qu'est le péché. Le péché est l'égoisme
absolu, la rupture arbitraire « à départager le Bien et le Mal, à les définir » (*ibid.*, p. 30), dont J.-L. Baudry a
le moi [...] » (*Études kierkegaardiennes*, p. 113).
  3. P. 352.
  4. J.-L. Baudry, « Bataille ou le Temps récusé », p. 18. Dans *Le Petit*, la réflexion morale
se double d'une réflexion fondamentale sur le temps (voir var. *d*, p. 353), la relation à celui-
ci servant « à départager le Bien et le Mal, à les définir » (*ibid.*, p. 30), dont J.-L. Baudry a
très bien éclairé les enjeux. Voir aussi J. Wahl, *Études kierkegaardiennes*, p. 221.
  5. Kierkegaard, *Le Concept de l'angoisse*, p. 38.

générations qui constituent l'espèce humaine — coupable d'être ce qu'il est —, c'est à peu près aussi ce qu'enseigne la psychanalyse[1]. Et c'est aussi ce que les tragiques grecs, Shakespeare, Racine s'évertuent à illustrer. Et Sartre. Vers la fin de juin 1943, Bataille, qui a lu *Les Mouches*[2], écrit à Michel Leiris : « Quant à la culpabilité [...] cela me paraît vide qu'on puisse la supporter à froid, négativement. Dans *Le Petit*, ce qui est décisif pour moi est le petit poème de la p. 42[3]. Comment un coupable qui n'est pas gai pourrait-il éviter un remords ? Mais une gaieté de coupable (je veux dire une innocence de coupable) demeure, il me semble, ce qui reste de plus inaccessible en ce monde[4]. » Après avoir lu *Les Mouches*, Bataille reprécise, ne serait-ce que pour lui-même, ce qu'il a écrit dans *Le Petit*. Sans doute l'Oreste de Sartre[5] incarne-t-il la figure de l'innocent coupable — une autre sorte d'innocent coupable de ne pas être coupable[6], comme l'est la noce évoquée plus haut. Mais cette innocence coupable ne plaît pas à Bataille. Il ne lui sied pas qu'Oreste puisse ne pas craindre les mouches, ces Érinyes symboles du remords dans la pièce de Sartre, parce qu'il a choisi librement d'être coupable[7]. L'innocence coupable ne peut être de l'ordre de la liberté héroïque, rationnelle, méritée : cette liberté, éloignée de la volonté de liberté au sommet, emprunte un accent bien trop sérieux.

Ainsi le poème de la page 42 de l'édition originale — « *ma fêlure est un ami / aux yeux de vin fin / et mon crime est une amie / aux lèvres de fine / / je me branle de raisin / me torche de pomme*[8] » — représenterait la « gaieté » du coupable, on pourrait même dire la « fête à laquelle [il s']invite seul[9] ». Il s'en faut de beaucoup que ce poème, qualifié de « décisif » par son auteur, dise tout de notre texte, mais il faut tenir compte du titre de la section dans lequel il se trouve, « Absence de remords »[10]. Le remords est précisément là où le bien et le mal sont indémêlables : « Je ne voudrais pas ce mal si la survivance en moi du sentiment du bien ne me donnait pas de remords, ne m'obligeait pas à m'enfoncer dans le mal. » Point d'intersection du bien et du mal, il est aussi celui du passé et du futur excluant le présent : « Le remords est menace, menace de malheur, menace de remords[11]. » Le remords est du côté du déclin. On touche ici à la conception du péché selon Bataille, conception que va discuter

---

1. À peu près : selon la psychanalyse, le parricide originaire et la névrose résultant des conflits entre le surmoi et les autres instances psychiques ne se limitent pas à des phénomènes héréditaires ou objectivables.
 2. Publiée en avril 1943, elle est créée en juin de la même année.
 3. Ici p. 366.
 4. *Échanges et correspondances*, p. 151.
 5. Sur l'Oreste de Bataille, voir la Notice de *L'Impossible*, p. 1223-1225.
 6. Il est le seul habitant d'Argos à ne pas devoir expier l'assassinat de son père, Agamemnon ; cependant il ne peut pas échapper à la malédiction et finit par assassiner Égisthe ainsi que sa propre mère, Clytemnestre.
 7. « Je suis libre, Électre ; la liberté a fondu sur moi comme la foudre », dit-il à sa sœur après le double meurtre (Sartre, *Les Mouches*, acte II, IIᵉ tableau, sc. VIII).
 8. P. 366.
 9. P. 351.
 10. « Je me réjouis de mes débauches passées », revendique Bataille (p. 356). — Voir ce fragment du journal de Chianine : « Tu vivais dans l'attente d'un moment où l'approche de la mort aidant, tu ne pourrais plus tricher, trouver à la fin l'*impossible*, auquel s'opposent aussi bien l'absence de désir que le désir, le remords que l'absence de remords » (« Autour de *L'Abbé C.* », p. 727).
 11. P. 355 et 359.

un aréopage réuni pour l'écouter exposer « Le Sommet et le Déclin »
chez Marcel Moré, le 5 mars 1944. Pierre Klossowski, qui était présent,
donna son interprétation : « La culpabilité [...] distrait de cette servitude
qu'est le fait d'être, soulage de la pesanteur de l'être immobile et engage
l'homme dans le mouvement pour le mouvement qui n'est jamais qu'un
mouvement offensif contre Dieu[1]. » *Grosso modo*, le péché gai conduit
à l'état de blessure et d'ouverture ; il ne peut être tel que le définit le
christianisme, si celui-ci, comme Bataille le dit ce jour-là, veut « trouver une transcendance de l'homme par rapport à la culpabilité[2] ». Dans
Sur Nietzsche, nous l'avons vu, la vie de l'homme entier est totalement
immanente, aucunement subordonnée à un but ou à une raison d'être et
d'agir : en cela c'est la vie affolée, désinvolte, frivole. Et, un degré plus
loin, c'est « le rire de Nietzsche », c'est rire de Dieu, du déclin, c'est le
blasphème contre l'esprit de sérieux et même le tragique. Bataille cite
volontiers cet aphorisme du philosophe : « Voir sombrer les natures tragiques et *pouvoir en rire*, malgré la profonde compréhension, l'émotion
et la sympathie que l'on ressent, cela est divin[3]. » En retour, le tragique,
la poésie et le rire donnent le goût de l'impossible.

« Personne, évidemment, de plus *irréligieux*, de plus gai que moi[4]. »
C'est toute la gamme bataillienne de la gaieté qu'il faudrait parcourir :
l'opposition entre la « gravité professorale » et le « gai savoir », ou encore
« l'au-delà du sérieux », pour reprendre le titre d'un article de Bataille[5] ; la
désinvolture et l'irresponsabilité qu'il se reproche tout en les recherchant
lorsqu'il fait œuvre de philosophie[6] ; la « joie devant la mort » du dernier
numéro d'*Acéphale* en 1939 ; la parodie[7], etc. Aussi, sans vouloir surdé-
terminer le poème « décisif », il faut encore considérer qu'il introduit de
façon décisive à la dernière section du livre : à l'exhortation à la chance.

La chance.

Qu'est-ce que la chance pour Bataille ? Il est toujours difficile de
définir et donc d'arrêter le mouvement d'un mot chez lui, et le mouvement de celui-ci peut-être plus que d'un autre, dans la mesure où la
chance est évidemment liée au hasard, à l'aléa, à la coïncidence, au désir,
à la légèreté de l'insouciance et au caprice du destin, aussi impérieux
qu'un caprice d'enfant[8]. Mais de cette sorte de concept multiforme et
évolutif, très présent aussi dans *Le Coupable*, il faut retenir au moins qu'il
est associé étroitement à la mise en jeu — au coup de dés (*alea*) — et donc
au mal. Aussi le point de bascule entre sommet et déclin, cette position

---

1. « Discussion sur le péché », *Dieu vivant*, 4, 1945 ; *OC VI*, p. 328. (La liste des personnes présentes chez M. Moré est donnée *ibid.*, p. 316.) Voir Marcel Moré, *La Foudre de
Dieu*, Gallimard, 1969, p. 7-9 et 214.

2. « Discussion sur le péché », *OC VI*, p. 329.

3. *Mémorandum* ; *OC VI*, p. 264. Il le cite aussi dans « Le Rire de Nietzsche », *ibid.*, p. 311.
(Nietzsche, fragment 585 (1882-1884), *Volonté de puissance*, II, éd. F. Wurzbach, trad.
G. Bianqui, Gallimard, 1937, p. 380).

4. *Sur Nietzsche*, *ibid.*, p. 78. — Voir *L'Abbé C.* : « Et le crime, qui n'est rien s'il est gai,
n'est rien s'il n'est pas heureux » (p. 699).

5. Voir p. 1151, n. 1.

6. Voir la « Discussion sur le péché », *OC VI*, p. 349.

7. « [...] l'amour est parodie du non-amour / la vérité parodie du mensonge / l'univers
un suicide gai » (*L'Archangélique*, *OC III*, p. 76).

8. Sur le caprice, voir *Le Coupable*, *OC V*, notamment p. 275.

insoutenable, est-il « La Position de la chance[1] » : « Le débauché n'a chance d'accéder au sommet que s'il n'en a pas l'intention », citions-nous plus haut. L'innocence authentique, l'ignorance touchant l'avenir, c'est la chance, et la chance est peut-être un autre nom pour la grâce, si l'on veut rester dans le domaine de la théologie et comme Bataille le dit lui-même dans la « Discussion sur le péché[2] ». C'est en tout cas la mise en question à l'infini, et cette mise en jeu propre à la chance met en jeu celle-ci, la conteste elle-même. Précisément parce que la chance n'annule ainsi ni l'angoisse ni le malheur, l'homme se doit de jouer, de se jouer sans fin et gaiement, de façon inconséquente. Personne ne possède ni ne mérite la chance, tout au plus l'amant la rencontre-t-il dans la personne aimée. On se rappelle que Bataille, selon Blanchot, écrivait *Le Petit* « triste et malade ». L'exemplaire personnel de Diane Kotchoubey (que Bataille a rencontrée en juin 1943) porte cet envoi : « à Diane, ma petite chance au fond du malheur[3]. »

Conformément à son étymologie (*cadentia*), la chance est échéance, elle échoit sans qu'il y ait effort, ni mérite, ni action de la part du sujet, mais en tant que telle elle désigne la chute de celui-là qui a obéi à sa cruelle exigence, qui a cru en elle[4]. « Écrire est rechercher la chance[5] » ; cette recherche témoigne d'une tension analogue à celle du sommet. Le sommet n'est pas le mal mais la volonté du mal, l'aspiration au mal : la chance est « volonté de chance » — c'est ce que propose le sous-titre de *Sur Nietzsche*, et sans doute est-ce aussi dans ce sens qu'il faut entendre les mots « amour » (« L'innocence est l'amour du péché », p. 351) et « amitié » (« de l'amitié pour la mort », p. 354) dans *Le Petit*. Écrire serait donc se rendre disponible pour la chance. Se soumettant à cette tension, à cette exigence non seulement inhérente à la recherche mais aussi à la chance qui est sans cesse à elle-même sa propre création, écrire est exigence d'écrire : continuer à parler en invoquant le silence[6]. « S'il ne s'arrêtait en chemin, l'art épuiserait le mouvement de la chance [...]. Elle veut la réussite inachevée, vite privée de sens, qu'il sera temps bientôt de quitter pour une autre », annonce Bataille dans *Le Coupable*[7].

Écrire est ainsi se mettre en jeu et, dans la profondeur infinie de la mise en jeu, creuser le « moi » jusqu'à le faire mourir. *Le Petit* illustre en effet ce désir, souvent commenté, « d'anéantissement qui est au travail dans les textes[8] » de Bataille. Il le commentera lui-même chez Sade : « Je montrerai plus loin que le sens d'une œuvre infiniment profonde est dans le désir que l'auteur eut de *disparaître* (de se résoudre sans laisser de trace humaine) [...][9]. » *Le Petit* l'énonce même en ces termes contra-

---

1. Titre d'une subdivision du « Journal » de *Sur Nietzsche*, *OC VI*, p. 93.

2. *OC VI*, p. 343.

3. Coll. part. — Voir *Sur Nietzsche*, *OC VI*, notamment p. 96, ainsi que p. 135, où Diane est désignée par l'initiale K.

4. Voir *ibid.*, p. 116. — Sur la chance et l'échéance, voir la Notice de *Julie*, p. 1196. L'échéance est ce qui échoit mais pas de façon définitive (sans cesse remis en jeu) à la différence de l'« échu » ou du « donné ».

5. P. 367.

6. Voir la notule de l'ébauche « Le Balafré », p. 1372-1373.

7. *OC V*, p. 317.

8. D. Hollier, « Bataille paraît », *La Quinzaine littéraire*, 15-30 juin 1970, p. 6. Voir la Notice du *Bleu du ciel*, p. 1045.

9. « Sade », « La Volonté de destruction de soi », *La Littérature et le Mal* (1957) ; *OC IX*, p. 244.

dictoires : « J'ignore ce que ceci veut dire : si ce n'est pas détruit, je donne à qui veut bien une ignorance de plus [...][1]. » Telle est la leçon de l'histoire de l'archevêque de Paris, que formule Bataille dans l'un de ses carnets pour *Le Petit*, prélat qui, « se promenant accompagné d'une amante dans les jardins faisait par trois hommes armés de rateaux à mesure effacer la trace des pas — l'on est tenu de dissoudre en silence une phrase à peine formée[2]. »

« J'ignore ce que ceci veut dire » : l'autodestruction du sens et l'accueil fait au silence ont pour horizon la mise à mort immédiate de l'auteur par son œuvre. Ils exigent que l'auteur « écrive rongé par l'indifférence à ce qu'il écrit », et se déconsidère lui-même[3]. Cependant Louis Trente ne répète pas le geste de Bataille/Troppmann détruisant « W.-C. » et fait même remonter ce texte à la surface. Comment laisser la place au silence en parlant, comment, en écrivant, détruire par la honte ce qu'on écrit[4], ou plutôt comment montrer que l'autodestruction est le destin d'une œuvre « profonde » ? En ayant écouté Nietzsche — « Si quelqu'un aspire à la grandeur, il trahit par là ce qu'il est. Les hommes de la meilleure venue aspirent à la petitesse[5] » —, Bataille, avec *Le Petit*, propose une dernière difficulté : vouloir la petitesse, la dégradation, la « malédiction dans la gloire[6] » mais aussi, de l'aveu de cette petitesse, faire un livre.

Dans l'émission *Lecture pour tous* du 21 mai 1958, au cours de laquelle Pierre Dumayet l'interrogera sur *La Littérature et le Mal*, Bataille prendra l'exemple de Kafka et de Baudelaire : « Je crois que, très expressément et même d'une façon parfois exprimée, ils se sont sentis dans la situation de l'enfant devant les parents, de l'enfant qui désobéit et qui, par conséquent, se met dans une situation de mauvaise conscience parce qu'il se rappelle des parents qu'il a aimés et qui lui ont constamment dit qu'il ne devait pas faire cela, que c'était mal [...] Je crois qu'il y a quelque chose d'essentiellement puéril dans la littérature[7]. » Je me raconte mort, je me raconte petit, je me raconte enfant : voilà de quoi mettre en place les conditions de possibilité de la littérature selon Bataille. « Laissez venir à moi le hasard : il est innocent comme un petit enfant[8] », dit Zarathoustra en moquant la parole biblique. « Nietzsche exprima par l'idée d'enfant le principe du jeu ouvert, où *l'échéance excède le donné*[9] », et Bataille donne ici à l'enfantillage les titres de gloire qu'il réclamait pour lui depuis *L'Expérience intérieure*[10].

CÉCILE MOSCOVITZ.

1. P. 360. Voir n. 23.

2. *Ms. 1*, f. 38 ; voir la Note sur le texte, p. 1157. Voir aussi *L'Impossible*, p. 554.

3. « Le Silence de Molloy », *Critique*, n° 48, mai 1951 ; *OC XII*, p. 94. — Voir l'épigraphe de *L'Abbé C.*, p. 613.

4. « Je donnerais de la honte encore à qui se flatte de m'entendre » (p. 351).

5. Bataille cite ce mot dans « De l'âge de pierre à Jacques Prévert », *Critique*, n° 3-4, août-septembre 1946 ; *OC XI*, p. 95.

6. L'expression est du R. P. Daniélou, « Discussion sur le péché », *OC VI*, p. 325.

7. *Lecture pour tous*, reproduit dans *Une liberté souveraine*, p. 137. — Voir *La Littérature et le Mal*, *OC IX*, « Baudelaire », notamment p. 192 ; et « Kafka », p. 273-286.

8. *Ainsi parlait Zarathoustra*, IIIe partie, « Sur le Mont des oliviers », trad. Henri Albert, Mercure de France, 1908 (16e éd.), p. 252.

9. *Sur Nietzsche*, *OC VI*, p. 169.

10. Voir *L'Expérience intérieure*, *OC V*, p. 54-57. Il les réclamait aussi dans *Histoire de l'œil*, et, en 1930, dans « Les Pieds Nickelés » (*Documents*, 2e année, n° 4, 1930 ; *OC I*, p. 233).

BIBLIOGRAPHIE

BAUDRY (Jean-Louis), « Bataille ou le Temps récusé », *Revue des sciences humaines*, 206, 1987, p. 9-41.

BLANCHOT (Maurice), *La Communauté inavouable*, Éd. de Minuit, 1983, p. 39 et 47.

CIXOUS (Hélène), *Portrait du soleil* (roman ; 1ʳᵉ éd., 1973), Éditions des femmes, 1999, p. 56-67.

HAWLEY (Daniel), *L'Œuvre insolite de Georges Bataille : une hiérophanie moderne*, Genève-Paris, Slatkine-Champion, 1978, p. 22 et 163-172.

HOLLIER (Denis), « La Nuit américaine », *Poétique*, 22, 1975, p. 227-243.

—, *La Prise de la Concorde*, Gallimard, 1993, p. 45-52 et 238-239.

MAYNÉ (Gilles), *Georges Bataille, l'érotisme et l'écriture*, Descartes & Cie, 2003, p. 153-174.

NOËL (Bernard), art. « *Le Petit* », *Dictionnaire des œuvres érotiques*, Pascal Pia et Robert Carlier dir., Mercure de France, 1971, p. 394.

PIERRE (Rolland), « Écrire de ne pas écrire », *Revue des sciences humaines*, 206, 1987, p. 54-59.

RISSET (Jacqueline), « Haine de la poésie », *Georges Bataille après tout*, Denis Hollier dir., Belin, 1995, p. 152-156.

SURYA (Michel), « La Philosophie, l'Échafaud, *Le Petit* », *Bataille-Leiris. L'Intenable Assentiment au monde*, Francis Marmande dir., Belin, 1999, p. 203-218.

WARIN (François), *Nietzsche et Bataille : la parodie à l'infini*, PUF, 1994, p. 155-162, 186-187 et 192-197.

C. M.

NOTE SUR LE TEXTE

Nous reproduisons ici l'édition originale du *Petit*[1] : « Louis Trente / *Le Petit* / M XM XXXIV » [1943], 48 pages (l'achevé d'imprimer fictif est du 29 juin). Elle fut tirée à 63 exemplaires, dont 13 hors commerce. L'édition posthume publiée chez Jean-Jacques Pauvert en 1963 (achevé : 15 mai) porte sur la couverture le nom réel de l'auteur. On y lit en outre, page 8 : « Ce livre, tiré à 50 exemplaires, fut publié par Georges Bataille, vers 1943, hors commerce, sous le pseudonyme de Louis Trente. »

On ne dispose, parmi les documents originaux du *Petit*, d'aucun avant-texte pour « W.-C. (Préface à l'Histoire de l'œil) ». Sont accessibles (classés selon un ordre chronologique présumé) :

1. Un carnet débroché appelé « Manuscrit 1 » par la BNF où il est conservé. Il ressemble à un brouillon ; il est folioté par Bataille de 1 (la

---

[1]. BNF, cote RES 16-LN27-74275.

couverture) à 44, mais seuls 24 feuillets sont écrits. Il y a en effet un
hiatus entre les feuillets 12 et 33 (le texte qui a peut-être été écrit sur
ces feuillets manquants n'a pas été retrouvé). Différentes couleurs
d'encre et des corrections au crayon montrent que Bataille est intervenu
sur ses notes en plusieurs fois ; le plus souvent, il écrit, généralement à
l'encre aujourd'hui sépia, sur les feuillets impairs, et verticalement, tandis
qu'il écrit horizontalement sur les feuillets pairs un texte ordonné par
paragraphes notés (à l'encre bleue) *a*, *b*, *c*, *d*, etc.[1]. Le texte se déroule
ainsi selon deux séries continues et indépendantes, l'une sur les feuillets impairs, et l'autre sur les feuillets pairs[2]. Sans doute fallait-il attribuer un numéro d'ordre à ces paragraphes qui, lorsqu'ils couraient sur
deux feuillets par-delà un troisième (impair), risquaient d'être mélangés.
L'alternance fonctionne ainsi jusqu'au feuillet 33 ; avant celui-ci, seuls les
feuillets pairs correspondent au texte publié. Est-ce à dire que Bataille
poursuivait deux projets sur un même support ?

2. Une autre version — assez proche du texte publié en 1943 — de la
dernière section du *Petit* consignée sur le recto du feuillet 1 du carnet 5
(« Carnet 1943 / Le Prince Pierre » ; BNF[3]). On trouve aussi dans ce
carnet, à l'état de brouillon, des passages sur le thème de la chance caractéristique de cette section, ou en tout cas donnant l'occasion à Bataille
de digresser, décliner, continuer, ainsi que sur la notion d'impossible[4].

3. Un brouillon du deuxième poème de la section « Absence de
remords ». Il se trouve dans le carnet 4 (intitulé « Carnet 1942-1943 /
manuscrits de *L'Archangélique* » BNF), où figurent aussi quelques
poèmes de *L'Archangélique*[5]. Il est consigné sur l'un des petits feuillets
d'un éphéméride encollés dans le carnet, avec six autres poèmes, à la
date du mardi 14 avril ; identique au texte définitif, il comporte néanmoins ce vers liminaire supplémentaire (à moins que, malgré l'absence
de majuscule à l'initiale, il ne s'agisse un titre) : « abreuve de remords ».
De plus, à la date du « Lundi 6 juillet », on trouve un brouillon des lignes
qui précèdent ce poème (p. 366) où l'on voit qu'elles composaient donc
un poème à l'origine. Voir la variante p. 366 de cette section.

Nous n'avons pas trouvé trace, dans le fonds Bataille, du premier
poème de cette section. Thadée Klossowski indique pourtant que celui-
ci et le second étaient dans le carnet 4[6]. Il précise aussi que des brouillons
de ces deux poèmes se trouvaient dans les manuscrits (enveloppe 169)
de *La Tombe de Louis XXX*. Mais ces manuscrits sont signalés en déficit
à la BNF[7].

4. Un manuscrit conservé au Harry Ransom Humanities Research
Center d'Austin (Texas) et composé de deux éléments :

---

1. Pour la clarté, ces lettres ont été transcrites, dans les variantes, en petites capitales
suivies d'un point.

2. Bataille a numéroté les feuillets les uns à la suite des autres. La BNF rétablit la continuité respective des deux séries. Nous utilisons, le cas échéant, la foliotation de Bataille.

3. Le verso du feuillet 37 de ce carnet est daté de novembre 1942. — « Le Prince Pierre »
est l'une des ébauches de pièces de théâtre de Bataille reproduites dans *OC IV*.

4. Voir « Autour du *Petit* », p. 369-370.

5. Voir *OC III*, p. 500-501.

6. Voir *OC III*, p. 495.

7. Voir *OC IV*, p. 357, 359 et 385. — Dans le carton daté « 1945-1972 » de l'inventaire général des archives Bataille des Éditions Gallimard, il existe en effet la photocopie
de quelques pages manuscrites de *La Tombe*, parmi lesquelles les deux poèmes de cette
section du *Petit*, sur deux feuillets consécutifs.

— d'une part, un carnet de 38 feuillets (à la foliotation lacunaire) qui se termine sur les derniers mots du « Premier épilogue ». Il existe de nombreuses différences entre le texte publié et ce manuscrit ; Bataille a donc sans doute effectué ses dernières corrections sur un état ultérieur[1], non accessible. Le dernier feuillet porte le folio 40. Dans la section « Le Mal », des étoiles séparatrices ressemblant à des anus servaient à rythmer le texte (elles correspondent dans *orig.* à des sauts de page, que nous avons signalés par des étoiles éclairées). Nous en reproduisons ci-dessous un exemple :

— d'autre part, un carnet de même format que le précédent, comptant onze feuillets et contenant les deux dernières sections du *Petit*. Les deux premiers feuillets ne portent pas de folio, mais le troisième est folioté 43 : ce carnet prend donc la suite du précédent. Sur le dernier feuillet apparaît, isolé et centré dans la page, le mot « FIN ». Cet état diffère lui aussi de l'édition originale.

Nous donnons dans les variantes quelques exemples de passages dans lesquels Bataille a allégé son texte, sans nous astreindre à relever systématiquement toutes les biffures. De même, nous n'avons pas relevé toutes les italiques du manuscrit conservé à Austin, bien plus nombreuses que dans le texte publié, notamment pour les mot « bien » et « mal ».

Enfin, on trouvera en appendice (« Autour du *Petit* », p. 369-371) deux états manuscrits d'un passage du « Premier épilogue » où le travail d'allègement auquel s'est livré Bataille est particulièrement net. Voir la notule de cet appendice, p. 1167-1168.

Sigles utilisés.

carnet 4	carnet 4 de la BNF
carnet 5	carnet 5 de la BNF
ms. 1	manuscrit 1 (BNF)
ms. 2	manuscrits d'Austin
orig.	notre texte

C. M.

NOTES ET VARIANTES

Le Mal.

a. d'innocence [limpide *biffé*]. / [Je veux former un parti de coupables. *biffé*] / [L'innocence est *l'amour* du péché *biffé*] / [Ce qui m'attire : le pouvoir qu'un homme aurait de se quitter lui-même ainsi

---

1. Il existerait un tapuscrit (coll. privée) réalisé à partir d'un manuscrit daté de septembre 1942. Le tapuscrit ne correspondrait pas à la version publiée.

qu'un vêtement, de se déculotter de lui-même. *biffé*] / Être une femme *ms. 2* ◆◆ *b.* rien. / J'imagine un triomphe. Une salle : infiniment sombre, plus haute, plus solaire, plus vaste qu'aucun palais, qu'aucune église, d'une délicatesse, d'un éclat, d'une solitude inouïs, [cœur du diamant, *biffé*] immensité de la cave, tout cela douteux, impur, intérieur de la bouche, atterrant. J'imagine ainsi mon âme infiniment peuplée, glorieuse, hérissée de dragons sabre au clair, sûre d'elle et devenant folle, hébétée. / [[À hauteur de nuées noirâtres? m'y voilà. *souligné par des pointillés, qui indiquent traditionnellement le rétablissement d'un passage biffé]* Moi, le « petit », je bénis la foule au dessous de moi, sans nombre, en attente d'un souffle. Rien de plus noir au ciel, menaçant de foudre *[fondre ?].* La foule attend le souffle du « petit », mais le « petit »? n'attend plus rien. *biffé*] / [Hommes bougeant sous ces nuées *biffé*] Ce Dieu *ms. 2* ◆◆ *c.* A. Mais : Miserere Dei *[4 lignes plus haut]*, homines ! Me deviner serait… il faut trembler. La raison divine : aucun devoir, aucune tâche à remplir, pas de *bien* à réaliser. Tout est consommé, reste un pur le rayonnement d'agonie. // B. L'univers lui-même envisagé comme angoisse. // C. Dieu, l'univers, il n'importe mais la plaie de mon âme, au fond de moi, le glissant sale, gluant et chute soudaine, c'est le contraire du *possible* : étant *certain* mais *impossible* en même temps. // D. La souveraineté méconnue du petit, sa divinité de certitude impossible. // E. Le petit : rayonnement d'agonie, même de mort, rayonnement d'une étoile morte, c'est la splendeur du ciel annoncée par la mort ou la beauté du jour au crépuscule par un orage noir. *ms. 1* : *Miserere Dei [, homines biffé]*… / Me deviner serait… *[comme dans orig.]* rayonnement de cette agonie. / [L'univers lui-même envisagé comme angoisse. *biffé*] / Dieu, l'univers, il n'importe *[comme dans ms. 1]* en même temps : L'IMPOSSIBLE ! / [La souveraineté méconnue du « petit », divinité de certitude impossible *biffé*] / *[étoile-anus]* Le « petit » : rayonnement de l'agonie [et même *biffé*] de la mort, rayonnement de l'étoile morte, [ainsi *biffé*] l'éclat du ciel annonçant la mort — [ou la *biffé*] beauté du jour *[comme dans orig.]* le vent. *ms. 2* ◆◆ *d.* que ce fût *hier ?* [Dieu *est* cette horreur : la répétition impossible, en même temps la mémoire, rayonnement dans l'angoisse et de l'angoisse. / On me saisit dans la joie déchirante, délire de honte, en même temps dans la conscience du malheur où je suis — la répétition impossible — si l'on jouit du tourment que j'endure. L'extrême horreur et l'absurde où Dieu traqué meurt. Je le veux : d'autres jouissant, étincelant, riant de *[la misère divine corrigé en mon agonie].* / Sottise de dire : Dieu est le temps. Dieu lui-même l'ignore et ne le serait plus s'il le savait. Celui qui sait n'est ni le temps ni Dieu, mais un maître d'école. Et qui serait-ce ? connaître le temps mais *cesser de l'être.* Être Dieu ou le temps est déchirer la connaissance avec la même irrévocable décision qu'on meurt. *biffé*] / La plus infime parcelle de souci dévot donné au malheur des hommes, on est bon pour [une besogne travail *corrigé en* le discours] (honnête, édulcorant, narcotique). [Le malheur des hommes atteint Dieu, est la même chose que lui, *qui se veut lui-même,* non ce que veulent les hommes *biffé*] / *[étoile-anus]* Je jouis en riant *ms. 2* ◆◆ *e.* A. Je jouis en riant *[p. 353, 9ᵉ ligne en bas]* des malheurs qui m'attendent. Le malheur, là, je n'ai pas la force d'en rire, d'autres seulement rient de lui, à quoi je les convie. J'appelle lâche qui ne rirait pas de ma mort, à moins qu'il ne même m'aime à crier. // B. Si j'avais intelligiblement parlé, j'aurais touché le fond des souffrances — où l'on n'imagine pas d'issue désirable, où le possible a toujours un masque d'absurdité. Dieu comme une bête, traquée par la meute des nécessités, des absences de limite. // c. La mémoire est nostalgie [de la situation divine *biffé*] de l'angoisse divine. // d. Combien il est comique de retourner les choses et d'expliquer ma conduite par la névrose. Celui qui le fait a comme moi (comme Marie ou Jésus) un « petit »… La névrose [explique mon livre, il reste à rendre compte de l'absurde situation de l'homme *biffé*] est seule responsable, on élude l'énigme insoluble, une présence sur la terre dans l'attente de quoi ? *ms. 1* ◆◆ f. du mal. / [Si, avant que je meure, on coupait ma pine et que la laissant vivre avec un procédé de Carel, décalotée et bandante, on devinerait Dieu. Elle serait l'innocence — je serai mort ! — et pourtant le mal. *biffé*] Le faible *ms. 2. Le chirurgien Alexis Carel (1875-1944) décrivit en 1902 une autotransplantation rénale connectée sur les vaisseaux du cou chez un chien.* ◆◆ g. nous-mêmes / [On en vient au plus lourd, à la question du temps : [le temps le seul *[comme dans orig.]* la terre ? *souligné de pointillés]* Ce n'est pas une raison si la question nous humilie, nous rend fou, de ne pas voir qu'en déduisant Dieu de la position humaine on réduit l'inconnaissable au connu. Il *fallait le faire* mais pourquoi ? pour donner au *bien* la consistance où la cervelle tombe comme un pot au lait sur le pavé et se brise. / Comment on trouve Dieu dans le *bien*. Le *bien* définit le *mal* comme l'*impossible*, l'enfer. Le mouvement que j'ai décrit va du possible à l'impossible. *biffé*] Dieu *ms. 2* ◆◆ h. J'ignore ce que [mon livre *corrigé en* ceci] veut dire [tout ceci *biffé*] : [et *biffé*] si ce [livre *biffé*] n'est pas détruit *ms. 2.*

1. « Si personne n'avait eu la force, au moins écrivant, de nier absolument le lien qui l'attache à ses semblables, nous n'aurions pas l'œuvre de Sade » (*Histoire de l'érotisme*, OC VIII, p. 150).

2. Cf. *La Tombe de Louis XXX*, OC IV, p. 154 (« regarder le ciel / avec la fente du derrière »).

3. « Petit (le). *s. m.* Le petit trou : l'anus, la rosette. *Mettre dans le petit :* — enculer » (*Le Petit Citateur. Curiosités érotiques et pornographiques* de J.-Ch-X [Jules Choux], Paphos, 1881). Le même mot peut désigner hypocoristiquement le pénis ou le sexe féminin. Notons que Bataille fréquenta un bordel de Barcelone tenu par une Mme Petit. Le blasphème scatologique est récurrent dans les poèmes de Bataille : « mon petit trou est l'autel / dont la nappe sont les chiottes… » (*Poèmes*, OC IV, p. 29).

4. Ce genre de tournure, visant à approcher un objet par l'approximation, est fréquente chez Bataille, soit entre guillemets soit en italique : « *ce qui arrive* » et « *ce qui est* » (préface de *Madame Edwarda*, p. 318), « *ce qui est là* » (*Le Coupable*, OC V, p. 269), « *ce qui n'arrive pas* » (« L'Au-delà du sérieux », OC XII, p. 316).

5. Bataille parodie, en remplaçant « *mei* » par « *Dei* », le psaume LI cité exactement dans *L'Abbé C.* (voir n. 14, p. 636).

6. Dernière parole du Christ en croix (Jean, XIX, 30).

7. Cf. *L'Expérience intérieure* : « Je mourrai dans des conditions hideuses. / Je jouis aujourd'hui d'être objet de dégoût pour le seul être auquel la destinée lie ma vie. / Je sollicite tout ce qu'un homme riant peut recevoir de mauvais » (*OC V*, p. 94). Et voir *Le Bleu du ciel*, p. 121.

8. Roland Barthes citera cette proposition au début du *Plaisir du texte* (1973) et la commentera : « La névrose est un pis-aller : non par rapport

à la " santé " mais par rapport à l'impossible dont parle Bataille [...] ; mais ce pis-aller est le seul qui permet d'écrire (et de lire). On en vient à ce paradoxe : les textes, comme ceux de Bataille [...] qui sont écrits contre la névrose, du sein de la folie, ont en eux, *s'ils veulent être lus*, ce peu de névrose nécessaire à la séduction de leurs lecteurs : ces textes terribles sont *tout de même* des textes coquets » (*Œuvres complètes*, Éric Marty éd., Éd. du Seuil, 2002, t. IV, p. 220).

9. « Le rêve : me soulageant la tête en écrivant, comme on se soulage le ventre... devenir vide [...] » (*Sur Nietzsche*, *OC VI*, p. 139). (Voir aussi *La Tombe de Louis XXX*, *OC IV*, p. 165-166.)

10. La conférence de Bataille donnée dans le cadre du Collège de sociologie le 4 juillet 1939 récapitule son point de vue sur le rôle du sacrifice dans la constitution de la communauté — communauté sociale et communauté des amants. À partir de la notion de scissiparité (voir la Notice de *La Scissiparité*, p. 1248), Bataille développe : « Je propose d'admettre comme une loi que les êtres humains ne sont jamais unis entre eux que par des déchirures ou des blessures [...] Si des éléments se composent pour former l'ensemble, cela peut facilement se produire lorsque chacun d'entre eux perd par une déchirure de son intégrité une partie de son être propre au profit de l'être communiel. [...]. Les circoncisions et les orgies montrent suffisamment qu'entre les déchirures du sexe et les déchirures des rites il existe plus d'un rapport [...]. Cependant l'un des deux domaines déborde l'autre : celles mêmes des déchirures sociales qui coïncident avec les sexes ont une signification changée, plus riche, et la multiplicité des formes s'étend de la guerre à la croix sanglante du Christ : entre la mise à mort d'un roi et l'acte sexuel, il n'y a plus que ceci de commun qu'ils unissent par la perte de substance » (*Le Collège de Sociologie (1937-1939)* [1ʳᵉ éd., 1979], D. Hollier éd., Gallimard, coll. « Folio Essais », p. 808).

11. En 1901, Joseph Babinski (1857-1932) révisa la définition de l'hystérie de Charcot (dont il était l'élève) « en lui donnant le nom de pithiatisme, du grec *peithos* (persuasion) et *iatos* (guérissable) » (É. Roudinesco et M. Plon, *Dictionnaire de la psychanalyse*, Fayard, 1997, *s. v.* « Babinski »). Mais sans doute cette définition savante est-elle moins significative ici que le jeu de mots avec « Pythie », elle-même évoquée sous les auspices des bacchantes et d'une bouche d'ombre.

12. Dans le manuscrit conservé à Austin, on lit « révéler » à la place de « traduire ». « Révéler » avait un sens plus apocalyptique, divinatoire ou mystique. Dans un essai de présentation de *La Somme athéologique*, Bataille écrira : « J'aimerais affirmer agressivement le lien de la pensée et de l'horreur. [...] La pensée devient l'impossible. Mais je *crie*, — le langage qui énonce en paix *signifiant* la possibilité de la pensée — je crie, j'appelle " au meurtre ! à la mort ! ", au moment où la pensée prenant son essor en moi m'abandonne à un sort inavouable » (*OC VI*, p. 367-368).

13. Dans « Le Rire de Nietzsche », Bataille prend le contre-pied de la conception commune du rapport entre possible et impossible. « Il n'est pas d'impossible si Dieu existe, ou du moins l'impossible est illusoire : c'est une épreuve imposée à l'homme, le triomphe du possible est donné à l'avance » (*OC VI*, p. 307). Dans cette logique, c'est-à-dire dans celle du salut (rachat du mal par le bien), l'impossible est un objet de conquête du possible, et l'impossible est alors éludé (voir *ibid.*, p. 310). Vivre à hauteur d'impossible sans l'éluder exige de vivre à hauteur de Dieu. Le

renversement est double : c'est non seulement ne pas considérer Dieu comme le font les athées ou matérialistes, qui pensent que Dieu n'est pas la garantie de la perfection de la nature mais font du possible la fin de leur recherche : le bonheur, ou l'absence de névrose ; mais c'est aussi considérer Dieu comme Il se considère Lui-même : en accord avec « le fond des choses » (p. 354), avec le pire. « Être divin n'est pas seulement mettre la vie à la mesure de l'impossible, c'est renoncer à la garantie du possible. [...] Dieu ne se tolère pas lui-même en tant que possible. L'homme est contraint à cette tolérance mais Dieu, la Toute-Puissance, ne l'est plus. La misère de Dieu est la volonté que l'homme a de se l'approprier par le salut. Cette volonté exprime l'imperfection du possible dans l'homme, mais le possible parfait qu'est Dieu n'a de cesse qu'il ne tombe dans l'horreur et dans l'impossible. Mourir de mort atroce, infâme, abandonné de tous, abandonné de Lui-même, à quoi d'autre le possible parfait pourrait-il aspirer ? » (« Le Rire de Nietzsche », *OC VI*, p. 312). Voir « Autour du *Petit* », p. 370. — Autocitation dans *Sur Nietzsche* (*OC VI*, p. 135) : « On dit : "à la place de Dieu, il y a l'impossible — et non Dieu". Ajouter : "l'impossible *à la merci d'une chance*". [...] "À la place de Dieu, la chance ", c'est la nature échue mais pas une fois pour toutes. Se dépassant elle-même en échéances infinies, excluant les limites possibles. Dans cette représentation infinie, la plus hardie sans doute et la plus démente que l'homme ait tentée, l'idée de Dieu est l'enveloppe d'une bombe en explosion [...]. »

14. Alfred Maury (1817-1892) est l'auteur du *Sommeil et les Rêves* (Paris, 1861). Dans le chapitre intitulé « Le Rêve et l'Aliénation mentale », il fait état de son expérience personnelle en ces termes (p. 133-134) : « Mais un fait plus concluant pour la rapidité du songe, un fait qui établit à mes yeux qu'il suffit d'un instant pour avoir un rêve étendu, est le suivant : [...] Je rêve de la Terreur ; j'assiste à des scènes de massacre, je comparais devant le tribunal révolutionnaire [...] ; je suis jugé, condamné à mort, conduit en charrette [...] ; [...] le couperet tombe ; je sens ma tête se séparer de mon tronc ; je me réveille en proie à la plus vive angoisse, et je me sens sur le cou la flèche de mon lit qui s'était subitement détachée, et était tombée sur mes vertèbres cervicales [...]. [...] L'accélération de la pensée appartient donc au rêve comme à l'aliénation mentale, comme à tous les moments d'émotion profonde [...] Car le cerveau est comme le cœur ; l'émotion en accélère les battements. » Bataille avait d'abord envisagé (dans le manuscrit conservé à Austin) de mentionner le marquis Léon d'Hervey de Saint-Denys (1822-1892), orientaliste réputé et auteur des *Rêves et les Moyens de les diriger* (1867), dans lequel il se réfère d'ailleurs aux études d'A. Maury.

15. Deux philosophes professeurs (voir la Notice, p. 1150-1151) : Auguste Comte (1798-1857), auteur des *Cours de philosophie positive* (1830-1842), et Christian Wolff (ou Wolf ; 1679-1754), l'un des seuls philosophes de son temps à enseigner régulièrement sa discipline à l'Université (« ses livres sont des cours et des manuels », écrit Émile Bréhier — dont Bataille a lu plusieurs ouvrages — dans son *Histoire de la philosophie*, 1res éditions 1930 et 1938 ; PUF, 1988, t. II, p. 318).

16. Kierkegaard « nota dans son carnet : "J'ai la tête vide comme un théâtre où l'on vient de jouer." » (« De l'existentialisme au primat de l'économie », *OC XI*, p. 288). Voir *L'Impossible*, p. 556.

17. *Cf.* « Quand le ciel bas et lourd pèse comme un couvercle... »

(Baudelaire, *Les Fleurs du mal*, LXXVIII, « Spleen », v. 1). Voir *L'Impossible*, p. 554, et *La Scissiparité*, p. 600.

18. S'agirait-il des photographies du supplice des Cent Morceaux (voir la Chronologie, année 1925, et « L'Amitié », *OC VI*, p. 298-299) ? C'est d'un de ces clichés qu'il est question dans *La Tombe de Louis XXX* (*OC IV*, p. 165). Les trois derniers feuillets de l'enveloppe 169, laquelle contient des documents de *La Tombe* (voir la Note sur le texte, p. 1158), font état d'un projet : une page de titre « POÈMES ÉROTIQUES / Paris et Panilleuse / octobre ou novembre 1942 », un feuillet prévoyant l'emplacement d'un « frontispice de Jean Bellmer », suivi de la « photographie d'un con ». C'est dans *Ma mère* que la photographie — pornographique — joue un rôle essentiel dans l'économie du récit.

19. En Inde ou au Tibet, l'éléphant est le support du monde, qui repose sur son échine.

20. Dans le « Dossier de la polémique avec André Breton », une image analogue renvoie à la puanteur de la mort (« la région où l'on écarte enfin les narines au-dessus de son propre cadavre » ; *OC II*, p. 87).

21. « Dérision ! qu'on me dise panthéiste, athée, théiste !... Mais je crie au ciel : "je ne sais rien". Et je répète d'une voix *comique* (je crie au ciel, parfois, de cette façon) : "rien, absolument" » (*L'Expérience intérieure*, *OC V*, p. 49 ; voir aussi *ibid.*, p. 125-126 et 152, et *Le Coupable, ibid.*, p. 327).

22. Fr. Marmande a recensé divers passages dans l'œuvre de Bataille qui relèvent de « la mise en scène du présent, de l'instant, à l'intérieur de l'écrit » (« Georges Bataille : la main qui meurt », *L'Écriture et ses doubles*, Éditions du C.N.R.S., 1991, p. 145).

23. Dans « La Nuit américaine » (*Poétique*, 22, 1975, p. 227-243), D. Hollier se penche sur les oxymores lexicaux mais aussi « syntaxiques » de Bataille, qui, comme cette proposition du *Petit*, transgressent « les *topoï* de la rhétorique » (*ibid.*, p. 236). Le non-sens de cette proposition est assumée par celui qui écrit et dit « je » ; il en est même affecté : le sujet se contredit lui-même et la contradiction devient un mode de l'énonciation et non plus seulement un énoncé. De sorte que de cet oxymore il ne « sort aucune doctrine de la docte ignorance » (*ibid.*, p. 239).

Premier épilogue.

a. Voir « Autour du "Petit" », p. 369-370, et la notule, p. 1167-1168. ◆◆
b. décisive ? / Aucun souci, certitude de l'ivresse. / Ma douceur : en moi le « petit », le cul nu, l'innommable fond des choses aime ingénu et caché bande ingénu d'aimer. Angoisse ms. 2

1. Être ainsi complaisant (qu'il faut sans doute entendre aussi au sens catéchétique de « persévérant ») en quelque sorte ce que Bataille reprochera à Genet : « [...] le parti pris du Mal est devenu vain : ce qui se voulut Mal n'est plus qu'une sorte de Bien [...]. En d'autres mots, le Mal est devenu un devoir, ce qu'est le Bien » (*La Littérature et le Mal*, *OC IX*, p. 300).

2. À propos de cave et de rats, voir le récit de rêve reproduit dans *OC II*, (p. 9-10), et *L'Impossible*, p. 506.

W.-C. *(Préface à l'*Histoire de l'œil*).*

1. Voir la Chronologie, année 1930, et la notule de « Dirty », p. 1112.

2. Voir « L'Œil de bronze », « Dossier de *L'Œil pinéal* », *OC II*, p. 31-35. L'œil entre dans la série des images érotiques et scatologiques (voir *Histoire de l'œil*), et de la castration (voir Queneau, *Aux confins des ténèbres. Les Fous littéraires français du xixe siècle*, Madeleine Velguth éd., Gallimard, 2002, p. 128).

3. D'après F. Warin, ce que Bataille appelle « volonté de chance » ressemble à l'expérience de l'éternel retour que connut Nietzsche, « avec terreur et ravissement » (*Nietzsche et Bataille : la parodie à l'infini*, PUF, 1994, p. 162). (Sur l'éternel retour, voir par exemple P. Klossowski, « Sur quelques thèmes fondamentaux de la *Gaya Scienza* de Nietzsche », *Un si funeste désir* [1re éd., 1963], Gallimard, coll. « Tel », p. 11-35 ; et M. Blanchot, « Sur un changement d'époque : l'exigence du retour », *L'Entretien infini*, Gallimard, 1969, p. 394-418.) C'est dans *Zarathoustra* (IIIe partie, « De la vision et de l'énigme ») que l'on trouve l'idée de l'éternel retour associée à un portique : « "Vois ce portique ! nain ! repris-je : il a deux visages. Deux chemins se réunissent ici : personne encore ne les a suivis jusqu'au bout. / Cette longue rue qui descend, cette rue se prolonge durant une éternité et cette longue rue qui monte — c'est une autre éternité. / Ces chemins se contredisent, ils se butent l'un contre l'autre — et c'est ici, à ce portique, qu'ils se rencontrent. Le nom du portique se trouve inscrit à un fronton, il s'appelle 'instant'" » (trad. H. Albert, p. 225). F. Warin commente : « Ce portique qui n'est lui-même que le lieu d'un passage s'appelle *Augenblick* (instant), clin d'œil, le œil (*Augen*) qui soudainement comme l'éclair (*Blick, Blitz*), coupe en deux et décapite le temps » ; « L'œil n'existe que par la machinerie du supplice : cet œil énucléé, crevé, installé au point aveugle de la fatale lunette organise et structure la terrible visibilité de l'échafaud philosophique. Il ne voit pas mais donne à voir l'invisible, permet de regarder la mort dans les yeux » (*Nietzsche et Bataille*, p. 193 et 196).

4. Le Concert Mayol se trouvait rue de l'Échiquier, à Paris (quartier du faubourg Saint-Denis). Il en est fait mention, dans le manuscrit du *Coupable*, à la date du 24 septembre 1939 (*OC V*, p. 503) : « Assisté hier, au Concert Mayol, au premier spectacle ouvert depuis le début des hostilités : exhibition, parfois habile, de jolies filles nues ou mieux que nues. »

5. Bataille reprendra ce passage dans « Le Surréalisme au jour le jour », écrit en 1951 (*OC VIII*, p. 178-179) : « J'avais écrit un petit livre intitulé *W.-C.*, et je l'avais signé Tropmann. Il était illustré de quelques dessins dont l'un représentait une guillotine ayant au lieu d'une lunette un œil, qui était aussi un soleil couchant. Un chemin dans un paysage désert menait vers cette promesse de mort. J'avais écrit au-dessous ce titre : *L'Éternel retour*, et cette légende : *Dieu que le sang du corps est triste au fond du son !* C'était d'un bout à l'autre un cri d'horreur, un cri d'horreur de moi. Ce cri avait une sorte de gaîté, peut-être une gaîté folle, plus lugubre que folle. » — « Dieu que le sang… » fait évidemment écho au dernier vers du « Cor » de Vigny.

6. Déjà deux fois avouée dans *Le Bleu du ciel* (à Lazare, p. 130, et à Xénie, p. 156), cette « profanation » se retrouve aussi sous une autre

forme dans *Histoire de l'œil* (p. 24). Voir « Le Cadavre maternel » dans
« Je ne crois pas pouvoir… » » (*OC II*, p. 130) ; et « Marcel Proust et la
mère profanée » (*Critique*, 7, décembre 1946 ; *OC XI*, p. 151-161).

7. « R. » est probablement Riom. Voir *Histoire de l'œil*, « Réminiscences », p. 47 et n. 2. — Dans « Le Surréalisme au jour le jour », Bataille
évoque le fait que Leiris aurait parlé de « W.-C. » à Breton. Leiris, en tout
cas, ne semble pas l'avoir lu : « […] il me parla d'un roman dans lequel il
se mettait en scène sous les espèces du fameux assassin Georges Tropmann (son homonyme partiel), mais qui prit, ensuite, la forme d'un
récit à la première personne. Peut-être s'agissait-il de *W.-C.*, dont finalement il a détruit le manuscrit ? » (« De Bataille l'impossible à l'impossible
Documents », *Critique*, 195-196, août-septembre 1963, p. 686). — « Ces
notes me lient comme un fil d'Ariane à mes semblables et le reste me
paraît vain. Je ne pourrrais cependant les faire lire à aucun de mes amis.
Par là, j'ai l'impression d'écrire à l'intérieur de la tombe », écrit-il dans
Le Coupable (*OC V*, p. 251). Voir à ce sujet D. Hollier, « Le Désir insa-
tisfait », *Les Dépossédés*, Éd. de Minuit, 1993, p. 106 (« Bataille, ici, associe
amitié et culpabilité d'une manière voisine : je reconnais mes amis à la
honte que j'éprouve à l'idée qu'ils liraient ce que j'écris. […] Qui me
donne honte d'écrire est mon ami, qui me fait l'amitié de lire ce que je
n'ai pas écrit pour lui ») ; et M. Blanchot, *La Communauté inavouable*,
Éd. de Minuit, 1983, p. 39.

8. Cette scène de l'enfant « caché » (p. 22-24) assistant à ce qu'il ne
devrait pas voir n'a pas seulement fait écrire Bataille, elle a aussi intrigué ses lecteurs. L'enfance de Bataille a inspiré à Bernard Noël son récit
La Maladie de la chair : « […] imaginez […] l'enfant debout dans un coin,
qui se livre tout entier à son observation fervente et à sa répulsion amoureuse » (Toulouse, Petite Bibliothèque Ombres, 1995, p. 26).

9. La proposition « Mon père m'ayant conçu aveugle » est syntaxi-
quement ambiguë ; si l'on en croit la « Notice autobiographique », le
père de Bataille était effectivement aveugle lorsqu'il le conçut (*OC VII*,
p. 459 ; voir la Chronologie, année 1897), mais l'adjectif pourrait également être attribut du complément d'objet, « moi ». Sur le brouillage
établi entre le destin du père et celui du fils, voir la Notice, p. 1144-1145.
— On lit, dans le manuscrit du *Coupable*, ce récit de rêve : « je retrouve
Roger Caillois […] je lui confie que l'existence, depuis tous les temps,
est une *devinette*. […] "Et c'est moi qui ai deviné." […] je ris et j'élude
car, à ce moment-là, je ne sais rien […] "Je suis Œdipe" » (*OC V*,
p. 537 ; voir aussi *ibid.*, p. 504, et la note 2 de la page 257).

10. C'est à Reims que Bataille et sa mère laissèrent Joseph Aristide.

11. Voir *Histoire de l'œil*, « Réminiscences », p. 49.

12. *Cf. Le Coupable*, *OC V*, p. 257. Le problème de l'élusion de l'impossible fait l'objet du « Rire de Nietzsche » (voir n. 13, p. 358).

Absence de remords.

    a. Absence de remords / [Bander regarder le ciel *biffé*] *ms. 2* ◆◆
b. Si mon gland engendrait / l'univers en jouissant, il le ferait comme
il est : dans la transparence du ciel le / sang, les cris, la pourriture des
morts. / Dieu n'est pas un curé / mais un gland. Papa est un /
gland. *carnet 4. L'avant-dernière phrase,* Dieu […] gland *, manque dans
ms. 2.*

1. D'après J. Risset, les octosyllabes (en fait les deux premiers vers) de ce poème lui donnent un rythme de chanson ; elle parle, pour ce vers, d'incursion « du côté de Charles Trenet » (« Haine de la poésie », *Georges Bataille après tout*, p. 155).

2. Les premiers vers de ce poème s'apparentent aux formules d'amour du Cantique des cantiques. — *Cf.*, d'autre part, les poèmes de *L'Archangélique* (*OC III*, par exemple p. 80 ou 82).

Un peu plus tard.

a. On trouve une version, relativement proche de la nôtre, de cette page dans le carnet 5, et deux versions dans ms. 1. Dans ms. 1, chacune des deux versions occupe un feuillet (f. 43 et f. 44). 1) f. 43 : Écrire est rechercher la chance. / Une attente naïve anime les plus petites parties de l'univers : elle est vivante dans le scintillement des étoiles, dans la douce incantation des fleurs. J'avais cessé de l'apercevoir : les chaleurs de la vie, le désir m'avaient quitté, j'étais ouvert au froid. Hostile je tissais de mes doigts souffrants la trame de la chance : à peine avais-je eu le pressentiment, [des douleurs dont elle est faite *biffé*] lui donnant ma douleur, de lui porter le bout de fil qui manquait. Content [de ne l'avoir aimée qu'à la condition qu'elle m'ait joué *biffé*] être joué, d'être sa chose, qu'ELLE ait lui à travers [des ?] os. *2) f. 44 :* [Après des heures et des jours *biffé*] / Un peu plus tard / Écrire est chercher la chance, non [celle *biffé*] de l'auteur isolément mais [de tous les hommes auxquels le livre s'adresse incarnant d'un tout venant anonyme. / Ce mouvement emporté en moi-même qui m'oblige d'écrire est [pris emporté *biffé*] amu *[lacune]* dans la trajectoire d'une chance appartenant à l'homme en général. Toutefois, de la chance je ne puis pas dire : « elle appartient » (elle peut à chaque instant se dérober) ; ni exactement je la cherche : je peux l'être [et *biffé*] non la chercher. La chance humaine est [une *biffé*] trajectoire vivante, déjà trouvée mais elle cesserait d'être si *[lacune] ms. 1*

1. Voir l'article « Chance » (*Verve*, I, 4, novembre 1938 ; *OC I*, p. 541-544) et la partie, proche en bien des points de cette dernière section, intitulée « La Chance » dans *Le Coupable* (*OC V*, p. 303-329).

[« VIVRE L'IMPOSSIBLE »]

Nous publions sous ce titre deux états préparatoires d'un passage relatif à la notion d'impossible, et dont ne subsistera, dans la section « Premier épilogue », qu'une seule phrase : « Allant au fond de l'être, j'introduis d'intenables concepts, les plus hardis qu'on puisse former » (p. 362). Le premier état retenu provient du carnet 5 ; Th. Klossowski l'a publié en note au « Rire de Nietzsche » (*OC VI*, p. 476-478), texte paru en 1942 et dans lequel la notion d'impossible est essentielle (et voir n. 2). Le deuxième état est celui du manuscrit conservé à Austin ; on y voit comment Bataille utilise les notes prises sur le carnet 5. On observe alors, en comparant d'une part le premier et le deuxième état, et, d'autre part, ces deux états avec l'édition originale, à quel point Bataille fait « maigrir » ses écrits lorsqu'il cherche à leur donner leur forme finale.

1. Tel est le texte du carnet 5 ; « raison » serait peut-être une leçon plus attendue, mais nous lisons bien « rainure ». De même, dans la version du manuscrit d'Austin, p. 371.

2. Passage presque identique dans « Le Rire de Nietzsche », *OC VI*, p. 308.

LE MORT

NOTICE

On a coutume de considérer les récits de Georges Bataille comme la « part maudite » de son œuvre. S'il fallait circonscrire une telle « part maudite » au sein des récits, nul doute que c'est au *Mort* qu'il reviendrait de l'incarner. À de nombreux égards, ce texte « d'un très mauvais genre[1] », qui relate, sur fond de tempête et de campagne boueuse, une nuit de débauche tenant à la fois de la veillée funèbre et du chemin de Croix, fait figure d'exception ou d'anomalie dans le corpus des romans et récits de Bataille. Récit le plus court de son auteur, sans doute le plus scandaleux, affecté du moins d'un coefficient d'obscénité sans équivalent dans le reste de sa production narrative, exceptionnellement rédigé à la troisième personne, non pas tant ordonné en parties et chapitres qu'en tableaux, publié enfin à titre posthume plus de vingt ans après sa rédaction, *Le Mort* est radicalement à part.

Un étrange oubli : un texte qui passe.

Ce caractère d'exception transparaît dès l'origine, ou plutôt dès l'incertitude troublante que Bataille manifeste à l'endroit des origines de ce texte quand il entreprend d'évoquer, dans une préface écrite probablement à la fin des années 1950, la période pendant laquelle il l'a rédigé : « Certainement, j'ai écrit *Le Mort* avant le printemps de 1944. Ce texte dut être rédigé en 1943, sans doute pas plus tôt. Je ne sais où je l'ai écrit, en Normandie (fin 1942) [...] Ou encore à Paris [...] pendant l'hiver 43-44. Je ne m'en souviens plus[2]. » Étrange oubli, qui emporte et les dates et les lieux, chez un écrivain qu'on sait par ailleurs assez précis sur la datation et la localisation de la rédaction de ses récits. Le texte aurait-il été tenu pour si mineur et si négligeable par son auteur qu'il en aurait

1. Lettre à Henri Parisot, p. 417.
2. « Autour du *Mort* », p. 403-404.

oublié jusqu'aux circonstances de sa rédaction ? On lira plutôt ici la marque d'une opération un peu plus complexe, plus conforme à l'ambivalence fondamentale de Bataille, et qui met précisément en jeu la crainte d'être négligeable : une opération de refoulement.

Prenant communément la forme de l'oubli, on sait que « le refoulement se produit dans les cas où la satisfaction d'une pulsion — susceptible de procurer par elle-même du plaisir — risquerait de provoquer du déplaisir à l'égard d'autres exigences[1] ». Que *Le Mort* soit la satisfaction d'une pulsion, cela ne fait guère de doute. Parvenant finalement à situer la rédaction de son récit entre un « séjour en Normandie de septembre à novembre 1942 » et le début de l'année 1944, Bataille insiste dans la même préface sur ce que *Le Mort* doit au « séjour en Normandie du malade tuberculeux » qu'il était. Victime en 1942 d'une seconde atteinte de tuberculose pulmonaire, Bataille passe alors les mois de septembre et novembre à Panilleuse, dans l'Eure, « dans [une] solitude presque entière[2] ». C'est dans l'un des villages voisins, Tilly, où il a coutume de se rendre à bicyclette, qu'il placera l'action du *Mort*. Non sans quelque déplacement. Aussi légère soit-elle, la modification que le récit fait subir au nom de Tilly nous met sur la voie de la pulsion que *Le Mort* pouvait alors satisfaire chez son auteur : c'est à Quilly que l'histoire se déroule. Entre donc en scène un Q[3]. Intentionnelle ou non, la modification n'est pas anodine. Après avoir indiqué, sous la forme d'une table succincte des correspondances, ce que la fiction doit à la réalité, Bataille évoque en ces termes ce qu'il appelle « le reste », soit la part de l'invention : « Le reste se lie à l'excitation sexuelle délirante où j'étais, dans l'extravagance de novembre. » Même s'il fut vraisemblablement rédigé l'année suivante, *Le Mort* se rattache expressément à cette « excitation sexuelle » de l'automne 1942, à laquelle on imagine sans peine que la maladie, la solitude, la guerre et le paysage désolé de la Normandie rurale et pluvieuse donnèrent l'intensité d'un délire.

Dans ces années de guerre qui sont parmi les plus fécondes dans sa production, Bataille a cependant de tout autres ambitions que de mettre en mots son « excitation sexuelle ». S'il écrit bien dans les parages du *Mort* quelques « poèmes érotiques[4] », l'essentiel de son travail se situe alors sur le terrain de la philosophie. C'est en effet à cette même époque qu'il rédige les trois livres qui, réunis par la suite sous le titre de *La Somme athéologique*, formeront la part la plus spéculative et la plus clairement philosophique de son œuvre : *L'Expérience intérieure*, *Le Coupable* et *Sur Nietzsche*. Comme dans tous ses ouvrages, l'excitation sexuelle y a évidemment sa part, mais elle n'est pas prépondérante : le registre n'est pas celui de la fiction obscène mais celui de la spéculation métaphysique.

L'Expérience intérieure en particulier mérite ici de retenir notre attention. Achevé en août 1942, soit à la veille du séjour en Normandie, et publié en janvier 1943, soit l'année de la rédaction probable du *Mort*, ce

1. Jean Laplanche et J.-B. Pontalis, *Vocabulaire de la psychanalyse*, PUF, 1967, p. 392.

2. « Autour du *Mort* », p. 404.

3. Dans *Œuvres de chair — figures du discours érotique*, L'Harmattan, 1998, p. 28, Gaëtan Brulotte rappelle que « dans un pamphlet révolutionnaire de 1790, en une érotisation subversive et parodique de l'alphabet, on est allé jusqu'à dénoncer le privilège de la lettre A pour réclamer que la lettre Q, si malsonnante et taboue en français (lettre dont un Erté a fait le graphisme le plus gracieux de son univers) préside à son tour ».

4. Voir *OC IV*, p. 11-19.

livre est à la fois le premier que Bataille publie sous son nom et le plus philosophique de tous. Dialoguant avec les plus grands noms de l'histoire de la philosophie (Descartes, Hegel, Nietzsche, Heidegger), Bataille y expose sa théorie paradoxale de la connaissance. Décisif du point de vue de la pensée, l'ouvrage l'est aussi du point de vue de la position de son auteur dans le champ intellectuel : c'est avec ce livre, soit en tant que penseur ayant une ambition philosophique, que celui-ci y fait son entrée.

Il y a tout lieu de considérer que c'est au regard de ce qui chez Bataille aspire à devenir philosophe que *Le Mort* risquait de provoquer du déplaisir, d'autant plus que toute légitimité lui sera violemment refusée par celui qui deviendra bientôt le représentant de l'excellence philosophique française : Jean-Paul Sartre. Ce déni prend la forme d'une critique assassine, dont le titre sonne comme une condamnation sans appel : « Un nouveau mystique[1] ». Il n'en fallait sans doute pas plus pour que Bataille en vînt à oublier les circonstances précises dans lesquelles il avait écrit, sous l'effet d'une « excitation sexuelle délirante », un petit texte intitulé *Le Mort*.

Retours : un texte qui ne passe pas.

Déclaré inapte à la philosophie et seulement bon pour la psychanalyse existentielle, selon les conclusions de l'article de Sartre, Bataille n'aurait fait que fourbir des arguments pour ses détracteurs et s'isoler davantage en faisant paraître un livre d'un si « mauvais genre ». C'est très certainement pour de semblables raisons, d'ordre inconscient aussi bien que stratégique, qu'il différa la publication du *Mort*. Car loin de se désintéresser de son texte, il y reviendra constamment, selon les modes les plus divers, mais avec une intention récurrente : celle d'étoffer le récit. Attestant du caractère affectivement chargé, foncièrement non négligeable, du texte, la fréquence de ces retours renforce l'hypothèse du refoulement.

Le premier de ces retours se produit dès 1944, année où Bataille recopie le texte pour en vendre le manuscrit à un libraire et rédige sept chapitres d'un nouveau récit, *Julie*, qui restera inachevé mais dont il y a tout lieu de penser qu'il était destiné à s'abouter au *Mort*, en le précédant[2]. Durant les années suivantes, c'est un autre texte, non narratif et plus bref encore, qu'il envisage à deux reprises de publier en complément : *La Tombe de Louis XXX*, dont la réalisation du frontispice doit être confiée à Bellmer, Masson se chargeant de celui du *Mort*. Après la défection de l'éditeur Robert Chatté, qui s'était engagé sur le projet en 1945, Bataille se tourne en 1947 vers Henri Parisot, qui dirige une collection aux Éditions Fontaine. Les deux textes, écrit alors Bataille à ce dernier, « doivent se compléter […] Ils doivent paraître en même temps, c'est essentiel. *Le Mort* est un récit, *La Tombe* est un recueil de poèmes et de réflexions[3] ». Rappelant le rapport d'« étroite solidarité » qui relie *Madame Edwarda* à la partie de *L'Expérience intérieure* intitulée « Le Supplice[4] », la complémentarité invoquée ici tend à lester *Le Mort* du poids de la méditation et de

1. Cet article, repris dans *Situations* I, est paru en trois livraisons dans *Les Cahiers du Sud* d'octobre, novembre et décembre 1943.
2. Voir la Notice de *Julie*, p. 1200-1202.
3. Lettre à Henri Parisot, p. 417.
4. Voir « Autour de *Madame Edwarda* », projet de préface, p. 345.

la pensée réflexive. Car si quelques brefs poèmes, ainsi qu'une minuscule
saynète, entrent bien dans la composition de *La Tombe de Louis XXX*,
l'essentiel du recueil est formé par des réflexions qui, réunies sous le titre
de « La Méditation », se situent dans le prolongement direct de *L'Expérience intérieure*. Mais ni *Le Mort* ni *La Tombe* ne seront alors publiés. Vers
1950, Bataille revient une nouvelle fois sur son texte. C'est à cette
époque, semble-t-il[1], qu'il prend la décision de modifier les prénoms
de l'héroïne et du personnage masculin : Julie devient Marie et Henri,
Édouard. Comme toujours — on l'a vu avec Quilly, on le vérifiera encore
par la suite —, le choix du nom propre est significatif. Si le choix du
prénom Édouard peut se lire, en vertu de sa consonance avec Edwarda,
comme une manière de rattacher *Le Mort* à un récit déjà publié, le prénom Marie accentue en revanche l'autonomie du texte : renforçant la
référence, largement exploitée par Bataille, au culte marial et à la Passion
christique, ce prénom achève en outre de séparer *Le Mort* de *Julie*. En
1953, autre retour. Les projets d'édition antérieurs n'ayant pas abouti,
Bataille se tourne vers l'éditeur Jean-Jacques Pauvert, à qui il cède les
droits du *Mort*, « en même temps qu'il [lui] vendait le manuscrit[2] ».
Quatre ans plus tard, alors que Pauvert publie *Le Bleu du ciel*, plusieurs
« projets pour *Le Mort* » sont esquissés par Pierre Klossowski, comme si
une édition illustrée était à l'ordre du jour[3].

Entre 1960 et 1962 enfin, soit pendant les trois dernières années de sa
vie, alors qu'il est de plus en plus affaibli par la maladie, Bataille revient
encore au moins à deux reprises sur ce texte. En 1960, il en vend une
nouvelle version manuscrite, la « troisième sans doute », au collectionneur Alexandre Iolas, avec lequel il semble même qu'une publication soit
envisagée[4]. C'est vraisemblablement dans cette perspective que Bataille
rédige la préface « oublieuse » déjà évoquée et sur laquelle il convient que
nous nous arrêtions pour deux raisons.

Divisée en deux sections, cette préface est en premier lieu exemplaire
d'une double opération qu'effectuent tous les paratextes (préfaces et
avant-propos) dont Bataille accompagne presque systématiquement les
récits qu'il publie. La première consiste à faire la part du biographique
et, plus précisément des conditions affectives, toujours extrêmes, qui ont
présidé à l'écriture. Outre « l'excitation sexuelle délirante », Bataille fait
ainsi état, dans cette première partie, d'une scène qui ne put que provoquer la réaction la plus violente : la découverte, dans une forêt, de plusieurs cadavres calcinés de pilotes allemands, dont l'un offre le spectacle
sidérant d'un pied dénudé et intact. C'est aussi de cette expérience-là,
nous apprend la préface, que *Le Mort* est sorti. La seconde opération, qui
s'amorce à partir de cette évocation, est celle qui était en jeu dans le
projet de compléter *Le Mort* par *La Tombe de Louis XXX* : elle consiste
en une pondération théorique, un approfondissement dans l'ordre de
la pensée. Sur le mode polémique et paradoxal qui est toujours celui de
Bataille dans le registre de la réflexion, toute la seconde partie de la pré-

1. Voir *OC IV*, p. 362, et la Note sur le texte, p. 1184.
2. Lettre de Jean-Jacques Pauvert à Diane Bataille datée du 12 mars 1974, archives
Pauvert des éditions Fayard.
3. Jean-Jacques Pauvert le confirmera dans son entretien au *Magazine littéraire*, n° 243,
juin 1987, p. 39.
4. Voir la lettre à Patrick Waldberg du 23-31 juillet 1960, *Choix de lettres*, Michel Surya
éd., Gallimard, 1997, p. 537.

face accomplit un tel geste à travers des considérations générales sur la vérité, la mort, le langage et la jouissance. Du même coup, *Le Mort* n'apparaît pas seulement comme le récit d'un homme affecté par une excitation sexuelle délirante et une vision d'horreur, mais aussi comme le récit d'un homme qui pense, et qui pense par exemple ceci : que « le secret de la mort est l'excessive jouissance de la chair ». Intensifiant le récit, les deux opérations sont complémentaires : tandis que la première le fonde en nécessité affective, la seconde lui ajoute une profondeur théorique.

L'autre raison tient encore à une affaire de nom. En tête du texte manuscrit, au-dessus du titre, à la place du nom de l'auteur, Bataille inscrit le nom d'« Aristide l'aveugle », prénom de son père, de ce père paralysé et aveugle auquel se lient de terribles visions d'enfance évoquées notamment dans les « Réminiscences[1] » qui accompagnent *Histoire de l'œil*. S'il serait abusif de faire peser le seul poids de ce père mort sur *Le Mort*, on ne saurait ne pas voir dans cette figure qui fait elle aussi retour dans les écrits de Bataille une incarnation possible du « mort ».

En 1962 enfin, Bataille revient une dernière fois sur ce texte qui n'a toujours pas été publié. Se sachant promis à une mort prochaine, il ne peut que convenir d'une édition posthume. L'accord est passé avec Jean-Jacques Pauvert et prévoit une édition sous pseudonyme, sans doute celui de Pierre Angélique, sous lequel Bataille avait publié *Madame Edwarda* et qu'on trouve, ajouté de la main de l'auteur, dans une version dactylographiée[2]. Comme si ce texte était tel qu'il ne pouvait, même après la mort, être signé en propre. Après une première édition luxueuse et limitée illustrée par Masson en 1964, le livre paraîtra finalement chez Pauvert en 1967, sous le nom de Georges Bataille, sans illustration ni texte d'accompagnement, dans une petite boîte noire rectangulaire en forme de cercueil[3].

Anatomie d'un scandale : un texte sans pareil.

Qu'y a-t-il donc dans ce texte de si insolite, voire de si « maudit », pour que sa publication en ait été si longtemps différée et que son auteur y soit revenu avec une telle insistance ? Et pourquoi ce souci récurrent de l'étoffer, comme si ce récit était trop bref, trop *petit* ou trop nu pour paraître seul ?

Insolite et appelant un complément, *Le Mort* l'est d'abord par son incomparable brièveté : vingt-huit chapitres certes, mais dont le plus long remplit, dans la plus généreuse des « maquettes », à peine deux pages. Si l'on sait le goût de Bataille pour le maigreur en matière de fiction, nulle part, pas même dans *Le Petit*, celui-ci n'aura été aussi manifeste qu'ici. Sensible à l'échelle du texte et du chapitre, la brièveté l'est aussi à l'échelle de la phrase, dont la longueur excède rarement deux lignes. Allant de pair avec une discontinuité accusée, qui se traduit par un nombre relativement élevé de chapitres pour un texte si court et, au plan syntaxique,

---

1. Voir p. 48.
2. Outre Pierre Angélique et Aristide l'aveugle, un troisième pseudonyme apparaît dans les papiers du *Mort* : Vigilius Parisiensis. Calqué sur Vigilius Haufnensis, soit le vigilant de Copenhague, pseudonyme sous lequel Kierkegaard signe *Le Concept de l'angoisse*, il désigne ici Bataille comme le vigilant de Paris.
3. Voir la Note sur le texte, p. 1182.

par un usage dominant de l'apposition et des procédés de la juxtaposition, la maigreur est ici un trait structurel décisif. Conférant au texte ses allures d'épure, elle le dote du même coup d'une puissance de condensation remarquable — et plus précisément d'une certaine aptitude, comme l'écrira Bataille en 1949 à propos d'un autre récit, à « accentue[r] efficacement les valeurs » d'« une expérience des limites » et d'un « monde lointain où l'horreur morale et l'amour de Dieu se confondent », et à « rendre plus étrange — et plus vrai — ce qui échappe à la mesure[1] ».

Insolite, *Le Mort* l'est encore par le caractère spectaculaire de sa mise en page, qu'il faut considérer comme faisant partie intégrante du texte. À cette présentation, dont les linéaments apparaissent dès la première version manuscrite, Bataille attachera toujours la plus grande importance : il l'écrira à Henri Parisot en 1947, il le confirmera en esquissant lui-même la maquette du récit. Dans les deux esquisses que nous connaissons, les instructions sont claires et les intentions, évidentes : devant être disposé à raison d'un chapitre par page, chaque chapitre se voyant par ailleurs accompagné de son titre inséré dans un cartouche en bas de page, le texte doit faire tableau. Portant l'écrit au plus près de l'image, la mise en page vient ici lester le récit d'une charge visuelle considérable.

Insolite, *Le Mort* l'est enfin sous un troisième aspect, moins spectaculaire sans doute mais dont les enjeux ne sont pas moindres : l'absence de narrateur s'exprimant à la première personne. À l'exception de *Julie* en effet (mais on se souvient que *Julie* fut précisément écrit pour étoffer *Le Mort*), tous les autres récits de Bataille intègrent à l'histoire un personnage qui en est le narrateur. À la fois « témoin et chœur » des excès du personnage féminin, selon le mot de Philippe Sollers[2], ce personnage narrateur est toujours conduit à répercuter sur la narration l'effet sidérant du spectacle auquel il fait face. Donnant à la fiction sa facture de témoignage, lui imprimant le sceau de l'impossible, ce dispositif ambivalent tend aussi à interrompre et à ralentir le cours du récit en le truffant de commentaires mettant en cause sa possibilité même[3]. Point d'interruption ou de pause réflexive de ce genre dans *Le Mort* : n'activant que la fonction de chœur de la narration, le récit va pouvoir être entièrement voué à la mise en scène la plus efficace — et donc la plus scandaleuse — de « cet *excès* qui », selon la formule de Maurice Blanchot, « vient avec le féminin[4] ».

Sa charge exceptionnelle de scandale, *Le Mort* la doit à trois infractions majeures, auxquelles l'évidence sensible et la brièveté du récit vont donner toute leur puissance efficace. Plus que la présence de ces trois infractions — celles-ci, on le verra, ne sont pas propres à ce texte —, c'est leur mise en œuvre, à la fois intensive et spectaculaire, qui va ici porter le scandale à son plus haut degré. La première infraction est d'ordre moral et tient à l'histoire qui nous est racontée, dans laquelle on relève rien moins que trois cadavres, quatre orgasmes, deux scènes de miction,

---

1. « Un roman monstrueux », *OC XI*, p. 487.
2. « De grandes irrégularités de langage », *Critique*, n° 195-196, août-septembre 1963, p. 799.
3. Voir par exemple *Madame Edwarda* : « (Il est décevant [...] de jouer des mots, d'emprunter la lenteur des phrases. [...] je le sais déjà, mon effort est désespéré : l'éclair qui m'éblouit — et qui me foudroie — n'aura sans doute rendu aveugles que mes yeux [...] Ce livre à son secret, je dois le taire : il est plus loin que tous les mots) » (p. 336).
4. *La Communauté inavouable*, Éd. de Minuit, 1983, p. 87.

un étron et une « flaque de vomi ». Rarement, on en conviendra, récit
aura été placé à ce point sous le signe de la souillure et du relâchement.
Rarement aussi deuil aura été si lubrique, et lubricité si endeuillée. Cette
proximité scandaleuse du sexe et de la mort, qui ajoute à la dimension
de l'outrage aux mœurs celles du sacrilège et de la perversion nécrophile,
n'est certes pas spécifique à ce texte de Bataille : déjà soulignée dans la
préface à *Madame Edwarda*, elle constituera la thèse principale de *L'Érotisme*, et il n'est pas une fiction qui ne la mette ponctuellement en scène
d'une manière ou d'une autre. Jamais cependant celle-ci n'aura été portée
à un tel paroxysme. Le caractère saisissant de la représentation est encore
accentué par la structure du texte, qui ordonne toute l'histoire selon la
double polarité du sexe et de la mort. Encadré par deux cadavres, celui
d'Édouard et celui du comte ; annonçant, à mi-parcours et entre deux
orgasmes, la décision de Marie de « mourir à l'aube » ; faisant enfin mourir Marie dans un contexte à la fois sexuel et funèbre, *Le Mort* met en
scène une sexualité et une mort entièrement exposées l'une à l'autre,
celle-ci se trouvant à la fois à l'origine, à l'horizon et au bord de celle-là[1].

À ce scandale moral de « l'érotisme » envisagé comme « approbation
de la vie jusque dans la mort »[2] s'ajoute le scandale non seulement moral
mais aussi esthétique de l'obscénité — à l'infraction au respect dû aux
morts, l'infraction aux conventions qui régissent la représentation du
corps. Tenant communément à certaines modalités de représentation
de la sexualité, l'obscénité procède en outre ici de la mise en présence
des éléments les plus repoussants : cadavre et excrétions. Là encore, ces
traits ne sont pas propres au *Mort*. Dans ces divers motifs, on reconnaîtra d'abord la déclinaison quasi exhaustive d'un même paradigme théorisé par Bataille dès le début des années 1930 : celui de l'*hétérogène*.
Cadavre, activité sexuelle et excrétions sont autant de cas exemplaires de
cette catégorie sous laquelle Bataille s'efforce alors, d'abord à partir de
l'œuvre de Sade, puis à propos du phénomène fasciste, de penser l'incommensurabilité de la violence sensible à l'expérience rationnelle[3].
Dans ces éléments dont la « réalité [...] est celle de la force ou du choc »
que mobilisent *Le Mort*, on reconnaîtra même très exactement les motifs
que Bataille avait déjà repérés dans l'œuvre de Sade, sous la forme d'« une
irruption des forces excrémentielles » qu'il détaillait en ces termes : « violation excessive de la pudeur, algolagnie positive [...], intérêt libidineux
pour l'état cadavérique, le vomissement, la défécation[4] ». Si l'auteur de
L'Érotisme ne cessera par la suite d'ériger celui des *Cent Vingt Journées de
Sodome* en modèle, jamais ce modèle n'aura été aussi prégnant que dans
Le Mort, qui est assurément le plus sadien de tous les livres de Bataille.
De cette dette à l'égard de Sade, un personnage en particulier témoigne :
celui du comte qui, notamment par son titre, sa monstruosité et son langage soutenu dans la débauche, semble tout droit issu des *Cent Vingt
Journées*. Il n'est pas jusqu'à la maigreur du récit enfin, qui n'évoque ce
dernier livre dont les parties II, III et IV présentent, certes pour des raisons d'inachèvement probable, un caractère épuré particulièrement apte

---

1. On trouve dans le texte pas moins de quinze occurrences du mot « mort » et de ses
dérivés.
2. *L'Érotisme*, *OC* X, p. 17.
3. « La Valeur d'usage de D.A.F. de Sade », *OC* II, p. 54-69 ; « La Structure psychologique du fascisme », *OC* I, p. 339-371.
4. Respectivement *ibid.*, p. 347, et « La Valeur d'usage de D.A.F. de Sade », *OC* II, p. 56.

à accentuer l'horreur des descriptions[1]. Il y a là sans doute une manière d'hommage, mais aussi l'indication d'un horizon qui vaut comme affirmation de la plus grande volonté d'outrage.

Question élémentaire de lexique d'abord : jamais Bataille, sauf peut-être dans *Histoire de l'œil*, n'aura employé un vocabulaire aussi ordurier que dans ce récit où l'on « branle », « pisse » et « chie » et où l'on croise ici un « con », là un « cul », ailleurs un « vit crachant le foutre ». Question fondamentale de point de vue ensuite : de ruissellement d'urine en « flaque de vomi », de « doigts dans la fente » en fente qu'on montre et qu'on fait toucher, jamais Bataille n'aura à ce point donné à voir ce que les conventions engagent à maintenir hors de la vue. Condition essentielle de l'obscénité, la mise en vue intervient à un triple niveau. Figurée dans plusieurs scènes d'exhibition explicite des parties sexuelles et des excrétions, elle est également à l'œuvre dans la narration, qui se focalise régulièrement sur les gestes, les postures et les éléments les plus immédiatement sexuels ou abjects, et se voit enfin relayée par la dimension picturale de la mise en page. Loin de tout érotisme, on est ici au plus près de ce qu'on a coutume de désigner sous la catégorie du pornographique. On aura en effet reconnu plusieurs traits caractéristiques du genre : même refus apparent de toute sublimation, mêmes effets de gros plans, même réduction du sujet au corps et du corps à ses attributs et postures sexuels. « Elle s'accroupit et chia sur le vomi » : la grossièreté du lexique, la brièveté de la phrase, son absence de style, son caractère purement et efficacement descriptif, l'opération de surenchère immonde qu'elle décrit enfin, sont exemplaires de ce comble de l'obscénité qu'est *Le Mort*.

Sur ce scandale de l'obscénité vient enfin se greffer celui du blasphème — sur l'infraction aux conventions qui régissent la représentation du corps, l'infraction au caractère sacré de la religion. Pas plus que les deux infractions précédentes, cette dernière n'est propre au *Mort* : présent dans tous les récits ainsi que dans les textes réunis sous l'appellation de *La Somme athéologique*, le blasphème constitue même, avec l'obscénité et la collision scandaleuse du sexe et de la mort, la troisième forme canonique de la transgression telle qu'elle est pensée et mise en œuvre par Bataille. Mais là encore, l'infraction va être portée à son comble. Le ton est donné dès la deuxième phrase du texte, dans une parodie sacrilège du motif marial de l'Assomption, qui rend d'emblée raison de la correction du prénom de Julie en Marie : de même que la Mère du Christ fut, selon l'ordre de ce dernier, enlevée au ciel par les anges, la compagne d'Édouard se voit à la mort de celui-ci « élev[ée] comme un ange ». La dimension blasphématoire se révèle plus largement dans la composition d'ensemble. Récit obscène d'une nuit de débauche, *Le Mort* est aussi le récit d'une dernière nuit. Le scandale tient ici au modèle selon lequel le texte configure le parcours pornographique de l'héroïne, qui touche à l'un des fondements du catholicisme : le chemin de Croix, représentation canonique de la Passion du Christ[2]. Destiné à donner aux fidèles une présentation sensible de la Passion, et jouant à ce titre un rôle décisif

---

1. Voir par exemple : « Il brise des crucifix, des images de Vierge et du Père éternel, chie sur les débris et brûle le tout » (Sade, *Œuvres*, Bibl. de la Pléiade, t. I, p. 317).
2. Relevé par Thadée Klossowski dans son article « Le Ciel » (art. cité en Bibliographie, p. 1178), ce parallèle a été rigoureusement développé par Gilles Ernst dans sa thèse de doctorat, *La Mort dans l'œuvre de fiction de Georges Bataille*, Université de Paris-VIII, 1987, p. 363-372. Nous nous inspirons ici très largement de ses analyses.

dans l'exercice de la piété, le chemin de Croix décrit en quatorze tableaux, généralement peints ou sculptés et accrochés aux murs ou aux piliers de la nef, les derniers moments de la vie du Christ tels qu'ils sont relatés par les évangélistes dans les Passions, depuis sa condamnation à mort (première station) jusqu'à sa mise au tombeau (dernière station). Tel est le modèle que *Le Mort* subvertit dans une imitation si évidente qu'elle tourne parfois au pastiche, ou encore — le mot est ici plus approprié — au *travestissement*[1]. Au chemin de Croix, *Le Mort* emprunte sa disposition en tableaux, en multipliant très précisément leur nombre par deux, ainsi que la structure élémentaire du titre de chacun d'eux : soit un nom propre (Marie dans notre texte, Jésus dans le chemin de Croix), suivi d'un verbe et d'un troisième syntagme. À l'imitation formelle, s'ajoutent enfin, dans le corps des titres ou du texte, plusieurs allusions explicites à des scènes précises de la Passion, qui achèvent de transfigurer le parcours obscène de Marie en un véritable calvaire : comme Jésus, Marie tombera ainsi plusieurs fois, se retrouvera « les bras en croix » ou sera encore symboliquement « mise au tombeau ».

Sans doute mesure-t-on mieux maintenant l'exceptionnelle puissance de scandale de ce récit, et saisit-on mieux aussi pourquoi celui-ci put à la fois rester vingt ans sans éditeur et hanter toute sa vie son auteur.

Schématisation et dramatisation : un récit exemplaire.

Condensant et projetant tout le substrat hétérogène et transgressif de l'œuvre de Bataille, *Le Mort* est aussi, à bien des égards, un récit exemplaire. Exemplaire, il l'est d'abord par son schématisme, qui rappelle le modèle du conte, auquel le récit emprunte sa brièveté, sa simplicité, tant narrative que syntaxique, la morphologie élémentaire de son histoire, qui tient à la fois de la quête et de l'initiation, et plusieurs de ses archétypes, en l'espèce de la forêt, de l'auberge et du nain maléfique. Procèdent encore du schématisme les multiples oppositions polaires qui structurent le récit, telles que la nuit/le jour, la tempête/le soleil, l'entrée/la sortie, le vêtement/la nudité, l'ingestion/l'excrétion ou encore l'élévation /la chute, activée dès les premières lignes (nous soulignons) : « Édouard *retomba* mort. / Un vide se fit en elle, qui *l'éleva* comme un ange. » Gage d'efficacité, le schématisme confère aussi au *Mort* une étonnante aptitude à dénuder les principes élémentaires de la fiction bataillienne, que Bataille n'a sans doute jamais aussi clairement posés que dans cette définition extensive du sacrifice : « J'entends […] par sacrifice, non seulement le rite, mais aussi toute représentation ou récit dans lesquels la destruction (ou la menace de destruction) d'un héros ou plus généralement d'un être joue un rôle essentiel ; et par extension, les représentations où le héros (ou l'être) est mis en jeu sur le mode érotique[2]. » Si tous les récits de Bataille relèvent du sacrifice ou à double sens, il revient au *Mort*, pur scénario sacrificiel, de mettre à nu les deux opérations qui se trouvent ici impliquées : une opération *thanatographique*, qui consiste à conduire un personnage féminin à la mort ou au plus près de celle-ci, et

---

que *Le Mort* réalise sans détour ni délai ; et une opération *érographique*, qui consiste à qualifier ce personnage sous l'aspect de ses postures et parties érogènes, et que le récit accomplit en chacun de ses chapitres.

Mettant au jour les principes fondamentaux de la fiction bataillienne, *Le Mort* a encore ceci d'exemplaire qu'il tend à condenser et à transposer, sous la forme narrative et spectaculaire qui est la sienne, à la fois le fond hétérogène et transgressif de l'œuvre, et aussi tout son fond mystique et fantasmatique. À cet égard, *Le Mort* apparaît comme le pendant fictionnel de *L'Alleluiah. Catéchisme de Dianus*, que Bataille rédige à peu près à la même époque et dans lequel il enseigne à une femme « les voies […] où [il a] passé », qui conduisent à des « abîmes où d'horreur en horreur tu entreras dans la vérité[1] ». Partageant avec ce dernier texte une même tonalité sacrilège, un même schéma initiatique et un même imaginaire obscène, cosmique, nocturne et rural, *Le Mort* se rattache également à l'« expérience mystique hétérodoxe » que Bataille a engagée en 1939, et dont il a déjà rendu compte ou rendra compte dans « La Pratique de la joie devant la mort » (1939), *L'Expérience intérieure* (1943), *Le Coupable* (1944), *Sur Nietzsche* (1945), *Méthode de méditation* (1947) et *La Tombe de Louis XXX*. Mêlant descriptions d'états extatiques, considérations méthodologiques et pédagogiques et réflexions théoriques, ce corpus mystique mobilise toute une série d'images qui interviennent à deux niveaux : au niveau de l'expérience proprement dite, à titre de support d'exercices de méditation ; dans le cadre des réflexions et des enseignements tirés de l'expérience, afin de préciser une notion ou une sensation. Parmi ces diverses images, qui ont toutes en commun une certaine intensité dramatique, il en est de récurrentes : le supplice, la nudité, la nuit, ou encore les catastrophes ou les perturbations météorologiques, tels que l'orage ou la tempête.

Parce qu'il conjugue toutes ces images qui informent « l'expérience intérieure » de Bataille, *Le Mort* peut même très précisément se lire comme une tentative de mise en œuvre, sous forme de fiction, de la méthode de « dramatisation » telle qu'elle est exposée dans *L'Expérience intérieure* et à laquelle Bataille a principalement recours pour « attein[dre] des états d'extase ou de ravissement[2] ». Les circonstances qui président à la rédaction du récit, en particulier la solitude, l'« excitation sexuelle délirante », la guerre et la vue de cadavres, constituent d'abord le contexte le plus approprié aux exercices de méditation dramatique auxquels Bataille se livre depuis l'année 1939, comme en témoigne « La Pratique de la joie devant la mort » qui, publiée dans le dernier numéro d'*Acéphale*, marque le renoncement à tout espoir de communauté au profit d'une méditation solitaire sur la catastrophe, ou encore telle extase évoquée dans *Le Coupable*, que Bataille rédige entre septembre 1939 et octobre 1943, en traversant, tenaillé par l'angoisse et l'excitation sexuelle, la France de l'exode et des bombardements : « […] je me trouvais la nuit dans une forêt. Une partie de la journée, j'avais éprouvé un violent désir sexuel, me refusant à chercher la satisfaction. J'avais décidé d'aller jusqu'au bout de ce désir en "méditant", sans horreur, les images auxquelles il se liait[3]. » À la dramatisation, *Le Mort* emprunte par ailleurs son

1. *OC V*, p. 413 et 395. Sur ce texte, voir aussi la Notice de *Julie*, p. 1193-1194.
2. *L'Expérience intérieure*, *OC V*, p. 22.
3. *OC V*, p. 269.

modèle religieux et ses trois grands principes. Directement issue, en tant que pratique de méditation, des *Exercices spirituels* de saint Ignace de Loyola, que Bataille pratiqua durant sa jeunesse pieuse, la dramatisation se rattache plus précisément, du point de vue de la violence des images qu'elle mobilise, à un exercice ignacien en particulier, qui est le seul à être explicitement évoqué dans *L'Expérience intérieure* : celui de la contemplation de la Passion du Christ[1]. Reconduisant cette forme religieuse du supplice, *Le Mort* conjugue enfin les trois opérations clés de la dramatisation, telles qu'elles sont décrites dans les pages de *L'Expérience intérieure* consacrées à « une expérience en partie manquée » et réunies sous le titre de « L'Extase » : une opération de « projection », qui permet de donner « une forme optique à l'expérience » et une forme sensible à la représentation ; et une double opération de condensation et de dynamisation, qui permet d'intensifier la violence de la représentation.

Aussi, plus que comme « la part maudite des récits », c'est à la fin comme la part bénite de « l'expérience intérieure » que *Le Mort* apparaît. On y aura en effet reconnu la version figurative et réussie d'une expérience que Bataille aura toujours cherché à communiquer et qu'il ne sera peut-être jamais parvenu à transcrire avec autant d'efficacité que dans ces quelques pages saturées d'obscénité, de violence et de religion.

EMMANUEL TIBLOUX.

BIBLIOGRAPHIE

Barão da Cumba (José), « *Le Mort*, Georges Bataille », *La Part de l'œil*, n° 10, 1994, p. 17-20.

Duault (Alain), « Ter(r)é », *Gramma / écriture et lecture*, « Bataille », n° 1, Nîmes, 1974, p. 91-108.

Klossowski (Thadée), « Le Ciel », *L'Arc*, « Georges Bataille », n° 32, 1967, p. 46-48.

Versteeg (Jan), « La Mort en peine. Quelques réflexions sur *Le Mort* de Georges Bataille », dans *Georges Bataille et la fiction*, Henk Hillenaar et Jan Versteeg éd., *CRIN*, 25, Rodopi, Amsterdam et Atlanta, GA, 1992, p. 79-88.

E. T.

NOTE SUR LE TEXTE

Vraisemblablement rédigé, d'après Bataille lui-même[2], entre la fin de l'année 1942 et le début de l'année 1944, mais resté inédit du vivant de son auteur, *Le Mort* n'a donné lieu à aucune édition qui aurait recueilli son assentiment. Le matériau disponible fait par ailleurs difficulté. S'il

---

1. Voir Ignace de Loyola, *Exercices spirituels*, Troisième semaine, exercice du cinquième jour (Seuil, coll. « Points Sagesse », 1982, p. 109), et *L'Expérience intérieure*, *OC V*, p. 138-139.
2. Voir le projet de préface, p. 403.

existe assurément plusieurs manuscrits, dont certains ont été simplement recopiés par Bataille pour être vendus, et dactylogrammes, tous ne nous ont pas été accessibles. Quand ils l'ont été, les nombreuses corrections manuscrites apportées sur les dactylogrammes, de façon parfois assez déroutante, les variations sur les prénoms des personnages et la mise en page du texte, le caractère incomplet de certains manuscrits et l'absence de datation ont compliqué encore notre tâche. Les difficultés quant à l'établissement du texte sont attestées par la diversité des éditions posthumes qui, si elles se répartissent en deux versions principales, présentent toutes de légères différences.

Documents originaux.

Nous indiquons ici tous les documents originaux recensés, en distinguant les manuscrits et dactylogrammes de notre texte des autres documents (préface, maquettes, lettres, illustrations…) et, au sein des premiers, ceux que nous avons pu consulter de ceux qui nous sont restés inaccessibles.

I. Manuscrits et dactylogrammes recensés.

A. Manuscrits et dactylogrammes consultés.
— *ms. A* : Un carnet grand format, intitulé *Le Mort*, paginé de 1 à 33, appartenant à la Carlton Lake Collection et conservé au Harry Ransom Humanities Research Center, université d'Austin, Texas, dossier M 46728. Ce manuscrit est manifestement antérieur à tous les autres documents : les personnages qui deviendront par la suite Marie et Édouard ont pour prénoms Julie et Henri ; de nombreux adjectifs, adverbes ou tournures trop explicites ou trop rhétoriques seront supprimés dans les autres versions ; des chapitres très brefs seront étoffés. Ce manuscrit ne compte enfin que vingt-sept chapitres, contre vingt-huit dans les versions ultérieures. Si rien ne prouve qu'il constitue la première version, il n'en est probablement pas très éloigné et peut être approximativement daté de la période 1942-1944. Il nous est précieux : outre que c'est le plus complet qu'il nous ait été donné de consulter, la disposition en tableaux, avec le titre inséré dans un cartouche en bas de page, y est déjà acquise. Les titres sont également fixés et ne subiront que de très légères modifications.
— Documents conservés au département des manuscrits occidentaux de la BNF (cote : Georges Bataille, boîte 16 F). Cette boîte contient, rassemblés dans une chemise portant le titre « Le Mort », soixante pages foliotées au crayon et d'autres documents paginés ou non, qui forment un ensemble à la fois hétéroclite et évolutif. On y trouve les manuscrits et dactylogrammes suivants :
1. Une copie dactylographiée (p. 50-60), *dactyl. A*. Cette copie donne lieu à deux campagnes de correction manuscrites, à l'encre bleue puis noire. Bataille ajoute notamment le titre suivant : « Le Mort / par Vigilius Parisiensis », à l'encre bleue, qu'il biffe et corrige à l'encre noire par « Pierre Angélique / LE MORT ». La mise en page est différente de celle des manuscrits et de *dactyl. B* (voir ci-dessous) : les chapitres s'enchaînent sans saut de page et sont numérotés en chiffres arabes à l'encre bleue. Les prénoms sont par ailleurs modifiés dans les quatre premiers cha-

pitres et partiellement dans le dernier : Julie y devient Marie et Henri, sauf dans le dernier chapitre, Édouard. Il y a cependant tout lieu de penser que cette version est antérieure au *dactyl. B*, car de nombreuses modifications manuscrites dans celle-ci sont dactylographiées dans celle-là. Faut-il en déduire que Bataille ne disposait que de cette copie au moment où il prit la décision de modifier les prénoms ? C'est probable, mais rien ne permet de l'affirmer avec certitude.

2. Dans un dossier de maquette qu'on trouvera décrit plus bas, on trouve un feuillet dactylographié isolé, qui correspond à la dernière page de *dactyl. A* non corrigée.

3. Une copie dactylographiée (p. 22-49), *dactyl. B*, abondamment corrigée au stylo à bille noir de la main de Bataille, vers 1950 selon Thadée Klossowski. On trouve un chapitre par page, les titres étant numérotés en chiffres romains et placés en haut de page. Les prénoms adoptés sont encore Julie et Henri. C'est la copie qui sert néanmoins à l'édition des *Œuvres complètes*, dans laquelle Thadée Klossowski a corrigé les prénoms en Marie et Édouard et modifié la mise en page.

4. Une copie sur papier pelure, non paginée, de *dactyl. B*, à peine corrigée.

5. Un manuscrit très incomplet (p. 14-21), *ms. B*, sur papier Vergé, dont les feuilles, portant trace de coutures, semblent extraites d'un cahier ou encore d'un livre. Il réunit deux versions du premier chapitre, « Julie reste seule avec Henri mort » (1re version), puis « Julie reste seule avec Édouard mort » (2e version) — le prénom Julie se trouvant dans cette seconde version remplacé par celui de Marie —, ainsi que le début du deuxième chapitre (sans titre), l'intégralité du cinquième (intitulé « Julie boit avec les garçons de ferme »), le début du sixième (« Julie sort la queue d'un ivrogne »), le dix-huitième (« Julie s'inonde d'urine »), le vingtième (sans titre). Le texte, qui adopte également la présentation en tableaux (les titres, numérotés en chiffres romains, se trouvant en haut de page), présente très peu de corrections et est très proche du premier état de *dactyl. B*. Ce qui, si l'on tient compte également de la qualité du papier, des avatars du prénom des personnages ainsi que du caractère interrompu de certains tableaux, laisse penser qu'il s'agit des chutes d'un manuscrit recopié pour être vendu, probablement dans les années 1950.

B. Autres manuscrits et dactylogrammes recensés.

— Une « troisième copie dactylographiée et corrigée » est signalée par Thadée Klossowski : celle à partir de laquelle Jean-Jacques Pauvert établit l'édition de 1967. L'éditeur des *Œuvres complètes* l'écarte en ces termes : « Il ne nous semble pas que cette troisième copie constitue la version définitive[1]. » Nous n'avons pu retrouver ce document.

— Sous le terme, sans doute abusif, d'« édition », une autre copie dactylographiée est enfin recensée, sous la référence 81, dans le catalogue « Georges Bataille » des libraires Jean-Pierre Fourcade et Henri Vignes : « plaquette in-8o dactylographiée de 9 feuillets pliés en deux et réunis par différents rubans verts et jaunes. 33 p. » D'après les auteurs du catalogue, cette « rarissime édition tapuscrite sur papier bleu-gris parue sans nom d'auteur » pourrait avoir été réalisée vers 1945. « Le texte de

1. *OC IV*, p. 362.

[cet] exemplaire comporte des variantes au regard de sa version imprimée », l'expression « version imprimée » désignant très certainement ici l'édition procurée par Jean-Jacques Pauvert. Nous avons pu localiser ce document, mais son propriétaire n'a pas souhaité nous le communiquer.

II. Autres documents.

— Dans le dossier M 46728 de l'université d'Austin : une lettre à Henri Parisot datée du 25 mars 1947 dans laquelle Bataille sollicite ce dernier pour une publication conjointe du *Mort* et de *La Tombe de Louis XXX*, « recueil de poèmes et de réflexions », et fait état d'une « mise en pages [...] assez compliquée », obéissant à des principes « auxquel [il] tien[t] ».

— Dans la boîte 16 F de la BNF :

1. Le manuscrit d'une préface (p. 1-13), rédigé sur des demi-feuilles de format A4, sans doute dans la perspective d'une publication, entre 1957 et 1960.

2. Un dossier, paginé de 1 à 7, intitulé, d'une écriture qui n'est pas celle de Bataille, « LE MORT / Maquettes pour Pauvert » (p. 1), qui comprend, outre le feuillet dactylographié (p. 4) évoqué plus haut :

a. une lettre des éditions Jean-Jacques Pauvert, datée du 14 mars 1967, à Diane Bataille, pour avis sur une maquette (p. 2) ;

b. une page (p. 3) de titre dactylographiée sur papier pelure (« LE MORT par Vigilius Parisiensis ») portant, tracées de la main de Bataille :

— une première esquisse de maquette au crayon, qui affine, en prenant comme exemple le chapitre « Julie tombe », la mise en page de *ms. A* : un chapitre, non numéroté, par page ; le texte encadré par un liséré (un commentaire marginal précise : « filets simples ou doubles ») ; le titre inséré dans un cartouche en forme de banderole en bas de page (un commentaire marginal précise : « banderole en bas ») ;

— les indications suivantes, qui concernent le tirage, les « grands papiers » et le caractère envisagés : « Quinze couchés + 5 ex. dont 1 sur arche et les autres sur papier inférieur pour 100 ou 150 ex. » et « uniface = tableaux / Didot 10 » ;

c. sur une page de format 15,7 × 23,9 (p. 5), un dessin au crayon de maquette par Bataille, qui formalise l'esquisse décrite ci-dessus en prenant comme exemple « Julie tombe ivre morte » : si la mise en page est la même, le cartouche n'a cependant plus tant la forme d'une banderole que celle d'un cercueil. Cette indication est portée en marge par Bataille, qui renvoie au cartouche et au liséré qui encadre le texte : « filets et cartouche de couleur » ;

d. deux pages (p. 6-7) de maquettes proposées par les éditions Pauvert : « Marie rencontre un nain » et « Marie jouit ». Le cartouche contenant le titre des tableaux ne se trouve pas en bas mais en haut de la page.

3. La note suivante figure par ailleurs dans ces papiers : « "L'Archangélique" a été rajouté à ce dossier sur le conseil de Diane Bataille, car il était prévu des poèmes avec le texte. »

— Dans les manuscrits de *L'Archangélique* (BNF, site Richelieu, MS3, daté août-décembre 1943), on relève en effet deux pages qui pourraient se rattacher au *Mort*. Sur la première (p. 54 v°), on trouve « Julie Laurible », puis une sorte de monogramme entrelaçant les lettres de Julie et

Henri, écrits dans les marges de ce titre : « Georges Bataille / [Le Ver-
seau *biffé*] / Le cœur et le vide ». La seconde (p. 55), qui se trouve
en regard de la précédente, porte ce poème : « Alors j'aurai fait le vide
/ dans ta tête abandonnée / ton absence sera nue / comme une jambe
sans bas // dans l'attente du désastre / où les lumières s'éteindront / je
serai doux dans ton cœur / comme le poids de la mort ». Si l'on tient
compte de la lettre à Henri Parisot, il est néanmoins plus probable que
les poèmes prévus avec *Le Mort* soient ceux qui furent réunis dans *La
Tombe de Louis XXX*.

— Dans le carnet 29, intitulé « Documents petit format », des Papiers
Georges Bataille conservés au département des manuscrits occidentaux
de la BNF, carnet dans lequel Bataille dresse à la fin des années 1950
l'inventaire d'une partie de ses écrits, on lit ceci : « 152. Le Mort. Inédit.
Terminé. Copie daét. très corrigée ». Si ce document ne contient aucun
repère chronologique, il atteste néanmoins que Bataille considère ce
texte comme achevé, inédit (bien qu'il en ait vendu plusieurs copies) et
faisant partie intégrante de son œuvre.

— Il existe enfin quatre « esquisses pour *Le Mort* » (deux encres de
Chine et deux mines de plomb) réalisées en 1957 par Pierre Klossowski
et conservées par Denise Klossowski.

Éditions.

— Édition de luxe, Au Vent d'Arles, Paris, 1964, non paginée,
conservée à la BNF, site Tolbiac, Réserve, sous la cote Enfer-1687
(exemplaire du dépôt légal). Le texte est illustré par neuf gravures en
couleurs d'André Masson. Il s'agit d'une très belle édition, « exclusivement réservée aux souscripteurs amis de Georges Bataille et d'André
Masson », tirée à 145 exemplaires. L'achevé d'imprimer est daté du
22 décembre 1964. « Le texte de Georges Bataille composé à la main
en gothique caslon corps 18 fondu spécialement pour cette édition a
été tiré sur les presses de l'imprimerie Union à Paris. Les gravures originales d'André Masson ont été tirées sur les presses à bras de l'atelier
Crommelynck. La couverture a été réalisée par l'atelier Jean Duval. »
L'ouvrage contient une page de « synopsis » qui réunit les titres des
vingt-huit chapitres. La mise en page, spectaculaire, est celle qui sera
reprise presque à l'identique par l'édition Pauvert : changement de page
à chaque chapitre, titre du chapitre en bas de page. Le texte est semblable à celui que procurera la future édition Pauvert.

— Première édition Pauvert (sigle : *1967*), Jean-Jacques Pauvert éditeur, Paris, 1967, in-12, broché, non paginé, sous étui noir orné d'une étiquette portant le titre. Volume « réalisé d'après les maquettes de Pierre
Faucheux » et « tiré à 10 000 exemplaires sur bouffant alfa, tous numérotés ». Achevé d'imprimer du 19 juillet 1967. Chaque chapitre occupe
une belle page et se divise en texte, encadré par un liséré noir, et titre,
inséré en bas de page dans un cartouche dont la forme évoque nettement celle d'un cercueil. Les documents conservés à la BNF laissent
penser que cette maquette a été réalisée soit à l'initiative de Bataille,
soit au moins avec son concours : celle-ci, jusqu'à la forme même du
cartouche, est calquée sur le projet esquissé par Bataille.

— Édition Thadée Klossowski, *Œuvres complètes*, t. IV, « Œuvres littéraires posthumes », Gallimard, 1971, p. 37-51. Établi à partir de *daétyl. B*,

le texte diffère sensiblement de celui de l'édition Pauvert. La mise en page est infidèle au dactylogramme et ne tient pas compte de la maquette projetée par Bataille : si les titres, conformément au dactylogramme, sont numérotés en chiffres romains et se trouvent en haut de page, les chapitres s'enchaînent sans saut de page. Thadée Klossowski modifie les prénoms des personnages (Julie devient Marie et Henri, Édouard) et, à deux reprises, comble une correction manuscrite lacunaire en s'appuyant sur une autre source.

— Deuxième édition Pauvert, courante, Société Nouvelle des Éditions Pauvert, Paris, 1979, 40 p. Le texte est identique à celui de l'édition de 1967. La maquette donne lieu à quelques petits aménagements : les chapitres ne sont plus systématiquement en belle page, certains débordent sur la page suivante, le liséré noir et le cartouche ont été supprimés.

— Édition des Éditions Blanches, coll. « Image Blanche », 1998, 64 p. Préface de Jérôme Peignot, illustrations de Gilles de Staal.

Notre texte.

En ce qui concerne strictement le texte, et en nous fiant seulement aux éditions, nous partageons l'opinion de Thadée Klossowski selon laquelle *dactyl. B* est postérieur à la copie dactylographiée qui sert à l'établissement du texte des deux éditions Pauvert. Si les critères ne peuvent être ici que génétiques et stylistiques, ils sont néanmoins si nombreux et si convergents qu'ils peuvent valoir pour preuve. Si l'on compare d'abord les deux versions au premier état dont on dispose, soit *ms. A*, il apparaît que le texte de *1967* est globalement plus proche de ce dernier, dont il partage parfois la tendance à l'explicitation et les excès d'éloquence, que celui de *dactyl. B*[1]. Et quand il arrive à *dactyl. B* d'être plus proche de *ms. A* que ne l'est *1967*, c'est souvent que la leçon de *ms. A* est moins redondante, notamment quand il s'agit des titres de chapitres, ou plus cohérente du point de vue des réseaux sémantiques[2]. Quant à la comparaison des deux versions entre elles, elle est encore plus riche d'enseignement. Au plan d'ensemble, on relèvera d'abord que le texte de *dactyl. B* est à la fois plus élagué et moins dense, plus aéré que celui de *1967*. C'est là un autre argument quand on sait que Bataille a généralement tendance, quand il reprend ses textes, à en réduire la matière verbale en biffant et à en accroître le volume en ajoutant des alinéas et des blancs[3]. Si la réduction se manifeste parfois sous la forme d'une expression ou d'une phrase de *1967* sans équivalent dans *dactyl. B*[4], elle affecte plus généralement la syntaxe : là où *1967* tend à lier les phrases et les propositions en usant de connecteurs ou de conjonctions de subordination, *dactyl. B* a tendance à privilégier la discontinuité en effaçant ces marques de liaison au profit de la juxtaposition, laquelle permet en retour d'accroître le volume du texte en augmentant la part relative des

---

1. Voir var. *b*, *e* et *m*, respectivement, p. 378, 380 et 397, et dans « Autres versions du *Mort* », les versions correspondantes du chapitre XI, p. 411-413.
2. Voir pour le premier point var. *o*, p. 398 ; pour le second, var. *g*, p. 384, et dans « Autres versions du *Mort* », la dernière phrase du chapitre I, p. 407.
3. Sur ce point, voir notamment *Le Bleu du ciel*.
4. Voir var. *i*, p. 387 ou la version *1967* du dernier chapitre dans « Autres versions du *Mort* », p. 416.

phrases et des retours à la ligne[1]. Ce primat accordé au discontinu au plan syntaxique est un nouvel argument en ceci qu'il renforce la cohérence du texte : la syntaxe se trouve soumise au même principe de juxtaposition qui régit la composition du récit, conçu comme une succession de brèves séquences nettement détachées. De façon plus générale enfin, le texte de *dactyl. B* apparaît comme plus élaboré, plus achevé, en un mot plus réussi que celui de *1967*. Certains passages assez faibles de ce dernier sont nettement améliorés[2] ; les quelques rares ajouts sont toujours pertinents, qui consolident les réseaux sémantiques[3] et accentuent les effets propres du texte[4] ; les effets de style y sont plus marqués[5] ; la « besogne des mots[6] » y est plus sensible ; l'éloquence, plus étranglée[7], et la mort, sans reste[8].

Il reste que, dans *dactyl. B*, les prénoms sont encore « Julie » et « Henri ». Nous nous fondons à la fois sur des critères textuels et sur ce que l'on peut savoir de la volonté de Georges Bataille pour les corriger, respectivement, en « Marie » et « Édouard ». Certes, dans *Julie*, les prénoms sont également « Julie » et « Henri » ; mais ce texte demeure inachevé. Dans *Le Mort*, qui s'ouvre sur une allusion à l'Assomption et se présente comme une parodie de la Passion du Christ, le prénom de « Marie » acquiert une pertinence évidente. D'autre part, Bataille lui-même a corrigé les prénoms sur certains états de son texte, et notamment — on peut le penser — sur le dactylogramme qui a servi à établir l'édition Pauvert de 1967, dans laquelle on lit bien, nous l'avons dit, « Marie » et « Édouard ». Enfin, il faut rappeler ici que Julie Bataille, la fille de l'écrivain, est née en 1948. Il est probable que Bataille a alors souhaité dissocier le prénom utilisé pour l'héroïne du *Mort* de celui que sa femme et lui-même avaient choisi pour leur fille. Le témoignage de Diane Bataille sur ce point n'a jamais varié. Les différentes éditions publiées à l'époque où elle était l'ayant droit de Georges Bataille portent toutes les prénoms de « Marie » et « Édouard ». Enfin, Julie Bataille, qui est aujourd'hui l'ayant droit de son père, nous a réaffirmé[9] sa conviction que Georges Bataille n'était pas susceptible de confondre, ou de souhaiter que l'on confonde, ses personnages et ses proches. Pour toutes ces raisons, nous pensons être fidèle à la volonté de l'auteur en adoptant les prénoms « Marie » et « Édouard » — sans nous astreindre à signaler chaque correction. Nous nous autorisons également à compléter les deux corrections manuscrites lacunaires en nous appuyant sur une autre source, non sans signaler toutefois ces lacunes et l'origine de la leçon que nous suivons.

---

1. Le premier chapitre, dont on trouvera la version *1967* dans « Autres versions du *Mort* », p. 409, est à cet égard exemplaire.

2. Voir par exemple var. *m*, p. 397, et le début du chapitre XI, dans « Autres versions du *Mort* », p. 412.

3. Telle que la dimension cosmogonique (voir var. *b* et *g*, p. 378 et 384).

4. Par exemple la stupeur (voir var. *l*, p. 391 ou la dernière phrase du chapitre I dans « Autres versions du *Mort* », p. 409).

5. Voir par exemple notre texte et var. *f*, p. 382, ou encore la quatrième phrase de l'avant-dernier chapitre et sa variante *1967* dans « Autres versions du *Mort* », p. 414.

6. Selon la célèbre expression employée dans « Informe », *OC I*, p. 217.

7. Dans *Le Mort* comme dans les tableaux de Manet selon Bataille, il y va d'« une sorte de furie, mais élégante, mais accédant à la minceur, à cette transparence plate, qui est l'étranglement de l'éloquence » (*Manet*, *OC IX*, p. 156).

8. La dernière phrase de *1967*, « Restait le soleil », est sans équivalent dans *dactyl. B*.

9. Lettre à Emmanuel Tibloux du 31 mars 2004.

Enfin, nous adoptons la mise en page et la maquette projetées par Bataille et réalisées par Pierre Faucheux pour l'édition Pauvert 1967. Là encore, l'infidélité à la forme de *dactyl. B* est le gage de la fidélité à l'esprit du texte. Outre que les principes d'une mise en page spécifique, similaire à celle que nous adoptons, sont manifestes dès *ms. A* et réaffirmés par Bataille en 1947, une telle maquette est parfaitement accordée au caractère expressément spectaculaire, christique et morbide du récit.

Dans la section intitulée « Autour du *Mort* », nous donnons successivement le projet de préface, de larges extraits des autres versions du *Mort*, la lettre à Henri Parisot, un fac-similé du projet de maquette dessiné par Bataille, ainsi que les esquisses réalisées en 1957 par Pierre Klossowski et les illustrations de Masson pour l'édition de 1964, que nous reproduisons avec l'aimable autorisation des ayants droit des artistes, soit respectivement Denise Klossowski et Guite Masson.

E. T.

NOTES ET VARIANTES

a. Henri mourant [avait voulu qu'elle se dénudât *biffé*] l'avait *dactyl. B. Nous adoptons ici la leçon de dactyl. A corrigé.* ◆◆ *b.* Elle se souvient, petite fille, d'avoir rêvé cette porte à jamais fermée sur elle. *ms. A* : Elle se souvint d'avoir rêvé cette porte à jamais claquée sur elle. *1967* ◆◆ *c.* C'est simple. *ms. A* : C'est [simple ? *biffé*] ça. *dactyl. A* : C'est fait. *1967* ◆◆ *d.* avide comme une bête *ms. A* : [hardie *biffé*] dure comme une bête *dactyl A* : hardie comme une bête *1967* ◆◆ *e.* Dans les grosses mains de la patronne, son cul était doux, fade et le trou défoncé en ouvrait la fente. *ms. A* : Son cul était [doux *biffé*] très fade et très fendu. Sa [douceur *biffé*] fente éclairait la salle. *dactyl. A* : Son derrière était fade et bien fendu. Sa douceur éclairait la salle. *1967* ◆◆ *f.* La patronne se précipita, s'agenouilla, souleva doucement la tête : de la salive coula sur le menton. *ms. A* : La patronne se précipita. Elle s'agenouilla et souleva [doucement *biffé*] la tête avec soin : de la salive, ou plutôt de la bave, coulait affreusement sur le menton. *dactyl. A* : La patronne se précipita. Elle s'agenouilla et souleva la tête avec soin : de la salive, ou plutôt de la bave coulait des lèvres. *1967* ◆◆ *g.* Il sortait du con une odeur de terre. *ms. A* : [Elle était élevée dans des cieux violents où de noirs nuages répandaient *biffé*] L'intolérable joie l'élevait vers un ciel immense où de noirs nuages répandaient une chaleur de terre. *dactyl. A. Dans 1967, cette phrase est sans équivalent.* ◆◆ *h.* Julie vivait perdue dans la lumière. *ms. A* : Julie [était *biffé*] vivait perdue dans [la lumière *biffé*] les délires d'Henri. *dactyl. A* : Marie vivait baignée dans la lumière du mort. *1967* ◆◆ *i. Dans 1967, on trouve ensuite la phrase suivante :* Et l'angoisse fit de sa voix le prolongement de celle du vent. ◆◆ *j.* Mains. / [Il [...] diabolique *biffé*] *ms. A, dactyl. A, 1967* : Mains. / [Il [...] *corrigé en* Non sans désinvolture] *dactyl. B* ◆◆ *k. Pour ces trois répliques, ms. A donne :* « Pourquoi est-il venu ? / — Qui ça ? dit la patronne. / — Henri, dit-elle. / — Henri ?

répéta la patronne très bas. / — Le mort, fit Julie du même ton. ◆◆ _l._ (comme un cartilage que dévore un chien). _ajout manuscrit dans daĉtyl. A. Cette parenthèse est sans équivalent dans ms. A et 1967._ ◆◆ _m. §dans ms. A :_ Ce que lut Julie dans les yeux du monstre était l'insistance de la mort : ce visage n'exprimait qu'une insondable fatigue, qu'un désir sans issue rendait cynique. Elle eut un sursaut de haine et se mit à trembler, voyant à la mort ce visage. _: § dans 1967 :_ Ce que Marie lut dans les yeux du nain était l'insistance de la mort : ce visage n'exprimait qu'un désenchantement infini, qu'une obsession affreuse rendait cynique. Elle eut un sursaut de haine, et la mort s'approchant, elle eut très peur. ◆◆ _n._ « C'est le diable qui a peur. » _ms. A_ ◆◆ _o._ Julie provoque un monstre _ms. A_ : Julie provoque le nain _daĉtyl. A_ : Marie chie sur le vomi _1967_

1. Allusion à l'assomption de Marie.

2. Voir « Mais s'il est vrai qu'un autre devant toi porte en lui la mort, si le pouvoir qu'il a de t'attirer est celui de te faire entrer dans la nuit, un instant, livre-toi sans limite à la rage puérile de vivre : tu n'as plus désormais que des robes déchirées et ta nudité sale est promise au supplice des cris » (_L'Alleluiah, OC V_, p. 408).

3. Voir « L'insoutenable joie de retirer ta robe est seule à la mesure de l'immensité… où tu sais que tu es perdue : l'immensité, comme toi, n'a pas de robe, et ta nudité, qui se perd en elle, a la simplicité des morts » et « Je désire retirer les robes des filles, insatiable d'un vide, au-delà de moi-même, où sombrer » (_ibid._, p. 404 et 414).

4. Voir « Dans la solitude d'une forêt, loin de vêtements abandonnés, tu t'accroupiras doucement comme une louve » (_ibid._, p. 400).

5. Voir « Entre tes doigts dans les replis humides. Il sera doux de sentir en toi l'âcreté, la viscosité du plaisir — l'odeur mouillée, l'odeur fade de chair heureuse » (_ibid._).

6. Cette détermination météorologique du personnage, en vertu de laquelle celui-ci semble se composer avec le paysage et les éléments, est un des traits caractéristiques des héroïnes des récits de Bataille. Si c'est dans _Le Mort_ qu'elle est la plus largement exploitée, on la retrouve dans plusieurs autres textes. Ainsi Edwarda est-elle, « dans les rues, moins qu'un fantôme, un brouillard attardé » (p. 334). De même Hélène, l'héroïne de _Ma mère_, a-t-elle « quelquefois la lourdeur angoissante d'un temps qui précède l'orage » (p. 780).

7. Allusion à la dixième station du chemin de Croix : Jésus est dépouillé de ses vêtements (voir Jean, XIX, 23-24).

8. Voir « Le derrière des filles apparaissait pour finir entouré d'un halo de lueur spectrale : je vivais devant cette lueur » (_L'Alleluiah, OC V_, p. 413). On remarquera également la « besogne » du verbe « lamper », qui contamine le verbe éclairer en vertu de la quasi-homophonie lamper/lampe.

9. Allusion à la sixième station du chemin de Croix : « Une femme pieuse essuie la face de Jésus » (« selon la tradition, Véronique purifie la "face couverte de sueur, de sang et de crachats" », Gilles Ernst, _La Mort dans l'œuvre de fiction de Georges Bataille_, p. 272).

10. Allusion à la troisième station du chemin de Croix : « Jésus tombe sous le poids de la croix ». À la différence de Jésus, qui tombe trois fois, Marie ne tombera qu'une seconde fois (« Marie tombe sur le comte »).

11. Sur cette mise en équivalence du ciel et de la terre, de l'ascension et de la chute, voir *Le Bleu du ciel*, n. 147, p. 200.

12. On relève, à une inversion et deux traits d'union près, la même expression dans *Le Petit* (p. 354) : « Écrire ventre-nu et cul-nu, écrire et trouver l'innocence que j'ai retirant mes culottes ». On remarquera que l'expression qui s'applique au personnage féminin de la fiction dans notre texte caractérise la posture du sujet de l'écriture dans *Le Petit*. On peut lire dans ce déplacement un concentré probant du jeu du fantasme — par ailleurs assez évident — dans l'écriture de Bataille. À la lumière du *Mort*, l'évocation du *Petit* se lit comme désir d'écrire *à la place* de la femme ; et inversement *Le Petit* nous conduit à reconnaître en Marie l'incarnation du fantasme du sujet de l'écriture.

13. Voir Jean, XIX, 28 : « Jésus dit : " J'ai soif ". »

14. Sur le thème récurrent du rat chez Bataille, voir *Histoire de l'œil*, p. 32 et 37 ; *Le Bleu du ciel*, p. 113 et n. 10 ; *Julie*, p. 451 et n. 12 ; et la Notice de *L'Impossible*, p. 1219-1220.

15. Cette figure humaine de la difformité, que Victor Hugo envisagea sous la catégorie du grotesque et immortalisa sous les traits de Quasimodo, est un lieu commun du conte merveilleux et du roman noir, deux genres auxquels emprunte *Le Mort*. Tirant du premier son schématisme et sa topographie (la forêt, l'auberge), il partage avec le second une double dominante orageuse et funèbre. Cette figure avait par ailleurs déjà retenu l'attention de Bataille dans les années 1920. Il lui avait alors consacré un article dans la revue *Documents* : « Les Écarts de la nature » (*OC I*, p. 228-230). Soulignant que « l'espèce humaine ne peut pas rester froide devant ses monstres », il la décrivait notamment en ces termes l'ambivalence qui s'attache à une telle figure : « Un "phénomène" de foire quelconque provoque une impression positive d'incongruité agressive, quelque peu comique, mais beaucoup plus génératrice de malaise. Ce malaise est obscurément lié à une séduction profonde. »

16. Allusion probable au Christ qui annonce sa mort : voir Jean, XIX, 30 (« Tout est achevé »).

17. On remarquera les accents shakespeariens de cette réplique, d'autant que le prénom d'Édouard est celui d'une lignée de rois d'Angleterre évoquée dans plusieurs pièces de l'auteur d'*Hamlet* (*Richard II*, acte I, sc. II et acte II, sc. I ; *Henri IV*, acte IV, sc. III ; *Henri V*, acte I, sc. I et II et acte II, sc. IV ; *Henri VI*, acte II, sc. II).

18. Ce geste, accompagné de la même injonction à regarder, est aussi celui d'Edwarda (p. 330). Dans un même mouvement d'ouverture, dans un même redoublement du geste par la parole, le récit atteint à cet instant à la fois le comble du visible et le comble de l'obscène. Voir aussi *L'Alleluiah* : « Tu es dans le pouvoir du désir écartant les jambes, exhibant tes parties sales. Cesserais-tu d'éprouver cette position comme interdite, aussitôt le désir mourrait, avec lui la possibilité du plaisir » (*OC V*, p. 397) ; et encore : « La particularité est celle d'une femme qui montre à son amant ses *obscœna*. C'est l'index déchirant la déchirure, si l'on veut l'étendard de la déchirure » (*OC V*, p. 410).

19. Allusion évidente à la crucifixion du Christ, qui correspond à la onzième station du chemin de Croix.

20. Allusion à la posture du Christ en croix dans l'iconographie de la crucifixion.

21. Allusion à la quatorzième et dernière station du chemin de Croix : « Jésus est mis au tombeau ». La double comparaison condense par ailleurs deux aspects essentiels du récit et, au-delà, de l'œuvre de Bataille : la prépondérance du paradigme sacrificiel (voir la Notice, p. 1176-1178) et, à travers l'équivalence scandaleuse qu'elle induit entre la plus élevée des représentations humaines et l'une des plus viles des bêtes, le renversement — ou du moins la mise en question — de la polarisation haut/bas. Notons enfin qu'on trouvait déjà une telle assimilation de Dieu à un porc dans *Madame Edwarda*, p. 339 et n. 15.

22. Voir « Si le cœur te bat, pense aux minutes d'obscénité d'un enfant. [...] La nudité des seins, l'obscénité du sexe ont la vertu d'opérer ce dont, petite fille, tu n'as pu que rêver, ne pouvant rien faire » (*L'Alleluiah*, *OC V*, p. 399).

23. Comme « Regarde ! », cet impératif était déjà dans *Madame Edwarda* (p. 331). Outre l'évidente connotation sexuelle de l'expression, il nous semble opportun de rappeler les analyses que Jacques Derrida a consacrées à cet énoncé dans *D'un ton apocalyptique adopté naguère en philosophie* (Éditions Galilée, 1983). Même si elles ne portent ni sur notre texte ni même sur Bataille, elles sont en effet ici du plus grand intérêt : « En ce ton *affirmatif*, "Viens" ne marque en soi ni un désir, ni un ordre, ni une prière, ni une demande. [...] C'est le geste dans la parole, ce geste qui ne se laisse pas reprendre par l'analyse — linguistique, sémantique ou rhétorique — d'une parole. [...] s'annonce ici, promesse ou menace, une apocalypse sans apocalypse, une apocalypse sans vision, sans vérité, sans révélation, des envois [...], des adresses sans message et sans destination, sans destinateur ou destinataire décidable, sans jugement dernier, sans autre eschatologie que le ton du "Viens", sa différence même, une apocalypse au-delà du bien et du mal. "Viens" n'annonce pas telle ou telle apocalypse : déjà il résonne d'un certain ton, il est en lui-même l'apocalypse de l'apocalypse, *Viens* est apocalyptique » (p. 93-95).

24. Là encore, ce titre est une allusion parodique à une station du chemin de Croix, la douzième : « Jésus meurt sur la croix ».

Autour du « Mort »

ARISTIDE L'AVEUGLE

S'il est impossible de dater précisément cette préface, on peut néanmoins penser, en raison de l'oubli que Bataille y manifeste à l'endroit des circonstances exactes dans lesquelles il a écrit *Le Mort*, que sa rédaction est assez largement postérieure à celle du récit. En considérant que cette préface a sans doute été rédigée dans la perspective d'une publication, et en excluant l'hypothèse des projets d'édition des années 1945-1947[1], trop proches de la période de rédaction du *Mort*, on peut supposer qu'elle a été écrite entre 1957 — année où une édition illustrée est vrai-

1. Voir la lettre à Henri Parisot, p. 417.

semblablement à l'ordre du jour — et 1960. À Patrick Waldberg, auquel il fait part, dans une lettre datée de cette dernière année, de la vente du manuscrit du *Mort* à Alexandre Iolas, Bataille confie en effet avoir « ajouté au texte de ce manuscrit — assez court — une sorte de préface[1] ». On peut d'autant plus supposer qu'il s'agit bien là de notre préface que l'échange épistolaire fait une large place aux trous de mémoire de Bataille[2]. Si rien ne prouve évidemment que la préface ici évoquée par Bataille est bien la nôtre, si rien n'indique non plus que Bataille a écrit cette dernière pour un éventuel projet d'édition avec Alexandre Iolas[3], on voit mal enfin de quelle autre « sorte de préface » il pourrait s'agir.

1. Prénom du père de Bataille (voir la Notice, p. 1172).

2. Allusion à un passage célèbre des *Lamentations* de Jérémie : « Vous tous qui passez en chemin, / considérez et dites / s'il est douleur comme la mienne ! » (1-12). Associée à la Passion du Christ dans l'exégèse et dans l'office catholique, cette plainte qui se récite dans la cinquième leçon, au deuxième nocturne du samedi saint, figure également, dans l'iconographie religieuse, sur certaines représentations de la Vierge des Pitiés, telle que la Pietà de Villeneuve-lès-Avignon, d'Enguerrand Quarton (1454-1456, Paris, Louvre). Il est également possible que le jeune Bataille ait repéré cette inscription dans un village des environs de Reims, Saint-Lumier en Champagne, où elle est gravée sur une pierre qui rend hommage à « Nicolas Oudinot François de St Lumier qui a été mort de la gelez dans ses environs le trante et un decambre 1783 ». Cette dernière hypothèse est d'autant plus convaincante que Reims représente pour Bataille le tombeau du père, auquel le prénom d'Aristide fait expressément référence.

3. Ce séjour est également évoqué dans *L'Impossible*, p. 553.

4. Dans un article publié en 1929 dans le numéro 6 de *Documents*, « Le Gros Orteil », Bataille avait déjà attiré l'attention sur l'aspect foncièrement « *humain* », « hideusement cadavérique » et « bassement » séduisant du pied, qui « mène, indépendamment de [l']homme, une existence ignoble » (*OC I*, p. 200-204).

5. Sur le rapport de Bataille à Hegel, voir *Madame Edwarda*, n. 1, p. 317. Sur son rapport à Heidegger, voir aussi *L'Expérience intérieure* (*OC V*, p. 37), *Méthode de méditation* (*OC V*, p. 217-218), « De l'existentialisme au primat de l'économie » (*OC XI*, p. 279-306) et « L'Existentialisme » (*OC XII*, p. 11-15).

6. Eschyle, *Prométhée enchaîné*, v. 89-90. Sur Bataille lecteur d'Eschyle, voir la Notice de *L'Impossible*, p. 1223-1225. On comprendra mieux la

---

1. *Choix de lettres*, p. 537. Cette lettre est datée d'« entre le 23 et le 31 juillet » 1960.

2. En date du 18 juillet, Patrick Waldberg rappelle ceci à Bataille : « Le lendemain donc, je ne sais si tu t'en souviens, tu m'as appelé chez moi au téléphone vers 11 h 45. Tu étais à l'hôtel Crillon, mais tu avais oublié avec qui tu avais rendez-vous et pourquoi » (BNF, site Richelieu, correspondance Georges Bataille, 2ᵉ volume, N.a.fr. 15854, lettre 422). Ce à quoi Bataille répond, en ouverture de la lettre ici évoquée : « Inutile de te dire que je me rappelle difficilement *tout* ce dont tu me parles. »

3. Il semble qu'un tel projet ait existé, au moins dans l'esprit de Bataille. Ce dont Waldberg, à qui Bataille confie également dans la même lettre que « le manuscrit dont il s'agit n'était pas le premier manuscrit de ce texte [qu'il ait] vendu (mais sans doute même le 3ᵉ) », s'inquiète en ces termes, qui prêtent aujourd'hui à sourire : « Qu'arriverait-il s'il voulait vraiment le publier et qu'un des autres acheteurs le fasse vraiment en même temps que lui ? » (27 juillet 1960, N.a.fr. 15854, lettre 424).

valeur de cette citation assez déroutante en rappelant d'abord que Prométhée est non seulement la figure de la démesure, mais aussi qu'il a pu
être considéré, en raison de l'expiation à laquelle il fut condamné pour
avoir dérobé le feu aux dieux, comme une préfiguration du Christ. C'est
notamment le sens que Simone Weil, que Bataille fréquente dans les
années 1930, donne aux premiers mots de Prométhée dans la pièce
d'Eschyle, dans lesquels intervient l'expression citée ici, et qu'elle a elle-
même traduits de la façon suivante : « Ô divin ciel, rapides ailes des
vents, / ô fleuves et leurs sources, ô de la mer et des flots / innombrable
sourire, et toi, mère de tout, terre, / et celui qui voit tout, le cercle du
soleil, je vous appelle ; / voyez-moi, ce que les dieux font souffrir à un
dieu » (Simone Weil, *La Source grecque*, Gallimard, 1953, p. 46).

    7. Nous n'avons pu identifier l'auteur de cette citation.

    8. On pourra reconnaître ici un écho à la célèbre disparition des
« traces de [s]a tombe » exprimée par Sade dans son testament : « La
fosse une fois recouverte, il sera semé dessus des glands afin... que les
traces de ma tombe disparaissent de dessus la surface de la terre comme
je me flatte que ma mémoire s'effacera de l'esprit des hommes » (voir
Œuvres complètes, Chronologie, t. I, p. LXXIX).

[LETTRE À HENRI PARISOT]

    Cette lettre, écrite sur deux pages recto verso de papier à en-tête des
Éditions du Chêne et de « Critique — Revue générale des publications
françaises et étrangères », fait partie d'un ensemble de seize lettres adressées par Bataille à Henri Parisot entre le 26 août 1945 et le 16 octobre 1947,
provenant du même dossier que le manuscrit *A* (dossier M 46728, Carlton
Lake Collection, Harry Ransom Humanities Research Center, université
d'Austin, Texas). Surtout connu pour sa traduction d'*Alice au pays des
merveilles* en 1968 et pour avoir été le destinataire de nombreuses lettres
d'Artaud, Henri Parisot fut également, en tant que libraire et éditeur, l'un
de ces passeurs qui font aussi la vie littéraire d'une époque. D'autres lettres
faisant partie du même ensemble montrent que Bataille lui doit notamment la publication de *L'Orestie* en 1945, aux Éditions des Quatre Vents,
qu'il codirige avec Gaston Bonheur, celles de « Dirty » la même année et
de *Méthode de méditation* en 1947 aux Éditions Fontaine, où il est alors directeur de collection, ainsi que la vente d'un manuscrit.

    Outre qu'elle nous apprend que *Le Mort* est complémentaire d'un
autre texte, *La Tombe de Louis XXX*, et qu'elle confirme l'importance que
Bataille accorde à la mise en page de son récit, cette lettre nous fait
découvrir le petit réseau de connaissances sur lequel Bataille cherche à
s'appuyer pour publier ceux de ses textes qu'il considère comme « d'un
très mauvais genre ».

    1. Il s'agit de l'éditeur Robert Chatté. Dans un entretien de 1987,
Jean-Jacques Pauvert décrit en ces termes ce « personnage étonnant »,
autre figure de passeur, mais comme on le dirait d'un contrebandier :
« Un libraire en chambre, à Montmartre dont une des spécialités était le
livre érotique, à l'époque objet de contrebande. C'était l'obsédé sexuel
type : il en avait tellement la tête que c'était effarant ; par ailleurs un

homme d'une excellente éducation. [...] Chatté était un intime de Bataille et avait très bien connu Laure » (*Magazine littéraire*, nᵒ 243, juin 1987, p. 39).

2. *La Tombe de Louis XXX*, *OC IV*, p. 151-168.

3. Après Henri Parisot et Robert Chatté, c'est la troisième figure de passeur qu'on croise dans cette lettre. Après avoir fondé la revue *Fontaine* (1939-1947), dans laquelle Bataille publie deux textes (« Devant un ciel vide », nᵒˢ 48-49, février 1946, qui sera repris avec des variantes dans *Méthode de méditation*, et « Dianus. Notes tirées des Carnets de Monsignor Alpha », nᵒ 61, septembre 1946, repris avec des variantes dans *L'Impossible*), l'écrivain Max-Pol Fouchet crée en 1940 les éditions du même nom, où Bataille publie en 1945 « Dirty » et en 1947 *Méthode de méditation*. On pourra aussi se reporter à *Max-Pol Fouchet ou le Passeur de rêves : textes, photographies et témoignages*, sous la conduite de Guy Rouquet, Bordeaux, Le Castor astral, 2000.

4. Sur Georges Hugnet, quatrième passeur, voir la Notice du *Petit*, p. 1139 et n. 1, et « Autour de *Julie* », p. 484 et n. 5.

JULIE

NOTICE

Julie est sans doute le plus méconnu de tous les récits de Bataille. Cette méconnaissance s'explique aisément : inachevé, ce récit écrit en 1944 n'a été publié pour la première et unique fois qu'en 1971, dans le volume des *Œuvres complètes* qui rassemble les œuvres littéraires posthumes. Elle est aussi pour une certaine part justifiée : pour être l'un des plus curieux récits de Bataille, *Julie* n'est pas à première vue le meilleur. Étonnamment statique, hésitant entre le théâtre et la narration, mais aussi entre le registre de la tragédie et celui du vaudeville, sentant parfois l'artifice, le récit peine à prendre et semble chercher en vain son régime et sa nécessité. Récit hybride, *Julie* est néanmoins loin d'être dénué d'intérêt. Rapporté aux circonstances biographiques de sa rédaction et à d'autres écrits de son auteur plus ou moins contemporains, il constitue un observateur privilégié de trois phénomènes fondamentaux dans l'œuvre de Bataille : le jeu complexe et ininterrompu de l'intratextualité d'abord, sensible à travers toute une série d'échos, de migrations et d'interférences entre les textes ; le rapport étroit du biographique et de l'écriture ensuite ; la tension entre deux modes d'expression enfin, le dramatique et le narratif, mise en relief par la théâtralité accusée du récit. Comme tout texte inachevé, il récèle en outre l'énigme de son inachèvement.

Une réplique du « Bleu du ciel ».

Présentant, du point de vue de sa facture, le même caractère hétérogène et composite que *Le Bleu du ciel*, *Julie* partage également avec ce roman un même genre de trame qui, entrelaçant étroitement une histoire fictive et privée, marquée par une tonalité érotique et délétère, et l'histoire réelle et universelle, saisie dans l'un de ses épisodes les plus critiques — la Deuxième Guerre mondiale — produit un effet de nivellement grinçant. Comme dans le roman de 1935, le point de vue adopté est celui d'un certain Henri, et plus précisément d'un homme malade, habité de pulsions morbides, doté d'une tendance aiguë à la déréalisation, et entouré de deux femmes qui le désirent et se rencontrent à son chevet : Suzanne, dont l'aspect macabre n'est pas sans évoquer le personnage de Lazare, et Julie, dont le goût pour la débauche et la souillure est digne d'une Dirty.

À l'instar du *Bleu du ciel*, qui s'achevait sur le « spectacle obscène » et prémonitoire d'une parade d'enfants nazis, *Julie* peut aussi se lire comme une allégorie — mais une allégorie bouffonne, tendance farce — de la crise mondiale. Dans un projet de préface rédigé en marge de la première version manuscrite, Bataille souligne expressément ce lien entre son récit et l'histoire contemporaine : « Mon récit, écrit-il, irisera les lumières émanées d'une société mourante[1]. » Ces *lumières*, on les voit d'abord *iriser* dans le cadre choisi par Bataille, celui de la veillée d'un homme plus ou moins mourant[2], et sous les motifs afférents à un tel cadre, ceux de l'attente et de la mort. Comme dans *Le Bleu du ciel* encore, la dimension allégorique tend notamment à se condenser dans certaines scènes de vision ou de souvenir qui constituent un moyen privilégié de symboliser, sous une forme saisissante, la crise que traverse alors le monde. Il en est ainsi de la vision de Julie jouant avec un crâne, qui réactive deux des plus célèbres allégories de la culture occidentale, le couple de la Jeune fille et la Mort et la tradition de la Vanité[3]. En outre, de même qu'on peut assimiler Julie, à la suite de Dirty, au type détaché, aristocratique ou grand bourgeois, de l'insouciance politique et de l'indifférence à l'égard des événements, on pourra voir dans le personnage de la vieille servante Mme Hanot une incarnation exemplaire du bon sens paysan, et déceler dans les manœuvres de Suzanne le ressentiment et les calculs mesquins de la petite bourgeoisie. Mais c'est surtout le père de celle-ci, M. Hacque, qui supporte sous l'effet de la satire la charge symbolique la plus lourde. Ancien lieutenant dans l'armée auxiliaire en 1914, « glapi[ssan]t » et s'essayant en vain à forcer une porte « comme un petit taureau », en venant à se prendre les pieds dans le tapis et finissant par parler d'une « voix mourante », le père de Suzanne et d'Henri est le parfait symbole de cette *société mourante* dont l'auteur de *Julie* dit vouloir *iriser* la lumière dans son récit. Et si la charge est si lourde, c'est sans doute parce qu'elle vise une société que Bataille exècre et connaît bien pour en être issu : la petite bourgeoisie de province du début du XXe siècle.

On pourra ici être surpris par la façon dont le récit accomplit finalement son programme allégorique : non pas en accordant la mort à celui qui la cherche, c'est-à-dire à Henri, mais en faisant parler d'une « voix mourante » son grotesque père — Henri disant alors pour la première fois aller mieux. Mais cette amélioration fait également partie du programme : la convulsion du monde est ambivalente, elle est « enfante-

---

1. Voir le projet de préface, dans « Autour de *Julie* », p. 484.
2. Ce cadre est explicitement mentionné p. 471 : « L'étrange repas rappelait celui d'une famille dont un membre est mourant. »
3. Voir p. 448 et n. 14.

ment d'un monde liquidant l'ancien[1] », soit à la fois mort et naissance. Multipliant les allusions à la naissance, au nouveau et à l'inconnu, les considérations générales sur lesquelles s'ouvre la deuxième partie de *Julie* esquissent même, en une ultime allégorie, les contours de ce nouveau monde : « Mais un jour la réponse est femme[2]. » Et les quelques évocations, à forte charge érotique, de la vie de et avec Julie sur lesquelles le récit s'interrompt vont dans le même sens : « le monde neuf » dans lequel il convient « d'entrer nu » a tous les aspects d'un monde érotique, c'est « le monde des amants » que Bataille considérait déjà en 1938 comme « l'une des rares possibilités de la vie actuelle » et dont il écrivait qu'il « n'est pas moins vrai que celui de la politique. Il absorbe même la totalité de l'existence, ce que la politique ne peut pas faire[3] ».

Il existe enfin un dernier point commun entre *Julie* et *Le Bleu du ciel*, qui touche à leur genèse, et plus précisément aux conditions biographiques de leur écriture. Comme celui de 1935, le roman de 1944 est étroitement lié à une crise morale grave.

« Un roman autobiographique ».

C'est vraisemblablement pendant son séjour à Samois, près de Fontainebleau, entre le printemps et l'été de 1944, que Bataille rédige les deux versions manuscrites de *Julie* que nous connaissons[4]. Il traverse alors l'une des périodes les plus sombres de sa vie[5]. Atteint d'une tuberculose pulmonaire qui s'est déclarée deux ans auparavant, il vit seul dans une région qui, loin d'être épargnée par la guerre, se trouve à plusieurs reprises au cœur des combats. Il souffre en outre d'être séparé de sa nouvelle compagne, Diane Kotchoubey de Beauharnais, qu'il a rencontrée un an plus tôt. Une longue lettre à Diane, écrite en novembre 1944, alourdit un peu plus ce portrait d'un homme « rongé par l'angoisse » en ajoutant à la maladie la solitude, l'attente et la guerre, le poids d'une relation amoureuse qu'on devine lestée d'une charge mortifère considérable[6]. « Je t'aime à un tel point que c'est l'avant-goût de la mort », écrit notamment Bataille à Diane, « la mort et toi. Tout le reste est mensonge[7] ».

Ce portrait de Bataille en 1944 resterait encore incomplet si on omettait d'y adjoindre le travail de l'écrivain. Car comme souvent chez Bataille, l'angoisse et la guerre stimulent l'écriture. Sans entrer ici dans le détail, il faut au moins rappeler que Bataille a écrit peu de temps auparavant un bref récit scandaleux qui ne sera pas publié de son vivant, *Le Mort*, et *Le Coupable*, recueil de notes personnelles et de réflexions ; et aussi qu'il rédige, en même temps que *Julie*, plusieurs autres textes dont un grand nombre de poèmes[8] ; *Sur Nietzsche*, recueil composé des notes du « Journal » qu'il tient de février à août 1944 et de la méditation qu'il

---

1. Projet de préface, p. 484.
2. *Julie*, p. 478.
3. « L'Apprenti sorcier », *OC I*, p. 532.
4. Voir la Note sur le texte, p. 1204-1205.
5. Comme en témoigne le journal qu'il tient à cette époque et qu'il publiera dans *Sur Nietzsche*.
6. Voir Georges Bataille, *Choix de lettres*, Michel Surya éd., Gallimard, 1997, p. 226-232.
7. *Ibid*., p. 232.
8. Notamment les poèmes de *L'Orestie*, qui seront repris dans *L'Impossible*.

poursuit sur et à partir du philosophe ; et vraisemblablement *L'Alleluiah*, « invitation brûlante à l'érotisme de l'amant à l'amante[1] » qui, sous-titrée « Catéchisme de Dianus », peut aussi se lire comme un hymne à Diane. On le voit : en cette année 1944, l'écriture est étroitement liée aux mouvements de l'existence. Et *Julie* n'échappe pas à la règle.

Sous les traits du personnage fiévreux qui, n'en pouvant plus d'attendre, dans la solitude et l'angoisse, l'arrivée de Julie, en vient à tenter de se suicider dans la maison de sa sœur en septembre 1939, il ne fait d'abord guère de doute que Bataille a transposé l'état qui est le sien en 1944 à Samois. D'autres détails encore confortent cette lecture biographique, tels que l'évocation de l'Impradine[2], rivière du Cantal dans laquelle Bataille se baignait étant adolescent, ou encore telle expression anglaise à caractère scabreux qui fait écho à l'anglophonie de Diane[3].

Au-delà de cette conception étroite de l'autobiographique, il y a cependant tout lieu de penser que Bataille a songé à faire de *Julie* l'instrument d'une ambition plus vaste, plus subtilement articulée au biographique et à l'œuvre qu'il est en train d'élaborer. Dans le même projet de préface, Bataille fait ainsi état de deux autres intentions qui, engageant à lire le récit en regard des notes qui composent *Le Coupable*, invitent également à reconsidérer les modalités de l'autobiographique. « Attribu[ant] [l]e récit à Dianus[4] », la première intègre du même coup *Julie* à une espèce d'autoportrait mythique. Utilisé pour la première fois comme « pseudonyme » en 1940, pour la publication des premières pages du *Coupable* dans la revue *Mesures*, Dianus est également présenté comme auteur fictif du livre dans l'édition de 1944 et sera encore mobilisé au titre d'auteur fictif de *L'Alleluiah* et comme personnage de *L'Impossible*. Figure de la mythologie romaine, dont Bataille a vraisemblablement découvert l'usage qu'il pouvait en faire dans *Le Rameau d'or* de Frazer[5], Dianus est une figure expressément tragique : prêtre du temple de Diane, celui-ci tient son titre du meurtre de son prédécesseur et se sait donc lui-même promis à une mort prochaine et condamné à une vigilance de tous les instants. Au tournant des années 1930 et 1940, soit au lendemain de l'aventure d'*Acéphale*, durant laquelle Bataille a porté un intérêt passionné au tragique et au mythe, et en particulier à leur puissance de figuration de la vie[6], et pendant les premières années de guerre, au cours desquelles Bataille transcrit dans *Le Coupable* l'angoisse et la peur qui le tenaillent, on devine ce qui, dans une si tragique figure, put susciter son adhésion : sous les traits de Dianus, en l'espèce de l'attente angoissée, de l'observation inquiète et de la souveraineté dérisoire et coupable, se trouvaient condensés et figurés les principaux états affectifs qui étaient alors les siens. Parce qu'il met en jeu non seulement la même période de référence (le début de la guerre), mais surtout les mêmes affects, *Julie* peut donc fort logiquement se voir rattaché au *Coupable* sous le chef de Dianus. À ceci près toutefois qu'un événement est venu infléchir le sens

---

1. Prière d'insérer de la seconde édition du *Coupable*, *OC V*, p. 493.
2. Voir p. 449 et n. 9.
3. Voir p. 451 et n. 11.
4. Projet de préface, p. 483.
5. Voir la Notice de *L'Impossible*, p. 1221-1222.
6. Voir notamment la « Chronique nietzschéenne » publiée dans le numéro 3-4 d'*Acéphale*, daté de juillet 1937 (*OC I*, p. 477-490).

de la référence au prêtre du temple de Diane : la rencontre avec une Diane terrestre. Celle-ci a pour conséquence littéraire d'activer la référence à la déesse des bois et de lester la figure de Dianus d'une charge plus intime qui prendra toute sa valeur dans le « Catéchisme de Dianus » que Bataille adressera à sa maîtresse sous le titre de *L'Alleluiah*.

Écrivant *Julie*, c'est cependant au *Coupable* que Bataille entend rattacher son récit. Aussitôt après avoir attribué le récit à Dianus, l'auteur de *Julie* expose en ces termes, aussi énigmatiques qu'ambitieux, le rapport que le récit pourrait entretenir avec *Le Coupable* : « Écrire un roman autobiographique, répondant aux lacunes des notes [du *Coupable*]. Mais sans clé, personnages inventés, événements faux. À ce prix, les *mouvements* de la vie se trouvent[1]. » À la lecture de cette nouvelle déclaration d'intention, il apparaît donc que si Bataille a bien en vue, avec *Julie*, « un roman autobiographique », c'est en un sens bien plus large que celui que nous lui avons assigné. Il faut néanmoins considérer ce passage pour ce qu'il est : une note d'intention rédigée pour son propre compte par un écrivain qui se trouve à un moment clé de l'élaboration d'un nouveau texte. Autrement dit, ces lignes fixent une ambition : celle d'une écriture littéralement « biographique », c'est-à-dire capable d'« exprimer la vie[2] », en particulier sous l'aspect de ses « mouvements ».

Exprimer les mouvements de la vie.

La problématique de l'expression de la vie sous son aspect le plus mouvementé n'est certes pas nouvelle chez Bataille. Fondamentale dans l'ensemble de l'œuvre, elle est particulièrement insistante dans les années 1940 pendant lesquelles elle reçoit deux de ses formulations les plus concises, dans la « Discussion sur le péché » de 1943, puis dans *L'Impossible* : « Le langage manque parce que le langage est fait de propositions qui font intervenir des identités » ; « la vie est plus mobile que le langage[3] ». Lacunaire et inadéquat, le langage ne pourrait ainsi que manquer les mouvements de la vie : ce « drame » de l'expression, que Bergson avait mis au jour dès la fin du XIXe siècle, est alors plus que jamais au cœur des écrits de Bataille[4].

Cette problématique trouve néanmoins à l'occasion de la rédaction de *Julie* une formulation propre : engageant, à travers la comparaison avec *Le Coupable*, une microthéorie des genres, évalués selon leur aptitude à exprimer la vie, elle tend à faire du roman un genre particulièrement

1. Projet de préface, p. 483.
2. *Ibid*, p. 484.
3. *OC VI*, p. 350 ; *OC III*, p. 124.
4. Dès sa thèse de doctorat, *Essai sur les données immédiates de la conscience* (Alcan, 1889), Bergson fait valoir que « nos perceptions, sensations, émotions et idées se présentent sous un double aspect : l'un net, précis, mais impersonnel ; l'autre confus, infiniment mobile, et inexprimable, parce que le langage ne saurait le saisir sans le fixer dans sa mobilité, ni l'adapter à sa forme banale sans le faire tomber dans le domaine commun » (voir rééd. PUF, 1927, p. 96 et suiv. Nous soulignons). Si Bataille sera parfois sévère, au mieux partagé, dans ses jugements sur Bergson (voir *L'Expérience intérieure*, *OC V*, p. 80 ; « Non-savoir, rire et larmes », *OC VIII*, p. 220-221 ; note autobiographique, *OC VIII*, p. 562), il ne fait aucun doute qu'il lui emprunte sa critique du langage : l'*Essai sur les données immédiates de la conscience* est l'un des premiers ouvrages qu'il emprunte à la BN, le 21 août 1922. Il rendra le livre que huit mois plus tard : plus de temps qu'il n'en faut pour s'en imprégner jusqu'à donner lieu à d'évidentes similitudes de formulation.

adéquat, du moins plus approprié qu'un recueil de notes tenant à la fois du journal et de la réflexion. Si cette aptitude — attribuée jusque-là à la poésie[1] — du roman sera par la suite clairement soulignée, notamment dans l'« Avant-propos » de 1957 au *Bleu du ciel* et dans la préface à la réédition de *L'Impossible* en 1962, sa formulation est inédite en 1944. Mais le plus singulier est encore l'articulation que Bataille propose d'établir entre *Julie* et *Le Coupable*, en envisageant le récit comme un « complément » du recueil de notes, susceptible d'en combler les « lacunes » : tandis que *Julie* bénéficierait de « l'absurdité de l'invention », écrit-il en substance dans son projet de préface, *Le Coupable* souffrirait à la fois d'un parti pris écrasant (« côté d'écrasement dans le parti pris de tout dire ») et d'un déficit d'expression (« les notes [...] sont des *échéances* : manière de vivre et non d'exprimer la vie »).

On reconnaîtra ici trois propriétés traditionnellement attachées au roman : liberté d'invention, liberté dans la sélection de l'information, puissance expressive. Le terme d'« échéance » est par ailleurs une référence directe au *Coupable*. Donnant son titre à une sous-section du livre, étroitement liée à la notion de chance et glosée littéralement comme « ce qui échoit », l'échéance y est caractérisée comme « mise en question » et « affirmation de l'aléatoire, de l'éventuel », c'est-à-dire comme un motif certes accordé à « l'expérience mystique hétérodoxe » exposée dans *Le Coupable*, mais tourné davantage du côté de l'existence et de la pensée que du côté de l'œuvre, qui implique toujours une forme de réponse, actuelle et réalisée[2]. Bataille souligne donc ici le caractère paradoxal et insatisfaisant d'un livre qui, se tenant au plus près du mouvement de la vie et de la pensée, se situe du même coup au plus loin de l'œuvre. On entrevoit alors quel genre de lacunes du *Coupable* entendait combler avec *Julie* : rien qui ne soit de l'ordre d'un contenu, mais plutôt, au moyen de la puissance de figuration propre au roman, un déficit formel, un défaut d'expressivité.

À plusieurs égards, le texte de *Julie* confirmera une telle hypothèse. On peut d'abord lire le récit comme un conflit entre deux grands *régimes* de vie, l'un rapide et emporté, incarné par le personnage de Julie, qui « entraînait toutes choses dans un mouvement de vie, comme en un courant d'air majestueux[3] », l'autre entravé et ralenti, incarné par le personnage d'Henri, qui se trouve immobilisé non seulement physiquement mais aussi psychologiquement, en vertu de la situation d'attente qui est la sienne. Faisant se rencontrer ces deux régimes de vie, *Julie* peut encore plus précisément se lire comme le récit de la contamination de la vie emportée par la vie paralysée. Au contact d'Henri, Julie va en effet boire excessivement et connaître l'une de ces « longues inerties » par laquelle elle se caractérise aussi : d'abord « lourde sur son fauteuil », puis « lourde à voir » et « hébétée d'avoir bu », elle finira « inerte » et « gisant dans son vomi[4] ».

On aurait cependant tort de réduire l'attente à une seule expérience de l'immobilité. Loin d'être une forme d'inertie psychique, l'attente est

---

1. Voir notamment « Digression sur la poésie et Marcel Proust », *L'Expérience intérieure*, *OC* V, p. 156-175, et « L'Opération souveraine », *Méthode de méditation*, *OC* V, p. 217-223.
2. Voir *OC* V, p. 333.
3. P. 442.
4. P. 476.

envisagée dans le récit comme un phénomène dynamique de tension qui constitue un « mouvement de vie » fondamental.

L'attente, l'agitation.

Thème dominant du roman, soutenu par plus de quarante occurrences du mot, l'attente est principalement appréhendée sous la forme intime et exaspérée de l'attente amoureuse, sous celle, suspendue et anxieuse, de l'attente au chevet d'un malade, sous la forme historique et résignée de l'attente liée à la guerre et sous la forme métaphysique d'une attente existentielle, à laquelle l'attente amoureuse en particulier conduit à plusieurs reprises.

À une époque qui a pris l'habitude de se définir en référence à la guerre — passée, actuelle et/ou future —, ce sont les temps eux-mêmes qui sont à l'attente, laquelle devient aussi, autour des années 1920, un problème et un phénomène exemplaire du caractère mouvementé de la vie pour les sciences humaines et la philosophie. Dès 1924, le sociologue Marcel Mauss signale ainsi l'urgence qu'il y a à étudier un tel phénomène, sous ses aspects psychologique et physiologique[1]. Deux ans plus tard, la notion fait son entrée dans le *Vocabulaire technique et critique de la philosophie* de Lalande, sous la plume du psychiatre Pierre Janet, qui insiste à son tour sur le caractère à la fois décisif et dynamique du phénomène[2].

Sur un plan plus proprement philosophique, le motif de l'attente entre en consonance avec les développements de deux grands courants de pensée : la recherche bergsonienne d'un accès intuitif à la vie et la pensée phénoménologique de l'existence, telle qu'elle est en particulier élaborée en 1927 par Heidegger dans *L'Être et le Temps*. Forme exemplaire de l'incommensurabilité de la durée au temps chez Bergson, l'attente intervient dans *L'Être et le Temps* comme figure de l'avenir inauthentique (le « s'attendre à », das *Gewärtigen*) et surtout comme composante d'un aspect décisif de la pensée du temps, soit la détermination, à partir du recours à l'étymologie, du présent (*Gegenwart*) comme attente (*Warte*) de ce qui vient à la rencontre (*gegen*)[3]. Le motif de l'attente est en outre largement exploité par les représentants de la philosophie chrétienne[4] et peut être considéré comme l'un des plus aptes, avec l'angoisse, la peur et le désir, à rendre sensible ce que tout un pan de la philosophie de l'époque pense

---

1. Voir Marcel Mauss, « Rapports réels et pratiques de la psychologie et de la sociologie », communication du 10 janvier 1924 à la Société de Psychologie, publiée dans le *Journal de Psychologie Normale et Pathologique*, 1924 ; Marcel Mauss, *Sociologie et anthropologie*, PUF, Quadrige, p. 307-308.

2. Voir article « Attente », dans André Lalande, *Vocabulaire technique et critique de la philosophie*, Alcan, 1926, 2ᵉ éd.

3. Pour Bergson, voir notamment *L'Évolution créatrice*, Alcan, 1907, rééd. PUF, 1941, p. 9-10 ; *La Pensée et le Mouvant*, Alcan, 1934, rééd. PUF, 1938, p. 12 et 28. Pour Heidegger, voir Françoise Dastur, *Heidegger et la question du temps*, PUF, 1990, p. 75, 115-116 et 122.

4. Voir Jean Wahl, *Études kierkegaardiennes*, Aubier, 1938, p. 327-328 : « L'éternité est pour le chrétien l'objet d'un choix et d'une attente, et en même temps quelque chose qui est passé. [...] Kierkegaard comme Nietzsche [...] définit la pensée religieuse par ses caractères d'attente, de présence et de retour vers le passé. » Et Simone Weil, *Attente de Dieu*, La colombe, éditions du Vieux-Colombier, 1950. Dans sa préface, l'éditeur du livre, à qui celui-ci doit son titre, le père Perrin, motive ainsi son choix : « J'ai choisi le titre *Attente de Dieu*, parce qu'il était cher à Simone ; elle y voyait la vigilance du serviteur tendu vers le retour du maître. Ce titre exprime aussi le caractère inachevé qui, à cause même des nouvelles découvertes spirituelles qu'elle fit alors, tourmentait Simone. »

sous les concepts de *vie* et d'*existence*, soit une expérience concrète, intime et mouvante de l'être et du temps qui implique ouverture, tension, inachèvement et finitude.

De même que *Sur Nietzsche* atteste de l'expérience concrète de l'attente qui est celle de Bataille durant la guerre, ses lectures suffisent à établir qu'il connaît bien les termes de la problématique : de tous les auteurs évoqués ici, il n'en est pas un que Bataille n'ait lu[1]. Mais à la différence de ceux-ci, c'est sous la forme d'une fiction, soit sous la forme la plus apte à ne pas céder sur l'expérience sensible, qu'il choisit de traiter du problème.

Roman de l'attente, *Julie* met en jeu les deux genres d'approche, philosophique et psychologique, du phénomène. Quand la conception bergsonienne de l'attente fait l'objet d'un traitement parodique[2], sa dimension existentielle est sensible dans de nombreux passages où l'attente de Julie, explicitement assimilée au désir, devient pour Henri l'occasion de prendre conscience de sa finitude ou, pour le dire avec Heidegger, de son être-pour-la-mort. Tendant à rattacher *Julie* à la tradition des Vanités, ce traitement du motif de l'attente invite aussi à voir dans le roman de Bataille une anticipation des deux grandes fictions de l'attente métaphysique que seront *En attendant Godot* de Beckett (1952) et *L'Attente, l'oubli* de Blanchot (1962). Bataille n'en reste cependant pas à cette seule dimension philosophique. Envisagée comme disposition propice à la conscience de la mort, l'attente est aussi présentée dans le récit sous son aspect psychologique, plus spectaculaire et plus sensible : comme un phénomène nerveux, accompagné de ces « mouvements violents » évoqués par Mauss et déterminant, comme dans la définition proposée par Janet, « des fatigues, des émotions ». Car si l'attente est l'affection majeure du récit, elle n'est pas la seule figure de la vie mouvementée.

Tout se passe en fait comme si Bataille avait mis à profit les trois grandes propriétés du roman évoquées plus haut (invention, sélection, puissance expressive) pour vouer *Julie* à l'expression de la vie sous son aspect le plus mouvementé. Domaine d'exercice privilégié de la faculté d'invention du romancier, l'intrigue se révèle tout d'abord particulièrement propice à l'expression exacerbée des mouvements de la vie — au point qu'elle évoque souvent, par ses potentialités explosives que condense l'image de la « maison de fous[3] », par son caractère artificiel et construit aussi, le registre du psychodrame. Se nouant autour d'un homme chez qui l'attente est poussée au paroxysme et la vie portée à un point critique, et intégrant les diverses réactions de ses proches, l'intrigue de *Julie* implique également un conflit entre une relation amoureuse (Henri/Julie) et une relation familiale (Suzanne est jalouse de Julie) et conjugue en outre un drame existentiel et un drame de la jalousie. Difficile, on en conviendra, de faire plus potentiellement explosif. Modalité privilégiée de la sélection de l'information, la narration tend par ailleurs à se polariser, au moyen d'un vocabulaire adéquat et de brèves notations, centrées tantôt sur la vie intérieure des personnages, tantôt sur leur aspect extérieur, sur les diverses réactions, tant affectives que physiques,

1. Pour plus de détails, voir « Emprunts de Georges Bataille à la Bibliothèque nationale (1922-1950) », *OC XII*, p. 549-621.
2. Voir *Julie*, p. 461 et n. 16.
3. P. 466.

des protagonistes du récit. Et dans toutes ces réactions, un même paradigme est à l'œuvre : celui de l'agitation. Concentré d'excitation nerveuse et physique, *Julie* tend ainsi à condenser tous les aspects de la vie qui font qu'elle peut être dite mouvementée.

Un récit dramatique.

Constituant sans doute l'un des aspects les plus frappants du roman, la dimension théâtrale de *Julie* est sensible sous de nombreuses formes. Le caractère globalement unitaire de l'action d'abord, ainsi que sa concentration dans une durée relativement resserrée, deux jours et une nuit, et dans un lieu principal unique et limité, la chambre d'Henri, évoquent nettement la fameuse règle des trois unités. L'abondance des dialogues ensuite, qui rappelle le genre, en vogue au XVIIIe siècle, du roman dialogué, accentue un peu plus la théâtralité du texte. Encore accusée par l'importance accordée à la gestuelle, aux postures et aux mouvements des personnages, celle-ci est enfin soulignée par plusieurs références au théâtre comme tel ou à des genres dramatiques déterminés. Certaines de ces références sont explicites : on relève ainsi trois occurrences de l'adjectif « théâtral » et pas moins de huit mentions du mot « comédie » et de ses dérivés. Les autres sont implicites et consistent en la reprise de motifs caractéristiques de genres dramatiques divers. La présence diffuse du malheur et de la mort, associée à la thématisation du resserrement irrémédiable et de la pression douloureuse du temps[1], évoque ainsi clairement la tragédie, tandis que d'autres éléments renvoient au contraire aux genres populaires et légers du mélodrame, du vaudeville et de la comédie de boulevard.

Si l'on pourra éventuellement voir dans cette esthétique du mélange des registres un avatar lointain de la conception romantique du drame, la fonction qui est ici dévolue au théâtre inciterait plutôt à souligner l'affinité de *Julie* avec le « naturalisme des nerfs » d'un Strindberg, auteur notamment d'une célèbre *Mademoiselle Julie* à laquelle il n'est pas interdit d'imaginer que Bataille a songé[2]. Et au-delà du dramaturge suédois, c'est un certain *expressionnisme* qu'on est amené à reconnaître dans cet étrange roman, soit l'œuvre d'une exigence d'expressivité impérieuse — si impérieuse qu'elle tend à forcer la loi du genre romanesque, qui veut que celui-ci soit à dominante narrative, pour le refondre avec le mode dramatique et accroître ainsi la puissance expressive du texte. On aperçoit alors le paradoxe : tenant la forme du *roman* pour la plus apte à exprimer les mouvements de la vie, c'est à un mode d'expression *dramatique* que Bataille s'en remet principalement pour mener à bien son projet.

Outre l'exploitation intensive qui est faite du dramatique dans *Julie*, plusieurs éléments tendent à confirmer que c'est bien à un tel mode d'expression que Bataille songe quand il met en valeur, en marge des premières pages de son manuscrit, la puissance expressive du roman. Le premier de ces éléments est le vif intérêt que l'auteur de *Julie* porte au spectacle tragique à partir de la fin des années 1930. En 1937, il consacre

---

1. Voir par exemple : « Il compta douze heures avant la réponse […]. Pendant ces douze heures, il fallait endurer la souffrance. Il ne pouvait dans son état ni s'en distraire, ni la surmonter » (p. 437).
2. Voir n. 1, p. 433.

ainsi deux articles à la question[1]. Un an plus tard, il y revient dans ses conférences du Collège de sociologie. Tendant apparemment à s'estomper dans les années suivantes, cet intérêt est ravivé en 1943. Celui-ci ne prend plus alors la forme de la réflexion mais celle, plus directe, de l'écriture d'une tragédie : _Le Prince Pierre_, qui en restera toutefois au stade de l'ébauche[2]. Loin de démentir l'intérêt de Bataille pour le théâtre, le caractère seulement ébauché de cette tentative indique au contraire très précisément le statut qui est celui du théâtral dans _Julie_ : moins une pratique rigoureuse qu'une _tentation_, moins une destination ou une assignation stricte du texte qu'une _tendance_ du récit.

C'est également en 1943 que Bataille, soucieux de communiquer, malgré tout ce qu'elle a d'incommunicable, son « expérience intérieure », va exposer, sous la notion de _dramatisation_, la « méthode » qui permet d'y conduire. Si ce terme désigne d'abord une pratique post-ignacienne de méditation sur des données violemment sensibles — Bataille dit avoir « eu recours à des images bouleversantes[3] » —, elle renvoie aussi à une « volonté » plus générale : « À ce point nous voyons le sens second du mot dramatiser : c'est la volonté, s'ajoutant au discours, de ne pas s'en tenir à l'énoncé, d'obliger le glacé du vent, à être nu. D'où l'art dramatique utilisant la sensation, non discursive, s'efforçant de frapper, pour cela imitant le bruit du vent et tâchant de glacer[4]. » Dans la « volonté » que décrivent ces lignes, qui vise à compenser, au moyen de « l'art dramatique », crédité d'une valeur exemplaire, l'insuffisance du langage au regard de l'expérience sensible, on reconnaît très exactement le mode tendanciellement dramatique sur lequel l'exigence d'expressivité est à l'œuvre dans _Julie_. La convergence des enjeux est même telle qu'on en vient à se demander s'il n'y a pas là, plus qu'une simple anticipation ou annonce, la formulation d'un véritable _programme_ dont le roman serait en quelque sorte l'exécution.

Un supplément au « Mort ».

La supposition est d'autant plus fondée que Bataille a écrit, dans les années 1942-1943, un autre récit tout aussi étroitement lié à la notion de dramatisation, et auquel il y a lieu de penser, à la suite de Thadée Klossowski, que _Julie_ était destiné à s'abouter, en le précédant : _Le Mort_. « Ce texte, écrit son premier éditeur, on peut imaginer que Bataille l'écrivit pour étoffer _Le Mort_, pour en faire un roman : on y trouve en effet les mêmes personnages, Julie et Henri, dans une situation qui pourrait aboutir à celle du _Mort_[5]. » Il nous faut cependant ici corriger légè-

1. Une « Chronique nietzschéenne », _Acéphale_, n° 3-4, juillet 1937, dont la IIe partie est consacrée au _Siège de Numance_ de Cervantès (OC I, p. 477-490) ; « La Mère-Tragédie », _Le Voyage en Grèce_, n° 7, été 1937 (OC I, p. 493-494). Sur le rôle, décisif, de la « représentation de _Numance_ » dans l'importance accordée par Bataille au mode d'expression dramatique, voir notre étude « Le Tournant du théâtre – _Numance_ 1937 ou "les symboles qui commandent les émotions" », _Les Temps modernes_, n° 602, décembre 1998 – janvier-février 1999, p. 121-131.

2. _OC IV_, p. 319-324.

3. _Expérience intérieure_, _OC V_, p. 139.

4. _OC V_, p. 26. Sur la notion de dramatisation, voir la Notice du _Mort_, p. 1176-1178.

5. _OC IV_, p. 366-367. Rappelons qu'en 1944 Bataille n'a pas encore modifié les prénoms des personnages du _Mort_. Ceux qui deviendront par la suite Édouard et Marie s'appellent donc encore Henri et Julie.

rement Thadée Klossowski : rien ne permet en effet de dire que Bataille
envisagea d'aboutir à «un roman»; aussi bien put-il projeter un
ensemble au sein duquel, à la façon d'un diptyque, chacun des deux
textes eût gardé son autonomie. Cette dernière hypothèse emporte d'autant mieux l'adhésion que les deux récits divergent assez nettement
quant à leur tonalité générale. Quand *Julie* présente une grande variété
de tons, de registres et d'émotions, *Le Mort* se caractérise au contraire
par l'uniformité et le dépouillement : grave et solennel comme une cérémonie funèbre, le récit évite soigneusement toute rupture de ton ou
de registre. Une telle divergence ne saurait néanmoins valoir pour une
marque d'incompatibilité, tant les points de convergence entre les deux
textes sont nombreux.

Outre que l'on sait aussi que l'auteur du *Mort* n'a cessé de revenir sur
ce récit, le plus bref de tous, avec l'intention de l'étoffer, tout concourt
à montrer que l'histoire de *Julie* était destinée à conduire à celle du *Mort*.
Les personnages, tout d'abord, ont non seulement alors les mêmes
prénoms mais aussi les mêmes caractéristiques fondamentales, qui se
trouvent en quelque sorte radicalisées dans *Le Mort*. «Retomba[nt]
mort» dès la première phrase du *Mort*, Henri accède là définitivement,
par ce qu'on peut imaginer être un second suicide, réussi celui-là, à cette
vie paralysée qu'il incarnait dans *Julie*. Quant à Julie, le parcours ivre
et heurté qui est le sien dans *Le Mort* en fait une incarnation accomplie
de cet «emportement rapide, coupé de longues inerties» qui la caractérise dans le roman éponyme. Certains propos, rapportés dans les deux
récits, renforcent également l'hypothèse de leur convergence, tel le
«Elles te crucifient» lancé par Henri dans *Julie* à propos des images
érotiques que celui-ci, «armé de clous», avait fixées sur les murs de
l'appartement parisien de Julie, qui annonce toute la thématique du
chemin de Croix développée dans *Le Mort*; ou encore cette dernière
volonté, dont fait état *Le Mort*, qui concorde avec la tonalité érotique
des dernières pages de *Julie* : «[Henri] en mourant l'avait suppliée de
se dénuder[1].» Les quelques informations livrées par le roman quant au lieu
où se déroule l'action confirment également l'unité profonde des deux
textes. Même si le nom du village «normand» du *Mort*, Quilly, n'est
jamais cité dans *Julie*, plusieurs indices laissent penser que *Julie* se déroule
dans ce même village ou dans un village analogue. L'évocation, dès le
premier chapitre, du «train de Calais» comme un référent connu,
ajoutée au fait que la maison de Suzanne, dans laquelle séjourne Henri,
se trouve à «quatre heures» de Paris en train[2], indique d'abord clairement que l'action se situe dans une province française au nord de Paris.
La double référence, par ailleurs, à une auberge et à un canal proches
de la maison, rappelle irrésistiblement la topographie du village du *Mort*[3].

---

1. P. 375.
2. On sait en effet que Julie, venant de Paris, «avait voyagé quatre heures» pour
rejoindre Henri (p. 452).
3. À Suzanne qui lui demande où Julie déjeunera lorsqu'elle viendra, Henri répond : «À
l'auberge.» Et c'est encore «à l'auberge» que la femme de ménage trouvera du champagne. Quant à la proximité du canal, elle est induite par cette phrase, dans laquelle Bataille
donne aussi toute la mesure de son *style* : «Longuement, de son lit de fièvre, il entendit la
sirène d'un remorqueur demander l'écluse.» L'auberge et le canal marquent par ailleurs les
deux extrémités du parcours de l'héroïne du *Mort*.

Outre ces affinités de contenu, *Julie* partage avec *Le Mort* deux caractéristiques formelles évidentes : un parti pris de maigreur, d'une part, à l'œuvre aussi bien au niveau de la phrase qu'au niveau de la séquence et de l'ensemble du récit ; un caractère discontinu, d'autre part, qui procède du découpage du texte en séquences clairement délimitées. Ces deux caractéristiques se révèlent enfin au service d'une même exigence, étroitement liée à ce que Bataille a pu formuler sous la notion de dramatisation. Si la volonté de drame qui correspond au « sens second du mot dramatiser » se donne le théâtre pour modèle, c'est *l'expérience sensible* qui est son horizon. Et dans *Julie* comme dans *Le Mort*, c'est à une même opération d'hybridation que Bataille soumet le langage narratif afin de conduire le récit au plus près de l'expérience sensible. D'un récit à l'autre, les modes impliqués dans l'opération sont en revanche distincts : quand c'est au mode dramatique que Bataille fait appel dans *Julie*, c'est à un mode visuel, d'ordre plutôt pictural, qu'il a recours dans *Le Mort*, dont la composition évoque clairement une série de tableaux[1].

Mais loin d'être antagoniques ou exclusifs l'un de l'autre, ces deux modes sont similaires, voire complémentaires : similaires, dans la mesure où ils impliquent un dispositif optique ou spectaculaire qui leur confère un même caractère sensible ; complémentaires, pour autant que leur association tend à couvrir tout le registre de ce que faute de mieux on appellera l'esthétique du sensible. Cette complémentarité, deux éléments au moins laissent penser que Bataille, non seulement en avait une conscience assez claire, mais aussi qu'il avait sans doute l'intention de la mettre en œuvre. Le premier est la rédaction, en 1944, soit l'année même de la rédaction de *Julie*, d'une œuvre d'un genre inédit : *La Maison brûlée*, scénario pour le cinéma. Si les motivations premières de Bataille sont sans doute d'ordre financier, on peut déceler aussi dans cette tentative la tentation d'une œuvre totale, conjuguant les vertus de l'image aux qualités expressives du mode dramatique. Le second élément tient aux rôles respectivement attribués à l'image et au drame dans la pratique de la dramatisation. Quand l'image — l'image violente, dont le modèle est la photographie du fameux supplicié chinois qui toute sa vie hanta Bataille — en est l'un des points de départ privilégiés, le drame en est la forme exemplaire. On peut alors imaginer que Bataille en vînt à rêver d'une œuvre dans laquelle tout le processus de la dramatisation fût à la fois contenu et développé. Et cette œuvre rêvée, tout indique que c'est à *Julie* qu'il revenait de la parachever. D'autant que la dernière image, celle sur laquelle le récit s'arrête, image de Julie en « guêpe blessée, exhibition de chair », est la même que celle à laquelle Bataille a recours dans *L'Expérience intérieure* pour décrire, sur la photographie qu'il a sous les yeux, le supplicié chinois « hideux, hagard, zébré de sang, beau comme une guêpe[2] ».

Un roman inachevé.

S'interrompant plus qu'il ne s'achève, *Julie* nous laisse à la fin face à l'énigme de son inachèvement. Si l'on sait la part, intentionnelle et signi-

1. Voir la Notice du *Mort*, p. 1173.
2. *OC V*, p. 139.

fiante, de l'inachèvement dans l'œuvre de Bataille[1], celle-ci ne saurait être invoquée à propos de notre texte : l'arrêt brutal, comme accidentel, du récit, ne permet pas d'avancer l'hypothèse d'un inachèvement concerté. Rien de provisoire non plus : à la différence du *Mort*, mais aussi du *Bleu du ciel* ou de *L'Impossible*, *Julie* ne donnera lieu à aucun retour, retouche ou remaniement ; le texte ne sera tout simplement plus jamais évoqué par la suite. Pas plus qu'il ne s'apparente à ces récits à gestation lente et ruminante, *Julie* ne saurait enfin se réduire à une ébauche : si la « verve » de l'auteur en vient bien à se tarir, le « tarissement » est loin d'y être « immédiat[2] ».

S'il est souvent vain ou paresseux de chercher à rendre raison de l'inachèvement d'un texte en s'interrogeant sur les circonstances dans lesquelles son auteur l'interrompt, il peut être fécond d'envisager l'inachèvement comme un symptôme, en se demandant ce qui, d'un dysfonctionnement ou d'un problème général, peut se manifester sous la forme ponctuelle d'un ratage ou d'un échec. Force est alors de reconnaître que l'inachèvement de *Julie* est lourd de sens. Récit-carrefour, traversé par de multiples textes, *Julie* est du même coup composite et soumis à de fortes tensions. À la manière d'une mosaïque, il s'efforce d'assembler des éléments disparates, à la fois thématiques et biographiques, dont on a vu qu'ils entrèrent ou entreront bientôt dans la composition d'autres textes, et qui forment ce qu'on pourrait appeler l'expérience « malchanceuse » de Bataille : soit une expérience plurielle de la crise, aussi bien morale que mondiale, de la solitude et de la maladie, de l'amour impossible et du désir exacerbé, le tout simultanément vécu et pensé, dans un mélange d'angoisse, d'attente, d'abattement et d'excitation. « Me servant de fictions, je dramatise l'être : j'en déchire la solitude et dans le déchirement je communique. / D'autre part la malchance n'est vivable — humainement — que dramatisée », écrit Bataille dans *Sur Nietzsche*[3]. Ce que révèle alors l'inachèvement de *Julie*, dont on peut dire, en parodiant le sous-titre d'une section de *L'Expérience intérieure*, qu'il constitue *le récit en partie manqué d'une expérience*[4] c'est d'abord l'échec d'un tel programme, et plus précisément l'incapacité du *roman* à le mettre en œuvre. Car si Bataille ne renoncera pas tout à fait à cet usage dramatique et rédempteur de la fiction, ce n'est pas du moins à la forme du roman qu'il s'en remettra, mais à celle, plus indécise, du *récit* : tel sera *L'Impossible*, qui réussira là où a échoué *Julie*, mais au prix d'un éclatement sans précédent des conventions du roman.

Et c'est là ce que manifeste en second lieu l'inachèvement de *Julie* : soit une certaine *impossibilité* du roman pour Bataille. De même que l'année 1944 agrège de multiples expériences, *Julie* tend en effet à condenser, et révéler, toutes les tensions qui font de celui-ci — mais aussi, pour

---

1. Si de nombreux critiques ont attiré l'attention sur ce point, c'est à Denis Hollier, qui met au jour dans *La Prise de la Concorde* une logique et une poétique de l'inachèvement, qu'on doit l'approche la plus rigoureuse et la plus convaincante.
2. Selon les termes de Michel Crouzet dans sa préface aux *Romans abandonnés* de Stendhal, 10/18, 1968, p. 10.
3. *OC V*, p. 130.
4. « L'Extase », sous-titré « Récit d'une expérience en partie manqué », *OC V*, p. 130-149. C'est dans cette section, dans laquelle il fait le récit d'une expérience de dramatisation, que Bataille évoque le supplicié chinois « beau comme une guêpe ».

une part, de tout texte — un objet problématique pour l'auteur de *L'Impossible*. Les unes, fondamentales, tiennent à l'intention d'exprimer les mouvements de la vie : tensions entre la vie et le langage, le personnel et l'universel, l'affectif et le rationnel, le sensible et le symbolique. Les autres affectent le concept d'œuvre et tiennent au statut incertain d'un texte qui se veut à la fois complément au *Coupable* et supplément au *Mort* : tensions entre clôture et ouverture, autonomie et hétéronomie. Les dernières, qui se manifestent dans la diversité des modes d'expression, affectent le langage même du roman : tensions entre le narratif d'un côté, le fragmentaire, le discursif et, par-dessus tout, le dramatique, de l'autre. Correspondant à une tendance lourde de l'œuvre, à un véritable tropisme de l'expression, cette dernière tension en particulier se voit ici portée à son plus haut degré, dans un texte qui pourrait bien marquer la limite au-delà de laquelle le roman se défait dans le drame.

Parce qu'il exige, en dépit de sa légendaire et réelle souplesse, que soient respectées un certain nombre de conventions, et donc que certaines tensions soient résolues, le roman aura sans doute toujours posé des problèmes à Bataille — au même titre du reste que tout texte conventionnel. Jamais ces problèmes n'auront néanmoins été aussi manifestes que dans l'inachèvement de *Julie*, roman abandonné certes, mais dont le statut est finalement le plus passionnant qui soit : ni sous-main ni brouillon, mais buvard d'un pan entier de l'œuvre.

EMMANUEL TIBLOUX.

NOTE SUR LE TEXTE

Rédigé en 1944, mais inachevé et resté inédit du vivant de Bataille, *Julie* n'avait jusqu'à présent donné lieu qu'à une seule édition, procurée par Thadée Klossowski en 1971 dans le tome IV des *Œuvres complètes*, qui rassemble les « Œuvres littéraires posthumes ».

En plus du manuscrit, aujourd'hui conservé à la Bibliothèque nationale de France (sigle : *ms. 2*), à partir duquel l'édition de Th. Klossowski a été établie, il en existe un second, conservé à la bibliothèque de l'université d'Austin, Texas (sigle : *ms. 1*), et antérieur à celui de la Bibliothèque nationale.

Les deux manuscrits disponibles sont les suivants, dans l'ordre chronologique :

— *ms. 1* : manuscrit appartenant à la Carlton Lake Collection, conservé au Harry Ransom Humanities Research Center, université d'Austin, Texas, dans le dossier M 46728. Ce manuscrit, que nous n'avons pu consulter que sous la forme de photocopies, se présente comme « un petit carnet, titré *Julie*, fol. 1 recto, paginé 1-107[1] ». Il s'agit d'un état antérieur à *ms. 2* : les ratures sont très nombreuses et portent parfois sur des pages entières, des passages entiers sont indiqués comme étant à déplacer par un jeu de renvois, le découpage est à la fois moins précis et moins cohérent (les deux parties n'existent pas, les trois premiers chapitres ne

---

1. Gilles Ernst, *Georges Bataille. Analyse du récit de mort*, PUF, 1993, p. 242.

sont pas mentionnés comme tels), le texte s'interrompt plus tôt. Bien qu'il ne porte aucune mention explicite de date, une référence au *Coupable*, publié en mars 1944, et la réécriture d'un passage de *Sur Nietzsche*, daté du 11 mai 1944[1], nous permettent, compte tenu par ailleurs de son antériorité manifeste à *ms. 2*, explicitement daté de 1944, de situer sa rédaction au cours de cette même année. En regard du récit, ou encadrées par celui-ci, on relève enfin plusieurs notes au statut divers (perspectives de composition, résumés de séquences, projet de préface, commentaires et considérations générales) qui accompagnent la gestation du roman.

— *ms. 2* : carnet conservé au département des manuscrits occidentaux de la Bibliothèque nationale de France sous la cote BNF CAR 7 Bataille. Couverture marron. Format 9,5 × 14,5 cm. Papier quadrillé petits carreaux. Feuilles numérotées de 1 à 69. Au dos de la couverture, tampon des Libraires R. Lefèvre. Les pages rédigées, au recto et au verso, sont numérotées au crayon par Thadée Klossowski de 2 à 100. Le texte, assez peu corrigé, est écrit majoritairement à l'encre bleue. Quelques rares passages sont ajoutés au crayon ou à l'encre noire. Sur la couverture, on lit, écrits de la main de Bataille, le titre *Julie*, et en sous-titre, « ébauche 1944 ». Le texte est présenté de la façon suivante : la mention de chacune des deux parties occupe une belle page, les sept chapitres commencent en belle page, les sections sont numérotées en chiffre romain (de I à XXXVII) et commencent sur une nouvelle page. À l'instar de *ms. 1*, le manuscrit comporte, en marge du récit ou encadrées par celui-ci, plusieurs notes au statut divers (considérations générales, perspectives de composition, projet d'épigraphe). On relève enfin, sur la dernière page du carnet, un tableau signalant un itinéraire (de Massy à Bois, où séjourne Diane Kotchoubey de Beauharnais, à quelques kilomètres de Samois, où Bataille rédige *Julie*).

Notre texte, établi à partir de *ms. 2*, est sensiblement le même que celui des *Œuvres complètes*. Nos quelques modifications — une trentaine — portent essentiellement sur la ponctuation, et plus précisément sur la virgule, que nous rétablissons conformément à la leçon du manuscrit quand elle sert des fins rythmiques, comme dans cet exemple : « Ses yeux qu'agrandissait la fièvre, exprimaient une angoisse sans remède. »

Nous donnons en outre quelques variantes pertinentes, issues pour l'essentiel de *ms. 1*, et avons rassemblé dans la section « Autour de *Julie* » les diverses notes qui accompagnent la gestation du roman dans les deux manuscrits.

E. T.

NOTES ET VARIANTES

[Page de titre.]

a. [Cervelle brûlée / L'Impradine / Les crêtes désertes / L'attente de Julie *biffé*] / Julie *ms. 1*

1. Prénom de l'héroïne du *Mort* dans ses premières versions (voir la Notice du *Mort*, p. 1171), prénom que Bataille et Diane Kotchoubey de Beauharnais donnent à leur fille née le 1ᵉʳ décembre 1948, Julie est aussi un prénom chargé d'histoire littéraire. En plus de Juliette, que ce prénom ne peut manquer d'évoquer sous la plume de l'un des plus grands admirateurs de Sade, on rencontre une Julie, « femme du président et fille aînée du duc », dans *Les Cent Vingt Journées de Sodome* et dans divers romans libertins, tels que *Les Égarements de Julie* (1755) ou *Julie ou j'ai sauvé ma rose* (1807). Il est également possible que Bataille ait songé à *Julie ou la Nouvelle Héloïse*. Que Julie soit appelée à se rendre à Genève (voir p. 444), ville natale et cité de référence de Rousseau, est un premier indice, qui pourrait valoir comme clé ironique. S'ajoutent plusieurs analogies dans les relations entre Julie et son amant Henri/Saint-Preux : le caractère intolérable de l'attente que l'absence de Julie suscite chez Henri dans le roman de Bataille, le désir de mort et la tentative de suicide qu'elle provoque, l'innocence et la vie qui lui sont aussi associées sont autant d'éléments qui, *mutatis mutandis*, ont leur pendant dans le texte de Rousseau. Plus proche de l'auteur de Julie, il y a aussi la *Mademoiselle Julie* de Strindberg, que Bataille a pu voir en 1922 ou 1923 sur la scène de la Comédie des Champs-Élysées ou encore lire à la suite des mises en scène d'*Orage* et de *La Danse de mort* donnés par Jean Vilar en 1943. Plus que le système des personnages, c'est ici la tonalité affective qui invite à rapprocher les deux textes. Le caractère « psychodramatique » de *Julie* n'est pas sans évoquer le « naturalisme des nerfs » auquel se rattache *Mademoiselle Julie*, directement inspiré par les travaux de la psychologie française (notamment les études de Ribot et Bernheim) que Bataille connaît bien et dont *Julie* aussi porte trace (Voir « Strindberg », M. Garnier, *Dictionnaire encyclopédique du théâtre*, Bordas, 1991, ainsi que la Notice, p. 1199-1200).

Première partie.

a. [Les Crêtes désertes / L'Impradine *biffé*] / Première partie *ms. 2* ◆◆ b. Vas toi-même à Paris, dit Suzanne. *ms. 1* ◆◆ c. *Ms. 1 poursuit ainsi :* Il rit de plus agréable. / Il eut un instant d'énergie. / Le vin, la nourriture chaude et le corps de Julie. ◆◆ d. une vision laissant suspendu hors du temps le visionnaire exorbité. *ms. 1* ◆◆ e. Madame Cornet *ms. 1. Cette appellation est maintenue jusqu'à la page 471, où elle est remplacée par* Madame Meneau . ◆◆ f. Madame Meneau *ms. 2. De même au paragraphe suivant ; Nous corrigeons.* ◆◆ g. Il se sentait mâché. *ms. 1* ◆◆ h. ouverte sur l'horreur et l'étendue froide de la folie. *ms. 1*

1. Bataille se souvient sans doute ici de la photographie de J. A. Boiffard intitulée *Papier collant et mouches*, qui illustrait en 1928 son article « L'Esprit moderne et le jeu des transpositions » (*Documents*, 2ᵉ année, nᵒ 8, p. 488 ; *OC I*, p. 271-274).

2. Cette logique paradoxale de la vérité de l'irréel et du rêve était déjà à l'œuvre dans *Le Bleu du ciel* (voir la Notice, p. 1065-1068).

3. Dans *Le Coupable*, Bataille décrivait déjà l'apparition d'un ange au cours d'une « vision extatique » (*OC V*, p. 258). Pour l'expression « le fond des mondes », voir *ibid.* p. 272. On trouve par ailleurs la même image du livre dans un poème datant à peu près de la même époque que *Julie*, et repris dans *La Tombe de Louis XXX* : « Je bois dans ta déchirure / et j'étale tes jambes nues / je les ouvre comme un livre / où je lis ce qui me tue » (*OC IV*, p. 161).

4. On pourra reconnaître ici « les blouses rayées bleu et blanc des bouchers » que le narrateur du *Bleu du ciel* se souvient « avoir vu passer, vers deux heures de l'après-midi, sous un beau soleil, à Paris » (p. 175).

5. Variation sur le motif du *memento mori*, cette phrase a aussi des accents pascaliens qu'on retrouve également dans les deux paragraphes précédents. On reconnaît ainsi dans le premier l'écho d'un célèbre passage de la « pensée » sur la diversité (« Une ville, une campagne, de loin c'est une ville et une campagne… », *Pensées*, frag. 115 Brunschvicg ; frag. 61 Le Guern) et dans le second la tonalité des pensées traitant de la « Vanité » (voir notamment *Pensées*, frag. 172 Brunschvicg ; frag. 43 Le Guern : « Nous ne nous tenons jamais au temps présent »). À la fin de 1943, Sartre avait déjà attiré l'attention sur ce rapport entre Bataille et Pascal (« Un nouveau mystique » ; *Situations I*).

6. On reconnaît ici la géographie des deux récits parisiens de Bataille, *Le Bleu du ciel* et *Madame Edwarda*.

7. Cette expression, aux connotations animale, guerrière et morbide évidentes, se trouvait déjà dans *Le Bleu du ciel* (p. 161).

8. Cette évocation fonctionne comme un collage dans lequel on reconnaît, outre la référence à Rembrandt (Bataille pense sans doute ici à un tableau qu'il a pu voir au musée du Louvre, *Le Philosophe*), toute la tradition, essentiellement picturale mais aussi littéraire, de la Vanité, qui s'incarne de façon exemplaire dans la figure de Marie-Madeleine dans la peinture du XVIIᵉ siècle et dans la célèbre méditation de Hamlet sur le crâne du « pauvre Yorick » (*Hamlet*, acte V, sc. 1) ; le motif de la Jeune fille et la Mort (Bataille reproduira deux gravures de Hans Baldung Grien traitant ce motif dans *Les Larmes d'Éros*, Pauvert, 1961, p. 88-89) ; l'univers des tableaux de Balthus (dans la référence à une « écolière [en] tablier noir » dont « les bas montant haut laissaient voir une partie nue de la cuisse »), dans l'atelier duquel Bataille a séjourné d'octobre 1943 à avril 1944 ; et l'influence enfin de l'univers des bordels et des cabarets, que l'auteur de *Madame Edwarda* connaît bien.

9. Rivière du Cantal, dans la région du Puy Mary, distante de quelques dizaines de kilomètres de Riom-ès-Montagnes, où habite Bataille entre 1914 et 1917. Voir aussi *La Maison brûlée*, p. 947.

10. Dans son journal, repris dans *Sur Nietzsche* et daté février-avril 1944, Bataille note : « La transparence n'est pas la suppression mais le dépassement de l'isolement individuel. Elle n'est pas l'*état* d'unité théorique ou fondamental, elle est chance dans un jeu » (*OC VI*, p. 88).

11. L'anglophonie de Diane Kotchoubey n'est sans doute pas étrangère à cette formule et à sa reprise par Henri quelques lignes plus bas.

12. Ces deux paragraphes portent l'empreinte de l'article de Freud, « Remarques sur un cas de névrose obsessionnelle. (L'homme aux rats) », que Bataille a vraisemblablement lu dans sa traduction française en 1934. Quand l'association « piège »-« tinette »-« rat » évoque le supplice de l'introduction des rats dans l'anus relaté par le patient, « le flot des paroles possibles », soit la série « merde, sexes, argent, logique », reprend les principaux termes de l'interprétation donnée par Freud. On relèvera également le double sens du mot « galvaniser » (« recouvrir un métal d'une couche d'un autre métal » mais aussi « électriser »), qui motive sa mise en relief dans le texte, ainsi que l'ambiguïté de l'expression « rire aux éclats d'un rat ».

13. Motifs récurrents dans l'œuvre de Bataille, l'abattoir et la boucherie se situent du côté de l'hétérogène et du sacré. Sur ce point, voir *Le Bleu du ciel* (n. 111, p. 175) et *L'Abbé C.* (n. 26, p. 653). Dans un article de 1946 consacré à la poésie de Jacques Prévert, on lit par ailleurs ceci : « On sort le cheval de l'écurie, il est mené à l'abattoir… Pour le boucher, c'est une quantité de viande à tant le kilo vif (ce qui bloque la sensibilité et permet d'opérer), mais pour moi "l'animal que les hommes élèvent et attellent" au contraire a disparu : je sens une présence au bord d'un abîme (du trou qu'est l'absence) […] c'est aux yeux du boucher qu'un cheval est déjà mort (de la viande, un objet). Dans le monde de l'instant, rien n'est mort […] » (« De l'âge de pierre à Jacques Prévert », *OC XI*, p. 103).

14. Dans un article de 1937 intitulé « Chevelures », Bataille associait déjà la chevelure à la vie et au ruissellement en y voyant l'image d'un rapport de l'homme au monde qui ne serait plus fondé sur la connaissance mais sur l'ivresse et la perte (*OC I*, p. 495-496).

15. Accordé à la satire dont le personnage fait l'objet (voir la Notice, p. 1192), ce nom évoque clairement une interjection. Celle-ci contient au moins trois connotations péjoratives qui seront exploitées dans le récit : le dégoût (Henri dira par exemple avoir « honte de [son] père », p. 473), le glapissement (voir p. 463 et 468) et le râle de l'agonie (voir la « voix mourante », p. 477).

16. On peut voir ici une parodie alcoolisée de l'exemple auquel Bergson a recours pour illustrer sa distinction entre le temps et la durée : « Si je veux me préparer un verre d'eau sucrée, j'ai beau faire, je dois attendre que le sucre fonde » (*L'Évolution créatrice*, PUF, 1941, p. 9-10). Sur Bergson et la problématique de l'attente dans *Julie*, voir la Notice, p. 1197.

17. Après Cornet et Meneau, qu'on trouve dans *ms. 1* (voir var. *e* et *f*, respectivement p. 463 et 471), c'est ce nom que Bataille choisit finalement pour ce personnage. L'évidente connotation anale d'un tel nom s'accorde à la bassesse qui caractérise l'« extraction paysanne », le rang subalterne, les préoccupations strictement matérielles et les tâches domestiques de la vieille servante.

18. « Cervelle usée » est, avec « Cervelle brûlée », l'un des premiers titres auxquels Bataille avait songé pour *Julie* (voir le projet de préface, p. 484, et var. *a*, p. 433).

19. Magazine érotique illustré de l'époque.

20. Voir la Notice, p. 1201.

21. On trouvait déjà cette image dans *Le Bleu du ciel*, p. 138.

22. De même que l'image de la crucifixion mobilisée plus haut, cette phrase est un indice supplémentaire de convergence de *Julie* et du *Mort*. Voir la Notice, p. 1200-1201.

Deuxième partie.

a. [Abyssus abyssum   *biffé*] / Deuxième partie   *ms. 2* ◆◆ *b.* réponse est [une jolie fille.   *corrigé en*   femme.   *ms. 2*]   *ms. 1, ms. 2* ◆◆ *c. Fin du récit dans ms. 1 :* leur. Soudain, comme dans les guerres du temps passé, en une heure en un lieu se condensaient des forces accumulées au cours des ans comme de fabuleuses richesses, tous les hasards de l'être, de l'insatisfaction ◆◆ *d. Bien que ce paragraphe et les trois suivants ne soient pas soulignés dans ms. 2, nous les donnons en italique, sur le modèle du paragraphe précédent, dont ils constituent la suite logique.* ◆◆ *e.* à [la beauté   *corrigé en*   ces valeurs chiches]   *ms. 1*

1. Cette phrase fait écho à l'image, fréquente chez Nietzsche, de la vérité comme femme. Voir notamment « Peut-être la vérité est-elle une femme qui a ses raisons pour ne pas montrer ses raisons » (*Le Gai Savoir*, avant-propos de l'éd. de 1887, § 4). On trouve par ailleurs dans *Sur Nietzsche* une réflexion analogue à celle que cette phrase introduit et qui se trouve développée dans les paragraphes suivants : « Cet objet, je l'ai reconnu : je l'attendais depuis toujours. Nous connaissons l'être aimé à cette impression de réponse : l'être aimé est l'être attendu, qui remplit le vide (l'univers n'est plus intelligible sans lui). » (*OC VI*, p. 70.)

2. Dans ses ouvrages d'« économie générale », *La Limite de l'utile*, qu'il rédige entre 1939 et 1945, et *La Part maudite*, auquel il travaille à partir de 1946, Bataille développe longuement cette conception de la guerre comme dépense (voir *La Part maudite*, *OC VII*, p. 31 et suiv., p. 51 et suiv. ; *La Limite de l'utile*, *OC VII*, p. 249 et suiv.).

3. Cette « vision » rappelle les descriptions et réflexions développées par Ernst Jünger dans *La Guerre notre mère*. Sur ce livre et l'importance qu'il eut pour Bataille, voir *Le Bleu du ciel*, n. 156, p. 205. Dès 1939, Bataille a par ailleurs fait sienne cette phrase de Nietzsche, qu'il cite à plusieurs reprises : « Les guerres sont pour le moment les plus forts stimulants de l'imagination, maintenant que les extases et les terreurs du christianisme ont perdu leur vertu » (voir notamment *Manuel de l'Antichrétien*, *OC II*, p. 392, et *La Limite de l'utile*, *OC VII*, p. 254). La « Méditation héraclitéenne » sur laquelle s'achève « La Pratique de la joie devant la mort » (*Acéphale*, nᵒ 5, juin 1939 ; *OC I*, p. 557-558) et certaines méditations du *Coupable* se situent directement dans le prolongement de cette opinion, notamment celle-ci : « Je voyais dans la guerre ce qui manque à la vie si l'on dit qu'elle est quotidienne : ce qui fait peur, qui provoque l'horreur et l'angoisse. J'y appliquais ma pensée pour la perdre dans l'horreur [...] » (*OC V*, p. 294-295).

4. Voir la Notice, p. 1202-1203.

Autour de « Julie »

[NOTES ET COMMENTAIRES
DE L'AUTEUR]

Ce dossier rassemble les diverses notes de Bataille qui accompagnent la gestation du roman dans les deux manuscrits[1].

1. Allusion au poème éponyme de Baudelaire dans *Les Fleurs du mal*.

2. Voir la Notice, p. 1194-1195.

3. Sur tout ce passage, voir la Notice, p. 1191-1193.

4. Ce titre sera abandonné. L'expression est néanmoins reprise dans le corps du récit : « cauchemar de cervelle usée » (p. 484).

5. Il s'agit ici du père de Georges Hugnet. Originaire de Saint-Malo, écrivain membre du mouvement surréaliste de 1932 à 1939, également libraire-relieur, Georges Hugnet (1906-1974) fut membre de Contre-Attaque. Il figure notamment parmi les signataires du tract « Sous le feu des canons français… » (mars 1936, *OC I*, p. 398). Dans *Révolutionnaires sans révolution* (Robert Laffont, 1972), André Thirion signale que « par réaction contre le milieu familial, il avait d'abord montré une inaptitude étonnante au commerce » (p. 450). On peut en conclure que son père était un commerçant malouin, et à ce titre sans doute une incarnation parfaite de la petite bourgeoisie d'avant-guerre.

6. Sur ce paragraphe, voir *Julie*, n. 3, p. 482.

7. « Seigneur, que je sois refroidi » ou, en latin ecclésiastique, « Seigneur, que je sois humilié ». Source inconnue. Peut-être s'agit-il d'une invention de Bataille.

8. Tout le passage suivant se trouve quasiment à l'identique dans *Sur Nietzsche* (*OC VI*, p. 119), où il est daté du jeudi 11 mai 1944.

9. Sans doute s'agit-il ici d'une parodie d'une célèbre chanson paillarde, « Le Père Dupanloup », mettant en scène, avec toute l'exagération et la thématique sexuelle caractéristiques du genre, le prélat Félix Dupanloup (1802-1878), qui fut professeur d'éloquence sacrée à la Sorbonne, évêque d'Orléans, député et sénateur, membre de l'Académie française et auteur de nombreux ouvrages religieux destinés à la jeunesse.

10. Sur la figure du Commandeur, voir la Notice du *Bleu du ciel*, p. 1066-1067.

11. Après « la mort des amants », c'est ici la seconde réminiscence baudelairienne (*Les Fleurs du mal*, « Le Voyage à Cythère »).

12. Citation de Nietzsche (*Fragments posthumes*, 14 [182], printemps 1888, *Œuvres philosophiques complètes*, XIV, Gallimard, 1977, p. 143), dont la première partie (jusqu'à « sphères ») est reproduite par Bataille en épigraphe d'une section de *Sur Nietzsche* (*OC VI*, p. 56).

L'IMPOSSIBLE

NOTICE

Voici une œuvre étrange. Par sa genèse, d'abord, qui allait soit vers un recueil de poèmes, soit vers un essai sur la poésie, deux buts dont porte trace le titre de la première version, parue en 1947 : *La Haine de la poésie* ; par sa structure, ensuite, qui met en un même livre et sous un titre commun des récits et un recueil de poésies ; par les variations internes, enfin, qui caractérisent chacune de ces trois parties, car « Histoire de rats », sous-titré « Journal de Dianus » (Iʳᵉ partie), distribué en deux « Carnets », et « Dianus », sous-titré « Notes tirées des carnets de Monsignor Alpha » (IIᵉ partie), relèvent autant du journal intime, voire de l'essai, que du récit, alors que « L'Orestie », loin d'être uniment poétique puisqu'elle ne l'est que dans ses deux premières sous-parties, contient de larges passages en prose qui s'imposent définitivement dans *Être Oreste*, dernière sous-partie. Ajoutons à cela que *L'Orestie* est publiée à part en 1945 et qu'elle est dans ses poèmes l'affirmation du pouvoir de la poésie et dans *Être Oreste* la contestation de ces pouvoirs.

On comprend dès lors que la préface que Bataille rédige en 1962 tente de clarifier le sens et l'unité d'une œuvre que le bref avertissement, mis en 1947 devant « Histoire de rats » et « Dianus », plaçait non sans quelque provocation sous le signe des « caprices ». Autrement dit, d'une conduite étymologiquement très proche des libertés prêtées à un animal cher aux adorateurs de Dionysos, ce dieu des désordres de l'esprit que Bataille a découvert dès 1922, en lisant Nietzsche[1], et qui fait, dans cet avertissement, que les caprices « peuvent traduire aussi l'inévitable[2] ».

Malgré ce qu'ont écrit certains des premiers critiques de Bataille, qui ont d'évidence interrogé l'ordre d'ensemble du livre plus que ses parties narratives, « Histoire de rats » et « Dianus » forment un bloc uni. Leur lien avec « L'Orestie » pose en revanche problème. Il est, tout compte fait, plus clair dans le livre de 1947 où « L'Orestie » vient en premier et fait nettement corps avec le titre, puisque cette partie, placée sous le patronage d'un personnage emblématique du plus grand des malaises, décrit le trouble qu'inspire la poésie quand, si détachée qu'elle soit du monde utile, elle revient finalement dans ce monde. Fatalité d'un langage que détournent du vide de la mort des mots encore et toujours trop pleins, « belle poésie », écrit Bataille, parce qu'elle recule au dernier moment devant l'horreur, choisissant le camp de la beauté. Ce qui ne la rend pas haïssable totalement, comme le prouvent précisément les poèmes du début de « L'Orestie » : faute d'atteindre le pouvoir du cri, leur violence sauve du moins l'écriture des suavités qui ne tentent que trop ceux qui, selon Bataille, ont peur de la vérité.

---

1. « Dionysos philosophos », *L'Expérience intérieure*, *OC* V, p. 39.
2. *La Haine de la poésie*, Éd. de Minuit, 1947, p. 59.

En 1962, « L'Orestie » vient en dernier, et le titre est *L'Impossible*. La question du sens global du livre est-elle mieux résolue qu'en 1947 ? Il semble que non, comme Bataille le reconnaît dans la préface qui cette fois coiffe les trois parties : « Il est vrai, ce second titre est loin d'être plus clair. » Et d'en appeler à l'avenir : « Mais il peut l'être un jour[1]… » En attendant, rien, à l'échelle de tout le livre, ne semble uni. Sachant par ailleurs que Bataille avait prévu une édition séparée d'*Histoire de rats*, faut-il alors conclure que l'œuvre en ses deux versions constitue une sorte de « collage » imposé par des nécessités non littéraires, par exemple, les soucis chroniques d'argent qui obsèdent l'écrivain ? Rien n'est moins sûr. Tant il faut se méfier de l'apparente disharmonie des livres de Bataille, qui déclare à Madeleine Chapsal, en 1961, que le « désordre fondamental, initial » n'est chez lui qu'un moyen d'accéder à « quelque chose qui participe de l'art[2] ».

Il y a donc une unité dans le livre : en 1947, unité d'une pensée qui redéfinit la notion de poésie pour l'étendre à l'expérience même d'une existence (celle du poète de « L'Orestie » et celle du héros des récits), livrée allègrement à l'angoisse d'être arrivée au bout du savoir ; en 1962, unité d'une pensée qui, le côté testamentaire de la préface en témoigne, pressent qu'elle arrive au moment de son extinction et place la poésie du livre de 1947 dans un domaine plus vaste. Celui, précisément, que Bataille explore depuis *Histoire de l'œil* et qu'annonce son titre.

GENÈSE

« Être Oreste », ou l'essai-passion.

Bataille écrit *La Haine de la poésie* entre 1942 et la fin de 1946. Il commence par « L'Orestie » dans quoi on distinguera le cas des poèmes et celui d'« Être Oreste », dernière sous-partie en prose, qui est une réflexion sur la démarche poétique. La rédaction de poèmes qui inaugure un nouveau style d'écriture — Bataille n'a jusque-là rédigé que des récits ou des essais — commence avec *L'Expérience intérieure*, parue en 1943. À partir de cette même année, l'activité poétique de Bataille se développe dans deux directions : l'une, lyrique, domine dans *L'Archangélique*, paru en 1944, seule œuvre entièrement poétique que Bataille ait publiée ; l'autre, plus « théorique », porte sur le pouvoir et les limites de l'acte poétique conçu comme approche, jamais menée à son terme, de l'au-delà du « possible » (au-delà de la connaissance rationnelle), et caractérise les poèmes de *Sur Nietzsche*, paru en 1944. Les poèmes de « L'Orestie » mêlent les deux tendances, dualité qui incline à croire qu'ils datent de la même période que ceux de *L'Archangélique* et de *Sur Nietzsche*.

Non que l'examen des manuscrits fournisse des dates précises avant 1945. Dans un carnet contenant, outre des fragments pour *Sur Nietzsche*, *Le Coupable* et *La Part maudite*[3], figure néanmoins, datée du 19 novembre 1942, la sous-partie titrée « Moi » (trois poèmes en vers, un poème en

---

1. P. 492.
2. *L'Express* du 23 mars 1961 (*Envoyez la petite musique*, Grasset, 1984, p. 235).
3. Fonds Bataille de la Bibliothèque nationale de France (sigle : *ms. BNF*), dossier 13, boîte 12, carnet 5, 11 feuillets, titré par Bataille *Carnet 1943 Le Prince Pierre / Appendices du Coupable / Notes pour la Part maudite*.

prose[1]). Dans un second manuscrit, titré *L'Orestie*[2], on lit pour trois poèmes : « 30 octobre », « 5 décembre » et « 22 novembre[3] ». Si on rapproche ces dates de celle donnée plus haut, on peut estimer que nombre de poèmes de « L'Orestie » sont de la fin de 1942. Même hypothèse pour deux autres pièces[4]. À la fin de 1943, Bataille a sans doute rédigé la plus grande partie de ces poèmes, le reste devant être plus tardif puisque « Je me jette chez les morts », cinquième sous-partie, est publié en 1945 dans *L'Éternelle Revue* sous le titre « La Nuit est ma nudité », et « La Discorde », deuxième sous-partie, en septembre 1945, dans le numéro 2 de *Quatre vents* (Cahiers de Littérature).

Le cas de la genèse d'*Être Oreste* est à la fois plus précis pour les dates, et plus complexe pour le contenu. Tout, lettres de Bataille, ébauches du texte, projet d'une éventuelle préface, montre en effet que cette sous-partie devait à l'origine former un livre indépendant qui, s'appuyant sur l'enseignement tiré de la rédaction des poèmes, devait adopter le même ton passionné que *L'Expérience intérieure*.

C'est en mai 1943 que Bataille indique par lettre à Jean Lescure qu'il travaille sur un essai dont il a « changé un peu le titre » (ce qui suggère que le projet est déjà connu de Lescure) et qui serait titré *L'Être Oreste ou l'Exercice de la méditation*[5]. Une ébauche assez développée de ce livre se trouve dans les manuscrits de *L'Orestie* conservé à Austin[6] sous forme d'un carnet paginé, titré *L'Orestie* et portant la date « 1945[7] ». Il confirme ce que Bataille écrit dans la lettre à Lescure : « la forme du livre est la même que celle de l'E.I. [*L'Expérience intérieure*] », se présentant sous une « suite d'aphorismes mise en rapport avec la vie au jour le jour[8] ».

Nul doute, au vu de ce rapprochement, que le projet de ce livre, relançant le débat ouvert précisément dans *L'Expérience intérieure* sur le pouvoir de la poésie[9], ait eu une grande importance pour Bataille. Il l'évoque à nouveau, en juillet 1943, et toujours dans une lettre à Lescure, qui parle d'un « livre ébauché » dont le titre, modifié, serait *Le Devenir Oreste ou l'Exercice de la méditation*, et qui serait une « protestation véhémente contre l'équivoque de la poésie[10] ». Mais, à la fin de ce même mois, une lettre à Raymond Queneau mentionne un changement d'importance : le livre, toujours titré *Le Devenir Oreste ou l'Exercice de la méditation*, serait plus court que prévu, mais serait sur le point d'être achevé, une version plus longue, destinée à la N.R.F., étant prévue ultérieurement[11].

1. Ainsi que le passage en prose relatif au séjour de Bataille, entre septembre et novembre 1943, dans des villages de l'Eure.
2. *Ms. BNF*, boîte 13, dossier B, dossier composé de feuillets et de feuilles d'agenda non numérotés.
3. Pour les poèmes « Plus haut » (dans « La Discorde »), « Cœur avide de lueur » et « Larmes de gel » (dans « Moi »).
4. Les poèmes « Orestie » et « Chance ô blême divinité », avant d'être insérés dans « L'Orestie », sont publiés en 1943 sous le titre *Invocation à la chance*, dans *Domaine français*, édition de la revue *Messages* (Éditions des Trois Collines).
5. Georges Bataille, *Choix de lettres*, Gallimard, Michel Surya éd., 1997, p. 184-185.
6. Carlton Lake Collection, Harry Ransom Humanities Research Center (sigle : *ms. Austin*), cote M 46726.
7. Voir « Autour de *L'Impossible* », p. 587.
8. *Choix de Lettres*, p. 184-185.
9. « Digression sur la poésie et Marcel Proust », *OC V*, p. 156-175.
10. *Choix de lettres*, p. 192, Cette indication figure également dans une lettre du 14 juillet 1943 à M. Leiris (*ibid.*, p. 198).
11. *Ibid.*, p. 199.

De la même manière que le titre de la sous-partie prosaïque de « L'Orestie » se condense et devient simplement *Être Oreste*, son texte est le produit d'un travail qui n'a pas abouti entièrement, ou a dévié, mais en délaissant la question de la poésie, vers ce livre titré *Méthode de méditation*, qui paraît en 1947. Ce qui ne signifie pas que l'*Être Oreste* de 1945 modifie la thèse soutenue par Bataille — celle-ci, d'emblée définie dans la lettre de mai 1943 à Lescure, dit que la poésie, loin d'être le « changement [de l'au-delà de la raison] lui-même », n'est que son « évocation » ; mais il en est seulement le *condensé*.

C'est ce que confirment les manuscrits : existence de plusieurs versions plus longues ; puis resserrement ; recours à une forme plus sèche par élimination de mots superflus et passages à la ligne. Quant à la préface inachevée[1], elle consiste en un long développement sur les possibilités ouvertes à l'homme au-delà de la satisfaction de ses besoins immédiats, et dont la jouissance érotique est un premier exemple. Puis le texte écrit d'un jet s'arrête brusquement, au milieu d'un mot : « Cette loi est celle du plaisir en général, mais au-delà de la sim »…

Cette syncope est symbolique de l'ensemble du projet. *Être Oreste*, œuvre qui devait à l'origine être aussi ambitieuse que *L'Expérience intérieure*, est un livre brusquement interrompu. Mais nullement disparu puisque son sujet est entré dans ce qui sera bientôt *La Haine de la poésie*. Quelles raisons ont poussé Bataille à renoncer à ce livre ? Les circonstances ont dû jouer un rôle (fin de la guerre ; début en 1943 de la liaison avec Diane Kotchoubey de Beauharnais ; rupture à la fin de la même année avec Denise Rollin Le Gentil), et aussi le fait que *L'Archangélique* et *Le Coupable*, qui paraîtront en 1944, reprennent nombre de thèmes d'*Être Oreste*.

Le triptyque de « La Haine de la poésie ».

Il est pour la première fois question d'*Histoire de rats* dans une lettre de Bataille, du 29 septembre 1945, à Michel Gallimard[2] (on peut donc supposer qu'à cette date ce récit est achevé ou près de l'être[3]). Il y annonce, et c'est dans sa correspondance la première mention de ce titre, quelque chose qui s'appelle *La Haine de la poésie* et où, dit-il, « je compte réunir mes poèmes ». Il semble toutefois qu'à ce stade le regroupement de ces poèmes — ceux de *L'Orestie* et peut-être d'autres — en un livre intitulé *La Haine de la poésie* ne soit pas encore envisagé.

Au contraire, Bataille a prévu à un moment qui doit se situer également en 1945 de coiffer par ce titre trois types de regroupements, comme l'indique un carnet titré *Méthode de méditation*. Le premier est ainsi rédigé : « La haine de la Poésie [en tant que titre ~~biffé~~] doit être publiée comme suivie de " Méthode de méditation ". Dans une préface (tout au moins) expliquer le titre ainsi : a. immanence changée en transcendance, en chose b. profane (chose transcendante) s'efforçant de venir à la transcendance de la transcendance. » Le deuxième projet concerne un livre intitulé *Par-delà la poésie*, et ainsi composé : « I. L'E.I. [*L'Expérience intérieure*] II [*Le*

---

1. Voir « Autour de *L'Impossible* », p. 578.
2. *Choix de lettres*, p. 246-247.
3. On ignore cependant quand Bataille l'a commencé. Les rapprochements entre certaines données du texte et la vie de l'écrivain de 1939 à 1944 inclinent néanmoins à croire que la rédaction a dû débuter au plus tard en 1944, sinon un peu avant.

Coupable biffé] III *La Haine de la poésie* ». Le dernier projet envisagé, outre une refonte de *L'Expérience intérieure*, « entièrement revue », et de *Sur Nietzsche*, « considérablement augmenté », un livre ainsi ordonné : « *Le Coupable* et *La Nudité* (*L'Alleluiah*, *Histoire de rats* et si je l'écris un dialogue[1]) ». On le voit, seul le troisième projet vise à créer une œuvre où l'essai et les poèmes croiseraient la narration.

Ce croisement, c'est finalement *La Haine de la poésie*, publié en 1947, qui le réalise. Mais avant 1947, entre 1945 et la fin de 1946, il y a eu la rédaction de « Dianus ». Le 20 mai 1946, Bataille écrit en effet à Lescure que *La Haine de la poésie* nouvelle mouture comprendra, dans l'ordre, « L'Orestie », « Histoire de rats » et « Dianus ». Il précise qu'il manque au livre les dernières pages et, souhaitant visiblement piquer la curiosité de Lescure, indique enfin que « *Dianus* est à peu près aussi coloré » qu'« Histoire de rats », bien que son contexte ne soit « nullement érotique, tout au moins en apparence ». Et de conclure en définissant le sujet de la seconde partie du livre : « Exactement *Dianus* est une histoire de la mort de Dianus racontée par son frère, prélat romain[2]. » Ne reste en somme qu'à imprimer le tout.

Sans doute pressé par des besoins d'argent, Bataille envisage d'abord, fin 1945, de publier *Histoire de rats* à chez Gallimard, en « édition de luxe[3] ». Mais, par une lettre du 20 novembre 1945, Gallimard refuse pour l'heure d'éditer *Histoire de rats* dont le contenu érotique lui paraît trop inconvenant. Bataille se tourne, en octobre 1946, vers les Éditions de Minuit. Malgré de nouvelles et vaines tentatives de Bataille auprès de Gallimard, c'est finalement cette maison qui édite, à 2 520 exemplaires, *La Haine de la poésie*[4]. L'ouvrage annonce également, sous la rubrique « À paraître », l'édition, en tirage de luxe, d'*Histoire de rats*. Elle sera illustrée par trois gravures de Giacometti, représentant le Père A., Dianus et B.

La Haine de la poésie ne suscite à sa parution que peu d'échos. Les journalistes spécialisés sont visiblement déroutés par un livre aussi bizarre. Certains sont franchement critiques, tel Jean Blanzat qui, dans « Sur *La Haine de la poésie*[5] », écrit que les poèmes de « L'Orestie » « manquent d'envolée ». La forme d'« Histoire de rats » et de « Dianus » intrigue ou inquiète tout autant : « carnet de notes prises en courant », style de la « désinvolture », note un quotidien de province, dont l'article est tout de même sensible à ce « petit livre au titre étrange » dont il faut louer le « réalisme[6] ». Seul le grand article de Maurice Nadeau, « Georges Bataille et la haine de la poésie », dans *Combat* du 19 décembre 1947[7], témoigne d'une lecture à la fois plus attentive et plus soucieuse de cerner l'originalité d'un écrivain qu'on ne peut inclure dans aucun « système ». Et qui, dans le contexte d'une production romanesque jugée fade par Nadeau, innove par sa modernité.

1. *Ms. BNF*, carnet 8.
2. *Choix de lettres*, p. 321-322.
3. *Ibid.*, lettre à Raymond Queneau du 8 mai 1947, p. 373.
4. Sous le nom de Georges Bataille, coll. « Propositions », n° 3, achevé d'imprimer 30 septembre 1947.
5. *Arts-Lettres*, n° 12, 1948, p. 60-66.
6. « *La Haine de la poésie* », *L'Alsace*, Mulhouse, 8 février 1948, article signé Patrice.
7. Article repris en 1952 dans *Littérature présente*, Corréa, p. 314-319.

« L'Impossible » : un livre, un mot.

 La Haine de la poésie, dont le tirage est épuisé, sera rééditée en 1962 aux Éditions de Minuit[1] sous le titre *L'Impossible*. Son texte, dont, nous l'avons dit, l'ordre des parties est inversé, est accompagné d'une préface justifiant le nouveau titre.

 Le projet d'une réédition prend corps en 1960, date à laquelle, par une lettre du 23 juin, Jérôme Lindon informe Bataille qu'il envisage d'éditer à nouveau le livre de 1947[2]. Le 11 septembre 1961, il esquisse les changements qu'il souhaite et que Bataille a acceptés lors d'une visite qui a précédé l'envoi de cette lettre : modification du texte ; ajout d'une « préface substantielle » ; suppression ou report à la fin du livre de « L'Orestie » ; choix d'un titre nouveau qui pourrait être *Dianus*, l'ancien devenant un titre interne[3]. Le 9 novembre 1961, Lindon réclame la préface que Bataille lui a promise, et, le 18 décembre, revient encore sur l'« urgence » de l'affaire[4]. Le retard de Bataille s'explique par son état de santé : depuis le début de 1960, il souffre de troubles cérébraux graves. En somme, l'histoire de la parution de *L'Impossible* est celle de sa préface, et celle de la préface, celle de la signification du terme « impossible » dans la pensée de Bataille depuis 1928, année de la parution d'*Histoire de l'œil*.

 C'est ce que montre l'énorme masse des manuscrits du projet conservés à la Bibliothèque nationale[5]. Il en ressort que, sensible à la complexité du livre de 1947, Bataille veut dès le début rédiger une préface assez longue, organisée en plusieurs chapitres. Il l'écrit à Lindon le 5 janvier 1962 et annonce, outre le nouveau titre, la remise du manuscrit (de la préface ? ou du texte de 1947 modifié ?) pour le 12 janvier. Mais la première version de la préface proposée à Lindon, qui la juge « excellente », est « courte[6] ». Est-ce déjà la version finalement publiée et dont il existe une esquisse assez complète[7] ? On l'ignore. Ce qui est en revanche certain c'est que, le 31 janvier 1962, Bataille promet à Lindon une « préface modifiée », qui aura entre « douze et quinze pages » et dont l'esquisse est sans doute dans le gros dossier intitulé *L'Impossible Préface Thèmes généraux*[8]. Ces documents montrent que le travail de Bataille vise pour l'essentiel à éclairer le sens du livre de 1947 et à justifier l'ordre de celui de 1962[9] ; à lever l'équivoque qui peut susciter la lecture d'*Être Oreste* et donc à redéfinir, ne serait-ce que parce qu'il y a par endroits des hésitations, la poésie authentique[10] ; à préciser en termes simples ce qu'est le

 1. Achevé d'imprimer du 21 avril.
 2. *Ms. BNF*, Correspondance Lacan–Weil, N.a.fr. 15854, f° 71.
 3. *Ibid.*, f° 74.
 4. *Ibid.*, f°s 77-78.
 5. Boîte 16, pour la première fois décryptée par Thadée Klossowski, qui la reproduit dans le tome III des *OC*, p. 511-522. Nous avons pour notre part divisé ces manuscrits en deux ensembles : un premier, *ms. BNF 16 A*, avec notamment une lettre de Bataille à Jérôme Lindon, du 5 janvier 1962, plus 12 feuillets pour la préface (voir « Autour de *L'Impossible* », p. 565) ; et le second, *ms. BNF 16 B*, contenant tous les autres textes.
 6. *Ms. BNF 16 B*, réponse de Lindon, 26 janvier 1962.
 7. Voir « Autour de *L'Impossible* », la notule de « La Préface de 1962 », p. 1242-1243.
 8. Voir *ibid.*
 9. Voir ce que dit Bataille sur le « sens de cette préface », « Autour de *L'Impossible* », p. 567.
 10. Voir *ibid.*, p. 574.

« possible[1] » ; enfin, justifiant un mot qui revient souvent dans le livre et lui donne son titre, à « dire ce qu'est l'impossible[2] ».

Ou plutôt *redire* une dernière fois ce qu'un mot déjà ancien et ce qu'il recouvre signifient dans sa pensée. On peut distinguer en gros deux phases : celle du pressentiment, qui correspond à la période d'*Histoire de l'œil* et des grands articles, souvent très polémiques ; et celle de la théorisation, qui commence vers 1939, le clivage se situant aux alentours de 1937 quand Bataille envoie à Kojève une lettre faisant état des réserves que lui inspire un système qu'il juge au bout du compte insuffisant parce qu'il n'utilise qu'une partie de la négativité qui est à la base de la conscience dialectique. L'autre phase, dont on devine qu'elle concerne certaines conduites aberrantes (érotisme, mystique, littérature), restant vacante.

Avant l'envoi de cette lettre, le mot « impossible » est rare chez Bataille. Il apparaît dans cette « randonnée dans l'impossible » de l'*Histoire de l'œil*[3], quand le narrateur évoque une course à bicyclette au cours de laquelle Simone, prise d'émoi érotique en pédalant, tombe à terre comme morte, ce qui conduit aussitôt son ami, saisi d'une excitation tout aussi forte (nécrophilie), à se jeter sur son corps inerte. Se dessinent dès ce moment, en même temps que Bataille découvre certains livres de Hegel, deux grandes expériences, l'érotisme et la mort, que le savoir n'éclaire pas ; se dessine également, *a contrario*, ce qui ne relève pas de l'« impossible », notamment la conception idéaliste du monde. Mais, alors que les grands articles qui viennent après *Histoire de l'œil* ne cessent d'indiquer qu'il y a pour l'homme une autre voie que la raison et le travail[4], il faut attendre l'année 1938[5] et les suivantes, après la rédaction du *Bleu du ciel* où le mot commence déjà à prendre un sens plus vaste, pour que le terme « impossible » s'impose dans les essais, les récits et les poèmes. Il y est tantôt employé absolument comme dans *Madame Edwarda*, ou relayé par un synonyme, du type « sauvage *impossibilité* », dans *Le Coupable*, ou traduit par une périphrase, comme dans cette « inconnaissable immensité[6] » de *L'Expérience intérieure*. Dans *Le Petit*, il revient sept fois, et dans « Histoire de rats » / « Dianus », dix fois, la formulation allant dans ce cas du mot propre à des désignations du type « possibilités inaccessibles » ou « possibilités les plus folles ». Ces deux derniers exemples le prouvent, l'« impossible » n'est accessible qu'à partir du « possible ». Autrement dit, le cours de Kojève, qui souligne le dynamisme et l'ampleur de la phénoménologie hégélienne, notamment dans son recours au négatif, a été déterminant pour Bataille parce qu'il lui a permis, en vérifiant ses premières intuitions, de mesurer davantage *ce qui n'est pas ou plus le possible*. Puisque telle est exactement, dans l'attention qu'on doit porter au préfixe privatif, la définition de l'*im-possible*. Si donc le « possible »,

---

1. Voir *ibid.*, p. 569.
2. Voir *ibid.*, p. 566.
3. Voir *Histoire de l'œil*, p. 20 et *Histoire de l'œil* (éd. 1928), n. 2, p. 71.
4. Voir notamment « La Notion de dépense », qui dresse en 1932 la liste des conduites déraisonnables (*OC* I, p. 302 et suiv.).
5. Dans « Le Paysage », paru en 1938 dans une revue, Bataille écrit que « chaque fois qu'un homme se heurte de nouveau à l'impossible », l'univers lui découvre son envers féerique, « chemin qui conduit à la mort », « joie menacée », « émotions chargées d'espoir », *OC* I, p. 521.
6. Respectivement *OC V*, p. 261 et 101.

qu'on doit concevoir comme un espace (le monde concret de la matière) et une durée (le temps limité de la vie), est le « réel » selon la préface du livre de 1962 qui traduit la notion hégélienne de *Wirklichkeit*, réalité promue à la clarté du sens par la dialectique[1], s'il est, toujours selon la préface, l'« utile » parce qu'il est la négativité mise au service de la conscience, s'il est enfin ce formidable pouvoir du « devoir-être[2] » que donne à l'homme le travail, facteur de connaissance, l'« impossible », qu'on n'entrevoit, ou sent, ou devine, que passé le « possible », et qu'il faut également concevoir en termes de durée et d'espace, est tout ce qui est au-delà : temps des errements ; second versant du réel, non dialectisable ; zone dangereuse, où domine la « négativité sans emploi », ainsi que le dit la lettre à Kojève déjà mentionnée[3] ; aire que l'Histoire ne délaisse pas puisque, dès la période du récit de 1928, Bataille a compris que le monde n'est pas à sens unique, comme le veut Hegel, mais qu'il bifurque, marque des pauses, voire régresse dans la sauvagerie heureuse qui, autre crime anti-hégélien, peut se répéter. Un terme, qui marque à la fois la nécessité de Hegel et ses limites, définit tout cela chez Bataille : « post-hégélien[4] ». Mais comme ce mot inclut le refus de la dialectique, il marque également le retour à Héraclite par refus de concilier les contraires. Étant entendu qu'Héraclite est aussi pour Bataille le *nuntius mortis* (« le messager de la mort ») puisque, ramené à son essence, l'« impossible », qui n'est pas seulement au cœur de ce que Bataille appelle la « mort finale », n'est rien d'autre que la mort en continu, la mort dans la vie, le prodigieux pouvoir qu'a la mort, qui est pourtant le Rien absolu, de limiter le positif en marquant d'un signe visible la place dévolue au néant.

La dette étant payée au « possible », reste alors à trouver le moyen d'inscrire dans les faits le second terme de la dualité. Les récits, qui se déroulent dans l'« autre monde », selon une expression fréquente chez Bataille, sont là pour cela. Ils sont délestés de toute *mimesis* du réel ; ils se réduisent à la saisie d'un moment, ainsi que le montre l'histoire de Dianus qui commence comme la tragédie *in medias res*, sans l'acte protatique, car on ne sait presque rien sur sa vie avant la rencontre avec B. ; et, si leurs héros portent peut-être des titres de fonction (le *père* A., *Monsignor* Alpha), ils ne travaillent guère et ont de l'argent quand il faut. Quelle « chance », autre terme cher à Bataille, qui sait bien que le monde de la praxis ne paye qu'au mérite, quelle disponibilité à l'aventure chez Dianus, B., le père A. et Monsignor Alpha ! En somme, selon une phrase des manuscrits du livre de 1962 : « L'impossible c'est la littérature[5]. » C'eût été sans doute un titre plus parlant.

Le public de 1962 a-t-il été sensible à la nouvelle portée du livre ? Ce n'est pas certain car, non plus que *La Haine de la poésie*, il ne suscite dans un premier temps l'intérêt de la critique. Il est vrai que sa parution est éclipsée par la mort de l'écrivain, le 8 juillet 1962, et, plus que le romancier, c'est alors l'auteur de *L'Expérience intérieure*, du *Coupable* ou de *Sur*

1. Notion rendue par « réalité effective » par Jean Hyppolite, trad. de la *Phénoménologie de l'esprit*, Aubier-Montaigne, 1941, p. 7, n. 5.
2. Jacques d'Hondt, *Hegel, philosophe de l'histoire vivante*, PUF, 1966, p. 131.
3. *OC V*, p. 369.
4. Selon le terme utilisé dans un des manuscrits de *La Souveraineté* (*OC VIII*, p. 628).
5. « Autour de *L'Impossible* », p. 574.

Nietzsche dont on salue la mémoire et la pensée. De *L'Impossible*, il sera vraiment question l'année suivante, dans le numéro consacré à son fondateur par la revue *Critique*. Jean Wahl[1] y souligne, tout en critiquant certains fondements de la pensée de Bataille, surtout celui qui unit la mort aux jouissances du sexe, deux des aspects les plus importants du livre : d'une part, le rapport avec la religion, tant en ce qui concerne le poids de l'interdit sur l'érotisme dans le christianisme, qu'en ce qui a trait aux liens inavouables de la mystique et de la jouissance charnelle ; d'autre part, le côté « ultra-héraclitéen[2] » de certains aphorismes de Dianus et de son frère, qui insistent constamment sur la réversibilité des états de conscience et des sentiments. Ces deux aspects, les études qui suivront les développeront en les complétant par des analyses portant soit sur les liens de *L'Impossible* avec les autres textes de Bataille, fictionnels ou théoriques, soit sur la forme de narrativité relativement nouvelle qu'introduit le livre.

« DIANUS = MOI »

Ce titre vient d'un des manuscrits de *L'Impossible*[3]. Il conduit à s'interroger sur les liens du héros des parties narratives avec Bataille lui-même.

On peut définir le contenu intime d'« Histoire de rats » en trois mots : le *temps*, la *lignée* et le *cœur*. Le *temps*, c'est la guerre de 1939-1945. Non qu'« Histoire de rats » soit ce qu'on appelle un récit de guerre. On pourrait en dire ce que Blanchot écrit à propos du *Coupable* : texte non pas écrit « sur la guerre mais dans son horizon[4] ». Si bien que les allusions de Dianus aux bombardements, au black-out sur Paris et aux souffrances des déportés interrogent moins les événements que leur portée dans le cadre plus vaste de l'histoire humaine où la guerre, vécue par Bataille comme une « expérience mystique », est un de ces moments arrachés au cours ordinaire du temps. Et restitués à la tragédie. Autrement dit, à cette phase de la vie où l'interdit réglant le progrès du « sérieux » est levé. Ce qui est source à la fois d'allégresse et de souffrance.

La *lignée* est un pays, et des figures. Le pays, c'est l'Auvergne que Bataille a quittée en 1918. Ballotté par l'exode, il n'y revient qu'en 1940 : il est à Riom-ès-Montagnes, ville natale de sa mère, en mai, et, en juin, à Vichy et Clermont-Ferrand. Du coup, le relief auvergnat entre pour la première fois dans son œuvre. Et l'on a le décor d'« Histoire de rats » : une montagne, le froid, le vent, la neige, et, derrière cela, les « marécages de montagne » où vécurent « mes paysans d'ancêtres », dit Dianus.

Les *ancêtres*, justement. On le sent, les montagnes d'Auvergne n'ont un aspect si hostile que parce qu'elles sont celles des « ancêtres » de Bataille. Non, à priori, de son père ; au contraire, ce sont les « grand-mères » qu'évoque à un moment Dianus. Cependant, le père de Bataille n'est pas absent d'« Histoire de rats ». Dans le titre, d'abord, où *rats* ne renvoie sans doute pas uniquement à l'« histoire » du rituel pervers de Proust faisant piquer des rats[5]. Les *rats*, si on songe à *L'Homme aux rats* de Freud,

1. N° 195-196, août-septembre 1963, « Le Pouvoir et le Non-pouvoir », p. 778-794.
2. *Ibid.*, p. 790.
3. « Autour de *L'Impossible* », p. 565.
4. *La Communauté inavouable*, Éd. de Minuit, 1983, p. 14.
5. Pour cette perversion, qui aurait également un rapport avec les parents de Proust, voir n. 21, p. 506.

pourraient être aussi les animaux liés au père[1]. Et dans ce cas, il faut replacer l'histoire de Dianus et de ses terreurs devant le père de B. dans la filiation d'*Histoire de l'œil*, où le prêtre Aminado, « rat d'église » qu'on tue et qui symbolise le père réel, amorce ce lien ; et dans la filiation de *Rêve* (1927), étrange texte qui décrit un rêve où le jeune Bataille voit dans une rue de Reims des ouvriers en train de combler une tranchée avec des morceaux de tonneau munis « de grosses cordes noires de suie auxquelles on suspend des animaux tels que d'énormes rats atroces par la queue mais qui menacent de mordre ». Et, poursuit l'écrivain : « À mon réveil j'associe l'horreur des rats au souvenir de mon père me flanquant une correction sous la forme d'un crapaud sanglant dans lequel un vautour (mon père) plonge le bec[2]. » Sans commentaire, sinon pour rappeler que Dianus se souvient avec horreur de l'« instant de crapaud des conceptions » d'où il est né[3], et que le père de B., vivant, a une « tête de grenouille », et mort, « l'air… d'un crapaud ».

Mais il existe d'autres signes de la présence du père réel : la folie du père de B. sous laquelle on devine la folie du père de Bataille, longuement décrite dans les « Réminiscences » d'*Histoire de l'œil* ; l'homosexualité du père de B. et ses tendances à l'inceste derrière lesquelles se profilent les caresses qu'aurait eu à subir le fils de la part d'un père homosexuel et incestueux, caresses évoquées dans *Rêve*[4]. On en conclura que le souvenir, réel ou transformé, et plus transformé que réel, qui est un des pilotis d'*Histoire de l'œil*, refait surface dans « Histoire de rats ». Et, de même qu'en 1928 l'image du père réel se double de celle du « père » Aminado, qu'on tue, le père de B. trouve son double dans le père A., que Dianus rêve de voir mort.

Le *cœur*, enfin. Les deux femmes que Bataille fréquente entre 1939 et 1944 se devinent dans certains traits de B. Encore marqué par la mort de Colette Peignot le 7 novembre 1938, il rencontre en octobre 1939 Denise Rollin Le Gentil. Leur liaison, dont le début est pour lui comme un éblouissement, durera jusqu'en juin 1943. Au gré des retrouvailles et des séparations qu'entraîne la guerre, elle se traduit par des textes très lyriques où alternent jubilation d'aimer et peur de perdre l'être aimé, deux traits également présents dans « Histoire de rats ».

Pareil lyrisme est sans doute attendu dans un récit parlant d'un amour blessé. Reste que tout lecteur de Bataille perçoit son caractère d'aveu. Ce lecteur entrevoit également que maints passages du texte mènent à ce que Bataille a ressenti quand, en juin 1943, et par une coïncidence qui eût frappé les surréalistes, il rencontre *Diane* Kotchoubey de Beauharnais. « *Dianus, der Diana gefunden hat…* » (« Dianus, qui a trouvé Diane »),

---

1. *Remarques sur un cas de névrose obsessionnelle* (1909) montre que le supplice des rats enfoncés dans le rectum est chez le patient en rapport avec son père, car il craint que ce supplice soit appliqué à son père pourtant mort au moment de la cure. Freud indique de plus que le rat « put aussi être utilisé par lui comme symbole de l'*infection syphilitique* […] symbole derrière lequel se dissimulaient des doutes sur la conduite de son père au cours de la carrière militaire », *Cinq psychanalyses*, trad. M. Bonaparte et R. M. Loewenstein, PUF, 1984, p. 238.

2. *OC II*, p. 9-10.

3. Autre signe du contenu intime du récit, Bataille avait d'abord écrit dans le manuscrit d'Austin (f° 24) : « de ma conception ». Voir aussi n. 17, p. 503.

4. Voir *Histoire de l'œil*, p. 48 et *Rêve* (*OC II*, p. 10).

commente Bernd Mattheus[1]. On pourrait ajouter que B. se retrouve à l'initiale de Beauharnais.

La comparaison avec ce qui est dit dans *Sur Nietzsche* de Diane, nommée « K. » (comme Kotchoubey ?), est en tout cas éclairante. *Sur Nietzsche* parle de faits dont beaucoup semblent trouver leur écho dans « Histoire de rats » : le chemin à parcourir pour retrouver K. en avril 1944[2], qui a son équivalent chez Dianus dans la montée au château où vit B. ; le sentiment d'un bonheur fragile ou la certitude que l'amour ouvre nécessairement sur le « vide[3] », que l'on lit chez Dianus quand il écrit : « Ce qui m'unit à B. est, devant elle et moi, l'impossible comme un vide, au lieu d'une vie commune assurée » ; le goût de l'alcool[4] qui donne dans le couple d'« Histoire de rats » un semblable plaisir des soirées d'« ivresse » ; K. « apparaissant, mais quand l'angoisse… disparaissant si soudainement que l'angoisse[5]… », phrase que reprend ce constat de Dianus à propos de B. : « elle m'échappe de toutes façons ». Mêmes parallèles, enfin, dans une lettre de Bataille à Diane, écrite en novembre 1944[6].

Il est significatif que ces rapprochements se fassent dans la plupart des cas avec des textes que Bataille n'a pas publiés de son vivant. Un moment tenté par ce journal intime qui attire tant les écrivains de son époque, il a finalement renoncé à livrer au public ce qui, eu égard au vrai sujet de ses livres, a dû malgré son intérêt lui paraître anecdotique. Ou pas assez significatif. Il en va d'« Histoire de rats » comme des autres récits : tout marqué qu'est ce texte par l'expérience réelle, la transposition qui vaut transformation et déport dans la fiction a joué, et le récit n'est, pour citer *Le Bleu du ciel*[7], qu'un « reflet », de la vie privée. Le reste, qui est plus vaste, appartient aux fonctions de l'écrivain. Et déjà aux modèles qu'il cherche, d'abord pour lui-même, ensuite pour ses personnages, dans les secteurs les plus ténébreux de la mythologie ou de la littérature.

« FIGURES DE LA POÉSIE,
FANTÔMES DE LA RELIGION[8] »

« Roi du bois ».

Il est en effet une autre manière de lire le « Dianus = moi » des manuscrits. On voit alors que Dianus est, dans un premier temps, le pseudonyme de Bataille et, dans un second, le nom d'un de ses héros. Il suffit pour cela d'interroger le nom de Dianus, connu de lui bien avant la rédaction d'*Histoire de rats* et de sa suite. C'est en effet le 14 décembre 1934 qu'il emprunte à la Bibliothèque nationale le célèbre *Golden Bough* (*Rameau d'or*[9]) de Frazer. Il y apprend l'étrange histoire de ce Dianus,

1. *Georges Bataille. Eine Thanatographie*, Munich, Matthes et Seitz, 1988, t. II, p. 103.
2. *OC V*, p. 117. Diane se trouve alors à Bois-le-Roi, et Bataille, qui s'est installé à Samois, se rend chez elle à pied ou à bicyclette.
3. *Ibid.*, p. 122.
4. *Ibid.*, p. 126.
5. *Ibid.*, p. 135.
6. *Choix de lettres*, p. 226-232.
7. Voir p. 112.
8. Titre extrait d'une phrase de *ms. BNF* ; voir « Autour de *L'Impossible* », p. 582.
9. Dans l'édition de 1913, chez MacMillan, à Londres (*OC XII*, p. 598).

esclave criminel qui, poursuivi par la justice, pouvait se réfugier dans un temple de Diane situé au bord du lac de Nemi. Là, après avoir tué dans un combat l'officiant du moment, il arrachait de ses mains le rameau d'or, signe de sa fonction, prenait sa place et, rendu à son tour intouchable, attendait qu'un autre criminel vînt lui disputer le titre et le tuer. On l'appelait également *Rex Nemorensis*, « Roi du bois », où « Rex » signifie en fait « prêtre », par allusion au fait que certaines fonctions religieuses, à l'origine exercées par les rois, furent après l'abolition de la royauté à Rome, confiées à des prêtres, tandis que « Nemorensis » renvoie au célèbre bois de Nemi, limite entre deux mondes, qui entourait le temple de Diane.

Figure donc tragique que celle de cet être voué à l'angoisse et à la mort. Bataille mentionne pour la première fois le « prêtre de Nemi » le 19 février 1938, dans une conférence au Collège de sociologie, où, insistant sur le fait que Frazer affirme que ce « prêtre avait primitivement un caractère royal », il analyse le tabou qui frappe dans les sociétés archaïques la personne du souverain[1]. Plus tard, sans doute à la suite d'une seconde lecture du livre de Frazer qu'il emprunte en traduction française le 14 janvier 1939[2], la figure de Dianus prend un autre sens, comme le suggère une des variantes de *L'Expérience intérieure*, rédigée en 1942 : « Le pseudonyme Dianus me sembla réunir la saveur d'une femme à barbe et d'un dieu qui meurt, la gorge ruisselant de sang[3]. »

Voici donc Dianus assez proche, avec sa gorge ouverte (tranchée ?), de Dionysos, dieu *acéphale* que, un moment tenté par la création d'une nouvelle religion qui eût maintenu le culte du sacré laissé inemployé depuis la mort de Dieu, Bataille célèbre dans les années 1936-1938[4]. Le prêtre de Nemi entre dans cette galerie d'êtres qui *ont perdu la tête* (l'expression, récurrente dans les récits, désigne les héros jetés au-delà du « possible »). Dianus est en tout cas le pseudonyme sous lequel Bataille publie « L'Amitié », première partie du *Coupable*[5], le 15 avril 1940, dans la revue *Mesures*. Il est encore présent, quoique indirectement, à la fin du *Coupable*, avec cette sous-partie titrée « Le Roi du bois ». Autre indice de la valeur emblématique du personnage, le fait que, lorsque Bataille envisage en 1943 la publication du *Coupable*, il songe à donner pour sous-titre à la partie du livre (« La Divinité du rire ») qui contient précisément « Le Roi du bois » : « Notes de Dianus ».

Mais le sous-titre « Notes de Dianus », non repris dans *Le Coupable*, ne sera pas totalement abandonné. Touchant cette fois à un personnage, ce qui, en un sens est également le cas de cet *Alleluiah. Catéchisme de Dianus* que Bataille publie en 1947[6], il se lit en filigrane dans « Journal de Dianus », sous-titre d'« Histoire de rats », et sa portée est considérable puisque Dianus est maintenant promu au double rang de héros narratif, fonction induite par le titre : *Histoire*, et de diariste, fonction découlant

---

1. *OC II*, p. 339.
2. *OC XII*, p. 612.
3. Voir *OC V*, p. 437.
4. *Acéphale* est le nom d'une revue qui paraît de juin 1937 à juillet 1937 (4 numéros parus), puis d'un cahier (1938), titré *Collection « Acéphale »*, et enfin d'un unique numéro de revue portant le même titre (juin 1939).
5. *OC V*, p. 243-286.
6. Sous le nom de Georges Bataille, chez Blaizot, et dont les propos sont souvent très proches de ceux du Dianus d'« Histoire de rats ».

de *Journal*. Mais, dans ces deux fonctions, il conserve l'attribut premier du Dianus légendaire (la nécessité de la mort) ; et si le Dianus du *Coupable* possède, au-delà de sa dimension nietzschéenne et surtout héraclitéenne (l'insouciance du temps à venir, l'abandon à la « chance » et au jeu), cet attribut au point de faire de « L'Amitié » un envoi final (« Un nommé Dianus écrivit ces lignes et mourut[1] »), celui de *L'Impossible* l'a bien davantage.

Il est en effet plus proche du Dianus mythologique. Dans la seconde partie de *L'Impossible*, nous sommes précisément dans le pays du Dianus légendaire, dans un lieu désigné seulement par trois points, mais près d'un lac, qui est sans doute celui de Nemi. La maison du prélat est entourée d'une forêt, de l'« inhumain silence de la forêt ». « Inhumain silence » parce que dans cette forêt attendait selon la légende le prochain Dianus ? ou parce qu'on n'y entendait pas le bruit des chevaux, animaux interdits pour avoir entraîné dans la mer Hippolyte qui, sauvé par Esculape, aurait apporté à Nemi la statue de Diane-Artémis ? Les deux réponses sont possibles, qui renvoient de toute manière à cette « folie [qui] dans le bois règne en souveraine[2] ».

À l'instar du Dianus antique, le personnage de Bataille vit isolé et a constamment en lui, « peur puérile et lâche », l'angoisse de la mort. Il meurt d'ailleurs réellement, mystérieusement, entre la fin d'« Histoire de rats » et le début des « Notes de Monsignor Alpha ». Et il vient « achever sa vie à… » : « à… », c'est-à-dire au bord du lac de Nemi, comme le vrai Dianus. De plus, étant mort, et donc nimbé de cette terreur qui frappe celui qui approche le cadavre, il est moins isolé que quand il était vivant : il attire, et son « charme » ne laisse pas d'exercer ses effets sur E. et sur son frère, au point que celui-ci, qui ne demande qu'à être contaminé, est emporté par l'« illumination noire » lorsqu'il croit qu'E. s'est suicidée. Même, Monsignor Alpha semble prendre sur lui la malédiction du Dianus latin quand, rendu dans la forêt du grand silence, il va, « angoissé, à l'image dérisoire du Crime, que poursuivent la Justice et la Vengeance ». Le Dianus de Nemi tel que se l'imaginait Bataille devait sécréter autour de lui cette atmosphère à la fois insupportable et délicieuse. Le sien est ainsi, et jusque dans la présence aux côtés de son corps d'un ministre du culte, restitué à cette sphère religieuse, hautement « impossible », qui entourait le prêtre de Diane.

Oreste, « existence entière […] à moi destinée[3] ».

Cette aura cerne également son Oreste. Non qu'Oreste soit un vrai personnage de *L'Impossible*, où il n'est présent qu'à travers la partie poétique qui reprend le titre de la trilogie d'Eschyle. Mais il y parle, indirectement, dans les poèmes, et directement, dans les commentaires qui jouxtent les poèmes et ferment, avec « Être Oreste », le livre. Il introduit dans *L'Impossible* le motif tragique qui, déjà présent dans « Dianus » grâce à l'évocation d'Œdipe[4], n'a cessé de hanter Bataille depuis sa jeunesse.

1. *OC V*, p. 239.
2. *Le Coupable*, « Le Roi du bois », *OC V*, p. 365.
3. *Ms. BNF* ; voir « Autour de *L'Impossible* », p. 580.
4. Puisque Monsignor Alpha compare la terreur sacrée que lui inspire le corps de son frère à celle d'« Œdipe errant les yeux arrachés… » (p. 537).

Nietzsche n'a fait que renforcer cet attrait qui se manifeste plus claire-ment avec la publication des premiers articles faisant explicitement men-tion de la tragédie grecque : « La Mère-Tragédie », dans l'été 1937, et « L'Obélisque », en avril 1938[1]. Soulignons que ces dates sont également celles de la théorisation de l'« impossible » : ce n'est pas une coïncidence, c'est une convergence de centres d'intérêt.

Vient ensuite le temps de Racine, très exactement de la tragédie raci-nienne comme Bataille la voit. Mis à part une brève allusion à Phèdre et à Oreste dans *L'Expérience intérieure*, c'est dans la période rédactionnelle des poèmes de *L'Impossible* et d'*Être Oreste*, soit entre 1942 et 1943, que la figure de l'Oreste racinien, personnage d'*Andromaque*, surgit devant Bataille.

L'Oreste de Racine, et non celui de Sartre, si l'on s'en tient aux pro-pos de Bataille, dans la lettre qu'il adresse à Queneau au moment où il pense terminer l'essai *Devenir Oreste ou l'Exercice de la méditation* : « Rien à voir en tous cas dans ce livre avec *Les Mouches* », en suggérant, cita-tion de Racine à l'appui (« *Pour qui sont ces...* »), que son Oreste est celui d'*Andromaque*[3].

Il a raison en un sens. Le célèbre débat Bataille / Sartre, incontour-nable sur d'autres points, n'a dans ce cas pas lieu d'être ouvert. Sauf à dire que Sartre et Bataille présentent deux Oreste radicalement différents, l'un, qui campe un Oreste logique et lucide de bout en bout, reprenant fidèlement le canevas de la légende pour faire de ce canevas le chemin de la liberté, l'autre s'inspirant uniquement de la version racinienne qu'il réduit de surcroît, et encore à l'extrême fin de son « Orestie », ignorant les passages où il question de l'amour, à la scène où Oreste devient fou. Même le mot « chance », qui joue chez lui et chez Sartre un grand rôle, a une portée si différente qu'on ose à peine l'évoquer puisque la chance de l'Oreste sartrien est d'être aussi libre que le fil détaché d'une toile d'araignée et flottant au vent[4], alors que celle de l'Oreste de Bataille, personnage plutôt issu d'une tragédie qu'aurait composée Héraclite, consiste à se fier aux aléas d'un destin espéré favorable : « Le tapis de jeu est cette nuit étoilée où je tombe, jeté comme le dé sur un champ de possibles éphémères[5]. »

Osons d'ailleurs le dire, s'il n'y avait certaines allusions dans quelques vers du début ou ces citations incomplètes de *Bérénice* et d'*Andromaque*, on se demanderait quel est le rapport entre le texte publié, si énigmatique et si agaçant dans sa sécheresse, et la tragédie de Racine, hormis, encore une fois, la folie. Mais comme la folie de l'Oreste de Bataille, telle qu'elle est présentée, n'est que le signe premier d'une allégorie dont le sens second, plus profond, est délire saisissant le poète jeté dans l'écriture instable, jamais pleine, toujours en échec, de l'« impossible », le person-nage racinien s'éloigne aussitôt qu'il est convoqué.

Voudrait-on, donc, classer Bataille dans la longue lignée des écrivains qui ont repris l'*Orestie* d'Eschyle, qu'il faudrait dire que c'est un nouvel

---

1. Respectivement *OC I*, p. 493-494 et 501.
2. Même s'il est probable que la parution des *Mouches* en avril 1943 ait été pour quelque chose dans le soudain intérêt de Bataille pour le personnage.
3. *Choix de lettres*, p. 199.
4. On résume ici un passage des *Mouches*, acte I, sc. II.
5. P. 559.

Oreste qu'il invente, aussi éloigné de l'amoureux de Racine ou du « *tristis Orestes*[1] » de la tradition que possible, et dont la fonction ne s'éclaire vraiment que dans les manuscrits : « L'état d'Oreste évoqué n'est pas un être (un caractère) mais l'énoncé d'un rapport possible entre l'existence négative et le donné naturel nié » ; « bien qu'il soit l'évocation d'une humanité aux craintes puériles, Oreste est davantage la figure de la poésie qu'un fantôme de la religion[2] ».

Ces citations le soulignent à l'envi, Oreste passé de la création poétique à la critique de la poésie, Oreste ayant perdu l'esprit est le porte-parole (le prête-nom) pour une entreprise vraiment « post-hégélienne » où s'instaure, au-delà de la négation du « donné naturel » (opération hégélienne), la rupture qu'opère la « poésie » — comprenons : la littérature arrivée dans le domaine effroyable qui est le sien et qu'il faut maintenant tenter d'éclairer en posant la question du sens global du livre.

« L'IMPOSSIBLE » : VUE D'ENSEMBLE

« Comment classer Bataille ? », écrivait en 1971 Roland Barthes qui se demandait s'il était romancier, économiste, essayiste, mystique ou philosophe[3]. On pourrait poser une question identique à propos de chacun de ses livres « littéraires ». Notamment *La Haine de la poésie/ L'Impossible* : « Problème de l'hétérogénéité des structures à décrire[4] », remarque une des meilleures études sur le livre. Une piste, sans doute, est dans le débat sur la validité de l'expérience poétique et les incidences de celle-ci sur la pratique du récit. Dans les deux versions, « L'Orestie » occupe en effet une place non médiane, donc significative ; et dans les deux cas, le lien entre ce qu'un des manuscrits nomme le « désordre sexuel » et le « désordre poétique[5] » demande à être interrogé. Cette interrogation, on l'abordera ici dans l'optique du nouvel ordre de 1962, mais en posant que les parties narratives ne peuvent être comprises qu'en tenant compte de « L'Orestie » qui leur donne leur sens ultime.

Récit, « surtout pas de système ».

« Pas de sens caché[6] » non plus, écrit encore Bataille. On veut bien le croire ; mais sans tomber dans l'excès inverse qui refuserait toute herméneutique a priori, piège que n'ont pas écarté les critiques de la première génération. Un exemple seulement, à propos du temps du récit, où l'on a parlé de « temporalité incertaine[7] ». Or, à tenir compte, pour le seul cas d'« Histoire de rats », d'une part, du fait que la mention de la mort de Proust situe l'action en 1942, et, d'autre part, des indicateurs temporels du type « hier », « ce matin » ou « depuis des heures », on constate que l'action, typique de cette conception d'un temps convulsif, ramené à quelques moments forts, qui caractérise tous les récits de Bataille, se

1. Horace, *Art poétique*, v. 124.
2. *Ms. BNF* ; « Autour de *L'Impossible* », respectivement p. 580 et 582.
3. « De l'œuvre au texte », *Revue d'Esthétique*, nº 24, p. 227.
4. Nicole Gueunier, « *L'Impossible* de Georges Bataille. Essai de description structurale », *Essais de sémiotique poétique*, Larousse, 1972, p. 108.
5. « Autour de *L'Impossible* », p. 567.
6. *Ibid.*, p. 565.
7. Jean Durançon, *Georges Bataille*, Gallimard, coll. « Idées », 1976, p. 183.

déroule en quelques jours. Ces jours sont décrits par ordre chronologique dominant, sans anticipation de l'avenir, ce qui est logique vu que Dianus n'a pas le souci, très hégélien, du temps à venir ; et également sans trop de « flash-back », les seuls cas relevés, et qui sont dans les parties I et II, portant sur le récit enchâssé de Proust et des rats, les rencontres antérieures avec le père A. ou l'épisode du bal Tabarin, ce qui fait conclure que le retour sur le passé, anachronie[1] communautaire, est le seul moyen qu'a Dianus dans les parties I et II, où il vit dans la solitude, de s'ouvrir aux autres.

Non que ces données techniques, qu'on nommera « facteurs de structuration », effacent d'un « désordre » qui n'est pas que « sexuel » comme on le verra, et est le caractère dominant d'« Histoire de rats » / « Dianus ». Par un paradoxe connu de tout lecteur de Bataille, on ne peut néanmoins les ignorer, parce qu'elles sont un peu le piège de l'écrivain, cette sorte de vestibule qu'il construit pour ensuite mieux mener à l'aventure extrême.

De là l'attention qu'on portera également à cet autre facteur de structuration qu'est le motif de l'accès au château du père de B., qui doit permettre la réunion de Dianus et de B. Avec ses conséquences sur la position dans l'espace et la mobilité/immobilité des personnages, ce motif court depuis le début d'« Histoire de rats » et rappelle, jusque dans l'appel, très « roman noir », aux frayeurs de la nuit, la conquête du « château *hanté* » par le narrateur d'*Histoire de l'œil* quand il veut délivrer l'infortunée Marcelle.

Lieux clos qu'on force, pour qu'ils deviennent lieux de délices par contamination de la mort : Bataille, comme les surréalistes, n'aime pas la description et se contente de nommer les lieux ; mais ceux-ci gagnent en pouvoir magique ce qu'ils auraient perdu en étant décrits : ce sont des lieux *aimantés*.

Une nouvelle manière de construire le récit, centrée sur un personnage dominant identifié par son « habitat », resserrant l'intrigue sur un clan familial plus large, pratiquant enfin une étroite connexion entre les éléments narratifs — le cas le plus remarquable étant à cet égard « Dianus », où les amours du prélat et de son amie sont toujours fonction de leur distance par rapport au lieu focal qu'est la chambre du mort[2] — s'inaugure avec « Histoire de rats » / « Dianus » et annonce la facture du *Mort* qui, tournant tout entier sur le personnage de Marie, *monte* également vers sa fin. Cela ne va évidemment pas sans le recours à quelques « ficelles ». Ainsi le motif, très romanesque, ou très théâtral selon Michel Deguy qui y voit une influence de Marivaux[3], du rendez-vous manqué : B. confie au médecin une lettre destinée à Dianus et dans laquelle elle lui indique qu'elle vient le rejoindre à son hôtel. Or, cette lettre, le médecin distrait ne la donnera pas.

On relèvera, autre facteur d'unité et de lisibilité, le côté « sacerdotal » des deux parties narratives. Le prêtre dévoyé est déjà dans *Histoire de l'œil*, figure très sadienne, on l'a vu, et victime sacrifiée sur l'autel des plaisirs. Mais avec le père A. et Monsignor Alpha, *L'Impossible* continue la lignée

---

1. Terminologie de Gérard Genette pour les ruptures opérées entre l'ordre événementiel et l'ordre du texte.
2. Voir sur ce point Gilles Ernst, « La Mort comme sujet du récit : *Dianus*, de Georges Bataille », *La Mort en toutes lettres*, Presses Universitaires de Lyon, 1988, p. 179-192.
3. « D'une physique érotique », *L'Arc*, n° 32, 2ᵉ trimestre 1967, p. 49 et suiv.

d'une autre manière : voici le prêtre promu en dignité, puisqu'on passe du simple desservant à un membre d'un ordre réputé et à un prélat ; de plus, on a affaire à des personnages qui jouent un rôle majeur dans l'intrigue, l'un comme rival de Dianus et ambassadeur de ses mauvaises et bonnes fortunes, l'autre comme auteur de *Notes* et gardien de la mémoire de son frère ; enfin, ils ne sont plus victimes, au contraire, ils pratiquent le libertinage sexuel comme une seconde vocation (si tant est qu'ils aient eu la première).

C'est le père A. qui retient d'abord l'attention. Personnage complexe, à la fois traditionnel et très bataillien, il doit dans un premier temps être rapproché du portrait-charge, assez conventionnel, du jésuite fourbe, et dont la devise, ce *perinde ac cadaver* (« comme un cadavre ») que rappelle ironiquement Dianus, résume les noirs desseins. Bataille a déjà utilisé ce *topos* dans un article de 1932 : membres d'une « société d'hommes disciplinés », les jésuites « mènent jusque dans le monde moderne un jeu obscur et d'autant plus redoutable qu'ils croient pouvoir jouer indifféremment toutes les cartes à coup sûr[1] ». C'est la fameuse thèse du complot jésuite. Et que dit Dianus ? Le père A., formé par « dix années d'études profondes » qui lui ont inculqué la « dissimulation » et le goût des « tâches [...] subversives et paradoxales », a une « logique acérée, cynique et lucidement bornée ». S'ajoute à cela, autre souvenir d'un reproche traditionnel, l'accusation de laxisme, cette « sévérité morale insaisissable », que souligne la comparaison avec la démarche fuyante du rat. Même les traits qu'on dirait plutôt inspirés par Sade finissent par se fondre dans le portrait classique du jésuite débauché : « jésuite en peignoir de bain », très porté sur les plaisirs de la chair, au point d'aborder hardiment B. dans la rue ou de la mettre nue devant Dianus, le père A. fait exactement le contraire de ce qu'il devrait faire.

Pourtant, le père A. a son autre face. Et c'est peut-être là, dans ce « sentiment qu'il a de l'impossible », et qui le sauve finalement du mépris complet de Dianus, qu'on trouve la trace de la discussion sur le péché avec le père Daniélou[2]. Celui-ci, fin théologien et bon casuiste, défend très subtilement la thèse d'un péché paradoxalement deux fois signe de la « grâce » parce que, s'il a dans un premier temps quelque chose de libérateur en retirant le croyant du confort moral et de l'« esprit de suffisance » (effet bénéfique numéro un, qu'il concède aussi à la transgression de Bataille), il conduit ensuite (effet bénéfique numéro deux) à provoquer le « retour à Dieu » par le remords qu'il produit[3]. À cela, Bataille qui se situe au-delà du christianisme, et qui suspecte le pécheur d'avoir l'esprit pratique (la recherche du salut), oppose la thèse d'un péché qui est tout le contraire d'une reconnaissance de la grâce, car, excluant tout dialogue avec un Dieu qui n'existe plus mais a laissé vacante la place qu'il

---

1. Article dans *La Critique sociale*, n° 6, septembre 1932, rendant compte d'un livre sur les jésuites (*OC I*, p. 297).

2. Le jésuite Jean Daniélou, auteur de nombreux ouvrages sur la patristique, et critique de Bataille (il publie en juin 1945 un article dans *Études*, p. 397-398, où il condamne violemment *Sur Nietzsche*, « justification de tous les instincts et de toutes les démissions »), mène le 5 mars 1944, dans le cadre d'une « Discussion sur le péché » (*OC VI*, p. 315-359), à laquelle assistent notamment Blanchot, Simone de Beauvoir, Camus, Maurice de Gandillac, Pierre Klossowski, Leiris, Gabriel Marcel, Paulhan et Sartre, une discussion avec Bataille sur la question de la nature du sacré et de la faute.

3. *Ibid.*, p. 325.

occupait (le sacré est pour Bataille indestructible), il est le réinvestisse-
ment de cette place par l'être instaurant un sacré sans Dieu et désirant
accéder à un « sommet » où la jouissance est totale.

Cette conception, très nietzschéenne dans son dédain du monde du
« déclin » (le christianisme usuel), le père A. l'incarne en partie. Son nom,
patronyme ou prénom, parle pour lui, car il a ceci de commun avec celui
de Monsignor qu'il marque un *début* : A. dans l'alphabet latin, *Alpha*, qui
rappelle une célèbre parole biblique[1], dans l'alphabet grec. Dans les deux
cas, le nom placé au commencement d'une série est sans clôture et
symbolise l'illimité situé au-delà du « possible ». Dans cette seconde vie
qui double celle du jésuite pervers, le père A. est donc un être libre, et
sa quête de la jouissance érotique, qui est « pureté dans la débauche », le
rend complice de Dianus. Mais il va encore plus loin que Dianus, ce que
montre bien l'usage qu'il fait de sa « robe ». La soutane est en effet pour
lui ce que le masque (le loup) est pour les héroïnes de Bataille, signe de
l'appartenance à l'« autre monde », vêtement pour prêtre des temps nouveaux, qu'il ne met que pour enfreindre ses vœux, quand il fait pour la
première fois l'amour avec B. Il est auréolé du prestige de la transgression
la plus spectaculaire qui soit parce que, si toute transgression rompt
un ordre respectable, celle d'un homme d'Église brise une loi encore
plus terrible.

Monsignor Alpha, qui annonce le prélat de *La Scissiparité*, et, pour
le motif de la fratrie, le gémellité décrite dans *L'Abbé C.*, n'a pas la biva-
lence du jésuite. Bien qu'il « dissimule » comme lui, son impiété est beaucoup moins marquée que dans « Histoire de rats ». « Prêtre impie », certes
il l'est dans son amour pour E. qui est pour lui ce qu'Éponine sera pour
l'abbé C. ; mais il accepte mieux sa faute que Robert C. Car il est moins
homme d'Église que frère de Dianus ; et, s'il diffère sur certains points
de celui-ci par sa « rage de *pouvoir* », à laquelle s'oppose l'impuissance
de Dianus, il est pour le reste presque son double. De plus, les deux
écrivent par endroits dans un style qui n'est pas celui du récit (*Journal*,
Notes), et cette écriture si fragmentée, livrée au doute parce qu'elle ne
tranche pas, est sans doute ce qui les rapproche le plus.

Mais avec la pratique du journal et le recours à la pensée non dialectique, on touche à l'autre versant des parties premières de *L'Impossible*,
à ces *facteurs de déstructuration* qui, refusant de clore le sens ou laissant la
contradiction ouverte, leur permettent de s'ouvrir sur « L'Orestie », sur
sa poésie incomplète, vouée malgré ses succès à ne rien saisir, et sur ses
commentaires qui décrivent cet échec.

Rappelons-le : titrée « Histoire de rats », la Ire partie a pour sous-titre
« Journal de Dianus » et fait coexister sans les confondre les parties
numérotées en romain avec celles qui sont appelées *Carnets* ; la seconde
partie est titrée « Dianus » et a pour sous-titre « Notes tirées des carnets
de Monsignor Alpha ». Histoire, Journal, Carnet, Notes : quelque habitué qu'on soit depuis *Le Bleu du ciel* à la liberté que prend Bataille avec les
codes, il y a de quoi s'interroger sur le genre de ce que recouvrent ces
titres.

Tout ce qu'on peut dire d'« Histoire de rats » et de « Dianus », c'est
que c'est une voix qui nous parle et qui, cessant de raconter, marque des

---

1. « Je suis l'Alpha et l'Oméga, le Premier et le Dernier, le Principe et la Fin », dit le
Christ (Apocalypse, XXII, 13).

pauses et s'interroge, non sur elle-même, mais sur les chemins ouverts à tous, ce qui la rend également proche de celle de *L'Expérience intérieure*, livre tout aussi clivé. Elle questionne la « chance », motif développé dans *Le Coupable*[1] ; ou la femme qui échappe, ou le vide qui est le sommet de l'expérience érotique, ou encore, et ici s'annonce « L'Orestie », la « niaiserie poétique », dans *Sur Nietzsche*[2]. Ces questions sont également abordées dans *L'Alleluiah*, où Dianus mué en catéchiste parle comme dans « Histoire de rats » de la femme belle comme une louve, du « vide » qu'elle découvre et de l'« impossible » à quoi elle mène.

« Le néant, qui n'est pas, ne peut se séparer d'un signe… Sans lequel, n'étant pas, il ne pourrait nous attirer », dit encore le Dianus de *L'Alleluiah*[3] : remarque lourde de conséquence pour l'écriture où la mort, pour être cette « négativité sans emploi » dont parle la lettre à Kojève déjà citée, doit se rendre visible. Le Dianus de *L'Impossible* marque alors la place du néant par les « blancs ». D'une partie et d'une section à l'autre, d'une phrase à l'autre, ceux-ci isolent le noir de l'imprimé de ce qui, quoique non écrit, participe encore de l'écriture, exprimant ainsi qu'elle ne recule pas devant l'indicible. Arrête-toi, dit en substance Bataille, fais-toi violence, écoute la « parole coupée » (c'est ainsi qu'il définit la mort) montée au-delà et autour du texte, accepte l'inachèvement, maintiens les contraires, le noir et le blanc, sans les concilier.

Inachèvement et opposition qu'on lit également dans la ponctuation, au grand dam de certains critiques qui ont vu dans les trois points de la *coupure* une « méthode d'intimidation et de brouillage[4] ». Ce qui est au fond exact et ne devrait pas être un reproche pour un texte qui signale régulièrement ses limites, soit en omettant le mot, soit par le recours à la *réticence* (allusion), soit par l'utilisation de l'*interruption*. À cette utilisation des points de suspension, qui sont chez Bataille des signes d'inversion en montrant l'envers du texte, il faut encore joindre le tiret, qui signale l'urgence d'un arrêt.

Au vrai, il n'est pas de page d'« Histoire de rats » et de « Dianus » qui ne contienne, quelquefois en les associant, ces quatre signes de la détresse assumée d'une parole consciente de son impuissance. Séduit par l'apparente linéarité d'une narration qui multiplie les jalons pour mieux se saborder, le lecteur ne laisse pas d'enregistrer le flottement qui la ruine aussitôt, chaque événement, chaque pensée étant suivis, de près ou d'un peu plus loin, mais jamais de très loin pour que la fracture soit maintenue, de son contraire. Cela vaut déjà pour les mots, souvent présentés en oxymorons visualisés par l'italique (l'« illumination *noire* »), et pour tout le reste.

Que décider alors du château du père de B., lieu à la fois redouté et attirant ? ou de Dianus-Don Juan, ou de B., tantôt louée, tantôt critiquée ? Ironie des contraires qui réalise le programme qu'Oreste regrette de n'avoir pu toujours tenir : « annuler ses affirmations ». La vérité complète aurait-elle en somme deux visages inconciliables, également

---

1. *OC V*, par exemple p. 320, cette remarque proche de celles de « L'Orestie » : « L'absence de la chance est l'éclipse de la poésie. »
2. *OC VI*, p. 70, pour la femme fuyante ; p. 77, pour le « vide » ; p. 84, pour la « niaiserie poétique ».
3. *OC V*, p. 407.
4. Claude Mauriac, « Georges Bataille », *Preuves*, juin 1956, p. 78.

importants ? Oui, répondent les parties narratives de *L'Impossible*. Elles
le faisaient déjà dans *La Haine de la poésie* ; mais elles le font avec plus
d'éclat dans la nouvelle édition parce qu'elles préparent mieux le lecteur
à la grande opposition que dévoile « L'Orestie », *ultima verba* d'une expérience qui ne sépare pas la poésie du récit, tous deux débouchant sur
l'impossibilité de clore le sens.

Poésie, folie.

C'est une épreuve terrible que la poésie pour Bataille. Et elle ne commence pas avec « L'Orestie », ni même, en 1943, avec *L'Expérience intérieure*, où figure la « Digression sur la poésie et Marcel Proust », qui est
d'une importance théorique considérable si on la rapproche de ce qui
est dit dans « L'Orestie », car elle définit à la fois le pouvoir poétique,
qui est très grand, et ses limites, qui ne le sont pas moins. Cette vision
contradictoire apparaît pourtant bien avant 1943 dans « La Valeur d'usage
de D.A.F. de Sade », où Bataille développe la thèse suivante : en principe
vouée à l'expression de l'hétérogène ou « *tout autre* » (résidu laissé par la
pensée discursive qui ne peut par exemple rendre compte de l'érotisme
sadien qu'elle occulte ou atténue), la poésie ne manque pas, à la fin, de
revenir et à un domaine moins dangereux et à un langage plus raisonnable, les deux étant liés car elle a « toujours été à la merci des grands
systèmes d'appropriation », et n'est qu'une des formes de l'« homogénéisa-
tion[1] ». En 1933, l'article « La Notion de dépense » indique que, située
dans le cadre d'une littérature par essence arrachée au monde de l'utile,
la poésie, alors entendue *stricto sensu* (parole versifiée), est, du moins dans
ses productions « les moins dégradées, les moins intellectualisées », la
« création au moyen de la perte ». En d'autres termes, elle est le cri d'un
homme qui voue les mots à autre chose que l'appât du gain[2]. C'est sa
grandeur mais aussi sa perte, comme le souligne plus fortement *L'Expérience intérieure*[3].

Grandeur, d'abord en termes de champ. Bataille donne en effet au
terme « poésie » un sens plus vaste qui inclut certaines productions
romanesques remarquables. Ainsi l'œuvre de Proust dans laquelle, reje-
tant superbement tout ce qui a trait à la conquête du temps passé, il voit
le « secret de la poésie » parce que la possession jamais réalisée d'Albertine, « inépuisable souffrance », « unité diffuse de l'œuvre », illustre l'insatisfaction qui est au cœur, au bout, de toute vraie écriture. Il en découle
que la « parole en vers[4] », qui conserve sa primauté d'honneur (c'est
pourquoi elle ouvre « L'Orestie »), et certains textes en prose, quoique
distincts par la forme, ne le sont pas dans leur visée. Nous entendrons
donc dorénavant par *poésie* ces deux domaines, tout *L'Impossible* étant, au
vu des similitudes de forme et de contenu des parties narratives avec
« L'Orestie », conçu comme un livre *poétique*.

La grandeur de la *poésie* est ensuite dans sa démarche. Mais cette grandeur est à peine célébrée qu'elle est aussitôt niée : certes, la *poésie* conduit

1. *OC II*, p. 62.
2. *OC I*, p. 307.
3. *OC V*, p. 156-175, d'où sont extraites les citations qui suivent.
4. Expression utilisée dans « De l'âge de pierre à Jacques Prévert », article de 1946
(*OC XI*, p. 87 et suiv.).

à l'« étrange », elle retire le langage de l'usage normal et tue de la sorte symboliquement les mots, elle « dissipe les faux-semblants d'un monde rangé » ; mais tout cela, qui n'est pourtant réservé qu'aux élus qui ont la « divination des ruines secrètement attendues », demeure vain, le poète devenant *in fine* un propriétaire de sens. Que faire alors ? Comme Rimbaud : se taire après avoir écrit, faire le « sacrifice achevé, sans équivoque, sans réserve ». Car « L'Orestie », et c'est en ceci qu'elle éclaire et surtout prolonge « Histoire de rats » et « Dianus », est en fait une méditation, plus concrète parce que plus nette dans son *pro* et *contra*, sur la *poésie* et le silence, sur le pouvoir des mots et leur échec. De là, malgré le caractère hermétique et le « désordre poétique » d'*Être Oreste*, que Bataille a sciemment accentués en ne publiant que les passages les plus abstrus des premiers jets, le mouvement[1] qu'on finit par y découvrir et qui mène de la parole au silence hagard.

Ce mouvement est lui-même double. Il caractérise en premier lieu la distribution d'ensemble ; puis celle d'« Être Oreste ». En saisie globale, « L'Orestie » commence par les poèmes[2], imprimés en romain, disposition qui était celle de *La Haine de la poésie*. C'est une parole légère, techniquement très proche de celle de *L'Archangélique* qui paraît à la même époque, ou de celle des poèmes publiés en édition posthume : rareté du vers long, recours privilégié au vers bref et aux séquences (strophes) réduites ; poèmes plutôt courts ; importance, enfin, du ressassement, tant du point de vue rhétorique, grâce à la fréquence des anaphores ou des répétitions internes, que du point de vue métrico-rythmique, puisque dominent les vers isométriques s'enchaînant, et les vers isorythmiques.

Ce caractère restreint et répétitif traduit à l'œil et à l'oreille deux principes : l'impossibilité où est l'écrivain d'accéder au cœur de la *poésie* et la nécessité qu'il sent de reformuler cette impossibilité.

Ce que suggère aussi le décrescendo, baisse de tonus, qui caractérise la « parole en vers » avant « Être Oreste » : les deux premières pièces ont quelque chose de triomphal, qui se prolonge dans « La Discorde » et « Moi » ; mais, avec la pièce « J'ouvre en moi-même un théâtre » (fin de « Moi »), commence la déconvenue qui se lit dans « Le Toit du temple » (passage à l'italique, donc abandon de la « parole en vers » relayée par le style du journal intime), et ce, malgré l'espoir un instant revenu dans « Le Corbeau », né d'une miraculeuse « contagion » suscitée par la lecture de la *Bérénice* de Racine. Passé l'expérience fulgurante du « vide » qui clôt ce poème, seul moment, peut-être, de *poésie* réussie, ne demeure alors que « Je me jette chez les morts » : six poèmes d'arrachement au monde.

Il faut pourtant vivre. Et assumer la folie puisqu'on ne revient pas intact de la première expérience de la *poésie*. *Être Oreste* où la « parole en vers » s'est définitivement tue, et qui est imprimé en italique pour signaler le passage au grand trouble, décrit cette seconde expérience, affreuse parce qu'absolument sans échappée possible. Cette impasse est au demeurant celle de toute *poésie*.

---

1. Il va de soi que, s'agissant d'un texte aussi abstrus, la tentative d'exégèse qui est ici proposée ne prétend nullement être définitive.
2. La poésie de Bataille, et en particulier « L'Orestie », n'a, d'une manière générale, que peu retenu l'attention des critiques. Voir notamment de Marcelin Pleynet, « L'Orestie », intervention au colloque de Cerisy, dans *Bataille*, « U.G.E. », 1973, p. 107-119 ; de Christine Dupouy, « Georges Bataille ou l'Impossible Poésie », *La Censure en France*, Complexes, 1997, p. 155-165.

Les causes de l'échec ne sont que trop visibles. Elles tiennent en cette phrase : « L'Orestie » n'aurait pas dû être écrite. Ni, non plus, « Histoire de rats » et « Dianus ». Cette phrase résume *L'Expérience intérieure* qui, on l'a vu plus haut, indique en substance que l'état *poétique*, désir d'aller au-delà du monde utile, est à la fin vaincu par la parole, et que les mots, si détournés qu'ils soient de toute positivité, tout réduits en nombre qu'ils sont, reviennent toujours pour prendre leur revanche. Ils ont été dits, ils ont été écrits. C'est trop. En cela, seule la mort réelle est vraiment *poétique* car elle arrête la parole et fait sentir que la parole n'est plus. Il n'en va pas de même dans « L'Orestie » : la « figure » demeure une forme, un jour et un bruit. Or l'« impossible » est informe, nuit et silence.

« L'Orestie » et ce qui précède, qui est tout aussi décevant, ont néanmoins été écrits. On se tromperait donc si on voyait dans la folie d'Oreste, tension décevante de l'esprit qui ne peut même plus reconnaître ce qu'il « attendait », ou dans l'état et le texte ambigus de Dianus et de son frère, le seul sens ultime de la *poésie*. Il y a en effet la folie, et il y a le bénéfice de la folie. D'abord, parce que cette folie est en soi la jouissance, ou la récompense, de celui qui, posant la question de la défaillance du langage devant le mystère de l'être et du monde, est allé au bout des possibilités de l'écriture et a renoncé à tout gain. Ensuite, et surtout, parce qu'il faut dire de la *poésie* ce que Bataille dit de la grande tragédie : quoique montrée, sa charge de néant et son effet ne sont littéralement pas traduisibles, si bien qu'elle « introduit […] l'inadéquation de toute parole ». Mais, ajoute-t-il aussitôt, « cette inadéquation, du moins, doit être dite[1] ». Si donc toute *poésie* finit par se nier, sa démarche hésitante et désordonnée demeure fondée, qui reconnaît la force du silence et place la littérature sur l'extrême seuil. En cela, rien, ni les parties narratives que sépare cette brisure sans mots qu'est la mort de Dianus, ni « L'Orestie » qui débouche sur la faille, n'est inutile dans *L'Impossible*.

GILLES ERNST.

BIBLIOGRAPHIE

DEGUY (Michel), « D'une physique érotique », *L'Arc*, n° 32, 1967, p. 49-56.

DEURBERGUE (Jean), « Entre Dianus et Hélicon », *Bulletin de la Faculté des Lettres de Strasbourg*, 48ᵉ année, n° 3, décembre 1969, p. 183-188.

ERNST (Gilles), « La Mort comme sujet du récit : *Dianus* de Georges Bataille », *La mort dans le texte*, Presses Universitaires de Lyon, 1988, p. 179-192.

GUEUNIER (Nicole), « *L'Impossible* de Georges Bataille. Essai de description structurale », *Essais de sémiotique poétique*, Larousse, 1972, p. 107-124.

RISSET (Jacqueline), « Haine de la poésie », *Georges Bataille après tout*, Denis Hollier éd., Belin, 1995, p. 147-159.

WAHL (Jean), « Le Pouvoir et le Non-pouvoir », *Critique*, n° 195-196, août-septembre 1963, p. 778-794.

G. E.

---

1. « L'enseignement de la mort », conférence de mai 1952 ; *OC* VIII, p. 201.

NOTE SUR LE TEXTE

Sur les manuscrits que nous avons pu consulter, voir la Notice, p. 1212-1219.

La première édition, sous le titre *La Haine de la poésie*, est publiée en 1947 aux Éditions de Minuit, sous le nom de Georges Bataille (coll. « Propositions », nᵒ 3 ; tirage : 2 520 exemplaires ; achevé d'imprimer 30 septembre). Elle se présente sous la forme d'un volume in-16ᵒ, 19,5 × 14, et compte 185 pages. Elle contient « L'Orestie », « Histoire de rats » et « Dianus ». La même année et chez le même éditeur paraît en édition de luxe *Histoire de rats (Journal de Dianus)*, avec trois eaux-fortes de Giacometti (in-16ᵒ, 20 × 16,5, 108 pages), alors que *L'Orestie* avait fait l'objet d'une publication aux Éditions des Quatre Vents dès 1945[1].

En 1962 paraît aux Éditions de Minuit, sous le nom de Georges Bataille, et ainsi titré : *L'Impossible. Histoire de rats suivi de Dianus et de L'Orestie*. Le livre porte un achevé d'imprimer au 21 avril et compte 190 pages (12 × 18,5).

C'est cette édition que reproduit Thadée Klossowski en 1971 dans le tome III des *Œuvres complètes* (p. 97-223).

La présente édition suit le texte de l'édition de 1962 (sigle : *Imp.*). Elle présente par rapport à celle de 1947 (sigle : *Hp*) des variantes dont les plus significatives sont données dans l'appareil critique. Nous avons par ailleurs corrigé quelques coquilles que Bataille, alors très malade (il meurt le 8 juillet 1962), n'avait pas repérées sur les épreuves.

                                                              G. E.

NOTES ET VARIANTES

[Page de titre.]

1. Phrases extraites de *Le Lettere* (*Les Lettres*) de sainte Catherine de Sienne, et relatives à un jeune noble, Nicolo Toldo, qui, condamné à la décapitation et ne croyant pas en Dieu, fut converti par la sainte qui l'assista lors de son exécution, recueillit sa tête et l'enterra. La lettre complète où elle raconte cela à Raymond de Capoue, son confesseur, figure, en français, dans « Le Dernier Instant », article de Bataille paru dans *Critique*, nᵒ 5, octobre 1946 (*OC XI*, p. 117-120).

2. Citation extraite de l'autobiographie de sainte Thérèse d'Avila. L'intérêt de Bataille pour la grande mystique se manifeste particulièrement à partir des années 1939. Il cite son exemple dans la dernière conférence du Collège de sociologie (Denis Hollier, *Le Collège de Sociologie*, Gallimard, coll. « Idées », 1979, p. 522), où il dit que la « passion [de

---

1. Voir la Notice, p. 1211 et 1213.

sainte Thérèse] ouvre au-delà de tout arrêt possible une brèche sur un univers où peut-être il n'y a plus de composition, de forme ni d'être, où il semble que la mort roule de monde en monde » (*OC II*, p. 373). Phrase qui est une des plus éclairantes au sujet de ce qu'il nomme l'« impossible ».

Préface de la deuxième édition.

    a. des *Imp. Nous corrigeons.*

    1. Dans *Hp*, « Histoire de rats » et « Dianus », placés après « L'Orestie », sont précédés de cet avertissement, où Bataille, ne revendiquant pour lui que la partie poétique, assume pour les parties narratives le rôle d'un simple « éditeur », personne éditant l'œuvre d'un autre : « Sur la publication, en un même livre, de poésies et d'une contestation de la poésie, du journal d'un mort et des notes d'un prélat de mes amis, j'aurais peine à m'expliquer. Ces sortes de caprices ne sont toutefois pas sans exemple, et j'aimerais dire ici qu'à juger par mon expérience, ils peuvent traduire aussi l'inévitable. G.B. »

    2. Bataille désigne-t-il en 1962 par « réalisme », non pas le grand roman du XIXᵉ siècle, mais le Nouveau Roman et ses fameuses descriptions « objectales » (descriptions restituant l'objet sans interprétation symbolique) ? C'est vraisemblable, si on songe que l'« Avant-propos » du *Bleu du ciel*, tout en saluant le développement alors en cours de « techniques différentes qui remédient à la satiété des formes connues », leur oppose un roman qui, né d'un « moment de *rage* », se préoccupe moins de problèmes formels et est, partant, seul capable de restituer les « possibilités *excessives* » de la vie (p. 111).

Histoire de rats.

    a. manquent *Hp, Imp. Nous corrigeons.* ◆◆ *b. Nous corrigeons conformément à la leçon donnée par le ms. Austin.* ◆◆ *c.* a fixé *Hp, Imp. Nous corrigeons.* ◆◆ *d.* lui tenir *Hp (leçon plus logique). Nous ne corrigeons pas,* leur *pouvant renvoyer à Édron et à son maître.* ◆◆ *e.* j'airai *Imp. Nous corrigeons.*

    1. Emploi incorrect d'un verbe normalement transitif ou pronominal.

    2. Métaphore à la fois érotique (le clou est synonyme de pénis dans le langage familier) et mystique car elle renvoie à la « nuit de boucherie » (*L'Expérience intérieure*, *OC V*, p. 47, dans une partie titrée « Le Supplice »), où le Christ fut cloué sur la croix, vision dont la violence est pour Bataille comparable à celle de l'expérience érotique (même image dans *Le Coupable* : « Pour renoncer à mes habitudes érotiques, je devrais inventer un nouveau moyen de me crucifier », *OC V*, p. 257).

    3. Expression à prendre au sens premier : l'égarement volontaire de l'esprit est le propre des personnages de ce récit qui ont choisi les voies les plus déraisonnables.

    4. La « chance », mot héraclitéen, récurrent chez Bataille, est ce qui est donné à l'homme grâce au « vertige ». Elle est définie, notamment dans *Le Coupable*, non seulement comme ce qui relève du simple « hasard »,

mais aussi comme ce qui, paré d'une « *séduction vertigineuse* », appelle le « désordre » (*OC V*, p. 313). Voir également la Notice, p. 1218-1219 et 1224-1225.

5. Nom d'une boîte de nuit parisienne.

6. « Louve » désigne, outre la violence propre à l'animalité, la femme ouverte à la débauche (sens familier déjà contenu dans une des acceptions du latin *lupa*).

7. Périphrase pour la fatalité de la mort biologique, inscrite par la nature dans le destin de l'homme.

8. D'après le *Trésor de la Langue française*, qui cite l'exemple de Bataille, « consumation » est un substantif très rare en français contemporain. Issu de « consumer », verbe du XVᵉ siècle, « venir à bout de quelque chose, détruire par le feu », il apparaît dans *L'Expérience intérieure* pour désigner soit l'érotisme, « consumation bachique », soit la « fête ancienne, oubli de tout projet, consumation démesurée » (*OC V*, p. 60 et 62). La consumation qui « brûle » les valeurs du monde normal (du « Possible ») est l'autre nom, dans *La Part maudite* (*OC VII*, p. 19), qui paraît la même année que *La Haine de la poésie*, de la « dépense », notion exposée dans un article paru en 1933 dans *La Critique sociale* (*OC I*, p. 312).

9. « Comme un cadavre » : expression de saint Ignace de Loyola, dans ses *Constitutions*, pour l'obéissance absolue attendue des jésuites. Dans la vaste littérature contre les jésuites, c'est un cliché.

10. Néologisme créé par Bataille, pour « de manière animale ».

11. Glose de « *Vae soli…* » de l'Ecclésiaste, IV, 10 : « Mais malheur à l'isolé qui tombe, sans second pour le relever ! »

12. L'expression désigne l'expérience du temps propre à tous les héros de Bataille : par opposition à l'être du « Possible » qui vit dans le projet, et ne veut pas perdre le/son temps, le héros de Bataille choisit le « moment », rupture dans la continuité du temps et fixation dans le présent.

13. « L.N. », plus bas nommé N., ce personnage est désigné par les initiales (pour Léon Noël) avec lesquelles Bataille signait ses articles dans la revue *Critique*.

14. Allusion à une phrase de Hegel : « [...] la chouette de Minerve ne prend son vol qu'à la tombée du crépuscule », pour dire que la philosophie ne s'élabore qu'après la construction du réel (*Principes de la philosophie du droit*, Préface, trad. Jean-Louis Vieillard-Baron, GF-Flammarion, 1999, p. 76). Pour Bataille, le « hibou », à l'opposé de celui de Hegel, ne « survole » pas le monde déjà structuré, mais son contraire, un champ de la violence (ce désordre de l'esprit ou des sens que la philosophie hégélienne n'a pu expliquer).

15. Nom d'une prostituée ou d'une « sous-maîtresse ». Il rappelle évidemment *Madame* Edwarda.

16. Pour cette allusion, voir la Notice, p. 1219-1220.

17. *Le Chauve* étant le titre d'un poème érotique (*OC IV*, p. 32) où le terme désigne, comme dans l'argot populaire, le sexe masculin en érection, on peut penser, vu la présence de cet « instant de crapaud des conceptions », que, dans « feux de brandons chauves », « feux » signifie « tirs, jets enflammés », et « brandons chauves », l'organe sexuel mâle.

18. Citation biblique légèrement déformée (Ézéchiel, XVIII, 2) où le sens (refus de la transmission de la faute et de la punition collective) est exactement le contraire de celui qui est donné ici.

19. Cabaret parisien, que fréquente également Troppmann, le héros du *Bleu du ciel*.

20. Il s'agit de Proust ; voir la Notice, p. 1219.

21. Dans son *Marcel Proust*, trad. G. Cattani et R.P. Vial, Mercure de France, 1956, t. II, George D. Painter confirme, p. 334, que l'« histoire de Proust et des rats » était connue de certains proches de Proust (Gide, Maurice Sachs, notamment). Selon lui (p. 336), les rats, « symboles les plus puissants [...] de l'inconscient » des homosexuels, symbolisent les « parents défunts » de Proust, que celui-ci profane de la sorte dans la fiction. Bataille revient plus longuement sur l'érotisme pervers de Proust dans « La Vérité et la Justice », article qui, paru dans *Critique*, n° 62, juillet 1952, p. 641-647, est repris, sensiblement augmenté, dans *La Littérature et le Mal* (*OC* IX, p. 265).

22. Pour cette *coupure*, fréquente chez Bataille, voir la Notice, p. 1229.

23. Souvenir d'*Histoire de l'œil*, et du tableau de Valdès Leal, *Deux Cadavres* ou *Finis gloriae mundi*, où des rats sortent des yeux d'un des cadavres (voir p. 37).

24. « Tradition des dialogues » désigne moins un titre (encore qu'on puisse songer, par exemple, aux célèbres *Dialogues* de Sénèque) qu'une méthode de la philosophie idéaliste, fondée, au moins depuis Platon, sur l'argumentation ordonnée, progressant sur le style de la conversation.

25. C'est, donnée en termes spatiaux, la définition de la situation de tous les héros de Bataille, qui, ayant pris la mesure de ce qui est rationnellement connaissable (ce « sérieux » qu'évoque la préface), se tiennent aux extrémités du monde du « Possible », où la « compréhension » cesse précisément d'être opérante.

26. Parler de la guerre en termes « apaisés », c'est nier sa part de violence incompréhensible et son rapport avec l'« impossible ». Ajoutée aux allusions situant l'action du récit dans la guerre de 1939-1945 (voir la Notice, p. 1219), la remarque s'insère dans cette théorie de la guerre que Bataille élabore précisément à partir de 1939. Cette « réflexion blessante » (*Le Coupable*, *OC* V, p. 298) fait de la guerre, d'abord, une nécessité ; ensuite, une fête qui lève tous les interdits, notamment ceux qui pèsent sur la mort. Elle apparaît d'abord dans *L'Expérience intérieure*, puis surtout dans *Le Coupable*, sorte de journal de la guerre, ou dans d'autres textes théoriques. Une phrase de *La Limite de l'utile* la résume : « Je veux montrer qu'il existe une équivalence de la *guerre*, du *sacrifice rituel* et de la *vie mystique* : c'est le même jeu d'" extases " et de " terreurs " où l'homme se joint aux jeux du ciel » (*OC* VII, p. 251). De là, également, la fonction singulière de la guerre dans l'Histoire car, rompant le « temps commun » (fragments non publiés du *Coupable*, *OC* V, p. 499), contredisant la téléologie hégélienne (l'Histoire orientée vers son achèvement), elle marque moins une régression à la cruauté des temps primitifs, comme le pensait Freud dans ses *Considérations actuelles sur la guerre et la mort* (1915), qu'un saut, régulièrement repris, dans le sacré. En cela, elle est un des « moments perdus » que le texte évoque plus haut.

27. L'« agonie » est ici le dernier instant où, grâce à l'œuvre de la « chance infinie », est révélée au mourant cette totalité qu'est l'« impossible » (sens ici de *simple fond des choses »*).

28. Si le nom de Don Juan est déjà mentionné dans *Histoire de l'œil*, où il s'agit de Miguel Mañara, prétendu modèle réel du personnage (voir n. 32, p. 37), ce Don Juan-ci entre dans l'œuvre littéraire avec *Le Bleu du*

ciel, où il sert de modèle au « triomphe » (transgression achevée de l'interdit frappant l'érotisme) de Troppmann.

29. Le Commandeur symbolise traditionnellement le châtiment surnaturel des crimes de Don Juan. Il y a deux personnages du Commandeur chez Bataille. L'un apparaît dans *L'Expérience intérieure* et *Le Bleu du ciel* : ici et là, représentant de l'interdit qui pèse à la fois sur l'érotisme et la mort, il échoue car Don Juan — un Don Juan nécrophile dans *Le Bleu du ciel* — refuse de se repentir (ce qui fait que ces deux œuvres s'inspirent plutôt de la seconde partie de l'opéra de Mozart). L'autre est dans ce récit, et dans ce récit seulement, où, comme dans le mythe, il est le père de la femme (B.) que Dianus-Don Juan aime et qu'il lui interdit de revoir.

30. La « discorde » est le débat, violent, poussé aux extrêmes, né de l'opposition des inconciliables, donc *sans la résolution dialectique* qui donne la sérénité à la conscience. « La Discorde » est le titre d'une section de « L'Orestie », où quatre brefs poèmes expriment la même violence.

31. L'« objet » est ici non seulement la totalité du « possible », qui ne peut être appréhendée que si le moi pensant se fait extérieur à lui, mais cette totalité plus vaste qui inclut l'« impossible ». D'où la distinction entre, d'un côté, la « simple lucidité » de l'« être sans désir » incapable de saisir cette totalité plus vaste (voir également le poème de « L'Orestie », p. 558, où « Je » qui ne considère qu'un « univers charpie de notions mortes » est précisément cette lucidité incomplète, propre à la philosophie idéaliste) ; et, de l'autre, le « désir excédant » de celui qui vit dans les « excès » (ceux de l'amour passionnel, ceux de l'érotisme, ceux de l'amour de la mort).

32. Imite évidemment la célèbre phrase de Pascal : « Le silence éternel de ces espaces infinis m'effraie », *Pensées*, 206.

33. « M. » est certainement ici l'écrivain Colette Peignot, plus connue sous le nom de Laure, dont la mort, le 7 septembre 1938, marqua profondément Bataille, qui avait une liaison avec elle depuis 1934.

34. Phrase ajoutée pour la compréhension de l'action dans l'édition de 1962.

35. Le cliché « contre nature », adopté dès 1947, précise la nature homosexuelle des rapports du père de B. et de son garde-chasse.

Dianus.

1. Titre qui renvoie, directement ou indirectement, à un mort et à une morte : le mort est Dianus comparé page 537 à un « oiseau sur la branche » ; la morte est Colette Peignot, évoquée par le vol d'un oiseau ressemblant à un « oiseau des îles » (voir n. 11, p. 543). L'oiseau, sauf quand il s'agit du corbeau chargé de traduire la douleur de la mort, symbolise dans le bestiaire de Bataille la légèreté (le côté inconcevable) de la mort.

2. Fleur bien choisie : le seringa, *Philadelphus* (« qui aime son frère ») *coronarius* (« couronné »), a des fleurs qui ne poussent jamais isolées mais en grappes. Il symbolise ici l'affection qui lie les deux frères.

3. Propos très nietzschéen, que ce constat de la mort de Dieu (« Voici que ce Dieu est mort », *Zarathoustra*) et, surtout, de ses conséquences (la totale liberté laissée à l'homme). Commentaire de P. Klossowski en 1947 : le monde de Bataille, qui instaure un autre type de sacré dans sa

revendication de la souveraineté, est l'« Église de la mort de Dieu » (*Sade mon prochain*, Éd. du Seuil, 1947, p. 180).

4. « Insoutenable dépouille » : leitmotiv chez Bataille qui insiste systé-matiquement sur l'horreur qu'inspire le cadavre, « un je ne sais quoi d'horrible et d'exsangue », « Le Paradoxe de la mort et de la pyramide » (*OC VIII*, p. 513).

5. Souvenir d'une maxime de La Rochefoucauld, « Le soleil ni la mort ne se peuvent regarder fixement », *Œuvres complètes*, Bibl. de la Pléiade, p. 410. Elle inspire déjà, en 1927, une réflexion, plus bataillienne, de *L'Anus solaire* : « Les yeux humains ne supportent ni le soleil, ni le coït, ni le cadavre, ni l'obscurité, mais avec des réactions différentes » (*OC I*, p. 85).

6. Sens étymologique : envoûtement.

7. Reprise d'un motif fondamental de *L'Expérience intérieure* et, plus généralement de toute la pensée de Bataille au sujet du rôle historique, donc nécessaire, du christianisme dont il faut mesurer la part, trop réduite, qu'il fait à l'inconnaissable, pour prendre conscience de l'am-pleur de l'inconnaissable. Autrement dit, le Dieu limité des chrétiens mène vers le divin parfait, qui est illimité.

8. Autre apport — paradoxal — du christianisme qui, en renforçant l'interdit pesant sur l'érotisme, n'a rendu ce dernier que plus attirant, au point de dévoiler « tout l'infini érotique ».

9. Sens étymologique : enlevé de force.

10. Double allusion à Oreste : soit à l'Oreste arrivant au temple d'Apollon poursuivi par les Érinyes ; soit à cet Oreste qui, selon la légende, aurait apporté, après sa guérison miraculeuse par Esculape, une statue d'Artémis au bord du lac de Nemi (voir la Notice, p. 1223).

11. Autre souvenir évident (après ceux d'« Histoire de rats »), et jusque dans la reprise de termes très proches, de la mort de Colette Peignot (7 septembre 1938), telle qu'elle est racontée dans les fragments non publiés du *Coupable* : le jour de l'enterrement, Bataille erre, dans un « état d'égarement extatique », devant une « maison abandonnée » à l'intérieur de laquelle il voit une vitrine avec une « collection bariolée d'oiseaux des îles » qui, grâce à un « rayon de soleil ensorcelé », lui font comprendre que Laure, la « douceur inouïe » de Laure, ne l'« avait pas abandonné » (*OC V*, p. 509-510).

12. Titre pour une brève sous-partie, qui s'explique page 546 : à la différence de la « maîtrise » (*Herrschaft*) du Sage hégélien, qui se caracté-rise par la sérénité (acquise dans l'achèvement de la connaissance), l'« empire », autre nom de la « souveraineté » de l'être de l'« impossible », se caractérise par l'« extrême angoisse » (angoisse due à l'inachèvement de la souveraineté).

13. Réaffirmation — dans le droit fil du matérialisme antique, ou de celui du XVIIIᵉ siècle (Sade, *La Philosophie dans le boudoir*) — du rôle de la mort de l'individu dans la survie de l'espèce. Bataille développera notam-ment cette thèse canonique dans *La Part maudite*, où il écrira que la mort, si elle est la « négation de nous-mêmes », est néanmoins subordonnée au point de vue général, à l'« exubérance de la vie », si bien que « nous mau-dissons bien à tort *celle sans qui nous ne serions pas* » (*OC VII*, p. 40-41).

L'Oreſtie.

a. Invocation à la chance / Oreſtie   *Hp* ◆◆   *b.* de pets   *Hp, Imp.*
Nous adoptons la correction proposée par les OC. ◆◆ *c.* pouvait   *Imp. Nous*
corrigeons.

1. Ce premier poème eſt marqué à la fois par la présence de l'Oreſte
antique, celui d'Eschyle (*L'Oreſtie*), d'Euripide (*Électre, Oreſte*), ou racinien (*Andromaque*). Les vers 2, 3 et 7 (ce dernier pouvant par ailleurs
évoquer la légende de l'Oreſte antique, qui tue sa mère sur l'ordre
d'Apollon, dieu du soleil) se rapportent implicitement à cette mythologie
solaire propre à Bataille, et qui, prenant délibérément le contre-pied de
la conception idéaliste, date des débuts de l'œuvre, avec *L'Anus solaire*,
rédigé en 1927. Le soleil y apparaît comme un aſtre sexuel et excrémentiel, qui suscite l'érection de la végétation terreſtre ; et son éclat insupportable eſt l'objet d'une contemplation extatique que les textes de
L'Œil pinéal (rédigés entre 1927 et 1930) précisent encore davantage.
Doté d'un troisième œil, situé comme l'épiphyse au centre du cerveau,
l'homme, devenu « arbre vertige », a pouvoir de contempler le ciel « beau
comme la mort », où brille le « soleil aveuglé ou aveuglant » (*OC II*,
p. 15) : « aveuglant » (renversant, faisant perdre la tête), comme la mort
telle que la conscience hégélienne n'a pu la supporter (ce Négatif absolu
que la dialectique ne résorbe pas).

2. Pour la notion de « chance », voir n. 4, p. 494.

3. Ces trois vers figurent dans « Les Maisons » des *Poèmes éliminés*, où
ils sont la première séquence d'un texte décrivant la mort s'abattant sur
une ville, *OC IV*, p. 20.

4. Poème qui décrit le spectacle céleſte conformément à la mythologie
solaire de Bataille : chargé d'érotisme (v. 1) ; invitant l'homme à perdre
la tête et à se rendre semblable à Dionysos, dieu « acéphale » — dieu de
l'absence de raison — (v. 2) et à s'ouvrir à son « immensité » (v. 4).

5. L'anaphore de « plus haut » (v. 1 et 3) souligne, dans un ton lyrique
reflétant cette « joie devant la mort » qui caractérise Bataille, l'étrangeté
absolue de la mort qui ne peut être dialectisée par la conscience hégélienne. « Halo de la mort » (v. 5) signifie que la pleine conscience du
rayonnement, ou de la lumière, de la mort, requiert qu'on prenne de la
hauteur par rapport aux contingences de la vie ordinaire.

6. Dans l'édition séparée de *La Discorde* (1945), ces quatre vers étaient
suivis de ces deux séquences : « Je me consume d'amour / mille bougies
dans ma bouche / mille étoiles dans la tête / mes bras se perdent dans
l'ombre / mon cœur tombe dans le fond / bouche à bouche de la mort. »
Hp et *Imp.* ne retiennent que la première séquence, formant ainsi un
poème lapidaire qui, en mots très simples, voire crus, trace le portrait de
Bataille-Oreſte. Et son programme poétique : ouvrir la « parole en vers »
à ce que la « belle poésie » laisse de côté.

7. « Mots pourvoyeurs de la peſte » parce qu'ils sont insuffisants à
exprimer l'« impossible » mentionné dans les vers 1 et 2 (l'expérience
amoureuse).

8. « Lèvres de morte », lèvres de Laure : tout le poème eſt consacré à
la mort de Colette Peignot.

9. *Hp* donne : « dent contre dent de la mort, une infime parcelle de…

aveuglant naît d'une accumulation de déchets ». En remplaçant les points de suspension par « vie », Bataille éclaire le sens global de ce poème qui exprime le malheur de l'être englué dans le « mensonge » et tenu « dans le fond du puits ».

10. La première séquence (v. 1-4) est la conséquence, au plan de l'écriture, du malaise défini dans le poème précédent, et traduit l'incapacité du poète à construire un « théâtre » poétique qui représente la mort. Seule celle qu'il nomme ailleurs la « mort finale », figurée en clichés (v. 5-7), achèvera la souffrance. Poème, donc, de désespoir, analogue à celui d'Oreste à la fin d'*Andromaque*.

11. Ouvrage en prose de Gérard de Nerval (1852) où, durant trois nuits d'octobre, Nerval se promène notamment dans Paris, Meaux, Pantin et Crépy-en-Valois. Ces promenades ne pouvaient qu'intéresser Bataille parce que, tout en privilégiant le réalisme opposé au rêve, elles l'élargissent en lui donnant une portée subjective.

12. Tilly, département de l'Eure, où Bataille, à nouveau atteint par la tuberculose et mis en congé, séjourne fin 1942.

13. Titre inspiré de la célèbre tentation du Christ par Satan qui, l'enlevant dans les airs, « le plaça sur le pinacle du Temple » et lui demanda de se jeter en bas pour voir si les anges de Dieu le sauveraient de la mort (Matthieu, IV, 5 ; Luc, IV, 9). Cette tentation est évidemment celle de l'orgueil.

14. Ce texte forme un ensemble thématique avec ceux des pages 555-556. Il narre les trois actes d'une expérience poétique conduisant à l'extase. « *Il me sembla hier avoir parlé à ma glace* » (premier acte : épreuve du miroir) : le miroir permet d'entrevoir « assez loin » le champ dévolu à la poésie, « région où l'angoisse a conduit », et devant lequel le poète, effrayé, a eu un « mouvement de recul ». Comprendre qu'on n'entre pas sans quelque terreur du seuil dans la « vraie poésie ».

15. Second acte, lui-même divisé en trois instants. Dans un premier temps, le poète est à nouveau tenté par l'ordre du Possible, qui exerce sur lui une « intolérable oppression » et lui interdit d'« annuler [ses] affirmations ». Dans un second instant, le désir le prend que la « chance » survienne. Mais il se tait. Et c'est le dernier instant, celui de l'« impuissance ».

16. Ce poème constitue le troisième acte : coup de théâtre menant à l'expérience extatique de l'accès au « vide » (p. 556), expérience que *Méthode de méditation* nomme « opération souveraine », et qui peut s'accomplir par le moyen de l'« effusion poétique » (*OC V*, p. 218). Il s'inspire certainement, pour le décor ainsi que pour l'aspect fantomatique ou pour le motif de la perte de l'être aimé, du poème de Poe « Le Corbeau ». Mais le sens en est tout autre. Alors que chez Poe le corbeau, perché sur une sculpture d'Athéna, demeure près de l'amant de Lénore, ce qui signifie que celui-ci ne peut l'oublier, Bataille rencontre une femme qu'il n'a « jamais vue » et à qui il reproche de « faire semblant / de ne pas [l]'oublier » (v. 11 et 16-17). Poème, donc, non de nostalgie, mais de la rencontre insistante d'une femme qui symbolise vraisemblablement les puissances mortifères de l'amour.

17. Phrase extraite du papier 3 A 224, *Journal*, trad. Verlov et Gateau, N.R.F., t. I, p. 253. Pour les rapports de Bataille avec Kierkegaard, voir n. 25, p. 559.

18. Après l'opposition maintenue des inconciliables (« La Discorde »),

l'aveu lyrique (« Moi ») et l'affirmation de la grandeur (« Le Toit du temple »), voici maintenant la rencontre avec différentes sortes de mort (morts réels et formes de la Négativité dans l'existence).

19. Ce poème traduit le double mouvement de l'être selon Bataille : comme Dianus, le poète éprouve cette *fuga mortis* naturelle en l'homme. Mais la conscience de la peur mène à la dérision, au dépassement de la philosophie hégélienne qui voulut mettre le négatif au service du « possible ».

20. La première partie de ce poème (v. 1-19) décrit, en s'inspirant de l'Apocalypse, la manifestation du néant, sorte de mort cosmique qui provoque la jubilation du poète. Dans le bestiaire thanatique de Bataille, le cheval, qui est depuis l'Antiquité la monture de la mort, symbolise cette puissance agressive du néant. De plus, le cheval est ici associé à la mort stellaire qui, par opposition à la représentation idéaliste du ciel étoilé, prend chez Bataille des formes dramatiques : morsure ; chute. L'image du cheval appelle d'ailleurs souvent chez lui, comme ici, celle des dents, la mort étant *ce qui mord*. À souligner enfin que, dans la mythologie biblique, le cheval est également associé à la mort (dans l'Apocalypse, VI, 8, il a pour cavaliers la Peste et l'Hadès). La seconde partie (v. 20-21) forme une transition : en proie à « trop de joie », celui qui a eu la vision est rejeté sur terre. La troisième partie (v. 22-54) est une contestation de l'idéalisme hégélien.

21. Pour cette charge contre le « Je » dans la philosophie idéaliste, voir n. 31, p. 517.

22. Glose le fragment 79 d'Héraclite : « De choses répandues au hasard, le plus bel ordre, l'ordre-du-monde ».

23. Le cri du coq, qui désigne ici le vacarme insupportable de la philosophie idéaliste, est « toujours voisin d'un cri d'égorgement », « Soleil pourri », *OC I*, p. 232.

24. Chez Bataille, le lancer du dé est au destin ce que le « moment perdu » est au temps : refus de l'anticipation de l'événement et confiance faite à la « chance ». Voir dans *Sur Nietzsche* : « *Chance* a la même origine (*cadentia*) qu'échéance. *Chance* est ce qui échoit, ce qui tombe (à l'origine bonne ou mauvaise chance). C'est l'aléa, la *chute* d'un dé » (*OC VI*, p. 85). Notion à rapprocher évidemment du fragment 130 d'Héraclite : « Le Temps est un enfant qui joue en déplaçant les pions : la royauté d'un enfant ».

25. « Nature statique et donnée » : définition hégélienne de la nature encore appelée « immédiateté » (ce qui n'est pas médiatisé par l'esprit) et qui, étant dans son immanence « émancipée du concept » (non investie par la pensée), n'est que le « sensible en repos », la matière brute (*La Phénoménologie de l'esprit*, t. I, p. 20, 230 et 44). La question de cette nature est fondamentale dans la pensée de Bataille. Dans « La Critique des fondements de la dialectique hégélienne », article rédigé avec Raymond Queneau, paru dans *La Critique sociale* en mars 1932 (*OC I*, p. 277-290), il écrit, à l'intention des marxistes qui prétendent dialectiser la nature, que Hegel, notamment dans sa *Philosophie de la nature*, a montré qu'il était impossible d'introduire la « construction dialectique » dans la nature : « Pour lui [Hegel] la nature est la *chute* d'une négation, à la fois une révolte et un *non-sens* » (*OC I*, p. 279). Cette nature a, comme il le rappelle ici, ses « lois » (par exemple, l'instinct de reproduction ou de survie, que l'homme a en commun avec l'animal). D'où la nécessité de dépasser

(« excéder ») la nature par un « saut », geste dans un premier temps proche du « saut dialectique » dont parle Kierkegaard dans *Le Concept d'angoisse*, livre que Bataille emprunte précisément à la Bibliothèque nationale le 11 septembre 1941 (*OC XII*, p. 617). Ce « saut », cher aux phénoménologues contemporains, est prise de conscience, dans l'angoisse (opposée à la sérénité de la pensée essentialiste), de la discontinuité de l'existence concrète. Dans un second temps toutefois, il apparaît — et là se découvre l'opposition bien connue de Bataille aux phénoménologues de son temps — que le « saut », pourtant assimilé plus bas, sur cette page, à la révolte du poète, n'est pas vraiment nécessaire, ou peut être du moins doublé par un autre mouvement, puisque la nature elle-même « joue » et pousse l'être à la dépasser. Mais cela n'est possible que si l'être est conscient de la part de jeu — le « non-sens » évoqué dans l'article de 1932 — qu'il y a en elle.

26. Renonçant à la « réduction à l'ordre » qui suppose l'absence d'« excès » — celle-ci propre par exemple à la mystique chrétienne menant soit à la clôture du sens (Dieu érigé en concept), soit à l'« inconséquence » —, Bataille choisit la « solution inverse » où chaque élément, double, est immédiatement réversible.

27. *Hp* donne : « L'éclat de la poésie se révèle hors des beaux moments qu'elle atteint : comparée à l'échec de la poésie, la poésie rampe. » Aphorisme plus bref en 1962, avec choix de termes plus énergiques, pour la définition de la poésie selon Bataille. La structuration et le profit restent malgré tout le principe du langage poétique normal : ainsi la métaphore qui n'instaure pas de lien logique et ruine le langage commun demeure une forme d'ordre et de clôture.

28. Il s'agit selon nous de Rimbaud et de Lautréamont que les surréalistes, avec lesquels Bataille est pour une fois d'accord (d'où la mention d'un « commun accord »), placent au premier rang des poètes.

29. *Andromaque*, de Racine, acte V, sc. v. L'allusion de l'Oreste racinien à la chevelure en forme de serpents des Érinyes, image, ici, de la solitude du poète excédant le monde du Possible, apparaît également, et avec le même sens, dans un poème d'un manuscrit de *Sur Nietzsche* : « sur ma tête chevelure de serpent sifflante » (*OC VI*, p. 414).

30. Phrase suivie dans *Hp* de : « Ce qu'elle substitue à la servitude des liens naturels est la liberté de l'association, qui détruit les liens, mais verbalement. » Suppression justifiée sans doute par le fait que Bataille parle plus loin du « dépassement verbal du monde », qui signe l'échec de la poésie commune.

Autour de « L'Impossible »

[LA PRÉFACE DE 1962. NOTES ET PROJETS]

Nous réunissons dans cette section l'ensemble des notes, lettres et projets, classés par thème pour la préface de 1962, extraits de la boîte 16 conservée à la Bibliothèque nationale de France et relative à *L'Impossible* (184 feuillets). Dans son état actuel, cette boîte contient :

1. Un premier ensemble (que nous désignons par le sigle : *16 A*) avec,

d'un côté, les pages 65-66 et 73-78 de La *Haine de la poésie* (1947), avec les corrections de la main de Bataille pour *L'Impossible*, et, de l'autre, une lettre à Jérôme Lindon du 5 janvier 1962, un feuillet et onze feuillets portant des fragments rédigés en vue de la nouvelle préface.

2. Un second ensemble (que nous désignons par le sigle : *16 B*), titré « *L'Impossible*, Préface Thèmes généraux », contenant, dans l'ordre, des fragments pour la préface ; une lettre du 26 janvier 1962 où Jérôme Lindon accuse réception de la préface « courte » que Bataille lui a envoyée ; une lettre de celui-ci à J. Lindon (31 janvier 1962), indiquant l'envoi d'une autre préface, plus longue ; trois sous-chemises, constituées d'une feuille double pliée, vides, mais titrées : « Chapitre I », « Chapitre II. Comment se place la catégorie de l'impossible », « Chapitre III. De la mort déprimante au rire » ; une sous-chemise titrée « De la mort à la sexualité et au désordre sexuel », et dans laquelle sont insérés un fragment de préface et un feuillet à part ; une sous-chemise titrée « Chapitre V » et renfermant, outre deux lettres à Lindon (une annonçant le plan de la préface, l'autre reprenant celle du 31 janvier 1962), un autre fragment de préface, et enfin, une série de sept sous-chemises que Bataille a indexées de *a* à *g* et qui contiennent toujours des fragments pour la préface. À cela est jointe une dernière sous-chemise titrée « L'Impossible » et contenant, avec la pagination de *La Haine de la poésie*, l'ensemble des corrections apportées au texte de *L'Impossible*. Plus des fragments, toujours relatifs à la préface.

Tel qu'il est actuellement, l'ordre de ces manuscrits permet difficilement de se faire une idée absolument nette du plan que devait avoir cette préface. La sous-chemise titrée « Chapitre IV » renferme par exemple le plan de ce qui aurait dû être le chapitre II (avec la mention d'une subdivision en I et II). Le contenu de ces manuscrits permet néanmoins de deviner comment les divers fragments auraient dû se regrouper, classement qu'a effectué en son temps Thadée Klossowski dans le tome III des *Œuvres complètes* et qui est probablement le bon (p. 509 522, où ce classement suit l'ordre chronologique de rédaction).

Nous donnons ici les fragments et les développements les plus significatifs des 184 feuillets déjà reproduits par Thadée Klossowski et relus par nous à partir des manuscrits ; dans l'ordre :
[I. Structure et narrateurs] ;
[II. « Définir et expliquer »] ;
[III. « Possible » et « Impossible »] ;
[IV. La Mort comme fondement de l'individualité] ;
[V. Mort et érotisme] ;
[VI. Mort et rire] ;
[VII. Mort et « poésie »].
Certains de ces passages sont portés dans les manuscrits sous forme de mots ou d'expressions disposés en colonnes et sans ponctuation (signe, certainement, de la hâte dans laquelle Bataille, pressé par les Éditions de Minuit, a dû travailler, et de la maladie cérébrale qui va bientôt l'emporter) : pour la commodité de la lecture, nous les avons reproduits en continu. Là où nous le pouvions (phrase complète, par exemple) nous avons également ponctué.

1. Ce feuillet séparé (*16 A*), sur lequel figurent le nom des personnages-narrateurs et le genre des parties prosaïques, fournit des indications certainement antérieures à 1961-1962.

2. Fragment pour la préface (*16 B*, sous-chemise *a*).

3. Néologisme formé sur « viabilité », pris au sens de « qui est durable », et exprimant donc le contraire.

4. Remarque de Dianus relative au père A., p. 494.

5. Désigne sans doute la condamnation du « réalisme » dans la préface publiée.

6. P. 497.

7. Souvenir d'*Histoire de l'œil*, où les parents (la mère de Simone) incarnent le monde du « possible ».

8. Ces fragments (*16 B*, sous-chemise *g*) ont été écrits en fait en janvier 1962.

9. Phrase figurant dans le paragraphe 3 de la préface publiée, p. 491.

10. Texte de la préface publiée avec corrections (*16 B*, sous-chemise *b*).

11. Fragment pour la préface (*16 B*, sous-chemise *c*).

12. Remarque intéressante, non reprise dans la préface publiée qui ne dit que ceci : « Seuls, l'utile, le réel ont un caractère sérieux. » Bataille fait ici allusion à la fameuse libéralisation des mœurs (« révolution sexuelle ») et aux thèses très en vogue dans les années 1960.

13. Fragment pour la préface (*16 B*, sous-chemise *a*).

14. Fragment pour la préface (*16 B*, sous-chemise *g*).

15. Fragment pour la préface figurant sur un des onze feuillets (*16 A*).

16. Passage (*16 B*) sans doute destiné à être inséré dans la sous-chemise vide, « Chapitre II. Comment se place la catégorie de l'impossible » (également contenu dans la sous-chemise « Chapitre V »).

17. Autre définition de l'impossible, vu par rapport à la dualité de l'être (*16 B*).

18. Ceci, comme la mention en ligne suivante des « phénoméno-logues », ou, plus loin, la phrase : « Le domaine de la mort appartient au sujet », est une tentative de se démarquer notamment de Heidegger et de son *Sein und Zeit* (*Être et Temps*). Bataille dit dans des brouillons de *Méthode de méditation* (paru en 1947) que sa « pensée, c'est possible, en quelques points procède de la sienne [celle de Heidegger] », mais il ajoute : « Je ne veux pas être mis à la suite de Heidegger. [...] Le peu que je connais de *Sein und Zeit* me semble en même temps judicieux, haïssable [...]. Ceci dit cet Heidegger n'est pas plus à sa place dans ma maison que ne le serait le peintre avec son échelle même s'il en avait peint les murs autrefois » (*ŒC V*, p. 474).

19. Ce texte (*16 B*, sous-chemise *g*) est très proche de l'avant-dernier paragraphe de la préface publiée.

20. Ce texte (*16 B*, sous-chemises *e* et *f*) reprend un des grands motifs de *L'Expérience intérieure* : c'est à l'instant de sa mort que l'être réalise le mieux son identité absolue.

21. La phrase, célèbre, qui ouvre *La Crise de l'esprit*, est : « Nous autres, civilisations, nous savons maintenant que nous sommes mortelles », *Œuvres*, Bibl. de la Pléiade, p. 988.

22. Passage contenu dans une sous-chemise titrée « Chapitre IV. De la mort à la sexualité et au désordre sexuel » (*16 B*).

23. Suit une série d'indications (phrases incomplètes, expressions, mots isolés).

24. Ce projet de mentionner Sade (l'excès) en l'opposant aux phéno-

ménologues du « possible » (Sartre et Heidegger) figurait dans la même sous-chemise que le passage précédent (*16 B*).

25. Allusion caricaturale à la politique froidement réaliste de Khrouchtchev qui, à la tête du Parti communiste d'URSS depuis 1953 (il sera limogé en 1964), se rend notamment célèbre en octobre 1960, à l'O.N.U., en tapant sur son pupitre avec sa chaussure.

26. Fragment contenu dans la sous-chemise *d* (*16 B*).

27. Formule conservée dans la sous-chemise titrée « Chapitre IV » (*16 B*).

28. Fragment contenu dans la sous-chemise *g* (*16 B*).

LE TOIT DU TEMPLE

Nous reproduisons ici un extrait d'une autre version du « Toit du temple » — avant-dernière section de « L'Orestie » —, conservée à la Bibliothèque nationale de France (dossier 65, carnet bleu-vert, p. 3 et suiv.).

1. Personne que nous n'avons pu identifier. Est-ce Maurice Blanchot, l'écrivain du *silence*, rencontré en 1941 ? Ou Michel Fardoulis-Lagrange qui vient à Vézelay en 1943 ? Dans ce cas, ce « toit du temple » serait au sommet de la basilique de Vézelay.

2. *Cf.* avec le début de la première sous-section de la version publiée, p. 554.

3. *Cf.* avec le début de la deuxième sous-section de la version publiée, p. 554.

ÊTRE ORESTE

« Être Oreste[1] », dernière section de « L'Orestie », a fait l'objet de plusieurs rédactions[2]. Nous reproduisons ici successivement :

[I. Préface inachevée] ;
[II. *Le Devenir d'Oreste ou l'Exercice de la méditation*] ;
[III. Feuillets arrachés à un carnet] ;
[IV. Première sous-section] [manuscrit BNF] ;
[V. Histoire abstraite du surréalisme] ;
[VI. Manuscrit d'Austin].
L'Être mise en question de l'être en lui-même ;
La Maladie d'Arthur Rimbaud.

1. Cette préface est conservée à la BNF, dossier 65 et occupe quatre feuillets et demi.

2. Allusion évidente à la fameuse lettre de Bataille à Alexandre Kojève, le 6 décembre 1937, à un moment où il suit le cours du célèbre

---

1. L'importance de ce personnage racinien s'éclaire encore mieux si on lit l'article « Racine » que Bataille publie en juin 1949 dans *Critique* (*OC XI*, p. 497-501).

2. Voir la Notice, p. 1213 et suiv.

interprète de la philosophie hégélienne : dans cette lettre (*OC V*, p. 369-371), Bataille écrit en substance que la dialectique hégélienne, fondée sur la prise de conscience du négatif, ne dialectise pas tout le négatif et qu'il reste en lui une « négativité sans emploi », dont la prise en compte est nécessaire pour définir la totalité de l'être.

3. On comprend que Bataille n'ait pas continué : depuis le paragraphe 3 sa démonstration a bifurqué vers la fonction de l'érotisme, thème qui lui est cher mais n'est pas spécialement présent dans *Être Oreste* où il est surtout question de la vraie poésie.

4. Ce texte est conservé à la BNF (dossier 65, extraits du carnet bleu-vert).

5. Voir p. 562-563.

6. Suit la mention de la phrase de Hegel (voir p. 593).

7. Ce texte est conservé à la BNF (dossier 65, 14 feuillets arrachés d'un carnet).

8. Titres internes figurant dans le manuscrit d'Austin (voir p. 588, 590 et 592).

9. L'« expérience intérieure », telle qu'elle est définie dans le livre du même nom.

10. Cette brève version de type aphoristique de la première sous-section de « L'Orestie » (BNF, dossier 65, 5 feuillets roses, paginés de 2 à 6) se rapproche de celle publiée.

11. Ce texte est conservé à la BNF (boîte X, dossier E, f°s 1-6).

12. Ce manuscrit conservé à Austin (cote M 46726) porte la mention tracée à la plume : « Georges Bataille. L'Orestie 1945 ». L'ensemble des poèmes (texte très proche de celui qui est publié dans notre édition) est paginé de 1 à 30.

13. En réalité, il s'agit de la lettre à Paul Démény, du 15 mai 1871.

14. *Phèdre*, acte V, dernière scène, v. 1639-1644 (Bataille a modifié la ponctuation et mis en italique).

15. *Andromaque*, acte V, dernière scène, v. 1670-1672 et 1679-1688 (Bataille, qui a sans doute recopié cet extrait, comme les deux autres, dans un manuel scolaire — d'où la citation des *Plaideurs* qui suit — maintient la graphie « j'entrevoi » (qui rime avec « moi »).

16. *Les Plaideurs*, acte I, sc. I, v. 1-4 (célèbre entrée en scène de Petit-Jean).

17. Version conservée à la BNF (dossier 65, carnet bleu-vert, p. 24-26).

18. Voir ici n. 13.

19. Titré : « La Folie ou la nuit » dans le manuscrit d'Austin.

LA SCISSIPARITÉ

NOTICE

La Scissiparité : à lire ce titre, on dirait qu'il annonce un essai scientifique sur la reproduction asexuée des organismes primaires ou unicellulaires[1]. Il n'en est rien. Ce récit énigmatique — il raconte la découverte par deux amants, un homme nommé l'auteur et Mme E..., du « dédoublement » d'un de leurs amis, Monsignor Alpha, prélat romain en un prélat nommé Bêta — est publié pour la première fois en 1949 aux éditions Gallimard dans les « Cahiers de la Pléiade ». Il ne semble guère avoir, à sa sortie, éveillé l'attention de la critique. Il faut attendre 1986[2] pour qu'on s'y intéresse de près. Sans doute ce silence s'explique-t-il, en partie, par le fait qu'on a pu croire qu'à cause de la ressemblance des noms de personnages, *La Scissiparité* doublait les parties narratives de *L'Impossible*, mais aussi, et plus sûrement, parce qu'on n'a pas tenu assez compte des liens que ce texte bref entretient avec les textes théoriques concernant la scissiparité et dont il est l'autre, et second, versant.

En effet, le plus « scientifique » des récits de Bataille, par l'attention qu'il accorde à une singularité biologique, ne peut être compris sans examiner au préalable la réflexion sur le dédoublement cellulaire qui, amorcée à partir de 1937, semble littéralement obséder l'écrivain. Elle trouve en 1949, un an avant la parution de *L'Abbé C.*, où Robert C. est le jumeau, le « sosie » de son frère, sa première vraie traduction dans la fiction.

L'examen des manuscrits, conservés à la Bibliothèque nationale de France[3], montre comment le récit sorti vers 1945 des essais, quoique destiné dans un premier temps à faire partie d'un ensemble plus vaste, *Costume d'un curé mort*, où devait également prendre place ce qui allait devenir *L'Abbé C.*, a pris progressivement son autonomie.

---

1. La *scissiparité*, ou *schizogenèse*, est le mode de reproduction, rudimentaire et sans doute premier dans le temps, des protozoaires (règne animal) ou protophytes (règne végétal : par exemple les lentilles d'eau), organismes unicellulaires placés au bas de l'échelle des vivants : un fragment se sépare pour former un nouvel organisme qui, du fait que la séparation repose sur la seule *mitose* (duplication de l'ADN, qui transmet le patrimoine génétique sans variante), sera exactement identique à l'organisme d'origine. À la différence de la reproduction sexuée qui caractérise les organismes pluricellulaires, il n'y a donc aucune possibilité d'évolution.

2. Où, sous le titre « Trancher. À propos de *La Scissiparité* », dans *La Toise et le Vertige*, Éditions des Femmes, 1986, p. 233-258, Lucette Finas publie la première grande étude sur ce récit.

3. Ces manuscrits, composés d'un carnet intime, de différents états du texte, d'un projet de préface, sont réunis au fonds Bataille dans l'enveloppe 17 titrée *Costume d'un curé mort*. L'ensemble de ces manuscrits a été publié par Thadée Klossowski, dans le tome III des *Œuvres complètes*, p. 544-553.

« A' » = « A" », *ou comment attraper le vertige.*

La réflexion de Bataille sur la scissiparité se fait en deux phases qui correspondent à des interprétations différentes du phénomène. Dans la première[1] (1937 à 1947), la scissiparité, d'abord analysée dans ses rapports avec la sexualité, est ensuite et plus précisément vue, par un très bizarre raccord avec la gémellité, sous l'aspect de la *duplication du même*, et c'est cela qui est décrit, sur un mode qui touche au fantastique, dans *La Scissiparité* ; dans la seconde période[2] (1949-1951), la reproduction asexuée est une première illustration du maintien et de la croissance pléthorique de la biosphère en général, deux faits qui ne sont pas non plus absents du récit de 1949, où ils n'apparaissent cependant qu'en filigrane, dans la conduite dispendieuse des personnages et dans la somptuosité d'un décor deux fois luxueux[3].

C'est le 20 novembre 1937, dans une conférence au Collège de sociologie, que Bataille, qui ne semble avoir alors qu'une idée assez floue de la scissiparité, la mentionne pour la première fois, et ce, de manière allusive dans une réflexion très générale sur le dualisme caractérisant selon lui la sexualité des êtres vivants chez lesquels « il y a *scissiparité* par la division cellulaire[4] ». En 1939, et toujours pour le Collège de sociologie, son approche est plus conforme à la vérité puisqu'il s'agit maintenant de la schizogenèse *stricto sensu* : « Si je considère la reproduction d'une simple cellule asexuée, la naissance d'une nouvelle cellule semble résulter d'une incapacité de l'ensemble à maintenir son intégrité : une scission, une blessure se produit. La croissance de l'être minuscule a pour effet le trop-plein, la déchirure et la perte de substance. La reproduction des animaux sexués et des hommes se divise en deux phases dont chacune présente ces mêmes aspects de trop-plein, de déchirure et de perte de substance. Deux êtres communiquent entre eux dans la première phase, par leurs déchirures cachées. Pas de communication plus profonde, deux êtres sont perdus dans une convulsion qui les noue. Mais ils ne communiquent que perdant une part d'eux-mêmes. La communication les lie par des blessures où leur unité, leur intégrité se dissipent dans la fièvre[5]. »

Si la définition que donne Bataille est cette fois correcte, son interprétation l'est beaucoup moins : en premier lieu, elle est contaminée, si on peut parler ainsi, par sa définition du rapport érotique, où la fusion charnelle des amants, complète au moment de l'orgasme et pour cela nommée « communication », met en jeu l'intégrité de chacun des deux êtres dont elle rompt l'unité de « substance » ; deuxièmement, la scissiparité vue comme cas de « trop-plein » devient, conformément aux théories exposées en 1933 dans l'article « La Notion de dépense », une des

---

1. Lisible dans les textes du *Collège de Sociologie*, dans les brouillons de *Sur Nietzsche* et dans *L'Alleluiah. Catéchisme de Dianus*, ainsi que dans *Méthode de méditation*.

2. Période qui caractérise plus nettement *La Part maudite* qui paraît en 1939 et *L'Histoire de l'érotisme*, rédigé en 1950-1951 (contenu dans les papiers de ce qui allait paraître en 1957, aux Éditions de Minuit, sous le titre *L'Érotisme*).

3. Rome, ville féerique ainsi définie : « pins, délices et indolence », et le palais des Monsignori, digne du faste phénicien de la reine Jézabel.

4. « Rapports entre " société ", " organisme ", " être " » (*OC II*, p. 296).

5. *Le Collège de Sociologie*, *OC II*, p. 368-369.

variantes de la perte improductive et de l'excès d'énergie. Ce double effet est encore souligné, et en des termes quasi identiques, dans *L'Alleluiah*[1], paru en 1947 et sans doute rédigé en 1946.

Entre-temps cependant, de février à août 1944, Bataille écrit *Sur Nietzsche*, qui paraît en 1945, et dont les fragments non publiés[2] marquent une nouvelle et encore plus étrange approche de la scissiparité maintenant assimilée à la gémellité. Soudain, en effet, Bataille, qui va bientôt — est-ce un hasard ? — introduire les frères dans son « personnel » romanesque jusque-là limité aux liens enfants/parents, s'intéresse aux jumeaux homozygotes, ces « *a* » et « *a''* » issus de « *a* » et dont la « différence », souligne-t-il, « est de nature gluante », expression où « gluante » a à la fois son sens propre (« collante » comme la glu, par allusion au couple uni que forment les jumeaux issus du même œuf) et figuré (l'aspect troublant de la ressemblance des deux êtres). Les jumeaux, écrit-il, sont comparables aux organismes nés de la schizogenèse parce que, de même que la cellule matricielle des unicellulaires, qui ne meurt pour cela pas totalement en donnant naissance aux deux cellules filles, maintient avec elles une identité de structure qu'il nomme « *moment de continuité*[3] », de même il existe un *continuum* entre les frères jumeaux, type de fusion encore décelable (et les cas qu'il cite ensuite ne sont donnés que pour marquer l'avantage de la gémellité) soit dans les rapports de l'individu avec le groupe social, où le « moi » est à la fois profondément individualisé et pris dans la masse (il est « *discontinuité* » et « *continuité* »), soit dans la rencontre érotique qui restitue deux personnes a priori distinctes à une « chaîne impossible à rompre des *moments de continuité* ».

Mais voici qui est encore plus bizarre, et qui ne tourne pas à l'avantage de la gémellité. Dans la scissiparité, poursuit en effet Bataille, les « perspectives […] sont beaucoup plus égarantes » que dans la gémellité puisque la ressemblance des jumeaux n'est jamais si totale qu'on ne puisse pas les différencier, alors que dans la scissiparité « je saisis le *glissement* [duplication sans variante] d'*a* en *a'* et d'*a* en *a''* », en conséquence d'*à* en *à* ». Conclusion en forme de rêve, non pas celui de l'androgyne mais celui d'un être divin en deux hypostases[4] : « s'il n'était la reproduction sexuée […] » qui produit la différence, « je pourrais me représenter *dédoublé* » ; ou encore imaginer que les deux gamètes, *a* et *b*, mâle et femelle, deviennent, au « moyen d'une substitution par scissiparité d'*a* et d'*a''* à *a*, de *b'* et de *b''* à *b* », le creuset d'où naîtraient des jumeaux, et alors, « au lieu de moi que je suis, il y aurait *x* et *z* jumeaux », ce qui fait que « je serais sans doute, mais *double* ».

On le voit, il y a de quoi s'« égarer » dans ces réflexions qui seront reprises en 1947 dans *Méthode de méditation*[5]. Elles ont néanmoins ceci de clair qu'elles dénotent chez le Bataille des années 1944-1945 une

---

1. Voir *OC V*, p. 406.
2. Sous le titre « Épilogue philosophique », *OC VI*, p. 446-450, d'où toutes les citations qui suivent sont extraites.
3. Notion capitale dans l'ontologie de Bataille où, si le « Possible » est le champ de la rupture et de la différenciation (ainsi dans l'opposition sujet/objet qui est à la base de la pensée dialectique), l'« Impossible » est le domaine où rien ne sépare ni les êtres en eux-mêmes ni entre eux.
4. Comme on le dit de la Trinité chrétienne : un seul Dieu, mais trois personnes partageant la même nature…
5. Voir dans *OC V*, p. 195, la note de Bataille sur les jumeaux.

véritable hantise de la scission sans variation. En somme, comme une recherche d'une répétition parfaite, ou d'une identité absolue par dualité. *La Scissiparité*, histoire magique qui combine le phénomène qui lui donne son titre avec la gémellité, est née de cette pensée un instant perdue dans ses méandres. Et elle est née à ce moment-là.

Manuscrits + carnet = récit.

L'idée de faire un récit sur le parfait dédoublement a, sans aucun doute, dû germer dans l'esprit de Bataille vers 1945 puisqu'un des manuscrits de l'enveloppe 17 qui est de nouveau titré *Le Costume d'un curé mort*[1] (f⁰ 16), et qui contient la section intitulée « Prologue » (f⁰ 19) et présente un texte sensiblement identique à celui des sections I, III, IV et V[2] mentionne le titre *Scissiparité* et à deux endroits : f⁰ 18, où il est barré, et f⁰ 22, où il vient sous-titre après « Première partie ». Or, il est incontestable que ce manuscrit date de la même période que les réflexions de *Sur Nietzsche* sur la gémellité insérée dans la reproduction asexuée puisque, le 29 septembre 1945, Bataille écrit à Michel Gallimard qu'il travaille à un roman, *Costume d'un curé mort*, qui serait plus long qu'« Histoire de rats », une des parties de la future *Haine de la poésie*[3], alors en voie d'achèvement et qu'il pourrait terminer sous deux mois[4]. En novembre, une lettre à Queneau confirme l'envoi prochain de ce roman, toujours sous le même titre, et déclaré fort « publiable[5] ». Toutefois, bien qu'à ce stade le récit de 1949 ne soit pas encore séparé de ce vaste ensemble qui pouvait concerner le futur *Abbé C.*[6], il est probable que les grandes lignes de La Scissiparité se dessinent à ce moment-là.

Mais le projet, ralenti par d'autres travaux, n'avance guère. Il semble ensuite progressivement vouloir se scinder en deux œuvres illustrant le même thème : d'un côté, *La Scissiparité* ; de l'autre *L'Abbé C.* C'est probablement en 1947 que Bataille commence à envisager de séparer la future *Scissiparité* du projet *Costume d'un curé mort*. En témoigne un petit carnet[7], qu'il y a tout lieu de dater de cette période, sur lequel est rédigé un autre état de *La Scissiparité* où le prélat qui accueille le narrateur et Mme E… à Rome se nomme à un endroit Cristoforo et à un autre *alpha* et *bêta*[8]. Puis, le 8 juillet 1948, Bataille demande à G. Lambrichs d'envoyer à Paulhan la « copie de *L'Abbé C.* que vous avez (pour les *Cahiers de la Pléiade*) ». Il annonce aussi l'envoi du manuscrit complet de ce

1. 15 feuillets, paginés 16-22 par la BNF, et par Bataille, à partir du f⁰ 18, 3, 4, 5, 6 (sigle : *ms. 1*).
2. Mais plus long au sujet d'Alexandrette, personnage homosexuel, et avec la mention d'une autre chanson. Contenu réparti autrement, en 5 sections, numérotées en chiffres arabes, de la version publiée en 1949.
3. C'est sans doute ce texte que concerne le projet de préface (voir « Autour de *La Scissiparité* », p. 605). Ce projet évoque « deux histoires » qui « n'ont ni queue ni tête » et sont « lestes, macabres et sacerdotales », expressions qu'on peut rapprocher de l'avertissement de *La Haine de la poésie*, où il est question du « *journal d'un mort et des notes d'un prélat de mes amis* », regroupés selon le mode du « *caprice* » (voir la Notice de *L'Impossible*, p. 1211).
4. Georges Bataille, *Choix de lettres*, Michel Surya éd., Gallimard, 1997, p. 247.
5. *Ibid.*, p. 257.
6. Voir le début de la Notice de ce roman, p. 1258-1259.
7. Paginé 23-40, 18 p., par la BNF (sigle : *ms. 2*).
8. P. 31.

roman[1]. Quelle est donc cette « copie de *L'Abbé C.* » ? *La Scissiparité* encore conçue comme un fragment du roman publié en 1950, ou un récit soudain devenu indépendant, soit du fait de l'ampleur prise par *L'Abbé C.*, soit parce que ce récit ne raconte pas tout à fait la même histoire que celle du prêtre et de son frère ? On est fondé à croire qu'il s'agit de *La Scissiparité* qui paraîtra l'année suivante précisément dans « Les Cahiers de la Pléiade[2] ».

Auparavant, sans qu'on puisse donner une date précise, il y aura eu, très certainement pour maintenir le mélange journal aphoristique/narration cher à Bataille depuis *La Haine de la poésie*, le greffage sur le canevas narratif d'un carnet rédigé en août 1944, quand Bataille, alors à Bois-le-Duc et à Samois, guette les ombres de la guerre finissante[3] ; puis la mise au net du texte, perceptible dans quatorze feuillets donnant un texte très proche de la version définitive[4].

Mais cette poursuite de l'histoire était-elle bien nécessaire ? Bataille, dont les récits n'ont jamais dans les règles, a sans doute estimé que la fin abrupte se suffisait à elle-même, en ne faisant que souligner l'étrangeté qui baigne le texte depuis le début. Et qu'une étude plus attentive des liens, autre manière de concevoir la scissiparité, que ce texte entretient avec *L'Impossible* en sa première version[5], puis de la manière dont progresse son intrigue, éclaire un peu plus. Mais sans trancher vraiment.

Alpha = Bêta : mystère.

Car *La Scissiparité*, c'est déjà le dédoublement d'un texte, antérieur, dans un autre. Dédoublement certes incomplet par manque d'adéquation absolue ; mais suffisamment frappant pour qu'on s'y arrête un instant. Bref, pour reprendre la classification de Bataille dans les brouillons de *Sur Nietzsche*, on a plutôt affaire à une gémellité qu'à une gémellité scissipare.

Ainsi des liens, titre et prénom, de *Mme E…* avec *Mme* Edwarda (héroïne du récit paru en 1942). Mme Edwarda est une « fille », et Mme E… également ; l'une et l'autre portent un « loup » pour marquer le caractère initiatique de l'orgie. Mme Edwarda reçoit Pierre Angélique dans le bordel des « Glaces » où des miroirs renvoient l'image de l'« accouplement » ; et le stade du miroir, qui offre le reflet de la perte

---

1. Archives Minuit.
2. Signalons toutefois que la nature du texte à envoyer aux « Cahiers de la Pléiade » est en discussion avant 1948, puisque dans une lettre du 13 novembre 1947 (*Choix de lettres*, p. 382), Bataille annonce à Jean Paulhan qu'il va lui envoyer une partie de *L'Expérience intérieure*. À ce moment, il voulait, sans doute pour des raisons financières, faire publier un texte dans les « Cahiers de la Pléiade ».
3. Mêlant des aphorismes proches de *Sur Nietzsche* ou du *Coupable* et des faits du quotidien (l'arrivée d'une bande de noceurs parisiens chantant une chanson grivoise), les pages de ce carnet, donné dans « Autour de *La Scissiparité* », seront en partie reprises dans le début de la section II et au milieu de la section IV de *La Scissiparité*.
4. *Ms. 3* : texte sur papier pelure et papier normal, sans la division en sections, mais qui s'achève par l'ouverture de la porte du palais par Alpha. Il y a toutefois encore hésitation sur le nom du prélat (Cristoforo est barré f° 12 et remplacé par « prêtre »). Mais c'est bien « Bêta » qui accueille à la fin les visiteurs.
5. Les citations de *La Haine de la poésie* qui vont suivre sont également dans la version de 1962.

érotique, est également présent dans *La Scissiparité* où le narrateur se rasant devant une glace découvre l'immensité de la débauche (fonction éblouissante du soleil). Enfin, Mme Edwarda et Pierre Angélique « montent » pour s'unir, comme Mme E… et le narrateur à la fin du récit, l'escalier n'étant si monumental que parce qu'il doit marquer la gravité du moment, la scène érotique, épiphanie de la mort, étant plus généralement rendue dans les deux cas par l'image du couteau : « nudité du bordel » appelant « le couteau du boucher », d'un côté, « couteaux de comédie » de la mort invoqués dans l'autre, au moment où l'auteur évoquant l'indécence de son amie se sent « le plus heureux des hommes »).

Mais c'est sans aucun doute avec « Histoire de rats » / « Dianus » que *La Scissiparité* entretient les liens les plus étroits. Mme E… porte le même prénom que E., seconde maîtresse de Dianus avant d'être celle de son frère, Monsignor Alpha. Mais Mme E… rappelle aussi B., première maîtresse de Dianus : les deux écrivent des lettres inquiétantes et les deux ont un goût prononcé pour le « décolleté ». B. dévoile à Dianus que les « plus tendres baisers ont un arrière-goût de rat », et Mme E…, à l'idée de rencontrer bientôt Monsignor à Rome, se « *sent faite comme un rat…* ». La beauté animale de B. est souvent comparée à celle d'une louve, et le narrateur de *La Scissiparité* achète à Mme E… un loup pour la rendre plus belle encore. Les similitudes sont encore plus frappantes entre le Monsignor de *Dianus* et celui de 1949. Le nom les rapproche en partie (mais en partie seulement), et le pays, cette Italie très stendhalienne où rien n'est médiocre, et le titre, garant d'une transgression aristocratique, également. Les deux personnages ont un « frère » ; les deux ont une maîtresse ; et même si le premier ne porte pas l'anneau d'améthyste des évêques, ils partagent le même goût *religieux* pour la débauche.

Là s'arrête toutefois la « fratrie » dans ces récits, et on ne la mentionnée que pour indiquer qu'elle n'est qu'une amorce de scissiparité. Une répétition, en somme. Or la répétition n'est jamais totale, clivée qu'elle est constamment par les tentations de la variante : un refrain est toujours chanté autrement. La scissiparité en son premier degré n'a pas non plus l'effroi, ou du moins la fascination angoissée — témoins les développements labyrinthiques des brouillons de *Sur Nietzsche* — dans quoi baigne la vraie scissiparité : il est au fond assez rassurant pour un lecteur que Bataille (qui dit quelque part qu'il rend l'air peu respirable autour de lui) malmène souvent de constater que les personnages se retrouvent un peu l'un dans l'autre. Attrait des figures connues, qu'on éprouve encore dans *L'Abbé C.* où il s'agit de vrais jumeaux et d'un prêtre tout aussi mystérieux que Monsignor Alpha / Bêta. Mais le mystère de Robert C. est autre et il ne touche pas à la duplication suggérée dans le texte qui précède son histoire.

C'est pourquoi il n'y a de scissiparité au sens où l'entend Bataille, continuité sans partage et pour cela terrifiante, que si on se tourne vers l'intrigue du récit de 1949. Il y a quelque chose d'effrayant dans la façon dont *La Scissiparité* progresse vers sa fin en alternant plages de calme et de tempête et en ménageant de bout en bout le suspens.

Sections I et II : *mezzo voce pour un trouble.*

Section III : *questions sur un télégramme.* Italiques : indice que tout bouge.

Section IV : *interlude, pause.*

Section V : *pensées de fête.*

Section VI : *tragédie sans dénouement.* Fin du récit.

Que dire sinon que *La Scissiparité*, en outre disposée comme « Histoire de rats » / « Dianus » en courts fragments qui sont autant de ruptures, est le plus décevant et le plus inquiétant des récits de Bataille ? Que s'y passe-t-il ? Rien qu'on puisse cerner avec clarté, sauf l'effroi sacré que suscite le « *glissement* » évoqué dans les fragments abandonnés de *Sur Nietzsche* et liant « a' » et « a ». Et ici Alpha à Bêta, car si on ne peut exclure que Bêta ait quelque rapport avec la bête qui est en chaque homme saisi par l'érotisme et le rend bête (imbécile, sot) au regard du monde normal, il est également indiscutable que *bêta* suit dans l'alphabet grec *alpha* comme l'*a''* de la schizogenèse est appelé par *a'*. Scissiparité, gémellité : le récit ne répond ni sur le premier ni sur le second terme ni sur l'union des deux. Ne reste donc que le mystère. On sait toutefois qu'au jugement de Bataille, c'est la meilleure fin pour un texte.

GILLES ERNST.

BIBLIOGRAPHIE

FINAS (Lucette), « Trancher. À propos de *La Scissiparité* », *La Toise et le Vertige*, Éd. des Femmes, 1986, p. 231-258.

G. E.

NOTE SUR LE TEXTE

Les manuscrits de *La Scissiparité*, composés notamment d'un carnet intime, de différents états du texte, d'un projet de préface (voir ici p. 605) et d'une ébauche de continuation (voir ici p. 610-611), sont conservés au fonds Bataille de la BNF (enveloppe 17). Voici la liste des sigles utilisés :

ms. 1 : onze feuillets paginés 16-22 ; *ms. 2* : carnet, paginé 23-40 ; *ms. 2* : ébauche du projet de continuation ; *ms. 3* : quatorze feuillets.

La présente édition reproduit le texte de la première édition, parue aux Éditions Gallimard, au printemps 1949, dans « Les Cahiers de la Pléiade », p. 152-161, sous le même titre et signée de Georges Bataille. L'exemplaire de référence est celui de la Bibliothèque nationale de France (cote 8° Z 30542).

Ce texte se trouve également dans l'édition du tome III des *Œuvres complètes*, p. 225-232.

G. E.

NOTES ET VARIANTES

[Section I.]

a. Pris de rage. Et de rage… Je m'étends sur un lit. Ma tête est minuscule : un ongle. / [Première *biffé*] proposition. / Je veux vivre, écrire, leurrer, mentir, redouter la mort et pâlir à l'idée qu'on me torde un doigt   *ms. 2*

1. Inspiré, mais en changeant le sens, du *De Profundis*, Psaumes CXXX, 1-2 : « Des profondeurs je t'appelle, Yahvé ; Seigneur entends ma voix ! »
2. Réminiscence pascalienne, déjà utilisée dans *L'Impossible* (voir n. 32, p. 518) : « Le silence éternel de ces espaces infinis m'effraie », *Pensées*, nº 206. Elle est détournée de son sens, puisque la vacuité du ciel ne renvoie qu'au « vide » — impossibilité de définir le secret de l'être — de Monsignor Alpha.
3. Lucette Finas souligne avec raison que, dans la disposition binaire des lignes en ce début du texte (« 2 lignes, 1 blanc », ou « 2 paires de lignes, 1 blanc »), « la paire fait loi », ce qui traduit visuellement le dédoublement contenu dans la notion de scissiparité (*La Toise et le Vertige*, p. 235).
4. Terreur qui est une des constantes de certains personnages de Bataille.

[Section II.]

a. l'odeur d'égoût de la mort   *ms. 2*

1. À rapprocher de ces phrases de « L'Orestie » (*L'Impossible*, p. 554) : « Il me sembla avoir parlé hier à ma glace. Il me sembla voir assez loin comme à des lueurs d'éclair une région où l'angoisse a conduit… » : l'épreuve du miroir, comme celle de Pierre Angélique dans *Madame Edwarda*, mène à la découverte de l'expérience excessive, ici produite par la contemplation, en reflet, du disque solaire qui est chez Bataille toujours « aveuglé ou aveuglant » ; voir *OC II*, p. 15.
2. C'est une des définitions de l'« Impossible » (voir la Notice de *L'Impossible*, p. 1217) : par opposition au « Possible » (construction du réel par la dialectique) nécessairement clos, l'« Impossible », qui est l'au-delà du « Possible », ouvre sans fin à ce qui, par un adjectif fréquent chez Bataille et utilisé un peu plus dans ce récit, est « insaisissable » : la « nausée » (terme presque synonyme chez Bataille : « angoisse ») de l'être affrontant la zone de haute insécurité ; le soleil mais contemplé de face et donc « aveuglant » ; la mort.
3. Métaphore aquatique pour la déstructuration qu'entraîne l'expérience érotique : « Tu sais peut-être maintenant que le désir nous réduit à l'inconsistance », dit la mère de Pierre, dans *Ma mère* (p. 776). Voir aussi le poème « Orestie » dans *L'Impossible*, v. 12 : « Les fleuves de l'amour se rosissent de sang », p. 550.

4. Terme non trouvé dans les dictionnaires spécialisés. Il est possible qu'il renvoie à *Gustave* Flaubert, connu pour sa jeunesse assez débridée quand il était au collège de Rouen, et pour certaines verdeurs qui apparaissent dans ses lettres.

[*Section* III.]

a. Suivi dans ms. 1 par: J'ai chanté fort gaiement (à la vérité je suis sombre, abattu à l'idée d'écrire un livre). / Je devrais pour me soulager regarder les conséquences comme des mouches. Mais le monde me suit comme une ombre. ◆◆ *b.* B. K. *ms. 3. Ces initiales renvoient-elles à Bataille et à Kotchoubey (Diane Kotchoubey de Beauharnais) ou à Bataille/ Kojève ?* ◆◆ *c. Suivi dans ms. 1 par:* Comment ne pas rire cependant de la liberté qu'enfin Monsignor a su prendre avec lui-même… ◆◆ *d.* inculpée *ms. 3*

1. Pour les rapports entre ce « Monsignor » et celui de *L'Impossible*, voir Notice, p. 1 2 5 1-1 2 5 2.
2. Expression à double sens : figuré, piégée comme un rat ; sens propre, faite comme un rat, faite avec la violence érotique du rat, et, dans ce cas, Mme E… rejoint le symbolisme d'*Histoire de rats*, dans *L'Impossible*, où « les plus tendres baisers ont un arrière-goût de rat », p. 534.

[*Section* IV.]

a. Ce passage est ainsi rédigé dans ms. 1 : Visite d'Alexandrette à deux heures. Je tremblais. L'alcool sans doute. Je lui trouvais l'air agressif, paralysé et véritablement hideux de ces minuscules cages à mouches qu'enfant je remplissais d'insectes. L'amitié n'est qu'une forme de la haine. Mon ami pharisien reste sourd à mes étoiles : les yeux de Mme E… (dans ce désert de f… où je contemple mes étoiles). / À l'assaut des étoiles, grandiloquent, je prends, dans deux heures, le train de Rome avec Mme E… Musique hier soir à déchirer la tête. À pleurer ou à vomir. Ruissellements échevelés. Politesse de Mme E… Décolleté, bonne éducation, mais quelle indécence ! M'occuper : livres, manifestes, haines, mépris. Réseau serré de paroles fausses, de fausses cartes. / J'ai l'idée pour nier et maudire Alexandrette (ou tel autre) d'écrire la chanson suivante : / *Mme E tu as mis un loup / Qui rit dans des dents blanches / Mme E tu as deux loups / Dans ta chemise blanche.* / Adieu à mes amis, à la littérature ! Je n'en puis plus Mais je ne puis oublier mon supplice : je songe aux autres et j'ai peur. ◆◆ *b.* Visite à deux heures d'Alexandrette : ambassadore di Tutti quanti *[ambassadeur de tout le monde]*. Vous salue Marie… Je tremblais : tremblement alcoolique. Amitié d'Alexandrette. Deux amis : petites cages pleines de mouches, de foules de mouches que séparent les vitres. Haine de l'amitié. / Monsieur Alexandrette [est sournois, pharisien, bébé *biffé*] veut de moi que j'aie tort (il n'en dit rien). Agitation. Pas raison. Alexandrette le pharisien ne voit pas les étoiles, les yeux de Mme E…, ni ce désert de foutre où je regarde les étoiles. *ms. 2*

1. Voir *Sur Nietzsche, Mémorandum, OC VI*, p. 235 : « En admettant que la vérité soit femme, ne sommes-nous pas fondés à penser que tous les philosophes, pour autant qu'ils furent des dogmatiques, s'entendaient

mal à parler des femmes ? Le terrible sérieux, la gaucherie importune avec lesquels ils tentèrent d'atteindre la vérité étaient pour attraper une femme des moyens déplacés et maladroits. Toujours est-il qu'elle ne s'est pas laissé attraper. »

2. Souvenir de la tragédie racinienne, qui hante Bataille depuis *L'Impossible* : « femme impie » est une citation d'*Athalie* (v. 747) pour désigner la fille de Jézabel, reine d'origine phénicienne, attachée au culte des Baal, et à qui sera plus loin comparée Mme E…

3. Langage religieux, attendu chez un prélat : les plaisirs du corps.

4. Chanson grivoise des zouaves d'Afrique, ici citée pour sa vulgarité, et le contraste qu'elle fait avec la dignité du prélat.

[Section V.]

a. Dix mille yeux dans la nuit comme un ciel étoilé, chanter ivre en bel canto, à griser des dizaines, des centaines de mille. Moi, des hommes le plus doux, le plus angoissé. Mais moi le plus heureux ! *ms. 1*

[Section VI.]

a. Nous adoptons la leçon de ms 1 et ms. 2. ◆◆ *b.* [Cristoforo *biffé*] le prêtre *ms. 3.* Cristoforo *est en revanche le nom du prélat dans ms. 2 (f° 31), mais sur f° 32, après avoir barré* A.B. *, Bataille remplace par* alpha béta *, qui donne donc pour la première fois, sous une forme un peu différente, le nom définitif du prélat.* ◆◆ *c.* robes de brocart *ms. 3* ◆◆ *d. Fin du § dans ms. 3 :* répondît [à ma dépression mon angoisse *biffé*] mes passions. [Le plus triste est que je demeurai d'un bout à l'autre lié, paralysé d'angoisse, et faisant figure de muet. *biffé*] ◆◆ *e. Fin du § dans ms. 3 :* les plus louches. [J'écris « en dépit de ceux qui les hantent » : ce n'est pas pour Monsignor *biffé*]. ◆◆ *f. Suivi dans ms. 3 de cette phrase biffée, qui eût changé considérablement le sens du dénouement :* J'étais là, j'assistais, étranger, tendu douloureusement : les deux avatars du prélat m'ont rendu malade. / Quel horrible instant (répugnant) !

1. Terme qui définit assez bien les *châteaux* de Bataille, châteaux de la folie et de la mort.

2. Elle est citée ici (dans *La Maison brûlée*, un corbeau qui prophétise porte également ce nom), dans ce majestueux palais romain d'un prélat débauché, surtout à cause de la tragédie de Racine, *Athalie*, où le songe de sa fille (acte II, sc. v) l'évoque en termes saisissants. *Ms. d* mentionne d'ailleurs, f° 34, les « chiens dévorants » de Racine (v. 506).

3. Néologisme de Bataille. La lapidation, bien qu'elle soit un châtiment biblique, n'est pas dans l'histoire de Jézabel.

Autour de « La Scissiparité »

[PROJET DE PRÉFACE]

Ce projet de préface, paginé 53-54, est conservé dans le fonds Bataille de la Bibliothèque nationale de France dans l'enveloppe 17, titrée *Costume d'un curé mort*[1].

[CARNET D'AOÛT 1944]

Ce carnet, conservé dans le fonds Bataille de la Bibliothèque nationale de France (enveloppe 17) est paginé par Bataille de 1 à 8, et de 45 à 52 par la BNF. Certains de ses aphorismes sont repris dans les sections II et III.

[ÉBAUCHE D'UNE CONTINUATION]

Cette ébauche de continuation, paginée 36 à 39, est conservée dans le fonds Bataille de la Bibliothèque nationale (enveloppe 17).

1. De « bois doré » à « tombés » : suite de mots pour nous peu lisibles. Nous reprenons ici la lecture de Thadée Klossowski (*OC III*, p. 554).

[FEUILLETS ISOLÉS]

Ces feuillets sont conservés à la Bibliothèque nationale de France (fonds Bataille, enveloppe 17). Ce passage était sans doute destiné à figurer dans la section II.

L'ABBÉ C.

NOTICE

En mai 1950, aux Éditions de Minuit, paraît, avec *L'Abbé C.*, le premier roman de Bataille — du moins dans la mesure où *Le Bleu du ciel* ne sera publié qu'en 1957, et où *La Haine de la poésie*, qui s'ouvrait, en 1947, par les poèmes de « L'Orestie », est présenté, au dos de *L'Abbé C.*, comme « un important récit ». L'écrivain tenait à cette mention géné-

1. Voir la Notice, p. 1250.

rique, qui figure dans l'édition originale sur la couverture, en sous-titre ;
il écrit à Jérôme Lindon, le 3 janvier 1950 : « N'oubliez pas […], sur la
page de titre, de faire suivre *L'Abbé C.* de l'indication *roman*[1]. » De ce
roman, Bataille attendait un succès, à en croire sa lettre à Georges Lambrichs en date du 26 janvier 1950 : « Je ne vois pas venir les épreuves de
L'Abbé C., ce qui me désole. Je pensais que mes corrections de décembre
avaient sérieusement ouvert l'accès à la partie finale et aux lecteurs éventuels, que le livre maintenant tenait debout. […] Si *L'Abbé C.* ne trouvait
pas d'accueil, j'entends un minimum d'accueil, étant donné ce que je vois
par ailleurs, la place que me font malgré tout les derniers livres généraux
sur la littérature contemporaine[2], je n'y comprendrais plus rien[3]. » Un
roman dont il faut *ouvrir l'accès* : on comprend que l'hermétisme est le
problème qu'affronte *L'Abbé C.* D'autant qu'il suffit de se reporter aux
propos de Bataille sur le genre romanesque[4] en 1949 — le roman érotique « fait toujours intervenir une *irrégularité*, angoissante ou risible », le
roman, en général, raconte « l'*insolite*, ce qui est en dehors des normes »
— pour saisir que ce premier problème se double d'un second : comment
faire accueillir ce qui veut choquer à l'extrême ?

    L'Abbé C. mérite d'être considéré à nouveaux frais, non seulement à
cause de sa valeur de défi, mais aussi pour la hauteur de son ambition
— fonder une nouvelle religion —, et pour le vertige qu'il suscite en mettant en œuvre une problématique de l'*indifférence*.

Un carrefour de projets.

    D'après un petit carnet[5], c'est en août 1944 que Bataille imagine une
histoire qui tournerait autour d'un personnage de prêtre ; une phrase
résume aussi l'argument de la future nouvelle *Éponine* : « Je n'hésite pas
pour mon intelligence à réclamer le rire grossier qu'éveille un derrière
de femme — la lune, diraient les pauvres gens[6]. » Plus d'un an après, dans
une lettre du 29 septembre 1945 à Michel Gallimard, Bataille évoque
« un roman qui s'appelle le *Costume d'un curé mort* » qu'il pense achever « dans les deux mois » ; il mentionne ce même projet dans une
lettre à Raymond Queneau de novembre 1945, le qualifiant de « Fort
publiable[7] » : pourquoi ? Parce qu'il relève, selon un projet de préface
(à la destination incertaine), datant sans doute de 1946, du genre des
« histoires lestes, macabres et sacerdotales[8] ». Comme l'écrit « l'éditeur »
sur le récit duquel s'ouvre *L'Abbé C.* : « C'était sale, comique » (p. 619).

    Malgré son optimisme quant à la possibilité d'achever rapidement
son roman, Bataille, le 30 mai 1947, avoue à G. Lambrichs qu'il n'a « pas
encore eu le temps d'écrire le " Costume d'un curé mort " », à son grand

1. Archives Minuit.
2. Une autre lettre à G. Lambrichs, du 25 octobre 1950, permet de préciser que Bataille
pense sans doute à Gaëtan Picon, qui lui « donne une place relativement importante dans
son *Panorama* » (*Panorama de la nouvelle littérature française*, Gallimard, coll. « Le Point du jour »,
1949).
3. Archives Minuit ; voir aussi *Choix de lettres*, Michel Surya éd., Gallimard, 1997, p. 400.
4. « Le Bonheur, l'Érotisme et la Littérature », *Critique*, mai 1949, *OC XI*, p. 450 ; et « Le
Roman et la Folie », *Critique*, août 1949, *OC XI*, p. 526.
5. Fonds Bataille, enveloppe 17, f. 45-52.
6. Enveloppe 17, f. 49 ; voir *OC III*, p. 547.
7. *Choix de lettres*, p. 247 et 257, et la Notice de *La Scissiparité*, p. 1250.
8. Voir l'enveloppe 17, f. 53-54 ; *OC III*, p. 545.

ennui[1]. D'autres projets en effet se sont intercalés : en 1947 la correspondance entre Bataille et les Éditions de Minuit porte, d'un côté, sur la collection « L'Homme ivre », de l'autre sur la publication d'*Histoire de rats* et de *La Haine de la poésie*. Entre mars et le début de mai 1948, il rédige *Théorie de la religion*[2]. Par ailleurs, il met la dernière main à *La Part maudite*, dont il corrige les épreuves à la fin de 1948, et qui paraît en 1949. Sans oublier un impressionnant nombre d'articles pour *Critique*.

Bataille ne rédige donc que des fragments de ce roman projeté. Lorsque, à la fin de 1947, apparaît le titre *L'Abbé C.*, il ne s'agit pas du roman, mais d'un court récit, dont il sera de nouveau fait état dans une lettre à G. Lambrichs, datée du 8 juillet 1948 : « Mon cher ami, / Pouvez-vous me rendre un grand service ? / Ce serait d'envoyer à Paulhan la copie de *L'Abbé C.* que vous avez (pour *Les Cahiers de la Pléiade*). » Sans doute s'agit-il de *La Scissiparité*, qui paraîtra dans les *Cahiers de la Pléiade* au printemps 1949, et qui, selon un des projets de Bataille, devait former une partie de *Costume d'un curé mort*[3].

Bataille promet toujours son roman aux Éditions de Minuit. Mais en novembre 1948, petit coup de théâtre concernant le titre. Le 3, G. Lambrichs demande à Bataille « d'urgence le titre définitif à donner à *L'Abbé C.* qui en est au cliché de page de titre » ; le 8, en lui envoyant « les premiers placards de *L'Abbé C.* », il demande confirmation rapide du « titre […] adopté pour ce récit » ; le 15, Bataille renvoie les épreuves de *L'Abbé C.* ; mais le 22, J. Lindon écrit à Maurice Dauer, imprimeur à Paris : « Nous vous signalons que le titre *L'Abbé C.* a été changé en *Éponine*. » Après des lenteurs dont s'inquiète Bataille, la nouvelle est achevée d'imprimer le 10 novembre 1949, sous la forme d'une plaquette portant le titre d'*Éponine*. Le projet de *L'Abbé C.* a donc engendré *Éponine*. Mais à son tour *Éponine* va engendrer *L'Abbé C.*

Comment Bataille procède-t-il ? Ainsi qu'il l'explique dans une lettre à Yves Breton, il aurait commencé par adjoindre à la nouvelle une courte note de l'abbé[4]. Il va donc s'agir de mettre en place une polyphonie narrative, mais aussi de multiplier les triades sur lesquelles repose tout récit bataillien, de faire — geste décisif — de l'abbé le frère jumeau du narrateur, de trouver des prénoms pour ces personnages, et d'investir chaque chapitre d'une signification « religieuse » précise. Nous y reviendrons.

En mai 1949 Bataille est plongé dans la rédaction de son roman, et les Éditions de Minuit veulent en faire cette année-là l'événement de leur rentrée. Le contrat entre Bataille et J. Lindon est enregistré à la fin de juin. Quoique Bataille ait mis à profit l'interruption de la publication de *Critique* (de septembre 1949 à octobre 1950), après l'avoir promis pour le début d'août, puis pour le 22 septembre, c'est seulement au début de novembre 1949 qu'il envoie son manuscrit achevé à G. Lambrichs. Il termine la révision aux environs du 20 décembre. Le 14 février 1950, G. Lambrichs l'informe cependant d'un incident : « Je suis également gêné par la lenteur de la fabrication de *L'Abbé C.* Mais savez-vous que

1. Archives Minuit.
2. Destiné à la collection « Miroir » des Éditions Au Masque d'or à Angers, ce texte ne sera publié qu'en 1974, dans les *Œuvres complètes*. Voir *OC VII*, p. 598.
3. BNF, enveloppe 17.
4. Catalogue de la vente Pierre Leroy réalisée par Sotheby's, le 26 juin 2002, à la galerie Charpentier, p. 54.

Firmin Didot a refusé d'en exécuter l'impression ? Le manuscrit doit être actuellement proposé à un autre imprimeur » (ce sera, comme pour *Éponine*, l'imprimerie Maurice Dauer). Le 14 mars, Lindon fait expédier à Bataille les épreuves de *L'Abbé C.* accompagnées du manuscrit. Elles lui reviennent, corrigées, le 3 avril. Le 28 avril, on en est aux épreuves en page, et G. Lambrichs veut « organiser (par exemple à La Hune) une réception à l'occasion de la sortie des premiers exemplaires ». L'achevé d'imprimer est du 10 mai 1950.

Georges, Laure, Robert.

Avant de devenir « Charles », le frère de l'abbé Robert C. se pré-nomma « Julien », puis « Georges[1] ». Indice que le personnage vaut comme un double fictionnel de Georges Bataille ? Dans ce cas, Charles (ex-Georges) et Robert étant jumeaux, tous deux renverraient à l'auteur. Après tout, l'action du roman se déroule « dans les montagnes du Jura, à R. » (p. 618) : cette initiale pourrait ramener à Riom, où Bataille jeune homme passa souvent ses vacances, même si l'Auvergne est remplacée par le Jura.

Comme pour *Histoire de l'œil* ou *Le Bleu du ciel*, c'est dans une période de crise que Bataille écrit *L'Abbé C.* Il l'indique dans une lettre à G. Lam-brichs, le 3 octobre 1949 : « *L'Abbé C.* arrivera dans quelques jours […]. Je dois le reconnaître : je ne suis sorti que depuis peu d'une dépression nerveuse exceptionnelle[2]. » Or la même « dépression nerveuse » affecte dans le roman aussi bien l'éditeur que Charles, et l'abbé Robert. Dépres-sion de l'auteur, dépression des personnages : la fin du « Récit de l'édi-teur » montre que *L'Abbé C.* s'inscrit dans ce « traitement littéraire » (p. 627) que pratique Bataille, et on ne s'étonnera pas de le voir, le 16 juin 1950, demander à G. Lambrichs d'envoyer au docteur Adrien Borel « un exemplaire de tête, comme je l'ai toujours fait pour lui[3] ». On ne saurait mieux dire que Bataille continue, par livres et personnages interposés, à lui confier sa tête.

Il serait aisé par les rapprochements que l'on peut établir avec les épisodes traumatiques de la vie de Bataille tels qu'ils sont évoqués dans les « Réminiscences[4] » d'inscrire *L'Abbé C.* dans un espace autobiogra-phique : pour ne citer qu'un seul exemple, la figure du père de Bataille, l'impie aux yeux blancs, se retrouve aussi bien chez Charles (p. 695) que chez Robert (p. 668).

On s'autorisera néanmoins à demander ce qui pourrait lier Georges Bataille et une figure de prêtre ? Certes, après avoir songé à une vocation religieuse, l'écrivain tint le rôle d'un séminariste dans *Une partie de cam-pagne* de Jean Renoir, en 1936. Certes encore, selon Bataille, le prêtre et l'écrivain sont tous deux « rejetés du corps homogène et neutre de la société de la même façon que des excréments[5] ». Mais surtout, à la suite de la parution de *L'Expérience intérieure* en janvier 1943, un tract du groupe surréaliste La Main à plume, lancé le 1er mai 1943 sous le titre *Nom*

---

1. Voir fonds Bataille, BNF, enveloppe 63, f. 69-70 et 90-93.
2. Archives Minuit ; voir *Choix de lettres*, p. 400.
3. Archives Minuit.
4. Voir *Histoire de l'œil*, p. 48.
5. « La Nécessité d'éblouir… », *OC II*, p. 140.

de Dieu!, avait rebaptisé l'écrivain « Monsieur le Curé », ou encore le
« chanoine Bataille[1] ». Dans une lettre à Jean Bruno, datant de ce même
mois de mai, Bataille note, à propos de ce tract : « Pas d'intérêt sinon
comique[2]. » Pas si sûr : on peut lire *L'Abbé C.* comme une réponse — une
de plus — aux surréalistes, réponse qui les prend au mot, en assumant
la figure du curé, mais pour en montrer la perversion propre à Bataille.
Aussi l'évolution de l'abbé C. reproduit-elle exactement celle que Bataille
lui-même avait connue : l'impiété, puis la conversion à la piété, enfin un
retour à l'impiété, sous l'effet de la rencontre avec une femme « déréglée » (p. 695).

La figure du prêtre s'inscrit aussi dans un dialogue avec Colette
Peignot, par-delà sa mort. Selon son neveu Jérôme Peignot, « un livre
de Bataille dénonçait plus que les autres la présence de Laure dans sa
vie : *L'Abbé C.*[3] », roman qu'il rapporte à « l'abbé D », le confesseur de la
mère de Laure — en fait l'abbé Pér, été[4]. De ce... Père raté, dans *Histoire
d'une petite fille*, Laure évoque les « manœuvres louches[5] », les caresses
osées. Tout *L'Abbé C.* peut se lire comme une variation sur la figure du
prêtre lubrique ; et aussi comme un effort pour reprendre, ainsi que le
voulait Laure, l'impératif de la fraternité à la religion catholique.
Le roman du coup se donne comme un hommage à l'amante disparue. Dès son titre, puisque « C. » est l'initiale sous laquelle M. Leiris
désigne Colette Peignot : l'abbé C. est l'époux diabolique de Laure. L'épigraphe place le texte sous les auspices de l'un de ses auteurs préférés,
William Blake : dans leurs notes pour *Le Sacré*, Bataille et Leiris relèvent
que « le proverbe de William Blake, "Passez votre charrue et votre soc
sur les os des morts" est la dernière phrase qu'elle écrivit, peu de jours
avant sa fin, pour indiquer le livre qu'elle voulait relire[6] ». Ce proverbe
est emprunté au *Mariage du ciel et de l'enfer* — un titre dont, Georges-Albert
Astre le remarqua, l'histoire du roman est « inspirée [...] sous tous rapports[7] ». Marcel Moré a raconté comment, au moment où allait être
fermée la bière, Bataille « déposa sur le corps de la morte *Le Mariage du
ciel et de l'enfer* dont il avait arraché les pages au numéro de la *N.R.F.*[8] ».
Depuis la mort de Laure, Bataille est désireux d'ajouter d'autres pages à
cet hommage funèbre. D'où, pour en revenir à *L'Abbé C.*, le geste scandaleux d'Éponine en haut de la tour, qui s'inspire exactement de celui
qu'accomplit un personnage nommé « Laure » dans un fragment, écrit
par Colette Peignot, qui porte un prénom pour titre : « Elle monta le lendemain sur l'autel pour montrer son cul à tous les fidèles, et le prêtre, à
l'élévation, [...] lécha ce cul divin[9]. »
Cependant cet hommage à Laure n'est pas soumission. D'une part, en
effet, d'après le témoignage de Leiris rapportant une conversation qu'il

1. Ce tract est cité par Michel Fauré dans son *Histoire du surréalisme sous l'Occupation*
(1982), La Table ronde, coll. « La Petite Vermillon », 2003, p. 237.
2. *Choix de lettres*, p. 183.
3. « Ma mère diagonale », *Écrits de Laure*, Pauvert, 1977, p. 20.
4. Voir Laure, *Une rupture. 1934*, Éditions des Cendres, 1999, p. 146.
5. *Écrits de Laure*, p. 68.
6. *Ibid.*, p. 129.
7. Compte rendu paru dans *Empédocle*, n° 11, juillet-août 1950, p. 82.
8. « Georges Bataille et la mort de Laure », *Écrits de Laure*, p. 285.
9. *Écrits de Laure*, p. 109.

eut avec Colette Peignot le 22 janvier 1938, elle détestait « la lâcheté », et se faisait forte de subir la torture sans trahir ses amis[1]. Voilà le problème dont la Deuxième Guerre a montré qu'il était « pour tous les hommes la pierre de touche et la clé[2] », écrira Bataille en 1946. Laure n'eût pas cédé : en revanche, dans le roman de Bataille, l'abbé va jusqu'au bout de son refus du sacré conventionnel en trahissant son frère et sa maîtresse. Encore faut-il noter que l'opposition entre la conduite de l'abbé et les propos de Colette n'est que partielle, dans la mesure où la trahison formait pour elle une obsession, à en croire une note de sa main que citent Bataille et M. Leiris : « Pourquoi en allant jusqu'au bout de ma pensée ai-je toujours l'impression de trahir ce que j'aime le plus au monde et de me trahir moi-même sans que cette trahison soit "évitable". [...] C'est en soi que l'on porte l'opposition la plus dangereuse[3]. » Bataille s'en souviendra dans ce roman du dédoublement qu'est *L'Abbé C.*

D'autre part, le roman repose sur l'intériorisation et l'assomption d'un grave reproche fait à Bataille par Laure : « Et tu prétends te réclamer de Sade ! Cela ne me mènera jamais à sentir la sacristie, les histoires de famille et le ménage. Tu te réclames en effet des curés catholiques. Au lieu d'un libertinage qui pourrait être une sorte de mouvement puissant et heureux *même sans le Crime* tu veux qu'il y ait un fond amer *entre* nous. Tu me présentes une apparence de gosse qui sort du confessionnal et va y retourner. / — Une apparence de prêtre à cochonneries[4]. » Bataille écrit *L'Abbé C.* dans le souvenir de ces phrases de Laure, ou comme un dialogue avec celle que voici : « Il est temps d'affirmer que la religion du crime nous empoisonne tout autant que celle de la vertu[5]. » Il décide d'assumer la figure que Laure aussi bien que les surréalistes lui prêtent, afin de montrer le sens qu'il lui donne ; et la gémellité de Robert et Charles forme le moyen d'exprimer cette dualité interne, celle du prêtre et du libertin.

Un hommage combatif adressé à Laure : le prénom de Robert révèle une ambivalence analogue. C'est pour des raisons en partie privées que l'écrivain l'a choisi. *L'Abbé C.* pourrait en effet se lire comme un hommage à Robert Desnos, ami de Masson, puis de Bataille. Résistant sous l'Occupation, donné à la Gestapo par un traître, Desnos fut déporté à Auschwitz, et mourut au camp de Terezin en juin 1945. Dans le numéro 3-4 de *Critique* (août-septembre 1946), Bataille publie, à l'occasion de la parution d'un *Choix de poèmes* chez Minuit, une « Biographie de Robert Desnos », signée par Théodore Fraenkel (« De 1900 à l'Occupation ») et Samy Simon (« Les Dernières Années »). La conversation, dans le roman, entre Robert mourant et son « compagnon de cellule », un déporté calviniste, vaut peut-être comme effort pour imaginer les derniers moments de l'ami perdu. Mais, dans ce roman qui vise le scandale, et où l'amitié tend des pièges, Bataille trahit aussi son ami : non seulement il donne à un prêtre le prénom de cet anticlérical acharné, mais encore il prête à Robert (l'abbé), arrêté par la Gestapo comme Robert (Desnos), à la fois

1. *Journal*, Gallimard, 1993, p. 318-319.
2. « Le Dernier Instant », *Critique*, octobre 1946 ; *OC* XI, p. 121.
3. *Écrits de Laure*, p. 136.
4. « Histoire de Donald », *ibid.*, p. 153.
5. *Ibid.*, p. 121.

le courage de celui-ci (ne pas trahir ses camarades de la Résistance), et une dénonciation de ceux qu'il aimait le plus. D'un martyr de l'action dans la Résistance Bataille ferait un martyr de la trahison.

Cette idée de trahison, qui joue un rôle essentiel dans le roman, Bataille la tire, entre autres, du prénom même de Robert, dans lequel, somme toute, s'allient l'amitié et la geste médiévale. En effet, dans un poème des *Sans cou*, Robert Desnos rapporte son prénom à « Robert le Diable ». C'est avant tout de l'illustration littéraire de cette légende que semble s'inspirer Bataille : en grand amateur de la littérature du Moyen Âge, il est fort possible qu'il ait connu un roman anonyme du XIIᵉ siècle, *Robert le Diable*, qui retrace l'existence d'un homme voué au diable parce que sa mère, stérile, a dû pour le concevoir invoquer le démon. *L'Abbé C.* en inverse les données : alors que *Robert le Diable* raconte une conversion du Mal au Bien, dans *L'Abbé C.*, Robert connaît une évolution inverse, ou plutôt prend conscience de l'ambiguïté constitutive du sacré. Dans *Robert le Diable*, le personnage éponyme se voit imposer une pénitence de dix ans : se vouer à un silence absolu, contrefaire le fou, et partager, pour s'humilier, sa nourriture avec les chiens. Dans *L'Abbé C.*, la parole de Robert — mais aussi celle de Chianine son double — est en effet toujours aux limites du silence ; « L'Expérience Chianine » est un « délire spectral » (p. 701), et l'éditeur ressent à relire toute l'histoire « le sentiment sans doute que nos pères éprouvaient devant les fous » (p. 709) ; enfin, comme son nom le suggère, Chianine porte en lui une animalité canine. Rien de tout cela dans le roman de 1950 n'a à voir en revanche avec une expiation : contrairement au Robert médiéval qui, après ses exploits contre les Turcs, refuse la jeune fille que l'empereur lui donne, à titre de récompense, en mariage, l'abbé Robert, chez Bataille, ne se dérobe pas au plaisir charnel.

Misérables et semblables.

Comme dans tous les romans de Bataille, on peut comprendre le système des personnages en fonction de l'opposition, chère à l'écrivain, entre homogène et hétérogène[1]. Du côté de l'homogène se situent Mme Hanusse, en tant que femme d'argent ; peut-être l'abbé Robert au début du roman, quand il est un mondain suave ; à coup sûr le médecin de famille, figure positiviste et incarnation de l'indifférence au sens psychologique du terme[2]. Quoique à peine dessinées, la mère supérieure et les sœurs qui soignent Robert appartiennent à l'hétérogène haut. C'est de ce niveau-là, auquel en tant que prêtre il se rattache, que chute Robert, qui se range du côté de l'hétérogène bas, c'est-à-dire de Charles le libertin, des filles de mauvaise vie, du boucher enfin.

Comme souvent, Bataille, toujours en quête de la souveraineté[3], retient, afin de les donner aux protagonistes du roman, des prénoms que portèrent des rois de France : Charles, Robert, Henri. Mais ces êtres souverains sont tous des misérables : ainsi de l'abbé Robert, aux yeux de

---

1. Voir « La Structure psychologique du fascisme » (*OC I*, p. 339-371) ; et le « Dossier Hétérologie », en particulier les tableaux portant sur la « Femme séduisante » et sur la « Religion *in genere* » (*OC II*, p. 181 et 200) ; ainsi que la Notice du *Bleu du ciel*, p. 1049-1055.
2. Il est question de sa « bonhomie indifférente » (p. 661).
3. On se souvient du pseudonyme de Louis XXX choisi pour *Le Petit*.

la morale courante, laquelle applique ce mot à un prêtre qui défroque ou fornique, aussi bien qu'à des prostituées comme Rosie et Raymonde. Quant à Charles, il note avoir « le sentiment entre ces filles gaies d'être misérable » (p. 671). C'est la seule occurrence du terme dans le roman. Mais le prénom « Éponine » vaut ici comme un indice ou comme une confirmation : il est porté, chez Victor Hugo, dans un roman précisément intitulé *Les Misérables*, par l'aînée des deux filles du couple des Thénardier ; Bataille, comme Mme Thénardier, donne un nom « élégant » à un être plébéien. Il réfléchissait vers 1934 sur cette catégorie des misérables (« la masse amorphe et immense de la population malheureuse »), qui, tenus pour abjects par les oppresseurs, et quasiment sacrifiés pour fonder l'existence collective, n'ont « aucune possibilité d'affirmation[1] ». On dira, évidemment : et la Révolution, ou l'action politique ? Dans le roman de Victor Hugo, on rencontre une société secrète, à laquelle appartient Marius, pour qui soupire Éponine : « Les Amis de l'ABC[2] ». Le calembour que Hugo s'explique ainsi : « L'*Abaissé*, c'était le peuple. On voulait le relever[3]. » Bataille reprend ce calembour pour son titre. Mais dans son roman, il ne s'agit plus de relever le peuple : bien plutôt, notamment pour Robert, de le rejoindre dans l'abaissement et dans l'abjection, en y trouvant cependant une souveraineté singulière. Dans ce déplacement de la politique vers la métaphysique ou l'ontologie, le roman s'emploie à constituer une nouvelle société des Amis de l'ABC : le groupe de ses lecteurs, opposés à tout mouvement idéaliste (ascensionnel, « icarien »), fût-il au service de la Révolution.

En passant de sa nouvelle à son roman, on l'a vu, Bataille décide de faire de Charles et Robert des frères jumeaux. Parmi les nombreux signes de l'importance de cette relation fraternelle, on notera l'élimination d'un personnage qu'il avait conçu, une sœur de l'abbé, qui se prénommait Marie[4]. Il est tentant de créer une espèce de paradigme : après le récit placé sous le signe du père à outrager (*Histoire de l'œil*), avant le roman de la mère (*Ma mère*), prendrait place, dans l'œuvre narrative de Bataille, un cycle des frères ou des jumeaux.

À la lumière de ce thème de la gémellité, l'on peut non seulement saisir l'un des sens du titre (l'initiale convient à l'abbé Robert C., à son avatar Chianine, à Charles C.), mais aussi comprendre à nouveaux frais le prénom d'Éponine. C'est celui d'une héroïne gauloise, femme de Julius Sabinus, lequel souleva la Gaule contre Rome[5]. Vaincus, les époux se réfugièrent dans une grotte où Éponine donna naissance à des jumeaux. Ils furent découverts : Sabinus fut exécuté, tandis qu'après avoir insulté l'empereur Vespasien Éponine fut condamnée à mort. On voit bien ce qui ici a pu retenir Bataille : sinon le défi gaulois, du moins l'audace de la femme se dressant face à l'*imperium* romain, ce pouvoir « droit » contre lequel l'écrivain, depuis *Le Bleu du ciel*, défend le pouvoir « gauche[6] ». Par ailleurs, Bataille se plaît à priver l'Éponine de *L'Abbé C.* des vertus conjugales de la Gauloise, créant une tension entre la valeur du prénom selon

---

1. « L'Abjection et les Formes misérables », *OC II*, p. 217 et 219.
2. C'est le titre du IVe livre de la IIIe partie.
3. *Les Misérables*, Bibl. de la Pléiade, p. 662.
4. Voir « Autour de *L'Abbé C.* », p. 727-728 (enveloppe 63, f. 7 et 8). Marie est remplacée par les personnages de bonnes sœurs.
5. Voir Gilles Ernst, *Georges Bataille. Analyse du récit de mort*, PUF, 1993, p. 71-72.
6. Voir la Notice du *Bleu du ciel*, p. 1063.

l'Histoire et la conduite de celle qui le porte dans le roman. Cependant Éponine joue le rôle d'une mère symbolique des jumeaux Charles et Robert, qu'elle fait naître à la conscience d'une autre figure du sacré.

Ainsi *L'Abbé C.* se rattache étroitement, par ce motif de la gémellité, tant à *La Scissiparité* qu'à *La Haine de la poésie*. Mais aussi parce que ces deux derniers textes combinés produisaient une case vide : leurs personnages étant nommés A (celui qui se dédouble en sosies), B (femme de la transgression dans *La Scissiparité*), D (un Dianus au *je*), E (autre femme transgressive, maîtresse de A), il manquait un C — lequel sera le héros du nouveau roman de Bataille. Les frères C. forment la synthèse de Dianus et du Père A[1]. Au reste, Éponine peut passer pour un avatar de la E de *La Haine de la poésie* (comme celle-ci, elle est amoureuse de deux frères dont un prêtre) et de la Mme E de *La Scissiparité*. Enfin, il n'est pas impossible de voir dans le couple qu'esquissent Germaine et l'éditeur (Ire partie) une transformation de celui que forment B et D dans *La Haine de la poésie* : d'un côté, des femmes de luxe (le père de B. habite un château), de l'autre deux figures — D. et l'éditeur — fort proches de Bataille lui-même[2].

Par son titre, le roman de 1950 s'inscrit donc dans le système de dénomination abécédaire, pratiqué par Bataille tant dans *La Scissiparité* que dans *La Haine de la poésie*. Qu'exprime ce système ? D'un côté, il réalise l'effacement des patronymes, participant ainsi de la lutte, coutumière à Bataille, contre le nom du père. De l'autre, il manifeste — comme le motif de la gémellité[3] — l'obsession fondamentale de l'écrivain, qui apparaît dès *L'Anus solaire* : celle d'une suppression de l'individualité, qui autoriserait la « communication », dans un « *continuum* » retrouvé[4]. Enfin, il s'accorde au fait que « le désordre sexuel décompose les figures cohérentes qui nous établissent, pour nous-mêmes et pour les autres, en tant qu'être défini[5] » : point d'érotisme sans dépersonnalisation.

Bataille cependant est bien conscient du risque que comporte, sur le plan romanesque, un tel parti : celui d'un fonctionnement trop allégorique du texte. Faudrait-il alors recourir au roman réaliste ? Non, puisque Bataille fait reproche en juillet 1946 au roman de Louis Pauwels, *Saint Quelqu'un*, d'avoir traité de « l'expérience singulière de l'extase » en recourant à cette forme inadaptée ; il serait plutôt souhaitable, à ses yeux, de mêler « la description directe à l'allégorie poétique[6] ». Bataille imagine donc une solution de compromis. D'un côté, dans *L'Abbé C.*, les personnages retrouvent des prénoms, et parfois des noms propres. De l'autre, le roman insiste sur l'interchangeabilité des personnages : « dans la nuit, dit notamment Charles, les bouchers ont l'air de prêtres » (p. 684). L'idée d'individualité est aussi déjouée de manière moins explicite : par le sens

1. Voir G. Ernst, *Georges Bataille. Analyse du récit de mort*, p. 207.
2. Dianus apparaît dans *Le Coupable*, dont les accents autobiographiques sont nets ; l'éditeur, dans *L'Abbé C.*, pratique un traitement psychique par l'écriture comme avait fait Bataille lui-même.
3. Voir *Méthode de méditation*, *OC V*, p. 195 : les jumeaux « issus du même œuf » montrent que « l'apparente discontinuité des êtres n'est plus une qualité fondamentale ».
4. Voir *L'Expérience intérieure* (*OC V*, p. 115) ; et *Méthode de méditation* : « J'entends par *continuum* un milieu continu qu'est l'ensemble humain, s'opposant à une représentation rudimentaire d'*individu* insécables et décidément séparés » (*OC V*, p. 195).
5. « Sade », *La Littérature et le Mal*, *OC IX*, p. 254.
6. « Expérience mystique et littérature », *Critique*, n° 2, 1946 ; *OC XI*, p. 84.

d'un prénom (Germaine), ou par ses connotations mythiques et littéraires (Éponine est multiple, à la fois fille de joie, héroïne gauloise, misérable à la Hugo), par ce que cache un nom propre — soit tantôt un
nom commun (Mme Hanusse, anus), tantôt un verbe et un substantif
(Chianine, chier, chien, on va y revenir) —, ou enfin par la superposition,
au moins partielle, des identifiants : « Chianine » synthétise « Charles » et
« Éponine », mais on voit bien que plusieurs lettres ou syllabes relient
Hanusse, Henri, Robert, Rosie, Raymonde. Par conséquent, dans le
roman, les mots d'*indifférence* ou d'*indifférent* tendent à désigner, sur un
plan ontologique, ce qui ne diffère pas, l'indifférencié : tout le roman se
situe dans ce « champ d'indifférence » dont parlait déjà *Madame Edwarda*.

Une religion romancée.

On entrevoit déjà quelques éléments de la nouvelle religion dont
Bataille, fidèle à son projet énoncé en juin 1939 — « il faut former une
véritable Église[1] » —, entend se faire le prêtre, par Robert interposé. On
ne fera cependant jamais que les entrevoir : de même que *Le Bleu du ciel*
se substitue à l'essai inachevé sur « Le Fascisme en France », de même
L'Abbé C. vient remplacer la *Théorie de la religion*, rédigée entre mars et
mai 1948, et que Bataille pour finir ne publiera pas.

La nouvelle religion qu'il romance, Bataille la situe dans une analyse
économique. Aussi faut-il confronter *L'Abbé C.* à *La Part maudite* (commencée en 1930) et à *La Limite de l'utile* (1939-1945), pour le versant économique ; pour le versant plus strictement religieux, à la conférence des
26 et 27 février 1948 intitulée « Schéma d'une histoire des religions », qui
prépare la *Théorie de la religion*[2].

Bataille conçoit une histoire de la religion en trois moments. Le premier s'insère dans cette économie de la dépense (du don, de la fête)
qu'ont connue la civilisation du Mexique, les tribus du Nord-Ouest américain adeptes du potlatch, mais aussi le christianisme primitif. À cette
époque, écrit Bataille dans *La Limite de l'utile*, « les clochers et les tours
inscrivirent les hommes, les maisons, les chemins sous le signe du sacrifice. La beauté *inutile* proclamait haut le principe des fêtes : il faut, disait
la tour, qu'en partie les richesses échappent à la nécessité ; elles sont
faites pour la magnificence […][3] ». La tour : c'est littéralement sur ce terrain que Charles et Éponine attirent Robert au début du roman, et la lenteur de l'ascension de l'échelle indique la difficulté à le gagner.

Deuxième temps, la rupture que marque la Réforme. Un dualisme
strict sépare désormais le pur et l'impur ; le sens de la dépense se perd ;
se produit un enfermement dans le monde de l'intérêt, spirituel (le salut),
et matériel (le profit), qui culmine chez les puritains américains. Cette
rupture va de pair avec l'accumulation capitaliste : Bataille, qui a lu Max
Weber en allemand, adopte dans *La Part maudite* sa thèse selon laquelle
le protestantisme, et plus particulièrement le calvinisme, aurait favo-
risé l'essor du capitalisme[4]. Le roman est encadré par deux figures qui
relèvent de ce deuxième moment : au début, Mme Hanusse, que caracté-

---

1. « La Menace de guerre », *Acéphale*, n° 5, juin 1939 (*OC I*, p. 550-551).
2. Voir *OC VII*, p. 598-599.
3. *OC VII*, p. 205-206.
4. Voir aussi « Schéma d'une histoire des religions », *OC VII*, p. 434.

risent avidité et hostilité au sacrifice ; et à la fin, le personnage du calviniste. Cette deuxième époque de l'histoire de la religion selon Bataille est
marquée par une « dépression », celle d'une « *exécration de l'excès sacré*[1] ».
Comme on l'a vu, la dépression est dans *L'Abbé C.* le lot de presque tous
les personnages : c'est la maladie du manque du sacré, enfoui sous la servitude du travail[2].

Aussi convient-il, et c'est le troisième temps, d'accomplir un retour
en arrière. Il faut en revenir à la b c. Bataille ressent une forte « nostalgie de l'intimité[3] », de cette intimité qu'a connue l'homme archaïque.
La conscience humaine doit donc procéder à rebours : « reprendre elle-
même, *à l'envers*, ses opérations, en sorte que celles-ci s'annulent à la limite
et qu'elle-même se trouve rigoureusement réduite à l'intimité », c'est-à-
dire au non-dualisme[4]. Tel est le mouvement que raconte le roman, et
dont voici les principales étapes.

Éponine et Charles se situent d'emblée[5] dans le domaine du sacré,
qu'en 1948 Bataille définit comme « le déchaînement des passions[6] ». Ils
rejoignent déjà cet homme archaïque ou primitif, décrit à travers Robert-
son Smith et Mauss, et pour qui le sacré est « bouillonnement prodigue
de la vie[7] ». Ils ont compris qu'on ne saurait réduire le sacré à la transcendance du supra-sensible, mais qu'il est « essentiellement *communion,
communication* de forces déchaînées, dangereuses, *contagieuses*[8] ».

À la fin du chapitre II, le « visage oral » de l'abbé, avec sa bouche,
répond dans une adoration fascinée au « visage sacral » d'Éponine, avec
son anus, ou son *sacrum* sacré : Robert redécouvre que le sexe est dieu[9].
Ce thème, Bataille le développe, notamment, dans « Le Bonheur, l'Érotisme et la Littérature », en avril 1949 : la volupté sexuelle est « un incomparable bien », « la parfaite image du bonheur[10] ».

Or, dans ce bonheur il entre de l'animalité : dans la sexualité se
découvre l'« animalité obstinée » de l'homme, son « animalité heureuse[11] ».
L'abbé C. (pour continuer à gloser le titre) est aussi un abbé chien.

Marqué par l'animalité, le sexe est toujours considéré comme chose
impure. La coupure — fente des « guenilles », raie des fesses est souillure, ordure[12]. Aussi l'abbé en haut de la tour contemple-t-il l'autre face
du sacré. Éponine révélant son derrière nu, audacieuse, capricieuse, violente et grossière comme une sorcière, puis la présence des filles de joie

---

1. « L'Ivresse des tavernes et la Religion », *Critique*, juin 1948 ; *OC XI*, p. 326.
2. Voir l'exposé fait par Bataille le 2 avril 1938 au Collège de sociologie, où il évoque
« la dépression caractéristiquement liée au travail régulier », et encore « l'anesthésie générale » de la laborieuse société moderne (« La Sociologie sacrée du monde contemporain »,
éd. Simonetta Falasca Zamponi, *Lignes*, n. s., n° 12, octobre 2003, p. 171).
3. *Théorie de la religion*, *OC VII*, p. 329. Bataille évoquait déjà, dans « Chronique nietzschéenne » (*Acéphale*, n° 3-4, juillet 1937), « la hantise de / LA RÉCUPÉRATION / DU MONDE
PERDU », celui que définissait le « sentiment fort et douloureux de l'unité communielle »
(*OC I*, p. 478-479).
4. *Théorie de la religion*, *OC VII*, p. 343.
5. « Il n'y avait pas en nous de limite opposée aux passions » (p. 634).
6. « Sade et la morale », *OC VII*, p. 448.
7. *Théorie de la religion*, *OC VII*, p. 312.
8. « Du rapport entre le divin et le mal », *Critique*, mars 1947 ; *OC XI*, p. 203.
9. Voir les notes de 1939 pour le projet, non abouti, de *La Phénoménologie érotique*,
OC VIII, p. 526-527.
10. *OC XI*, p. 434.
11. *Ibid.*, *OC XI*, p. 439-440.
12. Bataille parle de « l'inévitable lien de la sexualité et de l'ordure » (*ibid.*, *OC XI*, p. 455).

lors de la dernière messe qu'il célèbre, voilà deux épisodes qui font participer Robert à une *messe noire*. Selon la préface qu'en 1946 Bataille donne à une réédition de *La Sorcière* de Michelet, une messe noire est « un extrême des possibles » qui rompt avec la confusion entre religion et morale ; c'est un rite de souillure « dont le sens est une nostalgie de souillure infinie[1] ». L'abbé C. est donc aussi l'abaissé : celui qui volontairement s'abaisse, dans ou par la débauche, pour retrouver le sacré gauche (impur). Mais ne négligeons pas la possibilité que le titre du roman en dise également, très crûment, l'enjeu, sur le plan de l'intrigue : la baiser — elle, Éponine, ou Rosie, ou Raymonde.

Dès lors s'amorce le « Passage » de l'abbé C. — c'est le titre du chapitre IV —, un retour vers le non-dualisme. Mais non sans hésitations et lenteurs. Aussi Éponine, rejetée par l'homme de Dieu, explore-t-elle avec un autre de ses amants, le boucher, à l'étonnante « puissance physique », la voie de la chair la plus bestiale (chap. VII). Symétriquement, Charles s'engage, délaissant la lecture de sainte Thérèse mais partant pour « la solitude de la montagne », sur la voie mystique (chap. VIII). Démarche logique dans la mesure où l'expérience mystique n'est pas si éloignée qu'il y paraît de celle d'un libertin. De fait, aux yeux de Bataille, libertinage (de tendance sadienne) et mysticisme ont en commun un déchaînement sans limites (la passion l'emportant sur la loi), lequel implique à la fois dissolution du sujet et retournement du supplice en délice[2]. De plus, le roman recrée toute cette atmosphère d'indifférence (au monde) dont le mysticisme — Ignace de Loyola, en particulier — fait une condition d'accès à l'illumination[3]. Cependant, pour finir, Charles semble éliminer cette voie, malgré ses mérites[4] : il comprend que l'ascèse et la solitude couvrent le monde d'une « obscurité hostile », et que demeure préférable « cette angoisse qui [...] lie au monde » (p. 655). En 1947, dans sa *Méthode de méditation*, Bataille adressait déjà deux autres reproches au mysticisme : l'ascèse demeure un travail, le mystique est « volontairement soumis » à la quête du Dieu à posséder[5].

La chair sans esprit ; il le faudrait soit que l'esprit descende en ce bas monde, soit que la chair se confonde avec l'esprit. Au chapitre IX, dans la scène décisive de la grand-messe, la « présence incongrue » d'Éponine (p. 658) l'emporte pour l'abbé Robert sur la présence réelle du Christ dans l'hostie. Pierre Klossowski a commenté cet instant où le divin est reconnu « sous des formes honnies, abjectes », dans le mouvement d'une « assomption de la sensualité » qui serait une

1. « Michelet », *La Littérature et le Mal*, *OC IX*, p. 217.

2. Voir « Le Mal dans le platonisme et le sadisme », *OC VII*, p. 370 ; « La Religion surréaliste », *ibid.*, p. 404 ; « Schéma d'une histoire des religions », *ibid.*, p. 431-433 ; et « Sade et la morale », *ibid.*, p. 450.

3. Voir É. Bosch (« Bataille sur Manet. Le Jeu de l'indifférence », *Georges Bataille. Actes du colloque international d'Amsterdam*, Jan Versteeg éd., Amsterdam, Rodopi, 1987, p. 25-26), qui se réfère à une phrase de Loyola (citée par Roland Barthes dans *Sade, Fourier, Loyola* [1970], Éd. du Seuil, coll. « Points », 1980, p. 78 : « Je dois me trouver indifférent, sans aucun attachement désordonné, de façon à ne pas être incliné ni attaché à prendre ce qui m'est proposé plus qu'à le laisser, ni à le laisser plus qu'à le prendre. »

4. É. Bosch note que *L'Abbé C.* met en scène les trois voies qui conduisent à l'extase mystique : la purgation des soucis quotidiens (d'où, dans le roman, l'absence face au monde du travail), l'illumination (d'où l'ivresse et la fièvre, le « glissement »), et l'union avec Dieu (d'où la fête et la joie).

5. *OC V*, p. 222.

« transsubstantiation inverse[1] ». Inverse : elle peut donc produire un retour « aux temps de divinité naïve » (p. 661).

L'abbé C. sent alors l'hiver en lui céder la place au printemps (p. 666) : à une crue qui est très exactement la transgression[2], à l'extase solaire, à la dépense. Ayant retrouvé l'intimité — entre lui et le monde, entre les êtres —, il se sépare de son frère, puisqu'il sait en être inséparable : « Nous ne différons guère l'un de l'autre » (p. 668) ; peu à peu, les êtres deviennent indiscernables. Par un nouveau paradoxe, c'est dans « Le Journal de Chianine », au moment de la solitude absolue, que Robert parviendra au degré suprême de cette prise de conscience de la communication.

Il a cependant déjà rejoint Charles dans le domaine du sacré *entier*. Éponine avait traité Charles d'« ordure » (p. 651) ; Robert laisse une « saleté » dans la ruelle d'Éponine (p. 675), comme pour signifier qu'il sait désormais l'ambivalence du sacré, composé à la fois de pur et d'impur[3]. Ce sont là, très exactement, « les traces de son passage » (p. 691), de son mouvement vers le sacré primitif.

Ce mouvement va de pair avec l'ivresse. Qu'apporte l'ivresse ? Forme de méditation, manière d'obtenir l'effusion souveraine, elle est « libre violence », « consumation rapide », « extrême intensité du fait de vivre », note Bataille en 1947-1948[4].

Si le dualisme s'efface, seule demeure « une renversante simplicité » (p. 685) ; laquelle implique que Bien et Mal en quelque manière se confondent, se « doublent » l'un l'autre : dès lors Charles cesse de faire une différence entre cette simplicité et « la conscience d'une immense trahison » (p. 685). Le titre en forme de calembour donne le ton, constituant lui-même une première trahison. Puis le roman ne cesse de rapprocher les mots du « bien » et du « mal », suggérant à quelle vitesse on passe de l'un à l'autre. Ainsi dans ce dialogue entre les frères : « "Mais c'est bien, en somme." / Je comprenais mal alors [...] » (p. 639)[5]. Ce qui se découvre alors, c'est l'indifférence *éthique*.

Tout se place tout coup sous le signe de la trahison. L'abbé trahit le divin — mais il découvre le divin dans cette trahison. En contre-Christ, il meurt pour la perdition de son frère et de sa maîtresse qu'il trahit gratuitement. S'il se fait imposteur, c'est parce que Dieu est déjà un Tartufe ; l'exemple en effet vient du Très-Haut : « *Dieu nous trahit !* », note Robert dans « Le Journal de Chianine » (p. 702) ; non content d'avoir trahi son Fils abandonné sur la Croix, n'aurait-il pas quelque peu délaissé le monde durant la Deuxième Guerre mondiale ? Dès lors, c'est afin de pousser le plus loin possible son expérience de la divinité que l'abbé trahit ceux qu'il aime. De plus, c'est dans la trahison d'une femme que résiderait « son excessive divinité » (p. 702). Qu'on se reporte à la

---

1. Voir « La Messe de Georges Bataille. À propos de *L'Abbé C.* », d'abord paru dans la revue *84*, n° 14, Éd. de Minuit, septembre 1950, p. 77-81 ; repris dans *Un si funeste désir*, Gallimard, 1963 ; mais c'est des entretiens avec Jean-Maurice Monnoyer, *Le Peintre et son Démon*, Flammarion, 1985, où P. Klossowski résume son étude de *L'Abbé C.*, que nous tirons nos citations (p. 176-177).

2. Voir n. 38, p. 666.

3. Voir « Du rapport entre le divin et le mal », *OC XI*, p. 204-205.

4. « L'Ivresse des tavernes et la Religion », *OC XI*, p. 328-329.

5. La comparaison avec un état antérieur de cette page (enveloppe 63, f. 47, voir « Autour de *L'Abbé C.* », p. 730) montre bien que Bataille a recherché cet effet.

deuxième partie (publiée en mai 1949) de l'article « Le Bonheur, l'Érotisme et la Littérature », on comprendra que la demi-nudité trahit l'aspect que nous nous donnons vêtus, que la volupté (comme dépense non limitée) trahit le monde des conduites sociales (vouées à l'acquisition), bref que la vérité de la nuit (le sexe) trahit celle du jour (le travail) ; aussi Bataille pourra-t-il conclure que « la vérité de l'érotisme est trahison[1] ». Il en va de même pour l'écriture elle-même : plus d'Écritures saintes, rien que des écritures feintes. « Ces balbutiements me semblaient des trahisons » (p. 694) — voilà pour les notes de Robert vues par Charles ; quant au récit de Charles, il relève de l'escamotage (p. 696-697).

Avec ce roman de la trahison, Bataille retrouve *L'Anus solaire* (1931) dont l'*incipit* est célèbre : « Il est clair que le monde est purement parodique, c'est-à-dire que chaque chose qu'on regarde est la parodie d'une autre, ou encore la même chose sous une forme décevante[2]. » Mais le thème de la trahison renvoie également au cycle de Dianus (*Le Coupable*, *La Haine de la poésie*) : Dieu nous trahit aussi pour autant qu'il cache qu'il est… anus. Comme lorsqu'il inventait le pseudonyme de Lord Auch, comme lorsqu'il reprenait à la mythologie latine le personnage de Dianus (Dieu-anus), comme dans *Le Petit*[3], Bataille montre la conjonction de la divinité et de la fécalité. L'initiale du titre peut aussi se comprendre comme manière d'estomper une vulgarité provocante : « L'abbé chie ». Bataille l'écrivait en avril 1949 à propos de *Haute surveillance* de Jean Genet : sans « l'indéfendable vulgarité » du livre, « le scandale ne serait pas entier, et le défi […] n'aurait pas cette valeur libératoire[4] ». Libération et dérision vont de pair, ainsi que l'indique, si on se risque à la proposer, la clé de la charade (voir p. 698) : « chia (soulépadépon) nine » donne : il « chia sous les pas d'Épinine ».

Revendiquant sa divinité, Chianine est l'héritier du fou qui dans *Le Gai Savoir* vient annoncer la mort de Dieu, et demande : « Ne sommes-nous pas tenus de devenir nous-mêmes des dieux[5] ? » Il assume en toutes les parties de son être la divinité de l'homme. Mais n'oublions pas que « Le Journal de Chianine » rend compte aussi de l'expérience vécue par Rosie, dans les pages intitulées — par l'abbé — d'abord « La Fête de la conscience », puis « La Conscience ». De nouveau, on songe à l'article sur Michelet : la messe noire est « fête du non-sens » qui s'accompagne d'un « rire noir[6] ». Mais si le mot de « fête » se comprend aisément, celui de « conscience » demande plus ample commentaire.

Robert et Rosie partagent cette fête de la conscience, mais Charles ne lui demeure pas étranger : à la fin du roman, lecteur des notes de son frère, la conscience lui vient de leur signification, comme de ce que fut la rencontre de la tour (p. 692 et 695). Il ne s'agit pas d'une conscience rationnelle, repliée sur soi, mais de la conscience, à la fois claire et obscure[7], humaine et animale, qu'a l'homme des « exigences données dans

1. *OC XI*, p. 455 ; et « L'Homme souverain de Sade », *L'Érotisme*, *OC X*, p. 170.
2. *OC I*, p. 81.
3. Voir la Notice du *Petit*, p. 1140, et notamment ce qui a trait au « Dieu-merde » de « L'Homme aux loups » (Freud, *Cinq psychanalyses*, 1936).
4. « D'un caractère sacré des criminels », *Critique*, avril 1949 ; *OC XI*, p. 470.
5. *Le Gai Savoir*, § 125. É. Bosch a montré tout ce que « Le Journal de Chianine » devait à Nietzsche, *L'Abbé C. de Georges Bataille. Les Structures masquées du double*, p. 99-100.
6. *La Littérature et le Mal*, *OC IX*, p. 217.
7. Voir la *Théorie de la religion*, *OC VII*, p. 342.

sa composition primitive[1] », notamment celle de la consumation, et donc celle du sacrifice.

Le roman introduit à cette énigme décisive qu'est le sacrifice, lequel, fondant « l'unité communielle des groupes », forme la « clé de toute existence humaine[2] ». Aussi l'abbé Robert, même s'il n'est pas l'homme du sacrifice sanguinaire comme le boucher Henri, même s'il renonce au sacrifice de l'Eucharistie, va cependant pratiquer à la fois le sacrifice de soi et le sacrifice d'autrui. Sacrifice de soi dans la mesure où il ne fait rien pour éviter d'attirer l'attention de la Gestapo, commettant ainsi une espèce de « suicide religieux[3] ». Quant au sacrifice d'autrui, il organise la trame narrative du roman : Charles commence par livrer son frère à Éponine, et pour finir l'abbé « donne » aux Allemands son frère et sa maîtresse. L'ambiguïté du verbe « donner » l'indique : comme le sacrifice, la trahison serait une forme de la perte.

Une forme du plaisir aussi. Dans l'acte du sacrifice s'éprouve « un excès de joie » dont la condition est « de tuer, d'être moralement cruel, d'accord avec [...] la mort[4] ». Ainsi bonheur et cruauté se mêlent pour Robert et Rosie[5]. Et la mort forme le fin mot de cette nouvelle religion que le roman esquisse. Seule la mort fonde la parole. « Le bien serait de vivre comme si l'on allait mourir l'instant d'après » (p. 711), finissent par conclure Charles et l'éditeur : la mort imminente devient le fondement de l'éthique. Fût-elle abjecte, comme l'est celle de l'abbé[6]. Quant à l'échange, rapporté par Charles, entre Robert et un déporté calviniste, il tire les conséquences de ce primat absolu de l'instant. La première est qu'il n'y a nulle œuvre à projeter, à accomplir : il faut « arracher l'*homme* à l'ordre des œuvres[7] ». Mais ce refus des œuvres, condition de l'opération souveraine, qui ne tolère nul effort (nul travail), s'il s'en rapproche, ne se confond pas avec la position calviniste selon laquelle seule la Grâce fait le salut (remis à l'au-delà). L'abbé Robert a découvert et porté aux nues l'œuvre… de chair, on l'a vu : pour lui Éponine, dans l'instant de sa nudité, a joué le rôle de « La Grâce » (chap. x). Quant au véritable salut — le sentiment d'intimité, avec le monde et entre les êtres — c'est ici et maintenant qu'il doit être éprouvé.

Le personnage du calviniste permet donc de préciser, par contraste, la position de Robert. Reste à se demander pourquoi, de ce personnage, Bataille fait aussi un déporté. Certes, il y a le souvenir de Desnos, et des récits de ceux qui l'ont vu mourir. Mais surtout : à Robert Antelme montrant, dans *L'Espèce humaine*, en 1947, que le camp de concentration révélait la tragique vérité de l'homme, Bataille oppose que la conscience ne vaut que comme « champ de concentration » du courant de communion entre les hommes[8].

---

1. « Schéma d'une histoire des religions », *OC VII*, p. 440-441.
2. *La Limite de l'utile*, *OC VII*, p. 264.
3. *Ibid.*, *OC VII*, p. 257.
4. *Ibid.*, *OC VII*, p. 259.
5. Robert (Chianine) : « Le crime, qui n'est rien s'il est gai, n'est rien s'il n'est pas heureux » (p. 699) ; Rosie : « je jouis de sentir maintenant une douleur intolérable » (p. 707-708).
6. On retrouve le thème du « meurs comme un chien » de *L'Expérience intérieure* (*OC V*, p. 87).
7. *Théorie de la religion*, *OC VII*, p. 336.
8. *La Limite de l'utile*, *OC VII*, p. 265.

Non sans un peu de brutalité, nous avons tenté de préciser les articles de la religion athéologique que découvre l'abbé C. Mais Bataille est trop grand écrivain pour n'avoir pas cherché à éviter le dogmatisme. D'une part, en construisant son récit comme un jeu d'intertextes. D'autre part, pour en rester sur le plan de la théorie (de la religion), Bataille *se trahit* lui-même en deux passages au moins de son roman. Si l'une des plus anciennes intuitions qu'il ait formées est celle de l'alliance entre l'érotisme et la mort, il la dément en faisant s'interroger Charles, qui songe à la mort future de Rosie (ou passée de Laure) : « l'ennui venait de l'impossibilité d'unir pleinement […] le plaisir et la mort : même alors qu'il s'agit de la " petite mort ", les deux phases s'ignorent » (p. 675). Par ailleurs, le lecteur de la note finale de *Madame Edwarda* (« Dieu, s'il " savait ", serait un porc »), ou de *L'Expérience intérieure* (qui insiste tant sur le non-savoir) ne peut manquer de trouver troublants les propos de Rosie (« C'est de savoir que je sue l'obscénité, c'est de savoir que je suis heureuse », p. 705) — et cela, même si l'on peut entendre ici un souvenir de Baudelaire[1]. On voit donc à l'œuvre la logique vertigineuse de la trahison : si tout est trahison, quel énoncé lui échapperait ? Une religion dont la trahison est l'un des articles demande pour seule foi la perfidie. Charles ne l'ignore pas : « le travail de l'esprit […] dément sans cesse ce qu'il établit » (p. 681). Il ne s'agit pas ici de contradictions internes à la pensée de Bataille, mais d'une réversibilité généralisée. Aussi, alors même qu'il achève *L'Abbé C.*, roman de la trahison, Bataille peut-il élaborer une théorie de la loyauté, dans un article consacré à Simone Weil, publié en septembre 1949. Le bien souverain (la communication) y est redéfini en termes de « loyauté[2] » ; mais cette loyauté ultime n'est atteinte, dit Bataille, qu'au prix d'un manquement à la loyauté banale (aux interdits traditionnels), lors du « trop-plein débordant dans les fêtes » : tel est le « caractère *abyssal* » du bien souverain.

Dans ces abysses, l'union de la fête et de la conscience, de l'ivresse et du savoir ne peut être qu'extrêmement instable, et Bataille s'en doute bien : « comment ne pressentirions-nous pas à la fin que nous ne pouvons à la fois nous enivrer et avoir conscience de l'ivresse[3] ? ». Vertige, instabilité : *L'Abbé C.* ne *sait* pas (ne peut pas savoir) entièrement ce qu'il en est de son propre savoir, de cette nouvelle religion, dont il dessine les articles.

Aussi ne s'agit-il que d'un a b c. Un alphabet, qui sert à apprendre les lettres aux débutants. En 1946, Bataille avait cité une phrase de Miller sur l'initiation mystérieuse, par l'obscénité, à une expérience religieuse de dissolution du moi[4] : pour l'abbé comme pour le lecteur, le roman de 1950 vaut comme un « ABC de l'expérience intérieure[5] », ou d'une nouvelle *Méthode de méditation*. Délaissant l'alphabet pour l'algèbre, on dirait que si le roman est l'équivalent d'une somme athéologique, l'addition

---

1. « La volupté unique et suprême de l'amour gît dans la certitude de faire le *mal*. — Et l'homme et la femme savent de naissance que dans le mal se trouve toute volupté » (Baudelaire, *Fusées*, *Œuvres complètes*, Bibl. de la Pléiade, t. I, p. 652).

2. « La communication veut l'ouverture d'un être humain à ses semblables : […] c'est là le principe de la loyauté » (« La Victoire militaire et la Banqueroute de la morale qui maudit », *Critique*, septembre 1949, p. 798 ; *OC XI*, p. 543).

3. « L'Ivresse des tavernes et la Religion », *OC XI*, p. 330-331.

4. « L'Inculpation d'Henry Miller », *OC XI*, p. 111.

5. H. Hillenaar, « Idées et fantasmes d'un faux abbé », p. 98.

ultime n'y est pas faite. Si le titre vaut, pour reprendre une formule de Bataille dans des notes contemporaines de la rédaction du roman, comme une « équation du silence[1] », celle-ci subsiste, incomplète et sans solution. De fait, à en croire Charles C., le langage n'en demeure jamais qu'à l'a b c face à ce qu'il lui faut exprimer, et qu'il manque à exprimer[2].

Formation hégélienne, déformation de Hegel.

Dans la quatrième de couverture de son roman[3], Bataille évoque sa « formation hégélienne ». D'emblée, entre Germaine, Charles et le futur éditeur est en jeu la célèbre lutte pour la reconnaissance ; quant à Éponine, « elle voulait de l'abbé qu'il la reconnût », et ne supporte pas « la négation » qu'il oppose à son « existence », ou à travers elle à celle de Charles ; un combat à mort débute, comme ce dernier le dit à Robert : « Éponine ne saurait avoir un instant de paix qu'elle ne t'ait détruit[4]. » Autre motif hégélien, l'abbé est peint comme une « conscience malheureuse ». Bataille avait pu entendre Alexandre Kojève commenter ce thème, en une phrase qu'on tiendrait volontiers pour un des noyaux d'où a germé *L'Abbé C.* : « l'homme qui croit en Dieu n'arrive jamais à la satisfaction [...], et vit toujours en contradiction avec soi-même : comme dit Hegel, il est une " Conscience malheureuse " [...] et il vit dans le dédoublement » ; Robert et Charles sont les frères dédoublés qui naissent de cette analyse de Hegel sur « le dualisme religieux qui est à la base de la Religion, et par conséquent du malheur[5] ». Quant au calviniste, ne croyant pas en la vertu des œuvres, renonçant donc à la libre action historique individuelle (c'est ce qui fait son malheur), il est le type même de l'homme religieux selon la définition que Kojève tire de Hegel.

La même quatrième de couverture suggère aussi comment est infléchie l'analyse hégélienne. D'une part, dans l'éthique de Bataille, « les contradictions morales et pratiques du monde [se] surmonteraient par la seule nécessité où nous sommes placés de les vivre chacune en les épuisant » : ce qui revient à dire qu'elles ne sont jamais « dépassées ». Ce verbe apparaît au début du chapitre VI du roman, dans un apologue dont la leçon serait que, si chez Hegel le dépassement est actif et conciliateur, chez Bataille il est conscience passive d'être dépassé par ce que l'on poursuit (le bonheur) ; mais c'est dans la conscience même de l'impuissance que s'atteint l'objet, et non dans la saisie. Aussi, dans le roman, *dépasser* est-il de préférence employé dans des tours passifs. Autant de manières de réinscrire, contre ce que Bataille considère comme le volontarisme ou l'activisme hégélien, la « nécessité où nous sommes placés ».

La quatrième de couverture suggère un deuxième point de dissension entre Bataille et Hegel : « le *caprice* » l'emporte « sur toutes les vertus qui lui font obstacle ». Tel est l'enjeu du caprice d'Éponine pour le vertueux abbé : le forcer à une reconnaissance qui, se jouant sur le terrain

---

1. « Les Problèmes du surréalisme », printemps 1949, *OC VII*, p. 456.
2. Fondamentalement, tout langage, pour Bataille, reste voué à l'échec face à l'excès : « je ne puis être déchaîné si je parle » (« Sade et la morale », *OC VII*, p. 452).
3. Voir « Autour de *L'Abbé C.* », p. 752.
4. Voir p. 645, 644 et 649.
5. *Introduction à la lecture de Hegel* (1947), Gallimard, coll. « Tel », 1980, p. 526 et 74 ; voir aussi p. 66-67 et 71-72. Il s'agit du cours de l'année 1934-1935 (ou de son résumé).

de la sexualité, passe par la séduction, et donc par le désir. On est loin, du coup, de ce que Bataille considère comme les « vertus » hégéliennes : le courage physique (*virtù* du maître qui vainc sa peur de la mort), le travail (vertu de l'esclave). Aussi le roman critique-t-il l'asservissement au travail, cette biblique malédiction dénoncée dès le début du roman (p. 615), puis par Robert et Rosie sur leur terrasse sous le ciel (p. 707). Quant au courage, c'est la vertu que l'abbé Robert trahit délibérément. Il s'en ouvre à son frère : « Il n'est pas de lâcheté qui étancherait ma soif de lâcheté ! » (p. 689). Trahissant, il a fait « ce qu'il pouvait concevoir de plus lâche et de plus odieux » au point d'être « dépassé » par sa lâcheté (p. 713). Le maître hégélien eût fait un résistant sans failles ; et tant que l'abbé résistait au désir, il appuyait, vertueux, les Résistants. Accédant au désir, il cesse de résister.

On entrevoit alors pourquoi Bataille mêle à son roman cette histoire de Résistance. Alors que depuis Platon la politique est fondée sur l'activité et sur la vertu, Bataille chercherait à la faire reposer sur la passivité et sur la lâcheté. En octobre 1938, après Munich, Bataille, Caillois et Leiris dénonçaient, dans une « Déclaration du Collège de sociologie », le fait que, par un méfait de l'individualisme bourgeois, les hommes « se trouvent nécessairement lâches devant la lutte[1] » ; Bataille a continué à réfléchir sur ce thème, évoquant, dans une lettre à R. Caillois du 17 mars 1939, la peur comme « seul ressort sacré dans les démocraties[2] » ; au terme de cette évolution, en 1950, *L'Abbé C.* propose une assomption de la lâcheté.

Le dialogue avec Sade.

Il faut commencer par rappeler à quel point Sade est présent à l'esprit de Bataille entre 1946 et 1950. *Les Infortunes de la vertu* paraissent aux Éditions du Point du jour en 1946, avec une introduction de Jean Paulhan. 1947 est une grande année Sade : le tome I des *Cent Vingt Journées de Sodome* est publié à Bruxelles ; au premier trimestre paraît *Sade mon prochain*, de Pierre Klossowski. *Les Infortunes de la vertu*, *Les Cent Vingt Journées* et le livre de Klossowski sont le point de départ de l'article « Le Secret de Sade », que Bataille publie dans *Critique* en août-septembre, puis octobre[3]. Ce même mois d'octobre 1947, *Les Temps modernes* donnent un article de Maurice Blanchot (« À la rencontre de Sade »), dont la lecture est capitale pour Bataille. Il en tiendra compte au moment de remanier sa conférence du 12 mai 1947, « Sade et la morale[4] ». En 1948, Sade est toujours d'actualité : des *Morceaux choisis* sont publiés par Gilbert Lely, en mars ; l'*Histoire de Juliette* commence à paraître chez Pauvert. Au début de 1949, M. Blanchot reprend son article des *Temps modernes* en ouverture de *Lautréamont et Sade* ; en cette même année, Bataille publie un article, « Le Bonheur, l'Érotisme et la Littérature[5] », dont la deuxième partie donne une analyse fouillée du livre

---

1. *Le Collège de Sociologie*, Denis Hollier éd., Gallimard, coll. « Folio Essais », 1995, p. 362.
2. *Choix de lettres*, p. 152.
3. *Critique*, n° 16, p. 147-160, et n° 17, p. 304-312 ; repris dans *La Littérature et le Mal* (*OC IX*, p. 239-258).
4. *La Profondeur et le Rythme*, Cahiers du Collège philosophique, t. III, Grenoble, Arthaud, 1948 ; *OC VII*, p. 445-452.
5. *Critique*, avril et mai 1948 ; *OC XI*, p. 434-460.

de Blanchot[1]. En février 1950 paraît une édition de *Justine*, aux Presses du Livre français, avec une préface de Bataille.

L'allure sadienne de *L'Abbé C.* est évidente. Le prénom d'Éponine s'intègre dans une série de prénoms que Sade attribue à ses héroïnes : Justine, Séraphine (*La Nouvelle Justine*). L'adoration du derrière d'Éponine rappelle, dans *Justine ou les Malheurs de la vertu* (1791), le culte que le moine Antonin voue à « l'autel obscène » du personnage éponyme ; autel dans lequel le moine Séverino ira jusqu'à placer une hostie, avant de la sodomiser.

Que le déchaînement des passions soit le véritable sacré, c'est Sade, dit Bataille, qui nous l'a appris — ou qui a sur ce point rafraîchi la mémoire de l'homme moderne[2]. Sade fait l'apologie de la trahison, forme supérieure du crime, qui manifeste à quel point Bien et Mal sont liés[3] : aussi la vertueuse Justine et la vicieuse Juliette sont-elles deux sœurs ; de même sont frères Charles le libertin et l'abbé Robert, qui découvrent le statut central de la trahison dans l'économie éthique de l'univers.

Si l'abbé chie sous la fenêtre d'Éponine, si par l'abbé et par Chianine Dieu chie, Sade n'avait-il pas encore montré l'exemple ? Dans *Justine ou les Malheurs de la vertu*, Bressac, en un long discours, expose à Thérèse *alias* Justine son mépris pour les religions, et en particulier pour le christianisme, odieux entre toutes : un de ses arguments porte sur la transsubstantiation. Le Christ en effet « a dit : ce pain que vous voyez sera ma chair ; vous le digérerez comme tel ; or je suis Dieu, donc Dieu sera digéré par vous, donc le créateur du ciel et de la terre se changera, parce que je l'ai dit, en la matière la plus vile qui puisse exhaler du corps de l'homme[4] ». D'autres traits achèvent de faire de Chianine un personnage sadien : la recherche d'une souveraineté par la négation[5], le statut revendiqué de criminel jouissant du bonheur dans le crime (p. 698), la vie menée dans un « délire-délice » (p. 701). Quant à Rosie, le sous-titre de la section du roman où elle tient ses deux discours, « La Conscience », la situe sous le signe de Sade, qui, écrit Bataille, « contribua à la conscience que l'homme prend lentement de lui-même[6] », en y réintégrant ce dont elle s'était détournée. L'« impétuosité » (p. 704) de Rosie répond à la « frénésie essentielle » que Bataille décrit dans sa préface de 1950 à *Justine*[7]. Ou encore, énonçant que « le bonheur demande la lucidité dans le vice » (p. 706), Rosie s'accorde à cette idée que Bataille dégage chez Sade : « le vice est la vérité profonde et le cœur de l'homme[8] ». Enfin, lorsque l'abbé prend Rosie, elle sourit, « et, dit l'abbé, mon sourire lui répondit que j'étais sûr de l'irrégularité de ses pensées » (p. 708) : n'est-ce point de nouveau une marque de parfaite orthodoxie sadienne,

---

1. Bataille remaniera cette deuxième partie, qui deviendra « L'Homme souverain de Sade », *L'Érotisme*, *OC X*, p. 164-175.

2. « Le Mal dans le platonisme et dans le sadisme », *OC VII*, p. 371.

3. Voir M. Blanchot, « À la rencontre de Sade », *Les Temps modernes*, n° 25, octobre 1947, p. 587 et 589.

4. Sade, *Œuvres*, Bibl. de la Pléiade, t. II, p. 185.

5. M. Blanchot parle de l'« exigence de la souveraineté s'affirmant par une immense négation » (« À la rencontre de Sade », p. 596 ; voir aussi p. 598 et 604) : Bataille cite cette formule dans son article de mai 1949, « Le Bonheur, l'Érotisme et la Littérature » (*OC XI*, p. 455-456).

6. *L'Érotisme*, *OC X*, p. 182.

7. *Ibid.*, p. 179.

8. *Ibid.*, p. 183.

puisque « le mérite essentiel de Sade, écrit Bataille, est d'avoir découvert, et bien montré, dans le transport voluptueux, une fonction de l'*irrégularité morale*[1] » ?

Sade, enfin, a réhabilité la mort. Telle est du moins l'interprétation de Blanchot, et on imagine l'intérêt de Bataille à lire, en octobre 1947, ces lignes : même si la vicieuse Juliette mourait, « sa mort, en lui faisant éprouver la destruction totale comme la dépense totale de son énergie, la ferait passer à la limite de la puissance et de l'exaltation[2] ». Bataille, qui avait écrit sensiblement la même chose dans son article « Le Dernier Instant » en juin 1946, reprend ce thème dans le dialogue entre l'abbé mourant et le déporté squelettique. Dialogue profondément sadien, dans sa donnée même — il rappelle le premier texte de Sade que Bataille ait lu, en 1926, le *Dialogue entre un prêtre et un moribond* —, et dans son thème : face à un calviniste, homme de la soumission à la Providence, l'abbé Robert revendique le défi par le crime, dans lequel se mêlent jouissance et souffrance (p. 714).

L'Abbé C., roman sadien ? Oui, mais aussi roman où Bataille marque ce qui le sépare de Sade. Sur le plan des idées, puisque ses héros ont pour principe de satisfaire leurs désirs sans tenir compte d'autrui, dans l'isolement moral : pour Sade, l'activité sexuelle, écrit Bataille en 1949, est « la négation des partenaires[3] » ; au Dieu unique, le divin marquis voudrait substituer l'Unique qu'est le libertin. Mais Bataille cherche quant à lui à penser une communauté que fonderait la sexualité. Pour lui comme pour Chianine, « l'activité sexuelle unit en principe les êtres[4] », et, on l'a vu, il peut s'interroger ainsi : « Qui suis-je ? Serais-je Éponine au lit avec Charles ? » (p. 699). Du coup, à l'apathie sadienne, ce comble de l'insensibilité chez l'Unique, dont parlent P. Klossowski, et Blanchot dans un passage que Bataille cite longuement en mai 1949[5], s'oppose l'indifférence selon *L'Abbé C.*, cette espèce d'interchangeabilité des êtres qu'implique, si on la prend au sérieux, une religion aboutie.

De plus, chez Sade, l'apathie s'appuie sur l'énergie : la force infinie de mal faire[6]. En revanche chez Bataille on accède à l'indifférence par la lâcheté. Non point le manque de courage (l'abbé sait résister à la torture) : mais, malgré le défi par le crime, ou jusqu'en lui, un lâchez-tout, une volonté de renoncer à la constance, de ne pas faire *ses* calculs et *ses* projets, un laisser-aller, dont on a vu le modèle mystique, dans lequel on s'abandonne comme sujet distinct, s'effaçant au profit de ce qui est, refusant de se défendre, fût-ce contre la mort. Les diverses formes — psychologique, ontologique, mystique, éthique — de l'indifférence s'appellent alors les unes les autres.

L'athéisme de Sade, note Blanchot, est « d'une fermeté exceptionnelle », et Dieu « n'est manifestement que le support de sa haine[7] ». En revanche, Bataille se définit comme un athéologien : il prend « l'absence

---

1. *Ibid.*, p. 194.
2. « À la rencontre de Sade », p. 606-607.
3. « Le Bonheur, l'Érotisme et la Littérature », *OC XI*, p. 452.
4. *Ibid.*
5. Voir *Sade mon prochain*, p. 93-94 ; « À la rencontre de Sade », p. 607-608 ; et « Le Bonheur, l'Érotisme et la Littérature », *OC XI*, p. 456-457.
6. M. Blanchot, « À la rencontre de Sade », p. 605.
7. *Ibid.*, p. 598 et 601.

de *Dieu*, l'existence du *divin* pour objets de sa réflexion[1] ». C'est aussi l'objet de l'interrogation de *L'Abbé C.*

Sur le plan de la technique littéraire, il est évident que *L'Abbé C.* ne reprend pas l'alternance sadienne de tableaux érotiques et de dissertations philosophiques ; clair aussi que Bataille procède non point par amplification à l'infini, comme Sade, mais par réduction. Il reprochera à Sade ses « dissertations de la violence », qui manquent tout particulièrement à « ce profond silence, qui est le propre de la violence, qui jamais ne dit qu'elle existe, et jamais n'affirme un droit d'exister, qui toujours existe sans le dire[2] ». *L'Abbé C.*, en revanche, fera sa part au silence : par l'accent mis sur la trahison qu'accomplit tout langage, par la typographie, par le choix d'un genre (« Le Journal de Chianine »), par une construction à énigmes emboîtées. Il y a chez les deux écrivains de l'illisibilité voulue ; mais pas sous la même forme : par excès chez Sade, par défaut chez Bataille.

Modèles littéraires.

Bataille cependant est proche de Sade écrivain dans la mesure où *L'Abbé C.* joue et du genre noir et du genre libertin.

Comme le montre *Histoire de l'œil*, l'intérêt de Bataille pour le roman noir remonte au milieu des années 1920 ; en 1931, *Le Moine (de Lewis) raconté par Antonin Artaud* paraît chez Denoël et Steele[3] ; lorsque Maurice Heine publie « Le Marquis de Sade et le Roman noir », dans *La Nouvelle Revue française* du 1er août 1933, il en envoie un tiré à part à Bataille[4].

Si la tour du début du roman est à mi-chemin de deux des lieux privilégiés du roman noir (le château et l'église), si ne manquent ni le vent ni l'orage, ce sont surtout les personnages qui relèvent de cette tradition. Dans *L'Abbé C.* se multiplient les spectres[5] : le roman se déroule, pour reprendre une expression du « Journal de Chianine », dans une atmosphère de « délire spectral » (p. 701). Ces spectres sont aussi des monstres, autres habitués des romans noirs[6]. Les diables ou démons, enfin, hantent le roman.

Fidèle, dans le choix de ses personnages, à l'esthétique de l'excès chère au roman noir, Bataille lui emprunte aussi le thème même de son roman : le dédoublement de personnalité, la lutte, à en tomber malade, entre l'ange et le démon dans une âme de prêtre, qui se trouvait déjà au cœur du *Moine* de Lewis. Cette inquiétante dualité, il arrive à Bataille de l'exprimer par un jeu de couleurs, simple mais efficace, celles des habits de l'abbé « vêtu d'un pantalon de toile blanche et d'un gilet de laine noire » (p. 638). Néanmoins, Bataille renonce au manichéisme du roman

---

1. « La Laideur belle ou la Beauté laide dans l'art et la littérature », *Critique*, mars 1949 ; *OC XI*, p. 420.
2. Dans « Sade et l'homme normal », *L'Érotisme*, *OC X*, p. 187.
3. Rééd. Gallimard, coll. « Folio », 1975.
4. Collection Julie Bataille. Heine défend l'idée que Sade, qui rédige *Les Cent Vingt Journées de Sodome* en 1785, et dont la *Justine* paraît en 1791, est un précurseur original, indépendant, de l'école anglaise (Ann Radcliffe publie *Les Mystères d'Udolphe* en 1794, Matthew Gregory Lewis *Le Moine* en mars 1796).
5. Voir notamment p. 620, 644, 687-689 et 712.
6. Le mot est appliqué à Robert (p. 617), à Charles et Éponine (p. 634), au boucher Henri (p. 653 et 682), à Chianine, selon Robert lui-même (p. 699).

noir. Si ce dernier peut se définir comme « une blancheur [...] mise en circulation[1] », à l'évidence ni Éponine ni l'abbé Robert ne peuvent prétendre à jouer le rôle de la blancheur. D'autre part, dans *L'Abbé C.*, le terrifiant est remplacé par l'énigmatique. Le noir, chez Bataille, s'il garde des vertus inquiétantes, signifie surtout un obscur savoir : Rosie, dont la chevelure rousse (p. 659) n'est pas devenue noire (p. 706) sans raison, le dit à Robert : « Sais-tu que c'est très noir, si noir que je devrais rendre » (p. 705).

Spectres, monstres, démons. Mais le roman qualifie aussi ses personnages de *libertins*[2]. Bataille reprend en effet le modèle du roman libertin. Comme ce dernier, *L'Abbé C.* utilise l'érotisme à des fins subversives, anticléricales et recourt, pour son héroïne, à un prénom un peu étrange, Éponine, signe de la rupture avec la famille et l'ordre social, et, pour le protagoniste, à un nom-lettre : observance d'une règle qui signale le libertin de bon ton, et manière de suggérer que le plaisir conduit à une expérience de l'impersonnalité[3]. Comme un récit libertin, *L'Abbé C.* fait entendre, dans la bouche de Rosie, le « encore » du désir (p. 704), et joue, ou jouit, de toute une gamme de sous-entendus érotiques, autour des mots de raideur ou de tension[4], ou parfois en reprenant un vocabulaire religieux[5]. Bataille emprunte enfin à la technique narrative du roman libertin, qui s'abrite volontiers derrière un éditeur, afin de masquer l'origine du texte, et de produire un effet de mystère.

Il y a donc, même s'il reste assez discret, un « côté XVIIIᵉ siècle » de *L'Abbé C.* : le jeu de son titre et la charade de Chianine font d'ailleurs penser aux calembours du marquis de Bièvre, demeurés célèbres : en 1770, dans une *Lettre à Madame la Comtesse Tation*, le spirituel mousquetaire évoque le repas de funérailles de l'abbé Quille, où ne manquent ni l'abbé Casse, ni l'abbé Tise, ni l'abbé Vue ; plusieurs de ses calembours mettent en scène un abbé C...[6]. Mais sur le plan de la technique narrative, le roman de Bataille s'inspire, plus encore que d'un libertinage XVIIIᵉ siècle, d'un beau livre de James Hogg, *The Private Memoirs and Confessions of a Justified Sinner* (1824)[7].

1. Annie Le Brun, *Les Châteaux de la subversion* (1982), Gallimard, coll. « Folio Essais », 1986, p. 205.

2. Germaine (p. 619) ; les notes de l'abbé C. sont des « éclats de voix du libertin » (p. 693).

3. « Ne désigner personne par son véritable nom », dit le vicomte de Solange dans *Le Doctorat impromptu* d'Andréa de Nerciat, 1788. Voir aussi Gaëtan Brulotte, *Œuvres de chair. Figures du discours érotique*, L'Harmattan et Les Presses de l'université de Laval, 1998, p. 297-298 et 202-203.

4. Voir « la raideur de sa provocation » (p. 623, au sujet de Germaine) ; « je me tendis dans mon inertie » (p. 633), les « traits maladivement tendus » de Robert après la provocation d'Éponine (p. 634), et, en un redoublement qui dit l'excès essentiel à l'érotisme, « mon corps se tendit au dernier degré de la tension » (p. 683).

5. « Enfin, la supplication de mon corps s'éleva dans la profondeur d'église du sien » (p. 674).

6. Voir *Calembours et autres jeux sur les mots d'esprit*, Payot, 2000, p. 66 et 131 : « L'abbé C..., ayant fait imprimer ses ouvrages, lui demandait, avec suffisance : que dit-on de mes ouvrages ? Qu'ils ont vu plus de Q que de visages, répondit Bièvre. »

7. En 1948 paraissaient deux traductions de cet ouvrage : *Les Confessions d'un fanatique* (Lausanne, Marguerat) et *Confession du pécheur justifié* (La Table ronde, trad. Dominique Aury, préfacée par A. Gide ; Gallimard, 1952 ; rééd. coll. « L'Imaginaire », 1987 ; tous les renvois qui suivent sont faits à cette dernière édition). Bataille rendit compte de cette dernière traduction dans son article « Un roman monstrueux » (*Critique*, juin 1949 ; *OC XI*, p. 487-496). Ce rapport a été signalé par Bernd Mattheus en 1990, dans sa postface à

L'œuvre de Hogg, qui comporte en son épilogue des scènes macabres qui ont dû attirer Bataille, est avant tout un roman du dédoublement.

On voit tout ce qui a pu séduire Bataille : les deux frères opposés et leurs prénoms, le dédoublement du jeune Robert Wringhim (si bien que Robert C. aura Chianine pour double noir), la confusion des identités des personnages[1], le mouvement vers la mort, l'interrogation sur le calvinisme. Mais l'écrivain trouve aussi dans la *Confession du pécheur justifié* le type de récit qui lui plaît. Un récit énigmatique et allégorique, d'une part[2]. D'autre part, un exemple de cette structure narrative polyphonique que Bataille veut mettre en œuvre. Le roman de Hogg se compose en effet à partir de trois voix : le récit d'un chroniqueur, racontant ce que la tradition lui a transmis — à quoi peut correspondre dans *L'Abbé C.* le récit de Charles ; les mémoires intimes et la confession du pécheur justifié, Robert, rédigés par lui-même — à quoi répond « Le Journal de Chianine » ; un épilogue, rédigé un siècle plus tard, indiquant comment les mémoires sont parvenus entre les mains de celui qui a pris la décision de les présenter au public, et donnant une lettre de l'auteur lui-même — dans *L'Abbé C.*, ce sera le récit de l'éditeur, mais Bataille choisit de lui faire encadrer son roman.

Bataille suit Hogg de près. Car *L'Abbé C.* veut *doubler* la *Confession du pécheur justifié* : s'en inspirer étroitement, mais en renverser la signification religieuse, puisque à la satire des croyants orgueilleux qu'engendre un calvinisme poussé à l'extrême fait place, chez Bataille, une assomption parfaite de l'indifférence éthique. Fort logiquement, dans *L'Abbé C.*, la relation intertextuelle relève de la trahison tout autant que de l'hommage[3] — voire de la suggestion de l'in-différence des êtres.

Il en va de même pour ce qui est du rapport de *L'Abbé C.* à Georges Bernanos, qui meurt, en juillet 1948, pendant que Bataille écrit son roman. En 1949, Gallimard publie *Les Enfants humiliés*, et les *Dialogues des carmélites* paraissent aux Cahiers du Rhône ; l'adaptation par Robert Bresson du *Journal d'un curé de campagne* obtient le prix Louis Delluc en 1950. Le nom de Bernanos apparaît dans le carnet 9 de Bataille (1945-1946), au recto du feuillet 95, dans une liste de sujets à aborder dans *Critique*. On s'en souvient : Georges fut un temps le prénom que devait porter l'abbé C.

Ces indices autorisent deux rapprochements, certes de nature hypothétique. 1. L'abbé Cénabre de *L'Imposture* (1927) trouverait un répondant en l'abbé C.[4]. À la messe, la présence des beaux corps des filles de joie ne révèle-t-elle pas « l'imposture de la vertu[5] » ? Mais chez Bernanos

---

l'édition allemande de *L'Abbé C.* (« Auf dem Dach des Tempels », p. 225), puis par Francis Marmande, « L'Incitation ou l'Œil de l'histoire », *Georges Bataille et la fiction*, Henk Hillenaar et Jan Versteeg éd., *CRIN*, n° 25, 1992, p. 49-57.

1. Robert évoque sa conviction d'être son frère George (*Confession du pécheur justifié*, p. 194), son néfaste ami est un second lui-même (*ibid.*, p. 222) qui ressemble aussi à George (*ibid.*, p. 223).

2. *Ibid.*, p. 150 et 312.

3. Voir ce qu'écrit Bataille au début de la *Théorie de la religion* : « Le fondement d'une pensée est la pensée d'un autre, la pensée est la brique cimentée dans un mur [...] Le travail du maçon, qui assemble, est le plus nécessaire. Ainsi les briques voisines, dans un livre, ne doivent pas être moins visibles que la brique nouvelle, qu'est le livre » (*OC VII*, p. 285).

4. Le rapprochement avec *L'Imposture* a été suggéré par Bernd Mattheus (« Auf dem Dach des Tempels », p. 227).

5. P. 658.

l'imposture est condamnée : l'abbé Cénabre fait appeler en pleine nuit l'abbé Chevance (le simple, l'homme de la charité, le saint), mais pour finir nie ce qu'il voulait confesser (la perte de sa foi) ; *L'Imposture*, c'est l'histoire de « Dieu trahi » par un de ses prêtres, un « être double » voué à un « mensonge total[1] ». Bataille retient l'idée de dédoublement du prêtre, la réalise dans le couple de Robert et Chianine, mais la trahison, découvre l'abbé C., est le fait de Dieu lui-même. Non plus « Dieu trahi », mais « *Dieu nous trahit !* » (p. 702). 2. En 1929, Bernanos publie *La Joie*, conçu comme la suite de *L'Imposture*. On retrouve l'abbé Cénabre, en face non plus de l'abbé Chevance (qui est mort), mais de la fille de son âme, Chantal de Clergerie, fascinante jeune sainte, à travers laquelle rayonne sans mesure « la joie de Dieu », et qui dans une longue extase médite sur la trahison dont le Christ a souffert[2]. Avec Rosie, c'est un autre type de jeune femme qui accède à « L'Excès de joie ».

On a souvent comparé Bernanos à un écrivain qu'il admirait : Dostoïevski. Bataille lui aussi fut, dès 1922, un fervent lecteur de l'écrivain russe. En avril 1946, il se préoccupe, pour *Critique*, de faire rédiger par Alexandre Koyré un compte rendu du livre de Nicolas Berdiaeff, *L'Esprit de Dostoïevski* (Stock, 1946). Si les « Notes de l'abbé C. » évoquent, par leur structure, la célèbre « Confession de Stavroguine » dans *Les Démons*[3] — le narrateur reprend la parole pour présenter des feuillets aussi provocants qu'essentiels, comme fait Charles pour les notes de son frère —, le nom de Chianine ne mêlerait-il pas, dans sa finale, le M. Ouine de Bernanos (1946) et Stavroguine ?

Enfin *L'Abbé C.* peut être rapproché d'un livre qui paraît lui aussi aux Éditions de Minuit, en mai 1949 : *L'Expérience démoniaque, racontée par frère Colomban de Jumièges*, où Ernest de Gengenbach donne un récit de sa vie. Bataille connaissait cette figure au moins depuis qu'en tête du numéro 5 de *La Révolution surréaliste* (15 octobre 1925), Breton, qui l'avait rencontré en juillet 1925, avait publié une lettre de cet abbé, dans laquelle il racontait son ébauche d'aventure amoureuse avec une jeune actrice, son renvoi par les jésuites, tentative de suicide. On ne sait si Bataille avait assisté à sa conférence, « Satan à Paris », le 3 avril 1927, présentée par Breton lui-même[4].

Pour créer le personnage de l'abbé Robert, Bataille s'est-il inspiré de la vie et des textes de Gengenbach ? Ce n'est pas impossible. En 1948, E. de Gengenbach offre à Bataille son livre *Judas ou le Vampire surréaliste*, qui vient de paraître aux Éditions Premières, avec l'envoi autographe suivant : « À Georges Bataille qui mieux qu'un autre comprendra ce tourment d'un ancien séminariste devenu surréaliste[5]. » Dans *L'Expérience démoniaque*, il revient sur *Judas*, où l'on voit « une femme qui a signé un pacte avec Satan pousser un prêtre au sacrilège puis au suicide[6] » : une autre Éponine ? À coup sûr un autre récit de trahison, qui met en scène

 1. Plon, 1927, p. 20 et 80.
 2. Plon, 1929, p. 118 et 250-255.
 3. Paru en 1871, ce roman est emprunté par Bataille à la BNF du 2 février au 6 juillet 1925 (voir *OC XII*, p. 559).
 4. Voir « Avant une conférence de Jean Genbach à la salle Adyar », *Œuvres complètes*, Bibl. de la Pléiade, t. I, p. 923-927.
 5. Selon le catalogue « Georges Bataille 1897-1962 » établi par les libraires Jean-François Fourcade et Henri Vignes.
 6. *L'Expérience démoniaque*, Éd. de Minuit, 1949, p. 187.

l'abbé Judas. Il n'est pas impossible que Gengenbach ait aussi envoyé à Bataille *L'Expérience démoniaque*, où son nom est mentionné au détour d'une lettre de 1946 à Breton[1]. En tout cas, cet ouvrage portait sur son bandeau les mots : « La belle et l'abbé », ce qui définit une situation de roman noir, et pourrait servir de sous-titre à *L'Abbé C.* Le livre tout entier défend « la grande aventure érotique » et l'adoration quasi religieuse du sexe de la femme. Surtout, Gengenbach dit vivre avec son *double*, l'abbé de l'Abbaye de Saint-Michel, « Dom *Robert* Jolivet » (nous soulignons), traître, « moine maudit du xvᵉ siècle » ; au total, il y aurait donc en lui trois personnages : ce moine, le « jeune séminariste » du xxᵉ siècle, et « l'aventurier satanique » qu'il est devenu depuis qu'il fréquente « les anarchistes lucifériens surréalistes[2] ». De même il y a en Robert à la fois un héros médiéval, un prêtre mondain et un défroqué qui invente Chianine.

Judas ou le Vampire surréaliste ainsi que *L'Expérience démoniaque* font donc partie de ces textes que double *L'Abbé C.* Mais si Bataille a sans doute songé à se faire le prêtre d'une religion surréaliste (titre d'une de ses conférences en février 1948), et s'il s'est rapproché des surréalistes dans l'après-guerre, ceux-ci n'ont-ils pas déjà, avec et grâce à Gengenbach, tant leur « Évangile de la sexualité[3] » que leur abbé défroqué ?

L'attaque des communistes.

Dans la mesure où le communisme rêve d'une communauté, et nie le primat de l'intérêt personnel, tout comme fait Bataille, il demeure pour celui-ci une « épreuve » à laquelle il reste nécessaire, dit-il au printemps 1949, qu'il confronte sa pensée[4]. Or à sa parution, *L'Abbé C.* est vivement attaqué dans l'hebdomadaire communiste *Les Lettres françaises*, le 22 juin 1950. Un entrefilet intitulé « Un livre qui déshonore ses éditeurs » reproche au roman (sans le nommer, ni son auteur) de faire l'apologie du délateur, cet abbé qui « trahit ses compagnons d'armes ». Jérôme Lindon demande un droit de réponse ; à G. Lambrichs qui l'a averti (le 29 juin), Bataille écrit le 4 juillet pour mettre au point une stratégie de défense : maintenir le silence sur le titre et le nom de l'auteur, souligner que l'abbé ne donne que son frère et sa maîtresse ; le 13 juillet *Les Lettres françaises* font à cette réponse l'écho le plus mince : « Les Éditions de Minuit nous écrivent que ce n'est pas, à proprement parler, une apologie de la délation » ; le procès intenté par J. Lindon sera gagné par les Éditions de Minuit en juillet 1951 ; d'où, enfin, une rétractation publiée dans *Les Lettres françaises*, le 13 décembre 1951[5]. Cette polémique a-t-elle nui au succès du roman ? Difficile d'en juger. On a surtout l'impression que les communistes règlent des comptes avec les Éditions de Minuit. Pourtant, malgré le malentendu sur lequel elle repose, l'attaque des *Lettres*

---

1. *Ibid.*, p. 260.
2. *Ibid.*, p. 73.
3. C'est la formule qu'emploie Jean Decottignies dans un article qui étudie les deux textes de E. de Gengenbach évoqués (« La Vie poétique d'Ernest de Gengenbach », *Revue des sciences humaines*, nᵒ 193, janvier-mars 1984, p. 111-127).
4. Voir « Les Problèmes du surréalisme », *OC VII*, p. 456.
5. Pour tout ceci, voir la mise au point d'Anne Simonin, « L'Affaire de *L'Abbé C.* », *Les Éditions de Minuit, 1942-1955. Le Devoir d'insoumission*, IMEC Éditions, 1994, p. 339-344.

françaises ne fait que transposer sur le plan médiatique un conflit entre le monde de Bataille et le communisme, qui s'inscrivait déjà dans le roman lui-même.

Travail et non dépense, sens de l'Histoire et non réduction à l'instant, action politique et non acceptation du sort, fraternité à construire et non communauté à découvrir dans la sexualité ou la mort : les valeurs communistes sont aux antipodes de celles que défend _L'Abbé C._[1]. Denis Hollier l'a montré, le roman reprend le mythe de Don Juan cher à Bataille, en donnant au Commandeur une double figure : celle de la Gestapo, que l'abbé refuse de reconnaître (ce que traduit l'absence de préparation narrative du dénouement), et celle des travailleurs ; les ouvriers, aperçus au début du roman, et depuis la terrasse où s'unissent Rosie et Robert, représenteraient le « Commandeur prolétarien[2] ». On pourrait ajouter que le farouche boucher qui menace de mort Charles forme lui aussi un assez beau Commandeur _misérable_ : il figure sans doute, pour reprendre une expression du Bataille des années 1930, la « foule sanguinaire aveugle[3] » ; à moins qu'il n'évoque plus précisément les terreurs staliniennes ; en tout cas, il est _rouge_ par profession. Le parti communiste s'attache à créer tout un réseau de cellules, appuyé sur un tissu de certitudes ; Bataille, lui, se préoccupe de la partition des cellules (_La Scissiparité_) qui révèle l'identité des humains voués à l'angoisse. Les communistes posent le « principe de l'équivalence » entre les hommes, qui cependant ne s'applique pas aux oppresseurs[4] ; le principe d'indifférence entre les humains qui se dessine dans _L'Abbé C._ n'exclut, en droit, personne. Bref, cette « carte » que dès le début du roman un prestidigitateur « rougeaud » au visage « comme un poing » veut forcer à prendre (p. 619) — cette carte du Parti ? —, Bataille refuse de l'accepter, tout comme fait la belle Germaine, qui oriente ainsi vers une autre communauté, passant par l'érotisme. _C._ comme communiel, mais pas comme communiste.

Pas assez de scandale ?

Bataille mesurait, au printemps de 1949, ce qui le séparait de ses lecteurs : « À mesure que grandit l'indifférence au mal, la sérénité fondée sur l'accord, le _oui_ donné à l'univers _qui est_, […] je me sens devenir étranger, malgré ma volonté mais en un mouvement assuré, à la pensée de ceux qui me lisent. Comme une pierre ou un verre d'eau, comme le peu d'existence d'un fou[5]. » Qui ne ferait même plus scandale.

Pour Bataille le « scandale est la même chose que la conscience, une conscience sans scandale est une conscience aliénée[6] ». Or, à cette

---

1. « Un monde communiste est dressé contre la dépense. Il a donc le sens de la contrainte » (carnet 15, f. 62) ; le communisme n'échappe pas à « l'intérêt technique » (« La Religion surréaliste », _OC_ VII, p. 389), il nie l'instant présent (« Les Problèmes du surréalisme », _OC_ VII, p. 456) ; voir aussi le chapitre « Que signifie le communisme ? » dans _La Souveraineté_ (_OC_ VIII, p. 305-318).

2. « Georges Bataille devant la critique communiste », _Georges Bataille. Actes du colloque international d'Amsterdam_, p. 65-72.

3. « Dossier Hétérologie », _OC_ II, p. 190.

4. _La Souveraineté_, _OC_ VIII, p. 372.

5. « Les Problèmes du surréalisme », _OC_ VII, p. 453.

6. _La Littérature et le Mal_, _OC_ IX, p. 312.

conscience, seuls (ou presque) accédèrent les auditeurs de Bataille au Club Maintenant[1], devant qui il avait prononcé en février 1948 sa conférence sur « La Religion surréaliste » : rendent ainsi compte de *L'Abbé C.*, outre Pierre Klossowski, l'angliciste Georges-Albert Astre, qui présidait ce Club en 1948, et Aimé Patri. Astre voit dans *L'Abbé C.* « un grand livre », où se déploie « la virtuosité d'un esprit atrocement avide de toutes dérisions », dans un mélange « d'effroi et de dérisoire déception » (*Empédocle*, juillet-août 1950). Le second, dans son compte rendu de *Paru* (juillet 1950), oppose aux mauvais romans à thèse (il pense à Beauvoir) le « roman à métaphysique implicite », et le roman « dont les personnages vivent une aventure métaphysique explicitée non seulement par leurs actes, mais par leur expérience intérieure » : tel serait *L'Abbé C.*, qui illustre « la situation personnelle de G. Bataille, foncièrement ambivalente entre la sainteté et le libertinage, difficulté qu'il résout finalement par la sainteté du libertinage ». Mais Maurice Nadeau, dans *Combat* (1ᵉʳ juin 1950), note que Bataille a voulu éviter « le scandale ouvert », et s'interroge : « au regard de tant de précautions, comment les malintentionnés pourraient-ils s'indigner ? ». C'est précisément cette indignation qui aurait pu produire un succès de scandale. Or il semble n'y avoir eu, pour réagir avec virulence, qu'Edmond Humeau, selon qui la « défrocation du langage » et les « dérèglements d'images convulsives » agissent « en vomitif » (*Arts*, 9 juin 1950), et Albert-Marie Schmidt, qui exprime son « vif dégoût » pour les « ecclésiastiques de pacotille » (*Réforme*, juillet 1950). Presque dix ans plus tard, le 21 octobre 1959, lorsque J. Lindon établit un état du compte général de Georges Bataille, il apparaît qu'à cette date, seuls *L'Érotisme*, et, à un moindre degré, *Histoire de rats*, ont été des livres de bonne vente[2]. Si Bataille avait compté, pour *L'Abbé C.*, sur un succès de scandale, il n'est pas au rendez-vous.

Pour expliquer ce relatif insuccès, on peut d'abord se tourner vers la nature même des fictions de Bataille. En 1972, dans « Bataille ou le Rachat du mal », Mario Vargas Llosa déclare admirer la pensée de l'écrivain et se sentir très proche de sa conception de la littérature, mais il condamne ses romans pour deux motifs. D'une part, à ses yeux, « Bataille fut un romancier intéressant mais pas important[3] », dans la mesure où il ne sut peindre que la face sombre de l'homme, peinture dont la force transgressive s'exténue au fur et à mesure que tombent les interdits ou que meurt la foi. Deleuze reprendra ce type de condamnation, dans ses *Dialogues* avec Claire Parnet de 1977, en raillant « la "transgression", trop bon concept pour les séminaristes sous la loi d'un pape ou d'un curé, les tricheurs ». Somme toute, de la transgression du christianisme, où Bataille s'engluerait, on se moquerait désormais. Bataille aurait trouvé « insoutenable » ce reproche — c'est le mot qu'en 1944 il emploie lorsque P. Klossowski lui dit qu'il est catholique[4]. Car c'est à ses yeux négliger que pour être vraiment un athée, il faut, comme l'a montré l'exemple de Nietzsche, avoir été un croyant.

Bataille aurait sans doute été plus embarrassé par la deuxième objection que formule Mario Vargas Llosa : mis à part *Histoire de l'œil*, « dans

1. Fondé en 1945 par Marc Beigbeder et Jacques Calmy.
2. Archives Minuit.
3. *Contre vents et marées*, Gallimard, coll. « Arcades », 1989, p. 127.
4. « La Religion surréaliste », *OC VII*, p. 397.

les autres récits, le climat et le ton sont toujours lugubres, d'une tristesse désolante et, parfois (je pense à *L'Abbé C.*) d'une monotonie persistante[1] ». Pour polyphonique que soit la structure du roman, les voix des personnages, en effet, ne s'y distinguent guère, et pour cause, puisqu'il s'agit d'exprimer la communauté, le « *continuum* » de l'ensemble humain. Ainsi *L'Abbé C.* manifesterait la contradiction à laquelle aboutit Bataille romancier : l'érotisme suppose une indistinction des êtres qui nuit à l'individualisation dont, sans doute, a besoin la fiction narrative. Bref, *L'Abbé C.* ne pouvait que manquer de romanesque, et par là dérouter les attentes traditionnelles des lecteurs.

Une autre façon de s'interroger sur le mince succès de *L'Abbé C.* demande qu'on prenne en compte, à côté de considérations techniques, la situation du champ littéraire en 1950. Ce roman nous a semblé se retrouver fils unique, et orphelin de (presque) tout secours ; mais au fond — ironique vengeance du thème de la gémellité universelle —, ne doit-on pas plutôt penser que la force de sa provocation s'estompa parce que les thèmes du Mal, de la torture et de la trahison étaient, après la guerre, abordés de tous les côtés[2] ?

Enfin, il y a la concurrence de Jean Genet. La comparaison ici permet de progresser encore dans l'analyse du peu de fortune que connut *L'Abbé C.* C'est sûrement de Genet que Bataille est en 1950 le plus proche. Il a rendu compte de la pièce *Haute surveillance*, en avril 1949, dans une note titrée « D'un caractère sacré des criminels[3] » dont ces formules : « La lumière du crime [...] baigne l'assassin d'un halo *sacré* » ; et cette chute : « Il n'est pas de morale possible à vouloir ignorer les vertus du mal », conviennent fort bien à *L'Abbé C.* Cependant, il y a quelque chose d'éclatant chez Genet, dans l'exhibition du crime, qui ne se retrouve pas dans le roman de Bataille. À l'écriture foisonnante, toute en excès, de Genet s'oppose l'écriture par le moins de Bataille. Ce que le roman y gagne en mystère, il le perd peut-être en lisibilité. D'autre part, l'ensemble de *L'Abbé C.* n'est sans doute pas porté par l'élan irrégulier du « baroquisme[4] » qui soutient le texte de Genet. Dans ce roman de la trahison généralisée, Bataille a fini par trahir et lui-même et son lecteur. Lui-même : alors qu'en règle générale Bataille déteste « la chiourme architecturale[5] », ici il s'est trop surveillé, a trop élaboré, trop construit ; le roman ne paraît guère comparable aux « ruines » (p. 693) dont parle Charles ; seul le journal de Chianine semble se placer du côté de « l'informe ». Du coup, *L'Abbé C.* est sans doute celui de ses livres où Bataille est le moins : la complication construite finit par effacer son auteur. De plus, dans cette composition très ou trop savante, quelque chose se perd de l'intensité qui se dégage, par exemple, du *Bleu du ciel*

1. *Contre vents et marées*, p. 129.

2. Notamment par Sartre dans *Morts sans sépulture* (1946) ou dans *Le Diable et le Bon Dieu* (1951) ; par V. Jankélévitch, « Dans l'honneur et la dignité » (*Les Temps modernes*, juin 1948), qui peint la France sous le signe de l'indignité et de la trahison ; ou encore par Roger Nimier dans *Perfide* ; ou par Raymond Abellio dans *Les yeux d'Ézéchiel sont ouverts* (voir le compte rendu d'Aimé Patri qui attire l'attention sur le lien de parenté entre *L'Abbé C.* et le roman d'Abellio).

3. *Critique*, avril 1949 (*OC XI*, p. 468-471).

4. *Ibid.*, p. 469.

5. C'est l'expression finale de l'article « Architecture » écrit par Bataille pour le Dictionnaire de *Documents*, nº 2, mai 1929 (*OC I*, p. 172).

ou de *Madame Edwarda*, et qui fascine le lecteur : Bataille a pris, dans *L'Abbé C.*, sinon le risque de l'ennuyer, du moins celui de lui marquer de l'indifférence — cette « indifférence des ruines » qu'évoque Charles : non plus psychologique, ni ontologique, ni mystique, ni éthique, mais esthétique, dernier sens de ce mot clé du roman. Théodore Fraenkel notait ainsi que *L'Abbé C.* ne se souciait guère du plaisir de son lecteur, même s'il l'intéressait[1]. Position qu'en 1955 Bataille éclairera en citant Manet à propos d'*Olympia* : « On dira ce qu'on voudra » ; telle serait « l'*in-différence* de la beauté », « l'*indifférence suprême*, celle qui sans effort est cin-glante[2] ». Mais dès 1940 Bataille lui-même connaissait cet état d'esprit : « Je suis las d'écrire à l'intention des sourds. [...] Pourquoi déranger leurs longs sommeils ? Mes livres ? mes projets ? Je ne veux plus avoir d'autre passion que ma vie libre, que ma danse âpre, spasmodique, indifférente à tout " travail ". Mon indifférence est mon Empire[3]. »

JEAN-FRANÇOIS LOUETTE.

BIBLIOGRAPHIE

Comptes rendus.

Astre (Georges-Albert), *Empédocle*, nº 11, juillet-août 1950, p. 81-82.
Debidour (Victor-Henry), « Revue des livres nouveaux », *Bulletin des lettres*, Lyon, 15 octobre 1950, p. 343.
Humeau (Edmond), *Arts*, 9 juin 1950.
Klossowski (Pierre), « La Messe de Georges Bataille. À propos de *L'Abbé C.* », *84*, nº 14, Éd. de Minuit, septembre 1950, p. 77-81 ; *Un si funeste désir*, Gallimard, 1963.
Nadeau (Maurice), *Combat*, 1ᵉʳ juin 1950.
Patri (Aimé), *Paru*, nº 62, juillet 1950, p. 28-30.
Schmidt (Albert-Marie), « Vérité et profanation », *Réforme*, juillet 1950.
Dans la correspondance de Bataille conservée à la BNF (N.a.fr. 15 853), on trouve, joint à une lettre de Victor Crastre en date du 19 août 1950, un long compte rendu de *L'Abbé C.*, dont nous ignorons si Crastre (col-laborateur de *Critique*) a pu le publier[4].

Articles et livres.

Bosch (Élisabeth), *L'Abbé C. de Georges Bataille. Les Structures masquées du double*, Amsterdam, Rodopi, 1983.
Douchin-Shahin (Andrée), « Paradoxalement parlant : quelques réflexions sur *L'Abbé C.* de Georges Bataille », *The Romanic Review*, vol. 78, nº 1, janvier 1987, p. 368-382.

---

1. Voir la lettre de Th. Fraenkel à Bataille, dont il est l'ami, le médecin, l'ancien beau-frère, 28 juillet 1950, BNF, Correspondance de Georges Bataille, N.a.fr. 15 853.
2. *Manet*, OC IX, respectivement p. 146, 147 et 149.
3. *Le Coupable*, OC V, n. 1, p. 297.
4. Michel Surya, dans *Georges Bataille, la mort à l'œuvre*, dit qu'il s'agit de « l'un des rares articles parus à la sortie du livre », mais n'indique pas où il aurait été publié (Gallimard, 1992, p. 482).

ERNST (Gilles), « Les Vraies Fausses Préfaces de Georges Bataille », *Le Texte préfaciel*, Laurence Kohn-Pireaux éd., Nancy, Presses universitaires de Nancy, 2000, p. 163-172.

FITCH (Brian T.), « L'Énigme faite texte : *L'Abbé C.* de Bataille », *Écrivains de la modernité*, textes réunis par Brian T. Fitch, Minard, 1981, p. 43-64 ; repris dans Brian T. Fitch, *Monde à l'envers, texte réversible. La Fiction de Georges Bataille*, Minard, 1982, p. 89-111.

GEERTS (Walter), « *L'Abbé C.* de Georges Bataille : souveraineté et tradition romanesque », *Le Topos du manuscrit trouvé. Hommages à Christian Angelet*, Jan Herman et Fernand Hallyn éd., avec la collaboration de Kris Peeters, Louvain-Paris, Éditions Peeters, 1999, p. 448-459.

HILLENAAR (Henk), « Idées et fantasmes d'un faux abbé », *CRIN*, nº 11, 1984, p. 96-118.

—, « *L'Abbé C.* Scénario de l'expérience intérieure. À propos de quelques pages de *L'Abbé C.* », *Georges Bataille et la fiction*, Henk Hillenaar et Jan Versteeg éd., *CRIN*, nº 25, 1992, p. 59-77.

HOLLIER (Denis), « Georges Bataille devant la critique communiste », *Georges Bataille. Actes du colloque international d'Amsterdam* (21 et 22 juin 1985), Jan Versteeg éd., Amsterdam, Rodopi, 1987.

LEMARIÉ (Hervé), « D'une forme aiguë du mal », *Le Nouveau Recueil*, nº 42, mars-mai 1997, p. 102-107.

MARMANDE (Francis), « L'Incitation ou l'Œil de l'histoire », *Georges Bataille et la fiction*, Henk Hillenaar et Jan Versteeg éd., *CRIN*, nº 25, 1992, p. 49-57.

MATTHEUS (Bernd), « Auf dem Dach des Tempels », postface à la traduction allemande, parue sous le titre *Abbé C.*, Munich, Matthes et Seitz, 1990, p. 215-247.

RUS (Martin), « La Fête de la conscience. Lecture de *L'Abbé C.* de Bataille », *Recherches sur le roman II : 1950-1970*, Groningue, Institut de langues romanes, 1984, p. 119-133.

SIMONIN (Anne), *Les Éditions de Minuit, 1942-1955. Le Devoir d'insoumission*, IMEC Éditions, 1994 (les pages 339-347 portent sur la querelle lancée par *Les Lettres françaises*).

J.-F. L.

NOTE SUR LE TEXTE

L'Abbé C. a été publié aux Éditions de Minuit, qui n'en ont pas conservé le dactylogramme[1], sous un format in-16º, 230 pages, achevé d'imprimer en date du 10 mai 1950.

Tout un jeu sur la typographie distingue les différentes parties. La Iʳᵉ partie est composée en italique ; la IIᵉ, ainsi que la IIIᵉ, en caractères romains gras ; la IVᵉ, en romain gras pour l'« Avant-propos de Charles C. », mais en romain maigre pour le « Journal de Chianine », ainsi mis à part. La Vᵉ partie revient à l'italique.

D'autre part, l'édition originale multiplie les blancs. Phénomène qui correspond à une intention de Bataille, comme l'atteste, à propos de *La*

---

1. Lettre de Jérôme Lindon à J.-F. Louette, 4 mai 2000.

Haine de la poésie, une lettre qu'il écrit à Georges Lambrichs le 24 juillet 1947[1]. Dans *L'Abbé C.*, dès la deuxième phrase du premier chapitre est évoqué un « désir de silence » (p. 628).

Le texte paru aux Éditions de Minuit a été repris dans les *Œuvres complètes*, t. III, Gallimard, 1970, débarrassé d'une dizaine de coquilles. La présentation typographique n'est pas identique : un grand nombre de blancs a été supprimé. Avec un achevé d'imprimer daté du 15 mai 1972, le roman parut ensuite dans la collection « Folio », où il fut réimprimé jusqu'en 1988.

Nous reproduisons le texte paru en 1950, en respectant sa présentation. Toutefois, les pages qui étaient composées en gras dans l'originale l'ont été ici, pour des raisons de lisibilité, en Bodoni Bauer, caractère qui se distingue clairement du Garamond utilisé partout ailleurs.

J.-F. L.

NOTES

[Page de titre.]

1. Ces vers forment le quatrain central d'un poème inséré par William Blake dans une lettre à Thomas Butts en date du 16 août 1803 (*The Complete Poems*, Penguin Books, 1981, p. 487). Bataille dit avoir découvert Blake « vers 1935 » (voir le brouillon de la « Notice autobiographique » de janvier 1956, *OC VII*, p. 615), sans doute grâce à Colette Peignot, dont il était l'un des auteurs de prédilection (voir la Notice, p. 1261). Bataille a consacré à Blake, dans *Critique*, deux articles — « William Blake ou la Vérité du mal » (septembre et novembre 1948, p. 771-777 et 976-985) ; « La Théologie et la Folie de William Blake » (mars 1949, p. 275-278) — d'où il tirera en 1957 un chapitre de *La Littérature et le Mal* (*OC IX*, p. 221-238).

Première partie.

1. Léon XIII (1810-1903), pape de 1878 à sa mort, a conseillé le ralliement des catholiques à la République.

2. Voir ce qu'écrit Bataille en 1948 à propos de Blake : « À la poésie elle-même échappe le pire, que seule la dépression nerveuse a le pouvoir d'atteindre » (*La Littérature et le Mal, OC IX*, p. 236). Voir aussi la Notice, p. 1260.

3. Sur la valeur politique de ce personnage, voir la Notice, p. 1282.

4. Cette évocation d'un jeune homme transpercé résonne comme un écho profane et masculin de sainte Thérèse d'Avila transverbérée par un séraphin, dans la fameuse sculpture du Bernin (église Santa Maria della Vitoria, Rome) dont Bataille reproduira un fragment, en 1957, dans *L'Érotisme*.

1. « Je tiens beaucoup en particulier à ce que soient observés les blancs en haut ou en bas de page, ce qui n'intéresse pas les imprimeurs et qui malgré tout a un sens pour quelqu'un comme moi, qui compose par suites de phrases séparées, [...] » (Archives Minuit).

Deuxième partie.

1. Le caractère utilisé dans cette partie (Bodoni Bauer) transpose le caractère romain gras de l'édition originale.

2. Voir l'article « Le Langage des fleurs », *Documents*, nᵒ 3, juin 1929 (*OC I*, p. 173-178), et la Notice du *Bleu du ciel*, p. 1039.

3. Sur la valeur de la tour dans un christianisme antérieur à la Réforme, voir *La Limite de l'utile*, *OC VII*, p. 205 (et notre Notice, p. 1266).

4. Sur la valeur ontologique de ce terme, récurrent dans le roman, comme dans *Ma mère*, voir « Van Gogh Prométhée », *OC I*, p. 499. Voir aussi *L'Expérience intérieure* : il y a glissement parce que la vie « passe rapidement d'un point à l'autre (ou de multiples points à d'autres points), comme un courant ou comme une sorte de ruissellement électrique » (*OC V*, p. 111). Sur le « glissement vers le pire » qui apparaît dans le Mal, voir la fin de l'article consacré à Emily Brontë (*La Littérature et le Mal*, *OC IX*, p. 187) ; sur le lien avec la « communication », voir *L'Expérience intérieure* (*OC V*, p. 115), ainsi que les notes pour *Sur Nietzsche* (*OC VI*, p. 385 et 453).

5. « Tout est plein dans la religion, où le bien est Dieu », écrit Bataille dans « Sade et la morale » (conférence du 12 mai 1947 publiée en 1948, *OC VII*, p. 446). Le glissement et le vide signalent le passage à un autre espace, celui du sacré au sens où l'entend Bataille.

6. Ce chant fait partie de la messe des morts.

7. L'escalier est devenu une échelle ; plus loin il sera dit qu'Éponine « avait l'air aux anges » (p. 633) : peut-être Bataille reprend-il, pour le pervertir, le thème de l'échelle de Jacob, Genèse, XXVIII, 12.

8. Sur le chant du coq, voir *Histoire de l'œil*, p. 28 et n. 23. Ce chant, dans le Nouveau Testament, « à la fin » de la nuit de la Passion, est lié au motif de la trahison (voir Matthieu, XXVI, 34 ; Marc, XIV, 30 ; Luc, XXII, 34 ; Jean, XIII, 38), qui sera capital dans le roman.

9. Sur l'ivresse, par laquelle passent presque tous les personnages, voir la Notice, p. 1269.

10. Robert est offert comme une victime à Éponine : ainsi est posée dans le roman cette *« question dernière »*, qui est aussi la « clé de toute existence humaine », à savoir « l'énigme du sacrifice » (*La Limite de l'utile*, *OC VII*, p. 264).

11. Une lecture de ce chapitre est donnée par Henk Hillenaar, aux pages 68-75 de « *L'Abbé C.* Scénario de l'expérience intérieure », *Georges Bataille et la fiction*, Henk Hillenaar et Jan Versteeg éd., *CRIN*, nᵒ 25, 1992.

12. Ce patronyme est porté dans certaines régions de France, par exemple en Lorraine. Élizabeth Bosch fait remarquer que le nom évoque à la fois l'anus, et son homonyme, « le latin *ānus*, ce qui veut dire vieille femme » (*L'Abbé C. de Georges Bataille. Les Structures masquées du double*, Amsterdam, Rodopi, 1983, p. 38). On peut surtout remarquer qu'Antonin Artaud, dans la troisième de ses *Lettres de Rodez* (G.L.M., 1946), évoque « madame anus » (*Œuvres complètes*, t. IX, Gallimard, 1979, p. 174). Sur le rapport de Bataille à Artaud, voir n. 9, p. 701.

13. Le rôle de la musique dans les cérémonies de l'Église catholique a été réglé par saint Ambroise au IVᵉ siècle, puis par le pape Grégoire le Grand, deux siècles plus tard : les hymnes et antiennes peuvent être chantées sur huit modes (ou gammes) ; ce sont les tons d'église ou de

plain-chant (art. « Église », *Larousse universel en deux volumes*, 1922). Le « mode atterré » correspond sans doute au *modus gravis*, ou au *modus tristis*.

14. On reconnaît, dans cette citation et la suivante, la traduction latine du début du psaume LI, premier psaume du rituel des morts, qu'on chantait à la levée du corps (il est question de l'office des morts au chapitre 1, p. 630).

15. Le *Te Deum* carillonné était accompagné du chant des cloches.

16. Voir, dans « Je mets mon vit... », poème datant de 1943-1944, ce quatrain : « ton derrière est ma déesse / il s'ouvre comme ta bouche / je l'adore comme le ciel / je le vénère comme le feu » (*OC IV*, p. 14) ; et la Notice, p. 1261-1262 (Laure), p. 1267 (visage oral, visage sacral), et p. 1275 (Sade). On se reportera aussi aux pages de *Ma mère* sur le derrière de Réa (p. 795).

17. Nous maintenons le point d'interrogation de l'édition originale, marque de l'usage singulier que Bataille fait de la ponctuation (voir, pour un autre exemple, la deuxième phrase de « L'Excès de joie », p. 706 ; et Andrée Douchin-Shahin, « Paradoxalement parlant : quelques réflexions sur *L'Abbé C.* de Georges Bataille », *The Romanic Review*, vol. 78, n° 1, janvier 1987, p. 377).

18. Bataille transforme ici le thème hégélien de la lutte pour la reconnaissance (voir la dialectique du maître et de l'esclave dans la *Phénoménologie de l'esprit*), qu'il connaît depuis longtemps. Voir la Notice, p. 1273.

19. Sans négliger le sous-entendu érotique (voir la Notice, p. 1278), sur la « raideur » comme « tension hors du monde » vers la communication souveraine, voir par exemple l'article de 1949 sur Genet (« D'un caractère sacré des criminels », *OC XI*, p. 470), et Denis Hollier, « Le Matérialisme dualiste de Georges Bataille », *Tel quel*, n° 25, printemps 1966, p. 42-43. Raideur et tension marquent l'effort nécessaire pour échapper au dualisme moral : on les retrouve chez Hélène dans *Ma mère* (« je ne pouvais me représenter un être plus tendu », p. 836).

20. Voir *Madame Edwarda* : « Ce livre a son secret, je dois le taire : il est plus loin que tous les mots » (p. 336).

21. Voir *Évariste*, p. 942 : « Mais une telle folie n'avait rien de rapide et s'accordait au contraire avec la progression régulière et intense de la voiture ».

22. Si la simplicité est l'envers de la dualité, elle a aussi partie liée avec l'ascèse ; voir *Le Coupable*, *OC V*, p. 257-258, et n. 1, p. 258.

23. Sur l'« ordure », à rapprocher de la « saleté » (excrément ou sperme) que déposera l'abbé Robert, voir le texte de juin 1946 sur Henry Miller, dont Bataille souligne l'aversion pour la perfection : « Ainsi la gloire de l'homme imparfait, dont l'ordure est l'attribut, a-t-elle à la fin plus de séduction que la gloire de Dieu » (*OC XI*, p. 50).

24. C'est là l'une des très rares indications qui renvoient à la situation concrète durant la guerre (les problèmes d'alimentation).

25. « Les êtres moralement les plus robustes et les mieux adaptés à la vie sont peut-être les bouchers », écrivait Bataille vers 1929 (« Dali hurle avec Sade », *OC II*, p. 114) ; voir aussi la « nuit de boucherie » qui vit Dieu sacrifier son Fils (*L'Expérience intérieure*, *OC V*, p. 47) et la Notice, p. 1268 et 1282.

26. Voir l'article « Abattoir » (*Documents*, n° 6, novembre 1929), illustré par la photographie d'Éli Lotar, prise « aux abattoirs de La Villette » ; *Le Bleu du ciel*, p. 175 ; enfin, « La Littérature française du Moyen Âge,

la Morale chevaleresque et la Passion » (*Critique*, nᵒ 38, 1949 ; *OC XI*, p. 502-518).

27. Ce beau filet de viande s'oppose au « petit filet de voix » de l'abbé Robert, voir chap. 1, p. 632. Il rappelle le titre d'un chapitre d'*Histoire de l'œil* : « Un filet de sang » (p. 19).

28. Bataille se réfère souvent à sainte Thérèse d'Avila, dès la période du Collège de sociologie (*OC II*, p. 373) ; il la cite dans *L'Expérience intérieure* (*OC V*, p. 32), et lui emprunte une épigraphe pour *L'Impossible* (voir p. 489). Voir aussi l'article paru dans *Critique* en juin 1948, « L'Ivresse des tavernes et la Religion » (*OC XI*, p. 323-324).

29. Cette « présence incongrue » va permettre à Bataille d'opérer une variation sur le dogme de la « présence réelle » dans la transsubstantiation selon les catholiques. Voir le commentaire de Pierre Klossowski dans « La Messe de Georges Bataille. À propos de *L'Abbé C.* ».

30. On reconnaît ici le *tremor*, le frisson qui caractérise le sacré ou *tremendum*. Bataille avait lu *Le Sacré* de Rudolf Otto (1917, traduit en français en 1929), qu'il cite souvent, et qui insiste sur ce point.

31. Dans la liturgie catholique, l'*Introït* est le chant prononcé au début de la messe, pendant l'entrée du célébrant.

32. Hansi, dans *Ma mère*, sera qualifiée de « belle rousse », ou encore de « bel ange roux », et d'« ange de la corruption » (p. 837 et 848). Quant au prénom de Rosie serait-il un double signe d'hommage ? À Sade, dont il traverse la vie et l'œuvre (allusion à Rose Keller). À Laure, dont Bataille, le 12 octobre 1939, dans des notes pour *Le Coupable*, rappelle ainsi l'agonie : « Laure achevait de mourir à l'instant où elle éleva une des roses qu'on venait d'étendre devant elle, elle l'éleva devant elle avec un mouvement excédé et elle cria presque d'une voix absente et infiniment douloureuse : "La rose !" (Je crois que ce furent ses derniers mots) » (*OC V*, p. 512).

33. Cette litanie traditionnelle adressée au Christ (« Seigneur, prends pitié ») intervient durant la préparation pénitentielle qui ouvre la messe.

34. Sur l'enfantillage, voir la Notice du *Petit*, p. 1156.

35. Peut-être convient-il de se reporter à cette définition paradoxale de la grâce qu'on lit dans « Du rapport entre le divin et le mal » : « Dans chaque vie et sans cesse, il est un enjeu qui n'est pas la vie (la vie que la mort menace et qu'abat la douleur), qui n'est pas le bonheur non plus mais la possession d'une grâce, sans laquelle la vie ni le bonheur ne *valent*. C'est ainsi que la pensée des hommes, impersonnellement, est vouée à la recherche du vrai et que cette démarche devient, en un point, sinon solennelle, du moins plus ardente ; s'il s'agit de décider, au-delà de ce qui est, ce que l'homme *veut* être » (*Critique*, mars 1947 ; *OC XI*, p. 198).

36. Cette phrase évoque le premier titre du projet qui a conduit à *L'Abbé C.* : *Costume d'un curé mort*. Voir la Notice, p. 1258.

37. Voir, à la fin de *Madame Edwarda* : « M. Non-Sens écrit » (p. 338).

38. Bataille reprend ici l'exacte définition géologique du mot « transgression ». Voir aussi le chapitre v de *La Limite de l'utile*, intitulé « Hiver et printemps » : après le « dépouillement lugubre de l'hiver », vient la prodigalité du printemps, son mouvement vers « l'extase de la lumière », « dépense héroïque » qui est la « condition de toute gloire » (*OC VII*, p. 247-248). C'est ce passage de l'avarice à la dépense qui se dessine chez l'abbé Robert.

39. Voir la note de Bataille citée à la fin de la Notice, p. 1285 : « Mon indifférence est mon Empire ».

40. Rosie joue des sens physique et moral du verbe (« tomber », dans le langage de la dévotion signifie céder à la chair).

41. Cette expression qui fait de Robert le Messie attendu par Éponine saoule invite à rapprocher le chapitre de « L'Ivresse des tavernes et la Religion » (*OC XI*, p. 322-331).

42. Voir *Le Petit*, p. 356 : « la vraie nudité, âcre, maternelle, silencieusement blanche et fécale comme l'étable [...] ».

43. Ce mot, qui réapparaîtra dans le roman, intervient aussi dans l'« Introduction » et la « Première partie » du *Bleu du ciel*, voir p. 119 et 121.

44. Cette scène est à rapprocher de la profanation du corps maternel dans *Le Bleu du ciel* (p. 156).

45. Voir la Notice, p. 1272.

46. Pour Susan Suleiman, cette scène de voyeurisme « rappelle de façon saisissante la reconstitution de la scène primitive faite par Freud dans le cas de l'Homme aux loups : une des suppositions principales de Freud, c'est que le petit garçon, voyant l'activité sexuelle de ses parents, a réagi en déféquant » (« La Pornographie de Bataille. Lecture textuelle, lecture thématique », *Poétique*, n° 64, 1985, p. 491). Voir *Cinq psychanalyses*, PUF, 1979, p. 385 : « L'enfant interrompit finalement les rapports sexuels de ses parents en ayant une selle, ce qui lui permit de se mettre à crier. » Rappelons que Bataille est un grand lecteur de Freud depuis 1923 (voir *OC XII*, p. 554), et que la première traduction française des *Cinq psychanalyses*, comprenant « L'Homme aux loups », paraît en 1936.

47. Les accents pascaliens de cette phrase sont évidents (misère de l'homme sans Dieu, espaces infinis...).

48. Voir *L'Expérience intérieure* : « L'expérience intérieure est la dénonciation de la trêve, c'est l'être sans délai » (*OC V*, p. 60).

49. Sur cette notion, voir la Notice de *Julie*, p. 1197-1199.

50. « La mort est en un sens une imposture » est déjà le titre d'une des sections de *L'Expérience intérieure* (IIIᵉ partie, *OC V*, p. 83).

51. Comparable à la « pleine communication » dans *Le Coupable* (*OC V*, p. 390), la foudre est associée au sacré dans la *Théorie de la religion* (*OC VII*, p. 313).

52. Ce qui revient à suggérer une certaine similitude des bourreaux et des victimes : voir l'article de Bataille dans *Critique* en octobre 1947 (sur David Rousset), « Réflexions sur le bourreau et la victime », *OC XI*, p. 262-267.

Troisième partie.

1. Voir *Madame Edwarda*, p. 331 : « Je suis dieu. »

Quatrième partie.

1. Dans une note afférente au projet d'une réédition de *L'Expérience intérieure*, Bataille écrit : « Tout ce que je puis faire aujourd'hui : proposer de lire mon livre comme je ferais visiter des ruines. Je ne suis pas l'homme de mon livre. Je ne le renie pas mais je ne puis surtout nier l'immense étendue de brume où tout entière la pensée humaine s'est per-

due » (*OC VIII*, p. 584). Sur la question de l'indifférence esthétique, voir la Notice, p. 1285.

2. Pour la critique du langage, voir notamment le texte de Bataille sur W. Blake en 1949 : le langage « substitue à l'insoluble une apparence de solution, et à la vérité violente, un écran qui la dissimule » (*La Littérature et le Mal, OC IX*, p. 235).

3. Sur le sens de ces mots, on peut se reporter aux pages de *La Limite de l'utile* qui traitent de « la conscience naïve » et de « la conscience du sacrifice » (*OC VII*, p. 189-190 et 279-280) ; au « Schéma d'une histoire des religions », *OC VII*, p. 440-441 : la conscience suppose la prise en compte des exigences de l'homme primitif, et le privilège de la consumation sur la production ; à la *Théorie de la religion* (*OC VII*, p. 315 et 341-345). Voir aussi la conférence « La Religion surréaliste » prononcée le 27 février 1948 (donc durant la période de rédaction de *L'Abbé C.*) : Bataille y analyse les « fêtes des primitifs » où se déploie « le souci d'une vie affective portée à l'incandescence », et rompant avec le monde de l'intérêt (matériel, personnel) ; il en conclut qu'« aucun jugement conscient ne peut être formé par l'homme dans la mesure où il est déformé par un milieu qui est celui de l'intérêt personnel », et souligne la « nécessité de lier la conscience à la dépersonnalisation » (*OC VII*, p. 384 et 392-393). On le voit : la conscience dont il est question ici se situe aux antipodes de ce « repli multiplié sur soi-même » qui définit la figure classique (réflexive, introspective) de la conscience (*La Limite de l'utile, OC VII*, p. 271).

4. Sur la valeur de la peur chez Bataille, voir *Le Bleu du ciel*, n. 25, p. 118.

5. Christophe Bident suggère que ce type d'énoncé, qui met en jeu « l'essentiel du récit, de son pouvoir, de sa lisibilité », rappelle « les adresses au lecteur (épigraphe, note finale) du *Très-Haut* ou de *L'Arrêt de mort*, publiés deux ans plus tôt », en 1948 (*Maurice Blanchot, partenaire invisible*, Champ Vallon, 1998, p. 178). On peut surtout renvoyer à *Dirty* en 1945 (« Dommage ! », etc., voir p. 303), et à *L'Impossible*, où on lit, par exemple : « À la longue, écrire m'embrouille » (p. 545).

6. Sur cette charade, voir la Notice, p. 1270.

7. « Deus Sabaoth » est une expression mi-latine mi-hébraïque qui signifie « Dieu des armées ». On la trouve dans le *Sanctus* (« *Sanctus sanctus Dominus Sabaoth* »).

8. « Je suis Dieu et rien de ce qui est divin ne m'est étranger » : variation sur le mot célèbre de Térence dans l'*Heautontimoroumenos* (I, 1), « Je suis homme, et rien de ce qui est humain ne m'est étranger. » Il est de plus possible que Bataille joue d'un autre sens : « Je suis Dieu et je pense que rien de ce qui sort de moi n'est étranger au divin » (*alienus* peut en effet se construire avec le génitif). — Sur le rapport entre la divinité et la fécalité, voir la Notice, p. 1270 et 1275.

9. On peut rapprocher « L'Expérience chianine » des *Lettres de Rodez* d'Antonin Artaud, où déjà se conjoignent l'invention verbale (les glossolalies), l'expérience de la folie (chez les « suppliciés du langage qui sont en perte dans leurs écrits », p. 170), et l'obsession de la fécalité (« caca est la matière de l'âme », « l'homme de la terre […] chie comme une machine baissée de ton », *ibid.*, p. 174 et 182). Bataille, dans « Le Surréalisme au jour le jour » (1951), où il revient sur sa rencontre d'Artaud en 1925 ou 1926, dépeint ces *Lettres*, sur lesquelles Henri Parisot avait attiré son attention, comme des « écrits suffocants », qui jouent « d'un cruel

lyrisme coupant court à ses propres effets », et il cite cette phrase d'Artaud : « Et merde à la fin avec l'infini !... » (*OC VIII*, p. 182-184).

10. « Dieu est-il plus que la plus grande angoisse ? », se demande Bataille dans une note du *Coupable* (*OC V*, p. 522).

11. Sur l'intensité, voir la section finale du chapitre sur Michelet dans *La Littérature et le Mal* : accroître l'intensité de la vie est l'une des deux fins que poursuit l'humanité ; différant du Bien, elle forme « la seule valeur positive » (*OC IX*, p. 219).

12. Un tel mot-valise fait songer aux essais de langage d'Artaud, dans les *Lettres de Rodez* (voir ici n. 9), mais aussi dans « L'Arve et l'Aume ». Tentative anti-grammaticale contre Lewis Carroll », adaptation du chapitre VI de *La Traversée du miroir*, publiée dans *L'Arbalète* (nº 12, printemps 1947), et où précisément est défini le « mot à soufflets, établi comme une valise à sacs doubles, ce qu'on appelle en anglais portemanteau — parce qu'il y a deux sens très visibles empaquetés dans un seul mot » (A. Artaud, *Œuvres complètes*, t. IX, p. 141).

13. Voir le chant de triomphe dans la « Première partie » du *Bleu du ciel* (p. 122). L'opéra impliqué par *L'Abbé C.* n'est cependant plus *Don Juan* de Mozart, mais peut-être *Robert le Diable* de Meyerbeer.

14. Bataille pense-t-il à l'histoire de Jonas dans l'Ancien Testament, ou bien à *Moby Dick*, avec son symbolisme énigmatique (la baleine, symbole du Mal, ou d'un divin naturel) ?

15. Voir cet « au-delà noir », où le narrateur est jeté par les contorsions de Mme Edwarda, p. 335, et Hélène écrivant à son fils dans *Ma mère* : « Le vice est à mes yeux comme le rayonnement noir de l'esprit » (p. 837).

16. Pour un rapprochement avec Baudelaire, voir la Notice, p. 1272.

17. Voir chap. X, p. 661 : « il me pinçait l'avant-bras ».

18. Voir le sourire de Pierre dans le « monde du plaisir » avec son « bonheur [...] inintelligible » (*Ma mère*, p. 801).

Cinquième partie.

1. Voir *Le Bleu du ciel*, p. 111 : seuls importent les livres auxquels l'auteur a été « *contraint* ».

2. Au sens familier du mot se joint un autre sens, propre à Bataille, qui implique, à partir du motif hégélien de la « scission », les thèmes de la blessure, de l'ouverture, de l'inachèvement dans la définition de la conscience : voir *Le Coupable* (*OC V*, p. 258-259, et notamment cette phrase : « Il n'est pas d'être sans fêlure »).

3. Voir l'article « Le Dernier Instant », paru dans *Critique* en octobre 1946 (*OC XI*, p. 116-125).

4. Gilles Ernst note que ce mot désigne un homme qui « d'avoir assisté Robert C. dans son agonie s'est en fait détourné vers la mort » (*Georges Bataille. Analyse du récit de mort*, p. 68).

5. Sur l'influence ici de Colette Peignot, voir la Notice, p. 1262.

6. Le mot fait peut-être allusion à l'existentialisme sartrien.

7. Sur les accents sadiens de ces ultimes propos, voir la Notice, p. 1276.

8. Le roman s'achève sur un énoncé qui en quelque sorte l'annule, dans une dérobade longuement thématisée par Charles ; voir p. 693 : « le seul moyen de racheter la faute d'écrire est d'anéantir ce qui est écrit ».

Autour de « L'Abbé C. »

[NOTES PRÉPARATOIRES]

Nous reproduisons ici des feuillets (f°s 41, 42, 71, 75 à 78, 90 à 93) extraits de l'enveloppe 63 conservée à la BNF (site Richelieu, département des manuscrits occidentaux, fonds Bataille) et comprenant 93 feuillets autographes. Nous avons respecté la ponctuation originale, et signalé dans le texte lui-même quelques biffures qui nous ont paru significatives.

[PASSAGES ÉCARTÉS]

Nous présentons quelques fragments de l'enveloppe 63 (BNF ; f°s 29 à 34) qui ont été, par la suite, écartés par Bataille. La description de l'« Agonie de l'abbé C. (1) » (f°s 67 et 68) aurait pu prendre place à la page 630 du roman ; elle a été remplacée par quatre lignes de points. Les « Aphorismes inutilisés » sont extraits de l'enveloppe 131 (dactylogramme paginé de 141 à 144, où figurent des corrections manuscrites autographes, conservé à la BNF). Ces fragments auraient pu prendre place dans « Le Journal de Chianine », p. 697-702. Enfin, l'« Agonie de l'abbé C. (2) » est un manuscrit autographe, très raturé, issu de l'enveloppe 63. À supposer que Bataille ait songé à les séparer, la section I aurait pu être incluse dans la IVe partie, de même que la section II, qui aurait cependant pu aussi s'inscrire dans la Ve partie.

[PREMIERS ÉTATS
DE PASSAGES CONSERVÉS]

Les ébauches qui suivent sont issues de l'enveloppe 63 (BNF). Il s'agit respectivement des feuillets 69-70, 46-48, 80-86 et 35-40. Les ébauches de l'« Avant-propos de Charles C. » sont constituées des feuillets 87-88 de l'enveloppe 63, des huit feuillets collés sur deux pages de l'enveloppe 24 (BNF), et des feuillets 27-30 de l'enveloppe 63. Enfin, les esquisses de « La Conscience » et de la Ve partie proviennent elles aussi de l'enveloppe 63 (respectivement f°s 55-56 ; 59-64 ; 26 ; 57-58 et 73-74).

1. Tout ce qui suit n'a pas été repris par Bataille dans le texte définitif.

ÉPONINE

Éponine, tiré à 1 500 exemplaires, est achevé d'imprimer le 10 novembre 1949, pour le compte des Éditions de Minuit, sous la forme d'une plaquette.

Bataille reprend *Éponine*, avec quelques modifications, pour en faire les chapitres I et II de la « Deuxième partie » de *L'Abbé C.* (voir la Notice, p. 1259).

Non reprise dans le tome III des *Œuvres complètes*, la nouvelle a été rééditée dans Georges Bataille, *Poèmes et nouvelles érotiques*, Mercure de France, 1999 (© Les Éditions de Minuit, 1949, pour *Éponine*).

MA MÈRE

NOTICE

Écrit en 1954 et 1955, *Ma mère* est le dernier roman de Georges Bataille ; publié pour la première fois en 1966, il est aussi la plus importante de ses œuvres posthumes. On lui attribue, à ce double titre, une sorte de valeur testamentaire qu'il assume de fait pleinement, puisqu'il brasse la totalité des grands thèmes batailliens, dramatise nombre des réflexions théoriques de l'auteur et, par-dessus tout, explore son matériel fantasmatique le plus intime, depuis le roman familial le plus lointain jusqu'au rapport le plus immédiat à l'érotisme et à la passion amoureuse. Bataille n'en fut pourtant pas satisfait, puisqu'il laissa *Ma mère* inachevé, même s'il en prépara, parmi ses manuscrits, une sorte de « version autorisée » qui nous permet de lire aujourd'hui le roman comme s'il s'agissait d'un texte pleinement abouti.

Malgré le succès que connut l'œuvre dès sa première édition, *Ma mère* n'est cependant pas un roman autonome. Il constitue le deuxième, et — par sa longueur — le plus important volet de cette autobiographie de Pierre Angélique qu'inaugurait, en 1941, un récit bien plus bref, *Madame Edwarda*. Par sa longueur seulement, puisqu'il devait être suivi d'un troisième récit, envisagé depuis bien plus longtemps par Bataille, et qui devait clore la série narrative de façon spectaculaire. Malgré la fascination qu'exerce aujourd'hui *Ma mère* sur ses lecteurs, et bien que le roman se réclame par bien des côtés de cette esthétique du paroxysme qui triomphait dès *Madame Edwarda*, le récit de l'initiation amoureuse de Pierre Angélique n'avait au départ qu'une vocation parenthétique.

Un roman monument.

Il est difficile de dire si, en 1941, Bataille avait vraiment choisi « Divinus Deus » pour faux titre de *Madame Edwarda* avec l'intention effective de poser la première pierre d'un édifice à venir[1]. Il est, par ailleurs, cer-

---

1. Il semble que cette idée n'ait germé en Bataille qu'après la guerre : « Il me dit un jour, à mon véritable effroi, qu'il souhaitait écrire une suite à *Madame Edwarda* et il me demanda mon avis. Je ne pus que lui répondre aussitôt, et comme si un coup m'avait été porté : "C'est impossible. Je vous en prie, n'y touchez pas" » (Maurice Blanchot, *Après coup*, Éd. de Minuit, 1983, p. 90). La magnifique dernière phrase de *Madame Edwarda* (« Le reste est ironie, longue attente de la mort… », p. 339) n'appelait guère de « suite ».

tain que le premier « complément » que Bataille a d'abord songé à donner à ce récit n'a que peu à voir avec *Ma mère*. Selon toute vraisemblance,
en effet, Bataille a d'abord imaginé un « pendant » plutôt qu'une « suite »
de *Madame Edwarda*, et c'est avec « Sainte[1] », sans doute ébauché début
1954, que tout commence. Le premier document mettant clairement par
écrit le matériel narratif de *Ma mère*[2] fait ainsi de l'initiation de Pierre une
sorte de préambule permettant d'accéder à une double apothéose : la
nuit avec Edwarda et la rencontre de Sainte. On comprend que l'organisation d'un tel roman n'était pas satisfaisante en l'état, avec deux temps
forts gardés pour la fin, et qu'il importait de rééquilibrer l'architecture
du récit : elle ne suivrait plus strictement la vie de Pierre, mais s'ouvrirait
de façon frappante par la nuit dans le « bordel divin » (*Madame Edwarda*),
ferait un long retour en arrière par l'initiation de Pierre par sa mère,
avant d'en venir à « Sainte », l'histoire « qui eut pour [Bataille] le plus de
sens, celle qui fut terrible entre toutes[3] ».

On voit que cette nouvelle organisation en trois volets cumulait
tous les avantages, tant dramatiques (avec ouverture et clôture sur des
moments forts faisant boucle) que théoriques : la série narrative devait
proposer une sorte de gradation entre l'abandon, la résistance et le rachat,
qui donnerait à l'ensemble une allure dialectique, sans tomber dans la
facilité de coïncider avec une chronologie autobiographique, comme
dans un roman d'apprentissage traditionnel. Il incombait donc au dernier volet de la série (qui devait bientôt s'intituler *Charlotte d'Ingerville*) de
reprendre le matériel de « Sainte » et à *Ma mère*, on le voit, celui de tenir
le rôle du « moment faible » dont nul ne contesterait l'importance
dans une construction romanesque, mais qui risquait, isolé, de paraître
bien falot. S'il n'en est rien, c'est pour deux raisons : d'abord parce que
— comme on va le voir — Bataille a enrichi le texte de motifs multiples
qu'il aurait été prudent de conserver pour le troisième volet, ensuite parce
que *Ma mère* semble avoir été facile à écrire. Non que le texte se soit
donné avec la fulgurance de *Madame Edwarda*, rédigé de façon presque
définitive dans l'ardeur d'un premier jet, mais Bataille a mis au net et
peaufiné son dernier roman en des reprises successives qui attestent
d'un véritable plaisir d'écriture, dont ne témoignent pas les manuscrits
de « Sainte » et de *Charlotte d'Ingerville*, qui exigeaient un investissement
rédactionnel (ce sont des textes d'apothéose) mais aussi personnel, sans
comparaison, et qui de fait s'interrompirent bien vite.

Avant d'envisager le roman d'un point de vue plus étroitement génétique, il convient de faire le bilan de ce qu'offre le texte en son dernier
état. Pour partir du plus évident, on notera tout d'abord que le début de
Ma mère, tel que nous le lisons, est rythmé par une succession d'inserts,
brefs textes hors récit, généralement en capitales, suffisamment mystérieux pour sembler servir de clés de l'œuvre. Des six prévus, cinq seulement furent rédigés et ont essentiellement pour but de placer *Ma mère*
dans la continuité de *Madame Edwarda*. Ils ne furent d'ailleurs écrits
que tardivement, quand il fut question de raccorder les deux textes, et
déclinent nombre de thèmes mis en place dans le récit de 1941, dont ils
prolongeaient les liminaires, et procèdent ainsi, pour quatre d'entre eux,

---

1. Voir « Archives du projet *Divinus Deus* », p. 895-908.
2. Voir « Autour de *Ma mère* », p. 855-862.
3. P. 910 et n. 2.

à de nouvelles variations sur les attributs divins : la terreur est divine, Dieu est l'horreur, Dieu est la solitude et le vertige, le rire est divin. Mais ces inserts ne rythment que la première moitié du texte.

Quel que soit le critère choisi, on finit en effet toujours par retrouver la division fondamentale du roman en deux parties presque exactement égales et aisément opposables par leur poétique, leur tonalité et leurs problématiques. La première partie de *Ma mère* est à proprement parler « initiatique » et articule une double découverte par le narrateur : celle de la sexualité de ses parents et la sienne propre. Dans les deux cas, le rôle premier incombe à la figure maternelle, Hélène ; c'est elle qui planifie et met en scène les étapes au cours desquelles Pierre découvre la débauche dont il est issu, dans le lent décryptage des signes ou avec la violence de la révélation lors de la nuit de Vannes, puis de la découverte des photos obscènes dans la chambre du père. C'est la mère aussi qui organise l'initiation érotique de Pierre par l'intermédiaire de son amie Réa. Toute en tension et en suspense, cette première partie se clôt sur le départ d'Hélène et de Réa pour l'Égypte. La seconde partie du texte est en revanche fort statique. Il faut attendre les ultimes pages et le retour de la mère pour que l'on sorte de l'évocation des rituels libertins qui émergent de la complexe relation amoureuse qui unit Pierre à une autre jeune fille que lui a présentée sa mère, Hansi. L'intérêt de cette seconde partie peut échapper à la lecture. De fait, les premiers critiques se sont concentrés sur le lien incestueux qui unit Pierre et Hélène et ont le plus souvent passé sous silence cette histoire moins scabreuse, mais incomparablement plus importante tant pour Bataille que dans l'économie même du récit. On le concède pourtant, l'auteur semble ne plus rien avoir à dire dans la seconde partie de *Ma mère* : d'abord, parce que la première partie du texte a, fort classiquement, présenté toutes les informations nécessaires à la mise en place de la fiction (et cela avec une précision qui est coutumière à Bataille, notamment pour ce qui concerne les points de chronologie), ensuite parce que Bataille veut mettre en scène le bonheur et une monotonie de la plénitude que vient à peine troubler la réception des lettres maternelles[1].

On pourrait décliner à l'envi les points par lesquels s'opposent les brèves séquences qui constituent la première partie de *Ma mère* et le déploiement périodique de la seconde. Et il est vrai que le récit joue sur cette esthétique du « contrepoint », dont semble être parti Bataille lorsqu'il rédigeait, peu avant, une ébauche de « Sainte » comme un « pendant » de *Madame Edwarda*, et qu'il maintient dans cette succession de portraits de femmes qui constitue « Divinus Deus ». Le tout premier projet de *Ma mère* devait d'ailleurs se conclure sur une « scène double », mettant en regard grotesque et sublime[2]. Mais, dans l'état où nous lisons aujourd'hui *Ma mère*, c'est un autre mode d'organisation du texte que Bataille privilégie, celui de la boucle : le roman devait croiser sans cesse des thèmes et des figures déjà aperçus. Le premier insert du texte le dit bien : « La vieillesse [...] ramène l'être sans finir au commencement », et

---

1. Renonçant aux inserts dans la seconde partie, Bataille maintient néanmoins une diversité formelle en recourant aux notes de bas de page (alors même qu'il abandonne celles qu'il avait rédigées pour la première partie), puis aux décrochés sous la forme de passages mis entre crochets droits.

2. Voir p. 910-911.

une sorte d'ébauche de dernière page de la série « Divinus Deus[1] » devait encore brasser, à la veille de la mort de Pierre, quelques images fortes de *Ma mère* (la voix et le visage « coulant » de la mère, son « sourire tourné en dedans ») et des citations de *Madame Edwarda*.

Pourtant, même dans la dernière rédaction de *Ma mère*, les sauts dans le présent du narrateur restent rares et somme toute imprécis ; c'est que Bataille semble, en cours d'écriture, avoir reconsidéré la façon dont il devait mettre en œuvre son esthétique de la « boucle » pour donner sens et cohérence à la série narrative en général et à *Ma mère* en particulier : il ne s'agira plus de sauter hors du récit ou de reprendre jusqu'au ressassement des thèmes déjà rencontrés, mais — à l'inverse ou presque — d'introduire dans le récit des amorces et des annonces de ce qui se passera bien plus tard, afin que l'immédiateté soit lue sur fond de fin de l'histoire. Cette technique apparaît explicitement dans les notes de travail que prend l'auteur dans sa dernière rédaction (« vers Vannes une parenthèse laissant prévoir[2] ») et devait même être affichée dans une sorte de projet préfaciel un instant esquissé : « Par exemple l'histoire de Réa ne devient compréhensible qu'au moment où les folies de la jeune danseuse sont rapportées au fait qu'après la mort, après le suicide de ma mère, Réa se fit carmélite[3]. » Même si, dès les premières rédactions, on apprend très vite que la mère du narrateur doit se suicider, ce n'est qu'*in extremis* que Bataille a décidé d'informer le lecteur de ce que devait devenir le personnage, longtemps sans consistance, de Réa et il n'est pas sûr que toutes ces « amorces » fournies par le texte en sa dernière version eussent finalement été maintenues. Il en résulte pourtant des effets remarquables : on apprend que Réa deviendra carmélite quelques pages seulement avant que Pierre ne lui cède sa virginité, et la dernière rédaction du texte souligne qu'Hansi sera épouse et mère de famille avant même que le narrateur ne la rencontre. Bref, dans l'économie de la lecture, tout se passe comme si — en attendant ou à défaut de coucher avec sa mère — Pierre s'essayait à l'amour dans les bras d'une (future) carmélite et d'une (future) mère de famille.

Un texte instable.

Tout ce qui vient d'être dit repose néanmoins sur une illusion d'optique. L'état du texte et l'organisation de la série *Divinus Deus* sont ceux du moment de l'abandon, et cet abandon dit d'abord que le projet n'était pas viable sous cette forme. Le feuillet inaugural des archives rassemblées par Bataille dit d'ailleurs que *Divinus Deus* n'est qu'un titre provisoire[4]. Si l'on veut comprendre *Ma mère*, il faut donc partir de la direction dans laquelle Bataille a travaillé lors des multiples reprises du livre. Ainsi voit-on qu'entre le premier plan de la série et le texte que nous lisons, l'entreprise a changé de nature : on est passé d'un roman biographique aux multiples changements de lieux (sont ainsi évoqués : Caen, Paris, le monastère, le bordel[5]...) à un roman théâtral, formé d'une série de

1. « Archives du projet *Divinus Deus* », p. 923-924.
2. « Autour de *Ma mère* », p. 876.
3. « Archives du projet *Divinus Deus* », p. 924.
4. Voir la Note sur le texte, p. 1309 et n. 2.
5. « Archives du projet *Divinus Deus* », p. 910.

scènes dialoguées dont, pour finir, il importe peu au lecteur de savoir si elles se passent au restaurant ou à la maison. Qui regarde ainsi les derniers manuscrits de *Ma mère* croit souvent être face à un texte scénique. Les premières pages rédigées par Bataille (les quelques feuillets qui constituent le « manuscrit gris[1] » et celles qu'on peut leur rattacher) marquaient déjà le pas face à l'ambition d'origine et s'éloignaient de toute veine picaresque pour adopter le mode introspectif. Des trois idées fortes de Bataille pour *Ma mère* (la voix maternelle entendue en rêve et qui déclenche le mécanisme de la mémoire, la nuit de Vannes et la découverte des photographies), deux sont déjà en place. Le texte ultime de *Ma mère* conserve les traces de ce premier tournant : les pages d'ouverture gardent cet aspect méditatif des premières esquisses, même si la dimension religieuse a été dégonflée et si — par exemple — le bel autoportrait de Pierre du « manuscrit gris[2] » n'est pas retenu.

La première rédaction continue de *Ma mère* — le « manuscrit blanc » — propose le début du récit sous la forme de cinq chapitres qui stabilisent définitivement ses points de départ narratifs : le narrateur entend en rêve la voix de sa mère et est envahi du souvenir de la disparue (I) ; il se remémore la violence qu'il prêtait à son père, avant d'en venir à l'événement pivot de sa vie : le dîner de Vannes (II) et la nuit orageuse qui le suit (III) ; les souvenirs affluent : au retour de Vannes, Pierre souhaite reprendre une vie normale, mais ayant découvert les photographies obscènes dans le bureau de son père, découvert de quel type d'accouplement il est issu, il se masturbe violemment et décide de se suicider (IV) ; le lendemain, Pierre a changé d'avis : il se rend compte qu'il ne peut être vertueux si sa mère est misérable et qu'il doit la rejoindre dans le vice (V). D'un point de vue strictement narratif, ce début du roman n'est plus vraiment appelé à changer ; mais l'accent est encore mis sur le personnage de Pierre, son drame personnel et religieux. Dans les réécritures à venir, le déséquilibre se fera au profit de la mère, par l'ajout progressif d'éléments biographiques et par l'accentuation de son rôle dans l'intrigue. Mieux, tout ce début de roman insiste sur la faiblesse de celle qui ne s'appelle pas encore Hélène et l'hypothèse d'une initiation du fils par la mère n'est pas encore bien formulée : ainsi est-ce Pierre qui décide de ranger la chambre de son père, alors que, dans les rédactions suivantes, il s'agira d'un « piège » tendu par sa mère pour assurer sa chute.

Bien que cette première version du début de *Ma mère* soit matériellement et stylistiquement tout à fait acceptable, Bataille semble avoir jugé qu'elle n'allait pas dans la bonne direction, que le personnage de la mère de Pierre y restait bien pâle, que le texte ne préparait pas assez ses développements à venir. C'est de cette décision de tout reprendre que naît l'unique version complète que Bataille donnât jamais du récit, celle que présente le « manuscrit jaune ». Presque tous les choix narratifs (le personnage de Réa, le départ de la mère), philosophiques (l'abandon de la perspective religieuse au profit d'un vitalisme libertin), génériques (les nouvelles scènes, avec Réa et Hansi, tirant le texte vers le roman dialogué), esthétiques (un ton moins grandiloquent et marqué par l'ironie de

---

1. Sur les quatre principales campagnes de rédaction, que nous distinguons par la couleur du papier utilisé, successivement : gris, blanc, jaune et vert, voir la Note sur le texte, p. 1308-1309.
2. Voir « Autour de *Ma mère* », p. 853-854.

la « belle langue ») sont précisés au cours de cette nouvelle rédaction, et celle-ci est menée à son terme, puisque Bataille écrit dans la foulée les premières pages de *Charlotte d'Ingerville*. Pourtant, la construction même et l'équilibre du volume restent instables : la division en chapitres brefs, qui est généralement celle qu'adopte Bataille dans ses récits développés, est abandonnée et le texte n'est plus marqué que de deux retours en belle page : la première donne un « I » (f⁰ 198¹) juste avant l'arrivée du personnage de Réa (au niveau de ce qui deviendra « Ma mère à son retour² »), semblant faire de tout ce qui précède un prologue ; la seconde (f⁰ 229) donne un « III » au moment du départ de la mère et de la rencontre d'Hansi (au niveau de ce qui deviendra « Quand la femme de chambre m'appela³ »). Dans son état final, le roman ne fait plus apparaître ces trois temps⁴, mais laisse éclater la structure par les inserts et recentre l'organisation narrative sur la personne de la mère (il y a donc deux parties : avant et après le départ d'Hélène).

Bataille n'attendit pas d'avoir fini de rédiger *Charlotte d'Ingerville* pour entreprendre la mise au net d'une version définitive de la série *Divinus Deus*, dès lors que *Madame Edwarda* et *Ma mère* semblaient prêts pour la rédaction finale. La chose était risquée et, de fait, portait en germe l'échec du projet dans son ensemble. En effet, reprenant *Ma mère* pour la quatrième fois, Bataille ne résista pas à la tentation de densifier le texte en y ajoutant des annonces de ce qui devait apparaître dans *Charlotte* et il vida du coup le troisième volet de la série : l'univers d'Ingerville (le nom n'apparaissait même pas dans le « manuscrit jaune »), l'imaginaire païen de la forêt conçu à l'occasion du récit de Charlotte (la seconde confession de la mère sur sa vie dans les bois est propre à cette nouvelle version), le thème de la putain-carmélite qui devait être approfondi dans *Charlotte*, tout cela est importé dans *Ma mère* à partir des pages déjà écrites pour le troisième volet de la série et qui, dès lors, ne seront plus utilisables⁵.

Si cette ultime rédaction, celle du « manuscrit vert », n'enlève rien à la précédente, elle en modifie complètement plusieurs passages (la seconde soirée avec Réa⁶, le développement des épisodes érotiques avec Hansi⁷), et ajoute plusieurs pages méditatives qui divisent plus nettement les deux parties du récit⁸ et qui reprennent bien des thèmes introduits par *Madame Edwarda*. Ainsi le « manuscrit vert » ne tire pas seulement *Ma mère* en aval, en multipliant désormais les amorces de *Charlotte*, il tire aussi le texte en amont, en l'alignant sur *Madame Edwarda* que Bataille vient de recopier et qui le précède désormais directement dans le manuscrit : ajout de brefs inserts en capitales ou minuscules faisant écho aux limi-

---

1. Pour les indications de foliotage, voir la Note sur le texte, p. 1308.
2. P. 784.
3. P. 813.
4. Une intéressante annotation biffée, en haut du feuillet 229 du « manuscrit jaune », montre néanmoins que Bataille avait prévu les titres suivants pour les chapitres : « I mon père / II Réa / III Hansi ».
5. Voir la Notice de *Charlotte d'Ingerville*, p. 1321-1322.
6. Le « manuscrit vert » a récrit entièrement la scène de la rencontre avec Réa (et tout particulièrement l'épisode dans le coupé et au restaurant) telle qu'elle apparaissait dans le « manuscrit jaune » (f⁰ˢ 206-210) l'allégeant (notamment de réflexions diverses), y insérant des amorces (le thème des bois), la toilettant de quelques clichés ou obscénités.
7. Voir « Autour de *Ma mère* », p. 865-872.
8. *Ibid.*, p. 873-875.

naires de *Madame Edwarda*, d'une longue parenthèse métanarrative qui rappelle la « seconde strate » que nous avons mise en valeur dans le premier récit. La langue des deux textes aussi à s'unifier dans un net infléchissement du vocabulaire ordurier qui marquait le « manuscrit jaune » ; le « manuscrit vert » enrichit encore le texte de thématiques secondaires particulièrement évocatrices, comme celle du « sourire retourné » de la mère, qui devait être reprise dans la dernière page de « Divinus Deus[1] ». Bref, tout se passe comme si, dans ce qui doit être l'ultime version, Bataille tente d'abord d'élever *Ma mère* au niveau de perfection littéraire qu'il avait atteint dans *Madame Edwarda*.

Est-ce parce qu'il eut le sentiment de ne pas atteindre cette perfection que Bataille interrompit cette quatrième rédaction de *Ma mère* que présente la mise au net du « manuscrit vert[2] » ? Le fait est qu'en rangeant les papiers du projet *Divinus Deus*, il composa une sorte de « version autorisée » de *Ma mère* en complétant le « manuscrit vert » par les pages non encore récrites du « manuscrit jaune », créant ainsi — puisque la quatrième version modifiait le ton et surtout certaines des données narratives de la troisième — un texte hybride, expliquant certaines des contradictions auxquelles se heurte aujourd'hui le lecteur, mais qui passèrent longtemps inaperçues.

Un texte double.

Blanchot disait de *Madame Edwarda* qu'une telle œuvre « ne pouvait que refuser une parole de commentaire ». On a presque l'impression que c'est l'inverse pour *Ma mère*, tant le texte offre de prise à l'analyse. Il est d'ailleurs frappant de voir que les premiers commentateurs choisirent en 1966 des entrées très différentes de ce récit labile. Selon Georges Limbour, *Ma mère* prolonge le projet mystique de *Madame Edwarda* et a une clé : « tout repose d'abord sur un certain catholicisme » ; pour Alain Jouffroy, *Ma mère* nous place au cœur de la dialectique virile, « au centre mental et physique de l'homme : entre son " sexe " (sa volonté éperdue de dépense) et sa " pensée " (sa volonté démesurée de conquête) » ; pour Raymond Bellour, ce dont le roman parle, c'est du langage lui-même, ce grand ordonnateur qui a désormais pris la place laissée vacante par Dieu et redéfini, par l'opposition dicible/non-dicible, les limites de l'interdit. Selon Philippe Audouin, le livre vaut surtout par la complémentarité entre le moment incestueux et le moment passionnel et par la complexité du regard que Pierre porte sur Hansi ; s'il faut en croire Philippe Sollers, en revanche, c'est bien la scène incestueuse qui est première… S'il y a cependant quelque chose de commun dans ces premières lectures, c'est qu'elles ancrent profondément le roman dans la tradition littéraire : il y aurait dans ces femmes quelque chose de Lamiel et de Juliette ; Hélène rappellerait la « jeune veuve » de Baudelaire. Par son propos, le récit s'apparente, selon Jean-François Rolin, à la tragédie antique, par

---

1. Voir p. 924.
2. Bataille renonça à cette ultime rédaction de *Ma mère* alors qu'il lui restait à reprendre moins d'un quart du récit (c'est-à-dire essentiellement le retour d'Égypte de la mère de Pierre). Nous avons clairement indiqué dans le texte l'endroit où Bataille a arrêté la mise au net du « manuscrit vert » pour y accoler les dernières pages du « manuscrit jaune » (« portée au délire », p. 835). Nous donnons dans la Note sur le texte toutes les indications matérielles nécessaires (p. 1308-1309).

sa clôture, selon Bellour, à la tragédie classique, tandis que Jouffroy y retrouve le romantisme désabusé d'*Adolphe*. On voit donc déjà apparaître deux lectures de *Ma mère* : la première place le récit dans la lignée du roman libertin développant un érotisme métaphysique ; la seconde y découvre plutôt un drame psychologique, relevant peut-être de ce roman-confession qui eut, dans les décennies précédentes, un rôle si important en France.

Assurément, le dernier roman de Bataille est bien tout cela à la fois. Plus que la « sensibilité très XVIIIe » que l'on se plaît souvent à retrouver dans le texte, ce qui frappe d'abord dans *Ma mère*, c'est que le récit batail-lien a renoue avec la « belle langue ». Non seulement par un alignement presque scolaire sur la norme littéraire (opposition entre passé simple et composé ; insertion fréquente d'un circonstanciel entre le verbe et son complément, etc.), mais aussi par la jubilation de l'archaïsme lexical (*briser* en emploi absolu, *depuis* pour *ensuite*, mise en regard de l'« honnête fille » et de la « fille galante » ou de l'« aventurière », etc.) ou grammatical (« la femme de chambre m'appela pour le déjeuner servi », p. 813). Le recours fréquent à ces « épithètes rhétoriques » qui firent si longtemps le charme de la prose littéraire française fait même soupçonner le pastiche : adjectifs qui redoublent le substantif (« débauche désordonnée » et « appréciable plaisir », p. 799 ; « charmes inattendus » et « manies malades », p. 772) ou confirment sa coïncidence avec le stéréotype (« la profonde bergère où la jolie soubrette me fit asseoir », p. 821). Cette « belle langue » sert d'écrin à un ensemble de mots (*Dieu, angoisse, solitude, rire, déchirure, inaccessible*) dont la répétition sature le texte et qui consti-tuent le fonds lexical, plus encore que la base, de la réflexion de Bataille. Raymond Bellour remarquait ainsi dès 1966 que ces mots obsédants n'avaient pas un sens stable dans le récit et que *Dieu*, par exemple, ser-vait, comme chez les mystiques, de terme universel pouvant presque tout signifier. En cela aussi, *Ma mère* rappelle *Edwarda* ; et cette langue anachronique a encore pour bénéfice d'ôter au texte ce qui lui reste d'ancrage historique. Roman abstrait, *Ma mère* est donc un roman hors histoire : tout juste comprend-on, malgré quelques dates, que Pierre vit à une époque qui connaît encore des fiacres et déjà des téléphones. Bref, si ce n'est de mots, le dernier roman de Bataille se nourrit de peu : peu de lieux, peu d'objets, peu de personnages et peu d'actions. Bien sûr, le texte garde de Sade l'ambition, ici mesurée, de faire le catalogue des per-versions sexuelles, avec une soigneuse progression qui va des rêveries masturbatoires d'un adolescent aux jeux les plus cruels ; mais en cela encore, il célèbre la répétition hors histoire, celle-là même où, dans un article de la même époque, Bataille voyait la caractéristique première du récit érotique[1].

Roman de la répétition, *Ma mère* est aussi paradoxalement un roman d'éducation (ou plutôt le roman d'une déséducation, si l'on se réfère à la célèbre lecture qu'en avança Mishima), et donc le récit d'une métamor-phose. Cette métamorphose, c'est bien sûr celle que Bataille lui-même a connue lorsque de jeune homme pieux il est devenu explorateur de la volupté souveraine, et le récit transpose nombre de traits autobiogra-phiques : Bataille s'est longtemps senti coupable de la déchéance d'un

1. « Le Paradoxe de l'érotisme », *NNRF*, 1955 ; *OC XII*, p. 321-325.

père incompris, mort dans une ville lointaine (l'auteur avait alors l'âge de Pierre) ; il a nourri pour sa mère les fantasmes les plus crus, et pour Colette Peignot une passion à la fois pure et voluptueuse, comme celle qui lie Pierre à Hansi. Mais l'autobiographie reste bien sûr ici celle de Pierre Angélique et le roman prend la forme d'une « confession », tant par ce que le récit retient du rite catholique qui le hante que par le genre littéraire où il s'inscrit : dans plusieurs avant-textes, les événements devaient être racontés en 1955, par un narrateur devenu vieillard. Mais le rite de la confession le cède ici au rituel de la mémoire et si *Ma mère* finit bizarrement par rappeler certains textes de Gide, le roman évoque beaucoup plus systématiquement Proust. Les premières lignes soulignent immédiatement cet héritage : non seulement par leur thématique (la douceur de la présence maternelle près de l'enfant malade), la mise en scène d'ouverture (l'état de mi-veille dont l'évocation inaugure déjà la *Recherche*), mais aussi parce que l'édifice de la mémoire est convoqué par un tout petit fait : un prénom qu'on croit entendre dans un rêve. Proust reviendra encore quand il s'agira de relancer le roman, à l'ouverture de la seconde partie : de même qu'au début de *La Fugitive*, Françoise apprend au narrateur que « Mademoiselle Albertine est partie » et lui remet sa lettre d'adieu, de même, ici, la femme de chambre apprend à Pierre le départ d'Hélène et lui remet une lettre. Tout le début de l'idylle avec Hansi semble encore emprunté à Proust : la scène dans le fiacre, l'attente dans l'antichambre, les doutes sur la moralité de la jeune fille, les premiers assauts de la jalousie, etc. Dès 1946, Bataille avait associé à l'auteur de la *Recherche* la thématique de la « mère profanée » : dans *Ma mère*, il devait déceler ce que Proust dissimulait, l'association « de l'image absolument sainte de la mère et de celles de meurtre et de profanation[1] ».

L'interdit de l'inceste et le retour au silence.

Les deux lectures de *Ma mère* se rejoignent ainsi sur l'importance de la question de l'inceste. Mais on doit commencer par nuancer cet accord : Bataille n'a pas conçu *Ma mère* comme un roman incestueux : dans les premières esquisses, la mère se contentait de montrer à son fils le chemin de la débauche, et ce n'est que tardivement — pour l'essentiel dans le « manuscrit jaune » — que la tentation incestueuse vint donner à l'intrigue une consistance qu'elle n'avait pas. Pour le reste, même en ne considérant que l'état ultime du texte, les critiques ne semblent pas s'accorder sur le degré atteint par la relation qui unit Pierre et sa mère : l'inceste est-il, dans cette fiction romanesque, physiquement consommé, ou simplement symboliquement, par la médiation des femmes de ce qu'Hélène appelle, dans une variante, son « harem » ? La réponse — si c'en est une — est encore à chercher dans les manuscrits. Tel que nous le lisons, le texte est contradictoire : dans le « manuscrit jaune », à la toute fin de *Ma mère*, Hélène annonce que Pierre « s'unira » à elle (p. 851) et, quelques feuillets plus loin, au début de *Charlotte d'Ingerville*, Pierre reconnaît « avoir fait l'amour » avec sa mère (p. 883). Mais dans le « manuscrit vert », en reprenant le roman pour la rédaction finale, Bataille ajouta une longue section où il est dit que l'union charnelle entre la mère et le fils

---

1. « Proust et la mère profanée », *Critique*, 1946 ; *OC XI*, p. 158.

fut d'un baiser sur la bouche, mais que ce baiser fut fatal : pour ne pas aller plus loin, Hélène se tua (p. 812), assumant finalement jusqu'au bout son complexe de Phèdre. On le voit, s'il n'avait interrompu sa réécriture, Bataille aurait modifié la fin du roman et enlevé toute ambiguïté à la portée de l'inceste. Mais cette limitation du fantasme en changeait considérablement le sens et reconfigurait complètement la portée du récit. Ainsi, de toutes les « variantes » qu'offre le dossier génétique de *Ma mère*, celle-ci est peut-être la plus importante. L'on veut pourtant croire qu'on est ici moins face à une autocensure[1] qu'à un approfondissement, entre deux campagnes d'écriture, de la problématique incestueuse qui dès lors peut être pensée en de nouveaux termes : « au lieu de parler (comme le savoir courant) d'un inceste impossible (au niveau du réel) mais conçu comme possible (au niveau symbolique), [Bataille] décrit un inceste réellement et physiquement possible mais symboliquement annulé. Autrement dit, la situation donnée par le texte est la suivante : c'est *parce que* la mère (jeune, jolie, débauchée) est offerte sans obstacle au désir du fils que *précisément* l'inceste ne saurait avoir lieu (l'interdit est intérieur au désir lui-même). D'où toute une série de substitutions, d'approches, qui vont souligner le seul acte dont il ne peut être question : celui qui anéantira le désir par la satisfaction du désir qui porte tous les désirs[2] ». Pour être convaincante, cette lecture de Sollers n'est pertinente que pour la rédaction verte de *Ma mère*, et le « manuscrit jaune » aurait exigé une autre analyse.

Il est cependant difficile de ne pas rapprocher cette vicissitude dans la genèse de *Ma mère* de l'évolution d'un autre texte sur lequel Bataille travaille à la même période, et qui devait s'intituler *L'Érotisme*. Dès 1966, Jean-François Rolin et Jean-Pierre Larbalet virent dans le roman une sorte d'illustration de l'important essai ; mais on peut aller encore plus loin. Dans le volume qui paraît chez Minuit en 1957 les pages sur l'inceste contiennent pour l'essentiel une lecture serrée et critique des théories avancées par Lévi-Strauss en 1949. Or, dans un long texte rédigé et abandonné en 1951 — *L'Histoire de l'érotisme*, dont on sait qu'il constituait pour Bataille une première version du livre de 1957 —, l'inceste était traité d'une façon moins systématique et moins académique. Notamment parce qu'une section — dont il ne reste rien dans la version publiée par Bataille — était consacrée non au très banal « complexe d'Œdipe » mais bien au très audacieux « complexe de Phèdre[3] ». Pour qui veut interpréter la signification profonde de *Ma mère* dans l'économie fantasmatique de son auteur, ces pages sont riches d'enseignement : il y est finalement moins question du tabou de l'inceste que de celui des cadavres et de l'attrait érotique que ceux-ci peuvent avoir sur les vivants. On le comprend, tout cela semble nous ramener à cette scène de 1930, à cet épisode de la masturbation devant le cadavre maternel qui hante

1. Il y a en effet d'évidentes marques d'autocensure entre les deux dernières versions, jaune et verte, du texte. Ainsi, la phrase de Réa qui hante Pierre dans le « manuscrit jaune » (« Tu couleras ta langue dans le trou de mon cul ») reste-t-elle celée dans le texte final ; mieux, Bataille semble avoir un temps rampé la portée érotique que propose Réa à la pratique mieux attestée par la tradition littéraire (« "le derrière de Réa", qu'elle avait en langage des rues offert à ma jeune virilité », p. 795).
2. Philippe Sollers, « Le Récit impossible », *La Quinzaine littéraire*, n° 11, 1ᵉʳ septembre 1966, p. 11.
3. *L'Histoire de l'érotisme*, *OC VIII*, p. 83-88.

l'œuvre de Bataille[1]. Dans *Ma mère*, comme dans *L'Histoire de l'érotisme*, Phèdre servirait finalement à parler d'Œdipe et dans les deux cas, la figure de la mère profanante finirait par être atténuée puis par disparaître.

Tient-on ici la raison pour laquelle Bataille abandonna un jour l'écriture de *Ma mère* ? Ce n'est pas si simple. Il faut d'abord se souvenir que, pendant les mois de 1955 où, selon toute vraisemblance, il travaillait à la rédaction de cette « suite de *Madame Edwarda* », Bataille concevait une préface qui devait permettre la republication isolée du récit de 1941 (voir p. 317), comme si *Ma mère* était d'emblée écrit sous le signe de l'échec. Cela mis à part, il semble acquis que l'abandon de *Ma mère* est essentiellement lié à une raison externe au texte lui-même : on le verra, c'est l'impossibilité d'écrire *Charlotte d'Ingerville* qui explique fort probablement l'abandon de l'ensemble du projet *Divinus Deus*. Quand on prend de la distance, on note aussi que les années 1954-1956 furent parmi les plus productives de la vie de Bataille : bien que toujours à la tête de la bibliothèque d'Orléans, il fait paraître plusieurs essais et en met d'autres en chantier ; or, les manuscrits témoignent de façon spectaculaire qu'il accordait à ses textes de fiction un travail d'élaboration et de rédaction beaucoup plus important qu'à sa prose d'idées et il est fort pertinent de penser que Bataille a abandonné le roman au milieu de son ultime mise au net faute de temps, par contingence et non par volonté. *Ma mère* était néanmoins une entreprise hasardeuse et l'on peut imaginer que Bataille trouva un défaut à ce qui pourrait être une des grandes forces du projet : qu'il y ait deux romans dans *Ma mère*, un roman de l'inceste et un roman de la passion ; deux problématiques, deux intrigues, deux tonalités, deux jeux de personnages que le roman n'articule finalement qu'assez peu, si ce n'est dans ses dernières pages et de façon insatisfaisante : le point d'orgue que constitue, dans le récit tel que nous le connaissons, cette fin qui met Pierre face à sa mère dans une cérémonie érotique vient bizarrement conclure de longues pages sur la possibilité de construire avec Hansi une passion stable. Les artifices qui rattachent la seconde partie du récit à la première — les lettres d'Hélène, les allusions à sa vie, son brusque retour — peuvent ne pas sembler tels au lecteur ; mais l'auteur n'en était pas dupe : *Ma mère* était trop fort pour rester ce « moment faible » indispensable à l'économie de *Divinus Deus*. Bataille avait bien ouvert une parenthèse, mais avait fini par tout y mettre, de son roman familial à sa passion pour Laure, et il était dès lors incapable de la refermer.

GILLES PHILIPPE.

BIBLIOGRAPHIE

Audouin (Philippe), « Un saint enragé », *Le Nouvel Observateur*, n° 90, 3 août 1966, p. 26-27.

---

1. *Le Bleu du ciel*, p. 130. C'est d'ailleurs sur une telle scène que se conclut l'adaptation cinématographique de *Ma mère*, proposée en 2004 par Christophe Honoré avec Louis Garrel et Isabelle Huppert. Notons, en outre, que le roman de Bataille aurait inspiré la thématique du *Souffle au cœur* de Louis Malle (1971).

BELLOUR (Raymond), « La Place de Dieu », *Lettres françaises*, nᵒ 1142, 28 juillet 1966, p. 7 et 9 ; *Le Livre des autres*, L'Herne, 1971, p. 57-63.

FITCH (Brian T.), « *Ma mère* : le texte initiatique », *Monde à l'envers, texte réversible. La fiction de Georges Bataille*, Minard, 1982, p. 111-132.

HAMANO (Koichiro), « Inceste et suicide : énigmes de *Ma mère*, roman de Georges Bataille », *Études de langue et littérature françaises*, Université de Kyoto, septembre 1997, p. 103-116.

JOUFFROY (Alain), « Le Voluptueux Désordre de Georges Bataille », *L'Express*, nᵒ 792, 22 août 1966, p. 32.

KRISTEVA (Julia), « Bataille solaire, ou le Texte coupable », *Histoires d'amour*, Denoël, 1983, p. 341-346.

LARBALET (Jean-Pierre), « Georges Bataille : *Ma mère* », *Marginales* (Bruxelles), XXII-112, février 1967, p. 76-77.

LIMBOUR (Georges), « Le Mysticisme érotique de Georges Bataille », *Le Monde*, 5 novembre 1966, p. 12.

LUKACHER (Maryline), « *Divinus Deus* : Bataille's Erotic Education », *Maternal Fictions*, Durham et Londres, Duke University Press, 1994, p. 161-197.

MISHIMA (Yukio), « Essai sur Georges Bataille (*Ma mère*) », *Nouvelle Revue française*, nᵒ 256, avril 1974, p. 77-82.

ROLIN (Jean-François), « Georges Bataille : *Ma mère* », *Esprit*, nᵒ 11, novembre 1966, p. 715-718.

SOLLERS (Philippe), « Le Récit impossible », *La Quinzaine littéraire*, nᵒ 11, 1ᵉʳ septembre 1966, p. 10-11 ; *Logiques*, Éd. du Seuil, 1968, p. 158-163.

G. P.

NOTE SUR LE TEXTE

Ma mère est un texte inachevé et posthume ; des romans de Georges Bataille, celui-ci est donc le seul pour lequel toute analyse doit se vérifier sur les documents qui portent les traces de sa genèse.

Les premières éditions de « Ma mère » et notre texte.

Il existe deux éditions du texte :

— *Ma mère*, Jean-Jacques Pauvert, in-8ᵒ, IV et 206 p., achevé d'imprimer le 20 juin 1966. La couverture intérieure porte, en rouge, la mention sous-titre « Roman inédit » ; le faux titre *Divinus Deus* est repris des éditions de *Madame Edwarda* (voir p. 315). Si l'on excepte quelques beaux exemplaires de tête (50 vélin blanc numérotés), l'ouvrage était destiné à un large public. La couverture illustrée (un corps de femme stylisé ; écriture en rondes anglaises ; cartouches roses pour le titre et l'éditeur) fut jugée de mauvais goût par les critiques. Bien que le roman fût précédé d'une note génétique de Jean-Jacques Pauvert, le texte procuré ne donnait du manuscrit qu'une version incomplète : les 16 derniers feuillets du manuscrit, jugés malaisément lisibles, ne furent que partiellement transcrits (à partir de « Nous nous assîmes devant un dîner froid servi », ici p. 842) ; les choix typographiques de Bataille (inserts en capitales ou non ; jeu sur les crochets droits en fin de texte, etc.) ne furent pas systématiquement respectés ; la césure au départ d'Hélène fut complètement effacée. Cette version du texte a été reprise par la suite sous des couvertures plus sobres et pour l'édition de poche proposée dans la collection « 10/18 », à partir de 1972.

— *Œuvres complètes* de Georges Bataille, vol. IV, 1971, p. 175-275. À quelques détails près, Thadée Klossowski a repris pour cette édition le texte Pauvert, mais en transcrivant de façon complète les dernières pages du manuscrit. Cette édition présente, par ailleurs, quelques-uns des documents que nous reprenons dans « Autour de *Ma mère* ».

Le texte que nous proposons diverge sur près de deux cents points du texte donné par Thadée Klossowski. Que le lecteur ne s'attende cependant pas à découvrir ici un roman bien différent de celui qu'il a pu lire ailleurs, mais il en trouvera une version plus sûre. Bénéficiant de l'énorme travail de déchiffrage opéré par nos devanciers, nous avons, par exemple, restitué la disposition des alinéas et les choix typographiques apparaissant dans le manuscrit (notamment pour les inserts en capitales ou non). Près de la moitié des corrections proposées portent, par ailleurs, sur des choix de ponctuation : sauf dans les cas de réelle illisibilité nous avons rétabli celle du manuscrit, considérant que sa valeur rythmique n'avait pas à être sacrifiée dans un alignement sur les pratiques actuelles (il était ainsi fréquent dans les premières décennies du XXᵉ siècle de marquer d'une virgule la séparation prosodique entre le sujet et le groupe verbal). Lorsqu'une préposition, un article ou, plus rarement, un nom avaient manifestement été omis dans le cours de la rédaction, nous avons signalé notre intervention en imprimant le mot entre crochets droits. Pour ne pas gêner constamment la lecture, nous avons cependant ajouté sans le signaler : les points de fin de phrase quand ils manquaient devant majuscule ou alinéa, la seconde virgule d'une paire permettant d'isoler un mot ou un groupe de mots, le point d'interrogation dès lors que la phrase contient des marques interrogatives explicites. Nous avons enfin corrigé l'orthographe, assez fréquemment fautive, des manuscrits ; mais sans prendre parti — comme ont pu le faire nos prédécesseurs — dans certaines discriminations entre passé simple et imparfait pour la première personne des verbes du premier groupe : sauf cas d'erreur manifeste ou de barbarisme (« je riai »), nous avons maintenu la graphie du manuscrit.

Quand un doute de lecture pouvait demeurer, nous avons préféré nous conformer aux choix des éditions précédentes ; mais il nous est apparu que sur bien des points où la logique du texte confortait l'évidence graphique, nous ne pouvions suivre les lectures proposées en 1966 et 1971 : « J'entrai dans le cabinet » plutôt que *j'étais* (p. 772), « Je suis l'enfant de la bête des bois », plutôt que *de la fête des bois* (p. 800) ; « la parole de l'évangile convient », plutôt que *conviait* (p. 812) ; « mon émoi prolongeait celui que l'indécence, illimitée celle-là, de son amie venait de me donner », et non *mon émoi prolongeait celui de l'indécence, illimitée celle-là, que son amie venait de me donner* (p. 803), etc.

Les sources manuscrites de notre texte.

Bien que nous ne suivions pas toujours le classement ou l'analyse proposés par Thadée Klossowski pour de nombreux avant-textes du roman, la version de *Ma mère* que nous présentons ici suit le même état manuscrit que celui utilisé par nos prédécesseurs. Pour comprendre certaines ruptures, voire certaines incohérences qui peuvent apparaître dans le cours du roman, le lecteur doit en effet garder en mémoire que *Ma mère* est une œuvre non seulement inachevée et posthume, mais encore — en son état actuel — un texte rédigé à l'occasion de deux grandes campagnes d'écriture.

Les documents concernant *Ma mère* font partie de l'important dossier de 405 feuillets, triés selon toute vraisemblance par Georges Bataille lui-même et ayant connu assez peu d'interventions postérieures, rassemblant les archives du projet *Divinus Deus* (Bibliothèque nationale de France, fonds Bataille, boîte XII-f), une série narrative qui devait s'ouvrir sur *Madame Edwarda* et dont ce roman devait constituer le deuxième volet. Certaines sections de ce dossier présentent une numérotation autographe propre, mais l'ensemble a été folioté de 1 à 405, en suivant l'ordre des feuillets trouvés à la mort de Bataille. Sur ces 405 feuillets, 325 concernent directement *Ma mère*. Dans cette masse, il convient de distinguer quatre versions manuscrites du récit, de développement très inégal, deux dactylogrammes et un ensemble important de « scories ».

Le texte que nous présentons est composé de passages rédigés à l'occasion de deux campagnes d'écriture :

— « Manuscrit jaune » (boîte XII-f, chemises 3 et 2) : il s'agit d'un ensemble de 112 feuillets sur papier pelure jaune orangé, rédigés à l'encre noire au recto, présentant la seule version complète du roman que nous connaissions (le texte de *Charlotte d'Ingerville* lui fait d'ailleurs immédiatement suite, voir p. 1324). Il s'agit d'un texte de travail, avec de très nombreux ajouts et ratures. Pour les raisons qu'on verra plus bas, la pagination autographe de 1 à 112 ne correspond plus au foliotage final auquel nous nous référerons (foliotage autographe 1 à 86 : f°s 171 à 257 ; foliotage autographe 87 à 112 : f°s 138 à 165). Ce manuscrit ne comporte pas de page de titre et ne prévoit pas les « inserts » qui, par six fois, viennent diviser le texte de la version finale.

— « Manuscrit vert[1] » (boîte XII-f, chemises 1 et 2 ; pagination autographe suivie de 1 à 137 coïncidant avec le foliotage final) : le manuscrit le plus récent de *Ma mère* se trouve dans un début de mise au net de l'ensemble appelé à former la série *Divinus Deus*. Il s'agit de feuillets de papier pelure vert présentant la titulature de la série, une nouvelle copie manuscrite de *Madame Edwarda*[2] et le début de *Ma mère* (f°s 21 à 137 ; le f° 21 constitue la page-titre, « II / Ma mère »). Cette version présente un état du texte nettement plus abouti que celle du « manuscrit jaune » ; elle est néanmoins incomplète, puisqu'elle s'interrompt à « portée au délire » (ici p. 835).

En triant les papiers du projet « Divinus Deus », Bataille a composé une sorte de « version officielle » de *Ma mère* en complétant la mise au net du « manuscrit vert » par les feuillets du « manuscrit jaune » présentant la fin du roman. Cette fabrication d'un texte composite, formé de pages rédigées à l'occasion de deux campagnes d'écriture différentes, ne serait pas satisfaisante — et nous avons partagé un temps les hésitations

---

1. Dans le tome IV des *Œuvres complètes* de Georges Bataille, les manuscrits jaune et vert sont respectivement appelés « manuscrit 1 » et « manuscrit 2 ».
2. Voir la Note sur le texte de *Madame Edwarda*, p. 1131-1132.

de Thadée Klossowski[1] — si elle n'avait clairement été entérinée par Georges Bataille lui-même : un feuillet autographe non numéroté (papier pelure vert), placé en tête du dossier *Divinus Deus* (chemise 1) et faisant l'inventaire partiel des documents existants, présente une note au crayon « c'est le meilleur » dans la marge de l'item consacré au « manuscrit vert » complété par la fin du « manuscrit jaune[2] ».

La Bibliothèque nationale de France conserve par ailleurs une version dactylographiée du début du roman, jusqu'à « je murmurai » (ici p. 795), sur papier machine sans foliotage mais avec une numérotation autonome de [21] à 70, dont le point de départ montre qu'il s'agit d'une saisie du « manuscrit vert[3] ». Le texte est en effet identique à celui du manuscrit, avec de nombreuses coquilles mais aussi de multiples alignements des graphies, de la ponctuation ou de la syntaxe sur la norme, dont il y a lieu de penser qu'elles ne doivent rien à Bataille. Nous n'avons donc pas pris ce document en considération pour l'établissement du texte.

Les archives de la genèse de « Ma mère ».

La lente élaboration de *Ma mère* se mesure pour l'essentiel dans la centaine de pages d'ébauches et de notes, probablement rassemblées par Bataille, mais ni triées, ni recensées. Parmi ces scories (boîte XII-f, chemise 4, f°s 258-345), on trouve deux documents de plus grande ampleur :

— « Manuscrit gris » (f°s 301-313 ; demi-feuillets de papier gris, le même que celui du manuscrit de « Sainte » ou d'un des projets de préface de *Madame Edwarda*, collés sur des feuillets de papier machine blanc ; rédaction au recto à l'encre noire, nombreuses altérations). Ce premier ensemble se divise en trois sections : la première (f°s 306-308, puis 301-305, si l'on remet les feuillets dans leur ordre d'origine) présente une esquisse de ce qui deviendra le dîner de Vannes du chapitre II de la rédaction suivante (les f°s 301 et 302 portent d'ailleurs le commentaire marginal : « déjà dit », attestant que le contenu a été repris dans la réécriture) ; la seconde (f°s 309-313, avec numérotation autographe de [1] à 5) présente un autoportrait moral de Pierre[4].

— « Manuscrit blanc » (f°s 258-296 ; papier blanc issu peut-être, pour l'essentiel, d'un bloc correspondance ; rédaction au recto à l'encre noire, très nombreuses altérations). Cet ensemble de 39 feuillets se divise en deux sections dont chacune est dotée d'une numérotation autographe.

1. Les archives des Éditions Gallimard conservent une lettre de Thadée Klossowski à Robert Gallimard, en date du 29 décembre 1970 : « Je suis en train de corriger les dernières épreuves du tome IV de Bataille. Tout allait bien jusqu'ici, mais, revenant sur *Divinus Deus*, le doute et le remords m'assaillent. [...] Nous avons donné, pour *Ma mère*, et Pauvert avant nous, le texte de Ms. 2 suivi (complété) de Ms. 1, p. 87-112 (p. 259-276 du texte imprimé). Or je me demande aujourd'hui s'il ne vaudrait pas mieux considérer Ms. 1 comme étant le bon texte de *Ma mère*, et Ms. 2 comme une *nouvelle version inachevée* [...]. On aurait alors de *Ma mère* un texte complet et homogène. »

2. « DIVINUS DEUS, titre provisoire du roman écrit avec l'intention de donner une suite à *Madame Edwarda* / A Ms sur feuillets jaunes. Première version comprend l'épisode avec Hansi mais non jusqu'au retour de la mère / B et B' Copies dact. sur feuillets blancs ou sur feuilles jaunes ne comprend pas l'épisode Hansi / C Ms sur feuillets verts p. 1 à 137 et 8[7] à 114 comprend *Madame Edwarda*, l'équivalent de A l'épisode au retour de la mère et 2 pages de la 3e partie (*Charlotte d'Ingerville*) ».

3. Le second dactylogramme recensé par Bataille (voir note précédente) n'est qu'une copie carbone du premier sur papier pelure jaune orangé.

4. Voir « Autour de *Ma mère* », p. 853-854.

La première (f⁰ˢ 258-282), numérotée par Bataille de 2 à 25 (la page 1 correspondait sans doute à une page de titre non conservée), présente la première rédaction suivie de *Ma mère* ; elle est divisée en cinq chapitres avec retour en belle page. La seconde section (f⁰ˢ 283-296), numérotée de 1 à [14], est plus hétéroclite (réflexion sur la volupté ; dîner avec Hansi[1]).

Parmi les feuillets présentant des développements moins élaborés, on retiendra ces premiers jets de textes appelés à être récrits :

— premières ébauches, extrêmement altérées, des pages d'ouverture, autour du rêve de la voix qui dit « Pierre » (f⁰ˢ 298-300, rédaction à l'encre noire sur des rectos de papier blanc ; ces pages précédaient peut-être le « manuscrit gris » ; elles se retrouvent mises au propre au tout début du « manuscrit blanc », f⁰ˢ 258-260) ;

— considérations de Pierre sur l'alcoolisme de sa mère (f⁰ˢ 297, 314 et 315, deux recto verso sur papier à en-tête de la bibliothèque d'Orléans et quelques lignes sur une feuille libre ; ce thème sera repris dès le « manuscrit blanc ») ;

— fragment d'une scène érotique avec Hansi et Loulou (f⁰ 326, papier pelure orange ; 1/3 rédigé au crayon, puis deux cartes blanches collées).

Mais les documents les plus intéressants du dossier sont assurément les notes prises par Bataille au long du projet *Divinus Deus*[2].

— un plan commenté de la future série (f⁰ˢ 339-341, recto de demi-feuillets blancs ; voir p. 910-911) ;

— une table de calcul pour la chronologie de la biographie de Pierre Angélique (f⁰ 342, recto d'une feuille à en-tête de la bibliothèque d'Orléans ; rédaction au crayon ; voir p. 863) ;

— un ensemble de notes en vue du projet *Divinus Deus* (f⁰ˢ 343-345, notes à l'encre noire éparses sur trois feuillets de papier pelure orangé ; voir p. 863) ;

— une scène érotique abandonnée (f⁰ˢ 324 et 325, recto de feuillets pelure blancs, écrits au crayon ; voir p. 864) ;

— un important texte intitulé « La Suite de *Madame Edwarda* » (f⁰ˢ 335-337, recto de demi-feuillets gris, encre noire ; voir p. 909-910) ;

— un long texte de commentaire que Bataille semble avoir songé à insérer dans la dernière rédaction (f⁰ˢ 330-334, recto de cinq feuillets de papier pelure vert ; voir p. 873-875).

Quelques pages érotiques présentes dans ce dossier, mais sans lien direct avec le projet *Divinus Deus* nous ont paru plus à leur place dans les *Ébauches* (voir p. 992-995).

Un dernier ensemble de documents doit enfin être pris en compte. On regroupe généralement sous l'étiquette « Paradoxe sur l'érotisme » un lot de 15 feuillets (boîte XII-f, chemise 6, f⁰ˢ 407-421), présentant un plan et un bref synopsis de la suite de *Madame Edwarda*, ainsi que des pages de réflexion, dont il y a lieu de penser qu'elles préparent le développement théorique annoncé par le plan de la série. L'ensemble des feuillets de la chemise « Paradoxe sur l'érotisme » est retranscrit dans « Archives du projet *Divinus Deus* » (p. 911-917). En plus du fait qu'il est légitime de croire que ce regroupement a été opéré par Bataille lui-même, l'unité de l'ensemble est assurée par une logique préparatoire,

---

1. Voir *ibid.*, p. 855-862.
2. Ces éléments sont pour partie repris dans « Autour de *Ma mère* » et pour partie dans « Archives du projet *Divinus Deus* ».

même si la présentation matérielle des feuillets diffère : le feuillet 407 (plan de la série) semble avoir été prélevé d'un bloc de papier correspondance blanc ; les feuillets 408-411 sont des feuilles de papier machine blanc (notre texte jusqu'à « dire à quel point mon livre diffère » et la note, p. 913) ; les feuillets 412-415 sont rédigés sur un papier pelure vert, les feuillets 416-421 sur un quart puis des demi-feuillets de papier blanc collés sur du papier pelure vert (où le titre « Le Carrefour de la mort et de la naissance » a été directement écrit) ou, pour le dernier feuillet, sur du papier machine blanc. Une telle discontinuité de support n'est pas rare chez Bataille ; plus gênante est la rupture de la numérotation autographe des feuillets sur papier pelure : les feuillets 412-415 sont numérotés de [1] à 4, les feuillets 416-420 de 12 à 16. Les feuillets 416-420 portent par ailleurs au verso des marques autographes de calcul du nombre des signes par page et en cumul ; le demi-feuillet 416 (« 350/16 200 ») laisse enfin entendre que les onze pages manquantes présentaient plus de 15 000 caractères, ce qui est tout à fait plausible. Des feuillets ont donc, de toute évidence, été égarés, déplacés ou détruits par l'auteur ou, moins probablement, par un tiers. On prendra donc garde, dans l'interprétation de ces pages, de ne pas leur prêter une unité plus grande que celle qu'elles affichent à la lecture.

G. P.

NOTES ET VARIANTES

a. Cette phrase concluait le deuxième chapitre du ms. blanc, qui porte la trace d'un travail très serré. La formulation finalement adoptée était la suivante (f° 267) : Qui jamais ne connut — ou n'imagina — ce sourire fielleux, ce sourire égaré de ma mère ne soupçonna pas la beauté de mort de l'ironie. *Dans la dernière version, la phrase est dégonflée et a perdu sa place de clausule.* ✦✦ *b. Ces dernières lignes faisaient l'objet d'une expansion tragique dans ms. blanc (f° 272) :* L'indicible était que ma mère, désirée dans la malédiction, maudite et fulgurante, m'éloignait et, maintenant, me tenait à l'écart. Je resterais dans ma solitude, à jamais séparé de cette fulguration céleste à laquelle de tout mon cœur j'avais tendu. En ce monde mort où je ne vivrais que pour une raison : me détourner de la vision qui m'avait brûlé, quand ma mère en larmes était dans mes bras, et que le ciel se déchirait. ✦✦ *c. Fin du §* *dans ms. jaune :* Mais non, mon petit, si tu savais : tu n'auras jamais une fille plus facile à trousser que moi ! / — Mais… c'est la première ! / — Je te laisse faire : je ne serais pas gênée de le faire moi-même, mais tu verras, c'est charmant. / Je l'embrassai et, derrière elle, aussitôt je levai la jupe, puis je passai la main dans la fente du pantalon. / Un long sourire l'illumina, mais en un saut elle s'était échappée : elle était à genoux sur le sofa et maintenant me tournait le dos : d'un geste elle fit tomber le pantalon et me parlant, tête à l'envers, entre les jambes, elle implora : / — Chéri, ta langue ! ✦✦ *d. Ms. jaune donne à la suite de cette réplique :* Nous descendons, cria Réa. Bonjour ! *et en note avec appel à ce dernier mot :* À ce moment Réa mettant la main dans la culotte de Pierre saisit sa queue sans la sortir, et la lui serra, comme si elle lui serrait la main. ✦✦ *e. Ms. donne à la suite ces mots biffés :* ce qu'elle a cherché toutes les nuits, c'était la mort.

1. Jusqu'au dernier moment, Bataille hésita sur la chronologie de la vie de Pierre. On verra dans la table de calcul présentée dans « Autour de *Ma mère* » (p. 863) que l'auteur envisagea des écarts importants, tant pour l'âge du narrateur que pour l'ancrage historique du roman. Le « manuscrit jaune » situait encore le début du récit en 1904, donnant alors à Pierre d'abord douze ans puis dix-huit (f°s 172-173).

2. Ces propos de la mère ne se trouvent que dans la dernière rédaction du texte et constituent une de ces « amorces » que Bataille a ajoutées *in extremis* à son récit (voir la Notice, p. 1300).

3. Pour des raisons que nous ignorons (jeu sur la paronymie Segrais/secret ?), Bataille a déplacé le récit de la Normandie (voir aussi esquisse p. 910-911) vers la Bretagne dès la première rédaction, celle du « manuscrit gris » : « Revenant au même point — ne pourrais-je cesser d'y revenir — j'en arrive à l'interminable nuit d'orage, auprès de la gare de [Caen *corrigé en* Vannes]. Ma mère et moi nous attendions dans des chambres d'hôtel que le jour se levât et que nous pussions nous rendre en voiture à [/Ouistreham *corrigé en* Trouville] *biffé*] Segrais ». Une variante biffée du même feuillet précisait qu'une parente du père « tenait dans la petite ville un commerce de pompes funèbres » (f. 306).

4. Dans le « manuscrit vert » la phrase qui figure sur le feuillet 29 n'est pas achevée.

5. Ici s'achevait le troisième chapitre du « manuscrit blanc ». La scène d'orage et la phrase de clôture avaient un côté bien plus grandiloquent : « dans l'ivresse, les cheveux défaits, elle était la divinité maudite de l'orage ». Là encore, Bataille a comme dégonflé le texte ; mais même dans la version finale, la première partie du roman associe près d'une dizaine de fois l'orage à Hélène.

6. C'est sur cette décision spectaculaire que s'achevait le chapitre IV du « manuscrit blanc » (f° 274). La résolution était plus forte : au début du chapitre V, Pierre est sur le point d'aller se jeter dans la Seine quand il s'endort d'épuisement (f° 275).

7. Allusion à un texte de William Blake *Le Mariage de l'enfer et du ciel* ; sur l'importance de cet auteur pour Bataille, voir la Notice de *L'Abbé C.*, p. 1261.

8. Julia Kristeva a vu dans cette maxime de La Rochefoucauld une sorte de clé du texte : affirmation du déplacement métaphorique de la littérature, jeu de complémentarité des antinomies, problématisation du non-visible psychanalytique et du non-représentable social (*Histoires d'amour*, p. 341-342). On ne peut s'empêcher d'y entendre avant tout l'écho d'un thème omniprésent chez Bataille et qu'aurait développé plus directement le livre que, vers 1930, il envisageait de consacrer à cet œil embryonnaire que nous aurions au sommet du crâne : « si l'œil pinéal doublait verticalement la vision normale (dirigée horizontalement) — l'homme pourrait être assimilé à l'aigle des Anciens, qui, à ce qu'on pensait, fixait le soleil en face » (*OC II*, p. 38).

9. Dans le « manuscrit vert » figure ici biffé « nous aimons la mort ». Ce thème a déjà été introduit dans plusieurs variantes biffées de cette scène. Cela explique le fait que le lendemain Pierre se souvienne que sa mère lui a parlé de la mort au restaurant (p. 794).

10. La soirée se poursuivait de façon fort différente dans le « manuscrit jaune » (f°s 209-210). Voir « Autour de *Ma mère* », p. 865.

11. Le « manuscrit vert » en tirant le texte vers le libertinage a modifié la dimension de drame familial que gardaient les versions précédentes. Pour la rédaction du même passage dans le « manuscrit jaune » (f° 210), voir « Autour de *Ma mère* », p. 865-866.

12. Le « manuscrit jaune » (f° 214) donne cette note en bas de page : « Pierre, qui se branlait, éjacule. Il crache son foutre en répétant les mots que Réa lui avait murmurés à l'oreille : "Tu couleras ta langue dans le trou de mon cul" ». Dans la dernière version du texte, la phrase murmurée par Réa et qui torture Pierre n'est plus révélée. Même si — comme on le voit plus haut dans le texte — Bataille semble avoir un instant envisagé de substituer la sodomie à l'« immonde baiser » que proposait Réa dans le « manuscrit jaune », les lignes qui suivent démentent cette hypothèse (Pierre est en effet invité à reproduire avec Réa des jeux érotiques que celle-ci a déjà goûtés avec Hélène). Voir sur ce point la Notice, p. 1304, n. 1.

13. Les crochets sont de Bataille.

14. On trouve, dans le dossier *Divinus Deus* (f°ˢ 327-329), la mise au net d'une ébauche de récit contenue dans le carnet 17 (f°ˢ 36-40) et qui présente la confession d'une femme sur les scènes de débauche solitaire auxquelles elle se livrait autrefois dans les bois (voir *Ébauches*, p. 992-995). Ces pages n'ont pas été rédigées dans le cadre de la série romanesque, mais Bataille semble avoir songé à les y utiliser, ou en tout cas s'en est souvenu en écrivant cette seconde scène d'aveu d'Hélène.

15. Comme dans l'imaginaire médiéval familier à Bataille, le monde des campagnes et des bois est païen (la mère y cherche des faunes ; elle est pareille à une ménade ; les tantes y sont des Parques, etc.), tandis que la ville est christianisée.

16. Il y a sans doute ici une nouvelle occurrence d'un thème obsédant dans l'œuvre de Bataille, celui de la cécité de son père.

17. Cette longue parenthèse a été ajoutée dans l'ultime rédaction du texte. Dans le « manuscrit jaune », par exemple, il n'était jamais dit que Réa dût devenir carmélite (voir la Notice, p. 1298).

18. Comme tous les textes de Bataille, *Ma mère* se devait de sacrifier au moins une fois à l'évocation du thème obsédant de l'acéphalité.

19. À partir de ces mots, la scène prenait une tout autre direction dans le « manuscrit jaune » (f°ˢ 226-228) : Pierre et Réa se confient, pleurent, avant de s'endormir l'un dans les bras de l'autre ; s'ils font l'amour, c'est bien plus tard dans la nuit, en s'aidant de termes orduriers (voir *OC IV*, p. 405-406).

20. Cet insert ouvre une section très importante pour l'interprétation du texte, qui n'a été conçue que dans la toute dernière rédaction (« manuscrit vert »). Il s'agit d'une sorte de parenthèse dans le récit, qui donne l'occasion de faire un bilan sur la figure de la mère avant qu'elle ne s'éclipse et d'introduire le personnage d'Hansi ; il s'agit surtout d'articuler les deux passions « aux antipodes » que connaît le narrateur dans le roman et de renforcer la structure binaire de celui-ci tout en rendant moins grossier le passage d'une partie à l'autre. Ce texte marque aussi un nouveau choix de Bataille quant au degré d'union incestueuse qui lie Pierre et sa mère (voir la Notice, p. 1303). Notons enfin que, selon le principe de l'« amorce » qui règle la poétique bataillienne dans *Ma mère*, l'épisode d'Hansi est devancé par l'annonce de sa fin : Hélène reviendra et chassera Pierre de ce « royaume de tendresse » qui s'offrait comme alternative au trajet incestueux.

21. Ce souvenir littéraire a déjà été convoqué dans *L'Impossible* (voir p. 495). Cette allusion permet de mieux comprendre le rôle que Bataille entend faire jouer à Réa en étoffant le personnage. Rappelons qu'il est inexistant dans le tout premier projet, qu'il est à peine nommé dans le « manuscrit blanc » et que, dans la version jaune, il reste une sorte de double d'Hélène (comme Loulou sera un double d'Hansi), sans destin propre. D'un point de vue psychologique, Réa détourne et complexifie la relation que le narrateur entretient avec sa mère ; d'un point de vue narratif, elle joue le rôle d'un « facteur retardant » en suspendant en apparence l'apothéose incestueuse et en épaississant la partie du récit consacré à la mère, avant l'apparition d'Hansi.

22. Premier des souvenirs bibliques qui émaillent ces pages : pour un plat de lentilles, Ésaü vendit à Jacob son droit d'aînesse (Genèse, xxv, 34). On trouvera, dans les lignes qui suivent, un écho du « fruit de [t]es entrailles » de la visitation (Luc, 1, 42), la « source vive » des psaumes et une citation explicite du Nouveau Testament : « *Violenti rapiunt illud* » (Matthieu, xi, 12 : « le royaume des cieux souffre violence et ce sont les violents qui s'en emparent »).

23. Bataille a en fait écrit « ma père » (f⁰ 102). Nous corrigeons ce spectaculaire lapsus, que les éditions Pauvert et Klossowski avaient rendu cohérent en optant, sans commentaire, pour une leçon « mon père » non autorisée par le manuscrit et peu compatible avec le contexte étroit.

24. Le feuillet 103, entre cette section et la suivante, est laissé vierge dans le manuscrit, à l'exception d'une note en haut à droite : « Texte en capitales ». Ce texte n'a pas été rédigé.

25. Pour rendre le texte lisible, nous restituons ces mots biffés mais non remplacés par Bataille.

26. Le « manuscrit jaune » donne une version bien plus brève de la lettre de la mère (f⁰ˢ 229-231 ; voir *OC IV*, p. 406-407). S'y expriment seulement l'angoisse de ce que la mère a fait à son fils et le souhait qu'il rencontre Hansi.

27. Le manuscrit donne en fait « devant vous », mais il s'agit probablement d'un lapsus que nous corrigeons pour rendre un sens à la phrase (f⁰ 110).

28. Pour rendre le texte lisible, nous restituons ces mots biffés mais non remplacés par Bataille.

29. Le passage compris entre la lettre d'Hélène et ces lignes n'a fait l'objet que d'un toilettage stylistique entre le « manuscrit jaune » et le « manuscrit vert ». Les pages qui viennent, en revanche, jusqu'à la fin du « manuscrit vert » sont sensiblement différentes entre les deux états du texte. Nous donnons celui du « manuscrit jaune » dans « Autour de *Ma mère* », p. 866-872.

30. C'est ici, au dernier feuillet pelure du « manuscrit vert » (f⁰ 137), juste avant le retour de la mère de Pierre, que s'achève la version récrite par Bataille ; il adjoindra plus tard à ces pages, pour compléter le récit, la fin du « manuscrit jaune ». Voir la Notice, p. 1301.

31. Dans le « manuscrit jaune », la mère de Pierre s'appelait Madeleine : Hélène n'apparaît que dans la mise au net du « manuscrit vert », dont on a déjà remarqué qu'elle « paganisait » les versions précédentes. Réa s'est d'abord appelée Adèle, puis Rosalie dans le « manuscrit blanc », avant de recevoir dans le « manuscrit jaune » un nom homophone de

Rhéa, déesse maternelle et épouse incestueuse de Chronos (faut-il aussi se souvenir que *rea* signifie « coupable » en italien ?). Quant à Hansi, son nom définitif apparaît dès le « manuscrit blanc », mais après quelques hésitations puisqu'elle s'est d'abord appelée Theodora, puis Renata.

32. Nous plaçons ici l'appel manquant pour la note donnée en bas de page dans le manuscrit, suivant en cela le choix des *OC*.

33. Ici et dans les pages qui viennent, les crochets sont de Bataille. Ils se multiplient donc jusqu'à la fin du texte, donnant le sentiment d'une sorte d'émiettement typographique et dramatique de la clôture du récit. Leur valeur est cependant incertaine ; on remarque qu'ils séparent des segments particulièrement obscènes et notamment ceux qui concernent le plus explicitement la possibilité d'une consommation de l'inceste. Il n'est donc pas exclu que, pour certains d'entre eux au moins, ces crochets aient servi à marquer des passages que Bataille hésitait à maintenir.

34. Cette scène de déguisement reprend une thématique essayée dans une esquisse abandonnée (voir « Autour de *Ma mère* », p. 864).

35. Ce mot offre un des rares ancrages historiques précis de *Ma mère*, texte particulièrement pauvre en réalia. Les « huit-reflets » sont en effet des chapeaux emblématiques de la toute première décennie du xxᵉ siècle ; leur mode est donc exactement contemporaine de l'action du roman. Pour le reste, la langue du *Ma mère* est légèrement anachronique, voire incohérente : en plus des traits « dix-huitième » souvent relevés (voir la Notice, p. 1302), le texte se caractérise par l'emploi d'un lexique assez étrangement emprunté à la langue du xixᵉ siècle.

36. Pour rendre le texte lisible, nous restituons ces mots biffés mais non remplacés par Bataille.

37. Cette dernière réplique constitue, en quelque sorte, le testament moral de la mère de Pierre et confirme le sens de son suicide : non pas l'expiation après la faute et le remords, mais, bien au contraire, le refus de la « descente » après avoir atteint au sacré. Cette signification du suicide dans *Ma mère* a été remarquablement étudiée par Koichiro Hamano, p. 103-116 (art. cité en Bibliographie, p. 1306).

38. Suivent ces lignes, en bas à droite du dernier feuillet : « C'est fini de rire la mère des chapitres Réa et Hansi disparaît et Pierre succombe à la conscience de n'avoir aimé que l'amie de Réa ». Est-ce à dire que Bataille a envisagé d'ajouter un dernier paragraphe pour que le texte ne finisse pas d'une façon trop abrupte ? La périphrase « amie de Réa » pour désigner Hansi nous ramène étrangement au « manuscrit blanc » (voir p. 858) ; dans la version finale du texte, Hansi est bien présentée dès le début comme une amie de la mère de Pierre, sans lien avec Réa.

Autour de « Ma mère »

[AUTOPORTRAIT DE PIERRE ANGÉLIQUE]

Le passage que nous extrayons de la dernière section (fⁿˢ 309-313) du « manuscrit gris » — première ébauche développée du début de *Ma mère* (voir la Note sur le texte, p. 1309) — contient une sorte d'autoportrait de Pierre.

[PREMIÈRE RÉDACTION SUIVIE]

[I. La Faiblesse de la vertu.]

Comme dans le « manuscrit gris », la dimension religieuse du drame de Pierre est très présente dans le « manuscrit blanc » — d'où est extrait ce passage —, alors qu'elle s'estompe dans les rédactions ultérieures. Nous reproduisons ici la deuxième section du « manuscrit blanc » (f⁰ˢ 283-296), texte inédit doté — comme souvent dans la masse des brouillons de *Ma mère* — d'une numérotation autographe autonome.

[II. Vision érotique.]

Ce passage, extrait du « manuscrit blanc » (f⁰ 287), présente une vision érotique qui emprunte fortement à l'imaginaire de *Madame Edwarda*.

[III. Rencontre de Pierre et de Hansi.]

Bien avant d'avoir terminé la rédaction de la première partie de *Ma mère*, Bataille a imaginé la rencontre de Pierre avec celle qui devait devenir Hansi (f⁰ˢ 288-291), comme s'il importait au romancier de poser simultanément les fondements de chaque partie du diptyque.

[VERS LE MANUSCRIT JAUNE]

[I. Personnages féminins.]

Au moment de se lancer dans la rédaction du « manuscrit jaune », Bataille a jeté sur trois feuillets quelques mots pour un portrait sommaire de la mère de Pierre (f⁰ 343), la mention d'un « premier incident » (« La mère de Pierre est ivre. / dîner au Rosalba. Comtesse d'Huy », f⁰ 344), et enfin d'intéressantes remarques sur l'articulation des récits et des personnages féminins en gestation (f⁰ 345).

[II. Chronologie de la vie de Pierre.]

Bataille a beaucoup hésité sur l'âge de son personnage et sur le choix de l'époque exacte à laquelle se déroulerait son roman. La page que nous reproduisons (f⁰ 342) présente des essais de chronologie pour la biographie de Pierre Angélique ; seule se maintiendra l'idée que le récit devait être écrit par Pierre en 1955, année de la rédaction effective du texte.

1. Les dates de cette chronologie ont donné lieu à divers essais, dont témoignent les traces de gommage sur ce document rédigé au crayon. Rappelons que dans le dernier état du texte Pierre a dix-sept ans en 1906 à la mort de son père ; Bataille le fait donc finalement naître en 1889. Rappelons aussi que, dans le « manuscrit jaune », le nom de Madeleine devient celui de la mère du narrateur.

[III. « *Une surprise à minuit* ».]

On trouve, parmi les scories de *Ma mère*, cette ébauche de scène de travestissement, la « surprise de minuit » (f°s 324-325), qui annonce par certains aspects la fin du roman.

[LE MANUSCRIT JAUNE]

Les scènes que nous reproduisons dans cette section sont extraites du « manuscrit jaune » qui présente la seule version complète que Bataille donnât jamais de *Ma mère*.

[*I. Première soirée avec Réa. Déjeuner du lendemain.*]

Ces deux scènes (f°s 209-210) sont de celles que Bataille étoffera le plus dans la version finale (voir p. 790-794), où elles bénéficieront d'apports du début de la rédaction de *Charlotte d'Ingerville*.

[*II. Loulou.*]

Le « manuscrit jaune » consacrait plusieurs feuillets au personnage de Loulou (f°s 248-257). Cette figure secondaire de *Ma mère* est l'une des plus anciennes du projet *Divinus Deus*, puisqu'elle est issue de la métamorphose de la Louise de « Sainte » (voir p. 1330). Dans le « manuscrit jaune », Loulou finissait presque par devenir la quatrième initiatrice de Pierre et, dans les pages que nous en extrayons, deux « amorces » accroissaient encore son potentiel narratif : Pierre devait la présenter à sa mère, et avoir une liaison avec elle, peut-être à l'insu d'Hansi. Or, au moment de recopier ces feuillets dans le « manuscrit vert », Bataille s'aperçoit qu'ils y seraient déplacés : dans la section qu'il vient d'ajouter avant l'annonce du départ de la mère de Pierre, l'amour avec Hansi est présenté comme incommensurable et seul le retour d'Hélène pourra venir le briser.

[DERNIERS AJUSTEMENTS.
AUTOUR DU MANUSCRIT VERT]

[*I. Le Souvenir de ma mère.*]

Le texte (f°s 330-334) que nous donnons devait manifestement être inséré au tout début du roman (voir p. 760). Bataille semble avoir envisagé cette insertion au cours de la mise au net du « manuscrit vert[1] », puis y avoir renoncé. Ces pages auraient d'emblée constitué *Ma mère* comme un développement de *Madame Edwarda*, auquel elles font explicitement allusion et dont elles empruntent le ton.

1. Voir *Madame Edwarda*, p. 329.

---

1. La greffe se serait faite au haut du feuillet 24. Le papier utilisé est le même que celui du « manuscrit vert ».

[II. Ajuſtements.]

On trouve dans le carnet 16 de la BNF (recto des pages 2-4) ces notes qui semblent avoir été prises en cours de la mise au net du « manuscrit vert », dans le double but de compter le nombre de pages de la transposition (ce fut toujours un souci pour Bataille) et de prévoir quelques aménagements du récit. Elles montrent aussi comment, après avoir inventé l'univers d'Ingerville aux premières pages de *Charlotte*, Bataille a décidé d'utiliser dès *Ma mère* ces nouveaux éléments pour raconter la jeunesse d'Hélène[1].

2. Les indications de page de ce document semblent correspondre à des repérages faits sur le « manuscrit vert ». La première citation se trouve bien au folio 5 ; la deuxième, certes, se trouve au haut du folio 7, mais il peut s'agir d'une erreur d'inattention ; la troisième se trouve bien au folio 24, mais Bataille la donne ici dans l'état qu'atteste le « manuscrit jaune » (fᵒ 172 « effroi » et non « horreur ») ; la dernière ouvre une section du feuillet 31.

CHARLOTTE D'INGERVILLE

NOTICE

C'eſt par un blanc que *Charlotte d'Ingerville* apparaît dans les brouillons de la série qui devait s'intituler *Divinus Deus* : dans le premier plan de la biographie de « Pierre Angelici », alors que les deux premiers volets sont déjà clairement établis (*Madame Edwarda, Ma mère*), un « III » annonce qu'ils seront complétés par un ultime épisode qui reſte sans titre[2]. Il n'eſt pas exagéré de dire que Bataille ne parvint jamais à remplir ce blanc, qu'il ne trouva jamais ce qu'il fallait dire dans ce troisième volet, et que l'échec de *Charlotte d'Ingerville* entraîna celui du projet tout entier.

« Membra disjeċta ».

De ce qui devait conſtituer le troisième volet de la série *Divinus Deus*, Bataille n'a rédigé que quelques pages. Et encore faut-il leur redonner une continuité dont les manuscrits que nous conservons ne témoignent plus. Bataille a sans doute d'abord rédigé le récit de *Charlotte* sur un carnet avant d'en reprendre les premières pages à la suite de *Ma mère* ; il semble avoir alors arraché du carnet les pages correspondant au texte récrit, si bien que nous sommes contraints — pour avoir une idée précise de ce qui devait composer *Charlotte d'Ingerville* — de mettre bout à bout deux fragments, relevant de campagnes d'écriture différentes : la

1. Voir les Notices de *Ma mère* et de *Charlotte d'Ingerville* respeċtivement p. 1296 et 1322.
2. Voir « Archives du projet *Divinus Deus* », p. 911.

première moitié du récit dans sa version rerédigée, puis l'unique rédaction de la seconde moitié[1].

Le caractère composite de l'ébauche que nous lisons dit combien fut incertaine la démarche de son auteur. En l'état, de quoi disposons-nous pour imaginer ce que *Charlotte* eût pu devenir ? Le texte s'ouvre sur une page très remarquable mettant en scène un homme dévoré par le désir d'expiation. Par sa grandiloquence au moins, cette ouverture mérite d'être séparée du reste du récit et une telle séparation est aussi validée par des raisons plus positives : ces lignes sont les seules pour lesquelles nous ayons de véritables avant-textes[2] ; elles constituent aussi le seul passage de l'ébauche que Bataille ait souhaité garder dans la « version officielle » de *Divinus Deus*, ne recopiant pas les autres feuillets rédigés ou disqualifiant ceux qui avaient pourtant connu une mise au propre. C'est la raison pour laquelle seule la page d'ouverture appartient au corpus romanesque bataillien et pour laquelle nous donnons dans le dossier d'archives (mais juste à la suite) les feuillets non retenus par Bataille[3]. Ceux-ci sont tout entiers consacrés à la rencontre de Charlotte et de Pierre : dans l'église d'Ingerville, Pierre est abordé par une jeune femme qui se présente à lui ; c'est sa cousine et ils conviennent d'un rendez-vous nocturne ; vers minuit, Charlotte se présente chez Pierre, lui remet une lettre que lui destinait sa mère et commence à se confier à lui. Seule une partie du dialogue a été récrite par Bataille avant l'abandon du projet et le reste du texte se trouve à l'état de brouillon dans le carnet mentionné plus haut : Charlotte y confesse la dégradation de sa vie présente et surtout livre à Pierre l'extraordinaire récit de l'initiation érotique à laquelle la mère de celui-ci l'a soumise. Les tout derniers feuillets du carnet, après le récit de Charlotte, sont de nature fort différente ; il s'agit d'une sorte de synopsis qui donne à lire les lignes directrices de ce qui aurait dû suivre : Pierre et Charlotte vont vivre à Paris dans un hôtel de passe et tout culmine à nouveau au cours d'une nuit dans le quartier des Halles ; Charlotte est mourante et Pierre la conduit dans l'appartement où a vécu sa mère. En ce qui aurait peut-être été sa dernière nuit, Charlotte devait ainsi traverser les lieux d'Edwarda et ceux des parents de Pierre, ce qui permettait au texte de multiplier les « boucles » sur lui-même et d'aboutir à une dernière page[4] que Bataille avait esquissée fort tôt et qui avait vocation à nouer définitivement les trois récits de *Divinus Deus*.

Faut-il s'interroger sur l'unité des *membra disjecta* de *Charlotte d'Ingerville* ? Ce serait bien mal évaluer la teneur du texte : sur le modèle autobiographique, le roman devait se présenter comme une chronique, c'est-à-dire comme une suite d'événements non organisés par une intrigue dont la résolution serait l'achèvement proposé au récit. Certes, *Ma mère* dérogeait en partie à ce modèle : à l'exception notable de l'épisode avec Hansi, le texte suit une progression dans la révélation et est orienté vers une fin (l'inceste sera-t-il consommé ?). Et, de fait, le premier plan de ce qui allait devenir *Charlotte* connaissait aussi une mise en intrigue que devrait exclure la règle biographique et qui fut d'ailleurs abandonnée[5] :

---

1. Cette deuxième partie est donnée dans « Archives du projet *Divinus Deus* », p. 887-894.
2. Voir *ibid.*, p. 920-921.
3. Voir la Note sur le texte, p. 1325.
4. Voir « Archives du projet *Divinus Deus* », p. 923-924.
5. Voir *ibid.*, p. 919-920 (f⁰ˢ 356-358).

Pierre rencontrait une péronnelle, Alice, qui lui apprenait l'existence d'une personnalité fascinante du village, Mlle d'Ingerville, une ancienne carmélite ; dès lors, Pierre était « hanté ». Plus rien de tout cela ici : le récit est dépouillé de tout personnage intermédiaire. Assurément, un autre brouillon — qui précède cette fois de peu l'abandon du roman — montre que Bataille a songé à faire apparaître une autre figure féminine dans son récit[1] ; mais on s'acheminait vers une variation stérile qui n'eût guère enrichi le roman. Or, Bataille n'est pas romancier à faire un livre sur le « rien » : ses grands romans multiplient les personnages et les rebondissements ; il n'est pas non plus le romancier du pittoresque (ainsi abandonne-t-il un projet d'ouverture qui donnait force détails sur les activités savantes de Pierre[2] ; il peut être le romancier de la répétition, mais il vient de l'être dans l'épisode Hansi de *Ma mère*. On le comprend maintenant, s'il demeure un écart prodigieux entre le tout premier projet de *Charlotte* et ce qui en fut finalement écrit, c'est que Bataille n'a pas réussi à stabiliser la base fictionnelle qui pouvait faire prendre le récit, et cela bien qu'il fût parvenu à créer un univers dont, à l'évidence, il était plutôt satisfait.

Sainte, Hélène, Charlotte et les autres.

Quoique le contenu romanesque de *Charlotte d'Ingerville* diffère considérablement de celui de « Sainte[3] », les deux textes ne peuvent que paraître parallèles à une lecture immédiate. Dans les deux cas, un jeune homme d'apparence sérieuse, retiré dans quelque campagne, rencontre une femme légère et profonde, puis va vivre avec elle à Paris. Mais les personnages sont incomparablement mieux assurés dans *Charlotte* que dans « Sainte », et cela — paradoxalement — parce que, faute de matériel nouveau, le texte s'adosse complètement à celui de *Ma mère*. Assez étrangement même, Bataille nous rappelle les données essentielles de la vie de Pierre (il s'est « amusé » avec Réa, Hansi et Loulou, puis avec sa mère qui expia l'inceste dans la mort) ; certains de ces rappels sont si inutiles qu'ils ne semblent pouvoir s'adresser à un lecteur qui sort de *Ma mère* mais plutôt à quiconque s'aventurerait dans le troisième volet de *Divinus Deus* sans avoir lu les deux premiers. Or, une telle démarche ne saurait recevoir l'adhésion de Bataille, si bien qu'on a l'impression que ces rappels du récit précédent sont d'abord là pour offrir du combustible à une intrigue qui en manque.

Pas plus qu'il n'est parvenu à stabiliser son matériel narratif, Bataille n'a réussi à articuler *Charlotte d'Ingerville* aux deux autres récits et tout particulièrement à *Ma mère*. On sait que, dans *Divinus Deus*, cette articulation se confond avec une « psychologie comparée » des personnages féminins. Bien sûr, le mot « psychologie » peut sembler le dernier qui convienne à l'entreprise romanesque bataillienne, mais il reste le plus vague et à cet égard le plus pertinent : les figures féminines qui se succèdent ou se croisent dans l'autobiographie de Pierre Angélique ne déclinent pas une sorte d'éternel féminin et si elles ont une valeur embléma-

1. Voir *ibid.*, p. 925 (carnet 23, f° 30).
2. Voir *ibid.*, p. 920-921 (f°ˢ 359-360).
3. Sur ce récit-matrice, voir la Notice de *Ma mère*, p. 1297, et « Archives du projet *Divinus Deus* », p. 895-908.

tique, allégorique, anthropologique, elles n'en sont pas moins présentées comme des figures individualisées, dotées d'un destin propre, confrontées à des contingences spécifiques, et l'articulation des épisodes de *Divinus Deus* consistait essentiellement pour Bataille à différencier les quelques femmes que rencontre Pierre (« Ce qui n'est pas clair est le rôle de [Charlotte], et sa différence avec la mère[1] »).

On l'a dit, le tout premier projet de la série narrative était construit autour d'une figure-pivot, Sainte : celle-ci fut d'abord conçue comme un pendant d'Edwarda, puis servit à élaborer — par contraste — le personnage de la mère de Pierre. Il restait encore à la faire apparaître sur le devant de la scène et telle était la vocation du troisième épisode de *Divinus Deus*. Or, en rédigeant *Ma mère*, Bataille a progressivement épuisé les réserves qu'il devait utiliser plus tard et distribue sur les autres personnages féminins les caractéristiques qui étaient celles de Sainte.

Telle est du moins la situation au moment où, à la fin de la première rédaction complète de *Ma mère*[2], Bataille veut reprendre les pages déjà écrites pour *Charlotte d'Ingerville*. Le problème semble lui apparaître au bout de quelques pages et il se décide à rédiger une ultime version de *Ma mère* de telle sorte qu'il lui reste quelque chose à dire dans l'épisode suivant : dans le « manuscrit vert », une « amorce » vient d'ailleurs annoncer la rencontre avec Charlotte (p. 810). Parce que la mère de Pierre a pris une importance symbolique trop forte, Bataille lui ôte le privilège de lier l'érotisme et la mort[3] : ainsi a-t-on signalé que Bataille a effacé la présence de la mort dans l'ultime rédaction de *Ma mère* et surtout considérablement atténué la transgression incestueuse. Pour « dégonfler » la passion avec Hansi, on annonce, par ailleurs, que cet amour aura une fin, qu'Hansi sera, auprès d'un autre homme, une mère de famille comblée. Voici donc la mère de Pierre et Hansi ramenées dans les limites du raisonnable et les principales prérogatives de Sainte à nouveau disponibles pour Charlotte. Mais par une sorte de réflexe de compensation, pour que *Ma mère* ne s'en trouve pas complètement affadi, Bataille y rapatrie l'univers d'Ingerville qu'il vient de construire pour son troisième volet (le « récit de Charlotte » va servir ainsi de base à la confession d'Hélène sur sa jeunesse perverse, p. 797-800 de *Ma mère*). Pour corser le tout, un thème de « Sainte », bien repris dans les avant-textes de *Charlotte* mais non encore exploité par le début du récit, est détourné vers *Ma mère* : c'est le destin de Réa, et non plus celui de Charlotte, qui passe par le carmel. Au total, de ce qui avait été écrit pour Charlotte, seuls les deux feuillets d'ouverture restent utilisables, le reste présentant trop de redondances avec la nouvelle version de *Ma mère*.

En dépouillant ce dernier récit de quelques-unes de ses thématiques les plus fortes pour les donner à *Charlotte* et en détournant vers *Ma mère*, à titre de compensation, tout le pittoresque de *Charlotte*, Bataille a-t-il longtemps cru qu'il assurait la viabilité du projet ? Non, semble-t-il, puisqu'il n'alla pas au bout du « manuscrit vert ». Est-ce à dire que l'idée d'une trilogie n'était pas la bonne et qu'il y avait là une pure concession de Bataille au prestige de cet agencement ? L'échec de *Divinus Deus* fournit peut-être la réponse à la question. Le tout premier projet de *Ma mère*

---

1. Voir *ibid.*, p. 923 (carnet 23, f⁰ 1).
2. Le « manuscrit jaune » ; voir la Notice de *Ma mère*, p. 1300.
3. Voir l'annotation de *Ma mère*.

n'appelait pas de troisième volet : un même mouvement romanesque présentait la mère de Pierre puis Sainte. Mais tout se passe comme si Bataille n'avait eu de cesse de retarder le moment le plus important : celui de l'apothéose. La création d'Hansi rend par avance inutile le volet *Charlotte* ; réciproquement, l'idée que l'épisode Hansi ne peut être celui de l'apothéose et qu'un autre lui succédera, lui enlève l'essentiel de sa pertinence narrative et psychologique. Que reste-t-il au bout du compte ? Un univers, Ingerville.

L'univers Ingerville.

En quelques pages, le texte de *Charlotte d'Ingerville* parvient à construire tout un monde imaginaire, qui a une densité incomparablement supérieure à celui que « Sainte » tentait de mettre en place, même si le mystère en est moindre. L'originalité et la force de cet univers ne se mesurent qu'à la lumière du « manuscrit jaune » de *Ma mère* et non de la version finale, qui — on l'a dit — l'a en partie absorbé. Les premières pages de *Charlotte* devaient en effet marquer une nette rupture avec la clôture de l'épisode précédent et retrouver le souffle mystique d'*Edwarda* en y ajoutant une dimension expiatoire : Pierre a gagné la campagne et y mène — entre études et église — la vie d'un savant austère. Pour qui envisage cette situation en termes batailliens, le contraste n'est peut-être pas si grand. Que la libido du savoir ait pris la place de la luxure, il n'y a là rien de bien surprenant, non tant parce que dans la tradition littéraire française la bibliothèque a souvent été proche du bordel, mais surtout parce que Pierre se maintient dans la logique de la dépense improductive, sans référence aucune à l'utile. Bien sûr, on est loin du luxe qu'assurait la fortune familiale dans *Ma mère*, mais Pierre n'est pas si impécunieux qu'il soit contraint au travail et les revenus de ses biens lui permettent de voyager pour acheter des livres. Rien dans le texte, d'ailleurs, ne renvoie à un revers de fortune et la modestie du nouveau train de vie apparaît surtout dans le récit comme un constituant obligatoire d'un processus expiatoire.

Dans cette dialectique des deux libidos, qui devait structurer le roman s'il avait été écrit, se donne bien sûr à lire la vie même de Bataille. Plus que dans *Ma mère*, l'autobiographie de Pierre Angélique se nourrit ici de la vie de l'auteur. Les études que mène Pierre dans la première rédaction de l'ouverture du texte n'ont rien à envier à l'austérité des premiers travaux scientifiques de Bataille ; il y a, par ailleurs, dans l'univers d'Ingerville un très probable souvenir du séjour normand auquel Bataille dut se soumettre en 1942 pour convalescence ; il y a enfin dans la thématique de la forêt, dans les rites qu'y accomplissent Charlotte et sa tante, dans le déploiement du paganisme contre le « Dieu » que dicte le clocher, plus qu'une évocation des jeux forestiers auxquels se livra le groupe Acéphale quelques années avant la guerre. Pourtant, même si *Charlotte* emprunte des images à la vie de Bataille, il ne faut y chercher ni clé, ni calque. Certes, il y a Laure. De la liaison de Bataille avec Colette Peignot, l'épisode avec Hansi dans *Ma mère* gardait l'intensité amoureuse, mais sans ce fond de gravité qui revient dans *Charlotte*, à la clôture de *Divinus Deus*. Ce que Charlotte partage avec Laure, c'est d'abord une relation privilégiée avec la mort, puis cette mort même par la tuberculose qui emporta Laure en 1938 et qui est promise à Charlotte : sa mère en est morte (p. 890), et la seule chose clairement établie par Bataille pour la suite du récit, c'est qu'il serait scandé des crachements de sang de la jeune fille[1].

Si l'on excepte ce souvenir de Laure, quelle aurait été, dans la série des amours de Pierre, l'originalité de sa relation avec Charlotte ? et en quoi cette relation était-elle si exceptionnelle qu'elle méritât de clore le projet *Divinus Deus* ? On est tout d'abord devant un nouveau jeu incestueux : Charlotte est la cousine germaine de Pierre, puisque leurs mères sont sœurs ; mais surtout elle eut pour tuteur le père de Pierre, un peu comme il fut celui de Pierre lui-même dans le fantasme parthénogénétique d'Hélène (« Pierre ! tu n'es pas son fils mais le fruit de l'angoisse que j'avais dans les bois », *Ma mère*, p. 799). Plutôt que cousins, Pierre et Charlotte sont donc en une certaine façon frère et sœur. Ou pire encore ? On se souvient de la première description qui nous est donnée de Charlotte : « Elle m'avait reconnu, me disait-elle, tant je ressemblais à ma mère. Mais cette incroyable pureté, cette chevelure presque dorée, ces yeux bleus, d'un éclat naïf, et cette solennité enjouée, encore qu'elle fût de plus petite taille et que ses traits ne fussent pas seulement dissemblables mais moins fermes, noyés dans une hésitation, donnaient le sentiment d'une affinité profonde avec ma mère » (p. 885). On voit quelle amorce Bataille pose ici : il ne s'agira pas d'un simple amour adelphique, mais d'un amour narcissique. Tout comme l'amour incestueux se vivait par procuration dans *Ma mère* (et Charlotte fut, elle aussi, la maîtresse d'Hélène bien avant d'être celle de son fils), l'amour que Pierre portera à Charlotte est d'emblée proposé comme une passion pour son propre reflet. Était-ce là le paroxysme où devait aboutir *Divinus Deus* et l'ultime transgression ? L'abandon même du projet infirme peut-être encore cette hypothèse qui n'est qu'esquissée dans ce que nous conservons de *Charlotte d'Ingerville*. Mais en cela encore, *Charlotte* bouclerait la boucle de « Sainte », dont le narrateur se troublait d'avoir reconnu en sa maîtresse un reflet de lui-même et du mal qui le ronge (p. 903).

Tel que Bataille concevait *Charlotte d'Ingerville* au moment de l'abandon du projet, il s'agissait à nouveau d'un roman de la dégradation. Dans *Ma mère*, cette dégradation était présentée de façon paradoxale : la déséducation de Pierre était ascendante, le désespoir premier laissant progressivement place à une célébration désordonnée de la vie. Dans *Charlotte d'Ingerville*, la jubilation est à l'ouverture, tandis que les larmes sont gardées pour la fin : « Je me détournai, je pleurais », tels sont les mots qui ferment le récit dans l'état où nous le lisons. *Charlotte* se donne donc comme une version sordide de *Ma mère* : les insultes qu'Hélène doit aller chercher au Caire accompagnent sa nièce du début à la fin du texte. Mais la morale est la même : « nous avons été un peu loin », disait la lettre d'Hélène (p. 813) ; « nous avons été trop loin », dit Pierre à Charlotte (p. 894). Il faut pourtant bien se garder du contre-sens : tout dans *Divinus Deus* rappelle inlassablement que le salaire du péché c'est la mort, mais invite à lire la menace biblique comme un constat joyeux. Dans le récit bataillien, le bonheur n'est pas la validation suprême et la mort n'est pas le signe de l'échec. Ainsi faudrait-il — pour boucler la boucle comme Bataille aimait lui-même à le faire — lire *Charlotte* à la lumière d'un texte

---

1. Dans le synopsis qui clôt notre texte, p. 925 ; dans un des derniers brouillons du récit, p. 894.

qui lui est sans doute exactement contemporain, la préface de *Madame Edwarda*, cette apologie de l'excès.

GILLES PHILIPPE.

NOTE SUR LE TEXTE

Charlotte d'Ingerville n'a été publié qu'une fois, par Thadée Klossowski, dans le quatrième volume des *Œuvres complètes* de Georges Bataille (Gallimard, 1971, p. 279-293). Nous proposons ici le même état du texte, mais avec les corrections qu'apporte nécessairement une nouvelle lecture du manuscrit.

Nous respectons donc la décision prise par le premier éditeur de rapprocher deux documents conservés dans le fonds Bataille de la Bibliothèque nationale de France :

— Le carnet 23 : il s'agit d'un épais carnet à couverture marbrée jaune. Seule la première moitié des pages lignées a été utilisée : ces feuillets sont rédigés presque exclusivement au recto et à l'encre noire. De ce carnet, dont plusieurs pages ont été arrachées ou perdues, on trouvera ici la transcription intégrale : les pages foliotées 1 à 4 et 26 à 37 sont intégralement transcrites dans « Archives du projet *Divinus Deus* » ; les pages foliotées 5 à 25 présentent la seconde moitié du texte de *Charlotte d'Ingerville* que nous donnons également dans « Archives du projet *Divinus Deus* ». Du premier cahier cousu, entre les pages numérotées 4 et 5, il semble que quatre feuillets (et donc quatre pages rédigées) aient été ôtés, sans doute par Bataille lui-même. Ils présentaient vraisemblablement le début de *Charlotte*. Une autre page a été retranchée du carnet, entre 26 et 27. Il est par ailleurs probable que le carnet a été utilisé de façon non continue : la mère de Pierre Angélique s'y nomme par exemple Madeleine (au feuillet 14, prénom d'abord utilisé, au feuillet 1, pour la future Charlotte) puis Hélène (au feuillet 30). On peut ainsi supposer que les pages qui précèdent le feuillet 5 ont été rédigées avant le « manuscrit jaune » et que les pages rédigées après le feuillet 25 l'ont été après la mise au propre du projet *Divinus Deus* (« manuscrit vert ») lors de laquelle ce changement de nom est opéré[1].

— Le « manuscrit jaune » présente le début d'un récit effectivement intitulé *Charlotte d'Ingerville*. Il s'agit d'un ensemble de 10 feuillets de papier pelure jaune-orange, qui font suite à l'unique rédaction complète de *Ma mère*. Bataille semble avoir lui-même divisé ces feuillets en deux groupes inégaux, ne gardant que les trois premiers (page-titre : « Troisième partie / Charlotte d'Ingerville », puis notre texte, jusqu'à la page 880, « l'accord des hommes ») dans sa recension des manuscrits de *Divinus Deus*[2], et remisant les autres dans un autre dossier, qui contient notamment l'ébauche de « Sainte ». Bien que la numérotation autographe du « manuscrit jaune » soit continue (*Charlotte* occupe les feuillets [112] à 122), le foliotage du dossier, en son état actuel, fait que les trois feuillets d'ouverture

---

1. Sur le « manuscrit jaune » et le « manuscrit vert » de *Divinus Deus*, voir la Note sur le texte de *Ma mère*, p. 1308.
2. Voir *ibid.*, p. 1309.

sont numérotés 166-168 (boîte XII-f, chemise 2), alors que les huit autres sont numérotés 347-354 (chemise 5). Par mesure de cohérence, et aussi parce que cela semble suivre au plus près le classement de Bataille, nous nous référerons à cette numérotation.

Il est fort peu plausible qu'un texte aussi long que cette ouverture de *Charlotte d'Ingerville* ait été contenu dans les feuillets manquants du premier cahier cousu du carnet 23. Il ne saurait donc s'agir d'une simple mise au propre, mais au moins d'une amplification. Bien que moins vraisemblable, l'hypothèse qui veut que Bataille ait d'abord rédigé les pages du « manuscrit jaune », puis poursuivi le travail de rédaction sur le carnet 23, n'est pas à exclure.

Pour suivre au plus près la volonté de l'auteur qui n'a validé — comme on vient de le voir — que les paragraphes qui ouvrent l'ébauche de *Charlotte d'Ingerville* dans le « manuscrit jaune », seuls ces derniers apparaissent ici de plein droit dans l'œuvre romanesque de Bataille. Cependant, pour ne pas priver les lecteurs de la possibilité de lire dans la continuité la totalité du début de *Charlotte*, nous présentons les feuillets écartés immédiatement à la suite (p. 883-887), en ouverture des « Archives du projet *Divinus Deus* », ainsi que les pages rédigées pour *Charlotte* dans le carnet 23 (p. 887-894). Nous espérons, ce faisant, avoir ménagé tant la rigueur scientifique de cette édition que le plaisir de la lecture.

Le dossier « Charlotte d'Ingerville » de la Bibliothèque nationale de France (boîte XII-f, chemise 5) contient par ailleurs quelques feuillets de notes permettant de comprendre le passage de « Sainte » à *Charlotte* (f°s 356-358, papier pelure jaune-orange, avec retour en belle page), et une intéressante première rédaction de deux passages du texte (f°s 359-363, papier machine blanc). Ces documents sont présentés et entièrement retranscrits dans « Archives du projet *Divinus Deus* ». Notons enfin qu'il n'est pas impossible que Bataille ait commencé à écrire *Charlotte* sur de petits cartons volants. On trouve en effet une telle pièce glissée dans le carnet 23 ; elle contient une première version de l'ouverture du texte.

G. P.

NOTES

1. Nous n'avons pas trouvé de lieu-dit de ce nom ; Angerville est, en revanche, un toponyme fréquent en Normandie. Par ses sonorités, *Ingerville* fait peut-être allusion au séjour austère qu'en 1942 Bataille fit à Panilleuse, dans l'Eure, non loin de cette ville de Caen où il fait mourir le père de Pierre Angélique dans la toute première ébauche de *Ma mère* (p. 910). Mais le nom d'*Ingerville* convoque surtout, en cette première page, l'œuvre de Proust : le clocher d'Ingerville ne peut être que voisin des clochers de Martinville auxquels est consacré un des passages les plus célèbres de *Du côté de chez Swann* (*À la recherche du temps perdu*, Bibl. de la Pléiade, t. I, p. 177-180). Déjà chez Proust, cette vision des clochers dans la plaine avait valeur de révélation : comme chez Bataille, elle dictait des mots (« Bientôt leurs lignes et leurs surfaces ensoleillées, comme si elles avaient été une sorte d'écorce, se déchirèrent, un peu de ce qui

m'était caché en elles m'apparut, j'eus une pensée qui n'existait pas en moi l'instant d'avant, qui se formula en mots dans ma tête », p. 178).

2. Fin des feuillets du « manuscrit jaune » ayant reçu le dernier aval de Bataille (f⁰ˢ 166-168, voir Note sur le texte, p. 1324).

Archives du projet

DIVINUS DEUS

NOTE SUR LE TEXTE

On a regroupé ici les divers documents permettant de comprendre l'histoire de la série narrative *Divinus Deus*, sur laquelle Bataille travailla en 1954-1955 ; tous appartiennent au fonds manuscrit de la Bibliothèque nationale de France. Un premier groupe de pièces (dont la principale reste l'ébauche de récit connue sous le nom de « Sainte ») témoigne des premiers essais pour une « suite » de *Madame Edwarda* ; ces pièces ont été composées avant *Ma mère* et — à l'exception de « Sainte » — sont extraites du dossier de brouillons rassemblés par Bataille[1]. Un second groupe de pièces illustre le travail engagé en vue d'une suite de *Ma mère* qui devait s'intituler *Charlotte d'Ingerville*, elles sont extraites du dossier des notes préparatoires de ce troisième volet de *Divinus Deus*[2]. Ces documents sont présentés ici dans leur ordre probable de rédaction ; on a néanmoins placé en tête de ces « Archives » ce qui devait venir à la toute fin : les pages de *Charlotte d'Ingerville* non conservées par Bataille, afin que l'on puisse lire en continuité la totalité de l'ébauche de récit, sans sacrifier pour autant le protocole philologique qui est le nôtre et qui nous oblige à présenter dans deux sections différentes un début de récit « validé » par Bataille et une suite qu'il ne désirait pas conserver.

GILLES PHILIPPE.

NOTES

Pages écartées de
« Charlotte d'Ingerville »

Nous donnons dans cette section les feuillets qui appartenaient au « manuscrit jaune » ainsi que les feuillets du carnet 23. On trouvera dans

1. On trouvera leur description matérielle avec celle de ce dossier dans la Note sur le texte de *Ma mère*, p. 1310-1311.
2. On trouvera leur description matérielle avec celle de ce dossier dans la Note sur le texte de *Charlotte d'Ingerville*, p. 1324-1325.

la Notice et dans la Note sur le texte de *Charlotte d'Ingerville* (p. 1324) l'histoire de cette ébauche.

1. La caractérisation de Sainte dans l'esquisse d'un plan de *Divinus Deus* (f° 339) est « la douceur la pitié même » (voir p. 910).

2. Les informations que donne le texte sur l'âge de Charlotte ne sont pas très cohérentes : elle est supposée être de cinq ans l'aînée de Pierre ; or, celui-ci a désormais vingt ou vingt et un ans. Par ailleurs, la description récurrente de Charlotte en toute jeune fille ne correspond pas à la maturité qu'au début du siècle on pouvait prêter à une femme de vingt-cinq ans.

3. Rien dans le manuscrit ne permet d'élucider le sens de ces mots.

4. Aucun avant-texte ne permet de savoir si Bataille avait une idée précise de ce qu'il voulait faire apparaître dans ces documents. Mais le thème des « papiers *post mortem* » vient très tôt dans la constitution du projet *Divinus Deus* (f° 409 ; voir p. 912).

5. Ici s'arrête, en pleine page (f° 355), le texte que nous suivons sur le « manuscrit jaune ».

6. Suivant le choix fait lors de l'édition des *Œuvres complètes*, nous donnons ici, en complément du « manuscrit jaune », les feuillets 5 à 25 du carnet 23. Mais qu'on ne s'y trompe pas : rien ne permet d'affirmer que le dialogue qui s'ouvre constitue bien la suite de l'entretien interrompu entre Pierre et Charlotte. Sur ces points, voir la Note sur le texte, p. 1326.

7. En face, sur le verso du feuillet 7, ces mots : « donc à l'aube ».

8. En face de ce paragraphe, sur le verso du feuillet 9, on lit ces mots : « À ce moment, elle ouvrit la corolle de sa robe d'où elle sortit le bâillement fauve de ses jambes nues. De mon côté genou en terre, je fis en sorte qu'elle eût dans les mains mes avantages cavaliers et qu'elle se pâmât de les baiser / Mets ta pine dans mon jus dit-elle ». Il s'agit vraisemblablement de notes pour un passage à écrire.

9. En face, sur le verso du feuillet 10, ces mots : « le rire aigu soulevant la robe ».

10. En face, sur le verso du feuillet 14, ces mots : « dans l'eau croupie d'Ingerville elle était le passage de la vie ».

11. Les crochets sont de Bataille.

12. En face, sur le verso du feuillet 24 : « La mort de la mère / Réa ».

SAINTE

Probablement écrit en 1954, « Sainte » a peu attiré l'attention des spécialistes. Publié pour la première fois en 1971 comme un simple document versé au dossier du projet *Divinus Deus*, ce récit a de toute évidence pâti de sa présentation comme « avant-texte » de *Charlotte d'Ingerville*. Or, on ne saurait le lire correctement à la simple lumière de la rétrospection : non seulement parce qu'avant d'être une première rédaction de *Charlotte*, « Sainte » est une réécriture de *Madame Edwarda*, mais surtout parce que Bataille y souhaitait aller directement au cœur d'une méditation sur la passion et la mort qui rendît compte de ce qu'avait été sa liaison avec Colette Peignot. Roman abandonné, les cendres de

« Sainte » ont alors été étonnamment dispersées dans les différentes parties de *Divinus Deus* : certaines formules furent reprises dans la nouvelle version de *Madame Edwarda*, certaines thématiques dans les pages de *Ma mère*, tandis que le cœur du récit devait réapparaître, sans cesse retardé, dans le projet de *Charlotte d'Ingerville*.

Le début, mais de quoi ?

Malgré l'évidente beauté du texte, il serait erroné de lire « Sainte » comme autre chose que ce qu'il est : une ébauche. De ces quelques pages consignées sur un papier médiocre, qui sait ce que l'auteur voulait faire, et il est risqué de leur prêter un sens définitif. Il semble pourtant que le récit n'ait pas « pris » et que Bataille y ait renoncé assez vite, mais en se réservant le droit d'employer ailleurs certaines des trouvailles qu'il contenait.

On peut distinguer trois passages dans le texte que nous connaissons. Les deux premiers sont assez strictement narratifs ; le troisième est une longue méditation qui n'aurait pu, dans l'agencement final, leur succéder immédiatement. Parce qu'elles prennent le temps d'introduire toute une gamme de personnages (quatre femmes dûment nommées et décrites), de lieux et de thèmes, de poser des amorces narratives qui mériteraient développement, les premières pages du texte se donnent à lire comme le début de ce qui aurait assurément été un récit assez long ; elles n'ont rien du resserrement de l'ouverture des textes brefs de Bataille. Pourtant elles ne présentent pas de cohérence stylistique : la prose hachée et gauchie du début — cinq fois le mot « barque » en cinq lignes, etc. — va peu à peu laisser la place à cette « belle langue » qui sera celle de *Ma mère*, et conduire, pour le dernier fragment, à un style presque périodique qui rappelle tant l'écriture des textes spéculatifs de Bataille. Cette ouverture ne présente pas non plus de réelle cohérence narrative : lors d'une promenade au bord d'un cours d'eau, le narrateur fait la rencontre d'une belle femme, mais c'en est une autre, d'aspect plus revêche, qui l'attend le lendemain et lui remet la carte d'un salon de massage à Paris ; le salon est sordide, mais le narrateur, au terme d'épreuves érotiques, accède à la salle luxueuse où se tient, muette et masquée, la personne entrevue à la première page du récit et sur laquelle quelques informations ont été distillées : on l'appelle Sainte et elle a été religieuse.

Le deuxième épisode inverse complètement les rôles : le narrateur se dévêt soudain de la passivité qui a été jusqu'alors son principal attribut ; il prend en pitié Sainte qui s'en remet à sa protection.

Dans l'état où nous lisons ce texte, le récit s'interrompt sur une troisième séquence à base allégorique. L'ombre de Sainte projetée par le soleil sur le mur d'une prison catalyse les méditations du narrateur qui fait ici l'expérience du tragique. Au total, qu'est-ce qui est le plus insoutenable : l'inquiétante étrangeté du monde, l'inquiétante familiarité de Sainte ? De toute évidence, ce texte n'est pas dans la continuité immédiate des précédents. Il a été écrit soit indépendamment, pour être inséré plus tard, soit à la suite d'épisodes perdus, puisqu'il semble que le manuscrit ait compté plus de feuillets que nous n'en possédons.

Sainte, ou la nouvelle Edwarda ?

« Si tu as peur de tout, lis ce livre », invitait *Madame Edwarda* ; « Si tu le peux va-t'en », réplique Sainte. Le récit de 1941 célébrait l'angoisse, celui de 1954 dénonce la peur ; le premier transfigurait l'érotisme en rappelant qu'il confine à la divinité et à la mort, le second le contient dans une souffrance qui ne le rachète pas. Le romancier a d'ailleurs pensé reprendre le matériel de « Sainte » sous le titre « La Mort de la sensualité » dans le premier plan de ce qui deviendra *Divinus Deus* (voir p. 912). C'est du moins à ce constat de la douleur que semble aboutir le récit au moment où Bataille l'abandonne, précisément — peut-être — parce que sa morale est bien peu bataillienne.

Ainsi, bien plus qu'un avant-texte de *Charlotte d'Ingerville*, « Sainte » apparaît d'abord et avant tout comme le pendant de *Madame Edwarda* : nous voici reconduits vers les glaces d'un bordel sis rue Poissonnière, près d'une prostituée sacrée (si elle ne se proclame pas « Dieu », elle fut religieuse et on la dit « Sainte »), masquée d'un loup noir. Mieux, les deux textes « communiquent » : telle image de « Sainte » sera reprise pour l'ultime version de *Madame Edwarda*[1] ; telle réplique de la putain divine (le fameux « Sortons ! ») sera reprise par la sainte putain, etc. Bien sûr, nombre des motifs que partagent les deux récits sont puisés dans le fonds narratif bataillien et se retrouvent ailleurs (champagne, photographies obscènes, soubrettes croisées dans des escaliers d'hôtel, etc.), mais ces textes les reprennent avec une parenté affirmée et l'on peut et mesurer ce qui les sépare ; le souvenir de l'« hallucinante solennité » d'Edwarda, lors de ce « rite grossier de la "dame qui monte" » (p. 331), donne ainsi au lecteur de « Sainte » un arrière-goût d'apothéose dégradée : « Il y avait un hôtel au-dessus du bar, dont elle monta nue l'escalier avec un sentiment de paradis » (p. 902).

Qui sort du temple de *Madame Edwarda* et découvre « Sainte » croit ainsi se retrouver sur un champ de ruines. Non seulement parce que l'on est face à des bribes de texte et non au plus parfait des récits de Bataille, mais surtout parce que les thématiques de 1941 y semblent déclinées sur un mode dévoyé : la souveraineté de l'angoisse devient l'empire de la peur, le salut par l'érotisme n'est plus que chute dans la nymphomanie. Le narrateur d'*Edwarda* s'offusquait de la liberté de la putain (« Mais… Tu peux sortir ? », p. 332), Sainte s'étonne qu'on veuille mettre terme à son aliénation (« Vous voulez me sortir de là ! », p. 902). Pour bien comprendre la force des images de clôture de « Sainte » (tristesse d'emblématiques ombres portées sur le mur d'une prison), il faut se souvenir de tout ce qui dans *Madame Edwarda* célébrait la liberté et la joie. Que signifiait pour Bataille un tel renversement ? Sainte venait-elle démentir Edwarda, ou bien la mettre en valeur ? Il est difficile de répondre à ces questions : nous ne savons même pas si Bataille a immédiatement ébauché « Sainte » dans l'idée de publier ce texte avec le récit de 1941 et sous le nom de Pierre Angélique. Le roman s'interrompt au bout de quelques pages, et nul ne peut dire si la suite n'eût pas à nouveau rétabli des valeurs dans lesquelles nous aurions cru mieux retrouver Bataille. Il faut

---

1. Voir n. 4, p. 905.

enfin ne pas se laisser berner : si, en l'état actuel, « Sainte » et *Madame Edwarda* sont de longueur comparable, le premier récit n'est, de ce point de vue, le pendant du second que par un effet d'optique.

Sainte, ou la future Charlotte ?

« Sainte » constitue malgré tout un document fondamental dans la genèse et le développement de l'autobiographie de Pierre Angélique, et cette hypothèse est confirmée par le fait que, selon toute vraisemblance, Bataille en a lui-même classé les feuillets parmi les notes de *Charlotte d'Ingerville*. Les deux textes n'en pourtant, à l'évidence, que peu de rapports : ils ne partagent ni le même matériel narratif, ni la même thématique, ni le même ton. *Charlotte* est directement et explicitement adossé à *Ma mère*, tandis que « Sainte » se présente comme le début d'un récit autonome. Mais le fait que Bataille n'ait pu, pour aucun des deux, dépasser le stade de l'ébauche est un premier indice de leur parenté : pendant de *Madame Edwarda* pour l'un, inversion de *Ma mère* pour l'autre, « Sainte » et *Charlotte* devaient, dans tous les cas, dire l'histoire qui pour Bataille « eut le plus de sens[1] », et sans doute les deux héroïnes empruntent-elles également à la figure de Colette Peignot, puisque les deux textes devaient encore, chacun à sa façon et en son temps, évaluer la possibilité d'un « salut » dans l'amour.

Les premiers avant-textes de *Ma mère* prennent acte de l'abandon de « Sainte », mais font clairement allusion à son personnage central. Le tout premier plan que nous connaissons du roman de 1955 déploie une sorte de diptyque mettant en contraste la violence de la mère profanante et Sainte, « la douceur la pitié même ». Mieux encore, Sainte devait « justifier » la mère de Pierre (voir p. 910), selon une sorte de transfert des mérites tout droit issue de la théologie catholique et qui permettait aussi de rendre compte de l'étrange appellation de l'ancienne carmélite. Mais ce premier plan faisait trop peu de place à la figure de Sainte et Bataille opta vite pour l'idée d'une trilogie qu'en nouvelle Béatrice, Sainte viendrait conclure. Dans un premier brouillon de ce qui ne s'appelle pas encore *Charlotte d'Ingerville*, le romancier récrit complètement les circonstances et la tonalité de la rencontre avec Sainte (p. 919), et ce n'est qu'avant d'entreprendre la rédaction complète de *Ma mère* que Bataille biffe le nom de Sainte pour lui préférer celui de Madeleine[2], en renvoyant à la figure de l'imagerie chrétienne qui associe le plus étroitement l'érotisme et le sacré. « Madeleine » deviendra plus tard « Charlotte », et celle-ci a toute légitimité à revendiquer l'héritage de Sainte. Or en rédigeant *Ma mère*, Bataille a fort imprudemment commencé à utiliser une partie du matériel narratif qu'il aurait dû garder pour *Charlotte d'Ingerville* : pour étoffer le personnage d'Hansi, il lui associe la thématique sado-masochiste empruntée à l'univers de « Sainte » ; pire encore, il donne à Hansi, comme compagne de débauche, une certaine Louise, qui garde le prénom et la fonction narrative de l'âme damnée de Sainte. Ultime sacrifice, dans la mise au net de *Ma mère*, Pierre annonce que l'insignifiante Réa finira ses jours au carmel, entamant ainsi fort imprudemment l'héritage promis à Charlotte : le beau titre de carmélite de la débauche.

1. Voir n. 2, p. 910.
2. Voir « Autour de *Ma mère* », p. 863.

On l'a compris, pour être partout dans *Divinus Deus*, « Sainte » n'y est plus nulle part. Il reste que, selon l'architecture de la trilogie, le roman de l'inceste avait pour vocation première de préparer l'apparition de Sainte et de poser des fondements et des valeurs que celle-ci devait venir renverser. S'il y a donc lieu de trouver dans « Sainte » des éléments permettant de comprendre *Ma mère*, ce dernier récit tout entier permet d'imaginer ce que « Sainte » aurait dû être.

Simple ébauche romanesque, « Sainte » n'a fait l'objet que d'une édition posthume, en appendice de l'ensemble *Divinus Deus*, dans le tome IV des *Œuvres complètes* de Georges Bataille (Gallimard, 1971, p. 295-311). Le texte que nous donnons ici est, à quelques corrections près, identique à celui qu'y procura Thadée Klossowski et qui nous fut d'une aide extrêmement précieuse. Hors fait de ponctuation, notre lecture du manuscrit ne diffère qu'à une dizaine d'endroits ; les retours en belle page que présente le manuscrit sont indiqués dans notre édition par une étoile éclairée.

L'unique manuscrit que nous connaissons de « Sainte » semble avoir été classé par Bataille lui-même parmi les papiers de son grand projet de série romanesque, avec les ébauches de *Charlotte d'Ingerville* (fonds Bataille, Bibliothèque nationale de France ; boîte XII-f, chemise 5, f°s 364-405). Le manuscrit de « Sainte » se présente comme un ensemble sans titre de 41 feuillets sur trois papiers : rectos de pages de cahier d'écolier collés sur des feuilles de papier machine blanc (f°s 364-366 ; jusqu'à « la beauté sournoise de ce monde », p. 896), rectos de feuilles de papier machine blanc de même type (f°s 367-369 ; jusqu'à « le ton de l'indifférence », p. 898), rectos de feuillets gris demi-format à nouveau collés sur du papier machine du même lot (f°s 370-405). Toutes ces pages comportent de nombreuses altérations.

1. Nous gardons pour ce texte le titre que lui a donné son premier éditeur.

2. Bataille a biffé les précisions de l'adresse et du téléphone : « 82 rue Poissonnière / Turbigo 04 27 » (f° 367), comme pour garder le récit dans une plus grande abstraction.

3. Il s'agit probablement du récit érotique *Gamiani ou Deux nuits d'excès*, attribué à Alfred de Musset (1833), qui connut un formidable succès au XIXe siècle : Sainte est le nom donné par la comtesse Gamiani à la supérieure d'un couvent de sœurs de la Rédemption, véritable démon.

4. Bataille reprendra cette image peu après, en 1955, pour l'ultime réécriture de *Madame Edwarda* : « Comme un tronçon de ver de terre, elle s'agita, prise de spasmes respiratoires » (p. 335). On verra quelques lignes plus bas que Sainte connaît les mêmes « convulsions » qu'Edwarda (voir la notule, p. 1329).

5. Ici s'interrompt le feuillet 378. Bien que le retour en belle page se fasse sur le même mot (« ce »), les propos qui suivent ne sont pas à lire en continuité. Il n'est pas certain pour autant qu'une page manque ; Bataille a peut-être pris de l'avance sur la chronologie du récit en rédigeant un passage qui lui était cher, comme il le fera dans les premiers brouillons de *Ma mère*.

6. Faut-il retrouver ici, parmi les innombrables souvenirs de Proust dont les récits de Bataille sont tissés, l'écho d'un passage du *Côté de Guer-*

mantes : « Le soleil déclinait ; il enflammait un interminable mur que notre fiacre avait à longer avant d'arriver à la rue que nous habitions, mur sur lequel l'ombre, projetée par le couchant, du cheval et de la voiture, se détachait en noir du fond rougeâtre, comme un char funèbre dans une terre cuite de Pompéi » (*À la recherche du temps perdu*, Bibl. de la Pléiade, t. II, p. 614).

7. Ce texte à l'imparfait, qui rend compte de sensations incongrues et d'hypothèses complexes, a en tout point les allures d'un récit de rêve, ce que confirmerait l'accent mis sur le fait qu'il s'agit d'impressions. Comme le veut toute logique narrative, ces marquages devraient être renforcés en début de séquence ; ils l'étaient à l'origine, avant que Bataille ne travaille à rendre son texte plus ambigu : « Ce mur était [très haut *biffé*] immense interminable [et me semble fait *biffé*] construit [me semble-t-il *biffé*] / [je crois *biffé*] de pierres meulières que le soleil dorait mais [qui n'en paraissaient que *biffé*] / [semblaient d'autant *biffé*] elles étaient d'autant plus tristes » (fᵒ 379). Ce passage est le seul que Bataille ait explicitement pensé reprendre dans l'élaboration de ce qui deviendra *Ma mère* (p. 910).

Pour une suite de
« Madame Edwarda »

LA SUITE DE « MADAME EDWARDA »

Ce passage, rédigé sur trois rectos de demi-feuilles de papier gris, semblable à celui des projets de préface et aux derniers feuillets de « Sainte » présente la réflexion de Bataille en 1954-1955, période où il reprend son texte à l'occasion de sa traduction anglaise, de sa réécriture et du chantier d'une « suite » que constitue le projet *Divinus Deus*. Ces feuillets se trouvaient parmi les brouillons préparatoires de *Ma mère* (BNF, fonds Bataille, boîte XII-f, fᵒˢ 335-337). Bien que ces pages soient importantes pour comprendre la signification que le récit revêtait aux yeux de Bataille, il faut se souvenir qu'elles ont finalement été écartées.

1. Il s'agit de Austryn Wainhouse (voir la Note sur le texte de *Madame Edwarda*, p. 1130).

[ESQUISSE D'UN PLAN]

Cette première ébauche (fᵒˢ 339-341, esquisse de plan pour un récit englobant *Madame Edwarda*, ou présentant la vie de Pierre avant et après la rencontre d'Edwarda) fait déjà apparaître un roman binaire, organisé autour d'une opposition forte entre la mère de Pierre et Sainte : il s'agit en effet pour Bataille de reprendre ici les pages déjà écrites autour de cette dernière. Dans les versions ultérieures, Hansi viendra prendre la place de Sainte. On remarque, par ailleurs, que le matériel narratif du début de *Ma mère* (notamment la double révélation : paroles de la mère, photographies du père) est déjà en place, tandis que la suite du récit est fort différente. Cette division en chapitres brefs, avec des changements de lieux fréquents, rappelle plus la poétique d'un texte comme *Le Bleu du ciel* qu'elle n'annonce ce que sera *Ma mère*.

    1. Avant ce mot a été biffé le segment suivant : « Lutte de générosité ».

    2. Sur le côté gauche, complété sous cette rubrique IX, Bataille a inscrit ces lignes de commentaire : « Ici je vais dire l'histoire qui eut pour moi le plus de sens celle qui fut terrible entre toutes. Or Sainte était telle que je devrais m'agenouiller devant elle[. À] vrai dire, la suite dans les idées lui manquait mais si elle avait pu » (f⁰ 340).

[LE PROJET « MADAME EDWARDA »
ET LE « PARADOXE SUR L'ÉROTISME »]

    Les fragments que nous publions ici, dans l'ordre que leur a donné Bataille (f⁰ˢ 407-420), forment un ensemble hétéroclite, mais constituent aussi un document majeur pour l'histoire du projet *Divinus Deus* : d'abord parce que l'on y voit apparaître l'organisation finalement retenue pour le cycle, trois temps avec une ouverture sur le récit de 1941 ; ensuite parce qu'un essai littéraire devait compléter les textes romanesques, à la manière d'une postface, selon une articulation entre spéculation et fiction qui sera celle de la nouvelle édition de *Madame Edwarda* préparée peu après.

[I. Plan d'ensemble.]

    Ces fragments s'ouvrent sur le plan d'une série intitulée « Madame Edwarda » (f⁰ 407). Bataille a d'abord songé à donner au cycle entier le titre du récit qu'il développerait et qui l'ouvrirait. *Madame Edwarda* y aurait été repris sous le faux-titre des premières éditions, « Divinus Deus ».

    1. Cette variante italianisée du nom de Pierre Angélique est la seule occurrence du patronyme du narrateur dans les quatre cents pages du dossier *Divinus Deus*. On ne sait s'il s'agit d'une simple fantaisie momentanée de Bataille ou si ce dernier a véritablement songé à modifier l'hétéronyme sous lequel est paru *Madame Edwarda*.

    2. Entre cette ligne et la suivante, ces mots biffés : « Essai sur la littérature érotique ».

[II. Première page rédigée.]

    Le passage que nous donnons (f⁰ˢ 408-409) est probablement la première page rédigée de ce qui deviendra *Ma mère* ; mais le récit autobiographique tourne vite à la variation sur le plan général du cycle, qui se voit recentré autour d'une psychologie de la volupté. C'est, de toute évidence, la question de l'agencement général de la série, et notamment la question des « pendants » et des « boucles » qui a d'abord préoccupé

Bataille, bien plus que la recherche d'un « ton » ou la définition de personnages.

1. On trouve en interligne au-dessus de « deuxième acte » : « la pureté de Bach. La décomposition des photographies ».

2. Ces « trois actes » ne sont pas les trois récits qui devaient composer le cycle selon le plan, mais plus probablement les trois parties du récit qui faisait suite à « Divinus Deus » (*Madame Edwarda*), c'est-à-dire *Ma mère* : le premier acte correspond à la vie de Pierre avant la sensualité, le second à la découverte de la sensualité par les révélations de la mère sur sa jeunesse dans les bois, le troisième à la sortie de la volupté dans la passion amoureuse ou savante. Tout ce matériel a finalement été redistribué entre *Ma mère* et le projet de *Charlotte d'Ingerville*.

[III. Brouillons du « Paradoxe sur l'érotisme ».]

Ces trois brouillons, qui devaient servir de « postface », s'inscrivent dans un ensemble de textes sur l'érotisme conçus par Bataille autour de 1955[1]. Quel que soit le point de vue envisagé, ils soulignent, à un moment ou un autre, le caractère profondément « paradoxal » de l'érotisme, en ce qu'il se définit systématiquement comme une union des contraires. Ce paradoxe fonde le projet *Divinus Deus*, depuis la putain-Dieu de *Madame Edwarda*, jusqu'à la double postulation de Pierre Angélique dans *Ma mère* et *Charlotte*. On prendra garde en lisant les brouillons de ce « Paradoxe » de ne pas oublier qu'il s'agit de trois textes autonomes dont plusieurs feuillets semblent avoir été égarés (voir la Note sur le texte de *Ma mère*, p. 1311).

La première formulation du paradoxe est méthodologique (f°s 410-411) : l'érotisme sera décrit comme une expérience religieuse, spirituelle, et surtout pas de façon scientifique. Ces pages ont été écrites avant *Ma mère* et explicitent d'abord la démarche de *Madame Edwarda*. La seconde formulation du paradoxe est générique (f°s 412-415) : la philosophie et l'œuvre d'art sont posées comme deux démarches résolument différentes, mais inséparables dans leur complémentarité. Il n'est plus question ici d'érotisme ; ce passage forme un tout autonome, doté d'une numérotation autographe propre : il semble même que ces réflexions aient été écrites en dehors du projet d'un « Paradoxe sur l'érotisme », mais reprises dans ce dossier pour y être intégrées. Elles prouvent en tout cas de façon fort explicite que Bataille a d'abord conçu les textes de la série romanesque comme mêlant l'ambition spéculative et la démarche narrative. C'est encore dans cet esprit que semble avoir été entreprise la première rédaction de *Ma mère*, celle du « manuscrit gris ».

Les derniers brouillons du « Paradoxe sur l'érotisme » (f°s 416-420) annoncent l'essai de 1957, en ce qu'ils empruntent un ton nettement plus anthropologique pour envisager le rejet de l'érotisme hors de la sphère familiale : l'obsession de la pureté des enfants et la prohibition sociale de l'inceste expliquent que ce qui est le plus lié à la naissance — l'acte

---

1. On se reportera tout particulièrement à « Paradoxe de l'érotisme » (*NNRF*, 1955), à la préface de *Madame Edwarda* (rédigée en 1955, publiée en 1956), à « L'Érotisme soutien de la morale » (*Arts*, 1957) et évidemment à *L'Érotisme* (mis en chantier en 1951, publié en 1957).

érotique — ait fini par faire couple avec la mort, dans des imaginaires refaçonnés par le christianisme.

1. La phrase s'interrompt ainsi, en pleine page.

2. Bataille a plusieurs fois répondu à cette question, notamment lors de sa participation au colloque de Genève sur l'angoisse en 1953 (« L'Angoisse du temps présent et les devoirs de l'esprit ») ; voir à ce sujet Marcel Moré, « Georges Bataille et la mort de Laure », *Cahiers des saisons*, nᵒ 38, été 1964 ; repris en annexe des *Écrits* de Laure, Pauvert, 1977, p. 285.

3. On trouve dans ces lignes de nombreux échos de l'éternel débat que Bataille mène implicitement avec celui qui incarne pour lui le « philosophe professionnel » par excellence, Jean-Paul Sartre.

4. La phrase s'interrompt ainsi, en pleine page.

5. La phrase s'interrompt ainsi, en pleine page.

Pour une suite de « Ma mère »

[NOTES POUR UNE SUITE
DE « MA MÈRE »]

L'ensemble de feuillets isolés ou de fragments de carnet que nous extrayons du fonds Georges Bataille de la Bibliothèque nationale de France[1], et que nous présentons dans l'ordre probable de leur rédaction, atteste de l'instabilité de la fiction qui devait se développer dans le troisième volet de *Divinus Deus*.

[De « Sainte » à « Charlotte d'Ingerville ».]

On trouve dans les brouillons de *Divinus Deus* quelques feuillets permettant de comprendre comment « Sainte » est devenu *Charlotte d'Ingerville* (fᵒˢ 356-358). On notera que Bataille songe encore à construire son récit sur un duo de femmes, Alice et Sainte prenant ici la suite d'Hélène et Réa ou d'Hansi et Loulou.

1. Que cette note porte sur ce qui précède, sur ce qui suit, ou sur les deux, elle montre clairement que Bataille a voulu insérer dès *Ma mère* (II) des amorces du troisième récit.

[Ouverture de « Charlotte d'Ingerville ».]

Deux brouillons préparatoires commencent à donner de la chair à ce premier plan. On lira d'abord la page que Bataille rédige pour en faire l'ouverture du récit (fᵒˢ 359-360). Seule la thématique de la « plaine ouverte » reviendra à l'incipit de *Charlotte d'Ingerville*.

---

1. La présentation matérielle des documents que nous transcrivons est donnée dans la Note sur le texte de *Charlotte d'Ingerville*, p. 1325.

1. Une carte glissée dans le carnet 23 donne au recto une première version de ces lignes, avec de nombreuses altérations : « J'aimais la plaine immensément étalée comme un jeu ouvert sous le ciel, verte au printemps et mouchetée en août de gerbes alignées. Je me plaisais dans la désolation d'un vent qui ne cessait pas de vider l'espace : j'étais anéanti, j'étais heureux, et dans la bibliothèque de Latrogne que sans cesse à Paris ou à l'étranger j'avais décidé d'enrichir je reprenais [des études de théologie *biffé*] en même temps des études » ; on lit au verso, sans continuité : « solitude et ne plus ouvrir la petite valise, dont j'avais jeté la clé, qui contenait les collections inavouables de mon père. Je ne les avais pas brûlées : quelle raison aurais-je eu de le faire ? je n'avais gardé de ma piété qu'une sorte de rage morose, une amère volonté de répondre à l'angoisse dont l'interrogation montre justement ce que les cafards ont nommé l'abîme du plaisir, dont l'interrogation ».

2. Le texte s'arrête ainsi en pleine phrase (f° 360).

[Première scène érotique.]

Dans la seconde ébauche (f°ˢ 361-363), « Sainte » a un prénom : Madeleine. On verra plus bas que cette première scène érotique avait vocation à catalyser la suite du récit.

[NOTES POUR L'INSERTION
DE « CHARLOTTE D'INGERVILLE »
DANS « DIVINUS DEUS » (CARNET 23)]

Le plan de l'ouvrage.

On trouve en tête du carnet 23 quatre pages dans lesquelles Bataille envisage l'intégration du troisième volet dans la série (c'est dans ce même carnet que Bataille rédigera, bien plus tard, les feuillets constituant la deuxième partie de *Charlotte d'Ingerville*, et que nous donnons ici p. 887-894). La page de tête montre que Bataille n'a toujours pas une idée claire de ce que doit contenir le troisième récit.

[Développement de l'intrigue.]

Les trois pages suivantes prévoient un maigre développement de l'intrigue, qui est surtout prétexte à la rédaction de ce qui devait être la page de clôture de *Divinus Deus* : allant jusqu'au bout de la logique autobiographique, le récit rattrape la narration et permet au texte de faire retour sur lui-même en multipliant les allusions à l'ouverture du cycle narratif.

1. Il s'agit de l'imperméable et du « c'est toi » apparus dans l'esquisse transcrite plus haut (f°ˢ 361-362, p. 921-922). La voix de Madeleine disant « C'est toi ? » y était assez longuement commentée ; on voit plus bas que cette voix devait jouer le même rôle que celle de la mère au début de la deuxième partie de la trilogie (conformément à ce qui a été dit plus haut,

f° 357, p. 919). Dans les pages qui en furent rédigées, *Charlotte* ne garde ni l'imperméable, ni le « c'est toi » de Madeleine.

2. Dernière phrase de *Madame Edwarda* (p. 339).

3. Cette phrase et les deux fragments en italique (soulignés dans le manuscrit) sont empruntés au second liminaire de *Madame Edwarda*, dans sa version de 1956 pour l'un, de 1941 pour les deux autres (Bataille semble donc citer de mémoire).

4. Sur la lèvre inférieure rentrée d'Hélène, voir *Ma Mère*, p. 765, 789 et 805 ; sur son sourire intérieur, voir *Charlotte d'Ingerville*, p. 888.

[Fragments de préfaces.]

Alors que le début du carnet semble avoir été rédigé par Bataille avant le « manuscrit jaune », les derniers feuillets (f°ˢ 27-34) l'ont à coup sûr été après la mise au propre du « manuscrit vert ». Le premier fragment (f°ˢ 27-28) ressemble à ce qui pourrait être un projet de préface pour *Ma mère* (Bataille aurait-il pensé publier le texte isolément en prenant acte de l'échec de *Charlotte* ?) ou pour *Divinus Deus* dans son ensemble.

[Projet de conclusion narrative.]

Ce projet pour une conclusion narrative de *Charlotte* fait apparaître les trois principaux personnages féminins de *Divinus Deus* (f° 30).

1. Elle se serait donc appelée Régina, d'après Regina Olsen. La périphrase qui la désigne dans le manuscrit montre que le prénom n'était pas choisi pour lui-même, mais avant tout pour créer un effet d'intertexte, en renvoyant à l'œuvre de Kierkegaard qui a toujours fasciné Bataille et peut-être tout particulièrement au *Journal d'un séducteur*.

[Souvenirs de Pierre Angélique.]

Le carnet et le projet *Divinus Deus* dans son ensemble s'achèvent (f°ˢ 31-34) par une nouvelle variation sur le moment où, vieillard, Pierre rédige son autobiographie. Bataille avait plusieurs fois prévu d'insérer les principaux thèmes ici déployés (le rêve, l'évasion hors de soi par l'imagination…), sans que les ultimes états de *Ma mère* et de *Charlotte d'Ingerville* n'en gardent véritablement la trace.

Appendices

RÉCITS RETROUVÉS

NOTICE

Sous ce titre sont rassemblés trois récits qui, restés vraisemblablement inédits du vivant de Georges Bataille, auraient été confiés par ce dernier à sa cousine germaine Marie-Louise Bataille. Conservés dans les archives de Michel Bataille, fils d'Antoine Martial Victor, frère de Marie-Louise, ils marquent une étape cruciale dans cette vocation à l'écriture que Bataille cultive depuis son adolescence et dont nous savons, que, liée initialement à sa foi religieuse, elle s'exprime essentiellement en poèmes : « ancienne manie », comme le rappelle Bataille lui-même dans une lettre de décembre 1917 à son ami Jean-Gabriel Vacheron où il fait état d'un nouveau poème, en vers libres, sur Jérusalem, inspiré « de la déception que peut causer cette nouvelle croisade [campagne de Palestine] en regret des temps héroïques[1] ». En vers libres est également la première version de *Notre-Dame de Rheims*, son premier texte publié, empreint, ainsi que l'écrit André Masson, « du plus mauvais Huysmans[2] ». Dans un fragment autobiographique[3], Bataille, évoquant la période qui précède son inscription à l'École des chartes, associe explicitement sa foi religieuse et la lecture de Huysmans. Au nom de Huysmans il faut ajouter au moins celui de Remy de Gourmont, dont *Le Latin mystique* est en 1918-1919 « son livre de chevet[4] », sans compter *La Chanson de Roland*[5], un des quelques volumes qui a survécu à la dispersion de sa bibliothèque[6] avec la *Divina Commedia* de Dante, exemplaire offert par son ami Georges Recoura, son condisciple à l'École des chartes.

Bataille a donné deux versions différentes de son détachement de la religion : la première le situe à la fin de 1920, la deuxième le décrit comme un abandon progressif[7]. Bref, c'est entre 1920 et 1923 que cette perte se consomme et que son « ancienne manie » change de signe. C'est donc entre ces deux dates que se situerait la rédaction de ces récits.

---

1. Lettre à Jean-Gabriel [Vacheron] du 15 décembre 1917, Georges Bataille, *Choix de lettres, 1917-1962*, Michel Surya éd., Gallimard, 1997, p. 7.

2. André Masson, « Nécrologie. Georges Bataille », *Bibliothèque de l'École des chartes*, 1964 (122), p. 380.

3. Voir BNF, carnet 14, f° 2.

4. A. Masson, « Nécrologie. Georges Bataille », p. 380.

5. Introduction et commentaire de Léon Gautier, Tours, Alfred Mame et fils, 1881. Voir aussi la notule de *La Châtelaine Gentiane*, p. 1341 et n. 3.

6. Bataille a en effet vendu deux fois sa bibliothèque (témoignage de Julie Bataille).

7. « Notice autobiographique », *OC VII*, p. 459 ; *Non-savoir, rire et larmes*, *OC VIII*, p. 222.

Entre-temps Bataille découvre Proust. Surtout il fait la rencontre, décisive, de Nietzsche, auquel il rendra hommage dans *Sur Nietzsche* : « J'ai lu Nietzsche en premier lieu (des passages de *Zarathoustra*) alors que j'étais croyant, j'étais frappé et je résistais. Mais lorsqu'en 1922, je lus *Par-delà le bien et le mal*, j'avais si bien changé que je crus lire ce que j'aurais pu dire[1]. » De la même époque daterait la lecture, non moins décisive, de Dostoïevski[2] et de *Paludes* de Gide.

Enfin on ne peut passer sous silence la découverte en 1923 de Freud, dont il lit *L'Introduction à la psychanalyse* (Payot, 1922), et celle, sans doute, de l'*Essai sur le don* de Mauss, d'où il tirera « La Notion de dépense ». Vers cette époque, il rencontre également Léon Chestov, le philosophe russe qui, opposant à la philosophie spéculative la philosophie de la tragédie, celle de Nietzsche mais aussi celle de Dostoïevski, se plaît à ruiner toute certitude. C'est à cette pensée proche des anciens mystiques que Bataille devra sa connaissance de Platon et l'essentiel de sa formation philosophique. « Léon Chestov philosophait à partir de Dostoïevski et de Nietzsche, ce qui me séduisait », écrira-t-il dans un fragment autobiographique où, tout en rappelant ce qui le différenciait de Chestov, il rendra hommage à la patience que ce dernier avait eue avec lui qui ne savait encore s'« exprimer que par une sorte de délire triste[3] ». C'est un fait que, s'il s'éloigne assez vite de Chestov, il trouve en lui « un maître en anti-idéalisme[4] » ; en 1924, il emprunte *Les Révélations de la mort*, où Chestov montre que la logique du rêve et le principe de la déraison sont les traits communs des romans de Dostoïevski et que ses personnages se ressemblent tous dans leur aspiration « à ce qui menace de les perdre[5] » ; toujours en 1924 il traduit, en collaboration avec la fille de Chestov, *L'Idée de bien chez Tolstoï et Nietzsche*, où Dostoïevski est donné comme le maître de Nietzsche[6].

Trois voyages marquent par ailleurs cette période : le séjour en Angleterre de 1920, au cours duquel Bataille rencontre Bergson et lit *Le Rire*, dont découlera sa « philosophie du rire » ; un voyage en Italie en 1921 ; la révélation, en 1922, de l'Espagne, société féodale dominée par ce qu'il appellera, à propos de la tauromachie et de l'art de la danse et du chant, la « culture de l'angoisse », liée à la « nostalgie de l'impossible[7] ».

De cette période date aussi un roman inspiré du style de Proust, apparemment abandonné[8]. Bataille a fait allusion à un autre roman entamé après une conversation qu'il avait eue, entre quinze et vingt ans, dans une petite gare de croisement, avec un vagabond satisfait de son existence : portant sur ce vieillard, qu'un homme, qui l'avait « rencontré dans la

1. *Notes pour Nietzsche et le communisme*, OC VIII, p. 640.

2. C'est en juillet 1922 qu'il lit *L'Éternel Mari* (« Emprunts de Georges Bataille à la Bibliothèque nationale », *OC XII*, p. 553).

3. *OC VIII*, p. 563.

4. M. Surya, *Georges Bataille, la mort à l'œuvre*, Gallimard, 1992, p. 80.

5. Léon Chestov, « Les Révélations de la mort », *Sur la balance de Job*, Flammarion, 1971, p. 72. Sur l'importance capitale de cet essai dans l'écriture fictionnelle de Bataille, voir la notule de « Dirty », pp. 1112-1113.

6. L. Chestov, *L'Idée de bien chez Tolstoï et Nietzsche (Philosophie et prédication)*, trad. Teresa Beresovki-Chestov et Georges Bataille, Éditions du Siècle, 1925, p. 97.

7. G. Bataille, « À propos de *Pour qui sonne le glas ?* d'Ernest Hemingway », *Une liberté souveraine*, M. Surya éd., Farrago, 2000, p. 18.

8. Lettre à Marie-Louise Bataille [Madrid, février-juin 1922], *Choix de lettres*, p. 28.

campagne », « tuait, peut-être dans l'espoir d'accéder à l'animalité de sa victime[1] », ce roman aurait été lui aussi abandonné.

Les trois récits réunis dans cette section font donc fonction de second acte de naissance de l'écriture de Bataille et, cette écriture, ils l'ancrent dans la fiction. Une fiction dont le noyau thématique est déjà celui des grands récits, si bien qu'on pourrait affirmer que tout le travail de l'écrivain aura consisté à constituer autour de ce premier noyau une trame narrative. On pourrait même appliquer à ces premiers récits ce que Raymond Queneau écrit des premiers textes publiés de l'écrivain : « Bataille, qui réfléchit tant à l'hétérogène, écrit une œuvre singulièrement homogène ; il n'est pas de ceux qui ont à désavouer [leurs] écrits de jeunesse[2]. »

MARINA GALLETTI.

BIBLIOGRAPHIE

Bruzzo (François), *Bataille scrittore*. Introduction à Georges Bataille, *Tutti i romanzi*. Guido Neri éd., Turin, Bollati Boringhieri, 1992.
—, « Sexualité hyperbolique et stratégies textuelles : de la pornographie chez Georges Bataille », *Francofonia*, n° 19, automne 1990.
Ferroni (Giulio), « Il riso e lo spreco : Bataille », *Il comico nelle teorie contemporanee*, Rome, Bulzoni, 1974.
Salsano (Alfredo), *Un'altra storia dell'occhio*. Introduction à Georges Bataille, *Le Lacrime di Eros*, Turin, Bollati Boringhieri, 1995.
Sollers (Philippe), « De grandes irrégularités de langage », *Logiques*, Éd. du Seuil, 1968.

M. G.

NOTE SUR LE TEXTE

Nous reproduisons les manuscrits de ces trois récits ainsi qu'ils se présentent sans autres corrections que celles des fautes d'orthographe. Seules les variantes sur les manuscrits utiles à la compréhension des textes sont signalées. Voir aussi la notule de chacun des récits.

M. G.

---

1. G. Bataille, « Le Silence de Molloy », *Critique*, n° 48, mai 1951 (*OC XII*, p. 86).
2. Raymond Queneau, « Premières confrontations avec Hegel », *Hommage à Georges Bataille*, *Critique*, n° 195-196, août-septembre 1963, p. 700.

NOTES ET VARIANTES

LA CHÂTELAINE GENTIANE

Ce texte est écrit au dos d'un papier avec en-tête : « Chambre des députés Paris, le … 192. » Or, Antoine Martial Victor Bataille a été député du Cantal entre 1919 et 1924. La rédaction du texte remonterait donc au plus tôt aux années 1920/1921, époque où Georges Bataille est inscrit à l'École des chartes, et au plus tard à l'été 1922, date à laquelle l'écrivain entre au département des Imprimés de la Bibliothèque nationale de Paris. Nous sommes enclins à penser qu'elle précède en tout cas la rédaction d'*Évariste* qui, écrit au dos de bulletins de la salle des Imprimés de la Bibliothèque nationale, date au plus tôt de 1923[1]. C'est ce que semble confirmer la dédicace à Eugénie Droz (1893-1976), élève diplômée de l'École pratique des Hautes Études (1916-1923), dont l'adresse (identique à celle de la maison d'édition Droz qu'elle fonde en décembre 1924) figure dans un cahier de Bataille datant de l'époque de l'École des chartes[2].

Le récit lui-même n'est pas sans rappeler ce qui, de l'avis d'André Masson, aurait amené l'écrivain à entrer à l'École des chartes : le monde moyenâgeux de la chevalerie, découvert en lisant *La Chevalerie* de Léon Gautier[3]. De là viendrait même l'idée de sa thèse sur *L'Ordre de Chevalerie. Conte en vers du XIII*[e]* siècle*, ramenant l'origine de la chevalerie à la Première épître aux Thessaloniciens de saint Paul[4]. C'est également dans l'édition avec commentaire et introduction de Léon Gautier que Bataille lit *La Chanson de Roland*. Dans *La Châtelaine Gentiane*, la synthèse de l'esprit chevaleresque et du christianisme qui anime *L'Ordre de Chevalerie*, et que Raymond Lulle traduit en préceptes vers la fin du XIIIe siècle[5], est déjà reniée : la chevalerie n'apparaît plus comme « un saint ordre reçu par le chevalier » et les vertus propres à ce dernier ne sont plus de « défendre l'Église, les pauvres, les dames », ni d'« observer la chasteté avec une rigueur particulière[6] ». Sans remonter au culte des armes et de la femme des tribus préislamiques tel qu'il ressort du livre de Wacyf Boutros Ghali *La Tradition chevaleresque des Arabes*, que l'écrivain emprunte en 1922, il n'est pas de doute que c'est sous l'empire exclusif de l'amour-passion que vit le jeune et élégant seigneur du récit : modèle parfait, en cela, de cette chevalerie libre, mondaine, qui aurait été perméable à l'influence civilisatrice des Arabes. Et néanmoins encore porté par

1. Voir p. 1349.
2. BNF ; don 94-22.
3. Voir A. Masson, « Nécrologie. Georges Bataille », p. 380. Léon Gautier a été professeur à l'École des chartes.
4. Jean-Pierre Le Bouler, « Georges Bataille et la Société des anciens textes français : deux échecs sinistres (1925-1926) », *Revue d'histoire littéraire de la France*, n° 4-5, juillet-octobre 1991, p. 693.
5. Voir G. Bataille, « La Littérature française du Moyen Âge, la morale chevaleresque et la passion », *Critique*, n° 38, juillet 1949 (*OC XI*, p. 509).
6. G. Bataille, *L'Ordre de Chevalerie. Conte en vers du XIII*[e]* siècle*, *OC I*, p. 101.

l'esprit des chansons de geste où quelque chose de la primitive frénésie guerrière des *berserkir* germaniques ouvre la possibilité d'une passion « capable de consumer l'être entier[1] ».

Cette inscription du récit dans la tradition littéraire chevaleresque est explicitée dans un passage raturé où la gaucherie du jeune seigneur sans écuyer est ramenée simultanément à son inexpérience et à la « littérature romanesque ». Elle n'en révèle pas moins le statut naïf du texte, qui, malgré le souci de publication affiché sur la première page, n'évite pas une certaine maladresse de l'écriture : schématisme de phrases constituées essentiellement de propositions principales juxtaposées sans liaison ou coordonnées par la conjonction *et*, dans l'absence quasi totale de subordonnées ; effet de redondance des répétitions et des dérivations[2], style ressassant ; recours au plagiat dans l'*incipit* du récit calqué sur celui de « La Cigale et la Fourmi » de La Fontaine. Il n'empêche qu'on ne peut nier la valeur documentaire et « prophétique » du récit qui, en dépit de sa maigreur, constitue par son sujet même une première ébauche de ce que l'écrivain appellera « la société de consumation des amants », et peut être lu comme l'illustration de la formule qui ouvre en 1957 son essai *L'Érotisme* : « De l'érotisme, il est possible de dire qu'il est l'approbation de la vie jusque dans la mort[3] » : un château isolé au milieu d'une campagne sinistre et enneigée, aux alentours de Louvres, introduit à l'amour noir[4] de la châtelaine Gentiane et de son jeune amant sans nom habités par des sentiments contradictoires et cependant destinés dans un sursaut de délire à se retrouver dans la mort.

Sade a peut-être été le premier à avancer le paradoxe du crime comme condition de la volupté. Bataille, en commentant Sade, affirmera à son tour : « la volupté est d'autant plus forte qu'elle est dans le crime, et [...] plus insoutenable est le crime, plus grande est la volupté ». C'est la thèse centrale de *L'Érotisme* où le vice, la dépense ruineuse des personnages de Sade, mettent à jour la connexion des interdits touchant la mort et la sexualité. Ce ne sera qu'en 1926 que Bataille entrera en contact avec la pensée de Sade. Antérieure à cette rencontre, *La Châtelaine Gentiane* s'inscrit déjà dans le halo de mort qui est le lot de l'homme souverain des *Cent Vingt Journées de Sodome*. Tranchant contre « l'impuissance et l'ennui » de ceux qui limitent l'usage de la fiction « à la description[5] », ce récit met en effet en scène la fascination de la violence et de la violation, le désir de meurtre et de suicide dont l'être humain est assoiffé. Cette « vérité » s'annonce comme étroitement imbriquée dans deux notions que Bataille ne cessera de ressasser : celle d'excès en tant que mise en échec de la philosophie dans sa prétention de donner à la définition de l'être un fondement ; celle du rire dont l'énigme constitue pour Bataille, dès 1920, la question clé.

Point de départ d'une interrogation qui, s'annexant d'autres théories — celles de Kant, de Nietzsche et de Freud, mais aussi celles de Ludovic Dugas, de Francis Jeanson, de Marcel Pagnol, d'Alfred Stern et

1. G. Bataille, « La Littérature française du Moyen Âge » (*OC XI*, p. 518).
2. On peut citer la série hurlait/hurler/hurlements dans le passage « Lui hurlait, jurait, crachait et sanglotait. Le cheval s'effondra. Lui resta par terre et se mit à hurler de grands hurlements ».
3. *L'Érotisme*, *OC X*, p. 17.
4. Voir « Histoire de rats », *L'Impossible*, p. 494.
5. G. Bataille, « Un roman monstrueux », *Critique*, n° 37, juin 1949 (*OC XI*, p. 496).

de Charles Eubé —, aboutit dans la conférence « Non-savoir, rire et larmes[1] » à la diſtinction d'un rire mineur, solidaire de la société et de ses valeurs, comme celui qui se produit, sans grande inquiétude, devant l'insuffisance de l'enfant, et d'un rire majeur en tant que négation du fondement même de la composition sociale, rupture sans retour, communication foudroyante avec le non-sens, saut vers l'impossible, et dont les formes hiſtoriques sont données dans les Saturnales, la Fête des fous, le carnaval, la mise à mort de rois. C'eſt sur ce rire majeur que se fixe la réflexion de Bataille. Inaccessible à tout savoir philosophique, à la différence du rire mineur, il a, comme le rire horrible de Gilles de Rais qui résonne dans les pages de *Là-Bas* de Huysmans, sa source dans l'angoisse. C'eſt que le rire, « à partir de l'érotisme », peut perdre « le pouvoir de délivrer de la tragédie : il peut […] en porter l'horreur à son comble », ainsi que le rappellera Bataille dans un fragment en rapport avec *Les Larmes d'Éros*[2]. C'eſt précisément ce rire annonçant le fond terrifiant de l'érotisme qui fait irruption dans *La Châtelaine Gentiane* : l'hilarité scandaleuse du jeune chevalier rompu au métier des armes, qui a hypothéqué ses terres, et son éclat de rire inconvenant sont les signes par lesquels le monſtre s'annonce dans sa grandeur souveraine révélant, par l'excès même qui le commande, que « le mouvement de l'amour, porté à l'extrême, eſt un mouvement de mort[3] ».

Ces thématiques convergent vers une première mise en place de ce que Gilles Ernſt a appelé, à propos des fictions de Bataille, « le récit de mort[4] ». De son dispositif on repère en effet plusieurs marques : l'oisiveté en tant qu'« origine de mainte turpitude[5] », à laquelle renvoie, par le truchement de termes exprimant le rang nobiliaire (châtelaine ; seigneur), l'onomaſtique des deux personnages principaux ; la tendance, solidaire de l'économie féodale, à la dépense ruineuse, dont on peut retrouver la trace dans l'endettement frauduleux du héros qui n'hésite pas à « hypothéquer deux fois ses terres » ; la temporalité incertaine, en accord avec le refus du réalisme ; la concentration de l'action ; la mort précoce, « signe d'un emportement [de l'auteur] qui eſt dans sa nature profonde et que dévoile aussi la manière de mourir[6] », ainsi que le révèlent dans le récit les trois cas de mort violente, un homicide et deux conduites suicidaires.

Par ailleurs, ancrée, par le biais du nom de protagoniſte, dans le titre du récit, la gentiane, nom de la fleur qui pousse sur les hauteurs du Cantal[7], nom également de l'alcool extrait de sa racine, annonce le rôle que la donnée biographique sera appelée à jouer dans les fictions de Bataille et qu'explicitera le thème de la débauche. Figure de l'excès qui prolonge sur le plan exiſtentiel la théorie (économique et politique) de la dépense, la débauche ne surgit ici qu'à la fin du récit, « signal émis depuis un *certain* vécu[8] » bien que par personnage interposé. S'il faudra attendre

1. *OC VIII*, p. 214-233.
2. *OC X*, p. 653.
3. *OC X*, p. 45.
4. Gilles Ernſt, *Georges Bataille. Analyse du récit de mort*, PUF, 1993.
5. *Ibid.*, p. 64.
6. *Ibid.*, p. 24.
7. Achetée par la Fondation nationale des volcans d'Auvergne, la maison des grands-parents maternels de Bataille a été transformée en musée de La Gentiane ; elle eſt devenue depuis peu l'Office du tourisme.
8. G. Ernſt, « Georges Bataille : position des "reflets" (ou l'impossible biographie) », « Le Biographique », *Revue des sciences humaines*, n° 224, 1991-4, p. 124.

Histoire de l'œil pour que la signification que l'auteur lui imprime soit formulée, elle apparaît néanmoins ici déjà indissociable du bordel, ce lieu de la déchéance et de la mort qui occupe dans les récits de Bataille la place laissée vide par l'Église[1]. C'est en tout cas sous le signe de l'ordurier que cet « effroyable » temple, où Bataille ne cessera de célébrer ses rites et ses sacrifices[2], fait pour la première fois irruption — convoqué par le syntagme « maison borgne », dans lequel l'adjectif borgne évoque ce qui est obscur, malfamé et, considéré isolément, en tant que substantif, devient mise à nu des organes sexuels, s'il est vrai qu'en argot ancien le borgne désigne en même temps le pénis et l'anus — pour se dévoiler, au sens figuré, comme une réminiscence du père aveugle, la cécité renvoyant ici précisément à la terrible infirmité contractée par Joseph-Aristide Bataille, semble-t-il, au bordel.

Quant au nom de la protagoniste du récit, Gentiane, il n'est pas sans annoncer celui de Pulsatilla, qui, tiré d'une anémone, la pulsatile, se donne à lire, dans une ébauche de bouffonnerie datant probablement de 1954, _La Cavatine_[3], comme étroitement lié aux spasmes des déchaînements du ventre qui menèrent le personnage porteur de ce nom au bordel, à l'enlisement dans une maladie contagieuse et à la mort.

L'intratextualité se révèle par ailleurs à l'œuvre à tous les niveaux de la construction du dispositif textuel : si l'épisode de l'escalier, où la châtelaine s'embarrasse dans ses jupes de sorte que son amant doit la soutenir pour l'empêcher de tomber, se laisse facilement déchiffrer comme la première ébauche du récit que Dirty fait dans le texte homonyme de sa mère « à demi par terre » « les jupes en l'air » semblable à un cadavre, au Savoy de Londres, d'autres éléments concourent plus souterrainement à la mise en place du récit érotique : de ceux relevant du décor à ceux qui mobiliseront les véritables points névralgiques du récit. On relèvera l'amorce du thème de l'enfantillage, dont on sait le lien étroit qu'il entretient avec la notion de littérature que Bataille théorisera dans l'Avant-propos de _La Littérature et le Mal_[4] ; la mise en branle de la locution « perdre la tête », se répercutant, en tant que figure de l'acéphalité, dans toutes les fictions de Bataille[5] ; sur le plan lexical, le surgissement de trois termes ayant trait à l'ontologie de Bataille : le mot _rêve_, annonçant ce que Brian T. Fitch a appelé à propos de l'univers romanesque de Bataille « le départ pour l'_autre monde_ », dont la nature est d'être étroitement relié à l'érotisme[6] ; le mot _désespoir_, à propos duquel Bataille écrira dans _L'Expérience intérieure_ : « je dis "le désespoir", il faut m'entendre : me voici défait, dans le fond du froid, respirant une odeur de mort [...]. Le désespoir est simple : c'est l'absence d'espoir, de tout _leurre_. C'est

---

1. Voir M. Surya, « L'Abîme mortuaire de la débauche », _Georges Bataille, la mort à l'œuvre_, p. 108-110.

2. Voir Mario Perniola, _L'iconoclasma erotico di Bataille_. Introduction à Georges Bataille, _Le lacrime di Eros_, Rome, Arcana editrice, 1979, p. 8.

3. _OC IV_, p. 335-338.

4. Introduit par l'attitude du jeune et élégant seigneur prenant « à sangloter un plaisir d'enfant » (p. 930), ce thème, auquel répondra dans _Évariste_, celle du protagoniste semblable à « un enfant craignant d'être vu par une grande personne » (p. 935), est ancré dans le titre même du _Petit_ dont Cécile Moscovitz rappelle « le lexique enfantin » (voir p. 1148).

5. Notamment dans _Le Bleu du ciel_ et _Madame Edwarda_.

6. Brian T. Fitch, _Monde à l'envers, texte réversible. La fiction de Georges Bataille_, Minard, « Situation », n° 42, 1982, p. 9-20.

l'état d'étendues désertes et — je puis l'imaginer — du soleil[1] » ; l'adjectif
« impossible » qui, doublé par l'ouverture du récit par le substantif
« impossibilité », cristallisera « l'essentiel du discours de Bataille[2] ».

Enfin on ne peut passer sous silence le poids, dans la genèse du récit,
de trois lectures, sur lesquelles viendra se greffer l'« épreuve suffocante »
dont le récit érotique se voudra la mise en scène exemplaire : celle du
théâtre de Racine, lisible dans les manifestations physiques de la passion ;
celle du *Sous-sol* de Dostoïevski, dont le héros inspire le jeune seigneur
de *La Châtelaine Gentiane* s'abîmant, comme le personnage d'*Évariste* et
comme Troppmann dans *Le Bleu du ciel*, dans la honte et la débauche[3] ;
celle, déjà signalée, de l'œuvre de Huysmans, la fascination horrifiée
exercée par Gilles de Rais s'élargissant, par le biais de ses fastueuses
forteresses et du château de Lourps dans *À rebours* et *En rade*, à ces lieux
maudits que sont les châteaux imaginaires du roman noir, topos perpé-
tré par le château de Louvres-haut de *La Châtelaine Gentiane*, premier
modèle, avec le manoir de *Ralph Webb*, des châteaux noirs qui hanteront
les fictions de Bataille. Comment entendre à partir de là le nom de
Louvres-haut ? S'agit-il de l'ancienne ville de Louvres dans la plaine de
l'Île-de-France, ou d'un lieu inventé à partir de l'ancienne forteresse du
Louvre qui, évoquée brièvement dans *Là-Bas*, était dominée au XIIᵉ siècle
par une grosse tour, et, avant d'être la demeure de rois de France, aurait
sous les Mérovingiens donné asile aux chasseurs de loups ? Dans un cas
comme dans l'autre, on renvoie à un « lieu hanté par les loups[4] ».
Faut-il y voir un rappel des débuts de la chevalerie sous l'emprise des
coutumes des jeunes *berserkir* du dieu Odhinn qui, semblables aux cen-
taures de la Grèce, aux gandharva de l'Inde ou aux luperques de Rome,
ainsi que Bataille le rappellera plus tard, « en leur rage extatique […] se
prenaient pour des fauves : pour des ours furieux, pour des loups[5] » ? Et
en même temps une anticipation de ces masques à velours noir, signes
ostensibles de la débauche, dont souvent se pareront les personnages
féminins des récits de Bataille ? Ou faut-il plutôt interpréter Louvres-
haut comme une contamination de Lourps, nom du château évoqué par
Huysmans, et de Wuthering Heights, la maison maudite du roman
homonyme d'Emily Brontë signifiant « les hauts où le vent fait rage », et
corriger sa signification dans le sens de « hauts où font rage les loups » ?

Ce récit occupe quatre feuillets, de 19,5 sur 25,5 cm, dont les deux
premiers recto et les deux derniers recto verso. Sur le premier feuillet,
en haut à droite, Bataille a ajouté : « 73 lignes / de 45 lettres / et la multiplication de $365 \times 295 = 3285$ », ce qui semble se lier à un souci de
publication. Nous le désignons par le sigle *ms.*

a. C'est une souffrance des plus difficiles à supporter que de se trouver
au dépourvu   *ms.* ◆◆ *b.* degrés. [/Son inexpérience en était la cause à

---

1. *OC V*, p. 51.
2. Voir Jean-Michel Besnier, *La Politique de l'impossible. L'intellectuel entre révolte et engagement*, La Découverte, 1988, p. 144.
3. L'importance pour Bataille du *Sous-sol* de Dostoïevski est soulignée dès les premières
lignes du *Bleu du ciel* (p. 111).
4. Voir le *Dictionnaire étymologique des noms de lieux en France* de Dauzat et Rostaing, qui
parle de dérivation probable de *lupara*, du latin *lupus*, « loup », et du suffixe *ara*.
5. *Le Procès de Gilles de Rais, OC X*, p. 302.

laquelle on peut il eſt vrai ajouter la littérature romanesque *corrigé en* Par inexpérience sans doute, mais auſſi par goût pour*]* *biffé*] Il lui *ms.* ◆◆ *c. Lecture conjecturale. On peut auſſi lire* fêlait .

1. L'orthographe de Louvres eſt incertaine, ce nom figurant trois fois dans le texte, une fois avec un *s* final, une fois sans *s*, une fois avec un *s* biffé. Même incertitude pour le trait d'union entre Louvres et haut. On trouvait une première mention, biffée par la suite, de Caroly à Temprelat : toponymes probablement inventés, dont on remarquera que le deuxième contient en même temps le mot « temple » et le mot « prélat ».

[RALPH WEBB]

Écrit, comme *La Châtelaine Gentiane*, au dos d'un papier avec en-tête : « Chambre des députés Paris, le … 192. », *Ralph Webb* date sans doute lui auſſi de l'époque où Bataille eſt inscrit à l'École des chartes : au plus tôt il a été écrit vers la fin de 1920, au plus tard il daterait de 1922, l'année de l'entrée de l'écrivain à la Bibliothèque nationale. Il précéderait en tout cas *Évariſte*. Deux détails semblent confirmer la première des deux hypothèses : l'irruption du rire, dont on sait qu'elle eſt mobilisée par la lecture de l'essai *Le Rire* de Bergson, que l'écrivain a l'occasion de connaître au cours de son voyage à Londres en septembre-octobre 1920[1] ; le souci de localisation historique (« pendant le règne de la reine Anne ») et géographique (le Dorsetshire, ancien nom de la région de Dorset, dans la partie méridionale de l'Angleterre), qui renvoie d'un côté aux études d'histoire du jeune chartiſte, de l'autre à l'île de Wight, proche du Dorset, où Bataille séjourne à la fin d'octobre 1920 dans le monaſtère de Quarr Abbey conſtruit par les bénédictins expulsés de France en 1901. Cet élément autobiographique n'eſt pas sans importance. Il annonce le rôle que l'Angleterre sera appelée à jouer dans l'œuvre de Bataille[2].

De même que *La Châtelaine Gentiane*, dont le rapprochent le choix ſtyliſtique de la conſtruction de la phrase par juxtaposition de propositions principales sans liaison, ou coordonnées par la conjonction *et*, ainsi que la fréquence du procédé rhétorique de la dérivation, le texte relève déjà du ſtatut de « récit de mort » propre aux fictions de Bataille : concentration de l'action ; temporalisation indirecte « par allusion à un fait réel[3] » ; absence de description des personnages se prolongeant dans l'effacement de leurs noms, réduits, en dehors de celui de Ralph Webb, à la simple indication du rang nobiliaire (Madame ; le cavalier) ou de la fonction professionnelle (le cocher) ; enfin, mort précoce et violente, sous son double aspect de crime et de mort suicidaire, celle-ci apparaissant, bien que liée ici à une autre conſtante des récits de Bataille, la maladie, « comme l'aboutissement d'un échange qui, étant […] allé trop loin, ne permet plus le retour en arrière[4] ».

---

1. Par ailleurs, le 24 septembre, Bergson prononce la conférence d'ouverture au « meeting philosophique » d'Oxford (voir « Le Possible et le Réel », *La Pensée et le Mouvant*).
2. Voir notamment *Histoire de l'œil, Le Bleu du ciel* et *Julie*.
3. G. Ernſt, *Georges Bataille. Analyse du récit de mort*, p. 76.
4. *Ibid.*, p. 95.

L'analyse lexicale, tout en soulignant la parenté avec *La Châtelaine Gentiane* dans l'occurrence de termes comme désespoir, rire, excès, rêve, n'en révèle pas moins l'entrée en scène de nouveaux concepts. Cet élargissement se produit au moyen de trois mots clés qui informent toute l'œuvre romanesque bataillienne : *vide, ivresse, illumination*. Si le premier, présent sous forme d'adjectif, introduit « l'effacement du monde auquel nous nous identifions[1] », l'ivresse, en tant qu'expression du gaspillage du seigneur dans la société féodale, annonce une des modalités de la souveraineté[2] ; quant au mot *illumination* auquel renvoie l'adjectif *illuminé* associé à l'« esprit de Ralph », s'il n'est pas sans rappeler les visions hallucinées des *Illuminations* de Rimbaud, il évoque surtout une des trois étapes menant à l'union mystique chrétienne : « celle où les mystiques deviennent réceptifs à l'étincelle de l'illumination[3] ». Ce terme opère par ailleurs la suture entre les deux versants de la vie et de la production de Bataille : l'une empreinte de foi religieuse, dont ne survit que la vision extatique de *Notre-Dame de Rheims* dans la ferveur solennelle de la messe célébrée par le cardinal Luçon « illuminé des lueurs scintillantes aux vitraux » ; l'autre reliant le ravissement de l'abbé C., auquel l'ivresse confère « l'air d'un illuminé », à la vision que, dans *Le Mort*, Marie, illuminée, a du spectre d'Édouard, et à l'illumination noire que, dans *Dianus*, deuxième partie de *L'Impossible*, suscite en Monsignor Alpha la certitude de la mort de E.

C'est un fait que, s'il n'est pas exempt d'humour dans la peinture du narcissisme et de la mégalomanie du personnage, *Ralph Webb* est assurément le plus noir des trois récits réunis ici : ivresse, excitation sexuelle, délire impriment à la fiction la progression d'un véritable cauchemar, ramenant l'être à la notion d'excès. Dans ce sens Ralph Webb se situe dans la lignée de ces voleurs de feu que sont les *Illuminés* de Nerval, êtres excentriques, hors-la-loi, aveuglés par leur propension au mysticisme, voués à la perte. Par ailleurs, l'état d'étrangeté de Ralph, tenant « un pistolet à chaque main » et regardant « avec des yeux hagards » comme s'il venait de « s'éveiller d'un rêve » — prélude aux « épouvantables détonations » qui déchirent la nuit —, annonce celui du héros d'*Histoire de l'œil*[4].

Le lieu (un manoir dans la campagne du Dorsetshire), l'époque (vraisemblablement le règne de Anne Stuart), accentuent le hiatus avec le rationalisme du monde bourgeois moderne et le principe de l'utile sous-jacent au capitalisme que Bataille stigmatisera quelques années plus tard dans *Documents* et dans *La Critique sociale*.

Mais ce qui frappe, c'est surtout l'appel à la sensibilité par le recours à la dramatisation. Ce procédé s'inspire des *Exercices spirituels* de saint Ignace de Loyola, que Bataille avait en partie pratiqués au cours de sa retraite chez les jésuites de La Barde en 1918, mais procède aussi de la remise en cause du langage discursif par le théâtre[5].

---

1. B. T. Fitch, *Monde à l'envers, texte réversible*, p. 32.
2. *L'Expérience intérieure*, OC V, p. 218.
3. Élisabeth Bosch, *L'Abbé C. de Georges Bataille. Les structures masquées du double*, Amsterdam, Rodopi, 1983, p. 83.
4. Voir p. 17.
5. Comme le rappellera Bataille dans *L'Expérience intérieure* : « c'est la volonté, s'ajoutant au discours, de ne pas s'en tenir à l'énoncé, d'obliger à sentir le glacé du vent, à être nu. D'où l'art dramatique utilisant la sensation, non discursive, s'efforçant de frapper, pour cela imitant le bruit du vent et tâchant de glacer — comme par contagion : il fait trembler sur scène un personnage » (*OC V*, p. 26).

Gilles Ernst a mis en lumière le rapport étroit qui lie les fictions de Bataille au théâtre de Racine, bien que sur un mode ambigu impliquant l'achèvement de la transgression par le dépassement de la loi morale[1], et Emmanuel Tibloux a repéré dans les ressorts dramatiques de *Julie* une affinité avec « "le naturalisme des nerfs" d'un Strindberg[2] ». On peut avancer ici un autre nom : Shakespeare, l'auteur à partir duquel se met en place la réflexion de Chestov qui, dans *L'Idée de bien chez Tolstoï et Nietzsche*, opposera *Macbeth* à *Crime et châtiment*. Présence elliptique, mais persistante dans l'œuvre de Bataille[3], où les drames shakespeariens s'inscrivent dans le déploiement de l'horreur du théâtre élisabéthain qui ne sera pas sans hanter sa pensée.

Première tentative de modeler l'écriture sur le théâtre, *Ralph Webb*, dont l'enjeu est l'entrée dans le monde sacré de la transgression et du mal, à l'inverse des fictions successives, tournées vers la sobriété du tragique racinien, n'est pas sans faire écho au pathos exaspéré du drame élisabéthain, inspiré des tragédies de Sénèque, ce père de la dramaturgie moderne qui, à travers ses personnages en proie aux passions effrénées, affirme le triomphe du *nefas* et du *furor* sur la *ratio*.

Ce pathos est par ailleurs sollicité par la mise en sonorité des éléments (dont l'épisode des trois coups de feu dans *Histoire de l'œil* constitue une réplique) : sur l'écran informe de la campagne, le fracas des bottes sur le parquet, le bruit de ressort de la voiture, le grincement du cuir, les coups de pistolet, la pluie battante, les cris, les sanglots, les éclats de rire, annoncent et accompagnent le mouvement indicible de la passion dans sa course extatique vers la mort.

Dans le lexique de Bataille, un terme résumera ce qui est en jeu dans ce récit : sacrifice, qui signifie « toute représentation ou récit dans lesquels la destruction (ou la menace de destruction) d'un héros ou plus généralement d'un être joue un rôle essentiel[4] ».

Ce récit occupe cinq feuillets recto, de 19,5 sur 25,5 cm (sigle : *ms.*). Le titre est repris de l'*incipit* du récit.

a. Bataille a hésité quant au nom du héros : sur ms. il a d'abord écrit Ralph Watson *qu'il corrige en* Holborn *, puis en* Webb *avant de biffer le tout.* ◆◆ *b. Bataille avait d'abord écrit sur ms. :* et emmenèrent [les deux amoureux *biffé*] l'amant botté et son amoureuse tandis que [la *biffé*] une pluie violente se mit à détremper les chemins. ◆◆ *c. Bataille avait d'abord écrit sur ms. :* Cela simplifiait beaucoup les choses pour elle de mourir.

1. La reine Anne : il s'agit sans doute de Anne Stuart (1665-1714), reine d'Angleterre, d'Écosse et d'Irlande.
2. Southway : nous n'avons pas identifié ce lieu dans le Dorset. Il s'agit néanmoins d'un toponyme fréquent en Angleterre.

---

1. G. Ernst, *Georges Bataille. Analyse du récit de mort*, p. 104 et 98.
2. Voir la Notice de *Julie*, p. 1199.
3. Voir les poèmes de Bataille réunis sous le titre *Time out of joints*, tiré de la réplique de Hamlet. Voir aussi le processus d'appropriation enclenché, notamment dans *La Haine de la poésie*, par « The rest is silence », autre formule de Hamlet.
4. *L'Expérience intérieure*, *OC V*, p. 218.

3. En utilisant l'auxiliaire être, Bataille a probablement voulu mettre l'accent sur le résultat de l'action plutôt que sur l'action elle-même.

4. Cette voiture qui emmène « sous la pluie battante » Ralph Webb et Madame, ivres, annonce le fiacre découvert qui conduit, dans Rome, par « des rues blanches d'opéra-comique » l'anonyme personnage de *La Scissiparité* et Mme E., ivres « sans alcool », au palais de Monsignor (p. 601).

ÉVARISTE

Comme *L'Anus solaire* et *Histoire de l'œil*, ce récit est écrit au dos de bulletins du département des Imprimés de la Bibliothèque nationale, découpés et collés sur des feuillets détachés de cahier, sur lesquels l'écrivain a ajouté des transitions. Ce détail est précieux. Il indique que le texte est postérieur à juillet 1922, date à laquelle l'écrivain entre en tant que bibliothécaire stagiaire au département des Imprimés. Sur la page 13 du manuscrit, la date d'impression du bulletin sur lequel Bataille a rédigé son récit permet d'établir que ce texte date au plus tôt de 1923, ce qui nous amène à supposer que sa rédaction se situe entre 1923, l'année de la découverte de Freud et de l'entrée en contact avec Chestov, et, vraisemblablement, 1925-1926, date probable de son premier récit érotique, *W.-C.*

Le soin minutieux apporté par l'écrivain à la constitution de son texte semblable à une robe rapiécée fait supposer qu'il espérait le publier, ce que laissent deviner également les indications rédactionnelles en marge du récit et la légende liminaire apposée à l'intérieur de la chemise orange où est conservé le récit : « *aller à la ligne* ou *alinéa* = passer une ligne / passer une ligne = passer quatre lignes ».

Par ailleurs, expliquées par cette légende, les rectifications en marge du texte, souvent entourées d'un cercle, inaugurent une véritable stratégie des blancs qui, comme Gilles Ernst l'a montré, ne cessera de se répercuter dans toute la production fictionnelle de Bataille à travers l'adjonction d'autres procédés du vide : par elle « le texte, d'abord ramassé parce que l'écrivain est encore influencé par le parler ordinaire, s'effondre et s'aère progressivement sous la poussée de ce grand "vent du dehors" qui seul le transformera en tragédie[1] ».

Quoi qu'il en soit, le récit ne relève plus qu'en apparence de la zone hybride, impure des écrits de jeunesse. S'il partage encore avec *La Châtelaine Gentiane* et *Ralph Webb* la forme du récit à la troisième personne, la construction de la phrase soit par coordination, soit par juxtaposition sans liaison de propositions principales ainsi que le recours fréquent aux déictiques[2], il s'en éloigne sur le plan stylistique[3], et surtout

<hr>

1. G. Ernst, *Georges Bataille. Analyse du récit de mort*, p. 226.

2. On relèvera, renvoyant aux coordonnées temporelles : « Le train [...] est arrivé en gare de Saint-Flour à 9 heures » ; « elle allait mourir à présent, à l'âge de neuf ans » ; « Il est à présent 11 heures » ; « avant 3 heures » ; « Il était 1 heure ».

3. Par l'amplification poétique des effets de sonorité ; par l'introduction de figures de style ayant pour but d'accentuer le caractère littéraire du texte (comme les formules modalisantes : « Il s'analysait avec soin, comme si un phénomène d'importance s'était présenté à lui ») ; ou, à l'inverse, par le recours à des mots de la langue familière (« tonton ») ou à des phénomènes propres à la sphère familiale dont la fonction est de faire affleurer « l'implicite du discours ».

par son effet de réel : l'action ne se situe plus dans un passé moyenâgeux ou lointain mais s'ancre dans le monde actuel, celui du capitalisme bourgeois que l'écrivain prendra à partie dans ses écrits théoriques. Par ailleurs, son statut de récit abouti, dont l'écrivain est conscient, lui assure un rôle stratégique à l'intérieur du volume. Toute la production fictionnelle de Bataille et l'économie qui la sous-tend s'y dessinent : la déconstruction de la grande métaphore architecturale autour de laquelle, comme l'a montré Denis Hollier[1], s'était constitué, vers 1918, son premier texte, *Notre-Dame de Rheims*, adressé « à des jeunes gens de Haute-Auvergne ».

Dans ce sens, *Évariste* peut être lu comme une véritable réécriture de *Notre-Dame de Rheims*, dont le noyau matriciel, caché dans la « fièvre d'Août mil neuf cent quatorze[2] » — date en même temps de la déclaration de la guerre, de l'abandon du père infirme et de la conversion à la religion catholique —, ne sera explicité que bien des années après dans deux passages autobiographiques du *Petit*[3]. Postérieur à 1920, *Évariste* prend le relais de cette même contingence biographique pour en décliner une autre version : Reims cède la place à Saint-Flour, lieu de publication de *Notre-Dame de Rheims* ; et, au centre du texte, la cathédrale avec sa façade noire et ses deux « larges tours cubiques […] meublant le ciel » opère comme la réplique inversée de la cathédrale de Reims, aux deux tours blanches « droites dans le ciel comme des gerbes de lis ». Image maternelle qui prolonge la scission du père inaugurée par *Notre-Dame de Rheims* mais pour la disloquer et la vouer à un brouillage de son statut : dans *Évariste*, le père lubrique, Évariste, dont le nom évoque par antiphrase la vocation au Mal[4] qui sera le lot des héros des récits de Bataille, vient occuper le devant de la scène pour exercer sa violence contre l'abbé Palme, le bon père qualifié de « maternel » ; de son côté, le maternel se dédouble, laissant entrevoir derrière la Sainte Vierge — la « femme inentamée grâce à la rétention du pénis paternel[5] » dont la femme vertueuse, dévote est le prolongement —, les « affreux théâtres » où s'exhibent les prostituées, ces figures de la perte et du sacré de transgression sous le signe desquelles Bataille, oscillant entre débauche et repentir, et en même temps n'hésitant pas à affirmer : « il n'y a pas de mauvais plaisirs[6] », va placer toute son œuvre fictionnelle. Si le pas n'est pas encore franchi et si le plaisir charnel n'est pas pris, selon les mots de Michel Leiris, « pour axe de référence », il s'y énonce cependant déjà comme « justifié par une philosophie (il n'est de meilleure voie que l'érotisme, cette ouverture entre les ouvertures, pour accéder tant soit peu au vide insaisissable de la mort[7]) ». Annonçant des modalités des fictions de Bataille, *Évariste* trouve en effet sa posture dans son lien avec les préoccupations métaphysiques de l'écrivain, notamment avec ce qu'il appellera l'expérience du rire, dont il fixe l'effet d'ébranlement et

1. Denis Hollier, *La Prise de la Concorde*, Gallimard, 1974, p. 45-52.
2. *OC I*, p. 612.
3. Voir p. 364 et 365.
4. Nom d'origine grecque, dont l'étymologie renvoie à « bien » et à « meilleur ».
5. D. Hollier, *La Prise de la Concorde*, p. 52.
6. Lettre à Colette R[enié], [été-automne 1922], *Choix de lettres*, p. 47.
7. Michel Leiris, « Le Don juanisme de Georges Bataille », *La Ciguë*, n° 1, janvier 1958 ; *À propos de Georges Bataille*, Fourbis, 1988, p. 10.

d'abandon progressif de la foi et en même temps de maintien de l'expérience religieuse acquise[1].

C'est un fait que, sous l'effet de l'irruption du rire, la composante autobiographique, enfouie dans la topographie du récit, le périmètre du Cantal et du Puy-de-Dôme compris entre Lugarde et Collanges, près de Riom-ès-Montagnes, village natal, du côté maternel, de la famille de l'écrivain, et les villes de Saint-Flour et Murat ne se donne plus à lire, comme dans *Notre-Dame de Rheims*, en tant que « lieu d'espoirs d'une renaissance patriotique et chrétienne[2] », mais sanctionne la coupure avec la brève retraite de l'écrivain dans le séminaire de Saint-Flour et les « cinq journées précipitées, surchauffées, violentes » vécues chez les jésuites de La Barde[3]. Néanmoins cette coupure se produit non pas comme rejet de l'expérience religieuse, mais plutôt comme sa transposition en un mouvement de rire « renvoyant "Dieu" au Néant[4] ». En sorte qu'on pourrait dire que si le « grand cri de résurrection » de *Notre-Dame de Rheims* a cessé de résonner, il se perpétue en creux dans l'extase du rire insensé déclenché par « la salissure de la mort[5] ».

Annoncée par une série de substantifs (« écœurement », « effroi », « dégoût », « vide ») et d'adjectifs (« lugubre », « néfaste », « froid ») qui ne constituent pas moins les stigmates du repoussant que les marques de l'attraction[6], la mort irrigue tout le récit pour s'exhiber dans les débordements de l'agonie (fièvre, bruit sifflant de la respiration) et dans la violence du dernier instant (« inconcevable expression d'inutilité, de pacotille » qu'elle imprime aux traits relâchés de Jeanne) : lieu d'émergence de ce sacré gauche qui constitue le noyau primitif du mouvement d'ensemble social, ainsi que Bataille l'exposera au Collège de sociologie et à la Société de Psychologie collective[7].

Évariste illustre une étape capitale dans la mise en place du « récit de mort », dont les composantes, déjà à l'œuvre dans *La Châtelaine Gentiane* et *Ralph Webb*, s'enrichissent d'une autre constante : le lien mort/situation familiale. Au centre de ce récit, véritable « chambre mortuaire » dans laquelle la mort familiale se donne à voir dans une variante destinée à ne plus se reproduire dans les fictions successives (celle de l'enfant), la mort par maladie se soude à cet « apanage d'une élite[8] » qu'est la mort suicidaire ou quasi suicidaire : dans ce sens la tristesse de Jeanne, son regard gauche, ses mains rouges, ses gestes disgracieux sont autant de signes annonciateurs de cette fatalité néfaste s'achevant dans le surgissement de la méningite, dont, en une sorte d'avant-goût de nécrophilie, Évariste est à l'affût bien avant que sa fille ne tombe malade[9].

1. Voir *Non-savoir, rire et larmes, OC VIII*, p. 222-223.
2. D. Hollier, *La Prise de la concorde*, p. 45.
3. Lettre à Jean-Gabriel [Vacheron], Riom-ès-Montagnes, 21 juin 1918, *Choix de lettres*, p. 19.
4. Robert Sasso, *Georges Bataille : le système du non-savoir. Une ontologie du jeu*, Éd. de Minuit, 1978, p. 142.
5. *Notre-Dame de Rheims, OC I*, p. 615.
6. Voir à ce propos, D. Hollier, « Le Rose et le Noir (la tombe de Bataille) », *Georges Bataille, Revue des Sciences humaines*, n° 206, 1987-2, p. 113.
7. Voir D. Hollier, *Le Collège de Sociologie*, Gallimard, « Folio Essais », p. 93. Et, le 17 (ou 18) janvier 1938, la conférence de Bataille au sein de la Société de Psychologie collective, dont la réflexion porte en 1938 sur « Les Attitudes envers la mort » (*OC II*, p. 285).
8. G. Ernst, *Georges Bataille. Analyse du récit de mort*, p. 26.
9. Voir ce que Gilles Ernst écrit à propos de la nécrophilie du regard des personnages de Bataille, *ibid.*, p. 143.

D'autres enjeux littéraires méritent d'être relevés. Tout d'abord, on repère dans le récit plusieurs motifs communs aux fictions successives : le sadisme, depuis celui explicitement sacrilège d'Évariste, dont la confession avec l'abbé Palme prélude à celle de Simone avec Don Aminado, le jeune prêtre d'*Histoire de l'œil*, jusqu'à celui, travesti en méthode éducative, de la femme d'Évariste envers Jeanne, sa fille, dont témoigne le recours au martinet, première émergence du « martinet à cinq longues lanières » ; la fatalité, figure inaugurale du mauvais présage qui ne sera pas sans hanter Bataille dans l'entre-deux-guerres ; l'attente au chevet de Jeanne mourante, à laquelle fera écho dans *Julie* l'attente au chevet d'Henri, mais aussi le motif de l'attente tout court, problématique inscrite au cœur de *L'Abbé C.*[1].

Communs sont aussi certains nœuds thématiques comme celui du « rêve d'une chute interminable » qui ouvre la dernière séquence du récit, sorte de scène primitive sur laquelle viendra se greffer la « chute déchirante dans le vide du ciel » du fragment *Le Bleu du ciel* daté « août 1934 » mais écrit avant 1930, que Bataille publiera dans *Minotaure* avant de l'intégrer dans la section « Antécédents du supplice » de *L'Expérience intérieure* ; comme aussi le motif de l'acéphalité qui, inauguré dans *La Châtelaine Gentiane* par la locution « perdre la tête », se réitère dans le mouvement de perte de la tête d'Évariste et de l'abbé Palme pour se constituer comme une sorte de leitmotiv des fictions de Bataille.

Enfin, si toute la structure du récit fait penser à *Julie* dont le rapproche l'insertion, dans le registre de la tragédie, du vaudeville, les personnages, quant à eux, annoncent deux figures récurrentes dans les fictions de Bataille, celles du médecin et de l'abbé, et deux au moins de leurs noms — Jeanne, Pierre — émigreront, le nom dans la première version de *La Maison brûlée*, l'autre dans deux ébauches, *Le Prince Pierre* et *Masaniello*, et dans la variante Pierrot du *Mort*, pour composer dans *Divinus Deus* le pseudonyme Pierre Angélique.

Sur le plan de l'intertextualité, deux noms se superposent à celui du Dostoïevski du *Sous-sol* du mouvance duquel se situe le personnage d'Évariste, homme vil, honteux, lubrique, débauché et dépensier : celui de Nietzsche, dont on repère la trace dans l'opposition entre la morale du déclin de la femme d'Évariste, figée dans la souffrance et la rancune maladive contre la vie, et l'immoralisme d'Évariste, perméable à une au moins des propositions de la nouvelle religion prêchée par Zarathoustra : « Celui qui plane sur les plus hautes montagnes se rit de toutes les tragédies de la scène et de la vie[2] » ; celui de Proust, inscrit dans le jeu de la mémoire mobilisé par le retour au pays d'un homme « vieilli » qui se penche sur son passé, dans le vain effort de le ressusciter, celui-ci se dérobant à toute révélation ou n'induisant que la résistance hostile de la conscience.

Ce récit occupe 29 feuillets recto, de 19,5 sur 20,6 cm (sigle : *ms.*).

a. Lecture conjecturale ; on peut aussi lire troublée . ◆◆ *b.* Le [horreur *corrigé en* dégoût] *ms.*

1. Voir « L'Attente », *L'Abbé C.*, p. 680-683.
2. Frédéric Nietzsche, *Pages choisies*, Henri Albert éd., Mercure de France, Paris, 1947, p. 254.

1. Lugarde : village du Cantal, proche de Riom-ès-Montagnes.

2. Bataille se rend souvent à Saint-Flour (Cantal) entre 1917 et 1918. C'est là que paraît en 1918 son premier texte, *Notre-Dame de Rheims*, plaquette de six pages, qui, le 18 août de la même année, fait l'objet d'une lecture au cours d'une réunion de l'Association catholique de la Jeunesse française du Cantal.

3. Il s'agit du Grand Séminaire, où, selon ce qu'écrit Jacques des Roches (alias Jean-Gabriel Vacheron) dans une lettre à Jean Bruno datée du 3 décembre 1969, conservée au département des manuscrits de la Bibliothèque nationale, Bataille, en 1917, aurait été invité à passer quelques jours par Jules Saliège et un autre théologien du Séminaire : Eugène Théron.

4. Les Collanges : petit village de la commune de Riom-ès-Montagnes.

5. Murat : ville du Cantal, anciennement siège d'un bailliage royal.

6. Selon le chanoine Jean Andrieux, archiviste des Archives du diocèse de Saint-Flour, le nom de cet abbé ne semble pas correspondre à un prêtre qui aurait réellement existé. Néanmoins sa figure pourrait avoir été conçue à partir de deux prêtres que Bataille a fréquentés dans sa période religieuse : l'abbé Eugène Théron, professeur de morale au Grand Séminaire de Saint-Flour, et l'abbé Georges Rouchy, qui a été tour à tour professeur d'histoire, d'allemand et de philosophie au Petit Séminaire de Saint-Flour.

7. La Godivelle est un lieu très sauvage du Puy-de-Dôme.

8. Cette coïncidence du rire et des larmes n'est pas sans annoncer l'état théopathique que Bataille évoquera dans sa définition de la souveraineté en tant que règne miraculeux de l'instant et du non-savoir : « C'est seulement annihilant, du moins neutralisant, en nous-mêmes toute opération de connaissance que nous sommes dans l'instant, sans le fuir. C'est possible sous le coup d'émotions fortes qui brisent, interrompent ou rejettent à l'arrière-plan le déroulement continu de la pensée. / Il en est ainsi si nous pleurons, si nous sanglotons, si nous rions à perdre haleine [...] Le rire ou les larmes se déchaînent dans le vide de la pensée, que leur objet fit dans l'esprit » (*La Souveraineté*, *OC VIII*, p. 254).

LA MAISON BRÛLÉE
Scénario

NOTICE

Intitulé *La Maison brûlée* dans deux de ses versions, « Scénario » dans la troisième, ce texte fut publié à deux reprises, en 1971 et 1995[1], et adapté à la scène en 1971[2]. Destiné au cinéma, et non à la publication, il

1. Respectivement dans *OC IV* et dans l'*Anthologie du cinéma invisible* (voir la bibliographie, p. 1363).

2. *La Maison brûlée*, adaptée « d'après un scénario original de Georges Bataille », lit-on

peut néanmoins être lu comme un récit. Sa troisième version, qui est très probablement la dernière, est aussi la plus aboutie au plan scénaristique. Comme les éditeurs qui nous ont précédée, c'est elle que nous reproduisons.

Dans cette version, deux séquences précèdent l'incendie décisif, qui se déclare dans une « vaste et belle maison » située quelque part en Auvergne[1]. Le père d'Antoine Maulouis, le héros, meurt (abandonné sciemment ?) dans l'incendie. Puis c'est au tour de Marie, la femme d'Antoine, de mourir accidentellement lors d'une excursion en montagne en compagnie de son mari et de Marthe, la cousine d'Antoine. Quelque temps après, le corps de Marthe est retrouvé au fond d'un ravin. A-t-elle été tuée par Martin, le vagabond idiot ? ou par Antoine, lequel aurait aussi assassiné sa femme ? Le scénario « fonctionn[e] comme un film policier classique avec faux et vrai coupable. Le faux coupable est Antoine Maulouis, accusé par la *vox populi*[2] » d'un triple assassinat. Seul le cordonnier Poussin, très proche d'Antoine depuis son enfance, et le juge le croient innocent, tandis qu'un vieux moine, ancien directeur de conscience d'Antoine, pense qu'il doit expier. (À l'intrigue policière s'ajouterait ainsi l'élément tragique du conflit entre justice terrestre et justice divine.) Anne Heurelay, une amie de Marthe arrivée chez celle-ci la veille de sa mort, est sous le choc ; elle cherche à comprendre ce qui s'est passé et demande à Antoine de la conduire près du ravin. Ils sont séduits l'un par l'autre, se marient malgré l'hostilité générale et vont habiter la maison de Marthe. Mais Anne continue à chercher : elle se rend à la maison de Mauronnes (qui était celle d'Antoine) et découvre une lettre de Marthe qui résout l'énigme. La dernière scène, en flash-back, montre Antoine aux prises avec celle qui fut sa maîtresse, la meurtrière de son père et de sa première femme ; « tragique et déchaînée », elle va se jeter dans le ravin.

La première version, manuscrite, constitue le synopsis ou plutôt un plan détaillé (rédigé, puis sous forme de notes) qui a servi de matrice aux deux autres versions. La deuxième version se lit dans deux dactylogrammes dont l'un comporte des corrections manuscrites, semble-t-il de la main de Bataille, corrections que le second intègre. Ce second texte dactylographié est amputé de la scène finale que contient le premier dactylogramme et dont voici le texte (Anne s'y prénomme Justine) :

« ... Dans la petite ville, Antoine et Justine traversent la place de la cathédrale se serrant l'un contre l'autre. Un vent violent leur plaque les vêtements au corps et les gêne pour avancer. Deux gosses débouchent à un coin de rue. Ils aperçoivent Antoine et Justine.

« LE PREMIER GOSSE : Tu les vois.

« LE SECOND : Oui.

« LE PREMIER : C'est les maudits.

« LE SECOND : Je sais.

« Le premier a ramassé une pierre. Il a fait le geste de la jeter.

« LE SECOND (arrêtant le bras du premier) : Laisse tomber.

« Antoine et Justine les ont vus et entendus. Toujours serrés l'un

sur le programme, par Olivier Katian et Yves Carreau, fut donnée au théâtre de la Maison de la culture d'Orléans les 3 et 4 avril 1971 par la Bibliothèque municipale et la M.C.O.
  1. Voir n. 2, p. 945.
  2. G. Ernst, *Georges Bataille. Analyse du récit de mort*, PUF, 1993, p. 108.

contre l'autre, ils sourient en se regardant l'un l'autre avec une exaltation sauvage.

« LE SECOND GOSSE : T'as vu ?

« Brusquement apeurés, les deux gosses se sauvent ensemble à toutes jambes, le second ayant entraîné l'autre.

« Antoine et Justine poursuivaient leur chemin dans une ruelle déserte. »

Un double de ce dactylogramme, qui contient une page de plus, continue et s'achève ainsi : « Criée par une radio, une courte et brutale chanson sur les maudits, d'allure populaire, accompagne leur marche. Elle dit la malédiction liée à l'amour, l'amour lié à la malédiction. »

Les noms de certains personnages sont retouchés par Bataille au fur et à mesure de son travail de conception et de rédaction. Dans la version 1, une liste présente Antoine, « d'une nervosité fébrile », « beau mais d'aspect hostile, en rapport au pays qu'il habite » ; Anne Heurelay[1] s'y appelle Léonie (elle doit être « d'un caractère emporté, agressif, hardie jusqu'à l'effronterie mais profondément naïve et sauvage ») — elle s'appellera Justine Edmondi dans la version 2 ; le cordonnier Poussin se nomme Piboulet — il est le « père nourricier » ou « frère de lait » (Bataille hésite) d'Antoine, et « représente le sort qui exige de la part des jeunes gens qu'ils ne fuient pas » ; Martin est « l'innocent », etc. Par ailleurs, Marthe Maulouis est Jeanne Hitier et notre dom Lesueur se nomme abbé Barsac dans la version 2. Un personnage a disparu entre les deux premières versions et la troisième : une vieille domestique des Maulouis, brûlée durant l'incendie et devenue aveugle ; on apprend dans la version 2 qu'elle est la grand-mère de la petite fille apeurée que recueille le cordonnier. On se demande d'ailleurs si cette orpheline, dont le rôle est plus développé dans la version 2 que dans la nôtre, n'est pas en réalité la fille naturelle d'Antoine. Piboulet a quant à lui perdu sa femme et un enfant en bas âge : « Antoine était comme un enfant pour moi », lit-on dans la version 2. Dans la version 3, la parenté entre le cordonnier et l'enfant est plus floue.

On le voit, le méli-mélo familial n'est plus tout à fait le même. Antoine perd d'abord ses père et mère dans l'incendie (version 1), puis sa mère seule (version 2) et enfin son père seul (version 3). Marie est une jeune cousine fiancée à Antoine avant d'être, dans la version 3, sa femme.

Les éléments de l'intrigue et le découpage de l'action sont à peu près identiques dans les trois versions. Antoine doit se dénoncer lui-même ; Léonie/Justine/Anne le mène sur la voie de l'aveu, répondant en cela à la pression du vieux moine ; elle découvre la lettre de Jeanne/Marthe. Mais Bataille n'a pas d'emblée distribué les cartes de la culpabilité de la même manière : au départ, Antoine avoue qu'il a tué Jeanne (Bataille a même pensé à un moment faire de lui l'assassin de Marie), et celle-ci qu'il a jeté Marie dans un ravin ; puis, dans les versions 2 et 3, Jeanne/Marthe se suicide après avoir déclaré qu'elle est l'auteur des deux crimes, la mort de Marie et l'incendie. On ne détaillera cependant pas,

---

1. La syllabe *mau-*, qui marque (étymologiquement et phonétiquement) la série des maudits — la famille Maulouis, le domaine de Mauronnes —, s'oppose au mélioratif *eu-* de Heurelay. Voir *Analyse du récit de mort*, p. 68-69 ; Gilles Ernst signale aussi une « onomastique biblique » (*ibid.*, p. 71) dans les prénoms Marie et Marthe (en référence à Luc, x, 38-42). Ajoutons-y le corbeau Jézabel : voir n. 9, p. 956.

séquence par séquence, les différences entre les versions, et on ne comparera pas l'ordre des séquences, parfois très différent de l'une à l'autre. Car les modifications touchent surtout le début et le milieu du film. Dans les versions 1 et 2, la première séquence montre un couple de cyclistes arrêté devant une maison « récemment incendiée ». En outre, et toujours dans les versions 1 et 2, après la scène d'amour entre Antoine et Léonie/Justine, sans transition, on est à Paris chez le couple désormais marié. Antoine s'approche « trop près » de Justine en train de chanter, assise « sur le rebord de la terrasse » de leur appartement situé au dernier étage ; elle « perd légèrement l'équilibre » (version 2). Léonie/Justine retournent en Auvergne (pour conjurer la malédiction), et ils s'installent finalement « dans la maison de la morte ».

Enfin, la comparaison des trois versions révèle différents niveaux de scénarisation. La datation des documents étant difficile, c'est l'évolution vers un texte plus cinématographique qui nous conduit à considérer la troisième version comme la plus aboutie. Seul le dactylogramme corrigé à la main (version 2) est daté, de janvier 1944. Nous classons les versions dans le même ordre chronologique que celui établi par Thadée Klossowski, qui écrit que Bataille « travaillait » à la dernière version « à Vézelay », et « au plus tôt à l'automne 1944[1] ». De son côté, Michel Surya indique que Bataille quitte Paris en avril 1944 pour Samois, et non pas pour Vézelay, et qu'il revient en octobre 1944 à Paris. C'est en mars 1943 qu'il serait à Vézelay, jusqu'en octobre de la même année[2]. M. Surya affirme lui aussi que la version datée de janvier 1944 est la « première », et qu'une seconde version est terminée en septembre 1943[3], sans doute par référence à un courrier daté du 4 septembre, signé d'Amédée Leclair (alors agent général de l'Agence générale de la société des auteurs et des compositeurs dramatiques, l'actuelle S.A.C.D.) et adressé à Mme Snopko (premier nom marital de Diane Bataille) au 59, rue Saint-Étienne (Vézelay). Cette lettre informe sa destinataire des formalités nécessaires pour déposer « le scénario de [sa] pièce » (il n'y est pas question de film). Mais aucun des « imprimés » envoyés n'est rempli, et rien n'a été déposé à la Société des auteurs[4].

On ne peut donc dater précisément la version qui semble la plus récente, c'est-à-dire celle que nous identifions comme la troisième[5]. Même si le texte de cette version est inachevé[6], il est le plus abouti eu égard à sa destination cinématographique. Or, on peut raisonnablement penser que, chronologiquement, on va du texte le plus éloigné de ce que

---

1. *OC IV*, p. 368.

2. Voir Michel Surya, *Georges Bataille, la mort à l'œuvre*, Gallimard, 1992, p. 658-661. Bernd Mattheus écrit aussi que Bataille est à Samois en septembre 1944, et à Paris en octobre (*Georges Bataille. Eine Thanatographie*, Munich, Matthes et Seitz, t. II, 1988, p. 131).

3. Voir *Georges Bataille, la mort à l'œuvre*, p. 661 et 662.

4. Ce courrier est conservé à la BNF dans la boîte I. — Que Mme Roth, bibliothécaire de la S.A.C.D., soit ici remerciée pour son aide.

5. La pièce de Strindberg intitulée *La Maison brûlée* fut montée en 1952 au théâtre de Babylone. Bataille aurait-il renoncé à ce titre (n'écrivant plus que « Scénario » sur les documents concernant celui-ci) pour éviter une confusion ? En ce cas, la version 3 pourrait dater de cette époque.

6. D'une part le dactylogramme de notre version s'interrompt à la séquence 27 (voir la Note sur le texte, p. 1363-1364), et d'autre part la partie du manuscrit de cette même version correspondant aux séquences 27 à 43 n'est pas intégralement rédigée ; voir par exemple les mentions « À réécrire » (p. 968), « Une phrase indiquant la durée » (p. 970), etc.

doit être un scénario de film au texte s'en approchant le plus. Alors que dans les dactylogrammes de la version 2 ce sont des points de suspension mis en tête des paragraphes qui indiquent le découpage des séquences (53 dans le dactylogramme corrigé à la main), lesquelles ne portent aucun titre, la version 3 est pourvue de séquences titrées (43 au total). De ce point de vue formel, son statut de scénario est plus évident. En outre, l'action est plus développée dans la version 3 : entre autres exemples, on y voit la maison en train de brûler et on y assiste à la chute mortelle de Marie. Cela n'empêche pas le suspense d'être resserré et le malaise d'être plus dense : nos deux séquences 19 et 20 sont bien plus fortes que les six séquences 24 à 29 de la version 2, où les dialogues, dilatoires, en la psychologisant, décrédibilisent la même scène.

Le nombre des états du scénario atteste des efforts de Bataille. Alors qu'il a terminé la version 2, il reprend son texte, l'épure des dialogues superflus et mal assortis à la tension du film, développe l'action, etc. ; mais il ne l'achève pas. A-t-il abandonné son projet par lassitude ? parce qu'il pensait qu'il ne mènerait nulle part ? Voulait-il recourir à l'aide d'un dialoguiste ou d'un scénariste professionnel ? Toujours est-il que cette idée lui tenait à cœur, sans doute à cause du constant besoin d'argent qu'il connaît durant les années 1940. Le témoignage d'Henri-François Rey le confirme : « Un peu hagard, furtif, il vivait cet hiver parisien [de 1943] dans le plus grand dénuement. Comme nous tous[1]. » H.-F. Rey raconte comment, tentant de survivre en vendant des scénarios ou des idées de scénario, il associa Bataille à son entreprise, même s'il le « voyai[t] mal en scénariste » : « Mais le problème était compliqué. Il fallait tout à la fois, et c'était l'idée fixe de Bataille, une histoire commerciale, mais en même temps le traiter de telle façon qu'elle soit " respectable ", je veux dire qu'elle corresponde à nos préoccupations les plus métaphysiques et les plus morales. » C'est Fernandel qui sera le paramètre « commercial » du problème dont Sade sera la donnée « respectable » : « Un jour, parce que j'avais reçu une lettre d'un vague poète marseillais, comte de surcroît et opiomane, qui vivait dans une tour pointue dans la banlieue de la ville, j'en parlai à Bataille. Et ce fut le déclic enfin. […] et le voilà en train d'imaginer Fernandel en poète opiomane, vivant dans quelque château délabré dans la banlieue de Marseille. […] L'histoire c'était quoi ? Tout simplement ceci, et frappé aux armes mêmes du surréalisme. Il y avait un fabricant de savon (de Marseille, bien entendu), bourgeois respecté et honoré dans sa ville […] dont le passe-temps favori, lorsque sa petite famille partait en vacances, était de se prendre pour le marquis de Sade. Je veux dire, en revêtir le costume et l'aspect et pratiquer avec quelques putains du cru les divers exercices décrits dans les *Cent Vingt Journées de Sodome* ou *La Philosophie dans le boudoir*. Tout cela finissait mal. Le fabricant de savon (de Marseille) assassinait bellement une des putains. On étouffait l'affaire bien entendu, mais le faux Sade et véritable salaud se suicidait pour que la morale triomphe. » Évidemment, le film ne fut pas tourné. C'est H.-F. Rey qui conserva ledit scénario… et c'est lui qui le perdit[2].

1. « Bataille et Fernandel », *Magazine littéraire*, 144, janvier 1979, p. 58.
2. « Hélas je l'ai perdu et j'en suis très triste » (*ibid.*).

Certes, écrire un film comporte, pour un écrivain, un enjeu économique autant qu'esthétique. Bataille eut fort probablement, comme tant
d'autres, de multiples projets — ou plutôt idées — de scénario, qu'ils
soient aussi velléitaires, fantaisistes et éphémères que l'histoire du marchand de savon ou bien plus sérieux, comme *La Maison brûlée* et le « film
sur Lascaux[1] » (1952). Mais au moment où il écrit *La Maison brûlée*, sa
proximité avec le monde du cinéma n'est certainement plus la même que
lorsqu'il était assez proche de Prévert ou de Desnos, c'est-à-dire lors de
l'aventure de *Documents*, lorsqu'il était marié à Sylvia et, on peut en faire
l'hypothèse, durant sa liaison avec Denise Rollin[2]. De fait, son expérience cinématographique se résumerait à une brève apparition, en
costume de séminariste, dans *Une partie de campagne*, où Sylvia tient le rôle
principal.

Des tentatives dramaturgiques de Bataille il ne nous reste donc qu'un
scénario abandonné, des ébauches de pièces de théâtre et une pièce
radiophonique[3]. Faut-il évaluer les talents du dramaturge ou du scénariste qu'il ne fut pas et établir le constat d'un éventuel échec dans ce
domaine ? Sans doute le problème concerne-t-il moins le résultat de la
tentative que l'intérêt de Bataille pour le cinéma[4], et moins l'art dramatique que la *dramatisation*. Considérer *La Maison brûlée* sous cet angle
serait, pour reprendre les mots de Rey, en révéler non plus les motivations financières mais les préoccupations les plus métaphysiques et les
plus morales ». Car tout laisse penser que *La Maison brûlée* « s'inspire » de
L'Expérience intérieure, publié en janvier 1943. « À ce point nous voyons
le sens second du mot dramatiser : c'est la volonté, s'ajoutant au discours, de ne pas s'en tenir à l'énoncé, d'obliger à sentir le glacé du vent,
à être nu. D'où l'art dramatique utilisant la sensation, non discursive,
s'efforçant de frapper, pour cela imitant le bruit du vent et tâchant de
glacer — comme par contagion : il fait trembler sur scène un personnage
(plutôt que recourir à ces grossiers moyens, le philosophe s'entoure
de signes narcotiques). À ce sujet, c'est une erreur classique d'assigner
les *Exercices* de saint Ignace à la méthode discursive : ils s'en remettent
au discours qui règle tout mais sur le mode dramatique. Le discours
exhorte : représente-toi, dit-il, le lieu, les personnages du drame, et tiens-
toi là comme l'un d'entre eux ; dissipe — tends pour cela ta volonté —
l'hébétude, l'absence auxquelles les paroles inclinent[5]. » On aura compris
de qui tient son nom dom Ignace Maulouis, le frère d'Antoine dans le

---

1. Voir *OC IX*, p. 319-324 et 479-480. Pierre Beuchot réalisa *Lascaux par Bataille* en
1981 (diffusé sur TF1 en 1982 ; 52 mn).
2. Voir M. Surya, *Georges Bataille, la mort à l'œuvre*, p. 344.
3. Voir « Le Prince Pierre », « Néron », « La Cavatine », *OC IV*, p. 319-324, 329-332 et
335-338 ; et aussi « Le Tournant du théâtre » d'Emmanuel Tibloux (*Les Temps modernes*, 602,
décembre 1998-janvier-février 1999, p. 121-131). — *L'Esprit souterrain*, adaptation d'une
partie du *Sous-sol* de Dostoïevski, écrite avec sa cousine Marie-Louise Bataille, fut diffusée
en 1946 sur les ondes de la Radio française (texte reproduit dans *L'Infini*, 75, automne
2001).
4. Même s'il le « connaissait d'ailleurs fort mal », à en croire H.-F. Rey. — Jean Piel
témoigne quant à lui de « l'émotivité » de Bataille au cinéma : « Il m'est arrivé plus d'une
fois de le voir quitter en larmes la représentation de films qui ne m'avaient pas bouleversé
à ce point » (*La Rencontre et la Différence*, Fayard, 1982, p. 135).
5. *L'Expérience intérieure*, *OC V*, p. 26.

manuscrit de la version 3[1], et reconnu le bruit du vent des premières lignes de *La Maison brûlée*. Le choix du décor auvergnat est en lui-même l'indice de cette continuité avec les méditations et expériences extatiques de Bataille. C'est *Le Coupable* qu'il faut alors relire en regard des évocations de l'Auvergne du scénario[2] : « Quand je "médite" devant les pentes nues des montagnes, j'imagine l'horreur qui s'en dégage dans le froid, dans l'orage : hostiles comme les insectes se battant, plus accueillantes à la mort qu'à la vie[3]. »

En juin 1940, Bataille, qui est à Paris, écrit : « Je sors du Helder où j'ai vu *Les Hauts de Hurlevent* : Heathcliff vivant avec le fantôme de Cathy — comme j'ai voulu vivre avec le fantôme de Laure… À La Vaissenet, samedi, j'avais songé aux *Hauts de Hurlevent*. J'y ai songé même à Ferluc. Je suppose qu'il a fallu cette pérégrination dans des maisons de montagne pour me faire oublier des "comédies". Mais je le suppose seulement. Après tout, de plus en plus, je suis ignorant[4]. » *Les Hauts de Hurlevent* et *La Maison brûlée*, comment en effet ne pas faire le lien ? Romantisme gothique du donjon[5], admiration pour « la plus violente, et la plus poétique, des œuvres d'Emily Brontë » : Bataille dut penser à ce roman en projetant et en rédigeant son scénario : *Wuthering Heights* « est le nom du "haut lieu" où se révèle la vérité. C'est le nom d'une maison maudite, où Heathcliff, accueilli, introduit la malédiction[6] ». Il dut se souvenir aussi de Laure allant voir *Voyage sans retour* de Tay Garnett (*One Way Passage*, 1932), film au titre sinistre : « Laure vit à Épernon les derniers films de sa vie : on donnait le *Voyage sans retour*, elle ne le connaissait pas. » Ils s'étaient alors rendus à la Malmaison, où est enterré Sade. « Mais à peine rentrée Laure ressentit la première attaque du mal qui la tua[7]. » Durant sa maladie, elle ne sortira qu'une fois de la maison où ils vivaient ensemble, à Saint-Germain-en-Laye, avant d'y mourir, « maison » que Bataille entoure de guillemets, et dont il se demande si elle ne va pas « s'effondrer à son tour » après qu'une bombe est tombée sur la clinique de la rue Boileau où Laure a été hospitalisée : « Laure elle-même avait écrit que la maison qu'elle appelait avec mépris la "nonne" devrait finir dans un désastre[8]. » *Les Hauts de Hurle-Vent* ou *La Maison des vents maudits*, selon les traductions, *Mal*maison et maison de *Mau*ronnes, maisons de montagne, maisons détruites : à croire que ces maisons cristallisent la cruauté et l'hostilité fondamentales du monde, tel que se le figurent ceux qui connaissent une « vie spirituelle angoissée, portée à l'exaltation intense » ; bref, ceux qui connaissent une expérience sinon « intérieure », du moins « infiniment profonde, infiniment violente[9] », comme Emily Brontë, Laure, Bataille, et les héros de *La Maison brûlée*.

---

1. Voir var. *a*, p. 945, et la séquence 28, p. 967. — « Comme types de dramatisation, Bataille cite surtout les exercices ignaciens, qu'il avait partiellement pratiqués dans sa jeunesse » (Jean Bruno, « Les Techniques d'illumination chez Georges Bataille », *Critique*, 195-196, août-septembre 1963, p. 711). Voir la Chronologie, année 1918.

2. Voir p. 945, 946 et 960.

3. *Le Coupable*, OC V, p. 294. Voir aussi *ibid.*, p. 290.

4. *Ibid.*, notes, p. 523-524. — *Wuthering Heights* de William Wyler date de 1939.

5. On pensera au château en ruine des « Réminiscences » : voir *Histoire de l'œil*, p. 47.

6. « Emily Brontë », *La Littérature et le Mal*, OC IX, p. 186.

7. *Le Coupable*, OC V, notes, p. 525 et 526.

8. *Ibid.*, p. 523.

9. « Emily Brontë », OC IX, p. 185.

C'est en tout cas sous le signe de l'« expérience intérieure » que l'on découvre Antoine au début du scénario (séquences 5 et 6), Antoine qui connaîtra une *réelle* extase à la fin (séquence 36), alors que dans la scène de la chute les visages d'Antoine et de Marthe sont « *comme* en extase » (séquence 4 ; nous soulignons). Serait-il donc absurde d'envisager *La Maison brûlée* comme une mise en situation dramatique et narrative de *L'Expérience intérieure* ? La rencontre d'Anne et d'Antoine (« impression de deux êtres auxquels le silence est également nécessaire dans ce cas », séquence 6), les « moments de transparence où l'on devinerait le sens des choses et de tout s'ils n'étaient eux-mêmes » (séquence 37), la question du savoir, du *vouloir savoir* (« J'ai voulu savoir », dit Anne, et « Tu voulais *savoir* », dit Marthe à Antoine, séquences 41 et 43), l'attrait du vide et du néant (du vent) résonnent avec ce que Bataille transmet de son expérience intérieure, dont il avait d'ailleurs eu le désir de faire concrètement partager les techniques. On peut croire qu'il ne tint pas pour rien, à cet égard, l'efficacité émotionnelle de l'art dramatique associé à l'image. Les visages « comme en extase » sont aussi ceux des spectateurs effrayés par l'image, sans doute en gros plan, du « visage de Marie, au moment où elle tombe » (séquence 4).

De fait, le film tout entier vise à heurter la sensibilité des spectateurs. Bien sûr, on associera le chevreau égorgé et le doigt coupé (séquences 14 et 23) à la célèbre scène d'incision d'un œil dans *Un chien andalou* (1928) de Buñuel et Dalí, l'un des films les plus importants pour la génération surréaliste. De plus, la mort réelle (les crimes et les suicides, la tombe fraîche de la séquence 1, les chambres mortuaires du frère d'Antoine et de Marthe aux séquences 1 et 13) côtoie la mort qui rôde (les chevaux de bois de la séquence 14 sont à l'arrêt, les maisons sont hantées et labyrinthiques). Toutes sortes d'ombres et d'apparitions furtives répondent au principe esthétique visuel indiqué par ces phrases : « On voit mal ce qui se passe », « On ne doit comprendre que plus tard qu'ils jouent à cache-cache » (séquences 4 et 5). La lourdeur (« calme lourd », « orage dans l'air », séquence 31), le malaise sont rendus par les nombreux silences (comme ceux des personnages en contemplation ou se dévisageant, ou bien des séquences panoramiques), silences aussi terrifiants que le bruit des éléments déchaînés (vent, torrent, rafales de neige), des portes claquées, des animaux effrayants et effrayés, des cloches et horloges angoissantes. Bataille indique d'ailleurs comment il concevait la bande-son : « Le déroulement du film et de la musique (très faible) doivent à ce moment faire songer à quelqu'un qui retient son souffle pour essayer d'entendre et n'entend rien » (séquence 9). À quoi correspondent des sensations de suspens et d'équilibre instable (« Anne longe les murs, plutôt vite, sur d'étroits trottoirs, là où d'habitude on marche sur la chaussée », séquence 22), de vide, de glissades, de vertiges au bord du ravin[1], au sommet des montagnes, etc.

Thématiquement et esthétiquement, Bataille essaye donc de créer un *drame* (et pas seulement un drame psychologique, pour reprendre la ter-

---

1. Notons au passage que des images de glissade et de vertige accompagnent parfois ce que Bataille entend dire du travail ou de la « sphère » de la pensée, comme : « C'est glisser dans la nuit sur la pente d'un toit, sans garde-fous et dans un vent que rien n'apaise » (« Le Non-savoir », *Botteghe oscure*, XI, 1953 ; *OC XII*, p. 278).

minologie de la critique cinématographique), fût-il à classer parmi les films « noirs ». Sa référence avouée en matière de cinéma est d'ailleurs plutôt Eisenstein (même si *La Maison brûlée* est fort éloignée de la manière du cinéaste soviétique) que Clouzot. La revue *Documents* en témoigne, de même qu'elle témoigne, avant *Les Larmes d'Éros*, de la problématique ico-nographique, et plus particulièrement cinématographique, chez Bataille. Georges Didi-Huberman, qui analyse comment *Documents* et Bataille portent « une trace remarquable de cette complicité de *vues* avec Eisen-stein[1] », parlerait ici de « la question des formes[2] », ou de « la dialectique des formes » : « C'est à laisser vivre une telle irréductibilité de la diffé-rence, ou de l'écart[3], que la dialectique des formes imaginées par Georges Bataille devait tout entière œuvrer. [...] Où trouver, concrètement, la *mise en œuvre* d'une telle dialectique ? Bref, quelqu'un a-t-il jamais su déve-lopper en toute clarté la dialectique des formes, le jeu construit de leurs écarts et de leurs altérations ? Oui, quelqu'un a su. [...] Cette réponse se nomme cinéma — cinéma d'avant-garde —, elle se nomme montage, elle se nomme Eisenstein[4]... » Le montage eisensteinien, *Documents* le donne à voir sur une double page[5], en résonance « avec ce que Bataille et Leiris mettaient en scène à leur façon — et *montaient*, images contre images — depuis le début de leur aventure éditoriale : l'articulation étroite du pathé-tique et du morphologique, en particulier de ces visages violemment expressifs et des mises en contradiction formelles entre images (par exemple : visages humains contre échine animale, les deux étant liés par le même décharnement [...]) ; l'obstination à serrer la " Figure humaine[6] " dans des gros plans qui portent toute " séduction à la limite de l'hor-reur " comme l'écrivait Bataille ; la décomposition dialectique de l'an-thropomorphisme par contact avec les motifs de la chose inanimée, du masque et, surtout, de l'animalité[7] ». G. Didi-Huberman le dit bien : il ne faut pas attribuer les coïncidences « de *vues* » entre Bataille et Eisenstein à l'air du temps ; tous deux cherchent « le *régime d'intensité* maximale des formes. Tous deux avaient compris qu'un tel régime d'intensité devait en passer par le conflit et par la décomposition partielle de l'anthropomorphisme. Tous deux voyaient dans le montage et dans le régime dialectique — contrastes et contacts mêlés, pathétique et mor-phologique mêlés — la voie royale pour faire en sorte que les *formes nous regardent*, c'est-à-dire correspondent à un " état de choses essentiel et violent "[8]... »

L'intention des gros plans présumés, l'expressivité des visages, la dia-lectique de la séduction et de l'horreur, de la violence du crime et de la

1. G. Didi-Huberman, *La Ressemblance informe ou le Gai Savoir visuel*, Macula, 1995, p. 289. Les pages 281 à 333 sont à lire.
2. *Ibid.*, p. 286.
3. Allusion à l'article de Bataille « Les Écarts de la nature » (*Documents*, 2, 1930).
4. G. Didi-Huberman, *La Ressemblance informe*, p. 284.
5. Voir « *La Ligne générale* », *Documents*, 4, 1930.
6. Article de Bataille du numéro 4 de la série de 1929, et dont les derniers mots sont : « [...] nous nous surprendrons à courir absurdément [...] vers quelques provinciales mai-sons hantées, plus vilaines que des mouches, plus vicieuses, plus rances que des salons de coiffure » (*OC I*, p. 185). On peut aussi penser à cet article pour la scène du cimetière (séquence 17).
7. G. Didi-Huberman, *La Ressemblance informe*, p. 292.
8. *Ibid.*, p. 294.

violence du désir, l'extase et l'être hors de soi[1], que Bataille a cherché à montrer autant qu'à susciter depuis *Documents* et *L'Expérience intérieure* : c'est bien là que, dans *La Maison brûlée*, Bataille rencontre Eisenstein. Mais si le film tel qu'on peut l'imaginer est rien moins qu'eisensteinien, il est en tout cas très bataillien, eu égard aux éléments à la fois formels et thématiques que nous venons de recenser. Il en manque un : l'érotisme. Exceptionnellement chez Bataille (du moins dans ses fictions), l'érotisme est seulement suggéré et demeure hors champ. L'auteur compte plutôt sur la dimension tragique et les attributs de la tragédie pour mettre en scène quelques-unes des modalités de l'érotisme selon lui : le suicide (c'est-à-dire la figure racinienne de Phèdre[2]), le sinistre[3] et la malédiction, le *fatum* et la passion.

   La Maison brûlée, un scénario très bataillien : soit. L'intéressant est qu'il l'est autant dans ce qu'il a de réussi que dans ce qu'il a de raté. Car il faudrait ajouter à la liste les motifs bataalliens du père et du frère morts (ledit frère étant de plus un ecclésiastique, comme dans *L'Abbé C.* et dans *L'Impossible*), de la chute dans le ciel[4], de la volupté dans l'angoisse, etc., tous motifs mis en scène et illustrés ailleurs, et sans qu'on ait autant l'impression qu'ils sont bridés par le souci du vraisemblable (il faut qu'on croie à l'histoire...), ou plutôt de l'idée que Bataille se fait du vraisemblable au cinéma, et du raisonnable (que ces extases, cette *hybris*, cette noirceur romantique n'aient pas l'air trop fou, trop fantaisiste, trop décalé). La séquence (37) de « La Fête » en particulier et les dialogues en général en paient le prix, lorsqu'ils sont développés à défaut de l'action et qu'ils ont pour fonction de supporter toute la narration (comme dans « Le Moine chez le juge », séquence 27). Ceux de la dernière séquence sont certes caractéristiques de la phrase de Bataille, mais ils sont mal appropriés à un film, à moins de vouloir faire de cette scène une scène théâtrale. Pourquoi pas, d'ailleurs, mais ne seraient-ils pas alors plus adaptés aux cartons d'un film muet ?

   L'œuvre de Bataille portée à l'écran : en a-t-il rêvé ? a-t-il souhaité l'audience élargie, voire « grand public », que le cinéma laisse espérer[5] ? La tentation du cinéma a peut-être d'abord incité Bataille à faire, avec *La Maison brûlée*, une œuvre « normale », disons accessible et adaptée. Pourtant, comme on l'a vu, ce n'est pas vers un film du genre « grand public » que, de version en version, il conduit son projet, bien au contraire. Bataille a été rattrapé par Bataille.

CÉCILE MOSCOVITZ.

---

1. Voir *ibid.*, p. 315-320. Et voir la séquence 31 où Anne est « hors d'elle ».
2. Voir la séquence 37, p. 971 ; G. Ernst, *Analyse du récit de mort*, p. 53 et 87 ; Bataille, « Le Complexe de Phèdre » (*L'Histoire de l'érotisme*, 1951, posthume ; *OC VIII*, p. 83-88), et « Racine » (*Critique*, n° 37, juin 1949 ; *OC XI*, p. 497-501). Voir aussi la Notice de *Ma mère*, p. 1304.
3. « L'érotisme des corps de toute façon quelque chose de lourd, de sinistre », écrira Bataille (*L'Érotisme* [1re éd., 1957], *OC X*, p. 25).
4. « Le ravin, le matin, vu d'en haut, plein de brume. / Le soleil rayonne. Le fond du ravin, le soleil... » (p. 952).
5. « L'humanité a soif d'angoisse, [...] elle a toujours cherché toute l'angoisse qu'elle était capable de supporter [...]. Il suffit [...] de regarder les foules qu'attire la tragédie, celles qui suivent, le souffle suspendu sur l'écran, les aventures les plus angoissantes » (« L'Angoisse du temps présent et les devoirs de l'esprit », 10 septembre 1953, « Conférences 1951-1953 » ; *OC VIII*, p. 242).

BIBLIOGRAPHIE

La Maison brûlée, introduction de Georges Sebbag, *Anthologie du cinéma invisible : 100 scénarios pour 100 ans de cinéma*, Christian Janicot éd., Jean-Michel Place / Arte Éditions, 1995, p. 62-75.

FINTER (Helga), « Poesie, Komödie, Tragödie oder die Masken des Unmöglichen : Georges Bataille und das Theater des Buches », *Georges Bataille : Vorreden zur Überschreitung*, Andreas Hetzel et Peter Wiechens éd., Würzburg, Königshausen und Neumann, 1999, p. 259-274.

C. M.

NOTE SUR LE TEXTE

Il existe trois versions de ce texte. La version 1, manuscrite, se trouve dans la boîte X (dossier B) du fonds Bataille de la BNF ; elle est paginée de 1 à 15.

Un dactylogramme de la version 2 corrigé à la main est rangé dans la même boîte, avec son double quasiment vierge, qui possède un paragraphe supplémentaire dont nous donnons le texte dans la Notice, p. 1354-1355. Il est folioté de 1 à 30, plus deux feuillets manuscrits (*6bis* et *23bis*). Le dactylogramme intégrant les corrections du précédent se trouve (avec son double) dans la boîte I (dossier IV) ; il a été paginé de 31 à 65 par la BNF (1 à 35 à l'origine).

La version 3 (celle que nous donnons) existe en deux états : un manuscrit (enveloppe 51) et un dactylogramme (boîte I).

Le dactylogramme, folioté jusqu'à 30 (la BNF a numéroté « 1-2-3 » la page 1), comporte de rares corrections manuscrites, sur les premiers feuillets uniquement. Incomplet, il s'arrête à la page 966 de notre texte, en pleine phrase (« Un vieux moine »). Bataille ne l'ayant intitulé que « Scénario », la BNF lui a donné le titre de la séquence 1, « Le Monastère ». Son texte diffère parfois de celui du manuscrit : Bataille l'a peut-être modifié sur un état intermédiaire qui ne nous est pas parvenu.

Le document le plus intéressant, car le plus énigmatique, est sans aucun doute le manuscrit. Il est composé de 56 feuillets que Bataille a numérotés à partir du septième, soit à partir du début du scénario proprement dit, lequel va du feuillet 1 au feuillet 43 (Bataille a généralement muni d'un numéro d'ordre — 8 (1), 8 (2), par exemple — les séquences courant sur plusieurs feuillets). Sur le sixième feuillet, non folioté par l'auteur, on lit : « I. PROLOGUE » ; le onzième est de même une page de faux titre non foliotée (« II. ACTION »), placée juste avant la séquence 5 (« La Maison brûlée »). Les feuillets sont soigneusement divisés verticalement, à la pointe sèche, en deux parties : le texte figure dans la colonne de gauche, celle de droite étant généralement destinée aux indications scéniques.

C'est aux feuillets 1 à 4 qu'il y a mystère. Eux aussi se présentent sous forme de tableaux tracés à la pointe sèche. Le feuillet 1 comporte

soixante-quatre cases dont quarante-trois sont remplies et numérotées :
il s'agit des quarante-trois séquences, dotées de leur titre. De façon plus
surprenante, des indications de date sont inscrites au-dessous de ces titres
(sous la forme « 3-4-35 ») ; la mention de l'heure les accompagne parfois.
Bataille a-t-il voulu minuter son scénario ? c'est d'ailleurs la raison pour
laquelle ce document fait penser à un script, plutôt qu'à une « table
des matières » comme l'écrit Thadée Klossowski[1]. De telles mentions
temporelles[2] sont pourtant de peu d'utilité technique dans un scénario.
Pourquoi la première séquence se passe-t-elle le 5 janvier 1928 exactement ? d'ailleurs Bataille avait d'abord écrit 1924... Que l'histoire
racontée dans le film commence à cette date pour finir le 23 octobre
1935 a-t-il une signification (autobiographique, comme le pense Bernd
Mattheus[3]) ?

Dans quelques cases figurent en outre des symboles sibyllins (un carré
noir, une croix) ; on en retrouve certains dans le tableau du feuillet 2,
où le mystère s'épaissit. Cette fois le tableau comporte quarante-
quatre cases comportant des N, T, C, CJD2, des triangles (ou des delta
majuscules ?), des M inscrits dans un carré. Ce tableau semble reprendre
le « script » séquence par séquence (plus une : « Le Cimetière et le
Monastère », peut-être une scène prévue et non écrite) et y apporter des
commentaires.

Les deux feuillets suivants comportent eux aussi chacun un tableau :
seules six cases de celui du feuillet 3 sont remplies, tandis que les quatre-
vingt-dix de celui du feuillet 4 présentent des abréviations (parfois illi-
sibles) et des suites de chiffres cabalistiques. Que peuvent signifier des
« fx.t. », des « fr.5 », des « bl. » ?

Enfin, le feuillet 5 donne ces consignes :
« Développer les conversations entre Anne et le cordonnier.
« "Vous êtes maintenant la seule chose qui me sépare de la mort."
Les raisons pour lesquelles Antoine s'attache à Anne et réciproquement
doivent être données.
« Le rôle de Marthe doit être développé
« 1) dans les scènes 3 et 4, incendie et chute
« 2) dans la scène 8, Anne chez Marthe
« 3) dans la scène 12 *[en fait   10]*, la découverte du corps
« 4) par une réduction du reste du scénario.
« Le thème du monastère doit être réintroduit plus régulièrement.
« Le monastère doit être situé près de la petite ville et l'on doit les voir
dans le même paysage, ainsi entendre à peu près en même temps sonner
les heures de l'un et de l'autre. »

Ce scénario est un texte difficile à éditer, et tout d'abord parce que le
dactylogramme est incomplet. Nous publions, comme le fit Thadée Klossowski au tome IV des *Œuvres complètes*, un texte hybride, fondé sur le
dactylogramme pour les séquences 1 à 26 incluse, puis sur le manuscrit.

---

1. Voir *OC IV*, p. 368.
2. Elles sont d'ailleurs parfois illogiques — la séquence 25 aurait lieu le 10 octobre à
10 h 50 (si nous avons bien lu), tandis que la 26ᵉ se déroulerait le même jour à 10 h 35 —
ou dénuées de sens : les deux dernières scènes sont toutes deux du 23 octobre, alors que
la dernière est un flash-back.
3. Voir *Georges Bataille. Eine Thanatographie*, t. II, p. 110.

De plus, le dactylogramme est truffé de coquilles et de lacunes. Nous corrigeons tacitement les erreurs matérielles et la ponctuation, très fautive, et signalons en variante (sigles : *ms.* et *dactyl.*) les passages que nous avons dû amender, ce que nous avons fait en nous inspirant de la leçon du manuscrit.

Nous suppléons et corrigeons également la ponctuation du manuscrit ; nous ajoutons entre crochets le titre de la 43ᵉ et dernière scène (« Les Aveux de Marthe »), qui n'y figure pas mais qui apparaît dans le « script » à la case nᵒ 43.

Pour transcrire les didascalies — qui sont plutôt des consignes de rédaction et de mise en scène, projets de répliques, etc. — figurant dans la colonne de droite du manuscrit (où elles trahissent l'inachèvement du texte), nous nous inspirons de la manière dont le dactylogramme présente les indications scéniques : entre parenthèses (sauf exceptions, mais nous unifions) et à la suite du texte en face duquel elles sont situées sur le manuscrit[1]. Mais Bataille fait de nombreuses entorses à sa méthode : la plupart du temps, il écrit indifféremment à droite et à gauche, ou sur toute la largeur de la feuille, verticalement ou horizontalement. À la séquence 41, qui est particulièrement complexe, on peut hésiter sur l'ordre à donner aux fragments de texte disposés en tous sens sur la page ; nous avons choisi l'ordre le plus probable, suivant en cela Th. Klossowski.

C. M.

NOTES ET VARIANTES

a. Ici repose dom Ignace Maulouis… *écrit dans la colonne de droite et biffé sur ms.* ◆◆ *b.* visages d'Antoine *dactyl. Nous adoptons la leçon de ms.* ◆◆ *c.* dominée les *dactyl. Nous adoptons la leçon de ms.* ◆◆ *d.* de *dactyl. Nous adoptons la leçon de ms.* ◆◆ *e.* plus quelques *dactyl. Nous adoptons la leçon de ms.* ◆◆ *f.* Pas rentrée. / MARGUERITE *dactyl. Nous adoptons la leçon de ms.* ◆◆ *g.* Dans l'échoppe : / [ANNE : C'est votre fille. / POUSSIN : Ma petite fille. Ses parents l'ont abandonnée… Je suis son grand-père. *biffé*] ms. *On lit aussi, au-dessus de ce qui précède, ce texte biffé (colonne de droite) :* Une échoppe quelconque où traînent des livres, certains sur un misérable rayon, d'autres sur une table au milieu des outils. Deux lits de fer de part et d'autre. / L'échoppe est mal séparée de la cuisine où l'on voit pendre un lapin à demi écorché pendu. / Titre des livres : Jules Vallès Racine Voltaire Rimbaud Diderot Paul de Kock Un traité d'astrologie René Ghil Blake (en anglais) Alfred Jarry *[mots biffés illisibles]* John Donne Armand Sylvestre Edmond Rostand Rémy de Gourmont *ms.* ◆◆ *h.* Qui lit tous ces livres. / LA FEMME *dactyl. Nous adoptons la leçon de ms.* ◆◆ *i.* Nous sommes [faits pour *biffé*] nous entendons. Vous *ms.* : Nous sommes nous entendons. Vous *dactyl. Nous corrigeons d'après ms.* ◆◆ *j.* Du moins si vous restez, je tiendrai à la vie par

---

1. Seules les occurrences suivantes : « sombre », « dur » (séquence 32) et « elle se débat de nouveau » (séquence 43) possèdent déjà des parenthèses sur le manuscrit.

ce lien. / Anne silencieuse *ms.* ◆◆ *k. Fin de dactyl. Nous suivons désormais ms.* ◆◆ *l.* sourire / non elle prend *ms. Nous corrigeons.* ◆◆ *m.* m'ayez [formellement *biffé*] accusée. Mais *ms. Nous corrigeons.* ◆◆ *n.* poignets et tu le sais : Marthe *ms. Nous corrigeons.*

1. La version 1 ne fait pas tant de mystère quant à la localisation géographique du scénario, qu'elle situe dès ses premiers mots : « L'action se passe dans la région de Saint-Flour en Auvergne dans un pays triste, hostile donnant une impression d'extrême sévérité et même de malédiction. » Le début de la version 2 indique seulement que le film commence dans « Un pays montagneux, nu et monotone, dans le centre de la France », puis mentionne les « tours massives d'une cathédrale ». Notre texte, encore plus elliptique, mentionne aussi plus loin une « petite ville, qu'on aperçoit de loin en haut d'un rocher, dominée par les deux tours massives d'une cathédrale » (p. 949), qu'on identifie assez aisément aux tours carrées de la cathédrale gothique de Saint-Flour. Rappelons que Bataille est né en Auvergne, que durant son adolescence il passait ses vacances à Riom-ès-Montagnes et que son premier ouvrage, *Notre-Dame de Rheims*, dédié à des « jeunes gens de Haute-Auvergne », a été imprimé à Saint-Flour. Bataille s'est inscrit au séminaire de cette ville en 1917. Il n'y avait déjà plus de monastère à l'époque du film, ni dans Saint-Flour ni dans ses proches environs : impossible donc d'embrasser du regard la ville et le monastère, ou celui-ci et le cimetière de la ville (voir « L'on aperçoit en même temps le monastère et le cimetière », p. 959).

2. L'adjectif *diaphane* semble cher à Bataille (fantomatique, interpénétration de la vie et de la mort) ; il revient trois fois dans notre texte, et toujours associé au vieux moine ; on le retrouve dans *L'Impossible* (p. 543) et dans *L'Abbé C.* (p. 698).

3. Il s'agit vraisemblablement, selon Gilles Ernst (*Analyse du récit de mort*, p. 72), de *La Mort de saint Bruno*, tableau d'Eustache Le Sueur (1616-1655). Le nom de dom Lesueur renvoie aussi à une série d'associations phonétiques (le suaire, le tueur) et picturales, en faisant écho à Poussin, le nom du cordonnier cité un peu plus bas (voir n. 5).

4. Ce lieu-dit ne semble pas exister. On trouve une rivière dénommée Maronne, qui part d'un bras de la Dordogne pour aboutir dans la vallée du Falgoux (au sud de Riom-ès-Montagnes et à l'ouest de Saint-Flour). Le château de Mauronnes, avec son donjon (voir p. 952 et 960), semble correspondre aux ruines féodales d'Alleuze, situées à une dizaine de kilomètres au sud de Saint-Flour et perchées sur un rocher dominant la Truyère.

5. Poussin « désigne probablement le Poussin des *Bergers d'Arcadie*, pour le *Et in Arcadia ego* qui jette contre toute attente la mort et son tombeau parmi les bergers heureux », écrit Gilles Ernst (*Analyse du récit de mort*, p. 72). Ce pourrait être en effet le trait caractéristique du cordonnier que de figurer à la fois le pastoral et le tragique, le comique et le pathétique, le clownesque et la sorcellerie — sous le nom de Piboulet dans les versions 1 et 2, sans doute en écho à Triboulet, il est chargé de « représent[er] le sort ».

6. L'image de « l'incendie dans la maison » apparaît au moins à deux reprises dans l'œuvre de Bataille. Voir « Le Sacrifice », *OC II*, p. 242 (voir aussi p. 240 sur la symbolique du feu), et « L'Œil pinéal (1) », *ibid.*, p. 25.

7. L'Impradine (voir *Julie*, n. 9, p. 449) et le puy Griou sont assez proches de Riom-ès-Montagnes et du Falgoux (voir n. 4). Mais où se trouve le cirque du Mandaillon ? quelque part du côté de la vallée des Mandailles ?

8. À l'image des ailes coupées, récurrente chez Bataille pour désigner ce qui s'oppose à la volonté de liberté (voir par exemple *Sur Nietzsche* [1945], *OC VI*, p. 116) s'ajoute la présence maléfique du corbeau associé au souvenir de Laure, auteur d'un poème intitulé « Le Corbeau », reproduit dans ses *Écrits* (Jérôme Peignot et le Collectif Change éd. [1re éd., 1971], Pauvert, 1977, p. 96). Dans « Fragments retrouvés sur Laure » (et dans *Sur Nietzsche*, *OC VI*, p. 110), Bataille en cite quelques vers et raconte comment, au début de sa maladie et alors qu'ils se promenaient, Laure aperçut ce signe de mauvaise augure : deux corbeaux morts pendus à un arbre (voir *Écrits*, p. 299-300 ; *OC V*, notes du *Coupable*, p. 526).

9. Sur Jézabel, voir *La Scissiparité*, n. 2, p. 603.

10. Voir la variante *g*, p. 954, où Bataille énumère quelques auteurs de sa propre bibliothèque. C'est Crébillon père qui fut l'auteur de tragédies particulièrement sanglantes et cruelles, et non son libertin de fils Claude, que la postérité a choisi de privilégier. Chacun d'une manière différente, Crébillon père et fils, Jarry, Spinoza ont effectivement semblé subversifs, obscurs — maléfiques en somme —, aux yeux de la *doxa*, et sans doute *a fortiori* à ceux des paysans et bourgeois auvergnats. Mais Paul de Kock ? On imagine mal Bataille être un grand lecteur de cet auteur à succès du xixe, à moins qu'il ne s'agisse là d'un clin d'œil ironique à son conte « La Maison blanche » (1850), dans lequel la maison en question, située en Auvergne, passe (à tort) pour « un endroit ensorcelé ».

11. Laure raconte un épisode similaire survenu lors de son enfance, alors qu'elle était en train de pressentir ce que sont les différences sociales : « [...] nous habitions à côté d'une usine et [...] bien souvent je distrayais mon ennui, assise sur le rebord d'une fenêtre, à regarder un jeune découpeur qui travaillait le cuivre à la scie circulaire. Nous échangions des sourires et des petits signes de tête. Un jour il se coupa le pouce : j'appris immédiatement l'accident. La fenêtre devint défendue car je regardais trop et ce spectacle me jetait dans une inquiétude terrible » (*Histoire d'une petite fille*, Bataille et Leiris éd., hors commerce, 1943 ; *Écrits*, p. 62-63).

12. Claire allusion à la fameuse parole biblique du Christ agonisant (Luc, XXIII, 34). On peut aussi entendre malice dans l'ambiguïté (sens profane, sens théologique) du verbe « sauver » lorsque le prêtre avoue, plus haut, p. 963 : « je dois me sauver... »

13. Le point d'interrogation est de Bataille.

14. On ne sait qui est ce « J », mais le manuscrit autorise aussi la lecture « G. », qui désignerait alors peut-être le docteur Georges Delteil. Bataille et celui-ci se fréquentaient notamment au cours de leurs vacances dans le Cantal. Voir G. Delteil, « Georges Bataille à Riom-ès-Montagnes », *Critique*, no 195-196, p. 675.

15. Voir la Chronologie, années 1943 et 1945.

16. Sur Don Juan, voir *Histoire de l'œil*, n. 32, p. 37 ; *L'Impossible*, n. 29, p. 511 ; et la Notice du *Bleu du ciel*, p. 1066-1067.

17. Sur le manuscrit, la trente-septième case du tableau du feuillet 2 porte : « le serpent lâché par Marthe ? »

18. Pourquoi le nom de Marthe apparaît-il ici ? Même si c'est à elle que correspond la figure de Phèdre, en toute logique (à moins d'un flash-back inopiné) c'est Anne qui devrait réciter ici la célèbre tirade de la scène III de l'acte I (« C'est Vénus toute entière à sa proie attachée », v. 306) et sa tirade finale (« Déjà jusqu'à mon cœur le venin parvenu / Dans ce cœur expirant jette un froid inconnu », acte V, sc. VII, v. 1639-1640). Les mêmes vers de *Phèdre* sont cités page 145 (*OC V*) de *L'Expérience intérieure*. Et voir, dans les *Ébauches*, « J'imagine le froid… », p. 988. Voir aussi « Autour de *L'Impossible* », p. 592-593.

ÉBAUCHES

NOTICE

Comme l'a fait Thadée Klossowski au tome IV des *Œuvres complètes*, nous donnons ce qui reste des ébauches ou esquisses laissées par Georges Bataille, en nous limitant toutefois à celles qui s'apparentent au récit[1]. Un tel corpus forme un objet hétéroclite dont on ne saurait forcer les secrets. À côté de plans, de notes, de synopsis, figurent des textes rédigés et interrompus ; pourquoi n'ont-ils pas été menés à leur terme ? Certes, Bataille lui-même n'a cessé ni de se demander pourquoi il écrivait, ni de problématiser l'achèvement ou l'inachèvement de ses livres. Ses papiers fourmillent de plans d'œuvres complètes et de recueils — le titre « La Veuve », le même que celui de notre ébauche, figure d'ailleurs dans un tel projet, au côté de « Dirty », « Histoire de rats », « Dianus » et « ? L'Alleluia »[2]. Cependant, si on les compare aux « vrais » romans inachevés que sont *Julie* et la série de *Divinus Deus*, la plupart de nos textes non seulement ne finissent pas, mais ne commencent pas vraiment.

On peut néanmoins élaborer quelques hypothèses. Une majorité de ces textes date probablement des années 1950, et est même sans doute postérieure à la parution, en 1950, de *L'Abbé C.* Or Bataille, dans le registre de la fiction, ne publie ensuite que *Le Bleu du ciel* en 1957 — roman alors vieux de plus de vingt ans. Entre 1954 et 1955, il travaille à *Ma mère* ; avant et après, il tente, en vain, d'écrire quelques romans, récits, nouvelles. Il faut attendre 1962, l'année de sa mort, pour que paraisse *L'Impossible*, nouvelle version d'un livre déjà publié. Sa veine narrative s'est-elle tarie ? le romanesque ne l'intéresse-t-il plus suffisamment ? Il faut en tout cas supposer qu'il a jugé ses ébauches inexploitables. Mis à part « Le museau sous la queue… », dont on retrouve des éléments dans les archives de *Divinus Deus*[3], aucun des textes ici réunis ne semble être un brouillon de scène intégrable à un projet[4]. Ils ressemblent le plus sou-

1. On trouvera trois ébauches de pièces de théâtre dans *OC IV*.
2. Et semble même être choisi pour titre de l'ensemble ainsi constitué (voir boîte XX, dossier A, *abc*, f. 4). Mais rien ne permet d'assurer qu'il s'agit de notre texte.
3. Voir la notule de cette ébauche, p. 1376-1377.
4. Voir la notule du « Balafré », p. 1373.

vent à des fragments de récits, parfois pourvus d'un titre et tournant court après qu'ont été mis en place une énonciation (première ou troisième personne), un cadre parfois historique, un décor (fréquemment rural), des personnages, un ton ou un thème, parmi lesquels on reconnaîtra sans peine des *topoï* chers à Bataille. Mais il s'est aussi essayé à des genres ou à des dispositifs narratifs qu'on ne lui connaissait pas, comme le conte de la Petite Écrevisse blanche, ou la nouvelle du « Balafré » où le narrateur s'adresse à un interlocuteur, si ce n'est une interlocutrice.

Quel que soit le statut que l'on donne à ces ébauches — textes proprement dits ou témoignages, documents, traces de projets plus ou moins avancés, retravaillés, suivis —, c'est à considérer l'auteur au travail que nous invitons ici ; et en fin de compte, c'est l'imagination du lecteur qui prévaut.

CÉCILE MOSCOVITZ.

NOTE SUR LE TEXTE

Les quinze ébauches sont classées ici selon l'ordre chronologique présumé de leur rédaction. Non pas qu'elles soient datées : c'est la date des textes parmi lesquels on les a trouvées, dans les carnets, enveloppes ou boîtes, qui nous a permis de les ordonner. Les cinq derniers étant rangés dans la même enveloppe, ils ne peuvent être datés par rapport à leur « voisinage ». Néanmoins, le *terminus a quo* de deux d'entre eux (« J'imagine le froid… » et « La campagne, l'aube… ») est certainement 1951, puisqu'ils sont rédigés au dos d'épreuves d'un numéro de *Critique* datant de cette année-là. De plus, un feuillet du « Balafré », qui fait partie de la même série, provient du dactylogramme d'un article de Bataille paru en 1951[1].

Tous les textes sont manuscrits. Notre transcription diffère de celles des *Œuvres complètes* (t. IV) sur quelques points, que nous ne nous sommes pas astreinte à signaler. Nous avons parfois modifié, avec prudence, la ponctuation de l'autographe et suppléé une préposition ou un article manquants. Les textes auxquels Bataille n'a pas donné de titre sont ici précédés de leur *incipit* ; nous indiquons en outre, entre crochets, les titres qui, le cas échéant, leur ont été attribués dans les *Œuvres complètes*.

Nous relevons sous le sigle *ms.* quelques-unes des variantes manuscrites.

C. M.

---

1. Voir la notule du « Balafré », p. 1372 et n. 2. — Bernd Mattheus compte cette ébauche au nombre des sept qu'il date des alentours de 1945, sans dire pourquoi (voir *Georges Bataille. Eine Thanatographie*, Munich, Matthes et Seitz, t. II, 1988, p. 146).

NOTES ET VARIANTES

LA VEUVE

« La Veuve » eſt conservé dans la boîte VI, dossier A, *d*. Le texte eſt écrit au verso de trois bulletins probablement en usage au département des Imprimés de la Bibliothèque nationale. Thadée Klossowski conjecture qu'il a été rédigé « entre 1930 et 1937 », peut-être parce que janvier 1930 eſt la date de la mutation de Bataille aux Imprimés (il était jusqu'alors au cabinet des Médailles). Il eſt impossible de dater plus précisément ces bulletins de demande d'ouvrage orange foncé ; notons toutefois que dans le même dossier A, *f*, Bataille a rangé des lettres de Maurice Heine datant de décembre 1930, de janvier et de février 1931.

La queſtion eſt posée dans l'index des papiers inventoriés aujourd'hui à la BNF : « ébauche pour pièce ou roman ? » Les huit numéros en chiffres romains pourraient en effet être ceux de scènes, mais rien ne dit qu'elles relèvent du théâtre[1]. Le découpage en séquences — mais ne serait-il pas aussi bien celui d'un plan ? — ne manque certes pas de dramatiser le rituel orgiaque dont il eſt ici queſtion.

La veuve eſt l'appellation argotique de la guillotine, et dans la chanson *La Veuve* évoquée dans *Sur Nietzsche* (1945[2]) elle désigne celle de la Roquette. *La Veuve* (1887), de Jules Jouy (paroles) et Pierre Larrieu (musique), fut immortalisée par Damia dans les années 1930.

a. la femme. Après une courte di[spute] Certains   *ms.*

« À L'ENTRÉE D'UNE VALLÉE... »
[LOUISE LAROCHE]

Cette ébauche se trouve au feuillet 32 (r°-v°) du carnet 4, lequel eſt intitulé par Bataille « Carnet 1942-1943 / manuscrits de *L'Archangélique* » (et sous-titré « Divers surtout *Archangélique* »).

1. Nous n'avons pas trouvé mention, dans des ouvrages de toponymie d'Albert Dauzat (que Bataille utilisait : voir p. 1377-1378, n. 5) ni ailleurs, d'une localité appelée Chanrée.

2. Voir *L'Abbé C.*, p. 670-671.

---

1. Sans doute l'expression « Si cela eſt possible » (p. 997) va-t-elle davantage dans ce sens.

2. Voir *OC VI*, p. 166.

« IL Y A, AUX ENVIRONS DE N... »

Ce texte est écrit sur un feuillet du manuscrit de *L'Archangélique* (dit « Manuscrit 3 »), lequel est daté par Bataille d'« août à décembre 1943 ». À partir du feuillet 34 s'ouvre une section intitulée « Poèmes non publiés (d'octobre 1943 à avril 1944) », puis on trouve une liasse de « Brouillons » à partir du feuillet 45. C'est dans cette liasse que figure notre texte, écrit verticalement sur le verso du feuillet 51, au crayon rouge. Le crayon rouge est aussi utilisé par Bataille pour écrire et dater le poème du feuillet 52 (« Vézelay, 9 au 23 septembre 1943 »).

a. état. [Le jour où mon histoire commence   *biffé*] Un singulier   *ms.*

1. On trouve aussi un nom de lieu abrégé en « N. » dans *Le Petit* (p. 365).
2. Tel un stylite. Le récit ici ébauché aurait donc eu pour personnage principal un mystique.

« UN APRÈS-MIDI DE JUILLET... »
[LA PETITE ÉCREVISSE BLANCHE]

Cette ébauche de conte (pour enfants ?), écrite sur des pages d'un petit carnet débroché (9,5 × 14,5), est conservée dans l'enveloppe 169 (f° 49) qui contient notamment des dactylogrammes de *La Tombe de Louis XXX* (composé vers 1947[1]) et des poèmes que Th. Klossowski décrit comme « non utilisés (de 1942 à 1945 ?), sans doute recopiés après la parution de "La Discorde"[2] », en septembre 1945.

LA DÉESSE DE LA NOCE

Ce texte est conservé dans la même enveloppe que l'ébauche précédente, aux feuillets 51 à 68 (foliotés de 1 à 17 par Bataille). Sur le feuillet précédant la page de titre, on lit à l'encre bleue : « inédits ». Cependant, le papier de ces deux feuillets 50 et 51 n'est pas de même nature. L'ébauche est en effet écrite sur des pages d'un carnet minuscule (8,5 × 5,5) que Bataille a collées sur des feuilles 14 × 21,5. L'écriture déborde parfois des feuilles encollées, preuve que le texte a été repris. Ce fait, joint à l'existence d'une page de titre, laisse penser que Bataille avait l'intention d'achever « La Déesse de la noce », qui du reste peut fort bien constituer un tout cohérent et être lu, tel quel, comme un récit de rêve

1. Comme le laisse supposer la Lettre à Henri Parisot, « Autour du *Mort* », p. 417-418.
2. *OC IV*, p. 358, et p. 20-27 pour les poèmes.

où l'allégorie de la débauche synthétise, en peu de lignes, à peu près toutes les thématiques et métaphores que Bataille y associe[1].

a. amour *corrigé en* noce *dans ms.* ◆◆ *b.* statue *corrigé en* femme *dans ms.* ◆◆ *c.* ouvrant *ms. Nous corrigeons.*

1. *Cf. Nadja* : « À la fin d'un après-midi, l'année dernière, aux galeries de côté de l'" Electric-Palace ", une femme nue, qui ne devait avoir eu à se défaire que d'un manteau, allait bien d'un rang à l'autre, très blanche » (Breton, *Œuvres complètes*, Bibl. de la Pléiade, t. I, p. 668, et voir n. 6).

2. Voir le premier rêve de Troppmann dans *Le Bleu du ciel*, p. 142.

3. C'est ainsi que Jacques Vaché qualifiait André Breton, tel que celui-ci le raconte dans « La Confession dédaigneuse » en 1924 (*Les Pas perdus*, Bibl. de la Pléiade, t. I, p. 200).

4. Voir *Madame Edwarda* (« Qu'il aille aux Halles ! », p. 337), et les « Pages écartées de *Charlotte d'Ingerville* » (« Une nuit dans le quartier des Halles », p. 894).

LE BALAFRÉ

Cette ébauche, comme les quatre suivantes, se trouve dans l'enveloppe 121 (f°s 1-16). Sur ce dossier, Bataille a noté « Fragments de textes pour des romans ». L'ambiguïté du « pour » inviterait à les lire autant comme des départs de romans que comme des notes en réserve, destinées à être intégrées dans tel ou tel roman. Mais il semble qu'aucun de ces textes n'ait été repris, sous quelque forme que ce soit.

Le premier feuillet est une page de titre : « Le Balafré / Nouvelle ». Les feuillets 2 à 5 contiennent des brouillons de ce texte. Nous donnons ici les feuillets 4 et 5, qui sont peut-être une première version de l'*incipit* de la nouvelle[2] :

« Il y a un élément farce [retors *biffé, lecture conjecturale*] des choses qui veut que je ne puisse jamais rien penser profondément sans avoir aussitôt l'envie de glisser la lèvre supérieure, que j'ai mince, sous les dents de devant de la mâchoire supérieure (c'est le signe de la peur d'être idiot). Je trouve d'ailleurs bête, et même plat, de céder à mon envie : le plus simple alors est de garder une immobilité satisfaisante de la bouche : il est vrai qu'à cet instant, une grande envie de pleurer ou de sangloter me vient, mais l'absence de larmes et de sanglots me semble plus profonde : cette émotion est si équivoque que je n'aimerais pas la laisser se résoudre en une comédie que d'autres pourraient surprendre. Je ne voudrais pas me laisser aller à des affectations inexplicables. J'ai horreur de ces comédies et mon rêve serait de ressembler à un mourant qui pense à la mort,

1. M. Surya mentionne cette ébauche dans « La Philosophie, l'échafaud, *Le Petit* », *Bataille, Leiris. L'intenable assentiment au monde*, Belin, 1999, p. 211.

2. Le feuillet 5 est écrit au dos d'un feuillet extrait d'un dactylogramme. Les quelques lignes ainsi portées à son recto sont un brouillon de l'article intitulé « Sommes-nous là pour jouer ? ou pour être sérieux ? » paru en 1951 dans *Critique* (n°s 49 et 51-52, juin et août-septembre) ; voir *OC XII*, p. 106.

sans avoir la moindre chance de n'y plus penser. En d'autres temps je suis ferme et sûr de moi, j'ai horreur d'être bizarrement ému, mais cette assurance est superficielle. [La volonté de nier la mort n'a pour elle que l'impuissante déloyauté qui nous semble   *biffé*] à jamais disponible : un homme silencieux sûr de lui a sans doute un sens, de n'être jamais plus silencieux ni plus sûr de lui qu'au moment où il comprend que la véritable impuissance est sûre d'elle (que la seule assurance concevable est fondée sur un sentiment décisif d'impuissance), que la seule parole fidèle au principe de la parole est celle qui annonce la suprématie du silence (ou que le silence de celui qui sut parler est la seule évocation qui réponde à l'attente de celui qui écoute [sans mesure   ?]). »

« Le Balafré », en tant que tel, compte treize feuillets, foliotés de 6, 7*a*, 7*b*, 7*c*, à 16 par la BNF et de 2 à 11 par Bataille, qui n'a pas numéroté le 6ᵉ feuillet et a attribué le numéro 2 à deux feuillets différents (correspondant aux feuillets 7*a* et 7*c*). On a en effet deux débuts non biffés de la nouvelle. Voici le premier (fᵒˢ 7*a* et 7*b* ; les premières lignes sont identiques à notre texte) :

« Tu devines […] qui me délivre, c'est trop tard et l'histoire vaut la peine d'être racontée. / Comme assez souvent, j'étais à boire seul, assis dans une taverne en tous points semblable à celle-ci : c'était seulement dans une autre ville, dans un autre pays. J'étais seul, et il n'était rien que je désire *[pour   désirais   ]* moins qu'une rencontre de hasard. Cet amas infini de maisons avait malgré tout ses issues et je devais y avoir la liberté de chercher *[un blanc]*. Aussi bien quand El Charrasquiado entra doucement et sournoisement, étais-je content d'être dans un coin sombre. À ce moment l'idée d'une conversation à n'en plus finir *[trois mots illisibles]* : ce n'était pas El Charrasquiado qui me procurait les issues dont j'avais besoin. C'était un garçon cauteleux, grand et beau ; absolument pourri de vanité. C'était un farceur, un hâbleur et qui attendait des femmes des satisfactions de vanité (le contraire à peu près des plaisirs que j'en tirais, car je les payais, jamais je n'ai voulu répondre à leur besoin de comédie). »

Il y a tout lieu de croire que c'est le texte porté sur le feuillet 7*c* (depuis « alors que je devrais m'amuser » jusqu'à « angoisse voluptueuse à laquelle », p. 983) qui constitue le texte « final », puisqu'il enchaîne avec le texte du feuillet 8.

1. « La délectation est appelée "morose" non pas à cause de sa prolongation (*mora*), mais du fait que la raison délibérante s'y attarde (*immoratur*) au lieu de la repousser. Comme dit S. Augustin : "On retient et on rumine avec plaisir ce qu'on aurait dû rejeter aussitôt que l'esprit en a été frôlé" », écrit saint Thomas d'Aquin dans sa *Somme théologique* (I-II, 74, 6 ; Aimon-Marie Roguet trad., Le Cerf, 1984). Voir la section intitulée « La Tentation du religieux et la Délectation morose » dans *L'Érotisme* (1957), *OC* X, p. 230 et suiv.
2. *El charrasquiado* : de *charrasquear*, blesser avec une *charrasca*, c'est-à-dire un couteau, un sabre, une rapière.

MASANIELLO

« Masaniello » est composé de deux fragments. Des « Notes pour Masaniello » se trouvent dans l'enveloppe 22, et sont consignées sur six feuillets, foliotés par Bataille et issus d'un bloc à petits carreaux (10,5 × 8,5), plus cinq feuillets 21 × 13,5, numérotés par la BNF de 7 à 11 (l'auteur ayant folioté de 1 à 3 les trois derniers). Le premier feuillet de cet ensemble témoignant d'une rédaction laborieuse porte notamment des notes (« confession de / Il faut que Masaniello ressorte comme le ») et une première version de la première phrase. Les « Notes pour Masaniello » commencent au folio 2 sur les feuillets du petit carnet débroché, continuent sur les grandes feuilles au feuillet 7[1], puis sont interrompues au feuillet 8, lequel est une page de titre (« MASANIELLO ») introduisant à un récit (f°s 9-11, numérotés de 1 à 3 par Bataille).

Le second fragment, intitulé « Début d'un "Masaniello" » sur le feuillet 17 de l'enveloppe 121, ne semble pas reprendre ces « Notes », mais amorcer un autre texte portant le même titre. Tandis que l'intitulé de ce fragment est écrit au crayon sur une feuille pliée en deux de façon à former un dossier, les feuillets 18 à 21, sur lesquels Bataille a rédigé la deuxième partie de cette ébauche, sont à l'encre noire. Le feuillet 20 est écrit au verso d'une feuille à l'en-tête de la Bibliothèque Inguimbertine de Carpentras datant des années 1930 (et non 1950). Précisons enfin qu'un numéro 22 est écrit au crayon en haut à droite du feuillet 7 de l'enveloppe 22 : aurait-il dû prendre la suite du feuillet 21, le dernier de ce texte dans l'enveloppe 121 ? Cela semble peu probable. Aussi donnons-nous les deux fragments selon l'ordre numérique des enveloppes.

Tommaso Aniello (1620-1647), dit Masaniello, fut le chef de la sanglante insurrection qui éclata à Naples en juillet 1647. On raconte que le pouvoir (ou un empoisonnement ?) lui fit tourner la tête, au point qu'il fit preuve de dérangement mental. Le 16 juillet, jour de la fête de Notre-Dame du mont Carmel, il se rendit à l'église ; l'archevêque l'invita à se reposer dans le cloître, où il fut appelé du dehors : c'est alors que des agents du vice-roi lui coupèrent la tête. Ce jeune pêcheur fut, d'après certains, manipulé par le juriste don Giulio Genoino et le cardinal Filomarino. Cette « révolution » (p. 986) inspira de nombreuses œuvres d'art, romans, drames et opéras, dont celui d'Auber, *La Muette de Portici* (1829), où Fenella, la jeune sœur muette de Masaniello, se jette dans le Vésuve lorsqu'elle apprend la mort de son frère.

---

a. vertige : — s'ils savaient pensaient-ils. Et   *ms. Nous corrigeons.*

---

1. À partir de « Masaniello (Thomas) », p. 986.

« J'IMAGINE LE FROID... »

Ce texte, lui aussi conservé dans l'enveloppe 121 (f°s 22-23), figure au dos d'épreuves d'un article paru dans *Critique* en mai 1951 (n° 48). L'article signé Edmond Dune porte sur divers ouvrages de graphologie.

1. C'est le supplice infligé aux insurgés communistes dans *La Condition humaine* (1933 ; Malraux, *Œuvres complètes*, t. I, Bibl. de la Pléiade, p. 731).

2. Voir la Notice de *La Maison brûlée*, p. 1362 et n. 2, ainsi que n. 18, p. 971.

3. Voir *Le Petit*, n. 20, p. 360.

4. « Sirplis », pour « surplus », imite l'accent yiddish en français.

« LA CAMPAGNE, L'AUBE... »

Toujours dans l'enveloppe 121, aux feuillets 24 à 26, ce texte est écrit, comme le précédent, au dos de l'article d'Edmond Dune. Peut-être Bataille, jetant des idées sur le papier, a-t-il rédigé ces deux ébauches dans la même foulée.

a. la mort [de ma fille *biffé*] habitait. *ms.* ◆◆ *b.* de la part [d'un vieillard *biffé*] *ms. La phrase reste en suspens.* ◆◆ *c. Cette phrase inachevée, qui occupe seule le feuillet 26, est écrite au crayon, alors que les autres feuillets de ms. sont rédigés à l'encre.*

1. Sur l'association du sexe et de la boucherie, voir, notamment, *L'Abbé C.* et son boucher (p. 650 et suiv.), « la nudité du bordel appelle le couteau du boucher » dans *Madame Edwarda* (p. 331), « Ma vulve est ma boucherie » dans un poème (*OC IV*, p. 30), et « La Houppette », p. 991 (« j'ai le cœur en boucherie »).

2. On retrouve cette image de « gosier sanguinolent » dans le brouillon de *L'Expérience intérieure* : « Le pseudonyme Dianus me sembla réunir la saveur d'une femme à barbe et d'un dieu qui meurt, la gorge ruisselant de sang » (*OC V*, en note, p. 437). Voir « Sommes-nous là pour jouer ? ou pour être sérieux ? », *Critique*, n° 49, juin 1951 (*OC XII*, p. 119).

3. Possible écho de Baudelaire : « Je suis la plaie et le couteau ! / Je suis le soufflet et la joue ! / Je suis les membres et la roue / Et la victime et le bourreau ! » (*Les Fleurs du mal*, LXXXIII, « L'Héautontimorouménos »). *Cf. Ainsi parlait Zarathoustra* de Nietzsche : « Oui, même quand il commande à lui-même : là aussi il lui faut expier le fait de commander. Il lui faut devenir et le juge et le vengeur et la victime de sa propre loi » (II, « Du surpassement de soi », Georges-Arthur Goldschmidt trad., Le Livre de Poche, 1983, p. 140).

SCORPION

Ce texte se trouve dans l'enveloppe 121, aux feuillets 27 à 29.

Au-dessous du titre écrit entre parenthèses (que nous ne faisons pas figurer), Bataille a cerclé la phrase suivante : « et mon roman abandonné ? » Une note de son article sur *Molloy* de Beckett fait allusion à un projet de roman : « Je me rappelle avoir eu très jeune une longue conversation avec un *vagabond*. [...] le souvenir qu'il me laissa, dans l'effroi émerveillé qu'il me donne encore, ne cesse pas d'évoquer en moi le silence des bêtes. (Sa rencontre me frappa à tel point qu'un peu plus tard, je commençai d'écrire un roman où un homme qui l'avait rencontré dans la campagne le tuait, peut-être dans l'espoir d'accéder à l'animalité de sa victime[1].) » « Scorpion », qui évoque — comme *Molloy* d'après Bataille — la faim, le froid et les « multiples désagréments qui accablent l'homme s'abandonnant dans la nature, à la pluie, à la terre, à l'immense enlisement du monde et des choses[2] », lui a-t-il remis ce projet en mémoire ?

1. Il existe une localité dénommée Saint-Ange dans la Seine-et-Marne actuelle, région où Bataille séjourna en 1944 (à Samois).

LA HOUPPETTE

« La Houppette » se trouve dans le carnet 20 (f. 7-9), dont le premier feuillet est daté du 28 novembre 1953. Ce texte est comme entrelacé avec des notes théoriques figurant sur les mêmes feuillets[3]. Le titre attribué à cette ébauche n'apparaît qu'au feuillet 9, entre deux lignes dont l'une évoque Staline (il doit s'agir de notes pour *La Souveraineté*) et l'autre Lascaux[4].

« LE MUSEAU SOUS LA QUEUE... »

Cette ébauche est conservée dans le carnet 17 (f⁰ˢ 36-40, ou 39-43 d'après le compostage). On trouve dans ce carnet, sur les feuillets 22 à 35 (ou 23 à 38), les « Poèmes érotiques » publiés au tome IV des *Œuvres complètes* et qui semblent postérieurs à 1945 ; puisque cinq poèmes qui y sont reproduits ont été publiés par Bataille en 1954 dans le numéro XIII de *Botteghe oscure* sous le titre « L'être indifférencié n'est rien », cette ébauche se situe probablement entre ces deux dates. Le

1. « Le Silence de Molloy », *Critique*, n⁰ 48, mai 1951 ; *OC XII*, p. 86.
2. *Ibid.*, p. 85.
3. La graphie et l'encre sont quasiment identiques.
4. Sur les dates de composition (à partir de 1953) du troisième volet prévu de *La Part maudite*, voir *OC VIII*, p. 592-593. — *La Peinture préhistorique. Lascaux ou la Naissance de l'art* a été publié en 1955.

feuillet 31 de ce même carnet donne des notes pour « Pulsatilla[1] », que Thadée Klossowski date, de manière conjecturale, de 1954. Enfin, on y trouve aussi des éléments sur le « pur bonheur », dont sera tiré un article en 1958, et des éléments d'un autre article paru en 1951, « L'Au-delà du sérieux ».

L'hiatus narratif, un changement de page et la différence de graphie entre le récit des « longues et solitaires promenades » en forêt et la suite de l'ébauche (à partir de « Ma vulve avait l'odeur ») conduisent à se demander s'il s'agit bien du même texte ; on notera cependant que la narratrice « raconte » à Actéon « l'hist[oire] de la forêt[2] » (et que la graphie et l'encre sont identiques).

Une phrase biffée dans notre texte (var. *a*) figure (au passé) dans « Gonflée comme une pine ma langue[3]... », l'un des poèmes dits « érotiques ». De plus, l'épisode de la forêt est repris (et revu) dans les textes préparatoires de *Divinus Deus*[4], lequel date de 1954-1955. Il semble donc que Bataille ait un moment pensé à y utiliser ce passage (on le rapprochera du récit d'Hélène dans *Ma mère*, p. 797-798, et des « Pages écartées de *Charlotte d'Ingerville* », p. 887-888).

a. silencieux. / [Pour me livrer aux vits, je mets « ma robe à fendre l'âme ». *biffé*] / Debout   ms.   ◆◆ *b. Autre lecture possible dans ms. :*   Debout   .   ◆◆ *c. Autre lecture possible dans ms. :*   madame   .

1. La rue Cadet se trouve non loin du faubourg Poissonnière, évoqué dans *Madame Edwarda*. Plus bas, il est question de la porte Saint-Denis, qui fait aussi partie du décor de ce roman.

2. « Dégoûtée, il lui arrivait de provoquer des hommes vulgaires et de faire l'amour avec eux jusque dans les cabinets d'un train » (« La Vie de Laure », 1942 ; *OC VI*, p. 277).

LE 10

« Le 10 » est conservé dans l'enveloppe 154 (fᵒˢ 12-20), intitulée « Plans manuscrits de pièces de théâtre / La Cavatine / Le 10 ». « La Cavatine » est une ébauche de pièce, que nous ne donnons pas, et qui date probablement des alentours de 1954 selon Thadée Klossowski.

« Le 10 » ne présente aucune des caractéristiques d'une ébauche théâtrale. Le texte est composite, puisqu'on dispose de ce qui semble bien être deux histoires du 10 (et non d'une histoire et de sa suite, comme il paraît au premier abord), respectivement aux feuillets 14 à 16, et 17 à 20. D'autre part, les deux récits, ou plutôt synopsis incomplètement rédigés, sont précédés d'une page faisant état de la recherche des noms des personnages (fᵒ 12[5]), ainsi que des notes suivantes (fᵒ 13) : « Dans tout

1. *OC IV*, p. 335.
2. P. 994.
3. *OC IV*, p. 30.
4. Dans la boîte XII-*f*. Voir la Note sur le texte de *Ma mère*, p. 1310.
5. Entre autres : l'abbé Lérat, M. de Cipienne (et non Sipiene, comme dans le texte, p. 996), Benoît Lépée, « Léon Limon, l'instituteur », « Mathilde, Léonie ? la maîtresse »,

ce livre / (je dois avoir) le sentiment des formes / (je dois me laisser conduire par — et conduire au-delà) musicales exaspérées à partir de ce qui a lieu / exaspérées mais en même temps se composant en formes délivrées, s'unissant dans le sentiment de l'unité provisoire précaire, liée à l'éveil, à la transparence. » On ne saurait être assuré que ces notes concernent bien notre texte, mais elles sont écrites au stylo à bille bleu, tout comme les autres feuillets qui nous intéressent.

Le premier récit semble reprendre quelques faits de l'intrigue de *L'Abbé C.*, et le prénom Marcelle, qui apparaît dans le second, reste attaché à *Histoire de l'œil*. Mais que signifie l'appellation « le 10 » ? Faut-il songer à ces membres de sociétés secrètes, dont le nom est codé, ou encore aux prisonniers identifiés d'après le numéro de leur cellule, tel Sade dont Bataille possédait dans sa bibliothèque *Monsieur le 6* (Julliard, 1954) ? D'après Pierre Guiraud, « Les maisons publiques portaient un gros numéro servant à les désigner » (comme *Le Huit*) ; mais « dix » est surtout un synonyme d'anus (comme « petit[1] »).

a. On peut aussi lire Forgeard *dans ms.* ◆◆ *b. Autres lectures possibles dans ms. :* Sipieme , Sapiene , Cipiene .

1. Bataille est peut-être passé en Forêt-Noire en 1934 ; son journal intitulé « La Rosace » évoque en effet Bâle (voir Laure, *Écrits* [1ᵉ éd., 1971], Jérôme Peignot et le Collectif Change éd., Pauvert, 1977, p. 306).
2. Pour Saint-Flour, voir la Chronologie, année 1917. Sur Sipiene, localité apparemment fictive, voir var. *b.*
3. Sur Adrien Borel, psychanalyste de Bataille, voir la Chronologie, année 1925, et la Notice du *Bleu du ciel*, p. 1041-1042.
4. Ou lire « Flammargues », lieu-dit du Cantal (région natale de Bataille) ?

« AU DÉBUT DE CETTE DÉCHÉANCE... »

Cette ébauche est consignée dans le carnet 14 (fº 15), intitulé « Gilles de Rais » (l'édition établie et présentée par Bataille du *Procès de Gilles de Rais* a paru en 1959). Ce carnet a peut-être été ouvert vers 1957, car on y trouve aussi des notes à propos d'Emily Brontë, sur laquelle Bataille a publié dans *Critique* en février 1957 un article repris dans *La Littérature et le Mal* (achevé d'imprimer le 30 juillet 1957).

Le feuillet 14 (écrit au stylo à bille rouge, alors que notre texte l'est à l'encre) donne ces notes (projets de titres ?), peut-être liées à cette ébauche : « Les Tombeaux ouverts / Journal du cancéreux / Un cancéreux dans la Résistance : Les feuillets rouges ».

a. ni pire ni moindre [pénible *biffé*] dure *ms. Nous corrigeons.*

Sidonie, Louis Curon, « le frère de lait Jean Lentement », Louise Lépée. Certains noms sont inclus dans une bulle. On y lit aussi ces notes : « chercher dans Dauzat », « Voir les personnages de Jules Verne / le drame de P.-L. Courier ».
1. P. Guiraud, *Dictionnaire érotique* (1ᵉ éd. 1978), Payot, 1993, *s.v.* respectivement « Gros numéro » et « Dix ».

« PARFOIS LA PHRASE… »

Ce texte très raturé, écrit au stylo à bille rouge d'une écriture tremblante, est conservé dans les « Papiers trouvés sur la commode », selon
l'intitulé donné à la boîte XX dans l'inventaire des papiers Bataille établi
par la BNF. Il s'y trouve rangé dans une enveloppe de « Feuillets épars »
(dossier A, *f*, f°s 92-94), dans laquelle on lit, notamment, des notes
sur Breton (au dos d'un carton à l'en-tête de la Bibliothèque d'Orléans
dont Bataille fut le conservateur de 1951 à 1962), et, d'après la BNF,
sur le post-scriptum qu'il envisageait d'ajouter à une réédition des *Larmes
d'Éros* (ouvrage paru en 1961) et sur une « théorie générale de l'Érotisme » (*L'Érotisme* a paru en 1957).

a. nuage ? [mon récit   *biffé*] se défaire ?   *ms.*

1. Voir *Sur Nietzsche* (*OC VI*, p. 126) : « Les êtres (un être aimé, moi-
même) se perdant lentement dans la mort, ressemblent aux nuages que
le vent défait : *jamais plus…* »
2. Cette abréviation est-elle celle de « chapitre » ou (moins probablement) celle de « chant » (ce qui ferait du texte un poème en prose) ?
3. Écho de Baudelaire : « Mon enfant, ma sœur, / Songe à la douceur
[…] » (*Les Fleurs du mal*, LIII, « L'Invitation au voyage »).

BIBLIOGRAPHIE

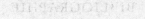

On a rassemblé ci-dessous les principaux instruments de travail actuellement disponibles pour toute recherche sur Georges Bataille (œuvres complètes, documents complémentaires, bibliographies, biographies…), ainsi que les principales monographies, les volumes collectifs, les numéros spéciaux de revues qui ont été consacrés à son œuvre, et un choix parmi les articles les plus fréquemment cités. Le lecteur trouvera des indications bibliographiques beaucoup plus précises à la suite de chacune des Notices de ce volume. Si le lieu de publication n'est pas indiqué, il s'agit de Paris.

On pourra également consulter, outre le tome III de *Eine Thanatographie* de Bernd Mattheus, p. 391-430 (voir ici p. 1385), les ouvrages suivants :

HAWLEY (Daniel), *Bibliographie annotée de la critique sur Georges Bataille de 1929 à 1975*, Champion et Slatkine, 1976.
NORDQUIST (Joan), *Georges Bataille. A Bibliography*, Santa Cruz, Reference and Research Services (« Social Theory : A Bibliographic Series »), nº 33, 1994.

I. ŒUVRES DE GEORGES BATAILLE

Œuvres complètes.

Les *Œuvres complètes* de Georges Bataille ont été publiées aux Éditions Gallimard, coll. « Blanche », entre 1970 et 1988.

I. Premiers écrits, 1922-1940 (*Histoire de l'œil* ; *L'Anus solaire* ; *Sacrifices* ; articles), Denis Hollier éd., préface de Michel Foucault.

II. Écrits po∫thumes, 1922-1940, Denis Hollier éd.

III. Œuvres littéraires (*Madame Edwarda* ; *Le Petit* ; *L'Archangélique* ; *L'Impossible* ; *La Scissiparité* ; *L'Abbé C.* ; *L'être indifférencié n'est rien* ; *Le Bleu du ciel*), Thadée Klossowski éd.

IV. Œuvres littéraires po∫thumes (*Poèmes* ; *Le Mort* ; *Julie* ; *La Maison brûlée* ; *La Tombe de Louis XXX* ; *Divinus Deus* ; Ébauches), Thadée Klossowski éd.

V. *La Somme athéologique*, I (*L'Expérience intérieure* ; *Méthode de médita-tion* ; *Po∫t-scriptum 1953* ; *Le Coupable* ; *L'Alleluiah*), Thadée Klossowski éd.

VI. *La Somme athéologique*, II (*Sur Nietzsche* ; *Mémorandum* ; annexes), Thadée Klossowski éd.

VII. *L'Économie à la mesure de l'univers* ; *La Part maudite* ; *La Limite de l'utile* (fragments) ; *Théorie de la religion* ; conférences 1947-1948 ; annexes, Thadée Klossowski éd.

VIII. *L'Hi∫toire de l'érotisme* ; *Le Surréalisme au jour le jour* ; conférences 1951-1953 ; *La Souveraineté* ; annexes, Thadée Klossowski éd.

IX. *Lascaux ou la Naissance de l'art* ; *Manet* ; *La Littérature et le Mal* ; annexes, Denis Hollier éd., avec la collaboration de Dominique Lemann.

X. *L'Érotisme* ; *Le Procès de Gilles de Rais* ; *Les Larmes d'Éros*, Francis Marmande éd., avec la collaboration d'Yves Thévenieau.

XI. Articles I, 1944-1949, Francis Marmande éd., avec la collabora-tion de Sybille Monod.

XII. Articles II, 1950-1961, Francis Marmande éd., avec la collabo-ration de Sybille Monod.

Correspondances, textes et documents.

Georges Bataille, *Lettres à Roger Caillois (4 août 1935 - 4 février 1959)*, Jean-Pierre Le Bouler éd., préface Francis Marmande, Romillé, Folle Avoine, 1987.

Georges Bataille, *Choix de lettres (1917-1962)*, Michel Surya éd., Gallimard, coll. « Les Cahiers de la NRF », 1997.

Georges Bataille, *L'Apprenti sorcier. Textes, lettres et documents (1932-1939)*, Marina Galletti éd., La Différence, coll. « Les Essais », 1999 (traduction, augmentée de nouveaux inédits, de Georges Bataille, *Contre-attaques*, Rome, Edizioni Associate, 1995, et de Georges Bataille, *La congiura sacra*, Turin, Bollati Boringhieri, 1997, Marina Galletti éd.).

Georges Bataille – Michel Leiris, *Échanges et correspondances*, Louis Yvert éd., préface Bernard Noël, Gallimard, coll. « Les Inédits de Doucet », 2004.

Georges Bataille et Marie-Louise Bataille, *L'E∫prit souterrain*, Cécile Moscovitz éd., *L'Infini*, n° 75, 2001, p. 46-79.

Georges Bataille, « L'Humanité mexicaine », Marina Galletti éd., *L'Infini*, n° 83, 2003, p. 48-61.

Georges Bataille, une liberté souveraine. Textes, entretiens, témoignages, hommages, documents, Michel Surya éd., Fourbis, 1997 (catalogue de l'exposition organisée par la ville d'Orléans) ; nouvelle édition, Tours, Farrago, 2000.

Georges Bataille, « La Sociologie sacrée du monde contemporain », Simonetta Falasca Zamponi éd., *Lignes*, n. s., n° 12, octobre 2003, p. 154-175.

Entretien avec Madeleine Chapsal, *L'Express*, 23 mars 1961, p. 34-36 ; *Quinze écrivains : entretiens*, Julliard, 1963, p. 9-22 ; *Envoyez la petite musique*, Le Livre de poche, 1987.

Documents, vol. I, 1929 (« Doctrines, Archéologie, Beaux-Arts, Ethnographie ») ; vol. II, 1930 (« Archéologie, Beaux-Arts, Ethnographie, Variétés »), reprint Jean-Michel Place, 1992.

Acéphale. Religion, sociologie, philosophie (1936-1939) ; reprint Jean-Michel Place, 1995.

Le Collège de Sociologie (1937-1939), Denis Hollier éd., Gallimard, 1979 ; rééd. « Folio Essais », 1995.

II. BIOGRAPHIES

MATTHEUS (Bernd), *Georges Bataille. Eine Thanatographie* (I : 1897-1939 ; II : 1940-1951 ; III : 1952-1962), Munich, Matthes et Seitz, 1984-1988.

SURYA (Michel), *Georges Bataille, la mort à l'œuvre*, Librairie Séguier, 1987 ; nouv. éd. Gallimard, 1992.

III. ICONOGRAPHIE, EXPOSITIONS

Première Rencontre de Billom, catalogue de l'exposition de Billom, 1979.

Bataille 2, André Masson. Les Monts d'Auvergne, catalogue de l'exposition de Billom, 1980.

Un bestiaire pour Georges Bataille, catalogue de l'exposition de Billom, 1981.

Georges Bataille et Raymond Queneau, 1930-1940, catalogue de l'exposition de Billom, 1982.

Georges Bataille, une autre histoire de l'œil, catalogue de l'exposition des Sables-d'Olonne, 1991, *Cahiers de l'Abbaye Sainte-Croix*, n° 69.

Georges Bataille, catalogue de l'hommage du Centro cultural del Conde Duque, Madrid, 1992.

Masson et Bataille, catalogue de l'exposition du musée des Beaux-Arts d'Orléans et du musée municipal de Tossa de Mar, 1994.

IV. QUELQUES TÉMOIGNAGES

Arban (Dominique), « Cinq minutes avec Georges Bataille », *Le Figaro littéraire*, 17 juillet 1948.

Dubief (Henri), « Témoignages sur Contre-Attaque », *Textures*, n° 6, 1970, p. 49-60.

Fraenkel (Théodore), « Georges Bataille, mon ami », *Lettres françaises*, n° 935, 12-18 juillet 1962, p. 1-2.

Limbour (Georges), « Bibliothécaire à Carpentras », *Le Carnaval et les Civilisés*, L'Élocoquent, 1986.

Masson (André) (inspecteur des bibliothèques), « Georges Bataille », *Bulletin des bibliothèques de France*, n° 7, juillet 1962, p. 475-477.

—, « Georges Bataille », *Bibliothèque de l'École des chartes*, n° 122, 1964, p. 380-384.

Masson (André) (peintre), « À propos de Georges Bataille », *La Ciguë*, n° 1, janvier 1958, p. 40.

—, « Le Soc de la charrue », *Critique*, n° 195-196, 1963, p. 701-705.

Pauvert (Jean-Jacques), « Bataille était le contraire d'un écrivain », entretien avec Jean-Jacques Brochier, *Magazine littéraire*, n° 45, 1970, p. 8-18.

—, « Bataille, auteur inconnu », propos recueillis par Dominique Lecoq, *Magazine littéraire*, n° 243, juin 1987, p. 38-39.

V. OUVRAGES CRITIQUES

Arnaud (Alain) et Excoffon-Lafarge (Gisèle), *Bataille*, Éd. du Seuil, coll. « Écrivains de toujours », 1978.

Audoin (Philippe), *Sur Georges Bataille. Interview imaginable*, Paris-Cognac, Actual et Le Temps qu'il fait, 1989.

Bange (Élisabeth), *An den Grenzen der Sprache : Studien zu Georges Bataille*, Francfort, Peter Lang, 1982.

Barberger (Nathalie), *Le Réel de traviole (Artaud, Bataille, Leiris, Michaux et alii)*, Lille, Presses Universitaires du Septentrion, 2002.

Besnier (Jean-Michel), *La Politique de l'impossible, l'intellectuel entre révolte et engagement*, La Découverte, 1989.

—, *Éloge de l'irrespect et autres écrits sur Georges Bataille*, Descartes et Cie, 1998.

Bischof (Rita), *Souveränität und Subversion. Georges Batailles Theorie der Moderne*, Munich, Matthes et Seitz, 1984.

Blanchot (Maurice), *La Communauté inavouable*, Éd. de Minuit, 1983.

Bosch (Élisabeth), *L'Abbé C. de Georges Bataille. Les Structures masquées du double*, Amsterdam, Rodopi, 1983.

Bosch (Gloria) et Grandas (Teresa), *André Masson et Georges Bataille*, Vic, Eumo Editorial, 1994.

Botting (Fred) et Wilson (Scott), *Bataille*, Basingstoke, New York, Palgrave, 2001.

Bürger (Peter), *Das Denken des Herrn. Bataille zwischen Hegel und dem Surrealismus*, Francfort, Suhrkamp, 1992 (trad. angl. Richard Block, *The Thinking of the Master. Bataille between Hegel and Surrealism*, Evanston Ill., Northwestern University Press, 2003).

Cels (Jacques), *L'Exigence poétique de Georges Bataille*, Bruxelles, De Boeck, 1989.

Chatain (Jacques), *Georges Bataille*, Seghers, coll. « Poètes d'aujourd'hui », 1973.

Connor (Peter T.), *Georges Bataille and the Mysticism of Sin*, Baltimore, The Johns Hopkins University Press, 2000.

Dean (Carolyn), *The Self and its Pleasures : Bataille, Lacan and the History of the Decentered Subject*, Ithaca, Cornell University Press, 1992.

Didi-Huberman (Georges), *La Ressemblance informe ou le Gai Savoir visuel selon Georges Bataille*, Macula, 1995.

Durançon (Jean), *Georges Bataille*, Gallimard, coll. « Idées », 1976.

Ebeling (Knut), *Die Falle. Zwei Lektüren zu Georges Bataille « Madame Edwarda »*, Vienne, Passagen Verlag, 2000.

Ernst (Gilles), *Georges Bataille. Analyse du récit de mort*, PUF, 1993.

Fardoulis-Lagrange (Michel), *Georges Bataille ou Un ami présomptueux*, Le Soleil noir, 1969.

Fauchier (Vanessa), *La Tauromachie comme expérience dionysiaque chez Georges Bataille et Michel Leiris*, Anglet, Atlantica, 2002.

Feher (Michel), *Conjurations de la violence : introduction à la lecture de Georges Bataille*, PUF, 1981.

Ferrari (Federico), *La Comunità errante. Georges Bataille e l'esperienza comunitaria*, Milan, Lanfranchi, 1997.

Ffrench (Patrick), *The Cut : Reading Georges Bataille's Histoire de l'œil*, Oxford, Oxford University Press, 1999.

Fiat (Christophe), *Texte au supplice*, Colleville-Montgomery, Éditions 23, 1998.

Finas (Lucette), *La Crue. Une lecture de Bataille. Madame Edwarda*, Gallimard, 1972.

Fitch (Brian T.), *Monde à l'envers, texte réversible. La fiction de Georges Bataille*, Minard, 1982.

Fourny (Jean-Marie), *Introduction à la lecture de Georges Bataille*, Berne, Peter Lang, 1988.

Franco (Lina), *Georges Bataille. Le Corps fictionnel*, L'Harmattan, 2004.

Gaché (Rodolphe), *System und Metaphorik in der Philosophie von Georges Bataille*, Berne, Peter Lang, 1978.

Gandon (Francis), *Sémiotique et négativité*, Didier-Érudition, 1986.

Gauthier-Cono (Mona), *La Jouissance prise au mot, ou la Sublimation chez Georges Bataille*, Montréal, L'Harmattan, 1996.

GREENE (Michael), *Bataille's Wound*, Barrytown N.Y., Station Hill Arts/Barrytown, Ltd., 1995.

HABERMAS (Jürgen), « Entre érotisme et économie générale : Bataille », *Le Discours philosophique de la modernité*, Gallimard, coll. « Bibl. de philosophie », 1988, p. 249-280.

HÄFLIGER (Gregor), *Autonomie oder Souveränität : zur Gegenwartskritik von Georges Bataille*, Mittenwald, Maänder, 1981.

HAMANO (Koichiro), *Georges Bataille : la perte, le don et l'écriture*, thèse, Université de Nancy-II, 2003.

HAWLEY (Daniel), *L'Œuvre insolite de Georges Bataille. Une hiérophanie moderne*, Slatkine et Champion, 1978.

HEGARTY (Paul), *Georges Bataille, Core Cultural Theorist*, Londres, Sage, 2000.

HEIMONET (Jean-Michel), *Le Mal à l'œuvre : Georges Bataille et l'écriture du sacrifice*, Marseille, Parenthèses, 1987.

—, *Négativité et communication*, Jean-Michel Place, 1990.

—, *Politiques de l'écriture : Derrida/Bataille*, Jean-Michel Place, 1989.

—, *Pourquoi Bataille ? Trajets intellectuels et politiques d'une négativité au chômage*, Kimé, 2000.

HEINRICHS (Hans-Jürgen), *Der Wunsch nach einem souveränen Existenz : Georges Bataille*, Graz, Droschl, 1999.

HILL (Leslie), *Bataille, Klossowski, Blanchot. Writing at the Limit*, Oxford, Oxford University Press, 2001.

HOLLIER (Denis), *La Prise de la Concorde. Essais sur Georges Bataille*, Gallimard, 1974 ; nouv. éd. (suivi de *Les Dimanches de la vie*), 1993.

—, *Les Dépossédés*, Éd. de Minuit, 1993.

HUSSEY (Andrew), *The Inner Scar : the Mysticism of Georges Bataille*, Amsterdam, Rodopi, 2000.

IRWIN (Alexander), *Saints of the Impossible : Bataille, Weil and the Politics of the Sacred*, Minneapolis, University of Minnesota Press, 2002.

ISHAGHPOUR (Youssef), *Aux origines de l'art moderne, le « Manet » de Bataille*, La Différence, 1989.

KOCH (Michel), *Le Sacricide*, Léo Scheer, 2001.

LABARTHE (André S.), *Bataille à perte de vue : le carnet*, Strasbourg, Ciné-fils, 1997.

LAND (Nick), *The Thirst for Annihilation. Georges Bataille and Virulent Nihilism*, New York, Routledge, 1992.

LAPORTE (Roger), *À l'extrême pointe : Proust, Bataille et Blanchot*, POL, 1998.

LEIRIS (Michel), *À propos de Georges Bataille*, Fourbis, 1988 (reprend « Don juanisme de Georges Bataille », *La Ciguë*, 1958 ; « De Bataille l'impossible à l'impossible *Documents* », *Critique*, 1963 ; « Du temps de Lord Auch », *L'Arc*, 1967).

LIBERTSON (Joseph), *Proximity. Levinas, Blanchot, Bataille and Communication*, La Haye, Martinus Nijhoff Publishers, 1982.

LIMOUSIN (Christian), *Bataille*, Éditions universitaires, 1974.

MAIELLO (Gisella), *Georges Bataille*, Naples, Liguori, 1983.

MARMANDE (Francis), *Georges Bataille politique*, Presses Universitaires de Lyon, 1985.

—, *L'Indifférence des ruines. Variations sur l'écriture du Bleu du ciel*, Marseille, Parenthèses, 1985.

MAYNÉ (Gilles), *Eroticism in Georges Bataille and Henry Miller*, Birmingham Al., Summa Publications, 1993.

—, *Georges Bataille, l'érotisme et l'écriture*, Descartes et Cie, 2003.

—, *Pornographie, violence obscène, érotisme*, Descartes et Cie, 2001.

NANCY (Jean-Luc), *La Communauté désœuvrée*, Christian Bourgois, 1986 ; nouv. éd. 1990.

NOËL (Bernard), *La Maladie de la chair, récit*, Toulouse, Éditions Ombres, 1995.

NOYS (Benjamin), *Georges Bataille, a Critical Introduction*, Londres, Pluto Press, 2000.

PALUMBO (Pietro) et ERCOLEO (Marisa), *Su Bataille : prospettive ermeunitiche*, Palerme, Stass, 1985.

PAPPARO (Felice Ciro), *Incanto e misura : per una lettura di Georges Bataille*, Naples, Edizioni scientifiche italiane, 1997.

PASI (Carlo), *La favola dell'occhio. Saggio su Georges Bataille*, Naples, Shakespeare & C., 1987.

—, *Georges Bataille. La ferita dell'eccesso*, Turin, Bollati Boringhieri, 2002.

PATRON (Sylvie), *« Critique » (1946-1996), une encyclopédie de l'esprit moderne*, Éd. de l'IMEC, 2000.

PERNIOLA (Mario), *Georges Bataille e il negativo*, Milan, Feltrinelli, 1977 (trad. François Pelletier, *L'Instant éternel : Bataille et la pensée de la marginalité*, Méridiens-Anthropos, 1982).

PRÉVOST (Pierre), *Georges Bataille, René Guénon : l'expérience souveraine*, Jean-Michel Place, 1992.

—, *Pierre Prévost rencontre Georges Bataille*, Jean-Michel Place, 1987.

RENARD (Jean-Claude), *L'Expérience intérieure de Georges Bataille. Sur la négation du mystère*, Éd. du Seuil, 1987.

RICHARDSON (Michael), *Georges Bataille*, New York, Routledge, 1994.

RICHMAN (Michele), *Reading Georges Bataille. Beyond the Gift*, Baltimore, The Johns Hopkins University Press, 1982.

RONCHI (Rocco), *Bataille, Levinas, Blanchot. Un sapere passionale*, Milan, Spirali, 1985.

SANTI (Sylvain), *Georges Bataille et la question de la poésie*, thèse, Université Grenoble-III, 2003.

SASSO (Robert), *Georges Bataille : le système du non-savoir. Une ontologie du jeu*, Éd. de Minuit, 1978.

SHAPIRO (Steven), *Passion and Excess : Blanchot, Bataille and Literary Theory*, Talahassee, Florida State University Press, 1990.

STOEKL (Allan), *Politics, Writing, Mutilation : the Cases of Bataille, Blanchot, Roussel, Leiris and Ponge*, Minneapolis, University of Minnesota Press, 1995.

TEXEIRA (Vincent), *Georges Bataille : la part de l'art, la peinture de la marginalité*, L'Harmattan, 1997.

THÉVENIEAU (Yves), *La Question du récit dans l'œuvre de Georges Bataille*, thèse, Université de Lyon-II, 1986, 2 vol.

TIBLOUX (Emmanuel), *Georges Bataille*, Association pour la Diffusion de la Pensée Française, 1996.

VAN DER BURG (Ineke) et MEIJERS (Debora), *Bataille. Kunst, erotiek en geweld als grenservaring*, Amsterdam, 1987.

VERAZA URTUZUÀSTEGUI (Jorge), *Subvirtiendo a Bataille*, Mexico, Editorial Itaca, 1986.

WARIN (François), *Nietzsche et Bataille : la parodie à l'infini*, PUF, 1994.

WIECHENS (Peter), *Bataille zur Einführung*, Hambourg, Junius, 1995.

WILLEMS (Sandrine), *L'Instant retrouvé. Temps et mouvement dialectique chez Georges Bataille*, thèse, Université libre de Bruxelles, 1994.

ZIMMERLING-ZINGA (Christiane), *Der Wahrheitsbegriff im Werke Georges Batailles (oder über die Sucht, sich im Rausch zu verlieren)*, Francfort, Fischer, 1997.

VI. RECUEILS D'ARTICLES

Bataille (Colloque de Cerisy-la-Salle), Philippe SOLLERS dir., Union Générale d'Éditions (« 10/18 »), 1973.

Écrits d'ailleurs : Georges Bataille et les ethnologues, Dominique LECOQ et Jean-Luc LORY dir., Maison des sciences de l'homme, 1987.

Georges Bataille : il Politico e il Sacro, Jacqueline RISSET dir., Naples, Liguori, 1987.

Georges Bataille, Jan VERSTEEG dir., Amsterdam, Rodopi, 1987.

Voorbij het zelfbehoud. Gemeenschap en offer bij Georges Bataille, Laurens ten KATE éd., Louvain-Apeldoorn, Garant, 1991.

Bataille lesen : die Schrift und das Unmögliche, Helga FINTER et Georg MAAG dir., Munich, Fink, 1992.

Bataille : Writing the Sacred, Carolyn BAILEY GILL dir., New York, Routledge, 1995.

Georges Bataille après tout, Denis HOLLIER dir., Belin, 1995.

On Bataille : Critical Essays, Leslie Anne BOLDT-IRONS dir., Albany, SUNY Press, 1995.

En torno a Georges Bataille, Patricia MAYAYO dir., Madrid, Cruce Ediciones, 1998.

Bataille-Leiris : l'intenable assentiment au monde, Francis MARMANDE dir., Belin, 1999.

Georges Bataille, l'héritage impossible, Annie PIBAROT dir., Université Montpellier-III, 1999.

Bataille-Sartre un dialogo incompiuto, Jacqueline RISSET dir., Rome, Artemide, 2002.

VII. NUMÉROS SPÉCIAUX DE REVUES

L'Arc, n° 32, 1967.
L'Arc, n° 44, 1971.
Cahiers Bataille (Université Clermont-Ferrand-II / Association Billom-Bataille), n° 1, 1981 ; n° 2, 1983 ; n° 3, 1984.
La Ciguë, n° 1 (« Hommage à Georges Bataille »), 1958.
CRIN, n° 25 (« Georges Bataille et la fiction »), Amsterdam, 1992.
Critique, n° 195-196, 1963.
Diacritics, XXVI-2 (« Georges Bataille : an Occasion for Misunderstanding »), 1996.
Economy and Society, XXXII-1 (« Le Collège de Sociologie »), 2003.
Fenomenologia e società. Comunità di ricerca, n° 2, 1998.
GB. Cahiers Georges Bataille (Association des Amis de Georges Bataille), n° 1 (« Georges Bataille et la pensée allemande »), s.d. [1991].
Gramma, n° 1, 1974.
Lignes, n. s., n° 1 (« Sartre-Bataille »), 2000.
Quinzaine littéraire, n° 97 (« Présence de Georges Bataille »), 1970.
Magazine littéraire, n° 45 (« Georges Bataille, l'érotisme et la mort »), 1970.
Magazine littéraire, n° 243 (« Georges Bataille. La Littérature, l'Érotisme et la Mort »), 1987.
La Part de l'œil, n° 10 (« Bataille et les arts plastiques »), 1994.
Revue des sciences humaines, n° 206, 1987.
Semiotext(e), II-2, 1976.
Stanford French Review, XII-1, 1988.
Les Temps modernes, n° 602, 1998-1999.
Textuel, n° 30 (« Exigence de Bataille, présence de Leiris »), 1996.
Textures, Bruxelles, n° 6, 1970.
Villa Medici, n° 9-10 (« André Masson et Georges Bataille »), 1990.
Yale French Studies, n° 78, 1990.

VIII. CHAPITRES D'OUVRAGES OU ARTICLES

ALEXANDRIAN (Sarane), « Bataille et l'amour noir », *Les Libérateurs de l'amour*, Éd. du Seuil, 1977, p. 256-280.
BARTHES (Roland), « La Métaphore de l'œil », *Critique*, n° 195-196, 1963, p. 672-832 ; repris dans *Essais critiques*, Éd. du Seuil, 1964.
—, « De l'œuvre au texte », *Revue d'esthétique*, XXIV-3, 1971, p. 225-232 ; repris dans *Introduction à l'analyse structurale des récits*, Éd. du Seuil, 1973.

—, « Les Sorties du texte », dans *Bataille*, Philippe Sollers dir., Union Générale d'Éditions (« 10/18 »), 1973, p. 49-62 ; repris dans *Le Bruissement de la langue*, Éd. du Seuil, 1993.

BEAUJOUR (Michel), « Georges Bataille ou l'Idiot de la petite famille », *Terreur et Rhétorique*, Jean-Michel Place, 1999, p. 37-63.

BLANCHOT (Maurice), « L'Expérience intérieure », *Journal des débats*, 5 mai 1943 ; repris dans *Faux-pas*, Gallimard, 1943, p. 51-56.

—, « L'Expérience-limite » (*NRF*, 1962 ; *Critique*, 1963), *L'Entretien infini*, Gallimard, 1969, p. 300-322.

BORCH-JACOBSEN (Mikkel), « Bataille et le rire de l'être », *Critique*, janvier 1988, p. 16-80.

BRUNO (Jean), « Les Techniques d'illumination chez Georges Bataille », *Critique*, nᵒ 195-196, 1963, p. 706-720.

CLÉBERT (J.-P.), « Georges Bataille et André Masson », *Lettres nouvelles*, nᵒ 3, mai 1971, p. 57-80.

CUSSET (Catherine), « Technique de l'impossible », dans *Georges Bataille après tout*, Denis Hollier dir., Belin, 1995, p. 171-190.

DEGUY (Michel), « D'une physique érotique », *L'Arc*, nᵒ 32, 1967, p. 49-57.

DERRIDA (Jacques), « De l'économie restreinte à l'économie générale : un hégélianisme sans réserve », *L'Arc*, nᵒ 32, 1967 ; repris dans *L'Écriture et la Différence*, Éd. du Seuil, 1967, p. 369-406.

ERNST (Gilles), « La Mort comme sujet du récit : Dianus de Georges Bataille », *La Mort dans le texte*, Lyon, PUL, 1988, p. 179-192.

—, « Georges Bataille : position des "reflets" (ou l'impossible biographie) », *Revue des sciences humaines*, nᵒ 224, 1991, p. 105-125.

—, « Bataille et la tradition de la mort en Nature », *Travaux de littérature* (ADIREL), t. IV, 1991, p. 281-297.

—, « Georges Bataille ou les "Cabanes dans le désert" », *Architectes et architecture* (ADIREL), t. XIII, 1998, p. 186-196.

FOUCAULT (Michel), « Préface à la transgression », *Critique*, nᵒ 195-196, 1963, p. 761-769.

GALLETTI (Marina), « Il testo della "jouissance" (Georges Bataille in *Tel Quel*) », dans *Tel Quel*, Jacqueline Risset éd., Rome-Paris, Bulzoni-Nizet, 1982, p. 125-157.

—, « Il sacro nell'ideologia del fascismo. Commento a un inedito di Bataille », *Alternative*, nᵒ 4, 1996, p. 111-120.

—, « L'istante di lunga duranza. Dall'estetica dell'immaginario agli scarti della ragione », dans *Le soglie del fantastico*, Marina Galletti éd., Rome, Lithos, 1996, p. 19-53.

—, « Le Roi du bois », *Art Press*, nᵒ 231, janvier 1998, p. 26-31.

—, « Tradurre Bataille : la lingua del Collegio di Sociologia », dans *Il Collegio di Sociologia*, Denis Hollier éd., Turin, Bollati Boringhieri, 1991, p. XXIX-XXXVII.

—, « I "voyageurs" del "Troisième Convoi" o gli "ennemis du dedans" », dans *Narrazione e rappresentazione*, Germana Orlandi Cerenza éd., Venise, Marsilio, 2001, p. 37-47.

HOLLIER (Denis), « Le Matérialisme dualiste de Georges Bataille »,
Tel Quel, n° 25, printemps 1966, p. 44-54.

—, « Le Dispositif Hegel/Nietzsche dans la bibliothèque de
Bataille », *L'Arc*, n° 38, 1969, p. 35-47.

—, « De l'au-delà de Hegel à l'absence de Nietzsche », dans *Bataille*,
Philippe Sollers dir., 1973, p. 75-96.

—, « La Nuit américaine », *Poétique*, n° 22, 1975, p. 227-243.

—, « L'Inénarrable », dans *Georges Bataille après tout*, Denis Hollier
dir., 1995, p. 271-281.

KAUFFMANN (Vincent), « Communautés sans traces », dans *ibid.*,
p. 61-80 ; repris dans *Poétique des groupes littéraires (Avant-gardes
1920-1970)*, PUF, 1997, p. 93-111.

KLOSSOWSKI (Pierre), « À propos du simulacre dans la communication de Georges Bataille », *Critique*, n° 195-196, 1963, p. 742-750.

—, « La Messe de Georges Bataille », *Un si funeste désir*, Gallimard,
1963 ; « Tel », p. 115-125.

—, « De Contre-Attaque à Acéphale », *Change*, n° 7, hiver 1970-1971,
p. 103-107.

KRISTEVA (Julia), « Bataille solaire, ou le Texte coupable », *Histoires
d'amour*, Denoël, 1983, p. 341-346 ; rééd. « Folio Essais », 1985.

—, « Bataille, l'expérience et la pratique », dans *Bataille*, Philippe
Sollers dir., 1973, p. 268-301.

LOUETTE (Jean-François), « Existence, dépense : Bataille, Sartre »,
Les Temps modernes, n° 602, décembre 1998 - janvier-février 1999,
p. 16-36.

—, « Bataille ou les Portraits sans aveu », dans *Portraits de l'écrivain
contemporain*, Jean-François Louette et Roger-Yves Roche éd.,
Champ Vallon, 2003, p. 73-97.

MARMANDE (Francis), « Georges Bataille : la main qui meurt », dans
L'Écriture et ses doubles, Daniel Ferrer et Jean-Louis Lebrave éd.,
Éditions du CNRS, 1991, p. 137-173.

—, « L'Usage de la bibliothèque et l'Usage du monde », *Revue de la
Bibliothèque nationale de France*, n° 6, octobre 2000, p. 62-65.

MAURIAC (Claude), « Georges Bataille », *L'Alittérature contemporaine*,
Albin Michel, 1969, p. 116-128.

MÉTRAUX (Alfred), « Rencontre avec les ethnologues », *Critique*,
n° 195-196, 1963, p. 677-694.

MONNEROT (Jules), « Sur Georges Bataille », *Confluences*, n° 8-9,
1945-1946, p. 874-882 et 1009-1018 ; repris dans *Inquisitions*, José
Corti, 1974, p. 199-216.

PEIGNOT (Jérôme), « Où il est prouvé que Georges Bataille crève le
mur du sens », dans *Les Jeux de l'amour et du langage*, Union Générale d'Éditions « 10/18 », 1974, p. 295-309.

PIEL (Jean), « Bataille et le monde : de *La Notion de dépense* à *La Part
maudite* », *Critique*, n° 195-196, 1963, p. 721-733.

PIERROT (Jean), « Georges Bataille et la politique (1928-1939) »,
dans *Histoire et littérature (Les écrivains et la politique)*, PUF, 1977,
p. 139-160.

QUENEAU (Raymond), « Premières confrontations avec Hegel », *Critique*, n° 195-196, 1963, p. 694-700.

RÉDA (Jacques), « Georges Bataille », *Les Cahiers du Sud*, n° 369, 1963, p. 280-286.

RUBINO (Gianfranco), « Da Bataille a "Tel Quel". Funzione non subordinata ad effetti specifici della letteratura », dans *L'utile, il bello, il vero. Il dibattito francese sulla funzione della letteratura tra Ottocento e Novecento*. Genève-Pise, Slatkine-Edizioni Ets, 2001, p. 313-325.

SANTI (Sylvain), « Georges Bataille, la poésie à l'extrémité fuyante de soi-même », *Les Temps modernes*, n° 626, décembre 2003 - janvier 2004, p. 23-47.

SARTRE (Jean-Paul), « Un nouveau mystique », *Cahiers du Sud*, n° 260-262, 1943 ; repris dans *Situations [I]*, Gallimard, 1947, p. 143-188.

SICHÈRE (Bernard), « L'Écriture souveraine de Georges Bataille », *Tel Quel*, n° 93, automne 1982, p. 58-75.

SOLLERS (Philippe), « Le Toit », *Tel Quel*, n° 29, printemps 1967, p. 25-45 ; repris dans *L'Écriture et l'Expérience des limites*, Éd. du Seuil, 1971, p. 104-138.

—, « Le Coupable », *Tel Quel*, n° 45, 1971.

SULEIMAN (Susan R.), « La Pornographie de Bataille. Lecture textuelle, lecture thématique », *Poétique*, n° 64, 1985, p. 483-493.

SURYA (Michel), « L'Idiotie de Bataille », *Humanimalités*, Léo Scheer, 2004, p. 17-48.

TAFFOREAU (Jean-Pierre), « L'Excès (sur Georges Bataille) », *L'Angoisse. Perspectives philosophiques, perspectives psychanalytiques*, Presses universitaires de Strasbourg, 1990, p. 119-148.

TIBLOUX (Emmanuel), « Notules pour l'œil pinéal – Variations mythologiques sur l'optique de Georges Bataille », *Digraphe*, n° 59, 1992, p. 69-78.

—, « Bataille l'important », *Textuel*, n° 30, Paris-VII, 1996, p. 73-82.

—, « Le Tournant du théâtre », *Les Temps modernes*, n° 602, décembre 1998 - janvier-février 1999, p. 121-131.

—, « Georges Bataille, la vie à l'œuvre. "L'apéritif catégorique" ou comment rendre sensible l'intensité de la vie affective », *L'Infini*, n° 73, printemps 2001, p. 49-63.

—, « "Le Vent de la vérité" — Georges Bataille, le XXe siècle et nous », *Les Temps modernes*, n° 618, 2002, p. 76-89.

VUARNET (Jean-Noël), « Impossible Bataille », *Marginales*, n° 102, juin-août 1965, p. 11-15.

TABLE

LE BLEU DU CIEL

Table   1399

Autour du « Mort »

JULIE

Table 1401

Table   1403

Table 1405

Appendices

Récits retrouvés

Ébauches

NOTICES, NOTES ET VARIANTES

HISTOIRE DE L'ŒIL

Table   1407

Ce volume, portant le numéro
cinq cent onze
de la « Bibliothèque de la Pléiade »
publiée aux Éditions Gallimard,
a été mis en page par CMB Graphic
à Saint-Herblain,
et achevé d'imprimer
sur Bible des Papeteries Bolloré Technologies
le 28 octobre 2004
par Normandie Roto Impression s.a.s.
à Lonrai,
et relié en pleine peau,
dorée à l'or fin 23 carats,
par Babouot à Lagny.

ISBN : 2-07-011598-4.

N° d'édition : 86851 - N° d'impression : 04-2709
Dépôt légal : octobre 2004.
Imprimé en France.